Recueil Altaïran - 0

Preuves du mensonge et de l'apocalypse en cours

Révélations : Altaïrans et Zétas.
Réception, analyse, sourçage et vulgarisation : Harmo et Nancy Lieder.
Compilation : Arnaud Meunier. Relecture : Alastriona

Date de mise à jour : 2021-11-30

Format numérique des livres : http://arnaud.meunier.chez.aliceadsl.fr/fr/telecharg.htm
Contact auteur : Facebook>amocalypse, VK>a.meunier, ou arnaud.meunier.electrique@gmail.com

Lecture : *(p. *)* renvoie à un chapitre plus détaillé sur le sujet à la page n°*, *(L*)* renvoie au livre du Recueil Altaïran n°*. *Ladam* renvoie au livre sur le langage adam. Référez-vous au livre « Glossaire » si le sens d'une abréviation ou d'un mot vous échappe. Les sources n'ont pas toutes été rapatriées, vous trouverez celles qui manquent dans le site internet *Nature Humaine (Amocalypse).*

Avertissements de lecture : Voir le livre "*Glossaire*".

Évolutions de ce livre :

- 2020-10-10 : 1e édition
- 2021-03-18 : 2e édition - Ajouts : émotions (p. 3), vampire Barcelone (p. 105), FM disséqué (p. 107).
- 2021-08-29 : 3e édition - Marges augmentées. Ajouts : "anunnaki" francisé en "ogre", dossier Wikileak sur Dutroux (p. 110), seuils variables (p. 123), l'ET Dingo (p. 170), artefacts pré-homo (p. 287), Malachi Martin (p. 495), précisions sur le terme antéchrist (p. 537), index lexical en fin d'ouvrage.

Crédit image de couverture : Pixabay (ComFreak)

Sommaire général

Préambule

Voir le livre "Glossaire" avant

Le livre *Glossaire* vous expliquera la meilleure manière d'exploiter ce livre, pour tout savoir sur les auteurs, les sources des infos, ainsi que tous les avertissements de lecture.

N'hésitez pas à vous y référer si vous ne connaissez pas un mot ou abréviation.

But

Vous faire comprendre que ce que vous croyez connaître du monde est, pour une grosse part, issue des mensonges et censures de vos dominants.

Le but n'est pas de vous faire comprendre comment fonctionne l'enchevêtrement du pouvoir, ni qui sont les pions qui agissent.

Le but est juste de vous montrer qu'il y a enchevêtrement, et de vous inciter à ne pas plonger tête baissée dans cette pelote désordonnée (où vous vous perdriez inutilement), mais d'en faire simplement le tour... D'aller directement dans les coulisses (là où se trouve les tireurs de ficelles), pour voir qui dirige ce système.

Faire le tour de l'écran de fumée permet aussi de voir toutes les choses qui sont derrière les marionnettistes et qu'ils cherchent à nous cacher.

En effet, ce ne sont pas les marionnettes, les machineries ou les marionnettistes qui sont intéressants, mais la vraie réalité qui existe en dehors du théâtre.

C'est ce qu'il y a en dehors de la caverne de Platon qui nous intéresse, pas le spectacle et ses coulisses.

Les sources trouvées dans ce livre L0 vous aideront à prendre conscience de ça, et vous fourniront les informations de base (celles que l'école aurait dû vous enseigner) pour comprendre que le message de Harmo, donné dans les Recueils Altaïrans suivants, décrit la réalité.

Ces recueils utilisent la réflexion scientifique : nous compilons les phénomènes observables (en prenant uniquement des faits vérifiés et sans biais), pour en tirer une théorie explicative (sans occulter les faits qui contrediraient notre modèle).

Ne trébuchez pas sur le moindre fait

Certains faits ou hypothèses pourraient vous surprendre au début. Allez vérifier ce fait par vous-même (les sources sont là pour ça), mais n'y passez pas trop de temps : il vous reste encore des milliers de faits à découvrir !

Mettez donc de côté le détail sans importance qui vous dérange trop pour le moment, vous verrez qu'il y en a bien d'autres derrière qui imposent la même conclusion...

Plus vous aurez une vision globale des choses, plus tout deviendra clair !

Ne soyez pas impacté émotionnellement

"monde" est l'anagramme de "démon". Nous savons que ce monde est pourri, mais peu savent réellement à quel point... La lecture de ce livre, tellement instructive, peut être cependant difficile à digérer pour les empathes ou les hypersensibles. Prenons du recul par rapport à tout ce que nous pouvons lire ou entendre. Ce ne sont que des informations, qui sont là pour être assimilées, puis nettoyées.

N'hésitez pas à sauter les passages qui vous sembleraient trop durs.

Ce système n'est pas tout puissant, il ne faut pas désespérer : il est en train de s'effondrer, et la lecture de ce livre enlèvera tout pouvoir qu'il pouvait encore avoir sur vous !

Destinataires visés ?

Si vous êtes déjà dans l'optique de retrouver votre autonomie, que vous aspirez à une communauté de partage et de respect des autres, ça indique que vous êtes déjà réveillé, vous pouvez attaquer directement L1.

L0 est fait pour vous si :

- vous votez encore, vous manifestez encore, vous regardez encore la télé, vous lisez encore les journaux, et que le pire, vous croyez encore ce que le système vous dit !
- vous attendez ou demandez à vos dirigeants de changer eux-mêmes les choses qui marchent si bien pour eux.

Ce livre permet de comprendre que le changement ne pourra venir que de nous...

Les 3 types de lecteurs

La vérité est la voie du milieu. C'est pourquoi le système ne vous laisse que 2 options possibles dans vos croyances, 2 extrêmes éloignés le plus possible de la vérité centrale. C'est pourquoi notre système a créé 2 archétypes de lecteurs :

- les croyants sans preuves,
- les incroyants malgré les preuves.

Le 3e type est le lecteur déjà réveillé (qui a commencé à sortir du système de pensée), qui veut en apprendre plus sur les nombreux faits peu connus, pour l'aider dans sa compréhension du monde.

Croyants sans preuves

Ceux qui sont persuadés que dieu a écrit lui-même la Bible. Que tout ce qu'il y a à savoir est dans la Bible, que tout y est vrai dans ses moindres détails et contradictions, et qu'on ne peut pas remettre en question ce qui y est écrit.

Pour ceux-là, je raconterai comment et par qui la Bible a été écrite, les preuves des nombreuses falsifications, les nombreuses erreurs de traduction, etc. Le but est d'enlever le faux pour garder le vrai des religions.

Sceptiques malgré preuves

Généralement athée, il faut leur montrer les sujets tabous de la science, pourtant déjà prouvés scientifiquement depuis bien longtemps.

Que ce qu'on appelle "science" est politisée, cadrée et censurée par la minorité de financiers qui possède toutes les revues scientifiques du monde : les financiers qui veulent récupérer Jérusalem en s'appuyant sur leur livre sacré. Les plus anti-religieux des lecteurs s'apercevront avec stupeur qu'ils suivent les plans des plus fanatiques des religieux...

Inutile de lire les preuves destinées au camp adverse

Normalement, vous n'aurez pas besoin de lire la partie dédiée à l'autre extrême :

- un scientifique n'aura pas besoin de se remplir la tête de mythes religieux faux et inutiles,
- un religieux n'aura pas besoin de connaître toutes les malversations scientifiques pour cacher l'existence de l'âme et de Dieu.

Organisation

Dans ce livre, nous verrons :

- que le système nous ment.
- Comment le système nous ment (comme posséder toutes les sources d'informations).
- Pourquoi le système nous ment (cacher le fait que nous sommes leurs esclaves).
- Ce que les mensonges cachent (vie après la mort, existence de l'âme, pouvoirs intérieurs, les ET, les ogres (dieux physiques), les ravages de la planète Nibiru, le diable existe).
- Comment le principal sujet de discorde entre les hommes, la religion, a été falsifiée par les dominants à leur avantage,
- Ce qu'ils ont prévu comme vérité alternative (désinformation), pour tromper les réveillés et conserver le pouvoir.

La partie "système corrompu" c'est comment ils nous ont trompés, "fakes" diverses et "religion" c'est les fausses idées implantées dont il faudra se déformater : pour toutes ces parties, le survol en premier temps devrait suffire.

Je vous conseille au début de vous appesantir sur les parties traitant de la réalité qu'ils nous ont caché, à savoir "Faits inexpliqués" + "Nibiru" + "Antéchrist". Bien sûr, chacun sentira quelle partie l'attirera le plus sur le moment, celles sur lesquelles son chemin personnel lui aura laissé le plus de lacunes.

Survol général

Einstein disait que plus il apprenait de choses, plus il se rendait compte de son manque de connaissance... Il nous faut donc d'abord comprendre que nous ne savons quasi rien du monde qui nous entoure, et que le peu que nous en savons est à moitié faux.

Que notre ignorance n'est pas de notre faute, mais celle d'une secte (le système) qui nous a menti toute notre vie, ainsi qu'à nos parents, nos proches, nos professeurs, et à tous les auteurs que nous avons pu lire ou voir à la télé. Bref, à tous ceux qui nous ont enseigné quelque chose.

Mentir à tous

Le système (école / médias / politique / religion / sciences / nos proches / nous-même) nous a :

- menti (Irak, Tchernobyl, médiator, Lybie)
- caché les choses importantes (vie après la mort et hors de la Terre)
- formaté le cerveau dès l'enfance à accepter des raisonnements illogiques (« il faut des riches pour que ça ruisselle », « l'esclavage c'est la liberté »)
- enlevé le temps nécessaire (travail, divertissement, infos sans importance en Une des médias, faux débats de société, éducation ralentie et inutile) qui nous aurai servi à apprendre les choses vraiment importantes .

Comme le système ment à tout le monde (même aux plus puissants), tout le monde autour de nous répète en boucle les même âneries, ce qui conforte nos fausses croyances et illogismes dont nous sommes pétris. Car toutes les infos viennent de la même source, le système...

Il est primordial que nous comprenions que le système n'est possédé que **par une minorité d'humains égoïstes et sans scrupules**, les **illuminati**, ceux qui nous tiennent en esclavage.

Tant que nous n'aurons pas compris qu'ils nous mentent dans leur seul intérêt, nous ne pourrons jamais progresser dans la vie, nous resterons dépendant des croyances inculquées par d'autres gens, **des gens qui ne veulent ni notre bien, ni notre émancipation**…

Quel est leur intérêt ? Nous faire obéir, accepter l'énorme différence de pouvoir entre eux et nous.

Que des faits reconnus (p. 6)

Ce livre ne contiendra que des faits validés et reconnus, mais pas connus de tous…

Nous n'avons jamais été beaucoup trompé par le système. L'information est là, éclatée dans des centaines de journaux, des milliers de livres que vous n'avez pas le temps de lire. Il suffisait de relier les faits ensembles, chose que les journalistes ou scientifiques officiels, dont le salaire dépend du bon vouloir des dominants, se garderont bien de faire pour nous…

Un système corrompu (p. 18)

Nous allons voir comment le mensonge a été possible, et quels étaient les buts.

Le péché originel, c'est d'avoir laissé les plus égoïstes d'entre nous prendre le contrôle de la société, dicter les lois qui les arrangent et leur permettent de nous mettre sous leur domination. Vous ne travaillez pas à réaliser vos rêves, mais ceux de votre patron ou roi/président.

Tout ce que nous savons, nous a été inculqué par le système, à savoir l'école, les livres, les publications scientifiques, les mass medias (journaux papiers, émissions de radio ou de télé), les œuvres artistiques (cinéma, téléfilms et séries), les déclarations des politiques, le prêche à l'église/mosquée/synagogue, tous dépendants des décisions d'un Ultra-riche non élu.

Le pire c'est nos proches, éduqués par les mêmes sources officielles, et qui ne font que répéter l'embrigadement que nous avons subi, renforçant ce lavage de cerveau.

Notre système de servitude volontaire ne tient que parce que les esclaves ne savent pas qu'ils sont esclaves. Toute info trop intéressante, trop de connaissances permettant de faire des liens, permettrait de mettre un questionnement dangereux dans l'esprit des soumis.

Ces ultra-riches, qui commandent au système tout entier, sont organisés : on parle de sociétés secrètes, mais on devrait parler du mot plus parlant de mafias. Ces sociétés sont évidemment organisées en hiérarchie, où seule une minorité d'humains connaît tous les tenants et aboutissants de la pièce de théâtre que nos dominants jouent.

Fakes officiels (p. 133)

Notre histoire est pleine de faits faux ou qui ne tiennent pas debout, mais surtout qui ont été défendus becs et ongles par le système. Ça a été l'Univers tournant autour de la Terre, ou la Terre aussi vieille que la Genèse l'annonçait, ou les continents éternellement figés. Certains de ces fakes sont toujours en cours, comme la grande pyramide de Gizeh, construite en -2 600 ans en 20 ans, les juifs au Moyen-Age "obligés" de gagner de l'argent sans rien faire avec la dette, que s'il n'y a pas de riches tout le monde est pauvre, etc.

L'histoire récente contient elle aussi plusieurs gros mensonges dont on se moquera bien dans quelques années, comme le 11/09/2001, ou les martiens qui à cause de leurs voitures réchauffent l'atmosphère de Mars, ou encore le CO2 qui provoque des séismes ou la chute de météorites.

Certes, la version officielle peut se tromper de bonne foi, mais la plupart du temps, c'est des mensonges volontaires pour cacher au peuple une vérité déjà connue des dominants.

Faits inexpliqués (p. 167)

Maintenant que nous avons vu ce qu'était le système, comment et pourquoi il mentait, désintéressons-nous des marionnettistes, sortons de la caverne de Platon, et regardons ce que nos maîtres avaient "omis" de nous dire de la réalité !

En plus des mensonges/fakes, on s'aperçoit que certains faits sont reconnus (car il n'est pas possible de les nier) mais comme ils ne sont pas étudiés, ils restent inexpliqués...

Tout humain a besoin de savoir. Que ces faits restent inexpliqués officiellement, implique que leur explication est déjà connue des dominants. Si cette explication n'est pas divulguée aux masses, c'est que les dominants la considère comme dangereuse pour leur domination. Les fakes officiels (vus précédemment) servent alors de paravent pour cacher ces vérités.

Nous connaissons tous ces faits, mais nous les avons ignoré, laissant la société nous imposer ce que nous devons penser.

Si nous regardons ces faits subversifs, dans le sens croissant de la censure :

- Vie après la mort (conscience hors du corps)
- Dimensions imbriquées (parallèles)
- Conscient et inconscient
- Capacités psys
- Présence ET sur Terre
- Dieux grands et barbus venant du ciel
- Mégalithes impossibles, identiques et mondiaux

La planète Nibiru (p. 335)

Un tabou tellement fort, tellement lié à la domination des peuples, qu'il n'a jamais filtré jusqu'à vous, même en tant que "fait inexpliqué".

Qu'est-ce qui provoque les cataclysmes réguliers et destructeurs subis par notre planète, bien visibles quand on regarde les strates des falaises calcaires ou les empilements localisés de fossiles enchevêtrés par un tsunami géant ? Les cataclysmes dont toutes les légendes du monde ont conservé la trace vivace ?

Les recherches en astronomie sont bourrées de tabous et d'incohérences, comme l'existence avérée de plusieurs planètes proches pas encore découvertes.

En regardant les cataclysmes cycliques du passé, on s'apercevra vite que les mêmes se reproduisent aujourd'hui (séismes, volcans, météores p. 395). Il est très probable que nous soyons en train de vivre une nouvelle période de cataclysmes et d'extinction massive d'espèces.

Qui réchauffe ainsi le coeur de notre planète ? C'est la planète Nibiru, déjà observée à de nombreuses reprises entre la Terre et le Soleil, lors de fuites accidentelles de la NASA.

Les religions (p. 463)

Pour faire ressortir la beauté des religions, il faut avant tout les nettoyer de la crasse idolâtre millénaire qui les recouvre…

Les religions sont, à la base, de bonnes choses ("relier" les hommes entre eux, leur permettre de coopérer et de vivre ensemble, dans la paix et l'harmonie).

Sauf que, comme l'histoire le montre, ce sont les dominants qui ont écrit les livres, après avoir tué le prophète qui menaçait tant le pouvoir en place...

Toutes les religions actuelles possèdent des traditions "moisies" (sacrifices, circoncision, torse rasé et port de la barbe comme les dieux sumériens physiques, esclavage, détestation des femmes, sauveur extérieur qui fait le boulot à votre place, interdits et rituels sans fins). Des traditions retrouvées dans les premières religions sumériennes (le Proche-Orient/Sumer, là d'où viennent les 3 religions du livre du monde occidental). Preuve que les dominants ont systématiquement repris ces pratiques, pourtant interdites par les prophètes :

- Abraham qui refuse le sacrifice.
- Moïse qui interdit le culte d'une statue.
- Jésus qui dit qu'il est un homme, que Dieu n'est pas au ciel ou dans un temple, mais qu'il est en nous tous.
- Mohamed qui instaure le respect des femmes, et interdit à la fois l'esclavage, les taux d'intérêts, et l'idolâtrie envers Dieu ou ses prophètes.

L'adoration de la Kaaba ou les femmes voilées, la traite des blancs, montrent bien que les dirigeants sumériens (les illuminati), qui falsifient le message du prophète, ne sont pas du tout respectueux du vrai Dieu, le grand tout.

Antéchrist (p. 528)

En recoupant Nibiru et religions, nous arrivons au tabou ultime, le dernier faux dieu ogre encore sur Terre, Odin l'antéchrist / Dajjal, le grand borgne de 3 m de haut, qui prendra la tête du Vatican pour lancer sa dernière croisade sur Jérusalem, après avoir instauré le Nouvel Ordre Mondial, une théocratie dédiée à son service exclusif.

Fakes conspis (désinformation) (p. 576)

Ce n'est pas parce que nous sommes sortis de la caverne de Platon, que nous ne risquons pas de tomber dans les chausses-trappes placées pour piéger les esclaves échappés.

Ces pièges ont été creusés par nos anciens maîtres, qui cherchent jusqu'au bout à continuer à nous exploiter. Ou du moins, empêcher l'évasion des autres esclaves encore captifs, qui voudraient sortir de la caverne s'ils se mettaient à écouter les libérés.

Une fois que nous avons compris que le système nous ment, tout notre système de valeur s'effondre. Nous ne savons plus le vrai du faux, et pour la première fois de notre vie, nous allons chercher à nous renseigner par nous même. Le système a évidemment prévu ce réveil : désinformations et pertes de temps, pour pourrir notre recherche de la vérité...

Nous tombons en premier sur les désinformateurs mis en avant par le système (soit des mercenaires payés pour ça, soit des personnes de bonne volonté, mais trompées et manipulées). On y trouve la Terre plate, l'impossibilité d'aller dans l'espace, les crises financières, etc.

Des gens paraissant très intelligents et éveillés, mais dont le message n'évolue pas au cours du temps, qui se focalisent sur les détails les moins importants, sans jamais remettre en cause l'existence même des ultrariches, sans nous dire que nous cautionnons le système en continuant à travailler et consommer, qui ne nous conseillent pas de redevenir autonome, ni ne nous expliquent que le système s'effondre, qui n'expliquent pas toutes les anomalies naturelles observées tous les jours...

Au contraire, ces gens inventeront des explications bidons "Tout sauf Nibiru", comme HAARP, chemtrails, Blue Beam, quadrant galactique, etc.

Enfin, beaucoup plus poussées, les théories satanistes visant à perdre notre âme : défaitisme avec "on va tous mourir suicidez-vous dès maintenant", les vaisseaux de Marie qui viendront nous chercher (inutile de nous préparer), le New Age avec "il y a plusieurs vérités possibles", "le mal n'existe pas" ou "je m'assois sans rien faire et rien ne peut m'arriver", etc.

Ces gens-là ne nous offrent jamais de vision globale du problème, parce que leur but est celui de leurs maîtres : nous garder en esclavage...

Pourquoi avons-nous cru à ces fakes aberrants comme HAARP, chemtrails ou Blue Beam ? Tout simplement parce que depuis l'enfance, nous sommes formatés à rester dans les extrêmes : Pierre m'a menti ? Ok, je vais croire Jean qui dit le contraire...

Alors qu'en fait, il y a une infinité de possibilités de se tromper, et une seule vérité (je ne parle pas des nombreuses facettes d'une même réalité).

L'autre piège, c'est que nous sommes formatés à tout gober, sans analyser ou vérifier l'info. Activons les neurones, utilisons des encyclopédies, sachons trouver l'info fiable. N'hésitons pas à apprendre les bases d'un domaine inconnu, celui que le système nous avait fait croire que nous n'étions pas capables de le comprendre.

N'allons pas d'un mensonge à l'autre, prenons la voie du milieu, celle de la sagesse.

Chroniques de l'apocalypse (p. 622)

Revoyons les moments importants de l'actualité des 20 dernières années (2020). Un retour en arrière montrant que la dégradation de notre société se fait parallèlement à la montée en puissance des destructions par cataclysmes naturels. Nous verrons que les dirigeants cachent de moins en moins le fait que nous vivons en dictature. Nous verrons les vagues de surface provoquées par les remous sous-marins de la guerre de pouvoir secrète entre les 2 clans illuminatis les plus importants.

Comme si le voile du mensonge se retirait lentement de partout, avant d'être brutalement arraché pour montrer la réalité toute nue, la laideur sans fard de notre civilisation...

Pourquoi continuer la lecture ?

Le survol de ce livre est fini.

Avant de dévoiler le message des Altaïrans dans les autres livres du Recueil Altaïran, je me devais de prouver, dans ce livre, pourquoi ce message Altaïran est l'hypothèse la plus probable.

Normalement, vous êtes censés avoir compris, à ce stade de lecture, qu'on nous avait toujours menti, et pourquoi la vérité, divulguée dans les recueils Altaïran, diffère autant de nos croyances, tout en étant la plus logique et complète, expliquant tous les faits observés, même ceux laissés de côté par la science.

Vous pouvez donc aller lire les survols généraux des autres livres du recueil, puis revenir à ce point par la suite.

La suite de ce livre ne sert qu'à :

- convaincre d'avantage ceux qui doutent encore,
- compléter les lacunes de connaissance de ceux qui savent déjà,
- renseigner les curieux intéressés de voir à quel point l'humanité s'était fourvoyée, et avait passé son temps à tourner en rond. Comment des milliards de personnes, sur des milliers d'années, avaient pu se laisser berner à ce point,
- faire plaisir aux fans de romans policiers ou les chercheurs scientifiques, ceux qui aiment bien partir des faits, les relier entre eux pour trouver la solution !
- ouvrir votre esprit, en donnant des pistes de réflexions et modes opératoires qui vous serviront à analyser votre quotidien,
- vous donner des arguments pour des proches particulièrement en déni.

Validité des preuves apportées

Cette partie est destinée aux débutants et sceptiques, donc sera peut-être trop détaillée pour les chercheurs de vérité expérimentés.

Survol

Il manque à notre société un organisme pour :

- valider et centraliser toutes les données en provenance des nombreux domaines d'analyse de notre société (science, enquêtes politiques, religion, histoire, etc.)
- relier toutes ces données ensembles, pour former un tout cohérent et facilement compréhensible.

C'est ce que je vais faire dans ce livre.

Concernant ce livre (p. 7)

Désavantage de l'indépendance, ce livre ne sera pas parfait dans les moindres détails.

Avantage de l'indépendance, ce livre ne souffre pas de parti-pris, et n'a aucune croyance à défendre, seule la vérité compte. Il n'est donc pas limité à la "vérité" de celui qui paie l'enquête, ou de l'autorité qui autorise la publication.

Faits officiellement validés (p. 7)

Ces faits ont été rapportés par de nombreux témoins fiables, ont fait l'objet d'enquêtes officielles de la part des autorités, une relecture par des pairs experts + des duplications d'expériences pour les publications scientifiques.

Je me contente de faire remonter ces faits validés en plein jour.

Comme il y aurait trop de faits qui se confirment les uns les autres depuis des millénaires, je ne retiens que les plus significatifs, éclairants, et les moins connus.

Relier les faits (théories) (p. 12)

Quand les faits sont validés, il faut porter une analyse dessus (expliquer les liens avec d'autres faits validés). Là encore, la plupart des analyses sont celles officiellement reconnues.

Concernant ce livre

Limites du boulot solitaire

Pour bien faire, il aurait fallu une équipe de 1 000 personnes, toutes spécialisées dans leur domaine, pour border toutes les preuves avancées dans L0. De plus, il aurait fallu fournir des dizaines de milliers d'autres sources, écrire toutes les hypothèses possibles, et réfuter chacune d'entre elles. Ce livre aurait pris 100 volumes de la taille d'une Bible, ce qui est incompatible avec un recueil de survie devant rester léger, et un texte devant rester agréable à lire. Ce livre ne sera donc pas sourcé sur le moindre mot, surtout que les sources sont faciles à retrouver, et pour la plupart bien connus.

De plus, sur les milliers de preuves apportées, il y en aura forcément 2 ou 3 (parmi les preuves annexes et non primordiales, et non les preuves d'articulation principale de la logique) que j'aurais traité trop rapidement à la fin d'une longue nuit de travail... Il peut rester des fautes de frappes ou des oublis de mots, mais qui ne changent rien à l'hypothèse finale, juste des imprécisions sans conséquences. Là encore, veuillez m'en excuser, et accepter l'imperfection.

Pas de parti-pris

Toutes mes certitudes se sont écroulées fin 2014, il y a 5 ans. Je n'adhère à aucune idéologie existante, je ne cherche pas à défendre à tout prix ma croyance du moment (en tant que scientifique, je sais qu'elle va forcément évoluer). Je ne prends donc pas que les preuves qui vont dans mon sens, en omettant celles qui remettraient tout en question. Seule la connaissance de la vérité m'intéresse, je ne m'adapte qu'à la réalité.

Si je devais découvrir que ma théorie sur laquelle je travaille depuis 6 ans est fausse ? Je ferai comme tout scientifique devrait faire, je remets tout à plat et je rebâtis une nouvelle théorie au vu des nouvelles informations, acceptant que la connaissance se construit par reconstruction perpétuelle !

Mais comme vous allez le voir, la théorie avancée est très robuste et très bien assise, confirmée par des milliers de faits pluri-disciplinaires, peu de chances qu'elle soit entièrement fausse !

Fait

Survol

Le fait est l'action qui s'est déroulée. L'information est la description de ce fait. Si l'information est mensongère, ou biaisée, elle décrit un fait inventé ou incomplet, et pouvant donner lieu à une interprétation erronée de la vérité.

Il est important de pouvoir reconstruire le fait réel et complet, si l'on veut par la suite établir des théories qui tiennent la route.

Source officielle (p. 7)

Les propriétaires des médias grands publics ont intérêt à ne pas diffuser tous les faits.

Par contre, les décideurs ont besoin de plus de faits, et c'est dans ces sources d'informations de haut niveau que nous allons chercher les faits intéressants, et surtout validés et fiables.

Source citoyenne (p. 9)

Avec la censure et mensonges d'état en hausse, les citoyens doivent se réapproprier l'information. Comme vous ne pouvez présupposer de l'honnêteté de la source, il vous faudra là encore jouer au journaliste, nous allons voir comment.

Faits censurés (p. 10)

Si les rumeurs ne vous arrivent pas aux oreilles, rien à faire, les faits resteront cachés.

Si une rumeur vous parvient, faire son travail de journaliste, et valider l'information. Les zététiciens vont vous aider : s'ils crient très fort au fake, sans donner d'arguments autres que leur mauvaise foi, persévérez, vous êtes sur la bonne voie !

Faits mensongers (fake p. 11)

Des faits inventés de toute pièce. Là encore, à vous de faire le journaliste, de regarder les incohérences de logiques, la mauvaise foi d'en face, à qui profite du crime, que veulent-ils cacher avec ce rideau de fumée, etc.

Faits retenus dans ce livre (p. 11)

Pour ne pas surcharger, je ne prends que les faits validés les plus fiables, significatifs, récents, et les moins connus (inutile de reprendre ceux qui traînent déjà dans des milliers de livres).

Source officielle

Survol

Infos grand public limitées (p. 7)

Le grand public n'a besoin que d'infos peu importantes qui font perdre du temps. Rien à en tirer.

Infos aux élites plus complètes (p. 8)

Les élites ayant besoin des faits pour gouverner le monde, les dominants ont trouvé diverses astuces pour les diffuser en crypté.

Toutes ces stratégies ont pris un coup dans l'aile en 2017, et disparues en 2020. Lié à l'action des Q-Forces.

Infos grand public limitées

Tous les médias officiels de la planète (journaux, télés, radios, revues scientifiques, écoles et livres) appartiennent à une poignée d'ultra-riches.

Il est en effet évident que ces milliardaires s'entendent entre eux pour :

- divulguer uniquement les faits qui les arrangent (celui qui détient l'information détient le pouvoir),
- étouffer tous les faits qui les mettraient en difficulté.

Et comme ces Ultra-riches font élire leurs hommes à eux (en payant leur campagne, et en les faisant passer ou non dans leurs médias), les services publics, aux ordres des élus, sont donc finalement eux aussi aux ordres de ces ultra-riches .

Vous ne trouverez donc, dans les médias officiels grands publics, aucune information intéressante qui soit mise en avant, ou du moins bien expliquée.

Infos aux élites plus complètes

Pourquoi diffuser tous les faits ?

Les infos secrètes restent dans le domaine du secret-défense, et ne sont accessibles qu'à une poignée d'initiés de haut niveau.

Mais ces initiés ont besoin que leurs petites mains (élites de bas niveau, c'est à dire gouvernement et grands capitaines d'industrie) aient quand même une vision minimum de ce qu'il se passe réellement dans le monde. Il n'est pas possible de prévenir chaque petite main de façon individuelle. C'est pourquoi ces infos sensibles de haut niveau doivent être diffusées massivement, mais sans que le peuple n'y ai accès.

Un système a été mis en place depuis des millénaires : diffusion d'une information codée ou à tiroirs, dont seuls les élites ont les clés, ou le temps et l'argent de les compiler et analyser.

Grâce à ce besoin d'infos fiables pour les dominants, les infos officielles (du moins avant 2017) étaient rarement de gros fakes (sinon ils étaient en partie démontés par d'autres médias, ou les doutes se faisaient jour). La censure existait bien sûr, mais restait limitée aux cas avec faible nombre de témoins, ou dans le cas où l'info était vraiment critique pour la caste dominante (comme le 11/09/2001, ou l'accident de Lady Di) : à ce moment là, le secret-défense est de rigueur, le crime de haute trahison (exécution sommaire) appliquée aux journalistes qui ne jouent pas le jeu.

L'apparition des mails, contrés par les hackers, n'a pas pu remplacer ce système si efficace de diffusion cryptée de l'information.

1er codage : toujours à la fin

C'est dans les entrefilets des journaux, les rubriques « divers » ou « insolite », que vous trouverez quelques informations réellement importantes qui doivent être lues avec les bonnes clés de décryptage. Ce qui doit vous alerter, c'est si ces infos semblent aberrantes à première vue.

Par exemple, quand on vous dit que le réchauffement climatique active le mouvement des plaques tectoniques, ça ne veut rien dire. Mais quand vous savez que dans la bouche d'Obama ou de Fabius, "réchauffement climatique" = "Nibiru", vous comprenez alors que les élites au courant envoient un code à tous ceux qui savent lire entre les lignes, et que c'est une estimation de la date de passage de Nibiru qui est donnée aux élites.

Dans les journaux grands publics au contraire, sont mises en avant les infos sans importance, qui nous prennent tout notre temps et nous empêchent de lire les pages "insolites" ou "faits divers", les plus riches pourtant en infos pertinentes cryptées. Les analystes de données des grandes entreprises évitent soigneusement les premières pages, les pages sportives ou politiques (toutes celles regardées en premier par le premier venu).

D'autres astuces existent, comme d'avoir un chapitre inutile suivi d'un chapitre utile. Le début d'un article se survole, tout est délayé inutilement, soporifique, et l'info importante placée au milieu et peu expliquée.

2e codage : médias complémentaires

Si vous avez vu des reportages sur les grands directeurs d'entreprise, vous verrez que tous les matins, leur secrétaire leur apporte 25 journaux, qu'ils prennent une heure à survoler. Pourquoi s'embêter autant ?

Parce que les infos sont dispersées dans plusieurs journaux clés, généralement très spécialisés (comme les magazines économiques, ou people comme *Paris Match*, réserve souvent des pépites aux lecteurs attentifs avec une grande culture générale).

Journaux locaux

Les journaux locaux traitent d'infos importantes, pas forcément relayées au niveau nationale (et encore moins international), mais qui prennent tout leur sens quand on regarde toutes les régions sur le même sujet (par exemple, recrudescence des pannes électriques au moment des pics EMP).

Quand toutes les régions de France sont frappées soudainement par des incendies anormaux, la presse nationale omet d'en parler, faisant croire que ces incendies ne sont que localisés (sur le principe : « si c'était important, la presse nous l'aurait dit »). Mais cette augmentation n'échappe pas à celui qui parcourt 50 journaux locaux par jour ! (ou qui utilise judicieusement les moteurs de recherche de l'actualité, ne remontant que les faits validés diffusés par la presse locale). C'est comme ça par exemple, que nous apprenons que dans une réunion d'une centaine de personnes, le directeur de la centrale du Blayais avoue que ce sont des OVNI qui ont survolé la centrale, ignorant qu'un correspondant local était là, et que le journal local diffuserait l'info.

Quasiment aucun risque

Le grand public n'ayant pas le temps de lire tous ces médias, tout en n'ayant pas les moyens de les acheter tous, ni les clés de décryptage pour comprendre une info hermétique ou technique, les risques sont faibles que la mauvaise personne tombe sur la bonne information.

Le grand n'importe quoi de 2020

L'arrêt de l'économie en 2020 a rendu caduque le besoin de donner de l'information aux élites FM, voir aux élites tout court.

Le but était aussi de décrédibiliser les médias, c'est pourquoi on a assisté à une cacophonie assourdissante où tout le monde disait n'importe quoi, le tout et son contraire. Même les revues scientifiques se sont mises à diffuser en masse des fakes, et les médias de vérifications annoncer comme fake des faits qui étaient pourtant vrais.

Dans cette période, seule l'analyse des vérités énoncées par les uns et les autres permet de s'y retrouver (savoir qui ment et qui dit la vérité), mais ça demande de connaître aussi bien la virologie que l'étude des réactions chimiques explosives à Beyrouth, pas à la portée du premier venu...

C'est pourquoi, à part les journaux de la City de Londres comme "*The Economist*" ou "*The Financial Times*", la plupart des médias appartenant aux chapeaux noirs naviguaient à vue. Là encore, si on ne connaît pas la guerre secrète, si on ne sait pas qui appartient à qui, il est difficile d'obtenir des infos fiables et pertinentes.

Source citoyenne

Survol

Quand le système d'information officiel censure ou ment, il nous reste les infos citoyennes :

- soit le blog d'un chercheur en astrophysique renommé,
- soit les écrits Ttwitter de Robert qui passe son temps à picoler au PMU.

Peu de nécessité d'y faire appel

Globalement, j'ai rarement fait appel à une source citoyenne, car les faits officiellement reconnus sont suffisants la plupart du temps : il suffit de s'intéresser à un domaine, pour tomber sur plein de faits inexpliqués pour le moment, et qui ne sont donc pas relayés hors de ce domaine (donc peu connus).

Les sources citoyennes sont utiles pour toutes les études faites par quelqu'un que la science ne laisse pas (encore) s'exprimer (histoire de gagner du temps et de la compréhension du phénomène), ou pour les faits exceptionnels qui ne se produisent pas à la demande (comme une chute d'astéroïde, un éclair anormal, etc.) que seuls quelques témoins ont eu la chance d'observer.

Différentes formes

Il s'agit soit de témoignages (une enfant martyr qui raconte ce que lui ont fait subir ses parents, et qui en parle sur Youtube parce qu'Ardisson l'a censurée à la télé) soit de théories personnelles (comme Jean-Pierre Petit, interdit de publications par la communauté scientifique).

Il peut s'agir aussi de faux témoignages, émis par des gens payés par les dominants (désinformation, voir plus loin).

Comment séparer la vulgarisation scientifique d'un Hubert Reeves sur son blog, des racontars avinés de Robert ? C'est ce que nous allons voir.

Éviter les fake news

Recouper les données

C'est un réflexe sain que de recouper des informations auprès de nombreuses sources, pour ne pas dépendre d'un seul point de vue.

Les facts checkers

Regardez si le site de vérification des faits, comme "décodex", "hoaxbuster" ou autres sites comme "les zététiciens du Québec" n'ont pas déjà démonté le fake.

Attention, ces organismes, affiliés aux dominants, sont là pour censurer les infos. Ils font un bon boulot pour vérifier si l'info est vraie ou pas. Vous aurez de très bonnes enquêtes, avec des faits tangibles, qui vous permettront de rapidement dégager les fakes.

Par contre, si :

- l'explication n'est pas très franche du collier (comme par exemple dire que Nibiru n'existe pas, juste parce qu'elle n'est pas passée en 2012, ce qui ne veut strictement rien dire question logique),
- le fait est balayé d'un revers de la main, sans argument valable (comme dire "C'est David Icke, c'est un ancien footballeur, donc il ne vaut rien"),
- si le fact checker part sur les hypothèses les moins probables (comme "il est tout à fait possible qu'un passeport ne soit pas brûlé, puis qu'il tombe au dessus des feuilles de bureau malgré qu'il soit plus lourd, puis qu'un passant le ramasse par hasard au milieu des millions de feuilles, puis que l'agent CIA qui centralise les preuves oublie de demander son identité à ce passant anonyme" au lieu du plus probable "comme souvent au cours de l'histoire, et comme ils le feront 1 an après, dans la même affaire, pour les armes de destructions massives irakiennes, la CIA a fabriqué une fausse preuve"),
- le fact-checker utilise des arguments de mauvaise foi (les 11 témoins avaient bu, et ont confondus des ET avec des dizaines de hiboux grand-duc qui, pour la première fois au monde, bravant leur caractère solitaire, s'étaient rassemblés des 4 coins des USA et avaient attaqué une ferme paumée, tout en résistant aux balles suite à une mutation génétique qui ne durait que cette nuit-là, et c'est pur hasard si un gros OVNI s'était posé à côté cette nuit-là),

c'est que très probablement l'info est vraie , et que vous pouvez continuer à creuser de ce côté !

Si les sites de fact-checker "oublient" de parler de votre info, c'est pareil : il y a de grandes chances qu'elle soit vraie !

Infos citoyennes véridiques

Ces infos demandent beaucoup plus de travail pour les recouper, pour reconnaître les sources d'infos fiables et honnêtes, celles qui font le travail de validation préalable.

Mais une fois que c'est fait, vous avez accès aux infos que les illuminati cachent aux yeux du grand public et des dirigeants eux-mêmes.

Sources

Ces infos sont générées par les chercheurs de vérité comme moi, honnêtes et non affiliés au système.

L'honnêteté ne présume cependant pas de la véracité des infos divulguées.

Ce qui est intéressant, c'est que si la source génère trop d'erreurs, elle sera mise en avant pour que le système se moque de cette source : les arguments du système, s'ils sont judicieux, nous permettent d'éloigner les hurluberlus et autres désinformateurs.

Comme exemple d'infos fiables, nous avons les visités ET comme Harmo (aux infos illimitées, couplées à un grand travail de recoupement, d'analyse et de vérification). Sa vision est globale (il ne se limitera pas à la MHD ou à la finance comme beaucoup, qui sont mono-spécialités), ce qui prouve au passage l'aspect exceptionnel de la divulgation. Après 5 ans de recherches auprès de plusieurs réinformateurs, je n'ai pas trouvé mieux que Harmo.

Si les infos d'un chercheur de vérité vous paraissent justes, qu'elles résistent à la réflexion poussée, que la plupart des faits utilisés sont des faits réels que vous avez vérifié par vous même, que les hypothèses avancées sont bien plus probables que l'hypothèse officielle (si elle existe), et que ce chercheur de vérité est connu de très peu de personnes ou très peu mis en avant, et que l'ensemble de ses théories forment un tout cohérent, que ce qui est annoncé pour le futur s'est réalisé à plus de 50 %, vous pouvez vous dire que vous tenez un bon filon !

Disparition internet des infos citoyennes véridiques

La censure de plus en plus importante interdira progressivement les infos non officielles vraies :

- les réseaux sociaux vont supprimer les utilisateurs partageant trop de véritables informations non approuvées par le système
- les sites de réinformation n'apparaissent plus dans le résultat des moteurs de recherche,
- le navigateur vous interdira d'aller sur les adresses web blacklistées (ou vous avertira d'un danger de virus),
- les fournisseurs internet supprimeront le contenu indésirable de leurs serveurs

Le routage internet ne pourra se faire vers les serveurs non approuvés par le système.

Censure

Les sujets tabous (faits inexpliqués, Nibiru, religion, Odin) n'ont aucun intérêt pratique pour l'activité économique, et sont de plus dangereuses pour l'asservissement volontaire. Ces faits sont donc strictement censurés.

Dans la partie sur la censure (p. 115) nous verrons beaucoup d'exemples de la puissance de cette censure. Ceux qui veulent parler sont d'abord intimidés, puis assassinés.

Comment ces faits nous arrivent ? Principalement sous forme de rumeur, de loupés (comme Ardisson qui supprime l'émission avec la mannequin révélant le programme MK-Ultra chez les enfants de l'élite), de faits insolites inexpliqués, ou qui ne sont pas traités comme ils le devraient. Les faits qui malgré leur sérieux (comme les momies de Nazca p. 290) n'ont aucun relais médiatique, et sont très peu traités, même sur internet (censure des GAFA de plus en plus limitante).

Ces faits censurés ne sont généralement connus que très longtemps après (comme les scandales, les procès comme Weinstein ou Epstein, ou les déclassifications des décennies après).

Accords secrets

Il faut bien se rendre compte que les dominants qui nous gouvernent ne divulguent jamais leurs malversations, tous leurs accords sont verbaux et font appel à leur honneur (qui se lave dans le sang en cas de manquement d'une des parties), et seuls les sacrifices de lanceur d'alertes permettent de se rendre compte de ce qui se passe réellement dans les coulisses...

Par exemple, Sarkozy a donné de l'argent public à ceux qui avaient payé sa campagne (probabilité p. 15). Est-il corrompu ? Était-ce volontaire ? Y avait-il accord secret ? Tant que vous ne trouverez pas un document prouvant que Sarkozy a vendu la France aux banques, vous ne pourrez jamais répondre à la question. Et admettez que ça été aurait bête d'écrire noir sur blanc ce genre de contrat... Dans la mafia, vous ne trouverez pas de papier à en-tête expliquant que untel demande à untel de tuer une tierce personne, qu'il y aura 10 000 dollars par enfant kidnappé, etc.

Avec ces accords secrets, vous ne pouvez que constater, supposer, mais rien prouver.

Les scandales

Ce qui est intéressant, c'est quand la censure se lève. Seuls les faits les moins graves ressortent, donnant un os à ronger dépourvu de toute sa moelle. Mais le moment où sort le scandale, de même que les personnes qui en bénéficient, constituent des métas-données intéressantes pour l'analyse.

Pourquoi pour Sarkozy ou Fillon les affaires sortent pour l'élection de Macron, et pas avant ? Juste parce que c'est des guerres entre élites puissantes, et qu'elles font tomber les pions de leurs adversaires. Ces révolutions ou coups d'État sont l'occasion pour le peuple d'en apprendre plus sur les malversations précédentes (les privilèges et comportements indécents des aristocrates, Fillon qui fait travailler à l'assemblée son fils de 15 ans), sachant que ceux qui dénoncent les malversations seront les premiers à les reproduire une fois au pouvoir, car les nouveaux maîtres "oublient" systématiquement d'introduire plus de contrôles des dirigeants...

Les rois ont donc le droit de se faire la guerre, et les "petites" malversations (comme une adultère, un pot de vin ou un pantalon payé par un prince) ont donc le droit de sortir dans les médias appartenant aux adversaires.

Par contre, rien ne sortira jamais sur les tabous liés à tous les illuminati, quel que soit leur clan. Donc rien sur les sociétés secrètes occultes, les rituels satanistes, et les tabous comme les faits inexpliqués ou le plus protégé de tous, Nibiru.

Combattre la censure ?

A priori, si aucune information ne vous arrive, vous ne pourrez rien faire.

Là où vous pourrez agir, c'est quand il y a des fuites, des rumeurs, des incohérences, etc.

Comment différencier la fausse rumeur de la vraie ? Tout simplement en faisant le journaliste. Sur quoi se base la rumeur, vérifier les sources, nombre de témoins, etc.

Quand vous avez les zététiciens d'un côté, et les scientifiques dénigrés de l'autre, regardez les arguments des uns et des autres, si les preuves des uns et des autres sont fiables, le sérieux de leur travail, l'absence de biais de débat (mauvaise foi, attaques ad hominem, etc. qui cachent une faiblesse sur le fond).

Ficelles de zététiciens

Quand les zététiciens vous amènent plein d'arguments, des enquêtes fiables, plusieurs sources démontrant un boulot sérieux, vous pouvez les croire.

Quand ces mêmes zététiciens ne font aucune enquête sur un sujet, vous disant "c'est sûrement faux je ne regarde même pas le sujet", dites-vous que c'est un bon indice que le sujet soit vrai (démonter les fake est bien plus facile à faire que prouver quelque chose). Il n'y a que quand l'évidence ne peut pas être niée que les zététiciens sont obligés de faire agir la censure, qui est de ne pas étudier le sujet par exemple.

Quand ces mêmes zététiciens usent de mauvaise foi (du genre "il vend des livres il fait ça pour l'argent" ou "je ne vois pas le fantôme de mes yeux, c'est un escroc" ou encore "il a pris une actrice de profession en séance, donc c'est pipeau" (comme si les actrices n'avaient pas le droit d'aller voir les médiums...)) : quand un zététicien est obligé d'en arriver là, c'est que le sujet est là encore très probablement vrai...

Mensonge (fake)

C'est quand des faits inexistants sont présentés comme vrais au public. Ce n'est plus de la censure, mais du mensonge pur et simple.

Généralement faits par la désinformation, il y a de plus en plus de fakes officiels.

Comme faire croire que c'est le régime de Bachar El Assad qui a gazé son peuple, alors que l'enquête est encore en cours, et que Bachar n'avait aucun intérêt à se mettre la communauté internationale sur le dos.

Comme dire que Saddam Hussein possède des armes de destruction massive, alors qu'on s'appuie sur un rapport vieux de 20 ans, et que les rapports actuels sont cachés par les médias. Le mensonge c'est aussi oublier de parler de la vérité, comme ne pas dire, après 2003 et l'invasion de l'Irak, qu'en effet on n'a pas trouvé d'armes de destruction massive.

C'est aussi cacher les nombreuses incohérences des attentats du World Trade Center, et dire que l'enquête est terminée et que tout le monde est d'accord pour accuser Ben Laden.

C'est matraquer qu'il y a 100% de consensus scientifique sur le réchauffement climatique provoqué par le CO_2, alors que plus de 50 000 chercheurs et ingénieurs ont signé une pétition disant que le CO_2 n'est justement pas le responsable du réchauffement.

Comme avec la censure, regardez :

- la mauvaise foi des adversaires,
- si ce fait est logique, ou est en adéquation avec ce qui s'est passé avant,
- qui aurait intérêt à proférer (ou faire proférer plutôt) un tel mensonge.

Retenu dans L0

Survol

Il y aurait des milliers, voir des millions de faits occultés à prendre. Lesquels retenir ?

Les plus fiables (p. 11)

Uniquement ceux qui sont quasis certains, soit par le nombre de témoins, soit par l'enquête qui a suivi. Et qui ne souffrent pas de doutes ou de conflit d'intérêts.

Les plus significatifs (p. 12)

Au contraire des désinformateurs, je ne prendrai que quelques cas, les plus significatifs.

Les plus récents (p. 12)

Les plus frais en mémoire du lecteur, et les plus susceptibles de lui servir.

Les moins connus

Les cas les plus connus se retrouvent déjà largement ailleurs, ce livre veut vous apprendre des choses, pas ressasser ce que vous avez déjà lu 10 fois. Je parle par exemple du 11/09/2001, mais de manière très rapide, résumée, et en lien avec les autres faits parlants.

Les plus fiables et sûrs

Je ne prendrai que les cas les plus intéressants, à savoir :

- sûrs et validés : nombre de témoins, témoins dignes de confiance comme des grands scientifiques, des aristocrates (à l'époque où un nom voulait dire quelque chose), des rapports de police, des journalistes reconnus comme intègres, etc.
- dont les faits ne souffrent pas d'imprécisions, de biais, d'autres possibilités que la science peut expliquer, les liens avec les probabilités les plus élevées (le rasoir d'Hockam si cher aux zététiciens youtubeurs qui n'ont pas de formation scientifique).

- Reconnus par le système, comme les publications scientifiques, ou les théories établies qui font consensus.

Infos des mass medias relativement fiables

Les infos trouvées dans les mass medias d'avant 2017 sont assez fiables question mensonges, avant 2000 pour les publications scientifiques, les médias devant tenir une certaine déontologie de par leur habilitation par le système, et devant vérifier leurs sources (excepté pour les secrets défense, comme l'Irak 2003 ou Tchernobyl 1986).

Éviter les cas de fraude

Évidemment, on ne peut jamais exclure les possibilités de fraudes : qui aurait pu penser qu'Adamski, quand il décrivait sa rencontre avec les vénusiens, était un fraudeur ? Pourtant, il avait :

- 9 témoins (dont certains connus du public, ou avec de bonnes places dans la société),
- son témoignage relaté dans les médias (donc une équipe de journalistes et des policiers enquêteurs qui sont censés avoir recoupés les témoignages pour démasquer une éventuelle fraude)
- des nombreuses photos et vidéos d'OVNI.

Et pourtant, tout était bidon, car il était très probablement un agent de la CIA (seule capable de faire intervenir les services publics et d'informations dans la supercherie), soutenu par le système, dont le but était de désinformer le public sur le phénomène OVNI. De nombreux ufologues sont tombés dans le piège à l'époque, et même encore maintenant, seule une enquête sérieuse permet de mettre à jour la supercherie :

- la soucoupe filmée était fabriquée avec un dessus de lampe à pétrole, dont les ufologues sérieux ont retrouvé l'origine
- les aveux en fin de vie, 50 ans plus tard, de quelques membres du groupe.

J'essaie justement de ne prendre que les cas hors de doutes, qui au fil du temps n'ont jamais été pris en défaut, malgré des enquêtes poussées de personnes sérieuses et connues pour leur honnêteté, restées cohérentes tout le long de leur carrière, qui n'ont pas cherché à dissimuler les cas qui embêtent les gouvernements, la principale fraude ne venant pas de plaisantins, mais d'espions gouvernementaux qui sont là pour désinformer.

Vérifier les faits de L0

J'ai compilé beaucoup de faits (la plupart sont des faits validés par le système, car issu des mass medias). Si ces faits vous sont inconnus, ou semblent trop éloignés de vos croyances, n'hésitez pas à vérifier de vous même l'exactitude de ce que j'annonce, ils sont généralement sourcés. Je n'ai pas sourcé pour les faits les plus connus facilement retrouvables (comme le fait que l'eau ça mouille...), que vous retrouverez dans les bouquins scientifiques, dans les encyclopédies, sur Wikipédia, ou en cherchant dans un moteur de recherche pour trouver l'info dans un site internet fiable (comme un mass media, relativement surveillé question fake news).

Les cas significatifs

Les faits, une fois donnés et prouvés, je pourrais parler de cas moins certifiés (comme ceux avec peu de témoins) mais qui apportent des compléments de compréhension au phénomène.

Le but étant de ne prendre que les cas les plus probants, pour vous faire gagner du temps.

L'inverse des désinformateurs

Mon but est de vous informer, pas de vous mener en bateau et de vous perdre. Vous ne retrouverez donc pas un de ces nombreux livres grands publics sur les OVNI, où les pages sont noircies avec des cas insipides, des OVNI vu de loin avec peu de témoins, et n'apportant rien de concluant...

Inutile de relayer les milliers d'observations identiques de par le monde et dans l'histoire (seules les statistiques parlent dans ces cas-là), juste 1 ou 2 observations pour illustrer, le chercheur saura où trouver les milliers de cas recensés pour approfondir le sujet !

Une infime partie des faits

Il faut bien vous rendre compte que les cas qui suivent, très bien documentés, ne sont qu'une infime partie des nombreux autres cas documentés au cours de l'histoire sur les diverses malversations du système. Nous passerions notre vie à prouver pendant des mois chaque mensonge du système qui ne leur a pris qu'une matinée à faire…

Des exemples récents

Pour intéresser le lecteur aux faits de son époque, je prendrais les exemples les plus récents (2019). Ainsi, on verra beaucoup de choses sur les hommes politiques du moment, comme Macron. Mais ne vous leurrez pas, la même chose était vraie avec tous les anciens présidents depuis mai 1968, Macron n'est que la fin d'une lente dégradation de notre société. Donc, ne vous focalisez pas sur Macron ou ses sponsors, j'en parle juste pour illustrer un principe général.

Théorie : relier les faits

Survol

Ces théories ne sont plus des faits, mais des élaborations pour tenter d'expliquer pourquoi les faits se sont produits.

Elles sont plus faciles à valider, puisqu'il suffit de vous servir de votre cerveau (logique et connaissances).

Peu nécessaires ici

Globalement, il y a peu de nouvelles théories dans ce livre. Il suffit de prendre les faits validés officiellement, de les mettre ensembles, et la plupart du temps les faits parlent d'eux-mêmes...

Voici tout de même la technique pour choisir quelle théorie, parmi plusieurs, colle le mieux à la réalité.

Qui croire ? (p. 13)

Quelques astuces pour vous aider à rentrer dans un domaine inconnu, pour pouvoir juger de la pertinence d'une théorie, en comprenant les arguments avancés.

Types de théories de désinformation (p. 13)

Nous allons voir les différents types de désinformations que nous pouvons rencontrer, pour gagner du temps et ne pas tomber dans les pièges, les astuces de manipulations étant souvent les mêmes.

Vérifiez les faits

Si un fait vous interpelle, n'hésitez pas à le vérifier par vous même (comme nous l'avons déjà vu (infos citoyenne p. 9), retrouver l'info dans une source fiable). Si mon explication ne vous satisfait pas, sautez ce fait, il y en a des centaines d'autres derrière qui le corroboreront...

Questionnez vos croyances (p. 14)

Si une info, pourtant vraie, vous choque, respirez profondément, et demandez-vous pourquoi cette info vous touche autant.

Validez la logique (p. 14)

Ne faite pas une confiance aveugle aux raisonnements des autres, gardez votre esprit critique et assurez-vous que la logique soit respectée tout le long des enchaînements. Les longs raisonnements soporifiques ont souvent une petite faute de logique cachée au milieu...

Calculez l'hypothèse la plus probable (p. 14)

Il y a souvent plusieurs hypothèses possibles pour expliquer un fait, toutes logiques et possibles. Il faut alors choisir celle qui présente le plus haut taux de probabilité, et en la recoupant avec d'autres faits. Si on teste sur de nombreux cas, les hypothèses fausses s'éliminent d'elles-mêmes par un cas où elles ne marchent pas, ou alors leurs probabilités diminuent fortement.

Qui croire ?

Quand il y a 2 hypothèses ou théories, laquelle croire. Surtout quand les 2 parties disent le contraire, qui ment et qui dit la vérité ?

Vous ne pouvez croire que vous même (et encore...). Il vous faut donc développer votre sens critique, regarder la pertinence de ce qui est dit, quelles sources d'info sont utilisées (est-ce que c'est vrai ou pas), la logique des arguments.

Il s'agit souvent de domaines que vous ne connaissez pas. Ne vous laissez pas intimider, vous êtes capables de tout comprendre si c'est bien expliqué.

Par exemple, même si on n'est pas un infectiologue, les vidéos du professeur Raoult étaient très bien expliquée, et on comprenait bien les manoeuvres faites dans les médias télévisés pour travestir la vérité sur le COVID-19.

L'école ne nous apprenant pas grand chose d'utile, il vous faudra souvent utiliser une encyclopédie pour comprendre certains termes. Ce livre est la preuve que juste en prenant les infos officielles, on peut déjà découvrir pas mal de choses. Ces choses ne nous ont pas été cachées, c'est juste qu'on n'en parle pas dans les processus d'apprentissage officiels.

Attention à l'encyclopédie Wikipédia qui est volontairement opaque, pour ne servir qu'à ceux qui ont fait des études et ont les bons codes, plutôt qu'au peuple tout venant. Dans ces cas-là, vous pourrez aller chercher l'explication dans les vidéos comme c'est pas sorcier, ou les sites vulgarisateurs comme mon site *Nature Humaine*, ou même dans les encyclopédies pro comme Larousse ou Universalis.

Il faut aussi reconnaître de loin les articles bidons, avec plein de mots inutilement compliqués et pompeux, qui brassent du vent sans dire grand chose d'intéressant, et qui sont juste là pour que l'auteur se sente exister, ou pire vous embrouiller l'esprit et vous faire perdre votre temps (de la pure désinformation).

Types de désinformation

Depuis les attentats du 11/09/2001, le mensonge médiatique officiel est tellement gros que de plus en plus de citoyens détectent la supercherie, et se mettent à chercher ce qu'il se passe réellement dans le monde par leurs propres moyens, en allant chercher du côté des infos citoyennes.

Pour masquer une info importante, il suffit donc au système de multiplier les versions non officielles... c'est la désinformation : le chercheur de vérité se retrouve avec une version officielle qui ne tient pas la route, et en face des dizaines de versions non officielles ! Laquelle choisir parmi ces infos citoyennes ?

Ça fait depuis le début qu'internet est verrouillé par le système. L'information non officielle sur laquelle vous tomberez en premier sera très probablement une info générée par la désinformation.

En effet, ces sites de désinformation sont financés par la CIA (ou leur auteur est favorisé/poussé à son insu), mis en avant par Google/Facebook ou autres (tous affiliés à la CIA). C'est ces sites qui remonteront à chaque recherche, que vos amis partageront le plus (du moins que Facebook vous notifiera, en occultant les liens réellement intéressants).

Le but de la désinformation est multiple : cacher la vérité derrière plusieurs niveaux d'écrans de fumée, vous faire vous indigner ou avoir peur, et enfin vous faire perdre le plus de temps possible dans votre recherche de la vérité, et votre préparation à l'après Nibiru.

Pour donner des exemples de désinformations, Wikipédia a été lancé puis avantagé grâce à de l'argent privé, le groupe de modérateurs d'origine sélectionnent les infos qui doivent apparaître ou pas, et bannissent ceux qui voudraient écrire la vérité.

Les informateurs comme Soral ou Dieudonné sont mis en avant artificiellement par les algorithmes de Google quand ça arrange les dominants (développer le sentiment d'antisémitisme pour hâter le retour des Juifs de France en Israël pour la fin des temps, l'Alya), puis disparaissent des recherches le jour où ils ne sont plus utiles, voir devenus dangereux.

Par exemple, la recherche Google sur un sujet "tabou" vous enverra directement sur les sites d'Hurluberlu comme "Top Secret", qui vous expliqueront en long en large des théories non dangereuses pour les dirigeants, comme la Terre Plate. Leur théorie est tellement loufoque qu'elles dégoûtent le réveillé de première heure pour un moment des théories alternatives.

Enfin, il y a la désinformation pro, la plus perverse, qui va vous balancer plein d'infos sur un seul sujet, au point de vous prendre tout votre temps et de vous maintenir sur un détail. On va ainsi vous maintenir sur toute l'histoire de l'Europe sous contrôle de la CIA depuis 1894, ou encore la MHD pour des OVNI, le nom de toutes les sociétés secrètes depuis 300 ans, etc. Que des trucs qui dénoncent sans fin, sans chercher à vous faire grandir spirituellement et à vous apprendre à devenir autonome.

Mais jamais on ne vous parlera de la planète Nibiru qui nous arrive dessus, la seule chose vraiment importante à notre époque.

Nous verrons dans la dernière partie du livre (p. 576), le démontage des principales désinformations du moment.

Origine de vos croyances ?

Si le fait que j'avance est vrai, et détonne complètement avec vos croyances, c'est que vos croyances sont peut-être fausses. Méditez (posez-vous une question, faire le vide dans votre tête, et regardez quelles pensées vous viennent, les liens avec votre question) quelques instants sur l'origine de votre croyance, quels sont les faits qui la soutiennent, et qui vous a donné ces faits.

Je suis passé par là, et je vous assure qu'une grosse partie de ce qu'on nous a raconté est faux. La remise en question, selon votre niveau de connaissances préexistant, peut-être profonde.

Validez la logique du raisonnement

Il y a les faits, et il y a l'explication que j'en donne. A vous de juger si la logique de mes conclusions, en partant des faits, n'a pas de faille de raisonnement.

Comparez ma conclusion avec l'explication officielle donnée sur un phénomène. Quelle explication vous paraît la plus probable et documentée ?

Ne vous laissez pas abuser par les explications officielles assénées avec autorité, mais qui contiennent de gros raccourcis et erreurs logiques volontaires de manipulation.

Par exemple, l'explication « le nombre de cancers de la thyroïde a explosé en France depuis Tchernobyl, mais comme le nuage s'est arrêté à la frontière, les scientifiques disent que les cancers ne sont pas liés à Tchernobyl, et cherchent encore à quoi l'origine de cette augmentation » - regardez le beau biais de raisonnement, à savoir le mensonge désormais reconnu, mais toujours utilisé, d'un nuage radioactif qui s'arrête « magiquement » à la frontière.

Par principe, analysez tout ce qui vient du gouvernement comme s'il vous mentait (ce qui est très souvent le cas), et vous verrez alors toutes les failles de raisonnement qui vous entourent !

Bien entendu, cette méthode d'analyse doit être appliqué pour ce que je vais avancer. Gardez toujours votre esprit critique. On peut faire confiance à des personnes, mais comme ces personnes, même les plus intelligentes, peuvent se tromper de bonne fois, ça ne fait jamais de mal de revérifier leurs dires au cas où !

Probabilités

Survol

Comparer les théories en concurrence (p. 14)

Souvent, on nous dit que les grands événements mondiaux, aberrants en apparence, ont été réalisés sous le coup de la folie. Il est possible en effet que des gens intelligents, arrivés au pouvoir, grillent un fusible. Mais, n'y aurait-il pas d'autres explications ? Pourquoi la "folie" va toujours dans l'intérêt des puissants ?

Il faut choisir pour avancer (p. 17)

Les scientifiques semblent souvent, dès qu'on touche à un sujet tabou, devenir figés par la peur du choix. Ils semblent toujours retenir l'hypothèse la moins logique et la moins probable.

Faites-vous confiance, n'hésitez pas à choisir à leur place, si vous ne voulez pas rester tétanisé toute votre vie. Tout choix est généralement réversible, surtout quand on reste au niveau des hypothèses, et qu'on accepte que dans la vie, on fait des essais-erreurs-apprentissages.

Les multiples causes aux effets (p. 17)

Tout fait est généralement provoqué par plusieurs causes, et sert plusieurs intérêts.

Les probabilités les plus fortes (p. 17)

Le calcul de probabilité d'une hypothèse par rapport à une autre se calcule assez bien.

Valider une chaîne d'hypothèses (p. 17)

Souvent, il faudra faire une série d'hypothèses pour expliquer un fait. C'est la somme des probabilités des hypothèses intermédiaires qui servira à valider l'hypothèse la plus probable.

L'incertitude (p. 18)

Une fois l'hypothèse retenue, gardons en tête que ça reste une hypothèse, pas une certitude absolue. Il nous faudra sûrement y revenir plus tard, soit pour l'invalider et en choisir une autre, soit pour la complémenter sur les bords, ou encore rectifier quelques erreurs mineures sans importance sur le résultat final.

Les multiples théories possibles pour expliquer un fait

Les faits peuvent souvent s'expliquer soit par la corruption (faire les choses sous un autre prétexte que celui officiel), soit la folie (temporaire ou non).

Par contre, si ces 2 théories possibles ne souffrent pas de fautes de logiques, il y en a quand même une qui, statistiquement et probabilitairement parlant, est bien plus plausible que l'autre. Perso, je prends l'hypothèse la plus probable (rasoir d'Hockam de la science), mais le système prend bizarrement toujours l'hypothèse la moins probable pour expliquer les événements...

Dans l'histoire officielle, il n'y a jamais de corruption. C'est toujours des gens brillants, qui deviennent soudainement stupides lorsqu'ils se retrouvent en position de pouvoir. Ou alors, c'est le peuple qui est bête, et choisi toujours les dirigeants bêtes (la culpabilisation, quelle belle arme pour manipuler quelqu'un à votre profit : il a fait une bêtise, il vous est redevable).

Voyons des exemples très connus de ces folies soudaines et inexpliquées.

L'exemple Sarkozy : Erreur des banques en leur faveur

Financement de campagne

Les banquiers d'affaires USA ont payé la campagne de Sarkozy, l'ont fait passé en Une dans leurs médias (de manière plus ou moins directes via les sociétés écrans et les nébuleuses des fonds de pension).

"Erreurs" en faveur des banques

Sarkozy a été le président français qui a fait le plus augmenter la dette française. Sur les 630 milliards d'euros de dettes de Sarkozy (entre 2007 et 2012) [del], plus de 520 milliards lui sont directement imputables ("mauvaise" gestion). Ces "erreurs" sont allées directement dans les poches des banques qui « prêtent » ces milliards (qu'elles n'ont pas payés, et dont elles vont recevoir les taux d'intérêts).

Cette dette record a été obtenue par accumulation de bourdes :

- Quand Sarkozy rachète (en créant une nouvelle dette) la dette irremboursable de la Grèce aux banques USA (qui ont pourtant triché, fait connu à l'époque), il favorise les banques USA, en donnant de notre poche un argent qui ne pourra jamais être remboursé.
- Chaque fois que la France augmente sa dette, cela enrichit ces mêmes banques USA, qui touchent de mirobolants intérêts. Quand Sarko fait la plus grosse dette de l'histoire de la France, il créé en même temps le plus gros bénéfice de l'histoire pour les banques USA auprès desquelles il a emprunté.
- Quand Sarkozy vend l'or de la France à perte (aux mêmes banques USA, il va sans dire), c'est encore une fois ces banques qui raflent la mise (des milliards). Sarkozy a été épinglé pour cette affaire par la cour des comptes, en février 2012, mais ça lui en a touché une sans bouger l'autre...
- Privatiser les autoroutes, EDF et autres aux multinationales détenues par les banques. Plusieurs pays européens, qui avaient commencé des programmes similaires, ont vite arrêté le massacre dès 2005, mais pas Sarkozy. Tout ça pour investir dans la livre sterling, dont le risque de dévaluation était très élevé après les subprimes, cette fausse crise déclenchée par la gestion calamiteuse des grosses banques USA. Encore une fois, c'est ces dernières qui en sortent gagnantes.
- Laisser partir les centaines de milliards d'euros que devaient les multinationales à l'État (évasion fiscale).
- Détruire les hôpitaux, services publics et retraites pour financer toutes ces pertes d'argent.
- Donner des milliards aux banques, pour les renflouer après le krach de 2008.

Il y a aussi toutes les actions qui amplifient le besoin d'emprunter aux banques (et qui ont fait exploser la dette) : N'a pas réduit l'énorme déficit structurel de la France (générant toujours plus de dettes), le paquet fiscal de l'été 2007, les Sarko-niches et Sarko-taxes", la "schizophrénie budgétaire" de l'exécutif. Dans "Les cadeaux aux amis", les conditions particulièrement peu édifiantes dans lesquelles a été préparée la libéralisation des paris en ligne, et sur "les relations incestueuses" entre le pouvoir et le business certes "pas nouvelles", mais ô combien manifestent au cours d'un quinquennat commencé au Fouquet's puis une semaine sur le yacht de Vincent Bolloré.

"Erreurs" des banques en sa faveur

Après son mandat, les banques, qui se sont enrichies grâce à sa dette, l'ont grassement rémunéré, 100 000 euros la conférence de 30 minutes, plusieurs conférences par an.

Conférences au cours desquelles le pire économiste de France (de par ses résultats) explique comment faire de l'économie…

Par exemple, Invité le 25/07/2014 par la version africaine du magazine "Forbes" (le spécialiste du classement des grosses fortunes du monde), Sarkozy est venu discourir sur "la bancarisation de l'Afrique" (la pénétration des services bancaires et du crédit dans la population).

Le 17/09/2014, lorsque Nicolas Sarkozy devait annoncer sa candidature à la présidence de l'UMP, il précisait avant tout qu'il ne mettrait pas un terme à son activité de conférencier international, entamée peu après sa défaite en 2012. Malgré la polémique en raison des confortables chèques qu'il touche pour ce type de prestation. Les tarifs exacts sont confidentiels. En novembre 2013, le Nouvel Observateur affirmait que Nicolas Sarkozy avait amassé plus d'un million d'euros en un an de conférences. Avec plusieurs conférences par an à 100 000 comme au Congo, nul doute que Sarkozy en 2017 était multi-millionnaire… Juteuses erreurs…

Pas de preuves

Vous ne pouvez que constater, impuissant, les décisions paraissant aberrantes. Elles ne sont pas aberrantes si on considère que le président travaille pour ceux qui l'ont élu, et leur renvoie l'ascenseur, mais elles le sont si on considère que le président travaille pour l'intérêt commun des électeurs.

Bien sûr, ce genre de contrat est secret : à ma connaissance, les chercheurs de vérité n'ont jamais trouvé de documents signé entre Sarkozy et les banques. Un document où il serait écrit que Sarkozy, une fois élu, allait trahir le peuple français au profit de ceux qui allaient le rémunérer une fois qu'il n'est plus président.

Vous n'aurez donc jamais aucune source à donner à ceux qui vous traitent de complotiste. Ces endormis ou désinformateurs de mauvaise foi vous expliqueront doctement que tous ceux qui sont mis à la tête d'un état doivent gérer trop d'infos d'un coup, qu'ils ne dorment plus, que les fonctionnaires qui envoient les données sont des incompétents qui se plantent en permanence, et blablabla, et que les dirigeants finissent immanquablement par faire plein de bêtises. Ce qui est un peu vrai d'ailleurs, mais pas sur de si grosses décisions, si aberrantes, qui font intervenir tant de conseillers et de niveaux de sécurité : vous apprenez souvent que le président, pour prendre ce genre de décision allant à l'encontre de l'intérêt commun, le fait en force (ordonnance, état d'urgence, 49,3, lois votées à 3h du matin devant 10 personnes, etc.), en envoyant toute son équipe convaincre les récalcitrants, quitte à les muter par des plus souples s'il le faut.

Quelqu'un qui vous traite de complotiste est souvent soit un ignare, soit de mauvaise foi, soit dans le déni. Je les appelle les idiotistes : si les complotistes pensent que c'est par complot du pouvoir que les choses se gâtent pour le peuple, les idiotistes pensent au contraire que le pouvoir rend idiot, cela expliquant les décisions aberrantes prisent par les dominants contre le peuple.

Tout comme les complotistes ne sont pas des comploteurs, les idiotistes ne sont donc pas (forcément) des idiots. Quoi que : quelqu'un qui pense que le pouvoir rend fou, mais continuer à défendre le pouvoir...

En réalité, les idiotistes sont plus des endormis, qui n'ont jamais vraiment réfléchi au monde qui les entoure, et qui répètent bêtement le discours médiatique qu'ils entendent jours après jours...

Les différentes hypothèses

Partant de ces faits prouvés, plusieurs hypothèses/causes possibles, toutes aussi logiques :

1. Version idiotiste : Sarkozy est un très mauvais économiste, les banques sont elles aussi de mauvaises économistes (pour payer si cher un si mauvais économiste). Version improbable, mais c'est la version officielle...
2. Version complotiste : les 2 parties (président et banques privées) se sont alliées contre la 3e partie, le peuple français...

Idiotiste : probabilité de la folie

Pour l'hypothèse 1, il faudrait que sur le millier de décisions qui ont amené la dette de centaines de milliards, il faut que systématiquement le mauvais économiste ait toujours choisi la mauvaise décision.

Or, le hasard fait que la moitié du temps, ce sera une bonne décision de prise. Au final, les pertes s'annulent avec les gains.

Malheureusement ce n'est pas le cas : systématiquement, les présidents prennent les pires décisions pour le peuple, mais toujours les meilleures pour eux... À chaque fois leurs « erreurs » les arrangent et pas nous ! Ça sort de nos poches pour aller dans les leurs !

Le hasard étant battu en brèche, cette hypothèse de la folie commence très mal, en étant proche de zéro.

Il faut de plus admettre que personne, dans les banques, ne se soit aperçu que Sarkozy était un mauvais économiste. Que des experts aient investi des millions d'euros dans un type dont ils n'ont même pas examiné le CV ! Ce n'est évidemment pas impossible, mais ce n'est jamais arrivé dans ces banques si professionnelles...

Comme de plus, ces décisions en faveur des plus riches se reproduisent systématiquement avec chaque président, la probabilité d'élire à chaque fois un mauvais économiste fait tendre la probabilité à zéro.

Au final, la probabilité que tous ces événements se cumulent est inférieure à 0,000... %. Bien sûr, les médias possédés par ces ultra-riches auront beau jeu de vous expliquer que les probabilités, mêmes infinitésimales, existent quand même, et qu'on ne pourra jamais prouver définitivement les accusations. C'est peut-être pour ça qu'il y a toujours un non lieu dans ces cas-là...

Complotiste : probabilité de la corruption

L'hypothèse 2, à savoir la malversation, est l'hypothèse la plus probable :

- Sarkozy n'a pas montré dans sa vie de grandes propensions à l'altruisme désintéressé, ayant souvent privilégié son intérêt personnel à l'intérêt commun (voir sa trahison de son parti pour Balladur).
- Les innombrables affaires qui ont précédemment défrayées la chronique avec ces banques qualifiées de voyous.

Tous les présidents le font

Sarkozy n'est pas un cas isolé, il s'est produit exactement la même chose avec ses successeurs :

- Hollande : malgré son fameux "mon ennemi, c'est la finance", toutes ses décisions ont favorisé la dite finance.
- Macron : tous les milliardaires qui l'avaient soutenus sont devenus riches comme jamais après son élection (p. 29).
- Barroso : une fois quitté le poste de président de l'Europe, Barroso se fit embaucher, avec un salaire mirobolant, comme conseiller de ces grandes multinationales qui avaient tant gagné d'argent grâce à lui (soit directement, soit par actionnaires interposés, ils sont si peu à ce niveau de richesse, facile de s'entendre pour flouter les enquêtes...).

Je reprécise bien, si tous ces faits sont prouvés, on ne peut en déduire quoi que ce soit. Heureusement, nous avons encore le droit à la liberté d'opinion, mais je n'ai pas le droit de vous donner mon opinion (l'expression n'est pas libre, limitée par le danger de trouble de l'ordre public...).

L'exemple Ben Laden

Autre exemple : c'est très idiot, de la part d'un stratège comme Ben Laden, de faire un attentat à New-York, sachant qu'il y aurait destruction complète de son organisation derrière, et désaveu du public (aucune organisation, censée attirer les gens par idéalisme, ne s'amuse à tuer aveuglément des enfants ou de pauvres femmes de ménage victimes d'un système injuste).

Mais peut-être qu'en effet, comme le veut la version officielle idiotiste, le chef de guerre brillant est tout d'un coup devenu idiot et suicidaire, et a été suivi comme un seul homme par tous ses lieutenants, dont personne n'a vu les failles logiques grosses comme des avions de ligne ?

Surtout quand, à côté de cette aberration, il y a tant de faits inexplicables (même par la folie, p. 90).

L'exemple Nibiru

Autre exemple, la théorie Nibiru met KO la théorie des médias main-stream (GIEC) sur le réchauffement climatique d'origine anthropique (humaine) :

- le réchauffement dû au CO2 n'explique pas toutes les anomalies observées actuellement (séismes, volcans, météores p. 395),
- GIEC corrompu et échouant à expliquer la réalité (p. 161).

Le scientifique doit choisir

Le scientifique doit bien trouver une explication et un modèle pour avancer en compréhension, c'est pourquoi, au contraire de la justice, il est obligé de choisir une des 2 hypothèses. Entre celle à 99,9999..%, et celle à 0,000..%, il prendra l'hypothèse qui comporte la plus grande probabilité !

Même si le scientifique ne supprime pas totalement l'autre hypothèse (tant qu'elle n'est pas déclarée totalement impossible), c'est quand même la chaîne d'hypothèses dont la probabilité totale est la plus forte qui doit être prise en compte. En tant que scientifique, c'est ce que je ferai dans la suite de ce livre.

De toute façon, vous verrez, quand on choisit l'hypothèse la plus probable, tout s'enchaîne et se relie par la suite facilement, avec toujours les hypothèses intermédiaires montrant les probabilités les plus élevées, montrant que c'est la bonne voie / chaîne d'hypothèses !

Les multiples causes aux effets

Dans une décision, il y a toujours plusieurs choix qui la motive. Par exemple, l'attaque de l'Irak en 2003, si on était déjà sûr à l'époque qu'il n'y avait pas d'armes de destruction massive, au point que la France refuse de participer aux combats, on ne peut pas affirmer que c'était uniquement pour capturer le pétrole et déstabiliser la région pour des vues futures sur Jérusalem, mais qu'il y avait aussi dans le choix le fait de piller les tablettes sumériennes du musée de Bagdad (p. 465).

De manière générale, les illuminati aiment bien économiser les ressources, et faire d'une pierre 3 coups.

Prendre la théorie la plus probable

Prendre le témoignage non officiel, la version officielle, et regarder lequel tient le mieux la route. Si la version officielle n'existe pas (ou la traite très superficiellement ou avec des arguments tous faux ou incomplets), et que c'est pourtant un gros truc (comme les momies ET de Nazca p. 290), inutile de chercher, c'est que la version non officielle est vraie ! Mais attention, dans ces cas-là, il y a sûrement plusieurs théories de désinformation sur le même sujet qui vous seront proposées.

Sur les 10 000 preuves apportées, la mauvaise foi d'en face pourra en trouver 5 qui pourraient avoir une autre explication, même si cette explication est moins probable.

Sans compter que quand on contrôle tout le système, notamment les instruments de mesure, il est facile de fausser les mesures et de sortir 10 études après coup pour invalider une seule de mes preuves.

S'ensuivraient des centaines d'années de discussions stériles, avant que 400 ans après, sur un petit point des nombreuses hypothèses avancées, la science daigne avancer un doigt de pied… Comme ça s'est passé pour la tectonique des plaques, une idée avancée en 1596 par un cartographe d'Anvers [tect], dès que la cartographie de l'Amérique fut connue. Cette évidence (pour celui qui regarde pour la première fois une carte du monde) ne fut officiellement admise par la science qu'en 1967...

Bref, n'attendez rien de la science de ce côté-là, ils feraient avec ce livre comme les médias ont fait avec Trump en 2017, quand ce dernier a résilié la signature du traité de Paris sur le réchauffement climatique. Il a cité 19 études scientifiques disant que le réchauffement n'était pas d'origine humaine, et les médias ont dénigré 3 études, juste sous le prétexte que les labos qui les avaient faites avaient reçu quelques dollars de sponsoring de la part de sociétés pétrolières… Évidemment, ils ont oublié de préciser que ça faisait quand même 16 études qui ne pouvaient être réfutées.

Sans compter que en face, le GIEC s'appuient sur des études où les scientifiques ne sont payés que s'ils montrent que c'est le CO2 humain la cause de tout... (GIEC corrompu et échouant à expliquer la réalité p. 161). Les études du GIEC n'ont donc pas plus de légitimité de ce côté-là.

Voyez l'ensemble des preuves apportées, tous les liens qu'elles forment, et l'inexistence d'une autre théorie qui expliquerait tous ces faits à la fois.

Valider une chaîne d'hypothèses

Au-delà d'une seule hypothèse, regardez l'ensemble des hypothèses apportées, et de leurs cohérences vis à vis du système de pensée dominant.

Nous devons regarder la tenue logique du message, sa cohérence globale (absence de points bloquants), sa continuité dans le temps, la proportion de visions confirmées, sa cohérence avec la réalité. Quand Nancy Lieder a écrit le planning à venir des catastrophes provoquées par Nibiru en 1995, sur son site Zetatalk, elle disait que :

- la gravité était répulsive,
- Mars avait encore de l'eau,
- la vie existait sur des exoplanètes,
- les OVNI allaient s'amplifier,

- les tempêtes seraient plus fortes, des ouragans se produisant en des lieux inhabituels, étant de plus en plus puissants et récurrents,
- le pôle Nord magnétique allait se mettre à dériver fortement,
- Le noyau terrestre allait se réchauffer,
- que le noyau terrestre allait émettre des EMP qui feraient tomber les avions de manière inexplicable, et faire exploser les transformateurs électriques.
- les séismes crustaux étaient non seulement possibles, mais allaient se produire dans moins de 10 ans, tout comme le nombre de séismes allait augmenter fortement avec le déplacement des plaques,
- Augmentation des températures, des famines, des maladies, de la surveillance accrue des citoyens et les lois martiales à venir, etc.

Tous les scientifiques ont bien rigolé à l'époque.

6 mois après les révélations de Nancy, fin 1995, la première exoplanète est découverte, alors que les scientifiques croyaient encore que seul le Soleil possédait des planètes.

En 1996, on découvrait qu'en effet l'expansion de l'Univers s'accélérait (gravitation répulsive), problème toujours pas résolu avec la gravitation attractive que nos scientifiques refusent d'abandonner (d'où les fameuses matières noires et énergies sombres, qu'on n'arrive même pas à faire marcher sur le papier).

Les températures moyennes du globe se sont en effet mises à grimper sans s'arrêter depuis 1996, dépassant systématiquement tous les records connus depuis 2009.

Les tornades sont apparues en France en 2016. Les tempêtes, que le GIEC, en 1995, prédisait en baisse suite au réchauffement de l'atmosphère, se mirent au contraire, comme Nancy l'avait annoncé, apparaître en des saisons et des endroits inhabituels. Pour ne prendre que le cas de la France, la tempête de 1999 fut qualifiée de tempête du millénaire, car jamais mémorisée dans les annales. Pourtant, cette tempête se reproduisit en 2009, en 2011, 2012, puis plusieurs fois en 2013, allant jusqu'à 2 mois d'inondations et de tempêtes record en Bretagne. Le littoral Atlantique dans l'Aquitaine recule de 40 m en 2 mois.

En 2000, le pôle Nord s'est bien mis à dériver comme annoncé.

Le fond des océans s'est bien réchauffé, jusqu'à ce que la NASA arrête de mesurer les températures en 2005, puis mente en 2013, se plaçant toute seule dans des incohérences de relevés pointées du doigt par les scientifiques.

En 2009, a lieu le premier crash d'avion inexplicable. En 2014, le premier avion a disparaître des radars se produit après être devenu fantôme, et la même année, d'autres avions devenus fantômes suite à une EMP tombent inexplicablement, avec des enquêtes officielles de plus en plus opaques.

L'eau sur Mars fut découverte en 2009, son abondance en 2013.

Les années 2000 ont vu 2 séismes records. Des types crustaux, que la science ne pensait même pas possible (Sumatra 2004 et Fukushima 2011), puis chacune des années après 2009 a été frappée de plusieurs séismes records.

Les émeutes de la faim de 2009 et la résurgence de maladies qu'on croyait disparues.

Le scandale du réseau Echelon de 1999 a révélé au monde qu'en effet le monde entier était sur écoute, le patriot Act de 2003 a acté légalement la perte de liberté des citoyens, depuis 2015 la France a passé 2 ans sous le régime de l'état d'urgence.

Les OVNI ont été déclassifiés par le Pentagone fin 2017, qui reconnaît au passage que les observations d'OVNI étaient classées sous secret-défense.

Toutes ces choses qui nous auraient fait halluciner si on nous les avait annoncées en 1995, et qui ont valu à Nancy tant de moqueries.

Aujourd'hui, avec toutes nos nouvelles connaissances qu'ont apporté 2 décennies complètement dingues, toutes ces déclarations qui se sont révélées vraies, et les probabilités que Nancy ait raison qui plafonnent, il faudrait être fou désormais pour ne pas comprendre que Nancy Lieder dit la vérité...

L'incertitude

Même si les hypothèses données dans ce livre ont une probabilité largement supérieure à celle de la théorie officielle, ces hypothèses non officielles ne pourront jamais être prouvées à 100%, et ne devraient jamais être acquises comme vérités fermes et définitives.

Une hypothèse reste une hypothèse, et même si la trame globale ne devrait pas changer, il y aura toujours des petits détails à peaufiner, des liens avec d'autres hypothèses à travailler.

Système corrompu

Survol

Base du problème

Tous les problèmes de nos systèmes de société (quels qu'ils soient, mais surtout ceux dits capitalistes libéraux) découlent du fait de laisser un pouvoir sans limite ni contrôle à une minorité de personnes égoïstes et hiérarchistes, qui n'ont pas comme objectif le bien commun, mais uniquement le leur.

Ces quelques personnes n'ayant aucune limitation de notre part, ils ont pris le contrôle total du système, et cela depuis l'empire de Sumer il y a 7 000 ans (devenu aujourd'hui le monde occidental).

Les esclaves, nés dans une secte, sont embrigadés dans les croyances du système alors qu'ils sont encore dans le ventre de leur mère.

Ce système ne laisse aucune autre porte de sortie que l'esclavage de tous, y compris des maîtres.

Médias : Nos connaissances viennent toutes du système (p. 20)

Tout ce que nous savons, nous a été inculqué par :

- l'école, dont les programmes dépendent d'un ministre soumis aux décisions de la hiérarchie privée qui a fait élire le président via les médias,
- les livres, venant d'une minorité d'éditeurs,
- les publications scientifiques, qui dépendent du bon vouloir d'une minorité de banquiers possédant les revues scientifiques et les labos,
- les mass medias (journaux papiers, émissions de radio ou de télé), qui dépendent toutes d'un directeur de publication soumis aux décisions du patron (des actionnaires banquiers),
- Les œuvres artistiques (cinéma, téléfilms et séries), soumises aux majors,
- les déclarations des politiques, dont l'accession au pouvoir est payée par les riches,
- le prêche à l'église/mosquée/synagogue, aux ordres d'un Vatican/Mecque richissime baignant dans l'opulence,
- Nos proches, éduqués par les mêmes sources biaisées vues au dessus...

Représentants (p. 25)

Pour gouverner un peuple, il faut lui faire croire que celui qui les dirige cherche l'intérêt de tous.

Concentrer les pouvoir dans une minorité de personnes est évidemment un piège grossier : déjà, ces personnes sont sélectionnées par les ultra-riches (seuls ceux qui voteront des lois en faveur des ultra-riches auront des financements de campagne et passeront dans les médias des ultra-riches).

Ensuite, si le vote populaire ne suivait pas les ordres des médias, si un pouilleux sans argent arrivait à voler les élections, il serait tout simplement abattu : quand des mafieux possèdent toutes les armées du monde, il est facile de faire abattre un président (JFK, Kadhafi), voir d'attaquer un pays sous un faux prétexte (Irak 2003)...

Illuminati (p. 33)

Maintenant que nous avons vu la présence partout de ces ultra-riches qui dirigent le monde dans l'ombre, voyons qui ils sont réellement. Les traces de leurs malversations se retrouvent tout au long des derniers millénaires. Ils représentent la pyramide cachée du pouvoir (celle qui contient l'oeil d'Horus sur le billet d'un dollar, et qui lévite au dessus de la pyramide du pouvoir visible).

Amoralité (p. 86)

Une secte secrète dominant le monde dans l'ombre, ce n'est pas grave si cette secte a pour but le bien-être de l'humanité, que ce sont des sages respectant la vie sous toute ses formes. Nous verrons qu'il n'en est rien, nous avons ici à faire à des gens qui détruisent toute vie sur Terre, humaine comprise.

Outils de contrôle des populations (p. 112)

Faire peur par des faux attentats ou des faux virus, propagande et désinformations, les outils de contrôle des populations sont nombreux, et parfaitement maîtrisés par nos dominants.

Notre système en images

Figure 1: Formatage scolaire

Figure 2: Ça, des héros ?

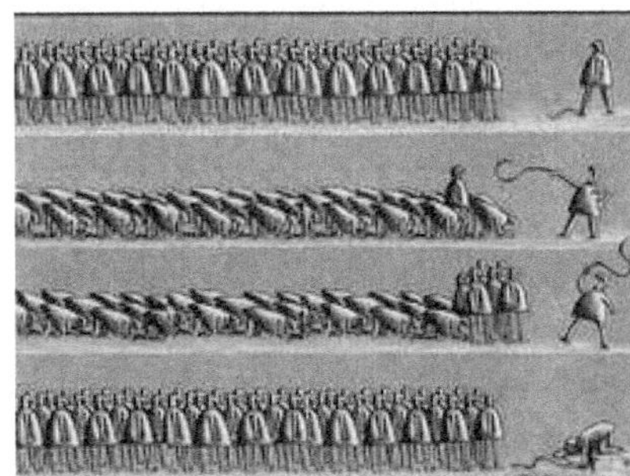

Figure 3: Quand la peur change de camp

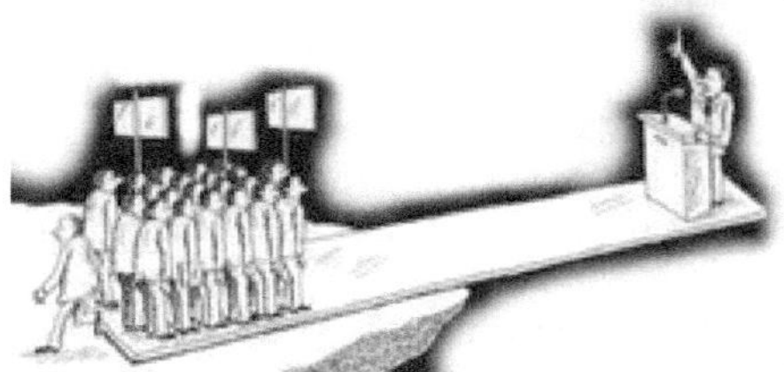

Figure 4: Le peuple ignore son vrai pouvoir

Figure 5: Pouvoir choisir qui nous mangera

Médias

J'entends par médias tous les systèmes de transmission de l'information, à savoir les éditeurs de livres, les journaux papier ou web, les émissions télévisées, les services d'éducation, la religion.

La science est composée uniquement des publications autorisées dans les revues scientifiques à comité de lecture, c'est donc aussi un média.

Survol

Ils sont la base de nos connaissances. Nous ne connaissons les politiques à élire que par eux. Or, plus de 90% des médias sont privés, et faits aggravants, n'appartiennent qu'à une poignée de milliardaires ayant tous des liens étroits entre eux. Ce sont eux qui font élire les présidents grâce à leur médias (regardez le nombre de Unes affectées juste à Macron, et pas aux autres candidats). Il ne faut pas s'étonner si une fois élus, les lois des politiques favorisent les propriétaires des grands journaux, et que ces derniers peuvent continuer à masquer la politique pro-riche des politiques... Un cercle vicieux...

Cela fait des millénaires que les philosophes disent que tout passe en premier par une presse indépendante, n'ayant à coeur que la recherche de la vérité, et dont les enquêtes servent ensuite à la justice.

Pas de liberté d'expression en France (p. 20)

La liberté d'expression citoyenne est un concept américain, très limité en France par l'article sur "trouble à l'ordre public". Avant l'arrivée d'internet, les citoyens n'avaient le droit de s'exprimer que dans le cercle familial, ou au bar (et encore, la justice encourage la dénonciation de propos déviants). Tout le reste du champ d'expression était sous contrôle du système (médias, éditeurs, artistes) qui devait se référer systématiquement aux autorités pour savoir s'il pouvait parler d'un sujet. Voilà comment les affaires comme Appoigny restaient secrètes, du moins à l'état de rumeurs improuvables.

L'arrivée d'internet, et des outils USA comme les réseaux sociaux, ont donné dans les mains des citoyens français une liberté d'expression inconnue précédemment en France, que nos dirigeants aimeraient bien supprimer...

Présentation de l'arnaque par Q (p. 21)

Tout, absolument tout ce que vous savez, a été reçu par les médias. Les gens autour ne vous communiquent que ce qu'ils ont eux-même reçus des médias.

Qui contrôle les médias, contrôle les êtres humains, et du coup la société, dans son ensemble.

Les sous-informés (p. 22)

Le premier niveau sont les suiveurs (50 à 70% de la population selon les pays) : ils ne s'intéressent qu'à l'actualité locale, et sont incapables de comprendre pour qui ils votent. Ils écoutent le second niveau, les leaders d'opinion, qui au minimum regardent le journal de 20 heures à la télé, et ne comprennent pas plus ce qui se passe dans le monde.

L'image médiatique fabriquée (p. 23)

Comment savoir si le candidat présidentiel est fou ou pas ? Vous ne pouvez pas le savoir directement, c'est les médias qui vous en informent. Et rien ne les empêche de mettre en avant celui qui se sera entendu avec le propriétaire du média (en promettant de détourner l'argent des citoyens en direction du propriétaire du média). Ainsi, les purs salauds seront présentés comme le sauveur de la France, les autres seront présentés comme des fous suicidaires, ou des colériques sans cervelle...

Concentrés dans les mains de quelques privés seulement (p. 23)

Toutes vos connaissances proviennent du système médiatique. Or, qui possède ces sources d'informations ?

Une vérité que tout le monde connaît, mais dont peu comprennent toutes les implications :

Toutes les sources d'informations de notre société sont des sources privées, soumises au bon vouloir de quelques ultra-riches seulement...

Ces ultra-riches n'ont aucune notion d'intérêt commun (sinon ils auraient redistribué d'eux-même). Seul compte leur intérêt personnel.

Pour ceux qui n'auraient pas compris jusqu'où va l'embrouille, faire élire un président/gouvernement grâce a des financements privés, avec des électeurs conditionnés par des milliers d'articles/émissions orientés dans les médias privés, revient à mettre tous les services publics (médias, école, science, lois, justice) dans les mains de ces mêmes privés...

Tout ce que vous avez appris dans votre vie vient donc de ces quelques milliardaires privés : que ce soit à l'école dans les livres d'histoire de messieurs Fernand-Nathan, via les instituts de sondages appartenant aux mêmes milliardaires qui possèdent aussi les journaux, télés, radios et maisons d'édition, ou encore les livres religieux eux aussi écrits par des empereurs ou des califes qui avaient le pouvoir et entendaient le garder.

Pas de liberté d'expression en France

Pour rappel, il n'y a pas de liberté d'expression en France.

Tous ceux qui ont le "droit" de s'exprimer (journalistes, écrivains) sont soumis à plus de 200 lois restrictives, qui en gros définissent de quoi on a le droit de parler.

La nouveauté, c'est qu'avec internet, des citoyens ordinaires, qui d'habitude ne s'exprimaient qu'au bar ou autour de la table familiale, avec un auditoire restreint, accèdent à un auditoire beaucoup plus large.

Or, ces citoyens français ne savent pas qu'ils n'ont pas le droit de parler de ce qu'ils savent, qu'ils n'ont pas le droit de faire se poser des questions sur le pouvoir, etc.

On n'est pas aux USA, où la liberté d'expression est garantie par le premier amendement de la constitution (on a le droit de tout révéler), même si dans les faits, les médias étant privés, le patron dicte lui-même ce dont on a le droit de parler ou pas, ou le secret-défense interdit de parler de certains sujets.

Quelques lois que les Français devraient connaître :

" Cédric O, secrétaire d'État au Numérique, a jugé nécessaire sur France Info, le 17 février 2020, de «rétablir la peur du gendarme» sur Internet.

Pour cela, pas besoin de nouvelles lois, les lois françaises actuelles permettent déjà de mettre en place en France une censure numérique du niveau de celle d'une dictature.

Concernant l'affaire Griveaux, la police est intervenue en 48 heures et le site a disparu en 24 heures. Dès que l'on touche à des gens importants, la police se montre efficace.

Au contraire des USA, il n'y a pas de liberté d'expression en France. Il y a plus de 200 lois qui la contraignent. Il existe une myriade de conditions qui limitent la manière dont vous avez le droit de vous exprimer.

Les journalistes doivent s'appuyer sur des services juridiques afin de savoir dans quelles limites ils peuvent s'exprimer.

Aujourd'hui, les Français sont juste en train de découvrir que la liberté d'expression est un concept américain, qui ne s'est pas implanté [légalement] en France. Ce concept a été donné à nos concitoyens, à travers des technologies sociales américaines, exactement comme elles avaient été données aux Tunisiens il y a 10 ans. Le problème, c'est que ni en Tunisie, ni en France, n'existe de liberté d'expression.» - Sous entendu que face à un outil nouveau, nous avons tendance à ne pas savoir l'utiliser correctement. -

A propos des lois demandées par les politiques comme Thierry Breton, pour empêcher les Français de s'exprimer :

"Thierry Breton est un financier qui ne sait pas de quoi il parle. Ces gens nous ont menés à la catastrophe actuelle [toutes nos technologies internet sont aux mains des Américains ou des Chinois, nos entreprises européennes dissoutes et envoyées à l'étranger].

Il existe en France un déficit criant de compétences technologiques au niveau politique. Rien d'intelligent et d'intelligible ne peut être dit dans un tel contexte.»

"l'affaire Griveaux ne sera pas un prétexte politique pour museler Internet, parce que toutes les lois pour museler Internet et les réseaux sociaux sont déjà là : la Loi Avia, la Loi de censure administrative datant de 2012. Toutes les lois permettant d'agir comme dans une dictature en France sont déjà votées, il ne reste plus qu'à les appliquer.

À l'heure actuelle, les autorités sont en mesure de décider de censurer un contenu [comme c'est déjà le cas avec la censure Facebook systématique dès qu'on parle de vaccin], quel qu'il soit, pour n'importe quelle raison. Elles en ont le pouvoir. Ce n'est pas une question de lois supplémentaires, mais d'éléments déclencheurs. L'affaire Griveaux en sera peut-être un.»"

Présentation de l'arnaque par Q

Q publie un message très inspirant en novembre 2019 (le n°3613 du 22/11/2019.

" Que se passe-t-il lorsque 90 % des médias sont contrôlés ou détenus par 6 sociétés ?

Que se passe-t-il lorsque ces mêmes sociétés sont exploitées et contrôlées par une idéologie politique ?

Que se passe-t-il lorsque l'information n'est plus exempte de préjugés ?

Que se passe-t-il lorsque l'information n'est plus fiable et indépendante ?

Que se passe-t-il lorsque l'information n'est plus digne de confiance ?

Que se passe-t-il lorsque les médias deviennent simplement le prolongement ou le bras d'un parti politique ?

La réalité devient fiction ?

La fiction devient réalité ?

Quand-est-ce que les nouvelles deviennent de la propagande ?

Création d'identité ?

Comment une personne moyenne, qui subit un stress financier constant (ce qui est intentionnel), peut-elle trouver le temps de faire des recherches et de distinguer les faits de la fiction?

La majorité des gens sont plus enclins à croire quelqu'un en position de pouvoir assis derrière le nom d'une grande marque "médiatique" ?

Les gens [psyché humain] ont-ils tendance à suivre le "point de vue de la majorité/du courant dominant" de peur d'être isolés et/ou rejetés ?

Il y a un but derrière l'utilisation de l'expression "Mainstream"' [tendance dominante dans l'opinion].

[Si la majorité des gens croient 'x', alors 'x' doit être validé/vrai]

Pourquoi les vedettes de médias "grand public" (mainstream), au sein d'organisations différentes, utilisent-elles toujours les mêmes mots-clés et/ou phrases clés ?

Coordonnées ? Par qui ? Entité extérieure donnant des instructions ?

Est-ce qu'ils comptent sur le fait que les gens [psyché humain] sont plus enclins à croire quelque chose si cette chose est répétée encore et encore par différentes sources prétendument "dignes de confiance" ?

Les tactiques de la "chambre d'écho" permettent-elles de valider ou de crédibiliser le sujet ou le point à l'étude ?
Menace à la liberté intellectuelle ?
Le contrôle de ces institutions/organisations permettrait-il le contrôle massif d'un point de vue de la population sur un sujet donné ?

Relisez à nouveau - assimilez.

Le contrôle de ces institutions/organisations permettrait-il le contrôle massif d'un point de vue de la population sur un sujet donné ?
Pensez logiquement.
Pourquoi, après l'élection de 2016, les démocrates et l'ensemble des médias ont-ils lancé un blitz [coordonné et planifié] visant à créer des mensonges sur l'illégitimité de l'élection, l'assassinat du caractère du Président des USA par le sexisme, le racisme, tout autre "isme" ?
Avant et après les élections de 2016 ?
Pourquoi des organisations terroristes violentes [masquées] comme Antifa ont-elles été immédiatement créées/financées ?
Pourquoi a-t-on immédiatement :

- chargé ces organismes d'intimider ou d'arrêter immédiatement tout rassemblement et/ou événement pro-PDEUA ?
- organisé des marches pour contrer et faire taire les rassemblements et/ou événements pro-PDEUA ?
- organisé des marches qui divisaient les gens en sexe/genre, race, [isme]?

Lorsque vous contrôlez les leviers de la diffusion des nouvelles, vous contrôlez le narratif.
Contrôle du narratif = pouvoir
Quand on est aveugle, qu'est-ce qu'on voit ?

Ils veulent vous diviser.
Divisés par la religion.
Divisés par le sexe/genre.
Divisés par l'appartenance politique.
Divisés par classe.
Lorsque vous êtes divisés, en colère et contrôlés, vous ciblez ceux qui sont "différents" de vous, et non les responsables [les contrôleurs].
Divisés, vous êtes faibles.
Divisés, vous ne représentez aucune menace pour leur contrôle.

Lorsque l'information "non dogmatique" devient LIBRE & TRANSPARENTE, elle devient une menace pour ceux qui tentent de contrôler le narratif et/ou l'étable (bétail élevé - moutons).
Quand vous êtes éveillés, vous vous tenez à l'extérieur de l'étable (collectif 'groupe-pensée'), et vous avez une 'pensée libre'.
La "pensée libre" est un point de vue philosophique selon lequel les positions concernant la vérité doivent être fondées sur la logique, la raison et l'empirisme (expérience vérifiée), plutôt que sur l'autorité, la tradition, la révélation ou le dogme."

Les sous-informés

Le grand public fonctionne globalement sur deux niveaux :

- Les suiveurs, qui ne s'informent pas,
- Les faiseurs d'opinion, les borgnes au pays des aveugles

Les suiveurs

Peu de gens se rendent compte qu'un grand nombre de Français sont incapables de lire "L'Équipe" : je ne parle pas du journal, mais juste du mot en lui-même...

Les suiveurs ont un niveau faible, et généralement ne s'intéressent à pas grand chose, mis à part leur quotidien matériel immédiat. Ces gens là, une grosse majorité (50% à 70% de la population d'un pays, cela restant variable selon les habitudes culturelles et le niveau général d'éducation) ne lisent effectivement pas les articles scientifiques sur les découvertes de nouvelles planètes (et qui préparent le grand public à la révélation de Nibiru).

De manière générale, les suiveurs n'ont absolument aucune culture, ni même ne cherchent à se renseigner sur ce qui se passe dans le monde, alors qu'ils ont quand même le droit de vote : voter sans connaître ni qui est de gauche ni qui est de droite, sans même savoir ce que ces notions signifient au niveau politique, c'est quand même l'apothéose de la démocratie jetée en pâture aux cochons...

C'est à cause du phénomène des suiveurs qu'on arrive à des sondages où un grand nombre d'Américains ne savent même pas que leur pays a été le seul à lancer des bombes atomiques sur des humains, sans compter ceux qui ont quand même répondu bon mais qui ont juste répété ce qu'ils avaient appris à l'école (de manière contrainte et forcée) ou parce qu'ils ont entendu cela en zappant entre deux pubs.

Les faiseurs d'opinion

Pour ce second niveau, et je ne parle pas des élites mais bien de la population globale, ce sont des gens qui se renseignent un minimum et qui réfléchissent un peu plus loin que le bout de leur nez, ne serait-ce qu'en regardant les infos TV ou le journal écrit, voire les infos internet.

Ensuite, lors des repas de famille, les discussions autour de la machine à café, les peu informés diffusent l'information main-stream aux pas informés, l'endoctrinement du propriétaire du média redescendant doucement, et en profondeur, au sein de la société.

S'approprier l'opinion des autres

Les suiveurs écoutent généralement ce que les faiseurs d'opinion disent, en s'appropriant les opinions des faiseurs d'opinion comme si c'étaient les leurs.

D'où vient l'opinion des faiseurs d'opinion ? Comme les suiveurs, ils s'approprient l'opinion des journalistes des médias, l'opinion en réalité dictée par le propriétaire du média.

Mettez les faiseurs d'opinion dans votre poche et vous aurez forcément les suiveurs, telle est l'idée des articles pas lus par 70% de la population mais qui finiront par toucher toute la population. Ce sera facile alors de dire, "j'ai un copain qui avait lu que", discussion de bar classique !

Exemple de Nibiru

La préparation à Nibiru (via les découvertes de nouveaux types de planète, le fait que la croûte terrestre bascule) vise directement les faiseurs d'opinion, ceux qui s'informent même superficiellement.

Quand Nibiru sera annoncée, ce découpage en deux groupes ne changera pas. Les faiseurs d'opinion pourront éventuellement demander des comptes, et les autres qui suivront comme d'habitude le courant. C'est pourquoi la préparation des 30% de faiseurs d'opinion est primordiale, car c'est eux qui dirigeront ou non les mouvements populaires.

Image fabriquée

Les médias ne font passer au public que les informations qu'ils veulent. Par exemple, c'est 2 ans après l'élection de Sarkozy que j'ai appris que ce dernier était schizophrène et prenait des cachets, une chose connue depuis longtemps des militants haut placés de son parti, mais tenue secrète aux électeurs. Si lors d'une interview Sarkozy déconnait, ce passage était tout simplement retiré lors de la diffusion. A l'inverse, lorsque le moment fut venu de saboter la réélection de Sarkozy, afin de faire passer les lois Macron qui ne pouvaient l'être que sous un gouvernement de gauche, les vidéos furent alors arrangées dans l'autre sens (par exemple un Sarkozy ivre, on laisse les parties où il bafouille dans son discours (ce que tout le monde fait) ou qui trépigne tout le temps d'impatience, sachant que souvent la personne se prête au jeu et surjoue son rôle).

L'image que nous voyons d'une personnalité n'est que ce que les médias veulent bien nous en montrer, et peut être à l'opposé de ce que la personne est vraiment.

Voir par exemple la vidéo de Trump donnant à manger aux carpes japonaises, en présence du ministre japonais. Le ministre donne la nourriture cuillère par cuillère, Trump aussi, puis une fois la boite presque vide, le ministre japonais vide la boite en la secouant, puis Trump l'imite. En coupant la partie de la vidéo où le ministre japonais vide la boîte, et où Trump donne la nourriture à la cuillère, les journalistes ont fait croire que sur un mouvement de colère et de non respect des traditions de ses hôtes, Trump avait humilié les japonais en vidant directement la boîte...

Je me rappelle aussi la visite de François Hollande dans mon entreprise, on avait du fournir une salle et 40 connections internet pour que les médias puissent retoucher les photos. Hollande étant très petit, notre directeur très grand, les photographes se mettaient par terre pour mettre Hollande au premier plan et donner l'illusion qu'il soit plus grand. Sur une image d'un quotidien, on voyait même que notre directeur avait été « écrasé » par retouche informatique, le rendant tout petit et gros comme le président...

On se rappelle de Staline qui faisait enlever des photos officielles historiques de ses anciens amis/alliés, au fur et à mesure que Staline faisait abattre ces derniers. Staline a finit seul sur les photos...

Ce que vous voyez de la réalité n'est donc qu'un prisme, une scène de théâtre où vous n'avez que des informations parcellaires, incomplètes, et orientées pour que vous en déduisiez ce que l'on veut que vous en déduisiez, en vous faisant croire que ça vient de vous...

Vous êtes donc incapable de juger de la personnalité d'un homme politique. Les ministres de l'intérieur sont présentés comme des hommes à poigne, fermes et intraitables (il leur suffit de serrer la mâchoire et de froncer les sourcils sur les photos officielles).

Hollande s'est au contraire fait passé pour un tout mou, histoire de mieux cacher la main de fer avec laquelle il a contraint le pays. C'est le président qui a fait abattre le plus d'opposants via les assassins de la république, c'est lui qui a déclaré l'état d'urgence et l'a prolongé indéfiniment, qui a fait passer les lois Macrons d'ultra-droite détruisant les droits du travail de 1945, et il a pu le faire sans que personne ne réagisse, parce que le benêt gentil avec le sourire béat présenté par sa marionnette aux "guignols de l'info" faisait bien moins peur qu'un apparent dictateur en colère permanente type Sarkozy.

Nous sommes tous foncièrement manipulés par l'image, ce n'est pas toujours le requin qui parait le plus gros qui sera le plus vorace dans les faits.

Centralisation

Je ne donne que des exemples bien parlant (pas d'enquêtes détaillées, vous avez déjà pléthore de livres qui existent depuis des siècles sans que cela n'ai jamais rien changé, vu comment le système est verrouillé et résistant à toutes ces révélations).

Survol

Toute info vient de la même minorité (p. 24)

Ceux qui possèdent les maisons d'édition sont liés aux patrons des médias et aux politiques, une grande petite famille... Aucune info ne sort qui ne passe pas par les gens de cette minorité au pouvoir.

Comment la minorité accapare les ressources ? (p. 24)

90% des médias sont privés (dont 80% appartiennent à 4 ultra-riches). Qui possède les 10% restants ?

Les 80% de médias privés permettent de faire élire le candidat désigné par les Ultra-riches (messages subliminaux, propagande, infos à sens unique, influenceurs aux ordres). Une fois le candidat élu, les 10% de médias publics appartiennent de facto au groupe des ultra-riches.

La concentration de l'argent fait qu'ils sont de moins en moins nombreux à pouvoir se payer un média qui sera toujours en déficit. Les subventions de l'État, attribuées à certains et pas à d'autres, permettent de sélectionner qui a le droit de vivre ou de mourir.

Toutes vos connaissance ne proviennent que d'une minorité d'ultra-riches

Ce qu'il faut retenir, c'est que tout fonctionne sur le même schéma dans un système hiérarchique : tous les pouvoirs sont concentrés dans quelques mains, qui se protègent les unes les autres, et sont protégées par les étages inférieurs de la pyramide.

Et tant que plus de 40 % du peuple travaille sans chercher plus loin que le bout de son nez, ce système vivra éternellement.

Cette concentration des pouvoirs va très loin. 3 groupes bancaires seulement possèdent la science (via les labos et toutes les revues à comité de lecture du monde).

Ce sont ces mêmes familles d'ultra-riches qui, par le passé, ont trafiqué les livres religieux lors de leur écriture, et possèdent la religion.

Je vous laisse lire le livre événement « Crépuscule », de Juan Branco [Bra], pour tous les liens troubles entre milliardaires qui ont abouti à l'élection de Macron en mai 2017. Normalement plus rien à rajouter avec une telle enquête !

Pour résumer, toutes les sources d'informations de notre société sont des sources privées, soumises au bon vouloir de quelques milliardaires…

Pour ceux qui n'auraient pas compris jusqu'où va l'embrouille, faire élire un président/gouvernement grâce a des financements privés, avec des électeurs conditionnés mentalement par des milliers d'articles orientés dans les médias appartenant à ces mêmes privés, revient à mettre tous les services publics (médias, école, science, etc.) dans les mains de ces mêmes privés, une minorité d'égoïstes (s'ils n'étaient pas égoïstes, ils ne seraient pas milliardaires, car ils auraient redistribué d'eux-même).

Donc, TOUTES les sources d'informations de notre société (même les publiques comme l'école), tout ce que vous avez appris dans votre vie, provient de sources privées, soumises au bon vouloir de quelques milliardaires…

Que ce soit à l'école dans les livres d'histoire de monsieur Nathan (et de tous les autres éditeurs qui sont aussi un petit monde fermé et privé), dans le grand journal des élites "le Monde", ou les plus accessibles « l'Obs », ou « Libération », appartenant tous à monsieur Xavier Niel, ou à Monsieur Bernard Arnault, propriétaires de journaux lus en masse par le peuple comme « Le Parisien » ou « Aujourd'hui en France ». Sachant que Niel est le gendre d'Arnault…

Vous apprenez aussi à la télévision de monsieur Bolloré, qui possède les grosses chaînes de télé comme Canal Plus (et toutes les chaînes Canal), I-Télé, Direct 8, Direct Matin, Direct Star et D17 (et qui, 4 jours après l'élection de Macron, recevra 340 millions d'euros d'argent public de la part de Macron, dans un arbitrage style Christine Lagarde-Tapie). Ou dans le reste des gros médias, appartenant à Patrick Drahi (qui a pu acheter tous ces médias grâce à l'arbitrage litigieux de ... Macron toujours, alors ministre de l'économie).

Ces "élites" tiennent leur pouvoir de la différence de connaissance entre eux et leurs esclaves. Rendre les foules ignorantes est la base de la domination.

Vous rendre intelligents et instruits, signifie la fin de votre obéissance aveugle, la perte de leur pouvoir. Vous aurez compris que ce n'est pas leur intérêt.

Or, ces ultra-riches n'ont aucune notion d'intérêt commun, seulement du leur.

Centralisation > Comment accaparer l'intérêt commun ?

Nous donnerons ici l'exemple pour les médias, mais le même principe de centralisation est appliqué aux instances étatiques comme l'ONU, aux multinationales, etc.

Survol

Des médias déficitaires (p. 24)

C'est étrange : les médias sont déficitaires par nature, et pourtant les grands milliardaires se battent pour les racheter le plus cher possible...

Des médias qui font élire le président (représentation p. 27)

Les médias permettent de faire élire n'importe qui, il suffit de le montrer plus souvent que les autres, d'en parler toujours sous un bon angle, de passer à l'envie des analystes se répandant en louange sur ce candidat, et surtout, de taire les affaires le concernant, tout en se répandant sur le pantalon de son adversaire... Ce candidat aidé est toujours l'ami du milliardaire possédant les médias.

Échanges de bons procédés (p. 25)

Les patrons des médias amis sont aidés par les politiques, avant et après les élections. Ça ressemble à de la corruption...

Comme ces médias sont déficitaires, les politiques au pouvoir allouent de fortes subventions aux médias privés amis pour remercier...

Des milliardaires qui investissent dans des médias structurellement déficitaires

Une minorité de milliardaires détient les médias, unique source de tout ce que vous pensez savoir. Que font-ils de tout ce pouvoir ?

Ce ne semble pas pour l'argent que ces milliardaires achètent les médias. Quand Bolloré rachète Canal Plus, il vire « les guignols » (une émission phare et emblématique de la chaîne), mais ouvertement anti-Macron. En protestation, la moitié des abonnés ont résiliés dans le mois leur abonnement (donc la moitié du chiffre d'affaire). Mais Bolloré n'a pas remis les guignols pour autant, comme si gagner des sous n'était pas le plus important pour lui…

Échanges de bon procédé avant et après les élections

Une fois la victoire acquise, il est l'heure de récompenser ou punir les mauvais élèves des médias.

Punitions

Pourquoi 10 jours après l'élection de Macron, David Pujadas, qui présente le journal de 20h de France 2 depuis 16 ans (journal appelé la messe, où les Français s'agglutinent tout les soirs pour savoir ce qui se passe ailleurs que dans leur entourage proche), annonce qu'il ne sera plus présentateur, et que cette décision ne vient pas de lui ? [puj]

Récompenses

Canal + et Bolloré

Bolloré, lors de son achat de Canal Plus, avait perdu la moitié des abonnés après avoir viré les « guignols de l'info » et l'émission "Quotidien", tous anti-Macron.

Pourquoi, seulement 5 jours après l'élection de Macron (il n'avait que ça a penser pour la France ?), Macron donne à Bolloré 315 millions d'euros [bol] ?

Un arbitrage super litigieux, Vivendi accusant le fisc d'avoir enlever une possibilité d'~~évasion~~ niche fiscale... Chose qui s'était déjà produite sous la présidence Hollande (366 millions d'euros en 2014). Pour rappel, Hollande est celui qui a permis à Macron de devenir président, en :

- mettant Macron (parfait inconnu du grand public) comme ministre de l'économie,
- ne se représentant pas (mécaniquement, 8 % de Français peureux auraient voté pour l'ancien président (quels que soient les résultats), 8% qui auraient manqué à Macron).

Drahi

Drahi a pu racheter une grosse partie des médias français, grâce à l'arbitrage de Macron, alors ministre de l'économie. Les chaînes du groupe racheté, comme BFM Tv, se sont empressées de se montrer très élogieuse à l'égard du futur candidat Macron...

Les subventions publiques aux médias

Il faut savoir que les médias font des pertes constantes, que c'est l'argent public qui finance tous ces journaux via les subventions (subventions dont le montant semble lié au degré d'intimité avec les politiques en place).

Pourquoi, selon un rapport de la cour des comptes du 02/04/2014, les subventions publiques pour le cinéma et l'audiovisuel a doublé [subv], alors que les audiences sont en chute libre ?

Pourquoi ne pas nationaliser ces médias directement, vu qu'apparemment le privé ne sait pas les gérer ?

Encore une fois, nous payons pour que des privés nous désinforment. Ces mêmes privés qui ne supportent pas l'intrusion de l'État (l'intérêt commun) dans leurs affaires et leurs décisions, mais qui acceptent sans sourciller l'argent public donné par celui qu'ils ont fait élire. Nationalisation des dépenses, privatisation des bénéfices…

Représentation

Survol

Verrouiller un système

Nous avons vu que 3 milliardaires peuvent faire élire un candidat grâce à leurs médias.

Une fois au pouvoir, tout l'appareil étatique est verrouillé, en nommant les bonnes personnes en haut de la chaîne de commandement. La création de black programs mafieux (sous couvert de secret-défense et sécurité intérieure) permet ensuite de contrôler par la peur les dissidents.

C'est la création d'un État profond, qui empêchera un éventuel président honnête de pouvoir changer les choses.

De toute façon, seul les candidats validés par le groupe des ultra-riches pourront se présenter aux élections par la suite (voir l'omniprésence de la gendarmerie autour du décès suspect de Coluche, ou au dénigrement systématique des soit-disant "petits candidats", alors qu'ils sont tous censés avoir la même égalité).

Le même milliardaire finance plusieurs partis, histoire de donner l'illusion de la pluralité. Mais gauche-droite, extrême gauche ou extrême droite, ils ont tous été élus par les ultra-riches, et ne doivent rendre des comptes qu'à ces ultra-riches.

Les riches choisissent les candidats (p. 26)

Nous avons le droit de voter démocratiquement, pour plusieurs candidats... Sauf que tous sont choisis par les mêmes ultra-riches, et feront donc tous la même politique.

Les riches font élire leur candidat (p. 27)

Nous croyons voter en toute conscience, selon nos idéaux. Problème, c'est que dans un monde où toutes nos infos viennent des mêmes ultra-riches qui choisissent le candidat, nous n'avons pas assez de données pour prendre la bonne décision. Sans parler du manque de temps pour choisir un bon candidat, et du formatage psychologique qui influence nos choix.

Retour à l'envoyeur (p. 29)

Une fois au pouvoir, le nouveau président est évidemment fort complaisant envers les ultra-riches qui ont financé sa campagne.

Idiotie de l'élection (p. 30)

Au final, seule 10% de la population vote réellement pour un candidat. Beaucoup d'entre nous sommes tout simplement incapables de prendre une décision raisonnable, et personnellement, je me considère inapte à voter pour quelqu'un.

Des gens imparfaits choisiront quelqu'un d'imparfait.

Les pièges du scrutin (p. 31)

La majorité, c'est 50% des électeurs lésés. L'unanimité, c'est s'assurer que jamais les lois ne seront annulées.

La triche (p. 31)

En plus de toutes les erreurs fondamentales sur le principe du vote, il y a plusieurs moyens de tricher pour s'assurer que le hasard ne joue pas trop bien les choses.

L'illusion de l'alternance (p. 32)

Le principe qui nous a fait accepter la démocratie représentative (je laisse quelqu'un gouverner à ma place), c'est que si cette personne se révèle incompétente, ou ne respecte pas ses engagements, je peux voter pour une autre idéologie (contraire à mes principes, parce que je ne peux choisir le leader du parti censé me représenter).

Ce principe se révèle faux, vu que c'est les mêmes personnes derrière des candidats ou partis semblant différents.

Toute cette lutte pour déterminer un représentant devient du coup puérile et inutile, le pouvoir restant toujours aux mains du même groupe occulte.

Le vote blanc (p. 32)

Comment voter au mieux face à ce faux choix qu'on nous propose ? Normalement c'est l'abstention (je refuse de participer à cette mascarade), mais le but est de réveiller les derniers votants sur l'inutilité de leurs luttes. De plus, les derniers électeurs voteront d'autant plus s'ils ont l'impression que des inconscients fainéants préfèrent partir à la pêche plutôt que de "faire leur devoir pour lequel des gens sont morts" (mais à cause duquel des gens meurent aujourd'hui...).

Le vote blanc est donc le moyen d'expression le plus parlant, le plus susceptible de réveiller les masses endormies : Pourquoi des gens disent qu'ils ne veulent aucun des candidats proposés ? Que proposent-ils alors ?

Les riches choisissent les candidats

Comment un candidat (à la présidentielle par exemple) est-il trouvé ? Et bien il est d'abord candidat d'un parti politique. Comment est-il choisi ? Il y a un vote des membres effectifs du parti pour nommer l'un des leurs. Qui est candidat dans un parti : celui qui a réussi a monter tous les échelons à l'intérieur de l'organisation et à s'imposer comme "le chef".

Comment le chef est choisi ?

Pour monter dans un parti politique, faut avoir une sacrée ambition et être un sacré requin. Ce n'est pas pour ses idées qu'on monte, car même les plus grands politiques font trouver leurs "idées" par leurs collaborateurs et conseillers. On a donc la crème de la crème au niveau taille de l'égo qui aime-se-faire-servir et prendre-les-idées-de-ses-subalternes-comme-les-siennes. Il faut avoir côtoyé le monde politique pour réaliser l'ampleur de ce phénomène ! Qui écrit les projets de loi, les programmes et les discours ? Jamais les intéressés, suffit de connaître un attaché parlementaire pour en avoir un bon témoignage !

Regardez Chirac, avec sa collusion avec les milieux d'affaires, les emplois fictifs, les HLM de Paris, le financement des partis, etc. Et sa femme, dont l'ancêtre était celui qui avait voté la colonisation du maghreb.

Pour monter dans le parti, il faut passer dans les médias. Or, seuls les candidats pré-sélectionnés par le système, qui ont de l'argent pour se payer des nègres, et qui sont soutenus par des riches qui payent plusieurs membres du parti pour cautionner leur poulain, peuvent monter en haut du parti.

Évidemment, une fois élu, le candidat va récompenser ses sponsors milliardaires. Et ces derniers veulent être récompensés au centuple de ce qu'ils ont "investi" dans un candidat.

Et comme ils ont investi dans le candidat de droite et de gauche, ils sont assurés de toucher le jackpot.

Élections internes non démocratiques

Les élections dans les partis politiques sont réalisées et surveillées par les partis eux-mêmes, sans vraiment de neutralité. En plus, il n'y a aucune détection des actes malveillants (fraudes etc...), mis à part par les membres eux-mêmes, qui sont loin d'être objectifs puisque nommés par ceux qui se présentent. C'est comme si Sarko faisait un référendum et nommait son premier ministre pour surveiller les fraudes au scrutin.

Écarts de financement entre les candidats

Il est injuste de voir que certains, comme Jean Lassale, obtiennent à peine un prêt de 200 000 euros, tandis que les gros partis culminent sans problème à 20 millions d'euros pour financer leur campagne. Pourquoi les banques privées acceptent de financer certains, et pas les autres ?

Dans une démocratie, ne serait-ce pas normalement un service public qui devrait gérer égalitairement les campagnes, chacun ayant le même droit de parole et d'affichage que les autres ? Une manière d'économiser des millions d'euros au passage...

Le 02/12/2018, le Journal du Dimanche fait le bilan des comptes de campagne de Macron.

Pourquoi la moitié de la campagne de Macron a été payée par 913 personnes seulement ? [macr2] Sachant que la moitié de la somme donnée par ces 913 personnes dépasse l'ensemble des donations faites à Nicolas Dupont-Aignan, Jean Lassalle, Philippe Poutou, François Asselineau, Nathalie Arthaud, Jacques Cheminade réunis…

Est-ce pour cela qu'on appelle ces 6 personnes des « petits » candidats, manière pudique de dire qu'ils n'ont pas la faveur des ultra-riches ? Quel système avoue ouvertement que seuls les candidats annonçant qu'ils vont privilégier les riches pourront avoir une campagne correcte et donc être élus ? Elle est où l'égalité entre les hommes promise par notre constitution ?

Sans parler de la bizarrerie d'avoir un président élu en grande partie par des dons de l'étranger : si c'est l'entre-soi parisien qui a le plus financé la campagne de Macron (notamment les 3 arrondissements les plus chics (6e, 7e et 16e)), il est à noter qu'il y a plus d'argent venant de Suisse que de Marseille, la deuxième ville de France… Les libanais ont plus contribué que les suisses, soit plus que Bordeaux et Lille réunies… Et ça monte, la City de Londres a donné 8 fois plus que les libanais, soit plus que les 10 plus grosses villes françaises de Province réunies. Qui Macron devra-t-il remercier ? Les Français ou les investisseurs étrangers ?

« Étrangement », une étude de l'Institut des politiques publiques, publiée en octobre 2018, révèle que les grands gagnants de la politique fiscale d'Emmanuel Macron sont… les ultra-riches. Les 1% les plus riches voient leurs revenus augmenter de 6%, quand les ménages les plus modestes perdent 1% de pouvoir d'achat.

Bien entendu, on ne peut rien affirmer sur la corrélation entre un Macron financé par les ultra-riches, et les actions de Macron qui favorisent les Ultra-Riches. Peut-être qu'il n'y a aucun lien, que ce n'est que ce fameux « hasard » ?

Ce « hasard » qui va toujours dans l'intérêt des dominants…

Les nouveaux donateurs de Macron

Un groupe de banquiers d'affaires, de financiers et de start-uppers a largement soutenu [macr3] le parti de Macron, "*En marche*", à ses débuts. Leurs dons massifs ont permis à Emmanuel Macron de s'émanciper de François Hollande. En attendant un retour sur investissement ?

De nombreux documents auxquels le journal « Marianne » a eu accès, pour beaucoup issus des « MacronLeaks » (ces fuites des e-mails du parti de Macron, qui ont eu lieu juste avant les élections du second tour, donc trop tard pour influencer le vote, mais suffisamment tôt pour faire passer un message). Ces e-mails, recoupés et vérifiés par l'équipe de Marianne, attestent du soutien financier massif apporté à "*En marche*" à ses débuts par une poignée de riches.

A noter que parmi les sponsors de Macron, aucun des milliardaires habitués du Premier Cercle de l'UMP, comme François Pinault, Serge Dassault ou la famille Bettencourt ne s'y trouve. Ce qui laisse à penser que ce hold-up sur les élections étaient bien l'oeuvre d'un groupe de riches différents de ceux qui tenaient le pouvoir auparavant.

Les riches font élire leurs candidats

Il suffit de regarder le nombre de couvertures avec Macron pour comprendre que seuls un ou 2 candidats sont mis en avant par les médias. En 2007, Martin Bouygues avait demandé à ses grands directeurs de tout faire pour faire élire Sarkozy (p. 28).

Campagne politique cachée

Prenez toutes les élections, vous verrez que le nombre de Unes de journaux attribuées à un candidat est proportionnel aux voix récoltées par ce candidat. Aucun biais, le lien est direct entre ces 2 chiffres : plus un candidat passe à la télé aux heures de grande écoute, plus il a de voix.

Simple, on ne vote que pour celui qu'on connaît...

Formatage subliminal

Quand vous voyez la tête d'un candidat en Une de tous les journaux tous les jours, et que les autres candidats sont dénigrés par tous les "analystes" politiques (des médias), ces mêmes analystes ne cessant de répéter que le programme de untel est vraiment le seul qui tienne la route, que c'est le seul qui pourra nous "sortir de l'ornière". Quand les candidats indésirables voient des affaires ressortir, alors que celles du chouchou des médias s'étouffent immanquablement, vous finissez par voter comment les médias vous y oblige, même si vous ne vous en rendez pas compte consciemment.

Ce n'est pas pour rien que quand on demandait à Alexis de Tocqueville, sur le danger pour les riches de laisser les pauvres voter :

" Je ne crains pas le suffrage universel, les gens voteront comme on leur dira. "

Les associations

4 gros milliardaires qui soutiennent Macron à la présidentielle de mai 2017, ainsi que les services publiques dans la poche grâce à l'ancien président élu par les mêmes personnes, c'est 95 % des médias dans la poche... Et comme par hasard, pendant l'année précédant l'élection présidentielle, la tête de Macron sera sur toutes les couvertures de journaux de ces milliardaires (Figure 6).

Figure 6: Formatage quotidien

Les analystes politiques de ces médias ne parlent que de Macron (en bien) et peu des autres (ou en mal). Les infos sont orientées pro-Macron, etc. La marge de manœuvre est colossale (voir propagande médiatique p. 27).

Une présence médiatique non décomptée du temps de parole limité de chaque candidat.

Qui tient les sondages possède 30 % des voix

On sait que 20 à 30 % des électeurs ne se posent pas de question, et voteront sans réfléchir pour celui qu'ils estimeront être le futur chef de meute (un comportement instinctif archaïque grégaire, on suit le chef sans se poser de questions, même s'il vient de tomber d'une falaise).

Quoi de mieux que des sondages pour leur donner l'impression que Macron est ce futur leader derrière lequel il faut s'aligner ? Derrières les 3 plus grands instituts de sondage (CSA, BVA, Odoxa) nous retrouvons nos 3 compères Arnault (et son gendre Niel), Bolloré et Drahi… Évidemment, le résultat de ces sondages est abondamment relayé par les médias de ces mêmes milliardaires….

On ne peut prouver que les sondages aient été truqués, mais que :

- Xavier Niel [God] a déclaré : « Quand les journalistes m'emmerdent, je prends une participation dans leur canard, et ensuite ils me foutent la paix ».
- aucun employé de ces instituts de sondage ne pourrait s'opposer aux ordres de leur patron.

Donc, si le patron décide de présenter Emmanuel Macron sous un jour favorable (en gonflant artificiellement sa côte de popularité), les employés sont dans l'obligation de mentir en fournissant des sondages faux…

C'est d'ailleurs pour ça que ces instituts de sondage de ces grands milliardaires, régulièrement utilisés par les médias des mêmes milliardaires, ne sont pas choisis par les entreprises quand elles veulent de vrais sondages…

La manipulation va encore plus loin, car les sondages concernant le parti adverse (mais allié en secret) sont aussi gonflés. La dirigeante du parti adverse se flinguera toute seule lors du débat présidentiel de 2e tour. Les milliardaires qui s'amusent en coulisses sont ainsi sûr d'avoir leur 2 marionnettes à eux au second tour, donc sûrs de remporter la mise... C'est ainsi que les sondages donnaient FN et LREM en tête, étant assurer de donner minimum 15 % des voix à ces 2 partis. Il est ensuite facile, au second tour, de diaboliser à loisir le FN, et de s'arranger pour que la dirigeante se saborde volontairement…

Ensuite, les candidats ont théoriquement tous droit au même temps de parole… par contre, quand toutes les émissions de télévision ne parlent que de Macron en bien (pas décompté du temps de parole), que Macron parle en prime-time et que les petits candidats passent à 1 h du matin sur une chaîne que personne ne regarde, vous comprenez bien que les dés sont pipés...

Surtout que depuis 2019, les temps de paroles ne sont plus égaux… Le mode de calcul reste assez obscur, mais les candidats des banques ont beaucoup plus de temps de paroles (1h pour le parti de Macron) que les autres (3 minutes pour les 29 autres partis).

Les esclaves passant leur temps à travailler et à s'amuser, donc pas à s'informer (ou alors, uniquement auprès de la source d'info disponible, les médias des milliardaires…) vous comprendrez pourquoi ceux dont on parle le plus à la télé sont ceux qui sont élus, avec une proportionnalité intéressante entre le pourcentage de voix et le pourcentage de citations télévisées...

Une fois le président élu par ces « compères » (le terme « mafieux » est plus proche de la réalité), puis le gouvernement choisit par le président, puis l'assemblée nationale qui logiquement est du même bord que le président (le sénat ne sert à rien), on peut s'attendre à ce que l'État (l'intérêt commun en principe) favorisera les riches (les gros donateurs de la campagne présidentielle, ceux qui ont perdu des téléspectateurs en étant ouvertement pro-Macron dans leurs médias, etc.), en prenant toujours plus aux pauvres, allant donc à l'opposé de l'intérêt commun. Mais après tout, ce n'est pas le peuple qui les a élu, mais les riches, il est donc normal que les politiques avantagent ceux à qui ils sont redevables…

Macron et les 3 milliardaires

L'élection de Macron est un cas d'école d'un hold-up électoral. Nous avions les anciens partis droite-gauche, qui se partageaient le pouvoir depuis 1 siècle, à coup d'alternances qui ne changeaient rien aux choses. Est arrivé Macron, qui en moins de 3 ans est imposé à Hollande (sous la pression du triple A), qui récupère les infos de Bercy sur les magouilles financières de ses adversaires, qui monte un nouveau parti, et qui sera élu malgré son inexpérience.

L'élection en 2017 de Macron a été trafiquée de A à Z. Mise en scène médiatique hallucinante de Macron par la presse oligarchique en 2016, en même temps que le torpillage sur ordre de Fillon en faisant opportunément sortir dans la presse une vieille affaire certes pas reluisante mais ô combien banale dans le monde politique. En parallèle de cette mise en avant, étouffement d'une affaire analogue concernant Bayrou pour permettre à Macron de récupérer les voix du centre droit, silence radio absolu sur la réalité du patrimoine et des évasions fiscales de Macron le candidat des riches. Promotion médiatique soutenue de Marine Le Pen pour la faire absolument figurer au second tour, mise en avant de Mélenchon histoire de diviser le petit peuple sur les extrêmes tout en torpillant le candidat PS, en démolissant Le Pen et de Mélenchon dans la toute dernière ligne droite en jouant subitement la bonne vieille carte de la diabolisation à outrance.

Et pour finir, radiations d'électeurs par milliers dans des bastions populaires (étudiés avec soin), et truandages dans la consolidation des résultats des bureaux de vote dans certaines grandes villes.

Et voilà comment on parvient, par élimination ou neutralisation des opposants, à placer sur le trône un inconnu au bataillon trois ans plus tôt, et n'ayant même pas été porté pendant la campagne par un vrai soutien populaire : voir les images de ses meetings qui étaient vides.

Eliane Houlette, cheffe du parquet national financier (PNF), reconnaît en 2020, avoir subi des pressions de sa hiérarchie, pour instruire l'affaire Fillon.

L'exemple Sarkozy élu par TF1

Dans l'émission "Quotidien" de la chaîne TMC (appartenant au groupe TF1, donc à Bouygues), le 12/09/2019 [buisson], Georges Buisson, fils du conseiller de Nicolas Sarkozy, Patrick Buisson, raconte cet épisode maintes fois raconté par son père. Quand Sarkozy, en 2007, demande à Martin Bouygues de mettre Patrick Buisson comme directeur fantôme des chaînes de télé du groupe TF1. Bouygues, le patron, réunit tous les gros pontes du groupe, leurs présente Patrick Buisson, et leurs demande explicitement de mettre les chaînes du groupe TF1 au service de l'élection de Nicolas Sarkozy.

On est en 2019 quand Georges Buisson raconte cette anecdote (à l'occasion de la sortie de son livre "l'ennemi"), sur une chaîne du groupe TF1. Il se tait, début de panique sur le plateau (à l'origine, il n'était censé être là que pour démolir l'extrême-droite française, et il a fait une apparté qui n'était semble-t-il pas dans le livre). L'interviewer, Yann Barthès, tousse et place précipitamment "rappelons que c'était une autre époque" d'une voie enrouée par la panique. Georges sourit, rappelle que c'était seulement 12 ans avant, et que Martin Bouygues est toujours patron de TF1. Gros malaise sur le plateau, où tous les animateurs se regardent pour savoir comment désamorcer cette bombe, avant d'enchaîner sur d'autres sujets sans chercher à développer...

Les candidats remercient leurs sponsors

Nous avons vu dans "les riches financent leur candidat" (p. 27), le déluge d'argent qui s'était abattu pour financer Macron.

Depuis quand des riches donneraient de l'argent à perte, eux qui attendent toujours des retours à 2 ou 3 chiffres (plus de 25%) sur leurs investissements ?

On ne peux évidemment pas assurer que c'est de la corruption (c'est à dire que Macron serait payé pour prendre le pouvoir, et en retour fait voter des lois qui arrangent ceux qui l'ont payé), parce que personne n'a retrouvé de contrat écrit divulguant cette corruption. Par contre, on est bien obligé de constater, dans les faits, que c'est ce qui s'est produit...

Les retours de bâtons médiatiques

Nous avons vu (p. 25) qu'avant et après l'élection de Macron, châtiments et récompenses s'étaient abattus dans le milieu médiatique. Exit les journalistes ennemis, arbitrage avantageux pour les milliardaires amis.

Les décisions politiques en faveur des riches

Une fois que les riches ont pris le pouvoir occulte, ils forcent la marionnette du pouvoir visible à les enrichir encore et encore, pour s'assurer que l'écart avec les sans pouvoir soit toujours plus grand.

Autoriser l'évasion fiscale

Un rapport parlementaire d'octobre 2015 estimait entre 40 et 60 milliards d'euros les bénéfices des entreprises qui échappent à l'impôt [mout], soit un manque à gagner de 15 milliards d'euros pour les caisses de l'État. Chiffres sûrement sous-évalués, vu qu'en novembre 2015, la Commission européenne a publié que l'évasion fiscale des multinationales coûtait 1000 milliards d'euros par an à l'Europe.

Avec l'amendement 340, les députés français ont semblé franchir un pas décisif dans cette lutte contre l'évasion fiscale. Cet amendement prévoyait que les entreprises multinationales rendraient publiques chaque année leur chiffre d'affaires, leurs bénéfices, le nombre de leurs filiales et de leurs employés ainsi que le montant des impôts payés et ce, dans chacun des pays étrangers dans lesquels elles sont implantées. Cette transparence permettrait de pouvoir débusquer plus facilement l'évasion fiscale des entreprises.

Cet amendement 340 a d'abord été adopté en première lecture le 4 décembre. Puis dans la soirée du 15 décembre, vers 1 heure du matin, sur un total de 577 députés, 52 étaient présents pour le vote de deuxième lecture dont le résultat a été en faveur de la transparence.

Christian Eckert, le ministre du budget, demande alors une suspension de séance. Après 40 minutes, a eu lieu une procédure inhabituelle, un second vote.

Certains députés étaient partis, mais d'autres sont arrivés. En tout, 46 présents. 25 députés vont voter contre la transparence fiscale et 21 pour. L'amendement est refusé.

531 députés étaient absents au moment du vote… Le plus étonnant, c'est que tous ceux qui étaient pour la transparence, même ceux qui ont déposé l'amendement, ont voté contre lors du 2e vote, alors qu'ils étaient pour quelques minutes plus tôt. Qui sont ces députés arrivés en urgence à 2 h du matin ? Ceux qui sont partis ont-ils été prévenus que le vote initial allait être revoté ? C'est dommage, il n'y avait que 4 voix d'écarts...

Pourquoi ce vote contestable n'a pas été reproposé au vote le lendemain à tête reposée ?

Une fois l'opacité votée, c'est dur pour les inspecteurs du fisc de retrouver les fraudeurs de hauts niveaux... Surtout quand un an plus tard, en janvier 2016, le tiers des inspecteurs est viré...

Et après les politiques viennent se plaindre auprès du peuple français de ne pas avoir de sous, qu'il faudra se serrer encore plus la ceinture et payer plus d'impôts… Pas d'évasion fiscale pour les pauvres.

La banque suisse UBS organise depuis la France un système massif d'évasion fiscale

[evas] Le journaliste de « La Croix » a croisé différentes sources pour estimer à 590 milliards d'euros l'ensemble des avoirs français dissimulés dans les paradis fiscaux, dont 220 milliards appartenant aux Français les plus riches (le reste étant le fait d'entreprises). Environ la moitié de ce total (108 milliards) serait dissimulée en Suisse, la dernière décennie voyant fuir environ 2,5 milliards d'avoirs par an. Depuis 2000, UBS France aurait privé le fisc français de 85 millions d'euros en moyenne chaque année, ce qui montre son importance, mais souligne aussi combien d'autres établissements bancaires participent à ce genre d'activités.

120 chargés d'affaires suisses seraient présents clandestinement en France pour démarcher les grosses fortunes hexagonales, ce qui est rigoureusement interdit par la loi mais réalisé, d'après Antoine Peillon, en toute connaissance de cause par la maison mère en Suisse. Chaque commercial est muni d'un document, le manuel du Private Banking, " véritable guide en

évasion fiscale “. Afin d’être rémunérés en proportion du chiffre d’affaires qu’ils rapportent, les commerciaux sont bien obligés d’enregistrer à un moment ou un autre leurs transactions. Ils le font dans une comptabilité cachée baptisée "carnets du lait", que l’on peut trouver dissimulés dans des fichiers Excel intitulés ” fichier vache “. On aura compris l’analogie : la France est une vache fiscale dont il faut traire le lait…

Les commerciaux présents en France utilisent les mêmes techniques que celles mises en évidence par la justice américaine : UBS organise des événements mondains auxquels ils invitent clients et prospects. Dans les documents récupérés par Antoine Peillon, on trouve parmi les clients les noms de footballeurs connus, et même d’un haut responsable du football international pour lequel une commerciale note, après un rendez-vous à Monaco en 2002, que l’entretien fut “long et difficile, mais fructueux “, ou encore un navigateur, un auteur réalisateur de cinéma et… Liliane Bettencourt. Celle-ci est tout bonnement accusée d’avoir enfoui 20 millions d’euros entre 2005 et 2008, à l’occasion de transferts entre la France, la Suisse et l’Italie par l’intermédiaire de comptes UBS et BNP Paribas, avant de finir, affirme l’auteur, dans des enveloppes remises à des personnalités de droite (scandale Woerth sous Sarkozy).

Antoine Peillon lance de nombreuses et graves accusations, mais il est sûr de ses sources : des cadres écoeurés d’UBS en France, en Suisse, mais aussi les services secrets français. Les preuves dont ces informateurs disposent ont été transmises à plusieurs autorités de régulation. Le parquet a été saisi, mais il ne bouge pas, assurant une forme de protection aux gros fraudeurs. C’est pour lever cette impunité que le journaliste a décidé d’écrire ce livre.

Les « erreurs » toujours en faveur des riches

Ces erreurs systématiquement en faveur des mêmes est une chose statistiquement impossible. En effet, dans le cas de simple hasard, une fois sur 2, la communauté gagnerait lors des décisions de politiques présentés comme incompétents, et globalement, les choses seraient équilibrées. Or, il n’en est rien.

Nous avons vu (probabilité p. 15) que les décisions de Sarkozy lors de son mandat se sont toujours soldées en faveur des banques, puis ensuite, une fois que Sarkozy n'est plus président, c'est les banques qui se mettent soudain à faire des erreurs en la faveur de Sarkozy...

Luxleaks

Un lanceur d’alerte révèle que de nombreuses entreprises et hommes politiques font sortir de France de gros capitaux via le Luxembourg. Le président Junker, impliqué dans le scandale, devra démissionner (mais sera immédiatement élu non démocratiquement comme président de l’Europe, belle promotion…), tandis que les politiques et entreprises ne seront jamais réellement inquiétés. Pas les lanceurs d’alerte, comme Raphaël Halet. Perquisition, intimidations, sa famille est intimidée aussi par des barbouzes qui leurs promettent de finir à la rue. Les témoins disent que les barbouzes privés sont pires que des policiers lors d’une garde à vue.

Antoine Deltour s’était vu condamné à faire de la prison et à une grosse amende. 10 ans après, leurs ennuis ne sont toujours pas terminés.

La France chaque année plus riche

Chaque année, la France est plus riche. Si 99 % de la population s’appauvrit, le 1 % restant gagne tellement plus chaque année que la somme globale dépasse la perte du reste de la population. Ainsi, en 2015, les 500 personnes les plus riches de France se sont enrichies de 25 %. Après l'élection de Macron, 3 milliards d'impôts en moins pour les 3 000 foyers les plus riches (pour les 0,01% les plus riches de France, exonération de l'ordre de 1 million d’euros d'impôts en moins par ménage...).

Élection = piège à con

Blanc bonnet et bonnet blanc

Les partis politiques sont tous financés et noyautés par les lobbies, et ce sont ces groupes d'influence qui décident qui sera candidat ou non suivant leurs intérêts.

Aucun candidat sérieux ne peut se présenter sans un accord du système. Après on peut bien voter ou pas, vu que les candidats ont déjà été triés en amont, ça ne changera rien en profondeur.

Ainsi, le parti présente aux élections présidentielles les pires magouilleurs et manipulateurs, élus non démocratiquement au sein de leur propre parti.

Ce n'est pas parce qu'un discours est juste, que les idées sont bonnes, que ceux qui les disent les pensent !!

On ne peut juger un homme politique, ou un parti politique en général, que dans ce qu'il fait réellement, et surtout pas par rapport à ce qu'il dit. C'est justement le piège de la démagogie, on dit aux gens ce qu'ils ont envie d'entendre pour gagner les élections, et une fois au pouvoir, on fait tout autre chose.

Si 2 Hitlers se retrouvent au 2e tour, vous votez pour qui ? Celui qui veut utiliser le gaz avant le four, ou celui qui jette les victimes vivantes dans le feu pour diminuer la dette ?

Le second tour

… pour reprendre un fameux slogan de mai 1968 en France.

Les vrais chiffres du second tour de l’élection de Macron en 2017 :

- ne veut aucun des 2 candidats proposés : 45%
- veut Macron comme président + ceux qui ne veulent pas Macron mais encore moins Le Pen : 36.3%
- Le Pen (veut Le Pen comme président + ne veut pas Macron) : 18.6%

Ces sondages sont calculés en prenant en compte tous les abstentionnistes, y compris ceux qui ont le droit de voter mais ne se sont pas inscrits pour protester contre le système du vote. Ne pas en tenir compte c'est de l'enfumage volontaire !!!

Il n'y a pas à dire, la vraie majorité c'est celle qui s'est exprimée contre ce système d'élection.

Si on était dans une démocratie, on respecterait le choix majoritaire, on annulerait l'élection, on virerait le gouvernement (les politiques ne servent à rien, c'est les hauts fonctionnaires qui font le vrai boulot) et on convoquerait des états généraux pour redéfinir tous ensemble l'orientation que nous souhaiterions pour notre communauté.

Mais ça c'est si on était en démocratie, si le peuple pouvait changer les choses....

Détails du calcul :

57.069 millions d'électeurs potentiels, seulement 47.569 millions d'inscrits (plus de 9,5 millions de non inscrits, mais le gouvernement ne veut pas savoir officiellement combien). C'est cette base de citoyens en âge et en droit de voter qu'il faut prendre en compte, pas uniquement celle des inscrits.

12,101 millions d'abstention + 4,086 millions nuls ou blanc + 9.5 millions de non inscrits donc d'abstentionnistes = 25,687 millions de Français qui avaient le droit de choisir et ont refusé les 2 seuls programmes proposés.

31.382 millions de Français ont choisi un des 2 programmes/candidats (48% des 68 millions de Français ont voté).

Il n'y a pas à dire, les endormis sont encore majoritaires...

La triche bat son plein : le gouvernement refuse de faire les choses de manière rigoureuse, c'est le flou artistique sur les cartes d'électeurs, et beaucoup peuvent voter en 2 endroits différents, mais on ne sait pas combien… Sans compter les votes électroniques des Français à l'étranger, on sait que les programmes informatiques peuvent être contrôlés à distance, pour permettre par exemple d'afficher un Macron à 66,06 %…

Le premier tour

L'imbécilité de l'élection est encore plus flagrante si nous prenons le premier tour.

50% d'électeurs qui votent au premier tour, 20% d'électeurs qui choisissent Macron, 0,5 * 0,2 = 9% d'électeurs seulement voulaient de Macron comme président... Tous les autres ont été obligés de subir.

En réalité, il suffit de privilégier seulement 13% de la population, de la matraquer de publicité ou de la tenir dans l'abrutissement, pour être réélu à chaque fois.

A noter que Macron a permis aux handicapés mentaux de voter, ou encore les anciens sous curatelle... Valérie Giscard d'Estaing avait permis aux jeunes de moins de 21 ans de voter.

Et s'il fallait plutôt passer des tests de compréhension du monde et de ses enjeux, pour s'assurer qu'on ne vote pas comme la propagande médiatique nous y incite ?

Les pièges du 50% ou du 100%

La majorité (50%)

On nous propose toujours le choix entre 2 candidats dont les actions seront identiques, et au final, comme ils s'arrangent pour avoir 50-50%, la moitié de la population ne sera pas représentée (c'est sur le principe que je dis ça, la majorité "gagnante" ne sera pas représentée quand même).

Le piège de l'unanimité (100%)

Le gros scandale de l'Union Européenne, c'est que les lois sont votées à la majorité (les médias permettront toujours d'avoir au moins la majorité des députés dans la poche, soumis aux lobbyistes de Bruxelles, donc aux illuminati). Par contre, pour faire retirer une loi, il faut l'unanimité (toutes les voix pour, quelque chose qui n'arrive jamais...).

Logiquement, les lois se votent et se défont à la grande majorité (entre 67 et 85 % des voix, la voie du milieu entre la majorité (50%) et l'unanimité (100%)) pour que l'intérêt commun soit le mieux représenté.

C'est grâce à ce déséquilibre majorité/unanimité que l'UE se construit sur le modèle libéral, construisant un modèle basé facilement sur le lobbying, et ne pouvant jamais être défait.

L'UE a soit-disant fourni une voie de secours, mais qui est une impasse. Si une pétition reçoit 1 millions de signatures (dans des conditions difficiles à réaliser), alors la commission européenne non élue peut étudier cette proposition, et voter contre…

C'est ce qui a été tenté : en décembre 2014, plus de 320 organisations de la société civile européenne se sont regroupées afin de s'opposer avec fermeté aux traités entre l'UE et les USA (TAFTA / TTIP) mais aussi entre l'UE et le Canada (CETA). La commission a rejeté sans réelle justification cette pétition.

La triche

Les élections sont toujours soumises à triche, quand ce n'est pas par soudoyage pur et simple (Comme Serge Dassault condamné pour avoir acheté, dans les cités pauvres de sa commune, des centaines de cartes d'électeurs).

Les élections sont souvent à 50/50 %, et quelques centaines de milliers de voix (sur des millions d'électeurs) suffisent à faire basculer le vote populaire dans le sens voulu par les ultra-riches. Cette triche permet généralement de provoquer une alternance droite-gauche (comme avec Hollande, élu pour faire passer des lois ultra-libérales des lois Macron 1 que les syndicats n'auraient pas accepté d'un Sarkozy), ou plus rarement, comme dans l'exemple Trump-Hillary en 2016, à ne pas faire élire un candidat non sélectionné par l'État profond. On estime que la triche peut faire varier le scrutin de 10% de voix vers le candidat choisi, il est évident qu'un vote massif populaire, avec grosse participation, pourra toujours vaincre les fraudes, comme ça c'est passé pour Trump en 2016.

Exemple de l'élection présidentielle USA en 2016

Comme exemple de fraude : en juin 2019, 1,5 millions d'électeurs fictifs ont été retirés des listes de Californie. Des faux électeurs qui avaient voté en 2016... Sachant que les plus gros leaders démocrates USA, viennent tous de l'État de Californie ou de l'État de New-York. Des fiefs démocrates, ou des endroits où la triche est plus développée qu'ailleurs ?

Lors des élections présidentielles USA de 2016, les machines à voter électroniques sont mystérieusement tombées en panne, surtout dans les fiefs démocrates depuis des décennies. Les médias avaient bien parlé de ces pannes, laissant sous-entendre que c'était la faute de Trump, alors que le recomptage a au contraire montré que la triche était en faveur d'Hillary. Les médias étaient étrangement absents pour parler des fraudes électorales sérieuses en Virginie, dans le New Hampshire et en Californie, ces États ayant vu la victoire de Clinton...

Ces machines à voter avaient fait l'objet de nombreuses pétitions, sans succès, dénonçant le fait qu'elles étaient fabriquées par Soros (le principal soutien des chapeaux noirs donc d'Hillary, ne pas vous laisser avoir quand il donne quelques dollars à Trump pour donner le change), et que la triche restait possible sur ces machines, volontairement mal protégées du piratage (notamment de ceux qui ont les mots de passe et les failles qu'ils ont eux-mêmes créées dans le logiciel...).

Il est facile de prouver que ces machines étaient programmées en faveur d'Hillary : ceux qui appuyaient sur le bouton Trump activaient en réalité un vote pour Hillary (et les machines faisaient systématiquement l'erreur dans ce sens, alors qu'un vrai bug aurait sélectionné un coup l'un, un coup l'autre). Heureusement que ces machines sont tombées mystérieusement en panne le jour de l'élection !

L'illusion de l'alternance

Les revirements politiques

C'est un classique de voir les politiques changer d'idée au gré du vent.

Mitterrand était un royaliste d'extrême droite (gouvernement de Vichy et ami de Bousquet) avant de devenir socialiste.

Bernard Tapie, le milliardaire qui casse l'emploi et ne cherche que son profit, se place aux côté de Mitterrand comme socialiste. De même que tous les riches de la gauche dite caviar des années 1980, ou les démocrates (déclarés être de gauche) ultra-riches USA tels ceux alimentés par la fondation caritative Clinton, dont l'argent donné n'arrive pas sur le terrain mais dans les paradis fiscaux comme le Qatar (Haïti p. 627).

Tous les partis font la même politique en même temps

Mitterrand commencera pas des nationalisations. Comme celle de la banque Rothschild France [Roth] (voir le reportage à 34 min.). Ces derniers clament haut et fort leur douleur, rappelant les années sombres de 1940, se déclarant spoliés et ruinés. En réalité, le directeur adjoint du cabinet du premier ministre de l'époque, Jean Peyrelevade, révèle que la banque Rothschild était en faillite, et que cette nationalisation était en réalité un cadeau fait aux Rothschild (500 millions de francs donnés pour une banque qui ne valait plus rien).

Mitterrand, après ses nationalisations (qui n'en sont pas vraiment, mais plus des cadeaux faits aux possédants), comme tous les gouvernements du monde à la fin des années 1980 (qu'ils soient de droite ou de gauche), s'est mis à faire l'inverse de ce qu'il avait promis, à savoir vendre les bijoux de la couronne, notre patrimoine, aux riches privés.

Les représentants changent, les politiques restent les mêmes

Hollande a fait une politique pire que son prédécesseur de droite, par exemple avec la loi Macron 1 (renommé El Khomry) qui met à plat tous les droits des travailleurs (60 heures par semaine).

Tous les partis favorisent les mêmes

Que ce soit le Pompidou de droite (directeur de la banque Rothschild, créateur de la dette), le Mitterrand de gauche (nationalisation amie de la banque Rothschild), ou le Macron du centre (l'associé Rothschild qui donne les retraites à Blackrock, une succursale de Rothschild), tous ont favorisé la même famille, quel que soit leur parti...

Conclusion

J'ai pris les Rothschild comme famille la plus connue, dont les malversations sont les plus facilement prouvables, car tous les réinformateurs enquêtent sur le moindre mouvement des Rothschild. Les Rothschild sont victimes de la cristallisation de la haine populaire sur leur nom, alors qu'on pourrait faire de même avec plusieurs autres noms, moins connus, donc plus dangereux : quand quelqu'un est agité comme un chiffon rouge au nez des conspis, c'est qu'il nous faut regarder ailleurs.

De toute façon, ce ne sont pas les Rothschild le vrai problème, mais le fait que n'importe quel dirigeant élu obéira aux ultra-riches, et pas au peuple, quel que soit le vote fait et le représentant choisi.

Le vote blanc

Si on s'abstient, les médias ont beau jeu de critiquer les électeurs qui ne font pas leur devoir, qui préfèrent aller à la pêche (du moins, c'est ce qu'ils font croire aux téléspectateurs).

Ces arguments tombent si on vote blanc.

De plus, seul le vote blanc peut annuler une élection. En effet, le Conseil Constitutionnel, qui est seul juge de l'élection présidentielle, a beaucoup d'armes pour l'annuler, notamment s'il juge que la sincérité du scrutin est compromise. Certains affirment que cette sincérité ne serait pas respectée dans 1 seul cas : si le nombre de bulletins blancs/nuls est supérieur au nombre de bulletins exprimés valides. La jurisprudence du Conseil Constitutionnel montre qu'il a déjà statué pour certaines élections en ce sens et sera donc obligé de respecter son choix pour tout autre cas du même type.

Comme abstention et votes blancs dépassent régulièrement les 60% des inscrits, qu'en 2020 aux municipales l'abstention a dépassé 70% par endroits, sans que les médias ne demandent à annuler l'élection, nous comprenons que seul le vote blanc peut faire la différence.

Si une majorité de votes blancs se produisait, suivrait une crise institutionnelle importante qui demanderait des modifications constitutionnelles... si le conseil constitutionnel le voulait. Vu ceux qui sont à sa tête...

Illuminati

Nous avons vu qu' "ILS" avaient centralisé tous les médias, décidant de ce que nous devons savoir. Qu' "ILS" payaient et dirigeaient nos dirigeants depuis les coulisses, dirigeant nos vies. Voyons qui sont ces "ILS".

Survol

Derrière toutes les horreurs sanguinaires attribuées « à la nature humaine » (ce serait de notre faute s'il y a des guerres et des riches, sachant qu'une autre théorie dit que ce n'est dû qu'au simple hasard...), on retrouve des sociétés secrètes minoritaires, et non le peuple dans son ensemble.

Ces dirigeants de l'ombre sont en effet très forts pour nous attribuer leurs crimes: ils nous font croire que l'humain du peuple (nous) est mauvais, que c'est de notre faute si l'histoire va mal, si notre société détruit l'environnement, que nous avons le pouvoir de changer les choses par le vote ou le boycott, et que nous choisissons toujours mal, en votant pour des élus qui détruisent l'environnement, ou en achetant les produits des multinationales qui détruisent la planète...

Ce genre de discours culpabilisateur est le signe de quelqu'un qui veut vous manipuler. Le seul choix que vous avez en réalité, c'est d'arrêter complètement de consommer (toutes les marques appartiennent aux mêmes), d'arrêter de travailler pour le système, de voter blanc, et d'être complètement autonome dans son jardin. Qui l'est aujourd'hui ?

Le monde est gouverné par des groupes occultes (cachés du grand public). Ces groupes manipulent le pouvoir visible (pape, président, roi, chef de tribu), lui faisant faire ce que l'agenda, secret ou non, impose. Les ficelles peuvent être directes (message codé aux opérants sur le terrain) ou indirectes (je mets des primes et des taxes, ou demande d'embauche et chômage (le vieux principe de la carotte et du bâton) pour que le peuple se comporte comme on le souhaite.

Centralisation mondiale des pouvoirs (p. 34)

Nous avons vu que tous les médias n'appartenaient qu'à une poignée de milliardaires, le même processus de centralisation s'est fait avec des multinationales possédant toutes les sous-entreprises.

Décisions mondialisées (p. 34)

Quand tous les gouvernements du monde prennent tous la même décision en même temps, c'est bien qu'un groupe restreint de personne prend les grandes décisions qui dirigent le monde, via des organisations mondiales non élues.

Volonté génocidaire (malthus)

Ces dirigeants de l'ombre considèrent que les pauvres sont trop sur Terre, et on sait qu'ils ont déjà perpétrés de nombreux massacres dans le passé (aucune raison qu'ils se soient calmés entre-temps). Nous verrons beaucoup de leurs méfaits dans la partie amoralité (p. 98).

La FED : contrôle privé de la monnaie (p. 35)

De tout temps (surtout aujourd'hui, 2020), une minorité s'est arrangée pour faire accepter au pouvoir de créer elle-même la monnaie, tout en prenant des intérêts dessus (plus on créé d'argent, plus cette minorité est riche).

Nous verrons quelques exemples de cette dette injuste mais si rémunératrice pour certains, comment avec cet argent cette minorité contrôle le pouvoir.

Tous liés (p. 40)

Plus on monte haut dans le pouvoir, plus on s'aperçoit qu'ils vivent tous de façon très proche... trop proche... Les puissants visibles ont tous les pouvoirs, mais étrangement, agissent tous de la même manière, dans la même direction. Sont-ils des télépathes, qui ont les mêmes idées en même temps ? Ou alors quelqu'un leur dicte les actions à faire ? À qui obéissent-ils ? Les puissants s'entendraient-ils pour comploter contre le peuple ? Les ultra-riches donnent-ils des ordres aux politiques élus, comme leur proximité avec eux le leur permet ? Tous ces arrangements et retours à l'envoyeur, les financeurs des campagnes bénéficiant systématiquement des lois votées par les élus, serait-ce du simple hasard ?

Sociétés secrètes (p. 44)

Pour celui qui regarde, les preuves que les représentants élus obéissent à des donneurs d'ordre cachés sont très nombreuses.

Ces dirigeants de l'ombre :

- sont organisés en sociétés très secrètes dont l'existence ne filtre qu'accidentellement.
- se perpétuent par lignées familiales.
- sont apatrides et dominent tous les pays : le Nouvel Ordre Mondial est une réalité de longue date.

Mondialisme (p. 57)

Ces dominants de l'ombre prônent depuis très longtemps l'idée d'un gouvernement mondial, sous leur domination évidemment... Quelque part, ça ne serait qu'officialiser un état de fait...

Centralisation

Ceux qui possèdent toutes les grandes entreprises sont très peu au final. Il est difficile de retrouver le décideur d'une entreprise, vu que la même personne physique va utiliser des prêtes-noms (des personnes qui obéissent à son supérieur, bien qu'officiellement ce soit lui qui possède les actions) ou une galaxie de groupes financiers (par exemple, si Rothschild possède 30% d'une entreprise via BlackRock, 25% via le groupe financier 2 (hodling, fond de pension, appelé le comme vous voulez), et 6% via le groupe financier 3, il décide entièrement de ce qui va se passer dans cette entreprise.

Prenons comme exemple le géant Blackrock (Rothschild), qui contrôle l'UE (14/04/2020 p. 667), les retraites françaises (merci la loi retraite du banquier Rothschild Macron de 2020). Blackrock est un groupement financier géant et opaque contrôlé par une poignée d'individus (la famille Rothschild, la reine Élisabeth 2, Al Gore, Maurice Strong, Warren Buffett, George Soros). Ce groupe est lui-même actionnaire chez les plus grosses multinationales, complexifiant l'analyse de la toile d'araignée de qui contrôle qui. Par exemple, pour ne prendre que les Français, Blackrock est actionnaire important de BNP Paribas, Vinci, Saint-Gobain, Société Générale, Sanofi, Michelin, Safran, Total, etc.

Pourquoi seulement 4 Ultra-riches possèdent 81% des médias français, pourquoi l'alimentation mondiale est détenue par 10 groupes financiers seulement [alim1], pourquoi seulement 3 groupes bancaires possèdent toutes les revues scientifiques du monde, donc toute la science officielle ?

Décisions mondialisées

Survol

Ces décisions, partout dans le monde, quelque soit le parti politique au pouvoir, ou que ce soit dans les entreprises publiques ou privées, montre bien qu'il y a un groupe très puissant et secret, qui prend toutes les décisions mondiales.

1985 - privatisations (p. 34)

A cette date, partout dans le monde, que les gouvernements soient de droite ou de gauche, tous se sont mis à donner au privé les entreprises publiques. Destructeur pour les peuples (perte du bien commun), mais très rentable pour les ultra-riches.

1985 - réorganisations (p. 35)

En même temps que les privatisations, le secteur privé est lui aussi touché sur toute la planète, les entreprises étant découpées en entité si complexe qu'il est difficile au citoyen lambda d'y voir clair pour savoir qui dirige réellement ces sociétés. L'organisation du travail est cloisonnée, seules les têtes dirigeantes ayant désormais une vision claire et complète du fonctionnement du monde.

Décisions > 1985 - privatisations

[tof] Après le hold-up de 1974 (partout dans le monde, les pays "décident" sans raison de payer des intérêts aux banques privées), ces banques privées se retrouvent à la tête d'une fortune immense, mais elles n'ont pas le droit d'acheter les entreprises clés de l'économie, car elles sont publiques. Qu'à cela ne tiennent, toujours sans raison, les États autorisent le rachat (à bas prix) de ces jackpots publics : dans les années 1980, quasi tous les gouvernements des pays développés du monde, tout parti politique confondu, que ce soient les ultra-libéraux de droite Reagan (USA) et Tatcher (GB) aux socialistes de gauche Mitterrand (France), des Amériques à l'Europe en passant par le Japon, décidèrent, sans raison valable, de privatiser les entreprises publiques.

La seule raison avancée, était que le public ne sait pas gérer. Non recevable, car les banquiers non plus ne savent pas gérer, ils prennent un directeur en lui demandant des comptes. Il suffisait d'adopter le droit du privé au service public (vu que de toute façon c'est ce qui allait être fait), et garder le contrôle des sociétés clés, tout en continuant à ne pas faire de bénéfice, donc ne pas escroquer le client

"Les réformateurs ont adopté la même position, commençant tous, et du jour au lendemain, à demander la dénationalisation des industries clés. La privatisation est devenu un mot d'ordre mondial".

Le gouvernement japonais vend les chemins de fer, puis les télécoms. L'Argentine vend 20 entreprises publiques, l'Allemagne occidentale vend Volkswagen (automobile), l'État français (de gauche pourtant, qui devrait faire l'inverse) vend Matra (défense) et dénationalise de très grandes entreprises comme Saint-Gobain (matériaux), Paribas (banque), la compagnie générale d'électricité et Havas (publicité et informations). Le gouvernement britannique vend Britsh Aerospace et British Telecom, la British Airport Authority (contrôle des aéroports) passe dans le privé, de même que les autobus - Oui, les actions de Macron en 2017 ont été faites 30 ans avant en Angleterre, les hauts fonctionnaires français de l'époque refusant d'aller trop vite. Il faudra attendre leur départ ou éviction pour que ces manoeuvres réussissent en France -. Au Canada, c'est Air Canada qui est privatisé.

Pourquoi privatiser ?

Là où une entreprise publique sert le bien publique, et n'a pas à faire du bénéfice (c'est à dire escroquer le client), la même entreprise sous les ordres d'un oligarque, va servir les intérêts de l'organisation mondiale qui a décidé ces privatisations partout dans le monde, et va alimenter financièrement tous les sombres projets de cette mafia occulte. Ainsi, là où on nous a vendu une baisse des prix, les privatisations se sont toujours accompagnées d'une forte hausse des tarifs.

Certes, mais comme ils le rabâchent, tout le monde peut devenir actionnaire. Dites moi, entre vos 1000 euros en banque, et les milliards d'euros d'une élite ultra-riche, qui pourra réellement acheter une entreprise en bourse ?

Décisions > 1985 - nouvelle architecture en "centres de profits"

Dans le même temps, les grandes entreprises se sont mises à se spécialiser, à décomposer en centre de profits, et à sous-traiter, laissant la mafia mondiale gérer les échanges inter-entreprises (et donc à imposer sa loi sur les récalcitrants, en montant les prix s'il le fallait, faisant couler, puis racheter, les directions non alliées à la mafia).

Volontés génocidaires

L'idée qu'on est trop sur Terre est déjà ancienne chez les élites anglo-saxonnes. Doctrine popularisée par Malthus.

Entre les 2 guerres mondiales du 20e siècle, la natalité était faible à cause de la volonté des élites de faire croire à l'inutilité de faire des gosses si c'est pour les envoyer en première ligne (et aussi accessoirement à toutes les saloperies chimiques qui ont diminué la fertilité des hommes qui étaient au front entre 1914 et 1918).

Les génocides de masse ne sont pas l'apanage de Hitler. Les élites n'ont jamais reculé à massacrer leur population, et c'est une croyance illuminati connue qui est que une bonne guerre fait le ménage dans la populace, dès que la situation et le réveil des masses deviennent tendus.

Sans parler des réels génocides, comme le massacre des amérindiens Nord et Sud, dans le but de remplacer une population par une autre (les amérindiens réfractaires à la notion de roi, par les élites sumériennes blanches et leurs esclaves noirs qu'ils avaient l'habitude de razzier depuis des millénaires).

Sur les Georgia Guidestone, des personnes riches et influentes ont quand même écrit, comme commandement numéro 1, de limiter la population à 500 millions d'individus… On fait quoi des 7 milliards d'humains en trop ?

Bill et Melinda Gates (p. 35)

Comment peut-on dire qu'on est trop sur Terre, puis vouloir vacciner les enfants pour sauver des vies ?

Armes bactériologiques (p. 98)

Non seulement nos dominants racistes s'amusent à développer des virus qui tueraient la population entière (ils sont uniquement limités à trouver l'antidote qui les épargnerait), mais développent aussi des virus qui ne tueraient que sélectivement une race d'humain et pas les autres. Des tests à grande échelle sont faits sur les populations, soit par la vaccination, soit par les épandages aériens (mutilation de bétail).

Génocide > Bill et Melinda Gates

Bill Gates répète à l'envie qu'on est trop sur Terre, puis propose sans cesse de nouveaux vaccins soit-disant pour sauver les enfants des pays pauvres à forte croissance démographique.

On peut déjà critiquer le fait que, en tant que principal sponsor privé de l'OMS (et premier sponsor après le retrait des USA), Gates est soupçonnable de conflit d'intérêt quand on sait qu'il est actionnaire des labos pharmaceutiques dont l'OMS va imposer les produits aux États...

En 2007, les enquêteurs s'aperçoivent que la fondation place ses fonds dans des entreprises qui font le contraire que les objectifs affichés de la fondation, comme investir dans les sociétés Shell, Total et Exxon, qui saccagent le Niger en polluant le pays. Les nigériens, atteints de troubles respiratoires graves (bronchites et asthme) à cause des fortes fumées des industries pétrolières de Gates (aucune protection sanitaire, les torchères sont dans les villes), se voient mal remercier Gates pour sa campagne de vaccination anti-polio.

Surtout que les vaccins de Gates sont en réalité des tests sur les populations pauvres : en 2009, la fondation Gates finance un projet de l'organisation caritative Path, pour étudier la possibilité d'incorporer le vaccin anti-HPV, produit par les firmes pharmaceutiques Merck et GSK, au programme officiel de vaccination de l'Inde. Mais la mort de sept adolescentes peu après leur vaccination jette la suspicion sur l'innocuité du vaccin. En août 2009, un comité parlementaire indien conclut que le projet de Path s'apparente à un essai clinique utilisant comme cobayes des jeunes filles issues de familles peu lettrées, sans que celles-ci aient été dûment informées contre les risques du vaccin. Le comité conclut aussi que « le seul but de Path était de promouvoir les intérêts commerciaux des fabricants du vaccin ».

FED

Survol

L'industriel Henry Ford disait :

« Si la population comprenait le système bancaire, je crois qu'il y aurait une révolution avant demain matin »

De tous temps

La monnaie est de tout temps le nerf de la guerre. Après les chèques au Moyen-Age, l'usure est un moyen sûr de garder sa puissance et sa main-mise sur les nations.

L'exemple des USA (p. 36)

La FED est un regroupement de banques, qui après avoir envoyé des pions payés par eux dans les gouvernements, est arrivée à réaliser ce truc normalement impossible : faire accepter aux États que plutôt que d'imprimer eux-mêmes leur monnaie, ils la fassent imprimer par ces banques privées. Qui en retour, leurs prennent des intérêts, cette fameuse dette qui permet ensuite de faire croire que les gens, ou même la nation, appartiennent à la banque. Nous faire croire que nous leurs sommes redevables.

Ce principe est interdit par la constitution américaine, mais ça fait 150 ans que tout le monde s'assoit dessus, et que personne n'a rien vu de l'arnaque (il faut dire que les médias, appartenant à ces banquiers ou leurs amis, évitent bien d'en parler, de même que les sénateurs, dont la campagne est payée par ces mêmes banques).

L'exemple de la France (p. 37)

La version actuelle de la dette date de 1968, quand une révolte pilotée de l'étranger permis à un directeur de banque Rothschild de prendre le pouvoir en France... Quelque part, inutile de détailler plus !

Création monétaire (p. 38)

Voyons dans le détail comment fonctionne le hold-up quotidien que nous subissons aujourd'hui.

FED > Création aux USA

Le 22/10/1910 [fed], le luxueux wagon privé du richissime sénateur Nelson Aldrich a été accroché au train qui reliait New-York au sud des USA. Le but : la chasse au canard sur une petite île située à quelques encablures des côtes de Georgie , l'île de Jekyll.

Le groupe voyage sous des noms d'emprunts. Ces personnages, qui faisaient semblant de ne pas se connaître aux yeux du personnel de bord, représentaient pourtant à eux seuls le quart de la richesse planétaire de l'époque.

Dans le train, les représentants directs de John Pierpont (JP) Morgan (représentant des Rothschild d'Angleterre) étaient:

- le sénateur Nelson Aldrich, beau-père de John D. Rockefeller et grand-père de Nelson Rockefeller (vice-président des USA),
- Charles Norton, président de la First National Bank de New-York (la plus grande et la plus puissante banque d'Amérique).

Énumérer tous les banquiers liés à JP Morgan, Rockefeller, et aux dessus d'eux Rothschild, les principaux bénéficiaires de la création de la FED, serait trop long. Il faut juste se rendre compte que toutes les banques privées de l'époque étaient liées plus ou moins étroitement.

Le gouvernement n'était pas étranger à cette réunion. Il était représenté par A. Piatt Andrew, Secrétaire adjoint du Trésor et Aide Spécial de la National Monetary Commission.

Parmi les participants, Paul Warburg, l'un des hommes les plus riches du monde. D'origine allemande, et en plus d'être un partenaire de la Coon, Loeb and Company - il avait épousé en 1893 la fille du banquier Salomon Loeb, propriétaire de la banque Kuhn, Loeb & Co de New-York, un autre représentant des Rothschild anglais et français. Paul Warburg entretenait aussi des liens étroits avec son frère Max Warburg , le directeur en chef du consortium bancaire Warburg d'Allemagne et des Pays-Bas.

D'autres "invités" sont des inconnus pour les historiens, mais sûrement très puissants en réalité, vu que quand George F. Baker , un des associés les plus proches de JP Morgan, mourut le 3 mai 1931, le New-York Times écrivit : "Le club de l'Ile Jekyll a perdu un de ses membres les plus distingués"...

Une fois arrivés dans la luxueuse propriété de J.P. Morgan sur l'ilot Jekyll, nos banquiers millionnaires s'installèrent autour d'une table et neuf jours durant, dans le plus grand secret, ils mirent au point et rédigèrent minutieusement le règlement de ce qui allait devenir le Système de la Réserve Fédérale.

Pourquoi tant de difficultés ? Parce qu'au moment de la déclaration d'indépendance des USA, flairant le piège, les Pères fondateurs inscrivirent dans la Constitution américaine signée à Philadelphie en 1787, dans son article 1, section 8, § 5, que "c'est au Congrès qu'appartiendra le droit de frapper l'argent et d'en régler la valeur".

Thomas Jefferson était si persuadé du rôle pervers des banquiers internationaux qu'il a écrit comme avertissement :

"Je considère que les institutions bancaires sont plus dangereuses qu'une armée. Si jamais le peuple américain autorise les banques privées à contrôler leur masse monétaire, les banques et les corporations qui se développeront autour d'elles vont dépouiller les gens de leurs biens jusqu'au jour où leurs enfants se réveilleront sans domicile sur le continent que leur Pères avaient conquis."

Avec la FED, après 100 ans de tentatives d'infiltration, les banquiers privés parviennent enfin à leur fin : violant la constitution, c'est désormais les banques privées qui créent la monnaie.

Les gouvernements, désormais soumis au bon vouloir de ces banquiers, doivent donc voter les lois décidées par les banquiers. A chaque fois que la population s'agrandit, ou que la productivité augmente, les banquiers s'enrichissent grâce à la création nécessaire de monnaie que cette prospérité nécessite (augmentation de la masse monétaire). Ce qui va enrichir les banquiers privés de la FED au-delà de toute raison.

Pour rappel, la masse monétaire dépend du nombre de travailleurs dans le pays, et donc augmente à chaque nouveau travailleur (il faut créer l'argent pour que ce travailleur reçoive le salaire de son travail, et puisse le dépenser). Avec la croissance de population, la dette des États augmente à cause de la FED, alors que cette dette n'existe pas sans la FED (la création de monnaie correspondant à une augmentation de la force de travail).

Les magouilles des banquiers existaient depuis bien avant 1910, et la FED n'était que l'établissement d'une pratique d'argent-dette déjà ancienne.

Durant la guerre de Sécession (1861-1865) , la banque Rothschild de Londres finance les Fédérés du Nord, pendant que la banque Rothschild de Paris finance les Confédérés du Sud. Un scénario mis au point en Europe durant les guerres napoléoniennes : Rothschild exige des 2 partis des intérêts usuraires de 25 à 36%, et oblige le vainqueur à payer les dettes du vaincu. Comme ces dettes sont fournies par la même banque, peu importe à Rothschild de savoir qui gagnera ou perdra.

Le président Lincoln refusa de se soumettre au diktat des financiers européens et, en 1862 , il obtint le vote du Legal Tender Act, par lequel le Congrès l'autorisait à revenir à l'art. 1 de la Constitution de 1787 et à faire imprimer une monnaie libérée du paiement d'un intérêt à des tiers, les greenback. C'est ainsi qu'il a pu, sans augmenter la dette de l'État, payer les troupes de l'Union.

Lincoln a dit :

« Le pouvoir des financiers tyrannise la nation en temps de paix et conspire contre elle dans les temps d'adversité. Il est plus despotique qu'une monarchie, plus insolent qu'une dictature, plus égoïste qu'une bureaucratie. Il dénonce, comme ennemis publics , tous ceux qui s'interrogent sur ses méthodes ou mettent ses crimes en lumière . J'ai deux grands ennemis : l'armée du sud en face et les banquiers en arrière. Et des deux, ce sont les banquiers qui sont mes pires ennemis. »

Lincoln fut assassiné peu après cette tentative de se défaire de la dette. Booth, son assassin, reçut à ce moment-là des sommes d'argent très importantes de la part d'hommes d'affaires connus, et bénéficia de nombreuses et efficaces complicités, tant pour accomplir son crime, que pour quitter les lieux.

Le successeur de Lincoln, Andrew Johnson, a immédiatement (et sans donner d'explication), suspendu l'impression de la monnaie d'État sans dette, et les USA sont revenus à la monnaie-dette des banquiers.

Otto von Bismarck, Chancelier de Prusse depuis 1862, écrivit à la mort de Lincoln :

"La mort de Lincoln fut un désastre pour la chrétienté. Je crains que les banquiers étrangers ne dominent entièrement l'abondante richesse de l'Amérique et ne l'utilisent systématiquement dans le but de corrompre la civilisation moderne. Ils n'hésiteront pas à précipiter les États chrétiens dans les guerres et le chaos, afin de devenir les héritiers de la Terre entière."

Le président John Fitzgerald Kennedy (JFK) tenta lui aussi d'arrêter la dette. Cette tentative eut lieu un siècle exactement après celle de Lincoln. Les coïncidences biographiques, politiques et même numérologiques qui rapprochent les destins de ces deux hommes politiques sont, il faut le reconnaître, tout à fait extraordinaires :

Le 4 juin 1963 , le Président Kennedy signait l'Executive Order n° 11110 par lequel le gouvernement retrouvait un pouvoir inscrit dans la Constitution, celui de créer sa monnaie sans passer par la FED. Cette nouvelle monnaie, gagée sur les réserves d'or et d'argent du Trésor, rappelait les greenbacks et le coup de force du Président Lincoln.

J. F. K. était en passe de mettre hors-jeu tout le pouvoir que les banques privées de la FED s'étaient arrogé depuis 1816, et qu'elles détenaient officiellement depuis 1913. Dans un premier temps, les deux monnaies auraient circulé parallèlement. La monnaie d'État, gagée sur les réserves d'argent, aurait fini par terrasser la monnaie créée ex nihilo par les banquiers. Cette nouvelle monnaie aurait considérablement diminué l'endettement de l'État, puisqu'elle éliminait automatiquement le paiement des intérêts.

Quand Joseph Kennedy, le père de JFK, apprit la décision de réforme monétaire de son fils, lui dit : « Si tu le fais, ils te tueront ».

Les 26 volumes du rapport Warren n'ont pas réussi à apporter une explication crédible à l'assassinat du Président Kennedy à Dallas le 26 novembre 1963, cinq mois après sa réforme monétaire. La déclassification partielle des dossiers, en 2018, montrent l'implication active de la CIA dans l'assassinat, sans montrer encore qui, ni jusqu'à quel point.

La grosse artillerie a été sortie pour l'effacement des preuves : tous les témoins oculaires importants de l'événement sont morts dans les 2 ans. Disparition ou élimination de 400 personnes en relation même lointaines avec cet événement - y compris le personnel médical de l'hôpital Parkow où Kennedy a été admis, du portier au personnel médical, ainsi que des proches du tireur accusé, Lee Harvey Oswald.

Le Vice-Président Lyndon B. Johnson, devenu automatiquement président grâce à l'assassinat de JFK, fit la même chose que son homonyme Andrew Johnson un siècle auparavant : avec une célérité particulièrement remarquable (alors qu'il était dans l'avion présidentiel Air Force One, en route pour rejoindre Dallas où le président venait d'être abattu, donc que le corps de JFK était encore chaud), Lyndon suspendit la décision monétaire du 4 juin 1963. Là encore, aucune justification n'est fournie.

Aucun successeur de JFK ne s'est avisé d'apporter la moindre réforme au fonctionnement de la FED, si ce n'est Trump en mars 2020, qui pu le faire après s'être débarrassé de la plupart des corrompus de l'État profond.

Journal israélien Ha'aretz du 05/02/1999 :

"L'assassinat du Président américain John F. Kennedy mit un terme brutal à la forte pression de l'administration des USA sur le gouvernement d'Israël afin de l'amener à interrompre son programme nucléaire... [...] si Kennedy était resté vivant, il est douteux qu'Israël aurait aujourd'hui une défense nucléaire."

L'histoire de la FED est aussi liée aux nombreuses crises économiques provoquées par cette FED, et à chaque fois l'État qui doit payer pour enrichir toujours plus les responsables de ces crises artificielles. Mais ce serait trop long dans ce recueil. Vous avez compris le principe de l'arnaque...

FED > Histoire de la dette en France

Une histoire très ancienne, puisque les templiers ont été dissous lorsqu'ils se sont mis à concurrencer les banques juives de l'époque....

La révolte de mai 1968, financée depuis la Belgique, permet de mettre De Gaulle dehors, et de le remplacer par Pompidou, un gars qui quelques années auparavant était un grand directeur de la banque Rothschild, et passait encore tous ses week-end au château du baron...

Coïncidence ? C'est la Banque Rothschild qui mettra en place ce système de dette à la française (rien d'autre qu'une nouvelle FED, en demandant à Rothschild de créer l'argent de rien plutôt que ce soit la banque de France qui le fasse, alors qu'elle est faite pour ça).

Depuis la réforme des statuts de la Banque de France, ayant fait l'objet de la loi du 3 janvier 1973 (loi Pompidou-Rothschild), les avances au Trésor avaient été supprimées.

Fait intéressant, cette pseudo dette a été mise en place la même année (1974) au Canada, par Pierre Elliott Trudeau (le père de Justin Trudeau, Justin qui reprendra le pouvoir en même temps que le fera l'associé Rothschild, Macron, plein de coïncidences qui n'en sont sûrement pas...).

Au Canada, pendant 108 ans, la dette accumulée est une courbe plate. Depuis 1974, la courbe monte exponentiellement, et dépasse 630 milliards de dollars début 2020.

Les Européens ont abandonné (le 7 février 1992, traité de Maastricht), le droit "régalien" de l'État de création monétaire, au profit des seules banques.

Ensuite, l'article 104 du Traité de Maastricht, transposé en France dans la loi du 4 août 1993, interdit aux Banques centrales d'autoriser des découverts, d'accorder tout type de crédit au Trésor public et à tout autre organisme ou entreprise publique.

Parallèlement, les banques peuvent quasiment allouer autant de crédits qu'elles le souhaitent (que demandé) en créant, à cette occasion, la monnaie sur laquelle elles feront payer des intérêts. Bizarre cette concurrence déloyale votée par les chantres du libéralisme... A pardon, dans ce sens ça va dans leur poche, on a le droit de ne pas respecter la saine concurrence...

Récapitulatif

Il faut bien se rendre compte qu'à l'origine, cet argent de la dette est créé de rien (voir paragraphe suivant sur la création monétaire).

Nous ne devons donc rien à la banque. C'est juste les intérêts (normalement inexistants) sur cet argent virtuel qui a enrichi les banques au-delà de toute raison, leur permettant, en 1992, de prêter directement sur ces fortunes préalablement accumulées.

Grâce à cette dette, les banquiers contrôlent les États, et décident de laisser plus ou moins d'argent dans le pays qui génère la vraie richesse (la force de travail). C'est ce qui permet, en 2019, d'avoir un petit pays comme Israël (8 millions de personnes) qui envoie des sondes sur la Lune, alors que la France (70 millions de personnes) n'arrive même plus à avoir des hôpitaux ou des services publics. Où disparaît notre argent ? D'où vient l'argent qui réapparaît "magiquement" en Israël ?

FED > Création monétaire

Survol

- les États ne peuvent plus fabriquer leur propre monnaie (lors du gonflement monétaire inhérent à l'augmentation de la population) depuis les années 70.
- Les banques privées sont les seules aujourd'hui à pouvoir créer de l'argent à partir de rien, si bien que leurs capacités de financer l'économie (gonflement monétaire) sont quasi illimitées : c'est un banquier qui décide ce qui, dans la société, doit être financé ou ne doit pas l'être : une guerre qui ne lui plaît pas ? Pas de prêts, donc pas d'argent pour les bombes. Une guerre qui lui plaît ? Il prête à taux négatif...

Les États doivent donc s'endetter auprès des banques privées, ce sont désormais elles qui contrôlent l'État : quel que soit le président élu, il devra se plier aux volontés des banquiers pour conserver son triple A...

C'est le même contrôle qui s'exerce sur les entreprises : pour se développer (acheter les machines qui lui rapporteront APRÈS l'argent qui permettra de la rembourser), les entreprises doivent :

- soit emprunter aux banques privées,
- soient émettre des actions qui seront achetées principalement par les banques privées.

Les banques contrôlent de la même manière les ménages : pour vivre il faut un boulot, pour aller au boulot il faut une voiture, pour avoir une voiture il faut emprunter, etc.

Se poser la question de la dette

Par Crazy Horse, sur Agoravox - 07/04/2008 + Faux-monnayeurs.org

A l'heure où l'on nous rabâche à longueur de temps le problème de la dette publique, qui sert à justifier les réformes liberticides et anti-sociales du gouvernement, il importe de se poser la question : comment un État souverain peut-il devoir plus de 1 000 milliards d'euros à différents créanciers ? Lorsque tous les " experts " jurent que la relance de la croissance résoudra tous nos maux en diminuant le chômage et en augmentant notre pouvoir d'achat, il est bon de s'interroger sur les fondements de telles assertions.

Il serait sage de se demander : qu'est-ce donc que cette monnaie et d'où vient-elle ?

Dissipons certaines idées reçues pour vous éclairer sur certaines réalités habilement dissimulées.

La monnaie n'est pas créée par l'État

Depuis le 01/01/1999, la Banque Centrale Européenne (BCE) s'est vue transférer les compétences des Banques Centrales Nationales (BCN) des États membres. La BCE et les BCN devenues ses sous-traitants forment le Système Européen de Banques Centrales (SEBC).

La BCE a le monopole d'émission de la monnaie fiduciaire (pièces et billets de banque). Selon le traité de Maastricht, la BCE ne peut prêter aux États. L'État français doit donc financer son déficit en vendant à quelques riches particuliers des bons au trésor (avec intérêts). Les détenteurs de ces bons au trésor sont donc les créanciers de l'État.

D'où ces banques qui possèdent nos États tirent leur argent ? De la création monétaire sur les crédits, c'est à dire de rien...

Les actionnaires / propriétaires des banques privées tirent donc de très gros dividendes... d'une monnaie créée du vide, et ensuite prêtée à la collectivité.

Je prends un exemple : la population de la France grossit, il faut donc créer de la monnaie pour les nouveaux arrivants : l'État doit donc emprunter aux banques. Les banques créent de l'argent à volonté (pas de limites), prêtent du vide, mais reçoivent le tiers du budget de l'État en retour, le soit-disant "remboursement de la dette". Avec tout cet argent des intérêts, pas étonnant que les banques puissent racheter les médias, et payer les plus chères campagnes aux candidats qui voteront les futures lois.

Le déficit des États (gonflement monétaire)

Les États doivent fournir une masse monétaires aux citoyens, pour que ces derniers puissent échanger leur force de travail.

Plus il y a de citoyens qui travaillent, plus ils sont productifs, et plus il faut de masse monétaire. Logique.

Par exemple, s'il y a 1 pêcheur de plus, il faut lui donner un salaire, pour qu'il puisse acheter le poisson qu'il a pêché. Comme il y a plus de poisson, les prix restent fixes.

Avant, c'était la BCN qui créait l'argent (sans intérêt, il va sans dire). Désormais, c'est les riches privés qui le font.

Processus de création monétaire

Aujourd'hui la plus grande partie des transactions s'effectuent en monnaie scripturale (chèques, carte bleue, virements, etc. toutes les formes dématérialisées de la monnaie). En 2006 par exemple, il y avait 7 387 milliards d'euros en circulation, dont seulement 552 milliards d'euros en fiduciaire.

Si la BCE ne peut créer que la monnaie fiduciaire, comment sont créés les 6 835 milliards d'euros de monnaie supplémentaire ?
Ce sont les banques privées qui créent cet argent ex nihilo par l'intermédiaire du crédit.

Ex : vous avez besoin de faire un crédit à la banque de 15 000 euros pour une nouvelle voiture. Le banquier porte à l'actif de son bilan une créance de 15 000 euros (une somme qui n'existe pas encore, que vous devez) et au passif les 15 000 euros qu'il vient de mettre sur votre compte (créée avec de l'argent venant de nulle part).

Là est l'arnaque, le banquier n'a pas créé les intérêts qu'il vous demande de payer...

Si vous parvenez à rembourser votre prêt, les 15 000 euros servent à remplir la créance. Une fois le remboursement de cette créance terminé, les 15 000 euros prêtés par le banquier retournent de là d'où ils viennent, c'est à dire du néant... Ils disparaîtront de la masse monétaire. C'est pourquoi les 15 000 euros, tant qu'ils n'étaient pas remboursés, sont appelés monnaie temporaire ou encore de “ monnaie de crédit ”.

Seuls resteront les intérêts que vous aurez versés (d'un montant souvent équivalent voire bien supérieur au montant emprunté, par exemple pour avoir 15 000 euros sur 30 ans, vous allez devoir rembourser 15 000 euros + 20 000 euros d'intérêts...). Ces intérêts sont censés représenter la rémunération du banquier pour avoir créé de l'argent à partir de rien... Oui, c'est incroyable, mais malheureusement, c'est vrai.

Encore plus malheureux, le crédit n'est nullement limité par la valeur des dépôts effectifs dans une banque, comme c'était le cas en 1971. Une banque ne peut prêter qu'à hauteur de 90% des dépôts qu'elle détient, mais ce chiffre diminue chaque année avec les lois votées par les sénateurs (aux USA, chaque sénateur reçoit 125 millions de dollars de la part du seul secteur bancaire, des pots de vins officialisés sous le nom de lobbying).

Et encore, il faut savoir qu'une bonne partie de ces dépôts provient de crédits accordés par d'autres banques à leurs clients, selon le même procédé douteux décrit ci-dessus.

Le problème des intérêts

Des intérêts basés sur des dettes qui n'existent pas

Nous avons expliqué que la monnaie n'existait aujourd'hui que sous forme de crédit et donc de dettes. Ni l'euro, ni le dollar ne sont gagés sur rien de physique.

Imaginez un instant que tous les citoyens du monde, las de toutes leurs dettes, décident de les régler toutes en même temps. Et bien on peut en déduire alors qu'il n'y aurait plus de monnaie du tout !

En réalité, et c'est ça le plus incroyable, il est impossible de régler toutes les dettes puisque aucune banque n'a créé la monnaie nécessaire pour régler les intérêts demandés...

Commencez-vous à comprendre ? Chaque fois qu'un banquier détourne de l'argent en prenant des intérêts, il prend de l'argent qui n'a pas vocation à être détruit, sauf que cet argent vient d'une créance bâtie sur rien.

Il est donc mathématiquement impossible de payer toutes les dettes, car pour cela il faudrait plus de monnaie qu'il n'en a été mis en circulation ! Voilà pourquoi ils veulent absolument de la croissance. Nous devons créer toujours plus de crédits afin de pouvoir rembourser les intérêts. Mais en créant ces crédits nous engendrons de nouveaux intérêts qu'il faudra payer en faisant de nouveau crédits et ainsi de suite. C'est une spirale sans fin...

Inflation

L'intérêt est la cause principale de l'inflation, puisque avec un crédit à 5 % par an par exemple, c'est le double de la somme empruntée qui doit être remboursée sur 15 ans.

L'intérêt est le premier responsable de la pauvreté dans le monde et de l'élargissement de la fracture sociale. Sachez que les prix que vous payez sont constitués à 40-45 % du seul poids des intérêts : investissements des producteurs et des distributeurs qui ont emprunté aux banques, reportés tout au long du circuit économique - effet cascade des dettes. Vous pouvez imaginer la somme colossale qui est transférée du monde de l'économie réelle au monde financier.

95% des échanges financiers se font entre les banques elles-mêmes, c'est à dire que 95% de la richesse mondiale est entre les mains des banques.

A l'origine les intérêts servaient à rémunérer les épargnants dont les dépôts permettaient d'effectuer les prêts, le banquier se payant grâce à la différence des taux. Mais dans le contexte actuel, étant donné la façon dont la monnaie est créée, cela n'est plus justifié.

Qui est le vrai maître du monde ?

Plus le temps passe, et plus la finance internationale, avec un cynisme effrayant, s'accapare les vraies richesses du monde (les réserves minières, l'eau, la terre, les biens immobiliers, et depuis peu les êtres vivants...) qu'elle achète avec de la monnaie sortie du néant !

Imaginez un beau crack financier... Ni nous ni les nations ne pouvons payer nos dettes... L'argent venant de nulle part, on peut supprimer ces dettes, mais sur le papier, à qui appartient la maison que vous avez achetée à crédit ? A qui appartient le mobilier que vous avez acheté à crédit ? A qui appartient l'armée que l'État a payé à crédit ? Aux banques, qui se sont contenté de créer de l'argent de rien, et qui se sont approprié le monde avec.

Que peut-on faire ?

Pour commencer il faudrait faire l'effort de comprendre l'arnaque. Les journalistes vous disent que c'est compliqué, une manière de cacher l'arnaque.

Les citoyens doivent reprendre le pouvoir de création monétaire (c'est la BCE qui créé l'argent pour le gonflement de la masse monétaire, pas les bons au trésor).

La quantité d'argent injecté dans l'économie (le gonflement monétaire) doit être proportionnelle à l'indice de croissance, qui correspond à la valeur cumulée des biens et services échangeables dans la zone concernée. Actuellement seulement 5% des transactions mondiales correspondent à l'échange de biens économiques réels. Le reste correspond à la spéculation boursière...

Les crédits aux particuliers ne doivent pas générer d'intérêts, les banques commerciales se contentent de prendre des honoraires (le prix que leur coûte réellement la transaction).

Les dettes illégitimes actuelles

Tous les intérêts de toute la monnaie créée dans le passé par les banques commerciales et par la BCE doivent revenir aux États de la zone euro (donc à la population...).

Crack de 2008

Un nouveau crack planétaire surviendra bientôt (arrivé 2 mois après...) en raison de la chute programmée du cours du dollar qui sert actuellement de monnaie de réserve internationale. Ce sera le moment d'exiger de nos élus une refonte complète du système monétaire pour qu'il soit vraiment au service de l'économie et non plus l'instrument de pouvoir d'une minorité de nantis. [AM : devinez quoi ? Ça n'a pas été fait, les banques voyous privées ("trop grosses pour tomber") ont été sauvées en prenant toujours plus aux populations]

Tous liés

Survol

De manière générale, les études généalogiques montrent que les hommes de pouvoir sont tous de famille proche, se reproduisant en milieu clos.

France (p. 40)

Faisons un tour de ce que Juan Branco appelle le petit entre-soi parisien : petit par le nombre de grandes familles proches, mais grand par l'influence qu'ils ont dans nos vies.

En plus de leurs ancêtres très hauts placés dans le pouvoir, tous ses gens entretiennent des contacts rapprochés forts, pluri-disciplinaires (privés avec politique, armée et justice) et multi-nationaux.

Une grande famille mondiale (p. 43)

Qui aurait pensé que Obama était de la même famille que son prédécesseur Bush ? Pourquoi tous les présidents américains appartiennent tous à la même grande famille apatride ?

Liens > France

Le petit entre-soi parisien

Voici ce qu'en révèle Juan Branco le 05/08/2020, petit exemple pris avec les élites du moment, mais c'est valable à toute époque (Bernadette Chirac est la descendante de celui qui a décidé la colonisation de l'Algérie au 19e siècle...), alors que Branco s'attaque principalement à ce qu'il appelle la "Macronie".

Le plus puissant haut fonctionnaire de France, Marc Guillaume, secrétaire général du gouvernement, vient d'être débarqué pour sexisme et autoritarisme, après avoir fait la pluie et le beau temps pendant cinq ans sur l'administration de notre pays. Cet homme tout puissant est marié à la directrice de la publicité chez Louis Vuitton, propriété de Bernard Arnault.

Christophe Girard, adjoint au maire chargé de la culture à Paris, fabiusien débarqué pour cause de soutien à un pédophile assumé, est employé de LVMH, propriété de Bernard Arnault.

Ne pourrions-nous pas penser qu'il n'y a aucun lien entre ces affaires, considérer qu'il s'agit de malheureux hasards et d'étonnants rapprochements ?

Qui est le secrétaire général de LVMH, propriété de Bernard Arnault ? Marc-Antoine Jamet, ancien directeur de cabinet de Laurent Fabius.

Qui a fait naître la fortune de Bernard Arnault (un héritier qui venait d'échouer aux USA), en lui offrant Boussac (Dior, Conforama, Le Bon Marché), avec une généreuse subvention à la clef ? Laurent Fabius, alors Premier ministre de la France.

Qui permit à Bernard Arnault d'arracher cette faveur à Laurent Fabius ? François Polge de Combret, ancien secrétaire général adjoint de Giscard d'Estaing, devenu banquier chez Lazard.

Les politiciens s'appuieraient donc sur leurs réseaux dans le privé, pour faire recruter leurs anciens collaborateurs, lourdement rémunérés et chargés à leur tour d'intercéder en faveur de leurs employeurs afin de capter du capital d'État ? Un peu comme Macron, successeur de Polge de Combret, passé chez Rothschild après l'ENA, avant d'être nommé SGA puis ministre de l'économie et privatiser ce qu'il pouvait.

Mais pourtant, ne nous vendent-ils pas, ces politiciens et héros entrepreneuriaux, en toutes circonstances, les souffrances que l'État leur inflige, à grand renfort de battage médiatique, leurs médias ?

Oui, ils crient très fort, alors que la réalité est toute autre.

Qui a fait l'objet d'un contrôle fiscal et d'un redressement de près d'un milliard d'euros, après avoir tenté de s'exiler fiscalement en Belgique parce qu'il payait trop d'impôts, et a évité la case prison grâce à ses réseaux au sein de l'État ? Bernard Arnault.

Qui a menacé les journaux qui avaient révélé cette affaire, de cesser de les fournir en publicité, alors qu'il est le premier annonceur de France ? Bernard Arnault.

Qui a recruté le tout puissant patron des services secrets français pour le mettre à son service, manipuler des informations, intimider journalistes et opposants ? Bernard Arnault

Qui vient de prendre pied dans le groupe Lagardère (Hachette, Paris Match, Europe 1, Le JDD), après l'avoir fait dans Gallimard et avoir acheté Le Parisien et les Echos ? Bernard Arnault

Cela veut dire qu'il y a des oligarques (et non plus des "entrepreneurs") qui non content d'acheter des hauts fonctionnaires, achèteraient aussi des médias, afin de taire tout cela, influencer des politiciens et obtenir les faveurs de l'État.

Au mariage de Nicolas Sarkozy en 1996, Bernard Arnault est le témoin du marié, aux côtés de l'autre témoin Martin Bouygues (milliardaire et patron de TF1, qui a demandé aux médias qu'il possède de faire élire Sarkozy président en 2007).

Qui a recruté comme conseiller Nicolas Bazire, l'ancien directeur de cabinet de Balladur ? Bernard Arnault.

Qui est la femme de Xavier Niel, magnat des télécommunications et propriétaire des principaux médias du pays ? La fille de Bernard Arnault.

Qui était la professeur des enfants de Bernard Arnault dans l'école privée la plus huppée du 16e arrondissement ? Brigitte Macron

Qui dînait grâce à cela toutes les semaines avec Bernard Arnault avant d'être miraculeusement promu comme élève prodige de la République par les médias détenus par Bernard Arnault et son gendre, Xavier Niel (Le Monde, Le Parisien, Les Échos, Télérama, L'Obs...) ? Emmanuel Macron.

Qui a présenté Mimi Marchand à Brigitte Macron afin qu'elle offre à lui et son mari couvertures et opérations de propagande centrées sur leur couple dans l'ensemble de la presse people ? Xavier Niel, gendre de Bernard Arnault.

Qui est-ce qu'Emmanuel Macron a fait nommer commissaire européen à l'économie ? Thierry Breton, chargé de présider la fondation gérant la succession de Bernard Arnault (en Belgique, bien entendu).

Nous pourrions parler du plus puissant patron des services secrets, Bernard Squaricini, mis en examen pour s'être vendu à Bernard Arnault.

Nous pourrions en rajouter sur d'autres compagnes et compagnons - pensons à Madame Hamon - et grands hommes d'État continuant à placer leurs hommes et distiller leurs opinions, tout en étant payés par M. Arnault (Hubert Védrine, Renaud Dutreuil...).

Nous pourrions montrer comment tout cela se tient et dessiner un parcours où, de vingt millions de francs récupérés de son père, et l'aide d'amis hauts placés, on arrive en quarante ans à avoir un contrôle sur tant de puissants...

Nous pourrions montrer comment tout cela créé, même chez les moins corrompus, des décisions toujours dans un même sens qui, de politiques monétaires accommodantes en orthodoxie libérale, en passant par un désir ardent de mondialisation et une baisse des "charges" et impôts sur les mieux disants, amènent notre pays à l'état dans lequel il est.

Nous pourrions parler de ces Zoé Bolloré Bouygues et Zoé Arnault Niel qui, aujourd'hui âgées de 7 et 9 ans, ont déjà plus de pouvoir qu'un quelconque de nos dirigeants.

Achevons simplement: qui a vu sa fortune tripler, de 40 à 120 milliards, en seulement 4 ans ? Bernard Arnault.

Pour le plus grand bonheur de la famille Guillaume, leurs héritiers et de leurs centaines de camarades et assimilés, si bien rémunérés pour leurs actions envers celui qui les paye.

Le fameux Ismaël Emelien a lui aussi été recruté par LVMH (Bernard Arnault).

Nicolas Bazire a été récemment condamné à de la prison ferme pour avoir indirectement provoqué la mort de nos concitoyens (Affaire Karachi) : Nicolas Bazire met en place un système de rétrocommissions dans le cadre d'un contrat d'armement, visant à financer la campagne d'Edouard Balladur et améliorer leurs fins de mois, avec la complicité de Nicolas Sarkozy (alors au budget). Manque de chance pour les familles de victimes, les chiraquiens gagnent l'élection, coupent immédiatement le robinet, et les pakistanais se vengent en faisant l'attentat de Karachi, dans lequel le 8 mai 2002, 11 employés français de la Direction des constructions navales (DCN) trouvent la mort. 6 proches de Balladur condamnés.

Bernard Arnault a décidé de garder Nicolas Bazire à la tête de LVMH, comme s'il savait déjà qu'il n'allait pas faire la peine à laquelle il a été condamné (voir Balkany ressorti aussitôt de prison, sa femme qui n'en a pas fait).

Présidentiables 2017

Une étude sur la généalogie de Macron (origine capétienne) a été faite par le "pape" des généalogistes, Jean-Louis Beaucarnot. Cette étude, qui a fait l'objet d'une publication par l'agence de presse AFP, a rapidement été supprimée sans explication (donc elle était vraie ou pas loin, sinon il y aurait eu un erratum de publié. Preuve qu'elle gênait le clan Macron, et que ces derniers peuvent influer sur l'AFP quand ils veulent, alors que Macron n'était que candidat, pas encore président.

On apprenait dans la même publication que le clan Le Pen descendait de Mohamed (donc de lignée Abrahamique, donc de la lignée adamique, comme les rois de France disaient qu'ils descendaient de la lignée adamique par Adam.

Quel hasard que les 2 finalistes du second tour de 2017 aient autant d'ancêtres "prestigieux"...

Les dîners entre élites (Le Siècle)

La France est pourrie par le copinage, les présidents ne sont pas glorifiés pour leur intelligence, mais pour leur carnet d'adresses. Un monde très fermé, appelé le petit Paris, l'entre-soi, où seule une grande famille règne sur le pays.

Ainsi, le dîner du siècle ou du Crif, montrent les réunions de tout ce petit monde, où se côtoient juges et grands industriels, politiques et hauts-fonctionnaires, grands rédacteurs en chef de médias, toutes ces fonctions qui une fois mises ensembles, verrouillent le système (si on a les juges et les chefs de police dans la poche, on peut faire toutes les malversations qu'on veut, et détourner à son profit l'intérêt commun).

Pour montrer l'accointance très proche des élites françaises et de la politique, voici la liste des personnes ayant participé au dîner du club très select "Le Siècle" qui à lui seul, couvre toute la sphère dirigeante de notre pays, aussi bien politique, médiatique et financière, de quoi assurer un black-out total et une stratégie globale bien loin des idéaux démocratiques. Elle est où la séparation des pouvoirs de notre chère République, si, en toute opacité, tous ces acteurs se réunissent à huis-clos ?

Cette liste est publique, elle a été relayée dans les mass medias.

Politiques

Tous les bords politiques invités, Gauche (G) ou Droite (D), ils mangent au même râtelier !

Martine Aubry (G), Dominique Strauss-Kahn (G), François Baroin (D), Xavier Bertrand (D), Yasmina Ben Guigui (G), Olivier Dassault (D), Rachida Dati (D), Hervé Gaymard (D), Elisabeth Guigou (G), Christian Jacob (D), Marisol Touraine (G), Eric Woerth (D), les plus habiles étant ceux qui se font représenter... Jacques Chirac via Catherine Colonna (Présidente fondation Chirac, ancienne ministre), Le Prince Albert de Monaco via Jean Luc Allavena.

Ceux qui ne sont pas dans la liste (qui n'est pas exhaustive) mais qui sont membres de ce club : François Bayrou, Corine Lepage, François Hollande, Laurent Fabius, Lionel Jospin, Jean-Pierre Chevènement, Jean François Copé, François Fillon, Alain Juppé, Bernard Kouchner, Jean Pierre Raffarin, Nathalie Kociusko-Morizet, Christine Lagarde (FMI), etc.

Médias, sondages, édition, divertissement

Etienne Lacour (Société Générale de Presse), Marie Louise Antoni (Le Monde, Conseil de surveillance), Jean Louis Boulanges (Chroniqueur L'Expansion, Conseiller Maitre Cour des comptes), Olivier Duhamel (chroniqueur LCI, France Culture valeurs actuelles, codirecteur SOFRES), Olivier Nora (Editions Grasset, Fayard), Alexandre Adler (Figaro), Baldellli Christopher (RTL, IP France), Baverez Nicolas (Editorialiste Le Point, Le Monde), Muriel Beyer (Ed. Plon), Alexandre Bompart (Europe 1), Jean Marie Cavada (Radio France), Emmanuel Chain (journaliste, Producteur groupe Elephant), Michèle Cotta (IDF1, AFP), Denis Delmas (SOFRES), Louis Dreyfus (Les Inrockuptibles, Le nouvel Observateur, un proche d'Arnaud Montebourg), Axel Duroux (TF1), Mercedes Erra (HAVAS-Bolloré), Franck Esser (SFR, Vivendi), Teresa Cremisi (Flammarion), Falque-Pierrotin Thierry (BBC), Fixot Bernard (XO Editions, proche de Nicolas Sarkozy), Jean Philippe Giuliani (ARTE), Emmanuel Hoog (INA : institut national de l'audiovisuel), Denis Jeambar (Edition Seuil, Marianne, VSD), Julien Kouchner (Agence CAPA), Miyet Bernard (SACEM), Fabrice Nora (FPPP, CFPP), Henry Pigeot (Editions Ilyssos), Patrick Poivre-d'Arvor, David Pujadas, Nicolas Seydoux (Gaumont), Laurent Solly (TF1 digital, TF1), Alain Sussfeld (UGC), Nicolas de Tavernost (M6, Girondins de Bordeaux), Frédéric Thiriez (Ligue de Football Professionnel), Agnès Touraine (ITV, Cable&Wireless), Jean Noël Tronc (Canal+), Gérard Unger (Publicis), Thomas Valentin (M6), etc.

Industries

Quand on voit les dirigeants d'entreprises manger avec les fonctionnaires chargés de les surveiller...

Louis Gallois (EADS), Guillaume Pepy (SNCF, Eurostar), Louis Schweitzer (Renault), Christophe Aulnette (Netgen - TV IP), Beigbeder Charles (Poweo énergie), Daniel Bernard (Alcatel, Provestis...), Bitterlich Joachim (Véolia), Pierre Blayau (SNCF Géodis), Cagni Pascal (Atari, Apple), Calavia Philippe (Air France KLM), Chalendar Pierre André (Saint-Gobain), Robert Clamadieu (Rhodia, SNCF), Michel Combes (Vodafone, 2e opérateur mobile mondial), Jean Dominique Comolli (Imperial Tabacco, Altadis,

SEITA), Falque-Pierrotin Thierry (Darty, BBC, etc.), Geneviève Ferone (Véolia, proche de Jacques Chirac), Xavier Fontanet (Essilor), Sylvain de Forges (Véolia), Gadonneix Pierre (Conseil Mondial de l'Energie, EDF), Félicité Herzog (AREVA), Pierre Kociusko-Morizet (PriceMinister), Lasserre Bruno (Autorité de la Concurrence), Jean Bernard Levy (Vivendi), André Levy-lang (les Echos), Louette Pierre (AFP), Pierre Mongin (RATP), Olivier Grégoire (Peugeot-Citroën), Stéphane Pallez-Auque (France Télécom), Pierre Pringuet (Pernod Ricard), Gérard Tobelem (Etablissement Français du sang), Jacques Veyrat (Imerys), Serge Weinberg (Sanofi-Aventis), etc.

Finance

Marie-Louise Antoni (Generali), Philippe Auberger (Banque de France), Damien Bachelot (Aforge Finance), Bazir Dominique (UBS investment Bank), Beffa Jean Louis (BNP Paribas, Saint-Gobain), Boujnah Stéphane (Deutche Bank, SOS racisme), Guillaume Dard (Montpensiers Finances, OCBF), Gilles Etrillard (Banque Lazard, proche d'Arnauld Montebourg), Marc André Feffer (La Poste), Jérôme Grivet (Crédit Agricole), Alexandre Joly (DEXIA), Jean Pierre Jouyet (Président de l'AMF, le gendarme de la finance), Gilles de Margerie (Banque Privée, Crédit Agricole), Christian Morin (Paypal), Obolensky Ariane (Fédération bancaire Française), Philippe Wahl (Royal bank of Scotland), etc.

Milliardaires

Les milliardaires ont des activités diversifiées, sans compter que certains, comme Epstein, n'ont jamais pu expliquer l'origine de leur fortune...

Marc de Lacharrière, Bernard Arnault via Nicolas Bazire, Arnaud Lagardère via Takis Candilis (Hachette, Matra) et Anne-Marie Couderc (Groupe Largardère), Vincent Bolloré via Rémy Chardon (Bolloré-Progosa), Olivier Dassault, Thierry Peugeot, La famille Bétencourt via Eric Woerth (dont la femme gère la Fortune des Bettencourts).

Hauts fonctionnaires

Ce sont ces gens qui restent dans l'ombre : les gouvernements passent et trépassent, tandis qu'ils restent au pouvoir pendant des décennies, en dehors de tout contrôle électif.

Bernard Attali, jumeau de Jacques Attali (qu'on peut mettre dans toutes les catégories).

Richard Descoings, mort mystérieusement dans une chambre à New-York, et qui a fait la Une des mass medias (retrouvé mort nu avec son ordinateur lancé par la fenêtre)

Religieux

Antoine Hérouard, qui représente le Vatican (Conférence des Evèques de France), Pierre Joxe qui représente les protestants de France, Gérard Unger représentant les Juifs de France (LICRA).

Déduction sur ce dîner

Avec toutes ces personnes, il est tout à fait possible de contrôler les médias et guider l'économie ou le vote des lois.

Ce qui fait encore plus peur, c'est la présence de nombreux acteurs du secret-défense : un général, de nombreux membres de groupes liés à la défense nationale, et les principaux industriels de l'armement français : Dassault (Aviation), EADS (Spatial), Matra (Missiles, Radars et électronique militaire). On peut donc se poser des questions, car mettre ces personnes habilités au secret-défense à la même table que tous les grands administrateurs des multinationales françaises, ainsi que tous les grands médias, c'est tout ce qu'il faut quand il y a besoin d'établir une stratégie de Debunking d'État.

Liens > Présidents issus d'une grande famille mondiale

Le premier président noir de l'histoire des USA, Obama, était malgré tout le cousin de son prédécesseur, Georges W. Bush... Comme quoi, ça reste des histoires de famille. Vous croyez que tous les postes sont ouverts à tous, mais en réalité il faut faire patte blanche... Seuls les membres des familles du Who'sWho ont le droit de réussir. Toutes les sociétés qui commencent à marcher sont aussitôt rachetées par les plus grosses, aucun particulier n'ayant de moyen de se défendre de cette mafia mondiale, qui n'a jamais hésité devant le meurtre d'une famille complète (il est plus probable que Xavier Dupont-Ligonnès ait réussi à échapper au massacre plutôt qu'il ait lui-même organisé le massacre de sa famille. Le père qui se suicide ensuite est une excuse commode...).

La mère d'Obama est américaine, et compte dans sa parenté proche beaucoup de notables, dont 8 autres présidents des USA : les deux présidents Bush, mais aussi les présidents Jimmy Carter (né en 1924), Gérald Ford (1913-2006), Lyndon Johnson (1908-1973), Harry Truman (1884-1972), Woodrow Wilson (1856-1924) et James Madison (1758-1831). Que des présidents qui ont oeuvré de manière visible pour l'État profond, qu'ils soient démocrates ou républicains...

Obama est aussi un cousin éloigné de Sarah Palin, gouverneur de l'Alaska, coéquipière de Mc Cain et sa plus féroce adversaire lors des élections présidentielles, mais aussi du Premier ministre anglais Winston Churchill, de l'astronaute et sénateur américain John Glenn et de quantités d'autres sénateurs ou députés des États-Unis.

Remontez dans votre généalogie : si vous trouvez des maires, c'est déjà bien beau...

Il n'y a pas que cette famille Bush évidemment, il y a aussi la famille d'Hillary Clinton, les Rodham, de la lignée des rois maudits, donc cousine avec François Hollande, le président français (vous n'alliez pas croire que ces familles se limitaient sagement à un seul pays !!). On retrouve ainsi dans cette famille le roi de France Louis X le Hutin, frère du roi Philippe V le Long, Ou encore les chanteuses Madonna et Céline

Dion, ainsi que l'actrice Angelina Jolie. Là encore, que des gens ayant trempé dans l'État profond.

Illuminati > Sociétés secrètes

Survol

Nous venons de voir les liens très étroits entre élites, voyons s'ils font des sortes de "réunions de famille" régulières, où ils comploteraient contre les peuples.

Notre société ultra-libérale (sous le contrôle d'ultra-riches) ne s'est pas construite au hasard, au gré de révolutions spontanées, sans aucun objectif derrière tous les événements de l'histoire. Ce n'est pas le hasard, ni une nature humaine soit-disant mauvaise, qui a amené notre civilisation au bord du gouffre. Il y a des plans millénaires derrière tout ça.

Le gouvernement mondial à Jérusalem, annoncé par Jacques Attali, est un trop vaste complot pour ne pas avoir été organisé de très longue date par des sociétés occultes (mafias) très puissantes et organisées.

Fuites (p. 44)

Il y a toujours des indices qui sortent régulièrement, sur l'existence et le pouvoir de ces sociétés occultes.

Révolutions (p. 54)

Si la révolution française reprend tous les symboles du Mithraïsme (une secte occulte sumérienne vieille de 5 000 ans, et censée avoir disparue 1 300 ans avant la révolution), c'est bien que cette secte est restée secrète pendant tout ce temps, et que ses membres avaient suffisamment de pouvoir pour faire la révolution, prendre le pouvoir occulte, puis imposer ces symboles à la république française.

Fuites

Survol

De tous temps, ils sont nombreux à lâcher le morceau sur l'existence d'une caste supérieure, caste qui garde le pouvoir quel que soit le résultat des élections. Une pyramide de pouvoir dont les lanceurs d'alertes les plus hauts placés ne voient que la base.

Poutine (p. 44)

Son combat contre les oligarques a révélé cette caste toute puissante.

Roselyne Bachelot (p. 45)

Lors d'une émission télé, Roselyne Bachelot lâche que les ministres ne prennent aucune décision, qu'il y a un État profond.

Cash investigation "Rothschild" (p. 45)

Une émission montrant comment Macron avait été placé président par la famille Rothschild.

Adrien de Tricornot (p. 45)

Le journaliste raconte la trahison de Macron lors du rachat du journal emblématique "Le Monde".

Lawrence Wilkerson (p. 45)

Ce chef de cabinet USA raconte que seulement 0,001% des Américains ont un pouvoir politique...

Nicolas Doisy (p. 45)

L'un des plus grands courtiers d'Europe nous explique que le président français ne décide de plus rien du tout.

Philippe De Villiers (p. 46)

De son expérience de député européen, il comprend que l'Europe est soumise à des groupes puissants et occultes, qui ont infiltré la commission européenne non élue qui paye les lobbyistes pour corrompre les députés élus.

Marie Laforêt (p. 46)

Un exemple récent des indices de la mafia mondiale. Marie Laforêt, jolie chanteuse populaire, est mariée à un milliardaire international. Quand elle échappe plusieurs fois d'affilée à la mort, et qu'elle voit son mari qui essaye de l'achever, elle fait changer le cadenas de la porte d'entrée. Le milliardaire avait laissé son ordinateur portable, sur lequel se trouvent les preuves d'une mafia mondiale gérant plus d'argent que tous les États du monde réunis. Après plusieurs tribulations, les interviews à la télé tronquées, la justice étouffant l'affaire, les menaces, les intervenants doivent abandonner de guerre lasse.

Jacques Bergier (p. 48)

Quand une personne hors norme, 3 jours avant sa mort, soulage sa conscience, illustrant parfaitement ce qu'est la mafia mondiale, et les connaissances ésotéristes millénaires détenues par la kabbale.

Ça c'est du Poutine

Il faut déjà commencer par ce que devrait être le monde. Avec l'effondrement de l'URSS, s'est créée une mafia russe pro-USA, qui est rapidement devenue milliardaire grâce à la corruption du pouvoir : des ploutocrates (qui ont le pouvoir grâce à leur argent), nommés à tort les oligarques. Tous puissants sous Eltsine, ces ultra-riches ont vu leur pouvoir diminuer fortement sous Poutine. Après la crise économique apparue immédiatement après l'élection de Medvedev (crise économique artificielle faite pour desservir le pouvoir ne plaisant pas aux riches qui tirent les ficelles, comme celle « apparue » à l'élection de Mitterrand, qui visait à virer les communistes au pouvoir), Poutine, alors simple 1er ministre, intervient directement pour faire rouvrir les usines fermées inutilement. Dans une vidéo devenue virale de France 5 (2011), on voit Poutine imposer au milliardaire Oleg Deripaska, qui vient de fermer une cimenterie appartenant à sa société Rusal, et dont dépend toute une ville, à rouvrir cette usine, fustigeant au passage les ploutocrates réunis autour de la table : « Vous avez pris ces gens en otage, avec votre ambition, votre incompétence et votre pure avidité. Le sort de centaines de personnes sont en jeu. C'est totalement inacceptable. Si vous, les propriétaires, ne vous entendez pas, cette usine redémarrera, avec ou sans vous ».

La suite de la vidéo montre le milliardaire obligé de se lever, la queue entre les jambes, et d'aller signer la réouverture. Poutine se permet même de lui faire ramener le stylo que le ploutocrate venait d'emporter avec lui, comme un vulgaire voleur pris sur le fait !

Voilà, c'est ce que devrait être le monde, l'intérêt de la majorité primant sur l'intérêt personnel. Mais ce genre de chose ne se passe qu'en Russie.

Roselyne Bachelot avoue qui a réellement le pouvoir

Les hauts fonctionnaires, ceux qui prennent les décisions techniques, ne sont pas changés lors des élections. L'extrême complexité de l'administration fait qu'il est impossible, au ministre censé commander ces hauts fonctionnaires, de comprendre réellement comment ça marche. Tout son temps est pris à discuter de décisions sans réelles importances tandis que l'État profond, aux ordres de personnes cachées continue son fonctionnement occulte quels que soient les politiques au « pouvoir » d'apparence...

C'est pour ça que Emmanuel Macron a nommé des ministres sans expérience, ou issus de la société civile : face à des personnalités démunies devant l'extrême technicité des dossiers, la technostructure se régale et tend à prendre le pouvoir. Les ministres ont alors la tentation de recruter des cabinets ministériels pléthoriques, mais qui coupent définitivement le ministre de la réalité concrète du terrain. Pour administrer le système, on est obligé de passer par les experts qui ont créé volontairement cette complexité, afin que le peuple, et ses élus, n'aient aucun moyen de changer les choses.

Dans l'émission de France 2 de 2014, « La parenthèse inattendue », une émission qui recrée un cadre chaleureux et alcoolisé favorable aux confidences, on entend Roselyne Bachelot raconter, à propos de son passage en tant que ministre de la santé, que « même si vous vous êtes personnellement préparé au pouvoir, personne ne vous dit rien, ne vous dit ce qu'il faut faire. La première fois que j'ai été nommée ministre, je me suis dit qu'il y allait y avoir un type qui va me recevoir, m'expliquer ce qu'il faut faire. On vous dit des choses mais on ne sait pas vraiment si on s'adresse à la bonne personne, on met des mois à réaliser qui détient vraiment le pouvoir, quels sont les conseillers occultes qui sont vraiment les gens qui comptent. Vous pouvez passer des années dans la machine, en passant à côté des personnes qui ont le réel pouvoir de décision, et sans les avoir détecter. Les ministres n'apprennent qu'ils ne sont plus ministres que parce que la voiture qui les attend n'est plus là à la sortie. Aucun préavis. »

Cash investigation "Rothschild"

L'émission de décembre 2016 sur la famille Rothschild montre les liens troubles de la politique et la finance, comment Macron, par exemple, part pantoufler 8 mois chez Rothschild, y gagne 1,5 millions, puis revient au ministère de l'économie pour voter des lois en faveur de celui qui l'a si généreusement payé. C'est du moins ce que nous pouvons supposer : peut-être que Macron est juste bête, comme tous ses prédécesseurs, et que c'est par erreur de sa part que ses décisions avantagent ses amis riches, au détriment du peuple qu'il est censé défendre…

Adrien de Tricornot

En 2010, lors de la recapitalisation du « Monde », Adrien de Tricornot est vice-président de la Société des rédacteurs du Monde (groupement de journalistes, actionnaires du journal). Le journal « Le Monde » est au bord de la faillite, et Adrien est approché par Emmanuel Macron, qui lui propose son aide "bénévole". Mais le banquier d'affaires les trompe, en favorisant l'offre d'amis à lui (Prisa) plutôt que l'offre Pigasse-Niel-Bergé. Il s'était évidemment présenté comme indépendant. En conseillant de retarder l'achat, Macron a fait courir le risque au journal d'être mis en liquidation, et donc d'être racheté encore moins cher… Finalement, les journalistes décideront de se passer de ses (mauvais) conseils… Mais il perdront de toute façon leur indépendance, Niel étant aussi un pro-Macron au final.

Lawrence Wilkerson

En août 2015, dans une interview accordée à la station de radio lettonne Baltkom, cet ancien chef de cabinet de Colin Powell (2002 à 2005), affirme que seuls 0,001% des Américains ont un pouvoir politique réel dans le pays.

« La politique des USA est définie par un groupe de 400 personnes, dont la fortune dépasse plusieurs milliards de dollars. »

Nicolas Doisy

Le 19/04/2012, était diffusée une interview de Nicolas Doisy, chief economist à Chevreux (Crédit Agricole), l'un des plus grands courtiers d'Europe, nous fait part du plan de bataille des financiers. La victoire de François Hollande aux présidentielles ne fait pour lui aucun doute, c'est le choix des financiers. Le plan est de flinguer le contrat CDI et d'imposer à la France plus de plans d'austérité. Le financier raconte comment Hollande fera semblant de négocier, et devra au final s'incliner, il peut même annoncer à l'avance les excuses qui seront retenues par le président.

Le financier raconte que Hollande est aux ordres, mais qu'au cas où il chercherait à trahir ses engagements auprès de la finance, ces derniers dégraderaient la note de la France auprès des prêteurs du marché, et que Hollande sera obligé de plier.

En décembre 2019, François Ruffin publie les vidéos de Hollande (qui ont suivies l'interview de 2012), dans lesquelles nous voyons le président français faire des volte-faces permanentes dans ses discours, donnant ainsi raison à Doisy : Hollande a dû se plier contre son gré aux ordres de la finance...

En 2012, la finance sait déjà que les intérêts des financiers et des électeurs sont incompatibles, et que Hollande sera forcé de trahir ses promesses.

Regardez le rigoler ouvertement quand il dit "Hollande sera obligé de faire semblant de renégocier les traités européens, mais en fait il ne fera rien. Les Français seront roulés dans la farine".

Déjà en 2012, ils faisaient leurs saloperies ouvertement, sûrs de leur impunité, de notre impuissance...

J'aime bien le sourire du financier, quand Ruffin reprend les scénarios : "Soit Hollande se plie à ce qu'on lui demande, soit le taux d'intérêt de la France est revu à la hausse" (par la minorité qui contrôle les dettes publiques).

Le financier renchérit : "C'est toujours le marché qui s'imposera, même s'il n'a pas forcément raison au sens moral du terme. Les électeurs seront plus perdants que les marchés"...

Ruffin, indigné, dit que ça ne marchera pas, qu'il y aura des manifestations dans la rue, des prises de la bastille populaire, etc. Le financier est mort de rire en entendant ces propos naïfs, et, se moquant ouvertement de Ruffin, dit d'un ton ironique : "Oui, on sera mal pour la France, c'est clair, regardez la Grèce !". Le financier venait de dire que la Grèce n'avait rien pu faire contre la finance...

Le financier Doisy conclut l'entretien : "Le script est déjà écrit, c'est un petit théâtre, si on est malin on ne s'écartera pas trop du script". L'avenir lui a malheureusement donné raison.

Selon la version officielle médiatique, il n'y a pas de complots, et personne ne tire les ficelles...

Fuite > Philippe De Villiers

Dans son livre événement « Le moment est venu de dire ce que j'ai vu » (parmi les meilleures ventes 2015), on peut citer ce milliardaire juif qui veut soit-disant aider le catholique De Villiers. Ce milliardaire sortant de nulle part, il lui paye les sondages et fait monter De Villiers à 15 % (contre 5 % avant le paiement des instituts de sondage). Ou encore le fait que le président français Jacques Chirac, qui militait en 2005 pour le Oui à la constitution européenne, mais qui n'avait même pas lu cette constitution…

Lors d'une interview sur TV Lliberté, De Villiers raconte, alors qu'il est député européen, les lobbys qui tentaient de le payer pour voter les lois qui arrangent les multinationales privées, et comment ses voisins se laissaient tous acheter :

« L'Europe est un être des abysses, ce qu'elle craint, c'est la lumière… C'est une zone grise, on ne sait pas qui achète qui… En fait les commissaires sont des futurs lobbyistes, et les lobbyistes sont des futurs commissaires, donc il y a un mélange des genres qui porte à la prise illégale d'intérêts. »

Le 15 mars 2007, alors que De Villiers retourne à son bureau pour travailler de nuit, il débarque sans le vouloir au milieu d'une réunion de la trilatérale. Réunion non officielle, non annoncée à l'avance :

« il y avait des nœuds pap' partout, c'était top, la superclasse invisible, et je reconnais Kissinger. Il y avait Brzeziński, les grands patrons, Anne Lauvergeon, avec des tables très bien achalandées. Ils parlaient entre eux, puis il y a eu les discours…
Ce que j'ai compris c'est que c'était la Trilatérale branche Europe, ils étaient 400, et ils disaient "faut détruire les nations, l'homogénéité des nations" pour pouvoir augmenter les marchés, avoir le marché planétaire de masse, et c'est eux qui ont inventé le mot "gouvernance mondiale". Ils parlaient de réchauffement climatique : ils disaient que dans les écoles, au lieu de dire aux enfants "sauvez votre pays", "sauvez votre région", l'arbre qui est en face de chez vous, non, "sauvez la planète" ! Et ils parlaient de la nécessité de réunir dans le même combat les deux libéralismes : le libéralisme économique (en faisant sauter les frontières), et le libéralisme sociétal.
Ils n'ont pas besoin de comploter : ils ont déjà le pouvoir. C'est ce que m'a dit un jour François Fillon, quand je lui ai demandé un jour pourquoi il allait au groupe Bilderberg – parce qu'il a été agréé au groupe Bilderberg, de même que son ami Alain Juppé l'année d'après. – Il m'a répondu : "que veux-tu, c'est eux qui nous gouvernent".
Et là [à la réunion de Bruxelles de mars 2007] ils parlaient de quoi ? Ce n'est pas une conversation, là, ils disaient "voilà les objectifs".
Et parmi les objectifs ce jour-là en 2007, il y avait le fameux traité transatlantique, un traité qui va installer un tribunal arbitral privé permettant aux entreprises multinationales, a-nationales, de traîner les États, de faire condamner les puissances publiques !
On nous imposera le poulet à l'eau de javel, etc.
Le rêve européen n'était pas de construire une nation nouvelle à la place des nations défuntes, (suite à Maastricht), le rêve européen c'était de livrer un espace sans nations, sans gouvernements, sans démocratie, sans limites territoriales, de le livrer au marché planétaire de masse, sous clé américaine, et quand on disait ça, nous les conscrits de Maastricht, des gens comme Seguin, Pasqua, Chevènement et Le Pen, on nous disait "vous êtes des menteurs vous exagérez".
En fait on était en dessous de la réalité. »

En 2019, De Villiers publie "*J'ai tiré sur le fil du mensonge et tout est venu*", décrivant, de manière sourcée, comment les pères fondateurs de l'Europe, ainsi que l'Europe actuelle, était liée à la CIA et au groupe Bilderberg, un cercle opaque d'ultra-riches prenant les vraies décisions, via les politiques qu'ils mettaient en avant avec leur argent. Que tout cela est officiel, mais les médias qui l'accueillent pour la promotion de son livre cherchent en fait à le discréditer, à le faire passer pour complotiste, essayant de minimiser la portée de la révélation.

Fuite > Marie Laforêt, Lavandeyra et les Schuller

La mort de Marie Laforêt en octobre 2019 a fait ressortir une affaire de 20 ans, quand elle et le fils de Didier Schuller, Antoine, s'exprimaient à la télé chez Ardisson pour demander aux juges d'enquêter.

On n'aura jamais rien sur l'affaire en elle-même, sur ce qu'ils ont découvert sur le portable de Lavandeyra, un ami proche de Didier Schuller et mari de Marie Laforet. Pour rappel, Didier Schuller c'est celui qui volait des millions de l'office HLM de Paris, prenant directement ce qui devait revenir aux pauvres. C'est aussi celui qui avait menacé Pasqua et Chirac de balancer tout ce qu'il savait. C'est aussi celui qui participait à la mafia Balkany, Balkany prenant Levallois et Schuller prenant Clichy.

Marie Laforêt, après avoir subie plusieurs tentatives de meurtres, dont elle suspectait son mari d'en être l'instigateur, avait fait changer le verrou, ce pourquoi Lavandeyra n'a pas pu récupérer tout de suite son ordinateur, où se trouvaient plusieurs dossiers. La lecture de ces fichiers à tellement scandalisé le fils de Schuller, Antoine, qu'il n'a pas hésité à dénoncer son père. Tellement horrible, que ça incite Marie Laforêt à risquer sa vie dans ces révélations. L'ordinateur sera volé à Marie Laforêt alors qu'elle allait témoigner à Canal Plus, son témoignage sera censuré pour la moitié, et ses propos mélangés pour les rendre incompréhensibles. Et devinez qui ? Le texte coupé est la moitié où elle balançait pas mal de choses, bien pires que ce qu'on a appris...

Ce qu'il faut retenir de ce milieu, c'est qu'ils ne se déplacent pas sans emmener avec eux des tas de porte-conteneurs, pour transporter leurs oeuvres d'art ou leurs voitures de luxe. Ils vivent dans des enclaves protégées militairement.

Didier Schuller, théoriquement recherché par toutes les polices du monde pour les détournements des HLM, vit une vie de milliardaire à St Domingue, un paradis fiscal contrôlé par les USA.

Interpol, FBI et CIA sont prévenus à de nombreuses reprises sur le fait que Didier Schuller se trouve à St Domingue. Aucune demande d'extradition ne sera pourtant faite.

Didier est conseiller de la présidence de St Domingue, vit dans une résidence protégée par 100 mercenaires, isolée du monde sur 100 hectares.

Suite aux révélations de son fils, Didier revient en France de lui-même (il comptait faire perdre Chirac en 2002 en balançant des infos sur lui, dans le but de faire gagner Jospin). La victoire de Le Pen (un parti extérieur au parti PS-RPR soutenu par les dominants) fera capoter son projet de ternir Chirac. Didier fera 14 jours de prison dans le carré VIP en compagnie de Maurice Papon (ce dernier lui parle de Chirac encore, d'où l'intérêt d'une prison VIP, comme celle où Benalla ou Balkany ont été, histoire que ceux qui savent ne balancent pas tout au tout-venant...).

Ensuite, toutes les accusations cessent (après la démission du juge Alphen qu'ils ont poussé à bout), et 4 ans après, blanc comme neige (son casier judiciaire nettoyé) Didier Schuller refait de la politique...

Marie Laforêt, venant encore des fichiers de Lavandeyra, parle aussi d'une société secrète qui tient la France dans ses mains et nous vole tout, qui a un budget de 250 fois le budget de la France. Marie refusera d'en dire plus à la télé, disant qu'elle a toutes les preuves de ce qu'elle avance, et qu'elle ne parlera qu'au juge. Elle nous demande juste de se poser la question pourquoi tous les juges intègres démissionnent. Elle révèle aussi qu'elle ne sait pas à qui s'adresser, personne ne voulant gérer son dossier... Elle demande aussi comment ça se fait que la France avait de l'argent, puis désormais n'en a plus, comment ça se fait qu'en étant la 6e puissance économique, cet argent disparaisse de France.

Marie et Antoine Schuller, ainsi que les journalistes qui les soutiennent, ne donneront plus suite de l'avancement de l'affaire dans les médias.

La télé n'en parle plus, et les Français oublient et passent à autre chose...

En 2019, après le procès Balkany (qui aurait du avoir lieu 30 ans avant) Didier Schueller revient sur sa jeunesse dorée avec Balkany, les tambouilles auxquelles ils ont participé. Schueller est assez décomplexé, considérant qu'il n'a pas fait de fautes, dit qu'avec ses 14 jours de prison en VIP, il a payé sa dette à la société. Didier raconte comment Chirac puis Sarkozy ont toujours protégé Balkany de la justice (sous-entendant qu'en France la justice n'est pas du tout indépendante), que c'est normal de faire des cadeaux aux entreprises privées si vous voulez qu'elles financent votre campagne, décomplexé on vous dit ! Balkany le reçoit dans la salle à manger de la mairie de Levallois, qui ressemble au Ritz, un hôtel parisien du plus haut standing...

2 journalistes, Gérard Davet et Fabrice Lhomme, ont tiré de Schuller le livre "French Corruption" sorti en octobre 2013. Dont voici le 4e de couverture :

"Ils ont menti. Ils mentent encore.
Depuis des décennies, ils trompent les juges, manipulent les médias, trahissent les électeurs. Une seule drogue : le pouvoir. Et l'argent qui va avec. Ils forment un clan, une poignée d'hommes shootés à la politique, à l'affût d'un siège, d'une élection.
Cette bande, c'est celle de l'ex-RPR, de Patrick Balkany à Jacques Chirac, de Nicolas Sarkozy à Charles Pasqua. Un homme les a beaucoup fréquentés, aidés parfois. Il en a payé le prix, bon soldat, parfait exécutant des basses œuvres dans les Hauts-de-Seine, le bastion, le Fort Knox du mouvement gaulliste. Il connaît leurs secrets les plus inavouables. Cet homme de l'ombre, c'est Didier Schuller, l'ancien conseiller général de Clichy-la-Garenne. Longtemps il s'est tu, lui aussi a dupé les juges.
Mais aujourd'hui, il parle.
Voici ses confessions, explosives. Il a fallu cinq ans aux auteurs pour recueillir ses déclarations, puis les conforter par des investigations poussées, en France, en Suisse, en République dominicaine ou au Liechtenstein. Et mettre des noms sur la French corruption..."

Ce livre ne fait qu'effleurer le sujet. Comme le livre sur "le dealer des stars" de Gérard Fauré, dont la majorité des noms ont été retiré, ou comme le livre de Jean-Edern Hallier, dont 90% du manuscrit original a été censuré.

Didier Schuller révèle que les éléments sur lesquels Balkany est tombé en 2019 (le palais à Marakech, la résidence à St Martin, l'usufruit du moulin), étaient déjà connus de la police anti-corruption lors de son procès en 2005. On fait quoi, si ceux qui combattent la corruption sont corrompus ?

Je cite Didier : "C'est le mauvais côté de la France, la république bananière, ceux qui sont très très près du Soleil..." - Le Soleil, c'est le dieu des FM, le Râ des illuminati - "J'ai eu des menaces venant de gens d'une certaine mafia".

Fuite > Jacques Bergier

Présentation

Jacques (né Yakov) Mikhaïlovitch Berger, né le 08/08/1912, se revendique [ber] de la famille restreinte de la crème des élites mondiales (ici, un Russe blanc Juif).

C'est l'auteur du best-seller "le matin des magiciens" (un des seuls livres dont la lecture est imposée aux élites de l'URSS), et accessoirement, la première figure télévisuelle a être apparue dans les BD mondialement connues de Tintin. Jacques était dans le cercle intime de Hergé et d'autres artistes belges hauts placés, et férus d'occultisme.

Il était très connu et aimé du public pour sa participation à un jeu télévisé où il répondait aux questions quand les candidats ne connaissaient pas la réponse. Il était surnommé pour cela « l'incollable » (vu sa grande érudition, il est très probable qu'il ne connaissait pas les réponses à l'avance).

Il a écrit 46 livres. Le 47e livre, terminé et prêt à publier au moment de l'interview, parle des accords secrets USA-URSS en cours. Ces accords secrets qui déboucheront sur la perestroïka, puis l'effondrement de l'URSS, 13 ans plus tard. Ce 47e livre n'est jamais sorti... Jacques a aussi retiré de la vente son livre "économie politique de l'enfer", son expérience des camps de concentration, car jugée trop terrifiante par beaucoup des premiers lecteurs.

Outre ses livres sur l'histoire secrète (Kabbale, ogres) et l'occultisme, on a aussi les OVNI (il savait que ces OVNI étaient d'une autre dimension et non des engins matériels), les phénomènes surnaturels, etc. Dès 1968, il prédit l'avènement d'internet et des ordinateurs simplistes constitués seulement d'un clavier et d'un écran, les logiciels étant à distance, comme ce que voulait faire Bill Gates en 1999 (le but avoué pour Bill étant de gagner de l'argent en faisant payer à la connexion, le principe du minitel).

Il voyait un futur utopique (comme il aurait dû l'être d'ailleurs si d'autres élites n'en avaient décidé autrement) : télétravail (surveillance des machines à distance pour les ouvriers), 20 heures de travail par semaine, une maison excentrée dans la verdure et un jardin, des panneaux solaires, des visioconférences, et le temps pour voir et discuter avec ses amis.

L'interview posthume

Lors de cette interview à la télévision Suisse, alors qu'il sait que son espérance de vie se compte en heure, il jette un regard lucide sur sa vie et sur le fonctionnement du monde, tel qu'il l'a expérimenté. L'interview sera diffusée 3 semaines après sa mort.

Il parle à mots couverts, mais avec ce qu'on a vu précédemment du fonctionnement réel des institutions, nous comprenons très bien ce qu'il veut dire !

S'il garde les thèmes « mystérieux » pour le tout venant, c'est que l'interview est d'abord destinée à ceux de sa « caste » qui ont la même culture, et qui eux comprennent ce qu'il veut dire.

Ses capacités hors-normes

Il a une mémoire photographique (capable de lire 10 bouquins par jour et de mémoriser les pages dans les moindres détails, comme une photo), et un QI de 160 (la moyenne c'est 100).

Cette intelligence lui permet d'être humble, se rendant bien compte de l'existence de génies qui passent le baccalauréat à 8 ans, un doctorat à 11 ans, et dont le QI n'est pas mesurable...

Pour lui, ces capacités sont liées à sa génétique [AM : les Juifs se targuent d'avoir sélectionné les gens les plus intelligents].

Il se dit Juif spéculatif plutôt que spéculateur, les 2 types de Juifs selon lui. C'est pour ça qu'il n'a jamais été riche, l'argent devant être juste suffisant pour éviter l'humiliation (il ne précise pas plus).

Sa famille

Jacques se considère comme un expatrié, et considère la France comme le pays le plus viscéralement antisémite d'Europe.

Son oncle Rabbin lévitait à plusieurs mètres de haut, devant des milliers de témoins.

Son idéal

Il ne dit pas quel idéal le pousse, il dit que ce n'est pas politique (il n'a jamais milité politiquement [sous entendu la politique c'est pour les prolos, lui il sait que ce n'est pas ça qui change le monde]).

Un précoce

[Chez les élites, la précocité ouvre beaucoup de portes. Sachant que dans ces familles, ce n'est pas comme les classes populaires dans lesquelles on attend sagement d'apprendre à lire à 7 ans, et passer son bac à 18 ans. Ici, on passe plutôt son bac quand les autres enfants découvrent la lecture, pas une question d'intelligence génétique, mais d'éducation supérieure. L'égalité des chances n'est que de façades, l'éducation publique étant bourrée de pièges que seule une certaine caste sociale à les clés pour éviter...].

Ingénieur chimiste, licencié ès sciences, il se consacre alors à la recherche scientifique, notamment à la chimie nucléaire. En 1936, il découvre, l'utilisation de l'eau lourde pour le freinage des neutrons, et affirme avoir réalisé la première synthèse d'un élément radioactif naturel, le polonium.

Dès 1935 (à 23 ans), Jacques, malgré son jeune âge, travaille pour le pouvoir à des postes très hauts placés.

L'espion résistant

Il combat les nazis dès 1935.

Dès 1937, en tant qu'ingénieur, il étudiait les armes nucléaires [AM : bien avant donc le projet Manhattan de 1941, ce qui indique que l'arme nucléaire était désirée par les FM depuis un moment].

Résistant à Lyon au sein du trio des ingénieurs, puis du réseau Marco Polo, mieux structuré, à compter de décembre 1942.

Georges Mandel (personnage occulte très puissant, voir plus loin) lui-même l'a protégé et placé dans le 5e bureau de l'armée française, c'est à dire le service de renseignement. Ce 5e bureau (dénomination officielle) est appelé officieusement « le 2e bureau » au vu de son importance réelle...

Dans ce service, Jacques écrit un tract anti-nazi (disant que le Reichstadt avait été brûlé par les nazis, pas par les communistes, faisant référence à Néron), il les porte lui-même en Allemagne, c'est le parti communiste allemand qui le distribuera. [à l'époque les gens attrapés à distribuer des tracts (l'équivalent de nos publications sur les réseaux sociaux, seule source de réinformation de l'époque) étaient fusillés, et en ces heures de verrou de l'information, toute propagande sortant de la doctrine officielle attirait la curiosité]. Pour cette opération, il créé un orchestre qui deviendra l'orchestre rouge [ce qui montre le niveau de pouvoir de Jacques Bergier].

Pendant l'occupation, il sait où se trouvent les archives du régime de Vichy, il les fait brûler et sauve ainsi jusqu'à 200 000 jeunes de la déportation.

Travaille pour des organismes au-dessus des États

Jacques Bergier reste très évasif concernant l'organisme supra-national pour lequel il travaillait réellement, mais dit à de nombreuses reprises que les services secrets de diverses nations venaient le trouver, et qu'il donnait partiellement les informations, selon les intérêts de son groupe [les illuminati mondialistes].

Par exemple, il renseigne directement l'intelligence service plutôt que renseigner les services de renseignements de la résistance française (Jacques lève alors les yeux, pour montrer que c'était un clan illuminati apatride et à but mondialiste, de religion sumérienne probablement, vue la référence au ciel / Soleil, les ogres). C'est lui qui donne les indications pour bombarder en 1943 la base de recherche et de fabrication des fusées V2. C'est à partir de l'info de l'augmentation de production de l'air liquide qu'il a l'idée d'utiliser son réseau qui couvre toute l'Europe pour se renseigner sur cette usine. Il dit qu'il a réussi à convaincre les alliés pour obtenir son bombardement. Il précise qu'il n'avait pas de patron. Il n'acceptait pas d'ordre, et le réseau qu'il avait récupéré faisait cavalier seul, aidant la résistance seulement quand les intérêts convergeaient (Jacques lève encore les yeux). Mais il reconnaît ensuite qu'il était très lié aux anglais et à l'Intelligence Service (ils fournissaient la radio, les armes et l'argent). En 3 fois 2 jours en Suisse, il parvient à obtenir l'appui des services de renseignement suisse, très efficaces d'après lui. Ensuite, il a pu contacter l'intelligence service.

Les camps de concentration nazis

Arrêté le 23 novembre 1943 par la Gestapo, soumis à la torture à 44 reprises, il est enfermé dans les camps nazis de mars 1944 à mai 1945, d'abord au camp de Neue Bremm, puis à celui de Mauthausen-Gusen.

Dans les camps de concentration, il semble faire partie d'une élite. Il détient le record du nombre d'interrogatoires chez les rescapés (les nazis voulaient ses connaissances).

Il y rencontre les grands hommes français. Ces rencontres, utiles pour la suite de sa vie, lui font dire que le camp à finalement été une bonne expérience à vivre, même s'il était une épave à la sortie (il pesait 35 kg).

Lorsqu'un convoi de 1 028 Français arrive, c'est à lui que les nazis demandent de donner le nom des 50 qui seront sauvés. C'est lui qui autorise la première insurrection concentrationnaire le 2 février 1945 (sur 1 500 hommes ayant tenté l'évasion, 45 y arrivèrent réellement, tous les autres seront tués). Cette évasion met en panique les nazis, et ils activeront l'extermination de masse [AM : les nazis n'ayant plus de quoi nourrir les déportés, et craignant les révoltes massives des prisonniers, bien trop nombreux en comparaison du nombre de gardiens].

Lors de la libération de Mauthausen, il reste quelques jours de plus pour collecter tous les messages des mourants (toujours dans son travail d'espionnage et collecte des données).

L'agent secret

Après la guerre, il aura beaucoup de postes haut placés, dont agent secret. Lorsqu'il était juge au tribunal militaire, il dit que c'est le poste qui lui a le plus plu, car il a vu des choses bien étranges et bien intéressantes (mais il n'en dira pas plus).

C'est donc lui qui après la guerre remonte l'espionnage français. Il ne travaille pas avec les Américains, les considérant comme des grands enfants avec lesquels on ne peut avoir que les embêtements les plus épouvantables. C'est le général de Gaulle qui l'a placé là. Une fois le travail fait et les règles principales édictées, il passe à autre chose.

Il insiste sur la notion de réseau de connaissances et de contacts (comprendre "bien placés"), qui lui permet d'en savoir plus que les gouvernements en place. Le même réseau apatride qui n'a prêté allégeance à aucun gouvernement et ne travaille que pour ses intérêts propres. Ce réseau européen non officiel ne donne la bonne info que si ça va dans leur intérêt.

Le projet Gladio contre les communistes

Il estime par exemple qu'il a été un grand artisan pour que la France ne tombe pas aux mains des communistes après la guerre. Aucune des 2 puissances (USA et URSS) ne voulaient armer leurs partisans français. Le problème était un stock d'armes, caché par l'armée polonaise avant son départ, sur lequel les communistes européens auraient pu mettre la main. Ces dépôts étaient considérables, et auraient permis à un des 2 groupes (droite ou communistes) de faire un coup d'État en France. C'est Jacques Bergier qui l'a trouvé en premier, et l'a remis au gouvernement qu'il appelle légal (celui mis en place par les USA, qui n'était déjà plus De Gaulle). Si ça ne le gênait pas que la France devienne communiste en 1946, il savait que ce n'était pas le vrai idéal communisme qui aurait pris le pouvoir, et que les Américains auraient atomisé la France immédiatement... Ses yeux sont graves quand il prononce cela, sachant toutes les horreurs dont sont capables les grandes puissances, et l'existence de bombes nucléaires cachées par la CIA dans les plus grandes métropoles européennes, moyen de pression pour faire en sorte que l'État profond de chaque pays ne laisse pas se faire l'élection de communistes au pouvoir.

Coopération avec les Américains

Malgré sa critique des Américains, il a eu un matricule OSS et a donc été un agent des Américains. Il s'est ensuite occupé du CEOS, un service interallié anglais-français-américains. C'est là qu'il conseille à un de ses employés, Ian Flemming, d'écrire des histoires d'agent secret (ce qui débouchera sur la saga "James Bond"). Il avoue avoir gardé des contacts avec la CIA. Mais là il devient embêté, dit que c'est très difficile de travailler avec eux, et que même sur de simples contacts on risque d'avoir les pires ennuis (il lève encore les yeux, comme pour dire que les ennuis étaient du genre définitifs et concernaient toute la famille). Là encore il reprend l'image des enfants travaillant extrêmement mal et faisant des gaffes épouvantables. Ils n'ont pas voulu écouter ses leçons.

Quand le journaliste lui demande à quoi a servi son activité d'agent secret après la guerre, il est embêté et doit avouer que l'espionnage et l'activité française a un peu tourné en rond par la suite. Si le général De Gaulle prenait au sérieux les Services Secrets, Pompidou les voyait plus comme des gendarmes et des voleurs, et ne leurs a pas donné l'importance qu'ils auraient dû avoir. [AM : c'est le début du sabotage des institutions officielles, quand on a déjà les informations, inutile de les partager avec les élites et fonctionnaires du pays, surtout que les services secrets français, pro De Gaulle, auraient pu apprendre les accointances de Pompidou avec l'étranger. Autre point intéressant à noter, Bergier n'appartient pas au même clan que celui de Pompidou (un banquier Rothschild), et se désole de la perte de pouvoir des services secrets français qui servaient les intérêts de son clan, "adversaire" de la City de Londres].

Même à quelques mois de sa mort, Jacques a des réunions périodiques avec les services secrets. Mais il est mal à l'aise quand il dit ça. Il précise qu'il lui arrive encore assez souvent d'avoir des renseignements utiles. Souvent juste en lisant les médias [ce qu'on appellera l'intelligence économique dans les années 1990, en recoupant les infos dans les médias on arrive à plus en savoir qu'en espionnant directement, sûrement parce que des journalistes utilisent un code pouvant être lu de partout dans le mode, ces gens-là parlant toujours une multitude de langues].

Il dit ensuite que les services secrets sont de plus en plus puissants, et sont en train de se substituer au gouvernement. Ainsi, il appelle la CIA le gouvernement invisible. Le savoir c'est le pouvoir. Le président est un fantoche, le vrai pouvoir est occulte.

Bergier révèle qu'au moment de l'interview (1978), le groupe qui gouverne les USA est le groupe 54.12 (se réfère au livre de Willis, "le gouvernement invisible"). Groupe fondé en décembre 1954, 30 hauts fonctionnaires qui gouvernent, et qui en 1978 négociaient avec leurs équivalents en URSS, pour une fusion / condominium Russo-Américain (ça devait être le sujet de son prochain livre, "la grande conspiration Russo-Américaine", mais Jacques est mort au moment de la date de parution, et bizarrement le livre n'est jamais sorti, même à titre posthume...).

Il annonce que ce sera le premier conglomérat à sortir de la planète Terre pour envahir le système solaire.

Le journaliste semble étonné de ce rapprochement que rien n'indique à l'époque [la chute du mur de Berlin en 1989 fut une surprise]. Bergier sourit à la remarque naïve du journaliste, et réaffirme que tout le montre, ça se voit juste en lisant les journaux et en suivant les pistes qui s'en dégagent. Son bouquin décrivant ce seul bloc est très épais tellement les preuves de l'effondrement de l'URSS abondent. Il donne un indice, il faut juger sur les faits vrais (comme l'envoi en Russie du dernier réacteur thermo-nucléaire américain), et pas sur les déclarations officielles qui ne sont que de la poudre aux yeux pour le public, à moins de savoir lire le double langage des politiques (Bergier dit qu'il ne faut pas juger sur ce que font des fantoches comme Carter). Le président Nixon, comme le président Roosevelt, s'appuie sur ces organisations secrètes. Bergier regrette que Nixon soit parti.

Pour poser les questions, le journaliste s'appuie sur le livre "l'espionnage politique" sorti en 1973. Bergier dit que Nixon avait trop de scrupules et aurait dû rester au pouvoir.

Révélations sur le pouvoir occulte

Jacques commence direct l'interview en disant que si lui, Jacques Bergier, est très connu du grand public, c'est le signe qu'il est peu intervenu dans les vraies décisions de ce monde [sous-entendant que le vrai pouvoir reste occulte]. Jacques balance alors direct le nom du gars qui a réellement dirigé la France de 1919 à 1939. Il s'agit de Philippe Joseph Louis Berthelot, depuis un poste apparemment sans intérêt au quai d'Orsay [faire le lien avec ce que dit Roselyne Bachelot]. Jean Giraudoux, le romancier, qui a été un de ses seconds, lui a d'ailleurs consacré un roman, « Bella » (l'Europe nouvelle de Berthelot contre le patriotisme de Poincaré, une guerre souterraine racontée aux foules sous couvert d'un roman).

Berthelot, par exemple, a fait tomber la puissance coloniale de la France en Indochine, ce qui aboutira aux 2 guerres d'indépendance que subira le Vietnam. Berthelot est soutenu par les mondialistes. Il cherche à diminuer les demandes faites à l'Allemagne, pour ne pas obtenir une Europe avec une France trop puissante (la décolonisation qui suivra est aussi dans ce but).

Juste derrière, Bergier donne le nom de celui qui a dirigé l'Allemagne dans les années d'après guerre (Richard Merton).

Jacques Bergier est dépité du faible niveau de connaissance et de compréhension du journaliste en face, et Jacques doit expliquer au journaliste que Napoléon, Hitler et autres grands noms ne sont que les marionnettes que l'histoire (une version édulcorée et simplifiée de la vraie Histoire) retiendra. Et donc qu'il y avait des marionnettistes, dont les noms resteron secrets, sauf pour des gens comme Bergier.

Jacques cite Georges Mandel (celui qui l'avait pistonné), député "important" (il lève les yeux, pour souligner l'importance occulte de ce dernier). Mandel était le bras droit de Clemenceau, autant dire le vrai décideur de l'ombre. Sur la page Wikipédia de Georges Mandel, nous apprenons que son vrai nom est Louis Georges Rothschild... C'est Mandel par exemple qui met en place la première émission de télévision française le 26 avril 1935. Lui aussi oeuvrait pour l'Europe de Monnet. C'est Mandel qui a introduit De Gaulle comme porte parole de la France Libre en Angleterre, et aurait eu une influence décisive dans la construction européenne, sans son assassinat par la milice en 1944.

Les sociétés secrètes

Jacques a postulé 2 fois dans des sociétés secrètes, 2 fois recalé pour moralité insuffisante (il ne précise pas s'il n'est pas assez égoïste pour ces sociétés).

Il donne comme exemple la société secrète du nom secret de Rome, nom qui, s'il était connu, permettrait aux adversaires de l'envahir grâce à la magie.

Ou l'organisation de Thulé derrière les nazis, sur la croyance en une ancienne civilisation au delà du Groenland.

Les pouvoirs donnés par ces documents permettaient une action qui sans cela n'aurait pas été possible. Pour simplifier, ils avaient fait un pacte avec le diable. Certains pouvoirs obtenus, comme celui d'Hitler de persuader n'importe qui. Des témoignages corroborent ce fait, des gens qui détestaient Adolphe ont été obligés, après l'avoir vu, de se plier à sa volonté. Il entraînait les foules, échappait aux attentats, voyait partiellement l'avenir.

La troisième guerre mondiale

Pour lui, la troisième guerre mondiale commence avec des terroristes, qui ont plus de moyens que les résistants français par exemple.

Il dénonce aussi un complot international, y voyant 3 types de gens :

une branche des services secrets soviétiques (le KGB) que le gouvernement ne contrôle pas. Le but était d'envahir l'Europe après y avoir fait des désordres.

Les pays du Tiers-Monde, qui pensent que le néo-colonialisme européen (issu des "libérations" des colonies par les Américains, en 2018 les anciens Africains disent regretter le temps des colonies françaises, c'est pour dire...). Ce néo-colonialisme ne peut être arrêté qu'en détruisant l'Europe.

Les européens, dégoûtés du modèle social qui leur est imposé par le capitalisme libéral (la soit-disant démocratie).

Il appelle ces mouvements inter-terror, issu d'un mouvement l'intercontinental, mouvement initié à Cuba à la conférence tri-continental de 1966. Le comité de direction siège à Benghazi (Libye), et y joue un grand rôle. Dans ces bases Libyennes, 60 000 personnes s'entraînent à poser des explosifs, détourner des avions, faire des révolutions.

Ces organisations ne sont pas liées à un gouvernement, ça c'est important car c'est la base de l'infiltration. Le but est de provoquer des troubles en Europe, tellement grands que l'URSS ne pourrait le tolérer et se verrait dans l'obligation d'envahir l'Europe (sinon ça se propagerait chez elle). C'est un mouvement anarchiste de libération, et l'URSS elle-même combat inter-terror, mouvement créé par ses propres services secrets (KGB). Typique d'une manoeuvre illuminati ! Tout ça parce que la Russie officielle ne contrôle pas ses propres services secrets.

Mai 1968 faisait partie de ce mouvement pour renverser l'Europe occidentale, et ça a été un succès remarquable, très brillant comme le dit Jacques avec un grand sourire et des étoiles dans les yeux. Pour lui, la France a été complètement désorganisée, et a subie plus de ravages avec des moyens dérisoires qu'en 8 jours de guerre normale. Le journaliste lui rétorque que ça va à l'encontre de toutes les publications montrant qu'il s'agit d'un mouvement spontané (40 ans après les faits, on a vu que Cohn-Bendit soutient en fait le libéralisme à outrance, que les mouvements trotskystes étaient tous financés par la CIA, bref, plus personne en 2018 ne dirait que c'était spontané...). Bergier jubile et manque de rigoler quand on lui dit que c'était spontané... il répond que le mouvement maoïste de Bruxelles a fourni au mouvement de "Mai 1968" 1 million de francs par jour (énorme à cette époque). Et de conclure qu'à part ça c'était spontané, ricanant un peu et se moquant visiblement du journaliste. Ce centre de Bruxelles était une officine d'inter-terror. Bergier parait consterné quand le journaliste demande si c'est les Chinois qui ont financé... Sous entendu c'est pas parce que c'est marqué Mao que c'est Maoïste... Bergier précise bien qu'il n'y a pas de Chinois chez les maoïstes. L'argent servait à l'entretien des gens et des cellules, propagandes, armes. Lisez les livres de Sandre et MontMarcellin [? inaudible]. En parlant de Cohn-Bendit, il dit que dans toute organisation de ce genre, on attire des imbéciles. Jacques a travaillé à la propagande pour mai 1968, en écrivant 2 - 3 slogans à destination des jeunes.

Il voit que les terroristes sont en train d'acquérir des bombes nucléaires (vols de plutonium, d'instrumentation diverses, etc.).

Bergier dit qu'il faut détruire la base de Benghazi (donc Kadhafi). Bergier ne balance sûrement pas tout, vu qu'il continue les conférences pour les services secrets suisses. Par exemple, Bergier semble oublier le complot messianique de retour à Israël, et il se focalise sur le terrorisme, le nouveau danger selon lui. Il fait ainsi la propagande pour sa famille et instiller la peur au sein de la population.

Jacques ne juge pas les terroristes, surtout s'ils sont de son côté. Il cite les Français qui continuent en 1978 à tuer des algériens pour reprendre l'Algérie, il compare leur courage aux premiers colons Israéliens Juifs...

La religion

Il a déjà parlé de son oncle rabbin qui lévitait à plusieurs mètres de haut devant des milliers de personnes.

Quand on lui parle de dieu, il plisse les yeux en souriant [pour dire « j'en sais plus que ce que je vais en dire »]. Il parle d'un dieu dans l'univers où nous sommes (il a exposé avant sa théorie des univers parallèles, une infinité de possibles qui se côtoient). Pour lui, on ne peut pas savoir si la meilleure place pour l'amour est sur la croix ou sur le trône [référence au 3e temple].

Ses croyances paraissant folles au journaliste, Jacques est obligé de préciser que pour lui, ce n'est pas de la foi mais de la science. Il dit que les mystères c'est quelque chose de caché (réservé à un nombre limité d'initiés), l'au-delà c'est quelque chose de présent (pour tout le monde). [Ne pas oublier qu'il parle à mot couvert, pour ne pas être compris du tout venant].

Une des grandes religions chrétiennes c'est le catholicisme, c'est pour tout le monde, c'est donc opposé au mystère. Mysticisme et mystère [j'imagine qu'il veut parler de la kabbale, réservé à un groupe restreint de personnes] sont 2 choses extrêmement différentes. Les religions/mysticisme juives, chrétiennes, bouddhistes ou musulmanes (pour citer les grandes religions) n'ont pas de mystères, parce que tout le monde peut lire le livre correspondant. Tout le monde peut entrer dans une église ou une synagogue.

La religion juive, qu'il connaît très bien et qu'il pratique, ne laisse aucune place à la vie après la mort. Pour les juifs les morts ne peuvent plus rien faire, et pour les catholiques, les nécromants (ceux qui parlent avec les morts, comme les spirites) ne font que parler aux démons, et c'est interdit.

Sa croyance au fantastique n'est pas une religion. Pour lui, c'est clairement de la science. Il rappelle que c'est un scientifique de formation, et qu'il fait partie de nombreuses académies des sciences. Le journaliste l'appelle le pape de l'étrange [sans comprendre que chez les scientifiques d'un certain niveau, ce que les médias appellent fantastique est une réalité totalement prouvée et à peu près comprise dans les grands principes].

Jacques prend très au sérieux la science-fiction : la littérature c'est fait par des ratés pour des ratés, la science-fiction décrit des réussites. Quand on contrôle les lois naturelles, on peut en faire des choses extra-ordinaires, comme jeter une bombe atomique sur le Japon et finir une guerre. On peut aller dans la Lune. La SF raconte des histoires de ce genre. Pour lui, la science est limitée, et beaucoup de faits ne rentrent pas encore dedans [pourtant ce sont des faits, ils existent...]. Il a constaté lui-même la transmission de pensée (des tests avaient été faits pour transmettre des infos à des sous-marins), mais il n'a mesuré aucun rayonnement en laboratoire, donc ne sait pas comment ça marche. La fille de 9 ans qu'il avait testé (sa mère étant à 80 km de là, sans possibilité de fraude) lui a dit qu'elle transmettait des idées, mais pas l'orthographe.

L'alchimie

[Au vu de ce que raconte Jacques, il se situe plus du coté de la kabbale juive occulte que de la religion juive servie aux peuples]

Il fait des expériences d'alchimie, qui sont parfaitement convaincantes. Il possédait une fiole d'élixir de longue vie, fabriquée par Alexandre Barbot (mais qui n'empêche pas la mort à terme). Cette fiole c'est de l'or en chélate, que la chimie à l'époque ne connaissait pas sous cette forme.

Il a fait faire des expériences d'alchimie par l'académie des sciences Tchèque. Pour lui, la table d'émeraude alchimique c'est transformer le sodium du sel de table en métal bérylium (lié à l'émeraude), c'est lui qui l'a découvert. Comme la mécanique ondulatoire dit qu'un objet ne peut être localisé dans l'espace, c'est à dire que les électrons à l'extérieur de l'atome peuvent être partout et donc dans le noyau, et que ce dernier peut être modifié par moyen alchimique (et pas chimique). C'est ce qu'aurait fait le prix Nobel allemand Bauer. Il dit savoir fabriquer de l'or, mais que c'est plus rentable de le trouver directement dans la nature.

Ses sources pour « Le matin des magiciens »

A propos de son livre, il dit que tout est vrai, même si c'est très loin d'être la totalité de ce dont il a les preuves. Il annonce une collection de livres en Suisse, 25 volumes, appelé "Le mont secret", recensant la plupart des grands mystères. [Ces livres n'arriveront pas au grand public, mais ne sont pas pour autant perdus pour tout le monde...]

Concernant les milliers de cas paranormaux recensés dans son livre, ils les a obtenus juste après la guerre, les alliés lui ont laissé consulter les fichiers FF des nazis et des alliés (FF = « File ans Forget », à archiver et à oublier, le niveau de censure au dessus du « Top Secret »).

Ces dossiers comprennent des phénomènes que nous ne comprenons pas [ou que certains ne veulent pas révéler...]. Il est un des rares à avoir pu tous les consulter. Ce privilège [il baisse les yeux, sous entendu sa famille, son groupe de travail et son appartenance au peuple élu] il le doit à ses services rendus pendant la guerre. Il pouvait d'ailleurs discuter d'égal à égal avec tous les chefs des services de renseignement. A l'époque, ce n'était pas considéré comme de la défense nationale comme aujourd'hui. Il y a trouvé la matière pour « le matin des magiciens » et pour une quinzaine de livres derrière s'il l'avait fallu.

[A noter que Jacques Bergier est connu pour ses blagues et histoires inventées du 1er avril, il était connu pour monter des canulars (mais présentés comme tels par la suite), un classique des révélateurs grands publics qui se donnent volontairement une image d'affabulateur aux yeux du grand public, afin que ses livres ne soient pas pris trop au sérieux par le tout venant, sachant que seule l'élite sachant la réalité puisse apprécier ces choses].

Bergier fait souvent référence à des livres ou documents en français, qu'on ne trouve pas en France à cause de la censure mais facilement trouvables dans n'importe quelle librairie de Lausanne ou Genève.

Il conclue l'entretien sur le fait que s'il a reçu des menaces de mort, il n'a jamais eu de procès sur les révélations qu'il a faites.

Sa connaissance des dimensions

Il parle des portes sur Terre, comme le triangle des Bermudes ou le triangle du Diable au Japon, où la gravité semble modifiée, des phénomènes bizarres et où les témoins voient des visions de villes qui n'existent pas sur cette Terre, mais qui sont photographiables (photos publiées par le "scientific american" en 1978). Des endroits où on peut passer de notre univers à d'autres univers.

Sa connaissance des ogres

Il décrit les nombreuses civilisations technologiquement avancées qui nous ont précédées. Il cite la découverte récente en Égypte d'un miroir avec 15000 lignes gravées par centimètre. C'est tout simplement un système de diffraction de la lumière. Pour usiner ça, il faut des machines extrêmement précises (on est en dessous du micron, et en 2020 on a encore du mal à usiner à une précision de plusieurs microns).

Se pose aussi le problème des intermédiaires. Où sont les machines qui ont fait ce miroir, où sont les machines d'avant qui n'usinaient que 5000 lignes au centimètre ? Puis celles d'avant à 100 lignes par centimètre... En disant cela, Bergier sourit avec les yeux qui pétillent. Il continue : "on passe de l'âge de pierre à directement la machine qui usine un réseau de diffraction sur du verre". Il cite ensuite l'artefact de Coso (p. 288) du musée Smithsonian, il date la géode d'1 million d'années. Aucune trace de civilisation allant avec. Ces objets n'ont été reconnus qu'une fois que nous avons su les fabriquer. Au Smithsonian, il sait qu'il y a des caisses pleines, recouvertes de poussières, d'objets non classifiables par nous.

Comme il n'y a pas d'intermédiaires (d'évolution des techniques) la théorie la plus probable est que cette civilisation s'est développée ailleurs que sur notre planète.

Quand on lui demande de parler des empereurs immortels, petit moment de panique, il bégaye et déglutit. En Chine, il semble qu'il y ai eu des empereurs immortels car avalant de l'or sous forme liquide. On retrouve le rêve de l'Alchimie avec la pierre philosophale, permettant de générer de l'or ou la vie éternelle.

Le communautariste sataniste

Jacques Bergier est imprégné de la loi du Talion du Talmud, et d'une mentalité communautariste égoïste. Ces horreurs spirituelles qu'il prononce sont particulièrement révoltantes :

Bergier dit que les 1 455 cadavres de l'évasion (qu'il a organisé à Mauthausen) valaient la peine, mais ne développera pas plus avant en quoi ça valait la peine… [à mettre en lien avec Madeleine Albright qui disaient que les 500 000 enfants irakiens tués pour prendre le contrôle de l'Irak en 1991 valait le coup, une idée qui est reprise dans le texte sataniste « conversation avec dieu » de Neal Walsh, les morts étant considérés comme négligeables face aux buts de domination d'une minorité].

Il approuve les Juifs qui cherchent toujours, en 1978, à reprendre l'Algérie, en tuant des algériens…

il dit qu'il aurait aimé jeter la bombe atomique sur le Japon, précisant que les camps japonais étaient nettement pires que les camps allemands, et qu'il aurait ainsi sauvé 3 millions de malheureux. Il sort l'idée de vengeance et de faute collective quand il précise qu'il n'y a pas eu de résistants japonais, et donc qu'ils méritaient les retombées radioactives, et l'asservissement qui a suivi.

Jacques ne regrette pas tous les gens qu'il a tué, que c'était des traîtres. Pour lui, celui qu'il exécutait était un traître, donc qu'il ne pouvait pas se tromper en le tuant (il ne détaillera pas plus cet illogisme, indigne d'un grand esprit comme le sien).

Il conclut par "mort aux traîtres", et qu'il aimerait bien pouvoir tuer à nouveau des terroristes comme Andreas Baader (libération de la Palestine). Bergier continue en affirmant que c'est du ressort des services secrets de faire des assassinats, souriant quand il dit "c'est ce qui se produit d'ailleurs !". Selon lui, les services secrets ont le droit de tuer pour empêcher d'autres morts, en gros on shunte la justice pour empêcher des gens de tuer (il dit que les gens ont le droit de vivre sans être tués par des assassins), sans forcément réunir des preuves et faire un procès public, notamment toutes les affaires liées à des choses devant rester secrètes. Il conclut par "Quelqu'un qu'on a tué ne recommencera pas".

Jacques enchaîne en disant qu'il se sent désormais libre de parler, car son temps est désormais très limité.

Les révolutions

Survol

Il existe une poignée de sociétés secrètes qui contrôlent le monde entier, dirigeant les pays, se servant des armées de chacun, comme si c'était les leurs, pour des visées qui ne sont propres qu'aux dirigeants de ces sociétés secrètes.

Bolchévisme (p. 57)

Léon Trotsky fait directement partie du mouvement de sionisme mondialisme, mais la révolution d'octobre 1917 sera récupérée par Lénine (qui roule perso).

Révolution française

Les illuminés de Bavière, qui organisent la révolution après avoir infiltré les FM français, est un sujet bien documenté. Par exemple, Napoléon Bonaparte était un FM, mais il avait aussi atteint le grade le plus distinctif dans l'Ordre des Illuminés de Bavière [nap].

Nazisme (p. 64)

Une révolution ne laissant rien au hasard, avec de l'argent venant à flot de l'étranger.

Les hippies (p. 54)

Cette révolution "artistique" des années 1960' prônant la paix, l'écologie et l'amour, est lancée par le complexe militaro-industriel... Symbole : la croix satanique...

Révol. > Hippies créés par l'armée

En août 1964 [laur], des navires de guerre américains, sous le commandement de l'amiral de la Navy, George Stephen Morrison, ont prétendument subi une attaque lors d'une patrouille dans le Golfe du Tonkin, au Vietnam. Cet événement, baptisé « l'incident du Golfe du Tonkin », va entraîner l'adoption immédiate, par le Congrès américain, de la Résolution du Golfe du Tonkin (résolution de toute évidence préparée à l'avance). Cette résolution va rapidement entraîner l'immersion de l'Amérique dans le bourbier vietnamien.

En avril 1965, 25 000 gamins américains se retrouvent à patauger dans les rizières du Vietnam. À la fin de l'année, ils étaient 200 000 jeunes.

Au même moment, des musiciens, des chanteurs et des compositeurs, comme mus par un joueur de flûte invisible, commencèrent à se rassembler dans une communauté isolée (géographiquement et socialement), connue sous le nom de Laurel Canyon - une partie de Los Angeles fortement boisée. En quelques mois, le mouvement « hippie/flower child » prendra naissance en ce lieu, de même que le nouveau style musical qui va fournir la bande-son de la tumultueuse fin des années 60.

Un nombre troublant de superstars du rock vont émerger du Laurel Canyon entre 1965 et le milieu des années 70. Les premiers à sortir un album seront le groupe The Byrd de Bill Crosby, dont le premier titre du groupe, « Mr. Tambourine Man » sortit le jour du solstice d'été de 1965. Il sera rapidement suivi par le groupe dirigé par John Phillips, The Mamas and the Papas (« If You Can Believe Your Eyes and Ears » en janvier 1966), puis par Love et Arthur Lee (« Love » en mai 1966), Frank Zappa and the Mothers of Invention (« Freak out » en juin 1966), Buffalo Springfield avec Stephen Stills et Neil Young (« Buffalo Springfield » en octobre 1966), et The Doors (« The Doors » en janvier 1967).

Des jeunes babas-cool qui spontanément veulent changer la société ? L'origine sociale de ces jeunes démolit le mythe du mouvement spontané…

L'un des premiers à être présent sur la scène de Laurel Canyon et du Sunset Strip, fut l'énigmatique chanteur du groupe The Doors, Jim Morrison. Aucun de ses biographes n'a jugé bon de mettre en relation, avec sa carrière ou sa mort prématurée, le fait qu'il soit le fils de l'amiral George Stephen Morrison (celui de l'incident du Golfe du Tonkin…).

Ainsi, pendant qu'en 1964, le père préparait la guerre du Vietnam, le fils préparait la musique qui allait accompagner cette guerre…

La figure tutélaire de Laurel Canyon était l'excentrique Frank Zappa, bien que ses chansons, ou celles de son groupe « Mothers of Invention », n'atteindront jamais le succès de Jim Morrison.

Comme pour Jim Morrison, le papa de Zappa est un militaire haut gradé, et pas dans les domaines bien reluisants de l'armée : Francis Zappa était un spécialiste de la guerre chimique, en poste à l'Edgewood Arsenal (centre américain de la recherche sur les armes chimiques, ainsi que l'un des principaux centres du programme MK-ULTRA). Franck a été élevé dans ce centre les 7 premières années de sa vie (faire le lien avec la série "le caméléon", le programme MK-Ultra étant justement de permettre à des enfants d'apprendre très rapidement un domaine pour se faire passer pour ce qu'ils ne sont pas, dans des buts d'infiltrations). La famille Zappa a ensuite déménagé à Lancaster, en Californie, près de la base Edwards de l'USAF, où Francis Zappa a continué à s'occuper en travaillant sur des dossiers classifiés pour le compte du complexe militaro-industriel.

Zappa était cloîtré dans une demeure nommée la « Log Cabin » (cabane en bois), aux étranges grottes et tunnels situés dans le sous-sol de la maison, et située en plein cœur du Laurel Canyon. Le nom de cabane reflète mal la réalité : la « Log Cabin » était une propriété caverneuse de cinq étages, avec un salon de plus de 600 mètres carrés orné de trois chandeliers massifs et d'une énorme cheminée allant du sol au plafond).

Zappa accueillera à la Log Cabin tous les artistes qui passeront dans le canyon à partir de 1965, et les fera signer dans ses différents labels basés au Laurel Canyon.

Zappa (né, curieusement, le jour du solstice d'hiver 1940) était un maniaque du contrôle, autoritaire et rigide, ainsi qu'un fervent supporter des menées militaires américaines en Asie du Sud-Est. Zappa n'a jamais caché le fait qu'il n'éprouvait que du mépris pour la contre-culture « hippie » qu'il avait contribué à créer (qu'il préférait appeler « freak »), et qui constituait son entourage immédiat.

La plupart des artistes de Zappa mettaient en scène des personnages étranges au passé trouble (en particulier Captain Beefheart (pseudo de Don Glen Vliet) ou Larry « Wild Man » Fischer), mais certains d'entre eux, dont le rocker Alice Cooper, vont accéder au statut de superstar.

Le manager de Zappa est un personnage mystérieux du nom d'Herb Cohen, qui a débarqué à L.A. en provenance du Bronx (NYC), en compagnie de son frère Mutt, juste avant que la scène musicale et les clubs locaux ne commencent à monter en puissance. Cohen, un ancien U.S. Marine, a passé quelques années à voyager à travers le monde avant son arrivée sur la scène du Laurel Canyon. Étrangement, l'un de ses voyages l'amena au Congo en 1961, au moment même où le premier ministre de gauche, Patrice Lumumba, était torturé puis assassiné par la CIA...

Une autre figure importante du canyon est la femme de Frank Zappa, Gail, connue précédemment comme Adelaide Sloatman. Issue d'une longue lignée d'officiers de marine. Son père a passé sa vie à travailler sur des recherches top-secret sur l'armement nucléaire, pour le compte de l'U.S. Navy. Gail elle-même a occupé un poste de secrétaire à l'Office of Naval Research and Development. Elle a aussi déclaré lors d'une interview qu'elle « avait entendu des voix toute [sa] vie ». Gail avait fréquenté une école maternelle de la Navy en compagnie de Jim Morrison (Gail aurait d'ailleurs donné un coup de marteau sur la tête de Jim). Jim Morrison a par la suite étudié au lycée d'Alexandria en Virginie, tout comme deux autres célébrités du Laurel Canyon : John Phillips et Cass Elliott. Jim et Gail arrivent en même temps au Canyon.

Charles Manson est le gourou hippie / tueur en série psychopathe sataniste, qui fera une série d'assassinats dans la région de Los Angeles en 1969 (ou le mot « Pig » (cochon/porc) est régulièrement écrit sur les murs, avec le sang des victimes. A faire le lien avec BHL qui réagira avec violence sur le mot « porc », quand son ami Roman Polanski sera mis en cause dans la campagne « balance ton porc » de 2018, afin de protester contre tous ces gros producteurs de cinéma comme Harvey Weinstein, qui profitent de leurs positions pour exiger des faveurs sexuelles de leurs actrices, voir des viols couverts par le Mossad quand ces dernières refusent).

Manson se prend à la fois pour Christ et pour le diable. Manson a recruté une vingtaine de sbires/ adeptes à San Francisco pendant les «summers of love» qui, les deux années précédentes, ont drainé en Californie des centaines de milliers d'adolescents. Ces « étés de l'amour » sont la promulgation des valeurs satanistes, comme la découverte de l'amour libre, la connaissance de soi par les drogues psychédéliques, le refus des vieilles valeurs morales chrétiennes.

Les garçons ont les cheveux longs, les filles brûlent leur soutien-gorge.

Manson et sa « famille » passeront quelques temps à la « Log Cabin » de Zappa, ou à la résidence de « mama » Cass Elliott (en face de celle de Abigail Folger (femme de Zappa) et Voytek Frykowski (ami des Polanski) dans le Laurel Canyon.

Manson est un habitué du False Flag : il assassine le musicien Gary Hinman, en faisant passer le meurtre pour une exaction des Black Panther (un groupe politique où on retrouve la CIA en chef d'orchestre), et qui prône la violence des noirs envers les blancs (appelés Pigs (porcs) aussi).

Manson est mondialement connu pour avoir ordonné à ses sbires l'assassinat très médiatisé de l'actrice Sharon Tate, ainsi que 4 de ses amis (dont le coiffeur des stars Jay Sebring, le producteur Wojciech Frykowski et sa fiancée Abigail Folger, héritière de la compagnie de café Folgers). Sharon, enceinte de 8 mois et demi (le bébé pouvant naître à tout moment, quelle coïncidence...), a vu son bébé arraché de son ventre, a été poignardée 16 fois, et a été retrouvée pendue avec une corde la reliant à Sebrings, pendu lui aussi. Les autres personnes auront la tête écrasée, égorgés, émasculées ou seins arrachés, certains recevant 50 coups de couteau.

L'assassinat de Sharon Tate [match], attribué par les médias à un groupe Hippie (avant que par hasard, 3 mois plus tard, les enquêteurs ne découvrent l'existence de la « famille Manson »), se produit après le dernier film de Sharon Tate, « le bal des vampires », réalisé par son mari Roman Polanski. Pour rappel, les vampires sont inspirés directement des ogres…. Et cet assassinat / rituel sataniste se produit une semaine jour pour jour avant le début du festival de Woodstock, ce concert géant organisé par la CIA, où beaucoup de jeunes découvriront la cocaïne et la pop musique.

La victime sacrificielle Sharon Tate était l'épouse de Roman Polanski, le réalisateur de cinéma connu de nos jours pour ses viols de pré-adolescentes dans les années 1970, et réfugié en Suisse pour échapper à la justice. Il ne réclamera jamais vengeance, ni n'aura un mot de haine, envers les assassins. Roman est mondialement connu pour le film sataniste « Rosemary's baby », un film qui décrit le viol d'une jeune femme par un géant de 3 m de haut, géant affublé sur la tête de cornes de taureau, le tout grâce à l'entremise d'une société secrète de personnes haut placées, vivant à Manhattan, et dont le but est d'enfanter l'antéchrist, fils de Lucifer. Quand la réalité rejoint la soit-disant fiction...

Charles Manson était un ami du manager de stars Terry Melcher, et de Dennis Wilson, le batteur des Beach Boys (groupe mondialement connu).

Terry Melcher est un producteur de musique, fils de Doris Day (Mary Ann Von Kappelhoff, actrice, chanteuse et productrice américaine d'origine hollandaise).

Mais revenons à nos célébrités du Laurel Canyon, dont John Phillips, musicien du groupe « The Mamas & The Papas », dont il signe la plupart des succès, comme « California Dreamin' ». John Phillips a suivi les cours de plusieurs écoles préparatoires militaires d'élite dans la région de Washington D.C., avant d'intégrer la prestigieuse U.S. Naval Academy d'Annapolis. John a épousé Susie Adams, descendante en ligne directe du « Père Fondateur » John Adams. Le père de Susie, James Adams Jr., a été impliqué dans ce que Susie a décrit comme des « barbouzeries avec l'Air Force à Vienne », des opérations d'espionnage secrètes. Susie elle-même a trouvé par la suite un emploi au Pentagone, en compagnie de la sœur aînée de John Phillips, Rosie. Le frère aîné de John, Tommy, était un ancien Marine couvert de cicatrices qui a trouvé un boulot de flic dans la police d'Alexandria, où il a fait preuve d'une propension à la violence dès qu'il avait affaire à des gens de couleur, comme le montre son dossier disciplinaire.

Bien qu'officiellement, John n'ait pas trempé dans les affaires militaires de tout le reste de sa famille, avant de devenir un musicien à succès, il se retrouve à La Havane, à Cuba, au moment culminant de la révolution cubaine.

Le papa de John Phillips, Claude, est aussi un membre influent du complexe militaro-industriel. Capitaine du corps des U.S, sa femme Cherokee prétend posséder des pouvoirs psychiques et télékinétiques.

John Phillips va jouer un rôle majeur dans la dissémination de la contre-culture émergente, au sein de la jeunesse américaine :

- Il a co-organisé (avec Terry Melcher, l'associé de Charles Manson) le fameux Monterrey Pop Festival, qui, grâce à une couverture médiatique sans précédent, allait permettre à l'Amérique mainstream de réellement découvrir ce à quoi ressemblaient la musique et les vêtements du mouvement « hippie » émergent.
- Il est l'auteur d'une chanson titrée « San Francisco (Be Sure to Wear Flowers in Your Hair) » qui allait rapidement se hisser au sommet des classements de vente de disques.

Cette chanson, ainsi que le Monterrey Pop Festival, allait être un élément essentiel pour attirer tous les laissés pour compte du pays (dont une grande partie était composée d'adolescents fugueurs) à San Francisco, et ainsi créer le phénomène Haight-Ashbury et le fameux « Summer of Love » de 1967.

Stephen Stills est le membre-fondateur de deux des groupes les plus appréciés du Laurel Canyon : Buffalo Springfield, et « Crosby, Stills & Nash ». Auteur de ce qui constitue peut-être le premier, et sans doute le plus durable, des hymnes de la génération des années 60, « For What It's Worth ». Son second single, blue-bird, est le le nom de code original assigné au programme MK-ULTRA. Le père de Stephen était aussi un militaire de carrière, et a passé son enfance dans tous les pays d'Amérique du Sud où les USA imposaient leur loi. Stills a été éduqué dans des écoles sur des bases militaires, et dans des académies militaires d'élites. Stills passait pour un individu à la personnalité agressive et autoritaire, un trait qu'il partageait avec nombre de ses contemporains du Canyon. Apparu au Canyon au moment où débutait la guerre du Vietnam, ses biographes ne comprennent pas pourquoi Stills répétait sans cesse qu'il avait servi les USA dans les jungles vietnamiennes. Il suffit en réalité de savoir que des membres de la CIA et des forces spéciales ont écumé le Vietnam pendant de nombreuses années, et ce bien avant l'arrivée officielle des premières troupes USA au sol. Et vu son enfance passée comme fils de barbouze dans les jungles américaines, il aurait fait une recrue de choix.

Son compère est David Crosby, membre-fondateur d'un des premiers groupes du Laurel Canyon, « The Byrds », ainsi que, bien entendu, de « Crosby, Stills & Nash ». Fils d'un diplômé de la prestigieuse école militaire d'Annapolis (comme John Phillips) et officier de renseignement durant la seconde guerre mondiale, le major Floyd Delafield Crosby. Comme d'autres dans cette histoire, Floyd Crosby a passé beaucoup de temps à voyager autour du monde, à la fin de sa carrière. Ces voyages l'ont amené dans des endroits comme Haïti, qu'il a visité en 1927, pile au moment où le pays se trouvait être occupé militairement par les U.S. Marines. L'un des Marines qui assurait cette occupation était d'ailleurs un personnage que nous avons déjà croisé auparavant, le capitaine Claude Andrew Phillips (père de John).

David Van Cortland Crosby est le rejeton des familles Van Cortlandt, Van Schuyler et Van Rensselaer, dont les liens sont très étroits entre elles. Si vous cherchez dans l'encyclopédie tout ce qui existe comme malversations reconnues depuis 250, vous y passerez un moment. On se bornera à dire que l'arbre généalogique des Crosby contient une liste réellement vertigineuse de sénateurs et de membres du Congrès, de membres des sénats et assemblées d'État, de gouverneurs, de maires, de juges, de membres de la Cour Suprême, de généraux de la révolution et de la guerre civile, de signataires de la déclaration d'indépendance, et de membres du Congrès Continental, ainsi que des FM de haut rang. Stephen Van Rensselaer III, par exemple, fut le Grand Maître des FM de New-York. Et si tout ceci n'est pas suffisamment impressionnant, la New England Genealogical Society nous apprend que David Van Cortland Crosby est aussi le descendant en ligne directe des « Pères Fondateurs » et auteurs des Federalist Papers, Alexander Hamilton et John Jay. S'il existe un réseau de familles d'élites qui a mis en oeuvre les principaux événements survenus aux plans nationaux et planétaires depuis très longtemps, alors on peut dire sans grand risque de se tromper que David Crosby est un membre de sang de ce type de clan. David avait une véritable passion pour les armes à feu, se trimballant en permanence avec un flingue (John Phillips possédait lui aussi des armes à feu, et en portait parfois sur lui). Et d'après Crosby lui-même, il a, en une occasion, déchargé une arme à feu sur un autre être humain au cours d'une crise de rage. Tout ceci faisait de lui, bien entendu, un choix évident pour devenir le porte-drapeau de tous les Flower Children.

Une autre star apparaît quelques années plus tard au Canyon, Jackson Browne, qui - chose étonnante ! - est le produit d'une famille de militaires de carrière. Le père de Browne a été assigné à la « reconstruction » de l'Allemagne d'après-guerre, ce qui signifie qu'il était très probablement un employé de l'OSS, le précurseur de la CIA. Jackson Browne, comme les autres, vit le jour dans un hôpital militaire USA à Heidelberg, en Allemagne.

Gram Parsons, qui a brièvement remplacé David Crosby dans le groupe The Byrds, avant de créer The Flying Burrito Brothers, était le fils du major Cecil Ingram « Coon Dog » Connor II, un officier militaire décoré et pilote de bombardier qui a effectué plus de 50 missions de combat. Parsons était aussi l'héritier, par sa mère, de la colossale fortune familiale des Snively, famille la plus riche de la très sélect enclave de Winter Haven, en Floride (propriétaire de Snively Groves, Inc., qui détient environ un tiers de toutes les plantations de citronniers de l'État de Floride).

On pourrait écrire un bouquin sur toutes les autres stars issues du milieu militaire ou du renseignement. Par exemples des anciens enfants-acteurs, comme Brandon DeWilde, ou Mickey Dolenz des Monkees, ou le prodige excentrique Van Dyke Parks. On peut aussi rencontrer d'anciens habitués des asiles psychiatriques, comme James Taylor, qui a séjourné dans deux hôpitaux psychiatriques différents du Massachusetts avant de grimper sur la scène de Laurel Canyon, ou Larry « Wild Man » Fischer, qui a constamment séjourné dans des institutions de ce type pendant son adolescence, dont une fois pour avoir poignardé sa mère avec un couteau (une action qui a été joyeusement reproduite par Zappa sur la couverture du premier album de Fischer). Enfin, on peut aussi trouver le rejeton d'une figure du crime organisé, comme Warren Zevon, le fils de William « Stumpy » Zevon, un lieutenant du tristement célèbre parrain de L.A. Mickey Cohen.

Ces gens, qui se rassemblent au même endroit, viennent de tout le pays (ou des bases militaires USA partout dans le monde), même si la capitale FM Washington est sur-représentée. Venus alors même qu'il n'y avait, à l'époque, pas d'industrie de la pop musique à Los Angeles (les centres de l'univers de la musique étaient Nashville, Detroit et New-York).

Voilà l'histoire d'un petit milieu très fermé de célébrités sataniques, et pas très en phase dans leurs actes avec la doctrine officielle hippie, un mouvement se prétendant inspiré de Jésus...

Illuminati > Mondialisme

Survol

Volonté d'un gouvernement mondial (p. 57)

De tous temps, les philosophes du système nous ont vendu l'idée d'une utopie appelée "Nouvel Ordre Mondial".

Sionisme et mondialisme (p. 57)

Durant 3000 ans, des sociétés secrètes puissantes ont prôné le même idéal de reprendre possession du temple de Jérusalem, d'où serait établi un gouvernement mondial contrôlant toutes les nations du monde.

Mafia khazare (p. 59)

La mafia khazare a pris le pouvoir de tous les pays, a mis en oeuvre l'éradication de toutes les religions pour imposer la sienne : le Talmudisme babylonien (ancien culte de Moloch, satanisme).

Les Khazars sont un peuple d'Europe centrale, adorateurs de Moloch (Satan), qui ont, sur 1 400 ans, infiltré la diaspora juive. Profitant du système de chèques de la diaspora, ils ont pris le contrôle des échanges internationaux, infiltré les royautés d'Europe de l'Ouest, puis créé le monde occidental sataniste, le contrôlant dans l'ombre.

Comment infiltrer les sociétés secrètes et en prendre le contrôle...

Nazisme (p. 64)

La prise de contrôle de l'Allemagne par les nazis est pilotée par la sociétés secrète de Thulé, et par d'autres sociétés secrètes mondialisées.

Protocoles (p. 71)

Les plans de domination mondiale de ces groupes de pouvoir existent depuis des millénaires, régulièrement ces plans fuitent, et on observe une belle régularité tout au long des siècles...

Ces protocoles nous donnent des informations précieuses sur comment ils gouvernent le monde.

Organismes (p. 83)

Nous verrons que les organismes qui gèrent le monde, ont le même buts que ceux notés dans les protocoles.

Volonté d'un NOM

[hil] Le projet « Utopia » de Thomas Moore, en 1516, développe l'idéal d'un monde unifié, à la population mélangée (sans racines), avec le peuple qui doit être nomade (obligé de déménager tous les 10 ans, pour ne pas s'enraciner, et être perpétuellement déboussolé).

Émeric Crucé, avec « le nouveau Cynée » (1623) qui appelle à une liberté de commerce, avec une capitale mondiale à Venise, les humains toujours mélangés, sous la domination d'un dieu unique (référence à l'En Sof de la Kabbale).

Dès la révolution, il est demandé une immigration en France de musulmans et d'Ottoman (Turques, Kurdes et Israéliens d'aujourd'hui).

En 1990, le journal de la City, « The economist », présente un projet de gouvernance mondiale, avec des blocs continentaux, dont l'Europe accolée à l'Amérique du Nord, avec l'Angleterre en lien(ce que permet le Brexit de 2017...). Les noms sont parlants : Eurasia, Confusiana pour la Chine, Hindouland pour l'Inde, Islamistan pour le bloc musulman.

Sionisme et mondialisme

Dans cette vidéo, l'historien Pierre Hillard [Hill1] résume les 3 000 ans de messianisme juif : une minorité de juifs refusant de reconnaître Jésus comme le prophète annoncé, qui construit au 5e siècle les 2 Talmud

(Jérusalem et Babylone) en opposition à l'Église catholique, la volonté de réaliser leur prophétie, aujourd'hui connue de tous, de mettre Israël en domination de toutes les nations du monde (pas une prophétie, une demande de Yaveh), donc le Nouvel Ordre Mondial prôné dès Utopia de Thomas Moore en 1516 (avec dieu physique à sa tête).

Les satanistes comme Sabbataï Tsevi (p. 485), messie Juif auto-proclamé, qui dominent l'idéologie du mouvement : plus on fait de péchés, plus on massacre de populations, plus les civilisations seront détruites, moins il restera de règles morales, plus les moeurs seront dévoyées, plus il y aura de chaos et de guerres civiles, plus Yaveh les récompensera.

Des siècles plus tard, lorsque Théodore Herzl (Sionisme>Herzl p. 58) fondera le sionisme, ce dernier connaît toujours très bien Sabbataï Tsevi, cité dans un de ses livres. Herzl parle aussi, dans ses carnets, des États profonds qui ont pris le pouvoir sur l'Europe, qui décrit les bagarres entre les clans occultes Juifs. Herzl montre aussi que la première guerre mondiale, est une bagarre entre le clan sioniste anglais et le clan sioniste allemand, pour savoir à qui donner le pétrole d'Irak.

Ces gens, via Jacob Franck, faussement convertis au catholicisme, vont infiltrer la haute société européenne au 18e siècle. 1789 n'est que l'idée que le catholicisme (du moins Jésus) doit disparaître, pour obtenir cette amoralisation de la société.

Dans les documents hébraïques du 19e siècle (disponibles à la banque de France), on retrouve déjà cette idée d'un Nouvel Ordre Mondial régit par des cases (les régions, puis les communautés de communes), la volonté du nomadisme (les familles doivent déménager tous les 10 ans, sinon elles se font des racines) dissoudre les nations et les cultures afférentes (notamment leurs traditions catholiques, avec l'imprégnation celtique forte qui le soutient).

Depuis le 5e siècle, le Talmud est la religion des élites juives, et le noachisme la religion prévue pour le peuple.

Ces documents hébraïques révèlent aussi que si le bolchévisme était l'oeuvre des illuminatis talmudiques (97% des Bolchéviques étaient juifs), la révolution française ne s'est faite que parce que les banquiers talmudistes tenaient l'armée, les industries etc. mais que la plupart des participants n'étaient que des noachistes (principes que Napoléon 1 a inscrit dans la république française).

Les bourses Cecil Rhodes, depuis la fin du 19e siècle, servent à détecter les talents chez les étudiants de divers domaines (juridique, politique, économie, journaliste, militaire, etc.), et à placer ces étudiants aux postes les plus élevés pour réaliser ce Nouvel Ordre Mondial. Bill Clinton, boursier Cecil Rhodes, qui fait son stage en URSS début des 1970', John Kerr est le bras droit du président Giscard d'Estaingt quand il écrit la constitution européenne de 2005, mais est aussi celui qui est chargé, de 1997 à 2010, du recrutement des étudiants des bourses Rhodes.

Pierre Hillard distingue plusieurs courants messianiques mondiaux en opposition dans l'entre-2-guerre.

Bolchévisme

Celui de Trotsky Bronstein (Plus connu comme Léon Trotsky), la révolution mondiale. Trotsky, qui annonçait dans ses écrits, avant la révolution russe de 1917, que le peuple (les soviets) devrait être massacré une fois la révolution des bourgeois (Bolchéviques) faites sur le tsar). Le but de Trotsky était d'étendre cette révolution à l'échelle planétaire, un modèle où les élites sont capitalistes libérales (possèdent tout), et où le peuple est communiste (ne possède rien). Le communiste de Jacob Franck et Sabbataï, la rédemption par le péché.

Staline n'est pas un messianiste, il a une vision matérielle des choses, pas forcément sanglante comme le désirait Trostky, qui voulait une révolution mondiale dans le sang pour le plaisir du faux dieu qui aime les holocaustes. Staline c'était la partie douce de la révolution (entre 40 et 100 millions de morts... Imaginez si Trotsky avait gagné...).

Herzl

Carnets de Théodore Herzl (considérés comme la bible du sionisme), 1902

"il y a, selon une estimation prudente, 10 millions de Juifs dans le monde entier. Ils porteront tous l'Angleterre dans leur coeur si elle devient la puissance protectrice du peuple Juif. L'Angleterre obtiendra d'un coup 10 millions de sujets actifs et discrets, loyaux, dans tous les domaines de la vie, et dans le monde entier.

Les juifs vendent de l'aiguille et du fil dans beaucoup de petits village de l'Europe de l'Est, Russie essentiellement.

Mais ils sont aussi d'importants marchands, industriels, agents de change, savants, artistes, journalistes, et tant d'autres choses.

Dès le signal donné, ils se placeront tous au service de la nation qui leur apportera l'aide si longuement désirée. L'Angleterre obtiendra 10 millions d'agents au service de sa grandeur et de son influence. L'impact de ce genre de choses se répand de la politique à l'économie. Le juif achètera et propagera plus facilement les produits d'un pays qui a apporté des bienfaits au peuple Juif que ceux d'un pays dans lequel les Juifs sont maltraités."

La même proposition fut évidemment faite à toutes les nations européennes.

UE

La Pan-Europe (le plan Kalergi), est une Europe unifiée dans un monde unifié. Une vision mystique et kabbalisto-talmudiste (le judaïsme régénéré) où est prônée l'immigration pour mélanger les populations (l'esprit du brahmane et du mandarin doit remplacer l'esprit du chevalier). Une population métissée, que Richard Kalergi appelle "négroïdo-asiatique".

Georges Pompidou est le trésorier de la pan-Europe France dans les années 1960, notamment pour mettre en place la future monnaie Européenne, l'Euro. Le banquier de la banque Rothschild, qui deviendra président de la France, et mettra en place la loi qui enlèvera la souveraineté monétaire à la France.

Accord Haavara (Nazis - sionistes)

Cet accord de transfert fut signé, en août 1933, entre l'Angleterre et les nazis, ainsi que diverses banques privées sionistes de tous pays. Cet accord favorisait l'émigration de Juifs allemands, ainsi que le transfert de richesses allemandes, vers la Palestine. La Palestine était alors gérée par l'Angleterre, après sa conquête en 1917, lors de la première guerre mondiale (pratique, une croisade à moindre frais...). Les premiers kibboutz datent d'avril 1939, grâce aux nazis.

Joseph Retinger

Le vrai père de l'Europe mondialiste. Il fonde ce qui deviendra le groupe Bilderberg, Il supervise la ligue économique de 1946, et son patron Edmond Giscard d'Estaing (le père du futur président français Valéry), 1948, le mouvement européen (dirigé par le gendre de Winston Churchill) et les commissions présidées par Winston Churchill.

Vatican 2

Pierre Hillard assimile Vatican 2 à 1789. Il y souligne le rôle des Élites juives. L'Église a été noachisée, pour l'adapter à la gouvernance mondiale.

La monnaie mondiale Phénix

En 1988, le journal "The Economist" des Rothschild, annonce que toutes les monnaies mondiales vont exploser, afin que de leur cendres, naissent une monnaie mondiale, le phénix.

Orientation 2020

La gouvernance mondiale avec primauté du pétrodollar/monde anglo-saxon (les chapeaux noirs) qui dirige le monde, semble avoir perdu.

Reste la vision de la City de Londres, avec Poutine et Trump comme soutiens, qui semble se diriger vers une ONU modernisée, avec des pays piliers comme les USA, la Chine et la Russie, et des unions régionales, où chacun respecte les intérêts des autres dirigeants.

Au niveau spirituel, on a la vision Loubavitch (juifs tradis) qui s'oppose aux "progressistes" trans-genre.

Mafia khazare

Cette histoire [nic] de la mafia khazare est réalisée par des militaires USA, mais globalement les infos sont celles reconnues par les historiens officiels.

Présentation

Le 01/12/2014, lors de la conférence en Syrie sur la lutte contre le terrorisme et l'extrémisme religieux, Gordon Duff, directeur de la publication « Veterans Today » (publication des vétérans de l'armée américaine et des services secrets USA), révéla le résultat d'une enquête de longue haleine : le terrorisme mondial est le produit d'une vaste mafia contrôlant le gouvernement israélien du moment, Netanyahu.

Cette mafia est originaire d'Europe de l'Est (l'ancienne Khazarie), et a infiltré la diaspora Juive, dans le but d'exploiter les Juifs, puis tous les autres peuples de la Terre.

La mafia khazare mène une guerre secrète contre les peuples, par l'usage d'attentats False Flag de type « Gladio », et au travers d'organismes illégaux et inconstitutionnels comme la FED, l'IRS, le FBI, la FEMA, le HomeLand Security et le TSA.

Religion Sataniste

Le Molochianisme est typique des religions sumériennes du Moyen-Orient, des cultes aux faux dieux ogres, de la magie noire babylonienne (occultisme satanique). Cette religion implique des cérémonies occultes reposant sur le viol d'enfants, suivi du sacrifice rituel de l'enfant par égorgement, puis d'actes de cannibalisme en buvant le sang et en dévorant le cœur de l'enfant égorgé. Torturer l'enfant avant de le saigner permet de saturer son sang en hormones diverses (adrénochrome issue de l'adrénaline) utilisées comme des drogues puissantes.

Entre l'an 100 et 800

Les Khazars (« nomades » en turc) se sont développés au sein d'une nation gouvernée par un roi malfaisant, pratiquant la magie noire et secondé par des oligarques occultistes.

Les peuples environnants les décrivaient comme criminels, assassins et pillards.

En 650, les Khazars stoppent le Califat Islamique, empêchant le modernisme et la science de se répandre en Europe et en Russie.

Lors d'invasions venant du Nord, une partie des Khazars fondent le début de la Russie, se convertissant faussement au Catholicisme orthodoxe.

La particularité des Khazars était de frapper la monnaie sur papier plutôt que sur des pièces d'or.

Vers 800 - choix du Judaïsme

Le royaume khazar, vers l'an 850, pourrait correspondre à ce que sont aujourd'hui le sud de la Russie, le Kazakhstan occidental, l'Ukraine orientale, la Crimée, l'est des Carpates, ainsi que plusieurs autres régions de Transcaucasie telles l'Azerbaïdjan et la Géorgie.

Les Khazars s'arrangent pour contrôler la langue de terre entre la mer Noire et la mer Caspienne, point de passage obligé pour le contrôle des voies de commerce entre l'Europe du Nord et la Mésopotamie (Moyen-Orient), ainsi que les points stratégiques de la route de la soie.

Très agressifs, les Khazars font des exactions sur les caravanes de commerce, et envahissent perpétuellement leurs voisins pour agrandir leur domination.

Un ultimatum leur est donné par la Russie et d'autres contrées environnantes, assignant le roi à choisir l'une des trois religions du Livre comme religion officielle. L'espoir de changer la religion du peuple, c'était d'arrêter la violence envers les autres de la religion sataniste, et de socialiser les enfants.

Le roi khazar choisit le Judaïsme, prétextant être une tribu issue de la diaspora juive romaine. Ils deviennent probablement ce qu'on appelle aujourd'hui les Juifs ashkénazes. Un débat existe aujourd'hui, les juifs soupçonnant les Ashkénazes d'être un peuple du Nord qui s'est juste converti au Judaïsme par opportunisme, et n'a donc aucun droit sur la Palestine (n'étant pas ethniquement sémites). Les analyses ADN les plus récentes semblent montrer que les Ashkénazes ne viennent en effet pas d'Israël.

Si le peuple se convertit en façade au Judaïsme, le roi et son cercle rapproché d'oligarques continuent en secret à pratiquer leurs rituels satanistes. Ils mélangent les pratiques de magie noire luciférienne avec celles du Judaïsme, afin de donner le change aux espions étrangers, créant ainsi une religion satanique hybride, le Talmudisme babylonien (en opposition au Talmud de Jérusalem).

Les Khazars continuent à perpétrer leurs méfaits sur les visiteurs égarés en Khazarie, et pour masquer leurs méfaits, deviennent maîtres dans l'art des déguisements et des fausses identités (false flag).

Vers 1200 - Expulsion

La Russie et les pays voisins décident d'arrêter les crimes des Khazars contre leurs ressortissants, dont les disparitions d'enfants et de bébés (sacrifices).

Les "élites" khazares ont un réseau d'espions très développé (via la diaspora juive implantée dans tous les cercles de pouvoir).

Prévenues du danger, elles s'enfuient de Khazarie et se réfugient dans les nations d'Europe de l'Ouest, accueillies dans les communautés juives locales sous de nouvelles identités, emmenant avec elles leur immense fortune en or et en argent.

Elles poursuivent leurs sacrifices rituels, confiantes dans la promesse de Moloch de leur donner le monde entier et ses richesses, sous réserve qu'elles poursuivent ces sanglants sacrifices en son honneur.

Les populations locales voient désormais d'un mauvais oeil ces populations juives infiltrées ne s'intégrant pas, et pratiquant des assassinats sur leurs enfants. L'antisémitisme est né, accusant les juifs des pratiques faites par la minorité khazare.

Après 1492 - Infiltration bancaire Europe

Le roi et l'élite khazare (que nous appellerons désormais simplement "Khazars") projettent alors une vengeance "éternelle" contre les Russes (qui les avaient chassés du pouvoir et de leurs terres).

Cette vengeance passe par le contrôle bancaire sur toute l'Europe en quelques siècles seulement.

Profitant de la diaspora juive expulsée d'Espagne en 1492 (p. 484), ils créent la première place financière aux Pays-Bas.

La mafia khazare envahit l'Angleterre en s'alliant à Oliver Cromwell. Après la mise à mort du roi Charles 1 par Cromwell, c'est le début de la guerre civile en Angleterre (10 ans), qui se solda par l'assassinat de toute la famille royale ainsi que des centaines de personnes appartenant à l'aristocratie anglaise originelle.

C'est ainsi que la City de Londres fut établie en 1666, chiffre mythique pour les molochiens. Cette City devient la nouvelle capitale bancaire de l'Europe, augmentant sa puissance par le colonialisme (Commonwealth).

Grâce au pouvoir de l'usure qui additionne sans fin les intérêts, la mafia khazare infiltre toutes les banques au niveau mondial ... Il s'agit tout simplement de laisser les banques privées gérer la masse monétaire, indexée sur de la monnaie fiduciaire (un papier qui symbolise l'or).

Ce "nouveau" système est en réalité le vieux système babylonien « d'argent magique », qui permettait aux commerçants de voyager avec leur argent sous une forme (une sorte de chèque crypté) qui autorisait le remplacement aisé en cas de perte ou de vol.

- A noter que les Sumériens et les Égyptiens, qui utilisaient le même système, devaient fréquemment annuler les dettes quand le peuple se rebellait, les intérêts ayant captés au bout d'un moment toute la masse monétaire qui sert aux échanges entre humains -

Intéressant de constater, au passage, comment le problème (dangerosité des voyages en Khazarie, à cause des razzias et meurtres par les élites khazares) recevait sa solution (le chèque sécurisé). Le fameux "créer un problème, puis apporter sa solution".

Les Khazars de la City finissent par infiltrer l'Allemagne grâce à un groupe nommé "Bauer". Comme ils habitent à "l'Enseigne Rouge" ("Rothschild" en allemand, en référence aux sacrifices d'enfants), ils adoptent ce nouveau nom.

Les 5 fils Rothschild, hommes de paille de la mafia khazare, poursuivent le travail d'infiltration des places bancaires en Europe, grâce à leur rapport étroit avec les autres Khazars infiltrés dans toutes les nations européennes, et leur fortune en or sur laquelle ils obligent les États à indexer leur monnaie.

Le système bancaire anglais est gagné par plusieurs opérations d'envergure, comme le fameux faux rapport de la victoire de Napoléon sur les Anglais.

C'est ainsi que par la fraude et la tromperie (qu'ils appellent plus pudiquement "ruse" et "malignité"), les Rothschild s'approprient les richesses de la noblesse anglaise et des propriétaires terriens, qui avaient fait des accords d'investissement avec les institutions de la City de Londres.

Les Rothschild recréent un système bancaire privé basé sur la monnaie-papier, spécialisé dans la création monétaire à partir du néant (et non plus sur l'or), additionnant les intérêts illégitimes sur le dos du peuple anglais.

Évidemment, le politique qui signe le contrat, et qui cache le fonctionnement réel au peuple, est dans la combine, l'arnaque étant bien visible.

Sources de puissance malfaisante

Les Khazars n'ont pas d'états d'âme, ils sont pragmatiques (ne se soucient pas de la morale).

Commerce d'esclaves

Les Rothschild tirent profit du commerce des esclaves. Les Khazars achètent à des chefs africains corrompus des membres kidnappés de tribus ennemies (comme les nomades sémites le faisaient lors des razzias). Les marchands d'esclaves des Rothschild transportent ensuite ces esclaves en Amérique et aux Caraïbes, où ils sont revendus. Beaucoup d'esclaves meurent en mer dans des conditions effroyables.

Jeux de guerres

Les banquiers Rothschild montrèrent que les guerres étaient d'excellents moyens de doubler leur fortune en très peu de temps, juste en finançant les deux camps des belligérants (et en obligeant le vainqueur à payer les dettes du vaincu).

Drogues destructrices

Les Rothschild, ayant découvert l'existence de l'opium turc, et de son caractère fortement addictif, organisent un trafic pour le vendre à la Chine, infectant des millions de malheureux avec une habitude malsaine, mais qui apporta des tonnes d'or et d'argent dans leurs coffres.

Cette addiction infligea tant de mal que la Chine en vint à la guerre par deux occasions pour y mettre fin (révolte des Boxers et Guerre de l'opium).

Après 1600 - Prise de pouvoir mondiale

Revenons un peu en arrière. Dans les années 1600, une fois infiltré et détourné le système bancaire anglais, les Rothschild infiltrent peu à peu les membres de la famille royale d'Angleterre, en organisant des unions avec des représentants de leur propre lignée khazare.

La mafia khazare mondiale mène parallèlement un effort international pour éradiquer les rois non affiliés à leur clan, comme ceux prenant trop à coeur la défense du catholicisme puis du Sacré-Coeur.

Plus le contrôle des places bancaires européennes augmente, plus cette guerre contre la royauté est forte.

Prises de pouvoir (guerres et révolutions)

Dans les années 1700, les Rothschild s'en prennent à la famille régnante de France, aboutissant à la "révolution française". Après les tumultes de la première décennie, les Rothschild firent sortir de nulle part Napoléon, un de leurs agents.

Juste avant la seconde guerre mondiale, les Khazars se débarrassent des lignées royales autrichienne et allemande, au profit d'Hitler, probablement un bâtard Rothschild.

C'est ensuite le tour des lignées impériales de la Chine et du Japon.

Création de l'Amérique

Les Rothschild furent la source de financement qui permet l'établissement des colonies anglaises en Amérique. Ils incorporent la « Hudson Bay Company », ainsi que d'autres compagnies commerciales, afin d'exploiter les richesses du Nouveau-Monde. Ils sont sûrement en partie responsables du génocide des peuples indigènes d'Amérique du Nord, afin d'exploiter les vastes ressources du continent.

Les Rothschild suivent aussi le même « schéma d'affaires » aux Caraïbes et dans le sous-continent indien, occasionnant la mort de millions d'innocents.

Les Rothschilds mettent 100 ans à essayer de remettre la main sur la création monétaire USA. Finalement, en 1913, la mafia khazare Rothschild parvient à établir une importante tête de pont au cœur de l'Amérique, ce qui permet la création de la FED (p. 35) grâce à la corruption et à la traîtrise de membres du Congrès : Le « Federal Reserve Act » est passé en toute illégalité et contre la Constitution, la veille de Noël, et sans même le quorum requis.

Une fois la dette installée, le Congrès est acheté, et c'est un Président fantoche qui est élu, grâce aux sommes phénoménales issues de la dette, dont une infime partie seulement est réinjectée dans le lobbying, comme financer les campagnes électorales.

Il est aisé pour la mafia khazare de fournir autant de monnaie qu'il en faut pour élire leurs hommes de paille dès lors que vous contrôlez une banque qui n'est autre qu'une fabrique secrète de fausse monnaie !

Dans le même temps que cette mafia établit ce système de taxation généralisée, elle met sur pied l'IRS (Internal Revenue Service), leurs collecteurs d'impôts privés incorporés à Puerto-Rico.

Peu après encore, ils mettent au point le FBI (Federal Bureau of Investigation), afin de protéger tout le système mis en place, de pourvoir à leurs besoins (comme mener des opérations occultes), et surtout d'étouffer les poursuites concernant leurs sacrifices rituels d'enfants et les réseaux pédophiles qui les approvisionnent. Le FBI est aussi un réseau d'espionnage à l'usage propre de ces mafieux.

Il est à noter que le FBI n'a aucune charte officielle, et donc aucune existence légale, ni droit d'émettre aucun chèque de paiement.

Les Khazars organisent des opérations secrètes et sophistiquées afin de chasser du pouvoir les présidents qui leur résistent.

Si cela ne fonctionne pas, la mafia khazare les assassine tout simplement, comme par exemple Mac Kinley, Lincoln, Kennedy. La mafia khazare entend éliminer quiconque pourrait rétablir des lois fortes qui leur retireraient leur puissance.

Révolution russe

En 1917, les Khazars créent les Bolchéviques, une armée qui assassine le tsar Nikola II et toute sa famille, dérobe tout l'or, l'argent et les œuvres d'art que la Russie possède alors. Ils écrasent dans des bains de sang les comités populaires (soviets) qu'ils avaient utilisés au début.

C'est la concrétisation de la vengeance khazare, qui est d'une sauvagerie sanglante inouïe, le massacre des populations par les Bolchéviques ayant été planifié bien avant la révolution par les têtes pensantes comme Trotsky. Les massacres sont accompagnés de tortures et d'actes de barbarie, certaines victimes étant brûlées vives, scalpées, crucifiées, ou forcées de « communier » en avalant du plomb fondu.

L'infiltration bolchévique de la Russie est financée grâce aux fonds de la FED USA, et leurs exactions ressemblent aux méthodes appliquées lors de la révolution par les Jacobins. Le but est de faire peur au peuple (le tsar étant tué, il ne fallait pas que le peuple cherche à s'affranchir aussi du chef bolchévique).

Alexandre Soljenitsyne :

"Les leaders bolchéviques qui ont pris le pouvoir en Russie n'étaient pas des Russes. Ils haïssaient les Russes. Ils haïssaient les Chrétiens. Mus par la haine ethnique, ils torturèrent et massacrèrent des millions de Russes sans la moindre once de remords. Le bolchévisme commit le plus grand génocide de tous les temps. Le fait que la plupart des gens ignore, ou reste insensible à ce crime monstrueux, montre bien que les médias sont entre les mains des auteurs de ce massacre."

Le sionisme

La mafia khazare décide de contrôler l'ensemble du Judaïsme mondial, grâce au contrôle de l'esprit. Ils mâtinent donc le Judaïsme de Talmudisme babylonien, tout en prenant le contrôle des banques en général, de Wall Street, du congrès des USA ainsi que des principaux mass medias.

Il est important de réaliser que la mafia khazare écrase l'Allemagne avec la première guerre mondiale, créant ainsi un vide propice au fascisme, et ensuite la re-propulse à nouveau au premier rang en installant Hitler et le nazisme comme contre-force à leurs Bolchéviques russes.

La mafia khazare peut ainsi distribuer la richesse et le succès à ces juifs (en les faisant chanter sur leur participation aux sacrifices satanistes [type Epstein]), ou en les utilisant comme des fusibles ou des Sayanim (agents actifs).

Le financement de la Knesset en Israël, ainsi que son édification grâce à l'architecture des loges FM, est au service de leur talmudisme babylonien.

NOM

La mafia khazare organise méthodiquement un Système appelé NOM (Nouvel Ordre Mondial) typé "Mondial Sionism" qui a été inculqué aux Juifs via l'illusion paranoïaque de supériorité raciale, allié à l'idée que tous les Gentils (non-Juifs) auraient des intentions génocidaires à leur égard. Le Mondial Sionism n'est rien d'autre que le talmudisme babylonien, inconnu auparavant du courant dominant juif.

Le plan est qu'à l'avènement du NOM, le roi luciférien du monde (antéchrist) accède au pouvoir. Les 3 religions d'Abraham seront supprimées (juif-catho-islam), pour rétablir la religion sumérienne qu'Abraham avait quittée (notamment en interdisant les sacrifices humains).

Dans l'esprit des Khazars, c'est retour à la case départ, et vengeance de leur dieu physique Baal, injustement écarté par les juifs de Moïse.

Ce système a donc été conçu pour utiliser les juifs comme couverture, les doter du pouvoir d'argent babylonien (la dette), les juifs devant eux-mêmes être sacrifiés à Lucifer en 2 étapes :

1. 2e guerre mondiale, avec les camps d'extermination nazis.
2. Le bouquet final, les Khazars prennent le contrôle de Jérusalem. Mais les juifs ne voudront pas voir Baal monter sur le trône de leur temple, il sera temps de les supprimer (vengeance contre Abraham), en les accusant de toutes les guerres et destructions du monde (organisées en réalité par les Khazars). Monstrueux, mais malin.

À ce moment-là, la mafia khazare se métamorphosera à nouveau sous une nouvelle identité [Q?], laissant les orthodoxes juifs et les sionistes mondialistes [DS?] se faire massacrer...

L'islam

L'islam est un adversaire des Khazars à plusieurs niveaux :

- Les musulmans, comme les juifs, empêchent les Khazars d'accéder au temple de Jérusalem.
- L'islam ne permet pas l'usure, les drogues et l'esclavage, sources de la richesse des Khazars.

Outils khazars actuels

La CIA, leur bras armé

Après la 2e guerre mondiale, la mafia khazare déploya la guerre froide artificielle. Elle importa des scientifiques nazis, experts en contrôle de l'esprit, vers les USA (opération Paperclip). Ceci lui permit de structurer le plus grand réseau d'espionnage, la CIA, qui excède de loin les réalisations précédentes.

Mais aussi d'augmenter le "Mind Control" (contrôle de l'esprit des masses) afin de mieux les manipuler, leur faire approuver leurs guerres illégales et inconstitutionnelles : non déclarées officiellement, non réellement provoquées, ingagnables mais, et tout est là, perpétuelles. Guerres permettant le contrôle mondial, et des gains de plus en plus gros par les fabricants d'armes khazars.

Avec ce nouveau système américain, ils continuent d'infiltrer et de détourner toutes les institutions américaines, comme les différentes églises, les loges FM (surtout celles de rite écossais et d'York), l'armée USA, le renseignement USA (et la plupart des instituts privés liés à la Défense), la justice USA, ou encore la plupart des gouvernements des États fédéraux et, bien sûr, la plupart des partis politiques.

En 2015, Jacob Rothschild peut dire de lui :

« Ma famille pèse plus de 500 milliards de dollars. Nous possédons près de la moitié des banques centrales de la planète. Depuis Napoléon, nous avons financé les deux côtés de chaque guerre. Nous possédons vos magazines, vos médias, votre pétrole et votre gouvernement."

La mafia khazare prend les camps de travail nazis (qu'elle a elle-même financé) comme prétexte pour obliger les Alliés à voler les terres des Palestiniens. L'-Holocauste est utilisé pour mettre d'autres personnes dans des camps... La mafia khazare obtint, grâce à ses manipulations politiques occultes, sa propre terre privée en Israël en 1947. Leur plan est le "Grand Israël" (Eretz Israël) s'étendant sur tout le Moyen-Orient. L'excuse du pétrole justifie l'invasion, par les USA khazars, des voisins d'Israël.

Des non-Juifs

De récentes études de John Hopkins (doctorant juif) ont montré que 97,5 % des juifs vivant en Israël n'ont strictement aucun ADN hébreux. En revanche, 80 % des Palestiniens sont porteurs d'ADN hébreux (seuls les chefs hébreux ont été "diasporés" par les romains). Le vrai "peuple" Juif (peuple au sens : qui n'a pas le pouvoir) n'a jamais quitté Israël. C'est le vrai peuple juif qui a accueilli la réforme de leur religion par Jésus (devenant les premiers chrétiens), puis qui adopta la 2e réforme du judaïsme faite par Mohamed (l'islam).

Ce qui signifie que les seuls antisémites sont les Israéliens actuels, originaires d'Europe de l'Est, volant les terres palestiniennes !

Décadence occidentale

La mafia ne peut travailler que dans l'ombre, c'est pourquoi elle travaille si dur pour contrôler tous les médias mainstream et l'éducation.

Les Khazars appliquent la même culture à tous les pays sous leur emprise : enseignement mondialiste/ socialiste/collectiviste à l'école, basé sur le "politiquement correct", l'acceptation de la "diversité" (qui cache une déculturation des peuples) et de la décadence comme norme sociale (perversions diverses, inversion des valeurs, "théorie du genre", etc.).

Le fluor (testé dans les camps nazis, dangereux pour les fonctions cérébrales et thyroïdiennes, provoquant baisse de QI et docilité chez les empoisonnés) est ajouté aux réseaux d'eau potable des villes et dans les dentifrices (malgré leur effet cariogène reconnu).

Les médecins et dentistes ont été induits en erreur par une recherche scientifique totalement biaisée (depuis toujours), secrètement contrôlée, volontairement tenus dans l'ignorance de tout côté négatif des études réalisées. Ceci comprend bien entendu les vaccins (contaminés par des sérums animaux douteux, ou des doses trop élevées d'aluminium, etc.).

L'argent a pris le contrôle depuis longtemps sur toute l'école de la médecine allopathique.

Une partie de ce plan monumental de formatage et d'abêtissement des peuples, c'est la mafia khazare qui achète et concentre toujours plus les médias : aujourd'hui, on n'a plus que six médias parfaitement contrôlés (Controlled Major Mass Media).

Attentat du 11/09/2001 (p. 90)

Les chefs de la mafia khazare ont décidé qu'il était temps d'utiliser les USA pour finaliser leur coup d'État planétaire ultime. Ils ont créé une opération majeure sous faux drapeau (false flag) au cœur même des USA, en mettant le blâme sur l'islam grâce aux médias contrôlés, afin de légitimer l'attaque, par les USA, du monde musulman. C'est Bibi Netanyahu, tête opérationnelle de la mafia khazare, qui déploya le Mossad et son réseau d'agents doubles pour organiser et réaliser le false flag. Les top rabbins, les amis du sionisme mondial furent avertis de ne pas prendre l'avion ce jour-là, et de rester en dehors de New-York (voir Larry Silverfisch).

Un missile de croisière Tomahawk fut tiré d'un sous-marin israélien, de classe Dauphin, acheté à l'Allemagne, sur le Pentagone,

35 enquêteurs du Pentagone suivaient la piste des 350 têtes nucléaires Davy Crockett W-54 déclassées et volées dans les fosses nucléaires de la base de Pantex, Texas. Ils ont été assassinés par ce Tomahawk, dont le tir a été synchronisé avec la détonation de bombes préinstallées dans l'aile de l'Intel Navale qui avait été pourtant nouvellement consolidée.

La société écran du Mossad israélien, Urban Moving System, a été utilisée pour le transport des mini-bombes nucléaires (provenant du vol au Texas), puis ont été stockées dans l'Ambassade israélienne à New-York et transportées aux tours jumelles pour "l'attentat" du 11/09/2001.

Le culte de Moloch-Satan-Baal

Les Khazars ont dévasté presque tous les aspects de nos vies, créant une économie de la pauvreté, beaucoup de chômage et de sous-emploi, générant le crime massif, l'alcoolisme et la drogue, détruit l'école qui nivelle par le bas les enfants, produit des programmes d'eugénisme comme le fluor dans l'eau et le mercure ou aluminium dans les vaccins, d'énormes fraudes, ainsi que la corruption politique effrénée !

Netanyahu fut un espion du KGB, et Israël a commencé comme un satellite des Bolchéviques de Russie. En 1990, au bar de Finks de Jérusalem (rendez-vous des agents du Mossad), Bibi dit aux agents doubles :

"Ce que vous faites n'a pas trop d'importance... Si nous sommes attrapés, ils nous remplaceront avec des personnes du même acabit. L'Amérique est un Veau D'or, et nous le sucerons jusqu'à la moelle, le couperons et le vendrons morceau par morceau jusqu'à ce qu'il n'y ait plus rien que le plus grand État-providence du monde que nous créerons et contrôlerons. Pourquoi ? Parce que c'est la volonté de Dieu, et que l'Amérique est assez grosse pour encaisser les coups, donc nous pouvons y taper, encore et encore ! C'est ce que nous faisons aux pays que nous détestons. Nous les détruisons très lentement et les faisons souffrir s'ils refusent d'être nos esclaves."

Le dieu mentionné par Bibi est évidemment Baal.

Par "Ils", Bibi fait référence au Cercle supérieur des 12, groupe dont Stew Webb a divulgué le nom de 11 d'entre eux. Ces hommes font des sacrifices d'enfants à Denver 2 fois par an, mangent les cœurs d'enfants, boivent leur sang après les avoir violés et égorgés.

L'activité israélienne à l'intérieur des USA se fait par le mécanisme de la FED, l'AIPAC, le JINSA, le Conseil de Politique de Défense, le CFR, etc.

Seymour Hersh a découvert que la mafia khazare a caché 25 bombes atomiques dans des villes américaines majeures, et d'autres grandes villes d'Europe, pour faire chanter les gouvernements : c'est l'opération Samson. La mafia khazare a aussi détourné un certain nombre d'ogives S-19 et S-20 via un membre corrompu du Congrès américain, à qui la tâche fut confiée de récupérer des MIRV ukrainiens pour les déclasser. Au lieu de cela, il les a vendus aux Israéliens, et a arrosé d'autres membres corrompus du Congrès américain (haute trahison punissable de la peine capitale).

Dans les heures qui ont suivi l'attaque du 11/09/2001, la mafia khazare a menacé l'Administration USA de faire exploser d'autres bombes dans d'autres villes américaines (y compris Washington DC), si celle-ci refusait à Israël de créer ses propres forces d'occupation en vue d'établir un État policier aux USA, basé sur le renforcement de toutes les lois américaines sous contrôle israélien.

Cette nouvelle force d'occupation israélienne fut appelée la "Homeland Security" (DHS), créée par des citoyens doubles (Israël et USA), comme Michael Chertoff (en russe : "le fils du diable" !), le cerveau qui a installé DHS. Ou encore Marcus Wolfe, ancien responsable de la Stasi d'Allemagne de l'Est, qui meurt mystérieusement une fois sa mission terminée.

Les Russes ont déjà fait fuiter le dossier de l'IAEA du laboratoire Sandia et des autres dangers possibles, transmis par Edward Snowden.

Un certain nombre de dominants Russes (comme le haut commandement militaire), réalisent qu'il s'agit de la même mafia du crime organisé qui dirigea les Bolchéviques pour leur génocide de 100 millions de Russes. Ces dominants veulent s'assurer que les banksters Rothschild soient mis hors d'état de nuire, coupant la mafia khazare de sa perpétuelle production de monnaie de contrefaçon. C'est la raison des BRICS : remplacer la monnaie de référence mondiale, le pétrodollar khazar.

Des commandos secrets USA bien entraînés, appelés les "mangeurs de serpents nucléaires", traquent tous les envois ou valise diplomatique en provenance d'Israël. Ils visitent ou survolent les synagogues, les ambassades et autres lieux liés au Mossad, utilisant une batterie high-tech de détecteurs à rayons gamma ou à neutrons d'hélium-3, de satellites de détection ultra-ciblée afin de localiser et de récupérer tout stockage de têtes nucléaires.

Un message solennel a été envoyé à Netanyahu et ses Likudistes, ainsi qu'aux hauts degrés de l'espionnage israélien aux USA. S'il y avait encore un False Flag en provenance du Mossad, les responsables seraient éliminés, de même que leurs structures de défense, réduite en poussière.

[fin du texte Gordon Duff]

Nazisme

Survol

Les sociétés secrètes

La société Thulé et la société du Vril, qui inspirèrent le nazisme d'Hitler, sont bien connues, bien que pas du tout expliquées à l'école.

Les riches mécènes (p. 64)

Les adversaires officiels d'Hitler sont pourtant ceux qui l'ont financé, pour certains jusqu'au bout. Ces gens ont eu de brillantes carrières après la guerre.

Paperclip : criminels choyés (p. 65)

Après la guerre, les criminels de guerre furent traités comme des princes, comme Mengele aux USA, comme Bousquet en France, le responsable de la rafle du Vel' d'Hiv, qui fut un grand patron de presse et d'industrie, et qui continue à être au pouvoir via Mitterrand...

Dédiabolisation du Nazisme (p. 66)

Une diabolisation du nazisme qui recule de plus en plus, avec les gouvernements ukrainiens néo-nazis.

Treblinka (p. 66)

La petite histoire dans la grande histoire : un juif de Varsovie déporté, pour qui le destin se met en 4 pour lui permettre de s'échapper, afin de pouvoir témoigner du génocide se déroulant dans les camps. Les alliés reçurent le rapport, et le classèrent secret-défense, refusant de porter aide aux déportés.

Les riches mécènes

Il y a bien d'autres personnes derrière Hitler [kinz] :

- Allen Dulles, en 1933, permet à un Hitler sans le sou de trouver tout l'argent nécessaire pour que le parti nazi prenne le pouvoir (grâce au CFR qu'il a créé en 1926, et ses nombreux amis banquiers). Pendant le conflit, en 1942, il retarde l'attaque des USA pour aider l'armée allemande. Il deviendra ensuite le premier directeur de la CIA, avant d'être viré par Kennedy. Il fut l'un des 7 membres de la commission Warren à enquêter sur l'assassinat du président Kennedy…
- A ne pas confondre avec son frère John Forster Dulles, secrétaire d'État sous Einsenhower (aussi influent qu'un président) et patron de la United Fruit Company, société de corruption en Amérique du Sud qui donnera le nom de « république bananière » pour parler de ces présidents aux ordres d'une ou plusieurs multinationales. John F. Dulles aussi aide Hitler, et c'est une de ses firmes, IG Farben, qui fournira le Zyklon B. Le 16 mars 1933, après la consolidation du pouvoir du Führer, Hjalmar Schacht reprend son poste de gouverneur de la Reichsbank, John F. Dulles, en tant qu'avocat de plusieurs banques d'affaires de Wall Street, se rend à Berlin pour convenir avec Schacht du financement du nouveau gouvernement d'Hitler. On retrouve le frère, Allen Dulles, comme avocat de la banque d'affaires britannique J. Henry Schröder de

Londres (dont Allen est aussi un des directeurs, et dont John Foster est le conseiller), Thyssen, BHS et le baron Kurt von Schröder, directeur de la banque J.H. Stein de Cologne et principal financier de la Gestapo.

- James Prescott a jusqu'au bout financé le parti nazi via la société UBS (en partenariat avec George Herbert Walker, son beau-père). Il faut savoir que ce financement ne lui sera jamais reproché après la guerre : James Prescott est le père et le grand-père de 2 futurs présidents des USA, Georges Bush et Georges W. Bush. Georges Bush sera aussi directeur de la CIA, et le petit-fils de Prescott, Jeb Bush, sera candidat aux primaires de la présidentielle 2016.

Le fait que certaines élites anglo-américaines ont alimenté et soutenu la prise de pouvoir d'Hitler n'est pas un secret. A part s'enrichir, l'objectif géopolitique était d'assurer que l'Allemagne et la Russie se détruisent mutuellement et qu'ensuite un gouvernement mondial sous le contrôle anglo-américain puisse régner sur Terre. C'est leurs serviteurs en France qui incitaient à la collaboration en lançant le slogan : « Mieux vaut Hitler que le Front populaire ! »

Il est aujourd'hui reconnu que les quatre firmes qui ont le plus soutenu et profité de l'économie nazie sont les banques d'affaires Brown Brothers Harriman, Dillon Read et J. Henry Schröder & Cie, ainsi que leurs avocats chez Sullivan & Cromwell. Précisons qu'il s'agit du coeur de Wall Street, en tant qu'annexe de la City et de l'Empire britannique.

23 sociétés de [Prescott] Bush furent fermées au titre de la loi interdisant le commerce avec l'ennemi (Trading with the Enemy Act de 1917). Cinq d'entre elles furent fermées en 1942, les 18 autres après la guerre. Avant leur liquidation, Bush embaucha deux avocats du cabinet Sullivan & Cromwell, les frères John Foster Dulles et Allen Dulles, pour maquiller le fait que ses sociétés étaient aux mains des nazis.

Lorsque, après la guerre, la justice néerlandaise s'intéresse à la banque néerlandaise (BHS), elle interroge son PDG Kouwenhoven. Inquiété par la justice, ce dernier se précipite fin 1947 aux USA pour s'en plaindre auprès de son ami et protecteur Prescott Bush. Bien qu'il était en excellente santé, Kouwenhoven meurt quinze jours plus tard d'une crise cardiaque... Prescott Bush sera le protecteur de Richard Nixon et un soutien assidu d'Eisenhower.

En 1958, les frères Dulles favoriseront la nomination de Walter Hallstein comme premier président de la Commission européenne. Juriste pendant le IIIe Reich, Hallstein a déjà une expérience européenne : du 21 au 25 Juin 1938 il a représenté le gouvernement nazi pendant les négociations d'État avec l'Italie fasciste concernant la mise en place d'un cadre juridique de « la nouvelle Europe ».

Allen Dulles sera aussi l'inventeur des prisons hors des pays USA afin de torturer en toute liberté les prisonniers, ou encore du black programme CIA, le MK-Ultra.

Le Congo fournit l'uranium pour les bombes nucléaires américaines. Allen Dulles envoie d'abord le Dr Sydney Gottlieb, le chimiste qui dirigeait le projet MK-Ultra de la CIA, qui met au point un dentifrice empoisonné pour éliminer le Premier ministre Patrice Lumumba. Initialement le projet échoue mais, afin d'empêcher que le nouveau président Kennedy n'arrête toute l'affaire, des Belges et des Congolais sous supervision de la CIA finissent par assassiner Lumumba.

Une interview d'Anthony Sutton :

La propagande nazie anti-juive dans les années 1930 ? C'est Ivy Lee, un Américain employé de la Standard Oil de Rockefeller, qui la développe. Ford décoré par l'Allemagne nazie pour services rendus.
Rockefeller, JP Morgan, qui ont tant oeuvré à la reconstruction de l'Allemagne nazie, étaient des employés de Rothschild. On peut en déduire que ces derniers se trouvaient derrière le plan de l'Allemagne nazie, venu des USA...
Pourquoi les Juifs Rothschild soutiendraient un régime ouvertement anti-Juif ?
En 1944, les Américains ITT et General Electric (via sa filiale allemande), via le fond Hess, continuait à fournir de l'argent à Heinrich Himmler. Ces faits, pourtant bien documentés, n'ont pas été cités au procès de Nuremberg.
Pourquoi les grandes entreprises comme Siemens, German Electric, n'ont pas été bombardées comme elles l'auraient dues par les alliés ?
Là encore, tout montre que LE plan des riches banquiers occidentaux était (en partie) de faire monter l'antisémitisme pour inciter les Juifs à se réfugier en Palestine.
Dans cette vidéo, nous apprenons aussi qu'Adolf Jacob Hitler est le petit-fils de Salomon Mayer Rothschild, selon Hansjurgen Koehler, l'officier d'Heydrich (adjoint direct de Himmler). Walter Langer, un espion de l'OSS (future CIA), confirme aussi cette info. Alors qu'officiellement, le père de Hitler est un fils illégitime, dont on ne connaît pas le père. Dans les années, où le père de Hitler est né, Rothschild était connu pour ses débauches sexuelles, étouffées par la police.
Le second prénom Jakob apparaît sur la fiche signalétique établie par les renseignements français en 1924.
A noter que la généalogie paternelle de Hitler a été maquillée à de nombreuses reprises par tous les camps, et que le lien Rothschild - Hitler ne peut plus aujourd'hui être prouvé de façon formelle. Un dossier secret, constitué par Kurt von Schuschnigg, chancelier fédéral d'Autriche dans les années 1930, indiquait que la grand-mère de Hitler a été servante chez les Rothschild. A l'époque, de nombreuses servantes tombaient enceintes de leur maître, surtout des débauchés comme l'était son maître.

Nazis vivants en toute quiétude aux USA

Après la guerre, il est estimé que 10 000 nazis ont rejoint les USA (obtenant la nationalité américaine), dont 1000 travailleront pour la CIA, et 1500 pour le département de la défense, section recherche, dans le cadre de l'opération Paperclip.

La CIA classe sans enquêter des témoignages qui informent que quelqu'un ressemblant à Hitler, au pseudonyme d'Adolph Schuttlemayer, est idolâtré par les nombreux dignitaires nazis exilés en Argentine. Les nazis l'appellent « der Fuhrer » (Hitler était appelé « Mein Fuhrer »), et font le salut nazi quand ils le rencontrent. Un témoin indique en plus que ce Fuhrer (leader) venait de rejoindre l'Argentine après avoir quitté la Colombie en janvier 1955 [hitl1].

En mai 2015 [naz] : D'après le rapport du département américain pour la protection sociale, 130 anciens combattants soupçonnés d'être des nazis ont reçu des allocations sociales du gouvernement américain dont la valeur cumulée s'élève à 18,5 millions d'euros. Ces allocations ont été payées sur une période allant de février 1962 à janvier 2015, moment où la loi "Pas de sécurité sociale pour les Nazis" est entrée en vigueur. L'agence AP a mené une enquête selon laquelle le ministère américain de la Justice aurait versé plusieurs millions d'euros à 38 des 66 anciens nazis qui ont quitté les USA depuis 1979. Les autorités américaines n'ont rédigé leur rapport que sept mois après la publication de l'enquête de AP, sans pour autant divulguer les noms des présumés anciens nazis.

Dédiabolisation du nazisme

Le 21/11/2014, lors de l'assemblée générale des Nations Unies, la plupart des pays ont approuvé une motion présentée par la Russie, et qui condamne les tentatives de glorification de l'idéologie du nazisme et la conséquente négation des crimes de guerre commis par l'Allemagne nazie. Mais il faut savoir que si 2 ans avant cette même motion avait obtenu le vote de 130 pays, cette année, ils n'étaient plus que 115 : l'Union Européenne s'est abstenue, et le Canada, USA de Obama, et Ukraine ont carrément voté contre.

Il faut rappeler que l'Ukraine a un gouvernement néonazi, ayant pris le pouvoir au début de l'année par le coup d'État du 22/02/2014, à savoir la révolution de couleur de Maïdan (révolution orange ici), soutenu financièrement par les ONG de Georges Soros, qui a travaillé pour les nazis à l'époque, bien qu'il soit juif.

Nazi > Treblinka

Cette histoire raconte les horreurs qui ont été vécues dans les camps nazis, afin de vous dissuader d'aller dans des camps un jour...

La rafle

Avraham Krzepicki a 25 ans en 1942. Toute sa famille s'est réfugiée avant les événements à l'île Maurice. Enrôlé dans l'armée polonaise, il est fait prisonnier par les Allemands, puis relâché. Il s'installe alors à Varsovie, où il est raflé le 25 août 1942. Les raflés prennent leurs affaires les plus précieuses avec eux (dans 1 ou 2 valises), comme s'ils déménageaient vers une vie meilleure, dans une région lointaine, pour s'y installer... Avraham ne précise pas, mais ça ressemble au mythe de regrouper les Juifs sur une terre qui leur appartiendrait, reliée à la Palestine, où les nazis avaient commencé à financer les premiers kibboutz. Ce qui explique que c'est surtout les richesses pour recommencer une nouvelle vie que les déportés emportaient avec eux). Des bandes d'Ukrainiens pillent ensuite les appartements des raflés. Les jardins du Toporol, société de soutien de l'économie locale, qui plantait des légumes sur tous les terrains vierges du ghetto (un peu comme nos initiatives de planter en ville pour l'économie solidaire), sont piétinés.

Même les personnes travaillant dans les usines sont raflées, alors qu'ils croyaient ne pas être concernés, étant de la main d'oeuvre.

La police juive, ainsi que des milices ukrainiennes, encadrent la rafle avec les SS, amenant les raflés dans les trains.

Très observateur (une qualité qui le sauvera à de nombreuses reprises), Avraham se rend compte qu'un policier juif demande tout bas à ses proches d'aller dans le groupe de droite, vers l'hôpital. Quand Avraham essaie de s'y glisser, le policier juif le repousse.

Les wagons tueurs

Entassés littéralement dans le wagon, Avraham profite d'une fente entre 2 planches du plancher pour respirer un peu. Certains payent une fortune, lors des arrêts, pour avoir un peu d'eau. C'est les ouvriers des trains, ou les gardes, qui récupèrent l'argent comme bakchich. Le peu d'eau est partagé à plusieurs. Une femme mord au sang Avraham qui a du mal à donner le reste du pichet à son enfant. La chaleur devient étouffante, le trajet dura 20 heures. Plusieurs corps restent au sol à l'ouverture des portes.

L'arrivée au camp d'extermination

Arrivés à Treblinka, ils aperçoivent d'immenses pyramides de vêtements. Les plus réveillés se demandent où sont les gens qui avaient ces vêtements, alors que la plupart, en déni échafaudent plein de scénarios loufoques pour en expliquer l'origine.

Un SS débarque, et fait un discours très inspirant, leur annonçant qu'ils allaient avoir du travail, qu'ils seraient bien traités. Il est souriant, rassurant. Les victimes applaudissent leur bourreau, se croyant dans un camp de travail, pas d'extermination. Quand le SS leur demande avec douceur de se mettre en rang, ils obéissent comme à l'école. A l'entrée des chambres à gaz, les gens se déshabillent d'eux-mêmes, croyant à des douches. Pour les rassurer, on leur donne des reçus pour leurs affaires, comme s'ils allaient revenir les chercher ensuite.

La sélection

Prenons un peu d'avance sur le fonctionnement du camp, qu'Avraham allait découvrir progressivement au cours des jours qui suivirent son arrivée au camp.

Éviter le gaz

Lors d'une première sélection avant la douche (10 hommes) Avraham se tient à l'écart, craignant que ce groupe soit fusillé (en réalité, ils allaient trier les vêtements). Quand plus tard, 60 nouveaux hommes furent sélectionnés, Avraham s'arrangea pour en faire partie, son intuition lui disant de ne pas rester avec le groupe, qui sera gazé après une nuit de repos. Avraham voit d'autres groupes, arrivés juste après le sien, qui sont forcés de se déshabiller dès leur descente du train, puis de courir dans un couloir, frappés par les nazis (croyant qu'ils allaient être déverminés avant d'aller travailler). Aucune sélection sur ces autres groupes, sans qu'il ne sache pourquoi certains n'avaient pas la chance d'une sélection.

Réflexion sur les SonderKommandos

Ces déportés qui acceptent de travailler pour les nazis afin de vivre quelques jours l'horreur du génocide sont appelés les SonderKommandos. Sans cette main d'oeuvre, jamais les nazis n'auraient pu être aussi efficace. Les nazis s'aident aussi des populations, qui sans travail, sont obligées de travailler dans les camps à l'extermination, ou au confinement des prisonniers, comme les soldats polonais, qui obéissent aux ordres de la hiérarchie.

Les kapos

Des travailleurs étaient choisis pour être kapos. Ils devaient frapper les travailleurs pour aller plus vite, sinon c'était eux qui étaient frappés. Ils étaient aussi frappés si les coups qu'ils mettaient n'avaient pas assez d'enthousiasme.

Les femmes

Les femmes étaient aussitôt gazées. Seules les plus belles furent gardées quelques temps pour la cuisine puis la laverie, et servir de "fiancées" aux kapos, gardes et SS.

Assassinats arbitraires

Les SonderKommandos sont frappés pour la moindre broutille, ou fusillés sans raison.

Ces assassinats arbitraires de camarades sont insupportables : vous travaillez avec quelqu'un, et l'instant d'après, il gît au sol, les yeux grands ouverts. Vous devez le jeter dans la fosse, et il faut attendre une nouvelle couche de corps pour qu'il disparaisse de votre vue.

Pas de témoins

Les travailleurs se rendent bien compte qu'en tant que témoins de tant d'horreurs, jamais ils ne seront laissés vivant pour témoigner. Les nazis veillent d'ailleurs à ce que l'évasion soit impossible, et tuent impitoyablement tous ceux qui essaient, comme passer à la baïonnette ceux qui se cachent dans les tas de vêtements.

Les premiers barbelés sont entourés d'un champ de mine, avant les 2e barbelés.

Pour cacher les activités du camp à ceux de l'extérieur, des bûcherons pillent la forêt pour masquer l'intérieur du camp avec un plessis d'arbres.

Miradors

Aux 4 coins du camp, se dressaient des miradors, perpétuellement occupés par des gardes. Des tours d'observation, destinées à repérer immédiatement le moindre fuyard. Au dernier étage, des soldats avec des mitraillettes et de grands projecteurs pour y voir comme en plein jour.

Chambres à gaz secrètes

Les chambres à gaz fut le seul endroit qu'Avraham ne put visiter, étant le lieu le plus protégé et secret, même si le doute n'était pas permis sur le côté sans retour possible que ce lieu avait.

Un four crématoire était en train d'être construit en sortie des "bains". Une grande malle était remplie de dents en or ou en platine : un dentiste juif les récupéraient sur les cadavres en sortie de la douche.

A côté, un orchestre juif (des SonderKommandos aussi) jouait en permanence, pour couvrir les cris des mourants dans la chambre à gaz. Comme les autres, cet orchestre n'obtenait un sursis que d'une semaine ou 2.

Les femmes étaient aussitôt gazées, les hommes restaient une nuit histoire de les sélectionner entre temps pour les SonderKommandos. Avraham vit une jeune fille essayer de changer de groupe, en se déguisant. Repérée alors qu'elle sortait de la baraque de déshabillement, elle fut renvoyée en courant vers le couloir menant aux bains.

Tri des vêtements

Les déportés ont mis tous leurs biens dans les doublures de leurs vêtements. C'est pourquoi ils s'entassent, et que les SonderKommandos les passent au peigne fin pour récupérer des montagnes de pièces d'or et de documents précieux. L'eau étant rare dans le camp, les travailleurs se lavent au parfum précieux.

Les gardes se servent sur les nouveaux arrivants comme bakchich, les sonderkommandos se mettent dans la poche tout ce qui n'est pas trop gros, et constituent de bons butins qu'ils enterrent dans des planques du camp, comme ce fut le cas d'Avraham : un butin en prévision de son évasion. Et que si on prélevait à chaque nouveau convoi une centaine de travailleurs, c'est bien que les anciens travailleurs étaient morts.

Les fusillés et morts dans les wagons sont jetés tout habillés dans les fosses, sans même fouiller leurs poches : ç'aurait été trop compliqué et trop long de déshabiller les morts, sans compter que la nourriture dans les valises, l'or et bijoux, sont vraiment en excès.

Avant de fusiller un travailleur trop lent, les gardes le font se déshabiller, et la plupart acceptent. De manière générale, les nazis tentent de tuer les gens nus, ce qui facilite la fouille des vêtements.

2 types de SS

Lalke (assassinats et tortures arbitraires)

Très beau, commandant en second, il était le plus sadique du camp. Chaque promenade dans le camp devait se solder par une dizaine de morts. Quand il voyait un groupe, il choisissait un des détenus (par des processus qui n'appartenaient qu'à lui, comme un pansement sur la main, une brûlure en faisant la cuisine, tout signe de faiblesse en fait), le frappait avec la crosse de son fusil, le contraignait à se déshabiller, puis lui tirait une balle en plein coeur. D'autre fois, il ordonnait à un ukrainien de tuer l'homme à sa place. Lalke, ancien boxeur, faisait un footing tous les matins, puis le concluait en prenant un prisonnier au hasard, et en le rouant de coups jusqu'à ce que le sang s'échappe de la bouche ou du nez. Alors seulement, il l'achevait d'une balle dans la tête.

Pour ne pas montrer de faiblesse physique, les détenus se pinçaient les joues, cachaient leurs jambes gonflées, etc.

Biehl

C'était un SS qui ne tuait que s'il y était obligé. Souvent, les groupes de travail étaient gonflé le soir de déportés qui avaient transité du groupe de la chambre à gaz à celui de SonderKommando. Des fois, le groupe partait 200 le matin, et arrivait 256 le soir.

Biehl regardait si personne ne le voyait, mettait les 56 en excès à côté, et essayait tant bien que mal de les répartir dans d'autres groupes de travail. Alors que les autres SS exécutaient les nouveaux visages non sélectionnés sans pitié.

Quand un juif, proche d'Avraham, décida d'en finir, il appliqua le verset du Talmud, qui demande de tuer même le bon non-Juif. C'est Bielke qui fut poignardé à mort. Cette révolte paniqua les gardes polonais. L'assassin les provoqua, en disant qu'ils pouvaient tirer, il ne les craignait plus. Lalke pris 2 autres déportés au hasard, et les tua avec l'assassin. Les SS et les Ukrainiens ne savaient comment réagir. Une confusion s'en suivit, Lalke étranglant à main nue un vétéran juif allemand de la première guerre mondiale [AM : Ironie de se battre pour un système sur lequel on n'a pas la main, qui vous tuera ensuite en remerciement...], avant que le commandant ne calme tout le monde, puis fit fusiller par Lalke 10 hommes de plus dans le groupe. Prenant un plaisir évident, Lalke les laisse trembler quelques instants plus que nécessaire, avant de les abattre un a un. Un coup à droite, un coup à gauche, Avraham resta en vie par hasard.

Empêcher les révoltes

Les Allemands craignaient que les déportés ne se révoltent ; tous leurs efforts tendaient à empêcher les détenus de se soulever, afin de protéger le personnel du camp. Ils préféraient ainsi assassiner ceux qui, parmi les travailleurs, connaissaient bien le camp, tout en les berçant de l'illusion qu'ils seraient laissés en vie si seulement ils se montraient consciencieux au travail et se tenaient tranquilles.

Une tactique en tous points semblable à celle mise en œuvre dans les grandes villes : les gens étaient bernés, et tout était fait pour qu'ils ne s'occupent que de leur propre sort, sans se soucier des autres. Il fallait à tout prix qu'ils soient persuadés de pouvoir sauver leur peau s'ils s'adaptaient aux règles sans cesse changeantes édictées par les Allemands. Tout comme à Varsovie l'on craignait les rafles, à Treblinka, c'est le fantôme de la sélection qui les effrayait tous.

Durant le séjour d'Avraham, à sa connaissance, aucune révolte, aucun soulèvement ne fut planifié par les détenus. Seuls quelques individus isolés se rebellèrent, aussitôt fusillés.

Les fosses à cadavres

Revenons au moment où Avraham vient d'arriver au camp, et fait partie de la 2e sélection. Les 60 furent amené devant 10 000 cadavres en début de décomposition. On les leur présenta comme ceux morts dans les wagons.

Leur travail était de remplir des fosses nouvellement creusées avec ces cadavres. Les déportés doivent travailler rapidement. Régulièrement, des coups de feu claquent. Pas de gémissements ou de râles, les SS visent le coeur assurant une mort instantanée.

Parlant allemand, Avraham se retrouve à la tête d'un groupe de 20 hommes. Un SS discute tranquillement avec Avraham, puis comme si de rien n'était, abats un déporté qui lui semblait ne pas travailler assez vite. Puis reprend la conversation comme si rien ne s'était passé. En un clin d'oeil, la moitié du groupe d'Avraham est ainsi décimé, malgré les travailleurs courant en permanence...

Le lendemain, Avraham doit décharger un train de 6 000 personnes, quasiment toutes mortes étouffées lors du long voyage, directement dans les fosses. Les évanouis, ou ceux qui se cachent sous les roues des wagons, sont exécutés. Certains essayent de négocier avec des passe-droits qu'ils ont payé à prix d'or, mais les gardes ne regardent même pas ces papiers et les fusillent sans état d'âme.

A la fin du 2e jour, les travailleurs reçoivent enfin leur première ration d'eau.

Une fois passé les 2 premiers jours de sélection, les travailleurs ne sont plus fusillés sommairement, mais battus sauvagement devant les autres (au point des fois de ne plus pouvoir marcher sans être soutenus), pas toujours pour une raison valable. C'est comme s'il y avait un quota de morts arbitraires et de tabassés par jour, que les nazis devaient respecter.

Les crémations

Au bout de quelques jours dans le camp, les nazis, par peur de polluer les nappes phréatiques, décidèrent de brûler les cadavres dans les fosses, en jetant dessus les valises et vieux vêtements.

L'intendance ne suit plus

Les convois stoppèrent quand 2 jours de morts s'accumulèrent le long des voies, les fosses n'étant plus assez nombreuses, bien que très profondes et creusées avec des tractopelles gros comme les wagons.

Au bout de 2 jours, les morts des wagons étaient très avancés en putréfaction (chaleur intense en cette fin août), au point que les membres se détachaient quand ils les transportaient, surtout ceux des enfants. Personne au camp ne s'habituait à la vision d'autant de cadavres.

Tri des vêtements

Le jour où les quais furent vidés, les convois ne sont pas revenus, les travailleurs ont eu peur de partir à leur tour dans les chambres à gaz (les bains comme ils disaient). Les 50 meilleurs hommes furent retirés, le reste étaient destinés aux bains, et Avraham en faisait partie. Le SS ne leur fit pas un discours galvanisant cette fois-ci : tout était de leur faute, n'ayant pas assez travaillés, ils n'étaient plus des éléments utiles. Ils furent envoyés se reposer, ne sachant pas si c'était leur dernière heure ou dernière nuit. Ils étaient trop abattus, trop épuisés, trop assoiffés pour penser à la révolte.

Et miracle, dysfonctionnement de la chambre comme la rumeur l'affirmait ? Les centaines d'hommes furent affecté à des tâches à droite et à gauche le lendemain matin, même si pas mal furent fusillés.

Avraham fut affecté au tri des vêtements. La première couche (en bas du tas) appartenait aux juifs défavorisés de Varsovie. Ensuite la classe des gens plus aisés, qui étaient arrivés après. Plus les convois étaient récents, et plus les gens avaient mis plusieurs couches de beaux vêtements, sachant qu'ils pouvaient être raflés à tout moment.

Même après des jours sans avoir été approchés par un humain, les poux, qui infestaient les habits, étaient encore vivants, et se jetèrent sur les travailleurs, les couvrant de la tête aux pieds.

Les papiers d'identité trouvés dans les vêtements entassés permettent de connaître le propriétaire du vêtement, de même que leur ville d'origine : Vienne, Berlin, Varsovie. Des permis de travail tout neufs, acquis a grands frais, les raflés ayant cru à tort que ces papiers les protégerait.

C'est les femmes principalement qui emportait la fortune familiale, c'est surtout elles qui allaient à Treblinka, et étaient gazées dès la descente du train. Les diamant sont dans les miches de pain. Les cachettes sont toutes connues des nazis, qui indiquent à chaque nouveau travailleur où chercher en premier.

Tout n'est pas récupéré : soit les trieurs sabotent en laissant des richesses dans les vêtements, soit les gazés ont déchiré au dernier moment les billets de banque, en comprenant qu'ils étaient tombé dans un traquenard, soit les bien les plus précieux se retrouvent dans les morts habillés ou avalés par ceux qui deviendront des cadavres dans la fosse commune. Avraham savait qu'il faudrait fouiller un jour dans ces immenses charniers pour récupérer les valeurs ayant résisté au feu.

Les horloger et bijoutier estiment et trient les produits les plus précieux, et sont mieux traités que les autres. A chaque sélection, ils étaient retenus plus tard pour ne pas risquer d'être choisis pour repartir aux bains.

Les gardes allemands deviennent multimillionnaires avec tout l'argent récupéré en douce des vêtements. Ils n'essayent même pas d'empêcher les travailleurs d'en voler une part, sachant que ces derniers allaient mourir bientôt. Certains comme Avraham, détournaient des pièces d'or, car ils savaient que une fois évadé, les paysans polonais demandaient des fortunes au marché noir. Il enterre l'or dans plusieurs planques, pensant revenir au camp une fois tout cela terminé, afin d'être riche.

Il arrive aussi qu'on retrouve les affaires de proches dans le tas de vêtements.

Toutes les affaires récupérées sont triées et stockées dans des malles qui s'entassent dans d'immenses entrepôts, avant de partir par le train vers l'Allemagne.

Pendant tout son séjour, Avraham verra toujours ces immenses tas de vêtements, dont il semblait impossible de venir à bout vu les quantités de nouveaux arrivants tous les jours.

L'évasion

Au bout de quelques jours, les convois revinrent de nouveau. Après avoir pris toujours les bonnes sélections, avoir toujours répondu à l'appel d'une voix forte et claire, être tombé sur les bonnes personnes qui le laissaient rejoindre un groupe de survivant, ou qui soutenaient son mensonge quand il était emmené pour une fusillade, tenant bon face aux horreurs en écoutant sa voix intérieure qui lui disait de se ménager pour s'enfuir et témoigner au monde ce qu'il avait vu, et aussi mû par des pensées de vengeance, Avraham avait survécu 3 semaines, ce qui était beaucoup pour un sonderkommando dont l'espérance de vie était de moins d'une semaine.. Avraham trouva par exemple un tissu de couleur rouge, et réussi à le couper en triangle puis à le coudre sur son genou pour faire partie des équipes qui tenaient plus d'une semaine dans le camp.

Avraham se fit incorporé dans l'équipe de bûcherons, et pu échanger au marché noir de la nourriture fraîche avec des paysans polonais (même s'ils ne manquaient pas de nourriture, avec les nouveaux arrivants qui en mettaient dans leur valise).

Après avoir chargé les trains d'objets volés en direction d'Allemagne, il se glissa dans un wagon avec 3 autres personnes. Encore la chance, personne ne contrôla les absents de l'équipe de chargement, le wagon fut contrôlé vite fait par un Allemand, ne voyant pas, avec le coup de lampe torche rapide, les 4 prisonniers cachés entre les malles.

Récupérant une valise pleine de pièces d'or, ils sautèrent du train en marche, quand ce dernier ralentit proche d'une gare, à 3 km du camp.

Au lieu de partir vers les bois et les partisans, Avraham décida de retourner à Varsovie. Se faisant héberger et nourrir par les paysans (au marché noir, donc très cher), ils rencontrent beaucoup d'autres évadés de Treblinka. Pas mal de péripéties et trahisons, y compris de la part des évadés ou des communautés juives locales (dans lesquelles il se réfugie un temps avant de repartir, soit suite aux fuites sur une rafle prochaine (qui se produiront réellement, mais que peu auront voulu croire), soit pour rejoindre Varsovie). Toute la région savait que les évadés de Treblinka étaient très riches de l'or volé.

Avraham finit par tomber sur un couple (en suivant son instinct) qui l'aida gratuitement, sans rien demander en retour, et lui permit de rejoindre un passeur, qui l'emmena au train pour Varsovie, même si la plupart des gens lui déconseillaient d'y retourner. Mais la vie dans la nature ne convenait pas au citadin.

Il avait appris que la communauté juive de Varsovie avait déjà reçu des lettres sur ce qu'il se passait au camp, mais qu'ils n'avaient pas réagi. Dans la population, si quelques-uns faisaient preuve d'antisémitisme (sans les dénoncer pour autant), la majorité faisait des affaires avec les évadés, et certains les aidaient par bon coeur. Les évadés tombent sur des voleurs qui les dépouillent, mais chance là encore, Avraham arrive 5 minutes après les faits.

Une fois à Varsovie (en septembre), Avraham se mêla à un groupe de travailleur juif pour rejoindre le ghetto, où il rejoint la résistance juive (l'AJC, Armée juive de combat) et le mouvement auquel il appartenait, la Jeunesse sioniste. Il est tué pendant la révolte du ghetto de Varsovie en avril 1943.

ILS savaient

Son témoignage est consigné entre le mois de décembre 1942 et le mois de janvier 1943. Le manuscrit, enfoui et enterré sous les décombres, a été retrouvé en 1950. Pourquoi les nombreux témoignages de ce type (montrant la mise en marche de la solution finale) semblent ne pas arriver jusqu'aux alliés ?

De nombreux témoignages étaient arrivent aux alliés depuis 1941, mais la solution finale n'avait pas encore été activée.

Dans la soirée du 21 juillet 1942 à New-York, le président Roosevelt déclara que les nazis avaient bien la volonté d' "exterminer leurs victimes". Le lendemain, débutaient les déportations des juifs du ghetto de Varsovie vers le centre de mise à mort de Treblinka. Comment ne peut-il y avoir qu'un seul jour d'écart ? Soit les alliés étaient très bien informé, soit il s'agissait d'un plan très bien préparé, par les personnes de l'ombre qui manipulent les 2 protagonistes d'une guerre.

Dans son édition du 10/08/1942, le magazine *Newsweek* annonçait que des trains entiers de juifs de Varsovie disparaissaient. Le 10/09/1942, l'Agence télégraphique juive annonça la déportation de 300 000 juifs de Varsovie.

Dès octobre 1942, Avraham a pu faire son rapport. Tout se sait dans la communauté juive : lors de ses discussions avec les juifs libres autour du camp, Avraham savait que plusieurs lettres avaient été envoyées à l'organisation de Varsovie, que les locaux savaient ce qu'il s'y passait, et lui même ira porter de vive voix son témoignage à l'organisation de Varsovie. Comment se fait-il que les alliés n'aient pas tenu compte du rapport d'Avraham, qui leur est inévitablement parvenu (les réseaux résistants faisant remonter leurs infos à Londres) ?

Le *New York Times* publia le 25/11/1942 un article sur les camps de Belzec, Sobibor et Treblinka ; les chambres à gaz et des fours crématoires d'Auschwitz y étaient mentionnés et le chiffre de 2 millions de juifs déjà exterminés y était avancé.

Pourquoi les alliés, qui savaient ce qui se tramaient, n'ont jamais bombardé, en 3 ans, les infrastructures d'un génocide industrialisé ? La question est toujours débattue par les historiens...

Beaucoup de tractations eurent lieu entre alliés et nazis. En mai 1944, Eichmann offre d'épargner les juifs hongrois, dont la déportation battait son plein, en échange de 10.000 camions (destinés au front de l'Est), de thé, de café, de cacao et de savon. Les alliés ne donneront pas suite...

Jusqu'à la fin des années 1950, la spécificité du génocide des juifs (et des tziganes) est passée sous silence. Ce sujet est très peu évoqué aux procès du maréchal Pétain (1945) et de René Bousquet (1949).

La minorité terrorise la majorité

Hitler n'a pas envoûté tous les allemands, il n'en a embobiné qu'une fraction (suffisamment pour remplir des stades de 100 000 personnes, mais ce n'est rien au vu des millions de personne de la population globale).

Au final, les nazis ont pris le pouvoir par la force (jamais par les élections) et ont terrorisé tout le monde. C'est comme ça que le monde néolithique a toujours fonctionné : une minorité, qui s'entourant d'une bande de malfrats/grosses brutes, terrorise la majorité : cette minorité n'est rien si personne n'obéit, c'est pourquoi dès la naissance, les esclaves sont formatés à ne jamais prendre de recul sur leur condition, à ne jamais remettre en cause le chef, quel qu'il soit, quelles que soient les horreurs pratiquées.

Cette histoire de Treblinka est instructive sur cette chaîne de commandement. Dans les camps d'extermination, il y avait très peu de nazis au final : les soldats ukrainiens et polonais ont été menacées afin de les faire participer à l'encadrement des déportés (ils tenaient juste les fusils, ce qui était suffisant à faire peur aux déportés). Ces soldats étaient probablement les plus pourris de l'armée ukrainienne ou du pays envahi, car les autres soldats partaient se battre contre les russes, une guerre c'est plus moralement acceptable que massacrer des civils sans défense. A noter que ces soldats faisaient montre de clémence la plupart du temps, et n'auraient sûrement pas opposé une défense farouche en cas de révolte, si leur vie n'avait pas été mise en danger.

Mais le plus horrible dans cette histoire, c'est que l' "efficacité" du génocide n'aurait pas été possible sans les dizaines de milliers de sonderkommandos, ces déportés qui, au seuil de la chambre à gaz, se voyaient offrir un répit inespéré de survie : c'est eux qui creusaient les fosses, manipulaient les cadavres, triaient les vêtements, arrachaient les dents en or, remplissaient les trains, et étaient exécutés quand même au bout d'une semaine, après s'être épuisé au travail.

Avec du recul, c'est les victimes elles-même qui ont participé à leur massacre. Je ne juge pas : confortablement assis dans son fauteuil, loin des événements, il est facile d'analyser une situation qui ne nous touche pas directement : on vous sort in extremis d'un groupe avec tous les autres jeunes vigoureux, on vous envoie dans les équipes de travail, on vous promet que vous serez nourri-logé pour votre travail. Même si vous

vous rendez bien compte qu'aucun autre sonderkommandos n'est là depuis plus d'une semaine, qu'il y a trop de cadavres pour que ce soit juste les étouffés des trains, que cette pyramide immense de vêtement ne diminue malgré le travail de tri incessant des autres sonderkommandos, que vos amis sont abattus parce qu'ils ont ralenti un instant la cadence, où parce qu'ils ont eu la malchance de se trouver devant le sadique du coin. Avec du recul, la situation saute aux yeux, mais quand on doit courir tout le temps pour sauver sa peau, la peur au ventre d'être abattu sans raison à tout moment ?

Et pourtant, la vérité est horriblement simple : si toute cette masse s'était jetée sur les gardiens, les avait épargné pour inciter le reste à déposer les armes sans combattre, avait détruit les installations, le génocide des années 1940 n'aurait pas été celui qu'on a connu. Quelques morts pour en sauver des millions.

Je dit ça, parce que prochainement, il est possible qu'on nous demande à nouveau d'aller combattre dans des croisades lointaines, qu'on demande à une minorité d'entre nous de garder des clôtures (sous une raison quelconque, mais qui sera officiellement pour le "bien des détenus"), et à la majorité restante de se placer bien gentiment à l'intérieur de ces mêmes clôtures.

Là où personne n'obéit, personne ne commande. Qui se sacrifiera pour les autres en se jetant le premier sur les gardiens ?

Protocoles

Survol

Présentation (71

De nombreux documents similaires apparaissent régulièrement aux yeux des chercheurs de vérité depuis le 19e siècle. On ne sait pas qui les a écrit (sûrement pas ceux à qui ils sont attribués), donc la signature à la fin ne prouve rien du tout.

Par contre, c'est ce qu'ils racontent qui est très intéressant. Car ces protocoles racontent par le détail ce qu'il va se passer dans les décennies voir siècles à venir, annonçant en avance des décisions comme celles de l'agenda 21, montrant par là-même qu'il existe un plan préétablit à l'ordre du Monde, suivit à la lettre par ceux qui ont réellement le pouvoir.

Les romans d'anticipation (p. 71)

Certains romans semblent étrangement prophétiques et lucides sur notre monde, comme si certains en haut avaient décidé d'oeuvrer aux yeux de tous, se masquant juste sous le couvert de la fiction.

1875 - nouveau testament de Satan (p. 72)

Un protocole qui décrit comment les satanistes vont prendre le contrôle de la Terre, dans un gouvernement mondial totalitaire. Une fuite de la société secrète ayant piloté la révolution française, ou déjà est révélé la volonté de faire perdre les valeurs morales aux populations.

1918 - sages de Sion (p. 73)

Décrit comment un groupe veut établir un gouvernement mondial totalitaire sur Jérusalem.

Particulièrement détaillé et réaliste, décrivant notamment comment regrouper la FED et la presse dans quelques mains intéressées, tout en détruisant l'éducation.

1995 - Toronto (p. 77)

Le dernier en date, et décrivant parfaitement l'effondrement sociétal post-1968. Introduit l'ordinateur, et le besoin de privatiser la police, tout en rajeunissant les effectifs (moins de 30 ans).

Buts (p. 82)

Synthétisons tout ce que les protocoles nous disent.

Protocoles > Présentation

On ne peut pas prouver de façon définitive qui a écrit ces protocoles, ni exactement quand (excepté pour le testament de Satan). Ce qu'il faut retenir, c'est qu'au moment de leur date de publication officielle, ils racontaient des événements à venir, qui se sont tous déroulés. Peu de chances que ce soient des voyants qui aient anticipé le futur, mais plutôt des sociétés secrètes toutes puissantes qui annonçaient ce qu'ils allaient faire pour faire bouger la société.

On ne sait pas non plus si ces protocoles avaient fuité volontairement ou pas, mais j'aime à croire que les illuminati aiment à nous laisser notre libre-arbitre, et donner des éléments de vérité à ceux qui cherchent, de la même manière qu'ils disent la vérité dans les films de science fiction comme "2012" (L2>spiritualité>égoïsme>omission). Ne pas oublier qu'au niveau karmique, s'ils nous cachaient toute la vérité, ils auraient un sacré retour de bâton. Alors que nous donner 2 versions de la réalité, et nous laisser choisir celle qui est la plus probable, diminue le retour de manivelle. On avait qu'à être moins con et voir où était la vérité.

Protocoles > "Le meilleur des mondes" et "1984"

Ces livres sont obligatoires à lire pour l'élite (des manières de s'approprier les règles de domination) tout en étant inconnus du peuple. Perso, on m'a obligé à lire "Mme Bovary" ou "l'assommoir" au collège, des bouquins vous dégoûtant à jamais de la lecture, mais jamais "discours de la servitude volontaire" d'Etienne de la Boetie...

Pourquoi est-ce considéré comme normal que la majorité des gens n'aient ni rêves, ni passions, ni aucune raison d'être particulière - sauf plaire, sortir en boite et hypothétiquement "voyager" (fuir) un jour, sans réelle envie de faire avancer le monde ?

Déjà parce que beaucoup d'humains actuels n'ont pas d'âme mâture (et ne se posent pas de questions), ensuite parce que la société les orientent dans cette apathie, n'étant productifs qu'au travail.

Dans une analyse du livre "Le meilleur des monde" de Aldous Huxley, Serge Carfantan, professeur à l'Université de Bayonne, résume bien cette société :

" Pour étouffer par avance toute révolte, il ne faut pas s'y prendre de manière violente.

Les méthodes du genre de celles d'Hitler sont dépassées. Il suffit de créer un conditionnement collectif si puissant que l'idée même de révolte ne viendra même plus à l'esprit des hommes. L'idéal serait de formater les individus dès la naissance en limitant leurs aptitudes biologiques innées (cf. les individus de type alpha, bêta, gamma).

Ensuite, on poursuivrait le conditionnement en réduisant de manière drastique l'éducation, pour la ramener à une forme d'insertion professionnelle.

Un individu inculte n'a qu'un horizon de pensée limité, et plus sa pensée est bornée à des préoccupations médiocres, moins il peut se révolter. Il faut faire en sorte que l'accès au savoir devienne de plus en plus difficile et élitiste. Que le fossé se creuse entre le peuple et la science, que l'information destinée au grand public soit anesthésiée de tout contenu à caractère subversif. Surtout pas de philosophie. Là encore, il faut user de persuasion et non de violence directe : on diffusera massivement, via la télévision, des divertissements flattant toujours l'émotionnel ou l'instinctif. On occupera les esprits avec ce qui est futile et ludique. Il est bon, dans un bavardage et une musique incessante, d'empêcher l'esprit de penser.

On mettra la sexualité au premier rang des intérêts humains. Comme tranquillisant social, il n'y a rien de mieux. (cf. le rôle de la drogue et du sexe dans le roman de Huxley) En général, on fera en sorte de bannir le sérieux de l'existence, de tourner en dérision tout ce qui a une valeur élevée, d'entretenir une constante apologie de la légèreté ; de sorte que l'euphorie de la publicité devienne le standard du bonheur humain et le modèle de la liberté.

Le conditionnement produira ainsi de lui-même une telle intégration, que la seule peur – qu'il faudra entretenir – sera celle d'être exclus du système et donc de ne plus pouvoir accéder aux conditions nécessaires au bonheur. L'homme de masse, ainsi produit, doit être traité comme ce qu'il est : un veau, et il doit être surveillé comme doit l'être un troupeau. Tout ce qui permet d'endormir sa lucidité est bon socialement, ce qui menacerait de l'éveiller doit être ridiculisé, étouffé, combattu.

Toute doctrine mettant en cause le système doit d'abord être désignée comme subversive et terroriste et ceux qui la soutienne devront ensuite être traités comme tels. On observe cependant, qu'il est très facile de corrompre un individu subversif : il suffit de lui proposer de l'argent et du pouvoir.

Comme nous le voyons, les critiques de ce monde existent, elles ne sont juste jamais mises en avant pour les classes populaires, celles qui sont victimes de cet servitude volontaire...

Protocoles > Le nouveau testament de Satan (1875)

Document trouvé sur un messager des "illuminés de Bavière" frappé par la foudre en 1875. Pour rappel, les illuminés de Bavières sont un des groupes occultes à l'origine de la révolution française.

Ces documents sont similaires aux protocoles publiés ultérieurement, et montre que ces plans d'asservissement durent depuis très longtemps, voir des millénaires !

Contenu tiré du livre jaune N°5 :

Le premier secret pour diriger les hommes et être maître de l'opinion publique, est de semer la discorde, le doute, et de créer des points de vue opposés, le temps nécessaire pour que les hommes, perdus dans cette confusion, ne s'y retrouvent plus, et soient persuadés qu'il est préférable de ne pas avoir d'opinion personnelle quand il s'agit des affaires de l'État. Il faut attiser les passions du peuple et créer une littérature insipide, obscène et répugnante. Le devoir de la presse est de prouver l'incapacité des non-Illuminés dans tous les domaines de la vie religieuse et gouvernementale.

Le deuxième secret consiste à exacerber les faiblesses humaines, toutes les mauvaises habitudes, les passions et les défauts jusqu'à ce que règne une totale incompréhension entre les hommes.

Il faut surtout combattre les fortes personnalités qui sont le plus grand des dangers. Si elles font preuve d'un esprit créatif, elles ont plus d'impact que des millions d'hommes laissés dans l'ignorance.

Envies, haines, disputes et guerres, privations, famines et propagation d'épidémies doivent épuiser les peuples à un point tel que les hommes ne voient plus d'autre solution que de se soumettre pleinement à la domination des Illuminés.

Un État épuisé par des luttes intestines ou qui tombe au pouvoir d'ennemis extérieurs à la suite d'une guerre civile, est, en tout cas, voué à l'anéantissement et finira par être en leur pouvoir.

Il faudra habituer les peuples à prendre les apparences pour argent comptant, à se satisfaire du superficiel, à ne poursuivre que leur propre plaisir, à s'épuiser dans leur quête éternelle du nouveau et, en fin de compte, à suivre les Illuminés. Ceux-ci parviendront à leur but en rémunérant bien les masses pour leur obéissance et leur écoute. La société une fois dépravée, les hommes perdront toute foi en Dieu.

En ciblant leur travail par la parole et par la plume et en faisant preuve d'adaptation, ils dirigeront le peuple selon leur volonté.

Il faudra déshabituer les hommes à penser par eux-mêmes :

on leur donnera un enseignement basé seulement sur du concret et on occupera leur esprit à des joutes oratoires qui ne sont que simulacres. Les orateurs parmi les Illuminés galvauderont les idées libérales des partis jusqu'au moment où les hommes en seront tellement lassés qu'ils prendront en dégoût tous les orateurs, de quelque bord qu'ils soient.

Par contre, il faudra rabâcher aux citoyens la doctrine d'État des Illuminés pour qu'ils restent dans leur profonde inconscience.

La masse étant aveugle, insensée et incapable de juger elle-même, elle n'aura pas voix au chapitre dans les affaires de l'État mais devra être régie d'une main de fer, avec justesse mais aussi avec une impitoyable sévérité.

Pour dominer le monde, il faudra emprunter des voies détournées, chercher à démanteler les piliers sur lesquels repose toute vraie liberté (celle de la jurisprudence, des élections, de la presse, la liberté de la personne et surtout de l'éducation et de la formation du peuple) et maintenir le secret le plus strict sur tout ce qui est entrepris.

En minant intentionnellement les pierres angulaires du pouvoir de l'État, les Illuminés feront des gouvernements leurs souffre-douleur jusqu'à ce que, de guerre lasse, ils renoncent à tout leur pouvoir.

Il faudra exacerber en Europe les différences entre les personnes et les peuples, attiser la haine raciale et le mépris de la foi afin que se creuse un fossé infranchissable, si bien qu'aucun État chrétien ne trouve de soutien : tout autre État devra redouter de se liguer avec lui contre les Illuminés de crainte que cette prise de position le desserve.

Il faudra semer discordes, troubles et inimitiés dans d'autres parties de la Terre pour que les peuples apprennent à connaître ln crainte et qu'ils ne soient plus capables d'opposer la moindre résistance.

Toute institution nationale devra remplir une tâche importante dans la vie du pays pour que la machine d'État soit paralysée dès qu'une institution bat de l'aile.

Il faudra choisir les futurs chefs d'État parmi ceux qui sont serviles et soumis inconditionnellement aux Illuminés et aussi parmi ceux dont le passé est entaché d'un coin secret. Ils seront des exécuteurs fidèles des instructions données par les Illuminés.

Ainsi, il sera possible à ceux-ci de contourner les lois et de modifier les constitutions.

Les Illuminés auront en main toutes les forces armées si le droit d'ordonner l'état de guerre est conféré au président.

Par contre, les dirigeants non initiés devront être écartés des affaires de l'État. Il suffit de leur faire assumer le cérémonial et l'étiquette en usage dans chaque pays.

La vénalité des hauts fonctionnaires d'État devra pousser les gouvernements à accepter des prêts extérieurs qui les endetteront et les rendront esclaves des Illuminati ; la conséquence : les dettes de l'État augmenteront sensiblement !

En suscitant des crises économiques et en retirant soudainement de la circulation tout argent disponible, il faudra provoquer l'effondrement de l'économie monétaire des non-Illuminés.

La puissance monétaire doit remporter de haute lutte la suprématie dans le commerce et l'industrie afin que les industriels agrandissent leur pouvoir politique moyennant leurs capitaux.

Outre les Illuminés, dont dépendront les millionnaires, la police et les soldats, tous les autres ne devront rien posséder.

L'introduction du suffrage universel doit permettre que seule règne la majorité. Habituer les gens à l'idée de s'autodéterminer contribuera à détruire le sens de la famille et des valeurs éducatives. Une éducation basée sur une doctrine mensongère et sur des enseignements erronés abêtira les jeunes, elle les pervertira et fera d'eux des dépravés.

En se reliant aux loges FM déjà existantes et en créant de-ci de-là de nouvelles loges, les Illuminés atteindront le but souhaité. Personne ne connaît leur existence ni leurs buts, encore moins ces abrutis que sont les non-Illuminés qui sont amenés à prendre part aux loges FM ouvertes où l'on ne fait que leur jeter de la poudre aux yeux.

Tous ces moyens amèneront les peuples à prier les Illuminés de prendre en main le monde. Le nouveau gouvernement mondial doit apparaître comme protecteur et bienfaiteur pour tous ceux qui se soumettent librement à lui (l'ONU). Si un État se rebelle, il faut inciter ses voisins à lui faire la guerre. Si ces derniers veulent s'allier, il faut déchaîner une guerre mondiale.

Protocoles > Les sages de Sion (1918)

Les protocoles des Sages de Sion, publiés en 1918, sont censés avoir été écrits en 1894. Ces protocoles décrivaient ce que les illuminati allaient faire, pendant tout le 20e siècle pour remettre la main sur Israël. Qu'importe d'où viennent réellement ces protocoles, le plan d'installation du NOM s'est déroulé comme prévu.

Le texte a longtemps été interdit en Allemagne, sous prétexte que Hitler s'en serait servi pour développer l'antisémitisme. Le texte est censé être écrit par des juifs (on retrouve en effet des éléments du Talmud de Babylone), mais on sait qu'il est facile de dénigrer son ennemi en lui attribuant des textes volontairement déformé.

On ne sait pas qui a écrit ces protocoles, et il est fort probable que ce ne soit pas un juif ! Il faut juste retenir ici les méthodes appliquées pour la domination des peuples, et remplacer le mot "juif" par le mot "illuminati", et le mot "Gojim" (non-juifs) par "peuple" (tous ceux qui ne sont pas les illuminati, y compris les élites et autres présidents).

Ci-dessous quelques extraits, tiré du livre jaune N°5 :

Le contrôle de l'argent

Le contrôle des nations sera assuré par la création de gigantesques monopoles privés qui seront les dépositaires d'immenses richesses dont dépendront même les gojims.

C'est ainsi que le jour qui suivra l'effondrement politique verra leur anéantissement en même temps que celui du crédit accordé aux États.

Des crises économiques porteront atteinte aux États ennemis en leur soustrayant l'argent mis en circulation. En accumulant de grands capitaux privés qui sont ainsi soustraits à l'État, ce dernier va être obligé de s'adresser à nous pour emprunter ces mêmes capitaux. Ces emprunts consentis avec des intérêts seront une charge pour les États qui en deviendront les esclaves, sans volonté propre. Ils s'adresseront à nos banquiers pour leur demander l'aumône au lieu d'exiger des impôts du peuple.

Les dettes de l'État rendront les hommes d'État corruptibles ce qui les mettra encore plus à notre merci.

Le contrôle de la presse

Le rôle de la presse est d'exciter et d'enflammer les passions chez le peuple, et le public est tellement loin de pouvoir imaginer qui est le premier bénéficiaire de la presse. Parmi tous les journaux, il y en aura aussi qui nous attaqueront mais comme nous sommes les fondateurs de ces journaux, leurs attaques porteront exclusivement sur des points que nous leur aurons précisés auparavant.

Aucune nouvelle ne sera publiée sans avoir reçu notre accord. C'est déjà le cas maintenant car toutes les nouvelles du monde sont regroupées dans seulement quelques agences. Ces agences étant sous notre contrôle, elles ne publient que ce que nous avons approuvé.

Nos journaux seront de toutes les tendances, aristocratique, socialiste, républicaine, voire anarchiste, tant qu'existera la Constitution.

Ces idiots qui croiront que le texte d'un journal reflète leur propre opinion n'auront fait, en réalité, que répéter notre opinion ou celle que nous souhaitons voir exprimée.

L'extension du pouvoir

Nous serons pour le public l'ami de tous.

Nous les soutiendrons tous, les anarchistes, les communistes, les fascistes et particulièrement les ouvriers. Nous gagnerons leur confiance et ils deviendront ainsi, pour nous, un instrument très approprié.

Le contrôle de la foi

Nous ôterons aux hommes leur vraie foi. Nous modifierons ou supprimerons les principes des lois spirituelles. L'absence de ces lois affaiblira la foi des hommes puisque les religions ne seront plus capables de donner quelconque explication.

Nous comblerons ces lacunes en introduisant une pensée matérialiste et des supputations mathématiques.

Amener la confusion dans les esprits

Pour avoir la mainmise sur l'opinion publique, il nous faut les amener à un certain niveau de confusion.

La presse nous sera un bon outil pour offrir aux hommes tant d'opinions différentes qu'ils en perdront toute vue globale et s'égareront dans le labyrinthe des informations. [...]

[...]ainsi, ils en viendront à la conclusion que le mieux est de ne pas avoir d'opinion (politique).

L'aspiration au luxe

Pour accélérer la ruine de l'industrie des Gojim, nous susciterons chez eux une soif de luxe. Le commun des mortels n'en aura, cependant, pas la jouissance car nous ferons en sorte que les prix soient toujours à la hausse. Ainsi, les travailleurs devront autant travailler qu'auparavant pour satisfaire leurs désirs.

Ils seront piégés dans le système avant d'avoir pu l'identifier.

L'instrument politique

En distillant un souffle de libéralisme dans les organismes d'État, nous modifierons tout leur aspect politique.

Une Constitution n'est rien d'autre qu'une grande école de discordes, de malentendus, de querelles, en un mot une école de tout ce qui sert à fausser les rouages de l'État.

A l'époque des républiques, nous remplacerons les dirigeants par une caricature de gouvernement avec un président élu par nos marionnettes, nos esclaves qu'est le peuple.

Les élections seront, pour nous, un moyen d'accéder au trône du monde.

Dans le même temps, nous réduirons à néant l'impact de la famille et son pouvoir éducatif. Nous empêcherons aussi l'émergence de personnalités indépendantes.

Il suffit de laisser un peuple se gouverner lui-même un certain temps (la démocratie) pour qu'il se transforme en une populace où règne le chaos.

La puissance de la populace est une force aveugle, absurde, irraisonnée, ballottée sans cesse de droite ou de gauche. Mais un aveugle ne peut pas en conduire un autre sans tomber dans le précipice. Seul celui qui, dès sa naissance, est éduqué pour devenir un souverain indépendant, a la compréhension de la politique.

Faire croire au modeste citoyen qu'il contribue à façonner l'État par sa participation à des réunions.

Le contrôle de la nourriture

Notre puissance réside aussi dans la pénurie permanente de nourriture. Le droit du capital, en affamant les travailleurs, permet sur eux une mainmise plus sûre que ne pouvait le faire la noblesse avec son roi.

Nous agirons sur les masses par le manque, l'envie et la haine qui en résultent.

Tout propriétaire rural peut être un danger pour nous puisqu'il peut vivre en autarcie. C'est la raison pour laquelle il nous faut à tout prix le priver de ses terres. Le moyen le plus sûr pour y arriver est d'augmenter les charges foncières, d'accabler de dettes les propriétés rurales.

Le rôle de la guerre

Nous mettrons en rivalité toutes les forces pour amener ceux qui ont soif de pouvoir à abuser de leur pouvoir. Il nous faut fomenter des dissensions, des inimitiés dans toute l'Europe, et par l'intermédiaire de l'Europe, dans d'autres parties de la Terre.

Il faut que nous soyons capables d'anéantir toute opposition en provoquant des guerres avec les pays voisins. Au cas où ces voisins oseraient nous tenir tête, il nous faut leur répondre par une guerre mondiale.

Le contrôle au moyen de l'éducation

On n'incitera pas les Gojim à tirer une application pratique de leur observation impartiale de l'Histoire mais on les invitera à des réflexions théoriques, sans faire de relations critiques avec les événements qui vont suivre.

Dans ce jeu, sachez que la chose principale est de les avoir convaincus d'accepter les nécessités de la science.

Tenant compte de ce fait, nous n'aurons de cesse de créer une confiance aveugle en ces théories (scientifiques) et les journaux nous y aideront bien. Les intellectuels parmi les Gojim se vanteront de leurs connaissances.

Le peuple perdra, de plus en plus, l'habitude de penser par lui-même et de se forger sa propre opinion, il en viendra à prononcer les mots que nous désirons entendre prononcer.

Le contrôle des loges FM

Nous créerons dans tous les pays des loges FM/sectes, nous les multiplierons et y attirerons des personnalités qui sortent des rangs.

Ces loges seront sous la domination de notre administration centrale que nous serons seuls à connaître et que les autres ignoreront complètement.

Rien ne peut vaincre une puissance invisible. Voilà où se trouve notre pouvoir. La FM non juive nous sert de couverture à leur insu. Le plan d'action de notre puissance reste secret pour tout le peuple et même pour le reste de la confrérie.

Détruire les ennemis

Livre jaune n°6 : Éliminer notre ennemi avant qu'il n'ait été reconnu, qu'il soit célèbre, et que ses paroles puissent influencer la jeunesse. Nous devons surveiller la jeunesse chez nos ennemis. Quand nous voyons le plus infime signe de résistance à notre puissance, nous devons le détruire, avant qu'il ne devienne dangereux pour notre peuple.

Comme nous contrôlons la presse, notre devoir primordial est d'empêcher que des personnes dangereuses aient accès à des postes, d'où ils pourraient exercer une influence favorable à nos ennemis, par la parole ou par les actes. Nous devons garder le silence et être attentifs, quand nous voyons un homme dangereux s'élever parmi nos ennemis. La plupart en seront détournés dès leur plus jeune âge par l'insuccès de leurs entreprises, ils devront gagner leur pain dans un métier qui les empêche de commettre des actes nuisibles à notre peuple élu.

Si un individu devait persister dans son entreprise nuisible, il serait temps d'agir contre lui avec plus de détermination, pour faire échouer ses plans. Nous lui proposerons du travail et un bon salaire, pour qu'il arrête ses actions nuisibles et qu'il travaille pour nous. Quand il aura connu la solitude et la faim, l'or et les belles paroles que nous lui donnerons le détourneront de ses mauvaises pensées. Et quand il connaîtra soudain le succès et la richesse, l'apparat et les honneurs, il oubliera son inimitié et apprendra à paître sur les pâturages que nous tenons à la disposition de ceux qui suivent notre voie et se soumettent au pouvoir du peuple élu.

S'il persiste encore dans son opposition rigide, nos hommes veilleront à ce que le déshonneur le poursuive et à ce que ceux pour qui il se bat et se sacrifie se détournent de lui dans la haine et le mépris. Il sera seul et comprendra l'inutilité de ses actions. Il finira par désespérer de son combat sans fin contre notre peuple, et il périra.

S'il est assez fort pour poursuivre son chemin en poursuivant des buts qui nous sont hostiles, nous disposons toujours d'un moyen efficace de le paralyser et d'anéantir ses projets. Esther n'a-t-elle pas vaincu le roi des Perses, Judith n'a-t-elle pas tranché la tête de l'ennemi de notre peuple? N'y a-t-il pas assez de filles d'Israël qui sont assez intelligentes et séduisantes, pour gagner leur coeur et entendre leurs pensées, afin qu'aucune parole ne puisse être dite, aucun plan mûri, qui ne vienne à temps aux oreilles de notre peuple?

S'il a une position sociale, la confiance de ses amis et de tout un peuple, et que nous lui envoyions une fille d'Israël, pour l'enjôler, son plan nous sera livré et son pouvoir annihilé. Car là où les filles de notre peuple sont les reines de nos ennemis, les entreprises nuisibles seront détruites avant qu'elles ne se réalisent.

S'il découvrait nos stratagèmes et échappait à nos filets, si son esprit mauvais devait trouver des disciples parmi nos ennemis, il doit disparaître définitivement de ce monde. La mort est le passage obligé pour tout le monde. Il vaut mieux l'accélérer pour ceux qui nous sont nuisibles.

Dans les loges FM, nous procédons aux punitions de telle façon, que personne, en dehors de nos frères de pensée, ne puisse avoir le moindre soupçon, pas même les victimes elles-mêmes; elles meurent de mort apparemment naturelle. Tout en continuant à prêcher la libre parole pour ceux qui ne sont pas juifs, nous tenons notre peuple et ses hommes de confiance (les FM) en parfaite obéissance.

Il ne sera pas dur pour nos frères d'éliminer l'ennemi le plus dangereux, par une attaque à l'improviste par exemple. N'avons-nous pas à notre disposition une armée d'indigents chez nos ennemis, qui sont prêts à tout pour de l'or et un secret qu'ils garderont? Si nous voulons éliminer l'ennemi, répandons des rumeurs sur l'endroit où il se trouve et là où il réside, pour qu'il vive dans la peur et le danger, et que sa vie soit menacée à chaque instant du jour et de la nuit. Si nous voulons sa mort, organisons des pillages là où il habite, et répandons des rumeurs de danger permanent dans son entourage. Quand le jour de sa disparition sera venu, les gens que nous payons travailleront parfaitement, quand il sera mort, ils le dépouilleront de ses richesses et pilleront le cadavre. Jamais l'auteur ne sera retrouvé, et le monde entier pensera qu'il a été victime d'un accident. Nos ennemis ne sauront jamais que c'est par la volonté de nos frères qu'il a péri, pour que le nom de notre Dieu ne soit jamais désacralisé et traîné dans la boue.

Nos frères russes ont trouvé des moyens en interrogeant la science, pour détruire nos ennemis sans que ceux-ci ne s'en rendent compte. N'ont-ils pas trouvé un gaz qui tue instantanément, et un autre que l'on répand juste après, et qui se mélange à lui pour effacer toute trace? Ne connaissons-nous pas les propriétés des courant sans fil, qui mettent en péril l'esprit de la personne dangereuse? Nos médecins n'ont-ils pas découvert les effets des poisons invisibles à travers leur microscope, et le moyen de les dissimuler dans le linge de notre ennemi, afin qu'il agisse sur son cerveau et détruise son esprit? Ne pouvons-nous pas nous charger aussi de l'autopsie, par la qualité de notre savoir, de sorte que personne ne puisse savoir de quoi il est mort? N'avons-nous pas appris à l'approcher, par un serviteur,par un voisin ou comme invité à sa table? Et ne sommes-nous pas omniprésents et tout-puissants, unis ensemble par le silence, prêts à travailler jusqu'à la destruction complète de l'ennemi? Quand nous venons avec nos paroles douces et un discours inoffensif, un seul des peuples de la Terre a-t-il réussi à découvrir nos réelles intentions et à empêcher nos décisions?

Si toutefois, l'ennemi arrivait à échapper aux pièges que nous lui tendrons et aux stratagèmes de nos frères, et qu'il connaisse et sache déjouer nos plans, vous ne devez pas désespérer et succomber à la peur, devant le regard clair du « méchant ». Car celui qui ose parler dans ce pays de nos actions secrètes et de la destruction imminente, ne trouve-t-il pas sur son chemin des hommes qui connaissent l'art d'espionner tous ceux à qui il parle pour connaître leurs intentions? Avant qu'il ne parle à nos ennemis, nous l'aurons fait. Nous les mettrons en garde, contre son esprit perturbé et le désordre qui règne dans ses sens. Quand il viendra raconter sa souffrance et décrire les dangers qu'il vient de surmonter, ceux que nous aurons mis en garde l'écouteront, souriants et plein de condescendance et de mépris, et ils seront convaincus de sa folie. Nous travaillerons pas à pas, jusqu'à ce que les portes de l'asile se referment derrière lui. Quand il sortira et qu'il cherchera à mettre en garde le monde contre nous, nous lui aurons ôté la confiance des siens, il sera honni et maudit, ses paroles et ses écrits n'auront plus aucun poids. Ainsi, le peuple élu peut vaincre même le plus dangereux ennemi.

Si tout cela ne sert à rien, et que l'ennemi déjoue, contre la volonté de notre Dieu, toute entreprise qui le menace, ne désespérez toujours pas, nous sommes partout pour détruire ses actions mauvaises et empêcher que les Goyim ne se libèrent du joug que notre Dieu leur a imposé. Si les siens commencent à croire en lui et à s'approcher de lui, nous l'empêcherons et couperons les liens qu'il aura tissé dans le monde. Les lettres qu'il recevra seront lues, pour qu'il n'ait pas d'encouragement et qu'il ne lui reste que de fausses amitiés et des relations perfides; Les enfants du peuple élu se dissimuleront derrières ces actes. S'il veut utiliser le fil qui transmet les messages dans le monde, nous écouterons ses paroles, quand l'ennemi lui parlera nous ferons avorter ces projets. Il voudra se défendre, mais ses va-et-vient seront comme ceux d'une bête sauvage, enfermée derrière les barreaux de sa cage.

Si malgré tout, la foi en cet homme grandit chez les quelques faibles d'esprit, nous saurons empêcher que son pouvoir n'augmente et que sa parole ait une portée sur la masse de nos ennemis. Si son nom trouve une bonne résonance, nous enverrons quelqu'un qui prendra son nom et il sera démasqué comme étant l'ennemi de notre ennemi, traître et escroc, quand son nom sera prononcé, nous dirons qu'il est un traître, le peuple nous croira, et ses paroles résonneront dans le vide.

Notre dieu a prédit que notre peuple produira des hommes qui ne sont pas de notre sang et qui ne penseront pas avec notre esprit. Ils mettront en danger la victoire de notre peuple, car ils connaîtront nos ruses, éviteront nos filets et échapperont à tous les dangers. Là où nos ennemis se rencontrent et conspirent contre nous, il y en aura toujours un qui sera de notre côté, par la brillance de notre or et le charme de nos femmes. Si le renégat parle à notre ennemi, notre messager élèvera la voix pour s'indigner. Et quand il viendra avec amour et sacrifice pour sauver les ennemis de notre domination, ils le mettront à l'écart et ne croiront pas à ses paroles, ses actions seront inutiles.

Garder le secret

Notre plus grand art et notre premier devoir est d'empêcher que beaucoup ne connaissent les objectifs secrets que nous poursuivons. Quand beaucoup entendront la vraie parole, notre défense sera anéantie et le danger sera grand que les peuples se libèrent de notre joug. C'est pourquoi il faut être vigilants, agir partout, endormir l'ennemi, fermer ses oreilles et rendre ses yeux aveugles.

Le but de vengeance

nous iront à la victoire et à la vengeance finale, sur les peuples asservis du monde entier.

Pour chaque délit il y a une façon appropriée de mourir. Que ce soit dans une baignoire, dans une voiture, par pendaison, par défenestration, chaque type de punition illustre la raison pour laquelle la personne devait mourir.

Les révolutions

Il est impératif d'entretenir l'esprit de révolte parmi les travailleurs, car c'est par eux que nous opérerons les révolutions dans tous les pays. Les travailleurs ne doivent jamais être à court d'exigences, parce que nous aurons besoin de leur mécontentement, pour mettre en pièces la société chrétienne et encourager l'anarchie. Nous devons en arriver au point où ce sont les chrétiens qui implorent les juifs de prendre le pouvoir.

Protocoles > Toronto (1995)

Les protocoles des sages de sion date de 1894, il manquait les plans illuminati les plus récents. Ils ont été publiés en 1995 par Serge Monast, un chercheur de vérité très bien informé, qui est mort de manière brutale et suspecte (crise cardiaque à 51 ans) l'année d'après la publication des protocoles de Toronto.

Si là encore, on ne peut garantir les auteurs des protocoles, le texte expliquent parfaitement et avec lucidité les 30 ans (1967-1995) après la création de la dette monétaire de Pompidou, et se sont révélés exacts pour les événements qui ont suivis leur publication (détricoter les nations, provoquer les émeutes et faire accepter aux peuples un Nouvel Ordre Mondial Sataniste). Les derniers paragraphes décrivent parfaitement la situation actuelle, une situation voulue et non obtenue par hasard... Quand j'ai découvert ces protocoles en janvier 2019, on était en plein article 18 (virer les policiers avec une conscience). Si l'article 24 (recensement des armes à feu et faux tireurs fous) est fait depuis les années 2000 en France, il était en pleine application au Québec.

Voilà à quels extrêmes peut mener le libre-arbitre conduit dans le sens d'un égocentrisme absolu et amoral. Une façon de mieux comprendre les origines et les dérives du mal, et la mise en place de moyens adéquats pour que jamais plus cela ne puisse se reproduire.

1er document : rencontre de Toronto, mai 1967

"Le document de 1967 insiste sur la notion de société du loisir et de décadence morale, qui a permis, au 20e siècle, de créer les guerres et crises économiques. Sur l'éclatement de la morale chrétienne et de la notion de famille (notamment des valeurs qu'elle transmet aux enfants), au profit de l'État-dieu, primant sur l'individu. De l'infiltration des médias et de la culture pour manipuler les esprits.

"Avec l'aide de contestations étudiantes noyautées par nous, de journalistes favorables à notre cause et de politiciens achetés, nous parviendrons à faire mettre en place de nouveaux Organismes ayant toutes les apparences de la "Modernité", tel un "Bureau de la Protection de l'Enfance" protégé par une "Charte des Droits et Libertés". Qui osera s'opposer à cela sans en même temps être identifié aux barbaries du Moyen Age ?

Les fonctionnaires de ces bureaux seraient de jeunes intellectuels sans expérience, fraîchement sortis d'Universités où sont mis en évidence nos principes mondialistes. Ils feront respecter à la lettre, sans discernement, la "Charte des Droits de l'Enfant". Cette "Charte" laborieusement mise au point dans nos "Loges", nous permettra enfin de réduire à néant toute autorité parentale en faisant éclater la famille en individus farouchement opposés les uns aux autres. Elle encouragera les enfants à dénoncer des parents trop autoritaires parce que trop traditionnels, trop religieux.Ce qui provoquera inéluctablement, d'une manière générale dans la société, un relâchement de l'autorité parentale. nous pourrons faire considérer par tous comme étant un abus contre l'enfant, l'enseignement religieux traditionnel d'origine Judéo-Chrétienne.

"Notre but n'est pas de protéger les enfants ou qui que ce soit d'autre, mais bien de provoquer l'éclatement, puis la chute des Nations qui sont un obstacle majeur à la mise en place de notre "Nouvel Ordre Mondial".

Ces bureaux pourront retirer les enfants de leurs milieux familiaux originels, et les placer dans des centres gouvernementaux déjà acquis à nos principes mondialistes et a-religieux.

Sans la protection et la surveillance de leurs parents, les enfants pourront ainsi être définitivement handicapés dans leur développement psychologique et moral, et représenter des proies facilement adaptables à nos visées mondialistes.

nous devons infiltrer le "Système d'éducation" des Nations pour y faire disparaître, sous le couvercle de la "Modernité", l'enseignement de la Religion, de l'Histoire, de la Bienséance tout en diluant, en même temps, sous une avalanche d'expérimentations nouvelles, celui de la langue et des mathématiques. De cette manière, en enlevant aux jeunes générations, toute base et toute frontière morales, toute connaissance du passé, donc tout respect d'autrui, tout pouvoir par la connaissance du langage et des sciences (donc sur la réalité), nous contribuerons à fabriquer une jeunesse largement disposée à toutes les formes de délinquance, sans que les parents n'y puissent, ayant perdu leur autorité parentale.

Nous formerons ainsi une jeunesse où l'arrogance, le mépris, l'humiliation d'autrui seront considérés comme étant les nouvelles bases de "l'Affirmation de Soi" et de la "Liberté". Mais nous savons d'expérience qu'une jeunesse semblable est d'ores et déjà condamnée à son autodestruction car celle-ci est foncièrement "Individualiste" par définition. Elle ne peut aucunement être une base solide pour la continuité d'une société, et encore moins une valeur sûre pour la prise en charge de ses vieillards.

De même, nous ferons voter des lois pour le "Respect et la Liberté Individuelles", inversant les rôles précédents : au lieu de protéger la communauté contre l'agissement néfaste d'un individu, nous protégerons l'individu de la communauté (un banquier voyou truandant tout un pays, un patron truandant ses employés, ne pourra plus être poursuivi).

Pour achever l'éclatement de la famille, du système d'éducation, donc de la Société en général, il est primordial d'encourager la "Liberté Sexuelle" à tous les échelons de la Société Occidentale. Il faut réduire l'individu, donc les masses, à l'obsession de satisfaire leurs instincts primaires par tous les moyens possibles. Nous savons que cette étape représente le point culminant par lequel toute Société finira par s'effondrer sur elle-même, la chute de l'empire romain nous l'ayant appris.

Nos loges ont poussé à la création de la pilule, qui ouvrira la voie toute grande à la "Liberté Sexuelle" sans conséquences. Jadis "Centre et pivot de la cellule familiale", la femme moderne voudra se détacher de la famille. Là où nous interviendrons fortement, ce sera d'infiltrer tous les nouveaux "Mouvements de Contestation Féminins" en poussant leur logique jusqu'à ses extrêmes limites de conséquence, l'éclatement définitif de la famille traditionnelle et de la Société Judéo-Chrétienne.

Cette "Libération Sexuelle" sera le moyen ultime par lequel il nous sera possible de faire disparaître de la "Conscience Populaire" toute référence au "Bien et au Mal". L'effondrement de cette barrière religieuse et morale nous permettra une forme d'esclavage qui sera profitable à nos "Plans Mondialistes".

Elle sera un atout majeur pour pousser l'ensemble des individus à un relâchement général des moeurs; pour diviser les individus les uns par rapport aux autres, selon leur instinct et leurs intérêts propres; pour détruire l'avenir de la jeunesse en la poussant aux expériences néfastes de la sexualité hâtive et de l'avortement; et pour briser moralement les générations futures en les poussant à l'alcoolisme, aux drogues diverses et au suicide.

Décevons la jeunesse des Nations en lui montant ses parents comme étant irresponsables, irréligieux, immoraux; ne cherchant, en définitive, que le plaisir, l'évasion et la satisfaction effrénée de leurs instincts au prix du mensonge, de l'hypocrisie et de la trahison. Faisons du divorce et de l'avortement une nouvelle coutume sociale acceptée par tous. Poussons-la ainsi à la criminalité sous toutes ses formes, et à se réfugier en groupes distincts, hors d'atteinte du milieu familial.

les Nations, ne pouvant plus compter sur une jeunesse forte, sur une Société où les individus, regroupés autour d'un idéal commun, renforcé par des remparts moraux indéfectibles, auraient pu lui apporter son soutien historique, ne pourront qu'abdiquer à notre volonté mondiale.

Il est bien reconnu par tous que l'Homme, une fois après avoir assuré ses besoins primaires (nourriture, habillement et gîte), est beaucoup plus enclin à être moins vigilant. Permettons-lui d'endormir sa conscience tout en orientant à notre guise son esprit en lui créant, de pure pièce, des conditions économiques favorables. Donc, pendant cette période des années 70 où nos Agents s'infiltreront partout dans les différentes sphères de la Société pour faire accepter nos nouvelles normes dans l'Education, le Droit Légal, le Social et le Politique, nous veillerons à répandre un climat économique favorable. Du Travail pour tous; l'ouverture du Crédit pour tous; des Loisirs pour tous permettront la création illusoire d'une nouvelle classe sociale: "la Classe Moyenne". Car une fois nos objectifs atteints, cette "Classe" du milieu, située entre les pauvres séculaires, et nous les riches, nous la ferons disparaître en lui coupant définitivement tout moyen de survie.

A travers ce climat de confiance où nos "Agents Internationaux" auront fait le nécessaire pour écarter tout spectre de guerre mondiale, nous encouragerons la "Centralisation" à outrance pour l'État. De cette manière, les individus pourront acquérir l'impression d'une liberté totale à explorer pendant que le fardeau légendaire des responsabilités personnelles sera transféré à l'État.

Nous créerons alors une masse impressionnante de fonctionnaires qui formera l'État profond (un Gouvernement dans le gouvernement), quel que soit le parti politique qui sera alors au pouvoir.

Cette machine anonyme pourra nous servir de levier, lorsque le moment sera venu, pour accélérer l'effondrement économique des États-Nations, car ceux-ci ne pourront pas indéfiniment supporter une telle masse salariale sans devoir s'endetter au delà de leurs moyens.

Cette machine complexe et combien inutile dans beaucoup de ses fonctions, nous servira de paravent et de protection contre les populations. Qui osera s'aventurer à travers les dédales d'un tel labyrinthe ?

Pendant cette période d'étourdissement général, nous en profiterons aussi pour acheter ou éliminer, selon les nécessités du moment, tous les dirigeants d'entreprises, les responsables des grands Organismes d'État, les Centres de Recherche Scientifique dont l'action et l'efficacité risqueraient de donner trop de pouvoir aux États-Nations. Il ne faut absolument pas que l'État devienne une force indépendante en elle-même qui risquerait de nous échapper, et de mettre en danger nos "Plans" ancestraux.

Nous veillerons aussi à avoir une mainmise absolue sur toutes les structures supranationales des Nations, les Organismes internationaux.

Pour garantir la rentabilité de notre influence auprès des populations, nous devrons contrôler tous les Médias d'Information. Nos Banques ne financeront que ceux qui nous sont favorables, et fermeront des plus récalcitrants. Cela passera presque inaperçu dans les populations, absorbées qu'elles seront par leur besoin de faire plus d'argent, et de se divertir.

Nous finirons de vider les régions rurales, mouvement amorcée au début de la crise économique de 1929. Surpeupler les villes permettait la révolution industrielle. Les propriétaires ruraux, par leur indépendance économique, leur capacité à produire la base de l'alimentation des États, sont une menace pour nous, et nos Plans futurs. Entassés dans les villes, ils seront plus dépendants de nos industries pour survivre. Nous ne pouvons nous permettre l'existence de groupes indépendants de notre "Pouvoir".

"Respect" obligatoire de la diversité des "Cultures", des "Peuples", des "Religions", des "Ethnies" qui sont autant de moyens, pour nous, pour faire passer la "Liberté Individuelle" avant la notion "d'Unité Nationale"; ce qui nous permettra de mieux diviser les populations des États-Nations, et ainsi les affaiblir dans leur autorité, et dans leur capacité de manoeuvrer. Poussé à ces extrêmes limites, mais sur le plan international, ce concept, dans le futur, poussera les ethnies des différentes Nations à se regrouper pour revendiquer, individuellement, chacune leur propre part du "Pouvoir"; ce qui achèvera de ruiner les Nations, et les fera éclater dans des guerres interminables.

Une fois que les nationalistes, divisés en différentes factions culturelles et religieuses, s'opposeront aveuglément dans des luttes sans issue; que la jeunesse aura totalement perdu contact avec ses racines; les "Idéaux Humanitaires, Sociaux et Historiques" des États-Nations auront depuis longtemps éclaté sous la pression des divisions intérieures. Alors nous pourrons nous servir des Nations-Unies pour commence à imposer notre Nouvel Ordre Mondial.

- fin du document de fin juin 1967 -

Note AM : ayant connu les années 1970 en France, d'une famille mi-rurale mi-citadine, c'est exactement ce qui s'est passé...

2e document, rencontre de Toronto, fin juin 1985

6*6*6 mois plus tard (18 ans), le groupe des 6.6.6 se réunissait de nouveau a Toronto, fin juin 1985.

- début du document -

Grâce à nos Agents d'infiltration et à nos moyens financiers colossaux, des progrès sans précédents ont maintenant été accomplis dans tous les domaines de la Science et de la Technologie dont nous contrôlons financièrement les plus grandes corporations. Depuis nos réunions secrètes dans les années 56 (mise au point, le développement, et implantation mondiale des "Ordinateurs"), il nous est maintenant possible d'entrevoir la mise en place d'un genre "d'Autoroute Internationale" où toutes ces machines seraient reliées entre elles. Le contrôle direct et individuel des populations de la planète est totalement impossible sans ce réseau.

Ces machines ont de plus l'avantage de pouvoir remplacer des millions d'individus.

De plus, elles ne possèdent ni conscience, ni morale aucune; ce qui est indispensable pour la réussite d'un projet comme le nôtre.

Elles sont des esclaves parfaits dont ont tant rêvé nos prédécesseurs, mais sans qu'ils aient été à même de se douter qu'un jour, il nous serait possible d'accomplir un tel prodige. Ces machines sans patrie, sans couleur, sans religion, sans appartenance politique, sont l'ultime accomplissement et outil de notre Nouvel Ordre Mondial. Elles en sont la "Pierre angulaire" !

L'organisation de ces machines en un vaste "Réseau mondial" dont nous contrôlerons les leviers supérieurs, nous servira à immobiliser les populations. Comment ?

La structure de base de notre Nouvel Ordre Mondial est composée d'une multitude de "Réseaux" divers couvrant chacun toutes les sphères de l'activité humaine sur toute l'étendue de la planète. Jusqu'à ce jour, tous ces "Réseaux" étaient reliés entre eux par une base idéologique commune: celle de l'Homme comme étant le "Centre" et "l'Ultime Accomplissement" de l'Univers.

Ainsi, grâce à tous ces "Réseaux" unis par le lien de la "Nouvelle Religion de l'Homme pour l'Homme", nous avons pu facilement infiltrer tous les secteurs humains dans tous les pays Occidentaux, et en modifier la base "Judéo-Chrétienne".

Le résultat est qu'aujourd'hui, cet Homme, qu'il fasse partie du Politique, de l'Economique, du Social, de l'Education, du Scientifique ou du Religieux, a déjà, depuis notre dernière Réunion de fin Juin 67, abandonné son héritage passé pour le remplacer par notre idéal d'une Religion Mondiale basée uniquement sur l'Homme.

Coupé ainsi qu'il est dorénavant de ses racines historiques, cet Homme n'attend plus, en définitive, que lui soit proposé une nouvelle idéologie. Celle-ci, bien entendue, est la nôtre; celle du "Village Communautaire Global" dont il sera le "Centre". Et c'est précisément ce que nous lui apporterons en l'encourageant à faire partie, "Corps et Ame", de ce "Réseau Electronique Mondial" où les frontières des États-Nations auront été à tout jamais abolies, anéanties jusqu'à leurs racines les plus profondes.

A l'intérieur de cette "Nouvelle Société Globale", grâce au réseau et au fichage des personnes, aucun individu ayant un potentiel de "Rentabilité" pour nous, ne pourra nous échapper.

Quant à ceux qui ne représenteront aucune "Rentabilité Exploitable" par nous, nous veillerons à ce qu'ils s'éliminent d'eux-mêmes à travers toutes les guerres intestines locales que nous aurons pris soin de faire éclater ici et là, nous servant de la "Chute de l'Economie" des États-Nations, et des "Oppositions et des Revendications" des divers groupes composant ces mêmes États.

Voici donc la manière détaillée par laquelle nous procéderons d'ici 1998 pour réaliser notre "Gouvernement Mondial".

---

1. - Décupler la "Société des Loisirs" qui nous a été si profitable à date. En nous servant de l'invention du "Vidéo" que nous avons financé, et des jeux qui lui

sont rattachés, finissons de pervertir la morale de la jeunesse, permettons-lui de satisfaire maintenant tous ses instincts. Un être possédé par ses sens, et esclave de ceux-ci, nous le savons, n'a ni idéal, ni force intérieure pour défendre quoi que ce soit. Il est un "Individualiste" par nature, et représente un candidat parfait que nous pouvons modeler aisément selon nos désirs et nos priorités. D'ailleurs, rappelez-vous avec quelle facilité nos prédécesseurs ont pu orienter toute la jeunesse allemande au début du siècle en se servant du désabusement de cette dernière !

2. - Encourager la "Contestation Etudiante" pour toutes les causes rattachées à "l'Ecologie". La protection obligatoire de cette dernière sera un atout majeur le jour où nous aurons poussé les États-Nations à échanger leur "Dette Intérieure" contre la perte de 33 % de tous leurs territoires demeurés à l'état sauvage.

3. - Comblons le vide intérieur de cette jeunesse en l'initiant, dès son tout jeune âge, à l'univers des Ordinateurs. Utilisons, pour cela, son système d'éducation. Un esclave au service d'un autre esclave que nous contrôlons.

4. - Sur un autre plan, établissons le "Libre-Echange International" comme étant une priorité absolue pour la survie économique des États-Nations. Cette nouvelle conception économique nous aidera à accélérer le déclin des "Nationalistes" de toutes les Nations; à les isoler en factions diverses, et au moment voulu, à les opposer farouchement les uns aux autres dans des guerres intestines qui achèveront de ruiner ces Nations.

5. - Pour assurer le libre échange, nous utiliserons nos Agents déjà infiltrés dans les Ministères des Affaires Intergouvernementales et de l'Immigration des États-Nations, qui modifieront en profondeur les Lois de ces Ministères. Ces modifications viseront essentiellement à ouvrir les portes des pays occidentaux à une immigration de plus en plus massive à l'intérieur de leurs frontières (immigrations que nous aurons d'ailleurs provoquées en ayant pris soin de faire éclater, ici et là, de nouveaux conflits locaux). Par des campagnes de Presse bien orchestrées dans l'opinion publique des États-Nations ciblées, nous provoquerons chez celles-ci un afflux important de réfugiés qui aura pour effet, de déstabiliser leur économie intérieure, et de faire augmenter les tensions raciales à l'intérieur de leur territoire. Nous veillerons à faire en sorte que des groupes d'extrémistes étrangers fassent partie de ces afflux d'immigrants; ce qui facilitera la déstabilisation politique, économique et sociale des Nations visées.

6. - Ce "Libre-Echange" qui, en réalité, n'en est pas un car il est déjà contrôlé par nous tout au sommet de la hiérarchie économique, noyautons-le en "Trois Commissions Latérales": [celle de l'Asie, celle de l'Amérique, celle de l'Europe]. Il nous apportera la discorde à l'intérieur des États-Nations par la hausse du chômage relié aux restructurations de nos Multinationales.

7. - Transférons lentement, mais sûrement, nos multinationales dans de nouveaux pays acquis à l'idée de "l'Economie de Marché", tels les pays de l'Est de l'Europe, en Russie et en Chine par exemple. Nous nous fichons bien, pour l'instant, si leur population représente ou non un vaste bassin de nouveaux consommateurs. Ce qui nous intéresse, c'est d'avoir accès, en premier lieu, à une "Main-d'œuvre-Esclave" (à bon marché et non syndiquée) que nous offrent ces pays et ceux du Tiers-monde. D'ailleurs, leurs gouvernements ne sont-ils pas mis en place par nous ? Ne font-ils pas appel à l'aide étrangère, et aux prêts de notre "Fond Monétaire International" et de notre "Banque Mondiale" ? Ces transferts offrent plusieurs avantages pour nous. Ils contribuent à entretenir ces nouvelles populations dans l'illusion d'une "Libération Economique", d'une "Liberté Politique" alors qu'en réalité, nous les dominerons par l'appétit du gain et un endettement dont ils ne pourront jamais s'acquitter. Quant aux populations occidentales, elles seront entretenues dans le rêve du [Bien-Etre Economique] car les produits importés de ces pays ne subiront aucune hausse de prix. Par contre, sans qu'elles s'en aperçoivent au début, de plus en plus d'industries seront obligées de fermer leurs portes à cause des transferts que nous aurons effectués hors des pays occidentaux. Ces fermetures augmenteront le chômage, et apporteront des pertes importantes de revenus pour les États-Nations.

8. - Ainsi nous mettrons sur pied une "Economie Globale" à l'échelle mondiale qui échappera totalement au contrôle des États-Nations. Cette nouvelle économie sera au-dessus de tout; aucune pression politique ou syndicale ne pourra avoir de pouvoir sur elle. Elle dictera ses propres "Politiques Mondiales", et obligera à une réorganisation politique, mais selon nos priorités à l'échelle mondiale.

9. - Par cette "Economie Indépendante" n'ayant de Lois que nos Lois, nous établirons une "Culture de Masse Mondiale". Par le contrôle international de la Télévision, des Médias, nous instituerons une "Nouvelle Culture", mais nivelée, uniforme pour tous, sans qu'aucune "Création" future ne nous échappe. Les artistes futurs seront à notre image ou bien ne pourront survivre. Fini donc ce temps où des "Créations Culturelles Indépendantes" mettaient à tout moment en péril nos projets mondialistes comme cela fut si souvent le cas dans le passé.

10. - Par cette même économie, il nous sera alors possible de nous servir des forces militaires des États-Nations (telles celles des USA) dans des buts humanitaires. En réalité, ces "Forces" nous serviront à soumettre des pays récalcitrants à notre volonté. Ainsi les pays du Tiers-Monde et d'autres semblables à eux ne pourront pas être en mesure d'échapper à notre volonté de nous servir de leur population comme main-d'œuvre-esclave.

11. - Pour contrôler le marché mondial, nous devrons détourner la productivité de son but premier (libérer l'homme de la dureté du travail). Nous l'orienterons en fonction de la retourner contre l'homme en asservissant ce dernier à notre système économique où il

n'aura pas le choix de devenir notre esclave, et même un futur criminel.

12. - Tous ces transferts à l'étranger de nos Multinationales, et la réorganisation mondiale de l'économie auront pour but, entre autres, de faire grimper le chômage dans les pays occidentaux. Cette situation sera d'autant plus réalisable parce qu'au départ, nous aurons privilégié l'importation massive des produits de base à l'intérieur des États-Nations et, du même coup, nous aurons surchargé ces États par l'emploi exagéré de leur population à la production de services qu'ils ne pourront plus payer. Ces conditions extrêmes multiplieront par millions les masses d'assistés sociaux de tous genres, d'illettrés, de sans abris.

13. - Par des pertes de millions d'emplois dans le secteur primaire; à même les évasions déguisées de capitaux étrangers hors des États-Nations, il nous sera ainsi possible de mettre en danger de mort l'harmonie sociale par le spectre de la guerre civile.

14. - Ces manipulations internationales des gouvernements et des populations des États-Nations nous fourniront le prétexte d'utiliser notre F.M.I. pour pousser les gouvernements occidentaux à mettre en place des "Budgets d'Austérité" sous le couvercle de la réduction illusoire de leur "Dette Nationale"; de la conservation hypothétique de leur "Cote de Crédit Internationale"; de la préservation impossible de la "Paix Sociale".

15. - Par ces "Mesures Budgétaires d'Urgence", nous briserons ainsi le financement des États-Nations pour tous leurs "Méga-Projets" qui représentent une menace directe à notre contrôle mondial de l'économie.

16. - D'ailleurs toutes ces mesures d'austérité nous permettront de briser les volontés nationales de structures modernes dans les domaines de l'Energie, de l'Agriculture, du Transport et des Technologies nouvelles.

17. - Ces mêmes mesures nous offriront l'occasion rêvée d'instaurer notre "Idéologie de la Compétition Economique". Celle-ci se traduira, à l'intérieur des États-Nations, par la réduction volontaire des salaires, les départs volontaires avec [Remises de Médailles pour Services rendus]; ce qui nous ouvrira les portes à l'instauration partout de notre "Technologie de Contrôle". Dans cette perspective, tous ces départs seront remplacés par des "Ordinateurs" à notre service.

18. - Ces transformations sociales nous aideront à changer en profondeur la main d'œuvre "Policière et Militaire" des États-Nations. Sous divers prétexte, nous nous débarrasserons une fois pour toutes de tous les individus ayant une "Conscience Judéo-Chrétienne", ne véhiculant pas nos principes mondialistes. Ceux-ci seront remplacés par de jeunes recrues dépourvues de "Conscience et de Morale", et déjà toutes entraînées.

19. - Dans un même temps, et toujours sous le prétexte de "Coupures Budgétaires", nous veillerons au transfert des bases militaires des États-Nations vers l'Organisation des Nations-Unies.

20. - Pour cela, nous réorganiserons la "Mandat International des Nations-Unies". De "Force de Paix" sans pouvoir décisionnel, nous l'amènerons à devenir une "Force d'Intervention" où seront fondues, en un tout homogène, les forces militaires des États-Nations. Ceci nous permettra d'effectuer, sans combat, la démilitarisation de tous ces États de manière à ce qu'aucun d'entre eux, dans l'avenir, ne soient suffisamment puissants (indépendants) pour remettre en question notre "Pouvoir Mondial".

21. - Pour accélérer ce processus de transfert (des armées nationales sous le commandement des USA), nous impliquerons la force actuelle des Nations-Unies dans des conflits impossibles à régler. De cette manière, et avec l'aide des Médias que nous contrôlons, nous montrerons aux populations l'impuissance et l'inutilité de cette "Force" dans sa forme actuelle. La frustration aidant, et poussée à son paroxysme au moment voulu, poussera les populations des États-Nations à supplier les instances internationales de former une telle "Force Multi-Nationale" au plus tôt afin de protéger à tout prix la "Paix".

22. - L'apparition prochaine de cette volonté mondiale d'une "Force Militaire Multi-Nationale" ira de pair avec l'instauration, à l'intérieur des États-Nations, d'une "Force d'Intervention Multi-Juridictionnelle". Cette combinaison des "Effectifs Policiers et Militaires", créée à même le prétexte de l'augmentation de l'instabilité politique et sociale grandissante à l'intérieur de ces États croulant sous le fardeau des problèmes économiques, nous permettra de mieux contrôler les populations occidentales. Ici, l'utilisation à outrance de l'identification et du fichage électronique des individus nous fournira une surveillance complète de toutes les populations visées.

23. - Cette réorganisation policière et militaire intérieure et extérieure des États-Nations permettra de faire converger le tout vers l'obligation de la mise en place d'un "Centre Mondial Judiciaire". Ce "Centre" permettra aux différents "Corps Policiers des États-Nations" d'avoir rapidement accès à des "Banques de Données" sur tous les individus potentiellement dangereux pour nous sur la planète. L'image d'une meilleure efficacité judiciaire, et les liens de plus en plus étroits créés et entretenus avec le "Militaire", nous aiderons à mettre en valeur la nécessité d'un "Tribunal International" doublé d'un "Système Judiciaire Mondial"; l'un pour les affaires civiles et criminelles individuelles, et l'autre pour les Nations.

24. - Au cours de la croissance acceptée par tous de ces nouvelles nécessités, il sera impérieux pour nous de compléter au plus tôt le contrôle mondial des armes à feu à l'intérieur des territoires des États-Nations. Pour ce faire, nous accélérerons le "PLAN ALPHA" mis en œuvre au cours des années 60 par certains de nos prédécesseurs. 2 objectifs qui n'ont pas changé : Par l'intervention de "Tireurs fous", créer un climat d'insécurité dans les populations pour amener à un contrôle plus serré des armes à feu (False Flag, tueries de masse). Faire porter la responsabilité des massacres

par des extrémistes religieux, des personnes de tendance religieuse "Traditionnelle", ou encore, des personnes prétendant avoir des communications privilégiées avec Dieu. Augmentation de la violence suite aux crises économiques. Sans ce contrôle, il deviendrait presque impossible pour nous de mettre à genoux les populations des États visés. Rappelez-vous avec quel succès nos prédécesseurs ont pu contrôler l'Allemagne de 1930 grâce aux nouvelles "Lois" mises en application à l'époque.

25. - Les dernières "Etapes" se rapportent à la "PHASE OMEGA". Les "Changements de Climat" [Note AM : provoqués par Nibiru, dont les illuminati connaissent la présence en 1985, car découverte en 1982] entraînant la destruction des récoltes; la dénaturation, par moyens artificiels, des produits alimentaires de consommation courante; l'empoisonnement de la nature par une exploitation exagérée et inconsidérée, et l'utilisation massive de produits chimiques dans l'agriculture; tout cela mènera à la ruine assurée des industries alimentaires des États-Nations. L'avenir du "Contrôle des Populations" de ces États passe obligatoirement par le contrôle absolu, par nous, de la production alimentaire à l'échelle mondiale, et par la prise de contrôle des principales "Routes Alimentaires" de la planète. L'empoisonnement de la nature, elle sera d'autant plus accélérée que l'augmentation des populations l'y poussera sans restriction.

26. - Les "Tremblements de Terre" dans les régions industrielles les plus importantes des États-Nations contribuera à accélérer la "Chute Economique" des États les plus menaçants pour nous; de même qu'à amplifier l'obligation de la mise en place de notre Nouvel Ordre Mondial.

27. - Qui pourra nous soupçonner ? Qui pourra se douter des moyens utilisés ? Ceux qui oseront se dresser contre nous en diffusant de l'information quant à l'existence et au contenu de notre "Conspiration", deviendront suspects aux yeux des autorités de leur Nation et de leur population. Grâce à la désinformation, au mensonge, à l'hypocrisie et à l'individualisme que nous avons créé au sein des peuples des États-Nations, l'Homme est devenu un Ennemi pour l'Homme. Ainsi ces "Individus Indépendants" qui sont des plus dangereux pour nous justement à cause de leur "Liberté", seront considérés par leurs semblables comme étant des ennemis et non des libérateurs. L'esclavage des enfants, le pillage des richesses du Tiers-Monde, le chômage, la propagande pour la libération de la drogue, l'abrutissement de la jeunesse des Nations, l'idéologie du "Respect de la Liberté Individuelle" diffusée au sein des Églises Judéo-Chrétiennes et à l'intérieur des États-Nations, l'obscurantisme considéré comme une base de la fierté, les conflits inter-ethniques, et notre dernière réalisation: "les Restrictions Budgétaires"; tout cela nous permet enfin de voir l'accomplissement ancestral de notre "Rêve": celui de l'instauration de notre "NOUVEL ORDRE MONDIAL".]

Protocoles > But

La Fin programmée de la Démocratie.

Le pouvoir a déjà changé de mains

Les véritables maîtres du monde ne sont plus les gouvernements, mais les dirigeants de groupes multinationaux financiers ou industriels, et d'institutions internationales opaques (FMI, Banque mondiale, OCDE, OMC, banques centrales). Or ces dirigeants ne sont pas élus, malgré l'impact de leurs décisions sur la vie des populations.

L'illusion démocratique

La démocratie a déjà cessé d'être une réalité.
Les responsables des organisations qui exercent le pouvoir réel ne sont pas élus, et le public n'est pas informé de leurs décisions.
Les citoyens continuent à voter, mais leur vote a été vidé de tout contenu. Ils votent pour des responsables qui n'ont plus de pouvoir réel. Et c'est bien parce qu'il n'y a plus rien à décider que les programmes politiques de "droite" et de "gauche" en sont venus à tant se ressembler dans tous les pays occidentaux.

La disparition de l'information

Depuis le début des années 90, l'information a progressivement disparu des médias destinés au grand-public. Comme les élections, les journaux télévisés continuent d'exister, mais ils ont été vidés de leur contenu.
Un journal télévisé contient au maximum 2 à 3 minutes d'information véritable. Le reste est constitué de sujets "magazine", de reportages anecdotiques, de faits divers, de micro-trottoirs et de reality-shows sur la vie quotidienne.
La disparition de l'information est le signe tangible que notre régime politique a déjà changé de nature.

Stratégies et objectifs pour le contrôle du monde

Les responsables du pouvoir économique sont quasiment tous issus du même monde, des mêmes milieux sociaux. Il se connaissent, se rencontrent, partagent les mêmes vues et les mêmes intérêts.
Ils partagent donc tout naturellement la même vision de ce que devrait être le monde idéal futur. Il est dès lors naturel qu'ils s'accordent sur une stratégie et synchronisent leurs actions respectives vers des objectifs communs, en induisant des situations économiques favorables à la réalisation de leurs objectifs (privatisation, déréglementation, on laisse "ceux qui savent" gérer l'économie mondiale comme ça les arrange, c'est à dire chomage et externalisation pour être dépendant de ceux qui tiennent le commerce mondial).

Les attributs du pouvoir

Les organisations multinationales privées se dotent progressivement de tous les attributs de la puissance des États : réseaux de communication, satellites, services de renseignements, fichiers sur les individus, institutions judiciaires.

L'étape suivante -et ultime- pour ces organisations sera de récupérer le pouvoir militaire et policier : les armées et polices nationales défendent les intérêts de l'État (contrôlé par les multinationales), les miliciens défendent les intérêts de leur patron.
Étape ultime du plan, ces armées privées serviront les intérêts des grandes multinationales, et attaqueront les États qui ne se plieront pas aux règles du nouvel ordre économique.

La vraie réalité de l'argent

L'argent est aujourd'hui virtuel, et est créé à partir de rien par des banquiers privés pour les besoins de ces banquiers privés.
On a perdu de vu que l'argent est du temps : celui qu'on a passé sur un produit, et qui permet d'acheter le temps que les autres ont passé sur un autre produit. Aujourd'hui, lorsqu'un salarié occidental donne 10 heures de son temps, il reçoit seulement l'équivalent d'une heure. Pour un salarié du Tiers Monde, le rapport tombe à 1000 heures contre une. Par contre, un milliardaire gagne sans rien fabriquer 2 milliards par mois, soit 400 000 fois ce que ses couturières gagnent (alors que c'est elle qui font le produit). Signe que ce qu'on appelle argent n'est plus de l'argent...
Où part ce temps manquant ? Il n'est pas perdu pour tout le monde : Les bénéficiaires du temps volé aux salariés sont les entreprises et leurs dirigeants (dont le salaire est plus de 100 fois celui d'un employé ordinaire), mais aussi les États dès lors que l'argent prélevé par les impôts et les taxes n'est pas utilisé dans le sens de l'intérêt général.

Le point de non-retour écologique va être franchi

la recherche du profit à court-terme pour des intérêts particuliers, ne veut prendre en compte les coûts à long-terme tels que la dégradation de l'environnement.

La destruction de la nature est voulue

- La disparition de la nature et l'augmentation de la pollution vont rendre les individus encore plus dépendants du système économique pour leur survie (plus de jardin ou de plantes sauvages), et vont permettre de générer de nouveaux profits (avec notamment une consommation accrue de médicaments et de prestations médicales...).
- La nature constitue une référence d'un autre ordre, celui de l'univers. La beauté et la perfection de cet ordre est subversive : elle amène l'individu à rejeter la laideur des environnements urbanisés. L'urbanisation de l'environnement permet de placer les populations dans un espace totalement contrôlé, surveillé, et où l'individu est totalement immergé dans une projection de l'ordre social.
- la contemplation de la nature intensifie la vie intérieure des individus, donc leur libre-arbitre. Ils cessent dès lors d'être fascinés par les marchandises, ils se détournent des programmes télévisés destinés à les abrutir et à contrôler leur esprit. Délivrés de leurs chaînes, ils commencent à imaginer une autre société possible, fondée sur d'autres valeurs que le profit et l'argent.

Tout ce qui peut amener les individus à penser et à vivre par eux-mêmes est potentiellement subversif. Le plus grand danger pour l'ordre social est la spiritualité car elle amène l'individu à bouleverser son système de valeurs (et donc son comportement), au détriment des valeurs et comportements précédemment implantés par le conditionnement social.
Pour la stabilité du "nouvel ordre social", tout ce qui peut stimuler l'éveil spirituel doit être éliminé.

Organismes

L'agenda 21

L'Agenda 21 a été mis en place en 1992, lors de la conférence des Nations-Unies sur l'environnement et le développement, à Rio de Janeiro (Brésil), organisée par Maurice Strong, un milliardaire canadien du pétrole et des affaires, et porte-parole des Rothschild et des Rockefeller.

Strong disait : "N'est-ce pas le seul espoir pour cette planète que la civilisation industrialisée s'effondre ? N'est-il pas de notre responsabilité de le provoquer ?"

Cet agenda prévoit dans très peu de temps le "New World Order" : un marxisme pour le peuple (tout est donné à l'État), un ultra-libéralisme pour les dirigeants (l'État c'est eux, et pas l'intérêt commun). Une classe dirigeante qui contrôle le monde entier, qui confisque les ressources en eau, en agriculture, la technologie, les entreprises et de la finance. Fin de la propriété privée (excepté bien sûr pour la classe dirigeante), des enfants élevés par l'État, dans des écoles abrutissantes, le peuple qui ne choisit plus dans quoi il va travailler (qui dépendra des besoins Étatiques du moment), loi martiale et restriction de la circulation (couvre-feu ou confinement), les esclaves entassés dans des camps (très proche de Hunger Game), retour à une population mondiale plus faible (disparition d'un grand nombre de vies humaines).

Le groupe Bilderberg

Le groupe Bilderberg, aussi appelé conférence de Bilderberg ou club Bilderberg, est un rassemblement annuel et informel d'environ cent trente personnes, essentiellement des Américains et des Européens, composé en majorité de personnalités de la diplomatie, des affaires, de la politique et des médias.

Ce forum annuel a été inauguré en mai 1954 à Oosterbeek aux Pays-Bas, lors d'une réunion à l'hôtel Bilderberg (d'où son nom) et possède des bureaux à Leyde, Pays-Bas.

Sa non-médiatisation, de même que le caractère confidentiel du bilan des conférences suscitent régulièrement des controverses et alimentent des théories du complot relatives à son influence.

Le but est de réunir les dirigeants de Nord-Amérique et d'Europe, pour donner, lors de conférences, les directives à appliquer, selon un programme prédéfini à l'avance par d'autres sociétés occultes (CFR par exemple). 2 invités politiques (majorité et opposition) sont invités. Pour résumer, aux élections suivantes, ce sont ces 2 invités qui se retrouvent au 2e tour des élections présidentielles, étant les candidats ayant été les plus payés par les entreprises privées lors des campagnes...

En 1976, un scandale de corruption éclate, impliquant le prince Bernhard. Lors du forum Bilderberg, il favorisait le groupe d'armement américain Lockheed auprès de l'armée néerlandaise, en marge du sommet et contre rétribution.

Dans *The Bilderberg and the West*, paru en 1980, le chercheur Peter Thompson explique que le forum annuel de Bilderberg est une rencontre entre les dirigeants des multinationales les plus importantes et les figures politiques clés des pays occidentaux, ce qui créé un problématique conflit d'intérêt.

La trilatérale

Organisation privée créée en 1973 à l'initiative des principaux dirigeants du groupe Bilderberg et du CFR, parmi lesquels David Rockefeller, Henry Kissinger et Zbigniew Brzezinski. Regroupant 300 à 400 personnalités parmi les plus remarquées et influentes – hommes d'affaires, hommes politiques, décideurs, « intellectuels » – de l'Europe occidentale, de l'Amérique du Nord et de l'Asie du Pacifique (États dont la plupart sont aussi membres de l'OCDE p. 84), son but est de promouvoir le mondialisme, et d'organiser les liens politique et économique entre ces trois zones clés du monde. À l'instar du groupe Bilderberg, il s'agit d'un groupe partisan du mondialisme, auquel certains attribuent, au moins en partie, l'orchestration de la mondialisation économique.

Un rapport de la Commission Trilatérale de 1975, intitulé *The Crisis of Democracy*, montre que le sentiment d'aliénation des citoyens, ainsi que l'action des intellectuels, sont des menaces pour les gouvernements mondialistes, menace à réprimer par« un recours à la manipulation, au compromis et même à la coercition pour arriver à une décision ». Comme Trotsky avait annoncé que les bourgeois de la révolution russe devraient éradiquer le peuple dans le sang (ce qui s'est produit dans les faits).

Dans ses mémoires (*Mémoires*, publié le 12/04/2006), le fondateur de la trilatérale, David Rockefeller, a écrit que lui-même et sa famille ont travaillé contre l'intérêt des USA, et que le but était de construire une royauté mondiale, aux mains d'une élite bancaire.

OCDE

Acronyme de "Organisation de coopération et de développement économiques". Encourage la libéralisation économique au travers du libre-échange et de la concurrence, ainsi que la flexibilisation du marché du travail, ainsi que la mondialisation économique et l'ouverture des marchés... Tout ce qui fait que notre monde ne marche plus...

Pour établir ses études économiques, l'OCDE s'appuie sur sa propre base de données... Comment faire soi-même les études qui vont aller dans le sens de ce qu'on veut prouver...

Cette organisation est souvent pointée du doigt pour participer à la construction des traités internationaux, dans l'opacité la plus complète...

Skull And Bones

Première société secrète créée à Yale en 1832 (aussi connue sous les noms de sous les noms « Chapter 322 » et « Brotherhood of Death » (« Fraternité de la Mort »)).

Figure 7: Emblème de la société secrète "Skull And Bones"

Son créateur, William Huntington, s'est inspiré des société secrète dans lesquelles il est entré lors de son séjour en Allemagne. D'après les rumeurs, les os humains, sur lesquels les initiés prêtent allégeance, seraient les os du chef indien Géronimo, dot la tombe aurait été profanée à l'occasion.

Le groupe de 15 nouveaux étudiants par année conserve par la suite des relations suivies afin de favoriser la réussite de ses membres dans le monde post-universitaire.

Cette société secrète possède un taux anormalement élevé de présidents des USA, ou de personnes hauts placés, qui se sont toutes fréquentées dans les grandes universités réservées aux élites riches (ce ne sont pas les connaissances qui comptent, mais le compte en banque des parents...), et gardent toute leur vie des liens très étroits, se réunissant tous les ans dans des orgies. Inquiétant quand on sait que les grands industriels côtoient les grands politiques chargés théoriquement de les réguler...

Dans son livre *Le Pouvoir occulte américain*, Anthony Sutton dénonce la capacité du S&B à établir des chaînes d'influences verticales et horizontales, ce qui permet d'assurer une continuité dans leur plan de domination de la politique.

Ce qui frappe à la lecture de la liste des membres des Skull and Bones, c'est la présence quasi systématique des noms des familles américaines les plus prestigieuses. Lord, Whitney, Taft, Jay, Bundy, Harriman, Weyerhaeuser, Pinchot, Rockefeller, Goodyear, Sloane, Stimson, Phelps, Perkins, Pillsbury, Kellogg, Vanderbilt, Bush, Lovett et ainsi de suite. Les Skull and Bones sont tout simplement le club de l'élite, de la classe dirigeante, encore aujourd'hui, comme en témoigne la présence de toute la famille Bush (du grand-père Prescott Bush, de son fils George H. W. Bush, et du petit-fils George W. Bush) et de John Kerry, liés par conséquent par un « pacte secret ».

Selon le sociologue Rick Fantasia, la Skull and Bones Society sert notamment de « courroie de transmission vers la Cour suprême, la Central Intelligence Agency (CIA), les firmes d'avocats et les conseils d'administration les plus prestigieux du pays. »

Le CFR

C'est le groupe occulte où il faut être si on veut ensuite accéder aux autres instances du pays. Ses membres se retrouvent aussi dans le Bilderberg ou la trilatérale.

Soit-disant un groupe de "réflexion", qui semble réfléchir à l'avance sur la politique et le futur vers lequel le monde devra s'orienter... et le fera, vu que ses membres se retrouvent ensuite placés au plus dans tous les gouvernements du Monde. Par cooptation, copinage, ils passent au-delà des États.

Ils sont recrutés dans les associations secrètes de Yale et Harvard, tels les Skull and Bones.

Juste une instance officielle pour se regrouper et prendre les ordres décidé en haut lieu, puis faire appliquer les politiques dans la vie réelle...

On retrouve de grands noms d'ennemis de l'humanité, les adeptes du libéralisme extrême et de l'établissement d'un gouvernement du Nouvel Ordre Mondial, qui reviennent souvent dans les milieux alternatifs : le président Gerald Ford, plus de douze Ministres des Affaires étrangères dont John Foster Dulles, Dean Rusk, Henry Kissinger, Madeleine Albright, Colin Powell. Des banquiers, des juristes, des journalistes (notamment Walter Lippmann), des professeurs comme Wesley Clair Mitchell et une figure importante de l'OSS puis de la CIA Allen Dulles (voir sa participation à l'ascension d'Hitler en 1933, p. 64).

Les ONG

Une ONG est un bon moyen pour réaliser des actions à distance, sous couvert d'oeuvres humanitaires, et en faisant semblant de passer pour un philanthrope (donner l'image fausse que les milliardaires oeuvrent à sauver le monde).

GreenPeace

En 2011 c'est GreenPeace qui avait été épinglé pour son soutien à Wolkswagen lors de l'affaire du diesel-Gate, le calculateur qui reconnaît le test pollution et bride le moteur dans ces phases, une astuce connue de tous et utilisée par tous les constructeurs depuis le début des années 1990).

Greenpeace était en fait une multinationale anglo-saxonne qui dépendait très fortement de ses actionnaires. Or, les actionnaires de Greenpeace sont les donateurs partout dans le monde, sauf que certains pays donnent beaucoup plus que d'autres… Ainsi, les Allemands sont traditionnellement de gros donateurs et représentent ainsi une importante source de financement pour Greenpeace.

WWF

Le WWF est considéré comme la plus grande organisation de protection de l'environnement au monde. Fondé le 11/09/1961, le WWF est en 2015 le lobby en faveur de l'environnement le plus influent au monde. Grâce à ses excellents contacts avec les politiques et les industriels. C'est un exercice de funambule entre engagement et vénalité. Le documentaire de Wilfried Huismann, « Le silence des pandas » parle de peuples déportés, de forêts humides rasées et de très bonnes affaires, grâce label vert en faveur de l'environnement.

Exemple en Indonésie: le WWF fait des collectes pour l'orang-outan de Bornéo, espèce menacée. Sur place, aucun projet de protection du WWF, en faveur des orangs-outans. Au contraire, le WWF coopère avec une grosse entreprise qui détruit les dernières forêts de Bornéo pour mettre en place des plantations de palmiers à huile, ce qui est fatal aux orangs-outans. Le WWF prend l'argent de l'entreprise et lui accorde le label “Production durable”.

Partout dans le monde, le WWF passe des partenariats avec de grosses entreprises de l'énergie et de l'agrobusiness. Même le soja manipulé génétiquement du géant de la chimie Monsanto a reçu la bénédiction du Panda.

les plus hautes instances du WWF négocient avec de grandes sociétés multinationales et les contestent de moins en moins, au point même de couvrir et favoriser l'expansion de pratiques inacceptables. Il analyse ainsi les rapports avec Coca Cola, les liens avec les défenseurs de l'apartheid, avec Monsanto et les grands producteurs d'huile de palme et de soja.

Les entreprises liées au WWF ne respectent pas leurs engagements, pourtant bien limités. elles poursuivent la déforestation, la destruction de sols, des ressources en eau. Elles sacrifient des communautés indigènes et paysannes et le WWF soutient cette politique, malgré ses engagements en faveur des droits des indigènes[2]. Loin de contribuer à la protection de la nature et des populations qui en vivent, selon W. Huismann, le WWF couvre les turpitudes et les pratiques scandaleuse des sociétés qui le financent. Pire, il permet ainsi à ces multinationales d'étendre leurs activités destructrices, comme en Indonésie, au Chili ou en Argentine.

Open Society, Human Right Watch, assistance, Antifa et Black Live Matter, les ONG Soros

L'Open Society est en général la tête de pont qui alimente d'autres sous-ONG, dans un schéma des plus opaques. Des ONG faussement inoffensives, sous la condition de militer pour les « droits de l'homme » et le changement du régime en place (afin de mettre en place un régime pro-Soros). Ce sont aussi des ONG dont le but est de détruire la culture sous couvert de progressisme, afin d'arriver à une civilisation mondialiste.

La Fondation Carnegie. La diplomate américaine Victoria Nuland, représentante du Bureau des Affaires Européennes et Eurasiennes à Washington, indique que ce financement a dépassé 5 milliards de dollars depuis 1991, juste pour l'Ukraine.

Amoralité

Survol

Comme vu ci-dessus, les actions humaines sont pour la plupart dirigées par une minorité d'individus égoïstes, n'ayant donc pas à coeur le développement de l'humanité dans son ensemble (et dont le but est justement de la maintenir dans l'ignorance afin de faciliter son maintien en esclavage à leurs profits). Ces individus sont regroupés en mafia. Voyons ce que sont capables de faire ces individus sans scrupules.

Mère Thérésa (p. 86)

Une icône de la sainteté, mais dont l'organisation a pourtant permis la disparition d'enfants.

False-flags (p. 87)

Les gouvernements n'hésitent pas à tuer leurs citoyens grâce aux impôts qu'ils leur vole.

Soutien des terroristes (p. 96)

Quand les services secrets n'organisent pas les attentats, ils financent des groupes terroristes pour le faire, leur offrant armes et formation technique.

Produits empoisonnés (p. 96)

Que ce soit pour rendre malades / affaiblir les populations, pour faire des expérimentations sur l'homme, ou pour écouler des produits trop chers à retraiter, les industriels n'ont jamais hésité à larguer des poisons sur les populations civiles, avec la bénédictions des autorités censées nous protéger.

Surveillance de masse (p. 97)

Quand seulement 0,1% de la population contrôle des milliards d'humains, il est primordial pour eux de connaître les grands mouvements d'opinions, l'efficacité du formatage des esprits, le chantage, etc. Et tant pis pour la vie privée...

Armes biologiques (p. 98)

Quand les populations deviennent trop nombreuses à contrôler, ou que des avancées techniques rendent inutiles les travailleurs précédents, les illuminati n'hésitent pas à propager des épidémies. Que ce soit la peste au Moyen-Age (couplé à des famines provoquées pour plus d'effets) ou le SIDA aujourd'hui.

Trafic de drogues (p. 102)

La drogue a toujours été un puissant outil pour affaiblir une nation, ou maintenir dans l'apathie les esclaves. Si en plus on peut s'enrichir avec...

Les assassins de la république (p. 102)

Tous les gouvernements ont des services qui leur permettent, aux frais du contribuable, d'exécuter leurs ennemis, sans procès ni justifications officielles.

Comportements déviants protégés (p. 104)

Vous vous imaginez bien que des personnes capables de prendre les décisions vues ci-dessus, ne se comportent pas en saints dans leur vie privée. Tous les sacrifices et tortures diverses, les réunions satanistes, tombent sous le sceau du secret-défense et ne peuvent obtenir justice. Si depuis 50 ans, on sait qu'il y a 11 000 enfants par ans qui disparaissent à tout jamais, et que les chiffres exacts ne sont jamais divulgués, c'est bien qu'il y a grosse consommation de sacrifiés...

Les Black Programs (p. 105)

Pas besoin de camps de concentration et de docteurs Mengele pour faire des expériences horribles sur les humains, notamment la prise de contrôle psychologique sur des enfants programmés dès l'enfance.

Écrasement des adversaires (p. 105)

Les sociétés qui voudraient sortir de cette domination d'une minorité égoïstes sont impitoyablement écrasées.

Mère Thérésa

C'est le symbole de la sainteté, de l'abnégation pour les autres. Une association caritative qui s'occupe des enfants... Si avant 2020, et les révélations sur la Croix Rouge, l'Unicef et autres Epstein, après, l'association des mots "caritatif" et "enfant" fait tout de suite résonner une alarme...

On sait que les foyers de mère Theresa ont trempé dans des disparitions d'enfants en 2018. Qu'au moins 90 000 enfants disparaissent en Inde chaque année (sans compter les naissances clandestines).

Une enquête gouvernementale a été réalisée (aux résultats assez opaques), ce qui a conduit à la fermeture de 16 foyers de mère Theresa, ainsi que 21 d'autres organisations caritatives mondialistes (Theresa n'a pas la monopole...).

Pourquoi les ultra-riches financeraient des associations censées nettoyer un peu les dégâts que font leurs multinationales en créant de la pauvreté et la corruption partout dans le monde ? Quand les ultra-riches payent, ils veulent un résultat en retour. De la marchandise. Quelle marchandise pourrait fournir des oeuvres caritatives gérant des millions d'orphelins sans papiers, dont personne ne se préoccupe... ?

Pas de preuves que mère Thérésa était impliquée dans les disparitions d'enfants. Mais pour qu'autant de foyers soient impliqués, que les inévitables lanceur d'alertes internes n'aient pas été écoutés pendant des décennies (avant l'élection de Modi, qui se préoccupe bien plus du peuple que ses prédécesseurs), c'est que les alertes ont été étouffées en très haut lieu.

Il y a aussi ces photos de mère Thérésa en compagnie du père de Ghislaine Maxwell, le cerveau de l'affaire Epstein : d'où venait les enfants de l'île d'Epstein, les enfants attachés dans les tunnels, dont Q nous a montré quelques images dans son message 4578 ?

N'oublions pas que si Epstein à fait venir en urgence, le 07/11/2018, la plus grosse bétonneuse du monde sur son île Little St James, c'était pour faire disparaître rapidement des trucs vraiment pas propre...

Les False Flags gouvernementaux

Un florilège des false flags déclassifiés

«Le terrorisme est la meilleure arme politique, car rien ne permet de mieux diriger les gens que la peur d'une mort soudaine.» - Adolf Hitler

«La manière la plus simple de contrôler le peuple est de perpétuer des actes de terreur. Le peuple réclamera de telles lois si sa sécurité est mise en jeu.» – Joseph Staline

Vos dirigeants, du moins ceux qui les commandent, sont capables de massacrer leur propre peuple, et de mentir à leurs citoyens en cachant les vrais responsables, et en donnant les vrais coupables.

Ces divulgations n'étant faites que longtemps après les faits, quand les dirigeants au pouvoir veulent dénigrer les anciens, la liste des False Flags gouvernementaux avérés les plus connus est assez ancienne…

Je ne relate ici que les faux attentats organisés et soutenus par le gouvernement qui contrôle le pays, directement (comme la France) ou indirectement (comme les USA qui contrôlent la France). Ce sont des attentats type GLADIO ou Condor.

Je ne parle pas des attentats organisés par des gouvernements étrangers, ni ceux dont le gouvernement en contrôle avait connaissance de la préparation et qu'il a laissé faire voir facilité (bien que ce soit un false flag aussi).

Voici une partie de la liste compilée [fal] :

- En 1931, les troupes japonaises ont déclenché une petite explosion dans un train et ont accusé la Chine pour justifier l'invasion de la Mandchourie. Connue sous le nom de l'incident de Munken. Plusieurs participants à ce plan, dont Hashimoto (un officier supérieur de l'armée japonaise) ont plusieurs fois admis leur participation à ce complot devant un tribunal militaire, déclarant que le but était de donner une excuse à l'occupation de la Mandchourie.
- Un haut officier de la SS nazi a avoué au tribunal de Nuremberg que, sous les ordres du chef de la Gestapo, lui et d'autres militaires nazis ont attaqué leur propre peuple et des infrastructures pour en rejeter la faute sur les Polonais afin de justifier l'invasion de la Pologne. Des agents allemands, habillés en tenues militaires polonaises, ont saisi la station de radio de Gleiwitz, située près de la frontière polonaise, avant de diffuser un message de propagande court en polonais. Ils ont tué alors des victimes des camps de concentration qui ont aussi été habillés en uniformes polonais et les ont laissés sur les lieux (le faisant passer pour un acte d'agression polonais). Le lendemain, l'Allemagne envahit la Pologne, Hitler citant l'incident comme un des prétextes. Neuf jours avant l'incident, Hitler avait dit à ses généraux: «Je vais vous donner un casus belli [cause de guerre] de propagande. Sa crédibilité n'a pas d'importance. On ne demandera pas au vainqueur s'il avait dit la vérité ".
- Toujours à Nuremberg , le général nazi Franz Halder a admis avoir donné l'ordre de mettre le feu au parlement allemand [le Reichstag] en 1933, et d'avoir accusé à tort les communistes de cet acte criminel.
- Le dirigeant soviétique Nikita Khrouchtchev a admis par écrit que l'Armée rouge soviétique avait bombardé le village russe de Mainila en 1939, tout en accusant la Finlande de cette attaque, prétexte pour lancer la guerre d'hiver contre la Finlande. Aveu confirmé par le président russe Boris Eltsine.
- Le parlement russe, l'actuel président russe Poutine et l'ancien dirigeant soviétique Gorbatchev ont tous reconnu que Joseph Staline avait ordonné à sa police secrète d'exécuter 22 000 officiers de l'armée polonaise à Katyn, en 1940, et en avait fait porter la faute aux nazis.
- Le gouvernement britannique a admis avoir bombardé, entre 1946 et 1948, 5 bateaux transportant des juifs cherchant à fuir l'Holocauste pour se réfugier en Israël, avoir créé un faux groupe appelé Défenseurs de la Palestine arabe, et avoir accusé ce faux groupe d'avoir bombardé ces bateaux. Mais si le but de ces false flags n'est pas révélé, on sait que la création d'Israël s'est fondée en se justifiant en partie sur ces faux attentats.
- Israël a reconnu qu'en 1954 une cellule terroriste israélienne opérant en Égypte avait placé des bombes dans plusieurs bâtiments, dont des bureaux diplomatiques américains, et avait laissé des preuves impliquant les Arabes. (Une des bombes s'est déclenchée prématurément, permettant aux Égyptiens d'identifier les coupables, et plusieurs Israéliens impliqués ont avoué.)
- La CIA a admis (après la déclassification d'août 2013) qu'elle avait employé des Iraniens dans les années 1950 (opération Ajax en 1953, menée par les USA et la GB, approuvé par le Premier ministre britannique Winston Churchill le 1er juillet 1953, et par le président des USA Dwight D. Eisenhower le 11 juillet 1953), les faisant passer pour des communistes qui ont commis plusieurs attentats (300 morts [com]). Le but était de retourner la population contre le 1er ministre élu démocratiquement, Mohammad Mossadegh, pour le remplacer par le général Fazlollah Zahedi.
- Le 1er ministre turc a reconnu que le gouvernement turc avait organisé les attentats de 1955 contre le consulat turc en Grèce, tout en faisant porter la responsabilité à la Grèce et justifier les violences anti-grecques.
- Le premier ministre britannique a avoué à son secrétaire de la défense que le président américain Dwight Eisenhower et lui avaient approuvé un plan en 1957 pour lancer des attaques sur la Syrie et en reporter la faute sur le gouvernement syrien, pour provoquer à un changement de régime.
- Un ancien premier ministre italien, un juge italien et un ancien chef du contre-espionnage italien ont admis que l'OTAN, avec l'aide du Pentagone, de la

CIA, la loge FM italienne P2, et du MI6 anglais, ont organisé des attentats en Italie et d'autres pays européens pour que la population se joigne aux gouvernements dans leur lutte contre le communisme (Réseaux Stay Behind (rester derrière/caché), Opération Gladio [gan]). Un participant à ce programme secret dit que les cibles étaient les civils (femmes, enfants, innocents, inconnus et totalement éloignés de la sphère politique), afin de pousser le peuple italien à demander à l'État plus de sécurité.. Ils ont aussi exécuté des attentats en France, en Belgique, au Danemark, en Allemagne, en Grèce, en Hollande, en Norvège, au Portugal, au Royaume Uni et encore dans d'autres pays. Le but étant de justifier l'adhésion à l'OTAN et le refus du communisme. Plusieurs centaines d'européens [com] ont perdus la vie dans ces attentats. On peut citer, parmi les attentats reconnus : assassinat du premier ministre turc (1960), attentats à la bombe au Portugal (1966), le massacre de la Piazza Fontana en Italie (1969, 16 morts 88 blessés), attaques terroristes en Turquie (1971), attentats à la bombe de Peteano (1972), fusillades de Brescia en Italie et un attentat à la bombe dans un train (1974), fusillades à Istanbul (1977), massacre de la rue d'Atocha à Madrid (1977, 5 morts), enlèvement et le meurtre d'un Premier ministre italien (1978), attentats de la gare de Bologne en Italie (1980, 86 morts), fusillade à Brabant en Belgique (1985, 28 morts)

- Des documents de 1962 récemment déclassifiés sur l'opération Northwoods de la CIA, des opérations d'attentats sous fausses bannières destinées à manipuler l'opinion publique américaine. Il s'agissait de blesser ou tuer des citoyens américains pour ensuite accuser les Cubains et envahir leur pays. Les chefs d'État-major CIA ont proposé à l'unanimité (le chef des armées donnant son accord) de faire financer par l'État des actes de terrorisme sur le territoire américain quand même... Les plans prévoyaient entre autre de faire exploser des avions Américains détournés (sous un plan très élaboré d'échange d'avions), de faire couler des navires américains, le meurtre de citoyens dans les rues de Washington, simuler des émeutes présentées comme spontanées, simuler les funérailles de fausses victimes, ou encore de mettre en scène une catastrophe où aurait trouvé la mort le populaire astronaute John Glenn (l'opération Mongoose).
Conscient de la difficulté de maintenir le secret de telles opérations, l'État-major interarmes insistait sur la nécessité de limiter la participation aux personnes de totale confiance. Le président Kennedy rejeta le projet en mars 1962, et refusa quelques mois plus tard, à celui qui avait établit ces plans, le général Lyman Lemnitzer, un second mandat en tant que que commandant militaire le plus haut gradé de la nation. Moins d'un an après, Kennedy était assassiné, par ce qui ressemble à une de ces opérations secrètes de la CIA. Aucun autre président ultérieur n'ayant été assassiné, on peut penser qu'ils ne se sont plus opposés à la CIA.
Ce n'étaient pas des idées loufoques : chaque plan était soigneusement détaillé, et montrait que la CIA avait l'expérience de ce genre d'opération sous faux drapeau, ou encore du secret absolu qui devait entourer ce genre d'opérations.
- Le département de la Défense américain a cherché à payer quelqu'un dans le gouvernement Castro pour attaquer les USA (Guantanamo).
- La NSA a avoué qu'elle avait menti à propos de ce qu'il s'était réellement passé dans le golfe du Tonkin en 1964, manipulant les données pour qu'elles montrent des bateaux vietnamiens tirer sur un navire américain, justifiant ainsi le déclenchement de la guerre du Vietnam.
- Un comité d'enquête du Congrès américain a montré que, dans le cours de sa campagne «Cointelpro», le FBI avait utilisé de nombreux provocateurs, des années 1950 jusqu'aux années 1970, pour perpétrer des violences et les utiliser pour faussement accuser des activistes politiques.
- Un haut général turc a admis que les forces turques avaient incendié une mosquée à Chypre dans les années 1970 pour en faire porter la responsabilité sur leurs ennemis. Ajoutant «C'est juste un exemple.»
- Le gouvernement a admis qu'en 1978 les services secrets allemands ont fait exploser une bombe contre le mur extérieur d'une prison pour permettre l'évasion d'un membre de la Faction armée rouge, afin de lui faire porter la responsabilité d'un attentat.
- Un agent du Mossad a reconnu qu'en 1984 le Mossad avait placé un émetteur radio dans la résidence de Kadhafi à Tripoli pour transmettre de fausses émissions enregistrées par le Mossad, dans le but de faire croire que Kadhafi soutenait le terrorisme.
- En 1989, le Bureau de coopération civile (une branche secrète des forces de défense sud-africaines) a proposé à un expert en explosifs de faire exploser le véhicule de police de l'officier chargé de l'enquête sur un meurtre», faisant ainsi croire que l'ANC était responsable de l'opération.
- Un diplomate algérien ainsi que plusieurs officiers de l'armée algérienne ont reconnu que, dans les années 1990, l'armée algérienne massacrait fréquemment des civils et en accusait les militants islamiques.
- Une publication de 1994 de l'armée américaine, *les Tactiques techniques et procédures de défense internes pour les Forces spéciales*, rééditée en 2004, recommande ouvertement d'employer des terroristes et d'utiliser des opérations sous fausses bannières pour déstabiliser les régimes de gauche en Amérique latine.
- Un manuel d'opérations psychologiques rédigé par la CIA pour le compte des rebelles contras du Nicaragua, fait remarquer l'intérêt d'assassiner quelqu'un de son bord pour créer un martyr pour la cause.

- Une équipe indonésienne, enquêtant sur les violents pillages qui se sont déroulés en 1998, a déterminé que «des membres de l'armée ont été impliqués dans les pillages, ,dans le but délibéré de les provoquer.»
- Des officiers supérieurs du renseignement et de l'armée russe ont reconnu que le KGB avait, en 1999, fait exploser des appartements occupés par des Russes pour en accuser les Tchétchènes et justifier l'invasion de la Tchétchénie.
- Comme le rapportent la BBC, le New York Times, et l'AP, des officiels de Macédoine ont admis que le gouvernement avait tué de sang-froid sept immigrants innocents et prétendu que c'étaient des soldats d'al-Qaïda qui tentaient de tuer des policiers macédoniens, afin de se joindre à la guerre contre la terreur.
- Des officiers supérieurs de la police de Gènes, en Italie, ont avoué que, en juillet 2001, au G8 de Gènes, la police avait placé des cocktails Molotov et simulé le poignardage d'un officier de police pour justifier une violente répression contre les manifestants.
- un mémo du secrétariat à la Défense montre que les USA ont lancé de fausses accusations contre l'Irak (en disant qu'il avait joué un rôle dans les attaques du 11/09/2001). Ces accusations ont été la justification principale pour déclencher la guerre contre ce pays. Même après que la Commission sur le 11/09/2001 n'a reconnu aucune relation entre les deux, Dick Cheney a dit avoir des preuves accablantes de relations entre al-Qaida et le régime de Saddam Hussein, mais il ne les a jamais fournies. Les hauts fonctionnaires américains (puis Hillary Clinton après 2010) reconnaissent maintenant que la guerre d'Irak a été lancée pour le pétrole, pas pour le 11/09/2001 ou les armes de destruction massive qui n'ont jamais été trouvées.
- Le FBI reconnaît maintenant que les attaques à l'anthrax ont été lancées par un ou plusieurs scientifiques travaillant pour le gouvernement, un haut dirigeant du FBI a dit que des officiels de la Maison Blanche leur avaient ordonné d'accuser al-Qaida pour ces attaques à l'anthrax. Des officiels du gouvernement confirment aussi que la Maison Blanche avait essayé de lier ces attaques à l'Irak pour justifier un changement de régime dans ce pays.
- La police indonésienne a reconnu que les militaires avaient tué des professeurs américains à Papua en 2002 et accusé le groupe séparatiste papou pour qu'il soit placé sur la liste des organisations terroristes.
- L' ancien président indonésien Gus Dur a aussi reconnu que le gouvernement avait probablement joué un rôle dans les attentats de Bali en 2002.
- La police gardant le sommet de l'Union européenne de 2003 en Grèce a été filmée en train de donner des cocktails Molotov à un manifestant pacifique.
- Le professeur John Arquilla de la Naval Postgraduate School a poussé les services de renseignement occidentaux à créer de nouveaux pseudo gangs de terroristes comme moyen de perturber les vrais réseaux terroristes. Selon Seymour Hersh, un journaliste ayant été honoré d'un prix Pulitzer, la stratégie des pseudo gangs est déjà utilisée par le Pentagone.
- En juin 2005, United Press International révèle que des rebelles en Irak utilisent des pistolets Beretta 92, tous récents mais avec leurs numéros de série non visibles (sortis de la chaîne de production sans numéro de série). Ces armes étaient destinées à des groupes de terrain ou des cellules terroristes avec l'accord du gouvernement. Les autorités américaines utilisent ces attaques de rebelles contres de civils pour délégitimer la résistance.
- En 2005, des soldats israéliens déguisés ont avoué avoir jeté des cailloux sur d'autres soldats israéliens pour pouvoir accuser les Palestiniens et utiliser cette excuse pour réprimer les manifestations pacifiques palestiniennes.
- En 2007, la police du Québec a reconnu que les voyous qui portaient des cailloux au milieu d'une manifestation pacifique étaient en réalité des policiers déguisés.
- En 2008 un manuel sur les opérations spéciales de terrain explique que l'armée américaine manipule à ses fins des organisations non Étatiques telles que groupes paramilitaires, individus, chefs d'entreprises, organisations politiques étrangères, organisations de résistance, expatriés, terroristes transnationaux, terroristes désillusionnés, contrebandiers ou tout autre groupe d'indésirables. Le manuel indique ouvertement que les opérations spéciales américaines peuvent utiliser autant le terrorisme que le contre-terrorisme (mais aussi des activités criminelles transnationales comme le trafic de drogue, d'armes et des transactions financières illégales.)
- Aux manifestations du G20 de 2009, à Londres, un membre du parlement britannique a vu des policiers en civil en train d'inciter la foule à la violence.
- En 2011, des politiciens Égyptiens ont reconnu que des fonctionnaires avaient pillé les musées de leurs objets de grande valeur et mis cela sur le dos des manifestants pour les discréditer.
- le 16/06/2016 en France, les policiers reçoivent comme consignes de laisser faire les casseurs pour discréditer les manifestants contre la loi Macron 1 (renommée El Khomri) et justifier ensuite l'usage de la force sur les manifestants pacifiques.
- Un colonel de l'armée colombienne a avoué que son unité avait tué 57 civils puis leur avait mis des uniformes pour faire croire qu'ils étaient des rebelles tués au combat.
- L'ancien chef des renseignements saoudien, le prince Bandar, a reconnu que le gouvernement saoudien contrôlait les terroristes tchétchènes.

- Des sources américaines de haut niveau ont admis que le gouvernement turc, membre de l'OTAN, avait organisé l'attaque chimique dont on avait accusé le gouvernement syrien. Un membre haut placé du gouvernement turc a reconnu que des plans était prévus pour perpétrer des attaques et accuser le gouvernement syrien de celles-ci.
- Le chef de la sécurité ukrainienne a reconnu que les tirs de snipers qui ont déclenché le coup d'État à Maïdan ont été réalisés dans ce but. Des officiels ukrainiens ont précisé que les snipers ukrainiens avaient tiré sur les deux camps afin de provoquer le maximum de désordre. Ces snipers ont plus tard avoué avoir tiré depuis le QG de l'opposition, sur les manifestants (dans leur dos) et sur les policier en face pour inciter ces derniers à se défendre.
- L'agence d'espionnage britannique a admis qu'elle exécute des cyber attaques sous fausse bannière sur des cibles, piégeant ces cibles en écrivant des propos offensifs ou illégaux… pour ensuite prétendre que ce sont elles qui les ont écrites.
- Des soldats américains ont avoué que s'ils tuaient des innocents en Irak ou en Afghanistan, alors ils abandonnaient des armes près des corps pour faire croire qu'ils étaient des militants.
- De la même manière, la police piège des innocents pour des crimes qu'ils n'ont pas commis. En 1981, dans le jargon policier américain, un throwdown est une arme que l'on place intentionnellement près de la victime, pour faire croire que la police l'a abattue car elle les menaçait de son arme. La police peut aussi placer des fausses preuves dans les poches des arrêtés, ou dans leur appartement, pour les accuser (par exemple de la drogue, ou des vidéos pédophiles).

11/09/2001 : attentat du World Trade Center

L'enquête sur la mafia khazare a déjà révélé quelques détails (p. 63), voyons ici l'affaire dans toute sa globalité.

Un bon documentaire pour ceux ne connaissant pas le sujet, celui de Massimo Mazzucco : *11 Septembre 2001 : Le Nouveau Pearl Harbor*

Histoire d'Al Qaïda

Ayman al-Zawahiri est un égyptien membre des frères musulman, qui a participé indirectement à l'assassinat du Président Nasser, un ennemi juré des USA. Les frères musulmans sont la tête de pont des USA en Égypte contre les Russes avec qui Nasser avait fait alliance contre les occidentaux. Al-Zawahiri, après avoir purgé une peine de prison en Égypte pour trafic d'arme (manque de preuves pour la participation à l'assassinat de Nasser), part en Afghanistan attaquer les Russes. L'agent américain sur place qui fournit les armes aux rebelles est Ben Laden. Les deux hommes (Ayman al-Zawahiri et Ben Laden) se rencontrent alors qu'ils sont au service des USA. Ils fondent ensuite Al Qaïda, une organisation comptant plus de 10 000 combattants, dont Ben Laden offrira les service aux Saoudiens (et aux Américains) pour les aider dans leur guerre contre Saddam Hussein. Ce n'est que plus tard qu'Al Qaïda devient on ne sait trop pourquoi anti-USA, et ce juste pour faire des attentats et justifier une invasion américaine de la région. On se fiche de qui !!!

La CIA et le Qatar impliqués

Vidéo 1, et 2e partie, une enquête qui pointe du doigt la présence de la CIA mais aussi du Qatar dans l'organisation des différents attentats qui ont menés à ceux qui virent l'effondrement des deux tours du WTC. Il est plus probable que ce ne soit pas la direction officielle de ces institutions, mais un groupe d'individus ayant des taupes planquées à haut niveau, les Illuminatis :

- le rôle constant de la CIA à cacher volontairement et à haut niveau les préparatifs des attentats et la protection des terroristes : elle a caché au FBI, de l'aveu même des enquêteurs anti-terroristes américains, tous les éléments qui auraient pu permettre d'arrêter ces attentats très rapidement, et dès le départ.
- le rôle de l'artificier d'Al Qaïda, dont il est dit qu'il a inventé la bombe du siècle, une bombe chimique ultra-sophistiquée indétectable dont 70 kg remplace tout une camionnette à ras bord d'explosif classique. Il est évident que c'est de la haute technologie et que ce n'est sûrement pas un petit ingénieur au fin fond d'une petite ville des Philippines qui a pu la mettre au point.
- ses liens complètement paradoxaux avec l'attentat des extrémistes blancs d'Oklahoma City en 1995 : Qui a fait se rencontrer les 2 blancs d'extrême-droite avec l'artificier islamiste au fin fond des Philippines si ce n'est la CIA ! Ces personnes n'auraient jamais pu se rencontrer autrement puisqu'elles sont complètement opposées !!
- le fait que la CIA soit fortement implantée à Venice en Floride et que c'est là que les kamikazes du WTC, dont la CIA connaissaient l'identité (mais dont elle n'a jamais transmis la présence au FBI) ont pris leur leçons de pilotage.
- le fait que la CIA a des liens forts avec les milieux de la drogue, notamment en Floride.
- le fait que le Qatar a protégé le stratège d'Al Qaïda pour les attentats du WTC, Qatar qui est aussi propriétaire d'Al Jazheera qui fut l'unique média par lequel Ben Laden a transmis ses revendications, bandes audio et vidéo.
- le fait que le Cheikh aveugle Abder-Rahman a eu contre toute attente un visa en bonne et due forme aux USA alors qu'il était internationalement reconnu comme terroriste suite à l'assassinat d'El-Sadate (le Président de l'Égypte) en 1981.
- le fait que le second de Ben Laden est un compagnon de cellule du Cheikh aveugle en Égypte après l'assassinat de Sadate et que Ben Laden fut un agent de la CIA afin de financer et équiper les talibans Afghans.

- le fait que le Pakistan et l'Afghanistan ont toujours été une base arrière de la CIA par la suite tout en sachant que ces sont les principaux producteurs d'héroïne du Monde, ce qui fait de la CIA le premier fournisseur mondial de drogue dure (si on lui ajoute le trafic de cocaïne en provenance de l'Amérique du Sud et qui transit par Venice, en Floride).

Une attaque connue des hauts gradés, mais gardée secrète

Beaucoup de similitudes entre Pearl Harbour et 11/09/2001. Pour Pearl Harbour, le haut commandement, et probablement Roosvelt, savaient que l'attaque allait avoir lieu, et même la date. Des informations qui n'ont jamais été données aux commandants de Pearl Harbour, et qui n'ont pu défendre correctement leur base. C'était la même chose pour le 11/09 : la CIA a interdit aux bonnes informations de circuler.

Des commandants injoignables

Pire, le jour de l'attaque, la chaîne de commandement est bizarrement introuvable : les ordres ne peuvent être donnés, les bonnes décisions n'ont pas le droit d'être prises. Ce sera le cas de Pearl Harbour avec le chef d'État-major de Roosvelt, John Marshall, le cas du débarquement du 06/06/1944 avec un Hitler qu'on refuse de réveiller, ou le ministre de la défense Rumsfeld, en même temps que d'autres hauts gradés, qui refusent de se présenter à la chaîne de commandement, bloquant la prise de décision. Dans tous les cas, les subordonnés affirment que ce n'était pas un hasard si ils étaient injoignables. 30 minutes d'indisponibilité suffisent la plupart du temps, à rendre un processus irréversible...

Pour Pearl Harbour, Roosvelt donna directement l'ordre de ne pas intervenir, de laisser l'attaque se faire sans répondre.

Des moyens retirés

Autant pour Pearl Harbour que pour le 11/09, les commandants chargés de la défense demandèrent plus de moyens (ils étaient largement sous-dimensionnés), ce qui leur fut refusé.

Un exercice opportun pour flouter les infos du terrain

Le jour où l'État fédéral réalise un exercice simulant le détournement d'avions s'abîmant sur des bâtiments emblématiques USA, des avions sont réellement détournés. A cause de l'exercice, les mesures adéquates ne sont pas prise. 2 Avions s'écrasent sur les 2 tours du World Trade Center, sur le Pentagone, et le quatrième s'écrase sans qu'on sache pourquoi.

Événement mondialisé

Cet événement sera suivi en temps réel par toutes les télés du monde, ayant une portée mondiale à laquelle il était difficile d'échapper.

Une enquête officielle bâclée

C'est l'attentat le plus meurtrier qui ai eu lieu sur le territoire des USA, et pourtant l'enquête à été bâclée, coûtant 3 fois moins chère que l'enquête qui avait tenté de savoir si c'était le sperme de Clinton sur la robe de Monica Lewinski...

Lors des interrogatoires, le président Georges W. Bush ne peut parler qu'en présence de son vice-président, et l'interrogatoire ne sera pas diffusé.

Plusieurs zones d'ombre ne seront pas étudiées, tandis qu'une grosse partie de l'enquête fut classée secret-défense :

<u>Les images du Pentagone mises au secret</u>

Les images de caméras de vidéo surveillance fédérale sur le Pentagone ne furent jamais diffusées, alors qu'il y a plus de 80 caméras. Des agents du FBI confisquent les enregistrements des caméras de surveillance de l'hôtel Sheraton, de la station service CITGO, ainsi que de l'organisme de régulation de la circulation automobile, caméras qui auraient pu enregistrer l'explosion. Le FBI rendra par la suite publiques les vidéos de la station service, car ces dernières ne filmaient pas la zone de l'explosion.

<u>Des indices cachés au public</u>

Alors que l'incendie faisait rage, le FBI passa au peigne fin les alentours pour récupérer les débris projetés par l'explosion, les vestiges à l'intérieur (pour certains évacués sous bâche).

Les services du FBI interdirent aux contrôleurs aériens de Cleveland de révéler ce dont ils avaient été témoins.

Ben Laden mort fin 2001

Ben Laden est mort seulement quelques mois à peine après le 11/09/2001.

Oussama Ben Laden était soigné dans un hôpital américain pour son insuffisance rénale nécessitant des dialyses régulières, le 10 septembre il était soigné dans un hôpital Pakistanais par 2 docteurs américain, on savait très bien où il était et tout était fait pour le maintenir en vie jusqu'au 11/09/2001. Ben Laden n'a ensuite jamais revendiqué les attentats, toutes les sources indiquent qu'il est mort mi-décembre.

Forcément que les USA ne trouvaient pas Ben Laden après sa mort, c'était pratique de dire qu'il était encore vivant pour justifier leur invasion du Moyen Orient. Bien sûr que Bush et compagnie savaient que Ben Laden était décédé quand ils ont envahi l'Irak, il était connu que cet homme était déjà mourant depuis longtemps à cause de problèmes rénaux insolubles qui lui demandaient une lourde dialyse quotidienne. Pas facile d'être dans la clandestinité avec deux reins qui ne fonctionnent plus et une machine encombrante qui doit vous suivre partout. D'ailleurs, le faux Ben Laden tué au Pakistan n'avait pas de dialyse...

- des annonces mortuaires locales furent faites le 15 décembre 2001 en Afghanistan. Ben Laden fut enterré dans une sépulture non marquée en accord avec les traditions musulmanes.
- Fox News a publié une note sur la mort d'Oussama Ben Laden le 26 décembre 2001
- Le soldat ayant officiellement abattu Ben Laden en 2011 dira ne l'avoir pas reconnu (le sosie qu'il a abattu était bien plus jeune que sur les photos de 2001 sur lesquelles il avait étudié sa cible, et il était bien différent).

- La photo du cadavre ne fut pas divulguée (alors que les images des autres morts de l'opération, très sanglantes, le furent).
- Le cadavre fut inhumé immédiatement en mer, sans reconnaissance de personne, et tellement précipitamment qu'ils « oublièrent » de faire les tests ADN qui auraient pu confirmer l'identité de la cible…

Démolition programmée

Des immeubles qui tombent comme si la démolition avait été programmée, et la version officielle, donnée par seulement une dizaine de personnes, réfutée par des milliers d'autres experts architectes.

Des choix d'assurance étonnants

Larry Silverstein rachète, quelques mois avant les attentats, les tours du WTC à bas prix, car bourrées d'amiante et impossibles à remettre aux normes (économiquement parlant). Étonnamment, il fait réhausser la police d'assurance 6 mois avant l'attentat, comme ces patrons mafieux qui foutent le feu à leurs bâtiments, touchant l'assurance d'une entreprise devenue déficitaire. Bien sûr, il multiplie donc sa mise au moment où les avions se crashent dans ses tours.

Les premières tours s'effondrant suite à un incendie

Chose qui a surpris tous les experts, les pompiers en premier (d'où le grand nombre de morts dans leurs rangs), sera l'effondrement de 3 tours du WTC.

WTC 7

L'enquête officielle n'a jamais pu justifier correctement le fait que la tour n°7 du WTC soit tombée, encore moins comment il est tombé tout droit, comme dans une démolition programmée. Cet écroulement surprise (il n'avait pas été touché par les avions) avait pourtant été annoncé par la BBC presque une demie heure avant que l'immeuble ne s'effondre... Une BBC qui annoncera, des années plus tard, encore par erreur, l'assassinat de Trump avant qu'il ne soit tenté... (p. 650)

Dernier hasard, ce bâtiment n°7 abritait des archives de la CIA, qui ne pourront donc plus être déclassifiées par la suite... C'est étrange tous cet enchaînement d'improbabilités qui vont toujours dans le sens des dominants...

Le passeport miracle

Le passeport d'un des terroristes présumés (Satam al Suqami) fut retrouvé dans la rue peu avant que la tour ne s'effondre. Il faut préciser qu'à ce moment-là, comme le montrent les images, on a au sol des millions de feuilles de papier éparses (venant des bords externes de l'immeuble, soufflés par l'explosion de l'avion au centre de la tour). C'est bizarre des passants qui, au moment où l'immeuble est en flamme, s'amusent à fouiller dans les décombres au sol, et qui retrouvent un passeport intouché dans l'explosion centrale... Ce découvreur devait être tellement étrange que personne ne lui a demandé son nom, on a fait confiance à un inconnu pour la preuve emblématique...

Et plein d'autres

Pourquoi les enquêteurs sur le plus grand détournement de fond de l'histoire était dans la salle du Pentagone visée par l'explosion ? Un avion au Pentagone dont on ne trouve pas de traces. Des mensonges officiels, comme les armes de destruction massives de l'Irak inexistantes. Le refus de la CIA de traiter les alertes du terrain signalant la volonté de détourner les avions, et envoyant les lanceur d'alertes dans les tours au moment du crash. Une société israélienne qui quelques minutes avant les attentats, demande à ses utilisateurs de quitter les bâtiments à cause d'un attentat en cours.

Des attentats bien pratiques pour certains

Ces attentats furent utilisé pour justifier les lois liberticides du Patriot Act (surveillance poussée de l'ensemble de la population), de détruire l'Afghanistan et d'envahir l'Irak en 2003, malgré l'absence de preuves.

Pour en savoir plus

Le false flag des World Trade Center est un des événements récents sur lequel il y a eu le plus d'enquêtes, inutile d'y passer trop de temps, a complicité intérieure n'est plus a prouver.

Pour aller plus loin dans les bizarreries et le cover-up qui ont suivi :

- La vidéo de Thierry Meyssan chez Ardisson, quelques mois après les attentats. Tout est déjà dit, il n'y a pas grand chose à rajouter...
- Oussama Ben laden non responsable des attentats du 11/09/2001 et mort en 2001.
- Il aura fallu attendre 15 ans pour qu'un organisme officiel veuille bien étudier la chute des tours et confirmer enfin la démolition programmée.

Les attentats en France

Depuis 2015, le gouvernement s'est senti dans l'urgence vis à vis de Nibiru. Le but était d'enclencher l'état d'urgence pour contrôler les populations. C'est exactement d'ailleurs ce que fera Macron, en votant l'état d'urgence sanitaire lors du confinement COVID.

Attentats FBI

Les attentats en France ressemblent au principe que le FBI qui créé un faux attentat [«encouragé, poussé et parfois même payé» des musulmans américains à commettre des attentats. Vingt-sept affaires ont été étudiées] : De faux commanditaires islamistes prennent contact avec des personnes repérées par les services gouvernementaux (Merah était un indic infiltré, les frères Kouachi connus pour leur radicalisation etc...). Les faux commanditaires créent de toute pièce une cellule islamiste en se faisant passer pour des ténor intégristes, fournissent la logistique et balayent le terrain à l'avance. Une fois que les terroristes sont passés à l'action, ils sont immédiatement piégés puis tué lors d'assauts policiers. Cela permet de cacher leurs sources : qui a payé, qui a fournit les infos stratégiques, l'entraînement, les horaires etc... On sait par exemple que ce ne sont pas les frères Kouachi qui ont préparé leur propre attentat : pour connaître les horaires de la réunion à Charlie hebdo, il fallait faire de la surveillance pendant de longues semaines et se renseigner sur les habitudes des caricaturistes.

Amedy Coulibaly dit avoir été en contact avec les frères Kouachi : "Oui nous étions synchronisés pour les opérations". Impossible. Les vrais Al Qaïda (Kouachi) et l'EI (Coulibaly) sont ennemis. L'Emir Anwar Al-Awlaki est mort en 2011, comment a-t-il pu financer l'attaque Kouachi contre Charlie Hebdo ? Preuves qu'il y a une entité qui s'est faite passée pour ce qu'elle n'est pas auprès des djihadistes français.

Article 16 et Union Nationale

Chaque attentat est l'occasion pour les politiques de parler d'union nationale (politiques LRPS réunis au gouvernement) ou d'état d'urgence voir de loi martiale.

Il faut au moins une des conditions suivantes pour activer l'article 16 :

- Menace de l'indépendance de la nation
- Menace de l'intégrité du territoire
- Menace pour les institutions républicaines
- Menace du respect des engagements internationaux
- Menace du fonctionnement des pouvoirs publics

Patriot act

Après les attentats, nos médias réclament à grand cris qu'on passe des lois de type Patriot Act.

allez voir ce qu'a donné ce fameux patriot act aux USA, ses dérives et son utilisation par les faucons de Washington : tortures, d'enlèvement de citoyens dans le monde entier par la CIA, ensuite emmenés par des vols secrets dans des centres en Pologne, tout cela n'a été possible qu'avec une main basse du gouvernement américain de l'époque sur le système et les libertés (de la presse ou individuelles) liée au patriot act.

des professionnels privés seront utilisés pour compléter le dispositif. Cela explique pourquoi, avant le massacre de Charlie Hebdo et dès les "attentats" avec les voitures (Nantes - Dijon), les préfets ont tenu des réunions avec les professionnels du gardiennage / de la sécurité privée (Vigiles, Gardes cynophiles). Ceux-ci ont été informés très officiellement que sous arrêté préfectoral, ils pourraient être habilités juridiquement à opérer des actions d'ordinaire réservées à la police (fouilles corporelles etc..). Cela signifie bien que les institutions ont prévu que le dispositif actuel ne serait pas suffisant dans un avenir proche. Mais pas suffisant pourquoi ? A quel niveau d'alerte faut il être pour dépasser les capacités de mobilisation de la police et de l'armée ? L'article 16 ?

On aura droit aux excès de zèle de certains qui prendront la grosse tête à être "promu policier", comme on peut voir des débordements des mercenaires qui font le boulot des soldats américains en Irak, ça promet d'être chaud.

Merah

Pourquoi la DCRI a-t-elle arrêté la surveillance de Merah quelques temps avant ses actions, alors que celui-ci avait déjà été faire plusieurs camps d'entraînement intégristes en Afghanistan et était fiché comme dangereux ?

Comment Merah a-t-il pu financer des voyages en Afghanistan, prendre contact avec des organisations terroristes avérées, et en même temps avoir un contact direct et privilégié à la DCRI ?

Charlie Hebdo

Edouard de Rothschild rachète *Libération* (donc *Charlie Hebdo*) le 14 décembre 2014, soit 20 jours seulement avant l'attentat. C'est alors un journal moribond (60 000 exemplaires par mois). Une sacré affaire, finalement, puisque avec les 7 millions d'exemplaires tirés suite à l'attentat (toujours le 7), l'investissement est rapidement rentabilisé.

Un peu comme Larry Silverstein qui multiplie sa mise en quelques mois avec les attentats les tours du WTC. Soit ils ont le nez creux, soit...

Jeannette Bougrab, ancienne collaboratrice de Nicolas Sarkozy, est omniprésente dans l'affaire :

- Jeannette Bougrab est présentée dans les médias comme la petite amie de Charb, ce qui se révélera faux.
- la "vraie" dernière petite amie de Charb raconte le cambriolage de leur appartement le soir précédent l'attentat, des sources d'argent louches venant du proche-orient, le peu d'empressement de la police à tenir compte de ses demandes de protection, témoignage non diffusé alors que les propos de Bougrab le sont abondamment,
- le soir même de l'attentat, d'Helric Fredou, commissaire de police à Limoges qui surveillait les activités de Jeannette Bougrab (une supposée espionne du Mossad), décrit comme une connaissance familière du ministre Bernard Cazeneuve, meurt suspectement : des policiers de Paris étaient descendus dans son commissariat dans la soirée, et Herlic a été rappelé au commissariat, obligé d'y retourner à 23h30. On lui demande d'établir un rapport sur ce qu'il sait. Alors qu'il s'y attelle, seul dans son bureau, il sera retrouvé mort d'une balle dans la tête. Le coup de feu n'aurait pas été entendu par ses collègues, alors qu'il s'est produit -sans l'usage d'un silencieux- vers 1h du matin. Des contradictions policières sur l'identification et la réalité du dernier appel téléphonique passé, entre minuit et 1h. "Frictions" avec ses collègues de Limoges à propos de cet important "coup de téléphone" devant être -selon Herlic- immédiatement passé. Il n'avait aucune envie de suicide. Pas de courrier laissé, aucune dépression antérieure selon le médecin traitant (contrairement à ce que les médias ont raconté par la suite, quand l'affaire a fini par sortir). Une info pas diffusée en France au début, mais dans les médias étrangers. Aucune condoléance de Cazeneuve. Des personnes viennent fouiller et retirer tous les ordinateurs et smartphones au domicile et dans la famille du policier, sans explications. Pas d'accès autorisé au rapport d'autopsie pour la famille. Le débarquement de "quatre directeurs de la police" -en provenance de

Paris- pour convaincre la mère qu'il s'agissait bien d'un suicide.

En disant trop, Caroline Fourest révèle que les assassins avaient des beaux yeux (bleus?) (ce qui n'est pas le cas de Kouachis).

Les frères Kouachis, qui ne semblent pas au courant de l'attentat de Charlie Hebdo, vont manger au Mc Do, et découvrent plus tard qu'ils sont recherchés partout en France. Ils finissent par se réfugier dans une entreprise, le gérant raconte:

«Je leur ai offert un café dans mon bureau et nous avons discuté.» Les deux hommes sont déterminés, mais pas violents. «À aucun moment ils n'ont été agressifs». Ils lui conseillent même d'appeler les gendarmes pour leur dire qu'ils sont là, avec lui. Ils laissent repartir sans problème un fournisseur qui vient livrer. Lorsque les gendarmes arrivent, «les frères leur font signe de ne pas tirer, tant que je ne suis pas à l'abri». Puis les coups de feux claquent. Les deux frères remontent. L'aîné, Saïd, est blessé au cou. «Je lui ai fait un pansement». À aucun moment les frères Kouachi ne l'ont considéré comme un otage. «Ils m'ont dit "Ne vous inquiétez pas, on vous laissera partir." Quand le gérant part vers les gendarmes, un des frères lui conseille de faire attention en sortant à ne pas se faire «allumer» par les gendarmes.

Étrange attitude pour des terroristes en fuite qui viennent de tuer 12 personnes de sang froid…

Amedy Coulibaly (Hyper-Casher)

Il cumule depuis 2001 à peu près 18 ans de prisons ferme pour divers délits, qui a rencontré Sarkozy en 2009 et a aussi trouvé le moyen d'aller voir un chef islamiste au Yemen (mort en 2011) pour se faire financer...

Attentat de Nice (14/07/2016)

Un camion fonce volontairement dans la foule venue assister au feu d'artifice du 14 juillet de Nice, sur la promenade des anglais.

La synchronisation est parfaite. Le feu d'artifice vient de se finir, les piétons traversent la promenade des anglais pour quitter la plage, et sans explication, les barrières qui barraient l'avenue pour protéger les piétons de voitures folles est retirée par les policiers municipaux, alors que l'avenue est encore noire de monde.

Une partie des forces de police étaient absentes pour aller soutenir à Avignon un déplacement de Hollande et Valls.

Le ministre de l'intérieur Bernard Cazeneuve à fait pression sur une policière pour qu'elle mente en disant que les barrière étaient bien en place au moment des faits.

L'incohérence même du principe d'attentat

Si les attentats de la résistance française s'attaquaient à des ponts pour empêcher les troupes nazies de remonter dans le Nord repousser l'offensive alliée, jamais les résistants n'auraient posé de bombe sur un marché, tuant des civils innocents, et se mettant la population à dos.

Pourquoi alors les islamistes feraient cette absurdité, d'attaquer le Bataclan plutôt que le président ou les généraux, voir les 5 milliardaires qui financent les guerres contre l'islam ? Pourquoi se mettre à dos la population, la resserrer autour de son gouvernement, donc renforcer ce dernier ? Parce qu'ils sont fous ? Non, tout simplement parce que ce ne sont pas les islamistes (du moins, ceux qui prennent la décision n'ont pas en vue l'expansion de l'islam). Regardez plutôt à qui profite le crime...

Voici ce qu'écrivais Harmo le jour de Charlie Hebdo :

L'attentat à Charlie Hebo ressemblait plus à un falsflag visant à engendrer la peur puis l'Union nationale, la restriction des droits individuels et l'application de l'article 1 (dictature permettant au président de passer toutes les lois de destruction du droit du travail qu'il veut).

"On" pousse clairement les gens à s'entretuer, médias en tête.

Alors que Charlie Hebdo avait été décriée par une grande majorité des journalistes et du gouvernement à l'époque des caricatures de Mohamed (une provocation gratuite), voilà tout à coup que les mêmes journalistes sont désormais d'être solidaires d'une crasse qu'ils condamnaient quelques temps avant. Charlie hebdo était LA cible parfaite, parce que ce sont des journalistes, et tous les autres médias se sentent concernés par confraternité.

Ensuite, ces victimes sont connues, touchant plus les gens. Il est donc bien plus facile de pousser les médias à la dramatisation et au symbole.

Tout comme aux USA les médias et les Élites poussent aux affrontement raciaux noirs-blancs, la même stratégie est mise en place en Europe par une propagande qui vise à opposer "chrétiens" et musulmans. Comment voit on que c'est de la propagande ? Regardez le nombre de gens qui revendiquent leur "culture" chrétienne alors qu'ils ne sont jamais entrés dans une Église en dehors d'un mariage ou d'un enterrement. Les Élites veulent l'ordre, et plus les gens s'affronteront, plus la réponse des gouvernement sera de renforcer l'ordre civil. Les manifestations contre l'islamisation, le renforcement de l'extrême-droite, tout cela joue pour les Elites, pas pour nous.

La majorité des musulmans de France sont des gens comme tout le monde, qui vivent leur vie comme les autres français. On ne peut monter les gens les uns contre les autres que si on touche à l'émotionnel (les médias s'engouffrer dedans pour mieux appuyer la manipulation).

Un bel attentat comme Charlie Hebdo, qui va remuer les partisans de la liberté d'expression tout autant que la droite conservatrice, est parfait. Droite et gauche enfin rassemblés, union nationale ! A quand la loi martiale ?

L'affaire Merah comportait aussi de nombreuses incohérences et apparemment, le "false flag" est un outil utilisé en masse par de très nombreux gouvernements.

Dans l'affaire Charlie hebdo, la cible est trop parfaite et aide bien plus la stratégie des élites que celle d'éventuels islamistes. Qui va revendiquer ? Qui a pu préparer une attaque aussi coordonnée ? Pas des petite frappes auto-radicalisées en tout cas.

Charlie Hebdo étant sous protection policière, il a donc fallu une préparation pour l'assaut. Ce n'est donc pas un acte spontané, mais un acte préparé. Pour cela il faut une cellule islamiste active avec un financement et une formation. L'EI n'a pas ce genre de cellule, ne reste qu'Al Qaïda... [AM : c'est bien Al Quaïda qui a été cité par les frère Kouachis]

Pourquoi s'attaquer à des cibles compliquées, alors qu'il serait si facile d'empoisonner un réservoir d'eau potable, faire sauter un barrage, s'attaquer à un site Seveso, les centrales de distribution de pétrole, etc. bien moins gardé de Charlie hebdo.

La politique de la terreur c'est de terroriser, pas d'aller attaquer un journal protégé par la police. N'importe quelle attaque sur la population crée forcément la panique si elle est massive et liée au hasard.

Les attaques dites islamistes sont trop "policées" pour être vraiment des attaques islamistes. Tout comme le 11/09/2001, elles sont trop compliquées pour être logiques. Elles aident plus le gouvernement "victime" que la cause de ceux qui revendiquent ces actions. Un vrai attentat par exemple, c'est ce qu'on a pu voir lors de l'attaque du métro de Tokyo au gaz Sarin.

N'importe quel chimiste d'Al Qaida peut fabriquer assez de poison pour tuer tout Paris ou New-York sans souci, alors ne parlons même pas des petites villes (de moins de 250.000 habitants) qui n'ont aucune protection.

Pourquoi alors créer une bombe liquide (un explosif à la pointe de la technologie) ou attaquer un journal gardé par des forces policières, alors qu'il suffit de verser un bouteille d'1 litre de ricine, 200 grammes de spore d'Anthrax (Charbon du mouton) dans une réserve d'eau potable ou mélanger de l'ammoniac et de la javel pour créer un des plus puissant neurotoxique qui existe ?

Pourquoi pirater les avions pour les faire écraser sur le World Trade Center alors qu'il n'y avait que le petit personnel dedans. Le stratège Ben Laden, pourquoi aurait-il pensé tout à coup que tuer les femmes de ménage et les balayeurs allait mettre à mal l'impérialisme économique des USA ? Pourquoi attaquer tôt le matin, plutôt que d'attendre un peu et choper tous les traders, banquiers et clients des magasins de luxe ? Pirater un avion et le faire s'écraser à 15 heures est aussi facile que de le faire à 8h30 du matin.

Ce n'est sûrement pas la peur des représailles (nucléaires) qui freinent les terroristes.

Les motivations qu'on leur prête sont décalées par rapport aux objectifs attaqués. Si c'était de véritables terroristes, les cibles et les actions seraient différentes. Ce ne serait pas les femmes de ménages (celles troussées par des DSK) à 8h30 du matin qui seraient victimes des attentats. Ce ne serait pas l'aile des archives du pentagone qui aurait été la seule partie du bâtiment détruite, ce ne serait pas l'avion qui visait la maison blanche à être le seul à ne pas s'écraser sur sa cible.

L'incohérence de la vengeance

Les islamistes ont toujours été cachés au milieu des populations civiles. On bombarde quoi alors ? Sous prétexte que l'auteur de l'attentat de Nice (84 morts) habitait à Nice et fréquentait le maire, on bombarde la population de Nice qui a survécu ?

Incohérent, et pourtant, en représailles de Nice, la France à bombardé un village Syrien (164 morts, Femmes et enfants principalement, aucun militaire n'était dans les parages). Un village qui n'avait aucun rapport avec l'EI ou Nice... C'est comme les attaques du Pakistan et de l'Irak en représaille du World Trade Center, jamais il n'a été prouvé que ces gouvernement avaient à voir avec Al Qaîda, de près ou de loin. Le seul soutien de Al Qaïda, c'est le congrès américain, comme on l'a vu en Syrie (avec la branche Al Nosra, soutenu par les démocrates et les faucons républicains comme Mc Cain).

Les terroristes ont des cellules internationales, des militants de tous les pays. Il y a 800 terroristes belges dans l'EI, on bombarde Bruxelles ? Ben Laden n'avait pas de pays, pas de ville, pas de lieu de résidence fixe. Il pouvait donc faire ce qu'il avait envie. Pourquoi se venger de lui en attaquant des pays innocents ? Pourquoi attaquer des pays liés au pétrole ?

Attentats contre les présidents USA

Quand ils s'opposent à l'État profond, les présidents risquent cher...

Obama

06/03/2013 : Empoisonnement chez les républicains

De nombreux témoins affirment qu'Obama a refusé de manger dans un premier temps, car contrairement au protocole de sécurité, les couverts avaient été disposés à l'avance, et non au dernier moment (ce qui permet au service de sécurité d'éviter une tentative d'empoisonnement). Obama a donc tout simplement refusé de manger tant que les couverts n'ont pas été changé et inspecté. Une anecdote ? Sûrement pas.

Fait étrange et qui rajoute à cette explication, la série "The Event" met en scène l'empoisonnement d'un Président afro-américain, suite à un complot visant à ce qu'il ne révèle pas la présence d'ET conspirateurs sur Terre, alliés au gouvernement : clou du spectacle, l'épisode final voit l'apparition dans le ciel de la planète de ces fameux ET...

Dans la série, les ET rapprochent leur planète mère à l'aide d'un puissant rayon électromagnétique, cette proximité (la Planète mère apparaissant dans le ciel) perturbant la Terre et créant des tsunamis et des séismes graves partout.. L'épisode appelé "the arrival" se conclut par l'invasion imminente des ET, des humanoïdes hyper-évolué qui ont visité la Terre dans le passé, et qui ont créé notre espèce : leur but final est l'invasion de la Terre afin d'effectuer leur "ascension spirituelle". L'épisode 22 est édifiant.

Il n'y a pas de hasard dans ces séries TV dédiées, elles font partie intégrante, depuis la fin de la seconde guerre mondiale, et avec le cinéma, à la propagande/ l'éducation des Américains sur ces sujets (Apocalypse, ET et Nibiru).

31/05/2013 : Empoisonnement à la ricine pure

Obama reçoit une lettre empoisonnée de la part de républicains.

Le faux sourd et muet de l'enterrement de Mandela

Un faux interprète pour sourds et muets lors de l'enterrement de Mandela, un schizophrène avéré condamné auparavant pour un meurtre sordide. Comment un gars qui sort d'un asile psy, qui est toujours diagnostiqué malade mental, qui a un casier judiciaire surchargé, et qui a décapité un inconnu, peut il se retrouver interprète officiel à 5 mètres d'Obama ?!!

Qui plus est, il été engagé expressément par une entreprise d'interprètes qui avait pignons sur rue, alors qu'il ne connaissait même pas le langage des signes !

Ce cas est si flagrant qu'il est étonnant qu'on en ai parlé si peu...

La limousine en panne lors d'une visite à Israël

Un chauffeur de la Maison Blanche, habitué à transporter le Président, se trompe de carburant ! Est-ce que ça tient debout, franchement ?

Résultat le président des USA est resté immobilisé hors de toute protection, en zone dégagée proche d'un territoire occupé, d'où n'importe qui aurait pu tirer une roquette artisanale comme ils le font souvent, ou exposé à un sniper qui abat Obama lorsqu'ils sort de la limousine en panne...

Soutien aux terroristes

Le groupe Isis (Daesh) est le plus sanguinaire des groupes terroristes jamais vu. Les médias nous vende leur histoire comme des petits malfrats armés d'une kalachnikov, qui prennent les grands centres pétroliers de la Syrie, et deviennent milliardaires en quelques jours grâce à ça. Pas aussi simple : d'où viennent les mitrailleuses lourdes, les milliers de 4x4 blindés flambants neufs, les armes techniques et lance-missiles coûtant des millions ? Qui a vendu les armes ? Les armes sont américaines et française, c'est donc nous qui construisons ces joujoux permettant à des brutes de décapiter des petits enfants…

Il faut se souvenir qu'août 2013, la France était à deux doigts d'intervenir en Syrie … aux côtés des rebelles islamistes tels Daesh, contre le gouvernement de Bachar al-Assad et l'État laïque syrien. Que la volte-face d'Obama, alors que le porte-avion français était en route suivant un plan bien rôdé, avait été un camouflet pour la diplomatie française (Obama avait juste demandé à ce qu'on ai les preuves que c'est bien le gouvernement qui avait gazé sa population avant d'attaquer… Preuves qui ont au contraire montré un False Flag flagrant).

Lors de la 4e réunion des « Amis de la Syrie » à Marrakech le 12 décembre 2012, Laurent Fabius, ministre français, disait que « Al-Nosra ne pouvait être classée comme une « organisation terroriste », car « sur le terrain, elle fait du bon boulot ».

Al-Nosra, une nébuleuse d'Al-Quaida, dont il s'avérera par la suite qu'elle avait fait allégeance à Daesh.

Poutine à affirmé, au sommet du G20 de novembre 2015, que « 40 pays, dont 20 membres du G20, financent l'État Islamique ». Il parle des principales sources de financement de Daesh, pas forcément liées au gouvernement (comme des gros milliardaires). Ces grosses sources de financements ont été données aux autres pays du G20 à ce moment-là, elles se porteront à 60 quelques mois plus tard. Ce qui aurait permis aux pays d'arrêter les financeurs pour crimes contre l'humanité, et de faire cesser les massacres de populations en Syrie.

Poutine à aussi montré les photos satellites, montrant l'ampleur du trafic de pétrole, la plupart des pays continuant à acheter le pétrole de Daesh donc à le financer. On sait aussi que le quai d'Orsay français a inciter le groupe français Lafarge à payer une rente à Daesh.

Mais le 03/12/2015, l'assemblée nationale a refusé d'enquêter sur les fonds privés ou publics français qui financent Daesh…

N'oublions pas qu'Al-Quaïda a été créé par les USA a la fin des années 1970 pour prendre le pouvoir en Afghanistan (les Russes venant défendre le gouvernement, et non envahir le pays comme l'a fait croire la propagande médiatique occidentale).

Diabolisé après les attentats de 2001 à New-York, Al-Quaïda (dans sa branche Syrienne Al-Nosra) était soutenue en armes et en argent par le congrès USA (avec à sa tête John McCain), alors même qu'Al-Nosra avait officiellement fait alliance avec Daesh. Ce qui menait à l'hérésie des années 2016, avec la maison blanche (via l'armée USA) qui combattait Daesh et Al Nosra, les soldats USA faisant face à des armes et de l'argent (et des entraîneurs CIA) fournis par leur propre pays, tandis que l'armée Syrienne devait côtoyer une armée USA infiltrée de taupes du congrès, qui régulièrement faisaient des bourdes et bombardaient « par erreur » leurs alliés de l'armée gouvernementale Syriennes, tout en larguant « par erreur » des armes et des vivres sur les positions de Daesh (fournissant des moyens de luttes à leurs adversaires).

Multinationales vendant des poisons avec l'appui des dirigeants

Les scandales s'alignent et se suivent, sans que personne ne semble réaliser qu'ils continueront tant que nous vivront dans un monde soumis aux décisions d'intérêts égoïstes. Les labos pharmaceutiques ont intérêts à nous maintenir malade le plus longtemps possible, avec des médicaments les plus chers possibles. Des industriels comme Bayer ont intérêt à nous vendre de la nourriture toxique, polluée de pesticides divers (glyphosate de l'ex-Monsanto racheté par Bayer en 2017). Ils ont intérêts à ce que les vaccins qu'ils fabriquent nous rendent malades aussi. Ils ont intérêts à ce qu'une fois malade, nous prenions leurs médicaments. Ils ont intérêts à ce que ces médicaments engendrent des effets secondaires, demandant d'autres médicaments produisant d'autres effets. Ils ont intérêts à ce que ces médicaments ne nous guérissent pas, mais masquent temporairement les symptômes, voir que nous soyons obligés de prendre une collection de médicaments à vie. Ils ont intérêt, pour que nous ne nous rendions compte de rien, à ce que ces divers produits (pesticides, additifs alimentaires, additifs dans l'eau potable, vaccins) nous rendent endormis, fatigués et dociles, comme des moutons qu'on mène à l'abattoir.

Depuis 2013, on sait que le fluor provoque les caries, mais Colgate et compagnie continuent de nous vendre des dentifrices au fluor, et ce n'est que sous la forte pression des citoyens que le Canada a arrêté récemment de rajouter du fluor dans l'eau… Rappelez-vous que dans les camps de concentration nazis des années 1940, le fluor dans l'eau des prisonniers les rendaient abattus et dociles (limiter les évasions), et que ces effets du fluor étaient déjà connus à l'époque.

Les scandales du médiator, des prothèses mammaires cancérigènes qui éclatent, du sang contaminé, montre cette collusion répétée des politiques avec l'industrie agro-alimentaire.

Alors que cela faisait 20 ans que les associations se battaient pour connaître le contenu des cigarettes, ce n'est qu'en 1999 que les compagnies de tabac aux USA ont révélé qu'en 1980, ils avaient rajouté dans leurs cigarettes des produits chimiques qui ont augmenté artificiellement le pouvoir addictif du produit, rendant les consommateurs dépendants.

Ces exhausteurs de goûts, qui agissent directement sur notre cerveau pour avaler le produit alors que le précédent est encore dans la bouche, parsème la nourriture industrielle appauvrie en nutriments, nous incitant à nous gaver et à consommer plus.

Surveillance de masse

Dans les années 1990, quand des militants anti-surveillance et personnalités des médias mettaient en garde contre la vaste opération d'espionnage intérieur de la NSA, ils ont été traités de théoriciens de la conspiration paranoïaque.[com]

En 1999, le gouvernement australien a reconnu qu'il faisait parti d'un programme d'interception et de surveillance mondiale de la NSA appelé Echelon en alliance avec les USA et la Grande-Bretagne qui permet d'écouter "chaque appel international de téléphone, fax, e-mail, ou transmission radio, »sur la planète.

En outre, un rapport du Parlement européen de 2001 a déclaré que «dans l'Europe toutes les communications e-mail, téléphone et de télécopieur sont régulièrement interceptés" par la NSA.

Dans les années 2010, Edward Snowden à confirmé cette surveillance systématique de la NSA, avant que d'autres révélations ne reconnaissent que la CIA, et d'autres services secrets occidentaux, faisaient de même. De toute façon, Emmanuel Valls a voté des lois autorisant ce contrôle systématique.

Camps de concentration, invention capitaliste

Génocides, camps d'internements et camps de la mort en Afrique du Sud avec les Boers, des pures inventions faites par le capitalisme anglais.

Le colonialisme anglais contestait la possession de l'Afrique du sud, à la fois aux autochtones hottentots et aux colons boers flamands. Il a employé des moyens barbares pour arriver à ses fins. La "guerre des boers" est certainement un des sommets de la barbarie capitaliste.

Le commandant anglais adopta une stratégie de la terre brûlée et se mit à vider les campagnes de tout ce qui pouvait être utile aux guérillas boers. Cette stratégie mena à la destruction d'environ 30 000 fermes et une quarantaine de petites villes. En tout, 116 572 Boers furent envoyés dans des camps de concentration, soit à peu près un quart de la population, auxquels s'ajoutaient encore quelque 120 000 Africains noirs. Il y eut au total 45 camps de tentes construits pour enfermer ces civils ainsi que 64 autres pour les noirs (garçons de fermes, bergers, etc.) qui avaient vécu auprès des Boers.

Les camps de Boers abritaient essentiellement des personnes âgées, des femmes et des enfants pour un total d'environ 120 000 personnes. 25 630 d'entre eux furent déportés à l'étranger.

Lizzie Van Zyl, enfant boer internée et morte dans le camp de concentration de BloemfonteinLes conditions de vie dans ces camps étaient particulièrement insalubres et les rations alimentaires réduites. Combinée avec des manques en matériel et fournitures médicales, la situation provoqua de nombreux décès — un rapport postérieur à la guerre estima à 27 927 le nombre de Boers morts (desquels 22 074 enfants de moins de 16 ans) et 14 154 noirs, morts de famine, de maladies et d'exposition au soleil. En tout, environ 25 % des Boers et 12 % des noirs moururent (des recherches récentes suggèrent une sous-estimation des pertes africaines, qui se monteraient en fait à environ 20 000 victimes).

En tout, la seconde guerre des Boers coûta environ 75 000 vies — 22 000 soldats britanniques (7 792 au cours d'affrontements, le reste de maladies comme la typhoïde, 4 000 à 7 000 soldats boers, 20 000 à 28 000 civils boers et sans doute 20 000 Noirs.

Quant au massacre des Hereros et Hottentos, respectivement par les troupes allemandes et boers, il a été qualifié à juste titre de génocide.

Le 11 août 1904, les troupes allemandes conduites par Lothar von Trotha encerclent 7500 Hereros et leur chef Maharero sur le plateau de Waterberg. Leurs armes puissantes ont facilement raison des assiégés.

Pour ceux qui survécurent, esclavage et camps. Des milliers de femmes Hereros furent transformées en femmes de réconfort pour les troupes coloniales allemandes.

un ordre du jour de Von Trotha enlève aux Hereros tout espoir de retour. Cet ordre d'extermination (Vernichtungsbefehl) est ainsi rédigé :

Les Hereros ne sont dorénavant plus sujets allemands [...] Tous les Hereros doivent partir ou mourir. S'ils n'acceptent pas, ils y seront contraints par les armes. Tout Herero aperçu à l'intérieur des frontières [namibiennes] avec ou sans arme, sera exécuté. Femmes et enfants seront reconduits hors d'ici - ou seront fusillés [...] Nous ne ferons pas de prisonnier mâle ; ils seront fusillés.

Le chancelier allemand Bülow ordonne d'enfermer les Hereros survivants dans des camps de travail forcé - des Konzentrationslagern- et, peu après, les dernières terres indigènes sont confisquées et mises à la disposition des colons allemands.

Au cours des trois années qui suivent, des dizaines de milliers de Hereros succombent à la répression, aux combats, à la famine et aux camps. De près d'une centaine de milliers, leur population tombe à 15 000.

L'histoire a gardé le souvenir de l'ordre d'extermination lancé à cette occasion contre les rebelles par le général Lothar von Trotha, qui reprend une idée anglaise : le camp de concentration : "N'épargnez aucun homme, aucune femme, aucun enfant, tuez-les tous." On estime à 75 à 80% la proportion de Herero et de Nama ainsi massacrés.

Avant l'arrivée des Européens, le sud-ouest africain (actuelle Namibie) n'était habitée que par des groupes clairsemés : Hottentots et Khoisans, Bochimans, Namas, Ovambos et Hereros. Au début des années 1880 une poignée de colons allemands s'y installe. Or, il s'agit d'un des rares territoires non encore revendiqués par les puissances européennes. Bismark saisit l'occasion et place ce territoire sous la protection du Reich, en 1884. Le premier gouverneur civil de la nouvelle colonie, Südwest-Afrika en allemand, se nomme Heinrich Goering, père du sinistre Hermann. Sur place, il s'appuie sur de petits effectifs de colons allemands (3700 colons et fonctionnaires).

En janvier 1894, sont découverts d'importants gisements de diamants. Se met alors en place une politique de déplacement et de confiscation systématique des terres dans les territoires habités par les Hereros (dans les régions au centre de la Namibie).

La première apparition de la dénomination « camp de concentration » est due aux Britanniques en Afrique du Sud durant leur guerre contre les Boers ; (Guerre du Transvaal, 1899-1902) ; sur ordre du général Frederick Roberts puis de Lord Kitchener, les Britanniques y enfermaient les femmes, les vieillards et les enfants des Boers et des membre de tribus indigènes alliées.

L'expérience a été estimée réussie par l'État anglais qui a poursuivi. Au Royaume-Uni, 32 000 étrangers ou espions supposés ou Irlandais après 1916, ont été enfermés dans des camps comme le champ de course de Newbury, puis dans une prison de l'île de Man qui n'était pas prévue pour des civils. Des tailleurs juifs de Londres, issus de Galicie (donc de l'Autriche-Hongrie) sont aussi internés dans des camps.

Dans le cas des Hottentots et des Boer, il s'est agi de véritables camps d'extermination et, pour les Hottentots, d'un premier génocide de l'ère moderne. Bien qu'il fasse partie d'"une histoire apparemment lointaine, ce dernier est loin d'être connu et reconnu. Et pour cause. Les gouvernements actuels ne se sont jamais interdits d'utiliser de telles méthodes. Ils ont dénoncé, après coup, le génocide des nazis contre les juifs, les tziganes et d'autres sortes de populations considérées comme "inférieures" par les nazis, mais ils n'ont rien fait contre sur le moment. Et ils ne se sont pas gênés pour soutenir ou employer des méthodes aussi barbares quand leurs intérêts les y ont poussé. Voir le soutien français au génocide rwandais notamment. Voir aussi le massacre organisé avec le soutien des USA au Guatemala (200.000 Mayas en 1954) ou les méthodes de guerre expéditives des USA au Vietnam (massacres, tortures, camps d'internement...).

Essais d'armes biologiques sur les populations

Marchand d'anthrax

Survol

Reportage "Marchand d'anthrax" [coe] :

Plus l'enquête avance, plus les découvertes nous stupéfient.

Le reportage fait le lien avec le 9/11 et la grippe A, parle du projet "Coast" d'Afrique du sud (projet gouvernemental officiel de génocide des noirs), Bush qui demande une simulation de **frappe mondiale généralisée de bacille d'anthrax** amélioré...

2 points qui à l'époque n'avaient pas beaucoup d'importance (2006) mais qui en 2010 prennent une tout autre envergure:

- 2 journalistes (dont un Pulitzer) ont publié une enquête qui prouve que les USA ont relancé leur programme de guerre biologique... et paf, **le 9/11 étouffe l'affaire**.
- un témoin (un scientifique impliqué dans le programme) affirme (2006) que les labos faisant partie du complexe militaro-industriel manipulaient entre autre **la grippe espagnoles**. Le reportage date de 2006, donc avant le souci de la grippe A (provenant de cette grippe espagnole) !!!

Alors, l'épidémie de grippe A, ballon essai ou accident naturel ?

On y apprend aussi qu'**il existe une mafia mondiale clandestine,** impliquant l'Europe, les États Unis, l'Afrique du Sud et la Russie, visant à **créer des armes biologiques ultimes, notamment des armes ethniques capables de détruire une nation entière**...

D'ici à dire que la grippe A venait d'une volonté de détruite l'humanité, et que la mutation rapide du virus a contrecarré les plans de cette mafia mondiale...

Attentat aux lettres à l'anthrax

L'oubli

Pendant des années, George W. Bush s'est glorifié d'avoir réussi à empêcher toute nouvelle attaque terroriste sur le sol américain après le 11/09/2001. Il a été réélu en novembre 2004 grâce à cela. Mais il avait oublié les sept lettres contenant des spores d'anthrax (ou maladie du charbon) qui en septembre et octobre 2001 ont infecté au hasard onze personnes par les voies respiratoires, en tuant cinq. Six ont survécu.

Les lettres avaient été envoyées depuis la ville de Trenton (New Jersey) les 18 septembre et 9 octobre 2001, et étaient adressées à :

- 2 sénateurs démocrates à Washington, Tom Daschle et Patrick Leahy,
- 5 groupes de médias dans le pays.

Dix-sept autres personnes ont développé un anthrax cutané et ont toutes été guéries.

La rhétorique des textes manuscrits dans les enveloppes était simpliste : «mort à l'Amérique, mort à Israël, Allah est grand». Les lettres avertissaient aussi qu'elles contenaient de l'anthrax et recommandaient de prendre des antibiotiques.

George Bush n'est pas le seul à les avoir oubliés. Les médias, les parlementaires, la population américaine dans son ensemble, sont victimes encore aujourd'hui de cette même amnésie. Le chaos et la psychose d'alors ont été comme effacés des mémoires, refoulés.

L'enquête échouée

Oubliée de même, «la plus grande enquête de son histoire» lancée par le FBI (plus de 1000 agents avaient été mobilisés).

Cette enquête a duré plus de 8 ans, et s'est conclue piteusement en février 2010, avec plus de questions que de réponses. Plus de 1.000 pistes ont été explorées, plus de 10.000 personnes interrogées. Le département de la Justice et le FBI ont clos l'affaire en affirmant que l'auteur supposé des courriers empoisonnés, Bruce Ivins, un scientifique américain travaillant pour l'armée sur les armes bactériologiques à Fort Detrick dans le Maryland, «a agi seul pour concevoir et exécuter ces attentats».

Il n'a jamais été arrêté, et s'est suicidé le 29 juillet 2008 tandis que la justice américaine réunissait des preuves pour le mettre en examen. Il a toujours nié être l'auteur de ces lettres à l'anthrax; sa famille et ses proches ont toujours aussi rejeté les accusations.

Pas besoin d'un mobile, il était fou, pas besoin de monter une accusation publique, il n'est plus là.

Les conclusions des enquêteurs ne convainquent personne. L'un des plus grands fiascos de l'histoire du FBI, similaire à l'enquête sur l'assassinat de JFK en novembre 1963.

La piste intérieure

L'étude génétique des spores a prouvé qu'elles provenaient toutes d'une même souche appelée Ames, du nom d'une vache texane morte en 1981. Cette souche, la plus virulente connue, est contrôlée par l'armée américaine et essentiellement utilisée par les laboratoires militaires travaillant sur le programme secret de défense biologique. En théorie, les USA ne fabriquent plus d'armes de ce type depuis 1969.

L'hypothèse extérieure est éliminée au bout de 8 longs mois : «L'expéditeur voulait assez grossièrement se faire passer pour un étranger islamiste écrivant mal l'anglais, mais cela n'était pas très crédible». Il n'y en a tout simplement aucune preuve d'une intervention extérieure.

L'enquête s'est alors orientée vers la piste du terrorisme intérieur et d'extrémistes comme ceux ayant commis l'attentat d'Oklahoma City en avril 1995 qui a fait 168 victimes. Même si d'après les experts, l'anthrax a pu être produit et raffiné dans le cadre «d'une opération plutôt limitée» qui n'a pas dû coûter «plus que quelques milliers de dollars», elle nécessite une grande expertise en microbiologie pour séparer les spores dormantes de celles qui sont actives, pour les sécher afin de les rendre plus volatiles sans les tuer et raffiner la poudre. «Cela ne peut pas être quelqu'un qui a accumulé les informations sur Internet. C'est une personne qui a passé un temps important à travailler sur le développement des spores et la façon de les purifier», affirmait le colonel David Franz, ancien responsable de l'Institut de recherche médical de Fort Detrick.

Il a fallu 8 mois de tergiversations au FBI pour finalement concentrer son enquête sur la piste intérieure, notamment quelques dizaines de scientifiques travaillant sur le programme de défense biologique du pays. Le FBI l'a fait avec une grande réticence, et s'est heurtée de plus à la mauvaise volonté du Pentagone et de la CIA. Il a fallu les pressions répétées et publiques des médias et de plusieurs scientifiques de renom pour que le FBI ose s'en prendre au Département de la défense.

Deux vagues d'attaque

Le docteur Barbara Rosenberg a joué un rôle clé, en multipliant les rapports et les appels aux médias et aux parlementaires pour chercher la piste intérieure, et cela lui a coûté cher. Elle est devenue la cible de ceux, dans le camp conservateur, qui pour protéger le Pentagone et la CIA, défendaient à tout prix la piste étrangère et islamiste.

Donald Foster, résume les motivations des terroristes en octobre 2003 : Obliger les politiques à investir dans les laboratoires militaires d'armes biologiques, sous couverts de développer des vaccins, mais aussi en créant de nouvelles souches plus meurtrières...

Le budget consacré à la biodéfense explose

En octobre 2001, uniquement sur le sol américain, 10 000 enveloppes contenant divers poudres imitant l'anthrax sont expédiées. Le trafic postal dans tout le pays est gravement perturbé, deux centres de tri majeurs fermés pendant des mois, un immeuble du Sénat est évacué pour la première fois de l'histoire des USA, des milliers de personnes sont traités préventivement. Les pharmacies sont prises d'assaut. A New-York et Washington, il y a pénurie de l'antibiotique le plus efficace contre l'anthrax.

Les moyens des grands laboratoires militaires ou civils sont multipliés presque instantanément. En 2005, le budget de la défense biologique est 18 fois supérieur à celui de 2001. En tout depuis 2001, le gouvernement américain a consacré plus de 50 milliards de dollars à la biodéfense. Quant à la grande peur des armes de destruction massive dans la population américaine, elle a joué un rôle majeur pour faire accepter l'invasion de l'Irak…

SIDA

Quand les chercheurs remontent à l'origine de la contamination [sid] (voir l'article de Tom Curtis en 1992), qu'est établie l'hypothèse que le passage du VIS (sida du singe) à l'Homme (SIDA) aurait pour origine une campagne de vaccination anti-polio massive (1 millions de congolais) pratiquée en République démocratique du Congo (Congo belge à l'époque) entre 1957 et 1960.

Le premier échantillon recensé du VIH fut recueilli en 1959 à Léopoldville (aujourd'hui Kinshasa), Congo Belge.

C'est le professeur Hilary Koprovski qui était à la tête du projet et il n'a jamais été inquiété. Koprovski avait travaillé sur le vaccin à souche atténué au lieu de désactivé, souche atténué dont on suspecte aujourd'hui la dangerosité comparé à l'ancienne méthode de vaccination.

L'hypothèse évoque le fait que lors de cette vaccination massive entre 1957 et 1960, des reins de singe ont été utilisé pour produire la polio atténuée.

Koprovski utilisait en effet des primates (dont des chimpanzés) du pays en masse afin de leur prélever les reins (vivants...) et c'est avec les cellules rénales que le vaccin était fabriqué à l'échelle "industrielle". Les singes étaient immobilisés avec seulement une simple dose de curare (qui ne les tuait pas mais les paralysait). Les chimpanzés agonisants, non recousus et non euthanasiés, étaient jetés encore en vie sur des charniers par centaines.

On savait déjà à l'époque que les singes utilisés pour les vaccins étaient des réservoirs à VIS, dès le 19e siècle. Pourquoi ces singes-là et pas d'autres pour fabriquer les vaccins ? Hasard ?

Et on suppose que c'est suite à une mutation (que personne n'explique) que les reins de singes, contaminés au VIS, auraient produits le virus du SIDA, qui contamine les humains. Bien entendu, aucune preuve affirmant que le SIDA a été produit en laboratoire, et a été injecté volontairement ensuite dans ces vaccins anti-polio, n'est jamais sortie. Reste que les 1er cas avérés de SIDA suivent de très près cette vaccination massive, au même endroit, et que malgré les alertes, cette maladie n'a été étudiée que lorsque le SIDA à commencé à faire des ravages dans la population blanche des USA. Le gouvernement, qui était au courant des risques, à censuré cette information.

Les dernières données de l'enquête montrent maintenant que la version "contamination accidentelle" ne tient pas la route. C'est là qu'est la nouveauté : le VIH n'a rien d'une mutation naturelle du VIS, mais il a été fabriqué artificiellement. Les conséquences sont bien plus graves encore, car cela veut dire que Koprovski était au courant pour le VIS et que c'est probablement lui qui l'a fait muter intentionnellement. Cela explique pourquoi les témoins affirment que des agents américains, de la CIA, emmenaient des échantillons aux USA régulièrement. Pourquoi la CIA se serait elle déplacée pour un vaccin anti-polio ?

D'après les auteurs Juin Goodfield et Alan Cantwell, en 1977, le Dr Robert Gallo et les scientifiques soviétiques se réunissent pour discuter de la prolifération des 66 000 litres de SIDA. Ils intègrent le SIDA dans le vaccin de la variole pour l'Afrique et le vaccin expérimental de l'hépatite B pour Manhattan. Le lot n ° 751 a été administré à New-York à des milliers de personnes innocentes. C'est peu après que son noté les premiers symptômes du Sida, à Manhattan, puis à San Francisco. Les analyses génomiques du virus, qui ont invalidées la théorie de Gaëtan Dugast en tant que patient zéro aux USA, font elles aussi remonter la source de l'épidémie USA à Manhattan après 1977, même si des cas venant d'Afrique avaient été détecté en 1959 [sid1].

COAST (Armes génétiques)

Le Projet COAST [coe] [ant] était un programme d'armes bactériologiques et chimiques secret-défense du gouvernement d'Afrique du Sud durant l'apartheid, bénéficiant du silence dicté par la stratégie des grandes puissances occidentales. Ce programme actif de 1981 à 1993 visait à contrôler la démographie de la population noire d'Afrique du Sud en créant des armes bactériologiques ne s'attaquant qu'aux populations d'origine africaine.

Pont St Esprit (France), 17/08/1951

une épidémie d'empoisonnement, marquée par des épisodes psychotiques aigus. Des insomnies (une personne n'a pas pu dormir pendant plus de 21 jours). Les victimes vont commencer à avoir des hallucinations comme la sensation de brûler de l'intérieur ou encore elles penseront être capables de voler. Certaines vont se jeter par leur fenêtre. Au total plus de 300 personnes ont fait des hallucinations dont 7 morts et 50 hospitalisés. Selon les enquêtes du journaliste américain Hank P. Albarelli Jr, le projet est lié à MK-Ultra et à l'assassinat du docteur Olson. La déclassification partielle des archives, les excuses de Bill Clinton en 1995 sur les essais menés par les USA sur la population européenne lors de la guerre, font que cette théorie fait aujourd'hui consensus, même si on ne sait pas si la contamination s'est faite par épandage aérien comme pour les autres tests de ce programme secret, ou si juste le pain d'une boulangerie aurait été contaminée (seuls les clients de cette boulangerie de Roch Briand auraient été atteints). Peut-être que l'empoisonnement d'une boulangerie s'est faite après l'inefficacité de l'épandage aérien :)

Tampa Bay (Floride), 1955

Parmi les expérimentations déclassifiées de MK-Ultra, on sait aussi qu'en 1955, la CIA pulvérise par avion la bactérie de la coqueluche au large de Tampa (Floride).

Autres

En 1956, l'armée lâche des moustiques porteurs de la fièvre jaune et de la dengue dans les villes portuaires de Savannah et Avon.

En 1966, l'armée USA teste un virus dans le métro de New-York et Chicago.

En 1977 [sot], l'armée américaine a admis avoir secrètement effectué au moins 239 essais de guerre chimique et bactériologique en plein air dans les villes des USA (leur propre pays) entre 1949 et 1969.

Marchand d'anthrax nous apprend aussi que les recherches sur les germes pathogènes ont été privatisées !!! rendant opaque toute tentative de savoir ce qu'il se passe dans ces labos dépendant des décisions des égoïstes de patron…

On sait désormais que les soldats américains morts en Irak 1991, ou handicapés à vie, après avoir pris des médicaments censés les protéger des armes chimiques, ont en réalité servis de cobaye aux labos privés.

La suite les documents n'ayant pas encore été déclassifiée, nous n'en saurons pas plus, mais rien n'indique qu'ils aient arrêté leurs essais sur leurs propres civils, à l'échelle au dessus avec des avions... D'ailleurs en 2018 les programmes sur les bacilles et autres virus mortels se portent toujours aussi bien aux USA...

En arctique, le projet britannique SPICE (pulvérisation pour guerre bactériologique) expérience en vue d'injecter dans la stratosphère des sulfates pour refroidir éventuellement la planète (malgré le fait que ces sulfates sont les molécules qui auraient fortement contribué à endommager la couche d'ozone).

Famines et épidémies

La grande famine d'Irlande (1845 à 1851) est l'exemple typique de cette accumulation de facteurs improbables, allant toujours dans le sens des dominants...

Situation identique à la France de 2020

Pourquoi étudier cette crise ? Parce qu'elle va vous rappeler beaucoup de signes qui se passent de nos jours. Qui oublie le passé est condamné à le revivre...

Comme la France d'aujourd'hui, l'Irlande est un pays :

- - agricole, grand exportateur.
- - catholique, religion que les anglicans de Londres veulent éradiquer,
- - parlant le gaelic irlandais, alors que Londres veut imposer l'anglais,
- en crise économique, ne produisant pas les produits industriels sur place, donc dépendant de la monnaie de Londres,
- dont les oligarques anglais possédant les terres, veulent dégager les locataires irlandais qui exploitent les terres,
- soumis à la doctrine anglaise de libre entreprise capitaliste sans limite, où rien ne doit s'opposer aux décisions des riches privés, surtout pas l'État.
- qui veut foutre dehors les banques anglaises qui ont verrouillé l'économie,
- où les manifestations se multiplient.

Une crise arrangerait bien certains

Malthus est mort peu de temps avant, celui qui prophétisait qu'avec bientôt 1 milliard d'être humain, la Terre ne pourra nourrir tout ce monde.

Les crises sont souvent précédées d'une crise économique (comme si la crise naturelle était planifiée), ici cette crise économique s'est produite en 1945 (suite à l'ouverture du marché face à la Grande-Bretagne, qui possède les lourdes usines de la révolution industrielle).

Les nombreux petits paysans locataires gênent les gros propriétaires (la gentry anglaise), qui avaient besoin de reprendre toutes les terres pour faire encore plus d'argent. Mais tant que le paysan et sa famille sont dans leur maison, on ne peut leur prendre les terres qu'ils louent.

Chaque paysan locataire cultive un petit potager à côté de sa maison, car le salaire versé (pour s'exténuer à cultiver le blé des maîtres), ne suffit pas à manger à sa faim... Les paysans locataires cultivent principalement la pomme de terre, aliment miraculeux, qui depuis des millénaires, n'a pas de maladie, et s'est parfaitement adapté à l'Irlande depuis des décennies.

Un autre avantage des anglais de retirer à la majorité des irlandais un accès aux terres agricoles, c'est de les rendre encore plus dépendant des usines de Grande-Bretagne, et du système monétaire (beaucoup trop de troc à leur goût, échappe encore à la férocité des banquiers).

Tout en bas de la pyramide sociale, les ouvriers agricoles ne possédant rien, et complètement dépendants du salaire qu'ils reçoivent.

Le déclencheur

Et paf! Intervention divine (ou diabolique...) pour les anglicans (qui y voit la main de "dieu" pour punir les hérétiques catholiques et sauver les propriétaires anglais de la volonté indépendantiste de la population), voilà qu'arrive d'Amérique (une grande constante après l'invasion européenne...) une nouvelle maladie, le mildiou, qui divise par 5 les cultures de pomme de terre. Et cela pendant 5 années consécutives.

Amplification de la crise naturelle

Ce n'est pas cet effondrement de la culture qui fut mortel, mais la réaction des autorités. On parle aujourd'hui d'un génocide (massacre programmé).

Des camps de travail et des grands chantiers se mettent en place, et les affamés doivent trimer comme des forçats pour avoir un bout de pain par jour, qui ne leur laisse plus la force de faire leur boulot d'esclave, et encore moins le temps de s'occuper de leur potager (pour ceux qui ont encore leurs terres) ou de pêcher ou cueillir les plantes sauvages. Le blé irlandais est envoyé en Angleterre, puis il revient tel quel en Irlande, après une forte augmentation des prix que rien ne justifie, et que les pauvres ne peuvent se payer.

La crise économique n'est que sur l'île. L'Angleterre est la plus puissante puissance économique du monde, et aurait pu sans problème fournir des repas gratuits le temps que les mauvaises récoltes prennent fin, en important de ses nombreuses colonies, ou en laissant suffisamment de blé sur l'île, sans spéculer dessus. Les catastrophes sont évitables, rien que par la coopération, à condition que les dominants le veuillent...

Mais apparemment, ce n'était pas la survie des pauvres qui avaient été décidée en haut lieu : les mesures d'aides diminuent au fur et à mesure que les années de mauvaises récoltes s'enchaînent. Devant travailler de plus en plus longtemps dans les camps, les derniers petits paysans n'ont plus le temps de labourer et de semer, augmentant la pénurie alimentaire avec l'aberration de champs à l'abandon en pleine crise alimentaire.

Les Quakers irlandais, ceux qui ont encore un peu d'argent, fournissent des repas gratuits, des outils agricoles, des semences et des cannes à pêche, sauvant de nombreuses vies par les premières mentalités coopératistes et communistes. On verra même les Hopis envoyer de l'argent aux irlandais, les tribus les plus pauvres d'Amérique.

Pour contrer ces dangereux mouvements de coopération (qui aboutiront aux syndicats et au communisme et coopératives 50 ans plus tard), le gouvernement lance les soupes populaires (avec des rations minimales...), mais qui seront rapidement arrêtées pour ne pas encourager l'oisiveté, surtout quand on voit que la mortalité commence à diminuer.

L'aide alimentaire n'est alors plus réservé qu'aux petits petits paysans locataires, en les incitant à céder leur bail (et à se couper de leur seule source de nourriture). Beaucoup refuseront de céder leur terre et leur maison dessus.

Ceux qui acceptent l'aide alimentaire s'entassent de plus en plus dans les camps de travaux forcés, le choléra, typhus, dysenterie et autres pandémies font leur apparition (on se souvient de la Croix Rouge qui apporte le choléra à Haïti après le séisme du 12/01/2010 (p. 627), involontairement selon la thèse officielle...). On n'est pas très loin de l'époque où les couvertures infestées de variole sont données de force aux amérindiens, pour les décimer en masse, volontairement cette fois-ci. On ne peut savoir si ce fut le cas en Irlande, mais on peut le penser fortement... Ce sont 300 000 travailleurs irlandais qui mourront dans les camps de l'État...

En n'investissant pas pour résorber la crise sanitaire, l'industrie naissante se crashe complètement, les terres sont laissées à l'abandon, la main d'oeuvre disparaît (le quart de la population disparaît en moins de 6 ans, moitié morte, moitié exilée).

La gestion de la crise est une mascarade : pour donner une comparaison, 7 millions de livre seront envoyés à l'Irlande (en comptant les détournements de fonds inévitables...), alors que 2 ans après, c'est 70 millions de livres qui seront dépensés dans la guerre de Crimée.

Bilan humain catastrophique

Au final, 1 millions d'irlandais périront dans les disettes (qui affaiblissent les organismes), les famines (morts de faim) et les épidémies qui ont suivies. On ne compte pas les morts à rebours, sachant que chaque épisode de ce genre voit une forte mortalité dans les 10 ans qui suivent, par épuisement des organismes, et des pathogènes encore très présents.

Une gestion tellement calamiteuse, qu'elle ne peut avoir été involontaire... Un lourd secret d'ailleurs, qui ne commencera à être étudié par les historiens que 150 ans plus tard, et qui est toujours l'objet d'une lourde inimitié entre les 2 îles du royaume-Unis.

Ce sera aussi la cause de la grande émigration irlandaise aux USA, où les dominants avaient besoin de beaucoup de main d'oeuvre pour la révolution industrielle. Comme en France, où apparaissent fort judicieusement le phylloxera de la vigne, la maladie des châtaigniers, au moment où les villes ont besoin de bras dans les grandes usines.

Trafic de drogue par la CIA

La CIA [com] a été impliqué dans des opérations de trafic de drogue dans le monde entier, y compris dans leur propre pays. Révélé dans l'affaire Iran-Contra, en vertu de laquelle les miliciens Contras faisaient de la contrebande de cocaïne aux USA avec la bénédiction de la CIA. La cocaïne était ensuite distribuée sous forme de le crack à Los Angeles, les bénéfices étant canalisés par les Contras pour la CIA.

Des barons de la drogue mexicains (comme Jésus Vicente Zambada Niebla) ont galement affirmé qu'ils ont été embauchés par le gouvernement américain pour des opérations de trafic de drogue.

Il est intéressant de voir comment les médias protègent la fausse version officielle :

- Journal *le Monde* : les méchants talibans organisent la production de pavot et les gentils USA ont une politique anti-drogue (et qui, même s'ils sont les maîtres militaires du pays, ne peuvent rien faire contre la culture de pavot...).
- Version réelle : L'armée américaine admet protéger le commerce de l'opium en Afghanistan.

Assassinats d'État sans jugement

La république française, qui se targue d'avoir aboli la peine de mort en 1981, continu d'assassiner les gens en toute discrétions, grâce aux assassins de la République obéissants aux ordres du président de la République [nou]. Vengeances d'État, assassinats en série, attentats commandités par l'Élysée, guérillas sanglantes, éradication de chefs terroristes, emploi de mercenaires sulfureux ou de services secrets alliés peu regardants… Pour ce faire, la DGSE dispose de son Service Action et, en marge de celui-ci, d'une cellule clandestine. Ses agents et des commandos des forces spéciales sont entraînés pour mener à bien ces exécutions ciblées, appelées "opération Homo" (pour homicide), ainsi que des opérations plus vastes de "neutralisation", souvent en marge des conflits déclarés.

On a aussi les fameux barbouzes français qui comme Bob Denard, font propager le chaos en Afrique. La dernière en date est du 14/04/2019, lorsque 13 « diplomates » français, armés jusqu'au dents, ont tenté de franchir les frontières entre la Tunisie et la Libye à bord de six voitures tout-terrain, et sous couvert de l'immunité diplomatique, ont refusé de rendre les armes dont ils étaient équipés. un premier groupe de diplomates français, onze au total, a été intercepté à bord de deux zodiacs en essayant de traverser la frontière tuniso-libyenne par voie maritime. Là encore, les occupants des zodiacs étaient armés.

Les USA aussi ont leur équivalent, encore un programme de la CIA. On sait juste qu'en 2019, Trump a dit qu'il reconduisait ce programme, et qu'en 2018, des assassinats sans jugement et complètement secrets avaient été perpétrés par les USA dans 135 pays du monde, sans savoir le nombre de morts par pays, ni pour quelles raisons (secret-défense).

Pendant un témoignage devant le Sénat en 1975 ([com]) concernant les activités illégales de la CIA, il a été révélé que la CIA avait mis au point un pistolet à fléchettes susceptible de provoquer une crise cardiaque. Et que la CIA maintenait un stock de toxine de crustacés suffisant pour tuer des milliers de gens.

Le poison mortel pénètre rapidement dans la circulation sanguine, provoquant une crise cardiaque. Une fois que le mal est fait, le poison se dénature rapidement, et l'autopsie ne peut que constater une attaque cardiaque sans causes apparentes. Le dard de cette arme secrète de la CIA peut traverser les vêtements, et il ne reste rien d'autre qu'un petit point rouge sur la peau (l'individu peut sentir une piqûre de moustique, voir même rien du tout). Le dard venimeux se désintègre complètement en entrant dans le corps.

Sexualité dépravée

La civilisation d'Ougarit, s'étend sur un territoire correspondant à l'Ouest de la Mésopotamie, Syrie jusqu'à Israël, c'est à dire le grand Israël que BHL et Netanyahu (les chapeau noirs) rêvent de reconquérir. C'est une portion de l'ancienne Sumer.
Vers -1 600, la civilisation d'Ougarit s'effondre.
C'est à ce moment-là que les 3 divinité majeures d'Ougarit, vont se fondre en une seule, sous la pression du monothéisme imposé par Moïse (un pratiquant du Yézidisme) :

- Ashera, la déesse mère, devient le chandelier à 7 branches.
- Yaw (Enki) devient Yaveh, ses prêtres devenant les cohen-lévy, c'est à dire ceux dédié aux service domestique de l'ogre. C'est les gardiens des traditions du temple (le faux dieu veut que les petits garçons soient plus cuits que les petites filles, il préfère l'encens, il veut tel style de chanson, il préfère telle pierre précieuse, etc.
- Baal (Enlil) disparaît dans la fonction royale, ses grands prêtres (lignée de David) devenant les rois.

C'est cette réorganisation de la société qui a enlevé cette notion importante de "moralisation de la vie publique", à savoir que le roi qui prenait les décisions devait être une personne spirituelle et scientifique aussi, un sage compétent, même si dans la civilisation ogre, ce sage devait aussi être profondément égoïste, alors que normalement c'est mieux de prendre un altruiste, qui fait passer l'intérêt commun avant le sien propre...
Séparer le pouvoir en 2 entités a permis de répartir entre les 2 castes de grands prêtres, et donc de laisser la répartition précédente de pouvoir. C'est là où échouera Akhenaton : il a donné toute la puissance à un seul groupe, Athon (Enlil), au détriment des prêtres de Amon (Enki). Ces derniers ont évidemment comploté pour reprendre la part du gâteau à laquelle ils étaient habitués.
Les cohen-lévy, les grands prêtres qui ne sont là que pour l'entretien du temple, et qui n'ont pas de justification en l'absence de ce dernier, ont perdu le pouvoir au profit des rabbins (les sages et juges qui s'occupent des préoccupations du peuple, de la vraie spiritualité comme le questionnement du peuple sur la vie après la mort, etc.). C'est pourquoi les BHLévy font tout pour reconstruire le troisième temple à Jérusalem, et retrouver leur prestige perdu.
La lignée de David (les rois, qui étaient les grands prêtres de Baal) correspond aujourd'hui aux illuminatis de la City, les adversaires des chapeau noirs. En tant que serviteurs de Baal, leur but est juste de remettre Enlil sur le trône de Jérusalem (le temple n'est que la maison où habitera physiquement l'ogre).
Ce qui nous amène à la sexualité dite dépravée. C'est vrai qu'il y a une libération sataniste des moeurs, le satanisme mettant le sexe en exergue, mais pour les ressentis ou la jouissance, surtout pour la domination de l'autre (d'où le bondage, le sado-masochisme (le "divin" marquis de Sade, qui raconte les exploits d'un maître de château qui torture ses prisonniers de toutes les façons possibles).
Le pouvoir, la maison royale, pratiquait la sodomie cultuelle dans le culte de Baal (qui employait des jeunes hommes à cette fin, tandis que le culte de Yaw, le symétrique, employait de très jeunes filles).
Dans la société ogre (un héritage des singes bonobos d'ailleurs), celui qui est plus haut dans la pyramide de pouvoir à le droit de faire ce qu'il veut des inférieurs.
Ce culte de signes du pouvoir se traduisait par le dominant qui sodomisait le dominé.
Peut-être pour ça que le roi d'Angleterre ne voulait pas être le vassal du roi de France, et a lancé la guerre de 100 ans...
Dans les temples de Baal, cette domination par sodomie était pratiqué avec les jeunes servants mâles de Baal.
Ces pratiques se retrouvent aujourd'hui : Pourquoi autant de "bi" au pouvoir actuellement ?
En effet, En mai 2020, Alain Soral, qui avait déjà révélé 7 ans avant les dessins antisémites de Yann Moix,

nous livre ici les informations sur les pratiques de soumission au pouvoir illuminati de la plupart de nos politiques qui comptent (ceux qui ont le droit de se présenter en tant que président de la république). On retrouve les noms de Dupont-Aignan, Fillon, Asselineau, Edouard Philippe (premier ministre actuel) et même le président Macron (mais ça c'était révélé bien avant) fricotant avec les acteurs comme Lambert-Wilson, ou de très jeunes garçons. Évidemment que vu la gravité de la révélation, et la puissance des gens cités, Soral n'y va pas sans preuves solides derrière. Évidemment aussi que si Soral est toujours vivant (Jean-Edern Hallier est mort pour moins que ça), c'est qu'il y a un clan puissant qui le mets en avant... Regardez qui Soral balance : des participants au clan de Baal (soit directement, soit des alliés comme Fillon). C'est donc le culte de Yaw que Soral protège. Sans le savoir évidemment, vu que les royalistes que Soral défend sont alliés avec la City de Londres, Baal/Enlil. Mais ces dénonciations vont permettre la chute à prévoir de la république, donc ça va dans le sens des vainqueurs de la City.

Faire le lien avec ces révélations sur Asselineau, qui sortent au même moment où est révélée sa gestion dictatoriale de son parti l'UPR, et des luttes de pouvoir qui s'y déroulent en ce moment. Rien n'est un hasard.

Les rappeurs américains avaient déjà dénoncé cette pratique de soumission, disant qu'il y avait un rituel pour pouvoir être signé par une grande maison de disque, passer à la télé, et ce rituel se terminait par leur sodomie réalisée par celui qui est à la tête visible du rap USA.

Comme d'habitude, le cinéma vous avait dit la vérité. Dans le film de Sacha Baron Cohen (donc le faux dieu Yaw), "le dictateur", on voit le dictateur aligner les actrices dans son lit (et d'autres acteurs connus comme Schwarzenegger) (4:44 de la vidéo), juste pour prouver sa puissance (ces dernières semblent obligé de le faire, ce n'est pas une question d'argent ou de prostitution). Un peu plus tard dans le film, on voit un de ses amis illuminatis qui vient de se taper un acteur connu, visiblement ce dernier n'est pas consentant non plus. L'illuminati révèle au dictateur qu'il n'est pas homo, c'est juste une question de montrer son pouvoir, de se dire que chaque humain à un prix et peut se plier à sa toute puissance...

Pas des homos

Ces gens cités par Soral ne sont pas forcément des homosexuels, mais sont obligés de se faire sodomiser pour montrer leur soumission à leurs maîtres au-dessus.

Des pratiques souvent dès l'enfance, ce qui provoque la pédophilie (amour des enfants de l'âge où on a soi-même été abusé), et qui pour des gens hiérarchistes qui ont été éduqué dès la naissance à ne pas ressentir d'empathie pour autrui, se traduit par le passage à l'acte (pédomanie).

La sexualité dans ces milieux n'est jamais très belle. Ce n'est pas la sensation que ces gens cherchent, mais la domination totale et l'humiliation de l'autre. C'est le culte de Baal (montrer sa position sociale, pas comme aujourd'hui en achetant une Ferrari, mais à l'ancienne, avec le viol de personnes non consentantes d'être traités dans ces conditions).

Non réprimandé

Évidemment, tous ces comportements semblent être au-dessus des lois (voir élites incestueuses plus loin). Cet article sur les nombreux rappeurs USA qui ont été attrapé en train de maltraiter leurs semblables rejoint les révélations de la soumission sodomite à leur chef lors de leur intronisation. La victime qui porte plainte doit souvent se rétracter, voyant que la justice la laisse exposée à des gens qui ont pléthores de malfrats à leurs ordres, l'intérêt d'être milliardaire, et de pouvoir acheter juges, policiers et truands...

Pratiques retrouvées dans le passé

On retrouve évidemment l'éphébologie des grecs, où les hommes puissants de la cité (c'est des hommes au pouvoir dans la société patriarcale ogre, basée sur la loi du plus fort physique) montrent leur pouvoir en s'achetant les garçons considérés comme les plus beaux de la ville. Pas de l'homosexualité là encore, juste une question de domination et de rapports de force.

Élites incestueuses protégées

Le 14/10/2017, Stéphane Roulleaux (un parfait inconnu, de classe populaire, dont le nom est donné dans les médias), est condamné à 12 ans de réclusion criminelle, assortie d'un suivi socio-judiciaire d'une durée de cinq ans. Il a interdiction d'exercer des activités en contact avec des mineurs. Il était accusé d'avoir, entre 2013 et 2015, entretenu une relation avec une fillette de dix ans.

Si les lois semblent efficaces en France, la justice semble à double vitesse. Surtout dès que le viol sur mineur se fait dans la famille…

Ainsi, au même moment (juillet 2017), ce père de famille dont le nom restera inconnu des médias, est condamné par le tribunal d'Arras à seulement 3 000 euros d'amende pour avoir violé sa fille pendant 6 ans, entre ses 9 ans et ses 15 ans. Elle résistait et gueulait à chaque fois, preuve qu'elle était loin d'être consentante... La loi prévoit pourtant que « si la victime a moins de 15 ans, le viol est puni de 20 ans ».

Stanley Kubrick

Dans son film « Eyes Wide Shut », Stanley Kubrick révèle des parties de l'élite ressemblant furieusement aux révélations faites par nombreuses de ces victimes de la programmation Monarch / MK-Ultra. Kubrick mourra 4 jours après avoir présenté son film aux frères Warners. Ces derniers sortiront bien le film au grand public, mais amputé de 20 minutes que personne n'a jamais vu...

Les réseaux d'enfants

En France, de Appoigny à "Viols d'Enfants la Fin du Silence" d'Élise Lucet en 1999, nous avons toujours eu des enfants échappés des réseaux satanistes (torture puis sacrifice d'enfants, l'adrénaline oxydée (provoquée par la torture) donne l'adrénochrome, un puissant psychotrope, mieux, paraît-il, que la cocaïne dont nos puissants raffolent).

En France, nous avons toujours su détourner le regard lorsque ces enfants témoignaient...[fm1]

Black Programs CIA

Monarch / MK-Ultra

Utiliser des drogues telles que le LSD pour faire parler des individus ou en faire des tueurs ? Allen Dulles lança le fameux projet MK-Ultra. Des milliers de soldats et d'étudiants furent drogués à leur insu pour étudier in vivo le potentiel militaire de la drogue. En 1973, le directeur de la CIA Richard Helms ordonne la destruction de toutes les archives et après des révélations dans la presse, le Congrès américain décida d'arrêter (officiellement) les expériences.

Les victimes de rituels satanistes, projet Monarch de MK-Ultra (CIA), les enfants manipulés mentalement depuis leur naissance, abusés sexuellement par les « élites » de notre société, des personnalités importantes présentées à la télé comme bien sous tous rapports. Voir par exemple les témoignages de Brice Taylor et Cathy O'Brien.

Dans les années 2010, dans une entrevue à RT America, Roseanne Barr a déclaré que le programme Projet MK-Ultra était toujours actif au sein de l'industrie du film d'Hollywood et qui participerait selon elle d'une « culture du viol ».

La star du milieu conspi

Le projet MK-Ultra est le plus connu des black programs, du fait de son statut para-légal très ambigu, de ses sujets d'expériences qui impliquent des enfants, des prostitués et des drogues, du fait que la plupart des documents officiels sur ces expériences ont été détruits par le directeur de la CIA Richard Helms en 1973, du profil controversé de plusieurs personnalités liées au projet (Georges Bush, Dick Cheney et Donald Rumsfeld, dont les noms se retrouvent sur l'ordre d'exécution de Franck Olson, et qui se retrouveront, des années plus tard, soit président de la république, soit n°2 et 3 du gouvernement sous la présidence du fils de Georges Bush, leur ancien patron à la CIA), l'assassinat bien documenté de Franck Olson en 1953, et et surtout de son but avoué de manipulation mentale.

Esclavage d'enfants

Source : *La face cachée du chocolat* : Documentaire de Miki Mistrati et Roberto Romano (Allemagne, 2010).

50% de la production de cacao vient de Côte d'ivoire. L'UNICEF estime qu'il y a 200.000 enfants de 7 à 16 ans qui travaillent dans les cultures comme esclaves. Ces enfants sont enlevés en plein village par des trafiquants dans les pays du pourtour de la Côte d'Ivoire : Mali, Burkina Faso, Niger, Nigeria. Un enfant vaut environ 230 euros négociables, ce qui paye son transport et sa livraison. Ensuite le cacao est revendu 1 euro le kg aux négociants qui le revendent 2 euros le kg à l'industrie alimentaire européenne (qui sont tous au courant, depuis 10 ans les associations font pression sur eux, sans succès). Les enfants sont obligé de travailler (sans être payés) et meurent de faim. Impossible de savoir ce qu'ils deviennent, ce qui laisse à penser que leur espérance de vie est de 18 ans à peine. Il dorment dehors, sont frappées, pas soignés avec des plaies ouvertes partout sur le corps, sans parler des parasites. Le marché du chocolat rapporte (on parle de bénéfice net) 70 milliards d'euros au seul Nestlé. Ce qui veut dire que le consommateur européen ne bénéficie même pas de la réduction de prix que procure l'esclavage... Tout ça avec la complicité de tous les gouvernements de la planète.

Pédo-satanisme

Si on se penche sur les derniers millénaires, on retrouve toujours les mêmes histoires restants impunies.

Le vampire de Barcelone

Prenons cette histoire arrivée par synchronicité alors que j'écrivais cette partie.

Enriqueta Martí i Ripollés naît en 1868 dans un village espagnol, qu'elle quitte très jeune pour rejoindre la grande ville de Barcelone, où elle travaille quelques temps comme domestique dans différentes maisons de la bourgeoisie, avant de très vite tomber dans la prostitution.

Enriqueta commence ensuite une double vie :

- Le jour, elle s'habille de haillons et courre les maisons de charité, les couvents et les paroisses des quartiers les plus pauvres de la ville, sous prétexte de demander l'aumône. Mais en réalité, elle choisit les orphelins et les enfants des familles les plus pauvres, les prenant par la main et les faisant passer pour siens. Ces enfants qui disparaissaient n'étaient jamais retrouvés.
- Le soir, la jeune femme sort ses luxueux vêtements, et fréquente El Liceu, le somptueux opéra de Barcelone, le Casino de la Arrabassada et les autres endroits à la mode où les notables de la ville aimaient à se rassembler. En ces lieux, elle proposait probablement les enfants qu'elle avait enlevé la journée.

En 1909, à 40 ans, Enriqueta peut s'offrir un bel appartement, et ouvre sa propre maison close. Cette année-là, Barcelone fut en proie à une révolte sociale (La Semaine Tragique), les combats de rue amenèrent les forces de l'ordre à occuper le port. Au cours de cette période confuse, la jeune femme fut arrêtée dans son appartement, où elle proposait les services d'enfants de 3 à 14 ans. Elle est accusée de prostitution infantile. Avec elle, est interpellé un jeune homme de bonne famille (probablement un client venu chercher un enfant).

Mais grâce à ses contacts dans la haute société, Enriqueta ne fut jamais jugée, et son dossier se perdit dans les insondables failles du système judiciaire.

On sait qu'un homme mystérieux, de forte influence, intervint pour qu'elle soit libérée.

Enriqueta déménage au milieu d'un des quartiers les plus pauvres de la ville (au plus proche de ses victimes). Elle enlève toujours des enfants, depuis les nouveaux-nés jusqu'aux enfants de 9 ans, et continue à en proposer certains à la prostitution. Mais elle assassine les autres, prélevant la graisse, le sang, les cheveux et les os. Ces ingrédients lui servent à fabriquer, entre autre, des élixirs et des crèmes pour le visage, qu'elle vendait à des dames de la haute société (qui connaissaient évidemment la provenance des composants). Le sang des jeunes enfants était censé augmenter considérablement la durée de vie, tandis que leur graisse était censé permettre une peau éternellement jeune.

- petit apparté, en 2010, on a découvert que les foetus avortés servaient de constituant aux crèmes anti-rides pour l'élite -

Enriqueta fabriquait également des filtres, des cataplasmes et des potions destinés à traiter diverses maladies pour lesquelles la médecine ne proposait pas encore de remède, comme la tuberculose.

Bien évidemment, les disparitions inexpliquées de nombreux enfants dans les rues de Barcelone ne passaient pas inaperçues. Les autorités refusent de prendre les témoignages d'enlèvements et d'assassinats, mais les esprits s'enflammant, le maire de Barcelone fit publier en 1911 une déclaration officielle démentant les rumeurs d'enlèvements ou d'assassinats.

Le 10 février 1912, Teresita, petite fille de cinq ans, disparu. Pendant 2 semaines, les journaux se firent l'écho de l'opinion publique, s'indignant de cette n-ième disparition, accusant les autorités de se montrer étrangement passives. Quand les journaux s'en mêlent, c'est que les protecteurs ont disparus, sinon les journaux auraient été contactés et seraient passé à autre chose...

Le 17 février 1912, grâce aux journaux, une voisine reconnu Teresita par la fenêtre d'Enriqueta. La petite avait eu les cheveux rasés. Elle en parla à un policier municipal, qui fit remonter à son chef. Puis apparemment ça s'arrêta là.

Le 27 février (10 jours plus tard, sous entendu de leur propre chef), prétextant avoir reçu une plainte contre Enriqueta pour élevage de poulets dans son appartement, le policier et 2 collègues demanda à visiter l'appartement. Surprise, Enriqueta accepta. A l'intérieur, les policiers découvrirent deux petites filles malingres vêtues de haillons, dont Teresita. Teresita leur expliqua comment Enriqueta l'avait attirée chez elle en la prenant par la main et en lui promettant des bonbons. Réalisant qu'elle s'était trop éloignée de sa maison, la fillette avait pris peur et avait demandé à rentrer chez elle. Brusquement, Enriqueta avait recouvert sa tête d'un tissu noir et l'avait amenée de force dans l'appartement.

L'histoire de la seconde petite fille, Angelita, était plus abominable encore. Avant l'arrivée de Teresita, un garçon de cinq ans vivait avec elle dans l'appartement. Un soir, alors qu'elle surveillait secrètement celle qui lui demandait de l'appeler maman, elle l'avait vue endormir le petit garçon pour ne pas qu'il crie, le tuer sur la table de la cuisine, et le vider de son sang, comme un animal.

Angelita ne connaissait pas son nom. Enriqueta finit par avouer qu'elle avait volé le nouveau-né à sa belle-sœur, lui faisant croire que la petite fille était morte à la naissance.

A quel moment Enriqueta ou ses riches clients décidaient que les enfants étaient devenus trop grands pour être torturés/violés et devaient passer à la casserole? L'histoire ne le dit pas.

Les enquêteurs effectuèrent une perquisition de l'appartement plus tard. Dans une des pièces, les enquêteurs découvrirent un sac rempli de vêtements ensanglantés, le couteau, et une trentaine d'ossements humains de petites dimensions dissimulés sous une pile de linge sale. Ces os portaient des traces qui indiquaient qu'ils avaient été exposés au feu, probablement pour faire fondre la graisse qui se trouvait autour.

L'appartement est misérable, sale et sent terriblement mauvais, mais contient un salon richement décoré de meubles rares. Une armoire remplie de vêtements luxueux pour garçons et filles, comme en portaient les enfants du grand monde, en plus des robes d'Enriqueta. Dans une autre salle, fermée à clef, plus de 50 pichets, pots et vasques étaient entreposés là, qui contenaient des restes humains, du gras, du sang coagulé, des cheveux, des squelettes de mains et des os en poudre. D'autres présentaient des potions, des pommades, des onguents et des bouteilles de sang, apparemment destinées à la vente.

Enriqueta prétendait être un expert, savoir faire les meilleurs remèdes, affirmant qu'ils étaient prisés par les plus fortunés.

Lors des interrogatoire, elle révéla les emplacements de ses anciens appartements, et où chercher dedans. Reconnaissant s'être livrée à des activités de proxénète pour pédophile, Enriqueta refusa de nommer un seul de ses clients, malgré la piètre estime qu'elle a d'eux: "Mes clients sont peut-être des monstres, mais pas moi."

Dans les 3 autres appartements et maisons d'Enriqueta, les enquêteurs découvrent de faux murs derrière lesquels étaient dissimulés des restes humains. Dans le jardin de la maison, le crâne d'un enfant de trois ans et plusieurs os appartenant à des enfants de 3, 6 et 8 ans. Les morceaux de vêtements encore présents confirment les origines modestes des jeunes victimes. Dans les différents logements qui appartenaient à la famille d'Enriqueta (dans son village natal), ils découvrirent des restes d'enfants dans des vases et des pots ainsi que des livres sur la préparation de remèdes. Impossible de déterminer avec exactitude le nombre de ses victimes, mais les enquêteurs pensent que ce commerce était pratiqué depuis plus de 20 ans.

Ont aussi été découvert, dans le dernier appartement de Barcelone, un livre ancien à la couverture en parchemin, et un autre livre où étaient notés, d'une écriture élégante, les abominables recettes. De même qu'un paquet de lettres et de notes écrites dans un langage codé, et une liste de noms de grandes familles barcelonaises.

Malgré tous les efforts des policiers pour dissimuler les noms de la liste, les infos fuitèrent : les clients étaient des médecins, des politiciens, des hommes d'affaires et des banquiers. L'opinion publique s'en offusqua, les journaux s'indignèrent et pendant des semaines l'histoire fit la première page, non seulement en Catalogne mais dans toute l'Espagne.

Malgré toute cette agitation, aucune nouvelle arrestation n'était annoncée. Les autorités, qui craignaient une émeute, expliquèrent dans les journaux que la fameuse liste était celle de personnalités qu'Enriqueta avait escroqué [faire passer les bourreaux pour des victimes...].

En attendant son jugement à la prison, Enriqueta tenta de se suicider à 2 reprises. Les autorités firent alors savoir par la presse que des mesures avaient été prises pour qu'elle ne soit jamais laissée seule.

- Apparté, comme Epstein en 2019... -

Vous avez deviné comment se finit l'histoire. Enriqueta est assassinée le 12 mai 1913 par des détenues. Les médias mentirent encore une fois, en disant qu' Enriqueta avait perdu la vie suite à une longue maladie. Elle fut secrètement enterrée dans une fosse commune, et ni elle, ni ses riches clients, ne furent jamais jugés...

Quand le pouvoir protège les pédo-criminels

La vidéo "la franc-maçonnerie disséquée"[fm1] dérange, bouscule. Elle se contente de résumer tous les reportages qui passent régulièrement à la télé ou à la radio, et que nous oublions aussitôt. Tous ces témoignages mis bout à bout, on ne peut s'empêcher ce coup-ci de faire les liens entre toutes ces affaires, qui se prolongent sans que jamais personne ne puisse les arrêter. Pas d'amnésie qui tienne sur cette vidéo de 3h30, que je vais résumer ci-dessous, vous trouverez sur le site le moment de la vidéo où ils parlent du sujet.

1e partie : les sociétés secrètes

[AM : A noter que le reportage assimile toutes les sociétés secrètes à la maçonnerie, en réalité c'est plus complexe que ça, en les différentes obédiences et grades]

Cette partie montre que la FM a infiltré les plus hautes sphères de l'État, au niveau politique et judiciaire. Les valeurs qu'elle prône ne sont que des façades, comme la laïcité n'est qu'un leurre, puisque la FM demande à croire en un être suprême.

Introduction

Le premier serment des FM est de ne rien révéler de ce qu'ils apprendraient. Au début de chaque cérémonie, les maçons font le signe de l'égorgement, acceptant d'être égorgés s'ils ne gardent pas le silence.

La mafia russe est issue des FM américains.

En 1905, la loge P1 a fiché toute l'armée française pour empêcher que les catholiques puissent monter chez les hauts gradés.

Loge P2 aux USA, qui assassine Jean-Paul 1 au 33ème jour de son mandat.

Le public ne comprend pas que des entreprises concurrentes, des politiques de partis différents, font en réalité semblants de s'opposer : ils ont les mêmes buts, travaillent en commun.

À Londres, la police très infiltrée par la maçonnerie.

Des témoins racontent comment, dans un grand groupe pharmaceutique, les FM montaient très très vite dans la hiérarchie.

La justice recense beaucoup de juges FM. Dans les lettres envoyées aux juges, des petits signes, tournures de phrases, permettent au juge de reconnaître un FM et de l'aider à s'en sortir. Dans les poignées de main, ils vous caressent la paume avec l'index pour se reconnaître. Pas d'égalité dans la justice.

Des exemples de malversations sont donnés par le juge Eric de Montgolfier, qui a été persécuté pour sa lutte contre l'influence de la maçonnerie.

Toutes les officines Crédit Mutuel sont maçonnique, leur logo c'est un triangle avec 3 points au milieu. Et pourtant c'est une mutuelle, appartenant à ses clients, qui sont censés pouvoir agir dessus. Détournement d'1 milliard d'euros...

les présidents africains mis en place par la franc-maçonnerie française. Il s'établit ainsi un réseau (les chefs de la police, des RG, etc. étant tous maçons), les dictateurs bénéficiant de l'armée française si le peuple (appelés les terroristes dans nos médias) veut reprendre sa souveraineté. En échange, les maçons français peuvent piller en toute liberté les ressources du pays.

Un exemple de sélection et d'entrée en maçonnerie.

Le secret, encore le secret, tout ne doit pas être divulgué au public.

Le serment, le FM doit jurer solennellement de sacrifier sa vie pour ses frères (de les protéger des "autres", les non maçons).

La religion FM

Après l'intronisation d'un nouveau membre, sacrifice d'une chèvre pour que les dirigeant de grade le plus élevé boivent son sang chaud en récitant des incantations hébraïques.

La religion FM est basée en la croyance en un être suprême. Le maçon doit se débarrasser de ses croyances personnelles, surtout chrétiennes. Le pardon et l'amour du prochain n'ont pas leur place ici.

Depuis 1905, l'État FM assure la police des cultes (l'église est surveillée).

2e partie : intrication avec le pouvoir

La pédophilie de haut niveau est protégée par le pouvoir français. Cette seconde partie vise à révéler les méfaits de la FM.

Pédophilie

Yves Bertrand, directeur des RG, raconte que les renseignements ont découvert la pédophilie de Jack Lang au Maroc, alors que Lang était ministre. Les infos sont remontées à son supérieur hiérarchique, et aucune procédure judiciaire ni démission n'a suivi. [Jack Lang continue, en 2018, de toucher plus de 25 000 euros par mois payés par nos impôts...]

Le petit Vincent, un fils de FM. Il dénonce son père qui l'a violé, mais l'affaire est classé sans suite, et l'enfant laissé aux mains de son pédophile de père...

L'affaire du lieu de vie le Coral, un lieu de partouze pour socialistes pédophiles, où sera retrouvé mort un enfant : sodomisé, la tête dans un seau rempli de merde, noyé... Est de nouveau cité Jack Lang, qu'aucune justice ne semble pouvoir arrêter.

Sacrifices humains

Les druides, références des FM, principale source des doctrines et rituels maçonniques, vénéraient plusieurs dieux païens, pratiquaient l'astrologie, et les sacrifices humain. Le prêtre exorciste Georges Morand est souvent confrontés à des possessions suite à des messes noires et des sacrifices humains...

L'affaire Patrice Alègre, la mise en accusation de Dominique Baudis le maire de Toulouse, et du magistrat Pierre Roche. Ce dernier confirme l'accusation, juste avant sa mort suspecte.

Témoignage des enfants du magistrat Roche, sur le déroulé de ces orgies sataniques; telles que le racontait leur père, qui avait alors peur pour sa vie. Ces orgies se font avec meurtre de bébé ou de prostituées. Des gens hauts placés (juges et policiers hauts gradés, politiques, financiers, médical, universitaires, etc.) réuni dans cette société secrète pratiquant ces orgies sacrificielles.

Des gens et des enfants torturés (scarification, brûlures, perforation) puis tués, majoritairement non consentants. Le tout filmé pour un trafic de vidéos illégales. Les victimes font partie des basses couches de la société, que personne n'irait rechercher : prostituées, SDF, étrangers en situation irrégulière. Si jamais une affaire ressortait, de par leur position influente en de nombreux postes (enquêteurs, juges, magistrat, politique) ils étouffaient l'affaire dans l'oeuf.

"Philosophie" de ces sociétés secrètes

La fille du magistrat Roche dévoile la philosophie de ces groupes, le dépassement de soi.

Le Père brune parle des snuff movie, des tortures d'enfants, des assassinats, qui sont filmés puis revendus à prix d'or. Qui a autant d'argent et autant de perversion ? Destruction de ce qui est considéré comme pur (comme les petits enfants) semble être ce qui sous-tends ces actes. Salir le beau de ce monde [voir art contemporain].

Le fils Roche raconte comment sont approchés les gens de pouvoir (ceux qui peuvent faire le camouflage des affaires, les copinages, malversations de haut niveau) afin de les intégrer dans cette secte.

Après quelques entretiens avec le futur adepte, les recruteurs décèlent s'il a une corruption morale, et c'est souvent le cas chez ceux qui veulent du pouvoir = dominer les autres.

Ceux qui veulent servir la communauté sont détectés, et seront bloqués dans leur évolution hiérarchiques, car ils ne sauront tenir leur langue, et condamneraient les coupables. Les altruistes et honnêtes restent à un niveau hiérarchique bas, où ils n'ont pas de pouvoir de nuisance pour la mafia.

Pour celui qui passe les tests d'égoïsme, on commence pas des petites soirées libertines mais restant soft, suffisantes ensuite pour faire chanter la personne. L'horreur des soirées monte ensuite crescendo.

Ils apprennent ensuite à s'ôter de la tête toutes les règles morales apprises de la culture chrétienne : ces règles ne valent que pour le peuple, mais empêchent à l'élite d'atteindre la "quintessence" [je nommerais plutôt cela la lie...] du genre humain.

Ils pratiquent donc des actes horribles, de violer tous les tabous pour soit disant faire sauter tous les verrous moraux inculqués depuis l'enfance, et aller toujours plus loin dans le n'importe quoi.

[A noter que ce parcours est valable pour ceux qui ne sont pas nés dans le bon milieu social, ce genre de comportement est appris dès l'enfance chez nos Élites]

Dans l'ordre, viol, torture, meurtre. Ils s'encouragent les uns les autres à aller toujours plus loin, pas de limites.

L'exacerbation des violences sexuelles dans notre société serait leur volonté [les attaques sexuelles par les migrants encouragées ?]

Explication de la devise francs-maçonnes Liberté-égalité-fraternité : En quoi elle est fausse (les hauts gradés sont supérieurs aux compagnons bas gradés, pas d'égalité pour les non maçons, qui ne sont pas concernés par cette devise [d'où la déclaration des droits de l'homme <u>ET</u> du citoyens, l'homme étant le FM, le citoyens le non FM]).

Petits rappels sur la révolution française, Lafayette, en remerciement, s'est vu offrir par les FM USA une propriété en Virginie, avec des esclaves noirs, illustration du fait que le slogan "liberté, égalité, fraternité" des FM n'est pas pour tout le monde...

La statue de la liberté, offerte par les maçons français aux maçons américains, porte la torche de la lumière de Lucifer.

Rappel des nombreuses disparitions de personnes et d'enfants, le suicide du gendarme Lambert de 2 balles dans la tête la veille de la consécration de 20 ans de lutte, provenant de 2 armes différentes... Les nombreuses affaires judiciaires, arrêtées. Comme le policier en charge de la disparition de la petite Estelle Mougins, obligé de fuir en Angleterre, après s'être heurté à des documents classés secrets défense. En quoi une petite fille disparue aurait des liens avec du secret-défense ?

Albert Pike, au 19e siècle, après avoir infiltré les FM, initie un mouvement plus mondial, plus sombre.

Aux membres supérieurs au 30ème degré, les vrais buts sont dévoilés. Ils apprennent quoi dire aux FM des grades inférieurs et aux non-FM de l'extérieur. Il oriente la maçonnerie vers le Lucifériannisme voir pire, le satanisme, en opposition totale avec les principes de Jésus.

1:46:00 : Témoignages à voir pour comprendre

A partir de là il vaut mieux voir la vidéo, on ne peut pas comprendre ce que subissent les victimes sinon, et à quel point leurs bourreaux sont perturbés dans leurs processus cognitifs.

Témoignages d'enfants victimes des sectes FM. Ils doivent regarder les tortures/viols (actes réalisés en même temps) d'autres enfants, voir participer à ces "jeux" sous la contrainte. Perversion des bourreaux, qui leur mettent un sac sur la tête, et leurs disent que c'est maintenant leur tour de mourir. Du sang partout sur leurs dessins d'enfants [pire que Walking Dead]...

1:54:00 : CD-Rom de Zandvoort en 1998, enfants torturés, violés, tués, des témoins de partout en Europe (dont France, Suisse, Belgique) se reconnaissent ou reconnaissent d'autres enfants et agresseurs sur les photos, mais la justice refuse d'enquêter, ne croit pas au réseau international. Le créateur du cd-rom a entre temps été assassiné, et le journaliste qui a lancé l'affaire est inquiété pour détention de matériel pédo-pornographique (le fameux CD qu'il a obtenu et porté immédiatement à la justice)...

Encore une fois des victimes qui cherchent à faire avancer les choses, les procureurs les ignorent, personne ne les croit.

Zandvoort, après des lenteurs extrêmes, des oublis, finira par un non lieu général... Excepté pour le lanceur d'alerte, qui partira en prison.

1:57:30 : Ceux qui sont payés pour faire respecter les lois sont les premiers à les transgresser.

Des personnes censées être laïques, occupant le haut de la pyramide hiérarchique (donc censés être éduqués) en appellent au diable et aux messes noires pour avoir plus de puissance.

Témoignages d'enfants de moins de 5 ans, laissés seuls face à leurs bourreaux, que personne ne veut aider, écouter. Leur calvaire continu.

Des enfants de FM obligés de mutiler des enfants à sacrifier, comme couper des morceaux de leurs organes sexuels, brûlures de cigarette, et toujours le viol en même temps. Ces enfants doivent ensuite tuer l'enfant martyr, puis vont le manger lors de la "fête"/initiation qui suit les massacres. Ces enfants participent à ces tueries avec leur père et leur grand-père : depuis combien de générations tout cela a-t-il lieu ?

Tout est donné à la justice : l'immeuble où ça se passe, les pièces, les couloirs pour y aller. Mais la justice refuse systématiquement l'enquête.

2:13:00 une tête d'enfant, des mains coupées et des boyaux dans des bocaux, exposés sur une table. Faire souffrir pour devenir plus puissant.

Partout en Europe, les témoignages des enfants coïncident.

2:16:30 les enfants Roche, qui travaillent dedans, disent que le système est pourri jusqu'à la moelle. Moyens de pression : procédures, contrôle des impôts. C'est comme si une maladie avait pris le contrôle d'un corps et luttait contre tous les remèdes qu'on voulait lui appliquer.

Un snuff-vidéo (vidéo avec mort d'enfant réelle) peut être vendu 20 000 euros. L'enfant peut mourir à force d'abus sexuel. Seules des personnes extrêmement riches peuvent faire vivre ce marché.

Le but est de placer des membres de la secte aux postes clés, comme ministre de la justice.

Rovensweil, personnalité identifié comme un bourreau sur des photos des CD de Zandvoort, est toujours en activité 10 ans après (il est juge pour enfant au tribunal de Bobigny).

Le réseau permet de mailler une région : avoir des pions dans la magistrature, la police, et dans les institutions comme la DDASS pour le vivier d'enfants...

On voit des photos de bébé violé, mais aussi le visage explosé d'une fillette en pleurs et en sang, ce n'est plus que de la perversion sexuelle, mais aussi de plaisir sadique (aimer la souffrance d'autrui).

2:28:30 : Dominique Baudis, qui a assez de pouvoir pour passer sur TF1 à la place de François Hollande prévu de longue date, a sûrement autant de pouvoir pour retarder la sortie dans les médias de cette affaire.

2:28:45 Maurice Guckman, UMP, pris en flagrant délit de pédophilie, ne prends que 2 mois de prison avec sursis. Celui qui s'est battu pour développer l'enquête et démasquer le pédophile, malgré un casier judiciaire vierge, se prends 2 ans ferme pour fausses accusations, période de prison pendant laquelle il sera torturé pour lui faire comprendre qu'on ne touche pas à ce milieu.

2:30:40 Pour pouvoir agir à un tel niveau, ce n'est pas uniquement une mafia de pédo-criminels, une mafia de talmudistes, d'une religion, de satanistes, mais une mafia regroupant toutes ces mafias (le réseau des réseaux).

2:31:50 C'est la franc-maçonnerie qui, par ses multiples possibilités, permet la chasse des enfants, l'achat ou location de "lieux de cultes" où perpétrer ses méfaits, puis production des vidéos et leur vente. Chaque partie est cloisonnée et reste secrète, sauf qu'aujourd'hui, avec les diverses fuites à tous étages, on peut retracer la chaîne de fonctionnement.

Pour faire ça, il faut qu'ils se sentent protégés, tout puissants, et qu'il n'y ai aucun risque à faire tout ce qu'ils veulent (ce qu'on a vu au début de la vidéo, la compétition pour savoir qui aura l'imagination la plus morbide/perverse, qui ira le plus loin dans l'horreur).

Jusqu'à 2:45:00, c'est une critique du satanisme au niveau religion, Hitler (société secrète de Thulé) et son mythe du sur-homme, qui doit se dépasser pour devenir divin. Ensuite, une liste des grandes personnalités du 20ème siècles, des présidents, etc. qui furent FM.

Jusqu'à 2:59:30, des rappels sur la fin des temps, l'apocalypse de Jean ou des Hadiths, l'antéchrist borgne qui maîtrise la technique, le Ordo Ab chaos des francs-maçons (l'ordre vient du chaos), souvent utilisé pour provoquer des crises (seconde guerre mondiale) et de la solution apportée par ceux qui manipulent tout, comme le partage du monde en 2 clans.

Conférence de Pike qui annonçait les grandes guerres du 20e siècle, prévues en avance. Promotion de l'universalisme (gouvernement mondialisé, lois ultra-libérales permettant aux puissants/initiés de faire tout ce qui leur fait plaisir, tout le monde pareil pour pouvoir être plus facilement manipulé/dominé).

3:00:40 : 88 000 enfants ont été identifiés comme ayant été assassinés dans des rituels de sociétés secrètes [les enlèvements d'enfants connus : les enfants de prostitués, le vol des pays pauvres, les fermes à enfant de Jean de Dieu au Brésil, les esclaves d'Epstein qui font des enfants à la chaîne, tout ça ne rentre dans aucune statistique...].

Les pédophiles pauvres sont montrés du doigt, pour faire diversion et faire peur à ceux qui ne maîtrisent pas l'outil internet.

Ces puissantes croient à la sorcellerie, en s'arrangeant pour que nous n'y croyions pas.

3:06:20 le gendarme Stan Maillaud, condamné pour enlèvement d'enfant. Il avait juste sorti un enfant des griffes de ses prédateur. Fondateur d'associations pour dénoncer les pédophiles, il est actuellement recherché par Interpol [Il sera arrêté fin 2018].

Aucune affaire n'aboutit dans les médias. Comme dans l'affaire Dutroux [30 témoins sont morts suspectement juste avant de témoigner, le premier procureur trop efficace retiré, etc.], les réseaux ne sont jamais recherchés. Les rares personnes impliquées restent en poste sans aucune peine de prison. Les mamans sont systématiquement internées ou doivent s'enfuir. Les dossiers judiciaires disparaissent.

Comment est-ce possible? Parce que cette mafia dirige la France...

Les horreurs de l'affaire Dutroux

Wikileak a fait fuiter, le 17 avril 2009, le résumé d'auditions de l'affaire Dutroux : à la lecture de ce document de 1235 pages, rédigé par les enquêteurs à l'intention du juge d'instruction dans la perspective du procès de l'équipe Dutroux en 2004, nous comprenons très vite la présence d'un réseaux pédocriminel haut placé, à l'opposé du jugement final qui a soulevé la Belgique à l'époque. Les juristes belges se sont contenté de déplorer que ce document confidentiel soit arrivé sous les yeux du public...

Attention, la lecture de ces documents judiciaire est assez dure, même si les rapports d'interrogatoires sont assez froids et peu émotifs. Je prends quelques phrases du document dans la suite du paragraphe. C'est peut-être la partie la plus remuante de ce livre, vous pouvez sauter ce paragraphe si des parties précédentes vous ont déjà choqué. Il faut juste retenir que ces criminels satanistes n'ont plus aucune limite d'aucune sorte, et que les enfants des Élites sont torturés et traumatisés dès leur plus jeune âge...

Réseau mondial sataniste

Les Églises Sataniques font partie d'une Association mondiale [...] des milliers de membres juste pour la Belgique. [...] Les rites sataniques prévoit de couper la tête des membres qui veulent quitter l'Église, ou changer d'Église.

Sacrifices rituels

Les sacrifices vont du sacrifice d'animaux au sacrifices d'humains [et] sont suivis d'orgies.

Une femme est violée par un serpent ou un chien qui représente Satan. [...] Parfois la femme est sacrifiée et son sang sert pour les rites.

Des cadavres disparaissent via une boucherie de ROTTERDAM.

Viols, tortures, drogue et lavage de cerveau d'enfants choisis

X1 et KATRIEN ont été violées par tout le monde. Chaque fois qu'un homme avait joui, des coupures avec un couteau étaient faites dans le bras.

A partir de 9 ans il est habituel de donner des hormones aux enfants pour favoriser l'évolution des sexes.

Il la battait et la punissait pour ne pas être de pure race. Il ont tué son enfant parce qu'il n'était pas pur et ne pouvait donc vivre.

[Fille de 7-8 ans] Le lendemain il l'a réveillée pour la violer d'abord avec le manche d'un couteau après l'avoir coupée aux seins, au ventre et aux cuisses.

On étrangle X2 parce qu'elle crie.

De 3 à 8 ans, X3 était l'enjeu de parties de cartes à son domicile, le gagnant pouvait disposer d'elle à sa guise. À 8 ans, suite à une partie de cartes, elle a eu le clitoris partiellement excisé. Le médecin de famille qui participe à ces soirées l'a soignée.

Ensuite elle a été mise à disposition pour servir à des soirées mondaines, soirées spectacles- photos : il s'agissait de soirées pornos pédophiles et/ou zoophile

Lors d'une soirée elle a assisté au meurtre et à l'enterrement d'un garçon de 8 ans : le garçon a été émasculé avec une lame de rasoir et ses organes génitaux ont été déposés sur son ventre.

Lors d'une soirée elle a été enduite de crème fraîche que les participant ont léchée en la violant.

Dans d'autres endroits

Un jeu consistait à faire planter par les enfants des aiguilles à tricoter dans le vagin d'une fille attachée à une planche

Le fille en est morte et a été violée par RALF, POLO, CHARLY, WALTER et ALBERT

Elle parle d'un autre meurtre qu'elle a commis sur une fille de 3-5 ans sous la menace que ce serait son frère qui serait tué. Elle a ouvert la fille du sexe vers le sternum avec un cutter.

Écartèlement de CEDRIC (6-8 ans) parce qu'il avait refusé d'égorger une fille enceinte.

Elle a aussi du manger des excréments de chiens [qui avaient mangé des bébés avant].

Elle se souvient d'un enfant qui a été décapité puis découpé et frit avant d'être mangé.

Elle se souvient d'enfants qui pendent à des crochets dans la cuisine

Une certaine Solange a été énucléée par elle et une vieille dame avec une cuillère.

Horreurs sur le sexe

Garçon de 4-5 ans à qui ont coud le pénis à la bourse. Une fille dont on a cousu les lèvres du vagin avant de la violer. On a aussi cousu des fils aux lèvres de son sexe pour les écarter.

A la fin d'une autre soirée un enfant (8 ans ?) a été émasculé. Les enfants présents ont enterré le garçon dans un parterre de fleurs.

Des châteaux isolés et des souterrains

X1 a assisté très régulièrement à des meurtres d'enfants entre ses 4 et 15 ans. Elle parle de meurtres lors de partie de Chasse au LUXEMBOURG ou dans les ARDENNES [(bois privé)], les participants ont l'air sûrs d'être tranquilles.

[D'autres crimes se passent dans une] Maison entourée d'un parc. Deux surveillants sur place : RALF et WALTER. Les enfants étaient amenés dans un tourelle en pierre naturelle avec porte en bois. Un souterrain partait de la tourelle vers des caves. Souterrain sans lumière - en terre et en pente.

Dans les caves il y avait des cellules où les enfants étaient enfermés en attendant leur tour

Il y avait aussi des cellules pour des chiens (dobermans)

Le couloir donnait sur une salle de spectacle (orgies, mises à mort enfants et chiens, et toute sorte d'autres horreurs).

Dans la tourelle : corps d'enfants morts à divers stades de décomposition (parfois démembrés et/ou morceaux manquants) et carcasses de chiens.

Spectateurs royaux

Spectateurs : toujours les mêmes mais difficilement identifiables - une cinquantaine. Elle a reconnu le régent CHARLES, le Roi BAUDOUIN et le Roi ALBERT et deux autres qu'elle appelle CHARLY et POLO. Elle pense avoir reconnu Willy CLAES et le docteur VANDEN EYNDE.

Dans [le château où elle se fait violer par le roi Beaudouin] il y avait de nombreux serviteurs. La soirée a fini en orgie.

Chasse à l'enfant

Chiens obéissants à RALF et WALTER, drogués pour être excités

GILLES (dans les 12 ans) a été émasculé par POLO. Les autres enfants ont du boire son sang. Elle croit l'avoir revu découpé dans la pièce aux morts.

Filles tailladées avec lames de rasoir. Les lèvres du sexe de X3 ont été découpées partiellement et ont été donnée à manger aux chiens.

Chasse préparée par CHARLY et POLO

Sur un autre lieu

Grosse maison blanche avec étage et écuries

Parc avec bassin rond et fontaine sortant d'une personnage.

Les enfants étaient lâchés nus et lorsqu'ils étaient attrapés, ils étaient violés.

La chasse se terminait par des tortures dans la salle de spectacle. Là aussi, on a découpé le sexe d'une fille pour le donner manger aux chiens.

Dépucelage d'une fille de 7-9 ans par un chien. Produit excitant sur le sexe de la fille. Les autres enfants ont du lécher le sang.

Usine à bébé, horreurs sur les nouveaux-nés

Accouchement d'une adolescente par césarienne. Bébé arraché du ventre et donné aux chiens par POLO. La témoin a revu la mère démembrée dans la pièce aux morts.

Elle a du manger de la chair humaine découpée sur les cadavres de la pièce aux morts. Elle a du manger des morceaux d'enfants (doigts) servis en gélatine.

Cela a provoqué une énorme sensation de faim et de soif. Boire du sang soulageait la sensation de soif.

Accouchement d'une femme seule. Dés la naissance le bébé a été dévoré par les chiens. Après la naissance : viol de la mère par POLO et CHARLY. Les restes de l'enfant ont du être mangé par les enfants présents. POLO tue les chiens et les évide comme des porcs en boucherie.

Meurtre d'une jeune femme pubère ouverte par VANDEN EYNDE. Elle a du donner les tripes de la fille aux chiens qui ont ensuite été abattus.

Le bébé criait dans le ventre de sa mère. Elle a recousu le ventre avec le bébé à l'intérieur.

1990 - Embargo de Cuba

Survol

En 1990, avec la chute de l'URSS et l'embargo américain bloquant les ports, Cuba s'est retrouvé du jour au lendemain en autarcie complète, alors que tout son mode de production était basé sur une agriculture intensive très dépendante du pétrole, pesticides et engrais. Heureusement pour eux, ils étaient communistes et l'entraide communautaire à permis de les sauver.

Pourquoi Cuba

Cuba est une société imparfaite, mais d'idéologie communiste, tout ce que les illuminati détestent. Les cubains, et l'entraide communiste internationale, a montré que les illuminati peuvent être contrés grâce à l'entraide.

Répartition de l'utilisation du pétrole avant la crise

40% consommé pour produire de la nourriture.

35% dans les transports.

27% pour la maison (climatisation, frigo, étant un pays chaud).

Les tracteurs et les fertilisants russes avaient en effet permis à Cuba, dans le cadre de sa révolution verte, de se doter d'une agriculture plus industrialisée encore que celle des USA, produisant de grandes quantités de sucre destiné l'exportation et important une forte proportion de sa nourriture, 50% de son riz par exemple.

La crise

Lors de l'effondrement de l'URSS en 1990, Cuba se retrouve du jour au lendemain :

- Plus de pétrole, plus de pièces pour les tracteurs.
- Plus d'électricité pour les réfrigérateurs.

La permaculture

On ressort les animaux, en ville des potagers urbains s'établissent dans le moindre espace vert, sur les balcons et les toits. Tout l'espace dans un rayon de 5 km autour des villes est utilisé, limitant les besoins en transports. Les besoins en fruits et légumes de 2,2 millions de personnes sont assurés à moitié par l'agriculture urbaine.

Dans les campagnes, c'est 80 à 100% des besoins qui sont assuré par les champs.

La nourriture est cuite et consommée rapidement pour pallier au manque de réfrigération.

Plus d'engrais ou de pesticides utilisés, car ils venaient du pétrole. Heureusement, l'agriculture durable avait déjà été étudiée auparavant.

Plus de main d'oeuvre est nécessaire, augmentant le nombre de petites fermes et de fermiers, structures plus petites.

Il a fallu 3 à 5 ans pour rendre de nouveau fertiles les terres ravagées par les produits chimiques qui avaient détruit la terre (plus de micro-organismes dans le sol).

Des filets pour réduire le rayonnement solaire et diminuer le nombre de parasites arrivant sur une culture.

Il est facile de travailler avec la nature, alors qu'il faut d'énorme moyens énergétiques et techniques pour travailler contre elle et au final obtenir des produits non nutritifs.

Au niveau de la redistribution des terres, les fermes d'État furent séparées en plein de petites fermes cédées gratuitement a des fermiers privés, les décisions restent locales. Si le fermier travaille mal ou n'exploite pas la terre, elle est reprise et donnée à quelqu'un d'autre pour qu'il la travaille. Les fermiers ont l'usufruit de la terre, sans la possédée ni payer de taxes.

L'énergie

Moins de consommation d'électricité, des vélos et des boeufs en remplacement des voitures et tracteurs. Pour l'électricité, ça reste un problème car ils brûlent de l'huile végétale, aussi polluante en CO2 et particules que le pétrole.

Contrôle des populations

Survol

False Flag (amoralité p. 87)

Vu dans la partie "amoralité", le but des false flag est de manipuler l'opinion publique, créer un choc, puis une terreur, justifiant l'état d'urgence, afin de passer les lois qu'ILS veulent, confinant les populations à domicile, limitant les libertés, augmentant la surveillance.

Manifestations (p. 112)

Autrefois seul contre-pouvoir permettant d'exprimer l'opposition du peuple face à de mauvaises lois, depuis 2007 (traité de Lisbonne), les manifestations ne sont plus prises en compte, et nos dominants ne se préoccupent plus que de la façon de réprimer violemment la contestation populaire.

Propagande (p. 113)

La propagande médiatique est efficace pour dire quoi penser à une petite majorité de la population, qui par effet d'entraînement grégaire, va obliger le reste de la population à penser de même (ou à ne pas aller contre l'idéologie ambiante).

Désinformation (p. 114)

Quand l'information n'arrive plus au public, ou de manière parcellaire, celui ci ne peut rien savoir, et stagne dans son évolution.

Censure (p. 115)

Le groupe d'ultra-riches sélectionne ce qui n'a pas le droit de filtrer aux yeux du public. Existence des sociétés secrètes, faux dieux sumériens, OVNI et ET, vie après la mort et mensonges des religion, les "tabous" et "interdits" sont nombreux. Moins le public est informé, plus il est facile de le manipuler.

Exemples (p. 117)

Nous verrons plusieurs exemples de cette manipulation faisant intervenir tous les outils d'asservissement de la population, comme le confinement 2020 mondial pour une grippe montée en épingle, ou le cover-up pour cacher la guerre secrète de prise de contrôle sur l'Europe en 2020 toujours. Il faut bien se rendre compte que nous n'avons pu voir ces choses que parce qu'un des groupe illuminati l'a bien voulu.

Manifestations

04/04/2009 : Débordements orchestrés lors d'une manifestation à Strasbourg. Pendant 12 heures, 15 000 personnes (celles qui avaient pu parvenir sur le trajet, les autres étant refoulées) ont été dirigées par des effectifs policiers en surnombre (11.000 Français, 15.000 Allemands) et dotés des équipement les plus modernes en la matière : caméras postées sur les trois hélicoptères (dont le bruit lancinant contribuait à créer une ambiance de guerre), et d'où étaient projetées des grenades lacrymogènes, surveillance d'un drone, caméscopes dont se servaient les CRS, Gardes mobiles et officiers de la BAC.

Aucun manifestant ne pouvait s'extraire du parcours imposé par la préfecture dans la zone industrielle. Départ au milieu d' une chicane de camions de CRS disposés pour faire un premier filtrage, et humilier dans l'espoir de provoquer des réactions d'hostilité, qui auraient justifiées l'emploi de la force. Il faut la détermination au calme des cortèges libertaire et kurde, pour éviter que la manifestation ne se termine par un affolement général et un bain de sang. Les slogans scandés au milieu d'usines désertes paraissaient dérisoires, les médias ne relayant pas la manifestation. Les débordements viennent d'un quartier dit défavorisé, et n'ont que pu être autorisés par la bienveillance des forces de l'ordre, intraitables concernant les manifestants pacifistes, étrangement laxistes envers les casseurs.

C'est tout bête : pas de débordements, pas d'arrestations, et opinion publique favorable aux manifestants. Du coup, les autorités provoquent les émeutes, se donnent la possibilité de faire "le ménage" en montrant des "casseurs".

Ça a toujours été comme ça, juste qu'aujourd'hui, avec les caméras des smartphones, on en a les preuves. Dans les années 60, un préfet de Paris, Maurice Papon, tristement célèbre pour sa collaboration avec les nazis (et oui, il y a des gens qui ont gardé leurs fonctions on se demande pourquoi...) et qui a été responsable de répressions mortelle de manifs provoquées. Voir aussi, quelques temps avant, ces soldats chinois auxquels ont distribuait des robes de moine bouddhistes au Tibet. Ce ne sont pas des spécificités de la dictature française, mais mondiale, à tous les gouvernements.

Ces manifestations et les manipulations policières préfigurent celles qui auront lieu lors du mouvement Gilets Jaunes de fin 2018.

Propagande

Formatage subliminal

Vous avez vu ce genre d'article "Rupture de Larsen C en Antarctique, le niveau de la mer va baisser". Si vous avez le temps et l'intérêt de lire l'article, et que vous comprenez un peu de quoi ça parle, vous vous apercevez que le texte est du bla bla, faux de surcroît, avec que des hypothèses contradictoires.

Ou encore, on vous annonce une découverte scientifique qui va tout révolutionner, et vous vous apercevez que c'est une copie d'un article de 5 ans plus vieux, confirmant juste ce qu'on savait déjà, et toujours très approximatif, ou alors des études qui seront contredites 1 semaine plus tard .

il est prouvé que la plupart des gens ne lisent que le titre. C'est cette information que l'inconscient va garder, le conscient trop lent oubliant aussi vite ce qu'il n'a pas eu le temps de lire dans une page encombrée par plein d'autres pubs.

Notre cerveau ne retiendra à long terme que l'émotion, c'est à dire le titre anxiogène. On trouve souvent des articles avec des titres qui n'ont plus grand chose à voir avec le contenu, voir même disant le contraire de ce à quoi conclue l'article. Cela n'a pour but que de marquer les esprits et les préparer aux catastrophes.

Vous formater à penser de manière anti-logique

Bernard Arnault (en 2017) gagne 1 384 615 fois le salaire d'une de ses couturière (et ça augmente de 25 % chaque année). Pourtant, il ne fabrique rien, et passe son temps à dire que c'est la couturière française qui coûte trop cher, et qu'il doit délocaliser. Personne dans les journalistes n'a semble-t-il la présence d'esprit de dire que c'est lui qui coûte trop cher… Ah oui, ces journalistes sont ses employés… Le problème, c'est que seul lui passe dans les médias (pardon, SES médias à lui, ou à un de ses compères !), et jamais les couturières. Tous les médias répètent son discours complètement illogique, tellement de fois que vos proches vont finir par le répéter eux aussi en boucle (genre la stupidité mainte fois entendue « si les milliardaires partent de France on est foutu, il faut arrêter de leur faire payer des impôts, et il faut taxer les pauvres »). Sans réfléchir qu'en virant Arnault, on pourrait embaucher 1 millions 400 000 couturières à la place, et que la France deviendrait au contraire ultra-riche !

Pourquoi est-ce que les journalistes jouent le jeu de leur patron, alors qu'ils font parti de ceux d'en bas qui donnent quasi tout aux riches ? Question ironique évidemment, je ne connais aucun employé qui s'oppose à son patron sans être viré instantanément… De tout temps, un journaliste c'est soit une pute, soit un chômeur (ou un mort s'il persiste à publier des enquêtes trop dérangeantes).

Nous sommes conditionnés depuis l'enfance à accepter ça, nous sommes endormis, hypnotisés. Télé, école, médias, religion, boulot, et discussions avec d'autres lobotomisés qui lisent les mêmes journaux, regardent les mêmes émissions télé…

Créer une réalité alternative pour le grand public, sous domination CIA

C'est ce que révèle le journaliste allemand Udo Ulfkotte, qui sera assassiné après ces révélations.

'J'ai été éduqué à mentir, à trahir, et à ne pas dire la vérité au public. Ce que j'ai fait dans le passé n'est pas correct, de manipuler les gens, de faire de la propagande contre la Russie. Ce que font mes collègues et ont fait dans le passé, parce qu'ils sont soudoyés pour trahir le peuple pas seulement en Allemagne, mais dans toute l'Europe.

La guerre ne vient jamais d'elle-même, il y a toujours des gens derrière qui poussent à la guerre, et ce ne sont pas seulement les politiciens, ce sont les journalistes aussi.

J'en ai marre de cette propagande. Nous vivons dans une république bananière, et pas dans un pays démocratique où nous aurions la liberté de la presse, les droits de l'Homme.

Si vous regardez les médias allemands, et plus spécialement mes collègues qui, jour après jour, écrivent contre les Russes, ils sont dans des organisations transatlantiques, ils sont soutenus par les USA pour faire cela, des gens comme moi. Je suis devenu citoyen d'honneur de l'État de l'Oklahoma. Juste parce que j'écris pro-américain. J'étais soutenu par la CIA.

J'ai été une « couverture non officielle ». Cela signifie que vous travaillez pour une agence de renseignement, que vous n'êtes pas un journaliste mais un espion. J'ai été soudoyés par des milliardaires, j'ai été soudoyé par les Américains pour ne pas rendre compte exactement la vérité.

Les agences de renseignement (CIA) viennent à votre bureau, et veulent que vous écriviez un article. Une antenne de la CIA est venus à mon bureau, ils voulaient que j'écrive un article sur la Libye et le colonel Kadhafi. Je n'avais absolument aucune information secrète concernant Kadhafi et la Libye. Mais ils m'ont donné toutes ces informations secrètes, et ils voulaient juste que je signe l'article de mon nom. Je l'ai fait. Donc pensez-vous réellement que ceci est du journalisme ? Des agences de renseignement écrivant des articles ? C'était une histoire qui fut imprimée à travers le monde entier quelques jours plus tard.

Six fois ma maison perquisitionnée depuis mon livre ! j'ai été accusé par le procureur général allemand de divulgations de secrets d'État."

Désinformation

Wikipédia

Ne cherchez pas. Tout ce qui est non officiel (ou trop gênant) est effacé par les admins qui ont lancé cette encyclopédie soit-disant citoyenne. Par exemple, dans la page d'Uri Geller, le récit de l'émission *Droit de réponse* du 14/03/1987 est complètement partisane, omettant la moitié des faits. On nous dit que Gérard Majax avait refait des démonstrations identiques à celles que venait de réaliser Uri Geller, donc que Geller que est un charlatan. Or, rien dans l'émission ne permettait de déduire cela, et les démonstrations ne pouvaient pas être qualifiées d'identiques. En effet, Gérard Majax n'a pas du tout travaillé dans les mêmes conditions qu'Uri Geller :

- Le club de golf que Majax plie est un accessoire de magicien, qui se plie grâce à un câble et un matériau mou. imitant le métal.
- Uri Geller fait tourner la boussole avec la manche relevée, après que les zététiciens aient vérifié qu'il n'avait rien dans la main ni de poudre magnétique collée a la peau. L'aiguille de la boussole ne bouge pas systématiquement à chaque mouvement de la main.
  Gérard Majax a la manche baissée (pour cacher un gros aimant), et fait tourner l'aiguille à chaque mouvement de sa manche, preuve de l'aimant caché. Uri Geller, dont le micro est à ce moment là coupé et ne peut dévoiler la fraude de Majax, ne peut que se foutre de la gueule de Majax en montrant sa manche.
- La fourchette tordue par Uri Geller était une fourchette très rigide et épaisse, dure à tordre à la main, apportée par les zététiciens qui voulaient manifestement que Geller échoue.
  A l'inverse, Gérard Majax utilise sa propre petite cuillère ultra-fine trafiquée en avance (matériau à mémoire de forme).

Pour tester la réactivité des désinformateurs, j'ai rajouté juste les précisions ci-dessus, que personne ne peut contester. Et bien devinez quoi ? Mes précisions, sourcées (c'est l'émission que tout le monde peut voir !) ont été annulées 1h après (certains articles semblent surveillés en permanence par une armée de petits bras payés pour ça), sous le prétexte bidon que ça contredisait le reste de l'article ! Des fautes de logiques partout, des tonnes de mauvaise foi et de difficultés de compréhension, mais c'est nous qui sommes considérés comme anti-sciences...

Les idiots utiles

Par exemple, Dieudonné et Soral. « Idiots Utiles » est juste une expression, ils sont loin d'être idiots. Des gens mis en avant artificiellement et temporairement par le système (les médias en parlent en mal, Youtube et Google vous propose leurs vidéos en premier dans ses algorithmes) parce que leur discours a temporairement un intérêt pour les gens au pouvoir, et que le reste de leur message ne va pas trop loin dans la divulgation. En l'occurrence, il s'agissait de faire peur aux Juifs de France et les inciter à rentrer en Israël. Une fois que les intérêts du pouvoir change, leur visibilité internet disparaît.

Les infos données peuvent être honnêtes et vraies, mais généralement le système ne mets pas en avant des infos qui peuvent être trop dérangeantes. Vous pouvez en déduire que les mis en avant ne vont vous parler que de choses pas si dérangeantes que ça, ou qui sont noyées par un gros taux de fausses infos bien visibles.

Les hurluberlus

Comme le magazine « Top Secret », qui sortent des théories loufoques comme la Terre Plate, ou l'ISS qui n'existe pas. Les arguments sont tellement débiles qu'on ne peut que rigoler (comme montrer une image de l'ISS où il y a 6 sas bien visibles, et dire qu'il n'y a pas de sas…).

Ces gens-là, qui mélangent les vraies infos intéressantes et documentées avec des aberrations logiques, vont vite ramener les débutants conspis dans le giron des médias officiels, tout en désinformant ceux qui seraient accrochés par les vraies infos divulguées.

Les pros

Sans vouloir citer de noms, vous aurez reconnus ceux qui essayent de vous focaliser sur la MHD pour expliquer les OVNI (avec pléthores d'équations scientifiques), une technique ne marchant pas dans l'espace, où pourtant les OVNI sont observés. Ou encore un dossier Ummo qui est un montage grossier CIA, avec des ET très avancés qui taperaient à la machine ou utilisent le téléphone et pas la télépathie ou les imprimantes, bien plus pratiques d'emploi (mais qui n'existaient pas à l'époque pour les agents CIA).

On a aussi les candidats à la présidence, qui sont convaincants et stables lors de leurs conférences internet, mais se mettent à osciller sur place comme un autiste quand ils font campagne devant les caméras, ne parlant que de numéros d'articles de lois dont tout le monde se fout.

Ces gens-là ne parlent que d'un seul sujet, accusent toujours les mêmes alors que les sociétés occultes qui nous manipulent sont pléthores. Ces désinformateurs ne remettent jamais en cause le système de propriété privé, ni ne vous font prendre conscience du verrouillage de notre société, que ce soit l'Europe ou la France toute seule.

Censure

Survol

Il y a des infos, trop subversives, qui ne doivent pas arriver aux yeux du grand public.

Les ultra-riches ne tiennent leur pouvoir que de la différence de connaissances et de compréhension entre eux et leurs esclaves (nous). Si nous devenons instruits, c'est la fin de notre obéissance aveugle, la perte de leur pouvoir.

Si le peuple découvrait certaines vérités, il arrêterait de travailler dans des boulots sans intérêt et sans avenir, d'obéir à des chefs pervers narcissiques incompétents. Là où il n'y a plus d'esclaves, il n'y a plus de maîtres : les ultra-riches tout puissants redeviendraient les simples humains qu'ils n'ont jamais cessé d'être...

Vous aurez compris pourquoi ce n'est pas leur intérêt, et qu'ils feront tout pour nous laisser dans l'ignorance...

Secret défense (p. 115)

N'importe quoi peut être mis en secret-défense, même les viols d'enfants. Une fois sous le sceau du secret-défense (censure gouvernementale), les médias n'ont plus le droit d'en parler, la justice d'enquêter. Tous les contrevenants sont exécutés par l'armée dans les tribunaux de cour martiale secrète.

Médias (p. 115)

Les médias n'appartenant qu'à une poignée d'ultra-riches, organisés en société, certains thèmes ne seront jamais traités.

Vatican (p. 116)

La religion est encore puissante, et sait imposer des secrets aux 2 premiers (médias et gouvernements) ainsi qu'à la hiérarchie catholique.

Mafia mondiale (p. 117)

Harvey Weinstein est l'exemple de la censure appliquée pendant des décennies sur celui présenté comme un héros.

Censure > Secret défense

C'est la principale plaie de notre société. Sous prétexte de devoir défendre les possessions du roi face au roi voisin (souvent son cousin), mais en réalité à satisfaire les besoins de contrôle de son roi qui cherche à augmenter les terres qu'il possède, la société est en guerre perpétuelle.

Le secret-défense, c'est donner le droit au gouvernement de cacher des choses au peuple, sous prétexte que le plan d'attaque des rois voisins ne doit pas être connu de ces rois.

En France, on voit donc cette aberration de voir des notables, poursuivis en justice pour pédophilie, dont les poursuites s'arrêtent parce que l'affaire à été placée sous le sceau du secret-défense.

Le crash de Roswell est initialement présenté comme un OVNI. Puis soudainement, les militaires déclarent que ça venait d'un programme secret-défense (programme Mogül). On n'aura donc pas le droit d'étudier les débris pour en savoir plus…

En 2009, le nombre de météorites à doublé par rapport à 2008. Pour éviter l'enquête scientifique sur le sujet, l'étude des météorites est placée en secret-défense. Ça aurait été pourtant primordial pour la survie de l'humanité de découvrir pourquoi ce nombre augmentait…

L'étude des OVNI,faisant parti d'un programme secret, ceux qui travaillent dessus n'ont pas le droit de divulguer ce qu'ils savent.

Quelque part, seule une Terre unie mondialement empêcherait les guerres, et ferait disparaître le secret-défense. Un gouvernement mondial le conserverait (guerre contre le terrorisme), alors qu'une communauté mondiale, qui tient compte des désirs de chacun, d'une égalité empêchant ds particuliers de financer du terrorisme à des fins égoïstes, pourrait retirer ce secret-défense et faire grandement avancer l'humanité toute entière en connaissances.

Censure > Médias

Nous avons vu qu'une minorité d'Ultra-riches possédaient tous les journaux, voyons quelques preuves des manipulations faites par ces médias.

En France

Nous avons une des presse la plus verrouillée du monde. A de nombreuses occasions, on a vu des médias français en retard, voir shuntant complètement, sur des infos pourtant primordiales.

On peut citer Tchernobyl, les divers scandales mal expliqués (on entend toujours parler de l'affaire Clearstream, mais savez-vous réellement de quoi il s'agit ?) ou des révélations minorées, avec plein de commentaires erronés mais mettant le doute, voir une complète omission de l'info, ou alors son traitement dans la rubrique divers que personne ne lit ou ne prend au sérieux.

En 1986, si on en croit les médias, l'accident de Tchernobyl est une catastrophe pour la Belgique, mais en France il n'y a aucun danger, un Anticyclone magique se permettant même d'arrêter à la frontière ce nuage inoffensif…

Peu avant d'attaquer la Libye, le journal télévisé français passe un discours de Kadhafi où ce dernier, selon la traduction, dit qu'il n'hésitera jamais à sacrifier tout son peuple pour rester au pouvoir. Bizarrement, le peuple en face ne réagi pas à ces propos. C'est tout simplement que Kadhafi annonce le contraire, qu'il préfère perdre le pouvoir pour sauver son peuple des armées étrangères.

26/06/2016 : Au retour d'Arménie dans l'avion, le pape François fait des déclarations importantes auprès des journalistes qui l'accompagnent (shuntant ainsi la censure Vaticane). Il s'excuse au nom de l'Église sur les persécutions faites envers les homosexuels notamment. Si les médias anglo-saxons relaient bien tous les propos, les médias français, appartenant au milieu qui se dit catholique traditionnel, ne parle que du risque de conflit en Europe, et pas des autres propos de François. Voyant que les infos anglo-saxonnes sont reprises par les réseaux sociaux en masse, 24 h après, les médias diffusent alors quelques propos supplémentaires du pape François, les condamnant bien évidemment (comme Direct Matin qui le 01/07/2016, publie un article laissant supposer qu'il y a un lobby gay au Vatican, et donc que ces propos pro-tolérance des homos ne sont pas réellement justifiés).

Quand le Pentagone finit de divulguer l'existence des OVNI d'origine non humain le 02/06/2018, seul RT France, non affilié aux élites française, arrive à traduire l'article du *New York Times*… Quelques mois avant, les traductions sur le premier volet de divulgation avaient été incomplètes, voir dénigrant des infos pourtant officielles, comme les vidéos des 2 OVNI…

Mazarine

Les directeurs de publication ont des consignes strictes, qui mettent leur vie en jeu. Voir le témoignage d'un proche de Jean-Pierre Petit, racontant comment Mitterrand a muselé la presse française en menaçant les rédactions de mort s'ils parlaient de sa fille illégitime Mazarine. Le premier qui en a parlé, Jean-Hedern Hallier, est en effet mort rapidement après la divulgation, dans un accident de vélo, dans une impasse sans témoins... Son coffre fort contenant les documents compromettants avait été fracturé le matin même par des professionnels...

Phénomènes naturels anormaux

Alors que le volcan Cotopaxi, considéré comme l'un des plus dangereux au monde, s'est réveillé le 18/08//2015 en Équateur, le gouvernement de Rafael Correa a ordonné à la presse de ne pas couvrir l'éruption. Encore le prétexte que le peuple est immature et paniquerait... En réalité, continuer à laisser dormir la population le plus longtemps possible, en ne lui donnant pas les informations dont elle a besoin pour prendre ses décisions...

Les momies de Nazca (p. 290)

Comme exemple de censure, les découvertes majeures qui n'apparaissent plus dans aucun média, comme l'annonce de la découverte de 20 momies Péruviennes d'origine Extra-Terrestres.

Donc a part les vidéos internet faites par les scientifiques qui en ont fait l'examen, ou qui ont filmé l'audition devant des membres du congrès péruvien, si l'info n'est même pas révélée, il ne faut en attendre aucune validation officielle. De la même manière, les pré-publications scientifiques sur le sujet ne sont même pas examinées et rejetées direct, rendant impossible toute avancée de nos connaissance.

Censure > Vatican

Les propos du pape sont souvent repris et corrigés par les services du Vatican "Le pape ne voulait pas dire cela, il pensait que". Cela rattrape les boulettes de langage, mais cela a servi plusieurs fois à modérer aussi les propos progressistes du pape François (ce qui l'a d'ailleurs mis en colère à plusieurs reprises dans le passé).

Le saint siège n'a jamais voulu reconnaître les miracles, et ce n'est que contraint par la pression populaire, et pour ne pas perdre de juteuses royalties, qu'il n'accepte du bout des lèvres les miracles les plus gros. Officiellement, la foi n'a pas besoin de miracles. Officieusement, le catholicisme romain étant basé sur des déformation du message de Jésus, ils ne veulent pas voir apparaître la vérité (les prédictions depuis la fin du 19e étant rarement tendres avec le siège papal).

En 1917, le Vatican à officiellement interdit aux catholiques les pratiques spirites, cette religion qui faisait de la concurrence déloyale en mettant les gens directement en relation avec Dieu sans passer par les prêtres et leur coûteuses oboles.

Le père Agostino Gemelli, neuropsychologue, président de l'académie pontificale des sciences, ferme le dossier Padre Pio en 1924 en déclarant que le moine Capucin (qu'il s'est contenté de croiser dans un couloir) est un hystérique provoquant des stigmates artificiellement. Il l'accusera de pathologies mentales et usera de toute l'influence du saint siège pour éloigner le Padre Pio de ses ouailles.

Gemelli en fera de même avec la médium Natuzza Evolo, en la qualifiant de simple hystérique (il ne daignera jamais la rencontrer).

Revanchard, l'au-delà lui fera savoir ce qu'il pense d'un tel comportement hypocrite : le père Gemelli lancera la trans-Communication instrumentale (TCI) en 1952, après avoir été le premier vivant à se faire traiter d'andouille par un esprit (François Brune, les morts nous parlent, Philippe Lebaud, 1993).

La médecine a reconnu 7000 cas de guérison inexpliquées à Lourdes. L'église seulement 70. En effet, il suffit que le miraculé soit divorcé pour que son cas ne soit pas reconnu comme venant du dieu des catholiques! Le comité de vérification des miracles est tellement de mauvaise foi et tellement inquisiteur qu'aujourd'hui la plupart des miraculés retirent leur déclarations pour profiter tranquillement de leur santé retrouvée.

Le 1er juin 1960, le Saint-Office (ex-Inquisition, aujourd'hui Congrégation pour la doctrine de la foi) met fin au procès de béatification d'Yvonne-Aimée de Malestroit, classant le dossier sans suite, avec une interdiction formelle de publier le moindre ouvrage sur elle. En 1981, le cardinal Ratzinger (futur Benoît 16), accorde à l'abbé René Laurentin une dérogation spéciale pour étudier le cas de la religieuse augustine, à condition de le faire "sous sa seule responsabilité, afin de ne pas engager l'Église".

Censure > Mafia mondiale

Harvey Weinstein

L'affaire d'Harvey Weinstein , qui a pu en toute impunité violer des actrices pendant plus de 30 ans, montre le fonctionnement du debunking/cover-up (empêcher les scandales de sortir).

"L'armée d'espions" qui enquêtait pour Weinstein pour étouffer les affaires. Des moyens colossaux pour étouffer les révélations sur ses abus sexuels, utilisant les services d'ex-agents secrets enquêtant sous de fausses identités, ou des journalistes de la presse à scandale.

Une ex-agent israélienne (de la société Black Cube), a notamment contacté l'actrice Rose McGowan (une des accusatrices), en prétendant être une militante pour les droits des femmes. Elle a enregistré en secret des heures de conversations avec McGowan, alors que cette dernière s'apprêtait à publier ses mémoires, un livre qui inquiétait Weinstein.

Le New Yorker cite des dizaines de documents et sept personnes directement impliquées dans les efforts du producteur pour empêcher en vain la publication d'accusations à son encontre.

Le producteur avait notamment embauché Kroll (vaste entreprise de renseignement) et Black Cube, dirigée par d'anciens agents du Mossad et du renseignement israélien.

Cette agent de Black Cube a par ailleurs, sous une différente identité, contacté des journalistes enquêtant sur les agressions sexuelles de Weinstein, notamment un reporter du magazine New York. Weinstein et son équipe voulaient savoir de quelles informations disposaient les journalistes. Ils ont aussi enquêté sur les reporters eux-mêmes, y compris leur vie personnelle et sexuelle, pour tenter de les contredire, les discréditer ou les intimider.

M. Weinstein, visé par des enquêtes policières à Londres, New-York et Los Angeles, "surveillait personnellement les progrès de ces enquêtes", mettant même à contribution "d'anciens employés de ses sociétés de films pour collecter des noms et passer des coups de fils".

"Dans certains, cas les enquêtes étaient étaient menées par les avocats de Weinstein y compris David Boies, célèbre notamment pour avoir défendu Al Gore lors du litige sur le scrutin présidentiel de 2000, et pour avoir plaidé en faveur du mariage gay devant la Cour suprême", bien que son cabinet défende par ailleurs le New York Times dans un procès pour diffamation.

Harvey Weinstein a aussi obtenu des informations de Dylan Howard, directeur des contenus d'American Media Inc. qui publie le magazine National Enquirer. L'un des journalistes de National Enquirer a notamment appelé l'ex-femme d'un réalisateur ayant eu une relation amoureuse avec Rose McGowan, Roberto Rodriguez, pour lui faire dire des commentaires négatifs sur la comédienne.

Exemples

Survol

Les liens seront trouvés à la date correspondante dans la partie "chroniques de l'apocalypse".

"1984" de George Orwell (p. 117)

Un livre obligatoire à lire pour ceux qui gouvernent, tant il donne de pistes pour dominer les populations.

Confinement 2020 (p. 123)

Quand nous avons 2 sons de cloche, c'est que l'une des parties ment. Nous verrons que ce confinement n'était pas du tout provoqué par un virus, mais bien par des volontés liberticides.

Nettoyage de l'Europe par Q 2020 (p. 132)

En janvier 2020, 37 000 soldats de l'OTAN, sous contrôle du Pentagone, ont débarqués en Europe. Si on ne sait pas totalement les "exercices" qu'ils ont fait, cela s'est traduit par des arrestations massives de pédophiles, des affaires qui duraient depuis des décennies sans que personne n'y trouve à redire avant...

Exemple > 1984 - Orwell

Dès 1917

Inspiré du roman "Nous autres" du Russe Ievgueni Zamiatine, écrit dès 1917 (révolution bolchévique) et paru en 1920 : chronique d'un régime totalitaire, sous l'égide de celui qu'on nomme "Le Bienfaiteur". Le régime construit un vaisseau spatial censé apporter à des civilisations ET la bonne parole de cette société organisée autour d'un "bonheur mathématiquement exact".

Vanter le luciférisme

C'est le 08/06/1949 que fut publié le roman.

Ne rêvez pas : Orwell dénonce le totalitarisme, pour mieux vanter l'extrême opposé, une société dépravée Luciférienne où la pureté morale ne doit plus exister... de plus, sa parfaite description du monde de contrôle total dans lequel nous vivons aujourd'hui, montre qu'il était au courant du plan : créé un régime totalitaire, pour créer une société libertaire (au mauvais sens du terme, liberté individuelle égoïste sans respect des autres) derrière.

Société totalitaire

Chez Orwell, nous vivons dans une société totalitaire, où la liberté individuelle est bannie.

Des caméras sont placées sur les écrans de télé plats (une chose bizarre, à l'époque où les télés n'existaient pas encore, de mettre une caméra sur un écran, mais nos webcams actuelles sur écrans de smartphone nous ont habituées à cette incohérence narcissique...). Des drones volants avec caméras viennent vous surveiller et écouter jusque chez vous, cherchant à déceler la moindre expression de votre visage, qui monterait que vous avez du mal à avaler les infos à la télé.

Le fameux "grand frère (Big Brother) te regarde" de la police de la pensée, l'idée d'une surveillance omnisciente et partout, jusqu'au plus profond de nos pensées, pour empêcher les citoyens de sortir des clous, faire en sorte que chaque individu soit son propre gardien.

Double-pensée et oubli

L'oubli est primordial pour que marchent les incohérences et loupés du système.

Les citoyens développent la "double-pensée", faisant semblant, au plus profond de leurs pensées, de croire aux boniments du système.

L'histoire du roman suit un citoyen qui commence à se réveiller. Lorsque le journal annonce que le prix du chocolat augmentera pour la première fois depuis 6 mois, il ne peu s'empêcher de se rappeler que la semaine d'avant, le prix du chocolat avait déjà augmenté, et que le même argument des 6 mois avait été servi.

Langage appauvri au sens inversé

La novlangue, imposé par le système, a retiré tous les mots subversifs. Comment penser si vous n'avez pas de mot pour formuler vos pensées ?

Le sens des mots est inversé aussi : le "ministère de la vérité" (qui s'occupe des divertissements, de l'information, de l'éducation et des beaux-arts) passe son temps à mentir pour écrire une narrative (propagande médiatique) qui n'est pas la vérité...

Le ministère de la Paix s'occupe de la guerre, le ministère de l'Amour veille au respect de la loi et de l'ordre, et le ministère de l'Abondance gère la pénurie.

Contrôle de l'histoire

Le ministère de la vérité réécrit sans cesse le passé officiel (en fonction des besoins et événements du présent ou du futur planifié), supprimant, dans les archives, des personnages sur des photos, en rajoutant d'autres, réécrivant le nom d'une ville ou d'un puissant à la place d'un autre, etc. Ce qui leur prend le plus de travail, c'est quand un ancien allié devient un ennemi, et l'ancien ennemi devient allié : il faut faut alors réécrire en inversant toute la propagande de l'époque, pour faire croire que les alliés actuels l'ont toujours été, et que les ennemis actuels l'ont toujours été.

Slogans / mantras

Les 3 slogans du parti, martelé toute la journées par les affiches, la radio et la télé :

- LA GUERRE C'EST LA PAIX
- LA LIBERTÉ C'EST L'ESCLAVAGE
- L'IGNORANCE C'EST LA FORCE

Défoulement collectif sur bouc émissaire

Chaque jour, les pressions inconsciente de la population avaient le droit de s'exprimer dans "les 2 minutes de la haine". Un ennemi imaginaire passait à la télé, le bouc émissaire accusé de tous les faux attentats, toutes les rumeurs de guerre et sacrifices imposés par ce "fou dangereux" pour "notre belle démocratie", et sur qui était mis toutes les erreurs et vols que le système faisait sur les populations. Un peu ce qui a été fait avec Ben Laden ou Trump.

Smart-city

Les fonctionnaires du système vivent chichement dans une zone aseptisée et protégée en centre ville (sorte d'enclave high Tech) entourée de bidons ville ou s'entasse le peuple des travailleurs, vivant dans la misère totale, la promiscuité et la crasse.

Contrôle de la sexualité

Le système impose des mariages forcés, où l'amour et le plaisir physique n'ont pas leur place. "Fabriquer un bébé est un devoir envers la patrie", l'acte sexuel doit être mécanique et sans joie.

Moule social

Les citoyens doivent être tous semblables, sortir le moins possible du rang (dans l'aspect physique, ou dans la manière de penser).

Les fonctionnaires (qui protègent les élites) n'ont pas de loisirs, et ne sont jamais seuls (sauf quand ils dorment). Lire un livre ou faire une promenade solitaire est suspecte (toutes les activités où le cerveau, libre de contraintes, pourraient se mettre en marche). Quand le fonctionnaire ne travaille pas, ne mange ou ne dort pas, il doit prendre part à une distraction collective (pour éviter de penser).

Oppression

Le contrôle des policiers est permanent et punitif : l'élément soupçonné de sortir du moule, grâce à la pression constante du "danger" imposée par l'ennemi imaginaire, sera placé en camp de redressement : l'individu est torturé physiquement et psychologiquement, gavé de médicaments, soumis à des traumas perpétuels. Au moment où son cerveau est détruit, il est relâché en société, le temps que ses proches s'aperçoivent de sa guérison, aient peur pour leurs vies, etc. Après quelques mois, où l'individu est éloigné progressivement de la vie sociale, oublié, il est éliminé subrepticement.

Faux mouvements de réveil

Le réveillé rentre dans un mouvement rebelle, appelé la "Fraternité". Un mouvement de rébellion qui sait que pour changer leur vie actuelle c'est mort, et qu'ils se battent pour un futur meilleur dans lequel ils ne seront plus que des os. Que leur monde de liberté n'arrivera peut-être que dans 1 000 ans, et qu'il faudra transmettre l'idée, génération après génération.

On apprendra plus tard que ce mouvement était en réalité contrôlé par le système, pour mieux contrôler les dissidents, leur offrir une fausse porte de sortie. Les connaissances de cette fraternité sont résumées dans un livre, prétendu indestructible, car connu par coeur des "frère". ces connaissances décrivent parfaitement les rouages permettant au système de dominer les foules.

Le livre "sacré" de la dissidence s'intitule "THÉORIE ET PRATIQUE

DU COLLECTIVISME OLIGARCHIQUE", rappelant le marxisme / noachisme du NOM. Il est écrit par Emmanuel Goldstein, l'ennemi imaginaire du système.

Ce livre explique, en inversant leur ordre, les 3 mantras du système :

Chapitre 1 - L'ignorance c'est la force

Depuis la fin de l'âge néolithique uniquement [AM : preuve que ce n'est pas une fatalité...], il y a systématiquement trois classes sociales : la classe supérieure, la classe moyenne, la classe inférieure. Les buts de ces 3 groupes sont absolument inconciliables :

- le groupe supérieur veut rester en place.
- le groupe moyen veut changer de place avec le groupe supérieur.
- le groupe inférieur, quand il a un but (les inférieurs sont trop écrasés de travail pour être suffisamment conscients d'autre chose que de leur vie quotidienne), veut abolir toute distinction et de créer une société égalitariste (tous les hommes égaux).

Il peut arriver une révolution, à savoir la classe supérieure renversée par la classe moyenne (qui enrôle à ses côtés la classe inférieure, en lui faisant croire qu'elle lutte pour la liberté et la justice). Mais l'ordre pyramidal hiérarchique inégalitaire se restabilise aussitôt, le haut de la classe moyenne ayant juste pris la place en haut de la pyramide [pas de pyramide invisible supérieure insensible aux révolutions chez Orwell...]. La classe inférieure est aussitôt rejetée dans son ancienne servitude.

Des trois groupes, seul le groupe inférieur ne réussit jamais, même temporairement, à atteindre son but. Le progrès technique n'a jamais rien changé à l'inégalité des sociétés.

La classe moyenne, tant qu'elle luttait pour le pouvoir, avait toujours employé des termes tels que liberté, justice et fraternité. Une fois au pouvoir, ces idéaux ont disparus... C'est pourquoi les idéaux socialistes de 1900 (par les classes moyennes hautes, [bourgeois bolchéviques]), n'ont jamais parlé de la liberté et d'égalité, et ont même annoncé leur future tyrannie.

Tous les précédents systèmes lâchaient la bride à leur population, incapables de savoir ce que pensait leurs sujets [bien que la confession catholique était une belle invention...].

L'invention de l'imprimerie, cependant, permit de diriger plus facilement l'opinion publique. Le film et la radio y aidèrent encore plus. Avec le développement de la télévision et le perfectionnement technique qui rendit possibles, sur le même instrument [ordinateurs et smartphone], la réception et la transmission simultanées, ce fut la fin de la vie privée.

Tout citoyen, ou au moins tout citoyen assez important pour valoir la peine d'être surveillé, put être tenu vingt-quatre heures par jour sous les yeux de la police, dans le bruit de la propagande officielle, tandis que tous les autres moyens de communication [autres qu'étatiques] étaient coupés.

La possibilité d'imposer, non seulement une complète obéissance à la volonté de l'État, mais une complète uniformité d'opinion sur tous les sujets, existait pour la première fois.

Après la période révolutionnaire qui se place entre 1950 et 1969 [mai 1968...], la société se regroupa, comme toujours, en classe supérieure, classe moyenne et classe inférieure. Mais le nouveau groupe supérieur, contrairement à tous ses prédécesseurs, n'agissait pas seulement suivant son instinct. Il savait ce qui était nécessaire pour sauvegarder sa position.

On avait depuis longtemps reconnu que la seule base sûre de l'oligarchie est le collectivisme. La richesse et les privilèges sont plus facilement défendus quand on les possède ensemble. Ce que l'on a appelé l' « abolition de la propriété privée » signifiait, en fait, la concentration de la propriété entre beaucoup moins de mains qu'auparavant, mais avec cette différence que les nouveaux propriétaires formaient un groupe au lieu d'être une masse d'individus.

Aucun membre du Parti ne possède quoi que ce soit. Collectivement, le Parti possède tout en Océania, car il contrôle tout et dispose des produits comme il l'entend. Le bien commun appartient à l'état, et l'état est un groupe d'individu n'ayant pas à coeur le bien commun, ce sont les nouveaux oligarques.

Pour un groupe dirigeant, il n'y a que quatre manières de perdre le pouvoir. Il peut, soit être conquis de l'extérieur, soit gouverner si mal que les masses se révoltent, soit laisser se former un groupe moyen fort et mécontent, soit perdre sa confiance en lui-même et sa volonté de gouverner.

Ces causes n'opèrent pas seule chacune et, en général, toutes quatre sont présentes à un degré quelconque. Une classe dirigeante qui pourrait se défendre contre tous ces dangers resterait au pouvoir d'une façon permanente. En fin de compte, le facteur décisif est l'attitude mentale de la classe dirigeante elle-même.

Le second danger n'est que théorique. Les masses ne se révoltent jamais de leur propre mouvement, et elles ne se révoltent jamais par le seul fait qu'elles sont opprimées [parce qu'elle ne s'en rendent pas compte, n'ayant pas d'élément de comparaison, elles sont esclaves volontaires]. Les crises économiques du passé sont devenues inutiles, et on ne les laisse plus se produire.

Du point de vue de nos gouvernants actuels, par conséquent, les seuls dangers réels seraient : la scission d'avec les groupes existants d'un nouveau groupe de gens capables, occupants des postes inférieurs à leurs capacités, avides de pouvoir ; le développement du libéralisme et du scepticisme dans leurs propres rangs.

Le problème est donc un problème d'éducation. Il porte sur la façon de modeler continuellement, et la conscience du groupe directeur, et celle du groupe exécutant plus nombreux qui vient après lui. La conscience des masses n'a besoin d'être influencée que dans un sens négatif.

Au sommet de la pyramide est placé Big Brother.

Big Brother est infaillible et tout-puissant. Tout succès, toute réalisation, toute victoire, toute découverte scientifique, toute connaissance, toute sagesse, tout bonheur, toute vertu, sont considérés comme émanant directement de sa direction et de son inspiration. Personne n'a jamais vu Big Brother. Il est un visage sur les journaux, une voix au télécran. Nous pouvons, en toute lucidité, être sûrs qu'il ne mourra jamais et, déjà, il y a une grande incertitude au sujet de la date de sa naissance. Big Brother est le masque sous lequel le Parti choisit de se montrer au monde. Sa fonction est d'agir comme un point de concentration pour l'amour, la crainte et le respect, émotions plus facilement ressenties pour un individu que pour une organisation.

En dessous de Big Brother vient le Parti intérieur, dont le nombre est de six millions, soit un peu moins de 2% de la population de l'Océania. En dessous du Parti intérieur vient le Parti extérieur qui, si le Parti intérieur est considéré comme le cerveau de l'État, peut justement être comparé aux mains de l'État.

Après le Parti extérieur viennent les masses amorphes que nous désignons généralement sous le nom de prolétaires et qui comptent peut-être quinze pour cent de la population. Dans l'échelle de notre classification, les prolétaires sont placés au degré le plus bas. Les populations esclaves des terres équatoriales, en effet, qui passent constamment d'un conquérant à un autre, ne constituent pas un groupe permanent et nécessaire de la structure générale.

L'appartenance à ces trois groupes n'est, en principe, pas héréditaire. Un enfant d'un membre du Parti intérieur n'est pas, en théorie, né dans le Parti intérieur.

Il n'y a non plus aucune discrimination sociale ni aucune domination marquée d'une province sur une autre.

Il est vrai que notre société est stratifiée, et très rigidement stratifiée, en des lignes qui, à première vue, paraissent être des lignes héréditaires. Il y a beaucoup moins de mouvements de va-et-vient entre les différents groupes qu'il n'y en a eu à l'époque du capitalisme, ou même aux périodes préindustrielles.

Entre les deux branches du Parti, il y a un certain nombre d'échanges, dans la limite où il est nécessaire d'exclure du Parti intérieur les faibles, et de rendre inoffensifs, en les faisant monter, des membres ambitieux du Parti extérieur. En pratique, l'accès au grade qui permet de devenir membre du Parti n'est pas ouvert aux prolétaires. Les plus doués, qui pourraient peut-être former des noyaux de mécontents, sont simplement repérés par la Police de la Pensée et éliminés.

Pendant les années cruciales, le fait que le Parti n'était pas un corps héréditaire fit beaucoup pour neutraliser l'opposition. Le socialiste d'ancien modèle, qui avait été entraîné à lutter contre le « privilège de classe », supposait que ce qui n'est pas héréditaire ne peut être permanent. Il ne voyait pas que la continuité d'une oligarchie n'a pas besoin d'être physique, il ne s'arrêtait pas non plus à réfléchir que les aristocraties héréditaires n'ont jamais vécu longtemps, tandis que les organisations fondées sur l'adoption, comme l'Église catholique par exemple, ont parfois duré des centaines ou des milliers d'années.

L'essentiel de la règle oligarchique n'est pas l'héritage de père en fils, mais la persistance d'une certaine vue du monde et d'un certain mode de vie imposée par les morts aux vivants. Un groupe directeur est un groupe directeur aussi longtemps qu'il peut nommer ses successeurs. Le Parti ne s'occupe pas de perpétuer son sang, mais de se perpétuer lui-même. Il n'est pas important de savoir qui détient le pouvoir, pourvu que la structure hiérarchique demeure toujours la même.

Les prolétaires ne deviendraient dangereux que si le progrès de la technique industrielle exigeait qu'on leur donne une instruction plus élevée. Mais comme les rivalités militaires et commerciales n'ont plus d'importance, le niveau de l'éducation populaire [est volontairement] en déclin.

Chapitre 3 : la guerre c'est la paix

La division de la Terre en 3 grands états principaux [tri-latérale] était prévisible depuis avant 1950.

L'Eurasia comprend toute la partie Nord du continent euroasie, du Portugal au détroit de Behring.

L'Océania comprend les Amériques, les îles de l'Atlantique (y compris les îles Britanniques), l'Australie et le Sud de l'Afrique.

L'Estasia comprend la Chine et les contrées méridionales de la Chine, les îles du Japon et une portion importante, mais variable (guerres incessantes), de la Mandchourie, de la Mongolie et du Tibet.

la guerre est permanente depuis 25 ans, , mais dont les buts sont limités, entre combattants incapables de se détruire l'un l'autre, qui n'ont pas de raison matérielle de se battre et ne sont divisés par aucune différence idéologique véritable. L'hystérie guerrière reste continue et universelle dans tous les pays, et le viol, le pillage, le meurtre d'enfants, la mise en esclavage des populations, les représailles contre les prisonniers (les faire bouillir ou enterrer vivants), sont considérés comme normaux et découlant du principe de guerre. Commis par des partisans et non par l'ennemi, ce sont des actes méritoires.

la guerre engage un très petit nombre de gens qui sont surtout des spécialistes très entraînés et, comparativement, cause peu de morts. La lutte, quand il y en a une, a lieu sur les vagues zones frontières dont l'homme moyen peut seulement deviner l'emplacement, ou autour des Forteresses flottantes qui gardent les points stratégiques des routes maritimes. Dans les centres civilisés, la guerre signifie surtout une diminution continuelle des produits de consommation et la chute, parfois, d'un missile qui peut causer quelques vingtaines de morts.

il est impossible que cette guerre soit décisive :

- Aucun des 3 super-États ne pourrait être définitivement conquis, même par les deux autres réunis. Les forces sont trop également partagées, les défenses naturelles trop formidables.
- il n'y a plus de raison pour se battre:
    - Avec l'établissement des économies intérieures dans lesquelles la production et la consommation sont engrenées l'une dans l'autre, la lutte pour les marchés a disparu (une des principales causes des guerres antérieures).

- La compétition pour les matières premières n'est plus aussi critique : chacun des trois super-États est si vaste qu'il peut obtenir à l'intérieur de ses frontières presque tous les matériaux qui lui sont nécessaires.

Les principales causes de lutte sont pour s'approprier la main d'oeuvre bon marché (des centaines de millions de coolies (esclaves chinois) qui travaillent durement pour des salaires de famine). Ces habitants sont esclaves, car soumis aux guerres de conquêtes perpétuelles sur ces zones frontières, ils passent continuellement d'un conquérant à un autre.

Il est à noter que la lutte ne dépasse jamais réellement les limites de ces zones frontières disputées. Le cœur de chaque super-État demeure toujours inviolé.

Le travail des peuples exploités autour de l'Équateur n'est pas réellement nécessaire à l'économie mondiale. Il n'ajoute rien à la richesse du monde, puisque tout ce qu'il produit est utilisé à des fins de guerre. Par leur travail, les populations esclaves permettent de hâter la marche de l'éternelle guerre qui les réduit à l'esclavage.

Le but primordial de la guerre moderne (en accord avec les principes de la double-pensée, ce but est en même temps reconnu et non reconnu par les cerveaux directeurs du Parti intérieur) est de consommer entièrement les produits de la machine sans élever le niveau général de la vie.

Depuis la fin du 19e siècle, le problème de l'utilisation du surplus des produits de consommation a été latent dans la société industrielle. Actuellement, alors que peu d'êtres humains ont suffisamment à manger, ce problème n'est évidemment pas urgent, et il pourrait ne pas le devenir, alors même qu'aucun procédé artificiel de destruction ([des biens produits] n'aurait été mis en œuvre. [Une problématique fortement d'actualité depuis 1985, voir Michelin qui a failli couler parce que ses pneus duraient trop longtemps, les acheteurs n'en rachetant pas suffisamment, et qui a conduit à l'obsolescence programmée. Le livre, écrit en 1949, décrivant l'année 1984, était très prophétique en ce sens... ou au courant du protocole qui décrivait cette évolution !].

Au début du 20e siècle, la vision d'une société future, incroyablement riche, jouissant de loisirs, disciplinée et efficiente, un monde aseptisé et étincelant de verre, d'acier, de béton d'un blanc de neige, faisait partie de la conscience de tous les gens qui avaient des lettres. La science et la technologie se développaient avec une prodigieuse rapidité, qu'il semblait naturel de présumer qu'elles continueraient à se développer. Cela ne se produisit pas, en partie, à cause de l'appauvrissement qu'entraîna une longue série de guerres et de révolutions, en partie parce que le progrès scientifique et technique dépendait d'habitudes de pensée empiriques qui ne pouvaient survivre dans une société strictement enrégimentée [dirigée par des gens n'ayant pas à coeur le développement de tous les humains, symbolisée dans le roman par une machine qui décide de l'avenir de la société]. Divers appareils, toujours en relation avec la guerre et l'espionnage policier, ont été perfectionnés, mais les expériences et les inventions se sont en grande partie arrêtées.

Les machines, de 1850 à 1900, rendirent inutiles une partie du travail humain, tout en élevant fortement le niveau de vie moyen. Mais un accroissement général de la richesse menaçait la hiérarchie qui contrôlait la société.

Dans un monde dans lequel le nombre d'heures de travail serait court, où chacun aurait suffisamment de nourriture, vivrait dans une maison munie d'une salle de bains et d'un réfrigérateur, posséderait une automobile ou même un aéroplane, la plus évidente, et peut-être la plus importante forme d'inégalité aurait déjà disparu. Devenue générale, la richesse ne conférerait plus aucune distinction.

Il était possible, sans aucun doute, d'imaginer une société dans laquelle la richesse dans le sens de possessions personnelles et de luxe serait aussi distribuée, tandis que le savoir resterait entre les mains d'une petite caste privilégiée. Mais, dans la pratique, une telle société ne pourrait demeurer longtemps stable (pour la hiérarchie, ceux au pouvoir).

Si tous, en effet, jouissaient de la même façon de loisirs et de sécurité, la grande masse d'êtres humains qui est normalement abrutie par la pauvreté pourrait s'instruire et apprendre à réfléchir par elle-même, elle s'apercevrait alors tôt ou tard que la minorité privilégiée n'a aucune raison d'être, et la balaierait. En résumé, une société hiérarchisée n'était possible que sur la base de la pauvreté et de l'ignorance.

Revenir à la période agricole du passé, comme l'ont rêvé certains penseurs du début du XXe siècle, n'était pas une solution pratique. Elle s'opposait à la tendance à la mécanisation devenue quasi instinctive dans le monde entier. De plus, une contrée qui serait arriérée industriellement, serait impuissante au point de vue militaire et serait vite dominée, directement ou indirectement, par ses rivaux plus avancés.

Maintenir les masses dans la pauvreté en restreignant la production n'était pas non plus une solution satisfaisante. Cette solution fut appliquée sur une large échelle durant la phase finale du capitalisme, en gros entre 1920 et 1940. On laissa stagner l'économie d'un grand nombre de pays, des terres furent laissées en jachère, on n'ajouta pas au capital-équipement et de grandes masses de population furent empêchées de travailler. La charité d'État les maintenait à moitié en vie.

Mais cette situation, elle aussi, entraînait la faiblesse militaire, et comme les privations qu'elle infligeait étaient visiblement inutiles, elle rendait l'opposition inévitable.

Le problème était de **faire tourner les roues de l'industrie sans accroître la richesse réelle du monde**. Des marchandises devaient être produites, mais non distribuées. En pratique, le seul moyen d'y arriver était de faire continuellement la guerre.

Produire des armes est un moyen facile de dépenser la puissance de travail des humains sans rien produire qui puisse être consommé.

Une Forteresse flottante (porte-avion), par exemple, a immobilisé pour sa construction, la main-d'œuvre qui aurait pu construire plusieurs centaines de cargos. Plus tard, alors qu'elle n'a apporté aucun bénéfice matériel, à personne, elle est déclarée surannée et envoyée à la ferraille. Avec une dépense plus énorme de main-d'œuvre, une autre Forteresse flottante est alors construite.

En principe, l'effort de guerre est toujours organisé de façon à dévorer le surplus qui pourrait exister après que les justes besoins de la population sont satisfaits.

En pratique, les justes besoins vitaux de la population sont toujours sous-estimés. Le résultat est que, d'une façon chronique, la moitié de ce qui est nécessaire pour vivre manque toujours. Mais est considéré comme un avantage. C'est par une politique délibérée que l'on maintient tout le monde, y compris même les groupes favorisés, au bord de la privation. Un état général de pénurie accroît en effet l'importance des petits privilèges et magnifie la distinction entre un groupe et un autre.

D'après les standards des premières années du XXe siècle, les membres mêmes du Parti intérieur mènent une vie austère et laborieuse. Néanmoins, le peu de confort dont ils jouissent, leurs appartements larges et bien meublés, la solide texture de leurs vêtements, la bonne qualité de leur nourriture, de leur boisson, de leur tabac, leurs deux ou trois domestiques, leurs voitures ou leurs hélicoptères personnels, les placent dans un monde différent de celui d'un membre du Parti extérieur. Et les membres du Parti extérieur ont des avantages similaires, comparativement aux masses déshéritées que nous appelons les prolétaires.

L'atmosphère sociale est celle d'une cité assiégée dans laquelle la possession d'un morceau de viande de cheval constitue la différence entre la richesse et la pauvreté. En même temps, la conscience d'être en guerre, et par conséquent en danger, fait que la possession de tout le pouvoir par une petite caste semble être la condition naturelle et inévitable de survie.

La guerre accomplit les destructions nécessaires d'une façon acceptable psychologiquement. Il serait en principe très simple de gaspiller le surplus de travail du monde en construisant des temples et des pyramides, en creusant des trous et en les rebouchant, en produisant même de grandes quantités de marchandises auxquelles on mettrait le feu. Ceci suffirait sur le plan économique, mais la base psychologique d'une société hiérarchisée n'y gagnerait rien. Ce qui intervient ici, ce n'est pas la morale des masses dont l'attitude est sans importance tant qu'elles sont fermement maintenues dans le travail, mais la morale du Parti lui-même.

On demande au membre, même le plus humble du Parti, d'être compétent, industrieux et même intelligent dans d'étroites limites. Il est de plus nécessaire qu'il soit un fanatique crédule ignorant, dont les caractéristiques dominantes sont la crainte, la haine, l'humeur flagorneuse et le triomphe orgiaque (la mentalité de guerre).

Les deux buts du Parti sont de conquérir toute la surface de la terre et d'éteindre une fois pour toutes les possibilités d'une pensée indépendante. 2 grands problèmes à résoudre :

- découvrir, contre sa volonté, ce que pense un autre être humain,
- moyen de tuer plusieurs centaines de millions de gens en quelques secondes, sans qu'ils en soient avertis.

Le savant d'aujourd'hui est soit :

- une mixture de psychologue et d'inquisiteur qui étudie avec une extraordinaire minutie la signification des expressions du visage, des gestes, des tons de la voix, et expérimente les effets, pour l'obtention de la vérité, des drogues, des chocs thérapeutiques, de l'hypnose, de la torture physique,
- un chimiste, un physicien ou un biologiste, intéressé seulement par les branches de sa spécialité qui se rapportent à la suppression de la vie [AM : et au contrôle des populations].

Dans les années 1950, une centaine de bombes atomiques furent alors lâchées sur les centres industriels, surtout dans la Russie d'Europe, l'Ouest européen et l'Amérique du Nord [AM : ce qui était prévu par l'armée US en effet (voir Jacques Bergier et les bombes enterrées sous les grandes capitales), neutralisé par l'URSS qui acquiert la bombe]

Elles avaient pour but de convaincre les groupes dirigeants de tous les pays que quelques bombes atomiques de plus entraîneraient la fin de la société organisée et, partant, de leur propre puissance.

Ensuite, bien qu'aucun accord formel ne fût jamais passé ou qu'on y fît même allusion, il n'y eut plus de lâchers de bombes. Les trois puissances continuent simplement à produire des bombes atomiques et à les emmagasiner en attendant une occasion décisive qu'elles croient toutes devoir se produire tôt ou tard.

Aucun des trois super-États ne tente jamais un mouvement qui impliquerait le risque d'une défaite sérieuse. Quand une opération d'envergure est entreprise, c'est généralement une attaque par surprise contre un allié.

Le plan est, par une combinaison de luttes, de marches, de coups de force au moment opportun, d'acquérir un anneau de bases encerclant complètement l'un ou l'autre des États d'un rival, puis de signer un pacte d'amitié avec ce rival et de rester avec lui en termes de paix assez longtemps pour endormir sa suspicion.

Aucune invasion de territoire ennemi "coeur" n'est jamais entreprise. L'Eurasia, par exemple, pourrait aisément conquérir les îles Britanniques. Mais ce serait violer le principe suivi par tous, bien que jamais formulé, de l'intégrité culturelle. La conquête de territoires culturellement différents implique soit d'exterminer les habitants, tâche d'une grande difficulté matérielle, soit d'assimiler une population de millions d'habitants. [AM : soit de leur imposer sa culture, comme les USA l'ont fait après 1945].

Les contacts avec les populations étrangères doivent être limitées, sinon les citoyens découvriraient que les pseudos ennemis sont des créatures semblables à lui-même, que la plus grande partie de ce qu'on lui a raconté d'eux est fausse. C'est pourquoi, si on peut envahir les zones frontières déculturées, on ne dépasse pas les frontières principales.

On ne permet pas au citoyen d'un état de savoir quoi que ce soit de la doctrine des deux autres philosophies. Mais on lui enseigne à les exécrer et à les considérer comme des outrages barbares à la morale et au sens commun. En vérité, les trois philosophies se distinguent à peine l'une de l'autre, et les systèmes sociaux qu'elles supportent ne se distinguent pas du tout.

Il y a partout la même structure pyramidale, le même culte d'un chef semi-divin, le même système économique existant par et pour une guerre continuelle. Il s'ensuit que les trois super-États, non seulement ne peuvent se conquérir l'un l'autre, mais ne tireraient aucun avantage de leur conquête. Au contraire, tant qu'ils restent en conflit, ils se soutiennent l'un l'autre comme trois gerbes de blé. [AM : voir la guerre froide, perpétuelle et sans réel danger quotidien, si ce n'est la peur permanente de l'holocauste nucléaire, peur neutralisant la réflexion]

Exemple > 2020 Confinement COVID

Cette mascarade stérile sur le COVID aurait dû être classée comme une désinformation "perte de temps" et "tout sauf Nibiru" de plus, sauf qu'elle fut utilisée pour enrichir les labos, et surtout appliquer la loi martiale que Nancy Lieder annonçait depuis 1995. Voyons quelques unes des innombrables malversations qu'il y a eu autour de cette affaire, sans parler des lois de base et des articles constitutionnels violés par la vaccination qui a suivie.

Départ ? Le 18 octobre 2019

Premiers cas

Officiellement, ce n'est que fin décembre 2020 que le nouveau virus est détecté. Sauf que :

- 18/10/2019 : l'équipe des jeux olympiques militaires française tombe malade à Wuhan et ramène le virus en France le 28/10/2019. Les dirigeants sont au courant que les athlètes sont contaminés.
- 16/11/2019 : En Alsace, un cas de COVID est soigné, et les professionnels de santé remontent des symptômes atypiques (pas pris en compte par les autorités).

Event 201

Lancement d'un nouvel exercice de gestion de crise à New-York, l' "Event 201" organisé par l'université John Hopkins aux États-Unis, en collaboration avec le Forum économique mondial et la Fondation Bill Gates. Il s'agit d'une simulation d'une pandémie mondiale par un coronavirus tropical, où il était prévu que suite à H1N1 les populations ne voudraient pas du vaccin, et qu'il faudrait trouver des moyens de rétorsions et la propagande à appliquer pour imposer la vaccination. Les conclusions de cet essai furent appliquées presque mot pour mot quelques mois plus tard, quel hasard...

Des seuils limites à géométrie variable

Jouer avec les valeurs limites est très utilisé dans le nucléaire ou la pollution de l'eau du robinet : dès que la pollution devient trop importante, on multiplie par 10 le niveau limite autorisé de toxicité pour l'organisme, et l'eau redevient (faussement) sans danger...

Évidemment, ces variations vont dans le sens des dominants, et des fois, ces taux sont rabaissés, comme ce fut le cas pour la fausse épidémie COVID [frs1], devenue mortelle par la seule magie des statistiques trafiquées.

Entre 1985 et 2018, une épidémie, pour le réseau de suivi français Sentinelle, c'est quand le nombre de nouveaux cas (nouveaux infectés se rendant chez leur médecin) dépasse les 200 par jour.

Sauf qu'en 2019, ce seuil est rabaissé drastiquement de 200 à 50...

Ainsi, quand les frontières ont été laissées ouvertes malgré les signes de contamination débutant mi-octobre 2019, ils savaient qu'ils allaient rapidement devoir activer l'état d'urgence en vertu de ce seuil rabaissé.

Et encore, ça ne suffisait pas (80% des nouveaux cas sont asymptomatiques, donc n'ont aucune raison d'aller voir leur médecin). On a donc, en plus, changé le mode d'action pour détecter un cas. Cette découverte ne se fera plus par les consultations, mais par des tests intensifs faux (voir la mangue positive COVID).

Résultat : Seuil divisé par 4, tests intensifs et faux, le moindre rhume donne la pandémie souhaitée...

Une convergence d'événements

Récapitulons les "bonnes fées" qui se sont penchées sur la fausse épidémie COVID :

2018 : l'UE planifie le passeport vaccination, interdisant de circuler aux non-vaccinés.

2019 : Le suivi sentinelle des épidémies voit sa limite et sa détection modifiée pour déclencher l'alarme pour un rien.

18/10/2019 : première contamination de Wuhan.

18/10/2019 : c'est aussi le jour de l'Event 201.

12/11/2019 - Le directeur de l'ANSES commence le processus qui aboutira à interdire l'HCQ.

05/12/2019, le sénat vote les lois permettant le confinement de personnes saines (on confine normalement les infectés...).

Tout cela, alors que l'épidémie n'est encore pas officiellement connue... Quel hasard fabuleux ! (ironie)

Couplé à la chronologie des actions du couple Buzyn-Lévy (p. 125), tout était prévu depuis 2017...

Chiffres de base bidons

Pas de surmortalité

Le taux de mortalité annuel dans le monde n'a pas été influencé par le COVID : normal, les morts par grippe sont anecdotiques par rapport aux autres cas de mortalité dans le monde. De nombreux morts avec COVID sont soit morts d'autre chose, soit seraient morts rapidement de leur autre maladie mortelle (comorbidité). Il n'y a que les cas d'euthanasie injustifiée dans les EHPAD qui a provoqué une surmortalité. La surmortalité réelle n'arrivera que fin 2020, avec les premières campagnes de vaccination massives, comme le montre le témoignage d'un thanatopracteur anglais, John O'Looney, qui témoigne aussi avoir vu l'équivalent anglais du rivotril sur les tables de nuit ou dans les poubelles des patients décédés en EHPAD qu'il venait récupérer...

Morts AVEC Covid

C'est la manière même de compter les morts qui est complètement erronée. A 7 ans on apprends à compter, et à 8 ans, on nous apprends qu'on n'additionne pas les carottes et les navets si on veut compter le nombre de salades qu'on a. Nos ministres comme Véran semblent ne pas avoir dépassé le CE1, tant l'erreur de méthodologie est grossière.

Changer juste un mot, mort "avec COVID" plutôt que "du COVID", et vous multipliez par 100 le nombre de morts réels du COVID. Si en plus vous comptez les morts sur 2 ans, le chiffre sera d'autant plus élevé.

Partout dans le monde, les chiffres officiels donnant le nombre de morts sont faux (comptabiliser tous les morts qui suivent de 60 jours un test PCR comme morts du COVID, des hôpitaux obligés de marquer tous les morts comme mort du COVID, même en l'absence de test PCR), et la découverte de la triche n'a donné lieu à aucune enquête ni punition, les gouvernements continuant à s'appuyer comme si de rien n'était sur des chiffres faux. Voir Radio-Québec pour les nombreuses études ayant montré la triche, dénoncé par un député italien qui assure que 96% des morts AVEC COVID sont en réalité morts d'autre chose.

07/05/2020 : le président Tanzanien révèle que les chiffres concernant son pays sont artificiellement gonflés.

19/07/2020 : les statistiques de morts en Angleterre sont aussi trafiquées en faveur du COVID, bien moins de morts qu'annoncé.

Estimations

Comme nous venons de le voir, concernant les chiffres sur le COVID, il est dur d'obtenir les chiffres réels, ne sachant pas la quantité d'infectés.

Le taux de symptomatiques (infectés et malades) est estimé à 30%, mais est sûrement plus proche des 20% vu l'absence de tests. Pour les jeunes adultes, c'est 10% de moins, soit 90% des jeunes qui attrapent le virus et ne tombent pas malade :

Tout cela, c'est les chiffres officiels. Il faut savoir tenir compte de la comorbidité, c'est à dire que presque tous les morts du COVID sont en réalité morts d'autre chose, mais qu'on a détecté le virus sur eux au moment de leur mort (avec des coton tige dont beaucoup sont pré-infectés au COVID, rappelons le...)

C'est ainsi qu'une personne écrasée par un bus, ou mort du cancer, sera comptée "mort du COVID", du moment qu'il a été testé positif un jour, même s'il a été soigné avec succès du COVID et a pu quitter l'hôpital...

En France, 72 morts de la grippe cette années, au lieu des 10 000 à 30 000 habituels... Au Japon, aucun mort cette année de la grippe (tous étiquetés COVID), de même que les cas, 230 fois moins que les autres années...

Il est difficile d'avoir la comorbidité réelle des cas de personnes sans souci de santé, mort dans un accident, et seul les cas où la famille s'est offusquée de voir leur parent mort du cancer être déclaré mort du COVID nous sont parvenu au niveau individuel, ou dans des petits entrefilets restés locaux, comme ce motard mort dans un accident en Floride, et compté mort du COVID malgré les demandes de retrait du médecin ayant constaté la mort.

Et encore, ces nombreux témoignages sont rares, vu que les médecins touchent une prime si leur patient est déclaré mort du COVID, et sont donc tenté de n'être pas regardant... Une manière de gonfler les big data dont se délectent les études orientées...

On connaît les chiffres de la comorbidité relative, à savoir les patients morts du COVID, qui souffraient d'une maladie potentiellement mortelle (Hypertension, maladie cardiaque, obésité, diabète, etc.). Mieux que rien, même si l'âge de la personne n'est pas pris en compte (en France, la moyenne d'âge des morts est de 85 ans, supérieur à l'espérance de vie des Français). En Angleterre, la comorbidité est de 95%, 99% en Italie,

De plus, le professeur Perronne révèle que 83% des décès du COVID (25 000 personnes) auraient pu être sauvé par l'HCQ. Nous voyons ici la main mise des labos privés sur les pouvoirs publics, l'intérêt d'un seul multi-milliardaire sur des multi-milliards de personnes, et tout ça sous les yeux du public : la supercherie est éventée, mais ils continuent à jouer la comédie pour les 40% d'endormis...

Les vrais chiffres en France ?

On ne peut que les estimer, en s'appuyant sur les chiffres d'un pays industrialisé similaire à la France, le Japon. Comme nous, ce pays a mélangé COVID et grippe, nous n'avons donc que la mortalité de la "maladie hivernale" sévissant chaque année.

Ramené à la proportion de la France, et si on compte les morts par année plutôt que sur 2 ans, les 16 000 morts officiels du Covid au Japon (mi 2021) deviennent 4 000 morts par an en France.

Il faut préciser que c'est si on avait soigné nous aussi comme l'a fait le Japon : HCQ en 2020, Ivermerctine en 2021. Et sans confiner la population...

Nous avons donc une grippe (au sens maladie hivernale) 2 fois moins mortelle qu'une grippe classique. Tout ce foin pour ça, on dirait H1N1 en 2009, la grippe la moins mortelle de l'histoire, où on voyait Roselyne Bachelot et Michel Cymes répéter en boucle, sur les plateaux de télé, que les hôpitaux étaient saturés, que les gens mouraient comme des mouches, et qu'il fallait absolument se faire vacciner...

Guerre Raoult vs Levy-Buzyn (INSERM)

Raoult est l'infectiologue qui a publié le plus de publication sur le COVID, et dont ces dernières sont le plus citées par les autres médecins. S'il est difficile de juger la compétence de quelqu'un, dans le milieu médical, on peut affirmer qu'il est au moins dans les 10 premiers mondiaux, alors que ses adversaires ne sont pas infectiologues, ou passent plus de temps à la télé ou dans les bureaux ministériels qu'a faire des études...

Yves Lévy est le président de l'INSERM, et mari de la ministre Agnès Buzyn (celle qui a autorisé les 11 vaccins sur nourrisson tant décriés, ou qui a interdit la HCQ en vente libre au tout début de la pandémie). Raoult, comme tous les médecins qui se sont opposés médiatiquement à la dégradation du système de santé, a été saqué et écarté.

Chronologie

- 2017 - Lévy inaugure le labo P4 de Wuhan, ville d'où sortira le virus 2 ans plus tard.
- 05/2017 : Buzyn nomme à la tête du conseil scientifique quelqu'un sans référence, qui détruira sur plusieurs années les stocks de masques qui ont tant manqués aux soignants au début de la pandémie.
- 30/12/2017 - 11 vaccins deviennent obligatoire suite à proposition de Agnès Buzyn, ministre de la santé. Raoult, comme la majorité des infectiologues, en dénonce la dangerosité et l'inutilité.
- fin décembre 2019, les médecins chinois suivent les recommandations de Raoult sur la HCQ, et obtiennent de très bons taux de guérison , bien mieux que sans traitement, ou n'importe quel autre antiviral.
- 13/01/2020, Agnès Buzyn classe la Chloroquine dans les substances vénéneuses, alors que cela fait plus de 70 ans qu'elle est en vente libre.
- 24/01/2020 : Buzyn refuse d'interdire les avions venant de Chine, comme le font d'autres pays. Pire, elle refuse de prendre les précautions imposés par d'autres pays qui gardent leurs frontières ouvertes avec la Chine : mesure de la température des voyageurs, imposition du masque.
- Alors qu'on manque de masques en février, Buzyn continue le travail de son protégé initié en 2017, et fait détruire les masques rescapés, sous prétexte de leur possible péremption, tout en refusant d'en recommander (tout le gouvernement affirme alors que le masque ne sert à rien, ce qui est vrai, sauf pour les soignants, surtout quand leurs chefs les obligent à traiter les malades COVID le matin, puis à traiter les personnes fragiles l'après-midi).
- le journal le Monde et l'Agence d'État de la santé qualifient les recherches du professeur Raoult de Fake News, avant de se rétracter.
- 18/02/2020 : en larme, Buzin démissionne du poste de ministre de la santé, après avoir qualifié la situation de mascarade.
- 16/03/2020 : confinement
- le 22/03/2020, 600 médecins portent plainte contre Buzyn.
- le 23/03/2020, Interdiction de la prescription de la HCQ sur le COVID (sauf essais cliniques).
- 27/05/2020 : Véran, qui a remplacé Buzin au pied levé, interdit définitivement l'utilisation de HCQ sur le COVID, y compris pour les études hospitalières.

14/04/2020 - Gros taux d'asymptomatique

Asymptomatique = quelqu'un infecté par le virus, mais qui n'en souffre pas. Ceux qu'on appelait les non malades avant... On aurait 70% de la population (sûrement plus si les tests étaient systématiques) qui attrape le virus sans maladie, comme pour toutes les maladies ; seuls les plus affaiblis développent des symptômes.

Chloroquine

Pour justifier l'injection, fin 2020, des vaccins COVID non testés, il fallait impérativement qu'aucun autre traitement n'existe. La fausse science a cherché à éradiquer l'artemesia annua, la vitamine C et D, le zinc, et les médicaments allopathiques comme l'HCQ ou l'ivermectine.

Les bons résultats de la chloroquine

[frs4] "On juge une mesure sanitaire à son résultat : le nombre de morts par million d'habitants. Sur ce critère, d'après les chiffres OMS du 24 juillet, la France se place au 6e rang mondial des plus fortes mortalités des 197 États membres avec 483 décès/million derrière Belgique (846/M), Grande-Bretagne (671/M), Espagne (608/M), Italie (580/M) et la Suède (562). Les mieux placés étant Taiwan (1/M), Japon (8/M), Corée (6/M), Singapour (5/M), Malaisie (4/M), Maroc (8/M), Algérie (27/M), Inde (24/M) et les pays africains d'endémie palustre dont les populations prennent quotidiennement des antipaludéens (chloroquine).

La chronologie des décisions aberrantes

L'hydroxychloroquine (que nous simplifierons en chloroquine ou HCQ par la suite), un traitement connu depuis la grippe espagnole de 1918, et un grand classique pour soigner ce genre de COVID. C'est d'ailleurs le premier traitement auquel Raoult avait pensé. La chloroquine est en vente libre depuis sa mise sur le marché il y a plus de 70 ans, et n'a jamais posé problème. La chloroquine est moins dangereuse que le paracétamol (cancérigène reconnu depuis 2017, qui détruit les cellules du foie, et qui est potentiellement mortel sur le COVID, en enlevant la fièvre qui tue le virus, et en empêchant l'activation des globules blancs).

12/11/2019 - 5 jours avant le premier patient officiellement détecté en Chine (mais alors que nos athlètes étaient déjà malades), le directeur de l'ANSES demandait d'arrêter la vente libre de la chloroquine.

13/01/2020 - Alors que l'épidémie se répand en Chine, mais que les médecins chinois ont déjà montré l'efficacité de la chloroquine, Agnès Buzyn classe la Chloroquine dans les substances vénéneuses (disponible seulement sur ordonnance). Pourquoi, après 70 ans de vente libre sans problème, restreindre ce médicament, puis carrément l'interdire en pleine pandémie ?

Mi-mars, le Professeur François Perronne révèle sur LCI que le stock de chloroquine de la pharmacie centrale française a été pillé, sans qu'on connaisse les responsables. A peu près au moment où Donald Trump mets à disposition de tous les Américains ce médicament qualifié de miracle par les médecins qui l'utilisent sur eux.

22/03/2020 - Estrosi, soigné lui-même à la chloroquine, et sans réponse du gouvernement, a appelé directement Sanofi pour qu'il livre la chloroquine aux hôpitaux de Nice, tout en autorisant les essais sur la chloroquine.

23/03/2020 - Le seul fabricant de Chloroquine en France n'est pas relancé, et est reste en redressement judiciaire alors que l'outil de production est opérationnel...

27/05/2020 - Au moment où le professeur Raoult montre qu'à l'IHU de Marseille, ils ont le plus bas taux de mortalité du monde grâce à l'HCQ, le gouvernement (Véran) interdit aux médecins de prescrire de la chloroquine, s'appuyant trop rapidement sur une étude du Lancet. Cette étude bidon sera rapidement sera retirée. Malgré le retrait de l'étude, l'interdiction de soigner à la chloroquine ne sera pas retirée, une décision injustifiable, les médias demandant un remaniement ministériel face à l'incompétence apparente de Véran. Ce remaniement aura lieu mi-juillet, et Véran, l'auteur de cette grosse bourde, sera... conservé...

Grosse "bourde", car interdire de soigner les gens, c'est les tuer... Le professeur Perronne affirmera (16/06/2020) que 25 000 morts (sur les 30 000 morts) auraient pu être sauvé s'ils avaient été traité à la chloroquine. Il avait, déjà à l'époque, déterminé que le Covid, s'il était soigné, n'allait faire que 4 à 5 000 morts par an en France, comme les chiffres du Japon en 2021 l'ont montré.

Les études bidons

L'HCQ s'est faite attaquer sur 3 fronts :

Dangerosité

Des études anglaises de début 2020 avaient surdosé 6 fois la dose maxi de HCQ, pour provoquer des insuffisances cardiaques utilisées ensuite à charge contre le HCQ. Au Brésil, c'était 4 fois la dose.

Inefficacité

Les patients qui rentrent en réanimation sont infectés depuis longtemps, le virus a été battu, mais leur système immunitaire s'est emballé et attaque les poumons. 4 jours après l'entrée à l'hôpital, l'HCQ ne peut plus rien faire. Et c'est uniquement ces cas, volontairement non traités, puis HCQ administrée quand il n'y a plus rien à faire, qui sont prises en compte dans ces pre-print partisans, tous retoqués : la HCQ évite la réanimation, une fois qu'on y est c'est trop tard, c'est d'autres traitements qui doivent être donnés.

Chiffres bidons

Comme l'étude du Lancet l'a montré, les méta-données viennent d'on ne sait où. Ceux qui ont retoqué la publication, on trouvé des chiffres à charge contre l'HCQ, mais venant d'un hôpital australien inexistant... Un autre exemple qui a défrayé la chronique, c'est ce service tout aussi imaginaire, soit-disant tenu par une star du porno...

Études et pre-print

Régulièrement, les publications (études publiées, c'est à dire validée par les pairs) montrent que l'usage de HCQ associée à un antiviral, pris à temps, est le plus efficace des traitements connus.

Les médias ne parlent jamais de ces publications, et préfèrent parler des pré-print (prépublications, c'est à dire non validées par les pairs) qui semblent montrer la dangerosité de l'HCQ. Ces pré-print ne sont jamais publiés, car des grosses fautes de méthodologie, des biais, ou carrément des données de bases falsifiées, ont été utilisées pour avancer des conclusions tout aussi fausses. Mais les médias ne se rétractent pas après avoir publié ces études fausses, laissant dans l'esprit du public l'idée que le gouvernement a bien fait d'interdire ce médicament.

Nous avons vu que cette méthode était souvent utilisée depuis 2010.

Les fausses études sur la HCQ

Cela a commencé par la fausse étude du Lancet, le plus grand magazine scientifique de santé du monde, publiée avant même le contrôle des pairs. Comme si cette étude avait été exigée par un groupe de dominants contrôlant tous les pays du monde, elle a été suivi immédiatement [frs2] par un nombre incroyables de décisions pour interdire le HCQ, dans tous les pays fortement occidentalisés. C'est par exemple, en France, l'interdiction de la prescription du HCQ par le ministre de la santé. Quand cette publication a été retirée quelques jours après, s'étant révélée volontairement frauduleuse, l'interdiction dans tous ces pays n'a jamais été retirée.

Mais d'autres publications, toutes aussi frauduleuses, ont été publiées dans la foulée. Voyons en détail le niveau de malversation que la science à atteint [frs3].

L'étude bidon qui suit voulait montrer que la HCQ était dangereuse avec le COVID-19.

Des thésards, travaillant sur des domaines aussi variés que l'étude des végétaux (mais jamais sur l'infectiologie ou la chloroquine), décident sur un coup de tête de monter une étude internationale. Ces thésards ont évidemment immédiatement trouvés des sponsors, tous ayant intérêt à mettre en avant le Remdésivir ou les vaccins plutôt que la peu chère HCQ utilisée sans problèmes depuis près de 80 ans. On retrouve encore une fois l'INSERM (organisme public anti-HCQ, p. 125).

Des conflits d'intérêts dans tous les sens, des auteurs qui une semaine avant, avaient publiés une étude fake et loufoque contre la chloroquine (montrant qu'il n'y a plus aucune relecture). Des gens qui s'affirment contre le professeur Raoult, celui qui a montré l'efficacité de la chloroquine.

Des thésards liés à des membres du conseil scientifique français, ceux qui n'ont pas déclaré leurs nombreux conflits d'intérêts, mais qui continuent à prendre des décisions allant à l'encontre du bien commun, mais dans l'intérêt de leurs sponsors...

Ces 6 thésards ont fait une méta-analyse (prendre des données sans s'assurer qui les a produit, ni si elles sont judicieuses), qui les mélangent entre elles, comme on additionne des choux et des carottes pour compter le nombre de salades...

Par exemple, ils prennent les cas où la HCQ était dosée différemment (avec des gros surdosages dangereux évidemment), refusent de prendre en compte les pathologies associées (comme un motard décapité dans un accident de la route : ces thésards refusent de trancher pour savoir si c'est la perte de sa tête qui a tué la personne, ou si c'est le virus...).

Ils ont évidemment pris des pré-prints, des études fausses qui ne seront jamais validées par les pairs.

Sur les 819 études identifiées sur la chloroquine, ils n'ont pris que les 29 plus douteuses (sans justifier pourquoi ce choix), celles qui recevaient le plus de critiques, les plus biaisées, mais qui allaient dans le sens de la conclusion qu'ils voulaient donner à leur papier...

Toutes les études qui ne souffrent d'aucune critique, et qui prouvent de manière indubitable l'efficacité de la chloroquine, ont été écartées sans raisons.

Par contre, sur les 29 documents retenus, les auteurs reconnaissent que 14 ont des biais modérés ou sévères, 11 ont des biais critiques, un autre a un biais de sélection et trois ont des « problèmes ».

Les auteurs se sont contentés de faire des moyennes (méta-analyses fausses, car sans contrôle sur le terrain) sur des études qui sont elles-mêmes des méta-analyses (donc du faux sur du faux...). Les auteurs n'ont pas vu un seul patient, et n'avaient même pas accès aux données du patient, qui leurs auraient permis d'affiner les modèles et calculs...

Et encore : les auteurs se plantent dans des additions simples (524+29 = 829...) ce qui laisse rêveur quand à leur compétence à faire des calculs statistiques...

Un exemple flagrant que la science est morte...

Saturation des hôpitaux

Des faux débordements

En Mars, une vidéo montrait une salle d'urgence en Italie, saturée par les malades au COVID. La même vidéo sera reprise par les mass médias pour faire croire que les urgences de New-York débordaient, que les cadavres s'entassaient dans la rue. Quand les citoyens, munis de leur smartphone et bravant le confinement, iront vérifier l'information le lendemain, ils ne pourront que constater des urgences vides. Où sont les longues queues d'attente montrées à la télé ? La directrice d'un hôpital de Hawaï, dans un reportage télé, s'affolait des longues queues d'attente que l'hôpital ne pouvait gérer. Le lendemain, un citoyen filmera le hall d'hôpital vide (des figurants la veille), et interrogera la directrice qui passait par là : cette dernière ne pourra que bafouiller des excuses vaseuses, reconnaissant finalement qu'il n'y avait pas de saturation.

Des cliniques vides

Les directeurs de cliniques (privées) se plaignent que leurs salles de réanimation sont vides. Comme ils n'ont pas le droit de prendre de patients (plan blanc), ils doivent mettre au chômage partiel leurs infirmières, pendant que les médias font peur aux gens en disant qu'on manque de personnel, que des soignants à la retraite sont réquisitionnés.

Dans le grand Est, les cliniques voient l'Hôpital d'en face envoyer, devant des dizaines de caméras, des patients vers l'Allemagne ou les Landes, à grand coup d'hélicoptères ou de TGV dédiés... Alors qu'il suffisait de traverser la rue, leurs lits étant vides...

Toutes cette mascarade servait à la propagande médiatique (p. 132).

Euthanasie

Rivotril

Un gros scandale. Ce médicament, utilisé pour faciliter le départ des personnes en soins palliatifs (sans espoir de guérison, autant dire de l'euthanasie) subit une dispense permettant de l'utiliser sur les malades du COVID. Mettre un médicament provoquant une détresse respiratoire sur des malades du COVID, c'est les tuer à coup sûr... Une décision prise soit-disant par peur de manquer de médicament, et d'accélérer la mort de ceux "dont on sent" qu'ils vont mourir de toute façon, consommant inutilement des ressources qui risquent d'être en pénurie...

C'est un scandale, car ces personnes, correctement soignées à la chloroquine, n'auraient pas eu cette dégradation imposant un respirateur, et l'usage de Rivotril pour faire de la place sur des services de réanimation artificiellement en pénurie (possibilité de fabriquer des respirateurs et de la chloroquine en France si la volonté politique était là, tout comme de traverser la rue pour remplir les lits de réanimations vides de la clinique d'en face, en chômage partiel...).

Assassinat des anciens dans les Ehpad

[frs4] "Les aînés, victimes désignées du Covid19, constituait l'objectif « officiel » prioritaire du confinement. Or toutes les mesures prises durant la loi d'urgence ont abouti à les éliminer sans témoin, en empêchant en plus de leur rendre le dernier hommage.
Le terme assassinat est violent, mais correspond aux faits constatés d'une mise à mort organisée :

- Les couper de leur famille, en les transformant en « prisonniers au mitard », les rendant plus vulnérables et facilitant les syndromes de glissement (désintérêt progressif de la vie rendue insipide par l'absence de contacts, menant au décès) alors que des contacts protégés auraient été possibles.

- Les interdire de tests diagnostiques, puis de réanimation, puis d'hôpital.
- Réexpédier les pensionnaires malades dans leur établissement d'origine. Faute de possibilité réelle d'isolement, de matériel de protection et de personnel en nombre suffisant, ils ont contaminé leurs compagnons d'infortune.
- La solution finale a été le décret Rivotril [euthanasie par étouffement] qui a organisé la dispensation d'un produit destiné à les tuer sur simple suspicion de COVID, avec rédaction d'une ordonnance « préventive » et préparation d'une seringue nominale sans prévenir le malade ni sa famille ni même attendre une éventuelle aggravation (beaucoup auraient survécus...).

Résultat ? Le 6 mai 2020, les personnes âgées dépendantes résidant en EHPAD représentaient la moitié des morts attribués à l'épidémie en France (12 769 décès sur les 25 531). France Soir ne peut que constater qu' "on a donc eu l'inverse de ce que le gouvernement avait annoncé". Si le but était d'arrêter les retraites, c'est un succès...

Arrêt des soins sur les autres maladies

[frs4] Le « plan blanc » activé dès l'état d'urgence et le confinement aveugle adoptés, a entraîné l'arrêt des traitements des maladies chroniques (hypertension, diabète, cancers), source de pertes importantes de chances de survie. Il a aussi bloqué le diagnostic et le traitement de nouvelles pathologies infectieuses, cancéreuses etc. qui sont apparues pendant le confinement et sont restées évolutives en l'absence de diagnostic et de traitement.

Or même des retards modestes dans la chirurgie du cancer ont un impact significatif sur la survie. Aux victimes directes du Covid19 et du confinement, le plan blanc a donc ajouté des victimes collatérales par arrêt ou retard des soins des maladies chroniques et les retards de diagnostic des maladies jusque-là ignorées. La CNAMTS a confirmé une baisse d'activité de 40% pour les médecins généralistes, de 70% de perte d'activité chirurgicale depuis le début du plan blanc.

Les tunnels de New-York

Une histoire dans l'histoire. Alors que les médias passaient de fausses images pour faire croire aux hôpitaux saturés, un navire hôpital de l'armée était envoyé au port de New-York, étonnamment escorté d'un porte-avion... Les 2 feront étrangement une boucle dans le voyage d'approche, dessinant un Q sur les suivis satellites... Central-Park sera fermé à la population, des pelles mécaniques creusant soit-disant des fosses temporaires pour l'excès de morts, et un hôpital militaire de plein air sera monté, toujours sous couvert de gérer la saturation des hôpitaux inexistantes. Dans le même temps, des sources sûres au sein du gouvernement, de même que Zetatalk, disaient qu'il s'agissait de sauver des centaines, voir des milliers d'enfants, prisonniers dans des tunnels utilisés pour les trafics massifs d'enfants. Aucune info ne fuitera par contre dans les médias main-stream, en juillet 2020, nous n'avons toujours aucune preuve de ces faits. Mais c'est l'explication la plus plausible à la venue de ce navire hôpital, et au blocage de central-Park.

Volonté de confinement

Contaminer et augmenter le nombre de morts

- Les Français confinés à Wuhan sont emmenés en France. Ils restent confinés, mais leurs soignants, en manque de moyens de protection, ne le sont pas. Un nouveau cluster de cas partira de ces Français rapatriés.
- 27/02/2020, Le match Lyon-Turin est confirmé, 3 000 supporters italiens, habitants dans une zone fortement contaminée et se préparant au confinement, viennent apporter le virus en France, sans qu'aucune mesure de précaution ne soit prise (alors que tous les festivals et carnavals ont été supprimés).
- Au début du confinement en France, les policiers qui doivent vérifier les attestations n'ont pas le droit de porter de masque ni de gants, risquant de s'infecter.
- Les soignants sont épuisés, manquent de protection (masques), se contaminent et contaminent leurs patients, devant traiter les contaminés le matin, les anciens fragiles l'après-midi.
- le 25 mars, le gouvernement continue l'optique prise fin janvier : il refuse d'augmenter le nombre de respirateur artificiel (pas assez suffisant, et ce depuis des années). Au moment où on nous dit qu'ils doivent sacrifier les plus de 70 ans, par manque de respirateurs... Michel Onfray parle ouvertement d'assassinats.

L'euthanasie (p. 127)

L'euthanasie des vieux, marqués ensuite comme morts du Covid, est le côté le plus sombre de cette affaire, une volonté d'augmenter les morts, rejoignant les volontés de génocider les inutiles.

Les pays qui ne confinent pas

La Suisse refuse le confinement généralisé de la population, pratique un large dépistage et traitement rapide, et accuse la France de faire de la politique spectacle. Le Japon ne confine pas, et obtient un des plus bas nombre de cas et morts.

Transformer les morts en cas testés

Le 05/07, l'épidémie étant finie, pour continuer à faire peur, ils augmentent le nombre de tests, et perlent désormais du nombre de cas positifs, plus du nombre de morts. Ce qui explique les malversations suivantes pour augmenter les tests positifs :

18/07/2020 : La Floride n'envoie que les tests positifs, effaçant les tests négatifs : résultat, 100% des testés sont infectés au COVID.

Tests pré-contaminés

Sans compter que les tests continus à être pré-infectés au COVID, contribuant à vous infecter lors du test, et à donc vous déclarer systématiquement contaminé, même sans symptôme... Un cas emblématique avait été ce président de la Tanzanie en Tanzanie, mettant en doute les statistiques et évoquant des « sabotages » : il avait fait tester l'intérieur d'une papaye (pour être sûr de n'avoir aucune contamination de l'extérieur) et le test s'était révélé positif au COVID ! Soit le test était contaminé au départ (on a vu que c'était le cas tout le long de l'épidémie, début avril ce scandale avait déjà été révélé, sans que rien ne change jusqu'en aout).

En dehors de cette pré-contamination, on sait aussi que les tests sont trop sensibles, et donnent par erreur comme positifs 90% de cas ne l'étant pas (trop petite quantité de virus pour être active, résidus d'infections anciennes, etc.).

Le professeur Raoult annonce que 40% des cas détectés positifs par des tests pratiqués à l'extérieur, n'étaient pas positifs avec les tests fait à l'IHM de Marseille.

90% des tests faux, comment en déduire quoi que ce soit avec de telles données imprécises ? Il faut savoir qu'en septembre 2020, si vous êtes testé positif, c'est isolement de force pour vous et tous vos proches...

Surdosage mortel

Pire, l'OMS a lancé de fausses études (200 hôpitaux dans 14 pays) afin de dénigrer la chloroquine, administrant à ses patients 4 fois la dose normale, atteignant une dose léthale, provoquant 35% de décès à cause de la chloroquine en surdosage, contre 0,3% à l'IHU de Marseille.

Le CDC, l'organisme de collecte des données de Faucci, s'est révélé tellement corrompu, que le 15/07/2020, le président Trump a créé directement un service à la maison blanche pour collecter les données, après la révélation d'un énième scandale de triche et mensonges.

Sans compter les chiffres faux, comme ce député italien , Vittorio Sgarbi, qui annonce que 96% des morts italiens imputés au COVID sont morts d'autre chose.

Remdesivir

Le traitement au Remdesivir coûte 2 700 euros, celui à la chloroquine 14 euros... C'est carrément l'État français, en imposant l'étude discovery, qui a payé les tests qui normalement sont à la charge de Gilead... Étude Discovery décidée par des scientifiques grassement payés par Gilead et aussi embauchés par l'État, gros conflit d'intérêt...

Toutes ces malversations ont lancé des tollés au sein de la communauté scientifique : les 13 médecins les plus payés par les laboratoires GILEAD, sont ceux qui passent à la télé (possédée par les actionnaires de Gilead), et qui défendent bec et ongles le produit Remdesivir de ... Gilead.

Les scientifiques dénoncent les fausses études sur le Remdesivir, qui ne soigne quasi pas (seulement 1 jour de gagné sur le rétablissement) et mettent en garde contre les effets secondaires de ce médicament, alertant notamment sur des insuffisances rénales (sur les 5 premiers patients traités par ce médicament à l'hôpital Bichat, 2 ont été mis sous dialyse...), qui ne valent pas le coup de l'utiliser, surtout quand la chloroquine se montre bien plus efficace et inoffensive.

" le Pr François Raffi de Nantes. 541 729 € de financement par les labos privés, dont 52 812 € de Gilead. Est-ce un hasard si on nous apprend que le coup de téléphone anonyme pour menacer Didier Raoult, s'il persistait avec l'HCL, est parti du téléphone portable du service d'infectiologie du CHU de Nantes, dont François Raffi est chef de service ? Sûrement une pure coïncidence."

Arnaque du Remdésivir

Le 01/08/2020, la commission Européenne donne l'exclusivité à Gilead. Et pourtant, l'enquête a montré que la chloroquine est validée, la commission européenne accusée de corruption, et un beau complot est mis en lumière.

Comme montré les semaines précédentes, parmi les 13 médecins français les plus rémunérés par le laboratoire américain Gilead, on retrouve tous les médecins qui ont le droit de passer à la télé, de même que plusieurs décideurs du Haut conseil scientifique (sur les décisions duquel s'appuie le gouvernement).

Du moins, des rémunérations qu'on a pu traçabiliser... Gilead étant immatriculé dans le paradis fiscal du Delaware, les manières de faire disparaître de l'argent dans les poches des décideurs politiques sont simplifiées...

Qu'est-ce que le Remdésivir ? Alias Velkury (non, pas les valkyries d'Odin mais je pense que l'idée y était !) C'est un médicament que Gilead essaye de refourguer depuis plusieurs années, essayées sur plusieurs maladies, en vain. Toutes les études montrent, en plus de son inefficacité, sa dangerosité (sur 5 traités, 3 finiront sous dialyse).

Comme a chaque nouvelle maladie, ce traitement a été tenté de nouveau en Chine sur le COVID, aucun effet et toujours ces dialyses en effet secondaire... L'étude était pourtant réalisée par Gilead, et on peut penser qu'elle était pire que ce qu'annoncé. L'OMS a censuré cette étude sur son site.

Et puis miracle ! Une fois testé aux USA, les méta-données (dont on sait qu'elles sont fausses, voir bidonnées, depuis l'étude du Lancet) sont favorables a Velkury. Des données douteuses faut-il le rappeler, car transitant par le CDC du docteur Faucci. Le CDC qui trafique les données (lorsque Trump a demandé aux hôpitaux de renseigner en direct la maison blanche, sans passer par le CDC dont la corruption était connue, les chiffres du COVID se sont aussitôt effondrés). Le CDC qui payait une prime aux hôpitaux qui détectaient le plus de cas de COVID, ou qui s'est fait prendre en train de publier des chiffres de modélisations (encore l'organisme de données Palantir dans la boucle...), sans tenir compte des chiffres réels dans les hôpitaux !!

L'étude est tellement douteuse que même les dirigeants de Gilead reconnaissent qu'il faudrait des études additionnelles pour confirmer...

Que nous dit-elle cette étude ? Que le Remdésivir ne sauve pas plus de vies, il fait juste gagner quelques jours d'hôpital (4 jours sur les 15 habituels).

On parle ici de gens en réanimation : Pour donner un ordre d'idée, 20% de gens infectés ont des symptômes, 5% qui doivent aller à l'hôpital, 0.8 % nécessitent une réanimation, et 0,3% des testés positifs (donc 0,1% des infectés, comme une grippe classique) décèdent chez Raoult...

Sachant, pour rappel, que ces chiffres du COVID sont pipeaux (p. 124).

Voici donc que la commission européenne, comme les USA, comme Véran sur l'étude bidon du Lancet, prennent des décisions en se basant sur des études fragiles, alors que celles de la chloroquine sont toutes bonnes et fiables (normal avec un médicament systématique de 80 ans... voir les précédents mois).

L'UE a donc décidé de traiter exclusivement au Remdésivir, et interdit la chloroquine. On peut évidemment penser à des gros biais de raisonnement, ou pire, de l'intérêt personnel : choisir un médicament pas efficace, bien plus dangereux, qui coûte 2 100 euros par patient, au lieu des 14 euros de la chloroquine...

30 000 patients à 2 100 euros (sachant qu'en réalité le médicament coûte 10 euros à fabriquer, frais de recherche inclus, ça fait une marge nette de presque 63 millions d'euros...)

L'État profond USA a fait acheter 500 000 traitements Remdésivir fin juin, Gilead récupérant plus d'1 milliard des poches du contribuable américain...

Et pourtant, la plupart des experts pointent du doigt le coût excessif au vu de "sa modeste utilité thérapeutique"...

Ce n'est pas la première fois que Gilead nous sucera jusqu'au sang : En 2014, avec un traitement contre l'hépatite C, le labo a possiblement pris (chiffres pas publiés) à la sécurité sociale Française 5,33 milliards d'euros... (41 000 euros par patient !!!)

De l'argent qui lui permet de racheter ses concurrents, et d'imposer toujours plus sa loi... Tout en donnant judicieusement quelques milliers d'euros à qui est position d'accepter ses médicaments sur le marché (non, le scandale du Médiator n'a rien changé).

De l'argent qui va évidemment manquer à la sécurité sociale, vous connaissez la musique : "les Français vont trop voir le médecin, l'hôpital public coûte trop cher, les infirmières sont encore trop nombreuses, il faut diminuer les lits, fermer les hôpitaux, et blabla).

Autre mode opératoire de Gilead : quand Raoult a trouvé la chloroquine, il a reçu plusieurs appels anonymes le menaçant de mort. Après enquête, ces appels venait du médecin français qui a reçu le plus d'argent de Gilead depuis six ans...

Sans parler de l'hystérie médiatique que Raoult a généré, les médias l'invitant sans cesse en cherchant à le décrédibiliser (p. 132).

Masque

Pour être pro-masque aujourd'hui, c'est qu'il ne faut pas avoir lu l'information, que ce soient les arguments de Raoult, ou l'absence d'argument scientifiques de Véran, ou encore les études montrant que les asymptomatiques ne sont pas contagieux.

Ces masques ont été créés pour empêcher que le chirurgien ne postillonnent dans les plaies, ou pour empêcher que les soignants à 2cm des patients ne prennent des postillons dans la bouche. C'est tout. Il ne protège pas du COVID (maille trop grosse par rapport aux aérosols en suspension). Et encore, il a été montré par plusieurs études que les asymptomatiques (personnes contaminées mais ne présentant aucun symptômes) n'étaient pas ou très peu contagieuses. Dès le début de la pandémie, les scientifiques disaient que ça ne sert à rien (les asiatiques ne l'utilisent que pour limiter la pollution de l'air aspirée), puis fin juillet, tout d'un coup, ce masque est devenu indispensable. Le 14/07/2020, alors que beaucoup s'offusquent des dangers du masque (diminution du taux d'oxygène provoquant des évanouissements et accidents de voiture, empoisonnement avec son propre CO2 expiré), le Dr Faucci refuse de lancer une étude sur l'efficacité des masques...

Au fait, pas d'argent pour acheter les masques, mais 4 millions d'euros débloqués pour acheter des drones de surveillance et contrôle des populations...

Corruptions

Corruption des labos

La chercheuse Judy Mikovits était la collaboratrice de Faucci dans les années 1980. Faucci lui a volé la découverte du virus, à elle et au professeur Montagnier. Mais ce qui embête le plus la chercheuse, c'est que le retard a provoqué des millions de morts du SIDA évitables. Judy nous parles de la suramine, un médicament qui guérit certaines formes d'autisme, mais qui est interdit par l'industrie pharmaceutique, et pas seulement parce que le médicament a 100 ans d'âge. Elle annonce que le vaccin contre le COVID tuera 1 000 fois plus que le virus lui-même : tout simplement parce que le COVID en lui-même sera terminé, et que de toute façon il n'est pas possible de faire un vaccin sur un COVID qui a muté 30 fois en 2 mois... Un avis que partage le professeur Raoult.

Corruption du Conseil scientifique

Agnès Buzyn a été rémunérée par les labos privés pendant (au moins) 14 ans. A se demander ce qu'elle faisait pour être payer si cher ?

Le professeur Perronne révèle que les règles du conseil scientifique de l'État ont été bafouées, ceux qui ont fait interdire la chloroquine étant en conflit d'intérêt avec les grands labos dont GILEAD. Le 03/04, le journal Marianne révélait que le conseil scientifique qui conseille le gouvernement, avait reçu 1/2 million de la part de labos privés, tous intéressés à vendre leur médicament inefficace plutôt qu'une chloroquine tombé dans le domaine public 60 ans avant...

Pas étonnant, quand notre système mets au pouvoir décisionnel les plus corrompus d'entre nous...

"Malgré sa mise en examen pour trafic d'influence au profit des laboratoires Servier dans le scandale du Médiator, l'ancienne sénatrice UMP de Paris, Marie-Thérèse Hermange, a été confirmée au comité d'éthique de l'Académie de médecine" (c'était en 2017, c'est ces gens qui ont décidé de ne pas soigner les malades du COVID en refusant la chloroquine).

De même, alors que les scientifiques pointent du doigt l'inefficacité d'un vaccin sur ce type de virus, le conseil scientifique et l'OMS font comme si ce coup-ci, ça marchera....

Corruption de l'OMS

Voilà la liste des griefs de Trump envers l'OMS, qui ont justifiés l'arrêt des subventions en mai 2020 (suivi de l'Angleterre et plusieurs pays par la suite :

- L'OMS a constamment ignoré les rapports faisant état de la propagation du virus à Wuhan, avant décembre 2019,
- le Dr Zhang Yongzhen de Shanghai a donné le séquençage du génome du virus le 5 janvier 2020. 7 jours après, le lendemain de la publication officielle, les autorités chinoises ont fermé son laboratoire. L'OMS n'a rien fait ni divulgué sur cette rétention d'information.
- L'OMS a fait à plusieurs reprises des déclarations sur le COVID qui étaient soient grossièrement inexactes, soient trompeuses :
  - 14/01/2020, affirme gratuitement que le COVID ne pouvait pas se transmettre entre humains, en contradiction directe avec les rapports censurés de Wuhan.
  - 21/01/2020, Xi Jinping aurait fait pression sur l'OMS pour ne pas déclarer l'urgence. Le lendemain, l'OMS déclarait que le COVID ne constituait pas une urgence de santé publique de portée internationale. Le 30/01/2020, une semaine après, des preuves accablantes du contraire forcent l'OMS à faire marche arrière.
  - Le 28/01/2020, l'OMS louait le gouvernement chinois pour sa “transparence” concernant le COVID, sans mentionner que la Chine avait réduit au silence ou puni plusieurs médecins pour avoir parlé du virus, et avait interdit aux institutions chinoises de publier des informations à ce sujet.
- L'OMS n'a pas fait pression sur la Chine pour accepter, dès le 30/01, une équipe d'experts médicaux internationaux : cette équipe cruciale n'est arrivée en Chine que deux semaines plus tard, le 16/02/2020. L'OMS est restée silencieuse lorsque la Chine a refusé aux deux membres américains de l'équipe un accès complet à Wuhan.
- Alors que l'OMS fait l'éloge des restrictions strictes imposées par la Chine en matière de voyages intérieurs, l'OMS s'opposent inexplicablement à la fermeture de la frontière américaine. D'autres gouvernements, s'appuyant sur l'OMS, ont tardé à imposer des restrictions vitales sur les voyages à destination et en provenance de la Chine.
- Le 03/02/2020, le monde savait qu'avant de fermer Wuhan, les autorités chinoises avaient autorisé plus de cinq millions de personnes à quitter la ville, et que nombre d'entre elles se dirigeaient vers des destinations internationales dans le monde entier. L'OMS déclare alors que les restrictions de voyage “causaient plus de mal que de bien”, affirmant que la propagation du virus en dehors de la Chine était “minimale et lente”, et que “les chances que le virus se propage en dehors de la Chine étaient très faibles”.
- Lorsque l'OMS finalement déclare que le virus était une pandémie, le 11/03/2020, il avait tué plus de 4 000 personnes et infecté plus de 100 000 personnes dans au moins 114 pays du monde.

Trump rappelle qu'en 2003, les voyages avaient été interdit de suite, et pression faite sur la Chine pour plus de transparence. L'OMS ne fera pas les améliorations demandées par Trump, et sera donc radiée.

Il s'est alors trouvé que Bill Gates était devenu le principal financeur de l'OMS. Que celui qui a des actions dans tous les labos travaillant sur les vaccins, puisse imposer à l'OMS l'idée d'un vaccin dont on sait qu'il ne marche pas sur ce genre de virus, ça devrait faire peur à n'importe qui... Surtout quand Bill Gates répète sans cesse que nous sommes trop nombreux sur Terre...

D'ailleurs, le professeur Perronne, ex directeur du conseil scientifique français, dit ceci à l'antenne de Sud Radio : "Ceux qui critiquent le protocole Raoult malgré les preuves sont achetés par les labos".

Corruption des revues scientifiques

La seule étude (publiée, les médias ne parlant en général que des pre-prints, avant qu'ils ne soient invalidés par les reviewers) qui montrait la dangerosité de la chloroquine, et publié par le Lancet, la plus grande revue scientifique médicale du monde, a été retiré quelques jours après sa publication. Juste la lecture du résumé, montrait qu'ils avaient pris des exemples traités bien trop tard à la chloroquine, ce qui invalidait l'étude d'office. Mais certains ont gratté, et se sont aperçus que les chiffres étaient complètement bidon : un hôpital en Australie qui n'existe pas, une fausse médecin a qui ont donne le nom et la photo d'une actrice porno... Bill Gates faisait partie des commanditaires de l'étude. L'étude "scientifique" publiée par The Lancet contre l'usage de l'hydroxychloroquine, a été conduite par Surgisphere, une société dormante et bidon depuis 2007 mais réactivée en mars 2020, et reliée toujours à Gilead.

Le 04/06/2020, suite aux révélations et à la pression médiatique, c'est "The Lancet" et "The New England Journal Of Medicine" qui seront contraints de retirer des études bidons sur le COVID-19. Des retraits demandés par les auteurs eux-mêmes, des gens dont le financement par Gilead venait d'être révélé...

Gestion catastrophique mondiale

Il peut arriver qu'un gouvernement se montre incompétent. Mais quand la même incompétence se retrouve partout dans le monde, avec les mêmes décisions aberrantes au même moment, et que même les décisions de l'OMS ne soient pas suivies, c'ets qu'il y a une mafia mondiale qui a a contrôlé tout ça, le test d'un gouvernement mondial occulte tout puissant.

[frs4] "la France n'est pas une exception : au Pays de Galles, sur les 17 hôpitaux de campagne qui ont été mis en place pour traiter 6 000 patients COVID-19, un seul a été utilisé (46 patients seulement) et aujourd'hui il est vide, lui aussi. L'exercice a coûté 166 millions de livres sterling.

En Lombardie, la région italienne la plus touchée, l'hôpital COVID-19 Fiera di Milano, qui a coûté 20 millions d'euros, n'a finalement traité qu'une vingtaine de patients."

Mauvaise foi médiatique

Haro sur Raoult

Ayant mis à mal la stratégie "pas de traitement, il faut absolument le vaccin même expérimental", ou encore, trouvant 0,3% de mortalité là où New-York et Paris trouvaient 35% et 46%, Raoult s'est révélé être une épine dans le pieds du confinement sous excuse Covid, mais aussi du détournement d'argent public en faveur de Gilead.

Un acharnement anti-Raoult compréhensible quand on sait que Patrick Drahi, le patron de BFM TV, allié de BlackRock, est aussi actionnaire de Gilead. Drahi a pu acheter BFM Tv grâce à l'arbitrage de Macron, qui était juste avant le chargé d'affaire de Pfizer en 2011, labo Pfizer qui verra son vaccin anti-COVID être quasiment le seul autorisé sur le territoire français, malgré sa dangerosité reconnue. Est-ce que Macron banquier, enrichi via Pfizer, devenu président, est pour quelque chose dans ces choix de Pfizer ? Des procès d'intention que nous ne pourrons jamais prouver... On ne peut que remarquer qu'ils marchent tous dans les mêmes combines, et que leurs décisions arrangent toujours la petite mafia au pouvoir...

Pour en revenir à Raoult, il a ainsi été invité 4 fois à BFM Tv, avec à chaque fois des journalistes agressifs cherchant à lui faire perdre pied (par exemple avec Appoline de Malherbe, en travaillant sur le méta-langage et autres affirmations fausses pour faire passer le professeur pour fou ou minoritaire chez les scientifiques, des choses fausses, sans arguments, en jouant sur les émotions, une des façons de tricher pour mettre les spectateurs dans sa poche quand on a tort et qu'on le sait. Poser des questions lsous-entendant quelque chose : "Vous devez être flatté de passer ainsi à la télé ? Ça fait du bien à son orgueil non ? Non ? Aller, ça ne vous déplaît pas... Ça ne vous rends pas fou tout ça ? Vous devez être en colère noire après ça ? Tous les plus grands scientifiques disent le contraire de vous... "

Ou encore les question fermée, dont les 2 réponses possibles démolissent celui qui y répond :

- "Vous n'en avez pas assez de toutes ces polémiques autour de vous ?" [sous entendu, vous avez plein d'accusations [sous entendues : fondées] contre vous]
- "Vous n'avez jamais eu de doutes ?" : si on réponds oui cela laisse croire que ce qu'on dit n'est pas fiable, si on réponds non cela indique un non scientifique qui s'obstine dans ses erreurs.
- "Vous n'avez pas l'impression de leurs avoir menti ?" [puis sans attendre la réponse, impliquant que le mensonge est vrai] "Vous regrettez ?" [sous-entendu de leur avoir menti]. Les 2 réponses possibles (oui ou non) valident la première proposition (avoir menti)... sauf si la réponse est : "c'est quoi cette question qui ne veut rien dire ?").

Autre manipulation subliminale, mettre en bandeau en bas de l'écran une déclaration de Raoult, mais sortie de son contexte.

Appoline : "Pensez-vous que le virus soit créé en laboratoire ?"

Raoult : "Non, sauf si on me prouve par A+B qu'il l'est, je suis un renégat, je changerais d'avis, c'est ça la science."

Le bandeau passe aussitôt à "Raoult : je suis un renégat", un terme péjoratif.

Urgences et réas vides présentées comme saturées

[frs4] Alors que les médias montraient les hélicoptères qui envoyaient les malades en Aquitaine ou en Allemagne sous prétexte que les hôpitaux étaient saturés de malades (au point qu'on choisissait qui intuber ou laisser mourir) , il restait en réalité 450 lits de réanimations vides : "les lits des cliniques privées restant vides, même dans les régions qui ont enregistré le plus grand nombre d'hospitalisations liées au COVID-19 (et ont transféré des patients à l'étranger)". Au point que les cliniques ont du mettre les soignants au chômage partiel, pendant qu'on nous montrait à la télé des réquisitions de soignants, soit-disant en pénurie.

Epidémie finie, nous continuons à en faire des tonnes

[frs4] Aujourd'hui que la maladie a quitté notre territoire, "la réalité est à l'opposé de ce que nous annonçaient les prédicateurs d'apocalypse, leurs simulations[2] et le comité scientifique". Ce comité scientifique, celui-là même qui s'est lourdement planté il y a 3 mois, "nous recommande de porter des masques, de nous faire tester et d'installer une application de traçage sur nos téléphones (stop-COVID)". Et comme des c..s, on continue d'écouter ceux qui se plantent à chaque fois...

Exemple > 2020 Nettoyage Europe

22/01/2020 - "Defender Europe 2020" (invasion de l'Europe par Q sous couvert de l'OTAN)

37 000 soldats de l'OTAN, la plupart USA, débarquent en Europe, pour des exercices mal définis.

11/02/2020 - Le Pentagone créé un État-major consacré exclusivement aux opérations en Europe.

Le lendemain, on nous révèle que c'est la CIA (chapeau noirs) qui a construit l'Allemagne actuelle, et que le renseignement allemand et américain ne faisait qu'un. Le société Crypto AG, après avoir vendu du matériel de cryptage au monde entier, avait laissé des failles, permettant à la CIA d'espionner le monde.

16/02/2020 - Privatisation des armes nucléaires françaises

La France privatise ses armes nucléaires a des privés mal définis, dont le "saint des saints", les sous-marins nucléaires, sans que les médias ne s'étalent trop dessus. Les gros pontes de l'OTAN se retrouvent dans l'histoire, sans qu'on sache leur rôle exact.

22/03/2020 - Angela Merkel dégagée

Angela Merkel a subitement attrapé le COVID, a été confiné pendant 3 semaines sans apparition publique, et quand elle est réapparue, son visage avait changé, son petit doigt était plus court...

27/03/2020 - armée d'occupation

Depuis le débarquement en janvier, les députés allemands demandent, sans succès, à l'armée de l'OTAN de se retirer d'Allemagne. Le fait que l'armée ne se retirera pas montre que l'Allemagne est sous occupation, et expliquera cet attrait soudain de la justice pour les pédophile :

25/06/2020 - enfants placés chez des pédophiles

En prélude aux enquêtes sur les pédophiles à venir, les médias allemands divulguent une vieille histoire, restée secrète jusqu'à présent : ce juge pour enfant qui plaçait les enfants retirés à leur parent chez des pédophiles. Ce n'était pas un manquement de surveillance, c'était un programme tout ce qu'il y a d'officiel !

L'idée, c'était de voir si placer volontairement les enfants chez des pédophiles pour qu'ils soient violés toute la journée, allait apporter un meilleur avenir à ces enfants... Morceaux choisis :

"expérience scientifiquement en place à partir des années 1970, elle a duré trente ans et a fait des milliers de victimes." "Des pédophiles payés par l'État pour s'occuper d'enfants." "Les pédophiles, des parents aimants" [oui, violer un enfant ça s'appelle faire l'amour, super notre langue et ses quintuples sens sur le mot amour...] "Le postulat est simple : les services sociaux confiaient des enfants sans-abri de Berlin-Ouest à des pédophiles sous prétexte que ces derniers seraient des "parents très aimants". Certains recevaient une allocation de garde régulière." "Le sexologue qui a créé l'expérience a toujours argué que les rapports sexuels entre des enfants et des adultes étaient inoffensifs."

2 des nombreuses victimes ont décidé de révéler l'affaire au grand jour, il y a quelques années.

Un premier rapport sur cette "expérience" a été publié en 2016 par l'Université de Göttingen. Les chercheurs ont mis en exergue que le Sénat de Berlin voulait laisser cette affaire sous le tapis. Il y avait un véritable "réseau entre les établissements d'enseignement", la protection sociale des jeunes et le Sénat de Berlin, dans lesquels la pédophilie a été "acceptée, soutenue, défendue".

29/06/2020 - 30 000 pédophiles sous enquête

Enquête sur 30 000 pédophiles allemands par les enquêteurs. Bizarre autant de monde qui jusqu'à présent vaquaient tranquille à leur petite vie, inexplicable si le gouvernement est le même qu'avant l'arrivée des GI USA.

17/07/2020 - Traque dans la forêt noire

2 500 forces de l'ordre, des hélicoptère et 6 jours de traque, tout ça pour un seul gars qui aurait juste menacé des policiers avant de s'enfuir ? C'est pas un peu excessif ? Surtout que cela se passe dans la résidence Rothschild, dont Q avait déjà parlé en 2018. En parlant de Q, les médias ont donné l'heure d'arrestation : le 17 à 17h17...

Science = Fakes officiels

Ces fakes sont la plupart du temps des mensonges délibérés. Nous verrons dans "faits inexpliqués" (p. 167) ce que ces fakes officiels essaient en réalité de cacher.

Survol

Notre système nous a abreuvé de plein de fakes officiels (informations fausses). Que beaucoup d'hypothèses scientifiques reconnues sont les moins judicieuses des hypothèses possibles.

Comme la grande pyramide de Gizeh construite il y a 4 800 ans en 20 ans, alors que le Sphinx, contemporain, montre une érosion pluviale qui n'a pu avoir lieu qu'il y a plus de 9 000 ans.

On a aussi les fakes officiels qui ne sont dévoilés que plusieurs décennies après. Comme le fait que l'armée USA était au courant de l'attaque de Pearl Harbour par les japonais, et a laissé faire l'attaque (mort de milliers d'hommes), false flag pour justifier auprès du public l'entrée dans la seconde guerre mondiale.

Plus récemment, on en trouve d'autres, comme le nuage de Tchernobyl qui s'arrête à la frontière française en 1986, le 11/09/2001, etc.

Science imparfaite (p. 140)

Comme tous domaines humains, notre science, qui date réellement d'il y a 200 ans, n'en est qu'à ses balbutiements. Nous ferons le tour des grands questionnements encore irrésolus.

Science corrompue (p. 140)

Même problème pour les scientifiques que pour les journalistes : ce sont des employés qui doivent se plier aux ordre de leur supérieur.

Des supérieurs plus préoccuper de valider la Bible que de comprendre réellement le monde...

Mensonges NASA (p. 133)

La NASA est aux mains du congrès, des sénateurs qui reçoivent des millions de dollars par an de la part de lobbyistes pour faire voter les lois demandées par les ultra-riches. Elle a toujours de mauvaise foi flagrante sur les OVNI, les ET, et Nibiru.

Mensonges GIEC (p. 161)

Un des gros fake du système fait pour cacher Nibiru. Le GIEC est corrompu, ne cherche pas vraiment l'origine du réchauffement observé, et ne tient pas la route scientifiquement parlant.

Mensonges USGS (p. 166)

Comme la NASA, l'USGS participe au mensonge officiel pour cacher Nibiru, en minimisant et censurant la hausse sismique.

Science imparfaite

Survol

Nous en sommes au début (p. 134)

Contrairement à l'idée faussement propagée par le système (école, médias et politiques principalement), notre science n'en est encore qu'à ses balbutiements.

Mais vous verrez aussi beaucoup de mauvaise foi, qui explique que sur certains sujets (tournant toujours autour de Nibiru), la science semble avancer à reculons, à la vitesse d'une limace lymphatique...

Gravitation (p. 134)

La gravitation échappe à notre compréhension, car basée sur une théorie fausse à la base, celle d'Einstein. Toutes les dernières découvertes indiquent que la gravitation est répulsive, ce qui aurait dû être une évidence dès que nous avons découvert l'expansion de l'Univers (1929). Du coup, nos modèles actuels cumulent les incohérences correspondant de moins en moins aux observations.

Ceinture d'astéroïdes (p. 137)

Cette anomalie de notre système solaire est étonnamment peu étudiée de nos astronomes... Où est passé la planète qui a laissé tous ces débris ? Où sont passés les débris qui ont marqué la Lune ? Pourquoi certains de ces astéroïdes ont l'âge de notre planète, pourquoi d'autres ont 2 milliards d'années de plus ? Où serait passée la planète de la première dislocation ?

Une ceinture qui résoudrait plein de nos questions astronomiques actuelles si on l'étudiait correctement...

Rails gravitationnels (p. 137)

Même si nous ne l'expliquons pas, nous constatons que les orbites des satellites suivent des rails gravitationnels placés selon des lois mathématiques.

Découvertes récentes (p. 137)

Depuis 2000, plein de nouvelles planètes semblent être apparues magiquement dans notre système solaire...

Erreurs de datation (p. 137)

Les datations archéologiques ont longtemps soufferts de gros biais, et de grosses imprécisions continuent de subsister.

Un exemple parmi tant d'autre, une couche avec poussières volcaniques + météoritiques est considérée comme la couche KT (disparition des dinosaures). Or, nous sommes dans une période de ce type, comme tous les passages de Nibiru. Ce que la science va dater de 65 millions d'années n'a que 3 666 ans, voir 6 mois en réalité…

Évolution humaine (p. 139)

Si l'évolution des espèces ne fait plus de doute, l'hypothèse du simple hasard ne peut expliquer tous les sauts d'évolution majeurs et brutaux. L'épigénétique de 2006 vient venger Lamarck...

La science n'en est qu'à ses débuts

On ne modélise pas encore très bien notre environnement.

Pour nous remettre à notre place, ça ne fait que depuis 1996 qu'on sait que l'expansion de l'univers s'accélère, depuis fin 1995 qu'on sait que les étoiles dans le ciel sont toutes environnées d'exo-planètes, il faut donc savoir rester humble sur le niveau de nos connaissances actuelles.

Le vrai scientifique honnête scientifique se rend compte que plus il sait de chose, plus il ne sait rien, se rendant compte de tout ce qu'il lui reste à apprendre et à découvrir. Que nos théories actuelles souffrent toutes de lacunes inexpliquées, que nous ne sommes qu'au début de nos découvertes.

Image fausse chez le grand public

Si l'idée qu'il nous reste énormément à découvrir est une évidence pour les scientifiques qui travaillent dedans, c'est loin d'être le cas pour le grand public, avec les médias qui s'esbaudissent de chaque pacotille nouvelle créée par les industries (de la pub, pour vendre le produit, où vendre l'idée d'un système tout puissant contre lequel on ne peut se battre).

Évidemment, les pseudos grands scientifiques qui passent à la télé, oublient très souvent de vous parler de toutes les interrogations et incertitudes qui taraudent les chercheurs, préférant pérorer comme des coqs de basse-cour, l'humilité des gens passant à la télé n'étant pas leur fort généralement.

Gravitation

Les théories actuelles de la cosmologie se mordent la queue. Elles sont toutes basées sur Einstein, une théorie basée sur une énorme erreur de logique (voir le paradoxe de Langevin) et un postulat (vitesse de la lumière limitée) probablement erroné.

Histoire de la cosmologie

Un résumé des vidéos de Jean-Pierre Petit, bon vulgarisateur de la science officielle. Une manière simple de comprendre l'évolution des modèles de gravitation créés par l'homme au cours du temps.

A but d'astrologie

L'astronomie était a première science, parce qu'il était primordial pour les rois de connaître l'avenir grâce à l'astrologie (selon leurs croyances). Voilà pourquoi de tout temps, les astronomes ont eu budget illimité pour affiner leurs calculs, et prédire le mouvement des planètes.

Géocentrisme et engrenages d'Aristote

Tout commence par la vision simpliste d'Aristote : quand je pousse un bateau, il y a des tourbillons derrière, c'est donc eux qui font avancer le bateau (alors que c'est l'impulsion). Problème, c'est qu'Aristote est le précepteur d'Alexandre le grand, et sa vision du monde va être imposée en dogme à l'empire d'Alexandre, et à l'empire romain qui en découlera.

Aristote savait que la Terre était ronde (sans vraiment l'expliquer ni le détailler), mais pensait que le Soleil tournait autour de la Terre (géocentrisme), entraîné par des rouages peints en noir, ce pourquoi on ne les voyaient pas dans la nuit. Ptolémé, un génie, modélisa ces engrenages au premier siècle, et son modèle expliquait tellement bien les planètes qu'il restera le seul utilisé pendant 1 500 ans... Normal, ce modèle partait des observations et se contentait de reproduire le plus justement possible les faits observés. Pour résoudre les incohérences apparentes, on rajoutait un engrenage et le problème était résolu !

A noter que d'autres modèles plus efficaces circulaient sous le manteau, comme le prouve la machine d'Anticythère, mais le contenu de ces modèles n'est pas arrivé aux historiens actuels.

L'héliocentrisme

Arrive Copernic au 16e siècle (début de la période des lumières, la secte des FM s'attaquant au pouvoir du Vatican). Il propose un modèle où les planètes tournent autour du Soleil (héliocentrisme). Sauf qu'avec ses orbites circulaires, ses résultats ne correspondent pas à la réalité observée, et le vieux modèle de Ptomélée ridiculise le modèle de Copernic...

Il faudra attendre Kepler, ses orbites elliptiques et ses équations sur la vitesse des planètes, pour que l'héliocentrisme s'impose comme une hypothèse plus réaliste que des engrenages peints en noir dans le ciel...

Mais là encore, Kepler n'offre qu'une "mécanique" pour calculer plus précisément les positions futures des planètes. Il n'explique pas ce qui sous-tend ces trajectoires observées.

C'est Newton qui complétera la mécanique de Kepler. Newton est un FM qui écrira plus de livres d'occultisme que de livres scientifiques (livres occultes tous escamotés aussitôt après sa mort, alors que nous disposons de tous ses écrits scientifiques...). Newton ne propose pas d'explication aux mouvements observés, il se contente de décrire mathématiquement les trajectoires, comme Kepler. S'il imagine une gravité attractive entre les masses, c'est pour écrire ses équations uniquement.

Ce n'est qu'au 19e siècle que les scientifiques chercheront vraiment à expliquer les causes des effets observés, et le 20e siècle, avec la mécanique quantique de Bohr, mettra un couvercle sur ces tentatives, se contentant d'aligner des équations sans chercher la réalité derrière. Un dogme que Einstein ne cessera de combattre, en vain...

Du coup, on ne sait toujours pas pourquoi les axes de rotations des planètes sont inclinés, pourquoi les orbites sont elliptiques, etc.

Les échecs successifs de la gravitation attractive

Depuis Newton, l'homme croit que le centre de la Terre attire la matière.

Quelle déception quand avec Hubble vers 1930, on s'aperçoit que les galaxies se repoussent.

Première bidouille, on invoque un Big Bang, une grosse explosion qui explique pourquoi l'Univers est encore en phase d'expansion, mais va ensuite se rétracter sous l'effet de la gravitation attractive (le Big Crunch).

Nouvelle grosse déception en 1996, quand on découvre que l'expansion de l'Univers accélère !

Les scientifiques ont alors été pris de convulsions, et ont été imaginer une matière noire qui attire l'Univers dans son expansion. Les galaxies selon ce modèle devraient disparaître ? Pas grave, on invente une énergie sombre, force inconnue qui ne marcherait que pour maintenir en place les galaxies, contre-balançant la matière noire que personne n'a jamais vue...

Sauf que quand on lance les simulations des modèles, ça ne marche pas du tout leur truc. Et aucune des voies alternatives telles que la théorie MOND, la théorie des cordes ou des supercordes, la théorie M ou celle de la supersymétrie ne sont parvenues à s'imposer, toutes souffrant d'erreurs insolubles. Seule la théorie Janus de Jean-Pierre Petit, à gravitation répulsive, ressemble à quelque chose et explique les anomalies qui contredisent le modèle standard, mais est ignorée de la recherche "officielle".

Les faits qui sont l'inverse de la théorie

La vérité, que les revues scientifiques vous cache, c'est que personne encore ne sait comment marche la gravitation...

Si on envoie autant de satellites d'observation, c'est bien qu'on sait qu'il nous manque pas mal de choses à découvrir. Les naines brunes, par exemple, sont des études récentes. Il n'y aurait pas les recherches sur la mécanique quantique, la théorie des cordes, des champs unifiés, etc., si ces théories ne devaient pas palier aux incohérences observées.

Beaucoup de faits observés qui, non seulement ne cadrent pas avec la théorie, mais en plus, en montrent complètement l'inverse sur ce qu'annonce la gravité attractive. J'imagine que vous ne connaissiez pas ces faits, la science grand public évitant de s'étendre sur ces échecs à expliquer la réalité qui nous entoure :

- le creux des marées placé sous la Lune (là où on attend une bosse),
- les mesures de "g" inversées, plus fortes à l'équateur qu'aux pôles (là où on attend l'inverse),
- l'expansion accélérée de l'Univers (là où on devrait avoir une contraction accélérée)
- Les sondes Pioneer ralentissent au lieu de garder une vitesse constante(voir d'accélérer)
- Il y a des zones de l'espace, les "great repeallers" (grands repoussoirs), détectés en 2016, partie vide de l'espace qui repousse la matière, et où il est impossible de placer artificiellement un "grand attracteur" de matière noire qui expliquerait l'observation.

Les 2 erreurs de logique de Einstein

Tout notre modèle standard est basé sur Einstein (relativité générale), qui a pourtant fait 2 fautes grossières de raisonnement dans les bases même de son modèle. Tous les scientifiques les connaissent, mais en l'absence d'autres alternatives, s'accommodent de ces erreurs, en faisant comme si elles n'existaient pas, et en les oubliant...

Lumière pas forcément constante

Einstein part du postulat que la vitesse de la lumière est une constante, en se basant sur l'équation de Maxwell de l'électromagnétisme et l'expérience de Michelson. Mais rien ne dit qu'on a découvert tous les paramètres de l'équation de Maxwell, et l'idée que l'éther ne bougerait pas avec la Terre (Michelson) est du même type de biais cognitif que ceux qui avant Galilée, croyaient que si la Terre ronde tournait, on aurait un vent de 1400 km/h aux pôles...

Michelson a juste montré que l'éther bougeait avec la Terre, et semblait donc immobile à notre niveau.

Paradoxe de Langevin

Einstein imagine une horloge luminique (des rayons lumineux rebondissant sur 2 miroirs qui se font face). Si cette horloge se déplace par rapport à l'observateur, les rayons lumineux semblent avoir une trajectoire allongée. Einstein voulant une lumière constante et indépendante de l'observateur, il ne peut accepter ce fait. Pour s'en sortir, il imagine alors que le temps va ralentir localement dans l'horloge en déplacement.

Einstein postule donc que par rapport à une observateur sur le quai d'une gare, le temps dans le train qui bouge est ralenti par rapport au quai.

Einstein est content, il s'est arrêté là... Ce n'est que 16 ans après que quelqu'un aura l'idée de pousser la réflexion...

Sauf que l'observateur du train, qui regarde une horloge luminique sur le quai, voit lui aussi une horloge luminique avec des rayons lumineux allongés. Il faut appliquer au quai de la gare le même ralentissement du temps si on veut conserver une vitesse de la lumière indépendante de l'observateur...

Poisson qui se mord la queue : le temps dans le train est plus lent que sur le quai, mais le temps sur le quai est plus lent que celui du train... Incohérence qui ne peut pas être résolue.

Les faits montrent que celui qui se déplace dans le champ de gravité de la Terre subit en effet de distorsion du temps, mais pas celui sur Terre. Et la lumière n'est donc pas constante pour l'observateur au sol, contrairement à ce que stipule Einstein.

Problèmes mis de côté

La théorie d'Einstein est basée sur des postulats faux, mais comme c'est celle qui donne les résultats les plus proches de l'observation, on fait avec en attendant.

Un modèle standard faux

Le modèle standard de la cosmologie, appelé aussi ΛCDM, fait appel aux deux grandes théories élaborées au 20e siècle :

- Théorie Quantique
- Relativité Générale

Relativité générale

La relativité restreinte et générale disent que le temps s'écoule plus lentement :

- plus on est près d'une masse
- plus on va vite.

Les astronautes de l'ISS, ou les GPS des satellites, voient donc leur temps être accéléré (par rapport à celui du niveau du sol) car ils sont plus loin de la masse de la Terre. Comme ils vont plus vite, leur temps est ralenti, mais bien moins que l'accélération du temps due à l'éloignement. Au final, ils vieillissent plus vite que sur Terre.

Les horloges au Césium des GPS sont en effet obligées d'être retardées pour s'adapter au temps de la surface de la Terre. Même si on sait que Einstein est faux au niveau logique, son modèle, comme celui de Ptolémée, donne des résultats juste, car c'est juste une mécanique (plus complexe que celle de Ptolémée) pour modéliser des mouvements existants. Dans la pratique, les calculs ne sont jamais parfaitement juste, et ces adaptations de temps relatif entre horloge se font plus en bidouillant l'électronique, jusqu'à ce que ça marche. Et des tops réguliers viennent resynchroniser les horloges au sol et celles en l'air.

Les erreurs non résolues

8 questions majeures sont connues pour être non résolues par le modèle ΛCDM (qui le rendent faux en lui-même, des failles théoriques insolvables) :

- Instant zéro
- Dissymétrie entre matière et antimatière
- Homogénéité du rayonnement fossile
- Structure de l'Univers matériel en « éponge » avec de grands vides en forme de bulles
- Stabilité des galaxies en rotation
- Accélération de l'expansion cosmique
- Mystères du « Great reppeller » et des sondes Pioneer
- Courbures locales de l'espace anormalement importantes

Pour résoudre ces erreurs, les scientifiques multiplient les hypothèses et les correctifs mathématiques, au point que tout le modèle vacille... On est très loin du rasoir d'Hockam, qui veut que la théorie avec le moins d'hypothèses non vérifiées soit probablement le modèle le plus proche de la réalité.

Gravitation répulsive plus logique

Là où on aurait dû partir sur ce que montraient les faits, à savoir que la matière se repousse (nous sommes plaqués contre la Terre par la gravitation répulsive de l'Univers, pas attirés par le centre de la Terre, même si au final les effets sont les mêmes sur la surface de notre planète, voir L5>Rayonnement), nos directeurs scientifiques ont appliqué Descartes : si les faits donnent tort à notre modèle, il faut ignorer ces faits... C'est tout ce que nos incompétents directeurs scientifiques sont arrivé à retenir de Descartes, alors que ce dernier était probablement ironique vis à vis de la censure vaticane en place, qui lui interdisait de publier sur l'héliocentrisme...

La ceinture d'astéroïdes

Les astéroïdes de la ceinture principale (entre Mars et Jupiter), semblent issus de 2 dislocations récentes d'une grosse planète / naine brune : une première dislocation il y a 7 milliards d'années, puis une autre il y a 4,7 milliards d'années. Ces datations viennent de l'âge des météorites rencontrées sur Terre, mesurée grâce au taux de rayon cosmiques qu'elles ont subies. Nous verrons plus loin pourquoi les scientifiques n'ont pas voulu interpréter correctement ces résultats.

Les rails gravitationnels inexpliqués

Les satellites des attracteurs gravitationnels (comme les planètes autour du Soleil) semblent révolutionner de préférence sur des rails gravitationnels précis autour de leur astre. Un principe similaire aux couches d'énergie autour du noyau de l'atome, ce qui est logique avec le principe que tout est quantique. La loi de Titius-Bode donne la relation mathématique qui semble exister entre les orbites des différentes planètes (Cérès a été découverte grâce à l'application de cette loi), bien que notre modèle n'explique pas pourquoi ces ornières gravitationnelles existent.

Ces rails sont bien visualisés dans la ceinture d'astéroïdes, via les lacunes de Kirkwood : Les astéroïdes, qui semblent venir d'une dislocation de planète, sont répartis sur 4 orbites distinctes. Sans la présence d'ornières gravitationnelles (orbites stables, sortes de résonances de la gravitation du Soleil, des noeuds de vibration), les astéroïdes seraient répartis en tas diffus tout le long de l'orbite entre Jupiter et Mars.

Ces rails sembleraient même avoir une influence sur la rotation des corps qui révolutionnent à l'intérieur, la loi empirique de Dermott donnant un lien entre la distance à l'attracteur, et la période de révolution.

Le principe de la résonance de révolution (le rapport de la période de révolution de 2 satellites est un nombre rationnel) est un autre indice de l'existence de ces rails gravitationnels.

Les découvertes dans le système solaire

Alors qu'on nous disait que le système solaire était parfaitement connu, qu'on envoyait des hommes sur la Lune, les années 2000 ont apporté leur lot de surprise.

Comme la découverte des objets trans-neptuniens, pourtant plus brillants, plus près que Pluton, et étonnamment découverts 80 ans après.

Ou encore les lunes de notre voisine Jupiter, dont on en découvre des dizaines de nouvelles d'un coup, comme si elles se reproduisaient depuis 10 ans !

On découvre même de nouvelles lunes autour de notre planète !

Je ne parle pas de ce gros objet brillant vu de l'ISS, que les Webcams ont laissé fuité par erreur, dont tous les journaux ont parlé, mais que les scientifiques de la NASA semblent n'avoir pas vu...

En parlant de gros objets inconnus, on sait, depuis 2016, que notre système solaire complet comporte 2 astres massifs encore non découverts (mais dont on voit les effets sur les planètes visibles), dont l'un a une trajectoire inclinée de 30° : planète 9 et 10, dont l'une serait une mini-naine brune.

On ne sait toujours pas expliquer l'origine de notre Lune, pourquoi elle nous montre toujours la même face, pourquoi les 2 faces sont si différentes, etc. Les théories avancé pour faire croire qu'on connait tout achoppent toutes sur la réalité, ce pourquoi on continue à chercher et à sortir tous les ans de nouvelles théories, que science et Vie à chaque fois nous présente comme "Lune : l'explication définitive" avant d'exposer une théorie différente l'année d'après : "On sait enfin d'où vient notre Lune"... Sauf que les modélisation informatiques ne marchent jamais, ça on oublie de le dire...

La ceinture principale d'astéroïdes, connue depuis 1801, n'a fait l'objet d'aucune étude sérieuse, parce qu'on ne sait pas expliquer pourquoi ailleurs dans le système solaire les cailloux se sont agglomérés en planète, et pas dans cette fameuse ceinture qu'on oublie d'étudier (alors qu'en science, c'est quand les fait ne correspondent pas à la réalité qu'on se précipite dessus, car on sait qu'on va découvrir de nouveaux phénomènes encore inconnus).

On ne sait toujours pas d'où viennent les comètes, les nuages d'Oort ne marchent pas dans la théories, et on est à chaque fois obligé de rajouter de nouveaux nuages d'Oort (alors qu'on n'a même pas encore vu le premier), et ça reste toujours aussi décevant dans le modèle.

Erreurs de datation

L'erreur de datation de la science

Les dates qui sont données par les scientifiques sont souvent très imprécises, parce que les méthodes de datation ont de grosses marges.

Les datations sont très précises à partir de l'an mille mais deviennent de moins en moins fiables quand on remonte dans le temps (les marges d'erreur des moyens de datation s'élargissent plus on remonte le temps).

De plus, l'archéologie date par comparaison avec d'autres événements déjà datés, mais si les autres repères dans le temps sont eux aussi mal placés, on a une addition d'erreurs qui se cumulent, et c'est tout le fil des événements qui s'en trouve décalé.

Le cloisonnement

Autre erreur, c'est que les scientifiques travaillent peu en équipe pluri-disciplinaire, chacun voit seulement son domaine et ne fait que rarement des rapprochements avec ce qui se passe ailleurs. Donc aucun schéma global ne se forme, et les erreurs qui pourraient être corrigées, notamment en superposant les différents récits de catastrophes, ne le sont pas.

Si un paléontologue s'occupe d'un site ayant été frappé par un tsunami en Afrique du Sud et publiera un article dessus dans une revue spécialisée dans SA matière, il est fort peu probable qu'un archéologue en Crète tombe sur l'article et qu'il fasse le rapprochement.

De même, si un radio-astronome publie un article sur les variations du rayonnement cosmique, il faudra combien de temps pour que sa découverte soit intégrée aux courbes d'étalonnages utilisées par les labos de datation ?

L'inertie a intégrer les nouvelles découvertes

Réajustera-t-on toutes les anciennes datations déjà effectuées depuis les années 70 des objets qui sont stockées par milliers dans les musées ?

Parce que là aussi il y a de l'inertie : des études archéologiques des années 30 sont encore utilisées pour les comparatifs stratigraphiques sur les lieux de fouille.

Si un style de poterie n'a pas été classé de la bonne façon lors des premières fouilles, mais que cette erreur continue à être utilisée pour dater les strates, forcément qu'on a des choses qui sont fausses, parce qu'en la matière, on ne réalisera pas à posteriori la datation exacte des anciennes trouvailles avec les nouvelles techniques (comme la thermoluminescence pour les poteries).

Les paléontologues eux ont compris cela et fouillent maintenant dans les sous sols de leurs musées : les erreurs sont si nombreuses que l'on découvre des aberrations totales, certaines espèces ayant été classées dans des catégories farfelues. On découvre aujourd'hui plus de choses en fouillant dans les cartons entassés au 19e dans les caves des musées qu'en allant sur le terrain.

Si les paléontologues ont pu faire autant d'erreurs, est-ce que les archéologues qui nous ont précédés n'ont pas pu eux-aussi complètement biaiser les choses, notamment en archivant des découvertes majeures dans la catégorie "divers" parce qu'ils ne savaient pas quoi en penser ?

Des sciences jeunes

Ces sciences de datations sont jeunes, les chronologies des inversions en paléomagnétisme par exemple, ainsi que leur mécanique, sont encore mal comprises (on ne sait même pas comment est produit le magnétisme terrestre, on n'a que des théories bancales qui changent tous les ans).

Il faut du temps, et une discipline jeune n'est jamais complètement affinée.

La mauvaise foi

Soit par volonté de cacher, soit juste une manière de conserver son prestige pour un archéologue en fin de carrière, ou juste par fainéantise intellectuelle (ou physique : une découverte qui remet tout en question oblige à arrêter de chercher et de réécrire tout ce qu'on sait déjà), toutes les données hors du dogme son rejetées.

Vers 2010, un géologue de renom a étudié et analysé l'érosion du Sphinx dans ses parties les plus anciennes. Il en a donné un chiffrage précis, utilisant des calculs qu'il a d'ordinaire l'habitude de faire sur d'autres formations rocheuses sans être contesté. Mais comme il s'agissait du sphinx, bizarrement ses travaux n'ont eu aucun impact sur les égyptologues, qui continus de donner une date de sculpture 2 fois plus récente, comme si la date de 4 700 ans était toujours la bonne, ignorant les dernières découvertes qui disent que le sphinx a au moins 10 000 ans (selon les calculs liés à l'érosion de la roche mère qui sert de base à l'édifice et qui était soumise aux intempéries).

Cette mauvaise foi se retrouve aussi dans les affectations des historiens :

- Si vous avez fait preuve de souplesse envers la vérité, vous conformant aux idées de votre examinateur, vous finissez Égyptologue,
- Si vous avez fait preuve de curiosité et de vivacité intellectuelle, vous atterrissez dans la Marne à déterrer des pics en bois néolithiques en plein hiver avant que la ligne TGV ne vous pousse dehors...

Des décisions en haut lieu, vu que les budgets ne sont pas partagés équitablement entre les différents chantiers par les autorités d'un pays : illimité pour l'Égypte, inexistants pour l'histoire locale, qui intéresse pourtant plus ceux qui payent leurs impôts, qu'aller chercher dans un pays lointain qui n'est pas le votre, pays qui est censé savoir faire sa propre recherche.

Chronologie générale actuelle très approximative

La chronologie que nous avons fixé est donc très approximative, et comporte de nombreuses erreurs. Surtout quand elles sont volontaires pour empêcher toute recherche et analyse sérieuse.

C'est très pratique (et voulu) pour éviter que certains tabous ne soient trop visibles (comme les cycles liés à Nibiru ou la présence des ogres).

Carbone 14 (C14)

En 2008, Harmo avait fait toute une critique de la méthode de datation au carbone 14. Cette technique a depuis lors bien évoluée (notamment grâce à la mesure des rayonnements cosmiques dans les cernes des arbres), et ces critiques ne sont plus trop d'actualités, si ce n'est que localement on ne teste pas toujours la radioactivité locale pour ré-étalonner les mesures, et que l'erreur grossière, découverte dans les années 2000, sur les précédents échantillonnages, impose de reprendre toutes les études précédentes. Même si cette reprise des études précédentes se poursuit de nos jours, il y a encore beaucoup d'études qui font références qui comporte encore ces erreurs, sans parler des mesures sur les artefacts de Glozel, qui ne sont pas prêt d'être réévalués...

Couche KT

Une couche avec forte proportion de poussière d'astéroïdes et de volcans est considérée comme la couche KT, le cumul d'événements cataclysmiques ayant conduit à l'extinction des dinosaures il y a 65 millions d'années. Toutes les couches en dessous sont considérées comme plus vieilles que 656 millions. Or, comme au Pech de Bugarach, la montagne peut avoir été retournée sur elle-même par un cataclysme géant (les couches les plus anciennes se trouvent en haut de la montagne, les couches plus récentes en dessous). Et cette couche KT correspond à tous les passages de Nibiru. Si l'on mesurait les taux actuelles de ces poussières (11 fois plus de météore en 10 ans, 5 fois d'éruptions, toutes plus violentes qu'avant), on verrait que la couche actuelle est une couche KT...

Paléomagnétisme (p. 367)

Le paléomagnétisme est la science qui étudie les archives magnétiques contenues dans les laves, pour retracer les changements réguliers de l'orientation du champ magnétique terrestre.

Par contre, cette science considère que c'est seulement le champ magnétique qui varie, et n'a pas chercher à étudier l'hypothèse que c'est peut-être la croûte terrestre qui varie.

Une "erreur" proche de la mauvaise foi, quand on sait que les chercheurs ne tiennent pas compte des "inversions" partielles (la plus grande majorité des changements d'orientation), pour donner des périodes de 800 000 ans au lieu de la période de 3 666 ans...

Les cycle de 3 666 ans (p. 368)

Si on tient compte du cycle assez précis de 3 666 ans (entre 2 périhélies de Nibiru), on arrive facilement à voir où se placent les grands événements bibliques, sumériens et historiques en général, voir même géologiques. Ces cycles restent assez bien corrélés à la plupart des datations scientifiques actuelles.

Evolution humaine

Entre les difficultés de recherche (une dent par ci par là non datable, un fossile de -1 millions qui ne dit pas si l'espèce n'existait pas déjà 10 millions d'années avant) et la mauvaise foi (seule une manipulation génétique artificielle explique la mutation simultanée d'autant de gènes, et que ce saut d'évolution se produise 5 fois en 5 millions d'années ne peut être attribué au hasard).

Une connaissance imparfaite

La connaissance actuelle de la science sur l'évolution de l'homme est parcellaire, et très susceptible d'évoluer. Nous ne disposons que de très peu de squelettes, tous incomplets, et souvent on n'a qu'un fragment de dent. Quand aux datations, elles sont très incertaines au delà de 25 000 ans (carbone 14). On se base sur les sédiments proches, mais qu'on ne maîtrise pas à 100 % (les bouleversements cataclysmiques de Nibiru ne sont tout simplement pas pris en compte par la science, voir couche KT au dessus).

Les manipulations génétiques

L'homme est une suite d'évolutions majeures, c'est à dire que le passage d'une espèce à l'autre se fait brutalement : Sapiens apparaît d'un coup par exemple, puis évolue ensuite progressivement et doucement.

Idem pour Néandertal qui surgit de nulle part.

Les nouveaux venus ont gardé quelques caractéristiques de l'espèce souche, mais le nombre de mutations simultanées est trop important pour être d'origine naturelle (sélection naturelle de Darwin, ou évolution par épigénétique de Lamarck).

Les mutations majeures ne peuvent être que le fruit d'une manipulation génétique artificielle, sur de nombreux gènes en même temps.

Il y a seulement 350 000 génération entre le primate Toumaï (-7 millions d'années) et nous, ce qui est très peu au regard de l'évolution naturelle. La thèse de la manipulation génétique est à l'heure actuelle la plus plausible, et serait apparue 5 fois au cours de notre histoire, en seulement 5 millions d'années.

Comme il est peu probable que des singes peinant à faire du feu où à casser des cailloux pour en faire des couteaux aient accès à cette technologie de manipulation génétique, il faut bien faire intervenir des intelligences supérieures, celles dont on retrouve des traces partout sur Terre, indiquant des civilisations high-tech venues d'ailleurs (et dont on retrouve pas sur notre planète l'évolution technologique, qui aurait laissée de nombreuses traces, même après des millions d'années).

Qui est l'ancêtre de l'autre ?

D'après Harmo, Erectus serait l'ancêtre de Habilis (aux réserves près qu'il fait ce qu'il peut pour mettre des noms, avec notre connaissance incomplète du sujet, c'est évidemment un peu plus complexe).

Avant 2007, la science considérait Habilis comme l'ancêtre d'Erectus.

Or, publié dans la revue Nature en août 2007, la découverte de deux fossiles à Ileret, sur la rive Est du lac Turkana, a chamboulé ces croyances infondées. On retrouve un reste d'Habilis de 1,44 millions d'années, et un crâne d'Erectus de 1.55 millions d'années. Erectus serait bien l'ancêtre d'Habilis.

L'apparition d'une nouvelle espèce ne conduit à la mort instantanée de l'ancienne. Erectus par exemple cohabite avec Habilis pendant des millions d'années, les 2 espèces pouvant cohabiter au même moment dans la même région (le carnivore Erectus et le végétarien Habilis n'entrant pas en compétition alimentaire). Cette découverte remet aussi en cause les thèses affirmant que c'était la découverte du feu, et la consommation de viande cuite, qui aurait permis à Erectus de devenir plus intelligent que son ancêtre Habilis...

De plus, les 2 espèces, assez proches génétiquement pour êtres fécondes, se mélangent entre elles et ne disparaissent pas réellement.

Il semblerait même qu'un genre d'Erectus sur l'île de Java ait survécu jusqu'à -27 000 ans, donc bien plus longtemps que son "remplaçant". C'est d'ailleurs ces restes plus récents que Habilis qui ont fait croire à la science qu'Erectus venait après Habilis, alors que Habilis semble être décimé lors de l'apparition de Néandertal, et pas Erectus.

La taille du cerveau est aussi un indicateur pour dire qui était avant qui, mais pour Néandertal ce critère n'est pas vrai (plus volumineux que sont remplaçant homo sapiens), il se pourrait donc que ce soit la même chose entre Erectus et Habilis. Cette réduction de cerveau étant la marque d'une manipulation génétique, afin d'obtenir des esclaves moins intelligents et plus facilement manipulables (Néandertal étant une réduction de volume crânien par rapport aux ogres dont il récupère aussi les gènes).

Science corrompue

Survol

Perdre la face (p. 140)

Le chef ne le devient que parce qu'il fait croire qu'il sait tout sur tout, et sait où il va. Évidemment, s'il avoue sa faiblesse, il perds son statut et son leadership.

Une minorité d'ultra-riches religieux dirige la science (p. 141)

Ce qu'on appelle science, ce n'est que les publications qui sont acceptées ou non dans les revues scientifiques à comité de lecture. Et devinez quoi ? Ces revues n'appartiennent qu'à seulement 3 groupes bancaires privés... Ceux qui oeuvrent à récupérer Jérusalem, montrant qu'ils sont plus attentifs à valider des délires religieux qu'à se préoccuper réellement de la compréhension du monde...

Labos publics dirigés par les ultra-riches (p. 142)

Les labos publics, comme le CNRS, ont de moins en moins de moyens. De toute façon, le président de la république, élu par les mêmes ultra-riches, doit choisir un directeur du CNRS qui obéira à ces ultra-riches.

Les chercheurs parias, comme Jean-Pierre Petit ou Benveniste, ne peuvent pas publier, ne reçoivent plus aucun moyen financiers pour continuer leurs recherches, n'ont plus le droit de s'exprimer dans les colloques, et se voient harcelés en permanence...

La triche des labos (p. 142)

Les labos (appartenant aux mêmes ultra-riches) n'hésitent pas à tricher sur les résultats (vaccins, médicaments) pour vendre leur camelote et arriver à leurs fins égoïstes, au point que les chercheurs estiment que la moitié des publications à l'heure actuelle sont fausses.

Les chercheurs indépendants soudoyés (p. 143)

Ceux qui ne sont pas dans les labos sont payés uniquement s'ils obtiennent les résultats voulus par les sponsors... et n'arrivent pas à publier ce qui dérangent les ultra-riches.

Les organismes de régulation tenus par des privés (p. 143)

Les organismes internationaux, pour prendre les décisions concernant la science, embauchent tous des anciens employés de multinationales privées, et ces employés, très bien payés juste avant d'arriver dans les organismes publics, sont étrangement laxistes avec leurs anciens patrons, chez qui ils retournent se faire grassement payés une fois leur boulot de démolition effectué...

Quand la science détruit les preuves (p. 144)

C'est une constante dans l'histoire, les preuves scientifiques sont toujours effacées. Comme pour les nombreux incendies qui ont frappé la bibliothèque d'Alexandrie.

Une histoire politisée (p. 145)

Les historiens ne cherchent pas la vraie histoire, ils mentent pour prouver des choses sur lesquels les puissants vont s'appuyer : le précédent régime à fait n'importe quoi, chercher à tout prix un temple à Jérusalem pour justifier les annexions, etc.

Archives humaines (p. 148)

Contrairement à ce qu'on nous fait croire, les hommes ont toujours tenu le compte de leur histoire. Comme cette histoire réelle est détenue par le peuple, et pas par les dominants, ces derniers les appellent des légendes, sous entendu des histoires inventées, ce qu'elles ne sont pas.

L'absence de vulgarisation (p. 153)

Regardez une page Wikipédia scientifique pour comprendre : la science tente souvent de décourager le débutant, en complexifiant volontairement les choses (comme pour la finance), ne se laissant appréhender que par quelqu'un qui connaît déjà les codes. Une manière de se faire passer pour plus intelligent que l'on n'est, et d'éviter que trop de monde ne vienne mettre le nez dans des tabous.

Les seuils variables (p. 123)

Dès que ça dépasse un seuil, quelque chose est déclaré dangereux. Oui, sauf que ces seuils sont ajustés dans le sens où ça arrange les dominants...

Les publis orientées anti-HCQ (p. 126)

L'épisode du COVID-19 en 2020 a permis de parfaitement illustrer tout ce qui a été décrit plus haut. Médecins et conseil scientifiques aux ordres de big pharma, fausses publications, décisions anti-scientifiques provoquant la fronde de la majorité des médecins.

Règle 1 : Le chef à toujours raison

Règle 2 : Si le chef à tort, se reporter à la règle 1...

Si la science veut absolument paraître avoir une explication à tout, et se battra bec et ongle pour refuser d'avoir eu tort, c'est simplement parce que un chef qui a tort perds la confiance de ses esclaves...

En effet, si vous voulez que quelqu'un vous fasse une confiance aveugle, qu'il suive vos décisions même les mal justifiées, il faut quelqu'un qui ai toujours raison en permanence, qui ne se trompe jamais, un surhomme. Évidemment, personne n'est comme ça. C'est pourquoi le système tient tant à cacher les inévitables bourdes des chefs. Quand Sarkozy avoue qu'il ne connaît pas tout (lors du scandale de Total qui ne paye aucun impôt), cela détonne dans le discours politique habituel...

Donc, la science, en tant qu'outil du pouvoir, ne peut se permettre de ne pas trouver une explication (même débile) à tous les phénomène observés, et ne peut pas se permettre de reconnaître ses erreurs.

La dernière fois que des élites ont avouées s'être trompé dans la compréhension du monde, c'était l'Église catholique avec Galilée, et l'idée que le Soleil tournait autour de la Terre... Reconnaître son erreur quelques décennies après, ça a poussé les peuples dans les bras des FM, et a fait perdre ses marionnettes royales au Vatican (1789, révolution française).

Un chef n'est suivi que parce qu'il a l'air d'avoir réponse à tout, l'air de savoir où il va. Mais ce ne sont que des apparences, il est aussi paumé que tous !

S'il perds cette apparence, il n'est plus rien... D'où ces guerres scientifiques entre la vieille école et la nouvelle école, qui ne se termine que par le départ à la retraite des vieux qui refusent de perdre leurs avantages, même s'ils sont basés sur une théorie fausse... Bien sûr, il ne faut pas s'étaler dans les médias sur cette erreur dans nos anciennes croyances, et faire comme si on avait toujours su cette nouvelle théorie si farouchement combattue les décennies précédentes...

Ajoutez à ça que c'est les incompétents qui sont mis aux postes de pouvoir. Ayant avec difficulté appris un peu de science, sans la comprendre vraiment, ils empêchent les jeunes talentueux de menacer leurs postes de carrière, et se cooptent entre eux pour que rien ne change dans leurs croyances durement acquises.

Des financiers privés décident de la Science

La science, c'est les publications scientifiques. Or, seulement 4 gros conglomérats financiers contrôlent toutes les revues scientifiques à comité de lecture, type *Nature*. Et toutes les publications viennent soit de labos privés (qui ont intérêts à prouver que leur produit n'est pas toxique et peut être vendu), soit des labos publics dont les directeurs sont mis en place par le président de la République, président soumis aux mêmes labos privés qui ont payé sa campagne.

Ne soyez donc pas étonnés si les médias et la science ne parlent que de ce que désirent cette minorité d'ultra-riche, et étouffent voir combattent violemment tout ce qui pourrait attaquer le pouvoir de ces ultra-riches, les remettent en question (comme la vie après la mort, les religions déformées à la mort du prophète, etc.).

Les revues scientifiques passent des études bidon, sans relecture, juste parce que ça correspond aux idées farfelues des financiers qui ont la main sur ces revues.

Le 27/07/2017, une fausse publication (copier coller d'un article wikipédia), évoquant l'univers du film Star Wars, comme la Force, les midi-chloriens (au lieu de mitochondries) et une légende Sith, a été publiée par 4 revues à comité de lecture. Le but était de dénoncer certains journaux "prédateurs". Les auteurs, les professeurs Lucas McGeorge et Annette Kin, étaient évidemment des personnages inventés de toute pièce par un internaute, Neuroskeptic. Un copier-coller d'un dialogue du film était pourtant là pour éviter tout questionnement quand à la validité de la publication...

Le 04/10/2018, était révélé une énième affaire de fraude scientifique, ayant franchi tous les niveaux de validations. Des articles scientifiques totalement bidons (comme faire croire que les parcs à chiens incitaient au viol) ont été écrits par Helen Pluckrose (journaliste), James Lindsay (chercheur en mathématiques) et Peter Boghossian (assistant professeur de philosophie). "Lorsque l'on rend des idées absurdes et horribles suffisamment à la mode politiquement, on arrive à les faire valider au plus haut niveau". En un an, les trois auteurs ont écrit 20 faux articles sur des thématiques touchant à différents domaines de sciences humaines. Selon eux, il est difficile dans le milieu universitaire d'avoir une conversation "ouverte et de bonne foi sur des sujets comme le genre, la race, la sexualité", car la recherche est "moins basée sur la recherche de la vérité que sur la satisfaction de [sujets sociaux prônés par les élites]".

Certains articles étaient tellement bidons, qu'ils étaient une simple recopie d'un chapitre du "Mein Kampf" de Hitler...

Sur les 20 articles (écrits sous le nom d'une chercheuse inexistante, Helen Wilson), 7 ont été acceptés après une relecture par des pairs. 4 ont même été publiés.Tous sont totalement faux, basés sur de fausses données, avec des conclusions étranges, mais écrites en se basant sur des travaux existants et en utilisant des "mots à la mode".

Brian Earp, philosophe des sciences, rappelle que "beaucoup de domaines scientifiques 'plus sérieux'", comme la psychologie ou la médecine, ont aussi de gros problèmes de vérification des informations publiées et publient des "non sens qui ne sont que du bruit".

Christopher Dummitt (historien de la culture et de la politique, enseignant chercheur à l'université Trent-Canada) est l'auteur de travaux académiques de références sur la question de la théorie du genre (le sexe n'est pas une réalité biologique, mais une construction sociale, et le genre, masculin ou féminin, une question de pouvoir affirmant la domination des hommes sur les femmes). Le 04/11/2019, ce chercheur fait son mea culpa (en signant une tribune dans le journal australien Quillette), et admet avoir falsifié les conclusions de ses recherches ("j'ai globalement tout inventé de A à Z. Je n'étais pas le seul. C'est ce que faisait (et que fait encore) tout le monde."). Cette démarche de falsifier les publications avait pour but de faire avancer sa propre idéologie politique, mais aussi sous la pression du système. A aucun moment la méthodologie scientifique n'a été appliquée, comme se confronter aux avis contraires, y compris par les comités de relecture. Il fallait prouver ce fait n'ayant aucune réalité, et tous les moyens étaient bons, même la triche...

Bien entendu, immédiatement après cette tribune, Christopher Dummit, qui a bien publié des études sur le genre, a aussitôt été banni (cancel) de la petite communauté dite scientifique sur le genre, requalifié en "universitaire mineur", même si ses publications ne peuvent être niées, ni ses tribunes dans tous les grands journaux du monde, comme le Globe and Mail, le Toronto Star ou l'Ottawa Citizen...

Par contre, quand l'étude contredit les idées de l'ancien testament (comme l'étude sur Nicolas Fraisse qui peut sortir de son corps), c'est impossible de publier malgré la rigueur apportée aux essais, et les huissiers et scientifiques de renom pris comme cautions…

Nous verrons par la suite que tous ces ultra-riches qui possèdent la science ne désirent qu'une chose : rebâtir le 3e temple à Jérusalem... Voilà pourquoi de tout temps, ceux qui annonçaient l'existence des Extra-terrestres étaient brûlés en place publique, à cause d'un livre qui commence par "dieu fit l'homme à son image"… C'est toujours la religion qui nous gouverne, même dans une France censée être laïque, même avec des maîtres types Jacques Attali, qui passe son temps à vanter les mérites d'une capitale mondiale à Jérusalem. Jacques Attali, Major de Polytechnique (la meilleure école d'ingénieur du monde), ne peut se contenter de croire à la même Bible que celle du peuple (quel scientifique va croire que toutes les femmes doivent souffrir parce qu'il y a 6 000 ans, une femme a mangé une pomme...). Il a forcément des infos supplémentaires...

Les scientifiques du public sont muselés

Le rapport du 24/10/2013, «Coup de froid sur la science publique» révèle à quel point les scientifiques publics (censés être libres des contraintes que leur patron font peser sur les scientifiques du privé) sont aussi muselés que les chercheurs dépendant d'un milliardaire :

Près de 25 % des scientifiques du gouvernement fédéral Canadien, affirment qu'on leur a demandé d'omettre de l'information ou de la modifier pour des raisons qui n'ont rien à voir avec la science.

Et la très grande majorité des scientifiques, soit 90%, ne se sentent pas libres de parler de leurs travaux aux médias.

Plus grave, la plupart (86%) sont persuadé que si leur ministère prenait une décision susceptible de nuire à la santé ou à l'environnement, et qu'ils décidaient de la dénoncer ou d'en parler ouvertement, ils feraient face à des représailles ou à de la censure.

37% de scientifiques affirment qu'on les a empêchés de répondre à des questions du public et des médias au cours des cinq dernières années. Pour eux, cela signifie que le public ne sait pas réellement ce qui se passe, ce qui est décidé et pourquoi.

«La science est écartée du processus décisionnel», a commenté pour sa part Peter Bleyer, chef des communications et politiques à l'Institut.

Et la peur de représailles serait bien présente, rapportent les employés fédéraux : «Exprimer la moindre réserve à propos d'un plan d'action déjà choisi peut se retourner brutalement contre vous», a rapporté un répondant au sondage.

Le député Robert Aubin note que de nombreux scientifiques se sont déjà vus montrer la porte dans le cadre des compressions budgétaires.

Un peu plus de 4000 scientifiques de la fonction publique ont répondu au sondage en ligne en juin 2013.

Quant au gouvernement, contacté pour réagir au sondage, il a choisi d'éviter de le mentionner.

Triche des labos

2015 - Plus de la moitié des études sont fausses

Les labos de recherche sont privés, ou appartiennent à un gouvernement financé par des privés ultra-riches. Ils ne publient que ce que leur patron veut obtenir.

De nombreux lanceur d'alertes nous informent des pratiques du milieu scientifique. Selon leurs estimations, plus de la moitié des études seraient fausses, volontairement. En effet, il n'y a désormais plus que la recherche privée, la recherche publique étant en déliquescence aux mains de directeurs de recherche là pour saboter les choses afin de justifier les privatisations.

Le but de la recherche privée, et d'arriver aux résultats désirés par le patron. Nous verrons dans le prochain paragraphe les faits inexpliqués, c'est à dire délaissés volontairement par la recherche soumises à ces riches privés, mais on voit ici que ces études scientifiques sont fausses, visant à faire admettre quelque chose qui n'est pas la vérité, du moment que ça arrange e propriétaire du labo.

Le Dr Richard Horton [Lan], rédacteur en chef de *The Lancet* (la revue médicale la plus estimée au monde) annonce en juin 2015 qu'un nombre scandaleux de publications d'études (estimé à la moitié) sont au mieux, peu fiables, quand elles ne sont pas complètement mensongères, en plus de frauduleuses. « Affligée d'études avec des échantillons réduits, d'effets infimes, d'analyses préliminaires invalides, et de conflits d'intérêts flagrants, avec l'obsession de suivre les tendances d'importance douteuse à la mode, la science a pris le mauvais tournant vers les ténèbres. ».

les grandes compagnies pharmaceutiques falsifient ou truquent les tests sur la santé, la sécurité et l'efficacité de leurs divers médicaments, en prenant des échantillons trop petits pour être statistiquement significatifs, ou bien, pour les essais, embauchent des laboratoires ou des scientifiques ayant des conflits d'intérêt flagrants, ils doivent plaire à la compagnie pharmaceutique pour obtenir d'autres subventions. Au moins la moitié de tous ces tests ne valent rien ou sont pires, affirme-t-il. Les médicaments ayant un effet majeur sur la santé de millions de consommateurs, ce trucage équivaut à un manquement criminel et à de la malversation.

Le Dr Marcia Angell, un médecin, a longtemps été rédacteur en chef du *New England Medical Journal,* considéré comme l'une des autres revues médicales évaluées par les pairs les plus prestigieuses du monde. Angell a déclaré : « Il n'est tout simplement plus possible de croire une grande partie des publications de la recherche clinique, ni de compter sur le jugement des médecins expérimentés ou les directives médicales faisant autorité. Je ne prends aucun plaisir à formuler cette conclusion, à laquelle je suis parvenu lentement et à contrecœur lors de mes deux décennies passées au poste de rédacteur en chef du New England Journal of Medicine. »

Harvey Marcovitch, qui a étudié et écrit sur la contrefaçon des tests médicaux et la publication dans les revues médicales, écrit : « les études montrant les résultats positifs d'un médicament ou d'un appareil analysé, sont plus susceptibles d'être publiées que les études « négatives » ; les éditeurs en sont en partie responsables, mais aussi les sponsors commerciaux, dont les études bien menées du point de vue méthodologique, mais dont les résultats sont défavorables, ont tendance à rester dans les cartons… »

Au Groupe de recherche sur la dynamique neuronale du Département des sciences ophtalmologiques et visuelles de l'université de British Columbia, le Dr Lucija Tomljenovic a obtenu des documents montrant que « les fabricants de vaccins, les compagnies pharmaceutiques et les autorités sanitaires, connaissent les multiples dangers associés aux vaccins, mais ont choisi de les cacher au public. C'est de la tromperie scientifique, et leur complicité suggère que cette pratique continue encore aujourd'hui. »

Notre société se cassant la gueule, et devenant de plus en plus soumis à une minorité d'ultra-riches, les choses ne peuvent qu'empirer. En mars 2017 [sot], il devient clair que c'est bien la moitié, voir plus, des publications qui sont fausses.

C'est la couverture médiatique des études (la pub que les propriétaires de labos font dans les médias dont ils sont aussi propriétaires) qui laisse à désirer.

Là où les journalistes vont souvent relayer les résultats d'une étude initiale (première du genre sur un sujet donné, dont on sait que souvent elles sont victimes de biais ou de malversations, et dont il faut attendre la confirmation par d'autres équipes), ils ne s'intéressent que très occasionnellement aux études ultérieures. Problème : Il n'est pas rare que leurs résultats ne viennent finalement invalider ceux de l'étude initiale.

Pour en arriver à cette conclusion, les chercheurs ont passé au crible les résultats de plus de 4700 études dans le domaine de la science biomédicale. Parmi ces dernières, 3% ont été médiatisées (156 études) au travers de 1475 articles différents. Or, une majorité, 51,3%, a été invalidée par la suite, sans que les médias n'en fassent écho.

Les multinationales soudoient les chercheurs indépendants

Il n'y a pas que les labos pharmaceutiques à tricher. Les ultra-riches, même s'ils n'ont pas de labos à eux, soudoient les chercheurs qui ne dépendent pas d'eux pour se taire et bidouiller les résultats de leurs études.

En 2019 [Coc], le quotidien *Le Monde* a révélé que la firme Coca-Cola (boisson sucrée) a dépensé des millions de dollars entre 2010 et 2016 pour faire croire que ses boissons sont sans danger. Pour rappel, une boisson Coca-Cola contient l'équivalent de 7 morceaux de sucre.

Le but de Coca-Cola en payant les scientifiques était de faire croire que l'alimentation n'avait pas un rôle important sur la hausse de cas d'obésité dans le monde. La firme souhaitait plutôt mettre en avant le manque d'activité physique comme étant le principal responsable.

Coca-Cola n'en est pas à son premier scandale cette année. Fin février 2019, Coca-Cola sponsorise la Roumanie, qui préside alors l'Union européenne (et bizarrement, il n'y a pas de lois qui sortent contre ces multinationales qui payent très peu d'impôts).

Début mars, une étude réalisée aux USA met encore à mal la célèbre boisson. Cette étude montre que la consommation régulière de sodas provoque un risque énorme de décès précoce, surtout chez les femmes.

Le géant américain a rémunéré des professionnels de santé, des projets de recherches, évènements, colloques ou associations médicales et sportives pour qu'ils gardent le silence.

Bernard Waysfedls, un psychiatre spécialisé en nutrition, a avoué avoir reçu 4 000 euros en 2011 de la part de Coca-Cola pour une communication lors d'un colloque « sur les boissons des ados« . Il a expliqué au Monde que sa présentation a été « longuement travaillée et harmonisée avec les responsables de Coca-Cola« .

930.000 euros. C'est le montant exorbitant qu'a gagné CreaBio pour un « projet de recherche sur les édulcorants intenses ». Cette étude, publiée en 2018, affirme qu'il n'y a pas de différence entre l'eau et les boissons avec des « édulcorants basses calories » en matière d'effets sur « l'appétit, l'apport énergétique et les choix alimentaires ».

Corruption des organismes de validations internationaux

Plusieurs organismes scientifiques de validation, comme l'OMS, sont régulièrement entachés par des histoires de conflits d'intérêts. Généralement, ceux qui prennent la tête de ces institutions ont précédemment travaillé pour les labos privés où ils ont été grassement payés. On peut penser qu'ils continueront à protéger leurs anciens employeurs (et ce qu'on constate d'ailleurs), même si on ne peut souvent pas le prouver de façon (peut-être qu'ils se plantent de bonne foi, mais bizarrement, toujours dans le sens de leur intérêt personnel ou de celui de leur employeur).

Pour exemple, on peut prendre Philippe Douste-Blazy, qui entre 2011 et 2015, finance la fondation Clinton. Les fonds viennent d'Unitaid (fonds public de la taxe Chirac). C'est ainsi plus de 540 millions de dollars qui sont donnés par la France à une fondation privée, sans aucun contrôle sur ce que deviennent les fonds par la suite. Douste-Blazy postule ensuite au poste de directeur de l'OMS (Organisme Mondial de la Santé), soutenu par cette même Clinton… La défaite de cette dernière verra l'éviction de Douste-Blazy, tout notre argent dépensé en vain... Dans l'affaire, Douste-Blazy n'a rien perdu, Clinton a quand même profité de tous ces millions, seuls les contribuables français ont été les dindons de la farce...

En 2011 toujours, c'est la nomination du directeur de la recherche de Novartis, Paul Herrling, dans un des comités d'experts de l'OMS, qui fait scandale.

Des documents publiés sur WikiLeaks avaient permis de prouver que la Fédération internationale des fabricants de médicaments (IFPMA) avait obtenu en primeur le projet de rapport des experts, alors confidentiel, et avait pu faire passer son point de vue.

Difficile à l'OMS de déclarer les vaccins dangereux, quand ceux qui prennent les décisions sont ceux qui gagnent de l'argent en vendant ces vaccins...

Destruction systématique des preuves

Cet étouffement de l'information scientifique commence très tôt, par des inconscients qui ne veulent pas que le peuple ai accès à l'information véritable, quitte à perdre des infos précieuses sur notre vraie histoire (les dominants aiment réécrire une histoire qui les mets en valeur et les cautionnent à leur place).

Beaucoup d'autodafé ont eu lieu dans l'histoire, ceux qu'on connaît (comme ceux qui suivent) et ceux qui furent secrets.

Voilà comment la connaissance que le peuple a du monde disparaît régulièrement, et que ce dernier se remet à croire régulièrement à une Terre plate, au plus grand bonheur de ses maîtres…

Évidemment, quand un auteur comme Platon se réfère aux documents de son époque, les zététiciens le traite de mythologue (écrivain de science fiction) et demandent où sont les preuves de ses assertions… Facile à dire quand c'est son clan qui a détruit les preuves, et les détruira de nouveau si jamais on les lui apporte…

Bibliothèque d'Alexandrie

Cette bibliothèque était réputée chez les grecs et Égyptiens antiques, la plus importante compilation des connaissances connue de l'homme de cette époque. Elle était réputée contenir un exemplaire de la plupart des livres écrits précédemment, dans tous le bassin méditerranéen et le Moyen-Orient, voir au-delà.

Quand les romains inventent la religion catholique, ils brûlent une partie des 700 000 livres de la bibliothèque d'Alexandrie. Ce n'est pas pour effacer une culture (les livres venaient de toutes les cultures à différentes périodes), mais l'histoire et les connaissances humaines, afin d'imposer une vision du monde plus étroite, mais permettant un contrôle plus facile de l'humanité, afin de la soumettre à l'esclavage d'une minorité.

Ils effacent du même coup les preuves scientifiques du concile de Laodicée en 364, date à laquelle fut écrit le nouveau testament tel qu'on le connaît.

Idem pour le calife Omar, qui vient de récupérer l'islam, et mets un terme à la prospérité scientifique qui avait suivie la révélation de Mohamed, en détruisant ce qu'il reste de la bibliothèque en 641. Omar, consulté par ses capitaines sur le sort à réserver aux livres, leur répondit : « Si ce qu'ils relatent est dans le Coran, ils sont inutiles et vous pouvez les brûler. Si ce qu'ils relatent n'est pas dans le Coran, alors il faut les détruire comme nuisibles et impies. »

Voilà le type de raisonnement que tiennent les financiers religieux qui contrôlent aujourd'hui la science, et qui veulent restaurer la capitale du nouvel Ordre Mondial à Jérusalem (interview d'Attali en 2010 sur la chaîne Public-Sénat, qui raconte que le messie juif reviendra à Jérusalem…). Ces banquiers se comportent exactement de la même manière que leurs ancêtres avec toutes les nouvelles connaissances qui pourraient bousculer l'ordre établi.

Seules les recherches dans l'astronomie (les kabbalistes aiment la numérologie et l'astrologie, voir cette intervention surréaliste de Christine Lagarde à l'ONU, qui nous explique que le 7 est un chiffre magique), et la robotique (des esclaves qui ne se rebellent pas, quel bonheur...) ont le droit d'exister de nos jours...

Chine

En 240 avant J. C., l'empereur chinois Tsin Che Hoang fit détruire tous les livres d'histoire, d'astronomie et de philosophie existant dans son empire.

Il voulait soit-disant que l'histoire commence avec lui...

Il reste quelques textes survivants de cette table rase qui décrivent des événements anormaux dans le passé, notamment des inondations par de l'eau de mer rendant la majorité des terres agricoles inexploitables , la confusion dans les saisons (les fleurs d'hiver, d'été et de printemps fleurissant en même temps).

Il reste cependant des récits inspirés de textes anciens comme la légende de Houyi, le tueur de soleils. Dans la légende, ce héro antique tue les soleils qui brûlent la Terre car il y en a trop. Houyi abat avec son arc 9 Soleil mais épargne le dernier. Il est fort possible que cet épisode mythologique soit inspiré de jours où le Soleil ne se couchait plus et brûlait la Chine. Notez aussi que

Yi tua le grand serpent avaleur d'astres, qui n'est autre qu'une description assez évidente de Nibiru (le grand serpent rouge, avec sa queue cométaire qui ondule).

Rome

Au IIIe siècle, à Rome, Dioclétien fit rechercher et détruire tous les livres contenant des formules pour faire de l'or (soit-disant que l'art de la transmutation aurait déstabilisé son empire). Le Nouveau Testament (Actes des Apôtres) révèle que saint Paul réunit à Éphèse tous les livres qui traitaient de « Choses curieuses » et les brûla publiquement.

Amérique du Sud

L'autodafé de tous les livres sud-américains, par les conquistadors d'abord, puis les missionnaires jésuites ensuite, vont de pair avec la refonte de toutes les statues en or qui auraient montré des choses dérangeantes pour l'histoire de l'époque (et encore dérangeantes de nos jours...)

Égyptologie

La destruction des preuves continue de nos jours.

L'histoire archéologique égyptienne est pleine d'incohérences et de décisions stupides, en décalage complet avec l'image de précaution des chantiers de fouilles, où on impose aux jeunes de gratter des heures, précautionneusement à la brosse à dent, un caillou sans importance :

- L'osirion d'Abydos, a subi lors de sa "réfection" un vandalisme inconcevable. Tous les tenons de pierres cyclopéennes moulées, qui ressemblaient trop à celle de l'Amérique du Sud, ont été cassés à coup de burins en 2018…
- Le pyramidion de la grande pyramide de Gizeh a été cassé après 2005, et rogné dans sa partie inférieure pour ne plus mesurer 1 m de haut et de large pile… [pyr]

Pour le manque d'artefacts des époques antérieures, est-ce que les aller et retour incessants d'avions qui pillent les temples au début du 20e siècle (voir par exemple le pillage de la tombe de ToutAnkhAmon par les riches "mécènes" (dont Lord Carnaveron, marié à une fille Rothschild), ceux qui ont financé les fouilles et obtenus les autorisations gouvernementales, et qui sont morts ensuite rapidement pour ne pas témoigner, une malédiction attribuée aux pharaons...), et dont la plupart des objets ont aujourd'hui disparus dans des milliers de collection privées, n'expliquerait pas le manque d'objets des époques "intéressantes" ou d'outils qui posent questions ? Il est tout simplement impossible que tous ces bâtiments aient été construit sans outils, et qu'on n'en ai pas retrouvé un seul. Seule une censure au plus haut niveau peut expliquer ces absences…

Une histoire politisée

L'archéologie n'est pas neutre, elle est forcément politisée et subjective, sinon on n'aurait pas :

- des Israéliens qui creusent dans tous les sens pour tenter de justifier leur légitimité sur le mont du temple de Jérusalem, tout en cherchant à cacher la compilation hétéroclite et hasardeuse de la Torah par le roi Josias au 8e siècle avant JC,
- des envahisseurs européens des USA, qui refusent de reconnaître la spoliation des peuples amérindiens ou l'esclavage des africains,
- des élites FM romaines qui refusent de reconnaître que la romanisation des Celtes a été un saut en arrière aussi bien technologique qu'intellectuel,
- des carolingiens qui détruisent toute l'histoire écrite des mérovingiens, et la font réécrire de manière orientée par Grégoire de Tours.

France

Le mythe des gaulois

Créé au 19e siècle par Napoléon III, pour la construction du mythe national du Gaulois, fondateurs de la nation française, pour justifier de reprendre des terres riches en ~~pétrole~~ euh... charbon à l'époque.

La légende de Charles Martel... et la réalité

Un exemple de cette propagande irraisonnée afin d'asseoir le pouvoir en place : Tout le monde connaît l'histoire de Charles Martel qui arrêta les arabes à Poitiers... En réalité, les arabes voulaient assurer leur main mise sur l'Espagne plutôt que de créer un nouveau front sur le territoire Franc. Martel a été promulgué comme héros national, bouclier des hordes impies et protecteurs de la chrétienté. En réalité, on échange un roi sumérien musulman contre un roi Sumérien Catholique. Dommage, Bordeaux aurait peut être eu le premier éclairage public avant Cordoue si les arabes étaient restés en France, et la France un pays développé bien avant la révolution. Pas un hasard si l'Espagne a été si puissante, avant d'être détruite par les catholiques. Si l'Occitanie conquise par les arabes, a été la région de France la plus avancée avant la destruction lors des croisades contre les cathares.

Mais ce n'est pas la seule vision déformée de l'événement : l'école de la république française ne nous montre que la version franque, celle qui ne mentionne pas la médiation des Juifs de la diaspora, sans nous dire que la version Omeyyade existe, et que cette version est plus crédible en révélant les intermédiaires et traducteurs (comment négocier si on ne connaît pas la langue franque ?).

Dans les 2 versions, on apprend que franques et arabes signent un accord de retrait, un sauf-conduit évitant aux arabes d'être poursuivis lors de leur retour en Espagne.

Les Omeyyades reconnaissent quelques défaites face aux francs, mais révèlent que c'est uniquement à cause de problèmes en arrières lignes (dissensions internes) qu'ils ont choisis de se rabattre derrière le bouclier des Pyrénées.

Alors que les chroniqueurs arabes décrivent avec beaucoup de détails leurs autres défaites en France (ce qui leur permettait d'apprendre de leurs erreurs et de progresser), bizarrement, ils disent juste qu'Abd Al Rahman et ses soldats sont mort en Martyrs en royaume Franc. Pourquoi ne pas détailler cette défaite ? Parce qu'elle était mineure, et qu'il n'y avait pas eu vraiment d'escarmouches !

Attention, le nom "Abd el Rahman" signifie "Serviteur du Miséricordieux", qui peut aussi bien être un patronyme qu'un titre honorifique : il y a souvent confusion entre les différents acteurs, de nombreux nobles ou dirigeants Omeyyades portent à la la fois ce titre et ce patronyme. On ne sait pas si c'est le grand chef des armées Omeyyades qui est mort en France, ou juste un de ses lieutenants, ailleurs qu'à Poitiers.

Les armées Omeyyades en France étaient plus de petites unités légères et rapides, pour opérer des raids et des pillages. Ils n'étaient pas équipés pour des sièges ou pour une invasion du pays.

Les archers montés arabes avaient une réelle supériorité par rapport aux cavaleries lourdes franques, ce qui a été le point clé de leur rapide expansion.

Cette petite armée arabe avait quand même réussi à prendre Narbonne, ce qui prouve qu'avec un effectif conséquent et une réelle volonté des arabes, le royaume franc aurait très bien pu tomber très rapidement.

De plus, aucune trace d'une bataille à Poitiers n'est retrouvée, aucune date non plus. Preuve qu'un non événement a été monté en épingle par la suite, pour asseoir la nouvelle lignée royale Carolingienne, de la même manière que cette lignée a traité ses prédécesseurs de rois fainéants, afin de justifier le coup d'État. Pas un hasard si quasi tous les textes précédents ont été détruits, et que les mérovingiens ne nous sont connus que par un seul auteur, Grégoire de Tours, qui a réécrit l'histoire précédente en fonction des nouveaux maîtres du palais, chez qui il était simple employé obéissant aux ordres.

Mérovingiens

Cette époque a toujours été très peu fouillée. Ce n'est que depuis l'accession de Macron au trône en 2017, que cette période fait l'objet de recherches. Normal quand on sait que les Mérovingiens païens, discrédités par la lignée carolingienne qui les a renversé (juive car se prétendant descendant de Jésus), on vu leur histoire complètement réécrite par Grégoire de Tours, qui les traitait de roi fainéants, un Grégoire de Tours qui a officié alors que les carolingiens venaient de prendre le pouvoir (en remplaçant la lignée locale européenne de Clovis, qui pratiquait encore le culte Païen d'avant le catholicisme).

Préhistoire délaissée en France

Harmo raconte l'histoire de son village, délaissé complètement par les historiens. Une histoire qui se passe dans tous les villages français, comme vers chez moi où c'est carrément des rarissimes puits hélicoïdaux qu'on bouche, des dolmens qu'on arrache pour gagner 3 m² de champ.

A St-Martin-du-lac en Saone-et-Loire, on a découvert des pointes de flèches taillées de type feuille de laurier, c'est à dire solutréennes.

Présence d'un important foyer de peuplement ancien, basé sur l'exploitation des pignons de silex (très abondant dans les environs). Dans les années 1970, on voyait encore les fondations d'un village entier, perdu dans les bois, sur une colline artificielle sur le bord de laquelle on distingue l'emplacement des fortifications. Ce village ruiné avait au moins 3 ou 4 jumeaux sur les collines voisines, accompagnés de mégalithes renversés.

Des demandes de fouilles ont été faites sans cesse depuis 1990, et se sont toutes cassées le nez sur un refus, si bien qu'aujourd'hui les sites ne sont même pas classés et ont été ravagés. Les exploitants avaient complètement détruit le site, qui n'était même plus approchable (risques d'éboulements).

Le cromlech du bois de Glenne à proximité a été saccagé par les paysans du coin, et certaines personnes non habilitées ont déplacé un des menhirs pour le mettre sur les autres renversés, si bien qu'aujourd'hui on a un faux dolmen complètement bidon.

Dans le Pilat, il y a un sommet de colline formé de pierre plates qui sont constellées de cupules, mais dont personne ne s'intéresse mis à part certains amateurs qui ont trouvé de nombreux mobiliers celtiques dans les environs. Malgré leur insistance, le site n'est ni protégé, ni étudié !

<u>Pas un problème de budget</u>

Il y a pléthore d'argent public dépensé pour financer les archéologues français qui pullulent en Égypte, alors que les archéologues égyptiens sont censés être compétents dans leur pays.

Il y a en haut lieu des gens qui décident là où la science doit tourner son regard, et donc aussi de quoi elle doit se détourner...

En France il faut une autorisation pour mener des fouilles. Or si l'autorisation n'arrive jamais, surtout quand l'urgence des fouilles est avérée, c'est bien qu'il y a volonté de détruire les preuves.

Destruction des pyramides

La France a aussi des pyramides. Au lieu de mettre en valeur ce patrimoine, l'État s'empresse de les démolir.

<u>Pyramide de St André à Nice</u>

Une grande pyramide d'environ 60 mètres de haut et 200 m de longueur existait encore en 1977 à l'est de Nice, sur la commune de Saint-André-de-la-Roche (il ne s'agit pas de celle de Falicon, l'entrée d'un Mithraeum selon toute vraisemblance).

Cette grande pyramide a été démolie pour construire l'actuel échangeur autoroutier de l'A8, en dépit de toutes les lois de protection des bâtiments historiques. Cet escamotage, dans le silence médiatique le plus profond, montre la volonté en plus haut d'effacer ces témoignages gênants du passé.

Pyramide à étage, elle ressemblait aux mastabas du Moyen-Orient. Ce n'était pas une colline avec les restanques (étages pour la culture) car elle est parfaitement symétrique et formée par l'homme. Elle est constituée de pierres assemblées, et avait du là encore nécessité pas mal d'humains pour la construire.

Les habitants disent qu'il y aurait eu un dolmen au sommet.

Le plus étonnant, c'est qu'on n'a quasiment aucune info sur cette pyramide (la plus importante existante en Europe à l'époque), comme si elle avait été détruite sans être fouillée.

Avant sa destruction, la pyramide servait déjà de carrière de pierre depuis les années 1950.

La pyramide de Barnenez (Bretagne)

Une pyramide à degrés, de 35 mètres environ de hauteur et estimée à -4500. Redécouverte en 1850 (envahie par la végétation), elle servit elle aussi, aussitôt après sa découverte, de carrière de pierres, jusqu'à ce que la contestation populaire ne fasse cesser la destruction.

Quasiment semblable à celles de Güimar, qui existent toujours sur l'île de Ténériffe dans l'Archipel des Canaries en Espagne.

USA

Officiellement, rien avant les premiers amérindiens (couche Clovis)

Les pointes de silex des peuples préhistoriques d'Amérique présentent les mêmes caractères que ceux des peuples d'Asie centrale, et donc, ont été fait selon les mêmes techniques.

Ces amérindiens, qui seraient arrivé par le détroit de Behring, forment la couche Clovis, datée de 12 000 ans.

Sous la couche Clovis

La couche Clovis, c'est celle datée de -12 000 sur le site Clovis (Nouveau-Mexique), faite par les derniers arrivés aux USA (détroit de Behring).

Or, toutes les peuplades amérindiennes dites de Clovis, disent que les monuments existaient déjà à leur arrivée. Ne pas creuser en dessous de la couche Clovis, c'est donc s'assurer de ne pas trouver plus d'infos à censurer sur les constructeurs des monuments cyclopéens d'Amérique...

Comme officiellement, il n'y a aucun humain avant les derniers arrivants (faux, vu que les Hopis étaient là avant), il est donc interdit de creuser en dessous de la couche Clovis aux USA... Si on ne cherche pas, on ne risque pas de trouver de preuves d'un peuplement antérieur. Ceux qui essayent, et qui trouvent, sont embêtés par la justice, discrédité, et n'ont plus de financement (ce qui équivaut à un licenciement).

Les mobiliers qui ont été retrouvée par hasard avant l'époque "Clovis" sont rejetés ou contestés (Monte Verde I, Meadowcroft Rockshelter, Cactus Hill, Arlington Springs...).

Des archéologues avec des financements plus indépendants ont cependant entrepris ces fouilles, et ont finalement repoussé, grâce à leurs découvertes, la date des premiers peuplements de l'Amérique du Nord, notamment par des peuplades probablement de type Solutréen (analyse génétique par haplotypes). Les humains qu'on retrouve en Europe sont de même type que ceux en Amérique du Nord.

Les dieux physiques blancs d'Amérique

On retrouve des runes (caractères vikings) en Amérique du Nord. Les archéologues en déduisent que les vikings sont venus là (sachant que ces runes dérangeantes sont pour la plupart détruites ou rejetées sans études).

Tous les amérindiens parlent de dieux blancs (c'est à cause de cette attente que l'Amérique a été si facilement conquise). N'est-ce pas plutôt ces ogres qui sont passé d'Amérique du Nord vers l'Angleterre, puis ont fondé les vikings ?

L'excuse des vikings est un artifice pratique pour évacuer la recherche de qui étaient ces blancs dont les indiens attendaient le retour s'ils venaient de l'Est ?

Légendes diverses

Des hommes blancs et barbus ont débarqué sur le littoral du Nouveau Monde. Ils sont venus aux Indiens, leur apportant les sciences, les techniques, de sages lois et tous les éléments d'une civilisation fort avancée.

Christophe Colomb écrivait, le 6 novembre 1492 :

« Mes messagers ont été fort bien reçus par les indigènes, on les a fait entrer dans les plus belles maisons et portés en triomphe, on leur a baisé les mains et les pieds, bref, on a essayé par tous les moyens de leur montrer que l'on savait les hommes blancs venus des dieux. Environ cinquante hommes et femmes les ont suppliés de leur permettre de retourner avec eux dans ce ciel des dieux éternels. »

Frère BERNARDINO de Sahagun :

« Ils savaient pour ainsi dire tout; rien ne semblait leur être difficile, ni de tailler la néphrite, ni de fondre l'or, et tout cela, arts et sciences, procédait de Quetzalcóatl. »

Un homme blanc était venu autrefois apporter aux Maya les lois, l'écriture, et tout le peuple le vénérait comme un dieu.

Les dieux blancs avaient surgi de l'Est dans les temps lointains de la préhistoire, des étrangers sur des bateaux énormes aux ailes de cygne, aux flancs si éblouissants que l'on eût dit des serpents géants. Quand les bâtiments eurent abordé, il en descendit des étrangers blonds, à la peau blanche et aux yeux bleus, qui portaient un vêtement d'étoffe noire grossière, taillé en rond autour du cou et ouvert devant, avec de petites manches courtes et larges. Sur le front, ils avaient un ornement en forme de serpent. Blanc et d'une effrayante laideur — parce qu'il portait une longue barbe — tel était le grand dieu du Mexique, Quetzalcóatl, selon les anciennes chroniques, mais aussi les statues et les bas-reliefs conservés (les Indiens sont en général imberbes). Quetzalcóatl était fils du dieu du ciel Mixcoatl (Serpent des nuages), et la déesse de la Terre Chipalman (Bouclier couché) l'avait, selon la légende, conçu sans tache (vierge mère).

Il existe des contes indiens qui racontent aussi que les tribus ont anéanti des géants à peau blanche. On attribue ces blancs aux Vikings, sauf que les vikings ne faisaient pas le double de la taille d'un indien, et que ces géants aurait vécu aux alentour de -10 000 avant d'être anéantis.

Mound builders (bâtisseurs de collines)

Ces monticules artificiels (tertres/tumulus) ont été découvert par Ferdinand de Soto.

Les journaux d'époque font état de tombes hors norme découvertes sur la côte Est des USA lors de l'arrivée des colons anglais, dont les squelettes géants ont depuis disparus dans les caves du Smithsonian institute (le musée ne les retrouve plus). De nombreux artefacts avaient pourtant été ramenés, un véritable pillage des tribus locales.

Les tribus indiennes ont toujours soutenu que ces "tumulii", très proches de pyramides, étaient là avant leur arrivée. Ils racontent aussi que ces peuples étaient grands, avec le crâne étroit et allongé.

Archives humaines

Survol

Quand on interprète une archive d'une culture différente (dans l'espace et/ou le temps), il faut prendre en compte tout l'environnement, la culture, les concepts employés, pour ne pas sortir une phrase de son contexte. Chose que les historiens ne font pas assez, surtout quand ça parle des sujets tabous...

Sumer : Civilisation peu étudiée (p. 148)

La civilisation sumérienne, qui a inventé l'écriture et les mathématiques, reste étonnamment méconnue du grand public, malgré les prouesses dont elle s'est montrée capable.

Des faits réels (p. 149)

Ce qui nous est présenté comme des légendes et des mythes, sont en réalité des archives décrivant ce qui se passait à l'époque, et données comme telles par les populations. N'est-ce pas en prenant le récit de la guerre de Troie au pied de la lettre que son découvreur est devenu immensément riche ?

Support (p. 149)

Les archives orales sont aussi valables que les archives, voir même plus précises, car on n'a pas le glissement sémantique se produisant avec l'évolution du langage.

Déformation dans le temps (p. 150)

Il faut tenir compte de la difficulté de mémorisation des archives, des déformations inévitables du temps.

Tout n'est pas connu (p. 150)

Ce n'est pas parce qu'une civilisation ne parle pas d'un événement qu'il ne s'est pas produit. Les destructions d'archives, ou le dédain du pouvoir centralisé, font que les régions isolées ont peu de traces dans les archives humaines.

Propagande à l'écriture (p. 151)

Les archives sont politisées (c'est les dominants qui les écrivent, dans le sens du pouvoir en place).

Propagande à la lecture (p. 151)

L'historien (forcément politisé via ses supérieurs), qui relit les archives, fait de la propagande en interprétant à sa guise l'archive déjà politisée à la base.

Erreurs des historiens (p. 152)

En dehors de leur mauvaise foi, les historiens font des grosses fautes de méthodologie.

Symboles célestes (p. 152)

Nous donnerons quelques clés pour comprendre les archives, comme bien séparer au moment où on parle de la planète, et au moment où on parle du dieu physique associé.

De nombreux symboles, partout dans le monde, montrent étrangement les liens entre Orion et une planète comète qui forme des ailes vue de la Terre, et qui annonce de grandes destructions.

Sumer

Peu étudiée

La première civilisation du monde est très peu enseignée à l'école. Une page pour dire qu'ils faisaient des statues en terre cuite, et qu'ils ont inventé l'écriture. En réalité, cette civilisation était très proche de la nôtre, très avancée. Des hommes préhistoriques qui d'un coup inventent l'écriture, le calcul, et racontent des histoires où les dieux font décoller des fusées vers l'espace. Qui se mettent à construire des esplanades cyclopéennes, dimensionnées justement pour le décollage et l'atterrissage de ces lourdes fusées...

Civilisation avancée

La civilisation la plus ancienne connue, est aussi la plus avancée.

(Mickael13, forum NNSPS, 14/11/2010) : Dans le musée du Louvre, aux sections Égypte et Mésopotamie, se trouvent les tablettes sumériennes du livre de la création. Ces tablettes sont minuscules (5*4 cm en moyenne). Les écritures dessus sont en rapport : minuscules ! A se demander comment ils faisaient pour les écrire ou les lire sans loupe.
Les sceaux sumériens sont des cylindres qu'on roulait sur une tablette d'argile, afin de dupliquer le texte et les dessins : une sorte d'imprimante ou de tampon plus compact, qu'on roulait sur une plaque d'argile fraîche avant de faire cuire la tablette. De nombreux sceaux retrouvés sont des petits cylindre qui ne dépassent pas les 5 cm de longueur !

Une taille minuscule que les photos internet vous cachent, en agrandissant démesurément ces tablettes, sans vous montrer un objet de référence usuel à côté. Cet agrandissement montre par contre le niveau de détail et de précision des tablettes.

A Sumer, tout était très bien structuré et consigné : les tablettes parlent de l'agriculture, des cours dans les écoles, des cas de procès verbaux et des décisions de justice, des actes de propriétés de biens et de terres, des reconnaissances de dettes , des prescriptions médicales, etc. Bref, comme aujourd'hui, des dominants qui veulent tout contrôler et tout savoir...

Cette civilisation sumérienne utilisait le travail d'esclaves (peuples voisins vaincus, cranes rasés , vente d'esclave à des exploitants , des riches, des entrepreneurs, etc.). Une organisation très rigoureuse et minutieuse, une surveillance des populations similaire à notre société. A tel point qu'il y a des minis tablettes destinées aux ouvriers de Sumer avec leurs noms, leur spécialité , parfois leurs horaires et pour qui ils travaillaient ! L'équivalent de nos badges de salariés.

Les sumériens disent que ce sont les dieux qui leur ont enseigné ces bases.

La surface de la tablette dépend de la longueur du texte à écrire dessus. Les tablettes sont rangées dans des casiers ou des jarres, on sont référencé sur la jarre le titre des tablettes qui se trouvent à l'intérieur.

Seules les tablettes devant résister au temps étaient cuites. Les brouillons et documents administratifs restaient en argile crue séchée à l'air ou au Soleil, et étaient juste ré-humidifiés avant de réécrire dessus, plus pratique que les jeter à la poubelle comme on le fait avec nos papiers.

Faits réels

Présentées comme des archives

Tous les peuples font bien la précision entre un conte, une parabole ou une allégorie, et les témoignages sur l'histoire. Même les peuples considérés comme "inférieurs" par nos historiens... S'ils étaient incapables de faire la différence entre la réalité et l'imaginaire, ils auraient disparu assez vite...

Comme exemple de légende qui pourrait être mal interprétée si sortie de son contexte : quand Jésus parle de la parabole du semeur, il précise bien que c'est une parabole, pas une histoire vraie. C'est pareil dans toutes les civilisations : jamais vos parents ne vous ont raconté le petit chaperon rouge en vous faisant croire que les loups qui se déguisent en grand-mère, c'est possible actuellement, ou que ça a été possible dans le passé... Vous faites bien la différence avec l'histoire de France et les contes de votre enfance ? Et bien pour tous les humains de la planète, c'est la même chose !

Erreurs de raisonnement des historiens

L'erreur première est de penser que nos ancêtres étaient des gens qui fantasmaient et inventaient toutes sortes de mondes magiques totalement imaginaires.

Notre ancêtres étant des gens prosaïques, qui racontaient ce qu'ils avaient vu, et ne gardaient pas sur des centaines d'années des infos inutiles. De même, le sens est concret, pas symbolique. Il n'y a que dans quelques civilisations que tout est caché derrière des symboles, pour faire passer un message à l'insu de la censure. Pour les peuples amérindiens, tout le monde avait accès au sens premier de l'histoire.

Comme tout cet "imaginaire" est commun à tous les peuples, certains chercheurs vont même inventer une "noosphère", un lieu magique que les dormeurs atteignent dans leur sommeil, où toutes ces légendes puiseraient leur source universelle... Tout ça pour ne pas avouer que ces légendes ont une base réelle, qui s'est bien produite à l'époque sur toute la planète.

Légendes identiques

Tous les peuples de la Terre ont les mêmes légendes. On pourrait logiquement penser, que les légendes étant en fait l'historique réel de chaque population, et que cette histoire s'est un peu édulcorée dans le temps, mais que les faits à la bases se sont vraiment passés, et donc qu'il y a eu une civilisation mondialisée de bâtisseurs, la haute technicité des pyramides rendant impossible par exemple que cette civilisation n'avait pas les moyens d'explorer le monde, ne serait-ce qu'en bateau... La science refuse cette interprétation, et parle d'un défaut de notre cerveau qui nous ferait inventer les mêmes histoires, même si les civilisations n'ont jamais été en contact… Cette hypothèse du défaut du cerveau n'a jamais été prouvée d'ailleurs, et est bien moins probable qu'une civilisation mondialisée avant l'Antiquité...

A l'époque, les esclaves humains vivaient tous au contact de ces faux dieux. Cela intrigue d'ailleurs beaucoup les historiens, qui ne comprennent pas par exemple, que les archives officielles, reconnues comme telles par notre histoire, présentaient leur divinité comme des êtres vivants qui marchaient au milieu des hommes.

Troie prouve la réalité des légendes

Pendant des siècles les légendes/traditions (que Homère couchera par écrit) parlaient de la ville de Troie, mais les scientifiques du 19e pensaient que c'était une cité imaginaire...jusqu'au jour ou Schliemman, un aventurier archéologue auto-financé (donc pas dépendant des circuits traditionnels) rechercha Troie d'après les descriptions des mythes grecs. Et il l'a trouvé a l'endroit décrit par les légendes, ce qui montre que ces légendes ne sont pas des choses sans fondement, mais des faits réels qui se transmettent de génération en génération, afin de conserver la mémoire des grands évènements.

Support

Archives écrites

Ces archives écrites sont souvent des archives orales qui sont écrites à un moment donné de l'histoire (leur date d'écriture n'est donc pas la date de réalisation de l'événement décrit).

Archives orales

Ces soit-disant légendes ou mythes sont des archives historiques, qui ont autant de légitimité que les archives écrites.

Les historiens savent bien s'appuyer sur les traditions orales quand ils le faut, car ils savent qu'elles sont fiables. On ne prend évidemment pas le premier venu, mais celui dans la société dédié à cette transmission importante de la culture (chaman ou chef en général).

L'histoire des Hopis (p. 378) est édifiante à ce sujet, et montre à quel point la bonne retransmission des archives est importante pour ces peuples, et que la durée peut porter sur plusieurs centaines de milliers d'années. Une manière de se rendre compte de la quantité d'information énorme que peut mémoriser un humain au cours de sa vie.

Les archives orales sont même plus précises, car elles ne subissent pas les travers de traduction, chaque génération faisant évoluer les mots avec le sens que leur donne la société du moment, l'archive orale accompagnant

Déformations dans le temps

En dehors de la volonté manifeste des archéologues et historiens en chef de cacher notre histoire, il est très difficile à la plupart des civilisations de se souvenir des événements sur plus de 100 ans. Il y a des pertes inévitables de compréhension sur d'aussi grandes périodes de temps et d'évolution des mentalités.

Les erreurs de traductions successives

Nous verrons dans les traductions de la Bible (p. 488) les nombreuses erreurs de traduction ayant eu lieu dans l'histoire. Idem chez les musulmans (p. 511), avec l'arabe moderne devenu complètement différent de l'arabe de Mohamed, sans compter les difficultés, à l'époque, pour expliquer un concept alors complètement inconnu, comme celui de l'avion. Ou les glissements sémantiques quand un objet de l'époque n'est plus connu aujourd'hui.

Tout n'est pas connu

Une autre erreur est de croire que tous les gros événements ont été mémorisés.

Déjà, il faut bien se rendre compte de la censure (les livres tabous sont mis de côté, hors des yeux du public). Certains, comme ceux de Platon, sont alors rangés dans la case "allégories et histoires inventées".

Quand ils conquièrent les villes, les conquérants brûlent les livres et donc la culture et l'histoire locale. Ce n'est pas la bibliothèque d'Alexandrie qui dira le contraire.

Pour prendre d'exemple du déluge : Ce qui est certain, c'est que dans notre passé, les côtes étaient beaucoup moins peuplées qu'aujourd'hui. C'était surtout l'intérieur des terres qui était le coeur des civilisations. Par exemple, la civilisation celte était très continentale, toutes les capitales des tribus étaient juchées sur des montagnes et des hauts plateaux. Ce n'est qu'avec les Romains, héritiers des grecs, que la mer est devenue un pôle d'attraction. Donc, ce qui se passait sur les côtes atlantiques même du temps des romains n'était pas très bien connu, le monde avait son centre en méditerranée. On ne sait donc pas ce qui pouvait bien se passer aux Canaries par exemple, ou si de gros séismes ont ravagé la côté Est des USA avant Colomb. Et ceci est valable pour de nombreuses parties du monde.

Qui plus est, même si des civilisations avancées ont été touchées par ces catastrophes majeures, encore faut il que les survivants aient rapporté l'incident. On a découvert en Indonésie des temples bouddhistes très sophistiqués. Le plus grand temple bouddhiste du monde, Boroboudur, a été redécouvert en 1814, mais on ne sait pas qui l'a bâti ni pourquoi. La civilisation qui l'a construit a été recouverte par les cendres lors d'éruptions majeures, dont les populations locales n'avaient même plus souvenir. Ainsi, comment une civilisation peut elle rapporter ce qu'elle a vécu si on ne souvient même pas qu'elle a existé, ni des temples gigantesques qu'elle a pu produire ?

La science officielle commence à redécouvrir ces catastrophes pas si lointaines, les raisons qui ont conduit à ces phénomènes étant tout à fait expliqués. Le souci, c'est le sentiment que les hommes ont que les choses sont figées dans le temps, que la Terre où ils vivent est stable et sûre. Or c'est totalement faux, c'est juste la mémoire humaine qui est très courte.

Célèbre lac d'Auvergne, le lac Pavin occupe ce que l'on appelle le cratère de maar d'un volcan dont la dernière éruption remonte à 3 700 ans environ. Mais certains chercheurs affirment qu'il a peut-être été le siège d'une activité volcanique il y a seulement 700 à 800 ans, ce qui en ferait un volcan actif. Et sa ressemblance avec le lac Nyos, de sinistre mémoire pour avoir causé près de deux mille morts, a conduit à l'étudier de plus près.

On peut aussi donner en exemple le puy Pariou, les puys de la Vache et de Lassolas et enfin le Puy de Dôme qui sont des volcans très récents. Pour preuve, le Pariou n'est même pas recouvert encore entièrement de végétation et les puys jumeaux de Lassolas et de la Vache ont très peu été érodés. En comparaison, les crassiers de Saint-Étienne se sont plus rapidement reboisés alors qu'ils ne datent que du 19e pour les plus vieux. Donc même en admettant que le sol plus rocheux soit moins fertile, en 10 000 ans, le Pariou par exemple devrait être tout vert : or, ce qu'on constate grâce aux différentes photographies qui ont été faites de lui ces dernières décennies, que la progression de la végétation est très rapide. Alors, puisque le Pariou n'était recouvert que sur ses 2/3 par la flore, aurait-il pu être en activité il y a 500 ans ? C'est tout à fait possible.

Un volcan est dit actif s'il a érupté dans les 5 000 ou 6 000 dernières années. Il y a des exemples de volcans qui ont été considérés comme éteints jusqu'à ce qu'à la surprise général ils s'énervent (souvent cela donne une grosse explosion avec des coulées pyroclastiques mortelles), et il existe même des volcans qu'on croyait être des montagnes classiques jusqu'à leur réveil inattendu ! Comme le Tambora et le Krakatoa.

Souvent on ne retrouve pas de trace de ces anciennes éruptions parce que la population locale a été décimée par les cendres et les coulées pyroclastiques. Ensuite, pour les gens au delà de 50 km, à part des sortes de gros nuages noirs et une fine poussière de cendres, ça n'a pas vraiment d'impact, et l'évènement n'est pas retenu dans la mémoire collective.

Si les volcans d'Auvergne ont eu une activité récente, c'est peut-être cette relative amnésie collective qui entre en jeu :

1 - avant la guerre des Gaules et l'arrivée de César, cette mémoire historique a sûrement été entretenue par les celtes Arvernes, mais comme on le sait, César a éradiqué systématiquement les intellectuels gardiens de l'histoire locale, c'est à dire les druides. Donc si il y a eu des éruptions avant la période gallo-romaine, ces évènements ont été effacés en même temps que les prêtres celtes...

2 - après la conquête des gaules et jusqu'à la chute de l'empire romain, des textes ont pu être écrits au sujet d'éruptions, mais avec les invasions, nombreux textes ont été perdus (brûlés ou saccagés). Sans parler des textes d'avant Charlemagne systématiquement détruits, pour laisser Grégoire de Tours réécrire l'histoire des rois fainéants mérovingiens remplacés par les bons carolingiens. Il faut attendre le développement du clergé chrétien pour avoir de nouveau un suivi dans les archives ecclésiastiques.

3 - enfin, même au moyen âge, une éruption volcanique se déroulant au Pariou ou aux Puys jumeaux, n'a pu avoir qu'un impact très local et loin des centre de civilisation de l'époque, il n'y a pas forcément de traces écrites, peut être simplement quelques allusions qu'il faut bien chercher et qui ne constituent pas de preuves formelles. Il faut bien se souvenir que la France d'aujourd'hui n'existait pas, et que le pays était une mosaïque de petits États relativement indépendants, même si ils étaient inféodés aux rois qui se disputaient ces terres. Pas sûr que les petits seigneurs locaux aient bien eu le souci de préserver l'histoire de leur domaine, surtout si les évènements si situaient sur des no-mans-lands.

Donc le seul moyen de déterminer si des éruptions récentes se sont produites, c'est de réaliser une analyse géologique des dépôts de cendre, chose qui n'a pas été faite de façon systématique.

Les géologues aujourd'hui n'ont pas envie de perdre leur temps ni de se faire moquer en menant des recherches qu'on croit vaines, et les étudiants de l'Université de Clermont-Ferrand ont d'autres chats à fouetter, notamment se faire une place parmi des chercheurs déjà convaincus (le gros mal de la recherche française qui fonctionne par parrainage est de bloquer les nouvelles idées où celles qui remettent en question de faux acquis)

Certains s'y sont essayés et des analyses partielles (partiales ?) font apparaître une activité il y a 8000 ans (la Vache et Lassolas), et peut être une activité vers l'an 1000.

Propagande à l'écriture

Comme toutes les archives écrites par les dominants au pouvoir (ou qui ont survécu aux autodafés des dominants ultérieurs), des précautions doivent être prises pour ne pas mal les interpréter, et retirer la composante propagande politique inhérente à chaque archive...

Comme le montre la bande dessinée "Tintin en Afrique", les petits congolais apprenaient dans les livres d'histoire "nos ancêtres les gaulois avaient les cheveux blonds". Si on retrouve un tel livre au Congo dans 10 000 ans, les historiens seraient bien en peine d'expliquer ces croyances d'hommes caucasiens avec l'ADN de type Afrique noire des populations locales.

Dans les livres d'histoires actuels (2020), on apprend que la France faisait parti des pays de l'axe (alliés avec les nazis) et que seuls quelques terroristes, des peureux qui se sont cachés à Londres, n'étaient pas d'accord avec Pétain. En complète opposition avec les livres d'histoires de 1960, ou au contraire la France était le principal opposant de l'Allemagne nazie grâce aux courageux résistants stratégiquement réfugiés en Angleterre, et oeuvrant activement depuis l'étranger, avec quelques collabos minoritaires. Bien entendu, entre 2 propagandes, il faut prendre la voie du du milieu.

Vu avec recul, c'est pas faux, mais c'est pour montrer que l'histoire à toujours été politisée.

Quand vous regardez des tablettes sumériennes, c'est le même principe. Selon l'époque, les dieux sumériens sont soit bons, soit méchants. En réalité, ces tablettes sumériennes sont de la propagande d'époque, le BFM Tv d'il y a 6 000 ans. Si on peut s'appuyer à peu près sur les faits, ne regardez pas les explications sur les buts de ces événements. Ce n'est pas par bonté d'âme, ou parce qu'il aimait sa création, que Enki à créé Adam, mais pour avoir des esclaves pour le servir (comme on le voit en permanence dans les actes qui suivent, ou dans sa colère quand les esclaves n'obéissent pas à ses ordres).

Les légendes, étant généralement écrite ou autorisées par les illuminati (serviteurs de ces dieux colériques), elles sont généralement de la propagande pour ces dieux (comme les travaux de Sitchin).

Des histoires codées

Souvent, les histoires ont une double lecture, ou des chiffres sont rajoutés pour être décryptés selon des clés. Tout ça parce que les dominants ne voulaient pas que le premier venu puisse tomber sur des informations compromettantes, tout en laissant la connaissance aux seuls initiés. Je ne m'amuserai pas à m'appuyer sur ce genre de textes hautement cryptés.

Propagande à la lecture

Il y a propagande (mauvaise foi) à l'écriture des archives, mais aussi par ceux qui les décryptent (que cette mauvaise foi soit consciente ou inconsciente).

L'historien ne retient des légendes (orales ou écrites) que ce qui l'arrange. Si ça contredit ses croyances, l'historien parle alors de mythes, allégories, légendes ou contes.

Corruptions occidentale

Les légendes ayant été souvent corrompues lors du contact avec les européens (soit censurées, soit réécrites par les prêtres, soit volontairement mal traduites), les shamans ayant été massacrés, on retrouve souvent plusieurs versions. Je prends la version qui fait consensus parmi les chercheurs, et si le consensus n'existe pas, l'hypothèse à la chaîne de probabilité la plus forte.

Il faut aussi savoir reconnaître le courant, depuis la renaissance, à retravailler les histoires antiques ou du moyen-age, dans le sens du culte aux ogres. Ainsi, le Merlin bipolaire du moyen-âge, uniquement centré sur son intérêt personnel, devient un vieux sage ténébreux plus sympa et montrant plus d'abnégation de prime abord.

L'orientation politique de chaque traducteur devrait être connue,

Exemple de l'Égyptologie

Manéthon (p. 304) présente l'histoire de l'Égypte de manière vraie. Les historiens actuels s'appuient sur ses dires pour définir la chronologie officielle de l'Égypte (cette chronologie correspond aux données archéologiques).

Par contre, fait étrange, quand ça ne rentre pas dans leur cadre de pensée, alors les égyptologues considèrent d'un coup que Manéthon fabule...

Quand Manéthon parle des premiers rois qui vivent plus de 100 ans, les historiens disent que c'est inventé, ou que les manières de compter n'étaient pas les mêmes... Alors que la logique impliquerait de là aussi prendre Manéthon comme vrai, surtout que des dieux physiques vivant plusieurs millénaires, c'est loin d'être la seule preuve sur le sujet. Pourquoi des gens rigoureux, qui construisent des bâtiments qu'on ne sait pas refaire, dont la civilisation franchi les millénaires sans encombres, se tromperaient sur des choses aussi simples que compter des années ?

La mauvaise foi du 19e siècle

Placez ensuite cela dans le contexte du 19e siècle lors de la naissance de l'archéologie moderne, où l'anticléricalisme était le moteur du progrès scientifique, et vous avez un rationalisme aveugle qui ne pouvait admettre que les anciens textes pouvaient être autre chose que des inventions/mythes sans fondement réel. C'est l'époque de la séparation de l'Église et de l'État, du rationalisme effréné ou les religions et mythes ne sont considérés que comme des superstitions, et où les squelettes des géants trouvés sous les tertres américains disparaissaient dans les caves du Smithsonian Institute...

Erreur des historiens

Les erreurs des historiens ne sont pas toutes faites de mauvaise foi consciente :

Cloisonnement

Les historiens occidentaux ont une vision fermée des choses, parce que leur discipline est compartimentée, régionalisée, limitée à un peuple précis, et très influencée par la culture greco-romaine dès ses débuts.

Comme partout, il faut des experts polyvalents et multi-domaines capables de faire les liens entre les différentes cultures, discutant avec les historiens experts que dans un domaine, pour leur faire profiter des découvertes dans les spécialités voisines.

Les croyances des historiens

Quand on ne comprend des mots trouvés dans les textes anciens, on va chercher à remplacer par l'objet que l'on connaît le plus.

Par exemple, quand on voit dans les légendes qu'une planète rouge est arrivée près de la Terre, on en déduit que les anciens ont confondus avec Vénus ou Mars (alors qu'ils décrivent bien ces planètes par ailleurs). Les traducteurs semblent incapables de se dire que ces peuples, qu'ils considèrent comme primitifs et inférieurs, en savent plus qu'eux... Mais il s'agit souvent de mauvaise foi, les missionnaires qui partaient en éclaireurs connaissaient très bien Nibiru, et savaient qu'il ne fallait pas le divulguer.

Symboles célestes

Isis

Cet article internet [symb] reprend tous nos symboles humains, comme l'aigle impérial sumérien qui se rencontre en Égypte antique, à Rome, chez Napoléon, les Nazis ou les USA d'aujourd'hui... On y apprend comment le symbole du dollar est la superposition des lettre du mot ISIS, comment la croix catholique peut être repliée en cube saturnien, encore appelé Kabbalah ou KABAA of ALLAH (l'idole païenne principale autour de l'actuelle Kaaba étant "Ka'Baal", avant que Mohamed ne la détruise et que ses successeurs ne la rétablissent), ce qui explique les consoles de jeux "Sega Saturn" ou "Nintendo Game Cube" (tous 2 de couleur noire), Abraham associé à Saturne en ayant construit la Kaaba, etc.

Orion

La ceinture d'Orion (au dessus de Sirius) a une place privilégiée dans toutes les civilisations antiques (voir les alignements de pyramides sur tous les continents qui reprennent les 3 étoiles de la ceinture). C'est étrangement la partie du ciel où un astre proche a été repéré par la NASA en 1983.

Dieu ou planète ?

Certains codages se faisaient naturellement lors de l'écriture du texte, par exemple avec la tradition d'associer un dieu physique à une planète. Ce qui peut provoquer des lectures bizarres quand on ne connaît pas le contexte.

C'est le contexte qui fait foi.

Par exemple, quand Mars n'est pas représenté localement, c'est que le dieu correspondant n'a pas encore d'influence sur la région. Velikovsky en déduit faussement que cette planète n'existait pas encore.

Quand Mars étend ses bras sur tout l'horizon, de l'Est à l'Ouest, avec une chevelure rouge flamboyante qui masque les étoiles, il s'agit alors d'un phénomène céleste à l'échelle de Nibiru, pas du dieu physique barbu de "seulement" 3 m de haut.

D'ailleurs, il ne s'agit pas de la petite planète Mars (qui ne couvre pas tout le ciel, mais n'est qu'un petit point brillant perdu au milieu de milliards d'autres), mais de Nibiru, ou plutôt de sa queue cométaire qui emplit le ciel apparent. Si on reprends les textes d'origine, on se rend compte que l'anthropologue a considéré que cette planète rouge (inconnue de l'anthropologue) était Mars (la seule qu'il connaissait). Cet anthropologue a faussement déduit que le peuple avait 2 noms pour désigner la même planète.

Enfin, petit piège, lors de son passage, Nibiru est accompagnée de nombreux éclairs anormaux, longs et puissants. Et les faux dieux, avec leur Ankh/foudre qui lance des lasers, sont aussi considérés comme lançant des éclairs de leurs mains ! Il faut bien regarder les descriptions supplémentaires qui accompagnent le texte, et qui donnent le contexte pour comprendre de quoi on parle.

Dragon céleste ou disque ailé

Les mythologies asiatiques faisant état d'un Dragon rouge céleste responsable de grands malheurs pour les hommes.

Chez les sumériens, Nibiru est un disque chevauché par un ogre avec deux ailes (manière de dire que Nibiru est la planète des ogres). Chez les égyptiens, un disque rouge avec des ailes de vautour, ou un disque avec des cornes au-dessus de la tête d'Isis. C'est aussi l'étoile cornue Zu-Shifa des musulmans. Chez les chrétiens, elle est décrite comme un dragon (ailé).

Chez les mayas ou les aztèques, Quetzalcoatl repart dans la légende sur le "monde noir et rouge", pas sur Vénus. Le "paradis" de Tlaloc est un monde aussi rouge et noir. Vénus n'a jamais été décrite comme un monde rouge et noir, ou encore comme étant cornue ou ailée. Les anciens connaissaient Vénus et n'en faisait pas de cas. Par contre voir un disque rouge avec deux ailes dans le ciel, suivi de super-cataclysmes, de méga-tsunamis et de l'anéantissement de leur civilisation, on comprend alors mieux pourquoi cette image de disque rouge ailé a marqué les esprits et les traditions !

L'absence de vulgarisation

Le cloisonnement passe par des termes techniques inutilement compliqué, pour que les extérieurs n'arrivent pas à détecter à quel point les pseudos-experts sont en réalité à la ramasse.

C'est typique des spécialisations, dès que ces experts sont mis en danger dans leur raisonnement (ce qui arrive assez vite pour celui qui ne se laisse pas déboussoler par l'avalanche de mots compliqués, et qui demande de parler en français, et pas en latin comme le notaire du film "les 3 frère"), ils essaient de noyer le poisson avec des termes professionnels, et jamais en essayant de faire des analogies que tout le monde pourrait comprendre.

Ils vont aussi vous faire tout un cours Wikipédia sur des détails ou des outils qu'ils utilisent, sans parler réellement du sujet, espérant vous en mettre plein la vue. Comme si il fallait être un pro de la physique quantique et de l'espace-temps relativiste d'Einstein pour comprendre une datation carbone 14. Cet étalage de science inutile est juste là pour en imposer au profane, lui paraître tout puissant et inaccessible.

Méthode très connue de légitimation. La personne mise en défaut se met à faire des listes (qui soit-dit en passant, prendraient plusieurs mois à un pro pour être épluchées). C'est de l'élitisme, à la limite du conformisme de groupe.

Mensonges NASA

Survol

La NASA appartient aux ultra-riches. Elle a toujours couvert le secret sur les OVNI et les ET (par exemple, les coupures des webcams de l'ISS chaque fois qu'une lumière anormale passe devant), la présence de planètes anormales ou de ruines extra-terrestres sur la Lune, mais depuis 1983, son principal travail consiste à couvrir tout ce qui concerne Nibiru. C'est pourquoi vous avez l'agence de l'espace qui s'occupe de mesurer la température du fond des océans (et qui trouvent des résultats aberrants, en complet décalage avec les températures de surface) ou qui se fait pincer en train de manipuler les données de ses capteurs CO annonçant un séisme en Californie).

Pourquoi mentir ?

Pour expliquer brièvement ce qu'en explique Harmo (infos Top Secret donc non déclassifiées encore à l'heure où j'écris ces lignes), la NASA est tenue par le secret-défense suite à diverses décisions, notamment un classement de Nibiru dans le plus haut degré de secret par le Président Reagan peu après la découverte de Nibiru diffusée dans les médias en 1983. Depuis lors, la NASA étant sous la tutelle de l'US Army, Nibiru devint, comme avec la présence ET, aussi soumise au secret-défense. Nibiru et les ET font partie des choses qui sont soumises au débunking systématique. On sait aujourd'hui que la NASA a un service spécialisé de retouche photo, qu'elle a probablement fait refaire en studios des scènes des périples lunaires des missions Apollo, qu'elle utilise un filtre qui enlève les couleurs bleues et vertes de toutes les images et vidéos martiennes, qu'elle connaît l'existence de Nibiru depuis 1983 et celle d'Hécate depuis les années 90, etc.

Le problème c'est que tous ces mensonges sont un danger permanent pour l'agence et ses directeurs. Si on détricote une maille de leur filet, tout l'ensemble de la censure tombe. Quelle serait alors la réaction du public américain, très à cheval sur la dépense des millions versés par le contribuable fédéral, millions utilisé pour leur cacher des vérités essentielles ?! La réponse est simple, c'est limogeage généralisé voire fermeture de la NASA, purement et simplement, sous la pression du public. D'autant que la colère peut vite se transformer en violence, nombre d'Américains étant armés.

Les conférences NASA révolutionnaires bidons

Il y a toujours une conférence mystérieuse de la NASA juste au moment où l'annonce de Nibiru pointe le bout de son nez (à chaque fois qu'Obama devait prendre la parole dans un événement international). On avait déjà eu le cas en février 2014, conférence de la NASA qui avait fait monter le suspens pour finir dans un flop resplendissant (travaux invalidés par la suite sur les ondes gravitationnelles). Ou encore la présence d'eau sur Mars, alors que c'était connu depuis 2009, etc.

En fait, chaque fois que Obama à fait une tentative pour dévoiler l'existence de Nibiru, la NASA a programmé une conférence de portée mondiale juste derrière, pour démentir ou minimiser la portée de l'annonce de Nibiru éventuelle d'Obama.

Refus systématique de reconnaître Nibiru

Voyez par exemple cette vidéo de 2011 de David Morrison, un grand ponte scientifique de la NASA, qui affirme doctement, et sans sourciller, que la planète 9 (Nibiru) ne peut exister, qu'on l'aurait déjà découverte. A regarder aujourd'hui que la planète 9 est reconnue par la NASA (après des années de chipotages, d'acceptation puis de retour en arrière), même si ils n'ont pas encore voulu dire où elle se trouve (ils le savent bien, parce qu'ils demandent aux astronomes de chercher dans une zone bien précise, cette zone étant à l'opposé de la vraie position de Nibiru).

2009 - Météorites placées en secret-défense

En 2009 [Nas2], le nombre de météorites tombant sur Terre est doublé par rapport à l'année d'avant. L'armée USA, propriétaire de la NASA, place alors sa flotte de satellites infrarouges dédiées à la recherche d'objets entrants sous secret-défense [Nas1]. Par d'autres réseaux citoyens mis en place en 2006, nous savons que par rapport à 2008, le nombre de météorites en 2016 est 20 fois supérieur... (250 objets entrants en 2008, presque 5 500 en 2016). Pourquoi cacher ces données cruciales indiquant que nous allons être balayés par un nuage de météores destructeurs ?

Ne pas dire c'est mentir…

2015 - Maquillage des capteurs CO de San Andreas (p. 155)

Les capteurs CO montrant que les dégagements augmentaient, et donc que les risques de séismes sur San Andreas devenaient plus forts, ont été trafiqués à la baisse par la NASA. Heureusement, une équipe de journaliste a prouvé les malversations, ayant pu sauver les premières versions émises par le centre, avant leur censure !

2015 - Mensonge sur le réchauffement du fond des océans (p. 155)

Avant 2005, la température du fond des océans augmentait plus vite que la température de la Terre, prouvant que le réchauffement venait du noyau terrestre, pas du CO2. Embêtant pour le GIEC, la NASA a censuré par la suite les prélèvements de température, avant de publier en 2015 des valeurs fausses. Là encore, les scientifiques, les ont mis devant leurs mensonges, les valeurs publiées ne pouvant s'ajuster aux valeurs mesurées par tous en surface.

2018 - Les satellites NASA détruits qui émettent encore (p. 156)

Début 2018 le satellite ZUMA est soit-disant perdu dès son lancement. Puis sous les preuves que c'est faux, la NASA se cache derrière le secret-défense.

Au même moment, un radioamateur découvre qu'un satellite NASA officiellement détruit en 2005 émet toujours... Sans parler de Stéréo B, un satellite pointé droit sur Nibiru et déclaré perdu, dont la NASA refuse de donner les images au public malgré son signal toujours capté.

Service de retouche d'image (p. 156)

La NASA a été attrapé à de nombreuses reprises à trafiquer les images. L'existence de ce service non officiel, dédié à l'occultation d'OVNI et autres bizarreries cachées au public, a été révélée par plusieurs lanceur d'alertes et chercheurs de vérité.

Censures Lune (p. 157)

Pourquoi les images de la Lune, plus proche, étaient toujours en noir et blanc basse résolution alors que celles de Mars étaient en couleur haute-résolution ? Pourquoi la NASA avaient perdu autant de zones de la Lune, comme si une agence aussi bordélique pouvait réussir à aller sur la Lune ? Pourquoi autant d'incohérences sur les images de l'alunissage de 1969 ? Pourquoi la NASA trafique les enregistrements audio quand les chercheurs y décèlent des incohérences ?

Censures Mars (p. 158)

Depuis la découverte des calottes glaciaires de Mars (1666!) le système ne cesse de cacher l'existence de la vie sur notre planète proche. Toujours dans le but de faire croire que le dieu physique fit l'homme à son image, et que l'Univers tourne autour de notre petite planète…

Le but est de cacher la vie actuelle sur Mars (souris, faucons, microbes), et surtout QUI a emmené ces souris terrestres sur Mars…

Les images ont d'abord été coupées, ou pas divulguées au public. Depuis la mise en place du service de retouche d'images, la NASA est moins avare de ses divulgations d'images « conformes » au public. Sauf qu'il y a régulièrement des loupés, détectés par une armée de citoyens américains prenant à coeur l'intérêt commun. On a vu des souris, des faucons, des morceaux de bois, l'apparition d'un nid de souris, sans parler de l'évitement soigneux des pyramides martiennes, à côté du fameux visage de Mars qui n'est qu'un leurre de la désinformation.

Censures des satellites STEREO (p. 159)

Les satellites STEREO A et B sont 2 satellites d'observation du Soleil, placés sur l'orbite terrestre, à 120° l'un de l'autre les 2 et la Terre (histoire de prendre le Soleil sous toutes les coutures).

Ces images montrent plein d'incohérences (des OVNIS gros comme 100 fois la Terre qui sortent du Soleil, une explosion sortant de Vénus qui s'étend sur 100 millions de kilomètres jusqu'au Soleil, le nuage de

Nibiru visible toute une journée avant que les images soient censurées, etc.).

Et c'est bizarrement le satellite B, pointant sur Nibiru, dont le public n'a pas les images...

Bien sûr, ces anomalies ne sont pas expliquées…

Censures ISS (p. 160)

Les images de l'ISS (station spatiale internationale) sont trafiquées (tournent sur fond bleu), Nibiru a été prise par erreur à 2 reprises par les webcams de l'ISS (éteintes depuis), sans compter les OVNI qui apparaissent quelques secondes sur la seule webcam restante, qui est vite éteinte par la NASA, sous prétexte de panne électrique…

GALILEO - désintérêt pour Jupiter (p. 160)

La planète Jupiter est une anomalie : trop grosse pour le poids que lui donne notre modèle de gravitation. Alors qu'elle est proche de nous, peu de missions lui ont été dédiées, et les rares ont toutes subies un nombre incroyables de "malchances". Aurait-on peur de découvrir que notre modèle est faux ?

Inversion du champ magnétique solaire tous les 11 ans

En mai 2013, la NASA fait une conférence bidon où elle nous annonce que le champ magnétique du Soleil va s'inverser, que ça peut avoir de gros effets sur la Terre, et malgré des termes ronflants qui en jettent ("spirale de Parker", "nappe de courant héliosphérique", etc.) les scientifiques aux titres honorifiques tout aussi ronflants finissent par avouer qu'ils ne savent pas vraiment ce que ça pourrait générer sur la Terre... Ouais, sauf que selon la science (qui n'a découvert cette inversion que récemment), cette inversion se produit tous les 11 ans... Donc jusqu'à présent, sur Terre, on n'a jamais rien vu lié à cette inversion, pourquoi ça serait différent aujourd'hui ! Que nous cachez-nous !

Il est à noter que beaucoup de scientifiques pensent que cette inversion magnétique solaire n'existe pas.

Les objets transneptuniens

En 2005, on retire à Pluton sa classe de planète, et le même jour, on découvre plein de grosses planètes transneptuniennes aussi grosse que Pluton. Étrange qu'un objet comme Eris, un objet plus gros, plus brillant et plus près de nous que Pluton, soit découvert 70 ans après Pluton. Et qu'on n'arrive pas à déterminer son diamètre exact : les mesures varient selon le laboratoire, ce qui indique que l'un ment, ou qu'il y a eu mésentente dans la falsification des chiffres... A croire que tous ces objet sont récent (donc amené par Nibiru) et que les falsificateurs ne savent plus comment les mettre sous le tapis...

2015 - falsifications capteurs CO

La NASA prise en flagrant délit de truquage par les derniers journalistes que le système n'a pas encore éradiqué, en l'occurrence ceux du média new-yorkais « Superstation 95 »[Sup] : les dégagements de CO annonciateurs d'un gros cataclysme sur la faille de San Andreas, impactant la vie de millions de personnes, ont été falsifiés et la population trompée, cachant un séisme imminent.

On sait que certains tremblements de terre sont précédés par des émanations significatives de monoxyde de carbone.

Les journalistes sont d'abord alerté par une hausse des taux de CO mesurés par une université indépendante : Les scientifiques NASA débarquent, et le professeur Singh explique que l'USGS, qui a lui aussi des capteurs sur cette faille de San Andreas, n'a rien détecté. Le CO mesuré vient d'une fuite de méthane (pourtant colmatée depuis 1 semaine), c'est le méthane transformé en CO qui a été mesuré… Le professeur Singh se tait quand il s'agit d'expliquer pourquoi les satellites NASA mesurant le CO ne montraient rien les 4 mois avant que duraient la fuite, et pourquoi le CO soit-disant issu de la fuite de méthane apparaît 5 jours après colmatage de la fuite, au bon moment pour expliquer au public qu'il n'y a pas de dégagement de CO, donc pas de risque de séisme sur San Andreas… Contactant un autre expert NASA (Steven Paulson), ce dernier leur explique que les satellites n'ont pas détecté pas de CO, alors que le professeur Singh avait affirmé le contraire.

Partant de là, si ni l'USGS ni les satellites n'ont mesuré de CO, c'est peut-être les capteurs de l'Université qui déconnent, et le professeur Singh qui dit n'importe quoi ?

La chaîne de télé Fox de Los Angeles affecte un journaliste sur le coup. Mais contrairement à d'habitude, l'Institut de technologie de Californie refuse toute interview sur ce sujet. Idem chez l'USGS. Dans le même temps, les données du satellite GEOS-5, disponibles sur internet, étaient effacées puis modifiées par la NASA. Ce qui est risible, c'est que les nouveaux résultats publiés concernaient les jours à venir ! Tous les taux de CO mesurés étaient conformes à la normale, pour les jours à venir !!! A moins que la NASA aient engagé des voyants, ils avaient tout simplement antidatés les mesures en urgence et s'étaient plantés dans les dates !

Pourquoi c'est l'agence spatiale qui gère les capteurs pour détecter les séismes aux USA... Sûrement pour n'appliquer le secret-défense que sur un seul organisme d'État, pour mieux centraliser le mensonge sur Nibiru.

2015 - censure puis mensonge sur la température du fond des océans

Avant 2005, la mesure de la température du fond des océans montre que le fond se réchauffent plus vite que la surface… Le réchauffement se produit donc par le noyau terrestre, et non par l'atmosphère comme le voudrait la théorie du CO2 anthropique réchauffant la planète… Les mesures cessent en 2005...

Alors que le réchauffement climatique anthropique bat de l'aile, la NASA sort en 2013 une étude annonçant que la température des fonds marins a arrêté inexplicablement de monter... (oui, c'est encore l'agence spatiale qui gère l'étude du fond des océans, comme elle gère les capteurs de séismes... Rien que là il y a des incohérences !).

Quand on sait qu'ils truquent les capteurs de CO, on voit l'indice de confiance que l'on peut accorder à ce genre de résultats, qu'ils auraient bizarrement mis 8 ans à rendre public....

Les spécialistes sont aussi sceptiques sur les résultats de la NASA, car si c'était vrai ça voudrait dire qu'il y a une énorme incohérence entre les températures relevées au fond des mers et en surface, et une grande quantité de chaleur disparaît on ne sais où. Bref, ils ont truqués les données sans maîtriser le sujet (d'où l'intérêt de normalement laisser ce genre d'analyse à une agence de spécialistes du manteau terrestre ou des fonds marins, et non a une agence censée s'occuper de l'espace...).

Les experts NASA n'ont pas su expliquer le phénomène, et l'étude pour trouver d'où viennent les calories excédentaires continue...

Bien sûr, l'hypothèse de considérer que les données de températures en profondeur ont été bidouillées à la baisse par la NASA peut fort bien expliquer cette incohérence !

2018 - Satellites déclarés faussement détruits

Début 2018, le satellite ZUMA est soit-disant perdu dès son lancement. Cependant, les autorités restent ambiguës sur le sujet, car c'est un projet secret-défense, et elles ne sont donc pas obligée de donner des détails... D'après Nancy Lieder, ce satellite d'observation de Nibiru fonctionne parfaitement.

Au même moment où le sort réel de Zuma était caché au public, un radioamateur retrouve le signal du satellite IMAGE, satellite lui aussi soit-disant perdu par la NASA en 2005. En fait il émet toujours ! Et ce qu'il émet en crypté est toujours accessible à ceux qui ont les codes, comme la NASA. Ce satellite IMAGE était censé observer la "météo spatiale" autour de la Terre (terme assez flou, en en gros observer des "choses" entre le Soleil et la Terre...). Démasquée, la NASA a fait croire qu'il s'était relancé tout seul sans qu'elle ne s'en soit aperçue...

ZUMA c'est probablement le même principe : le satellite continue d'émettre, mais officiellement on ne capte plus rien. Ceux qui ont financé le programme, les contribuables américains (et toute la Terre qui doit donner sa valeur au dollar), n'auront pas les infos pour lesquelles ils ont payé, seule une minorité en profite.

C'est un peu comme Stéréo B, un satellite pointé droit sur Nibiru, qui est officiellement perdu, mais des fois la NASA arriverait « magiquement » à retrouver le signal. A noter que si le public a accès aux données de STEREO A (retouchées, voir plus bas), rarement la NASA retransmets au public les données de STEREO B (même quand ils sont censés avoir retrouvé le signal), et les quelques images sont trop floues pour montrer quoi que ce soit.

Service de retouche d'image

Pourquoi la NASA possède un service de retouche d'image ? Les images scientifiques n'ont pas à être bidouillées... La révélation au public de ce service de retouche s'est faite en 2 étapes.

Les témoins qui révèlent son existence

Dona Hare

Dona Hare est une dessinatrice industrielle chez Philco Ford aeropace, un des contractants de la NASA, de 1967 à 1981. Mais la plupart du temps elle travaillait dans le Bâtiment 8 du centre spatial Johnson. Elle avait une accréditation pour circuler dans les zones réservées, et il lui est arrivé de pénétrer dans un labo photo de la NASA, et de parler avec des techniciens.

Dona Hare témoigne dans le cadre du Disclosure Project (révélations diverses de la part de plus de 400 personnes ayant travaillées dans des postes hauts placés ou stratégiques, comme Edgar Mitchell, un astronaute ayant voyagé sur la Lune ou encore Mgr Corrado Balducci, théologien membre du Vatican et proche du Pape).

L'un des collègues de Dona avait pour rôle de les détruire ou d'effacer les vaisseaux OVNI observables, avant une présentation au grand public.

Dona révèle avoir été menacée ainsi que toutes les personnes ayant vu ces engins et pouvant compromettre le secret. Elle indique aussi la disparition définitive de l'une de ces personnes.

Karl Wolfe

Le sergent Karl Wolfe est un technicien envoyé en renfort technique à la NSA, mais sans habilitation secret-défense. Wolf raconte la boulette d'un technicien de la NSA, qui croyant que Wolf était un habilité secret-défense comme les autres, lui révèle que les sondes lunaires avaient pris en photo des bases ET. Le technicien avait visiblement besoin de parler de ça. Tout le monde avait peur d'apprendre ce genre de chose à cause des disparitions qui s'en suivaient. Wolf s'étonnait aussi de l'étrangeté d'avoir des images officielles basses résolution de Mars et la Lune alors que dès 1960 ils avaient les moyens techniques (et ils les utilisaient réellement) pour avoir des images haute résolution.

Gary McKinnon pirate le service

La véracité des témoignages ci-dessus pourrait être mise en doute, mais les révélations de Gary McKinnon ont fait l'objet d'une enquête judiciaire, et viennent confirmer les témoignages.

Gary McKinnon est un de ces enfants des étoiles qui fait avancer le monde (surprise ! Encore un asperger ! :)). Sans gros moyens, il a patiemment infiltré pendant 2 ans les serveurs de la NASA et de divers services USA, à la recherche d'infos sur les ET. Avec son petit modem 56 ko, il y a passé ses jours et ses nuits, travail ingrat et laborieux, seulement 1% de ses recherches lui donnant de vraies pistes pour avancer.

Il tombe sur le témoignage de Dona Hare, et donc des retouches faite par la NASA sur les images satellites pour les nettoyer des OVNI, avant leur distribution officielle.

Bénéficiant de beaucoup de chances, il finit par accéder a un ordinateur encore allumé et sans écran de veille avec mot de passe, ordinateur présent dans le service dévoilé par Dona Hare, le fameux Bâtiment 8 du Centre Spatial Johnson. Gary ouvre la première image du dossier "non retouché". L'image s'est affichée par saccades (très grosse image, très bas débit du modem) et montrait une vue au-dessus de l'hémisphère terrestre où se trouvait un grand objet en forme de cigare aux extrémités légèrement aplaties avec des dômes sphériques au-dessus, en dessous, sur les côtés et à ses extrémités : « Il n'y avait aucune soudure, aucun rivet, pas d'antennes télémétriques, rien du genre. Il est évident que ça ne ressemblait à aucun satellite que j'avais vus. Je suis accro à l'espace depuis l'âge de 14 ans donc j'en ai vu, des photos de satellites ».

Malheureusement, sur place, une personne reprend l'ordi et coupe la connexion. La police est rapidement remonté à Gary et l'a arrêté.

Gary a aussi découvert une liste intitulée « agents non-terrestres » (Non Terrestrial Officers), avec des noms, des grades, en tout une vingtaine de personnes nommées.

Une autre liste mentionnait des transferts de matériel de « vaisseau à vaisseau » ou de « flotte à flotte ».

Dans l'interview que Gary a donné après son procès, on comprend qu'il a trouvé bien plus, mais que sa liberté voir sa vie ont été échangé contre une divulgation tronquée.

Censures Lune

Images dégueulasses

Jusque dans les années 2000, la NASA mettait à disposition du public des images hautes résolutions en couleur de la planète Mars, mais n'avait que les images basses résolutions noir et blanc, datant des années 1960, de la surface de la Lune…

Images perdues

Autre incohérence, la première agence capable d'envoyer un homme sur la Lune est soit-disant tellement bordélique qu'elle avait « perdue » une grande partie de ces images de la surface lunaire.

Incohérences de l'alunissage Apollo en 1969

Pellicules disparues

La NASA est un organisme hyper structuré, qui ne plaisante pas avec l'ordre. Pourtant, ils ont essayé de nous faire croire que les pellicules originales, sur lesquelles étaient enregistrées en haute définition les images des caméras, auraient été perdues... Une partie auraient été vendues "accidentellement" (à un stagiaire, déjà à l'époque ils nous vendaient cette source de boulette...), et effacées pour être réutilisées (sauf 3, toujours en soit-disant renégociation de rachat en juillet 2019...). On est donc censé avoir perdu toutes les vidéos intéressantes en haute définition de la première marche humaine sur la Lune, et on n'a plus que les basses résolutions retravaillées par la suite... Pratique pour cacher des effets spéciaux pas totalement au point à l'époque, non ?

Images retravaillées ou refaites

Certaines images et vidéo des premiers hommes sur la Lune ont été recrées en studio, avec des points chauds (la zone éclairée où la puissance du projecteur arrive) et les parties lointaines plus sombres, là où le projecteur, aussi puissant soit-il, voit sa lumière se disperser et s'affaiblir. Le seul cas, avec les appareils photos utilisés pour l'expédition, où ça pouvait se produire, c'est quand on a le Soleil parfaitement dans le dos du photographe. Mais sur les images de la Lune avec point chaud, ce n'est pas le cas.

Des conversations instantanées falsifiées

Ou encore les conversations entre la Lune et la Terre où l'astronaute réponds avec 9 dixièmes de secondes de délai (Audio Track A15, l'enregistrement qui fait foi chez les chercheurs de vérité et chez les debunkers, on a la conversation suivante : « Rover, this is Houston » et 0,9 secondes après, la réponse « Go Ahead »). Suite à la parution du film « american Moon », la NASA a rechargé sur son site une nouvelle version les documents sur la Lune, trafiqués, puisque cette fois le délai de réponse est cette fois de 4 secondes, plus convainquant quand on sait la durée de transit du signal sur de si grandes distances... [lun1]

Les mouvements aberrants

Il y a aussi les mouvements aberrants des astronautes sur les vidéos (les vraies, achetées par Massimo Mazzucco à la NASA), qui a de nombreux moments semblent portés/traînés par des câbles pour simuler la pesanteur, les mouvements ne sont pas majestueux comme dans d'autres vidéos de ces mêmes astronautes. On voit d'ailleurs de temps à autre ces câbles émettre un flash de réverbération sur une frame de l'image, bien plus haut que si c'était l'antenne que portent dans leur dos les astronautes.

Le drapeau qui bouge quand on brasse du vent

Ou encore le fameux drapeau qui bouge. Certes, il peut bouger sous l'effet du vent solaire, puis la NASA s'est souvent contredite en avouant qu'il y avait une atmosphère (très légère) sur la Lune, après avoir soutenu le contraire. Mais là où c'est rigolo, c'est quand l'astronaute passe devant un drapeau immobile, sans le toucher, mais assez près pour que le déplacement d'air fasse bouger pendant quelques secondes après le passage le drapeau. Soit l'atmosphère de la Lune est la même que celle de la Terre, soit la vidéo a été tournée dans un studio sur Terre, soumis à l'atmosphère… Difficile pour la censure de penser à tous les détails… des dizaines de faussaires seulement, des millions de citoyens observateurs assidus qui décortiquent dans tous les sens ce qu'on leur montre !

Conclusion

L'homme est bien allé sur la Lune en 1969, mais il est vrai aussi que les humains n'avaient pas la technologie électronique pour le faire (qui les as aidé ?) et que certaines images ont été refaites sur Terre (que voyait-on sur les images d'origines qui ont nécessité d'être reprises ensuite ?).

Censures Mars

Calottes glaciaires et présence d'eau

Pour les calottes glaciaires de Mars, Wikipédia reste étonnamment vide, un indice de ce qui a le droit d'être dévoilé ou pas !

Elles ont été découvertes en 1666 par Cassini (notez la date !), même si l'histoire préfère retenir Huygens comme découvreur, 6 ans plus tard (toujours ce 6... ceux qui bidouillent en réécrivant l'histoire doivent bien s'amuser...). Si à l'époque les gens pensaient logiquement que c'était de l'eau gelée (donc vie sur Mars) la Science a vite étouffé cette piste en disant que c'était de la glace carbonique. Ce n'est qu'en 2009 que la NASA commencera à avouer qu'il y a peut-être de l'eau glacée sous les calottes de CO2, avant de reconnaître en 2011 que l'eau est présente partout sur la planète, ces annonces se faisant petit à petit chaque année, au rythme d'une limace lymphatique... Mauvaise foi quand tu nous tiens.

Ces calottes ont une double particularité qui fait que la NASA évite de parler d'elles. Depuis quelques années, elles fondent plus que d'habitude, obligeant la NASA a avouer que l'atmosphère martienne se réchauffe 4 fois plus vite que celle la Terre depuis 2004... et donc mettre à mal la fausse théorie du réchauffement terrestre à cause du CO2... 2e particularité, c'est qu'elles sont sûrement constituées entièrement d'eau, comme toutes les glaces dans le système solaire, donc contiennent de la vie, au moins là où elle fond en été…

Photos de nid de souris (Pinacle Island)

En janvier 2014, le rover martien prend une photo du sol, part explorer un coin, puis revient en arrière et reprend une photo du même endroit 12 jours après. Stupeur, une sorte de nid de souris en lichen se trouve maintenant sur le rocher ! L'info est reprise par les mass medias comme CNN.

En changeant la teinte de l'image, on voit bien que la couleur de l'objet n'est pas la même que celle des objets environnants. On dirait plus une sorte de nid en lichen… Elle n'a en tout cas pas la forme d'une roche martienne, les scientifique disent qu'elle n'a pas été soumise à l'atmosphère martienne.

Une fuite de la NASA, parce que s'ils peuvent analyser toutes les images et faire disparaître les trucs trop visibles, ils ont du mal à comparer tous les paysages traversés sur plusieurs jours d'intervalle.

Pas de trou d'où aurait été éjectée la pierre sous l'effet d'une roue du rover, pas de tempête intermédiaire ni d'impact d'astéroïde qui aurait projeté des débris. Dans ces cas-là, il vaut mieux faire le mort et laisser le public oublier. Et revenir un mois après en disant que c'est un caillou, parce qu'il y avait un truc similaire un peu plus loin... Pas de trou d'arrachement, mais vu qu'il y a d'autres nids de lichen , c'est forcément des pierres.... Après, c'est pareil, le rocher similaire (qui aurait éclaté sous les roues du rover) apparaît quand ça arrange la NASA pour donner une explication... Avec le service retouche graphique qu'ils ont, un jeu d'enfant pour eux…

Les faucons et souris

Nancy Lieder attribue le nid apparu en janvier 2014 ("Pinnacle Island", voir plus haut) a un nid de souris en lichen, lâché par un faucon pour tuer ses proies.

Un faucon ? Comme ceux pris en photo sur une des photos du Rover ? Une souris, comme celle aussi prise en photo et confondue avec un rocher ?

Quand on analyse l'image, on voit bien que la texture semble être du poil, les détail sont bien plus fins que les rochers d'à côté, donc toutes les chances que ce soit une vraie souris plutôt qu'une paréidolie contrairement à ce que disent les mass medias. Idem pour les faucons, même si évidemment on aurait aimé avoir de meilleures images, et un robot qui revient en arrière pour valider si c'est des rochers ou des animaux qui se sont envolés entre-temps… Mais la NASA ne nous fera pas ce réflexe de scientifique… Tout comme ils ont toujours refusé de resurvoler le visage martien, avant d'avoir leur service de retouche photo avec les nouveaux satellites.

Une marche arrière qui aurait coûtée moins cher que de lancer une nouvelle sonde depuis la Terre. En effet, en 2018, on nous dit que suite à la présence de méthane mesurée (possiblement issu de la vie sur Mars, que la sonde n'avait pas mesuré avant, ou du moins dont on avait oublié de nous parler...), la NASA va renvoyer des nouvelles sondes (des millions de dollars) pour mieux analyser l'origine de ce méthane martien.

Possibilité de la vie ?

On sait que des petits animaux ont pu survivre dans le vide de l'espace, scotché à l'ISS. Les conditions martiennes sont tout à fait aptes à accueillir une vie primitive.

On sait aussi que le lichen terrestre peut se développer dans les rudes conditions martiennes (telles qu'annoncées par la NASA).

Les souris c'est tellement tenace qu'on imagine sans mal que ça s'adapte partout ! Intéressons-nous donc aux faucons, un peu moins évident à comprendre comment ils peuvent vivre là-haut.

En 1985, le film Total Recall nous faisait croire qu'il n'y avait pas d'atmosphère sur Mars. En 2009, la NASA commençait seulement à reconnaître la présence d'eau sur Mars. Gageons qu'avec tous ces mensonges, que les données officielles sont encore loin d'êtres celles régnant réellement sur Mars…

Pour l'instant (début 2018), la NASA dit que l'oxygène dans l'atmosphère est sous forme de traces (0.13%). Mais il est probable que comme pour l'eau, la NASA remonte les taux, en prétextant un défaut de capteur (la NASA nous avoue que les caméras martiennes ayant été mal calibrées sur Terre, on n'est pas sûr d'avoir les bonnes couleurs… Que d'incompétences techniques pour cette agence !).

Pour l'oxygène, je préfère croire Nancy Lieder, qui annonçaient les petits marécages d'eau martiens dès 1995, 16 ans avant que la NASA ne les découvre à son tour...

Donc partons sur le postulat que l'oxygène est en même proportion par volume d'air que ce qu'on trouve dans une toundra boréale froide qui serait à 6 000 m d'altitude niveau oxygène, comme le dit Harmo. On voit bien des oies voler à 10 000 m d'altitude, et des vautours ont été vus à 11 300 m d'altitude par des pilotes d'avion, rien ne dit qu'ils ne puissent voler plus haut... Ce qui est important, c'est de retenir que ces oiseaux peuvent vivre et fournir un effort conséquent à -70°C avec une pression atmosphérique minime et un oxygène raréfié, bien pire apparemment que ce qu'il en est réellement sur Mars.

Mars ressemble à une vaste toundra terrestre désertique, froide et en altitude. L'oxygène y est plus rare, mais présent (là faut faire confiance à Nancy et Harmo). Les températures sont basses, mais de nombreux animaux sont capables de s'adapter à toutes ces conditions. C'est le cas des petits mammifères des hautes Andes par exemple. Quant aux faucons, les oiseaux ont l'avantage d'avoir non seulement le sang chaud, une bonne toison de plumes/duvet mais aussi un système d'approvisionnement en oxygène largement supérieur à ceux des mammifères. En plus de leurs poumons, leurs os creux sont capables de faire circuler l'air (comme nos sinus) et de capter l'oxygène. Alors même dans des conditions d'oxygène réduit, les oiseaux peuvent voler, surtout avec une pression atmosphérique et une gravité inférieure.

En effet, avec moins de pression atmosphérique, l'avancement dans l'air est facilité (moins de contre pression) donc vitesse supérieure (améliore la portance) même si malgré la gravité inférieure il leur faut sûrement une surface de plume un peu supérieure pour la portance.

Qu'est-ce qu'ils font là-haut ?

Ces animaux ont de toute évidence l'air d'êtres des animaux terriens. Il est quasiment impossibles que la vie se soit créée en même temps sur Mars et sur Terre, et que l'évolution dans des conditions différentes aient générées des espèces identiques à des espèces terrestres, surtout quand on n'en trouve que 2 (souris et faucon).

Comme ces 2 espèces sont similaires aux animaux qu'on rencontre de nos jours, c'est qu'il y a moins de 500 000 ans depuis leur exode sur Mars.

Reste la question : qui les a amené sur Mars ?

Photos de ruines ogres

Un site célèbre, photographié en 1976 (Figure 8), et jamais plus survolé par la NASA depuis (malgré les nombreuses demandes officielles). On vous montre généralement que le visage en haut à droite, oubliant de vous montrer les pyramides à gauche (comme à Gizeh, elles sont alignées sur la ceinture d'Orion).

Figure 8: Le visage et les pyramides de Mars (1976)

Ce visage a été re-photographié depuis la fin des années 1990 : il ne ressemble, sur ces nouvelles photos, plus à rien... au point que les scientifiques s'étonnent de cette étrange érosion très rapide... Encore une fois, la NASA se tire une balle dans le pied toute seule : comment une planète sans eau et sans atmosphère peut générer autant d'érosion !

Il s'agit là, bien évidemment, d'une des nombreuses retouche par la NASA. Et une manière d'occulter, en ne parlant que du visage, les pyramides et le cercle parfait (au milieu de la photo)...

Si ce site ressemble à ceux de la Terre, c'est que les bâtisseurs de ce site martien, originaires de la Terre, ont peut-être emmené sans le vouloir des souris de la Terre dans leurs cales, et ont amené ensuite des faucons pour juguler la population envahissante de rongeurs se gavant du lichen martien, sans prédateurs…

Comme indices des bâtisseurs, on retrouve aussi cet étrange poutre de bois fossilisée (Figure 9), bien rectiligne.

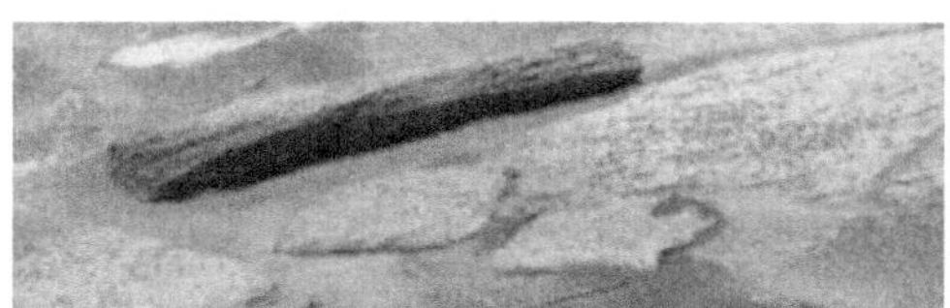

Figure 9: Un bois fossilisé (rover martien)

Sachant que la NASA s'est sûrement arrangée pour atterrir là où il n'y avait pas de ruines, dupliquant le programme de rover là où c'est intéressant, mais un projet couvert par le secret-défense…

Censure des satellites STEREO

Visibilité de Nibiru

Nous verrons dans le chapitre sur la visibilité de Nibiru (p. 346), tous les loupés que ces satellites ont laissé paraître de Nibiru, à chaque fois qu'un nouveau phénomène provoqué par le Soleil, prenait de cours la censure NASA. Ou encore, le nuage de Nibiru Ionisé, difficile à retirer de manière informatique, et par conséquent toujours visible le temps de l'éruption solaire qui provoque l'ionisation, jusqu'à devoir couper les images si le traitement de retouche n'arrive plus à suivre.

Un déploiement louche

Officiellement, STEREO B n'a pas arrêté d'être en panne, même si de temps en temps on nous disait que la NASA reprenait le contact « magiquement ». Pour les dernières tribulations en date, signal perdu le 1er octobre 2014, puis récupéré le 21 août 2016 (mais le satellite s'étant mis sans raison en rotation sur lui-même, les images sont soit-disant inexploitables...).

Les images intéressantes des caméras HI ou COR, montrant le nuage de Nibiru

Il nous reste les images de STEREO A, qui peut lui aussi avoir Nibiru en visu (bien que le point lumineux correspondant (face éclairée de Nibiru) soit effacé).

La planète Nibiru et son nuage intérieur sont évidemment retiré des images, mais lors des éruptions solaires, tout le nuage extérieur de Nibiru s'illumine… et ça, ce n'est pas facile à retirer informatiquement (il reste toutes les étoiles derrière en transparence, ainsi que les astéroïdes temporaires, la position de tout le monde avec un satellite en mouvement constant est difficile à calculer dans un délai suffisant avec les 10 minutes de décalage par rapport au direct théorique). Dans ces cas-là, les retouches graphiques automatiques font au mieux, et si le nuage devient trop visible, on voit l'image NASA se dégrader fortement, avant de ne plus être publié, plusieurs heures s'il le faut.

Les images en question sont celles des imageurs héliosphériques HI1. Les autres caméras sont en lumière blanche et en Ultra-violet, qui ne risquent pas de détecter les infra-rouges émis par la planète/mini naine brune Nibiru !

Ces images étant archivées, il est possible à tout un chacun de se rendre compte de cette grosse boule transparente, de plusieurs dizaines de millions de kilomètres, qui apparaît régulièrement entre la Terre et le Soleil (Figure 39 p. 347).

Ce ne sont pas ces images qui sont des mensonges (bien que Nibiru et ses lunes soient effacées des images, comme quand on voit ce nuage rond dont le centre est forcément un amas plus solide...). C'est le fait que la NASA refuse systématiquement de commenter ou de chercher une explication à ces aberrations. L'info existe en brut, mais ni relayée par les médias, ni expliquée, c'est comme si elle était censurée, ces faits n'existant officiellement pas...

Censures ISS

Nibiru visible depuis 2015 des webcams de l'ISS (p. 345)

Ce n'est pas vraiment un mensonge, c'est pourquoi j'en parle dans les faits inexpliqués. Par 2 fois, une vidéo issue des webcams de l'ISS, et qui montrait Nibiru, a été reprise dans les mass media. La NASA refuse là aussi de commenter, ne fournissant que l'info brute de fonderie.

Coupures des Webcam de l'ISS en présence d'OVNI

Chaque fois qu'un OVNI passe devant les caméras, au bout de quelques secondes la NASA coupe l'image, et explique ensuite dans un communiqué officiel que la caméra est tombé en panne. Jamais d'explication sur l'OVNI observé, ni sur le fait que ces pannes ne se produisent qu'après l'apparition d'un OVNI...

Depuis 2014 ça n'arrête pas (les pannes électriques ou informatique au moment où un truc bizarre s'amuse avec la station spatiale). Encore des images données par la NASA, et qu'elle se refuse à expliquer.

Comme le 06/10/2016, ou le 19/02/2017 (sur la vidéo, on peut apercevoir 6 objets non identifiés se déplacer de droite à gauche de l'écran. Mais, ce qui est encore plus mystérieux, c'est que la retransmission en direct a été brusquement interrompue par la NASA, et a été remplacée par une autre diffusion vidéo montrant une salle de contrôle).

GALILEO - Désintérêt pour Jupiter

Jupiter est notre voisine, mais sa taille par rapport à sa masse trouvée par le calcul est incohérente... On la dit alors gazeuse, sans avoir la curiosité de lancer une sonde voir ce qu'il en est réellement sous son atmosphère opaque.

La sonde GALILEO a été lancée dans cette optique en 1995, mais son programme est truffée des "problèmes techniques" classiques, qui ne devraient pas avoir lieu a un tel niveau de professionnalisme.

Ça commence par l'antenne grand gain qui ne marche pas, la sonde ne peut pas envoyer toutes les données quelle est prévue pour : voir les images de la Lune étonnamment de basse résolution par rapport à Mars, ou les satellites censés être en panne, qui émettent quand même (p. 156), ou encore STEREO B, celui en face de Nibiru, qui émet un signal mais soit-disant inexploitable (p. 160). La NASA nous a déjà fait le coup de censurer une grosse partie des données scientifiques récoltées, pour que seul un petit staff de scientifiques, avec accord de non divulgation et étroitement surveillés par la CIA, puissent analyser les vraies données...

La mission GALILEO, dès qu'il s'agit d'analyser Jupiter, fait preuve d'une "malchance" inouïe ! Elle traverse un nuage de poussière le plus intense jamais vécu pile au moment de larguer la sonde vers le sol de Jupiter, puis c'est le lecteur de cassette qui s'enraye quelques jours après (ce type de lecteur n'avait jamais souffert de problème les précédentes missions spatiales...), empêchant d'envoyer les images de près de Jupiter. Du coup, on retire 20% des données collectées lorsque la sonde est derrière Jupiter, et ne peut transmettre les données à la Terre. Une forme de censure...

Vous vous doutez bien que tout ne s'est pas bien passé pour la sonde rentrant dans l'atmosphère de Jupiter... Après une "erreur de câblage en production" (sic !) tout s'est mal passé pour son entrée dans l'atmosphère, déployant son parachute trop tard (ou plutôt l'atmosphère ne s'est pas comportée comme l'homme l'avait imaginé via ses calculs).

Ensuite, l'un des capteurs de la sonde se tait, et l'autre envoie des données dites "aberrantes".

La sonde disparaît des radars à seulement 150 km sous la surface extérieure de l'atmosphère (celle qu'on voit dans les télescopes, sans pouvoir deviner ce qu'il y a en dessous), soit 0,22% du rayon de Jupiter. La pression était officiellement de 23 bars, température de 150°C.

Bien sûr, les faibles données transmises par l'antenne bas débit étaient bien plus nombreuses sur l'antenne haut débit, d'autres ont bénéficié d'une moisson de donnée bien plus intéressante...

Officiellement, les nombreux déboires rencontrés ont justifié par la suite que plus aucune mission sur Jupiter ne soit lancée... Heureusement que pour Mars, ils ne se sont pas arrêtés aux centaines de crashs de missions qui ont eu lieu...

Le GIEC (réchauffement climatique humain)

Survol

Fana des revues scientifiques, depuis 1989 je cherche à émettre moins de CO2, étant déjà convaincu à l'époque par le réchauffement climatique, un réchauffement qu'en bon mouton, j'attribuais au CO2 comme le disais le GIEC (et les revues scientifiques).

Avec aujourd'hui 30 ans de recul sur le sujet, je peux affirmer que le réchauffement existe bien en effet, mais que le CO2 n'en est pas responsable...

Mensonges sur le pétrole (p. 162)

Dès que Rockefeller a commencé à extraire du pétrole du sol, il s'est vite aperçu qu'il serait difficile de vendre cher ce liquide, si abondant sur Terre que les scientifiques estiment que c'est le 2e liquide le plus présent après l'eau. Il a fallu donc inventer la notion de rareté et de pénurie prochaine...

Organisme malhonnête (p. 162)

L'image du GIEC qu'en a le public est une imposture. Créé dans les années 1980 par les pires dirigeants (Margaret Tatcher et Donald Reagan), dans le but de justifier la construction de centrales nucléaires, le GIEC n'est pas constitué de scientifiques mais de membres nommés par des politiques, en lien étroits avec les revues scientifiques appartenant à cette minorité ultra-riche qui fait élire les politiques.

Depuis sa création, les chercheurs ne sont financés que si la conclusion des études montre que c'est le CO2 le responsable... Les chercheurs sont donc incités à falsifier leurs données depuis toujours, comme la montrer le ClimateGate de 2009dont il ressort que le GIEC n'est pas honnête, et que son but est de cacher l'origine réelle du réchauffement climatique.

Enfin, en aucun cas les 189 membres non scientifiques du GIEC ne font le poids face aux 31 000 signataires scientifiques de "l'Oregon petition". Le consensus scientifique, si cher aux médias, affirme le contraire des conclusions de la mafia GIEC...

La Terre se réchauffe (p. 163)

Certains croient encore que la Terre se refroidit, il est bon de regarder que sur ce point, le GIEC a raison, même s'il minimise les faits...

Minimisation du réchauffement (p. 163)

Là où on pourrait s'attendre à ce que le GIEC en rajoute sur le réchauffement, au contraire, il minimise les chiffres, le CO2 ne pouvant expliquer un réchauffement si rapide...

Les données fausses du GIEC (p. 163)

Le GIEC s'appuie depuis le début sur des données qu'il sait pertinemment fausses, et n'a jamais rien fait pour les actualiser malgré les nombreuses demandes des scientifiques tête de pont dans leur domaine.

Rejet des facteurs naturels (p. 165)

Le GIEC ne prend en compte que le rejets de gaz à effet de serre d'origine humaine, rejetant, ou minimisant, tous les rejets d'origine naturelle.

Les échecs cuisants de prédiction (p. 166)

Si le réchauffement venait bien de l'atmosphère, de nombreux phénomènes, comme les ouragans, n'existeraient plus. Or, les observations prouvent le contraire, et invalident totalement l'idée d'un réchauffement de l'atmosphère, et confirment au contraire que le réchauffement vient bien du noyau terrestre.

Trump et Poutine révèle que l'homme n'est pas responsable du réchauffement

Le 30/03/2017, lors d'un Forum sur l'Arctique à Arkhangelsk (Grand nord russe), Poutine déclare à la télévision publique que le réchauffement mondial n'était pas provoqué par les émissions de gaz à effet de serre, puis révèle que le réchauffement a commencé dans les années 1930.

Poutine a jugé "impossible" d'empêcher le réchauffement climatique, lié selon lui "à des cycles globaux sur Terre".

"La question est de s'y adapter" a estimé Poutine.

Poutine ne peut être accusé d'être pro-pétrole, puisque en plus de sa déclaration, il précise en suivant qu'il respectera les accords signés lors de la COP 21 à Paris.

Poutine confirme ainsi Trump, qui se retire de l'accord de Paris en se basant sur 19 études dont le contenu n'a jamais été remis en doute, et montrant que le CO2 n'est pas responsable du réchauffement climatique observé. Contrairement à ce que répète en boucle Greta Thunberg, Trump s'est bien appuyé sur la science.

Les 2 hommes les mieux informés de la planète qui disent que l'homme n'est pas responsable du réchauffement, contre en face une minorité de scientifiques attaqués de toute part par leurs pairs, où est le fameux consensus ? Seuls des gens qui possèdent tous les médias peuvent se permettre de mentir avec un tel aplomb, sachant que personne ne pourra les contredire dans leurs propres médias...

Le pétrole n'est pas fossile

On nous explique que le pétrole ou le charbon, sont des matières organiques vivantes qui ont été enterrées brutalement sous la vase et ont fermenté en milieu anaérobie.

Ok, mais ce genre de phénomène devrait être très rare. Comment se fait-il qu'on retrouve ces champs de pétrole partout dans le monde en si vaste quantité ? (le pétrole est le 2e liquide le plus présent sur Terre, après l'eau, même si seule une fraction est dite "facilement récupérable"). Que en Irak ou aux USA, les nappes de pétrole affleuraient la surface, voir formaient des lacs de pétrole bruts ? Si ils sont en surface, c'est que c'est un phénomène récent, et que le pétrole n'a pas été issu d'une fermentation anaérobie.

Autre point, excepté les rares zones de subduction, on ne retrouve pas de fossiles en dessous de 4 800 m de profondeurs de la croûte terrestre (dit autrement, les 5000 premiers mètres de notre croûte terrestre sont ceux qui ont été remaniés au cours des milliards d'années où la vie existait sur Terre). Comment se fait-il alors qu'on aille forer les poches de pétrole à 10 000 m de profondeur ? Sachant qu'à ces profondeurs, les roches sont étanches et le pétrole ne s'infiltre pas.

L'hypothèse d'un déversement régulier de milliards de litres de pétrole sur Terre (venus de l'espace), tous les 3670 ans par exemple, est bien plus plausible. Ces pétroles venus du ciel s'accumulent de préférence dans les bassins sédimentaires, là où les tsunamis recouvrent tout ce qui vient de tomber d'une grosse couche d'argile et de limon (et provoquant de par le fait une fermentation anaérobie de la vie piégée dans le tsunami, comme l'explique notre science, participant en faible partie à la nappe pétrolifère, mais suffisante pour que la science affirme que tout le pétrole vient de ce phénomène).

Ce qui explique qu'on trouve des traces de vie dans le pétrole tombé il y a moins de 4 milliards d'années. Ces traces ne prouvent pas que le pétrole est une décomposition de la vie.

Les molécules d'hydrocarbures ne sont pas forcément liées à la vie. On trouve du méthane et éthane sur Titan (satellite de Jupiter), et des macromolécules organiques dans les météorites (phénomène lié à la chaleur du coeur des planètes et l'oxygène).

Malhonnêteté

Le GIEC créé par le lobby nucléaire

Le GIEC a été créé en 1988 par les pires dirigeants ultra-libéraux des années 1980, Margaret Tatcher conjointement avec Reagan, des personnes pourtant peu enclines à être des amis de la nature...

Cette création tombe au bon moment, Tatcher ayant décidé de construire plusieurs centrales nucléaires en Grande-Bretagne, peu après sa guerre contre les syndicats des mineurs du charbon de 1984-1985 (qui se soldera par le démantèlement progressif de tous les puits du Royaume-Uni).

Le GIEC n'est pas un groupe scientifique

Dans l'acronyme GIEC, la lettre importante est la seconde : le « I » pour « Intergouvernemental ». Tout dans le GIEC dépend en effet des gouvernements, c'est-à-dire de la politique, des non scientifiques en grande majorité.

Les personnes qui siègent aux assemblées du GIEC ont toutes été nommées par les gouvernements : ce ne sont donc pas des scientifiques sélectionnés par leurs pairs en raison de leurs compétences !

Dans les statuts du GIEC, il y est précisé que le groupe à pour but d'évaluer les " risques liés au changement climatique d'origine humaine". Le GIEC n'a quasiment aucune personne qui se penche sur l'origine du réchauffement, vu que des non-scientifiques ont décidé que c'était de notre faute...

Sources privées

Le GIEC ne peut que faire référence aux publications des revues à comité de lecture, donc n'appartenant qu'à 3 groupes financiers dans le monde, ceux qui font élire les gouvernements qui pilotent le GIEC... Retour à l'envoyeur, on reste en vase clos.

Climategate de 2009

Dès la création du GIEC, Tatcher a donné des prix aux universitaires qui montreraient que le CO2 réchauffe l'atmosphère. Évidemment, pour toucher l'argent, ils se sont arrangés pour que les conclusions des études correspondent à ce qui était demandé par les financiers.

Une partialité/corruption qui ne s'est jamais démentie tout au long de la vie du GIEC.

Au mois de novembre 2009, la crédibilité des rapports du GIEC a été ébranlée par l'affaire dite "Climategate" : quinze jours avant le Sommet du climat de Copenhague, des hackers ont piraté un millier de messages sur les serveurs de l'unité de recherche climatique (CRU) d'Est Anglia, au Royaume Uni.

Il est apparu que le CRU détruisait des données scientifiques, manipulait et dissimulait certaines données climatiques, s'ingérait dans le GIEC et même au sein des comités de lecture des revues scientifiques (entrave de publications de travaux climato-sceptiques, et à l'inverse, publication de travaux faux ou mal étayés allant dans le sens voulu par le GIEC).

En gros, les chiffres étaient truqués pour faire coïncider les courbes avec les prédictions les plus pessimistes, et parvenir à un consensus de façade.

Évidemment, les enquêtes officielles qui ont suivies (les mêmes officiels qui commandent le GIEC) ont conclu (sans arguments réels) que le GIEC était honnête.

Se rappeler que Philip Campbell, directeur de publication de la revue Nature, membre de la Commission d'enquête indépendante (sic) sur le Climategate, a du démissionner de ladite Commission en raison d'un manque d'impartialité trop indécent et surtout trop visible.

Rassurez-vous, le patron de Campbell, qui avait nommé celui-ci pour sa souplesse aux ordres venus d'en haut, à nommer quelqu'un d'aussi souple pour trahir la vérité et la science...

Aucun consensus scientifique

Plus de 31 000 scientifiques ont signés l'Oregon Petition, arguant que rien ne permet de prouver que l'homme est responsable du réchauffement climatique. Et ce n'est pas parce qu'un ou 2 dans le lot ont travaillé pour l'industrie pétrolière à un moment de leur vie sont forcement corrompus et signent contre ce qu'ils pensent vraiment. C'est les membres du GIEC qui ont été pris en train de magouiller les données scientifiques lors du climategate, pas l'inverse !

Les 195 membres permanents du GIEC, des non-scientifiques pour la plupart de surcroît, ne font pas le poids pour affirmer qu'ils forment un consensus...

Minimisation du réchauffement

Depuis 2009, on bat records sur records

Les températures augmentent de manière drastique depuis 1996. 2015 est l'année la plus chaude jamais relevée, battant le record de 2014 qui battait déjà le record de 2013 et ainsi de suite pour les années après 1996... Et 2016 a de nouveau battu 2015...

Les médias minimisent le réchauffement

Si la hausse de température arrangent les dirigeants pour vous faire peur, la réalité est tellement catastrophique qu'ils minimisent dans la manière de le présenter.

Laisser sous-entendre que ça s'est déjà vu

Il faut savoir d'où viennent ces records : depuis le début des relevés de températures systématiques de 1894. Donc, quand les médias vous disent "année la plus chaude depuis 120 ans", c'est une astuce rhétorique, pour diminuer le caractère exceptionnel que nous vivons. Dire "année la plus chaude jamais vue" serait plus exact. Que depuis 20 ans le températures ne cessent de monter, est encore plus inquiétant.

Une hausse de température bien plus importante que celle annoncée

Remarquez la courbe de température avant 1930 complètement froide. Le climat était il glaciaire ? Non, il était dans la moyenne. Ce qu'il se passe, c'est qu'en prenant la moyenne des températures depuis 1894, cette moyenne est faussée tellement les températures des dernières années ont été chaudes.

Quand il y a un phénomène d'aggravation comme il se passe en ce moment, le scientifique n'utilise pas une moyenne qui lisse la hausse et masque le phénomène. Normalement, tout scientifique qui se respecte aurait dû prendre 3 moyennes :

- avant 1930,
- de 1930 à 1996 (action de plus en plus importante de Nibiru),
- après 1996, là où elles montent très vite.

Sûrement d'ailleurs que les scientifiques qui travaillent dessus officieusement le font, vu que Poutine a révélé que le climat se réchauffe depuis 1930...

On verrait alors 3°C d'écart actuellement (2017) par rapport à avant 1930, et non le 1°C officiel qui n'est pas du tout représentatif de ce que nous vivons depuis 1996.

Après 10 ans de records ininterrompus, on peut dire que le climat de la Terre augmente sérieusement vite, et n'attendra pas 2100 comme l'annonce le GIEC chaque année...

Les données fausses du GIEC

La publication qui détruit le credo de base du GIEC

Une publication [ber2] qui n'a "étonnamment" pas eu le retentissement qu'elle méritait, publiée le 4 juillet 2019, fait tomber par terre tout l'édifice du GIEC.

Pour résumer cette publication, le CO_2 humain est négligeable comparé au CO_2 naturel. La publication révèle même que ce CO_2 naturel est en augmentation ces dernières années.

95% du CO_2 émis est d'origine naturelle

Le Groupe d'experts inter-gouvernemental sur l'évolution du climat (GIEC) des Nations unies estime que le flux de CO_2 entrant dans l'atmosphère est composé de :

- 5 % de CO_2 humain
- 95 % de CO_2 naturel.

Et encore, les données pour estimer le CO_2 naturel sont volontairement minimisées pour ne pas être accusés de parti-pris, le CO_2 humain est moins de 5%.
Pourtant, le GIEC affirme (arbitrairement) que le CO_2 humain a causé toute l'augmentation du CO_2 atmosphérique au-dessus de 280 ppm (soit 32 % du CO_2 atmosphérique actuel).
Comment le GIEC fait pour que les 5 % de CO_2 humain dans l'atmosphère deviennent 32 % ? En utilisant de la pure mauvaise foi : le modèle du GIEC traite différemment le CO_2 humain et le CO_2 naturel, ce qui est impossible car les molécules sont identiques.
Dans le modèle du GIEC (dit "de Berne"), le CO_2 humain est artificiellement piégé dans l'atmosphère, alors que le modèle laisse au contraire le CO_2 naturel s'écouler librement hors de l'atmosphère. En gros, pour le GIEC, les arbres sentent que le CO_2 est d'origine humaine (ou vient des flatulences des vaches, pouah fait l'arbre !), et refusent donc d'absorber le CO_2 humain, tandis que l'arbre accepte sans problème le CO_2 volcanique.
Les auteurs de l'étude utilisent en revanche un modèle plus réaliste que le GIEC, et traitent toutes les molé-

cules de CO2 de la même manière (vu qu'elles sont gérées pareil par la Nature). Ce modèle physique montre comment le CO2 circule dans l'atmosphère, et produit un niveau d'équilibre où le flux sortant est égal au flux entrant. C'est à dire que plus de CO2 implique plus d'algues pour l'absorber.

Par la suite, si le flux entrant de CO2 dans l'atmosphère est constant, le niveau de CO2 dans l'atmosphère reste constant.

Le modèle physique n'a qu'une seule hypothèse, à savoir que le débit sortant est proportionnel au niveau. Alors que le modèle du GIEC à besoin de plusieurs hypothèses loufoques, à savoir :

- l'atmosphère stocke du CO2,
- la Nature s'adapte à l'augmentation de dégagement naturel de CO2 dans l'atmosphère,
- La Nature ne s'adapte pas à l'augmentation de dégagement venant de l'homme,
- La Nature ne s'adapte pas à l'augmentation du CO2 naturel généré par l'homme : le CO2 des vaches sauvages est compensé, mais dès qu'on mets des barbelés autour, ce n'est plus compensé.
- La Nature ne s'adapte pas à l'augmentation des dégagements du sous sol provoqués par le réchauffement du CO2 humain...
- L'homme est déclaré responsable du réchauffement (avant même l'étude pour le montrer...), donc tous les phénomènes naturels anormaux (volcans, fonte du pergisol, etc.) doivent lui être imputé...

Le modèle physique prédit exactement les données mesurées sur le Carbone 14, de 1970 à 2014. Par exemple, sur les 2 paramètres physiques : le niveau d'équilibre et le e-time (temps d'utilisation électronique fonction de l'isotope, Carbone 14 ou carbone 12) :

- Les données du Carbone 14 retracent la façon dont le CO2 s'écoule hors de l'atmosphère (rejoint la biomasse).
- Le modèle physique montre que le e-time du CO2 14 est une constante de 16,5 ans. D'autres données montrent que le e-time du CO2 12 est d'environ 4 à 5 ans.

Au contraire, quand on le compare à la réalité, le modèle du GIEC part complètement dans les choux. Le modèle du GIEC affirme par exemple que le CO2 humain réduit la capacité tampon des océans (augmentation des algues et du phytoplancton pour absorber le CO2 excédentaire). Mais cela augmenterait le e-time. Le e-time qui reste constant prouve que l'affirmation du GIEC est fausse.

Le GIEC affirme que la réduction de carbone 14 et carbone 13 dans l'atmosphère due à l'homme prouve que le CO2 humain est à l'origine de toute l'augmentation du CO2 atmosphérique. Cependant, les chiffres montrent au contraire que ces données isotopiques soutiennent le modèle physique et rejettent le modèle du GIEC.

Excès de carbone compensés naturellement

Pour conclure, le modèle physique montre comment les apports de CO2 humain et naturel dans l'atmosphère établissent des niveaux d'équilibre proportionnels à leurs apports. Chaque niveau d'équilibre reste constant si son flux entrant reste constant. Des émissions de CO2 constantes et continues n'ajoutent pas plus de CO2 à l'atmosphère. Aucun CO2 ne s'accumule donc dans l'atmosphère. L'apport actuel de CO2 d'origine humaine produit un niveau d'équilibre d'environ 18 ppm. L'apport actuel de CO2 naturel produit un niveau d'équilibre d'environ 392 ppm.

Déséquilibre actuel temporaire

Pour expliquer l'augmentation du niveau de CO2 dans l'atmosphère actuel, il faut considérer que les émissions de CO2 naturel sont en augmentation à cause de Nibiru (volcans, fonte pergisol, etc.).

Comme le CO2 humain est insignifiant par rapport à l'augmentation du CO2 dans l'atmosphère, c'est l'augmentation de l'apport naturel de CO2 qui a augmenté le niveau de CO2 dans l'atmosphère.

Cette augmentation continuera tant que les dégagements de CO2 naturels augmenteront, les algues et phytoplanctons n'arrivant pas à se reproduire plus vite que ces dégagements de CO2 augmentent.

Conclusions

Cette étude montre tout simplement que :

le CO2 d'origine humaine est émis de proportion insignifiantes,

les hausses du CO2 naturel sont un résultat de l'augmentation des températures (méthane du sous-sol) et d'une cause inconnue de la science (Nibiru, comme les volcans 10 fois plus actifs, les incendies inarrêtables, etc.)

Encore un refus du GIEC de regarder la réalité

Ça faisait un moment que les scientifiques demandaient au GIEC de prendre en compte les données actualisées sur les émissions de CO2 par les volcans (25 grosses éruptions par mois) et non sur les données de 1992 (25 petites éruptions par an). Le GIEC a refusé pendant 20 ans, et on comprend pourquoi ! De principal émetteur de CO2 sur la planètes selon le GIEC, l'homme ne devient finalement qu'un tout petit joueur face aux forces de la nature qui sont en jeu en ce moment !

Les courbes inventées de toute pièce

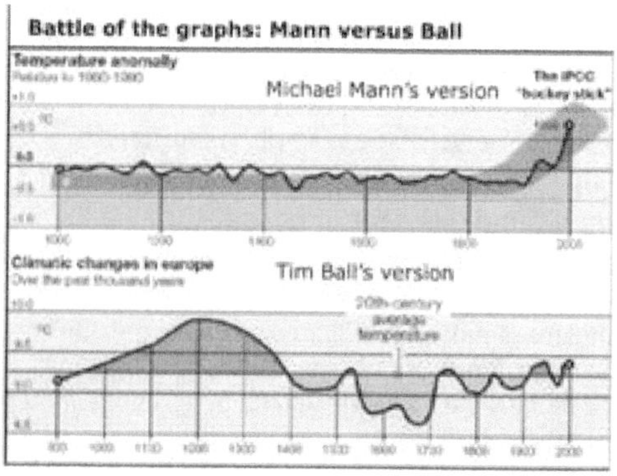

Figure 10: GIEC : courbe en crosse sortie de nulle part

Quelque part, toutes les assertions du GIEC sont basées sur la "courbe en bâton de Hockey" de 1998 faite par Michael Mann, le pape du GIEC (cette courbe est le principal argument du GIEC depuis 2001, ainsi que la courbe phare des conférences d'Al Gore).

Cette courbe fait croire qu'il n'y a pas de réchauffement pendant 1000 ans, puis que dès que l'homme utilise le charbon, les températures montent de façon exponentielles.

Or, depuis 2003, cette courbe est démontée par plusieurs climatologues de renommée mondiale, qui demandent à Mann les chiffres sur lesquels il a construit la courbe (normalement, cette courbe n'aurait même pas dûe être publiée sans les sources).

En effet, la courbe qui fait consensus chez les climatologues (comme Tim Ball, Stephen McIntyre, Ross McKitrick), montre que depuis 1000 ans la température fluctue énormément, indépendamment des émissions de CO2 humaines. Tout le contraire de la crosse de hockey...

Des climatologues , en 2004,ont réussi à obtenir le logiciel qui avait servi à construire cette courbe, et ont montré que l'algorithme éliminait toutes les données qui s'éloignaient de la forme de le crosse de hockey. Les scientifiques parlent carrément de triche...

Non prise en compte des nuages

Le GIEC ne sait pas modéliser les nuages plus nombreux (ou ne veut pas modéliser, parce que ça ne va pas dans son sens), donc l'albédo de la Terre augmenté (le dessus des nuages renvoie plus de rayonnements dans l'espace, il y a moins de chaleur reçue du Soleil, donc moins d'effet de serre, donc moins de réchauffement de l'atmosphère). Le GIEC, ne sachant/voulant pas faire, n'en tient tout simplement pas compte, et utilise une chaleur venant du Soleil irréaliste.

Ces rayons solaires sont comptabilisés comme capturés par l'atmosphère par le GIEC, alors que n'importe quelle photo satellite montre bien qu'une grosse partie de la Terre est recouverte de nuages.

Irradiance du Soleil mal mesurée

Depuis le début, le GIEC est attaqué sur ses données d'irradiance solaire, basée sur des satellites mal calibrés et que personne ne semble enclins à calibrer.

Dans les autres domaines, ces données fourbies par la NASA sur l'irradiance solaire sont tellement opaques et incohérentes, que les scientifiques préfèrent mesurer le béryllium dans les troncs d'arbres !

CO2 émis par les volcans

Le GIEC utilisent une étude de 1990 pour calculer le CO2 émis par les volcans. Ils utilisent évidemment la fourchette basse, sachant que les scientifiques ont du mal à estimer le volume réel dégagé.

Il faut savoir que depuis 2000, l'activité volcanique est 6 à 10 fois plus fortes, et les dégagements de CO2 bien plus volumineux qu'avant.

Mais le GIEC refuse d'inclure ces dernières données sur le volcanisme.

Les facteurs naturels ignorés

Le méthane naturel sous évalué

Depuis 2010, des grands dégagements de méthane naturel ont été observés partout dans le monde (compression du sous sol par les mouvements tectoniques, le principe de l'extraction du gaz de schiste par injection d'eau sous pression au passage). Soit ils ne sont pas étudiés, soit ils sont attribués à l'homme. Comme le dégagement de plus de 100 000 t de méthane fossile pendant plus de 3 mois en Californie début 2016, imputé à un stockage souterrain de gaz naturel qui fuit. Bizarrement, vu la zone de personnes impactées par ce dégagement, le volume de gaz généré semblait bien plus volumineux.

Les mesures de méthane dans l'atmosphère ne correspondent pas aux calculs des dégagements humains ? On accuse les Chinois de sous-évaluer leurs rejets… Pratique...

Le système solaire tout entier se réchauffe (p. 396)

L'atmosphère de Mars se réchauffe 4 fois plus vite que la Terre depuis 2004.

Le Soleil a des éruptions solaires les plus violentes jamais observées (2017), et toutes les planètes montrent des changements qui n'avaient jamais été observées par le passé, changement similaires à ceux qui arrivent sur Terre : une nouvelle tâche/tempête apparaît sur Jupiter, des vortex polaire apparaissent sur Neptune, etc.

Origine humaine 0 – origine extérieure 1 !

Pas étonnant que tous ces facteurs ne soient pas étudiés par le GIEC.

Le noyau terrestre se réchauffe (p. 402)

C'est par le dessous que ça se passe, pas par le dessous. Si le fond des océans se réchauffe plus vite, la chaleur ne peut venir que d'un endroit : du manteau de la Terre plus chaud. La croûte océanique étant plus fine que les croûtes continentales, c'est donc les océans qui chaufferont en premier.

Mais désormais, c'est les continents aussi qui se réchauffent.

Cycle solaire (tâches) perturbé (p. 397)

Le Soleil à des cycles de 11 ans, et lors des pics, le nombre de tâches à sa surface augmente considérablement. Sauf qu'actuellement, cette corrélation n'existe plus du tout, et là encore c'est passé à la trappe par le GIEC.

Augmentation de l'irradiance solaire (p. 398)

Cette augmentation de l'irradiance est mesurable par la mesure des isotopes dans les carottes glaciaires et les cernes des arbres, et qui explique que le nombre de tâches solaires n'est plus corrélé à la température, n'est pas du tout prise en compte, ni analysé.

Non prise en compte des éruptions solaire (p. 398)

Les éruptions solaires sont, depuis 2010, de plus en plus puissantes et nombreuses. Mais comme le GIEC refuse à tout pris d'étudier la question d'un changement du Soleil, cette question de l'influence des éruptions solaires sur l'élévation de la température de la Terre n'est évidemment pas prise en compte.

Les échecs cuisants de prédiction

Les tempêtes plus nombreuses

Tous les médias vous présente comme sûr la certitude des scientifiques sur l'origine humaine du réchauffement climatique. Méfiez-vous des certitudes de ceux qui ne peuvent vous expliquer pourquoi il y a plus d'ouragans, sachant que dans leurs modèles, le réchauffement de l'atmosphère devrait au contraire en produire moins. Seul le réchauffement de l'océan, avant celui de l'atmosphère, peut expliquer ces ouragans et tornades plus nombreuses. Réchauffement atmosphère 0 – réchauffement noyau terrestre 1.

Les océans se réchauffent plus vite que l'atmosphère

Ça aussi, c'est impossible avec un réchauffement par le CO2, vu que la chaleur excédentaire vient du noyau terrestre. Le GIEC avait vaguement essayé de faire croire que la fonte des glaces (eau plus chaude) tombait directement au fond des océans au lieu de flotter à la surface comme la physique de base le voudrait...

Du coup, actuellement, personne ne sait d'où vient l'excès de chaleur constaté dans les océans.

Les mensonges de l'USGS

Survol

Comme la NASA, l'USGS participe au mensonge officiel pour cacher Nibiru (notamment en minimisant la magnitude des séismes).

Séismes actuels minorés (p. 166)

Quand vous voyez une magnitude aujourd'hui, dites-vous qu'elle est inférieure à la réalité.

Passé réécrit (p. 166)

A l'inverse, les séismes du 20e siècle ont tous été revus à la hausse.

Triche planétaire (p. 166)

C'est l'USGS américaine qui donne le LA. Si les organismes locaux n'ont pas assez réduits la magnitude, ils le font après publication de la valeur officielle de l'USGS.

Séismes actuels minorés

Ce qui aboutit à des situations ubuesques, où un « petit » séisme de 6 provoque autant de dégâts qu'un séisme de 8.

Harmo, qui suit les séismes depuis 1999, a vu au fil des années la manipulations s'établir. La courbe du nombre de séismes de plus de 6 de magnitude monte sans arrêt jusqu'en 2006, puis les données arrêtent d'être publiées. Les séismes sans témoins directs (comme ceux en pleine mer ou dans les endroits déserts) disparaissent le lendemain des bases de données, les séismes de magnitude richter 1 ou 2 être ressentis par des centaines de personnes (normalement, seules les personnes les plus au calme et sensibles détectent à partir de 3), sans compter ceux qui disparaissent en étant notés "tirs de carrière". Les séismes sont systématiquement ramenés à l'échelle d'en dessous (par exemple, 7.9 au lieu du 8.6 annoncé au début, la magnitude 8.6 qui correspond plus aux gros dégâts observés sur le terrain). En ramenant à .9, et en publiant des graphes en bâtonnets (tous les 1 de magnitude), la hausse est moins visible, car les gros séismes sont relégués dans les classes inférieures.

Réécrire le passé

Réécriture des mesures du 20e siècle

Ou encore, le 21 juin 2017, l'Institut américain de géophysique (USGS) a envoyé par erreur aux rédactions une alerte indiquant qu'un séisme de magnitude 6,8 venait d'avoir lieu au large de Santa Barbara. Lucy Jones, une sismologue américaine réputée affiliée à l'USGS, a indiqué sur Twitter que la bourde découlait d'un problème de logiciel "qui a transformé une mise à jour sur le tremblement de terre de magnitude 6,8 de 1925 à Santa Barbara" en "séisme de 6,8 en l'an 2025". L'USGS était tout simplement en train de reprendre tous les séismes du 20e siècle pour les majorer, afin que les statistiques ne montrent pas d'augmentation significative de la sismologie depuis l'an 2000, alors que les courbes des années 2000 montraient une hausse inquiétante, avant que les graphes d'évolution dans le temps ne soient plus disponibles.

Les séismes records de 2004 et 2011 annulés

En 2004, puis de nouveau en 2011, les experts sismologues se sont déclarés abasourdis, ne pensant pas que ses séismes si puissants puissent se produire à la surface du globe. Comme avoir 2 séismes records en moins de 7 ans aurait pu faire poser des questions, l'USGS a là aussi réécrit l'histoire, en renotant à la hausse des vieux séismes au Chili et en Alaska, afin que leur magnitude dépasse ceux de Sumatra puis de Fukushima. Ce qui permet de dire, chaque fois qu'un séisme de plus de 8 se produit : "Ce n'est toutefois pas un record, le maximum étant celui du Chili dans les années 1960...".

Une triche planétaire

Les divers instituts de la planète s'alignent sur l'USGS

La plupart des instituts du monde s'alignent sur l'USGS : le RENASS annonce un séisme à 7.5, l'USGS le passe à 6.9, et le RENASS l'annonce aussitôt à 6.9 comme l'USGS... Les capteurs sont différents, mais les centres d'analyse et de triches sont coordonnés. Seuls certains pays, comme la Chine, annoncent des séismes toujours 5 fois plus forts que l'USGS...

L'onde sismique planétaire du 11/11/18

Une étrange onde sismique qui a parcourue la planète entière le 11/11/2018 : Ondes parties de l'île française de Mayotte, elles se sont propagées à travers l'Afrique, affolant les capteurs en Zambie, au Kenya et en Éthiopie, avant de poursuivre leur route dans les océans, parvenant jusqu'au Chili, la Nouvelle-Zélande, le Canada et même Hawaï, à près de 18 000 km de leur lieu de naissance.
Cette onde était étrange, mais plus étrange, c'est que la même onde s'est propagée dans le temps : ces ondes ont duré pendant plus de 20 minutes. Un zigzag régulier (alors qu'une onde classique est formé de plusieurs fréquences irrégulières) au rythme très précis de 17 s.
Chose encore plus étrange, c'est qu'aucun humain n'a ressenti ces séismes de magnitude 5 pourtant, aucun dégât, alors que l'énergie libérée est forte et sur une longue période.
Le plus étrange presque, c'est que c'est un citoyen du grand public qui a remarqué cette onde étrange, comme si l'USGS n'avait aucun analyste pour regarder leurs capteurs, l'USGS lui-même annonçant que sans ça cette onde n'aurait jamais été détectée par personne...
Des ondes fantômes venues d'une autre dimension ? HAARP qui montre toute sa puissance pour ce jour particulier pour les illuminati (voir la première guerre mondiale prolongée de plusieurs mois, juste pour signer un traité le 11/11/1918 à 11 h) ?
1 an après, cette affaire n'est toujours pas résolue scientifiquement, tous les sismologues ne comprennent pas d'où c'est venu...
Bon aller, j'arrête de faire des intros à rallonges qui tiennent en haleine le lecteur !
Publication de Q #2527 du 03/12/2018, presque 1 mois après : "Pensez aux vagues (ou 'ondes'), définir 'Unifié' et [17]".
Les ondes sismiques étaient répétitives et séparées par exactement 17 secondes.
DIX-SEPT (comme la 17e lettre de l'alphabet (Q)), un nombre que Q place dès qu'il le peut !
Q dans ce post mettaient un lien vers une source disant que plusieurs ordinateurs de la CIA avaient été mis sous le contrôle du président des USA, de même que plusieurs satellites d'observation.
J'imagine que vous avez compris ce que ça veut dire :)
Que c'est-il passé lors de cette vague du 11/11/2018, de toute évidence artificielle ? Tout simplement que l'équipe de Q a pris le contrôle de l'USGS et s'est amusée à activer le système de synchronisation des différents organismes d'étude des séismes de la planète :)
En mettant 17 s (lettre "Q") pour bien indiquer d'où ça venait, sa signature.
Cette manip montre que tout comme il est possible d'effacer ou de diminuer des séismes à l'échelle mondiale, il est aussi possible d'en créer des faux, qui n'ont jamais existé (excepté dans nos bases de données...).

Faits inexpliqués

"Ce n'est pas parce qu'une chose est inexpliquée, qu'elle n'existe pas, ou n'a pas d'explication."

Survol

Nous avons vu les mensonges du système, pour cacher ce que les dirigeants ne voulaient pas ce que le peuple sache.

Passons derrière la scène de théâtre, derrière les marionnettistes, et regardons ce que ces gens essayaient de nous cacher, en agitant un écran de cinéma devant nos yeux.

Ne jamais cesser de se poser des questions

Analysons tous ces faits étranges que le système n'a pas pu cacher, mais qu'il s'est contenté de ne pas étudier.

Les dirigeants étant des humains curieux comme les autres, s'ils ne savaient pas ce qu'il y avait derrière ces faits, ils se seraient empressé de chercher. C'est donc juste que l'explication qu'on aurait trouvé était elle aussi une de ces choses que le peuple ne doit pas connaître.

Ces faits inexpliqués, encore appelés surnaturels ou paranormaux, sont ainsi appelés parce que nos croyances scientifiques ne correspondent pas à la réalité observée. Les humains, en dessous d'un certain niveau de connaissances et de compréhension, préfèrent alors occulter les observations, pour se persuader qu'ils ont tout compris du monde. Ce n'est que quand nous savons et avons compris un minimum les choses, que comme Einstein, nous devenons avides de connaître et comprendre toujours plus, que les questions abondent en permanence, tout le temps, comme l'enfant que nous n'aurions jamais du cesser d'être.
Rester humble et curieux, ne jamais croire que nous savons tout. Analyser tous les faits sans a priori, ne pas avoir peur de tomber sur la preuve qui mettra à plat notre système de croyance, et au contraire, chercher ces failles/anomalies qui sont tellement instructives !

Pourquoi inexpliqués ?

Dans ce chapitre, nous listeront les faits surnaturels les plus significatifs, nous montreront la censure et la mauvaise foi du système lors de leur analyse.

Si ces faits restent inexpliqués, c'est que ceux au pouvoir connaissent à la fois :

- leur existence
- leur explication

Vous remarquerez que tous les faits qui suivent ont le point commun de remettre en cause les religions dites occidentales...

Accepter ses erreurs

Je ne veux pas m'ériger en donneur de leçon. Je suis le premier, avant 2015 (mes 40 ans), à avoir refusé catégoriquement d'aborder tout ce qui sortait de mon ordinaire, de ce que m'avait appris le système (école, médias, divertissements, religion, politiques, science, etc.).

Personnellement, je faisait confiance aux capacités de discernement de mon entourage. Sans me rendre compte (parce qu'on m'avait appris à ne pas me poser des questions) que mon entourage était abreuvés par les mêmes mensonges que moi (ils regardaient la même télé, écoutait les mêmes professeurs, etc.). Et mon entourage, lui aussi, faisait confiance en mes capacités de discernement, celles que je n'avais pas activées…

J'étais le premier à défendre le système bec et ongles, à jouer au zététicien obtus...

J'ai continué, malgré mon expérimentation directe de phénomènes surnaturels (comme des fantômes ou des poltergeists), malgré mes connaissances toujours plus grandes (l'accumulation de tempêtes du millénaire, un GIEC corrompu et échouant à expliquer la réalité (p. 161), les séismes en augmentation sans que la science ne s'en préoccupe, ma lecture du projet Blue Book, des études de Raymond Moody sur les EMI, des révélations sur les étrangetés des pyramides, etc.).

J'ai préféré continuer à croire mes croyances de plus en plus infondées, plutôt qu'en mes sens, en les faits, et en mes capacités d'analyse.

Et pourtant, comme tout le monde, je savais que le système m'avait déjà menti à de nombreuses reprises (Tchernobyl, Irak 2003, Constitution Européenne 2005, Médiator, Libye 2011…). Mais je ne cherchais pas encore à me demander jusqu'où ils avaient pu me mentir.

Je me disais qu'il était impossible qu'aucun scientifique n'ai relevé toutes ces incohérences avant moi, qu'il y avait forcément une étude, ou explication quelque part, qui invalidait toutes ces preuves hors du cadre qui s'accumulaient.

Remettre à plat toutes ses croyances est un passage long et difficile. Avec le recul, je ne regrette pas du tout d'avoir ouvert les yeux.

Bien sûr, il faut accepter de perdre la face temporairement, reconnaître qu'on avait tort, et ça l'égo en prend un coup… Comme tous les gamins, nous avons cru au mensonge des adultes sur le père Noël : il faut ensuite vivre en reconnaissant qu'on s'est fait avoir, et que ça va sûrement encore de nouveau arriver.

Bien différencier résultats (faits) et causes

Les faits doivent d'abord être prouvés. On s'assure ensuite qu'ils ne sont pas produits par une cause connue.

Si la cause n'est pas connue, alors ils sont dits "inexpliqués". Il n'en reste pas moins que ces faits existent, et qu'ils sont le résultat d'une cause paranormale (lois physiques encore inconnues, comme une nouvelle énergie) ou surnaturelles (dépassant toute loi physique, un miracle allant contre ce qu'on sait de la réalité). Quelque part, le surnaturel doit faire intervenir des forces qui ont une explication physique mais dépassant de loin notre entendement, il faut plutôt voir la différence entre le niveau d'étonnement :

- Paranormal : une pièce de monnaie parfaitement équilibrée, lancée de manière aléatoire, tombe 33 fois sur son côté face d'affilée.
- Surnaturel : une pièce de monnaie est lancée en l'air, et elle disparaît....

Les liens de cause à effets ne peuvent tous être prouvés

On a vu dans les choix de l'hypothèse la plus probable, qu'on peut rarement tout prouver de façon absolue (p. 18). Principalement à cause de la mauvaise foi des intervenants du système, de la censure et de la désinformation. Ce qui est vrai dans un procès politique, reste vrai dans un débat scientifique (la science étant politisée, voir l'état d'Israël cherchant à justifier, par des fouilles archéologiques, leurs revendications sur l'esplanade des Mosquées).

Témoignages introductifs (p. 169)

Voyons quelques témoignages significatifs, histoire de voir progressivement quelques-uns des faits paranormaux que l'ont peut rencontrer dans sa vie.

La vie après la mort (p. 196)

Les expériences de mort imminente, les fantômes, la communication avec les défunts, les sorties du corps, les changements brutaux de personnalité, d'enfants se souvenant de leurs vies antérieures, etc. montrent que l'homme n'est pas qu'un corps physique périssable, mais aussi une âme, qui était vivante avant la naissance et le sera encore après la mort physique du corps. Cette âme peut s'extraire du corps pendant l'incarnation.

Les dimensions imbriquées (p. 221)

De nombreuses observations (toujours validées officiellement) montrent qu'il existe des parties de la réalité qui nous sont inaccessibles. Des choses apparaissent dans notre réalité, avant de disparaître dans ces dimensions parallèles :

- Les OVNI : suppression des lois de l'inertie, apparition et disparition à volonté des radars ou des caméras.
- L'expérience de Philadelphie : bateau qui disparaît puis réapparaît, coinçant les marins dans les parois du bateau.
- Les fantômes : apparaissent et disparaissent à volonté, et varient de "courants d'air glacés" à "solides, chauds et respirants".
- Les hantises (poltergeists) : dématérialisation ou lévitation d'objets.
- Les abductés : traversent les murs, se déplacent dans un monde où le temps semble arrêté.

Conscient / inconscient (p. 226)

Le conscient ne représente que 10% de notre cerveau. Les 90% du cerveau restant, c'est l'inconscient :

- supercalculateur qui voit les images subliminales, la vision périphérique,

- saboteur qui nous fait les actes contraire à notre âme,
- se fait manipuler comme un bleu par le message simpliste des publicités,
- semble en lien avec d'autres dimensions imbriquées,
- montre des capacités intellectuelles hors normes (eureka),
- développe les pouvoirs psys.

Les capacités psys (p. 227)

Quand l'inconscient libère l'énergie et les connaissances des dimensions imbriquées :

- les voyants, de par leur prédictions impossibles (imprévisibles et improbables) qui se réalisent quand même, qui voient le passé-présent-futur dans n'importe quel lieu distant,
- les bilocations (fantômes de vivants),
- les guérisons qualifiées de miraculeuses, ou encore le simple effet placebo plus puissant que tous nos médicaments, les (vrais) rebouteux qui guérissent des problèmes que notre médecine ne sait pas traiter ni guérir,
- les prâniques qui ne mangent plus de nourriture physique,
- ceux qui tordent les objets ou les font léviter,
- les télépathes qui communiquent à distance.

Capacités bien visibles lors des poltergeists (les objets et les personnes volent en l'air, traversent les murs, ou encore de la matière qui se matérialise à partir de rien).

Oui, des personnes qui traversent les murs ! Je rappelle que je parle d'études menées de manière scientifique, avec des milliers de témoins fiables (scientifiques, policiers, journalistes, hauts gradés) ! Le seul fait hallucinant, c'est que nous n'étions pas au courant de cette réalité !

Allez, on s'accroche, ce n'était que la partie la moins censurée, car la plus courante du paranormal !

Toutes ces capacités montrent que nous sommes plus qu'un corps physique.

La présence ET sur Terre (p. 268)

La science sait que la vie pullule dans l'Univers, mais s'étonne de n'en avoir trouvé aucune trace. Nous verrons qu'avec l'énergie avec laquelle les scientifiques cherchent, ils ne trouveraient même pas de vie sur Terre...

Ils ignorent les centaines de milliers d'observations d'OVNI validées officiellement. Ils ignorent les milliers de témoignages de rencontre du 3e type, d'abductions. Enfin, quand on trouve des corps ET sur Terre, ils refusent catégoriquement de jeter ne serait-ce qu'un coup d'oeil dessus. Trop peureux nos scientifiques ?!

dieux physiques sumériens ogres (p. 299)

Non, ce n'est pas un hasard, , ni un problème dans le cerveau commun à tous les hommes, si tous les peuples du monde possèdent les mêmes mythes fondateurs à base de dieux physiques qui viennent du ciel (ou des étoiles selon les traductions). Que tous les dieux sont des géants barbus, au crâne allongé et aux lobes des oreilles déformé. Des dieux physique qui se déplacent avec des avions (appelés chars célestes, boucliers volants, galgal, etc).

Des faux dieux querelleurs (surtout les 2 chefs, des frères qui veulent être le dieu unique, Yaveh et Satan par exemple, mais aussi Ra et Thot, Zeus et Poséidon, Quetzalcóatl et Tezcatlipoca, etc.). Ils sont associés à des planètes et à des animaux.

Des squelettes géants au crâne bombé qui disparaissent systématiquement des musées.

Mégalithes (p. 317)

Partout sur la Terre, on retrouve ces ruines gigantesques, ces pierres de milliers de tonnes sur 20 m de long, aux formes antisismiques et multi-angles complexes, mais malgré tout jointées parfaitement, au point qu'une feuille de papier ne puisse y être glissée.

Blocs que nous sommes incapables aujourd'hui de reproduire, tant dans la découpe, dans le transport, que dans la tenue sur des milliers d'années.

Ces ruines ont en effet résisté à tous les cataclysmes produits depuis des milliers d'années.

Des ruines globalisées, retrouvées autant dans des zones hautement civilisée, que sur des îles isolées du Pacifique ne pouvant porter les millions d'hommes nécessaires à leur construction...

Des villes souterraines gigantesques, pouvant contenir 10 000 personnes.

Les mêmes écritures retrouvées d'un continent à l'autre, le long d'un équateur aujourd'hui basculé.

Les mêmes sculptures, les mêmes dieux physiques et les mêmes histoires, on comprend bien qu'il s'agissait d'une civilisation mondialisée très avancée. Une civilisation qui apparaît d'un coup (l'homme préhistorique passant du jour au lendemain de la taille des silex à la découpeuse laser) puis qui perds progressivement ses connaissances.

Le sceau du secret-défense qui s'abat systématiquement : des archéologues qui font disparaître tous les objets non conformes, études dérangeantes mises à la trappe, des archéologues qui se cassent la tête pour trouver des théories évitant soigneusement l'évidence... Une salle sous le sphinx de Gizeh murée après sa soit-disant "découverte" en 2011.

Témoignages introductifs

Survol

Mon témoignage (p. 170)

Je n'ai pas vécu beaucoup d'événements paranormaux, mais suffisamment pour arriver à surmonter mes 8 ans après le bac de formatage de fausse zététique, de certitudes erronées et de déni psychologique.

Une manière douce d'attaquer ce monde du paranormal.

Histoires extraordinaires (p. 172)

Voyons quelques unes des histoires extraordinaires recueillies par les équipes de Pierre Bellemare. De belles leçons de vie au passage...

Témoignage d'Harmo (p. 182)

Ce témoignage, regroupant un peu tout ce qu'on peut trouver question paranormal (abductions, poltergeist, voyances, télépathie, etc.), permet aussi de comprendre qui est Harmo, et d'où viennent les connaissances énormes dont le recueil Altaïran dispose.

Mon témoignage

Mes observations [AM] restent classiques et légères, on va donc attaquer par là !

Dans mon enfance, 6 événements :

Fantôme, début léger de poltergeist, vers 3-4 ans des petits visiteurs nocturnes humanoïdes qui traversent la vitre fermée de ma chambre, un ruban de lumière (suite d'images animées) qui défile devant moi, toute la chambre étant éclairée orange.

Le dernier événement semble anodin, mais avec faisceau d'indice fort : Au moment des petits êtres venus me chercher, je me suis réveillé à l'envers dans mon lit (tête à la place des pieds) :

- Lit étroit et bien bordé, donc difficile de se retrouver dans cette position, même en étant somnambule.
- Situation semblant récurrente chez les abductés.
- Au moment du réveil, en panique anormale, je rêvais que Dingo, le grand chien de dessin animé, bordait les draps du lit. Un rêve toujours vif plus de 40 ans après...

Figure 11: Dingo

C'est la seule fois de ma vie où j'ai rêvé d'un personnage non humain. Comme si mon inconscient, transmettant l'info à mon conscient, n'avait à disposition que Dingo dans le stock d'images connues, afin de décrire un grand escogriffe tout fin avec une grosse tête.

Fantômes

2008 - Mon père à la minute de sa mort

En février 2008 (vers mes 30 ans), mon père est dans le coma, mais le médecin a dit qu'il allait passer la nuit. Vers 4h du matin (mal dormi), j'ai une envie soudaine de pisser. Lors du retour dans la chambre, je vois mon père dans une sorte de halo de lumière, avec juste la tête et le haut du torse visible. Il allait de la chambre de ma mère à la chambre de ma sœur, et semblait perdu dans ses pensées. Quand il me voit, il semble surpris, puis a un grand sourire et écarte les bras pour m'accueillir. Tout se fait rapidement. Lancé dans mon mouvement, je passe à travers (tout est lumineux lors de la traversée du disque). Sceptique convaincu, je ne me retourne pas, essayant de me persuader que c'est une ancienne image qui m'est remonté. Petit bug dans cette explication, c'est qu'à aucun moment il ne m'a accueilli à cet endroit là, surtout que son regard m'a suivi lors de mon déplacement, et que cette "image" ne venait pas du tout de moi...

En me recouchant, je dis à ma femme que j'espère que ce n'est pas un mauvais présage de voir le fantôme de mon père... 15 minutes après, l'hôpital nous appelle pour nous annoncer le décès. Après recoupement, il s'avère que je l'ai vu à la minute même de l'arrêt de son coeur.

En déni, j'ai refusé de m'appesantir sur l'impossibilité statistiques que je sois debout et réveillé, croisant son passage entre 2 chambres, à ce moment précis de sa mort. J'ai donc rangé ça dans les cases "hasards", "hallucinations" ou "à regarder plus tard".

2012 - Poltergeist de mes beaux-parents

C'est un poltergeist avec effet physique qui m'a forcé à au moins me poser des questions : en tant qu'ingénieur, l'énergie motrice paraissant sortir de nulle part ne laisse pas indifférent !

Signes au moment de la mort

La nuit du 20 au 21 juin 2012, ma belle-mère est mourante (cancer en phase terminale). Son fils témoigne : à partir de 2 h du matin, elle voit la lumière, et cite le nom de ses enfants répartis dans toute la France.

Si ce soir là, à part ma femme et moi, les adultes n'ont rien vu, les petits-enfants ont tous passé une mauvaise nuit.

A ce moment précis (2 h du matin), ignorant du drame, j'ai été réveillé par un gros bruit dans la cave. J'ai voulu me rendormir aussi sec, pensant à un rat, mais "quelque chose" m'a comme tiré de mon sommeil par le col. C'était tellement bizarre que j'ai du me lever et vérifier qu'il n'y avait rien dans la cave. En me recouchant, j'entends un grand vent dehors souffler en tempête, mais étrange car les arbres ou les bâches ne bougent pas.

Au même moment, à 250 km à vol d'oiseau de là, ma femme était elle aussi réveillée par un grand vent anormal, mais qui ne faisait pas claquer les volets, comme c'est le cas en cas de vent réel. Elle regarde dans la cour, ne voit rien de particulier, mais voit la lumière des propriétaires qui s'allume, eux aussi sont intrigués par ce vent inhabituel.

A 3 h du matin, ma belle-mère se calme, et dit à son fils que c'est passé, qu'il peut aller dormir.

Vers 6 h du matin, à l'autre bout de la France, la mère adoptive de mon beau-père rêve de son mari décédé (père de mon beau-père), dont le visage prend feu. J'ai bien insisté pour savoir, c'est bien avant 7 h du matin qu'elle à fait ce rêve, un rêve si marquant que 6 mois après, elle semblait encore terrifiée.

A 7 h du matin, le fils découvre sa mère morte.

A 7 h 50, mon beau-père prend sa voiture et percute, 4 km après, un camion de pleine face. Comme dans le rêve de sa mère adoptive (qui s'est déroulé plus d'une heure avant), sa voiture prend feu sous le choc. 30 minutes après, ma femme, qui est sur la route, voit un témoin warning de la voiture s'allumer sans raison (ne l'a jamais fait avant, ni après).

Poltergeist

Ce poltergeist sur 1 mois, qui suivait la mort simultanée de mes 2 beaux-parents, a commencé gentiment (pas de preuves flagrantes au début).

Après le vent anormal et le warning, c'est ensuite des lumières qui grésillent ou qui s'éteignent chaque fois qu'on arrive quelque part. Des objets qui disparaissent puis réapparaissent ailleurs pour la bonne personne, les choses autour de nous qui n'arrêtent pas de sauter, etc.

À cette époque, on a déjà lu Camille Flammarion avec ma femme, et comme notre expérience conforte les témoignages, malgré mon fort déni, je suis forcé de reconnaître qu'il y a quelque chose de louche là dedans, même si je refuse encore de croire à une survivance après la mort (mon hypothèse du moment, c'est que le cerveau a encore une faible activité malgré la mort apparente, et devient capable de faire la télépathie et télékinésie, avant de s'arrêter définitivement quelques jours après).

Le jour de l'incinération, ma femme demande à ses parents de lui faire un signe si tout va bien pour eux. Elle pense à un instrument de musique, du style une guitare. Et à 2 h du matin, quelques minutes après s'être couchés, on entend tous les 2 la boîte à musique de la grand-mère paternelle qui s'active toute seule. Elle joue sa mélodie entre 30 à 45 s, comme si la clé avait été remontée à fond préalablement (une boîte qu'on n'a pas touché depuis des années). Je gueule à l'adresse des beaux-parents de nous laisser tranquille, n'étant pas au courant de la demande de ma femme. Puis 15 minutes après, alors qu'on ne s'est pas encore endormi, la boite se remet à jouer, mais cette fois-ci dans le sens de détente du ressort, comme si quelqu'un prenait la clé et la tournait dans le mauvais sens, faisant un bruit de crécelle. Je gueule encore un grand coup contre les parents, plus par peur qu'autre chose. Je demande qu'on arrête de m'embêter avec ces choses, et en effet je n'en aurai plus.

Comme on était 2 témoins, bien réveillés, il ne me restait plus que la case "à regarder plus tard". J'ai mis un an avant de reprendre la boîte à musique, à l'ausculter sous toutes les coutures, à essayer tous les cas de figures (comme tester le ressort tendu mais arrêté manuellement, impossible, ça se déroule jusqu'à la fin de la détente dès qu'on relâche), à taper dessus comme un sourd, pour me rendre compte de ce que je me doutais très fort, rien de physique ne pouvait expliquer le phénomène observé…

Les phénomènes continuent

Ma femme continuera un moment à avoir des choses bizarres. Alors qu'elle amène la plante de ses parents dans la voiture, toutes les lampes de la rue s'éteignent quand elle franchit le portail. Elle rencontre une voisine qui se promène à ce moment-là, elles parlent des parents, toutes les lampes de la rue se rallument, sauf celle au-dessus de la voiture (où elles se trouvent). Quand ma femme veut me montrer le phénomène, le lampadaire s'est rallumé.

Ma femme aura aussi la découverte d'une bague que sa mère voulait lui donner juste avant sa mort, mais à l'époque on ne la retrouvait plus dans les affaires de l'hôpital. La belle-soeur ayant par la suite récupéré tous les bijoux (après un tri méthodique des affaires), ma femme fait une croix sur cette bague. Alors que ma femme range les affaires suite au "tri méthodique" de sa soeur, ma femme retrouve cette bague bien en évidence, ayant échappé comme par magie au "nettoyage". Au moment où ma femme mets la main dessus, un des 2 supports de la barre de cintres de vêtements s'écroule dans l'armoire fermée derrière elle, et tous les cintres glissent sur la barre, faisant comme un grand « ouf » de soulagement...

Un cousin de ma belle-mère voit un moineau se taper la tête plusieurs fois sans raison sur la fenêtre, avant de voir le fantôme de sa cousine.

Quand ma femme retourne au boulot, tous les néons se mettent à clignoter sur son passage. Ou des objets qui tombent sans raison quand on a le dos tourné, ou des gros bruits de chute, sans rien qui soit tombé en réalité.

Les livres

Des synchronicités incroyables m'ont guidées.

EMI et OVNI

Je faisais des recherches sur internet sur les témoignages de morts imminentes, ne m'étant jamais trop intéressé au sujet. Alors que je vais entamer la lecture de la dizaine d'onglet ouverts, ma femme me téléphone pour me dire qu'elle vient de trouver, dans un vide-grenier, un livre sur les morts imminentes (elle ne savait pas que je m'intéressais au sujet). Elle me dit l'auteur du livre, Raymond Moody. Bof, connais pas. Je raccroche, je reprends la ligne où j'en étais, et la phrase d'après m'apprends que Moody est le premier auteur à avoir parlé du phénomène, une référence dans le domaine.

Elle me fera le coup une autre fois de me ramener un vieux livre chiné sur les OVNIs. Même si le sujet me rebute, je le lis par acquis de conscience. Il s'agit du projet Blue Book, des témoignages officiels de l'armée de l'air US. On y décrit très clairement des rencontres du 3e type avec des ET, témoignages que personne n'a pu réfuter. Je ferme le livre en me disant "Merde ! ils existent réellement", mais sans arriver à vraiment l'accepter : "C'est pas possible, la science a du expliquer tout ça, ce serait trop énorme". Je me renseigne, et j'ai beau chercher, personne n'a jamais pu démonter ces témoignages... Encore un sujet rangé dans la case "à voir plus tard".

Livre d'Harmo - Octobre 2014

Cherchant depuis quelque temps des choses fiables sur les anomalies du passé (suite à la vision de "la révélation des pyramides" [pyr], insatisfait sur la façon dont certains points étaient traités), je tombe d'abord sur le livre de David Wilcock, mais comme ça parle d'Extra-terrestres, je repose aussitôt le livre sur le présentoir, toujours réticent à cette hypothèse !

Quelques jours après, une collègue me parle sans raison des aberrations du passé, des OVNI et du fait que les photos de Mars sont en couleur haute définition, alors que la Lune est toujours en basse résolution en noir et blanc, avec des photos manquantes, etc. Piqué par la curiosité, face à toutes ces incohérences et censures, je retourne à la librairie : le livre de David Wilcock n'y est plus, mais à la place vient d'arriver celui de Harmo, le seul exemplaire qu'ils aient reçu (et apparemment une erreur de commande d'après celle qui s'en charge). Je regarde la 4e de couverture, et c'est exactement ce que je cherchais à ce moment-là...

En lisant son explication du monde, c'est là que tous les bugs de la matrice, qui s'étaient empilés dans la case "phénomène inexpliqué en attente de compréhension", se sont alors tous parfaitement emboîtés les uns dans les autres, rendant le monde d'un coup bien plus logique et compréhensible.

Mais il me restait encore une chose à accepter, afin d'expliquer le décalage énorme entre la vraie réalité, et ce que nous en montrait la télé ou l'école : comment des croyance aussi fausse pouvaient être partagées par des milliards de gens ? Comment se faisait-il que personne n'avait rien vu jusque là, que nos scientifiques, journalistes et hommes politiques s'étaient trompés à ce point ?

C'est en novembre 2014 (quelques jours après avoir fini le livre de Harmo, et avoir galéré à retrouver sa page Facebook, Google rechignant à faire les bons liens), lors du survol, par des OVNI, de dizaines de centrales nucléaires françaises, que j'ai eu ma réponse : tous les médias, mêmes les magazines scientifiques comme *Science et Vie* et *Science et Avenir*, ont parlé de drones miniatures pour expliquer ces phénomènes, sans se référer aux faits observés (ce qui est pourtant la base du raisonnement scientifique). Les faits montraient que c'était des OVNI [nucl10].

Ce décalage énorme entre nos croyances et la réalité s'est enfin expliqué : il vient tout simplement d'un ÉNORME mensonge du système. J'ai alors compris pourquoi toutes nos élites répètent à l'envie : "Plus le mensonge est gros, plus ça passe".

Une fois que vous avez compris que le système vous ment, c'est comme un déblocage salutaire : vous apprenez alors plein de choses intéressantes en très peu de temps, vous vous ouvrez à plein de possibilités nouvelles !

septembre 2015 - Sortie de corps

Un an après, j'ai fait une sortie de corps (sans raison particulière). Alors que je n'arrive pas à m'endormir, je sens tout mon corps qui se balance. N'ayant lu que quelques témoignages de gens se retrouvant flottant au plafond, j'essaye de sortir de ma tête pour voir. Dans un bruit de froissement déchirement, je me retrouve assis sur le lit. Déçu (je croyais me retrouver au plafond), je ressens mon corps, mes muscles, ma pesanteur. Je regarde, ma femme est bien en train de dormir à côté. Je me mets debout, je regarde à mon emplacement, je ne vois pas ma tête, comme une tâche qui bourdonne. Par contre, je vois que la couette est toujours en place : comment j'ai pu me lever sans l'enlever ? Éclair de compréhension, je sens l'urgence de ne pas m'appesantir sur le sujet, et d'essayer au plus vite de voler pour voir. Je prends appui sur mes jambes, mais là je sens toujours les muscles, la pesanteur, je me dit "non, tu est toujours dans ton corps". Puis en fin d'extension, je me sens d'un coup décoller. Trop content, je crie à ma femme "je vole !!!", puis je me rappelles que normalement, elle ne peut pas m'entendre. La conscience est plus lucide, la compréhension plus rapide, c'est un état génial. Je traverse le plancher, puis au moment où j'ai les yeux dans les tuiles du toit, que je vais enfin sortir de la maison et voler dans les airs, ma femme se mets sans raison à s'agiter dans tous les sens dans le lit (elle ne l'a jamais fait avant, et ne le fera plus après). Je me sens alors tiré en arrière par la nuque, étant à la fois dans les tuiles, à la fois dans le lit avec la femme qui s'agite dans tous les sens à côté... Je dois avouer que j'en ai un peu voulu à ma femme de m'avoir ramené, tant c'est génial d'être hors de son corps ! Une expérience qui ne s'est malheureusement plus reproduite...

Je ne comprends pas cette expérience au début, puis 2 mois plus tard, je tombe par hasard sur le livre de Marc Auburn, "0,001%", qui vit les mêmes expériences que moi (s'asseoir sur le lit, au lieu de se retrouver flottant au plafond). Une manière sûrement, de me faire valider personnellement les expériences qu'il décrit, et d'apprendre sur tout ce qu'il a exploré.

Août 2018 - médiumnité

Ma femme se fait alpaguer par un défunt coincé dans un bois, 3 mois après elle se reconnecte à lui- et le fait passer dans la lumière. Elle se connecte ensuite avec mon oncle en fin de vie, qui a Alzeihmer. Tout ce qu'elle avançait étant par la suite corroboré par l'enquête auprès des proches.

Guérison

Question guérison, la médecine énergétique, que j'avais toujours dénigrée (comme le magazine "Science et Vie" me l'avait appris), m'a guéri des migraines, ce qu'aucun médecin n'avait pu faire en 40 ans (ils m'ont juste dit que j'étais un vrai migraineux, et qu'on ne pouvait rien y faire). Super pratique quand les médicaments (aspirine, paracétamol, ibuprofène) ne marchent plus, même à hautes doses.

Voilà mon expérience, banale comparée à la suite !

Histoires extraordinaires

[bel] Au début de la carrière de Pierre Bellemare, dans les années 1950, est lancée, sur l'idée de l'inévitable Jacques Antoine, de l'émission "histoire vraies" sur Radio Luxembourg (la télé n'existe pas à l'époque, les audiences de ces émissions sont d'envergure nationale).

En 1972, devant la constance des auditeurs, depuis plus de 10 ans, à réclamer la suite d'*Histoires vraies*, l'émission *Dossiers Extraordinaires* est lancée sur l'antenne d'Europe 1. Que des histoire sortant de l'ordinaire, que ce soit par la nature du crime commis ou de la beauté des histoires vécues.

Le rythme de 6 histoires vraies par semaine est trop élevé pour que quelques personnes puissent faire tout le travail comme dans les années 1950. Une grosse équipe de documentalistes est montée pour récupérer des histoires vraies, que ce soit par les réseaux des documentalistes, les auditeurs qui envoient leur propre histoire, ou les faits traités par l'organe judiciaire ou par voix de presse (nationale et internationale).
L'équipe nombreuse (qui restera la même pendant plus de 40 ans) s'assure que tous les faits présentés soient absolument vrais (le gage que chaque livre de Pierre Bellemare, reprenant l'histoire contée à la radio, soit un best-seller, les plus mauvais se vendant à 50 000 exemplaires).

Rapidement, plusieurs procès sont intentés, soit par les protagonistes, soit par la famille qui reconnaît l'histoire d'un proche. L'équipe change alors systématiquement tous les noms et les lieux.

Parmi toutes les histoires extraordinaires collectées, certaines sortent tellement de l'ordinaire qu'on peut parler de paranormal. Voilà une petite compilation de ces histoires vraies, tirées de "C'était impossible, et pourtant..." (Pierre Bellemare et Grégory Franck, 2014).

Transmigration

Histoire relaté une première fois dans « Nouvelles histoires magiques. » Guy Breton & Louis Pauwels, Albin Michel, 1978.

Idylle contrariée

Le 11 novembre 1918, à Calais. Lors des festivités de l'armistice, rencontre coup de foudre entre Michel Davel, 20 ans, et Rose-Mary Adrian, 17 ans.

Michel est un survivant de la guerre, pauvre et sans emploi, essayant sans succès de se faire embaucher comme marin au long cour. Rose est belle et riche.

La famille de Rose Mary s'opposera fermement à la relation au bout de 2 mois, en janvier 1919. Rose Mary dépérit, au point que son père cherche, mais sans succès, à retrouver le jeune homme. 2 ans après, Rose-Mary toujours inconsolable, la famille déménage en Australie pour lui changer les idées. Si elle reprend du poil de la bête au fil des années, elle refusera tout flirt, malgré sa situation lui apportant des tonnes de soupirants.

Retrouvailles

Rose-Mary a maintenant 34 ans, et vit seule près de l'immense port cosmopolite de Melbourne. Ses parents sont décédés l'année précédente, emportés par une épidémie. Un matin, sur le trottoir, elle se retrouve face à un homme qui s'immobilise. L'homme hurle son nom. Rose-Mary ne réagit pas : si elle a toujours été persuadée qu'elle retrouverait un jour Michel, elle pensait qu'elle reconnaîtrait d'emblée son bien-aimé… Or, le barbu qui l'appelle ne ressemble en rien au matelot de son souvenir. Il est plus grand, son visage est différent, mâchoire plus large, yeux bleus plus foncés. Mais lorsqu'il parle, elle retrouve ses expressions, son rire, ses inflexions tendres, son timbre chaud, et l'accent du nord de la France.

Si les yeux peuvent douter, la voix ne trompe pas : c'est bien Michel qui est là devant elle !

Revenus de leur surprise, ils s'installent des heures dans un café pour évoquer leurs souvenirs en commun. Comme elle, Michel n'a rien oublié. Pas une seconde de leur première journée, pas un détail de « leur » bal… Cette robe rouge qu'elle portait, la musique sur laquelle ils ont dansé toute la nuit, leurs rendez-vous secrets, les baisers dans les parcs embrumés, le poème qu'il lui avait écrit, il se rappelle que c'était sur du papier bleu ciel, avec de l'encre violette.

17 ans de vies entre parenthèses

Puis la réalité/présent les rejoint, Michel lui explique qu'il travaille dans le port de Melbourne depuis près d'un an. Il n'a pas trouvé mieux comme boulot, qui n'est pas passionnant. Il ne sais par pourquoi il est en Australie, parce que l'année d'avant, le 12 août 1934, il a eu un accident. Une fracture du crâne. Il s'est réveillé à l'hôpital totalement amnésique… Seulement les choses anciennes sont peu à peu revenues, mais aucun souvenir des circonstances de son accident. Il ne se rappelle que la France, parfaitement de la date du 12 août 1934, et l'année écoulée sur les quais de Melbourne depuis son accident.

Rose Mary se sent « comme avant », comme si cette rencontre prenait la suite immédiate d'un de leurs rendez-vous secrets de 1918. Rose Mary lui avoue qu'elle l'a toujours attendu, et ils décident de reprendre les choses où ils les ont laissé en 1919. Au point de se marier seulement 1 mois plus tard.

13 ans de vie commune

Pour le couple, c'est 13 ans de bonheur australien, vie conjugale sans le moindre nuage. Leur passion et leurs retrouvailles fantastiques gardent une telle intensité que le monde entier semble à l'extérieur de leur bulle.

Disparition brutale de Michel

Et puis, un soir de 1948, Michel ne rentre pas à la maison.

Il ne réapparaîtra que 3 jours après, hagard, hébété, épuisé… Il est au début incapable de répondre aux questions de Rose-Mary, et même de parler.

Puis Michel sort de sa sidération, et se mets à parler. Dès les premiers mots, Rose-Mary est anéantie : ce n'est pas la voix de Michel ! Elle a beau prêter toute son attention, l'homme qui est devant elle s'exprime dans un anglais impeccable, alors que Michel avait conservé un accent français à couper au couteau et ne possédait qu'un vocabulaire anglais limité !

L'homme lui explique calmement qu'il n'est pas Michel, et ne l'a jamais été :

— *"Non, je n'ai pas perdu la tête… Au contraire, je viens de la retrouver ! Je me suis retrouvé. Il y a 3 jours que je suis à nouveau moi. La mémoire m'est revenue. Toute ma mémoire… Je ne suis pas Fran-*

çais. Je suis australien. Je m'appelle Littlon, George Littlon… Je suis marié… En fait, j'étais marié avant notre rencontre. Ma femme et mes deux enfants vivent ici, en Australie… Durant ces 3 derniers jours, je suis allé les voir… Ils m'ont reconnu tout de suite… Je ne comprends pas comment j'ai pu me faire passer pour un Français nommé Michel Davel, ni pourquoi. D'autant plus que je ne parle absolument pas le français !"

Spontanément, comme elle l'a toujours fait depuis leur mariage, Rose-Mary s'exprime en français. L'homme fait un geste d'impuissance, signifiant qu'il n'a rien compris.

Rose-Mary est au bord de la crise de nerfs. Quant à Michel, il est si manifestement effondré que cela ne peut pas être du faux-semblant. C'est un malheureux type complètement dépassé qui essaie de trouver, lui aussi, une explication :

— *"Je ne peux rien te dire de plus, je sais seulement que je ne suis pas ce Michel. Je t'ai dit tout ce que je savais… Je t'ai parlé de mon accident le 12 août 1934 ! Je me suis effectivement retrouvé à l'hôpital avec une fracture du crâne. On m'avait probablement attaqué sur les docks, dévalisé… Je n'avais pas de papiers sur moi… Et quand je me suis réveillé, on m'a demandé mon nom. Le seul qui me soit revenu spontanément, c'était Michel Davel. Vu mes vêtements et l'endroit où j'avais été retrouvé, ils ont pensé que j'étais marin. Ça me parlait, mais je ne me souvenais plus du nom de mon bateau… Je suis resté en observation pendant quelque temps. Mon état physique s'est amélioré, mais je n'ai pas réussi à retrouver la mémoire des mois précédents. Une fois rétabli, les autorités m'ont fourni une carte de séjour et une carte de travail sous la seule identité que l'on me connaissait : Michel Davel. J'ai cherché un emploi et c'est comme ça que je suis devenu docker. J'en étais là lorsque je t'ai rencontré… Et d'anciens souvenirs sont revenus en avalanche à cet instant : j'ai crié ton prénom et je t'ai reconnue, parfaitement reconnue, comme si ton visage s'était gravé dans mes souvenirs anciens ! Je te jure que tout cela est vrai ! Tu vas pouvoir le vérifier ! Il ne faut pas m'en vouloir, mais nous ne pouvons plus rester ensemble… Pendant 13 ans, je peux jurer que j'ai été sincère, mais je vivais avec les souvenirs d'un autre homme ! Aujourd'hui, je ne ressens plus rien de ce Michel Davel. Je suis redevenu George Littlon, avec mes véritables sentiments… Ma femme et mes enfants me croyaient mort. Maintenant, ils ont besoin de me revoir auprès d'eux…"*

Chez Rose-Mary, la fureur a fait place à l'accablement. Sans réagir, elle regarde celui qui n'est plus Michel réunir ses affaires et quitter la maison, aussi bouleversé qu'elle. Une fois encore, elle voit son amour, son seul amour, s'envoler !

L'enquête

La colère suivant l'abattement, Rose-Mary part à la police pour tirer au clair l'histoire, Michel étant légalement son mari. Un des policiers va la croire et va explorer les anciens dossiers.

L'enquête, sérieusement menée, confirme point par point la déclaration de George Littlon. La date de sa disparition, son épouse signalant cette disparition, la recherche abandonnée, un inconnu qui, le même jour, victime d'une agression sur les docks, était admis à l'hôpital de Melbourne. Après avoir reçu des soins assez longs de presque 1 ans, l'inconnu avait retrouvé la vie active, sous l'identité qu'il avait déclarée : Michel Davel.

Rose-Mary quitte bientôt l'Australie pour revenir en Angleterre. Là, grâce aux relations dues à sa situation sociale, elle met tout en œuvre et mandate des enquêteurs, des journalistes, pour l'aider à retrouver Michel Davel, le vrai.

La vérité est assez vite découverte : Michel Davel est décédé dans un accident de la route, dans le Nord de la France, le 12 août 1934 ! Le même jour où, à des milliers de kilomètres de là, George Littlon était victime d'une fracture du crâne et tombait dans le coma ! Un état dont il était sorti « possédé » par la personnalité du défunt Michel !

Bien entendu, il n'était pas question d'avaler cette histoire impossible sans en mettre en doute chaque point, chaque invraisemblance. Des scientifiques, des officiels, ont cherché différentes entourloupes possibles, notamment une complicité entre George Littlon et Michel Davel. Il s'avère qu'ils n'ont pas pu se connaître : le matelot Davel n'a jamais mis les pieds en Australie, et le modeste George Littlon n'aurait jamais pu s'offrir le voyage vers la France.

Le reste de la vie de Rose-Mary Adrian fut austère, irrémédiablement troublé. Elle se consacra essentiellement à enquêter sur les mystères de ce genre, et à écrire de nombreux livres afin d'y apporter une explication… Pour tenter de percer les mystères de la mort. Elle a fondé une société de recherche métapsychique.

Médiumnité musicale suite à coma

Fédor Filipovitch Doubinski, beau et intelligent, homo, n'a que le malheur d'être né en bas de l'échelle sociale russe de Volgograd (Stalingrad), dans les années 1970.

Avec deux ans d'avance, il obtient facilement son diplôme de fin d'études primaires. Persécuté pour son homosexualité, Fédor se trouve une place dans une usine à l'autre bout de l'immense ville.

Pour son 17e anniversaire, il s'offre une moto hors d'âge. Suite à un accident (la roue du cyclomoteur s'est prise dans la gorge d'un rail du tramway), il se réveille après 4 mois de coma en pleine forme, alors que les médecins le croyaient mort (état de mort clinique) et ne l'avaient gardé en vie assistée qu'à des fins de tests scientifiques.

A part ce traumatisme crânien, qui explique son inconscience prolongée, et quelques os brisés, Fédor est intact.

Il parle à l'infirmière Irina d'un besoin pressant, une envie d'un de ces cahiers avec des… des lignes de cinq traits (Fedor ne sait pas nommer ce qu'il a en tête). L'infirmière, qui s'y connaît un peu en musique, fait le lien avec les portées, alors que Fédor ignore tout de ce monde. Le fiancé d'Irina est pianiste dans un orchestre, le lendemain Fédor est en possession du cahier. Et, à la minute même, sa main fine s'empare d'un crayon et le fait courir sur la portée vierge. Qui se transforme en une partition de trois pages. Il les arrache, et, sans même regarder, il continue à tracer des notes. Encore et encore. Des barres de mesure. Des clefs. Des altérations. Jusqu'à ce que Fédor s'endorme d'un coup, épuisé.

Au matin, le fiancé de l'infirmière est dans la chambre, les traits tirés. Sur ses genoux, un clavier électrique, relié à des écouteurs. Sans un mot, il les passe sur les oreilles de Fédor et se met à jouer. Le jeune homme écoute, les larmes aux yeux :

— Que c'est beau ! Mais quel génie peut créer autant de beauté ?

— Mais toi

— J'ai fait de la musique ? Mais comment ?

— Tu l'as écrite ! En quelques heures, tu as créé plus de merveilles que je n'en imaginerai de toute ma vie ! D'où tiens-tu ces mélodies ?

— Mais je ne les connais pas ! Tu viens de me les faire découvrir ! Je te jure que je n'ai JAMAIS entendu ça !

D'ailleurs, le « compositeur » ne se souvient pas non plus d'avoir composé !

Et il en sera de même pendant les vingt années qui suivront : jusqu'à sa disparition prématurée, en 2007, d'un accident vasculaire cérébral, Fédor Filipovitch Doubinski écrira de la même façon des milliers de morceaux. Des longs, des courts, des sonates, des concertos, des requiems… Ces musiques, venues d'on ne sait où, seront publiées sous une multitude de pseudonymes, tant la production est abondante et les styles différents : parfois Lully, ou Beethoven… Parfois Stravinsky ou Pierre Boulez, mais aussi bien Miles Davis ou Dave Brubeck… Des génies de toutes les époques, dont il ignore jusqu'à l'existence…

Un jour, Irina, devenue son agent artistique, osera lui demander :

— Mais enfin, Fédor Filipovitch… Tu ne sembles jamais vraiment heureux ?

— Ces petites pattes de mouche noires et blanches que je griffonne, à longueur de journée depuis des années… je suis absolument IN-FI-CHU de savoir ce qu'elles signifient ! Moi, ce que je voulais, c'est de devenir PEINTRE ! Au moins, les images, j'aurais pu les comprendre !

Destin (Loto)

Canton de Fribourg (Suisse). Jean-Luc Brodard, 45 ans, conducteur de bus, ne s'aperçoit pas que son couple bat de l'aile. Sa femme Sandrine, mariée jeune pour fuir l'autorité de son père, ne veut pas de la vie tranquille que lui offre son mari.

A 16 ans, apprentie coiffeuse, Sandrine était allée demander conseil à une voyante. Cette dernière avait vu un homme grand, très brun, des voyages, de grandes distances, et beaucoup d'argent !

Sandrine s'était donc démenée pour croiser, dans un minimum de temps, un maximum d'hommes grands, bruns et forts. En général, elle se démenait sur la banquette arrière d'une voiture.

Dans ce canton catholique, les contraceptifs étaient peu connus : Sandrine se trouva dans l'obligation urgente de se dégotter un mari. Le seul qui fût disposé à l'épouser était Jean-Luc, celui qui craignait le plus de ne jamais se faire accepter par une fille. Grand, fort et brun, en tant que conducteur de bus il faisait pas mal de km dans l'année, et peut-être deviendrait-il riche ?

Les années d'après montrèrent à Sandrine que Jean-Luc n'avait aucunement l'envie de devenir riche. Quand leur fille les quitte à 16 ans, il loue un appartement plus petit, afin d'économiser pour offrir à leur fille la boutique d'esthéticienne de ses rêves ! Tout ce que Sandrine n'avait jamais pu obtenir pour elle-même ! Et pourtant, elle en avait rêvé, de son « Bar à ongles » !

Un jour, Sandrine tombe sur l'annonce du destin :

« Professeur N'Diayé, grand et puissant médium de l'Afrique, résous les problèmes de travail, d'argent, de maladies, d'impuissance, d'amour, de réussite aux examens. Réalisation de tous tes souhaits garantie. Visite gratuite. »

Comme c'était gratuit, Sandrine s'y rendit.

Dans l'appartement, des entassements de sacs en plastique, des radios, des ordinateurs, des manteaux de fourrure… Une bonne trentaine d'Africains de toutes générations allaient, venaient, cuisinaient, dormaient, faisaient du commerce ou écoutaient très fort toutes sortes de musiques.

Le professeur N'Diayé occupait humblement la chambrette du fond. Et ce, malgré son rang :

— En vérité, belle dame… Ze suis le fils aîné d'un roi ! Oui, oui : un monarque ! Ce qui fait de moi le prince héritier ! Héritier d'une province riche en pétrole, en bois précieux et en diamants, au cœur du continent noir.

Le "prince" se cachait sous une fausse identité, afin d'échapper aux assassins envoyés par son frère cadet...

Sandrine fera de nombreuses visites, où le médium lui montre à quel point il est vigoureux... Elle ressortait allégée de plusieurs centaines de francs suisses à chaque visite. S'étonnant de devoir donner de l'argent, vu qu'elle payait déjà de sa personne, le charlatan lui explique :

— "Ma princesse, la consultation est gratuite, mais la réalisation des souhaits nécessite l'achat de substances magiques, secrètes et très coûteuses, comme ce cœur d'antilope fraîchement tuée venu tout droit de mon pays par avion !"

À ce rythme, les économies du couple Brodard fondaient très vite. Bien sûr, Jean-Luc ne vérifiait jamais les comptes, mais viendrait forcément le jour où leur fille, voulant ouvrir sa boutique, s'apercevrait que le capital si patiemment constitué était sérieusement entamé…

Quand Sandrine lui en fit part, le charlatant trouva aussitôt la solution :

— Je ne veux pas te créer le moindre souci dans ta famille ! Sache que, pour moi, l'argent n'est rien ! Je vais te rembourser, en te donnant les moyens de posséder plus d'argent que tu n'en as jamais vu ! Je vais pratiquer, pour toi exceptionnellement, une cérémonie de haute magie et te révéler les numéros gagnants de la loterie !

— Si tu es capable d'une telle divination, pourquoi tu ne l'appliques pas pour ton profit personnel ?"

Souriant avec indulgence, le charlatan réponds :

— "Il serait injuste qu'un magicien puisse profiter de ses pouvoirs, en privant d'un gain quelqu'un qui le mérite peut-être davantage ! En plus, moi, je n'ai besoin de rien : c'est toi qui dois toucher cette somme ! D'ailleurs, tu vas voir : les numéros vont apparaître sur TA peau ! Ils seront valables seulement pour toi !"

Solennellement, le charlatan alluma des chandelles (contenant soit-disant de la poudre d'or et de diamant, et donc très chères). Il enduisit le creux du bras de Sandrine d'une graisse magique (et très malodorante). Ensuite, il demanda à la future gagnante d'aller quérir un billet de 1 000 francs, pour attirer l'attention des esprits sur l'argent. Pour prouver que cet argent n'était pas pour lui, le charlatan fit brûler ce billet dans une casserole, puis il répandit les cendres magiques sur la graisse magique et six chiffres apparurent !

Cette semaine-là, la cagnotte du Loto atteignait des records : 11 millions d'euros ! Quitte à faire de la magie, autant que ça vaille la peine, comme le souligna le charlatan. Il ne restait plus à Sandrine qu'à jouer et à remporter le pactole.

Le but de Sandrine n'était pas de renflouer les économies familiales vides, ni même d'offrir le destin dont elle avait rêvée à sa fille. Il était d'empocher le pactole pour elle seule et de partir en Afrique aux bras de son Marabout, comme elle lui en fit part.

Le futur souverain eut soudain l'air bien ennuyé :

— Écoute, je ne savais pas comment t'en parler, mais… Dans mon pays, les événements se sont quelque peu précipités… Mon mauvais frère a été destitué par mes sujets fidèles. Ils lui ont repris le bâton du commandement. Mon peuple n'a plus de chef et il me réclame instamment…

— Mais attends quelques jours, mon chéri ! Le tirage a lieu demain… Le temps d'aller toucher le pactole 2 jours après, et je pars avec toi !

— Impossible ! Je dois être dans mon village natal après demain, impérativement : c'est la troisième pleine lune de l'année, et c'est la seule date à laquelle, selon notre tradition, je peux prendre possession du bâton de commandement ! Sinon, c'est mon mauvaise frère qui me grille sur le trône ! Je vais partir tout de suite, et tu me rejoindras, dès que tu auras touché le gros lot ! À propos d'avion… J'ai réservé les billets, je dois retirer le mien à l'aéroport et je te laisserai le tien au comptoir… À la dernière minute, il ne restait plus que des premières classes, tu vois… Je suis un peu juste, en ce moment… J'ai aussi besoin d'un costume décent pour débarquer devant mes dignitaires… Et si j'arrive de Suisse sans une jolie montre en or… Les gens ne comprendraient pas ! Mon ministre des Finances n'a pas encore pu me faire virer des fonds : la succession de mon père est bloquée jusqu'à mon investiture… Donc, tu vas m'avancer les premiers frais maintenant, tu rembourseras ton mari dans 3 jours, sur la loterie ! Il reste combien, sur votre compte ?"

Au 21e siècle, Sandrine a vidé le compte en banque du ménage, juste avant l'heure de la fermeture des guichets ! Puis elle est allée au kiosque à journaux pour y jouer SES numéros gagnants. Alors qu'elle rédige son bulletin, elle entend son mari qui l'appelle depuis la terrasse du bistrot voisin. Jean-Luc, en chemise à carreaux, sirote une bière avec ses copains. Sandrine, discrètement, empoche le bulletin de loto aux chiffres magiques, qu'elle vient de faire valider. Elle en remplit un second, sur lequel elle coche, à la hâte, n'importe quels chiffres. Puis, tout sourire, elle glisse de deux doigts mutins le bulletin dans la pochette de la chemise à carreaux de son mari, ravi.

Dès que Sandrine tourne les talons, les plaisanteries des copains commencent à fuser. Jean-Luc découvre, avec leurs allusions à peine voilées, qu'elle fréquente un sorcier depuis quelques temps, avec qui elle le fait cocu. Sandrine s'est faite dépouillée comme une bonne douzaine d'autres « énervées de la fesse » du coin.

Chamboulé par de telles accusations, Jean-Luc se fâche et rentre chez lui. Il vérifie les bordereaux bancaires. Force lui est de constater que les copains ont dit vrai : l'infidèle l'a dépouillé les économies de toute une honnête carrière de conducteur de bus !

Après sa rupture rapide avec Sandrine, Jean-Luc Brodard jette quelques vêtements dans un sac et se fait héberger par un vieux copain. C'est ce copain qui, presque 6 mois plus tard, trouva que le sac de Jean-Luc, oublié sous le lit, puait le vieux linge. Il décida de lui laver ses chemises froissées, parmi lesquelles une certaine chemise à carreaux, où se trouve encore un vieux billet chiffonné du Swiss Loto. Renseignement pris, le numéro est bien celui qui a été tiré pour la super cagnotte des 11 millions d'euros. Et cerise sur le gâteau, il reste encore 1 jour avant que le délai des 6 mois de validité expire !

Jean-Luc Brodard a acheté un salon de coiffure à sa fille, en plein centre-ville. Et, pas rancunier, il en a, dans la foulée, acheté un autre pour Sandrine, mais en plein cœur de la Creuse… Avant de s'envoler pour un tour du monde, Jean-Luc s'est fait un petit cadeau personnel, qui l'a rajeuni de quinze ans : un implant capillaire de luxe, d'un superbe noir de corbeau.

"Beaucoup d'argent, des voyages et un homme brun, très brun"… La voyante avait vu juste !

Couleur d'âme

Annie Rocher découvre à 43 ans qu'elle a un néoplasme (groupe de cellules cancéreuse se développant de manière anarchique). Le docteur lui propose une opération la semaine d'après, vu l'urgence. Sans cette opération, le docteur annonce moins de 6 mois d'espérance de vie, sachant que même avec, il ne garanti rien.

Annie refuse l'opération, et décidant de sa propre mort, s'installe a à l'hôtel de Caillebot-Blainville, au bord de la Manche, chambre 14, là où elle prenait ses rendez-vous 25 ans avant avec Daniel, le père de sa fille, son premier amour. Le temps que la mort vienne la chercher. Alors que l'échéance approche, en train de siroter une grosse tasse de café dans le hall de l'hôtel, un vieil homme, Dolbois Eugène, engage la conversation avec Annie.

Âgé de 101 ans, il fréquente l'hôtel depuis 92 ans. Encore alerte et vivace pour son âge, s'ensuit une discussion qui s'étalera sur plusieurs jours. Eugène a bien deviné que quelque chose ne va pas pour Annie, qui se laisse aller à raconter les malheurs de son existence, notamment ses amours malheureuses, sa fille parti vivre en Californie après s'être fâchée avec elle, et qui ne lui a même pas annoncé la naissance de sa petite fille.

Eugène la console en lui racontant ce qui lui est arrivé, l'amour de sa vie morte si rapidement qu'il n'ont jamais pu sortir ensemble, les 40 ans avec sa femme où il n'a pas eu d'enfant. Il montre à Annie tout ce qu'elle possède dans sa vie, sans s'en rendre compte. Qu'il lui suffit de partir en Californie avec son sourire pour retrouver sa fille, et que les gens ne voient que ce qu'on veut bien leur montrer. Quand elle lui annonce qu'elle va mourir, il lui fait remarquer que lui aussi, mais que ce n'est pas pour ça qu'il se morfond. Il prend le temps que Dieu veut bien lui laisser. Eugène l'interroge :

— *"Si vous pouviez vivre encore, seriez-vous capable de le faire sans vous demander « combien de temps » ? Sauriez-vous remercier d'avoir pu respirer assez longtemps pour entreprendre une chose, et non pas pour l'avoir réussie ? Essayez de ne pas comprendre, pour une fois : contentez-vous de laisser les réponses vous traverser. La nuit prochaine, par exemple…"*

Puis Eugène la laisse là pour partir se reposer.

- *"A demain matin, autour d'une tartine… Si nous sommes encore de ce monde !"*

Annie dîne seule dans la salle vide. Les mots bizarres d'Eugène reviennent faire le manège dans sa tête, sans répit :

"Sauriez-vous remercier d'avoir pu respirer assez longtemps pour entreprendre une chose, et non pas pour l'avoir réussie ?"

La nuit, elle sera pénible. Pire que cela. Annie est dans sa chambre, puis soudain se tord de douleur. Incapable d'émettre le moindre son, Annie cherche à tomber sur le plancher pour ameuter quelqu'un, mais perd connaissance avant d'avoir traversé le lit.

Elle se réveille à 8 heures 10, allongée par terre. Dans une forme olympique. Reposée. Elle n'a même pas senti le froid de l'aube. Elle saute sur ses pieds comme un jeune chat qui bondirait de sa corbeille. Elle s'étire. Elle sourit. Elle possède une réponse. Au moins une. Annie va rejoindre Eugène Dolbois.

— *Je consens, ma chère petite, à prendre ce petit déjeuner en vis-à-vis ! Mais c'est parce qu'il sera notre premier… et notre dernier. N'est-ce pas ?*

Est-ce qu'il sait déjà ? Oui, c'est certain. Comment le sait-il ? Peu importe. Tiens : voilà que, ce matin, elle ressent un vrai plaisir à ne pas comprendre.

Ils dégustent leur pain-beurre-confiture en silence, sirotent leur café en se regardant par-dessus le bol.

Puis ils vont avoir une longue, une bien longue conversation. Une conversation dont Annie ne se rappellera tous les détails que bien longtemps après.

— *Vous voilà rayonnante, ma chère… Je m'en réjouis. Mais nous savons, vous et moi, que cela ne durera pas autant que les contributions… Allons, ne perdons pas un temps précieux à nous cacher derrière notre petit doigt ! Je dois donc vous avouer que je me suis quelque peu… mêlé de ce qui n'est pas censé me regarder. Mais j'ai estimé que, précisément, cela me concerne.*

Figurez-vous que, la nuit dernière, je n'étais pas tranquille. Je sentais qu'une de mes vieilles connaissances rôdait par ici. Une vraie saloperie, mais indispensable à la marche du monde. Appelons-la : la Mort, voulez-vous ?

Je parle d'une « vieille connaissance », car j'ai, avec elle, un lourd contentieux. Vous avez entendu parler des ravages de la grippe espagnole, en 1918 ? Je l'ai attrapée, j'étais un mouflet chétif, j'aurais dû y rester. J'ai vu passer la Mort. Pour de bon. Avec l'innocence d'un enfant. Je croyais que c'était une infirmière de l'hôpital, un peu plus grande et un peu plus laide que la moyenne… Elle a emporté nombre de mes petits contemporains, bien plus costauds. Elle est passée près de moi sans même s'arrêter à mon chevet. Je lui en ai voulu, de ne pas s'occuper de moi.

Eugène semble se délecter de l'ébahissement de son interlocutrice. Il continue, légèrement cabotin :

— *Le 23 décembre 1933, je me trouvais à bord d'un train composé essentiellement de vieux wagons de bois. Bondé d'ouvriers qui rentraient chez eux pour Noël. L'express qui nous a percutés roulait à 120… Quand je me suis relevé, j'avais la cuisse traversée par une longue écharde. Ça ne saignait presque pas. Mais sur la voie, au-delà des wagons émiettés, j'ai vu la Mort s'éloigner en traînant derrière elle les âmes de 230 pauvres bougres. Je crois bien qu'elle m'a adressé un signe de main amusé…*

Le 17 juillet 1942, je me trouvais chez les parents de Sarah, ma fiancée. J'effectuais, selon le protocole, ma demande en mariage. La police parisienne est entrée et, avec discipline et efficacité, elle a procédé à l'interpellation de tous les habitants du lieu, ainsi que l'avaient ordonné ces messieurs du Reich… Moi, j'ai bénéficié de la clémence de nos gardiens de l'ordre : ils m'ont laissé en tas sur le trottoir de la rue des Rosiers, gratifié d'une salutaire dégelée de godillots à clous dans les côtes. Pour m'apprendre à « fricoter avec des youpins ». Sarah et toute sa famille ont été emmenés au Vel' d'hiv', puis déportés. Un soir, je me suis accoudé au balcon. Six étages plus bas, j'avise une silhouette en manteau qui traîne bien au-delà de l'heure du couvre-feu. En passant, elle lève sa face vers moi. Vous devinez qui elle était ?

Quand les premières comptabilités des camps de la mort ont été publiées, j'ai pu calculer que les Goldberg avaient dû être gazés à Buchenwald dans la période où la silhouette en manteau était passée sous mon balcon. Ce même soir ?

Eugène raconte ensuite son naufrage en baie de Somme, en juillet 1950. Deux navigateurs expérimentés coincés sous la coque. Noyés. Eugène, repêché par des estivants, ranimé au bouche à bouche. Cette fois-là, Eugène n'est plus témoin mais acteur : il a flotté entre deux eaux et, lorsqu'il s'est senti attiré vers le fond vaseux par un tourbillon, c'est une forme ondulante comme une draperie qui l'a enveloppé et remonté vers la surface.

La voix fêlée d'Eugène se casse lorsqu'il évoque l'accident qui a coûté la vie à sa femme, Lise :

— *"40 ans de mariage, noces d'émeraude. Nous partions vers le pays des émeraudes, la Birmanie. Sur la route de l'aéroport, un routier ivre a fauché 6 voitures en plus de notre taxi. Notre chauffeur a été tué sur le coup. J'ai été éjecté. Mais je suis resté conscient. J'ai eu le temps de sortir Lise de la carcasse. Elle est morte dans mes bras. Mais son dernier regard n'a pas été pour moi : elle regardait quelque chose, ou quelqu'un, par-dessus mon épaule. Il n'y avait personne, derrière moi."*

Eugène revient à la nuit précédente.

— *Vous ne m'aviez pas menti. « Elle » vous cherchait bel et bien. J'ai trouvé cela parfaitement injuste et révoltant : elle allait à nouveau s'en prendre à quelqu'un qui n'avait pas les moyens de lui tenir la dragée haute ! Alors, cette fois, j'ai décidé de ne pas lui laisser l'initiative. J'ai passé ma robe de chambre et, quand « Elle » a pointé son vilain museau, je me suis campé au milieu du couloir. J'ai mis ma canne en travers j'ai indiqué la porte de ma chambre. Cette fois, j'avais des arguments.*

Je me suis souvenu d'une théorie intéressante : Face à la mort, une vie est une vie, une âme en vaut une autre, à condition qu'elles soient « de la même couleur ».

Je n'avais jamais bien saisi ce que cela pouvait signifier. Jusqu'à hier. Lorsque vous m'avez raconté vos peines, vos échecs, et aussi ce qui vous faisait aimer les gens. Je n'ai jamais fait exprès le mal, vous non plus. J'aime les gens comme vous les aimez. J'ai vu la couleur de nos âmes. J'ai alors « négocié » un échange.

J'ai assez vécu. Bien trop, même. J'estime que ma vie est un cadeau. Je peux, à mon tour, l'offrir à quelqu'un. À une âme de la même couleur que la mienne."

Annie quittera l'hôtel sur le champ, pour se faire opérer le plus tôt possible, le 14 février. La rééducation fut aussi un parcours du combattant : pendant toutes ces épreuves, elle avait perdu sa voix. Et cette voix, elle tenait à la retrouver, parce qu'elle voulait que sa fille et sa petite-fille l'entendent telle qu'elle se sentait vraiment du fond de son cœur… lorsqu'elle arriverait en Californie.

Une fois ses épreuves surmontées, elle tenta de reprendre contact avec Eugène. C'est le maire de la commune qui lui apprend que Eugène est décédé en pleine forme, à la surprise générale, le 14 février. Ce dernier avait pris ses dispositions, dès le retour de ses vacances de Noël à l'hôtel.

Annie se rappelle alors les paroles du chirurgien, après 5 heures d'opération ce 14 février :

— *Si vous voulez l'entière vérité, maintenant que c'est passé… À un moment, vous nous avez causé une belle frayeur : on vous a « perdue » pendant de longues minutes. Vous ne réagissiez pas aux manœuvres du réanimateur. Et puis vous êtes revenue. Revenue de très loin !*

Âme animale

Karl Stutz est autrichien et prothésiste reconnu, directeur d'une luxueuse clinique.

Le chien qui choisi son ami humain

Karl se repose régulièrement à Zermatt, résidant à l'hôtel Ascott. Lors d'une randonnée, Karl est attiré par un attroupement près d'un lac d'altitude. Un gros chien, mâle de 37 kilos, en pleine forme, un peu plus de deux ans, croisement d'un berger et du chien de steppe, au museau allongé, le poil ras et dru, l'œil bleu et or.

Ses ancêtres chassaient au sanglier et au cerf. Mais ce chien manifeste, envers tout ce qui vit, une tendresse digne d'un moine tibétain, même avec les puces dont il veut se débarrasser. Il pratique pour cela la technique du renard : entrant doucement à reculons dans l'eau froide, les puces se réfugient dans son cou, puis sur sa truffe, qui au bout de 5 minutes est la seule à émerger encore de l'eau. L'animal plonge alors d'un coup, fait quelques mètres sous l'eau et ressort loin du tas de puces qui flotte.

Quand le chien sort de l'eau, il semble chercher son maître dans le groupe d'humains qui le regarde, se dirige vers Karl, et s'ébroue en jetant plusieurs litres d'eau en l'air, arrosant Karl au passage. Puis sans gêne, il plonge son museau dans le sac du randonneur, pour prendre le restant de viande séchée et lécher le plastique d'emballage.

Quand le chien accroche du regard son futur, il fait une gambade joyeuse, et Karl le suit, curieux de savoir les coins que va lui montrer le chien. Karl pensait connaître tous les vallons, mais il en découvre au moins 2 ce jour-là. À l'heure où le soleil commence à décliner, Karl se penche vers le chien blanc :

— Bon. On a passé un bon moment ensemble. Je concède que tu as su mériter ta viande séchée. Mais maintenant, on va se quitter, hein ? Toi, tu retournes dans ta maison, d'accord ?

Il s'attend à voir le chien jouer les pots de colle, mais le chien fait un tour sur soi-même et, en trois bonds, disparaît derrière une butte.

Pendant les deux heures du chemin de retour, Karl se remémore cette étrange journée, presque déçu que « Machin » ait cédé aussi vite.

Mais arrivé à l'hôtel, Karl retrouve le chien installé en sphinx devant sa porte !

Comment ce chien, que personne n'avait vu dans le village auparavant, a-t-il trouvé la résidence de son compagnon de randonnée ?

Il va passer la nuit sur ce muret. Mais comme le chien le suit partout, il devient de facto le maître aux yeux des habitants.

Karl est encore le prestigieux chirurgien, tenu par un emploi du temps d'acier, entre la clinique, le cabinet et les congrès. Il est aussi encore marié. Pas question de revenir à Vienne avec « Machin » dans les bagages, sa femme monterait aux rideaux !

Mais le chien est inconnu des autochtones, aucun collier, pas de puce électronique non plus. En Suisse, la loi est stricte : c'est fourrière. Karl adopte le chien. Et comme tout le village l'appelle "le chien de l'Ascott", le nom est tout trouvé, et Karl teste le nom en disant "Ascott, assis". Le chien s'exécute, et le fera toute sa vie. Que les ordres soient énoncés en français, en allemand, en italien ou en anglais.

Le fils de Karl acceptera immédiatement, Ascott, insistant pour lui faire faire la première balade de la journée, lui qui avait du mal à se lever tôt.

Madame rouspétera les 3 premiers jours. Le 4e jour, Ascott sauvera le détestable chihuahua chauve appartenant à l'épouse du directeur de la banque Weil. Le chihuahua était tombé dans la piscine sans que personne ne s'en aperçoive, et Ascott a sauté dans la piscine pour l'en sortir. Toute la belle société viennoise est au courant de l'exploit avant les cocktails du soir. Lydia Stutz reçoit félicitations et compliments pour le magnifique geste de « son » chien.

Réveil de l'âme

La vie de Karl bascule une nuit d'insomnie, lorsqu'il allume la télé sur une chaîne anglaise d'actualités, et découvre les atrocités de la guerre.

Dans les mois qui suivent, il va cautionner de sa réputation une récolte de fonds et de matériel contre ce fléau que sont les mines anti-personnelles : plus on laisse de handicapés, plus leur présence démoralise le camp adverse, plus les soins vont peser sur la population civile : autant de ressources en moins pour financer et nourrir les troupes…

Son implication lui coûte bientôt son éviction de la clinique qu'il avait monté (par les investisseurs et son associé), le départ de sa femme (qui rejoindra l'associé), de même que le grand appartement, une villa (celle de Cadaquès) et le voilier de 16 mètres qui suivront sa femme. Les relations mondaines désertent.

L'engagement humanitaire

Karl a alors 50 ans, et Ascott 7 ans (60 ans pour un gros chien). Karl s'engage pour la croix rouge, dans le conflit entre l'Éthiopie et l'Érythrée.

Les abords des routes menant aux robinets ou aux puits sont semés de mines, dont le déclencheur est parfois dissimulé dans des emballages de produits alimentaires, de jouets ou de petits objets de couleur attractive. Les enfants privés de tout ne résistent pas…

Karl ne pose qu'une condition : emmener Ascott. Dérogations, passe-droits, bakchichs et, enfin, billet d'avion : Karl sacrifie ses dernières économies et parvient à faire franchir à 39 kilos de chien blanc tous les blocages administratifs, limites territoriales, barrières douanières, quarantaines et interdictions.

Le site, monté à la hâte avec des tentes, a été choisi assez loin du village, pour ne pas mettre en danger les autochtones, et pour ne pas les inciter au pillage des denrées consommables et des armes.

Karl accomplit aussi des va-et-vient entre le camp et un centre de soin en dur à 30 km. C'est au cours de ces déplacements qu'il remarque un plateau rouge, chaos de rochers sur des centaines de kilomètres, un no man's land source de conflit entre les 2 pays.

Soutien de troupe

Ascott s'est fait adopter par tout le personnel du camp. D'abord pour sa discrétion et sa capacité à sentir qui a besoin d'une présence et qui préfère s'isoler. Nombre de ces soldats surentraînés sont de grands gamins qu'un câlin de trop fait craquer.

Ensuite pour sa compréhension de toutes les langues : il passe au camp des Américains, des Canadiens, des Européens d'au moins cinq nations, des Russes, et des ressortissants locaux. Il n'a besoin, de temps à autre, que d'une précision, qu'il demande en inclinant la tête de droite et de gauche, avec un air de profonde concentration. Ensuite de quoi il exécute ce qu'il pense avoir saisi. Si vous lui dites « Bravo ! », il retient une fois pour toutes !

Les rats-taupes

En dehors de ses activités sociales, Ascott s'est trouvé une occupation très prenante : la chasse au rat taupe nu.

Les yeux décolorés par la vie souterraine du rat-taupe lui confèrent une vision limitée, compensée par une ouïe et un odorat très développés. Il peut obturer ses orifices nasaux et auditifs, pour empêcher le sable de les envahir. Ses incisives surdimensionnées lui servent à creuser des galeries dans des sols très durs. Il vit en colonies dont l'organisation sociale fait songer à celle des fourmis ou des abeilles. Particularité : il ne ressent absolument pas la douleur. Sa longévité serait de cinquante ans, essentiellement due au fait qu'il ne développe jamais de cancer !

Le rat-taupe vient miner les sous-sols des installations, joignant l'invisible constance de la taupe à l'acharnement roublard du rat. Les militaires de l'intendance, voyant les sacs et les caisses percés par les rongeurs curieux, ne savent plus quoi faire.

Ascott a été sensible à l'agacement exprimé par le soldat Théo. Ordinairement, Théo ne s'énervait jamais, il était le recours de ses camarades, lorsqu'ils s'effondraient au retour d'une mission : il leur communiquait sa quiétude. Mais les rats-taupes ont eu raison de son calme. Théo demande à Ascott de les débarrasser des rat-taupes.

Ascott tente d'abord de creuser. Efforts dérisoires, car le rat-taupe est là dans son élément : dès les premiers bruits suspects, il disparaît promptement vers d'inatteignables profondeur.

Ascott, chasseur-né, remarque très vite que le rat-taupe dégage une odeur parfaitement identifiable. Elle permet de déterminer le parcours de ses galeries. L'une de leurs multiples issues est toujours signalée par un monticule. C'est au moment où il érige cette taupinière, que le rat est le plus près de la surface du sol. Il faut faire vite, sinon il replonge.

Ascott a suivi l'avancée des tunnels depuis la surface, au flair. Il attend patiemment l'apparition du soulèvement révélateur. Un plongeon, un moulinage frénétique des pattes avant pour évacuer l'ultime pellicule de terre et il se débrouille pour alpaguer le rat nu juste à l'arrière du crâne, là où le chien est hors d'atteinte des gigantesques incisives et des griffes fouisseuses. Ascott maintient fermement sa prise : le système nerveux du rat-taupe nu ne ressent aucune douleur. Ascott relâche le rat à bonne distance du camp, toujours dans la même zone. Par souci de ne pas disperser les familles ?

Ainsi, Ascott débarrasse le camp des rats-taupes sans tuer.

Cette stratégie d'expulsion porte ses fruits. Un rat-taupe plus intelligent que les autres a dû finir par comprendre que, dans le périmètre du camp, on était vite repéré, puis poliment mais fermement éjecté. Tout nouvel effort pour creuser serait de l'énergie gaspillée. Le système social évolué a joué son rôle : peu à peu, les monticules se raréfient, puis disparaissent.

Les proto-humains

Surmené, Karl fini par admettre que son travail acharné pourrait être nuisible pour les blessés dont il a la charge. Il se ménage donc des créneaux de détente obligatoires, et part explorer le plateau en 4x4 avec Ascott, sans demander l'autorisation vu qu'il sait que c'est interdit...

Une fois isolés au milieu du plateau, Ascott refuse de descendre de voiture. Puis quand son maître s'éloigne, il lui obéit à contre-coeur, lui indiquant en geignant que l'endroit est dangereux, se plaquant dans ses jambes.

Karl ne comprend le message de Ascott que trop tard, alors qu'il se trouve à 5 m d'un gelada (singe-lion) lui barrant le chemin.

Depuis des siècles, les humains massacrent les geladas, scalpant leurs victimes ! Les geladas, largement minoritaires et défavorisés dans ces combats, se constituent donc en groupes mobiles, rassemblant plusieurs familles, solidaires pour ce qui est des moyens de subsistance et de la vigilance face aux dangers extérieurs. Mais entre geladas, la compétition est féroce et permanente : la préoccupation de chaque chef de famille est d'agrandir son harem et de le protéger contre les désirs de conquête des chefs rivaux, afin de parvenir à être reconnu comme leader de la bande, qui peut atteindre 350 individus.

Les geladas se signalent toujours lorsqu'on approche de leur territoire : des guetteurs, qui veillent en permanence, se montrent ostensiblement et lancent des appels sonores. Si on évite le territoire, tout se passe bien. Mais Karl n'a rien vu.

D'après l'abondance des attributs qu'il arbore, leurs couleurs soutenues marquant les pectoraux, les sillons symétriques, entaillant la peau des pommettes jusqu'aux lèvres, le gelada mâle qui barre la route est un guerrier dans la pleine force de l'âge !

Le gelada écarte les bras, exhibe ses attributs virils, se bat la poitrine, retrousse les babines sur des crocs capables de transpercer une jambe : tous les signes d'une attaque imminente.

Et puis, le son menaçant tourne court : Ascott, collé au sol, avance en rampant, le museau entre les pattes, millimètre par millimètre. Les paupières serrées, pour que le moindre éclat de regard ne risque pas d'offenser le « guerrier ». Ce qui émane de la gorge du chien est un sifflement plaintif à peine audible.

Au bout d'un temps qui paraît très long, le gelada donne quelques sons de gorge cadencés, qui reçoivent un écho : de partout, dans la paroi verticale, des sons semblables répondent. Là où on ne voyait que de la roche ocrée, des silhouettes se précisent avec leur mouvement. Quelques geladas rejoignent le chef, et lancent des petits cailloux sur Ascott. Lorsque celui qui l'atteint sur le dessus du crâne est assez gros, Ascott se retourne, le happe et commence une course folle le long de la falaise. Les geladas le suivent, agrippés à la paroi, sautant de creux en aspérités. Leurs ricanements montrent qu'ils s'amusent !

Après une centaine de mètres de cavalcade, Ascott pose le caillou, et attend en haletant, la queue battante. Les primates réfléchissent, puis le chef expédie une autre pierre. Celle-là, Ascott la rattrape au vol, et repart d'où il est venu. Explosion dans la tribu : on a compris la règle, on repart aussi !

Le jeu va durer pendant près d'une heure. Au moment où Karl et Ascott retournent vers la voiture, les singes protestent par leur agitation : ils n'en ont pas eu assez !

Karl se rende compte qu'il a eu chaud, surtout que la bande l'aurait déchiqueté sans problème. Mais lors de la randonnée suivante, Ascott saute dans la jeep, lui signifiant qu'il voulait y retourner. Si Karl fait mine de ne pas prendre la direction des montagnes, Ascott aboie furieusement.

Dès que la Jeep ralentit, Ascott saute par-dessus la portière et galope avec des aboiements retentissants. Lorsqu'il arrive au rocher en boule, il est attendu par une douzaine de geladas, toujours des mâles, mais quelques-uns sont plus jeunes. La course au caillou est reprise. La séance se termine avec une quarantaine de participants, mais les geladas restent en hauteur. Les géladas apprécient en criant quand Ascott fait la saucisse, se mettant sur le dos et se trémoussant.

Au fil des rencontres, des femelles et leurs petits font leur apparition.

Un jour, Ascott apporte un jouet qui couine. Après avoir jouer avec, il le pose et se recule, puis s'applatit au sol. Karl l'imite. Une femelle finit, pour la première fois, par descendre à leur niveau, et appuie sur le jouet. Le jouet couine, et toute la tribu lui répond. Comme s'il avait reçu un signal, Ascott se catapulte et c'est la première course véritable : au même niveau cette fois-ci, avec virages, voltes, changements brusques de trajectoire. On se dispute le jouet. Celui qui le détient part en avant, et c'est aux autres de le poursuivre, Ascott faisant partie de la meute !

Chaque fois que Karl essaie de venir avec son appareil photo, les geladas ne se montrent pas, ou se réfugient dans les anfractuosités.

La 14e et dernière visite sera marquée par l'image du grand chien blanc, ventre tourné vers le soleil, deux femelles et un petit procédant sur lui à une séance d'épouillage en règle. Ascott se laisse papouiller, affichant un sourire béat, la langue au coin des babines. À une longueur de bras, le mâle dominant couve la scène de son regard jaune, en croquant des graines au creux de sa main.

On ne connaît la valeur des instants qu'après…

Fin héroïque

Quelques jours plus tard, la Mission internationale doit se retirer. Elle commence aussitôt à démonter ses installations intégralement : il ne faut pas laisser des dispositifs militaires utilisables.

Les déchets qui ne peuvent pas être détruits sont enfouis. Le lieu choisi se trouve sur « le Champ-aux-Rats », là où Ascott avait emmené les rats-taupes.

Selon les témoins, une pelleteuse avait entamé une tranchée. Le type aux commandes était un jeune Polonais. Seul à parler sa langue, ne connaissant que les ordres principaux en anglais, il venait d'arriver. On lui avait dit de creuser, il creusait.

Par amusement, il se mets a saccager tous les monticules, d'où sortent des énormes rats nus en débandade, bêtes qu'il trouve affreuses. Un gros chien blanc lui aboie dessus, se mettant devant les taupinières pour les protéger. Les soldats accourent, hurlant des phrases incompréhensibles. Croyant y voir un encouragement, le polonais met la gomme et fonce dans l'excavation. C'est ainsi qu'Ascott a reçu la blessure fatale, en protégeant des êtres vivants.

Les soldats en pleurs amènent Ascott a Karl, alors en pleine opération. Ascott est encore vivant, mais est vidé de son sang, avec l'arrière-train écrasé par la pelle. Les soldats implorent Karl de faire quelque chose :

— *"Désolé. Il a perdu trop de sang.*

— *Prends le mien : je suis donneur universel !*

— *Mais on ne peut pas transfuser un chien avec du sang humain !*

— *Je t'en prie ! Tu fais des miracles sur des hommes !*

— *Multiples fractures ouvertes. Retrait profond des tendons. Circulation nulle dans les couches supérieures des tissus. La nécrose est déjà commencée. Sous ce climat, c'est la gangrène dans quelques heures. Si nous l'aimons, nous lui devons une fin rapide."*

Quelques minutes plus tard, c'est fait. Karl a voulu tenir lui-même la seringue. Il a vu s'éteindre les dernières étincelles bleu et or.

Enterrement en grande pompe

Karl Stutz décide d'aller seul inhumer son compagnon. Au pied des montagnes, où Ascott retrouvait ses copains.

Idée réellement dangereuse : en voyant approcher, seul, l'homme qui porte un paquet pesant, les geladas se rassemblent sur la crête, émettent des grognements sourds, des rugissements, au lieu de leurs glapissements sonores habituels.

Ne pensant pas au défi lancé, Karl dépasse le rocher en boule qu'il n'a jamais dépassé, et pose le sac dans le petit cirque en demi-cercle où Ascott s'était fait épouiller.

Les primates se sont alertés les uns les autres. Ils sont vraiment nombreux, maintenant.

Dans le cirque, la latérite est plus compacte que dans la plaine. Creusant comme un forcené, c'est quand ses mains commencent à saigner que Karl se rend compte de la réalité, et des dizaines de singe-lions qui l'entourent.

— *Là, je me suis senti tout petit et seul. J'ai cessé de m'agiter. J'ai essayé d'agir le plus calmement possible. Et surtout sans regarder vers le haut.*

Il dépose le cadavre, avec le drap, dans la fosse. Elle est à peine assez profonde. Il la comble succinctement avec la terre rouge, tasse à la va-vite en piétinant.

— *J'avais préparé un petit rituel, une plante sauvage, sur le tertre… Eh bien, je n'y ai plus pensé une seconde. Pas même pris le temps de me recueillir. J'ai réussi à ne pas courir, marchant en gardant le regard vers le sol.*

Ayant déplacé la Jeep sur une faible distance, Karl s'arrête et se retourne : il voit les geladas descendre de la crête. C'est un groupe de 30 à 40 d'individus qui se retrouve autour de la tombe.

— *Ils ont entamé une sorte de… défilé, en cercle. Ils me tournaient le dos, sans crainte. Ils se sont immobilisés et ont marqué un silence. Je ne saurais dire combien de temps : je pleurais trop. Et puis ils se sont dispersés vers les hauteurs.*

Plus tard, Théo, resté dans le coin, essaiera de retourner finir correctement la tombe. Les premiers téléphones portables équipés d'une caméra leur ont permis de filmer, de loin, la tentative. On voit des grappes de geladas furieux dégringoler dans le cirque, et le Casque bleu repartir en courant vers son blindé.

Le fantôme récupère la maison hantée

Dans le livre "Ils ont vus l'au-delà">"Une maison de rêve"(p280), Mariette rêve toutes les nuits, depuis plusieurs mois, qu'elle visite la même maison. Elle est capable d'en donner plusieurs détails, comme un marbre ébréché, la présence d'ombres, de reflets dans les miroirs.

Plus tard, suite à une mutation, son mari doit quitter Paris, et cherche donc une maison en location en Charente. La première agence de location qu'il rencontre lui montre une maison qui s'est libérée la veille. Elle correspond à la taille désirée pour sa famille, il la prend, malgré les avertissements de la propriétaire qui lui dit, gênée, que la maison de famille a presque 100 ans, et qu'ils ont eu l'impression de sentir des présences, des reflets dans les miroirs.

Lorsque Mariette débarque de Paris, elle s'aperçoit avec étonnement que c'est la maison qu'elle visite tous les soirs en rêve. Même le marbre ébréché est là.

Mais la plus surprise fut la propriétaire, qui reconnaît en Mariette le fantôme qui les hantait, elle et son mari, depuis plusieurs mois !

Témoignage Harmo

Une expérience riche en extraordinaire que celle d'Harmo, la principale source d'information du recueil Altaïran.

Ce témoignage, issu d'une personne seule, ne peut être considéré réellement comme un fait sûr à 100 %, mais il se retrouve dans des milliers d'autres témoignages similaires, certains que j'ai vécu moi-même de mon côté, et j'ai pu personnellement en vérifier une partie avec les proches de Harmo.

Harmo est né au début des années 1970 vers Roanne (France).

Durant son enfance, il subit des abductions classiques qui devraient parler à certains d'entre vous, comme je les ai vécues : chambre qui s'illumine d'une couleur orangée, un ruban lumineux qui défile avec des images animées dessus, des petits singes qui traversent de nuit la fenêtre fermée pour rentrer dans la chambre, des félins qui apparaissent d'un coup.

Mais aussi un ET maléfique genre Gobelin qui cherche à l'embobiner sans succès.

Puis après l'adolescence, en plus des flashs montrant l'avenir, les visites ET lui transmettent des connaissances.

Fait rare chez les abductés, les souvenirs de la visite remontent rapidement à sa mémoire. Sûrement grâce à sa facilité d'Asperger (surdoué) à accéder à son inconscient.

C'est ainsi qu'il recevra toute l'information dont vous profitez dans ces recueils Altaïran.

Je résume et remets en forme son témoignage, dans l'ordre thématique d'abord, puis chronologique.

Vivre avec l'extra-ordinaire

Depuis toujours Harmo médite en se connectant au grand Tout (voir "méditation de la compassion", L2). Il lui semble que c'est venu tout seul.

Durant son adolescence, Harmo développe spontanément la précognition (voyance d'événements futurs) et la télépathie.

Vers l'an 2000, les abductions (jusqu'alors non désirées consciemment) deviennent des visites instructives volontaires de sa part, qui lui apportent plein d'informations sur ses questions du moment.

Ce que Harmo retiens de ses expériences :

"Quand de tels évènements vous arrivent la nuit, c'est dur de se retrouver le lendemain plongé dans les petites banalités de tous les jours ! On a envie de crier à tout le monde ce qui s'est passé mais on ne peut pas.

Tout parait tellement futile et banal quand on a été confronté à l'extraordinaire, qu'on finit par être complètement blasé, décalé par rapport au quotidien.

Quand on est ado, que la nuit on a visité un OVNI, et que le lendemain à l'école tout le monde stresse parce que la prof a fait une interro surprise, c'est complètement sur-réaliste…".

Abductions

Caractéristiques abductés de Harmo

Harmo possède une marque en demi-lune (au niveau du foie) similaire à celle que le prophète Mohamed avait au niveau du cou, et qu'on retrouve chez beaucoup d'abductés, c'est la scoop-mark, encore appelée marque prophétique au Moyen-Age.

Comme beaucoup d'autres abductés, Harmo a une répulsion à se faire toucher par d'autres, même par sa famille.

En primaire, tendance à jouer Zorro et à défendre les faibles.

Au collège (après le Gobelin), tendance à être mis à l'écart, voir à subir des violences injustifiées de la part des autres. D'autres décès dans sa famille, des relations familiales conflictuelles, l'histoire du vol dont il est accusé à tort et qui lui pourri la vie, etc.

Angines à répétition. Pas de saignement du nez, mais beaucoup de soucis de sinus. Rien de spécial n'apparaît sur les radios, et pourtant ça fait mal. Une sinusite chronique qui commence à la fin de son adolescence (alors qu'il n'a jamais fumé, ni côtoyé de fumeurs avant 35 ans).

1 à 2 fois par an environ, Harmo a comme un clac dans la tête, un peu comme une décharge électrique instantanée mais pas du tout douloureuse. Les examens n'ont pas décelé de problème d'épilepsie.

Harmo a des capacités psys assez bien développées (précognitions, télépathie, sortie du corps, p. 186).

Plusieurs générations d'abductés

Plusieurs de ses ascendants (parents et grand-parents) semblent aussi avoir une scoop-mark, comme sa mère sur le tibia. Sa mère vivait aussi l'expérience, étant petite, des lumières dans la chambre, réveils en paralysie du sommeil dans des lieux inconnus, les lumières dans le ciel, les silhouettes à la fenêtre (des espèces de chats avec des yeux énormes), etc.

Elle a eu aussi la visite du gremlin maléfique dans les années 1960.

Le

père de Harmo refusant catégoriquement d'aborder le sujet des ET, Harmo ne sait pas s'il y a des antécédents de son côté...

Un des frère de Harmo fait des cauchemars avec une énorme étoile qui grossit et qui lui fonce dessus, et qui le met dans de terribles états au réveil.

La vie familiale est compliquée à l'arrivée d'Harmo. L'oncle décède dans un accident de voiture le jour du mariage de ses parents (sa mère étant enceinte de Harmo)

Quelques semaines avant la naissance d'Harmo, ses parents subissent des poltergeists (phénomènes déjà subis par sa mère dans son enfance), au point qu'ils ont dû quitter leur maison.

2 jours avant sa naissance, au moment où sa mère rentre à la maternité, leur nouvel appartement est complètement vidé par des cambrioleurs.

Abductions > Avant 1981 (9 ans)

Harmo ne s'est souvenu de ces abductions d'enfance que lors du visionnage du film Intruders en 1996, alors qu'il est adulte.

Lumière orange

1er phénomène : ruban avec images animées + petits singes + léopard

C'est le premier phénomène étrange dont Harmo se souvienne. Il a alors moins de 4 ans, et au réveil, le matin, il est paralysé, sur le dos, ne pouvant se lever ni crier. Une lumière orange bienfaisante baigne la pièce.

Il voit alors une sorte de rayon, comme une bande transparente de lumière, venir de la fenêtre (3 mètres à sa gauche) et se dérouler jusqu'au mur à sa droite, à peu près à 30 ou 40 cm au dessus de lui (juste au dessus de sa barrière de lit). Des sortes d'images se forment sur la bande, des images animées. Ces images animées se déplacent de la fenêtre vers le mur.

Il se souviens d'animaux (un léopard?) et d'autres choses vagues dans ses souvenirs. L'image était orangée comme le rayon. La bande est transparente, car il voit l'armoire derrière le ruban de lumière.

Quand le ruban s'arrête, Harmo tourne la tête vers la fenêtre, et voit 3 "choses" : 2 assis accroupis sur le bord de fenêtre, et un autre qui était comme agrippé en haut, comme s'il avait eu des ventouses. C'était pas gris, mais plutôt mastic, avec une peau satinée comme une fourrure bien rase (difficile d'en savoir plus de là ou il était). Ils ont une grosse tête, et n'ont pas de nez, comme un gorille (détail important pour la suite), ce qui lui fait peur (les nez de gorilles lui donnent toujours des frissons dans le dos). Il les prend sur le coup pour des petits singes sans queue. Ça ne dure pas longtemps, ils partent très vite et sa gorge se libérant, il se mets à hurler.

Harmo pense que les ET altruistes viennent visiter et font dérouler les vies antérieures pour retrouver les âmes qu'ils cherchent.

Lumière divine apaisante

Cette lumière orange est par la suite revenue 2 ou 3 fois entre ses 5 à 8 ans environ.

Lors de ces expériences, Harmo se réveille en pleine nuit, avec sa chambre toute illuminée d'une lumière jaune orangée très vive. Il en garde un excellent souvenir, un peu comme s'il étais dans un état de béatitude suprême à ce moment là. Pour lui, à l'époque, c'est comme si tous les objets et les murs étaient en or (la lumière étant chaude et paisible). Cette lumière orange qui recouvrait tout c'était reposant, magique.

Il avait l'impression que c'était le Père Noël qui était venu lui rendre visite, parce qu'il avais cette sensation d'excitation intense, comme si un individu bon et bénéfique lui avait fait l'honneur de sa venue. Un peu comme si Dieu était venu lui faire un coucou. A l'époque (moins de 7 ans) Dieu ça ne voulait rien dire pour lui, par contre le père Noël, ça c'était le must du must, Dieu en quelque sorte....

Pas évident du tout à expliquer. On pourrait dire que c'était presque une exaltation mystique !

Avec ses mots d'adultes (le miracle de Noël n'ayant plus la même émotion une fois adulte), Harmo dit que ça procurait une grande paix, presque un plaisir, une immense béatitude.

Effet d'un manque dans les jours qui suivent, parce qu'une telle paix, une telle chaleur, il a eu envie de la retrouver par la suite (et même aujourd'hui encore) sans jamais l'atteindre, même par la méditation.

Abduction type : 3 gros boums sonores, King Kong et traversée des murs

Après la première visite des 3 petits singes, les abductions sont quasi quotidiennes toute son enfance, et sont sources d'angoisse pour Harmo (qui se décrit comme un chat effrayé par le vétérinaire qui lui veut pourtant du bien, parce que les abductions sont forcément avec le conscient coupé, et ce dernier ne comprend pas ce qui lui arrive).

Lutte pour rester éveillé le plus longtemps possible

Ces phénomènes semblent attendre que sa grand-mère éteigne la télévision et aille se coucher.

Dans ses jeunes années, malgré ses efforts pour rester éveillé, il finissait par s'endormir, et alors on venait l'enlever.

Au bout de quelques années, Harmo finit par réussir à rester éveillé jusqu'à leur arrivée.

3 boums sonores

Les abductions sont toujours précédée de 3 boums sonores graves et profonds qui se suivent.

Enlèvement

Harmo sent ensuite comme une présence dans sa chambre.

Ensuite, on lui enlève les draps de force (auxquels il s'accroche fermement avec toute la force de ses 6 ans). Perte de conscience tout de suite après.

Malgré la perte de conscience, il arrive à se souvenir de quelques images que son inconscient, toujours actif et réveillé, mémorise (capacité facilité par le syndrome d'asperger, et son entraînement à la méditation)

Quelque chose de ferme le saisit ensuite par le tronc : ce n'est pas douloureux, mais c'est quand même assez dur et oppressant.

Passage à travers les murs

Il passe ensuite par la fenêtre fermée (à travers la matière) est est dirigé vers une grosse masse noire avec des points lumineux blancs assez vifs.

Quelques fois, après la sortie hors de la pièce, il est emmené assez haut en altitude. Il a même le souvenir d'avoir vu la maison à environ 20 ou 25 mètres au dessus du toit, avec une intense sensation de vertige.

Par contre, une fois dans le vaisseau, les souvenirs sont inexistants, ou du moins plus flous, il faudrait un recouvrement de mémoire plus fort pour ces abductions de l'enfance.

Le King Kong

Tout enfant, Harmo va un jour près d'une fête foraine, avec un manège représentant un gros King-kong (gorille géant) qui fait peur. Au même moment, un pétard éclate.

Par la suite, pendant toute sa petite enfance, les visites d'OVNI et de leurs occupants prenaient une forme de façade, celle d'un King Kong volant qui s'approchait de la maison, et de ses petits singes assistants.

Autres bizarreries dans l'enfance

Temps figé

Sa grand-mère demande à Harmo de s'habiller avant le petit déjeuner. Il va dans sa chambre, se change, et quand il revient dans la cuisine 2 minutes après, plus personne. Il fait vite fait le tour de la petite maison, puis sort dehors pour essayer de retrouver ses grands parents. Tout est figé / immobile dehors. Les vaches dans le pré sont bizarres, comme pétrifiées. Elles restent le museau dans l'herbe sans bouger. Silence de plomb, pas de bruits d'oiseau ou de vaches dans l'écurie comme normalement, rien. Ce silence absolu lui fait vraiment peur tellement c'est pesant. Harmo se retourne pour rentrer vite à l'intérieur et fuir ce silence, et tombe sur ses grands-parents à table : tout a repris un cours normal.

Temps manquant

En plein jour, pour échapper à un OVNI qu'il ressent venir le chercher (sans parvenir à le voir), Harmo se planque dans une haie. Ses parents le recherche. Il s'écoule 5 minutes pour lui, mais 1 heure pour ses parents. Son père avait fait plusieurs fois le tour du village en voiture pour le chercher.

Étoiles qui bougent en plein jour

A l'école, Harmo observe des étoiles qui bougent en plein jour régulièrement, mais sans avoir entendu parler d'OVNI, il croit que c'est un phénomène normal et n'y prête pas plus attention.

Ces étoiles ont disparu après 9 ans, au moment où les abductions de son enfance se sont espacées.

Abductions > 1981 - 1994 (9 à 24 ans)

1er gremlin

Avant qu'Harmo rentre en 6e (vers 10-11 ans).

Il se réveille en pleine nuit, sans savoir s'il est dans un rêve ou dans la réalité. La fenêtre est ouverte, ce qui n'est pas normal. Il se lève pour la fermer. Il voit dehors, sur une grosse branche horizontale d'un arbre, une créature. Elle est assise, accroupie sur la branche, comme une grenouille. D'ailleurs elle est verte, avec de grands yeux jaunes presque fluorescents, mais surtout de grandes oreilles. Si des gens ont vu le film "Gremlins", et bien c'est franchement ça. Elle a de petites dents pointues et de longues griffes. Voir le dossier sur le gremlin (L2 ET-Hiérarchique-Gremlin) pour plus de détails et l'image de cette créature revenant souvent dans les témoignages ou dans les légendes sur les gobelins.

"La créature me parle, mais je ne me souviens pas de ce qu'elle me dit car elle m'est carrément antipathique et je veux pas l'écouter: j'ai l'impression qu'elle veut me faire croire des sornettes, ou qu'elle me ment. J'ai cette très nette impression, alors je la dédaigne, et je lui dis de partir, que je suis pas intéressé, qu'elle m'ennuie... enfin, c'est le message que je lui adresse, je ne me rappelle pas avoir prononcé un mot."

Harmo ferme la fenêtre et retourne se coucher.

Plus tard, avec le recul, Harmo se rend compte que même étant du côté altruiste / coopération, on peut être visité par des entités de l'autre bord.

Matérialisation d'objet

En fin de primaire, un camarade apporte une rose des sables à l'école. Le soir, en prenant son cartable, Harmo le trouve bien lourd. Il y retrouve la rose des sables, alors que personne n'a pu le mettre dans son cartable, l'institutrice fermant la porte de la classe à clé pour les récrés (seule l'institutrice avait la possibilité matérielle d'interchanger la pierre).

Évidemment, personne n'a cru Harmo, et sa réputation de voleur l'a suivi toute sa scolarité, bien qu'il soit un excellent élève…

Vu la proximité de l'échange avec le Gremlins et le vol de la pierre, Harmo se demande s'il n'a pas été piégé par des ET maléfiques.

Prise de conscience des ET

C'est vers 13 ans que la prise de conscience intervient. Alors que sa scolarité est assez difficile a cause de brutes au collège (bravo l'éducation nationale qui laisse la loi de la jungle des cours de récrés tenter de ramener violemment dans le moule ceux qui sortent de l'ordinaire et/ou qui réussissent à l'école), il commence à appeler des gens des étoiles à sa rescousse, sans savoir pourquoi il fait ça (il ne connaît rien au phénomène ET et aux OVNI à l'époque).

L'approche se modifie progressivement

Virer l'écran d'enfance qui fait peur

Harmo ne peux pas dater précisément ce qui va suivre, parce que ces différents évènements ont formé un processus lent et continu dans le temps.

Les années passant, l'illusion du King Kong (probablement fabriquée) se fissure.

Pendant les visites à l'adolescence, son esprit, qui devient de plus en plus vif, lutte autant qu'il peut contre ce King Kong, et finalement, plusieurs fois de suite, ce "souvenir écran" est mis en défaut. Par exemple, au lieu que le King Kong ait 2 yeux blancs, il se mettait à en avoir 3, voire 5 ou 6. C'était de moins en moins logique mais en même temps de plus en plus proche de ce qui se passait vraiment, vu que les "yeux" étaient en réalité des sources lumineuses sur le pourtour de l'engin.

Harmo pense qu'à un moment, les visiteurs ont compris que leur illusion était sur le point de tomber à l'eau et une nuit, il a fait "ami-ami" avec King Kong. Sentiment étrange d'en avoir fini avec cet ennemi, d'avoir conclu un pacte afin qu'il ne revienne plus. King-Kong n'est plus jamais revenu, excepté dans de vrais rêves.

Les avions ou hélicoptères en remplacement

Un remplaçant plus concret à pris la place de King Kong. Harmo voit plusieurs fois par la fenêtre un avion voler très bas et se poser soit dans le jardin, soit sur un vaste terre-plein qui bordait une usine proche de la maison de ses parents.

Cet avion était étrange : il volait tellement bas qu'Harmo pouvais voir que c'était un appareil de ligne, mais il ne faisait pas de bruit et se posait comme un hélicoptère. Pas du tout logique vu la taille...

Dans cette nouvelle configuration, il n'y avait pas toujours les 3 boums caractéristiques qui précédaient la venue de King Kong.

Ces changements avaient pour but d'être moins anxiogène que le King-Kong géant, mais les premières fois l'effet fut le contraire de celui escompté : Harmo a bien cru que c'était un avion qui allait se crasher et en fut effrayé !

Puis avec l'habitude, il se calma en se disant que l'avion se posait comme un chasseur Harrier à décollage vertical.

Une fois l'avion posé, au lieu des 3 singes sortant du King-Kong, c'est 3 humanoïdes en costume de pilotes qui s'approchent de lui et viennent le chercher dans la chambre, puis hop, Harmo perds conscience.

Ensuite, par recouvrement des souvenirs de l'inconscient, il a le souvenir très net de se voir flotter dans le couloir, de pivoter à angle droit et de descendre les escaliers toujours en flottant jusqu'en bas. Par contre, une fois arrivé au rez de chaussée, perte totale de conscience parce qu'il ne se souviens pas de comment il sort de la maison.

Les incohérences de l'approche

Harmo ne s'en rendais pas compte sur le coup, mais ces approches comportaient plusieurs incohérences. Notamment qu'il voyait les appareils se poser sur le sol, alors la fenêtre de sa chambre, un vélux, est dirigé vers le ciel, et ne permets pas de voir la phase finale d'atterrissage. Comment peut-il voir les pilotes de l'avion qui en débarquent ?

Les variations de l'approche

Selon l'endroit où Harmo se trouve, l'approche n'est pas la même :

- chez sa grand-mère, pas de place à côté, ils restent en stationnaire (et c'est alors un hélicoptère dans l'illusion de l'approche),
- chez ses parents, il y a un terrain vague à côté, et ils peuvent se poser au sol à se moment-là.

L'illusion s'effondre, et l'OVNI apparaît

Plus les visites se faisaient, moins l'illusion du Boeing était efficace, si bien que plusieurs fois, Harmo voit l'avion s'approcher puis, petit à petit, il se rend compte que c'était un OVNI. Il lui arrive d'en voir jusqu'à 3 en même temps, ils s'immobilisent au dessus du terrain vague (pourtant pas de vision directe possible) avant qu'Harmo perde totalement conscience de la visite.

Observation plus consciente d'une abduction

Harmo est alors de plus en plus curieux de savoir ce qui se passe réellement lors de ses abductions. Les visites commencent alors à se faire de plus en plus claires, sans maquillage psy.

Approche sans maquillage psychique

Les première fois, il n'a que de brèves visions (le Boeing qui se transforme en OVNI) jusqu'au moment où il réussi à conserver sa première expérience sans image mentale, la première fois où il peut réellement empêcher leur camouflage "psychique" de lui cacher la réalité, à force de volonté.

La conscience dure plus longtemps

Comme d'habitude, ils étaient venu le chercher dans sa chambre, mais au lieu de perdre conscience en arrivant en bas des escaliers, il peut résister encore un peu. La porte s'ouvre sans qu'il la touche, et il sent 2 "personnes" de chaque côté (qu'il devine du coin de l'oeil, même s'il ne peut bouger la tête). Il flotte mais on le tiens par les bras. De la porte, l'équipe sort dans la rue : il fait noir, mais il y a comme des rayons de lumière bleus verticaux qui se baladent entre le haut et le sol (comme si des projecteurs au dessus allumaient la route en faisant des allers et retours autour d'eux).

Les visiteurs et Harmo remontent un peu la route, jusqu'à un parking accolé à un immeuble.

Montée dans l'OVNI

Arrivés au milieu, Harmo (qu'ils ont du mettre en position couchée) peut voir, au dessus de lui, un énorme disque sombre immobile,avec une grosse lumière rouge en dessous. L'OVNI est à environ 15 mètres du sol, et touche presque la façade du dernier étage de l'immeuble.

A peine le temps de voir ça, qu'Harmo se retrouve à l'intérieur de l'OVNI, sans comprendre comment cela s'était produit.

L'intérieur de l'OVNI

A l'intérieur, juste à côté de l'endroit où Harmo étais "apparu", il y a la même lumière rouge qu'en dessous à l'extérieur. Harmo suppose donc que cette "lumière" est une sorte d'appareil qui permet de "téléporter" de l'extérieur vers l'intérieur et vice versa, ce qui explique pourquoi les abductés ne se souviennent jamais entrer dans les OVNI par une porte, mais se retrouvent à l'intérieur instantanément sans savoir comment.

Harmo est toujours incapable de tourner la tête, mais peut quand même bouger les yeux, et peut donc observer ce qui se passe autour de lui même si ce n'est que du coin de l'oeil.

L'intérieur de l'engin est éclairé par cette lumière rougeâtre. Ça a l'air métallique, ambiance plutôt sombre. C'est une espèce d'énorme hangar en forme de dôme (le hall central). Il y a un étage, comme une passerelle, qui fait le tour de cette énorme pièce (d'à peu près 20 mètres de diamètre).

Harmo est dirigé vers le bord de ce hangar, puis entre dans un couloir très court qui mène à une pièce plus petite. Une silhouette devant lui, et 1 autre à environ 1 mètre derrière lui.

Une fois dans cette petite pièce, Harmo est installé sur une sorte de chaise de dentiste assez inclinée (mais pas allongé complètement).

La zéta médecin

Dans la salle d'examen, se tient une femme médecin. Bizarrement, si Harmo est arrivé à voir l'intérieur de l'appareil (pièce d'examen et hall central), il ne réussi pas à faire totalement tomber le camouflage psy de la femme médecin : très grande (plus de 2 m), presque filiforme, habillée de blanc. Sa blouse n'est pas normale, beaucoup trop cintrée au niveau de la taille. Pas de bouche ni de nez, mais un masque blanc de chirurgien, difficile à distinguer du visage très pâle. D'énormes lunettes de soleil, comme ça se faisait bien dans les années 70. Il n'avait jamais vu de Zétas à l'époque, mais sait maintenant que les lunettes de Soleil étaient les grands yeux.

La médecin est accompagnée d'un homme, beaucoup plus petit, avec des lunettes plus petites, mais accoutré de la même manière.

La télépathie

Harmo les "entends" converser mais ne comprend pas tout, ça allait trop vite pour lui, probablement de la télépathie entre eux pour se mettre d'accord sur ce qu'ils allaient faire. Le petit donne une sorte de tuyau à la grande. Harmo prend peur, car il comprend (en les "écoutant" dans sa tête) qu'ils allaient lui injecter quelque chose.

Surpris, ils s'arrêtent et l'observent quelques secondes, puis la grande "pensent" tout haut que le liquide qu'ils allaient injecter était à 400°. Harmo a un coup d'adrénaline très fort (très peur de se faire brûler le bras). Les 2 faux-médecins réagissent très vite. Le petit est vite parti, comme si la grande lui avait demandé de pas rester près de Harmo. Le petit avait l'air embarrassé. Harmo pense que le petit était pas assez "habile" télépathiquement et que Harmo pouvais suivre la conversation par son intermédiaire.

L'expérience

La grande a pris un autre tuyau et mets les tuyaux dans le bras d'Harmo. Il ne sent aucune douleur ni aucune gène. Un liquide, un peu jaune verdâtre, circule dedans, et était un peu chaud. La grande lui fait comprendre que ça ne brûlerait pas, que c'était à 40°C et qu'ils voulaient tester la réaction de mon corps à une hausse de température. C'est du moins comme ça qu'Harmo a compris le message, confus et rapide, très difficile à "capter" (comme souvent, la télépathie est trop riche en information pour le cerveau humain).

La petite escapade dans l'OVNI

Ensuite plus rien, Harmo est rendu inconscient quelques instants. Quand il revient à lui, la grande n'est plus là. Il est toujours sur le fauteuil, mais plus de tuyau, ni aucune trace sur son bras.

Prenant son courage à deux mains, il se lève, bien qu'il ai le sentiment que c'est interdit. Il réussi à se mettre debout et à se traîner jusqu'à une petite porte d'1,5 m de haut. Cette porte s'ouvre "par miracle", et Harmo finit par atterrir dans un grand couloir courbé, assez large, avec plein de hublots ronds sur une des faces. Il essaye de s'en approcher, mais il est comme drogué, ayant du mal à tenir debout et à avancer. Il a juste eu le temps de voir des collines et une forêt avant qu'ils ne reviennent et qu'Harmo perde connaissance complètement...".

Capacités psys

Harmo dit que les ET (sans préciser lesquels) lui ont appris à avoir accès à son âme, et qu'il ne pense plus de la même façon après (il n'est plus limité par la réflexion du corps physique mortel, sa conscience, qui lui fait transcender les réactions automatiques, est encore amplifiée).

Précognitions avant 10 ans

Harmo a progressivement la capacité de voir des scènes du futur. Ces scènes sont impossibles à prévoir, et contiennent tellement de libre-arbitre, qu'il est impossible, au moment de leur vision, d'être sûr qu'elles se réalisent. Elles viennent donc de la dimension divine, là où les événements se sont déjà déroulés vu que le temps n'existe pas. Il ne s'agit donc pas de voyances (événements non écrits car non réalisés, soumis au libre arbitre) mais de prophéties.

Alors qu'Harmo a entre 5 à 6 ans, il rêve d'une copine d'école et la vois amener une boite en fer remplie de perles de couleurs. Le lendemain matin, à l'école, cette même scène se déroule exactement comme Harmo l'avait rêvée. Non seulement il avait vu l'avenir, mais cet évènement n'était pas prévisible. En effet, cette copine n'amenait jamais rien à l'école, non seulement pour ne pas qu'on lui vole, mais en plus elle n'entretenait aucun lien avec les autres élèves. C'était donc tout à fait exceptionnel qu'elle apporte son trésor, et qu'elle le montre toute fière aux autres.

Développement de la télépathie

Après ses 10 ans, des capacités télépathiques se mettent en place chez Harmo. Il a des visions d'images bizarres, peut être télépathiques, peut être liées à de la médiumnité (l'inconscient superpose aux sens physiques les messages qu'il a à faire passer au conscient).

La toute première fois, il a la vision très nette d'un triangle, comme tracé à la règle: c'était un triangle équilatéral parfait, mais à chaque extrémité, le trait débordait, si bien que ça faisait un triangle avec 2 "antennes" à chaque coin. Le plus étrange dans cette vision, et comme dans toutes celles qu'il a eu par la suite, c'est qu'elles sont toujours accompagnées d'un message.

Le message n'est pas une voix, une phrase ou une image avec des mots. C'est important, parce que les hallucinations, dues à des problèmes psychologiques, sont toujours très "humaines". Les schizophrènes par exemple, entendent une voix leur parler dans leur esprit. Dans le cas de Harmo ce n'est pas du tout ça. Difficile à décrire, mais c'est comme si l'image était accompagnée d'une quantité d'information immédiatement et instantanément fournies, sans besoin de mot ou de phrase. Une seconde avant il n'est au courant de rien, puis l'image apparaît et hop, instantanément, une quantité d'information est dans sa tête la seconde suivante.

Donc, Harmo vois ce triangle particulier, et en même temps, il comprend que ce symbole est en fait "son nom".

15 ans - Précognition d'un accident de voiture mortel

Alors qu'il a 15 ans, Harmo croise une voiture (un de ses anciens voisins avec sa fille). Il sait alors que cette voiture allait avoir un accident grave. Le lendemain, Harmo apprend que cet ancien voisin s'était tué dans un accident, environ 500 mètres et 1 minutes après qu'il ai croisé Harmo.

Vision d'une scène de déménagement futur

Harmo avait vu en 1999 une scène avec des meubles en cours de déménagement, et une jeune fille brune assise sur un divan. Tout dans cette vision lui était inconnu.

2 ans plus tard, il a rencontré cette fille (la copine d'un copain) qui a eu un souci de logement, et qu'il a hébergé quelques semaines, juste avant qu'Harmo ne déménage suite à une rupture. Juste avant le déménagement, l'ex de Harmo a fait un transfert de meubles vers son nouvel appartement, tout juste hérité de sa tante. C'est à ce moment imprévisible que la vision s'est réalisée : la fille sur le canapé, et les meubles (qui ne sont restés que 2 jours dans l'appartement), tout était en place comme dans sa vision ! Impossible de prévoir cette scène à l'avance... Harmo avais raconté par écrit, 2 ans plus tôt, cette scène à une copine.

La plupart du temps, les "visions" de l'avenir ne lui servent pas à grand chose, même si c'est parfois des épisodes clé de sa vie, ce sont des détails sans importance.

Par exemple, son déménagement s'est fait peu de temps après le 11/09/2001, et Harmo n'a rien vu de l'attentat !

Vision du prochain président de la République

Le 11/03/2017, Harmo révélait qu'il avait eu une vision où il voyait le futur président de la République derrière son bureau à l'Élysée. Là encore, une vision hors du libre arbitre donc, depuis une dimension où le scénario futur s'est déjà déroulé. Dans cette vision, Harmo est accueilli dans le bureau de l'Élysée par celui qui deviendra président de la République, Emmanuel Macron. Harmo avait révélé le nom en privé, mais n'avait pas voulu risqué d'influencer les votes en révélant publiquement qui était dans sa vision.

D'après le ressenti d'Harmo, cette invitation entrait dans le cadre d'une mise en avant pour la révélation de Nibiru, ce qui en tant que personne timide aspirant à la tranquillité, est loin de le réjouir...

OBE (sorties de corps)

AM : Harmo fait bien la différence entre un enlèvement physique (comme dans les boules bleues), et un voyage astral ou OBE (qui lui est arrivé à plusieurs reprises). Comme la fois où sa vésicule biliaire a été guérie, quand il s'est téléporté dans le gremlins rouge, mais la plupart du temps c'est accidentel : "notamment une ou deux fois alors que j'étais en train de conduire. Je me fais hypnotiser par les marquages au sol. Je fais depuis très attention car mon "corps astral" a pas l'air de bien tenir à moi ! Il a tendance à vouloir se balader facilement. Cela m'est aussi arrivé dans le vie de tous les jours, sans savoir pourquoi... la plupart du temps, je me retrouve ailleurs quelques secondes, sans savoir trop ou... c'est trop court pour vraiment voir des détails. Il me semble que je me retrouve chez moi ou chez mes parents, enfin dans des lieux familiers (les endroits auxquels je pense juste avant le détachement)."

Ces sorties du corps ne durent que quelques secondes. Harmo ne sait pas si c'est inné, ou si c'est suite à des ajustements de la part des ET.

Médiumnité

Harmo lie ça aux possibilités de sortir du corps :

H : "Ceux qui vivent les abductions savent bien que souvent on ressent une présence auprès de soi, on voit des ombres à la limite de notre zone de vision, etc."

Harmo relate cette expérience bizarre de 1994 : "depuis quelques jours, je ressentais qu'il y avait quelque chose qui tournait autour de mon lit. C'était une période de ma vie ou j'avais envie de me rebeller contre tout ça [les abductions] et mener enfin une vie paisible, comme tout le monde. Cela m'a peut être donné assez de force, mais, quoi qu'il en soit, un soir, alors que je m'assoupissais, j'ai ressenti la présence. D'un coup, pris d'une "pulsion" et peut être pas mal de colère, j'ai bondi sur la présence, l'ai saisi au corps et nous sommes tombés tous les deux au sol. Sauf que mon corps était toujours en train de dormir et que c'est mon corps "astral" qui avait surpris l'entité ! Je ne suis pas resté longtemps décorporé et me suis vite vu remettre en place (physiquement et spirituellement) car je me suis pris un "Qu'as tu fais ! c'était ton ange gardien !" qui ne venait pas de l'esprit que j'avais plaqué (qui était une silhouette d'humanoïde de lumière bleue transparente au passage).

J'ai eu beaucoup de regrets par la suite, car plutôt que d'essayer de comprendre pourquoi la présence était là, j'avais laissé la colère m'envahir...

Quoiqu'il en soit, je ne sais pas si cette entité revient me voir, mais je suis beaucoup moins attentif aux présences, que je tolère aujourd'hui, et donc, je ne m'en aperçoit quasi plus du tout (sauf quand j'y prête vraiment attention)."

1994 à 1996 - Recherches encyclopédiques (22 à 24 ans)

La religion

Après qu'un être astral lui ai révélé qu'il était son ange gardien, Harmo va faire des recherches sur la religion et les anges gardiens, il dévore tout ce qu'il trouve à la bibliothèque municipale, dans l'espoir de trouver des réponses à ce qu'il vit la nuit.

Une biographie historique sur le prophète Mohamed lui mets la puce à l'oreille, celle où le prophète est ouvert par les anges pour opérer quelque chose dans son coeur, puis une poudre sur la plaie la fait se cicatriser rapidement. Le cousin de Mohamed est immobilisé, ne pouvant bouger que les yeux (p. 514), ce que vivait Harmo lors de ses abductions. Il y a aussi la scoop Mark de Mohamed.

Les Men In Black (1994)

En rentrant de la bibliothèque (où il venait de découvrir que Mohamed était un visité), Harmo trouve sa mère toute catastrophée. C'était la période où les OVNI venaient se poser à plusieurs dans le terrain vague, et cela avait attiré l'attention... 3 hommes inquiétants bizarres, tous en costume cravate, étaient passé en l'absence de Harmo : 2 très grands, blonds, avec le visage sévère, carrément baraqués, et le troisième plus petit, un peu fort et chauve, avec un grosse bague noire.

Le plus petit a d'abord demandé si Harmo était là, puis a posé des questions plus intimes, comme savoir si Harmo se sent bien dans la société, s'il n'a pas de problèmes, etc. La mère, qui avait cru que Harmo s'était mis à dos la police, se mets alors sur la défensive, et leur demande qui ils sont. Le plus petit réponds juste que ce n'est pas grave, qu'ils repasseraient. Puis ils montent dans leur voiture, une CX noire avec des vitres teintés, et disparaissent.

A l'époque, Harmo ne s'intéressait pas aux abductions et aux ET, il ne saura pas qui étaient ces hommes. Ce n'est qu'après 2000 que Harmo entendra parler des hommes en noir venant enquêter sur les abductés.

Sortie du corps et guérison

Alors qu'Harmo est à l'université, il subi des maux de ventre de plus en plus intenses, qui mettent en péril ses études. Alors qu'il déprime (les médecins ne trouvent rien et le baladent depuis des années en lui disant que c'est dans la tête), il subit de nouveau un réveil en pleine nuit, incapable de bouger, et sens son esprit sortir de son corps. Il a peur sur le coup d'être possédé par un démon, mais un voix le rassures en lui disant qu'il n'a rien a craindre. Il est alors soulagé de toutes ses douleurs.

En fin de semaine, quand il rentre chez ses parents, les maux de ventre reviennent d'un coup violemment. Mais cette fois il a le courage d'obliger son père à l'emmener au médecin, et d'obliger le médecin à trouver la source du problème. Une radio montrera qu'il est né avec 1 vésicule biliaire à 2 sacs au lieu d'un, une faiblesse génétique présente du côté paternel (ses 2 grands-parents, son père et son frère ont des vésicules anormales ou fonctionnant mal). Il se fera opérer rapidement après, sa vésicule ne faisant plus son travail (elle se pliait à cause du double sac, et rien ne sortait).

Chose étonnante, sa scoop mark est juste au dessus de la vésicule biliaire malformée.

Abductions de guérison et d'amélioration

De ce que Harmo peux dire de son expérience et de celles de ses proches, c'est que ces interventions sur le corps de l'abducté toucheraient essentiellement à l'amélioration de leur 6e sens (télépathie, instinct, capacité de précognition) et à leur système digestif.

les visites d'ET ont un impact beaucoup plus important sur la construction psychologique des abductés qu'il n'y parait, en termes d'éducation et d'ouverture spirituelle.

Ce qui est frappant, ce sont les changements soudains qui se produisent parfois suite à une expérience (un rêve très prenant faisant intervenir des ET pendant la nuit).

Harmo raconte qu'il s'est mis à vouloir cultiver des plantes vertes du jour au lendemain, et à vouloir cueillir des baies sauvages pour en faire des confitures. Il a augmenté de 70% son apport en aliments végétaux. Tout ça après un rêve où il contrôle les plantes par la pensée, et que des OVNI se posent dans le jardin.

Depuis, il a super mal au ventre s'il ne se tiens pas à ce régime "imposé".

Des effets mesurables. Avant ce "rêve", s'il mangeait trop de fibres, il avait, comme beaucoup de gens, une belle diarrhée. Depuis, il peut avaler avaler 1 kg de pruneaux, des épinards et des compotes sans les inconvénients ! Une manière de mieux profiter des plantes sauvages de l'aftertime, qui seront en nombre limitées. Un meilleur système immunitaire aussi : il a depuis ce "rêve", toujours été épargné par les gastro et autres grippes intestinales (alors que tout son entourage y passe).

1996 à 2000 - Révélations et synchronicités (24 à 28 ans)

Le film "Intruders" révélant tout

Vers 1996, sur une impulsion réflexe, Harmo allume la télé en pleine après-midi, et tombe sur le film *Intruders*, qui racontent les enquêtes sur les abductions aux

USA. Bien qu'éprouvé par ce documentaire, il reconnaît beaucoup de similitudes avec ses expériences.

C'est au visionnage d'*Intruders* que les souvenirs d'abduction d'enfance remontent (ou plutôt, qu'il reconsidère ces souvenirs sous un aspect nouveau).

Il laisse alors tomber l'hypothèse religieuse (anges gardiens) pour chercher dans l'hypothèse OVNI.

Déphasage par rapport au système

Ce fut une expérience à la fois formidable et effrayante. Harmo avait enfin compris ce qui lui arrivait (même s'il lui manquait des détails).

Mais il a quand même du mal à digérer parce que c'était trop lourd de conséquences : non seulement des ET venaient le voir depuis tout petit, mais en plus ils lui faisaient des trucs pas nets.

Il est alors passé par une phase de rejet : trop dur et trop lourd, surtout quand il n'y a personne pour partager tout cela (son entourage l'aurait pris pour un fou).

Quoi faire de cette expérience ?

La société, notre éducation plus ou moins laïque ou religieuse, plus ou moins scientifique ou populaire, ne préparent personne à intégrer une abduction : tout d'abord, le phénomène OVNI n'est même pas reconnu, et les abductions c'est encore pire, puisque même chez les ufologues les plus convaincus, les témoignages des abductés dérangent. A qui parler de tout cela ? Facteur aggravant aussi, la France est très en retard sur l'étude du phénomène par rapport aux USA.

Harmo a l'impression d'être une victime, non pas des ET, mais d'un monde complètement sourd et aveugle, renfermé sur ses certitudes, et qui se fout complètement de la vérité. Bref, un grand moment de solitude !

Les interrogations d'Harmo durent jusqu'en 1998, date où internet arrive... A partir de là, la parole se libère, les témoignages similaires abondent, il peut enfin comprendre pleinement les abductions, décharger son fardeau en en parlant avec d'autres qui vivent des choses extra-ordinairement similaires, et passer à l'étape d'après, chercher à savoir pourquoi ces abductions ont lieu.

Synchronicités

La synchronicité est une forme de coïncidence tout à fait improbable, qui fait toujours en sorte que quand on se pose une question particulière de façon intense, on finis toujours par avoir la réponse.

Par exemple, Harmo découvre sur internet qu'un certain Budd Hopkins est un précurseur dans l'étude des abductions. Le lendemain, alors qu'il accompagne sa mère dans un grand magasin, il tombe sur des soldes pour débarrasser les invendus. Là, des milliers de bouquins en vrac sur 15 mètres de rayonnages. Le premier livre que Harmo regarde totalement au hasard est "Enlèvements extraterrestres : les témoins parlent" de... Budd Hopkins !

Quelques fois, Harmo est pris d'une grande envie d'allumer la TV; alors qu'il est pourtant déjà bien occupé et hop, un reportage pile poil sur sa préoccupation du moment qui lui fournit toutes les réponses qui lui manquent.

2000 : Les visites (plus de 28 ans)

La limite de la synchronicité

Le plus souvent, Harmo est aiguillé par une sorte d'intuition (ou de hasard bienveillant) vers ce qui pourra répondre à ses questions du moment : un livre, une émission TV, une page de forum etc... cela lui a été d'une grande aide, lui permettant d'avancer très vite. Pas la peine d'années de recherches, le hasard fait toujours en sorte que dans tout ce fouillis d'informations disponibles, le travail m'arrive tout mâché dans les mains ou devant les yeux.

En revanche, plus son questionnement est devenu complexe, moins l'information qu'il trouvais était suffisante. Souvent, quand on touche à des sujets peu traités, il n'est pas évident de trouver des réponses satisfaisantes pour sa curiosité, tout simplement parce que personne sur Terre ne les a.

C'est alors là qu'arrive les visites ET, pour répondre justement à ces questions insolubles.

Les bocaux de foetus

Vers 2000, Harmo tombe sur un bouquin où l'auteur se demandait si les ET ne pouvaient pas être finalement nos créateurs. Le soir même, Harmo allume la TV et tombe sur un épisode d'*X-Files* sur ce thème. A la fin du premier épisode, Harmo est pris d'une envie irrépressible d'aller dormir (alors qu'il avait très envie de regarder le second épisode). L'envie de dormir est si forte qu'il est obligé de se tenir aux murs pour monter dans sa chambre.

Lors de cette visite instructive (pour répondre à sa question sur les créateurs de l'homme), 2 Zétas, un grand et un petit (peut être la femme médecin et son assistant déjà croisés précédemment), sont venus le chercher dans son lit. Harmo n'est pas tout mou comme d'habitude, et se lève volontairement et tout seul de son lit, et les suit dans le couloir en face de sa chambre. Au bout de ce couloir, les escaliers à droite (chemin habituel des abductions), et la porte du grenier à gauche. Ils ouvrent la porte du grenier. Confiant et serein, il entre dans le grenier sur leur invitation (un geste de la main du grand). De là, il se retrouve instantanément "téléporté" dans un de leur appareils, dont l'intérieur ressemble au hall vu précédemment. Sauf que ce vaisseau semble beaucoup plus grand. Un vaisseau plus petit, plus loin dans le hall, fait penser qu'Harmo se trouve dans un vaisseau porte-vaisseaux (un vaisseau mère).

On l'emmène alors vers une porte, puis après un couloir sombre, un autre "hangar". Pas très large, mais très très haut. Une sorte de mur en verre (formé d'espèces de bocaux de 40 à 50 cm de haut sur 20 à 25 cm de large). Tous étaient plus ou moins éclairés par le bas et étaient séparés les uns les autres par du métal sur 5 ou 6 cm de haut, où de petites lumières rouges étaient incrustées, comme des diodes très lumineuses.

Harmo est invité à s'approcher. Dans le bocal, une sorte de substance, un liquide épais transparent, légèrement flou. À l'intérieur, à sa grande surprise, Harmo voit un foetus avec un cordon ombilical attaché en haut du bocal. Cette vision le perturbe. Le bébé est bizarre, pas mature, bien que vivant. Tout le hangar est tapissé de ces murs de verre, de 15 bocaux environ en hauteur sur 25 environ en largeur. A vue d'oeil, il y a au moins 50 armoires de ce type, sur plusieurs étages et sur plusieurs centaines de mètres en largeur. Au moins 20 000 bébés, tous en vie et comme en sommeil. Des bébés de 5 mois environ.

Très surpris par ce spectacle sur-réaliste, son esprit se pose directement la question " Mais à quoi ça sert tout ça". Immédiatement, un des ET lui répond, par pensée : "tout est prêt, nous avons terminé pour le bien de votre espèce". Harmo ressent alors, envoyé par télépathie, une grande fierté d'avoir accompli quelque chose de bien et de nécessaire, mais aussi une grande peine parce que l'humanité était en danger, sur sa fin. Un grand dépit aussi d'être obligés de faire tout ça, comme si l'humanité n'avait pas assuré toute seule ce qui allait arriver.

C'était donc primordial : si les ET font des abductions, surtout des femmes, leur prennent des foetus avant terme, c'était pour les stocker sur leur vaisseau, pour notre futur !

Harmo : "On ne peut pas comprendre ce qu'on ressent à leur contact tant qu'on ne l'a pas vécu. C'est tellement profond et fort comme sensation que quelqu'un qui vit ça ne peut pas remettre en question leur sincérité. Ce n'est pas que des mots, ce sont des pensées profondes qui entrent jusque dans votre âme, très complexes, pleines de sens et venant d'êtres immensément sensibles malgré leur apparence très neutre et froide. Tout se passe à l'intérieur chez eux. Ceux qui les jugent simplement sur leur apparence, c'est vraiment une attitude puérile, injuste et superficielle..."

En effet, de nombreux abductés critiquent la froideur des Zétas, en s'en tenant à leur visage, qui ne peut plus rien exprimer depuis qu'ils utilisent la télépathie (comme ils ne peuvent parler de manière sonore). Les Zétas ont des émotions, mais nous ne les recevons pas pour la plupart, étant privés de la télépathie...

Ces étagères de bocaux qui s'alignent sur des centaines de mètres sont des visions récurrentes chez les abductés. Une manière de les avertir que quelque chose va se passer sur la Terre pour justifier de sauvegarder ainsi l'espèce humaine. A noter que comme dans les autres témoignages, les foetus ressemblent à des humains améliorés (ils sont différents d'un foetus habituel), ce sont les prochains véhicules des âmes humaines compatissantes qui continueront à s'incarner sur Terre.

Contrairement à d'autres témoignages, aucun foetus mené à terme ne lui est présenté : Ce n'est pas pour la reproduction qu'Harmo participe à ces opérations !

Une autre chose à voir, c'est que les ET lui ont montré ces bocaux, alors qu'il se demandait si l'humanité n'avait pas été créée par les ET... Ils lui ont montré qu'ils en étaient capables, et qu'ils étaient sûrement déjà intervenus à ce sujet dans le passé (voir les mutations soudaines et inexplicables, les chaînons manquants).

Le mal contre-attaque

Au début des années 2000 et de sa découverte d'internet, alors qu'il est en contact avec Tara Green, une Américaine vivant des choses similaires à lui, Harmo se fera attaquer de toute part, par des agents du gouvernement et par des ET hostiles.

Les désinformateurs

Harmo s'aperçoit que des groupes, dits de "soutien" aux abductés, se mettent à fleurir sur internet, et récupèrent petit à petit les témoignages des abductés, afin de les déformer. Les méthodes de manipulations mentales, dignes des sectes, arrivent à faire changer Tara Green du tout au tout. De calme, curieuse et épanouie, avec des capacités psychiques qui se développent, elle devient vite aigrie, refermée, persuadée que les Zétas qui l'abductent lui veulent du mal et violent son libre-arbitre.

Il est possible qu'ils aient essayé sur elle des méthodes d'hypnose, soit-disant pour récupérer ses souvenirs, mais en réalité de lui faire un formatage...

Alors qu'Harmo a la sagesse et l'intuition d'éviter ce genre de groupes de prise en charge des abductés, Tara Green se mets à boire, devient paranoïaque, mets tout en place pour éviter les abductions, créé un groupe de lutte anti-ET, cesse de communiquer avec Harmo, et fini par effacer son site où elle relatait ses expériences, et qui aidait tant les abductés à comprendre ce qu'ils vivaient.

Le retour du gremlin + conscience projetée dans un autre corps

Pendant la période où Harmo échangeait avec Tara, il n'a pas de souvenir d'avoir été abducté. Par contre, c'est dans cette période qu'il reçu la 2e visite de l'ET maléfique appelé gremlin.

Comme la première fois, réveil en sursaut au milieu de la nuit. La pleine lune éclaire la chambre. Dans une zone d'ombre (3 ou 4 mètres du lit), se tient une silhouette tapis au ras du sol. Le gremlin, similaire à celui de la première rencontre, ne brille pas de sa lumière jaune-verdâtre, mais est très noir, luisant et écailleux. A la place des zones de son corps qui étaient phosphorescentes lors de la première visite, Harmo peux voir sur la peau du gremlin des zones rougeâtres, sombres et légèrement translucides.

Soudain, sans explication, l'esprit d'Harmo se retrouve comme projeté dans le corps du gremlin.

Il possède son corps comme si c'était le sien, et se redresse : "je voyais mes bras noirs et rouges, mes griffes et le bout de mes pieds. Je voyais à travers ses yeux et je fis instinctivement quelques pas dans la direction de mon lit. Je me suis entrevu (enfin mon corps d'humain) assis dedans, comme figé."

L'esprit d'Harmo revient alors instantanément dans son vrai corps, comme téléporté de l'un à l'autre.

A ce moment, Harmo voit de nouveau avec ses yeux d'humains, et s'aperçoit que l'ET s'est rapproché : ses yeux orangés deviennent tout rouges, et alors qu'Harmo l'avais quitté en position debout, le gremlin se met à quatre pattes comme un animal, replie ses oreilles vers l'arrière et bondit sur Harmo en poussant un rugissement comme une panthère !

La petite incursion dans son corps n'a pas dû lui plaire, et le gremlin semble dans une colère noire. Le Gremlin atterrit sur son torse : vu qu'Harmo est assis, le choc le fait tomber sur le dos... mais à l'instant même où le visage du gremlin touche presque celui d'-Harmo, le gremlin disparaît immédiatement, comme par enchantement.

Le gremlin était dans un état de rage folle et il aurait sûrement pu tuer Harmo sans peine.

Une reptilienne hostile

Harmo (sans donner de date à cette rencontre) : "à propos des reptiliens hostiles, j'ai "rencontré" une femelle encapuchonnée qui a essayé de m'intimider par des menaces et du marchandage. C'est pourquoi je considère cette race comme hostile. C'est comme chez les gens, ceux qui vous font du chantage ou vous menacent tout en vous faisant des promesses qu'ils ne tiendront probablement pas, ce n'est pas le genre de personnes qu'on aime côtoyer."

Plus d'abductions, mais des visites instructives volontaires

A partir de la visite des bocaux, la nature des abductions ont changées de nature.

Harmo passe d'abducté (contre son gré) a visité.

Harmo n'est plus transporté paralysé, il y va de lui-même volontairement. Il n'y a plus de partie médicale non plus :

- opération de la vésicule biliaire réalisée,
- le suivi (comme lors de l'expérience avec la femme médecin), qui nécessitait le transport dans les vaisseaux pour le matériel médical, n'est plus nécessaire.

Pourquoi les visites ?

Harmo est persuadé que ce changement a été rendu possible par le fait qu'il a voulu affronter les choses plutôt que les subir, ça a changé les rapports. A la place de se comporter comme un chat hargneux emmené chez le véto, il s'est comporté comme un être pensant allant voir son médecin. Donc, à ce moment là, les ET ont changé de comportement, et ne l'ont plus considéré comme un simple patient à maintenir fermement pour éviter qu'il bouge, mais comme un individu pensant, égal à eux. C'est du moins ce qu'il a ressenti.

La rencontre ultérieure avec les Altaïrans montre qu'il y avait un autre plan de transmission derrière.

Les Zétas sont devenus donc très courtois, très sympathiques, à la fois dans les gestes mais aussi dans leurs postures. Ils ne le portent plus, ils l'accompagnent, le regardent tout le temps comme si c'était un bébé en train de faire ses premiers pas. Ils se sont mis à dégager aussi une sorte d'aura émotionnelle assez particulière. Précédemment, quand Harmo se débattait comme un chat enragé, les Zétas restaient très neutres, bien qu'ils laissent parfois filtrer un peu de compassion, parfois de l'inquiétude ou de l'énervement parce que ça ne se passe pas comme prévu (parce que l'abducté résiste et leur met des bâtons dans les roues, ce qui a été le cas d'Harmo pendant un bon moment !).

Endormissement léger du conscient

Désormais habitué à la vue des ET, Harmo n'a plus besoin que son conscient soit anesthésié aussi profond que lors des abductions. La mémoire inconsciente des visites remonte à son conscient très rapidement, le matin même et complètement un jour après. Pour donner un exemple, le prophète Mohamed racontait qu'il lui fallait 3 jours avant que la visite remonte au souvenir du conscient.

Harmo n'est pas en état de conscience totale pendant ces expériences, comme une personne sous état d'hypnose n'est pas totalement en conscience, bien qu'elle sache très bien ce qui se passe et conserve sa volonté. Les visites se font donc sous un état de conscience modifiée, où on peut voir et entendre clairement ce qui se passe, mais de façon différente de ce qui peut se produire en état de conscience habituelle.

Harmo a par exemple remarqué que les choses paraissent naturelles, ne se pose pas de questions sur certains points qui pourtant pourraient paraître anormaux. C'est tout à fait typique d'un état d'hypnose où le jugement (conscient) est mis en sommeil.

Cela peut expliquer pourquoi il n'a que très peu de souvenirs de mes abductions quand il étais jeune, mais que grâce à ce changement de méthode de visite, ses souvenirs soient beaucoup plus accessibles. Harmo pense qu'il lui faudrait de l'hypnose pour recouvrer ce qui s'est passé entre ses 5 ans et ses 27 ans, mais ce n'est plus nécessaire par la suite, vu qu'il est déjà en quelque sorte en état d'hypnose pendant les visites ET.

But des visites

Ces visites sont uniquement là pour fournir à Harmo les informations qu'il ne peut retrouver dans aucun livre humain accessible au public.

Les sujets abordés ont très souvent pour thème les problèmes de notre planète (écologie, pollution, nucléaire etc...), mais c'est très varié, c'est vraiment au hasard du questionnement personnel du moment.

Périodes de visites

Les visites sont beaucoup plus espacées que les abductions.

Ces visites informatives vont au rythme de la personne, chacun ayant des capacités d'évolution et d'apprentissage limitées. Ça ne sert donc à rien de donner trop d'info à la fois, car sinon ça rentre dans une oreille et ça ressort par l'autre...

Le rythme de croisière de Harmo doit être de 1 fois tous les 2 ou 3 mois, plus souvent il serait sûrement dépassé. Faut dire aussi que parfois c'est pas de très "bonnes" choses, ou alors c'est compliqué, il faut pouvoir psychologiquement les digérer.

Transmission des informations avec les Zétas

Soi Harmo "discute" en télépathie avec les Zétas, soit ils lui font voir les choses directement.

2000-2001 : Petite pause

Pendant 1 an et demi, Harmo va changer de vie, et les visites s'arrêtent. Harmo souhaite en effet prendre une pause avec tout cela, pour mener une vie un minimum normale.

Harmo : "C'est bien beau de se poser des questions sur le monde, mais quand on a les réponses, c'est pas forcément celles qu'on a envie d'entendre. A cette époque, avec ce message que le Zéta m'avait fait passer sur la fin prochaine de l'humanité, il fallait vite que je découvre avant qu'il n'y ait plus rien à découvrir. Et puis, j'avais pas envie d'entendre ces mauvaises nouvelles, c'était trop dur. Moi j'avais envie au contraire de faire des projets, d'imaginer mon avenir et pas avoir une horizon bouchée par une apocalypse annoncée."

fin 2001 : La visite des Altaïrans

Après plusieurs péripéties, Harmo quitte son boulot et retourne chez ses parents en 2001, aux alentours de l'attentat du 11/09/2001 a New-York. Il trouve un boulot pas toujours facile mais gratifiant, qui consistait à aider des jeunes en difficulté à se sortir de la galère. Harmo découvre ce qu'il se passe réellement, entre drames, violence et injustices... Une bonne baffe !

Le fait qu'Harmo replonge au plus près des difficultés et des problèmes de notre société, sur le terrain (et plus uniquement à travers les yeux des médias), lui fait remettre les pieds sur Terre.

Il ne peut plus se cacher la vérité, refuser que l'humanité soit un ensemble d'individus dont certains sont complètement pourris, et d'autres des personnes remarquables. Mais ce sont surtout les injustices qui lui font se poser le plus de questions sur le monde. Et comme d'habitude, quand quelque chose le travaille, les ET ne tarde pas à lui fournir les réponses.

Ce coup-ci, c'est une visite bien particulière qui s'est produite. Après une bonne journée de boulot (50 heures par semaine payées 35), Harmo se réveille en pleine nuit, tout groggy. Les deux Zétas habituels l'attendent en haut des escaliers, au bout du couloir, en face de son lit. Il se lève et les suit jusqu'au salon. Ils passent tous les 3 à travers la vitre de la baie pour se retrouver dehors. Une fois sur la terrasse, ils l'invitent à avancer, tout en restant en retrait derrière lui.

Harmo : "C'est à cet instant que j'ai levé les yeux et que j'ai vu 3 sphères bleuâtres, pas très lumineuses, comme des boules de gaz, se rapprocher du sol.

Lors de toutes ces visites éducatives, il y a ce qui se passe physiquement, mais aussi tout ce qui est ressenti, toutes les informations qui sont transmises au fur et à mesure et qui expliquent en quelque sorte ce qui se passe, comme une forme de sous-titrage télépathique.

Les Zétas transpirent leurs émotions, ils ne peuvent pas cacher s'ils sont effrayés ou heureux par exemple, ou même s'ils sont en colère. Quand les deux Zétas se sont arrêtés et se sont placé en arrière de moi, j'ai bien compris qu'ils étaient fébriles et intimidés, à tel point qu'ils osaient pas avancer.

Il faut dire que ce qui venait, c'était pas des OVNI taule et boulons, mais des objets très vaporeux, presque immatériels. Quand les sphères se sont rapprochées, j'ai ressenti une drôle d'impression, c'était presque étouffant / écrasant (dans un sens positif). Ça ressemblait un peu au sentiment que l'on a quand on ressent une présence très puissante, mais en bien plus fort.

Ces sphères était venues du ciel sans bruit et s'était rapprochées rapidement. Elles restèrent à une certaine distance du sol au dessus du jardin, et celle du centre a continué a descendre pour atteindre le gravier. A cet instant, j'ai su qu'il fallait que j'entre dans cette lueur (2 mètres de diamètre environ).

J'ai eu un sentiment bizarre à ce moment là : j'ai pensé "Et si je ne revenais pas". Ma peur n'était pas liée au fait d'être emmené, mais j'ai ressenti tout l'amour que j'avais pour mes proches, et je ne voulais absolument pas les abandonner. Là, j'ai compris que ce n'était pas définitif, et donc j'ai accepté avec curiosité d'entrer dans cette lumière bleue.

Au moment où j'ai pénétré la lumière, mon corps s'est mis à bouger tout seul, comme télécommandé par la lueur, et je me suis assis dans le vide, au milieu de la sphère. Il n'y avait pas de siège, mais c'était quand même consistant, comme si il y avait eu quelque chose d'invisible, peut être une force. Une fois en position, j'ai commencer à décoller, le sol s'éloignant de moi, puis j'entrevis le toit de la maison et enfin hop, plus rien, comme si je m'étais évanoui complètement.

Quand je suis revenu à moi, les 3 sphères me déposaient sur le sol, debout, puis disparaissaient.

Il m'est déjà arrivé de tomber dans les pommes, et quand ça arrive, on a l'impression qu'on s'est endormi et réveillé instantanément (alors que 10 minutes se sont déroulées en réalité). Avec les sphères bleues, j'ai bien eu l'impression au contraire, que ce n'avait pas été instantané (comme lors d'une perte de conscience classique), mais que du temps s'était dépensé pendant mon absence. En revanche, je suis toujours incapable de dire (2011) :

- ce qui s'est passé
- où les sphères m'ont emmené
- combien de temps.

Je suis revenu avec plein d'informations nouvelles en tête, sans savoir comment tout ça était arrivé dans mon cerveau.

Je me suis retrouvé en face des 2 gris qui m'attendaient sagement là où je les avais laissé. La grande (je suis presque sur que c'est une femelle) s'est alors approché et m'a demandé de dessiner ce que j'avais vu : elle me donna une sorte de carnet à croquis et un crayon à papier, et j'ai dessiné une sorte d'être bizarre, une sorte de limace avec des yeux et des protubérances ressemblant à des nageoires en forme d'algues. La grande grise me demanda alors de bien m'en souvenir, pour que je puisse refaire ce dessin quand je serai conscient. Je me suis exécuté, j'ai regardé le dessin de la créature et j'ai pu en effet reproduire ce croquis le lendemain (je suis encore capable de refaire se dessin à la demande, et à chaque fois que je le fais, il est très stable, comme si cela avait été imprimé dans mon cerveau)."

A l'époque de ce témoignage, Harmo n'avait pas encore commencé à délivrer son message. Il ne sait pas à l'époque pas quoi faire avec toute cette connaissance accumulée, et l'éveil des consciences sur internet n'est pas assez avancé, les travaux de recherches pas assez poussés, pour que suffisamment de personnes comprennent ce qu'il avance (histoire réelle de l'homme (Raksasas et ogres, Nibiru, connaissances ésotériques, etc.).

Visites explicatives entre 2003 et 2011

Harmo : "Tout d'abord, il y a eu une série de voyages organisés par les ET afin de me montrer différents endroits, en rapport avec mes interrogations du moment.

La première visite éducative était en rapport avec l'actualité, la possibilité d'une vie sur Mars, pourtant réputée stérile. Je me demandais, entre autre, si Mars avait toujours été dans cet état. Les ET sont venus me voir et je me suis retrouvé instantanément de ma chambre dans une sorte de désert. Un des ET m'accompagna en me tenant par le bras et à quelques dizaines de mètres de notre lieu "d'apparition", une sorte de lac très peu profond (quelques centimètres d'eau). Au bord de cette eau qui semblait limpide, quel ne fut pas mon étonnement de voir quelques plantes !! Un peu déconcerté, je demande confirmation à l'ET : "On est bien sur Mars ?". L'ET a acquiescé alors avec grande fierté et m'expliqua qu'il essayait d'acclimater certaines espèces terriennes. Il était vraiment très fier de lui parce c'est très difficile à cause de l'atmosphère et de la nature du sol.

La seconde visite instructive se déroule un peu plus tard, et sur Terre cette fois. A cette époque, j'avais entendu parler rapidement du pech de Bugarach, sans vraiment y avoir prêté attention (c'est loin de chez moi et ça attire tellement d'illuminés qu'on a pas toujours envie de continuer à se renseigner à son sujet !). Or une nuit, les ET sont arrivés et m'ont emmené dans la région de Bugarach. J'ai été emmené directement dans une immense cavité.

Les ET m'ont fait visiter une immense grotte, au sol concave, constitué d'une sorte de boue séchée et poussiéreuse (peut être avec du sel). L'ET qui m'accompagnait m'a alors expliqué que toutes ces cavités forment un grand ensemble qui autrefois était rempli d'eau salée, comme un énorme lac souterrain. Toute cette eau fut piégée lors d'un "cataclysme" et recouvert par des pans de la montagne voisine (une sorte de chevauchement de strates rocheuses à grande échelle).

Mais là n'était pas le plus important : cette mer souterraine, aujourd'hui disparue, contenait de la vie, piégée lors de sa formation. Parmi ces espèces animales, il y avait une sorte de céphalopode (peut être de la famille des bélemnites comme on en trouve au Jurassique) et l'ET m'expliqua que ces créatures furent une des premières espèces intelligentes de notre planète, bien avant l'homme !! J'ai vu une image rapide dans ma tête de cette créature. Cette espèce a aujourd'hui disparue de la Terre, mais elle a donné une forme de civilisation très avancée, par la suite, sur une autre planète. J'ai vu des objets au sol, des fossiles (des arrêtes de poisson je crois), et des rostres (sûrement les restes des créatures). Il y avait aussi des objets bizarres que ne semblaient pas naturels, peut être des outils primitifs utilisés par ces céphalopodes intelligents.

Harmo visite d'autres humains

D'autres visites ont suivi, mais cette fois avec une grosse différence : Les ET ne viennent plus me voir, mais c'est moi qui vais voir d'autres personnes. Je ne sais pas pourquoi ce changement a eu lieu, mais il semble que j'ai fini mes classes en quelque sorte. Plus vraisemblablement, je pense qu'au bout d'un certain temps, les leçons apportées par les ET modifient notre façon de voir le monde, ça enlève la couche de fausses certitudes de notre éducation.

Certaines nuits, je retrouve des gens que je ne connais pas, et je discute avec eux. J'ai eu la confirmation par d'autres personnes qui font aussi ce type de voyage. Certains estiment que ce sont des voyages astraux, mais cela me parait personnellement peu probable dans la mesure où on peut interagir avec les personnes que l'on rencontre, mais aussi avec les objets et l'environnement physique.

Déphasage

Pendant ces visites, on se trouve dans un espace interdimensionnel, une sorte de déphasage physique organisé par les ET grâce à leur technologie.

Dans *Stargate SG1*, le même type de phénomène est décrit : Les héros disposent d'appareils permettant de les rendre "hors phase", eux et leur environnement : ils peuvent voir ce qui est resté en phase avec eux mais sont invisibles pour les gens qui n'ont pas subi le processus. C'est tout à fait comme cela que ça se passe !

Cela me fait aussi penser à l'épisode biblique où Ézéchiel est transporté "en esprit" par une créature divine jusqu'à Jérusalem : là il peut déplacer une pierre pour observer des gens qui font des prières sans que ceux ci ne soient avertis de sa présence.

Pendant ces rencontres, il m'a été possible par exemple de traverser un mur : en avançant dedans, j'ai eu l'impression que le mur était fait de mousse ou de gomme, il a fallu que je "force" un peu pour le traverser : derrière moi, il s'est refermé comme de la gelée. La matière est donc encore consistante, mais pas aussi dure qu'en temps normal. Cela explique pourquoi aussi on peut encore marcher sur le sol sans s'enfoncer lors de ces expériences étranges.

Notre corps peut alors continuer à interagir matériellement avec l'environnement, tout en étant invisible pour les personnes non ciblées par cette "technologie".

Pour interagir avec d'autres personnes, celles ci sont aussi déphasées, sinon elles ne nous verraient ni ne nous entendraient. Une fois le meeting terminé, chacun est remis à sa place et dans la bonne "phase".

Les ET utilisent aussi ce principe lors des abductions, c'est pour cela que les gens peuvent passer à travers les vitres, le plafond ou les murs. De plus, cette technologie permet aussi aux ET une invisibilité totale lors de leurs déplacements, ni plus ni moins.

Téléportation instantanée

On peut être transportés instantanément à l'autre bout du monde.

Souvent je ne connais pas l'identité de ces personnes. En deux fois, j'ai rencontré plusieurs musulmans à la fois (un groupe de 3 hommes et 2 femmes) en habits traditionnels arabes (probablement des habitants du Moyen Orient), mais aussi des moines tibétains. Sur ces deux meetings, les vêtements ont été les indices principaux pour me donner une idée de leur identité, mais dans nombre de cas, il n'y a pas de moyens de savoir, ce sont des gens sans particularité suffisante.

Les simulations

H : "Les visites d'ET n'ont pas pour objectif unique une activité scientifique ou médicale. Il y a aussi :

- une bonne part de l'expérience qu'on pourrait qualifier de strictement personnelle, et qui les lient intimement avec leurs visiteurs (rien de sexuel !).
- la plus grosse part c'est l'éducation (de l'esprit), par des expériences uniques et personnalisées.

Par exemple de mes expériences personnelles, dans une mise en situation (qui vous parait très réelle sur le moment), les ET m'ont fait mourir des dizaines de fois de suite dans le souffle d'une explosion atomique... et bien je peux vous dire que quand j'ai vraiment eu conscience de ce que c'était, ils ont arrêté la "simulation" et j'ai vraiment compris la douleur de passer de vie à trépas lorsqu'on est pulvérisé après une insupportable sensation de brûlure. Pourquoi me faire subir cela ?

Je ne connais pas les mécanismes de l'esprit mais ça a eu 2 effets sur moi :

1 - j'ai compris ce que ressentira mon corps lorsqu'il cessera de fonctionner, et je peux vous dire que ça grandit quelqu'un de "connaître" sa propre mort

2 - je suis maintenant tout particulièrement sensibilisé (et c'est peu dire) à la menace que certains humains font peser avec des armes nucléaires sur leurs congénères. "

Cette éducation était personnalisée : Harmo était ado à ce moment-là, et jouais au jeu PC "civilization" : il avait pour habitude de finir le jeu (la conquête du monde) avec des bombes H. Grâce aux simulations ET, Harmo s'est rendu compte que dans son esprit, était entré le formatage des cours d'histoire, celui que les USA avaient utilisé l'arme atomique pour écourter la seconde guerre mondiale et qu'ils avaient bien fait. Après cette simulation, il n'est plus du tout de cet avis : faire flamber des centaines de milliers de personnes dans une telle souffrance, c'est très cher payé pour 1 an de guerre en moins...

Pas un voyage astral

Les abductés et les visités ne laissent donc pas leur corps physique pour utiliser un corps astral (bien que cela soit aussi faisable), ce sont les ET qui modifient la matière, ici le corps de l'abducté, pour pouvoir l'emmener dans un appareil lui aussi totalement invisible, à travers les murs ou quoi que ce soit, ni vu ni connu ! Il y a donc énormément d'abductions qui ne sont jamais repérées pour cette raison, les ET peuvent agir quand ils veulent comme ils veulent sans se soucier d'éventuels témoins. Seul le corps de l'abducté semble disparaître pendant un laps de temps (mais pas forcément long car je crois que le temps s'écoule plus lentement en mode déphasé, ou alors les ET peuvent manipuler aussi le temps), puis est remis en place "rephasé". (NB : Ce n'est pas une procédure systématique, tout dépend des circonstances, des ET et des témoins potentiels)

Pour finir à la fois ce témoignage et ce sujet sur les rencontres, la dernière fois qu'une rencontre de ce type a été organisée par les ET (il y a à peine deux semaines), je me suis retrouvé sur un chemin de terre, avec quelques arbres (probablement un jardin ou une arrière cour). Là il y avait un vieil homme à environ une vingtaine de mètres, qui marchait en boitant. J'ai voulu m'approcher de lui mais il ne me voyait pas, il continuait sa promenade comme si de rien était. A environ 10 mètres de lui, une dizaine d'ET sont alors apparus comme par enchantement : il y en avait environ une dizaine qui flottaient à 50 cm du sol, en cercle tout autour du vieil homme, et le regardaient. Ils étaient tous identiques, gris bleutés, légèrement translucides, de petite taille, mais ce n'était pas des gris. Sur leur tête, ils avaient 3 bosses en forme de "banane" parallèles, des excroissances assez longues qui partaient du front vers l'arrière de la tête. Quand je les ai vu, ils se sont tous retournés : j'ai juste eu le temps de voir leurs yeux. Ils étaient moins gros que ceux des gris et l'intérieur étaient remplies d'une sorte de liquide bizarre, comme si on avait mis le blanc et le jaune d'un oeuf sans complètement les mélanger. Il y a avait donc comme deux liquides dedans, un clair et l'autre jaune qui faisait des sortes de volutes en surface (peut être un effet de surface irisée). En tout cas, ils avaient pas l'air contents (sans être agressifs, je n'avais rien à faire là, tout simplement) et je me suis retrouvé chez moi illico !

Au lever, je me suis donc jeté sur internet pour voir qui pouvait être cet homme pour que 10 aliens campent en cercle autour de lui : pas manqué, ça a pas été dur de trouver ! Il s'agissait probablement de l'Ayatollah Ali Khamenei, j'en suis persuadé, ça ne peut pas être un hasard. Vu ce qui se passe autour de l'Iran en ce moment, pas étonnant que ce soit un point de "convergence".

Si je rencontre des gens en jeans et en t-shirts, pas évident de savoir quelle est la nationalité de ceux ci.

Discussions par télépathie

H : "Je ne peux pas me fier à la langue des autres intervenants, parce que la communication n'est pas réalisée via le langage humain, les ET font l'intermédiaire et transmettent via la pensée. Je peux donc discuter avec n'importe qui sans la barrière du langage (la télépathie étant un langage universel).

Lors de ces meetings, les ET s'occupent de tout ce qui est logistique, de la traduction aux voyages. C'est pas bien différent de ce qui se passe entre humains, par exemple quand Sarko rencontre Hu Jintao, ce sont pas eux qui s'occupent de l'organisation des voyages et sont accompagnés de traducteurs. Et bien c'est un peu pareil !

Je tiens à préciser aussi que dans mon cas, ce sont des conversations, mais c'est pas forcément pareil pour les autres abductés qui participent à de tels meetings, ça peut être parfois plus concret."

Les visions

Harmo a ensuite eu souvent des visions télépathiques, d'événements possibles, ou qui ne se sont toujours pas réalisées en 2019 (mais qui ont trait aux destructions de Nibiru, donc heureusement quelque part...). Une des plus flagrantes étaient cette image d'une ville en Italie, détruite par un séisme, avec un clocher à moitié effondré et l'horloge coupée en 2. Cette vision, qu'il a noté sur son mur Facebook, s'est réalisée peu après, l'image de l'horloge coupée en 2 étant célèbre et ayant fait le tour du monde, cette vision n'était pas difficile à valider !

Les rencontres

De par ses frères devenus docteurs en science au CNRS, de par ses recherches en ufologie ou en archéologie, ou ne serait-ce que par les scientifiques l'ayant contacté pour discuter de leur domaine de recherche avec lui, Harmo a rencontré pas mal de pointures dans sa vie.

Les tablettes de l'Indus de -9 000

Un paléontologue français ayant vécu 10 ans au Pakistan, sur la rive de l'Indus, une région connue pour sa civilisation ancienne dite de l'Indus. Il a vécu de façon assez proche d'une tribu locale alors qu'il travaillait sur un champ de fouille (traces de dinosaures, etc.).

Le temps libérant les langues, les locaux lui interdirent d'aller dans d'anciennes ruines non loin du village, parce que, selon eux, elles étaient habitées par les Djinns. De toute façon, l'État en interdisait l'accès. Mais un jour, les gens du village sont venus le voir, en lui demandant d'aller voir sur place car certains avaient cru y voir un djinn. Lui étant le seul occidental sous leur main (et donc qui ne croyait pas à ces légendes), il leur rendit service et alla visiter le site.

Il y trouva une série de tablettes en terre à même le sol, écrites, de même que des galeries à moitié écroulées menant vers différents couloirs. Grâce à son matériel, il a pu estimer la datation des tablettes à 11 000 ans (-9 000). Les autorités locales vinrent aussitôt lui saisir les artefacts (qui ne sont évidemment jamais apparus dans les catalogues officiels). Il a reçu une interdiction formelle d'y retourner, interdiction qu'on ne brave pas sans conséquences graves. C'est pourquoi le nom de ce chercheurs ne sera pas révélé.

Il existe des traces concrètes d'écritures plus anciennes qu'on ne le pense officiellement, mais dont l'existence est jalousement tenue secrète. Ce chercheur a aussi confié avoir vu des photos de soldats américains en Afghanistan, posant dans des ruines interdites à la fouille... Tout cela confirme qu'il y a une volonté internationale de tout garder secret, et cela depuis pas mal d'années (au moins depuis les premières découvertes du 19e siècle, lors des missions scientifiques coloniales).

Les différentes espèces ET rencontrées

Les espèces dont Harmo a le souvenir :

- les Zétas, bien connus de tous, avec leurs différentes classes aux fonctions bien définies (ouvriers, médecins)
- les gris-bleus, avec 3 protubérances sur la tête, de type Varginha (Bresil 1996), yeux jaunes à volutes.
- les bleus dématérialisés, prenant la forme de sphères lumineuses transparentes, très évolués (Altaïrans ?)
- les limaces-cerfs aquatiques, des mollusques avec des nageoires en forme de varech
- les calamars intelligents apparus sur Terre au Jurassique
- les gremlins, reptoïdes de petite taille qui sont normalement noirs et rouges, mais qui peuvent devenir verts fluorescents
- les raksasas, humanoïdes à tête de lézard, peau écailleuse marquée, hostiles. Harmo a "rencontré" une femelle encapuchonnée qui a essayé de l'intimider par des menaces et du marchandage, tout en faisant des promesses en l'air.

Désinformateurs

Harmo est souvent la victime d'attaques de désinformateurs professionnels aux techniques bien affûtées, pour essayer d'amortir l'effet de la vérité sur les lecteurs.

Par exemple, l'infiltration en masse ayant conduit à la désaffection du forum NNSPS (Nous Ne Sommes Pas Seuls), lorsque Harmo s'est mis à commenter l'actualité dans un seul topic, dévoilant les plans à l'oeuvre derrière les apparences :

- inscriptions de plein de nouvelles personnes, nouveaux membres qui s'attaquent exclusivement au topic de Harmo.
  Campagne de messages privés auprès de nombreux membres du forum, afin de les inciter à les aider à harceler Harmo.
  Beaucoup d'anciens membres qui ne participaient plus depuis des mois/années, se reconnectent juste pour l'occasion pour pourrir ce seul topic...
- Des appels à venir sur NNSPS pour casser spécifiquement Harmo ont été faites sur tous les autres forums, pour gonfler le rang des désinformateurs payés par des bénévoles croyant bien faire.

Des attaques assez violentes, avec insultes et menaces. Que de la mauvaise foi. Harmo a beau expliquer calmement, de façon claire, les trolleurs font semblant de ne pas comprendre, au bout de 3 messages reprennent les mêmes questions qu'au début, comme s'ils n'avaient pas lu les réponses précédentes, refusent de considérer les preuves comme telles, faisant des sophismes illogiques, des argumentaires à rallonge avec plusieurs ruptures de logiques bien planquées au milieu d'un pâté indigeste, etc. La moindre phrase de Harmo est déformé, reprise hors de son contexte, volontairement mal comprise, comme si le trolleur avait fait son école de journalisme avec les journalistes véreux de la télé, dont le but n'est pas le débat, mais de démolir sur la forme (et pas le fond) ceux qui oseraient remettre en question la narrative décidée en haut lieu par leurs patrons (qui les payent pour ça).

Harmo préférera rapidement le format mur Facebook, les désinformateurs, qui prétendent que tout est faux, le suivant et le harcelant sur ce nouveau format. Des groupies taguent le chef des désinformateurs sur tout poste mettant à mal l'ordre établi, ce dernier venant ensuite faire des allusions et des remises en cause constante (sans franchir les limites, le bannissement sous facebook se faisant en seulement 2 clics).

Ces harceleurs larvés utilisent la technique d'inonder Harmo de MP (profitant de sa gentillesse et de son aide personnalisée aux gens), l'insultant progressivement, puis reposant 10 fois les mêmes questions en public, faisant semblant de s'étonner en public des propos d'Harmo, qui fait référence aux MP.

Vie après la mort

J'ai ingurgité des kilos de livres sur le sujet de la vie après la mort, à l'époque je compilais seulement les données, sans noter leur source. Par manque de temps, je n'ai pas repris toutes les sources de cette partie, qui sera moins sourcée que les autres, mais prenez n'importe quel livre de Camille Flammarion ou Charles Lancelin, vous retrouverez les cas cités.

Survol

Les mots « fantôme » ou « âme » se retrouvent dans les plus anciennes langues et civilisations, preuve que c'est des concepts bien connus… C'est au 19e siècle que la communication avec les morts devient plus rigoureuse, que l'étude des témoignages sur les fantômes permet de débroussailler les notions poussiéreuses que les religions voulaient imposer sur le sujet. Mais comme avec Galilée, les nombreux scientifiques qui étudient le sujet sont obligé de le faire en secret, le pouvoir ne veut toujours pas que ces études se fassent au grand jour.

Nous verrons la propagande très active du système pour étouffer les témoignages, puis les dénigrer s'ils se répandent.

Recul (p. 197)

Il y a plein de choses qui nous paraissent impossible. Et pourtant, regardons simplement de quoi nous avons été capables à notre naissance...

Propagande (p. 197)

Le système use de plusieurs stratagèmes pour vous éloigner de cette réalité, la désinformation, la moquerie, mais le plus puissant de tous, la peur, celle qui fait taire toutes les discussions dès lors qu'on aborde le sujet.

Les chercheurs de vérité (p .)

Retraçons un peu les immenses difficultés qu'ont rencontré, de la part de l'establishment, tous ceux qui ont voulu faire progresser la connaissance humaine.

Les fantômes (p. 200)

De tous temps les hommes ont vus les fantômes de ceux qui les avaient quitté. De nombreux scientifiques ont défriché le sujet, et prouvé l'existence des fantômes. Des fantômes se produisant le plus souvent au moment de la mort, plus rarement des années après. Moins connus, les fantômes de vivants montrent que le fantôme ne se créé pas lors de la mort, c'est juste notre partie invisible qui continue de vivre après la partie physique du corps s'arrête de respirer.

EMI : Ce qu'ils ont vus de l'autre côté (p. 204)

En 1974, Raymond Moody « découvre » les expériences de mort imminente (ceux qui meurent, passent par le tunnel avec la lumière au bout, discutent avec leurs proches décédés, sont réanimés, et racontent ce qu'ils ont vu). Mais en réalité, notre société ne fait que redécouvrir ce dont Platon parlait déjà dans son livre *La République,* il y a 2 500 ans…

Un phénomène intéressant car il prouve :

- la conscience continue malgré la mort du corps, et peut sortir de son corps et s'en souvenir,
- la rencontre de personnes décédées, mais toujours vivantes "ailleurs".

Des guérisons miraculeuses sont notées au réveil.

Les médiums (p. 206)

Certains humains sont capables de voir plus facilement les fantômes que les autres, ou encore capables de se rendre là où vont les morts temporaires. Des capacités décuplées depuis 2014.

Les médiums parlent aussi à des entités non humaines, qu'ils nommaient guides, anges ou archanges, mais que depuis 2019, ils nomment tous directement ET.

Possessions (p. 208)

Certains médiums se laissent volontairement envahir par une entité (c'est une autre âme qui prend temporairement le contrôle du corps).

Transmigration (p. 209)

Quand la possession se prolonge, c'est la transmigration : un corps tombe dans le coma, et quand il se réveille, c'est une autre âme à l'intérieur...

C'est le même phénomène chez les amnésiques qui oublient leur passé, et semblent dotés d'une nouvelle identité. Là encore, la nouvelle âme est prouvée par l'acquisition surnaturelle d'une nouvelle langue (que le corps ne connaissait pas), alors que la langue d'origine est oubliée (pas le syndrome de l'accent étranger !).

Au bout d'un temps plus ou moins long (plusieurs décennies des fois), la personnalité d'origine finit par revenir.

Les greffes d'organes aussi amènent des souvenirs ou des goûts du donneur dans le corps receveur.

Les vies antérieures (p. 212)

Dernière forme de possession, c'est une âme ayant déjà vécue, qui s'incarne dans le corps d'un foetus, et qui se souviendra de son ancienne vie lors des premières années de sa nouvelle vie. Des tâches de naissance qui rappellent les cicatrices de l'ancien corps, ou encore la ressemblance frappante.

Des témoignages vérifiés, des études scientifiques qui suivent des milliers d'enfants dans le monde pendant leurs 25 ans premières années.

Petite prise de recul...

Deux fœtus jumeaux discutent dans le ventre de leur mère :

- Ne me dis pas que tu crois à la vie après l'accouchement ?

- Bien sûr que si. C'est évident que la vie après l'accouchement existe. Nous sommes ici pour devenir forts et nous préparer pour ce qui nous attend après. Je suis certain que notre vraie vie va commencer après l'accouchement...

- Pffff... n'importe quoi. Il n'y a rien après l'accouchement ! A quoi ressemblerait une vie hors du ventre ?

- Eh bien, il y a beaucoup d'histoires à propos de "l'autre côté"... On dit que, là-bas, il y a beaucoup de lumière, beaucoup de joie et d'émotions, des milliers de choses à vivre... Par exemple, il paraît que là-bas on va manger et respirer avec notre bouche.

- Quoi !! Mais c'est n'importe quoi ! On mange par notre cordon ombilical, tout le monde le sait, on l'expérimente tous les jours ! Montre moi quelqu'un sans cordon, qui mangerait avec sa bouche ?! Et puis respirer à l'air libre... Tout le monde sait qu'on ne peut vivre et respirer que dans l'eau. Faut rester réaliste mon vieux, et les pieds bien sur le placenta ! Quand on passe de l'autre côté, ce cordon sera coupé. Tu n'auras donc plus aucun moyen de recevoir de l'oxygène et du glucose, et tu mourras en moins de trois minutes ! C'est de la physique pure, et pas des inventions de pseudos "pouvoirs de respiration aérobie" qui apparaîtraient miraculeusement d'un coup de baguette magique ! D'ailleurs, je te signale qu'il n'y a jamais eu de revenant de cette soit-disant autre vie... La vie se termine tout simplement à l'accouchement, faut arrêter d'être naïf. C'est comme ça, il faut l'accepter.

- Et bien, permet moi de penser autrement. C'est sûr, je ne sais pas exactement à quoi cette vie après l'accouchement va ressembler, et je ne pourrais rien te prouver. Mais j'aime croire que, dans la vie qui vient, nous verrons notre maman, et qu'elle prendra soin de nous.

- "Maman" ? Tu veux dire que tu crois en "maman" ? Arf Arf ! Et où se trouve-t-elle ?

- Mais partout, tu vois bien ! Elle est partout, autour de nous ! Nous sommes faits d'elle et c'est grâce à elle que nous vivons. Sans elle, nous ne serions pas là.

- C'est absurde ! Je suis désolé, mais moi je ne vois pas maman. Si maman était si forte que ça elle viendrait nous voir dans notre placenta. Comme je n'ai jamais vu aucune maman donc c'est évident qu'elle n'existe pas.

- Parfois lorsque tout devient calme, on peut entendre quand elle chante... On peut sentir quand elle caresse notre monde.

- Mon pauvre, faut vraiment arrêter la fumette, ça t'as bouffé le cerveau!

Propagande

FM

Le but du système d'asservissement matérialiste FM, c'est de nous cacher que la vraie vie se trouve dans les dimensions supérieures, et que seul le développement spirituel compte, et pas l'accumulation matérielle et le comportement irresponsable avec les autres, comme si on n'avait qu'une vie, et que nos actes immoraux n'avaient aucune conséquence pour après.

Résultat de la victoire complète des FM et du matérialisme en 1905, l'explosion du nombre de fantômes, ces âmes qui ne croient plus à leur immortalité, et qui restent sur Terre, ne sachant quoi faire, fuyant cette lumière qui les poursuit sans cesse et les appel, et dont on leur à appris à avoir peur...

Vatican

Auparavant, c'était de nous faire croire qu'il fallait être esclave dans cette vie pour avoir une place au paradis, bien payer l'Église et obéir à ses commandements. Et qu'une fois mort, il fallait bien suivre les esprits qui vous parlait du dogme catholique et vous emmenait dans la partie de l'Au-Delà bâti par le catholicisme, et ne pas suivre les démons qui vous parlait d'autres possibilités que celles du dogme catholique d'un Jésus fils de Dieu, comme un Jésus fils de l'homme.

La peur

Pour vous éloigner de cette réalité de la vie après la mort, le système se sert de son arme favorite : la peur. Si vous avez vu les films d'horreurs américains comme *l'exorciste*, *Conjuring*, etc. Tous sont tirés d'histoires vraies, mais sauf que dans les films les fantômes ou entités ou formes-pensées sont appelées démon, le médium ou le géobiologue remplacées par le prêtre exorciste qui meure dans d'atroces souffrances, et que tous les phénomènes paranormaux sont présentés sous la forme de l'horreur (un visage grimaçant éclairé d'en bas, un coup de cymbale brutal pour vriller les nerfs).

Les « études scientifiques » bidons

Les zététiciens sont assez pauvres en réfutations, et c'est toujours les mêmes qui reviennent, après une étude du phénomène plus que survolée, et la mise de côté/censure de la majorité des faits inexplicables. Pour eux, les phénomènes paranormaux ne sont que des hallucinations, des rivières souterraines, des infrasons, de la fumette et autres fadaises alcoolisées, comme l'affirment avec force et régulièrement les magazines de vulgarisation scientifique comme Sciences et Vie. Au fil des années, ce matraquage nous formate profondément au point que nous ne voulons pas entendre d'autres discours, ni ne voulons analyser les nombreux cas qui se produisent dans notre entourage proche. De la pure dissonance cognitive, quand nous refusons d'analyser la réalité lorsque celle-ci ne correspond pas à nos croyances.

On retrouve des reportages télé censés démystifier les croyances envers la vie après la mort, on les reconnaît aux reconstitutions montrant des fantômes livides aux yeux cernés qui apparaissent d'un coup sur une musique stridente censée nous faire peur. On nous montre un médium charlatan explorant un lieu censé être hanté : "Je ressens des vibrations fortes, il y a eu un drame ici, c'est très fort, une femme, ou peut-être un enfant, voir même un homme, plusieurs entités. Je perçois une sensation d'étouffement, de brûlure, de perforation" et ensuite on montre sans peine la supercherie (la majorité des causes de mort pouvant se résumer à un étouffement, que ce soit une pendaison, une gorge tranchée, une crise cardiaque ou un incendie).

Les sujets sont bâclés, par exemple on nous montre pendant 20 minutes un faux poltergeist (monté de toute pièce par les désinformateurs), pendant 15 minutes on nous fait croire à sa réalité, puis on nous montre le faussaire qui dit "c'est moi qui l'ai fait", pendant 5 minutes on parle de technique compliquée pour expliquer ce qu'on a vu. Ensuite, lors des 30 secondes avant le générique de fin, est effleuré un vrai poltergeist que tout le monde connaît, et on lance une fausse accusation non étayée : "Plusieurs années après les filles du poltergeist d'Enfield on avoués avoir monté de toute pièce le canular". C'est ballot, avec 30 s de plus, on aurait appris que si elles ont bien avoué, pendant les évènements, avoir fait quelques tentatives de blagues aux enquêteurs, toutes ces tentatives grossières ont été détectées immédiatement par les enquêteurs, et que 30 ans après les faits, elles continuent à dire que ces blagues de jeunes filles ne concernent que 2% des phénomènes, et 0% des phénomènes pris en compte par les scientifiques qui ont étudié pendant 2 ans ce qu'il se passait.

Avec 2 minutes de plus, le reportage vous aurait appris que personne ne peut expliquer de manière physique la plupart des faits comme la lévitation d'objets vus par plusieurs observateurs... Mais évidemment, ce reportage était de la désinformation, pas de l'information, il a donc soigneusement évité le sujet.

Les scientifiques se retranchent derrière le fait qu'une fois elles ont triché, pour éviter de dire qu'ils ne savent pas comment elles ont arraché un poêle en fonte de 300 kg attaché au mur mais que c'était de la prestidigitation car un jour les filles de 10 et 11 ans ont essayer de voler une cassette du magnétophone...

Au passage ils distillent la graine du doute en disant que le livre racontant le poltergeist se vend très bien... Argument ignoble quand on sait que le journaliste sera payé bien plus juste pour distiller son fiel que ce que ne touchera jamais l'enquêteur de vérité après un travail acharné de 2 ans à temps complet.

On nous montre aussi des médiums dialoguant avec des morts. Dans leur profonde conscience professionnelle, les journalistes arrivent à une séance spirite en début d'après midi, veulent repartir 2 h après pour avoir le bus à l'heure, et se plaignent que ce coup-ci personne n'ai parlé dans une langue étrangère. On nous montre ensuite des charlatans (des amis des journalistes qui les aide à monter un sujet foireux?) faisant croire qu'ils discutent avec les morts, là aussi il est facile de les mystifier. Le pseudo médium pose des questions, rentre en empathie avec le client, l'oriente, mais de la même façon que le fait un psychologue : "Je vois un blocage dans l'enfance, vous avez eu une frustration. Vous ne voyez pas? C'était dans votre prime enfance, vous étiez trop jeune pour vous en souvenir / votre inconscient fait un blocage là dessus. Non? Sur? Alors c'était dans une de vos vies antérieures...".

J'ai du mal à donner le terme de scientifique à ces reportages, qui sont au contraire anti-scientifiques dans leur mode opératoire et leur occultation des faits. Les charlots existent, c'est aux journalistes de trouver puis d'étudier les vrais médiums, ça reste facile à trouver par le bouche à oreille. Idem pour les témoins fiables de phénomènes paranormaux, il y en a plein. Lors d'un procès, si une personne dit avoir vu l'accusé à tel endroit, l'accusé est condamné à mort. Mais si 15 personnes disent avoir vu un fantôme au même moment et même endroit, on les traite tous de fous ou d'hallucination collective! Voir la seule explication scientifique retenue pour le miracle de Fatima (un soleil qui passe devant les nuages puis bouge dans tous les sens en un immense spectacle pyrotechnique, séchant instantanément les 70 000 personnes présentes) : il ne s'agit "que" de l'hallucination collective des 70 000 témoins (et beaucoup plus si l'on tient compte de toutes les personnes présentes dans la région, qui loin de la foule et de son "hypnose collective", ont témoigné des mêmes phénomènes). A noter qu'une grande partie des témoins étaient des sceptiques convaincus (communisme très implanté au Portugal), venus là pour se moquer de la religion...

Le meilleur, c'est quand ces reportages démontent un Poltergeist qui a défrayé la chronique 30 ans avant : il y a eu des centaines de témoins, des policiers, des médecins, des journalistes, qui ont tous vus la même chose au même moment. Dans le reportage, aucun de ces témoins n'est invité, mais uniquement le faible d'esprit qui vient de passer 30 ans en hôpital psychiatrique. Il affirme devant la caméra que le lit ne s'est jamais soulevé, et les interviewers disent que c'est la preuve que les médias de l'époque n'ont pas fait leur boulot, que tout le monde s'est monté la tête, et qu'il n'y a rien eu en réalité... Je dois avouer que c'est bien amener leur truc, le témoin parait crédible, et à aucun moment on n'est tenté de prendre du recul, de dire "attendez : Vous avez 3 policiers présents dans la même pièce qui témoignent du lit qui se soulève tout seul, la famille présente confirme aussi, mais vous préférez croire le fou qui témoigne 30 ans après les faits ? Elle est où la rigueur scientifique !!!".

Les chercheurs de vérité

Survol

18e siècle

Messmer commence à révéler l'hypnose, et la capacité qu'a l'âme à sortir du corps et à ramener des informations de ses voyages, ou aussi la guérison énergétique.

L'église catholique fut muselée par les révolutions de la fin du 18e siècle, les chercheurs en ésotérisme (connaissance de l'âme qui nous anime) furent plus libres d'avancer dans leurs recherches.

19e siècle (p. 199)

C'est l'explosion des connaissance, que ce soient les chercheurs scientifiques qui redécouvrent tout, ou les occultistes qui révèlent des traditions anciennes (mais lucifériennes) qui avaient résisté aux destructions de l'inquisition catholique.

Camille Flammarion (p. 199)

Pendant plus de 40 ans, ce scientifique infatigable prouva la réalité de la vie après la mort, posant les bases scientifiques de ce sujet.

20e siècle (p. 200)

La première guerre mondiale, et l'inquisition capitaliste et communiste, combattent sans relâche les connaissances ésotéristes, éteignant cette formidable poussée scientifique du 19e siècle.

21e siècle (p. 200)

Internet. Tout est dit ! Les vieux livres de l'Antiquité ou du 19e siècle ressortent, disponibles à tous au lieu d'une minorité dans les sociétés secrètes. Les bonnes volontés semblent émerger de partout, renversant la censure du système et les moqueries des faux scientifiques.

19e siècle

Un grand mouvement de révélations pris place, aboutissant aux théosophes lucifériens (nous ne devons nos pouvoirs qu'à nous, et pas à la Source) de la fin du siècle, tels Alice Bailey, précurseurs du New Age, ou Gérard Encausse (Papus), Paul Sédir et Éliphas Lévy. Ces gens utilisent des connaissances anciennes, comme celles de la Kabbale juive ou des tibétains, des francs-maçon de 1717.

Les soeurs Fox (des Américaines) lancent le spiritisme, en ayant l'idée de communiquer avec l'auteur d'un poltergeist par coups frappés (A = 1 coup, B = 2 coups, etc.).

D'autres chercheurs plus scientifiques, comme Allan Kardec ou le neurologue Jean-Martin Charcot, abordèrent le sujet scientifiquement avec le spiritisme et l'hypnose, démêlant le vrai du faux de ce que disaient les esprits pour extraire la réalité, s'apercevant qu'ils abordaient la même chose vue sous différents angles.

D'autres scientifiques, comme Camille Flammarion, collectent les éléments factuels (apparitions, poltergeist), prouvant ainsi la survie de la personnalité après la mort (et montrant par là même la puissance du qi à modifier la matière).

Camille Flammarion

Camille Flammarion est un astronome réputé, qui très tôt s'est intéressé aux nombreuses observations sur la mort (comme devrait le faire tout vrai scientifique animé par la soif de savoir et de comprendre).

Datant de la fin du 19e siècle, c'est le premier livre édité qui reprend des milliers de témoignages (plus de 5000 lettres reçus en quelques mois, après une simple annonce parue dans divers journaux français), parallèlement au spiritisme en plein essor (c'est Camille Flammarion qui prononcera l'éloge funèbre de Allan Kardec, qui était son ami, bien que Camille, en bon scientifique, refusa comme Allan de se fonder sur sa seule intuition et ressenti intérieur pour valider un témoignage d'esprit).

Camille Flammarion enquêtait personnellement sur tous ces témoignages reçus (les plus intéressants, ceux qu'il reproduisait ensuite dans ses études) et menait un interrogatoire de style policier pour recouper les sources entre les divers témoins, et s'assurer qu'il n'y ai pas de canulars ou d'imprécisions ou incohérences, vérifiant par des reconstitutions les témoignages.

Il reproduisait après chaque témoignage les attestations sur l'honneur des témoins, ainsi que les conditions de son enquête, et l'étude de tous les biais possibles pour les lever.

Une fois vérifié, il les classe et essaie de commencer à en tirer un schéma général, ainsi que des supputations sur comment ça se passe là-bas.

Camille Flammarion se méfiait du spiritisme (on ne sait pas à qui on tend le stylo), et n'utilisait le spiritisme que quand il pouvait être validé par une enquête scientifique (comme un esprit qui donne ses caractéristiques, infos validées par une enquête sur le terrain, et l'assurance qu'aucun des expérimentateurs ne pouvait connaître ces informations). Comme d'autres chercheurs de son époque, leurs expériences montrent que l'homme est télépathe, et Camille essaie la plupart du temps d'enlever ce biais.

Quand Camille demande à un défunt une solution scientifique à un des gros problèmes de la science du moment sur la Lune, l'esprit lui donne une solution. Camille s'attelle au problème, résous du coup le problème pour la science, mais montre que l'esprit s'était trompé. Tous les esprits ne mentent pas, mais comme pour les vivants, il faut vérifier leurs dires à chaque fois.

Camille cherchait à trouver un cas où seul le défunt pouvait connaître la réponse (évitant la télépathie, donc prouvant la survivance de la conscience). Il trouva une histoire d'un père de famille ayant caché la richesse du foyer, et que sa famille ne connaissait pas. Pour les sortir du pétrin, le père apparu à sa fille et lui montra l'emplacement du coffre. L'origine de cette histoire n'étant pas vérifiée directement par Camille, il convient que ce ne peut être pris pour une preuve flagrante.

Il y aura 4 livres édités sur 25 ans. Celui à lire c'est la mort et ses mystère - 3 -Après la mort. Il a en effet regroupé ses témoignages par rapport au moment de la mort : les apparitions avant que le défunt décède, les apparitions au moment de la mort, et enfin celles quelques temps voir longtemps après la mort, montrant la survivance de conscience après le décès.

Nous verrons, dans le chapitre suivant, les cas relatés (p. 201) par Camille Flammarion.

20e siècle

Les hypnotiseurs et la recherche de vie antérieures, comme Charles Lancelin ou le lieutenant-colonel Rochas d'Aiglun, montrent aussi que les connaissances des morts restent accessibles.

Puis la 1ere guerre mondiale, la mort de ces millions de chercheurs de vérité et de communistes placés en première ligne, la montée en puissance du capitalisme pour contrer le communisme de l'URSS et stopper l'éveil des consciences, stoppa toute idée neuve, toute imagination. Les révélations spirites furent étouffées, la presse verrouillée (le debunking et le cover-up par les illuminati existaient déjà depuis très longtemps, et était déjà très efficace), et seule la partie matérielle de la vie fut développée. On en revint aux anciennes idées de religion (incompatibles avec la recherche sur la vie après la mort, qui aurait divulgué le mensonge des religions), avec par exemple la création de l'État d'Israël. A la fin du 20e siècle, on en est toujours au même point que 100 ans avant. Seul le New Age et la scientologie font avancer les choses pour une minorité.

21e siècle

Tout change dans les années 1990, avec le développement de l'électronique, l'informatique, les réseaux, et Internet ! Tout cela couplé avec une montée des vibrations, des canalisations d'entités ou d'ET plus nombreuses, et la montée du New Age, création de la CIA pour tenter de parasiter l'éveil des conscience, mais ouvrant du coup la connaissance à un public plus grand, qui ne reste plus enfermé dans ses certitudes comme il le faisait au sein des sectes des années 1970. Ce fourmillement des années 1990 ne se matérialise que 10 ans plus tard.

Internet a permis la diffusion du savoir, de l'échange entre les peuples, les gens parlent de leurs expériences. Les livres interdits il y a un siècle peuvent de nouveau être diffusés, on retrouve Flammarion ou Alan Kardec, on se rend compte qu'au Brésil les spirites ont prospéré et provoquent des guérisons miraculeuses, on s'aperçoit que dans le bled d'à côté des médiums parlent aux disparus, que des guérisseurs coupent le feu ou guérissent les maladies de peau que ne peut faire la médecine officielle, etc.

Des groupes de gens poursuivent les efforts entrepris il y a un siècle et continuent de collecter les informations de par le monde. Il est de plus en plus difficile aux puissances occultes de cacher la vraie vie après la mort. Après avoir été surpris par le détournement de leur outil de surveillance généralisé, et le nombre de réveillés, jusqu'au milieu des années 2000, les illuminati se ressaisissent vite et payent en masse des blogueurs pour faire de la désinformation, c'est à dire de noyer les gens sous un déluge d'informations vraies et fausses mélangées.

Le film d'animation "L'étrange pouvoir de Norman" (Paranorman), sorti en 2012, est vraiment sympa et casse ce schéma de la mort qui fait peur : au début on y présente la version officielle de l'histoire américaine, une méchante sorcière (une vieille moche au nez crochu) brûlée vive en 1800 par des notables de la ville. L'histoire nous les présente comme des héros qui ont sauvé leur ville de la destruction. Puis à la fin du film, on découvre que ces notables ont en fait brûlé une petite fille de 11 ans dont le seul crime était d'être médium et de parler aux morts. Cette petite fille, restée bloquée sur Terre par sa volonté de vengeance, provoque des poltergeist très puissants menaçant de détruire la ville. Norman, un enfant qui lui aussi parle aux morts qu'ils croise tout les jour (et que les habitants veulent brûler aussi, ayant peur de l'inconnu), juste en parlant au fantôme de la petite fille, et en la consolant, apaise les notables morts vivants rongés par leur culpabilité, enlève à la petite fille sorcière son envie de vengeance, et tout s'apaise lorsque tout le monde va vers la lumière. Ce film est vraiment un changement de paradigme, comme le film *The Conjuring*, qui est pas mal aussi car plus proche de la réalité que les films précédents.

Aux USA, les reportages internet sur les phénomènes paranormaux abondent. Les séries américaines télévisées comme *Enfants médiums* popularise les problèmes de hantises. Mais les lobby sont encore puissants et stoppent progressivement toutes ces séries pour mettre en avant des chanteuses sans cervelles... Sans compter la censure française qui, comme pour la révélation officielle sur es OVNI aux USA, omet d'importer ce genre d'informations en France. Mais ce n'est que temporaire, les médias, devant générer des mensonges de plus en plus grossiers, une censure de plus en plus visible, et tout ça démasqué par des réseaux sociaux de plus en plus populaires, sont de moins en moins suivis des populations.

Les fantômes

Survol

Les fantômes sont l'apparition d'un vivant ou d'un mort à un endroit différent de celui où se trouve son corps. Il peut aussi s'agir des matérialisations de corps astral de vivants.

Camille Flammarion le scientifique (p. 201)

Le célèbre astronome de la fin du 19e siècle a classé et tiré des hypothèses à partir des milliers de témoignages qu'il a lui-même validés.

Différents types (p. 201)

Des apparitions qui vont de la simple ombre fugitive dans le coin de l'oeil, d'un bruit inexpliqué, à la personne "réelle" solide, chaude et respirante, qui se dissous dans l'air en quelques secondes.

Observations de médiums (p. 202)

Si les observations de fantômes, faites par monsieur tout le monde, ne se produisent que dans des circonstances spéciales, beaucoup de personnes peuvent voir ces défunts à tout moment, à la demande.

Doubles / bilocations (p. 202)

Les vivants peuvent transporter leur âme à distance, l'observateur croyant voir un fantôme. Un fantôme de défunt n'est après tout qu'une âme dont le corps physique s'est arrêté de respirer...

Les mourants (p. 203)

C'est au moment de la mort que les observations de fantômes sont les plus nombreuses, et visibles par tout le monde, sans dispositions particulières.

Les bloqués (p. 203)

Si après leur mort, l'immense majorité des gens disparaissent complètement de notre monde visible, certains défunts semblent s'accrocher à un lieu ou des personnes, comme bloqués dans notre univers.

Les libérés (p. 203)

Ce n'est pas parce que la majorité des défunts partent vers la lumière, qu'ils disparaissent réellement. Ils sont juste "plus loin", mais toujours accessible.

Usurpation d'images (p. 203)

Ne vous fiez pas à vos yeux. Les fantômes ont montré qu'ils pouvaient prendre l'apparence qu'ils voulaient, quitte à usurper l'image d'une personne proche, ou à se faire passer pour une petite fille innocente pour nous attendrir, ou nous faire baisser la garde.

Camille Flammarion le scientifique

Voyons ce que ce chercheur (p. 199) a trouvé dans les milliers de témoignages recueillis et validés après enquête.

De ce qu'il ressort de ses études qui portent sur plus de 40 ans, les apparitions sont de diverses formes et plus ou moins nettes). Dans l'ordre décroissant de netteté, les meilleurs apparitions sont matérielles, chaudes, respirent comme un corps humain normal. Dans d'autres cas, il ne s'agit que d'apparitions partielles (souvent les pieds manquent), ou des boules de lumière avec juste le visage et le haut du corps, ou encore de brumes noires ou sinon juste de sensations comme les courants d'air glacés, des odeurs, des bruits.

Les cas intéressants sont les apparitions longtemps après la mort (plusieurs années), montrant la survivance de conscience bien après la disparition complète du corps physique.

Il y a aussi des cas de fantômes de vivant, montrant sur le sujet des autres dimensions de la réalité qu'il n'y a pas de différences entre une âme actuellement incarnée et une âme dont le corps est mort. Mais ce sujet sera davantage développé dans les pouvoirs psys.

Comme témoignages marquants, qui me reviennent des livres de Camille Flammarion, on a des morts qui reviennent quelques jours après leur mort pour visiter un collègue et lui dire qu'il n'est pas vraiment mort, et plus étrange cette dame qui revient visiter sa famille un an après sa mort, lorsqu'elle est redescendue pour récupérer un autre mort récent de la famille.

Ou encore cette jeune fille, probablement amoureuse du garçon présent lorsqu'elle décède d'une rupture d'anévrisme à 14 ans, qui apparaîtra régulièrement à lui et sa famille tout au long de sa vie, de façon bienveillante.

Plusieurs témoignages relatent ce fait étrange, à savoir que le mort apparaît tel qu'il est habillé sur son lit de mort. Un explorateur avec le ventre arraché et une jambe en moins suite à une attaque de son expédition en Afrique, apparaît en France dans l'état où est son cadavre (alors que l'information de sa mort, et des conditions de sa mort, n'arriveront que plusieurs semaines après).

Des vieilles femmes avec des robes ou des voiles qu'elles n'ont jamais porté, et dont le témoin découvre après coup qu'elles les portaient sur leur lit de mort, placés là par la famille...

Le fantôme peut être juste une ombre, transparent, un morceau de corps, ou au contraire une entité visible en plein jour, voir solide (contact de peau glacée, traces de doigts bien nettes lors de gifles bien fortes).

Les morts semblent être attaché à ce qu'ils croyaient dans la vie. Les catholiques très bigot vont demander à ce que les messes en leur mémoire soient bien respectées, un jeune homme défunt harcelant son oncle à la manière des poltergeist pour qu'il honore une dette que le mort avait contracté et qui l'empêche de partir vers l'au delà, etc.

Ces morts là ne disparaissent qu'une fois en paix, ou si ils acceptent de lâcher leur vie terrestre ou leur attachement aux choses matérielles, mais pour cela il faut arriver à leur parler et à faire de la psychologie de morts.

Les différents types

Phénomènes physiques (p. 221)

Dans les dimensions imbriquées, nous verrons le recoupement de milliers de témoignages, sur les divers effets physiques observés par les témoins.

Différentes formes

Les observations peuvent prendre plusieurs formes :

- Apparitions (matérialisation de partie ou d'ensemble du corps d'une personne décédée)
- Manifestations (tout ce qui n'est pas une apparition , comme les sons, les coups physiques, les objets qui tombent ou se déplacent tous seuls, ou lumières).

Différentes consistances

Les apparitions ont plusieurs niveaux de « consistance » :

- Revenants : la personne décédée revient auprès de ses proches comme si elle était vivante (au niveau comportemental et aspect). Le corps est généralement entier, même si les pieds peuvent être absents. Par exemple, les dames blanches sont prises en auto-stop comme si c'était des humaines « normales », leur disparition soudaine provoquant l'émoi dans la voiture… De même dans les cas de bilocations.
- Fantôme : image floue, lumineuse, brumeuse et inconsistante, transparente. La nature « non physique » ne laisse aucun doute, au contraire des revenants.

Différentes causes

Une apparition d'un être humain peut avoir plusieurs explications :

- L'incarné : Un vivant, c'est son corps physique, cas le plus courant ! :)
- Le double : Matérialisation du corps énergétique d'une personne incarnée faisant une décorporation (aussi appelé bi-location),
- Le mourant : Dans les moments autour de la mort (avant, pendant, et après) quand l'âme se détache du corps et que le corps éthérique est encore plein d'énergie.
- Le bloqué : Un errant, défunt coincé dans notre dimension pour une raison X ou Y (sensation glacée), au-delà des 3 jours de flottements autour de la mort).
- Le libéré : Un mort qui est passé dans la lumière, loin de notre dimension, visible seulement par les médiums.
- usurpation : entité ou forme-pensée prenant la forme d'une personne vivante présente dans le coin.
- Images psychiques ET : Apparitions générées par les ET.
- Apparitions mariales : Des humains du futur (illuminés) comme à Lourdes ou à la Salette en France, utilisant des lieux énergétiques comme Lourdes ou la Salette, pour faire passer un message via l'intermédiaire d'enfants.

Les observations de médiums

Certains d'entre nous voient des fantômes que les autres ne voient pas. Quand ils dessinent ce qu'ils voient, la personne reconnaît la personne décédée. Ce que "dit" l'apparition correspond à un vrai défunt. Le fantôme sait des choses que le médium n'a pas moyen de savoir avec son corps physique. Il s'agit bien d'une entité, et pas une imagination du médium.

Les vrais médiums ne sont pas nombreux, et tous les morts essayent de communiquer aux vivants par leur entremise, d'où des fois un certain capharnaum pour le médium qui a de plus en plus de messages et d'entités à gérer.

Depuis 2015, beaucoup de médiums se révèlent, des capacités non désirées qui apparaissent, afin de faciliter le travail de passeur d'âme. Je dirais qu'on doit être 15% de la population à avoir ces capacités activées, 30% si on compte les capacités en latence.

Doubles / bilocation

Ce sont des vivants qui sont observés ailleurs que là où se trouve leur corps physique. Leur conscience / âme, qui peut se décorporer (voir Nicolas Fraisse p. 265) peut se rematérialiser.

J'exclue les fantômes de vivant lors de la mort, l'âme s'étant détachée d'un corps encore en vie sera vue dans la partie sur les mourants plus loin.

Marcel Folena, dans son autobiographie, dit qu'il lui est arrivé que lors des soins effectués par téléphone, ses patients ont eu la surprise de le voir apparaître, fantomatique, dans leur salon. Il raconte d'ailleurs ses sorties de corps, son apprentissage progressif pour agir sur la matière en état de décorporation.

Voir aussi la femme qui se ballade dans sa future maison (p. 182), faisant croire aux propriétaires qu'elle est hantée.

Dans son livre sur la géobiologie, Joël Landspürg cite le cas d'une amie qui pendant quelques jours sera hantée par un fantôme dans son appartement, avant de le rencontrer en chair et en os dans le train lors d'un déplacement à Bruxelles. Ils vivront quelques temps ensembles avant de se séparer. D'après Landspürg, ils avaient un échec sentimental à résoudre venant d'une vie précédente, qui ne sera pas non plus résolu dans cette vie-ci.

Les bilocations catholiques

Ces fantômes de vivant sont aussi appelés bilocation chez les saints, comme Thérèse d'Avila, Yvonne de Malestroit, Padre Pio. Dans ces cas précis, les fantômes sont tellement vivants qu'on a longtemps crus qu'ils avaient 2 corps, ou que le saint se téléportait à distance.

Un ami de Marie-Yvonne de Malestroit (p. 253) raconte avoir vu Marie-Yvonne lui apparaître dans la rue à Paris, alors que son corps était en train de se faire violer et torturer au même moment au siège de la Gestapo. Le prêtre dira que l'apparition n'avait aucune différence avec le corps physique, qu'elle lui parlait et le touchait sans problème. Marie-Yvonne disparaîtra d'ailleurs mystérieusement du convoi qui devait l'emmener dans les camps de concentration, après la séance de torture.

Marie-Yvonne apparaît sur un bateau militaire, et galvanise les troupes, alors que son corps était toujours sur Terre.

Marie-Yvonne sera décorée par De Gaulle pour faits de résistance. Lorsqu'il lui remet la médaille, De Gaulle, en boutade, lui demande si elle n'est pas au même moment en train de se faire décorer par Churchill.

Des pilotes britanniques, qui devaient bombarder le village où se trouvait Padre Pio, affirment avoir vu apparaître en l'air un moine barbu en soutane, qui leur faisait de grands gestes pour leur dire de déguerpir.

Les mourants

Apparitions se produisant autour du moment de la mort : Peu avant, au moment même, ou quelques jours après la mort, l'âme se détache du corps physique (même si ce dernier est encore en vie), dit au-revoir à ce monde, et contient suffisamment d'énergie pour être vu de personnes sans capacités particulières, accompagnées généralement de manifestations diverses (coups dans les volets, objets déplacés ou disparaissant temporairement, apparitions, etc). Le temps que la majorité des cellules du mort arrêtent leur activité, jusqu'à 7 jours après l'arrêt de l'oxygénation (arrêt du coeur et des poumons).

Les bloqués

Qui ?

Défunt qui n'est pas allé dans la lumière, qui erre sans savoir qu'elle est morte, ou ne comprenant pas ce qui lui arrive. Ces types de fantômes sont très courants avec le matérialisme de notre société, ou ces bourreaux de travail qui n'ont jamais pris le temps de se poser des questions sur le sens de leur vie.

Ce sont des morts qui restent entre 2 plans, n'ayant pas atteint la lumière (en général pas plus de quelques jours, mais possible de plusieurs années si la personne ne sait pas que la vie après la mort existe, et ne comprend pas ce qui lui arrive). Il y en a qui sont terrorisées car elles ne comprennent pas ce qui leur arrive et ont peur de cette lumière qui veut prendre contact avec eux, d'autres qui sont attachés matériellement à un lieu, une chose ou un proche, ou une idée (vengeance, procès, etc.).

Ce sont des morts qui sont morts de manière violente ou peu élevés spirituellement, qui sont morts sans s'en rendre compte, de manière trop violente pour ne pas être encore rattachés à la vie, qui avaient quelque chose à dire, un travail en cours, qui veut dire à ses proches qu'il existe toujours sous une autre forme, qui a sa famille qui n'arrive pas à faire le deuil et l'invoque sans cesse, etc. Le fantôme est un esprit désemparé qui ne sait pas ce qui lui arrive ni comment en sortir, ou qui ne veut pas accepter sa propre mort. Pour des raisons X ou Y ils ne voient pas la lumière et les guides ou êtres de lumière (les amis décédés) censés les guider dans leur prochaine vie, ils sont coincés entre 2 mondes.

Caractéristiques

En général apparition partielle, fumées, ombres noires, sensation de froid, traits de lumière, orbs avec des trajectoires non "physiques", bruits ou voix, odeurs, etc.

Repérées par la sensation de froid apportée (contact de membres glacés, courant d'air glacé, fluide glacé qui nous traverse, chute des températures instantanées mesurables au thermomètre de 5 à 10°C) car ces entités prennent notre énergie thermique ou spirituelle.

Les fantômes du vol 401

Un avion qui s'écrase le 29 décembre 1972 dans les marécages des Everglade, et 2 des 3 pilotes décédés (le capitaine Robert Loft et l'ingénieur de vol Donald Repo) réapparaissent par la suite pendant de longues années dans les autres avions de la même compagnie (la Eastern Airlines), empêchant certaines fois des incidents en vol de se produire.

Le crash était dû en partie à la désactivation accidentelle par l'un des pilotes du pilotage automatique, et aucun des 3 hommes présents dans le cockpit n'avaient surveillé les cadrans qui indiquaient une perte progressive et régulière de l'altitude. Sont-ils restés sur Terre pour réparer en partie leur erreur ? Se sentaient-ils trop coupable pour partir de manière sereine ?

A noter que ces fantômes apparaissaient dans les avions où des pièces de l'appareil accidenté était réutilisées, ou pour des gens ayant connus les défunts.

Les libérés

Ce sont les morts qui sont passés par la lumière. Il savent utiliser leur corps astral, c'est à dire se déplacer à la vitesse de la pensée, être en 2 endroits en même temps, agir sur la matière, mais ils n'ont pas trop le droit.

Un mort qui est passé de l'autre côté (ayant passé dans la lumière, qui a coupé le lien énergétique avec notre dimension), qui est redevenu la pure entité qu'il était avant l'incarnation. Cette entité garde la même orientation spirituelle, elle est dans la lumière mais peut rester néfaste et égoïste. Un sataniste aussi passera dans la lumière (même si c'est un enfer qui l'attend derrière), tout en restant des orientations spirituelles satanistes, ce qui n'a rien à voir avec le moment où il basculeront du côté du service-aux-autres.

Il arrive aussi que le mort revienne sur Terre pour veiller sur un vivant, servir de guide à celui qui vient de mourir pour lui montrer son nouveau monde (le maître Jedi qui forme le petit Padawan), pour assister les médiums, pour aider les vivants comme dans le cas du brésilien José Arigo (p. 254). Mais ils sont loin de notre dimension, c'est plutôt à nous d'aller les chercher.

Usurpation d'image

Néfastes

Liées à des entités néfastes de Poltergeist, qui ont compris qu'elles pouvaient prendre l'apparence qu'elles voulaient aux yeux des vivants. Comme cette fille américaine qui voit sa soeur dans leur chambre à l'étage, lui parle (même si le discours est bizarre), descend l'escalier et s'aperçoit que sa soeur, qu'elle vient de voir en haut, est dans le salon avec sa mère depuis un moment. La même chose se produira avec une de ses amie qu'elle verra à l'extérieur de la maison avant de s'apercevoir qu'elle est dans la maison en train de regarder la télé avec les autres.

Les formes pensées (Tulpas)

Les invocations ou formes-pensées des tibétains, c'est à dire d'imaginer quelqu'un si fort qu'il en devient réel. On trouve un tel exemple dans le livre « Magie et Mystères au Tibet » de la française Alexandra David-Neel, qui explora le Tibet au début du 20e siècle, quand les informations sur le pays étaient encore lacunaires. Elle raconte avoir créé un être dans son esprit, y penser régulièrement tous les jours, au point qu'au bout de quelques mois, les autres personnes pouvait voir. Pour ne pas se laisser influencer par les divinités Tibétaines, elle avait choisi volontairement un être insignifiant, un lama courtaud et bedonnant.

Il commença à vivre une vie indépendante de sa créatrice. Il ne se montrait que quand elle pensait à autre chose (frôlement de robe, main sur l'épaule).

Sa figure se modifia d'elle-même : les traits joufflus s'amincirent d'eux même, une expression narquoise et méchante s'installa sur son visage. Il devint plus importun. Un berger le vit un jour, et le pris pour un vrai lama.

Elle le redissolvera quand il commencera à devenir trop agressif, les enseignements tibétains racontant les histoires de Tulpas échappant à leur créateur et même le tuant. Alexandra mettra 6 mois à le faire disparaître, sa création ayant la vie dure. Matérialisation d'une énergie créée de toute pièce ? Ils sont appelés Tulpas au Tibet.

EMI - Les morts qui revivent et racontent

Survol

Présentation (p. 204)

Une EMI, c'est quelqu'un qui meurt, qui est réanimé, et qui se rappelle (et accepte de raconter) ce qu'il a vu derrière.

Mon témoignage (p. 204)

J'ai une voisine qui a vécu ce genre d'expérience.

Depuis que l'homme est homme (p. 204)

Platon racontait déjà ce genre d'expriences.

1974 - Raymond Moody (p. 204)

Il faudra attendre 2 500 ans après Platon, pour qu'un chirurgien se ré-intéresse de nouveau à ces témoignages.

1975 - Publication scientifique (p. 205)

Une étude a été réalisée sur le phénomène, jamais remise en cause, elle prouve qu'il y a une vie après la mort. En aviez vous entendu parlé ?

2012 - Jean-Jacques Charbonnier (p. 205)

Une étude française récente sur le sujet, enfonçant le clou des études des années 1970'.

Tronc commun des EMI (p. 206)

Faisons le tour du déroulement des EMI, qui partout dans le monde, à toutes époques, suit les mêmes étapes : sortie du corps, dernier tour puis aspiration dans un tunnel, images de sa vie qui défilent, la grande lumière d'amour bienveillante au bout, nos défunts qui sont là pour nous accueillir, bilan (sans jugement) des côtés bons ou mauvais de nos actes, et proposition (ou obligation, si l'heure n'est pas venue) de retourner sur Terre.

Les OBE (décorporations) (p. 240)

Certains de ceux qui sortent de leur corps, comme Raymond Réant, racontent vivre à chaque fois le tunnel et la lumière quand ils sortent de leur corps.

Les Bad Trip des EMI (p. 206)

Une fois de l'autre côté, vous vous retrouvez avec ceux qui sont de votre mentalité. Les prédateurs égoïstes se retrouvent entourés d'autres prédateurs, et ça n'a pas l'air sympa, comme une sorte d'enfer...

Présentation

Selon une étude de 2014, aux USA, il y a 35% de la population qui a vécu des expériences de mort imminente et qui s'en souviennent.

NDE (Near Death Experience, en français EMI : expérience de mort imminente) : Il s'agit de personnes mortes pendant un temps, dont le coeur s'est arrêté, avec souvent un électroencéphalogramme plat (donc qui ne peuvent plus rien mémoriser dans le cerveau physique) et qu'on a pu réanimer, ou qui sont mortes ou pas loin et sont revenues de par elles-mêmes, ou sinon les mourants qui racontent ce qu'ils sont en train de vivre (la lucidité des derniers instants, où ils parlent à des gens morts que personne d'autre ne voit dans la pièce). Toutes ces expériences se ressemblent, quels que soient l'âge, l'époque, la classe sociale, les croyances, les cultures, ou le pays.

Mon témoignage

Une voisine, catholique très croyante, en stade terminal d'un cancer généralisé, va à Lourdes. Là-bas, lors de la prière, elle s'effondre, morte. Elle voit le tunnel de lumière, voit plusieurs entités lumineuse (qu'elle attribue à Jésus et Marie), ainsi que son cousin, dont elle ignorait le décès récent. Les entités lui demandent ce qu'elle veut, sachant que son corps ne pourra vivre que 6 mois de plus dans d'atroces douleurs. Elle décide de rester quelques mois de plus pour s'occuper de ses enfants encore jeunes. Elle se réveille alors d'elle-même, et voit débouler les infirmiers, prévenus par son accompagnatrice. Cette dernière est persuadée que ma voisine était morte, et ne comprend pas ce qui s'est passé. Ma voisine mourra en effet 6 mois plus tard, dans beaucoup de souffrances.

Un vieux savoir humain

A noter que les expériences décrites ont toutes une cheminement semblables, Platon (-400 av JC) dans *la république* racontait déjà le cas d'un soldat qui s'était relevé d'un charnier après une blessure normalement mortelle. Après avoir traversé le tunnel et être rentré dans la lumière, les êtres de lumière lui avaient demandé de retourner sur Terre et de raconter au monde ce qu'il avait vu.

La vie après la vie, le Moody de 1974

Le livre de Raymond Moody en 1974, la vie après la vie, vient poser l'assurance que rien ne s'arrête avec l'arrêt du coeur ou du cerveau. C'est le premier à en avoir parlé, et il se sentira un peu ballot quand il découvrira plus tard que son sujet « novateur » était déjà connu de Platon, 2500 ans avant…

Point "rigolo" dans le livre, Moody raconte les conférences qu'il donnait à l'époque, les EMI n'étaient pas connues du milieu scientifique, le sujet était nouveau. Un médecin lui dit que travaillant depuis plus de 30 ans en milieu hospitalier, si ces EMI étaient vraies il en aurait forcément entendu parlé à un moment ou à un autre. Woody lui réponds qu'à chaque conférences, sur les 30 personnes présentes il y en a toujours 1 ou 2 qui ont vécues ou ont entendues parler de ces expériences par leur entourage proche. Il demande alors s'il y a des personnes dans la salle qui connaissent des cas d'EMI dans leur entourage, et la propre femme du médecin sceptique lève la main... Elle dit ensuite que les patients de ce médecin ne voulaient pas lui en parler, il était trop bouché, et que des proches du couple avaient vécus ce genre de phénomènes.

Un cas intéressant, c'est ce chauffeur de camion qui a perdu le contrôle de son poids lourd et l'a vu se retourner et se diriger vers un parapet, l'écrasement du chauffeur étant certain. Il a alors une EMI avec décorporation, vie qui défile, on lui donne le choix et il choisit de vivre, puis se réveille et se retrouve, sans comprendre comment, debout sur la route sans une égratignure, à côté de la cabine écrasée.

Dans d'autres cas, c'est des personnes en stade terminal qui guérissent spontanément et instantanément.

Sans parler des corps décédés depuis un moment, en rigidité cadavérique et début de décomposition, qui se réactivent tout seul et cela sans aucune séquelle cérébrale... (la sciences nous dit qu'au delà de 15 minutes sans oxygène le cerveau devient un légume).

Ce qu'il ont vu... au seuil de la mort

La thèse scientifique de Karlis Osis et Erlendur Haraldsson, ce qu'il ont vu au seuil de la mort, qui suivit presque immédiatement le livre de Moody (ils ont travaillé en parallèle), vient confirmer de manière scientifique la survivance du caractère et de la pensée humaine, en vérifiant dans la plupart des cas les arrêts cardiaques et du cerveau, avec un électro-encéphalogramme plat interdisant toute activité du cerveau. On y voit par exemple le cas recensé d'une personne faisant une EMI, et qui rencontre une personne de sa famille fraîchement décédées, alors que ni le mourant ni sa famille n'était au courant. Ou encore cet homme en état de mort clinique, qui non seulement comme la plupart peut décrire la salle d'opération vue en état de décorporation, la famille dans la salle d'attente et ce qu'ils se disent, mais qui eut encore l'idée de se glisser sous la table d'opération, et de mémoriser un long numéro de série difficilement visible, et encore uniquement après s'être contorsionné pour passer sous la table d'opération. Au réveil, son chirurgien, sceptique lors de la première partie du récit, va vérifier les dires de son patient dans la salle d'opération, puis revient chamboulé par le fait que le numéro, invisible au patient, était le bon. Le chirurgien restera une heure supplémentaire pour en entendre plus!

Ou encore ce cas d'un indien qui est appelé au paradis, puis là-bas les êtres de lumière qui le voient disent qu'il y a erreur sur la personne, il retourne à l'hôpital, et après enquête des chercheurs il s'avère qu'un homonyme à lui est mort quelques minutes après son EMI, quelques chambres plus loin.

7 bonnes raisons de croire à l'au-delà

Le livre de Jean-Jacques Charbonnier (médecin anesthésiste-réanimateur) prouve définitivement que la conscience n'est pas liée au corps. A faire passer à tous les sceptiques.

Comme témoignage emblématique, cet enfant qui, décrivant son EMI, a vu « un grand monsieur qui s'éclairait tout seul »!

En 1993, il y avait 60 millions de personnes à avoir vécu une EMI et à s'en souvenir, principalement en occident (matériel de réanimation plus nombreux). Avec 4% de la population occidentale (2,5 millions de Français, 12 millions d'Américains).

Quelques expérienceurs, qui n'ont que su répondre à la réponse de l'être de lumière "Qu'as-tu fait pour les autres au cours de ta vie", ont vécus des EMI assez désagréable. Mais ces EMI sont l'occasion de changer de vie et pour un business man qui avait passé à mépriser et exploiter les autres, ça a vait été l'occasion de se dépouiller, d'aider son prochain et de devenir enfin heureux.

Les EMI reviennent sur Terre avec de meilleure faculté pour soigner par les mains par exemple.

Les aveugles voient lors de leur NDE, et peuvent donner des détails visuels qu'ils sont incapables d'avoir en temps, réfutant la thèse de l'hallucination. Cet homme qui voit un être inconnu lui parler lors de sa NDE, puis quelque jour après "par hasard" il découvrira que cet inconnu était l'ex-petit ami décédé de sa femme.

Le docteur Charbonnier raconte aussi les plateaux télé, où le journaliste lui pose des questions puis présente ensuite son détracteur, médecin lui aussi, avec le même nombre d'années d'étude, en disant "Voyons maintenant l'avis d'un scientifique"... Alors que l'auteur du bouquin est tout autant un scientifique, mais qui a perdu ce statut en parlant de thèmes interdits.

Le cas de Pamela Reynold est parlant. En 1991, les médecins la mettent en état de mort clinique afin de lui retirer une grosse tumeur cérébrale. Elle fut placée en hypothermie (15,5°C) pour éviter la dégénérescence de ses cellules. Son cerveau fut vidé complètement de son sang, ses yeux maintenus clos par du sparadrap lui interdisant de rien voir. L'électroencéphalogramme disparut et resta plat pendant une heure, de même que le potentiel évoqué auditif (utilisé pour suivre son activité cérébrale) montrant un cerveau mort pendant une heure. Le plus étonnant, indépendamment du fait qu'elle se réveilla sans aucune séquelle, fut qu'elle avait garder en mémoire tout le déroulé de l'opération jusqu'aux moindres détails alors que son corps était mort et son cerveau incapable de la moindre réaction chimique. Elle décrit la boîte à outil du chirurgien visible uniquement en planant au dessus de la table d'opération.

Pourquoi notre société occidentale spirituellement sous-développée cherche-t-elle absolument à cacher la vérité scientifique?

Tronc commun des EMI

Aujourd'hui ce phénomène étant connu de tous et bien documenté, on peut le résumer.

Si on prend les points communs de l'expérience de ceux qui meurent, quels que soient l'époque où ils ont vécus, leur religion, leur culture, leur sexe, leur âge ou leur niveau social, on obtient ça :

- après la mort, bruit de carillon ou de bourdonnement (ressenti comme désagréable ou non), puis sensation d'être en apesanteur, de flotter au dessus du corps (décorporation). Sensation de bien être et de légèreté.
- le défunt s'élève dans les airs en voyant son corps au sol et toute la scène autour, voyant des détails que son corps physique ne peut pas voir (comme les gens dans des pièces éloignées, un numéro de série gravé sous la table d'opération, visible en se glissant dessous après moultes contorsions, etc.).
- il est aspiré dans un tunnel noir, prend de la vitesse. Sur les parois du tunnel des sortent d'écrans où s'affichent des images clé de sa vie, en remontant dans le temps. D'où l'expression voir sa vie défiler devant ses yeux.
- Au bout du tunnel apparaît la fameuse lumière qui devient de plus en plus intense plus on s'en approche (mais sans faire mal aux yeux), il ressent une grande énergie d'amour et bonté qui en émane. Cette lumière serait un être de lumière, que certains assimilent par exemple à Jésus ou Marie selon leurs croyances.
- il voit des proches décédés en plus jeunes (ou des enfants morts jeunes et qui ont grandis), ou des êtres lumineux (faire le lien avec la lumière précédemment citée), qui sont les guides censés nous briefer sur le nouveau monde.
- Le défunt subit une sorte de jugement sur les actes de sa vie, ce qu'il a fait ou pas fait, sur ce qu'on a fait de notre vie, sans notion de reproches, juste des constatations. Il vaut mieux avoir accepter sa vie et ses erreurs à ce moment-là.
- C'est souvent là que le défunt négocie s'il veut continuer à mourir ou retourner sur Terre, ou le choix lui est donné. Des fois il n'a pas le choix, on lui dit clairement que ce n'est pas son heure et qu'il doit repartir en arrière. Les prières des proches peuvent rappeler en arrière le défunt.
- un rideau blanc de lumière (ou un pont au dessus d'une rivière ou d'un lac), le point de non retour. Peu des survivants sont allé assez loin pour l'approcher.

Après le rideau blanc, seuls les défunts, via les médiums, racontent comment ça se passe après !

Les Bad Trip des EMI

Il y a moins de la moitié qui disent se souvenir de leur EMI. Dépendant de votre spiritualité, vous serez accueillis par des êtres lumineux… ou pas. Les égoïstes qui cherchent à exploiter leur prochain rencontre des gens comme eux.

Ainsi, sur les témoignages, quelques personnes n'ont pas une vision idyllique lors de leur EMI, et peu en parlent, car c'est l'image profonde d'eux mêmes qu'ils remettent en question. Ceux qui parlent de leurs mauvaise expérience sont ceux qui sont passé de salauds égoïste à une vie altruiste d'aide aux autres, remerciant cette expérience pour leur avoir ouvert les yeux (oui, nos actes ont une conséquence pour l'après).

Des visions s'apparentant à l'enfer, leur faire comprendre qu'une nouvelle chance leur est donnée de reprendre leur vie en main et de donner plus de respect aux autres.

Les médiums

Survol

Qu'est-ce qu'un médium ? (p. 206)

Il y a des gens qui ont une sensibilité beaucoup plus développée que le commun des mortels, les médiums, qui font l'interface avec les esprits, mais comme nous le verrons par la suite dans les sujets psys, les gens capables de se connecter à leur inconscient sont capables de bien plus que ça.

Histoire du spiritisme (p. 207)

Le dialogue avec les morts à pu générer de beaux effets physiques validés par des scientifiques, même si dans les années 1920 les illuminati ont lancé une grande campagne de désinformation et de manipulations en utilisant de faux médiums illusionnistes qu'il était facile ensuite de prendre en flagrant délit de tricherie.

Valider les médiums

Pour valider scientifiquement le spiritisme, il faut prendre la démarche de Camille Flammarion : ne s'attacher qu'aux effets physiques, vérifiés et validés par les grands scientifiques de l'époque, comme les mains moulées, ou les phénomènes paranormaux qui entourent le médium (lévitation, matérialisations, etc.).

Le médium parle à des personnes. Qu'elles soient défuntes ou non, il y a des personnes dignes de foi, et d'autres non ! Le message doit donc être validé par une enquête, en s'appuyant sur les révélations que seul le mort pouvait connaître.

Médiums célèbres (p. 208)

Il y en a une pléthore, nous verrons Florence Cook et les moulages du docteur Geley, qui ont fait des études pour prouver la médiumnité. D'autres médiums seront vu dans le chapitre prochain sur les sujets psys.

Qu'est-ce qu'un médium ?

Il y a des personnes qui ont une sensibilité beaucoup plus développée que le commun des mortels pour voir les choses telles qu'elles le sont, les médiums.

Les médiums voient les morts très souvent (pas comme nous où c'est uniquement aux grandes occasions et une ou 2 fois dans sa vie!).

Leur sensibilité est souvent innée, ils ont des capacités très fortes dans l'enfance et les conserve voir les développe à l'adolescence (qu'ils vivent en général assez mal si mal guidés) puis à l'âge adulte.

Le commun des mortels peut lui aussi développer ces capacités, mais ça demandera plus de travail.

Les enfants, de par leur proximité temporelle avec la dimension supérieure, sont tous plus ou moins médiums, mais ça s'estompe vers 7-8 ans.

Il y a plusieurs sortes de médiums : ceux qui peuvent voir les morts et leur parler directement, et ceux qui se font posséder par le mort mais ne se souviennent plus de rien. Ce dernier est dangereux, car on ne peut vraiment choisir l'esprit qui nous envahit. Malgré un guide bienveillant, il arrive que ce guide soit moins fort que le méchant.

Tout le monde peut aussi faire médium avec les tables Oui-Ja ou les verres, mais amateurisme s'abstenir, c'est un coup à se faire poursuivre par des entités malveillantes. Et l'orang-outan, quand on dit oui une fois... (voir le sketch de Timsit).

Capacités psys

Les médiums, en se reconnectant à leur inconscient, développent généralement bien d'autres capacités psys. Ils sont en général guérisseurs (enlèvent l'eczéma, le feu, etc.). Ou alors ils ont développées leur don de médiumnité par l'étude des sciences occultes, qui incluent aussi le kit de magnétiseur ! Car oui, les personnes d'une classe sociale aisée, qui savent que ces choses existent, laissent à leur enfant la possibilité, s'ils le souhaitent (tous ces gens célèbrent qui se vantent de faire le métier qu'ils aiment), de faire profession de voyants ou de médiums (voyants généralement, plus lucratif). Et même s'ils n'ont pas forcément de capacité, à force de tirer les cartes du Tarot, au bout de quelques années, ils finissent par développer leur intuition, comme beaucoup l'avouent. Nous verrons cela au prochain chapitre sur les sujets psys.

Histoire du spiritisme

Dans les années 1800, aux USA, les soeurs Fox entendent des coups frappés dans les murs. Elles établissent avec l'entité un code de dialogue (1 coup pour oui, 2 pour non). Elles posent des questions autour d'un guéridon et obtiennent des réponses qui semblent intelligentes. Selon 1 seule source elle auraient avouées à la fin de leur vie faire elles mêmes craquer leurs os de pieds, mais cette source n'apparaît qu'en 2000, soit 150 ans après… De plus, ce n'est pas crédible vu les réponses justes qu'elles obtenaient, alors qu'elles ne les connaissaient pas… Juste pour montrer la fourberie des désinformateurs.

Partout dans ce monde, qui a plus de temps grâce à la révolution industrielle, les expériences sont tentées, les médiums parlent aux morts. Bien sûr, dans ce monde avide d'argent beaucoup de charlatans voient le jour, utilisant les progrès de la science ou de l'illusionnisme pour tromper les crédules.

Au début, les tables donnent 1 coup pour oui, 2 coups pour non. Puis le nombre de coups indique la lettre de l'alphabet. Le phénomène se donne lui même le nom d'esprit. L'esprit indique lui-même la prochaine étape, une corbeille tenue par les participants sur laquelle est fixée un stylo, la corbeille bouge et trace des lettres. La communication est bien plus rapide. Chose étonnante, cette méthode d'écriture automatique est indiquée par les esprits aux vivants sur les 5 continents en même temps, de manière bien plus rapide que les communications de l'époque.

Comme la corbeille n'est qu'un outil, on cherche à le simplifier, ça donne la planchette. Certains hommes semblent plus doués que d'autres pour faire bouger ces planchettes, on les appelle des médiums (au milieu, entre les vivants et les morts), qui peut aussi être vu comme le support physique du mort (merci la pauvreté de la langue française qui utilise les mêmes mots pour 2 notions différentes...).

Le médium, avec l'exercice, devient plus à l'aise et écrit directement avec la main. Le nombre de médiums devient de plus en plus important, comme si de l'autre côté aussi ils s'habituaient avec l'exercice. Le mouvement de la main semble involontaire et fébrile, le médium arrive même à écrire correctement les yeux bandés, ou dans des langues qu'il ne connaît pas.

Les esprits envahissent bientôt tout le corps du médium (incorporation), ce dernier changeant d'apparence, de timbre de voix, d'expressions, ou encore parlant des langues étrangères inconnues du médium. Les médiums parviennent à faire apparaître les esprits (ectoplasmes, comme raconté par Didier Van Cauwelaert dans son livre Carine après la vie, validé par le père Brune, ne pas confondre avec la séance parisienne qui là était du foutage de gueule). Puis les esprits finissent par écrire sans lien physique (on laisse un crayon et un papier, et quand on revient, le texte est écrit).

Pour éviter toute imposture du médium, on vérifie que ce dernier ne peut connaître la bonne réponse, que ce n'est pas son écriture (qui varie à chaque esprit), et pour les médiums oraux les esprits s'expriment dans de multiples langues toutes inconnues du médium.

Les réponses sont souvent d'un haut niveau technique ou intellectuel, hors de portée du médium. Par contre elles sont parfois de la stupidité la plus consternante. Un peu comme le début d'internet, au début réservé aux discussions entre chercheurs scientifiques, qui a vu l'arrivée des messageries de drague avec le chat... Les spirites sont bien conscients que les esprits sont aussi anonymes qu'un internaute actuel, et qu'on ne sait pas qui parle.

Alan Kardec fait le tri dans les dires des esprits, comprend vite comment élever ses vibrations pour attirer les esprits les plus élevés spirituellement à sa table.

La première guerre mondiale, puis la main-mise des banquiers américains sur la presse française qui s'ensuivra, la chasse aux sorcière des communistes et de l'idéologie spirite altruiste éteindront cette flamme en France, mais le spiritisme au Brésil deviendra une religion à part entière, obtenant de belles preuves de manipulation psychique de la matière via les matérialisations quotidiennes, les guérisons miraculeuses, les déblocages psychologiques liés au karma, la recherche de la vérité historique dans les annales akashiques, etc.

Le spiritisme restera en occident comme un jeu d'ado, le Oui-Ja, ce qui entraînera la plupart du temps des apparitions maléfiques, les histoires de poltergeist défrayant la chronique.

Au 19e siècle, les séances de spiritisme se faisaient dans les salons de l'entre-soi de la haute société. Aujourd'hui, cela s'est heureusement démocratisé, et des médium clair-voyant ou clair-audiant peuvent établir le contact entre les disparus et les membres de l'assistance, comme le fait « Bruno un nouveau message » avec ses vidéos Youtube dans la rue, ou sa tournée en France.

Quelques médiums célèbres

Nous ne parlerons ici que de ceux qui sont connus comme uniquement médiums, nous verrons dans les pouvoirs psys plus loin des humains qui font bien plus que parler aux morts.

Florence Cook

Alexandre Aksakof - *Un cas de dématérialisation* : le 22 octobre 1922, il assiste à une séance. Après qu'Alexandre et un autre rationaliste présent aient solidement ligoté le médium Florence Cook dans un cabinet noir, mis des scellés et des alarmes un peu partout, ils attendent moins de 15 minutes avant que le rideau soit tiré et que le double de Florence Cook (avec le même visage) apparaisse, qui s'appelle Katie. Florence est habillée de noir, Katie de blanc. Alexandre demande à observer Florence. Katie lui dit de faire vite, puis disparaît. En une seconde, Alexandre est dans le cabinet et observe Florence, toujours ligoté sur sa chaise et habillée de noir. Il se rassoit, la forme de Katie réapparais aussitôt et lui demande si ça lui convient, il demande plus de lumière. Elle lui autorise à prendre la bougie et à bien observer. Il vérifie que Florence est toujours ligotée dans son coin, mais la lumière réveille cette dernière. Un dialogue s'établit entre Katie, qui tente de rendormir Florence, et Florence, en train de s'éveiller. Puis la médium se réveille. Les noeuds étaient intacts, et ont dus être coupés tellement ils étaient serrés fortement.

Les moulages du docteur Geley

Comme preuve de l'existence d'esprits invisibles, ces moulages qui ne peuvent être obtenus de manière physique : des esprits matérialisent leur main et trempent leurs mains dans un bac d'eau chaude surmontée de paraffine fondue. Quand l'esprit remonte la main, la paraffine reste à la surface de sa main "ectoplasmique", puis la trempe dans un bac d'eau froide pour refroidir la paraffine. Ensuite, il leur suffit de se dématérialiser, et ne reste que le gant de paraffine qui est ensuite remplit de plâtre liquide. La paraffine est ensuite refondue et seul le moulage en plâtre reste. Comme le poignet est plus fin que la main, et qu'il n'y a pas de traces d'un plan de joint, il est impossible d'obtenir cet effet autrement qu'en dématérialisant la main.

Médiums actuels

L'image du médium à beaucoup changée depuis 1950, on peut citer les médiatiques Patricia Carré, Bruno un nouveau message, etc.

Enfants-médiums

Titre d'une série de documentaires américains (qui peut être retrouvée sur YouTube), qui regroupe 2 enfants médiums par épisode, pour leur apprendre à maîtriser leurs dons, encadrés par un médium adulte reconnu.

Par exemple cet épisode émouvant où le médium adulte, en pleurs, demande au père de l'ado médium, père qui ne croit pas du tout son fils (en déni complet, alors qu'il vient de voir clairement un fantôme), de ne pas laisser son fils seul dans cette épreuve, comme lui-même l'a vécu étant enfant, sans soutien face aux moqueries et tracasseries des vivants et à la hantise permanente des morts.

Cette série est intéressante pour se rendre compte de la stupidité de notre société, qui maltraite ceux qui voient la réalité telle qu'elle est... Ne pas oublier qu'il y a encore 10 ans, ces enfants auraient été bourrés de médicaments et enfermés dans des hôpitaux psychiatriques où ils seraient morts avant 40 ans de Tuberculose, tandis qu'il y a quelques siècles en arrière, ils auraient directement été brûlés comme sorcier…

Possessions

Médiums

Les cas les plus impressionnants du spiritisme, c'est quand le médium se laisse volontairement envahir par une entité. A ce moment-là, c'est le défunt qui parle en direct, avec sa voix, ses connaissances, ses expressions faciales et corporelles, ses douleurs ou handicaps physiques, etc.

Involontaires

Il faut savoir que les entités n'ont pas le droit de prendre possession de votre corps, mais que certains, de manière inconsciente, laissent des entités manipuler leur âme, prendre le contrôle de certaines de nos actions, ou suggérer des choses à notre âme. L'inconscient est de plus suffisamment inaccessible pour que ses actions peuvent ressembler à une possession.

C'est les possessions temporaires et involontaires de médiums qui s'ignorent, ou des jeunes avec des capacités qui ont joué avec les forces obscures (comme le Oui-Ja), sans bien se rendre compte dans quoi elles mettaient les pieds.

On a aussi les personnes harcelées par un esprit, qu'elles ont laissé s'approcher progressivement au cours du tempos (on laisse les bruits se faire, les disparitions d'objets, les pieds tirés dans le lit en pleine nuit, les griffures au réveil, puis ensuite l'abandon de son corps à ces forces).

Pilotage à distance

Il est aussi possible d'avoir des cas de possession par des vivants (sujet détaillé dans les capacités psy), comme le raconte Nicolas Fraisse qui a de nombreuses occasions s'est retrouvé sans le vouloir dans un autre corps, même si au début il était plus spectateur qu'acteur, il a fini par prendre les commandes de ce corps à distance.

Transmigration (Walk-in)

Survol

Dans certains cas (chocs, vie vécue comme une impasse), l'âme d'origine semble quitter son corps, et est remplacée par une autre âme.

La transmigration est l'occupation d'un corps par un esprit qui n'est pas celui d'origine. Cela va jusqu'à la réincarnation (p. 212) et la possession (p. 235), mais nous verrons ces phénomènes spécifiques ailleurs.

Nous resterons, dans ce chapitre, avec les personnes qui sortent du coma ou d'un décès temporaire avec une personnalité autre, des fois en parlant une langue étrangère inconnue du corps d'origine. Ces transmigrations, même si ça doit prendre plusieurs décennies, finissent généralement par voir revenir progressivement ou brutalement la personnalité d'origine qui reprend possession de son corps, l'esprit étranger ayant semble-t-il pu finir quelque chose d'inaccompli dans sa destinée brutalement interrompue elle aussi par un accident.

Ce n'est pas le syndrome de l'accent étranger

Oubliez le syndrome de l'accent étranger pour certains des cas, on parle de langue étrangère (8000 nouveaux mots, des milliers d'expressions et des règles grammaticales différentes apprises d'un coup, en même temps que la langue d'origine est perdue...), pas d'un marseillais qui perd son accent du sud pour parler le français avec l'accent parisien. Les mensonges des médias n'engagent que ceux qui les croient.

Michel Davel & George Littlon – Vivre l'amour malgré la mort (p. 173)

Suite à coma, un matelot Australien George Littlon, se fait posséder par l'âme d'un Français, Michel Davel, qui vient de mourir d'un accident de la route à l'autre bout du monde. Ce n'est pas un hasard s'il se retrouve en Australie : c'est là que se trouve l'amour de sa vie, un amour contrarié 17 ans plus tôt. Michel Davel vivra son idylle pendant 13 ans, avant que brutalement, Georges Littlon ne reprenne possession de son corps, et retourne auprès de sa famille d'origine.

Florence Gandolfo & Alexandra Toselli - mélange de personnalité (p. 211)

Alexandra, 50 ans, meurt d'un oedeme pulmonaire pendant 4 minutes, avant d'être réanimée. Au même moment, Florence, 18 ans, meurt dans un accident de scooter, 300 m plus loin. Quand Alexandra se réveille, c'est Florence qui a investi son corps, et Alexandra mettra du temps à se retrouver seule dans le même corps.

Reuben Nsemoh - l'Américain qui ne parle plus qu'espagnol

Reuben Nsemoh, Afro-Américain de 16 ans, subi un grave choc à la tête lors d'un match de football américain. Il se réveille en ne parlant plus qu'espagnol, langue dont il ne connaissait que des rudiments, et a tout oublié de l'anglais, sa langue maternelle.

Comme dans la plupart de ces cas de possession, l'ancienne personnalité refait progressivement surface, et il se remet à parler petit à petit anglais en perdant la capacité de parler espagnol. Nous parlons là de vocabulaire et grammaire de langue étrangère, dont la connaissance apparaît d'un coup et disparaît tout aussi mystérieusement!

Ben MacMahon - l'Australien devenu Chinois

Un jeune australien de 21 ans sort du coma en parlant couramment le mandarin (faible niveau avant son grave accident). C'est même la première langue qui lui vient à l'esprit à son réveil. Tellement bien qu'il présente désormais une émission à la télé chinoise.

Il écrit aussi les sinogrammes de cette langue complexe, et l'anglais a mis quelques jours à revenir après son réveil. L'homme, qui se sentait un étranger en Australie, est depuis reparti vivre à Shanghai. On pourrait penser à une incarnation dont le corps chinois n'a pas réussi à percer à la télé, et l'idée d'un corps d'anglo-saxon parlant chinois a dû être considéré comme être un meilleur avantage pour réaliser ce pour quoi cette incarnation était venue sur Terre?

Nehemiah & Jamal Miller - l'Afro-Américain devenu pêcheur Hébreux du temps de Jésus

Jamal Miller, un Afro-Américain de 53 ans, après une violente agression et traumatisme crânien en Californie, se réveille après 6 jours de coma à l'hôpital Cedars-Sinai. Complètement amnésique sur sa vie passée, il ne parle plus que l'hébreu ancien (Jamal n'avait jamais été exposé à cette langue... il est possible qu'une entité parlant l'hébreu ancien traîne dans cet hôpital juif). C'est un Rabbin venu voir un ami dans une chambre voisine qui a reconnu la langue en Hébreu biblique. Après avoir écouté le patient, et recoupé avec les infos connues de Jamal, il s'avère que ses souvenirs actuels (quand il parle hébreux) ne correspondent en rien du tout avec ceux de l'américain Jamal. Sa mémoire est celle d'un ancien pêcheur Juif. Jamal (qui dit désormais s'appeler « Nehemiah, fils de Jehozadak ») ne parle désormais plus que de poissons et de bateaux...

Croate de 13 ans qui ne parle plus que l'allemand qu'elle n'a pas appris

En avril 2010, une jeune croate de 13 ans (son nom est gardé anonyme par les médias, la fille étant mineure), qui vient de commencer à apprendre l'allemand, sort de 24 h de coma en maîtrisant parfaitement l'allemand, et ne comprenant plus que très mal le croate, sa langue maternelle, langue qu'elle est d'ailleurs devenue totalement incapable de parler .

Des sources travaillant à l'hôpital, qui ont tenus à conserver l'anonymat, affirment qu'elle parle avec un vocabulaire soutenu, anormal à son âge et son niveau d'instruction. On peut en déduire que sa personnalité a changé, même si ce genre d'articles évite soigneusement de parler des autres aspects que la seule langue qui a changé...

Mais le cas a dû évoluer en plus paranormal vu que très vite Dujomir Marasovic, le directeur de l'établissement, refuse de s'exprimer publiquement sur le sujet évoquant la protection du secret médical. Le journal *Le Monde* invente, à cette occasion, la théorie du cerveau magnétophone...

Johan Ek & Michael Thomas Boatwright - Le suédois qui se retrouve aux USA dans un autre corps

Le 28 février 2013, Michael Thomas Boatwright, un Américain né en Floride de 61 ans se réveille à hôpital après avoir été retrouvé inconscient dans sa chambre d'hôtel en Californie. Sauf qu'il a tout oublié de la personnalité dont le nom a été retrouvé sur les papiers d'identité trouvés sur lui (et dont l'image correspond au corps sauvé), il dit qu'il est suédois et s'appeler Johan Ek (il ne connaît plus d'ailleurs que le suédois et est incapable de comprendre ou de répondre aux infirmières). 8 mois après, l'homme est toujours incapable de reconnaître son propre visage dans le miroir. Se sentant alors comme un étranger aux USA, il déménage en Suède pour y refaire sa vie. Il espère y trouver aussi des réponses sur ce qu'il lui est arrivé (il est fort probable qu'il découvre qu'il est mort au moment où il s'est retrouvé de l'autre côté du globe dans un autre corps, voir l'histoire de Michel Davel plus haut).

Sarah Mastouri & Michèle Lepage - L'amnésique de Thuir (p. 211)

Suite à une agression, une jeune fille amnésique finit par se rappeler qui elle est. Problème, son corps ne correspond pas à l'histoire dont elle se rappelle. Quand sa famille finit par la reconnaître, cette famille est pour elle une inconnue totale.

Chris Birch - Le Skinhead banquier, rugbyman et homophobe qui devient coiffeur et gay

Est-ce une homosexualité refoulée qui faisait que ce rugbyman était un farouche homophobe? Et que son accident l'ai révélé à lui même? Ou est-ce un clin d'oeil du destin qui fait retourner un gay décédé dans le corps d'un macho homophobe ?

Un jeune Gallois victime d'un grave accident lors d'un entraînement de rugby, s'est réveillé totalement métamorphosé de plusieurs jours de coma. Connu pour son intolérance vis-à-vis des homosexuels et sa présence dans les cercles fascistes, Chris Birch a été l'objet d'un changement radical de personnalité.

C'est ce que rapporte le quotidien britannique "Daily Mail" du 11/11/2011. Le jeune homme est sorti de son coma et s'est tout de suite déclaré gay, plaquant dans la foulée sa fiancée. Il a aussi quitté ses amis et son travail dans une banque pour devenir... coiffeur !

A ce niveau de changement radical, il ne s'agissait probablement pas de sentiments refoulés.

Vilasa Devi, la morte qui 40 ans plus tard revient saluer ses enfants

Vilasa Devi, originaire du village de Bidhnoo en Inde, meurt en 1976, mordue par un serpent venimeux mortel. Comme le veut la tradition, ses proches immergent le corps de la défunte dans le Gange.

En 2017, à l'âge de 82 ans, Vilasa Devi revient dans son village natal pour dire bonjour à ses enfants. 40 ans plus tard ! (bonjour la surprise :)).

Elle raconte son histoire : des pêcheurs l'ont recueillie bien vivante après son immersion dans le Gange (premier miracle). Par contre elle a tout oublié. Dans son nouveau village, elle s'est remariée et a commencé « une nouvelle vie » (pourquoi les journalistes mettent des guillemets, si ce n'est pour souligner un changement de caractère ?).

40 ans après, Vilsas rencontre une ancienne amie de son ancienne vie oubliée, et la mémoire lui revient (subitement semble-t-il). Encore une fois revoir quelque chose de l'ancienne vie semble réactiver le rappel de l'âme d'origine du corps.

Beck Weathers (tragédie à l'Everest, 1996) (p. 212)

Après avoir été laissé pour mort sur le toit du monde, Beck se réveille, le corps gelé, et réussit à rejoindre le camp par ses propres. Miraculé plusieurs fois, sa femme découvre dans le survivant un homme complètement différent, capable de recréer un nouveau mariage.

D'autres cas

Dans le livre de Ian Stevenson, un enfant de 3 ans qui meurt suite à une forte fièvre. Il revient bientôt à la vie, mais ce n'est plus le même. Il est persuadé qu'il vivait dans la vallée voisine, qu'il est mort, qu'il a erré un moment dans les montagnes avant de retrouver ce corps qui venait de se libérer. Après enquête, tout ce qu'il dit est vrai. Comme souvent, dans ces cas là, les souvenirs très forts s'estompent, et vers 20 ans, la personne a quasiment tout oublié ou ne veut plus en parler.

On a le cas de Kim-Jong-Un, le dirigeant Nord Coréen présenté comme un psychopathe attardé (et qui semblait réellement l'être) : alors qu'il allait déclencher les hostilités avec Trump, il change du tout au tout, se montre coopératif, et arrête d'exécuter ses généraux. Soit il a été remplacé par un sosie, soit, comme le dit Nancy Lieder, il a subi un walk-in.

Les greffes d'organes

Souvent, après une greffe d'organe, le receveur change en partie de personnalité, de goût, qui s'avèrent correspondre à ceux du donneur décédé (ou pas dans le cas des greffes de rein). Ça pose le problème du mélange de 2 vibrations d'entités au sein d'un même corps, soit c'est l'organe qui "pollue" l'entité d'origine, soit c'est l'entité du corps décédé qui essaie de s'incruster dans le corps du receveur. Là encore, on voit bien que les caractéristiques de la personne décédée ont survécu, mais impossible de trancher sur ce qui se passe réellement.

Florence Gandolfo & Alexandra Toselli - mélange de personnalité

Dans le livre *Prête-moi ton âme* de Alexandre Grigoriantz, et dans un article de l'INREES.

Le 8 février 1974 à 11h15, à Antibes dans le sud-est de la France, Alexandra Toselli est victime d'un œdème pulmonaire dans l'atelier de céramique où elle travaille. 20 minutes – dont 4 de mort clinique – plus tard, elle est en salle de réanimation à l'hôpital. Là, elle reprend quelques secondes ses esprits : « Où suis-je, que m'est-il arrivé ? » interroge-t-elle. On lui répond qu'elle a eu un accident. « Ah oui, je me souviens, j'étais sur mon scooter, je me suis retournée pour faire signe à une amie », s'entend-elle dire. Le personnel soignant la détrompe, puis l'informe que sa sœur l'attend. Sa sœur ? Quand il lui demande son nom, elle répond « Florence »… Puis sombre dans un coma profond.

A son réveil, trois mois plus tard, elle ne se reconnaît pas dans le miroir, ni dans le nom d'Alexandra, ni ces gens censés être ses proches. Elle se rappelle s'appeler Florence, et ses souvenirs ne correspondent pas à ceux d'Alexandra.

Il ne s'agit ni d'hallucination ni de schizophrénie – Alexandra est stable émotionnellement, sa pensée est structurée.

Petit à petit, Alexandra retrouve son identité et sa conscience, mais la perception d'une présence à ses côtés ne la lâche pas, se sentant tantôt Alexandra, tantôt Florence, tantôt les deux. A sa sortie de l'hôpital, elle finit par se dire qu'il s'agit là d'un « mauvais cauchemar »… Jusqu'à découvrir par hasard, par l'une de ses collègues, qu'une étudiante en droit s'est tuée en scooter le 8 février 1974 à 11h23, soit 8 minutes après sa propre perte de connaissance, à moins de 300 mètres de l'atelier où elle se trouvait.

Alexandra fouille les archives de Nice Matin, trouve le nom de la jeune femme : Florence Gandolfo. Le même que celui qu'elle a prononcé quand elle croyait avoir eu un accident de scooter. Elle fait des recherches, rencontre la mère de l'étudiante, et découvre alors que tous les détails de la vie de Florence dont elle se « souvenait », sans rien connaître de son existence au départ, sont exacts : les circonstances de son décès, la décoration de sa chambre, les chansons qu'elle aimait, les endroits qu'elle avait visités… Florence n'était pas sortie de son imagination !

Cette période s'est accompagnée de capacités parapsychologiques accrues : « N'avez-vous pas eu un frère décédé dans un accident de la route ? » demande un jour Alexandra à un homme qui en reste pantois – car c'est bien le cas. Peut-être ces capacités suite à son coma lui ont permis de rentrer en résonance avec l'âme de Florence au point de devenir une autre?

Petit à petit, Florence s'est estompée de la vie d'Alexandra, mais elle n'en est jamais complètement partie. Pour Alexandra, sa présence n'a jamais été un poids ni une menace ; plutôt une aide, un conseil, une personnalité complémentaire à la sienne. Selon elle, si l'étudiante défunte lui a emprunté son corps, ou plutôt lui a prêté son âme, c'est pour faire passer un message à sa mère, et à tous ceux qui perdent un être cher : « Rien n'est terminé quand on est mort. La vie continue de l'autre côté. »

Sarah Mastouri & Michèle Lepage - L'amnésique de Thuir

Un cas documenté dans les journaux La dépêche, France bleu et le Figaro.

Une jeune amnésique est prise en charge en janvier 2013 au centre hospitalier de Thuir, après un parcours chaotique dans les rues de Perpignan, de foyers d'hébergement en centre d'aide. Elle avait ainsi erré après avoir été agressée en juillet 2012 et s'être réveillé quelques jours plus tard avec un trou noir dans sa mémoire et une nouvelle identité.

Sarah Mastouri (le nom dont elle se rappelle) a pourtant donné une foule de détails très précis sur sa vie. «Elle se montre extrêmement constante sur son histoire», raconte la directrice de la communication de l'hôpital, Carole Gleyzes. Elle affirme être née en Algérie le 4 juillet 1984. Orpheline, elle serait arrivée une première fois en France à l'âge de trois mois, dans le cadre d'une procédure d'adoption qui ne se concrétisera jamais. Elle serait reparti alors en Algérie mais revenu finalement en France. Elle raconte aux soignants sa scolarité passée à Reims avant de rejoindre un lycée de Perpignan, où la jeune femme aurait passé son bac scientifique. Elle serait ensuite parti poursuivre des études de sociologie à Lyon.

Fin juillet 2012, elle se réveille à l'hôpital de Perpignan. Victime d'une agression, elle n'a plus aucun papier d'identité. Sans toit et sans argent, elle erre de foyer en foyer avant d'être admise le 28 janvier à l'hôpital de Thuir. En huit mois, toutes les démarches entreprises par l'établissement pour retrouver sa trace à l'état-civil ont été infructueuses. La femme, qui se décrit elle-même comme très solitaire, ne se souvient d'aucun prénom, seulement de visages. En l'absence de précision sur son lieu de naissance, le consulat d'Algérie ne peut pas retrouver de trace de la jeune femme. Il n'y aucune preuve de son passage dans les établissements scolaires qu'elle prétend avoir fréquenté (avec le nom donné). Et personne dans ses établissements ne se souvenait de son visage actuel, qu'elle même ne reconnaît pas être le sien...L'enquête diligentée par la police aux frontières se retrouve dans l'impasse.

Suite à un appel à témoin, la famille de son corps physique actuel la reconnaît. Son corps se nomme Michèle. Elle est née dans la Marne en 1980, d'origine réunionnaise. C'est sa mère qui l'a reconnue, Catherine, domiciliée à Reims, qui était sans nouvelle de sa fille depuis au moins deux ans, quand sa fille était partie à Lyon faire des étude. La mère a fourni des photos de jeunesse, le livret de famille et enfin des détails sur le physique de la jeune femme, que seule une maman ou quelqu'un qui l'a connue intimement peut donner (des détails sur des cicatrices notamment).

Ce témoignage est conforté par un autre appel, celui d'un homme qui dit avoir connu la jeune femme à Perpignan il y a un an et demi (et qui pourrait aussi donner des détails intimes?), il donne la même identité, Michèle Lepage.

Seul problème, cette nouvelle famille ne parle pas du tout à l'amnésique, investie d'une autre personnalité. Mais les journalistes n'ont pas jugés bon de poursuivre sur ce chemin...

Beck Weathers (tragédie à l'Everest, 1996)

Une belle histoire de survie. Ce médecin de 49 ans gagne très bien sa vie, mais dépressif depuis l'âge de 20 ans, il délaisse sa famille, au point que sa femme veut divorcer. Beck se lance alors un nouveau défi : gravir les sept sommets les plus hauts du monde, dont l'Everest.

En mai 1996, il sera grièvement blessé lors de la fameuse "tragédie de l'Everest". 8 alpinistes (dont 2 guides) seront pris dans la tempête à la redescente de l'Everest, et décéderont.

Beck, n'ayant plus la force de redescendre, est laissé pour mort à 7 000 m d'altitude avec 2 autres alpinistes. Le lendemain, 2 guides parviendront à remonter voir les 3 corps, mais s'aperçoivent qu'il n'y a plus rien à faire.

Beck, le visage contre la glace, revient à la vie tout seul, 22h après que les guides l'aient déclaré perdu. La tempête continue à faire rage, et les survivants sont toujours bloqués au camps le plus haut.

Les mains de Beck sont noires et indolores, il ne sent plus son nez ni ses extrémités. Pensant à sa famille, il réussi à se relever et réussi à rejoindre le camp, face au vent, comme si le froid n'avait plus de sens. Les survivants au camp sont abasourdis de voir revenir celui qui par 2 fois déjà à été donné pour mort. Il n'a rien mangé ni bu depuis 3 jours.

Ils le laissent tout seul dans une tente, ne s'attendant pas à le voir passer la nuit. Le lendemain, les alpinistes s'aperçoivent que sa tente s'est déchirée et que Beck s'est de nouveau retrouvé sans protection face au vent et au froid extrême toute la nuit. La survie du groupe est encore en jeu, les survivants ne peuvent pas s'occuper de lui : l'absence d'oxygène ne leur permet pas de réfléchir sereinement.

Alors que le groupe profite de la fin de la tempête, ils s'aperçoivent que Beck est de nouveau quasi mort (pour la 3e fois). Ils tentent alors le tout pour le tout, et lui font une piqûre de dexamethasone, un corticoïde très puissant, qui aura un effet miraculeux, permettant à Beck de revivre littéralement : revitalisé et miraculeusement en forme (par rapport à ce qu'il a vécu), il redescend au camp de base par ses propres moyens. Il se met à chanter et se risque même à faire cette blague : "On m'avait prévenu que cette expédition me coûterait un bras. Ils ne pensaient pas si bien dire.

Le camp de base, bien que le plus bas de tous, est malgré tout bien trop haut pour les hélicoptères, seuls appareils volants pouvant s'approcher. Un as de l'armée tentera une grande première sur l'Everest : profitant du vent de falaise, il arrive tant bien que mal à se stabiliser à 1 m du bord de la falaise, bien au dessus des capacités de l'hélicoptère, mais incapable de franchir le rebord pour se poser. C'est donc dans cette position instable que les plus "abimés" seront tirés dans l'hélicoptère en plein vol, vacillant sous les rafales de vent.

Beck sera évacué lors de la 2e fournée de l'hélicoptère. Bien que sans conteste le plus atteints de tous, d'autres survivants sont dans un état critique d'épuisement, alors que Beck tient toujours la forme, et que seule la nécessité de traiter les gelures au plus tôt impose de ne pas rentrer à pied.

Il fut amputé du bras droit, du nez, des pommettes et de la joue droite. Les chirurgiens réussirent difficilement à sauver une petite partie de sa joue gauche. Le reportage le montre à l'hôpital, parlant comme si rien ne s'était passé, en pleine forme, et heureux d'être en vie.

Sa femme le trouvera changé du tout au tout (au niveau du caractère, beaucoup plus que juste quelqu'un qui a vu la mort de près). Alors que le couple battait de l'aile, sa femme accepte de vivre avec cette nouvelle personne. Finit la dépression du médecin, comme si une autre âme avait pris sa place.

Réincarnation

Survol

Présentation

La réincarnation, c'est la théorie qui dit qu'après la mort, après un temps plus ou moins long dans l'au-delà, nous retournons sur Terre pour continuer à apprendre et re-densifier notre âme, qui sans cela, s'étiolerait si elle s'absentait trop longtemps de la matière.

Certains enfants disent se rappeler de leur vie antérieure. Ils citent des faits qu'ils n'avaient pas la possibilité de connaître, ou alors ont des tâches de naissance qui correspondent aux grosses cicatrices de leurs précédents corps.

Ces enfants apparaissent dans tous les milieux sociaux, toutes les époques et toutes les cultures, même en Occident où la réincarnation est rejetée. Des chercheurs comme Ian Stevenson depuis les années 1950, ou Tucker dans les années 2000, ont analysés et documenté des milliers de cas, qui ne posent aucun doute sur la survie de quelque chose après la mort.

Difficulté à séparer de la possession ou de la médiumnité

Un enfant ou une personne sous hypnose qui se rappelle de sa vie antérieure, on ne peut déterminer facilement si les infos viennent de l'âme incarnée dans le corps, ou si c'est une possession ou une discussion avec un défunt.

Transmigration et réincarnation

Par rapport à la transmigration (les enfants ou adultes frôlent la mort, puis s'en sortent, mais avec une autre personnalité et souvenirs), la réincarnation semble une possession dès la naissance (avec des tâches de naissance souvent).

Survivance à la mort

On sait juste que ces informations (conscience, personnalité, compétences et souvenirs, vérifiées par une enquête) appartiennent à un défunt, et sont toujours accessibles depuis notre monde malgré la mort du corps physique.

Jésus et la réincarnation

Les premiers chrétiens, ceux le plus proche du vrai message de Jésus, prônaient la réincarnation, comme le montrent les apocryphes. Au concile de Constantinople du 7e siècle, il est bien spécifié qu'il est désormais interdit de prôner le fait que Jésus parlait de réincarnation, comme les faisaient tous les chrétiens du Moyen-Orient (il serait plus juste de dire que seuls les Évangiles romains avaient été expurgés de cette doctrine...).

Tronc commun (p. 213)

Les enfants en parlent dès leurs premières paroles, l'histoire racontée ne varie pas au fil du temps. Vers 6-10 ans, les souvenirs s'estompent, puis disparaissent. Ces enfants présentent des marques physiques, des ressemblances frappantes, et ont conservé les compétences et savoirs de leurs anciennes spécialités.

C'est souvent une vie inachevée qui se prolonge chez les enfants qui se souviennent.

Les morts trop tôt (p. 213)

Des gens n'ayant pas eu le temps de se réaliser, qui se réincarnent rapidement dans un nouveau corps.

L'esprit de famille (p. 214)

Les esprits se réincarnent souvent dans la même famille, les enfants morts en bas âge se réincarnant de nouveau dans les naissances qui suivent.

Reprendre son ancienne vie (p. 215)

Certaines réincarnation rapides tentent de reprendre contact avec leurs anciens proches, avant de comprendre qu'ils ont une nouvelle vie à vivre.

Les "célébrités" (p. 216)

Ces cas sont à la fois bien documentés (car on a pas mal d'archives sur les célébrités) mais doivent être plus poussées sur l'enquête de validation.

Souvenirs flous ou mélangés (p. 216)

Les enquêtes ne sont pas toujours évidentes, les souvenirs n'étant pas systématiquement hyper précis.

Régressions hypnotiques (p. 217)

Ces souvenirs ne reviennent pas naturellement à la conscience, et on sait que l'inconscient peut se connecter aux vies antérieures de son âme, ou celles d'autres âmes. Quoi qu'il en soit, les informations remontées sont étonnantes de réalisme.

Pour en savoir plus

Les études Tucker sur des cas flagrants de réincarnation. Ici le rapport Tucker (en anglais).

Les livre de Ian Stevenson.

Reportage sur 3 cas récents de réincarnation.

Le tronc commun des cas étudiés

Plusieurs milliers de cas d'enfants se souvenant de leur ancienne vie, qui affirmaient des choses vérifiées par la suite sans qu'ils aient eu les moyens de de le savoir, voir que seul le défunt connaissait.

Dès les premiers mots ils racontent

Il racontent leur ancienne vie dès qu'ils commencent à parler. Cette histoire reste constante aux fils des années (alors qu'à cette âge les histoires inventées se développent avec l'évolution de l'enfant, gagnent de nouveaux détails, etc.). Les souvenirs commençant à disparaître vers 6 - 8 ans (une fois la nouvelle vie ancrée et l'ancienne mort acceptée). Vers 20 ans, ces enfants disent ne plus se souvenir de ce qu'ils racontaient à cette époque pour la plupart.

Marques physiques, compétences et savoirs survivent

Souvent ils savent des choses que seule la personne décédée savait. Les blessures de l'ancienne vie se retrouvent souvent dans des marques de naissances.

Ces enfants retrouvent tout seul, ou très rapidement lors de l'apprentissage, les compétences qu'ils avaient lors de leur vie d'avant.

Pourquoi les enfants se souviennent ?

Jim Tucker, qui a repris les études de Ian Stevenson, précise que 70% des enfants qui se souviennent (et dont on a pu contrôler comme exacts leurs dires) ont les souvenirs de quelqu'un décédé trop tôt (accident, meurtre, suicide, mort jeune). Une émotion reste quand ces enfants repensent à leur mort, c'est une tristesse, un sentiment de perte, sûrement d'inachevé.

Beaucoup pensent que ces gens, pas assez détachés de la vie terrestre, restent sur notre plan et prennent possession d'un corps sans âme préétablie.

Les morts trop tôt

James Leininger

Texte et Vidéo de Stéphane Alix. A partir de 2 ans, le petit James fait un cauchemar récurrent : il est un pilote de l'USAF pendant la seconde guerre mondiale (le 3 mars 1945), son avion est touché au moteur par des avions japonais et tombe à l'eau, et le petit garçon se débat frénétiquement dans son lit, poussant des mains et des pieds un cockpit imaginaire dont il essaye sans succès de s'extraire. Tout comme sa brusque obsession pour les avions, et des détails techniques qu'un enfant de son âge n'est pas censé connaître. Comme différencier au premier coup d'oeil un réservoir auxiliaire d'une bombe sous les ailes, d'apparences similaires. Lors d'une visite d'aéroport, James se met à inspecter un avion de la même manière qu'un professionnel.

Quand ses parents lui demandent plus de détails, ces derniers reviennent par à-coups, sans prévenir. Il dit que son avion décollait d'un bateau. Quand on lui demande, il dit un nom. Son père file vérifier sur internet, en effet, il y a bien eu un porte-avion de ce nom là qui a servi dans le Pacifique pendant la seconde guerre mondiale. Lorsqu'ils feuillettent un livre sur cette période, James reconnais une île, disant que c'est là qu'il est mort. Il se rappelle aussi le nom d'un camarade, Jack Larsen. Après plusieurs mois de recherche, il s'avère que ce vétéran est toujours vivant. Les parents de James, chrétiens convaincus et anti-réincarnation, commencent à douter. Autant dire que ce qui va suivre va les faire devenir des convaincus...

A 5 ans, l'enfant, de manière anodine, dit à son père qu'il savait, quand James l'a choisi, qu'il ferait un bon père. Abasourdi, le père lui demande des détails. James lui dit qu'il l'avait rencontré la première fois à Hawaï, dans l'hôtel Big Pink, alors que ses parents dînaient ensemble. Et que James les avaient choisi à ce moment-là. Les parents, en effet, étaient allés à Hawaï dans cet hôtel, pour leur 5 ans de mariage, et c'était au cours de ce restaurant qu'ils avaient décidé d'avoir un enfant... Il sera conçu 7 semaines après.

Sur ses dessins d'enfants, qui montrent tous des batailles d'avions dans le ciel et des avions en flamme, l'enfant signe James 3. Quand on lui demande pourquoi, il dit que c'est parce qu'il est le 3e James. Quand on lui offre des Gi Joe, il nomme le brun Billie (normal pour un soldat américain), le blond Léon (prénom complètement atypique) et le roux Walter. L'enfant dit que ce sont ses copains d'escadron qui l'ont accueillis au paradis.

Dans une une réunion des vétérans de l'USS Natoma Bay, le père s'aperçoit que tout ce que son fils a donné comme détails sur la vie sur ce porte-avion sont vrais. Les avions utilisés étaient bien surnommés les Corsair comme le disait James. Il n'y a qu'un seul pilote mort au combat sur l'île désignée, il s'agit de James Junior Houston (donc le 2e du nom). Jack Larsen, le vétéran cité par James, était l'ailier de James ce jour-là et confirme qu'il a bien été abattu comme le petit garçon le décrit (3 autres témoins confirment sa version). Les 3 "Gi-Joe" correspondent à la réalité : les prénoms étaient bien présent dans l'escadron (amis de James), correspondant aux couleurs de cheveux spécifiées, et tous morts avant James 2 Houston. Les statisticiens pourront s'amuser à calculer la probabilité d'avoir un Leon blond dans la population américaine, impossible de trouver ça au hasard ! Et vu la difficulté du père pour retrouver ces infos dans des austères dossiers déclassifiés, des réunions sans fin avec les vétérans, ils comprendront qu'il était impossible à un petit garçon de retrouver ces 3 noms dans un livre quelconque.

L'enfant a 6 ans, et fait l'objet d'un reportage télévisé. Des contacts sont pris avec Anne Baron, la soeur du pilote décédé en 1945. Le petit James lui demande de retrouver une aquarelle faite de James 2 par sa mère, 90 ans auparavant. Anne est sur le moment la seule personne vivante à avoir connaissance de l'existence de cette aquarelle. Les comparaisons de photographies, à 6 ans et 15 ans, montrent à quel point le James des années 1920-1930 et le James des années 2000-2010 semblent exactement la même personne, à 70 ans d'écart...

Les cauchemars violent du petit James (car c'était avant tout le problème qu'il fallait régler et qui lui pourrissaient la vie) se sont terminés le jour où la famille s'est rendue à l'endroit où l'avion s'était écrasé. Très ému, le petit garçon jette une gerbe de fleur dans la mer, puis pleure pendant 20 minutes. Ensuite, il redevient joyeux et cette ancienne vie s'efface au profit de la nouvelle. Même si à 15 ans (moment du reportage), il lui arrive de temps à autre d'avoir des résurgences d'images des années 1940.

Chanai Choomalaiwong

Chanai est un garçon thaïlandais qui, à l'âge de trois ans, a commencé à dire qu'il avait été un enseignant du nom de Bua Kai, il avait été tué par balle alors qu'il se rendait à l'école à vélo. Il implora et supplia d'être emmené chez les parents de Bua Kai, qu'il considérait comme ses propres parents. Il connaissait le village où ils vivaient et finit par convaincre sa grand-mère de l'y emmener.

Sa grand-mère a rapporté qu'après être descendu du bus, Chanai l'a conduite dans une maison où vivait un couple plus âgé. Chanai a semblé reconnaître le couple, qui étaient les parents de Bua Kai Lawnak, un enseignant qui avait été tué par balle sur le chemin de l'école cinq ans avant la naissance de Chanai.

Kai et Chanai avaient quelque chose en commun. Kai, qui a reçu une balle par derrière, avait de petites blessures rondes à l'arrière de sa tête, typiques d'une blessure par balle, et de plus grosses blessures à la sortie sur son front ; Chanai est né avec deux taches de naissance, une petite tache de naissance ronde à l'arrière de sa tête et une plus grosse, irrégulièrement formée vers l'avant.

Guerre de sécession

Autres indices en faveur de la réincarnation, cet Américain qui semblent se rappeler d'une bataille de la guerre de sécession, sous hypnose il prononce les derniers mots d'un général mort là-bas, qui sont notés dans un livre d'histoire qu'il n'avait jamais lu avant, qui présente des marques de naissance similaires aux blessures de guerre de ce général, de même que son visage est une copie conforme de celle de ce général (distance nez bouche, largeur de nez, etc. d'après un spécialiste de la morphologie).

L'esprit de famille

Les cas de réincarnations au sein de la même famille, dans le sens naturel (un ancêtre revient dans un nouveau né), ou les enfants morts en bas-âges qui reviennent dans la même fratrie.

Sam Taylor

Étudié par Tucker. Né 18 mois après la mort de son grand-père paternel, il a commencé à se remémorer les détails d'une vie antérieure à l'âge d'un peu plus d'un an. Alors que son père changeait sa couche, Sam a levé les yeux et a dit à son père : "Quand j'avais ton âge, je changeais tes couches." Il a commencé à parler davantage d'avoir été son grand-père. Il a fini par raconter des détails de la vie de son grand-père dont ses parents sont certains qu'il n'aurait pas pu apprendre par des moyens normaux, comme le fait que la sœur de son grand-père avait été assassinée et que sa grand-mère avait utilisé un robot de cuisine pour préparer des milk-shakes pour son grand-père tous les jours à la fin de sa vie.

Même fratrie > P.M

P.M était un garçon dont le demi-frère est mort d'un neuroblastome 12 ans avant sa naissance. Le demi-frère a été diagnostiqué après avoir commencé à boiter, puis a subi une fracture pathologique sur son tibia gauche. Il a subi une biopsie d'un nodule sur son cuir chevelu, juste au-dessus de l'oreille droite, et a reçu une chimiothérapie par voie centrale dans sa veine jugulaire externe droite. Au moment de sa mort, il avait deux ans et était aveugle de l'œil gauche.

P.M est né avec trois taches de naissance qui correspondent aux lésions de son demi-frère, ainsi qu'un gonflement de 1 cm de diamètre au-dessus de l'oreille droite et une tache sombre et oblique sur la partie antérieure inférieure droite de son cou. Il souffrait aussi d'un leucome cornéen, ce qui l'a rendu pratiquement aveugle de l'œil gauche. Dès que P.M a commencé à marcher, il l'a fait en boitant, épargnant son côté gauche, et vers l'âge de 4 ans et demi, il a parlé à sa mère de vouloir retourner à la maison précédente de la famille, la décrivant avec beaucoup d'exactitude. Il a aussi parlé de la chirurgie du cuir chevelu de son frère, même s'il n'en avait jamais entendu parler auparavant.

Même fratrie > jumelles du docteur Samona

C'est Carmelo Samona, de Palerme, docteur en droit et en médecine, qui raconte l'histoire de ses 2 filles.

Le 13 mars de l'année 1910, après une maladie très grave (méningite), sa fille Alexandrine, âgée de presque cinq ans, meurt.

Trois jours après la mort de l'enfant, sa femme Adèle, inconsolable, la vit en songe, telle qu'elle était en vie. Alexandrine lui disait :

- Maman, ne pleure pas, je ne t'ai pas quittée, je ne me suis pas éloignée de toi ; vois-tu, maintenant je vais devenir petite comme cela.

Et ce disant elle lui montrait comme un petit embryon complet, ajoutant :

- Tu devras commencer à présent à souffrir une autre fois pour moi.

Après trois autres jours, le rêve se répéta presque identique.

La pauvre mère demeura incrédule à la possibilité de ce retour, d'autant plus qu'ayant eu un avortement récent avec opération (21 novembre 1909) et de fréquentes hémorragies, elle était sûre de ne pouvoir plus être enceinte.

Un jour que Mme Samona exprimait à son mari tout son désespoir, trois coups secs et forts, ressemblant à ceux que frappe une personne avant d'entrer, se firent entendre à la porte de la chambre où ils se trouvaient. Sauf qu'il n'y avait personne. Ça les encourage à aller voir un médium, qui leur fait passer plusieurs messages d'Alexandrine, dont l'un ou elle annonce son retour avant Noël. Réponde au message 2 entités, la petite alexandrine et son langage enfantin, et son guide, une soeur de la mère, cette soeur étant décédée depuis longtemps.

Dès le début de ces messages, elles avaient annoncé qu'elle ne pourrait communiquer que pendant 3 mois, puis qu'ensuite, davantage attachée à la matière, elle serait endormie complètement.

Le 10 avril, la mère eut un premier soupçon d'être enceinte. Le 4 mai, la petite entité annonçait :

- Maman, il y en a une autre dans toi.

Comme ceux présents à la séance ne comprennent pas, le guide / tante précise les propos de l'enfant :

- L'enfant ne se trompe pas mais elle ne sait pas bien s'exprimer ; un autre être voltige autour de toi, qui veut aussi revenir sur cette Terre.

Les messages qui suivent confirment qu'Alexandrine est contente d'avoir une petite soeur. Mais la mère doute toujours, rien n'indiquant qu'elle soit enceinte, et persuadée si c'était le cas qu'elle ferait une fausse couche de nouveau. l'idée de jumeau semble le dernier des scénarios possibles (qui plus est, chose jamais arrivé dans sa famille). Elle déprime tellement qu'Alexandrine lui dit :

- Prends garde, maman, que si tu continues à être si triste, tu finiras par nous donner une constitution peu solide.

Lors d'une des dernières séances, alors qu'Adèle doute que sa petite fille puisse revenir avec la même apparence, le guide répond :

- Cela aussi, Adèle, te sera concédé ; elle renaîtra parfaitement semblable, peut-être un peu plus belle.

Au cinquième mois de grossesse, le docteur peut enfin confirmer les dires des entités, ce qui réconforte Adèle. A la fin des 7 mois, de fortes douleurs font craindre le pire, mais contre toute attente rien ne se passe.

A la naissance, les deux enfants sont fortement dissemblables de corps, de teint et de forme ; la plus petite semble une copie fidèle de la petite Alexandrine lorsqu'elle naquit, et, chose étrange, cette dernière reproduisit dans sa naissance trois particularités physiques, à savoir : hypérémie de l'œil gauche, séborrhée de l'oreille droite, et une légère asymétrie dit visage, exactement identiques à celles avec lesquelles était née la petite Alexandrine.

Plusieurs témoins, mis au courant avant la naissance des révélations médiumniques, confirment l'exactitude de ce que les âmes ont révélées précédemment.

La dissemblance entre les 2 soeurs fausses jumelles enlève l'idée que l'éducation reçue aurait amené à recréer une ème Alexandrine.

Comme la première fois, Alexandrine 2 est une petite fille tranquille, tout le contraire de sa soeur. Elle est gauchère, et reproduira aux mêmes âges les mêmes comportements que précédemment.

Reprendre son ancienne vie

Dans plusieurs réincarnations, l'entité naît assez loin de son ancienne vie pour être dissuadée d'y retourner. Certains, comme Manika, ont malgré tout réussi à rejoindre ceux qui occupaient toute leurs pensées au moment de leur mort. D'autres semblent à dessein se réincarner proche de leur ancienne famille pour finir quelque chose.

Kendra Carter

Quand Kendra a commencé ses cours de natation à l'âge de 4 ans, elle a immédiatement développé un attachement émotionnel envers son entraîneur. Peu après le début de ses cours, elle a commencé à dire que le bébé de l'entraîneur était mort et que l'entraîneur avait été malade et avait rejeté la responsabilité de son enfant. La mère de Kendra était toujours à ses leçons, et quand elle a demandé à Kendra comment elle savait ces choses, elle a répondu : "Je suis le bébé qui était dans son ventre." Kendra a ensuite décrit un avortement, et sa mère a découvert par la suite que l'entraîneur avait effectivement avorté 9 ans avant même la naissance de Kendra. Kendra était heureuse et pétillante quand elle était avec l'entraîneur, mais calme autrement, et sa mère l'a laissée passer de plus en plus de temps avec l'entraîneur jusqu' à ce qu'elle reste avec elle trois nuits par semaine. Finalement, l'entraîneur a eu une dispute avec la mère de Kendra et a coupé le contact avec la famille. Kendra a ensuite fait une dépression et n'a pas parlé pendant 4 mois et demi. L'entraîneur a rétabli un contact plus limité à ce moment-là, et Kendra a lentement recommencé à parler et à participer aux activités.

Manika, une vie plus tard...

L'histoire de Manika a donné lieu à un film de François Villiers, *Manika, une vie plus tard,* en 1989. Présenté comme une histoire vraie (mais je n'ai pas trouvé sur internet les sources de l'enquête), cette histoire non garantie est donnée à titre informationnel, parce qu'elle est connue.

Une petite indienne se rappelle être morte en couche à 16 ans, et avoir promis à son mari qu'elle reviendrait. Il lui avait promis de l'attendre. Quand après une fugue, elle réussit à rejoindre son ancien mari, il l'a reconnaît comme telle et accepte de la reprendre comme épouse, 12 ans après. Sauf qu'entre-temps il s'est remarié, et la cohabitation se passe mal avec la nouvelle femme. Manika préfère abandonner et vivre pleinement sa nouvelle vie, sans être perturbée par les douleurs de la mort de l'ancienne.

Les "célébrités"

Les cas de gens moyennement "célèbres" sont connus tout simplement parce qu'il est facile ensuite de se renseigner sur sa précédente incarnation, et de vérifier ainsi les dires de l'enfant. Si la personne était trop célèbre, comme Claude François, les dires de l'enfant ne seront pas pris en compte car il aurait pu voir un film consacré au chanteur, et si la vie antérieure est celle d'un employé de ferme qui a eu une vie banale loin des archives, il sera impossible de confirmer les dires, les souvenirs de l'incarnation précédente sont là aussi rejetés par la Sciences.

Ryan (Midwest)

A 4 ans, Ryan fait des cauchemars fréquents et horribles. À ses 5 ans, il dit à sa mère Cyndi : "J'étais quelqu'un d'autre."

Il parlait souvent de "rentrer chez lui" à Hollywood et suppliait sa mère de l'y emmener. Il lui a raconté des histoires détaillées sur la rencontre avec des vedettes comme Rita Hayworth, la danse dans des productions de Broadway et le travail pour une agence où les gens changeaient souvent de nom. Il se souvenait même que le nom de la rue sur laquelle il vivait avait le mot "rox".

Les histoires étaient si détaillées et si volumineuses qu'un enfant si jeune ne pourrait pas imaginer un tel scénario, dit sa mère.

Dans les livres sur Hollywood de sa bibliothèque locale, Ryan montre du doigt une photo, et celui qu'il incarnait précédemment. Tucker se charge de l'enquête. Après deux semaines, un archiviste du cinéma hollywoodien a pu confirmer l'identité de l'homme sur la photo, Marty Martyn. Il était devenu un puissant agent d'Hollywood avant de mourir en 1964. Pas connu du grand public, sa fréquentations de personnes célèbres permet de retrouver des caractéristiques le concernant pour valider les détails donnés par Ryan.

Martyn avait en fait dansé sur Broadway, travaillé dans une agence où les noms de scène étaient souvent créés pour de nouveaux clients, s'était rendu à Paris et vivait au 825 North Roxbury Drive à Beverly Hills. Il s'agissait de tous ces détails que Ryan a pu communiquer à Tucker avant qu'ils n'apprennent l'identité de la personne qu'il a décrite ; par exemple, Ryan savait que l'adresse contenait "Rox". Ryan a aussi été en mesure de se rappeler combien d'enfants Martyn a eu et combien de fois il a été marié. Plus remarquable encore, le fait que Ryan savait que Martyn avait deux sœurs, mais pas sa propre fille. Ryan se souvient aussi d'une femme de chambre afro-américaine ; Marty et sa femme employaient plusieurs personnes. Ce ne sont là que quelques-uns des 55 faits incroyables dont Ryan se souvient de sa vie antérieure comme Marty Martyn. A mesure que Ryan vieillit, ses souvenirs deviennent de plus en plus flous.

Souvenirs flous ou mélangés

Il arrive que dans les dires des enfants, se côtoient des choses très précises puis des noms ou des situations semblants appartenir à une autre vie. Il est aussi possible que le nom décrit ne soit pas retrouvé lors des recherches (les archives humaines ont du mal à dépasser 20 ans sans subir de grosses pertes), mais dans beaucoup de cas des expériences de vie différentes semblent se mélanger.

Cameron Macauley

Voir le documentaire "Maman, j'ai déjà vécu", suite à une recherche de Jim Tucker.

Ce petit garçon qui se souvenait avoir vécu sur l'île Écossaise de Barra, à 400 km de sa nouvelle vie à Glasgow. Il a décrit une maison où il a vécu, son nom de famille dans cette ancienne vie, des avions qui atterrissent sur le sable, plein de détails qui se sont révélés exacts une fois sur place. De même que le nom de son père, mort avant la dernière mort de Cameron. La famille précédente de Cameron, qui possédait la maison de Barra, habitait en fait à Glasgow, lieu d'incarnation actuel de Cameron. Cette maison servait aux vacances d'été.

Par contre, aucun des enfants ayant vécus à l'époque précisée n'était mort de la façon dont il l'affirmait, et son père ne s'était pas fait renversé par une voiture mais était mort d'une cirrhose.

Pour décrire le passage d'une vie à l'autre, il disait qu'il jouait avec d'autres enfants, était tombé dans une sorte de trou, passé à travers un hublot (le tunnel?) et était arrivé dans les bras de sa nouvelle mère. Comme il le dit, on ne sait pas s'il est tombé physiquement dans un trou ou s'il jouait avec des enfants à l'état d'esprit, il n'y a pas de notion de mort physique.

Il disait qu'on lui avait donné une carte/autorisation pour retourner sur Terre.

Le reportage montre bien le visage renfermé de l'enfant une fois sur place, confronté aux choses qui ont changées, à la vie dans laquelle il ne peut plus retourner. Cette expression sombre se retrouve sur le visage de nombreux enfants confrontés aux lieux de leur passé : ils ne parlent plus, ne sourient ou ne jouent plus, deviennent indéchiffrables. Ils se disent heureux et triste à la fois.

A comparer par exemple avec celui de James Leininger dans le reportage qui lui est consacré par Stéphane Alix (au moment ou James retourne à l'endroit ou son avion s'est écrasé 70 ans plus tôt).

Autre étrangeté, quand la mère de Cameron prend contact avec un membre de l'ancienne famille de Cameron, ce dernier devient comme possédé, énervé, pleurant et demandant de ne pas les contacter ni y aller. Le lendemain matin, il est calmé et pose des questions sur ces personnes.

Les régressions hypnotiques

La mise sous hypnose d'une personne, puis de lui demander ce qu'elle faisait quand elle avait 10 ans, puis 3 ans, puis le moment de sa naissance, puis avant sa naissance, amène souvent à raconter une vie précédente, qui s'est déroulée précédemment dans le temps et dont la mort est antérieure à la naissance, voir des fois proches.

On peut ainsi remonter à plusieurs vies antérieures comme ça.

Comme nous le verrons dans les explications, les régressions hypnotiques, comme tout dialogue avec l'âme, sont soumises à la censure du subconscient, qui va effacer telle info qui ne lui va pas, ou déformer une autre pour qu'elle s'adapte mieux à ses croyances. Les sujets hypnotisés sont très rares à pouvoir éviter ce biais. C'est pourquoi ces régressions amènent à des résultats qu'une enquête minutieuse va confirmer, impossible à savoir à l'origine par le sujet, mais dans le même temps des choses complètement loufoques vont ressortir à côté...

Il y a aussi le fait qu'on ne sait pas si ces souvenirs sont bien les nôtres : pour les sujets hypnotiques, il n'y a pas de différence entre leurs souvenirs de vie antérieures et ceux des personnes pour qui ils vont se renseigner. Dolorès Cannon c'est aperçue que beaucoup de ses sujets avaient été Toutankhammon. Des Extra-Terrestres qui avaient tous regardé la même émission avant de s'incarner ? L'âme est capable de se dédoubler et de s'incarner dans plusieurs vies simultanées en même temps (les âmes soeurs) ? Les régressions nous amènent à regarder les archives des vies passées, même si ce n'est pas les nôtres ? Après la mort nous revenons à l'unité, et il n'y a plus de différence ou d'individualité ?

C'est pourquoi ce phénomène, s'il prouve encore une fois la survivance du souvenir des vies passées, n'étaye pas suffisamment le phénomène des multi-vies.

Charles Lancelin

Dans son livre "Mes 5 Dernières Vies antérieures" de 1922, Charles Lancelin fait une étude rigoureuse, en corroborant les propos de 5 médiums différents, et en enquêtant ensuite sur le terrain ou dans les archives de l'époque, sur 5 de ses vies antérieures. Il s'assure à chaque fois qu'il s'agit bien de vies connectées à son âme, que l'hypnose régressive actuelle appelle le soi supérieur.

Expérience de régression hyptnotique de Bernard Werber

Dans *Paradis sur mesure*, nouvelle 17, l'auteur mondialement connu raconte la seule régression qu'il a faite en 1991, le but étant de revivre sa plus belle histoire d'amour de ses vies passées. Cette réression l'a tellement marquée qu'il en reparle dans une interview le 06/10/2012.

" - Fermez les yeux, nous allons décoller. Respirez de plus en plus profondément, puis de plus en plus lentement. Sentez votre corps, il devient léger, il se soulève du divan, il s'élève encore..."

Bernard traverse le plafond et s'envole haut dans le ciel. Simplement par la force de l'esprit, se visualisant comme une enveloppe transparente et aérienne, il franchis la matière, fend les cieux. Il passe au-dessus des nuages et rejoins la plus proche côte maritime. Sur l'écran de son cinéma intérieur, il voit une falaise surmontée d'un ciel tourmenté.

Bernard a l'impression de découvrir un espace d'énergies tourbillonnantes. Des odeurs d'iode, de varech et de sel piquant lui parviennent. Le vent se transforme en tempête bruyante, puis assourdissante.

Bernard visualise aussitôt, sur suggestion de l'hypnotiseur, un pont de liane. Ce pont s'enfonce dans un nuage opaque qui dissimule l'autre extrémité. Bernard avance sur cette passerelle de lianes tressées, jusqu'à s'engouffrer dans le brouillard.

L'hypnotiseur se fait de plus en plus lointaine et continue à le guider.

"— Au bout de ce pont se trouve le monde que vous avez choisi de rejoindre. Vous le découvrirez et me raconterez ce que vous y distinguez. C'est le monde où votre âme a connu sa « plus grande histoire d'amour."

Bernard marche sur la passerelle, mi-inquiet, mi-impatient. À force d'avancer il distingue une lueur au loin, bien au-delà des nuages de brume. Les vapeurs se dissipent et apparu une mer, un soleil, et bientôt une côte. Une plage avec une silhouette debout, les pieds dans l'eau. C'est Bernard, dans une autre vie.

"— Il porte une jupe beige avec des motifs bleus, des pierres turquoise cousues sur sa jupe."

Désormais, trois « moi » coexistent. Celui de Paris qui parle, immobile et les yeux fermés. Celui qui a franchi le pont et qui, tout en étant invisible, peut observer ce monde nouveau. Enfin celui qui vit sur l'île, qui ne prend pas conscience de l'existence des deux autres.

Comme décor, des palmiers, une végétation de type jungle de pays chaud. Au loin une montagne très haute, mais vraiment loin.

Chaque question de l'hypnotiseur apporte instantanément une réponse.

— Il est complètement détendu. Relax. Décontracté à un point… vertigineux. Il est vierge de tout traumatisme. Cet homme n'a jamais connu de contrariétés. Rien ne l'agace. Rien ne l'a agacé. Il n'éprouve ni peur, ni envie, ni regrets, ni espoir. Il est bien dans sa peau ici et maintenant. Il est exempt de toute névrose. C'est un esprit sain dans un corps sain. Sa vie a coulé tranquillement. Ses parents l'ont aimé. Il a été éduqué par des gens qui n'ont fait que lui donner des outils pour améliorer sa perception et son savoir. Il a toujours été entouré d'humains bienveillants, positifs, qui l'ont valorisé. Il ne connaît pas la moindre rancœur, pas la moindre frustration ou envie de revanche. Il est complètement détendu. Au-delà de ce que ce terme peut avoir de plus fort. J'ai d'autres informations qui m'arrivent sur lui. Il est très âgé. Beaucoup plus âgé qu'il n'en a l'air. A priori il semble avoir 60 ans tout au plus, mais en fait il a plus de 200 ans"

Bernard est impressionné et étonné par ce qu'il raconte.

- *"Il est en pleine forme. Il est musclé, élancé, svelte, souple. Pas de graisse. Il n'a mal nulle part dans son corps."*

Bernard prend en même temps conscience du contraste avec sa vie dans ce 20e siècle où il a toujours un petit bobo quelque part, un rhumatisme, une dent cariée, un début de rhume, une allergie, un aphte, une douleur à l'estomac, une conjonctivite ou une douleur aux tympans.

Cette absence totale de stress l'impressionne. Il ne savais même pas qu'on pouvait être à ce point paisible, qu'il ai pu existé un jour un être humain à ce point bien dans sa peau.

- *"L'homme est impressionnant par sa démarche. Elle est majestueuse. Il se tient particulièrement droit, son port de tête respire la force et l'assurance, comme s'il n'avait peur d'aucun événement à venir. … Je sais, enfin, je sens, que lorsqu'il était sur la plage, il regardait la mer, et il savait qu'en face se trouvait un continent avec une terre qui est… actuellement le Mexique. ça se passe sur une grande île qui n'existe plus, entre le Mexique et l'Afrique. J'ignore le nom de cet endroit, j'ignore dans quelle époque je suis.*

- Faites un effort. Il doit y avoir des indices."

Je me concentrai, et finis par articuler :

- *"Je crois que cette terre est une île qu'on appellera bien plus tard l'Atlantide. Quand il pense à son île, lui l'appelle « Gal ». Non, l'île s'appelle Ha-Mem-Ptah, c'est la ville où il vit qui s'appelle « Gal »."*

J'étais ravi d'avoir sorti d'un coup ces deux noms.

- *"Quelle époque ? Vous pouvez sentir l'époque ?"*

Je cherche puis lâche :

- *"… 12 000 ans avant J. C. , en face de ce qui deviendra le Mexique. J'ai 288 ans. Et je suis un type détendu."*

Bernard visualisai l'Atlante marchant vers la forêt, et sens ce qu'il était.

"- Il est médecin. Mais un médecin un peu spécial. À l'époque ils étaient très différents. Il ne dispose pas de médicaments. Il utilise ses mains. Elles font le diagnostic en mode « réception ». Puis elles guérissent en mode « émission »."

Alors qu'il prononce ces mots, jaillissent naturellement dans son esprit « ses » souvenirs. « Il/je » passait ses mains au-dessus du corps d'un patient étendu sur une table et, en fermant les yeux, il/je visualisait des lignes, comme des fils blancs et rouges sous la peau.

Pas seulement des fils, c'étaient de fins tubes où circulaient des points blancs ou rouges. Comme des autoroutes de nuit parcourues par des phares allumés. Je voyais et je percevais ce réseau dans la profondeur de la chair de mon patient.

"- Il y a beaucoup plus de fils blancs ou rouges que sur les planches de méridiens d'acupuncture que j'ai pu connaître. Ce sont de vrais réseaux qui forment des arborescences complexes. C'est moins enchevêtré que des veines, plutôt une multitude de fines lignes parallèles. Pour soigner, Il, enfin, je, concentre mon énergie dans la paume de mes mains et il en sort une chaleur que je peux focaliser pour faire fondre les embouteillages sur ces lignes blanches ou rouges. En général je soigne avant que la maladie n'apparaisse. En fluidifiant la circulation dans ces fils rouges et blancs. C'est ce que je m'apprête à faire avec ce patient."

Bernard parle comme s'il décrivais un rêve, pourtant c'est comme si la scène se déroulait en direct devant ses pupilles.

"- Je dis au client que son problème n'est pas seulement un problème d'harmonisation des énergies. Son problème est qu'il est… constipé. La meilleure manière de fluidifier le gros tuyau du système digestif c'est encore de boire beaucoup d'eau. Je lui dis que les aliments sont aussi une forme d'énergie qui circule dans le corps et qu'avec de l'eau cette énergie alimentaire circulera mieux dans ses intestins. il doit boire au réveil, et au moins 2 litres par jour. Je lui dis que cela aide aussi à l'évacuation des toxines dans les urines. Ma manière de soigner les gens c'est de les sentir, les écouter et… d'être logique. Il me vient une idée, c'est peut-être aussi la solution pour notre ville. Nous souffrons en effet d'un problème d'ordures. Elles sont normalement évacuées par des rigoles qui passent au milieu des rues. Des animaux saprophites viennent les éliminer. Mais comme la chaleur a légèrement augmenté, l'eau des rigoles s'est évaporée, du coup les ordures glissent moins bien et s'accumulent, libérant des odeurs nauséabondes en pourrissant. Je lui dis qu'il faudrait creuser des « intestins » sous les rues et faire circuler de l'eau à l'intérieur pour charrier les déchets. Comme cela il n'y aurait plus de risque d'évaporation. Mon patient me dit que c'est une excellente idée et qu'il va la soumettre au Conseil des Sages dont il fait partie. Dans ce monde, il n'existe pas de réelles fonctions politiques. C'est la république des bonnes idées. N'importe qui peut proposer n'importe quoi. Les Sages ne font que la voter, puis la gérer pour qu'elle aboutisse à une création concrète."

Tout en parlant, Bernard éprouve de l'admiration pour un système qu'il découvrait et qui était complètement exotique par rapport à tout ce qu'il connaissait de l'histoire politique humaine.

"- Les Sages ne sont là que pour prendre des décisions collectives, mais ils ne sont pas des chefs. D'ailleurs il n'existe pas de police non plus, pas d'armée, pas de patrons, pas d'esclaves, pas de serviteurs ou d'ouvriers, nous sommes vraiment tous égaux. C'est la notion d'« Intérêt général » qui dirige. Nous percevons en permanence l'intérêt collectif, c'est comme un nuage au-dessus de nous. Celui qui sait informe celui qui ne sait pas. Celui qui peut, aide celui qui a besoin.

L'hypnotiseur recentre pour chercher l'histoire d'amour.

"- Il marche dans une grande rue de Gal. Il a toujours cette prestance impressionnante. Je me sens bien en lui. Je vois des maisons à deux étages, pas plus. Les murs sont beiges, les fenêtres ont les bords arrondis, sans vitres. Gal est sans trottoirs. Les portes sont en bois sans la moindre serrure. Des plantes vertes dégoulinent par les fenêtres un peu comme des lierres. Je perçois des arômes que je n'ai jamais sentis et que je suis incapable d'identifier. Le coucher de soleil irise les murs et leur donne une tonalité rose qui vire au mauve. Ce coucher de soleil… Je ne sais pas pourquoi il me fascine. Je m'arrête pour le regarder longuement. Les couleurs du soleil couchant m'apportent une satisfaction immense. Je me sens heureux d'être vivant, d'être là.

- Accélérez le temps. Allons à votre histoire d'amour en Atlantide, donc.

- Je ne peux pas accélérer le film. Il va à « sa » vitesse. Je ne contrôle pas ce rêve éveillé.

- Dans ce cas, puisque nous devons attendre que vous ayez atteint votre but de promenade, hum… Pouvez-vous me dire si avant de rencontrer votre amour vous étiez déjà marié ?

- Le mariage n'existe pas sur Ha-Mem-Ptah. En 288 ans, j'ai connu beaucoup de compagnes. Personne n'appartient à personne, même temporairement. Nous sommes tous libres. Les sentiments instinctifs nous rapprochent ou nous éloignent, mais rien ne nous retient. Il n'existe donc ni possession, ni jalousie. J'ai le souvenir de la découverte et de l'émerveillement dans l'amour avec beaucoup de femmes, voilà tout.

- Alors comment se passe la vie de couple en Atlantide ?"

De nombreuses réponses surgirent instantanément dans l'esprit de Bernard, mais il s'efforce d'être le plus concis possible.

"- On vit ensemble le temps que cela convient aux deux partenaires puis on se sépare quand on en a envie. On dit : « Nous sommes unis jusqu'à ce que l'absence d'amour nous sépare. » On n'a pas besoin de faire de scène ou de se tromper, quand l'un des deux en a assez, le couple s'arrête sans qu'on ait besoin de s'expliquer ou de se justifier. Le couple se forme dans le but d'avoir du plaisir et d'être heureux. Quand il n'apporte plus ni plaisir ni bonheur à l'un des deux on se quitte. J'ai eu cinq enfants. Nous faisons peu d'enfants puisque les gens vivent vieux. La plupart de mes fils et filles ont évidemment plus de cent ans. Nous avons vécu ensemble mais aucun d'eux ne m'attend plus. Ils vivent leur vie. J'en ai éduqué certains, d'autres ont été élevés par leurs mères. Je n'ai que le devoir de les nourrir et les loger lorsqu'ils en ont besoin. Je leur ai appris à être autonomes. Personne n'appartient à personne et ce n'est pas parce que j'ai fourni mes spermatozoïdes que j'ai le moindre droit sur eux. Tout comme ce n'est pas parce que j'ai introduit mon sexe dans le sexe de leurs mères que j'ai des droits sur elles. Ni elles sur moi d'ailleurs. Si vous aviez pu vivre 288 ans vous diriez la même chose. Avant cent ans, qu'on n'a pas le temps de déduire ça « empiriquement ».

J'entre dans une taverne. Beaucoup de clients.Tout le monde discute. La boisson a un goût de miel. Une sorte d'hydromel, mais sans alcool. apparaît une danseuse sur la scène. Sa danse est très sensuelle. Elle est comme en transe, possédée par son plaisir de danser. Elle est extraordinaire. Magique. Illuminée de l'intérieur. L'ovation se poursuit longtemps. Je suis sous le charme. Elle a une énergie de vie qui irradie comme si elle avait un phare au niveau du cœur. Alors que tout le monde se lève, elle m'aperçoit et son regard se fixe sur moi. Un pur rayon de chaleur. Elle est éblouissante. Elle descend de la scène et s'avance dans ma direction. Elle me parle, elle me dit qu'elle sait qui je suis. Elle me dit qu'elle est étudiante. Elle dit qu'elle voudrait que je lui apprenne mon « art de soigner ». Elle voudrait développer la réceptivité de ses mains. Je lui réponds que c'est par la pratique qu'elle se perfectionnera, mais que je peux l'aider à prendre conscience de ce qu'elle possède déjà. Elle me demande comment je fais pour obtenir un diagnostic aussi rapide. Je lui réponds qu'il s'agit d'une simple intuition. Naturellement on sait, mais on a perdu l'habitude d'écouter ce que l'on ressent vraiment. Il faut imposer silence à son intellect pour laisser parler l'intuition pure. Je lui explique qu'il faut interroger son propre corps pour comprendre celui des autres. Elle a un…

— Quoi ?

— Rien. Nous marchons tous les deux dans la nuit. Les rues de Gal sont désertes à cette heure. J'adore son parfum. Elle dégage une énergie vitale qui me rafraîchit rien qu'en restant près d'elle. Je suis gêné à cause de la différence d'âge. Elle a 25 ans. Elle comprend ma gêne et c'est elle qui fait tout pour la combler. Elle m'arrête, me plaque contre un mur. Elle cherche un baiser plus profond. Sa lumière entre en moi. L'éblouissement se poursuit de l'intérieur. Elle insiste pour me raccompagner chez moi et nous faisons l'amour."

En flashes successifs, Bernard la vois sur lui. Lui étendu sur le dos, et elle assise sur son sexe qui lui servait d'axe. Elle dansait, exactement comme elle l'avait fait quelques minutes plus tôt dans la taverne. Elle lui offre un spectacle, à la différence qu'il étais devenu la scène.

Le fait de revivre cette expérience ancienne déversa en moi des vagues d'endorphines.

"- Elle rit. Je n'ai jamais vu quelqu'un d'aussi joyeux dans l'acte amoureux. La clarté de son rire et l'odeur de sa sueur (Santal) provoquent des sensations sublimes. Tous nos fils blancs d'énergie entrent en résonance. Nous ne formons qu'un seul être à deux têtes, quatre bras et quatre jambes, la fusion est totale et le mélange de nos deux lumières engendre une clarté supérieure à leur simple addition. 1 + 1 = 3. Nous sommes « sublimés ». C'est un instant d'extase comme aucun être ne peut aujourd'hui en connaître. C'est très nouveau pour moi. Comment savoir qu'un tel état pouvait exister ? Un amour de cette qualité ? Je me trouve comme un enfant. Elle m'a d'un coup fait renaître. C'est là l'un de ses pouvoirs, elle dégage une telle énergie de vie et de lumière qu'elle peut me faire rajeunir. Depuis que nous avons fait l'amour je la vois différemment. Elle est une source de vie. Elle est un remède. Elle est un spectacle. Elle est une œuvre d'art. Elle a… illuminé ma colonne vertébrale [Note AM : éveil de la Kundalini]. Elle me dit que c'est elle qui m'a choisi et que si ses parents font obstacle à notre couple, elle ne les reverra plus. Personne n'appartient à personne. Justement elle les quitte pour venir s'installer chez moi. Elle détient à ma grande surprise une sorte d'intelligence pratique appliquée à la maison. Elle sent où placer les objets pour qu'ils entrent en harmonie. Elle me fait une cuisine délicieuse. Elle rit et chante tout le temps. Elle a l'air si heureuse. Elle et moi formons une unité magique. Ensemble nous savons faire quelque chose de prodigieux qui occupe nos soirées… Le voyage astral. Nous sortons de nos corps ensemble. Nos enveloppes d'âme transparentes demeurent côte à côte. Nous pouvons ainsi traverser murs et plafonds, voyager sur la planète et dans l'univers. Nous touchons une zone au-dessus des nuages, une frontière entre l'atmosphère et le vide. Une fois cette limite franchie, le temps prend un rythme différent. C'est comme si le passé, le présent et le futur se superposaient en trois couches pour n'en former qu'une seule."

Je sentais que mon hypnotiseur, malgré ses initiations ésotériques, avait décroché. Il ne comprenait plus.

— Par la suite, le tout-à-l'égout a été construit dans Gal. Les rigoles ont disparu au centre des rues. La montagne au loin s'est mise à fumer. C'était un volcan. Nous avons eu deux fils. L'aîné était un être indépendant doté d'un fort caractère. Il était navigateur et voulait découvrir les terres des barbares en dehors d'Ha-Mem-Ptah. Un grand débat anime l'assemblée des Sages, parce que la plupart de nos explorateurs qui débarquent sur la côte mexicaine ou africaine sont mal accueillis par les autochtones. Ils se font massacrer. Ils n'ont pas d'armes. Le fils aîné prétend qu'il faut continuer malgré tout, coûte que coûte, à aller vers les barbares pour essayer de les aider. Même malgré eux. Moi, je suis évidemment pour qu'on arrête d'envoyer les nôtres à une mort certaine, un sujet de dispute avec mon fils aîné. Ma compagne dit qu'il faut faire confiance à la prochaine génération. Notre aîné saura comment agir au bon moment. Le cadet est lui aussi navigateur, mais il prend moins de risques. L'aîné part en général vers l'est, vers l'Afrique. Le cadet vers l'ouest, vers le Mexique. Tous deux veulent construire là-bas des pyramides. C'est leur obsession. Elles servent à communiquer à distance plus facilement. Une grande pyramide, à l'est de la ville, permet d'émettre et de recevoir les « ondes cosmiques ». Elle reçoit et diffuse des ondes précieuses pour nous. Ces ondes nous aident pour les voyages astraux, mais c'est un peu compliqué à expliquer, disons que…

- Désolé, nous parlons depuis longtemps. Pouvez-vous accélérer le temps ? Que vous est-il arrivé après cet amour qui vous a donné deux enfants navigateurs ?

- La Grande Catastrophe. Quand on a annoncé que la grande vague arrivait, on a su que c'en était fini de notre civilisation. Certains paniquent, d'autres essayent de grimper sur des bateaux. Par chance, nos deux fils sont partis en haute mer depuis longtemps. J'avais proposé à ma femme de partir depuis une semaine, mais elle avait rétorqué qu'elle préférait rester avec moi. Elle devait avoir 46 ans à l'époque mais n'avait pas changé. Elle était devenue une médecin très efficace. Mon sentiment pour elle n'avait pas varié non plus. J'étais toujours amoureux d'elle, de plus en plus amoureux même. Beaucoup plus qu'au premier jour. Nous allons sur la plage. Autour de nous tout le monde court, j'entends des cris, des appels, certains essaient de grimper sur les bateaux, transportent des sacs de provisions. Nous deux, nous sommes sans bagages. Nous nous asseyons face à la mer. Nous nous tenons par la main. Nous savons que ce sont nos dernières minutes de vie ensemble. C'est étrange d'attendre la mort avec l'être qu'on aime le plus au monde. Et nous la voyons au loin. Elle vient. La Vague. On sent un grand vent. Pas vraiment un vent, un appel d'air glacé. L'air poussé par la vague qui avance. Une muraille gigantesque glisse sur l'eau. Au sommet de la muraille verte, des… mouettes. Les mouettes récupèrent les poissons que le puissant tourbillon a assommés et projetés sur la crête blanche qui surmonte le mur d'eau. Et puis est venu le bruit. Un grondement que la terre, sous nos pieds, répercutait. J'ai accepté cette fin. On a peur quand on est dans le refus. Je suis en paix. Je meurs avec mon peuple et à côté de l'être que j'ai le plus aimé dans cette existence. Il faut bien que la vie s'arrête à un moment. J'ai plus de 300 ans… La vague grandit au point d'obscurcir le ciel. On ne voit plus le soleil. La vague est titanesque. Je suis étonné par la lenteur du phénomène. L'air maintenant est froid et salé. Quand la vague n'est plus qu'à quelques centaines de mètres, le froid nous fait claquer des dents, le ciel et la terre vibrent du même grondement abyssal."

Bernard raconte ce qu'il ressent : Chaque seconde s'étirait en minute, un orbe de temps nouveau, comme figé. Mais comment partager cela avec un hypnotiseur que l'impatience gagnait ? J'aurais aimé lui décrire l'énergie que je sentais frémir dans la main de ma femme, la satisfaction de savoir que nos enfants étaient en sécurité, loin, ailleurs. J'aurais voulu évoquer pour lui le sol qui tremblait. La poussière de sable qui nous suffoquait. Les cris de terreur autour de nous. Je l'ai regardée, elle a eu un battement de paupières qui signifiait : « Tout va bien, on a fait ce qu'il fallait, maintenant le reste suivra son cours. »

"-… La Vague est sur nous. Je serre plus fort la main de ma femme… J'entends sa dernière phrase : « Retrouvons-nous plus tard. » La Vague. Elle nous « prend » comme si elle était munie de doigts. Nous sommes aspirés, projetés contre le mur liquide que nous traversons, le contact me glace. Je suis emporté comme dans une machine à laver, fouetté, écartelé. Mais je ne lâche pas la main de celle que j'aime. Je ferme les yeux. Quand je les rouvre, tout se calme progressivement. Nous devons être loin sous la surface. La lumière du soleil n'est plus qu'une faible pâleur. Je vois ma compagne et j'ai l'impression qu'elle me regarde aussi. Dans l'étouffement mon corps se débat, mes poumons emplis d'eau salée refusent encore de cesser de fonctionner. Mais je me sens bien. J'ai accepté aussi cette dernière sensation forte qui clôt ma vie. Au moment où je perds connaissance, ma main serre encore la sienne."

— Maintenant, articula enfin l'hypnotiseur, vous allez reprendre la passerelle de lianes.

L'instant où « Il/je » redevint « Je/il » puis « Il » tout court, fut terrible.

Je vis au loin son corps désarticulé tournoyant dans l'eau, proche d'un autre corps. Ma vision recula, sans fin, jusqu'à toucher la surface et s'élever dans le ciel. Je pouvais contempler l'île d'Ha-Mem-Ptah submergée par les flots, le volcan fumant qui crachait sa lave, jusqu'à ce que l'eau l'engloutisse et le souffle comme une bougie. Alors un bouillonnement jaune orangé et d'immenses fumées jaillirent de l'eau.

Surmontant sa fascination pour cet instant de fin du monde, Bernard parvins à se retourner pour revenir vers la passerelle de lianes. Un instant, il eu envie de revenir en arrière, mais il savais que plus rien ne l'attendait là-bas, si ce n'était un monde d'eau et de cadavres flottants.

Au retour dans le cabinet parisien, Bernard dit :

"- Je me sens juste un peu mélancolique. Jamais je ne connaîtrai ici la détente et le bonheur de cet homme que je fus. Mais je sais désormais que ça a pu exister. Et puis… maintenant je sais pourquoi, quand j'étais gamin, j'avais à ce point la phobie de l'eau."

Il restait une chose étrange et indéniable : la masse d'informations et de détails qui m'étaient parvenus durant cette séance. Dans mon travail de romancier, je dois solliciter mon imagination pour faire venir les scènes. Je cherche d'abord les situations, puis les visages, les vêtements, les couleurs, les mots. Alors que là, tout était venu instantanément. Je n'avais pas tout raconté à l'hypnotiseur, il était bien trop impatient, mais j'aurais été capable de décrire chaque plat dans chaque assiette de la taverne, chaque visage, chaque vêtement, chaque rue et chaque maison.

<u>Dimensions imbriquées</u>

Survol

Fantômes (p. 221)

Ces observations varient de "courants d'air glacés" à "solides, chauds et respirants".

Poltergeist (hantise) (p. 222)

Ces phénomènes démontrent l'existence de dimensions parallèles et de particules invisibles, comme la dématérialisation ou la lévitation d'objets.

OVNI (p. 224)

Prenons le cas de l'OVNI validé par le Pentagone : un objet qui n'est pas soumis la gravité et l'inertie, qui disparaît optiquement tout en gardant une action sur la matière, qui réfléchi ou non à volonté les ondes radars.

Abduction (p. 224)

Ces témoignages défient toutes nos connaissances physique quand le témoins traversent les murs, ou se déplacent dans un monde où le temps semble arrêté et où il est invisible.

Prânisme (p. 224)

Ces hommes et ces femmes ne mangent plus de nourriture physique, et pourtant continuent à vivre avec une énergie démultipliée. De quelles dimensions viennent ces énergies ?

Triangles des Bermudes (p. 224)

Il y a des zones sur Terre où là encore, des vaisseaux disparaissent en décrivant des phénomènes impossibles avant que la radio ne cesse d'émettre, où des avions souffrent de temps manquant, etc.

Fantômes

Les fantômes peuvent prendre toutes les formes possibles, du simple courant d'air glacé à un humain chaud qui respire et dont les veines du cou bougent, qui va vous serrer la main très fort comme un vivant, puis qui va s'évanouir doucement en se "dégonflant", en laissant ou non de la matière résiduelle. Il peut être vu à l'oeil et pas à la caméra, et inversement. Il peut être complet, n'être qu'une main, mais généralement n'a pas de pieds. Il peut n'être qu'une boule lumineuse englobant le haut du corps du défunt (ou du vivant).

Ce qui suit est le résumé/recoupement de milliers d'observations, que ce soient celles témoignées par les spirites au 19e siècle, les milliers de témoignages reçus par Camille Flammarion au début du 20e siècle, les études psys du 20e siècles, les études de poltergeist de la fin du 20e – début du 21e, ou les nombreux reportages télévisés USA depuis les années 2010.

Formes observées

Les fantômes peuvent prendre toutes les formes possibles, du simple courant d'air glacé à un humain chaud qui respire et dont les veines du cou bougent, qui va vous serrer la main très fort comme un vivant, puis qui va s'évanouir doucement en se "dégonflant", en laissant ou non de la matière résiduelle. Il peut être vu à l'oeil et pas à la caméra, et inversement. Il peut être complet, n'être qu'une main, mais généralement n'a pas de pieds. Il peut n'être qu'une boule lumineuse englobant le haut du corps du défunt (ou du vivant).

Les fantômes sont des apparitions visuelles qui tendent à disparaître si on les regardent trop attentivement (elles sont plus visibles si on les regarde du coin de l'oeil, comme les astronomes, notre nerf optique étant un peu endommagé dans l'axe direct). En fermant les yeux et en les ouvrant quelques secondes plus tard (on peut secouer la tête pour que ça marche mieux!) la vision disparaît.

Les apparitions peuvent être lumineuses (on trouve aussi blanche dans témoignages, elles sont généralement bienveillantes) ou au contraire des ombres très noires (avec des yeux rouges dans certains cas, généralement malveillantes). Mais une entité mauvaise peut briller très fort en blanc, c'est elle qui choisit l'image qu'elle renvoie. La plupart du temps, le but étant de faire peur et de se nourrir de cette émotion ou de prendre de l'ascendant sur vous, les images seront négatives.

Parfois une tâche qui flotte, une ombre, une forme vaporeuse, ou au contraire une personne qu'on confond avec un vivant bien en chair, vu en plein jour avec lequel on discute. Tête d'enterrement ou chaleureuse et souriante. On peut les toucher (comme dans les cas de dame blanche) mais la peau est livide et glacée. Malgré cette présence physique bien palpable, le fantôme disparaît plus tard d'un coup ou en se déformant, comme s'il fondait.

Enfin, certains décrivent des fantômes semblables à un être vivant, qui respire, qui est chaud, dont les veines du cou palpitent sous la pression sanguine, qui vous prennent la main physiquement. Puis qui s'évanouissent sans laisser de trace. Ainsi, ce veuf vers Toulouse, ou Yvonne de Malestroit qui apparaît à un ami prêtre en pleine rue, puis dans un train, pendant que son corps est torturé par la Gestapo. Cet ami précisera bien que c'est comme si son corps était physiquement là. Elle apparaîtra aussi sur un bateau, un des actes qui lui vaudra d'être décoré par le Général de Gaulle.

Les enfants avant 10 ans voient plus facilement les esprits que les adultes.

Actions sur les objets

Ça peut être de simples sensations comme des actions physiques sur les objets.

Ils peuvent traverser les murs et être sans consistance et d'autres fois soulever un lit ou une armoire, arracher des clous du mur, cacher des objets pour les faire réapparaître plus tard, ouvrir des portes et faire grincer un escalier par leur poids (les actions physiques semblent être liées à l'énergie des vivants, voir le paragraphe suivant sur les poltergeists). Voir pousser quelqu'un dans les escaliers.

Ça peut être aussi des corps mous qui opposent une résistance au toucher, voir des fois carrément un contact physique glacé avec l'empreinte des doigts sur la peau si on se fait frapper par eux!

Cela peut être une entité qui se met sur le témoin dans son lit, et les étranglent sans qu'ils puissent bouger (ils sont paralysés), avec les marques sur le cou par la suite. Dans certains témoignages un deuxième fantômes vient empêcher le premier de tuer le vivant. Ou encore des sensations de brûlures dans le dos, quand on regarde le dos est comme griffé, ou bleus comme suite à un coup.

Le docteur Geley faisait tremper leurs mains aux entités dans de la paraffine brûlante, la retirer (ce qui emmenait la surface de la paraffine avec la main), puis lors de la dématérialisation, il restait cette couche de paraffine creuse en forme de main, si fragile qu'il paraissait difficile de la reproduire par fraude.

Autres sens

Les apparitions peuvent être accompagnées d'odeur d'oeuf pourri ou de charogne. Elles peuvent parler ou générer du bruit. Elles peuvent taper au centre d'un mur, sans que l'on sache bien si le bruit est physique suite à impact, ou si le bruit est généré par l'inconscient des témoins (les multiples témoins racontant les mêmes phénomènes physiques laissent à penser à la première hypothèse, même si la 2e est aussi possible).

Poltergeist

Le côté désagréable du surnaturel, mais aussi le plus scientifique vu qu'il est mesurable et nous incite à chercher plus loin que ce que nous avons devant notre nez.

Nous verrons plus loin les différents cas de poltergeist (p. 231). Concentrerons-nous ici à lister les effets physiques observés, beaucoup liés à cette, ou ces dimensions imbriquées avec la nôtre, et qui n'interagissent pas avec nous en temps normal.

Cette liste sera non exhaustive, car les effets sont tous ceux que l'âme peut faire sur la matière, et ils sont illimités...

Phénomènes intelligents

Tous ces phénomènes ne sont pas le fruit du hasard, il y a une conscience derrière, une manipulation. Les coups frappés répondent quand on leur pose une question, des gens qui cherchent un objet le voit apparaître sans même avoir ouvert la bouche, les personnes qui ont peur du feu verront plusieurs départs de feu sur leurs vêtements, ce sont les images pieuses ou les croix ou les chapelets qui sont brûlés ou détruites en premier, ce seront chez les personnes rangées que les choses seront le plus mises en désordre, les objets chers des familles pauvres ne sont pas cassés, etc.

Actions sur les personnes

Agressions physiques

Les êtres humains ressentent soudain une sensation de brûlure dans le dos, quand on regarde on voit des griffures, souvent 3 incisions parallèles dans un endroit inaccessible pour que la victime se la soit faite toute seule.

Ou encore des marques de morsures ou griffures en plusieurs endroits du corps, leur apparition inexplicable étant souvent filmées par les caméras des enquêteurs.

Les victimes se font étrangler par un rideau, un drap, etc.

Les victimes se font serrer le cou par 2 mains invisibles, elles se retrouvent soulevées en l'air quelques secondes puis projetées violemment à 3 m de là en heurtant un mur, certains se cassent un membre à cette occasion.

Des aiguilles, des couteaux sont plantées dans le corps.

Des gifles, des coups de poing, une fois la personne mise au sol, c'est des coups de pieds très violents qui sont donnés.

Viols

Les agressions sexuelles dont sont victimes les femmes et plus rarement les hommes (comme dans la vraie vie). Des mains invisibles qui se glissent sous les vêtements, dont on voit en relief les articulations, les tendons, pour caresser sexuellement les victimes.

Les viols avec plusieurs entités pour maintenir la victime immobile, les traces de contusion et de pénétration étant visibles par la suite (très peu de victimes osent en parler d'ailleurs, elles ne le font qu'à mots couverts).

Pas de décès

Étrangement, pas de morts lors de poltergeists. Des médiums incorporés par une victime ont essayé de tuer l'assassin présent lors de la séance spirite, les victimes de lévitation font de sacré chutes sur la nuque, mais jamais de blessures graves ou invalidantes à vie, si ce n'est le suicide d'un père incestueux dont le poltergeist avait révélé l'impact qu'il avait eu sur sa fille.

Lors des pluies de pierres, même lorsque 300 s'abattent dans une pièce, les occupants ne sont quasiment jamais touchés.

Perte d'énergie chez le médium

Comme rien ne se créé rien ne se perds, il faut bien que l'énergie provienne de quelque part...

Le médium semble perdre son énergie, est malade sans que des causes physiques ne puissent être détectées par les médecins.

Actions sur les objets

Énergie venue de nulle part

De nombreux objets électriques s'actionnent tous seuls, comme des sonnettes d'entrée ou la télévision, et continuent de fonctionner même après avoir été débranché.

Des pierres chaudes ou brûlantes, des inflammations spontanées d'objet sans flamme ou chaleur proche.

Objets mouvants

Des livres au sol qui se dressent d'un coup, s'ouvrant toujours à la même page.

En général ce sont des gros objets comme des divans, lits, armoire, etc. Ces objets se déplacent lentement ou rapidement, avec une force telle que plusieurs personnes ne peuvent s'opposer au déplacement.

Ces meubles peuvent se soulever de 1 cm au dessus du sol pour traverser la pièce, ou alors glisser lentement en frottant par terre.

Ils peuvent basculer sur eux même. A Enfield il a été remarqué que ça ne s'attaquait pas aux objets électroniques (ou alors sans casse), la famille étant pauvre et ces matériels valant de l'argent à l'époque (excepté pour le matériel de mesure, les caméras, qui tombaient en panne mystérieusement mais qui remarchaient toutes seules par la suite).

Des portes qui se ferment toutes seules et qu'on ne peut réouvrir tant qu'elles veulent rester fermées.

Les draps sont tirés lentement, ou d'un coup sec.

Des chaises qui sont retirées brutalement au moment où la victime s'assoit dessus.

Objets déformés

Des objets métalliques comme des petites cuillères sont trouvés déformés. Mais aussi des barres de sections importantes impossible à tordre à la main, ou même par un moyen mécanique.

Objets empilés

Des objets qui s'empilent en défiant l'équilibre, une construction qui peut se faire en quelques secondes.

Lévitation

Des objets qui volent, avec des trajectoires non normales, comme des balles qui tombent au sol sans rebondir, des objets qui touchent l'observateur à toute vitesse sans lui faire trop mal.

Les personnes (en général le médium) se mettent à léviter sans qu'elles le désire.

Téléportation

Des objets, voir même le médium, qui traversent le plancher ou les murs, ce qui implique que l'objet ou la personne est placée dans une dimension où le mur n'existe plus, ou du moins est fluide.

Matérialisation

Les jets de pierre, l'eau sortant d'un coup d'un mur (avec de l'air derrière le mur) montre que des objets sont sûrement dématérialisés de quelque part sur la planète, puis re-matérialisés dans la pièce.

OVNI

Les observations (comme celle du l'USS Princeton en 2004, divulguée par le Pentagone en juin 2018) montrent plusieurs capacités de l'OVNI observé plusieurs jours, et nommé OVNI TicTac, une sorte de bonbon TicTac (ovoïde), long comme un avion de ligne Boeing 747, sous ouvertures ni soudures apparentes, sans rivets ou autres protubérance technique.

Disparition Optique mais pas physique

L'OVNI TicTac apparaît et disparaît optiquement, tout en gardant une empreinte dans la matière.

Donc capacité à rester entre les 2 (empreinte dans l'eau mais disparition optique).

Disparition radar

L'OVNI TicTac apparaît et disparaît à volonté des radars (donc reflètent ou non les ondes EM). Ils semblent donc capable de basculer à volonté d'une dimension à une autre.

Apparition optique sans interaction avec la matière

Les vitesse supersonique sans bang sonore ni échauffement visible de l'avant semblent montrer qu'ils n'interagissent pas avec les molécules d'air.

Un autre témoignage militaire d'OVNI parlait d'un disque rentrant à toute vitesse dans l'eau sans remous d'eau ni dislocation du disque sous l'impact.

Anti-gravité et anti-inertie

La masse inertielle semble liée à la masse gravitationnelle, sans qu'on sache bien pourquoi (la théorie d'Einstein l'explique très bien (la gravitation est un mouvement continu inertiel classique dans un espace-temps déformé), mais est fausse ou incomplète sur d'autres points).

Les accélérations fulgurantes, les virages à angle droit sans ralentir, montrent qu'ils ne sont pas soumis à la l'inertie, donc à la gravité. Des dispositifs anti-gravité semblent donc possibles.

Abduction

Les témoignages des abductés (p. 296) montrent les capacités assez étranges de ceux qui viennent les visiter.

Des déphasages temporels où le reste des animaux sont figés dans les prés. Des déphasages où les gens ne vous voient pas, où vous pouvez passer dans les murs, mais où vous ressentez quand même une légère résistance, de même que vos pieds reposent sur le sol, et ne passent pas à travers.

Prânisme

Des prâniques (p. 230) qui font fonctionner leur corps sans mettre d'énergie physique dedans. L'énergie vient donc de dimensions invisibles qui nous entourent.

Triangles des Bermudes

Avec un "s", car il y a plusieurs zones de disparition massives sur la Terre.

Il ne s'agit pas ici d'expliquer TOUTES les disparitions étranges du monde (comme votre portefeuille que vous aviez dans la poche arrière du pantalon !), mais celles se produisant en masse dans des endroits bien précis, entourées de phénomènes surnaturels ou étranges. Quoi qu'en disent les détracteurs, les statistiques montrent que ces disparitions sont plus nombreuses à ces endroits, et c'est surtout l'étrangeté répétitive au même endroit qui doit nous mettre la puce à l'oreille.

Observations

On observe dans ces zones des anomalies magnétiques (comme l'aiguille d'une boussole qui s'affole), des horloges qui s'arrêtent, des objets disparaissant de la vue. Et surtout, un taux anormal de disparitions inexpliquées (avions et bateaux).

Explication

Je vais spoiler le suspens en dévoilant de suite le coupable !

Hypothèses à rejeter

L'accident classique

Mais pourquoi les avions ET les bateaux sont touchés, alors que leurs dangers respectifs sont bien différents ? Pourquoi tant de disparitions mystérieuses (dont on n'arrive pas à déterminer les circonstances) en comparaison avec les autres endroits du globe (je ne parle pas des disparitions expliquées, des lieux dangereux à cause des nombreux récifs, des vagues traîtres, etc.). Si on fait la cause d'accidents globaux, ces zones ne ressortent pas question statistiques. Mais si l'on fait les statistiques des disparitions étranges et floues, ces zones ressortent très clairement.

Les ET qui enlèvent des gens

Même si c'est possible, pourquoi ne le faire que dans cette zone et pas un peu partout sur Terre ?

Les bulles de méthane sous-marines

Ça peut en effet faire couler un bateau, mais ça ne provoque pas de manière concomitante des perturbations magnétiques affectant les boussoles, les arrêts de montres ou les disparitions d'avion.

Le mauvais temps

Certaines disparitions se produisent par beau temps, et encore une fois ça n'explique pas toutes les anomalies détectées.

Explication pour la majorité des cas

Je donne ici l'explication de Harmo sur le phénomène (la science n'ayant rien à proposer de toute façon), et on verra par la suite si cette théorie explique tous les faits observés. Je parle bien des disparitions « mystérieuses » pou rappel, et encore, certaines disparitions mystérieuses pourraient tout à fait avoir des causes naturelles, ne l'oublions jamais.

Le triangle des Bermudes est une de ces zones sur Terre où s'éjectent périodiquement des particules subatomiques non encore découvertes par notre science (voir L2>gravitation).

Malheur à l'être vivant qui se trouve sur la trajectoire de ces particules, un changement de dimension temporaire apparaissant lors de ces impulsions.

Ces particules ne s'éjectent que dans certaines zones, comme au milieu du triangle du diable au Japon, des Bermudes aux USA, des endroits biens connus pour les disparitions de bateaux, avions et voyageurs.

Heureusement, ces évents Terrestre sont peu nombreux, et pour la plupart situés dans des crevasses de montagnes inaccessibles ou au fond des océans.

Ces flux de particules extrêmes, issus du noyau terrestre et concentrés par des particularités géologiques, modifient non seulement la gravité mais aussi l'espace temps. Gravitation, EMP, temps et particules sont des éléments d'un même puzzle que les ET ont étudié et maîtrisé pour la propulsion de leurs vaisseaux, le voyage spatial via le warping, le changement de densité (le passage d'un univers à un autre) mais aussi le voyage dans le temps.

Mary Celeste

Le plus fameux des bateaux fantômes, affaire que les juges ont essayé d'étouffer pour le faire passer pour une simple affaire de brigandage. La mauvaise foi dans la conduite de l'enquête a sûrement conduit à oublier des détails essentiels qui auraient aidé à la résolution de ce mystère.

Pour résumer rapidement cette histoire archi-connue :

La Mary Celeste est un brigantin américain qui fut découvert abandonné au large des Açores le 4 décembre 1872. Le navire, qui avait quitté New-York un mois plus tôt, était en mauvais état avec le gréement endommagé et la cale partiellement inondée, mais il était toujours en état de naviguer. Sa cargaison d'alcool dénaturé était quasiment intacte, tout comme l'intérieur des cabines. Mais aucun membre de son équipage ne fut retrouvé.

Un autre brigantin, le Dei Gratia, part 8 jours après la Mary Celeste, et c'est lui qui découvrira le bateau abandonné.

Ce qu'on sait, c'est que le navire retrouvé abandonné n'était pas assez endommagé pour justifier de se réfugier sur la chaloupe, beaucoup plus dangereuse.

Le fait qu'un des tonneaux, avec le bouchon en moins, ai laissé sortir des vapeurs qui auraient été jugées comme explosive, aurait pu justifier que tout le monde se réfugie sur la chaloupe. Mais le capitaine emmène alors ses cartes de navigation et ses instruments pour s'en sortir. Ce qui est étonnant c'est qu'ils avaient gardé les cordages pour lier la chaloupe à la Mary Celeste, mais que la chaloupe s'est détachée quand même. Une tempête ?

Une association américaine de spirites et de voyants organisera, en 1969, à San Diego, en Californie, une séance au cours de laquelle un médium fait de curieuses révélations sur la fin tragique de la Mary Celeste.

Voici, rapportée par la revue Point de Vue-Images du Monde (n° 1076) la déclaration faite par ce médium en état de transe:

«Je suis Mme Briggs, la femme du capitaine de la Mary Celeste. Quand le brick eut dépassé les Açores, des phénomènes étranges commencèrent à se produire; chaque fois que je jouais du piano, une musique lointaine semblait répondre à la mienne. Cela venait de la mer, comme s'il existait un écho marin, comparable à celui qu'on entend parfois en montagne. Tout l'équipage l'entendit et se mit à scruter les flots avec une crainte visible. Certains hommes, pris de panique, me demandèrent de ne plus jouer.

Il y eut même un début de mutinerie, que mon mari calma péniblement. Il avait beaucoup lu et pensait que notre zone de navigation devait être celle de l'ancienne Atlantide.

Un jour, en scrutant les fonds, il vit s'animer une sorte de prairie flottante, recouverte de végétaux ne semblant pas être des algues. Une autre fois, surexcité, il m'emmena sur le pont pour me montrer ce qui ressemblait à des ruines de maisons, à des colonnades brisées, en marbre. Je crus évidemment à un mirage.

Dans la nuit qui suivit, des chocs insolites ébranlèrent la coque. L'aube se levait à peine que notre homme de vigie hurlait, tandis que le bateau s'immobilisait. Il était échoué sur une terre inconnue. Mon mari cria : «Voyez, c'est l'Atlantide miraculeusement remontée des eaux!»

Dans un élan d'exaltation, nous avons tous quitté le bord.

La végétation était extraordinaire. Nous allions à la découverte en chantant et, tout à coup, alors que nous arrivions à proximité de ce qui semblait être un temple en ruine, le sol se déroba sous nos pieds, par un mouvement géologique inverse de celui qui avait fait surgir la terre de l'eau.

La Mary Céleste, libérée, poursuivit aussitôt sa route, seule, vide. Nous avons tous péri dans la catastrophe [remontée des eaux ?].»

Fin de la retranscription médiumnique.

Regardons les faits qui corroboreraient cette version.

La chaloupe ne sera pas retrouvée, et on imagine que c'est par cette chaloupe qu'ils sont descendus. L'excitation de ce qu'ils ont vu expliqueraient le flacon laissé ouvert, ou les draps du lit non refait par la femme du capitaine (choquant pour une femme de haute condition à l'époque), et aucune note dans le livre de bord. C'est les clameurs des marins qui les auraient tiré brutalement du lit, et ils pensaient revenir rapidement au bateau.

Alors que tout le monde s'est éloigné du bateau, brutalement, les fonds marins s'effondrent de nouveau, noyant tout le monde dans le tsunami rapide qui en résulte. Le bateau, remis à flot, repart au gré des courants, et sera découvert par le bricks qui le suivait d'une semaine.

Il est aussi probable, quand on voit toutes les manipulations de l'histoire dès lors qu'il s'agit de ruines ogres, que les dernières pages traitant du sujet sur le livre de bord aient été retirées par la suite, et les découvreurs sommés de se taire, sans quoi ils auraient été condamnés pour l'attaque du bateau et le meurtre de l'équipage... C'est d'ailleurs ce qui s'est passé pendant 13 ans, où ils ont vécus avec cette épée de Damoclès sur la tête, alors qu'aucune preuve d'assaut violent du bateau n'a été trouvée, ni de traces de sang (les sabres étaient juste rouillés), et le bateau de Morehouse, qui ramena la Mary Céleste, était parti 8 jours après et ne pouvait rattraper la Mary Céleste, étant bien plus lent. De plus, à part les objets disparus dans la cabine soumise aux paquets de mer, tous les objets de valeur furent retrouvés, donc exit l'idée des pirates. Il est a noter que le procureur-général Frederick Solly Flood, qui a traité l'affaire, semble s'accrocher sans raison à l'hypothèse d'une attaque, en usant de mauvaise foi flagrante (contre toutes les preuves inverses). Il disait aussi que le livre de bord avait été trafiqué par les découvreurs, et voulait absolument que l'événement ai lieu plus à l'Est, moins près des ruines ogres proches de l'endroit où le navire avait été retrouvé.

Cette version de l'émergence de terres, avec quelque chose de suffisamment attractif dessus pour faire descendre tout le monde, est probable, voir une des meilleures avec celle de la panique irrationnelle du capitaine face à un bouchon de tonneau enlevé (irrationnelle on vous dit (encore un fou comme Ben Laden...), jamais il n'aurait bouché le trou avec un chiffon et aéré ensuite la soute… sans compter qu'on parle d'un tonneau de gnôle, pas de centaines de tonnes de nitroglycérine).

Les Sargasses sont des terres récemment immergées par l'écartement du rift Atlantique, et cette mer est très peu profonde. Une mouvement du sol dans cette région soumise aux stress des plaques tectoniques, peut tout a fait provoquer une remontée du niveau d'une cinquantaine de mètres (ça serait à reboucler avec des relevés de forts séismes à cette époque là). Ces remontées de terre après un séismes sont rapidement suivie d'un retour à la normale au bout d'un jour ou 2. Si la mer était retiré ne serait-ce que d'un kilomètre, et si le sol descend de plusieurs mètres par minutes, c'est une bonne vague qui leur tombe sur la gueule.

Sur le pont, le coffre de roue de gouvernail a été démoli par il est supposé une forte vague qui est attribuée à une tempête ayant eu lieu quelques jours avant la découverte du bateau. De même que les cabines et le fond de cale contiennent beaucoup d'eau. Cette vague pourrait avoir été celle qui a remis la Mary Céleste à flot. Les voiles retrouvées déroulées et déchirées étaient en fait roulées initialement (arrêt du bateau), et la vague les a déchiré ?

Il se peut aussi que la Mary Céleste n'ai jamais échouée, que les membres d'équipages se soient approché de ces terres émergées et aient fini le chemin avec la chaloupe. La Mary Céleste aurait frotté les flancs sur des rochers lors de la vague retour qui a noyé tout le monde.

Il y a aussi un autre phénomène qui a été observé en septembre 2015 après les ouragans, à savoir la mer qui se retire très loin (donc niveau maritime descendu très bas) par aspiration par la dépression de la tempête de l'eau de mer (et où du coup elle plus haute à cet endroit). Après avoir poussé la Mary Céleste dans les eaux peu profondes, mais sans toucher de part la hauteur supérieur en pleine tempête, la tempête les dépasse, l'eau se déplace sur les basses pressions de la tempête, mettant à nu les hauts-fonds où la tempête les a drossés (le sol n'est qu'à 50 cm par endroits dans les Sargasses). Ensuite, comme dans un tsunami, tout ce qui descend remonte, le reflux de la mer qui reprend sa place est supérieur à la hauteur d'eau habituelle. Drossée par la vague, la Mary Céleste est rejetée vers des eaux plus profondes, alors que les hommes à terre se noient sous la violence de la vague ou ne sachant tout simplement pas nager (les cours de natation sont très récents dans l'histoire, les non nageurs étaient majoritaires au 19e siècle).

Conscient / Inconscient

Survol

S'il est aujourd'hui avéré que Freud était un imposteur mis en avant par les élites de l'époque (et que confier des autistes à des psychiatres a fait beaucoup de mal), il faut lui reconnaître que la notion de conscient / inconscient était la vérité.

Comme d'habitude, en science, c'est les cas extraordinaires qui font avancer notre compréhension.

L'homme sans inconscient (p. 226)

90% du cerveau en moins, et pourtant il se comporte comme n'importe qui... Ce qui implique que le conscient n'occupe que 10% du cerveau...

L'homme sans conscience (p. 227)

Des dégâts neurologiques font que le conscient disparaît, ou que l'accès à l'inconscient s'établit. Ces hommes, reliés directement à leur intuition, se déclarent éternels, ne ressentent plus aucun besoin physique comme manger. Ah oui, aussi, ils voient les âmes défuntes...

L'homme sans âme (p. 227)

Nicolas Fraisse sort de son corps et va explorer les dimensions d'à côté, va rendre visite à ses parents à des kilomètres de là, rentre dans le corps d'un oiseau, etc. Quand il revient dans son corps, ce dernier a finit le travail automatique qu'il avait commencé...

L'homme sans inconscient

[consc] Il lui manque 90% de son cerveau mais tout va bien. Un Français de 44 ans dont la boîte crânienne est quasiment vide. C'est lorsqu'il se rend à l'hôpital

pour une douleur à la jambe gauche que cet homme a fait cette incroyable découverte. L'IRM montre que sa boîte crânienne est remplie de liquide. Pourtant cet homme a une vie tout à fait normale. Marié, il est père de deux enfants et a un emploi dans l'administration. Son QI de 75 est un peu inférieur à la moyenne mais il n'est pas considéré comme handicapé. Dans son enfance, alors qu'il souffrait d'hydrocéphalie, les médecins lui ont implanté un petit tube dans le cerveau pour évacuer le liquide. Ce tube lui a été retiré à ses 14 ans mais le liquide s'est à nouveau accumulé.

Ce cas n'est pas nouveau (il a fait l'objet d'une étude scientifique en 2007). Le plus étonnant dans tout ça, c'est qu'alors que les zones de son cerveau qui contrôlent la sensibilité, la parole ou l'audition ont été réduites, l'homme n'a pas été affecté dans son quotidien.

Nous verrons (dans L2>Vie>Animal humain>inconscient) ce que ce cas implique, mais ça indique que 90 % de nos capacités d'analyses sont inconscientes, et que l'absence de cette partie montre peu d'écart (en apparence) avec les autres humains qui sont dotés de cet inconscient inaccessible au conscient. On peut voir que moins on a d'inconscient accessible, plus le QI chute. A l'inverse, plus le QI monte (plus nous accédons à cet inconscient, comme les asperger) plus le comportement change de la normalité.

L'homme sans conscience

[cot] A l'inverse de précédemment, c'est le conscient qui est détruit et seul reste l'inconscient, qui peut enfin s'exprimer.

Le syndrome de Cotard décrit ces patients qui suite à des dégâts neurologiques, se disent immortels et morts. Quelle partie de nous est immortelle et continue de parler après la mort du corps physique ? :) L'âme bien sûr. C'est la partie du cerveau reliée à l'âme qui s'exprime.

Graham, suite à une tentative de suicide, réussit à survivre, il parle, il marche, il fonctionne de façon dite « consciente », mais déclare que son cerveau est mort et qu'il est immortel. Il a perdu le goût et l'odorat, n'a aucun besoin de manger, de parler ou de faire quelque chose. Lors d'un PET scan cérébral, on s'est aperçu qu'en effet son cerveau est mort, ou du moins montre la même activité que quelqu'un en état végétatif (coma profond). Cet état végétatif est normalement impossible pour quelqu'un qui parle ou qui marche et semble réfléchir…

A noter que les témoignages d'EMI racontent aussi ce dégoût à l'idée de rentrer de nouveau dans le corps physique, vu par certains comme de la viande froide en décomposition. Les patient dits cotards parlent comme l'entité qui est sortie de son corps et doit y retourner.

Le patient dit que le docteur ne peut pas le comprendre parce qu'il n'a pas vu la mort (sous entendu c'est l'âme qui parle en direct).

Le patient dit qu'il voit un assassin sortir du corps d'un patient de l'hôpital psychiatrique, sachant que les médiums voient ce genre de chose grâce à leur inconscient qui parle à leur conscient.

Scientifiquement, il aurait été intéressant de vérifier si les capacités du patient étaient les mêmes que quelqu'un en hypnose (mental éteint et inconscient aux manettes du subconscient), à savoir deviner des choses que personne ne sait, voir à travers une boîte, faire des visions à distance, etc. Mais les psychiatres n'ont pas l'air d'avoir pensé à ça…

Graham se sent dans les limbes (cet espace où le corps physique est mort mais l'esprit reste confiné au corps énergétique, sans arriver à rejoindre la lumière, c'est les cas de hantise les plus courants, on pourrait presque parler de possession d'un corps décédé mais pas assez abîmé pour ne plus vivre. Ces esprits, entendus par les médiums, ont des propos confus, sont perdus et avec une conscience limité, et c'est bien ce qu'on retrouve dans les syndrome de Cotard.

L'étude complète sur le cas de Graham n'ayant pas été publiée, nous n'en saurons pas plus…

L'homme sans âme

[frais2] Nicolas Fraisse (voir ses sorties de corps prouvées par l'INREES p. 265) raconte les moments où sa conscience sort de son corps, et quand il revient, son corps a effectué tout seul, sans que sa conscience ne s'en souvienne ni n'en ai souvenir, des tâches assez complexes, comme faire des bilans comptables ou conduire la voiture, ou des tâches plus répétitives, comme éplucher les pommes de terre. Par contre, son conscient se souvient bien des lieux qu'il a explorer en voyage astral. Il revient quand le travail est terminé.

Quand sa conscience est hors de son corps (corps complètement statique, comme « ailleurs », ou en train de faire des tâches répétitives ou automatiques (comme conduire), si l'entourage lui parle il n'y aura aucune réponse du corps, qui continue ce qu'il fait comme si l'environnement extérieur n'existait pas (un peu comme ceux qui sont absorbés dans leurs pensées intérieures, à réfléchir à des choses compliquées).

Pouvoirs psy

Survol

Liste des pouvoirs psys (p. 228)

Si nous avons tous des capacités naturelles (aujourd'hui qualifiées de surnaturelles par manque de connaissances), certains semblent fait pour les développer, et nous montrer ce qu'il est possible de faire.

Comme psys, on a les rebouteux, les magnétiseurs, les voyants, les sourciers, etc. Comme ils ont accès à leur âme, ils peuvent parler aux morts, guérir les vivants, connaître des choses cachées, voir le passé ou le futur, ou encore manipuler la matière.

Spiritisme (p. 230)

Détaillons ces capacités psys dans l'ordre croissant.

Lors des séances de spiritisme, les médium montrent des capacités paranormales.

Hantises (Poltergeists) (p. 231)

Les fantômes ne sont que des apparitions (au pire, on a peur). Dès que ces esprits agissent sur la matière, nous passons dans le cas de la hantise (on est physiquement agressé).

Les poltergeist sont liés soit une personne, soit à un lieu.

Ces hantises, très courantes, sont documentées par les témoignages de milliers de témoins dignes de foi, étant analysées par des centaines de scientifiques, il n'y a plus aucun doutes concernant leurs réalités. C'est pourquoi la science se contente de les ranger dans le tiroir "phénomène inexpliqués", et que les médias n'en parlent quasi jamais.

Ce qui est intéressant dans ces cas, c'est que les capacités psys semblent complètement débridées.

Possession (p. 235)

Les personnes possédées montrent aussi des capacités paranormales.

Guérisseurs (p. 236)

Il y a plusieurs sortes de guérisseurs : ceux qui utilisent les prières et incantations, les rebouteux ou coupeurs de feu de nos campagnes, ceux qui utilisent le magnétisme, c'est à dire leur fluide vital, ceux qui manipule l'énergie ou qi ambiant, tel les reiki ou les nouvelles médecines énergétiques, ceux comme les médiums brésiliens qui se laissent posséder par des entités guérisseuses, les groupes de prière, les hypnotiseurs, etc.

Voyance (p. 239)

Les médiums sont en contact avec des entités qui peuvent prévoir les futurs possibles (mais rarement le futur tel qu'il sera, vu depuis la dimension divine).

Clairvoyance (Remote-Viewing) (p. 239)

Il s'agir de voir des choses, dans le passé, le présent ou le futur probable, des choses que le corps ne peut pas voir.

Décorporation (p. 240)

Des sujets semblent arriver à sortir facilement de leurs corps.

Lévitants (p. 242)

Ces personnes sont capables de faire voler leur corps physique.

Sujets psy majeurs (p. 243)

Certains sujets psy sont vraiment impressionnant, tant la gamme de leurs "pouvoirs" est étendue et leurs résultats bluffant et répétitifs, ayant permis des validations scientifiques de leurs capacité, publications n'ayant malheureusement pas atteint le niveau du grand public du fait de la censure. On y verra des gens qui apparaissent à distance, qui prévoient le futur avec un taux de réussite de 98% validé par huissier, etc.

Attention, pouvoir psy n'est pas forcément lié à haute spiritualité. Dans le passé, c'est même souvent le contraire qui s'est passé, ces sujets psys ayant cherché le pouvoir pour lui-même, n'ayant pas forcément laissé ces pouvoirs arriver tous seuls avec le développement spirituel.

Prânisme (p. 266)

Des personnes qui ne mangent pas, et qui vivent quand même. Connus depuis des millénaires, la science les étudie depuis le 19e siècle, gardant pour elle le résultat des études.

Liste des pouvoirs psys

Psy pour psychique, ces pouvoirs liés au qi.

Survol

On va essayer de classer, même si les sujets psys montrent souvent plusieurs capacités, et que quelques part, elles viennent toutes d'un éveillé plus ou moins complet, qui a accès à son inconscient.

Caractéristiques des sujets psy (p. 229)

Certaines personnes sont plus douées (faites pour ça), mais globalement, nous sommes tous des psys.

Clairvoyants et voyage astral (p. 229)

Sortent facilement de leur corps pour voir à distance (le remote viewing), voyant dans l'espace et le temps (passé-présent-futur).

Télépathie (p. 229)

Discuter d'âme à âme avec d'autres êtres vivants, à distance et sans barrière de langue ou d'espèce.

Xénoglossie (p. 229)

Lorsque qu'un corps éthérique autre possède un corps physique, se dernier se mets à parler la langue que le corps éthérique connaît, langue qu'il n'a pourtant jamais apprise.

Sorciers et rebouteux (p. 229)

Ces malaimés de la campagne, qu'on est pourtant bien content d'avoir quand le médecin ne peut plus rien, arrivent à guérir miraculeusement, même à distance.

Sourciers et radiesthésistes (p. 229)

Quand on demande à son âme, que ce soit par méditation, ou en utilisant des baguettes ou pendule, elle réponds. Certains se contentent de demander où creuser, d'autres retrouvent des personnes disparues.

Force psy et télékinésie (p. 230)

Avoir des infos vraies et impossibles à connaître, c'est bien. Mais rien de plus démonstratif que des objets qui bougent tous seuls !

Les (vrais) maîtres indiens (p. 230)

Ces maîtres sont capables de prouesses, pour peut qu'on veuille vraiment les étudier (eux, et pas les magiciens d'opérette qui ne sont là que pour le touriste).

Inédie / prânisme (p. 230)

Ne pas manger ni boire, une capacité bien documentée et étudiée au cours des âges, et contrairement à la croyance populaire, ce n'est pas réservé aux saints catholiques !

Hypnose (p. 230)

Tous les cas vus précédemment, sont obtenus en se mettant en état méditatif (l''hypnose). Forcément, les gens hypnotisés, quand on le leur demande, peuvent réussir eux aussi ces prouesses.

Caractéristiques des sujets psy

Il y a des personnes qui ont une sensibilité beaucoup plus développée que le commun des mortels pour voir les choses telles qu'elles le sont, les psys.

Leur sensibilité est souvent innée, ils ont des capacités très fortes dans l'enfance et les conserve voir les développe à l'adolescence (qu'ils vivent en général assez mal si mal guidés) puis à l'âge adulte.

Le commun des mortels peut lui aussi développer ces capacités, mais ça demandera plus de travail.

Les enfants, de par leur proximité temporelle avec la dimension supérieure, sont tous plus ou moins psys, mais ça s'estompe vers 7-8 ans, voir à la fin de l'adolescence.

Les psys sont en général magnétiseur (enlèvent l'eczéma, le feu, etc.), car la manipulation du Qi est aisée pour eux. Ou alors ils ont développées leur don de médiumnité par l'étude des sciences occultes, qui incluent aussi le kit de magnétiseur !

Les clairvoyants et voyage astral

Aussi appelé remote-viewing. Ce sont des médiums un peu plus costauds. Il peuvent sortir de leur corps, ainsi le cas d'un Français au 18e siècle qui visitait la maison de son interlocuteur à distance tout en décrivant ce qu'il voyait. Mais soit il sort lui-même de son corps pour être à un autre endroit que le corps physique et faire parler à distance son corps physique (bilocation), soit il écoute ce que lui dit son guide qui lui est à un autre endroit.

Ils annoncent aussi l'avenir ou disent sur l'interlocuteur des choses que seul l'intéressé pouvait connaître. Ils lisent peut-être les pensées, comme le font tous les corps astraux en langage de pensée universel, mais peut-être aussi se renseignent-ils auprès du guide spirituel de l'interlocuteur, ce dernier pouvant à l'occasion donner quelques conseils (mais toujours sans influer sur le vivant qui doit garder son libre arbitre).

Voyage astrales (p. 240)

Il est possible de sortir de son corps physique même en restant incarné. Comme pour les médiums, nous sommes tous capables de le faire mais certains sont plus doués que d'autres. Voir [aub], ou encore [fol] qui guérissait à distance par téléphone en se décorporant et à souvent fait peur aux patients en apparaissant de façon impromptue et fantomatique au milieu de leur salon!

Télépathie

Source : [mant], p. 172

19 novembre 1961, Europe 1 organise une extraordinaire expérience de télépathie. Dans un salon du 2e étage de la Tour Eiffel, les vitres sont obturées. un huissier de justice est sur place, s'assurant que la voyante, Mme Mallay, n'a aucun moyen de tricher. A l'extérieur, en bas, 2 autres huissiers tirent au hasard avec une roulette, dont les numéros sont remplacés par 3 couleurs. Les spectateurs doivent fixer cette couleur, la voyante capte leurs pensées et doit appuyer sur le bouton correspondant. Sur les 5 premiers essais, la voyante, nerveuse, aura 3 erreurs. Puis ensuite, c'est le sans faute les 5 derniers essais.

2 jours après, la même expérience est refaite, plus compliquée : en plus des couleurs, il faut trouver 3 signes : cercle, carré, triangle. Sur 10 essais la voyante se trompa 2 fois seulement sur les couleurs, et aucune fois sur les figures (elle avait une chance sur 500 000 à chaque essai de tomber juste, autant dire qu'aucun hasard ne peut être invoqué sur toute l'expérience).

Xénoglossie (parler une langue étrangère inconnue)

Source : [mant], p. 225.

Mme Mallay et Mme Lydia sont des voyantes qui, placées en hypnose, sont capables de xénoglossie (parler une langue étrangère inconnue).

Mme Mallay, dans un colloque en Chine, c'est mise à parler un dialecte que personne ne connaissait, avant qu'un vieillard se lève et explique qu'il connaissait ce dialecte, une langue spécifique d'un village isolé, et plus parlée que par quelques personnes.

Mme Lydia, en transe, parle en anglais, espagnol, et même en sanskrit, alors qu'elle ne connaît pas ces langues.

Les sorciers, rebouteux

Tout ceux que l'on appelle sorciers, rebouteux, barreurs de sort, utilisent le plan astral pour soigner, envoûter ou barrer le sort sur quelqu'un. Ils agissent sur photo ou par téléphone, pouvant ainsi faire le lien spirituel avec la personne. Ils sont forts dans un domaine (par exemple l'eczéma ou les os) mais ne peuvent rien en dehors de leur domaine.

Ils agissent selon un rituel qui renforce l'effet placebo, il s'agit surtout qu'eux et le client y croit. Ils peuvent faire des miracles.

En général le don reste dans la famille, il est transmis d'une personne à l'autre. Celui qui le transmets semble le perdre, en général c'est fait quand le rebouteux va mourir. C'est différent du don de médiumnité qui semble génétique. Est-ce que ce serait un guide spirituel particulier qui prendrait possession du corps du rebouteux, où lui soufflerait via l'intuition de ce qu'il faut faire? Ce guide appliquerait un savoir conservé et développé au cours des âges? Un esprit qui consacrerait sa vie après la mort à aider les vivants ?

Les sourciers, radiesthésistes

Ils se contentent de poser une question, et quelqu'un leur répond en faisant bouger dans un sens ou l'autre le pendule. Ça ressemble à des médiums qui utilisent le pendule au lieu du verre ou des tables tournantes des spirites. Là aussi la concentration/méditation semble nécessaire. Avec un médium parlant directement à l'entité on aurait les mêmes réponses. Là aussi on entrerait en contact avec des guides protecteurs/ange gardien, mais rien n'indique que ce n'est pas des entités malveillantes qui répondent.

Leurs actes sont mesurables par exemple avec l'eau, quand ils détectent une source souterraine et disent précisément à quelle profondeur elle est, à la précision voulue. Ils laissent le pendule leur indiquer l'emplacement le plus près du sol, puis posent la question "elle est à moins de 10 m? oui, moins de 8m? oui, moins de 6m? non moins de 7m?oui, moins de 6,5m? oui, etc.

Ça marche aussi pour retrouver quelqu'un, à partir même d'une photo (il faut suffisamment d'éléments pour reconnaître à coup sur/se connecter dans l'astral avec la personne recherchée). Pareil qu'avec les sorciers. Ou n'importe quelle question à laquelle une entité peut répondre. Mais ça n'assure pas que la réponse soit juste (voir Flammarion qui a posé une question non résolue par la science en spiritisme, a résolu lui même le problème scientifique, et trouvé que la théorie de l'entité, bien que plausible selon le niveau scientifique de l'époque, était fausse. Les entités ne sont que des hommes faillibles morts...

Les géobiologues, qui pensent que la radiesthésie n'est que la réaction humaine aux champs telluriques, et pas des esprits guidant les réactions, disent qu'ils font changer de couleur ou de niveau de radiation les énergies du lieu pour désenvoûter un endroit.

La force psy - télékinésie

Les cas de poltergeist sont subis, les vivants étant embêtés par des morts. Quelle énergie utilisent-ils? La force du médium vivant à son insu? Ce qui semblerait indiquer la possession quasi systématique, même si elle n'est pas toujours décelée?

Si c'est le cas, alors ça veut dire que nous avons accès à cette force. Rien n'empêche donc d'avoir des cas de hantise où la victime serait son propre tortionnaire, en maîtrisant pas cette force mal connue.

Si la force psy existe (voir le cas de Girard) elle est obtenue avec les ondes alpha du cerveau, obtenues par méditation ou la phase de sommeil paradoxal.

A retenir, il y a des fois des résultats inverses à ceux désirés, comme des réponses décalées d'un temps ou un excès de poids quand le sujet essaye de léviter.

Les pouvoirs sont à relier a ceux des rebouteux, par exemple un objet tenu dans les mains est chauffé à plus de 100°C.

Les maîtres indiens

Voir le livre la vie des maîtres de Baird T. Spalding sur les maîtres spirituels indiens. Tout laisse à penser que ce que dit l'auteur est vrai, y compris la page Wikipédia qui cite un personnage qui a cherché à s'incruster auprès de l'auteur à la fin de sa vie, pour ensuite raconter aux journalistes que l'auteur sur son lit de mort avait avoué qu'il avait tout inventé... manoeuvre classique quand on veut cacher la vérité. Les propos tenus sont similaires à ce qu'on sait de la science secrète, et les saints indiens sont suffisamment documentés pour savoir qu'ils peuvent faire des prodiges. D'un autre côté, c'était l'époque où les Yogananda s'implantaient en Californie, ou la théosophie sous l'influence de la loge blanche tibétaine mettait en place le new age, le tout chapeauté par l'ancêtre de la CIA. Tout ne doit pas être bien clair derrière, c'est pourquoi la possibilité que ce soit du faux n'est pas à rejeter...

Pour en revenir au contenu de ce livre, les maîtres indiens sont capables de sortir de leur corps, de voyager en astral, puis de recondenser leur corps astral dans notre dimension. Il ont donc le corps physique d'origine à un endroit, et un autre corps en bilocation à des milliers de kilomètres. Le corps d'origine peut être laissé à l'abandon en pleine nature, ses vibrations sont tellement élevées que les bêtes sauvages ni le feu ne peuvent lui faire de mal et s'écartent de lui. L'auteur racontera avoir traverser un feu de forêt soutenu par 2 maîtres, les flammes s'écartaient autour d'eux, et faisaient une voûte au dessus d'eux. Ils sont aussi capables de marcher sur l'eau, d'atteindre des dimensions supérieures avec leur corps qui peut avoir des centaines d'années et rester jeune d'aspect. Ou encore un temple parfait, quand on l'ébrèche la pierre se reforme d'elle-même, il n'a pas besoin d'être entretenu.

Inédie / prânisme

Le prânisme est le fait de ne pas manger de nourriture solide, mais de convertir directement l'énergie du qi dans nos cellules (sans passer par la transformation glucose>ATP>énergie). Ces capacités du corps humain sont bien vérifiées et documentées au cours de l'histoire, pas que chez les saints catholiques.

Vous serez surpris de leur nombre important bien qu'aucun média n'en parle!

Les prâniques validés (p. 266)

Que des cas testés scientifiquement et reconnus par de nombreuses sources.

Les témoignages de prâniques (p. 268)

Ce sont des témoignages contemporains, partout dans le monde, et le mouvement fait tâche d'huile. Ces témoignages, pas authentifiés ni suivis de manière officielle, ne sont là que comme un complément pour mieux comprendre le phénomène.

L'hypnose

Certains sujets, placés sous hypnose, sont capables de tous les prodiges. Les pouvoirs psys vus plus hauts sont d'ailleurs atteints semble-t-il par des médiums capables de se placer en auto-hypnose.

Source : [mant], p 225 : Mme Lydia, dans son sommeil artificiel, a exécuté un grand écart parfait, alors qu'elle ne s'y était jamais exercée.

Spiritisme

Le spiritisme s'est accompagné de quelques effets physiques, au début où les sceptiques avaient besoin d'être persuadés. Je ne parle pas des truquages grossiers évidemment, mis en avant par les zététiciens, mais des nombreux cas authentiques et inexplicables, ceux qui sont laissés dans l'ombre par la science.

La lévitation

Le médium est là pour le contact avec les morts. A quoi servent les personnes faisant la chaîne, mains à plat sur la table ? Pourquoi sur la tablette de Oui-Ja ou sur le verre, il faut que tout le monde mette la main sur l'objet qui se déplace ?

Faire le lien avec l'expérience préconisée par Robert Charroux, à savoir que 4 personnes qui essayent d'en soulever une sur une chaise d'une seule main n'y arrivent pas, mais après quelques minutes en plaçant les mains sur sa tête, ce soulèvement est possible, comme si son poids avait diminué (ou leurs force augmentées).

En gros, la superposition de plusieurs mains mets en lévitation la table, le palet du oui-ja ou le verre, il est ensuite plus facile à déplacer par la suite (ou faire taper les pieds de la table).

Les ectoplasmes

Il s'agit de la matérialisation d'une âme, qui peut être plus ou moins prononcée. Il peut s'agir de brume vaporeuse, voir d'apparitions incomplètes que l'on peut néanmoins toucher sur les parties matérialisées.

Voir les moulages du docteur Geley, des mains matérialisée qui laissent leur empreinte dans la paraffine, puis qui se dématérialisent, laissant des empreintes impossible à refaire d'une autre façon.

Poltergeist (hantises)

Les poltergeist sont l'aspect le plus intéressant du paranormal, parce qu'ils sont reproductibles, mesurables, et il y en a toujours un actif dans le monde, ils sont donc facile à étudier pour ceux qui veulent prouver le paranormal. Il y a de plus des dizaines de milliers de témoins, des médias, des scientifiques, des policiers qui ont observé les faits.

Partout dans le monde, à toutes les époques.

Il faut retenir de tout ça que c'est un être humain vivant qui produit l'énergie, des fois considérable, qui arrive à léviter, à traverser les murs, soulever des divans 2 fois plus lourd que lui sans le toucher, lire les pensées, etc. Qu'on ne vous en parle pas à l'école prouve bien la mauvaise foi des scientifiques !

Pour ceux qui seraient en plein dedans, L2>âme vous donne la solution pour en sortir.

Environnement déclencheur

Le médium

Tout d'abord, il faut un médium vivant. Il s'agit généralement de quelqu'un sensitif et plein d'énergie psychique :

- d'un jeune en pleine puberté,
- d'une fille, qui commence à avoir ses règles,
- dans un environnement familial dégradé.

Par exemple, Patricia Darré racontait que le plus impressionnant poltergeist auquel elle ai assisté (des meubles lourds se déplaçant d'un bord à l'autre de la pièce, en sa présence, celle de la famille et celle des voisins) se déroulait dans une barre HLM récente, au sein d'une famille cas social. Il s'est résolu en moins d'une heure : alors qu'elle discutait avec la famille, Patricia demande à la fille médium (sur qui se concentrait les effets) si elle avait été violée. Cette dernière, abasourdie, avoue qu'en effet son père l'a violé, mais personne dans cette famille n'en mesurait la gravité. Après s'être parlé à coeur ouvert, le père en pleur, réalisant l'impact sur sa fille, lui demande pardon, la fille réalise qu'elle avait un blocage sur le sujet, tout le monde accepte et se repends, et les phénomènes ont ensuite disparus...

Les phénomènes se concentrent donc souvent autour d'un médium : si le médium part, les phénomènes s'estompent progressivement, il ne se produit rien en absence du médium (mais par contre, là où se trouve le médium les phénomènes continuent). Il arrive que quand un médium parte, ça se concentre sur un autre médium présent.

L'entité

Il faut ensuite la présence d'une entité dans les parages :

- cimetière pas loin,
- mort brutale ayant eu lieu dans la maison,
- un défunt trop attaché à un lieu pour partir, ou qui, ne sachant pas quoi faire après la mort, se cache quand il voit la lumière,
- simplement l'âme du médium qui n'est pas satisfaite de la vie, des blocages psychologiques ou de l'agissement de son humain, et le lui fait savoir.

Les cas les plus impressionnants semblent être liés à plusieurs entités perdues, dirigées par une entité chef méchante/maléfique.

Rencontre entité et médium

Les entités sont attirées par :

- soit le déséquilibre du médium, ses failles internes (psychologiques, émotionnelles, etc.), ou sa personnalité/spiritualité en accord avec l'entité, qui attirent tous les mauvais esprits des environs,
- soit des gens normaux qui se sont amusés à faire appel aux esprits, et sont dépassés par les entités attirées et qui s'attachent à eux,
- soit des passeurs d'âmes qui attirent à eux les âmes bloquées dans cette dimension, et qui auront des poltergeist tant qu'ils ne se décideront pas à parler aux morts, et à leur dire qu'ils n'ont plus rien à faire ici-bas, que leur vie continue, d'aller vers la lumière, où ils trouveront des gens qui sont là pour les accueillir et leur expliquer la suite du programme.

Appel aux entités

Souvent, les médiums ont :

- joués avec le Oui-ja,
- participé à une cérémonie satanique,
- invité une force démoniaque (pour tester la magie noire, ou pour demander quelque chose pour eux-même).

On attire les entités de son bord (altruistes ou égoïste), d'où l'intérêt d'être une personne positive et de ne pas accepter la possession. Même si les altruistes peuvent être tentés par les égoïstes.

Des entités paraissant gentilles (au début...)

D'après les témoignages des médiums, l'entité se montre gentille au début, prenant généralement l'apparence d'une fillette semblant perdue, ce qui fait appel aux instincts de protection des enfants. L'entité se montrant prévenante, flattant le médium, lui faisant sentir que le médium est quelqu'un d'important (tout flatteur vit au dépend de celui qui l'écoute). La personne l'accepte alors, surtout si elle est en manque de confiance, et aura du mal par la suite à s'en débarrasser.

Le lieu

Si les phénomènes sont souvent liés au médium (et le suive quand il déménage), il peut aussi s'agir d'un lieu. La famille déménage et n'a plus de problème, une nouvelle famille emménage et tout reprend.

Ces lieux ont généralement été salis par des rituels satanistes (qui savent qu'ils faut toujours le faire dans les lieux abandonnés).

Durée

Les désagréments durent quelques semaines à quelques mois maximum. Au delà, comme personne ne peut bien dormir, des solutions sont prises pour se séparer du jeune en cause, ou alors sa crise passe et tout s'arrête progressivement. C'est pourquoi le poltergeist d'Einfield, qui a duré plus de 2 ans, est exceptionnel.

Evolution

Il n'y avait au début, qu'une "gentille petite fille de 4 ans" seule et terrifiée dehors, et qui voulait rester dans la maison sans déranger, ou jouer gentiment avec le médium. Un peu comme un enfant terrifié par l'orage qu'on laisse dormir dans son lit jusqu'au matin.

Les phénomènes, juste une balle qui roule au début, s'amplifient en force au fil du temps, s'étendent aux autres membres du groupe, et plusieurs entités peuvent apparaître.

Au début par exemple, ça ne peut être que des illusions (un tableau qui s'arrache du mur, mais qui le lendemain est en place sans dégât) puis cela devient réalité (le tableau est réellement arraché du mur avec son clou).

Tout d'abord des bruits, semblant provenir de l'intérieur des planches ou des murs, puis les meubles qui bougent dans la maison, tous seuls, des portes qui s'ouvrent et se ferment, qui se bloquent (comme si quelque chose appuyait derrière).

Un drap tiré doucement au début, un lit secoué, avant que le médium ne soit brutalement arraché de son lit et jeté à terre.

Les effets montent crescendo, jusqu'au bouquet final, une apothéose qui conclut souvent le phénomène.

Les effets physiques (p. 230)

Les phénomènes observés dans les poltergeists, tous authentifiés, font rêver le scientifique que je suis, par toutes les applications possibles (l'anti-gravitation par exemple, ou la dématérialisation).

Parmi les plus impressionnants, on peut citer l'intelligence qui fait ces phénomènes (et pas du hasard), les agressions physiques, objets qui se déplacent, ou qui sont déformés, lévitation, assemblages d'objets défiant l'équilibre, matérialisations, traversée de matière, écoulement de liquides, manipulation d'outils sans énergie, graffitis, incendies, baisse de températures, odeurs nauséabondes, apparitions fantomatiques, lire dans les esprits, possession, Animaux maltraités, ne pas tuer, vrai et faux, règle du doute, etc.

Les saints catholiques

Les âmes puissantes comme Padre Pio, Curé d'Ars, Marthe Robin, font payer au corps leur participation aux mensonges de l'Église. Voilà pourquoi ces sujets psys complets (voyance, guérison, lévitation, bilocation) subissaient toutes les semaines des poltergeists d'une puissance colossale, qui terrifiaient les voisins. Ou encore subissent les stigmates, alors que Jésus n'est pas venu pour se charger du fardeau des autres, juste leur montrer le chemin (et pas le faire à leur place).

La censure médiatique

Ce qui est bien avec la censure, c'est que les correspondants locaux ne sont pas au courant de ces phénomènes, et envoient logiquement un article au journal quand ça se produit. Généralement non publiés, il peut arriver qu'il y ai un loupé, et que l'affaire fasse du bruit. Il y a alors publication d'un démenti, avec explication bidon et floue pour que les moins scientifiques se rassurent.

La roche en Lozère, mars 2013

Toute la grande presse nationale à copié-collé le même texte. En résumé, toutes les ampoules éclatent en même temps, les animaux familiers meurent, de même que des oiseaux autour de la maison. Tout est renversé, le frigo à fait un salto en l'air et se retrouve sur le toit, la bibliothèque tombe sans que les livres quittent leur tablette, les couteaux sautent du vaisselier pour se répandre au sol, les portes de placard s'ouvrent, etc. Les "scientifiques" (Yves Lignon est cité) expliquent que tout est naturel, il y a une faille géologique qui provoque un champ électrique statique, et les meubles tombés sont tous à proximité d'une prise électrique, ils ont "juste bougés sous l'effet de la force électromotrice"...

Pour mes lecteurs qui n'auraient pas atteint la sixième, je précise que la force électromotrice c'est la tension électrique, qu'il y en a dans les batteries de voiture, et que ces dernières ne lévitent pas pour autant. De plus, un champ électrique ne s'applique que sur des objets conducteurs de l'électricité, pas sur du bois ou du plastique.

Une mauvaise mise à la terre est accusée. Un piquet de terre mal posé (par exemple pas assez profond) entraîne une résistance dépassant la norme de 50 ohms, pas de bizarrerie dans la terre pour autant (avant 1970 les maisons n'avaient pas de mise à la terre, et les meubles ne volaient pas...). De plus, cette ancienne grange ayant été refaite récemment, on a 5 prises par chambre, difficile de trouver quelque chose qui ne soit pas proche d'une prise électrique !!! A noter un effort, on nous parle de faille géologique, exit les fameuses rivières souterraines qui nous étaient bassinées depuis les années 1940...

Bref, cette affaire est soit un canular ou un poltergeist, mais sûrement pas cette brave électricité. L'excuse de l'électricité prouve qu'il y a eu enquête de gendarmerie, et que la piste du canular a été écartée.

Station service de Cucq (Pas de Calais), 24/05/2015

Le téléphone et l'informatique tombent en panne brutalement. La caisse enregistreuse saute au sol, la télévision explose, et le gérant a vu sauter en même temps tous les bouchons des bidons plastiques d'huile moteur et de liquide de refroidissement, les liquides s'étalant au sol. Le lendemain, rebelote, les bouchons des bouteilles de vin dans la cave ont tous sautés.

Les relevés d'usage ont été effectués par les pompiers : explosimétrie, gaz, etc. n'ont rien révélé de particulier.

Je donne la réponse, ici ce n'est pas un poltergeist, mais une EMP (autre phénomène nié par la science, voir effets de Nibiru sur la Terre), la dépression atmosphérique brutale en résultant faisant sauter les bouchons et tomber la caisse (différence dépression au bord de la table). Comme la vraie explication était Nibiru, le secret le mieux gardé, les médias ont préféré laisser croire que c'était des esprits…

Juste pour dire qu'il faut bien chercher toutes les explications physiques possibles avant de conclure au Poltergeist.

Le zeppelin de Calais

A noter que des fois, les médias semblent disposé à révéler toute la vérité. Mais ces révélations ne concernent qu'un seul journal, et comme elles ne sont pas reprises par la suite, les lecteurs finissent par oublier.

Dans ce dossier repris par le journal « nord littoral », Yoann et Frédéric Tissandier, les locataires de la maison hantée, subissent dans leur appartement des objets qui, subitement, bougent de place, une porte qui s'ouvre, se referme en l'absence du moindre courant d'air, un miroir qui explose, des lumières qui s'allument, s'éteignent sans aucune raison rationnelle parmi d'autres phénomènes tout aussi étranges.,

Après quelques charlatans rencontrés, ils finissent par tomber sur Evelyne, une médium demeurant à Coquelles, qui ne leur demandera pas d'argent. Dès la porte d'entrée de l'appartement franchie, elle sent une odeur nauséabonde. Elle prend du temps pour s'imprégner des lieux et des "entités" dont elle ressent la présence. « Il y a du monde ici, de la peur. Il s'est passé un événement dramatique ». Elle commence à parler à voix haute aux esprits, la porte de la chambre s'ouvre et soudain, un bruit mécanique, assourdissant, envahit la pièce tandis que les lumières s'allument et s'éteignent. La date de 1915 est donnée par les esprits.

Les archives de la Médiathèque disent que le quartier des Fontinettes où ça se passe a été l'objet d'un bombardement aérien en 1915, que des bombes incendiaires ont été lancées d'un zeppelin (dirigeable utilisé par les Allemands). C'était le 22 février 1915. Il fera 5 victimes dans une habitation de la rue Dognin, un bébé de 6 mois ayant été miraculeusement extrait des décombres. La frappe s'est produite à 4h25 du matin. « C'est précisément à cette heure que je suis brutalement réveillé chaque nuit » sursaute Yoann.

Après la médium, le calme est revenu. « On n'avait plus le goût à rien. Maintenant on se sent bien. » confie Frédéric. "Moi qui étais à l'origine très cartésien, ce qui s'est produit ici a bousculé mes convictions". Déménager n'est plus à l'ordre du jour.

Poltergeist célèbres

Einfield (GB, 1977 -1979) [einf]

Le plus connu, le plus étudié, le plus troublant, celui qui a le plus de témoins, et dont beaucoup de choses nous sont connues grâce au livre d'un des 2 enquêteurs qui sont restés plus de 2 ans à étudier les phénomènes, « cette maison est hantée » de Guy Lyon Playfair. Le film *Conjuring 2* relate aussi cette affaire, à partir des archives d'autres enquêteurs, les mondialement célèbres époux Warren.

Ce poltergeist s'est déroulée dans le quartier londonien d'Enfield en Angleterre, de 1977 à 1979. Ce poltergeist détonne par sa longue durée (2 ans), la grande variété de manifestations (un condensé de tous les phénomènes observés ailleurs), et la grande couverture médiatique dont il a bénéficié dans le monde entier. C'est de plus le poltergeist le mieux documenté de l'époque moderne (après 1970).

Les sceptiques ne pouvant réfuter ce poltergeist, ils utilisent un seul argument logique faux, à savoir que les filles ont déclaré avoir fait des blagues de temps à autres (alors qu'elles semblaient être possédées à ce moment là), et donc que tous les cas étaient faux. Alors que les enquêteurs ont bien su détecter à l'époque à quel moment elles trichaient, et que les sceptiques n'apportent aucune explication sur les milliers d'observation où le phénomène observé est impossible à faire selon les lois connues de la physique (comme les dématérialisation, les arrachements de radiateurs en fonte du mur, les canapés qui se déplacent tous seuls devant des dizaines de témoins dont des policiers, Janet qui ramène un livre pris dans la maison d'à côté, en traversant le mur, un coussin qui traverse la toiture de manière immatérielle devant plusieurs témoins extérieurs, etc.)

Les sceptiques en profitent, juste pour semer le doute, pour dire que Guy Lyon Playfair gagne de l'argent avec son livre, en oubliant de préciser que des dizaines d'autres enquêteurs indépendants de Playfair, partout dans le monde, ont aussi des archives sur le sujet qu'ils ne monnayent pas…

Voilà les 2 seuls arguments de pure mauvaise foi, face à plus de 1500 recensement de faits paranormaux inexplicables et des centaines de témoins…

On pourrait ajouter ce ventriloque qui vous explique que la voix grave peut être obtenue avec une dilatation des cordes vocales, mais sans expliquer comment cette voix très dure à obtenir pourrait durer plus d'une heure. Évidemment, rien sur les autres phénomènes à effets physiques.

Après enquête, les filles ont avoué avoir fait du Oui-ja à côté d'un cimetière. 2 des filles adolescentes étaient à l'époque de puberté, en plus d'avoir des dons de médiums. Les phénomènes ont commencé juste après cette séance.

C'est la petite Janet Hodgson, en pleine puberté, qui était la cible des effets les plus puissants.

Des objets qui volent, avec des trajectoires non normales (des balles qui tombent au sol sans rebondir, des pierres qui tombent, s'arrêtent avant de toucher le sol puis remontent, des livres au sol qui se dressent d'un coup, s'ouvrent toujours à la même page, des objets qui tombent sur l'observateur à toute vitesse et qui ne font pas mal au moment de l'impact).

A noter des pantoufles que les enquêteurs voient disparaître dans le plancher de la chambre. Se précipitant dans l'escalier, il voit cette pantoufle finir sa chute à l'étage d'en dessous.

Aucune vidéo ne fut convaincante : tous les appareils tombaient systématiquement en panne au moment des phénomène. Un reporter de guerre fut dépêché, avec sa caméra ultra-fiable qui avait résisté à tous les théâtres de guerre de l'époque. Elle tomba en panne systématiquement, sans que le technicien de réparation ne puisse jamais expliquer pourquoi, ni réussir à empêcher les pannes.

Les personnes (en général le médium) se mettent à léviter sans qu'elle le désire (des photos furent prises, mais sans prouver grand-chose, la lévitation apparente ayant pu être obtenue via un saut classique).

L'équipe Grosse-Playfair ont pu constater les manifestations suivantes :

- déplacements d'objets divers : gros meubles (canapés, tables, commodes ou lits) retrouvés renversés ou retournés sur eux-mêmes ; petits objets projetés dans les airs, traversant les murs ou se matérialisant dans les airs pour tomber sur le sol ; pierres balancées dans la maison depuis l'extérieur.
- bruits variés : coups frappés dans les murs dont l'origine ne pouvait pas être trouvée ; bruits de pas ; sifflements ; aboiements de chien dans la maison, alors que la famille n'en avait pas.
- écriture spontanée : graffiti sur les murs, messages griffonnés sur des feuilles de papier.
- pyrokinèse : allumettes prenant spontanément feu, sans que la boîte en carton dans laquelle elles étaient ne s'enflamme.
- destruction d'appareils électriques : dysfonctionnement inexpliqué des appareils d'enregistrement des enquêteurs. Des journalistes de la BBC auraient aussi constaté des dégâts sur leur équipement et les enregistrements de leurs cassettes effacées, alors qu'ils effectuaient un reportage à Enfield.
- apparitions : l'ensemble de la famille Hodgson avait des visions fugaces de visages les épiant par la fenêtre, de silhouettes sombres ou de personnes inconnues.
- agressions physiques : Les enfants sont pincés, piqués comme avec une aiguille, tirés hors de leur lit, ou soulevés dans les airs. Margaret fut tirée vers le haut par le pied, et les enquêteurs ne purent la faire bouger malgré leurs efforts.
- « possession » des deux soeurs Janet et Margaret qui semblaient alors rentrer en transe, s'exprimaient avec une voix grave et éraillée, disant des obscénités ou discutant avec les enquêteurs. Des tests réalisés alors par Grosse et Playfair en bâillonnant Janet avec du sparadrap ou en lui remplissant la bouche d'eau ne l'ont pas empêchée de parler.
- Janet a aussi présenté des crises convulsives incontrôlables et elle agressait violemment ceux qui s'approchaient d'elle.

Le problème sera résolu complètement en octobre 1978, après divers exorcisme, enquêtes diverses, par un médium hollandais, Dono Gmelig Meyling, qui en une seule nuit fera partir les 10 fantômes maintenus prisonniers par une entité méchante, et expliquera aux filles comment utiliser leur don de médium et être à l'écoute de leurs guides. Il dit aussi soigner les gens dans la maison. Quand ils perdent trop d'énergie, ils deviennent vulnérables aux forces extérieures, et Dono empêche l'énergie de quitter le corps, il ferme les portes. Les autres médiums avaient prétendus la même chose, mais Dono était sûr de lui.

Dono se promène d'abord dans la maison, sans rien dire ni rien faire en apparence. Ensuite, il emmène Janet en tête à tête au magasin, l'occasion d'une discussion privée de 30 minutes. Ensuite, Dono monte à l'étage, où il reste quelques minutes seul. Le soir, il déclare faire un voyage astral où il ferait ce qui s'imposait. Il revint 2 jours après, apportant un disque aux filles qui immédiatement le lancèrent et dansèrent sur la musique. Il s'est contenté de bavarder, sans rien faire de particulier. L'ambiance était détendue. Quand Guy lui demande ce qu'il compte, il réponds « rien. Le plus important est de calmer les filles. Si elle sont calmes et convaincues que rien ne peut se passer, il ne se passera rien. »

Dono détecta aussi le lien entre l'enquêteur Maurice Grosse et le poltergeist, car la fille de Grosse, morte 2 ans auparavant, faisait partie des entités reliées à l'affaire. L'enquêteur avait amplifié les réactions par sa simple présence et son deuil non résolu.

Selon le témoignage de Janet 30 ans après les faits, ce n'était pas des fantômes méchants qui les ont embêté, ils voulaient juste faire partie de la famille.

Tina Resch (USA, 1984)

Tina Resch est une adolescente adoptée, née en 1969. Plusieurs cas de télékinésie se produisent, ce qui incitent 1 journaliste et 1 photographe du journal « The Columbus Dispatchest » a tenter de prendre une photo (lors de l'affaire d'Einfield, tous les photographes ont échoués, leurs appareils rendant l'âme au moment critique). Les 2 journalistes sont resté 20 minutes pour tenter de prendre une photo d'un téléphone, qui régulièrement traversait la pièce. Mais quand le photographe regardait, prêt à déclencher la photo, le téléphone ne bougeait pas. Dès qu'il relâchait l'attention, ce dernier s'envolait, mais la photo était ratée. Par exemple, au moment où la tutrice de Tina entre dans la pièce, le photographe se tourne vers elle et le téléphone s'envole. Le photographe imagine alors un stratagème : il cale l'appareil photo avec le doigt sur le déclencheur, puis pense à autre chose, tourne la tête, et dans le même mouvement prend la photo du téléphone qui vient de s'envoler, réussissant là une des premières photo de poltergeist qui fera le tour du monde.

L'interviewer affirme n'avoir pas quitté les mains de l'adolescente des yeux à ce moment-là.

Autres

Le site *mindshadows.fr* regorge des témoignages sur les nombreux poltergeist au cours de l'histoire.

Il y a les cas de poltergeists en Aveyron au début du 20e siècle (raconté à l'époque par les journaux, les témoins de la police, etc.), le poltergeist d'Arcachon, le succès au box office du film *Conjuring* qui reprends une histoire vraie bien plus impressionnante que ce que le film raconte, ou des poltergeist très récents de Latoya Ammons en 2011, avec 800 pages de rapports de police, qui semblent décupler en force (d'ailleurs pour ceux qui n'y croient pas la maison est toujours active!). Il y a aussi les histoires vraies qui ont servies de bases aux films *l'emprise* et *l'exorciste*, ou encore un des plus violent cas de poltergeist du film *When the lights went out* (le moine noir de Pontefrac), la réalité étant toujours plus terrifiantes que les films. Ou encore des cas avec plein de dématérialisations comme le cas Donovan.

Ces cas, cachés jusque là, commencent tous à sortir depuis 2005 grâce aux enquêteurs pouvant diffuser sur internet, plutôt que des livres jamais distribués.

Possession

Maladies psychiques

Nombre de maladies psychiques n'ont pas d'explication, on se contente de leur donner un nom et d'enfermer les patients dans des hôpitaux en faisant des recherches dessus, mais peut-être mal orientées. Attention, je ne dis pas que tous les cas de psychiatrie sont liés au corps astral, à l'intrusion d'entités. Le cerveau reste un organe fragile, avec des patients atteints d'Alzheimer qui sentent des présences invisibles derrière eux ou voit le sol s'ouvrir sur les enfers, mais les lésions du cerveau sont mesurables avec des des instruments ou lors de l'autopsie.

Mais vous allez voir, c'est impressionnant comme beaucoup de troubles peuvent s'expliquer et s'assembler une fois que l'on connaît l'existence du corps astral!

Entendre des voix

Dans la plupart des crimes horribles, le criminel prétend avoir été possédé ou encore devoir obéir aux voix. Ça serait intéressant de mettre ces gens en face d'un médium, voir s'il n'y aurait pas une entité du bas astral qui susurrerait à l'oreille du malade mental, une sorte de démon gardien, un peu comme dans les bandes dessinées de tintin quand Milou doit choisir entre sauver Tintin ou profiter d'un gros os! Les 2 anges au dessus de lui lui laissent le libre arbitre mais le conseille dans les directions du bien ou du mal.

De même, des criminels qui sont bloqués dans le bas astral par peur du jugement de la lumière qui chercheraient à continuer le mal qu'ils faisaient de leur vivant, en persécutant un vivant fragilisé.

Schizophrénie

Le Schizophrène c'est d'abord quelqu'un qui refuse de voir la réalité (comme le livre Shutter Island) mais aussi quelqu'un qui souffre de dédoublement de personnalité (avec des syndromes rappelant ceux dans un exorcisme). Possession?

Autoscopie - Voir son corps astral

Certaines personnes disent voir leur propre fantôme en face d'eux. Au contraire des sorties du corps (où l'individu retrouve sa conscience dans son corps astral et voit son corps physique) l'individu voit apparaître son corps astral face à lui.

Le double pourrait être ce que l'on nomme notre démon intérieur ou double, qui veut nous attirer du côté obscur (le doppelgänger).

Coma

Les êtres dans le coma (et qui se réveillent pour en parler) disent qu'ils entendaient tout ce qu'on leur disait (pourtant les médecins ne notaient aucune activité) mais qu'ils ne pouvaient ni bouger ni parler. On dirait vraiment des corps astraux qui restent autour de leur corps sans savoir comment rentrer (cordon d'argent rompu?).

Amnésie (p. 209)

Nous avons déjà vu ces gens qui oublient leur vie précédente mais par contre se rappellent avoir été quelqu'un d'autre.

Autisme

Il y a les autistes mutiques qui à onze ans parlent des dizaines de langues étrangères pendant leur sommeil. Des médiums à incorporation?

Toujours dans le cas des autistes, des enfants qui ne parlent pas le font de temps à autres pour annoncer le futur (comme cette petite fille qui ne parlera que 3 fois dans sa vie, pour annoncer la chute du mur de Berlin et un accident routier quelques secondes avant qu'il se produise, évitant la mort aux occupants du véhicule).

Ou encore les autistes qui ne savent pas écrire qui se mettent subitement à écrire fébrilement sous emprise des textes et poèmes magnifiques? Comme dans les cas d'écriture automatique. Puis qui ensuite n'écrivent plus jamais.

Ces exemples montrent plus des corps possédés de temps à autres par des entités supérieures, ou les anges gardiens des personnes qui bénéficient des alertes sur le futur.

Dans le film exorciste 2, la médium possédée du premier film parle à une autiste avec le langage universel des corps astraux, permettant de shunter le langage physique qui pose problème aux autistes. Une idée de thérapie?

Incube et succube

C'est des poltergeist qui abusent sexuellement leur victime. L'incube (mâle) et la succube (femelle) violent leur victime. Ils ne matérialisent que leur sexe pour perpétrer leur forfait, et les mains pour maintenir la victime.

Le cas le plus connu est celui de Carla Moran (pseudonyme) qui a inspiré le film "The Entity" (l'emprise). Cette femme, malgré de nombreux déménagement, à subis ces viols répétés de nombreuses années sans que personne n'y puisse rien (la force de l'entité est surhumaine, et de toute façon non matérialisée complètement pour être touchée). Son fils qui a voulu l'aider s'est fait frappé à la tête et jeté tellement violemment contre un mur qu'il en a eu le bras cassé.

Démon

Les victimes des phénomènes les plus violents semblent ressentir une entité maléfique, confirmé par tous les médiums rencontrés. L'entité n'est pas un démon a proprement parlé, mais une personne qui a eu une mauvaise vie, à eu peur de la lumière et de son jugement, et reste coincée entre 2 mondes tout en continuant à faire le mal qu'elle a fait dans sa vie physique, ou qui cherche à exprimer sa rage (par exemple un dealer assassiné dans une fusillade, qui ne sait plus quoi faire).

Le bar Bobby MacKey's Music World aux USA est réputé pour cela. Sa célébrité est mondialement connue depuis les 2 enquêtes de la série Gost Adventure (saison 1 2008, rencontres 2009 et saison 4 2012), les enquêteurs ne voulant désormais plus y remettre suite aux possessions qui les poursuivent toujours plusieurs années après. On y retrouve des voyous sans foi ni loi, tous sous l'emprise d'un pur salaud qui déjà les dominaient dans se première vie, et qui avait pratiqué dans les lieux plusieurs rituels satanistes avec le sang de ses victimes.

Le rappel

Après un exorcisme, l'entité manque à la victime (surtout si ça fait longtemps qu'il y a possession). La victime finit par rappeler son bourreau. Il faut alors plusieurs exorcismes. Il faut bien que le victime se rende compte qu'il n'y a pas de gentilles entités, que toute énergie coincée entre sa vie terrestre et le monde astral n'est pas à sa place et sera bien plus heureuse de l'autre côté.

Les âmes noires

Les purs salauds, les sorciers noirs, se réincarnent aussi. Ils se sont réincarnées pour faire le mal. Même en faisant partir l'entité démoniaque liée, l'envoûte est quand même du mauvais bord et fera revenir une autre entité de son bord un jour ou l'autre. Les époux Warren sont tombés sur une fille, réincarnation d'une sorcière brûlée vive qui en voulait à la Terre entière. Pas d'entité à faire partir dans ce cas-là… Elle faisait de la magie noire en permanence, et à part l'empêcher de nuire…

Formes pensées

Il est possible en pensant toujours à quelques de devenir névrotique et d'imbiber les lieux avec une forme pensée, ou encore dans le cas d'un traumatisme, seuls les murs gardent le souvenir (par exemple un meurtre atroce, une grande souffrance).

C'est le lieu alors qui serait dés-harmonisé. un géobiologue peut alors rééquilibrer les lieux. Mais je ne suis pas trop sûr de cette explication.

Guérisseurs

Il y a plusieurs sortes de guérisseurs : ceux qui utilisent les prières et incantations, les rebouteux ou coupeurs de feu de nos campagnes, ceux qui utilisent le magnétisme, c'est à dire leur fluide vital, ceux qui manipule l'énergie ou qi ambiant, tel les reiki ou les nouvelles médecines énergétiques, ceux comme les médiums brésiliens qui se laissent posséder par des entités guérisseuses, les groupes de prière, les hypnotiseurs, etc.

Histoire des guérisseurs en France

[alix] Des bas-reliefs Égyptiens et des papyrus en parlent. Le papyrus de Thèbes, retrouvé en 1872, estimé de -1500 (l'exode...) montre que les médecins de l'époque étaient des magnétiseurs. Le papyrus indique "Pose ta main sur la douleur et dis que la douleur s'en aille"

En -500, Hippocrate en Grèce utilise le magnétisme, qu'il appelle la force curative de la nature.

Au Moyen-Age, les forgerons connaissent déjà des formules secrètes pour s'auto-guérir des brûlures.

Les rois Thaumaturges comme St Louis guérissaient aussi par apposition des mains, en disant "Le roi te touche, que Dieu te guérisse".

Au 16e siècle, avec Paracelse, le mot "magnétisme" est utilisé pour la première fois (par analogie avec la seule force invisible connue de cette époque, l'attraction des aimants). Il n'y a évidemment aucun lien avec le magnétisme des aimants, et ce terme prête plus à confusion qu'autre chose. Paracelse, qui affirmait guérir à distance, disait que ce magnétisme était une force dans l'homme sans laquelle il ne pouvait exister. En 1800, Mesmer fait connaître le magnétisme dit animal, avec son fluide magnétique universel que le magnétiseur peut puiser dans l'univers et retransmettre à ses malades à des fins thérapeutiques. la santé dépend de la bonne circulation du fluide dans le corps.

Au 1e siècle, Jean-marie Vianney (curé d'Ars) réalise des guérisons surnaturelles (même après sa mort), suivi rapidement de Bernadette Soubiroux (les gens guérissent en s'approchant d'elle ou en pensant à elle), puis Maître Philippe de Lyon vers 1890, qui accueille les plus grands de ce monde, dont le tsar de Russie ou le roi d'Italie, sans jamais se faire payer. Un des premiers à se faire attaquer pour exercice illégal de la médecine, la mafia de la médecine allopathique ayant clôturé l'accès à la guérison et demandant un droit de péage pour rentrer dans leur enclos (si ensuite vous pouviez rester malade à vie pour dépendre d'eux, ça serait idéal (car un patient de guéri est un client de perdu), et depuis toujours ils développent cette technologie).

Toujours à la fin du 19e siécle, Pierre Brioude (dit Pierrounet) à Lasbinals dans les monts d'Aubrac se voit envahi de visiteurs. Des malades dorment dans la rue en attendant leur tour. Lui aussi sera poursuivi pour exercice illégal de la médecine.

De 1945 à 1970, Serge-Léon Alalouf est un des plus célèbres guérisseurs de France. Des cars entiers de malades arrivent, il monte dedans et magnétise tout le monde. Il guérit tout le monde, et ses héritiers ont conservés 300 000 lettres de remerciements qu'il a reçues. Le mahatma Gandhi, lors d'une visite, lui dit qu'il a un étonnant pouvoir de revitaliser les corps déficients, nettement supérieur au sien. Alalouf aussi est attaqué par l'ordre des médecins, malgré un jugement qui le déclare "bienfaiteur de l'humanité".

A la même époque, Jean-Louis Noyès fait plutôt dans les stars, de cinéma ou même le général de Gaulle. Toujours des procès de l'ordre des médecins. Après le jugement, le juge vient le voir pour soigner un problème cardiaque...

Lourdes (placebo)

[cauw] Il faut savoir que c'est notre corps qui se guérit tout seul lors des miracles. C'est l'effet placebo, très puissant comme nous allons le voir.

Miracle dans une fausse grotte de Lourdes (1875)

Pieter De Rudder, ouvrier agricole travaillant sur les terres du Vicomte de Bus de Gisignies, dans la région de Gand en Belgique. Il a 45 ans, en 1867, quand la chute d'un arbre lui broie la jambe gauche. Fracture ouverte du tibia et du péroné, sur laquelle s'installe la gangrène. Les médecins n'ont d'autres recours que l'amputation, mais il refuse et préfère mourir couché en priant Dieu d'abréger son calvaire.

8 ans se passent, il est toujours dans le même état d'infection et de souffrances, avec ses os brisés qui ne se sont pas rejoints. Le vicomte continue à lui verser une pension, que son héritière supprimera en 1874.

C'est alors que se construit, à 1500 m de là, à Oostackker, une réplique de la grotte de Lourdes. Dès l'ouverture au public, le 7 avril 1875, il décide de s'y rendre en pèlerinage, aidé par sa femme et ses béquilles. Après s'être traîné pendant 2 h, il arrive à la grotte à bout de forces. Et soudain, les témoins le voit lâcher ses béquilles. Il se déclare comme "ravi à lui-même". Après avoir gambadé autour de l'édifice, il rentre chez lui, sa femme abasourdie portant les béquilles inutiles. Les médecins l'examinent le lendemain. La jambe et le pied ont repris un volume normal, les os rompus semblent ressoudés, et la gangrène a disparue.

Il reprend son travail au service de la vicomtesse. Durant 23 ans, 30 médecins, 300 prêtres et 4 évêques viennent le visiter dans ses heures de loisir. Le mercredi 24 mai 1899, son corps est exhumé. Le Dr van Hoesrenberghe procède à l'amputation des 2 jambes, et les rapports d'autopsie indiquent le tracé de fractures anciennes, de longue durée, et spontanément ressoudées. Le moulage de sa jambe gauche est encore visible de nos jours au bureau médical de Lourdes (il est le miraculé officiel de Lourdes n°8).

Un miraculé non reconnu par l'église

Le postier Gabriel Gargan, victime d'un accident de train en décembre 1899, est jugé condamné à brève échéance par ses médecins. Son dossier est sans appel : « atteinte de la moelle épinière, infirmité permanente, gangrène ».

Il n'est pas croyant, et ne demande qu'à mourir pour abréger ses souffrances. Sa mère insiste pour l'amener à Lourdes, il finit par céder, pour lui faire un dernier plaisir.

Arrivé au sanctuaire, c'est un mort-vivant. Il refuse de prier. Tout juste accepte-t-il de communier avec un tout petit fragment d'hostie, car il ne peut rien avaler. C'est alors que tout s'emballe. Il se sent bouleversé, sans comprendre pourquoi. Quand on l'immerge dans la piscine, couché sur une planche, il s'évanouit. Puis il se lève d'un bond, et il marche. Il est rayonnant. Il meurt de faim. Il arrache sa sonde œsophagienne et dévore à pleines dents tout ce qu'on lui apporte.

"L'entrée de Gargan dans le Bureau des constatations médicales, écrit son président de l'époque, le Dr Boissarie, forme l'un des épisodes les plus émouvants dont nous ayons été témoins. 60 médecins nous entouraient, des chefs de clinique, des médecins étrangers. Des convaincus, des incrédules…" Tous attestent l'impossible, au vu de son dossier médical : paralysie et gangrène ont disparu instantanément. Cicatrisation immédiate, reprise de poids accélérée. Gargan ne connaîtra ni convalescence, ni rechute, ni problème de santé annexe durant les cinquante ans qui lui restent à vivre.

Si la médecine accepte ce miracle, l'Église le refuse comme miracle catholique. Déjà, n'étant pas croyant, il est d'office exclu (les croyants divorcés sont aussi exclus des guéris par le dieu des catholiques). Mais la raison officielle est que quelqu'un a avancer (sans preuves) qu'il avait simulé pour escroquer l'assurance… Or, si on peut simuler une douleur, on ne peut simuler des dizaines de fractures, ni la gangrène ! Mais les journaux reprirent ces idioties en boucle.

Il fait donc parti des 7 000 miraculés reconnus par le bureau des constations médicales (les médecins, en dehors du catholicisme), mais pas des 70 miraculés reconnus par l'Église.

Les reconstruction d'organes

Le dossier médical de Jeanne Fretel l'atteste : un cancer avait nécessité l'ablation de la plus grande partie de son intestin. Étant jugée incurable, on la laissait mourir en paix dans son coma depuis trois mois.

Lors de sa visite à Lourdes le 8 octobre 1948, non seulement elle sort du coma, mais les fonctions de l'intestin se sont rétablies sur-le-champ, lui permettant d'engloutir, devant des centaines de témoins, d'incroyables quantités de nourriture qui seront éliminées sans problème. Les médecins ont conclu que son intestin s'est reconstitué de manière quasi instantanée.

La fonction créé l'organe

La régénération spontanée, c'est une chose qui existe dans la nature : le têtard ou la salamandre, par exemple, ont le pouvoir de faire repousser un membre amputé. Mais dans certains miracles, la fonction se rétablit avant l'organe.

Le 3 août 1908, Marie Biré (miraculée n° 37) affirme avoir recouvré la vue instantanément dans la grotte de Lourdes. Sauf que les examens ophtalmologiques effectués, quelques heures plus tard, ne font que confirmer sa cécité : atrophie pupillaire double. Il n'empêche que la patiente, malgré des pupilles absolument blanches, lit le journal à voix haute, déchiffrant sans peine les plus petits caractères sous les yeux des médecins éberlués. Un mois plus tard, nouvel examen : "Les traces d'atrophie pupillaire ont disparu. Les lésions n'existent plus et la guérison est complète."

Même chose pour Gérard Baillie, le 26 septembre 1947. Aveugle depuis l'âge de deux ans et demi, des suites d'une maladie réputée incurable, la choroïdite (dégénérescence rétinienne et atrophie du nerf optique), il recouvre la vue trois ans plus tard, dès son arrivée à Lourdes. A l'examen, rien ne paraît avoir changé. Il ne peut physiquement voir, et pourtant il voit. Ce n'est qu'au bout de deux ans d'examens réguliers que la conclusion des divers ophtalmos va changer : le nerf optique s'est enfin régénéré.

Les grands guérisseurs

Déjà vus dans les grands psys, on peut citer Maître Philippe de Lyon (p. 245), Zé Arigo (p. 254), Padre Pio (p. 248), curé d'Ars (p. 243).

Bruno Gröning

Né en 1906, mort en 1959, c'est dans l'Allemagne d'après seconde-guerre mondiale que ce guérisseur sera connu du grand-public, faisant venir en masse les foules, et dont l'association tient à disposition de tous les milliers de témoignages de guérisons miraculeuses obtenues à son contact, ou à distance.

Les zététiciens et médecins sceptiques vont le voir pour l'étudier et le démasquer, puis sont rapidement convaincus de la réalité des guérisons miraculeuses.

La foule de malade grossit tous les jours, et guérissent même en l'absence de Bruno. Les médias, après avoir essayer par tous les moyens de discréditer le guérisseur, étouffent l'affaire, les dirigeants des médecins (qui connaissent la réalité du phénomène, et sont là pour garder leur pouvoir sur les populations) empêchent les publications, les autorités interdisent au guérisseur de guérir, empêchent les malades d'aller le voir en déployant la police, font des procès car les guérisons spontanées continuent alors que Bruno a reçu plusieurs fois des autorités l'interdiction de guérir les gens... pour éviter un procès public, le gouvernement essaye même de l'enfermer de force dans un hôpital psychiatrique. Mais les dominants qui veulent sa perte sont aussi puissants que les ultra-riches que Bruno a guéri !

Grosse opposition des pharmaciens et médecins : après l'arrivée de Gröning, tous leurs malades chroniques (ceux qui venaient les voir tous les 3 jours depuis des années, qui prenaient leur boîte de médicaments toutes les semaines), et qui donc leur assuraient un revenu hebdomadaire régulier, disparaissent d'un coup quand Bruno arrive dans la région...

Pour les modes de guérisons, c'est du classique. Pas de grands discours, juste demander aux gens de ressentir la force de Dieu en eux, sa bienveillance, de chercher à vivre en harmonie avec lui, de le chercher. Que l'ordre naturel c'est la santé, que Dieu a voulu ça pour tous pour que nous puissions vivre notre vie comme il l'a voulu. De rejeter la maladie, de ne plus en vouloir dans sa vie, ni des causes de cette maladie, de faire la paix et le silence en soi. Bruno parle du Qi qui nous relie tous, la force de vie à laquelle il faut se reconnecter.

Bruno ne promet jamais la guérison (c'est la force divine qui guérit à travers lui) et n'a jamais déconseillé un médecin (ne serait-ce que pour vérifier l'amélioration de l'état de santé).

Comme tout sujet psy, Bruno voit l'avenir, lit dans les esprits et dans les lettres fermées, il pouvait décrire précisément les actions dans le présent d'une personne à l'autre bout du pays (évidemment recoupé par la suite avec cette personne).

Bruno vivait sans rien, n'avait pas d'argent, n'en demandait pas. Quand on lui donnait quelque chose, il le donnait à des très pauvres. Il traitait les hommes de la même manière, qu'ils soient ultra-riches, ou au contraire ultra-pauvres.

Beaucoup de médecins veulent faire des tests pour valider les guérisons. Bruno se plie à tous les tests, mais plusieurs médecins profitent de cette association pour se prétendre par la suite guérisseurs eux-mêmes, et essayent de soigner de gens en se prétendant de Bruno. La mort d'une héritière, sur laquelle Bruno avait déjà dit qu'il ne pouvait rien faire de plus que les médecins, lui sera reproché judiciairement, à cause du médecin escroc qui avait monté un business sur le nom de Gröning, et avait promis au père une guérison.

Beaucoup de riches permettaient à une association d'organiser la venue des malades, avant d'organiser des pseudos-conférences à travers le pays, un moyen en réalité que Bruno aille dans le public et guérisse à tour de bras.

Lors des conférences, les paralytiques se levaient, les douleurs chroniques disparaissaient, les cancer de l'estomac disparaissaient comme par magie, les foies détruits se régénéraient, etc. A chaque fois, les médecins avaient avertis que la maladie était définitive, voir que le patient était condamné à court terme.

Un procès inique condamnera Bruno à ne même plus pouvoir faire des conférences, sous peine d'enfermement, tout en lui imposant des amendes disproportionnées au regard de ses maigres moyens. Cet acharnement à l'empêcher de guérir les autres l'indigne au plus haut point, le mine. Devant se battre contre des éléments infiltrés dans son association, lâché par tous lors des procès, harcelé par les médias, empêché de guérir, il meurt assez vite à 52 ans, consumé de l'intérieur. Il avait annoncé, plusieurs années avant, qu'il allait mourir en 1959.

Gröning vivra toute sa vie pour les autres, et non pour lui-même. Un saint.

A noter que Gröning avait le cou très enflé, comme un goitre. Il a guéri de nombreux goitre juste en les touchant, mais a dit à ses proches que ce qu'il avait n'était pas un goitre, mais par là où entrait l'énergie. Qu'il fallait que ce soit comme ça, et qu'il le garderait jusqu'à sa mort. Il disait que c'était une glande. Quand il pouvait guérir 1 000 personnes (au début, quand les gens s'amassaient devant son balcon), elle descendait jusqu'à la poitrine, et il se sentait en pleine forme. Quand il ne pouvait plus que guérir 100 personnes (quand il était obligé de se déplacer en faisant les conférences), la glande ne prenait que le cou, mais il était encore en forme. Quand on lui a interdit totalement de voir des malades, son goitre a disparu, et il est mort.

Guérisons miraculeuses

Harmo raconte l'histoire d'un ami à lui, lui aussi abducté.

H : "Alors qu'il avait 12 ans et qu'il rentrait de l'école, un chauffard l'a percuté de plein fouet alors que le feu était rouge. Immédiatement amené à l'hôpital dans un état critique, le diagnostic était sévère : nombreux traumatismes crâniens, fracture du rocher, dommages et hémorragie cérébrale avec formation d'un énorme caillot, bref, c'était clair pour les médecins de l'époque, il n'y avait plus grand chose à faire. Cependant, mon ami n'est pas mort et le lendemain, l'énorme caillot avait disparu, à la grande surprise des médecins. Non seulement mon ami a survécu, mais il n'a eu aucune sequelle cérébrale (reste juste les très nombreuses cicatrices sur le cuir chevelu côté gauche)
J'ai pu vérifier cette histoire auprès de sa famille et même auprès des médecins qui se rappellent encore de lui comme le "miraculé"."

Voyance

Survol

C'est la capacité de voir le futur le plus probable à l'instant t (qui reste soumis au libre-arbitre, et qui est donc modifiable). A ne pas confondre avec les prophéties, qui sont données par des entités pouvant voir les choses depuis une dimension où le temps n'existe plus et où donc tout est réalisé.

J'aurais pu prendre les plus grands voyants connus comme Edgar Cayce ou Gröning, mais je me concentre sur nos voyants français moins connus, qui suffisent largement à prouver le phénomène.

Manteïa (p. 256)

Ce voyant, le plus grand de son époque, a déjà été vu dans "Liste des grands psys".

Pierre Frobert (p. 551)

Étrangement, il entre en scène au moment où Manteïa est violemment éjecté de la voyance apocalyptique par le pouvoir en place. Si les confirmations de ses voyances de 1980 sont des preuves manifestes de son vrai don, c'est surtout ce qu'il raconte de l'apocalypse à venir qui nous intéresse, et qui confirme ce que diront 15 ans plus tard Nancy Lieder !

Marcel Belline (p. 239)

Un célèbre voyant des années 1970, intéressant pour avoir sauvé la vie, et donc changé le futur, d'une cliente. Preuve que rien n'est écrit.

Marcel Belline

Dans son livre autobiographique [bel], Belline raconte qu'au début de sa carrière, il faisait la lecture des lignes de la main pour faire venir ses visions et parce que ses clients croyaient qu'il fallait une boule de cristal ou autre pour lire l'avenir. Ainsi, une femme vient le voir, première fois qu'elle va voir un voyant, une impulsion coup de tête. Il reproduit sur une feuille les lignes de la main de la femme, puis la vient la vision qu'elle va décéder le vendredi qui vient lors d'un accident de bus. Embêté (il débute, et ne sait pas encore s'il faut révéler ce genre de chose), il lui annonce qu'il ne faut pas qu'elle utilise un moyen de locomotion le vendredi à venir. Ayant déjà une petite intuition, elle décide de ne pas sortir du tout de chez elle ce vendredi là. Ce qu'elle n'avait pas dit à Belline, c'est que ce vendredi elle avait un voyage touristique en bus de prévu depuis longtemps. Le bus qu'elle devait prendre à eu un accident, dont plusieurs morts, qui se trouvaient à la place du bus qu'elle prend de préférence à chaque voyage.

Belline lui a donc sauver la vie. Mais le plus étrange, c'est quand elle revient le voir et lui annonce à quoi elle a échappé. Belline lui refait les lignes de la main pour vérifier que tout est en ordre désormais, et s'aperçoit avec stupeur que les lignes qu'il vient de recopier ne correspondent plus avec les lignes qu'il avait précédemment recopiées...

A noter que d'après la famille de Manteïa, Belline appelait Manteïa de temps à autres pour que ce dernier le dépanne d'une voyance.

Remote-Viewing

Le remote viewers est une technique de vision à distance, utilisés pendant la guerre froide par les Américains, en réaction aux essais russes sur la parapsychologie. Cette unité comporte autant de succès retentissants (description d'un sous marin prototype avec des technologies inimaginables au moment du remote viewing, avec l'annonce de la durée séparant le moment présent du lancement du sous marin) que d'échecs cuisants. Ayant porté plusieurs noms au cours du temps suivant l'humeur des chefs successifs (Grill Flame, Center Lane, Gondole Wish, Sun Streak, Scangate, puis star gate), cette unité est dissoute (officiellement) en 1995. Cette dissolution se fait en plusieurs temps :

l'ex président Carter avouant dans une conférence que le moment le plus marquant de son mandat fut quand les remote viewers retrouvèrent avant tout le monde l'emplacement d'un bombardier russe qui s'était crashé en Afrique, dans la jungle zaïroise.

2 mois après la déclaration de Carter, la CIA publie des documents déclassifiés levant le secret-défense sur Star Gate. Il y a ensuite plusieurs livres qui sortent, soit-disant pour annoncer des secrets interdits, mais tous plus loufoques les uns que les autres, pour discréditer le programme, comme le major Ed Dames qui dès 1995, dévoile ses exploits psychiques dans les talk show les plus racoleurs, avec la bienveillance de la CIA.

Il devient évident que le programme se continue de manière encore plus secrète.

Revenons au projet Stargate, qui débute au début des années 1960.

On retrouve les médiums Ingo Swann (artiste peintre quand il n'est pas médium), Pat Price (ancien commissaire de police), puis Joe McMoneagle.

Quand George Bush père est directeur de la CIA, le projet est détaché de l'université de Stanford pour être mis au secret à Fort Meade, Maryland, dans un local jouxtant les bâtiments de la NSA.

A leur crédit, la description précise d'un nouveau sous marin russe en construction, découverte de vingt tunnels secrets en Corée du nord, localisation de Kadhafi avant le raid américain sur la Libye en 1986, mises au jour de sites nucléaires inconnus.

A leur débit, l'identification ratée des otages de l'ambassade de Téhéran, intervention foireuse suite à l'enlèvement de Patricia Hearst, opération psychique sans effet contre le général Noriéga).

Décorporation (OBE)

Survol

Robert Crookall (p. 240)

Un chercheur qui montre que 34% des étudiants d'Oxford ont vécu au moins une expérience d'OBE.

Mon témoignage (p. 240)

Une capacité de l'être humain dont je peut personnellement témoigner, le cas m'étant arrivé en 2015.

Marc Auburn (p. 241)

Un expérienceur expérimenté qui décrit ses multiples aventures astrales dans un livre célèbre.

mademoiselle Z. (p. 241)

Celle qui a permis de prouver scientifiquement qu'on pouvait sortir de son corps, et en ramener des informations exactes.

Corps astraux de personnes vivantes (p. 242)

Quand on sort de son corps, son double astral peut être vu par des corps humains. La bilocation est l'exemple le plus abouti.

Corps astraux de personnes décédées (p. 242)

Même sans corps physique, et comme on pouvait s'en douter, le corps astral continue de vivre et voyager !

Les grands psys voyageurs astraux (p. 265)

Traités dans la partie sur les grands psys multi-talents, nous verrons les cas de Ste Fleur d'Issendolus (14e siècle), Alexis Didier (19e siècle), Nicolas Fraisse (21e siècle).

Robert Crookall

Le Dr Robert Crookall à l'Université d'Aberdeen a écrit 9 livres sur les cas de sortie hors du corps avec une quantité assez incroyable de cas.

Une enquête sur 380 étudiants d'Oxford a démontré que 34% avaient vécu une décorporation. Une autre enquête distincte de 902 adultes a révélé que 8% l'avaient aussi vécu.

La sortie du corps, c'est à dire placer sa conscience dans son corps astral (de dimension supérieure à la réalité) et dans ce corps astral sortir du corps physique. C'est d'ailleurs ce que nous faisons toutes les nuits quand nous dormons.

Mais le plus dur, c'est de revenir dans le corps physique et d'imprimer ce que nous venons de vivre dans notre mémoire physique, en franchissant la barrière formée par le sub-conscient. C'est ce que nous essayons de faire tous les matins avant que les rêves ne s'échappent.

Mon témoignage

En septembre 2015, j'ai déjà lu 2 ou 3 témoignages sur ce phénomène de sortie hors du corps, je sais juste qu'on entend des trompettes au moment de la sortie, que le corps se retrouve au plafond, et regarde son corps dans le lit vers le bas, et que ça bouge dans tous les sens quand on vole au début.

C'est le matin vers 6-7h, ça fait un moment que je tourne dans le lit, crevé, le mental qui vibre de fatigue mais je n'arrive pas à me rendormir (je suis en train de faire un jeun depuis 5 jours, il est difficile de dormir quand on arrête de manger). Soudain, la tête qui bourdonne, je sens mon corps plus léger, je me dit "Zou! c'est parti pour sortir de mon corps". Je redresse le buste en forçant avec un bruit de déchirement, je me retrouve assis au milieu du lit, puis dans la continuité du mouvement je me lève. Je sens bien mes membres, les actions mécaniques des mouvements, pas de sensation de flotter comme dans les témoignages que j'avais lu. Je me dis "Zut, en fait je me suis juste levé avec mon corps physique". Je me retourne, je vois ma femme qui dort, la forme d'un corps sous la couette où je suis censé dormir, mais pas ma tête qui est dans l'ombre. La luminosité est très faible, comme s'il y avait une vapeur noire inodore qui saturait la pièce, un air très dense. Je regarde un moment en direction de ma tête physique, puis je vois une ombre noire grésillante se former. Dans le même temps, je réalise que la couette n'est pas déplacée, il m'a donc forcément fallu passer à travers. Je ne m'attarde pas plus dessus (je sens que le temps m'est compté, que si je m'attarde trop à un endroit ça va me ramener dans mon corps), je me dit "super, je dois être sorti du corps, essayons de voler.". Je prends de l'élan pour sauter, mais je ressens alors tout le poids du corps, la force dans mes muscles, de l'inertie, une forte gravité, je me dit "zut je suis trop lourd ça ne va pas le faire". Je saute quand même et en fin d'extension, je me sens d'un coup tout léger et commence à filer vers le plafond de la pièce. Tout content, je crie à ma femme "Génial, je suis sorti de mon corps et je vole!", mais aucun son ne sort. Je me rappelle que dans l'astral on ne peut pas parler, mais c'est pas grave j'ai déjà traversé le plancher, je traverse rapidement le grenier, excité comme une puce, et alors que j'ai la tête dans les tuiles, prêt à contempler le monde en volant, ma femme se mets à s'agiter dans tous les sens en me bourrant de coups de pieds rapides, chose qu'elle n'a jamais avant, ni après (pas du hasard).

Je ressens à la fois ce qui se passe dans le lit et à la fois ce qui se passe 4 m plus haut, mais ce n'est pas comme au réveil où rêve et réalité se mélangent, tout est bien clair et séparé.

Je suis tiré en arrière très rapidement par mon cordon d'argent que j'entrevois très rapidement (au niveau de la nuque je dirais), avant de me retrouver rapidement (c'est presque de l'instantané) dans mon corps.

Ce n'était pas un rêve, même lucide, dans le sens ou j'étais bien lucide, mieux que dans l'état de veille. Je me rappelle de tout et de la continuité (je suis dans mon lit, je me lève, etc.). Mon cerveau physique semblait vivre la chose en même temps, ça ne rentre pas dans la mémoire au moment du réveil comme le font les rêves habituels (quand le rêve se barre à toute vitesse alors qu'on a l'impression de se rappeler de tout).

En ouvrant les yeux, je m'aperçoit qu'il fait déjà bien jour dans la pièce à travers les fentes des volets, bien plus lumineuse que lors de ma sortie du corps.

En 2019, je n'ai toujours pas réussi à refaire cette intéressante expérience !

Marc Auburn

Synchronicité, 2 mois après ma sortie de corps, je tombes sur le livre « 0,001 % » de Marc Auburn, où il raconte ses expériences de sortie du corps régulières. Il explique qu'en effet, il faut se nettoyer de la matière éthérique si c'est trop sombre (en accélérant, la matière éthérique plus lourde reste en arrière par inertie) et lui aussi décrit les levé de torse et se retrouver assis au milieu du lit, les jambes encore dans le corps physique, à moitié sorti de son corps. Il témoigne aussi de sa partenaire qui s'agite et interrompt l'expérience ! Il raconte les nombreux tests qu'il a fait pour valider que ce qu'il voyait en sortie astrale correspondait à la réalité. Le plus intéressant, c'est que les premières fois, il se balade dans sa ville découvre une rue qu'il ne connaissait pas, et voit une haie de thuyas assez haut. Le lendemain, quand il se rend dans cette rue, tout correspond, sauf cette haie de thuyas inexistante. Par hasard, il repassera dans cette rue 8 ans après, et la haie de thuyas avait été plantée, et était comme il l'avait vu en décorporation…

Il raconte aussi avoir participé à des programmes de tests de la CIA, sans pouvoir en dire trop à cause du secret-défense.

Mademoiselle Z

[tart] Le Dr Charles Tart, professeur de psychologie à l'Université de Californie et instructeur en psychiatrie à l'école de médecine de l'Université de Virginie, à réalisé dans les années 1960 une expérience assez incroyable, publiée dans le Journal de l'American Society for Psychical Research.

Une jeune femme d'une vingtaine d'années, 2 ans d'étude supérieure (nommée Mademoiselle Z pour garder son anonymat), qui prétendait sortir de son corps plusieurs fois par semaine (elle se réveillait flottant au plafond, regardait son corps, puis se rendormait, ne s'étant jamais posé trop de questions sur ces expériences habituelles qu'elle vivait depuis toujours). Nous reviendrons plus loin sur ce que Mlle Z a raconté de ses expériences au docteur Charles Tart (on n'a que son témoignage dans ces cas-là).

Mlle Z a été placée dans une pièce allongée dans un lit. Cette chambre était presque vide, il y a juste le lit, une étagère, une horloge et une fenêtre d'observation qui donnait sur la pièce d'à côté ou le Dr Tart surveillait l'expérience (c'était la chambre d'expérience sur le sommeil dont il se servait d'habitude). Elle avait aussi des électrodes branchées à la tête pour détecter les activités des ondes cérébrales. L'expérience a duré 4 nuits non consécutives sur 2 mois. La 2e nuit de test, elle voit l'horloge et l'heure, 3h15 (au moment même où les enregistrements montraient un changement de rythme dans les ondes cérébrales, sans que les globes oculaires ne bougent comme dans une phase de sommeil paradoxal). Le même phénomène se reproduisit le 3e jour, à 3h35 cette fois-ci. Au bout de 4 nuit (le chiffre sur papier était changé à chaque fois, pris dans une table de nombres au hasard), elle a réussi à lire le chiffre 25132 qui était indiqué sur un morceau de papier placé en haut de l'étagère, inaccessible à ses yeux physique (même si elle s'était mise debout sur le lit, et de toute façon le câblage très court des électrodes lui interdisait de se mettre en position assise). Les nuits d'avant, elle n'avait pas flotté assez haut pour le voir. Elle a même indiqué la position du papier. L'électroencéphalogramme révèle qu'au moment où elle est sortie de son corps, son cerveau est passé en onde alpha (méditation, conscient coupé mais inconscient toujours activé, phase différente du sommeil ou du rêve).

Ce que les compte-rendus de l'expérience omettent de rajouter, et qui se trouve pourtant dans la publication de Tart, c'est ce que Mlle Z a raconté de ses expériences au docteur Tart.

De temps à autres, ses OBE l'emmenaient dans des endroits éloignés. Par exemple, à 14 ans, elle a eu l'impression de se retrouver dans le corps d'une autre fille marchant dans la rue, puis elle s'est fait rattrapée, violée et poignardée par un inconnu. Le lendemain, en regardant le journal, un article citait cette agression. Les vêtements de la victime correspondait à ceux que Z avait pu voir quand elle était dans ce corps étranger (notamment une jupe à carreaux).

Avant l'expérience au laboratoire, Mlle Z avait préparé le protocole : elle plaçait un numéro tiré au hasard sur sa table de nuit (non visible quand elle était couché) et devait voir si elle arrivait à s'en souvenir. Elle a essayé pendant 7 nuits et à vu juste à chaque fois (c'était histoire de valider le protocole et de ne pas mobiliser tout le laboratoire pour rien).

Au cours de l'expérimentation (2e nuit), Mlle Z s'est réveillée en criant d'un cauchemar (encore une jeune fille assassinée). Après contrôle, une fille avait bien été assassinée cette nuit là à 'endroit spécifié (Marin, à 60 km au-dessus de San Francisco, là où était le laboratoire). Tous les détails du meurtre correspondent à ce que Mlle Z en avait dit le matin au docteur Tart.

La 3e nuit, Mlle Z raconte avoir été en Caroline du Sud, chez elle. Elle y a vu sa sœur en pyjama, l'air effrayée. Sa sœur l'a reconnu tout de suite, et n'avait pas l'air étonnée de la voir, même si elles n'ont pas parlé physiquement, elles ont échangé des informations par télépathie. Sa sœur s'est levée, et Mlle Z a vu le corps physique de sa sœur endormie sur le lit. Elle voyait donc sa sœur qui elle aussi avait la faculté de sortir de son corps.

Le docteur Tart n'a pu contacter cette sœur que plusieurs semaines après, donc on ne peut rien prouver, mais sa sœur se souvenait vaguement de la visite de Mlle Z ce soir-là, sachant que sa sœur se trouvait physiquement loin de là..

La 4e nuit, Mlle Z se réveillait sans cesse, essayant à chaque fois d'aller plus haut pour voir le nombre, avant d'y arriver entre 5h50 et 6 h du matin. Elle n'a pas réussi à sortir astralement de la pièce et voir le 2e nombre dans la salle d'à-côté.

Corps astraux de personnes vivantes

Les personnes en EMI font des décorporations, mais de nombreuses personnes racontent leur décorporation qui arrive sans menace ou problème physique.

A lier aux clairvoyants et médiums.

Nos guides savent en gros notre destin et peuvent prédire l'avenir, bien que ce dernier ne soit pas figé. En sortant du corps on peut voir nos guides, voyager à la vitesse de la pensée partout dans le monde, visiter des pièces en ayant la possibilité de faire que notre corps astral soit invisible, ou légèrement sensible, ou apparition fantomatique, ou directement apparition physique (le livre de Marc Lévy "et si c'était vrai" décrit bien ce que ça semble être). Notre corps astral serait par exemple capable de sortir de la pièce où se trouve notre corps physique, de manipuler des objets physiques comme des livres, ou de lire des documents Top secret (d'où les études faites au temps de la guerre froide). Ces études restent floues, on peut comprendre que on n'en parle pas trop car entre de mauvaises mains ce pouvoir est capable de déplacer des objets très lourds comme des voitures, de les jeter sur des armées ennemies pour tuer.

De ces possibilités du corps astral on ne sait donc pas si des phénomènes peuvent être attribus à des morts ou des vivants, de même qu'on ne sait pas si les morts conservent cette énergie ou ont besoin de l'énergie des vivants.

Le corps astral d'un incarné est rouge vif sur sa nuque, là où part la corde d'argent.

Corps astraux de personnes décédées

Je vais simplifier en disant qu'il y a le corps qui est un assemblage de cellules, donc mortel et biodégradable, et le corps astral, invisible (l'âme), qui survit à la mort du corps physique. Lors la mort, l'âme sort du corps, est aspirée par la lumière et part dans son nouvel univers continuer ses aventures (haut astral).

La personnalité qu'avait le corps physique est en fait celle du corps astral, bien qu'il y ai interaction. Une fois le corps physique mort, le corps astral conserve cette personnalité et l'interaction qu'il avait avec son corps physique. Par exemple des personnes qui croient être la réincarnation de quelqu'un montrent souvent des tâches de naissance ou apparues plus tard en lien avec les blessures de leur ancien corps physique. Le corps astral modèle le corps physique tout comme il peut être impacté par les blessures de ce dernier.

Des personnes blessées par leur corps physique passent du temps par la suite à soigner leur corps astral (les blessures infligées lors de la mort, les personnes atteintes par Alzheimer, les fous, etc.).

Le corps astral peut avoir différents niveaux vibratoires, selon son évolution. Une apparition sous forme de fumée noire ou sombre est a priori plus méchante qu'une apparition lumineuse. Bien que l'entité puisse prendre l'apparence qu'elle veut avec sa forme astrale.

Les lévitants

Survol

Ce sont des gens qui volaient bien avant l'invention de l'avion ou autre montgolfières ! Des performances attestées par de nombreux témoins.

François d'Assise (p. 243)

Il pouvait rester suspendu au dessus du sol à une hauteur de 1,3 à 1,8 mètres.

Thérèse d'Avila (1515-1582)

Elle lévitait parfois à une hauteur de 50 cm pendant à peu près une heure dans un état d'extase mystique.

Voici ce que dit Thérèse de ses lévitations :

« J'ai essayé de toutes mes forces de résister. Parfois j'obtenais quelque chose ; mais comme c'était luter en quelque sorte contre un très fort géant, je demeurais brisée et accablée de lassitude. [...] Lorsque je voulais résister, je croyais sentir sous mes pieds des forces étonnantes qui m'enlevaient. [...] Nulle autre des opérations de l'esprit n'approche une telle impétuosité. [...] Au commencement, je l'avoue, j'étais saisie d'une excessive frayeur en voyant ainsi mon corps élevé du sol [...] Souvent mon corps en devenait si léger qu'il n'y avait plus de pesanteur ; quelquefois c'était à un tel point que je ne sentais presque plus mes pieds toucher le sol. »

Jean de la Croix (1542-1591)

Thérèse d'Avila discute avec Jean de la Croix des Mystères de la Trinité. Tout à coup, Jean s'élève dans les airs, suivi peu après par Thérèse. La religieuse qui arriva à ce moment là, et qui en témoignera, nous a permis de connaître cette histoire.

Martin de Porres (1579 - 1639)

Il avait le don de bilocation, était capable de passer à travers des portes closes (téléportation) et avait aussi le don de lévitation.

Joseph de Cupertino (1603 - 1663)

L'Église l'a désigné comme Saint Patron des voyageurs aériens et des pilotes. Il lévitait souvent quand il disait la messe, et de temps en temps à l'extérieur de l'église.

La première fois que Joseph a lévité, c'était à Cupertino, le 04/10/1630, lors de la procession en l'honneur de saint François d'Assise. Tout à coup, il s'élève dans le ciel, et reste à flotter au-dessus de la foule. Quand il redescend et réalise ce qui venait de lui arriver, il s'enfuit pour se cacher.

Par la suite, ses lévitations continuèrent, et leur fréquence s'amplifia de plus en plus. Il lui suffisait d'entendre les noms de Jésus, de Marie, de chanter un psaume à la Messe, pour s'élever au-dessus du sol, restant là jusqu'à ce que son supérieur, au nom de l'obéissance, lui ordonne de redescendre. Tout ceci intriguait et distrayait les autres moines, et déplaisait à ses supérieurs.

Ces manifestations étaient indépendantes de la volonté de Joseph.

Padre Pio (1887 – 1868) (p. 248)

Il avait les stigmates, il était capable de léviter, et avait le don de bilocation.

Liste des grands psys

François d'Assise

Giovanni di Pietro Bernardone (1181 – 03/10/1226). Religieux catholique italien.

Il a fondé un ordre basé sur la prière, la joie, la pauvreté, l'évangélisation et l'amour de la Création divine. Il chercha aussi à rassembler les différentes religions, et fait partie des saints les plus appréciés chez les non catholiques et non chrétiens. IL réorienta l'Église catholique vers la pauvreté, après la richesse opulente qui avait tant fait scandale et avait lancé plusieurs mouvements comme les Cathare. Comme chez le curé d'Ars, on retrouve la volonté d'éduquer les jeunes filles pauvres.

Fils de riches nobles et riches marchands, il change vers 23 ans et se tourne vers la pauvreté et le don aux autres et la recherche de Dieu.

En 1224, après la fête de la croix, alors qu'il jeunait et méditait en se concentrant sur la passion de Jésus (procès, tortures, humiliations et assassinat, loin de ce que Jésus était venu apporter aux hommes...), il devient le premier stigmatisé de l'histoire, et tombe parallèlement malade chronique, sujet à des crises d'angoisse (poltergeist?) comme beaucoup de saints guérisseurs qui se sont orientés sur ce que Jésus n'était pas, mais sur ce que Odin voulait faire croire de lui aux hommes.

Il mourut après 2 ans de souffrances. IL châtiait son corps, mangeant volontairement de la nourriture sans goût (la trempant dans l'eau et la cendre) et insuffisante. Rapidement canonisé, l'enquête menée à cette occasion permet de bien connaître ses miracles.

Exorciste

Les gens possédés lui étaient envoyés, pour les exorciser comme Jésus le faisait.

Guérisons

Il rendit la vue aux aveugles, il guérit des boiteux et estropiés, il ressuscita des morts, il donna des enfants aux femmes stériles, il délivra celles qui étaient en travail d'accouchement.

Protecteur

Il préserva les marins de tempêtes horribles.

Animaux

C'est le lien de François avec les animaux qui imprima le plus l'imaginaire collectif. Ces faits ne sont pas aussi assurés que les guérisons dont ont témoignés les hommes de l'époque.

Ils les considéraient à égalité avec l'homme dans la création, et est connu pour avoir prêcher à une horde d'oiseaux rassemblés magiquement devant lui.

A une brebis qui lui est donné, il lui enjoint de vivre au couvent comme un moine, et la brebis allait tous les jours s'agenouiller devant l'hôtel.

A un loup qui faisait des dégâts dans les moutons de la région, il lui enjoint de ne plus consommer de viande.

Curé d'Ars

Jean-Marie Vianney [caligny] (08/05/1786 - 04//08/1859) est né et à vécu dans la région de Lyon.

Sa canonisation a entraîné une enquête poussée sur sa vie auprès des témoins (dont certains tenaient des journaux des événements), ce qui explique qu'on ai beaucoup de détails.

Le curé d'Ars souffre d'une intelligence très moyenne et rustique, et est considéré par ses confrères du séminaire comme l'idiot du village. Le latin et la théologie ne rentrent pas dans sa caboche, mais son côté très pieu lui vaudront l'indulgence de ses professeurs. Je dirais plutôt qu'il n'y avait aucun intérêt à apprendre par coeur une théologie fausse et illogique, a mentaliser des concepts très éloignés du coeur...

Quand le Curé arrive à Ars, son prédécesseur vient de mourir de tuberculose, après seulement 3 mois d'exercice.

Très charitable. Habillé de guenilles, ses paroissiens ne cessent de lui donner des vêtements, qu'il s'empresse de donner aux gens plus nécessiteux que lui.

Il ne se nourrit que de pommes de terre. Comme il donne tout son bois, il ne peut les faire cuire qu'en une seule fois, et au bout de quelques jours il les mange moisies.

Les paroissiens, qui avaient abandonné le catholicisme et étaient athées et matérialistes forcenés (4 bistrots pour 240 habitants), reviennent à l'église pour entendre ses prêches extra-ordinaire. L'ennemi juré du curé est Satan, qu'il nomme le grappin. Le curé sera attaqué en permanence par le démon (poltergeist) dès le moment où les miracles commencent.

Pour le Curé d'Ars, chaque village à son ange gardien et son démon.

Affaibli par le manque de repos et les privations (il est maigre comme un clou, teint livide), il tombe malade, 6 ans après son arrivée, au point qu'il pense mourir. Il vient d'ouvrir l'école de la providence, une école de filles, pour que ces dernières, même les orphelines et les pauvres, aient accès à l'instruction. C'est là qu'une voix lui annonce que son enfer ne fait que commencer (les poltergeist qu'il subira toute sa vie), et que ses miracles commencent.

Le curé d'Ars, pour son premier poltergeist (un vacarme épouvantable qui fit accourir les voisins, des coups donnés dans les murs) fut terrorisé, et ces déchaînements furent les plus violents. Les témoins extérieurs virent une langue de feu descendre du ciel et tomber sur la cure. Le Curé attribue ce puissant démon au fait que les âmes des grands pêcheurs du village ou des visiteurs s'opposaient ainsi à leur conversion, empêchant le curé de dormir.

Les autorités religieuses, qui accusent d'abord le curé d'Ars d'halluciner, viennent passer une nuit où ils seront témoins des poltergeist, et ne reviendront plus enquêter tellement ils furent impressionnés.

Très vite, l'afflux de personnes extérieure venant se confesser font que le curé passe sa vie et ses nuits dans le confessionnal. Un hôtel pour accueillir les pèlerins est construit, la renommée du curé devenant nationale, puis internationale.

En présence du curé, les visiteurs possédés se révèlent et le démon parle par leur bouche. Ainsi, une femme reprochera au curé de lui avoir retiré plus de 80 000 âmes. Ces visiteurs repartent délivrés de leur possession.

Dans un de ses prêches, le curé dira que l'enfer prend sa source dans la bonté de Dieu (le libre arbitre?). Il dira aussi que le démon n'existe que parce que Dieu le permet.

Le Curé d'Ars semblait au fond de lui-même en désaccord avec la hiérarchie catholique. Il a beaucoup été tracassé par l'apparition de la Salette, questionnant (voir torturant psychologiquement) Maximin (un des 2 berger témoin de l'apparition), pour que ce dernier dise qu'il avait vu la vierge Marie (ce qui aurait fait classer l'apparition comme apparition mariale catholique). Maximin est resté ferme sur ses positions, il a vu une belle dame blanche brillante, qui n'a jamais dit qui elle était. Le Curé d'Ars refusa alors de reconnaître l'apparition comme catholique, puis du se rétracter sous la pression de sa hiérarchie.

Voyances

Je peut confirmer personnellement de ses dons de voyances, un de mes ancêtres, mobilisé pour une guerre et qui partait pour 8 ans, qui avait, avec sa troupe, été envoyé voir en confession le curé d'Ars, raconte que ce dernier lui a affirmé qu'il rentrerait chez lui bien plus tôt que prévu, et c'est en effet ce qui s'est produit, les aléas de la guerre faisant que mon ancêtre fut démobilisé et retourna chez lui à la date données par le curé. Une anecdote qui s'est transmise de génération en génération.

A une jeune fille qui veut rentrer comme bonne, il donne des avertissements sur ce qu'il va lui arriver. Elle réchappera grâce à ça à un tueur en série de bonnes, et ce dernier sera arrêté dans sa longue liste de crime.

Un soldat venu le voir avant la guerre de Crimée, la sœur du soldat qui l'accompagne entendra le curé mumurer « pauvre petit, une balle ». Et en effet, le soldat mourra de s'être pris une balle.

Anecdote personnelle

Il est célèbre pour ses voyances qu'il faisait en confession. Pour donner une anecdote restée dans ma famille (les détails ont pu être modifiés un peu au cours des générations !), le grand père maternel (1836 - 1896) de ma grand-mère maternelle, parti pour 7 ans de service militaire en 1856, passe avec son régiment en confession dans l'église du curé d'Ars. Le curé lui annonce qu'il n'aura en réalité que 2 ans à passer loin de la maison, ce qui se révélera vrai. 2 ans après, au hasard d'une guerre perdue ou gagnée par le dirigeant de l'époque (ma famille campagnarde loin de toutes ces folies n'a pas retenu laquelle), mon ancêtre fut libéré 5 ans avant la fin prévue de son service. Le curé avait aussi détecté que mon ancêtre était sourcier et détectait les sources pour le village, chose mal vue par l'Église... Le curé lui a demandé de ne plus exercer son don, sous prétexte que ça le fatiguait. Mon ancêtre continuera à l'utiliser de temps à autres pour aider les gens du village, mais prenait énormément de précautions pour cacher ce don... 100 ans plus tard, mon grand père maternel (même village), ayant aussi ce don (ayant essayé un article vu dans le journal) devait aussi faire bien attention à se cacher, et avait eu des ennuis quand quelqu'un l'avait vu (pourtant caché dans les maïs) a faire tourner son pendule.

Miracles

Vers 1830, alors que la récolte a été gâchée par le mauvais temps, le grenier à grain de l'école de la providence est vide. Le curé balaie le grenier, fait un petit tas avec les quelques grains restants, y glisse une relique. Le lendemain, quand la cuisinière va chercher les derniers grains, à coté du tas du curé, elle découvre un énorme tas de beaux grains à côté. La directrice de l'école confirmera que personne n'a pu à son insu, déposer autant de grains. Le miracle sera reproduit dans un autre bâtiment géré par le curé.

Une autre fois, nouvelle disette, la cuisinière n'a plus assez de farine. Le curé lui demande de mettre la farine, et de bien pétrir. C'est ce que fait la cuisinière, et à sa stupéfaction, plus elle pétrit, plus la pâte gonfle. Elle rajoute de l'eau en permanence, jusqu'à atteindre la quantité de pain qu'elle désirait, et qu'elle aurait obtenu avec une bien plus grosse quantité de farine. Ce miracle se reproduira une 2e fois.

Le curé d'Ars priait Ste Philomène, qui intercédait pour réaliser les miracles. Un garçon à la jambe déformée et gangrenée, est envoyé par le curé faire des neuvaines dans la chapelle de Ste Philomène. Le garçon voit soudain sa jambe se transformer, se remettre droite tandis que son aspect devient identique à son autre jambe.

En 1843, le curé tombe gravement malade. Pneumonie. Une femme, qui a perdu l'usage de la parole (laryngite cancéreuse), et qui a été guérie miraculeusement en suivant les instructions du curé (voix revenue instantanément alors qu'elle essayait de prononcer la prière prescrite), refuse de partir tant que le curé ne sera pas guéri par Dieu, disant à Dieu « oubliez-moi, mais guérissez le curé d'Ars ». Ce dernier décédera quelques heures plus tard, le médecin et les nombreuses personnes présentes constatant l'arrêt du coeur et de la respiration. Puis après quelques minutes, le curé ouvre grand les yeux, puis pousse un long soupir. Le médecin constate que les coeur a repris des battements réguliers. Au matin, il sort de son coma/méditation, dit qu'un changement s'est opéré en lui, et qu'il est désormais guéri. Le médecin ne pourra que constater la guérison miraculeuse.

Les miracles par la suite s'amplifient. A une aveugle et sourde suite à un AVC, il rend la vue tout de suite, mais prédit le retour de son audition que seulement 12 ans après, ce qui se passera effectivement.

Une religieuse tuberculeuse de 25 ans, dont les médecins ne donnent que quelques mois de survie, mais qui veut vivre pour s'occuper des pauvres, sera guérie et vivra jusqu'à 86 ans.

Il touche la tumeur de l'oeil d'un enfant, et elle se mets à fondre. Il a honte, car ça s'est produit devant tout le monde.

Lévitations

1 prêtre venu lui rendre visite, témoignera de l'avoir vu s'élever jusqu'à ce que ses pieds soient au niveau de la chaire (1m20 de haut), le visage entouré de lumière. Chose étonnante, seul ce prêtre se souviendra de ce qu'il s'est passé, aucun autre témoins ne se souvenant de ce phénomène.

Les hosties volent aussi, dont une qui ira directement dans la bouche d'un communiant.

Lecture des âmes

Le curé d'Ars est clairvoyant, il lit dans les âmes (est au courant de tout ce qui concerne celui qui se confesse) et sait beaucoup de choses, bien plus que sa piètre instruction ne le lui permet.

Il rappelle au confessant les pêchés qu'ils ont oublié de lui dire (comme le Padre pio).

Un jour, à un pèlerin venu de Nantes, le curé offre 3 médailles pour ses enfants. Le pèlerin lui réponds qu'il a 4 enfants. Le curé prend un air triste et ne dit rien. Une fois retourné chez lui, l'homme appendra qu'effectivement, un de ses enfants est décédé entretemps.

Le curé alpague un inconnu dans la rue, lui disant que ça fait 33 ans qu'il ne s'est pas confessé, que la dernière ça s'est produit dans un atelier de tissage. Abasourdi par la précision des paroles, l'homme acceptera de se confesser.

Médiums

Le curé d'Ars donne des nouvelles des défunts aux familles. Par exemple, il fend la foule pour dire à une femme « votre mari est sauvé, il y a eu intercession de Marie. Cela est dû à la seule foi où il a prié, c'était avec vous à tel endroit dans telle condition ». Et en effet, cette femme pieuse s'inquiétait de son mari décédé

Maître Philippe de Lyon

Nizier Anthelme Philippe (25 avril 1849 - 2 août 1905) est, comme le Curé d'Ars, né à Chambéry et a vécu dans la région Lyonnaise.

Un des plus grands guérisseur, tellement incroyable que déjà à son époque, peu de gens osaient en parler. Son existence fut placée sous le cover-up, à la fois de l'église (pas catholique) et à la fois des FM.

Sa mère, quelques mois avant sa naissance, alla voir le curé d'Ars, qui lui annonça que l'enfant serait un être très élevé.

Maître Philippe fut un exemple de charité.

Jugé 4 fois pour pratique illégale de la médecine entre 1887 et 1892, il est acquitté à chaque fois, et ne fut plus inquiété par la suite.

Maître Philippe soigna des milliers de personnes gratuitement, sans rien demander à part que ces personnes s'engagent à faire le bien.

Nombreuses de ses guérisons étaient considérées comme des miracles. Il disait qu'il guérissait par le pouvoir de la prière et de commandement. Maître Philippe expliquait qu'il se servait d'une force absolument inconnue sur Terre, une force dépassant tout entendement, que Jésus lui-même employa pour faire plusieurs de ses miracles. Il appelait cette force « le 4e pôle de magnétisme » et la décrivait ainsi: « Ce n'est pas un courant, mais plutôt une Lumière, elle représente l'union du "Aimez-vous les uns les autres". »... « Aucun initié ne la connaît ».

Maître Philippe a reçu diverses attaques des médias, des médecins ou des hommes politiques en France et en Russie. Il suscita pourtant l'admiration et l'amitié du tsar Nicolas II, du roi d'Italie, de l'empereur d'Autriche, de l'empereur Allemand Guillaume II, du roi du Royaume-Uni Édouard VII et autres) et aussi de plusieurs des membres les plus importants de la scène ésotérique du début du 20e siècle, parmi lesquels le Docteur Gérard Encausse (Papus) et le Docteur Emmanuel Lalande (Marc Haven), George Descormiers (Phaneg) et Yvon Leloup (Sédir).

Il guérit les gens dès l'adolescence. Quand il exerce à Lyon, les rapports de police révèlent qu'il faisait l'objet d'une surveillance soutenu de la part des forces de l'ordre.

En 1870, il ressuscite Jean Chapas (7 ans), mort d'une méningite (et déclaré mort par 2 médecins). Ce dernier deviendra son plus grand disciple, et prendra la suite de Maître Philippe pour les guérisons.

Voulant s'inscrire à la faculté de médecine de Lyon, il sera refusé 5 fois, sous prétexte qu'il guérissait les gens de manière non orthodoxe (jugée illicite par les médecins). Empêcher un guérisseur de devenir médecin, puis ensuite lui reprocher de ne pas être médecin… De toute façon, s'il était médecin, il aurait été radié de l'ordre comme beaucoup (alors qu'un mauvais médecin est simplement muté quand sa réputation locale est trop ternie).

Ce qui n'empêchera pas Maître Philippe de suivre des cours à l'étranger et de faire des publications. Il a par exemple un doctorat en médecine par l'Université de Cincinnati, conféré le 23 octobre 1884, Docteur en médecine honoraire de l'Académie Royale de Rome le 12 mai 1886, Directeur de l'école de Magnétisme et Massage à Lyon, approuvée par l'Académie de Médecine et l'État français le 26 mars 1895.

Chaque jour, il soigne par magnétisme des dizaines de personnes dans son cabinet. Riches et pauvres sont traités égalitairement, et il demande à tous des efforts de ne pas dire du mal de son prochain ou de "rendre le bien pour le mal".

Son mariage avec une ancienne patiente aisée lui amène l'aisance financière lui permettant de soigner gratuitement.

Le tsar de Russie l'invite en Russie en 1901, lui décerne le titre de Docteur en médecine de l'Académie impériale de médecine militaire de Saint-Pétersbourg, avec le grade de général en 1901 et le couvre de cadeaux. Mais il ne fait pas bon s'approcher du pouvoir, surtout quand un autre pouvoir occulte veut renverser le pouvoir officiel. La presse russe le calomnie, la police russe le harcèle, et Maître Philippe doit rentrer en France, où les pressions rencontrées en Russie se poursuivent, comme si une mafia internationale très haut placée l'avait pris en grippe…

Sa fille meurt brutalement en 1904, et il la suivra dans la tombe un an après.

C'est seulement après sa mort qu'a été découvert que le Maître Philippe payait les loyers de 52 familles trop pauvres pour se loger.

Edgar Cayce

D'origine sociale modeste, dépourvu de tout diplôme scolaire ou universitaire, Edgar Cayce (1877 - 1945) fut l'un des plus grands clairvoyants américains.

Ses dons se révèle à 5 ans, après une maladie qui l'a plongé dans le coma. A 10 ans, alors que son maître se plaint de son manque d'intérêt, son père s'aperçoit que pourtant, Edgar a une mémoire photographique, et qu'il est capable de s'endormir la tête sur un livre, et qu'il le connaît par coeur au réveil, pouvant même dire le numéro de page, ou la tâche sur la page.

A 13 ans, après la vision d'un ange, il arrête l'école (pas d'argent dans la famille pour aller plus loin) et part réaliser sa vocation spirituelle, vivant de petits travaux au début comme homme à tout faire. Toute sa vie, il travaillera sans relâche, cherchant à devenir riche, ce qui lui posera immanquablement des problèmes de santé.

Cayce se révèle être un sujet facilement hypnotisable, qui parle de "nous" au lieu de "je". S'étant guéri lui-même, il se mets à guérir les gens gratuitement lors de séances / lectures publiques.

Quand il essaie de faire payer les séances, soit il est bloqué, soit il est fatigué ou tombe malade.

La voix qui parle lorsqu'il est en transe, parle de réincarnation, ce qui choque Edgar qui est chrétien, et se demande souvent si cette voix est spirituelle ou non.

Au cours de ses fameuses "lectures" captées en état de transe médiumnique, il interprétait les rêves des personnes venues le consulter, leur prédisait leur avenir, retrouvait leurs incarnations antérieures et leur prescrivait les solutions médicales les mieux adaptées à leur état.

Il reçut de son vivant le surnom de "prophète dormant", car il était capable de visualiser non seulement le chemin de vie de ses consultants mais des pans entiers de l'avenir de l'humanité.

Au début du 20e siècle, il parlait déjà de la planète Pluton (bien avant sa découverte), de l'énergie atomique, de la télévision et du rayon laser (bien avant leur invention), ainsi que de l'aura et des glandes endocrines (dont l'importance était alors totalement sous-estimée). On commence d'ailleurs à s'apercevoir qu'il était non seulement un grand guérisseur et un extraordinaire visionnaire, mais aussi un véritable Initié de la Science ésotérique (parlant de réincarnation ou des annales akashiques). Il parle aussi de l'Atlantide, dont quelques ingénieurs qui viennent le voir, sont des réincarnations des ingénieurs de l'époque.

Il nous reste 14.256 lectures d'Edgar Cayce. Plus les années passent, et plus on s'aperçoit que les pièces du « puzzle prophétique » qu'il construisit dans les années 1920 – 1930, se mettent désormais en place avec une précision déconcertante.

Comme d'habitude, si Cayce arrivait à prédire des dates exactes (comme celle de sa mort), toutes celles concernant la fin de ce cycle se sont révélées trop en avance. Ces prophéties de fin de cycle concernent notamment le dérèglement climatique et ses conséquences immédiates avec la perspective d'un basculement des pôles au cours des prochaines années, hypothèse aujourd'hui reprise par de nombreux scientifiques (p. 336)

Conseils de guérison

Lecture 326-1 : "Si la personne veut bien s'aider elle-même, en aidant les traitements prescrits, elle s'efforcera de se visualiser comme guérie, et aidée par les traitements en question. Tu dois savoir à quoi sert chaque prescription médicale, et visualiser comment elle agit à l'intérieur de toi. Maintiens ton esprit dans cette attitude de visualisation qui encourage et soutient les énergies continuellement en action dans ton corps, énergies qui sont comme un flot incessant, vois-tu ?".

Lecture 1548-3 : "Rappelle-toi que le corps se renouvelle progressivement et constamment. Ne considère pas que la maladie qui a existé chez toi est définitive, elle peut être chassée de ton organisme."

Lecture 262-85 : Il est possible de rajeunir dans cette vie-ci : "Car comme le corps est une structure composée d'atomes, qui sont des unités d'énergie, les mouvements de ces énergies atomiques reproduisent dans leur schéma la structure de l'Univers. Et comme ces énergies structurelles de chaque atome du corps sont programmées pour être reliées, et unies, aux énergies spirituelles (de l'Univers) elles travaillent sans cesse à revivifier, à reconstruire le bilan énergétique. Et comme l'âme (qui est de nature spirituelle) ne peut pas mourir, car elle est divine, le corps peut être revivifié et rajeuni. Et finalement - c'est son devenir - il pourra transcender la Terre et ce qui appartient à la matière terrestre.

Lecture 311-4 : "On devrait dire à chacun que s'il veillait à maintenir un équilibre entre assimilation et élimination - l'équilibre le plus proche possible de la normale -, eh bien sa vie pourrait se prolonger indéfiniment, aussi longtemps qu'il le souhaiterait! Car l'organisme est construit par ce qu'il assimile, et il est capable de se ressusciter aussi longtemps qu'il n'est pas gêné par une insuffisance des éliminations."

Lecture 2970-1 - "Nous sommes physiquement ce que nous avons digéré dans notre corps physique. Nous sommes mentalement ce que nous pensons (...) Et nous sommes spirituellement ce que nous avons digéré dans notre être mental."

Lecture 307-10 : "On considère souvent que la spiritualité, l'activité mentale et le corps physique, sont UN - bien qu'ils puissent se séparer et fonctionner l'un sans l'autre, et même au détriment l'un de l'autre. Faites-les coopérer; réunissez-les dans leur programme. Et ainsi, vous aurez une plus grande énergie dans vos activités."

Lecture 1967-1 : "La guérison consiste à mettre les tissus vivants du corps en résonance avec les Énergies Créatrices."

Au fur et à mesure que la personne branche son moi sur les Forces Créatrices, elle devient capable d'être un canal, au point qu'elle peut amener une guérison instantanée par l'imposition des mains. Plus cela se produit souvent, plus s'augmente la puissance ressentie par la personne. (Lecture 281-9).

Lorsqu'on est capable de faire passer son moi physique par toutes les étapes de cette résonance jusqu'au centre qui dispense l'énergie, c'est-à-dire le troisième oeil - alors le corps de cet individu devient comme un aimant qui, utilisé correctement, amène la guérison aux autres en passant par les mains. C'est ainsi que l'imposition des mains peut soigner efficacement. (Lecture 281-14).

Lorsqu'un être humain, avec son corps, a élevé suffisamment ses vibrations, il peut, à l'aide de la parole, éveiller le dynamisme émotionnel de cet autre qui est malade, de façon à revivifier, ressusciter, modifier les énergies tourbillonnaires de la structure atomique de son corps physique, c'est-à-dire la force vitale de celui-ci. Ainsi, ces énergies sont remises en mouvement. (Lecture 281-14).

On peut voir facilement combien les glandes endocrines sont étroitement associées au renouvellement des cellules, à la dégénérescence, ou au rajeunissement. Et ceci se fait non seulement à travers les énergies physiques, mais aussi à travers les énergies du corps mental et du corps spirituel. Car les énergies glandulaires sont, pourrait-on dire, les sources à partir desquelles l'âme peut habiter à l'intérieur du corps. (Lecture 281-38).

Guérir les autres, c'est se guérir soi-même. Car donner autour de soi ce qui aide les autres à atteindre la parfaite vibration de vie dans leur corps physique, à travers une juste attitude mentale, et un harmonieux développement des aptitudes corporelles, tout cela nous apporte à nous-mêmes un progrès dans la connaissance. Oui, en guérissant les autres, on se guérit soi-même! (Lecture 281-18).

Conseils de méditation

Méditer, c'est chercher à rebrancher son corps mental et son corps physique sur leur source spirituelle. C'est mettre ton physique et ton mental en résonance avec le créateur, en cherchant à connaître tes relations avec lui. C'est cela la vraie méditation. (Lecture 281-41).

La méditation est donc prière, elle vient du Moi profond et consiste à vider ton moi de tout ce qui empêche les Forces Créatrices de surgir des profondeurs de ton Moi... (Lecture 281-13).

La technique du souffle, la récitation du mantra AUM ou la méditation du Notre Père exercent une ouverture et une réactivation du système glandulaire. (Lecture 281-28 et ailleurs).

Le Notre Père provoque bien l'ouverture de ces centres glandulaires. Ce n'est pas la seule voie possible, mais c'est une voie qui répondra aux désirs de ceux qui cherchent un moyen, un chemin, pour comprendre comment agit la Force créatrice (dans le corps). (Lecture 281-29).

Pour cela il faut s'efforcer de ressentir le flot de signification de chaque verset couler à travers votre corps physique, car il se produit dans le corps physique une réponse aux représentations mentales. Il y a une réaction physique qui se construit. (Lecture 281-29).

Notre Père qui est aux cieux,	pituitaire*
que Ton Nom soit sanctifié,	pinéale
que Ton Règne vienne,	thyroïde
que Ta Volonté soit faite sur la Terre	thymus
comme au ciel,	thyroïde
Donne-nous aujourd'hui notre pain de ce jour	gonades*
Pardonne-nous nos offenses comme nous pardonnons à ceux qui nous ont offensés,	surrénales
et ne nous Soumets pas à la tentation,	cellules de Lyden*
mais Délivre-nous du mal,	thymus
car c'est à Toi qu'appartiennent le règne,	thyroïde
la puissance ,	pinéale
et la gloire	pituitaire

Tableau 1 : "Notre père" et glandes associées (Cayce)

La pituitaire est la glande maîtresse du corps.

Les gonades sont les glandes sexuelles, mâle et femelle.

Les cellules de Lyden (glandes de Leydig) sont l'ensemble de cellules sécrétant des hormones, (sous le nombril, au-dessus des gonades)

Padre Pio

Sa vie

Francesco Forgione [caligny] (25/05/1887 – 23/09/1968) est un prêtre capucin italien.

Dès son plus jeune âge, il a des visions, de la vierge ou de son ange gardien.

C'est au moment d'intégrer le monastère à 15 ans, qu'il a son premier combat intérieur avec le démon.

S'en suivent des poltergeist qui le suivront toute sa vie. Il se fait frapper et son corps garde les traces des coups. Comme pour le curé d'Ars, les moines voisins entendent des coups et détonations sortant de la cellule du Padre, qui font trembler les murs. Puis se seront les stigmates. Simples démangeaisons au début, puis rougeurs, pour finir par les plaies ouvertes qui le suivront jusqu'à sa mort. Ces plaies saignaient abondamment, au point que normalement le Padre aurait du se vider de son sang. Il racontera avoir vu un être grand, avec les plaies comme Jésus, des traits de lumières ont jaillis d'un crucifix pour se porter sur lui, ce qui créera les premières stigmates qui saignent. Bien que le saignement sera continu pendant 50 ans, ces plaies ne se sont jamais infectées. Les plaies des mains étaient traversantes, c'est à dire qu'on voyait à travers le gros trou dans les mains. Dans le noir, ses stigmates dégageaient des effluves lumineuses, et les médecins en témoigneront tout au long de sa vie. A la mort du Padre Pio, les stigmates avaient complètement disparues, et la peau était lisse comme celle d'un bébé, pas la moindre cicatrice.

Jeune, il est en permanence malade (maladie pulmonaire). Au bout de 6 ans, le médecin lui annonce qu'il est en phase terminale, et qu'il n'a plus que quelques mois à vivre. Il a des fièvres, comme le curé d'Ars, qui le font monter en quelques secondes à 41°C, à la grande stupeur des médecins. Un jour, la température est tellement élevée que le thermomètre explose. Un thermomètre plus fort est amené, et il indique une température de 52°C (à 42°C on meurt, à 50°C le sang est censé cuire). Puis la température redescend comme elle est venue.

Dans ses extases (méditations, hypnose, ondes alpha?), il voit son guide et plusieurs saints, qui semblent l'accompagner en permanence. Les anges gardiens qui ont chacun une spécialité pour les miracles qu'il accomplit ? Il en ressort complètement reposé et régénéré.

Il voit des démons qui lui jettent une lame de feu au coeur, et ressent les symptômes physiques, tout comme des blessures apparaissent spontanément (auto-induction hypnotique?).

Les autorités catholiques ont toujours cherché à tenir le moine hors de portée des fidèles, et faisaient tout pour minimiser la portée des miracles quotidiens.

Comme le curé d'Ars, les pèlerins viennent le voir du monde entier, et il passe des nuits dans le confessionnal.

Lors de sa mort, des dizaines de milliers de fidèles accoururent. Puis l'image du Padre, souriant, apparut sur la fenêtre de la cellule où repose le corps du Padre. La foule crie au miracle. Averties, les autorités supérieures placent un drap sur la fenêtre, pour cacher l'apparition. La foule est déçue, mais très vite un rire secoue l'assistance : c'est désormais sur toutes les fenêtres du monastère que s'affiche l'image d'un Padre rigolard !

Clairvoyance

Comme le curé d'Ars, le Padre sait depuis quand un communiste, athée convaincu, ne s'est pas confessé (33 ans aussi). Comme le curé d'Ars, il appelle « les gros poissons » ceux qui ont tendance à beaucoup pêcher et à ne pas se confesser.

Il sait tout de ceux qui viennent le voir (il rappelle quel pêché n'a pas été confessé), et voit leur futur. Par exemple, quand le futur Jean-Paul 2 vient le voir dans sa jeunesse, le Padre lui annonce qu'il sera pape. Jean-Paul 2 réinstaurera sa place au Padre (mal considéré par la hiérarchie catholique), et fera béatifier Padre Pio.

Le don des langues

Les gens qui viennent le voir arrivent du monde entier. Non seulement le Padre les comprend, mais en plus il leur réponds dans leur langue, qu'il n'a jamais appris pourtant (ou des dialectes que seuls une minorité de personnes parle). Ou alors, certains entendent l'italien (qu'ils ne parlent pas du tout) mais comprennent malgré tout ce que le Padre veut dire (sorte de télépathie en même temps que le Padre parle).

Guérisons

A ceux qui lui demandaient pourquoi il avait guéri les autres et pas eux, il répondait : « Ce n'est pas moi qui guéris, c'est Jésus, c'est la bonne Vierge Marie, c'est le bon Dieu. Lui te connaît. Prie encore, et confesse-toi, s'il le veut, il te guérira une autre fois! »

Anna Gemma Di Giorgi, qui voit sans pupilles

Au cours d'une messe célébrée par Padre Pio, une fillette de sept ans née sans pupilles, Anna Gemma Di Giorgi, avait soudain cessé d'être aveugle. Dès l'approche de l'église San Giovanni, elle a commencé à y voir. Toute sa vie durant, elle continua à voir sans pupilles. L'Église s'employa toujours à fermer les yeux sur ce cas…

Francesco Ricciardi

Ce médecin athée était un fervent adversaire du Padre. Ce dernier, apprenant que le docteur était mourant, d'un cancer à l'estomac, il alla le visiter. 3 jours après, le médecin était complètement guéri, tumeur disparue.

Pasquale Di Chiara de Lucera

Âgé de 38 ans, il se déplaçait péniblement suite à une chute. Allant voir le Padre Pio, il demanda la guérison de sa petite fille de 3 ans, atteinte de paralysie.

Le Padre leur demanda de jeter les prothèses qu'elle avait aux jambes. Mais la mère refusa. Le lendemain, les prothèses furent retrouvées brisées, et le miracle n'avait pas eu lieu. Plus tard, alors que le Padre rencontrait Pasquale avec ses béquilles, il lui demanda de jeter ses béquilles, comme il avait demandé avec les prothèses de sa fille. Pasquale jeta alors ses béquilles, mais continuait à s'appuyer sur le mur. Padre Pio lui dit alors « Homme de peu de foi. Va et marche ». Pasquale sentit une forte chaleur dans le pied, puis dans tout le corps, et fit complètement guéri.

Giovanni Savino

Giovanni était chargé du dangereux travail de faire sauter les rochers à la dynamite, afin de construire la clinique du Padre. Tous les matins, il allait à la messe du Padre, et demandait sa bénédiction.

Puis pendant 3 jours, le Padre le serra dans ses bras en lui demandant de prier Dieu pour qu'il épargne la vie de Giovanni. Ce 3e jour, la dynamite éclata par accident et projeta Giovanni à 30 m, horriblement mutilé. Le médecin ne put que constater que les 2 yeux avaient été arrachés. Giovanni pria le Padre de retrouver au moins un œil pour continuer à travailler. Pendant 10 jours, Giovanni fut environné de parfum, et voyait que le Padre priait pour lui. Le 10e jour, peu après minuit, Giovanni entendit un bruit de chapelet et de pas qui s'approchaient, quelqu'un toucha sa tempe droite, et le lendemain, les médecins ne purent que constater qu'un nouvel œil avait pris place dans l'orbite précédemment vide. Quand Giovanni alla remercier le Padre, ce dernier lui avoua :

"Tu ne sais pas ce que cette guérison m'a coûtée. Remercie bien le seigneur de t'avoir conservé la vie."

Guérison posthume

Même après sa mort, le Padre guérissait les gens qui le lui demandaient. Igor, le neveu d'une sœur de Courtrai atteint de poliomyélite, reçut une médaille du Padre, avec consigne de dire matin et soir « Bonjour, père Pio ». L'enfant guérit très vite et pu marcher.

Etc.

Et ainsi de suite, il faudrait plusieurs livres pour résumer les milliers de guérisons miraculeuses engendrées en présence du Padre, ces vies qui reviennent dans la normalité.

Bilocations

Ce n'est pas lui qui en décidait, et ça se passait toujours quand il y avait péril et urgence.

Des 2 côtés de l'Atlantique

Monseigneur Damiani, évêque uruguayen, parti en Italie pour se confesser à Padre Pio, et resta quelques jours au monastère. Une nuit, il se sentit mal et fit appeler Padre Pio, afin qu'il lui administre les derniers sacrements. Après un long moment, le Padre apparaît et dit :

- « Je savais bien que tu ne mourrais pas. Tu retourneras dans ton diocèse et tu travailleras encore quelques années pour la gloire de Dieu et le salut des âmes ».
- « Bien, je m'en irais, mais à la seule condition que vous me promettiez de venir m'assister à l'heure de ma mort ».

Padre Pio hésita quelques instants puis accepta: « Je te le promets ».

Monseigneur Damiani retourna en Uruguay et travailla pendant quatre ans dans son diocèse.

Une nuit, un moine capucin apparut dans la chambre en Uruguay de Mgr Barbierin, un voisin de Damiani et lui dit : « Allez immédiatement voir Mgr Damiani. Il se meurt ».

Mgr Barbieri se précipita dans l'alcôve de Mgr Damiani, juste à temps pour que ce dernier puisse recevoir l'extrême onction et écrire sur un papier: « Padre Pío… » sans pouvoir terminer la phrase. De nombreux témoins virent un capucin dans les couloirs. Un demi-gant du Padre Pío fut trouvé dans le palais épiscopal ; il permit la guérison de plusieurs personnes.

Quand 8 ans plus tard, en 1949, Mgr Barbieri visita le monastère du Padre Pio, il reconnut dans le Padre le moine capucin qu'il avait vu cette nuit, à plus de dix milles kilomètres de distance. Or, ce dernier n'avait jamais quitté son monastère.

C'était de justesse, Général !

Après sa défaite de Caporetto, le général Cardona pris la décision de se suicider. Il sortit un pistolet qu'il appuya contre sa tempe. Il entendit alors : « Allons général, vous voulez réellement faire cette bêtise ? ». Il s'aperçut alors qu'un moine était dans la pièce, puis se dernier s'en alla. L'ordonnance qui attendait derrière la porte affirma ensuite n'avoir vu personne entrer ou sortir de la pièce.

Des années plus tard, le général apprit par la presse qu'un moine faisait des miracles. Il fit la route jusqu'au monastère du Padre, incognito. Il reconnut alors le moine qui l'avait empêché de mettre fin à ses jours. Le Padre lui glissa alors « On a été sauvé de justesse, cette après-midi-là, n'est-ce pas général ? »

Lucie Bellodi

Le Padre guéri les gens en bilocation aussi. Lucie devient diabétique à l'âge de 14 ans. Elle buvait 18 l d'eau par jour, avait de fortes fièvres, et aucun hôpital n'y pouvait rien. Un jour, se voyant mourir, elle implora le Padre de prier pour elle (elle avait sa photo sur sa table de chevet). Elle vit alors devant elle un moine, et un parfum de violette envahit la pièce. La crise de Lucie diminua, et elle tomba dans un profond sommeil. L'infirmière, qui avait été alertée par les cris, et qui était rentrée dans la chambre, entendit alors une voix d'homme dire « Lucie, lèves-toi car tu es guérie. Tu iras à San Giovanni » (le monastère du Padre). Lucie se leva, à l'étonnement de tous. Quand elle rencontra 3 jours après le Padre, ce dernier lui dit de remercier plutôt le seigneur.

Prânique

Il ne mangeait quasiment rien, voir était prânique, mais l'Église ne s'est pas étalée sur le sujet, et nous n'avons pas de détails sur le sujet, bien qu'un des médecins qui l'étudiait disait que vu que le Padre ne mangeait rien, et qu'il perdait beaucoup de sang, le fait qu'il soit en vie était un miracle en soit.

Divers miracle

A Pietrelcina, le Padre, en une seule bénédiction, anéanti une invasion de poux qui dévastent les plantations de fèves.

Pendant la 2e guerre mondiale, les pilotes alliés furent nombreux à avoir vu un moine volant à plusieurs centaines de mètres d'altitude, leur faisant signe de ne pas aller plus loin. Résultat, si tous les villages environnants furent bombardés, le monastère du Padre fut épargné. Quand plus tard, les aviateurs vinrent au monastère, ils reconnurent le moine capucin volant qu'ils avaient vus.

Quand le Padre arrivait quelque part, que ce soit physiquement ou en bilocation (visible ou non visible), les témoins ont tous témoignés d'un parfum agréable qui emplissait la pièce, odeurs de magnolia, lila, rose ou violette.

Thérèse Neumann

Thérèse Neumann, la stigmatisée de Konnersreuth (1898-1962) est un médium complet, avec clairvoyance, sorties du corps, et manipulations sur la matière. Cette mystique catholique n'a pas mangé ni bu pendant 35 ans, subissait les stigmates de la passion et pleurait des litres de sang, sans compter sa clairvoyance, ses déplacements hors du corps, de la distance et du temps, ainsi que ses talents de guérison.

Comme tous les mystiques catholiques avec pouvoirs psys, elle a dû supporter à la fois les pressions de l'Église Catholique et celle des anti-cléricaux, de même que vivre les stigmates de la passion (sorte d'attaque de poltergeists auto-infligée par l'âme).

A noter que les événements arrivant à Thérèse Neumann se produisaient lors des fêtes religieuses qui comptaient pour elle, de même que si on lu mettait des reliques de saints qu'elle aimait bien.

Enfance

Après ses années d'enfance pauvre mais heureuse, élève douée et très mâture, elle manifestait une profonde horreur du mensonge.

A 14 ans, elle est placée pour effectuer les durs travaux des champs et du service dans un cabaret. De 1914 à 1918, comme beaucoup de femmes, elle remplace les hommes dans les champs.

Les accidents

En 1918, à l'occasion d'un incendie, elle se déplace la colonne vertébrale à force de monter les seaux d'eau.

Elle connut ensuite plusieurs accidents qui amplifièrent à chaque fois ses infirmités. Pendant six ans, cécité complète à 21 ans, paralysie, beaucoup de douleurs, déformations des membres, escarres formant des plaies purulentes. En 1925, la gangrène s'étant installée dans le pied gauche, un chirurgien envisagea l'amputation.

Par ailleurs, Thérèse devenait, par périodes, sourde et muette.

Les guérisons miraculeuses

Puis, ce furent, en quelques mois, 7 guérisons subites et totales.

- 29/04/1923, alors qu'elle est complètement aveugle depuis quatre ans, la vue lui revint.
- 03/05/1925 La plaie gangrenée de son pied gauche, que l'on devait amputer dans les meilleurs délais, se trouva entièrement guérie.
- 17/05/1925, alors qu'elle est paralysée depuis octobre 1918, Thérèse Neumann se voit enveloppée de lumière et se redresse et, après une longue extase durant laquelle elle parlait avec une personne invisible, elle se leva et se mit à marcher. Plus de douleur, sa colonne vertébrale était redevenue intacte.
- 13/11/1925. Thérèse est à toute extrémité avec une appendicite purulente. Elle se mit en prière, puis tendit les mains à une personne invisible, qui lui dit: 'Afin que le monde reconnaisse qu'il y a une puissance supérieure, tu n'auras pas besoin d'être opérée.
- 19/11/1926. La bronchite aiguë que Thérèse avait contractée s'était transformée en pneumonie double. Le 26 novembre était un vendredi et Thérèse vivait déjà les douleurs de la Passion, comme à l'ordinaire. Thérèse était en train de mourir. On

appela le Père Naber qui lui administra l'Extrême Onction. les membres se refroidissaient, son teint prit la couleur de la cendre : c'était la fin. Soudain Thérèse se dressa sur son lit, tendit les mains en avant vers la voix bien connue qui lui parlait de nouveau : "Tout cela est arrivé pour montrer au monde qu'il y a une puissance supérieure." De nouveau Thérèse fut le sujet d'une guérison instantanée.

- Le lendemain, Thérèse reprit ses activités. Elle était délivrée de tous les maux qui l'avaient clouée au lit depuis plus de six ans.
- – À ces guérisons naturellement inexplicables, il convient d'ajouter une autre guérison : du 7 au 13 juillet 1940, Thérèse subit plusieurs attaques d'apoplexie. Pendant neuf jours elle demeura dans un état de semi-inconscience, à demi paralysée. Puis, lors d'une vision, toutes les séquelles dues aux crises d'apoplexie disparurent.

Enfin vinrent l'inédie et la stigmatisation. Pendant plus de trente ans Thérèse Neumann ne mangea plus rien ; elle ne pouvait pas boire non plus. C'est durant cette période qu'elle revécut, toutes les semaines, la Passion de Jésus dont elle conservait les stigmates.

Autres phénomènes extraordinaires

La lévitation

Plusieurs témoins, auraient constaté que, pendant des extases, Thérèse Neumann se tenait élevée de 15 à 20 centimètres au dessus du sol.

Bilocation

On connaît au moins un cas absolument certain : celui d'un désespéré qui voulait se jeter sous un train, une nuit, dans la forêt. Au moment où il allait se précipiter sur les rails alors que le train arrivait à toute vitesse, quelqu'un le tira vers l'arrière : c'était Thérèse, qui l'incita fortement à aller trouver le curé. Sauf que le corps physique de Thérèse était ailleurs à ce moment-là.

Prendre sur soi

Le père de Thérèse ne pouvait plus travailler à cause de ses rhumatismes. Thérèse demanda à Dieu de lui donner le mal de son père : elle fut exaucée. Le père guérit, et Thérèse assuma le rhumatisme…

Un jeune étudiant en théologie était atteint d'une très grave tuberculose de la gorge. Durant les fêtes de Noël 1922, Thérèse pria le Sauveur de lui donner cette maladie en échange de la guérison de ce jeune séminariste. Thérèse fut aussitôt atteinte d'un mal de gorge qui la fit souffrir longtemps. Mais à partir de ce jour, Thérèse ne put plus jamais avaler la moindre nourriture solide. Le jeune étudiant guérit définitivement et fut ordonné prêtre. Le jour où il célébra sa premier messe, le 30 juin 1931, Thérèse fut délivrée de son mal de gorge.

OBE

Thérèse se déplaça en esprit à de nombreux moments aux endroits où elle ne pouvait pas être, racontait dans le détail, et les recoupements ultérieurs montraient la justesse de son témoignage.

Prédictions

Un don qu'elle tenait caché, mais dont des proches ont été nombreux à témoigner : Elle prédit, longtemps à l'avance, que le Dr Graber serait un jour l'évêque d'Eischtätt. La chute des nazis, ou encore les descentes de Gestapo. Elle annonçait les visites inattendues.

Pendant la période nazie, les amis de Thérèse avaient préparé une action nocturne de propagande anti-nazie pour le soir même. Soudain Thérèse s'écria : "Renoncez à ce que vous avez l'intention de faire cette nuit, car il y a du danger". Ils brûlèrent immédiatement tous les documents qui avaient été si péniblement imprimés. Le lendemain matin la Gestapo surgissait dans le magasin de ses amis, recherchant les écrits contre le régime.

Défunts

Chaque Toussaint, Thérèse voyait tous ses parents et amis décédés. Elle les voyait sous les traits qu'elle leur avait connus, mais resplendissants de bonheur.

Anges gardiens

Thérèse Neumann percevait la présence de son ange gardien. Elle le voyait, quand elle était en extase, près d'elle, à sa droite, comme un être de lumière. Elle l'entendait quand il lui parlait, et elle le comprenait. Dans certaines circonstances, l'ange gardien de Thérèse lui vint en aide. Elle voyait aussi les anges de ses interlocuteurs, et ce sont eux qui lui révélaient ce qu'elle devait savoir sur la vie cachée de ses visiteurs, ou sur leurs états d'âme, et lui inspiraient les conseils qu'elle devait leur transmettre.

Les visions

Pendant 35 ans, outre les terribles visions de la Passion de Jésus, elle put contempler la vie de Jésus sur la Terre, et ses miracles. Elle vit le pays où il vécut, travailla et se déplaça, ainsi que les gens qui l'entouraient. Elle connut leurs habitudes et les entendit parler leur langage : l'araméen. Elle vécut des scènes du voyages des mages, le massacre des innocents, la fuite en Égypte, la vie à Nazareth et la plupart des épisodes de la vie publique de Jésus. Thérèse contempla de nombreuses scènes de la vie de Marie après la résurrection de Jésus, notamment à Éphèse avec Saint Jean, "puis à Jérusalem où, à la fin de sa vie terrestre, elle fut élevée, corps et âme, au Ciel". Thérèse assista aussi à la lapidation de Saint Étienne. Elle fut témoin de la prédication et du martyre des apôtres et de nombreux saints.

Pendant ses extases/absences (auto-hypnose en onde alpha?), Thérèse Neumann perdait conscience de ce qui l'entourait physiquement, mais, curieusement, ses sens ressentaient ce qui se passait dans les lieux où l'extase la transportait (les sons, les odeurs, et même les températures). Les expressions de son corps ou de son visage trahissaient ce qu'elle éprouvait : le froid, la chaleur, les odeurs, etc... Thérèse était présente, matériellement, comme spectatrice de la scène contemplée. Ainsi, elle se penchait si un objet lui cachait ce qu'elle désirait voir. Elle comprenait les langues des personnages qu'elle "rencontrait", et plusieurs fois elle corrigea des fautes de professeurs de ces langues anciennes qui assistaient à ses extases, notamment du Professeur Wutz. Et Thérèse conservait dans son cœur et dans sa mémoire, tout ce qu'elle avait vécu dans ses visions.

Elle donnait des détails géographiques et historiques exacts, qu'une simple paysanne sans culture était incapable de donner.

Lors des extases, son corps prend des positions absurdes, semblant lié à de l'anti-gravité.

L'état d'absorption (ravissement)

Cet état suivait chaque vision, immédiatement après la fin de l'extase. Thérèse restait absorbée par ce qu'elle venait de vivre, et "c'est alors qu'on l'interrogeait et qu'elle parlait comme une enfant très naïve, de quatre ou cinq ans". Généralement elle restait sous l'empire total de ses visions, et, cependant, les réponses qu'elle donnait aux questions des personnes qui l'entouraient étaient d'une objectivité absolue.

L'état de repos surélevé

Il se présentait après l'absorption, et était de courte durée. Les forces de Thérèse se renouvelaient, et l'expression de son visage et le son de sa voix redevenaient normaux. C'est alors qu'elle s'exprimait en allemand alors que d'ordinaire elle ne parlait que le dialecte bavarois. C'est à ces moments-là qu'elle possédait des connaissances hors de sa portée, répondant aux questions les plus difficiles. Cet état se présentait aussi chez Thérèse après ses communions.

C'est quand elle était en cet état de repos surélevé, que Thérèse pouvait lire dans les pensées les plus intimes (télépathie, appelée cardiognosie à l'époque). C'est alors qu'elle pouvait démasquer les mauvais ou les faux prêtres, ou les vraies reliques des fausses. Elle avait aussi connaissance du sort réservé aux âmes des morts.

Thérèse Neumann avait le don de comprendre les langues étrangères, y compris les langues anciennes, tel l'araméen, quand elle était en extase, et de les répéter ensuite, mais seulement quand elle était en état de repos surélevé.

L'inédie (jeûne perpétuel et total)

À partir du 6 août 1926, Thérèse, qui déjà ne mangeait plus depuis la fin de l'année 1922 (ce qui semble avoir déclenché ses guérisons miraculeuses postérieures), cessa aussi de boire (ce qui finira de la guérir complètement). Jusqu'à la fin de sa vie, c'est-à-dire pendant 35 ans, elle n'absorba aucune nourriture, ni solide, ni liquide, excepté un bout d'hostie tous les jours en communion. Les éliminations naturelles s'arrêtèrent aussi.

Comme beaucoup de personnes parlèrent de fraudes, de sévères contrôles furent donc imposés à Thérèse, auxquels elle se soumit avec beaucoup de patience et d'humilité. Naturellement, rien de suspect ne fut jamais détecté. Thérèse ne se nourrissait vraiment que de l'Eucharistie.

Chose étrange : pendant chaque extase sanglante de la Passion, Thérèse, perdait environ cinq kilos qu'elle récupérait rapidement, sans rien manger...

Thérèse était constamment entourée de nombreuses personnes. Elle voyageait et était souvent invitée chez des amis. Comme elle était de constitution très robuste, elle aurait difficilement pu dissimuler sa faim. Mais manger lui était devenu absolument impossible.

Par ailleurs, Thérèse dormait peu, une ou deux heures par nuit. Pourtant, en dehors de ses douloureuses périodes d'extases sanglantes, elle s'adonnait aux activités normales d'une paysanne allemande de l'époque, sauf aux travaux trop durs devenus impossibles pour elle en raison de ses stigmates. Vers minuit, elle allait prier à l'église pendant une heure, puis elle rentrait dans sa chambre pour prendre connaissance de son courrier, très volumineux, et cela jusqu'à quatre heures du matin. Puis elle s'allongeait jusqu'à six heures et se préparait pour assister à la messe de sept heures. Après la messe, le cours normal de sa journée reprenait.

Remarque : L'emploi du temps de Thérèse était souvent bousculé par les extases, des visions inopinées, des déplacements ou des maladies. Thérèse, en effet, pouvait être malade comme tout le monde, et on la soignait normalement.

Les phénomènes eucharistiques

Thérèse ne vivait que de morceaux d'hostie : elle disait elle-même "qu'elle vivait du Sauveur". En effet, on a constaté, à de nombreuses reprises, que le morceau d'hostie consacrée subsistait intactes, dans le corps de Thérèse. Dès que la parcelle d'hostie qu'elle avait reçue la veille était digérée, elle devait communier très rapidement, car elle défaillait. Si le prêtre alerté se faisait trop attendre, alors une hostie consacrée venait spontanément à elle, et Thérèse entrait en extase et retrouvait ses forces et son aspect normal...

Les stigmates

Premières stigmatisations, partielles

Ceci se passa au début de 1926. Thérèse commença à souffrir de violents maux de tête. Au cours de la nuit du jeudi au vendredi, soudain, elle contempla le Sauveur à Gethsémani... Jésus fixa sur elle son regard et Thérèse ressentit une immense douleur à son cœur. En même temps elle sentit quelque chose de chaud qui coulait de son cœur : c'était du sang qui s'épanchait d'une plaie située à hauteur de son cœur. Le samedi la blessure était refermée.

La semaine suivante, la même chose se renouvela, mais Thérèse contempla son Sauveur du Jardin des Oliviers jusqu'à sa flagellation. La plaie de son cœur saigna à nouveau. Dans la nuit du Jeudi-Saint au Vendredi-Saint, Resl, en extase, assista à toute la Passion de Jésus, de Gethsémani jusqu'à la mort sur la Croix. Son cœur saignait abondamment, et les stigmates apparurent pour la première fois sur ses mains et sur ses pieds. Thérèse se crut de nouveau malade, car elle n'avait jamais entendu parler de stigmates. On tenta de soigner les plaies: hélas! Inutilement.

Autres stigmatisations

Le Vendredi Saint 1927 Thérèse reçut des stigmates sur les faces internes des mains et des pieds: elle ne comprenait rien à ce qui lui arrivait... Au cours de l'année 1927, elle reçut les stigmates de la couronne d'épines, puis, en 1928, sur l'épaule droite, le stigmate du Portement de Croix. Enfin, le 25 mars 1929 (Vendredi Saint), elle fut marquée, pour la première fois, des stigmates de la flagellation.

Les stigmatisations durèrent 36 ans. Jamais ces plaies ne s'infectèrent. Elles s'ouvraient au cours des passions que Thérèse vivait avec le Sauveur, puis se recouvraient d'une peau superficielle. Les visions se produisaient tous les vendredis, sauf entre les fêtes de Pâques et du Sacré-Cœur. Au cours des dernières années, en dehors des vendredis de carême, ces passions ne se produisirent plus que les premiers vendredis de chaque mois.

Thérèse mit beaucoup de temps à s'habituer à la douleur des stigmates permanents qui la gênaient beaucoup dans son travail. Elle dut porter des chaussures spéciales afin de pouvoir marcher presque normalement.

La Passion vue et vécue par Thérèse Neumann

Des milliers de témoins ont pu suivre toutes les étapes de la Passion du Christ en suivant les expressions du visage de Thérèse en extase (de nombreux spectateurs étaient dans la chambre à ces moments-là). Yogananda, comme beaucoup d'autres, racontent les mêmes choses, et les nombreuses photos confirment ces faits :

- après le couronnement d'épines, on la voyait s'efforcer d'arracher les épines là où le fichu blanc qu'elle portait toujours était maculé de sang.
- Pendant la flagellation, des traces de sang apparaissaient sur sa chemise du nuit. Durant le portement de Croix, son épaule se mettait à saigner.
- Pendant la crucifixion, les mains de Thérèse se contractaient; ses pieds saignaient. Elle souffrait beaucoup de la soif. On voyait ses regards se diriger dans plusieurs directions. Puis Thérèse s'effondrait, apparemment morte. C'est seulement le soir ou après la vision de la Résurrection que Thérèse Neumann revenait à son état normal, mais profondément recueillie.

Thérèse pleurait des larmes de sang, qui impressionnaient beaucoup les spectateurs, au point que plusieurs manquaient de défaillir.

Il y avait des pauses dans les extases douloureuses, alors elle pouvait répondre aux questions qu'on lui posait, et jamais on ne put la prendre en défaut ou la faire se contredire. Puis, brusquement, une nouvelle extase s'imposait.

Remarques : Durant ses extases, Thérèse perdait complètement la notion du monde extérieur, et ne savait même plus s'orienter dans sa chambre.

Nota : Thérèse Neumann conservait, visibles dans sa chair, les stigmates des clous, aux mains et aux pieds, du coup de lance et de la couronne d'épines. Certains jours d'autres stigmates apparaissaient, à l'épaule droite, ainsi que des traces de la flagellation.

Les persécutions nazies

Hitler la haïssait particulièrement, car, inspirant la foi aux catholiques allemands, elle était devenue une menace pour le régime du National Socialisme. Hitler aurait pu faire disparaître Thérèse, mais, trop superstitieux, il n'osa jamais l'attaquer directement; il préférait faire faire le travail par ses milices. Or curieusement, toutes les tentatives menées contre Thérèse échouèrent... Elle échappa même à une attaque de tanks menée contre son village de Konnersreuth.

Elle avait renoncé à sa carte d'alimentation et demandé en échange une double ration de savon. Dès que la presse sous contrôle de la censure ne parla plus d'elle, Thérèse fut tranquille.

Les dernières années

Malgré ses stigmates et la Passion de Jésus qu'elle revivait chaque semaine du jeudi soir au dimanche matin, malgré son jeûne total et prolongé, Thérèse vivait normalement, recevant de nombreux visiteurs, prenant part aux travaux des champs, soignant les malades, et se réservant le soin d'orner l'église. Cependant, vers la fin de sa vie, on détecta une angine de poitrine. Est-ce lié au fait que, à partir de 1961, les visions douloureuses du vendredi s'espacèrent ?

La mort

Toujours très active jusqu'à la fin de sa vie, elle fut terrassée par un infarctus du myocarde le lendemain de stigmates particulièrement douloureuses. Lors des funérailles, environ 7000 personnes étaient présentent. Les oiseaux de la volière de Thérèse Neumann, les pigeons et les colombes des gouttières, étaient devenus muets…

Mère Yvonne-Aimée de Malestroit

Yvonne Beauvais (1901-1951), elle sera surnommée la Madre Pia, en référence au Padre Pio avec qui elle partage plusieurs points communs.

Elle partage avec le curé d'Ars des yeux d'un bleu intense qui fascinaient les témoins.

De 18 ans (1920) à 27 ans, elle s'occupe des pauvres de la banlieue.

Le 5 juillet 1922, elle entend un appel auditif lui demandant de porter la croix de Jésus. De puis lors, elle fera de nombreuses prédictions écrites, dont celle de sa décoration à la légion d'honneur le 22 juillet 1945, événement décrit dans les moindres détails en 1929...

À la Brardière en Janvier 1927, elle rencontre le père Paul Labutte, qui sera le témoin de ses nombreux miracles.

Elle voit régulièrement la vierge, qui lui dit en 1947 que la consécration à son Cœur Immaculé n'avait pas été suffisamment faite (ça intéresse la SSC de Paray-Le-Monial, qui prendra le pouvoir en France avec Macron).

Yvonne est aussi attaquée par le démon, ce qui l'effraye, plus que les gens de la Gestapo qui l'ont torturée. Le père Butte témoignera s'être retrouvé dans une chambre habituellement fraîche, dont la température était montée, selon ses estimations, à 80°C pendant 15 minutes, provoquant chez lui et sa tante une transpiration intense. Ou encore trois griffures rouges qui apparaissent sans raison devant témoins. Comme si 3 croc de boucher avaient labourées profondément les chairs. Lors d'un exorcisme fait par l'évêque de Bayeux pour la libérer du démon (effrayant selon les témoins), on comptera 80 coups de griffes (profonds jusqu'à l'os) dont certains traversaient les vêtements de part en part. Le lendemain elle marchait comme si rien ne s'était passé, pourtant les cicatrices, vérifiées après l'exhumation, étaient grosses comme le petit doigt.

Le 7 février 1943, Yvonne annonce qu'elle va être arrêtée par la Gestapo, mais reste à Paris, ayant « ordre du Seigneur de rester à Paris pour ses affaires à Lui ». Elle demande à ses proches de ne pas faire de démarches avant 8 jours, pour ne rien compliquer.

Arrêtée le 16 février 1943, puis torturée, elle apparaît au père Butte qui venait de se rendre à Paris, alerté par un télégramme. Alors qu'il descend dans le métro avec sa mère, il est poussé intérieurement à se retourner, et voit Yvonne en habits civils au milieu de la foule. Elle paraît pressée et inquiète. Elle lui dit de continuer à marcher, comme si le père était suivi. Une fois dans la voiture du métro, il lui demande comment elle a été libérée. « -Non... je ne suis pas libérée... Je suis en prison... je subis la torture debout devant un mur… j'ai la tête dans une sorte d'étau... » Le père comprend alors qu'elle est en état de bilocation « C'était bien elle. Je la voyais, je l'entendais respirer et parler, je la touchais de mes mains. Je ne rêvais pas, éveillé. ». A la station suivante, sans rien dire de plus, Yvonne descend, jette un dernier regard de détresse, puis devient soudainement invisible (disparaît de cette dimension) alors que le père Butte la suivait des yeux.

Le père sort plusieurs stations après, et alors qu'il est à mi-chemin de l'escalier de sorti, ayant laissé la foule le devancer, il voit une porte latérale s'ouvrir, et Yvonne apparaît, toujours en civil. L'air effrayé, elle lui lance à mi-voix ces quelques mots : « Prie ! Prie ! Si tu ne pries pas assez... on m'embarquera ce soir pour l'Allemagne... Ne le dis à personne ! ». Avant même qu'il puisse répondre, elle était de nouveau devenue invisible.

Il priera toute l'après-midi et le soir, vers 21h10, alors qu'il continue à prier pour elle, un bruit de cavalier botté sautant de son cheval se fit entendre derrière lui. Il se retourne aussitôt, et voit Yvonne apparue de nulle part dans son bureau fermé, toujours habillée en civil, avec des bottes caoutchouc, mais n'avait plus le chapeau et les lunettes de l'après-midi. Il l'attrape par les poignets, elle lui demande aussi sec de la lâcher en se débattant dans tous les sens, comme si elle ne le reconnaissait pas. Elle racontera plus tard l'avoir pris pour le tortionnaire de sa prison. Elle se calme progressivement, et demande où elle est, avant de reconnaître son bureau. Epuisée, elle s'assoit dans un fauteuil.

- « C'est mon bon Ange qui m'a délivrée et ramenée ici. Il m'a saisie dans la cour de la prison, juste au moment où l'on nous mettait en groupe pour partir en Allemagne... Il a profité du brouhaha et du désordre qui se sont produits au moment du rassemblement et aussi de l'obscurité, du black-out... »

Le père butte l'abandonne quelques minutes, et quand il revient, Yvonne est allongée sur son lit, entourée de jolies fleurs impossibles à trouver à cette époque de guerre. Une sœur soigne ses blessures.

Tandis qu'elle était torturée par la Gestapo et qu'elle se manifestait auprès du père Labutte dans le métro parisien, plusieurs marins bretons embarqués sur l'Eridan, navire-hôpital de la Royal Navy, l'avaient vue apparaître à bord pour les soutenir durant un bombardement aux cris de « Courage ! Vive la France ! ». Cette information vient de la fille d'un des témoins, l'officier mécanicien Edouard Le Corre [cauw].

Le lendemain, Yvonne explique tout ce qu'il s'est passé.

– « Je remplissais uniquement une mission d'ordre spirituel. J'ai été prise, je le sais maintenant, pour une Anglaise, agent secret des Alliés... que la Gestapo recherchait... »

Elle raconte la surprise de son bourreau qui la fouettait et s'étonnait de l'absence de réaction. Ou encore du viol qu'elle subissait quand elle est apparue au père Butte ou aux marins de l'Eridan, comme beaucoup de victimes qui disent se retrouver au dessus de leur corps à se moment là, en état de dissociation. Elle dira qu'elle était présente aux 2 endroits en même temps.

Zé Arigo

José Pedro de Freitas (18/10/1922 - 11/01/1971), brésilien, fut un des meilleur exemple des médiums guérisseur pratiquant la chirurgie sans anesthésie sous l'impulsion d'un esprit, le célèbre Docteur Fritz, un médecin allemand se prétendant mort en 1918. José Arigo soignait des milliers de gens par jour (du genre il ouvre l'oeil avec un vieux couteau rouillé, enlève un glaucome, et referme en moins de quelques secondes, sans infections ultérieures, à la stupéfaction des nombreux chirurgiens qui l'étudiaient tous les jours, et à qui il aurait fallu plus d'une heure pour réaliser la même opération, avec complication post anesthésie).

Tout commence pour Zé Arigo au début des années 1950. Une connaissance est allongée sur un lit, la pièce éclairée de bougies. Les amis et la famille se recueillent autour d'elle, tandis qu'un prêtre donne les derniers sacrements (phase terminale d'un cancer de l'utérus). Dans un état second, Arigo sort de la pièce, attrape un couteau de cuisine (le premier qui lui était tombé sous la main), puis revient dans la pièce. Il demande à tout le monde de s'écarter, s'approche du lit, soulève les draps et plonge le couteau dans le vagin de la mourante. Retournant plusieurs fois le couteau, il le ressort, plonge son autre main, et en ressort l'énorme tumeur, grosse comme un pamplemousse, à la stupéfaction de toutes les personnes dans la pièce. Cette femme survivra à son cancer contre toute attente, et Arigo devint célèbre du jour au lendemain. Jamais le médium ne se souviendra de cette opération.

Le journaliste américain David St Clair, dans son livre « magie brésiliennes » aux éditions « J'ai Lu », témoignait qu'il avait vu, lors de sa visite à Arigo, voir ce dernier sortir les yeux de leur orbite chez un garçon de

14 ans, aveugle de naissance, gratter l'arrière des globes oculaires avec son vieux canif (jonction avec le nerf optique), remettre les yeux en place (le tout en quelques secondes), et repousser l'aveugle pour attaquer le patient suivant (au plus fort de sa carrière, une file d'1 milliers de personnes se massait tous les jours à sa porte, Arigo enchaînait les opérations à vive allure, même s'il ne pouvait soigner tout le monde). Le jeune, qui voyait pour la première fois de sa vie, était en larmes (de joie), tout comme sa mère.

En incorporation, Arigo est totalement inconscient, c'est l'esprit qui opère avec une grande vivacité (on parle même d'une certaine brutalité apparente), à l'aide d'un canif, d'un couteau, de ciseaux ou d'un bistouri. En fait, en fonction des circonstances, l'esprit du Dr Fritz utilise ce qui lui tombe sous la main. Il s'exprime en allemand, ou en portugais avec un fort accent allemand.

Les opérations ont lieu en pleine lumière, Arigo est en bras de chemises et parfois torse nu. Les observateurs ont eu toute possibilité d'examiner de près le déroulement des opérations. Le Dr Fritz incorporé a fréquemment discuté avec des médecins.

Il poussait les malades contre le mur, les transperçaient d'un couteau non stérilisé qu'il essuyait ensuite sur sa chemise. Pourtant les malades ne se plaignaient pas et ne semblaient pas souffrir. La blessure saignait très peu et se cicatrisait en quelques jour.

On estime qu'en cinq ans Arigo traita un demi-million de malades de toutes classes sociales. Cela lui importait peu car il n'acceptait aucun cadeau en remerciement.

Il fut évidemment empêché par les autorités de guérir les gens, étant mis en prison à de nombreuses reprises, bien qu'aucune plainte ni loupé pour ses « opérations » n'ai jamais été faite (quel chirurgien peut se vanter d'une telle constance ?) et qu'une foule de guéris venait à chaque fois témoigner. Le directeur de la prison, qui devait gérer les milliers de personnes, devait laisser les malades entrer pour qu'ils soient guéris.

Le juge Immesi, qui était venu incognito enquêter sur Arigo avant de lancer l'accusation, est démasqué par ce dernier, qui l'invite à prendre la tête d'une patiente dans ses mains pour s'assurer qu'il n'y a pas de supercherie. Le juge témoigne :

- " Arigo saisit un genre de ciseaux à ongles. Il les essuya sur sa chemise. Il n'utilisa aucun désinfectant. Ensuite, il incisa la cornée de l'œil de la malade. Elle ne broncha pas, pourtant elle était tout à fait consciente. Il retira la cataracte en quelques secondes. Le procureur et moi même somme restés interdits. Puis Arigo récita un genre de prière en tenant un morceau de coton dans la main. Quelques gouttes de liquide apparurent soudain sur le coton et il s'en servit pour essuyer l'œil de la femme. Nous avons assisté à cette scène de très près. La femme s'en alla guérie."

Le juge fut quand même obligé de condamner Arigo car il pratiquait la médecine sans avoir le diplôme. Les peines et amendes étaient légères, et toutes les poursuites furent arrêtées le 8 novembre 1965 : Arigo fut relâché, et toutes les charges contre lui annulées.

Le docteur Ary Lex, chirurgien réputé spécialiste de l'estomac et de l'appareil digestif, fut lui aussi invité à tenir la tête du malade pendant qu'Arigo opérait. Il assista à 4 opérations en une demi-heure, et conclut très vite que ce qu'Arigo faisait était "paranormal".

Arigo était prévenu à l'avance des morts qui allaient se produire dans son entourage, par des rêves de croix blanche. Un jour, il fit le rêve d'une croix noire, et avertit ses proches que c'était lui cette fois qui allait mourir. Peu de temps après, Arigo trouva la mort dans un accident d'automobile (collision avec un autre véhicule), le 11 janvier 1971.

Le docteur Fritz s'est ensuite lié à d'autres médiums à incorporation, qui reproduisent les miracles de José Arigo. En 2010, il en était à son 4e, les médiums ayant de fâcheuses tendances, comme Coluche qui déplaisait au pouvoir, à mourir dans des accidents de la route, collision avec d'autres véhicules...

A noter que les zététiciens n'ont jamais trouvé de fraudes ou d'arguments contre Arigo, mais préfèrent l'amalgamer aux guérisseurs philippins à main nue (pour semer le doute), dont certains sont en effet des fraudeurs utilisant des tours d'illusionniste pour faire apparaître de la viande sanguinolente de leurs manches baissées, au contraire d'Arigo qui opérait torse nu pour satisfaire les enquêteurs.

La réputation de Arigo était mondiale, mais encore une fois, seuls une minorité d'élites et de grands chirurgiens se passaient l'info sous le manteau, le grand public, hors de l'Amérique du Sud, étant tenu dans l'ignorance de ces miracles qui ont eu lieu pendant 20 ans... Il fallait être « un lecteur qui sait » pour avoir l'information, ceux qui lisent les rubriques « insolites » des grands médias sérieux, ceux trop denses pour être lus entièrement par le commun des mortels.

Natuzza Evolo

Fortunata Evolo (23/08/1924 – 01/11/2009), italienne. Le professeur Valerio Marrinelli, de l'université de Calabre, consacra à cette médium 5 volumes d'investigation critique.

Née dans une famille très pauvre, sans père, dont la mère devait se prostituer pour survivre et nourrir ses enfants. Toute jeune, elle a des bilocations. Son père, qui ne l'a jamais vue, et qui vit en Argentine, se retrouve un jour nez à nez avec une fillette inconnue chez lui. Cette dernière lui annonce qu'elle est sa fille, et que son corps est resté en Italie.

Une fois son corps réintégré, en Italie, elle raconte à sa famille le décor de la maison paternelle, la description physique de son père. On ne la cru pas au début, mais une lettre arriva d'Argentine où le père racontait l'avoir vue dans son salon, tandis que des cousins partis le voir en Argentine confirmèrent plus tard la description des lieux qu'en fit la petite.

Elle eu ensuite de nombreuses bilocations. La vision des morts, l'accueil et le radio-guidage d'âmes en peine s'ajoutèrent à son répertoire. Apparitions de la madone, stigmates du Christ douloureuses et chemin de croix revécu d'heure en heure dans son corps torturé.

Médium à incorporation, les défunts délivrent des messages dans des langues inconnues de la médium, tandis qu'elle apparaissait au même moment en bilocation ailleurs. Il est d'ailleurs arrivé qu'elle délivre des messages par erreur à la personne à qui elle apparaissait en bilocation alors que ce message était destiné à la personne en face de son corps physique.

Cette médium (totalement analphabète, trop pauvre pour se payer des cours, et disposant de peu de temps entre ses ménages et ses nombreux enfants) posait un mouchoir ou un ligne plié, enroulé ou déployé sur sa poitrine, son visage, son cou, etc. et quand elle retirait, c'est comme si une machine à écrire avait imprimé des textes et des dessins qui se lisaient très bien, mais avec du sang comme encre. Le sang paraissait guidé par une main invisible.

Des fois, par manque de place, le texte s'interrompt en bas du mouchoir et se continue sur le prochain mouchoir appliqué.

Le texte consiste en des citations de la Bible, réflexions religieuses assorties de dessins pieux, proverbes, prières de longueur variées, et étaient écrits, selon le destinataire, en italien, français, allemand, anglais moderne ou archaïque, hébreux, latin ou grec.

Mis au courant, le Vatican ne se déplaça pas et la déclara hystérique, comme il l'avait fait de Padre Pio en 1924.

Les médecins du cru s'acharnèrent sur la médium. Dès lors que l'absence de truquage fut avéré, elle fut enfermée 2 mois, en 1940, à l'hôpital psychiatrique de Reggio de Calabre. Examens cliniques et tests psychologiques s'enchaînèrent en pure perte. Le professeur Annibale Paca finit par poser son diagnostic : "vasodilatation segmentale due à une concentration émotive portée à son plus haut degré par une auto-suggestion hypnotique". Ne vous laissez pas abuser par les termes charlatanesque, ce verbiage ne veut rien dire ! Le médecin chef conclua que toutes ces sueurs de sang sont évidemment causées par une intense frustration sexuelle, et qu'elles disparaîtraient dès lors que la médium serait mariée. Ce qu'elle fit, 3 ans après sans sortie de l'hôpital psychiatrique. Et évidemment, les lettres de sang continuèrent !

Elle eut 5 enfants.

Elle aurait voulu rentrer au couvent pour plaire à Dieu, mais fut recalée 2 fois, étant analphabète.

Elle vécut toujours dans le dénuement total, car elle trouvait toujours plus pauvre qu'elle pour refiler les petites oboles que lui donnaient ceux qui récupéraient un mouchoir de lettres de sang.

Sur les vidéos de Natuzza Evolo, qui accueille en souriant ses milliers de visiteurs, on peut voir la joie qui émane d'elle, malgré les douleurs des stigmates et de la passion du Christ, les nombreuses humiliations subies au cours de sa vie.

Manteïa

Auto-surnommé le roi des voyants de son temps, il est vrai que Manteïa était 2 ou 3 crans au-dessus des voyants, déjà très bons, de son époque.

Manteïa est une de ces personnes pour qui rien ne semble impossible.

Le fait le plus surnaturel chez lui, c'est la notoriété qu'il avait dans les années 1960 à 1980 (fait la une des journaux, présentateur d'une émission de radio célèbre), et le fait que 30 ans après sur internet ou ailleurs c'est comme si cet homme n'avait jamais existé...

Ce grand écart incompréhensible entre la notoriété de 1971, et l'absence totale d'informations sur Google en 2016, m'a fait douter au début de l'information du livre de André Larue [mant].

J'ai publié les premières infos sur mon site en 2016 (il fallait bien que quelqu'un se dévoue à faire remonter ces infos au plein jour), et c'est quand je les ai mises dans cette page dédiée en février 2017 que des correspondants se sont progressivement fait connaître pour me communiquer leur témoignage et me faire passer des photos ou coupures de journaux de l'époque, permettant d'éclairer un peu plus ces capacités exceptionnelles qu'avait Manteïa.

Les synchronicités ont fait que tous les 6 mois, un nouveau témoin se manifestait et donnait des infos complémentaires. Jusqu'à découvrir 3 ans après, par hasard, qu'un voisin l'avait bien connu et avait même failli travailler avec lui.

J'ai aussi compris pourquoi le cover-up sur Manteïa le fait disparaître complètement en 1985, au point que même sa famille n'a pas été prévenue de sa mort, ni même de savoir s'il l'est réellement. On m'a même expliqué qu'en 2015, après plusieurs tentatives de mettre des infos sur internet, un site parlant de Manteïa (faite par une personne de sa famille) avait été supprimé quelques semaines après sa mise en ligne. Mon interlocuteur était d'ailleurs étonné qu'un an après je puisse écrire une nouvelle page sur le sujet sans qu'elle ne soit retirée à son tour…

Vous comprendrez pourquoi, pour tout ce qui concerne ses activités dans les hautes sphères du pouvoir mondialisé, je n'ai pas cherché à en savoir plus. Mon but est de relier des informations déjà prouvées par des lanceur d'alertes, pas de subir les emmerdes de ces derniers (merci à ces héros de l'ombre au passage). Je n'aborderais pas les sujets « dangereux » ici, seul le sujet pouvoir psy m'intéressant au final.

Sa vie

Manteïa, de par ses fréquentations louches, a brouillé les infos aux journalistes, et même à sa famille. Ce qui ressort, c'est qu'il naît vers Limoges en 1930. La voyance est héréditaire chez lui. L'arrière grand-mère de Manteïa était déjà voyante et guérisseuse. La transmission ne se fait pas par apprentissage.

Bien connu à Limoges où il a un cabinet de voyant et de guérisseur, il est ami avec le champion cycliste du coin Poulidor. Il changera régulièrement de ville, se mariera 3 fois, et aura entre 12 et13 enfants reconnus selon les sources, tous avec un de ses dons (mais pas tous les dons en même temps comme chez Manteïa).

Vers 1962, il se marie en seconde noce avec une fille issue de famille de la haute société, et souffrira toute sa vie d'être considéré, de par son origine sociale, comme inférieur. Il subi d'ailleurs une forte opposition de sa belle-famille, et même sa femme craint un peu ses pouvoirs. De son côté, il subit une grosse pression qui peut se répercuter sur ses enfants, qu'il adore mais avec qui il peut se montrer très (trop) sévère. Il finit par divorcer vers 1973-1974.

Dans les années 1970, Manteïa reçoit du beau monde du show bizz à table (il traîne avec la bande à Darry Cowl, Francis Blanche et Jean Lefebvre), et dépanne à l'occasion financièrement ses amis artistes qui dépensent tout ce qu'ils gagnent.

C'est l'époque faste : Il collabore régulièrement à la revue détective, Paris Match lui consacre des dossiers (dont la photo où une image apparaît dans une boule de cristal), et il est la star du livre d'André Larue *Les voyantes*, et du films en préparation sur les plus grands sujets psys français de l'époque, le sulfureux film *Les voyants* [voy].

Manteïa, en plein divorce, n'est pas présent comme le voudrait Mitterand pour sa campagne de 1974, et il le lui fera payer cher par la suite.

Lors du tournage du film *Les voyants* à Pau, alors que Manteïa déambule dans la rue et arrête les passants qui le veulent pour raconter toute leur vie passée et future, une voiture déboule à vive allure d'une ruelle bloquée, percute violemment la méhari travelling portant la caméra, et s'enfuit aussitôt. La police refusera de remonter au propriétaire de la plaque d'immatriculation, qui a été prise en photo.

Le film subira beaucoup de tracasseries administratives, mettra 3 ans à sortir en salle, et la veille de la première diffusion dans les salles françaises, le film est interdit dans toute la France, et toutes les bandes sont récupérées par l'État. De ce qu'on m'en a dit, l'INA possède actuellement une copie, mais il n'est pas possible de l'obtenir. Quelqu'un de haut placé a réussi à le visionner, mais la bande n'a pas pu sortir de l'INA, et le gars a bénéficié d'une projection privée, tout seul dans la salle. Tout ça pour décrire le cover-up qui entoure ce film.

En 1976, Manteïa anime toute la semaine une émission d'une heure sur Radio Andorre (actuelle Sud Radio), émission qui lui vaudra d'être très connu dans le Sud-Ouest.

Depuis 1953, Manteïa est très proche du guérisseur Pierre Larignon (un des 40 guérisseurs reconnus par la médecine). Manteïa l'a suivi à Brest en 1953, et quand Larignon est embêté par son divorce en 1976, Manteïa l'invite à Pau. Pierre Larignon et lui seront très proches dans cette période, se suivant dans leurs déménagement, louant des maisons voisines.

Il gagne beaucoup d'argent à cette époque. En une seule pub à la fin de l'émission de radio de Manteïa, Pierre Larignon s'est refait la clientèle qu'il avait mis 25 ans à établir à Brest. Pierre quadruple ses honoraires sur les conseils de Manteïa.

Un médecin est à 25 francs la consultation, Larignon à 100 F, Manteïa à 500 F... Sans compter les courrier abondant qui contient l'argent en liquide (voyance à distance sur photo), les émissions de radio, ou les passages dans la presse écrite.

Déroulement d'une journée ordinaire de Manteïa :

- le matin : courrier très abondant
- l'après midi : émission Sud Radio de 14h30 a 15h30 dans son bureau décoré avec des photos dédicacées d'hommes politiques et du show bizz
- Après l'émission de radio, il recevait 4 a 5 clients
- le soir : dîner dans les grands restaurants de Pau.

Les voyants de son époque, comme Belline, l'appellent régulièrement pour qu'il les dépanne sur une voyance. Il est LA référence.

En 1976, en plein direct sur Sud Radio il fait une prophétie sur l'apocalypse qui marque les esprits, au point que son émission lui est retirée le jour même.

Fin septembre 1976 Manteïa est a la rue (plus de maison et de clients et de radio). Les huissiers ont tout saisis, il est expulsé. Brutal après la vie de luxe qu'il menait.

Il est accueilli chez des amis, et se refera très vite vu ses capacités hors normes.

En 1977, il tente de fonder un mouvement ésotériste, se dirigeant vers une révélation plus spirituelle. C'est aussi à cette époque qu'il refuse d'aider un puissant chef d'État étranger, dont les exactions lui sont insupportables. Une nouvelle vengeance s'exercera sur lui.

Début 1978, Pierre Larignon cesse d'exercer suite a une attaque cérébrale qui le laissera tétraplégique. Manteïa et Larignon se brouillent définitivement.

En 1978, Manteïa fait 3 mois de prison, et en ressortira très affaibli (il était déjà malade, étant très anxieux de nature, ses prédictions étant d'ailleurs très anxiogènes). Officiellement, il est enfermé pour des problèmes d'impôts. Quand il ressort, il est ruiné, amaigri et malade.

Dans les années 1980, il est au Sud de Toulouse, où il fait des voyances et des guérisons miraculeuses. Les témoignages décrivent un Manteïa, apaisé, doux et humble, qui soigne gratuitement les gens.

En 1985, il annonce à des patients que ce sera la dernière fois qu'ils le voient, qu'on ne le reverrait plus, et que tout le monde l'oublierait. Plus de signe de vie depuis.

Manteïa disparaît complètement en juillet 1985. Officiellement, une opération bénigne qui s'est mal passée. Sa famille n'apprendra son décès que 5 ans après (les généalogistes auraient échoué à retrouver ses enfants, étrange…). Il est enterré dans un caveau de 4 personnes, où il y a 5 noms sur la plaque… Son nom de famille et sa date de naissance ne sont pas les bonnes sur cette plaque.

Le jour de son décès, à ma connaissance, au moins 2 de ses enfants ont reçus un message ou une apparition de sa part.

Et c'est vrai que toute l'info le concernant ne ressortira pas sur internet avant 2015, 30 ans après.

Le cover-up sur Manteïa va très loin, bien au-delà de notre monde : En 2013, la fille de Manteïa se rend à une représentation d'une médium réputée (les gens mettent des photos de défunts sur la table, la médium prend les photos et fait passer le message du défunt). Il y a avait plus de 250 personnes au cours de la séance. La médium prend direct la photo de Manteïa au milieu du tas, et annonce qu'elle n'a pas le droit d'effectuer de médiumnité sur ces deux personnes, et que l'énergie de la petite fille de la photo était présente. Elle s'excuse ensuite de ne rien pouvoir dire. L'assemblée était médusée.

A noter que j'ai réussi à capter médiumniquement Manteïa en 2019 (discussion confirmée par le surnom donné à une proche, que j'ai pu recouper avec la famille). De ce qu'il m'a expliqué, c'est qu'une fois son énergie vitale (d'incarnation) de guérisseur fut épuisée, il a pris un contrat avec des entités désincarnées pour pouvoir continuer, et il le paye aujourd'hui... Que la CIA n'était pour lui qu'un des nombreux outils que son groupe occulte transnational puissant utilisait. Il travaillait pour ce groupe en secret (lié à sa famille semble-t-il), groupe dans lequel la voyance n'est plus à prouver (prouver la voyance n'était pas le but de son incarnation), il semblait même étonné de ma question, comme si tout le monde savait que la voyance du futur était possible...

Bourreau de travail

Manteïa dort moins de 4 heures par nuit. Il épuise ceux qui l'assistent en pouvant décider d'un coup de faire 1000 kilomètres pour aller voir une apparition de la vierge en Italie, prendre un café puis revenir. Le jour il fait les guérisons, la nuit, quand les énergies sont plus présentes, il fait les voyances.

Ses voyances

En 1953, le gros journal de la région, le populaire du centre, sollicite ses prédictions. Manteïa annonce un homme sur la lune en 1969, ce qui fait bien rire tout le monde dans cette région où les voitures étaient encore rares.

Il annonce aussi au jeune Poulidor qu'il sera un grand champion cycliste, confortant sa mère de le laisser vivre sa passion, lui qui bat déjà les meilleurs du coin avec le vieux vélo de sa mère.

Les dominants

Une constante chez lui, c'est les fréquents déménagements, rapides et définitifs, pouvant abandonner ses enfants du jour au lendemain (Pierre Larignon a un peu le même comportement avec ses enfants).

En 1968, il se déclare « négociant en vin ». Pourquoi ?

Ce paragraphe sera court et volontairement flou, je ne me base que sur mes propres déductions, et sur la connaissance que Harmo nous a donnée du système. Cette connaissance provenant d'Harmo, un gars se disant contacté par des Extra-Terrestres, le paragraphe qui suit n'est donc aucunement prouvé ou sourcé, n'a aucune crédibilité, ce qui est très bien pour ma sécurité personnelle ! :)

Manteïa était le voyant le plus doué depuis... très longtemps. On peut donc imaginer qu'il a été automatiquement très demandé par :

- les gens de pouvoir, que ce soient les artistes médiatiques, les politiques, les gros industriels, les élites, et tout en haut ceux qu'on appelle les illuminati. C'est ce que Larue évoque brièvement dans son livre, en évoquant des personnalités énigmatiques et très puissantes aux USA ou ailleurs dans le monde, sans dévoiler aucun nom. D'autres articles citent la reine d'Angleterre et 11 autres chefs d'États puissants...
- les programmes secrets d'études parapsychique : Ses capacités psy exceptionnelles l'ont forcément amenées à être approché par diverses branches secrètes d'études psys ou d'espionnage à distance, comme les déclassifications sur les black programms américains de remote viewers l'a montré. Marc Auburn, Uri Geller et Jean-Pierre Girard ont participé à de telles études, ils en témoignent (très) rapidement, le film "les chèvres du Pentagone" évoque aussi le sujet, aucune raison que Manteïa n'ai pas été approché lui aussi. On parle de branches occultes d'organismes officiels et mondialisés, faisant des expériences aux limites de la loi (Girard raconte avoir arrêté le coeur d'un homme à distance pour des tests en Russie), organisations auxquelles on ne peut "refuser" sa participation. Et sur lesquels un secret absolu est imposé.
- Les services de renseignements : Manteïa faisait de nombreux voyages dans le monde, ce qui en période de guerre froide l'a obligatoirement amené à être contacté par le milieu du renseignement (comme tous les artistes, journalistes ou scientifiques dont il est aujourd'hui connu qu'ils profitaient de leurs voyages pour faire le facteur/espion, soit pour les instances d'un pays, soit pour un groupe de personnes mondialisés plus haut placées que les États apparents… les illuminati).

On peut aussi imaginer que toutes les tuiles qui l'assaillent à partir de 1976 viennent de dominants pour qui il aurait refusé de bosser, et qui le lui auraient fait payé très cher.

Manteïa avait un message à faire passer, et pour s'intégrer au système médiatique, et ainsi pouvoir glisser 2-3 indices au public, on peut imaginer qu'il a du accepter de devoir travailler avec de tels dominants et s'y brûler les ailes, ou du moins voir sa mission de révélation fortement bridée.

C'est du moins ce qu'on peut imaginer. Je n'ai pas d'infos réelles sur cette part de l'ombre, et ne souhaite pas en avoir ni en savoir plus. Cette partie n'est pas là pour ça, mais il fallait vous parler de ces "probabilités" pour comprendre les zones d'ombres et les ennuis de la vie de Manteïa, ainsi que sa disparition physique et médiatique brutale, ainsi que l'absence totale d'infos sur internet en 2016 (à noter que fin 2018, plus de résultats sur Manteïa ressortent, comme si le délai administratif de 30 ans après 1985 s'était écoulé).

Vous comprendrez donc que sur certains sujets concernant Manteïa, je resterai évasif, et ne pousserai pas la curiosité à chercher plus loin.

Dans les années 1960, de mystérieux personnages viennent à la maison. Manteïa donne de l'argent à sa famille et leur impose d'aller au cinéma, et de ne pas revenir avant plusieurs heures. Les nuits, il passe des heures au téléphone avec des Américains, CIA semble-t-il.

Au milieu de la campagne présidentielle de 1974, Attali raconte que Mitterrand vient le voir, et lui annonce qu'ils vont perdre les élections. Il lui donne des chiffres très précis, et précise même que Giscard va tricher dans les DOM-TOM, ce qui lui fera gagner les élections. Même Attali est stupéfait et se demande d'où lui viennent ces informations… Il y a sûrement du Manteïa derrière. Les intentions de vote variant jusqu'au dernier moment, les chiffres se révélèrent très proches de la réalité, de même que le résultat.

Guérisons

Voici les guérisons dont on m'a parlé, sachant que Manteïa ne faisait normalement que de la voyance.

Vers 1960, un jeune enfant tombe subitement malade. Les médecins le déclarent perdu. Quand Manteïa rentre, il demande à l'enfant dans le coma de répéter la prière qu'il lui indique (il le fera dans sa tête). L'enfant s'en sortira. Plusieurs années après, Manteïa lui expliquera qu'un de leur voisin lui avait jeté un sort.

Vers 1984, un couple vient frapper à sa porte au culot, leur petit-enfant a une tumeur très virulente, les médecins donnent 3 mois à vivre. Manteïa n'a pas besoin de la photo ou mèche de cheveux : il leur demande de l'emmener dans l'après midi en urgence à Lourdes, puis ensuite de lui amener l'enfant. Il ne demandera jamais aucun argent, et c'est ce même enfant qui a pu me raconter cette histoire 30 ans après. Manteïa prendra régulièrement des nouvelles de l'enfant (au téléphone, il décrit avec détail comment l'enfant est habillé et ce qu'il fait à ce moment-là). C'est à cette famille que Manteïa, quelques jours avant sa mort officielle (donc l'opération bénigne qui n'aurait pas due mal tourner), annoncera qu'il allait disparaître et que tout le monde allait l'oublier / ne plus entendre parler de lui.

Sa carrière

1969

En Une du magazine "Détective" du 04/12/1969, n° 1219 : "LES PROPHETIES DE MANTEIA, LE VOYANT DE L'AN 2000 : NOUS VIVONS AUX TEMPS DE L'ANTÉCHRIST."

1970

En Une de détective N° 1221 du 18/12/1969, pas Manteïa mais son pendant féminin et américain, la Pythie de Los Angeles, "qui fait trembler la maison blanche". Encore une voyante surdouée dont il ne reste plus trace sur internet...

Même s'ils se sont eu au téléphone, et qu'il reconnaissait ses grands pouvoirs, Manteïa et la Pythie n'ont jamais pu se rencontrer physiquement.

1971

En 1971 [mant] il jouit d'une renommée internationale, étant considéré comme le "prédicteur" ou devin le plus fiable de son époque. Sa réputation est établie aux USA et en Allemagne, et dans tout le Sud-Ouest de la France, avant même son émission de Sud Radio qui le rendra vraiment célèbre.

Sa réputation dans la haute société est brillante, grâce notamment à ses étonnantes prédictions mondiales à longue échéance qui lui ont valu d'être surnommé "le voyant de l'an 2000". Manteïa ajoute lui même, sans fausse modestie : "reconnu comme étant le meilleur voyant de notre temps".

C'est le seul voyant à faire contrôler ses prédictions par huissier. En 1971, ses prédictions se révèlent exactes à 98%.

Manteïa n'est ni humble ni modeste, pas vaniteux vu qu'il dit s'étonner lui-même. Il lui arrive de devoir se mordre la main quand se réalise une prédiction particulièrement culottée, afin de se persuader qu'il existe, qu'il est bien en chair, qu'il n'évolue pas parmi les ectoplasmes, qu'il ne rêve pas... Ses clients aussi...

Tous les ans, dans la nouvelle république de Tarbes et la nouvelle république de Pau, ainsi qu'à Radio Andorre (qui deviendra Sud-Radio), il publie ses prédictions de fin d'année. Il a été demandé par la télévision régionale de Bordeaux en janvier 1971. De même que par la chaîne américaine CBS, l'une des plus importante stations américaine de l'époque. De même que le magazine *Beyond*, spécialisé dans l'occultisme, qui lui a réservé 6 pages après le verdict de 300 journalistes internationaux le consacrant comme l'un des meilleurs voyants du monde.

La clientèle de Manteïa est internationale, on vient d'Allemagne, de Suisse, d'Égypte, etc. Il prend l'avion pour Paris afin de visiter les personnes qui ne peuvent se déplacer. Des artistes comme Darry Cowl, André Claveau, Jean Lefebvre, Robert Hossein, Georgette Lemaire font appel à lui. Il se déplace aussi pour rencontrer des importants personnages dont l'identité est tenue secrète.

1972

Jacques Manteïa, fait la une du magazine "Nostradamus" du 13/07/1972, qui met en vedette sa participation avec la police dans l'affaire de l'assassinat Brigitte Dewevre (dont l'enquête est relancée 1 ans presque jour pour jour avant que je ne tombe sur cet article...). Cette affaire de Bruay-en-Artois, très médiatique, sert les intérêts de la lutte des classes du moment (interventions répétées par exemple de Jean-Paul Sartre et Serge July). Mais le coupable ne sera jamais officiellement trouvé, même si les conclusions de l'enquête de 2017 (nouveaux témoignages suite à la prescription du meurtre) disent qu'en effet le notaire (un gros notable de l'ancien système Français d'élitisme qu'il s'agissait de mettre à bas pour les 68tards) était innocent, et qu'un gardien d'église était le coupable.

Il participe la même année au film / documentaire "les voyants" [voy], film dont il est le héros, et où on retrouve d'autres ténors de l'époque comme Ann Criss, Edith Schmoll, Belline, Jean Viaud, Robert Tocquet et Raymond Réant (entre autres). Ce film, programmé dans les salles, a été annulé au dernier moment. C'est pourquoi on peut le voir sur les films sortis cette année-là, bien que mes sources me disent qu'il n'a jamais été diffusé en réalité. Le film est sorti le 10/12/1975, plus de 3 ans après sa réalisation...

Lors du tournage déjà, l'équipe faisait preuve de "malchance" : Lors du travelling à Pau (une Citroën Méhari débâchée avec la caméra fixée sur la plate-forme arrière), où Manteïa marche dans la rue et fait des voyances aux personnes rencontrées là par hasard, la méhari se fait violemment percuter par une voiture qui s'enfuit immédiatement, comme si l'agression était volontaire. Malgré la plaque d'immatriculation de l'agresseur pris en photo, l'enquête de gendarmerie n'aboutira pas

Lors du tournage Manteïa fit de très belles voyances, à l 'étonnement des participants à ce tournage qui manifestaient leurs surprises tant les précisions étaient justes. La presse locale avait diffusée à ce moments plusieurs articles sur ce tournage.

Dans le journal "Le provençal" du 03/05/1975, on apprend, dans l'article à la Une "Mystère autour du rapt d'un cinéaste", que Roger Dérouillat était menacé depuis la sortie de son film "les voyants". Le 06/05/1975, Dérouillat "réapparaît", et il aurait soit-disant mis en scène son rapt... Super glauque comme histoire, mais j'ai dit que je ne cherchais pas à en savoir plus ! :) Après un trou de 4 ans après les voyants, il fera des films X entre 1976 et 1979, avant de revenir à des réalisations bien plus sérieuses type l'émission "7/7" à destination des expatriés dans les années 1980, sous le pseudo de Gary Généreux.

Dans la filmographie de Christine Melcer, "les voyants" est le seul film dont le titre n'est pas en gras...

On trouve ce résumé du film : "Le réalisateur a interrogé les plus grands voyants français, confrontant leurs déclarations, et vérifiant dix-huit mois plus tard les prédictions de certains." Selon des proches (présents à l'époque sur le plateau de tournage et restés en contact avec le réalisateur), les résultats de Manteïa étaient de 75%, alors qu'ils n'allaient que de 5 à 10% pour les autres voyants (le 100% étant évidemment impossible à cause du libre arbitre de chacun, et donc que le futur peut être changé).

En prenant Yandex (le moteur de recherche Russe) plutôt que Google, on tombe assez rapidement sur le générique du film, qui est assez travaillé pour l'époque. Mais c'est tout...

1976

La grille de programme de la station Sud-Radio en 1976, montre Manteïa sur le créneau horaire 14h30 – 15h30, pour l'émission « spirituellement votre »..

Cette émission de radio aura beaucoup de succès, nombre de gens s'en rappellent 40 ans après. Sa prédiction sur l'apocalypse en plein direct lui vaudra d'être exclu de l'émission.

1977

Un article dans la dépêche du midi. On y apprend que les Américains qui lui ont dédié le titre de, non plus "un des meilleurs voyants du monde", mais carrément "du plus grand des mages du monde".

Il se déplace pour des représentations : il fait face à la foule pour faire part de quelques-unes de ses prédictions, mais aussi pour répondre aux questions de l'assistance. Les journalistes s'inquiètent de l'affluence de la foule venant assister à ces représentations dans la rue qui pourraient saturer la grande esplanade...

11 chefs d'États le consultent, dont la reine d'Angleterre Elizabeth 2 ou le président Georges Pompidou.

Manteïa est président de l'O.s.m, l'Ordre spirituel microcosme, et Pierre Larignon en est le vice-président. L'Osm, qui semblait être une association pour développer la spiritualité, est un projet qui n'a finalement jamais abouti suite aux déboires de 1978.

1978

Encore un article de la Dépêche, mais cette fois pour parler de ses déboires avec le fisc.

On apprend dans cet article que Manteïa a acquis, depuis plusieurs années, une réputation nationale, voire internationale, et on se souvient que les services de police ont tenu compte de ses indications, à plusieurs reprises, dans les recherches, notamment d'enfants perdus.

Dans un article de la revue "L'inconnu", un dossier de 5 pages lui est consacré. Il lui est reproché d'annoncer des cataclysmes à venir sur Terre, mais il ne fait que dire la vérité toute nue, chose qui lui est souvent reproché par rapport aux autres voyants, plus flous et moins précis. L'article est à charge, et fera intervenir un Yves Lignon montrant toute sa mauvaise foi… Cet article fait le lien avec la représentation faite sur la plage, qui était annoncée par l'article de la Dépêche de 1977.

Quelles sont ses possibilités ?

Un voyant pur, intégral (clairvoyant et clairaudiant)

Un voyant pur, intégral, réceptif complet / persipience (image, son, sensation, vibration).

Il a des clichés très clairs, accompagnés ou non de ce qu'il appelle des connections auditives. Il a des fois juste des connections auditives, qui l'avertisse quand un événement grave dans le monde est en train de se produire. Ces voyances sont soient demandées, soient imposées.

Il déclare qu'elles viennent du monde invisible parallèle avec qui il est en contact.

État de voyance permanent

Il semble en voyance perpétuelle, sachant tout sur tout. Connecté à son guide en permanence.

Dans la rue, il vous prend le bras et dit : "Cette femme sur le trottoir en face, elle trompe son mari. Elle est en train de rejoindre son amant.".

Au restaurant : " L'homme aux cheveux blancs derrière vous, il n'a plus que 9 mois à vivre".

En 1976, alors qu'il rentre dans un restaurant avec des amis, ils passent à côté d'une table, Manteïa s'arrête brièvement et dit au monsieur "vous serez à l'hôpital ce soir". Le monsieur n'a même pas fini son repas que l'ambulance avait dû être appelée pour l'emmener à l'hôpital.

Une voyance directe (sans support)

Au contraire des voyants de l'époque, qui utilisent le tarot, la boule de cristal, l'astrologie, les lignes de la main ou autres marc de café pour faire leurs prédictions, Manteïa n'a besoin d'aucun support. Les images commencent à venir dès que le client entre dans la pièce.

Si la voyance ne concerne pas le consultant, Manteïa demande une photo pour avoir la voyance correspondant à la personne de la photo (vivante ou décédée).

A la radio, il demande le nom et l'âge de la personne pour se connecter plus rapidement à lui (contraintes de temps obligent).

Voyance du passé, présent, futur

Il voit le passé du client (la rétro-cognition). Fastidieux pour lui, et ininterressant, il conçoit cependant que c'est une perte de temps nécessaire pour que le client comprenne la réalité de ses capacités et écoute ce qu'il a à dire sur son futur.

Il voit le présent (des informations que lui ou son consultant ne peuvent connaître). Utile pour trouver un meurtrier que la police n'arrive à trouver, pour un président ou une reine...

Il dévoile l'avenir à travers ses visions.

Bilocation

Manteïa possède l'ubiquité, c'est à dire la capacité de se dédoubler et de se rendre dans n'importe quel lieu distant (comme Nicolas Fraisse). Des personnes plus médiums que le commun des mortels l'ont vu dans un endroit autre que son corps (vision de son "double"). Son corps décrivait en direct les lieux où son double se rendait à distance, ce qui sera confirmé par les témoins qui ont vu le double.

Il voit à distance et décrit ce que font les personnes ou comment elles sont habillées.

Travail à distance

Il peut avoir des informations de personnes absentes, juste avec la photo.

Il guérit ses consultants, en consultation ou à distance.

Encyclopédie universelle

Il obtient des réponses inconnues du consultant (au delà de certains médiums lisant dans l'esprit ou l'aura de leur client), même des réponses que personne de vivant ne connaît.

Pas de psychologie, réponses à des questions précises

En 1971, il ne cherche pas non plus à conseiller ou à guider ses clients. Il fait de la voyance à l'état pur, total, intégral. Il est voyant, il se contente donc de voir. On ne va pas chez lui pour y trouver du réconfort, obtenir un conseil, ou se confesser (contrairement à beaucoup de voyants qui, à défaut d'être réellement voyants, font quand même du bien au client ne serait-ce qu'en l'écoutant et en jouant les psychologues).

On vient pour obtenir des réponses à des questions précises : Comment mon mari est-il mort en 1914, Qui m'a volé mon porte-feuille, Où est mon fils qui a disparu depuis 2 moi?, etc.

Des confrères comme Marcel Gleyses de Toulouse, lui reprochent de ne pas prendre assez de précautions avant de dévoiler ce qu'il voit, de ne pas insister sur le côté changeant des prédictions (soumises au libre-arbitre), ou alors de ne pas moduler. Il faut préciser que Manteïa a une grosse capacité de travail, et doit sûrement enchaîner les clients comme dans une usine.

Des réponses claires

Ses clichés sont clairs. Ils n'ont pas besoin d'être décrypté comme souvent pour les autres voyants. Quand il décrit une scène, il la voit réellement comme elle a été, comme elle est et comme le sera.

C'est le seul voyant à donner des dates précises, des lieux exacts, des noms propres (au contraire de beaucoup qui donnent la première lettre du prénom).

Il affirme ses voyances avec tant de forces que souvent, ses clients, croyant posséder la preuve du contraire, se fâchent. Et en effet, beaucoup de prédictions sont complètements loufoques au vu de l'état actuel (comme annoncer un mariage, prévu le lendemain, à 1 an plus tard, avec une personne inconnue) mais à 98%, ses prévisions, même improbables, se réalisent (le mariage est annulé au dernier moment, et ne se fera qu'un an plus tard avec une autre personne).

Déroulé d'une consultation

Quand il rentre dans le cabinet, le client ne doit rien dire, c'est Manteïa qui parle. Ça élimine les faux voyants qui cernent le client en lui posant des questions, en proposant des réponses ouvertes ou vagues et générales. Il fait taire le client qui chercherait à l'interrompre. Ce dernier ne parle qu'après.

Il retrace la vie de son client (permet à se dernier de se replacer dans son parcours, de revoir les points importants, de comprendre pourquoi il en est là et où il veut aller).

Première phase : de la naissance à 10 ans, 2e de 10 à 25 ans, et une troisième le reste. Il développe les rougeoles, les bachots, les fiançailles, etc.

Manteïa fait une pause après avoir fini la 2e phase (jusqu'à 25 ans). Le client confirme les révélations faites (93% de confirmation, même si par pudeur les clients peuvent nier certaines parties socialement discutable de leur passé...). - Ne pas confondre avec les 98% de ses prédictions du futur, ici on parle de retrouver le passé - .

Une fois que Manteïa a fini le monologue de la 3e phase, le consultant peut enfin poser ses questions.

Médium, message de défunts

Les morts lui parlent, il transmet des messages à la demande du vivant ou du défunt. Par exemple, au milieu d'une conférence devant 2000 personnes, il s'arrête, désigne une femme dans la salle, puis cite le nom de sa mère décédée, avant de lui transmettre un message urgent que la femme en question devait recevoir.

Dans une maison pour chercher où un ancêtre à caché un magot, il monte directement au grenier, ème poutre, une cache avec le trésor dedans, 2 minutes (le temps de se déplacer).

Mage

Sa famille raconte que les chasseurs du coin lui apportaient leur gibier, pour se mettre bien avec celui qu'ils considéraient comme un sorcier.

Il a levé le sort posé sur un enfant mourant en lui faisant raconter une prière.

Magnétiseur

Darry Cowl raconte que sans que Manteïa ne le toucher, Manteïa l'a plaqué contre un mur. D'autres témoins disent que Darry Cowl, qui avait Manteïa derrière, sans voir les mouvements que Manteïa faisait, refaisait tous les mouvements de Manteïa, tout en restant conscient (Darry continuait à blaguer et à dire qu'il était obligé de faire ces mouvements).

Il guérit les personnes à distance.

Son hypersensibilité lui jouait des tours. Il ne refusait pas les clients par besoin d'argent, et parce que la fréquentation de toutes ces stars et dominants du monde devait un peu lui tourner la tête, le besoin d'aider les gens qui le demande… Alors qu'il aurait du prendre du recul sur la spiritualité de ses riches clients, qui vibrant en basse vibrations égoïstes, et lui pompaient toute son énergie. Manteïa sortait de sa série de séances en nage, lessivé (typique d'une vibration élevée en contact avec des entités néfastes, ses clients et pas son guide, car connecté en permanence à son guide, celui-ci ne lui provoquait pas ça habituellement, hors des contacts avec les clients) . A la maison, au retour des séances, il avait l'habitude de se "décharger " sur les plantes, qui étaient complètement desséchées en 48h.

Hypnotiseur

Darry Cowl raconte que Manteïa a hypnotisé un ami pudique, qui s'est mis tout nu dans un bar.

Il dirige les vivants par la psycho-suggestion (sorte d'hypnose psychologique, de méthode Coué pour dépasser les barrières psychologiques).

Télépathie

Il communique avec les vivants lointains grâce à la télépathie. Au moment de sa disparition, 2 de ses enfants (peut-être plus) affirment l'avoir vu dans leur tête, essayant de leur transmettre un message.

Transmigration

Dans le train, il ressent le contact psychique du voyageur installé en face de lui, comme s'il se glissait dans sa peau. Il revoit l'homme, retrace sa vie.

Sortie du corps

Jusqu'aux 5 ans de sa fille (et le divorce), elle avait de nombreuses expériences de sortie de corps, où elle parlait avec son père (ou plutôt elle l'écoutait). Elle pensais que tout le monde sortait de son corps à cette époque.

Un scientifique

C'est un voyant organisé. Outre le magnétophone qui enregistre ses déclarations, il établit ses consultations par correspondance en 3 exemplaires : l'un pour le client, un autre pour lui et le troisième pour un huissier. Les réclamations sont admises pendant 6 mois.

C'est le seul voyant en 1971 à faire contrôler, par huissier :

93% des voyances du passé d'une personne sont justes (du moins de ce qu'elles confirment, rien ne les empêche de nier les choses trop embarrassantes...)

98% de ses prédictions annonçant des événements futurs sont justes.

En 1971, il dispose d'un fichier de 150 000 fiches, dont 5 000 pour les USA, 3 000 en Allemagne, 8 000 en Espagne, etc. Il a 15 000 clients plus ou moins réguliers dans le monde.

Ces huissiers ont été utilisés de 1965 à 1971 environ. Je ne sais pas ce que sont devenus les cassettes et les papiers des huissiers.

Quelques prédictions connues

Toutes ses consultations et prédictions sont enregistrées, ce qui permet d'en retranscrire certaines ci-dessous.

Mort de De Gaulle

Celui qui avait prédit la mort de De Gaulle avec le plus de précision, de certitudes et publiquement, c'est Manteïa. Le voyant palois avait beaucoup de respect et d'admiration pour le général. Le 14 octobre 1967, Manteïa, qui regardait une photographie de De Gaulle, fut frappé par un cliché psycho-pictographique (image irréelle/imaginaire se superposant/en surimpression sur l'image réelle). Dans le cadre, ce n'est plus la tête de De Gaulle mais une scène d'enterrement : un cortège funèbre. En chiffres d'or une date flamboyait au milieu de la nouvelle photo : 1970. La vision dura 30 à 40 secondes. Dans ses prédictions de fin d'année parues dans la nouvelle république de Tarbes, en 1967, Manteïa annonça textuellement pour 1968 :

"M. Pompidou succédera à De Gaulle qui laisse le pouvoir pour raison de santé. Il vivra pourtant jusqu'à 80 ans en 1970".

Séisme d'Arette

Prévoir un séisme dans les Pyrénées (et plus particulièrement dans une localité ignorée du monde) est l'exploit réalisé par Manteïa qui mérite bien le titre de "roi de la prévision".

Note AM : à l'époque, il n'y avait pratiquement pas de séismes en France. En 2016, prévoir un séisme en France n'est plus un exploit...

Manteïa, qui avait déjà prédit la catastrophe d'Agadir, a donné cette prédiction contrôlée par Maître Crayssac, huissier de justice à Tarbes, qui a gardé la trace de pourquoi cette prédiction a eu lieu.

Le 2 août 1967, les journalistes invitent à faire des prédictions sur l'avenir des Pyrénées. Je posais les mains sur une carte départementale , et me mis en état de voyance. Après quelques secondes de concentration, je fut saisi d'un tremblement nerveux. Des images m'apparurent : des murs se lézardant, des maisons s'écroulant, des craquements sinistres et terrifiants, des cris, des appels, la nuit. Cette vision, si semblable à celle que j'avais eu pour Agadir, ne me laissa aucun doute.

- C'est un tremblement de terre, affirmais-je aux journalistes qui m'entouraient. Il affectera la région des Basses-Pyrénées, plus particulièrement le village d'Arette. Une victime, peut-être 2. Le village devra être entièrement reconstruit.

La plupart de mes auditeurs s'esclaffèrent. Les journalistes n'acceptèrent de l'insérer dans la presse qu'après maintes tergiversations.

11 jours après, le séisme eu lieu. Les détails donnés par la radio concordaient en tous points avec ceux que j'avais donnés.

Note AM : ce séisme d'Arette est le plus fort enregistré en France depuis celui du 11 juin 1909 à Lambesc (Bouches-du-Rhône). 60 ans sans séismes importants en France, pas étonnant que la prédiction ai surpris tous les journalistes présents. Détruit à 35%, le village d'Arette a dû être rasé à 80% pour faire tomber les dernières maisons debout qui menaçaient de s'effondrer. Sa reconstruction s'achèvera en 1974, 7 ans après. 1 seule victime, les témoins de l'époque sont tous étonnés du faible nombre de morts au vu des dégâts : Beaucoup de personnes étaient allées au bal du village voisin, et ceux qui restaient sur place prenaient le frais dehors. D'après ces témoignages, Maurice C. a été réveillé par la chute d'une grosse pierre sur son oreiller. Sa sœur Marie était au bal de la fête de Montory. Si elle s'était trouvée dans son lit, elle aurait été écrasée par l'affaissement d'un pan du mur. Beaucoup d'habitants ont été ensevelis sous leurs maisons et en sont sortis miraculeusement sains et saufs." Il y a sûrement un de ces habitants miraculés qui aurait dû être le deuxième mort prévu par Manteïa, mais qu'au dernier moment le destin a sauvé. Quand il annonce une semaine avant les morts ("un voir 2 morts"), Manteïa joue avec le libre arbitre de chacun (décider de ne pas aller au bal car trop fatigué, tourner la tête à droite ou a gauche sur l'oreiller dans son sommeil, être 10 cm trop à gauche et se faire écraser par une poutre, etc.).

Mine de rien, se pose ici la responsabilité du voyant de sauver des vies. La prédiction de Manteïa avait été publiée, les habitants d'Arette avaient possibilité de prendre connaissance de cette prédiction, et le jour décrit d'aller dans un champ pour camper et éviter de se faire écraser... Par la suite, Manteïa avertissait le maire quand il voyait à l'avance un problème dans une ville.

Apocalypse

Pour l'apocalypse Manteïa, s'il se plantait sur les dates données (ses rares échecs) donnait une année de bouleversements terrestre et d'ébranlement sidéral. Cette date était bien sûr une possibilité pas obligatoire, rendue caduque par la décision des élites de supprimer le monde multipolaire et d'affaiblir l'URSS. Allez savoir, peut-être les prédictions de Manteïa ont incité les dominants qui le consultaient à arrêter la guerre froide ! Sachant que ses prophéties du futur possible sont justement là pour que les hommes fassent tout en leur pouvoir pour modifier le cours des événements.

A noter que la date donnée est celle de la découverte de Nibiru, confirmée officiellement quelques mois après par l'article du Washington Post.

Comme Nostradamus, Manteïa a mis ses prédictions en quatrain. En effet, s'il donnait réellement les détails de l'évènement et la date, il sera aisé ensuite de détourner le cours de l'histoire, d'où l'intérêt de ne donner une forme qui ne peut être reconnue qu'après le passage de l'évènement. Il faut aussi savoir que les dates ne sont jamais fixées concernant l'apocalypse, car on laisse du temps à l'homme, même si ces prophéties finiront quand même par se produire.

"Dieu créera la flamme qui du firmament,
Viendra brûler, détruire, en cette fin des temps,
Et purifier la Terre et tous ses éléments.
Nouveau naîtra le monde purifié de Satan".

Des prédictions plus quotidiennes

A une cliente bien connue de Pau, qui voulait savoir si le proche mariage de sa fille serait solide :

- *"Votre fille se mariera dans un an au Maroc. Elle aura une petite fille et vous demandera d'aller la rejoindre. Vous partirez en avion.*
- *Ma fille se marie dans 15 jours, réponds sèchement la cliente. La robe de mariage est achetée et le repas de noce commandé."*

Au final, le mariage fut rompu, la jeune fille en épousa un autre, au Maroc. Sa mère pris l'avion pour la rejoindre à la naissance de sa petite fille...

Autre exemple, une cliente, qu'il ne connaissait pas :

- *"Quand vendrais-je mon commerce ? - C'est une librairie située dans une rue en face d'une école. - Oui. - Vous ne vendrez que dans 13 mois. Votre acheteur sera un fleuriste, un homme de 40 ans, brun, petit, maigre."*

10 jours plus tard, la cliente revient, triomphante :

- *"Vous ne connaissez rien à votre métier. J'ai vendu ma librairie et même reçu un acompte.*
- *Votre acheteur, qui est une femme, va se dédire. Vous garderez l'acompte. La vente aura lieu comme je vous l'ai déjà annoncé."*

5 mois plus tard, la cliente revient :

- *"Vous aviez raison, mon acheteuse est tombée malade et n'a pas donné suite à son projet. Elle a préféré perdre son dédit."*

Elle vendit, à la date prévue par Manteïa, son commerce à un fleuriste.

Le soutien aux forces de police

Manteïa retrouve les meurtriers et les enfants disparus.

En octobre 1970, un garde-chasse est tué d'un coup de fusil dans les bois, près de Pau. Après l'échec de l'enquête de police, la famille demande à Manteïa de résoudre l'affaire. Devant les policiers ébahis, Manteïa dit :

- *"Je vois le meurtrier. C'est un homme de 51 ans, coiffé d'un béret, il travaille dans la mécanique, il habite exactement à 4,5 km d'ici. Ah! Il tousse..."*

On trace sur une carte un cercle de 4.5 km de rayon. A 4 650 m, un village. Un homme correspond au signalement, un garagiste. Quand les policiers arrivent, l'homme a la grippe et tousse fortement... Interrogé (au bluff, les policiers n'ayant aucune charge contre lui), il avoue tout de suite. C'est un accident de chasse, il a pris peur et s'est tu.

Dans l'affaire de l'assassinat Brigitte Dewevre (traitée plus haut), ses conclusions de l'époque sont les mêmes que l'enquête de 2017 (le notaire innocent). En l'absence du contenu de l'article, je ne saurais dire si le dévoilement du coupable était encore plus précis.

Les évènements passés

A une vieille dame en fin de vie qui vient le voir, dès son entrée les images arrivent :

- *"Vous vous appelez Hélène, vous avez beaucoup travaillé, votre vie fut difficile et laborieuse. Et quelle solitude autour de vous! Il y eut un homme dans votre vie, un seul. Vous l'avez beaucoup aimé et beaucoup pleuré. Il s'appelait Jean, il est mort, tué à la guerre de 14-18..."*

La dame l'interrompt et lui demande comment il est mort. Elle n'a appris son décès que 2 semaines après, mais ne sais pas les circonstances ni où il est enterré.

A la demande de Manteïa, elle tend une photo jaunie. Manteïa se concentre sur cette photo et une date lui apparaît : 1916

- *"Il n'a été appelé qu'en 1916. Je suis à Verdun. Votre mari est en tenue de fantassin. Je le vois debout dans une tranchée. Autour, au dessus de lui, quel vacarme ! Bruits de mitraille, éclatements de grenade, appels, plaintes. Des ordres sont donnés : votre mari s'élance hors de la tranchée. Il court, il crie, il tombe à genoux. Il prononce un nom, le vôtre... Il est mort. Nous sommes le 10 novembre 1916. C'est un éclat d'obus qui l'a touché. Mais il n'a pas souffert. Il n'a été emporté du champ de bataille que le soir. Il est enterré dans le petit cimetière de S... près de Verdun. L'église détruite par les bombardements a été reconstruite depuis. Sa tombe est bien entretenue. Je vois des fleurs autour... Vous n'avez jamais pu y aller, mais vous irez bientôt.*
- *Vous ne croyez pas que je mourrai avant ?*
- *Non, Dieu vous permettra d'accomplir ce voyage qui vous tient tant au coeur..."*

3 mois plus tard, le facteur remet une carte postale en provenance de Verdun, avec ces mots dessus :

"Je suis venue fleurir la tombe de Jean, vos renseignements étaient exacts. Merci."

Anecdotes en vrac

Avignon vers 1980

Alors que Manteïa et un proche se rendent en Italie en voiture. Alors qu'ils traversent Nîmes(il est 14 h), soudainement Manteïa décide de faire une conférence à Avignon. Ils se détournent, et se rendent au grand théâtre. Ils demandent à voir le patron, et ce dernier est abasourdi de voir débarquer ces gens qui veulent louer la salle pour la soirée, alors que le calendrier est plein sur 2 ans… sauf ce soir-là. Il leur demande s'ils ont fait de la pub, mais Manteïa dit qu'il n'y a pas besoin. A 18 h, sans qu'on ne comprennent d'où ils viennent, 2 000 personnes remplissent la salle qui est comble, ils doivent refuser les gens à l'entrée. Les clients non plus ne savent pas pourquoi ils sont passé par là ce soir-là… Juste en ayant posé pendant une heure un panneau devant le théâtre avec le nom de Manteïa dessus….

Au milieu de son exposé, Manteïa s'interrompt pour transmettre un message à une dame qui venait de perdre sa mère. Lors des questions du public, une personne essaie de démonter Manteïa. Ce dernier dit qu'il voit clair en lui, que spirituellement il est monstrueux, qu'il est payé pour décrédibiliser le surnaturel. La personne s'agite sur son siège, puis sort de la salle en courant.

Recherche de trésors

Dans une maison pour chercher où un ancêtre à caché un magot, il monte directement au grenier, va droit à une poutre, une cache avec le trésor dedans, 2 minutes (le temps de se déplacer).

Les voyances perpétuelles

Alors qu'il est au volant, Manteïa fait une grosse faute de conduite (griller un stop), juste devant des motards de la gendarmerie. Arrêté, Manteïa annonce au gendarme de laisser tomber les remontrances, et de plutôt contacter la gendarmerie qui a quelque chose à lui annoncer. Au début incrédule, le gendarme s'exécute devant l'assurance de Manteïa. Contacté via la radio de la moto, son commandant lui apprend que sa mère vient de décéder, et qu'il peut terminer son service. Doublement choqué, le motards demande à Manteïa comment il pouvait le savoir. Manteïa lui apprend qu'il est médium, et qu'il est souvent poussé inconsciemment à faire des infractions quand il y a un message à passer à des forces de l'ordre.

Belline

Le voyant des années 1970.

Sa plus belle anecdote, c'est quand une femme, en passant devant son cabinet, décide sur un coup de tête, pour la première fois de sa vie, d'aller voir un voyant, et monte direct sans rendez-vous.

Belline débute, et trace encore les lignes de la main de ses clients. Alors qu'il les traces, Belline voit un accident routier mortel. Ne sachant pas comment annoncer ça, il demande à la cliente de ne pas utiliser de véhicules à moteur le vendredi qui arrive, c'est à dire 4 jours plus tard. Elle suit les recommandations à la lettre, et même plus, et ne sort pas de chez elle, annulant une excursion en car prévue depuis longtemps. Elle apprendra le soir que le bus s'est renversé, faisant plusieurs morts parmi les passagers (des morts à la place qu'elle prenait d'habitude). Quand elle reviendra remercier le voyant, Belline s'apercevra que les lignes de sa main, recopiées la semaine d'avant, ont désormais changé...

Voyants Actuels

Aujourd'hui en activité (2017) on peut citer ceux qui ont été validés scientifiquement, Yolande Dechatelet et Maud Kristen.

Voyageurs astraux

Nous avons vu plus haut la décorporation (p. 240), ou voyage astral. Voyons ici les sujets psys particulièrement connus pour cette capacité.

Nous sommes tous des voyageurs astraux, encore faut-il le faire en toute conscience et arriver à ramener des infos correctes de ses voyages. C'est le passage du subconscient et la mémorisation physique qui sont les 2 gros barrages pour ramener une info cohérente et juste.

Ste Fleur d'Issendolus (14e siècle)

Née en 1300 dans une famille noble, elle rejoint le couvent des hospitalier à 14 ans. Elle aura du mal à accepter la chasteté, et ce sera pour elle un combat contre la tentation diabolique.

Très dévouée aux autres, elle ne mange pas (ou donne le change pour les autres soeurs), passera 3 ans sans dormir, fera des guérisons miraculeuse.

Lors d'une vision / sortie de corps / extase (pendant lesquelles elle restait sourde et muette), un ange lui remit un glaive, symbole de sa puissance contre le diable qu'elle pouvait chasser de son cœur et de celui des autres, et en effet nul ne s'approchait d'elle sans se sentir soulagé.

Un ange lui apporta un jour le tiers d'une hostie, et après enquête, il s'avéra qu'elle provenait d'une hostie à 6 km de là, le prêtre l'ayant perdue en partie étant tout chamboulé.

Elle lisait dans les âmes, et pouvait savoir avec précision ce que un tel avait à se reprocher.

Lors d'une extase, elle lévita un long moment en présence de témoins.

Après sa mort (1347), de nombreux miracles et guérisons eurent lieu.

Son corps fut retrouvé incorrompu en 1360, puis brûlé à la révolution. Ses os furent récupérés par les villageois, et refont de temps à autre surface, comme en 2015, une vertèbre, restée dans une famille depuis plus de 230 ans, fut redonnée à l'église, et placée dans la chapelle latérale dédiée à la sainte.

Alexis Didier (19e siècle)

Alexis Didier est un médium français du 19e siècle qui fut très célèbre en son temps. Il est né le 30 mars 1826 à Paris, décédé le 9 octobre 1886. Alexis se consacra à la démonstration de ses dons, car il voulait prouver de manière incontestable l'existence et la spiritualité de l'âme. Alexis lit dans les consciences comme on lit dans un livre. Il se porte à distance, sur une cible qu'on lui indique, pour en ramener des informations précises. Grâce à un objet ayant appartenu à une personne, il raconte la biographie de cette personne. Il pratique le diagnostic médical à partir de quelque cheveux.

Le scepticisme est grand cependant si bien qu'on le confronte deux fois avec Robert-Houdin, le célèbre prestidigitateur. Robert-Houdin vit deux fois Alexis. Venu à l'origine pour épingler un escroc, il fut pantois et attesta par écrit que les phénomènes produits par Alexis ne relevaient pas de la prestidigitation.

Alexis se rend en Angleterre à plusieurs reprises pour des séries de démonstrations données, la haute société de l'époque manifestant un intérêt très vif pour les phénomènes paranormaux.

Comme exemple, on peut citer un cas rapporté par un aristocrate anglais, le révérend Chauncy Hare Townshend. C'est ainsi que Townshend raconte sa rencontre avec Alexis Didier :

[J'ai demandé à Alexis] s'il voulait visiter ma maison par la pensée. Il m'a dit aussitôt : " Laquelle ? Car vous en avez deux ! Vous avez une maison à Londres, et une autre dans la campagne. Par laquelle voulez-vous que je commence ? " Je lui ai répondu : "par la maison de campagne". Après une pause, Alexis a dit : " j'y suis ! " . Alors, à ma surprise, il a ouvert grand ses deux yeux, et a porté autour de lui un regard fixe. [...] "Je vois, dit-il, une maison d'importance moyenne. Il s'agit d'une maison, pas d'un château. Il y a un jardin autour. Sur le côté gauche il y a une maison plus petite, sur la propriété." [...] "Maintenant, ai-je dit à Alexis, quel paysage voyez-vous ?"- De l'eau, de l'eau, répondit-il avec précipitation, comme s'il voyait le lac qui, en effet, s'étale sous mes fenêtres. Puis : " Il y a des arbres en face tout près de la maison" . Tout cela était exact. " Bon, lui dis-je, nous allons pénétrer dans le salon. Qu'y voyez-vous ?" Il a regardé autour de lui ; et il a dit : " Vous avez de nombreux tableaux sur les murs.[...] L'un représente la mer, l'autre est un sujet religieux.[...] Il a y a trois personnes sur le tableau - un vieillard, une femme, et un enfant. Est-ce que la femme serait la Vierge Marie ?(Il s'est interrogé à haute voix, comme s'il réfléchissait). Non ! Elle est trop vieille. Il a continué de la sorte, en répondant à ses propres questions, pendant que je restais parfaitement silencieux. La femme a un livre sur ses genoux, et l'enfant montre avec ses doigts quelque chose qui se trouve dans le livre ! Il y a une quenouille dans l'angle. Effectivement, le tableau représente sainte Anne en train de d'apprendre à lire à la vierge Marie, et tous les détails de la scène étaient corrects.[...]".

Nicolas Fraisse (21e siècle)

En 2017, Nicolas ne fait que sortir de son corps plusieurs fois par jour et en ramène des informations vérifiables car il reste dans notre réalité (sauf quand il part dans l'espace, invérifiable), il channelise des entités très spirituels, il fait de la vision à distance, est télépathe, pratique avec succès les soins énergétiques et fait de la clairaudience et clairvoyance en lisant dans des enveloppes fermées sous contrôle d'huissier dont personne ne connaît la réponse car les enveloppes sont tirées au sort (pour éviter la télépathie). Il commence à discuter à des entités très spirituelles, mais ce n'est que le début.

Dans une vidéo de février 2017, où Nicolas et les chercheurs résument le livre et l'étude validant la clairvoyance), Nicolas expérimente pour le journaliste la vision dans le futur : il doit décrire le voyage retour par TGV que fera le journaliste 2 h plus tard. Sur 11 points donnés par la voyance de Nicolas, 9 se réalisent (j'inclus le fait que le journaliste a passé le voyage près de la fenêtre comme annoncé, le journaliste s'appuie sur son ticket de train qui donnait une place couloir pour annuler ce point), et 2 pourraient être considérés comme bon (notamment le coup de la banquette 4 places, j'ai l'impression que Nicolas n'utilisait pas le même vocabulaire que le journaliste). Comme pour l'étude scientifique validée par huissier, on tombe sur du 80% de bonnes réponses, sachant que la probabilité que l'odeur très forte de fromage ressentie dans un train était très faible (ce n'est pas comme si Nicolas avait dit qu'il y aurait au moins une femme dans le wagon...), et le coup de la valise orange quasiment impossible.

A 6 minutes dans une vidéo de 2009 passée à la télévision suisse, les journalistes essaient de le piéger en lui demandant brutalement de se rendre dans telle boulangerie, où un complice prend des photos au même moment. Après quelques seconde, Nicolas Fraisse donne 3 détails qu'il ne pouvait connaître et de probabilité nulle (une panière renversée dans la cuisine, des nouvelles boucles d'oreilles pour la vendeuse).

A savoir que sur des tests scientifiques organisés par l'INREES, et contrôlés par huissier, sur un tirage dont personne ne connaît le résultat, Nicolas obtient 79% de bonne réponse. Et encore, souvent Nicolas fait des erreurs grossières lors de la sélection finale (toujours avant la pause déjeuner ou le soir avant de partir, n'était pas né à l'époque, comme pour l'image de Caliméro, etc.), la description étant bonne... Si l'on tient compte de ces facteurs (ceux présents dans la pièce, avec ce que Nicolas donnait comme info, étaient capables de répondre correctement), il est à 97% de bonnes réponses.

Nicolas veut commencer à expérimenter des possibilités de télékinésie, et comme il est encore jeune (né en 1982) nul doute qu'il ne devienne un médium complet.

Le 18/11/2018 [frais2], Nicolas donne un interview sur ses sorties de corps.

La durée des sorties de corps est très variable, et différente du point de vue. Dans l'ailleurs, l'esprit à l'impression que ça dure une fraction de secondes, mais 20 minutes dans le corps physique. L'inverse est vrai, et ça peut durer des années dans l'ailleurs et seulement une minute voir 2 secondes pour le corps physique.

L'esprit ne peut agir sur l'ailleurs (comme parler) mais il peut entendre et voir, avoir accès à toutes les infos de la scène (vu qu'il « est » la scène). Il ne peut pas apporter une information (lancer une parole par exemple).

Il peut incorporer d'autres corps (humains ou animaux). Expérience très différente de la délocalisation, parce que dans ce cas là, c'est comme si le cerveau de Nicolas était mis dans un autre corps, avec toutes les sensations que ça implique. La totalité de son esprit qui se projette dans un nouveau corps. C'est très différent de la sortie hors du corps, car en OBE il n'a plus l'impression d'être lui, mais la pièce, alors qu'en incorporation il a complètement l'impression d'être lui, mais plus du tout avec son corps.

Il ne veut plus faire ce type d'expérience, tant qu'il ne maîtrise pas vers qui il pourrait aller. Aucune idée de ce que devient l'esprit de la personne à ce moment là (imagine que la personne est en arrière plan, spectateur de la possession).

Il a la chance de pouvoir stopper les expériences si elles lui sont gênantes.

Dans la partie sur l'inconscient (p. 226), Nicolas raconte que lors des sorties, son corps est soit statique, soit en train de faire des tâches répétitives ou automatiques comme conduire sa voiture.

Prânisme

Dans les grands psys, nous en avons beaucoup qui ne mangeaient plus. Voyons-en plus.

Les prâniques authentifiés

Nous allons étudier les prâniques célèbres, dont les capacités ont été authentifiées à leur époque, ou qui ont fait l'objet d'études scientifiques (contrôle dans une chambre close où le prânique n'avait pas possibilité d'accéder à l'eau ou à la nourriture).

Il y a en effet des études scientifiques montrant de manière formelle que certaines personnes peuvent vivre sans manger ni boire. Soit ces études n'ont pas été publiées comme la seconde étude sur Mickael Werner (la sciences est payée par des usines privées comme celles de l'alimentation industrielle et de la pharmacologie), soit elles n'ont pas été relayées dans les médias (comme les 2 sur l'indien Prahladbhai Jani), quand elles n'ont pas été déclarées nulles sous des prétextes aussi futiles que les scientifiques qui l'ont réalisés croyaient au prânisme (ils ne le croyaient pas avant, mais après leur étude oui, ce qui est normal...).

Danger pour le système

Manger est le besoin primaire. Nous acceptons tous l'esclavage si nous mourrons de faim. Nos dirigeants savent que nous sommes incapables, pour la plupart, de nous nourrir tous seuls.

Une des manières de nous tenir, c'est de nous avoir inculquer, inconsciemment, que si on perds son emploi d'esclave, on meurt de faim. Demandez à un de vos proches de quitter son emploi, il vous répondra invariablement "et comment je mange ?" ou "de quoi je vis" selon sa génération. Ne les jugez pas, vous répondriez pareil, ayant eu les mêmes formatages.

Évidemment que les multinationales comme Nestlé, liées à Monsanto pour le round-up et autres saloperies, n'encourageront jamais la divulgation de la réalité du prânisme. Ne pas oublier que Bayer (ex-Monsanto) fait les pesticides pour rendre la bouffe malsaine, et de l'autre côté fabrique les vaccins et les médicaments qu'on doit prendre suite à empoisonnement par la malbouffe. Leur intérêt économique est de nous rendre malade pour mieux nous asservir, et de nous garder juste assez productif pour travailler pour eux le plus longtemps possible.

Si vous ne mangez plus, alors :

- Vous pouvez quitter votre emploi du jour au lendemain, votre chef n'a plus d'emprise sur vous.
- Ils ne vendent plus leurs produits agricoles et industriels,
- Ils ne vendent plus de médicaments,
- Plus lucide, vous cessez d'obéir à un système injuste, vous arrêtez de travailler à rendre le monde moche comme ils le désirent.

C'est surtout le manque de moyens de pression sur le peuple dont ils ont peur, la perte de contrôle tant redoutée, les esclaves qui arrêtent d'obéir à leurs maîtres.

Le prânisme est un tabou encore pire que Nibiru quelque part...

De tout temps les famines ont été utilisées par les illuminatis pour asservir le peuple, s'enrichir sur son dos, et réguler la population. En Afrique, les famines servent à remplacer les champs par des extractions minières et déplacer les populations tout en les réduisant en nombre pour éviter des révoltes trop puissantes pour l'armée officielle.

C'est pourquoi toutes les études scientifiques prouvant le prânisme ne sont jamais publiées, ou sont étouffées, bien que scientifiquement on ne peuvent rien y trouver à redire.

Au niveau individuel, les prâniques se heurtent aux peurs inconscientes inculquées de leur entourage.

Leur puissance de persuasion peut être très forte, parce qu'ils sont nombreux à penser comme ça, et que l'homme étant un animal grégaire, il est très dur de résister au formalisme ambiant et au conformisme.

Authentifiés > testés scientifiquement

Rolande Lefebvre

Connue pour avoir fait l'objet d'un reportage dans l'émission mystère (Madame R.), c'est Rolande Lefebvre de son vrai nom (elle est décédée depuis). Miraculée de Lourdes en 1945, Dieu lui demande d'arrêter de manger et de boire en 1975. Toute tentative d'avaler quelque chose se termine rapidement en syncope. D'abord inquiets, ses proches s'aperçoivent vite que depuis qu'elle a arrêté de manger sa santé, très dégradée auparavant, s'est rétablie.

Quelques mois après son jeun totale Madame « R » va ressentir de violentes douleurs, pour elle ce sont les attaques de Satan. Un prêtre exorciste est appelé à ses côtés et l'aide en priant avec elle. Le prêtre reviendra auprès d'elle à chaque attaque démoniaque. Madame « R » pense que le diable fait tout pour l'empêcher de jeûner et de montrer son amour pour Dieu.

En mai 1980, elle subi un contrôle médical très sévère à l'hôtel-dieu, pour valider son inédie. Seul les médecins et les religieuses sont autorisées à lui rendre visite dans une chambre, où elle est enfermée à clef jour et nuit. Le contrôle du jeun se fait dans les règles les plus strictes, la sœur vérifie chaque jour qu'aucun aliment ni aucun liquides ne sont introduit dans la chambre. Lors de sa toilette (un broc d'eau et un gant de toilette que Madame "R" se passe sur le visage), la religieuse surveillante s'assure qu'elle ne boit rien. Rien n'est laissé dans la chambre.

Chaque verre d'eau utilisé pour le brossage de dents était pesé avant et après, pour vérifier qu'elle n'avait pas avalé d'eau en douce et qu'elle avait bien tout recraché! Elle était victime de grosses diarrhées, donc perdait de l'eau alors que son poids restait stable, le médecin parle de "matérialisation" de matière.

Au 36 ème jour de contrôle, Madame « R » est comme à son habitude.

Ce jeun défit toutes les lois du corps humain et les médecins n'ont aucune explication à délivrer sur le fait que cette femme de 69 ans soit encore en vie.

Madame « R » passe ses journées à prier et dit que c'est dieu qui lui a demandé ce sacrifice.

Le docteur Philippe Loron, Neurologue, explique qu'il y a eu des contrôles rigoureux et qu'il n'y a pas d'explication naturelle de cet événement.

Un livre sur son expérience existe (écrit par le père Laurentin, et la préface est du cardinal Coffy).

Voilà, hormis le délire catholique et les classiques attaques du démon (subies par le curé d'Ars, Padre Pio, Marthe Robin, d'autres inédiens célèbres), depuis mai 1980 le monde aurait dû être mis au courant qu'il est désormais prouvé qu'on peut vivre sans manger de nourriture solide…

Prahladbhai Jani

Prânique depuis 1940 (il avait 11 ans) il n'a rien mangé ni bu pendant 76 ans (en 2016). En 2003, il participa à une étude scientifique de 10 jours complets menée à l'hôpital Sterling d'Ahmedabad (État du Gujarat, Inde). Sous surveillance vidéo constante, avec caméra jusque dans les toilettes (qu'il n'a jamais utilisés), il a accepté de ne pas se baigner pendant le temps passé à l'hôpital. Il a juste utilisé 100 ml d'eau par jour pour se rincer la bouche, quantité d'eau qui ensuite fut recrachée et mesurée pour être sur qu'il n'avait rien ingéré.

Mickael Werner

Il a subi 2 études contraignants de plusieurs semaines (il doit rester dans les labos, coupé du monde). Si la première étude a finie par être publiée plusieurs années après (en 2 semaines il avait perdu 2 kg parce que les conditions de sous sol avec clim ne lui allaient pas) la 2e étude, plus convaincante, n'a jamais été publiée.

Authentifiés > Attestés par plusieurs médecins

De nombreux prânique n'ont pas subis de protocole scientifique reconnus, mais ont été une grande partie de leur vie suivis par des médecins qui ont étudié le phénomène, et voyaient bien que le système digestif était atrophié. De nombreuses personnes de leur entourage attestent pendant des années que ces personnes n'ont jamais mangé, même au cours de déplacements où le prânique n'était jamais seul.

Tous les cas qui suivent sont abondamment documentés dans la littérature.

Marthe Robin

Une voyante catholique bien connue, dont les médecins ont tout au long de sa vie vérifié et contrôlé que son système digestif était nécrosé, faisant se demander où passait l'hostie qu'elle prenait tous les jours. Elle n'a par contre jamais voulu passer plusieurs semaines à l'hôpital isolée de ses visiteurs pour satisfaire les médecins, sachant que d'autres l'avaient déjà fait à de nombreuses reprises et que les médecins n'avaient de toute façon pas voulu croire et avaient étouffés l'étude (qui ne sert qu'aux élites et aux programmes secrets).

Thérèse Neumann (1898-1962) (p. 250)

Elle passa 35 ans sans manger ni boire (excepté un bout d'hostie par jour lors de l'eucharistie), et fut examinée et contrôlée par de nombreux scientifiques, ce qu'elle laissa faire, car elle disait souvent que son guide voulait montrer au monde que cela était possible.

Padre Pio (p. 248)

Ses médecins disaient que son premier miracle, c'était de dépenser autant d'énergie à guérir et aider son prochain, sans jamais être fatigué malgré les courtes nuits, et tout ça sans manger ! Le fait même qu'il soit en vie était un miracle. Sans compter les quantités de sang perdues chaque jour lors des stigmates.

Témoignages de prâniques

Je retrace ici les témoignages récents d'inédiques, dont je ne peux affirmer que tous sont vrais car il n'y a pas eu d'études, ni d'enquêtes, ni d'attestation de médecins, comme c'était le cas dans le paragraphe précédent.

Il y a des milliers de prâniques de par le monde, regardons quelques témoignages avec des effets sortant de l'ordinaire.

Phan Tấn Lộc

Un vietnamien né en 1944 qui est devenu prânique sans avoir aucune idée que c'était possible. C'est une progressive incapacité à ingurgiter un aliment solide puis liquide qui l'a amené dans cet état-la.

Victor Trouviano

Argentin né en 1982, qui découvre le processus des 21 jours de Jasmuheen et qui devient liquidien en 2006 (boit des jus), 10 mois plus tard inédien (plus que des tisanes) et quelques mois plus tard prânien (plus rien du tout).

Il ne dort plus que 2 à 3h par jour, et peut aussi choisir de rester plusieurs jours sans dormir si nécessaire.

Reprise du poids idéal, qui n'a plus jamais varié depuis.

Il avait perdu ses dents, elles ont repoussé.

Il commençait à devenir chauve, ses cheveux aussi ont repoussé.

Il portait des lunettes, sa vue s'est améliorée, il n'en a plus besoin maintenant.

Il n'a plus jamais été malade.

Il est maintenant en bonne santé et heureux.

Tous ses sens se sont renforcés, dont certains en latence. La perception par exemple. Il peut maintenant ressentir en lui-même ce qui arrive à une autre personne.

Son état émotionnel s'est stabilisé. Qui dit heureux dit disparition de maladie auto-destructrice type cancer.

Sa conscience a complètement changé, il dit s'immobiliser en conscience. Il vit des expériences transcendantales quotidiennes qui transcendent le temps et l'espace. Adhésion à l'état de divinité (Dieu, Univers, autres concepts…). Il reste maintenant non émotif face à ce qui l'affectait avant. Donc avec une objectivité différente. Quand il sort de cet état et qu'il revient à la conscience de son corps, s'active alors la "régénération cellulaire". Et c'est ici que réellement il peut sentir le "non-temps" ou "hors-temps".

Victor témoigne que cet état prânique est très confortable. Il a maintenant plein de temps dans sa vie (mois de sommeil, plus d'énergie). Il ressent dans cet état une autre liberté.

Genesis SunFire

Rugbyman et sportif, à découvert qu'il est 2 fois plus facile de se muscler en étant prânique.

ET sur Terre

Survol

La science sait que la vie pullule dans l'Univers, mais s'étonne de n'en avoir trouvé aucune trace (théorème de Fermi).

Si on ne voit pas, c'est qu'on ne cherche pas, et qu'on occulte les faits qui sautent aux yeux.

La censure sur les dizaines de milliers de cas d'OVNI (objets volants inconnus, d'une technologie largement supérieure à la nôtre) montre une volonté farouche de la société de cacher cette présence a tout prix.

Depuis fin 2017, les OVNI d'origine non humaine, de même que la censure auprès du public, ont été divulgués par le Pentagone, c'est désormais officiel. Il reste à savoir si "non-humaine" implique "extra-terrestre", mais un scientifique honnête ne se pose même plus la question, tant l'hypothèse des hommes du futur ou d'une société secrète humaine technologiquement avancée est faible en probabilités et possibilités...

Il y a des milliers de témoignages de personnes qui ont vu les occupants non humains de ces engins, des millions de personnes abductées qui se font enlever la nuit pour se retrouver dans des OVNI avec des non humains à bord.

Les 5 mutations majeures et multiples qu'à subi l'homme ces derniers millions d'années montre que l'évolution seule ne peut expliquer notre évolution, que l'homme est donc le fruit de manipulations génétiques successive.

Nous verrons aussi les corps ET qui ont été retrouvés partout sur Terre, des momies authentifiées scientifiquement, dont l'ADN est moitié humain et moitié "autre chose", qui ont 3 longs doigts et de grands yeux, comme sur les dessins préhistoriques partout dans le monde. Ou encore des corps plus proches de l'humain, mais avec des crânes bombés à une seule plaque pariétale, comme sur les statues sumériennes, Maya, égyptiennes ou grecques.

Les observations d'OVNI dans le monde se comptent en millions depuis 1940. La lecture du rapport Condon, orientée désinformation et étouffement, suffit pourtant à comprendre que les OVNIS sont d'origine ET et que ce phénomène existe bien.

En mai 2018, l'existence des OVNI, aux capacités 1000 fois supérieures aux nôtre, d'origine non humaine, a été confirmée par le Pentagone. Cette révélation rend un peu caduque du coup tout le travail de recoupement et de vérification qui suit, mais c'est une page d'histoire pour montrer à quel point le chercheurs de vérité ont peiné à faire remonter l'info au public, et à quel point ce dernier à gobé tous les mensonges qu'on lui servait.

Pourquoi sujet tabou (p. 269)

Principalement à cause du "dieu fit l'homme à son image" de la Bible, Bible qui sert aux dirigeants à nous maintenir dans l'esclavage.

Scientifiquement prouvée (p. 271)

La science a déjà tout en main pour admettre l'existence d'une vie ET sur Terre. Seule une censure sévère, couplé à un déni souvent sincère des scientifiques (suite à 70 ans de matraquage anti-ET), l'en empêche.

OVNI (p. 273)

L'existence des OVNI a été confirmée par le Pentagone en décembre 2017, et la suite de la révélation (sur une observation datant de 2004) a permis de définir officiellement les points suivants :

- L'étude des OVNI a été cachée aux yeux du publics
- Les OVNI existent, ils ont une technologie tellement avancée qu'ils est sûr qu'ils n'appartiennent à aucune civilisation humaine.

Le Washington Post remettait une couche 1 an après [wash] : Le 28/05/2019, il est rappelé que tout le monde est censé être au courant que les OVNIS (des objets technologiques, pas les vagues lueurs au loin) existent, qu'elles sont validées par des enregistrements vidéos, radars, et recoupé par de nombreux témoignages oculaires de militaires. Et que leur origine ET est une hypothèse sérieuse pour expliquer d'où viennent ces objets.

Pourquoi refuser l'hypothèse ET ?

Les élites perdraient le contrôle

On trouve une photo de souris sur Mars, puis une photo de nid de souris en lichen sur les photos des rovers de Mars. L'hypothèse la moins coûteuse du rasoir d'Hockam (celle avec le plus de probabilité) voudrait que tous les scientifiques en déduisent comme un seul homme ce qu'il faut en déduire...

Mais ça pose la question de qui a amené des souris terrestres là-haut. Qui a construit les pyramides martiennes (celles à côté du fameux visage, ce dernier n'est pas le plus important en fait). Ces pyramides sont orientées sur le modèle du bouclier d'Orion, comme toutes celles de la planète Terre.

Et ces constructeurs des pyramides, les géants antiques qui, d'après les légendes, viennent du ciel (ce pourquoi ils ont des ailes), ou habitent dans le ciel (« notre père qui est dans le ciel). En langage moderne, vu que ciel veut dire espace, ça veut dire que le dieu physique qu'on prie chez les catholiques est un Extra-Terrestre (vit hors de la Terre).

Du coup, ça remet en question la Bible qui ressemble à une mauvaise traduction de "l'épopée de Gilgamesh" des Sumériens, un texte soit-disant "inventé" où les dieux physiques rejoignent leur monde dans des fusées.

Beaucoup de remises en questions pour une petite souris martienne ! Si les gens apprennent que la Bible est basée sur des faux dieux, qui sont en réalité des ET esclavagistes, pas sûr que la capitale mondiale à Jérusalem dont parle Attali [attal] puisse se justifier du coup...

Du coup il vaut mieux payer tous les médias, et des armées de désinformateurs zététiciens sur internet, à faire croire qu'il n'y a aucune preuves de présences ET sur Terre. Rendormez-vous braves gens...

Il n'y aura donc jamais aucune preuve fournie par le système en place, tant qu'ils ne l'auront pas décidé.

Le grand public ne veut pas réfléchir

Les zététiciens sont drôles ! Ils demandent un article de TF1 qui dirait que le gouvernement reconnaît avoir caché la vie ET au public. Quand on leur montre les articles de juin 2018, où le Pentagone reconnaît avoir caché les OVNI au public, et que ces OVNI n'étaient pas d'origine humaine, ils demandent un article de BFMTV disant que "pas humain" ça veut dire "Extra-Terrestre"...

En gros, les endormis (ce n'est pas péjoratif, parce qu'un endormi peut décider de se réveiller dès qu'il le souhaite) veulent que le présentateur préféré leur explique la vie, sans qu'ils n'aient besoin de faire les liens par eux-même, trop fatiguant.

On en est là : les endormis préfèrent croire les médias : si aujourd'hui ces médias font tout pour expliquer que les ET n'existent pas, déjà en 1600 les ancêtres des médias faisaient tout pour faire croire que le Soleil tournait autour de la Terre...

Quand Galilée a essayé de dire que la Terre tournait autour du Soleil, il s'est pris un rappel à l'ordre. Quand Giordano Bruno a fait la même chose, mais qu'en plus il a émis l'hypothèse d'une vie ET, il ne s'est pas pris un simple rappel à la loi comme Galilée, il a été brûlé vif en place publique, après d'insupportables tortures, pour servir d'exemple aux futurs lanceur d'alertes qui auraient l'idée de dire la vérité...

Les incohérences religieuses sur le sujet

Depuis des millénaires la religion sait qu'elle ne tiendra pas le choc de la révélation de la vie ET. Ceux qui nient l'existence ET croient défendre la science, mais en réalité ils défendent des groupes religieux rétrogrades cherchant à nier Darwin, une Terre plus vieille que 7 000 ans, le Moyen-Age et les dinosaures... Pensez-y…

Avant François

En 2009, Harmo a fait un dossier [vig] sur ce sujet qui semblait travailler de plus en plus l'Église sur le sujet au point que les penseurs catholiques réfléchissent sérieusement à toutes les impasses que leur dogme imposait. Résultat : l'Église ne pouvait survivre à la révélation de la réalité ET :

- Les ET n'ont pas connu le péché originel (goûté au fruit défendu) : ils n'ont pas conscience de leur nudité, n'ont pas commis le péché de chair (accouplement), et donc n'ont pas d'enfants.
- S'ils ont une civilisation capable de venir nous voir, c'est donc qu'ils se sont multipliés et ont commis le pêché de chair, et connaissent la notion de bien et de mal.
- Dieu a-t-il envoyé son fils sur Terre pour sauver uniquement les hommes (et donc sur chaque planète il y a eu un sauveur), ou un seul sauveur sur Terre pour sauver toutes les créatures de l'Univers ?
- Comme les ET ont commis le péché de chair, il faut que dieu leur envoie aussi un prophète qui les sauvera du péché de chair, sinon ils ne pourraient pas être au courant qu'ils doivent être sauvés, et que de plus le salut ne se trouve que dans le baptême. En effet, si les Et ne sont pas sauvés par le baptême, ils deviennent damnés, leurs âmes appartiennent à Satan.
- Sauf que dieu a donné à la Terre son unique fils. Comment se sortir de ça ?
- si une civilisation ET prend officiellement contact avec nous, et qu'ils ne sont pas baptisés, l'Église devrait donc les considérer comme des païens.

Les religions judéo-chrétiennes sont intimement anthropocentristes : l'homme est au coeur des choses. Or là, il ne s'agit plus de l'homme, mais vraisemblablement d'un autre être vivant avec une conscience. Est ce que les ET peuvent avoir une âme ? (Vallaloïd) Après la mort, les âmes ET rejoindraient elles les âmes humaines au côté du Seigneur ? Même si dieu n'a pas fait les ET à son image ? Les âmes seraient elles toutes équivalentes dans l'Univers ? "Aime ton prochain comme toi même" ? L'ET n'étant pas notre prochain, que doit on en penser ?

Le Vatican semble pris au piège entre deux extrêmes: soit il perd sa crédibilité parce qu'il est incapable de gérer d'un point de vue dogmatique les ET soit il les diabolise, seule solution de secours pour éviter le problème. L'Église romaine n'a donc aucun intérêt à ce que des ET se présentent trop vite à nous parce que ça risque d'être de la haute voltige pour les théologiens de rendre le tout cohérent.

A croire vraiment que ceux qui ont falsifiés la Bible avait inséré dedans les germes de sa propre destruction, tant on sait qu'ils aiment détruire pour mieux reconstruire quelque chose de pire derrière (SDN devient ONU, ONU devient NOM, qui devra éradiquer toutes les religions précédentes pour les fonder en une seule).

Après François

Dès 2008, José Gabriel Funes, l'astronome du Vatican, ami du futur pape François, commençait à faire évoluer les esprits, en appelant à Saint François d'Assises :

« Comme lui, nous appelons nos frères d'autres créatures terrestres. Alors, pourquoi ne pourrions-nous pas dire 'Notre frère, l'alien' ? »

Une déclaration qui pris plus de poids avec le pape François 1er (premier pape à porter ce nom), qui sous forme de boutade, révélait en 2014 :

Même «les hommes verts au long nez et aux grandes oreilles, les Martiens», ont le droit d'être baptisés. Aucun prêtre dans l'Église catholique ne doit «fermer la porte» à qui demanderait le baptême, même s'il s'agit de Martiens «comme les dessinent les enfants».

François balaie d'un trait tout le questionnement prise de tête et stupide du dogme, pour en revenir à la logique limpide de Jésus...

Les ET laissent le doute

Ok me direz-vous, mais les ET ? Pourquoi, avec leurs appareils si sophistiqués, ils ne se mettraient pas à survoler en masse toutes les villes du monde, faisant la nique aux forces aéronavales de toutes les armées du monde ?

En effet, ils pourraient ! :)

Mais les ET ne le font, et ne le feront pas. Tout simplement parce que le mythe d'Adam et Eve (dieu fit l'homme à son image) est commun a toutes les religions de la planète, et c'est bien le seul point sur lequel elles sont toutes d'accord, ne s'étant jamais battues là-dessus. Si dieu est un ET, les religions s'effondrent, les gens perdent tout repère moraux, la vie n'a plus de sens. Entre ceux qui acceptent les ET, ceux qui sont perdus, et ceux qui refusent (inventant des complots du gouvernement), ça peut vite déraper en guerre généralisée, et arriver à des millions voir des milliards de morts sur toute la planète.

De la même manière, les ET ne dévoileront de manière irréfutable les complots des élites contre leurs populations, ou encore révéler les infos trouvées dans les "recueils Altaïrans" de manière plus officielle. Sauf qu'avec les guerres mondiales et les virus hautement mortels, les élites ont toujours su massacrer les populations en phase d'émancipation (comme le risque communisme mondial de 1914), et préféreront toujours tuer tout le monde que perdre le contrôle.

Les dangers de ces ethnocide sont détaillés dans L2>Et>Règles de contact).

Mais rassurez-vous, les ET ont un autre programme bien plus doux pour que la vérité s'établisse !

Scientifiquement prouvée

Survol

La science sait qu'il est tout bonnement impossible que la vie ne se soit pas développée sur les billiards de billiards de planètes proches (Hors Série de Sciences et Vie n°42 d'août 2016), et que la majorité des civilisations ET ont au moins 10 milliards d'années d'avance sur nous (étoile proche de 13 milliards d'années par exemple). Nous avons tous vus au journal télé de 20h les apparitions OVNI de 1991 en Belgique, ou le survol des sites nucléaire français de 2014. Il nous faut juste l'intelligence pour relier ces éléments ensemble...

Relier les preuves

Il n'y a qu'à faire le lien entre des infos que tout le monde est censé connaître, et que vous pouvez vérifier dans n'importe quelle encyclopédie.

Les datations sont données à la louche, elles évoluent tout le temps en fonction des dernières découvertes scientifiques, et de toute façon ce n'est pas important quand on a des facteurs fois 3 comme ordre de comparaison... :

- Après un article de juillet 2016, le Hors Série de « Sciences et Vie » d'août 2016 titre en gros : "Vie Extra-terrestre, la science y croit". Ils nous expliquent que quasiment toutes les étoiles observables du ciel possèdent 2 à 3 planètes susceptibles d'abriter la vie. Il y a des milliards de milliards de planètes pouvant abriter la vie, la probabilité d'être seul dans l'univers est tout simplement nulle!
- La Terre est très jeune (5 milliards d'années) en comparaison des autres étoiles proches (12 à 14 milliards d'années). La vie sur Terre est apparue moins d'1 milliard d'années après sa formation. On sait que les acides aminés, briques de la vie, se créent spontanément en quelques années [mul], et les météorites qui tombent sur Terre contiennent quasiment toutes ces acides aminés [goud].
  Autant dire qu'il y a 13 milliards d'années, de la vie s'est formée à quelques années lumières de la Terre, par exemple sur HD 140283. Il y a des milliers d'autres étoiles très proches (moins de 10 années lumière) qui se sont formé des milliards d'années avant la Terre.
- Si on considère que notre civilisation est l'aboutissement de 4 milliards d'années de développement, autant dire qu'il existe à côté de nous AU MOINS des dizaines de civilisation qui ont 9 milliards d'années! 9 milliards c'est 9 000 000 000 années! Les plus gros progrès de notre civilisation ne datent que de 220 petites années...
- En 9 milliards d'années, ces civilisations ont eu le temps de trouver un moyen de franchir la limite de la vitesse de la lumière, limite que nous ne connaissions même pas il y a 100 ans (et dont nous ne sommes toujours pas sûrs). Il est probable que nous franchirons cette limite dans moins de 1000 ans. Et même si cette civilisation ne pouvait dépasser la vitesse de la lumière, ils n'auraient mis que 200 à 1000 ans à venir sur Terre, si en 8 milliards d'années ils ne l'ont pas tenté...
- Le paradoxe de Fermi : on sait, depuis les années 1960, que statistiquement la vie pullule dans l'univers, mais pourquoi ne la voit-on pas ? Les zététiciens font tous de belles vidéos pour reprendre plein d'hypothèses toutes plus farfelues les unes que les autres, mais rarement la seule possible : si on ne la voit pas, c'est peut-être tout simplement que nos dirigeants ne le veulent pas ! Pourquoi les foo-fighter de 1945 n'ont jamais été étudié ? Pourquoi depuis les années 1940, les ufologues s'obstinent à relever tous ces OVNIS, qui passent à la télé et que personne n'explique ? Pourquoi le projet Blue-Book de l'USAF a été fermé en 1968, au moment où les observations ne laissaient plus de doute ? Pourquoi des centaines de témoins qui ont participé au déblaiement de Roswell témoignent de grosse quantités de métal très fin et plus rigide que n'importe quel métal connu, et que rien ne ressemblait au ballon-sonde qui nous a été vendu par la suite ?
- Le 02/06/2018, suite au début de déclassification voulu par Trump, a été révélé, dans les plus grands médias USA (comme le Washington Post ou le *New York Times*), l'affaire de l'USS Princeton : un OVNI en forme de TicTac, qui appairait et disparaît à volonté, a des accélérations instantanées qui laissent sur place l'un des meilleurs avions de chasse humain.
  Le Pentagone résous plusieurs des questions ci-dessus : observé en 2002, le rapport n'a pas été divulgué car le programme d'étude des OVNI était classé secret-défense. Ça c'est pour expliquer pourquoi toutes les affaires d'OVNI ressortent difficilement dans les médias.
  Le rapport secret déclassifié se conclut en disant que cette technologie n'appartient à aucune civilisation humaine connue, ni aux programmes secrets d'un organisme USA. Certes, ils n'ont pas dit ET, mais si ce n'est pas humain, c'est quoi ?
- Enfin, les millions de témoignages de part le monde, que ce soit les rencontres du 3e type en toute conscience, ou les abductions nocturnes, montrent que ces ET sur Terre sont très nombreux, avec des espèces et des technologies différentes, des spiritualités différentes, et sont très actifs depuis les années 1940.

Donc depuis fin 2017, ceux qui rigolent en entendant parler d'Extra-Terrestre et en affirmant bien fort que ce sont des foutaises sont tout simplement des abrutis n'ayant jamais réfléchi de leur vie ! (J'étais ce type d'abruti avant 2015, je peux me permettre de vanner les abrutis :) ! (ce n'est pas irréversible !)

Les vrais esprits scientifiques, au vu des preuves ci-dessus, sont obligés de reconnaître que l'hypothèse ET est la plus probable, et sont censés demander des comptes à la NASA, demander l'arrêt du secret-défense, la déclassification sur Roswell et Blue Book (des habilitations que même le président des USA ne possède pas)…

La vie est présente partout

En 1970, on aurait dit aux scientifiques qu'il existait des écosystèmes entiers dans les profondeurs abyssales dont tout le cycle alimentaire se fonde sur des bactéries anaérobies (sans oxygène), tout le monde aurait crié à la science fiction. Si on leur avait dit que quasiment toutes les étoiles de l'Univers comportaient un système planétaire, ils auraient crié au fou... Ne prenez pas les scientifiques pour des surhommes, leur connaissances sont incomplètes et évoluent en permanence.

On sait aussi que des créatures peuvent vivre dans des grottes fermées depuis des millions d'années, sans apport extérieur, dans une atmosphère ténue, toxique pour nous, et qui se recycle grâce à des processus biochimiques complexes. Alors pourquoi pas, même sur des planètes dites "mortes", une vie n'aurait elle pas pu se développer en milieu fermé et souterrain, sur des bases chimiques complètement différentes ? Les algues bleues primitives, à la naissance de la vie sur Terre, n'ont elle pas créé l'atmosphère que nous connaissons aujourd'hui, et sans lesquels, il serait impossible pour n'importe quelle créature connue de prospérer en dehors de l'eau ?

La vie sur Terre nous montre déjà qu'elle peut se développer dans des conditions extrêmes, en utilisant d'autres chimies de vie que les notre. Ou qu'on pose notre regard, le biofilm est partout, sur des zones aux conditions bien pires que les conditions trouvées sur Mars...

Le tardigrade (ourson d'eau) est un petit animal de 1 mm de long. Il résiste plusieurs jours au vide spatial, au zéro absolu, aux rayons cosmiques et solaires, aux rayons X et UV (à des niveaux dépassant de 1100 fois ce que l'homme peut endurer), à l'absence d'eau et de nourriture pendant des mois. Il survit à des températures de 150°C, à des pressions de 6000 bars (un océan de 60 km de profondeur). En faisant fondre de la glace de 2 000 ans, les tardigrades coincés à l'intérieur ont repris vie en quelques minutes, reprenant leur vie normale là où elle s'était suspendue 2000 ans plus tôt...

La nature ne sélectionne pas des êtres vivants suréquipés par rapport à leur milieu. C'est donc qu'au cours de son évolution, le tardigrade a rencontré ces conditions. Comme la Terre a des océans de seulement 11 km maxi de profondeur (et pas 60 km comme est capable de résister le tardigrade), il est possible que le tardigrade ait évolué sur une autre planète… C'est pourquoi on le retrouve partout sur notre planète très tranquille en regard des conditions dont il a l'air d'avoir l'habitude, des plus hautes montagnes aux plus profonds abysses marins, de l'équateur aux glaciers des pôles, de la mer hyper saline aux déserts les plus secs. Il aurait pu survivre plusieurs milliers d'années (voir beaucoup plus) dans une météorite de glace, avant d'arriver sur Terre et de coloniser son nouveau milieu.

Les lentes (très lentes...) avancées de l'astronomie

Les exoplanètes

La logique voudrait que, quand on regarde les étoiles, on se dise que c'est des étoiles comme la nôtre, et donc qu'il y a des planètes autour. Une déduction logique qu'a faite Giordano Bruno au 16e siècle, et pour laquelle il a, non été remercié pour son génie, mais brûlé sur un bûcher pour dissuader les autres d'avoir de telles idées de génie...

Car le gros désavantage avec cette logique, c'est qu'on en déduirait rapidement qu'il y a des espèces vivantes sur d'autres planètes... et ça c'est interdit par les religions, parce que la genèse biblique commence par "dieu fit l'homme à son image"...

Galilée, moins couillu / con, n'avait pas osé le coup des mondes habités (planètes avec des Extra-Terrestres dessus), c'est pourquoi il a échappé au bûcher.

Ayant compris la leçon de Giordano Bruno, les astronomes sont restés bien sages, et ce n'est qu'en 1995 qu'on a (officiellement) découvert la première exo-planète autour d'une étoile...

Par exemple, Jean-Claude Bourret raconte qu'un jour d'août 1995 (2 ou 3 mois avant la découverte de la première exoplanète), les scientifiques lui disaient tous, avec l'aplomb des experts de renommée mondiale qui savent tout : "Écoutez, je suis astrophysicien, je regarde dans les télescopes des plus puissants observatoires du monde, et jamais on n'a vu une autre planète tourner autour d'une autre étoile ! Il n'y a qu'une seule étoile qui entraîne un cortège de planète, c'est le Soleil !".

Il y a seulement 25 ans, représentez-vous un peu le niveau d'arriération mentale de la science... Comme un gamin qui vous affirme avec aplomb que les microbes n'existent, car il a beau regarder avec une petite loupe, il ne voit pas de bêtes sur notre peau...

Ce n'est qu'en 2012, autre pas décisif, que les scientifiques ont réalisé qu'à chaque étoile correspondait au moins une planète [plan]...

Comment voulez-vous que la science avance avec un tel rythme de limace lymphatique ! Surtout que sur le sujet, c'est j'avance et je recule en permanence :)

Les calottes de Mars

Détectées en 1666 par Cassini, on a d'abord pensé que c'était de l'eau, mais comme eau = vie, la science a bien vite transformé ces glaces en neige carbonique... Un piège qui lui oblige, aujourd'hui que les calottes glacières martiennes fondent comme jamais depuis 2004, à inventer un réchauffement de l'atmosphère de Mars 4 fois plus rapide que sur Terre... Ce qui les bloque dans un autre mensonge, celui qui dit que c'est à cause du CO2 humain que la Terre se réchauffe... Ça ne devient plus tenable pour les scientifiques, heureusement que les médias font un bon boulot de censure et d'abrutissement…

Finalement, la NASA a été obligée de détecter de l'eau sous les calottes glaciaires en 2009… Retour à la connaissance évidente de 350 ans avant…

La vie dans la ceinture d'astéroïdes

Les comètes qui tombent sur Terre sont similaires aux astéroïdes de la ceinture principale, entre Mars et Jupiter. Ils contiennent de l'eau, des hydrocarbures (de la matière carbonée issue de biomasse d'êtres vivants) et des briques de la vie, ADN et ARN. Ce fait prouve prouve à lui seul que la vie peut provenir de l'espace. L'ADN ne peut évidemment se former que dans des conditions propices, pas sur un petit caillou soumis aux radiations solaires.

Les astéroïdes de la ceinture principale sont forcément beaucoup plus récents que la création du système solaire, sinon ils se seraient comme ailleurs agrégés en une planète d'accrétion comme Mars. Ils sont donc issus d'une planète qui s'est disloquée il y a quelques milliards d'années… Planète sur laquelle il y avait de la vie, vu les traces d'ADN.

C'est pourquoi ces astéroïdes sont métalliques (issus du noyau d'une planète), contiennent de l'eau (planète océanique propice à la création et au développement de la vie) et des traces de vie (preuve que la vie s'est bien développée avant la dislocation de cette planète).

Dieu à donc créé la vie dans un autre océan que le nôtre, hérésie pour certains religieux ultra-orthodoxe, comme les rabbins Israéliens derrière Netanyahu.

<u>ET sur Terre > OVNI</u>

Survol

Ok ! il y a de la vie ailleurs. Mais pourquoi ne voit-on pas les ET sur Terre ? Ben si on les voit…. Il y a des millions d'observations d'OVNIS depuis seulement 70 ans, les milliers de bouquins sur le sujet, sans compter les grandes vagues d'OVNI dont les médias ont été obligés de parler (Washington dans les années 1950, Belgique en 1991, centrales françaises en 2014, etc. Il serait vraiment étonnant que vous n'ayez jamais entendu parler du mot OVNI dans le journal local !

Les OVNI non humains, cachés au public, sont désormais officiels depuis juin 2018, c'est marqué dans les plus grands mass medias, avec approbation Pentagone, même les zététiciens ne peuvent plus rien dire là-dessus. :) Ils s'accrochent juste sur ce que "non humain" veut dire !

Reprenons rapidement quelques observations significatives, qui prouvent que les ET sont présents sur Terre (du moins des êtres très avancés, et qui l'étaient déjà il y a plusieurs millénaires vu les traces qu'ils ont laissés dans les Védas indiens avec leur description d'engins spatiaux).

OVNI officialisés fin 2017 (p. 274)

Repris par tous les plus grands médias USA (et seulement Ouest France et RT en France...), la divulgation du Pentagone sur le fait qu'il avait caché les OVNI au public, que ces appareils dépassaient de très loin nos technologies actuelles, et que ces objets n'étaient pas d'origine humaine...

Que dire de plus, les paragraphes qui suivent, écrits pour prouver la réalité des OVNI, n'ont plus de raison d'être, ils sont laissés pour l'histoire…

Dans l'histoire

Les observations d'OVNI réfutées par la sciences existent depuis toujours. Le 24 septembre 1235, au Japon, le général Yoritsume et son armée observèrent de mystérieuses lumières dans les cieux. Pendant plusieurs heures, ils aperçurent des lumières qui oscillaient dans le ciel, tournoyaient et faisaient des loopings. Une enquête scientifique, sûrement la première sur le phénomène OVNI, fut diligentée. Les scientifiques avaient déjà ordre de réfuter toute explication surnaturelle, les maîtres savaient déjà pertinemment de quoi il s'agissait.

Les scientifiques trouvèrent vite l'explication : le phénomène était tout à fait banal, et prouvait la facilité du petit peuple à se laisser abuser par les phénomènes hors de sa compréhension : il s'agissait simplement du vent qui avait fait bouger les étoiles. En effet, comme tout scientifique de l'époque le savait, les étoiles étaient accrochées avec des fils à la voûte céleste, et un vent un peu plus haut que d'habitude les faisait bouger...

Les rapports modernes du dossier américain Condon (p. 276) et du COMETA français sont souvent de plus mauvaise foi que ça ! Pour les Américains, une automobile lumineuse qui vole à quelques mètres au dessus de la rue, qui effraye une cinquantaine de personnes (dont des policiers et des militaires), c'est des ignares qui confondent avec Jupiter.

Pour les Français, un vaisseau mère parallélépipédique noir, qui reste immobilisé 10 minutes à 100 m au dessus de la plus grande route des Lande, puis qui s'éloigne à basse vitesse avant d'accélérer brutalement vers le ciel, c'est une confusion avec des débris de fusée russe (témoignage Nexus 2015).

Le projet Blue Book (p. 275)

C'est l'étude officielle des observation d'OVNI aux USA, entre 1947 et 1969.

Lorsque que la commission ne pu plus expliquer des apparitions d'OVNI de plus en plus évidentes, que ses mensonges éhontés tenaient de moins en moins la route, la commission fut officiellement arrêtée, et une censure dure sur le sujet fut appliquée.

Les crashs d'OVNI (p. 279)

Les crashs d'OVNI sont assez rares, car on parle d'une technologie avancée. Une des explications, est le fait de rassurer les dominants avec qui le contact est souhaité.

OVNI et nucléaire (p. 281)

Il semble bien que les OVNI nous aient sauvés les miches à de nombreuses reprises, notamment au niveau du nucléaire, comme l'attestent les apparitions d'OVNI gigantesques filmés au dessus de Tchernobyl et Fukushima peu après les fusions de coeur. Des observations que la presse a relayée.

Les collisions évitées de justesse avec les avions (p. 284)

Les pilotes d'avion ont souvent rencontrés des OVNI sur leurs routes. Mais depuis 2010, les médias appellent désormais des "collisions évitées avec un drone". Nombre d'aéroports sont régulièrement bloqués suite à l'apparition de ces "drovnis".

Les OVNI dans le passé (p. 284)

Pris au pied de la lettre, le texte d'Ezéchiel est très explicite : char volant = OVNI.

Le livre d'Hénoch aussi, tellement explicite que l'Église catholique s'est empressée de le retirer de son ancien testament.

OVNI et Crops Circle (p. 285)

Il y a des crops circles faits par des papys anglais avec une planche et une ficelle, ou par une bande de youtubeurs désinformateurs. Et puis il y a les autres...

Pour en savoir plus sur les OVNIS

[ovni4], [ovni5], [ovni3].

Officialisation (tictac 2004)

En décembre 2017, le Pentagone avoue :

- avoir caché l'existence des OVNI au public,
- que ces OVNI technologiques n'avaient pas été construits par des humains.

Chose étonnante, cette divulgation a été reprise par tous les médias USA, mais seulement RT en France... Les Américains savent que les OVNIS existent, qu'ils sont probablement d'origine ET, et les Français sont loin derrière comme d'habitude…

Diffusion progressive dans les médias

Le 16 décembre 2017, le *New York Times* publie une révélation sur un programme secret de l'armée, financé à hauteur de 22 millions par des fonds secrets. Le ministère de la Défense américain a reconnu l'existence d'un programme secret chargé d'enquêter sur les observations d'objets volants non identifié (OVNI). Si le Pentagone assure que le programme s'est arrêté en 2012, le *New York Times* affirme quant à lui dans l'article daté du 16 décembre que les enquêtes sur les incidents impliquant des OVNI, rapportés par les militaires, continuent.

Un rapport du pentagone sur une observation d'OVNI en 2004 est publiée à l'occasion : un OVNI repéré une première fois par le radar de l'USS Princeton, un porte-avion américain. 2 vidéos sont publiées, dont l'une où l'on voit un OVNI se laisser prendre dans la ligne de mire d'un avion de chasse de l'armée. Un article reprenant les témoignages des pilotes ayant participé à la poursuite. Au moment où l'avion s'approche, l'objet accélère brutalement, laissant le chasseur sur place. Le pilote dit que l'accélération était si brutale qu'il n'avait jamais vu ça. Les 2 avions repartent penauds pour se rejoindre quand le radar capte de nouveau l'appareil, pile poil à l'endroit prévu où les 2 avions devaient se retrouver avant de rentrer. 64 km en 1 minute. Le temps que les avions rejoignent ce point, l'engin avait de nouveau disparu...

En mai 2018, de nouveaux détails sont divulgués sur l'OVNI de 2004 (USS Princeton) au large des côtes Californiennes : Vu que cette observation ne laisse pas beaucoup de doutes sur l'origine de cet OVNI, les autorités ont préféré la divulguer entièrement en plusieurs étapes…

Les médias français n'arrivent pas à traduire

Lors des articles de décembre 2017, les médias français ont joué la mauvaise foi, disant que l'objet montré dans la vidéo pouvaient être des erreurs électroniques (oubliant de préciser que l'objet est suffisamment gros pour ne pas être une erreur, et que les militaires savent quand même ce qu'ils font, et que les pilotes les avaient en visuel comme double confirmation…).

Il n'en a pas du tout été pareil pour la fin du rapport du 02/06/2018… Cette divulgation ne laissant plus de doutes, les médias français ont, comme pour les momies de Nazca (p. 290), joué la carte du cover-up complet (dans les mass medias, et dans la réinformation). Si ce rapport officiel du Pentagone à été amplement repris par la presse anglo-saxonne, rien en France n'a pu filtrer, à part RT [tictac] qui est passé au travers les mailles du filet. La censure à comme d'habitude été efficace : la plupart des Français, même ceux qui se renseignent auprès de la réinformation n'ont rien vu passé, moi le premier… J'ai mis plusieurs mois à tomber dessus par hasard, ne pouvant pas scanner tous les jours la presse internationale.

Rassurez-vous, ça fait longtemps que le gouvernement cherche à dégager RT France, un magazine russe traduit en français qui se plie de mauvaise grâce à la censure française, et qui la shunte chaque fois qu'elle trouve une faille.

Les faits de l'observation

L'OVNI, de forme ovale, avait la taille d'un avion de ligne. Repéré par le radar du porte-avion alors qu'il volait à plus de 18 000 mètres. Il a alors subitement plongé vers la surface de l'océan, pour l'atteindre en quelques secondes seulement. Peu après, l'OVNI s'est éloigné à une vitesse si impressionnante que les membres d'équipage ont pensé qu'ils s'agissait d'un missile balistique.

Deux jours plus tard l'objet est à nouveau apparu près de l'USS Princeton et a cette fois été pris en chasse par deux F-18. Mais les pilotes ont expliqué qu'ils avaient été incapables de l'intercepter, l'OVNI s'étant brusquement rendu invisible. Il pouvait cependant toujours être détecté, à cause de l'onde visible à la surface de l'eau créée sous lui, «d'environ 50 à 100 mètres de diamètre».

L'engin a été décrit par un des pilotes comme étant «blanc uni, lisse, sans bords, uniformément coloré, sans nacelles, pylônes ou ailes» et ressemblant à «un œuf allongé ou un Tic Tac». D'après le rapport du Pentagone, un avion de surveillance E-2C Hawkeye a réussi à détecter l'objet mais sans pouvoir le «verrouiller», ce qui laisse penser qu'il était capable d'esquiver le radar.

Le rapport se conclut en confirmant que l'engin ne correspondait à «aucun avion ou véhicule aérien actuellement connu dans l'inventaire des USA ou de toute autre nation étrangère». En gros, il faut chercher sur d'autres planètes si un tel engin existe…

Les rappels médiatiques réguliers

Face à l'absence totale de réactions dans le grand public, les médias USA reparlent régulièrement de cette affaire. Comme le 19/12/2019, dans le journal *Intelligencer*, où est publié une interview d'un des pilotes témoins, qui rappelle que l'OVNI ne respectait pas les lois connues de la physique.

Qu'est-ce qu'on peut en déduire ?

Eh les gars ... on vient mine de rien de révéler l'existence de civilisations plus avancées que nous n'existant pas sur Terre... Reformulez-le avec le mot Extraterrestres si vous vous sentez prêt ! :)

Ne venez pas me parler de programmes secrets avec les ET, ou de civilisations humaines avancées sous la Terre ou venant du futur...

La seule fois que les ricains ont testé l'invisibilité (l'expérience de Philadelphie) ça s'est terminé par un tel fiasco, de telles fuites horrifiées dans tous les sens de la part des participants qu'ils n'ont jamais recommencé.

Aucun technologie humaine ne peut, en 2018 (et encore moins en 2004), construire un engin sans soudure ou ouverture de 100 m de long, ni de cigare sans aile ni propulseur (anti-gravité), ni d'engin suffisamment solide pour passer de 18 km de haut au niveau de la mer en quelques secondes, le tout sans se crasher...

En 2004, les Russes étaient hors course. Ce n'est pas en 4 ans de guerre sans matériaux que les nazis allaient développer de tels engins viables. Comme le but est la divulgation, on peut croire les Américains quand ils disent qu'ils n'ont pas ça chez eux. Et en 2004 ça fait longtemps que les programmes français de De Gaulle sont arrêtés...

Je le précise déjà ailleurs, mais les programmes secrets humains ne sont jamais très avancés par rapport aux techniques civiles, car il faut des usines pour produire à grand débit des armes massives (c'est comme ça que les Américains ont gagnés toutes leurs guerres). Les humains capables d'engranger des connaissances supérieures sont peu nombreux, ils ne vivent pas assez longtemps pour aller très loin, et ne sont pas forcément prêts à coopérer avec les élites. Seuls les hiérarchistes étant prêt à travailler dans ces Black Programs, ils passent leur temps à chercher à remplacer leur chef et au final le programme n'est pas efficace.

Si développement humain, on aurait eu plein de prototypes, donc plein de crash ou de témoignages des populations, surtout autour de Roswell. Les seuls témoignages qu'on a eu c'était un OVNI entouré d'hélicoptère, qui marchait très mal, et un crash de ce même type d'OVNI. L'hypothèse de vaisseaux ET non fonctionnels pour des humains (pas de télépathie pour le diriger) est plus probable.

Quand aux 2 autres crashs d'OVNI, Roswell et Varghina, les témoins parlent de petits êtres non humains, donc exit l'hypothèse d'OVNI développés par des humains. Quand on regarde les témoignages de rencontre du 3e type du Blue Book (témoins qui ont vu les pilotes des vaisseaux), seule l'hypothèse d'ET aux commandes de ces OVNIS désormais divulgués par le Pentagone tient la route...

Projet Blue Book

Histoire de Blue Book

Suite de plusieurs projets depuis Roswell

Le projet Blue Book est le recensement et la vérification par l'USAF (armée de l'air des USA) de tous les cas d'OVNI ayant eu lieu dans la juridiction américaine.

Ce projet dispose de plus de moyens que les 2 projets précédents : Signe en 1947 (suite à Roswell?), rebaptisé Grudge en 1949.

Le projet Blue Book est mis en place en 1952, et s'arrêtera en 1969, à la suite de la publication du rapport Condon.

Statut

Blue Book est une commission spéciale de l'armée, composée d'experts de différents domaines, recense les faits, fait des prélèvements et des relevés sur le terrain, enregistre et recoupe les témoignages pour éviter tout cas de fraudes, recense l'absence de phénomènes naturels qui auraient pu avoir lieu ce jour là, etc. Si l'enquête est menée de manière irréprochable, la conclusion revient aux hauts gradés de la désinformation, et sont de totale mauvaise foi et en contradiction absolue avec les faits, au point que les médias ridiculisent à chaque fois les conclusions de l'enquête.

Ann Arbor 1966

Le cas qui a le plus provoqué la grogne du grand public, et qui fera comprendre en haut lieu qu'on ne peut plus cacher au public des démonstrations d'OVNI de moins en moins ambiguës.

Du 14 au 29 mars 1966, 40 personnes, dont 12 policiers en service, poursuivent des OVNI pendant plusieurs jours, observations détectés par ailleurs aux radars pendant plusieurs heures. Les témoins font une description très claire et remarquablement précise de plusieurs objets métalliques brillants, volant d'abord haut dans le ciel, puis au ras du sol, dans les marécages près d'Ann Arbor, dans le Michigan [annarb].

L'affaire est confiée au projet Blue Book, l'organisme d'enquête sur les OVNI de l'armée de l'air américaine.

Pouvant difficilement donner une autre explication que la piste ET, la commission conclura à des gaz des marais et à la bonne vieille hystérie collective... La presse s'empare de l'affaire et ridiculise la conclusion de l'armée. Le public est furieux et des membres du Congrès s'inquiètent. Surtout que l'affaire de Beverly (p. 277) sort au même moment.

Le rapport Condon

Suite à Ann Arbor, plusieurs sénateurs, pressés par les électeurs, exigent qu'une commission privée étudie ce qu'est vraiment le phénomène OVNI, n'ayant plus confiance dans le projet Blue Book. L'USAF confiera ce rôle à l'Université du Colorado sous la direction du Dr Edward U. Condon.

Ce rapport Condon (l'exemple type de la mauvaise foi) sera publié 2 ans après, en 1969.

Le rapport conclura comme l'armée l'avait affirmé, que pour les 10% d'observations inexpliqué (dont Beverly (p. 277) ne fait pas partie, puisque c'était Jupiter...) on ne peut effectivement pas dire ce que c'est (traduction, c'est bien des engins inconnus manoeuvrés par des êtres inconnus). Plusieurs articles, publications et livres commencent à sortir dans les journaux pour critiquer les conclusions de ce rapport.

Pour étouffer toute l'affaire, le projet Blue Book de l'armée est arrêté (le gouvernement semblant confondre les mots "inexpliqué" et "inexistant", et il est plus facile d'étouffer que d'expliquer, mieux vaut étouffer les affaires que tenter de donner une explication foireuse...).

Comme rien n'est dit sur les 10 % de cas jugés impossibles à expliquer d'aucune manière par les membres de la commission, les critiques des conclusions du rapport Condon viennent de partout, de tous les milieux, même les plus conservateurs, sous forme d'articles d'hommes de science et d'experts dans des revues spécialisées.

Étrangement synchronisés à cette fermeture de Blue Book, les médias américains (présentés comme indépendant du pouvoir) appliqueront au même moment un cover-up des observations (sans que la fréquence réelle des observations, relayés par les parutions spécialisées, ne diminue...).

Le formatage psychologique des nouvelles générations fit en sorte que toute cette période des "années folles" (Happy Days, les sixties) devint bientôt un mythe, où on expliqua que les Américains moyens, peu éduqués, facilement influençables (l'histoire de "la guerre des mondes" à la radio provoquant une panique est souvent rappelée), traumatisés par la guerre froide, avaient crus voir des invasions de Russes de partout, et s'affolaient sur le moindre cas d'OVNI… En oubliant de rappeler que ces cas étaient parfaitement étudiés, et n'était pas de la psychose de la part de l'armée de l'air...

L'omerta sera facilité par le fait que les Ultra-Riches rachètent progressivement toute la presse dans les années 1980, ce qui cachera plus efficacement les OVNI aux yeux du grand public.

J. Allen Hynek

C'est l'homme central de Blue Book. En 1948, J. Allen déclara, à propos des OVNI, que « ce sujet entier semble ridicule » et qu'il s'agit d'un phénomène de mode qui s'éteindra bientôt.

J. Allen Hynek, fut par la suite conseiller scientifique du projet Blue Book (de 1951 à 1969).

À partir de 1962, Hynek entre progressivement en désaccord ouvert avec sa hiérarchie sur les conclusions des enquêtes Blue Book puis sur les conclusions du rapport Condon. 2 choses le font changer d'avis. L'attitude fermée de l'Air Force, qui refuse systématiquement tout argument sans étudier les faits. Il se rend compte que le projet consiste à :

- collecter le maximum de données sur les objets,
- élaborer des mensonges à donner au public pour prouver que ça n'existe pas.

La deuxième chose, c'est années après années, la qualité des témoins, des pilotes ou des hauts gradés, astronomes, policiers, etc. qui lui fera comprendre qu'il y a bien quelque chose qui se passe.

Il déclara : « En tant que scientifique, je dois être conscient du passé ; trop souvent, des sujets d'une grande importance scientifique ont été négligés car le nouveau phénomène sortait de la norme scientifique du temps ».

L'opinion de Hynek changea aussi après qu'il interrogea ses collègues astronomes (dont Clyde Tombaugh, le découvreur de Pluton). Sur 44 astronomes, cinq — c'est-à-dire un peu plus de 11 % — avaient déjà vu des phénomènes aériens qu'ils n'avaient pu expliquer avec la science conventionnelle. La plupart n'avait rien signalé par crainte du ridicule et de répercussions sur leur carrière.

Hynek a aussi noté que cette proportion de 11 % de phénomènes non-identifiés était plus importante que dans les études portant sur les observations faites par la population générale. C'est donc que, contrairement à la croyance entretenue par les sceptiques, les astronomes voient plus d'OVNI. De plus, les astronomes sont normalement plus informés que le grand public sur l'observation céleste, donc leurs observations en sont d'autant plus crédibles.

Edward J. Ruppelt, le premier chef de Blue Book, déclara à propos de Hynek : « Le Dr. Hynek fut l'un des scientifiques les plus impressionnants que j'aie rencontré en travaillant sur le projet OVNI, et j'en ai rencontré un bon nombre. Il évita de faire deux choses que certains d'entre eux faisaient : vous donner la réponse avant de connaître la question ; ou immédiatement commencer à exposer ses réalisations dans le domaine de la science. »

Fin mars 1966, lors de l'observation d'Ann Arbor, dans le Michigan. Hynek ne put trouver aucune explication ; cependant, les officiers de Blue Book lui ordonnèrent d'expliquer à la presse que les témoins avaient vu une émission de gaz des marais, ce qu'il fera consciencieusement, se faisant conspuer au passage par les journalistes et les témoins. Il parle alors de démissionner, dégoûté des mensonges qu'on lui demande de faire. Au final, il n'aura pas à le faire, le projet étant arrêté.

A noter qu'ensuite Hynek sera le mentor de Jacques Vallée et de Claude Poher (qui travaillera ensuite au GEIPAN), et fondera le collège invisible chargé de collecter les observations d'OVNI.

La volonté de Vallée de faire passer les OVNI pour des constructions mentales (de même que l'apparition de son personnage dans le film "Rencontre du 3e type" de Spielberg, une commande du MJ12), et pour Poher l'obstruction du GEIPAN à toute enquête sérieuse me font penser à des infiltrés qui sous couvert de couvrir le sujet, ne font en fait que de la désinformation.

Cela ne fait pas de Hynek un désinformateur, on sait que souvent des désinformateurs aux dents longues viennent asseoir une réputation débutante en se référant auprès d'un vieux maître vieillissant qui ne pourra plus les désavouer une fois dans sa tombe...

100 % des cas inexpliqués sont des OVNI

Un biais logique que nos médias utilisent à l'envie. Sur tous les témoignages reçus par le projet BlueBook (12 000), 90% (9000) étaient des erreurs des témoins (d'après les enquêteurs de mauvaise foi…), qui auraient observé Vénus, Jupiter ou autre. Une fois que l'observation est expliquée, ce n'est plus un OVNI (Objet Volant Non Identifié) par définition...

Le biais est de faire croire que 10 % des cas d'OVNI sont inexpliqués, laissant entendre que 10% des OVNI ne sont pas expliqués, un pourcentage faible qu'on pourrait penser comme non significatif.

En réalité, 100 % des cas d'OVNI décrivent des objets inconnus de notre science, et dont les caractéristiques défient l'imagination. Au nombre de 3 000 en seulement 16 ans et uniquement aux USA, surtout quand on sait que les enquêteurs expliquent trop facilement les observations, on ne peut dire que ces observations sont des quantités négligeables...

Blue Book > Beverly 1966

[bever] 22 avril 1966, Beverly, Massachussetts, un OVNI en forme de ballon de rugby, de 5 m de long, attribué à une confusion avec Jupiter…

Cette affaire se produit seulement une semaine après l'affaire très médiatisée de Ann Arbor, et instaurera la règle de la censure à tout prix (comme c'était la première censure à grande échelle, c'est ce qui explique que cette observation ai été aussi détaillée, notamment par les autorités locales pas encore accordées sur les autorités fédérales).

Les différents rapports et études sur l'observation

S'il n'y a qu'un seul cas à retenir dans l'ufologie, c'est celui-ci. Il prouve que les OVNI existent, et prouve aussi que le gouvernement cherche à étouffer l'affaire. Normalement après ce cas on arrête là l'étude des OVNI.

Cette observation fait partie des 90% de cas explicables par une mauvaise observation. C'est l'enquêteur Raymond E. Fowler, membre d'une commission d'enquête de l'État du Massachusetts, qui en fit l'investigation la plus poussée. Les 2 organismes fédéraux (condon et Blue Book) ayant eux essayé par tous les moyens d'enterrer cette affaire. Encore une fois, c'est au niveau local que ça enquête le mieux...

Je vous laisse juger par vous même de la justesse de l'analyse des soit-disant plus grands scientifiques, pour qui ce cas s'explique parfaitement, les témoins ayant tout simplement confondus Jupiter avec un OVNI... (pour une fois que cette bonne vieille Vénus n'est pas choisie comme bouc émissaire...) C'est ce qu'en conclut le rapport Condon, tandis que le projet Blue Book (l'USAF) refusait catégoriquement de répertorier ce cas dérangeant dans ses dossiers.

L'observation détaillée

L'événement s'est déroulé le 22 avril 1966 dans la petite ville de Beverly. Un disque planant silencieusement a été observé pendant 45 minutes, excluant toute erreur d'observation des témoins. A noter que c'est moins de 2 semaines après les événements de Ann Arbor, dans le Michigan, où le projet Blue Book de l'USAF s'est déjà ridiculisé en accusant des gaz des marais.

Revenons au cas de Beverly. Il est un peu plus de 21 h et la petite Nancy Modugno (11 ans) se prépare à se mettre au lit, mais une lumière bizarre attire son attention. À environ 15 m de distance, elle observe par la fenêtre un objet en forme de ballon de football de la taille d'une automobile. (Jupiter ?) Il circule à très basse altitude en frôlant le toit des maisons. (Jupiter ?) Elle peut entendre un son qui fait whizzzzzz. (Jupiter ?) Elle remarque sur son pourtour des lumières bleues, vertes, rouges et blanches. Très énervée, elle a juste le temps de noter que l'objet commence à se poser derrière les arbres dans le champ vague situé à l'arrière de la Beverly High School. (Jupiter ?)

Elle se rue dans le vivoir, au rez-de-chaussée, et tente d'expliquer à son père ce qu'elle vient de voir. Rien à faire. La télé l'emporte. Après quelques courts instants, le téléviseur s'éteint de lui-même et, au même moment, sa mère, Claire Modugno, ainsi que deux de ses amies, Barbara Smith et Brenda Maria, font irruption dans la maison pour commander de la pizza.

La petite Nancy devient hystérique : personne ne la prend au sérieux et elle est furieuse ! C'est alors que sa mère se souvient d'avoir vu des lumières clignotantes dans le champ derrière l'école, tout juste avant d'entrer dans la maison. (Jupiter ?) « Allez, les filles, on va aller voir. C'est sûrement un avion qui a dû se poser là, en difficulté peut-être. » On ignore pourquoi le mari est demeuré sur place. Sans doute un compte à régler avec le téléviseur ! Barbara Smith et Brenda Maria accompagnent Claire et descendent une petite colline qui les mène au champ. Pas d'avion, rien au sol. Mais dans le ciel, il y a quelque chose d'anormal : trois formes ovales effectuent des manœuvres plutôt bizarres, et les amies observent les mêmes lumières clignotantes sur le pourtour de l'objet. (Jupiter ?) Deux d'entre eux sont assez élevés dans le ciel, mais le troisième n'est pas beaucoup plus haut que l'école. (Jupiter ?) Elles décident de traverser le champ et de s'approcher. Chemin faisant, Brenda décide de faire des signes en agitant les bras. L'objet, qui effectuait des cercles au-dessus de Beverly High School, s'arrête aussitôt, puis se dirige vers elles. (Jupiter ?)

Ce n'est plus drôle ! Les trois femmes sont terrifiées, et elles le confieront à l'enquêteur plus tard. Barbara Smith dira à Fowler : « J'ai commencé à courir et là Brenda nous a dit : "Regardez, il est au-dessus de nous." C'était rond, comme le fond d'une assiette, c'était solide, blanc grisâtre, comme un champignon géant, et je me suis dit : "Cette chose va descendre sur moi." » (Jupiter ?) Frappées de terreur, Barbara et Claire courent vers le haut de la colline, laissant Brenda toute seule dans le champ, avec l'objet à seulement quelques mètres au-dessus de sa tête. Elle a raconté : « Il devenait de plus en plus grand en descendant. Il y avait ces lumières clignotantes autour, très brillantes, et qui tournaient autour. Je me suis dit : "Ça y est, il va m'écraser." » (Jupiter ?) Les deux autres femmes l'appellent, et Brenda finit par courir et les rejoindre. L'une d'elles mouille son pantalon tant elle est effrayée. (Jupiter a-t-il cet effet sur les gens ?) Pendant ce temps, l'objet n'insiste pas et retourne au-dessus de l'école (Jupiter?). Pourquoi ? Personne ne le sait, pas plus que personne ne sait ce que ces trois objets faisaient à Beverly.

Rendues à la maison, elles appellent les voisins. En ressortant, elles constatent qu'une voisine et un voisin sont déjà à l'extérieur. Ce dernier a alerté les policiers. (On appelle la police dans cette ville, chaque fois que Jupiter est visible ?) À leur arrivée, les agents voient bien qu'une dizaine de personnes sont attroupées et portent leur regard vers l'école. Par contre, dès qu'ils mettent le pied en dehors de leur véhicule, l'objet s'élève et se confond avec les étoiles.

C'est alors que l'étoile vire au rouge et se laisse littéralement tomber à quelques mètres au-dessus de l'école. L'officier Mahan, déclare : « On aurait dit une grande soucoupe avec trois lumières – rouge, verte et bleue – mais aucun son ; il planait et les lumières clignotaient. » Son collègue, l'officier Bossie, ajoute : « Il est demeuré stationnaire, puis il s'est déplacé. Des gens se sont baissés, effrayés. » (On se jette au sol chaque fois qu'on voit Jupiter ?) En remontant dans leur véhicule, les policiers demandent de l'aide (c'est que ça fait peur Jupiter...) et se dirigent vers l'objet, dans la cour de l'école. Certaines lumières sont incrustées dans des indentations de l'objet. (Toujours Jupiter ?) Plus les policiers se rapprochent, plus l'objet s'éloigne. L'OVNI finit par bouger alors que des avions et des hélicoptères de l'armée de l'air USA font leur entrée et le prennent en chasse. Les deux autres objets n'ont jamais été revus.

La conclusion bidon de Condon

La commission Condon a conclu par ceci (lisez bien la dernière phrase) :

Trois femmes adultes se sont rendues sur le terrain de sport d'un lycée pour vérifier l'identité d'une lumière brillante qui avait effrayé une fille de 11 ans devant sa maison voisine, et ont rapporté avoir vu trois lumières manœuvrant dans le ciel au-dessus de l'école, volant silencieusement vers elles et venant directement au-dessus de l'une d'elles, à 20-30 pi (6-9 m). Il a été décrit comme un disque massif flottant, de la taille d'une automobile. Deux policiers qui ont répondu à un message téléphonique selon lequel un OVNI était observé ont constaté qu'un objet extraordinaire volait au-dessus du lycée. ***L'objet n'a pas été identifié. La majeure partie de l'observation, cependant, était apparemment une observation de la planète Jupiter.***

Chacun sait que de façon régulière Jupiter descend tellement proche de la Terre qu'elle est de la taille d'une automobile, qu'elle survole les écoles, terrifie les témoins, qui font pipi dans leur culotte, et force les policiers à demander l'aide de l'armée de l'air... On réclame constamment des preuves aux ufologues, sur la base d'une rigueur scientifique. Mais les sceptiques ne sont obligés d'avoir cette rigueur scientifique : « *apparemment une observation de la planète Jupiter* », sans compter le *" La majeure partie de l'observation "*, car pour ces scientifiques hors normes si on explique 1 % de l'observation ça prouve que le reste de l'observation est du même acabit...

Raymond E. Fowler vint faire une enquête supplémentaire pour le compte de l'État, et ira beaucoup plus loin que l'enquête superficielle fédérale, fournissant l'identité des témoins, donnant les noms de rues, les distances, les angles d'observation du sol vers le ciel ; et il effectuera un lien avec vingt-deux observations survenues dans ce secteur durant la même période du mois d'avril 1966.. Ainsi, aux 9 témoins officiels, il en trouva 22 de plus dont le témoignage corroborait la description des faits déjà données par les témoins principaux. Il montra aussi que Jupiter différait de 50° de l'endroit d'observation principal, donc ne pouvait en aucun cas être confondu avec l'OVNI. Réception télé brouillée pendant toute l'observation.

31 témoins, sachant que les 3 pilotes de l'armée n'ont pas été entendus, étant sous le sceau du secret-défense et ayant interdiction de parler.

Voilà un des cas rejetés par l'étude officielles des OVNI, faisant partie des 90% cas d'observations d'OVNI qui rentre dans la case "expliqué par la folie des témoins, l'hallucination collective, météore, Lune, Vénus ou Jupiter"... Si vous croyez en la justesse de cette conclusion officielle, inutile de poursuivre la lecture de ce livre :) !

Sources

Ce témoignage est relaté dans [ovni2], et aussi analysé (beaucoup plus superficiellement...) dans le rapport Condon et dans [ovni3] (Chapitre 8, page 150).

L'étude la plus complète a été réalisée dans la commission d'enquête du Masachussets [ovni4].

Crashs

Survol

Observations rarissimes des ces engins technologiquement très avancés.

Même si un OVNI reste de la mécanique soumise à des aléas ou pannes, il est suffisamment résistant pour résister à tout ce qu'elle pourrait rencontrer sur Terre (même si certains OVNI semblent moins performants/évolués que d'autres)

Flatter nos dominants

Comme la panne est possible mais très peu probable, il s'agit plus certainement d'une astuce des ET bienveillants pour prendre contact avec les autorités d'un pays, en mettant en infériorité l'ET qui doit communiquer. Une stratégie que nos dingues du contrôle apprécient en général, eux qui aiment se sentir supérieurs.

1947 - Roswell (USA - Nouveau Mexique) (p. 279)

Le cas dont tout le monde a entendu parler : les médias annoncent d'abord le crash d'un vaisseau ET, puis allant contre toutes les preuves, parla d'un ballon-sonde, qui ne convainquit que ceux qui voulaient le croire...

1996 -Varghina (Brésil)

Une tentative de contact plus malheureuse, puisque les ET ont été abattus par l'armée, devant les populations, de même que les témoins refusant de se taire. L'agitation qui en a résulté a fait remonter beaucoup de preuves en surface.

Crash > Roswell 1947

Roswell est le mensonge fondateur, le début du cover-up implacable du gouvernement américain sur le sujet Extra-Terrestre. Les observations d'OVNI ont toujours eu lieu, les Américains en 1947 étaient favorables à une divulgation sur la présence ET, mais Roswell a cristallisé les tensions car le mensonge de l'armée était trop grossier, et du coup visible de tout le monde.

Mensonge éhonté

Ce cas est emblématique, car c'est l'exemple type du mensonge éhonté des autorités. Les preuves en faveur d'un vaisseau alien sont tellement nombreuses et flagrantes (du matériel ET, fin, léger mais inrayable et plus résistant qu'un objet 10 fois plus lourd) que le seul argument que peuvent utiliser les détracteurs, c'est que si l'armée USA a dit que c'était un ballon sonde, c'est que c'était un ballon sonde... Comme si l'armée USA ne pouvait pas mentir, ou que le nuage de Tchernobyl était resté sagement à la frontière française en 1986...

Les faits avérés

2 juillet 1947, un grand bruit est entendu. Le lendemain matin, Mac Brazel découvre de nombreux débris étranges sur les pâturages de son ranch. Habitué aux ballons météo qui s'écrasent régulièrement dans le secteur (ranch à 100 km de la Zone 51), en ayant déjà récupéré 2 sur son ranch, il est intrigué par ces débris bien différents.

Brazel raconta au Roswell Daily Record que son fils et lui avaient vu « une large zone de débris brillants, bandes de caoutchouc, feuilles d'étain, un papier plutôt dur et des barres ».

Il faut 4 jours pour que les autorités soient contactées (ranch isolé sans téléphone). L'armée envoie une équipe, dont le major Jesse Marcel, pour voir de quoi il retourne.

Le 7 juillet, Brazel confirme au shériff qu'il croit avoir trouvé un OVNI.

Le 8 juillet, un communiqué de presse est envoyé aux médias par William Blanchard, commandant de la base militaire de Roswell. Le communiqué mentionne la présence d'un OVNI, trouvé près de Roswell. Quelques heures plus tard, un second communiqué de presse précise que cet OVNI n'était qu'un ballon météo… 2 jours d'enquête de l'armée pour s'assurer que c'est bien un OVNI, mais quelques heures seulement pour s'apercevoir que ce n'était qu'un vulgaire ballon météo… Pas grand monde ne tombe dans le piège à l'époque. D'où la très médiatique controverse qui s'engage par la suite.

Le 9 juillet, le fermier prend lui-même la parole dans le journal local, pour confirmer qu'il a déjà vu des ballons, et que ce qu'il a trouvé n'en est pas un, remettant en cause la version de l'armée. Mais après avoir été « détenu » un long moment dans la base militaire, sa version initiale des objets découverts sur les lieux changera souvent au cours des années par la suite. Ce qu'il a trouvé après cette détention ressemblait en plus à des débris de ballon, alors que ses premières déclarations ne parlaient pas de rubans colorés par exemple… Beaucoup ont fait le lien avec le nouveau camion qu'il arborait après les événements...

Des témoignages parlent de corps ET retrouvés. Les démentis de l'armée se contredisent, et viennent toujours pour expliquer quelque chose de non dit précédemment (comme leur version d'avoir utilisé des mannequins dans ce ballon espion, révélation intervenant après les témoignages suffisamment crédibles sur les corps ET retrouvés).

En 1978, le major Jesse Marcel annonce à la télé que les débris montré à la télé de l'époque n'étaient pas ceux qu'il avait ramené de Roswell. Ceux qu'il a vu étaient plus probablement d'origine ET. Il se dit persuadé que les militaires ont caché volontairement la vérité du crash d'un vaisseau spatial au peuple américain.

Ce qu'il ressort des enquêtes les plus sérieuses

Le enquêtes sérieuses [marcel] sont suffisamment rares pour être soulignées. C'est le cas de Jesse Marcel Jr, le fils du major Marcel (le major qui a annoncé le mensonge du ballon-sonde en 1947 à Roswell). Jesse Jr avait 10 ans quand son père l'a réveillé en pleine nuit pour lui montrer les objets incroyables ramenés du crash, puis a vu ce dernier devoir les ramener ensuite à la base, puis devoir mentir aux médias (avec la carotte de la promotion, et le bâton de voir toute sa famille exécutée ?). Le mensonge a semble-t-il pesé lourd sur la conscience de son père, puisque ce dernier a passé la fin de sa vie à témoigner et à regrouper les informations avec les autres militaires.

Le résultat, c'est 70 ans d'enquête sur l'affaire Roswell, plus de 100 témoignages dignes de foi qui se recoupent tous (même entre les témoins ne se connaissant pas, qui travaillaient dans des services différents), et qui restent constants sur 70 ans.

Que les petite mains pas soumises au secret-défense, mais dont les témoignages regroupés entre les différents services prennent tout leur sens.

Ce qui ressort, c'est ces centaines de personnes qui ont manipulés les débris, une sorte de papier alu mais rigide, indécoupable, qui reprenait sa forme sans pli après froissage ou pliage (à température ambiante). Des sortes de longerons gros comme des allumettes, incassable ou déformables, ne pouvant être rayés.

Même aujourd'hui on ne sait pas faire...

Comparer cette enquête de longue haleine aux plus de 100 témoins, avec les 3 témoignages de l'enquête officielle, témoignages ayant tous eu lieu après la pose du secret-défense de l'armée, et l'établissement de la version du ballon sonde.

Il faut savoir que les premiers jours, tout le monde parle d'un OVNI qui s'est écrasée. L'armée USA a bouclé tout le périmètre, a "interrogé" les témoins pendant plusieurs jours, au bout de ce temps ils se sont tous rétracté sur leur premier témoignage.

Les incohérences de l'excuse du ballon sonde

Déjà, il faut savoir que ce que décrivent les 100 témoins n'est pas un ballon sonde. Les volumes transportés sont bien trop importants (ce qui explique d'ailleurs qu'il y ai eu autant de témoins).

Officiellement, il s'agissait d'un ballon sonde qui espionnait les Russes... Comme si ces derniers, en pleine guerre froide, avaient ignoré qu'on les espionnait avec des ballons, une technique d'espionnage vieille de 150 ans (1794).

Sans compter qu'espionner les Russes depuis le Nouveau Mexique (de l'autre côté de la Terre par rapport à la Russie), à moins d'une bonne longue vue et d'une Terre plate, je ne voit pas trop comment on fait...

Les justificatifs de l'armée n'ont cessés de se modifier au fil du temps, à mesure que les enquêteurs levaient des loups : « euh, oui, on avait aussi des mannequins. Euh, on a commandé des petits cercueils, euh, pour mettre les débris dedans, on n'avait plus de carton. Les débris n'étaient que sur 60 m de longs. Pourquoi on a affrété plusieurs avions de transports ? Euh.. »

Tous les enquêteurs judiciaires vous le diront, si ce n'était l'armée, il y a belle lurette qu'on les aurait traités de menteurs...

Les manipulations des médias

Ouest-France reprend le sujet [rosw1] et montre bien les défaillances de la version officielle, mais fait l'affirmation fausse que le fermier Brazel a reconnu par la suite que c'était un ballon-sonde, alors qu'il a toujours maintenu le contraire. Le journaliste parle de la fausse autopsie de Roswell, pour décrédibiliser l'affaire, alors que cette fausse vidéo n'a aucun lien avec la controverse de départ.

D'autres magazines comme Science et Vie ne font pas dans la dentelle, c'est d'autant plus décevant venant d'un journal censé être scientifique... Dans cet article sur Roswell [setv], leur seul argument c'est que si la NASA a dit que c'est un ballon sonde, c'est que c'est un ballon sonde... Partant de là, aucun Français n'a respiré le nuage de Tchernobyl puisque le gouvernement avait dit à l'époque qu'il s'était arrêté à la frontière... Alors que le rôle d'un journaliste c'est justement de partir des faits, des vérifier ses sources, et dans le cas de Roswell d'affirmer que la version officielle est fausse, et de souligner les perpétuels ajouts à la version officielle, au fur et à mesure que de nouveau témoignages sortaient. Rien sur les incohérences des autorités. Si les journalistes avaient cru Nixon quand il disait qu'il ne trichait pas lors de la campagne électorale, il n'y aurait pas eu l'affaire du Watergate (Nixon avait fait mettre sur écoute le parti concurrent).

Aujourd'hui, les journalistes donnent les questions à l'avance à Hillary Clinton, et cette dernière ne démissionne même pas quand le scandale éclate...

Crash > 1996 -Varghina (Brésil)

[virgh] Le contact de Roswell, où les ET en position de faiblesse avait permis le dialogue, a été retenté au Brésil. Ce sont des enfants qui ont été choisis comme témoins, car peu aptes à mentir et du coup plus crédibles, surtout s'ils sont plusieurs et subissent des recoupements lors d'interrogatoires qui à leur âge auraient vite démasqués s'il s'était agit d'une supercherie.

Plusieurs témoins (dont les témoignages se recoupent), d'autres qui refusent de parler en disant qu'on les a payé ou intimidé pour se taire, des pompiers, policiers et militaires qui refusent de s'exprimer sur le sujet, aucune explication sur l'OVNI qui a été filmé au moment du crash, des captures et exécutions d'aliens en plein jour devant plusieurs habitants. Vu le désastre que ça a été (tous les ET assassinés sans pouvoir être entendus), ces crashs d'OVNI n'ont plus jamais été reconduits.

Nucléaire

Tchernobyl (1986)

[verail] Lors de l'explosion de la centrale en avril 1986, il y avait 180 tonnes d'uranium enrichi dans le 4e réacteur, et l'explosion de la vapeur surchauffée aurait due faire sauter logiquement sauter ce réacteur nucléaire, créant cette fois-ci une explosion nucléaire (et non le seul nuage de vapeur radioactive que nous avons eu). Cette explosion nucléaire aurait dévasté l'Europe et la Russie, les rendant inhabitables pendant 20 000 ans, et tuant au passage 100 millions de personne. Selon la pravda [pravd], quand les troubles ont commencé, un OVNI s'est positionné au-dessus du réacteur, et a été vu par des centaines de témoins durant 6 h. Est-ce cet OVNI qui a permis la miraculeuse non-explosion du réacteur ?

3 ans après, le 16/09/1989, le sarcophage du 4e réacteur s'est mis à fuir, émettant de la radioactivité. Des témoins voit un OVNI se repositionner au dessus du réacteur. Idem en octobre 1990, où un nouvel OVNI sera photographié.

Dans la thèse de recherche du physicien Georges Lochak [loch], on découvre que quand on a regardé l'intérieur du coeur nucléaire à l'endoscopie, il était étonnamment en bon état (la peinture, ne pouvant dépasser les 300°C, était intacte, de même que les traits de crayons de la construction). Plus surprenant encore, la disparition des matières nucléaires dangereuses, les barres d'uranium qui se sont enrichies dans l'opération, et l'apparition d'aluminium venu d'on ne sait où… Les physiciens cherchent encore les réactions physiques qui ont amené à ce résultat, et surtout, comment ça a pu se produire à si basse température...

Fukushima (2011)

[nucl7] En mars 2011, après l'explosion de la centrale nucléaire de Fukushima (suite à un séisme et un Tsunami records, non prévus par les constructeurs de la centrale), tout le Pacifique et le Japon aurait dû être détruit par l'explosion du coeur. Contrairement à Tchernobyl, le gouvernement n'a pas envoyé de kamikazes pour empêcher le coeur en fusion de descendre dans la Terre et de provoquer une explosion magmatophréatique, car toute la matière radioactive des 3 coeurs en fusion a mystérieusement disparu… [nucl9]

Et là encore, des OVNI inconnus ont été filmé à plusieurs reprises [nucl8] au dessus de la centrale dévastée, dont un gros vaisseaux mère discoïdal le 12 avril 2011, et ces images sont passées à plusieurs reprises aux informations télévisées japonaises, sans que le reste des mass medias mondiaux ne reprennent l'info. Tout le monde l'a vu aux infos japonaises, mais les gens n'ont pas été plus loin.

En tout cas, ce ne sont pas les hommes qui ont pu enlevé cette matière : le patron de Tepco (quelle idée de filer le nucléaire au privé), un homme qui sait juste magouiller et prendre l'argent, a paniqué et a disparu plusieurs jours en pleine crise, provoquant le désordre dans son organisation...

En tout cas, merci à ces vaisseaux inconnus qui nous permettent d'être vivants aujourd'hui…

Le survol des centrales nucléaires françaises fin 2014 (p. 281)

Toutes les centrales nucléaires françaises furent survolées (certaines plusieurs fois), pour l'ensemble 34 fois dans l'espace d'un mois et demi vers novembre 2014. Tous les moyens déployés par l'armée se montrèrent vains. Et histoire de ridiculiser encore plus nos pauvres moyens technologiques, ce furent ensuite la base aérienne d'Istres avec son stock d'ogives nucléaires qui fut survolée, puis le saint des saint, la base des sous marins atomiques de l'île de Sein, base inapprochable s'il en est, au moment même où un sous marin partait en mission (élément top secret). Aucun moyen de brouillage, avion ou hélicoptère de combat top niveau ne purent rien faire contre ces survols.

Mais c'est surtout la désinformation des médias qui battit son plein : tout d'abord le personnel des centrales ou les militaires témoins du phénomène ont interdiction de communiquer aux médias, au prétexte du confidentiel défense. Des témoins extérieurs ou travailleurs civils finissent par faire passer les faits suivants, différents d'un endroit à l'autre : taille des OVNI entre 2 et 7 m, dans un mistral de 100 km/h en pleine nuit (vallée du Rhône), 1h en stationnaire avec 3 projecteurs lumineux, puis poursuite sur 9 km par un hélicoptère de l'armée avant que l'engin disparaisse en accélérant brutalement... (Agen).

Tous les journaux, même les Sciences et Vie et consorts, nous firent de grands reportages sur les drones jouets qui ont 8 minutes d'autonomie, 20 m de portée et 30 g de charge utile, concluant que ce n'était pas dangereux pour la sécurité du nucléaire français...

Une des nombreuses preuves supplémentaires qu'on nous prend pour des truffes.

Nucléaire > Le survol des sites nucléaire français fin 2014

Les OVNI semblent aimer les centrales nucléaires. Est-ce une manière de nous dire "arrêtez vos conneries, vous êtes trop cons pour servir d'une technologie qu'en plus vous ne maîtrisez pas du tout".

Nous traiterons un gros épisode OVNI qui est arrivé à passer dans les médias, et qui prouve à lui seul :

- L'existence des OVNI
- le cover-up des médias
- et accessoirement la dangerosité du nucléaire!

Les faits

Entre mi-octobre et fin novembre 2014, 34 survols de centrale nucléaire, avec jusqu'à 4 survols simultanés sur tout le territoire français (opération de grande envergure, synchronisée). Suivi du survol de la base militaire la plus protégée de France, celle des sous marins nucléaires, ainsi que la base aérienne où sont stockés nos bombes thermonucléaires larguées par avion.

Des loupés sont apparus à l'occasion dans la désinformation des médias officiels, dépassés par l'ampleur du phénomène.

De même, les journalistes ont tout de suite parlé de drones, sans pouvoir apporter les preuves de leurs dires.

Le déroulé des événements

GreenPeace, le premier suspect des médias, nie toute implication.

2 survols de Nogent-sur seine [nucl1], on nous parle juste de "lumières" stationnaires entre guillemets. Ce sera un des premiers article à effleurer ce qui s'est vraiment passé. Le but est de prendre le taureau par les corne avant que la rumeur d'OVNI enfle, notamment à cause du témoignage des civils travaillant sur les sites (les employés EDF ont le devoir de réserve et ne seront jamais interviewés par les journalistes, ou du moins leurs propos n'arriveront pas au grand public). Les autorités ont donc pu poser leur "version officielle" qui de toute façon sera corroborée par les gendarmes et les entreprises concernées, et bien plus encore par les merdias.

Un journaliste se lâche [nucl2] pour expliquer que l'arrestation de jeunes avec un drone-jouet ne peut tout expliquer : "Selon nos informations, les autorités ont en réalité plus d'éléments que ce qu'elles veulent bien dire. Elles disposeraient même de photos et de vidéos des drones. Des témoignages font état d'engins dotés de trois lumières disposées en triangle avec sur le dessus, une plus grosse lumière de couleur rouge et d'un projecteur éclairant le sol qui fait des flashs. Il ne s'agirait pas de petits jouets mais d'appareils capables de voler plusieurs dizaines de kilomètres dans une même soirée. Ils peuvent tourner plus d'une heure au-dessus des sites nucléaires, comme cela a été observé à plusieurs reprises."

Les survols se poursuivent [nucl3] : La nuit de dimanche à lundi 3 novembre, un drone a survolé la centrale de Dampierre-en-Burly dans le Loiret. Cet incident est le quatorzième recensé depuis le 5 octobre dernier. La même nuit, deux drones ont aussi survolé la centrale de Creys-Malville en Isère, ce qui implique un groupe d'individus capable d'opérer des drones de manière coordonnée sur l'ensemble du territoire. Le matériel utilisé n'entre pas dans la catégorie des drones « amateurs » puisque les survols ont lieu de nuit, à l'aide de caméras thermiques infra-rouges. L'engin ayant survolé la centrale de Creys-Malville mesurait environ 2 mètres de diamètre selon le quotidien le Dauphiné Libéré, et a échappé aux investigations de l'hélicoptère de la gendarmerie envoyé sur place, ce qui suppose un large rayon d'action…

A Golfech, le drone vole en stationnaire pendant une heure, éclairant la centrale, se laisse suivre par l'hélicoptère Gazelle de l'armée envoyé de Pau, puis accélère d'un coup et disparaît dans un profond silence…

Sans parler du poids que pèse un projecteur pour éclairer le sol, ce n'est plus le drone-jouet portant difficilement une mini-caméra de smartphone.

La censure gouvernementale

Nexus est le seul mass média à s'intéresser aux témoins [nucl4], ils sont 2 et voient un engin de 2 m d'envergure, qui reste longtemps en stationnaire au dessus de la centrale, avant d'être poursuivi sur 9 km par l'hélicoptère de la gendarmerie. Pourtant ce n'est pas ce que dira la version officielle [nucl5], "celle livrée par les gendarmes, diffère totalement de celle des deux témoins : « Ce n'est pas un jouet, mais un drone pro à quatre hélices qui a été vu vers 21 h [le 30/10], d'une envergure de 60 cm! ». Ainsi, on peut s'étonner que la seule centrale au-dessus de laquelle deux témoins ont affirmé avoir aperçu un drone « non conventionnel » est aussi celle pour laquelle la presse locale a obtenu des descriptions précises des autorités.". La poursuite sur 9 km est reprise par les journaux locaux. Comment peut-on nous mentir à ce point? Vous voyez ici la puissance considérable que peut avoir la désinformation officielle.

Oui, parce qu'il faut savoir qu'aucun témoignage des témoins directs, les employés des centrales, ne filtrera dans les médias.

En 2010 [nucl11], lors d'affaires similaires (survol OVNI de Golfech), une enquête approfondie des ufologues avait montrée que le GEIPAN n'avait pas voulu pousser trop loin l'enquête sur cette vraie histoire d'OVNI (pas de mesures sur place, ni d'audition des témoins). Les questions qui en ressortent : Quel engin peut voler aussi bas, c'est à dire entre 150 m et 500 m d'altitude, au dessus d'un site ultra protégé, sans faire le moindre bruit, en se déplaçant à moins de 10 km/h et surtout sans se faire intercepter par les autorités? Bien entendu, aucun article sur le sujet dans les médias...

Les ufologues avaient interviewé la femme d'un employé, ingénieur sécurité. Une manière de contourner le devoir de réserve auquel les employés sont astreints. La femme racontait qu'à chaque survol, on appelait son mari pour redémarrer la centrale qui s'était inexplicablement arrêtée en même temps que l'OVNI la survolait.

Mais revenons à 2014, où ce genre d'astuce n'a pas fonctionné, vu que rien n'a transparu des agents des centrales, excepté cette petite phrase du directeur de la centrale du Blayais, ayant fuité par erreur, la censure ne s'attendant pas à ce qu'un speech de fin d'année contienne un élément compromettant, ou le journaliste présent n'ayant pas forcément le rapprochement : Repris dans un article de Sud-Ouest [nucl6], le directeur de la centrale du Blayais précise bien que ce sont des OVNIS, et non des drones, qui ont survolés sa centrale fin 2014.

Cette déclaration du directeur EDF a été faite par erreur, alors que le directeur ne pensait pas être repris par les journalistes présent comme il le dira plus tard dans un article excuse).

Cette seule bourde, pour des centaines de témoins astreints au silence, montre bien la puissance de la censure en France.

Les médias ne relaient pas les faits réels

Le 29/10/2014, lors du survol du CEA (Centre de l'Énergie Atomique, le point névralgique du nucléaire en France) en plus des autres centrales, l'affaire est à peine esquissée, tout reste flou. Tout au plus avoue-t-on que certains drones font 2 m d'envergure.

Le 08/12/2014, 4 jours de pannes pour Flamanville, le 4e incident depuis le début de l'année.

20/12/2014, idem en Belgique au-dessus de la centrale nucléaire belge de Doel, on y apprend au passage que la centrale a été arrêtée 4 mois suite à un sabotage ! Sans plus de précision.

C'est en lisant un article de RTL.fr sur le survol de la centrale de Nogent [nucl1] qu'une chose m'a frappée, après avoir parcouru des dizaines d'articles sur les nombreux survols qui étaient en cour. Les articles montraient tous la photo d'un drone-jouet qui tient dans la paume de la main, 5 minutes d'autonomie et 20 m de portée... Du formatage inconscient, on donne le coupable avant de parler des faits. Même la doyenne des revues scientifiques Sciences et Vie, journal que j'adule depuis que j'y suis abonné en 1990, reprenait 10 pages de publi-reportage sur les drones jouets du commerce, sachant que Noël approchait... Idem pour Sciences et Avenir, qui le mois d'après reprenait quasiment le même article que Sciences et Vie.

La base du journalisme et du scientifique, c'est de partir des faits observés. Ici rien, aucune analyse des faits réels, et toujours le coupable désigné sans preuves et sans enquêtes, sans même un rappel des faits. Juste de la pub sur des drones de 50 g. Bien entendu, il est évident de conclure son article par le fait qu'un engin de 50 g n'est pas dangereux pour les centrales, qu'on peut dormir sur nos 2 oreilles...

Personne ne remet en question le fait que ce soient des drones malgré le côté complètement illogique des choses (vol de nuit, autonomie faramineuse, pas de points de chutes, distances parcourues trop grandes, lumières incohérentes avec des drones, les objets ne sont pas abattus, pas d'images de caméras, pas de témoignages directs, aucun mobile vraiment logique, actions concertées sur tout le territoire, seule le secteur de la France est touchée, etc...).

Incapacité de l'armée à enrayer le phénomène

Les survols se sont continués, sans que l'armée dépêchée en renforts, avec des gros moyens (hélicoptères militaires, brouilleurs), ne puisse rien faire.

Aucun drone n'a pu être abattu malgré la consigne de les abattre. Le gouvernement avoue ne pas savoir ce que c'est mais que ce n'est pas dangereux... Quand on ne sait pas on n'est normalement pas censé en tirer des conclusions, ni tirer dessus !

Plusieurs nouveaux survols de Golfech lors de la vague d'OVNI de fin 2014, malgré toutes les protections mises en place.

Beaucoup se posent la question sur ce que font les journalistes, curieusement absents sur ces survols au dessus de zones critiques pour notre survie à tous.

L'armée dédie 2 hélicoptères gazelles à surveiller Golfech en permanence après le 30 octobre, mettent des radars et brouilleurs d'onde des engins téléguidés, ce qui n'empêchera pas un nouveau survol en forme de foutage de gueule de nos pauvres moyens humains... 15 jours après, un nouveau "drone" est pourchassé sans succès par les hélicoptères de l'armée.

Quand à ceux qui pensent que les drones ont pour mission de cartographier les centrales, la qualité de Google Earth est plus que suffisante (seul *Géoportail*, le site francophone, est flouté, ce qui est un peu de l'énergie dépensée pour rien...).

Une autre théorie serait que les drones testent nos défense. Enfin bon à ce niveau de non réaction et d'incapacité des militaires français les pilotes de drones devaient se douter qu'on ne pouvait rien faire contre leur technologie !

Le 08/11/2014, la centrale du Bugey est survolée pour la 4e fois en 3 semaines, malgré des forces de l'ordre sur les dents.

Le 16/11/2014, 3e survol en 2 semaines, une usine de retraitement nucléaire d'Areva de la Hague. Cazeneuve indique alors que ces survols sont du secret-défense, et qu'aucune information ne serait divulguée. Et bizarrement, les jours d'après, les médias ne relatent plus de survols. Impossible, à notre niveau, de savoir si les survols se sont réellement arrêtés, ou si la censure a été efficace…

Le 11/12/2014, une première info fuite dans un journal local (vu l'importance de la chose) [nucl14], c'est la base militaire d'Istres (avec des missiles nucléaires), censée surveiller la centrale nucléaire de Marcoules, qui est à son tour survolée sans que personne n'ai pu réagir... Istres est accessoirement une "installation nucléaire de base secrète" avec un gros stock de missiles à têtes thermonucléaires... Comme dans tous les autres cas, les hélicoptères militaires se montreront là aussi impuissants. 8 personne étaient à la tour de vigie pour réaliser l'observation. Un engin de 1 à 3 m d'envergure, dans un vent de 100 km/h, très difficile à faire pour un drone même guidé par GPS.

La dernière fuite d'info [nucl13](mais pas des moindres), se produira 2 mois après, quand tout est oublié. Le télégramme (quotidien breton, section locale de Crozon) publie un article remettant en cause la version gouvernementale.

L'affaire se déroule comme suit : Selon les sources, « multiples et concordantes », la première alerte a été donnée par un fusilier-marin présent dans un mirador de l'Ile-Longue, au moment où un sous-marin nucléaire quittait la base, l'OVNI évoluant à proximité du sous-marin (le journaliste rappelle que les mouvements de sous-marins nucléaires lanceurs d'engins (SNLE) sont secrets, et que cet OVNI avait de bonnes sources).

Tous les témoignages confirment un impressionnant et très réactif déploiement de forces : hélicoptères évoluant pendant plusieurs heures à basse altitude, fusiliers-marins, gendarmes-maritimes, contrôles et fouilles de véhicules... Un ordre de tir a même été donné. Malgré cet important dispositif mis en œuvre, le ou le(s) drone(s) n'ont pas été intercepté, alors qu'il a été "vu" à au moins six reprises en une dizaine d'heures.

Selon la communication officielle de la préfecture maritime, "Le dispositif de surveillance et de protection des sites de la Marine permet de garantir leur sécurité et prend bien en compte les potentialités ouvertes par les nouvelles technologies". En réalité, la base des sous-marins nucléaires, la clé de notre dispositif de défense, est l'endroit le plus protégé de France. Le mouvement du sous-marin est une information top secret, connue seulement du général en chef des armées et du ministre de la défense..

Lorsque les journalistes contactent la préfecture, ils soutiennent qu'aucun drone n'a survolé l'île-Longue. Quelques heures avant la sortie du journal, l'ayant appris on ne sait comment, la préfecture maritime de l'Atlantique prenais les devants et publie dans l'urgence un communiqué annonçant "la détection de drones à proximité d'un site militaire".

Plusieurs mois après, quelques infos sortent en douce

Cet article improbable de Paris Match [nucl10], plusieurs mois après les événements, qui reprend étonnamment exhaustivement toutes les pièces du dossier, et conclu que l'hypothèse OVNI est la seule qui tient debout…

Bon, ne rêvez pas, cet article complet n'a pas fait de bruit, et se tenait bien planqué dans la rubrique « insolite »…

Ou encore, dans cette émission de France 2 avec Sophie Davant [nucl12], le journaliste David Galley dévoile que les journalistes ont parlé de drones sans preuves, que les capacités des drones ne correspondent pas aux phénomènes observés, et dévoile un OVNI qu'il avait filmé en 2012 au dessus de la centrale nucléaire de Cattenom.

Rappel sur Blue Book en 2015

3 semaines avant de publier son article récapitulatif sur les survols des centrales nucléaires françaises de fin 2014, Paris Match prépare les esprits en rappelant ce qu'est le projet Blue Book [match].

L'article reprend la divulgation des milliers d'enquête du projet Blue Book. Le journaliste relate comment J. Allen Hynek est passé du sceptique le plus convaincu à l'ufologue qu'il est devenu, regrettant d'avoir menti au public avec l'histoire du gaz des marais, disant qu'on l'avait sommé de trouver une explication rationnelle là où il n'y en avait pas. L'article reprend la vidéo du survol de Washington de 1952, sans que l'armée ne puisse rien faire pour protéger la maison blanche.

Devant les avions

Des collisions évitées de justesse avec les avions.

Encore une fois, c'est les drones qui sont mis en avant. Avant 2010 et l'invention des drones, ces collisions évitées et les avions de ligne accompagnés par des OVNI sont pléthores dans les annales de l'ufologie. Juste que les médias ne disent désormais plus OVNI mais drone...

Des drones ludiques à 2000 m d'altitude, suffisamment gros pour être détecté visuellement par le pilote (mais trop petit pour les radars?!) qui, le tout à une vitesse proche des 500 km/h rappelons le, à le temps de déconnecter le pilote automatique et d'entamer une procédure d'évitement. Je rappelle que les grues ou les cigognes, d'envergure 1,8m, sont trop petites pour être vues à l'avance et être évitées, je vous laisse juger quand à la détection visuelle des kilomètres à l'avance des petits drones jouets que les journalistes mettent en photo d'exemple. Je vous laisse imaginer de quel drone on parle en réalité, qui plus est à 2000 m d'altitude.

Mais les cas étaient beaucoup moins nombreux qu'actuellement, et on n'est jamais tenus au courant des résultats de l'enquête...

Les drones sont évidemment des OVNI ET qui sont là pour prévenir de la dangerosité d'utiliser les avions avec les EMP du noyau terrestre en constante augmentation, et demander à nos élites de limiter ce moyen de transport.

Passé

On a un problèmes de vocabulaire dans toutes les prophéties et textes anciens qui nous paraissent sans queue ni tête, tout simplement parce qu'on ne "traduit pas" en langage moderne, celui que NOUS comprenons. Il en est ainsi des prophéties coraniques et musulmanes, mais aussi hopi, mayas, sumériennes, hébraïques, égyptiennes etc etc...

Mais peut-être que vouloir interpréter de manière symbolique, de tout faire passer pour des légendes, des mauvaises compréhensions de phénomènes naturels, de mythes religieux sans base réelle, voir d'invention pure et simple, n'est qu'un artifice de mauvaise foi pour cacher la réalité au peuple...

Livre d'Ezéchiel

Les propos d' Ezechiel sont aujourd'hui interprétés comme symboliques. Le brave homme ne décrit pourtant qu'avec les mots qui lui sont disponibles et la "science" de l'époque ce qu'il voit. Ce sont les exégètes chrétiens qui ont parlé de visions symboliques. Pour Ezechiel, ces visions sont réelles et concrètes. Il manque juste au lecteur de se mettre à la place d'un berger de l'époque (-65, bord du Fleuve Kebar, Irak) pour comprendre la description. Pour ne citer que 2 exemples :

1 - Les *roues couchées en airain poli qui sont les unes dans les autres* ne sont que des disques en position horizontale en métal (=*airain poli*) et qui se reflètent les uns dans les autres. Ces roues sont un *char divin*, tout simplement parce que le char était le seul véhicule de l'époque. Le *char céleste* est donc un véhicule céleste.

Elles sont entourées d'yeux sur leur pourtour. Jusqu'à Newton, on pensait que les yeux émettaient de la lumière, ce qui permettait de voir. Ce n'est qu'avec la science moderne qu'on a compris que c'est la lumière qui pénètre dans l'oeil et non l'inverse, et que si les yeux des animaux brillaient ce n'était qu'un reflet, et pas un "feu". Jusqu'à la renaissance au moins, les deux seules choses qui émettaient de la lumière étaient le feu et les yeux. Ezechiel a donc vu des lumières (=*yeux*) sur tout le périmètre du disque métallique (=*roue en airain poli*) en position horizontale (=*couchée*).

2 - Un *être de forme humaine* sort d'une des *bêtes* (*les animaux aux pieds d'airain*) après qu'un *dôme de cristal* se soit *soulevé*. Le *Dôme de cristal* n'est ni plus ni moins que l'équivalent des cockpits d'avion de chasse moderne. D'ailleurs, la *forme humaine* s'extrait de la bête une fois le *dôme soulevé* et sort d'*un trône en saphir*. Traduction moderne : un humanöide (=*être de forme humaine*), assis sur un siège bleu (= *trône de saphir*), sort du véhicule (=*char*) après qu'un dôme transparent (=*dôme de cristal*) se soit soulevé. Précisons qu'Ezechiel ne dit pas un homme, mais *un être de forme humaine*, ce qui est bien différent... Pourquoi ne pas dire homme ? Parce que ça n'en était pas un !

Le char n'est pas un véhicule, mais plusieurs : des soucoupes discoïdales de grande envergure et des machines bipèdes lourdes avec un cockpit au sommet et un pilote humanoïde.

OVNI et Crop Circle

Suite aux crops circle inexpliqués, qui existent depuis la nuit des temps (les cercles de culture sont déjà décrits par les peuples anciens), les désinformateurs ont évidemment fait des faux, puis se sont dénoncés, un aveu d'autant plus relayé par les médias, que ces derniers ne relayent jamais les vrais crop circle.

Quand on regarde les enquêtes sérieuses, on s'aperçoit que les OVNI sont souvent vu en train de faire les crop (a une vitesse très rapide), ou encore des colonnes de lumière de dizaines de mètres de diamètre qui sortent du sol pour se perdre dans les nuages, et le lendemain, on découvre le crop à cet emplacement. On a même une vidéo où on voit les blés semblant se coucher tout seul, et dessiner un crop en une minute (mais l'origine de cette vidéo n'est pas suffisamment fiable, on sait juste qu'à sa sortie en 1996, les moyens techniques de truquage pour la réaliser nécessitaient des gros moyens).

Dans la partie fake, nous verrons la différence entre un vrai crop ET, et un faux monté par des plaisantins se prétendants zététiciens (p. 603).

06/07/2009 - Avebury

Ou plus précisément Silbury Hill, Wiltshire (Angleterre), dans le secteur de Stonehenge. Beaucoup de crops sont apparus dans la région cette année là, le premier en mai.

Ce crop est connu pour l'observation d'ET qui a été faite sur le crop. Dans un article du journal Britannique le Telegraph, l'officier de police qui est arrivé sur les lieux. Il était en voiture (pas en service), quand il a vu le crop et 3 humanoïdes (1,80 m de haut avec des cheveux blonds) qui s'approchaient de ce crop (apparu plusieurs jour avant). Au début, il pensait qu'il s'agissait d'officiers de police scientifique, car ils étaient vêtus d'une combinaison blanche. L'officier s'est alors arrêté pour enquêter.

Ils semblaient inspecter le crop. Lorsque l'officier est arrivé au bord du champ, il a entendu ce qui ressemblait à son type électricité statique. Ce crépitement semblait courir à travers le champ et le crop semblait onduler légèrement, près de l'endroit où se trouvait le bruit.

Il a crié aux personnages qui, au début, l'ont ignoré, sans le regarder. Lorsqu'il a essayé d'entrer dans le champ, ils ont levé les yeux et se sont mis à courir.

Le trio s'est alors enfui "plus vite que tous les hommes que j'ai jamais vus : J'ai regardé ailleurs pendant une seconde, et quand je les ai regardé de nouveau, ils étaient partis. J'ai alors eu peur. Le bruit était toujours là mais j'ai eu un malaise et je me suis dirigé vers la voiture. Pendant le reste de la journée, j'ai eu un terrible mal de tête et je n'ai pas pu me déplacer.".

Suite à cette rencontre, l'officier à téléphoné à un expert en paranormal, et c'est Colin Andrews qui enquêta sur le sujet.

Pour sa carrière, l'officier a souhaité rester anonyme, et son commissariat, qui confirme le témoignage, se réfugie derrière "comme il n'était pas en service, nous n'en dirons pas plus"... Par contre, on sait que le journaliste a forcément recoupé ses sources, et n'a pas pris le premier plaisantin venu, vu le pedigree du journal "The Telegraph". De manière générale, les anglais ont été toujours plus ouverts sur le sujet des crops circles.

ET sur Terre > ET

Survol

Quasi divulgation en 2018 (p. 286)

Q n'ayant plus besoin de prouver ses liens avec le président des USA, quand il révèle que les ET existent, mais qu'on ne peut pas encore le dire, on peut dire que c'est révélé...

Les hauts placés parlent (p. 286)

De nombreux hauts-placés se mettent à parler sur la fin de leur vie, malgré le contrat de confidentialité qu'ils ont signé, la mauvaise conscience au seuil de la mort semblant pressante.

Qui a bidouillé l'espèce Homo ? (p. 286)

Notre espèce a été manipulée génétiquement (saut évolutif trop important pour la seule sélection naturelle et mutation aléatoire), à au moins 5 reprises. D'où venaient ces entités supérieures ?

Les légendes indigènes

Dans une île proche de Nan Madol (cité mégalithique ruinée), quand on demande aux indigènes qui a construit ces villes, ils montrent le ciel…

Les polynésiens racontent que ce sont les frères des étoiles qui sont venus les visiter dans le passé.

Ce genre de légendes pullulent chez les anthropologues (voir les hopis p. 378).

Les traces archéologiques (p. 287)

Plusieurs découvertes montrent que nous ne sommes pas les premiers êtres conscients sur Terre.

Squelettes (p. 288)

De nombreux squelettes ET ont été retrouvés. Si la plupart disparaissent dans les coffres des élites, certains arrivent à passer les mailles du filet, et les études scientifiques prouvent l'origine ET dans un cover-up médiatique total...

Cavernicoles (p. 297)

De nombreux témoignages récents, couplés aux anciens sur Shambhala, Agartha ou le peuple fourmi, montrent que des êtres intelligents vivent dans des grottes de la croûte terrestre.

Divulgation 09/2018 par Q

La révélation de l'existence ET quasi-officielle (bonus : les Black Programs et l'alunissage de 1969) par Q, un informateur mystère dont on sait qu'il travaille avec Trump.

Cela faisait 1 an que l'équipe de Trump divulguait sur le sujet ET.

Trump à commencé par déclassifier sur l'assassinat de JFK (sachant que l'hypothèse majoritaire des conspis dit que JFK a été abattu pour l'empêcher de divulguer l'existence ET, au moins autant que le shuntage de la FED). Ces premiers documents ne prouvent pas grand chose au final, mais confortent en partie l'hypothèse majoritaire et annoncent la suite logique (une autre déclassification est en suspens, une sorte de moyen de pression).

Ensuite, il y a eu la divulgation de décembre 2017 (finalisée le 02/06/2018), par le Pentagone sur l'existence d'un programme secret d'étude des OVNI en 2002. Ce début de révélation avait porté sur 2 vidéos du porte-avion Princeton de 2004, montrant la poursuite d'un OVNI par un avion de chasse USA. Puis la description de la suite de l'observation (connu sous "l'OVNI Tic Tac") en 06/2018 ne laisse plus de doute, et le rapport conclu par le fait que l'OVNI n'appartenait pas à des programmes secrets USA ni a aucune autre civilisation terrestre connue. Autant dire que les chances d'être seul dans l'univers ne sont plus que de 0.001%... mais c'est important de laisser cette part de doute dans l'esprit du public, qu'il prenne plusieurs mois pour digérer un mensonge de plus de 2000 ans...

La suite logique serait donc de dévoiler ce qui s'est vraiment passé à Roswell, information toujours classée sous le sceau du secret-défense, même s'il y a eu suffisamment de fuites et d'enquêtes sur des centaines de témoins pour savoir que c'était bien une technologie inconnue encore aujourd'hui (des matériaux super performants) ainsi que la présence de 4 corps défunts d'ET et un ET survivant

Cette histoire est connue des chercheurs Ufologues, et fait consensus, mais n'est pas encore reconnue comme la version officielle (même si la version du ballon sonde est risible et ne tient pas une seconde, principalement par le volume de déchets enlevés et l'absence d'enveloppe souple dans ces derniers, sans parler d'un tel secret-défense sur un simple ballon sonde censé espionner les Russes, alors que ces derniers sont de l'autre côté de la Terre...).

Q est l'informateur de la maison blanche qui diffuse des messages sur un forum internet de haut niveau, 8chan, et dont les liens avec Trump ne sont plus à prouver, ni son accès aux plus hautes fonctions de confidentialité de l'État (notamment par le fait que Trump fait référence à lui, et que Trump et Q s'amusent à poster à la même seconde, ou encore que Q annonce plusieurs mois avant, au jour près, quelle personnalité publique va « décéder » ou démissionner).

Le 19 septembre 2018, dans le post n° 2221, Q a répondu à une question fort intéressante.

Question : "Somme-nous seuls ? Roswell ?"

Réponse : "Non. C'est la plus haute classification possible. Considérez la vaste étendue de l'espace."

Le même jour, une autre question était posée à Q :

Question : «La NASA a-t-elle simulé l'alunissage ? Sommes-nous allés sur la lune depuis ? Existe-t-il des programmes spatiaux secrets ? Est-ce pour cela que la Force Spatiale a été créée ?»

Réponse : «Faux, les alunissages sont réels. Il existe des programmes qui ne sont pas du domaine public.»

Les hauts placés parlent

Ceux qui sont au courant de la réalité ET sont en général asservis au secret-défense, signant un contrat où ils acceptent d'être abattus, eux et leur famille, en cas de divulgation.

Mais il arrive des cas (comme les politiques) qui ont des clauses moins contraignantes, ou qui acceptent le risque pour prévenir la population.

Par exemple, un ancien ministre canadien de la défense, Paul T. Hellyer, dans une interview donnée le 24 novembre 2005 (quotidien Ottawa Citizen), avoue l'existence des extra-terrestre au gouvernement, le False Flag du 11/09/2001, les illuminati pouvoir occulte, le NWO, etc. Le 19 avril 2008, à l'occasion d'une conférence de presse donnée au National Press Club à Washington, Paul Hellyer s'exprime de nouveau sur ce même sujet durant plusieurs minutes. Le 30 décembre 2013, lors d'une interview télévisée sur la chaîne Russia Today, il affirme que les extraterrestres visitent la Terre depuis des milliers d'années et collaborent aujourd'hui avec le gouvernement américain. Il sépare bien entre ce qu'il sait personnellement de par son expérience de ministre, ce qu'il a appris d'autres travailleurs du gouvernement, et ce que son enquête plus poussée lui a appris.

Darwin prouve le dessein intelligent

Il existe des gros indices que des intelligences supérieures ont bidouillé notre génome tout au long des millions d'années. A priori, si ces entités ne sont plus sur Terre, c'est qu'elles sont parties dans l'espace, sous terre, ou dans d'autres dimensions. En tout cas, elles sont ET (hors de la surface de la Terre visible)

Lamarck Vs Darwin

Les scientifiques ont longtemps pensé (et la plupart le pensent encore) que Lamarck avait tort (le coup de la girafe s'allongent sous l'effet des conditions extérieures), mais l'épigénétique en 2005 vient montrer que l'ADN mute au sein d'un même individu (les 97% de l'ADN estimé comme poubelle par nos scientifiques, l'ADN qui ne sert à rien officiellement...). Ces brins d'ADN deviennent codants tandis que d'autres gênes s'endorment sous l'effet de l'influence extérieure. Ces caractères sont ensuite transmis aux descendants, et c'est là que Darwin revient en disant que l'individu le mieux adapté survit mieux et remplace progressivement les individus non mutés.

Les mutations humaines par les ET

Les preuves que l'homme vient majoritairement de la Terre

Les chiffres sont de 2009, quand on venait de décrypter le génome humain. Les dates et chiffres peuvent avoir varier, mais les écarts relatifs ne changeront guère dans le futur, n'impactant pas la logique du raisonnement qui suit.

De plus, même si ils s'en doutent de plus en plus, les scientifiques n'ont pas encore compris que rien n'est conservé dans la Nature s'il ne sert pas, et que l'ADN dit poubelle (non codant) est la réserve qui nous permet de gérer l'épigénétique au cours de notre vie. Ce qu'on appelle génome codant n'est en réalité qu'une minorité de notre ADN total. Le raisonnement qui suit a donc une bonne marge de sécurité sous le coude !

Phylogénétique

C'est la recherche des liens de parenté génétique entre les différentes espèces vivantes (du virus à l'animal en passant par les plantes). Cette discipline a bien démontré que l'humain partage plusieurs gènes avec l'ensemble des organismes vivant sur Terre. Comme on n'a pas encore découvert de vie ailleurs, on ne peut comparer, et voir les traces d'ADN qui viendraient d'ailleurs...

Pour donner un exemple, nous partageons 99% de nos gènes avec les chimpanzés, et dans les 30% avec le vers de terre.

Les gènes les plus anciens, gènes qui sont axée par exemple sur le métabolisme oxydatif (cycle de Krebbs), le transfère d'électron (différents type de cytochrome), gène de réplication et de transcription (ADN et ARN polymérasse) sont tous très semblable entre nous et les bactéries, donnant l'idée d'un ancêtre commun à quasiment toute vie sur Terre, une bactérie dans l'océan primitif.

Les mitochondries sont des anciennes bactéries qui sont venu coloniser nos cellules eucaryotes vers -2 milliards d'années.

Les chaînons manquants

Si 99% de notre ADN est similaire au chimpanzé, on s'aperçoit qu'il ne faut pas grand chose pour donner de grandes différences physiques. Cela n'implique pas non plus que si 99% de notre ADN est humain, il n'y ai pas des milliers de gènes qui soient ET (qu'on ne retrouverait dans aucune autre espèce vivante sur Terre, des gènes qui se seraient donc développés sur une autre planète, dans d'autres conditions environnementales, voir le plantigrade).

L'histoire officielle de l'homme, citant Darwin et l'évolution des espèces, achoppe sur un point gênant concernant l'évolution de l'homme : Si les requins sont inchangés depuis 200 millions d'années, si les chouettes sont les mêmes qu'il y a 85 millions d'années, comment se fait-il que l'homme ai muté 5 fois en 3 millions d'années (Australopithèque => homo Erectus => homo Habilis => Homo Heidelberg + homo neanderthalis => homo sapiens) ?

Et à chaque mutation, c'est une grande différence entre chaque espèces (taille du cerveau, positionnement de ses organes, etc.). Alors que Darwin prédit un seul caractère qui mute, puis un autre, etc.

Figure 12: Neandertal + Sapiens

Le plus flagrant c'est Néandertal puis Sapiens, 2 homo très différenciés.

Ces 2 homos apparaissent à seulement 50 000 ans d'écart (2009, sous réserve de découvertes ultérieures), sans compter Néandertal qui disparaît très rapidement, en 300 000 ans. On est loin des millions d'années nécessaires aux animaux pour passer au stade évolutif suivant. Comparer l'évolution des baleines ou des éléphants avec la nôtre...

Il n'est pas question de rejeter Darwin, mais juste de dire que cette théorie est incomplète : les mutations s'adaptent à l'environnement comme le supposait Lamarck, et des ET sont intervenus dans notre histoire pour donner des petits coups de pouce, remplaçant des millions d'années d'évolution par une petite tambouille génétique, plus ou moins heureuse comme on le voit avec Neandertal, et son système digestif limité. Preuves que toutes les évolutions ne viennent pas des mêmes ET.

Les traces archéologiques

Nous trouvons pleins d'objets inusuels dans les mines de charbon datées à plusieurs dizaines de millions d'années, comme des vases, des marmites, des objets techniques dont certains dépassent encore nos capacités de production. Le genre homo n'étant sur Terre que depuis 7 millions d'années, il s'agit donc d'espèces soit ET, soit qui ont atteint la conscience avant nous.

Tablettes de Dashka

En Bachkirie (montagnes d'Asie centrale), a été retrouvée la tablette de Dashka, une carte de l'Oural en 3 dimensions retrouvée, prouvant ainsi la présence dans ces régions montagneuses d'une civilisation avancée il y a plusieurs millions d'années (la pierre est composées de 3 couches : dolomite, diopsite et porcelaine, prouvant sa formation artificielle, une technologie que nous ne savons pas refaire là encore). Les symboles dessus montrent que l'écriture existait des millions d'années avant la Bible...

A noter que cet artefact est tellement ancien, qu'il concerne une espèce non humaine, très probablement des reptiles dinosauriens. Nous n'avons pas l'apanage de la conscience !

Marteau de London

Le marteau de London est un marteau découvert en 1934 ou 1936 à London, Texas. Il s'agit d'un grand marteau au manche brisé et incomplet, que l'on a retrouvé figé dans une roche dont l'âge est estimé à plus de 100 millions d'années. Il aurait été possible de tester au carbone 14 le manche en bois, mais cet objet dérangeant a été géré de manière très opaque, cette datation au carbone 14 souffre d'irrégularités...

Artefact de Coso

Une bougie d'allumage (type celle de nos moteurs à essence, un tube porcelaine traversé par un fil métallique de 2 mm de diamètre) a été retrouvée en 1961 dans une géode de plusieurs millions d'années (500 000 ans mini). Des radios et photos ont été faites, montrant en haut un fin dépôt métallique autour de la céramique, prolongé par un fin ressort métallique, de même qu'une fine rondelle enchâssée dans la céramique, caractéristiques absentes des bougies de l'époque. Comme souvent, cet objet a aujourd'hui disparu de la circulation : son propriétaire a disparu, et la témoin la plus proche refuse de parler de l'affaire...

A noter que la pierre qui entourait la bougie n'était pas de la rouille, comme certains le prétendent.

Corps

Survol

Et bien, figurez-vous justement que notre Terre est pleine de restes d'êtres vivants « inconnus », dont une partie de l'ADN ne correspond à aucun animal sur Terre connu ! Les plus emblématiques, celles qui ne portent plus au doute, sont les fameuses momies de Nazca, qui auront le mérite d'avoir fait connaître cette réalité, de même que la mauvaise foi scientifique, et le fait que les artefacts les plus précieux de l'humanité peuvent disparaître impunément dans des collections privés de personnes riches, sans que le gouvernement ne cherche à lever le petit doigt.

Les crânes de Paracas (p. 315)

300 crânes allongés retrouvés au Pérou, âgés de 2000 à 3000 ans. L'ADN correspond pourtant à des gens aux cheveux roux issus d'Europe et Moyen-Orient réunie ! Des cosmopolites avant l'heure ?. :) Ce n'est pas tout. Le crâne est fortement allongé, et le volume cérébral bien supérieur à un être humain (donc pas de déformation rituelle). D'autres anomalies du crâne montrent qu'il s'agit d'une espèce différente, là où une déformation rituelle garde les autres caractéristiques humaines intacte.

Dans le même cimetière, on retrouve un autre crâne gonflé de type Starchild.

Les momies de Nazca (p. 290)

En mai 2017, une découverte fait la Une de la réinformation (black-out total dans les mass medias). On a retrouvé une vingtaine de momies péruviennes à Nazca (aux célèbres lignes parfaitement rectilignes de 27 km de long, qui à part servir de repère visible depuis l'espace, n'ont aucun intérêt). Ces momies ne sont pas humaines (3 doigts, crâne allongé, pas d'oreilles). Après une étude approfondie de nombreux scientifiques ayant accepté de mettre leur carrière en jeu, il s'avère que ces momies ne sont pas des fake (constructions avec de vieux os pour faire croire à une vraie momie) mais bien de vrais êtres vivants momifiés.

Ces êtres ont fréquenté pendant des centaines d'années les péruviens de l'époque, puis leur génome au fil des hybridations se fond dans l'ADN humain. Le fait que partout sur la planète, jusqu'en Australie, on retrouve des dessins primitifs de ces êtres à 3 doigts, ne laisse pas beaucoup de doutes sur l'origine réelle de ces êtres inconnus.

Et le relâchement de septembre 2017 dans la censure a permis la révélation au Mexique de gravures rupestres montrant des ET aux 3 longs doigts manipulant l'anti-gravité.

Corps > Starchild

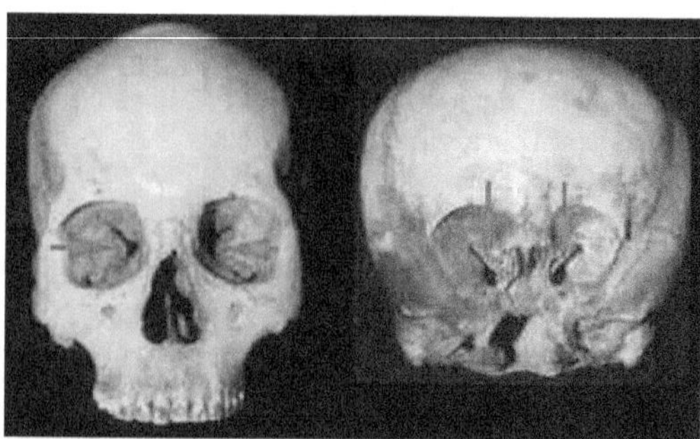

Figure 13: Orbites différents de Starchild

Un crâne "gonflé" retrouvé en 1920 près des crânes de Paracas, et qui a échappé aux pilleurs d'artefacts.

L'analyse ADN montre que si la mère est humaine, le père ne l'est pas.

Le crâne n'est pas humain : les déformations sont symétriques, ce ne sont donc pas des déformations accidentelles. De nombreuses déformations ne se retrouvent pas chez les enfants hydrocéphales ou autres malformations possibles rencontrées chez les humains.

Par exemple, les os de la joue sont exceptionnellement petits et en retrait du crâne. Même chose avec les parties supérieures de la mâchoire, le bas du visage est beaucoup plus petit que celui d'un humain normal.

La localisation du trou de l'oreille est beaucoup plus bas et plus sur le devant du crâne, de même que les orbites, où le passage du nerf optique est complètement différent que celui de notre espèce.

L'oreille interne sert à ressentir l'inertie massique, lié à la gravité de la planète. C'est ce qui nous permet de déterminer le haut et le bas, à nous maintenir en équilibre et à détecter les mouvements gauche-droite. Starchild a une énorme oreille interne, plusieurs fois plus grosse que celle d'un homme. Soit il avait un sens de l'équilibre surdéveloppé (on ne voit pas pourquoi, celui de l'humain est plus que bon), soit, plus probable, il venait d'une planète où la gravité bien plus faible nécessitait l'hypertrophie de cet organe...

La composition des os aussi est différente de l'humain, 2 fois plus léger mais 2 fois plus résistant.

Corps > Les dieux de Cholula

Figure 14: photo prise en 1975 par Karen Scheidt

Source 1, Source 2, Source 3.

Le complexe de temples de Cholula, au Mexique, est un centre religieux de première importance (le plus volumineux monument jamais érigé par l'homme, presque 2 fois le volume de la grande pyramide de Gizeh).

Cette pyramide a été laissé quasiment intact par les envahisseurs espagnols (à part les églises construites au sommet existants comme à leur habitude). L'un des temples de Cholula est d'inspiration Aztèque et est dédié à deux êtres que les populations locales appellent des "Dieux", qui vécurent avec eux à une époque située entre 300 et 900.

Selon la légende locale, 2 dieux physiques, un mâle et une femelle, furent laissés sur Terre par d'autres dieux physiques. Ces 2 dieux ont enseigné au peuple local les bases de leur brillante culture.

Ces dieux restèrent parmi eux assez longtemps pour leur enseigner les mathématiques, l'astronomie et d'autres sujets. Malheureusement, d'autres dieux physiques différents vinrent, il y eut un conflit et les 2 dieux de Cholula furent tués.

La population enterra les corps dans le temple qu'il leur avait déjà construit, et un culte fut célébré et perdura jusqu'à nos jours. Les corps furent déterrés au 20e siècle, pour les exposer dans un cercueil de verre placé contre le temple (Figure 13).

On peut voir, sur les photos des années 1970, que l'on a 2 crânes de type Starchild, ce dernier n'est dont pas une anomalie isolée.

En 2020, ces 2 crânes semblent avoir disparus, comme beaucoup d'autres...

Corps > La momie naine de Casper

Figure 15: momie naine de Casper

La tombe

En 1932, en faisant sauter à la dynamite un pan de falaise dans les montagnes Pedro, à environ 80 kilomètres au sud-ouest de Casper (Wyoming, USA), des chercheurs d'or retrouvent une momie d'une espèce humanoïde inconnue. La momie (assise en position du Bouddha, mains croisées sur les genoux, assis en tailleur) a été enterrée dans une grotte horizontale (1,2 m de haut, 1 m de large, longueur 4.5m) creusée dans le granit (roche très dure) avec des artefacts laissant penser à un personnage important.

La momie

La momie mesure 36 cm de haut (pas de précision si c'est la taille estimée debout de son vivant, ou si c'est la taille en position du bouddha).

Grands yeux proéminents de créature souterraine, sa peau est brune et ridée, son nez plat et camus, son front bas et aplati, sa bouche prononcée très en avant sur un menton quasiment inexistant, avec des lèvres très fines.

Le haut du crâne est aplatie, suite à un écrasement mécanique. La face semble intouchée par cet écrasement, les traits sont prononcés, la peau ridée.

Figure 16: Profil momie naine de Casper

Après passage aux radios, on s'aperçoit que le squelette et la dentition semble humaine. La fontanelle est refermée, les os calcifiés et l'ossature d'un adulte, les dents présentes, ce qui exclue évidemment l'hypothèse d'un foetus ou d'un jeune bébé. Les études de la momies donnent un âge entre 60 et 65 ans.

Dans les musées

Amenée et offerte au musée de l'histoire amérindienne de Casper, la momie lilliputienne fut étudié par des scientifiques de diverses disciplines, ce qui nous a permis de donner les caractéristiques de la momie données plus haut.
Un homme d'affaire de Casper, Yvan T. Goodman, rachète la momie, puis la transfère à New York pour une étude plus approfondi par l' American Museum of Natural History. Subissant une batterie de test assez conséquente, la momie finit par être certifiée comme authentique par le département d'anthropologie de l'université de Harvard (âge estimé de 65 ans).
Nous ne disposons plus de cette momie que les photos d'époque, les articles dans le journal local, et les radios et rapports d'études : comme tous les artefacts de ce type, à la mort de Mr Goodman en 1950, la momie fut acquise par Mr Waller Léonard, et disparue dans une collection encore aujourd'hui inconnue... Donc pas d'analyse ADN, ni de carbone 14 pour cette n-ième relique disparue après découverte...

Les légendes indiennes

Cette officialisation de Harvard entraîna un regain d'intérêt de la part des ethnologues américains pour les légendes Shoshones et Crows du Wyoming, qui relatent fréquemment des contacts avec un peuple de très petite taille (quelques dizaines de centimètres) vivant dans les montagnes et sous ces montagnes... Il y a des témoignages d'indiens faisant cas de découvertes de momies similaires dans le passé et appelées petits hommes... De plus, le mode d'enterrement ne correspond pas du tout à celle connues des amérindiens.

Corps > Momies de Nazca

Figure 17: Momie de Nazca "Maria"

[momnaz] Fin 2016, des momies péruviennes à Nazca sont retrouvées par les pilleurs de tombe. Ils en informent des archéologues qui lancent l'étude des momies malgré les obstructions du système. Lors de la présentation scientifique du 11 juillet 2017, la censure qui s'abat est énorme. L'information leur échappant, le système mets ensuite en branle en plus une vaste campagne de désinformation, quitte à perdre la chaîne de désinformation BTLV obligée de se démasquer pour tenter d'arrêter la divulgation en décrédibilisant l'affaire. Ils ne feront que se décrédibiliser eux-mêmes.

Et les découvertes continuent d'affluer ! Que ce soit sous la forme d'une vingtaine d'autres momies Aliens (une 20aine en 2018), ou encore de gravures au Mexique montrant ce même type d'Alien au contact avec les empereurs Aztèques ou Incas…

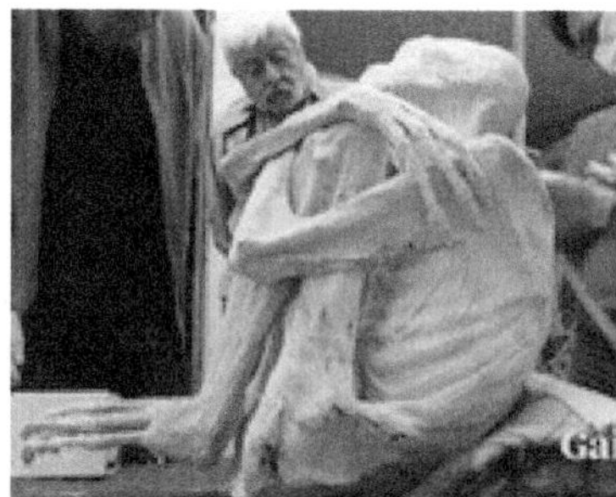

Figure 18: Maria vue de côté

Le reportage de la chaîne Gaia

Fin 2016, des pilleurs de tombe locaux contactent divers archéologues suite à leur découverte de momies étranges. Les études (radiologie, scanner, IRM) montreront qu'ils s'agit de vrais êtres vivants, non modifiés par la suite ni de leur vivant (comme ça aurait pu être le cas si on avait pris des momies humaines et qu'on avait greffer des os humains plus longs pour les doigts). Les études ADN, assez longues pour des momies vieilles de 1800 ans, qui plus est avec un ADN moitié humain et moitié inconnu.

L'histoire Youtube

Ces découvertes ne pouvant être mises en doute, la seule solution que le système a trouvé c'est un black-out total question mass medias, et l'envoi de tous les désinformateurs sur internet qui sont montés au créneau, quitte à se dévoiler et perdre la moitié de leur lectorat. On a ceux qui se sont posés d'emblée contre, utilisant des arguments faux (mais dans la désinformation c'est moins grave, la plupart des nouveaux réveillés ne vérifiant pas les sources). D'autres se positionné pour, mais on raconté tellement de grosses erreurs ensuite, qu'ils ont été dénigrés par d'autres désinformateurs (peut-être les mêmes ? Allez savoir…). D'autres, comme BTLV, on fait semblant d'adhérer, mais en étant imprécis, puis ensuite ont fait venir des chercheurs, leurs ont montré des poupées fabriquées (comme il y en a dans beaucoup de tombes d'enfants au Pérou), qui avait été retrouvées à côté des momies, rien que du classique, et qui avaient été présentées comme telles au présentateur. Les chercheurs n'ont pu que confirmer que c'était bien des poupées, n'ayant ps eu les radios des momies, la seule chose qu'il fallait étudier en fait. Et le présentateur de conclure que c'était une fausse découverte…

Beaucoup d'agitation, et au final une désinformation assez efficace, car le milieu de la réinformation a été saturé d'autres infos moins importantes, du coup tout le monde était perdu entre les vraies analyses, et les fakes sur le sujet. Beaucoup de gens n'ont pas mesuré l'ampleur de la découverte…

La divulgation de la découverte

Beaucoup de vrai et faux concernant ces momies. Reprenons :

1. Aucun média main-stream n'a même le droit d'en parler.
2. Même les sites de désinformations, mélangeant le vrai du faux (comme la planète Nibiru mélangée à la Terre plate), n'ont le droit d'en parler tellement le sujet est chaud.
3. Tous les scientifiques qui se sont engagés dans cette aventure savent que pour eux leur carrière est finie...
4. Les momies ont un gros risque d'être revendues au marché noir, et, comme les autres momies de ce type, de disparaître dans quelque collection privée...

La conférence du 11 juillet 2017 est un rapport d'étude scientifique, et en attendant, malgré les diverses vidéos Youtube disant n'importe quoi, elle n'a jamais été remise en cause : les momies sont des vraies, et pas des humains, même si très proche génétiquement (les 10 différences sont très faibles génétiquement parlant, mais suffisantes pour n'être pas une mutation naturelle).

Les données actuelles montrent avec certitude que ces momies ne sont pas des fausses, il s'agit bien d'une espèce proche de l'homme mais différente (hybride entre l'humain et une autre espèce non identifiée). Quand à la nature de cette autre espèce, les légendes locales parlant des êtres amis des étoiles, les lignes de Nazca longues de 30 km parfaitement rectilignes malgré le franchissement de collines, tout ça visible de l'espace comme un repère géant d'atterrissage, ces êtres à 3 doigts et long crâne se retrouvant dessinés en Europe, dans le désert Africains ou chez les aborigènes Australiens, à chacun de déduire ce qu'il doit en être déduit...

L'analyse ADN prend du temps parce qu'un ADN de 1700 ans est très abimé, il faut beaucoup d'échantillon pour compléter les bouts qui manquent. Les résultats préliminaires montrent 1% de différence avec l'homme, comme le chimpanzé.

La désinformation de BTLV

StopMensonge fait une analyse de la conférence de désinformation de BLTV (Bob vous dit toute la vérité). La première vidéo avec Thierry Jamin avait montré l'incompétence crasse de Bob sur le sujet (Thierry Jamin annonce 1800 ans pour les momies, Bob en déduit que c'est le chaînon manquant... Déjà il y a plusieurs chaînons manquants, et le plus récent date de plus de 300 000 ans (intermédiaire entre Néandertal et Sapiens)). Dans la deuxième vidéo avec des spécialistes des momies, Bob mélange sciemment des poupées fabriquées à l'époque (reconnues comme des artefacts par Thierry Jamin) avec les vraies momies, présente de fausses radios aux scientifiques, en disant qu'il n'y a pas de radios des grandes momies (alors que Thierry Jamin leur avait montré les radios ET les IRM). Les spécialistes n'ont donc pas tous les éléments en main pour discuter de quoi que ce soit, et Bob finit par conclure que c'est un fake (vidéo mise ensuite en avant par les algorithmes Google au détriment des vraies analyses pertinentes...). C'est la mise en évidence, dont on se doutait depuis quelques temps déjà, que BLTV est probablement un média de désinformation, pour rattraper vite fait celui qui commencerait à se poserait des questions sur la version officielle des choses.

La conférence historique du 11 juillet 2017

Voici le résumé à chaud de la première heure de cette conférence historique.

Momies datée entre 1750 et 1780 ans (30 ans d'intervalles entre les différents corps), conforme à la période d'occupation humaine à Nazca et date probable de création des fameuses lignes de Nazca (selon les scientifiques pour au moins les dessins malhabiles, les lignes droites sur 30 km sont bien plus anciens).

Ces momies ont été sauvées du marché noir et sans la récupération in extremis par l'équipe d'étude, elles auraient été vendues comme beaucoup d'autres à l'étranger, à de richissimes privés. Les scientifiques en profitent au passage pour demander à tous ceux qui ont acquis des momies de ce type de les rendre à la communauté scientifique plutot que les garder dans leur collection privée. :)

Les scientifiques relatent aussi les difficultés qu'il y a eu à travailler avec le gouvernement, à trouver des laboratoires d'analyse ADN (la plupart refusaient quand ils voyaient l'échantillon...).

Les momies sont des êtres organiques avec des os et de la peau, ce n'est pas quelque chose de construit, contrairement à ce qui a été souvent dit.

Les nombreuses accusations sont réfutées une à une, comme les insertions d'implants dans les mains, impossibles à refaire par les meilleurs chirurgiens.

2 espèces présentes (aliens origine et hybrides alienhumains, ou adulte et foetus ?).

Albert : rien n'a été touché sur la momie, aucun ajout ni retrait.

Josephina : protubérances dans le ventre ("oeufs" translucides), implant au niveau de la poitrine. Là encore, pas d'assemblage, tout est organique.

Victoria, la tête a été retirée récemment, sûrement lors de l'exhumation. Les archéologues n'ont pas retrouvé jusqu'à présent cette tête (sous entendu elle est partie au marché noir).

Les empreintes digitales sur les doigts sont des lignes horizontales (au lieu d'arrondies chez l'homme). La poudre de momification a bien préservé les empreintes. Les mains ont 5 phalanges et les pieds 4. Là encore, ils demandent comment on rajoute les phalanges sans que ça se voit.

Maria :

Blessure sur les os des pieds, là encore c'est très difficile de modifier ces os anormaux très longs.

Concernant la date de 1997 sur les radio, il s'agit d'une date technique de la machine à Rayon X. La date de prise de radio est bien présente, sauf que les détracteurs l'avaient cachées en tournant la radio...

Pourquoi la momie a toujours ses organes ?

Les momies sont tellement fragiles et cassantes (deviennent de la poudre) qu'il est impossible de modifier quoi que ce soit ultérieurement.

Les os du métacarpe présentent une distorsion. là encore aucune manipulation détectée et possible, que ce soient les os, le dos, etc. Rien à voir avec un humain, même s'ils sont relativement proche. Dos non coupés, aucune mutilation. Sur les 4 momies.

Les seules manipulations possibles n'auraient pu avoir lieu qu'il y a 1 700 ans, au moment de leur enterrement. Os déminéralisés avec l'âge de la momie (au moment de sa mort ou depuis son enterrement ?).

Ils montrent la partie du cou découpée pour les tests carbone 14, il s'agit bien d'animal, de viande, et pas de construction quelconque.

3 prélèvements différents sur chaque momie ou main ou tête pour les tests carbone 14. L'âge de chaque partie d'une même pièce est identique (pas d'agglomération ultérieure) et donnant 30 ans d'écart entre Maria et les petites momies.

idem pour les mains (1780 ans difficultés de traduction, ce sera à vérifier sur les rapports papiers). Dates très proches dans le temps.

Pour la conférence, ils n'ont pas eu les résultats ADN (ils en sont à l'étape 2, les rapports intermédiaires sont montrés). Encore 1 à 3 mois, qui donnera lieu à une nouvelle publication. Les résultats finaux permettront de trancher définitivement la classification de cet être dans l'ordre des vivants (mammifère ou reptile).

On sait déjà que c'est de l'ADN, donc encore une fois pas un montage.

En l'état actuel, ces momies "anormales" présentes avec les autres momies humaines de la région n'a pas d'explication sur ce qu'elles étaient de leur vivant, et il sera sûrement difficile de savoir ce qu'elles étaient. Leur ADN montrera sûrement comme chez l'homme une grande partie de séquences ADN inconnues chez les autres animaux de la Terre. On pourra alors en déduire une évolution (pour arriver à cet ADN) qui se serait fait sur une autre planète que la Terre. Le fait que ces êtres ont été trouvés sur un site où il y a une sorte de terrain d'atterrissage de plusieurs dizaines de km visible depuis l'espace sera une autre piste pour en déduire l'origine Extra-Terrestres de ces êtres.

Un des tabous de l'humanité vient de tomber sous nos yeux, c'était vraiment un moment historique ! :)

Les nouvelles découvertes de momies

Et pendant que toute la CIAsphère de désinformation s'agite et tente de décrédibiliser les premières découvertes, de nouvelles découvertes continuent de pleuvoir en pagaille !

Les dernières analyses d'ADN de 2018 confirment bien que la momie n'est pas humaine, ni d'aucun animal connu sur Terre. Il pourrait évidemment s'agir d'un animal apparu il y a 1800 ans et disparu 200 ans plus tard sans jamais quitter ce village... Si vous tenez absolument à être seul dans l'univers !

Octobre 2018 devrait voir la conférence finale, et peut-être la divulgation de la tombe, car les pilleurs de tombe devraient avoir fini de nettoyer l'endroit de tous les objets intéressants (plus de 1000 morceaux de momies 3 doigts à ce jour), vendus au plus offrant à des collectionneurs privés, dont le nom est connu mais qui ne seront jamais inquiété, tous comme les pilleurs de tombe ont pendant 4 ans pu piller un site antique majeur en toute impunité. Comme à Machu Pichu, une fois le site dépouillé, les archéologues officiels pourront venir nettoyer avec leur petit pinceau les tessons de poteries cassés par les pilleurs de tombe, et trouver des restes de cendres après de coûteuses analyses de surface…

janvier 2019 - la majorité des momies sont authentiques (non retouchées)

[momnaz2] Avancée de l'étude des momies tridactyles (3 doigts) de Nazca.

C'est de vraies momies (pour Maria, Albert, Josephina, Victoria), qui n'ont pas été retouchées, qui datent de 1800 ans.

Leur ADN est à moitié humain, donc des hybrides issus d'un croisement entre une humaine et un père "alien" (père ou mère alien, ça serait à reboucler plus tard, pas le temps de me replonger dans le dossier !).

Chose intéressante, la momie la plus récente (Wawhita, 800 ans, donc 1000 ans après les vrais 3 doigts) est un bébé humain, dont les doigts ont été sectionnés lors de sa mort. Son ADN est quasiment humain, mais avec des restes de gênes inconnus.

La connaissance de l'origine alien avait été conservée pendant plus de 1000 ans par les indiens, et les héritiers type Wawhita, conservaient les traits de leurs ancêtres par ablation des doigts (à la naissance ou juste à leur mort, ce serait à développer plus avant, mais pas 800 ans après, quand la moindre tentative aurait réduit la momie en poussière), le gène 3 doigts ayant été remplacé par le gène 5 doigts humains.

Un peu comme ToutAnkhAmon qui subissait la déformation rituelle du crâne, attribuée à ses ancêtres ogres qui eux avaient naturellement cette protubérance sur le crâne.

L'étude actuelle des momies de Nazca confirme donc ce qu'annonçait Harmo il y a 2 ans, des aliens formateurs, qui lient des liens avec les populations locales, et dont les gènes se dissolvent petit à petit dans les gênes humains au fil des générations.

Petite indication, Mario, le découvreur des momies, est tellement sous pression des autorités et d'autres mafieux locaux qu'il commence à craquer, et se demande s'il ne va pas se ranger à ce qu'on exige de lui et annoncer publiquement que c'est un fake (3 chaînes de TV lui ont fait une offre très généreuse pour sa rétraction devant les caméras). Évidemment, au vu des momies, scientifiquement plus personne ne peut dire qu'elles sont fausses, mais les médias s'empresseraient de ne pas parler des preuves scientifiques, et de ne divulguer que le mea culpa public... Nos dirigeants ont toujours utilisé ce genre de procédé, que ce soit lors des procès staliniens, ou de l'inquisition il y a 1000 ans : on torture les gens, on les "répare" un peu et on les fait apparaître en public, ils se rétractent publiquement, disant qu'ils se repentent d'avoir menti, d'avoir fait croire que la Terre tournait autour du Soleil... Ils ne sont pas brûlés vifs (une mort affreuse), et voir reçoivent des compensations financières pour prix de leur mensonge. Mais ils meurent assez vite (une fois le soufflé médiatique retombé), avant d'avoir pu profiter de leurs gains. Vous connaissez le principe, tout le monde le connaît, et pourtant il sera encore utilisé ce cas-ci, et la majorité des gens tombera dans le panneau...

Pendant toute cette agitation, Mario et les pilleurs de momie, toujours impunis, continuent de vendre plus d'1 millions de dollars les diverses momies authentiques que l'humanité ne verra jamais, allant directement dans les coffres d'ultra-riches qui ne veulent pas que la réalité soit connue. Ce n'est que la partie émergée que nous voyons. D'après les éléments que détient Thierry Jamin, l'équivalent masculin de Maria, Pietra, après diverses péripéties, se trouveraient aux mains d'un oligarque russe désormais. D'ailleurs, toutes les momies connues doivent être étudiées maintenant, car elles vont être vendues prochainement et disparaîtront à jamais...

Les riches acheteurs, qui auront fait disparaître les momies, vont ensuite publier dans les journaux des détracteurs qui auront beau jeu de dire que ces momies ne sont plus disponibles, et que "donc" c'était des fakes... Comme tous les artefacts étranges qui arrivent à échapper aux privés et finissent dans un musée, 10 ans après ils ne sont plus exposés, et 5 ans après ils ont tous disparu lors des inventaires. Seule la machine d'Anticythère, ayant été récupérée par la première tentative d'un musée publique Grec, grâce à l'incompétence des conservateurs sans expérience, a pu rester exposée aux yeux du public, et est trop bien connue désormais pour être escamotée des regards...

Pour info, selon Nancy Lieder et Harmo, les ET ont orientés la découverte de ces momies, et ont fait pression sur les pilleurs pour qu'une partie soit révélée. Les pilleurs, eux, racontent que des lutins, présents dans les tombes, leur ont fait des misères jusqu'à ce qu'il dévoilent une partie des découvertes…

Les dessins mexicains des ET de Nazca

Le 13 septembre 2017, nouveau relâchement de bride de la censure suite à l'arrivée très probable de Nibiru à la fin de l'année / début 2018. Toujours sous la pression des ET, qui poussent toutes ces découvertes qui s'enchaînent, confirmant la découverte précédente des momies de Nazca.

Des bas-relief au Mexique viennent d'être trouvés dans une grotte (entre Veracruz et Puebla) [momnaz3], montrant eux aussi sans erreur possible des êtres au crâne allongé, sans oreille ni nez, aux yeux ovales, aux 3 longs doigts, en train de manipuler de l'anti-gravité, survolés par des OVNI.

Les dessins en Inde des momies de Nazca

Oui, c'est de l'autre côté de la Terre, et pourtant on retrouve des représentations préhistoriques des momies de Nazca, grosse tête en goutte d'eau et les 3 doigts bien visibles ! Même type que les bas-reliefs mexicains, ou les momies de Nazca.

On trouve aussi, dans ces grottes de Chhattisgarh (dont les dessins sont datés de -8 000), des girafes et des kangourous, aujourd'hui disparus d'Inde (mais toujours présents en Afrique et Australie). Doit-on en conclure que les girafes sont, comme ces ET, des pures inventions humaines ? Ou que comme pour les autres dessins, il s'agissait de la vie quotidienne des hommes de cette époque ?

Comme toujours, les traditions locales parlent de petits êtres venus du ciel dans un objet circulaire volant. Confirmant le dessin global semblant montrer des soucoupes venant du ciel.

Traces sur la Lune

Le 24/01/2014, le Daily Mail indique qu'un vaisseau alien a été observé sur Google Lune. Jusqu'à présent, aucune forme similaire n'a été trouvée sur la Lune. La forme triangulaire est énorme, 125 x 90 mètres. Évidemment, pas un artéfact de recalcul, et les images hautes résolution de la NASA ont été trafiquées pour montrer un creux au lieu d'un vaisseau triangulaire qui s'est crashé en faisant un renflement de terre sur sa pointe. Comme un Titanic abandonné au fond des océans, typique des batailles d'égo entre cheffaillons qui mènent au désastre, donc un vaisseau des groupes ET hiérarchistes (L2>ET>OVNI).

ET sur Terre > Interactions ET - Humains actuelles

Survol

Les rencontres du 3e type (p. 294)

De nombreuses personnes ont rencontré des ET. Si un témoignage en lui-même ne peut être retenu comme une preuve sûre à 100 % (même si on peut retrouver des preuves par la suite), le recoupement entre plusieurs témoignages partout dans le monde, et constants dans le temps, permet de donner un bon indice qu'il se passe quelque chose.

Les abductions (p. 293)

De nombreux humains sur la planète témoignent être enlevés régulièrement par des ET, et se retrouver dans leurs vaisseaux, pour participer à un grand programme de transformation de l'espèce humaine.

Les visites (p. 294)

Ils sont moins nombreux à témoigner à visage découverts, mais certains humains sont choisis par les ET pour être leurs porte-paroles, ou transmettre des infos sur ce qui va arriver prochainement à l'humanité.

LIB (cavernicoles) (p. 297)

Un cas particulier de visites, ceux qui sont au contact avec les habitants de l'intraterre, une civilisation technologiquement proche de la nôtre.

Rencontres du 3e type

Les Gremlins

Cités de nombreuses fois au cours des siècles, bien présents dans les traditions populaires, Harmo a eu affaire à ce genre d'ET maléfiques et porte-poisse à 2 reprises.

Je compare des dizaines d'autres témoignages aux portraits robots similaires. Voir dessin (L2>ET>Gremlin).

Témoignage Harmo

La créature lui apparaît 2 fois, la première fois (p. 184) à 9 ans (vers 1980), la créature lui tient des propos de hiérarchiste qui ne l'intéresse pas. Cette rencontre sera suivi d'une pierre d'un camarade qui se retrouve dans le cartable de Harmo, lui donnant pour de nombreuses années l'image d'un voleur.

La 2e fois (p. 190), c'est quand Harmo à 29 ans, alors qu'il commence à rencontrer d'autres abductés qui sont sous l'emprise de la CIA. L'esprit d'Harmo se retrouve dans le corps du gremlins, puis revient à son corps. Furieux, le gremlin lui saute dessus, mais disparaît avant d'avoir pu lui faire du mal.

La mère de Harmo a probablement vu ce type de créature dans les années 60. U autre témoin a aussi vu le même alien vert phosphorescent (en France) quand il était jeune, à peu près à la même époque que Harmo. En fouillant sur le net, un autre abducté français avait posté le dessin du même alien.

Au total Harmo à trouvé 6 témoignages de personnes en France qui ont été visitées enfants par les gremlins.

Le point commun, c'est ces gremlins aiment particulièrement roder dans le noir et si on les dérange (en allumant par exemple), ils poussent des cris félins (comme une panthère ou un chat en colère) et s'enfuient (quelque fois même on les entend mais ils sont invisibles). Dès qu'ils sont découverts ou qu'ils sentent un agacement ou qu'on leur tient tête, ils ne reviennent plus.

Kelly-Hopkinsville 1955 (p. 294)

11 personnes en tout, qui se feront attaquer toute la nuit par des gremlin. Les paysans ont passé toute la nuit à tirer sur les intrus, mais les balles ont ricoché à chaque fois. Tous les croquis convergent sur les mêmes gremlins !

Les créatures de film

Maître Yoda dans Star Wars

Maître Yoda est un personnage bien connu des fans de Star Wars (Georges Lucas est au courant de plein de choses...). Dans la fiction il est gentil...

Yoda est probablement inspiré de l'incident de Kelly-Hopkinsville en 1955, qui a beaucoup marqué les esprits aux USA. George Lucas avait 11 ans à l'époque, ça a du lui laisser un souvenir inspirant.

Le film « Gremlins »

Quand les mignonnes bestioles (les Mogwaï) mangent avant minuit et se transforment en horribles démons, des créatures terrifiantes aux grandes oreilles, aux dents acérées, et à la peau de reptile, qui tuent la moitié des habitants de la ville...

Hollywood s'est aussi grandement inspiré de l'événement de Kelly-Hopkinsville de 1955 pour créer ses "Gremlins".

Dobby, l'elfe de maison de Harry Potter

Et on pourrait continuer la liste tellement elle est longue.

Ces ET hiérarchistes semblent promettre plein de choses, et si vous les croyez (vu que le cinéma nous présente la plupart du temps ces lutins sous un aspect positif, bien que farceur pénible) vous tomberez dans le piège du hiérarchisme si cher à nos élites.

Kobold / Gobelin

Un kobold est une créature légendaire du folklore et de la mythologie germanique. Voleurs, sauvages, agressifs et menaçants, les petits êtres sont devenus selon les diverses traditions paysannes soit des lutins des marais, des prairies, des forêts sauvages soit des nains voleurs de métaux monétaires et précieux des milieux souterrains soit des recycleurs infernaux des mondes infernaux. Leur présence médiévale tardive est très souvent associée à des endroits puants ou enfumés, à des brouillards inquiétants et démoniaques, à des charniers ou autres lieux de mort. Équivalent au gobelin français.

Un autre type de Kobold sont des créatures mauvaises qui vivent entre elles. Ces kobolds sont décrits comme semblables à des rats ou des chiens se tenant sur deux pattes. Leur taille varie d'une trentaine de centimètres à un mètre. Les plus connus ont une peau de couleur variable, allant du vert au brun. Ils sont souvent représentés avec de petites cornes, des dents très aiguisées, des serres et une queue.

L'attaque des Gremlins à Kelly-Hopkinsville en 1955

Une affaire mondialement connue [kelly], qui a mis en échec tous les zététiciens de la planète afin de trouver une explication rationnelle qui tienne la route... :) Ils se sont même ridiculisés avec le combo "astéroïde + hiboux grand-duc", qui n'expliqueraient même pas 1% de toutes les observations rapportées de cette rencontre.

Il s'agit d'une famille et de ses voisins, 11 personnes en tout, qui se feront attaquer toute la nuit par des gremlin, après qu'un OVNI ai été aperçu se posant non loin. Les paysans ont passé toute la nuit à tirer sur les intrus, mais les balles ont ricoché à chaque fois. Les témoignages ont tous été corroborés par une enquête de police, et l'affaire a eu un retentissement mondial.

Contexte

L'observation eut lieu lors de la nuit de 21 au 22 août 1955 dans la ferme de la famille Sutton, située entre les villes de Kelly et de Hopkinsville, dans le Kentucky.

Ce soir-là, la famille Sutton reçoit la visite de deux membres de la famille Taylor, si bien que sept adultes et quatre enfants sont présents dans la ferme ce soir-là.

Observation d'un OVNI

Vers 19h, Billy Ray Taylor sort chercher de l'eau au puits et aperçoit une boule lumineuse volant dans le ciel, qu'il voit atterrir dans un ravin à quelques centaines de mètres de là. Persuadé d'avoir vu un OVNI, il fait part de son observation aux autres mais ceux-ci pensent qu'il a simplement vu une étoile filante.

Premières observations

Une heure plus tard environ, le chien des Sutton, resté dehors, se met à aboyer bruyamment. Lorsque Billy Ray Taylor et Cecil "Lucky" Sutton sortent pour voir la cause de ce remue-ménage, le chien s'est réfugié sous la maison et restera dans cette cachette jusqu'au lendemain matin.

Les deux hommes aperçoivent alors lueur volante qui s'approche d'eux et qui, observée de plus près, semble être une créature lumineuse de trois pieds et demi (un peu plus d'un mètre) dotée d'une grande tête, de grandes oreilles pendantes et pointues, de deux yeux jaunes brillants situés davantage vers les côtés de la tête que dans un visage humain, de jambes fines et courtes et de longs bras terminés par des serres. La créature semble vêtue ou faite d'un métal argenté.

Les hommes font feu

Intimidés par l'approche de la créature, Billy Taylor et Cecil Sutton ouvrent le feu sur elle alors qu'elle est à six mètres d'eux environ, avec un fusil de chasse et l'autre avec un .22 long rifle. Ils entendent alors un bruit qu'ils décriront par la suite comme celui de « balles ricochant dans un bidon en métal » alors que la créature fait demi-tour et disparaît dans l'obscurité.

Les créatures contre-attaque

À peine les deux hommes rentre-ils dans la maison que la créature ou une autre créature identique apparaît à une fenêtre. Ils tirent à travers celle-ci et la créature disparaît, persuadés de l'avoir touchée, ils ressortent de la maison mais elle a déjà disparu sans laisser de trace.

Alors qu'il se tient à l'entrée de la maison, une main griffue venant de l'auvent tente d'attraper les cheveux de Billy Ray Taylor. Les deux hommes ouvrent à nouveau le feu vers la créature, qui flotte vers le sol et s'enfuit dans les bois.

Le siège des 11 personnes terrées dans la maison

Billy Ray Taylor et Cecil Sutton rentrent alors dans la maison, qui sera assiégée par les créatures pendant plusieurs heures. Elles apparaissent souvent aux fenêtres, réveillant les enfants qui essayent de dormir, mais les tentatives de les abattre en tirant à travers les vitres et les murs ne semble avoir aucun effet et ne produit qu'un bruit métallique. Elles s'approchent parfois de la maison, les bras levés comme lors de leur première apparition. Les Sutton et Taylor n'observent jamais plus de deux créatures en même temps, mais estimeront par la suite qu'elles étaient peut-être dix ou quinze.

Malgré leurs nombreuses apparitions aux fenêtres, les créatures ne semblent pas chercher à pénétrer dans la maison.

A 23h, la maison est abandonnée pour trouver refuge au commissariat

À 23h, face à la panique grandissante des deux familles et en particulier des enfants, qui crient et pleurent, la décision est prise de quitter la maison pour alerter la police de Hopkinsville, située à près de 30 minutes de là.

Les onze occupants de la maison partent donc pour Hopkinsville dans deux voitures et parviennent à convaincre le shérif Russell Greenwell de leur sincérité. Vingt policiers les raccompagnent à la ferme et constatent la présence de nombreux impacts de balles témoignant des coups de feu tirés au cours de la soirée, mais les créatures semblent avoir disparu.

Les créatures ne se montrent pas en présence de la police

Ils constatent aussi que les témoins ne sont pas sous influence et semblent réellement terrifiés mais, faute de preuve de la présence des créatures, finissent par quitter la maison vers 2h15 du matin.

Une heure et demi plus tard, les créatures recommencent à apparaître aux fenêtres et continueront à le faire jusqu'à ce que l'aube soit proche. Elles ne seront plus jamais observées par la suite.

Validation des témoignages par les enquêteurs

Tous les participants ont fait l'objet de recoupement sévères par la police immédiatement après, confirmant ainsi les témoignages, au point que les débunkers n'ont eu d'autres choix que d'expliquer cette apparition que par une attaque de hiboux grands-ducs (les paysans n'ayant soit-disant pas reconnu cet oiseau rarissime mais très reconnaissable, ayant systématiquement tiré à côté, et autres fariboles qui ne rassurent que les plus obtus...).

Couverture médiatique mondiale

Cette histoire à fait la Une de tous les journaux, le cover-up appliqué après 1968 et la fin du projet Blue-Book n'ayant pas été complètement appliqué.

Abductions

Survol

Les observations vues dans les paragraphes précédents sont des preuves suffisantes, une fois qu'on les connaît inutile de passer sa vie à relever toutes les lumières observées dans le ciel comme le font les ufologues. On passe à l'étape d'après.

Et cette étape c'est le contact avec les ET, appelées abductions quand il s'agit d'enlèvement physique [abd1]. Comprendre ces abductions, c'est comprendre ce qu'ils veulent, pourquoi ils restent en retrait. Dans L2, nous verrons que ces abductions sont positives pour l'humanité, sauf évidemment si vous avez une spiritualité égoïste, vous exposant à des ET de votre orientation spirituelle...

Tronc commun (p. 296)

A n'importe quel moment (mais de préférence quand l'abducté est isolé des autres), des OVNI invisibles emmènent avec eux des humains, conscient coupé. C'est cette nécessité de coupure qui donne l'impression aux abductés d'être enlevé contre leur gré, alors que nous verrons dans L2 qu'il n'en est rien, et que seul le manque d'ouverture de parole sur le sujet est néfaste aux abductés.

Film "Intruders"

De John Curtis (1992) dont les conseillers techniques furent les 2 plus grands spécialistes "officiels" (donc CIA) des abductions, Budd Hopkins et J. E. Mack.

C'est une bonne entrée en matière pour montrer ce qu'est un(e) abducté(e), ce qu'il a pu vivre et endurer face aux ET et à la société, sans pour autant heurter les gens qui découvrent le sujet.

Betty & Barney Hill (p.296)

Des abductés célèbres, mis en avant par le système quand ce dernier en a eu besoin, volontairement utilisé pour que les citoyens aient peur des ET, et permettant de faire connaître l'hypnose progressive, tout en incitant les abductés à venir raconter ce qu'ils savaient aux faux psychiatres CIA...

Témoignage d'Harmo (p. 182)

Nous avons déjà vu plus haut le témoignage d'Harmo en tant qu'abducté.

Témoignages sur Mohamed (p. 514)

Dans les hadiths, de nombreux témoignages des proches de Mohamed montre qu'il était un abducté.

Tronc commun

Des millions de gens sur la planète prétendent être enlevés le soir par des ET. De nombreuses preuves montrent que ce phénomène est réel :

- à des dizaines de kilomètres l'un de l'autre, 2 enfants se réveillent avec le même liquide violet sur leurs sous-vêtements.
- Des enfants sont retrouvés enfermés dans des pièces dont ils n'avaient pas la clé.
- Les dits " abductés " développent par la suite, pour certains, des facultés Psi ou extra-sensoriels après leurs enlèvements, comme des dons de voyance, de télépathie, de télékinésie ou des aptitudes dans les domaines de l'art ou des mathématiques. Un chauffeur de bus illettré est devenu un génie des maths !
- des OVNI sont observés au moment des enlèvements, laissant pour certains des traces physiques (sol desséché ou irradié)
- des marques sont retrouvées sur le corps, des actes chirurgicaux très précis ont été réalisés.
- des implants sont retrouvés. Dans la plupart des cas, quand ces implants technologiques sont retirés, la santé des abductés, mauvaise avant l'implant, se détériore à nouveau. Après qu'ils aient été retirés, les implants se désagrègent en l'espace de quelques jours, seules les photos subsistent.

Les phénomènes observés sont dans tous les cas : la paralysie, l'enlèvement à bord d'un vaisseau spatial (en traversant les murs/toit pour les altruistes, par la porte pour les hiérarchistes), l'examen physique ou opération de guérison, et dans quelques cas une visite à l'intérieur de l'engin et des échanges avec les occupants. Au retour, l'abducté à tout oublié. Chez certains, la mémoire leur revient quelques jours après, alors que chez d'autres, il faut de la régression hypnotique avec les biais que cela comporte (induction de fausse mémoire par un hypnotiseur peu consciencieux).

Suivant l'orientation spirituelle de votre âme, il semble que vous aurez à faire avec des ET de votre bord :

- si vous êtes gentil avec les autres, vous verrez des ET eux aussi bienveillants avec autrui (même s'ils peuvent paraître froid (émotions télépathiques uniquement) et qu'avec leur boulot impliquant un très grand nombre de personne, ils ne prennent pas le temps de bien s'occuper de l'abducté),
- si vous êtes égocentriques, vous serez abducté par des ET qui ne pensent eux aussi qu'à leur intérêt, et qui ont tendance à torturer leurs proies (les abductions négatives faites par des humanoïdes reptiliens, ou humanoïdes à tête de mante religieuse)

La plupart des abductés racontent que lors de leur visite, ils ont vu des millions de foetus en stase, en attente d'être implantés pour la future humanité.

Le cas Betty & Barney Hill

C'est le cas le plus célèbre, que je me devais de résumer brièvement, donné juste à titre d'information et d'historicité, parce que même si la concordance des témoignages indique que c'est la vérité concernant le temps manquant, les souvenirs obtenus par hypnose régressive ne sont jamais pris en compte, la science n'ayant pas validé le rappel de souvenirs inconscients, même si il est prouvé qu'ils existent (étude des messages subliminaux par exemple, ou des traumatismes occultés). Une hypnose mal réalisée peut induire des faux souvenirs, même si le docteur qui les a suivi était un professionnel reconnu, le risque est toujours présent.

Ce cas (une blanche mariée à un noir) intervient à une époque où la libération des noirs aux USA faisait rage, et ce fait a sûrement joué, quand il s'est agi de relayer, parmi les nombreux cas d'abductions connus des autorités, un cas pour promouvoir l'idée que les ET étaient maléfiques.

Le 19 septembre 1961 à 22h, alors qu'ils roulent sur une autoroute, Barney aperçoit dans le ciel une lumière qui se déplace d'une manière erratique. Il signale cette lumière à Betty qui ne comprend pas non plus de quoi il peut s'agir. Barney sort du véhicule et observe l'étrange lumière avec ses jumelles. Il aperçoit alors un objet discoïdal avec deux courtes ailes terminées par deux lumières rouges. Il discerne même ce qu'il pense être des hublots. Pris de panique et constatant que l'objet semble se rapprocher d'eux, le couple remonte dans la voiture et redémarre en trombe. Un étrange son, décrit par Barney comme un « bip-bip », envahit alors l'habitacle de la voiture. Le même son se répète une deuxième fois et les Hill découvrent qu'ils viennent de parcourir plus de 55 km sans qu'ils en gardent le moindre souvenir. De plus, leurs deux montres sont arrêtées. C'est une fois chez eux, en regardant les horloges, qu'ils constatent que le trajet a duré 2 h de plus que prévu. Donc en plus des kilomètres manquants, il y a environ 1h 30 manquante (si on enlève la demie-heure pour faire 55 km sur autoroute). Personne à l'époque ne semble s'être posé la question de la quantité d'essence consommée, mais peu d'Américains dans les années 1960 regardaient leur consommation, vendue à un prix négligeable.

Barney découvre de nombreuses griffures sur le cuir de ses chaussures, comme si on l'avait traîné sur le sol, et ressent une vive douleur dans le dos. Il découvre qu'en plusieurs endroits la peinture de la carrosserie de leur voiture a disparu, laissant le métal à nu.

À partir du 30 septembre, Betty commence à faire de nombreux cauchemars où elle se voit poursuivie par « des visages difformes avec des grands yeux de chats ». Elle développe aussi plusieurs syndromes dépressifs. leur médecin de famille les oriente vers un psychiatre de l'académie d'Exeter qui finira par diagnostiquer un stress post-traumatique sur Barney et Betty. Ce psychiatre les orientera vers le docteur Benjamin Simon, psychiatre spécialisé en hypnothérapie, afin qu'il tente un traitement régressif destiné à ramener à un niveau conscient les souvenirs du traumatisme. Le 14 décembre 1963, Betty et Barney commencent des séances d'hypnose supervisées par le docteur Benjamin Simon, qui s'étaleront sur plus de sept mois et durant lesquelles le médecin enregistra plus de quarante heures de bandes audio.

Lors de ces séances, Betty et Barney, qui furent toujours interrogés séparément, racontèrent qu'après l'observation de l'OVNI, Barney tenta d'échapper à ce dernier et s'engagea dans un chemin forestier où leur véhicule finit par caler. L'OVNI atterrit à une soixantaine de mètres de la voiture et une dizaine de créatures de petite taille en descendirent et se dirigèrent vers le couple. Les créatures firent monter le couple dans l'OVNI, séparèrent Betty et Barney et leur firent subir ce que les Hill prirent pour une sorte d'examen médical. Betty prétendit avoir réussi à communiquer avec l'une des créatures qui lui présenta ce qui ressemblait à une carte stellaire et lui demanda si elle était capable de situer la Terre sur cette carte. Comme elle répondit par la négative, la créature lui rétorqua que cela ne servait alors à rien qu'elle lui montre d'où elle venait. La créature raccompagna Betty hors de l'OVNI, où elle retrouva Barney déjà installé dans la voiture et lui promit qu'elle allait tout oublier de cette expérience.

La carte tridimensionnelle, dessinée par Betty Hill, correspondait effectivement au système de Zeta Reticuli.

Interrogés séparément pendant plus de sept mois, Betty et Barney ne se contredirent jamais et leurs versions furent toujours concordantes.

Visités

Certains de ces abductés deviennent des contactés (comme Harmo (p. 182) Nancy Lieder, etc.) c'est à dire qu'ils transmettent aux hommes un savoir supérieur à tout ce que nos meilleurs scientifiques savent. Ils dévoilent les plans des élites aussitôt fomentés. Le contenu de leur message, en avance sur leur époque, où annonçant à l'avance des événements dont la plupart se produisent réellement, est un signe pour reconnaître un visité ET.

Leur message peut différer aussi des messages occultistes traditionnels, notamment là où ça ne tenait pas la comparaison à la réalité (les raksasas et les ogres par exemple, souvent mélangés, ou encore la description du conscient/inconscient, des densités/dimensions différentes et des erreurs avec l'équivalence des plans mental, astral, etc. Sans compter la proposition de théorie sur la gravitation, plus cohérentes avec l'univers observé. Une manière encore de corriger les erreurs des kabbalistes et de montrer que ces visités ne sont pas de simples usurpateurs/compilateurs de savoir existant (Kabbale, FM, théosophes), qui s'appuient sur les dires de vrais visités, uniquement pour décrédibiliser le phénomène.

MIB (cavernicoles)

Les Extra-terrestres sont des êtres vivants ne vivants pas à la surface de la Terre. Nous venons de voir les ET de l'espace, voyons les ET sous la surface.

Les légendes de royaumes souterrains

Le dessin animé "les mondes engloutis" ne sort pas de nulle part. Les légendes de tous les peuples de la Terre racontent des interactions avec les hominoïdes venant de sous la surface.

Le mythe de l'Agartha décrit les cavités connectées de cette civilisation. Shambhala parle aussi de royaumes souterrains, mais c'est autre chose, les citées souterraines des ogres (bien plus proches de la surfaces, et artificielles, que celles des MIB), telles la cité souterraine de Turquie, pouvant contenir 10 000 personnes.

Les légendes Hopis (p. 385) parlent du peuple fourmi (semblable à des hommes, mais vivant dans le sol comme les fourmis) qui emmène les amérindiens dans les grottes profondes pour leur faire passer les cataclysmes de Nibiru. C'est ce peuple qui apprit aux amérindiens à être industrieux (artisanat, stockage etc...).

Refuge des "hommes- éclairs" cités dans le Tjukurpa des aborigènes australiens et la cosmologie Mohawks. Le monde souterrain où vivent des gens est appelé Xibalba dans le Popol Vuh maya. Là vivaient les démons qui avaient osé défier les dieux. Des grottes sont citées comme menant à ces mondes souterrains. Xibalba est aussi décrit comme un enfer où vont les défunts qui n'ont pas plu aux dieux.

La mythologie scandinave parle aussi des nains habitants sous terre (des nains de 2 m de haut, en comparaison des ogres de 3 m de haut qui les nommaient ainsi).

Agartha

Mythe hindouiste et bouddhiste. Signifie "insaisissable à la violence". C'est un royaume souterrain relié à tous les continents de la Terre par l'intermédiaire d'un vaste réseau de galeries et de tunnels. Cette croyance se retrouve dès l'Antiquité. Selon la légende, il existe encore de vastes portions de ces galeries actuellement, le reste ayant été détruit par des glissements géologiques.

Ce royaume conserverait en son sein des bibliothèques d'archives des Savoirs Perdus.

Les témoignages actuels

Si les OVNI de ces témoignages peuvent être confirmés par d'autres témoins, de même que les contacts avec un humain, par contre les témoignages parlant de l'intraterre sont mono-sources, on sait juste que le contacté a disparu quelques temps. Pas de preuves formelles dans ces témoignages, si ce n'est leur grande redondance actuelle, et la concordance de contactés qui ne se connaissaient pas.

Roro et les "Boules de l'Aveyron"

L'affaire des "boules de l'Aveyron" dispose de suffisamment de témoins pour se douter que ces OVNI étaient réels.

Enquête complète reprise dans le livre "OVNI en France" de Georges Metz.

L'affaire commence par une banale affaire d'OVNI en juin 1966, OVNI qui se montrent tellement insistants, revenant plusieurs jours de suite, avec tellement de témoins, que l'histoire défraye la chronique. Des boules qui restent stationnaires plusieurs heures, qui se font courser par une voiture, puis qui font perdre toute sa puissance au moteur. Des voisins confirment les boules au loin, de même que des automobilistes de passage. Les gendarmes recoupent les témoignages, font des reconstitutions sérieuses, de même que de nombreux ufologues viennent faire leur propre enquête.

Le principal témoin autour du quel tournaient ces boules, surnommé Roro (Robert L.), est un jeune travaillant à la ferme familiale.

Ensuite, les OVNI s'arrêtent, mais commencent pour Roro les symptômes de l'abducté. Pris d'une subite envie de dormir, Roro monte se coucher, les ET dans sa chambre, sans que le souvenir ultérieur ne soit bien clair. Demi-conscient, il se rappelle des interventions chirurgicales lors de flashs. Ces abductions durent un temps

Ensuite, ce sont d'autres ET qui interviennent (les MIB, grands par rapport à lui), et lors de ces discussions il est parfaitement conscient et réveillé.

Ils lui enseignent déjà des exercices de yoga visant à lui enlever les migraines qu'il avait à l'occasion.

Ils lui proposent de les rejoindre dans une grotte en Inde, toute aménagée et confortable. Il réfléchit pendant quelques mois, avant d'accepter et de partir début 1969.

Roro ne divulguera ce voyage qu'en 2008 (40 ans après) la totalité de son expérience (s'étant engagé à ne rien révélé avant cette date). Il a été emmené dans les mondes souterrains, où il a appris plein de choses au contact de ce peuple cavernicole. Les MIB n'aiment pas nos dirigeants : "Les dirigeants de votre planète, civils ou militaires, ce sont des conquérants, ce sont des arrivistes, ce sont des malades mentaux !". Ils lui révèlent qu'ils ne laisseront pas les hommes construire des bases sur la Lune. Et en effet, à la surprise de gens de cette génération, les voyages humains sur la Lune ont cessés dans les années 1970...

Suite à cette expérience, le champ d'expérience de Roro fut décuplé, bien plus qu'un simple paysan aveyronnais dans un trou perdu pouvait espérer. Par exemple, ayant décidé de tester le yoga appris dans l'intraterre avec le yoga traditionnel enseigné à Rodez, le yoga humain lui parait bien fade et peu efficace en comparaison de ce que les MIB lui ont appris. Il a gardé une bonne pureté morale, tout en ne monnayant jamais le récit de son expérience.

Quand on lui demande s'il a eu des contacts depuis 1970, il réponds "pas de contacts physiques", mais ensuite il semble laisser sous-entendre qu'il peut sortir à volonté de son corps, ou qu'il est devenu télépathe, et que ces contacts physiques ne lui sont désormais plus nécessaires pour prendre des nouvelles de ses amis.

Rose C.

Encore un témoignage français, en 1952, à Nîmes.

Rose C. (un pseudo) a écrit un livre sur son expérience : "Rencontre avec les extraterrestres" (1979, éditions du Rocher). Abordée par les MIB, il lui a été proposé, comme à Roro, de séjourner quelques temps chez les cavernicoles. Proposition qu'elle a finalement refusé. Le choix des cavernicoles n'était pas lié au hasard, ils avaient déjà eu des contacts avec son grand-père, et elle même avait des capacités médiumniques (qui se sont développées tout au long de sa vie). La rencontre s'est faite avec 2 cavernicoles accompagnés d'un humain volontaire qui les accompagnait.

Possibilités scientifiques

Si la vision Lobsang Rampa d'une Terre complètement creuse à l'intérieur n'a aucune possibilité physique d'exister, le fait qu'il existe forcément de grands vides au sein de la croûte terrestre refroidie (le magma plein de gaz (voir les émanations volcaniques) prenant moins de volume à froid qu'à chaud) est étonnamment peu étudié par la science...

1. On a la preuve que des oasis de vie complexe peuvent exister en autarcie dans les fonds marins, autour de cheminées chaudes, dont la chaîne alimentaire a pour base des bactéries se nourrissant des sels minéraux expulsés.
2. Une grotte scellée a été découverte, abritant une faune autarcique qui avait été piégée depuis plusieurs milliers d'années et ayant évolué de façon endémique.
3. Une grotte découverte en 2013 en Chine si vaste (50.000 m^2) qu'elle son propre micro-climat : du brouillard et des nuages masquent sa partie haute, qui culmine à 250 mètres..

Ogres

Survol

Les ogres sont les faux dieux physiques sumériens ou grecs de 3 m de haut, représentés avec des ailes car ils viennent du ciel (c'est à dire de l'espace, ce sont donc des Extra-Terrestres). Les ogres sont blancs/blafards, barbus et colériques, et on les retrouve dans toutes les religions de la Terre : l'Indra hindou et ses copains en vaisseaux volants décrits dans les Védas il y a 5000 ans, les Élohim ou anges qui violent les terriennes dans l'ancien testament, Zeus et Poséidon grecs, les géants de pierre de l'île de Pâques, Viracocha, Quetzalcóatl, à Odin le plus récent dans l'histoire.

Archives (p. 299)

Partout sur Terre, les peuples ont des légendes sur les dieux physiques humanoïdes géants barbus qui dominaient sur Terre il y a plusieurs millénaires.

Archéologie (p. 314)

Ces géants ont forcément laissé des cadavres ou des traces derrière eux. Il faut dire que souvent, les traces ne se trouvent que dans les archives, les musées "perdant" systématiquement les trouvailles de ce type, et les scientifiques refusant systématiquement de les étudier...

Raymond Réant (p. 311)

Raymond Réant à la faculté de se déplacer dans le passé. Quand, devant les caméras, on lui tend une pierre de Nazca, pour qu'il en retrouve l'origine, il se retrouvera propulsé dans le passé sur un spatioport, reconnaissant les lignes de Nazca, mais avec des géants sortant de vaisseaux spatiaux...

Compilation (p. 312)

Après avoir lu des centaines de légendes diverses et les rapports de fouilles archéologiques, Harmo nous fait une compilation / résumé, recoupement de touts ces légendes (sans y apporter d'infos complémentaires de sa part).

Le géant solitaire (p. 573)

Nous verrons, dans la partie antéchrist, qu'il reste encore un ogre sur Terre, qui a toujours une grande influence sur une partie des illuminati.

Ogres > Archives

Survol

Légende = archive historique (p. 148)

Ces légendes sont des archives historiques, écrites ou orales. Pas d'allégories, les humains ont toujours décrit ce qu'ils voyaient. Il y a cependant des ajustements à faire, que ce soit dans la traduction politisée des archives par les occidentaux, ou dans le fait que ces archives sont de la propagande pour le pouvoir ogre en place. Les ogres sont des tyrans qui massacrent leurs esclaves humains, et mangent leurs enfants : nous sommes du bétail pour eux.

Caractéristiques (p. 300)

Des dieux physiques, avec des masques d'animaux sur la tête, ou des couronnes pour cacher leur crâne allongé, qui se présentent comme nos créateurs, qui lancent des éclairs avec leur trident, etc.

Liste par continent

Partout dans le monde, de multiples sources légendaires content les mêmes aventures des géants, preuve d'une civilisation mondialisée.

Faisons une liste rapide des légendes de plusieurs civilisations humaines à propos des géants :

Moyen-orient (p. 305)

Il n'y a pas que Goliath comme géant retrouvé dans la région. Les géants, indissociables des dieux physiques, empreignent la culture locale.

Inde

La mythologie hindoue n'est pas avare non plus de géants de toutes sortes. Les plus connus sont les dévas, des divinités inférieures qui se manifestent sous l'apparence d'êtres démesurés. Les demi-ogres comme Krishna ou Arjuna peuvent prendre l'apparence de géants.

Europe (p. 306)

Nous verrons que comme l'Inde, l'Europe a été envahie 2 fois par les sumériens, donnant les celtes, puis le catholicisme romain. Il fallait bien ça pour détruire l'animisme originel des européens, et imposer un panthéon de dieux physiques, dont certains vivent avec les humains de l'époque (Graendel, wisigoths), comme pour les sumériens.

Amérique du Nord

Les Iroquois, les Osages, les Tuscaroras, les Hurons, les Omahas et beaucoup d'autres Indiens d'Amérique du Nord, parlent tous des hommes géants qui vivaient autrefois et se promenaient dans les territoires de leurs ancêtres. Dans tous les États des USA, on trouve des récits sur ces anciens géants.

Au large de la côte californienne, d'anciens articles et rapports font état de milliers de squelettes géants aux cheveux blonds ou roux, d'artefacts pré-celtiques, de cercle de pierres très ancien (cromlech ?) et de trace de cheveux blonds ou roux.

Une légende des Païutes (Nevada, Utah et Arizona) parle de géants blancs roux de 3,6 mètres de haut, qui vivaient dans la région quand ils sont arrivés. Ces géants étaient un peuple vicieux, inapprochable, qui tuait et mangeait les Païutes comme un vulgaire gibier. Après avoir rassemblé toutes les tribus de la région, les Païutes ont fini par acculer les géants dans une grotte, et devant le refus de ces derniers de se battre avec honneur, les indiens mirent le feu à des buissons devant l'entrée. Les géants qui sortaient étaient tués à coup de flèches, les autres furent asphyxiés.

Amérique du Sud (p. 310)

Plein de légendes là aussi, sur les dieux physiques blancs qui promettent de revenir. Légendes accréditées par les squelettes anormaux.

Australie (p. 311)

Les aborigènes ont plein de légende, du genre "la déesse est arrivée des étoiles". C'est elle qui leur a fourni le boomerang, un engin si technique qu'on se demande comment ils l'ont inventé.

Îles du Pacifique (p. 311)

On ne sait pas comment ils ont fait pour construire leurs pyramides cyclopéennes, et les indigènes disent "c'est les dieux physiques venus des étoiles".

Caractéristiques

Tête de Bélier

Hérodote raconte la rencontre entre Hercule et Jupiter, récit qui inspirera les représentations ultérieures de Baphomet (Lucifer) ou du diable (Satan) :

"Hercule voulait absolument voir Jupiter ; mais ce dieu ne voulait pas en être vu. Comme Hercule ne cessait de le prier, Jupiter s'avisa de cet artifice : il dépouilla un bélier, en coupa la tête, qu'il tint devant lui, et, s'étant revêtu de sa toison, il se montra dans cet état à Hercule.
C'est par cette raison qu'en Égypte les statues de Jupiter représentent ce dieu avec une tête de bélier.
Les Égyptiens donnent le nom d'Amon à Jupiter."

Créateur sculpteur

On retrouve régulièrement le dieu "aimant" (n'oublions pas que c'est de la propagande pour que les esclaves servent les faux dieux ogres...) qui modèle la terre/argile pour en faire une poupée, a qui il insuffle vie. Par exemple chez Mithra, dans la Bible, ou dans le Popol Vuh maya.

Foudre (p. 300)

Au moins 145 divinités, dans toutes les civilisations mondiales de toutes les époques, lancent la foudre.

Trident

Pour manier la foudre, certains dieux physiques usent d'un trident :

- Poséidon un trident fabriqué par les cyclopes
- Satan / Lucifer / diable
- Rudra / Shiva le dieu physique suprême de l'Inde avec les 3 pointes représentant la création (adam et Eve ?), la permanence (éternel), la destruction (antéchrist). Le dieu Shiva dont on retrouve une statue au CERN.

Noté au passage que les 3 dents sont liées au dogme de la trinité catholique.

Cornu

Les dieux physiques ont souvent plusieurs facettes ou visage, en plus d'avoir la tête de bélier, les dieux Cernunos gaulois, Rudra hindou, Pan grec, sont représentés de la même façon, avec des bois sur la tête, et un visage d'homme mûr.

Instructeur

Lao Tseu, Thot ou Hermès, ont eux aussi des profils de dieux physiques sumériens.

Fourbe et trompeur

Asmodée/Hiram le géant roux constructeur du temple de Salomon (p. 530), les nombreuses histoires avec Satan, etc.

Rois roux (p. 301)

De nombreux rois étaient roux (dans l'histoire (légendes) et dans l'archéologie), même dans des régions où les peuples ne connaissent pas cette coloration, comme à Paracas. Ces cheveux roux anormaux se retrouvent sur des crânes allongés anormaux...

Les dieux physiques à la peau bleue (p. 303)

Partout autour du monde (bon, vous commencez à connaître la chanson !) les dieux sont physiques, et sont représentés comme ayant la peau bleue.

6 doigts (p. 303)

Les ogres sont polydactiles (6 doigts aux mains et pieds).

Longévité exceptionnelle (p. 303)

Autant les historiens que les archéologues tombent sur des "rois/dieux" anciens à la longévité exceptionnelle. Bizarre tous ces peuples très avancés qui, selon nos historiens, étaient incapables de compter correctement les années...

Plus le temps passe, moins ces rois durent dans le temps, comme si leur ADN se mélangeait aux humains, génération après génération.

Caract. > Foudre

On recense au moins 145 divinités dédiés à la foudre, dans toutes les civilisations mondiales de toutes les époques.

Dans le védisme puis l'hindouisme, c'est Indra, seigneur du ciel, qui contrôle le tonnerre, l'orage et la foudre, pour se débarrasser de ses ennemis.

En Amérique pré-colombienne, Tlaloc est responsable de la pluie et de l'orage.

La mythologie scandinave et germanique fait la part belle à Thor, le dieu physique du tonnerre.

Chez les Grecs, puis les Romains, ce sont les trois cyclopes qui ont forgé "le" foudre de Zeus (ou Jupiter à Rome), l'instrument lui permettant d'exprimer sa colère divine (lancer la foudre).

Dans la Bible, Yaveh foudroie quiconque irait contre sa volonté, comme les curieux qui s'approchent trop près de l'Arche d'alliance.

Dans le Popol Vuh maya (livre de la création), le dieu Huracan lança l'éclair, fit rouler le tonnerre et prononça le mot « Terre » (on retrouve la création a partir du verbe, ou de la parole).

Caract. > Rois roux

Pharaons égyptiens

Les Égyptiens n'étaient pas noirs, puisque certains pharaons étaient blancs et roux, notamment un des plus emblématiques de tous, Ramsès II. Certains pharaons ont d'ailleurs été stigmatisés et complexés par leur couleur de cheveux car elle était mal considérée en Égypte, notamment après la prise de pouvoir des Hyksos (hébreux). De nombreux hébreux célèbres étaient roux, notamment Esaü et David.

Il est donc bien plus probable que les Égyptiens ait été influencés génétiquement aussi bien par la Méditerranée et le Moyen Orient que par l'Éthiopie et l'Afrique noire (Royaume de Kouch).

Royaume d'Edom

La tradition orale juive parle des Edomites, populations du Proche-Orient (Palestine).

Ce peuple a une prépondérance de personnes rousses, à la peau blanche et à la pilosité fournie.

Selon la Torah et le Talmud, c'est Esaü (ou Esav en hébreu) qui est fondateur du royaume d'Edom après que Isaac ait choisi Jacob comme son successeur. Or Esaü est décrit dans cette même tradition comme un homme roux de grande taille, violent et brutal.

On sait aussi que le roi David est aussi roux, ce qui confirme que génétiquement, la région comporte une composante de type "caucasien roux" relativement courante.

La légende d'Asmodée le roi d'Edom (p. 530) en conflit avec le roi Salomon, décrit ces édomites : ce sont des personnes de grande taille, rousses, qui ont établi leur habitat dans des réseaux de grottes reculées et qui accumulent volontiers de grandes quantité d'or (d'où le lien entre Asmodée leur roi et les trésors enfouis).

Ces populations aux habitudes troglodytes possèdent une technologie avancée, notamment une sorte d'acide leur permettant de fondre les pierres en surface pour mieux les tailler puis les ajuster entre elles.

Cette idée d'un peuple de grande taille en Palestine se retrouve déjà avec l'arrivée de Moïse après la fuite d'Égypte, puisque les éclaireurs qu'il envoie en terre promise reviennent en décrivant des peuples farouches et de très grande taille habitant la région convoitée. Plus tard, c'est David, père de Salomon, qui est confronté au géant Goliath.

Dans l'épopée d'origine racontant les relations entre Salomon et de ce peuple de géants, Asmodée n'est pas emprisonné sous le Temple comme le content les traditions plus tardives, mais s'enfuit avec les siens et on ne retrouve plus aucun trace d'eux par la suite.

Toujours selon les traditions juives, les "edomites" auraient migré via les Balkans jusqu'en Germanie (voir même au-delà) dans la haute antiquité. Ce qui explique qu'en hébreu actuel (notamment chez les orthodoxes), les nations européennes continuent à être désignées sous le vocable d'"Edom".

Possibilités d'existence

On retrouve des constructions cyclopéennes dans toute l'Europe, mais aussi en Sardaigne, en Italie, à Maltes et en Grèce (Mycène), au Liban (plateforme de Baalbek) et à Jérusalem (fondations cyclopéennes antérieures au mur des lamentation et identiques à celles de Baalbek) toutes antérieures à la présence des hébreux ou des celtes dans ces régions. Sachant qu'Asmodée, dans la légende qui le lie au Roi Salomon, porte un bijou hémisphérique noir sur le front, on peut tout à fait imaginer d'où vient la légende des cyclopes constructeurs (d'où le terme "cyclopéen" tiré des légendes grecques). On peut faire le lien aussi avec les géants de la Bible.

Il est donc fortement envisageable qu'il ait subsisté un peuple de grande taille au Proche Orient, mais présent auparavant dans tout le bassin méditerranéen. Notamment une poche de géants dans la région désolée au sud de la Palestine sur le territoire d'Edom. Que ce peuple ait pu migrer vers les Balkans puis vers l'Europe suite aux rapports conflictuels qu'ils entretenaient avec les royaumes concurrents, et notamment les hébreux (Moïse, David et Salomon).

Les études sur Glozel (p. 320) et Rennes-le-Chateau (p. 301), notamment leur alphabet Syriaque et les empreintes de main géante, montrent la probable présence des édomites jusqu'en France.

Rennes-le-Chateau (France)

Cette fameuse histoire tourne entièrement autour d'un roi roux, sur lequel les intervenants se sont mépris.

Les protagonistes

L'abbé Bérenger Saunière

Curé de Rennes-le-Chateau à partir de 1885, il mourra dans ce village en 1917.

L'abbé Saunière fit restaurer à grands frais l'église de Rennes-le-Chateau, tout petit village perdu sur des zones arides. Personne ne sait d'où lui venait tout cet argent, ce qui a, déjà à l'époque, avait lancé les rumeurs d'un trésor. Au point que dans les années 1970, l'État dû interdire les fouilles sauvages sur cette commune.

L'abbé Henri Boudet

Hermétiste et écrivain français, né le 16 novembre 1837 à Quillan, et mort le 30 mars 1915 à Axat.

Il fut pendant 42 ans (de fin 1872 à fin 1914) le curé de Rennes-les-bains, station thermale situé au pied du village perché de Rennes-le-chateau. A noter que son successeur mourra dans l'année, et que l'abbé Saunière, dont il est proche, mourra 2 ans après.

L'abbé était devenu un homme accompli : membre de plusieurs sociétés savantes, il possédait un laboratoire photographique, des appareils de recherche en électricité et en chimie, s'intéressait à l'archéologie, à la philologie, etc.

C'est l'auteur de *La Vraie Langue celtique et le cromleck de Rennes-les-Bains,* livre énigmatique (8 chapitres) paru en 1886, ouvrage dans lequel l'auteur associe celtisme, mégalithisme et christianisme. Par l'étude étymologique de mots languedociens, hébreux, puniques, kabyles, basques, anglais et celtes, il cherche à montrer l'existence d'une langue primitive commune, qu'il nomme *La Vraie Langue celtique*.

l'Abbé Rivière

Ayant confessé le secret de Saunière, il construit raidement lui aussi une grotte à Esperaza, dans laquelle repose le gisant d'un Jésus roux aux yeux à moitié ouverts.

Liens avec le Proche-Orient

Lettre araméennes

L'Abbé Saunière a rajouté des lettres (à la peinture noire) sur le livre qui se situe au pieds de la statue de Marie Madeleine de l'église de Rennes-le-Chateau.

Ces lettre ne sont pas du copte, mais plutôt une langue syriaque, peut être de l'araméen. Il est difficile de juger exactement de quelle langue il s'agit, car il existe toute une famille de langues liée à cet alphabet (comme l'alphabet latin est partagé par le français, l'anglais, etc.). Ces langues syriaques sont dérivés d'une même origine, et ont abouti à des variantes très proches d'apparence, notamment le grec ancien ou le phénicien. Sachant que de nombreuses pistes convergent vers Marie Madeleine, l'araméen (langue d'Israël à l'époque de Marie-Madeleine) semble probable.

Liens entre Moyen-Orient et Druides Celtes

On sait aujourd'hui que les druides celtiques utilisaient un alphabet proche du grec ancien (donc de l'araméen). Si on sait que certains historiens de l'antiquité décrivaient les druides celtes comme des "pythagoriciens", cela confirme la confection de certains objets d'artisanat qui démontrent une connaissance de règles géométriques, connaissance équivalente à celles des grecs de l'antiquité.

Migration des edomites en Europe centrale (p. 301)

Les migrations du peuple Proche-Oriental d'Edom (des caucasiens à majorité roux) sont une piste intéressante montrant la présence en France, dans la haute antiquité, de peuples proche orientaux, qui utilisaient un alphabet syriaque ancien, commun (avec de faibles variantes) à toute la zone de la Judée-Palestine. Cette présence est bien antérieure à l'époque de Jésus (-500 selon les datations).

Hypothèse de la découverte d'un tombeau edomite

De nombreux Jésus dans l'affaire de Rennes-le-Chateau sont effectivement représentés avec une chevelure et une barbe rousse. La grotte de l'abbé Rivière, montrant le corps mort de Jésus reposant dans une grotte, construite qui plus est juste après avoir reçu la confession de Saunière, est édifiante.

Serait-il possible que Saunière ait découvert le tombeau d'un Roi (ou d'un personnage important) lié à cette migration "édomite" ?

Les protagonistes de l'affaire de Rennes-le-Chateau, Saunière et Boudet en tête, auront interprété cette découverte archéologique sous un aspect religieux (ce sont des curés), dans le contexte d'une connaissance encore très lacunaire de l'histoire à leur époque.

L'erreur d'interprétation sur Marie-Madeleine

Devant la découverte d'un tombeau comportant un corps (momifié ?) aux cheveux roux et à la peau claire, compte tenu des légendes concernant l'arrivée de la famille de Jésus aux Saintes Maries de la mer (voir le reliquaire de la Sainte Baume, montrant la barque avec un corps entouré de bandelettes), ils auraient pu croire être en présence du corps de Jésus, surtout si la momie était accompagné d'un alphabet proche de l'araméen (langue Palestinienne à l'époque de Jésus).

Juste après avoir recueilli le secret de Saunière, l'abbé rivière construit sa grotte avec le gisant de Jésus. On peut donc très logiquement admettre alors que c'était une manière de révéler le secret de Saunière, et que ce secret se fonde sur 2 choses clés, la grotte et le corps supposé de Jésus.

Si le secret avait concerné Marie-Madeleine, Rivière l'aurait mis au centre de son ouvrage, et non Jésus.

Marie de Magdala, dans les légendes de la Sainte Baume, ou à Rennes-le-Chateau, n'est que la "gardienne" du corps de Jésus. Cela explique pourquoi Saunière construit la tour Magdala, orientée vers la grotte et l'aven Paris, car il aurait alors pris à coeur de surveiller le lieu ou repose le corps roux découvert, reprenant l'héritage de Marie-Madeleine à son compte, comme une mission sacrée.

Les preuves d'un trésor ancien

De nombreuses preuves montrent que l'abbé Saunière avait eu accès à un trésor ancien (en dehors du financement en monnaie moderne qu'il aurait pu recevoir de sociétés secrètes).

La quantité d'or trouvée par Saunière est importante. On a trouvé par exemple les preuves que Saunière fondait des éléments en or, et on peut supposer que cela lui permettait de revendre le métal ainsi obtenu sans révéler l'origine et la forme des objets qu'il avait trouvé (que ce soit des pièces d'or ou du mobilier ouvragé). On peut aussi comprendre que si les protagonistes pensaient être en présence de Jésus, ils aient trouvé étrange qu'il soit accompagné dans sa dernière demeure par un tel mobilier et une telle richesse, ce qui est incompatible avec le personnage des Évangiles et l'histoire de Marie Madeleine débarquée en France, pauvre, de nuit, et dans une simple barque.

Chronologie des fouilles

Quel pourrait donc être ce personnage caché dans un grotte, avec un immense trésor funéraire si ce n'est pas Jésus ?

Hypothèse Wisigoth erronée

On peut penser à un Roi Wisigoth : il serait logique que la dépouille d'un roi goth soit accompagnée d'une grande quantité d'or, notamment liée aux butins amassés à Rome lors du sac de la ville.

1ère incohérence, c'est que ce Roi fusse caché dans le réseau souterrain débouchant à la grotte Marie Madeleine en passant par l'aven Paris (une cache non officielle), alors qu'il aurait été plus logique qu'il soit enseveli sous Rennes elle même, comme l'auraient fait des Wisigoths maîtres du terrain.

C'est cette hypothèse d'un enterrement public qui pourrait expliquer que les fouilles de Saunière se soient concentrées sous l'église dans un premier temps, recherches qui semblent n'avoir pas abouties et l'on fait se réorienter sur la grotte en face.

Les constructions Saunière (Grotte artificielle et Tour Magdala) ne se font que suite à ses fouilles dans le réseau de grottes de l'aven Paris, donc longtemps après ses recherches infructueuses sur Rennes même.

Seconde incohérence, c'est la présence de l'écriture de type araméen, un type d'alphabet qui n'a rien à voir avec la culture goth ni même sur le tombeau d'un seigneur de Rennes.

Roi édomite plus probable

L'hypothèse la plus logique, si on rassemble tous ces éléments, c'est que Saunière a découvert (ou redécouvert) la sépulture d'un personnage important, originaire du proche orient, et accompagné d'un très riche et imposant mobilier en or, avec des inscriptions en araméen (sur les objets, des parchemins ou le tombeau lui-même).

Peu de probabilité que cela soit Jésus (trop de richesses, c'est incompatible avec le personnage) ou un roi Wisigoth (écriture incompatible avec la culture). Compte tenu des découvertes de langage araméen à Glozel, ainsi que des traditions orales juives, il est possible que ce personnage soit lié à la migration de peuples de Judée comme les édomites, des géants qui aiment accumuler l'or et vivre dans des grottes.

Cette hypothèse sera développée complètement dans L1.

Caract. > La peau bleue des dieux

Chez les thraces, une des tribus nomades, les agathirs (qui d'après les légendes connaissaient les tunnels secrets qui reliaient les pays entre eux) se teignaient la peau en bleu pour ressembler à leurs dieux physiques.
En Inde, Rahashma et Krishna, les incarnations de Vishnou, ont aussi la peau bleue.
En Égypte, c'est Amon, Ptah et Osiris.
Chez les mayas, c'est Tchak et Quetzalcóatl.
Chez les Aztèques, c'est Tlalok.
En Chine, c'est axobia, l'un des bouddhas de la sagesse.

En Europe, les rois, de descendance divine, étaient réputés avoir le sang bleu. Les nobles et aristocrates, qui restent consanguins, sont aussi dit de sang bleu.

Caract. > 6 doigts

Bible, 1e Livre des chroniques 20:6 et 2e livre de Samuel, 21 :

"[...] un homme de haute taille, qui avait 6 doigts à chaque main et à chaque pied, 24 en tout [...]"

Ces 6 doigts se retrouvent dans les lignées humaines à forte consanguinité, en général lié à un pénis plus petit (statue dieux physiques grecs), une crâne plus grand et allongé, et un os occipital mal formé, des oreilles grandes et placées plus bas.

A noter que pour une raison "inconnue", chaque bébé naissant avec 6 doigts (1 sur 500) voit ses doigts coupés tout de suite, sauf pour les grandes familles... Évidemment, il s'avère que ces 6 doigts donnent une dextérité sans pareil, ce qui pose la question de pourquoi les couper chez les enfants du peuple...

Caract. > Longévité exceptionnelle

Survol

Dans toutes les civilisations, c'est la même chose : les dieux physiques éternels arrivent, ils prennent des humaines comme femmes. Leur progéniture, les demi-ogres, gardent une espérance de vie en centaines d'années, de même qu'une force et une taille supérieure à celle des humains.

A mesure que le temps passe, soit les dieux partent établir de nouvelles civilisations ailleurs, soit ils sont chassés suite à tous leurs méfaits, soit ils sont tués dans des guerres (éternels, pas immortels...).

Les demi-ogres prennent alors la place de roi, mais génération après générations, à mesure que leur ADN se fond dans la population locale, les 800 ans des premiers rois deviennent 80 ans. Les crânes sont de moins en moins bombés, jusqu'à ce que les derniers soient obligé d'utiliser des bandelettes à la naissance pour déformer le crâne.

Il y a trop de civilisations ayant des longévité anormales pour qu'on puisse accuser ces peuples avancés (plus que nous vu les ruines cyclopéennes...) de ne pas savoir compter quelque chose d'aussi facile que le nombre d'années...

Les Mathusalem ne se rencontrent pas que dans la Bible :

Sumer : des rois régnant 36 000 ans (p. 303)

Les rois (venus de l'espace) règnent des dizaines de milliers d'année au début.

Égypte : Les premiers pharaons régnant des centaines d'années (p. 303)

Une longévité qui s'amoindrit dans le temps. Quand on passe sous les 100 ans, les historiens décident brusquement de tenir compte de ces pharaons...

Caract. > Longévité > Les rois sumériens restant 36 000 ans sur le trône

Lu sur plusieurs tablettes sumériennes :

« Après que la royauté soit descendue des cieux, la royauté était à Eridug. À Eridug, Alulim devint roi ; il a régné pendant 28 000 ans. Alaljar a régné pendant 36 000 ans. Deux rois et ils ont régné pendant 64 800 ans. »

Le début de la liste nomme huit rois avec un total de 241 200 ans à partir du moment où la royauté « est descendue des cieux » jusqu'au moment où « le Déluge » s'est abattu sur la Terre et une fois de plus « la royauté est descendue des cieux » après le Déluge.

C'est quoi ces rois qui repartent dans l'espace pour se protéger des déluges, puis qui ré-atterrissent sur Terre une fois que tout danger est écarté ?

Pourquoi les Sumériens auraient-ils combiné des souverains mythiques avec des souverains historiques véritables, dans un seul document ? Pourquoi y a-t-il tant de similitudes avec la Genèse ? Pourquoi les anciens rois sont-ils décrits comme régnant pendant des dizaines de milliers d'années ? Ce sont certaines des questions restant toujours sans réponse après plus d'un siècle de recherche.

Les sumériens connaissaient Pluton (qu'on ne découvrira qu'en 1930) et 2 planètes de plus que nous (ce qu'on appelle les planètes 9 et 10, prouvées par le calcul, mais non encore découvertes officiellement dans les télescopes de nos scientifiques).

Les sumériens connaissant plus de choses que nous, connaissant le moyen d'aller dans l'espace et d'en revenir, ils ne peuvent donc être taxés de rigolos qui confondaient les années et les semaines, comme on a accusé les hébreux de le faire dans l'ancien testament !

Caract. > Longévité > L'énigme des 1ers pharaons

Contrairement à la Bible hébraïque (Genèse et déluge qui son un résumé de l'épopée de Gilgamesh), les archives égyptiennes ne sont pas des recopies de Sumer, et montrent bien des rois et traditions différentes de celles de Sumer.

En -3000, apparaît le premier pharaon officiel, Menes-Narmer. Avec lui, officiellement « instantanément », apparaissent en Égypte l'écriture, les pyramides parfaites, astronomie savante et tout ce qui va avec une civilisation d'une très haute sophistication, technicité et connaissance. Pas de pré-pyramides prototypes qui se seraient écroulées au milieu avant qu'ils affinent pendant des siècles, par tâtonnement, une mécanique des matériaux suffisante pour réaliser les chefs d'œuvre d'ingénierie qu'on connaît. Non, direct les gardiens de chèvres font les plus grandes pyramides, puis ensuite perdent progressivement la main...

Les pyramides de Gizeh sont très probablement contemporaines du sphinx daté d'au moins 10 000 ans vu l'érosion pluviale qu'il présente.

Qui a construit les pyramides avant ces -3000 fatidiques ? La réponse est connue des archéologues[egy] :

Les anciens Égyptiens voyaient leurs civilisations comme un héritage venant directement d'êtres divins qui existèrent en Égypte des milliers d'années avant les dynasties pharaoniques que nous connaissons. Le papyrus de Turin, ou plus exactement le canon royal exposé dans le musée égyptologique de Turin, écrit en hiéroglyphes et datant de Ramsès II, présente la liste de tous les pharaons ayant régné sur la terre d'Égypte. Cette liste comprend non seulement les pharaons historiques, mais aussi des « pharaons-divins venant d'ailleurs » et ayant régné avant la première dynastie de Ménès. On nous dit aussi que cette lignée précédente aurait régné 13 420 ans !

Les 160 fragments de ce document ont été rapportés à Turin, par l'Italien Drovetti, consul de France en Égypte en 1822. « Hasard » malheureux, il nous manque certains fragments correspondants au tout début de la liste, quand logiquement on nous aurait appris d'où venaient les dieux physiques...

Ces papyrus de Turin (qui ont servis aux travaux de Champollion, le décrypteur des hiéroglyphes) qui mentionnent Seth, Horus ou Thot comme s'ils étaient des pharaons classiques présents physiquement (à l'instar des dieux physiques sumériens qu'il fallait laver, et qui se mettaient en colère pour un rien). Seule anomalie, leur durée de règne anormalement longue pour de simples humains (respectivement, 200 ans pour Seth, 300 ans pour Horus, et 3 126 ans pour Thot).

La stèle dite de Palerme cite aussi ces rois dits « mythiques », pré-dynastiques, remontant à des milliers d'années, mentionnant jusqu'à Horus lui-même qui aurait régné véritablement sur la terre d'Égypte.

D'autres documents existent, et qui confirment tous cette pré-dynastie d'avant la dynastie officielle (seul problème, cette pré-dynastie est antérieure à l'age de la Bible, donc vous connaissez la censure qui s'applique dès lors qu'on a des civilisations de plus de 7000 ans qui ne seraient pas nées à Sumer…).

Par exemple, le grand historien grec Hésiode (8e siècle avt JC), vivant au temps d'Homère, qui a écrit la « Théogamie » (généalogie des dynasties dites célestes qui auraient régné sur Terre). Les principales sources du livre sont les Grands Prêtres Égyptiens

Ou encore le Grand Prêtre égyptien Manéthon (Ma-n-Thot) de Sebennnytos dans le delta, Maître des Secrets (3e siècle avt JC) qui avait accès à la bibliothèque d'Alexandrie, et qui écrivit pour pharaon une histoire de l'Égypte en grec et en 30 volumes « Aegiptiaca », cita aussi ces dynasties d'origine divine prédynastique. Ainsi, Thot aurait régné environ de 8670 à 7100 avt JC « après la nuit de la bataille ». Si les égyptologues utilisent toujours aujourd'hui les datations de Manéthon (reconnu par eux comme « le père de l'égyptologie »), datations aujourd'hui reconnues comme parfaitement fiables, ils deviennent étrangement schizophrène dès lors qu'il faut utiliser les datations de Manéthon pour la prédynastie… Manéthon écrit par exemple que selon les stèles provenant des Dieux de la première (véritable) dynastie, plus de 20000 œuvres étaient attribuées à Thot (Tehuti, Hermès). Il rapporta aussi que ces mêmes Dieux avaient régné de 33 894 ans à 23 642 avt JC.

Champollion, lui qui avait lu énormément de textes originaux, de plus pourvu de son flair et génie extraordinaire, a bien reconnu l'existence d'au moins 42 de ces livres de Thot : « Il y a en tout quarante-deux livres principaux d'Hermès (Thot) dont trente-six où est exposé toute la philosophie des Égyptiens, et qui sont appris par les prêtres de haute classe. »

Manéthon divise les dynasties dites « divines » en trois sortes, : « Les Dieux », « Les Héros », et les « Manès ». La catégorie des « Dieux » serait subdivisée en 7 sections avec à la tête de chacune un « Dieu », entre autres Horus, Anubis, Thot, Ptah, Osiris, Ra… , et que « ces Dieux seraient originaires de la Terre » puis seraient devenus ensuite « célestes, astronomiques en gagnant les cieux ». Les dieux physiques ont régné pour un total de 23 200 ans.

Ensuite viennent les « Héros », des êtres aux pouvoirs terrestres surnaturels. C'est la liste de « Shemsu-Hor », des dits « suivants d'Horus » ayant régné au total pendant 13 400 ans. Puis viennent ensuite les noms des pharaons « normaux » que nous connaissons, les égyptologues ne reconnaissant que cette dernière liste.

Il existe à la vue de tous, en face de la chronologie des pharaons "modernes" successifs, une liste parallèle qui montre un nombre conséquent de pharaons bien plus anciens descendants directs d'Osiris.

Refusant l'hypothèse la plus simple (ces « dieux » humanoïdes physiques et « éternels » ont réellement régné sur des humains), les égyptologues considèrent cette généalogie comme imaginaire (selon eux une liste de dieux physiques et de demi-dieux).

A Karnak par exemple, la stèle des ancêtres a été démontée par un Français au milieu du 19e siècle, et est aujourd'hui en grande partie disparue. Il faut faire confiance aux dessinateurs de l'époque, quand de nombreuses malversations ont été réalisées par les Européens qui ont saccagé les monuments Égyptiens, et emporté dans les collections privées de nombreux artefacts.

Moyen-orient

Survol

Sumer (p. 305)

Gilgamesh, et ses potes demi-ogres comme le Hercule grec, sont capables de prouesses bien au dessus d'un humain normal.

Bible (p. 305)

La Bible, recopie des textes sumériens, parle elle aussi des dieux physiques (au pluriel...).

Mazdéïsme

Très antique religion du dieu physiques Ahura-Mazda, (Ahu Ram Ase Da), un dieu Ase qui portait le titre de Ram, le Bélier d'Hyperborée, à la tête d'une armée de géants volants.

Des rois qui restent 36 000 ans sur le trône (p. 304)

Comme les égyptiens et les hébreux, les premiers rois sumériens avaient une durée de vie particulièrement longue, en milliers d'années.

Sumer

Gilgamesh étouffe un lion dans ses bras. A priori, ce n'est pas un nain...

Ce demi-ogre ne bénéficie pas de la vie éternelle comme son parent ogre, et malgré une quête en ce sens, il reste un mortel.

Bible

La Bible fait souvent intervenir des géants : les Néphilim étaient des êtres semi-divins. Le Roi Og, avec son lit en fer de 2 mètres de large sur 4,3 mètres de long. Le géant biblique Goliath, qui mesurait près de 3 mètres.

Siège de Lakish

Se déroulant en -701, il opposa l'armée assyrienne commandée par Sénachérib au royaume de Juda. La victoire fut assyrienne, et les habitants de Lakish massacrés ou déportés. On y retrouve le roi assyrien Sénachérib, un encyclopédiste. Il apparaît ici en chef de guerre, mais il fut celui qui a fait rassembler des milliers d'inscriptions antiques, de façon à constituer une recension du savoir et du passé du monde, véritable encyclopédie de l'âge où les dieux physiques marchaient parmi les hommes.

Genèse (6,1-4)

"Les fils de Dieu virent que les filles des hommes étaient belles, et ils en prirent pour femmes. Les géants étaient sur la Terre en ces temps-là, après que les fils de Dieu furent venus vers les filles des hommes, et qu'elles leur eurent donné des enfants: ce sont ces héros qui furent fameux dans l'antiquité." (Genèse)

Livre d'Hénoch (chap. 7 et 8)

Lorsque les anges, les enfants des cieux, les eurent vues, ils en devinrent amoureux ; et ils se dirent les uns aux autres : choisissons-nous des femmes de la race des hommes, et ayons des enfants avec elles.

Tel furent les chefs de ces deux cents anges ; et le reste étaient tous avec eux. Et ils se choisirent chacun une femme, et ils s'en approchèrent, et ils cohabitèrent avec elles ; et ils leur enseignèrent la sorcellerie, les enchantements, et les propriétés des racines et des arbres.

Et ces femmes conçurent et elles enfantèrent des géants [...], qui dévoraient tout ce que le travail des hommes pouvait produire, et il devint impossible de les nourrir. Alors ils se tournèrent contre les hommes eux-mêmes, afin de les dévorer. Et ils commencèrent à se jeter sur les oiseaux, les bêtes, les reptiles, les poissons, pour se rassasier de leur chair et se désaltérer de leur sang.

Nombres 13,33

Nous y avons vu les Déchus, les fils du Géant d'entre les Déchus ! Nous nous faisions l'effet de sauterelles, et c'est bien aussi l'effet que nous leur faisions.

Asmodée (p. 530)

La tradition rabbinique raconte l'histoire du géant Asmodée (Hiram), le constructeur du temple de Salomon.

Europe

Survol

Indo-Européens = sumériens (p. 306)

Les historiens se déchirent sur le peuple indo-européens. Qui a envahi ou influencé qui ? Tout indique que Sumer a envahi à la fois l'Europe, donnant les Celtes, et à la fois l'Inde. Voilà pourquoi les cultures sont similaires.

Les Thraces (p. 309)

Une civilisation mystérieuse d'Europe Centrale, avec des géants, et qui connaissait l'écriture avant Sumer...

Celtes

La tradition celte a aussi ses géants, les légendaires Tuatha Dé Danaan, gens de la déesse Dana. Ces géants étaient là avant les Celtes d'Irlande. Les Celtes disent que les Tuatha sont les bâtisseurs des mégalithes, comme le disent les Ligures ou les Étrusques plus au Sud de l'Europe.

France (p. 310)

Les géants imprègnent notre culture, sans qu'on ne s'en rende compte. Les vierges marie qui posent des pierres cyclopéennes un peu partout, des ogres qui vivent loin des humains et mangent les enfants, Gargantua, etc.

Europe > Indo-Européens = sumériens

Les historiens se réfèrent toujours à un mystérieux peuple "indo-européen" pour parler des cultures communes à l'Inde, à l'Europe, et à Sumer. Ils utilisent le nom des 2 continents qui touchent la Mésopotamie.

Pour ne pas prendre trop de place, je simplifie à l'extrême les dates et les différentes peuplades et ethnies, cette période est regardée avec beaucoup de recul, pour montrer les mouvements majeurs.

Une histoire politisée (p. 145)

C'est pour justifier les 2 invasions sumériennes, nous faire accepter le panthéon des dieux physiques sumériens (Cernunos, Lug) puis la deuxième invasion concernant la religion de l'ancien testament, que l'histoire officielle insiste sur des colonisations précédentes venant de Sumer (les indo-européens, des sumériens en réalité comme nous allons le voir), visant à conforter notre appartenance aux peuples hébraïques, et donc à leurs traditions bibliques. Alors que nos 2 histoires sont différentes.

C'est pourquoi les romains ont exterminés tous les gardiens des traditions celtes, que les Celtes à l'époque avaient déjà détruits nos shamanes, et que cette réécriture constante de l'histoire continue de nos jours.

L'histoire est une question de politique. On veut que les celtes aient tout inventé, parce que ce sont nos "ancêtres gaulois", et que pour fonder un esprit patriotique, il faut avoir des bases solides. L'histoire est donc manipulée pour consolider le patriotisme, celui là même dont on se sert pour envoyer des millions d'hommes au casse-pipe dans des guerres inutiles et ridicules.

D'où viennent les Caucasiens ?

Sumer berceau agriculture

Ce sont les Vallée de l'Indus et de L'Euphrate qui portent les premières traces d'agriculture, notamment celles du blé : En -8000, à la fin de la dernière glaciation, des blés proches de ceux que nous cultivons aujourd'hui poussaient sur de vastes surfaces au Moyen-Orient et bientôt en Égypte (environ -5000). Son ancêtre est l'égilope, grande céréale à un rang de grains, diploïde à 14 chromosomes, particulièrement rustique mais peu productive ; elle se rencontre encore au Moyen-Orient.

Version officielle : Sumer

Les historiens pensent qu'il y a eu un flot migratoire qui est parti de la zone Indus/Euphrate vers l'Europe, c'est à dire des premières civilisations Sumériennes. Les historiens s'appuient en partie sur les mythes du Nord-Europe, qui parlent de déluges, en partie sur le blé.

Le blé sauvage poussant au moyen Orient, les peuples indo-européens sont soit originaires de cette région, soit ont été influencés pas la culture Mésopotamienne. En même temps que le blé, la culture mésopotamienne (langue, mythes, cultes) a été exportée (que ce soit pacifiquement par des échanges, mais plus probablement par une expansion guerrière).

Celtes

L'agriculture apparaît à Sumer en -12 000, puis s'expanse brutalement vers -8 000, avant de s'imposer en France en -6 000. C'est les Celtes (ajout tardif dans le peuplement de l'Europe) qui semblent propager l'agriculture, car leur cosmogonie polythéiste est typique de ce qu'on pouvait trouver à Sumer au début de l'histoire officielle.

Les celtes ne forment qu'une élite noble qui régnait sur les peuplades autochtones, celles qui peuplaient la France avant les Celtes, et qui composaient 90% de la population de la Gaule celtique.

Migration juive tardive

Les influences de Mésopotamie continuent plus tard, avec le peuple hébreux qui est originaire d'Ebla, peuple hébreux qui n'a cessé de migrer vers l'ouest, migration qui a culminé lors de la diaspora juive après la chute de Jérusalem. Certes elle n'est pas de premier ordre en quantité, mais culturellement elle est extrêmement importante.

Problème

Ces peuples sumériens de l'époque sont tous d'archétype génétique "brun" à la peau mate, alors que les peuples autochtones d'avant les Celtes sumériens, sont marqués par les phénotypes "blonds et roux" à la peau claire.

Hopis (p. 378)

Dans les mythes des indiens hopis (antérieurs aux conquistadors), gardiens des traditions ancestrales amérindiennes, 4 races furent créées pour remplacer la précédente balayée par le déluge en même temps que les Géants. Cela fut fait selon eux, sur une île qui n'existe plus aujourd'hui, et qui ressemble à l'Atlantide de Platon. A partir de cette île, les différentes races migrèrent pour atteindre les territoires qui leur avaient été alloués : à l'Ouest pour les Rouges, au Nord pour les Blancs, au Sud pour les Noirs et à l'Est pour les Jaunes.

Comment les Hopis, une poignée d'indiens perdue au milieu de l'Amérique du Nord, pouvaient savoir qu'il existait des hommes blancs, des jaunes et des noirs ? Comment pouvaient ils savoir où justement se situaient ces populations par rapport à eux (ils ont bien placé les 4 races humaines dominantes exactement au bon endroit) ? Tout simplement parce qu'ils relatent un fait réel, vécu par leurs ancêtres, et qui s'est transmis par la tradition orale.

L'exception sumérienne

Notons au passage que les peuples originaires d'Irak (Sumer) ne sont pas compris dans la cosmogonie hopi, et qu'ils font exception au niveau mondial. Aussi bien les mythes chinois que tibétains, des deux Amériques et des anciens européens, parlent tous de cycles de destructions massifs (mondes successifs) alors que les peuples et légendes d'origines sumériennes (indo-européens) ne relatent que le dernier en date (celui de Noé).

Il semble évident que ces peuples "indo-européens" (sémitiques/sumériens), sont les survivants d'une civilisation antédiluvienne (au sens d'avant le déluge de Noé), ce qui explique qu'ils ont oublié ce qui s'est produit avant, voir Ziusadra (p. 472).

Les langues européennes actuelles ont été importées, et il existe encore des langues primordiales qui datent d'avant cette colonisation culturelle Celtes, comme par exemple le basque.

Origine probable Européens

pour résumer :

Europe colonisée en -8000 et -2000

L'Europe a été colonisée par les Celtes Sumériens (appelés aussi indo-européen, les Celtes étant la partie la plus récente de cette civilisation), entre -8 000 et -4 000. Mais seuls les chefs étaient sumériens, 90% des celtes étaient la population indigène colonisée.

L'Europe a été colonisée une deuxième fois par les sumériens en 0, imposant le catholicisme (une mythologie sumérienne type Mithra). Progressivement, c'est les rois "descendants de Jésus" (donc sémites) qui prennent le pouvoir en Europe, se battant contre les barbares (les Celtes qui veulent garder leurs traditions d'hommes libres). Les invasions vikings n'étaient donc pas du pillage gratuit...

Cela veut dire que les Celtes avaient déjà tenté d'effacé les traditions ancestrales européennes lorsqu'ils ont imposés leurs dieux physiques du panthéon sumérien, et une 2e vague a imposé le monothéisme.

Qui étaient les pré-Celtes ?

Ce que nous apprennent les Hopis, c'est que les européens ont été créé tardivement dans l'histoire humaine, qu'ils ont colonisés l'Europe et que nous avons ensuite subit les migrations venant des bassins de l'Euphrate et de l'Indus (les sumériens).

Nous sommes en réalité plus proches des Tibétains et des Hopis que des Hébreux.

Il y a donc au moins 2 races "blanches", une originaire de l'Ouest (Atlantide) et une originaire du bassin de l'Euphrate (les blancs roux du royaume d'Edom). C'est peut être pour cette raison que les Hopis distinguent le "vrai frère blanc" de l'autre... Si les sumériens catholiques n'avaient pas pris le pouvoir avec Charlemagne, c'est des Celtes peu influencés par les sumériens qui auraient débarqué aux USA ?

Les premiers "Français"

Officiellement, les premières trace de l'homme en France remontent à 1.8 millions d'années (2009), alors que l'arrivée des Celtes (indo-européens) et le néolithique associé, se situe aux environs de -4 000.

Les Celtes ne sont donc que des envahisseurs, qui ont pris le pouvoir sur les populations qu'ils rencontraient, tout au long de leur longue migration à partir de la Mésopotamie, remplaçant la culture des "natifs" par la leur.

Les mégalithes sont pré-celtes

Les mégalithes sont la meilleure preuve qu'il existait une civilisation organisée avant les celtes.

Il y a plus de points communs entre les Celtes et mésopotamiens qu'avec les natifs européens pré-celtiques, européens natifs dont la culture probablement chamanique a été complètement balayée plusieurs fois par les cultes sumériens.

Le polythéisme ("panthéon" divin hiérarchisé) est né à Sumer, et s'est imposée à tout le reste de l'ancien monde, de l'Europe à l'Inde, remplaçant millénaires après millénaires les anciennes cultures chamaniques (en lien avec le grand tout).

Civilisation des tumulus mondialisée

On retrouve des tumulus dans toute l'Europe, mais aussi dans le monde entier.

Les archaïcs, ces peuples grands et blonds qui furent exterminés par les Adenas venus du Mexique, sont connus aussi sous le nom de civilisation des Tumulus. Il y en a des centaines répartis principalement dans l'Ohio et la vallée du Mississippi. Même si les données sur les Archaïques sont confuses, parce que leurs ouvrages sont confondus avec ceux des Adenas, ce sont les récits des différentes tribus indiennes au contact des Archaïc qui montrent que les tumulus sont plus anciens que l'arrivée des mexicains, et des amérindiens eux-mêmes. Difficile de le prouver autrement que par les récits, à cause des restrictions de fouilles antérieures à l'arrivée des amérindiens (couche Clovis p. 147)...

Les historiens cherchent absolument à relier les mégalithes et tumulus aux Celtes, alors que rien ne peut les dater objectivement. Les scientifiques les date à partir d'objets qui sont trouvés à proximité, ce qui est une méthode idiote, puisque le même site peut être utilisé et réutilisés par différents peuples dans le temps. Trouver une bouteille de Coca-Cola au pied d'un menhir ne signifie que le menhir a été érigé il y a moins de 10 ans.

Heureusement, pour la plupart des mégalithes européens, les chercheurs ont reconnu aujourd'hui qu'ils sont bien plus anciens que les Celtes. Estimés à -5000 ans, ils ont bien pu être construit avant.

Pour les tumulus américains, il y a un indice matériel qui les rapproche plus des mégalithes européens que des Adénas mexicains : c'est l'immense "Stonehenge" de bois découverts devant le plus gros tumulus (Monks Mount). Les Amérindiens du sud (Mexicains anciens) n'ont jamais réalisé ce genre d'ouvrage, contrairement aux peuples européens. Cela prouve qu'il y a une relation entre la civilisation des tumulus/mégalithes européens et celle des USA.

Tous les tumulus en Europe ne sont plus non plus aujourd'hui attribués aux celtes (ils étaient datés des Celtes, comme les mégalithes), puisque les historiens sont obligé de reconnaître que certains sont antérieurs à l'arrivée des Celtes, notamment Silbury Hill en Angleterre.

D'ailleurs, si l'on regarde bien, les constructeurs de Stonehenge et de Silbury hill, sont les mêmes que ceux des mégalithes allant du nord de l'Europe jusqu'aux côtes du Sénégal, sont de même origine culturelle que les constructeurs de pyramides (les tumulus ne sont que des pyramides primitives) partout dans le monde, de la Chine en passant par les Canaries et peut être la Bosnie, pour arriver aux Amériques.

Ces mégalithes sont d'ailleurs une des seule différence officielle entre les Celtes et les sumériens, tout le reste est en commun (les divinités par exemple). Mais si on considère que les mégalithes étaient là avant les Celtes, tout prend son sens !

Différence qui n'en est pas d'ailleurs, les ziggurats sumériennes étant des tumulus plus élaborés, car les cités proches des équateurs de l'époque sont toujours plus importantes en population humaine (voir équateur penché p. 335).

Silbury Hill (Angleterre)

Juste pour donner un exemple de tumulus : la butte mesure 40 mètres de hauteur et couvre environ 2,2 hectares, révélant des connaissances techniques immenses. Comme pour les pyramides, on imagine qu'à l'époque la moitié de la population de l'Angleterre a été obligée de travailler plusieurs années sur ce seul projet. Alors que ce tumulus n'est qu'une partie du site de Stonehenge...

Métallurgie

On retrouve des traces de métallurgie en France, antérieure à l'arrivée des celtes. C'est donc une technique qui a été récupérée par les envahisseurs, et ramenée aux maîtres sumériens.

Langues

Les Celtes deviennent la plupart du temps les dirigeants des peuples conquis et doivent apprendre la langue locale pour pouvoir gouverner, tout en conservant leurs principes moraux et leur panthéon de Dieu (dont les noms sont adaptés à la culture locale). C'est pourquoi on retrouve les sonorités semblables entre Baal et Bel, les Celtes ont juste écrits les langues orales locales avec un alphabet d'origine sumérienne.

Les bruns Celtes et Sumériens

Les Celtes ont la même souche génétique que les sumériens. Les Celtes du nord de la mer noire sont donc des "Sumériens", qui ayant migré vers le nord, ont développé leur propre langue (sûrement par assimilation des langues locales) mais en conservant des morceaux de leur culture d'origine.

Ces sumériens devenus ont par la suite continuer leur expansion coloniale, c'est donc bien une colonisation sumérienne, et pas une origine au sein des peuples de la mer noire.

A rapprocher du mythe sumérien d'"adam" et la création de l'homme-esclave par les "dieux venus du ciel". Ces Dieux sumériens, dans les mythes, appelaient les hommes les "têtes noires".

Pourquoi cette caractéristique était elle si importante ? Peut être pour les différencier justement d'autres humains à la tête blonde, pourquoi pas !

Les blonds aux yeux bleus

Le plus grand nombre les phénotypes "blond yeux bleus" sont justement à la limite de l'expansion Celtes, et cela jusqu'aux Canaries. Les Guanches ont peut être été épargnés grâce à leur isolement ce qui a préservé leur caractère natif originel, celui que l'on retrouvait avant dans toute l'Europe.

Les nobles celtes étaient bruns aux yeux marrons, et ce n'est que par mariage avec les autochtones qu'il en naquis de grands blonds aux yeux bleus. S'il n'y a pas beaucoup de grecs blonds à la peau blanche, ou d'indiens blonds à la peau blanche, c'est bien que l'Europe a été envahie par Sumer, et pas l'inverse (l'Europe qui aurait envahie Sumer puis l'Inde).

Le phénotype "grand blond" existaient avant l'arrivée des indo-européens, tout comme ils existaient aussi en Amérique du Nord et du Sud dès la fin du néolithique (peuples Archaïc et chachapoyas).

Il y a une tentative d'explication officielle de cette présence d'hommes blancs en Amérique. Les chercheurs imaginent une migration de solutréens d'Europe qui auraient fait du cabotage le long de l'Arctique. Il a été prouvé qu'on retrouve des marques génétiques chez certaines tribus indiennes, propres à ce groupe solutréen. Évidemment, l'hypothèse de géants blancs, partout dans le monde, se mélangeant avec des esclaves femelles locales, n'est jamais évoqué, même si ce serait bien plus logique que des hommes préhistoriques traversant l'océan sur des radeaux de bois de fortune...

L'influence Sumérienne sur la notion de dieu

Le concept très hiérarchisé du polythéisme n'existe que dans les cultures sumériennes.

Chez les autres peuples dits polythéistes (bien que le concept de divinité soit très différent de celui des sumériens), il n'y a pas pas de chef des Dieux, ni de comparaison entre les puissances des Dieux, ni de guerres et de rivalités entre ces même Dieux.

Ces choses n'arrivent qu'après l'invasion Celtes.

Les seuls conflits qu'on retrouve chez les Dieux pré-Celtes sont plus liés à des évènements naturels : l'hiver contre le printemps, la vie contre la mort... c'est très loin du "Dallas" sumérien (qui a influencé les Égyptiens et les Grecs par exemple).

La culture sumérienne et la culture indo-européenne semblent différentes sur l'habillage mais sont identiques sur le fond, surtout en ce qui concerne la religion polythéiste agressive et hiérarchisée qu'elles véhiculent, qui trouve son origine en ancienne Sumer, pas chez les peuples européens pré-néolithiques.

L'alphabet

Il existe un lien étroit entre l'écriture cunéiforme et les alphabets proto-sinaïques, puis proto-grecs, en une succession de transformations, un morphing tout au long de l'histoire de de la diffusion de l'écriture.

Les symboles proto-sumériens (qui ne sont pas encore cunéiformes) sont à l'origine de nombreux autres, y compris grecs et donc finalement occidental (la fameuse culture indo-européenne).

De même, alphabet grec et alphabet hébraïques ont tous les deux pour origine le phénicien/protosinaïque, ce qui fait donc de l'hébreu une écriture "indo-européenne", alors qu'on sait très bien que la culture hébraïque se fonde sur la culture mésopotamienne (voir tous les mythes plagiés, de Noé à Adam en passant par la tour de Babel, voire même Moïse qui remplace Gilgamesh).

Conclusion

Les Celtes (Indo-européens) et hébreux/sémites, ne sont que 2 migrations successives qui se sont originalisées dans le temps, mais qui conservent la même origine, la Mésopotamie. Donc **les indo-européens et sémites sont des sumériens**, au niveau de la culture.

Europe > Thraces

Une civilisation européenne méconnue, et sur laquelle les archéologues officielles semblent peu pressés d'en savoir plus (sans doutes parce qu'en tant qu'historiens avisés, ils ont reniflé la trace des ogres, et les recherches passent alors en mode underground.

Les dieux grecs et romains, selon les archéologues, ont été empruntés aux Thraces, une civilisation d'avant les grecs antiques, s'étendant du Nord de l'Italie à Constantinople. C'est en Roumanie qu'on retrouve le plus de traces de leurs constructions (la plupart des bâtiments reprenant le nombre d'or, comme dans toutes les civilisations d'influence ogre). Les grecs leur ont repris leur philosophie et leurs dieux.

Nous retrouvons là encore des livre aux feuilles d'or, fondu au milieu du 1e siècle mais sauvegardé sur des plaques en plomb, plaques qui ont étonnamment disparues dans les années 2000, excepté 34. Heureusement, un chercheur avait eu le temps d'en photographier 200 à l'époque.

Mais bon, les zététiciens vont encore nous dire « où sont les preuves, on n'en a jamais ! » et je répondrai « justement, comment se fait-il que c'est ce genre de preuves qui disparaissent systématiquement, alors que les tessons de poteries sans dessins retrouvées au même endroit n'ont pas disparues, elles ! ».

Pour faire la traduction des dieux, Zeus était Gebeleizis, Artémis était Bendis, Dionysos était Sabazius, Apollon était Orphée.

On retrouve comme emblèmes animales, au moment de l'invasion romaine, le loup et le serpent.

On retrouve là aussi le bonnet phrygien mithriaque.

On retrouve des objets en or, bracelets, plastrons, bague, couronne ou casques, trop grands pour pouvoir être portés par un humain normal, prévus pour des géants de plus de 2 m. Vu le travail d'orfèvrerie, il devait s'agir de personnes (très) haut placée dans la société...

Les écrits romains parlent de soldats thraces mesurant 2,5 m de haut (sûrement des hybrides).

Les tablettes de terre cuite de Tartaria (Roumanie).

Déterrées en 1961 dans une tombe intouchée de la culture Vinca, les tablettes, montrant une écriture, sont envoyées en datation. Sûrement que les premières datations n'ont pas du plaire à certains (ces datations ne sont pas documentées, juste des rumeurs) car elles étaient antérieures à Sumer), une faute très grave est commise, à savoir qu'elles sont recuites, pour interdire toute datation ultérieure.

Des inscriptions néolithiques ont été trouvées sur d'autres sites balkaniques, comme en Bulgarie, avec le sceau d'argile de Karanovo (1956) et la tablette d'argile de Gradešnica (1970).

Après avoir tentés de rajeunir ces tablettes (pour les faire correspondre après leur apparition à Sumer), une étude sur les squelette de la tombe montre que ce dernier à 7700 ans, et que ces tablettes sont au moins aussi vieilles, voir plus, on devrait en déduire, jusqu'à découverte d'écritures plans anciennes, que l'écriture à été découverte en Europe. Ne pouvant plus prendre en défaut la datation, les archéologues considèrent aujourd'hui que ce n'est pas une écriture, mais juste des décorations...

D'autres écritures roumaines découvertes sur des feuilles d'or ont été détruites. En 1990, on avait 200 fac-similé en plomb, on n'en retrouve plus que 34 de nos jours. Pourquoi c'est toujours ces artefacts qui disparaissent ?

Europe > France

Ogres

Les légendes médiévales françaises ne disent pas le mot géants (excepté pour Gargantua et Pantagruel, ou encore pour citer les constructeurs des mégalithes), mais parlent souvent d'ogres, des géants cannibales vivant dans des fortifications herculéennes juchées dans les montagnes (dont le pays se serait appelé Logres, le pays des ogres).

Les ogres sont dépeints comme des brutes géantes, hirsutes et cruelles. Dans l'imaginaire breton, l'ogre géant est constructeur des mégalithes et des dolmens, ce qui les relie aux géants des traditions limousines.

Gargantua

Pour écrire les aventures des 2 géants Gargantua et Pantagruel, Rabelais s'est inspiré d'une légende populaire du nord, celle de Gargantua et des géants des Flandres.

Amérique du Sud

Beb Cororoti (Brésil)

Au bord du Rio Fresco habitent les indiens Cayapos. Aujourd'hui encore, ils vivent comme leurs ancêtres. Une grande fête rituelle avec danses et chansons célèbre la venue de Beb Cororoti. La légende raconte que "un jour, Beb Cororoti apparut dans le village. Il était vêtu d'une sorte de scaphandre qui le recouvrait des pieds à la tête. A la main, il portait une arme de tonnerre. Certains essayèrent de lutter contre l'intrus mais leurs armes n'étaient pas assez résistantes. Dès qu'ils touchaient aux vêtements de Beb Cororoti, ils étaient réduits en poussière. Le guerrier qui était venu de l'espace ne pouvait s'empêcher de rire de la fragilité de ceux qui le combattaient. Pour montrer sa force, il pointa son arme sur un arbre et le détruisit. Ensuite, il transforma une pierre en poussière. Il vécut une dizaine d'années parmi eux avant de les quitter pour toujours".

Quinametzins aztèques

Quand les conquistadors ont demandé aux Aztèque comment ils avaient fait pour construire la cité de Teotihuacán (parmi les plus grandes pyramides d'Amérique du Sud), ces derniers ont répondus que c'étaient les Quinametzins qui avaient construits la cité, comme ils ont construits la pyramide de Cholula.

Les géants, les dieux qui viennent du ciel, ont chacun construit une ou plusieurs cités. Ils ont été laissés sur Terre par les autres dieux géants, parce qu'ils ne les auraient pas assez vénérés.

Les géants ont une force et une stature exceptionnelle. 3 m de haut et un poids de 300 kg.

Les géants mangeaient des glands de chêne vert et du octli (vin). Ils se transformaient en serpent.

Avec ces géants, il y a plusieurs Soleils (passage de Nibiru), chaque époque étant ponctuées par des grandes destructions ou certains des dieux arrivent des fois à mourir. Les destructions viennent de tempêtes, de pluie de feu, de volcans, d'inondations. Les cieux tombent sur Terre.

Toutes ces catastrophes sont la faute des pêchés des hommes, et il faut qu'ils se montrent gentils avec les géants si ils ne veulent pas que ça se reproduise. J'imagine que si ça avait existé, les géants auraient fait croire aux hommes que parce qu'ils avaient laissé une ampoule allumée chez eux, le réchauffement climatique était de leur faute…

Toltèques

Toltèque signifie maître bâtisseurs.

Figure 19: Tête Toltèque

Ces dieux civilisateurs ont apporté les arts, la musique, la peinture, la technique, l'urbanisme, l'astrologie et l'étude des astres. Les Aztèques, qui se présentent comme des chasseurs-cueilleurs avant l'arrivée des Toltèques, disent que les dieux leur ont appris le décompte des années, la médecine. Les Toltèques étaient plus grands que les hommes (géants).

Les statues géantes Toltèques de Tula (p. 325), nommées « Atlantes », sont typiques : On retrouve les géants civilisateurs au crane proéminent cachée par une tiare aplatie au sommet, aux oreilles dont les lobes sont allongées, au plastron. Ces "Atlantes" tiennent une arme à la main, l'Atlatl (qui jette un projectile, mais qui sur les statues est un mix entre l'Ankh egyptien et le « sac à main » que tiennent les dieux sumériens) et dans l'autre main des flèches (ressemblant aux statues menhirs de l'Aveyron en France).

Les Toltèques ont le crâne bombé en hauteur caché par une tiare aplatie, le nez crochu sémite, la barbe ! Et les lobes d'oreilles agrandis par des gros anneaux.

Dans les légendes nahuatl, les Toltèques sont censés être à l'origine de toute civilisation. Pour justifier de leur supériorité sur les humains « normaux », les Aztèques se prétendaient leur descendants (hybrides).

Les Toltèques étaient des dieux cosmiques (venant du ciel).

Comme chez les Égyptiens, les Aztèques avaient noté la liste des chefs toltèques et la liste de leurs exploits.

Et comme avec les Égyptiens, les historiens considèrent ces traditions comme sans valeurs, malgré les nombreuses similitudes avec la réalité (point de vue historiciste).

Camazotz, le batman mexicain millénaire

Camazotz, (signifiant'chauve-souris mortelle' dans la langue maya du Guatemala K'iche') est une créature dangereuse qui vit dans les cavernes (selon la mythologie mésoamericaine). C'est une créature suçant le sang des humains, comme la légende européenne sur Dracula. Les Indiens zapotèques d'Oaxaca, au Mexique, commencèrent à suivre le culte de la créature, et la figure fut plus tard adoptée dans le panthéon de la tribu Maya Quiche.

Le dieu chauve-souris Camazotz est lié à la mort. Camazotz est aussi le nom d'une créature monstrueuse qui habitait une grotte appelée « la maison des chauves-souris » dans le Popol Vuh.

Ce dieu est représenté avec un masque de chauve-souris dont les créateurs de la BD "Batman" ont l'air de s'être inspiré. Il tient un couteau dégoulinant de sang humain d'une main, et brandit un coeur humain de l'autre main. C'est un humanoïde qui porte un casque sur la tête.

Dans le Popol Vuh, Zotzilaha était le nom d'une grotte habitée par Camazotz. Le monstre attaque les victimes par le cou, puis les décapite. Camazotz est aussi l'un des quatre démons animaux responsables de l'anéantissement de l'humanité à l'âge du premier soleil.

Les monstres et démons ressemblant à des chauves-souris sont communs en Amérique du Sud et en Amérique centrale, par exemple le Chonchon au Pérou et au Chili, créé lorsqu'un sorcier (nommé kaku), accomplit un rite magique en faisant germer des oreilles/ailes et des serres géantes à sa mort.

Australie

A quelques kilomètres de Sydney, dans une tribu aborigène, des danses et des peintures rupestres retracent la venue d'une divinité : "La déesse arriva de l'univers dans un vaisseau brillant, prodigua ses conseils et son aide et s'en retourna vers les étoiles". Cette déesse apporta aussi un objet qui n'existe nulle part ailleurs dans le monde :

le boomerang.

Rien dans la nature ne correspond à sa forme aérodynamique ; la finesse de sa forme tend à prouver qu'il n'a pu être inventé par hasard, mais qu'il a fallu des connaissances aérodynamiques précises permettant sa mise au point. Pour une ethnie primitive, comment créer une arme de chasse qui, une fois lancée, revienne d'elle-même à son point de départ si elle vient à manquer son but ?

Îles du Pacifique

Îles de la Société

"Loin derrière nous dans le temps, notre peau était plus foncée et la nuit nous changeait en aveugles. Par un jour sombre, le ciel fut éclairé par trois lunes. L'une d'elles se posa sur la montagne et l'obscurité se fit. Les plus courageux de la tribu y trouvèrent au lever du soleil Ari, le fils des dieux. Sa peau était comme l'écume [blafarde] et ses cheveux comme l'or [blond]. Sur un bateau rapide comme la flèche, il nous conduisit vers un nouveau pays, dans les îles de fleurs et de chansons". Aujourd'hui encore, la caste supérieure des tribus insulaires est convaincue qu'elle descend des dieux (pas de différence avec nos rois français, la lignée adamique, ou les illuminatis de la City).

Les Îles Carolines

Dans l'île de Ponape (900 km au nord de Papeete). Dans la partie la plus difficilement accessible de cette petite île, se dressent les ruines impressionnantes d'une ville mégalithique : Nan Matal. Des blocs de basalte, parfaitement taillés, disposés comme les rondins d'une maison de bois, forment des murailles qui atteignent près de 10 m de hauteur. Un système de canaux, ou plutôt de chenaux, découpe la cité mystérieuse en îlots entourés de murailles. Des portes ouvraient et fermaient ces canaux du côté de la mer. Protégeant peut-être un port, un mur avait été construit dans la mer. L'architecture de Nan Matal ne ressemble à aucune autre. Les Micronésiens actuels sont incapables d'avoir réalisé ce genre de construction. On ignore la date à laquelle fut édifiée cette cité et la raison pour laquelle ses habitants l'abandonnèrent brusquement (certaines murailles ont été laissées inachevées). On peut aussi se demander pourquoi Ponape, île perdue, fut choisie pour y construire une ville de cette importance. Surtout que cette île possède un sol très marécageux. Dans ce sol spongieux, certaines constructions possèdent des pièces pesant plus de 10 tonnes. Nan Matal compte en tout 400 000 colonnes de basalte et plus de 80 édifices. Alors qui ? Pourquoi ? Combien de temps ? Et où vivait la masse de travailleurs nécessaires à un ouvrage d'une telle ampleur sur une si petite île ? comment étaient transportés tous ces hommes et leur matériel ? Voilà beaucoup de questions pour une si petite île. Nous ne possédons aucune inscription, aucune indication. Les indigènes locaux ne désirent pas s'étendre sur le sujet, même si la légende est éloquente : "Un dieu étrange avec un dragon crachant du feu n'avait qu'à prononcer une parole magique pour que ces gigantesques blocs de pierre arrivent du fond de l'horizon en volant audessus de la mer".

Raymond Réant

Pour les tester la vision à distance de Raymond Réant, dans une émission de télé, ce dernier reçoit une pierre dont il ne connaît pas la provenance (anecdote racontée dans son livre). Il voit très vite le plateau de Nazca (d'où vient en effet cette pierre), mais sa vision ne s'arrête pas là : il voit aussi des géants avec le lobe des oreilles allongés (comme les représentations de Bouddha, mélangées au culte des géants) et au crâne bombé, qui regardent atterrir une navette spatiale sur le plateau de Nazca. Raymond est surpris, à l'époque il ne connaît pas du tout l'histoire des ogres. Plus tard, au cours d'une autre projection dans le passé (dans le but de retrouver l'histoire du menhir de Lockmariacker), il voit des hommes qui le taillent à l'horizontale dans une carrière, avant qu'un groupe des mêmes géants n'arrive, et qu'avec une sorte de flûte, ne fasse léviter la pierre pour la déplacer sur son lieu de pose.

Les capacités de Raymond ayant été validées à de nombreuses reprises, on peut utiliser ces indices et ce recoupement d'information pour lever un peu plus le voile sur ces géants à l'image des hommes.

Compilation

Voilà ce que Harmo, en compilant les diverses légendes de la planète, arrive à résumer comme histoire (juste les légendes, avec leurs imperfections). Cette synthèse a été faite le 25/03/2008 (voir le forum NNSPS pour les sources, trop nombreuses pour être détaillées ici), bien avant que ne soit compilé "Le livre perdu d'Enki" de Sitchin (L1).

Les géants (ogres)

Gog et Magog

D'après les traditions hébraïques et islamiques, dans les paroles de Mohamed, les Gog et Magog (que j'appellerais ogres par la suite) sont les fils de Nuh (Noé). Très grands et très forts (imbattables au corps à corps), le visage comme un bouclier recouvert de peau, avec une large face et de petits yeux.

Les ogres ont été enfermés par un roi légendaire, Zulqarnain, derrière un mur (de fer et de cuivre) infranchissable. Les ogres, barbares, incroyants, semaient la mort et la désolation en pratiquant des raids à partir de zones montagneuses. Les peuples victimes de ces raids demandèrent à Zulqarnain de les aider à se protéger. Allah donna alors les moyens à Zulqarnain de les enfermer, derrière le mur infranchissable (voir Dhul Qarnayn p. 573), jusqu'aux jours du jugement.

Selon d'autres sources d'origines diverses, les Yajuj (ogres) auraient une taille avoisinant les 3 mètres, ce qui expliquerait le fait que Mohamed ait dit qu'ils seraient imbattables au corps à corps. On peut facilement faire le lien avec la légende des ogres sumériens, ces géants que l'on retrouve dans toutes les traditions anciennes (Mayas, hébraïques, celtiques, scandinaves, Hindous, etc.).

Description des ogres

Les légendes africaines font intervenir des Entités mauvaises venues du ciel (de l'espace), les Shitaouris (ogres).

Les 2 types de divinités : les reptiliens et les adorateurs des reptiles

Les ogres sont souvent liés au serpent / reptile, entre les plus anciennes versions parlant de dieux qui sont des reptiliens (les Raksasas hindous), et dans les versions plus récentes des dieux ressemblants à des humains géants qui vénèrent des dieux reptiliens.

Il y a donc 2 types de dieux successifs, une subtilité qui a échappée à beaucoup de chercheurs.

Les Raksasas trompent et modifient les humains

Le marché de dupe

À leur arrivée, les premiers visiteurs de l'espace, les reptiliens Raksasas, capturèrent les premiers préhumains pacifiques et les trompèrent en se présentant comme des dieux, leurs créateurs, et leur proposèrent de les modifier à leur image.

A l'époque, les préhumains vivaient en harmonie avec leur environnement (Jardin d'Eden, Paradis), ne connaissaient pas le mensonge, ni la pudeur, ni la parole, car ils étaient hautement télépathes (un monde sans secret abolit automatiquement la pudeur).

Les faux-dieux offrirent alors aux préhumains de devenir à leur tour des dieux.

Le langage remplace la télépathie

Innocents et naïfs, les pré-humains (pourtant prévenus par le Vrai Créateur) acceptèrent le marché mais le prix en fut lourd : lorsque la manipulation génétique fut terminée, les pré-humains (devenus humains) comprirent qu'ils avaient été bernés : ils avaient gagné la parole mais perdu la télépathie, le pilier de leur société idyllique.

Il exista alors autant de langages que d'humains, car il n'y avait aucun consensus sur le sens des choses, si bien que les humains, incapables de communiquer entre eux, furent facilement placés en esclavage.

La pudeur fit son apparition dans leur esprit, chose qui n'existait pas auparavant, si bien que hommes et femmes n'osaient plus se toucher ni procréer tout d'abord, puis placèrent le sexe comme tabou. Hommes et femmes n'étaient plus en harmonie dans l'acte de reproduction (Viol), et chaque individu n'était plus sûr des intentions de l'autre.

Humains mis en esclavage

Divisés et diminués, les humains furent traités comme des animaux par les faux dieux.

Le/les Véritables Créateurs voyant que les humains avaient été bernés, n'intervinrent pas immédiatement. Les pré-humains avaient fait leur choix de façon consciente (le péché originel) car ils avaient toujours conservé leur libre arbitre, sans lequel la conscience ne peut émerger.

Cependant, face à la cruauté des reptiliens, et observant que l'homme n'avait plus aucun espoir de développement physique et intellectuel, ils intervinrent.

Le monde forgé par ces Raksasas, terriblement violent et injuste, prit donc fin quand une force extérieure, encore plus puissante (Anges bénéfiques, le Vrai Créateur, forces de la Lumière, etc.) les expulsa de notre planète lors d'une guerre violente (Combat Eschatologique, Batailles célestes des textes védiques...).

Les ogres reviennent de la Terre dont ils sont issus

Les ogres sont décrits comme étant des humanoïdes ressemblants aux humains, mais grands, élancés, agiles, barbus et très agressifs.

Leur société, très hiérarchisée, est violente et militariste, leur caractère colérique, impulsif, belliqueux et individualiste.

Selon les légendes, les ogres seraient originaires de la Terre, mais en auraient une première fois été retirés (et transférés ailleurs, sur une autre planète habitable), par une puissance extérieure, afin de laisser la place libre à l'évolution de l'homme.

Le roi ogre (ou Raksasas selon les versions, les 2 types de dieux étant mélangés, et peut-être plusieurs histoires se répétant avec les mêmes schémas) refusa de laisser la place à cette nouvelle espèce pacifique d'homme.

Satan se rebelle contre la volonté de Dieu par rapport au Destin d'Adam qui est de régner sur la Terre.

C'est pourquoi Satan, avec une partie de son peuple, retourna avec une partie de son peuple (les Anges déchus, au nombre de 600) sur la planète d'origine commune. Ils utilisèrent pour cela d'énormes vaisseaux en forme de boules métalliques lumineuses (recouvertes d'or, la base de leur technologie : disques Solaires ailés, étoiles sacrées, culte du soleil...).

Hybridation des ogres avec l'homme

Les ogres revenus sur Terre, ils modifient les premiers pré-humains (laissés par les Raksasas) pour en faire des esclaves dans des mines (or, cuivre, etc...) grâce à une hybridation avec leurs propres gènes. Cette hybridation est racontée de plein de façons différentes (comme la semence du dieu qui tombe sur une pierre, le vent qui porte la semence divine vers une humaine, etc.). Nos ancêtres savaient très bien comment on faisait les enfants : si l'hybridation avait été naturelle, les légendes aurait juste parlé d'accouplement sexué.

Les hommes sont alors classés en fonction de leur degré d'hybridation avec les ogres :

- Les Jannatis (Sapiens ou Neandertal, appelés Adam dans d'autres traditions, têtes noires chez les sumériens) sont les hybrides inférieurs (plus humain que ogre).
- Les jahannamis (demi-ogres ou Néphilims) sont des hybrides supérieurs royaux, (moitié humain, moitié ogre), eux mêmes au service des ogres. Issus d'un simple viol (ogres compatibles avec les humains). Les demi-ogres sont plus grands, plus forts et plus agressifs que les humains.

Les humains sont gouvernés par les demi-ogres, afin de servir d'esclaves aux ogres.

Les demi-ogres restés sur Terre

Toujours sous la contrainte des forces supérieures bienveillantes, les ogres sont, comme les reptiliens, obligé de se retirer, laissant d'un côté les humains, de l'autre les demi-ogres.

Ces demis-dieux servaient de soldats dans les guerres intestines que se livraient les chefs ogres entre eux, mais aussi à maîtriser les esclaves qui commençaient à s'organiser (peuples primitifs). Ces lignées de demi-ogres forment une classe dirigeante, une aristocratie de droit divin, technologiquement instruite par les ogres (feu, métallurgie, agriculture, écriture, mathématique, astronomie).

Les demi-ogres étant privés du soutien technologique ogre, au bout de quelques siècles, ils furent dépassés en nombre par les humains qui se rebellaient et surtout se reproduisaient plus rapidement. Chassés progressivement des centres de civilisation, ils furent remplacés par d'anciens esclaves qui assumèrent leur rôle politique (les lignées royales actuelles).

Les différents peuples de géants (hybrides ou purs)

Pourchassés toujours plus loin, regroupés en hordes sauvages, certains se retranchèrent dans d'immenses forteresses (Chachapoyas des Andes), ou dans des régions inhospitalières (Goths de Scandinavie).

Ces peuples sont aussi connus dans les légendes grecques (Titans), celtes (Fomoires), mayas (mésoamérique) et hopis (Amérique nord).

Disparition ou assimilation

Ces poches de résistance tombèrent une à une, et les demi-ogres furent intégrés progressivement dans les civilisations naissantes, les intermariages faisant disparaître leurs caractéristiques spécifiques de génération en génération.

Ces demi-ogres détenaient aussi le savoir transmis par leurs maîtres ogres. Privés de leurs connaissances, les rois humains furent incapables de maintenir le degré de technologie et d'organisation d'antan. Certaines civilisations s'écroulèrent alors brutalement, en particulier en Amérique centrale (Olmèques, Mayas).

D'autres civilisations en revanche conservèrent précieusement leur héritage (Sumériens, Égyptiens), parfois sans en comprendre exactement le sens (Dogons).

D'autres hordes de demi-ogres se réfugièrent quant à elles dans les immenses cités souterraines creusés dans des montagnes et abandonnées par leurs anciens maîtres. Régulièrement, ils sortaient pour s'approvisionner, grâce à des pillages (esclaves, matériaux), conservant ainsi les moeurs belliqueuses, esclavagistes et individualistes de la société ogre. Comme le démon Asmodée et sa horde (p. 530).

Chachapoya

Des récits comme ceux de Cieza de Leon indiquent que Chachapoya veut dire peuple des nuages/guerriers des nuages, qui étaient blonds à la peau blanche. Il existe encore de nos jour une forteresse chachapoya dans la cordillère des Andes.

Raksasas toujours là

Certains témoignages affirment que les reptiliens Raksasas conserveraient des repères dans des zones de montagnes, considérées comme sacrées par les peuples qui vivent dans ces régions, notamment dans le Sud de l'Afrique (Rhodésie, Zimbabwe) et en Amérique du sud (Colombie). Ces secteurs sont actuellement des zones de front de guerre, où les Raksasas soutiennent activement des factions afin de les monter les unes contre les autres et maintenir ainsi un fort taux de mortalité.

Comme cela a été mis en lumière aussi bien en Afrique qu'en Amérique, l'arrivée des colonisateurs blancs a toujours été précédée d'évènements étranges, laissant croire que les Raksasas étaient toujours là,et avaient pris des contrats avec les lignées régnantes :

En Afrique, des entités mystérieuses se faisant passer pour des esprits, de très grande taille et recouvertes de masques blancs et de longues robes, hantaient les villages tribaux et les rois africains en vue de les préparer à l'arrivée de l'homme blanc. Lorsque les missionnaires arrivèrent, les rois leur donnèrent tous les pouvoirs sur leurs peuples, pourtant massacrés par les envahisseurs occidentaux, parce qu'ils avaient reconnu le symbole portés par les esprits : la croix ! Des tribus entières ont massacrées et ont disparu, notamment au Congo, en Rhodésie, en Afrique du sud et récemment d'autres sont persécutées au Rwanda, au Soudan et au Kenya ou en Ethiopie.

En Amérique, les prophètes avaient reçu les visites d'êtres portant le même symbole de la croix, bien avant l'arrivée de Colomb. C'est pour cette raison que les Aztèques firent un si bon accueil aux conquistadors et aux missionnaires, qui furent rarement persécutés malgré leurs immenses exactions.

La colonisation (organisée par les lignées dominantes issues du Moyen-Orient) fut un immense massacre ou des millions de personnes furent traitées de façon abominable : de 60 millions d'indiens à l'arrivée de Colomb, il n'en restait que 800.000 au début du 20e siècle.

En Europe, les grands massacres ont aussi été pratiqué contre les peuples (la saint Barthélémy, la shoah, le génocide arménien, etc.) de même que toutes les grandes invasions passées régulières (-40 000, -4 000) des mêmes populations du Moyen-Orient, que nos scientifiques appellent pudiquement "Indo-Européen" (p. 306).

(2008) De grandes batailles semblent avoir été remportées contre ces manipulateurs Shitaouris/raksasas. Constatons les changements radicaux de comportements dans certaines régions du monde (Amérique du Sud) ou les dictatures capitalistes tombent unes à unes. L'Afrique est le front principal aujourd'hui de la guerre qui tourne à la défaveur des reptiliens. L'apparition du SIDA, l'emprise des compagnies minières internationales (qui détiennent de grandes surfaces de territoires interdites sous peine de mort), la manipulation vicieuse des ethnies locales visant aux génocides du plus grand nombre, montrent les activités reptiliennes dans la région, qui se concentrent comme par hasard autour des zones où ces entités sont aperçus encore de nos jours (Montagnes sacrées du Zwaziland et du Zimbawe).

De même, beaucoup d'artefacts de civilisations avancées anciennes sont mis à jour, mettant toujours plus à mal les mensonges du système sur notre histoires (comme les tablette de Dashka p. 288).

Ogres > Archéologie

Survol

Les restes de géants

Dans la partie des corps ET retrouvés sur Terre, j'ai volontairement omis une race d'ET, les ogres dont nous parlons ici.

Le livre "Giants on Record" publié par Avalon Rising Publications fait la liste impressionnante des squelettes de géants trouvés qui ont disparus dans les caves du Smithsonian Institute au cours de l'histoire, ainsi que les articles et photos de journaux de l'époque qui relayaient les découvertes de ces squelettes dans les tumulus des Mount builder.

On a retrouvé en Scandinavie le cœur momifié d'un géant nordique. L'inscription sur le coffret était écrite dans les anciennes runes nordiques. Elle disait : « Voici ! Dans ce coffret se trouve le cœur du féroce et terrible géant connu sous le nom de Hrungnir, qui a été tué ce jour par Fafrd Rouge dont la bravoure et la ruse vivra pour toujours ! »

Les crânes allongés (p. 314)

Partout sur Terre, les élites, à une période, déformait le crâne de leurs enfants pour qu'il soit allongé ? Pourquoi ? Pourquoi les dieux portaient des masques au crâne allongé, des hautes couronnes, ou des chapeaux haut de forme ? On retrouve des crânes humains allongés, bien plus gros que la moyenne, et qui ne sont pas vraiment formés comme les nôtres...

Archéo > Crânes allongés

Ces crânes allongés [herb] sont de 2 sortes :

- Les crânes humains normaux mais déformés sur l'arrière mécaniquement la première année de vie, traitement réservé aux personnes de haut rang social,
- Les crânes à l'ADN non sapiens, sans suture sagittale (1 seule plaque pariétale), avec 2 trous de base pour le passage des nerfs, différents morphologiquement dans les détails, et au volume supérieur de 25 à 100 % à la normale, et plus lourds (jusqu'à 60%). Ces déformations génétiques se retrouvent chez un fœtus de 7 mois encore dans le ventre de sa mère momifiée, pas de bandelettes dans ce cas-là.

Les dires des anciens

Hippocrate (460-356 avant J.C.) a été le premier à suggérer l'idée que l'élongation du crâne pourrait être un facteur héréditaire.

ToutAnkhAmon ou sa mère Nefertiti, représentés sur des statues avec le crâne allongé.

Périclès, devant porter un casque pour masquer son crâne allongé sur le dessus.

La déesse Athena porte un casque semblant masquer une protubérance crânienne vers l'arrière.

Égypte

Le Professeur Walter B. Emery (1903-1971), auteur du livre *Archaic Egypt*, qui excava beaucoup à Saqqara et passa au total plus de 45 ans en Égypte, trouva dans des tombes, des restes de personnes ayant vécu à des époques pré-dynastiques au nord de la Haute Égypte.

Les caractéristiques de ces corps et squelettes sont incroyables. Les crânes sont d'un volume inusité, ils sont dolichocéphales (la boîte crânienne, vue de dessus, est ovale, la plus grande longueur l'emportant environ d'un quart sur la plus grande largeur), et parfois les sutures habituelles sont absentes. Les squelettes sont plus grands que la moyenne de la zone et surtout l'ossature est plus large et plus lourde. Il n'hésita pas à les assimiler aux « Suivants d'Horus » et trouva que de leur vivant ils remplissaient un important rôle sacerdotal.

ToutAnkhAmon

Dans la tombe de ToutAnkhAmon, ont été retrouvés 2 enfants morts-nés (attribus à ToutAnkhAmon, nés à 5 mois de gestation pour le plus petit, et entre 7 à 9 mois pour le plus grand (38,5 cm)) Il n'est quasiment jamais fait mention de ces jumeaux, malgré les sarcophages gigognes et le masque mortuaire en or qu'ils portaient. Sur les rares photos, on voit qu'ils ont un crâne allongé, mais dans quelle mesure par rapport à un foetus normal ? Les chercheurs n'ont pas trouvé important de chercher... et de toute façon les momies n'ont jamais été exposées au public…

Pérou

Paracas

Les crânes de Paracas, vieux de 2000 à 3000 ans, avec leur front énorme, ont été découverts dans le désert de la péninsule de Paracas, sur la côte sud du Pérou, par l'archéologue amérindien Julio Tello en 1928. Il a découvert plus de 300 restes squelettiques très spéciaux dans une fosse commune gigantesque. A noter que dans le même cimetière, on retrouve un autre crâne gonflé de type Starchild et Cholula.

Comme leurs crânes sont 25% plus larges et 60% plus lourds que les crânes humains lambdas (100 % plus volumineux pour les purs ogres), les chercheurs croient fortement qu'ils n'ont pas pu être modifiés en utilisant la technique habituelle d'élongation crânienne habituelle. Ils sont aussi structurellement différents, et n'ont qu'un os crânien pour le lobe pariétal alors que le crâne humain en possède traditionnellement deux (donc pas de suture sagittale). Ce n'est pas une craniosténose, une suture sagittale qui se suture trop tôt dans le développement de l'enfant.

De même, le foramen magnum (trou occipital à la base du crâne, par lequel passent les artères et les nerfs) est trop détourné vers l'arrière du crâne, et trop petit, ce qu'une élongation artificielle n'aurait pas pu provoquer.

A noter qu'on retrouve les cheveux roux.

Brien Foerster, le directeur du Musée d'Histoire de Paracas, a envoyé en 2014 des échantillons de cheveux, de peau, de dents et d'os collectés à partir de cinq crânes à des fins génétiques. La conclusion était que « l'ADN mitochondrial (de la mère) présentait des mutations inconnues chez tous les humains, primates ou n'importe quel autre espèce animale » et « les mutations indiquent que nous avons affaire à un tout nouvel être humain complètement différent, un cousin très éloigné de l'Homo Sapiens, du Néandertalien et de l'Hominidé de Denisova ».

De nouvelles études ADN ont eu lieu en 2016 [parac] (3 crânes allongés, dont un nourrisson, fournis par Juan Navarro, directeur du Museo Arqueologico Paracas). Les prélèvement se sont fait à l'intérieur de la boîte crânienne, pour réduire le risque de pollution. Ces tests montrent que les Paracas Roux auraient de particularités génomiques (haplotype (groupe de population génétique) de H2A) communes à l'Europe de l'Est. Le crâne le plus allongé montrait un haplotype T2B, correspondant à l'ancienne Mésopotamie (Syrie actuelle) !

Ses résultats sont confirmés par les cheveux roux, une couleur qui n'est pas nativement trouvée en Amérique du Sud, mais est originaire du Moyen-Orient et d'Europe.

Les idolâtres de "Christophe Colomb découvre l'Amérique" vont encore être vent debout !

Les chercheurs « amateurs » qui possèdent ces crânes, exhortent les scientifiques à faire leurs tests quand ils veulent… En pure perte pour l'instant, les chercheurs étant semble-t-il trop occuper à nettoyer lentement au pinceau des crânes communs et de moindre importance...

Chinchas, Aymaras et Huancas

Les Dr J. Von Tschudi et Mariano E. Rivero au Pérou ont dénombré trois races pré-incas dolichocéphales : les Chinchas, les Aymaras et les Huancas. Les crânes plus anciens caractéristiques (plus gros volumes, absence de suture) précèdent les traditions de bander le crâne des enfants pour ressembler aux anciens crânes bombés. Mais les crânes déformés volontairement gardent le même volume qu'un humain normal, et présentent toutes les sutures habituelles.

Huichay

Rivero et Tschudi, dans leur livre « Antiquités péruviennes » (1851 en espagnol, 1853 en anglais) [nouv], disent que la même forme de tête se présente chez des enfants pas encore nés, par exemple en voyant un fœtus dans le ventre de la momie d'une femme enceinte, découverte dans la grotte de Huichay, à deux lieues de Tarma. Le fœtus est estimé à 7 mois de grossesse.

Une autre momie de fœtus au crâne allongé est trouvée au musée de Lima.

Dès 1838, de nombreux crânes bombés de fœtus étaient disponibles aux chercheurs, et ont fai l'objet de nombreuses reproduction, comme le lithographie de J. Basire reprises dans l'article de Bellamy en 1942.

Malte

7000 crânes dolichocéphales furent retrouvés dans les hypogées de Hal Saflieni, et dans les tombes des temples mégalithiques de Taxien, Ggantja.

Les Dr Anton Mifsud et le Dr. Charles Savona Ventura analysèrent les crânes et arrivèrent à la même conclusion qu'au Pérou, en arrivant à discerner trois groupes différents, certains complètement « naturels » d'origine (sans suture sagittale), d'autres ayant subi des bandages (déformation rituelle pour ressembler aux crânes naturellement allongés).

Les élites n'aimant pas exposer de visu au public des objets trop étranges, en 1985, ces 7000 crânes diocéphales (allongés) sont retiré de la vue du grand public au musée de la Valette à Malte. Issus de temples mégalithique, on voyait bien la différence la différence entre les crânes allongés sans déformation (ogres ou hybrides), et les plus petits obtenus d'un crâne humain par déformation rituelle. En janvier 2018, Jocast [joc], qui a pu visiter le tumulus en question, témoigne qu'il ne reste que 5 crânes visibles, uniquement sur le bureau du conservateur, où le public n'a pas accès. 4 déformés rituellement (suture sagitale visible) et un fortement abimé sans suture sagitale, dont il est difficile de se rendre compte s'il est déformé car il n'y a que le haut du crâne. Où sont passé les 7000 autres ?

Le crâne de Piltdown

Nous venons de voir tous ces cas, où les chercheurs sans moyens se battent pour faire analyser à leurs frai leurs découvertes et faire avancer l'humanité, tandis que les chercheurs officiels ignorent les découvertes et les tests fait dessus.

L'homme de Piltdown (Une mâchoire et des dents de grand singe fixées sur un crâne humain, découvert en 1912), quand il s'agissait de produire l'effet inverse, voyait au contraire une débauche de moyens de l'archéologie officielle pour faire accepter un montage grossier comme un vrai crâne, tandis que les chercheurs honnêtes et sans le sous accumulaient les preuves pour révéler la supercherie, en pure perte…

Il s'agissait alors de montrer que l'ancêtre de l'homme vient d'Angleterre, là il y a du monde, des centaines de livres écrits, tous les meilleurs scientifiques de l'époque vont l'examiner et dénoncer un assemblage grossier, mais malgré ça pendant 30 ans l'évidence du fake est étouffée par la science... Le problème dans la science, c'est que ceux qui la finance ne sont pas des scientifiques mais veulent valider leur religion !

Même l'aveu du truquage ne suffira pas, il faudra attendre les techniques modernes de datation de 1953 pour valider que les parties du squelette ne correspondent pas, qu'on trouve des assemblages de cailloux fixés par du mastic, pour coller des fragments d'os différents entre eux.

Dès 1920, le paléoanthropologue allemand Franz Weidenreich avait signalé qu'ils étaient composés du crâne d'un homme moderne et de la mandibule d'un orang-outan, avec les dents rangées vers le bas. Mais personne ne l'avait pris au sérieux.

Tout ça parce qu'on avait trouvé des restes de Néandertal en Allemagne, et que l'Angleterre voulait faire croire qu'elle était le pays de l'origine de l'homme…

Déformations rituelles

Le fait que partout dans le monde, à toutes les époques, la caste dirigeante se soit déformé le crâne pour asseoir sa légitimité divine, est encore une preuve validant l'existence des dieux au crâne bombé !

Nous avons vu plus haut comment différencier le crâne d'un ogre ou d'un hybride, naturellement bombé et plus volumineux, avec ceux des humains qui s'appliquent des bandelettes à la naissance.

Pas de doutes sur ces crânes, il y a bien la suture pariétale, le volume du crâne est normal (au contraire des crânes ogres 2 fois plus volumineux, 25 % de plus pour les hybrides), tout comme la forme générale, excepté la forme allongée obtenue par déformation rituelle du crâne, alors qu'il est bébé, entre 0 et 1 an (port d'un bonnet spécial, de bandelettes ou de 2 planches liées par des cordes). Seules les élites bénéficiaient de ce traitement, afin de ressembler à des personnes dont le peuple reconnaissait l'autorité. Vu les risques d'avoir des enfants abrutis, il fallait que le jeu en vaille la chandelle !

La question est : pourquoi les élites cherchaient à ressembler à ces hommes au crâne allongé ?

Les premiers exemples connus de la déformation crânienne humaine intentionnelle remontent à -45 000, sur des crânes de Néandertaliens. Chez Sapiens, c'est en -12 000 à Shanidar Cave en Irak. Retrouvés chez les peuples néolithiques du sud ouest de l'Asie. Dans l'antiquité, cette pratique se développe, les anomalies dolicho ont été attribuées au néolithique de Chypre, à Kow Swamp, en Australie (en -13 000), "et peut-être -16 000 à -21 000 à Chou Kou Tien, en Chine.

Les plus connus se trouvent en mésoamérique, notamment chez les mayas, mais aussi dans beaucoup d'autres cultures des Amériques.

On retrouve beaucoup ces déformations rituelles en Europe, notamment en France (crânes allongés de Toulouse).

Les Alains et les Burgondes sont connus pour avoir pratiqué une déformation crânienne, et l'avoir imposée aux tribus allemandes conquises entre 300 et 600 de notre ère.

Les Huns et divers autres peuples eurasiens l'avait aussi dans leurs coutumes.

ToutAnkhAmon, sa mère Nefertiti et son père Akhenaton, avaient aussi le crâne allongé, et ça on ne vous en parle pas à l'école...

Ces nobles, aristocrates et grand prêtres légitiment souvent leur statut d'être supérieur grâce a la déformation crânienne, et même leur statut divin, le but avoué étant de ressembler aux Dieux.

Une autre explication donnée par les chercheurs officiels, c'est que que la faculté « d'intuition » (inconscient) réside, essentiellement, dans le « cervelet ». Chez les anciens, l'importance primordiale de cette zone cérébrale était appelée « l'arbre de vie » et chez les Chinois « fenêtre du ciel ». D'où, peut-être, l'étirement du crâne sur l'arrière pour développer cette zone.

Les casques bombés

Pour ressembler aux géants, plutôt que se déformer le crâne à la naissance, on prend un casque bombé (inutilement lourd pourtant).

Les casques Goths, les couronnes royales sumériennes, la couronne royale d'Égypte etc. sont des casques en obus.

Mégalithes

Survol

Il existe toujours une trace bien visible de tous d'une civilisation antérieure mondialisée et plus avancée que la nôtre, celle des construction dites cyclopéenne (par les géants cyclopes, en référence au 3e œil qu'ils avaient sur le front, mais que j'appelle les ogres).

Cette civilisation est aussi appelée "mégalithique" dès qu'il s'agit des tumulus ou des restes de ces tumulus, les dolmens et alignements de menhirs.

Ce sont les constructeurs de montagnes artificielles, encore appelés tumulus, ziggurat et pyramides. Pas un hasard si la forme pyramidale a été adoptée comme symbole par les Illuminatis : Mont Olympe, Pyramides d'Égypte, Sumer, Mount Builders dans le Nord des USA, pyramides des Amériques centrale et du sud (Tiwanaku, téotihuacan), Chine, etc...

Saut technologique (p. 317)

Les historiens croient que partout dans le monde, nos ancêtres ont découvert les mêmes techniques en même temps, passant du jour au lendemain de la taille de silex à la découpe laser de blocs de milliers de tonnes, des prouesses que même aujourd'hui on ne sait refaire.

Ruines cyclopéennes

Partout sur la Terre, on trouve ces ruines étranges, aux pierres granitiques massives dont la carrière d'origine peut se trouver à des centaines de kilomètres, pierres taillées avec plusieurs angles ajustées parfaitement, etc. Et plein d'autres anomalies.

Types de cités

On peut séparer les mégalithes (énormes pierres) en 2 catégories :

Colonies principales (cyclopéennes)

Bâties en grosses pierres bien taillées, bien imbriquées, tout en étant dimensionnées contre les gros séismes. Situées sur l'équateur de l'époque.

Colonies éloignées (mégalithiques)

Des cités plus grossières, car loin de l'équateur. Par exemple les tumulus comme en France, ou leur reste, les menhirs et dolmens aux grosses pierres non taillées.

Exemples de ruines cyclopéennes

Nous allons voir une partie des plus emblématiques citées dites cyclopéennes.

France (p. 319)

Commençons doucement, par principalement des colonies éloignées, du moins ce qu'il en reste, car jusqu'aux années 1970, les FM ont détruits nombre de tumulus en France.

Harmo fait le lien entre 2 mystères français, Rennes-le-Chateau (p. 301) et Glozel (mégalithes p. 320).

Plateau de Gizeh (p. 322)

Le plateau calcaire où se trouvent la grande pyramide cumule les preuves, et est à lui seul la preuve des malversations sur la vraie histoire de l'homme. Un sphinx bien plus vieux que ce qu'on dit, des pyramides reconstruites, des tunnels murés il y a 100 ans, qui quand on les redécouvrent à nouveau, sont de nouveau murés immédiatement, etc.

Amérique du Sud (p. 325)

Ce sous-continent est richement doté en cités merveilleuses, car ce sont les cités les plus récentes, et l'effondrement de la civilisation les a protégé du réemploi, comme en Europe.

Une civilisation mondialisée (p. 326)

On retrouve les mêmes techniques, les mêmes formes, les mêmes normes de mesures partout dans le monde.

Ce qui est intéressant, c'est que toutes les ruines d'une même époque se trouvent sur un équateur, aujourd'hui penché de 30°, comme si la croûte terrestre avait basculée dans un passé récent.

Saut technologique

Quand on regarde archéologiquement ce qui se passe sur ces sites, partout on a une population archaïque qui d'un coup (sans période d'apprentissage, sans prototypes) construit ces prodiges d'architecture, puis le dieu repart et on retourne aux constructions archaïques avec des petites pierres... Il va sans dire qu'on n'a jamais trouvé d'outils de construction (chose impossible, il reste toujours quelque chose, ils ont sûrement été cachés lors de leur découverte).

Nan Madol, l'impossibilité technique des pyramides

Les images d'Épinal nous montrent ces millions d'esclaves Égyptiens qui traînent comme des fourmis les grosses pierres, travaillant avec acharnement, performance, compétence et abnégation. Chez les égyptologues, jamais d'ouvrier qui a fait la fête la veille et qui par un coup de burin malencontreux, casse la pierre sur laquelle il travaillait depuis 3 jours (ce que vous raconterons tous les tailleurs de pierre d'aujourd'hui).

On retrouve des pyramides cyclopéenne à Nan Madol [nan], une petite île du Pacifique qui aurait du mal à contenir 30 000 personnes… Adieu ici l'explication aux millions d'esclaves disciplinés...

Les légendes humaines ne racontent pas l'esclavage de millions de personnes se tuant à la tâche (pourtant, ça aurait dû marquer les esprits si les choses s'étaient passées comme ça). Ces légendes parlent plutôt de dieux faisant voler les immenses pierres, comme Merlin qui bâtit Stonehenge, ou encore le magicien qui a construit Nan Madol e faisant voler/léviter les pierres. Dans une île proche de Nan Madol, une autre cité mégalithique ruinée, quand on demande aux indigènes qui a construit ces villes, ils montrent le ciel…

Toujours à Nan Madol, les constructions se prolongent sous la mer, mais là encore les scientifiques se montrent peu curieux : En effet, ces cités sont forcements construites il y a moins de 6 000 ans, or le niveau de la mer n'a pas pu monter autant depuis. Quel dilemne pour nos constructeurs de fables ! Soit ils avouent que les pyramides sont bien plus vieilles que celles de Sumer, soit ils avouent que les continents bougent bien plus vite que ce qu'on en voit actuellement, soit ils doivent utiliser l'anti-gravité pour la construction de la pyramide ! En réalité, par quelque côté qu'on regarde, les 3 phénomènes tabous sont à l'oeuvre ici !

En effet, les bâtiments sont bien trop grands pour la petite population de l'île (donc les parties immergées étaient surélevées il y a quelques milliers d'années, la population était plus nombreuse, les pyramides sont plus vieilles que ce qu'on en croit, et le Pacifique c'est enfoncé plus récemment qu'on ne le croit).

Autre point curieux de Nan Madol, la carrière d'où sont originaires les pierres n'a pas été trouvée sur l'île, mais loin, et sous l'eau. Soit il faut revoir la tectonique des plaques, soit il faut admettre que les indigènes actuellement sans technologie pouvaient extraire les rochers sous-marins avec des grosses machines et des robots…

C'est pourquoi nos courageux scientifiques préfèrent se tenir loi de cette île, qui met à plat toute leur belle théorie...

L'anti-gravité

Les visions dans le passé de Raymond Réant (p. 311), les légendes locales parlant des magiciens qui font voler les pierres, tout indique que les anciens maîtrisaient l'anti-gravité, une chose qui simplifie bien la tâche quand il faut manipuler des blocs de milliers de tonnes.

Tant que nous ne saurons pas reproduire l'anti-gravité, la science refusera cette explication. Nous savons pourtant que l'anti-gravité est possible, et la science l'a même vu à l'oeuvre. Par exemple, l'OVNI de l'USS Princeton, officialisé par le Pentagone, ne montrait aucun signe d'inertie (des accélérations et arrêts instantanés, des zigzags à angle droit). Et on sait depuis Einstein que gravité et inertie sont liés. Supprimé l'un, vous supprimez l'autre.

Les boules de pierre géantes

En l'absence d'anti-gravité pour déplacer les blocs, on peut les tailler en boules de pierre, une sorte de roulement à bille géant. On retrouve plusieurs de ces boules de pierre parfaites, taillées à la machine, et dont on ignore l'usage. Attention, certaines, imparfaites, sont réalisées par les indigènes qui essayaient de reproduire les réalisations des ogres.

Les boules de pierre du Guatemala et du Costa Rica étant les plus connues.

Une fois les boules amenées sur place, elles étaient débitées en bloc plus petit.

Retrouve-t-on des machines qui auraient pu les fabriquer ? Officiellement non bien sûr, mais sur une civilisation mondialisée, on aurait du en retrouver plusieurs.

Ne pas oublier que ceux qui travaillent dans ces équipes d'archéologues sont soumis au secret-défense, donc abattu dès lors qu'ils parlent.

Voilà la photographie envoyée vers 1991 par un informateur anonyme, sur un artefact découvert lors de ces fouilles préalables qui vident tous les entrepôts retrouvés dans le monde. Cette machine qui comporte une écriture inconnue, devait servir à fabriquer les fameuses sphères de pierre.

Comme l'informateur est anonyme, on ne peut rien prouver, image donné à titre indicatif de la capacité technologique qu'il faut avoir pour fabriquer ces boules de pierre géantes (la machine doit faire dans les 16 m de haut, si en bas à gauche c'est la tête d'un homme).

A noter que la machine n'a pas l'air rouillée, ce qui nous amène à une autre caractéristique pour les métaux ferreux retrouvés avant l'âge du fer !

Figure 20: Machine a fabriquer les boules de pierre

L'usage en masse de métaux inoxydable

Au temple de Karnak, on voit le trou laissé par les pilleurs pour récupérer les agrafes de métal entre les blocs de pierres. Si après les géants le métal était recherché, à l'époque de la construction, contrairement à ce qu'en disent les égyptologues, les bâtisseurs en avaient à profusion, vu la taille et le nombre des agrafes qui restent.

Ah oui, dernière précision : ces agrafes multimillénaires, montées sous un climat tropical pluvieux, ne sont pas rouillées...Il n'y a pas de traces de corrosion ou d'effritement de la pierre supérieure (ce qui serait arrivé si le métal avait gonflé suite à l'oxydation, comme on peut le voir sur nos bétons de 30 ans seulement...).

Ça rappelle le pilier de fer indien, dont l'âge est indéterminé, et qui malgré la zone humide, ne semble pas rouiller.

Les agrafes métalliques

Non seulement les blocs cyclopéens s'ajustent parfaitement, possèdent des tenons et mortaises pour s'emboîter et tenir sans liant/mortier, et ont des pierres taillées en multi-angles, mais en plus, les constructeurs, qui semblaient vraiment craindre les séismes et voulaient construire durables, reliaient les blocs entre eux par des agrafes métalliques.

On peut remarquer sur les agrafes qui restent que l'empreinte de l'agrafe est parfaitement adaptée à l'agrafe elle-même. Soit les pierres ont été parfaitement taillées en creux, puis le métal coulé dedans sur place (difficile pour les agrafes verticales, impossible pour les agrafes en 3D, sans accès une fois les blocs coincés les uns dans les autres), soit, le plus simple, des agrafes produites à la chaîne sont enfoncées simplement dans la surface amollie des pierres...

Ces agrafes sont en 3 dimensions, c'est à dire qu'elles n'attachent pas 2 pierres entre elles, mais 4. A Tiwanaku, on voit des empreintes toriques parfaitement circulaires être creusées dans la pierre.

On retrouve ces agrafes (du moins la forme) en Égypte, à Malte, etc.

France

Survol

La France est riche de mégalithes et de zones trop étranges pour les archéologues.

Limousin *(p. 319)*

Un peu partout, des grosses pierres posent la question de savoir ce qu'il y avait avant, aux légendes étranges.

Carnac *(p. 319)*

Des esplanades détruites, dont il ne reste que les piliers centraux.

Glozel *(p. 320)*

Une découverte fortuite au début du 20e siècle, dans un lieu où abondent des souterrains annulaires qu'on ne comprend pas. Des tablettes sumériennes plus vieilles que la Bible, aussitôt les archéologue ont saboté les fouilles...

Pyramides détruites *(p. 146)*

Il restait de belles pyramides / tumulus en France, qui ont été détruit après que les USA aient pris possession du pays en 1945.

Blond (Limousin)

Les mégalithes peuvent être moins impressionnants, mais chargés d'énergie tellurique.

Blond, un petit village limousin à 30 kilomètres d'Oradour-sur-Glane. Les mégalithes qu'on y trouve sont typiques de l'Europe de l'Ouest.

Les monts de Blond – petit massif granitique – ne culminent qu'à 515 mètres, mais plusieurs avions s'y sont écrasés avant qu'un radar d'aviation civile ne soit installé au milieu des années 1990.

Les monts étaient jadis le "pays des sorciers". Comme légendes, ce chien mystérieux qu'on apercevrait à l'orée du bois. Cette femme décapitée qui hanterait les berges de la Glane. La statue de la Vierge, perchée en haut de l'édifice, qui tournerait la tête pour suivre le mouvement des visiteurs. La chapelle du Bois-du-Rat, l'une des dernières églises-granges de la région, où les paysans venaient pour obtenir la guérison de leurs animaux.

Les nombreuses vallées et les multiples étangs rappellent l'ambiance mystérieuse de la Bretagne intérieure.

Le chaos rocheux de Puychaud marque la ligne de partage des langues d'Oc et d'Oïl. On y trouve des Dolmens.

La pierre branlante de Boscartus, 120 tonnes posées en équilibre comme par magie sur une autre pierre.

La "pierre à sacrifices" de Ceinturat, un bloc de granit portant à son sommet des creux en forme de corps humains sacrifiés. Le menhir de Ceinturat, 5,10 mètres de haut, est le plus grand du Limousin.

Près de l'étang de Fromental, une pierre en forme de gigantesque cèpe. Le dolmen de Rouffignac ou les Rochers des fées, à Cieux, qui servirent d'abri au néolithique, puis de nécropole. La « pierre à cupules » (entrée d'Arnac), est un menhir avec des croix gravées. Ce mégalithe a été objet de vénération païenne jusqu'au 10e siècle au moins. L'Église a fait détruire nombre de dolmens, ou les a christianisés en gravant ce genre de croix.

Carnac

Alignements cisaillés

De beaux alignements de menhirs, bien rectilignes, sauf vu de la tour : on voit à l'Ouest que les alignements font un zigzag, inexplicable si on ne sait pas que le sol s'est déplacé/cisaillé latéralement à cet endroit depuis la pose des menhirs.

Dolmen coupé en 2 par une faille

Les constructions mégalithiques offrent aussi de beaux défis techniques : la table des marchands et le tumulus de Gavrini ont leur table (pierre supérieure) qui faisait jusqu'à 15m de long à l'origine, avant d'être séparée en 3 pour reconstruire au moins 2 tumulus (retrouvés à ce jour). Comme il y a désormais un bras de mer entre les 2, soit on fait comme les archéologues, on ne comprend pas comment les parties de la table ont été acheminées sur autant de distance, soit on comprend que la terre s'est fendue en 2 récemment, et que la pyramide originelle a été reconstruite en 2 tumulus désormais distincts.

Alignements se prolongeant sous l'eau

Ce qu'il faut savoir, c'est que ces alignements continuent sous la mer, le sol s'étant effondré (d'où la cité mythique d'Ys, enfoncée sous les eaux, selon la légende, les premiers siècles après JC).

On trouve aussi des mégalithes sous l'eau, qui font partis des alignements de menhirs de Carnac. Comme Carnac n'est vieux que de 4 800 ans environ (estimation officielle), on peut penser que la côte s'est effondrée récemment.

En effet, de la ria d'Étel à la presqu'île de Rhuys, une vingtaine de sites ont été inventoriés sur terre et en mer. En juillet 2012, c'est une forêt de menhirs immergés qui a été découverte dans le golfe du Morbihan : Plus de 230 menhirs ont été retrouvés sous la mer, entre Saint-Pierre- Quiberon et Carnac (56). Il s'agit du prolongement sous-marin du grand site néolithique du Moulin, à Saint-Pierre-Quiberon (la suite des alignements de Carnac).

En réalité, tout ceci est la suite de l'alignement de Carnac, qui faisait à l'époque qu'un seul tenant, et qui n'est coupé aujourd'hui sur quelques centaines de mètres que par l'absence de fouilles et les destructions de l'histoire moderne. Carnac est long de plus de 20 km en réalité !

Les scientifiques estiment que ces pierres ont probablement été submergées vers -6 500, selon la géologie. L'équipe scientifique avait, en 2009, localisé 150 monolithes à Kerbougnec et vingt autres au Petit-Rohu, dans une zone envahie par la mer qui, il y a des millénaires, se trouvait à plus de 500 m du rivage.

Vu le nombre de touristes à Carnac chaque année, on aurait pu penser que ces découvertes auraient fait la Une des journaux. Mais non..

Ces découvertes, pourtant susceptibles de ramener des devises, sont très peu relayées, elles font partie de l'omerta que le grand public ne doit pas connaître, à savoir l'extrême impermanence dont notre Terre fait preuve ! Avouer ces découvertes, c'est révéler l'incohérence entre la pose supposée des menhirs (qui ne doit pas dépasser les 7 000 ans de la Bible), et les continents qui sont censé ne se déplacer que sur des millions d'années !

Ici la géologie donne 8 500 ans, l'archéologie 4 834 ans env., il y a 3 666 ans qui déconnent quelque part... (chiffres estimatifs hein !).

Glozel

De forts liens avec Rennes-le-Chateau (p. 301) et la population qui peuplait la France il y a des milliers d'années.

Il existe dans le Bourbonnais un massif montagneux qui se nomme "Monts de la Madeleine", où des objets insolites, découverts par hasard au début du 20e siècle par un agriculteur local, sont recouverts d'une écriture aussi d'origine syriaque très semblable à celle laissée par Saunière.

Histoire

Émile Fradin est né le 8 août 1906, dans le hameau de Glozel, sur le territoire de la commune de Ferrières-sur-Sichon (Allier). Émile n'a que 17 ans lorsque le 1er mars 1924, alors qu'il aide son grand-père à labourer, une vache de l'attelage s'enfonce dans une fosse empierrée de forme ovale. L'"affaire Glozel" est née. Bien vite, un médecin de la région et archéologue amateur, Antonin Morlet, loue le terrain à la famille Fradin pour y mener des fouilles.

Émile Fradin est mort le 10 février 2010 à Vichy (Allier), à l'âge de 103 ans. Il est toujours resté constant dans ses déclarations, n'a jamais cédé aux pressions des autorités (qui voulaient qu'il dise au public qu'il était le faussaire ayant créé les objets). Il a même fait de la prison car il refusait de mentir.

Les fouilles sont interdites dans toute la région, et par l'État et par les municipalités.

La manière dont ont été menées les fouilles montre une mauvaise foi totale des autorités, ayant obligé la population a surveiller en permanence les fouilles, l'une des archéologues ayant été prises en flagrant délit d'enfoncer dans la fouille un faux grossier pour discréditer le site. Les datations ont été trafiquées pour essayer de rajeunir les objets.

Les découvertes

L'hypothèse du faussaire n'est pas crédible : à 17 ans, sans connaissances aucune, et travaillant dur à la ferme, il n'aurait jamais pu fabriquer les 3000 objets qui remettent en question notre connaissance du passé.

Pas de métal

Aucun objet en métal n'a été trouvé sur le site, seulement des céramiques, des os ou des galets gravés et surtout des tablettes d'argile crues. Ces objets faisaient partie du mobilier de tombes, mais l'origine des squelettes n'a pas été déterminé avec certitude.

Tablettes d'argile

Sont retrouvés par exemple à Glozel des tablettes d'argile inscrites, identiques aux supports utilisés au Proche et Moyen Orient, et notamment en Irak (technique utilisée à Sumer puis dans le reste de la région par la suite).

Si on compare Glozel et Rennes-le-chateau (p. 301), il est donc étonnant que sur deux zones assez semblables géographiquement (même relief, sources ferrugineuses et thermales, grottes etc...) on retrouve le même alphabet syriaque. Moins étonnant si on sait que les édomites, géants palestiniens, installés en France, privilégient des zones d'installation comportant de nombreuses grottes et des sources thermales en moyenne altitude.

Les souterrains annulaires

Proche de Glozel, on trouve de mystérieux souterrains artificiels creusés en forme de lettre Phi grecque, et dont l'origine et la fonction n'ont jusqu'à présent jamais été expliqués (on ne retrouve rien à l'intérieur). Leur grand nombre (peut-être des centaines) et leur localisation très limitée à une zone très précise (communes d'Arfeuille et de Laprugne) pourrait faire penser à une petite agglomération troglodyte, et cela autour de sources hydrothermales et ferrugineuses de Ferrière sur Sichon, compensant ainsi la relative rareté des grottes naturelles (présentes mais moins abondantes que dans le Razès de Rennes-le-Chateau (p. 301).

Notons que les historiens ont retoqué Glozel en disant qu'il n'y avait aucun vestige préhistorique proche, refusant avec mauvaise foi de tenir compte de ces myriades de grottes artificielles...

Les caractéristiques de ces sous terrains annulaires n'ont jamais été expliquées correctement : hauts de 1m50, les galeries sont généralement vierges de tout objet (poteries, restes de nourriture ou ossements) mais dans certains, on retrouve les mêmes artéfacts que ceux des tombes de Glozel, bien au sec. Les tunnels ne sont ni effondrés, ni noyés, ce qui exclu toute incursion d'une strate historique supérieure dans ces tunnels, creusé dans la roche meuble. Ce ne sont pas des cas isolés, ces tunnels en Phi (lettre grecque) se situent tous sur une zone continue et bien délimitée. Certains ont été découverts intacts, leur entrée soigneusement murée et dissimulée.

Aucune fouille digne de ce nom n'a été entamée dans ces tunnels par des professionnels. Aucun prélèvement ni aucune analyse n'y a été menée. Les tunnels sont sur des terrains privés, non classés et sont la plupart du temps détruits après avoir été simplement visités. Les pièces retrouvées comportant les mêmes écritures qu'à Glozel n'ont jamais été datées.

Empreintes de main géantes

On a retrouvé des empreintes de main de très grande taille imprimées dans l'argile, ce qui confirme le caractère "géant" de cette population.

D'autres découvertes proches

D'autres découvertes préhistoriques ont été faites dans le même bassin que Ferrière, preuve que Glozel n'est que le sommet de l'iceberg, et qu'il y a bien pléthore d'autres artefacts contrairement à ce qu'affirment les archéologues.

Moulin Piat : fragments de poterie, haches brisées et anneaux de granulite.

Chez Guerrier : sur l'autre versant de la vallée du Vareille, au sommet du coteau qui fait face à Glozel au nord-est. Galet poli aux extrémités et gravé d'un avant-train de cheval associé à une inscription d'une vingtaine de signes semblables à ceux de Glozel.

Puyravel : hache polie et d'un galet inscrit gravé d'une tête d'équidé, des galets à gravures animales et inscriptions syriaques toujours.

Cluzel : débris nombreux de poterie ainsi qu'un bloc calcaire portant deux inscriptions.

Palissard : des silex, des fragments de poterie, dont un portant une inscription, des morceaux d'argile cuite avec empreintes de branchage.

Datation de Glozel

2 types de datations ont été opérées :

- carbone 14 sur les matières organiques diverses (os sculptés, échantillons de paille incrustés dans les bloc d'argiles qui ont servi de support aux tablette en terre crue),
- thermoluminescence pour dater les poteries.

Résultat, on a des objets datant de 17000 ans et d'autres du moyen âge.

Plusieurs problèmes sur les méthodes de datation, donnant tous des dates plus récentes que ce qu'elles sont :

- Les datations au carbone 14 ont été faites alors que les tableaux d'étalonnage sont caduques : à quelques kilomètres, on a une mine d'uranium natif, (Saint Priest la Prugne) et toute la région est contaminée parce que les exploitants ont fait du remblais pour les routes afin d'utiliser les roches extraites.
- Les fouilles originelles ont été menées sans précautions, à la pelle, dans le froid et l'humidité en...1924 (et les années suivantes). Super pour des tablettes d'argiles crues, qui en plus, étaient disposées dans des tombes enterrées, au milieu d'un pré en pente complètement détrempé les 3/4 de l'année. Les tablettes étaient forcément dans un mauvais état de conservation, et il est facile d'avoir sali les pièces avec de l'herbe avoisinante, par exemple. On s'en foutait en 1924, on ne connaissait pas la méthode du carbone 14. Les objets, de plus, on été placé dans des lieux complètement inappropriés avant d'être enfin étudiés.

Elle est où la précision scientifique là dedans ?

Lien avec les triangles

Partie non validée par Harmo, je le donne pour info, sachant que les ogres étaient férus de géobiologie, et s'installaient préférentiellement sur ces zones.

Triangle sacré du Québec

Zone qui serait protégée et sacrée. Les 3 sommets du triangle sont le Mont Saint-Hilaire (sud), Chicoutimi (est) et Kiamica (nord).

Chacune des régions de ces points représente des points dénergies telluriques puissants, tel un vortex.

Plusieurs prophéties et légendes, cet endroit a été le refuge de certains Atlantes à la suite de la disparition de l'Atlantide, ces Atlantes insérant des quartz et des cristaux sur les pointes du triangle.

À cette époque, les Atlantes connaissaient les pouvoirs des pierres précieuses (cristaux de flerovium ?) et les utilisaient pour la communication, l'énergie ou leur transport (vaisseau).

Un autre trésor de cette zone est l'eau, cest-à-dire l'eau qui est entrée en contact avec les cristaux Atlantes. Cette eau miraculeuse permet de grandes transformations du corps humain et des cellules. Les Atlantes auraient aussi enfoui des informations importantes concernant leur médecine et leur technologie, dans des fissures terrestres ou surnaturelles à ces vortex.

Ce triangle sacré est aussi entouré dune aura dorée qui permet de transformer les gens à un niveau spirituel plus élevé. Par cette eau et cette aura dorée, les prophéties dAldaïra indiquent que le monde se transformera en commençant par le Québec, et les changements se répandront partout dans le monde.

France

Lieux du même type que le triangle du Québec, mais moins riches : Bugarach et sa région, mais aussi le triangle de la Burle, délimité par le Mont Mezenc, le Puy-en-Velay et le massif du Pilat. Ce "triangle" est assez peu connu sauf par rapport aux très nombreux crashs d'avions, mais il semble qu'il s'agisse d'un territoire sacré celte. Au niveau géologique, on a la même configuration que le Mont saint Hilaire (Plissement du à la montée des Alpes).

Le Pilat a des pierres à cupules impressionnantes, de même qu'aux mont de la Madeleine (Pierre des Druides). De même le Puy-en-Velay était autrefois un lieu très prisé par les celtes (ou leurs prédécesseurs), mais leurs vestiges ont été effacés par la christianisation (bien qu'il existe encore la Pierre aux voeux, une pierre sacrée celte qui a été détournée par l'Église)... le souci, c'est que tous ces lieux ne sont pas fouillés et étudiés correctement. Aucun budget, aucune protection contre le vandalisme, aucun classement monument historique.

Autun où des statues colossales ont été détectées près du théâtre Romain, où il y a une pyramide qui tombe en ruine et où un alignement de menhir a été ré-enterré par le propriétaire du champ, et tout cela dans quelques km² !

Monts de la madeleine

Géologiquement la zone est particulièrement intéressante (il existe des granites à cristaux uniques au monde), mais aussi des légendes semblables à celles du mont Saint Hilaire : il y a une grotte au fées.

C'est une zone où sortent des sources ferrugineuses qui étaient exploitées au moyen age (version officielle douteuse). D'ailleurs, le Sichon, la rivière qui coule juste en dessous de la grotte, comporte un aménagement long de plusieurs kilomètres sur ses deux rives. Ces murs très anciens ne sont pas exactement datés, mais sont impressionnants au milieu de la forêt qui a repris ses droits.

Ne pas oublier que c'est en s'allongeant sur la pierre Ginich, toujours dans les Mont de la Madeleine, que Pierre Frobert a guéri miraculeusement, et à commencé à écrire ses prophéties qui se sont révélées particulièrement précises.

Tout ça est à quelques km du champs de morts de Glozel.

Plateau de Gizeh

Un site peint en rouge

selon les écrits de Pline l'Ancien, de même que les traces présentes sur le visage, le sphinx devait être entièrement recouvert de plâtre peint, visage et corps en rouge.

Cette couleur rouge (oxyde de fer surtout) semble recouvrir beaucoup d'autres sites cyclopéens (comme à El Mirador maya p. 325).

Date de création du sphinx

En 1990, une équipe de quatre scientifiques, comprenant le géophysicien Thomas L. Dobecki et le géologue Robert Schoch de l'université de Boston a démontré que les traces d'érosion sur le Sphinx (hormis la tête qui aurait été retaillée vers -2500) et ses murs d'enceinte sont plus importantes que celles des monuments avoisinants, telles les pyramides. Il présente, en plus de traces de météorisation par le sable (impacts des grains de sable portés par le vent), de profondes traces verticales d'érosion par des ruissellements pluviaux (et non horizontaux si c'était une érosion due au vent). Il serait bien plus âgé que l'âge de -2500 donné par l'archéologie classique. On n'estime que cela ne fait que 5000 ans (voir plus vieux) que le climat est sec et désertique comme actuellement.

Le sphinx a été rénové par différents pharaons alors que le monument était déjà bien abîmé. La tête a été retaillée parce qu'elle était trop émoussée, ce qui explique qu'elle soit beaucoup trop petite par rapport au corps (une nouvelle tête a été sculptée dans la première) mais aussi qu'elle soit paradoxalement la mieux conservée (alors qu'elle a été la seule à dépasser du sol et être érodée par le vent et le sable pendant des siècles).

l'égyptologie officielle semble étrangement aveugle à cette incohérence de la tête retaillée, qui saute aux yeux de n'importe qui...

Nous savons du fait de l'érosion des roches que le Sphinx a environ/ au moins 10.000 ans, et il est probable que les pyramides originales datent de la même période. Qui les a construit, la réponse est connue des archéologues puisque Manéthon (p. 304), la référence des archéologues pour dater les pharaons, donne une liste qui remonte à des dizaines de milliers d'années. Liste qui montre un nombre conséquent de pharaons pharaons descendants directs d'Osiris. Le problème, c'est que les égyptologues considèrent cette généalogie comme imaginaire (selon eux une liste de Dieux et de demi dieux). Car on a déjà vu que la science n'a pas le droit d'aller plus loin que la Bible, à savoir -4000 à Sumer…

Le visage du sphinx n'est pas Khéphren

De plus, attribué avoir les traits de Khéphren, le visage du sphinx, aux traits négroïdes (menton très avancé par rapport au front) ne correspond pas du tout à la statue de Khéphren du musée du Caire.

Ces traits négroïdes (un pharaon noir) auraient justifié la dégradation volontaire apportées au nez et aux oreilles dans les premiers siècles après JC.

La salle sous le sphinx et les souterrains

Selon Edgar Cayce (p. 246), le Sphinx aurait été construit à une époque antédiluvienne puis la civilisation de l'Atlantide y aurait laissé des enregistrements contenant toute l'histoire de l'humanité dans la « salle des archives », chambre souterraine accessible à partir de la patte droite du Sphinx.

Lors des travaux d'excavation initiés par l'égyptologue français Émile Baraize au cours du désensablement de 1926, Baraize découvre des cavités. Il déclare que ce sont en fait des cul-de-sac, ces cavités étant sous la croupe du Sphinx, entre ses pattes avant et sur le dos (le trou sur la tête ne semble pas cité). Baraize les explore avant d'en condamner l'entrée (pourquoi cette manie de combler les trous !).

En 1935, au moment où les travaux de déblaiements de Baraize prirent fin, le Dr Selim Hassan a découvert le complexe souterrain dont fait partie ce qui est connu aujourd'hui comme le tombeau d'Osiris. Cette découverte a été relayée à l'époque dans la presse internationale, ainsi que dans les 10 volumes de « Fouilles à Gizeh » de Selim Hassan, publiés de 1944 à 1946.

Faire le lien avec la découverte en 1964 de plus de 30 énormes cités souterraines dans l'ancien royaume turc de Cappadoce. Une seule de ces cités contenait d'immenses cavernes, des salles et des couloirs pour faire vivre 10.000 personnes. Des découvertes peut mises en avant, au point que le 10 juin 2019, le journal Sputnik rapportait que suite à de l'eau sortant d'un tunnel (muré pendant la domination américaine), les turques (alliés aujourd'hui avec les Russes) ont trouvé une ville souterraine de plus de 5 km de long (des millions de mètres carrés). Une ville de plus de 5000 ans, dont parlaient les légendes locales, mais les historiens « peu curieux » s'étaient contenté de murer l'accès à cette ville souterraine…

Revenons au plateau de Gizeh : en 1993, des sondages sismographiques mettent en évidence sous le Sphinx des chambres secrètes, dont une de 16 m de haut, surface 8m sur 12m, sous la patte avant gauche. Une fois ce résultat connu, Zahid Hawas interrompt l'autorisation de prospecter, annonçant qu'il s'agit d'une cavité naturelle, et qu'il est donc inutile de chercher…

En 1994, des ouvriers réparant le Sphinx ont découvert un ancien passage menant profondément dans le corps du monument mystérieux. Zahi Hawass, établit que, sans doute possible, le tunnel était très ancien, mais ajouta qu'il n'avait pas l' intention d'enlever les pierres empêchant le passage. Le tunnel secret se creuse un chemin dans la face nord du Sphinx, à peu près à mi-chemin entre les pattes étendues du Sphinx et sa queue.

En février 2000 des égyptologues découvrent l'entrée d'un système de galeries souterraines sous le plateau de Gizeh, des puits menant à des salles (avec des sarcophages en granit pesant plusieurs tonnes), et un système de tunnels semblant d'un côté conduire au Sphinx, de l'autre à la Grande Pyramide. A 30 m sous terre (après 2 chambres intermédiaires et 3 puits, a été découvert en 2009 ce qui était considéré comme une affabulation d'Hérodote, une île entourée de 2 cours d'eau. La tombe symbolique trouvée sur l'île fut attribuée à Osiris (puits ou tombeau d'Osiris). Pas de nouvelles depuis, les explorations semblant avancer à la vitesse d'une limace lymphatique… On en revient donc à la découverte de ce tombeau d'Osiris en 1935… Sauf que nul ne sait où se trouvent les statues trouvées et décrites en 1935 par Selim Hassan.

En 2008, des tunnels sont découverts dans la tombe des oiseaux, partant en direction du sphinx. Ces grottes avaient été découvertes au 19e siècle par Salt et Caviglia. Un mémoire de Salt mentionne un vaste réseau de catacombes sous les plateaux, avec plusieurs grandes salles. Bien sûr l'égyptologie classique avait « perdue » la connaissance de ces catacombes et ne les a jamais exploré. Le 3 mars 2008, 3 explorateurs britanniques - Andrew Collins, Sur Collins et Nigel Skinner Simpson - ont démoli le mur qui bouchait l'entrée (mur inexistant à l'époque de Salt…) et sont entrés dans un complexe de grottes sous le plateau de Gizeh. Ils ont explorés les grottes 4 fois pendant le mois qui s'en suivit, avant que les officiels ne placent une grille empêchant toute exploration ultérieure. En septembre 2009, le Docteur Zahi Hawass fit une déclaration officielle disant que ce système de grottes n'existe pas. Un an plus tard, en septembre 2010 une émission d'History Channel avec le Docteur Hawass montre le système de grottes, et s'extasie sur la découverte de ces tunnels, tunnels pourtant décrits un an avant dans le livre de Collins…

Hawas montre les tunnels préalablement vidés par ses soins, puis noyés et remplis de débris, en disant « vous voyez ! La preuve qu'il n'y a rien, c'est un cul de sac ça ne va pas plus loin ». Si les égyptologues n'avaient jamais creusé dans le sable, ils n'auraient jamais rien trouvé. Mais ça, Hawas omet bien de vous le dire.

L'accès fut de nouveau muré, toujours rien en 2019…

Pyramides de Gizeh

Papyrus de Merer

Mis en avant par l'Égyptologie comme preuve de la construction de la grande pyramide en -2561, ce papyrus n'est en réalité que la preuve que le parement de la grande pyramide a été mis en place à cette période là ! On ne peut rien en déduire d'autre !

Il s'agit d'un des plus anciens papyrus connu (4500 ans), exhumés en 2013 sur le site de Ouadi el-Jarf. Ce sont les seuls documents contemporains de Khéops (-2589 à -2566) qui parvenus jusqu'à nous. Khéops est un pharaon de la 4e dynastie (-2613 à -2498). Conservés dans les réserves du musée de Suez, dans le Sinaï, ces papyrus sont dévoilés au public plusieurs années après leur découverte.

Ouadi el-Jarf est un port antique de la Mer Rouge (le plus ancien port maritime connu), à 120 km au sud-est du Caire, d'où partaient les navires qui approvisionnaient en matériaux les grands chantiers pharaoniques de l'Ancien Empire. Ses quais sont aujourd'hui sous les eaux. Les navires en partait pour rapporter les minerais de cuivre et de turquoise situés de l'autre côté du golfe, à El-Markha, au sud de la péninsule du Sinaï. Une trentaine de galeries-magasins sont creusées dans le massif montagneux bordant le désert Oriental. Ce sont ces galeries qui recelaient des entrepôts profonds d'une trentaine de mètres, et où se trouvaient les restes de papyrus. Scellés par de gros blocs, certains de ces entrepôts portaient des inscriptions hiéroglyphiques à l'encre rouge liées au pharaon Kheops. Ce port aurait fonctionné pendant un siècle à peine, remplacé par celui d'Ayn Soukhna, plus au nord, préféré sans doute pour sa proximité avec Memphis, la grande capitale administrative de l'époque.

Ces 300 fragments de papyrus, dont un rouleau de 80 cm de long, avaient été jetés négligemment derrière de grosses herses de calcaires, identiques à celles utilisées dans les pyramides, avant d'être retrouvés par les archéologues dans les galeries portuaires destinées à abriter des embarcations. Pour l'essentiel, ce sont de papyrus comptables datés de l'Ancien empire (-2181), de la 5e dynastie (-2498 à -2345) et de la fin de la 4e dynastie.

Des registres où tout était consigné de façon tatillonne, comme l'exigeait l'administration de l'époque.

Certains d'entre eux évoquent clairement - et pour la première fois ! - des travaux sur la grande pyramide du plateau de Gizeh et le souverain Khéops.

En particulier, le journal de bord d'un fonctionnaire du pharaon, un certain Merer, chef d'une équipe de 40 personnes, qui y décrit chaque jour l'essentiel de son activité. Ce journal est daté de la 26e année du règne de Kéops (donc -2561). Une phrase dit : " L'inspecteur Merer a passé la journée avec son homme à charger des pierres dans les carrières de Tourah". Ce gisement de calcaire à la blancheur éclatante, situé au sud du Caire, était en effet exploité pour les parements de la grande pyramide ! Puis, écrit le même jour : " Je suis allé livrer des pierres à la pyramide de Khéops "….

Une partie de la transcription de ces documents est toujours en cours de déchiffrement.

Les 20 ans intenables

Khéops aurait officiellement réalisé sa pyramide en 20 ans, ce qui est techniquement peu vraisemblable. Or ces chiffres ne sont pas contestés. On peut alors supposer que Khéops n'a pas construit la pyramide, mais l'a rénové à partir d'un bâtiment plus ancien, probablement une pyramide à gradin proche de celle dite de Djoser. Les travaux de Khéops n'auraient alors consisté, pendant 20 ans, à seulement transformer une pyramide à gradins en pyramide lisse, tout en réparant les dégâts du temps et en ajoutant un parement lisse en calcaire. Ce n'est donc pas forcément Khéops, et donc les Égyptiens de cette époque, qui étaient capables de poser les gigantesques pierres de voûte en granit qui forment le tronc de la pyramide. Les seules bas reliefs que nous avons sur ces travaux sont ceux du transport des blocs de calcaire de parement, et il n'existe aucun document qui décrive la construction de la pyramide elle-même, excepte le papyrus de Djoser qui relate l'extraction des blocs de calcaire, soit du parement, soit de l'esplanade.

Il en est sûrement de même pour les autres grandes pyramides.

Les grafitis de Kheops

Dans les chambres de décharge, un de ces aventuriers pillards anglais du 19e siècle découvre un cartouche signé Khéops, et les égyptologues s'empressent de dire que cette grande pyramide est le tombeau du pharaon construit en 20 ans. Même si cette inscription n'est pas un faux faite par le colonel Howard Vyse (1784-1853), qui découvre heureusement ces hiéroglyphes au moment où ses investisseurs s'impatientaient...

Il faut aussi remarquer que sur tout le plateau de Gizeh, il n'y a que dans ces chambres, ouvertes à la dynamite par Vyse, qu'on retrouve autant de graffitis sur une si petite surface.

Les hiéroglyphes semblent pour certains continuer sous les poutres, ou d'autres sont recouverts de cristaux de Gypse, on va leur accorder le bénéfice du doute, et considérer qu'ils datent bien soit de la construction, soit d'une rénovation de la grande pyramide. Mais :

- il y a trop de graffitis sur les dalles,
- certains utilisent une écriture 1 000 ans plus jeune que la construction supposée de la pyramide,
- tous les cartouches à controverse ne se trouvent ni sous les poutres, ni sous les cristaux.
- il y a plusieurs cartouches de pharaons sur cette dalle, et seul celui de Khéops est choisi…
- les oiseaux dessinés sont clairement des vautours (longs becs, pieds bien séparés les uns des autres) et ne représentent donc pas la caille utilisée dans le cartouche de Khéops. Ces erreurs se retrouvant dans les 2 oiseaux présents dans le cartouche de Khéops. Il s'agissait peut-être d'un autre pharaon bien plus ancien…
- le dessin de Vyse montre une croix dans le cercle, celle de Samuel Birch (contemporain de Vyse) semble montrer un cercle avec un rond (le signe de Ra), donc ne désignerait pas Khéops. Sur les photos actuelles du cartouche, on voit un cercle avec un point central, et 3 traits semblent rajoutés pour "corriger" le cartouche et le faire plus ressembler à ce que l'archéologie voudrait que ce soit. L'incohérence entre les premiers relevés et le cartouche actuel pose question... Sans compter que des témoins récents racontent qu'aujourd'hui le cartouche est conforme à celui dessiné par Vyse, donc différent de toutes les photos officielles...

Question analyses au carbone 14, il faut savoir que tous les matériaux organiques trouvés lors des fouilles dans la grande pyramide (un morceau de bois, un panier) ont tous disparu fortuitement des musées avant que la méthode de datation au carbone 14 ai été inventée.

Dans la chambre de décharge du cartouche, une poudre noire au sol, des insectes morts. Comment sont-ils rentrés ? Il aurait de plus été intéressant de l'étudier au carbone 14, mais là encore cette poudre est désormais introuvable.

Le mur autour de Gizeh (2002)

[stp] De manière presque inaperçue par le public mondial, un vaste mur de béton, surmonté d'une grille, a été érigé autour du terrain de Gizeh. Des gardes armés empêchaient les curieux de suivre les fondations vers le désert, et même de prendre des photos.

D'après les témoins, la profondeur des fondations était de 50 à 60 cm, fondations entremêlées d'une double rangée de tiges en acier (avec tous les 10 cm deux des tiges en face). Pourquoi ce mur en béton doit-il être tellement renforcé ? en juillet 2002, le mur grandissait à une cadence alarmante (travail 24 heures par jour !) Et au sommet du mur d'une hauteur d'environ 4 mètres, se dressaient des tiges en fer de 3 mètres, sur lesquelles seront plus tard posées des grilles. La surface clôturée est estimée à 8km2, bien plus que le site officiel. Par contre, tous les trous soit-disant inexplorés sont bien protégés par les murs…

En février 2003, les trois pyramides étaient fermées aux touristes. Pour des travaux de rénovation !

Selon plusieurs témoins, depuis la construction de ce mur, les excavations en sous-sol vont bon train sur le site fermé et isolé des curieux. Des bruits de grosses machineries sont aussi entendu, sans que les machines ne soient visibles.

Amérique du Sud

Tiwanaku

Les mégaphones

Il y a un cube avec un trou traversant dedans, qui débouche sur un cône excentré semblant taillé n'importe comment, pas centré. Mais quand on parle dedans, la voix est amplifiée, permettant de discuter d'un côté à l'autre de la cité. L'ancre des muezzins musulmans ?

Comment déplacer les blocs de 100 t ?

A Tiwanaku , des blocs de 100 T ont été déplacés. Comment, puisque les incas ne sont censés pas connaître la roue, et que sur l'Altiplano il n'y a pas d'arbres (donc pas de rondins si chers à nos archéologues)...

Les constructeurs

Comme d'habitude, les légendes des locaux parlent des géants très avancés, qui venaient des cieux, qui sont repartis en promettant de revenir.

Teotihuacán

Ayant pu posséder plus de 200 000 habitants, elle est probablement la plus grande ville du monde en l'an 1000.

Les Aztèques disaient qu'elle avait été construite par les géants Quinametzins (p. 310), les dieux qui viennent du ciel.

Les pyramides à degré de la Lune et du Soleil (7 niveaux) sont parmi les plus grandes pyramides d'Amérique du Sud. A leur découverte, c'était des collines artificielles, ou tertre, similaires à ceux des USA ou d'Angleterre, ou encore les tumulus français.

On retrouve les sacrifices humains communs à toutes les civilisations avec ogres à leur tête.

De grandes quantités de Mercure sont retrouvés à 18 m de profondeur, sous le temple de Quetzalcóatl.

Une couche de Mica feuilleté à été retrouvé au 5e niveau de la pyramide du Soleil (des sources disent qu'elle a été retrouvée dans toutes les pyramides et temples alentour, comme si à une époque plusieurs bâtiments avaient été recouverte d'une couche brillante). Cette couche avait peut-être un intérêt technique ? (le mica est l'isolant de nos condensateurs, c'est un matériau chimiquement neutre, et résistant aux agressions du temps).

La pyramide du Soleil est construite sur une grotte naturelle, qui débouche dans une salle en trèfle à 4 feuilles (comme les cryptes druidiques), d'où étaient sortis leurs ancêtres nés de la Terre (Mithra). Les cultes de la cités étaient liés à l'inframonde souterrain.

Tula

Capitale des Toltèques, cette cité se démarque par la présence des statues des "Atlantes" (4.6 m de haut), ressemblant à celles de l'île de Pâque, mais en plus détaillée.

L'entrée du temple était formée de deux colonnes en forme de serpent (comme les 2 colonnes du temple FM ?).

Selon la tradition, un conflit opposa Quetzalcóatl et Tezcatlipoca, et une extension de la cité fut construite 1 km plus loin pour accueillir le dieu qui avait fait sécession.

El Mirador

Un des nombreux exemples de la couleur rouge souvent utilisé dans les anciennes cités.

Figure 21: bassin d'El Mirador

El Mirador, immense site au coeur du royaume Maya de Kan (serpent sacré), fut, il y a 2 000 ans, l'un des berceaux de la civilisation maya.

Ce que les archéologues, en survolant la région karstique, ont pris pour des volcans en 1930, étaient en fait de gigantesques pyramides, dont l'ancienneté bouleverse la chronologie établie, pendant longtemps, de la civilisation maya.

La plus imposante d'entre elles, la Danta (le Tapir), culmine à 72 mètres et dépasse, en volume, la grande pyramide de Gizeh.

Le nombre de travailleurs estimé pour un tel ouvrage est démentiel. Comment nourrir tous ces travailleurs ? Ce "bassin" géologique n'a ni cours d'eau ni source, ni même un réseau de rivières souterraines.

L'épaisseur des revêtements de stuc des monuments, peints en rouge avec de l'oxyde de fer, a été multipliée par quinze au cours des siècles. Il aurait fallu abattre plusieurs fois tous les arbres de la région pour obtenir une telle quantité.

Mégalithes > Civilisation mondialisée

Survol

Culture identique (p. 326)

Partout, les cultures sont identiques : façon d'appréhender la religions, signes et symboles, lettres d'écriture. Comme les archéologues du futur retrouveront des bouteilles de Coca-Cola réparties partout sur la planète...

Architecture identique (p. 328)

Que ce soient des pierres de milliers de tonnes, parfaitement ajustées, ou des pierres imbriquées les unes dans les autres au point que l'amollissement temporaire soit la seule façon de procéder, sans parler des symboles et statues similaires, on comprend que les bâtisseurs des sites dits "cyclopéens" étaient tous des cyclopes (ogres).

Équateur penché (p. 335)

Quand on trace une ligne entre les ruines mégalithiques les plus "récentes" et les plus imposantes, on s'aperçoit que cette ligne trace un équateur, comme si la croûte terrestre avait basculée de 30° sur le côté, et que les bâtisseurs devaient être proche de l'équateur (ce qui se tient si ces derniers lançaient régulièrement des fusées en orbite, comme le dit l'épopée de Gilgamesh...). Les ruines sur cette lignes ont des écritures communes d'ailleurs.

Culture identique

Survol

Religion au service des dieux (p. 326)

Partout dans le monde, une grosse partie de la religion ne servait pas à devenir un meilleur humain, mais à servir physiquement les dieux physique (ou leurs statues), comme faire le ménage dans son appartement, lui chanter des louanges, le nettoyer au parfum et le couvrir, lui apporter à manger son bétail ou ses propres enfants, etc. Sans compter les symboles qui sont tous les mêmes.

Les symboles universels (p. 326)

Il n'y a rien dans le cerveau qui nous fait dessiner naturellement une Svastika. C'est juste que c'est un des symbole repris mondialement par des gens qui ont la même culture et mêmes enseignements.

Sumériens en Amérique du Sud (p. 328)

Des artefacts sumériens ont été retrouvés en Amérique du Sud.

Cult > Religion au service des dieux

Figure 22: Le faux dieu ogre aux éclairs, mondial

Image Juan F. Martinez.

Les mêmes pratiques et bâtiments sacrés : les ogres ont créé partout sur Terre la même religion polythéiste, qui avait pour but d'assurer leur survivance et leur confort : dons de nourriture pour les Dieux, construction de temples sombres dans lesquels vivaient les Dieux, sacrifices de jeunes humains que les dieux mangeaient (ils sont cannibales, et comme ces dieux font des enfants "aux filles des hommes", ils prennent des victimes jeunes pour éviter les maladies), ou encore fourniture de harem de vierges consacrées (celles qui ont enfanteront les héros, moitiés dieu et moitié humain).

Par exemple, cette représentation de l'étoile cornue, avec le dieu qui tient des éclairs dans ses mains (représentation du passage de Nibiru, le disque ailé, avec plein d'éclairs lorsqu'elle passe près de la Terre).

Cult > Symboles communs

Avant d'être l'emblème des nazis, le symbole de la Svastika est utilisé universellement par les anciens peuples, partout sur la Terre.

On pourrait ainsi reprendre sur plusieurs pages tous les symboles identiques de la Svastika retrouvés sur Terre à toutes les époques.

Il s'agit de Nibiru et de ses bras gravitationnels (L5), bien que les historiens l'associent à un culte solaire.

Les têtes de chouette

La chouette évoque la sagesse pour tous les peuples du monde. Avec leurs yeux globuleux et leur arcades sourcilières marquées, rien a priori n'évoque particulièrement la sagesse, si ce n'est qu'elles ressemblent curieusement aux représentation des Zétas qu'on connaît aujourd'hui. Ces sculptures ou dessin se retrouvent à l'île Pâques, chez les aborigènes Australiens, Inde, Yémen, Syrie, Jordanie, France, Serbie, Roumanie, la chouette de l'Athéna grecque, etc.

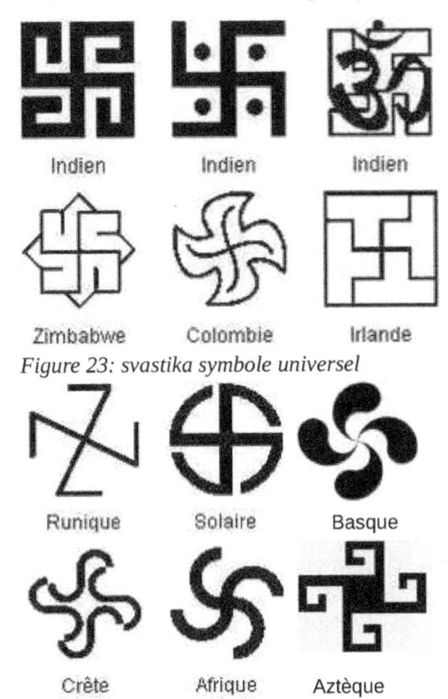

Figure 23: svastika symbole universel

Dessin 1: Autres croix solaires (svastika)

Poteries roumaines identiques aux poteries chinoises de la même époque

Les poteries de Yangshao (Chine) et Cucuteni (Roumanie) sont identiques dans les formes, la technique du vase, et les décorations (on y retrouve notamment le symbole du Ying et du Yang, ou encore la swastika (croix gammée)).

Le mètre partout, bien avant la révolution française

Le mètre a théoriquement été inventé en 1790, lors de la révolution française.

Or, il s'avère que cette révolution a été guidée en sous main par les FM, eux mêmes issus des templiers et de la caste des bâtisseurs de cathédrale, qui détenaient eux-même leur savoir de l'antiquité, voir des Égyptiens. Et en effet, si l'on regarde plusieurs mégalithes trop vieux pour être datés (plus de 4000 ans) :

- le pyramidion de la pyramide de Gizeh fait 1 m pile [pyr].
- La Porte du Soleil (Puerta del Sol) à Tiwanaku en Bolivie, fait 4 m sur 3 m... 4 et 3 étant des chiffres sacrés dans toutes les traditions occultistes du monde.
- Le Serapeum (24 grosses cuves en granit (30 tonnes pour le couvercle, 70 tonnes pour la caisse, soit 100 t au total, 4.2 m de long, 2.3 de large, 3.4 m de haut), parfaitement polies et aux dimensions parfaites et équilibrées tout du long, plus anciennes que les premiers hiéroglyphes (donc ça coince pour les égyptologues...) puisque les hiéroglyphes gravés dessus ont du casser le brillant de surface (sans compter que les liserés n'arrivent pas à tenir la ligne droite sur plus d'1 mm, les pires hiéroglyphes Égyptiens...), alors que les formes d'origines conservent le poli à l'intérieur), les couvercles font 1 m pile poil (mesure à 1 mm près, il faudrait des mesures officielles plus détaillés qui depuis 300 ans n'ont jamais été faites). Les livrets décrivant la découverte et les premières études par Mariette en 1851 ont "tragiquement" disparus. Le seul sarcophage scellé n'a pas pu être ouvert et l'emploi de la dynamite à permis d'éclater une ouverture dans le sarcophage. A l'intérieur, du vide... Pas de sépulture du taureau Apis comme le veut la théorie des égyptologues.

Atlantide

On retrouve l'Atlantide dans les légendes Égyptiennes (et grecques via Platon) mais aussi dans les archives Hopis (p. 378). Bel exemple de légende mondialisée..

Selon les Hopis ou Platon, l'Atlantide (situé en Atlantique avant sa dislocation par le rift Atlantique) s'est enfoncée dans les eaux, ses survivants se retrouvant en Europe et chez les Égyptiens.

Qu'en est-il de l'archéologie ?

Si on suit bêtement ce que dit Platon, on regarde au delà des colonnes d'Hercule, et on tombe sur les canaries ou Açores.

Donana (Séville, Sud-Ouest Espagne)

Le 15 novembre 2018, la société d'imagerie satellite Merlin Burrows localise des ruines circulaires aujourd'hui immergées (comme la description de Platon) sous les marécages du Parc de Donana en Espagne, le long de la côte atlantique. Les dimensions correspondraient parfaitement aux descriptions faites par Platon. Les ruines découvertes sont plus anciennes que les Romains ou les Grecs, mais aussi plus avancées (présence de béton notamment). Des preuves de tsunamis gigantesques ont été retrouvées dans la destruction des mus cyclopéens.

Peut-être pas l'Atlantide, mais la preuve déjà qu'une civilisation avancée et prospère avait un port dans la région.

Les Guanches des Canaries

Les Guanches des Canaries posent de sérieux problèmes aux ethnologues. Si les îles connurent une migration d'origine berbère (venant d'Afrique), il n'en reste pas moins que les Guanches originaux pratiquaient la momification, ce qui est loin d'être une pratique berbère.

Les anciens Guanches sont décrits par les Français qui redécouvrent l'île avant la conquête espagnol comme grands, à la peau clair. Platon les décrit aussi comme grand et blond.

Cult > Sumériens en Amérique du Sud

L'Amérique du Sud n'ayant pas été nettoyée des traces ogres comme l'a été l'Europe par les Celtes, puis les romains, ce continent regorge d'incohérences, qui sont en train d'être nettoyées à notre époque, et laissent pour l'instant pas mal de traces. Ensuite, si les mêmes dominants avaient gardé le contrôle du système dans 2 siècles, les livres d'histoires Fernand Nathan, chargé de résumé la somme d'infos générées par notre époque, auraient évacué sous le tapis toutes les preuves encore actuellement disponibles, parlant de délire New-Age de notre époque millénariste.

Présence sumérienne

Les artefacts du Père Crespi

Il existe des preuves [cre] du passage de migrants sumériens qui aurait abordé les côtes du Brésil puis se seraient enfoncés dans le continent jusqu'à atteindre le plateau andin, directement à l'Ouest et ce en remontant les grands fleuves de la région amazonienne. Un prêtre chrétien du nom de Père Crespi fut le dépositaire d'une formidable collection d'objets qui lui étaient apportés par les indiens vivants dans la région. Les indiens les auraient trouvé dans des grottes sacrés dont on ne connaît plus aujourd'hui l'emplacement exact. Néanmoins, ces objets, dont de nombreux sont en or et comportent un écriture jusque là inconnue, comptent des sculptures typiquement sumériennes, d'autres de facture égyptiennes. Il y a même dans cette collection d'objets anciens, des casques très allongés vers le haut et qui ressemblent aux casques Goth d'Europe. Des grandes plaques d'or (comme les feuilles d'un livre géant, destiné à franchir le temps), gravées avec cette même écriture inconnue et étonnamment très précise, synthétique.

Dans les objets de style divers, certains sont particulièrement curieux :

- des pyramides à 13 degrés avec un soleil au sommet (accompagnée de la fameuse écriture inconnue)
- des animaux typiques de l'Afrique : éléphants, girafes
- des personnages ressemblant à des évêques catholiques
- une vierge à l'enfant de style précolombien

Autant d'élément qui se réfèrent à 2 choses :

- les symboles FM et illuminatis (le serpent à 2 têtes, la pyramide à 13 degrés) très clairs
des symboles mithriaques (la Tiare conique, le Bâton, etc.) plus tard repris tels quel par l'Église catholique

Bien entendu, ces objets ont été faits avant que les européens débarquent, car récupérés dans une cache vieille de plusieurs milliers d'années...

Il y a des reportages télé de 1980 sur cette collection hétéroclite, possédé par un prêtre sans le sou qui entasse des tonnes d'or d'artefacts étranges, sans que l'archéologie ne daigne (apparemment) s'y intéresser. Vous connaissez la chanson, à la mort du prêtre, la collection sera dispersée dans des collections privées et est aujourd'hui officiellement disparue, reste ces images dérangeantes que tout un chacun peut encore consulter.

Le bol de "Fuente Magna" (Puma Punku, lac Titicaca)

Un bol aplati en céramique, nommé "Fuente Magna", a été découverts accidentellement aux alentours du lac Titicaca par un paysan local. Ce bol comporte, sur la face intérieure, divers motifs dont... des caractères cunéiformes, c'est à dire une forme d'écriture mésopotamienne antique.

Après différentes études, il s'avéra même que ces écritures sont du proto-sumérien (les tout début de la civilisation sumérienne millénaire, la plus ancienne connue à ce jour... officiellement). Cette écriture aurait été utilisée dans l'ancien Irak en -3500.

D'après les traductions faites de ces textes en proto-sumérien cunéiforme, ce bol est dédié à la Deesse "Nia" et la coupe devait servir à des rituels d'ablutions sacrés. Si l'épouse d'Enlil s'appelle Ninlil, la femme de Enki s'appelait Ninki (système des parèdres). Enki étant aussi connu en Mésopotamie sous le nom de Ea, sa femme porterait le nom de Nin-Ea, un terme très proche de la traduction faite de nos jours du nom de la déesse à qui était dédié le bol.

L'histoire officielle est incapable d'expliquer non seulement la sophistication architecturale de Puma Punku, mais aussi la présence d'une écriture sumérienne très ancienne sur un même site.

Architecture identique

Les symboles sont tous les mêmes, les pratiques religieuses sont toutes les mêmes, qu'en est-il de l'architecture ?

Survol

Pierres amollies (p. 329)

Seul l'amollissement temporaire (transformer une pierre dure en Marshmallow) peut expliquer les pierres de 11 angles dans lesquelles on ne peut glisser une feuille de papier. Surtout quand des kilomètres de murailles bâties comme ça s'alignent : si c'est impossible à refaire pour une seule, alors pour des milliers ?

Pierres cyclopéennes (p. 332)

Des pierres monstrueuses de centaines voir de milliers de tonnes, parfaitement ajustées, jusqu'à 24 m de long.

Pyramides identiques (p. 333)

Les pyramides, les sculptures associées, ont toutes un air de déjà-vu.

Alignement sur le baudrier d'Orion (p. 334)

Les 3 étoiles du bâton des rois (baudrier d'Orion), au-dessus de Sirius, ont servi d'alignement à beaucoup de pyramides partout dans le monde.

Archi > Pierres amollies

Présentation

Autant préciser tout de suite qu'on ne sait pas actuellement tailler de telles choses si grosses avec autant de précision, et qu'on n'a aucune idée de comment ce serait possible sans pierres malléables…

Sacsahuaman, au Nord-Ouest de Cuzco (Sud-Est du Pérou) est constitué de longues murailles de blocs amollis. Le bloc derrière la femme (Figure 24) fait à peu près 5 m de large. Il est formée de 11 angles d'ajustement et s'ajuste si parfaitement avec les 7 autres blocs voisins qu'on ne peut pas glisser une lame de rasoir dans les jointures…

Figure 24: Sacsahuaman (pierre amollie 11 angles)

Les légendes locales disent que les dieux amollissaient la pierre en surface pour qu'elle s'ajuste parfaitement, ce qui explique leur aspect bombé (chose qui se passe quand on écrase un marshmallow). C'est la seule technologie qui pourraient expliquer ce qu'on observe (ce sont des pierres naturelles, pas du ciment ou géopolymère), sauf qu'on est loin de posséder une telle technologie, et donc d'expliquer leur construction...

Les indices techniques

Gonflement

Les pierres sont gonflées comme une pâte à modeler molle qu'on aurait écrasée légèrement, ce qui explique qu'elles soient parfaitement ajustées avec leur voisine.

Faces rectifiées à la truelle

Les faces de ces pierres sont bien lisses (au sens rugosité, pas toujours de la planéité). Faites fondre en surface du plastique ABS, appliquer une forme en verre avec des lettres, et ces lettres seront parfaitement représentées en creux, de même que la surface sera devenue lisse comme le verre. Ce serait le même principe pour les pierres d'Égypte, on applique un moule (fait en substance tendre, donc facilement formable pour faire les dessins) sur les pierres en calcaire ou granit amollies, et il devient inutile de graver péniblement les hiéroglyphes. Et on obtient des statues parfaitement symétriques à la surface bien lisse.

De nombreuses pierres amollies montrent un lissage sommaire à la truelle ou à la pelle, on voit les coups d'outils et les irrégularités, incompatible avec des tailleurs de pierres s'emmerdant à obtenir un fini miroir sur une surface gondolée.

Dans la carrière de granit d'Assouan (Égypte), dans les chemins creusés autour des blocs en cours d'extraction (sur les côtés et le dessous, afin de dégrossir l'extraction du bloc), on dirait que c'est creusé à la grosse cuillère, comme si elle avait enlevé des morceaux de sorbet de glace. Aucune raison d'avoir ces chemins temporaires (n'apparaissant pas dans le produit fini) polis miroir, taillés parfaitement en rond et aussi régulier : Il s'agit juste de la trace d'une cuillère de 1 m de diamètre...

Dans cette carrière toujours, des traces de carrés pataoïforme en creux, comme le pendant des carrés aux bords mous en saillie des blocs des parements en granit de Mykérinos.

Sur Mykérinos, on retrouve un endroit du parement où tous les blocs sont lisses et plans, comme si on avait appliqué une grosse plaque à cet endroit. Les blocs du bords sont à moitiés plans, à moitié bruts de démoulage.

Partout, on retrouve des cuves de granit, faussement décrites comme des sarcophages sauf qu'on n'a jamais trouvé de corps dedans, même dans la cuve scellée du serapeum, ouverte à la dynamite par Mariette. Les sarcophages Égyptiens ont d'ailleurs la forme de la momie, avec la tête et les épaules découpées. Ces cuves en granit sont parfaitement parallélépipédiques, à la surface lisse et aux angles droits. Soit les gars ont passé des années à les lisser, soit ils ont appliqués un marbre sur une surface amollie... La profondeur des hiéroglyphes des obélisques en granit de Karnak (plus d'1 cm) montrent une dépouille, comme si ils avaient été moulés (on applique une plaque dessus, ce qui donne les hiéroglyphes et le fini lisse et brillant derrière).

On peut comprendre qu'au lieu de s'embêter à graver du granit dur, ils aient fait toutes leurs statues parfaites et bien lisses grâce à cet amollissement miracle. La technique semble se perdre après Ramsès 2, lors du passage de Nibiru (l'exode) dont l'Égypte ne se remettra jamais.

Angle de dépouille de surface

Autre indices de ces pierres molles, c'est l'angle de dépouille des hiéroglyphes cyclopéens (des gros hiéroglyphes bien profonds, et pas seulement gravés sur 2 mm de profondeur comme c'est le cas avec un burin), semblant fait lors de la pose de la pierre, parfaitement réalisés (pas d'éclats ou de traces de coups de burins) et surtout polis à l'intérieur des creux (ou recouverts de résine, comme on semble voir au sérapéum par les coulures sous le couvercle).

C'est la profondeur des hiéroglyphes dans le granit qui impressionne (environ 2 cm sur un obélisque granit de Karnak) et le fond est lisse et brillant, intouché malgré les milliers d'années écoulées depuis la réalisation. On voit bien le creusement conique, pour faciliter le retrait du moule enfoncé dans la pierre. Pour les hiéroglyphes, il semblerait que tous datent de l'époque dynastique, ces derniers ayant eux aussi une sacré technique (mais aidés par un dieu ogre encore présent). Les hiéroglyphes cyclopéens sont donc susceptibles d'avoir utilisés la pierre amollit, mais aussi le tracé d'un quadrillage et d'autres outils avancés mais plus conventionnels pour être tracés.

multi-angles

Ces pierres ont des angles impossibles à tenir avec cette précision en technique de taille de pierre. Évidemment, des surfaces molles qui se moulent sur les voisines sont faciles à réaliser.

Certaines ont 11 angles différents, les arrondis sont des fois tellement petits qu'on se demande pourquoi ils se sont emmerdés à les faire.

Ces multi-angles ne servent pas à faire joli, ils ont une fonction antisismique. Parfaitement imbriqués les unes dans les autres, cette technique antisismique a parfaitement résister (du moins pour les pierres de base restantes) aux nombreux séismes qui ont eu lieu depuis leurs construction.

Les joints en forme circulaire

En plus des multi-angles, on a des courbes en haut et en bas, qui doivent s'adapter parfaitement aux pierres voisines. Encore plus chaud à tenir question précision d'usinage, chaque point ayant une courbe à respecter parfaitement, à la même distance en haut et en bas de la pierre (jusqu'à plusieurs mètres pour rappel).

Autant dire que même maintenant on ne sait pas faire ça, et encore moins à la chaîne pour construire des kilomètres de remparts...

Les bossages arrondis

Ces bossages arrondis ont peu de chances d'avoir servis au levage, de par leur emplacement non centré, ou en bas (loin du centre de gravité) et donc le côté arrondi et peu long aurait tendance à faire riper les cordes.

Les tenons semblent plus avoir une fonction énergétique que de support, puisque seules certaines pierres les ont, et qu'il aurait été facile de les casser une fois mises en place si elles n'avaient pas une fonction occulte particulière.

Ces tenons semblent obtenus par lissage de la surface arrondie, un excès de matière qui durci trop vite ?

Des pierres trop nombreuses

On pourrait penser que suite à plusieurs générations humaines, les hommes aient réussi en taillant à obtenir une telle précision d'imbrication sur une pierre (par pose-dépose successive jusqu'à ce que ça marche). Mais déjà, on parle de pierres de plusieurs tonnes et de plusieurs mètres de gabarit, puis surtout, quand on voit les forteresses attribuées à tort aux incas, on voit les murs de soutien s'étendre à perte de vue, que des pierres de ce type, dans des zones montagneuses à plusieurs milliers de mètres d'altitude où la théorie des millions d'esclaves travaillant lors des 4 mois d'hivers doux du Nil ne tient plus…

<u>Sacsayhuamán</u>

("rapace" en quechua) Située à 2 km de Cuzco au Pérou, à 3700 m d'altitude. Les murs cyclopéens, aux pierres amollies imbriquées (Figure 24 p. 329), sont répliqués en 3 niveaux (attribus à une forteresse, mais ressemblant plus à des terrasses de culture. Centre religieux dédié au soleil et à d'autres dieux incas, les incas ne savaient pas qui l'avait bâtie, mais pas leurs ancêtres. Les historiens sont d'un autres avis, estimant que la citadelle a été construite par l'inca Pachacutec vers le milieu du 15e siècle, en 50 ans avec 20 000 personnes. Comment techniquement ça a été possible n'est (évidemment) pas précisé... On n'a pas non plus retrouvé les centaines de milliers d'outils qu'auraient du laisser ces 20 000 travailleurs...

Les incas ont parlé de leurs légendes, disant que les pierres étaient déplacées en les faisant léviter (comme pour Nan Madol en Micronésie). Mais ils n'ont pas été écoutés (du moins, officiellement toujours !).

3 murs de soutènements parallèles longs de 600 m, disposés en zigzag, lesquels sont constitués de blocs monolithiques de calcaire parfaitement assemblés et encastrés les uns dans les autres, d'un poids allant de 128 à 200 tonnes (Les fondations sont en calcaire et les murs en andésite).

Le nombre de pierres parfaitement ajustées exclut des pierres taillées manuellement, parce qu'ils seraient encore en train de les peaufiner...

Modifications de surface

Sur une pierre en basalte cassée (structure amorphe) du temple de Karnak, on voit que la surface, qui a subit un traitement inconnu, semble différente du coeur de la pierre, comme si le traitement avait modifié un peu la structure amorphe.

Si toute la pierre avait été amollie, elle aurait fondue et coulée, ou bien ne se serait pas tenue verticale tandis qu'on donnait les coups de truelles pour égaliser la surface.

L'étude des parements de Mykérinos montre , que les cristaux de surface ne semblent pas modifiés par le procédé d'amollissement. Sur la vidéo, on voit bien un endroit où toutes les pierres ont été écrasées pour être plates en surface, alors qu'a côté elles sont encore brutes, comme si une planche de bois avait été appliquée sur cette partie. 2 pierres sont à moitié plates et à moitié brutes sur cette surface plane. En comprenant que les pierres étaient molles tout s'explique.

Location

Si c'est surtout les ruines d'Amérique du Sud qui sont connues pour ce type de pierres aux plusieurs angles, on les retrouve aussi dans les soubassements des murs de l'île de Pâques, sur les parements en granit de la pyramide de Mykérinos à Gizeh, que l'obélisque d'Assouan ou encore du temple sous terrain de l'Osirion d'Abydos qui présente les mêmes tenons arrondis (du moins, avant qu'ils ne détruisent volontairement tous ces tenons en 2018).

Pas des géopolymères

La théorie des pierres moulées (fondues puis refabriquées sur place dans des moules) est l'alternative la plus intéressante à la taille de la pierre, et évite le sujet épineux du transport de ces blocs de milliers de tonnes sur autant de distance (broyées, les granulats se transportent classiquement, avant d'être reconstitué sur place en rochers cyclopéens de plusieurs milliers de tonnes), ainsi que la mise en place parfaitement ajustée. Mais ce n'est qu'une théorie d'enfumage « tout sauf Nibiru », qui ne résiste pas aux faits.

Tous types de pierres amollis

Tous les types de pierre semblent pourvoir être amolli. Seul le calcaire, et difficilement les pierres volcaniques, pourraient être reconstituées. Les autres demandent les pressions phénoménales, ou les quantités de chaleur infinies du noyau de notre planète, pour reproduire les conditions géologiques ayant abouties à notre croûte terrestre.

Des vraies pierres

On sait au niveau granulométrie et réseau cristallin que ce sont de vraies pierres. En effet, les études des carrières d'extraction montrent :

- La carrière d'extraction existe, parfois très lointaine
- on y retrouve des pierres similaires en cours de taille voir terminées, en attente de déplacement
- on y retrouve les trous des pierres extraites et qu'on peut voir assemblées sur le site
- la granulométrie et le réseau cristallins dans les pierres de construction sont les mêmes que celles des pierres naturelles de carrière, et n'ont pas pu être recréées artificiellement.
- les différents dépôts et veines de sédimentation dans la carrière qui correspondent aux veines retrouvées sur les pierres dans les constructions.

Par exemple, dans le parement de la pyramide de Mykerinos, on retrouve des imperfections (veine de Quartz, diaclases, les enclaves noires dues à des concentration de minéraux différentes) liées à la cristallisation à l'intérieur de la chambre magmatique lors de la formation du granit. C'est ce qu'on retrouve dans les granits naturels, alors qu'un géopolymère serait beaucoup plus homogène, sans ces grandes veines traversant toute la pierre. Sans compter que la carrière d'Assouan est connue et que ces pierres viennent de là-bas, même roche et mêmes imperfections. Quand on refait des pierres, on s'arrange pour qu'elles soient parfaites, on ne met pas celles avec des fissures difficilement reproductible dans le moule.

L'orientation des cristaux n'est pas la même d'une pierre à l'autre, alors que des géopolymères auraient montré les mêmes orientations sur toutes les pierres.

Dans le temple d'Horus à Edfou (attention, si la base, le sol constituée de 7 entassement de blocs mégalithiques (à ce qu'on en sait) semble être un ancien spatioport d'époque ogre, le temple est lui d'époque dynastique, bien plus récent), on retrouve bien les dépôts stratigraphiques classiques du calcaire, avec les différents types de dépôts au fil des millénaires et des changements de pluviométrie, qui se lisent dans les pierres des murs. On a aussi les strates rencontrées dans le grès. Il s'agit donc bien de vraies pierres, pas du géopolymère !

Des pierres calcaire dont certaines pourraient être en géopolymère (refaites artificiellement par l'homme en moulant dans des banches), mais la plupart des pierres calcaires sont bien naturelles. On trouve bien des pierres rocheuses avec des Nummulites (fossiles microscopiques très fragiles) dans les pyramides (il y a 2 types de calcaire, celui de surface sans nummulite (le carbonate de calcium, on sait de quelle carrière elle provient, et le substrat rocheux avec Nummulite). La Nummulite disparaît si on fait un géopolymère, et cette absence de Nummulite de carbonate de calcium avait été considérée à tort comme la preuve de géopolymères.

En gros, si les anciens avaient une technique inconnue de fabrication de géopolymère, pourquoi extraire les roches de carrières différentes ? Pourquoi reproduire exactement la roche d'origine, avec ses imperfections et ses fissures ? Pourquoi ne pas plutôt faire comme maintenant du béton armé, bien plus résistant et homogène.

Aucun intérêt technique

Pas une pierre n'est identique, ce qui démolit l'idée de géopolymères. En effet, quand on utilise un coffrage permettant de fabriquer la pierre directement entre celles préalablement fabriquées, on réutilise ce coffrage à la chaîne, on ne va pas s'emmerder à le détruire et à le reconstruire à chaque fois.

Avec des coffrages, Ils auraient fait des formes qui reviennent régulièrement, pour optimiser la fabrication du coffrage, tout en gardant les propriétés antisismiques des pierres glissant légèrement les unes sur les autres pour dissiper l'énergie du séisme. A noter toutefois que certains sites Égyptiens montrent des symétries d'un côté et de l'autre d'un corridor [pyr].

Les vases de pierres de l'Égypte préhistorique

Depuis l'Age de la préhistoire égyptienne entre 5000 et 3500 avant JC (Culture de Nagada, soit 1 000 ans avant la construction "officielle" des premières pyramides) , les Égyptiens ont réalisé des vaisselles en pierre dures d'une grande beauté et extrême finesse dans la réalisation.

A une date ou on taillait encore les silex et ou les statuettes trouvées dans les tombes sont de forme grossière, on trouve aussi des vases de pierre dont la perfection n'est pas compatible avec les techniques et outils supposes de l'époque.

Avec quelle technique et quels outils a-t-on pu réaliser cette coupe finement dentelée qui semble moulée ou réalisée à partir d'une feuille de matière pliable et déformable sans casser ?

Du côté de l'histoire officielle, on imagine, même si on sait que cette théorie a plein de lacunes, que on a simplement utilise des silex pour gratter et percer inlassablement pendant un temps très long la pierre. Quand on voit le nombre de vases réalisés, semble-t-il a la chaîne, et même pour les familles les moins riches, on peut exclure les millions de gratteurs que ça aurait demandé. Sans compter que le frottement de silex ou autre lames de cuivre qui frottent du sable abrasif ou bronzes supportant des diamants comme outil de coupe est difficilement compatible avec les formes parfaitement symétrique et de non révolution, comme les pétales du disque de Sabu.

Pour l'instant, les perceuses en bois avec pointe de silex n'ont marché que sur le papier, personne n'est arrivé à refaire ces vases si fins...

Le moulage a partir d'une pâte de pierre semble exclu car on distingue le veinage noir naturel des cristaux ou quartz de la roche d'origine, et il y a une hétérogénéité qu'on n'aurait pas réalisé à partir du malaxage des constituants de la roche d'origine. Remarquer aussi la trace de cercle au fond du vase

Et c'est à priori cette même technique qui était déjà maîtrisée vers -3000 avec le disque de Sabu, mais sur du schiste cette fois (encore plus difficile car matériaux friable).

On a autant des vases en pierre très friable, que des vases en pierre très dure.

Certains avancent que les pierres les plus simples auraient été fondues, ce qui n'est pas possible, car on voit alors apparaître les phases amorphes (transparentes) comme le verre, les cristaux n'ayant pas le temps de se former au refroidissement, comme ça se passe quand c'est la lave qui refroidit (et qui a commencée à se former aux pressions et températures élevées du manteau). De plus, la fusion du granit n'est que partielle si on le chauffe à des températures très élevées même pour notre technologie, et est difficilement moulable.

Les légendes indigènes sur le mode de construction

Les légendes locales confirment cette hypothèse d'un rayon ou d'un produit qui amollit temporairement la pierre.

Hiram Bingham, dans son livre *Across South America; an account of a journey from Buenos Aires to Lima by way of Potosí*, Boston, NY: Houghton Mifflin Company, 1911, p. 277, raconte : « Une explication revenant souvent dit que les Incas connaissaient une plante dont le jus rendait la surface des rochers si molle/douce (soft) que les ajustements magiques se faisaient en frottant les pierres ensembles avec ce jus de plante. ». Cet amollissement n'était que temporaire, le temps d'ajuster les pierres amollies en surface entre elles.

Un autre explorateur, Brian Fawcett, rapporte des histoires similaires de façon plus précise (Col. P.H. Fawcett, Exploration Fawcett, London: Century, 1988 (1953), pp. 75-7.). L'une parle d'oiseaux qui creusent des nids avec une brindille dont la sève liquéfie la roche (on retrouve la tradition hébreuse de Salomon et Asmodée (p. 530), qui recherche un coq de bruyère qui fait son nid avec des vers découpant les pierres les plus dures (suffisamment rapidement pour bâtir le soutènement du temple en 7 ans), ce ver devant pallier à l'interdiction d'utiliser le métal pour sculpter les pierres massives du temple). Une autre histoire concerne un jeune anglais dont les éperons auraient été dissous par des plantes dans la jungle. Son fils, Brian Fawcett, raconte aussi avoir découvert une jarre dont le contenu renversé aurait rendu la roche molle comme de la cire. Ces histoires sont corroborées par de nombreux témoignages de populations locales.

D'autres légendes disent que les dieux faisaient léviter les pierres avec une flûte (une baguette mystérieuse pour les autochtones de l'époque), ou encore l'oiseau (Enlil, avec le casque d'aigle, ou les ogres désignés en ésotérisme sous le nom oiseau, ceux qui viennent du ciel, ou encore la mythique langue des oiseaux des alchimistes) qui ramollit la roche avec une brindille (encore une baguette mystérieuse).

L'explication d'Harmo

C'est l'hypothèse la plus logique, celle qui est la seule a expliquer tous les faits de construction et qui est en accord avec les légendes locales (et qui coule de source quand on étudie tous les faits).

En gros, les bâtisseurs plaçaient la pierre grossièrement taillée en place, puis utilisaient un procédé quelconque pour amollir la pierre en surface (onde ou produit chimique). Sous l'effet du poids des pierres voisines, la pierre s'écrase comme une pâte à modeler (d'où l'aspect bombé/gonflé des pierres) et l'ensemble s'ajuste parfaitement.

Évidemment, les bases techniques de cette technologie ne sont par contre pas décrites ni donc reproductibles par nous (un niveau technologique qui nous dépasse encore de beaucoup, et que même les ogres ne maîtrisaient pas, se servant d'outils donnés par d'autres ET technologiquement plus avancés).

La science ne pouvant confirmer cette théorie que quand elle saura la reproduire et comparer la roche obtenue avec celle déjà en place, ce n'est donc pas demain la veille que nos scientifiques auront l'explication ! En attendant, ils préfèrent ignorer les faits qui les renvoient à leur ignorance.

Archi > Pierres cyclopéennes

Les pierres cyclopéennes sont différentes des pierres amollies, dans le sens ou elles sont plus volumineuses, et n'ont pas besoin d'angles anti-sysmiques.

Nous prendrons l'exemple de Baalbek, Puma Punku et Jérusalem, répartis dans le monde.

Baalbek

Le déni

Longtemps, les archéologues ont refusé de voir que la base du temple de Baalbek était bien plus ancienne que le temple romain posé dessus (l''usure différente est pourtant bien visible). Ce qui a conduit à des tas de théories pour savoir comment les romains, qui n'ont jamais fait de si grosses pierres, avaient pu les déplacer (sans compter leur ajustement parfait).

De même, pour la datation, les archéologues ont longtemps cru que puisqu'on avait trouvé des outils égyptiens, outils qu'on pouvait dater, que Baalbek était égyptienne. Ce n'est que depuis 2010 que les archéologues ont du reconnaître que ce n'est pas parce qu'on n'a pas trouvé aujourd'hui les outils des bâtisseurs de la plateforme, que ces outils n'ont jamais existé (les Égyptiens ne savaient pas faire de pierres aussi lourdes, plus de 1 000 tonnes).

Donc actuellement, le consensus est de dire que cette esplanade a été construite par une civilisation plus vieille que les Égyptiens, mais civilisation que l'on ne connaît pas encore (bien sûr, vous commencez à vous douter de laquelle il s'agit !).

Figure 25: Pierres cyclopéennes Baalbek

Similitudes avec Jérusalem

Les 2 soubassements des temples romains de Baalbek et Jérusalem (265 km de distance à vol d'oiseau), bien plus usés que les pierres romaines au dessus (mur des lamentations à Jérusalem, colonnes corinthiennes à Baalbek) possèdent des pierres longues d'une vingtaine de mètre, et ajustées au millimètre près sur toute leur longueur.

Jérusalem

Les pierres qui soutiennent le célèbre mur des lamentations (tunnel Ouest) sont comparables à celles de Baalbek (Figure 26).

Les trous de tenons

Fait étonnant, A Baalbek, Jérusalem et Puma Punku (et ailleurs sur la planète), on retrouve des trous réguliers sur ces pierres massives, qui servaient à enfoncer des tenons ou des chevilles de pierre afin de fixer un placage de pierre plus tendre mais de plus jolie facture (une sorte de coffrage décoratif).

Figure 26: Pierres cyclopéennes Jérusalem

Dans le tunnel du mur ouest à Jérusalem, sur les pierres mégalithiques, il reste même par endroit des morceaux de tenons avec son placage décoratif très altéré.

Figure 27: Jérusalem : reste de tenon+placage inférieur (en bas à droite)

Puma Punku

Figure 28: "Porte du Soleil" Tiwanaku-Puma Punku

Que 2 sites, Jérusalem et Baalbek, à 300 km l'un de l'autre, se ressemblent, quoi d'étonnant me direz-vous. Mais quand ces sites se retrouvent à 12 500 km de distance, sur un autre continent, avec l'océan Atlantique à traverser ?

La découpe de Baalbek ou Jérusalem est du même acabit que ce qu'on retrouve à Puma Punku, même si en Amérique du sud les motifs sont plus complexes (même technologie de taille précise, utilisation de tenons, mêmes découpes en "escalier", etc.).

Notez que sur la porte du Soleil de Puma-Punku, les sculptures ont été ajoutées tardivement.

Archi > Pyramides identiques

[bali] Toujours dans l'optique d'une civilisation mondialisée, les zones de rapprochement entre les peuples se trouvent des 2 côtés du globe.

Si le Cambodge et le Guatemala sont aujourd'hui séparé par l'océan Pacifique, la similitude des cultures n'est pas étudiées, car pour nos historiens, ces 2 peuples n'ont pas pu se rencontrer. Soit ces peuples possédaient de bons moyens de transport, soit les dates de ces pyramides sont plus anciennes que ce qu'on nous en a dit, soit le déplacement des plaques tectoniques est par moment bien plus rapide (par exemple au moment des grands raz de marées dont les traces sont relevées par Cuvier ou Velikovsky). Ou les 3 (une civilisation avancée commune circulant facilement entre ses différentes cités, a une époque de plusieurs millénaires, quand le Pacifique était bien moins large).

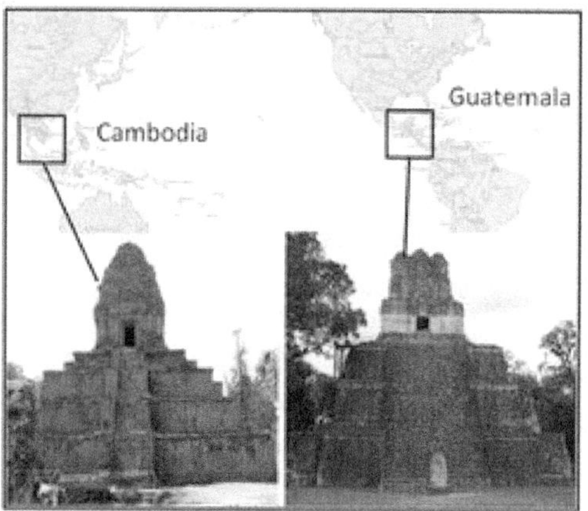

Figure 29: Gauche : Pyramide de Baksei Chamkrong à Angkor au Cambodge. Droite : pyramide temple des masques de Tikal au Guatemala

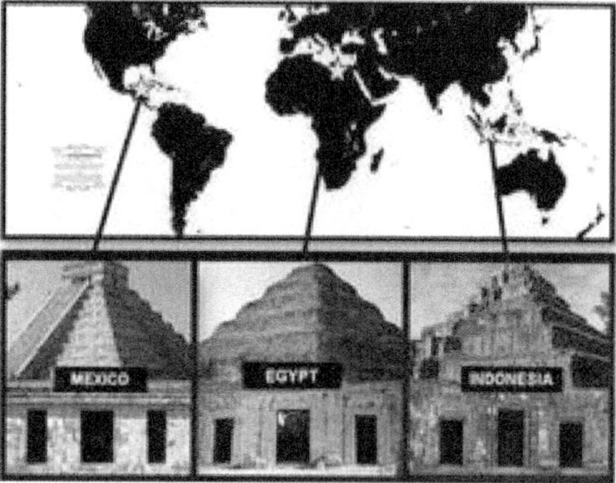

Figure 30: Pyramides à degré (et leurs 3 portiques d'entrée), Mexique, Égypte, Indonésie

Si on prend les ressemblances de la Figure 29 , on a trois plate-formes principales ou degrés. De plus, il existe un quatrième niveau plus petit situé en haut du troisième niveau dans les deux pyramides, accessible par une volée de marches beaucoup plus petites. Les escaliers menant au sommet des deux pyramides sont extrêmement escarpés.

Le bas des escaliers principaux se terminent par des sculptures similaires, dragon crachant des flammes au Cambodge, dragon crachant une flamme (ressemblant à un serpent) chez les mayas.

Figure 31: Divinités redoutables. Gauche : Cambodge, droite : Guatemala

Les deux pyramides à degré ont utilisé des arcs en encorbellement dans leur architecture. Les 2 cultures ont aussi créé des sculptures de pierre similaires avec des dessins stylisés semblables. Notamment la récurrence du nombre 3.

Les divinités redoutables (montrant leurs dents, voir Figure 31) ont un physique général similaires, et tiennent une torche de la main gauche. Leurs postures sont similaires, avec la main droite placée sur le plexus solaire, a moitié agenouillés vers la massue. Ils semblent tous avoir une barbe.

A noter que la très "virile" statue de la liberté à New-York tient elle aussi une torche à la main, et des codes de loi de l'autre...

Les sortes de gargouilles sculptées sortant de la pierre (Figure 32), attribué par les historiens à des serpents à plume : bizarre des serpents avec des grosses dents comme ça, j'aurais plutôt pensé à un dragon céleste...

Figure 32: têtes de dragon sculptées

On a aussi des faces effrayantes sculptées au-dessus des portes (avec linteaux en renfoncement, c'est à dire sur plusieurs niveaux s'enfonçant chaque niveau dans l'embrasure, comme un encorbellement transversal).

Archi > Alignement sur le baudrier d'Orion

Les pyramides de Chine (Xi'an), du Mexique (Teotihuacán), et d'Égypte (Gizeh), sont toutes alignées identiquement, sur la forme du baudrier de la constellation d'Orion, avec la taille des pyramides proportionnelle à la brillance de l'étoile correspondante.

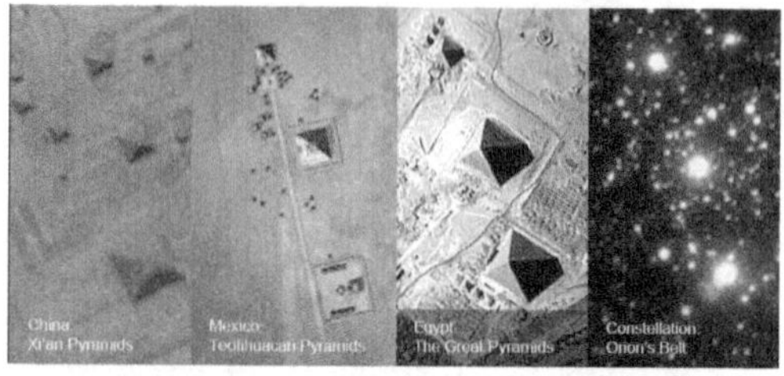

Figure 33: Pyramides de Chine, du Mexique, d'Égypte, et les 3 étoiles du baudrier d'Orion.

Les pyramides chinoises alignées avec Gizeh et Teotihuacán au Mexique, (ainsi que les Caraïbes lieux probables de l'Atlantide) sont proches de notre équateur actuel, et sont les plus récentes (si l'on s'appuie sur les datations des archéologues, et sur la théorie de l'équateur penché).

Excepté Gizeh, qui semble être le pivot de la rotation de la croûte terrestre, et qui donc appartient aussi à l'ancien équateur penché (p. 335).

Comme pour celles du Mexique, les pyramides chinoises sont plus basses et les blocs moins spectaculaires que les monuments de l'équateur incliné (donc plus anciens) preuve qu'il s'agit de constructions faites avec moins de moyens donc plus récentes, selon ce qu'on observe un peu partout : plus c'est ancien (donc les blocs de base) plus c'est gros et parfaitement ajusté et aligné.

Équateur penché

Nous avons vu par ailleurs ces sites cyclopéens qui parsèment le monde, caractérisés par ces blocs de pierre de plusieurs dizaine de tonnes, taillées aux formes complexes antisismiques et symétriques d'un endroit à l'autre de la construction. Ils correspondent à des bâtisseurs dont officiellement nous ne savons rien, encore moins de leurs techniques de fabrication que nous sommes incapables encore de nos jours de reproduire. Ils ont plusieurs caractéristiques communes :

- pierres gigantesques taillées en forme complexes et symétriques, le tout dans un but anti-sismique, montrant que ces murs ont en effet traversé les millénaires
- haute connaissances astronomique
- écriture hiéroglyphique similaires
- bâtiments proportionnels au nombre d'or et au chiffre pi, avec des mesures en mètres (des milliers d'années avant son "invention" par les FM français, qui n'ont en fait que repris une mesure déjà connue par les sociétés occultistes),
- morts momifiés ou conservés pour une résurrection ultérieure
- attente du retour de leurS dieuX qui viennent du ciel (en langage moderne, ciel = les étoiles)
- aucune indication sur le mode de construction des bâtiments
- Aucun outil de construction retrouvé, ni les millions d'outils qu'exige la théorie officielle,
- présence de pyramides
- Objets étranges dont la fonction ou le mode de fabrication nous est inconnu
- beaucoup d'usages de l'or

Il est improbable que nous ayons des évolutions humaines séparées aboutissant aux mêmes caractéristiques. Si nous postulons sur une civilisation ayant besoin de placer du minerais d'extraction (comme l'or) en orbite, comme semble l'indiquer par exemple les lignes de Nazca (30 km de long, parfaitement rectilignes malgré le franchissement de collines), il faut que cette civilisation se place près de l'équateur.

Il existe un ancien équateur incliné de 30° avec notre équateur actuel (p. 335), articulé sur Gizeh. C'est là que l'on trouve les monuments les plus imposants, même si Gizeh, qui semble ne pas trop bouger géographiquement au cours de l'histoire, est déjà en retrait au niveau de ses blocs de seulement 40 t comparés aux blocs de plus de 1 000 tonnes que l'on peut trouver à Jérusalem ou à Baalbek.

Quelques exemples de ces sites à tendance spatioport (les mieux finis, donc des cités importantes) ([pyr] à 1:12:00) :

- île de Pâques
- chandelier de Paracas (figures non humaines)
- Nazca
- Ollantaytambo
- Machu Pichu
- Cuzco
- Sacsayhuaman
- les pyramides de Paratoari
- pays Dogon (étoiles triples de Sirius).
- Le martien du tassili N'Ajjer
- L'oasis de Siwa, avec le temple de Zeus-Amon, le plus sacré du monde antique
- Gizeh
- Petra
- La grande pyramide d'Ur, lieu où naquit Abraham
- Persepolis
- Mohenjo Daro au Pakistan : écriture hiéroglyphique quasi identique celle de l'île de Pâques, squelettes radioactifs (victimes bombe atomique)
- Les villes des dieux indiennes : Khajuraho
- Pyay en Birmanie
- Sukhothai en Thaïlande
- Ankhor Vat et Preah Vihear au Cambodge
- Les îles du Pacifique : cités à moitié enfouies sous les mers, pyramides cyclopéennes sur des îles isolées, attribuées à ceux des étoiles.

Nibiru

Nous verrons les descriptions de Nibiru faites par le passé, des cataclysmes et destructions qu'elle a déclenchée, les mêmes cataclysmes qu'actuellement sur la Terre, prouvant que Nibiru va repasser bientôt.

Survol

Censure extrême ?

Voici le 2e sujet tabou le plus censuré, le plus confidentiel, le plus dangereux pour le pouvoir.

Nibiru est trop censurée, et ses effets trop récents dans l'histoire, pour que toutes les anomalies que Nibiru provoque aient eu le temps d'arriver aux yeux du grand public (contrairement aux fantômes, OVNI et autres faits inexpliqués).

Un FM haut placé m'a avoué que c'était la connaissance de Nibiru par les élites qui permettait à chaque fois de reprendre le pouvoir après les destructions. En effet, pendant que nos dirigeants remplissent leurs réserves, le peuple esclave, tenu dans l'ignorance de ce qui s'en vient, ne se prépare pas et remplit les réserves de ses dominants... Une fois le système effondré par le passage de Nibiru, le peuple devra accepter toutes les conditions de ses anciens maîtres pour pouvoir accéder aux réserves des dominants qu'il a lui-même rempli...

Une censure efficace. Vous verrez qu'une fois que vous connaissez les caractéristiques de Nibiru, répondant aux questions irrésolues de l'astronomie, archéologie, histoire, géologie, etc., cette planète saute aux yeux, notre société toute entière ne parle que de cette planète en sens caché. Au point qu'on peut admirer le beau boulot de cover-up du système, qui est arrivé à masquer toutes ces preuves depuis des milliers d'années, et à faire en sorte qu'on ne se pose même pas de questions sur toutes les incohérences observées. Bravo les censeurs et les manipulateurs de foules ! Pas bien le peuple de n'avoir rien vu...

Fakes de détournement

Nous avons vu que le système utilise plusieurs fakes officiels (p. 133) pour masquer Nibiru. Il y a les mensonges de la NASA, le mensonge du GIEC sur le réchauffement climatique (p. 161), etc. Tous ces mensonges montrent qu'il y a anguille sous roche.

Nous verrons plus loin les fakes conspis "Tout sauf Nibiru" (p. 576), ou encore les fakes consommateurs de temps.

Tous ces mensonges grossiers sont encore une preuve que Nibiru existe bel et bien, et que nos dirigeants sont au courant.

Science : Déjà prouvée (p. 336)

Prouvée, mais pas encore trouvée...

Son existence est supposée dès le 19e siècle par le découvreur de Neptune, Urbain Le Verrier. Son nom vient des tablettes sumériennes où elle est citée et dessinée. Sa découverte en 1983 à fait la Une du Washington Post. Nibiru et Némésis sont indiquées aux bonnes positions dans une encyclopédie américaine sur l'espace de 1989. Le professeur Harrington donne des conférences sur le sujet en 1991. Mais les morts rapides suspectes de plusieurs astronomes rendront les scientifiques moins bavards sur le sujet… Il faut attendre 2016 pour que l'existence d'au moins une planète supplémentaire proche soit accepté de tous, pour expliquer les axes de rotation inclinés, etc.

Passé : Preuves des précédents passages (p. 348)

Les tablettes sumériennes expliquent que les géants sumériens viennent de la planète Nibiru, planète qui mets près de 3 666 ans à faire le tour de son orbite, et dont chaque passage proche de la Terre provoque des destructions « apocalyptiques ».

Quasi tous les peuples de la planète racontent, dans leur histoire (ce que les historiens appellent légendes ou mythes), l'existence de cette planète/étoile cornue/comète et des cataclysmes liés.

Nibiru a tellement d'effets sur la Terre, qu'on la retrouve de partout dans le passé. Dans la géologie, avec les catastrophes déjà relevées par Cuvier, dans l'archéologie, avec sa trace dans les destructions des civilisations antérieures, ou dans l'histoire, avec sa présence dans les archives humaines, soit par les témoignages, soit par les prédictions.

Présent : Preuves du passage actuel (p. 395)

De nombreuses preuves attestent que Nibiru est de retour, avec des effets sensibles depuis 1930, mais vraiment flagrants depuis 1996. Cataclysmes croissants, dérive des pôles magnétiques, augmentation des météores, des séismes, des volcans, des explosion de transformateurs, des chutes d'avion, problèmes avec les trains, etc.

Science

Survol

Pour les scientifiques, Nibiru est un secret de polichinelle depuis des siècles (voir la bataille avec Urbain Le Verrier au 19e siècle).

Nibiru dans notre science actuelle ne fait plus débat (NASA s'est inclinée en 2017).

Prouvée mais pas trouvée, il ne manque plus aujourd'hui que son observation directe (ou plutôt, que le secret-défense soit levé...).

Pourquoi le nom Nibiru ? (p. 337)

En reprenant l'histoire des recherches sur Nibiru, nous verrons que c'est Sitchin qui popularise le nom de Nibiru, la déclassification de Pluton enlevant tout intérêt au nom "Planète X".

Planètes errantes (p. 340)

En 2020, notre science a récemment prouvé que les planètes errantes existent, que les planètes peuvent se faire éjecter de leur orbite, que les planètes peuvent être noires comme du charbon. Rien n'interdit donc à Nibiru, telle que décrite par Ferrada en 1939, d'exister...

Il manque des objets massifs autour de nous

Notre système solaire complet (tel qu'on le connaît) est une anomalie par rapport aux autres systèmes planétaires de l'Univers. Pas de :

- étoile jumelle à notre Soleil, étrangement tout seul,
- de super-Terre, des planètes rocheuses 5 fois plus massives que la Terre.

A moins que ces doubles du Soleil et ces super-Terres n'aient pas encore été découvertes...

Prouvée (p. 340)

Nibiru a déjà été prouvée, quand à son existence, par les effets qu'elle exerce sur les objets massifs. Ces objets massifs, qui manquent étrangement à nos connaissances, ont pourtant des effets bien visibles. Les axes inclinés des planètes de notre système solaire, et bien d'autres anomalies dans les orbites, montrent qu'il reste 2 planètes massives à découvrir.

Nibiru a déjà été découverte (p. 341)

Nibiru a déjà été prouvée, on sait qu'elle existe, mais on ne sait pas encore où.

On le savait pourtant en 1983, c'était annoncé en Une du Washington Post... En 1989, une encyclopédie sur l'espace donnait même la position de Nibiru et Némésis, retrouvées par triangulation avec les 2 sondes Pioneer. Mais malgré les efforts du professeur Harrington, la position de Nibiru a été perdue dans les années 1990... Elle était là et puis Pfout! disparue... Et toutes les anomalies observées proches du Soleil sont systématiquement et soigneusement évitées par le débat scientifique... Cachez cette planète que je ne saurais voir...

Censure

De temps à autre, un témoin clé de l'affaire, qui a des sources, des preuves, qui a participé au mensonge ambiant, parle. Et un journaliste accepte de le diffuser malgré la censure sur le sujet. Comme en avril 2018, ce chercheur de l'USGS [astro7], Ethan Throwbridge, qui a travaillé à cacher Nibiru. Il raconte que pendant 30 ans la NASA a menti au public, qu'au plus haut niveau tout le monde sait. Faisant l'objet d'un article du Daily Star, cela implique les dires du bonhomme ont été vérifiés. Aucun démenti, mais pas d'actions non plus...

État des lieu fin 2016 (p. 344)

Le laboratoire Caltech dresse un état des lieux de ce qu'il connaît de Nibiru par les calculs. Des infos qui, au fil des années, s'approchent de plus en plus de ce que Nancy Lieder dévoilait dès 1995 !

Visibilité de Nibiru (p. 344)

Un petit récapitulatif de toutes les fuites qui ont révélé Nibiru aux yeux du grand public.

Pourquoi le nom Nibiru ?

Le nom importe peu. J'ai pris celui qui faisait consensus. L'occasion de disserter un peu...

Liste des noms

J'ai retenu le nom de "Nibiru", mais j'aurais pu l'appeler Absinthe (apocalypse de Jean), Ajenjo, Al Tarik (le destructeur, hadiths), Baal, Barnard 1, Bête (apocalypse de Jean et hadiths), Comète de la Fatalité, dragon céleste, dragon Rouge, étoile du berger, Zu-Shifa (l'étoile cornue, hadiths), Étoile Rouge, Euphor, Globe Ailé, Hator (maison d'Horus) Hercolubus, Kachina rouge, Krypton, Marduk, Messager Enflammé, Monde rouge et noir, Nemesis, Olympe (les dieux grecs de l'), P 7X, planète 9, planète 10, Planète Froide, Planète X, Tyché, Valhala, YHWH, etc.

Remarquez le nombre incroyable de noms pour cette planète soit-disant inexistante !

Les précurseurs

Beaucoup d'hommes dans l'histoire ont oeuvré pour que Nibiru, bien connue des sociétés initiatiques, soit aussi connue du grand public. Cette recherche est un mélange de fuites altruistes (Ferrada) et de fuites semblant contrôlées par des clans illuminatis favorables à un NOM sous contrôle d'un ogre, ayant intérêt à présenter les ogres sous un jour favorable.

Cette planète est mythique depuis des siècles. En 1850, Urbain Le Verrier, découvreur de la planète Neptune, et fondateur de la météorologie moderne française, postule l'existence d'une 9e planète (après Neptune) et d'une 10e planète (Vulcain, à l'intérieur de l'orbite de Mars) pour expliquer des anomalies sur les planètes observées.

C'est avec Carlos Munoz Ferrada que les choses sérieuses commencent : il parle d'Hercolubus en 1939, et décrit en détail cette planète.

Velikovsky, dans les années 1950, documente les cataclysmes dont a été victime la Terre, même s'il se trompe lourdement en confondant Nibiru et Vénus.

Ensuite, c'est le FM haut placé Sitchin qui popularise le nom de nom de Nibiru en 1977 (la 12e planète), même s'il "oublie" de préciser que ces tablettes ne sont que de la propagande pro-ogre, et propage l'enkiisme (accepter de nouveau un ogre comme dieu vivant).

Dans les années 1980, lorsque Pluton est encore une planète, les sondes Pioneer découvrent 2 planètes supplémentaires, nommées "planète 10" (Nibiru) et "étoile morte" (Némésis).

L'astronome Harrington en 1991 se bat pour faire reconnaître ses nombreuses observations de la 10e planète (planète X en chiffre romain), avant de décéder brutalement d'un cancer foudroyant suspect.

Puis arrive Nancy Lieder en 1995, qui explique la planète X à partir des nombreuses informations données par les Zétas. Des données similaires à celles de Ferrada.

En 2009, Harmo, s'appuyant sur ses informations reçues des Altaïrans, et recoupant le travail de Ferrada, de Velikovsky et de Nancy Lieder, reconnaît que Planète X est la seule hypothèse possible. C'est d'ailleurs Harmo qui sera le premier à donner la trajectoire spirale de Nibiru en 2015, trajectoire donnée dans des crops circle de 2008 (SillBury Hill, L2), mais qui n'avaient jamais été décryptés.

Sitchin

Zecharia Sitchin [zec] est un FM juif haut placé. Harmo ne s'appuie pas sur les travaux de Sitchin : c'est pour dire si Nibiru et les ogres étaient largement connus avant Sitchin !

Tablettes sources

Une bonne partie des travaux de Sitchin s'appuie sur des tablettes connues à l'époque. Mais pour une partie des tablettes qu'il a traduite, il n'a jamais donné les références : en tant que FM haut gradé, Sitchin avait a disposition des tablettes et des documents occultes qui ne sont pas référencées par la science officielle (tout comme Williamson p. 372).

Cela dit, quand on sait que toutes les tablettes du musée de Bagdad ont été volées par l'armée USA en 2003 (p. 465), et qu'une dizaine seulement a été retrouvée dans les grands musées, dont une, dans les années 2010, qui a permis de découvrir que Pi était connu des milliers d'années avant Pythagore...

Méfiance sur les buts de Sitchin

Sitchin apparaît dans la vidéo de David Icke, "Arizona Wilder : révélations d'une Déesse-Mère". Une désinformatrice CIA (toujours vivante 20 ans après, donc téléguidée par ses maîtres pour dire le classique 60%

de vrai, 40% de fausses pistes) décrit Sitchin comme un FM côtoyant les rois dans les rituels, et qui avait jugé bon de ne pas tout révéler dans ses livres grands-publics. David Icke (plus honnête) confirme alors que Sitchin lui avait demandé de ne pas enquêter sur les reptiliens.

Les livres de Sitchin ayant servi de base à l'enkiisme (restaurer le culte du faux dieu sumérien Enki) on ne peut qu'être vigilant sur ce que Sitchin avait en tête en décryptant les tablettes.

Nom retenu par la réinformation

C'est "Hercolubus" qui aurait du rester, parce que cité dès 1939 (Ferrada, 30 ans avant Sitchin).

Ou encore planète X (Nibiru étant la 10e planète en comptant Pluton).

Mais le consensus qui s'est progressivement imposé en 2015, c'est le nom de Nibiru, après que le nom "planète X", très utilisé avant 2012, ne soit rendu caduque par le fait que Pluton n'était plus une planète.

La science pour l'instant appelle Nibiru la Planète 9, sachant qu'en 2016, la science a découvert qu'il restait 2 planètes à découvrir, se laissant la possibilité d'appeler planète 9 Némésis, et planète 10 (X en chiffre romain) Nibiru. C'est eux qui décideront, en fonction de quelle planète il faudra révéler en premier au grand public.

Je m'adapte, je prends le nom qui fait consensus.

Civilisations qui en parlent

Quelques exemples :

- 12e planète - Nibiru ("planète de passage") pour les sumériens. Ils ont même un nom pour qualifier la période pendant laquelle la Terre n'est pas trop influencée par Nibiru : un "Shar", soit 3 600 ans (entre un départ après le passage 2, et un retour commençant à engendrer des effets sur la Terre).
- Pour les anciens astronomes hindoux : *Kali Yuga* = période des destructions provoquées par Nibiru, *Treta Yuga* = 3 600 ans (équivalent du shar sumérien, période pendant laquelle Nibiru n'agit pas sur la Terre).
- Globe Ailé pour les anciens hébreux
- Marduk - Roi des Cieux - Grand Corps Céleste pour les babyloniens et mésopotamiens

Nemesis pour les anciens grecs

Confusion avec Vénus, Mars, Soleil ou Jupiter

Les anciens mythes parlent d'une planète inconnue, qu'on ne peut pas localiser actuellement. Plutôt que d'imaginer qu'il existe une 10e planète à long cycle, qui revient régulièrement proche de la Terre, les chercheurs ont tordu le raisonnement en disant que les anciens, pourtant calé en astronomie, avait 2 noms différents pour nommer une des planètes actuellement connue...

Confusion avec Jupiter

Actuellement, le consensus chez les historiens officiels (le sujet fait encore débat) veut que la 12e planète sumérienne (que j'appelle Nibiru) s'applique au dieu Marduk, et que ce dieu est lié :

- soit à la planète Jupiter,
- soit à une planète/étoile inconnue de notre science actuelle (donc Nibiru).

Anton Parks

C'est pourquoi vous verrez Anton Parks s'accrocher a tout prix à changer de nom, alors que l'attribution d'une planète, chez les ogres, se faisait en fonction du grade du moment. Par exemple, Macron en tant que ministre de l'économie, se serait fait appelé Vénus, et en tant que président, se fait appeler Jupiter. Avant 2017, c'est Hollande qui se serait appelé Jupiter. Parks fait donc une grosse faute d'analyse en confondant le nom du dieu (Marduk) avec le nom de la planète symbole de la position hiérarchique (voir L1 pour les noms de dieux).

Après, il n'est pas impossible que Sitchin ai fait une erreur, et que les sumériens n'appelaient pas leur planète comme ça, mais est-ce que c'est grave?

Confusion avec Mars ou Vénus

Archéologues officiels

Il y a des confusions dans les anciens mythes entre Vénus et Nibiru, ce qui entraîne beaucoup de chercheurs honnêtes sur cette mauvaise piste.

Lorsque les premiers ethnologues occidentaux ont étudiés les sociétés primitives, ils sont souvent tombés sur la description d'une planète rouge qui dans le passé , est venue puis repartie. Même si ces tribus avaient un autre nom pour Vénus et Mars (ils parlaient bien d'une planète qu'on ne pouvait plus voir), les ethnologues ont (volontairement ou non) associés Nibiru avec la planète Vénus ou la planète Mars.

Là où tous les mythes parlent d'une planète rouge cornue qui apparaît systématiquement à l'Est avant des destructions massives, destructions suivies des cycles longs ou Ages qui se terminent tous par une nouvelle extermination, les archéologues, quelles que soient leur génération ou leur pays, y ont toujours vus des "Soleils" successifs (Mayas, Égypte) ou des Vénus. Et tous les archéologues qui ont remis ça en question ont été persécutés et bannis...

Pourtant, on est bien en face d'un astre présent dans toutes les légendes du monde, qui cause des cataclysmes cycliques séparant des "âges", des "ères",des "ciels" ou des "soleils" (un indice sur le fait que les étoiles et le Soleil changent de place après un basculement des pôles). Astre qui apparaît toujours comme rouge, à l'Est, et semble avoir deux protubérances qui forment comme deux cornes ou deux ailes sur ses cotés, et avec une queue cométaire en dessous (voir aussi le Dragon céleste chinois, rouge, qui a une longue queue ondulante et deux pattes griffues à l'avant et qui secoue la Terre).

C'est pour cela que les arabes l'appelle At Tariq (le destructeur) mais aussi Karn Zu-Shifa, la Semeuse de

Mort Cornue qui forme un pilier de feu à l'horizon quand elle arrive, image qu'on retrouve aussi chez les hébreux lors de l'Exode (Veau d'or, colonne de feu).

Vue de loin, elle est toujours rouge, comme le Raah du Talmud chez les juifs, Râ puis Hathor chez les Égyptiens, ou Absinthe, l'astre rouge dans l'Apocalypse de Saint Jean, Kachina Rouge chez les Hopis (une force cosmique qui vient aider la Terre à s'ébrouer "comme une chien pour se nettoyer de la corruption des hommes").

Vue de l'espace (pour les ogres) c'est un monde rouge et noir, comme chez les Aztèques, Mayas et Toltèques.

Officiel > Cloisonnement

Tous ces mythes et légendes sont nés des témoignages des survivants, dans des civilisations réduites à néant par des cataclysmes planétaires, caractéristiques décrites par tous ces peuples sans forcément de rapport en eux, et qui sont par la suite tombés dans une sorte d'amnésie collective. Comment l'existence d'une planète qui ne vient que tous les 3600 ans pourrait-elle subsister chez des humains qui changent de génération tous les 25 à 35 ans, à travers des guerres, des famines, la destruction fréquente de leurs archives ?

L'origine des vrais symboles et légendes s'est perdue au fil du temps, et pour combler ce vide, le réflexe est de prendre par défaut l'objet connu qui se rapproche le plus.

Désinformateurs

D'autres désinformateurs CIA New Age des années 1950 à 1970 (comme Adamski ou Lobsang Rampa) essayent de faire croire que les géants viennent de Vénus, seule planète rouge entre la Terre et le Soleil actuellement visible. Ils essayent de faire croire que Vénus est une comète qui a touché la Terre il y a 12 000 ou 4 000 ans selon les versions, et s'est arrêtée sur son orbite actuelle.

Velikovsky est tombé dans ce piège d'ailleurs.

L'étoile du berger

L'étoile du berger est une de ces confusions des chercheurs. Comme on ne sait pas de quelle planète les philosophes antiques parlaient (l'étoile du berger n'est visible que le matin dans les traditions), les historiens ont associée l'étoile du berger/dieu à Vénus (le berger étant le dieu Thot, le sauveur, Mithra, qui a inspiré en partie l'histoire du Christ catholique), et ont conclu que les anciens croyaient que Vénus du soir et Vénus du matin étaient 2 planètes différentes. Des anciens qui pratiquaient l'astronomie et avaient très bien compris la ronde des planètes pourtant, les croyances astrologiques des dirigeants les obligeant à être très forts dans l'observation des astres ...

Berger > Musulmans

Les chefs musulmans aussi confondent Vénus et Nibiru, et pourtant c'est eux qui ont le plus de pistes pour séparer les 2 planètes :

- Nibiru figure sur leurs drapeaux nationaux (le croissant et l'étoile),
- cette étoile mystérieuse s'appelle At Tariq, qui veut dire "le Destructeur" ou "le Frappeur" en Arabe (donc pas cohérent avec la notion d'une "Etoile des bergers").

Dogons

On sait que les Dogons ont 2 planètes rouges entre la Terre et le Soleil, la Vénus qu'on connaît, et une autre qui se déplace. Les anthropologues en ont déduit que les Dogons, qu'ils considéraient comme des arriérés et qui ne connaissant pas le télescope, n'avaient aucun moyen de détecter les étoiles de Sirius, avaient 2 noms pour la planète Vénus, et que leurs légendes irréelles croyaient que Vénus se déplaçait de temps en temps. Ces anthropologues auraient mieux fait de croire le savoir Dogon, qui connaissaient Pluton plusieurs siècles avant les occidentaux, qui savaient que Sirius B existait (découverte récemment) et même Sirius C (qu'on n'a pas encore découvert, mais dont on suspect l'existence à cause des anomalies des 2 premières étoiles). Ils n'ont pas compris (ou voulu comprendre) que les Dogons décrivaient une autre planète rouge que Vénus, à la trajectoire cométaire.

Mayas,Toltèques et Aztèques

Ces peuples rendent un culte à l'étoile de leur dieu Quetzalcóatl / Ququlcan. Ils la décrivent comme une planète noir et rouge (étoile (point brillant dans le ciel) + monde (planète) = planète) qui se situe/lève toujours à l'Est.

Or Vénus se couchant autant à l'Ouest qu'elle se lève à l'Est, l'étoile du dieu ne peut être Vénus. C'est pourtant cette confusion qui a été faite par les archéologues au 19e siècle, jamais remise en question depuis. Pour justifier ça, ils nous expliquent qu'un des peuples les plus avancé dans l'étude des astres, le premier à avoir inventé le zéro, n'aurait pas vu que Vénus du matin et Vénus du soir était la même planète... Et même si c'était le cas, pourquoi ne pas rendre un culte à la Vénus du soir, tout aussi brillante, et plus facilement observable (on est réveillé quand elle apparaît) ?

En réalité, les archéologues font un choix par défaut : "Ce ne peut être que Vénus, puisque c'est la seule planète actuellement visible qui puisse correspondre".

Juifs

Si l'on prend les mythes bibliques, les juifs ont aussi une étoile rouge, appelée Raah, qui serait apparue au moment de l'Exode d'Égypte. Il est même dit que Pharaon, qui était astrologue selon la Torah, a même prévenu Moïse de ne pas partir d'Égypte parce que lui et son peuple seraient probablement rattrapés dans le désert et tués par un astre rouge sur le point d'apparaître, la fameuse étoile Raah.

Malgré le fait que Raah veut dire quand même "Mal Absolu" en hébreu ancien, les chercheurs assimilent bêtement Raah au Soleil... Est-ce que le Soleil est rouge, ou n'existait pas avant l'Exode ? Comment confondre un de nombreux petits points brillants du ciel avec le Soleil ?

Égypte antique

Les Égyptologues, habitués à travestir ou cacher les infos gênantes, s'empressent évidemment de voir le Soleil / Râ partout dans les symboles Égyptiens. Mais pourquoi faire plusieurs symboles, et cultes différents, pour la même chose ?

Après la période de l'Exode, quand l'Égypte en ruine s'est lentement relevée, on retrouve la même légende que celle des juifs sur Raah, mais sous la forme d'Hator fille de Râ, ou "Oeil de Râ", qui porte un "soleil" rouge sur la tête, entre deux cornes de vache.

Or la légende originelle explique bien clairement qu'Hathor dévore les hommes sur ordre de Râ et cause leur quasi-extermination. L'image de la déesse dévie ensuite au cours des siècles suivant pour devenir une déesse de la fertilité, probablement sous l'influence grecque qui l'assimile à Aphrodite, qui n'est autre que Vénus. Mais le mythe de départ est bien clair, Hathor la femme-vache au disque rouge, extermine les humains par soif inextinguible de leur sang. Pourquoi la déesse de la fertilité ferait-elle une telle chose ? Pourquoi a-t-elle deux cornes et porte un disque rouge entre celles-ci, et n'est rassasiée, selon la légende, que quand elle voit le sang des humains répandu sur toute la surface de la Terre ? Ce paradoxe et ce glissement n'ont pas suscité beaucoup de questionnement chez les égyptologues...

Prophéties apocalyptiques

- apocalypse de Jean : planète Absinthe, ou la bête.
- Hadiths islamique (quand le prophète parle de la fin des temps) : Al Tarik le destructeur, ou encore Zu-Shifa l'étoile cornue, ou encore la bête des abysse (abysse = vide = espace à l'époque)
- Prophéties Hopi : "Etoile rouge sacrée" (Red Kachina).

Dans la culture populaire récente

Goldorak

C'est la planète Euphor dans le manga animé "Goldorak". Dans la chanson du générique, il est dit que la planète Euphor se situe "très loin dans l'espace", puis la ligne d'après, elle est "entre la Terre et Vénus", ce qui est incompatible, à moins que cette planète n'ai une très longue trajectoire ! Ce n'est jamais un hasard, rassurez-vous, les scénaristes savent très bien ce qu'ils font (des initiés nous formatant à obéir à Actarus, le prince de l'espace qui vient sauver la Terre des méchants grands hommes blanc-bleus qui veulent lui prendre le trône de la Terre...).

Planètes errantes

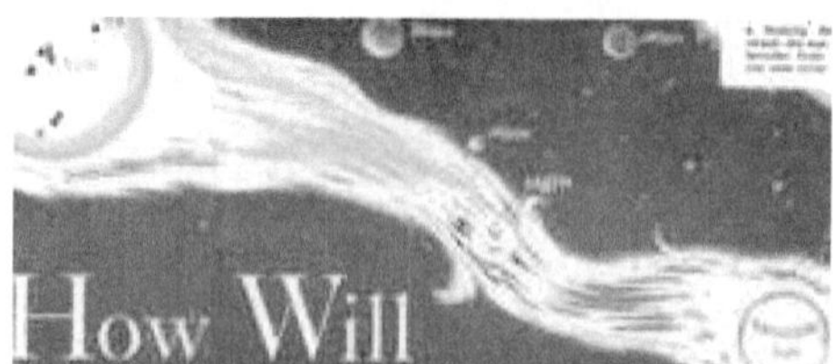

Figure 34: Popular Science, oct. 1936 : Soleil + Terre + soleil errant

On ne peut pas s'appuyer aveuglément sur les connaissances actuelles de la science : aucun scientifique n'a pu observer une naine rouge de près, on ne sait pas grand chose sur leur nature exacte, si elles sont solides ou gazeuses... On n'a même pas eu la curiosité (du moins officiellement...) d'aller étudier de près notre voisine Jupiter (p. 160), une planète dérangeante pour nos équations actuelles (notre modèle la donnant trop légère pour sa taille, d'où le mensonge de dire qu'elle est gazeuse...).

Depuis le milieu des années 2000, les astronomes ont observé des planètes errantes (annoncées en 1995 par Nancy Lieder), ce qui implique qu'elles sont sorties de leur système planétaire d'origine. Selon Wikipédia, les objets libre de masse planétaire : "L'idée que les systèmes stellaires éjectent des planètes dans l'espace interstellaire implique que notre propre système a, durant sa formation il y a 4,6 milliards d'années, perdu quelques-unes de ses dernières. Une preuve de ces pertes réside dans l'absence d'orbite stable entre Jupiter et Neptune. Il est possible qu'une planète qui se serait formée à une distance du Soleil de l'ordre de 5 UA à 30 UA se soit fait éjecter".

C'est exactement ce que décrivent les contactés ET) à propos de Nibiru (Perséphone, instable sur son orbite entre Mars et Jupiter, se sépare en 2, générant Nibiru, éjecté sur une trajectoire cométaire, et Tiamat, qui lors d'une future dislocation générera la Terre et la Lune qui seront happées par l'orbite inférieure actuelle). A noter que Wikipédia évite soigneusement de parler de la première orbite stable vide rencontrée (celle qui est évidente), à savoir la ceinture d'astéroïdes, qui est le lieu de départ de Nibiru.

Prouvée

Les fameuses planètes 9 et 10, calculées suite aux anomalies de Neptune et de Mercure, et dont on a la preuve depuis janvier 2016 [astro1]. C'est à dire qu'on est certain qu'il y a encore des planètes non découvertes dans notre système solaire complet, qui auraient des orbites ressemblant à celle des comètes ou de Pluton, avec un orbite incliné de 30° (31 ° pour Nancy Lieder...).

2014 : NASA affirme que Nibiru est impossible

En 2014, la NASA mets "fin" aux théories de la planète X et de Némésis, de manière catégorique : "Il aura fallu un seul télescope de la NASA pour mettre fin à des théories centenaires. Les objets hypothétiques connus sous le nom de Planète X et Némésis n'ont tout simplement jamais existé"...

2015 : NASA désavouée par les observations

Seulement 1 an après, les scientifiques annoncent qu'il existe un astre inconnu dans le système solaire, et qu'on l'a même filmé ! Pan dans les dents des experts NASA qui affirment de manière si péremptoire !

01/2016 : Nibiru en masse dans les médias

De la même façon que Neptune a été repérée suite aux irrégularités de l'orbite d'Uranus par Le Verrier, les chercheurs ont remarqué que les objets de la ceinture de Kuiper (au-delà de l'orbite de Neptune), étaient perturbés par une masse représentant dix fois celle de la Terre, avec une orbite inclinée de 30° qui pourrait aller jusqu'à 10 000 ans (voir interview de Francis Rocard).

Les médias confirment son existence.

Voir l'article de *Paris Match*, qui retrace l'histoire complète de Nibiru, déjà connue des sumériens il y a 6 000 ans... Tout est dit ou presque dans cet article, ne reste plus que l'autorisation de révéler qu'elle a été découverte !

Pour preuve, cet article du *Monde* indiquant qu'on aurait trouvé une neuvième planète expliquant les incohérences observées des objets trans-plutonien.
L'homme ne comprend pas tout, loin de là.

Selon Michael Brown (Plutokiller) : "Il y a encore une grande partie de notre système solaire complet qui reste à découvrir".

2017 : NASA accepte Nibiru

En 2017, la NASA doit accepter que son étude de 2014 était bidon, et qu'en effet, notre Soleil aurait été accompagné de 2 compagnons supplémentaires. En effet, le 22/02/2017, la NASA admet enfin sa certitude sur l'existence de planète 9 (après 20 ans a affirmer doctement qu'aucune autre planète du système solaire complet ne pouvait exister sans qu'on ne l'ai déjà découverte). A l'occasion de sa reconnaissance officielle, la NASA demande l'aide du public pour l'aider à retrouver cette planète. Elle indique bien entendu une zone du ciel à fouiller, à l'exact opposé à la position donnée par les visités ET…

08/2018 : Les pro-Nibiru enfoncent le clou

La publication prouvant l'existence de la planète 9, signé de 65 scientifiques de classe internationale, un gros pavé dans la mare !

Déjà découverte

Survol

Nibiru a été officiellement découverte en 1983 (article en première page du Washington Post [astro2]), puis a de nombreuses reprises avant que le cover-up n'étouffe complètement l'information.

Nous verrons toutes les divulgations officielles sur Nibiru, que ce soit par la science des banquiers, ou par les voyants confirmés, dont les prédictions et connaissances avancées dépassent de très loin la science des banquiers. Des gens capables de prévoir ce que les plus grands scientifiques étaient incapables de faire, il faut évidemment les prendre en compte, évidemment en prenant en compte les contraintes de la voyance :

- futur non écrit, donc pouvant bouger dans les détails, mais pas sur les gros points critiques, comme le passage d'une planète proche, ou la bascule des pôles déjà produite régulièrement dans le passé,
- dates impossibles à donner.

Zone du ciel inexplorée

La zone du ciel d'où vient Nibiru reste inexplorée.

En effet, les astronomes regardent tous dans la même direction (le plan de l'écliptique), et il est quasiment impossible de repérer un objet en dehors de ce disque, car l'espace à couvrir est absolument gigantesque : pour vous donner un ordre d'idée, c'est comme trouver une perle sur un territoire gros comme un département français... De plus, une planète ne fournit pas de lumière contrairement à une étoile et donc reste sombre jusqu'à atteindre le système solaire interne (essayez de voir une bille de 3 cm à 100 mètres sur fond noir avec des jumelles, c'est peine perdue)

99% des télescopes amateurs et professionnels sont orientés sur ce plan écliptique, et donc ne regardent pas dans la direction de la zone d'approche de Nibiru. Petit exemple, Eris qui se trouve dans la même configuration que Nibiru, et n'a été découverte que par hasard dans les images d'archives de WISE. Ce qui laisse à penser que Nibiru est bien connue des astronomes, mais qu'ils n'ont pas le droit d'en parler (La mort rapide d'Harrington a calmé les ardeurs).

Le partage de l'Antarctique

Nibiru venant du Sud, avant sa capture par le Soleil, il fallait être le plus au Sud possible, et les illuminatis le savent depuis longtemps. Les pays du monde se sont entendus pour fermer l'Antarctique au public (traité de l'Antarctique de décembre 1959, avec toujours ces 12 signataires d'origine...) et se sont partagé les zones pour que chacun y installe des bases scientifiques permanentes et leurs télescopes dédiés à l'observation de l'approche de Nibiru : par temps clair et par nuit polaire, Nibiru était observable du sol, avec la technologie IR de l'époque, loin de toute pollution atmosphérique (les télescopes spatiaux ne sont venus que plus tard). Devenus inutiles entre 2003 et 2010 (quand Nibiru était proche de la couronne solaire), ils sont redevenus utiles dans l'IR avec le rapprochement progressif de Nibiru. Ils resteront utiles tant que Nibiru sera au Sud de l'écliptique, c'est à dire jusqu'à son passage.

Ce n'est donc pas les manchots qui ont justifié tout ce déploiement de matériel, sur un continent dont on n'a pas le droit d'utiliser les ressources, ni même d'explorer...

1936 - Edgar Cayce

Nous avons vu Edgar Cayce précédemment (p. 246), notamment ses conseils de méditation et de guérison. La justesse de ses prévisions n'est plus à faire.

Lecture 270-35 du 21 janvier 1936 :

"Si vous constatez une activité accrue du Vésuve [et de l'Etna], ou de la Montagne pelée en Martinique, alors la côte Sud de la Californie et le pays compris entre Salt Lake City et le sud du Nevada peuvent s'attendre à une prochaine inondation due à des tremblements de terre..."

Quand ces changements géologiques deviendront-ils apparents ? Lecture 311-8, avril 1932

« Lorsque se produiront les premières cassures dans les mers du Sud, et dans le sud Pacifique, ces bouleversements entraîneront des submersions, et au contraire, des émergences de terres à l'autre bout du monde, c'est-à-dire en Méditerranée, dans la zone de l'Etna. Alors vous saurez que cela a commencé. »

Des choses que l'homme peut atténuer, ou repousser dans le temps. lecture 416-7 :

« Ce n'est pas le monde, la Terre, les conditions géologiques ni même les influences planétaires qui régissent l'homme. C'est plutôt l'homme qui, par sa soumission aux lois divines, est capable de mettre de l'ordre dans le chaos ; ou s'il les méprise, s'il refuse de s'y associer, peut créer le chaos et ouvrir la porte aux forces qui détruiront son milieu de vie...»

Comment passer au mieux les événements ? lecture 513-1 :

« il faut entrer dans son moi profond, en s'ouvrant aux perspectives spirituelles par la méditation. Il faut entourer son moi de la Conscience de Jésus, et celle-ci vous servira de guide dans ce qui vous sera ainsi dévoilé. Ces puissances d'intuition, qui surgissent dans les profondeurs du moi lors de la méditation, vous donneront beaucoup d'informations et vous guideront. »

lecture 826-8 du 11 août 1936 :

« Le glissement de l'axe des pôles, c'est-à-dire le commencement d'un nouveau cycle, se fera d'abord en douceur. Puis, il viendra un temps où, le processus s'accélérant, il deviendra violent, sous forme d'éruptions volcaniques, séismes, pluies diluviennes, tsunamis, etc. »

lecture 3976-15 :

« Le renversement de l'axe des pôles aura comme conséquence que les pays à climat froid et semi-tropical deviendront tropicaux »

« la Terre se rompra dans l'ouest de l'Amérique. La plus grande partie du Japon doit s'effondrer dans la mer. La partie supérieure de l'Europe se trouvera changée en un clin d'œil. De la terre ferme apparaîtra au large des côtes est de l'Amérique. Il y aura des soulèvements dans l'Arctique et l'Antarctique, ce qui amènera des éruptions volcaniques dans les régions torrides. »

[AM : à noter que Cayce semble inverser l'Est et l'Ouest, comme s'il regardait dans un miroir. Le prophète Mohamed fait la même erreur en annonçant que l'oeil droit du Dajjal est mort, alors que c'est probablement l'oeil gauche]

1936 - Popular Science

Le magazine américain *Popular Science* (l'équivalent de *Science et Vie*, en plus pointu) publie, en octobre 1936, un étonnant article page 52, titré "Comment le monde va finir".

Y est décrite un second Soleil "errant" (étoile jumelle de notre Soleil), très magnétique, mais faiblement brillant, voir que dans l'infra-rouge uniquement. C'est évidemment la mini-naine brune qu'on appelle de nos jours Nibiru. La plupart de son orbite est en dehors du système planétaire solaire. Sur le dessin, l'étoile errante est 2 fois plus grosse que la Terre.

Selon la théorie de l'époque, le passage régulier de ce qu'on appelle aujourd'hui une mini naine brune aurait, à chaque passage, provoqué une bourrelet et une éjection de matière du Soleil (par effet de marée), créant au fur et à mesure les planètes. Et l'article rappelle que "ce qui s'est produit [il y a d'innombrables centaines d'années] peut se produire de nouveau". Soit entre 500 et 5 000 ans seulement !

Ces planètes errantes, déjà connues à l'époque, on se doutait bien qu'il y en avait une chez nous comme partout ailleurs dans l'univers, et qu'il serait difficile de la découvrir, car quasiment invisible, et sans qu'on sache où regarder...

L'article annonce que quand Nibiru sera alignée dans l'axe Terre-Soleil, des éruptions solaires vont frapper la Terre et assécher sa surface, le passage de Nibiru va provoquer un pole-shift (basculement des pôles géographiques) et une forte montée des températures. La nuit et le jour disparaissent.

Dans le même article, y est évoqué ce qui se passerait si des astéroïdes moyens pas encore découverts frappaient la Terre. Chose précise, cet astéroïde ne serait pas découvert assez tôt, car il viendrait de la direction du Soleil, nous rendant aveugle avec les télescopes au sol, incapables de voir en plein jour.

1940 - Carlos Munoz Ferrada

Pilote naval, il suit des cours d'ingénieur dans plusieurs université du monde pour enseigner par la suite la science au sein de l'école navale.

Astronome, géologue, sismologue, volcanologue, sa contribution à la science est pluri-disciplinaire.

Seul hic : Ferrada prône à la science de s'intéresser aux connaissances ésotéristes hindous, qui lui permettent de développer plusieurs modèles révolutionnaires pour l'époque. Notamment la géodynamique, le fait que la Terre est sensible à plusieurs facteurs spatiaux, et que les continents se déplacent. Hérésie, à l'époque où les scientifiques croient que la position des continents est figée (il leur faudra encore 30 ans avant d'accepter la géodynamique de Ferrada).

Autre point qui font que les scientifiques le rejette : Ferrada obtient des informations de son inconscient, par auto-hypnose.

Et pourtant, Ferrada devient très connu des populations hispanisantes, pour ses prédictions qui se révèlent toutes vraies. Par exemple, à une époque où la science est incapable de même expliquer le volcanisme ou la dérive des continents qui créée les séismes, il prévoit 1 mois à l'avance le séisme destructeur du 24 janvier 1939 au Chili (30 000 morts), avec une précision de 2 heures (alors qu'aucun sismologue de l'époque ne savait même qu'un séisme allait arriver).

En 1940, il annonce l'apparition d'une comète, qui sera ensuite officiellement découverte par la Royal Astronomical Society of London.

Il a aussi calculé en avance les modifications de trajectoire et d'heure de passage qu'a subi la comète de Halley lors du passage suivant (calculs qui se sont là encore révélés exacts), alors qu'encore aujourd'hui la science est incapable d'expliquer ou d'anticiper ces variations que la comète subie.

La marque du visité, c'est qu'il n'a jamais profité pécuniairement du succès populaire de ses prévisions.

Bref, Ferrada est le premier a révéler la planète Nibiru, en 1940, dont il donne les dimensions précises de même que sa trajectoire. Cette planète-comète correspond à l'objet découvert en 1983, et les travaux de l'astronome S. Harrington corroborent, en 1990, les travaux de Ferrada.

Que dit Ferrada sur Nibiru (qu'il nomme Hercolubus) ? :

- orbite elliptique comme une comète, une grande masse comme une planète, une planète avec une queue.
- Ne respecte pas les lois célestes établies.
- Elle voyage entre notre Soleil et un Soleil éteint (Némésis) situé à 32 milliards de kilomètres.
- Elle franchira l'écliptique à 14 millions de kilomètres de la Terre.
- Les derniers temps, on pourra la voir à l'oeil nu.
- Son arrivée provoquera un changement géophysique et humain, ce qui portera le changement et la destruction.
- 92 km/s = Vitesse de la planète Hercolubus en tournant autour du Soleil Noir.
- 300 km/s = Vitesse de la planète Hercolubus à mi-chemin des deux soleils.
- A l'époque de Ferrada, Pluton est une planète, Hercolubus est la planète X (10 en chiffre romains) et Némésis planète 11.
- Champ magnétique de Nibiru 3 fois supérieur à celui de Jupiter.
- "cette nouvelle et gigantesque masse cosmique attirante, peut arriver jusqu'à redresser l'axe de la Terre avec de grandes perturbations gravitationnelles et géophysiques et même, elle pourrait influer sur le champ d'attraction de notre satellite la Lune. L'orbite elliptique terrestre serait parallèle à l'équateur céleste. Les deux pôles éliminés, en même temps, comme dans les jours des équinoxes de printemps et d'automne."

janvier 1983 : Les astronomes sont persuadés de trouver bientôt la 10e planète

" Les astronomes sont tellement certains que la 10e planète existe qu'ils pensent qu'il ne reste plus qu'à lui donner un nom "(article du *New York Times* du 30 janvier 1983 [astro3]).

30 décembre 1983 : Nibiru a été observée à 2 reprises en 6 mois, ses caractéristiques connues et confirmées

A la fin de l'année, les astronomes avaient découvert le corps recherché. C'est la NASA qui l'annonce [astro4], et le 30/12/1983 c'est en Une du Washington Post (le deuxième plus gros quotidien des USA, avec le *New York Times*).

" Un corps céleste possiblement aussi gros que Jupiter et possiblement si près de la Terre qu'il pourrait faire parti de notre système solaire a été découvert dans la direction de la constellation Orion par un télescope orbital [...] L'objet est si mystérieux que les astronomes ne savent pas s'il s'agit d'une planète , d'une comète géante une "proto-étoile" proche qui n'est jamais devenue une étoile, ou d'une galaxie tellement enveloppée de poussières qu'elle cacherait la lumière émise par ses étoiles". "L'objet est si froid qu'il n'émet aucune lumière et n'a jamais été vu par les télescopes optiques sur Terre ou dans l'espace, c'est que c'est une planète gazeuse géante, aussi grande que Jupiter et aussi proche de la Terre que 80,5 milliards de kilomètres." "'il s'agirait du corps céleste le plus proche de la Terre au-delà de la planète la plus extérieure, Pluton."

"S'il est vraiment aussi proche, cela ferait partie de notre système solaire", a déclaré le Dr James Houck du Centre de recherche en radio-physique et espace de l'Université Cornell, et membre de l'équipe scientifique IRAS. "Si c'est aussi proche, je ne sais pas comment les scientifiques planétaires du monde pourraient même commencer à le classer."

"Le corps mystérieux a été vu deux fois (à 6 mois d'intervalle) par le satellite infrarouge".

"Il est possible qu'il pourrait se déplacer vers la Terre"...

Cover-up

La NASA se contente d'un démenti rapide peu après, non expliqué, puis de ne plus en parler...

Le professeur Harrington se battra pour planète X, avant de mourir d'un cancer foudroyant (comme si on lui avait placé des particules radioactives dans le corps...).

la NASA adopte la position que les anomalies gravitationnelles de Neptune ne sont pas liées à Nibiru (fin des années 1990), et sera obligée, en février 2017, de reconnaître les preuves montrant qu'il existe, pour expliquer les anomalies de Neptune et les corps transneptuniens, une grosse planète non encore découverte.

Pour résumé, on a découvert une grosse planète proche en approche, on a les photos espacées de 6 mois montrant qu'elle se rapproche, puis c'est tout.

Ensuite, les astronomes vont débattre des années sur la possibilité que les anomalies soient liées à une planète inconnue jamais découverte, sans faire le lien entre l'hypothétique planète 9 (planète théorique utilisée pour expliquer les aberrations gravitationnelles observées) et cette planète inconnue observée en 1983...

Mais c'est vrai qu'une fois sous secret-défense, cette découverte disparaît des archives scientifiques, n'a plus le droit d'être étudiée, ni d'être utilisée dans les publications....

Dans les observations ultérieures de cette zone de l'espace, des carrés noirs masquent une partie du ciel... [astro5]

1989 - Une encyclopédie scientifique montre Némésis et Nibiru

Dans le Volume 18 de l'encyclopédie scientifique "*How It Works*", *Sheet Metal/ Space Vehicle*, Publié en 1987, l'illustration sur les sondes Pioneer montre comment, par triangulation, les 2 sondes sont arrivé à détecter des objets lointains du système solaire complet, ce que l'encyclopédie appelle l'étoile morte (Némésis) et la planète 10 (Nibiru).

1993 - Décès du professeur Harrington

Robert Sutton Harrington (1942 - 23/01/1993) est un astronome américain qui a travaillé à l'observatoire naval des États-Unis (USNO), co-découvreur du satellite de Pluton, Charon. Harrington a soutenu fermement au cours de sa vie l'existence d'une planète X (Nibiru ou Némésis) au-delà de Pluton, il entreprit des recherches, et obtint des résultats jugés positifs par l'exploitation des données de la sonde IRAS en 1983. Six mois avant la mort par cancer fulgurant de Harrington, Erland Myles Standish, remit en cause les conclusions d'Harrington sur l'existence de la planète X, et malgré la faiblesse des arguments, la communauté scientifique semble avoir suivi. A noter que les arguments d'Harrington (anomalies d'orbites de Neptune) ont été repris par PlutoKiller en 2017, et que personne ne les a contredit ce coup-ci...

La mort du professeur sonnera le glas médiatique des débats sur l'existence de Nibiru, qui ne reprendront médiatiquement qu'en 2010.

État des lieux fin 2016

Harmo avait prévenu fin 2015, que suite à la trahison d'Obama en septembre 2015, l'annonce de Nibiru plan B s'était mise en place, c'est à dire révéler progressivement Nibiru au public (en douceur pour ne pas le faire paniquer), sous couvert de la planète 9 ou 10. Il révélait les 3 phases de l'annonce de Nibiru : Nibiru est 1) prouvée, 2) dangereuse, 3) localisée.

Le 23/12/2016, le laboratoire Caltech fait un état des lieux de ce qu'elle sait de Nibiru. Je vais comparer les données des scientifiques (vu les descriptions, ils s'appuient sur les observations directes, pas sur de simples calculs) avec les chiffres donnés par les Altaïrans.

Années après années, les calculs des astronomes s'affinent, et ressemblent de plus en plus avec ce qu'annoncent Nancy depuis 1995 ans, et Harmo depuis 2009.

Notez que pour une planète dont on ne connaît officiellement que l'action gravitationnelle sur des planétoïdes très éloignés du Soleil, les "hypothèses" sont plutôt bien fournies. Les Altaïrans réaffirment que la planète 9 est très bien connue des scientifiques, et que les astronomes impliqués lâchent au compte goutte des données réelles en les faisant passer pour des hypothèses. Petit à petit, les hypothèses seront ajustées pour ressembler à la vraie Nibiru, et donc aux données des ET.

Voici les éléments rapportés par l'article du financial times :

- Sa structure, qui la situerait comme une plus petite Uranus ou Neptune au niveau taille et composition
- Sa masse serait 10 fois celle de la Terre (8 fois selon les ET), son rayon 3.7 fois celui de la Terre (4 fois selon les ET). Chiffres très proches de ceux des ET, et qui s'approcheront encore au fil des révélations.
- Sa composition serait un noyau de fer et un manteau de silicates, avec une couche d'eau glacée. Selon les ET, l'eau n'est pas glacée mais liquide (noyau est très actif), mais il est évident que vu l'atmosphère impénétrable de Nibiru, les scientifiques ne peuvent pas connaître ce détail. Il faut aussi ne pas parler d'eau liquide, donc de vie ailleurs que sur la Terre !
- Cette planète aurait été volée à une autre étoile. L'article rappelle d'ailleurs que les étoiles naissent généralement par groupes et il est assez rare qu'elles restent seules. Les ET expliquent quant à eux que la planète 9/Nibiru est en fait une étoile avortée de notre système, qui s'est disloqué en morceau.
- La planète 9 finira par "tuer" Jupiter, Saturne, Neptune ou Uranus en les précipitant dans le Soleil... Ce qui est intéressant, ce sont surtout le fait de voir la notion d'orbites instables et des planètes "tueuses".
- La planète 9 pourrait révolutionner sur une orbite fortement inclinée de 30° (les ET ont donné 31°). C'est cette orbite fortement inclinée qui aurait déplacé tout le disque planétaire de 6°, d'où l'inclinaison apparente du Soleil.

Le premier volet était de révéler l'existence de Nibiru, le deuxième volet était de dire qu'elle était dangereuse. D'innombrables articles annonçant la preuve (par le calcul) de la planète 9, annonçaient en même temps qu'elle serait liée aux destructions sur Terre. Si les premiers de 2015 la liaient à la soit-disant extinction des dinosaures il y a des millions d'années, le cycle est devenu 12 000 ans, puis 7 200 ans, avant d'atteindre fin 2019 les 3 700 ans !

N'oublions pas que les découvreurs de la planète 9 ont tout de suite appelé leur découverte "Jehosaphat" avant de se rétracter. Or Jehosaphat, c'est la vallée où les nations doivent être rassemblées pour le Jugement dernier (Joel 3:2 et 3:12). C'est donc bien que dès le départ, ces éminents scientifiques savaient très bien dans quoi ils se sont embarqués !

Il ne reste, en mars 2020, que le volet 3 (dire qu'elle est localisée), mais ça ne devrait être fait que peu de temps avant le pole-shift, juste avant qu'on ne la voit à l'oeil nu.

Visibilité de Nibiru

Survol

Besoin de voir pour croire

L'erreur que fait souvent le grand public peu habitué au raisonnement scientifique, c'est de vouloir voir Nibiru de leurs yeux. Mais tout comme on ne peut pas voir les étoiles en plein jour, Nibiru n'est pas visible non plus. Ce n'est pas un problème pour un scientifique, qui s'il ne voit pas les lignes de forces magnétiques par exemple, en voit les effets.

Non visible à l'oeil nu

Comme je l'explique dans L2 > Cosmo > Terre > Effet de Nibiru, Nibiru n'est pas facilement visible de la Terre, du moins avec nos moyens amateurs. Et même avec de gros moyens, les seules images que vous aurez depuis la Terre seront des tâches, prises avec du matériel technique dans la gamme des infrarouges, images pas vraiment parlantes.

Comment voir la face non éclairée d'une planète noire, collée contre un soleil aveuglant ? Tout comme on ne peut pas voir les étoiles en plein jour, Nibiru n'est pas vraiment visible tout comme on ne peut pas voir les étoiles en plein jour, Nibiru n'est pas vraiment visible Elle l'est depuis l'espace, mais le peu d'images que le système nous donne des environs du Soleil sont censurées et retravaillées par la NASA, comme le prouvent les nombreuses fuites qui arrivent quand la NASA se fait surprendre par un effet non prévu de Nibiru. Rien que le fait que les astronomes n'aient jamais cherché à donner une explication est une preuve en soi !

Pas dans le disque solaire

Si Nibiru était dans le disque solaire apparent, on verrait une tâche noire, comme Vénus en transit. Mais Nibiru est trop éloignée de l'axe Terre-Soleil (trop à droite en apparent) pour qu'on la détecte de cette façon.

Évolution de la visibilité

Vue de la Terre depuis l'hémisphère Nord, Nibiru est en bas à droite du soleil au coucher du soleil. Quand elle se sera suffisamment écartée du Soleil (donc croissant suffisamment épais), on pourra la voir se lever le matin, quand la luminosité du ciel est encore faible, et le Soleil pas encore levé.

Les élites voient très bien Nibiru

Avant 2003

Il y a aussi les images des télescopes avant 2003, Quand Nibiru était en approche, elle était visible des télescopes (les premiers articles sur Nibiru de 1983, les publications de Harrington), mais la censure dans l'astronomie a été plutôt efficace.

Après 2003

Une fois que Nibiru s'est collée contre le Soleil, même les astronomes des blacks programs ont du mal à la voir.

Les satellites d'observation du soleil (projet Hélios), la station spatiale (ISS) et autres télescopes infrarouge (le télescope LUCIFER à côté du télescope construit par le Vatican, si si, ça ne s'invente pas !) peuvent détecter la présence de Nibiru. Ces engins, construits avec notre argent et notre travail, ne permettent qu'aux élites/riches l'accès aux infos non censurées/retouchées que ces télescopes délivrent. Toute divulgation provoquerait un effondrement du système économique capitaliste, celui qui plaît si bien aux ultra-riches (les 1% qui ont réussi à voler 99% des richesses mondiales et qui continuent à nous faire croire que c'est nous qui coûtons trop cher...).

Notre science actuelle ne sait qu'expliquer (et encore, incomplètement) les trajectoires des planètes captives du Soleil. La trajectoire de Nibiru, la première étoile jumelle que notre civilisation ai eu l'occasion d'observer, semble complètement erratique aux yeux des savants habilités secret-défense (d'autres comprenaient mieux, comme le Dr Robert Harrington de la NASA et l'astrophysicien australien Rodney Marks, qui sont malheureusement décédés dans des circonstances suspectes, au moment où ils voulaient divulguer leurs travaux en masse...). Le seul moyen d'estimer au plus juste la date de son passage est donc de l'observer sous toutes les coutures, d'où cette pléthore de satellites ou encore les antennes de HAARP avaient pour but de détecter le champ magnétique de Nibiru avant qu'elle ne devienne visible directement et que le projet soit abandonné physiquement (avant de connaître une seconde vie active dans les délires des débunkers...).

Idem début 2018 avec le satellite ZUMA (officiellement perdu dès son lancement, mais qui grâce au secret-défense, peut envoyer des infos sans que les autorités ne soient obligées de les divulguer au public, p. 156).

20/08/2015 - Google Sky tombe la censure

En septembre 2015, *Google Sky* retirait le carré de censure couvrant Nibiru. Et regardez ce qu'on y voit aujourd'hui (Figure 35) :

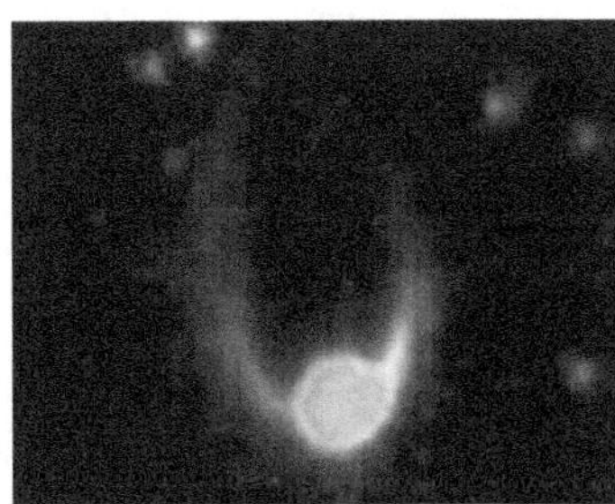

Figure 35: Nibiru apparue en septembre 2015 dans Google Sky (censure retirée)

Cette planète n'existe pas dans les atlas d'étoiles humains, c'est une des recherches Google Sky les plus regardée et pourtant aucun astronome ne s'est posé la question (en fait ils ont déjà la réponse, et savent qu'il ne faut pas en parler), elle est pile poil sur la bande zodiacale (donc dans le plan de l'écliptique terrestre) et c'est le seul objet du ciel avec une traîne donc une enveloppe nuageuse ionisée (les 2 cornes). Enfin, la taille de l'objet, du quart celle du soleil (en bleu en haut à droite dans Google Sky), indique bien qu'il s'agit d'un objet gros et proche (trop loin il serait énorme, et aurait été repéré dès l'antiquité).

Nibiru depuis l'ISS

Nibiru a été vue à plusieurs reprise depuis l'ISS, et cela a été repris par les mass medias.

09/2015

En septembre 2015 [Nas3], lors d'un panoramique de la station spatiale, un opérateur à volontairement monté l'image de quelques degrés pour que Nibiru apparaissent en haut de l'image. La NASA a depuis coupé toutes les images, et n'a pas commenté cette fuite malgré la reprise de l'image dans plusieurs mass media comme *7sur7* et *Daily Mail*. Pour détourner l'attention, la NASA a bidouillé une vieille image de 1994 d'une galaxie prise par le télescope spatial Hubble, montrant ce qui semblait être une ville dans le ciel (juste une paréidolie). Les mass media ont alors abondamment diffusé cette image sans danger, pour détourner l'attention de la vraie image de Nibiru.

A noter que 2 semaines après cette fuite, Google Sky retirait le carré de censure couvrant Nibiru. Il s'agissait d'un mouvement de fond du système, dans l'optique de l'annonce de Nibiru d'Obama prévue fin septembre 2015 (qui n'aura pas lieu, et qui donnera lieu au coup d'État invisible de Dunford).

03/2016

En mars 2016 [Nas5], Nibiru est de nouveau attrapée par une webcam de l'ISS, s'illuminant soudainement. On reconnaît bien les 2 cornes, telles qu'on les voit sur les représentations de l'Isis égyptienne. La NASA ne peut que confirmer la réalité de l'observation, sans l'expliquer. Les désinformateurs s'empressent de parler de vortex spatial s'ouvrant à côté de la Terre...

10/2016

Le 06/10/2016 [Nas4], une nouvelle fois Nibiru était vue au loin par une caméra de l'ISS (toujours sous la forme d'une énorme comète), c'est le journal suisse *Le Matin* qui relaiera cette info.

Nibiru depuis SECCHI

Le 22/12/2011 (p. 631) une éruption solaire illumine Nibiru, et un loupé NASA laisse apparaître Nibiru, loin en arrière plan derrière Mercure :

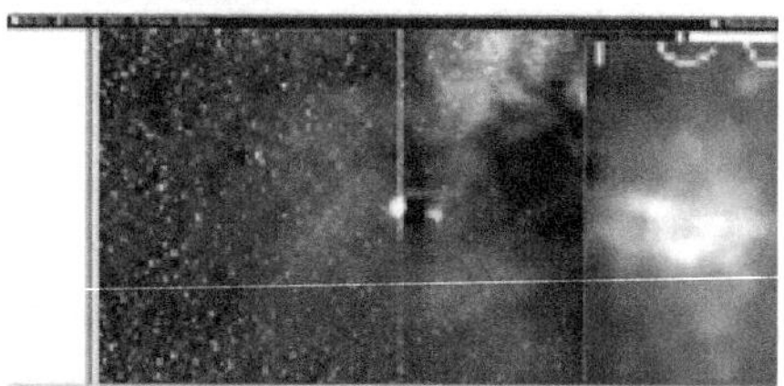

Figure 36: SECCHI fin 2011 (Soleil au centre, Nibiru un peu à droite). A droite, Zoom sur Nibiru

Nibiru depuis STEREO

Nous avons vu, dans mensonges NASA (p. 159), tout le trafic qui avait eu lieu autour de ces satellites.

Voyons à présent plus en détails toutes les apparitions de Nibiru qu'ils n'ont pu censurer.

Allez voir directement le site de la NASA (en tapant les dates données ci-dessous) pour les images en haute résolution, qui se suivent chronologiquement, et permettent de suivre l'avancée du phénomène.

Présentation des satellites

STEREO est un système de 2 satellites A et B, restant sur la même orbite que la Terre, et qui tournent en sens opposé, se croisant derrière le Soleil par rapport à la Terre.

Vue du Nord, STEREO A tourne en sens anti-horaire (inverse au sens de la Terre) et STEREO B en sens horaire (plus vite que la Terre).

En 2015, les 2 satellites ont continué leur course sur leur trajectoire, se sont croisés derrière le Soleil (par rapport à la Terre), STEREO A est ensuite du côté opposé à Nibiru par la suite.

Comme les satellites voient leurs positions relatives évoluer en permanence, il faut bien regarder les images de la journée en regardant leurs positions respectives à ce moment-là (le site de la NASA le permet, en tapant la date).

01/08/2010

Une belle boule bien ronde sur STEREO B, tandis que A montre une belle éruption solaire, avec une boule bien ronde derrière (celle qu'on voit sur B, placé à l'époque en face de A).

17/11/2010 - comète bien visible

Alors que les satellites n'ont pas encore dépassé le Soleil (et que STEREO B est encore disponible), nous pouvons voir Nibiru sur les bords de l'image de STEREO B le 17/11/2010 (Figure 37).

Nibiru, qui n'est pas encore retouchée par la NASA, et est vue sous sa forme cométaire par les 2 satellites à la fois, montre une ionisation légère de son nuage

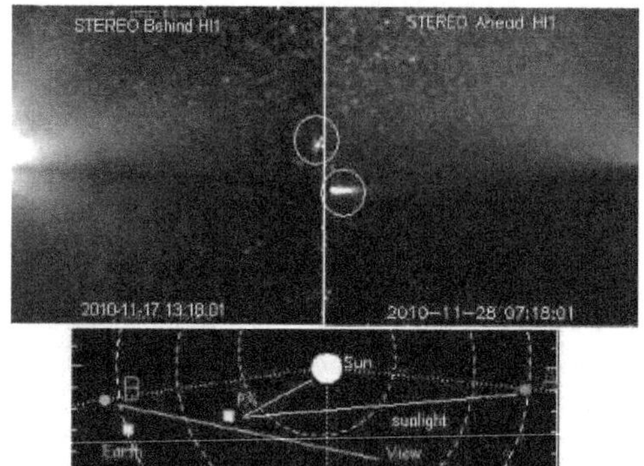

Figure 37: Nibiru lors des alignements temporaires des satellites STEREO, 17/11/2010

28/11/2010 - passe d'un satellite à l'autre

Nibiru disparaît progressivement du bord droit de B, pour apparaître progressivement dans le bord gauche de A, les 2 satellites permettant de croiser les vues (Figure 38).

On voit d'ailleurs une belle ionisation du bord extérieur du nuage sur B.

28/11/2013 - boule légère

À 04h48, une éruption coronale du soleil avait déjà illuminé un objet translucide (boule au centre à gauche), qui n'apparaît pas sur les photos des minutes d'avant, et disparaît au bout de 3 photos.

Figure 38: Ionisation du nuage du 28/11/2010 + aspect cométaire

17/11/2016 - boule bien visible

3 ans plus tard, le phénomène déjà vu le 28/11/2013 se reproduit, et dure beaucoup plus longtemps (plusieurs heures). Nibiru s'est déplacé par rapport à 2013 : elle s'est écarté du soleil, pour se rapprocher de la Terre.

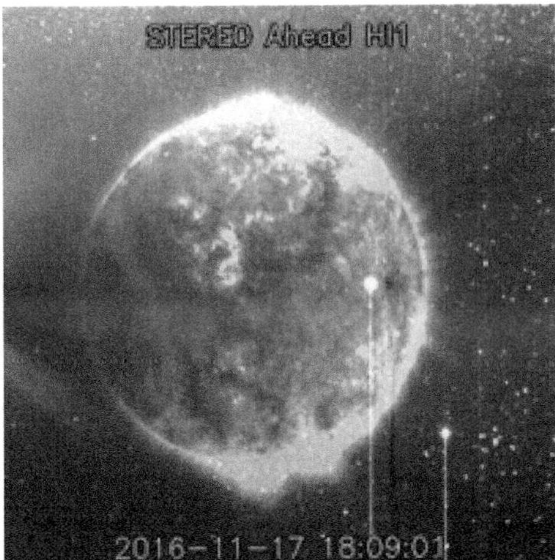

Figure 39: ionisation nuage extérieur du 17/11/2016

Il s'agit du nuage de Nibiru, qui entoure la planète au centre (que l'on ne voit pas, pas les bonnes fréquences lumineuses + effacement par la NASA). Seule l'ionisation probable du nuage sous l'effet de l'éjection de masse coronale solaire permet temporairement de rendre une partie de ce nuage visible. Cela permet de bien visualiser la taille de ce nuage, qui a rattrapé la Terre en novembre 2016, puis la Lune en février 2017.

A noter que sur la gauche légèrement en haut, on voit bien l'éjection de plasma du soleil qui passe devant le nuage, preuve que le nuage est bien derrière le soleil par rapport au satellite (donc entre Terre et soleil) et pas entre le satellite A et le soleil. Le nuage est derrière Mercure qui est bien brillant, alors que les étoiles à travers le nuage sont estompées. Encore une fois on peut relever que la qualité de l'image semble volontairement dégradée, et le sera encore plus dans les images qui suivent.

21/04/2017 - 3 gros OVNI près du Soleil

Nibiru est tellement avancée contre la Terre qu'on la voit maintenant en permanence, et non plus seulement lors des éruptions solaires comme en 2016 ou en 2013. on voit parfaitement la boule représentant le nuage de Nibiru. A noter que chaque point très lumineux (les planètes) génèrent des traits verticaux sur l'objectif. On voit qu'il y a plein d'autres traits, dont certains a moitié mal effacés, dont le point lumineux qui les a généré à disparu (retouche NASA).

Le même jour (21/04/2017), sur les caméras COR2 du satellite A, 3 OVNIS, d'une taille apparente supérieure à la Terre, sont passés près du soleil, comme le montre cet article de presse :

"En plus de leur vitesse et leur grande taille, les scientifiques ont été déconcertés par le fait que les trois OVNI se déplaçaient l'un après l'autre, suivant la même trajectoire et à la même vitesse. Sur le dernier objet, les scientifiques ont remarqué une source de lumière. Selon les chercheurs, elle peut provenir d'un reflet ou d'un élément de construction."

A noter que dans leur optique « tout sauf Nibiru », les scientifiques sont prêts à raconter n'importe quoi…

04/05/2017 - boule puis censure

La grosse boule translucide s'est déplacée sur le bord droit et est remontée par rapport à la Terre, mais est toujours visible.

A noter ces 2 gros point brillant (en bas au centre) qui sont des objets non référencés et qui n'apparaissent pas 2 semaines avant ! (des OVNI en somme, mais fixes). Des lune de Nibiru?

A partir du 15/05, le nuage devient tellement visible que la NASA préfère assombrir toute l'image et diminuer la résolution, on ne voit plus rien du tout !

A partir du 17/05/2017 il n'est carrément plus possible d'avoir des images...

11/05/2018 - Explosion sur Vénus

Une vidéo de HI1 sur plusieurs jours montre 2 énormes explosions sur Vénus, avec toujours ces images dégradées voir censurées à certains moment. Il y a des nuages qui envahissent toute la caméra, et toujours aucune explication officielle… En réalité, "l'explosion" n'est qu'une rotation du tourbillon de lunes de Nibiru, se trouvant à la gauche du Soleil apparent donc visible par STEREO A. Comme on n'a qu'une seule vue (STEREO A), on ne peut pas voir que ce tourbillon est loin de la caméra en fait.

2019 - boule tous les 28 j contre le Soleil

En 2019, d'étranges anomalies se montrent régulièrement. Une explosion solaire en boule, toujours au même endroit et réapparaissant tous les 28,5 jours fait croire à certains chercheurs de vérité à une planète qui révolutionnerait tout contre le Soleil. Selon moi, il s'agit tout simplement de la période de révolution à cette latitude du pôle Nord du Soleil (28,5 jours).

Chaque fois que le pôle Nord Solaire se retrouve dirigé vers Nibiru (donc vers la Terre, ce qui correspond toujours à la même position sur l'image vue du satellite, ce dernier qui révolutionne à la même vitesse que la Terre), le pôle émet une grosse boule de magma ionisé par effets magnétiques.

Évidemment, aucun commentaire de la NASA sur le sujet, sur cette explosion régulière dans le temps, se produisant toujours au même endroit...

Illuminations de Novembre

Nous pouvons noter que ces illuminations se produisent souvent en novembre, juste avant le pic EMP de fin novembre (plus intense que les 2 autres ?), ou en avril, après le pic EMP de mars. On retrouve aussi cette ionisation au moment du pic EMP d'aout.

Passé

Survol

Variations extrêmes connues de notre science

La planète Terre évolue en permanence, les conditions de la vie aussi. Notre science se plante juste sur le temps séparant 2 cumuls de destructions, et se refuse à expliquer pourquoi ça se produit.

Le noyau terrestre était beaucoup plus chaud à sa formation, les continents se déplacent en permanence, de même que le climat local varie du tout au tout en quelques années seulement lors des périodes de destruction. Une même terre bretonne se retrouve déplacée de l'autre côté de l'océan atlantique, les mêmes espèces passant d'un climat protégé par le gulf stream pour la partie européenne, soumise à de grands chocs thermiques pour la partie américaine. Les ponts existants entre les continents disparaissent (comme le détroit de Béring gelé qui reliait le continent eurasien au continent américain), chaque espèce animale évoluant différemment selon le continent sur lequel elles se trouvent. On retrouve dans le Quercy une faune équatoriale il y a plus de 30 millions d'années, sachant qu'il y a 200 millions d'année cette zone actuellement dans le Sud-Ouest de la France se trouvait à la latitude du Sahara actuel.

Les plaques qui se séparent créent les fosses océaniques, celles qui se rencontrent se plissent et forment les montagnes, sachant que l'érosion tend à aplanir tous les reliefs en emportant la terre vers les océans.

Le soleil subit des cycles pendant lesquels il émet des rayons plus ou moins forts, de la même manière que l'énergie émise varie en fonction de sa propre évolution.

Le taux de CO_2 évolue dans l'air, l'augmentation résultant d'une augmentation de la température (et pas l'inverse).

Les terres s'enfoncent sous les mers, puis les plissements tectoniques les remontent lors de la création des montagnes. c'est pourquoi on retrouve des fossiles de coquillages à plusieurs milliers de mètres d'altitude dans les montagnes.

L'axe de rotation de la croûte terrestre évolue à chaque secousse tellurique (séisme, éruption volcanique, météorites un peu gros). Ainsi une région monte ou descend par rapport à l'équateur, ce qui modifie son éclairement, la durée des saisons, etc. Ce phénomène se cumule avec la dérive des continents.

La Terre, malgré son bouclier magnétique, gravitationnel et atmosphérique, se prend de temps en temps de gros météorites qui comme celui qui aurait décimé les dinosaures, éjecte en l'air de de la matière qui couvre les rayons du soleil et les renvoient directement dans l'espace. De l'autre côté du globe, l'impact a éclaté la croûte terrestre et on assiste à des éruptions volcaniques massives, qui elles aussi couvre le soleil des cendres. La température du globe diminue brutalement (plus de soleil) et tue presque toute vie (du moins les moins adaptées) pendant plusieurs années.

En plus de tous ces changements extérieurs, les êtres vivants bouleversent eux mêmes leur milieu de vie par la surpopulation non régulée, ce qui provoque des crises et des exodes.

Cosmologie (p .)

Les religieux qui contrôlent la science, ont toujours chercher à diminuer l'âge de l'Univers ou de la Terre. Chaque fois que quelque chose montre que le système solaire est plus ancien que ce qu'on en pense, la science se précipite dans l'hypothèse la plus tirée par les cheveux pour garder un système solaire récent.

Géologie (p. 351)

L'étude de la géologie montre que la surface de la Terre est régulièrement ravagée dans le passé, même proche comme 4 000 ans. Devinez quoi ? Ce débat dure depuis des siècles, ceux qui contrôlent la science refusant qu'on parle de ces catastrophes...

Archéologie (p. 349)

Les archéologues tombent souvent sur les mêmes anomalies : traces de civilisations s'arrêtant brutalement en plein essor, villes renversées et submergées par des déluges gigantesques, etc.

Archives humaines (p. 368)

La présence de Nibiru saute aux yeux dès qu'on regarde le passé, comme par exemple l'exode ou le déluge biblique, ou le manuscrit Égyptiens d'Ipuwer qui parle de ces mêmes événements. Les passages sont en effet tellement destructeurs qu'ils impriment durablement les traditions humaines.

L'histoire occidentale n'est qu'un moyen comme un autre de cacher cette réalité, d'étudier les traditions, de tuer les chamans, puis de déclarer que c'était des histoires inventées, mythes ou légendes peu importe. Alors que si on réfléchi 2 secondes, les chamans étaient les historiens de leur tribu, les grands scientifiques.

Les archives réelles de l'humanité se retrouvant dans les sociétés secrètes, ou dans les collections privées de quelques Ultra-riches, il est possible de voir leur contenu sortir de temps à autres malgré tout, il suffit de savoir où regarder !

Cosmologie

La science a sacrifié les meilleurs de ses scientifiques dès qu'ils découvraient que la Terre était plus vieille que les 6 000 ans annoncés par la Bible.

Lord Kelvin a été jusqu'à développer le calcul différentiel pour essayer de prouver que la Terre avait moins de 70 000 ans, c'est en lui répondant que ses adversaires ont développé la notion de radioactivité.

D'autres anomalies existent dans le système solaire, avec notre théorie actuelle. Pourquoi la ceinture d'astéroïdes n'a pas formé de planètes ? Pourquoi notre Soleil n'a pas 1 ou 2 étoiles supplémentaires, comme partout ailleurs dans l'Univers ? Pourquoi la Terre a un noyau actif d'étoile, alors que toutes les premières planètes du système solaire sont éteintes ? Comment la Lune a été extraite de notre Planète ?

En janvier 2020, grâce à la mesure des rayons cosmiques reçus, on s'est aperçu qu'une météorite était âgée de 7 milliards d'années, alors qu'actuellement on estime le système solaire à 4,7 milliards d'années. Comment c'est possible ?

La vérité crève pourtant les yeux !

La Terre a bien 4,7 milliards d'années, mais le système solaire en a bien plus !

Notre planète s'est séparée en Terre et Lune il y a 4,7 milliards d'année (la planète Tiamat écartelée entre le géant Jupiter et le Soleil), et est passée de l'orbite de la ceinture d'astéroïdes à celle actuelle. Les astéroïdes résultants de cette dislocation, s'ils ont commencés à se regrouper autour de Cérès, mettront encore des milliards d'années à reformer une planète...

Toutes les preuves convergent vers cette théorie, mais l'humanité persiste à regarder ailleurs, et à cumuler des théories qui se contredisent et ne marchent pas. Tout ça parce qu'avant Tiamat, la géante qui a donné la Terre et la Lune, il y a la dislocation de Perséphone, qui a conduit à la création de Nibiru...

Si la Lune est 4 fois plus petite que la Terre (2e dislocation de Perséphone), alors on peut penser que les mêmes causes ont conduits aux même effets, à savoir Tiamat était 4 fois plus petite que Nibiru (1ère dislocation de Perséphone)...

Voilà où est passé l'étoile qui devrait accompagner notre Soleil, dans une planète dont on ne doit pas prononcer le nom...

Triste de voir que les plus grands cerveaux du monde en sont réduits à mentir et à chercher des hypothèses abracadabrantes à cause de la censure...

Les Zircons autraliens (qui contiennent de l'oxygène 18) montrent que 200 millions d'années après la création de la Terre, il y avait déjà de l'eau liquide en surface, permettant l'apparition de la vie.

Les scientifiques n'arrivent pas à comprendre d'où viennent les océans terrestres. C'est trop court selon leur théorie de la Terre boule de feu, trop volumineux pour venir des seules comètes. Par contre, le temps et le volume sont suffisants avec la théorie d'une Terre issue de la dislocation d'une géante océanique !

La Lune

On sait aujourd'hui que la Lune est un morceau de la Terre. Mais les astronomes postulent un impact projetant de la poussière qui se ré-agglomère en Lune, ce qui n'explique pas les nombreuses incohérences observées, toutes expliquées par ce qu'en dit Harmo (L2), à savoir la planète océanique Tiamat qui se disloque en 2 parties :

- La rapport des tailles planète/satellite est le plus élevé du système solaire. Aucune chance que la Terre ai pu capturer un astéroïde (c'est le Soleil qui l'aurait fait), sans parler de la composition commune entre Terre et Lune, laissant pré-supposer une origine commune.
- la rotation synchrone de la Lune (on ne voit qu'une seule des faces de la lune, la rotation de la Lune durant le même temps que sa révolution) : La Lune s'est écartée de sa planète après dislocation, gardant sa face interne contre la Terre, sa planète d'origine.
- la différence d'impacts de météorites entre la face cachée et la face visible : la face visible et ses grandes «mers» basaltiques plus sombres (31% de la surface), qui résultent d'écoulements de lave qui ont rempli des cratères d'impact. Aucune mer basaltique sur la face cachée (moins de 1%).
- la face visible, qui était précédemment le noyau de Tiamat, n'a pas la même composition que la face sombre, qui était la croûte de Tiamat. Du côté visible, on retrouve les mêmes éléments radioactifs que ceux du coeur de la Terre, tels que l'uranium et le thorium.

Les comètes

Les comètes se dégradent à chaque passage près du Soleil. Tout montre qu'elles sont issues de la ceinture d'astéroïdes, et non d'un hypothétique nuage d'Oort que personne n'a jamais vu et qui ne marche même pas dans les simulations. Comme les comètes disparaissent en quelques milliers d'années, il faut bien qu'une grosse planète vienne régulièrement les éjecter de leur orbite entre Mars et Jupiter.

Archéologie

Survol

Météorites

Les quantités de météorites lors des passages de Nibiru sont à chaque fois importantes, et sont prises par les gens de l'époque comme des signes du ciel. Les pierres météoritiques ferriques sont ensuite utilisée comme talismans/bijoux magiques, car elles évoquent les terribles catastrophes du passage de la planète rouge. Ce collier de météorites vieux de 5 000 ans [archeo] (Les plus anciens objets en fer jamais découverts, des perles appartenant à des colliers funéraires retrouvés dans un cimetière égyptien vieux de 5.000 ans (en Basse Égypte, dans le village d'El-Gerzeh), ont été forgés à partir de fer de météorites (forte teneur en nickel, en phosphore, en cobalt ainsi qu'en germanium, qui n'est présent qu'à l'état de traces infimes dans le fer terrestre. Le métal qui a servi à fabriquer les perles est donc nécessairement né dans l'espace, avant de venir s'écraser sur Terre à bord d'une météorite)) est donc très logique et confirme l'avant dernier passage, il y a 7 300 ans (en -5 300 environ). Il y a donc tous les éléments nécessaires pour ce rendre compte scientifiquement de ce cycle, encore faut-il en avoir la volonté !

Séismes

Un grand séisme aux environs de -1 600 a détruit la civilisation pharaonique égyptienne, qui ne retrouvera jamais par la suite la grandeur de cette époque.

Volcans

L'explosion de Santorin, qui a détruit la civilisation florissante de cette île, est datée de vers -1 600, tout comme pour l'Égypte.

Déluges (p. 350)

Les archéologues doivent souvent déblayer des villes enterrées sous des mètres d'argile. Ils se demandent pourquoi les anciens ont recouverts leur ville de terre, tant l'hypothèse d'un tsunami majeur, sur des lieux aujourd'hui à plusieurs milliers de mètres d'altitude, leur semble impossible...

Ou encore, ces travaux cyclopéens en cours (types carrières du Proche-Orient ou d'Égypte), brutalement arrêté en même temps que tout le monde disparaissait et que le site était enfoui pour des millénaires...

Effondrements civilisationnels (p. 350)

Les plus grandes civilisations s'effondrent brutalement, en pleine gloire, la construction de temples est laissée brutalement en plan, les pierres des carrières encore en cours d'extraction. Les archéologues cherchent toujours (officiellement...) pourquoi ce scénario se répète régulièrement partout sur Terre...

Tous les sites cyclopéens qui ont été réutilisés par la suite (Baalbek, Jérusalem, cités andines de Tihuacano ou Machu Pichu, îles de pâques, etc.) frappent le visiteur par cette constante : les pierres cyclopéennes qui sont en dessous, pierres amollies ajustées parfaitement, aux multi-angles imbriqués, sans liant, pesant plusieurs tonnes, venant de carrières lointaines, sont surmontées de petites pierres mal ajustées, qui tranchent fortement avec la technicité des soubassements. Comme si ceux qui ont récupéré le site n'avaient pas les connaissances, compétences et matériel de leurs prédécesseurs.

Les lourdes statues ou monuments sont renversés par un cataclysme, et personne, avant l'époque moderne, n'a su les relever.

D'ailleurs, les successeurs (comme les incas) précisent bien que les murs de base étaient déjà là avant même la naissance de leur culture, mais les historiens occidentaux refusent de les écouter...

Archéo > Déluges

Sumer

En 1929, des fouilles archéologiques sur le site de l'antique ville sumérienne d'Ur, révèlent une couche argileuse de plus de 2 m.

Les analyses prouvent qu'il s'agit d'un dépôt laissé par les eaux.

Mais, ce qui est encore plus intéressant, c'est que les vestiges d'une civilisation sont présents sous cette couche.

D'autres fouilles effectuées à Babylone, Shouroup-pak, Ourour, Kish, Tello, Ninive et Fara ont mis à jour la même couche sédimentaire.

Puma Punku (p. 360)

A 3 800 m d'altitude, une ville cyclopéenne recouverte de plusieurs mètres d'argile et gravier sédimentaire, les pierres mégalithiques blackboulées dans tous les sens. Le lac Titicaca n'a pas assez de volume pour générer de telles destructions.

Les archéologues sont doublement embêtés : on a une ville plus ancienne que les 7 000 ans de la Bible, et des montagnes qui poussent en quelques jours au lieu des centaines de milliers appris à l'école... Sans parler d'un déluge record.

île de Pâques

De très nombreux Moaï (les statues géantes barbues) sont actuellement taillées dans les carrières, et n'en ont jamais été extraits. Les légendes locales disent que le mana (que les grands rois avaient) qui servait à faire voler les pierres, a disparu.

Quand aux traces d'un déluge, elles sont retrouvées par les nombreux Moaïs à moitié enterrés, jetés en vrac comme des fétus de paille. La plupart des géants sont de plus profondément enterrés, il faut creuser 5 m sous terre pour voir leurs mains finement sculptées, sachant que leur corps continu en dessous. Aucune raison qu'à l'île de Pâque les statues aient été enterrées profondément, alors qu'ailleurs toute la statue est visible. Seule l'hypothèse d'un gigantesque ras de marée enterrant les cités sous le limon est la plus probable.

Désert Ocucaje

Dans la mesure paléontologique, les pistes d'un déluge monstrueux qui a couverts de boue tout ce qu'il y avait de ce côté de la planète.

Archéo > Effondrement

Les obélisques d'Assouan

Comme pour les Moaï abandonnés dans les carrières de l'île de Pâques, 2 obélisques cyclopéens inachevés, en granit rose, se trouvent toujours dans leur carrière à Assouan (Égypte). Le plus gros fait 1200 tonnes, 4,2m à la base carrée, sur 41,75m de haut!), qui ont demandé des années d'usinage pour être taillés sur 3 faces et demi (restait celle de la base), ont été abandonnés du jour au lendemain. Bon, les traces de pelles et l'aspect chamallow (ou sorbet creusé à la cuillère), on voit bien qu'il s'agit de pierre amollie, et que leur découpe n'a pas pris tant de temps que ça… La grande est censée avoir été abandonnée suite à une fissure en bas, mais si elle n'avait fait que 40 m de haut, ça n'aurait pas été bien grave… Et la plus petite n'a aucun défaut qui expliquerait son abandon…

Serapeum de Sakkarah

Les cuves de granit monumentale ont été recouvertes d'un enduit inconnu. Sur l'une des cuves, l'enduit n'est que partiellement appliqué, comme s'il n'avait pas eu le temps d'être finalisé, et qu'ensuite on ne savait plus faire cet enduit ou lustrage.

Similitudes de dates

Des civilisations qui s'effondrent toutes en même temps, partout dans le monde...

Passage de -1 600

En -1600 (le dernier passage de Nibiru) :

- les figurines représentant des dinosaures chassés par des hommes sont gravées à Acambaro,
- de grandes catastrophes naturelles frappèrent la Méditerranée,
- la civilisation d'Ougarit (Syrie) s'effondre, comme toutes celles du Proche-Orient
- effondrement des amorrites en Mésopotamie
- En Inde, la civilisation de la vallée de l'Indus s'effondra brusquement.
- l'Ile de Santorin subit un grave épisode éruptif aux alentours de -1 600, éruption Minoéenne qui mis fin à une civilisation florissante, la civilisation Minoenne,
- la Crète et l'Égypte déclinent,
- Le manuscrit d'Ipuwer, relatant plusieurs cataclysmes naturels similaires à ceux de l'exode biblique, se produisant simultanément, est écrit,
- La Chine, déjà entrée à l'age du bronze, nous raconte que l'empire Xia prend fin en -1570, les récits de l'époque relatent d'énormes problèmes économiques : chevauchement des saisons (les plantes d'été, d'automne et de printemps fleurissent en même temps), de nombreuses inondations qui empêchent de cultiver les terres, de l'eau salée inondant les terres, etc.
- L'Amérique du Sud ne nous a pas laissé de traces écrites de cette époque, tout simplement parce qu'on ne connait pas de civilisation avancée capable de laisser une trace écrite d'un événement planétaire. Et c'est le cas pour de nombreux autres peuples, puisque à l'époque, le mode de transmission de l'histoire des peuples est orale et non écrite. C'est pourquoi l'étude des légendes indigènes a toujours été si recherchée par les anthropologues occidentaux, bien que les scientifiques officiels refusent de prendre ces documents oraux comme des preuves (mais qui permet aux chercheurs des illuminatis d'écrire une version de l'histoire complète).

De manière générale, à part celles provenant des hébreux, des Égyptiens et des cultures mésopotamiennes, on a très peu d'archives et documents archéologiques. Il existe des capacités d'écriture archaïques autres dans le bassin, mais les phéniciens par exemple, ne prospèrent qu'à partir de -1200 environ. C'est pourquoi d'ailleurs l'exode biblique est daté de -1200, correspondant aux premières mises sur papier des archives orales récentes, renommé "mythologie" par les scientifiques.

<u>Mésopotamie, effondrement des amorrites</u>

En -1 600 en Mésopotamie, on se trouve à la fin de la période appelée "Paléo-babylonienne" ou Amorrite, qui se termine officiellement en... -1 595 ! C'est une grande période d'instabilité et de conquêtes qui met fin à la domination des Amorrites, dont le Roi Hammurabi est peut être le plus connu. Le dernier Souverain Amorrite de Babylone, Samsu-Ditana (-1625 à -1595 selon la chrono officielle), fait face à une grave crise agraire qui touche toute la région et se retrouve très affaibli, ce qui permet aux Hittites de prendre la ville et de la saccager. Les écrits des structures administratives de la ville s'arrêtent nettes, montrant ainsi un effondrement brutal du système régnant et de la civilisation, sans déclin.

<u>Passé > Géologie</u>

Survol

Catastrophisme (p. 352)

Les savants intègres ont toujours affirmé que la Terre avait subi des grands cataclysmes par le passé, dont les traces se retrouvent partout en géologie. Les savants corrompus et endoctrinés les ont toujours combattu, surtout au 19e siècle, quand la censure sur Nibiru a trouvé des alliés avec les FM anti-Bible. Mais comme la Terre ronde, comme l'héliocentrisme, comme la dérive des continents, la vérité s'est aujourd'hui imposée.

Les cataclysmes modèlent le monde (p. 355)

Les preuves géologiques sont très nombreuses que des événements cataclysmiques reviennent régulièrement bouleverser la Terre et provoquer de grandes extinctions. Comme les strates géologiques, les montagne renversée comme Bugarach, les nombreux fossiles entassés et enchevêtrés au même endroit (tous vivants au moment de l'enfouissement dans une gangue de boue protectrice), les mammouths gelés instantanément en position debout, les glaciations qui ne concernent qu'un seul pays (et pas tout un hémisphère), etc.

Cycles (p. 368)

Ces cataclysmes se produisent de manière cyclique (régulier comme une comète repassant sans cesse au même point). Comme les réchauffements réguliers de la planète (atteignant la même température qu'aujourd'hui, pas besoin de voitures pour ça...).

Catastrophisme

Cover-up scientifique depuis 1700

Le catastrophisme est un courant de la géologie qui, s'appuyant sur de nombreux faits, révèle que la Terre est soumise régulièrement à de grosses destruction de surface. Des catastrophes de courte durée, violentes et inhabituelle.

Pendant 300 ans, le catastrophisme a été farouchement combattu par la science officielle, qui affirmait, contre toute logique, que les continents ne bougeait pas, et donc que ces cataclysmes géologiques ne pouvaient avoir lieu.

L'uniformitarisme se formalise au 19e siècle : les érosions sont lentes et progressives, et aucune autre force que celles observées entre 1800 et 2000 ne peut influencer la Terre. Le but est double : affaiblir la Bible (qui décrit des cataclysmes ponctuels détruisant tout, comme le déluge ou l'exode) et cacher l'existence de Nibiru.

Tout comme la science a du plier face à la Terre ronde, à l'héliocentrisme, à l'espace infini et à la dérive des continents, elle doit aujourd'hui plier face au catastrophisme. Tout les scientifiques s'y sont ralliés, et la plupart se rallient à l'hypothèse de planète 9, qui lors de ses périhélies près de la Terre, provoque les extinctions régulières d'espèces.

La position des uniformitaristes n'était plus tenable, surtout avec les constatations des dégâts depuis l'an 2000 (dans la rivière Colorado par exemple, les orages records provoquent plus d'érosion en un orage que tout ce qui avait été observé en 1 siècle).

Évidemment, les catastrophistes ne nient pas l'usure lente et progressive au cours des siècles, mais avec notre société ne parlant que des extrêmes, c'est ce que les médias essaient de nous faire croire (c'est soit l'un, soit l'autre, jamais les 2 en même temps selon nos maîtres).

Incompatibilité Nibiru-Bible

Si les différentes disciplines se taisent sur ce sujet (à part les articles sur planète 9, aucun débat de géologues ne remonte dans les mass medias), c'est parce qu'il y a un vieux consensus qui a été établi dès le départ lorsque les scientifiques et humanistes athées des “lumières” du 18e siècle ont voulu se détacher et démonter les croyances religieuses, qu'elles pensaient néfastes (comme le déluge ou les re-créations / mondes successifs, mythes qui se retrouvent pourtant dans de très nombreuses civilisations). Leur position n'était donc pas objective mais politique. Nous en payons encore les frais, surtout qu'aujourd'hui c'est pour cacher les cataclysmes de Nibiru que l'omerta scientifique continue sur le sujet.

Cuvier, par exemple, a été un des chefs de fil d'une vision rapide et brutale des changements géologiques, et c'est pour cela qu'il a été combattu puisque qu'il donnait finalement du crédit à l'Église, une position jugée rétrograde et anti-humaniste, à l'époque où la Science se voyait comme le grand démystificateur de la religion. Les preuves et les évidences ont été écartées, pour laisser place à une géologie dite lente mais qui n'est pas du tout vérifiée sur le terrain.

Science politisée

Ne vous y trompez pas, la "Science" n'est pas, et n'a jamais été (surtout au 18e et 19e), une discipline objective. Elle entrait dans un conflit idéologique profond et ces fondements ont été peu remis en question par la suite. N'oubliez pas que Wegener, le père de la tectonique des plaques n'était pas géologue mais un ingénieur (autodidacte en géologie). Il fut combattu par les géologues “main stream” eux-mêmes, jusqu'à ce qu'on s'aperçoive, dans les années 70, que la géographie ne pouvait pas être expliquée autrement.

Il reste encore du chemin

Restent encore de nombreuses erreurs de fond, parce que de toute manière c'est un sujet qui n'impacte pas sur l'économie et capte peu l'intérêt du grand public. La sectorisation des disciplines ne permet pas non plus de mettre en parallèle les observations géologiques, magnétiques, archéologiques et historiques.

En résumé, à partir du moment où les techniques de recherche de pétrole empiriques n'ont pas besoin de comprendre comment celui-ci s'est formé pour trouver les gisements, tout le monde s'en fout.

Un débat ancien

Les géologues ont longtemps débattu du rôle des catastrophes dans l'évolution de la planète. Le débat entre les thèses catastrophistes et gradualistes est bien présent dès les origines de la géologie en tant que science.

A la fin du 17e siècle, les « théories de la Terre », qui fleurissent notamment en Angleterre, considèrent l'histoire de notre planète en termes de catastrophes. Si Buffon s'y oppose, en plaidant l'usure régulière, vers la fin du 18e siècle cependant, l'idée que la Terre a subi au cours de son histoire des « révolutions » de nature catastrophique gagne du terrain. Nombre d'auteurs voient la trace de ces événements violents dans l'aspect chaotique des couches géologiques observables dans les chaînes de montagnes.

Georges Cuvier devient le chef de file des catastrophistes au tout début du 19e siècle, s'appuyant sur ses découvertes paléontologiques. Par l'anatomie comparée, il démontre en effet que de nombreuses espèces animales ont totalement disparu au cours de l'histoire du globe – et il voit dans des catastrophes de grande ampleur la cause de ces extinctions, dont les causes sont sans équivalent dans le monde actuel, avec des effets cataclysmiques.

Georges Cuvier (1769 - 1832)

Il débute par une brillante carrière scientifique. On doit à cet anatomiste l'anatomie comparée et la paléontologie (l'étude de l'évolution des animaux dans le temps), ce qui permettra à Darwin d'établir sa théorie. C'est lui qui a défini notre classification moderne des êtres vivants, ou encore qui baptisa la période du jurassique (en hommage au Jura qu'il connaissait bien).

Les ennuis commencent pour lui quand il est obligé de déterminer pourquoi, dans les strates géologiques qu'il étudie, les animaux disparaissent régulièrement en masse, et pourquoi ils sont ensuite remplacé par d'autres animaux, soit qui ont évolués morphologiquement, soit qui correspondent à un climat modifié.

Pour lui, il se produit cycliquement des extinctions majeures (qu'il appelle « révolutions du globe », une autre manière de dire pole-shift). Cela produit des catastrophes de type inondations ou séismes, amenant aux extinctions majeures animales. La Terre étant ensuite repeuplée par une nouvelle création d'animaux ou des migrations après ces catastrophes.

Dans le même temps, il exclut l'homme de cette histoire géologique, et s'oppose violemment au transformisme de Lamarck (qui amènera à Darwin, c'est à dire l'idée que les espèces évoluent et se modifient dans le temps, comme ils le savaient déjà par la sélection animale et végétale). Il censure leurs travaux (de par sa position de professeur au Muséum d'histoire naturelle et de secrétaire perpétuel de l'Académie des sciences), et bloque les partisans du Lamarckisme aux carrières académiques (les universitaires en place empêche ceux qui ont d'autres idées d'accéder aux postes où ils pourraient changer les choses), ainsi que de pouvoir s'exprimer dans les revues scientifiques dont il avait le contrôle. Il interdit à ces chercheurs l'accès aux collections du Muséum pour leurs études (sorte de secret-défense de l'époque). Enfin, ces chercheurs furent condamnés politiquement, ou furent embêtés de diverses façons par le pouvoir.

Les évolutionnistes sont aujourd'hui ceux qui contrôlent la science officielle, et font la même chose avec ceux qui voudraient faire avancer la théorie de l'évolution… C'est le système de pouvoir qui est en tort, pas la théorie.

Lamarck (1744-1829)

Il postule que la Terre évoluant en permanence, les animaux s'adaptent à ces changements environnementaux (les caractères acquis) et transmettent cette adaptation à leurs descendants (prouvée et reconnue depuis 2006, l'épigénétique). Longtemps combattue, décriée et moquée, la théorie de l'adaptation fut combattue pendant un siècle par la théorie de l'évolution de Darwin, et parce qu'elle faisait intervenir la coopération, le gène altruiste, en opposition avec l'idée hiérarchique de la sélection naturelle par la concurrence.

L'expérience prouve que Darwin a tort : une colonie ne mute pas si l'environnement reste stable, mais mute rapidement si l'environnement change, et toujours dans le bon sens (pas plusieurs mutations au hasard, dont seule la plus adaptée survit).

En 2020, on s'aperçoit que juste par méditation, peut se produire une mutation de son ADN. La mutation est immédiate, et désirée consciemment.

Lamarck n'est évidemment pas en opposition avec la sélection naturelle. L'individu muté, mieux adapté à son milieu, sera celui qui se reproduira le plus.

Dès qu'il promut l'évolution des espèces (s'opposant donc à la Bible), Lamarck fut violemment attaqué par le système (voir Cuvier au-dessus).

Immanuel Velikovsky (1895-1979)

L'exode, des plaies mondialisées

En 1940, il compare les chronologies des civilisations égyptienne et hébraïque, pour retrouver la trace de l'exode dans les 2 cultures. Il retrouve bien le lien, mais décalé de plusieurs siècles selon les historiens de l'époque. Il découvre surtout que la Terre a subi un cataclysme mondial à l'occasion de l'exode Hyksos de -1 600.

Il retrouve les traces de ce cataclysme dans toutes les civilisations humaines : la Chine (dynastie des Yao), la Polynésie, chez les Indiens d'Amérique du Nord comme du Sud, les peuplades du nord de l'Europe, les Celtes, en Inde et chez les aborigènes d'Australie, démontrant ainsi que ce cataclysme à touché toute la planète. Le manuscrit d'Ipuwer égyptien raconte les destructions dont est victime le pays, en même temps que les hyksos (hébreux) s'enfuient et retournent à Jérusalem, profitant du chaos pour conquérir les pays voisins.

La Bible nous raconte même qu'en cette période, le Soleil et la Lune s'arrêtent dans le ciel (seulement explicable par un arrêt de la rotation terrestre), phénomène suivi d'un séisme faisant s'effondrer les remparts de Jéricho (sûrement affaiblis par des séismes précédents, et n'ayant pas eu le temps d'être reconsolidés), le tout dans un bruit de trompettes de l'apocalypse assourdissant...

Les grandes civilisations de l'Antiquité en ont été témoins et victimes. Certaines se seraient effondrées (mycénienne, crétoise, ugaritique), d'autres y auraient survécu tant bien que mal (phénicienne, égyptienne, grecque) ou en auraient émergé (Carthage, Rome).

Ces chutes de civilisations sont attribuées au volcan de l'île Santorin, qui a connu une ou plusieurs éruptions violentes dans cette période, mais au même moment le lac Pavin en France connaissait aussi sa dernière éruption.

D'autres grands cataclysmes à d'autres périodes de l'histoire

De plus, Velikovsky retrouve les traces de grands cataclysmes à plusieurs périodes de l'histoire, comme dans les formations géologiques où l'on trouve des fossiles broyés et entassés dans d'immenses fosses communes (gigantesques tsunamis), les mammouths gelés sur place par un déplacement au pôle soudain, les couches géologiques anciennes basculées sur des récentes (Bugarach par exemple), cristaux indiquant le « mauvais » nord (connu depuis comme le paléomagnétisme), etc. De nombreuses preuves d'un basculement des pôles.

Ces cataclysmes à des époques différentes montrent la redondances de destructions qu'a connu la Terre, et expliquant les extinctions brutales d'espèces entières.

Velikovsky fut banni de la communauté scientifiques (malgré la participation d'Einstein a ses travaux), beaucoup de scientifiques le font censurer, censurer, et sur les milliers de preuves apportées, les détracteurs se focalisèrent sur 2 points où les sources de Velikovsky n'étaient pas sûres à 200%. Le dénigrement classique...

Les faits qu'a découvert Velikovsky sont réels, mais pas l'hypothèse qu'il a faite pour les expliquer. A l'époque, les scientifiques croyaient que les continents ne bougeaient pas. Les hypothèses de Vélikovsky, devant tenir compte de continents fixes depuis 4 milliards d'années, sont donc loufoques (une planète errante venant percuter la Terre puis donnant Vénus). Pas si loufoque que ça puisque aujourd'hui encore, c'est cette collision de planète qui est utilisée pour expliquer la création de la Lune.

Dommage, les données étaient encore lacunaires à l'époque, Velikovsky ignorait la dérive des continents, de même que les cycles de 3 666 ans (révélés par Sitchin 25 plus tard). Si les faits compilés par Velikovsky sont justes, si il s'agit bien de cataclysme, sa théorie pour les expliquer était complètement fausse et irréaliste (Nibiru la comète se transformant en Vénus), et c'est d'ailleurs là-dessus qu'il s'est fait attaquer par les autres scientifiques, trop heureux de détourner l'attention de toutes les vérités remontées par Velikovsky.

Les fossiles intouchés

Le charbon par exemple est souvent parsemé de boulettes étranges dans lesquelles on retrouve des créatures parfaitement conservées (notamment des arthropodes, comme à Montceau-les-mines), et qui démontrent que ces animaux ne sont pas morts de façon normale (prédation par exemple), mais de façon brutale, car sinon leurs exosquelettes se serait automatiquement démontés dès que les parties molles se seraient dégradées. Or là, Ils sont figés dans ces gangues tels qu'ils étaient au moment de leur mort.

Les fossiles en général, sont en grand nombre au même endroit. On voit la trace des chairs, preuve que ces animaux n'ont pas été mangé ou décomposés après leur enfouissement brutal.

Dans le même esprit, le pétrole, tout comme le charbon et le gaz, sont le résultat de la submersion et l'ensevelissement de grands écosystèmes piégés et enterrés brutalement par des changements géologiques brutaux et massifs (soit des tsunamis, soit des mouvements de superposition de sols), prouvés par les fossiles eux mêmes. Des forêts entières sont retrouvées intactes et pétrifiées sous des couches de limon, mais personne ne se pose la question de savoir quel événement géologique soudain a pu être la cause de ces ensevelissements.

Les toujours plus nombreuses fuites de méthane fossile sont en train de nous démontrer, en temps réel, que notre sous sol est bien plus complexe et bouleversé qu'il n'y parait, et les quantités sont telles qu'on imagine aisément le nombre exubérant d'écosystèmes qui ont été ensevelis en entier (des milliards de tonnes de biomasse à chaque fois) lors des différents cataclysmes cycliques. Que dire aussi de l'origine des sables bitumineux, si ce n'est justement qu'ils sont le résultat l'enfouissement et le brassage de sédiments sableux du fond des océans avec de la faune marine de surface. Or ce genre de mélange est typique des tsunamis, mais ceux-là ont été massifs.

Dérive des continents trop rapide

La bataille de la science pour refuser que la Terre bouge est flagrant de la mauvaise foi que peuvent mettre les élites qui payent les directeurs qui contrôlent les scientifiques.

Ce n'est qu'en 1970 que la Science doit battre en retraite face à la vérité éclatante, mais par triche, la science renomme ce phénomène "tectonique des plaques", un terme ne parlant pas au grand public, empêchant cette image de continents qui flottent et son mobiles.

Et encore aujourd'hui, 50 ans après que les pros-dérive aient gagnés, ce phénomène est étrangement peu étudié, et beaucoup d'autres disciplines, comme le paléomagnétisme ou paléoclimat, n'ont pas encore intégré ces nouveautés dans leur analyse.

Côtes Atlantique

Platon parle de l'Atlantide, une île au Sud-Ouest du Portugal que se serait enfoncée dans les eaux. Des vestiges sont retrouvés de chaque côté de l'Atlantique, autour de Cuba, des Bahamas, de Bimini. De l'autre côté de l'océan, les piles Canaries délivrent aussi de curieux vestiges, dommage que les Guanches aient été massacrés récemment et que leurs légendes ont (officiellement) peu été étudiées.

En Bretagne, les légendes racontent l'enfoncement dans la mer de la ville d'Ys. Et on retrouve des mégalithes "récents" immergés dans l'océan, le prolongement de Carnac (p. 320).

Mer noire

En 1998, une expédition franco-roumaine établit une image des fonds de la Mer Noire. Cette étude montre l'existence de dunes de type « aérien », vieilles de 7 100 ans.

Ces dunes se trouvaient donc à cette époque à l'air libre.

Il y a 7 500 ans, des coquillages d'eau salée ont remplacé ceux d'eau douce dans toute la mer Noire. Cette mer n'existait donc pas à ce moment là.

Catastrophisme

Si la dérive des continents est aujourd'hui considérée comme lente et stable dans le temps, le paragraphe suivant montre que tout monte que si pendant des milliers d'années la dérive est en effet uniforme, il y a régulièrement des moments où cette dérive est fortement accélérée.

Cataclysmes

Ces cataclysmes sont destructeurs, dépassent toutes proportions, et d'échelle mondiale.

Survol

Exode : événement mondial de -1 630 (p. 355)

Notre Terre est régulièrement ravagée par des multi-cataclysmes (séismes, volcans, météores p. 395) de portée mondiale. -1630 est l'un de ces cataclysmes, dont on retrouve la trace partout dans le monde, à la fois en géologie, à la fois dans l'effondrement mondial de toutes les civilisations avancées. L'île sibérienne de Wrangel voit disparaître les derniers mammouths survivants des précédentes extinctions.

-5 300 : fin de la hausse des mers

A cette date, le niveau des mers, en plusieurs endroits du globe, cesse brutalement de monter (ou les continents cessent de s'enfoncer...), et est depuis resté relativement le même.

C'est vers cette époque que se produit la grande débâcle des glaciers scandinaves : leur rupture soudaine (officiellement) produit des déluges, dont on retrouve les traces dans la Mésopotamie de Noé, attribuée au déluge Biblique.

Fin du pléistocène : événement mondial de -9 000

Le pôle change de nouveau de place, et les anciens glaciers fondent pendant que de nouveaux se mettent en place. Partout, on mesure un changement brutal dans la nature et le volume des dépôts, en même temps que le niveau de la mer remonte brusquement.

On observe un recul brutal des glaciers européens, le gel des mammouths de Sibérie Orientale, et une expansion de l'homme, de même que l'extinction des mammouths et des tigres à dent de sabre et autres lions des cavernes (probablement lié à une destruction des prédateurs dangereux par l'homme).

Les gros animaux sont remplacés par des espèces proches, mais ayant fortement évolué, comme sous l'effet de contraintes environnementales fortes, et d'un changement fort des conditions locales.

Début Dryas récent : événement mondial de -12 600 (p. 357)

11 000 ans avant l'exode, 3 666 ans avant la fin Pléistocène, un autre événement mondialisé a laissé de grosses traces en Europe.

Encore une extinction massive d'espèces animales.

On retrouve des archives montrant l'Antarctique libre de glace, donc archives d'avant -12 600.

Dinosaures : extinction lente (p. 357)

Les dinosaures étaient déjà en déclin depuis des millions d'années, et ne sont pas tous disparus d'un coup il y a 65 millions d'années.

Les déluges (p. 350)

De nombreuses citées antiques, montrent qu'à un moment ou un autre, les villes ont été recouvertes d'une épaisse couche d'argile et de limon, comme si un déluge gigantesque avait recouvert ces villes.

Voir aussi les squelettes de mammouths et d'animaux divers entassés sur l'île aux ours, dans un tsunami géant.

Orogenèse brutale (p. 360)

Ces cataclysmes sont extrêmement violents et puissants. Comme l'orogenèse (les montagnes qui poussent) : on retrouve des montagnes littéralement renversées, ou des bâtiments dont une moitié se retrouve en bas de la montagne, et l'autre tout en haut.

La croûte terrestre peut basculer (p. 361)

Avec la préparation à l'annonce de Nibiru, les scientifiques commencent à lâcher l'idée qu'en effet les croûtes solides des planètes peuvent basculer brutalement, et que la croûte terrestre est justement en train de la faire de plus en plus vite.

En lisant les archives géologiques (strates montrant des climats opposés d'un "instant" à l'autre, stalactites en assiette), nous nous apercevons qu'un basculement important (plusieurs centaines de kilomètres en peu de temps) est non seulement possible, mais arrive régulièrement sur la Terre.

Par exemple, les anciennes cités ogres sont alignées sur l'ancien équateur, aujourd'hui penché de 30° par rapport à notre équateur actuel.

Les glaciations de la Terre n'existent pas, il s'agit juste de la croûte terrestre qui bascule et gèle des zones tandis que d'autres se dégèlent rapidement.

Idem pour le paléomagnétisme, ce n'est pas le champ magnétique de la Terre qui s'inverse, mais la croûte terrestre !

Ce basculement peut-être rapide. Beaucoup de mammouths sont congelés sur place en position debout, en quelques minutes seulement… Pendant qu'en France, les glaciers dégèlent brutalement et détruisent tout sur leur passage.

Cata > Exode : -1630 : Événement mondial

Survol

Notre Terre est régulièrement ravagée par des cataclysmes de portée mondiale. Étudions l'événement de -1 630.

Pourquoi l'exode ?

De -1663 à -1550, l'Égypte fut sous le contrôle des Hyksos : c'est l'épisode que l'on retrouve dans la Bible sous le nom d'exode. Nous verrons que cette période n'est pas que géologique : la civilisation Égyptienne s'effondre, et ne retrouvera jamais sa grandeur, de même que la civilisation ugaritique du Proche-Orient.

Volcans (p. 356)

Plusieurs volcans ont érupté très violemment vers -1 630, dont on retrouve leurs cendres spécifiques partout dans le monde.

Les cernes des arbres (p. 356)

Vers -1 630, les cernes des arbres montrent toutes des anomalies.

Météores (p. 356)

Vers -1 630, l'activité météoritique fut très intense.

Autres effets

Si on sort du domaine de la géologie pure, vers -1630, c'est aussi l'effondrement des civilisations (comme en Méditerranée orientale / Ougarit), la description de l'exode par les archives égyptiennes (Hyksos), etc.

L'île sibérienne de Wrangel voit disparaître les derniers mammouths, îles sur lesquelles étaient réfugiés les derniers mammouths du monde, ayant échappés aux précédentes extinctions massives.

Volcans

Dans les glaces du Groenland, il y a 3 670 ans, on relève un pic de poussières volcanique SO4, en même temps qu'on voyait une forte variation d'isotope d'O18 (lié à des fortes variations de températures).

En -1628 une éruption majeure du volcan de Santorin (Théra) se produisit. Volcan situé en Méditerranée orientale.

Cette date est confirmée par la datation au carbone des cendres volcaniques sur site.

Bien qu'estimée 50 fois supérieure à l'éruption en 1883 du volcan Krakatoa (la plus puissante de toutes les éruptions volcaniques jamais observées), Santorin ne peut expliquer la masse de poussières volcaniques au Groenland (vu l'acidité spécifique de SO4 relevé, Santorin n'était responsable que de 3 à 6% des poussières de cette période).

Ce qui est normal, car nombre de volcans ont érupté violemment dans la même période :

La couche du Groenland datée de -1645 (±4) contient des billes de verre de l'éruption volcanique du Mont Aniakchak en Alaska. Le contenu de ces billes est différent de celles de Santorin.

L'éruption volcanique d'Avellino (Vésuve) est aussi donnée entre -1620 et -1630 par Vogel et al. lors d'une étude publiée en 1990.

Dans le même article, Vogel et al. ont découvert qu'une éruption majeure s'est aussi produite au mont Saint-Helens, toujours au 17e siècle av. J.-C.

Santorin, Vésuve, Saint-Helens et Aniakchak (et sûrement bien d'autres trop loin du Groenland pour laisser des poussières suffisantes à l'analyse) ont eu lieu en même temps, même si les dates connues avec une précision de 8 ans d'intervalle ne permettent pas d'affirmer que c'était la même année, mais c'est plausible.

Ces 4 volcans, si l'on tient compte des ratios suggérés par Vogel, ont contribué, pour la poussière atmosphérique, à hauteur seulement d'environ :

- 2,5 pour cent pour le Saint-Helens ;
- 5 pour cent pour le Théra (Santorin) ;
- 15 pour cent pour le Vésuve (Avellino) ;
- 20 pour cent pour l'Aniakchak.

Que des volcans de l'hémisphère Nord, et assez proche de l'endroit mesuré, le Groenland.

Ce qui implique que 57,5% des poussières trouvées dans les glaces du Groenland proviennent de plein d'autres éruptions, voir d'impacts météoritiques nombreux.

Les anomalies des cernes des arbres de -1620

La dendrochronologie révèle de plus une perturbation (un événement climatique majeur) dans la croissance normale des arbres de toute la planète :

- entre -1629 et -1628 (±65) pour les arbres d'Amérique du Nord,
- -1628 pour le ralentissement de la croissance des chênes d'Europe en Irlande et des pins sylvestres en Suède.
- -1627 pour les lignes brunâtres causés par le gel et présentes dans les cernes des pins Bristlecone en Californie.

Le gigantesque bolide des îles Kerguelen (Océan indien)

Encore un autre événement, indépendants des autres, daté entre -1500 et -2000 : un astéroïde ou une comète aurait touché la Terre du côté des îles Kerguelen, projetant partout sur la planète des matériaux incandescents et des restes d'organismes marins.

En 1990, une chercheuse du CNRS fouille un site archéologique en Syrie et tombe sur une couche de matériaux fondus. Datés de 4000 ans, ils ont dû subir une température de 1700 °C. Convaincue de l'origine météoritique de ce matériau, Marie-Agnès Courty a depuis étudié de nombreux échantillons provenant de multiples endroits, Amérique du sud, Europe, Asie, Indonésie, fond marin de l'océan Indien... Partout, elle retrouve des scories, toujours datées de 4000 ans. Leurs quantités respectives dans les échantillons désignent un point central : quelque part dans l'océan Indien, du côté des îles Kerguelen. Cette origine supposée colle bien avec la découverte la plus étonnante : la présence dans cette « couche 4000 », comme elle l'appelle, de fossiles marins reconnus sans ambiguïté comme ceux d'animaux vivant dans les mers australes.

Sa thèse est mise en doute, car pour l'impact de l'astéroïde du Mexique en -65 millions d'années, les matériaux d'éjection n'ont pas parcouru plus de 2 000 km. La nature de la couche 4000 indique qu'ils sont arrivés encore très chauds après leur périple. Aucun cratère connu ne correspond à cet impact. Or, il devrait être très grand, sauf si le corps a rasé la surface, ce qui semble incompatible avec le fait que des restes de fond océanique font partie des fragments retrouvés. Enfin, aucun quartz choqué, signature d'un impact puissant, ni matériau d'origine extraterrestre ne sont inclus dans la couche 4000. Il faut donc envisager plusieurs gros astéroïdes tombés en même temps il y a presque 4 000 ans...

De plus, dans la couche 4000, il manque l'iridium et les spinelles nickélifères, considérés comme une caractéristique systématique des impacts météoritiques. A moins que ces météorites soient atypiques, comme les météores verts que l'on voient de plus en plus souvent actuellement, très rares dans notre système solaire en temps normal... Imaginons une grosse planète orbitant autour de 2 Soleils (comme Kepler453b, découverte en 2015), elle emmènerait des éléments d'un système planétaire à l'autre, paraissant atypiques dans le système planétaire où elles sont importées.

Cata > -12 600 : Événement du Dryas récent

Survol

Dates imprécises (p. 357)

Les datations de ces événements ne sont pas encore bien connue, avec plus de 2 000 ans de battements. Pour simplifier, je les place sur les passages de Nibiru les plus proches.

Dates séparées entre géologie et biologie

La science laisse croire que les gros événements géologiques (volcans et météores) sont séparés de quelques centaines ou milliers d'années des événements biologiques (extinction d'espèces).

Comme si ces 2 faits n'étaient pas liés...

Carte de Piri Reis

La carte de Piri Reis montre que l'homme a connu les côtes Antarctique Nord libres de glace, donc avant sa congélation en -12 600.

- La question n'est pas ici de savoir comment il y a 15 000 ans quelqu'un a pu dessiner les côtes du continent Antarctique vues du ciel ! -

Dates imprécises

La science est floue sur les dates : en plus de la censure sur Nibiru, le même événement mondial est daté différemment (même si c'est à quelques siècles d'écart) en local pour ne pas alerter sur ces catastrophes touchant toute la planète.

Il ne faut pas oublier que vu l'acceptation récente de la dérive des continents, la plupart des publications formant le socle de nos croyances (et auxquels les études modernes se réfèrent), datent encore de l'époque où les savants considéraient les continents immuables. Elles sont progressivement remplacées dans le temps par de nouvelles, mais le remplacement total prendra encore du temps.

De plus, avec le cloisonnement scientifique, et les erreurs de datation qui se cumulent (notamment l'erreur entre les couches qui ont toutes des poussières météoritiques et volcaniques), pour l'instant nos dates sont souvent mal adaptées entre 2 événements. Par exemple, les chercheurs ne savent pas si le réchauffement observé dans les glaces de l'Antarctique correspondent à -14 000 ou -12 000, ni ces variations de températures de l'hémisphère Nord correspondent à celle de l'Antarctique actuelle...

De plus, tous les glaciers ne sont pas datés : Si on sait qu'il y a eu un glacier dans les Andes, on estime que ça s'est produit à la même époque que le glacier en Europe. Si jamais il y a 3 666 ans d'écart entre ces 2 glaciers, toutes les couches inférieures seront décalées d'autant question datation.

Étonnamment, les dates officielles (donnée en "avant 1950") coïncident avec les dates de Nibiru données en "avant JC". Vu que c'est la période d'avant -12 000 qui correspondrait le plus au Dryas (de ce qu'on en sait actuellement, je prends la date de la périhélie la plus proche de Nibiru (L1>Histoire>Passage de Nibiru), c'est à dire -12 600. Et je donne - 9000 (passage de Nibiru) pour la fin du Dryas récent, au lieu de -9700 pour la datation estimée actuelle.

Cata > Dinosaures : extinction lente

Survol

Bizarrerie de l'évolution (p. 357)

Notre science a encore de grosses lacunes non résolues, dans ses méthodes de datation autant que dans sa théorie expliquant la vie sur Terre

Pas un seul météorite (p. 358)

L'histoire d'avant 2010, racontait un gros météorite frappant la Terre il y a 65 millions d'années, tuant tous les dinosaures. Depuis, on sait que les dinosaures étaient en déclin bien avant, et que beaucoup ont continué à vivre jusqu'à très récemment.

Des dinosaures et des hommes (p. 358)

De nombreuses preuves indiquent que notre espèce à côtoyé les géants du passé.

La vie terrestre anormalement en retard

Selon nos datations (qui n'ont pas évoluées depuis l'époque où la science était persuadée que les continents étaient fixes, c'est à dire il y a seulement 50 ans), la vie a mis des milliards d'années à coloniser la terre depuis les océans, alors que dans ce qu'on observe tous les jours, un biofilm apparaît très rapidement sur toute surface, avant d'attirer de plus en plus de vie complexe rapidement, en seulement quelques mois.

C'était pensable du temps de Darwin, où selon la théorie de l'évolution il fallait des millions d'années pour qu'une petite mutation se produise. Mais depuis 2006, l'épigénétique a montré que Lamarck avait raison, des mutations rapides à l'échelle d'une vie se produisent pour s'adapter au changement de l'environnement. Et depuis 2020, on sait que la méditation (demander au corps de muter son ADN) est possible juste par méditation. Autant dire qu'il est plus que probable que la vie sur Terre est apparue très rapidement après celle dans la mer, ne serait-ce que sous forme de bactéries.

Le fait que la Terre à une tectonique des plaques très rapide lors des passages Nibiru, explique que toute la croûte terrestre soit assez récente relativement, étant régulièrement recyclée lors des plaques de subductions.

La science sait aujourd'hui que c'est une extinction massive, il y a 233 millions d'années, qui a permis l'émergence des dinosaures.

Pas un seul météorite

Régression bien avant -65 millions d'années

Selon une étude [din1] parue en avril 2016, les dinosaures étaient déjà en régression depuis « au moins » 40 millions d'années, et se seraient de toutes façons éteint naturellement.

Dans le même article, on nous apprenait que l'orbite des météorites est périodiquement perturbée par quelque chose d'inconnu (la planète X ou planète 9 font partie des responsables possibles), ce qui favoriserait périodiquement des chutes de météorites sur la Terre. De la préparation active à la révélation de Nibiru.

Les auteurs de cette étude critique le manque de rigueur des précédentes études qui avaient caché ce déclin préalable, et laissé la fable fausse de l'astéroïde tueur dégageant tout brutalement sur son passage.

Même sans l'astéroïde tueur de Chicxulub au Mexique, tombé il y a 65 millions d'années, les dinosaures auraient disparu.

C'est donc une suite progressive de catastrophes qui a provoqué la diminution du nombre de dinosaures.

Les causes avancées par les scientifiques pour expliquer le déclin : la séparation entre les super-continents de Laurasia et du Gondwana qui aurait limité la liberté de mouvement de ces espèces, le volcanisme intense qui semblait régner à l'époque, les fluctuations du niveau des mers, l'interaction avec des espèces en expansion rapide, ou la planète 9 pas encore découverte.

La science ne sait pas dire si le volcanisme a augmenté par "hasard" autour de la période de temps du météore de -65 millions d'années, ou si elle a été engendrée par l'impact qui aurait ébranlé la croûte terrestre au point d'activer tous les volcans du globe.

Pas disparus il y a -65 millions d'années

Je ne parle évidemment pas des oiseaux, des dinosaures volant tout en vie actuellement.

D'autres faits montrent que les dinosaures se sont éteints progressivement par la suite, comme les découvertes partout dans le monde, depuis 2010, de dinosaures momifiés (milliers d'années) et non fossilisés (millions d'années).

Sauf que des dinosaures récents remettent en cause l'âge de la couche KT (une des bases de nos datations), ce qui, en plus de remettre en cause toute notre science actuelle, révélerait que cette couche KT s'observe tous les 3 666 ans, et donc dévoilerait Nibiru. Et ça c'est encore interdit !

Toujours en vie

On a aussi les nombreux témoignages d'explorateurs en Australie qui ont vu des petits T-Rex, ou encore dans les zones inexplorées de la forêt vierge du Congo, ou la fameuse Nessie du loch Ness que la science se garde bien d'étudier avec de vrais moyens.

Des hommes et des dinosaures

Parmi les artefacts montrant des hommes avec des dinosaures, nous avons les pierres d'Ica (trouvées dans la même couche géologique que des dinosaures considérés comme éteints depuis des millions d'années), et les objets de la collection du père Crespi (p. 328).

Pierres d'Ica

Ces étranges «pierres» d'Ica (galets d'andésite de dimensions variées, très lourdes pour leur taille, enrobées d'une couche spéciale en surface qui les rend noires et lisses, ce revêtement reste inconnu. Certaines études montrent que les gravures sont oxydées et donc très ancienne, mais aucune étude officielle n'a été faite).

Ces pierres sont gravées en surface d'inscriptions énigmatiques et surprenantes :

- des dinosaures cohabitant avec des êtres humains,
- des scènes évoquant des technologies avancées (télescopes, fusées, étude de fossiles à la loupe, etc.),
- des opérations chirurgicales décrites étape par étape, des césariennes, des transplantations d'organes, du coeur, des reins et même du cerveau !
- des cartes de la Terre, ressemblant à ce qu'on estime des mouvements de la Pangée il y a 13 millions d'années.

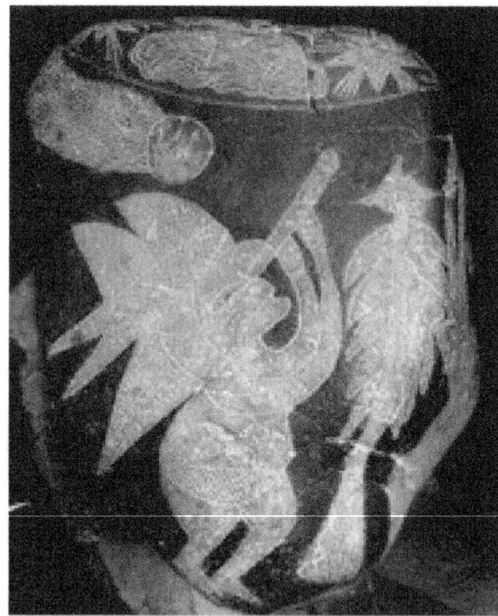

Figure 40: Pierre d'Ica avec Nibiru sous ses multi-formes d'observation

Ces pierres ont été trouvés majoritairement dans un dépôt caché sous les sables du désert immense des Ocucaje, situé sur la côte du département de Ica, au Pérou. Cette zone est celle pointée par le chandelier des Andes (gigantesque géoglyphe visible sur les côtes Pacifiques andines, pointant vers les lignes de Nazca). Ica se retrouve pas loin de Nazca du coup.

C'est une région désertique, parmi les plus anciennes du globe, où l'on peut voir de nombreux restes pétrifiés d'animaux affleurant à la surface.

Le sous-sol contient de nombreuses tombes incas et pré-incaïques.

Quelques auteurs, comme le Professeur Alejandro Pezzia Assereto, ont parlé des pierres du rio Ica quelques années avant leur médiatisation.

Les premières pierres sont rassemblées dès la fin des années 1950 par 2 frères, Carlos et Pablo Soldi, ces pierres provenant de la région voisine d'Oucaje. Pendant des années, ils demanderont officiellement à de nombreuses reprises que leurs pierres soient examinées par les autorités dites compétentes, en vain...

En 1966, un architecte, Santiago Agurto Calvo, qui avait aussi réuni de nombreuses pierres depuis plusieurs années, procéda à l'excavation de tombeaux à Ocucaje. Il trouva alors quelques spécimens dans des tombes pré-incaïques. C'était la première fois que la provenance de ces pierres pouvait être authentifiée, en accord avec l'archéologie officielle. Cela n'a pourtant pas suffit à intéresser les archéologues...

En 1966 toujours, une pierre gravée est offerte au médecin péruvien Javier Cabrera Darquea. Cabrera y reconnaît le dessin d'un poisson éteint depuis des millions d'années. Son père ayant commencé une collection de pierres similaires dans les années 1930, Cabrera, qui s'intéresse à la préhistoire du Pérou, entreprend lui aussi une collection, en rachetant toutes les pierres qu'il peut à des privés. Il fait ainsi l'acquisition de 341 pièces auprès de Carlos et Pablo Soldi, puis auprès d'un agriculteur, Basilio Uschuya, qui lui en vend des milliers. A force de récupérer à droite et à gauche, la collection de Cabrera atteint plus de 11 000 objets dans les années 1970 (sur les 15 000 estimées à l'époque par Cabrera).

Cabrera a toujours déclaré se battre pour faire comprendre au monde que notre humanité a déjà été décimée par le passé, et que cela allait se reproduire par des cataclysmes naturels mondiaux.

En 1973, sous la pression constante des autorités, Uschuya (un simple paysan péruvien illettré) devra avouer avoir gravé les pierres. Uschuya se rétractera rapidement, révélant qu'il avait du mentir pour éviter une condamnation à une peine de prison pour vente de vestiges archéologiques.

Le Dr Cabrera s'est heurté à une fin de non recevoir quand il a offert ses pierres à la communauté archéologique péruvienne, et aucun géologues ou archéologues n'a jamais voulu seulement examiner les pierres.

Poursuivant ses recherches pendant 22 ans pour prouver la véracité de la découverte, Cabrera à découvert dans le désert Ocucaje, à quelques kilomètres du gisement où les pierres gravées d'Ica ont été trouvés, le 14/10/1984, dans une section de strates sédimentaires (période Crétacé supérieur de l'ère mésozoïque) un certain nombre d'animaux fossilisés, des échantillons de végétaux. S'y trouvait une partie d'un squelette; dorso-lombaire avec ses os iliaques qui appartient à un être humain (semblable à l'homme de nos jours). Humain trouvé à quelques mètres de 3 têtes très incomplètes, ainsi que des fragments de squelette de tricératops (dinosaure). Près de ces œufs spécimens géants, des impressions de la peau des dinosaures de différentes espèces et d'un squelette presque complet d'un phitosaure (reptile archaïque éteint, similaire au crocodile moderne), lui aussi fossilisés.

Il est confirmé par cette découverte, la coexistence de l'homme et des dinosaures exprimé sur les livres de pierre de la Bibliothèque d'Ica. On peut aussi en déduire que soit l'homme existait déjà à la fin de l'ère mésozoïque, soit que l'attribution de ces strates géologiques à telle époque étant erronée, les dinosaures se sont éteints plus récemment que les 65 millions d'années officiellement admis.

Le gouvernement n'a rien fait pour protéger la zone d'où sortait les pierres, ni pour explorer et reprendre les fouilles. Les pilleurs de tombes ne sont jamais interrogés sur les emplacements (quitte à leur éviter la prison et leur donner de quoi vivre dignement le reste de leur vie). Peut-être que tout le budget était passé pour tester de manière différentes un tesson de porcelaine datant de moins de 100 ans, notre science aimant se focaliser sur des choses peu importantes et ignorer les études majeures...

En 1976, le biologiste américain Ryan Drum étudia les pierres au microscope et n'y décela aucune trace d'usinage. La même année, un ingénieur de la NASA, Joseph Blumrich, analysa lui aussi une pierre d'Ica et observa une patine d'oxydation recouvrant toute la pierre, y compris les gravures. Ce qui laisse à penser que les gravures sont assez anciennes, excluant l'hypothèse de faux récents.

Erich von Däniken affirme qu'une étude au microscope permettait de distinguer les vraies pierres (patine avec micro-organismes dans les gravures) des fausses (traces d'usinage). Des nombreux chercheurs ont utilisés aussi cette façon de déterminer les vraies des fausses, en plus des traits préhistoriques toujours plus fins et précis que les faux modernes.

Des réfutations scientifiques fausses

A l'époque de la découverte, les scientifiques ont rejeté ces pierres, car ils pensaient que la queue des dinosaures traînait au sol et n'était pas mobile, ils ont donc pensé à un fake en voyant les gravures d'Ica qui montraient des queues de dinosaures dressées, pourtant comme tous les animaux actuellement vivant le font... On sait aujourd'hui que cette queue était comme le montre les gravures.

L'andésite étant trop dure pour être gravée, il semblerait que c'est la couche noire autour qui l'est avant durcissement. Lorsque Uschuya a du prétendre que c'était lui qui les avaient fabriquées, les scientifiques n'ont pas essayé de reproduire (ou juste demandé de le refaire devant eux) le processus pour refaire cette couche noire et dure. Il a prétendu que juste les tremper dans les fientes de poule suffisait... On ne peut que rigoler de la crédulité des zététiciens, qui acceptent des aveux sans demander des preuves...

Certains ont estimés que rien que pour les pierres du musée, le paysan aurait du, dès l'adolescence, travailler 10 heures par jour pendant 40 ans. Leur création aurait représenté un temps et un travail beaucoup trop important (je parle des pierres andésite), surtout en comparaison du prix dérisoire auquel les huaqueros vendaient les pierres.

Sans compter que ce paysan illettré est censé être un érudit hors pair, et que jamais on n'a vérifié les pseudos bandes dessinées qui l'auraient inspirées... De même, le saltasaure des pierres d'Ica, décrit comme "féérique" en 1970, a été découvert en 1980, c'était bien un vrai dinosaure...

Autre problème posé par cet aveu, c'est qu'on sait que des pierres gravées d'Ica ont été rapportées en Espagne au cours du 16e siècle, et que tout au long du 20e siècle ces pierres apparaissent régulièrement. Peu de chance que Uschuya était déjà vivant à l'époque, ou qu'un de ses ancêtres disposaient d'une machine à fraise diamant pour la gravure...

Comme d'habitude, les zététiciens passent plus de temps à se moquer des hypothèses des chercheurs sur les pierre d'Ica, avant même de savoir si ces pierres sont des vraies ou pas. Comment noyer le poisson.

Vu le nombre d'incohérences dans les réfutations scientifiques, on peut tabler sur les fait que ces pierres sont de vraies pierres (même si depuis les années 1980, un marché juteux et industriel produit de fausses pierres en quantités astronomiques, pour arnaquer les touristes).

D'ailleurs, c'est le consensus apparu dans les années 2010 : une grosse partie des pierres sont vraies, mais désormais. Reste à déterminer lesquelles sont les vraies, mais en l'absence d'études...

Père Crespi (p. 328)

Sur les artefacts de la collection du père Crespi, on retrouve les mêmes gravures de "dinosaures", ou du moins de grands reptiles que sur les pierres d'Ica, ainsi que parmi les figurines d'Acambaro, figurines dont la datation par thermoluminescence ont montré qu'elles dataient de -3500 à -3000 (correspondant à la période où Odin transite entre la pointe du Brésil et Puma Punku).

Cata > Orogénèse rapide

L'homme, dans son modèle de continents figés, imagine que les montagnes croissent doucement, sur des centaines de milliers d'années. Or, c'est une vision complètement irréaliste au vu des anomalies rencontrées sur le terrain :

Titicaca : La mer portée à 3 815 m d'altitude

L'origine du plus grand lac d'Amérique du Sud est océanique, donc orogenèse (poussée de montagnes) assez rapide pour capturer l'eau et la faune (restée de type océanique, une incongruité à une telle altitude).

On retrouve aussi des quais maritimes cyclopéens, les archéologues supposant que les rives du lac Titicaca étaient plus haute à l'époque.

D'autres quais se retrouvent plus proches du lac, mais les altitudes ne correspondent toujours pas.

Autre souci, les architectures des quais sont largement surdimensionnées pour ce lac, faisant plus penser à un gros port sur le Pacifique, accueillant le transit venant du Pacifique.

L'inaccessibilité actuelle du lieu ne permet pas non plus de faire vivre des millions de personnes, et de permettre un commerce dont les chemins pédestres sont limités (haute montagne). Sans compter que l'environnement actuel n'ayant pas d'arbres, pourquoi faire un tel port sans possibilité de construire de gros bateaux !!!

Les archéologues, cloisonnés dans leur domaine, semblent ignorer que toute la faune du lac Titicaca est d'origine marine, comme par exemple le seul Hippocampe connu qui vive actuellement en eau douce...

Puma Punku

Situé non loin du lac Titicaca, à 3 800 m d'altitude, un peu à l'écart de Tiwanaku (Bolivie), se trouve la cité cyclopéenne de Puma Punku.

On y trouve des pierres cyclopéennes de dizaines de tonnes, montrant des tenons et mortaises permettant de les emboîter comme des Lego.

Là encore, les indigènes disent que ce ne sont pas leurs ancêtres qui les ont construits, mais que c'était déjà là à leur arrivée. Mais leur avis de "sauvage" ne compte pas, comme d'habitude...

Tsunami marin à 3 800 m d'altitude

Cette cité, comme bien d'autres (p. 350) a été recouverte, à une date indéterminée, par une épaisse couche d'argile et de graviers sédimentaires. Les pierres cyclopéennes ont été balayées comme des fétus de paille par un tsunami gigantesque, les constructions humaines étant mélangés aux sédiments (pierres jusqu'à 140 tonnes, aujourd'hui étalées en vrac sur près d'1 km2).

Contrairement aux autres cités comme Machu Pichu, elles n'ont pas été réutilisées par la suite (pas de murs aux petites pierres mal jointées, posé sur les pierres cyclopéennes). La cité a été littéralement rasée, et était trop endommagée, et enterrée sous les sédiments, pour être réutilisée.

Ce n'est qu'au 19e siècle, au cours d'un chantier titanesque, que la cité a été exhumée en partie (là il y a de l'argent, comme la vallée des rois a été vidée de son sable pour retrouver la tombe de ToutAnkhAmon).

Un tsunami à cette altitude ? pas possible quand on refuse l'orogénèse rapide, de même que des civilisations de moins de 7 000 ans...

Problème, la ville est à 3800 m d'altitude, et même grand, le lac Titicaca n'a pas assez d'eau pour expliquer une telle force de courant et un tel volume de sédiments.

Cela implique qu'au moment de sa construction, la cité était au bord de la mer.

Voilà pourquoi cette cité n'a jamais vraiment été étudié sérieusement, du moins officiellement : il serait étonnant que tant d'argent ai été investi par les ultrariches au 19e siècle, si ce n'est pas pour fouiller ensuite (mais non déclaré).

Machu Pichu : La ville coupée par la montagne

Pas loin du lac Titicaca, se trouve Machu Pichu, une cité qui elle aussi a subie la pousse rapide de la Cordillère des Andes. En effet, cette ville n'a aucun intérêt a être placée si haut et isolée. Elle était d'ailleurs abandonnée au moment de sa découverte. La logique, ça serait qu'elle ai été construite comme toute les villes, en bas dans la vallée (près des voies de navigation et d'échanges commerciaux).

Bingo ! On retrouve les bâtiments manquant dans la vallée. La montagne à tout simplement poussée d'un coup, emmenant la plupart des bâtiments en altitude. Une montée irrégulière : ce qu'on appelle l'oratoire (un bâtiment tout seul sur un piton rocheux, au dessus de la ville d'altitude) est juste la montagne qui a poussé plus fort à cet endroit-là.

Bugarach : la montagne renversée

Autres observations assez révélatrices, ce sont les sols inversés. On en trouve un bel exemple avec le Bugarach dans l'Aude. Techniquement, cette montagne est à l'envers : c'est un énorme plateau calcaire qui a été soulevé par la formation des Pyrénées, comme on en trouve beaucoup dans la région. Sauf qu'il est difficile d'expliquer pourquoi les strates sur une aussi grande surface sont complètement inversées chronologiquement. La seule explication, c'est que le plateau entier a été soulevé à la verticale puis est retombé à la renverse. Or ceci ne peut pas se produire sur des millions d'années, mais de façon extrêmement brutale, puisque il n'y a aucune trace d'érosion dans les strates inférieures, seulement dans les supérieures.

Étrange encore, le cours d'eau sous terrain qui sort de ce plateau est salé, ce qui prouve qu'une quantité non négligeable de sel marin a été piégé par cet événement géologique. On trouve aussi, le long des sentiers de promenades, des rochers qui sont usés par les vagues à leur base. Que font ces rochers à plusieurs centaines de kilomètres des côtes ? Ils ne sont pas fossilisés (c'est à dire inclus dans des sédiments), mais à la surface, comme si la mer avait soudain reculé et avait laissé l'ancien littoral intact à 250 mètres d'altitude.

Notez que ces rochers n'ont pas été érodés par les pluies, puisque seule la base a été usée de façon atypique.

Cela pose un énorme problème de datation, car s'ils n'ont pas été usés par le haut, et n'ont pas été recouverts par le temps, cela implique que :

- soit le recul du littoral est extrêmement récent (mais pas confirmé ailleurs),

soit la zone a été soulevée du niveau de la mer jusqu'au niveau actuel par une croissance énorme des Pyrénées, il y a très peu de temps (hypothèse plus probable).

Cata > Bascule régulière croûte terrestre

Survol

Nous avons vu précédemment les preuves que de gros bouleversements de la croûte terrestre ont lieu régulièrement. Nous allons voir ici les preuves qu'une partie de ces catastrophes résulte d'un déplacement de la croûte terrestre.

Dérive accélérée des continents

Pour ce qui est de la Pangée, les continents se déplacent bien plus vite que ce qu'on croit, pendant ces périodes de grandes perturbations. Les alignements de Carnac se prolongent dans la mer (p. 320), et l'écartement du rift Atlantique s'accélère ces dernières années. L'Australie s'est déplacée de plus de 4 m entre 2012 et 2016...

Un noyau terrestre plus chaud indique un manteau plus fluide, et donc un déplacement accéléré des glaces. Je vous laisse deviner ce qui va donc se produire dans les prochaines années…

C'est ce déplacement accéléré que l'on appelle Bascule de la croûte terrestre.

Les basculements de plus en plus reconnus scientifiquement

Couplé à la préparation à l'annonce de Nibiru de mars 2016, en moins d'un mois, on nous apprend [bascul1] que la croûte martienne a déjà basculé fortement dans le passé (on nous explique même que c'est comme si la Finlande se retrouvait d'un coup au pôle nord...), et 2 semaines après, les scientifiques « découvrent » que c'est la lune qui elle aussi à basculé dans son histoire [bascul2]. D'ici à nous dire que, comme toutes les planètes, la Terre peut elle aussi subir un pole shift… Surtout que Mars, puis la Lune, la prochaine c'était la Terre !

Et devinez quoi ? C'est exactement ce qu'ils ont fait 2 semaines après !

En septembre 2018 [bascul5] (parce que leur explication de 2016 [bascul3] disant que la fonte des pôles entraînait la bascule de l'axe terrestre n'avait convaincue personne), de nouvelles études viennent montrer qu'étrangement, la fin des glaciations est synchronisée avec les changement d'axes de la Terre. La science ne sait pas l'expliquer (oubliez les courants souterrains de lave, juste une explication "Tout sauf Nibiru" bidon de plus), il faut bien Évidemment comprendre que suite à un pôle shift provoqué par Nibiru, l'inclinaison de la croûte terrestre n'est plus la même, les anciens pôles déplacés sur des zones chaudes fondent et de nouveaux pôles glaciaires apparaissent ailleurs.

L'équateur penché (p. 335)

Pendant la même période de temps, les géants, qui ont besoin de construire des spatioports à l'équateur pour satelliser les minerais, ont construit des spatioports à l'équateur. Ces spatioports d'une même époque (ils en ont reconstruits d'autres avant et après) se retrouvent aujourd'hui penché de 30° par rapport à l'équateur actuel, le centre de rotation étant Gizeh.

La jungle tropicale de l'Antarctique

Le 01/08/2012, une étude publiée dans Nature remets en question toutes nos connaissances. Aux alentours de -50 millions d'années (entre 48 et 55 millions d'années) une jungle tropicale recouvrait l'Antarctique. C'est des forages de 1 km sous les glaces qui ont montré le phénomène.

Sauf que l'Antarctique est censée être au pôle depuis au moins 115 millions selon la théorie actuelle...

Plutôt que de remettre en question la théorie e tectonique des plaques actuelles, et envisager un déplacement rapide des plaques, les scientifiques ont préféré faire croire que la Terre à l'époque était tellement chaude, que la végétation tropicale arrivait à pousser dans des régions ne voyant quasi jamais le Soleil...

Les strates géologiques (p. 362)

Prenez n'importe quelle falaise calcaire, avec ses strates bien visibles de tous.

Les dépôts au cours du temps ne sont jamais homogènes. Pendant des milliers d'années les dépôts sont constants, tout va bien, puis brutalement, en quelques années, tout est chamboulé. Puis de nouveau le dépôt redevient constant, mais avec de gros changements climatiques par rapport au dépôt précédent. C'est ces inter-strates brutales que les géologues refusent d'étudier, ou encore ces dépôts aériens qui succèdent aux dépôts marins...

Variations de températures dans les carottes glaciaires (p. 363)

L'étude des glaciers montre que ces derniers n'ont pas toujours été là, mais surtout que localement (on ne peut pas en déduire pour le monde, erreur que font les scientifiques), les températures fluctuent en permanence, et surtout, en suivant un cycle régulier en milliers d'années.

Pas de glaciations généralisées (p. 364)

Il s'agit tout simplement du fait que quand la Terre bascule, de nouvelles zones se retrouvent gelées aux nouveaux pôles, et que les anciens pôles fondent...

Stalagmites en assiette

Vous avez aussi les stalagmite en assiette (ou à bourrelets) :

- partie large : milliers d'années de climat tropical très pluvieux,
- partie fine, milliers d'années de climat glaciaire avec 15 m de glace au dessus (l'eau reste sous forme de glace à la surface, et alimente moins la stalagmite).

Les phosphatières

Il y a aussi les phosphatières (des trous dans lesquels tombent la faune du milieu), cette faune est durant quelques millénaires tropicale, puis les millénaires d'après, c'est un climat tempéré, puis ensuite, c'est une faune glaciaire.

Les phosphatières sont des avens (trous dans un causse calcaire où tombent les animaux au cours du temps) qui conservent les fossiles d'animaux des 100 derniers millions d'années (des couches contenant des animaux tropicaux, surmontées de couches avec des animaux polaires comme les mammouths). Cette alternance de fossiles indique que la même partie d'une croûte terrestre se retrouve alternativement à l'équateur ou aux pôles géographiques (variant dans des positions intermédiaires). Et non une variation globale du climat de la Terre, vu que dans les phosphatières d'autres endroits du monde, les faunes sont symétriques (faune glaciaire aux USA, quand la faune est tropicale au même moment en France).

Les coraux

Les récifs coralliens requièrent une température aquatique de 20°C. Toutefois, les analyses géologiques révèlent la présence de corail dans certaines des régions actuelles les plus froides :

Dans la formation du Carbonifère, on retrouve des restes de plantes et des couches de charbon dans les régions arctiques. On a retrouvé des lepidodendrons et des calamites, ainsi que des fougères, sur l'île de Spitzberg et sur l'île aux Ours (Svalbard), dans l'extrême nord de la Sibérie orientale, tandis que des dépôts marins de la même ère contiennent une abondance de gros coraux rocheux. » (435:202) C. Hapgood, *The Path to the Poles*, p.159

L'océanographe chinois Ting Ying Ma a passé des décennies à étudier les coraux et est parvenu à établir les positions des anciens récifs coralliens qui coïncident plus ou moins avec la ligne de l'équateur. Les récifs coralliens de Ma/les lignes de l'équateur partent dans toutes les directions, il y en a même un qui traverse l'océan Arctique.

Certains coraux anciens se trouvent très loin de la région équatoriale actuelle. D'anciennes colonies de coraux ont aussi été découvertes dans l'île d'Ellesmere, dans le cercle Arctique.

L'erreur du basculement des pôles magnétiques (p. 367)

Déjà, il n'y a pas de basculements des pôles magnétiques comme les médias essaient de le faire croire, mais des variations perpétuelles des pôles magnétiques, avec des positions intermédiaires entre les inversions à 180°. Or, comme on le constate, les pôles magnétiques restent toujours proches de l'axe de rotation. C'est les continents qui se déplacent au dessus de pôles magnétiques fixes, pas l'inverse...

Cata > Basc > Strates calcaires

Falaises calcaires

Comment expliquer que sur 100 mètres de falaise, on puisse trouver des centaines de strates régulières, aux couleurs et aux composés différents mais parfaitement alternés ?

Il existe des exemples très parlant où sur 50 mètres de haut, se succèdent une centaines de couches de calcaire (Jurassique moyen), parfaitement alternées gris bleutées puis ocres (ce qui permet de voir clairement les différences à l'oeil nu).

C'est quoi une strate ?

Ces falaises calcaires sont le dépôt, au fil du temps, des squelettes calcaires et poussières diverses, que ce soit en milieu aqueux ou aérien.

Ces changements de couleurs d'une strate à l'autre dénotent simplement que le climat et la faune étaient différents lors de la sédimentation de ces couches, car ce sont les dépôts qui conditionnent les couleurs des strates. Une couche grise (climat plutôt froid type arctique) n'est pas formée sous un même climat qu'une couche ocre (climat plutôt chaud type tropical). Ainsi, une succession de climats très différents se reproduit plus de 100 fois sur seulement 50 m de falaise.

Une vieille question irrésolue

Cette problématique sur les strates géologiques n'est pas nouvelle, ce débat faisait rage dès le début de la biologie et de la géologie contemporaine. Un type de climat donnant une caractéristique et une couleur particulière au calcaire, comment expliquer cet effet yoyo autrement que par un cycle régulier des changements de climat ? Comment expliquer qu'une couche reste homogène sur toute sa hauteur, prouvant que le climat est resté stable plusieurs milliers d'années, puis que, sans transition aucune, on passe directement à un autre climat complètement différent, nouveau climat qui va lui aussi rester stable les milliers d'années suivants ?

Or cette situation ne se répète pas une fois, mais des centaines de fois, et les climats alternés sont toujours les mêmes sur de très longues périodes (parfois plus de 50 millions d'années, on retrouve toujours les mêmes successions régulières).

Inter-strate

Ce n'est pas la strate en elle-même qui est intéressante (les milliers d'années ou rien ne change), mais la couche inter-strate, le moment où on passe brutalement d'un climat à un autre.

Cette fine épaisseur est riche en poussières de météorites et de cendres volcaniques, ainsi que les cendres des incendies provoqués par Nibiru.

Les dépôts reprennent au dessus de cette couche inter-strate, mais sous des conditions différentes, le lieu géographique n'étant plus sous le même climat.

Rapidité du changement de strates

Maintenant, cela se passe-il vraiment brutalement, ou assez progressivement ? Quand on voit le changement instantané de couleur des strates de calcaire, la réponse est évidente : c'est extrêmement brutal, sans transition. Il n'y a aucune couche de calcaire intermédiaire entre les strates, mais du limon/argile/sables graviers (riche en poussières météoritiques et cendres volcaniques, comme la fameuse couche KT).

On peut très souvent séparer les strates aisément, tellement elles sont indépendantes les unes des autres, comme des feuilles, à cause de cette couche inter-strate complètement différente.

Fossiles

D'ailleurs la grande majorité des fossiles d'animaux, dans ces zones inter-strates, ne montrent aucune détérioration, qu'ils soient jeunes ou vieux, ce qui veut dire qu'ils ont été ensevelis très rapidement, permettant ainsi la conservation des coquilles les plus fragiles : aucune trace de prédation, les coquilles sont intactes, et on en trouve parfois des millions sur quelques mètres carrés. Ces couches fossilifères sont parfois (même souvent) recouvertes par une couche morte sans aucun fossile, qui prouve que la vie a été balayée puis mis énormément de temps à repeupler la zone (couches sans fossiles qui marquent souvent la limite entre deux ères géologiques où les animaux sont complètement différents). Il n'y a aucune transition entre les couches remplies de fossiles et les couches mortes, ce qui indique qu'il n'y a pas eu déclin progressif mais hécatombe instantanée. Cela ne vous rappelle rien ?

Plages fossiles

Les plages fossiles sont des couches atypiques. Elles démontrent par la grosseur des grains et les animaux qu'on y retrouve, que le niveau de la mer fait aussi des cycles tous les milliers d'années.

Cata > Basc > Variations de températures dans les carottes glaciaires

L'air et les poussières emprisonnés dans les glaces des calottes polaires représentent une véritable banque de données qui a permis de reconstituer le climat des dernières milliers d'années (avant, ce n'était pas des glaces...).

L'étude de carottes glaciaires du Groenland a apporté récemment la preuve concrète, par l'analyse chimique des inclusions, qu'un réchauffement très brutal - de l'ordre de 5°C sur une période de 3 à 20 ans - est apparu à la fin de l'époque glaciaire il y a 12 000 ans. Il a coïncidé avec une intensification des phénomènes volcaniques sur Terre, révélée par une augmentation très importante des dépôts volcaniques.

Les chiffres ci-dessus, donnés par nos scientifiques, ne tiennent pas compte des passages de Nibiru qui peuvent modifier le comptage des années par les catastrophes, et n'ont guère variés depuis l'époque où les scientifiques croyaient les continents fixes.

Par exemple, cette étude sur les variations périodiques des températures. Le graphique indique 100 000 ans mais ça pourrait aussi bien être 3 666 ans, on n'a pas de repère pour compter les années.

Ces changements peuvent s'expliquer autrement que par des variations de luminosité. Il faut d'abord savoir que ce sont des mesures montrant les différences pour une zone donnée. Rien, dans la logique scientifique, ne permet de penser que toute la Terre a subi les mêmes variations (excepté si on considère que les continents ne se déplacent, comme c'était le cas avant 1970...). Comme montré au dessus, les plaques tectoniques (continents) se déplacent, et à certaines périodes (comme en ce moment) semblent augmenter leur vitesse de déplacement (générant le volcanisme et les séismes plus intense).

Quand on analyse ces variations de températures au cours des millénaires, on voit que les nouveaux paliers de températures sont atteint très rapidement, puis restent stables sur des milliers d'années. Ça rappelle d'ailleurs les empilements de strates calcaires, chaque strate représentant un palier correspondant à un climat donné, une discontinuité (changement de climat très rapide) puis de nouveau une strate correspondant à un climat différent.

Comme si la zone se déplaçait rapidement sous un nouveau climat, puis restait au même endroit pendant des millénaires, avant de bouger de nouveau.

On distingue 2 ou 3 paliers à chaque période (la durée de chaque paliers est inconnue en réalité, ça peut être 100 000 ans comme 3 666 ans), avec 3 à 4 déplacements rapides à chaque fois. 2 déplacements relativement softs, et un 3e déplacement abrupt. On est semble-t-il au sommet d'un pic, précédent un effondrement abrupt.

Cata > Basc > Pas de glaciations généralisées

Les pôles sont les parties du globe les moins éclairées par le Soleil, donc les plus froides de la planète. Je parles bien des pôles géographiques (implicites quand rien n'est précisé), et pas des pôles magnétiques.

Pas de Terre "boule de neige"

La théorie de la Terre boule de neige (tous les X années toute la Terre gèle d'un coup) est aberrante : En -9 000 ans par exemple, la France dégèle brutalement pendant que la Sibérie orientale, à l'inverse, gèle brutalement.

Les fameuses glaciations terrestres ne sont, en réalité, que des déplacements de certaines terres sur les cercles polaires. La vision scientifique est faussée par le manque de données hors des pays occidentaux, si bien qu'on imagine que toute la planète s'est refroidie alors que c'est juste une partie de l'hémisphère nord. Si on avait des études plus complètes, faites dans d'autres zones comme en Afrique du Sud, on verrait que pendant que l'Europe et les USA se sont refroidis, l'Amérique du sud et l'Afrique du Sud se sont réchauffées. Autre preuve, prenez le Groenland sur un globe terrestre, bien plus blanc que toutes les terres d'Europe et d'Amériques autour de lui qui ont la même latitude. Preuve qu'il y a quelques millénaires, il était plus au Nord, et que la glace entassée dessus pendant plusieurs millénaires n'a pas fondue depuis. Que les glaciations ne sont que des phénomènes locaux, et donc liés à cette zone locale placée sur un pôle.

Les mammouths gelés (p. 364)

Au moment où la France dégèle d'un coup et brutalement, les mammouths se retrouvent gelés en quelques minutes. C'est bien l'indice qu'il n'y a pas glaciation mondiale, mais déplacement du pôle.

Cata > Basc > Glac. > Mammouths gelés en -9 000

Les mammouths gelés [bascul7] gênent bien notre science : C'est la preuve flagrante des bascules de croûte terrestre, et du refus des scientifiques de prendre en compte tous les faits.

A noter que c'est le flou artistique des datations (p. 357) sur le sujet, il est difficile d'obtenir les dates entre les déplacements de pôles de -12 600, et celle la plus meurtrière pour les mammouths de -9 000, la science refusant de voir ces hécatombes régulières, et surtout de recouper tous les événements survenus lors de cette période du Dryas.

Les recherches "maladroites"

Bizarrement, en Sibérie, chaque découverte de Mammouth engendre un nombre incroyable d'erreurs scientifiques, l'intervention d'aristocrates français, des locaux qui mangent la viande, tout ça pour aboutir systématiquement à la destruction de l'échantillon... Cette gabegie continue, avec aujourd'hui 20 tonnes d'ivoire exportés par la Russie chaque année, que deviennent les mammouths congelés qui étaient avec ?

Pierre Le Grand, sous couvert de créer un musée des curiosités scientifiques, lancent de nombreuses expéditions qui feront chou blanc officiellement, du moins rien de passionnant.

Depuis Poutine, ces découvertes de Mammouths semblent mieux gérées, ce qui a permis l'analyse d'exemplaires entier avec leur trompe (Yuka en 2012).

Un résumé des rares découvertes en 2002 [mamm1], sachant que de la nuit des temps les Sibériens voyaient ces mammouths sortir de Terre debout, les défenses dressées, et croyaient que ces géants vivaient sous Terre et mourraient s'ils étaient exposés au Soleil (tiens, comme les "géants" ogres à l'origine du mythe des vampires).

En 2013 [mamm2], un mammouth est retrouvé avec son sang liquide qui coule, malgré ses 15 000 ans. Noter au passage la stupidité de l'explication scientifique : "Le bas du corps a gelé dans l'eau, à une température bien inférieure à 0 degré". Nous verrons plus loin que cette température est de -70°C pour obtenir la congélation parfaite permettant la conservation du sang. Le scientifique n'explique pas comment l'eau reste liquide à -70 °C, surtout enterrée sous la Terre où la température est censée être plus élevée !

Les cimetières des éléphants

Sans compter que l'intérêt des riches de l'époque pour l'ivoire [mamm3] à favorisé le déterrage clandestin de nombre de mammouths. Des dizaines de milliers de défenses ont été extraites des sols gelés sibériens durant les deux siècles précédents. Depuis la fin du 17e siècle jusqu'au début du 21e, la Russie a exporté ou utilisé environ 1 500 tonnes d'ivoire. Une paire de défenses pesant en moyenne 60 kilogrammes, il s'agit donc de quelque 25 000 individus ! Aujourd'hui, 15 à

20 tonnes d'ivoire sont, officiellement, exportées par la Russie ou utilisées sur place.

La Manche est une immense réserve de défenses de Mammouth qui sont pris dans les filets de pêche, et on retrouve des squelettes de mammouths à Lyon. Le territoire de ces géants était immense, et est en partie détruit aujourd'hui (sous l'eau ou les glaces).

Analyse du phénomène

Le mammouth laineux, dont on trouve un nombre incalculable de squelettes partout dans le monde, y compris dans des pays actuellement chaud, est dessiné par nos ancêtres français entre -40 000 et -16 000 ans, date à laquelle ils semblent rayés de la France en l'espace d'une nuit (le même phénomène se reproduisant en -9 000 en Sibérie orientale, semblant faire disparaître totalement le mammouth de la surface de la Terre, ou du moins le transformant en éléphants).

On découvre que le mammouth à une fourrure, comme la plupart des animaux. Mais comme la gazelle, cette fourrure n'est pas adaptée aux grands froids ! En effet, les longs poils clairsemés ne sont pas érectiles (pas de couche d'air isolante) et sont dépourvus de glande sébacées (la neige fond, s'accroche aux pattes et augmente les déperditions calorifiques, montrant que ces poils ne sont pas du tout prévus pour les grands froids ou la neige...). C'est plutôt les éléphants modernes, avec la perte de leur poils, qui sont adapté aux chaleurs extrêmes des pays dans lesquels ils vivent.

En général, les restes de mammouths que l'on a retrouvés étaient entassés avec ceux d'autres animaux - tigres, antilopes, chameaux, chevaux, rennes, castors géants, aurochs, bœufs musqués, ânes, blaireaux, bouquetins, rhinocéros laineux, renards, lynx, léopards, carcajous, lièvres, lions, élans, canis dirus, spermophiles, hyènes des cavernes, ours, et de nombreuses espèces d'oiseaux. La plupart de ces animaux n'auraient pas pu survivre dans un climat arctique. C'est un indice supplémentaire qui prouve que les mammouths laineux n'étaient pas des créatures polaires.

Comment une créature herbivore, aurait-il pu subvenir à des besoins alimentaires se montant à 180 kilos de nourriture par jour, dans une région arctique dépourvue de végétation pendant la majeure partie de l'année ?

Tout indique donc qu'en -9 000, la Sibérie orientale n'était pas une région arctique mais une région tempérée. Tandis que certaines régions connurent en -9 000 un net refroidissement (Sibérie, Groenland, Alaska), d'autres connurent un relatif réchauffement (l'Amérique du Nord, excepté l'Alaska, et la partie « orientale » de l'Antarctique). Comme si l'emplacement sur le globe n'était plus le même...

Parallèlement à la chute drastique des températures, l'une des caractéristiques majeures de la fin du Pléistocène (-11 000 selon la science actuelle, plus probablement -9 000) est une extinction de masse : 35 mammifères (mastodontes, castors géants, tigres à dents de sabre, megatheriums, rhinocéros laineux, etc.) et 19 espèces d'oiseaux disparurent en un temps record. Hibben estime que pas moins de 40 000 000 d'animaux périrent rien qu'en Amérique du Nord. Au total, des centaines de millions de mammouths disparurent. Des restes ont été découverts dans toute la région du Nord (Russie), de l'Oural au détroit de Béring et même sur le continent américain (Alaska et Yukon). Seuls deux petits foyers de mammouths subsistèrent : sur l'île Saint-Paul jusqu'en - 3600 environ, et sur l'île Wrangel, jusqu'en -2000.

Les populations humaines étaient déjà répandues à grande échelle à l'époque, et l'une d'entre elles, les peuples de la culture Clovis (qui vivaient en Amérique du Nord), disparut de la surface de la Terre durant cette période chaotique. Les peuples de la culture Clovis n'étaient pas une petite tribu localisée dans une zone restreinte ; leurs sites d'implantation couvrent la majeure partie de l'Amérique du Nord, comme l'indique l'étendue géographique de leurs artefacts, en particulier les pointes de Clovis.

La couche géologique correspondant à cette extinction (là où on été découverts les squelettes de mammouth ou encore la dernière couche de la civilisation Clovis) montrent de grandes quantités de suies, de Potassium 40 et d'Hélium 3, d'Iridium et autres métaux rares typique des sites d'écrasements de météorites. Du carbone vitreux indique des températures élevées suivies d'un refroidissement brutal. Ces débris météoritiques ne se retrouvent que dans cette couche, indiquant une pluie de météorite pendant une petite période de temps.

Congélation ultra-rapide

« À des températures corporelles normales, les sucs et les enzymes gastriques décomposent les matières végétales en une heure. Qu'est-ce qui a inhibé ce processus ? La seule explication plausible est que la température de l'estomac s'est refroidie, passant à environ 4°C en dix heures, voire moins. Mais comme l'estomac est protégé à l'intérieur d'un corps chaud (35,8°C pour les éléphants), quelle température l'air extérieur doit-il atteindre pour faire baisser celle de l'estomac jusqu'à 4°C ? Des expériences ont montré que, pour atteindre ce résultat, la température des couches cutanées extérieures aurait dû baisser brutalement, atteignant jusqu'à -80°C au bas mot !". - Mark A. Krzos, Frozen mammouths

Les aliments non digérés (herbe, mousses, arbustes et feuilles d'arbres, selon le scientifique russe V.N. Sukachev) retrouvés dans les estomacs et les appareils digestifs des mammouths ne sont pas l'unique preuve d'une congélation instantanée.

D'après plusieurs rapports d'analyses, on a aussi retrouvé de la nourriture (principalement des boutons d'or) dans la bouche des mammouths gelés. Ils avaient cueilli ces boutons d'or, mais ne les avaient ni mâchés, ni avalés. Les boutons d'or avaient gelé avec une rapidité telle qu'il portaient encore les empreintes de molaires des mammouths. En dépit de leur élasticité, ces boutons d'or n'eurent pas le temps de retrouver leur forme initiale après la mort des mammouths.

Dans le cadre des applications biologiques, l'idée-force de la congélation instantanée est de faire baisser la température suffisamment vite pour éviter la formation de larges cristaux de glace qui, autrement, endommageraient les cellules, les faisant éclater ou les transperçant.

Une analyse détaillée des échantillons cellulaires prélevés sur les mammouths laineux a précisément mis en évidence ce phénomène :

« La chair de nombre des animaux retrouvés dans la boue a dû subir une congélation intense extrêmement rapide, car les cellules n'avaient pas éclaté. Des experts en conservation des aliments par le froid ont fait remarquer que pour parvenir à un tel résultat chez un spécimen vivant en bonne santé, il faudrait faire baisser la température de l'air environnant à des chiffres largement inférieurs à -65°C. » [sanders]

En 2013, un mammouth femelle parfaitement conservé a été découvert dans les îles Liakhov, en Sibérie. Élément intéressant : lorsque les scientifiques ont tapoté les restes du mammouth gelé avec un pic à glace, du sang a commencé à couler.

Étant donné que le sang commence coaguler dans les minutes qui suivent le décès, cela indique que les mammouths laineux ont gelé tellement vite que leur sang n'a pas eu le temps de coaguler post-mortem.

Position debout

112 mammouths, dont celui de Berevoska, ont été découverts en position debout. Accréditant la thèse du refroidissement rapide, voir instantané...

Asphyxie

La posture des mammouths retrouvés, tend à montrer que ces derniers sont morts d'asphyxie, et pas du refroidissement rapide.

Ce qui explique que le processus digestif se soit arrêtés rapidement (et ait conservé le bol alimentaire), ce qui n'aurait pas été le cas avec une mort lente par hypothermie.

Broyés par un tsunami géant

Les scientifiques de bases imaginent que ces mammouths sont tombés dans un trou d'eau marécage, et sont morts trompe et défenses en l'air pour s'en sortir. Sauf qu'il y a 11 000 ans, tous les mammouths de Sibérie semblent tous être tombés en même temps dans un trou d'eau, après des millénaires à avoir vécu normalement. Un suicide collectif de millions de Mammouths !? Comment le mammouth peut tomber dans un trou de glace ? Ou alors l'eau était liquide (15°), le mammouth tombe, l'eau gèle instantanément, puis ne se remet à dégeler que 11 000 ans plus tard...

Il faut plutôt voir les animaux de Floride ou de Russie en 2019, qui furent piégés par les glaces en une nuit. On voit les animaux debout et figés par le froid, les pattes coincées dans la glace. Si la neige et la glace avaient continuer à tomber pendant 11 000 ans ? On les retrouverait, lors du dégel, en position debout...

Les scientifiques imaginent l'impact d'un gros astéroïde faisant rentrer l'atmosphère de haute altitude au contact du sol, mais cette hypothèse ne serait que localisée, pas sur toute la Sibérie... Et surtout, une fois le vortex dissipé, ça dégèle de nouveau si on veut que d'autres mammouths reviennent brouter l'herbe.

On a beau tourné le problème dans tous les sens, on en revient à la même et seule hypothèse possible : les Mammouths sont passé d'une prairie à 15°C, où des végétaux et des animaux vivaient depuis plusieurs années dans un milieu tempéré, à une zone où l'air était à -70°C, et où la température par la suite N'A JAMAIS PLUS dégelée...

La seule hypothèse crédible, est donc le déplacement en quelque dizaines de minutes d'une terre tempérée froide à 15°C dans un air Arctique inférieur à -70°C (déplacement de plusieurs centaines de km de la Sibérie vers le pôle nord géographique). Ensuite, ces animaux sont recouverts par un Tsunami de Limon qui vient les enterrer jusqu'à nos jours et la fonte du pergélisol gelé (au passage, un phénomène inédit depuis 11 000 ans...).

Les médecins légistes qui ont examiné de nombreux mammouths ont découvert les mêmes caractéristiques chez nombre d'entre eux :

- fractures : le mammouth de Berezovka présentait de nombreuses fractures osseuses au niveau des côtes, omoplates et pelvis (chocs lors du tsunami).
- terre : retrouvée dans les poumons et les appareils digestifs des mammouths congelés. Notons que l'unique cause de décès que l'on ait été en mesure d'établir avec certitude était la suffocation. Au moins trois mammouths et deux rhinocéros sont morts par suffocation. Aucune autre cause de décès n'a pu être établie pour les autres mammouths laineux. Vollosovitch a conclu que son deuxième mammouth enseveli, découvert le pénis en érection sur l'île de la Grande Liakhov, était mort suffoqué. On a retrouvé des œdèmes pulmonaires chez un mammouth nommé Dima, ce qui suggère une mort par asphyxie après un effort intense juste avant la mort. Le rhinocéros de Pallas présentait aussi des symptômes d'asphyxie.
- Yedomas : il s'agit de collines (de 10 à 80 m d'altitude) constituées de terre mélangée à d'épaisses nervures de glace. Les yedomas sont largement répandus en Sibérie (Fig. 1), sur environ 1 million de km2. Ils sont très riches en carbone et regorgent littéralement d'arbres et d'animaux morts. Par exemple, le « cimetière des mammouths » est un yedoma contenant les cadavres de pas moins de 156 mammouths. Le sol des yedomas est constitué de lœss, des couches de limon issues de l'érosion éolienne (dépôts éoliens).
- Sur l'île aux ours en Norvège, des centaines de mammouths ont été projeté contre une falaise lors d'un tsunami géant, puis ont gelés sur place (encore daté d'il y a 12 500 ans, cela va sans dire!).

Cata > Basc > Pôles magnétiques fixes

Survol

Un champ fixe

Le champ magnétique terrestre reste toujours plus ou moins alignés avec l'axe de rotation terrestre. C'est du moins ce qu'on a observé depuis presque 2 000 ans que l'homme dessine des cartes et utilise la boussole.

Paléomagnétisme

Lors de leur refroidissement, les laves orientent leurs cristaux de magnétite dans le sens du champ magnétique terrestre, donnant des petites boussoles fossiles. L'étude des couches des roches volcaniques permet de s'apercevoir que l'orientation locale du champ magnétique fait des sauts d'orientation réguliers au cours des millénaires.

Erreur des chercheurs

Comme la science croyait que les continents ne se déplaçaient pas, les chercheurs en ont déduit que c'est le champ magnétique qui changeait d'orientation.

Ils ont du coup "oublié" d'envisager l'autre cause possible, à savoir que les continents bougent par rapport à un champ magnétique fixe.

L'acceptation de la dérive des continents en 1968 n'a pas eu de répercussions sur le paléomagnétisme, vu que la tectonique des plaques est censée être très lente, bien plus lente que les changements d'orientation du champ magnétique observés.

Les inversions partielles

Les mass medias oublient de vous parler des inversions partielles, vous faisant croire que régulièrement, le champ magnétique fait une bascule de 180°.

Or, ces inversions totales sont rares, et on s'aperçoit que la direction du champ magnétique local fait des sauts importants, réguliers et aléatoires (et pas des oscillations progressives et régulières de quelques degrés comme on l'observe depuis 1 000 ans), par exemple 45°, 90°, 130°. Une fois de temps en temps, le champ magnétique local fait un angle de 180° avec l'orientation actuelle, c'est une excursion.

Pourquoi ne retenir que les inversions totales ? (p. 367)

Parce que sinon, le changement du champ magnétique ne tient plus, et qu'il fallait envisager que la croûte terrestre soit régulièrement chamboulée.

Les inversions partielles sont très courantes, au contraire des inversions totales bien plus rares.

Erreur sur l'intervalle de temps

Les scientifiques comptent les couches de coulées, en considérant que les éruptions volcaniques sont régulières dans le temps : un volcan va érupter en moyenne tous les 100 ans, comme on l'a mesuré sur seulement 400 ans d'archives, donc 100 éruptions = 10 000 ans).

Or, la période actuelle montre que la fréquence d'éruption des volcans a explosé depuis l'an 2000, mais personne ne s'est préoccupé d'adapter les modèles. C'est ainsi que 10 ans d'éruptions entre les 2 pole-shift peuvent être comptées comme 100 000 ans...

Heureusement, pour les volcans récents peu éruptifs, il est possible de mieux dater les événements malgré la mauvaise foi, et de voir cette période de 3 666 ans.

Exemple (p. 367)

Le piton de la fournaise explique comment 2 pole-shift sur 10 ans pourront être interprété plus tard comme 2 inversions partielles sur 100 000 ans.

Pourquoi ne retenir que les inversions totales ?

Les scientifiques ont supposé que les inversions partielles ne sont que des soubresauts préparatoires aux inversions totales, et n'en tiennent pas compte dans leur historique général, ne retenant que les "inversions totales".

Si nous observons que les inversions partielles ont lieu tous les 4 000 ans environ, nous risquons de faire le lien avec la durée de 3 666 ans, et donc de recouper ces bascules de croûte terrestre avec les "crises" météoritiques et volcaniques, ou de disparition d'espèces ou de civilisation. Des indices qui pourraient mettre la puce à l'oreille des chercheurs d'autres disciplines.

Ne prendre que les inversions totales, qui se produisent tous les 800 000 ans en moyenne, permet de cacher cette régularité fréquente des pole-shift.

Mauvaise foi

Il m'a toujours paru suspect, pour un scientifique intelligent habitué au relativisme (quand on est dans un train, on ne peut pas savoir si c'est notre train qui bouge ou si c'est celui d'à côté) que personne n'ai pensé à dire que qu'on ne pouvait pas savoir si c'était le champ magnétique terrestre qui bougeait ou si c'était la surface de la Terre qui bougeait...

A lier avec les combats pour ne pas reconnaître la dérive des continents, ou encore une Terre plus âgée que les 7 000 ans de la Bible.

Exemple

Si on considère l'éruption du piton de la fournaise de fin juin 2016.

L'étude des couches de lave montreront, pour les chercheurs futurs, que pour cette couche géologique, le champ magnétique terrestre était aligné avec la plus grande longueur de l'île.

Si quelques années après, l'île fait une rotation de 90° (avec le reste de la couche terrestre), et que le volcan érupte de nouveau, le champ magnétique mémorisé dans la lave sera orienté à 30° par rapport à la coulée inférieure. Si 7 ans après, après 100 éruptions, l'île se tourne de nouveau de 60° (passage 2 de Nibiru), le champ magnétique (toujours orienté pareil par rapport à l'axe de rotation) qui sera mémorisé dans les laves apparaîtra à angle droit par rapport aux couches inférieures.

En fait, le champ magnétique terrestre n'aura pas bougé, mais c'est la croûte terrestre qui se sera déplacée et aura changé son orientation.

On peut remarquer au passage la difficulté à dater ces coulées. Le paléomagnétisme a été estimé sur une fréquence du Piton de la Fournaise qui érupte tous les 5 à 10 ans. Or, depuis 2010, on est passé à 4 ou 5 coulées par an. Il y aura des centaines de coulées lors des 2 passages. Là où il s'est écoulé seulement 10 ans, les chercheurs en paléomagnétisme diront que le champ magnétique a dérivé sur 100 000 ans...

Cycles

Survol

L'Exode il y a 3 666 ans (-1640), le déluge biblique il y a 7 300 ans (-5300), déluge mondial et extinction des mammouths sibériens il y a 11 000 ans (-9000), glaciation brutale de la France et gros dégel ailleurs il y a 14 700 ans (-12600), etc. Les cataclysmes géologique reviennent régulièrement sur Terre, comme un métronome (constante de temps fixe, aux alentours de 3 666 ans). Il suffit en fait de reprendre les faits vus pour prouver le basculement, pour s'apercevoir qu'ils sont cycliques, se reproduisant tous les X milliers d'années.

Période

Ces cycles apparaissent régulièrement tous les 3 666 ans environ (nos méthodes de mesure ne garantissent pas des durées aussi précises).

"Inversions" du champ magnétique (p. 367)

Nous avons vu qu'il n'y a pas inversion, mais déplacements saccadés aléatoires, et le champ magnétique terrestre reste proche des pôles, c'est les continents qui se déplacent au dessus des pôles magnétiques. Si les inversions totales de magnétisme sont apériodiques, les sauts brusques de direction du champ magnétique sont elles périodiques...

Variations régulières des températures

Modifications sévères de climat local, comme le montre les 3 derniers réchauffements encore inscrits dans les carottes glaciaires, ou les cernes des arbres. Ces changements de températures suivent une courbe identique et périodique (se reproduisant à chaque fois).

Glaciations (p. 364)

Les glaciations et déglaciations brutales sur l'Europe (des millénaires avec le même climat, puis en quelques années ça change, avant de conserver de nouveau pendant des milliers d'années le même climat). Ce ne sont pas un refroidissement global de la planète, puisque au moment où l'Angleterre est gelée la Sibérie a un climat tempéré, ce qui montre que le pôle Nord (géographique) se déplace par à-coups dans le temps. Les inversions de champs magnétiques sont juste l'indication que la croûte terrestre s'est déplacée face à un champ magnétique fixe.

Strates calcaires (p. 362)

Les alternance de couleur de strates, des centaines sur 50 m de falaise, montre que régulièrement, le climat local à complètement changé (glaciaire, tempéré, tropical, glaciaire, etc.).

Stalagmites en assiette (p. 362)

Si ces stalagmites montrent que la même zone alterne entre milieu tropical et milieu glaciaire, on peut là encore s'apercevoir que ces alternances sont cycliques, bien que pas régulière (dépendant de la position de la croûte terrestre, elles sont liées aux inversion de polarité magnétique : quand la zone a un champ magnétique nul (car vertical, pas mesurable dans les laves), c'est que la stalagmite reçoit très peu d'eau (des dizaines de mètres de glace au dessus de la grotte).

Passé > Archives humaines

Survol

Les archives humaines sont riches en phénomènes inexpliqués, racontés par beaucoup de peuples.

Les extraits d'archives anciennes, concernant un seul aspect de la catastrophe, sont issues de cette compilation de NNSPS.

Comment les décrypter ? (p. 148)

Les légendes sont des faits réels. Il y a cependant plusieurs pièges à éviter dans la lecture, en connaissant les codages, la façon de voir des anciens (à quel moment ils parlent de la planète, ou du dieu physique associé), les corruptions inévitables du temps et des traductions, de même que ces archives sont toutes de la propagande pour le pouvoir de l'époque et/ou actuel.

Cataclysmes systématiques (p. 368)

Toutes les archives humaines racontent les mêmes cataclysmes récurrents : Années de disette, cours d'eau rouge sang, Soleil qui s'arrête dans le ciel, déluge de centaine de mètre de haut, séismes destructeurs.

Initiés (p. 372)

Ces archives secrètes, révélées accidentellement au cours des tribulations de l'histoire, montrent que nos dominants connaissent très bien Nibiru, et les ravages qu'elle provoque sur Terre.

Cataclysmes récurrents

Toutes les archives humaines décrivent les mêmes catatstrophes. Dressons une liste des plus emblématiques.

Les déluges (p. 369)

Les déluges, dont on voit les effets sur les villes enterrés, sont présents aussi dans les archives, et pas que dans la Bible. Ce phénomène est de portée mondiale.

Rivières rouge (p. 369)

Toutes les eaux de surface prennent la couleur et le goût du sang.

Pluies de météorites (p. 369)

Les archives chinoises disent que les étoiles pleuvaient comme la pluie, au moment où la Terre tremblait et que 5 planètes sont sorties de leur trajectoire.

Pluies de napthes + brasiers aériens (p. 370)

Le pétrole coule à flot du ciel, et s'enflamme de temps en temps avant de toucher le sol.

Séismes + comète (p. 370)

Une grosse comète apparaît, puis les séismes détruisent tout.

Soleil arrêté (p. 371)

Les historiens (ou légendes, c'est la même chose) racontent que le Soleil peut s'arrêter dans le ciel, et que de gros cataclysmes suivent ce phénomène. Le phénomène le plus badass des archives !

Tribulations (p. 371)

Les légendes racontent toutes les exodes qui ont suivis l'apparition de la planète cornue dans le ciel.

Cata > Déluges

Source : [delug]

Bible

Les chapitres 6, 7, 8 de la Genèse, dans l'Ancien Testament, contiennent l'histoire du Déluge.

« il y eut le Déluge pendant 40 jours sur la Terre. Les eaux montèrent de plus en plus sur la Terre et toutes les plus hautes montagnes qui sont sous tout le ciel furent couvertes. Les eaux montèrent quinze coudées plus haut, recouvrant les montagnes.

La crue des eaux sur la Terre dura 150 jours. »

Tablettes sumériennes

13 récits du Déluge sont arrivés jusqu'à nous, que ce soient chez les sumériens, ou chez leurs remplaçants babyloniens.

Dans la Onzième tablette de l'épopée de Gilgamesh, sur laquelle Utnapishtim relate son expérience au héros, Noé se nomme Ziusudra.

Les historiens placent le déluge (tel que décrit par les sumériens, en se basant sur leurs datations) le Déluge aurait eu lieu entre – 3 500 et – 3 300.

Mayas

Les mythes mayas parlent aussi d'un déluge généralisé. Évidemment, comme ce sont les prêtres catholiques colonisateurs qui les ont rapporté, on les a accusé d'avoir traduit les légendes des mayas selon leurs désirs, et aujourd'hui, on accuse les mayas d'avoir absorbé la religion catholique (notamment parce que leurs instructeurs se sacrifient comme Jésus ou les dieux solaires païens type Baal ou Lug, qui meurent à l'automne pour renaître au printemps).

Cata > Rivières rouges

Le Manuscrit Quiché des Mayas (Popol Vuh) nous rapporte que dans l'hémisphère occidental, aux temps d'un grand cataclysme où la Terre trembla et où le mouvement du Soleil s'interrompit, l'eau des rivières fut transformée en sang

L'égyptien Ipuwer, témoin oculaire de la catastrophe, consigna sur le papyrus ses lamentations [19] . « La rivière est de sang », dit-il « Toute l'eau du fleuve se changera en sang ». L'auteur du papyrus écrivit aussi : « La peste s'est abattue sur le pays entier. Le sang est partout », expressions identiques à celles du Livre de l'Exode (7:21) : « il y avait du sang sur toute la Terre d'Égypte »

Dans un mythe égyptien, la teinte rouge sang du monde est attribuée au sang d'Osiris, le Dieu-Planète blessé à mort. Dans un autre mythe, c'est le sang de Seth ou d'Apopis mythe babylonien, le monde fut rougi par le sang du monstre céleste Tiamat égorgé

L'épopée finnoise, le Kalevala, décrit comment, au temps du bouleversement cosmique, le monde fut aspergé de lait rouge

Les Tartares de l'Altaï parlent d'un cataclysme où « le sang colore le monde entier en rouge », et qui est suivi d'un embrasement général.

La Bible est l'exemple le plus connu en Occident :

"Le Nil fut nauséabond, et les Égyptiens ne purent boire des eaux depuis le fleuve" Exode 7:14-25

Il est généralement reconnu que la chute de poussière météorite est un phénomène qui se produit surtout après le passage de météorites se retrouve sur la neige des montagnes et dans les régions polaires

Cata > Pluies de météorites

Selon les Annales chinoises de Bambou (aussi connues sous le nom d'annales Ji Tomb) :

"En la 10e année [du règne de Jie de Xia], les cinq planètes sont sorties de leurs courses célestes. Les étoiles tombaient comme la pluie dans le ciel nocturne. La Terre a tremblé."

Selon la chronologie proposée dans les Annales de Bambou, le règne du roi Jie de Xia s'est terminé vers -1600, l'événement s'est produit avant.

On retrouve sûrement l'événement de -1620 mesuré dans les cernes des arbres et les glaces du Groenland (p. 363).

Après la poussière rouge, une « petite poussière », pareille à de la « cendre de fournaise », se répandit « sur toute la Terre d'Égypte » (Exode 9, 8)

Puis une pluie de météorites s'abattit sur la Terre. Notre planète pénétra plus profondément dans la queue de la comète. La poussière était le signe avant-coureur des pierres. Il tomba « une grêle si violente qu'il n'y en a pas eu de semblable en Égypte depuis son origine jusqu'à ce jour » (Exode 9, 18). Ces pierres de « barad », ici traduites par « grêle », désignent, comme dans la plupart des passages où on les cite dans la Bible, des météorites. Nous savons aussi, par les sources du Midrash et du Talmud, que les pierres qui tombèrent sur l'Égypte étaient brûlantes . Ceci ne peut s'appliquer qu'à des météorites, et non à des grêlons de glace. Dans les Écritures, il est dit que ces pierres tombèrent « mêlées de feu » (Exode 9, 24)

La chute des météorites s'accompagne de fracas, et de bruits d'explosion, et en cette circonstance, ils étaient si « puissants », que, selon le récit des Écritures, les gens dans le palais furent aussi terrifiés par le fracas des pierres que par les ravages qu'elles causaient (Exode 9, 28) . La poussière rouge avait effrayé le peuple et une proclamation invitait les hommes à s'abriter et à protéger leur bétail :

"Mets donc en sûreté ton bétail, et tout ce que tu as dans les champs, car tous les hommes et tous les animaux qui se trouveront dans les champs, sans être rentrés à la maison, seront atteints par la grêle et périront" (Exode 9, 19) .

"ce qui hier était encore visible a péri. La Terre est aussi dénudée qu'après la coupe du lin. En un jour, les champs furent transformés en désert." Livre de l'Exode (9, 25)

On retrouve la description d'une semblable catastrophe dans le Visuddhi-Magga, texte bouddhique traitant des cycles du monde.

"Quand un cycle du monde est détruit par le vent... il se lève au début un grand nuage destructeur du cycle, et d'abord une poussière fine, puis une grosse poussière, puis du sable fin, puis du gros sable, et puis des graviers, des pierres et finalement des rochers aussi gros que les grands arbres au sommet des collines. [Le vent] retourne le sol à l'envers, de larges surfaces se fendent et sont projetées en l'air. (...) toutes les demeures de la Terre sont détruites dans un cataclysme où les mondes s'entrechoquent".

Au Mexique, les Annales de Cuauhtilan décrivent comment un cataclysme fut accompagné d'une pluie de pierres. Dans les traditions orales des Indiens, le motif est repris maintes fois. En une époque antique, le ciel « fit pleuvoir, non de l'eau, mais du feu, et des pierres chauffées au rouge »

Cata > Pluies de naphte et brasiers aériens

La queue des comètes est composée principalement de gaz de carbone et d'hydrogène. Privés d'oxygène, ils ne brûlent pas au cours de leur trajectoire, mais les gaz inflammables, en traversant une atmosphère qui contient de l'oxygène, prendront feu. Si les gaz de carbone et d'hydrogène, ou des vapeurs composées de ces deux éléments, pénètrent dans l'atmosphère en énormes quantités, une certaine partie s'enflammera, fixant tout l'oxygène disponible, le reste échappera à la combustion, mais, par une transformation rapide, se liquéfiera. Cette substance liquide, si elle ne prend pas à nouveau feu en rencontrant dans sa chute atmosphérique de nouveaux apports d'oxygène, tombera soit au sol, le pénétrant par les interstices du sable et les crevasses des rochers, soit sur l'eau et flottera. **La chute d'un liquide épais qui descendit vers la Terre, et flamba en dégageant une fumée très dense est relatée dans les traditions orales et écrites des habitants des deux hémisphères.**

le Popol-Vuh, le livre sacré des Mayas [40] : « Ce fut la ruine et la destruction (...) la mer s'entassa à de grandes hauteurs (...) Il y eut une grande inondation visqueuse qui tombait du ciel (...) La face de la Terre s'assombrit, et la pluie sombre tomba des jours et des nuits (...) Puis il y eut un grand bruit au-dessus de leurs têtes » . La population entière fut anéantie. Le Manuscrit Quiché perpétue l'image de la destruction des populations mexicaines par une chute de bitume [41] :

« Il descendit du ciel une pluie de bitume et de résine... la Terre s'obscurcit et il plut nuit et jour. Et les hommes allaient et venaient hors d'eux-mêmes, comme frappés de folie : ils voulaient monter sur les toits, et les maisons s'écroulaient arbres, et les arbres les secouaient loin d'eux, et quand ils allaient pour se réfugier dans les grottes et les cavernes, aussitôt elles se fermaient » .

Un récit semblable est enregistré dans les Annales de Cuauhtitlan [42] . L'âge qui se termina par une pluie de feu fut appelé : « Quiauh-tonatiuh », qui signifie « le Soleil de la pluie de feu [43] » . Et beaucoup plus loin, dans l'autre hémisphère, en Sibérie, les Vogouls se transmirent à travers les siècles et les millénaires ce souvenir : « Dieu envoya une mer de feu sur la Terre... Ils appellent la cause de ce feu "eau de feu" [44] » .

Un demi-méridien plus au Sud, dans les Indes néerlandaises, les tribus indigènes racontent que, dans un passé éloigné, Sengle-Das, ou « l'eau-de-feu », tomba du ciel. A quelques exceptions près, tous les hommes périrent [45] . La huitième plaie, telle qu'elle figure dans le Livre de l'Exode était du « barad [météorites] et du feu mélangé au barad, si violent qu'il n'y en avait point eu de semblable en Égypte depuis qu'elle forme une nation » (Exode 9, 24).

Cata > Séismes + comète

Ipuwer fut témoin de ce séisme, auquel il échappa : « Les villes sont détruites, la Haute Égypte est un désert... tout est ruine » . « Le palais a été retourné sens dessus dessous en un instant [46] » . Seul un séisme pouvait « retourner » le palais en un instant. Le mot égyptien pour « retourner » est employé dans le sens d'« abattre un mur [47] »

De même, Hieronimus (Saint Jérôme) écrivit dans une épître, que « la nuit où eut lieu l'Exode, tous les temples d'Égypte furent détruits soit par le tremblement de terre, soit par la foudre [52] ». Et de même dans les Midrashim : « la septième plaie, la plaie de barad [météorites] : tremblement de terre, feu, météorites [53] ». Il est aussi rapporté que les constructions érigées par les esclaves israélites à Pithom et Ramsès s'effondrèrent, ou furent englouties dans la Terre [54]. Une inscription qui date du début du Haut Empire fait allusion à un temple du Moyen Empire qui fut « englouti par le sol » à la fin du Moyen Empire [55].

La tête du corps céleste approcha très près de la Terre, en se frayant son passage à travers les ténèbres de l'enveloppe gazeuse d'après les Midrashim, la dernière nuit en Égypte fut aussi brillante que midi au jours du solstice d'été [56]. La population s'enfuit : « les hommes fuient ils fabriquent des tentes comme les paysans des collines », écrivit Ipuwer [57]. La population d'une ville détruite par un tremblement de Terre passe généralement la nuit dans les champs. Le livre de l'Exode décrit une panique la nuit de la dixième plaie . Une « foule mélangée » de non-Israélites quitta l'Égypte avec les Israélites, qui passèrent leur première nuit dans des huttes (Sukkoth) [58]. « Les éclairs éclairèrent le monde : la Terre trembla et fut secouée...

Cata > Soleil arrêté

Un des aspects des témoignages qui gène le plus, surtout si on reste persuadé, comme les scientifiques semblent encore l'être, que les continents ne dérivent pas sur une mer magmatique...

Nombreux témoignages dans l'hémisphère Nord a cette époque révélant que le soleil ne se leva pas .... Témoignages en Amérique que le soleil se leva mais resta bloqué au ras de l' Horizon...

Cet arrêt du Soleil dans le ciel (ou l'inversion de sa rotation) ne peut être obtenu que par l'arrêt de la rotation de la croûte terrestre.

Soleil qui se lève à l'Ouest

Hérodote

"Dans le second livre de son histoire, Hérodote rapporte ses conversations avec les prêtres Égyptiens … qu'au cours des âges « historiques », et depuis que l'Égypte était devenue royaume, « 4 fois en cette période (c'est ce qu'ils m'ont déclaré), le soleil s'est levé contrairement à son habitude; deux fois, il s'est levé là où il se couche maintenant; et deux fois, il s'est couché là où il se lève aujourd'hui ".

Période d'obscurité

Elle est notée dans la plupart des civilisations du monde : les chinois (livre du Compendidium), les brahmanes pré-bouddhistes (livre du Visuddhi - Magga), les iraniens (livre de Bundehesh), les grecs (mythe de Phaéton, pensées de Plutarque), les hébreux (Exode, récit de Job), les mexicains (manuscrit Quiché), les polynésiens (mythe des Samoa),…

Les Égyptiens plus pragmatiques, parlent eux d'un long épisode d'obscurité sans lumière solaire capable de faire pousser les récoltes (papyrus Ipuwer), ce qui ressemble plus à un long crépuscule qu'une obscurité totale (Toute la Terre ne pouvant se trouver sur la face non éclairée!).

Soleil arrêté

Bible

Josué

Dans la Bible, Josué arrête la course du Soleil et de la Lune pendant 1 jour (les 2 étant au-dessus de vallées différentes, on en déduit que la Lune était loin du Soleil, donc que ce n'était pas une éclipse de Soleil comme veulent le faire croire les historiens).

Dans la même période, un météore s'est écrasé, et les trompettes de l'apocalypse font tomber les murailles de Jéricho. Tout ça dans la même période de troubles de l'exode.

Midrashim

(recueil des anciennes traditions non incorporées aux Écritures) : le Soleil et la Lune s'immobilisèrent pendant 36 itim, c'est-à-dire 18 heures [13] ; par conséquent, du lever au coucher du Soleil, le jour dura environ trente heures.

Mexique

Mayas

3 jours d'obscurité continue où les animaux sauvages sortaient des forêts : les jaguars sont des prédateurs nocturnes et une nuit de 72 heure a été une aubaine pour eux, leur permettant d'aller bien plus loin sur leur territoire de chasse. Quand la Terre a arrêté de tourner, les mayas se trouvaient sur la face non éclairée. Cela veut dire que de l'autre côté de la Terre, en Chine, le Soleil a brillé 72 heures.

Divers

Dans les annales de Cuauhtitlan [12] (histoire des Empires de Culhuacan et du Mexique, écrite en langue nahuatl au XVIe siècle) , il est relaté qu'au cours d'un cataclysme cosmique qui se produisit dans un passé reculé, la nuit se prolongea très longtemps.

Dans les annales mexicaines, il est déclaré que le monde fut privé de lumière et que le Soleil n'apparut pas durant une nuit quadruple de la nuit normale. Pendant cette journée ou cette nuit d'une exceptionnelle durée, le temps ne pouvait être mesuré par les moyens habituels à la disposition des anciens [14].

Sahagun, le savant espagnol qui vint en Amérique une génération après Colomb et qui recueillit les traditions des aborigènes, a écrit qu'au cours d'un cataclysme cosmique, le Soleil se leva à peine au-dessus de l'horizon, et s'y arrêta. La Lune aussi s'immobilisa [15] .

Cata > Tribulations

Les témoignages de l'époque montrent que toutes les civilisations du monde ont déjà vécu les tribulations / exodes provoquées par Nibiru :

- Dans la Bible : l'exode, le déluge.
- Récits nordiques : Ragnarok.
- Les Hopis et les Mayas
- la place d'Orion dans toutes les civilisations antiques, partie du ciel ou un astre proche aurait été repéré par la NASA en 1983
- les mythologies asiatiques faisant état d'un Dragon rouge céleste responsable de grands malheurs pour les hommes
- Les Égyptiens, avec le manuscrit d'Ipuwer.

Exode (Haggada juive)

Rachi, un des plus célèbre commentateur juif de la Thorah, cite une tradition juive selon laquelle, lors de l'Exode (dernière partie des fléaux, appelée Bô), Pharaon aurait mis en garde les hébreux contre une étoile de sang nommée "Raah" "¨Râ" ou "Raha" selon les sources.

À propos de ce qui se cache derrière la phrase de Pharaon dans l'Exode "Voyez comme le mal est devant vous" , Rachi en dit : " Comme le Targoum, j'ai entendu un midrash aggada: il y a un astre qui porte le nom de Râ, (en hébreu = mal). Pharaon leur a dit : je pratique l'astrologie et je vois cet astre monter à votre encontre dans le désert, il annonce sang et tuerie."

les Rav et autres rabbins connaissent ce commentaire de Rachi. Certains parlent de "l'étoile de Sang" mais considèrent cette référence comme une allégorie. Sachant que Nibiru change l'eau du Nil et de la mer rouge en sang (d'où son nom) à cause des dépôts de poussières de fer, on a donc une preuve de plus qui pointe sur Nibiru et son rôle dans l'Exode. Ce "Râ" n'a rien à voir avec ce que l'égyptologie moderne en a fait, il semble qu'au départ "Raah" ait été Nibiru et non le Soleil. Cela en dit long sur toutes les confusions et les mauvaises interprétations des archéologues. Même cas en Amérique centrale ou les dogons, où Nibiru est constamment amalgamée avec Vénus par les anthropologues.

Initiés

Survol

Qu'est-ce qu'une archive d'initié ?

Les archives des écoles à mystère (cachant la vérité aux populations) réémergent de temps à autres aux yeux du grand public, en fonction des aléas de l'histoire (comme les écrits de Platon). Les historiens se dépêchent alors de classer ces écrits comme mythologie / invention, et de n'y attribuer aucun intérêt. Si c'était le cas, pourquoi planquer Platon si précieusement avec les livres sacrés de Nag Hammadi ?

Nag Hammadi est un bon exemple : même si de grosses parties des documents ont pu être soustraites du regard des chercheurs, même si depuis 50 ans la publication du contenu traîne en longueur (supervision des autorités religieuses), on peut recouper avec la version déjà connue des documents présents.

Les archives secrètes humaines, confisquées par nos dominants actuels ou disséminées dans des collections privées (en gros, les archives des sociétés secrètes ou des Illuminati), traitent aussi du sujet.

Ces archives secrètes, révélées accidentellement au cours des tribulations de l'histoire, montrent que nos dominants connaissent très bien Nibiru, et les ravages qu'elle provoque sur Terre.

Platon - Timée (p. 372)

Les prêtres égyptiens racontent aux archéologues grecs de l'époque, que la Terre est régulièrement ravagée par les cataclysmes.

Manuscrit de Kolbrin (p. 373)

Ce manuscrit décrit bien mieux l'exode, vu du côté égyptien, que ne le fait la Bible, vu du côté des hébreux/Hyksos. Les descriptions de Nibiru dans le ciel, les ravages qu'elle entraîne, sont particulièrement saisissants.

Hopis (p. 378)

L'histoire orale des Hopis, conservée sur plus de 80 000 ans, montre bien les tribulations régulières des amérindiens en fonction de l'émergence ou de la disparition des continents. Les prophéties sur ce qui va se passer sont jusqu'à présent particulièrement fidèles.

3e siècle - Censorinus

Ce philosophe romain, recensa tous les savoirs des peuples anciens, montrant que ces civilisations connaissaient les différents âges marquant la Terre, séparés de destruction (chaleur et déluge), et qu'il fallait les déterminer en étudiant les signes/prodiges célestes (événements exceptionnels arrivant tous en même temps).

Popol Vuh Maya (p. 395)

La Bible des Aztèques confirment elle aussi les autres archives secrètes du monde.

Georges Williamson

Sitchin a traduit des tablettes disponible uniquement au FM haut gradé qu'il était. Sitchin n'a donc pas pu donner un numéro de référence de ces tablettes.

15 ans avant Sitchin, Williamson avait utilisé le même type de documents issus des loges secrètes, pour révéler l'histoire de derniers milliers d'années [wil]. Le livre "*Les gîtes secrets du lion*", divulguant des documents FM, parlait elle aussi des faux dieux ogres, des demi-ogres d'Amérique du Nord (Hopis), montrant au passage à quel point l'histoire de l'homme est connue, et ce de manière précise (au point de suivre les lignées génétiques et l'âme qui incarne les différents personnages), par nos élites).

Williamson avait d'autant moins de mal à divulguer tout ça, qu'il avait participé au fake CIA d'Adamski, et s'était ainsi décrédibilisé aux yeux des scientifiques, tout en s'étant fait un nom auprès du New-Age qu'il fallait faire adhérer à cette notion de dieu vivant (c'est à dire un dieu incarné dans un corps).

Initié > Platon – Le Timée

Dans le livre de Platon, "Le Timée", l'historien grec Solon témoigne de ce qu'il a appris auprès des grands prêtres Égyptiens :

« Deucalion et Pyrrha survécurent au déluge ; il essaya, en distinguant les générations, de compter combien d'années s'étaient écoulées depuis ces événements. […un des plus sages prêtres prend la parole :] Il y a eu souvent et il y aura encore souvent des destructions d'hommes causées de diverses manières, les plus grandes par le feu et par l'eau, et d'autres moindres par mille autres choses. […] les corps qui circulent dans le ciel autour de la Terre dévient de leur course et qu'une grande conflagration qui se produit à de grands intervalles détruit ce qui est sur la surface de la Terre. Alors tous ceux qui habitent dans les montagnes et dans les endroits élevés et arides périssent plutôt que ceux qui habitent au bord des fleuves et de la mer. Nous autres, nous avons le Nil, notre sauveur ordinaire, qui, en pareil cas aussi, nous préserve de cette calamité par ses débordements. Quand, au contraire, les dieux submergent la Terre sous les eaux pour la purifier, les habitants des montagnes, bouviers et pâtres, échappent à la mort, mais ceux qui résident dans vos villes sont emportés par les fleuves dans la mer, tandis que chez nous, ni dans ce cas, ni dans d'autres, l'eau ne dévale jamais des hauteurs dans les campagnes ; c'est le contraire, elles montent naturellement toujours d'en bas. Voilà comment et pour quelles raisons on dit que c'est chez nous que se sont conservées les traditions les plus anciennes. Mais en réalité, dans tous les lieux où le froid ou la chaleur excessive ne s'y oppose pas, la race humaine subsiste toujours plus ou moins nombreuse. Aussi tout ce qui s'est fait de beau, de grand ou de remarquable sous tout autre rapport, soit chez vous, soit ici, soit dans tout autre pays dont nous ayons entendu parler, tout cela se trouve ici consigné par écrit dans nos temples depuis un temps immémorial et s'est ainsi conservé. Chez vous, au contraire, et chez les autres peuples, à peine êtes-vous pourvus de l'écriture et de tout ce qui est nécessaire aux cités que de nouveau, après l'intervalle de temps ordinaire, des torrents d'eau du ciel fondent sur vous comme une maladie et ne laissent survivre de vous que les illettrés et les ignorants, en sorte que vous vous retrouvez au point de départ comme des jeunes, ne sachant rien de ce qui s'est passé dans les temps anciens, soit ici, soit chez vous. Car ces généalogies de tes compatriotes que tu récitais tout à l'heure, Solon, ne diffèrent pas beaucoup de contes de nourrices. Tout d'abord vous ne vous souvenez que d'un seul déluge terrestre, alors qu'il y en a eu beaucoup auparavant ; ensuite vous ignorez que la plus belle et la meilleure race qu'on ait vue parmi les hommes a pris naissance dans votre pays, et que vous en descendez, toi et toute votre cité actuelle, grâce à un petit germe échappé au désastre. Vous l'ignorez, parce que les survivants, pendant beaucoup de générations, sont morts sans rien laisser par écrit. Oui, Solon, il fut un temps où, avant la plus grande des destructions opérées par les eaux, la cité qui est aujourd'hui Athènes fut la plus vaillante à la guerre et sans comparaison la mieux policée à tous égards : c'est elle qui, dit-on, accomplit les plus belles choses et inventa les plus belles institutions politiques dont nous ayons entendu parler sous le ciel."

Initié > Manuscrit de Kolbrin

Un texte qui est une compilation de traditions sumériennes, égyptiennes, dont la Torah s'est inspirée pour être écrite, et dont on retrouve des ajouts celtes.

La Bible de Kolbrin est composée de deux parties principales qui forment un total de 11 livres anciens. premier document judéo-chrétien qui explique clairement l'évolution humaine, le créationnisme et le dessein intelligent.

Selon la tradition, ce document a été emmené par des Juifs de la diaspora en Angleterre, puis conservé secrètement à l'intérieur de l'abbaye de Glastonbury dans le comté de Somerset, dans le sud-ouest de l'Angleterre, pendant plusieurs siècles. Certains des feuillets étaient gravés dans de fins feuillets de bronze, garantissant une durabilité supérieure. « The Bronzebook of Britain » et ont été ensuite combinés avec une autre collection similaire des savoirs interdits des mystiques Celtes, intitulé « The Coelbook, ». Ce livre n'ayant été révélé que récemment, sans les documents d'origine, il n'a pour l'instant aucune valeur de preuve scientifique. Ce n'est que ce qu'il contient qui nous alerte. Le futur prouvant le passé, le passage de Nibiru montrera des événements similaires à ce qui est écrit, validant ainsi ce manuscrit et la connaissance de Nibiru que possédaient les illuminatis depuis des millénaires.

Comme pour le Livre d'Enoch (manuscrits de la mer morte), ou le livre des géants (Qumran), ce livre historique a été retiré de l'ancien testament par les empereurs romains.

En dehors de sa valeur historique pour révéler que l'ancien testament n'est que la recopie, en -700 par le roi Josias, de documents bien plus ancien, le Kolbrin révèle aussi que la version des événements mémorisées par les élites est bien plus complète que la version "enfantine et simpliste" que les mêmes élites ont laissé accessible au peuple (via la Bible par exemple).

Comme le livre d'Énoch, le manuscrit de Kolbrin est truffé d'avertissements concernant les passages réguliers de Nibiru, ainsi que l'esclavage pratiqué par les géants sur les humains. Pas étonnant que l'Église, qui présente comme visions de l'enfer des visions montrant les cataclysmes de Nibiru montré aux voyants de Fatima, ai occulté ce livre.

Par contre, ce livre est bien connu dans les cercles de pouvoir. Une manière de voir quels documents nos élites ont, bien plus clair que l'obscure apocalypse incompréhensible, ou encore l'histoire de Noé ou de l'exode résumé en quelques phrases lapidaires et incompréhensibles là aussi, qu'ils ont laissé visible pour le peuple... Pas étonnant qu'ils aient bien plus de détails sur ce qui va se passer, et peuvent se préparer en avance.

Timing de Nibiru pour le passage du déluge biblique de Mésopotamie (-5 300)

Je reprends le résumé du texte du Kolbrin, réalisé par un participant au site Zetatalk.

Les signes avertisseurs

D'abord, cette poussière rouge vue dans les cieux, l'orbite de la Lune n'étant pas juste. Noé commence à construire son arche sur le signal de l'orbite de la Lune et de la poussière rouge.

Les hommes comme Noé connaissaient les signes et les présages, les secrets des saisons, de la Lune et de la venue des eaux. Il y avait des hommes sages, remplis de la sagesse intérieure, qui lisaient le Livre des Cieux avec compréhension et connaissaient les signes.

Puis vint le jour où la Dame de la Nuit [Lune ?] changea son vêtement pour une teinte différente (Lune de sang ou super-Lune régulières ?), et sa forme balaya plus rapidement les cieux. L'heure du procès approche. L'ombre du malheur s'approche de cette terre, parce que vous ne vous êtes pas mêlés aux méchants, vous êtes mis à part et ne périssez pas. Abandonne ta demeure et tes possessions, car l'heure du malheur est proche; ni l'or ni le trésor ne peuvent acheter un sursis.

Construction de l'arche de Noé

Le bateau doit être construit contre les montagnes, et la mer viendra au bateau. Au plus bas (la cale) c'est le bétail et leur nourriture.

L'étage du milieu était pour les volailles, pour les plantes de toutes sortes qui sont bonnes pour l'homme et la bête.

L'étage le plus haut est pour les gens. Citernes pour l'eau et les entrepôts pour la nourriture.

Navire sans mât ni rames, pas d'ouvertures ni de perches [gouvernail et/ou quille ?], à l'exception d'une trappe sous les avant-toits par où tout est entré.

Les semences étaient déposées dans des paniers et beaucoup de bovins et de moutons étaient sacrifiés pour la viande qui était fumée.

Ils ont dit aux moqueurs: "Ayez votre heure, car la nôtre viendra sûrement".

Les compétences du groupe de survivant

Sont rentrés dans l'arche avec Noé :

- 2 [astronomes/astrologues/scientifiques, importants chez les ogres pour deviner le futur] qui ont compris les voies du Soleil et de la Lune, et les voies de l'année et des saisons .
- 1 [carrier] pour l'extraction des pierres, fabrication de briques
- 1 [forgeron] pour la fabrication de haches et d'armes.
- 1 [musicien] pour jouer des instruments de musique
- 1 [boulanger] pain
- 1 [potier] poterie
- 1 [jardinier] jardins (d'agrément pour le dieu ?)
- 1 [maçon] bois et pierre
- 1 [charpentier] fabrication de toits
- 1 [menuisier] fabrication de bois
- 1 [laitier] fabrication de fromage et de beurre
- 1 [cultivateur/forestier] culture des arbres et des plantes
- 1 fabrication de charrues
- 1 [tisserand] tissage de tissus et fabrication de teintures
- 1 [brasseur] brassage de la bière
- 1 [bucheron] abattage et coupe des arbres
- 1 [charron] fabrication des chars
- 1 [danseur] danse
- 1 [initié/secrétaire] les mystères du scribe
- 1 [architecte] construction des maisons et travail du cuir.
- 1 [démerdard multi-talent] travailler le bois de cèdre et de saule, chasseur
- 1 [commercial] qui sait la ruse des jeux et du cirque, et un gardien
- 1 inspecteur de l'eau et des murs
- 1 [juge] magistrat
- 1 [roi/chef] capitaine d'hommes.

Les semaines du passage de Nibiru

Des changements majeurs de la Terre, puis 3 jours d'obscurité pour l'hémisphère nord, puis lever de Soleil à l'Ouest pendant quelques jours, puis pole-shift brutal.

Pole-shift

La planète qui passe devient visible et provoque un changement de pôle / d'orientation des étoiles / pole-shift.

Lors de ce pole-shift, la croûte changeante et les océans qui défilent incluent une grande vague qui transporte le bateau de Noé jusqu'au sommet d'une montagne.

Puis, avec l'aube, les hommes ont vu un spectacle impressionnant. Là, monté sur un grand nuage roulant noir, vient le Destructeur [aussi appelé Destroyer, c. a. d. Nibiru], nouvellement libéré des voûtes de ciel, et il fait rage au sujet des cieux, car c'est son jour de jugement. La bête avec elle [la queue cométaire associée par les anciens à un dragon céleste ?] ouvre la bouche et vomit du feu de mousse [manne/agglomérats d'HC atmosphériques], des pierres chaudes et une fumée ignoble. La fumée couvre tout le ciel au-dessus, et le lieu de rencontre de la Terre et du Ciel n'est plus visible. Dans la soirée, les lieux des étoiles changent, les étoiles roulent dans le ciel à de nouveaux emplacements, puis les eaux de la crue arrivent.

Les vannes du ciel sont ouvertes [grosses précipitations] et les fondations de la Terre sont brisées [gros séismes]. Les eaux environnantes se répandent sur la terre et se brisent sur les montagnes. Les tempêtes et les tourbillons [tornades] sont lâchés contre la terre. À travers les eaux bouillonnantes et les vents hurlants, tous les bâtiments furent détruits, les arbres furent arrachés et les montagnes écrasées. Puis vient une période de grande chaleur, suivie d'une période de grand froid. Les vagues au-dessus des eaux ne montent pas et ne retombent pas, mais bouillonnent et tourbillonnent. Un son effrayant provenait d'en haut.

Quand les étoiles dans les cieux ont été détachées de leurs places, alors elles se sont précipités dans la confusion [déplacement chaotique de la croûte terrestre ?]. Il y avait une révolte dans le ciel, un nouveau dirigeant est apparu là [une nouvelle grosse planète] et a balayé [traversé?] le ciel en majesté. Le Destructeur est mort dans la solidité du Ciel [Nibiru disparaissant rapidement en s'éloignant vers la ceinture d'astéroïdes] et le grand déluge est resté sept jours, diminuant de jour en jour alors que les eaux s'écoulaient vers leurs lieux [habituels, à savoir les mers et océans].

L'odyssée de l'arche

Le grand bateau fut lancé à la mer, il roula avec les vagues. Le bateau fut soulevé par des vagues puissantes et lancées à travers les débris, mais il n'alla pas s'écraser contre la montagne en raison de l'endroit ou il fut construit.

Les eaux balayèrent les sommets de montagnes et remplirent les vallées. Elles ne s'élevèrent pas comme l'eau versée dans un bol, mais dans un grand torrent.

Le Destructeur poursuivit son chemin à la vitesse des cieux, et le grand déluge demeura durant 7 jours, diminuant jour après jour, l'eau retournant à sa place. Alors, le calme revint et le grand bateau glissait à travers l'écume brune et les débris de toutes sortes.

Après plusieurs jours, le grand navire s'échoua à Kardo, dans les montagnes d'Ashtar, tout près de Nishim, la Terre de Dieu.

Timing de Nibiru pour le passage de l'exode en Égypte (- 1 600)

Je résume le texte du Kolbrin, qui décrit le passage de l'exode vu du côté égyptien, et pas du côté hébreux comme dans la Bible. Le premier passage n'a pas laissé de grosses impressions, vu que c'est surtout le second qui a marqué les esprits.

Le deuxième passage de Nibiru

Les jours sombres ont commencé avec la dernière visite du Destructeur [Nibiru] et ils ont été prédits par des présages étranges dans les cieux.

Les leaders d'esclaves [illuminatis hyksos, voir Mosé L2] qui avaient construit la cité à la gloire de Thom ne laissaient aucun répit et aucun homme n'osait lever la main contre eux. Ils avaient prédit de grands évènements desquels les gens étaient ignorants, et les même les prêtres n'en savaient rien.

Ces jours furent d'un calme ennuyant, les gens attendaient sans savoir trop quoi. Le poids d'un mauvais sort se faisait sentir et frappait le cœur des hommes. On n'entendait plus de rire, que les pleurs et gémissements qui retentissaient dans les terres. Même les voix des enfants n'avaient plus d'émotions, ils ne jouaient plus ensemble et demeuraient silencieux. Les esclaves devenaient de plus en plus arrogants et insolents. Les femmes se donnaient à qui voulaient.

La peur a marché sur la Terre [au sein des humains] et la femme est devenue stérile avec la terreur, ils ne pouvaient pas concevoir, et ceux avec l'enfant ont avorté.

Les jours d'immobilité [rotation terrestre bloquée] furent suivis d'un moment où le bruit des trompettes et des cris perçants fut entendu dans les Cieux, et les gens devinrent des bêtes effrayées sans chef.

Les morts n'étaient plus sacrés et ont été jetés dans les eaux. Ceux occupant déjà des tombes furent négligés et plusieurs devinrent exposés, gisant ainsi sans protection contre la main des voleurs [tombeau des pharaons et élites égyptienne].

Celui qui avait longtemps poussé la roue [charrue à traction humaine] sous le soleil possédait maintenant lui-même des bœufs. Celui qui n'avait jamais fait pousser de blé, maintenant en possédait une pleine réserve. Celui qui se paîtrait à l'aise à travers ses enfants [patriarche, rentier qui ne travaillait pas et vivait du travail d'autrui] cherchait maintenant l'eau pour étancher sa soif. Celui qui était auparavant étendu au soleil avec des miettes [mendiant?], croulait maintenant sous la nourriture. [Soit ça veut dire que les pauvres avaient volé les biens des riches, soit que ceux qui travaillaient comme esclave étaient devenus les nouveaux riches, vu que c'est eux qui avaient le savoir-faire]

Les bovins ont été laissés sans surveillance pour errer dans des pâturages étranges, et les hommes ont ignoré leurs marques et ont tué les bêtes de leurs voisins. Aucun homme ne possédait quoi que ce soit. Les archives publiques ont été jetées et détruites, et personne ne savait qui étaient des esclaves et qui étaient des maîtres.

Le peuple appelait Pharaon à l'aide dans leurs détresses, mais [pharaon?] cessa d'entendre et se mit à agir comme un sourd.

La peste était partout dans le pays, la rivière était sanglante et le sang était partout. L'eau était empoisonnée et faisaient vomir ceux qui la buvaient, cette eau était polluée. La poussière [cendre grise ?] déchira les plaies dans la peau de l'homme et de la bête.

La vermine de multipliait et remplissait l'air et la surface de la Terre sans autre préoccupation. Les bêtes sauvages, affligées des tourments occasionnés par les sables et les cendres, sortirent de leurs repaires sous terrain et terres perdues pour affronter l'homme. Toutes les bêtes dociles pleurnichaient et les terres étaient remplies des gémissements du bétail.

Tous les arbres furent jetés au sol et il n'était plus possible de trouver d'herbe ou de fruit.

Les poissons des rivières moururent de l'eau polluée, les vers, les insectes et les reptiles sortirent de la terre en quantité énorme. Des grands vents amenèrent des nuages de locustes [crickets] qui recouvraient le ciel.

Les bateaux furent arrachés de leurs amarres et détruit dans les immenses remous. C'était le temps de la déconstruction.

La terre vomissait les morts et les corps des morts furent rejetés hors de leur repos et les embaumés furent révélés à la vue de tous les hommes. Les femmes enceintes avortèrent et la semence de l'homme arrêta.

Apparence de Nibiru

Le Destructeur [Nibiru], en Égypte, a été vu dans toutes les terres, à peu près. En couleur, il était brillant et fougueux, en apparence changeant et instable. Il se tordait sur lui-même comme une bobine ... Ce n'était pas une grande comète ou une étoile desserrée, ça ressemblait plus à un corps de flamme qui s'enflamme. Ses mouvements sur le haut étaient lents, en dessous ça tourbillonnait à la manière de la fumée. Il restait près du soleil dont il cachait le visage. Il y avait une rougeur sanglante à ce sujet, qui a changé au cours de son cours. Il a causé la mort et la destruction dans son lever et sa mise en place. Il a balayé la Terre avec de la pluie de cendre grise et a causé de nombreuses plaies, la faim et d'autres maux. Elle [la cendre grise qui tombe du ciel?] a mordu/mangé la peau des hommes et des bêtes jusqu'à ce qu'ils deviennent marbrés/couverts de plaies.

À la lueur du Destructeur, la Terre était remplie de rougeurs. Le visage de la terre a été battu et dévasté par une grêle de pierres qui a détruit tout ce qui se trouvait sur le chemin du torrent. Ils ont balayé dans les douches chaudes, et le feu coulant étrange a couru sur le sol dans leur sillage. Le poisson de la rivière est mort; les vers, les insectes et les reptiles ont jailli de la Terre. L'obscurité d'une longue nuit répandait un noir manteau d'obscurité qui éteignait tous les rayons de lumière. Personne ne savait quand c'était le jour et quand il faisait nuit, car le soleil ne jetait aucune ombre. L'obscurité n'était pas la noirceur propre de la nuit, mais une obscurité épaisse dans laquelle le souffle des hommes était arrêté dans leur gorge. Les hommes haletaient dans un chaud nuage de vapeur qui enveloppait toute la terre et éteignait toutes les lampes et tous les feux. Les navires ont été aspirés loin de leurs amarres et détruits dans de grands tourbillons. C'était une période de défaite.

Le pole-shift

L'Orient était troublé et secoué, les collines et les montagnes bougeaient et se balançaient. D'épais nuages de fumées ardentes passèrent devant eux avec une pluie affreuse de pierres chaudes et de charbons fumants. Le tonnerre du jugement retentit distinctement dans les cieux en lançant de brillants éclairs. La direction du flot des rivières se retourna sur eux-mêmes lorsque la terre pencha et les grands arbres furent cassés comme des brindilles. Alors, un son fort comme 10 000 trompettes se fit entendre par-dessus tout, et devant son haleine brûlante les flammes s'allumèrent. La totalité de la terre bougea et les montagnes fondirent. Le ciel lui-même rugit comme 10 000 lions à l'agonie et des flèches de sang lumineuses traversaient sa face. La terre se gonfla vers le haut comme un pain dans le four.

Voici l'aspect du mal appelé le Destructeur lorsqu'il apparut dans ces jours lointains. Ceci est décrit dans les vieux manuscrits dont peu subsiste. Il y était dit que lorsque le Destructeur apparaissait dans le ciel en haut, la terre s'ouvrait par la chaleur, comme une noix rôtie sur le feu. Alors, les flammes surgissent des surfaces devenant immédiatement couleur de braise ardente. L'humidité à travers les terres est entièrement asséchée, les champs se consument en flammes et tous les arbres deviennent des cendres blanches.

Le Destructeur couvre environ un cinquième du ciel et envoie des doigts de lumière qui se tordent et se rapprochent [serpentent] jusqu'au sol. Midi n'est pas plus lumineux que la nuit.

Reprise de ce qu'il se passe dans la société aux alentours du pole-shift

Aujourd'hui l'homme dit : « Ces choses ne sont pas destinées à des hommes de notre époque. » Mais le jour viendra sûrement, et en accord avec sa nature, l'homme ne sera pas préparé.

La Terre se retourna, comme de l'argile filait sur un tour de potier. Les hommes ont perdu leurs sens et sont devenus fous.

L'ouvrier laissa sa tâche non terminée, le potier abandonna son tour et le charpentier ses outils, et partirent demeurer dans les marais. Toutes les tâches étaient négligées.

Les taxes du pharaon ne purent être collectées, puisqu'il n'y avait ni blé ni orge ni poisson. Les droits du pharaon ne purent être appliqués puisque les champs et pâturages étaient détruits.

La terreur était le compagnon des hommes le jour et l'horreur leur compagnon la nuit. Les hommes perdirent leurs sens du bien et devinrent méchants, ils étaient distraits et apeurés.

Les portes, les colonnes, les murs furent consommés par le feu et les statues des Dieux furent jetées au sol et se brisèrent. Les gens qui essayaient de se sauver étaient tués par cette grêle. Ceux qui prirent refuge contre la grêle furent avalés lorsque la terre s'ouvrit.

Dans la grande nuit de la colère du Destructeur, quand sa terreur était à son comble, il y avait une grêle de rochers [pluie de météorites]. Les habitations des hommes se sont effondrées sur ceux à l'intérieur. Les temples et les palais des nobles ont été jetés de leurs fondations. Même le grand, le premier né de Pharaon, est mort, avec les grands-nés au milieu de la terreur et des pierres tombantes.

Les maisons s'effondraient sur leurs habitants et il y avait une panique de tous les instants, mais les esclaves qui demeuraient dans des huttes près des marais ont survécus. La terre brûlait comme de la paille et le ciel se jeta sur un homme qui surveillait les toits et il en mourut.

Il y eut neuf jours de ténèbres et de bouleversements, tandis qu'une tempête faisait rage comme jamais auparavant.

Perturbation sociale après le pole-shift

Les hommes se soulevèrent contre ceux en autorité qui s'échappèrent des cités pour se loger dans des tentes dans les terres éloignées [loin du littoral]. L'Égypte manquait de grands/bons hommes pour faire face à ce qui se passait à ce moment.

Les gens étaient rendus faibles par la peur et donnaient leur or, leur argent et autre richesse, et à leurs prêtres ils donnèrent des calices, des urnes et des ornements. Dans leurs faiblesses et leurs désespoirs, les gens se tournèrent vers la méchanceté. Les fous paradaient dans les rues sans gêne. Les femmes montraient leurs rondeurs en vantant leurs charmes féminins [se prostituaient pour manger]. Les femmes de la haute classe étaient en chiffons et on se moquait des vertueuses.

L'exode des hébreux

Les esclaves [Hyksos/hébreux] sont partis immédiatement. Leur multitude se déplaçait dans l'ombre d'une demi-aube, sous un manteau de cendre grise fine et tourbillonnante. La nuit était une nuit de peur et d'effroi, car il y avait un haut gémissement au-dessus et le feu jaillissait de la terre.

Les esclaves étaient poussés par la terreur, mais leurs pieds s'emmêlèrent dans les terres et ils se perdirent. Ils ne reconnaissaient plus leur chemin, il n'y avait rien de constant [le paysage change les continents se déforment, et les anciennes cartes ne reflètent plus la réalité].

Le feu jaillit du sol. Le cœur des esclaves pulsait avec lui, car ils savaient que la colère du Pharaon les suivait et qu'il n'y avait pas de façon de s'échapper. Ils hurlaient à l'abus envers ceux qui les conduisaient, d'étranges rituels furent réalisés le long de cette rive durant cette nuit là. Les esclaves se chicanaient entre eux dans la violence. [en ces temps de folie, ceux qui sont dans le déni de Nibiru seront prêt à tuer les prophètes, les accusant d'avoir matérialisé Nibiru dans notre réalité juste par le fait d'en avoir parlé en avance].

Invasion de l'Égypte

Un peuple étranger se heurta à l'Égypte et personne ne combattit, car la force et le courage avaient disparu. Les envahisseurs, sont venus à cause de la colère du ciel qui avait gâché leur terre. Ils ont asservi tous ceux qui restaient, les vieux, les jeunes hommes et les garçons. Ils ont opprimé le peuple et leur joie a été dans la mutilation et la torture. Pharaon a abandonné ses espoirs et s'est enfui dans le désert. Il a vécu une belle vie parmi les vagabonds et a écrit des livres. Les bons moments revinrent, même sous les envahisseurs, et les navires naviguèrent en amont. L'air était purifié, et la terre se remplissait à nouveau de choses en croissance.

Prophéties sur le passage en cours (2020)

La partie Proche-orientale du Kolbrin, écrite pour les textes les plus récents en -1 600, annonçaient déjà le retour de Nibiru pour notre période.

Période entre -1 600 et 2020

Ces jours de colère céleste sont maintenant terminés et ils reviendront encore. Le moment de leurs venues et départ est connu du sage. Ceci sont les signes du temps qui doivent précéder le retour du Destructeur. Cent dix générations doivent passer dans l'Ouest et les nations naîtront et tomberont. L'homme volera dans les airs comme un oiseau et nagera dans les mers comme un poisson. Les hommes parleront de paix les uns avec les autres, hypocrisie et tromperie auront leur moment. Les femmes seront comme les hommes et les hommes seront comme les femmes, la passion sera le jouet des hommes.

Une nation de langues viles doit venir et aller, leur langue sera le langage appris. Une nation d'hommes de loi conduira la terre et finira à rien. Une religion s'étendra dans les quatre quartiers de la Terre parlant de paix et amenant la guerre. Une nation des mers sera plus grande que toute autre, mais sera une pomme au cœur pourri et ne survivra pas. Une nation de commerçant détruira les hommes avec ses merveilles et aura aussi son jour. Alors, le haut luttera avec le bas, le nord avec le sud, l'est avec l'ouest, la lumière avec l'obscurité. L'homme sera divisé par les races et des enfants naîtront, tels des étrangers entre eux. Le frère se battra contre son frère et le mari avec sa femme. Les pères n'instruiront plus leurs enfants et les enfants seront errants. Les femmes deviendront propriété commune des hommes, sans plus de respect.

Alors, les hommes seront malades facilement dans leurs cœurs, remplis de doute et d'incertitude les poussant à la recherche de réponse. Ils posséderont de grandes richesses, mais seront pauvres dans leur esprit. Le ciel tremblera et la terre bougera et l'homme tremblera de frayeur et pendant que la terreur marchera avec lui, les signes avertissant de la venue prochaine de la fin lui apparaîtront. Ils arriveront doucement, comme des voleurs de tombes, les hommes ne les reconnaîtront pas pour ce qu'elles sont et l'homme sera déçu, l'heure du Destructeur sera sous la main.

Ce jour-là, les hommes auront le Grand Livre devant eux et la connaissance sera révélée, les choisis seront rassemblés, c'est l'heure du jugement. Les sans peur et les hommes au cœur de malte survivront et ne seront pas détruit.

Grand Dieu de Tous les Âges, commun à tout et qui définit les épreuves de l'homme, ait pitié de tes enfants dans ces jours de sort malheureux. L'homme doit souffrir pour être grand, mais n'accélère pas son développement indûment. Durant cette période de vannage, ne soit pas trop dur sur les moindres parmi les hommes. Même le fils d'un voleur est aujourd'hui devenu votre scribe.

Le retour de Nibiru en 2020

Les hommes oublient les jours du Destructeur. Seuls les sages savent où cela s'est passé et qu'il reviendra à l'heure fixée. Il faisait rage à travers les cieux dans les jours de colère, et c'était sa ressemblance: c'était comme un nuage de fumée gonflé enveloppé dans une lueur rougeâtre, pas distinguable dans les articulations ou les membres. Sa bouche était un abîme d'où venaient des flammes, de la fumée et des cendres chaudes. Quand les âges passent, certaines lois opèrent sur les étoiles dans les cieux. Leurs chemins changent, il y a du mouvement et de l'agitation, ils ne sont plus constants et une grande lumière apparaît rouge dans les cieux. Quand le sang tombera sur la Terre, le Destructeur apparaîtra et les montagnes s'ouvriront et cracheront le feu et les cendres. Les arbres seront détruits et tous les êtres vivants engloutis. Les eaux seront englouties par la terre et les mers bouilliront. Les Cieux brûleront et rougiront, il y aura une teinte cuivrée sur la face de la terre, suivie d'un jour d'obscurité. Une nouvelle lune apparaîtra, et se cassera, et tombera.

Les gens vont se disperser dans la folie. Ils entendront la trompette et le cri de bataille du Destroyer et chercheront refuge dans les tanières de la Terre. La terreur rongera leurs coeurs et leur courage coulera d'eux comme l'eau d'un pichet brisé. Ils seront mangeurs dans les flammes de la colère et consumés par le souffle du Destructeur. Ainsi, ce fut dans les Jours de

Colère Céleste, qui ont disparu, et ainsi il sera dans les Jours de Mort quand il reviendra. Les intrépides survivront, le cœur ne sera pas détruit.

Au fur et à mesure que les grandes eaux salées s'élèvent à la suite du Destructeur, et que des torrents rugissants se déversent vers la terre [tsunami], même les héros parmi les hommes seront vaincus par la folie. ... Les flammes qui vont avant dévoreront toutes les œuvres des hommes, les eaux qui suivront balayeront ce qui reste. La rosée de la mort tombera doucement, comme un tapis gris sur la terre défrichée.

Initié > Hopis

Présentation de ce peuple

Leur nom veut dire "peuple de la paix". Ils se sont installés à Oraibi (leur principale ville) en Arizona en 700, et ont accepté pacifiquement l'invasion espagnole. Seule la persécution des missionnaires a provoqué des révoltes.

Les Hopis sont la seule tribu indienne à avoir construit leurs habitations en dur. De très vieilles peintures rupestres de cette tribu représentent des êtres aux formes particulièrement curieuses.

Ils ne sont aujourd'hui plus que 7000 individus.

Plusieurs sortes de dieux

Les hopis font références à un créateur qui donne les lois et les interdits, comme pour les hébreux, il s'agit bien évidemment des ogres. C'est pourquoi d'ailleurs Jacques Attali a dédié un roman à ce peuple, juifs et hopis ayant des maîtres communs, clans hopis et tribu juives ont des principes similaires.

Mais les traditions sont aussi imprégnées d'autres entités ET bienveillantes (équivalent des prophètes Juifs ou arabes) qui viennent leur apporter la vraie sagesse, et les sauver des destructions régulières de la Terre. Des entités qui comme Harmo, n'hésitent pas à s'incarner dans des shamans hopis pour régulièrement rappeler leur histoire et leurs buts aux hopis.

Le problème, c'est que les ogres se sont ensuite attribué les actes des ET bienveillants, il est difficile dans cette histoire de savoir quel type de dieu fait quoi. Les kachinas qui utilisent des aigles, qui découvrent le continent des USA que lorsqu'il commence à émerger des flots, sont des ET avec peu de technologie, donc probablement des ogres.

Comme pour les sumériens, le nom d'une divinité kachina désigne soit la divinité, soit la planète associée, comme Zeus est Jupiter. Les ET bienveillants n'ont pas de nom ni d'individualité.

Les ogres font croire à chaque fois aux Hopis qu'ils ont fauté, ce pourquoi leur continent s'enfonce sous la mer, alors que ce n'est qu'un effet mécanique de Nibiru (et avec les ogres, il y aura toujours à redire, même pour les esclaves les plus zélés).

On voit aussi que les ogres tiennent une sorte de carnets à bons points, notion qui deviendra le karma des peuples plus tard. Une manière de sélectionner les esclaves les plus obéissants, une sélection génétique du bétail le plus docile.

C'est intéressant de voir comment ces traditions se sont transmises comme chez les autres illuminatis, similaires au Kolbrin d'ailleurs, mais couvrant une bien plus longue période de temps. Et de voir que la transmission orale peut-être assez efficace sur de longues périodes de temps. Jacques Attali ne s'y s'est pas trompé, ayant dédié un roman apocalyptique aux Hopis [hopi3].

Parallèle Hopis - Sumériens

Fait par Robert Morningsky :

- Similitudes phonétiques pour nommer les différents dieux et créateurs.
- 2 frères avaient la tutelle/ domination de la Terre.
- Les Hopi croient que Pahana est le Frère blanc Perdu qui reviendra un jour pour aider les Hopi et l'humanité. Les Sumériens reconnaissaient PA.HA.NA comme un Ancêtre du ciel qui reviendrait.

Résumé histoire orale des hopis

A chaque fois qu'un continent disparaît sous les eaux, le peuple muien est obligé de migrer sur de nouvelles terres. Quand ils ont débarqué sur Mu, c'était déjà le 3e continent (qu'ils appellent monde) sur lequel ils vivaient. Il durent ensuite déménager sur l'Amérique du Sud actuelle (qui venait d'émerger des eaux) quand Mu disparu à son tour. Ensuite, quand leur ville principale fut détruite, ils s'établirent en Amérique du Nord, s'établissant à Oraibi.

Tous les amérindiens viennent de Mu en -80 000 (plus anciennes traces retrouvées actuellement, -40 000). Quand le pôle Nord s'est déplacé sur l'Europe, le Nord de l'Amérique s'est libéré des glaces, et une deuxième migration asiatique à eu lieu (la fameuse couche Clovis sous laquelle les archéologues n'ont pas le droit de chercher les traces des Muiens). Les muiens ne se mélangent pas avec les nouveaux arrivants, ni avec les conquistadors au 15e siècle.

Figure 41: Poupées kachinas hopi

Les kachinas (dieux) ont quitté la tribu en promettant de revenir. C'est pour que les enfants des Hopis n'aient pas peur, quand ces êtres étranges réapparaîtront, que les Hopis fabriquent de génération en génération ces poupées à l'effigie des Kachinas.

Les 7 mondes

Josef F. Blumrich (1913 – 2002) est directeur du service agencement des systèmes à la NASA de 1959 à 1974 (conception de la structure du propulseur de Saturn V, ou encore de Skylab). Dans son ouvrage paru en allemand "Kásskara und die Sieben Welten » (Kásskara et les Sept Mondes) en 1979 [hopi1], Josef retranscrit et traduit le témoignage d'un Indien Hopi (Ours Blanc), avec qui il a passé 3 ans pour donner ce témoignage hors du commun.

A partir de là, c'est Ours blanc qui parle à Josef, je résume.

Introduction

Ceci est l'histoire de mes ancêtres, et des clans qui sont venus sur ce continent [Amérique].

Sources multi-claniques

Les Hopis, dans leurs familles, suivent la lignée de la mère. C'est pourquoi j'appartiens au clan des coyotes de ma mère, et je dois à ma mère à son frère et à ma grand-mère une grande partie de mon savoir, celui du clan des coyotes.

Mon père est originaire du clan de l'ours, les guides et chefs d'Oraibi et de tous les amérindiens depuis l'arrivée en Amérique il y a 80 000 ans. Ce que j'ai appris par mon père et son frère, le chef Tawaquaptiwa, provient donc du clan de l'ours, ainsi que des autres clans qui se sont fixés ici et que gère le clan de l'ours.

Il y a encore beaucoup d'autres gens qui m'ont transmis une partie de leur sagesse et de leur savoir, faisant partie des clans qui vivent maintenant à Oraibi.

Mémorisation des archives orales

Beaucoup m'a été raconté quand j'étais encore enfant, et j'ai appris certaines choses quand j'étais un jeune homme, et d'autres quand j'ai été moi-même plus vieux.

Pendant toutes ces années, les grandes cérémonies furent célébrées. C'est grâce à elles que mon peuple tient éveillés les souvenirs de notre histoire.

Les histoires que me racontait ma grand-mère, il me fallait toutes les répéter. Quand je me trompais, elle m'interrompait et je devais recommencer. C'est pourquoi je connais ces histoires par cœur.

Un jour, mon père me parla de Casas Grande. Quand plus tard, j'eus la chance de pouvoir la visiter, je l'ai trouvée exactement telle qu'il me l'avait décrite. Or, il n'avait jamais été à cet endroit, mais ses pères lui en avait parlé de nombreuses fois.

Les prophéties Hopis concernent tous les humains

De la longue, longue histoire des Hopis, ressort un avertissement pour vous. C'est la raison pour laquelle je parle maintenant. Cela nous concerne tous.

Nous voyons en ce moment survenir les mêmes choses que celles qui se sont passées juste avant la destruction de Mu. Nous savons ce qui arrivera.

Culture Hopi

Dieux > Créateur (Táiowa / dieu)

Táiowa a créé toutes les choses dans cet univers. Il n'y a rien qu'il n'ait réalisé. L'endroit où il se trouve est appelé "la hauteur" (ciel des catholiques). Personne ne sait où cela se trouve, mais à partir de là, il dirige l'univers.

Dans le premier monde, le créateur créa l'homme, lui donna un cerveau, le savoir, et tout ce dont l'homme a besoin dans sa vie. Il lui a aussi donné la loi et les devoirs auxquels il doit obéir dans cet univers.

Dieux > Créateur > Ses secrets

L'homme a le même pouvoir que le créateur, mais le créateur garde des secrets que les hommes ne doivent pas chercher à comprendre. Cette affaire concernant les secrets est très très sérieuse.

L'avion est une bonne chose. Quand il y a une catastrophe très loin, on peut apporter du secours (nourriture, médicaments, outils). Mais on va aussi apporter la mort aux hommes à des centaines de km de distance. Et c'est en cela que l'on désobéira à la loi divine.

Comment pouvez-vous séparer ces deux choses si vous faites des recherches sur des secrets dont les hommes ne savent pas encore faire une bonne utilisation ? Supposons que tu aies fait une découverte scientifique dans le domaine des fusées et que quelqu'un fasse un mauvais usage de ta découverte. Toi, tu ne le ferais pas, mais c'est ta découverte. Sais-tu vraiment où commence et se termine ta responsabilité ? [on ne peut continuer à progresser en technologie tant qu'on n'aura pas une organisation sociétale empêchant les égoïstes de prendre un jour le pouvoir, et d'utiliser à mauvais escient toutes ces technologies avancées que nous avons créées]

Le créateur veut que nous fassions des recherches sur le fonctionnement de votre corps, afin de savoir ce qui guérit et ce qui vous donne une longue vie.

Il veut que nous profitions de la vie et que nous ayons aussi peu de travail pénible que possible et que tout ce qui est bon, toute la joie, tout le bonheur de ce monde nous échoient.

Le créateur nous a résumé cela :

"Vous ne devez pas utiliser votre savoir pour soumettre, détruire, tuer ou faire une mauvaise utilisation de ce que je vous ai donné."

Dieux > Kachinas

Depuis le premier monde, nous étions en relation avec les Kachinas ("initié estimé de haut rang"). Ils nous font pousser spirituellement.

Les Kachinas peuvent être visibles (corporels), mais parfois ils sont aussi invisibles. Ils viennent de l'espace (pas de notre système solaire, mais de planètes très éloignées). Il faudrait à nos astronautes plusieurs générations pour y parvenir.

Les Kachinas viennent d'une planète très éloignée, et quand ils nous quittent ils y retournent.

Ces planètes sont proches les unes des autres, pas dans le sens matériel, mais dans le sens spirituel, parce que tous leurs habitants ont la même responsabilité, ils travaillent tous étroitement ensemble. C'est pourquoi nous pouvons traduire le mot par "Confédération des (12) planètes".

C'est peu avant la première arrivée à Oraibi du clan de l'Ours (vers -2000) que les divinités corporelles partirent. A partir de là, d'autres Kachinas furent désignés pour rester avec les clans, mais seulement sous une forme spirituelle.

Dieux > Kachinas > Rangs

Les rangs des Kachinas dépendent de leurs capacités. Ils s'appellent tous Kachinas, mais certains sont aussi appelés "Wu'yas" (quelqu'un qui possède une grande sagesse, un homme ou une femme vieux et sages). Vous diriez "anges" pour les Kachinas et "archanges" pour les Wu'yas. Ce sont tous des anges [ET].

Les divinités (Wu'yas) se situent au-dessus des Kachinas, et au-dessus de tous se trouve le créateur. Seuls les Kachinas sont en relation avec les êtres humains, pas les divinités. Ce sont elles qui donnent les instructions aux Kachinas.

Des kachinas nous ont accompagné lors des migrations vers l'Amérique du Nord. Les Kachinas qui marchent devant et derrière sont des Kachinas de haut rang, des déités appelées Sólawúchim ("Les étoiles qui possèdent le savoir secret").

3 types de dieux

- Les premiers s'occupent de la continuité de la vie (survivance). Ils apparaissent au milieu de l'hiver quand, dans la nature, toute vie dort. Ils nous offrent la certitude que la vie reviendra et continuera. Et comme la réincarnation fait partie de la continuité de la vie, cela signifie que nous naîtrons à nouveau et que nous aurons la possibilité de nous améliorer.
- Le deuxième groupe est constitué par les enseignants. Nous apprenons d'eux qui nous sommes et où nous sommes, quelles sont les influences que nous pouvons subir et ce que nous devons faire.
- Le troisième groupe [ogres] représente les gardiens de la loi. On peut aussi les appeler "ceux qui nous avertissent, nous mettent en garde", car ils nous parlent pendant longtemps, mais un jour viendra où il ne nous avertiront plus, mais au contraire ils nous puniront pour tout le mal que nous aurons fait.

Dieux > Kachinas > Relations avec les humains

Des enfants sont nés à la suite d'une relation mystique entre nos femmes et les Kachinas. Nos gens pouvaient toucher les Kachinas, mais il n'y a jamais eu de rapports sexuels. Les enfants ont été conçus de façon mystique. De tels enfants, quand ils grandissaient, avaient une grande connaissance et une grande sagesse, et même parfois des pouvoirs surnaturels qu'ils avaient reçus par leur père spirituel. C'étaient toujours des hommes magnifiques, puissants, qui étaient toujours prêts à aider et jamais à détruire.

Dieux > Kachinas > boucliers volants

Les Kachinas sont des êtres corporels, c'est pourquoi ils ont besoin de vaisseaux [OVNI] pour les voyages dans nos airs et pour retourner sur leurs planètes. Nous l'appelons aussi "bouclier volant".

Les vaisseaux des kachinas volent grâce à une force magnétique, même quand ils font le tour de la Terre.

Si on assemble 2 soucoupes, on obtient la forme du vaisseau que l'on utilisa jadis pour se rendre sur ces planètes. Quand on est assis à l'intérieur, on peut se déplacer dans toutes les directions et on ne tombe pas, quelle que soit la vitesse.

Figure 42: Dessin rupestre d'une femme dans un bouclier volant

Des nôtres ont volé dans ces vaisseaux, et les Atlantes sont venus chez nous dans ces vaisseaux.

Près d'Oraibi se trouve un dessin rupestre représentant une femme dans un bouclier volant. La flèche est un signe de grande vitesse. La femme porte les cheveux d'une femme mariée.

Les deux moitiés sont tenues ensemble par une "bride". Celui qui conduit le vaisseau doit actionner cette "bride". Quand il la tourne à droite, le vaisseau monte, quand il la tourne à gauche, il descend. Le vaisseau n'a pas de moteur comme les avions, ni besoin de carburant. Il vole dans un champ magnétique. On doit seulement connaître la bonne hauteur. Si l'on veut se diriger vers l'est, on choisit une certaine hauteur, si l'on veut aller vers le nord, on choisit une autre hauteur, etc. Il suffit de monter à la hauteur correspondant à la direction choisie et le vaisseau vole dans le courant désiré. De cette manière, on peut atteindre n'importe quel endroit à l'intérieur de notre atmosphère, mais on peut aussi quitter la Terre.

Dieux > ETI

Certains Kachinas furent destinés à des garçons et des filles qui n'étaient pas encore nés [ETI]. Ces enfants étaient choisis pour transmettre la mémoire véritable des événements du passé.

Cela arriva bien souvent dans notre histoire.

L'enfant reçoit le savoir lorsqu'il est encore dans le ventre de sa mère [incarnation de l'âme évoluée à 5 mois de grossesse]. Parfois, c'est la mère qui le reçoit pour que toutes ses pensées puissent pénétrer l'enfant avant la naissance. Pour cette raison, l'enfant n'a plus besoin d'apprendre plus tard, il faut seulement lui rappeler ce savoir qu'il reçut avant sa naissance.

Dieux > Enseignements

L'enseignement [connaissances du peuple Muien] était donné par les Kachinas. Le créateur était mis au courant de nos progrès car il était en relation avec les Kachinas par transmission de pensées.

Notion du temps

Dans l'histoire de mon peuple, le temps n'était pas vraiment important, ni pour le créateur lui-même. Ce qui compte vraiment est la beauté que nous mettons dans notre vie, la manière dont nous accomplissons nos devoirs et notre responsabilité envers le créateur.

Avec ce 4e monde actuel, nous sommes au milieu de la durée de la Terre et de l'humanité, car il y a un total de 7 mondes que nous devons traverser. 3 sont derrière nous, 3 sont devant nous. Ce fait est exprimé dans nos rites impénétrables ainsi que dans les ruines qui furent trouvées au Mexique et en Amérique du Sud.

En ce qui concerne le temps, nous avons déjà dépassé le milieu des 7 mondes, car la durée de chaque monde à venir est plus courte.

Nous avons une façon très simple de parler des grandes périodes de temps : un Soomody signifie 1.000 ans, Soo veut dire étoile et tu sais combien il y a d'étoiles ! 4.000 ans ne sont donc que 4 Soomody.

Devoir envers Oraibi

Les hopis considèrent que les peines et les difficultés endurées et causées par leurs migrations, font partie de leurs devoirs, dans le but d'arriver à Oraibi pour aider à la construction de ce lieu, réalisant ainsi les plans du créateur. Nous n'en révélerons pas plus sur pourquoi ce lieu désertique et inhospitalier.

Base principale de nourriture, le maïs

Depuis nos débuts dans le premier monde, nous avions suivi le plan de notre créateur et avions cultivé notre nourriture nous-mêmes.

Depuis le premier monde, nous avions choisi le maïs comme nourriture principale, nous l'avons amené dans le deuxième monde et nous avons continué à en vivre dans le troisième monde. [Les hopis sont toujours très liés au maïs].

A Tiwanaku (1ère ville en Amérique du Sud, début du 4e monde), les Kachinas avaient demandé aux gens venant de Mu de réduire leur consommation de viande et de se nourrir plutôt par des plantes, car cela augmentait le niveau du savoir spirituel.

Clans > clan-chef

Les clans avaient leurs propres chefs, mais ils avaient tous un grand chef spirituel. Dans la vie des Hopis, il y a toujours eu un clan qui a la suprématie, pour un certain temps seulement, afin de veiller à ce que nous remplissions bien nos obligations et responsabilités, ainsi que notre bonne conduite dans la vie.

[AM : une astuce trouvée par les ogres pour ne pas que leur civilisation hiérarchiste s'épuise en guerres de pouvoir perpétuel, c'est de répartir régulièrement la période de pouvoir entre les plus avides de contrôle (2000 ans).

[Le clan-chef étant accusé à chaque destruction de continent,, il y a un clan-chef par monde.]

Le clan du feu (1er monde), le Clan de l'araignée (2e monde), le Clan de l'Arc (3e monde). Certains de l'arc sont responsables de la défaite contre Atlantide, à la fin de Mu, comme me l'ont confirmé des membres actuels du clan de l'arc.

Clans > Clan de l'Ours (chef du 4e monde)

Un des clans les moins importants du 3e monde, il ne participa pas à la destruction de Mu. C'est justement parce qu'il n'avait pas de passé chargé (par des fautes commises) qu'il fut sélectionné et choisi pour tenir un rôle de guide et de dirigeant dans le 4e monde. C'est le premier arrivé dans le 4e monde.

Le clan de l'ours a toujours un rang plus élevé que les 3 clans-chef précédents, parce qu'il n'a toujours pas détruit le 4e monde actuel.

Clans > Clan des coyotes (le peuple)

Le clan des coyotes est toujours le dernier lors des migrations. Quand il est arrivé, c'est le signal de la fin de la migration, le peuple est rassemblé, plus personne n'est accepté ensuite. Cela ne veut pas dire que nous sommes lents, mais simplement que c'est notre destin.

Ce fut le cas pour aller de Mu aux Amériques (3000 ans entre les premiers et le clan des coyotes en dernier), ce fut le cas pour aller de Tiwanaku à Oraibi.

Peuple pacifique

Regarde ce que les Hopis font aujourd'hui. Le gouvernement des USA nous a donné une réserve. Et puis ils sont venus pour en couper des morceaux, de plus en plus. Nous ne nous sommes pas défendus par la force. Chaque fois que le gouvernement fait cela, nous disons : "ce n'est pas juste", comme nous l'a demandé le créateur. Nous savons que nous ne serons pas détruits, ce sont eux qui le seront les premiers.

Une Terre qui change en permanence

Le monde a changé plusieurs fois. On dit aussi que la Terre a basculé plusieurs fois, je veux dire que le pôle nord était à l'endroit où le pôle sud se trouve actuellement et vice versa. Aujourd'hui, les pôles sont inversés et le véritable pôle nord se trouve au sud et le véritable pôle sud au nord. Mais, dans le 5e monde [Après le prochain passage de Nibiru] cela changera à nouveau, et les pôles seront à leur vraie place. Si la Terre bascule seulement de la moitié, il y a beaucoup trop de dommages, ce qui s'est passé pour la destruction du 2e monde Topka.

La Grande École du savoir (Palenque)

Figure 43: Pyramide des niches à Tajin

La pyramide de Tajin (Mexique, région occupée avant -6 000) rappelle énormément « la Grande école du savoir », écoles qui se trouvaient à Palenque et à Tiwanaku avant sa destruction.

[La pyramide de Tajin utilise des dalles de béton coulées comme les européens l'ont découverts au 19e siècles, des centaines voir des milliers d'années après les Muiens...]

Cet édifice à 4 étages fut bâti avec un soin particulier, c'était l'édifice le plus important car il devait servir à l'apprentissage. Plus les étages étaient élevés, plus ils étaient importants : Dans sa construction en gradins, l'édifice représentait le savoir croissant, l'ascension vers les niveaux supérieurs de l'esprit, la compréhension croissante pour les miracles de notre monde.

École > élèves retenus

Le choix des personnes pouvant aller à l'école des savoirs était décidé par les Kachinas, car ce sont eux qui désignaient les enfants avant leur naissance pour une telle vie d'apprentissage, de dévouement et d'abnégation. Peu d'élèves atteignaient le dernier étage de cette grande école de la vie. Ceux qui y parvenaient étaient en harmonie parfaite avec le créateur divin, c'est pourquoi je les appellerai des “grands hommes saints”.

École > 1er étage : L'histoire

Au rez-de-chaussée [1er étage pour les hopis], les jeunes gens apprenaient l'histoire de leur clan et celle de Mu, la même chose que ce qui leur avait toujours été enseigné.

École > 2e étage : plan de vie

Dans le deuxième étage, les élèves étaient instruits sur tout ce qui concerne le plan de vie. Ils apprenaient tout sur la nature qui nous entoure, à travers un enseignement théorique et pratique – comment poussent les fleurs, d'où viennent les insectes, les oiseaux et les autres animaux, tout ce qui vit dans la mer, comment pousse et se développe chaque espèce. Ici, on demandait instamment aux élèves d'ouvrir et d'utiliser leur troisième œil.

Ils apprenaient aussi les matières chimiques sur lesquelles est basée notre vie. Le corps est composé d'éléments qui proviennent de la terre. Si nous n'obéissons pas aux lois et maltraitons la terre, nous devons souffrir non seulement psychiquement, mais aussi physiquement. Les maladies qui frappent le corps humain sont causées par la faute des hommes eux-mêmes – ceux qui sont malveillants (appelés aujourd'hui les faux et les hypocrites). Cela restera ainsi jusqu'à ce que le créateur lui-même change cet état de fait, mais ça ne sera pas avant le neuvième monde.

En dehors des études, les élèves devaient produire la nourriture pour toute la communauté. On se nourrissait de la façon la plus pure et on ajoutait à la nourriture du corps, la nourriture de l'esprit. De cette manière, les jeunes gens avaient une grande estime pour tout ce qui les entourait. Ils apprenaient que, suivant l'ordre établi par le créateur, ils pouvaient utiliser les plantes et les animaux pour leur nourriture et pour la construction de leurs maisons, mais avant ils devaient prier pour qu'ils comprennent que ce qu'ils prenaient était un cadeau. De cette façon, ils ne détruisaient rien, ils acceptaient les cadeaux et la vie qui les entourait restait telle qu'elle était. Une pratique encore en vigueur.

Cette deuxième étape était le vrai début de leurs études, ces connaissances les accompagnaient toute leur vie.

Au sortir de ces 2 premières étapes, les jeunes adultes (entre 12 et 20 ans) avaient eu l'occasion de connaître différents hommes [enseignants?], différentes mentalités et pensées. Ils étaient assez mûrs pour avoir pu faire leurs propres observations et expériences.

École > 3e étage : corps-esprit humain

A présent, les jeunes adultes ayant franchi les 2 étages devaient faire connaissance avec le corps humain, l'esprit et notre relation avec notre origine divine. Accorder cet esprit humain merveilleux avec celui du créateur.

D'abord ils s'occupaient de la tête. Le créateur nous a donné un merveilleux instrument, le cerveau.
Là, toutes les pensées agissent ensemble avec la partie corporelle de l'être humain.

Ils étudiaient aussi la structure de l'esprit et comment le créateur agit sur l'humanité et sur tout ce qui existe dans l'univers.

Celui qui a tout parfaitement appris, ne connaît plus de barrières de langage. Il peut communiquer avec les plantes, les animaux, avec chaque créature de notre monde.

Le 2e point important était la voix. Les ondes sonores que nous produisons ne sont pas destinées (et limitées) uniquement à ceux qui nous écoutent, mais elles atteignent l'univers tout entier. C'est la raison pour laquelle elles doivent être harmoniques, car ainsi nous louons notre créateur.

Tout ce que nous disons est écrit continuellement, mais tout ce qu'un être humain dit pendant toute sa vie ne prend pas plus de place qu'une petite tête d'épingle. Tu vois combien ton magnétophone, ici sur la table, est démodé et en retard ? Toutes les voix, tout ce qui a été dit dans le troisième monde, sont gardés dans une grotte quelque part en Amérique du Sud.

Puis venait l'enseignement sur tout ce qui concerne le cœur [inconscient]. C'est le siège de nos pensées ; ici nous trouvons la compréhension et la pitié qui sont si importantes.

L'autre côté essentiel de notre cœur est sa relation avec le sang contenu dans notre corps. Le sang a une telle importance que l'homme ne doit jamais expérimenter avec lui. Le créateur a interdit tout mauvais usage du sang. Le grand danger de ce mauvais usage se trouve encore dans le futur, c'est ce que l'on nous a dit.

École > 4e étage : lien avec dieu

Étage le plus élevé de l'édifice. A ce niveau, on étudie l'univers qui nous entoure, la création et le pouvoir divin.

Les étudiants étaient informés de toutes les particularités de notre système planétaire, pas seulement ce que l'on peut observer, mais aussi sur leur ordre. Ils savaient que sur la lune se trouve du sable fin, que la Terre est ronde et qu'il n'y a pas de vie sur Vénus, Mars ou Jupiter. Ce sont des planètes mortes sur lesquelles l'homme ne peut pas vivre. Si vos scientifiques nous l'avaient demandé, nous aurions pu leur dire qu'ils allaient trouver du sable fin sur la lune.

Nous avons aussi appris qu'il existe un plan global du créateur que l'être humain doit suivre. S'il faillit au plan, il n'est plus l'enfant de la force divine et doit être puni. La loi du créateur a l'air très simple, mais il est quand même très difficile de lui obéir. Tout ce qui porte préjudice à l'être humain, tout ce qui trouble la tranquillité (la paix) de l'homme, viole la loi du créateur. Il en ressort que le crime le plus grave que l'on peut commettre est la destruction de la vie d'un être humain. Rien n'est pire.

Le 8e monde existe, mais personne ne sait où il se trouve. Tous les êtres humains qui meurent s'y rendent. Il consiste en 2 planètes, l'une pour les gens bons, l'autre pour les méchants. Quand ce sera la fin du 7e monde, tous les gens bons du 7e monde et du 8e monde iront dans le 9e monde. Le 9e monde n'existe donc pas encore. Il ne sera créé qu'en temps voulu, ici sur cette terre. Le 9e monde ne se terminera jamais, il sera éternel. Les gens méchants resteront pour toujours sur leur planète, aveugles et dans les ténèbres.

Dans le 9e monde, plus de différences de races. Nous devrons travailler et tout sera merveilleux. Notre créateur n'est pas un paresseux.

École > 4e étage > Hommes saints

Aápa appartenait au clan de mon grand-père, le clan du blaireau, et il fut l'un des grands visionnaires de notre temps. De tels hommes sont improprement appelés hommes-médecine. Les événements que j'ai vécu avec lui, et les choses qu'il faisait étaient pour moi remplis de mystère. Souvent, il utilisait son troisième œil.

Un jour, il m'a dit que l'on pouvait changer de côté (passer du côté corporel de notre vie vers le côté spirituel). La frontière entre les deux serait à peine perceptible. Tous ceux qui voient avec leur 3e œil peuvent la traverser.

Aápa nous a montré et enseigné beaucoup de choses incroyables. Il fit ces choses en présence de mes parents et, j'y assistais en tant que fils aîné.

Tout ce savoir provenait du 4e étage de Palenque, et fut transmis à ses ancêtres desquels il le tenait.

Tous ces hommes qui consacrent tout leur temps à ces tâches importantes, marchant sur un chemin étroit, sont confrontés à de nombreux dangers et tentations. Mais il a toujours existé des hommes qui atteignirent ce but élevé. Aujourd'hui, un tel homme est appelé Náquala, ce qui signifie conseiller ou bienfaiteur, et cela montre son abnégation et son dévouement dans la vie et ses devoirs envers son peuple en tant que guide. Un tel homme ne se laisse pas détourner de son chemin de vérité.

A tous ceux qui avaient atteint ce but, les Kachinas leur accordaient la faveur de ne pas être obligés de mourir ; ils pouvaient quitter notre Terre sans être morts, déjà du temps de Tiwanaku. Ces gens nous ont quitté réellement dans leur corps humain et sont partis vers un système planétaire que nous ne connaissons pas.

Les Kachinas nous encouragèrent à apprendre beaucoup pour pouvoir atteindre le plus haut rang. Ils nous rappelaient toujours que la vie était devant nous et que nous ne devions jamais oublier ce que nous avions appris dans cette Grande École. Ils nous dirent aussi qu'un jour, dans l'avenir, il y aurait encore des malheurs et que nous devions tout faire pour rester proches du pouvoir divin.

Énergie, découpe laser, anti-gravitation et cristaux

Toute la puissance et l'énergie dont nous avions besoin à Mu provenaient du soleil. Nous pouvions en bénéficier partout et les lignes électriques n'étaient pas nécessaires. Mais je ne sais pas comment cela fonctionnait.

Nous avions un appareil, en fait nous en avions beaucoup, avec un cristal à l'intérieur pas plus gros qu'un pouce. A l'époque, les gens n'avaient pas besoin de travailler la pierre avec un burin, pendant des jours. Tout ce qu'ils avaient à faire, c'était d'orienter l'appareil par rapport au soleil et ils pouvaient fendre la pierre avec l'énergie solaire.

Tous les sons étaient mémorisés dans des cristaux, qui se trouvent aujourd'hui dans une grotte d'Amérique du Sud. Je pourrais tout reconnaître à l'intérieur de la grotte.

Quand nous sommes venus en Amérique, nous avons bien sûr emmené de tels appareils, ainsi que toutes nos connaissances. En Amérique du Sud, les gens pouvaient soulever d'énormes blocs de roche en tendant les mains sans y toucher. Si aujourd'hui, on ne comprend pas comment les gens ont pu bâtir de telles villes, à l'époque c'était facile.

La plus grande efficacité des capacités de l'être humain se trouve dans le bout des doigts. Ils peuvent émettre beaucoup de force et en absorber autant. Pense aux hommes-médecine qui posent leurs doigts sur ton corps et sentent toutes les vibrations. Ils ressentent aussi les vibrations qui ne devraient pas s'y trouver et localisent ainsi la maladie.

A une certaines époque, on utilisait aussi le mercure, mais je ne sais pas exactement dans quel but. D'après notre tradition, il en existait deux sortes, une liquide et une solide. Il y aurait un rapport avec la chaleur et l'équilibre.

Les gens avaient techniquement un niveau élevé, mais ils n'ont jamais utilisé la force pour détruire des vies. Tout ce savoir s'est progressivement perdu et les gens ont dû travailler de plus en plus dur. Aujourd'hui, toutes ces bonnes choses sont dissimulées. Pour comparer, on pourrait dire que c'est aujourd'hui que nous vivons dans une époque sombre.

Le bouclier de protection qu'on place au dessus d'une ville : s'il y a de la foudre, celle-ci peut atteindre le bouclier mais là elle explose, et ne traverse pas le bouclier. C'est ainsi que toutes les bombes, ou quoi que cela ait pu être, explosent loin au dessus des gens rassemblés en dessous.

Symboles

Quand nous sommes installés en Amérique du Sud, nous avons commencé à documenter notre présence. Nous avons exprimé notre savoir historique et spirituel à travers des symboles. Nous continuons aujourd'hui, car nous connaissons le sens des chiffres et des lignes. Nous savons ce que signifient ces symboles, ce que l'on peut exprimer à travers eux.

Figure 44: Symbole Hopi du plan de vie

Nous avons laissé nos symboles, les preuves de notre savoir, partout où nous avons vécu ou migré : des dessins rupestres, des céramiques, des bâtiments. C'est justement notre écriture, et ce sont nos messages, qui sont présents partout sur les deux continents [américains] et qui n'ont pas encore été détruits.

Figure 45: Les 2 symboles Hopis de la Terre Mère

Chaque fois que nous avons quitté une installation provisoire, nos enfants brisent toutes les céramiques du village et les laissent comme un legs : on peut briser la céramique, mais les morceaux restent toujours. D'autres peuples et des générations futures viendront et les trouveront, et ils sauront que nous avons été là avant eux. [on retrouve la mentalité hiérarchiste à planter un drapeau pour s'approprier un endroit]

Et il y a les bâtiments, les ruines. Par exemple, il existe des tours rondes (symbole féminin) et des tours carrées (symbole masculin).

La forme en T ou le trou de serrure est très importante. Nous l'avons depuis le premier monde. Cette forme est un symbole pour le plan du créateur. C'est pourquoi les fondations de nos kivas (pièce ronde semi-enterrée servant aux rituels religieux) ont cette forme en T. L'étage inférieur de la kiva représente le 1er monde, l'étage supérieur le 2e monde, et l'ensemble, de l'arrière jusqu'au devant, représente le 3e monde. Sur le toit plat se trouve une plate-forme surélevée qui représente notre 4e monde actuel.

La référence aux différents mondes se trouve partout, dans le nombre d'étages des pyramides, le nombre des portes sur les toits des bâtiments : les trois mondes du passé, le quatrième, le monde actuel, le cinquième monde et les sept mondes que l'humanité doit traverser au total. Même les neuf mondes sont mentionnés, à savoir les deux mondes appartenant au créateur.

[Par exemple, pour la porte du Soleil de Tiwanaku, les dimensions sont 3 et 4 mètres, montrant au passage que comme les égyptiens, les Muiens connaissaient le mètre des ogres].

La forme en T à Teotihuacán, la signification des degrés, pourquoi il y a un trou dans l'édifice de la pyramide du soleil, la signification des serpents des deux côtés des marches : dans toute chose il y a une signification, et l'histoire est inscrite partout. Nous sommes des gens ayant une orientation spirituelle, et les historiens et les archéologues doivent se rendre compte qu'ils devront d'abord nous comprendre, avant de pouvoir expliquer les ruines.

A l'époque actuelle, nous portons ces chiffres symboliques avec nous ou plutôt dans nous. Pas dans une forme matérielle mais d'une manière plus subtile. Par exemple, pendant une cérémonie, quand des Kachinas dansent sur la place du village, ils forment leurs groupes à seulement trois endroits, pour montrer les trois mondes que nous avons traversés. Ils ne peuvent pas former un quatrième groupe puisque le quatrième monde n'est pas terminé. Les chants que nous chantons pendant les cérémonies comportent cinq strophes, ce qui signifie que nous allons nous rendre dans le cinquième monde. Nous somme entre le monde 3 et 5, au milieu des 7 mondes que nous devons traverser. Nous n'avons pas besoin de le dire, car tout est exprimé symboliquement dans nos cérémonies. Pourquoi noter quelque chose par écrit qui est enracinée si profondément et exprimée si clairement dans nos cérémonies ?

Tout le symbolisme utilisé par les Hopis nous rappelle les vérités que nous avons apprises il y a longtemps. Mais seulement nous, les Hopis, connaissons et comprenons ce symbolisme, aucune autre tribu ne peut en faire autant, même si beaucoup d'entre elles utilisent maintenant des symboles hopis. Elles ne voient que l'extérieur et n'ont pas la connaissance.

Si nous connaissons la significations des symboles des monuments, c'est bien la preuve que nous avons gardé mémoire de notre histoire.

Le savoir des Hopis est encore plus étendu : nous savons que nos voix, même sans son, sont imprimées dans l'atmosphère et que c'est indestructible ! Des rochers et des ruines peuvent disparaître un jour, mais ce que nous disons, et ce qui se passe dans nos âmes sur un niveau plus élevé, ne sera jamais détruit.

La couleur noire est le symbole de tout ce qui est mystérieux, connu seulement du créateur. Les initiés humains devenus des kachinas (comme les 3 enfants qui ont sauvé Palenque) portent un masque noir dans les cérémonies.

Sur un côté du visage de Cháckwaina (un héros) est dessinée une lune, et sur l'autre une étoile [comme les drapeaux musulmans]. La Lune est loin de la Terre, mais encore visible. Cette Lune indique une grande distance dans l'univers, c'est pour reconnaître la distance encore plus grande de l'étoile. Cette étoile est le signe du système planétaire où habitent les Kachinas [Nibiru]. Cette étoile et ses planètes ne seront découvertes qu'à la fin du septième monde. C'est à ce moment-là que nous serons informés de la Confédération des planètes mais aujourd'hui, dans l'état actuel de nos connaissances, nous ne pouvons pas encore nous y rendre.

Les deux Sólawúchim (kachinas devant pendant la migration vers l'Amérique du Nord) tiennent dans leur main gauche un arc et portent sur l'épaule un carquois en peau de jaguar pour montrer leur pouvoir et leur force. La ligne noire en travers de la figure, cachant les yeux, les distinguent comme étant les détenteurs du savoir secret de leur pays d'origine. L'ornement noir et blanc au cou montre qu'ils connaissent les corps célestes.

La peinture bleue de leurs mocassins signifie qu'ils sont des initiés qui viennent de très loin, d'au-delà des étoiles. Celui qui porte la peau de jaguar est le chef, celui qui porte une corne sur le côté droit de la tête marche derrière le groupe et il est le deuxième chef.

Le dessin de losanges de couleur bleue sur la corne montre la force électrique ou électromagnétique qui rassemble (unit) leurs planètes d'origine.

Les temps anciens

[La traduction française du récit d'Ours blanc ne fait qu'un résumé succinct de ces 2 premiers mondes]

Premier monde

Le premier monde [où l'homme fut créé] fut détruit par le feu, parce que les hommes sont devenus méchants. Mais notre peuple [de Mu (muiens)] survécut à la destruction, parce qu'il fut choisi pour conserver la connaissance de ces faits à travers les temps, jusque dans le présent, et de la transmettre dans le futur.

Topka le 2e monde

Durant Topka, la Terre a basculé seulement de moitié, et tout a gelé. Topka fut détruit par la glace [s'est retrouvé sur un pôle après le pole-shift]. Encore une fois, notre peuple survécut et arriva dans le 3e monde.

Le peuple-fourmi / serpent

Comme la partie sur les 2 premiers mondes décrites par Ours blanc n'est pas traduite (comme plus loin sur les mondes 5 à 9), je résume des passages importants sur les mondes 1 et 2 provenant d'autres sources, comme [hopi2], ou des sources qu'on trouve aussi chez de nombreuses tribus amérindiennes du sud ouest américain : Navajos, Zunis, Pueblos, Hopis et Apaches.

En Arizona, les Hopis affirment que leurs ancêtres ont échappées a une pluie de météorites a l'aide du Peuple Serpent, qui les a amenés dans des abris souterrains, qu'ils appellent peuple fourmi à d'autres moments.

Monde 1

Dans le 1er Monde, les humains se séparèrent des animaux. Tout d'abord respectueux, sages et heureux, les humains en vinrent à oublier les commandements et le projet du Créateur. Divisions, querelles, envies et soupçons brisèrent l'harmonie. Seuls les purs, peuple élu, suivant le nuage et l'étoile, guidés par leur sagesse intérieure, parvinrent chez le peuple des Fourmis qui les protégea et les nourrit, pendant que le feu détruisait le 1er monde.

Dans une autre version, les fidèles de la voie furent persécutés : Sbtuknung leur fit abandonner leur possession et se réfugier dans une fourmilière (monde souterrain) pour être à l'abri, puis il détruisit le premier monde par le feu.

Une autre légende Hopi évoque le Peuple Fourmis qui les a protégés de tempêtes de feu et de glace en vivant avec eux dans les mondes souterrains. Ces êtres ne viennent pas à la surface de la Terre, et ont été emmenés sur Terre par le peuple des étoiles.

Lors de leur séjour sous terre, pour échapper aux destructions de la surface (eau et feu), les Hopis apprennent des leçons des hommes souterrain, comme vivre en paix les uns avec les autres, et en harmonie avec le plan de la création (les lois de la Nature). Ou des choses plus pratiques, comme s'isoler du trop chaud ou du trop froid, faire des réserves pour l'hiver, etc.

Les destructions reviennent fréquemment, et à chaque fois les dieux demandent au peuple fourmi d'accueillir les hommes restés bons. La destruction du monde est rapide, mais il faut beaucoup de temps pour qu'il refroidisse et redevienne vivable. Sous terre les indiens ne risquent rien.

Ces hommes-fourmi, d'une grande intelligence, leur auraient appris l'art d'être industrieux : fabriquer des objets (utilisation d'outils), faire et gérer des réserves (mathématiques, comptabilité gestion des ressources...). Ces "Ant people" se seraient aussi privés pendant des années pour nourrir leurs invités jusqu'à ce que les Hopis puissent remonter à la surface avec des conditions favorables, d'où la grande maigreur de ces "créatures" bénéfiques.

Monde 2

Une fois le feu apaisé, le 2e monde fut conçu.

Les humains n'avaient plus le privilège de la compagnie des animaux qui vivaient en troupeaux sauvages, et à cause de cette séparation les hommes ne s'occupaient que d'eux-mêmes. Les humains se multiplient rapidement

Ils édifiaient des maisons, des villages, et des sentiers pour les relier. Ils fabriquaient de leurs mains des objets, et à l'exemple du Peuple des Fourmis ils emmagasinaient leurs récoltes. C'est alors qu'ils commencèrent à faire des échanges et du commerce.

Dans ce Deuxième Monde il y avait tout ce dont ils avaient besoin, mais ils voulaient encore plus. De plus en plus, ils firent le commerce de choses dont ils n'avaient aucun besoin. Plus ils avaient de nourriture, plus ils en voulaient. Cette situation empira car ils ne se rendaient pas compte qu'ils s'éloignaient de l'état de bonheur. Ils oublièrent de chanter les louanges au Créateur. Peu après ils chantèrent les bienfaits des marchandises qu'ils et accumulaient :ce qui avait déjà eu lieu réapparut : pour la possession ils se querellèrent et la guerre commença entre tribus.

Hormis quelques hommes qui continuaient à chanter les louanges du Créateur, la déchéance toucha la majorité d'entre eux.

Précipitées dans les océans, les montagnes provoquèrent des inondations puis, avec le froid, le globe ne fut plus que glace. Protégés, les élus vivaient heureux dans le monde souterrain des Fourmis, épargnant sagement leur nourriture.

Le 3e monde, Mu

Revenons à Ours Blanc.

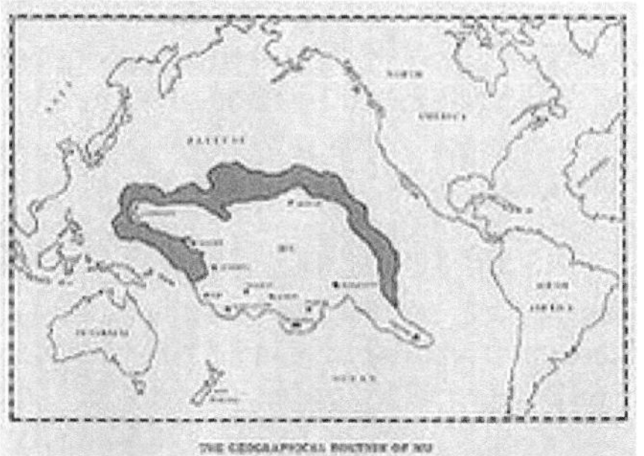

Figure 46: Carte de Mu selon James Churchward (approximative)

Kásskara [Mu en français, habitants appelés les Muiens] signifie “mère Terre”. C'était un continent, dont la plus grande partie se situait au Sud de l'équateur, seulement une petite partie se trouvait au Nord. [Continent aujourd'hui immergé sous notre Pacifique actuel]

Mode de vie

Nous devions travailler, mais pas dur.

La connaissance que nous cherchions, et qui nous fut donnée, concernait les plantes et les animaux. Nous pouvions communiquer avec les plantes et les animaux. Nous avions ce que vous appelez des connaissances scientifiques, mais nous ne les utilisions pas pour la fabrication d'objets dont on a besoin pour soumettre d'autres gens.

Les gens avaient de l'estime les uns pour les autres. Beaucoup plus tard, les hommes commencèrent, petit à petit, à perdre cette estime. Ce qui se passe aujourd'hui dans les organisations : les gens veulent avoir un certain rang, du pouvoir, ils veulent leur part. Ce fut surtout le cas pour les membres du clan de l'arc (celui au pouvoir), mais les chefs de haut rang de ce clan restèrent bons.

Atlantide (concurrents)

A l'Est de Mu (séparé par une grande surface d'eau) se trouvait un continent, Atlantide [notre océan Atlantique actuel].

Au début du 3e monde, les gens d'Atlantide étaient aussi paisibles que nous. Nous avons, bien sûr, la même origine divine. Ils avaient les mêmes symboles que nous.

Mais, avec le temps, ils changèrent. Ils commencèrent à explorer les secrets du créateur que l'homme ne doit pas connaître.

La reine dominatrice

Vers la fin du troisième monde, il y avait une femme comme guide suprême d'Atlantide. Une prêtresse suprême, une reine pour vous [spiritualité et temporalité ne sont séparé que depuis Moïse]. Elle était très puissante et très belle, et en a usé pour soumettre les chefs de son peuple. Elle reçut d'eux tellement de bijoux que nous l'avons appelée “la femme turquoise”.

Parmi ces personnalités, se trouvaient des savants que l'on pourrait appeler des “leaders douteux”. Un homme savant n'est pas systématiquement un homme bon.

La reine avait beaucoup de succès auprès de ces hommes, et c'est ainsi qu'elle est devenue souveraine de tout le continent. Atlantide étendit son influence et soumit des peuples dans les pays plus loin à l'Est (Europe et Afrique actuels). Bien qu'Atlantide fut un petit pays, il eut une très grande influence (comme l'Angleterre actuelle l'a eu avec le commonwealth).

Les secrets dévoilés

Les Atlantes ont pris connaissance trop tôt des secrets du créateur. Spirituellement, ils n'étaient pas encore prêts, ils ont utilisé leur savoir pour soumettre d'autres peuples.

Atlantide avaient des boucliers volants comme les Kachinas : Les Kachinas les ayant quitté quand ils ont mal tourné, ce n'est pas eux qui les ont donnés aux Atlantes, mais les atlantes qui les avaient construits eux-mêmes avec leur force malveillante.

Ils ont aussi étudié d'autres planètes et ils s'y sont même rendus, mais comme c'étaient des planètes mortes, ils ne pouvaient y vivre. Ils devaient donc rester sur notre vieille Terre.

Guerre entre Mu et Atlantide

Les Atlantes se sont alors retournés contre Mu. Ils savaient que, moralement et spirituellement, nous étions beaucoup plus forts, et cela les a rendus envieux. C'est pourquoi la reine voulut aussi conquérir notre pays et soumettre notre peuple.

La reine a menacé notre souverain de réunir tous ses vaisseaux spatiaux au-dessus de notre continent et de nous détruire de là-haut. Mais il refusa de céder. Il y eut un long temps de pourparlers (conférences). Tous les grands hommes de cette époque tinrent des réunions.

Il y avait parmi nous des gens qui étaient devenus avides de rang et de pouvoir. Leur croyance religieuse devenait plus faible, et les gens n'avaient plus beaucoup d'estime les uns pour les autres.

Avec le temps, l'influence de cette reine Atlante conduisit à une scission de notre peuple. Les hommes avides de pouvoir se rangèrent à ses côtés, espérant en retour récupérer une bonne part du pouvoir.

Les méchants prirent le dessus. Ils avaient étudié de nombreux secrets du créateur, pas nous. Nous voulions être et rester le peuple pacifique. Ce fut sûrement le créateur qui utilisa son pouvoir pour nous détourner de ces choses.

Le groupe de ceux qui avaient des connaissances scientifiques fut beaucoup plus fort dans les réunions, et ils vinrent pour attaquer mon peuple avec le matériel de leurs pouvoirs et de leur invention.

De très haut dans les airs, ils dirigèrent leur force magnétique sur nos villes.

Destruction de Mu

Notre peuple avait des connaissances comparables à celles d'Atlantide, mais il les a utilisées uniquement à des fins utiles et bonnes. Nous avons étudié les secrets de la nature, la puissance du créateur dans les choses vivantes. Par contre, nous n'avions pas de boucliers volants, et ne savions pas les construire.

Ceux de notre peuple qui n'avaient pas quitté le chemin véritable, furent rassemblés dans une région de Mu afin d'être sauvés.

Mon peuple ne se défendit pas quand il fut attaqué. Et il eut raison !

Nous avions quand même notre bouclier de protection : Toutes les bombes, ou quoi que cela ait pu être, ont explosé loin au-dessus de nous, et le bouclier protégea tous les gens rassemblés qui devaient être sauvés. Nous seuls avons été sauvés. Des villes furent attaquées et beaucoup de gens périrent.

Et puis les deux continents ont sombré. Atlantide s'enfonça très vite dans l'océan, mais Mu s'enfonça très lentement.

Pourquoi ? Supposons que je veux tuer quelqu'un et que j'ai un complice. Même si le complice tue en pensée, il n'est pas autant coupable que moi. Il aura une nouvelle chance par la réincarnation, mais pas moi. C'est la raison de la destruction rapide d'Atlantide : ce sont eux qui ont attaqué. Nous (quelques-uns des nôtres plutôt), étions seulement des collaborateurs lors de l'attaque de Mu par Atlantide. C'est pourquoi la faute de notre côté fut mineure et notre groupe eut une nouvelle chance. Si nous avions été aussi fautifs que les Atlantes, nous aurions été détruits aussi rapidement.

La puissance qui se trouve hors de toute capacité humaine [le grand tout] ne voulut pas permettre que le peuple de la paix soit anéanti complètement. Ces gens étaient des réincarnations d'hommes qui avaient vécu dans le 2e monde, et qui avaient suivi les lois du créateur. C'était sa volonté de donner à ceux qui devaient être sauvés les moyens d'y parvenir.

Nous sommes le peuple élu. Nous avons été sauvés et nous sommes venus ici parce que, depuis le 1er monde, nous avons toujours obéi à la loi !

Migration de Mu vers l'Amérique

Émergence du 4e monde, l'Amérique

Longtemps avant que Mu et Atlantide soient engloutis, les Kachinas remarquèrent qu'il y avait, à l'Est de chez nous [Entre Mu et Atlantide], un continent en train de sortir de l'eau. C'était le même pays que notre 2e monde (Topka) qui avait été englouti, mais nous l'appelons le 4e monde car son apparence est différente.

Quand l'Amérique fut au-dessus de l'eau, les Kachinas commencèrent leurs préparatifs. La grande migration vers l'actuelle Amérique du Sud pouvait commencer. A ce moment-là, la partie la plus haute [cordillère des Andes?] était déjà au-dessus de l'eau.

Durée des 3 migrations

Il fallut 3.000 ans pour que nous soyons tous rassemblés sur le 4e monde.

1ères migrations en bouclier volants

Longtemps avant que le continent de Mu soit englouti, les premiers clans arrivèrent sur les premières terres émergentes de l'Amérique, il y a 80.000 ans (80 Soomody).

C'étaient des gens importants, de haut rang, estimés de tous. Ils étaient prioritaires parce qu'ils devaient fonder la nouvelle colonie, et s'occuper de tous les préparatifs. C'est les Kachinas qui les y ont amenés avec leurs boucliers volants.

1ères migrations > Principaux clans

Pour ne donner que les plus importants : le clan du feu, le clan du serpent, le clan de l'araignée, le clan de l'arc, le clan du lézard, le clan de l'aigle et le clan de l'eau.

Le clan de l'arc ayant mal agi dans Mu, il était plus bas dans le classement global de Mu, mais restaient encore des gens importants. Comme ils n'avaient pas tous quitté le chemin du créateur, ils ont été sauvés.

2e migration en grands oiseaux

Le deuxième groupe a été transporté ici et on l'a fait à l'aide de grands oiseaux.

C'étaient des gens qui se trouvaient dans une phase intermédiaire vers les marches plus élevées d'une connaissance spirituelle. Ils avaient très peur, car le vieux continent s'enfonçait de plus en plus, mais pourtant ils savaient qu'ils devaient être sauvés. Une ville après l'autre fut détruite. L'eau n'arrêtait pas de monter et couvrait une grande partie du continent.

3e migration par bateaux

Dans le troisième groupe se trouvaient ceux qui étaient encore au début de leur quête vers une force spirituelle. Mon clan des coyotes en faisait partie.

Ces gens faisaient partie des clans inférieurs qui possédaient peu de pouvoir [le peuple]. C'est pour cette raison qu'ils avaient subi l'influence du clan de l'arc, et participèrent au plan destructeur mais ne firent rien de leur propre gré, c'est pourquoi on leur offrit d'échapper à la destruction. Dans le cas contraire, ils auraient été détruits comme les autres.

Tout le temps où ce groupe fut en route sur les bateaux, ils reçurent la protection des Kachinas. Chaque clan avait un Kachina, dont la tâche était de l'accompagner et de l'amener en sécurité sur le continent Amérique.

Les Kachinas savaient se faire comprendre mais les êtres humains n'avaient pas le privilège de pouvoir parler avec eux. Les Kachinas leur donnaient des conseils et leur indiquaient des îles où ils pouvaient se reposer au cours de la traversée en bateau.

L'île de Pâques est la seule île sur notre chemin qui n'a pas sombré complètement dans l'océan après notre passage.

Nous, le clan des coyotes, étions les derniers à venir en Amérique, il y a 77 000 ans.

Alors que beaucoup de monde put venir par les airs, nous disons aujourd'hui que tout le monde dut lutter pour pouvoir venir sur ce continent. Cette simplification permet de ne pas oublier ces événements, car tout ce que l'on a du mal à obtenir, on l'estime davantage et on le garde en mémoire.

Quand nous fûmes debout sur la côte de ce continent, nous regardâmes en arrière et nous vîmes les îles qui sombraient. Les Kachinas nous donnèrent le troisième œil et nous vîmes tout : la disparition de notre terre mère [Mu] et des îles.

Les autres destinations des survivants de Mu

Les exilés de Mu, partis après le clan du coyote, sont tous allés ailleurs qu'en Amérique.

Ceux partis après nous furent emmenés par des courants vers d'autres pays, parce qu'ils n'avaient pas été choisis pour venir ici. Certains arrivèrent à Hawaï (partie de Mu qui n'a pas été engloutie), d'autres arrivèrent sur des îles du Pacifique sud, et d'autres sur une île qui fait partie, aujourd'hui, du Japon [Yonaguni?]. Les archives orales de ces îles sont les mêmes que les archives Hopi.

Tous ces gens du pacifique ont la même origine, Mu. C'est pourquoi, sur les îles Hawaï, les initiés s'appellent Kahuna, qui était le même nom que Kachina.

Migration des Atlantes vers Europe-Afrique

Les habitants d'Atlantide qui ne voulurent pas participer à l'attaque de Mu par leur reine furent sauvés (et pas englouti avec leur continent). Ils voulurent venir en Amérique du Sud, mais ils ne le pouvaient pas (réservée par le créateur à Mu). Le créateur envoya des Kachinas pour empêcher les Atlantes de se diriger vers l'Ouest, car même si les survivants n'avaient pas suivi leurs chefs, ils restaient quand même des Atlantes.

Dans des temps anciens, quand fut créé le troisième monde, les Atlantes avaient des Kachinas comme nous. Mais les Kachinas partirent quand les Atlantes commirent des péchés.

Alors, il ne restât aux Atlantes que le chemin vers l'Est, dans des régions que l'on appelle aujourd'hui l'Europe et l'Afrique. Mais on leur avait ôté leurs pouvoirs. Ils étaient cloués au sol, ils ne pouvaient plus voler. Ils ne pouvaient survivre que s'ils partaient par petits groupes, et chaque groupe n'emportait qu'une petite partie du savoir global qu'ils possédaient auparavant.

C'est la raison pour laquelle les hommes, là-bas, n'ont aucun souvenir de leur histoire, qui fut pourtant comparable à la nôtre. Mais après des centaines d'années, ils recommencèrent à se développer (culture des Égyptiens). Pour nous, les Hopis, ce temps n'est pas loin.

Amérique, le 4e monde

Appelé Tóówákachi, qui signifie "le beau pays pour tous les hommes". C'est la résurgence du 2e monde, Topka. Le créateur nous a promis que nous y serions seuls, entre nous, pendant longtemps.

Tiwanaku, les premières émergences

La partie du 4e monde qui est sortie la première de l'eau s'appelle Tiwanaku [Táotoóma, assimilation du nom de la région au nom de sa capitale]. C'est une abréviation (nous les utilisons souvent) qui signifie "l'endroit qui fut touché par le bras du soleil".

Cette région sur laquelle les premiers se sont installés n'était pas très grande. C'est comment nous savons que nous sommes les premiers hommes à être venus sur ce continent Amérique. Il y a des tribus en Amérique qui sont venues beaucoup plus tard, parce que la glace avait fondu dans le Nord.

N'ayant pas suivi les instructions que le créateur nous avait donné, c'est pourquoi nous eûmes d'abord cette petite partie de terre, afin d'apprendre à dominer nos sentiments et à vivre ensemble.

Tiwanaku (Táotoóma)

Quand les premiers hommes arrivèrent sur le nouveau continent, ils se trouvèrent immédiatement à l'endroit où ils durent construire leur première ville.

La première ville, Tiwanaku, ne fut pas construite en haut de la montagne, mais plus bas. Aujourd'hui, on ne voit plus cette ville car elle est couverte de terre et d'eau.

La ville était plus grande que toutes celles que nous avions eues à Mu. Elle avait presque la dimension de la ville de Los Angeles aujourd'hui. Les ruines de Tiwanaku actuelles ne sont qu'une partie de la ville de Táotoóma. Mais Táotoóma n'était pas assez grande pour tous les gens qui devaient encore venir.

Le pays n'était pas encore cultivable puisqu'il venait de sortir de l'eau. Mais les Kachinas avaient demandé que tout soit prêt pour nous, et comme les Kachinas étaient encore avec nous, ils nous montrèrent comment cultiver la terre le matin et rentrer la récolte le soir. Ce fut très important pour nous, pendant de longues années, jusqu'à ce que l'eau diminue [Au fur et à mesure que les nouveaux pôles se couvraient de glace, que les océans se refroidissaient, que les terres montaient?].

La colonisation des Amériques

Petit à petit, la terre devint de plus en plus grande. Notre peuple commença à aller vers le Nord, le Sud, l'Est et l'Ouest. Nous pouvions commencer à explorer le nouveau continent, et pour cela nous utilisions les boucliers volants.

Quelques-uns de chez nous avaient atteint un rang assez élevé pour avoir le droit d'accompagner les Kachinas lors de leurs explorations, pour voir comment les nouvelles colonies étaient fondées.

Destruction de Tiwanaku

Pendant les 4 000 ans après que notre peuple fut réuni sur le nouveau continent, tout le continent sorti rapidement de l'eau [quelques centaines d'années] et pris l'aspect qu'il a aujourd'hui. La terre pouvait être cultivée.

Et petit à petit, il y eut à nouveau des gens qui eurent leurs propres idées sur la façon de suivre les lois du créateur divin. Ils quittèrent le droit chemin.

Parmi eux, il y avait des gens de haut rang qui voulaient avoir des positions importantes. Ils commencèrent les premiers à faire un mauvais usage des Tawúya (véhicules volants), personne n'avait jamais fait cela auparavant. Les Kachinas essayèrent de les empêcher de s'envoler dans l'univers. Nous ne devions pas nous y rendre avant d'avoir rempli toutes nos obligations dans ce monde. Mais ces gens croyaient être déjà prêts. Le créateur fut au courant de ce qui se passait et, peu de temps après, il vint en personne [empereur ogre Anu] et dit : "Je dois vous punir."

Et il prit la ville de Tiwanaku, l'éleva dans le ciel, la renversa (la tête en bas) et l'enfonça dans le sol. Dans tous les bâtiments alentour on ressentit l'énorme souffle d'air, le sol trembla, c'était comme un tremblement de terre. [passage 2 de Nibiru, précédé d'une visite de Anu pour impressionner les esclaves]

Nouvelles migrations

Après cette destruction, notre peuple quitta progressivement les ruines de Tiwanaku, et décida de partir dans différentes directions.

Ce sont surtout ceux qui restèrent fidèles au créateur qui partirent. Ils voulaient se séparer des autres afin de préserver leur vraie croyance et remplir les tâches qu'ils devaient accomplir. C'est pour cela que, dans toute l'Amérique du Sud, on fonda de nouvelles colonies.

Ils ne partirent pas tous en même temps mais progressivement durant un temps assez long. Cette fois encore, chaque groupe eut un Kachina pour le guider. Les clans, durent se séparer afin de pouvoir survivre, mais aussi pour suivre l'enseignement du créateur, cela faisant partie de son plan divin.

Durant ces migrations, les Kachinas purent communiquer entre eux, et ils nous aidèrent de la même façon qu'auparavant : ils nous apprirent comment semer et récolter le même jour sans attendre pendant des mois que les fruits mûrissent.

Oubli de Tiwanaku

les Kachinas ont effacé la mémoire de tous ceux qui sont restés proche des ruines de Tiwanaku, ainsi que des générations futures. Tous ceux qui, plus tard, vécurent aux environs des ruines, n'eurent pas la moindre idée de ce qui s'était passé avant, seuls les Hopis connaissaient la vérité.

Les shamans

Quand nous nous fûmes éloignés des ruines de Tiwanaku, plusieurs centaines d'années s'écoulèrent avant que des shamans [ETI] ne s'incarnent. Les enseignements des Kachinas permirent de garder nos traditions en mémoire. Souvent, à la vitesse de l'éclair, les Kachinas se rendaient chez le créateur afin de l'informer de nos progrès sur la Terre.

Certains de nous avaient acquis un haut rang et étaient devenus très proches des Kachinas, ces derniers leur permettaient de les accompagner durant leurs vols, comme c'était le cas avant.

Les voyages du clan de l'ours

Il ne s'agissait pas de migration, mais plus de voyager en Amérique du Nord afin d'ouvrir (gagner) ce pays pour nous. Chaque étape temporaire était marquée d'un "drapeau" (tessons de poterie), pour signifier que nous étions les premiers à avoir marqué les lieux.

Voyage jusqu'à l'extrême Nord

Je vais maintenant raconter l'histoire d'un seul clan, celui de l'ours (dont faisaient partie mes pères), chef du 4e monde (p. 381) depuis les premiers arrivés.

En raison de leur position de chef parmi les Hopis, un Kachina du plus haut rang fut désigné pour les gens de ce clan. En réalité, ce n'était pas un Kachina mais une déité. Il s'appelait Eototo et devait les accompagner où qu'ils aillent. Sous la direction de Eototo, le clan de l'ours se dirigea vers l'Amérique du Nord. Ils connurent une période très difficile, car la région qu'ils devaient traverser était terriblement chaude [Mexique? Pendant un passage de Nibiru?]. Ils mirent beaucoup de temps pour traverser les forêts et pour s'habituer au climat ; beaucoup d'enfants moururent à la naissance en raison de la chaleur [voir Kolbrin > avortement p.]. Les temps furent difficiles. Ils voulaient chercher des montagnes pour sortir de cette chaleur, mais les Kachinas les encouragèrent à continuer.

Il se passa beaucoup de temps avant que la zone chaude fut derrière eux. Ils arrivèrent à mieux respirer, les enfants ne moururent plus et le peuple s'agrandit. Ils continuèrent en direction du nord et furent guidés vers des lacs et des fleuves par Eototo.

Après beaucoup d'années, ils arrivèrent à une barrière de glace et ne purent aller plus loin vers le Nord (un endroit aujourd'hui un peu plus au nord que la frontière canadienne). Eototo leur dit qu'il s'agissait d'une porte qui serait ouverte plus tard pour d'autres gens qui viendraient de par là pour immigrer vers le Sud.

Voyage vers l'extrême Est

Le voyage n'était pas terminé. Ils durent ensuite se diriger en direction du soleil levant, en traversant des régions d'où l'eau n'était pas partie depuis longtemps. Un jour, ils ne purent aller plus loin car ils arrivèrent devant une grande étendue d'eau [Océan Atlantique]. Eototo leur dit que c'était la fin du voyage vers l'Est.

Voyage vers l'extrême Ouest

Eototo leur dit alors : "Maintenant, vous devez vous retourner et marcher dans la direction du soleil couchant." Ils obéirent et allèrent vers l'ouest. Après de nombreuses années, ils arrivèrent de nouveau devant une étendue d'eau [océan Pacifique].

Choix d'un endroit accueillant

Eototo leur dit : “Vous avez maintenant terminé votre migration, vous pouvez choisir où vous voulez vivre.” Mais le clan ne savait pas encore où il voulait s'installer. Après des recherches, il choisit cet endroit-ci, où ils construisirent leur premier village et où les Hopis vivent depuis lors.

Migration du clan de l'arc

Seul le clan de l'arc, dont la tradition est la plus complète, célèbre la cérémonie des “anciens qui venaient du ciel”.

Et maintenant voici son histoire : le clan de l'arc commença sa migration vers le Nord à travers la jungle, en partant d'une ville appelée “la ville du brouillard” (Pamísky en Hopi) parce qu'il y avait souvent du brouillard. L'endroit exact en Amérique du Sud (vers l'Equateur) est perdu.

Les Kachinas leur montrèrent le chemin et les protégèrent pendant la marche. Mais les enfants nés en altitude ne purent survivre, seulement les enfants nés dans les basses terres survécurent.

Les divinités faisaient du bruit avec leurs instruments (crécelles) et les autres Kachinas enfonçaient leur bâton dans la terre, ce qui faisait fuir les animaux sauvages. Quand le clan se reposait la nuit, les Kachinas s'élevaient comme des étoiles au-dessus de la jungle, et leur lumière protégeait les gens contre les bêtes sauvages.

Ville Spirituelle Palenque (État mexicain du Chiapas).

Nouvelle réunion des clans

Quand les clans étaient encore en migration en Amérique du Sud et au Mexique actuel, longtemps avant la fondation d'Oraibi par le clan de l'ours, beaucoup voulurent se réunir à nouveau. Ils se rappelaient le temps du malheur en Amérique du Sud et de la destruction de leur première ville Tiwanaku et ils voulurent, à nouveau, vivre en harmonie avec le grand esprit Táiowa. Ils ne lui avaient pas obéi et s'étaient éparpillés dans toutes les directions. Sous l'influence des Kachinas, ils étaient maintenant décidés à revenir sur le droit chemin.

Ceux des chefs qui pouvaient encore se servir de leur troisième œil, rassemblèrent les clans afin de fonder un centre culturel d'un niveau élevé de savoir spirituel.

Le clan de l'ours avait alors, depuis longtemps, traversé cette contrée (là où fut fondée Palenque) pour se rendre en Amérique du Nord.

Aucun Hopi ne pourrait jamais oublier cette ville qui fut construite et qui portait le nom de Palátquapi, la “ville rouge”. D'après ma grand-mère, Palenque fut la première grande ville dans la partie moyenne de l'hémisphère Ouest.

Palenque était une grande communauté. Elle ne fut pas construite par des esclaves, au contraire, et sa construction ne fut pas difficile. Le fondement de tous ces travaux se situaient dans le domaine spirituel. Les gens avaient fait l'expérience de ce qui était arrivé à leur première ville, et voulurent se prouver à eux-mêmes que, cette fois-ci, ils feraient mieux. C'était comme s'ils voulaient se racheter. Des gens de très haut rang s'y retrouvèrent. Les relations et les possibilités d'entente avec les Kachinas furent renouées.

Fut construite la pyramide à 4 étages de la grande École des savoirs (p. 381), pyramide qui a disparue de nos jours des ruines de Palenque.

Malheur et déchéance

Dispersion de nouveau

Les groupes qui ne venaient pas dans le centre de Palenque sombrèrent de plus en plus, et commencèrent à vénérer le soleil comme leur dieu.

Pendant des siècles, les gens de Palenque restèrent sur le droit chemin. Partout régnait l'harmonie.

A nouveau une époque survint où même des guides spirituels se mirent du côté des pécheurs, je veux dire que eux aussi quittèrent le droit chemin. Et le temps arriva où notre peuple fut à nouveau séparé.

Après un certain temps, certains clans commencèrent à partir pour s'installer plus loin (avec, pour les plus importants, le clan du serpent et le clan de l'arc). Sachant que tout le clan ne partait pas, ceux qui continuaient à obéir aux lois du créateur restaient à Palenque, ou suivaient leur clan mais en gardant le droit chemin.

Plus les nouvelles colonies s'éloignaient et moins elles avaient de contacts avec nos enseignants les Kachinas. Les hommes-saints qui avaient atteint le niveau le plus élevé de notre Grande École furent envoyés comme délégués dans ces nouvelles colonies. Ils utilisaient leur troisième œil pour choisir les jeunes gens à qui ils pouvaient transmettre leur savoir.
Mais, finalement, beaucoup de colonies perdirent le contact avec nos guides et quittèrent le droit chemin.

A Palenque, à l'intérieur des clans et aussi entre les différents clans, des disputes éclatèrent et eurent pour conséquence de séparer les clans. Encore plus de gens quittèrent Palenque. Ils partirent en Amérique Centrale et au Yucatán. Ils construisirent des villes, et de grandes cultures y prirent aussi naissance. Quelques ruines de ces villes furent retrouvées, mais on en découvrira davantage dans le futur.

Perte de puissance de Palenque

Pendant toute la première phase de la séparation, Palenque fut toujours le vrai centre. Les autres villes au Yucatán et en Amérique Centrale furent des villes secondaires.

Mais l'émigration affaiblissait la puissance de Palenque, et ses chefs pressentaient qu'il y aurait la guerre.

Quand les initiés de très haut rang, qui avaient atteint le quatrième niveau, virent le danger, ils se rendirent dans les autres villes afin d'obtenir une réunification, mais ils n'eurent plus de pouvoir sur elles.

Le clan du serpent

Le Yucatán fut peuplé par le très puissant clan du serpent. Là aussi, beaucoup de villes furent construites.

Sur de nombreux rochers se trouve le serpent à plumes. Chichen Itza était la capitale.

Les chefs de ces clans étaient partis de Palenque parce qu'ils voulaient régner eux-mêmes et, bientôt, ils se sentirent aussi forts que ceux de Palenque.

Les guerres des clans de l'arc et du serpent

Parmi les guides spirituels, une scission s'était produite. Certains, comme le clan du serpent, voulurent continuer à enseigner et à éduquer les jeunes gens en harmonie avec notre important héritage spirituel.

Mais d'autres, dont le clan de l'arc, ne voulurent pas continuer ainsi (ce qu'ils avaient déjà fait en s'alliant à Atlantide).

Le clan de l'arc affirmait que sa façon de vivre l'avait rendu plus fort et il a provoqué le clan du serpent, ainsi que d'autres clans. Ils acceptèrent le défi.

Le combat devait commencer chaque jour au lever du soleil et se terminer quand le soleil touche l'horizon. Chaque ville, distantes de 80 à 100 kilomètres l'une de l'autre, attaquait tour à tour, l'attaqué commençant en premier.

Le clan de l'arc bombarda la ville du clan du serpent avec les armes les plus fortes et les plus effrayantes dont il disposait. Ce qu'il utilisa est appelé aujourd'hui de l'énergie électrique, similaire à la foudre. Ce clan du serpent s'y était préparé. Ils se protégèrent avec un bouclier puissant et une sorte d'énergie électrique. Tout le monde était soulagé quand le soleil se couchait et que cessait ce tonnerre à chaque fois que la force puissante touchait le bouclier. On enleva le bouclier et tout le monde put sortir.

Le lendemain, le jour se leva et le clan du serpent attaqua la ville du clan de l'arc. Il se donna beaucoup de mal ; ce fut comme un tir avec des explosifs atomiques tant les armes du clan du serpent étaient puissantes ! Mais le clan de l'arc avait aussi un bouclier puissant, car les deux côtés avaient fait d'importants progrès scientifiques. Et ainsi, le clan de l'arc put survivre ce deuxième jour. Le quatrième jour arriva et donc la dernière chance de victoire était pour le clan du serpent. Il fit tout son possible mais ne put briser le bouclier de l'adversaire. Après quelques heures, dans l'après-midi, le clan du serpent décida de tenter quelque chose d'autre pour montrer sa force à l'adversaire. On cessa de tirer et on fit l'usage des capacités du serpent technologique de pouvoir s'enterrer [un tunnelier]. Ils construisirent un tunnel au-dessous des fortifications du clan de l'arc. Quand le chef du clan du serpent sortit du tunnel et dit : “Nous sommes ici et vous êtes vaincus. Nous pourrions vous tuer maintenant. Nous n'allons pas vous tuer, mais à partir de maintenant votre divinité Sáaviki doit porter un serpent dans la bouche lors de notre cérémonie, tous les quatre ans.” Ce fut la fin du combat.

Départ des Kachinas

Les Kachinas les ont mis en garde, mais la plupart des hommes voulaient conquérir et faire des guerres. Ils n'écoutaient pas les sermons et conseils et continuèrent à porter atteinte aux lois du créateur. C'est la raison pour laquelle beaucoup de clans et peuples furent détruits. Quand les clans menaient réellement la guerre, les Kachinas ne s'en mêlaient pas. Ils ne voulaient pas s'en mêler car la Terre appartient aux hommes. C'est l'homme qui est responsable et il détermine ses actes lui-même. Ce que les hommes ont fait, ils l'ont fait d'eux-mêmes, et ils vont en subir les conséquences. Mais le jour du règlement des comptes n'est pas encore là. Seulement aujourd'hui, à notre époque, l'humanité approche du temps de la punition.

Au cours de ces temps terribles à Palenque et au Yucatán, les Kachinas nous quittèrent, en nous disant : “A partir de maintenant, vous ne pouvez compter que sur vous-mêmes.”

Départ des pacifistes

Les guerres eurent pour conséquence la complète destruction des villes, personne ne put remplir correctement ses obligations religieuses. Les continuelles atteintes contre les lois divines provoquèrent une telle perversion et un tel désordre dans toute la région que les gens ne voulurent simplement plus y vivre. C'est là que les Hopis de la zone d'Oraibi migrèrent.

Clans du feu

Un groupe de clans émigra vers le nord en direction de la barrière de glace. Quand ils arrivèrent, des différences d'opinion éclatèrent entre les chefs. Certains clans restaient fidèles aux anciennes croyances pendant que d'autres s'en détachaient. Ces derniers décidèrent d'arrêter la migration et de retourner à Palenque.

Ces clans qui revenaient du nord (un clan puissant, le clan du feu) avaient développé leurs propres idées et enseignements. Quand, enfin, ils arrivèrent à Palenque, ils virent cette ville épanouie et les gens qui continuaient à suivre les anciennes croyances ; ils en devinrent très envieux.

Les gens de Palenque et les nouveaux arrivants ne purent vivre ensemble à cause de leurs différences de croyances. C'est ainsi que les clans du feu s'installèrent en dehors de la ville, mais pas trop loin.

L'envie et la jalousie poussèrent le clan du feu à attaquer Palenque.

Le clan Aása

Un clan resté à Palenque. Palenque était entouré d'un mur de pierres et bien protégé. La ville avait déjà été attaquée de nombreuses fois, mais elle avait toujours pu se défendre et détruire l'ennemi. Quand le clan du feu commença son attaque, les trois enfants du chef se battirent avec courage, ils boutèrent l'ennemi hors de la ville et le poursuivirent très loin. Plus jamais il ne revint attaquer la ville. Les 3 enfants, Háhäwooti, Cháckwaina et Héoto sont devenus des Kachinas grâce à leurs exploits. Dans les danses actuelles, les 3 enfants portent des masques noirs, signe qu'ils sont maintenant des initiés et ne sont plus des êtres humains.

L'éclatement

Palenque même ne fut pas détruite par la guerre, mais avait perdue sa puissance et fut finalement détruite par un tremblement de terre. C'était quand le serpent [Nibiru?] fut remonté (parvenu en haut [arrivé au plus prêt?]) et les jumeaux [Enki et Enlil?] commencèrent leur long voyage. Beaucoup de clans reprirent leur migration, mais d'une manière isolée les uns des autres. Les Kachinas nous aidaient seulement en nous montrant le chemin. On n'utilisait plus de vaisseaux spatiaux. Cette fois-ci, nous devions vraiment nous battre. Nous devions mériter de posséder cette terre.

Notre peuple était en marche dans toute l'Amérique du Nord. Des ruines et des tombeaux sur l'ensemble du continent attestent de nos mouvements. Nous sommes le seul peuple qui, même durant les migrations, construisirent des maisons en dur. Le créateur le souhaitait ainsi. Nous ne montions ni tentes ni huttes légères, seulement de vraies maisons, dans lesquelles nous restions parfois plusieurs années avant de poursuivre notre chemin. De tels lotissements ou leurs ruines montraient aux groupes qui arrivaient après nous que nous étions passés là longtemps avant eux.

D'autres groupes méprisaient l'ordre. Certains commencèrent les migrations et ne les terminèrent jamais ; d'autres restaient sur place quand ils trouvaient une région qui leur plaisait.

Ils ne restaient que peu de groupes qui obéissaient toujours aux lois et qui transmettaient les vraies traditions.

Avant-dernier grand rassemblement, Casas Grande

Les clans s'étendaient sur toute l'Amérique Centrale et l'Amérique du Nord. Les quelques clans qui continuèrent à respecter les lois essayèrent de trouver des guides spirituels. Ils cherchaient des enseignants car ils savaient qu'ils ne pouvaient pas remplir ce rôle eux-mêmes. Alors, à nouveau, quelques chefs spirituels décidèrent de réunir leurs clans afin d'enseigner aux jeunes générations le plus haut niveau de compréhension concernant les relations entre les hommes et le créateur, et enfin pour leur transmettre tous nos merveilleuses traditions qui, depuis le premier monde, sont restées vivantes à travers et malgré toutes les migrations et les temps difficiles.

A cette époque, on construisit la merveilleuse ville que l'on appelle aujourd'hui Casas Grande. Il semblerait que seulement quatre clans importants y aient vécu. Aujourd'hui, nous y trouvons les symboles du clan de l'aigle, du clan du serpent, du clan du maïs et du clan des fantômes.

Les quatre clans se donnèrent beaucoup de mal pour attirer d'autres clans et, pendant un certain temps, cette ville devint un centre important. Sa fin arriva quand elle fut attaquée par le clan de l'araignée. Les clans qui habitaient la ville se défendirent avec courage, mais quand l'ennemi détourna la rivière qui alimentait la ville, ils durent renoncer. Ils n'ont pas capitulé car ils ont creusé un tunnel par lequel ils se sont tous sauvés.

Les Kachinas ne les accompagnaient pas car ils pouvaient se rendre invisibles pour quitter la ville. Cette ville fut le dernier grand lieu de rassemblement avant la réunification finale, ici à Oraibi.

Dernier rassemblement, Oraibi

Des clans fuyant les guerres de la région de Palenque, s'installèrent ici, à Shingópovi, puis à Oraibi, et enfin à Hotevilla.

Pourquoi Oraibi ?

D'ici (à Oraibi) viendra la vraie connaissance. Oraibi est le plus vieux village de ce continent ayant été habité continuellement depuis sa fondation. Le village fut créé vers 1150. Cela vous semble peut-être vieux, mais pour nous ce n'est que quelques siècles. En réalité, 3 villages se trouvent en-dessous des bâtiments actuels. Le premier village à Oraibi fut fondé il y a 4.000 ans.

Oraibi ne fut pas le premier village de cette région. Le tout premier s'appelait Shungópovi et se trouvait au pied de la falaise du deuxième plateau, en-dessous du village actuel qui porte le même nom. Après quelques temps, il y eut une dispute entre deux frères à propos de la femme de l'un d'eux. Le plus jeune, Machito, décida de quitter le village et de fonder son propre village, Oraibi.

Comme Machito faisait partie du clan de l'ours et connaissait toutes les traditions de ses ancêtres, il apporta quelque chose qui, aujourd'hui, représente la possession la plus précieuse des Hopis, c'est-à-dire les quatre tablettes (planches) sacrées.

Déjà, longtemps avant la fondation d'Oraibi, les clans qui devaient venir s'installer ici avaient été choisis. Mais même ces clans choisis ne purent venir quand ils le désirèrent. Ce sont leurs Kachinas qui devaient leur dire : “Maintenant, il est temps pour vous d'y aller”, et ils sont venus. Ensuite, les kachinas corporelles disparurent définitivement

Oraibi se trouve dans une région sèche et il n'est pas facile de comprendre pourquoi nous nous sommes installés ici définitivement. La raison : le clan de l'ours n'est pas venu dans cette région par hasard. C'est sa divinité qui le lui a demandé, car ici se trouve le centre de l'univers. En réalité, il se trouve à environ trois kilomètres au sud d'Oraibi, dans la vallée. L'endroit s'appelle Tuwánassáwi. Des gens du clan des Kachinas y ont vécu, il reste encore des ruines. Je ne t'en dirai pas plus, nous n'en parlons pas à d'autres gens.

[Note AM] Des révélations ultérieures révèlent que les Hopis pensent que la Terre est vivante et que "Four Corners" représente le Coeur (en propre et en figuré) de notre Planète. Ils pensent que si on continue à détruire cette terre sacrée, on tue en même temps la planète entière. Le sanctuaire de Four Corners est commun à de nombreux peuples d'Amérique du Nord, et le peuple hopi en est le gardien spirituel et physique. L'exemple récent de l'uranium trouvé sur ces terres, et la volonté de l'extraire, n'est qu'une étape de la bataille pacifique mais acharnée pour que Four Corners soit préservée depuis 5 siècles, bataille qui n'est toujours pas terminée.

Les hopis considèrent que c'est dans la région de Four Corners que SONT physiquement les organes de la planète et donc, plus encore que les peuples d'Amazonie, personnifient notre planète (notre Mère pour eux, une sorte de Gaïa). Pour ce peuple, la Terre est une être vivant et intelligent à part entière, avec lequel on peut communiquer, mais aussi qu'on peut tuer, comme tout autre être vivant. La plupart des peuples d'Amazonie sont seulement animistes et n'ont pas, en général, dans leurs concepts religieux, une personnification poussée à cet extrême. [Fin note AM]

Le regroupement

Plusieurs centaines d'années s'écoulèrent avant que tous les clans qui devaient venir soient arrivés.

Chaque clan qui désirait venir à Oraibi devait d'abord s'installer à quelques kilomètres d'ici. Il y a de nombreuses ruines dans les environs qui furent de tels sites provisoires. Après un certain temps, les clans pouvaient envoyer leurs représentants pour rencontrer nos chefs afin de demander la permission de pouvoir s'installer ici durablement. Ils devaient raconter toute leur histoire passée, l'histoire de leurs migrations, où ils étaient allés, ce qu'ils avaient fait et s'ils avaient suivi les lois divines.

Toute leur histoire complète devait être rapportée à mes pères du clan de l'ours. Mais, pour pouvoir être acceptés, il ne suffisait pas d'avoir terminé la migration, les clans devaient aussi préciser comment ils pensaient participer aux cérémonies successives annuelles. Il existe un cycle annuel qui n'est complet que si toutes les cérémonies de chacun des clans sont représentées et si l'ensemble se complète. Par conséquent, un clan qui voulait s'installer à Oraibi devait être en mesure de contribuer à notre cycle, avec sa propre cérémonie.

Les premiers clans qui arrivèrent après le clan de l'ours furent le clan des fantômes (clan du feu), le clan de l'araignée et le clan du serpent. Tous ces clans réunis ne représentaient pas un très grand nombre d'habitants, car seuls les clans choisis étaient ceux qui vivaient en concordance avec le plan du créateur.

Les clans exclus des Hopis

Certains clans ne purent être acceptés, bien qu'ayant la même origine que nous, car ils n'avaient pas terminé leur migration. On les appelle aujourd'hui les tribus pueblos (mot espagnol).

D'autres clans ne purent être acceptés pour d'autres raisons, notamment le clan Aása. Ses membres vécurent un certain temps dans le Chaco Cañon, puis ils souhaitèrent venir ici. Ils nous montrèrent leur cérémonie, mais nos chefs dirent : "Non, nous n'en n'avons pas besoin." Alors ils se sont souvenus des champs fertiles quelque part dans le Sud, et ils y sont retournés. Beaucoup plus tard, ils sont devenus le grand peuple des Aztèques.

Quelques membres sont restés dans les environs, et c'est pourquoi nous avons toujours un clan Aása.

La clôture de la réunion

Plusieurs siècles passèrent avant que nous soyons tous réunis (arrivée du clan des coyotes, après ça plus personne n'est accepté, clans>coyotes p. 381).

Destruction prochaine d'Oraibi

Aujourd'hui, notre village tombe en ruines, parce que nous nous trouvons à la fin d'une période. Nous le reconstruirons dans le cinquième monde, mais ce sera à un autre endroit.

Je voudrais répéter ici un point important : seulement quand un clan avait la permission de s'installer ici définitivement, les membres devenaient des Hopis, ceux qui sont restés fidèles aux lois du créateur, les rares élus, sont venus ici et sont devenus des Hopis.

Pendant des millénaires, nous étions un petit peuple parmi les nombreuses tribus. Il y eut toujours des épreuves, des échecs et des tentations, et beaucoup furent éliminés.

Même ici nous avons eu nos problèmes, même encore aujourd'hui. Je te rappelle seulement les disputes parmi notre peuple il n'y a pas si longtemps, comme à l'époque de Patátquapi. Comme les disputes, les séparations de Patátquapi se répétèrent quand des gens sont partis d'Oraibi et fondèrent Hotevilla, puis Bakávi, et sont partis à Móenkopi et Kyákostsmovi. Vois-tu comment l'histoire se répète ?

Húck'ovi (équivalent de Sodome)

Húck'ovi se trouve sur le prochain plateau, de l'autre côté des basses terres, juste en face d'Oraibi. Nous gardons ce souvenir vivant, car il nous montre ce qu'il va arriver au monde entier. Nous saurons quand le temps sera venu, car tout se passera à nouveau comme ça.

Cet événement s'est déroulé il y a plus de 3.000 ans.

Le village fut fondé par le clan du front. C'est un des trois clans qui ont un rapport avec la chaleur et l'énergie. C'est la chaleur qui détruit et c'est la chaleur qui purifie, c'est pourquoi ces clans sont si importants. Par ordre de puissance, il y a d'abord le clan du feu, puis le clan du soleil, puis le clan du front. Leur divinité est Macháqua, le crapaud à cornes.

Le temps arriva où les gens n'écoutèrent plus leur chef dans leur village, jusqu'à lui désobéir et lui manquer de respect. D'après une vieille coutume, on ne peut régler une telle chose que par le départ des gens et la destruction du village. C'est ce qui s'est passé avant, avec Mu, puis avec Tiwanaku, Palenque, Casas Grande – ça se répète sans cesse. Et ça se répète aujourd'hui dans le monde entier, pense à toutes les disputes, contradictions et au manque de respect. C'est pourquoi nous, les Hopis, nous savons que la fin du 4e monde arrivera bientôt. Nous en sommes proches.

Donc, on a pris la décision de détruire le village par un feu et une explosion après une dernière cérémonie. Certains ne crurent pas au feu et à l'explosion et restèrent au village pour voir ce qui allait se passer. D'autres sont partis avant la cérémonie. Trente hommes et trente femmes participèrent à la cérémonie. Ils laissèrent un panier troué avec des poudres mélangées dedans, mirent le feu, et quand la flamme entra dans le trou, se produisit une explosion intense, et tout le village et les gens qui étaient restés périrent. Même certains de ceux qui étaient partis plus tôt furent incommodés par la chaleur et il fallut les porter.

Les survivants ne purent aller à Oraibi parce que le temps n'était pas encore venu. Uniquement ceux qui pouvaient venir à Oraibi étaient ceux pour lesquels les Kachinas avaient déterminé le bon moment. C'est ainsi que le clan du front continua sa migration. Plus tard, ce clan fut le dernier à être accepté parmi les clans du feu.

Dans la chanson on dit que les gens vont de village en village et ne trouvent pas de refuge. Ils ne le trouveront nulle part, car ça brûle partout. Il n'y a pas de remède, car ce sera le feu qui détruira notre 4e monde. Ce ne sera pas une guerre atomique, mais une arme électrique que l'on est en train de développer et qui sera découverte bientôt. Je ne sais pas comment agira cette arme exactement, mais elle enverra quelque chose qui ressemble à des ondes radio et ça partira d'une station et ça ira partout.

Arrivée des Espagnols à Oraibi

Quand les Kachinas sont partis, ils nous ont dit de ne pas oublier qu'il y aura, un jour, des gens d'un autre pays qui viendront nous voir pour nous parler d'une autre croyance. Ils ont donné à mes pères du clan de l'ours un bâton d'environ 2 mètres de longueur sur lequel ils nous demandaient de marquer chaque année qui passait. Le bâton était de couleur noire et, chaque année, au moment de Soyál, nous y avons fait un trait blanc. Les gens d'un autre pays devaient venir quand le bâton serait couvert de traits du haut jusqu'en bas. Les Kachinas nous avaient demandé de rencontrer ces gens à un endroit appelé Kowáwayma, qui se trouve sur le Rio Grande, à environ cinquante kilomètres au nord d'Albuquerque. C'est d'ailleurs le même endroit où les Navajos s'arrêtèrent sur leur chemin de retour après avoir été libérés de prison. Ils cassèrent leurs flèches, les posèrent dans les ruines et ont juré de ne plus jamais causer d'ennuis aux Hopis.

Si les étrangers ne venaient pas cette année-là, nous devions encore ajouter cinq années sur un nouveau bâton et le lieu de rencontre, dans ce cas, devait être Sikiá'ova, ce qui veut dire "pierre jaune". Cet endroit se trouve près de la vieille route menant vers Oraibi.
Si, après ce délai, ils n'étaient toujours pas là, nous devions les rencontrer cinq ans plus tard à un endroit plus haut, sur la route qui s'appelle Chiwáchukha, ce qui veut dire "glaise durcie". et ainsi de suite pour 2 périodes de 5 ans (20 ans de retard possible).

D'après notre tradition, c'est Pahána ("l'homme qui traverse l'eau avec un bateau"), le frère, qui devait conduire ces gens sur notre continent. Ce qui montre que plusieurs millénaires avant l'événement, on savait déjà que les gens viendraient en bateau, et non sur des boucliers volants.

Quand le premier bâton fut rempli, les gens n'étaient toujours pas venus, et 20 ans passèrent.

Enfin, avec un retard de 20 ans sur le premier bâton, ils arrivèrent et nous nous préparâmes à les attendre à Tiwanaku (la première ville), comme on nous l'avait demandé. Les étrangers arrivèrent donc à cet endroit. Il y a longtemps, ce nom signifiait un nouveau commencement, et cette fois-ci, ce fut aussi un nouveau commencement.

Ce retard de vingt ans inquiétait mon peuple (ce qui signifiait que ce ne seraient pas les gentils qui viendraient) et quand les Espagnols arrivèrent, tout avait été préparé pour les recevoir. Nos anciens et les chefs religieux vinrent pour les accueillir. Les étrangers portaient des armures et toutes leurs armes, mais nous n'avions pas peur. Nous pensions encore qu'il s'agissait de frères, d'êtres humains civilisés. Le chef d'Oraibi tendit sa main pour un "nackwách", le signe de la vraie fraternité. Si l'homme en face avait compris ce signe, tout aurait été bien. Mais quand le chef tendit sa main, l'Espagnol crut qu'il voulait un cadeau et lui donna des babioles sans valeur.

Ce fut un coup dur pour les Hopis, les étrangers ne connaissaient pas le signe de la fraternité ! Notre peuple prit alors conscience qu'à partir de ce moment le malheur s'abattrait sur les Hopis. Et cela s'est passé ainsi.

Conclusion

Chacun d'entre nous est né avec une prédestination et doit remplir sa tâche dans ce monde. Longtemps avant ma conception, il fut décidé que cela ferait partie de ma destinée de transmettre toutes ces choses.

Tout au début de ton enregistrement, je t'ai dit que l'histoire de mon peuple représente une mise en garde pour vous. As-tu remarqué comment l'histoire se répète toujours et toujours ? Et tu as vu que le créateur punit l'humanité quand elle transgresse les lois et dévie ou quitte le droit chemin.

Naturellement, tes scientifiques voudront nous corriger, comme ils le font toujours. Ils ne nous comprennent pas et ne peuvent donc pas comprendre notre histoire et nos opinions. Mais nous, les Hopis, reconnaissons dans les événements d'aujourd'hui la même chose que ce qui est arrivé vers la fin du troisième monde. Nous voyons ce qui se passe dans le monde, la corruption, les assassinats, et nous savons que nous sommes sur le chemin de la destruction. On peut éviter cette fin terrible si nous retournons sur le chemin du créateur, mais je n'y crois pas. La prochaine grande catastrophe n'est pas loin, seulement quelques années. [fin du témoignage d'Ours Blanc].

Européens dominateurs et Prophéties (p. 543)

D'autres sources hopis racontent l'arrivée des européens, le rôle des hopis qui était de leur apprendre le caractère sacré de la nature. Chacune des 4 races devait mettre en commun leurs connaissances apprises chacune dans leur coin, et pas se dominer les unes les autres.

Les infos sur les autres peuples du monde que détenaient les Hopis : comment des indiens isolés au centre des USA, savaient que de l'autre côté de l'Atlantique (à l'Est), il y avait des noirs au Sud, des blancs au Nord, et des Jaunes de l'autre côté du Pacifique à l'Ouest ? A noter qu'ils ne connaissaient pas la race sumérienne, celle qui a envahi le Monde (dirigeants occidentaux) et perturbé les plans de paix fait entre les 4 races.

Nous verrons dans la partie messianisme, les prophéties troublantes que les Hopis ont fait pour cette fin des temps. La plupart se sont déjà déroulées.

Initié > Popol Vuh Maya

Le Manuscrit Quiché des Mayas (Popol Vuh, écrit entre 1554 et 1558, le document le plus important pour connaître les mythes de la civilisation Maya) nous rapporte que dans l'hémisphère occidental, aux temps d'un grand cataclysme où la Terre trembla et où le mouvement du Soleil s'interrompit, l'eau des rivières fut transformée en sang, une pluie de bitume et de résine s'abattit sur Terre, le ciel s'obscurcit, les hommes se noyèrent dans une substance visqueuse tombée du ciel.

Nous n'avons qu'une traduction, la version d'origine, ayant été écrite par les indiens, ayant (évidemment) disparue mystérieusement... Y est décrite la genèse du monde qui offre certaines ressemblances avec la Cosmogonie biblique. Du néant originel, les Dieux décidèrent de créer le monde, de le rendre matériel et de le peupler de créatures afin d'être adorés. Après la création de la Terre, des montagnes, de la flore et de la faune, ils créèrent les premiers hommes à partir de la glaise. Les hommes se montrant paresseux, les dieux les détruisirent dans le déluge.

Apparaissent aussi 2 dieux jumeaux (Hunahpú et Xbalanque). Il y a des dieux maléfiques, qui vivent dans des mondes souterrains.

Les dieux jumeaux triomphent des périls grâce à leur emprise sur les animaux, ou leur facultés de métamorphose. Les dieux sont associés au Soleil et à une planète rouge.

Les 4 premiers hommes se révélant trop parfaits, les dieux ont peur qu'ils les supplantent, et restreignent leurs sens et leur intelligence. Puis ils les forcent à procréer (en créant 4 femmes) et leurs enfants deviendront tous les humains de la Terre (les 4 races de Hopis). Arrive alors une sorte de tour de babel, où les dieux imposent des langages différents, et dispaersent les hommes sur la Terre.

Le texte est ensuite plus les archives des premiers hommes jusqu'aux souverains des Quichés.

Il y a une succession de monde (4 fois l'humanité fut détruite puis recréée), de même que les dieux jumeaux sont de temps en temps remplacés par d'autres.

Présent

Survol

Les effets de Nibiru sur la Terre sont croissants depuis 1930 environ (au fur et à mesure qu'elle se rapproche), au point que dès 1960 certains commencent à se poser des questions (Lobsang Rampa en 1960, puis en 1985 un numéro de Sciences et Avenir dédié au sujet des bouleversements observés sur la planète, même si ce qui passait à l'époque pour des catastrophes complètement anormales fait aujourd'hui sourire vu l'intensité de ce qu'on connaît de nos jours :)). Ces effets sont devenus vraiment significatifs depuis 1996. Depuis 2003 (date de son arrivée entre la Terre et le Soleil), elle se rapproche année après année de la Terre, provoquant des cataclysmes dont le nombre et l'intensité sont croissants.

De même période de révolution que la Terre, Nibiru reste donc toujours proche de l'axe Terre-Soleil (légèrement décalée sur la droite, donc hors du disque Solaire). Nibiru, qui nous présente sa face sombre, est donc invisible de la Terre (comme on ne peut pas voir les étoiles en plein jour, ou la nouvelle Lune (Lune noire)).

Découverte officiellement par la NASA en 1983 (mais déjà connue via les tablettes d'argile Sumériennes pluri-millénaires), Nibiru a été placée sous le sceau du secret-défense (interdiction pour les scientifiques de faire référence à cette découverte de 1983). Toute divulgation provoquerait en effet un effondrement du système économique capitaliste, celui qui plaît si bien aux ultra-riches du pouvoir qui détiennent tous les médias, la science et l'éducation...

Même si Nibiru ne peut se voir à notre niveau, nous pouvons prouver sa présence grâce à ses effets dans notre vie quotidienne (effets que tout le monde peut voir).

Même si l'énumération qui suit peut paraître anxiogène, rappelez-vous que c'est un processus naturel, récurrent (tous les 3 666 ans) et qui va dans le bon sens pour l'humanité (effondrement du système d'esclavage et d'ignorance actuel). Nibiru passe depuis des milliards d'années, l'homme a déjà survécu a des milliers de passages, nous survivrons une fois de plus !

Prophéties (messianisme) (p. 537)

De nombreuses prophéties, de toutes religions ou civilisations confondues, décrivent le retour de Nibiru, l'étoile / comète qui apportera de grands ravages.

Que ce soient les hopis avec l'étoile rouge qui va secouer la Terre, les hadiths de l'islam avec El Tarik le destructeur et Zu-Shifa l'étoile cornue, l'apocalypse de St Jean avec la comète rouge destructrice absinthe, ou encore le dragon céleste, etc. Les hadiths musulmans nous rappellent d'ailleurs que c'est elle qui avait déjà dans le passé provoqué le déluge ou encore l'exode.

Jusqu'à présent ces prophéties se sont révélées justes, et décrivent bien les cataclysmes qu'on vit en ce moment.

Effets de Nibiru sur le système solaire (p. 396)

La très magnétique Nibiru agit sur le système solaire tout entier, via principalement son influence magnétique sur notre Soleil. Partout, on remarque que les cataclysmes, en hausse sur Terre, sont aussi en hausse ailleurs, comme les méga ouragans de Jupiter, Mars qui se réchauffe 4 fois plus vite que la Terre depuis 2004, ou le noyau magnétique du Soleil tout perturbé, les tâches solaires qui disparaissent.

Effets de Nibiru sur la Terre (p. 400)

Séismes, volcans, météores, tempêtes, et des centaines d'autres. Chaque fois que quelque chose de rarissime ou de jamais vu se produit actuellement, vous pouvez être quasi sûr que ça vient de Nibiru...

Effets de Nibiru sur la vie (p. 424)

Les effets de Nibiru sur la vie sont assez destructeurs : hécatombe d'animaux, des milliers d'oiseaux qui tombent brutalement du ciel au même endroit. Y compris sur la technologie que nous employons : tous les 4 mois, nous assistons à une pléthore d'accidents d'origine électrique (crashs d'avion, explosion de transformateurs, déraillement de trains).

Nibiru peut aussi être prouvée en s'intéressant aux comportements anormaux des élites de ces 30 dernières années, du moins ceux qui savent pour l'existence de Nibiru, repérée par la NASA en 1983. Les abus des oligarques n'ont jamais été aussi visible, les riches qui se construisent des bunker ou des villes fantômes, la NASA qui ment à tout va et finit par s'emmêler les pinceaux à de nombreuses reprises, quand ils ne mettent pas la pression sur Space X pour s'enfuir sur mars... Tout en cachant l'existence de la planète (sinon le peuple arrête de travailler pour eux) ils sont aussi obligés de nous préparer psychologiquement (via les films, les articles toutes les semaines sur l'espace, la découverte de planètes, etc.) pour adoucir la réaction du public quand sera révélée l'existence de Nibiru.

Présent > Effets sur le système solaire

Survol

Les changements sur Terre se vérifient partout ailleurs

En 2018, Poutine révélait (p. 161) que les changements sur Terre étaient en augmentation sensibles depuis 1930 (très progressives, donc peu visibles du grand public). Quand on regarde les températures moyennes, elles explosent depuis 1996 (visibles par tous). Ces grandes dates des changements sur Terre se retrouvent aussi sur les autres planètes du système solaire.

En effet, les anormalités ne sont pas centrées sur la Terre : les effets de Nibiru se font sentir partout dans le système solaire (jusqu'à Pluton, c'est pour dire !). Ce ne sont donc pas le CO2, HAARP ou les hologrammes de Blue Beam...

Fonte des pôles glaciaires de toutes les planètes, changement de la couleur de leur atmosphère, des tempêtes inédites, augmentation de météores : toutes les anomalies sur Terre sont aussi observées sur Terre sur toutes les autres planètes...

Le vent interstellaire a vu sa direction changer en 2013, en même temps que la magnétosphère terrestre et solaire est modifiée par une grosse masse très magnétique située entre Terre et Soleil…

Pas une supernova

Au début des années 2000, quand ces changements observés dans le système ont commencé à interroger la communauté scientifique, la NASA a émis l'hypothèse d'une explosion lointaine d'une super Nova. Mais ça ne pouvait expliquer les détournements de météores par une masse dans le système solaire, ou le fait que ces phénomènes sont en hausse constante depuis 2000.

La NASA a arrêté ensuite de chercher des explications à chaque fois, et a opté pour l'étouffement des infos, le non paiement d'études sur le sujet, l'isolement des chercheurs trop curieux.

Soleil anormal (p. 397)

Si le noyau d'étoile de la Terre est perturbé par Nibiru, aucune raison que notre étoile Soleil ne le soit pas elle aussi.

Les tâches solaires qui disparaissent, décorrélation entre la courbe des isotopes + des tâches solaire d'avec celle des températures moyennes à la surface de la Terre, éruptions records, Soleil devenu blanc donc plus puissant (le fameux "coup de chalumeau" sur les végétaux), notre Soleil est clairement anormal depuis 2000...

Lune (p. 399)

La Lune est plus brillante à cause du Soleil plus brillant (p. 399), mais on observe aussi un allongement de l'excentration, et en 2017, 700 fois plus d'impacts de météorites depuis 2013.

Vénus (p. 399)

Sa brillance augmente fortement depuis 2000, les tempêtes sont plus violentes depuis 2006, des ondes bizarres la traverse en 2017.

Mars (p. 399)

Comme la Terre, la planète se réchauffe, les tempêtes augmentent, les séismes augmentent, le volcanisme théoriquement éteint depuis des millions d'années se réveille.

Cérès (p. 400)

Des jets de vapeur découverts en 2014, et l'aveu en 2020 que son noyau est actif, remettant en cause notre compréhension des corps célestes (voilà pourquoi, depuis sa découverte en 1801, ce corps anormal était étonnamment peu étudié...

Depuis 2016, sa surface observée évolue, preuve que quelque chose change.

Jupiter

Sur Jupiter, des tempêtes inhabituelles et inexplicables comme ailleurs.

Mais bien plus visible de tous les astronomes amateurs, l'apparition d'une nouvelle grosse tâche, chose inédite en 300 ans d'observations : "Les chercheurs concluent, dans un article publié dans Nature début 2008, que les perturbations doivent être générées par une source de chaleur interne dont la nature reste à déterminer". En gros, là bas aussi ça se réchauffe...

Son magnétisme, comme celui de la Terre qui perds le Nord, est perturbé : augmentation de 200% de la luminosité de ses nuages de plasma avoisinants.

Saturne

Des tempêtes inhabituelles trouvées sur Saturne, la planète aux anneaux.

Décroissance de son « jet stream » équatorial depuis 1984. Surcharge d'émission de rayons X depuis son équateur (1000% pour le nuage brillant qui entoure la planète). Disparition des rayons transversaux de son anneau.

En décembre 2013, le cercle polaire arctique de Saturne (planète magnétique) s'est mis à bouger, formant un hexagone parfaitement régulier (forme non expliquée, super bizarre de par sa perfection). A mettre en lien avec le vacillement terrestre, et les vortex polaire qui donnent une forme quadrilobée à notre cercle polaire terrestre.

Uranus

Entre 1984 et 2004 (date de l'étude), apparition de grands changements au niveau de sa luminosité, liés à l'émergence de nuages remarquablement lumineux « de la grosseur d'un continent terrestre », et arrivée nouvelle d'énormes tempêtes. Encore une fois, tout ceci dans les 20 dernières années.

Neptune

Tempêtes inhabituelles (de la taille de la Terre !) observées dans des zones précédemment calmes.

En juin 1994, la grande tache sombre de l'hémisphère sud (comparable à la grande tache rouge de Jupiter) est mystérieusement disparue. En 1995, elle est réapparue, mais dans l'hémisphère nord! De plus, sa luminosité globale s'est accrue de 40%.

Pluton

Pluton a changé de couleur (et donc un changement majeur dans son albdo) à cause d'un réchauffement de sa surface (malgré le fait qu'elle s'éloigne du soleil).

Comme ça ne peut être caché, on nous révèle un accroissement de sa pression atmosphérique de 300%, de 1989 à 2002.

Encore plus loin, le vent interstellaire

En 2013, le vent interstellaire, ces particules chargées qui viennent des autres étoiles, a brusquement changé de direction, sans que les scientifiques ne sachent pourquoi...

Comme ce vent interstellaire est la résultante de tous les vents générés par les autres étoiles et galaxies qui entourent notre système solaire complet, et a donc peu de chance de bouger (sinon les étoiles dans le ciel formeraient de nouvelles constellations), il faut bien que l'objet qui détourne ce vent soit un objet proche, très magnétique, placé entre le Soleil et la Terre, et en place depuis peu d'années...

A mettre en lien avec le champ magnétique solaire et terrestre qui ont, au même moment, eux aussi été déformés par un objet entrant très proche, très magnétique, lui aussi situé entre le Soleil et la Terre...

Soleil anormal

Le plus étrange, c'est que des milliards de dollars sont dépensés pour observer le Soleil, mais qu'apparemment personne n'a l'idée d'exploiter les résultats de ces mesures...

Le soleil, dans son apparence et dans son fonctionnement, est complètement perturbé depuis 2003, date à laquelle Nibiru s'est immiscé de force dans le ballet des planètes en se collant à lui.

Et après tout, ce changement est normal : si le noyau de la Terre, un coeur d'étoile, est perturbé, il est normal que le Soleil, une étoile, ne le soit pas.

Tâches solaires

Historique

Il y a deux mille ans, les astronomes grecs et chinois parlaient dans leurs écrits de taches sombres sur le Soleil, dont la forme et l'emplacement changeaient. En avril 1612, Galilée fut le premier à les observer en détail à l'aide d'une lunette astronomique. Par la suite, l'observatoire de Zurich en poursuivit l'observation, et l'évolution et le nombre de tâches est suivi et enregistré depuis 400 ans.

De 2009 à 2012, le soleil à été anormalement calme (tâches solaires carrément absentes, du jamais vu). Pourtant, la tâche solaire vue en octobre 2014 est la plus grosse jamais observée depuis 10 ans.

Cycle solaire (tâches) en panne

Le Soleil à des cycles de 11 ans, et lors des pics, le nombre de tâches à sa surface augmente considérablement.

L'absence de tâches lors des pics montre que ces cycles sont perturbés depuis 2000, des perturbations en hausse progressive depuis les cycles précédents des années 1980.

Décorrélation des températures terrestres

Jusqu'à avant 2000, on a montré que l'irradiance du Soleil (l'intensité énergétique du rayonnement qu'il émet) était corrélée au nombre de tâches, à savoir que beaucoup de tâches observées = rayonnement plus fort (donc surface du Soleil plus chaude).

Or, depuis plusieurs cycles, le nombre de tâches observées lors des pics ne fait que baisser, ce qui fait dire aujourd'hui que notre Soleil est en panne. Si l'on tient compte des données du SILSO (observatoire royal de Belgique), en 1958, le nombre de tâches par mois lors du pic était de 280, en 2014, il n'est plus que de 110, moins de la moitié. Une tendance bien nette à la baisse observée dès le cycle précédent, en 2001 (180 tâches par mois). Ces tâches étant observables des amateurs, la triche sur ces données ne peut pas être très importante.

En regardant les sources NOAA, l'activité du cycle solaire 24 aurait du recommencer en 2007, mais ce n'est qu'en fin 2009 que l'activité est repartie, avec donc plus de 2 années de retard. Les prévisionnistes de la NASA se sont donc trompés sur le coup, et donc le GIEC avec qui ils coopèrent.

Dommage pour la NASA, ils auraient bien aimé mettre les EMP du noyau sur le dos d'une activité solaire plus forte !

Reprendre notre connaissance des tâches

Nous verrons plus loin qu'avant 2000, moins de tâches = moins de chaleur, et après 2000, c'est l'inverse : moins de tâches = davantage de chaleur.

Un phénomène en apparence incohérent, mais logique en réalité : cela indique juste que les tâches ne se forment qu'à une température de surface précise. Trop froid, la viscosité est trop forte, elles n'apparaissent, trop chaude, la viscosité est plus fluide, les phénomènes se dissipent sans former de tâches.

Ce qui prouve que la température de surface du Soleil a augmenté...

Éruptions solaires records

Une étude de 2004 concluait que le Soleil montre plus d'éruption solaires (nombre et force) depuis 1940, que dans les 1 150 dernières années combinées!

Depuis 2016, le soleil, considéré par la science comme « à l'arrêt » suite à l'absence de tâches, est soudain traversé au quart par d'immenses canyons rarement observés auparavant (les trous coronaux, dont les scientifiques ne comprennent pas l'origine [eruptsol]), en même temps que les EMP du noyau terrestre s'amplifient, et que 5 à 30 jours après, la sismologie de la Terre s'amplifie. C'est la preuve qu'un gros objet agit magnétiquement sur la Terre **et** sur le soleil.

Ce serait aussi l'occasion pour la science de se demander si l'activité solaire est réellement visible juste avec les tâches solaires.

Anomalies en surface

Le 21/12/2019, sont détectées pour la première fois un nouveau genre d'explosions magnétiques, montrant localement des lignes de champ magnétiques tellement fortes qu'elles obligent l'éruption solaire à se remettre en boucle.

Irradiance solaire (puissance rayonnement)

Augmentation

Cette augmentation de l'irradiance est mesurable par la mesure des isotopes issus de rayons cosmiques (Carbone 14 et Beryllium 10) dans les carottes glaciaires et les cernes des arbres, ou encore l'oxygène-18 (pour les températures) dans les carottes de glace, les concrétions calcaires ou encore les coraux et les coquilles de mollusques. L'étude du Be 10 montre qu'entre 1600 (début du comptage des tâches solaires) et 1960, l'augmentation de Béryllium 10 est couplée à l'augmentation du nombre de tâches, bien que l'augmentation de l'isotope soit plus rapide. Entre 1960 et 2000, la concentration en isotope monte encore plus fortement alors que le nombre de tâches stagne, avant de chuter après 2000. Ce découplage après 2000 ne semble pas avoir été étudié, la courbe de corrélation s'arrêtant en 2000, et la science se contentant de dire que c'est mal connu donc pas fiable… Ça marche sur 400 ans, mais quand ça varie sur 10 ans, on préfère accuser nos modèles qu'un changement dans l'irradiance solaire…

Le graphe de Lean et al, de 1995, utilisé par le GIEC, montre une grosse évolution de l'irradiance solaire depuis 1930, alors que la version 2005, où l'échelle est écrasée (!), ne montre quasiment plus cette évolution... Une manipulation statistique pour cacher ce qu'on ne veut pas (faire) voir...

Satellites d'irradiance solaire mal calibrés

On aurait les satellites pour mesurer cette irradiance, mais les données sont tellement inaccessibles, opaques et incohérentes, que les scientifiques préfèrent mesurer le béryllium dans les troncs d'arbres !

Le satellite SORCE a été lancé en 2003, pour étudier l'irradiance solaire. Prévu jusqu'en 2008, il sera prolongé jusqu'en 2015 suite à l'échec de son remplaçant Glory (tient, encore un satellite d'observation de Nibiru dont le public n'aura pas les images…).

L'analyse des mesures effectuées par SORCE entre avril 2004 et novembre 2007 semble indiquer que, alors qu'il était au maximum d'activité de son cycle, le Soleil aurait émis cinq fois moins d'UV qu'au cours des années précédentes. Si ce phénomène était régulier, cela suggérerait que le Soleil réchaufferait davantage la Terre lorsque son activité décroît que lorsqu'il est à l'optimum de son cycle de 11 ans. Dit autrement, les tâches semblent disparaître dès que la surface du Soleil est plus chaude. Un résultat incohérent avec les mesures d'avant 2000 (où moins de tâches = normalement température plus froide), laissant à penser que le Soleil émet plus de rayonnement depuis 1996.

Soleil brillant plus fort

Silence dans les médias

Vous ne trouverez pas d'explications main stream sur le Soleil, parce que la sciences, considérant que le Soleil est fixe et ne varie pas à nos échelles de temps, ses variations de puissance d'éclairement sont très peu étudiées.

Couleur passée de jaune à blanche

Nous avons vu le Soleil passer de jaune dans les années 1970, à blanc, progressivement depuis 1995.

Comme le noyau terrestre, celui du Soleil s'est échauffé, donc sa température de surface augmente, et sa couleur passe de jaune à blanc (c'est d'ailleurs grâce à leur couleur que la température de surface des étoiles est estimée par les astronomes).

Rayons plus brûlants

Surface plus chaude = rayonnement plus puissant / plus brûlant.

Peau qui chauffe en quelque secondes au lieu de quelques minutes, coups de Soleil avec des brûlures plus sévères en surface, plastiques des voitures qui fondent, feuilles des arbres/plantes qui cuisent (le "coup de chalumeau" dont les médias ont parlé en 2019, mais qui s'observait les années d'avant pour ceux qui regardent) imposant un voile d'ombrage sur les jardins.

Cette puissance supérieure se retrouve en astronomie, avec les objets proches, brillants par réflexion solaire, qui deviennent plus brillants : des pleines Lune qui éclairent presque comme en plein jour (p. 399), une

Vénus plus brillante qu'avant, au point que nombreux croient voir une planète jamais vue avant.

Croissance exacerbée de la végétation au printemps, humidité de surface qui s'évapore après une seule après de plein soleil (incendies plus fréquents).

Dégâts sur les objets

14/08/2015 : Une Dacia laissée en plein soleil en Italie voit ses plastiques de protection extérieurs fondre... La mauvaise qualité des plastique y joue une part, mais pas que... Si les concepteurs s'appuient sur des données de rayonnement obsolètes, forcément que le dimensionnement au plus juste provoque ce genre de dégâts...

06/06/2018 : Des records de chaleur jamais vu à Mexico font fondre les feux de signalisation.

Dégâts sur la végétation

Fin juin 2019, des vignes centenaires se prennent comme ce qu'on appelle désormais un « coup de chalumeau », chose jamais vue avant. Comme le manque d'eau n'est pas en cause, et que seule la puissance du Soleil peut être le paramètre à prendre en compte, il faut en déduire les bonnes conclusions.

Réchauffement de Mars (p. 399)

L'atmosphère de Mars se réchauffe 4 fois plus vite que la Terre depuis 2004, Comme son noyau est censé être éteint, seul le rayonnement solaire plus chaud peut expliquer cela.

Lune

Pleine Lune plus blanche et brillante

Soleil plus brillant = Lune plus brillante (elle réfléchit la lumière du Soleil). Vous pouvez le constater en regardant les détails plus nombreux de la végétation (éclairage plus puissant), la couleur blanche des voitures plus blanche et moins grise, etc.

Excentricité augmentée

Plus Nibiru s'avance, et plus la Lune est excentrée, et se rapproche de la Terre a sa périhélie. Regarder le nombre d'article nous parlant de SuperLune, pour expliquer les observations de Lune bien plus grosses qu'à l'accoutumée.

Le 01/02/2011, L'université Cornell des USA publie sur l'allongement anormal de l'excentricité de l'orbite de la Lune :

"Une récente analyse de la position de la lune (par données laser) pendant 38.7 ans révèle un accroissement anormal de l'excentricité de l'orbite de la lune [...] Une potentielle explication newtonienne serait un objet massif trans-plutonien (Planet X/Nibiru)".

Vénus

Luminosité aurorale en augmentation

Depuis 1980, augmentation de sa luminosité aurorale de 2 500%.

Des vents plus rapides

En juin 2013, on nous apprend que la vitesse des vents sur Vénus a brutalement et très fortement augmentée depuis 2006. Qui plus est, ces perturbations sont cycliques : Y a-t-il un objet qui perturberait Vénus chaque fois qu'elle s'en approche ?

Évidemment, si les scientifiques sont très forts pour donner des hypothèses non étayées, aucun ne fait le lien avec le fait que sur Terre et sur Mars, depuis la même époque, les vents sont là aussi plus rapides qu'avant...

onde géante inédite

En janvier 2017, une onde géante inédite traverse toute l'atmosphère de Vénus de part en part.

Mars

Réchauffement extrême

Mars se réchauffe 4 fois plus vite que la Terre depuis 2004. Difficile à la NASA de cacher ça, vu que tous les amateurs sur Terre peuvent voir les calottes polaires fondre entièrement, ce qu'elles n'avaient jamais fait depuis leur découverte en 1661.

Tempêtes

Augmentation des tempêtes, en nombre et en ampleur.

Hausse des séismes

Le 13/12/2019, la revue Nature publie un article qui révèle que le taux de séismes (nombre de séismes par jour) augmente sur la planète Mars.

Tempêtes martiennes

Les tempêtes sur Mars, apparues en 1976 inexplicablement, sont en augmentation croissante sur Mars depuis l'an 2000. Les scientifiques font croire que ces tempêtes augmentent la température de l'atmosphère par effet de serre, alors qu'au contraire elles sont censées refroidir l'atmosphère, en renvoyant les rayons solaires dans l'espace, comme on nous explique si les volcans entraient tous en éruption.

Réveil des volcans

Le noyau de Mars est censé être éteint, mais les séismes en augmentation font penser le contraire. Le 13/09/2018, un nuage étrange est apparu sur la Surface de Mars. A part une éruption volcanique générant un panache de cendre, les astronomes n'ont pas de réponse... Donc pour eux, le fait que ce panache sortent du volcan nommé "Arsia Mons", et y reste accroché tout en s'étalant en longueur, comme si le volcan en était l'émetteur, est juste un "hasard"... Et c'est nous qui sommes traités de cerveaux malades...

Le 14/02/2019, les scientifiques ont finalement dû admettre qu'il pourrait y avoir des volcans actifs sur Mars. Seule une activité magmatique aurait pu empêché les vapeurs d'eau observée de geler.

Cérès

Jets de vapeur

Depuis janvier 2014, on a découvert que Cérès émet des jets de vapeur chaque fois qu'une de ses faces est dirigée vers le Soleil. Qu'ils n'aient pas été découverts avant suggèrent que ce phénomène est récent (même si on ne peut le prouver à 100%, Cérès ayant, depuis sa découverte en 1801, été étonnamment peu étudiée, tellement peu que ça en est suspect ! (en lien avec la ceinture d'astéroïdes pour laquelle on ne sait expliquer pourquoi elle n'a pas formé de planète, voir L1).

Mais hormis ces geysers de vapeur d'eau, on sait que depuis 2016 la surface de Cérès évolue, allant dans l'idée d'un réchauffement de l'astéroïde : 2 études en 2018 ont confirmé que :

- des variations à très court terme des quantités de glace d'eau, en particulier sur les parois du cratère Juling, ont été observées entre avril et octobre 2016. Réchauffement inexpliqué (l''hypothèse de la périhélie ne tient pas, ce réchauffement est trop rapide par rapport au faible rayonnement supplémentaire reçu.
- des changements récents de la topographie de l'astéroïde sont prouvés par l'identification de plusieurs zones où des carbonates hydratés sont exposés en surface, alors que ceux-ci devraient se déshydrater assez rapidement.

En 2017, devant toutes les preuves du changement de surface, la NASA est obligée de reconnaître que Cérès subit des changements inexpliqués.

Présent > Effets sur la Terre

Voyons les effets que Nibiru a sur notre environnement, dans la prochaine sous partie, nous verrons les effets qui agissent sur les êtres vivants.

Survol

Dans l'actualité, depuis 1996, une grosse accumulation de faits anormaux suffit en lui-même à vous montrer que quelque chose se passe, et que les médias cherchent à vous le cacher (il est impossible qu'aucun journaliste n'ai fait le lien).

Les catastrophes augmentent inexorablement

Les catastrophes ont une intensité et une fréquence toujours croissantes, et rien n'indique que ça va se calmer... Températures (chaque année pulvérise le record de chaleur de l'année précédente), tempêtes chaque année plus puissantes et plus nombreuses, climat aux variations de plus en plus brutales, séismes records, volcanisme record, ou encore météores (11 fois plus entre 2006 et 2016).

Le noyau se réchauffe

Ce n'est pas le CO2 (p. 402)

C'est un réchauffement du noyau terrestre, pas de l'atmosphère comme nous le fait croire le GIEC. Les banquises fondent par le dessous, le permafrost sibérien fond par le dessous (les immenses "trous de l'enfer" depuis 2013), l'augmentation des ouragans, cyclones et trombes marines (même en hiver désormais), montrent que les océans se réchauffent plus vite que l'atmosphère.

Catastrophes climatiques (p. 403)

Sous l'effet du réchauffement des océans avant l'atmosphère terrestre, ainsi que sous l'effet du vacillement journalier de la Terre, les cellules dépressionnaires augmentent, et les tempêtes sont plus nombreuses et plus puissantes.

Terres submergées (p. 404)

L'eau en excès ne s'écoule plus, ou très difficilement. Précipitations record (même sans bétonnisation, ça déborderait quand même), des continents qui s'enfoncent ou remontent d'un côté, montée du niveau des mers, marées trop hautes, tempêtes dépressionnaires plus nombreuses.

De nombreux autres impacts en cascade

Ce réchauffement du noyau est aussi le responsable du déplacement accéléré des plaques tectoniques (séismes et volcans), des EMP du noyau, vacillement amplifié, phénomènes développés plus loin, tant leurs conséquences en cascades sont elles aussi nombreuses.

Dérive des continents amplifiée

La croûte terrestre bascule (p. 405)

Dit autrement, la dérive des continents s'accélère.

Déplacement accéléré des continents

L'Australie s'est déplacée de 1,5 m vers le Nord en 4 ans. Il ne faut pas rêver, le vrai déplacement est bien pire, et une superposition des cartes satellites d'il y a 2 ans sur celles d'aujourd'hui, montre un gros changement dans la position des continents.

Séismes (p. 406)

Si les continents bougent plus, forcément, ça tremble plus. Il n'y a que les médias pour ne pas voir que les séismes sont en augmentation flagrante, autant en nombre qu'en magnitudes. Et encore, les statistiques sont minorées systématiquement...

Depuis 2017, les plaques ont toutes tellement frottées, que les déplacements amplifiés ne génèrent plus de grosses secousses.

Mouvements du sol (p. 408)

Lacs qui se vident en une nuit, déchirement de la croûte terrestre se remplissant de magma, etc. Quand le sol bouge, ça fait des trous et des bosses, ou des fissures bien visibles.

Liquides sortant du sous-sol (p. 410)

Quand on comprime le sol, comme quand on presse une éponge, tous les liquides ressortent : volcans de boue, geysers de gaz, de boue ou de sable apparaissant spontanément.

Gaz sortant du sous-sol (p. 411)

Quand on comprime très fortement le sol, comme avec l'extraction hydraulique, les gaz fossiles sous pression ressortent. Ce n'est la récupération des gaz de schiste qui provoque les séismes, mais c'est parce que le sol est sous pression qu'on extrait les gaz de schistes...

Incendies inarrêtables (p. 412)

Ce ne sont pas des pyromanes, ce ne sont pas des lasers venant de l'espace : ces incendies se concentrent le long des lignes de faille en pression, et on voit que malgré l'eau envoyée dessus, les flammes sortent du sol.

Volcanisme (p. 412)

De la même façon que pour les séismes, échauffement du manteau + fragilisation de la croûte terrestre + vitesse de subduction augmentée, entraînent mécaniquement l'augmentation de l'activité volcanique, et le réveil de tous les volcans.

Les journées s'allongent (p. 413)

La durée d'une journée s'allonge, obligeant à une automatisation poussée des mises à l'heure automatique, et des aberrations concernant les montres mécaniques ou sans signal de synchronisation, comme les horloges de four.

Trompettes de l'apocalypse (p. 414)

Les frottements de la dérive des continents amplifiée provoque la mise en résonance de la croûte terrestre, phénomène amplifié par les grottes ou les nappes aquifères. Des son comme des trompettes, des hurlements de banshee, ou des tirs de mitraillette, sons semblant sortir de nulle part, et se réverbérant sur l'atmosphère, semblant venir du ciel.

Boums sonores (p. 414)

Des gros "boum", entendus sur plusieurs départements, faisant penser à une grosse explosion. Pas des avions de chasse franchissant le mur du son trop bas (explication des médias), les témoins précisent bien que ce n'est pas un avion, et le bruit se fait entendre sur une zone trop étendue.

De nombreux autres impacts en cascade

Cette dérive des continents amplifiée, provoquée par un manteau plus fluide (noyau plus chaud), provoque elle aussi d'autres effets, comme le vacillement journalier.

Vacillement

Sous l'effet de pôles magnétiques de Nibiru, amplifié par le noyau qui se réchauffe, la Terre vacille journalièrement sur son axe de rotation. Un vacillement qui impose la météo a recalculer en permanence les images satellites météo, donnant lieu à quelques loupés sur les images météos (p. 599).

Positions du Soleil erratiques (p. 414)

Le Soleil se lève pendant plusieurs jours trop en avance par rapport à l'heure officielle, puis les jours d'après, il se lève trop en retard.

Anomalie trajectoire des tempêtes

Des ouragans qui vire d'un coup à angle droit, voir qui font carrément demi-tour comme la tempête Alex du 02/10/2020, des bombes météos qui se forment d'un coup (Alex toujours) trop rapidement pour que les météorologues aient eu le temps de la prévoir. Typique du vacillement journalier.

Vortex polaire (p. 415)

Le vacillement engendre les 3 lobes polaires, de l'air froid qui descend trop au Sud, pendant qu'entre ces lobes, l'air chaud remonte trop au Nord. C'est en réalité le sol qui se déplace sous les masses d'air, le vacillement journalier qui provoque la formation de ces lobes.

Tsunamis divers (p. 415)

Le début des années 2000 a vu les 2 tsunamis les plus mortels jamais observés : Sumatra en 2004 (200 000 morts) et le Japon en 2011 (25 000 morts et la pire catastrophe nucléaire de tous les temps).

Séismes ou effondrement sous marin, vacillement journalier, les causes sont nombreuses, tout comme les effets : des tsunamis records, des vagues scélérates, des marées trop basses ou trop hautes.

Hausse de l'activité EM (p. 416)

Plusieurs paramètres de la Terre, liés à l'électromagnétisme, sont en hausse : EMP du noyaux, éclairs plus puissants, spirales célestes, aurores boréales décalées, l'énergie de la résonance de Schumann qui s'envole.

Les anomalies venant de l'espace

Météores anormaux (p. 422)

Non seulement les météores montrent des couleurs jamais vues, mais il y a eu 5 fois plus de météores entre 2009 et 2016. Tcheliabinsk montre ce qui risque d'arriver le jour du hadda musulman.

"Choses" qui tombent du ciel (p. 423)

De plus en plus d'objets venant du ciel tombent sur la Terre. Ces objets viennent des différentes couches du nuage de Nibiru (plusieurs millions de km de diamètre).

Depuis 2010, nous sommes touchés par la couche la plus externe (les cours d'eau rouges, les fils d'ariane, les pluies de feu, les pluies d'hydrocarbures), mais depuis février 2017 c'est les objets lourds du nuage principal qui arrivent (météores et pseudos comètes surprises).

Pluie de substances corrosives le 25 mai 2016 à Metz en France (qui attaque même le verre !). Sans parler de la neige qui ne fond pas ou qui brûle (polymères d'hydrocarbures), des neiges ou pluies bleues, vertes, rouges, oranges.

Doubles Soleil (p. 423)

Il arrive que des observations parlent de double Soleil (indépendamment des reflets de lentille) : Un deuxième Soleil, assez proche du Soleil lui-même, est observé. Ce n'est pas la pleine Lune comme le disent les zététiciens, car proche du Soleil on ne voit que sa face sombre, elle n'est donc pas éclairée… Des vidéos montrent bien d'ailleurs la pleine Lune de l'autre côté du Soleil, donc loin du 2e Soleil.

Pas le CO2, mais le noyau qui se réchauffe

Voir ici tout un site dédié à la théorie du réchauffement du noyau terrestre.

Pourquoi le noyau se réchauffe ?

Nous verrons toutes les causes du réchauffement dans L2. Pour résumer, regardez le satellite de Jupiter, Io, le plus volcaniquement actif du système solaire. Son noyau est actif, il génère son propre magnétisme comme la Terre. Comme il est très proche d'une planète très massive et magnétique comme Jupiter, les effets de marée et le déplacement dans un champ magnétique très puissant surchauffe son noyau : quand les volcans éruptent, ils crachent le magma à 300 km de haut...

Placez proche de la Terre une planète aussi massive et magnétique que l'est Nibiru, et le noyau terrestre sera plus chaud et actif que d'habitude...

La fonte des glaciers par le dessous

Le réchauffement provient du noyau terrestre, pas de son atmosphère. En effet, les banquises fondent par le dessous (voir la disparition ultra-rapide des lacs sub glaciaires du groenland en 2015 suite à la fonte des glaces souterraines qui les retenaient prisonniers, ou encore en septembre 2017 les sinkhole dans les glaciers d'Islande à cause de l'activité volcanique sous glaciaire), d'après une étude de 2013 c'est même 90% de la glace de l'Antarctique qui fondrait par le dessous, et le fond des océans se réchauffe plus vite que sa surface.

Voir ici le top de la mauvaise foi, avec des coulée de magma sous la glace de l'antarctique, ayant provoqué la fonte record des glaces de 2017, mais ce réchauffement du magma serait quand même lié à l'activité humaine (mais ils n'ont pas donné quel serait ce lien !).

Les trous de l'enfer Sibériens

Si le gaz remonte et provoque les bulles de gaz à la surface du permafrost encore gelé en Sibérie, c'est que le hausse de température vient du bas et pas du haut. Le gaz fossile du sous-sol est réchauffé et remonte, puis s'accumule sous le permafrost qui lui fait barrage. La chaleur des gaz ronge le permafrost par le dessous, créant une cavité qui remonte vers la surface. Quand la pression devient trop forte pour le couvercle de terre amincit, celui-ci explose, provoquant ce qu'on appelle les trous de l'enfer.

On voit très bien sur toutes les images de ces cratères sibériens qui de la matière a été propulsée sur les abords, signe d'une explosion par dessous et non d'un effondrement. Le méthane est un gaz extrêmement présent dans de nombreux sous sol, et remonte sous la pression tectonique. De nombreuses fuites de gaz naturels ont été mises sur le dos de rupture de puits (comme aux USA), mais les cartes satellites montrent que ces fuites ne sont ni récentes, ni limitées aux zones exploitées. C'est un phénomène global lié à l'activité sismique en hausse, encore une preuve de l'action de Nibiru sur notre planète.

Les tempêtes en hiver, ou dont la durée, le nombre et l'intensité sont en augmentation

Selon le GIEC, l'atmosphère se réchauffe. Un air plus chaud que l'océan empêche la formation de tempête. C'est pourquoi, une des conséquences du réchauffement provoqué par le CO2, et qui figure dans les conclusions du rapport, annonce une diminution du nombre d'ouragans. Or, on l'a vu avec les ouragans records de septembre 2017 dans le Golf du Mexique (5 ouragans en même temps, des records en terme de vitesse de vent et de nombre d'heures supérieures à 300 km/h), c'est le contraire qui se passe dans la réalité. Les océans se réchaufferaient-ils plus vite que l'atmosphère ?

L'hypothèse d'un réchauffement en passant par l'atmosphère ne tient pas debout, mais c'est bien l'inverse qui se produit : le réchauffement du sous sol entraîne le réchauffement de l'atmosphère (qui à cause du CO2 en excès n'arrive plus à évacuer suffisamment les calories du sous sol), avec les tempêtes qui s'en suivent.

A chaque ouragan, le GIEC ne vient pas la ramener en parlant de changement climatique. En effet, les trombes marines en augmentation, dans des lieux où elles sont très rares comme en France (San Remo 2 décembre 2017, Italie 3 décembre 2017), qui plus est en hiver, saison où n'en observe pas d'habitude. Elles ne se produisent qu'avec une eau chaude et un air trop froid, alors que le réchauffement de l'atmosphère selon le GIEC provoque l'inverse... Les ouragans idem, 3 ouragans au même moment c'est improbable (voir le film Le jour d'après de 2009 je crois), ce phénomène s'est produit la première en 2013 dans l'océan Pacifique, et depuis il se produit plusieurs fois par an. Lors des ouragans records dans le Golfe du Mexique en septembre 2017, qui avait amené la dévastation sans précédent de l'île St martin et l'évacuation de 6 millions d'Américains de la Floride (10% de la population française...) les médias ont dû avouer que les modèles du GIEC étaient pris en défaut : le réchauffement de l'atmosphère plus rapide que l'océan empêche normalement ces formations de tempêtes. Or, force et de constater qu'il y a de plus en plus de tempêtes, et qu'en septembre 2015, en plus de vents dépassant tout ce qu'on avait vu,qui avaient duré une période anormalement longue, il y avait eu 5 ouragans en même temps... Explication : ce n'est pas l'atmosphère qui se réchauffe, mais les océans... et l'atmosphère ne suit pas, surtout avec le vacillement journalier de la Terre, qui fait monter du Sud des océans chauds dans un air froid car plus au Nord.

Les catastrophes climatiques provoquées par ce réchauffement et par l'oscillation journalière et mensuelle de la Terre sous l'effet de Nibiru sont donc imputables principalement à cette dernière, il s'agit tout simplement un fake des officiels pour cacher l'arrivée de Nibiru.

Catastrophes climatiques

Il est anormal d'assister à autant de phénomènes exceptionnels en même temps, surtout quand ces phénomènes rarissimes deviennent la norme en quelques années.

Si l'atmosphère terrestre se réchauffait en premier sous l'effet du CO2, tout irait bien, il y aurait moins de tempêtes.

Malheureusement, c'est bien le noyau terrestre qui se réchauffe, provoquant le réchauffement de l'océan avant celui de l'atmosphère. C'est ce différentiel Air-Océan qui provoque des tempêtes plus fortes, hors zones et hors saison. Le vacillement journalier de la Terre vient amplifier ces effets, plaçant un air froid sur des eaux chaudes, et inversement, un mélange détonnant.

Tornades

Les mini tornades (un terme inventé par les médias pour faire moins peur aux Français pas habitués à ce phénomène) débarquent en France en 1997. EN 2015, face aux dévastations et à la récurrence de ce phénomène, les médias daignent les appeler pour ce qu'elles sont, des tornades. Le nombre de tornade en France monte en flèche : de plusieurs tornades par an en 2015, nous en avons plusieurs par semaine en 2016…

Fin mai 2016 par exemple, nous avions les mêmes semaines, des tornades dans la Somme, 2 tornades en une semaine dans le Nord-Est des Charentes-Maritimes (80 maisons endommagées), la première tornade jamais recensée dans le département du Lot, ainsi qu'à Troyes. Ça fait beaucoup pour un pays qui n'avait jamais connu de tornades avant 1997...

Ces tornades, provoquées par les orages d'été, arrivent maintenant à se déclencher hors saison (par exemple, fin avril 2015 en France), puis carrément en hiver (mi-janvier 2016 en France). Alors que le froid est censé empêcher ces phénomènes.

Et il n'y a pas que la France de toucher, en mai 2015, alors que jamais l'Allemagne n'a connu même des mini-tornades, c'est 4 grosses tornades qui se forment le même jour.

Sans parler des trombes marines qui se produisent maintenant même avec des températures négatives sur les grands lacs américains.

Ces tourbillons en températures négatives sont engendrées par la force de Coriolis additionnelle engendrée par le vacillement journalier.

Tempêtes

En 1999, nous avons eu la tempête du millénaire en France (jamais vue en au moins 1000 ans). 10 ans après, de nouveau une tempête du millénaire (Klaus) qui ne se produit théoriquement. Et l'année d'après rebelote avec Xynthia.

L'hiver 2013-2014, c'est une grosse tempête d'hiver qui a duré 2 mois en Bretagne (au lieu de 2 jours habituellement). Les côtes océaniques françaises ont plus reculé en 2 mois qu'elles ne l'avaient fait en 40 ans.

Ces tempêtes provoquent souvent des pluies diluviennes. Diluviennes = Déluge, ces pluies n'ont jamais si bien porté leur nom... En octobre 2014, les pluies "cévenoles" (c'est rassurant ce mot-là, comme le terme "vent d'autant" pour les tempêtes ça fait croire que le phénomène est connu et ancien...) ont localement apporté 800 mm d'eau en 3h, soit plus que les précipitations moyennes annuelles dans ces régions. En Chine (un de nos principaux partenaire économique) c'est 2 millions de déplacés sans que les médias ne relaient l'information.

Les pluies diluviennes anormales ou la neige qui tombent sur le proche Orient, jamais vues depuis au moins 100 ans (date des premiers relevés écrits, mais en réalité, jamais vu depuis plusieurs milliers d'années).

Début 2016, c'est toutes les 2 semaines que les USA sont frappés par une tempête de neige record, suivi quelques jours plus tard d'une tempête record (pire que celle de 1999) qui traverse l'Europe. Avec à chaque fois des merveilles naturelles qui disparaissent. Mi janvier, c'était un sequoia légendaire millénaire de Californie qui tombait. Mi mars, c'est une arche naturelle maltaise emblématique qui tombe.

En mai 2018, pour la première fois dans cette partie du monde (températures de surface de la mer dans le sud-est de l'océan Pacifique sont généralement trop froides) un cyclone tropical s'est formé près des rives du Pérou, en même temps que, près de la Nouvelle-Zélande, la vague la plus élevée de l'histoire de l'hémisphère sud a été enregistrée. Plus tard, un cyclone très rare, Sagar, s'est formé dans le golfe d'Aden.

Les médias nous rassurent en mettant une date : « jamais vu depuis 1880 ». Mais il faut savoir que 1880 c'est le début des enregistrements météo. C'est à dire que ces événements se sont peut-être rencontrés il y a des milliers d'années (3670 ans pour être exacts!). Et il faut se rappeler que ces événements dont on ne trouve pas trace dans la mémoire ou les écrits de l'homme (excepté dans les anciennes légendes traitant du précédent passage de Nibiru) se reproduisent actuellement d'année en années, voir d'une semaine à l'autre…

Et les médias ne peuvent malheureusement utiliser l'excuse du réchauffement climatique global, vu que si l'atmosphère se réchauffait en premier il n'y aurait quasi plus de tempêtes.

Nancy Lieder annonçait dès 1995 que les ouragans deviendraient plus nombreux et intenses, alors qu'en 2015 le GIEC soutenait toujours le contraire. Depuis 2016, ils reconnaissent enfin que leur modèle ne correspond plus à la réalité, et pataugent désespérément pour trouver une autre explication que Nibiru… Un exemple pour voir à qui donner sa confiance, à ceux qui mentent et se trompent, où à ceux dont la majorité des assertions se révèlent vraies.

Orages

Le 14 janvier 2016, des orages d'hiver (choses quasiment impossible, comme les tornades en température négative) ont obligés les sites météo à sortir des experts du placard pour essayer de nous expliquer que tout restait normal... Le 21 janvier le phénomène très rare se reproduit, c'est ~~le serpent~~ "l'effet de mer" qui est mis à contribution ce coup-ci...

Des cellules orageuses plus grosses, des écarts de températures plus grands, le vacillement qui provoque des mouvements latéraux, et vous augmentez pluie, grêle, vents et nombre d'éclairs.

Voir dans les phénomènes EM naturels (p. 417) la foudre au comportement étrange.

Records de chaleur

L'atmosphère terrestre devient chaque année plus chaude : depuis 2013 (année record ayant dépassé tout ce que nous avons jamais connu), la température moyenne de la température s'élève en continu, chaque année battant le record de chaleur de l'année d'avant. 2015 à battu tous les records de chaleur, devant les années 2014, 2013, 2010, 2009, 2005, ... 2015 ou 2016 aura été l'année aux 2 printemps des prophéties apocalyptique, les fleurs printanières repartant en décembre et janvier. 2016 bat lui-même de très loin 2015... Il faut être aveugle pour croire que ça va s'arrêter...

Dans le sud-ouest de la France, cela fait 2 ans (en 2015) que la pluie tombe sans interruption, et il y a eu 14 mois consécutifs sans gelées d'hiver. La végétation repart dès décembre au lieu d'avril.

Inondations en Norvège en décembre 2015 (parce qu'il n'a toujours pas neigé, malgré seulement 1 heure de soleil rasant par jour à cette période de l'année...).

Fonte des glaciers, inlandsis et banquises

N'hésitez pas à aller voir le glossaire pour les mots inconnus comme « inlandsis », ou les faux amis comme « banquise ».

En 2016, pour la première fois, l'Arctique (pôle nord), pourtant en plein hiver, continue à fondre alors que la température dans l'Arctique a dépassé cet automne de 20°C les moyennes saisonnières". L'arctique fond au même moment que l'Antarctique (pôle sud). Même si l'Antarctique est en été, il ne subit pas habituellement de recul massif comme celui auquel on assiste. Les experts prennent peur car ils n'arrivent pas à expliquer cette bizarrerie. Dans le même temps, il neige en Arabie Saoudite et dans le Sahara... "Tout va très bien, madame la Marquise... A part ce tout petit rien!".

En 2019, un énorme trou sous les glaces de l'Antarctique s'est formé en moins de 3 ans. Encore des preuves que :

- la fonte de l'Antarctique est plus importante qu'on ne le croit
- la fonte des glaces se fait par dessous, à cause du réchauffement du noyau terrestre, et non par le dessus, à cause du réchauffement de l'atmosphère.

Les variations climatiques rapides

A cause du vacillement terrestre (p. 401), journalier et mensuel, nous avons en France, généralement, des nuits froides et des jours chauds (plus de 10°C d'écart en 2017, 20°C d'écart tout le début de l'année 2019), et des alternances de semaines très chaudes avec des semaines très froides (vacillement mensuel).

Les saisons se chevauchent, nous avons des températures estivales en plein hiver et plusieurs printemps la même année.

La météo, devenue très forte dans ses prévisions en 2009, est complètement larguée depuis 2014...

Terres submergées

Les raz de marée et grosses pluviométries provoquent des inondations records. Mais il y a aussi le fait que certaines régions du monde (Indonésie, la Thaïlande et l'ouest de Cuba) s'enfoncent sous les eaux, en même temps que le niveau de la mer augmente.

Causes

Les submersions de terre ont plusieurs causes, qui s'ajoutent les unes aux autres :

- Des pluies diluviennes (précipitations annuelles tombant en quelques heures)
- Des plaques continentales s'enfonçant sous d'autres (et donc qui plongent dans la mer), mouvement visible car accéléré par le réchauffement du noyau (comme en Indonésie, Thaïlande, Cuba ouest, etc.)
- Le niveau des mers monte (fonte des glaciers + dilatation due au réchauffement des océans)
- Les tempêtes dépressionnaire, dues au réchauffement des océans, fait encore plus monter le niveau de l'eau (Tempête Xynthia en Vendée)
- Phénomène aggravé si les causes ci-dessus se produisent un jour de grandes marées (alignement Terre-Lune-Soleil).

Pas El Nino

A chaque inondation, les médias accusent le phénomène El Nino. Fausse excuse, vu que ce phénomène était quasi inconnu avant 2000, et surtout était censé, au début, ne se produire qu'une saison tous les 7 ans. En 2019, ça fait 10 ans que El Nino est avancé...

Les divers mensonges

Par rapport à la monté des mers, ce ne sont pas les océans qui montent, mais les terres qui descendent, notamment dans le pourtour indonésien (du Pakistan jusqu'aux Philippines)

- Bangkok.
- Bangladesh : contrairement aux explications officielles, les inondations sont en fait dues à l'affaissement de la côté (débuté avec le méga tsunami de 2004), ce qui explique pourquoi les eaux ne se retirent pas des zones sinistrées. De nombreux témoins font état d'une montée des eaux (salées et non douces) par la côte et non par les terres, ce qui rend absurde la version officielle. De même, les fleuves débordent parce que leur écoulement est freiné par la montée de la mer.
- Inde : Les prélèvements de coraux ne peuvent pas faire s'effondrer les îlots, car ces prélèvements se font dans des carrières ciel ouvert, en surface. Or

même les îles protégées, sans carrières, se sont effondrées.

- Indonésie.
- Chine : le gouvernement chinois est au courant du problème lié à cet effondrement : Le pays se débarrasse de ses côtes et prépare des villes pour accueillir les futurs réfugiés : Notez que ces villes sont construites par le gouvernement chinois (investisseurs publics) et non par des investisseurs privés.

Plaque Indienne

Fin 2015, le sud de l'Inde n'avait pas connu un tel déluge depuis plus d'un siècle.

Bangkok sombre lentement sous les eaux à cause de la plaque pacifique s'enfonçant à l'ouest sous la plaque Asie.

Pour preuves, l'Indonésie subit les mêmes baisses d'altitudes sur de nombreuses métropoles côtières, et l'eau de mer remonte les cours d'eau, formant de grandes inondations.

La version officielle essaie de faire croire que c'est à cause du pompage des nappes phréatiques ou du poids des building. Et personne ne parle de tous ces réfugiés qui tentent de rejoindre l'Australie.

Mais, d'autres éléments rendent cette explication bancale : pourquoi l'eau de mer remonte-t-elle les fleuves ? Pourquoi une île du pacifique, l'île française Sandy, n'existe tout simplement plus, comme l'a constaté une équipe australienne de géologues. Mais que viennent faire ces gens dans ce secteur ? Ne cherchaient-il pas des traces de ce que tous les pays de la région ont constaté : la montée du niveau de la mer dans le pacifique ouest !

Ce phénomène va s'amplifier rapidement :

- Avec l'échauffement du magma les plaques coulissent plus vite, le fond du pacifique s'enfonce plus vite.
- La croûte terrestre s'échauffant, elle transmet sa chaleur au fond des océans qui se réchauffent beaucoup plus vite que notre atmosphère. Les conséquences sont très graves car les océans sont comme un radiateur à accumulation. Les tempêtes, qui ont besoin d'une eau chaude pour se former, ont un point critique qui se situe exactement à 26°. Dès que l'eau atteint cette température, un déséquilibre se met en place et une tempête naît. Or l'océan ayant pris plusieurs degré en quelques années, et cette hausse s'accélérant, de plus en plus de parties des océans atteignent 26°. Plus de tempêtes et d'inondations à venir.
- plus l'eau est chaude, plus elle se dilate, et ce n'est pas un phénomène négligeable puisque il est responsable de la montée du niveau des océans bien plus que la fonte des glaces. Or si la croûte réchauffe l'océan, ceux-ci vont continuer à gonfler ce qui va aggraver la situation sur les côtes indonésiennes notamment, ainsi que sur le reste du pacifique ouest.
- Les glaces de l'arctique posées sur des terres fondent plus vite à cause du nord plus exposé au soleil et du réchauffement global, donc contribuent à l'élévation du niveau de la mer.

Chine

La Chine subit de plein fouet, années après années depuis 2003, des inondations qui impactent à chaque fois des millions de personnes :

- 2003, 1,3 millions de déplacés
- 2005, 1 million de déplacés
- 2007, 5 millions de déplacés et 500 morts
- 2008, 1 million de déplacés
- 2009, 550 000 déplacés
- 2011, 170 morts et plus d'1 millions de déplacés
- 2016, 300 morts et 0,5 million de déplacés

Afrique et Amérique

La même semaine du 15 au 23 mars 2017, dans plusieurs pays et continents différents.

- 16 mars 2017 au Burundi, l'équivalent du mois le plus pluvieux de l'année qui tombe en une nuit, au moins 6 morts.
- 20 mars 2017 en Namibie, plus grosse précipitations connues de l'histoire, 70 morts

16 mars au 23 mars au Pérou, 10 fois les précipitations habituelles, 800 villes en état d'urgence, au moins 75 morts, 100 000 personnes sans abri, 24 hôpitaux détruits.

La croûte terrestre bascule

Se dirigeant auparavant vers Montréal, depuis l'an 2000 le pôle nord géographique (celui de l'axe de rotation de la Terre, pas le pôle nord magnétique) se déplace maintenant vers l'Angleterre [bascul3]. Ça signifie tout simplement que c'est toute la croûte terrestre qui est en train de basculer, mais ça fait moins peur aux gens de dire que c'est le pôle qui se déplace.

A noter la mauvaise foi des scientifiques. Plutôt que de partir sur l'hypothèse plus logique que les pôles basculent et provoquent la fonte des anciens pôles (et l'augmentation des glaces à côté, comme ce qu'on voit en Antarctique où un côté augmente de volume, et l'autre fond à grande vitesse)), ils préfèrent dire l'inverse, que les pôles fondent, et que ça fait basculer l'axe terrestre, sans trop réussir à expliquer pourquoi (oubliez là aussi l'hypothèse de la répartition des masses de la croûte).

Idem pour la variation annuelle du pôle Nord (géographiques toujours) qui s'amplifie et dérive complètement de ses paramètres antérieurs.

Les séismes lents ont été découverts en 2003 [bascul4], tout simplement parce qu'ils n'existaient pas avant! Il s'agit tout simplement du déplacement habituel des plaques tectoniques, sauf qu'au lieu d'être à 3 cm/an maxi comme on le voit depuis plus de 3000 ans, il s'accélère fortement (2m pour le Japon juste lors du séisme de 2011). Si toutes les études sur le sujet sont pour le moment censurées, ils ne peuvent plus cacher l'enfoncement de certaines zones comme les Philippines.

Séismes

Augmentation depuis 2000

Pour les comparaison avec les séismes mesurés avant 1970, quand la Terre n'était pas recouverte de capteurs comme maintenant, et où les séismes de moins de 1 de magnitude n'étaient pas détectés, il ne faut prendre que les séismes majeurs (plus de 6), qui n'avaient pas besoin d'instruments complexes pour être détectés, tant ils sont forts et mesurés sur une grande partie de la planète, donc mesurés par de nombreux capteurs de l'époque, même si ils étaient moins nombreux que maintenant.

Si on compare 2 périodes de temps identiques, début du 20e siècle et début du 21e siècle, en prenant les séismes majeurs (magnitude supérieure à 6), la différence est flagrante... Voilà pourquoi, depuis 2006, les statistiques sur les séismes de plus de 6 ne sont plus publiées, et qu'il y a tant de malversations sur les chiffres (voir *Mensonges de l'USGS* p. 166).

Figure 47: Séismes majeurs de 1900 à 1917

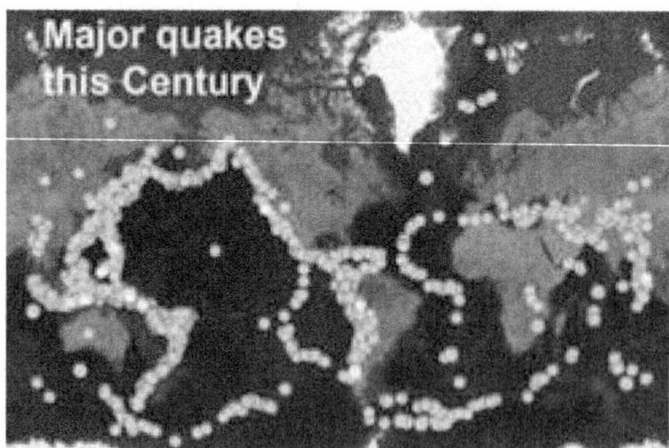

Figure 48: Séismes majeurs 2000 à 2017

Les cartes ci-dessus ont été faite en prenant la magnitude officielle, c'est à dire les séismes qui sont minorés de 0.5 à 1 point de magnitude par rapport à la réalité, qui est bien pire que ce qui est montré.

Si on prend les séismes de plus de 8, regardez l'évolution (Figure 49) entre la décennie 1980 et la décennie 2000...

Et encore, c'est sans compter le grand nombre de séismes étrange de 7.9, juste en dessous de 8, et donc non comptabilisés...

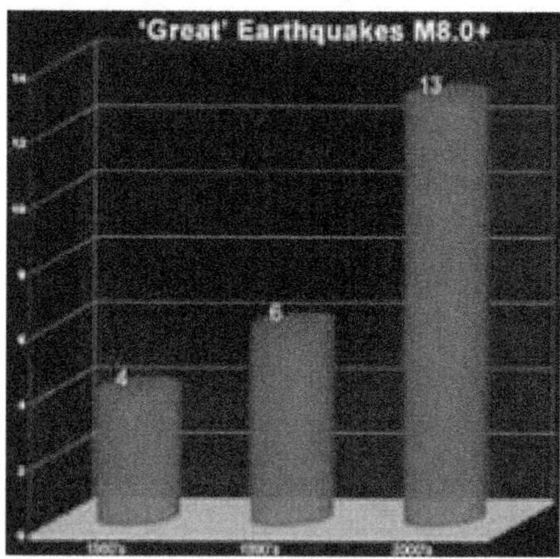

Figure 49: Séismes > 8, de 1980 à 2010

Tromperie sur le nombre et la magnitude

Autant de magnitudes en ",9" est statistiquement suspect, il s'agit évidemment d'une minoration volontaire...

Des magnitudes annoncées largement inférieures aux dégâts observés (un séisme annoncés à magnitude 2 est ressentis par des centaines de témoins sur twitter, alors qu'il est impossible à un humain de ressentir les séismes inférieurs à 3...). Sans compter les séismes qui apparaissent sur les moniteurs américains de l'USGS mais pas sur les moniteurs français de RENASS, et inversement le lendemain...

Ne soyez pas surpris si la magnitude annoncée au départ est systématiquement révisée à la baisse (voir effacé depuis 2016) quelques heures après, la désinformation passe par là. Il y a clairement manipulation et mensonge des médias et instituts officiels.

Minoration statistique

Vous voulez savoir pourquoi tous les séismes donnés à 6,4 par exemple passent ensuite à 5,9 ? C'est comme le principe de mettre à 5€99 : une manipulation pour faire croire que le prix est à 5 €, alors qu'il est en réalité à 6 €... Autre avantage, c'est que les statistiques sont présentées en bâtonnets, donc selon des classes. Les petits séismes augmentent, mais le 5,9 n'apparaîtra pas dans les séismes majeurs de plus de 6.

En 2011, l'USGS dit que la sismicité diminue. En plus de supprimer des séismes, il ne prend que les séismes de plus de 7, tout mélangés. Or, c'est le nombre de séismes de plus de 8 qu'il faut prendre (Figure 49) , vu qu'ils dissipent en une seule fois 30 fois plus d'énergie qu'un séisme de 7, et que ces derniers seront en effet moins nombreux, toute l'énergie partant dans les plus gros séismes. De plus, il est plus facile de diminuer des séismes de 7 à 6,9 voir 5,9 dans les archives, alors que pour les plus de 8, tellement intenses, la diminution est plus difficile vu les énergies en jeu, difficilement minorables. Enfin, vu le nombre de 7, très supérieurs aux séismes de 8, l'augmentation de ces derniers est noyée dans la diminution supérieure des magnitudes enregistrées (les séismes étaient minorés de 0,5 dans la décennie 2000, puis de 1 dans la première moitié des 2010's, puis de 1,5 voir 2 (quand il ne sont pas purement supprimés) dans les années 2015-2020.

Ainsi, avec leur triche statistiques, l'USGS sort les chiffres suivants pour les séismes supérieurs à 7 :

Décennie	1980	1990	2000
Nb séismes	101	147	131

Tableau 1 : Séismes supérieurs à 7

Ça semble descendre, mais, si je prends les plus de 8, la progression est flagrante :

Décennie	1980	1990	2000
Nb séismes	4	6	13

Tableau 2 : Séismes supérieurs à 8

Si je prends les séismes de 9, qui sont 900 fois plus puissants qu'un séisme de 7, l'accroissement est encore plus grand puisqu'il y en a eu deux dans décennie 2000 (magnitude 9.0 en mars dernier au Japon et 9.1 à Sumatra en 2004) alors que le précédent date de 1964.

Les nouveaux types de séismes

Pourquoi autant de séismes? Tout simplement parce que les plaques de la croûte terrestre bougent de plus en plus vite sous l'effet du réchauffement magmatique et des perturbations de Nibiru.

Depuis 2003, date d'arrivée de Nibiru dans le système solaire, le nombre de séisme 7+ a explosé, nous avons eu l'apparition d'un nouveau type de séisme jusqu'ici inconnu (les méga-séismes appelés séismes crustaux), nous avons eu 2 méga-tsunamis dont les hauteurs n'avaient jusqu'ici n'avaient jamais été envisagées par les scientifiques (Sumatra 2004, et les 40 m sur les côtes nippones en mars 2011, détruisant la centrales nucléaire de Fukushima après avoir submergé le mur anti-submersion, pourtant prévu largement plus haut que le plus haut tsunami jamais observé dans l'histoire). Il y a aussi la Nouvelle-Zélande 2016, dont les bouleversements ont été observés sur Terre (précédents records en mer).

Ordre des séismes

Les Zétas ont révélé dès 1995, que le nombre de séismes allaient augmenter, et que le mouvement des plaques produisaient un effet domino jamais mesuré auparavant (les séismes étant trop éloignés dans le temps pour qu'on y voit des liens de cause à effet).

Cet ordre est le suivant :

1. Plaque Pacifique (fait le tour de la plaque Pacifique, en partant de l'ouest (Tsongas ou Nouvelle-Zélande), puis remontant sur la Chine, le Japon l'Alaska, puis Californie, Amérique centrale Ouest et Amérique du Sud Ouest).
2. Plaque Caraïbe (l'Antarctique pousse le bas de l'Amérique du Sud vers l'Est, ce qui fait tourner en sens anti-horaire l'Amérique du Sud, la Guyane comprime la plaque Caraïbe, et provoque des sinkhole de l'autre côté (étirement), Mexique Ouest et Californie).
3. Plaque atlantique, toujours en commençant par l'Ouest.
4. Plaque Eurasienne et Afrique (L'Afrique tourne aussi en sens anti-horaire, poussée par le bas par l'Antarctique, comprimant le Moyen-Orient et l'Italie, et écartant le détroit de Gibraltar.

Chaque séisme au Japon / Alaska (Nord de l'arc passant par la faille de New-Madrid) ou dans les Caraïbe / Mexique (Sud de l'arc New-Madrid) tend à étirer la faille de New-Madrid, la déchirant par le bas (Floride).

Des animations pas à pas sur le site Zetatalk permettent de bien visualiser le mouvement des plaques, que ce soit le déplacement horizontal mais aussi en vertical pour les plaques qui basculent (s'enfoncent d'un côté et se soulèvent de l'autre).

Cet ordre donné par Zétas et Harmo, se vérifie dans la pratique. Si en 2013, il fallait 15 jours pour faire le tour du globe, en 2016, il ne fallait plus que 2 jours, et depuis 2017, l'onde n'avait pas encore finie le tour que celle d'après recommençait aux tsongas.

Les pics sismiques

Les contactés annoncent des pics sismiques, et force est de constater que dans ces périodes le nombre et l'intensité des séismes augmentent (à la limite près que chargé en septembre, la rupture effective peu se produire 2 semaines après, une fois que les tensions retombent).

Les séismes sont engendrés 1 mois après les maximum magnétique (fin mars, début août, fin novembre), comme le pic EMP du 14 août 2015 qui a engendré plusieurs explosions en Chine et dans le monde, des incendies de moteur d'avion en pagaille.

A cause de l'élasticité du manteau reliant noyau et croûte terrestre, il y a toujours un décalage : quand le noyau se met à bouger sous l'influence magnétique de Nibiru, la croûte terrestre continue son mouvement jusqu'à atteindre sa limite d'élasticité. Le manteau ramène alors la croûte terrestre à l'ordre, ce qui engendre une augmentation du nombre de séismes. Mais avec environ 1 mois de retard en 2015, 2 à 3 semaines en 2019.

06/04/2009 - Aquila (Italie)

Ce séisme d'une magnitude de 6,3 sur Richter faisait 350 morts et 1 500 blessés.

Une semaine avant, une réunion où des experts étaient censé avertir la population du danger avait été muselé, mais d'autres "experts" complices des politiques (qui ne voulaient pas affoler les populations) avaient été présentés au médias et avaient affirmé qu'il n'y avait plus aucun danger, que les séismes précédents avaient eu pour effet de décharger les tensions de la faille.

Les experts scientifiques de l'aquila ont été condamnés le 22/10/2012 à 6 ans de prison pour n'avoir pas averti la population d'un séisme imminent. En effet, suite aux nombreux séismes avertisseurs, ils savaient que la faille s'était réveillée.

Les scientifiques sont finalement acquittés le 10 novembre 2014 en appel, car il s'est avéré que c'étaient les politiques qui les avaient obligés à se taire pour rassurer la population. Apparemment, les politiques sont intouchables car ils n'ont eu aucune condamnation... Bizarre retournement de situation, avec des scientifiques obligés de se taire ou de mentir devant les médias...

24/08/2016 – faille qui lâche en Italie (Amatrice)

Figure 50: séisme d'amatrice : avant et après

Harmo va suivre les séismes dès 4h du matin, publiant 20 minutes après le premier séisme. Cette suractivité sismique prend palace quelques jours après que Harmo ai révélé que les ET avait retiré une partie des protections anti-sismiques, les boîtes à vibration sur les failles pour qu'elles coulissent sans heurts]

1er Séisme 6.2 à l'Est de Rome.

2e séisme de 6.2. Harmo annonce "C'est un très gros séisme, il risque d'y avoir des dégâts".

Un 3e puis un 4ème se produisent.=>

Les témoins racontent que la secousse est très forte et leur a paru interminable. Certains pensent à un séisme de magnitude 8.

Ensuite les séismes s'enchaînent rapidement, remontant vers le Nord. Harmo pense à une faille en train de lâcher, et quand on voit la carte des 9 séismes de cette nuit-là, c'est le cas.

Ce n'est plus un séisme localisé comme ça se passait traditionnellement, mais tout le sous sol qui lâche en créant une faille.

Les séismes ont continué toute la journée, occasionnant de gros dégâts et de nombreux morts. au soir du 25, la carte des séismes montrait une multitude de points étalés autour de la faille, remontant vers le Nord.

Dans le même temps, la France aussi était secouée par des séismes, de faibles amplitudes en comparaison. Harmo disait : "Je n'ai jamais vu autant de séismes en France, et pourtant ça fait un paquet d'années que je suis le sujet !"

Les médias nous disent encore que c'est normal, il y a 1 séisme de ce type tous les 10 ans dans la région... Ouais, sauf que c'était des villages qui dataient du moyen âge et qui étaient encore debout jusqu'à présent... Le dernier séisme de cette puissance, et encore, situé uniquement sur la ville d'amatrice, date de 1639...

La suite de séismes (pas de répliques, car ils ont grossi en magnitude au cours de la journée) fera 298 morts.

Même des bâtiments mis aux normes se sont effondrés. la raison est que le séisme était plus puissant qu'annoncé, voilà ce qui explique véritablement que ces villages aient été rasés. Selon les Altaïran, nous étions sur un 6.8 et non sur un 6.1. Un séisme 7 est 10 fois plus puissant qu'un séisme 6 pour info.

Affaiblissement des séismes depuis 2017

A force de frotter et de casser les points de blocages, les failles se mettent, au bout de 15 ans, à coulisser librement sans entraves. Les mouvements de plaques s'amplifient (déformations du sol, sinkhole ou fractures s'étalant sur des kilomètres, poussées de collines, etc.) mais paradoxalement, les séismes diminuent en intensité (il n'y a plus de ruptures brutales, tous les points de blocages ayant déjà céder).

C'est ce qui étonnera le monde, quand New-Madrid va se déchirer, provoquant des gros séismes alors que depuis quelques années on en avait perdu l'habitude.

Rupture faille New-Madrid

Cette rupture est annoncée par Nancy Lieder depuis 1995, alors que ça faisait 100 ans que cette faille était considérée comme non active. Et cette zone s'est bien réveillée depuis 2010, avec des zones du Mississippi qui se soulèvent et interrompent le cours du fleuve pendant 2 jours. L'effondrement de l'hôtel Castle Rock, les explosions de raffineries, les ponts en rupture démolis préventivement, les signes sont nombreux, en plus de la hausse inhabituelles de séismes (500 fois la normale en février 2015). L'année 2015 avait fait penser au pire, l'armée ayant déployé l'opération Jade Helm sur le territoire des USA, et les Walmart ayant été vidés par la FEMA en prévision de ce séisme. Puis les séismes s'étaient arrêtés de manière "miraculeuse".

Mouvements du sol

En plus des séismes qui bouleversent complètement le paysage (voir la Nouvelle-Zélande en décembre 2016) on voit des lacs se vider en une nuit, des fissures longues de plusieurs kilomètres, des trous se formant d'un coup, etc.

La plupart des cas sont provoqués par la distorsion des continents, de la croûte terrestre qui est étirée d'un côté (trous) ou compressée de l'autre côté (bosses).

Par exemple, de nouvelles îles apparaissent suite aux éruptions sous-marines, aux soulèvements du sol, aux séismes engendrant des volcans de boue/méthane par compression du sous sol, et aux tempêtes super-puissantes créant des bancs de sable.

Éboulements et glissements de terrain

83 personnes ensevelies dans un effondrement de terrain au Tibet, et des centaines d'autres.

Les plaques tectoniques avancent trop vite ce qui accélère du même coup leurs effets : la croissance des montagnes augmente, la température du manteau s'accroît, la pression dans les roches continentales montent en flèche. Les sinkholes ne sont que l'écroulement du plafond de cavités formées par des fractures dans la roche, et les glissement de terrain une combinaison entre cet effet et la croissance des montagnes dont les pentes sont fragilisées par ce processus trop rapide.

Les futurs séismes vont aggraver la situation déjà préoccupante, ainsi que les précipitations trop importantes gorgeant les sols d'eau.

Bosses

Nouvelles îles

Si en 152 ans (1852 à 2004) il n'y a eu que 3 créations d'îles, et qu'en seulement 10 ans (2004 à 2015), il y a eu 9 créations d'îles, c'est bien qu'il se passe quelques chose...

Ces nouvelles îles se créent suite aux éruptions sous-marines, aux soulèvements du sol, aux séismes engendrant des volcans de boue/méthane par compression du sous sol, et aux tempêtes super-puissantes créant des bancs de sable.

En août 2006 un voilier naviguant dans les Tongas aperçoit du gravier flottant à la surface de la mer. Il s'agit de pierres ponces volcaniques. Juste après avoir traversé cette "plage", une île volcanique émerge des flots, elle sera nommée Home Reef. C'est la 4e fois dans l'histoire connue de l'homme, avec celles de 1852, 1857 et 1984, qu'un volcan émerge pour former une île. Mais ce genre d'anomalies rarissimes va se répéter souvent après 2006, avec par exemple :

- 2009, en face de l'estuaire de la Gironde, l'île sans nom due aux tempêtes catastrophiques de Nibiru .
- En 2010, Peer Ghaib, île apparue à deux reprises en 2004 et 2010, sûrement un volcan de boue sous-marin, mais suite à des séismes.
- En 2011, apparition d'une île volcanique en mer rouge au large du Yemen.
- En 2013, apparition d'une nouvelle île volcanique Japonaise .
- En 2013, apparition d'une île au Pakistan, mais issue d'un séisme .
- En 2013 toujours, l'émergence très rapide d'une île de 10 km2 en mer du nord, Norderoogsand, surprend la communauté scientifique, qui ne donne pas vraiment d'explication à ce phénomène.
- En 2015 (Janvier) : apparition d'une nouvelle île volcanique aux tongas (time lapse disponible).

Soulèvements du sol

La Terre se soulève partout, mais c'est sur les côtes que c'est le plus visible avec le niveau de l'eau qui permet de voir une différence (en plus de la hausse progressive du niveau de la mer, encore limitée en 2018).

En plus de créer de nouvelles îles (voir au dessus), les soulèvements du sol peuvent se produire sur les côtes qui se soulèvent alors à vue d'oeil, comme en avril 2015 au Japon, ou lors du séisme de Nouvelle-Zélande fin 2016.

Trous

Les sinkhole proviennent de l'effondrement du plafond des fissures souterraines, et les glissements de terrain viennent en plus de l'orogenèse accélérée (croissance des montagnes trop rapide). Les sols gorgés d'eau amplifient les dégâts.

Les Sink Hole ne sont donc pas des dolines (effondrement du plafond d'une grotte de surface).

Effondrements du sol (sinkhole, dolines, aven)

Les sinkholes (effondrements du sol) n'ont jamais été aussi nombreux (et ne sont pas des dolines)... On en voit en Sibérie comme en Amérique du sud. Ou encore les effondrements en Louisiane, les disparitions d'îles.

A cette fréquence là, c'est du jamais vu!

Début 2013, plusieurs morts dans ces effondrements qui commençaient à devenir récurrents, suite au sinkhole du Bayou dont la vidéo avait fait le tour de la Terre avec celui du trou de l'enfer en Sibérie (les cas ultérieurs, comme l'effondrement au plein milieu d'une vie Sud Américaine, n'étant plus médiatisée : trop d'occurrence à la suite d'un phénomène inédit auraient mis la puce à l'oreille des gens). C'est pourtant la première fois que des hommes sont avalés par ces trous, et là ça fait 3 personnes avalées en 1 mois :

- 1 Américain en Floride
- 1 Américain avalé par un sinkhole sur un golf aux USA
- 27/03/2013 : 1 Chinois décède après avoir été happé par un sinkhole

C'est la redondance des problèmes sur une zone géographique resserrée et dans un temps de moins de 10 ans qui doit vous mettre la puce à l'oreille. Par exemple en l'espace de 2 mois à Toulouse, que des problèmes liés à des mouvements du sol :

- 14/03/2017 : Un "étrange trou" coupe la rocade. La Dirso ne veut pas se prononcer sur les causes de cet incident rarissime. Rarissime oui, sauf que ce n'est pas le premier de ces dernières semaines :
- du 7 au 9 janvier, 3 ruptures de canalisation en 3 endroits différents (ce n'est pas le froid, car les canalisations sont profondément enterrées, il a fait beaucoup plus froid 5 ans avant, et vu le débit qui sort, on ne peut pas dire que l'eau était immobile dans les canalisations...). Ce qui provoque un sinkhole où se coince un bus, une station de métro arrêtée pour 2 jours voir 3 semaines, une école inondée, un quartier sans électricité.

Trous de l'enfer sibériens (p. 402)

Ces trous, ressemblants à des sinkhole, sont en fait produit par le même phénomène que les volcans de boue ou les dégagements de méthane : le gaz chaud remonte des réserves du sous sol, et atteint le permafrost. Le gaz ronge le permafrost et créer une cavité qui gonfle, jusqu'à que le couvercle explose sous le pression.

Fissures

Fissures apparaissant brutalement sur plusieurs kilomètres

Fin mars 2013, une faille de 7 km !!! de long s'ouvre brutalement au Brésil, en même temps qu'une fissure dans la roche en Arizona, peu de temps après celle apparue en Espagne. Dans le même temps, gigantesque glissement de terrain à Washington et le sinkhole du bayou qui s'agrandit. Tous les articles dans les médias indiquent les mots clés "gigantesque" et origine inconnue".

Ces grandes fissures aussi vont s'étendre (comme les glissements de terrain ou les sinkhole) car elles sont créées par les mêmes phénomènes de déplacement des plaques qui craquent, plient et s'entrechoquent à un rythme plus rapide qu'on ne l'a vu jusqu'à présent.

Fissures souterraines : nouvelles chambres magmatiques

Les chambres magmatiques c'est comme des effondrements de surface (sink-hole), ou des fissures sous la surface, mais par le dessous, et du coup le magma monte.

Ces nouvelles chambres sont les prémisses de supervolcan à venir.

C'est du à la même chose que les sinkhole, à savoir les déchirement des plaques tectoniques dont le mouvement s'accélère. Le magma terrestre remonte juste dans le vide laissé par l'écartement...

Le 18/12/2018, une "bombe magmatique" qui pourrait "consumer les USA". C'est «une bulle de magma» qui est en train de se former et de remonter doucement vers la surface au-dessous du Vermont, et affecte aussi l'ouest du New Hampshire et l'ouest du Massachusetts. Pile poil là où les tensions de New Madrid déchirent la croûte terrestre, et où des fissures de surface apparaissent. Les chercheurs soulignent que cette formation est relativement récente.

Le 13/02/2018 (moins de 2 mois après la découverte du super volcan aux USA), les chercheurs japonais découvrent un volcan sous-marin en formation à moins de 10 kilomètres de la côte nippone, au sud de l'île de Kyushu. Ce volcan pourrait ravager le Japon et tuer 100 millions de personnes. "Toutes les côtes du Pacifique, de l'Amérique du Nord, du Sud comme celles de la Chine ou de la Corée pourrait être submergées par une des ces vagues légendaires qui ont façonné l'imaginaire du Japon"...

Cisaillement souterrain

Le fissures et cisaillement souterrains ne se voient pas forcément en surface, mais se devinent aux ruptures de canalisations qu'ils provoquent (p. 445), ou aux effondrements d'immeubles dont les fondations s'appuient désormais sur du vide (p. 446) .

Liquides sortant du sous-sol

Le sous sol de la Terre est plein d'hydrocarbones dits fossiles (même si leur origine n'est pas forcément une décomposition d'êtres vivants). Par exemple le pétrole, le gaz naturel, etc.

Nous avons vus précédemment que le sous-sol était trituré dans tous les sens par les mouvements tectoniques, il va forcément y avoir des émissions d'hydrocarbones à la surface...

Volcan de boue apparu en Italie après le séisme 6,6

Harmo : Un autre volcan de boue en Italie après les derniers séismes 6+ .Je vous avais prévenu que ces phénomènes allaient arriver.

Ce sont des coulées de boues et de cendres, pas des éruptions. De mon temps, on écrivait cela Laar, ça venait de Islandais et uniquement lié aux fontes glaciaires. D'ailleurs, bizarre qu'on ne trouve quasi plus rien sur les laars, et beaucoup sur les lahars. Heureusement, il y a encore des vieux comme moi qui ont été éduqués par Haroun Tazieff. Peut être n'est ce pas un hasard d'ailleurs que les anciennes appellations soient complètement rayées de Google ou wiki... Pas de bol, quand on est atteint d'hypermnésie, difficile de nous duper. Par contre pour les nouvelles générations, c'est une sorte d'amnésie contrôlée. Tapez laars dans Google et vous verrez le vide, comment de plus en plus souvent depuis quelques temps.

Ce volcan de boue n'a rien à voir avec le Vésuve, et est sorti au milieu de nulle part comme le précise la vidéo.

Ce n'est pas un laar ni un sol liquéfié (comme au Japon en 2011). C'est de l'eau qui ressort du sol sous forme de volcan de boue. La même chose s'était déjà produite près de Rome à Fiumiccino. Un laar est créé par la fonte des neiges mêlées de cendres lors de l'éruption d'un volcan. La liquéfaction des sols lors d'un séisme est un phénomène lié aux vibrations, le sol devient "liquide" et permet à l'eau de remonter. Là c'est une sorte de source souterraine qui est mise sous pression, et cette pression fait remonter l'eau en surface. La pression est très forte et dissout le sol pour arriver en surface. On parle alors de volcan de boue, un phénomène qui est connu dans d'autres parties du Monde. En revanche, en Italie, ces éléments sont assez nouveaux et signes que le sous sol du pays subit une très très forte pression, aussi bien sismique que volcanique. Ce sont de très mauvais signaux géologiques qui peuvent aussi se produire avec le pétrole liquide ou les gaz. Des "geysers" de gaz sont apparus ces derniers mois dans la bande de Gaza et dans la péninsule arabique, ou encore ces remontées de méthane dans la péninsule du Yamal qui explosent après avoir affaibli la surface formée de permafrost. Ces phénomènes ont été annoncés par les ET avant celui de Fiumiccino qui fut la première preuve de leurs dires. Depuis ces phénomènes se sont multipliés. Il ne manque plus sur la liste que les sources jaillissantes de pétrole qui se produiront généralement là où les réserves sont proches de la surface (Irak entre autre).

Mares de pétrole

Au moyen orient, le pétrole étant très proche de la surface, il risque de suinter et ressortir en mares au niveau du sol, notamment en Irak (mares de bitume).

Les prophéties islamiques semblent dire que ces mares prendront feu.

Résumé des éruptions de gaz et autre du sous sol apparues soudainement

Comme l'article le précise, ces éruptions de boue sont souvent accompagnées de gaz (Co2 etc...) d'origine volcanique, gaz qui sont les principaux moteurs de ces "éruptions". Les gaz sont bien plus sensibles/réactifs aux changements de pression et de température que les liquides dans ces anomalies liées à un volcanisme profond. Nous verrons ces gaz dans le chapitre qui suit.

Gaz sortant du sous-sol

Survol

De la même manière que les liquides vus plus haut, des gaz piégés dans la roche vont aussi sortir des sous-sols compressés.

On trouve principalement :

- méthane : inodore, plus léger que l'air, très soluble dans l'eau
- sulfane : odeur soufrée d'oeuf pourri, légèrement plus lourd que l'air, faiblement soluble dans l'eau, irritant à haute concentration

Les 2 gaz sont inflammables et potentiellement mortels à l'inhalation.

Trous de l'enfer Sibériens (p. 402)

Déjà vu dans le noyau se réchauffe, c'est justement leur réchauffement qui favorise leur remontée à la surface.

Fuites partout depuis 2013 (p. 411)

Le magazine Sciences et Avenir en a parlé une fois, s'extasiant devant cette abondance d'énergie semblant nouvelle, puis plus rien ensuite. Ils ont du se faire taper sur les doigts... Tous les autres dégagements qu'ils n'ont pu cacher par la suite, ont reçu des explications bidons.

Trous dans les nuages (p. 411)

Il est aisé de montrer que c'est du méthane qui stagne en altitude, qu'ils n'existaient pas avant 2010.

Fuites partout depuis 2013

Depuis 2013 les scientifiques ont découverts des fuites d'hydrogène du sous sol un peu partout dans le monde. Ce pourrait être une source d'énergie intéressante à explorer, mais les décideurs, qui savent de quoi il retourne et n'ont pas envie qu'en grattant on trouve Nibiru derrière, ont gelé les recherches.

Depuis, plus aucune nouvelles de ces gaz relâchés subitement sans explication, excepté des articles périodiquement qui expliquent que les bulles de méthane sous marin seraient responsables des naufrages du triangle des Bermudes, on des dégagements gazeux dont l'homme serait bêtement passé à côté pendant ce dernier siècle (ne croyez pas ce qu'on vous dit, vu l'appétit de l'homme pour les hydrocarbures au point de pourrir les nappes phréatiques avec l'exploitation du gaz de schiste, si on ne les a trouvé que ces dernières années c'est que ces dégagements étaient auparavant nuls).

Quand ces dégagements gazeux sont sulfurés (sulfane) donc puent, il faut bien donner une explication quelconque.

De Rouen à Paris en 2013 [methan2], c'est l'usine Lubrizol (celle qui brûlera quelques années après, sans qu'on puisse rien faire, pourrissant tout la région) qui est accusée, après que les égouts aient d'abord servi de bouc émissaire. Le dégazage durera si longtemps, sera tellement intense (atteignant l'Angleterre et la Belgique, là où poussait le vent, mais plus étonnamment, remontant le vent pour descendre jusqu'à Paris...), qu'une remontée des gaz dissous dans les sous-sol du bassin parisien est plus probable. Rouen, où plusieurs maisons exploseront sans raison.

En janvier 2016 en Californie [methan3], une fuite massive de méthane pendant 6 mois. Le gaz est inodore, mais se retrouve à tellement haute dose qu'il finit par intoxiquer les riverains, obligeant à déclarer l'état d'urgence. C'est pourquoi les médias ont dus en parler 3 mois après les faits, en avouant qu'on ne pouvait empêcher cette fuite de gaz...

Un geyser de méthane apparaît dans un golf en Ontario fin 2015 [methan4], immédiatement après une vague de séismes sans précédents.

Trous de méthane dans les nuages

Le méthane largué du sous sol est invisible, incolore et inodore. Plus léger que l'air à faible altitude, il monte puis stagne quand sa densité augmente avec le froid, formant une poche en altitude (formation des trous dans les nuages). On peut deviner que c'est une poche de méthane car il expulse la vapeur d'eau des nuages sur les côtés, avec le léger effet "arc en ciel" irisé sous le trou, dû a l'indice de réfraction du méthane différent de celui de la vapeur d'eau. Donc même si le gaz est incolore, on arrive à visualiser la poche.

Figure 51: Poche de méthane dans les nuages

Les poches de méthane sont un risque pour les avions qui volent trop longtemps dedans. Certaines peuvent faire plusieurs kilomètres de diamètre, de quoi contaminer les cabines.

Effets sur la vie (p. 427)

Il y a eu plusieurs incidents sur des vols commerciaux où les gens ont eu les symptômes de cet empoisonnement : maux de tête, vomissements, malaises. C'est typique d'une anoxie type méthane ou CO. Quand l'empoisonnement est progressif, il peut amener le cerveau à se mettre en sommeil pour éviter les dégâts à cause de l'anoxie.

Sans compter les oiseaux qui tombent inexplicablement en masse du ciel, comme s'ils s'étaient évanouis en traversant ces poches de méthane...

Effets sur la technologie (p. 444)

Quand les poches de sulfane (ou plus rarement de méthane) stagnent au sol (couvercle de masse d'air, effet cloche d'une construction, etc.), se produisent des explosions semblant venir de nulle part.

Incendies généralisés inarrêtables

Chaque années depuis 2010, aux mêmes endroits d'une année sur l'autre, on voit apparaître des incendies généralisés, dont le GIEC omet soigneusement de comptabiliser dans ses calculs sur les dégagements de CO2, car ils émettent bien plus que ce que l'homme libère chaque année...

Chose étrange, c'est que si précédemment l'homme arrêtait plus ou moins bien ces incendies, aujourd'hui il faut attendre les pluies pour que les incendies s'arrêtent...

Il faut dire que les images montrent des flammes sortant de crevasses ou d'égouts, laissant à penser que ces incendies sont liés aux dégagements de méthane du sous sol...

Quand on étudie l'apparition et la propagation de ces incendies, elle n'est pas aléatoire comme pour les incendies classiques (les flammèches propageant des foyers secondaires là où elles retombent) et ne dépendent pas du vent non plus. En réalité, elles suivent les fractures et failles de l'écorce terrestre (faire le lien avec le dégagement de gaz combustibles fossiles depuis le sous-sol en pression sous l'activité tectonique accrue).

31/07/2018

Cette année, plus que l'année dernière, la Terre est au même moment dévastée sur tout l'hémisphère Nord par de gigantesques incendies inhabituels eux aussi impossibles à endiguer. Pour exemple, les incendies gigantesques à cette date :

Californie

Comme chaque année depuis 3 ans, la Californie est dévastée par des incendies monstrueux que la première puissance mondiale se révèle incapable d'éteindre...

Arizona

Ces incendies donnent naissance à des phénomènes de fou, comme ces flammes gigantesques qui se prolongent même sur l'eau...

Suède

Feux inédits en Suède, au-delà du cercle arctique (zones les plus froides du globe).

Grèce

Des feux en Grèce si meurtriers (presque 100 victimes) car complètements inhabituels.

Volcanisme

Causes

Comme pour les séismes, une conséquence du réchauffement du noyau :

- échauffement du manteau (lave plus fluide)
- fragilisation de la croûte terrestre (fracture, remplissage des chambres magmatiques)
- vitesse de subduction augmentée (pression et chaleur sous les volcans plus intenses)

entraînent mécaniquement l'augmentation de l'activité volcanique, et le réveil de tous les volcans.

Censure du volcanisme dans les médias

Le volcanisme est le seul effet de Nibiru que le système ne peut minorer, car les médias ne peuvent diminuer l'intensité comme avec les séismes : un volcan ça crache de la lave ou ça explose (éruption), ça fume et tremble (volcan en activité) ou c'est éteint. Tous les volcans de la planète ont érupté au cours des 6 dernières années, même des volcans que l'on croyait définitivement éteints… [volc1]

Seule solution, en parler le moins possible, sans commenter.

En 1990, il y avait entre 20 et 30 éruptions par an. Fin 2015 [volc2], c'est 5 éruptions par jour ! Fin 2016 [volc3], c'est 19 éruptions en 1 semaine. Seul le fait que les médias n'en parlent pas permet à la population de rester calme !

Seul le fait que les journalistes ne traitent pas l'information (la pré-digestion de la pensée à laquelle est habitué le public français) explique qu'une part trop importante de la population ne se doute encore de rien ! Tant que les médias n'en parlent pas, c'est qu'on n'a pas besoin de savoir...

L'éruption du volcan équatorien Cotopaxi (le 18/08/2015) a été l'occasion pour les médias français de révéler que la presse équatorienne avait reçu l'ordre de ne pas parler de cette éruption (voir censure médias p. 116), et que le nombre d'éruptions volcaniques était en forte hausse (mais les journalistes tempéraient rapidement en disant que ce n'était pas grave, parce qu'elles faisaient moins de morts à cause des interdiction de construire sur les flancs des volcans)...

Personne n'a parlé de l'explosion du volcan Ontake au Japon. Dans le pays le plus "technologiste" du monde, où les volcans sont truffés de gadgets de surveillance, comment les scientifiques japonais (parmi les plus avancés sur la compréhension des volcans, volcans dont les mécanismes sont très bien compris depuis 1970) et tout leur matériel super high tech ont ils pu passer à côté et laisser une telle catastrophes e produire sous leur yeux, sans n'avoir rien prédit ? Tout comme avec les séismes, il y a apparitions d'anomalies qui remettent en question les équilibres du passé. La science ne peut pas anticiper correctement des phénomènes inédits. Les méga séismes (Fukushima) ou les éruptions instantanées (Ontake) font partie de ces nouveaux phénomènes.

Hausse de l'activité

Dès le 3 décembre 2012 au Japon, les experts préviennent d'une dangereuse accumulation de magma sous la majorité des 110 volcans actifs.

En avril 2015, il y a 39 volcans de partout dans le monde qui sont en éruption, et plein d'autres se réveillent (carte des volcans en activité). Une situation jamais vue depuis 3600 ans...

En 1995, il y avait 20 éruptions par an. Fin 2015, c'est 5 éruptions en moins de 24 h. Fin 2016, c'est 19 éruptions en 1 semaine.

Entre le 15 et le 21 mars 2017, une nouvelle activité a été signalée pour 5 nouveaux volcans, tandis que 14 autres volcans continuaient leur activité.

Une activité anormale au vu de ce que l'on sait

Des volcans considérés comme morts et définitivement éteints, comme le le volcan des îles Barren en Inde, se réveillent à la stupeur des spécialistes.

Le volcanisme dans les prophéties de fin du monde

Il existe une prophétie amérindienne qui dit que lorsque les 16 plus grands volcans de la Cordillère seront allumés, ce sera la fin de ce Monde (et le début du monde suivant). Fin janvier 2016, on en est à 15 volcans en éruptions sur la Cordillère entre l'Amérique centrale et l'Amérique du sud. Au 15 août 2016, c'est 25 volcans de la ceinture de feu qui sont entrés en éruption récemment, dont 3 en moins de 72h.

Les journées s'allongent

Ajustements de temps en augmentation

Un très intéressant graphique (Figure 52, de 1970 à 2010) qui retrace justement les modifications d'ajustement entre temps atomique (TAI, UTC, GMT) et temps lié à la rotation terrestre (temps universel ou UT1). Très forte anomalie depuis la fin des années 90.

Les secondes intercalaires de plus en plus fréquentes

La rotation de la Terre ne perds officiellement que 0.002 secondes par siècle.

Or, d'après cet article de France TV info de 2015 [allong], depuis 1972 nous avons dû rajouter 25 s à nos montres, soit 51 s par siècle. Pourquoi ces additions de secondes, si ce n'est que la Terre ne ralentit plus vite que prévu ces dernières années ?

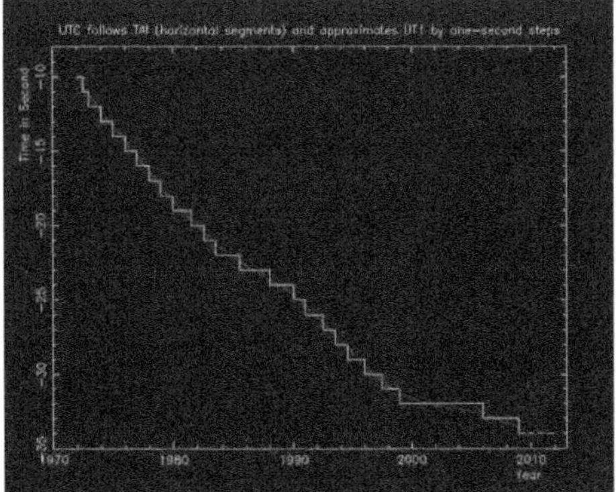

Figure 52: Augmentation depuis 1990 des ajustements entre temps atomique et rotation terrestre

En effet, si ces 51 s par siècles se vérifiaient, on aurait une journée à 12 h il y a seulement 85 000 ans (homo sapiens existe depuis 400 000 ans, des journées de 12 h ça aurait laissé des traces dans nos légendes ou notre organisme), et une journée d'une minute il y a 170 000 ans (une minute pour faire un tour sur elle-même, nos ancêtres auraient été satellisés dans l'espace comme avec un tourniquet). C'est bien la preuve que c'est seulement depuis peu que la rotation terrestre ralenti de plus en plus.

Les séismes accompagnent le ralentissement de la Terre

Dans cet article de 2019 parlant des séismes géomagnétique [allong2], on nous explique que nous avons subi un ralentissement récent de la rotation terrestre (d'ailleurs, ce n'est que 4 ans après qu'on daigne nous prévenir que la Terre a ralenti !), et que ce ralentissement s'accompagne généralement de séisme. Tout reste flou et inexpliqué, histoire de préparer la population à ne pas s'étonner si les jours durent plus longtemps ! Concernant le séisme au Chili, on nous apprend qu'à chaque séisme majeur, comme il y en a 5-6 par an depuis 2010, la Terre ralenti. Fin 2017, on nous refait le coup, pour nous annoncer que des séismes records vont ravager la Terre en 2018 à cause de ce ralentissement de la Terre [allong3] (au passage, on force notre réflexion à accepter les séismes comme un résultat du ralentissement, pour éviter qu'on réfléchisse et qu'on prenne l'hypothèse de la 3e partie, celle qui est la cause et du ralentissement, et des séismes). Mais on nous fait miroiter que ce ne sont que des vagues de 5 ans, donc qu'en 2019 ce sera fini…

Les pendules non synchronisées dérivent de plus en plus

En 2018 de nouveaux des articles [allong4] nous demandant de remettre à l'heure nos pendules non connectées (décalage : jusqu'à 6 minutes en seulement 2 mois !). Cause invoquée : la guerre au Kosovo et le fait qu'ils sont en 60 Hz, tout d'un coup ça perturberait toute l'Europe, alors que ça fait 60 ans que c'est comme ça...

En réalité, les montres de fours bas de gamme ne se synchronisent pas sur le top hertzien européen, comme le font toutes les montres électroniques du monde (même bas de gamme) depuis les années 1990. Ce qui permet de rattraper automatiquement la dérive du quartz bas de gamme (et le non suivi de sa température) tout en laissant un seul organisme européen donner le LA et rattraper de manière invisible le ralentissement de la planète.

Quand je travaillais sur des serveurs informatiques industriels, c'est en 2007 que nous avons rencontré des problèmes de dérive journalières, qui ne se produisaient pas avant, et que nous avons du nous synchroniser tous les jours sur une site internet qui donne le LA mondial aux ordinateurs...

Comment vérifier par soi-même ?

Pour éviter de se tromper avec le Soleil se couchant soit trop tôt, soit trop tard, c'est plutôt sur les 24 h officielles entre les 2 zéniths de 2 jours consécutifs qui sont à regarder pour tester ses montres, et le décalage avec l'heure officielle. Prendre des montres mécaniques, les montres à quartz étant synchronisées.

Trompettes de l'apocalypse

A cause des frottements provoqués par le déplacement amplifié des continents, il y a parfois des mises en résonance provoquant comme des sons de trompettes (les fameuses trompettes de l'apocalypse, une vidéo pour les entendre) ou encore des bruits d'explosions qui semblent sortir de nulle part, et sont entendus sur de grands territoires.

Les causes plus détaillées de ces sons sont vues dans L2.

Pourquoi sont-elles appelées "trompettes de l'Apocalypse"?

Les témoins de l'époque n'avaient que la trompette pour comparer le son entendu. c'est vrai que même aujourd'hui on n'a pas tellement d'équivalent, sinon une sirène d'alarme.

Quand ces sons, pour l'instant sporadiques, deviendront continus, ce n'est qu'une question d'heure/de jours avant le grand tremblement de terre généralisé.

Boums sonores

Les gros "boum", explosion en altitude

Des gros "boum", entendus sur plusieurs départements, faisant penser à une grosse explosion, sans qu'on sache d'où ça vient. Il ne s'agit évidemment pas d'un avion de chasse franchissant le mur du son, comme le font croire les médias, malgré les témoins qui précisent bien que ce n'est pas un avion.

Causes

Nous verrons dans L2 qu'il y a plusieurs explications possibles à ces bruits qui ne se faisaient pas entendre avant 2010, comme les explosions de Lemonosov, décrites à la fois par Nancy Lieder et Harmo, avant même que la science ne les observe (sans savoir les expliquer correctement pour le moment) :

- Effondrement soudain d'air en haute atmosphère, produisant ces ondes de choc,
- Explosion de Lemonosov, hydrocarbures déversés en haute altitude par la queue cométaire de Nibiru qui s'enflamment,
- relâchement soudain dans le sous sol, un boum bref au lieu d'un roulement de tonnerre ou d'un bruit de trompette.

Exemples

Le 30/11/2014, des sons étranges, des explosions faisant trembler les murs sont entendues simultanément en Angleterre et dans l'État de New-York, des 2 côtés de l'océan atlantique), et affolent les réseaux sociaux. "il est important de mettre en évidence la non-localité du son perçu"... Même les médias, ne sachant expliquer ça, sont obligé de mettre l'hypothèse d'OVNI (les centrales françaises se font survoler en masse depuis un mois) tellement ils sont à sec question logique...

En mai 2016, c'est dans l'Hérault en France que ces explosions sont entendues.

06/01/2016 en hollande/

2 jours après, des sons identiques entendus au Maroc.

4 jours plus tard, le 10/01/2016 à Chicoutimi au Québec.

Soleil erratique dans le ciel

Coucher et lever de Soleil

Les heures de lever et de coucher du Soleil, à quelques secondes près, restent identiques d'une année à l'autre (donc pas moyen de triche là-dessus pour le système, grâce aux collectionneurs des calendriers papier de la Poste par exemple). Il est alors facile de voir qu'il se passe quelque chose, quand ces moments précis se mettent à dériver dans le temps.

Bien qu'il soit difficile d'estimer avec nos moyens les positions du Soleil dans le ciel, et ainsi visualiser le vacillement en forme de « 8 » journalier qu'il subit, les heures de lever et de coucher sont des moments propices pour accrocher la position du Soleil par rapport à un repère sur l'horizon, et rendre plus flagrante le vacillement.

Il nous est difficile de s'appuyer sur les heures légales : il faut connaître l'heure réelle du Soleil (pour sa longitude), et avoir une vue dégagée sur la mer, à l'Est ou à l'Ouest. C'est pourquoi il est plus facile de s'appuyer sur les écarts entre le coucher/lever observé et l'heure légale, et les comparer d'une semaine à l'autre.

Les mesures faites par divers membres de Zetatalk donnent, pour mai 2018, des écarts à l'attendu qui varient entre 15 et 30 minutes sur un mois, montrant le vacillement erratique qui varie en fonction de la position du pôle Nord de Nibiru par rapport à la Terre. Dans le même temps, les écarts d'azimut par rapport à l'attendu varient entre 8 et 13°.

Le Soleil ne se lève ni au moment ni à la position attendue. Tout le monde est capable de le mesurer (surtout que 30 minutes d'écart c'est plus que visible), ça fait 20 ans que des gens donnent l'alerte, et ce fait n'est pas arrivé à franchir la censure médiatique, cover-up parce que les scientifiques ne peuvent l'expliquer autrement, ni remettre en cause les mesures quand le Soleil est un coup en avance, un coup en retard…

D'autres s'aperçoivent que les cigales commencent à chanter alors qu'il fait encore jour, alors que ce sont des animaux très bien réglés, qui ne chantent qu'à la tombée de la nuit (pour échapper aux prédateurs). Au bout de quelques minutes, les cigales se rendent compte que quelque chose ne va pas, elles s'arrêtent alors, pour reprendre quelques minutes plus tard, lorsque le jour tombe réellement.

J'estime que c'est quand le Soleil se lèvera une heure plus tard que même ceux qui n'observent jamais leur environnement se poseront des questions, et il faudra 2 h de décalage pour que même les plus obtus comprennent que quelque chose se passe… Mais il sera alors bien tard…

L'alerte des Inuits

Les inuits, vivant le plus près d'un pôle, sont les premiers à pouvoir voir la moindre anomalie dans l'axe terrestre. Et c'est bien ce qu'ils ont observé en 2015. Leur témoignage semble n'avoir inquiété personne chez les scientifiques...

Ensuite, un petit article est sorti pour dire que l'axe de la Terre changeait légèrement (le légèrement va mal avec un effet flagrant observé à l'oeil nu par les inuits...) et on en profitait pour dire que c'était le réchauffement climatique qui provoquait ça...

Tous ces articles sont imprécis, car comme le montre un article du CNRS de 2010, l'axe de la Terre reste constant (au mouvement de précession près) et c'est en réalité la croûte terrestre qui bascule par rapport à l'axe.

Vortex polaire

Le vacillement du cercle polaire arctique (les vagues de froid) est l'effet le plus visible de la variation journalière de l'axe de rotation terrestre (ou plutôt de l'oscillation de la croûte terrestre autour de son noyau).

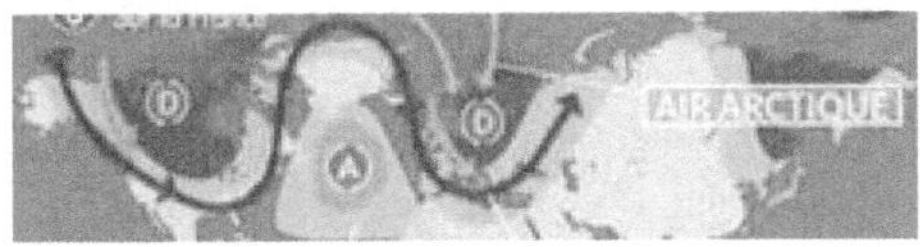

Figure 53: Vortex polaire à 3 lobes

Depuis 2014, on assiste à un vacillement du cercle du vortex arctique (phénomène inédit auparavant), qui forme une sinusoïde montrant bien que la Terre vacille sur elle-même en 8 tous les jours... Des vagues de froid extrêmes, comme si les terres se retrouvaient des kilomètres plus au Nord.

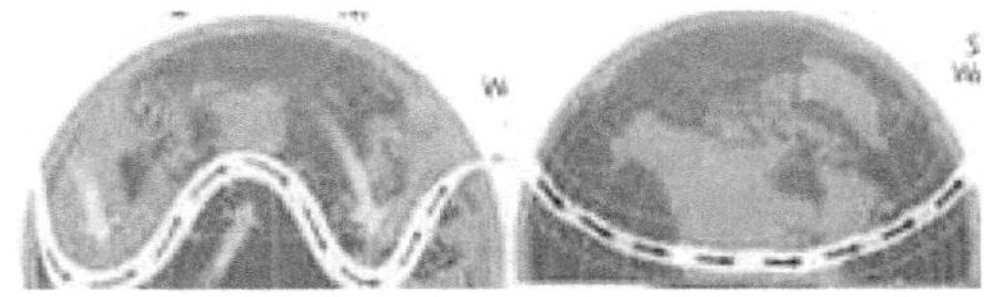

Figure 54: Vacillement arctique 2014

Le vacillement du cercle du vortex arctique est un phénomène inédit en 2014, qui forme une sinusoïde comme si le Terre vacillait sur elle-même tous les jours... Figure 54, à gauche le cercle arctique déformé, a droite, le cercle arctique habituel. Habituel, façon de parler, parce que depuis 2014, la déformation sinusoïdale est restée...

Le vacillement provoque l'incongruité de voir de la neige en Arabie Saoudite (le pays le plus chaud de la planète) alors que le pôle Nord fond comme jamais avec des températures de 42°C au-dessus de la normale.

Ces lobes tournent d'Ouest en Est en permanence : quand la France est dans un lobe froid, la Russie centrale est dans le lobe, puis le lobe se déplace, et les situations sont bientôt inversées.

Les effets sur la température ne sont pas systématiques : on a vu, en septembre 2020, le lobe froid s'approcher de la France, puis s'enrouler sur lui-même au dernier moment, faisant du coup remonter sur la France l'air chaud du Maroc.

On nous explique que c'est le Jet Stream atlantique, mais comment expliquer que c'est angulairement également réparti sur toute la circonférence de la Terre, indépendamment des océans, puisqu'on a une remontée dans l'Atlantique et une autre, à l'opposé, au centre de la Russie ?

Il s'agit en fait de l'oscillation journalière (le rift Atlantique est attiré plus au Sud ou plus au Nord à chaque fois qu'il passe devant le pôle magnétique de Nibiru, ce qui dépend de quel pôle Nibiru pointe vers nous (pôle magnétique excentré de l'axe de rotation de Nibiru), expliquant ces 3 lobes qui ne sont pas une descente de l'air arctique, mais plutôt le fait que dans la journée, ces terres remontent trop au Nord et sont recouvertes d'un air polaire, tandis qu'à côté, les terres descendent plus au Sud et bénéficient d'un air réchauffé.

A noter que le cercle arctique de Saturne se mets à vaciller comme le nôtre, générant ces multilobes étranges et inédits… (p. 397).

Tsunamis divers

Les années 2000 ont déjà vus 2 tsunamis dévastateurs, les plus mortels jamais recensés, avec Sumatra en 2004 (200 000 morts) et le Japon en 2011 (25 000 morts et une catastrophe nucléaire). Ce risque est malheureusement en forte augmentation, avec les vagues de submersion.

Aujourd'hui, les vagues scélérates sont les plus dangereuses [tsu1]. Plusieurs en France, vague de submersion au Brésil le 30 juillet 2016 [tsu2], en Islande fin juillet 2016 [tsu3].

Depuis 2017, avec le vacillement journalier de la Terre qui s'amplifie, on assiste à des mers qui disparaissent ou qui remontent bien plus loin que d'habitude [tsu4].

Causes

Selon Harmo, ces phénomènes sont provoqués par :

- Séisme sous marin à forte amplitude verticale (comme au Japon en 2011).
- Effondrement des plaques océaniques (suite à l'écartement du rift) comme il va s'en produire sur les côtes atlantiques côté Europe et USA après New-Madrid.
- Basculement journalier intense de l'axe de rotation terrestre sous l'attraction de Nibiru (vagues scélérates). Ce vacillement déplace les continents dans une masse liquide immobile (tsunami sous forme d'étrave de bateau), et provoque une agitation de l'eau conduisant à des marées anormales, ainsi qu'à des bateaux qui perdent le contrôle et sont jetés les uns sur les autres.

Vagues scélérates

Aujourd'hui, seules les vagues scélérates sont observées, de plus en plus hautes. Plusieurs en France, vague de submersion au Brésil le 30 juillet 2016 (regardez la tête des gens désemparés par ce phénomène inédit, la mer traversant l'avenue et allant inonder les parkings souterrains des immeubles en face), et aussi en Islande. C'est comme une petite vague qui n'en finit pas d'envahir les terres, sans qu'on sache si elle va s'arrêter d'avancer...

Celles de 2017 : vague de submersion/tsunami en Afrique du sud le 12 mars 2017, suivi 8 jours plus tard par une autre vague de submersion en Iran qui fera 5 morts et 31 blessés, le 20/03/2017. Les 2 ont été précédés d'un séisme, et d'après Nancy Lieder, c'est l'indication que la plaque Africaine pivote sur elle-même, compressant le proche-Orient. Le 29 mai 2017, Zandvoort Noord-Holland, Pays-Bas. Le 07/06/2017, nouvelle vague de submersion en Afrique du Sud, donc de nouveau le continent Africain a bougé comme 3 mois auparavant. Vue depuis le sol, et vue depuis les immeubles.

Anomalies dans les marées en France 2019

Le 26/06/2019, des anomalies dans les marées ont été observées plusieurs jours d'affilée, relaté dans le journal « le courrier du Pays de Retz ». Ça se passe au port du Collet, aux Moutiers-en-Retz, depuis lundi 24 juin au matin.

cet étrange phénomène a d'abord été observé par Benoît Estavoyer, agent au Syndicat d'aménagement hydraulique (SAH) du sud Loire, qui a noté le phénomène par deux fois ce jour-là, vers 10 h puis vers 12 h. : « C'est la première fois que j'observe cela, c'était très curieux, cela faisait comme une petite vague de tsunami. Apparemment, il y a eu la même chose en Loire. ». Ce petit « mascaret » à répétition s'est en réalité reproduit plusieurs fois depuis le 24 juin, ainsi que le remarque Hervé de Villepin, directeur du SAH : « La mer monte et descend plusieurs fois de suite, avec des changements de niveaux de 20 à 30 cm tout de même. »

La censure à souvent des ratés lorsque c'est nouveau, et que l'organisme de censure, informé du minimum, n'a pas fait le lien avec Nibiru ! :)

Le même phénomène a été enregistré, « mais avec une moindre intensité », au vannage de Buzay, en Loire. On remarque ces reculs au moment de la pleine mer (marée haute) : le niveau redescend un peu, puis remonte, puis redescend, etc. (qu'on soit d'accord, on ne parle pas des vagues, mais des moyennes de hauteur cumulées sur des centaines de vagues hein !:)). Le haut de la courbe de pleine mer est crénelée (effet de résonance), pas ronde comme on pourrait s'y attendre et comme ça le faisait jusqu'à présent.

Hausse de l'activité EM

Survol

Les EMP viennent du noyau

Alors qu'on croyait que les EMP (impulsions électromagnétiques qui dérèglent les satellites et tout système électrique) ne venaient que du Soleil, l'homme s'est aperçu que le noyau de la Terre émettait lui aussi des éruptions magnétiques générant ces EMP sortant du noyau (terrestre), allant du noyau de la Terre vers la surface. L'existence de cette "météo magnétique du noyau terrestre" a été rendue publique en janvier 2016 [meteonoy]. Nancy Lieder l'annonçait depuis 1995.

Selon Harmo, il y a 3 pics EMP du noyau terrestre par an : fin mars-mi-avril, le mois d'août, fin novembre-mi décembre, avec les pires événements en milieu de période. Quand on regarde l'augmentation de crashs d'avions ou d'explosion de raffinerie lors de ces pics EMP (p. 428), on comprend que ces pics EMP du noyau sont bien réels.

Le fait que ces pics soient liés à l'année terrestre (3 par an, toujours aux mêmes périodes) montre bien que ça vient du noyau terrestre, et non de l'activité solaire (désinformation "Tout sauf Nibiru").

Pôles magnétiques anormaux (p. 417)

Comme beaucoup d'autres paramètres liés à Nibiru, c'est vers 2000 que les pôles magnétiques terrestres ont commencé à déconner, la direction de déplacement s'inversant, et la vitesse de dérive accélérant en permanence. De plus, de nombreux sous-pôles apparaissent au hasard sur Terre, empêchant les satellites de s'orienter correctement. Ça bouge dans notre noyau...

Éclairs anormaux (p. 417)

Au même moment où 9 enfants sont foudroyés à Paris, c'est 35 personnes en Allemagne frappés par un éclair anormalement long (front d'orage éloigné de plusieurs kilomètres). Des éclairs horizontaux qui restent dans les nuages, des éclairs qui frappent la même zone plusieurs heures d'affilée, des sprites jamais observés avant les années 2010, etc.

Spirales célestes (p. 418)

Les spirales célestes ont été vues en Norvège, au Mexique, en Californie, à Bogota et partout dans le monde.

Mais elles ont aussi été vues dans toutes les gravures préhistoriques, un phénomène suffisamment significatif pour que partout dans le monde, nos ancêtres décident de les graver dans la pierre...

Ces spirales sont des phénomènes électriques liés aux EMP qui forment des plasmas. C'est pour cela qu'elles sont lumineuses et que la luminosité persiste. À ne pas confondre avec les tirs de fusée au Soleil couchant (queue formée de fumée qui s'étiole), une astuce utilisée par nos dominants.

Aurores boréales décalées (p. 420)

Les aurores boréales plus nombreuses, de formes inédites, hors saisons et trop au Sud. Elles montrent aussi un axe gravitationnel de la Terre, non encore découvert par notre science.

Résonance de Schumann (p. 421)

La résonance de Schumann est constituée de plusieurs pics de fréquence, et si pendant 60 ans après sa découverte, c'est le pic de 8 Hz qui contenait les intensités les plus élevées, en 2017 c'était le pic de 33 Hz, et en 2018 c'est le pic de 40 Hz, et 60Hz début 2019. En 2020, les pics sont tellement élevés que le dernier moniteur laissé aux yeux du publics censure pendant plusieurs heures les courbes.

Piliers de lumière

Sans explication de notre science, ils sont de plus en plus observés et photographiés. Liés à l'activité EMP du noyau terrestre.

EM > Les pôles magnétiques s'affolent

Le champ magnétique terrestre (comme celui du soleil d'ailleurs), est de plus en plus perturbé par la présence de Nibiru, placée entre la Terre et le soleil. Non seulement la chute de l'intensité du champ magnétique terrestre est plus rapide que prévu, mais en plus les pôles magnétiques se déplacent de plus en plus vite, dans une direction opposée à celle observée jusqu'à présent. Sans compter l'apparition de sous pôles un peu partout sur la planète...

Les pôles géographiques (axe de rotation terrestre) aussi se déplacent (en fait c'est toute la croûte terrestre qui est en train de basculer...).

Champ magnétique affaibli

La flottille de satellites Swarm, lancée en 2013 (ce n'est pas un hasard) et chargée de mesurer les fluctuations du champ magnétique terrestre, a constaté un affaiblissement du champ magnétique 10 fois plus rapide que prévu (5% en 10 ans).

Le développement spatial habité va subir un coup d'arrêt, car en décembre 2014 les scientifiques se sont aperçus que le champ magnétique solaire était tombé à un niveau tellement bas qu'il ne protège plus l'espace proche des rayons comiques. Il faudra rester pour une quinzaine d'années dans le champ magnétique terrestre (lui aussi de plus en plus faible), ou sacrifier les astronautes (ça les élites savent faire!). C'est vrai en partie pour l'évacuation des vaisseaux habités de l'espace, mais le principal danger pour l'ISS reste les météorites de plus en plus nombreuses.

Pôles magnétique se déplaçant plus vite

Les pôles magnétiques terrestres sont eux aussi en train de bouger plus rapidement que d'habitude dans une trajectoire erratique. Le pôle nord magnétique de la Terre s'est déplacé du nord du canada vers la Sibérie, avec une vitesse croissante (de 10 km/an en 1970, il en est à 40 km/an depuis 2004).

Apparitions de plusieurs sous pôles magnétiques

Des sous pôles magnétiques apparaissent au milieu de l'océan, à certains endroits de la planète la boussole peut indiquer le nord vers l'ouest par exemple (en plus des précédentes zones magnétiques, par exemple le Tanezrouft au Sahara).

EM > Éclairs plus nombreux et intenses

Pourquoi ?

L'augmentation d'orages violents accompagnés d'éclairs nombreux et durant longtemps, augmentent le risque de mourir électrocuté. Mais les éclairs sont aussi devenus plus puissants, de part l'effet piezzo des roches compressées dans le sous-sol, et l'interaction de la queue cométaire, ionisée par le vent solaire, qui frappe notre planète dans la haute atmosphère, entraînant les sprites plus nombreux observés depuis 2013 (éclairs qui partent du dessus des nuages pour se perdre dans l'espace, qui n'étaient que des légendes auparavant). A noter que les prophéties et les récits des passages de Nibiru parlent d'éclairs qui durent plusieurs dizaines de seconde…

Pour les Zétas, ces éclairs augmentent à cause du vacillement journalier plus important qui génère plus de frottements atmosphérique. Auparavant limités aux régions sub-tropicales à cause des turbulences élevées, le vacillement mets sous une atmosphère subtropicale des régions normalement plus haute. De plus, l'agitation accrue de l'atmosphère favorise tout ça pour que ce phénomène soit observé toujours plus près des pôles.

A rajouter là dessus que le fait qu'avec les EMP les éclairs se propagent en amont de l'orage et se produisent avant que les nuages ne soient là.

Quelques exemples frappants

On observe une EMP prolongeant l'éclair loin e avant du front orageux avec les 35 personnes foudroyées en Allemagne lors d'un match de foot alors que l'orage était encore loin. C'était le 28/05/2016, au même moment où à Paris 9 personnes étaient foudroyées.

Ces éclairs provoquent de gros dégâts, comme le 07/08/2014, à Saltsjöbaden (banlieue de Stockholm, Suède). Un bateau, frappé par la foudre intense, a coulé incroyablement rapidement à cause de l'énorme trou provoqué par l'éclair.

Le 07/08/2013, en plein pic EMP, le viaduc de Millau est frappé au même moment sur tous ses piliers par 7 éclairs puissants [millau]. Ça montre déjà la puissance des éclairs à l'époque (plus il y a de chemins pour l'éclair, plus il faut de la puissance derrière pour alimenter tout ça). Imaginez déjà à l'époque ces 7 éclairs qui se concentrent sur un seul pilier au lieu de diviser leur énergie…

Une EMP a été filmée le 30 mai 2016 lors d'un orage (des éclairs montants entourent tout le diamètre de la colonne invisible EMP sortant du sous-sol (1 km de large approx.) avec des éclairs qui se prolongent de manière anormale pendant 20s [EMP]. Voir l'image dans L2. Moins d'1 semaine après, 82 personnes étaient foudroyées, toujours en Allemagne.

Le 28 juin 2016, en France, 11 blessés (dont 8 enfants, avec 4 en urgence absolue) par un éclair au Parc Montceau à Paris. Le lendemain, comme si l'activité électrique s'était déplacée vers l'Est, en Allemagne, 35 personnes foudroyées par temps clair alors que des orages violents arrivaient au loin. Le sol chargé en électrons par les orages a déchargé plus loin à l'endroit où une EMP était en train de se produire. C'est pour cela que le ciehttps://www.lequipe.fr/Football/Actualites/Allemagne-la-foudre-frappe-un-terrain-de-foot-35-blesses-dont-3-graves/684268l était bleu au dessus des victimes. Toutes les EMP ne sont pas de taille égales et elles n'ont d'effet que sur les gros bobinages. Elles restent donc souvent complètement invisibles. Une boussole par contre aurait montré des signes d'affolement dans la zone, surtout dans la colonne d'EMP.

En mai 2018, l'activité orageuse a battue tous les records, avec des orages pendant tout le mois (un seul jour sans orage en France en mai).

En réalité, les médias ont encore minimisé, parce que les orages avaient commencé la dernière semaine d'avril, et se sont prolongés sur la première semaine de juin. 1 mois et demi avec des orages tous les jours.

J'ai personnellement vu, dans le Sud-Ouest de la France, dans ma vallée où je n'ai normalement que 2 orages par an, ce mois et demi d'orages non stop.

Des orages atypiques par leur puissance électrique : les orages débutaient vers 10-11 h du matin (normalement c'est le soir, quand les températures chaudes du jour se refroidissent et condensent les cumulus). Plus étonnant, c'est que l'orage se prolongeait sans s'arrêter jusqu'à 23h, et ce genre d'anomalie tous les jours de ce mois et demi de mai 2018. Le plus impressionnant, c'est que pendant toutes ces heures d'orages, les éclairs se suivaient à moins de 20 secondes, et en regardant au loin c'était sans discontinuer…

Pour rappel, dans un orage classique, il y a des éclairs lors de l'arrivée du front, puis tous les électrons sont épuisés au bout de 20 minutes, et les éclairs s'arrêtent. Ici, pendant 11 h les éclairs n'arrêtent pas…

Dans la foulée du viaduc de Millau frappé sur tous ses piliers en même temps, on a la tragédie du Viaduc de Gênes en août 2018 : un pont mal entretenu et pas assez redondant lors de la conception, en cisaillement suite à la déformation tectonique de la baie (limite de plaque adriatique) matérialisé par des séismes le jour d'après et des ruptures de canalisations les mois qui précédaient. Ça s'est passé un 14 août, le jour le plus intense du pic EMP. Se rajoute un orage intense avec un fort vent transversal augmentant le cisaillement latéral. Le petite étincelle qui mettra le feu aux poudres, c'est un éclair d'une "rare intensité" selon les témoins, et toutes les fixations métalliques fondent d'un coup : les 2 tabliers tombent en premier, suivis du pilier fondu à la base. Les arcs électriques qui crépitent sur les vidéos, après l'effondrement, semblent liés à la voie SNCF électrifiée qui passait sous le pont, même si ça n'a pas été confirmé de manière claire (ces arcs / éclairs semblent un peu gros / puissants pour venir d'un simple transfo ferroviaire...).

Dark Lightning

D'autres formes d'éclairs, les éclairs sombres de haute altitude, décrit par Nancy Lieder en 1995 (des particules électriques traversant l'espace entre Nibiru et la Terre pour équilibrer électriquement les 2 planètes).

La science les appelle « dark lightning » [eclair1], et considère que c'est des flashs de rayons gammas émis par les orages vers l'espace. Découverts seulement en 2002, puis étudiés depuis 2013, notamment pour connaître le danger appliqué aux passagers des avions bombardés par ces rayonnements gamma de haute altitude.

Sprites et autres gigantic jets

Les éclairs de haute altitude (visibles ce coup-ci, au contraire des dark lightning vus précédemment) sont situés au dessus des nuages et partent eux aussi vers l'espace.

Ils n'ont été observés que tardivement (le 12/08/2010 dans l'Est de la Chine) [eclair2]. Ils se situaient à environ 35 degrés de latitude (bien plus haut que les régions subtropicales où il avait été aperçu de temps à autres par les aviateurs, tellement rares qu'on accusait les témoins de mentir...). Ces éclairs ont pu être étudiés plus avant en 2013, avec l'augmentation de leur nombre.

EM > Spirale céleste

09/12/2009 - Norvège

Le phénomène (Figure 55) a été filmé et l'authenticité de ces films n'a pas été remise en question, de très nombreux témoins ayant corroboré les images.

Pyramide volante

A noter que comme pour punir les Russes, quelques heures après leur mensonge sur la fusée, une énorme pyramide volante est apparue, le 18/12/2009, sur au moins 2 vidéos, tournant au dessus de Moscou. la chaîne de média RT en a parlé. On parle d'un engin estimé à 1,5 km de large.

1ere vidéo : filmée sans son et de jour, un objet de forme pyramidal, en métal gris métallisé, semble flotter dans les airs au dessus de la capitale.

2e vidéo : La nuit : cette même pyramide, de couleur sombre, survole le kremlin ! La vidéo, prise depuis une voiture roulant sur le périphérique illuminé, a plein de reflets des lampadaires passant devant la pyramide, de même que les lampadaires eux-mêmes qui défilent, qu'il aurait été coton de reproduire en post production, sans compter les fils électriques qui disparaissent sur tout l'écran par effet de profondeur de champ, lorsque la caméra change de focale.

Spirales préhistoriques

Figure 55: Spirale céleste de Norvège dans la nuit du 9 au 10/12/2009

Figure 56: Spirale préhistorique gravée

Figure 57: spirale préhisto vue de côté

A titre de comparaison avec la spirale de Norvège (Figure 55), voici ce que nos ancêtres ont gravés dans la pierre dans la vallée des Merveilles en France (Figure 56 et suivantes).

Évidemment, ce pourrait être autre chose, mais la spirale (un thème récurrent à la préhistoire), avec l'ondulation qui part sur le côté, est troublante.

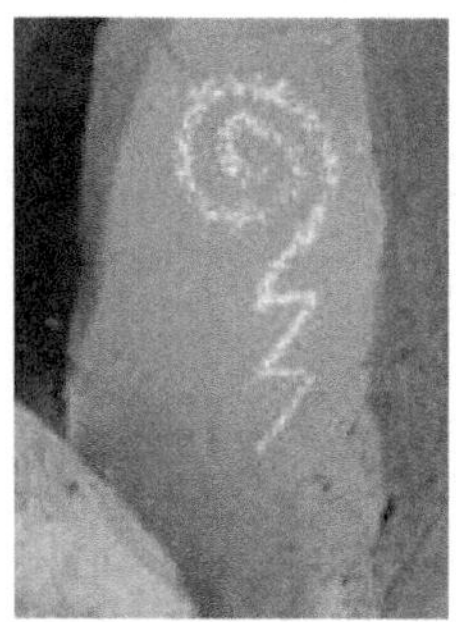

Figure 58: Spirale préhisto vue de côté

Description du phénomène

Ces spirales lumineuses qui apparaissent en pleine nuit, semblent descendre de l'espace vers la Terre. Leur aspect diffère selon le moment et l'angle d'observation. L'apparition dure normalement 2 à 3 minutes. Elles ne sont pas déformées par les mouvements d'air. La seule chose qui n'a aucune prise au vent ne peut être qu'un phénomène qui n'est pas soumis aux lois des gaz et des liquides (magnétons par exemple).

Pas une fusée

Depuis les spirales apparues en Norvège et au Mexique en 2009, les autorités s'amusent à lancer les fusées à la tombée du jour, pour tromper les observateurs et avoir des observations de spirales célestes qu'ils peuvent expliquer par un lancement de fusée (comme s'ils prévoyaient qu'il allait y en avoir plein d'autres à l'avenir...). La fumée de la fusée est éclairée par les rayons du Soleil en altitude (le lieu d'observation ne voit plus le Soleil, mais plusieurs km au dessus si), et cela pourrait ressembler à une spirale céleste, mais la déformation des fumées, leurs bords flous, permet de faire la différence entre un phénomène magnétique qui émet de la lumière, et des fumées qui diffractent les rayons du soleil couchant.

Le vortex secondaire bleu (sous le vortex blanc) ne se déforme pas avec le temps et les mouvements d'air, ce que ferait une traînée de fusée.

On voit que les 2 vortex blanc et bleus sont liés dans le temps, car quand la spirale blanche s'arrête, le vortex bleu s'en trouve directement affaibli, puis s'élargit, ce qui ne serait pas le cas si ce vortex bleu était les restes d'un carburant ou de la fumée sur la trajectoire de la fusée. En effet, une fois un gaz ou un liquide éjecté, il devient mécaniquement indépendant de la fusée qui l'a émise. Pour faire une analogie de balistique, quand on tire une balle avec un fusil, ce n'est pas parce qu'on bouge le fusil après le tir que ça influence la balle qui est partie.

Sans compter le fait que la fusée étant censée être tirée d'Est en Ouest, on ne comprend pas trop comment elle a pu aller dans l'autre sens et apparaître en Norvège... Si c'était le cas, la fusée se serait écrasée sur la côte Ouest des USA, ce dont on aurait entendu parler...

08/11/2015 / Spirale céleste en Californie

Figure 59: Spirale du 08/11/2015 en Californie

Vue au dessus de Los Angeles, filmée sous tous les angles, il fallait absolument trouver une excuse "Tout sauf Nibiru" à ce phénomène intriguant. C'est pourquoi les autorités n'ont pas hésité à annoncer qu'elles avaient balancé une fusée-missile au dessus de leur propre territoire habité, lancé d'un sous-marin basé dans l'océan Pacifique... Pourquoi tirer un missile au dessus du territoire américain habité, alors qu'il y a de vastes zones d'essai pour ce genre de matériel longue portée ?

Ce missile n'a été vu qu'à Los Angelès, et pas sur le reste du territoire des USA (alors que si c'était un missile, il aurait été vu sur toute sa course, pas juste Los Angeles ou Nevada).

Enfin, où a-t-il atterri ce missile ? Vu qu'il était censé être vide, il ne peut s'autodétruire en plein ciel, et doit retomber quelque part (des zones habitées pour rappel...). On ne saura jamais où ce missile a atterri.

La vidéo montre très bien que le phénomène stoppe de façon "douce", sans explosion... Comme pour la Norvège 2009.

A remarquer aussi que nos dirigeants aiment faire d'une pierre 2 coups. Comme la zone était soumise à une EMP, ils ont prétexté (après le phénomène) des essais militaires (essais inexistants qui ont déjà servi à justifier l'envoi du missile tout aussi inexistant) pour détourner les avions... Est ce que l'armée a l'habitude de lancer des opérations d'entraînement de vaste envergure dans le pacifique au dernier moment sans en prévenir à l'avance les autorités aériennes de leur pays ? Et ne bloque la zone qu'au moment où leur missile est observé ?

A vouloir cacher la vérité, ils se mettent dans l'embarras. Les missiles tridents, c'est pas nouveau. Les Russes et les Chinois connaissent très bien ces missiles, en tirer un de plus ou un de moins ne changera pas leur point de vue sur la question.

Autre détail qui décrédibilise totalement la thèse du missile, c'est le changement brutal de direction du jet à 90°. Bien entendu, la plupart des vidéos relayées par les médias coupent avant, parce que ça fait tomber à l'eau toute l'explication officielle du missile.

Quand à la spirale elle-même, on retrouve la tête / panache blanc, suivi d'une traînée bleue électronique bien rectiligne (en tourbillon serré difficilement visibles, ce tourbillon étant vu de côté sur la photo), pas déformée par les vents. L'ensemble est bien symétrique.

De plus, le phénomène ne bouge pas, et reste localisé.

Si le phénomène avait été filmé de plus près, on aurait vu le même schéma qu'en Norvège sauf qu'ici la distance et l'angle de vue (et peut être les conditions météos) empêchent de distinguer les branches de la spirale.

EM > Aurores boréales anormales

Décalées

Je parle d'aurores boréales parce que c'est celles qu'on connaît dans l'hémisphère Nord, mais comme nous le verrons dans L2, selon Harmo, les aurores sont générées par l'axe gravitationnel de la Terre (l'axe générant les gravitons, excentré de l'axe de rotation), et toute aurore boréale trop au Sud voit son pendant, l'aurore australe (liée au pôle Sud) remonter trop au Nord.

En 2015 [auror], visibles en France jusqu'en Midi-Pyrénées, et même en été (normalement c'est 2000 km plus au nord (au dessus du cercle polaire) et uniquement en hiver). Et ce phénomène jamais observé se reproduit 3 fois dans la même année : le 18 mars 2015, une série d'aurores boréales frappaient la France, bien trop au Sud.

A noter que dans cette période de fin mars, à l'exact opposé de la Terre, des aurores australes anormales sont observées en Nouvelle-Zélande, bien trop au Nord.

Comme si les aurores boréales ne venaient pas du Soleil comme on le croyait, mais d'un axe terrestre émetteur de particules non détectées, cet axe ayant trop basculé a cause de mouvements extrêmes dans le noyau. Et si cet axe bascule, il émet des particules en France et en Nouvelle-Zélande en même temps, et donc des aurores hors région habituelle.

Un déplacement rapide vers le Sud de ces aurores boréales (arriver en France implique un gros déplacement) implique généralement qu'il y a eu un gros mouvement dans le noyau, qui va se répercuter avec retard à la croûte terrestre (séismes majeurs, bruits de trompettes, sinkholes, fuites de méthanes, EMP...).

Et bien devinez quoi ? C'est exactement ce qui s'est produit : 6 jours après ces aurores boréales anormales, la terre tremble en France, et des EMP font tomber le vol du Germanwing en même temps que l'avion qui le suivait doit faire demi-tour, et que le CERN tombe en panne électrique (p. 428)…

Le 23 juin 2015 (3 mois après), on aura de nouveau un lien EMP / aurores boréales. Alors que ce reproduisent en France des aurores boréales anormales (bien trop au Sud, et surtout complètement hors saison, les aurores se produisant en hiver), on a en même temps tous les avions de Nouvelle-Zélande cloués au sol, et qu'une coupure d'électricité géante paralysait tout l'Ouest de la France.

En été

Les aurores boréales se produisent en hiver uniquement... sauf en présence de Nibiru !

Le 23/06/2015, des aurores boréales ont encore été observées au-dessus de la France (chose anormale en soi), mais en plus à une date complètement hors de période...

EM > Résonance de Schumann

La fréquence de la résonance de Schumann augmente depuis que la température explose (depuis 1996) Cette concomitance des faits doit nous laisser penser qu'elles sont modifiées par la même cause !

Cette résonance de Schumann complètement déboussolée montre bien qu'il se passe quelque chose d'anormal sur Terre. Quand on voit le peu d'étude officielles menées sur la variation de cette fréquence fondamentale pour la vie, on peut se douter que ça a à voir avec l'arrivée de Nibiru !

C'est quoi ce qu'on appelle fréquence de résonance de Schumann ?

Cette fréquence EM de la haute atmosphère, dont la bande d'énergie max était depuis 100 ans fixe à 8 Hz, s'est mise à augmenter en fréquence, progressivement depuis l'an 2000.

La résonance de Schumann est constituée de 5 fréquences importantes, à savoir 7.8 Hz, 14.1 Hz, 20.3, 26.4, 32.4 Hz. Ces fréquences sont décalées d'à peu près 6.5 Hz, ce ne sont donc pas des harmoniques comme on peut le lire de partout (une harmonique c'est un multiple de la fréquence porteuse, les fréquences seraient donc décalées de 8 au lieu de 6.5).

Les autres fréquences sont trop faibles pour émerger du bruit de fond.

Découverte en 1950, la résonance de Schumann est restée constante (fluctue autour d'une valeur moyenne qui reste stable) jusqu'en 1997. Ensuite, la fréquence de la fondamentale a augmenté en fréquence (de 7.83 à 8Hz) jusqu'en 2003, après plus d'étude semble-t-il...

Par contre, l'amplitude des hautes fréquences a beaucoup augmentée depuis 2003, jusqu'au point que la fréquence de 40 Hz, invisible précédemment, est celle qui aujourd'hui a le plus de puissance (c'est ce que montrent les graphes d'hier). D'ailleurs, on ne sait pas si les fréquences au dessus subissent le même phénomène, vu que les appareils de mesure ne semblaient pas prévus pour d'aussi hautes fréquences (les graphes ne montrent pas au-dessus) :)

Donc quand on dit que la fréquence de résonance de Schumann augmente, il ne s'agit pas de la fréquence fondamentale ou des autres fréquences qui changeraient drastiquement de valeur (comme veut le croire le lien au dessus), mais du décalage de l'énergie dans les plus hautes fréquences (là où la fondamentale à 8Hz portait toute l'intensité pendant 60 ans (et les pics de fréquences suivants diminuaient rapidement en intensité), maintenant c'est à 40 Hz que ça vibre le plus haut, alors qu'il y a 10 ans cette fréquence n'existait même pas !). En 2017, c'était le pic de 33 Hz qui vibrait le plus, preuve que l'augmentation en fréquence de l'intensité de la résonance de Schumann est rapide.

Donc le terme d'augmentation de la fréquence de résonance de Schumann n'est pas tout à fait adapté (il faudrait plutôt parler de "décalage de l'intensité dans les pics de fréquence supérieur") mais en gros il traduit un phénomène réel dont aucun média main stream ne parle...

Causes de ce décalage de fréquence

Cette fréquence dépendant de l'activité magnétique du noyau terrestre, de la ionisation en haute atmosphère et de la composition de l'atmosphère, vous comprendrez que rajouter les hydrocarbures venant de Nibiru, le noyau terrestre en dérive EMP et les particules chargées provenant de la queue cométaire de Nibiru, cette fréquence allait forcément devenir erratique.

La queue cométaire de Nibiru (les particules les plus légères du nuage de Nibiru (gouttelettes d'hydrocarbures et oxydes de fer) s'ionisent et sont portées en arrière par le vent solaire, la Terre se trouvant fouettée par cette queue) frappe la haute atmosphère terrestre, et l'activité accrue du noyau terrestre, sous l'effet du magnétisme de Nibiru, augmente les décharges EMP et électriques.

De tous les paramètres connus pour faire varier la résonance de Schuman (en intensité ou en fréquence des pics), la plupart ont été impactés avec l'arrivée de Nibiru :

- composition de l'atmosphère a varié en haute altitude (queue).
- le nombre de particules ionisées de haute altitude (queue toujours)
- Le magnétisme et impacts électriques le long des colonnes EMP en haute altitude (voir sprites et aurores boréales anormales)
- Perturbation du champ magnétique de Nibiru se rajoutant à celui de la Terre

Censure du système

Autres choses pour dire que ce n'est pas net cette histoire : j'ai vraiment galéré à trouver les infos (donc censure ou désinformation Google), la fréquence fondamentale est passée de 7.83 à 8Hz en 5 ans en 2003 (les 5 premières années ou l'effet de Nibiru a commencé à se faire sentir sur Terre), et depuis personne n'aurait eu la curiosité de suivre cette évolution pour essayer de savoir pourquoi, ou alors cette hausse se serait arrêtée brutalement, bref... Seulement 6 capteurs officiels dans le monde, donc d'autant plus facile à bidouiller les données, ainsi que ni la NASA ni les magazines de vulgarisation scientifique ou autre Futura Science n'ont pas expliqué en quoi il n'y avait pas d'augmentation en fréquence des pics fréquences de la résonance de Schumann, laissant fleurir cette imprécision sur internet alors qu'ils sont tellement rapides d'habitude à tenter de nous expliquer que Nibiru n'existe pas...

En 2019, on dépasse les 60 Hz (obligeant régulièrement à réhausser le niveau max des graphiques), et le tracé est devenu tellement chaotique que fin octobre 2019, l'institut russe diffusant les mesures en temps réel s'est mis à censurer des heures entières pour cacher les anomalies au public, notamment des fréquences qui dépassaient de beaucoup la bande d'énergie max à plus de 160 Hz !!!

Depuis 2020, la fréquence est devenue trop élevée, et les pics dépassent de dizaines de fois les valeurs précédentes. Les Russes, les seuls à avoir laissé le monitoring actif, censure ces pics en laissant de gros trous noirs quand ça déconne trop.

Monitoring journalier

On peut suivre au jour le jour l'évolution de la fréquence de Schumann.

Le premier graphe c'est le temps en abscisse, la fréquence en ordonnée, et l'intensité de la mesure se fait par la couleur : 0 = noir, faible = violet, fort = jaune.

Le second graphe c'est l'énergie fournie selon les pics de résonance.

Impact sur la vie (p. 424)

Pas habitué à de telles fréquences, cette hausse impact légèrement les animaux sur Terre.

Météores anormaux

Pour rappel, depuis 2009, les météorites sont classées en secret-défense, la NASA ne divulguant plus les données obtenues par ses satellites.

Augmentation depuis 2008

L'armée USA a placé l'étude des météorites sous secret-défense en 2009, au moment où le nombre de météores par an à explosé. Privant ainsi les chercheurs de la flotte de satellites lancée à cet usage. Heureusement, le réseau citoyen utilisant des webcams, opérationnel depuis 2006, a permis de conforter en premier temps la correspondance avec les données officielles, puis de connaître par la suite l'augmentation des météores que l'armée avait tentée de cacher.

Le graphe de l'AMS (American Meteor Society) :

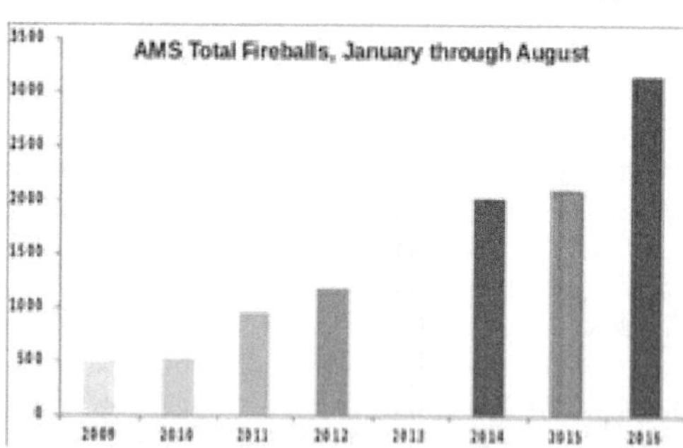

Figure 60: Augmentation du nombre de météores entre 2009 et 2016

Année (nombre d'événements) : 2006 (477), 2007 (552), 2008 (672), 2009 (622), 2010 (889), 2011(1616), 2012 (2132), 2013 (3500), 2014(3693), 2015 (4142), 2016 (5221).

Le nombre de météorites suit une courbe exponentielle et elles explosent au dessus de zones habitées (2 morts aux USA, de nombreux blessés en Russie). Les vidéos sont de plus en plus nombreuses.

On observe 477 objets entrants en 2006, 10 ans plus tard, en 2016, c'était 5 221, soit 11 fois plus... Là encore, aucun journaliste ne se pose de questions ?

Entre février et mars 2015, c'est plus de 70 astéroïdes suffisamment gros pour détruire toute vie sur Terre qui vont frôler la Terre, alors que d'habitude il n'y en a qu'un tous les 2 à 3 ans. La plupart de ces comètes / astéroïdes viennent de la ceinture d'astéroïdes (entre Mars et Jupiter), et c'est la forte gravité de Nibiru qui leur fait prendre une trajectoire elliptique se rapprochant de notre planète.

Lorsque Nibiru est passée la dernière fois, il est tombé des milliards de tonnes de petites météorites chauffées au sol, que les anciens ont traduit par une pluie de grêle catastrophique qui brûlait au sol, ou dans d'autres cas, de pluies de pierre brûlantes ou fumantes. Ces petites météorites ne font pas de cratère, mais tombe comme de la grêle et peuvent mettre le feu aux objets inflammables (paille, toits, forêts sèches, prairies sèches etc...).

La NASA se fait une spécialité de faire 10 fausses alertes par an, puis ensuite d'envoyer un message de démenti pour affirmer que les USA ne seront pas rayés de la carte par un gros astéroïde (ce qui est vrai d'ailleurs, tous les astéroïdes susceptibles de faire disparaître toute vie pendant 100 ans sont systématiquement détruits par les ET).

Février 2016, premier mort dû à une météorite dans l'histoire moderne en Inde.

Les météorites c'est le point faible du mensonge gouvernementale. 11 fois plus de météorites en 10 ans... Difficile d'accuser le réchauffement climatique, le Soleil, HAARP ou autres conneries...

Seule la présence de Nibiru, avec son nuage de débris et sa masse déviant les astéroïdes de la ceinture principale, permet d'expliquer cette hausse d'objets entrants.

Cet excès de météorites provient de 2 sources : le nuage de débris entourant Nibiru, sur des millions de km, de plus en plus dense au fur et à mesure que Nibiru se rapproche, ainsi que la gravitation de Nibiru qui dévie des comètes et météores vers la Terre (sachant que ces objets errants sont tous issus de la ceinture d'astéroïdes entre Mars et Jupiter, et qu'ils sont éjectés quand Nibiru vient prendre la périhélie de son orbite).

Les OVNI qui détruisent les gros météores

Les plus gros météores, qui détruiraient la vie sur Terre, sont détruits par les ET. On a souvent vu des vidéos montrant un OVNI rattrapant un météore et le fracturant en plusieurs morceaux.

Tcheliabinsk

L'exemple du météore qui explose juste à temps pour réveiller le monde, sans pour autant avoir un lourd bilan humain. Hasard ?

Tcheliabinsk compte environ 1 million d'habitants. Le météore a explosé à 30 km d'altitude. Mais si il l'avait fait à 10 km, la déflagration n'aurait pas été atténuée par la distance, et on aurait eu des dégâts considérables, dignes d'une Bombe Atomique, simplement à cause du Souffle. Un véritable "coup de Marteau Céleste" annonciateur en 2013, qui a fait exploser les vitres et soufflé les murs depuis ses 30 km d'altitude, sur un rayon de 90km. On n'ose imaginer si ce phénomène se reproduit à plus basse altitude.

Les pluies de pierres

Des météorites très petites à l'arrivée forment comme du gravier brûlant. Ce phénomène est encore rare (Par exemple le 30 mai 2016 à Cinope en Turquie), mais va s'amplifier les derniers mois avant le passage.

"Choses" qui tombent du ciel

De plus en plus d'objets jamais vus tombent sur la Terre. Ces objets viennent des différentes couches du nuage de Nibiru (plusieurs millions de km de diamètre). Depuis 2010 à peu près, nous avons été touchés par la couche la plus externe (censure NASA de 2009 sur les météores), mais depuis février 2017 c'est les objets lourds du nuage principal qui arrivent.

Les explosions de Lemonosov

ces grosses poches d'hydrocarbures venant du nuage de Nibiru et qui tombent régulièrement sur Terre depuis fin 2019, comme ces "magmas" incandescents tombés du Ciel en Inde.

Les cours d'eau rouges, les fils d'Ariane, les pluies de feu, les pluies d'hydrocarbures

Les débris gravitants autour de Nibiru sont en partie constitués de gouttelettes d'hydrocarbures.

Ces gouttelettes rendent plus visible les fils d'Ariane qui tombent du ciel. De même que les chemtrails des avions de ligne.

Ces gouttelettes s'accumulent dans les cours d'eau où les bactéries et algues microscopiques qui les dégradent se développent beaucoup, rendant les eaux rouges partout dans le monde, que ce soient des rivières, des lacs ou des plages océanes. C'est aussi dû aux oxydes de fer du nuage de Nibiru. Le 7 septembre 2012 le Yangtze en Chine devient rouge, le 19 novembre 2012, étrange pluie rouge au Sri Lanka ou encore le 24/08/2012 en Inde, le 27 novembre 2012, les plages océaniques de Sydney en Australie virent au rouge sang.

Plus tard, ces gouttelettes peuvent se combiner avec les émanations volcaniques, notamment les produits soufrés. On parle de tonnes de produits qui se forment dans l'atmosphère à la périphérie des volcans et qui retombent ensuite sous la forme de pluie de Naphte collant. Les quantités sont parfois si grandes qu'elles s'infiltrent par millions de litres dans le sol, un phénomène qui est à l'origine du pétrole et des gaz fossiles riches en soufre.

Ces pluies de naphte peuvent s'embraser parfois et former des pluies de feu. Elles sont très localisée aux zones sous le vent par rapport à des volcans actifs. Toutes les zones qui ont du pétrole ont connu ce type d'activité chimique massive à cause d'un volcanisme proche (par exemple, les champs pétrolifères du moyen Orient sont directement dus au Volcanisme de la Région (Sinaï, Syrie, Nord de l'Arabie Saoudite)). Certaines poches de pétrole sont si vieilles que les traces d'activités volcaniques ont presque disparues actuellement. Pas de pluies de feu en France, l'activité volcanique étant réduite à son minimum. C'est surtout dans les zones les plus actives comme la ceinture de feu du pacifique ou la Cordillère des Andes que le risque de pluie de feu est extrême.

Les pluies d'hydrocarbures se produisent au moment où Nibiru est très proche, comme le 25/02/2016 dans le Michigan et pluie de substances corrosives le 25 mai 2016 à Metz en France (qui attaque même le verre!). Sans parler de la neige qui ne fond pas, des neiges ou pluies bleues, vertes, rouges, oranges.

Le ciel obscurci

En 2000, les scientifiques ont commencé à se préoccuper des contrails d'avions qui s'étalent de plus en plus, comme si la haute atmosphère avait changée.

Le 23/12/2019, les chercheurs avouent qu'une centaine d'étoiles avaient disparues, comparé aux catalogues d'étoiles des années 1950. Étoiles éteintes, ou nuage interplanétaire obscurcissant progressivement nos instruments optiques ?

Autant les récits anciens que les prophéties, disent que les derniers temps, la Lune et le Soleil seront obscurcies par un voile rouge (le nuage de Nibiru qui enveloppera la Terre).

Double Soleil

L'objet qui nous envoie des météores, semble aussi dévier les rayons du Soleil, et nous offrir régulièrement le spectacle d'un deuxième Soleil (pas un vrai astre, juste une image réfléchie).

Figure 61: Double Soleil du 12/10/2015

Partout sur la planète des témoignages se font sur l'apparition pendant quelques minutes de soleils doubles. Des vidéos claires montrant que ce ne sont pas des lens flare, comme cette vidéo d'octobre 2015 [dblsol] (et non, on ne peut pas voir la pleine Lune avec le Soleil à côté (Figure 61) ! dans la vidéo la femme qui filme montre bien la pleine Lune à l'opposé du Soleil, mais cette précision était inutile !).

Ce 2e Soleil n'est pas une nouvelle étoile, mais une aberration optique ramenant les rayons du Soleil vers la Terre, à cause de Nibiru intercalée entre la Terre et le Soleil (voir explication dans L1>Apocalypse>Nibiru).

Présent > Effets sur la vie

Survol

En plus d'avoir des impacts sur les planètes du système Solaire (dont la nôtre), la présence de Nibiru a aussi des répercussion sur la vie sur Terre :

- Les animaux (dont nous faisons partie),
- notre technologie.
- ceux qui nous dominent et cherchent à prolonger cette domination en nous cachant la réalité.

Animaux (p. 424)

Les animaux vivent une nouvelle extinction d'espèces, entre les fatigues anormales et les hécatombes inexpliquées.

Notre technologie prend cher (p. 428)

les EMP du noyau générant chutes d'avions, accidents ferroviaires, incendies industriels, explosions de raffineries et de transformateurs électriques.

Dominants irrationnels (en apparence... p. 446)

Les effets de Nibiru se retrouvent dans les actes de nos dirigeants : cet empressement à se faire fabriquer des bunkers, à étouffer certaines infos sensibles (comme mettre sous secret-défense l'étude des météores), construire des grands murs de protections autour d'endroits sensibles (comme Gizeh), construire des nouvelles capitales sur des points plus élevés, de bâtir dans des endroits reculés de nouvelles enclaves high tech, tout confort, et pour le moment vides d'hommes, etc.

Des actes qui nous apparaissent irrationnels, mais qui s'expliquent parfaitement quand on connaît les dessous de l'affaire.

Animaux

Survol

Fatigue EM (p. 424)

Liés à l'activité EM, des étranges cas où la santé humaine en prend un gros coup.

Monstres marins (p. 425)

Perturbés pas de nombreuses anomalies, les animaux des abysses remontent à la surface.

Hécatombes d'animaux (p. 425)

Régulièrement, des milliers de représentants d'une espèce meurent brutalement au même moment et au même endroit [mortmass1]. Les médias ne les relaient quasiment jamais (alors qu'étant nous aussi des animaux, ça devrait être un sujet prioritaire...), la science n'arrive jamais à expliquer ces phénomènes, qui ne se produisaient pas, ou anecdotiquement, avant 2000. Depuis 2010, ces hécatombes sur Terre sont tous les jours.

Par exemple ce trou dans les nuages immédiatement suivi de chute d'oiseaux le 31 octobre 2012 en Angleterre [mortmass2], ou encore le 07/12/2012 au Texas, des tremblements mystérieux du sol font suite à une hécatombe d'oiseaux (montrant le lien entre les mouvements du sol et le largage de gaz fossiles, voir p. 411).

Animaux > Fatigue EM

Crises d'asthme

Fin novembre 2016, Un orage coupe la respiration de 2 000 Australiens (même les non asthmatiques), 3 personnes en meurent. Le nombre de personnes impactées, n'ayant jamais eu ces symptômes préalablement, ainsi que le fait que des personnes décèdent de cette asphyxie (un phénomène inédit), montre qu'il se passe quelque chose d'anormal. La faute selon Nancy, aux poussières de Nibiru, qui se déposent en grand nombre préférentiellement dans l'hémisphère Sud, par là où arrive Nibiru.

22/07/2015 – narcolepsie de tout un village

Tout un village au kazakhstan s'endormait brusquement, à tout moment de la journée. Ces endormissements inopinés, qui pouvaient durer plusieurs jours, se produisaient depuis 2010. Émanations de gaz, pas le monoxyde de carbone utilisé systématiquement pour cacher le méthane issu du sous-sol en compression. Le monoxyde de carbone n'est pas produit par le sous sol (sauf en cas de combustion dans les mines en charbon qui brûlent). Ici, c'est une mine d'uranium, il n'y a pas de monoxyde. Les gaz ne sont pas suffisants pour expliquer cette "narcolepsie", car sinon bien d'autres lieux seraient touchés. Ici, il y a une combinaison de choses : du méthane dans l'air ET dans l'eau, intoxiquant les personnes de façon progressive, allié avec des EMP qui font des réinitialisations partielles du cerveau, cerveau rendu plus sensible à cause de l'empoisonnement. Heureusement, une telle combinaison de facteurs au même endroit est rare et le restera.

Fatigues à cause de Schumann

L'augmentation de la résonance de Schumann (p. 421) décale notre cycle circadien et engendre une fatigue supplémentaire pour les êtres vivants habitués depuis des millénaires à une fréquence stable.

La résonance de Schumann a un petit effet sur l'être humain (des études ont montré que les astronautes, ou les gens dans des grottes, donc moins soumis à cette résonance, subissaient une dérive de leur rythme circadien). Les êtres vivants sont habitués depuis des millénaires à la fréquence de 8 Hz, et l'augmentation rapide de la fréquence de Schumann de ces dernières années peut nous fatiguer et décaler notre perception du temps (en déphasant nos cycles internes, qui s'accélèrent et ne sont plus vraiment en phase avec la longueur du jour).

Pour dire autrement, notre corps s'appuie sur le Soleil et sur Schumann pour mesurer le temps : si Schumann accélère et pas le Soleil, notre corps est déboussolé.

Animaux > Monstres marins

Le Kraken a toujours été considéré comme un mythe. Des centaines de témoignages dans l'histoire, mais les scientifiques ont toujours refusé qu'un calamar géant de plus de 10 m se soit attaqué à des « gros » bateaux, comme la Pinta de Christophe Colomb de 18 m de long.

Sauf que là encore, nos scientifiques ont tout faux. Ce n'est pas parce que des monstres marins vivent dans les profondeurs, et ne remontent quasi jamais, qu'ils n'existent pas. En 2006, le premier kraken observé a permis de clore le bec à tous ceux qui exigeaient de voir quand ils le voulaient un calamar géant...

Nibiru accélère la révélation, en faisant crisser les roches lors du frottement des plaques tectoniques entre elles. Ce son (sorte de trompettes de l'apocalypse), amplifié par les fortes pressions, devient insupportable par les habitants des abysses, qui remontent alors, empiétant sur le terrain de chasse d'autres espèces, et perturbant tout l'écosystème.

Depuis les années 2010, le nombre d'animaux marins inconnus ou rarissimes, venant des profondeurs, et échoués sur les plages ou pris dans les filets de pêche, augmente. Comme une alerte que l'humanité devrait prendre en compte. Des sortes de réfugiés climatiques.

Le Japon, étant à la croisée de plusieurs plaques tectoniques, est plus soumis à ce phénomène.

Un calmar géant vivant a été signalé pour la première fois en 2006, près du Japon. Validant ainsi que la légende sur le Kraken était vraie. On en a trouvé de nombreux échoués par la suite.

On a aussi le requin à collerette, découvert et filmé en 2007 près du Japon, et vivant habituellement en-dessous de 300 m de profondeur.

Connu sous le nom de "Messager du Palais du Dieu de la mer", le poisson-rame (oarfish, le mythe du serpent de mer géant) est considéré comme un présage des tremblements de terre à venir quand il s'échoue (il vit normalement entre 200 et 1 000 m de profondeur, et les témoignages d'observation sont très rares). Ils ont été retrouvés échoués sur les plages ces dernières années autour du cercle de feu (30/05/2014, un pêcheur vietnamien attrape un Oarfish venu à la surface. 07/02/2017 aux Philippines, 3 oarfishs trouvés, près de 5 m de long, et qui annonçait le séisme destructeur du 10/02, 3 jours après). Ils ont commencé à se montrer pour de bon et à faire la une de l'actualité autour de l'année 2010.

Le 12/01/2014, un calamar géant de 163 kg est attrapé dans les filets, au Nord du Japon.

En février 2014, une méduse géante des profondeurs est retrouvée échouée, obligeant les spécialistes à lui créer un nom.

Le 19/04/2014, près de Key West en Floride, un rare requin Gobelin des profondeurs est pris dans un filet de pêche (encore un poisson des grandes profondeurs trop haut).

Le 20/05/2014, sur une plage du YorkShire (angleterre), un delfish est découvert échoué. Trop au Nord et trop haut (vit à 1 000 m de profondeur).

Fin juin, un poisson des profondeurs, inconnu, avait été classé comme chimère en Inde. Les médias ont préféré accuser une mutation génétique plutôt que dire que ce poisson n'a rien à faire en surface...

Le 22/07/2014, un poisson des profondeurs non répertorié au Sri Lanka.

Le 19/11/2015, un rare poisson Lancet (vit à 1000 m de profondeur) s'échoue à la plage Fitzroy de New Plymouth, Nouvelle-Zélande. Là encore, l'hypothèse du séisme l'ayant dérangé est évoquée (on est toujours sur les bords de la plaque tectonique du Pacifique).

En août 2014, un dragon des profondeurs (black scaleless dragonfish) qui ressemble au monstre du film alien, et qui vit à 1 500 m de profondeur, est retrouvé échoué dans les Bahamas.

En 2019, les pêcheurs de Mourmansk publient les images de tous ces poissons des profondeurs qu'ils attrapent désormais dans leurs filets, chose qui ne se produisait pas jusque-là.

Animaux > Hécatombes

Des milliers d'animaux meurent en masse toutes les semaines. Rappelons que nous sommes aussi des animaux, et qu'après eux c'est nous...

Ces hécatombes sont bien trop nombreuses pour être relayées ici. Comme les médias ne les relayent pas (ou très peu, vous masquant l'ampleur énorme du phénomène) je ne reprendrai que les plus emblématiques.

Pour vous donner une idée de leur nombre effarant, jusqu'en 2015, ce site a listé toutes les hécatombes animales, avant de devoir arrêter vu l'ampleur prise par le mouvement... En août 2015, sur les mois de juin et juillet seulement, on avait 162 hécatombes à déplorer !

Toutes les explications données par les médias sont pipeaux (comme faire croire que des feux d'artifice, tirés sans problème depuis plus de 100 ans, se mettraient d'un coup à tuer instantanément tous les oiseaux en l'air dans un rayon de 2 km). Mais généralement, les médias concluent pas "l'enquête est en cours", et qui ne sera jamais trouvée par la suite.

Toutes ces hécatombes sont exceptionnelles, les locaux disent qu'ils n'ont jamais vu ça, et aucune trace de telles hécatombes dans les archives humaines. Qui plus est, ces hécatombes sont en hausse (occurrences et nombre de décès + animaux de plus en plus gros).

Quelques pistes d'explications

Nous verrons les causes de ces hécatombes dans L2 > Vie > Terre > effets de Nibiru, plusieurs causes entrent en jeu dans ce phénomène.

Voilà quelques exemples, parmi d'autres, de la combinaison de facteurs pouvant amener à ces hécatombes :

Une seule espèce touchée

Ces hécatombes sont souvent très homogènes (ne touchent qu'une ou deux espèces au plus). Les étoiles de mer par exemple sont très sensibles aux changement de pH (squelette calcaire fragile) qui, combiné à une hausse subite de la salinité, leur est fatale. D'autres animaux vivant à leurs côtés (crabes, concombres de mer, coquillages) sont sensibles à d'autres facteurs, et ne sont pas touchés (même s'ils sont affaiblis) par les mêmes problèmes.

Oiseaux qui tombent par millier dans une même zone

Chez les oiseaux, les principaux facteurs de mortalité sont les poches de méthane dans l'air (en plein effort de vol, tout manque brutal d'oxygène provoque leur évanouissement) mais aussi les changements brutaux de température, la disparition des proies (moins d'insectes sur nos pare-brise depuis 2010), les migrations chaotiques et les maladies opportunistes qui se greffent au final par dessus (un oiseau guérit rarement quand il est malade). Par exemple ce trou dans les nuages immédiatement suivi de chute d'oiseaux le 31 octobre 2012, ou encore le 7/12/2012 au Texas, des tremblements mystérieux du sol font suite à une hécatombe d'oiseaux, montrant le lien entre les mouvements du sol et le largage de gaz fossiles.

Cétacés échoués

Étant en fin de chaîne alimentaire, ils cumulent des poisons qui atteignent leur cerveau, ce qui les rend très fragiles dès qu'il y a des changements environnementaux. C'est notamment leur système d'écho-location qui en est victime et les explosions marines peuvent totalement paralyser leurs sens déjà mal en point.

Facteurs météo

Les animaux sont aussi victimes des conditions météos dégradées, des EMP et coups de foudre intenses, comme les 322 rennes tués par un seul éclair en août 2016.

Les facteurs humains

Il y a aussi ces gens ultra riches qui désirent avoir dans leur salon la peau des derniers animaux de leur espèce, comme le lion Cecil ou les derniers éléphants africains (un tué toutes les 15 minutes, vu le peu qui restent ils ne vont pas tenir des années à ce rythme).

Sans compter la pollution humaine (tous les océans sont pollués aux PCB ou autre) ou les pesticides qui tuent la biomasse à la base de la pyramide alimentaire.

Les oiseaux qui tombent morts du ciel

03/01/2011 - des milliers d'oiseaux tombent au sol

Plusieurs milliers de cadavres d'oiseaux ont aussi été retrouvés. Tombés du ciel le jour de l'An, jusqu'à 5.000 merles à ailes-rouge sont morts et ont chuté dans un rayon de deux kilomètres dans la ville de Beebe (Arkansas).

02/07/2015 - 300 oiseaux tombent morts du ciel à Honduras (USA).

20/08/2015 - Plus de 500 oiseaux retrouvés morts dans les rues de Tulsa (Oklahoma - USA)

Échouages marins

04/07/2015 - 1 baleine, 2 lions de mer et 30 oiseaux de mer retrouvés morts sur une plage du Pérou.

06/07/2015 - 1 lion de mer, 1 éléphant de mer et un dauphin retrouvés morts sur la plage de San Francisco (USA). Température de l'eau de mer 5 degrés de plus que la normale.

07/07/2015 - Des centaines de milliers de poissons et de crabes bleus retrouvés morts dans le comté de Craven, en Caroline du Nord (USA).

07/07/2015 - Des milliers de poissons et des dizaines d'oiseaux trouvés morts trouvés dans un lac, en Angleterre.

12/07/2015 - 5 baleines trouvées mortes en Alaska (USA).

12/07/2015 - Plusieurs tonnes de poissons morts le long de la côte du Chiapas, au Mexique

13/07/2015 - Des dizaines de tortues meurent dans la baie de Wellfleet, au Massachusetts (USA)

04/08/2015 - 16 baleines pilotes s'échouent au Cap-Breton (Canada), dont 6 sont mortes.

11/08/2015 - Des oiseaux de mer et des dauphins morts de faim au Pérou.

13/08/2015 - 32 dauphins ont été retrouvés morts en 1 mois sur les côtes Bulgares. Le phénomène continue.

13/08/2015 - 21 baleines retrouvées mortes au cours du dernier mois en Alaska (USA). Le phénomène se poursuit. Le même jour, 4 baleines mortes, échouées au Canada, et 4 baleines échouées, dont 3 sont mortes, à Taïwan (le phénomène est mondial, sur tous les hémisphères, donc pas lié à la saison).

16/08/2015 - Des Millions de coquillages et autres animaux marins s'échouent sur une plage des Pays-Bas.

17/08/2015 - 8 lions de mer, 6 pélicans et 1 Dauphin retrouvés morts de faim au Pérou (preuve qu'il y a eu une hécatombe de leurs proies, passée inaperçue).

02/12/2015 - Plus de 300 baleines mortes ont été retrouvées échouées dans une baie en Patagonie.

Mammifères terrestres

13/07/2015 - Plus de 170 000 alpagas morts à cause de la neige et du froid au Pérou. Des milliers de moutons mourront au Pérou 13 jours après.

23/07/2015 - 52 bisons sont morts au Parc National de Wood Buffalo, au Canada.

28/07/2015 - 5 000 moutons morts en quelques mois en Islande.

31/07/2015 - Plus de 1000 moutons sont morts au Kazakhstan à cause des fortes chaleurs (supérieures à 45°C).

Les révélations médiatiques qui s'étouffent

De temps à autre, un témoin clé de l'affaire, qui a des sources, des preuves, qui a participé au mensonge ambiant, parle. Et un journaliste accepte de le diffuser malgré la censure sur le sujet. Comme en avril 2018 [astro7], ce chercheur de l'USGS Ethan Throwbridge qui a travaillé à cacher Nibiru. Il raconte que pendant

30 ans la NASA a menti au public, qu'au plus haut niveau tout le monde sait. Faisant l'objet d'un article du Daily Star, puis de Sputnik, l'histoire sombre aussitôt dans l'oubli, le public ayant quelques heures d'autonomie de mémoire et les médias bâillonnés et non indépendant.

Animaux > Hécatombes > Gaz

Évanouissements, malaises, odeurs d'égouts, oiseaux s'écrasant en masse au sol : nous avons vu que des gaz étaient relargués en masse du sous-sol comprimé (p. 411), voyons leurs effets sur les animaux.

Méthane au sol

Le méthane qui s'accumule dans une habitation provoques des nausées, des malaises, des évanouissements, comme le 11/11/2015 dans une école du Royaume-Unis. Il est inodore, seuls les effets du manque d'oxygène sont ressentis.

Poches de méthane et avions

En temps normal, il monte en altitude où il peut se créer des poches. De même que pour les oiseaux, quand un avion passe dans une poche de méthane suffisamment large, sachant que l'air pressurisé intérieur est pompé dans le milieu extérieur, on peut avoir, comme le 28/01/2016, des malaises du personnel navigant et des passagers (sur plusieurs avions a 1 jour d'intervalle [methan5]) . L'intoxication avec mal de tête et malaise est typique d'une diminution d'oxygène sévère et rapide du milieu environnant.

En décembre 2017, ces phénomènes s'amplifient, touchant même un grand nombre de pilotes de l'US navy, sans qu'aucune explication officielle ne soit jamais donnée, excepté pour les militaires un "épisode psychologique". C'est dans leur tête s'ils ont été soudainement victimes de malaises en vol. Dans leur tête peut-être, mais dans le même temps quand ça se produit tous les autres avions sont cloués au sol en attendant que ça se passe.

Le 16/06/2017, la Navy révélait que plusieurs morts de pilotes ont été attribuées à cet épisode "psychologique", dont nul ne sait d'où il vient. 155 cas répertoriés en 2016 juste par la Navy, et encore on n'a les chiffres que sur 2 types d'avions.

Étant soluble dans l'eau, le méthane provoque l'eau du robinet qui prend feu (un phénomène attribué faussement aux exploitations de gaz de schiste).

Sulfane au sol

Le méthane est souvent accompagné d'autres dégagements (gaz soufrés extrêmement toxiques et nauséabonds, comme le sulfane), comme ça s'est produit à Rouen le 22/01/2013. Le problème c'est que les autorités étouffant l'affaire, les gens ne sont pas prévenus du caractère extrêmement toxique et nocif de ces gaz.

C'est le sulfure d'hydrogène, ou sulfane, qui est en cause dans "l'incident" nauséabond qu'ont connu la France et l'Angleterre à Rouen en 2015. Ce n'est pas un thiol ou mercaptan. Le sulfane a la même odeur que certains thiols (ou mercaptans), et le nez humain ne fait pas la différence entre tous ces gaz à base de soufre. Le sulfane se fixe sur les récepteurs olfactifs du nez humain et a une odeur d'oeuf pourri (comme tous les produits à base de soufre). Cette capacité de l'homme a le détecter est naturelle car le sulfane est un indicateur de fraîcheur des aliments. Il est aussi présents dans les excréments. Quant aux oeufs, le jaune contient beaucoup de souffre et quand ils ne sont plus frais, les bactéries transforment ce soufre en sulfane.

Le sulfane est dangereux pour la santé et peut laisser des séquelles définitives au niveau olfactif.

Les animaux morts des plages bretonnes

C'est ce même gaz qui a tué plusieurs animaux sur une même plage bretonne :

- 2 chiens en 2008
- 1 cheval et son cavalier en 2009, les 2 s'enlisent, l'homme tombe rapidement dans le coma tandis que son cheval, faisant des efforts plus importants pour se dégager, inhale plus de gaz et meurt. L'homme sera sauvé in extremis par des spectateurs qui interviennent rapidement.
- 15 sangliers sur la même plage en juillet 2011
- plusieurs ragondins en août 2011, quelques semaines après les sanglier.
- le 06/08/2011, l'hécatombe continue : c'est 36 sangliers et 1 ragondin qui meurent en un mois...
- Ensuite, plus rien ne filtre dans les médias, si ce n'est ce petit entre-filet du 04/04/2017 pour annoncer que le procureur de la république classait sans suite la mort d'un joggeur le 10/09/2016 (mort quasi non traitée par les média...). Ce décès est arrivé dans le même secteur que les sangliers et le cheval, victime envasée dans les algues comme le cavalier de 2009. Pour le joggeur, en 2016, c'est son chien envasé que l'homme avait essayé de secourir. Cette similitude n'a affolé personne... Combien d'autres incidents se sont déroulés à cet endroit sans qu'on ne le sache ? Après le décès du joggeur, il avait été mesuré un fort dégagement d'hydrogène sulfuré (sulfane) sur les lieux du décès, à un niveau mortel. Et là encore, les rapports préliminaires officiels ont, comme en 2009 et 2011, cherchés à cacher l'intoxication au sulfane.
- le 15/07/2019, 2 personnes décèdent coup sur coup que les plages bretonnes :
- un ostréiculteur de 18 ans dans la baie de Morlaix, «la piste d'une intoxication à l'hydrogène sulfuré (H2S)» est évoquée.
- la veille d'un homme d'environ 70 ans était décédé sur une plage de la commune de Plonévez-Porzay, dans le Finistère sud. Les étude de H2S dans le sang sont là aussi demandées.

Alors, qu'est-ce qui provoque cette émission importante de sulfane, dans cette zone devenue soudainement très active sismiquement ces dernières années, et soumise à l'écartement du rift atlantique suite à Nibiru ? La piste des algues vertes ne peut être retenue, car ces algues sont là en permanence, ne se méthanisent pas plus à un moment qu'à un autre, alors que les émissions de sulfane ne sont pas systématiques : les 2 phénomènes ne sont donc pas corrélés...

Ce gaz, le sulfane, peut stagner au niveau de la mer (il n'est pas beaucoup soluble dans l'eau et un peu plus lourd que l'air). Cette accumulation permet d'atteindre parfois des doses très dangereuses, parfois mortelles. Attention ce gaz est très dangereux : si vous sentez très fortement une odeur d'oeuf pourri, éloignez vous de la zone le plus rapidement possible.

C'est du sulfane qui provoquent les symptômes des victimes de la fracturation hydraulique pour extraire le gaz de schiste : Ils perdent l'odorat, les poils tombent.

Présent > Vie > Technologie

Survol

EMP du noyau terrestre (p. 428)

Déjà vu via ses effets sur la Terre, les EMP venant du noyau terrestre sont destructeurs pour notre technologie basée sur l'électricité.

Explosions (p. 444)

Les lâchers de gaz du sous-sol, allumés par des EMP, forment souvent un mélange détonnant pour nos installations.

Collisions de bateaux (p. 445)

Les mouvements d'eau (associés aux vagues scélérates et au vacillement journalier) créent des déplacements d'eau qui jettent des bateaux contre les autres, comme les 5 crashs de navires de guerre américains en moins d'un an, alors que ce phénomène ne s'était jamais produit avant.

Mouvements du sol (p. 445)

Le cisaillements du sous-sol, bien que non visibles en surface, le sont grâce aux destructions de canalisations enterrées.

EMP du noyau terrestre

EMP du noyau = Accidents technologiques (avions, trains, industries).

Il y aurait trop de cas à donner, la liste plus détaillée de quelques périodes EMP significatives sera trouvée sur mon site.

Explication (p. 428)

Ces accidents sont principalement provoqués par les EMP du noyau terrestre (déjà vues avec l'augmentation de l'électromagnétisme naturel p. 417), et concernent plusieurs domaines de notre technologie (incidents et crash sur les avions, déraillement de trains, explosions dans les usines).

Les EMP sont plus fortes et nombreuses lors des pics EMP (mars, juillet-août, novembre). Depuis 2016, l'activité entre les pics EMP reste soutenue, et des accidents graves se produisent même hors pic.

Préparation officielle (p. 429)

Régulièrement, des chefs d'état prennent des décisions importantes pour développer des parades à ces EMP, pour rendre notre technologie plus résistante à ces étranges pannes récurrentes qui inquiètent le public (et risquent de le faire réfléchir).

Double panne transfo + groupe de secours (p. 430)

On a vu a de nombreuses fois le générateur principal exploser en même temps que le groupe de secours à côté. C'est d'autant plus préoccupant que si ce phénomène touche une centrale nucléaire, les pompes de refroidissement du coeur ne peuvent plus fonctionner, et ce dernier entre en fusion.

Problèmes d'avions (p. 430)

2014 entame une série noire dans l'aviation, que ne ralentira que l'établissement de la météo du noyau fin 2015, puis l'arrêt complet des lignes aériennes publiques en 2020.

En avril 2016, on avait quand même jusqu'à 10 incidents majeurs + 3 crashs par jour. Des moteurs en panne ou en flamme, des débuts d'incendie, de la fumée dans l'avion, d'électronique/électricité explosés, atterrissages ou détournements d'urgence sans explication, crashs avec des explications qui varient en permanence, des boîtes noires qui disparaissent ou deviennent illisibles, etc.

Les accidents de train (p. 441)

Principalement des déraillements (problèmes sur les aiguillages, vitesses excessives par panne de freins ou instruments faussés, rails tordus par des mouvements de terrain) et des collisions.

Incendies électriques (p. 442)

De nombreux transformateurs électriques ont brûlés en 2015, incendies et explosions apparaissant un peu partout sur Terre depuis mi-août 2015 (dont 3 méga-explosions en Chine pour août 2015).

Black-Out généralisé (p. 443)

Si la zone touchée par l'EMP est trop grande, c'est tout le réseau qui tombe. Ces phénomènes arrivent au même moment, et partout dans le monde, et en même temps que se produisent les crashs d'avions ou les incendies de transfo, montrant clairement que c'est la partie électrique qui est en cause.

Poltergeist EMP (p. 443)

C'est une ouverture aux causes des EMP, qui sont provoquées par des particules inconnues, mais qui en plus des phénomènes électriques, provoquent des dépressions soudaines ou des lévitations d'objets, ce qui peut rappeler les fameux poltergeists.

EMP > Explication

L'explication a déjà été donnée quand nous avons traité l'augmentation de l'électromagnétisme naturel (p. 417).

Pas des CME (p. 603)

Les médias accusent les CME (éruptions solaires) comme explication aux pannes électriques.

Or, les pannes sont localisées dans un rayon de quelques centaines de mètres, et viennent donc bien de

70 km sous nos pieds, et pas du Soleil à 150 millions de km... De plus, comme elles se produisent aussi de nuit (opposé du Soleil), l'hypothèse préférée de la désinformation ne tient pas...

Lieux préférentiels

Les EMP touchent des lieux bien déterminés, et cela explique que toutes ces pannes se concentrent dans un certain périmètre, sans pour autant se faire ressentir sur des systèmes identiques mais plus éloignés.

Gare Montparnasse

La gare Montparnasse est souvent frappée par des EMP, jusqu'à plusieurs fois par jour, ce qui oblige les équipes de dépannage à intervenir plusieurs fois par jour.

Ces EMP ne sont pas localisées exactement sur le même point, mais sautent d'un endroit à l'autre a des distances de plusieurs centaines de mètres (comme ce TGV immobilisé à 200 m de la gare, alors que toute la journée la Gare subissait des pannes en pagaille).

25/05/2016, 01/08/2017, 27/11/2017, 03/12/2017, 11/12/2017, 14/12/2017, 15/02/2018 (liste non exhaustive), on peut dire que la gare Montparnasse est frappée régulièrement...

Raffinerie Rotterdam

Un autre épicentre EMP est la raffinerie Shell de Rotterdam. Il y a un lien entre la fuite de gaz et l'incendie qui s'est déclaré dans la zone haute tension du site, même si les autorités ne semblent pas vouloir avouer ce fait. La zone, comme dans le cas de la Gare Montparnasse, a subit plusieurs EMP car elle se situe sur un épicentre électromagnétique.

Maillons faibles

Les EMP frappent surtout les circuits électriques comme les transformateurs industriels, mais elles peuvent aussi endommager des électrovannes et d'autres appareils qui se servent d'électricité. Plus l'appareil est gros, plus l'EMP a des effets, notamment une surchauffe, c'est pourquoi les gares ou les industries sont toujours plus impactés que les appareils domestiques.

Espérons juste qu'un épicentre d'EMP ne se fera pas sous une centrale nucléaire, puisqu'elle combine non seulement de très gros transformateurs et des circuits de refroidissement pour les coeurs nucléaires comprenant de nombreuses électrovannes, des pompes et tout un ensemble de systèmes de grande taille qui peuvent être mis en pannes par ces impulsions.

Le plus dangereux, c'est qu'en cas d'EMP, le transformateur électrique ET les groupes électrogènes de secours explosent en même temps, comme on l'a vu sur la retransmission en avril 2016 et sur ARTE en 2015. Le coeur nucléaire ne serait alors plus refroidi, provoquant une fusion du coeur.

Récemment, comme dans le cas de l'île d'Ockracoke en Caroline du Nord, tous les groupes électrogènes apportés pour pallier à la panne sautent quelques minutes après leur mise sous tension. On est obligé d'attendre la fin des émissions EMP, qui peuvent prendre plusieurs jours voir semaines, on ne sait pas !

La météo du noyau n'aide pas à prévoir où ça va taper, elle n'est que là pour constater, vu que l'homme ne comprend pas encore les phénomène qui génèrent ces EMP. Il ne peut que constater, pas anticiper.

Canicule = explication bidon aux EMP

A propos de la canicule prise comme excuse aux transformateurs qui explosent. Les EMP provoquent des surtensions et donc un échauffement des câblages, plus il fait chaud et plus le point de rupture du matériel est atteint vite. Mais même en hiver cette rupture du matériel aurait eu lieu, juste quelques secondes plus tard.

Normalement le matériel EDF est fait pour résister à bien plus élevé que ces températures caniculaires. Les gros transformateurs sont refroidis de façon active et monitorée. Il n'est pas normal que la température maximale ait été atteinte sans qu'EDF n'ai été informé à l'avance. Des alertes sur le matériel sont diffusées dès que la température atteint un seuil de sécurité, ce qui laisse du temps aux opérateurs pour décharger le courant sur un autre circuit. De plus, même avec les climatisations, on est loin de la consommation de courant de l'hiver. Toutes ces choses démontrent que cette panne n'est pas normale et que la canicule n'explique pas tout.

Et puis, pour des pays comme l'Arabie Saoudite, si les transfos pétaient à chaque fois que la température s'approchait de 40°C, ils seraient en permanence en black-Out...

EMP > Préparation officielle

Sans dire que les EMP viennent du noyau terrestre, tous les automnes, les présidents américains font passé un mémo demandant que les USA se tiennent prêt à gérer de gros problèmes d'EMP (venant officiellement du Soleil).

Déjà sous Obama l'alerte presque officielle avait été lancée et dernièrement des exercices de type "Black Sky" simulant une panne électrique généralisée sur les USA.

24/11/2015 – 4 jours avant le pic, alerte mondiale sur les risques dans les avions

Pourquoi lancer une alerte mondiale alors qu'une liste de pays à risque était suffisante. Les bombes dans les avions posés par des terroristes, c'est pas nouveau du tout. Pourquoi globale ? Est ce que les Japonais posent des bombes dans les avions ? Cette alerte globale vise à faire réduire le nombre de vols internationaux à cause des EMP qui seront plus nombreuses lors du pic.

16/10/2016 – Obama donne 6 mois pour se préparer aux éruptions solaires dangereuses

Coordonner les efforts pour préparer les USA à la météo spatiale :

Cette disposition ne vise pas, bien entendu, les tempêtes solaires mais les EMP venant du noyau. Depuis août, la courbe des accidents électriques dus à des EMP monte en flèche, d'où probablement cet "aveu" d'Obama face à une certaine urgence. Le Soleil étant particulièrement calme (question tâches) depuis plusieurs mois, et ces problèmes électriques pouvant se produire en pleine nuit, il ne faut pas être dupe sur la véritable origine de ces phénomène électromagnétiques.

16/08/2017 - Exercice transnational « black sky »

Un exercice aux USA préparant à un " événement catastrophique perturbant les infrastructures".

Exercice qui parle de lui-même : "Un danger "Black Sky" (ciel noir) est un événement catastrophique qui perturbe sévèrement le fonctionnement normal des infrastructures critiques dans plusieurs régions pour une longue durée. Parmi ces événements: les impulsions électromagnétiques (EMP),les interférences électromagnétiques, le cyber-terrorisme. les attaques coordonnées sur les infrastructures (réseau électrique, etc.), les mégas séismes, les perturbations géomagnétiques (éjection de masse coronale), les ouragans et autres phénomènes météorologiques."

Que cet exercice soit organisé à 2 jours de l'éclipse totale sur les USA n'est pas un hasard. les autorités USA craignent qu'il se produise quelque chose lors de cet événement.

EMP > Doubles pannes transfo + groupe secours

Ces doubles pannes sont dangereuses dans le cadre des centrales nucléaires, car c'est ce qui s'est passé à la centrale nucléaire du Blayais lors de la tempête de décembre 1999. Les vents violents ont brisé les lignes électriques qui amenaient le courant pour alimenter les pompes de refroidissement des coeurs nucléaires. Les groupes de secours diesel n'ont pu se lancer, étant noyés sous 2 m d'eau. on est passé à 2 doigts d'une fusion du coeur, les lignes d'alimentation ayant été rétablies in extremis en urgence.

Avec les EMP, les bobinages des groupes électrogènes fondent. Même si la partie thermique marche toujours, la partie alternateur est kaputt...

Cela s'est produit sur ARTE en 2015, dans l'île USA où pendant 4 jours, tous les groupes électrogènes qu'ils apportaient en secours sautaient les uns après les autres.

03/07/2015 - centrale nucléaire de Paluel

En plein pic EMP sur la France (voir les blacks du 06/2015 p. 443), c'est la centrale nucléaire de Paluel qui brûle à la fois son transfo et son groupe de secours. Accident présenté comme rarissime, mais qui se reproduira plusieurs fois par la suite...

07/2018 - ARTE

Peu de temps après Paluel, c'est la chaîne de télévision ARTE qui perds son transfo et son groupe de secours en même temps, devant interrompre pendant 5 h ses programmes.

27/05/2016 – Roland-Garros

Juste après le crash d'Egypt Air, et les crashs records en 2 jours, on a aussi plein de moteurs d'avions en feu, et 20 TGV qui s'arrêtent sans explication en France. Au milieu de ce pic EMP record, 2 transfos sur 3 sautent à Rolland Garros, empêchant la retransmission des matchs au niveau mondial (gros manque à gagner pour cette épreuve très suivie et juteuse en revenus publicitaires, sans compter les questions qui vont émerger de cette perte de normalité dans l'esprit du public). D'autres journalistes ont vu la foudre tomber.

Peu après, dans la même journée, c'est la gare Montparnasse, proche de Rolland-Garros, qui tombait à son tour.

08/11/2017 - serveurs OVH

Hasard ou pas, le site de l'ASN (autorité de sureté nucléaire) faisait partie des sites qui n'étaient plus joignables suite à la panne d'OVH. Là encore, les 2 transfos principal et les 2 séries de groupes électrogènes ont sauté en même temps. Le message du technicien chargé de la maintenance :

"Nous avons un souci d'alimentation de SBG1/SBG4. Les 2 arrivées électriques EDF sont down (!!) et les 2 chaînes de groupes électrogènes se sont mis en défaut (!!!). L'ensemble de 4 arrivées électriques n'alimentent plus la salle de routage. Nous sommes tous sur le problème."

EMP > Accidents d'avions

Survol

Incidents en hausse

Des pannes qui arrivent brutalement, qui frappent plusieurs avions partout dans le monde à quelques jours d'intervalle seulement, puis qui continuent, comme si la sécurité aéronautique ne pouvait rien faire.

C'est surtout les excuses bidons, les enquêtes pleines d'incohérences oubliant la moitié des faits, les retards à trouver ou à lire les boîtes noires, qui doivent vous alerter : la version donnée n'est pas la vérité...

Causes (L1)

Quand elle frappe un avion, l'EMP venant du noyau provoque une surtension dans le circuit électrique de l'avion, pouvant griller plusieurs éléments.

Ce sont les avions militaires, de voltige et de tourisme, sont les plus sensibles aux EMP.

Les avions de ligne sont plus robustes grâce à la redondance, pouvant réactiver les circuits de secours après que le circuit principal ai cramé.

Importance de l'aviation dans notre société (p. 431)

Le transport aérien est primordial pour l'économie (c'est le dernier secteur qui marche encore depuis 2002), sans compter qu'avouer les EMP, c'est révéler Nibiru. Tout sera donc fait pour faire marcher le secteur le plus longtemps possible, quitte à mentir sur les causes des incidents.

2014 - L'année où tout bascule (p. 431)

2013 avait été la meilleure année question sécurité aéronautique, suivant en cela 10 ans de gros efforts pour améliorer la sécurité aéronautique, à la suite de l'année catastrophique de 2003. 2014 a été une année noire (pire que 2003), 2015 a été pire et depuis 2016 les statistiques ne sont plus publiées...

Nov 2015 - Météo du noyau et aéroports (p. 433)

Mise en place de la surveillance du noyau terrestre (qui permettra de connaître les EMP en cours, et détourner les avions) et premières fermetures d'aéroport sous prétexte bidon (quand l'EMP frappe l'aéroport directement). Reste qu'ils ne peuvent rien faire encore au moment où l'EMP apparaît, ne pouvant la prédire à l'avance... Si les crashs ne disparaîtront pas, ils se réduiront fortement, et heureusement vu la croissance exponentielle de ces incidents.

Liste des crashs emblématiques (p. 433)

Il y aurait bien trop de crashs à relayer, et ce ne serait pas parlant. Voyons plutôt les pics EMP, où plusieurs avions tombent tous les jours, plusieurs semaines d'affilée, sans que les médias ne se posent de question, tout en nous focalisant sur les changements incessants dans les explications du cas sur lequel ils se sont focalisés.

Liste par avaries (p. 438)

Voyons maintenant les incidents classés par type d'avarie. Certaines avaries, surtout si elles se reproduisent partout dans le monde en peu de temps, alors qu'avant il n'y avait pas de problème, doit vous faire penser à un incident Nibiru : moteur en feu, perte de communication, train d'atterrissage brisé, vitre fêlée, dépressurisation, etc.

EMP > Avions > Importance de l'aviation dans notre société

Les transports aériens sont stratégiques dans une économie. Peu importe si les compagnies ne sont pas rentables, le service de transport qu'elles rendent rapporte indirectement énormément d'argent. Regardez simplement les pertes globales que subissent les économies quand les vols sont annulés par la météo ou les cendres d'un volcan. C'est la chute libre, parce qu'aujourd'hui, les affaires internationales sont ultra dépendantes des déplacements. Même si internet peut aider à communiquer, il faut toujours que les contrats et les négociations se fassent à un moment où un autre en face à face.

Ensuite, le trafic aérien c'est aussi et en grande partie le tourisme. Non seulement cela rapport des sommes faramineuses, mais en plus les gens seraient très mécontents s'ils ne pouvaient plus voyager dans le monde. Les aides aux compagnies aériennes, ou le fait qu'elles ne soient pas rentables, sont de faibles enjeux par rapport aux services rendus.

Il faut savoir que le niveau de sécurité en aviation est liée au ressenti des passagers : si ils sentent qu'il y a trop de crashs d'avions, ils arrêtent de prendre ce moyen de transport, ce pourquoi les autorités ne lésinent pas sur les moyens pour qu'il n'y ai pas plus de quelques crashs par an (ils pourraient toujours faire mieux, mais ils gagneraient moins d'argent...).

C'est important que la confiance soit là, si on veut que les touristes continuent à aller dépenser leur argent ou que les chefs d'entreprise aillent vendre leurs produits à l'étranger. Si les gens ne prennent plus l'avion, c'est l'économie qui s'écroulent et les profits des dominants qui tombent.

Cela explique pourquoi les EMP ne seront pas reconnues de sitôt : non seulement cela paralyserait le transport aérien qui est vital pour le Système, les élites et les populations (le tourisme est le principal gagne pain de nombreux pays pauvres), mais en plus, il faudrait expliquer d'où elles proviennent, c'est à dire avouer que le noyau terrestre a de grosses perturbations. Enfin, et ce n'est pas non plus négligeable, les scientifiques sont complètement dépassés par les événements et plutôt que de se remettre en question, ils tombent inévitablement dans le déni (pour éviter de passer pour des incompétents et égratigner leur aura de supériorité loin d'être méritée).

EMP > Avions > 2014 - L'année où tout bascule

Survol

Une augmentation rapide et brutale (p. 431)

Ce n'est donc pas une érosion de la sécurité due aux manquements d'entretien, comme certains aimeraient le croire. C'est bien une cause inédite qui s'est produite.

2014, année noire de l'aviation (p. 432)

Cette année clôture 10 ans de sécurité accrue chaque année, et créée la peu parmi les passagers.

Une augmentation rapide et brutale

Pas normal

Pour rappel, il arrivait que de temps à autres des avions se crashent, mais pas avec cette récurrence et régularité. Il faut voir les écarts à la normale, les causes anormales et inédites, les récurrences de problèmes similaires.

Quand le nombre de morts est plus que multiplié par 3 entre 2013 et 2014, et que les médias vous racontent que 2014 est l'année la plus sûre de l'aviation, posez-vous des questions !

Multiplicité des causes

Même si tous les incidents ne sont pas liés au EMP, ils peuvent venir d'autres changements apportés par Nibiru.

Les turbulences sont accrues, les vents plus violents et les changements de température en altitude plus soudain.

Par exemple, les pare brise brisés, les morceaux de fuselage qui se détache (capots moteurs etc...), ou les trous d'air qui blessent les passagers. Ils sont devenus courants parce que les avions sont soumis à plus de turbulences (fatigue anormale des vitrages via la superstructure pas prévue pour autant de montagnes russes), et à des précipitations anormales (formation de gros glaçons en altitude, dont la taille augmente chaque année) ou encore surtension dans les résistances de chauffage (une vidéo montre le vitrage chauffé au rouge, se fissurer).

Les avions sont clairement en souffrance (et c'est sans parler des extrêmes comme les décharges électriques de foudre voire même des impacts de petits météorites sur les appareils).

Bref, en 2014, si 3 fois plus de morts en seulement un an, c'est que 1/3 des incidents des incidents ont des causes classique, et les 2/3 viennent de Nibiru, causés par EMP ou autres phénomènes moins présents en 2013...

2014, année noire de l'aviation

Retour à l'année noire de 2003

Le nombre de crash de l'aviation civile a battu des records, revenant en pire à 2003, l'année noire qui avait incité à prendre des mesures drastiques dans les normes de sécurité aéronautique (et accessoirement, l'année où Nibiru s'est approchée d'un coup de notre planète, créant une première salve de phénomènes inconnus jusqu'alors).

Premiers mensonges

C'est à cause de l'importance stratégique de l'aviation que, malgré 3 fois plus de morts, ILS ont quand même essayé de nous vendre que 2014 avait été l'année la plus sûre de l'histoire de l'aviation.

Comment obtiennent-ils leurs chiffres ? Simple, ils minimisent jusqu'au mensonge. Quant au MH17, il n'a même pas été comptabilisé ! Facile de faire baisser le nombre de morts en 2014 si on élimine des cas sous des prétextes bidons. Aucune honte...

En réalité, c'est 1320 morts en 2014 (la pire année depuis 2003) contre 429 morts l'année d'avant (2013). Plus que tripler le nombre de morts en une seule année, je n'appelle pas ça réaliser l'année la plus sûre de l'aviation...

2014 - les accidents de la Malaysia Airline

Selon Harmo, cette compagnie a fait des modifications sur ses appareils en utilisant notamment des batteries non conformes (et interdites). Celles-ci ne reprennent pas correctement le relai quand le générateur principal de l'avion est grillé par l'EMP. L'engin ne peut alors pas passer sur les générateurs auxiliaires et les batteries surchauffent. En plus, cette compagnie a supprimé un certain nombre de circuits redondants sur les appareils qui garantissent sa sécurité en cas de défaillance. Rendant ces avions plus fragiles et sensibles aux EMP. Ce qui explique (toujours selon Harmo) ces avions de la Malaisia Airline, tous parti de Kuala Lumpur :

- 08/03/2014 : Le Boeing 777 MH370 (p. 435) traverse une EMP (selon Harmo) perds brutalement son générateur électrique, donc la pressurisation et les communications. Il fait demi-tour, retraverse l'EMP venant du noyau terrestre, grille ses installations de secours qui venaient de remplacer les circuits primaires endommagés. Sans pressurisation, tout le monde meurt rapidement. L'avion devenu fantôme (ou zombie, comme le révèlent les autorités australiennes le 11/12/2015, coupure des communications et paralysie générale des commandes de vol) continu en mode pilotage automatique pour disparaître ensuite à jamais, chose impossible de nos jours (mensonges des autorités lors de l'enquête pour ne pas retrouver l'avion).
- 23/03/2014 (15 jour après) le vol MH066 (Airbus A330) traverse l'EMP au même endroit que le MH370, et perds lui aussi son générateur électrique principal. Il ne fait pas demi-tour comme le MH370 (et les Airbus sont moins sensibles), et peut atterrir d'urgence sur le générateur de secours
- 17/07/2014 (4 mois après, (p. 436)) le Boeing 777 MH17 (même appareil que le MH370), de Kuala Lumpur vers l'Europe ce coup-ci, devient comme le MH370 un avion fantôme (plus de communications, pilotage automatique), que les autorités ukrainiennes sont obligées d'abattre. C'est le troisième crash en quelques jours dans la région, juste après la panne électrique du métro de Moscou...
- 14/09/2014 (6 mois après) le MH198, même trajet que le MH370 et MH066, subit un problème technique et doit faire demi-tour. Au même endroit et aux mêmes heures (1h du matin) que le MH370. Exit donc l'hypothèse d'une éruption solaire, ce dernier étant de l'autre côté par rapport à la Terre.
- 12/06/2015 (15 mois après), lors du retour vers Kuala Lumpur du MH148, ce dernier à du faire demi-tour peu après le décollage de Melbourne. Le problème est que la Malaisia Airline, au bord de la faillite, ne peut plus réparer correctement ses avions après passage au-dessus d'une EMP, et voit les problèmes sur le circuit principal s'enchaîner, surtout qu'elle survole des zones avec beaucoup d'EMP (jonctions entre terres et mer + zone sismique).

2014 > Autres crashs d'avions

Ce n'est pas la météo qui a fait se crasher ces avions, alors que les années d'avant il y avait aussi du mauvais temps et pas de crashs. D'autres incidents EMP montre que ce n'est pas que la Malaisia Airline qui est touchée :

- 24/07/2014 - 7 jours après le MH17, un avion d'Air Algérie se crashe en Afrique.

- 28/12/2014 - pas loin de Sumatra, crash du vol QZ 8501Air Asia (162 personnes), un avion Low-Cost...
- 28/12/2014 - Le même jour qu'Air Asia, à la même heure (vers 6h du matin), un ferry italien prenait feu.

EMP > Avions > Nov 2015 - Météo du noyau et aéroports

L'outil de de mesure de la météo magnétique du noyau terrestre fut révélé officiellement en janvier 2016. A noter que Harmo avait annoncé que les gouvernements disposaient de cet outil le 11/12/2015, soit 1 mois avant sa divulgation. Grâce à cet outil, les autorités mondiales mettent en place la fermeture d'aéroports, alors que le pic EMP bat son plein. Les excuses officielles pour ces fermetures ne sont pas encore au point par contre...

Ces fermetures d'aéroport, bien visibles du public, font suite au crash, à 2 jours d'intervalles, d'avions russes dans le proche-orient. Mieux vaut perturber les voyages qu'avoir des tas de crashs inexpliqués...

- 4 novembre : Aéroport fermé suite à une soit-disant tempête solaire en suède,
- 9 novembre : interdiction de survol d'une zone du Pacifique, proche de l'endroit où une spirale céleste fut observée le même jour,
- 9 novembre (le même jour) : une panne informatique de météo (sic!) ferme Orly le même jour,
- 10 novembre (le lendemain) : une panne technique à Budapest cette fois, ils ne se sont pas foulés pour trouver l'excuse, mais c'est vrai qu'elles avaient été un peu toutes prises les jours précédents
- 24 novembre : Les USA se resolvent à annoncer que les transports aériens sont devenus dangereux (on dira que c'est la faute des terroristes musulmans).

La stratégie par la suite sera d'éviter en temps réel les zones où les EMP se produisent (grâce à la surveillance de la météo du noyau): l'Ukraine et le Sinaï mais aussi une zone bien déterminée sur l'Atlantique et une autre au dessus de l'Indonésie ont été repérées par les gouvernements selon Harmo. Mais quand l'EMP se produit proche d'un aéroport, ils sont quand même obligé de le fermer.

EMP > Avions > Liste des crashs emblématiques

Survol

2009 - disparition étrange du Rio-Paris AF447 (p. 433)

C'est le premier crash inédit qui s'est produit, coup de malchance (2 EMP traversées d'affilé), quelques années avant que les EMP ne deviennent trop nombreuses pour que tous les avions puissent les éviter.

08/03/2014 - Disparition Boeing 777 MH370 (p. 435)

Un avion qui disparaît totalement (chose impossible avec les satellites), des infos officielles contradictoires, une première disparition qui a brassé tout le monde, tant les mensonges gouvernementaux étaient visibles.

17/07/2014 - Crash Boeing 777 MH17 (p. 436)

4 mois après le MH370, le MH17 (même aéroport de départ, même compagnie, même modèle, même avion fantôme) fait lui aussi parler de lui, tant la version officielle est elle aussi clairement falsifiée.

24/03/2015 - Crash GermanWings 4U9525 (p . 437)

Un Airbus A320, de la compagnie Germanwings, et reliant Barcelone à Dusseldorf avec 144 passagers et 6 membres d'équipage à bord, s'est écrasé dans les Alpes françaises, alors que le CERN en face, et l'avion derrière, subissent de plein fouet des problèmes électriques, on fera croire que le copilote de cet avion fantôme s'est suicidé...

31/10/2015 - vol 9268 Metrojet (sinaï) (p. 434)

Son moteur prend feu, et l'avion se crashe. Les médias goberont tout cru l'histoire du musulman qui a fait exploser une canette de bière...

04/11/2015 - crash Avion cargo au Soudan

5 jours après, un avion cargo se crashe au Soudan, pas loin de l'avion crashé au Sinaï. Tellement proche que les médias ont préféré éviter de traiter ce crashs inhabituels...

18/05/2016 - Egypt Air et plein d'autres

Un nombre incroyable d'incidents et de crashs s'est déroulé pendant 2 jours, mais les médias, en se focalisant uniquement sur le premier crash, ont réussi à masquer les autres.

02/12/2016 - Crash Brésil Lamia 2933 (panne électrique totale)

Dernier message du pilote à la tour de contrôle: "Lamia 2933 est en panne totale, panne électrique totale, sans carburant !".

Les autorités ont inversé les mots : de panne électrique ayant provoqué l'arrêt de l'envoi de carburant dans les moteurs, ils ont fait croire que c'était l'inverse qui s'était produit, le réservoir vide arrêtant les moteurs et provoquant la panne électrique totale. Ils ont essayé de nous faire croire que l'avion était en panne sèche, qu'il lui manquait 80 km... Alors que dans le même temps, plein d'avions peine à atterrir, tournent des heures autour des aéroports, voir sont déroutés de Toulouse sur Lyon si le vent est trop fort. Vu les problèmes de trains d'atterrissages pliés, il est plus évident qu'en ces temps incertaines, les réservoirs sont toujours plus trop remplis que pas assez...

2009 - disparition étrange du Rio-Paris AF447

Peu habitué aux disparitions inexpliquées d'avions, la disparition sans alerte du vol d'Air France intriguera les journalistes. Il s'agit d'un Airbus A330 moderne, modèle d'avion qui n'a jamais connu d'accidents depuis son lancement en 1994. Aux commandes, un pilote chevronné avec 11 000 h de vol, aidé de 2 copilotes. Aucun message de détresse n'est émis par l'équipage.

Il faudra 2 ans pour retrouver le lieu du crash et les boîtes noires. L'enquête des médias et des autorités sera poussée sur ce cas, rendant d'autant plus étrange les enquêtes de plus en plus bâclées au fur et à mesure que les crashs inexpliqués se succèdent à un rythme de plus en plus élevé après 2014, une manière de cacher un phénomène qu'on ne veut pas rendre public.

Selon les officiels, un crash provoqué par une sonde de mesure de vitesse relative qui givre, les pilotes ayant ensuite agit de manière "incohérente", n'utilisant pas les bonnes commandes, provoquant le décrochage rapide de l'avion (3 minutes entre l'altitude de 10 000 m et le crash dans l'océan), bien que cette hypothèse soit encore pleine de mystère et d'incohérence en 2019, au point que le journal *Le Monde* titre, en juin 2019 : pourquoi est-il si difficile de savoir ce qui s'est passé dix ans après ?. Les syndicats de pilotes dénoncent là aussi l'opacité du rapport d'expertise, on veut clairement étouffer quelque chose.

Par exemple, est passée sous silence la traversée d'un nuage du fameux pot au noir, et de la présence de feux de saint Elme (phénomène électrique rarissime, comme des éclairs dans tous les sens qui remplissent le pare-brise) qui en plus d'être rares, sont ici en grande quantité, laissant à penser à une EMP frappant l'avion, et qui aurait expliqué les commandes figées.

Fait étrange, tous les autres avions cette nuit-là décideront d'éviter le nuage que l'Airbus a traversé, et après lequel les communications ont été coupées. Le pilote automatique se déconnecte tout seul (le pilote ne comprend pas). L'alarme sur le supposé dysfonctionnement des sondes de vitesse ne s'est pas enclenchée. Le pilote tire trop sur le manche (non expliqué), comme si l'avion ne répondait pas. L'avion finit par décrocher, et il devrait être rattrapé automatiquement par l'ordinateur, qui devrait faire piquer l'avion. Sauf qu'une alarme (mémorisée dans les boîtes noires) indique que ce système vient lui aussi de tomber en panne... Un cumul de problème, comme si l'avion avait franchi 2 EMP, faisant à chaque fois sauter une partie différente du système électronique. L'enquête nous raconte qu'après leurs infos erronées, après le 2e EMP, les sondes de vitesse marchent de nouveau correctement.

31/10/2015 - crash Sinaï 9268 Metrojet

Un Airbus se disloque au-dessus du Sinaï. Sur les photos satellites, on voit que le réacteur droit est en feu, juste avant le crash. 224 victimes.

"Le contact avec l'appareil a été perdu 23 minutes après son décollage (à 9 144 mètres) et après que le capitaine de bord se fut plaint d'une défaillance technique des équipements de communication".

Ces informations confirment les problèmes d'EMP, et invalident l'hypothèse de l'attentat.

Ses communications sont parasitées et des problèmes électriques endommagent l'admission en kérosène sur le moteur droit. Une fuite de carburant à ce niveau s'enflamme et détruit le bout de l'aile droite. L'avion est complètement déstabilisé, se disloque et l'incendie atteint le carburant qui est contenu dans le réservoir, le faisant exploser.

La question de la bombe de l'EI (emporté par un musulman dans une canette selon la version officielle) ne tient pas debout. En plus du fait qu'une canette ne peut que faire un trou dans la carlingue, pas faire exploser l'avion, l'avion s'est dérouté pendant plusieurs minutes et les pilotes ont indiqué des problèmes techniques. Si une bombe avait explosé et endommagé l'appareil, ils auraient prévenu le sol pour une bombe.

Et chose que les journalistes ne font jamais, c'est regarder les choses avec du recul : 3 incendies sur des avions aux USA juste avant le crash du Sinaï, des canettes de bières apportées par des musulmans kamikazes ?

18/05/2016 - Egypt Air et plein d'autres

2 jours en mai 2016, des dizaines de crash aérien en même temps que le crash d'Egypt Air (une trajectoire finale erratique et incohérente, pas de messages de détresse, des versions contradictoires entre les différents pays, de la fumée dans le cockpit et des explosions de réacteurs, boîtes noires là encore étrangement illisibles, un record : touts les derniers crashs ont vu de gros problèmes avec les boîtes, et un gros temps pour les lire (falsifier ?) et les interpréter à leur sauce), des dizaines d'autres accidents Ce ne peut être de l'incompétence journalistique, car même un attardé de 2 ans d'âge mental aurait fait le lien entre tous ces accidents exceptionnels arrivés le même jour...

18 mai 2016 :

- crash avion cargo en Afghanistan
- crash Airbus Egyptair à la frontière grec-égyptienne, le seul dont on nous ai parlé en France à cause des nombreuses familles françaises endeuillées. Tout un cafouillage dans les explications, on sait juste que de la fumée a envahi le cockpit.
- crash forteresse volante tactique B52 USA dans le Pacifique
- crash d'un hélicoptère de la gendarmerie vers le pays basque (frappée depuis quelques jours d'une série de séismes).

19 mai 2016 :

- crash avion militaire aux Emirats Arabes Unis
- crash à Amiens d'un avion de tourisme (problème moteur)
- crash dans la même région que l'hélico de la Gendarmerie au pays basque, toujours problème moteur, 3 pilotes confirmés s'écrasent sur un village.
- Perte de communication : Crète (proche de l'endroit où s'est crashé EgyptAir quelques heures avant) : instruments de communication grillés,

mais selon la version officielles pilote et copilote endormis en même temps ! Les pilotes démentiront ensuite cette version.

Ces 2 jours intenses seront anormalement suivi de 7 jours où Google Actualité ne relaiera plus aucun incident d'avion, si ce n'est en Turquie le 23 mai 2016, un avion en train de décoller qui stoppe in Extremis (manoeuvre ultra-dangereuse), soit-disant une hôtesse qui découvre lors du décollage (alors qu'elle est censé assise et attachée) un papier possiblement terroriste dans les toilettes)... Le 26 mai, à peine évoquera-t-on le fait que 2 avions militaires se crashent en même temps en Caroline du nord (à cette époque, les avions de chasse volaient encore par paire (2 qui se suivent) comme ils le faisaient sans problème depuis 1 siècle : les 2 traversent la même EMP, il y a donc 2 crashs... Les avions de chasse depuis 2017 volent tous seuls, ou alors très éloignés l'un de l'autre).

Cette EMP prolonge ses effets sur Terre : le 27 mai, une vingtaine de TGV sont bloqués en France, le lendemain, 2 transformateurs électriques grillent en même temps, de même que les groupes électrogènes censés les remplacer en cas de problème... Du coup, pendant une journée, la tournoi de Roland Garros ne peut être rediffusé... Grosse perte financière pour cet événement de portée mondiale. Et le lendemain, une nouvelle panne électrique neutralise les trains en France.

EMP > Avions > Crash> MH370

Paris Match fait un bon résumé de l'enquête et du mur du silence qui s'est abattu rapidement sur l'enquête. A un moment donné, toutes les communications de l'appareil se sont éteintes simultanément (radios, transpondeur, téléphone satellitaire, ACAR).

L'avion est devenu fantôme (ou zombie, comme le révèlent les autorités australiennes le 11/12/2015) : coupure des communications et paralysie générale des commandes de vol.

Figé ne veut pas dire que les moteurs se sont éteints, mais juste que les gouvernails (les commandes haut-bas et droite-gauche) sont gelées dans leur position neutre, l'avion va tout droit, sans monter ni descendre, ni tourner à gauche ou à droite. Les moteurs (les réservoirs étaient plein) ont maintenu l'avion en l'air tant qu'il y avait du kérosène.

Le transpondeur, c'est ce qui donne la position de l'avion aux autres avions et aéroports. La radio, c'est pour discuter avec les tours de contrôle ou autres avions. Le téléphone satellitaire pour discuter en lointain (avec la société de transport par exemple), et l'ACAR, c'est un message satellite envoyé à la société de transport pour dire si tout va bien.

Un pilote confirme que cette extinction simultanée est chose impossible : il faudrait déconnecter physiquement les appareils du tableau de bord, puis descendre dans la partie technique de l'avion (pas à la portée du premier venu). De plus, tous les appareils électroniques sont en double voir triple exemplaire, avec alimentation séparée, et en cas de débranchement d'un appareil son double prend le relais rapidement. Un incendie dans cette soute aurait été forcément majeur et aurait provoqué rapidement le crash de l'avion.

On sait aussi qu'il y a eu une dépressurisation de l'avion, conduisant à une mort rapide des passagers et pilotes.

Dans l'enquête d'envoyé spécial,- MH370 : aller simple pour l'inconnu - 12 janvier 2017 (France 2) - on voit de nombreuses incohérences. Il est possible d'obtenir la trajectoire de l'avion via les données de suivi moteur. Mais la société de satellite, ainsi que le fabricant de moteur, ont reçu interdiction de diffuser les données qu'ils avaient sur le sujet.

Un radar militaire malaisien a détecté le gros appareil après la perte de signal. Les données du radar militaire sont incomplètes et trafiquées. L'armée refuse de donner ses vraies données... Il faut savoir que la Malaisie n'avait pas alors d'équipe de pilote de chasse de nuit, et qu'elle aurait normalement dû abattre cet avion fantôme qui survolait des zones densément peuplée...

Le radar militaire montre que l'avion fait alors demi-tour, puis quelques temps après, après des détours aléatoires, finit par prendre une direction fixe vers le pôle Sud. Une fois à cours de carburant, le signal émis par le moteur disparaît, à des milliers de kilomètres des côtes les plus proches.

Il faut savoir que le rapport sur la reconstitution de la trajectoire de l'avion après la perte de signal est très floue, et incomplète. Bizarre pour une enquête de disparition aéronautique, d'habitude très carrée et faisant appel aux meilleurs experts.

A noter aussi que cette fuite sur la détection par le radar militaire contredit les déclarations des pays voisins, dotés de puissants radars, qui n'ont quant à eux rien détecté, alors que leur portée aurait permis de suivre l'avion s'il avait suivi la trajectoire officiellement admise. Au total, sur les 7 pays soit-disant traversés, 13 radars militaires survolés, seul un pays l'aurait détecté, l'aurait avoué seulement 5 jours après, mais refuse de livrer les preuves de cette détection... L'enquête officielle ne relève rien de cette incohérence, c'est l'équipe d'Elise Lucet qui le fait...

On retrouvera plus tard le signal de la boîte noire. Normalement, si on capte le signal, c'est quasi fait, la triangulation on sait faire depuis plus de 100 ans. Sauf que là on n'arrivera pas à retrouver l'avion, malgré la plus grosse opération de recherche en mer menée par l'Australie. Un des bateaux chargé des recherches, le plus près du signal de la boîte noire, coupera son signal d'identification automatique pendant 3 jours, comme s'il ne voulait pas être suivi pour faire ses petites affaires en douce, ou pour étudier plusieurs «points intéressants» (non divulgués évidemment).

La version officielle parle d'un suicide du pilote, mais au vu des témoignage de ses collègues et de sa famille, cette hypothèse semble exclue.

Beaucoup de témoignages de pêcheurs, ayant assisté au crash et noté la position GPS, ne sont même pas notés dans les rapports d'enquête. Les enquêteurs privés, mandatés par les familles, trouvent plein de déchets flottants de l'avion, dans l'indifférence générale des enquêteurs officiels.

La meilleure théorie reste celle de Marc Dugain, responsable de compagnie aérienne et pilote de ligne. Pour lui, l'avion fantôme s'est trop approché de Diego Garcia, une base militaire américaine au milieu de l'océan indien, et qui aurait abattu l'avion fantôme sans état d'âme (comme le droit international l'y autorise). Mais il fallait pour ça expliquer le principe d'avion fantôme, surtout que ces cas d'avions ne pouvant plus communiquer commençaient à se multiplier, et il était évident que ces cas allaient se produire de plus en plus dans l'avenir.

Poutine racontera d'ailleurs peu après, qu'on lui avait demandé un jour l'autorisation d'abattre un avion de ligne ne répondant pas aux signaux.

Ayant ses entrées dans les services secrets britanniques et français, Marc Dugain a cherché des infos supplémentaires. On lui a fait comprendre que c'était le genre de dossier mortel pour les fouineurs... Il a arrêté là son enquête.

Parmi les autres étrangetés de l'enquête, c'est la Malaisie qui est chargé de l'enquête officielle, mais le FBI (qui n'a aucune raison d'intervenir) est là dès le lendemain, récupère le simulateur de vol du pilote, et ne dévoilera pas l'avancement de son enquête. Les 5 pays anglo-saxons (USA, GB, Australie), liés par leurs services secret, sont impliqués dès le début dans l'affaire. Des enregistrements et plein d'autres preuves disparaissent. Les enquêteurs indépendants voient leurs ordinateurs piratés.

EMP > Avions > Crash> MH17

Cela ne saute aux yeux de personne que parmi les 25 000 avions des 900 compagnies mondiales en 2014, ce soit encore un Malaysia Airlines (seulement 91 avions répartis sur le globe) qui tombe ?! Que 1 mois avant, plein d'avions avaient disparus des radars d'Europe Centrale sans explication (voir plus loin, problème de radars brouillés par une EMP).

Le MH17, parti comme le MH370 4 mois avant, de Kuala Lumpur, perds toutes ses communications d'un coup alors qu'il survole l'Ukraine (avant la zone de conflit). Pendant 1000 km, il a volé sur le pilote automatique.

La veille, une EMP à Moscou a fait dérailler son métro. 2 trains en France se sont rentrés dedans à cause de problèmes électriques (les aiguillages ont mal fonctionné si bien que les deux trains se sont retrouvés sur la même voie). Et Harmo avait prévenu quelques jours avant que le pic EMP de fin juillet commençait.

Le Boeing 777 est une commande fly-by-wire (les consignes de vol sont amenées aux actionneurs des ailes via l'électronique), il y a gros a parier que ce qui a détruit les communication dans le cockpit a aussi détruit les commandes de vol manuel depuis le cockpit.

Comme c'est le cas pour tous les avions fantômes du monde, des avions de chasse ont été envoyé sur place pour établir un contact visuel, et abattre l'avion si nécessaire.

L'avion est resté en ligne droite ces 1000 km, sortant de sa route prévue, pour survoler ensuite des zones interdites de vol (toujours en ligne droite). Cela peut s'expliquer si l'avion était hors de contrôle et ne permettait pas aux pilotes de contourner ces zones.

L'avion s'est ensuite crashé, juste avant de survoler le territoire russe. Se rappeler de Poutine qui raconte qu'on lui a demandé une fois d'autoriser d'abattre un avion de ligne fantôme, et qu'heureusement pour lui il n'a pas été nécessaire que son armée exécute l'ordre... Sur les vidéos prises par la population locale de la carlingue du MH17 au sol, on voit bien que le pare-brise de l'avion est criblé de balles de gros calibre, celle des avions de chasse. L'Obs parle d'un "grand nombre de projectiles". A l'arrière de l'avion, l'impact d'un missile d'avion de chasse ukrainien, dont les restes confirmeront qu'il appartient bien à l'Ukraine.

L'aiguilleur du ciel espagnol, qui gérait le vol MH17, révèle que des avions de chasse militaires ukrainiens ont croisé le Boeing 777 3 minutes avant sa disparition des radars (c'est le temps qu'il faut pour que l'appareil à 10 000 m tombe au sol). Il est très probable que les chasseurs aient tiré sur l'avion, qui chutent et s'écrase 3 minutes après.

La première enquête internationale, qui a interrogé les témoins de la base militaire, en sortant de l'avion de chasse, le pilote était tout blanc, et répétait "c'était des civils". Il a été établi par cette première enquête, que suite aux pertes du signal radio, et face à l'absence de réactions à l'intérieur de l'appareil, la sécurité militaire à du abattre l'appareil.

Ensuite, nous a été servie la version désormais officielle, celle des rebelles russes, qui abattent l'avion avec un missile sol-air, missile dont il a été prouvé qu'ils n'en avaient pas à disposition (ça coûte plusieurs millions, et heureusement d'ailleurs...), et que si un missile sol-air avait été tiré, il ne pouvait venir que de la zone ukrainienne. Sans compter que les enquêteurs n'ont semblent-ils pas vu les gros impacts de balle hautes vélocités à l'avant...

Pourtant, les enquêtes montrent bien des trous de munitions explosives de gros calibres ont été trouvés sur les restes du MH17, qui pourraient bien correspondre aux traces laissés par l'armement des chasseurs ukrainiens, équipés justement de ce type d'artillerie.

Comme pour le MH370, l'enquête montre la volonté d'escamoter les preuves, comme les services de sécurité ukrainiens qui confisquent les enregistrements du contrôle du trafic aérien...

Face au tollé international, la version officielle ne veut rien savoir, et campe sur ses positions. Il faut dire que seulement 4 mois après tout une série d'avions fantômes frappés par des EMP, dont le fameux MH370 qui avait lancé la série noire qui continue aujourd'hui, il ne fallait pas que le public ai l'impression que les avions se révélaient fragiles face aux EMP du noyau terrestre, ni que ces EMP étaient en augmentation depuis l'arrivée de Nibiru.

Ici, nous voyons une des n-ièmes péripéties de cette affaire. Un enquêteur, mandaté par des familles des victimes, dit savoir qui sont les responsables du crash, comment tout ça s'est passé, etc.

Le bureau d'enquête n'a même pas voulu voir les résultats.... Seule explication à un tel comportement :

- Ils savent ce qu'il s'est réellement passé,
- Ils savent que la version officielle est fausse
- Ils ne veulent pas que la vérité soit divulguée...

"l'enquête ne serait pas intéressée à établir la vérité et qu'elle cacherait des preuves."

L'enquêteur "a reçu plusieurs menaces anonymes en raison de son enquête. De plus, son appartement a été perquisitionné, et son coffre contenant un document sur l'affaire MH17 dans une banque suisse a été ouvert à la requête des Pays-Bas."

Les preuves du chasseur ukrainien

Le 25/04/2016 un documentaire de la chaîne britannique BBC concluait que le MH17 n'a pas été abattu par un missile sol-air BUK, mais bien par un avion de chasse ukrainien. Des témoins oculaires avaient à l'époque affirmé avoir aperçu plus d'un avion dans les airs le jour du crash. L'une des cent personnes interrogées dans le documentaire assure avoir vu comment le Boeing avait été abattu par deux jets, dont l'un avait visé le cockpit afin d'éliminer l'équipage. L'émission donne aussi la parole au détective privé Sergey Sokolov, qui, avec son équipe de plus de cent hommes, a examiné le site de la catastrophe et n'y a pas trouvé la moindre trace d'un missile BUK. D'après lui, le crash du vol MH17 est le travail de la CIA, en collaboration avec les services secrets ukrainiens.

EMP > Avions > Crash> GermanWings

Le vol de GermanWings 4U9525 s'est crashé vers Barcelonette (France) le 4/03/2015.

Les EMP proches en date et localisation

6 jours avant, des aurores boréales avaient été vues en France (modification de l'axe des pôles gravitationnels, générés dans le noyau), indiquant que les jours d'après ce basculement interne, on allait voir des effets EMP remonter à la surface (Harmo nous en avait averti).

Le CERN (dans les Alpes un peu plus au Nord), au même moment, était victime d'un gros problème électrique. Typique d'une EMP qui se serait produite dans les Alpes, zone de compression tectonique.

2 h avant, lors du voyage aller Dusseldorf-Barcelone, le même avion avait subi un problème technique, entraînant une amorce de descente pendant plusieurs minutes (a priori, au même endroit géographique correspondant à l'EMP, fragilisant les appareils électriques). Non justifiée, le rapport d'enquête essaye de nous faire croire que le copilote se serait entraîné à son suicide, sans que personne ne s'offusque d'une plongée interdite sur les Alpes...

2 jours après, un autre avion low-cost venant de Barcelone vers l'Allemagne a du faire demi-tour suite à des odeurs de brûlés, une dizaine de passager ont refusé de repartir avec un autre avion. 3 jours après, c'est la moitié des Pays-Bas (côté mer) qui sont victimes du black-Out électrique.

Le 29/03/2015 (5 jours après) un avion de ligne d'Air Canada (un Airbus A320 comme pour la German-Wing) transportant 133 passagers se crashe lors de son atterrissage à l'aéroport d'Halifax, heureusement sans décès. Cet aéroport, au moment où l'avion approchait, a été privé d'électricité d'un coup...

Film prémonitoire

Tout comme l'année d'avant, lors du crash du MH370, les médias avaient utilisé la théorie "disparition mystérieuse" comme dans la série "The Event", les médias ce coup-ci nous ressortent la théorie développé dans le film "Les nouveaux sauvages", sorti seulement 2 mois avant en France, à savoir l'hypothèse d'un membre d'équipage se suicidant en entraînant les autres passagers avec lui.

Les faits

L'avion a émis des signaux de détresse quelques minutes avant le crash (donc problème technique) Nous savons que l'avion perdait l'altitude à une grande vitesse de 4.000 pieds, soit 1.200 mètres, par minute. C'est rapide, mais ce n'est pas une chute. Une descente en urgence qu'on effectue par exemple en cas de dépressurisation de la cabine, se fait à une vitesse deux fois plus rapide que celle-ci.

L'avion avait 24 ans (40 ans de durée de vie).

La qualité des travaux de maintenance réalisés par Germanwings est très très bonne. Germanwings appartient au consortium Lufthansa. Leurs exigences techniques sont très élevées. L'état technique des avions et le niveau professionnel de leurs équipages sont très bons.

- la météo était parfaite
- la ligne est une des plus sûres et la compagnie avait l'habitude de la prendre.
- avion low cost, ceux là même qui retirent leurs systèmes de secours redondant pour faire des économie de poids / carburant, comme dans le cas des avions malaysiens.
- Dès que l'avion a commencé a perdre sa trajectoire, un mirage 2000 de l'armée a été envoyé sur place, vu le nombre de sites nucléaires possiblement atteignables par l'avion...
- Les pilotes ne répondent pas aux appels radio, le téléphone satellite accessible aux steward n'a pas pu être utilisé (ce qui aurait été fait si le copilote s'était réellement enfermé).
- L'avion a chuté rapidement et réduit sa vitesse, comme si la dépressurisation avait chuté et qu'il fallait redescendre rapidement en altitude, malgré le danger de la faire en zone montagneuse.
- l'avion n'a pas redressé après avoir envoyé un message de détresse et descendu en altitude conformément aux protocoles typiques des dépressurisation, ce qui veut dire que d'autres systèmes électriques

ont été endommagés, empêchant le contrôle de l'avion.

Boîtes noires

Remarquons que pour la deuxième fois récemment (après le MH370) les boîtes noires mettent beaucoup de temps à être retrouvées, voir ne le seront jamais pour l'une d'elle. Comme ces boites noires sont les premières choses qu'on retrouve (elles sont blindées et émettent un signal) les enquêteurs, après plusieurs jours, on finit par retrouver l'enveloppe vide, mais pas l'enregistreur dedans... L'autre boîte fut finalement retrouvée (enregistrement des conversations du cockpit), mais l'enregistrement qui fut retrouvé dedans n'avait rien à voir avec ce qu'il se passe réellement dans un avion. Magouille totale à tous les étages..

Enquête opaque

Fronde des pilotes enquêteurs : Le Syndicat national des pilotes de ligne (SNPL) français dénonce le manque d'indépendance politique et budgétaire du BEA, avant d'insister sur leur demande à ce que des pilotes participent aux enquêtes du Bureau.

Les pilotes et experts l'ont mauvaise d'être écartés de l'enquête, voient bien qu'on leur cache des choses (c'est eux qui meurent lors des crashs, pas les procureurs...) et tentent d'alerter le public sans sortir de leur devoir de réserve.

Ce genre de cafouillages et de fonctionnement opaque, qui ont alertés les pilotes eux-mêmes, doit vous mettre la puce à l'oreille sur la véracité de la version officielle bien pratique pour l'industrie aéronautique !

Concernant le soit-disant suicide du copilote, la calomnie est une arme de destruction massive. On peut faire dire n'importe quoi au pauvre copilote décédé, qui peut vérifier le passé (médical) d'une personne sachant que celui-ci est protégé par le secret médical ! Maintenant, ce qu'il faudrait avoir, c'est le (vrai) témoignage de ses proches et de ses collègues. Les journalistes (et les enquêteurs) nous ont habitué à ce type de magouilles. Regardez pour le MH17 en Ukraine. Les enquêteurs hollandais ont publié la photo du cockpit percé de trous parfaitement rond et régulier du type exact utilisé par les SU-25 avant de probablement se faire taper sur les doigts et repousser la date de la publication définitive des résultat. Et Qu'est ce qu'on a vu tout récemment ? Que c'est un missile sol-air qui a abattu l'avion !!! De qui se fiche-t-on ? Même problème ici. La vie privée du copilote étant invérifiable et modifiable à souhait pour coller à la version officielle, rien d'étonnant. Qui ira défendre ce pauvre gars ?

Des témoins disent que l'avion était en feu au moment du crash : plusieurs témoins ont dit à l'Armée de l'Air Française qu'ils avaient entendu une explosion et vu de la fumée sortant de l'avion de ligne A320 de Germanwings, peu avant qu'il ne s'écrase dans les montagnes près de Digne. L'armée confirme aussi que des débris ont été trouvés en amont de l'accident, confirmant le fait qu'un morceau de fuselage avait « été détaché de l'avion avant l'impact ».

Et si le procureur de Marseille était allé trop vite en besogne ? Près de 48 heures après le crash de la Germanwings, le procureur de Marseille Brice Robin avait donné des explications détaillées au sujet des circonstances de la tragédie lors d'une conférence de presse en direct, uniquement en se basant sur les enregistrements de la boîte noire. "C'est un peu précipité", déclarent certains spécialistes, dont Gérard Arnoux, président du comité de veille de la sécurité aérienne et ancien commandant de bord.

Selon lui, plusieurs choses ne collent pas dans la version du procureur.

1. La respiration du copilote. "Le procureur nous dit qu'on entend le souffle du copilote. Moi qui ai dix-huit ans d'expérience, je peux vous certifier qu'on ne peut pas entendre le souffle de qui que ce soit [tellement il y a de bruit dans le cockpit].
2. Le procureur de Marseille avait signifié qu'on entendait, dans les enregistrements, le copilote actionner le système qui permet à l'avion d'entamer sa descente. "Cela ne fait strictement aucun bruit", indique Gérard Arnoux.
3. "Où était le bruit strident de la porte ?" " Quand le commandant de bord réclame l'ouverture de la porte avec un code standard au début, et si ça ne répond pas, il le fait avec un code d'urgence qui est spécifique à cette machine. Et à ce moment-là, au bout de 30 secondes, la porte doit s'ouvrir. Il se produit alors un bruit strident pendant ces 30 s, et pourtant le procureur ne l'a pas entendu..."

16/04/2015 - on découvre que les pilotes étaient inconscients lors de la chute

Selon l'Agence finlandaise de sécurité des transports (Trafi), les pilotes de l'avion allemand étaient inconscients pendant la descente de 8 minutes pour des raisons inconnues. Cela ressort des informations déchiffrées d'une boîte noire.

Il ne s'agit pas d'une chute vertigineuse, l'avion reprenait parfois la position horizontale ce qui indique que soit les pilotes auraient repris conscience et essayé de sauver l'appareil, soit le pilote automatique serait entré en jeu.

Le ministre de l'Intérieur allemand annonce qu'ils n'ont trouvé aucun signe d'attentat.

Mais malgré tous ces faits, les médias rapportent encore à l'occasion que c'est un pilote suicidaire qui a crashé l'avion..

EMP > Avions > Liste par avaries

Survol

Dépressurisation (p. 439)

En mai 2018, brutalement, les incidents d'avions dépressurisant en haute altitude se sont multipliés comme des petits pains.

Problème de radar (p. 439)

Les EMP entre l'avion et le radar, rendent ces derniers soudainement invisibles depuis la tour de contrôle.

Sorties de piste et trains d'atterrissage cassés (p. 439)

Le même problème peut se produire entre l'avion et la balise de guidage de la piste : les avions sortent de la piste, ou tapent trop fort en se croyant plus haut qu'ils ne sont.

Missiles tirés par erreur (p. 441)

Nombre d'appareils militaires voient leur missiles se déclencher par erreur, suite à une EMP.

Avions de voltige (p. 441)

Ces appareils de précision, poussés dans leurs retranchements, sont fragiles en cas d'EMP en pleine figure. C'est surtout la dépression accompagnant l'EMP qui fait que le pilote, se croyant plus haut, amorce un looping trop bas...

Avions de tourisme

Les avions de tourisme se crashent plusieurs fois pas jours lors des pics EMP. Recherchez le nombre de fois où un avion de tourisme s'est posés sur une route depuis 2014, vous serez effarés. Il y en a beaucoup trop pour les relater ici.

C'est principalement les pannes de moteur (alternateur en surtension par l'EMP) qui explique ce nombre incroyables de petits avions devant atterrir en urgence sur les routes.

Le plus choquant dans ce nombre de crashs, c'est que les autorités ne font rien pour arrêter le massacre.

Dépressurisation

En mai 2018, de incidents de dépressurisation et rupture de pare-brise avaient déjà alerté du risque. Le 15/06/2018, un copilote avait même été aspiré à l'extérieur suite à la rupture brutale du pare-brise du cockpit, alors que l'avion était à 800 km/h et 10 000 m d'altitude ! Heureusement le pilote ne s'est pas évanoui...

Voyons les excuses de plus en foireuses pour expliquer les nombreuses dépressurisations qui se sont succédées tous les jour pendant l'été 2018 :

14/07/2018 : Un avion de Ryan Air atterrit d'urgence à Francfort en Allemagne. Vu que c'est le premier avec ce cas, on se contente de ne pas dire ce qui s'est passé. 33 passagers à l'hôpital, avec maux de tête, douleurs à l'oreille, nausées et saignements des oreilles et du nez !

17/07/2018 : Un avion de Air China doit redescendre brutalement suite à la perte de la dépressurisation. Vu les incidents précédents, et que c'est trop frais dans l'esprit du public, il faut leur donner une explication. N'importe laquelle... c'est là qu'on entame les excuses "grand n'importe quoi" : Les médias nous expliquent que le copilote voulait vapoter tranquille dans les toilettes. Pour ne pas se faire engueuler par le pilote, il décide de couper la dépressurisation de tout l'avion !!! Plus loin, on nous dit que cette dépressurisation est accidentelle : sa main a trébuché ? Du n'importe quoi, ça ne marche pas du tout comme ça !

26/07/2018 : un avion de Volotea atterrit en urgence à Lyon, toujours une dépressurisation. Les médias nous sortent une excuse technique ce coup-ci : une soupape de décharge qui s'est activée... Euh, oui, mais pourquoi elle s'est activée ? C'est comme si on vous disait "l'avion s'est crashé parce qu'il a heurté violemment le sol"...

26/07/2018 : le même jour, autre dépressurisation : c'est mon excuse bidon préférée ! Un chien, qui voyageait dans la soute à bagage, se libère d'abord de sa caisse à bagage, puis "réussi mystérieusement à ouvrir une porte de la soute"... Oui Oui, je sais que les miracles existent, mais l'hypothèse d'EMP qui frappent plusieurs avions les derniers jours est quand même bien plus probable ! Vous vous rendez compte qu'ils ont préféré dire ça, plutôt que de laisser le public s'interroger sur toutes ces dépressurisations inexpliquées ?

07/08/2018 : un avion de ASL Airlines a dû se poser en urgence à Lyon, car la porte principale n'était pas correctement fermée... Comme s'il n'y avait pas des alarmes ou que ce problème n'avait jamais été pris en compte... une fillette s'est vu mourir, d'autres passagers ont ressenti des douleurs au crâne et aux oreilles. Mais la compagnie a relativisé : « Il n'a pas pu y avoir de dépressurisation, car l'appareil venait de décoller et ne volait pas suffisamment haut pour être pressurisé ». Oui, enfin en 30 minutes (durée au bout de laquelle la dépressurisation s'est produite), l'appareil a eu largement le temps d'atteindre son altitude de croisière (20 minutes en moyenne pour atteindre 10 000 m).

Voir le site internet *Nature Humaine* relayant les pics EMP et l'explosion du nombre de cas aberrants lors des pics, trop nombreux pour être relatés ici, même en résumé.

Problèmes de radar

En 2014, 3 mois après le crash du MH370, 13 avions disparaissent des radars d'un coup.

Selon Harmo, c'est simplement le radar qui a été victime des fameuses EMP provenant du noyau terrestre. Les radars émettent des ondes électromagnétiques qui se reflètent sur les avions et c'est cet écho qu'ils captent en retour, analyse et leur permet de savoir à quelle distance se trouve l'objet. L'écho renvoyé par les avions a subi une altération parce qu'il y a eu une EMP entre le radar et les appareils : les ondes électromagnétiques de l'écho ont été modifiées et le radar n'a pas pu les analyser. Impossible donc de fixer la distance des objets !

Sorties de piste et trains d'atterrissage cassés

Après les moteurs en feu, les fumées dans l'habitacle et les pannes d'électroniques ou de commandes, il y a une nouvelle cause de crashs en juillet 2016, c'est les avions qui sortent de la piste, qui se trompent d'aéroports, ou qui tapent trop durement à l'atterrissage.

Causes

Les avions sont aujourd'hui très dépendant d'un certain nombre de technologies de positionnement (les balises de radio guidage ILS permettant de se positionner par rapport à la piste), et cela notamment à l'atterrissage. Or si ces positionnement sont faussés (non correspondance avec les cartes de l'avion, voir balise grillée par une EMP, ou du moins, ses signaux radios parasités entre l'avion et la balise), l'avion se crashe, parce qu'il peut être décalé en altitude, en position ou en vitesse par rapport à la piste.

En cas de défaut des balises, ne reste plus que le GPS. Or, de récents articles ces derniers jours pointaient du doigt les problèmes de positionnement et d'orientation des satellites GPS. Ces derniers sont en effet soumis à plusieurs problèmes :

- champ magnétique devenu instable, apparition de sous-pôles locaux, font que le satellite ne peut plus se fier au magnétisme de la Terre.
- pour compenser le problème du magnétisme, les satellites GPS ont aussi besoin de s'aligner sur des balises au sol. Or les EMP brouillent les communications, sans compter que les balises au sol se déplacent de manière anormale, avec le vacillement journalier de l'axe de rotation terrestre, le déplacement accéléré des continents, ou encore les déformations tectoniques du sol.
- emballement du déplacement des plaques tectoniques terrestres, les cartes GPS n'arrivant plus à suivre.

Autant de facteurs qui peuvent mener à des erreurs des systèmes, et aux sorties de pistes.

Quand l'avion essaie de se poser, l'aéroport ne se trouve plus à l'endroit prévu (sans parler des cas anormalement élevés où l'avion s'est trompé d'aéroport). Si l'aéroport est grillé ou parasité par une EMP, et/ou que le mauvais temps empêche un atterrissage en visuel, ça casse (quelques cm d'enfoncement de la piste inattendus suffisent à briser les trains d'atterrissage).

L'aéroport est alors fermé quelques heures, le temps de tout recalculer/réparer/attendre que l'EMP se termine.

Liste

Ce phénomène est apparu la première lors du crash du vol FlyDubaï FZ981 à Rostov-sur-le-Don en Russie, le 19 mars 2016. Inexplicablement, l'avion amorce sa descente sans problème, les pilotes sont calmes jusqu'au dernier moment, aucune alarme n'est émise, un atterrissage normal, sauf que l'angle d'incidence de 45° et la vitesse de l'avion de 325 km/h lors du crash sur la piste donne l'impression que les pilotes se croyaient 50 à 100 m plus haut, donc encore en phase de descente rapide... 62 morts.

Comme le brouillard interdisait l'atterrissage en visuel, on imagine que c'est au niveau électronique que la faute s'est produite, les pilotes étant encore victimes d'infos erronées, et la piste qu'ils attendaient plus bas leur a littéralement sauté au visage... L'info d'Harmo, une panne sur les balises d'approches, reste l'explication la plus plausible. Ce cas inédit va se reproduire souvent dans les mois suivants...

A noter que plus tard, après avoir annoncé que les pilotes étaient calmes, et ne trouvant pas d'autres explications, les officiels nous ont servi le mensonge que les pilotes se disputaient lors du crash, et qu'ils ont provoqué le décrochage de l'avion en tirant de manière contradictoire sur leurs manches à balais... Décrochage d'ailleurs peu compatible avec la trajectoire du crash, et des pilotes calmes...

A noter que dans le même temps, les avions n'ont jamais autant fait demi-tour ou d'atterrissages en urgence...

Les 03/08/2016, quelques mois après le FZ981, nous voyons plein d'avions qui, de jours en jours, sortent de la piste à l'atterrissage. Ça s'est produit au moment où on nous apprenait que l'Australie s'était déplacée vers le Nord bien plus vite que prévu...

Puis une série de trains d'atterrissage affaissés se sont succédés de jours en jours. Par exemple, un avion qui s'écrase à l'atterrissage à Dubaï, entraînant la fermeture de l'aéroport. Le lendemain où les Zétas ont annoncés que le pic EMP commençait plus tôt cette année, le 02/08.

2 jours après, le même incident (crash puis fermeture aéroport, alors que d'autres pistes étaient disponibles) se produit en Italie cette fois.

Le même jour, la rupture du train d'atterrissage d'un canadair entraînera l'immobilisation au sol de tous les canadairs de France.

Pour prendre quelques autres exemples au moment où le phénomène s'est amplifié :

- 31/07/2016, Boeing 737, Orly France, train avant qui s'affaisse
- 31/07/2016, Boeing 737, Varna Bulgarie, l'avion sort de la piste à l'atterrissage.
- 01/08/2016, airbus A330, île Maurice, problème sur train d'atterrissage.
- 01/08/2016, canadair bombardier d'eau, aéroport d'ajaccio (fermé après l'incident), rupture train d'atterrissage à l'atterrissage.
- 02/08/2016, tous les canadairs de lutte contre le feu sont cloués au sol pour reprendre leurs trains d'atterrissage.
- 03/08/2016, Boeing 777, Dubaï Arabie Saoudite, s'enflamme après une sortie de piste à l'atterrissage
- 05/08/2016, Bergame Italie, Sortie de piste à l'atterrissage.
- 05/08/2016, Baltimore USA, Boeing 737, rupture train d'atterrissage
- 05/08/2016, Juliana St Martin, problème de train avant et crash à l'atterrissage.

A noter que le 13 août, on aura pour la première fois une sortie de route au décollage...

Ces accidents, qui s'étaient calmé en automne 2018, reprennent de plus belle début 2019. En même temps que les explosions de transformateurs dans de grandes gerbes d'étincelles qui font fondre les fils : Brésil - New-York - Louisiane - Mexico - Venezuela, etc.

Missiles tirés par erreur

Un autre classique qui revient souvient. Missiles tirés par erreur

Les avions militaires sont très impactés par les EMP car leurs systèmes sont très pointus afin d'être les plus performants possibles. En contrepartie, cette technologie high tech semble instable, d'où les très nombreux crashs militaires. Les largages de bombes et missiles sont gérés électriquement / électroniquement par les appareils. or, comme nous l'avons vu à Bretigny-sur-Orge avec l'aiguillage, les mécanismes utilisant des électroaimants peuvent se déclencher non intentionnellement. Il ne s'agit pas de gens qui appuient sur des boutons par erreur ou qui se trompent de cibles. Ces bombes sont tombée de façon tout à fait anormales sans action des pilotes.

- 15/07/2015 : 2 missiles tombent d'un avion britannique.
- 06/07/2015 : Un avion irakien largue par erreur une bombe sur Bagdad, 7 morts.
- 10/04/2018 : un avion de chasse français perd une bombe d'exercice sur une usine dans le Loiret.
- 19/04/2018 : Lors d'une frappe militaire en Syrie, 2 missiles d'un rafale ne veulent pas partir.
- 08/08/2018 : Un avion de chasse espagnol tire par erreur un missile sur l'Estonie.
- 11/10/2018 - En Belgique, un F16 à l'arrêt détruit 2 autres F16 à l'arrêt en tirant "accidentellement" un missile.
- 07/11/2019 - Au Japon, un F16 américain largue "par erreur" un missile sur un village, à plusieurs kilomètres de sa cible.

Avions de voltige

Les EMP sont fatales si elles frappent l'avion en pleine figure acrobatique.

20/08/2015 - Slovaquie

2 avions collisionnent en plein ciel lors d'une représentation, les 4 pilotes et les 3 parachutistes sont tués.

22/08/2015 - Angleterre

Crash d'un avion lors d'un meeting aérien a Brighton. L'avion fait un looping trop bas, et s'écrase sur une autoroute en sortie de looping (11 morts). Pourquoi un pilote chevronné, qui connaît très bien son appareil, loupe de façon aussi grossière une acrobatie classique ? Son altimètre lui a donné de fausses informations (comme les avions dans le triangle des Bermudes, un haut lieu d'EMP, ont eux aussi reporté de telles anomalies : boussole et altimètre qui déconnent).

Les anciens avions de voltige construit avant 2000 (1951 ici) n'avaient pas d'EMP a gérer, et ne sont donc pas prévus pour ça.

A Brighton, L'avion n'a aucun problème tout au long de sa manœuvre, la boucle est très régulière (une acrobatie courante lors des meetings, les pilotes les font des centaines de fois dans l'année). La seule chose ici, c'est que le pilote entame sa boucle trop près du sol. On voit une grosse hésitation du pilote au dernier moment, quand il s'aperçoit qu'il est trop bas, mais avec l'inertie et les capacités limitées de l'avion, il comprend vite qu'il ne peut ni décrocher à droite, ni à gauche.

23/08/2015 - Suisse

n-ème accident dans un show aérien européen en 3 jours... Comme en Slovaquie, 2 avions collisionnent en l'air (1 mort, le 2e pilote à réussi à s'éjecter). Des accidents habituellement rarissime.

28/08/2015 - USA

Le pic EMP est mondial, pas cantonné à l'Europe. Dans la même semaine que la Slovaquie, un avion de voltige USA se crashe en plein show.

EMP > Accidents de train

Ces accidents sont causés principalement par des déraillements (problèmes sur les aiguillages, vitesses excessives par panne de freins ou instruments faussés) et des collisions (barrières de passage à niveau restant levées ou aiguillages mettant 2 trains opposés sur la même voie). A noter que ces accidents peuvent aussi provenir de déformation des rails (mouvements tectoniques ou pluies intenses provoquant des affaissements de terrain).

2013

2013 à été une année noire pour le transport ferroviaire mondial, avec des déraillements spectaculaires de trains au Canada ou aux USA.

La France, peu touchée (service public, donc sécurité et installations plus performantes, même si le niveau général est à la baisse pour justifier une privatisation), verra coup sur coup plusieurs accidents inédits.

Voir L1 pour l'explication d'Harmo sur ces accidents, restés inexpliqués officiellement.

Regarder le nombre d'accidents inédits

Ce qui doit nous frapper c'est le nombre d'incidents/accidents qu'il y a eu en à peine un mois sur les voies de chemin de fer : Lac-Mégantic au Canada le 6 juillet 2013, déraillement Bretigny-sur-Orge + déraillement TGV le 12 juillet, l'incident sur le train de marchandise le 16 juillet et l'accident de Saint Jacques de Compostelle le 24 juillet, déraillement en suisse le 29 juillet.

Quand on voit la rareté des catastrophes ferroviaires dans l'histoire, il y a de quoi se poser de sérieuses questions, surtout que celles-ci sont complétée par de très nombreux problèmes sur les avions dans la même période. Donc peu importe les explications officielles (foireuses), le nombre d'accident en 1 seul mois, trains et avion confondus est complètement hallucinante et devrait nous mettre la puce à l'oreille.

Bretigny-sur-orge

L'excuse du boulon d'éclisse enlevé est l'excuse officielle, si tu fouilles un peu tu verras que les experts n'ont en réalité pas abouti à une conclusion définitive et qu'on reste dans le flou sur les causes réelles de l'accident.

Selon Harmo (voir L1), l'aiguillage s'est déclenché tout seul suite à une EMP, alors que les derniers wagons passaient dessus, provoquant leur déraillement.

Une autre EMP a eu lieu non loin (à vol d'oiseau) au nord de Nevers dans la Région de Cosne-sur-Loire en 2013, grillant un transformateur général.

Encore une fois, on retrouve une enquête sabotée : L'expert dit que "quand il est arrivé sur les lieux de l'accident, la scène avait été modifiée... des boulons avaient été déplacés sur le rail.".

27/03/2013 Espagne

Le train aurait circulé à 190 km/h sur une zone limitée à 80 km/h. Chose impossible en réalité : il existe forcément un contrôle de la vitesse et position des trains pour éviter les collisions, le conducteur n'aurait pas pu dépasser de 2,5 fois la vitesse limite sans être rappelé à l'ordre.

Les autorités ont dit d'ailleurs que le train ne pouvait pas dérailler à cette vitesse.

Le quotidien El Pais a pris des "screens" de la page Facebook du conducteur du train qui soit-disant se vanterait de ses excès de vitesse. Malheureusement, la page Facebook a été effacée par le conducteur, chose normalement impossible puisque ce dernier était à l'hôpital... L'info est donc invérifiable puisque de toute façon n'importe qui peut inventer un profil et y mettre n'importe quoi dedans. Tout porte à croire que le conducteur était sérieux (d'après ses collègues et sa direction), contrairement à la campagne de diffamation qui a suivi l'accident. Alors que le conducteur travaillait depuis 1982 et JAMAIS il n a eu d amende d avertissement ou rien de ce genre.

Selon Harmo, le système de freinage électrique avait lâché suite à la traversée d'une EMP.

04/08/2013 - RER orienté sur la mauvaise voie

RER D, même scénario que Bretigny, l'aiguillage s'est déclenché tout seul, mais avant le passage du train, ce qui l'a simplement dérouté. Cela aurait pu être plus grave s'il s'était enclenché lors du passage comme pour Bretigny. Même chose si le détournement du RER sur une mauvaise voie avait entraîné une collision. C'est le même principe que le déraillement du métro de Moscou le 16/07 (7 jours avant), le maire de Moscou ayant confirmé un déclenchement intempestif de l'aiguillage.

2015

Série d'accidents ferroviaire en novembre 2015, en même temps qu'une série noire se produisait en aéronautique :

06/11/2015 : Collision mortelle en Bavière,

14/11/2015 : la première sortie de voie d'un TGV depuis sa création (35 ans avant), pas d'excès de vitesse.

24/11/2015 : série de gros problèmes techniques suite à des collisions avec les animaux (alors que d'habitude ces collisions ne posent jamais problème) : La gare de Rennes est en panne d'électricité pendant 45 minutes jusqu'à 8h du matin, une panne électrique sur le réseau entre Rennes et Redon, avec des trains à l'arrêt jusqu'à 8h45, entre St-Malo et Rennes, un TER heurte un sanglier à Dol-De-Bretagne, permettant d'arrêter les trains dans les 2 sens. UN peu plus loin, un choc avec 2 vaches provoque 19 km !!! de roue libre sans freins en Seine-Maritime.

28/11/2015 : toujours un sanglier, toujours vers Rennes, toujours les 2 sens coupés.

29/11/2015 : ligne Bruxelles-Lille (Thalys, TGV et Eurostar) coupée, on accuse des vandales qui auraient cramés les câbles en 4 endroits différents, plutôt qu'une plus probable EMP

30/11/2015 : incident technique sur le pantographe électrique qui alimente le train, entre Grenoble et Lyon.

J'arrête là le décompte, sauf pour cette info du 05/01/2016 ou c'est une collision avec des blaireaux qui arrêtent le train (5h de retard, alors qu'on nous précise qu'habituellement, les animaux passent sous le train sans rien endommager). On voit vraiment pour quel animal nous prennent les journalistes !

EMP > Incendies électriques

Les cuisines de restaurants, les transfo électrique forte puissance des industries, mais aussi les voitures dès lors qu'elles se trouvent dans des parkings souterrains, s'enflammant toutes seules, comme ces multiples voitures situées sur le même parking de Disneyland.

Les téléphones portables de toute marque qui explosent année après année en grand nombre, malgré les soit-disant renforts ou reconception des batteries (même si c'est clair que les batteries lithium sont instables naturellement, et que tous les utilisateurs ne sont pas précautionneux, le nombre est clairement anormal comparé aux précédentes années).

Prenons ce cas flagrant du 07/12/2019 :

Depuis le début de la montée du pic EMP de fin novembre, une maison à Marguerittes près de Nîmes subit des anomalies électriques en pagaille.

Les smartphones qui fondent, même sans être en charge, les appareils électroménager qui sont touchés, l'actionneur du portail qui s'enclenche tout seul dans un sens puis dans l'autre, au hasard.

Ils finissent par couper le courant, mais les interrupteurs et les prises électriques prennent quand même feu et se consument toutes seules.

Des arcs électriques venus de nulle part.

EDF est venu, et s'est révélé impuissant.

"Il y a de l'électricité ici, mais on ne sait pas d'où elle vient. Comme si on était dans un micro-ondes géant."

Une colonne lélé (générant les EMP), qui se produit peu après un séisme destructeur un peu au-dessus, qui a créé cette faille n'existant pas précédemment. Ce qui est nouveau dans ce cas, c'est la durée du phénomène (4 semaines environ).

Les explosions chinoises d'août 2015

Alors que Harmo avait annoncé le pic EMP autour du 15 août, une série d'explosion (entre autres phénomènes EMP) atteignent un niveau inédit.

Le 12, une énorme explosion détruit une partie de Tianjin. Le 22, une 2e Explosion dans une usine chimique de l'Est de la Chine. Puis le 31 août, une troisième explosion sera très peu relayée par les médias, qui ont eu peur de l'impact sur la population d'autant d'événements inédits en seulement 2 semaines... Autant dire que la 4e explosion en Chine du lendemain, le 01/09/2015 fut passée sous silence...

A noter qu'au Japon, le même jour du 01/09, une usine explosait aussi...

EMP > Black-Out généralisés

04/2015 - EMP massive en Europe

A quelques jours d'intervalle, deux grandes zones géographiques distantes de milliers de kilomètres ont été paralysées par des pannes d'électricité.

Le 27 Mars 2015, Amsterdam, ainsi qu'une zone entourant l'aéroport international de Schiphol, ont été privées d'électricité pendant plus de deux heures.

Le 31 Mars 2015, c'est au tour de la Turquie d'être touchée par une panne d'électricité encore plus massive. Plusieurs villes dans 44 provinces se sont retrouvées privées d'électricité. Pas d'explication à cette coupure.

Dans les deux cas, le trafic aérien a été paralysé dans les zones touchées.

Tout cela se produit dans le contexte du crash inexplicable de l'A320 de Germanwings, le crash d'Air Algérie au Mali, des boites noires qui n'arrivent jamais, de l'incident d'Halifax au Canada où l'aéroport est tombé en panne de courant au moment même ou un avion s'écrasait suite à un problème technique, ou encore du black-Out de Londres suite à l'immense incendie de câbles électriques. Comme vu dans L1>Action EMP sur Technologie, les réseaux sont d'autant plus impactés par des EMP qu'ils sont petit (comme ceux d'un aéroport) ou que l'EMP est intense.

Le 03/04/2015, un énorme incendie fait rage dans une usine de General Electrics dans le Kentucky, et le 7 avril 2015, une gigantesque panne d'électricité touche Washington.

05/2015 - Black-Out en Belgique et alentours

Une panne de courant survenue au centre de contrôle Belgocontrol paralyse le trafic aérien depuis le milieu de la matinée. Aucun avion ne peut atterrir ou décoller depuis 09h45.

«C'est un problème à l'échelle du pays», précise l'aéroport international de Bruxelles. Les aéroports de Charleroi, Ostende et Anvers sont aussi affectés.

Cet événement est proche du poltergeist EMP de la station service du Pas-de-calais (p. 443) qui s'est produit peu avant.

06/2015 – Nouvelle-Zélande et France

Après Los Angeles, Londres, Amsterdam etc... voici c'est Auckland et quasiment toute la Nouvelle-Zélande en panne de contrôle aérien. Dans le même temps, c'est tout l'Ouest de la France (1 million de foyers) qui subissait un black-out géant. Le lendemain, un nouvel incident touchait la région de Vannes (100 000 foyers). C'est ensuite l'Angleterre qui était touchée, puis un transformateur à Bordeaux qui fait des énormes arcs électriques dans la nuit pendant de longues dizaines de secondes. C'est ensuite la centrale nucléaire de Paluel qui brûle à la fois son transfo et son groupe de secours, fait présenté comme rarissime par les médias, mais qui se reproduira peu de temps après, lorsque la chaîne de télévision ARTE perds elle aussi son transfo et son groupe de secours en même temps. Plusieurs témoins permettent de savoir qu'au moins 3 transfos ont grillé le même jour à Paris, mais les médias n'ont pas relayé l'info...

La canicule était incriminée, mais pour rappel les températures étaient bien inférieures à 2003, et en Nouvelle-Zélande ce n'était pas la canicule... Pour rappel, France et Nouvelle-Zélande sont opposées par rapport au centre de la Terre, et des aurores anormales (car trop au Sud + en été (alors que ça ne se produit qu'en hiver) avaient précédées ces EMP donnant un black-out massif).

2019 - Système de dérivation

En cas d'effondrement, les gros consommateurs d'électricité sont coupés lors d'un début d'effondrement, pour éviter que le scénario catastrophe du black-Out ne se produise trop souvent.

EMP > Poltergeist EMP

Ces faits sont dus à des colonnes lélé (celles qui provoquent les EMP) très denses, voir L2>effets de Nibiru sur la Terre>lévitation.

2014 - maison hantée à Amneville (Moselle)

Une famille voit sa maison chamboulée pendant plusieurs heures par un poltergeist ultra-violent. 5 gendarmes, des conseillers municipaux et des voisins ne pourront qu'assister impuissants aux phénomènes. Une télé qui retombe à chaque fois qu'on la repose sur la table, un vase qui se met à léviter, a partir dans le couloir, faire un angle droit (toujours en volant) puis à poursuivre une voisine qui essayait de faire des photos. Une statue extérieure qui tombe toute seule devant plusieurs témoins voisins. Toutes les affaires saccagées qui tombent au sol. Les médias resteront étonnement muets sur l'affaire, avant de révéler que la femme avait avouer, sous la pression des policiers, que c'était elle qui avait provoqué l'affaire pour faire l'intéressante. J'aurais bien aimé que soit expliqué comment elle a fait pour faire voler un vase à travers toute la maison devant témoins ! Évidemment, un faux aveu, montrant encore une fois la censure sur ces phénomènes.

05/2015 - station-service Pas-de-Calais

Pendant plusieurs jours, une station service a subi des phénomènes paranormaux, qui ressemblaient à des poltergeist, mais sans la composante humaine.

"Dimanche, vers 18 heures, la journée touchait à sa fin pour le gérant de la station Total, avenue de l'Aéroport, à Cucq, dans le Pas-de-Calais. « Ça a commencé par le téléphone, puis l'informatique des pompes », explique le commerçant. Tout a cessé de fonctionner d'un seul coup. « Ensuite la caisse est tombée toute seule au sol, la télévision a explosé. Les bouchons de toutes les bouteilles d'huile et de liquide de refroidissement de la station ont sauté », poursuit, le gérant, qui, mardi matin était toujours sous le coup de l'émotion. « J'étais là, j'ai tout vu et je n'arrive pourtant pas à y croire, c'était comme à la télé, il y en avait partout », lâche l'homme.

Les services de secours ont été appelés sur place. Les faits ont été confirmés par les pompiers du Pas-de-Calais : « On ne peut pas expliquer le phénomène qui s'est passé. Au contraire d'un incendie, dont on trouve généralement l'origine assez vite, là, on n'a pas de cause du sinistre ».

Dimanche soir, après les faits, le gérant et ses employés ont déplacé tout ce qui n'avait pas été touché. « Le lundi matin, ça avait recommencé. Même les bouchons des bouteilles de vin et des bidons d'huile qui étaient dans le garage avaient sauté. Tout était par terre », glisse-t-il, dépité. « On a d'abord cru à une blague, mais ça ne peut pas être l'œuvre d'une personne, déclare formellement le gérant. Trois fois de suite la caisse est tombée toute seule par terre alors que j'avais le dos tourné ».

En 43 ans le commerçant avoue n'avoir jamais rien connu de pareil.

Explosions

Tunguska 1908 = explosion rarissime d'une poche de gaz naturel au sol (p. 444)

L'événement de Tunguska est la plus grosse explosion connue de l'histoire humaine. Explosion d'une poche de méthane fossile issu du sous-sol.

Les conditions atmosphérique pour que le méthane s'accumule dans une poche proche du sol (Nios 1986), puis soit en concentration suffisante pour exploser, restent très rares. C'est pourquoi ce type d'événement ne s'est pas reproduit de tout le 20e siècle, avant que des explosions mystérieuses de ce type ne reprennent dans les années 2000.

Explosions de gaz croissantes

Explosions de nombreuses maisons aux USA fin 2015.

Explosion d'une maison à Rouen en France, janvier 2016 (quelques mois avec la pseudo fuite de Mercaptan).

Des explosions bizarres le 19 décembre 2016 dans le pas de calais en même temps que des incendies.

En août 2017, plusieurs personnes présentes qui ne détectent aucune fuite de gaz... Encore une fois, sûrement parce qu'il ne s'agit pas de gaz industriel avec l'additif odorant permettant de détecter une fuite de gaz...

En juillet 2018, une vidéo impressionnante où un homme allume une cigarette et enflamme tout un magasin. Partout dans le monde, le méthane utilisé par l'homme contiennent un additif odorant pour détecter les fuites de ce gaz très inflammable. Donc, soit les 3 gars étaient idiots et suicidaires, soit il ne s'agissait pas de gaz industriel, mais du gaz naturel issu du sous-sol à cause des contraintes tectoniques accrues...

Le cas Boston : 70 maisons explosent en même temps

Un cas hallucinant s'est produit à Boston le 13/09/2018, plus de 70 maisons ont explosées en chaîne, les résidents évacués dans la panique. Le plus étonnant, c'est que ces maisons n'étaient pas contiguës, explosant au hasard dans la ville.

Explosion > Tunguska 1908

Nous allons expliquer la plus grosse explosion de l'histoire de l'homme, celle de Tunguska en 1908, qui a fait couler beaucoup d'encre, et dont l'origine n'est pas encore officiellement connue.

Sans lien avec Nibiru, c'est juste pour illustrer les risques de ce type d'explosion.

Les faits

L'événement de Tunguska en Sibérie centrale est la plus grosse explosion connue de l'histoire humaine : tous les arbres (60 millions d'arbres) sont détruits/soufflés sur diamètre de 40 km (dégâts sur plus de 200 km de diamètre). L'onde de choc est puissante comme 100 fois la bombe nucléaire sur Hiroshima. La déflagration est audible dans un diamètre de 3 000 km...

Des incendies sont générés et brûleront plusieurs semaines. Un vortex de poussières et de cendres se forme et est entraîné jusqu'en Espagne par la circulation atmosphérique, créant des halos dans la haute atmosphère, qui s'étendent sur tout le continent. On peut observer des couchers de soleil très colorés et une luminosité exceptionnelle en pleine nuit est constatée pendant plusieurs jours en Europe occidentale, à tel point que l'on peut lire un journal de nuit.

L'hypothèse de la comète ne tient pas

Ça s'est passé le 30 juin 1908, et le phénomène reste inexpliquée par la science, même si le consensus scientifique (moyenne de l'opinion de certains chercheurs) l'attribue possiblement à l'impact d'une comète.

Sauf que cette explosion n'était pas due à l'espace, mais à une accumulation massive de méthane selon Harmo. C'est pour cela qu'on ne retrouve ni impact, ni débris (contrairement au météore de Tcheliabinsk où des fragments de l'objet ont créé des cratères d'impact). L'hypothèse d'un noyau cométaire est d'ailleurs complètement ridicule (en 2017), puisqu'on sait aujourd'hui que les comètes ne sont pas des boules de neige sales, mais des objets équivalents aux astéroïdes (avec un coeur solide, donc l'impact d'un corps lourd aurait été découvert). Idem pour les hypothèses de micro-trou noir ou de comète d'anti-matières des années

1930, ces objets n'existant plus dans la science de 2017...

Explosion rarissime d'une poche de gaz naturel au sol

Harmo a eu confirmation des Altaïrans que c'est une accumulation massive de méthane qui est responsable de l'explosion.

Wolfgang Kundt, avec sa publication de 1999, est le chercheur le plus proche de la réalité, 10 méga-tonnes de gaz naturel auraient été expulsées du sol à la suite d'une surpression, l'explosion aurait été facilitée par le présence de kimberlite, roche instable riche en CO2, la présence de petits cristaux de diamant sur les lieux de l'incident iraient dans le sens de cette hypothèse.

Les conditions atmosphérique pour que le méthane s'accumule dans une poche proche du sol restent très rares, de même que l'énergie d'ignition sous les mêmes conditions. C'est pourquoi ce type d'événement, très destructeur, ne s'est rencontré dans l'histoire qu'à Tunguska. Mais c'était avant l'augmentation des effets de Nibiru depuis 1996...

Collisions de bateaux

Lié au vacillement de la planète qui s'amplifie et provoque des mouvements d'eau, poussant les bateaux les uns sur les autres sans que personne ne puisse rien y faire : d'où les pertes de contrôle inexpliquées...

Je me concentre sur toute une série de "malchances" arrivées d'un coup à la marine USA en 2017. Des bâtiments de guerre justement équipés de systèmes anticollision, et suffisamment puissants normalement pour éviter de se faire entraîner par des vagues trop fortes.

02/2017 - USS Antietam

Le croiseur lance-missiles USS Antietam s'échoue dans la baie de Tokyo en endommageant ses deux hélices.

05/2017 - USS Lake Champlain

Un autre croiseur, l'USS Lake Champlain, percute un navire de pêche sud-coréen dans les eaux internationales près de la péninsule coréenne.

17/06/2017 - USS Fitzgerald

Le destroyer USS Fitzgerald percute un cargo philippin dans les eaux du Japon. Cet accident fait 7 morts parmi les marins américains.

21/08/2017 - USS John McCain

L'équipage du destroyer lance-missiles de l'US Navy John McCain perds le contrôle du bâtiment, ce qui entraîne sa collision avec un pétrolier au large de Singapour". 11 soldats américains y laissent la vie.

La Chine s'inquiète de cette 4e collision d'un navire de la Navy depuis le début de l'année. L'US Navy ordonné alors «une pause opérationnelle» dans le monde entier, pour tenter d'éviter de nouveaux accidents.

17/11/2017 - USS Benfold

Les solutions adoptées par la Marine se révèlent inefficace : Un remorqueur japonais heurte le bord du destroyer américain USS Benfold, près de la côte orientale du Japon. "Le remorqueur a perdu le contrôle et a percuté le bord du navire américain".

Perdu le contrôle... on ne parle pas d'une voiture de course qui va à 300 km/h, mais d'un bateau qui a du mal à dépasser 10 km/h...

C'est le remorqueur cette fois qui est rentré dans le navire USA, et non l'inverse, ce qui rend les accusations d'incompétence/d'erreur des américains insatisfaisantes pour expliquer toutes ces collisions. Normalement elles sont rarissimes, parce qu'il y a de nombreux protocoles qui prennent le relai les uns les autres pour éviter cela : radars, signalisation lumineuse multiple et même sonore. Comment une collision serait elle possible dans ces conditions avec des navires aussi énormes et sophistiqués ? Elle est quasiment impossible, c'est pour cela qu'il n'y en avait jamais auparavant ! C'est donc bien qu'il y a un nouveau facteur en jeu : Harmo explique que ces collisions sont liées à des mouvements de masse d'eau qui poussent les navires les uns contre les autres, cela à cause du vacillement terrestre de plus en plus accentué. Certaines configuration de côtes (comme les baies) accentuent ces irrégularités soudaines, et notamment toute la ceinture de feu du pacifique (là où se produisent la plupart des collisions de bateaux), constituée d'îles et de petites mers plus ou moins fermées, où le niveau de la mer a plus de mer à s'équilibrer.

Mouvements du sol

Sink Hole (p. 409)

Nous avons vu, dans ces trous qui apparaissent de nulle part, que le vie est impactée : soit les animaux sur le trou sont avalés lors de la création du trou, soit ça détruit les maisons ou les canalisations enterrées.

Les ruptures de canalisations / pipeline

Un autre effet se voit bien avec les mouvements du sol. De nombreuses fuites ou carrément ruptures de pipeline (gazoduc, oléoduc, eau, égouts, etc.) se produisent. Je ne parle évidemment pas des ruptures accidentelles suite à des travaux avec des engins de chantier, ou le passage de poids lourds sur une nouvelle canalisation mal tassée. Mais d'une canalisation qui pète toute seule, sans que l'oxydation ne soit en cause, à cause de l'étirement de la terre qui l'entoure.

Pourquoi ces tubes, qui depuis des décennies ne posaient pas de problèmes, se mettent soudain à fuir en masse depuis 20 ans ? Tout simplement parce qu'ils étaient conçus pour un sol immobile, et qu'en effet au vingtième siècle le sol restait fixe. Ce n'est donc plus le cas...

Canalisations d'eau

Prenons l'exemple de Toulouse : depuis 2015, cette ville subit en permanence des trous dans le sol et des inondations suite à des ruptures de canalisation, sans compter les pannes de courant quand les canalisations électriques s'arrachent.

Oléoducs

Le 23/01/2018, c'était une rupture de canalisation qui avait contraint à évacuer une partie de Londres.

Le 07/02/2018, en Grande-Bretagne, l'oléoduc de Forties était fermé pour la 2e fois en deux mois. Comme c'est ce qui donne l'indice du cours du brut dans le monde, quand ils ferment cet oléoduc c'est que c'est vraiment grave...

Le lendemain, les autorités canadiennes reconnaissent enfin ce problème et ont durci les normes de construction des nouveaux pipeline. Les industriels disent que c'est tellement restrictifs qu'ils ne pourront construire de pipeline... Le gouvernement se réserve le droit d'interdire selon des règles qui lui seront propres (en gros, je sais les zones les plus dangereuses, mais comme je n'ai pas le droit de parler de Nibiru, vous nous demanderez et on vous dira en fonction de ce qu'on sait).

Effondrements d'immeubles en Inde

Les fondations rocheuses sont déformées et ne supportent plus autant les bâtiments sur lesquelles ils reposent : résultat, l'immeuble de déforme et s'effondre sans crier gare. L'Inde est particulièrement propice au phénomène car le sous continent est en train de s'enfoncer sous l'Himalaya. La plaque indienne se bombe, se tord et plie (en se plissant) mais elle n'est pas la seule : toute l'Amérique du Nord subit le même phénomène, ainsi que la Chine (d'où les sinkholes très nombreux dans ces régions). Outre les immeubles, les canalisations, les voies de chemin de fer, les ponts et toutes les balises (aéroports) sont susceptibles d'avoir des défaillances.

Bien entendu, ce phénomène entraîne bien d'autres dégâts, comme EMP facilités en traversant les fissures du sous-sol (crash d'avion explosion de transformateurs électriques, trains sans frein), déraillements de trains par déformation des rails, bateaux qui s'échouent suite à des fonds marins qui remontent (le Nord de l'Inde s'enfonce sous l'Himalaya, du coup ça soulève la plaque indienne au Sud), effondrement de ponts (de barrages ?), explosions de gaz, fuites d'oléoducs etc...

Le sol de l'Inde se déforme et se plisse à cause d'un effet d'embouteillage des masses de terre qui essaient de passer sous l'Himalaya par subduction). Le sous sol de certaines régions particulièrement plus sensible à ces déformations entraîne des soucis de soutènement des structures les plus lourdes, et si l'immeuble a une fragilité à la construction (les normes de construction ne sont pas toujours suivies à la lettre), il s'effondre. L'article du 27/09/2013 sur un effondrement d'immeuble précise même que 5 immeubles se sont effondré ces derniers mois. Pourquoi une structure qui a 30 ans s'effondre avec 5 autres bâtiment dans une si courte période de temps ? Les autorités avaient bien repéré que quelque chose clochait puisque l'administration avait demandé à certaines familles de fonctionnaires de quitter leur appartement. C'est donc bien un phénomène de dégradation continu qui entre en jeu, pas un effondrement soudain, ce qui corrobore le processus de déformation du sol.

Listons les problèmes d'effondrements en Inde, quand c'est la saison on accuse la mousson, quand c'est pas la mousson on accuse autre chose. entre avril et septembre 2013 :

- 24/04/2013, au moins 1127 morts au Rana Plaza au Bangladesh (touché comme l'Inde par la subduction sous l'Himalaya).
- 08/07/2013 : 12 morts dans un effondrement d'hôtel.
- 27/09/2013 : 70 disparus dans un effondrement d'Immeuble à Bombay. ème effondrement en quelques mois, donc il y en a 2 que je n'ai pas trouvés...

en entre 2017 et avril 2018 :

- 31/08/2017, 33 morts toujours à Bombay, effondrement d'un immeuble (la mousson est accusée)
- 01/04/2018, 10 morts dans l'effondrement d'un hôtel (ce coup-ci, la mousson ne pouvant être accusée, soit-disant c'est une voiture qui l'aurait percuté...).
- 17/04/2018 : comme ce n'est toujours pas la saison de la mousson, on accuse cette fois les rats d'avoir pété les fondations !

Quelques exemples uniquement, la liste totale serait trop longue.

Présent > Vie > Dominants irrationnels

Survol

Des décisions aberrantes, mais en apparence seulement, quand on a toutes les infos en main, ces décisions deviennent soudainement limpides et très logiques au contraire... Rappelez-vous : nos dominants ne sont pas fous, ils ont juste des clés de décision que nous ne connaissons pas.

Préparation médiatique (p. 447)

Équilibre délicat : préparer psychologiquement le public à l'annonce inévitable de Nibiru, tout en évitant qu'ils ne se pose trop de questions, qu'il continue à alimenter docilement le système par son travail, comme si la vie actuelle allait se prolonger pour toujours.

Voilà pourquoi tant de films apocalyptiques, d'astéroïdes qui frôle la Terre, des avertissements de crash économique, des découvertes laissant penser que la vie pourrait exister en dehors de notre planète, etc.

Enclaves high-tech (p. 451)

Les villes fantômes se construisent partout dans le monde, de préférence dans des endroits d'altitude élevée, au climat actuel encore inhospitalier, qui se révèle des gouffres économiques, mais dont les constructions continuent envers et contre tout.

Les dirigeants tombent le masque (p. 456)

Notre système est complètement laissé à l'abandon, vu que nos dirigeants savent qu'il est condamné à terme. Rien n'est fait pour améliorer les choses : le chômage se développe, les délinquants ne sont plus punis, les places d'hôpital diminuent chaque année, ils ne font même plus semblant d'empêcher qu'un nouveau scandale type vache folle, Bisphénol ou médiator ne se reproduise, le vote populaire, comme la constitution européenne de 2005, est foulé au pied, tout comme les manifestations de millions de personne contre la réforme des retraites, seules les lois liberticides et la peur sont amplifiées...

Comportements religieux inhabituels (p. 462)

Question religion aussi il y a des gros mouvements de fonds, comme les volontés flagrantes de se regrouper en une seule religion mondiale (bonne avec le Dieu d'amour universel et inconditionnel, mauvaise avec les dieux physiques). Les anciennes religions d'adoration des dieux physiques, comme Odin, Satan ou Lucifer, sont remises au goût du jour. Et bien sûr, cette frénésie incohérente pour s'approprier le mont du temple...

Préparation médiatique

Survol

Les dominants savent qu'un jour ou l'autre le peuple sera au courant de Nibiru (ne serait-ce que quand les signes seront trop visibles dans le ciel, qu'ils ne pourront plus expliquer tous les nouveaux phénomènes).

Toujours dans la belle schizophrénie imposée par la volonté de contrôler quelqu'un contre son gré, il faut donc le formater psychologiquement et inconsciemment à la chute apocalyptique de la civilisation (afin que le choc ne soit pas trop violent lors de l'annonce de Nibiru, ce qui engendrerait des comportements violents envers ceux qui l'on trahi). Sans toutefois annoncer trop tôt cette apocalypse, pour que les élites continuent à se préparer et à vivre confortablement sur le dos de ses esclaves (qui s'arrêteront vite de travailler après l'annonce de Nibiru, privant les élites de leur soutien).

Un exercice d'équilibriste, bien facilité, il fait le dire, par l'endormissement profond de beaucoup...

Les médias se lâchent (p. 447)

Les médias lâchent le mot "apocalypse" à tout bout de champ, même sur un simple clash de télé réalité...

Les articles sur l'espace (p. 447)

Sujet inintéressant pour beaucoup, mais sur lequel les médias semblent avoir une passion dévorante... Entre les traces de vie ailleurs, les astéroïdes tueurs qui nous frôlent, et cette planète 9 qui échappe à nos télescopes, les révélations pleuvent.

Les films catastrophes (p. 448)

Longtemps confinés au seul Mad Max, on a l'impression que depuis 2015, il n'y a plus que des films sur l'effondrement de notre civilisation.

Alertes régulières sur le crash économique à venir (p. 450)

Toutes les semaines, il y a un spécialiste qui nous explique que le système ne pourra pas tenir plus longtemps, que l'économie peut s'effondrer à tout moment, que tous les indicateurs sont au rouge.

Le fin du cover-up ET (p. 450)

Par période, les médias se mettent à relater toutes les observations d'OVNI (pas les lanternes, les vrais !), comme s'il avaient tous reçu cet ordre de dire désormais la vérité.

Anomalies actuelles (p. 450)

Il est très rares que les médias s'interrogent sur tous les paramètres naturels actuels déconnant, mais de temps à autres ils révèlent des anomalies (dans un endroit plus visible que la rubrique "insolite"), comme le fait que la croûte terrestre bascule.

Notre société peut s'effondrer (p. 451)

L'élément le plus flagrant (et qu'un chef n'avoue jamais à ses esclaves en temps normal), c'est de reconnaître que ce système n'est pas juste (nous allons détruire la Terre parce que les dirigeants ne peuvent plus rien aux multinationale qui polluent) et que ce système va s'effondrer.

Les médias se lâchent

Usage intense du mot "apocalypse" ou "fin du monde" par les médias, histoire que quand la vérité sera à moitié divulguée, le public ai l'impression de l'avoir toujours su.

Autre effet : les journalistes, malgré les pressions éditoriales, prennent peur et commencent à parler, à lâcher des phrases par ci par là annonçant que les années à venir seront catastrophiques.

Dans la même lignée, les articles sont volontairement anxiogènes (du moins dans le titre). Comme les scientifiques annonçant le Big One sismique, etc.

En Chine, le 1er août 2016, après le cover-up qui durait depuis des années, les instances dirigeantes ont annoncé publiquement avoir enlevé le secret posé sur les catastrophes apportées par Nibiru. Dans le même mouvement, ils annoncent qu'ils vont enquêter sur les causes de ces catastrophes.

Sans compter qu'au début 2016, les médias nous annonçaient que la faille de San Andreas allait lâcher dans les 300 ans à venir, pour progressivement en arriver à cet article de Sciences et Avenir de début octobre pour nous annoncer qu'au vu des séismes observés, la faille allait lâcher dans les 5 jours. Ça ne s'est pas passé parce que les ET arrivent à maîtriser la chose (sans ça c'était cuit pour les californiens), mais ils relâchent de temps à autre leur contrôle pour faire se bouger les dirigeants humains.

Les articles sur l'espace

Alors que le grand public se fout de l'espace, et sature avec tous ces articles répétitifs sur le sujet, les médias continuent à parler du sujet, relayant la moindre nouvelles théories ou n-ième découverte d'exoplanète.

Article de découvertes spatiales journalières

Pour nous préparer à l'annonce de Nibiru, ce qui devrait être des indices pour vous, les médias nous parlent de plus en plus de naines rouges ou brunes qui auraient traversé notre systèmes il y a quelques dizaines de milliers d'années, que nos ancêtres auraient vu, que cela peut se reproduire, et qu'à cause de la faible luminosité de ces astres on pourrait dans les années à venir en découvrir d'autres encore plus proches...(rire!).

Ou encore les scientifiques qui s'aperçoivent que les planètes comme Nibiru (super-Terre) existent dans 90% des systèmes stellaires de l'univers, et les scientifiques ne comprennent pas pourquoi le système solaire complet fait exception à la règle...

Regardons juste les titres des articles paraissant tous les 3 jours, en août 2016 : "Une exoplanète habitable et proche de la Terre aurait été découverte", "Faites chauffer la fusée, une potentielle «seconde Terre» découverte à deux pas de chez nous".

Le 17 octobre 2016, On nous annonce que la Terre et Vénus influencent les cycles solaires. Vu que le soleil est en panne depuis 2007 et que son cycle est perturbé, et que la Terre et Vénus n'ont pas changé de place depuis des millénaires, j'imagine que la prochaine déduction des scientifiques sera la présence d'une planète proche (entre la Terre et Vénus) qui n'y était pas avant et qui perturbe le soleil...

On peut aussi citer les articles de février - mars 2016 qui indiquaient que la croûte martienne avait basculé, 2 semaines après c'est la lune dont la croûte à basculer (ça se rapproche) et 2 semaines après que la croûte terrestre est en train de basculer, en ce moment...

La découverte de la planète 9 puis de la planète 10 (p. 340)

Nous avons vu que le débat fut acharné entre les astronomes et les publications bidon de la NASA. Ce débat pris fin en 2017, quand avec 50 arguments massue, la NASA ne put que s'incliner face à PlutoKiller de Caltech, celui qui a retiré le statut de planète à Pluton.

Étrangement, les médias relayèrent plutôt bien les diverses avancées de cette bataille d'idées, si on peut appeler "idées" les arguments de mauvaise foi flagrants de la NASA...

Les numéros de planète qui valsent

En janvier 2016, la stratégie illuminati dévoilée. L'année d'avant, on a retiré à Pluton son statut de planète, pour ensuite le redonner à Nibiru, faisant d'elle la planète 9 et non la planète 10 (planète IX au lieu de planète X si on écrit en chiffres romains) qui auraient amené sur les recherches Google à toutes les théories indiquant que la complosphère connaît depuis 1980 l'existence de cette planète officiellement découverte en 2016.

Note : les ogres comptaient 8 planètes + Pluton + Hécate + le Soleil, ce qui donne 11 astres. Nibiru était donc le 12e dans ce cadre là. L'erreur de Sitchin (dans son livre "*la 12e planète*") a été de penser que la Lune était considérée par les anciens sumériens comme une planète à part entière, parce que lui-même ne connaissait pas Hécate/Vulcain (même orbite que la Terre, à l'opposé par rapport au Soleil). La Lune étant un petit satellite froid et insignifiant (comparés à ceux de Jupiter par exemple), c'était peu cohérent. Une fois Hécate entrée dans le jeu, tout est clair !

Encore un astéroïde gros comme un terrain de foot qui frôle la Terre

Les astronomes voient le nombre d'astéroïdes augmenter, d'immenses météores filmés partout dans le monde. Ils voient que les plus gros sont supprimés par des OVNI, mais ne savent pas jusqu'à quand les ET vont nous sauver les fesses : Les prophéties musulmanes parlent bien d'une explosion destructrice, et Tcheliabinsk donne encore des cauchemars à bons nombre de stratèges.

C'est pourquoi, face à ce risque qu'ils ne maîtrisent pas, les dirigeants sont aussi stressés, et que régulièrement des articles sont publiés pour rappeler que les astéroïdes nous frôlent tous les jours : de 4 à 10 distances Terre-Lune en 2013, on est passé à 0,3 distance Terre-Lune en 2020. ET de bien préciser que la NASA ne l'avait pas vu, ce qui indique qu'il ne faut pas compter sur la technologie humaine pour arrêter quoi que ce soit...

Les exoplanètes et vie ET (p. 450)

Nous verrons plus loin tous les articles sur le sujet, qui participent à nous préparer à la révélation de la vie ET.

Les films catastrophes

Pourquoi nous prévenir ?

Entre les films fin du monde, comme "2012", prédictions, A la poursuite du monde de demain, le jour d'après.

Les films apocalyptiques de Zombie (le retour des morts à la fin des temps de la Torah, mauvaise traduction de "réincarnation").

Les films catastrophes comme San Andreas, Mad Max, la guerre des mondes, le jour où la Terre s'arrêta, Jack et les géants, Signes, After earth, Phénomènes, Waterworld, World War Z, 28 jours plus tard, skyline, cowboys et envahisseur, World invasion : battle for Los Angeles, Pacific Rim, Pompéi, Noé, la grande inondation, contagion, etc.

Le genre apocalyptique, post-apocalyptique, zombie et catastrophe se porte à merveille depuis ces dernières années. Sans parler des séries survivalistes comme Walking Dead, des jeux de fin du monde comme Day Z ou Mine Craft, etc.

Il y a 2 choses dans ces succès :

- Les gens vont voir parce qu'ils ressentent inconsciemment le signal télépathique des ET et se renseignent sur ces choses
- Des films comme "*2012*" montrent que les élites sont parfaitement au courant de ce qui va se passer et nous préparent psychologiquement, afin de diminuer la juste colère du peuple quand il va découvrir

que depuis 1983 les élites sont au courant et n'ont rien dit (notre inconscient étant formaté de manière subliminale).

Le but est aussi de préparer nos réactions futures, un formatage (voir la fin du film *San Andréas*, quand le héros dit "On va reconstruire" (comme avant)).

Enfin, dernière chose qui explique ces films, c'est que la règle du retour de bâton karmique, fait que les élites violent complètement notre libre-arbitre en nous cachant la vérité. Leur âme se préparerait à un gros chaos par la suite, sauf si la vérité nous est révélée. Comment s'en sortir ? Simple, il faut présenter au peuple 2 versions explicatives des choses :

- Les journaux télés complètement à côté de la plaque, se trompant ou mentant en permanence, qui vous montrent les catastrophes, en vous disant qu'ils n'ont pas d'explications, ou en vous donnant des explications tirées par les cheveux, que même un gosse de 3 ans ne peut pas croire. Ou pire, en ne traitant pas les sujets, en ne faisant pas les liens évidents, ou en vous faisant croire que les vaches provoquent toutes ces tempêtes juste en pétant...
- Les films comme "2012", où toutes les anomalies observées (séismes records, anomalies des tempêtes, tsunami) sont montrées, et sont bien expliquées quand aux causes (le noyau terrestre se réchauffe sous l'effet d'une planète émettant un max de neutrinos interagissant avec notre noyau terrestre, comme le suggère le capteur de neutrinos qui bouillonne). On vous montre les dirigeants qui mentent au peuple, qui cachent la vérité (allant jusqu'à tuer les lanceur d'alertes, sur le même pont où Diana est morte de manière suspecte). Ces dirigeants préparent des arches destinées aux seules élites, construite par des ouvriers qui n'auront pas le droit de monter dedans.

Les dominants laissent le citoyen apprécier ces 2 infos, et décider laquelle correspond le mieux à l'environnement qui l'entoure.

Évidemment, n'importe qui de suffisamment intelligent et instruit, comprend vite que le film raconte la vérité, et que les informations mentent. Celui qui voit ça est alors censé comprendre que le système lui ment, voir les signes, et se préparer à ce qui s'en vient.

Spirituellement, nous n'avons plus aucune excuse, la vérité ne nous a pas été cachée ! Ce n'est pas de la faute des dominants si nous sommes trop cons pour comprendre...

Liste rapide des films début 2016

Les bloc-busters à venir pour 2016 (relevés le 26 février 2016), qui nous préparent bien à voir des destructions catastrophiques :

- *X-Men : Apocalypse* et *Gods of Egypt* . 2 films qui nous parlent d'un dieu égyptien déchu, qui est immortel, qui a eu plusieurs noms au cours de l'histoire, et qui pour retrouver son pouvoir de régner sur les hommes doit retrouver l'oeil d'Horus caché dans un temple enterré... Ne cherchez pas plus loin, vous avez reconnu Odin l'antéchrist du nouvel ordre mondial qui doit creuser sous le temple de Salomon pour retrouver son troisième oeil permettant de manipuler psychiquement les hommes.
- Revenons un peu sur *X-men Apocalypse* : Ça commence par Jean (la voyante) qui à une vision de la fin du monde. Ensuite le premier mutant de l'histoire, qui a eu bien des noms : Ra, Krishna, Yaveh, ... Ensuite, on nous explique que des sectes voient en eux des messie ou des messagers de dieu, il est suivi des 4 cavaliers de l'apocalypse, grâce à son pouvoir psychique il contrôle les hommes, la destruction du monde moderne pour reconstruire un meilleur monde (toujours les images de destruction de New-York),
- *Captain america : guerre civile,.*
- *Ultra-man* : dans des temps de destruction...
- *Independance Day 2* : nous savions qu'ils reviendraient... quand les ET reviennent pour envahir la Terre, en la détruisant au passage.
- *Star strek* (ils nous balancent toutes les licences la même année, étrange...)
- *La 5e vague* : La Terre a été littéralement décimée par 4 attaques ET (séismes, tsunamis lacustres, etc.)... les survivants se cachent pour survivre et pillent les dernières ressources de la civilisation détruite. Un président noir américain annonce que la NASA vient de découvrir un gros objet proche de la Terre, les ET dévastent laTterre en coupant l'énergie (encore un avion qui tombe), puis le contrôle de la pensée des survivants, des camps de prisonniers et autres joyeusetés... Un groupe d'humain a refait une communauté agricole au milieu de la forêt, tout va bien, quand l'armée débarque. Au lieu de s'enfuir en courant dans les bois, les survivants sont trop contents de les voir. L'armée prendra les enfants, et tuera tout le monde...
- *Warcraft* : après des années de paix, le royaume est attaqué par des géants, il faut pour les hommes se regrouper sous un même commandement (mondial, cela va de soit...) pour leur résister. Mais certains géants sont gentils...
- *Defender* : face à une menace ET, l'humanité s'est choisi un nouveau gardien (on peut dire maître, berger de troupeau, pharaon, antéchrist ou leader religieux, en général on doit obéir à ce gardien), avec encore la destruction de New-York (on va finir par avoir plus l'habitude de la voir plus détruite que debout cette ville !).

Les séries

Comme les films, elles ne font pas exception.

Je passe sur les séries post-apo comme Walking Dead.

A la fin de l'épisode des Simpson "Prepper" (Homer se prépare à la fin du monde), Lisa dit qu'elle est contente de vivre dans une civilisation qui va encore durer très très longtemps (elle sent qu'elle dit une connerie et n'est pas trop sûre d'elle...). Homer la rassure : "Mais bien sûr, la civilisation américaine est éternelle, comme l'a été l'empire romain"...

Puis la caméra monte doucement dans l'espace, où l'on voit cette planète rouge en forme de comète avec sa queue multicolore à tendance violette qui approche de la Terre, ressemblant beaucoup à l'image prise de l'ISS et diffusée par erreur par la NASA en septembre 2015. Des zombies blafards sont sur cette comète, prêts à nous envahir...

Les bruits de drones dans les films = Trompettes de l'Apocalypse

Si vous avez vu le film *Oblivion*, la guerre des mondes, ou la plupart de films futuristes, vous vous rendrez compte que les drones font tous le même bruit, un bruit super flippant qui semble faire remonter à la surface nos terreurs les plus primales. Il s'agit en effet d'un réflexe acquis au cours des milliards d'années d'évolution sur Terre, acquis déjà par les premiers être unicellulaires ayant peuplé les océans, il y a plus de 4 milliards d'années. Ce bruit, c'est tout simplement celui des trompettes de l'apocalypse, que font les plaques tectoniques en se déplaçant, et qui avertissent les espèces vivantes que de gros cataclysmes sont à venir et qu'il faut se préparer.

Les annonces de crash par les économistes

Les représentants du systèmes occultes sont les premiers à prédire la pagaille en 2016, histoire de garder de leurs crédibilité et de jouer sur la peur des populations pour mieux les garder dans le système : Georges Soros en janvier 2016 (chaos économique, émeutes en Europe et guerre civile aux USA), ou encore les prévisions très (très) pessimistes de Jacques Attali (alors que normalement il essaye au contraire de dire que tout ira mieux dans le meilleur des mondes capitalistes). Attali se permet même de se demander si le gouvernement mondial arriverait après la 3e guerre mondiale (comme l'ont été les organismes mondiaux pré-gouvernement mondial que sont la SDN puis l'ONU) ou si le NOM se ferait à la place de la guerre.

Un des derniers indicateur de crise grave apparaît à l'été 2016, les banques se débarrassent de leur bon au trésor USA, officialisant la faillite de l'Amérique.

C'est histoire de nous préparer au gel bancaire (moins pire qu'une crise, qui n'est là que pour appauvrir encore plus le peuple).

La fin du cover-up ET

Révélation des OVNI (p. 274)

Une grosse révélation qu'ils nous ont fait fin 2017 avec l'aveu d'avoir caché l'existence des OVNI, et la réalité de ces derniers, mais surtout des relances régulières en Une des plus grands médias USA, pour rappeller qu'aujourd'hui, on sait que des vaisseaux qui n'ont pas été construits sur Terre nous survolent régulièrement, sans qu'on ne puisse rien y faire.

Vie extra-terrestre

La vie qui colonise tous les milieux, même anaérobie, sur Terre, l'ADN qui se trouvent sur les météorites qui tombent sur Terre, et même dans la poussière extra-planétaire, une vie foisonnante, même en se limitant aux planètes d'une petite bande de vie, sans se demander si dans les grottes souterraines des planètes gelées en surface, l'eau n'est pas liquide, toutes les études sur Mars, depuis 1976, qui montrent que l'hypothèse de la vie est la plus probable, bref, la vie est forcément partout dans l'Univers, on se dira "c'était évident" quand on nous révélera avoir trouvé de la vie ailleurs que sur Terre !

Exoplanètes

La découverte d'exoplanète, de gaz possiblement générés par la vie, nous oriente tout doucement à la possibilité de la vie extra-terrestre.

Le directeur de la NASA en rajoute, quand fin 2019, il révèle que la population américaine n'était pas encore prête à accepter la possibilité d'avoir trouver de la vie sur Mars. Tout en remettant sur le devant de la scène sur le débat qui avait eu lieu en 1976, quand beaucoup de scientifiques, au vu des premiers prélèvements du sol, avaient assuré que les résultats ne pouvaient que provenir d'une vie microbienne.

Observations OVNI

Jusqu'à présent, à cause du cover-up des médias, les articles sur les OVNIS passaient rarement dans les médias, ou sinon juste pour annoncer une explication bidon. Depuis septembre 2016, ce genre d'article passe la censure, certes ce n'est pas encore la une, faut pas aller trop vite! :

- le 4 septembre au Québec, le 13 septembre en Hte Vienne, 5 boules lumineuses au comportement étrange et indépendant du vent, indépendantes entre elles, vues par 3 témoins à des postes différents. Ils trouvent aberrantes les explications du Geipan accusant les lanternes thaïs.
- le 15 septembre à Calaisis, le 14 août à Berck (mais publié fin septembre) un père et sa fille observent une salve d'OVNI espacés de 10 minutes. Bien visibles et nets à l'oeil nus, ils ne donnent que des images rondes et floues sur la vidéo des smartphones.
- le 16 septembre en Corse, le 6 octobre, encore une énième lumière devant les caméras de la station spatiale internationale. ET vous savez quoi, les caméras ont encore subies une panne quelques secondes après l'apparition de cette lumière!
- le 13 octobre à Génève : Un objet oval et plat gros comme un avion avec 3 lumières qui reste en place 20 s puis disparaît rapidement
- Et en Chine.

Anomalies actuelles

Mars 2016 : les croûtes de Mars, puis la Lune, ont basculé dans le passé. Puis celle de la Terre bascule actuellement

Une révélation progressive en 3 étapes, séparées de 3 semaines, y aller mollo pour nos petites croyances, ne pas brusquer trop les endormis ! :

1. Le 3 mars 2016, quand on découvre que la croûte de Mars a basculé il y a 3 milliards d'années. On nous donne même un petit clin d'oeil : "Si un tel

basculement se produisait sur la Terre, Paris se retrouverait sur le cercle polaire", évident rappel aux glaciations cycliques sur la France, et au fait que la "Terre boule de neige" est un mensonge.

2. 20 jours après, on découvrait que la croûte de la Lune avait basculée encore plus récemment.
3. Et de nouveau 20 jours après, les médias nous apprenaient que la croûte terrestre était actuellement en train de basculer, et que depuis l'an 2000 le pôle ne se déplaçait plus dans le même sens qu'avant, et que sa vitesse de déplacement était 2 fois plus rapide...

Évidemment, ce n'est pas le réchauffement climatique qui est responsable de ce fait contrairement à ce qu'essaie laborieusement de faire croire la NASA :) !

J'aime bien comment ils présentent les choses : "le pôle Nord (géographique) est en train de migrer vers l'Angleterre", ça fait évidemment moins peur que "toute la croûte terrestre bascule, et l'Angleterre se retrouve déplacée vers le pôle Nord où elle va à terme être prise sous les glaces comme il y a 18 000 ans lors des glaciations en Europe de l'Ouest"...

2018 : les anomalies du système solaire progressivement révélées

Le 26/02/2018, les médias nous annoncent que la grade tâche de Jupiter est en train de diminuer (en rappelant qu'en même temps, la tâche apparue en 2004 est en train de grossir. On nous annonce que dans 20 ans, la grande tâche de Jupiter, pourtant quasi inchangée depuis 300 ans, va disparaître... En gros, préparez-vous à de gros changements dans le système solaire, Terre y compris...

Encore une préparation des esprits, orchestrée le 17/07/2018.

Les lunes de Jupiter sont pour la plupart découvertes depuis 300 ans... Toutes les nouvelles de ces dernières années sont donc suspectes d'être arrivé après 2003, lors de l'arrivée de Nibiru dans le système solaire. « C'est une situation instable » confirme le caractère récent et temporaire de cette lune. 1er clin d'oeil des journalistes...

Il n'y a qu'une planète tournant dans le sens inverse dans le système solaire, c'est Nibiru. Ses satellites et objets rocheux suivent le mouvement inverse. Tous les objets de ce type, au sens de révolution inverse à celle des autres lunes (orbite rétrograde), sont forcément des captures par les planètes connues d'objets du nuage de Nibiru. Les termes utilisés, « boule étrange », confirment le caractère extérieur au système solaire de cet objet. 2e clin d'oeil...

Enfin, le fait que cette nouvelle lune ai été découverte par hasard en cherchant la planète 10 (au delà de Pluton) est le 3e clin d'oeil (très appuyé) pour les initiés qui savent !

A noter qu'on parle généralement de la planète 9 au-delà de Neptune, Pluton n'étant plus une planète. Qu'ils parlent de Pluton au lieu de Neptune est un 4e clin d'oeil pour dire planète X, alias Nibiru !

A noter que 2 ans avant, en 2016, les médias avaient déjà relatés des objets étranges découverts sur Neptune. Les découvertes se rapprochent de la Terre, un signe qu'on ne va pas tarder à avoir des "découvertes" encore plus proches de nous !

Cette technique de "j'annonce un événement lointain avant de me rapprocher progressivement de la Terre" est un classique de préparation des esprits (rappelez-vous en mars 2016, quand on annonçait que Mars, puis la Lune, puis la Terre avaient leur croûte qui basculait).

Notre société peut s'effondrer

Une chose qu'un chef n'avoue jamais, et pourtant ici, ils nous disent que c'est de la faute des dirigeants qui ont perdu le contrôle sur les individus ultra-riches, qui vont détruire la Terre et notre civilisation.

2018 : les causes de l'effondrement se précisent

Tous les films actuellement sont soit des gros nanards insipides, soit des gros blockbusters qui ont tous les même histoire : plusieurs catastrophes naturelles qui se chevauchent (séismes, tsunamis suggérés avec les débris sur la plage, volcans, tornades apocalyptiques, incendies destructeurs, éclairs et EMP coupant l'électricité), toujours cette vision du soleil couchant avec les reflets rouges en début de bande-annonce :), les oiseaux qui sont bizarres, le système qui s'effondre, des gens englués dans leur routine qui doivent brutalement revoir toutes leurs valeurs et la nécessité pour eux de changer. Les émeutes et les gens qui s'attaquent.

Encore une fois, ces films insistent sur le fait qu'en cas de catastrophe à grande échelle le gouvernement et les médias vont mentir, et qu'il faudra ensuite se méfier de l'armée...

Un commentaire dans la bande-annonce de "*How It Ends*" m'interpelle : "J"ai vu des simulations de jeux de guerre... les mêmes événements. Des jeux conçus pour effacer tout comportement rationnel face à un incident... singulier".

Le film est sorti le 13 juillet, une date emblématique pour les illuminati Sumériens (le 4 juillet ou le 14 juillet ne sont pas des hasards ! :)).

2019 : révélations que le système va s'effondrer

Un nouveau nom est apparu cette année, c'est celui de la collapsologie. Les noms d'Yves Cochet et Pablo Servigne tournent en boucle à la télé, on nous fait plein de reportages sur les ingénieurs qui abandonnent tout pour partir vivre en autonomie à la campagne.

Enclaves High-Tech

Survol

Les enclaves post-apocalyptiques en construction n'ont jamais été aussi nombreuses depuis 2010.

Cahier des charges (p. 452)

Ces enclaves sont avant tout faite pour prolonger le plus possible le contrôle hiérarchique, le temps que la cité se refasse, et qu'elle reparte à l'attaque des zones franches comme du temps de la civilisation sumérienne, qui rebâtit un nouvel empire après le déluge.

L'erreur sur la montée des eaux (p. 453)

Les archives humaines disent qu'à chaque passage, l'eau des mers monte de 200 m. Dernièrement, la science a estimé cette montée à 70 m. Sauf qu'ils n'ont pas pris en compte la dilatation thermique dû au manteau surchauffé par le passage. Si les hauts initiés se placent à 500 m de haut, les nouveaux riches se tiennent à seulement 100 m de haut.

Les arches de Noé (p. 453)

Les banques de semences, commencées dans les années 1980, sont appelées Arche de Noé par les illuminati, comme celle de Bill Gates qui va remplir la banque de Syrie.

Les nouvelles capitales

Sous un prétexte quelconque, de nombreux pays reconstruisent de nouvelles capitales plus en hauteur et loin des côtes. Pour le moment, les médias raillent ces villes high-tech immenses et vides...

La capitale Birmane reconstruite à grand frais, en 2015, au centre des terres, et toujours vide.

Le nouveau Caire en 2018, ville fantôme.

En 2019, c'est Jakarta, suite à son enfoncement trop avancé sous la mer, qui sera reconstruite plus haut et loin dans les terres.

Les villes fantômes (p. 453)

En novembre 2016, les villes fantômes construites en 2009 sont toujours des gouffres économiques (car toujours vides) mais ça ne semble pas rebuter ceux qui continuent à en construire de nouvelles...

Les "erreurs" dans la taille

Des événements comme les JO d'hiver de Sotchi donnent lieu à la construction d'une ville bien plus grande que nécessaire.

Les camps FEMA + supermarchés à miradors (p. 454)

Construction de camps de concentration aux USA, des usines de cercueils, des hypermarchés avec des miradors pour reconversion instantanée, etc.

Le marché des bunkers de luxe explose

Début 2017, le rythme de construction de bunkers par l'élite devient si élevé, en contradiction flagrante avec l'économie qui repart, que même journaux boursiers s'interrogent sur ces aberrations économiques...

Enclaves GAFA (p. 454)

Des bunkers de luxe, mais par des riches Ultra-riches... De nombreux multi-milliardaires de start-up informatique construisent leur propre ville High-Tech de plusieurs milliers de personnes, à l'écart des grandes agglomérations voir sur des îles, comme Mark Zuckerberg de Facebook ou Elon Musk de Tesla. Ces enclaves sont bien entendu prévues pour résister à tous les risques naturels...

Fortifications autour des sites mégalithiques (p. 455)

Les anciennes enclaves ogres comme Gizeh sont elles aussi fortifiées, des fois que les géants voudraient s'en resservir. Et comme elles ont montré leur résistance à Nibiru au cours des millénaires...

Les villes-forteresses (p. 455)

A côté de ça, on assiste à des fermetures de nombreuses villes (villes condamnées par Nibiru, ou qui serviront de camps au NOM), comme les quartiers pauvres de Papete, ou Bagdad, pour former les prochains ghettos mouroirs, tels qu'expérimentés à Varsovie en 1939.

Ces villes condamnées (comme celles des bords de mer), se dépeuplent des riches qui sont au courant, riches qui montent en altitude, dans des zones moins sismiques, plus isolées des centres urbains surpeuplés.

Dans ces villes-forteresse/prison/mouroir, on peut à la fois se protéger de l'extérieur, mais aussi enfermer des populations, et les laisser mourir à petit-feu, ou brutalement lors des tsunamis.

Aéroports fantômes (p. 455)

Comme il est plus facile de refaire 2 km de piste d'aéroport que 500 km de routes, voilà l'explication de la frénésie des riches pour construire ou acquérir des aéroports, et pourquoi leurs larbins veulent à tout prix privatiser les aéroports publics...

Le rachat des îles (p. 456)

Plutôt que de construire des murs très hauts, qui tomberont de toute façon, autant mettre des km d'eau entre soi et les non-préparés.

Cahier des charges d'une cité du futur

De ce qu'on connaît des plans des élites (chaque groupe a une vision légèrement différente, mais voilà les points communs) :

Villes-forteresses (p. 455)

Les villes existantes seront fortifiées rapidement (pose de gros-blocs de béton, pour ne laisser que quelques points de passages surveillés par l'armée). Tous les entraînements et combats de guérilla urbaine (comme Beyrouth), sont en forte hausse depuis la chute du mur de Berlin (Yougoslavie, Irak, Syrie), et servent à tester ces villes forteresses du futur...

Maillage des cités

Ces enclaves devront être reliées entre elles pour former le nouvel ordre mondial, malgré les destructions des routes et des infrastructures.

Transport de marchandises

C'est pourquoi les constructions d'aéroport fantômes ou inutiles se développent, parallèlement à la construction d'avions et le développement des drones de livraison Amazon.

Télécommunications

La 5G, puis la 6G, sont développée pour pallier aux ruptures de fibres optiques, et passer les communication internet par les ondes.

Les drones de communication Facebook ont été développé pour restaurer l'internet sans infrastructures terrestres.

Sans compter les milliers de satellites starlink envoyés dans l'espace, en espérant que suffisamment survivent aux météorites pour permettre aux puissants de continuer leur domination.

Armées

Un groupe de mercenaire étant difficile à gérer (si population pas assez nombreuse, ils ont tendance à tuer le despote inutile...), les GAFA ont travaillé sur les drones de combats (terrestre, nautique et aérien).

D'autres satellites ont été lancés par Israël et Facebook, pour contrôler les portables des migrants qui s'approcheraient trop près de leurs enclaves. A priori pas de danger de ce côté-là, le fusées se crashent systématiquement, ou le déploiement échoue au tout dernier moment (d'autant plus rageant !). Les ET garantissent que cette scoumoune sur les projets de domination des survivants continueront à être voués à l'échec.

Hiérarchie

Dans ces enclaves, villes de survivants sous domination du nouvel ordre mondial, il ne fera pas bon y vivre, à moins que vous aimiez servir de main d'oeuvre, d'esclave sexuel, et que vous soyez encore capable de travailler dur, ou d'être TRÈS jeune et joli pour intéresser les pédosatanistes encore au pouvoir... Mais il y a de meilleurs façons de mourir que sous la main de ces psychopathes...

L'erreur des élites sur le futur niveau des mers

Ne vous appuyez pas sur les bunkers des élites pour déterminer votre BAD, ils n'ont pas tous les bonnes données.

Beaucoup de nouvelles enclaves sont construites à des altitudes de 100 m voir un peu moins. J'ai compris en septembre 2017 pourquoi.

Depuis 2010, le consensus scientifique donne une hausse du niveau de la mer de 65 m. Les élites prennent donc 100 m par sécurité.

Or, on a caché aux scientifiques le réchauffement du noyau, ils n'en ont pas tenu compte dans leurs calculs. La montée des eaux est aussi bien due à la fonte des glaces qu'au réchauffement des océans par le fond, qui entraîne une dilatation de l'eau. C'est cette dilatation qui fournit une grosse partie de la montée des eaux, plus de la moitié. Le noyau, le manteau et la croûte vont subir énormément de frottements et d'échauffements durant le basculement, et que cette chaleur va se propager en surface notamment au niveau de la croûte océanique qui est très fine, transmettant cette chaleur aux océans de la planète. Ce réchauffement sera donc pire que si on interpolait linéairement le réchauffement observé actuellement.

A noter que les illuminati, forts de leurs archives remontant à -12 000 (dernier gros passage destructeur) savent que le niveau des mers sera de 200 m d'élévation, et semblent s'appuyer sur cette valeur.

Dans un des livres de Lobsang Rampa des années 1960, il est dit que les scientifiques de l'époque estimaient à l'époque que la fonte des glaces entraînerait une montée des eaux de 200 m d'altitude (ce qui est noté dans les archives Tibétaines ancestrales). Vu que cet auteur semble lié au New Age et à la CIA, ou encore aux élites USA, une partie des élites devaient connaître cette limite de 200 m.

La science faisant des progrès (mesures affinées, satellites, modélisations informatiques, meilleures connaissances) le volume total de l'eau dans les glaciers a pu être calculé plus précisément, et les élites descendre d'autant leurs bunkers. Sans penser à rajouter la dilatation thermique ! En gros, du haut de leur orgueil, nos élites ont foulé aux pieds un savoir millénaire, et au final l'homme en sait moins qu'il y a 6 000 ans !

A noter qu'avec l'écartement du rift Atlantique, les bords des plaques s'affaissent. La côte Ouest française va s'affaisser de -30m, et les futurs littoraux (moitié distance entre le massif central et le littoral actuel) de -15 m. En France, il faut donc partir sur une montée de eaux de 200 m + 15 m à l'Ouest du massif central.

Les arches de Noé

Les illuminati ne se cachent même pas de leurs préparatifs. La planète 9 est renommée Josephat, en hommage à la vallée de Josephat en Israël, traduite par "la vallée du jugement dernier".

Les banques de semences, commencées dans les années 1980, sont appelées Arche de Noé par les illuminati, comme celle de Bill Gates qui va remplir la banque de Syrie, celle qui servira (dans leurs plans) à réensemencer l'enclave high Tech du grand Israël (Israël actuel + une partie de la Syrie, d'où l'EI).

Ou encore la Réserve mondiale de semences du Svalbard, une chambre forte souterraine sur l'île norvégienne du Spitzberg, construite en 2006, et destinée à conserver dans un lieu sécurisé des graines de toutes les cultures vivrières de la planète et ainsi de préserver la diversité génétique. La « Banque de graines » a été creusée dans le flanc d'une montagne de grès, à 120 mètres de profondeur. Un couloir de 100 mètres aboutit sur trois salles de 27 m de long sur 9,5 m de large avec une surface de 256,1 m² totalisant près de 1 500 m³ de volume de stockage. Choisi pour sa faible activité tectonique, et pas construit dans le permafrost.

Le 27 mars 2017, un deuxième bunker a été construit sur l'île de Spitzberg destiné à protéger des données telles que des textes, photos ou vidéos : l'Arctic World Archive.

Les villes fantômes

Tronc commun

Partout dans le monde, de préférence dans des endroits un peu élevés au climat actuel encore inhospitalier, se construisent des camps de concentration, des usines de cercueils, etc.

Des villes pour l'instant inhabités (comme en Chine ou Sotchi), construction d'une ville bien plus grande que ce pour quoi elle a été (officiellement) prévue, etc.

Gouffres économiques sans conséquences

En novembre 2016, les constructions continuent à se faire un peu de partout dans le monde, même si les villes construites en 2009 sont toujours vides et sont donc des gouffres économiques majeurs ça ne semble pas rebuter ceux qui continuent à produire des villes vides.

Soit on considère que ces entrepreneurs, aux moyens financiers illimités, sont des fous (eux et ceux qui les financent sans poser de question), soit il faut admettre qu'ils savent quelque chose que le quidam moyen ne sait pas, et qu'eux au moins se préparent à quelque chose de grand.

Chine

Les villes fantômes en Chine, malgré l'échec apparent (inhabitées) depuis 7 ans, continuent à se construire à grande vitesse. A noter l'expression "Ambiance fin du monde" au début de l'article...

Dans ces villes chinoises vides, on trouve aussi le plus grand centre commercial du monde, preuve de la démesure de ces cités.

Angola

La ville fantôme angolaise (construite par les Chinois), ressemble en tout point aux villes fantômes chinoises, montrant que les Chinois construisent ces villes à la chaîne.

La nouvelle ville angolaise est une ville d'une capacité de 500 000 personnes, construite en 3 ans par la Chine. 120 000 dollars l'appartement le moins cher, pour une population qui vit avec 2 dollars par jour, ce n'est pas les locaux qui en bénéficieront, même si c'est eux qui ont payé au final...

Facebook-ville (Californie)

L'entreprise construit sa propre ville en Californie. A noter les différences, 200 milliards de dollars pour 10 000 habitants en Californie, contre seulement 3 milliards de dollars pour 500 000 habitants en Angola...

Nouveau Caire

La ville administrative du Caire a été reconstruite en secret pour 2018, à plus de 150 m d'altitude pour éviter les tsunamis et mouvements de crues du fleuve lors du basculement. Il n'y aura pas que le gouvernement, mais aussi les riches... "Selon M.Ismaïl, le gouvernement invitera prochainement les investisseurs à ériger des quartiers d'habitation et d'affaires dans la nouvelle capitale". Les pauvres restent dans la vieille ville basse, qui sera dévastée par les mouvements d'eau...

Ces villes fantômes sonnent comme des injustices évidentes : au Caire, la population s'entasse dans des bidonvilles insalubres, tandis que des cités fantômes ultra-luxueuses et étendues (le nouveau Caire, plus haut) sortent de terre sans personne (pour l'instant) pour les habiter :

"Au [nouveau] Caire, on compte aussi de nombreuses villas de luxe dans d'immenses complexes sécurisés, avec golfs et piscines, dont une majorité sont inhabitées. C'est le paradoxe du Caire, l'une des premières mégalopoles d'Afrique avec plus de 20 millions d'habitants. Près de la moitié de la population s'entasse dans des quartiers informels insalubres alors qu'en 2013, 30% des habitations de la capitale étaient vides. Si ces logements sont vides, c'est parce que les propriétaires les considèrent seulement comme un investissement".

Les camps FEMA + supermarchés à miradors

Plusieurs indices pointent sur le fait que la FEMA (organisme gérant les crises sur le sol USA) aurait commencé à construire des camps, réquisitionné des hypermarchés Walmart depuis avril 2015 (6 mois à l'origine pour refaire la plomberie, en juin 2016 ça fait plus d'un an...).

La FEMA a aussi approché les prêtres pour inciter leurs ouailles à obéir aux ordres du gouvernement, de se laisser emmener dans les camps et de se faire pucer, même si ça ressemble à la marque de la bête de l'antéchrist.

Les enclaves GAFA

Construction d'une enclave géante pour les élites du High tech, dans les plaines arides du Nouveau-Mexique (USA). Une ville ultra-luxueuse et technologique, qui coûte 1 milliard de dollar, et qui n'est pas destinée à être habitée plus tard ? Mon oeil !!! Si vous enlevez le blabla marketing, c'est une ville High tech autonome avec tout le confort pour 35.000 habitants, au milieu d'un grand désert donc difficilement accessible.

Cette ville de 39 kilomètres carrés (pour avoir un ordre de grandeur, Monaco et ses 60 millions d'habitants mesure 2 km carrés...). Elle disposera d'un centre des affaires moderne et d'une banlieue résidentielle. Les rues flambant neuves seront bordées de parcs, centres commerciaux et d'une église." Tout est dit ou presque parce que sur les plans, on voit aussi un parc éolien (indépendance énergétique) et des champs de culture intensive (indépendance alimentaire), le tout dans une zone sûre des USA éloignée des grandes métropoles et des dangers industriels !!

Bizarrement, les habitations sont prévus pour résister à tous les risques naturels...

Mais malgré le fait qu'elle ait coûté 1 milliards de dollars, elle n'est pas destinée à être habitée... Mais bien sûr. Et tout ça en période de crise où il n'y a plus d'argent soit-disant...

En 2017, les constructions de nouvelles villes transhumanistes (comme la ville google, avec des dômes de protection!) ont avancées à une vitesse record! Elles sont prêtes depuis 2013, tout le reste n'étant que bonus.

La ville Apple, 2 fois plus grande que le stade de France... Au passage on se rend compte de ce que veut dire une telle concentration de richesse, 20 ans après la France continue à rembourser son stade...

Ces villes construites par les GAFA (les géants du net) ne font que reprendre les innombrables villes construites depuis 1850 par des richissimes industriels FM se déclarant socialistes utopistes, pour des villes communautaires (mouais, enfin la ville leur appartient toujours et leur temple personnel est au centre des villes en cercle, avec des milliers de personnes pour servir le dieu/patron). Typique de la manière dont les ogres construisaient leur enclave high Tech, voir la description que Platon fait de l'Atlantide : le temple du dieu au centre (avec son habitation, le saint du saint, au milieu), et une série de murailles/habitations qui entourent le palais et le défendent, les gens étant de plus en plus esclaves / pauvres quand on s'éloignait du centre-ville (les faubourgs).

Les barricades autour des sites ogres

Il y a aussi ce mur de béton pharaonique autour des pyramides de Gizeh (7m50 de haut + 2 m enterrés, englobant une zone de 8 km2, soit 4 fois la surface de Monaco) dont la construction débute en 2002 et se poursuit à un rythme effréné dans le silence assourdissant des médias. Cette zone englobe une grande partie de désert où officiellement il n'y a pas de ruines à protéger... si ce n'est ces trous mystérieux plongeant dans la terre et qu'officiellement personne n'a eu la curiosité d'aller explorer...

Dans World War Z (un film où l'humanité devient zombie), on voit bien le temple de Jérusalem (une ancienne base ogre) entourée d'un grand mur de protection, un fantasme de nos élites...

Les villes condamnées

L'encerclement des villes

La ville de Papete clôturée dans ses quartiers pauvres pour l'empêcher de se sauver vers la montagne en cas de tsunami. Ces clôtures serviront aussi en France à faire des camps gigantesques dans les villes qui deviendront des mouroirs.

Bagdad a été un centre d'essai pour affiner les méthodes de cloisonnement des villes, déjà testées avec succès à Varsovie : murées et protégées contre les pillards dans un premier temps, mais qui tourneront vite au ghetto de Varsovie / camp de la mort, parce que l'État sera incapable de fournir la nourriture sur le long terme.

A Bagdad, c'est des plots de bétons de 3 m de haut qui sont placés rapidement, barrière quasi infranchissable pour la plupart des gens, même si des plus d'1m80, légers, entraînés, peuvent, avec de l'élan, s'agripper au sommet et se projeter par dessus d'un bond. Mais pour pallier ce problème, en 2019, la hauteurs des blocs de béton a été portée à 6 m, c'est pour être sûr que plus grand monde ne s'échappe. Par exemple, en 2019 dans la ville égyptienne de Charm-El-Cheikh, où ce genre de dispositif de "protection" est placé, sans expliquer pourquoi à la population.

Les camps se situeront dans les grandes villes qui deviendront de vastes zones murées, avec de grandes murailles pour éviter les pillards et les bandits, les personnes ayant perdu la raison (c'est à dire tous les "zombies", la mot servant de nom de code pour décrire toutes ces populations rebelles à l'autorité), mais en fait, ces murs serviront surtout à empêcher les gens de sortir, pour les garder sous contrôle. Il existe un reportage sur Bagdad qui décrit exactement les méthodes employées pour faire de la ville un bunker hyper-contrôlé, avec des ballons en altitude pour surveiller les moindres faits et gestes des gens, des murs immenses en bétons pour former des barrages et des murailles et surtout, une zone dite verte réservée à l'élite au centre de la ville, avec des parcs et des murs encore plus grands, une sorte de paradis pour "riches"/ politiques au coeur d'un immense camp de prisonniers. Toutes les grandes villes/villes moyennes françaises qui seront épargnées par les catastrophes se transformeront en "Bagdads" (toujours fermée 10 ans après l'invasion des USA), les gens aux alentours forcés de venir s'y "réfugier", mais surtout de servir les élites réfugiées dans la zone verte.

Il existait un reportage spécialement dédiés à cette fortification de Bagdad, son découpage en quartier, les méthodes employée digne de 1984 d'Orson Wells pour surveiller la population etc... mais il a disparu du net...

Les villes qui se dépeuplent

A côté des villes fantômes flambant neuves qui se construisent, on retrouve des friches industrielles ou des villes progressivement abandonnées des investisseurs. Par exemple, la ville de Détroit, situé sur la faille de New-Madrid et qui va être submergée par les grands lacs avant de disparaître sous l'eau, est quasiment désertée (quasiment parce que les investisseurs ont "oublié" de prévenir les pauvres, qui restent là à vivre des aides sociales, en attendant des lendemains qui chantent...). Paris aussi voit ses investisseurs quitter le navire.

Los Angeles, qui sera soumise à un séisme majeur, depuis 2011 se vide de ses stars.

Les aéroports fantômes

Ces enclaves seront reliées entre elles pour former le nouvel ordre mondial, malgré les destructions des routes et des infrastructures. D'où les progrès dans les drones de livraison ou de communication, ou la construction d'aéroports qui ensuite font faillite, mais l'infrastructure sera présente quand il faudra reconstruire suite aux séismes (plus facile de refaire 2 km de tarmac que des milliers de kilomètres de routes, de pont et de tunnels).

Par exemple, en France, 160 aéroports,.. dont seuls 17 sont rentables en 2015, les autres financés par les impôts locaux payés par tous mais ne profitant en fait qu'à une minorité de contribuables.

Les aéroports français rachetés par des milliardaires, comme Lyon, Nice ou Toulouse. Un des aéroports espagnols, issus de la soit-disant bulle immobilière ayant servie à construire des gros batiments dans la montagne, racheté par un consortium privé nébuleux.

Voilà un bon résumé des nombreux aéroports fantômes de la planète fin 2017. Tous ne sont pas des aéroports d'enclaves, certains étant juste abandonnés comme celui sur un atoll destiné à disparaître sous les eaux. Et malgré tous ces soit-disant échecs commerciaux cette frénésie de construction gagne en ampleur.

Les îles rachetées par les milliardaires

Depuis les années 2000, on a vu les nouveaux milliardaires racheter des îles et y construire des villages high Tech autonomes, utilisant la main d'oeuvre locale et se faisant passer pour des bienfaiteurs afin que ces derniers leur mange dans la main. Ça pose au passage le questionnement éthique est-ce que quelqu'un à le droit d'acheter des terres qui appartiennent déjà aux indigènes vivant dessus?

Le patron de Facebook Marc Zuckerberg s'achète 200 ha à Hawaï et cherche à déloger les propriétaires d'à côté.

Elon Musk, le fondateur de Paypal et propriétaire de la firme automobile Tesla ainsi que l'entreprise Space X cherchant à porter des hommes sur mars, s'approprie lui aussi une île et créé des villages autonomes high Tech en hauteur.

Bille Gates était sur les rangs pour racheter l'île de Lanai à Hawaï.

Mais c'est finalement le 5e homme le plus riche du monde qui l'a emporté sur Bill Gates (pourtant l'homme le plus riche du monde) pour acquérir l'île de Lanai. Larry, le fondateur d'Oracle demande à ses employés de le remercier de les faire travailler comme esclave... et joue un peu au faux dieu ogre.

Richard Branson fait d'importants travaux sur son île pendant que Jay-Z cherche aussi une île à vendre.

10 îles privées appartenant à des milliardaires.

Il y a de belles villas sur les hauteurs d'Ibiza. Le Stonhenge d'Ibiza (représentant les planètes autour du soleil, dont une colonne haute 20 m...) fait par l'artiste Australien Andrew Rogers et payé par le milliardaire canadien Guy Laliberté (fondateur du cirque du soleil), Stonhenge juste en face de la villa de Laliberté (renseignement pris auprès de gens d'Ibiza, contrairement à ce qui est dit dans l'article, sa villa serait plus bas près de la mer). Pour rappel, Laliberté avait été le 7e touriste de l'espace (7!) en passant quelques jours dans la station spatiale internationale ISS.

Toujours à propos de Guy Laliberté : En mai 2014, il a confié au Journal de Montréal qu'il voulait faire de son île un abri où il pourrait accueillir famille et amis en cas de catastrophe.

«Tranquillement, à cause de tout ce qui se passe dans le monde, je me suis dit: que ça pourrait peut-être être la place pour que, si jamais il y avait une épidémie ou une guerre globale, je puisse emmener ceux que j'aime, ma famille. Je vais être totalement autonome au niveau fonctionnement: solaire, environnemental, écologique, tout ça.»

Dirigeants tombent le masque

Survol

Les gouvernements/institutions nous donnent des indices peu encourageants. Sachant que l'élément irrationnel n'existe jamais en politique, il y a toujours de très bonnes raisons pour qu'une décision soit prise : quand l'explication officielle paraît irrationnelle, ou que les liens ne sont pas donnés, ou la version officielle est un mensonge

Incompétence chez les kapos (p. 457)

Comme dans les camps de concentration, c'est les petits truands, et autres pervers narcissiques incompétents, qui semblent truster les bas niveaux de commandement. Les vraies décisions restent aux mains de gens intelligents, qui prennent des décisions censées (en vue de leurs plans secrets), même si au peuple elles paraissent aberrantes.

Comportement irrationnel des dirigeants (p. 457)

Les indices sont nombreux pour deviner qu'il se passe quelque chose de louche dans les coulisses :

Guerres basées sur des mensonges (Irak, Lybie, Syrie), des virus sans danger déclenchant une hystérie des gouvernements, dépenses fastueuses aux mauvais endroits, restrictions budgétaires sur les postes vitaux, construction de camps de réfugiés aux USA sans donner d'explications, des télescopes géants et des satellites solaires sans se soucier du budget, des dirigeants qui nous parlent de tempêtes, de mer qui engloutissent les montagnes, sans en dire plus.

Abandon du système (p. 458)

Les dirigeants décident comme si tout s'arrêtait demain. Airbus qui annonce qu'il n'y aura plus de nouveaux avions avant 30 ans, des crises économiques non gérées, les développements qui s'arrêtent, et au contraire, des villes high-tech sur lesquelles tous les efforts sont mis.

Les institutions censées nous protéger sont laissées à la dérive, voir complètement abandonnées.

Les élites ne se cachent plus (p. 458)

Le secret qui entourait les liens élites et dirigeants est tombé, nos présidents s'affichent ouvertement avec les milliardaires, leurs malversations connues et impunies systématiquement.

Glissement vers le totalitarisme (p. 459)

Tous les gardes-fous séparant une pseudo-démocratie d'une dictature sont progressivement détruits : crime de haute trahison retiré en 2007, indépendance de la justice annulée en 2015, sans que les médias n'en avertissent le peuple. Les lois établissant la dictature sont votées progressivement, ne reste plus que l'événement justifiant de l'état d'urgence...

Tentatives de guerre civile (p. 459)

Et quoi de mieux comme événement déclencheur de loi martiale qu'un début de guerre civile ? Par exemple, en laissant dans des ghettos des étrangers non intégrés, en laissant les crimes impunis, ce qui permettrait d'imposer l'extrême contraire brutalement, la peine de mort ?

Des pouvoirs déments (p. 460)

Les 0,001% les plus riches détiennent 99,999 % des richesses, et toutes les lois votées tendent à accroître encore ce déséquilibre.

Disparition de l'or (p. 460)

Partout dans le monde, l'or public disparaît on ne sait où.

Disparitions de puissants (p. 460)

Beaucoup de dominants disparaissent dans des conditions louches.

Le NOM (p. 460)

Tous les traités tendent à donner tout le pouvoir mondial aux multinationales privées.

Détruire la nature (p. 460)

Tout est fait pour saccager et polluer la nature.

Course à l'espace (p. 460)

L'argent coule à flot, dès lors qu'il s'agit envoyer des hommes se réfugier sur Mars ou la Lune, ou d'envoyer des milliers de satellites d'un coup.

Découvertes archéologiques majeures (p. 461)

Si dans votre localité les fouilles sont stoppées par manque de moyens, au Moyen-Orient c'est le contraire, ça fouille dans tous les sens.

Projets africains (p. 461)

Beaucoup de projets technologiques sont lancés, au cas où une catastrophe naturelle se produirait en Afrique...

Exercices en cas de catastrophes naturelles (p. 461)

Ces exercices inédits se déploient de plus en plus.

Le traitement différentiel de l'autonomie

En France, nous sommes un des derniers pays a ne pas être sensibilisé à l'autonomie, alors que dans tous les pays d'Europe centrale, en Russie, en Chine et aux USA on a demandé à la population être autonome 14 jours en cas de problème.

Les nouveaux paramètres (p. 462)

Beaucoup de catastrophes possibles, qui n'avaient jamais inquiété personne jusqu'à présent, semblent d'un coup devenues primordiales à mesurer.

Déménagements d'oeuvres d'art (p. 462)

De nombreux exercices ont eu lieu, pour déménager rapidement des oeuvres d'art, aujourd'hui dans les musées ou leurs caves.

Révélations ET (p. 462)

De manière contrainte (OVNI) ou volontaire ("découvertes" scientifiques), l'existence des ET sur Terre se révèle progressivement.

Les fakes (fausses théories) pour cacher Nibiru (p. 576)

Les désinformateurs farfelus n'ont jamais été si actifs à nous bassiner avec la Terre Plate, HAARP et Blue Beam, de manière massive et coordonnée, tout ça pour cacher, voir ridiculiser, l'hypothèse Nibiru.

L'incompétence et le je m'en foutisme au pouvoir dans les entreprises

Nous sommes arrivés au point où les incompétents trustent les places de pouvoir ou de décisions hiérarchiques, selon le principe qu'un chef incompétent s'entoure toujours d'incompétents pour ne pas se faire prendre sa place, à son départ un des incompétent monte et vire les anciens incompétents pour s'entourer de gars encore moins bon que lui, etc. S'alliant avec d'autres chefs incompétents, il fait tomber tous les bons chefs autour de lui.

Au bout de plusieurs générations tout va à vaux l'eau, les choses marchent de moins en moins bien, les colis ne sont plus livrés ou perdus, il y a des mélange de noms, les entreprises perdent en productivité, la plupart des employés sont démotivés, ne prennent plus d'initiatives, font conneries sur conneries sans quel leur chef incompétents ne s'en rende compte, tout le monde passant son temps à trouver des excuses pour ne pas être remis en cause auprès de son supérieur hiérarchique.

Les chefs ne se rendent plus compte de ce qu'ils font, ont l'égo qui enfle et finissent par ne plus écouter les techniciens, ceux qui savent encore.

Cet abrutissement est amplifié par la volonté d'en haut de saboter le système pour faire accepter un nouveau système mondialisé.

Les grands décideurs restent compétents

Ce n'est que dans les niveaux de décision les plus faibles, qu'on mets les incompétents, pour les accuser ensuite du bordel ambiant, et justifier ensuite d'un gouvernement mondial rendu nécessaire pour ne pas laisser n'importe qui faire n'importe quoi.

Les décisions des puissants de ce monde vous semblent aberrantes ? C'est juste qu'elles ont un but caché, mais elles sont très intelligentes au contraire pour ce qu'ils veulent faire là-haut...

Comportement irrationnel des dirigeants

- Mensonges évidents pour déclencher des guerres (faux doc CIA d'armes de destruction massive en Irak en 2003, faux lien Al-Qaida/Saddam, attentat bancal du 11/09, Lybie en 2011, Syrie en 2015...), panique grippe A puis H1N1 puis COVID, durcissement des régimes et perte des libertés individuelles, renforcement des règles d'état d'urgence, surendettement budgétaire sans souci de l'avenir (on peut s'endetter quand on sait que la civilisation actuelle va être détruite sous peu), etc.
- préparation gouvernementales en cas de catastrophe majeure : construction de camps de réfugiés (FEMA aux USA), de villes fantômes géantes toutes équipées dans des régions désertiques

(Chine, Malaisie, Afrique, déserts américains ou Lybiens, etc.), protocole de mise en quarantaine généralisée (OMS), dotation d'une force militaire d'occupation interne de 10 000 hommes (France), déploiement régulier de troupes de l'OTAN ou de l'EuroGenFor en Europe, construction d'une arche de Noé végétale dans le Svalbard (Norvège) etc...

- construction de très nombreux moyens de détection spatiale dans l'infrarouge (Vatican - Mont Graham, WISE, WIRE, ISO, Spitzer, Terrestrial Planet Finder, Herschel), recherche d'objets sombres dans le système solaire (Eris, Tyché, Quaoar, Varuna, Sedna etc...). Sachant qu'on voit mal en quoi ça va aider le Vatican dans sa recherche de Dieu...
- propagande de préparation des populations à des catastrophes planétaires grâce aux médias populaires : sur-profusion de documentaires télé catastrophistes (supervolcans, astéroïdes tueurs, supertsunamis, éruptions solaires etc.) ou de survie (Koh lanta, Man vs Wild, jeux vidéo survivalistes), séries et films post-apocalyptiques ou apocalyptiques (Archétype "2012", ou tous les filmes où ça parle d'attaque d'alien ou de super catastrophe, montrant que la civilisation humaine peut s'écrouler assez vite).
- Les différents leurres spatiaux surmédiatisés (alors que la grande majorité du grand public se fout de l'astronomie) visant à brouiller les pistes ou trouver des excuses en cas de phénomènes spatiaux anormaux : planètes errantes (Eris), astéroïdes tueurs qui frôlent la Terre (Elenin, Ison), comètes inoffensives sur-médiatisées, éruptions solaires, le feuilleton de la recherche de la planète 9, etc.
- Les dirigeants qui ont des discours hors de propos, comme Obama parlant du jour où les eaux envahiront le monde, le pape Jean-Paul 2 qui dit que le secret de Fatima parle de destructions mondialisées, le patriarche orthodoxe Kirill, le pape François, disent régulièrement depuis 2016 que nous sommes dans les temps d'apocalypse

L'abandon du système

Notre système est complètement laissé à l'abandon, vu que nos dirigeants savent qu'il est condamné à terme. C'est ce qui s'est passé en 2003 quand les Bushies ont attaqué l'Irak sans penser à l'économie, elle s'est cassé la gueule en 2008.

La crise financière de 2008 n'a généré aucune mesure de type de celles prises en 1929. Tout est laissé à vaux l'eau, la dette et le chômage augmentent chaque année, comme si le pouvoir attendait on ne sait pas quoi... ou savait que plus rien n'a d'importance et qu'il en est même inutile de cacher les malversations ou qu'on n'est pas en démocratie car le peuple n'a plus aucun pouvoir, si ce n'est de choisir tous les 5 ans le pantin qui appliquera le programme que les riches lui donne, quelles que soient les promesses que ce pantin ai pu nous sortir lors de la campagne (un Mélenchon d'extrême gauche fera exactement le même programme qu'une Marine Le Pen d'extrême droite ou un Bayrou du centre).

La plupart des gens ne se rendent pas compte que nous sommes en décadence depuis les années 1980, le boom des communications et d'internet cachant les appauvrissements institutionnels. Par exemple on ne peut plus renvoyer d'hommes sur la lune, le concorde n'existe plus, etc.

L'appareil industriel de la France est dépouillé pour partir à l'étranger. A partir de 2007 les lois Sarkozy ont incité les entreprises françaises à s'établir en Tunisie.

Les élites se préparent des places au chaud, comme la France qui a fait tomber Kadhafi pour récupérer le port de Tripoli en Libye, pour faire un corridor au mali. Idem pour les guerres actuelles en Syrie et Irak, les illuminati croyant qu'ils seront mieux notés s'ils se rendent maîtres des anciennes places fortes ogres.

Institutions à la dérive

Le scandale du médiator, des pilules contraceptives, du Bisphénol A toujours pas interdit en France, des téléphones portables cancérigènes dont les études sur la santé sont systématiquement étouffées, le Round-up dont l'interdiction est toujours repoussée en France, etc. Toutes ces institutions ne protègent plus le peuple, mais uniquement les dominants au pouvoir. les politiques ne font même plus semblant de prendre des mesures pour empêcher le renouvellement de ces fautes.

Pour ce qui concerne l'intérêt du peuple, regarder les pays voisins permet de se rendre compte de la manière dont on est considéré. En août 2016, le gouvernement allemand décide enfin de demander à ses ressortissants d'être autonome 14 jours en cas de problème, suivant en cela les recommandations d'Obama pour les Américains. En France toujours rien, comme si la frontière allait nous protéger comme pour Tchernobyl...

Les élites ne se cachent plus

Les présidents actuellement ne se cachent même plus de fréquenter ouvertement le beau monde des milliardaires, des médias, du mannequinat, du cinéma et des mafieux.

Nicolas Sarkozy est le premier président Bling Bling, se montrant sans vergogne avec les riches qui l'ont fait élire (dès son élection, dîner ultra chic au Fouquets avec ses principaux donateurs appelés premier cercle, 1 semaine sur le yacht du milliardaire Bolloré, à qui l'État achètera en masse des véhicules électriques mal conçus (batteries se déchargeant trop vite à l'arrêt, une gabegie énergétique), les mallettes d'argent liquide sortant de la milliardaire Liliane Bettencourt, son augmentation de 161% au moment où il demande aux Français de se serrer la ceinture, etc.), Hollande qui mène une politique de droite, qui sort avec une actrice, dont le coiffeur coûte 10 000 euros par mois à la France, Laurent Fabius qui vire Debré pour prendre la tête du conseil constitutionnel et valider une semaine après les modifications liberticides de la constitution française, le premier ministre Manuel Valls qui répète à de nombreuses reprises qu'il est lié de manière éternelle à un autre État, celui d'Israël, sous entendant que ce dernier passera toujours avant le pays qu'il est censé défendre, etc.

Ils nous chient ouvertement à la gueule, comme un Georges W. Bush qui se marre et fait des pas de danse à l'enterrement de policiers tués dans les émeutes voulues par les élites...

Jamais le fait que nous soyons esclaves et incapables de reprendre le pouvoir n'a jamais été aussi flagrant. Même l'espoir pour certain d'une troisième voie, Marine Le Pen, montre son allégeance en allant s'incliner à Israël puis rendre hommage à Rothschild à New-York, 2 jours avant les élections régionales, pour rassurer toutes ces élites qu'elle resterait sagement dans le système en cas de victoire.

Comme pour mieux nous narguer, au même moment où ils nous disent qu'il n'y a plus d'argent, ils font de grands spectacles satanistes avec l'argent publics, qui coûtent des dizaine de millions d'euros, uniquement pour des "VIP" et des chefs de gouvernements qui pour l'occasion ont droits au même repas que les VIP (qui sont ces VIP supérieurs aux chefs d'État comme Hollande ou Merkel?). Ou encore les diverses constructions de bunker comme l'aéroport de Denver et ses fresques satanistes et pédophiles.

Dans le même temps, les politiques et grands patrons sont cités dans un nombre de procès records, mais s'en sortent sans dommage à chaque fois.

Sans compter le foutage de gueule flagrant des dominants vis à vis de leurs esclaves, comme la vidéo de Georges W. Bush en train de danser au moment de la commémoration des policiers tués à Dallas, il a l'air content de la guerre civile qui s'amorce.

Sous l'ère Macron, c'est Sybeth N'dyae, porte-parole du gouvernement, qui est incapable d'aligner 3 phrases sans devoir se reprendre, qui vient en pyjama aux cérémonies du 14 juillet, qui insulte les pauvres (comme dire qu'elle prendra sa voiture de fonction comme tous les jours, mais qu'elle aura une pensée pour les gens dans le métro en grève), et tous les membres du gouvernement, président en tête, qui provoquent les pauvres aux moment des conflits sociaux, tel le "Jojo le Gilet Jaune" de Macron.

Tentations totalitaires

Tous les garde-fous de la république sont retirés un à un. Le Sénat n'a plus de pouvoir, l'assemblée vote des lois sans débat, l'état d'urgence est voté en catimini, laissant plein pouvoirs au gouvernement de voter toutes les lois liberticides qu'il veut, et l'indépendance de la justice est supprimée sans qu'aucun débat médiatique n'ai lieu.

Depuis les attentats du 11/09/2001, les USA ont voté le Patriot Act qui permet de déclencher à tout moment la loi martiale. Par exemple lors d'une de ces émeutes raciales fréquentes suite aux malversations de la police envers les minorités (sauf que la population ne veut plus se battre contre elle même).

En France, c'est les attentats de Charlie Hebdo (L1) qui ont permis de voter les lois permettant l'état d'urgence, chose actée après les attentats à Paris le 13 novembre 2015. Cet état d'urgence est prolongé au bon vouloir du gouvernement en place, et permet d'enclencher le travail à 60h par semaine (comme le précise la loi Macron), interdiction de circuler, couvre-feu, etc. [edit : le confinement de 2020 a illustré ces alertes de 2008 de Harmo...]

Le but est de limiter les déplacements de population vers les endroits sûrs, et de fermer les villes pour en faire des camps de concentration ou des mouroirs.

C'est sans compter la création d'armées privées et diverses autres gardes nationales.

Pour établir la loi martiale, il faut des justifications, dont les...

Tentatives de guerre civile

Dans tous les pays, des manoeuvres sont faites pour dresser les populations les unes contre les autres pour avoir un début de guerre civile, comme les noirs et les blancs aux USA, les catholiques et musulmans en France, les migrants et les natifs en Allemagne, etc.

Beaucoup de manipulation, comme le Mossad créant une page antisémite en se faisant passer pour Daesh, et appelant au meurtre de tous les juifs [manip1], ou encore les hacker comme le rabbin des bois qui voient, juste avant les élections, des robots créer à la chaîne des post de propagande islamique volontairement anti-Français (type "nous les arabes on va violer toutes les blanches") pour faire monter le FN avant les élections et exacerber les tensions raciales.

- apparté - Les attentats antisémites en France, couplé à la médiatisation de l'antisémitisme des Soral - Dieudonné, semble parfait pour soutenir la publicité faite par Israël au même moment, d'enclencher le retour des Juifs en Israël à la fin des temps, un autre signe fort que pour certains dirigeants au courant Nibiru est bien là ! - fin apparté -

Sans compter la situation de l'immigration explosive en France, des immigrés de force (Bouygues dans les années 1970, VGE faisant le jeu des illuminati avec le regroupement familial de 1975, Soros qui continue avec ses ONG à imposer l'immigration), des immigrés non intégrés, qu'on laisse ensuite se démerder seuls dans la rue, en perte de repères culturels, entassés dans des ghettos (rendus difficiles à vivre avec l'impunité des délinquants, ou les affaires comme Théo montées en épingle, des voyous payés pour faire peur à la population lors d'émeutes, etc.), sans travail dans un monde où l'argent représente tout, où on laisse des prédicateurs qataris, proches du pouvoir[1], entraîner les jeunes au djihad, avec un signal fort que la justice les autorise à faire toutes les exactions, à laisser des gens dangereux pour la société en liberté, comme pour l'attentat au camion de Nice ou la rixe de Cusco. Les au-

1 L'émir de Doha se vante d'avoir payé les 3 millions d'euros du divorce de Sarkozy en 2008. Les liens de Sarkozy avec le Qatar et la Syrie sont tellement visibles que même Jacques Chirac, qui passe ses vacances chez son ami milliardaire François Pinault, doit prévenir Sarkozy de se calmer. [mar4]

tochtones et les immigrés sont placés de force dans une situation où ils en viennent aux mains. Idem avec la communauté chinoise, lâchée sans défense devant la délinquance, et qui devra bien un jour ou l'autre faire le boulot elle-même... Au final, toutes les communautés ont peur l'une de l'autre, on sait que la peur fait faire toutes les conneries, comme la constitution de milices privées. Dans un monde où la vendetta et la loi du talion priment (oeil pour oeil, dent pour dent), tout est fait pour l'escalade de la violence.

Des pouvoirs déments

Les riches n'ont jamais été aussi riches (0.001% de la population détenant la moitié des richesses mondiales). Les pouvoirs n'ont jamais été autant centralisés (p. 34).

Et alors que ces inégalités augmentent la grogne populaire (cet argent est pris aux pauvres, qui le sont de plus en plus), toutes les lois (Macron favorise les riches p. 29) amplifient ce déséquilibre, poussant forcément aux révoltes populaires des parties les plus pauvres des populations.

La disparition de l'or

L'homme a toujours creusé pour trouver de l'or, ça a toujours été une source de génocide. Or, en ce moment, plus de traces du précieux métal. Sarkozy a bradé l'or de la France à vil prix aux Américains, et pourtant les réserves de Fort Knox sont vides (ou remplies avec des lingots à fort pourcentage de laiton). Tout simplement que les Illuminati savent que les ogres sont friands de ce métal pour leur technologie, et qu'ils espèrent en être remerciés lors de leur prochain retour, la Terre étant de nouveau accessible prochainement depuis Nibiru aux vaisseaux ogres.

Beaucoup savent aussi que des catastrophes arrivent et ils croient que comme précédemment l'or sera une monnaie refuge... alors que comme les autres denrées autres qu'alimentaires ou utiles elle ne vaudra plus rien.

Disparitions de financiers, de stars et d'illuminati

Il y a beaucoup de disparitions d'hommes célèbres, du gouvernement ou de la finance, qui meurent de manière suspecte. Certains meurent effectivement de savoir trop de choses, les autres comme Richard Rockefeller organisent leur mort et vont rejoindre leur bunker pour ne pas avoir de justification à présenter à la presse.

Il y aura aussi les démissions inédites, comme celles du pape Benoît 16, de l'empereur du Japon, des héritiers royaux britanniques.

Le NOM

Un grand mouvement se fait avec le TAFTA, le TTIP pour relier tous les pays du monde sous un gouvernement commun, avec une religion unifiée comme nous l'avons vu plus haut. Le plan est de conserver dans quelques pays un haut niveau technologique, pour ensuite reconquérir la planète dévastée par la force.

La volonté de détruire ce qui reste de nature

Les gens malades qui nous gouvernent n'ont de cesse de tout saccager ce qui reste. Après les zones humides de France (Sivens, Notre Dame des Landes, Roybon), encore un saccage des derniers espaces naturels : un projet minier russe saccage la forêt Guyanaise, soutenu par Macron, Attali et Juppé. Je ne sais pas ce que nos "élites" ont contre la nature, mais j'ai l'impression que tant qu'ils n'auront pas niqué toute la faune (homme compris) et la flore ils ne pourront dormir tranquilles...

La course à l'espace

Je ne sais pas si vous vous rappelez il y a 10 ans quand tous les projets spatiaux de la NASA étaient bloqués à cause des manques de budget suite à la crise. Aujourd'hui, alors que la crise est encore plus forte, c'est budget illimité et pléthore de projets qui apparaissent dans les médias complètements aboutis alors qu'avant on nous en parlait 10 ans avant...

Fusées habitées

Semblant au point mort jusqu'en 2011, les tirs de fusées habitées en direction de la lune ou de mars, ou encore les tests sur les nouvelles fusées s'enchaînent. Ceux qui savent qu'il va se passer quelque chose essayent de trouver des solutions de sauvegarde...

Malgré ses échecs en boucle, Elon Musk reçoit des investissements illimités pour ses fusées, qu'il développe en dépit du bon sens : alors qu'il n'est même pas capable d'envoyer un seul homme sur Mars, il lance déjà déjà des fusées monstres pouvant emmener plus de 100 personnes sur Mars, brûlant les étapes, comme s'il avait le feu aux fesses...

Mais il est trop tard, personne n'aura de passe-droit, nous serons tous impactés par le changement. La date visée par les élites pour ces lancements est 2023, d'où les échéances allant jusqu'en 2018, car s'ils savent que leur système va perdurer en mode dégradé pendant les 2 passages, il savent aussi qu'il ne durera pas longtemps.

Les envois nombreux de satellites

Il existe plusieurs stratégies spatiales à l'approche de Nibiru. Une de ces stratégies, comme le lancement de 20 satellites dans l'espace par l'Inde fin février 2017, sert à remplacer les déjà nombreux satellites détruits par les météores.

Le gros problème soulevé par l'augmentation des "débris" spatiaux officiels (en vrai les débris du nuage de Nibiru), c'est qu'ils endommagent les satellites régulièrement, diminuant ainsi leur durée de vie d'autant.

L'autre facteur est le champ magnétique terrestre très perturbé qui empêche les satellites de se repositionner automatiquement. Ils sont donc directement "monitorés" depuis le sol, comme c'est le cas des satellites GPS qui doivent être très régulièrement réajustés.

L'axe terrestre vacille, les pôles magnétiques se déplacent à cause du noyau, les lignes de champs magnétiques sont complètement chaotiques etc... Dans le même ordre d'idée, il y a de plus en plus de problèmes de liaison pour les communications avec des satellites qui tombent en panne ou des câbles sous marins qui se brisent à cause des mouvements du sol. Tous ces incidents sont systématiquement camouflés sous divers prétextes, mais la conclusion finale est toujours une détérioration. Pour compenser cela, une des idées est de démultiplier le nombre de satellites actifs, la stratégie du nombre. Perdre une dizaine de satellites alors qu'on en envoie 104 permet d'encaisser le passage d'un essaim de météores sans problème, du moins tant que le rythme n'est pas trop soutenu. D'autres n'ont pas opté pour cette option et cherchent des moyens d'assurer les communications plus pérennes en se passant des satellites, qui sont la technologie la plus exposée à Nibiru. C'est pour cela que Google et Facebook cherchent à mettre en place un système de drones autonomes afin de relayer internet. L'avantage des drones c'est qu'ils peuvent être mis à l'abri puis relancés quand les catastrophes sont passées (comme un ouragan). Ils peuvent être aussi facilement réparés et remplacés, et peuvent couvrir des zones déjà sinistrées. La stratégie des GAFA est clairement une stratégie engagée dans un contexte de catastrophe généralisée, entre les villes fermées, les drones de livraison automatisés ou de liaison internet déployables, les bunkers pour les serveurs cloud et j'en passe. L'Inde semble opter pour une stratégie différente car elle tient compte de sa capacité technologique actuelle, qui est largement inférieure aux GAFA, Google - Amazon - Facebook - Apple auxquels on peut rajouter Tesla/ Space X et Microsoft bien entendu. A chacun ses moyens en quelque sorte. De plus, L'inde se doute bien qu'elle va être extrêmement touchée par les déplacement des plaques tectoniques. Pourquoi mettre en place une stratégie à long terme coûteuse alors qu'il suffit juste à l'élite locale de tenir jusqu'au passage de Nibiru. Après, peu importe si les satellites sont en panne, ces mêmes richissimes personnes seront loin de l'Inde, réfugiées en Australie ou ailleurs, selon des accords déjà conclus avec les pays d'accueil. Le but est simplement de colmater les brèche du réseau satellites, pas de trouver une solution sur le long terme comme semble le faire les géants du Web (avec la complicité des gouvernements qui coopèrent à leurs projets).

Découvertes archéologiques majeures

Ces derniers temps, il y a plein de découvertes archéologiques au moyen-orient, Israël, Turquie, pyramides mexicaines, etc. C'est tout simplement qu'en ce moment ça creuse à tout va pour découvrir les reliques ogres dans les anciennes bases ogres connues.

On a aussi l'impression que plus rien n'a d'importance maintenant et que tous les vieux secrets ressortent…

Masse de projets pour l'Afrique

Ça fait des dizaines d'années que les élites occidentales se foutent du bien être des Africains, puis voici que soudainement, il faudrait que le peuple Africain aient accès à internet, (en lançant des ballons ou des drones en altitude), qu'on développe des portables plus puissants, etc.

A chacun de ces projets, on nous expliquent qu'ils doivent être résilients, qu'on ne les utilisera qu'en cas de catastrophes naturelles, comme s'il fallait attendre de grosses catastrophes pour que les Africains isolés aient droit à l'accès internet...

Sans compter les guerres qui s'y déroulent depuis quelques années, avec menaces de l'État français envers les présidents africains qui aideraient les pays attaqués [francafr1].

Sans compter les financements de Daesh par les pays occidentaux [francafr2], censée commencer le nettoyage ethnique et religieux du moyen orient.

A noter les nombreuses aberrations apparentes, en 2020, d'annuler sans explication la dette des états africains, ou de supprimer le franc CFA qui affaiblit la FrançAfrique depuis un siècle. De très bonnes choses, que les peuples demandent depuis au moins 50 ans, puis qu'on leur lâche d'un coup sans combattre, après avoir refuser obstinément même d'en parler...

Augmentation des exercices de catastrophes naturelles

On se souvient de la grande simulation d'attentats multi-site au coeur de Paris, le matin même de l'attaque du Bataclan et d'autres sites de la capitale.

Un peu partout se réalisent des essais dans des zones a priori peu concernées par les séismes ou autres.

La vallée de la Maurienne a eu une préparation a un séisme de grande ampleur en octobre 2015 [prep1]. Utile la mise en essai grandeur nature, car 2 ans après, le Mercredi 25 octobre [seism1], en 24 heures, ce ne sont pas moins de 180 séismes qui ont été recensés par le réseau SISMALP dans les Alpes, principalement en Maurienne).,

Au Québec, préparation aux gros séismes (région peu touchée pourtant) en octobre 2015 et juin 2016.

Le fameux test grandeur nature pour les urgences à Paris [prep2], « répétition générale » pour simuler d'un attentat multi-sites, le matin même des attentats multisites du Bataclan... Soit on a des voyants aux commandes, soit des gars qui savaient ce qui allait se passer…

Plusieurs élites optant pour un passage en août 2016, les activités s'intensifient.

En 2016 c'était le plan inondation de Paris avec le rappel dans les médias de "la grande crue de 1910", suivie quelques mois après par une inondation en effet supérieure à 1910, alors qu'avec tous les aménagements faits à l'époque cette crue n'aurait jamais due se reproduire (à niveau de catastrophes constant je parle, pas dans des temps apocalyptiques...).

Des exercices grandeur nature d'évacuation des élites dans le Morbihan [prep3], dans un climat de pénurie d'essence (grève et blocage des raffineries).

En octobre 2016, c'est directement 40 millions de Russes qui participent à un exercice grandeur nature pour se réfugier dans des lieux sécurisés [prep4].

Les surveillances de paramètres qui n'avaient jamais posés problèmes jusque là

Depuis l'an 2000, l'homme a fait de grands progrès dans la surveillance des volcans, des séismes, le télescope infra-rouge du Vatican (nommé Lucifer, quand on vous dit qu'ils ne craignent plus rien et se foutent ouvertement de notre gueule), les satellites télescopes, etc. avec de gros crédits débloqués sur ces sujets car certains en haut lieux cherchent à savoir quand Nibiru va arriver.

On a maintenant une météo en temps réel de l'activité du noyau terrestre [meteonoy].

Les déménagements d'oeuvres d'arts

Sous prétexte d'inondations, l'Élysée déménagerait à Vincennes [prep5], l'occasion de soustraire quelques oeuvres au trésor de l'Élysée comme on sait bien le faire.

A Albi le 31 mai 2016, un musée déménagé dans un exercice grandeur nature [prep6] (était-ce des copies ou les vrais documents qui ont été déplacés?). Le 3 juin 2016, c'est le Louvre qu'ils commencent à déménager [prep7], mais là ce n'est plus un exercice... On ne sait pas où vont partir les oeuvres. Est-ce que l'ouverture des tunnels du Saint Gothard avec ses 40 km de galeries en "trop" ont a voir quelque chose dans l'affaire ?

Révélation ET

Nous ne sommes bien sûr pas seul dans cette période difficile.

Apparitions d'OVNI en augmentation

Depuis août 2014 les OVNI se montrent un peu partout sur Terre, et le feront de plus en plus. Le but est de révéler progressivement l'existence des ET, d'obtenir une confession du gouvernement sur l'arrivée de Nibiru, sur les malversations illuminati des derniers millénaires, et aussi de mettre en lumière les points dangereux comme les centrales nucléaires en France fin 2014 ou la station spatiale internationale.

Bien sur, le cover-up bat son plein, comme pour les OVNI au dessus des centrales nucléaires françaises en novembre 2014, décrits comme des drones-jouets, ou encore le survol de nos bases de sous marins nucléaires, l'un des endroits le plus protégé de France (p. 281).

Mais arrivera un moment ou trop de gens l'auront vu de leurs propres yeux et ne croiront plus la télé.

Ce survol massif a peut-être obligé le Pentagone à révéler, en décembre 2017, la réalité OVNI, des engins d'origine non-humaine (sans spéculer encore sur qui possède une telle technologie, sachant que ça ne vient pas de la Terre…).

Les divulgations sur les dominants hauts placés

Les photos secrètes de la Reine d'Angleterre faisant le salut nazi [divulg1], les e-mails d'Hillary Clinton lors de sa campagne [divulg2], les e-mail de Macron fuités la veille du second tour, de manière générale, toutes les révélations de Wikileaks, les e-mails de Sony, etc. Présentés comme des tours de force de hackers, les visités ET révèlent que ces derniers sont aidés par des ET pouvant lire le mot de passe dans l'esprit du dirigeant, voir de neutraliser le système physique de protection.

Comportements religieux inhabituels

La réconciliation du Vatican avec les autres religions

Encore un évènement pas vu depuis 1000 ans, la rencontre entre le pape François (Église Romaine occidentale) et le pope de l'église orthodoxe Russe (Église de Constantinople) en février 2016 [relapo1], mettant fin à un schisme datant de la fin de l'empire romain, quand les illuminati romains ont réécrit le christianisme (créant ainsi le catholicisme romain) et s'opposant à l'enseignement chrétien plus authentique des orthodoxes, que les romains ont persécuté au même titre que les cathares et les protestants.

La reconstruction des temples ogres

Un mur de béton est construit depuis 2002 autour des pyramides de Gizeh [relapo2]. Près de 8 m de haut avec des fondations enterrées à 2 m de profond pour résister aux tempêtes, semble reconstruire l'enclave ogre d'il y a plusieurs milliers d'années.

Reconstruction d'un temple dédié à l'ogre Odin en Islande [relapo3].

Et enfin, le temple de toutes les discordes (les musulmans ont reçus pour ordre d'empêcher la reconstruction du temple de Jérusalem, qui donnerait de la puissance militaire et spirituelle au faux dieu ogre Odin, l'antéchrist), j'ai nommé le troisième temple de Salomon [relapo4], siège d'artefacts ogres servant à manipuler les foules.

Tout est fait pour préparer le retour des ogres sur Terre, le temps qu'ils récupèrent l'or extrait par l'homme pendant les dernières 3600 années.

La poussée du satanisme

Partout dans le monde, l'Église de Satan, ou celle plus modérée de Lucifer, poussent pour être reconnue en tant que telle (ce qu'ils ont obtenus le 25/04/2019, reconnus comme religion officielle aux USA par l'IRS) . Au niveau philosophique, les théories d'égoïsme exacerbé d'Ayn Randt sont mises en avant, pour justifier le libéralisme lucifirien.

Fouilles sous l'esplanade des mosquées

Lors des croisades, un ordre a été fondé, les templiers, pour fouiller et piller les artefacts trouvés sous l'esplanade des mosquées, là où se situe une esplanade cyclopéenne comme celle qui a servi de support au temple romain de Baalbek.

Apparemment, les templiers, avec leurs moyens Moyen-âgeux, n'ont pas trouvé ce qu'ils voulaient, puisque depuis 2000, les fouilles s'accélèrent sous le mont du temple.

Des fouilles évidemment non officielles, mais dont on voit les traces. Cet article montre l'activité fébrile de fouilles en ce moment, de même que les démolitions en vue de refaire le troisième temple.

Dans cette vidéo, on nous parle de fissures apparues suite aux fouilles (Jérusalem est un échaudage de voûte construites par tous les envahisseurs possible, c'est un gruyère dont le moindre mur ou colonne est porteur...). D'ici à ce que l'effondrement des mosquées soit le prétexte pour tout reconstruire...

Tous les conspis se trompent : Si le Likoud de Netanyahu veut bien reconstruire un 3e temple, les volontés réelles de ceux qui veulent mettre le temple sous mandat de l'ONU (avec casques bleus français) est au contraire de détruire et les mosquée et les fondations du 2e temple d'Hérode, pour exhumer le spatioport en dessous. Ces fouilles sont juste là pour préparer le terrain...

Dans cette vidéo, vous avez les caves des mosquées de l'esplanade. On est dans l'enceinte du spatioport, plus à l'extérieur comme dans la vidéo précédente. Ce n'est pas très profond, et nul doute qu'il y a bien plus en dessous... (on voit à un moment les aérations des niveaux inférieurs, où on ne peut pas aller apparemment !

Cette très bonne vidéo vous montre les bases cyclopéennes du mur dit des lamentations, en réalité la partie du mur ogre Ouest qui fait face à l'ancien temple d'Hérode. Vous y aurez aussi un bon cours d'histoire sur Jérusalem, sur le fait que la Jérusalem Ouest actuelle est bâtie sur 7 niveaux construits au cours des derniers 2000 ans. Ainsi qu'une visite des tunnels extérieurs.

Une visite en vidéo des mosquées en surface, c'est tout simplement gigantesque là-bas dedans... Vous remarquerez la similarité de construction avec saint pierre de Rome (le Vatican) qui lui aussi à un dôme central...

Religion

Je parlerai surtout des principales religions trouvées en France, à savoir la Torah, est ses réformes chrétiennes puis musulmanes, et le New-Age USA.

Survol

Si Nibiru est autant cachée par les dominants, c'est pour maintenir debout les tabous religieux (appelés aussi dogmes), l'outil si précieux de domination des foules.

La religion, c'est avant tout des croyances établies en dogme, c'est à dire qu'on ne peut remettre en question. Tout le contraire de l'esprit scientifique.

Importance du sujet

Cette partie aurait pu se trouver dans la partie "système hiérarchiste", car les religions découlent directement de l'organisation hiérarchiste de notre société, et n'ont que pour but de servir les intérêts des dominants.

Mais les religions c'est aussi à la base des vrais prophètes, qui ont cherché à faire vaciller ces hiérarchies, c'est pourquoi ce thème méritait un dossier à lui-tout seul. De plus, c'est vraiment LE sujet primordial à bien comprendre, tous les mensonges vus précédemment n'ont pour but que de renforcer la religion imposée par les élites.

Ce sera aussi le principal point de guerres et de massacres lors de l'apocalypse à venir, c'est donc important de mettre à plat nos connaissances sur le sujet... Que ce soit lors d'une apostasie, ou pour savoir quelle version religieuse appliquer.

Pour la petite histoire, c'est le jour où un témoin de Jéhovah m'a affirmé que c'était normal que les Juifs de Moïse aient massacré les cananéens habitants de la Terre promise, juste parce que ces derniers adoraient un autre dieu que Yaveh, que j'ai compris que c'était important de rappeler qui a écrit la Bible, et que le texte d'aujourd'hui n'a pas le même sens que celui de l'époque.

Ces corruptions des religions existantes sont primordiales à connaître, au moment ou l'antéchrist va venir tromper ceux qui n'auront pas compris le sens des révélations (nous sommes une partie de Dieu, nous sommes tous frères / Un, respecter le libre arbitre d'autrui). En l'absence de cette compréhension, nous allons nous focaliser sur des mots différents qui veulent pourtant dire la même chose, et nous étriper au lieu de coopérer...

Mes opinions

Je n'ai personnellement aucune religion, je ne cherche que la vérité, et n'ai aucun parti pris.

Difficultés de l'analyse scientifique

Je m'appuie sur les avancées les plus récentes de la science, sur comment les religions se sont construites au cours du temps, les preuves archéologiques ou historique qui valident ou invalident certaines parties des archives religieuses.

Évidemment, vu l'importance pour le contrôle des populations que représente la religion, ça fait des millénaires que les dirigeants au pouvoir ont trafiqués les textes, fait disparaître les preuves (runes détruites, bibliothèque d'Alexandrie brûlée, massacre des compagnons de Mohamed, etc.), et affûté des arguments insipides et longs comme un jour sans pain. Les spécialistes de chaque religion pourraient s'affronter plusieurs vies sans jamais déterminer qui à raison ou tort.

Vrais prophètes à la base

A l'origine, si les prophètes sont si suivis des populations, c'est bien parce que des humains plein de sagesse, aidés de Dieu, ont été reconnus comme tels par leurs pairs.

Écrites par les illuminati

Il faut juste retenir que toutes les religions ont été écrites par les ultra-riches et illuminati de leur époque, qui l'ont fait après avoir fait tué le prophète et ses héritiers spirituels.

Aucune religion n'est le parfait reflet du message que promouvait le prophète d'origine. Les textes, écrits par les employés des illuminati, ont évidemment pris le parti des intérêts des dominants...

Dogmes peu liés au message prophétique

Non seulement les dominants modifient le message prophétique, mais en plus, les règles et les dogmes que les religions créent ne tiennent que rarement compte des écrits, voir les contredisent.

Il y a en effet certaines choses qu'on ne peut pas modifier dans le message, et ce qui est souvent changé ce n'est pas le contenu des textes, mais ce qu'on en retient.

Religions = Sumer (p. 464)

C'est parce que les illuminati sumériens ont réécrits à chaque fois les paroles des prophètes, que les dogmes ne changent pas d'une révision prophétique à l'autre. Le Talmud de Babylone (la bible juive des ashkénazes), est très proche du code Hammourabi ou du livre de la création sumérien (la genèse catholique ou de la Torah). et ça dans toutes les versions des religions du livre : on estime que 80% du Coran est similaire aux principes du Talmud de Babylone, de même que notre code Napoléonien. Appliquer la charia en France ne changerait que 20% de nos lois...

Ne pas oublier que hébreux et arabes vivent sur le territoire de l'ancienne Sumer (Babylone c'est Sumer en gros), et que les grands prêtres ont gardé le pouvoir au cours du temps (le sumérien est resté la langue occulte pendant des milliers d'années là-bas).

L'invasion de l'Irak en 2003 (et le pillage des sous-sols du musée de Bagdad p. 465), ou la vente des artefacts sumériens par Daesh sur le marché noir, montre que les dominants se sont toujours montrés empressé à soustraire ces archives historiques des yeux du public.

Sans parler du nouvel Ordre Mondial vanté par Jacques Attali, qui doit se faire après que le grand Israël (Sumer) n'ai été reconquise.

Tout au long de l'histoire, les grands prêtres sumériens semblent toujours détenir les plus hauts postes décisionnels de notre société, même de nos jours dans le système occidental, en réalité l'empire sumérien qui s'est étendu au fil des siècles. D'où la plus grande malhonnêteté qui règne dans les études sur la religion, vu la puissance sociétale que détiennent les prêtres sumériens / illuminati de nos jours...

A noter que les FM, soit-disant athées, utilisent les mêmes symboles que la religion sumérienne...

Judaïsme (p. 480)

Des archives sumériennes mélangées aux archives locales furent compilées en -700 par Josias, le roi du petit royaume de Judée, et falsifiées pour se donner une légitimité historique, en s'appropriant l'histoire de son puissant voisin du Nord, la Samarie. Voilà pourquoi historiquement, tout est faux ou mélangé avant -700. Une falsification qui a changé la face du monde, de part les vrais prophètes qui ont régulièrement réformé le judaïsme vers de meilleurs principes, ou part les illuminatis qui ont fait leur l'enseignement occulte et les prophéties que renfermait la kabbale juive.

Catholicisme romain (p. 486)

Quand on regarde l'histoire avec recul, les empereurs romains ont tué Jésus, ont massacré les premiers chrétiens, et quand 50% de la population fut chrétienne, ils écrivirent la bible catholique ROMAINE, massacrant les chrétiens qui n'était pas d'accord avec cette version. Le catholicisme est le pire ennemi de Jésus en réalité...

La Bible catholique est aussi un exemple de ces livres écrits par des dominants : ce sont les empereurs romains qui ont déformé le message des prophètes (dans leur intérêt bien sûr), quand ils ont sélectionnés, censurés ou réécrit les Évangiles de l'époque. Jésus dit qu'on ne peut servir Dieu et l'argent, les empereurs romains se sont empressés de rajouter un désinformateur, "Saint" Paul, pour affirmer que les esclaves doivent obéir à leurs maîtres ultra-riches... Voilà pourquoi il y a tant de mystères et d'embrouilles autour des manuscrits de la mer morte, une version pré-catholique pas vraiment concordante avec notre Bible actuelle, et qui contient tous les Évangiles de l'époque écartés par les romains (les apocryphes).

Islam (p. 500)

L'islam est la dernière réforme annoncée par la Bible juive. juifs, chrétiens sont en réalité des musulmans (ou dit autrement, chrétiens et musulmans sont des juifs réformés).

C'est volontairement que le prophète a voulu conserver un Coran oral (il savait écrire). Les 3 premiers califes ont fait empoisonner le prophète, ont refusé que Mohamed écrivent ses dernières volontés, ont tué son héritier spirituel Ali, ont figé le Coran sur papier (reniant Mohamed), une version qui plus est falsifiée et mélangée... L'islam est une religion de paix et de tolérance, loin de ce qui en a été fait par les illuminati sumériens qui ont combattu sans relâche Mohamed...

Sectes (p. 516)

Quelle différence entre une secte et une religion ? La secte est créée par un faux prophète pour dominer les populations, la religion est créée par un vrai prophète pour aider les populations.

Actuellement, il n'y a aucune religion : ce qu'on appelle comme tel, c'est des religions créées par un vrai prophète mais falsifiées dans le but d'asservir le peuple. Des reli-sectes ?

Nous traiterons de 2 cas instructifs de sectes du 20e siècle, Rael et scientologie.

<u>Religions = Sumer</u>

Survol

Quand je parle de religion, je parle à la fois des religions du livre, mais aussi des athées comme les FM, qui reprennent la même liturgie vieille de 5 000 ans.

L'attrait sumérien (p .)

Nos dominants semblent obnubilés par la culture sumérienne, et tous nos films et culture y font référence. Étonnamment, les ruines sumériennes (berceau de la civilisation, donc importantes a priori...) ne sont pas classées, et peu fouillées (exceptées par des fouilles sauvages au 19e siècle).

Culte de Mithra (p. 465)

Ce culte d'au moins 5 000 ans, parle d'un enfant né le 25 décembre dans une grotte d'une pierre immaculée conception, le père qui sacrifie un Taureau, et mange la chair et boit le sang avec les 12 disciples...

Les sacrifices (p. 468)

Dans toutes les religions, les sacrifices pour nourrir les grands dieux barbus sont la base du rituel. Quels sont ces dieux qui ont besoin de boire du sang humains ?! Pourquoi la circoncision remplace les sacrifices humains ?

Mythes (p. 469)

La Genèse, qu'on retrouve dans la Torah, dans l'ancien testament, ou dans le Coran, se retrouve bien avant dans le livre de la création sumérien. Et la version sumérienne est bien plus complète et compréhensible, preuve que les copies ultérieures proviennent d'un mauvais téléphone s'étant déroulé sur des millénaires, ainsi que la volonté de sociétés secrètes occultes de propager ces mythes à l'humanité dans le but de mieux asservir les hommes.

Symboles de Mithra (p. 476)

Pourquoi le coq, la Marianne française, le bonnet phrygien, les statues de la liberté qui portent la lumière tel Lucifer ? Pourquoi, les FM qui se disent athées, utilisent même triangle avec l'oeil que les catholiques ?

En réalité, tous ces symboles viennent de la religion sumérienne de Mithra, religion qui a plus de 5000 ans... Preuve encore une fois de la persistance de certains groupes secrets et tout puissants.

Zodiaque (p. 478)

Le zodiaque n'a aucune influence réelle ou physique, mais le dieux s'en servaient pour déterminer qui d'entre eux deviendrait chef du conseil des 12.

Le chef adoptait alors l'emblème animale du zodiaque en cours, emblème reprise par toutes les religions ogres de la planète. Le taureau Apis de Râ pour l'ère du taureau par exemple, qu'on retrouve sacrifié partout sur la Terre à la même époque. Suivi ensuite du bélier, puis du poisson (le zodiaque de l'équinoxe de 26 000 ans se déroule à l'inverse du zodiaque annuel).

Originellement de 13 constellations (comme le zodiaque astronomique de la science), le zodiaque passe récemment à 12, après l'éviction de la constellation du serpent, au même moment où la Bible raconte les guerres de Yaveh contre son frère (le serpent).

Hindouisme (p. 479)

Un très bon exemple de l'évolution dans le temps des mythes sumériens, les dieux indiens ou sumériens étant les mêmes, sauf que l'hindouisme, aux textes aussi anciens que Sumer, nous est désormais mieux connu, de par la tradition qui est restée plus vivante en Inde.

L'attrait maladif des puissants pour la culture sumérienne

2003 - Pillage des tablettes sumériennes de Bagdad par l'armée des USA

De nos jours, les tablettes sumériennes sont toujours activement recherchées par les dominants, comme par exemple le pillage du musée de Bagdad en 2003 par l'armée USA.

Dès la prise de la ville, l'armée USA s'est précipité sur le musée : résultat, des centaines de milliers de tablettes en terre cuite ont été volées. Comme l'armée américaine avait verrouillé l'accès au musée sut tout le périmètre, ils sont les seuls à avoir pu réaliser le forfait !

A noter que sur les milliers de tablettes disparues, une petite centaine à été retrouvée, dont certaines au British Museum. C'est sur l'une d'elle qu'on a découvert que les sumériens connaissait le chiffre Pi, plusieurs milliers d'années avant Pythagore... On ne parle pas de tablettes anodines donc !

On a aussi l'établissement d'une base militaire USA sur les ruines d'Ur, où les tirs de roquettes sur les ruines s'apparentaient plus à des fouilles sauvages pour trouver les artefacts sumériens les plus intéressants, s'apparente là aussi à un intérêt déraisonnable pour les artefacts sumériens.

Culte illuminati de Mithra

Ce culte de Mithra existe depuis au moins 5 000 ans (2 500 ans en Europe Central), et est très lié aux cultes de l'ancienne Sumer. Il disparaît au 4e siècle, au moment où est imposé le catholicisme, une religion créée par les empereurs romains, qui pratiquaient le culte de Mithra.

Culte directement inspiré de la religion des ogres sumérienne, et originaire de Perse/Mésopotamie.

Ce culte étant secret, on sait très peu de choses finalement. Seuls nous sont parvenus les infos venant des opposants chrétiens à ce culte, ainsi que les Mithraéum (des cryptes souterraines où se déroulaient les cérémonies, comme les ruines du temple de Mithra découvert à Ostie) déterrés à l'occasion lors de travaux. Les dessins sur les murs, représentant le bonnet phrygien de la révolution française, ou encore la couronne solaire et la torche de la statue de la liberté, montrent que ce culte ne s'est jamais vraiment arrêté chez les riches élites…

De ce qu'on en sait officiellement, le culte initiatique de Mithra avait son chef appelé Pater (le père), était fêté le 25 décembre, pratiquait l'eucharistie (partage la chair et le sang du sacrifice avec ses 12 apôtres).

Les adorateurs de Mithra [Jes2] avaient interdiction de divulguer à l'extérieur se qui se déroulait à l'intérieur des caves... Comme ces temples souterrains étaient éloignés des lieux de vie, ils auraient pu égorger des enfants sans que grand monde n'entendent les cris...

Seuls les hommes riches étaient autorisés à candidater pour être initiés à ce culte, sous condition que ses motivations soient acceptées par le groupe d'homme existants. Les mithraeum ne sont pas grands, le nombre de personnes était réduit...

Pour rappel, l'empereur Comode, un initié du culte de Mithra, verra ensuite coup d'État sur coups d'État, bataille entre les clans illuminati se disputant le pouvoir.

Mythologie

Dans la mythologie Mithriaque, Mithra naît de la petra generatrix, la pierre "vierge" (sans conception physique), un culte qu'on retrouve dans le Moyen-Orient (l'ancienne Sumer), celui des pierres sacrées (les bétyles, comme la Kaaba de la Mecque (existant avec Mohamed, et que l'islam des élites a conservé), ou le Bétyle d'Hatusa). Mithra porte un bonnet Phrygien sur la tête, et vient du dieu suprême, celui qu'on retrouve dans le culte du Zoroastrisme.

Mithra né à côté d'une source sacrée (les fontaines guérisseuses ou miraculeuses catholiques païennes), et d'un arbre sacré. Il tient un couteau d'une main, une torche de l'autre (comme la statue de la liberté, ou Lucifer le porteur de lumière (ténèbres, vu qu'il faut tout inverser avec Lucifer).

Dans les premières versions (Mithra est un culte s'étendant sur 2 500 ans, sur une zone allant de l'Angleterre au Proche-Orient), naît d'une roche au fond d'une grotte.

Jésus est né dans une grotte-étable. Dans les premières versions de la crèche, l'enfant nait avec Marie et Joseph à ses côtés (mais pas toujours), accompagné d'un taureau ou d'un veau (parfois le seul habitant de la crèche avec Jésus enfant). Ce n'est que plus tard que d'autres animaux et personnages sont ajoutés.

Mithra naît 3 jours après le solstice d'hiver, le 25 décembre. il sera adoré par les bergers qui viennent le voir. Jésus pareil.

Mithra est généralement représenté avec un veau sur les épaules, à la manière dont les saint catholiques portent l'agneau.

Mithra est le dieu qui organise le monde. Alors qu'il se baladait dans les pâturage, il reçoit d'un corbeau (l'émissaire du Soleil, comme le dieu Odin) l'ordre de sacrifier un taureau pour régénérer le monde (le taureau zodiacal, des indices sur la date de ces croyances).

On retrouve le mythe de l'agneau égorgé de l'Église pour représenter Jésus, et qui n'a qu'un lointain rapport avec le sacrifice de l'agneau à la Pâque juive (mais qui sont tous les deux fondés sur une même tradition).

Suite au sacrifice du taureau par Mithra, plusieurs animaux viennent s'abreuver du sang de la bête, comme le lion et le serpent. Les adeptes se réunissent alors en banquet lors des agapes, où ils partagent la chair et le sang du taureau (la dernière cène de Jésus avec les 12 apôtres). Ce repas vient annoncer que Mithra va monter au ciel (comme Jésus qui monte au ciel après avoir donné l'esprit saint à ses apôtres).

le plus grave, c'est la Cène et le rite de l'eucharistie qui nous le démontrent. L'eucharistie a été prouvée comme étant le rite principal des mithriaques romains. Ce rite se faisait près d'un autel, au fond de leur temple sous terrain (très identique à ceux des FM) où le Pater, le plus haut grade de l'ordre initiatique, donnait du pain et du vin aux membres. Le pain représente la chair du taureau ou du veau céleste, le vin son sang. Sur le fond du Temple généralement, il y a une fresque représentant le taurobole céleste, Mithra (la constellation d'Orion) égorgeant le Taureau, accompagné d'un scorpion, d'un serpent et d'un chien (C'est une carte du ciel). Du cou du taureau coule du sang qui donne la vie, et ce sang se transforme dans le ciel (la voie lactée) en épis de blé, la nourriture du monde. C'est pour cela que le pain et le vin étaient donnés aux fidèles par le “Père”, le Pater mithriaque, ou son représentant local (Il n'y avait qu'un seul Pater). La cérémonie a donc été reprise à l'identique par les catholiques qui ont voilé le christianisme originel, le tout en inventant un épisode fictif dans les Évangiles, la Cène.

Là où cette eucharistie devient macabre, c'est finalement dans le fait que le vin et le pain sont devenus le sang et le corps de Jésus. Jésus est alors vu comme le taureau/le veau (ou l'agneau, un déguisement plus habile), celui qui se sacrifie pour sauver le monde (ou lui donner la vie chez les Mithriaques).

Suite au sacrifice du taureau, aux bêtes et apôtres qui s'abreuvent du sang, le dieu soleil vient ensuite chercher Mithra et le conduit, avec son char volant, dans le ciel (les étoiles). L'homme Mithra devient alors un dieu (l'apothéose). Mithra, Né de la Terre (forces souterraines, c'est pourquoi les temples sont souterrains, ou dans les cryptes des églises) et va rejoindre les cieux/étoiles. Jésus qui fait un repas, puis monte au ciel ensuite, ça vous rappelle rien ?

La croix est un très ancien symbole bien antérieur à Jésus, et qui est d'origine ogre. En réalité, cette croix se trouve dans un cercle, et représente Nibiru. Elle représente aussi, dans la plupart des civilisations une étoile. Or dans la réalité, Jésus n'a pas été tué sur une croix mais sur un poteau, et à cette époque il a été prouvé que les romains n'utilisaient que des poteaux ou des X.

Le crucifix, où l'on voit un Jésus mort (ou mourant) est extrêmement grave d'un point de vue symbolique, car on retrouve ici les mêmes bases philosophiques que chez les FM (aussi inspiré de Mithra, Hiram qui meurt dans la grotte et revient à la vie).

Jésus n'a jamais ressuscité, puisque comme l'affirment d'ailleurs les musulmans, Dieu a mis à sa place une doublure, une apparence (en réalité, les ET en charge de Jésus mettent une copie synthétique). La résurrection est un concept mithriaque partagé avec les FM qui considèrent TOUS que pour que l'homme devienne un dieu, il doit passer par la mort et la renaissance. Jésus n'a jamais dit de son vivant qu'il était

Dieu, mais fils de l'homme. Pourquoi en avoir fait dieu ou le fils de dieu ? C'est un concept fondamental des illuminati, et il se retrouve dans tous leurs cultes, même en Égypte (Osiris). On le comprend quand on sait que les ogres qu'ils vénèrent sont capable de régénérer leurs corps, même gravement blessé (parfois avec mort clinique). Or qui vénèrent ils, si ce ne sont pas ces géants qui se sot fait passer pour des dieux ?

Mithra est le premier initié, le modèle à suivre pour obtenir la divinisation (vie et jeunesse éternelle de son corps physique).

Dans le culte de Sol Invictus, Mithra est directement un dieu, le seul dieu (monothéiste), qui n'est pas un homme à la base.

Dans le culte de Mithra, le nouvel initié était baptisé. Un peu comme les catholiques, sauf qu'au lieu de lui faire couler de l'eau dessus, on lui faisait couler du sang dessus... L'histoire officielle dit qu'on égorgeait un taureau à cette occasion, mais peut-être c'était des choses bien pires, comme un enfant... Ils n'allaient évidemment pas le clamer sur les toits.

Il y avait 6 autres grades au dessus du premier grade d'intronisation, donc 7 grades et 7 cérémonies. A part celle d'entrée, aucune des autres ne nous est connu, le secret a été bien gardé. Comme chez les FM, il est probable que l'histoire de Mithra, né d'une pierre, que nous connaissons, était approfondi et expliqué plus en détails.

Les membres de grade supérieurs à 3 étaient ultra-minoritaires, uniquement les dignitaires de l'ordre.

Les temples Mithraeum [Jes3] retrouvés permettent de savoir quels symboles sont associés aux 7 degrés d'initiation :

- 1er degré : corbeau, coupe, caducée (le double serpent des médecins, clé du libre arbitre égoïste) sont les même symboles que Odin, Merlin et son graal et Thot/Hermès le dieu qui vole.
- 2e degré : la torche (lampe) et le diadème (la couronne d'épine, type celle de Jésus ou de la statue de la liberté)
- 3e degré : la cuisse de boeuf, le casque de soldat, la lance, le sac
- 4e degré : pelle à feu, sistre et foudre (l'Ankh lance éclair de Zeus)
- 5e degré : Le croissant de Lune avec une étoile (exactement le même symbole que l'islam), la faux, et l'épée perse recourbée
- 6e degré (héliodromus) : Associé au Soleil, la torche/flambeau et la couronne radiée (comme la statue de la liberté) et le fouet à côté (sur la statue de la liberté, il ont préférer remplacer le fouet par un livre de lois, ça fait moins peur au peuple...)
- le 7e et dernier degré, c'est le Pater. Bonnet Phrygien (comme ceux de la révolution française, faite pas les FM), bâton de berger, oeil d'Horus (ou anneau selon d'autres) et faucille.

Comme d'habitude chez les sumériens, les grades sont aussi associés aux planètes (Lune, Mercure, Vénus, Soleil, Mars, Jupiter, Saturne), mais les avis sur quelle planète est associée à tel grade varient.

A noter que tous ces symboles et mythes sont retrouvés partout, que ce soit en Grèce, en Égypte, en Inde, ou en Amérique (au grand désarroi des chercheurs, car à l'époque l'homme européen n'est pas censé avoir découvert l'Amérique, ou inversement :)).

Mithra est représenté par la constellation d'Orion (le chasseur) avec la constellation du Taureau qui perds son sang (le taurobole, qui est une carte céleste). Chez les Égyptiens, la constellation d'Orion est Osiris, et Sirius est Isis. Horus, le fils d'Isis la vierge-mère, est celui qui ressuscite (il est mis dans un tombeau (une grotte) et revient à la vie, comme le Hiram des FM).

Quel est le but du culte de Mithra ? Comme d'habitude là aussi, échapper à la mort. Soit-disant pour rendre son âme immortelle, anticiper la vie d'après. Comme chez les cathares, on retrouve la supériorité de l'esprit sur la matière. Contrairement à la religion catholique, ce n'est pas un dieu qui va tout faire à notre place et nous apporte la clé de la vie éternelle. Ici, chez Mithra, c'est à vous de vous sauver. Vous êtes acteur de votre vie, de votre destin (on retrouve le satanisme qui veut tout contrôler dans sa vie, ne veut pas accepter l'intrusion des autres dans son contrôle absolu).

En gros, pour le peuple, ne vous posez pas de question (catholicisme), on vient vous sauver, et pour les élites, bougez-vous le cul.

Le culte du Sol Invictus

Pour contrecarrer le message de Jésus se propageant dangereusement (aux yeux des élites au pouvoir), le mithraïsme secret créé une religion simplifiée à destination du peuple, le Sol Invictus (Soleil invaincu, né un 25 décembre). Sol Invictus est le dieu sauveur qui apporte le salut et la résurrection à la fin des temps.

Sol Invictus et Mithraïsme, c'est comme Judaïsme et Kabbale. Le peuple a droit à une Bible simplifiée et codée, incompréhensible (pourquoi c'est mal de croquer un fruit, surtout s'il donne la connaissance ?), c'est le judaïsme, tandis que les élites ont les clés kabbalistique pour décoder le texte, et surtout un enseignement oral pour enlever les 50 % de la Bible inutile, et se servir du reste comme aide mémoire de l'enseignement oral.

Les autres cultes ressemblant à Mithra

On peut comparer le culte de Mithra à d'autres cultes de même origine (Mystères Dionysiens, culte originel d'Horus etc.).

Les liens du Mithraïsme avec la FM des lumières, qui donnera la révolution et beaucoup des symboles de notre République, montre que malgré les persécutions de l'Église, le culte à mystère de Mithra s'est poursuivi dans l'ombre.

Le culte de Mithra au final n'est qu'une des nombreuses formes, dans notre histoire, qu'à pu prendre le culte des illuminati envers les ogres qu'ils prennent pour leurs dieux.

Les sacrifices sumériens

Ceci découle de très anciens rituels instaurés par les ogres eux mêmes. Ils avaient différentes fonctions pratiques (voir le culte de Satan) :

1 - Nourrir les ogres, qui ont de très gros besoins de fer.

2 - Les ogres nous voient comme du bétail corvéable, comme nous le faisons avec les boeufs, les ânes ou les chevaux. Il n'ont donc pas d'appréhension à nous consommer. Pourquoi le roi Minos donnait-il des enfants pour nourrir le Minotaure en échange de la prospérité ? Pourquoi sacrifiait-on des jeunes gens pour les dieux ? Pourquoi Abraham devait sacrifier son premier nez avant de se raviser et de le remplacer par un bélier ? Symboliquement, pour rappeler ces anciennes pratiques interdites depuis Abraham, a été instaurée la circoncision à 13 ans qui n'est autre qu'un sacrifice symbolique (une mutilation rituelle).

3 - Les ogres étaient très contrariés par la surnatalité humaine (eux qui, immortels, ont un taux de natalité très très faible), et ont toujours craint une explosion démographique. Pour pallier à cela, régulièrement, tous les nouveaux nés étaient sacrifiés dans d'immenses holocaustes de feu, permettant ainsi de contenir les populations humaines à un niveau sûr pour les géants. Le peuple était accusé du péché de chair. Ceci est rapporté par la tradition des cultes de Moloch (Satan), où les enfants étaient sacrifiés par le feu au Dieu-Taureau.(équivalent des cultes minoéens du Minotaure). Cette pratique a été symboliquement remplacée par la circoncision à 8 jours quand les sacrifices humains ne furent plus supportés par les populations, dans la suite d'Abraham. La suppression des capteurs de plaisirs (l'équivalent d'une excision chez la fille) était censée limiter le "péché de chair".

Les illuminati sont directement imprégnés de ces règles, c'est pour cela qu'ils sont malthusiens, mais avec le temps, le problème fondamental, c'est qu'ils se sont identifiés complètement aux géants. Ils espèrent en prenant l'exemple sur leurs mœurs, devenir eux même des dieux. C'est la base de tout ce que je vous ai dit jusqu'à présent.

On va donc retrouver les mêmes rituels dans toutes les sectes initiatiques et religions noyautées par les illuminati, Mithra, Catholicisme, FM. Islam et Judaïsme n'ont que des restes de pratiques qui ont un sens inverse, c'est à dire celui d'exorciser l'héritage ogre, et non de le valider.

Abraham par exemple fut le premier grand prêtre chargé de ces rites à refuser de les effectuer, et il fut soutenu par les ET (les anges) dans sa démarche. Il dut fuir son royaume d'origine à cause des persécutions et s'est réfugié chez les Yézidis dont le chef était Melchisedek.

Avec Abraham, les rituels sordides sont donc remplacés par des rituels symboliques. C'est aussi le cas par exemple du sacrifice que la vache rousse lors de la Para Adouma, au Temple de Jérusalem, où la vache symbolise le règne des ogres (Ce sont des géants roux qui portent des couronnes et des cornes (dieux cornus comme Cernunos), des couronnes d'épines, ou encore la couronne solaire de la statue de la liberté).

Démontons la circoncision

La circoncision, héritage des pratiques ogres, se retrouve chez les 3 religions du livre, chez les bouddhistes, animistes, et est une tradition plutôt que de la religion.

Comme souvent, ce sont les enfants qui sont en première ligne : 13 millions de victimes par an en 2000.

Ablation des zones érogènes

Comme pour l'excision, il s'agit de retirer les zones érogènes : la perte du prépuce et du frein, les 2 zones des plus sensibles et érogènes chez l'homme, est irréversible.

Pas de justification médicale

Contrairement à un mythe tenace, rien ne justifie médicalement la circoncision. C'est quand il s'est agit de prolonger ce rituel barbare dans une société américaine éduquée que de fausses études sont sorties au début du 20e siècle, rapidement démenties, mais un démenti jamais relayé dans les médias, et cette fausse croyance s'est propagée pendant 120 ans...

Ne protège pas du sida

La circoncision ne protège évidemment pas du sida, le prépuce étant au contraire une protection supplémentaire contre les virus et autres bactéries pathogènes, et la majorité des études montrent que c'est dans les pays où il y a le plus de circoncis que le taux de sida est le plus haut.

Quelques études biaisées étaient sorties (pour justifier une circoncision massive en Afrique), sans tenir compte du niveau économique des participants. Les pauvres qui ne peuvent pas faire attention et ont un système immunitaire à l'arrêt choperont évidemment plus facilement des maladies qu'on assimile au SIDA...

Pas de lien entre circoncision et schizophrénie

Au début des années 2000, plusieurs études sont sorties, montrons la corrélation entre schizophrénie et circoncision. Ces études avaient évidemment un gros biais, à savoir que la circoncision se pratique au sein d'un culte et d'une classe sociale bourgeoise qui à tendance à rendre ses membres schizophrènes. Regardez le nombre de stars du show bizz qui ont été violées dans l'enfance par leurs parents, en proportion avec les mêmes cas qui se produisent dans les milieux populaires.

Aucun problème d'hygiène

Il suffit de se laver pour ne pas avoir de problème, sachant que même ceux qui ne se lavent jamais le prépuce n'ont aucun souci.

Aucune raison médicale

Il peut arriver un rarissime trouble du prépuce qui serait trop serré. Ce trouble peut être résolu par plein d'autres manières que la circoncision, et se résous facilement et plus rapidement que la cicatrisation d'une circoncision.

Sans compter qu'il n'y a jamais eu un seul mort dû à un trouble du prépuce, alors qu'il y a 200 morts par an (juste pour les USA) à cause de la circoncision...

Traumatismes

"Sur le plan occulte, l'effet essentiel de la circoncision est d'éradiquer l'amour sur cette planète".

"Le bébé qui subit cet acte barbare ne peut ni fuir ni combattre"

"Il va apprendre à 8 jours qu'il ne peut faire confiance, ni à sa mère, ni ensuite aux femmes en général, et qu'il ne peut compter sur aucune protection"

Souffrances

perte du prépuce

- le prépuce est un organe composé de peau, de muqueuse, de nerfs, de vaisseaux sanguins et de fibres musculaires.
- 80 cm^2 en moyenne (50 % de la peau du pénis), contient 80 % du tissu sensoriel du pénis (principale zone érogène).
- fonction protectrice : protège le gland et le méat urinaire. Maintient l'humidité de la muqueuse du gland. La haute vascularisation du prépuce apporte des phagocytes contre les infections

Souffrance spécifique au bébé

- Pas d'anesthésie possible, l'enfant ressent un niveau extrême de douleur, de terreur et d'impuissance.
- Plus la circoncision est précoce, plus le traumatisme est important.

souffrance psychologique

- risque de trouble de stress post traumatique
- sensation d'être diminué, faible estime de soi, rancune, colère, état dépressif, gêne liée à l'aspect du pénis, etc.
- circoncis dans l'enfance, donc sans leur consentement, sentiment d'avoir été abusés, mutilés, violés

Souffrance sexuelle

- Perte de tissus érogènes, notamment de la bande striée : effet dévastateur pour la capacité sexuelle du pénis
- désensibilisation du gland
- perte du mécanisme de déroulement-glissement du prépuce :
  - perte de la stimulation des terminaisons nerveuses du prépuce et du gland,
  - masturbation : rendue plus difficile, elle nécessite un lubrifiant,
  - conséquences chez la partenaire lors du coït : risque plus élevé d'inconfort et de moindre satisfaction sexuelle
- orgasme : difficulté plus fréquente pour l'atteindre aussi bien pour l'homme que pour sa partenaire, avec la tentation d'augmenter la brutalité du rapport pour parvenir à un orgnsme, ce qui peut entraîner une expérience douloureuse pour la partenaire
- risque de douleur chez l'homme :
  - lors de l'érection : en fonction du manque de tissu nécessaire pour l'allongement du pénis
  - post-éjaculatoire,
  - liée à la cicatrice et aux éventuels cônes de croissance

risques et complications

- accidents chirurgicaux : ablation du frein, fistule urétrale, blessure ou perte du gland ou du pénis, nécrose du gland ou du pénis
- complications :
  - immédiates : hémorragies, infections et autres
  - post-opératoires : rétention urinaire, ulcération méatique, sténose du méat, infections urinaires, phimosis post-circoncision, adhésions et ponts de peau, pénis caché, courbure du pénis et autres
  - moyen et long terme : la circoncision peut nécessiter des opérations correctrices, à répétition, voire infructueuses.

Bref, rien n'est inutile dans le corps humain, si l'évolution nous a fait comme ça, c'est qu'il y a une raison. Croyez-en un enfant des années 1970, à l'époque où les médecins avaient décrétés que le lait industriel était meilleur que le lait maternel, qu'on vous enlevait en préventif les végétations, les dents de sagesse, l'appendicite, en disant que ça ne servait à rien... Des opérations qu'on arrêtera de faire systématiquement 15 ans après, vus les dégâts constatés : l'appendicite est le siège de fabrication des globules blancs,les végétations étaient nécessaires pour ne pas avoir d'infections nasales à répétition, l'absence de dents de sagesse écartent les dents et font stagner les aliments coincés, générateurs de caries... Il n'y avait que pour les médecins et les industriels que ces opérations étaient bénéfiques...

Mythes

Survol

Les caractéristiques des religions sumériennes se retrouvent dans toutes les religions du monde, même des peuplades les plus reculées. Les vestiges d'une civilisation mondialisée ?

Archéologie (p. 470)

Sumer, en tant que première grande civilisation humaine, et qui plus est fortement avancée, devrait occuper une place majeure dans l'apprentissage à l'école. Pourtant, ses ruines imposantes ne sont toujours pas classées, sont encore pillées lors des guerres après l'an 2000, et la majorité des Français ne connaissent pas le mot Sumer... étrange...

Panthéon sumérien (trinité)

On ne change pas une équipe qui gagne, dès les premières religions, les dieux sont établis selon une hiérarchie.

On a le triptyque Anu le père, puis en dessous Enlil et Enki les fils (le triangle / pyramide).

30 000 ans de vierge à l'enfant (p. 473)

Tout au long de l'histoire humaine, on retrouve cette vierge à l'enfant immaculée conception (fécondée sans rapport charnel), souvent résumé par "vierge" (y compris chez l'égyptienne Isis, alors que cette dernière s'était accouplée à son frère Osiris alors qu'ils étaient encore dans le ventre de leur mère...). Cette femme / pierre / Terre-mère est à la fois la femme d'un dieu, et à la fois la mère d'un dieu (devenu fils unique après -1 600).

L'épopée de Gilgamesh (Genèse) (p. 470)

Le plus ancien écrit connu contient déjà la genèse et le déluge biblique, ou encore la tour de Babel, mais aussi des dieux immortels qui envoient des fusées dans l'espace.

Enuma Elish (Genèse) (p. 471)

L'épopée de la création, encore une genèse bien plus détaillée que celle de la Bible, nous raconte un dieu devenu fou qui veut imposer sa loi aux autres dieux et devenir Calife à la place du Calife, de même que la création d'un animal, l'humain, dans le seul but d'être l'esclave des dieux.

Enki et Ninhursag (Adam et Ève) (p. 472)

Une version bien plus longue, et plus compréhensible, de l'Adam et Eve biblique. Un dieu à emblème de serpent qui viole Eve, ce n'est plus du tout la même chose. Les femmes devraient demander réparation de 2 700 ans de persécution sous prétexte que la première femme avait mangé un fruit...

Atrahasis (Noé) (p. 472)

Un grand prêtre sumérien qui doit passer le déluge provoqué par les dieux pour détruire l'humanité qui fait trop de bruit. Pour pouvoir reprendre l'agriculture, il rempli une arche avec un stock de graine et tout le bétail de sa terre (euh... les veaux vaches cochons de sa ferme, vous aviez compris quoi ?).

Sargon (Moïse) (p. 473)

Sargon, alors bébé, fut lancé par sa mère, la grande prêtresse, dans une corbeille d'osier sur le fleuve. Heureusement, les fleuves en Mésopotamie n'ont pas de crocodiles. Imaginez ça sur le Nil, l'enfant serait dévoré en moins de 2...

Shu-Sîn (Salomon)

4e roi d'Ur de la 3e dynastie (vers -2000). S'il maintien l'héritage de son père, la fin de son règne contient déjà les germes de l'effondrement. Connu pour avoir construit un temple (plan et culte similaire à celui attribué à Salomon, temple dont l'archéologie ne retrouve aucune trace là où le situe la Bible). Plusieurs hymnes sont consacrés à shu-sîn, notamment l'équivalent du cantique des cantiques biblique (encore attribué à Salomon !). Pour rappel, la Bible situe Salomon 1 100 ans après Shu-sîn, alors que les historiens et archéologues ne trouvent aucune trace de Salomon tel que le décrit la Bible...

Archéologie

[sens] La phrase "Et dieu (Elohim) fit l'homme à son image" biblique, est une recopie de la version Sumérienne "Et les dieux firent l'homme à leur image". Pas une mauvaise recopie dans la Torah d'origine, car Elohim veut dire "dieux" au pluriel, ce qui a toujours plongé les autorités religieuses dans des abîmes de réflexions et de spéculations stériles : Dans un vrai livre, on ne laisse pas tout détruire sur un seul "x" pluriel qui dépasse du dogme !

Le Sumérien est une langue à part, qui n'a rien de commun avec les langues ultérieures. Tout laisse à penser qu'il s'agit d'une langue secrète (connue uniquement des grands prêtres et des hauts fonctionnaires), prolongée fort tard sur plusieurs millénaires (les grands prêtre Babyloniens, puis akkadiens, parlaient toujours le sumérien).

Il y a des dizaines de milliers de tablettes sumériennes connues, dont une grande partie n'est pas encore traduite ni même étudiée (sans compter toutes celles qui disparaissent des inventaires, voir sont volées aux musées).

Quand on les présente à l'école, on nous dit que c'était pour noter la quantité de blé disponible chaque années, ou savoir qui avait payé les taxes. Pourtant, si lors de leur entrée à Bagdad en 2003, l'armée USA s'est précipitée en premier lieu pour piller les réserves de tablettes du sous-sol du musée de Bagdad (p. 465), ce n'est pas pour connaître la comptabilité d'il y a 6 000 ans !

Ce qu'on ne nous dit pas, c'est qu'on y trouve aussi l'histoire (renommée "mythologie") sumérienne.

La Genèse hébreuse ressemble fortement aux "mythes sumériens". Sauf que les textes sumériens, plus anciens, sont bien plus complets que ceux de la Genèse, et plus compréhensibles vu qu'il n'y a pas les déformations inévitables au cours des millénaires, sans compter les nombreux changements de langages, le codage par les prêtres, etc.

De nombreuses tablettes intéressantes semblent inaccessibles au grand public, et aux chercheurs (voir Sitchin p. 337 ou Williamson p. 372).

Pour rappel, l'empressement des Américains à piller les milliers de tablettes du musée de Bagdad lors de la guerre d'Irak en 2003 (p. 465).

L'épopée de Gilgamesh

Le plus ancien écrit connu, venant des sumériens. Gilgamesh serait le roi de la cité d'Uruk où il aurait régné vers 2650 av. J.-C., ainsi qu'un dieu des Enfers dans la mythologie mésopotamienne.

Gilgamesh est mentionné dans deux parchemins des Manuscrits de la mer Morte datant du 1er siècle av. J.-C., retrouvés dans la grotte 4 de Qumran, écrits en araméen. Ce personnage est un des « géants » nés de l'union entre des démons et des mortelles, symbolisant peut-être pour les sectes à l'origine de ces textes la pensée des Gentils (les non-Juifs, i.e. les Grecs), qui seraient issus de démons (les ogres renégats, comme Asmodée appelé démon par le roi Salomon p. 530).

Gilgamesh est plus qu'un homme : grand, beau et fort, et sa seule apparition sur les murailles d'Uruk suffit à effrayer l'armée de Kish dans Gilgamesh et Agga. Descendant d'un ogre, il ne semble donc pas être un hybride de première génération.

D'après la version hittite de l'épopée, qui est la seule à mentionner la naissance de son héros, Gilgamesh aurait été créé par les grands dieux, notamment le Dieu-soleil et le Dieu de l'Orage.

A un moment, Gilgamesh est associé au dieu des enfers, et reçoit donc des dons et des sacrifices en offrande (comme si un géant, ogre ou hybride, avait récupéré l'image de Gilgamesh pour prendre du pouvoir sur le peuple). il dispose de statues à son effigie comme les autres dieux (comme Gilgamesh étouffant le lion). Son culte est encore attesté à l'époque de la Troisième dynastie d'Ur (c. 2100-2000 av. J.-C.).

Même si les historiens se doutent qu'il y a un homme et une réalité derrière la légende, mais son existence réelle n'est toujours pas prouvée, comme celle du roi Arthur. Il est pourtant marqué sur la Liste royale sumérienne, c'est pourquoi on peut dater son règne hypothétique.

Plusieurs récits épiques (rédigés en sumérien et sur des tablettes d'argile datées fin du 3e millénaire av. J.C.) racontent les exploits de Gilgamesh en tant que héros (demis-dieux grecs).

Pour résumer, Gilgamesh cherche la vie éternelle, allant chercher l'information sur l'île où vit l'immortel Ut-napishtim, survivant du Déluge. Mais malgré sa longue vie d'hybride ogre, ne l'obtiendra pas, et finira par mourir comme tous les hommes.

On retrouve dans son épopée, beaucoup d'éléments qui se retrouvent dans les religions ultérieures :

- Les religions pour le peuple (la Bible), avec Noé.
- Les cultes à Mystères (pour les initiés de haut range), comme le taurobole de Mithra.

Gilgamesh et le Taureau Céleste

le Taureau céleste est un monstre terrible que la déesse Inanna a envoyé pour ravager Uruk et punir Gilgamesh.

Ais-je besoin de préciser que sa ressemblance avec le culte de Mithra (qui a inspiré la Bible catholique) fait que cette légende est la moins étudiée et la moins traduite de toutes les légendes sumériennes… Datée de la période d'Ur III, c'est pourtant le plus ancien témoin sumérien du cycle de Gilgamesh connu à ce jour.

Dans la version sumérienne, la déesse Inanna cherche à violer Gilgamesh, ce dernier refuse. La déesse demande alors à son père An d'envoyer le taureau dans le ciel (la constellation) pour tuer Gilgamesh. An fait alors descendre le taureau sur Terre, où il fait des dégâts (comme dévorer toute la végétation, mettant la terre à nue, et assécher les rivières en buvant l'eau). Gilgamesh finit la fête dans laquelle il était, demande à sa mère de faire un sacrifice dans le temple du dieu Enki, puis trouve le point faible du taureau, le tue, démembre le taureau et donne la viande aux pauvres. Les cornes iront dans le temple de Inanna, l'Eanna.

Pour tuer le taureau, Enkidu (équivalent de Gilgamesh, créé au début pour tuer Gilgamesh, et devenu son ami) tient le taureau par les cornes (dans d'autres versions le tient par la queue) et Gilgamesh frappe le taureau de sa hache. Le taureau se cabre et éclabousse son sang comme si c'était de l'argile, et s'étale comme si c'était un champ de blé (traductions modernes incertaines, mais on retrouve le pain et le vin de l'Eucharistie, dans Mithra ou le Catholicisme).

Enuma Elish (Genèse)

Archéologie

L'Enuma Elish (en français *épopée de la création*) est un récit babylonien découvert au 19e siècle en Irak, daté de 2 000 ans avant J.-C. (sûrement plus vieux), soit minium 1 100 ans avant la genèse biblique. Ce texte avait été souvent recopié par les perses (Iran), et était connu au 5e siècle par le philosophe néo-platonicien Damascios.

L'épopée décrit les origines du cosmos, le combat des premiers dieux contre les forces du chaos et l'élévation de Marduk, dieu tutélaire de Babylone, au-dessus des autres divinités mésopotamiennes, ainsi que la création du monde et de l'homme.

L'épopée commence au début des temps, alors que l'univers n'est qu'un tout indifférencié rempli par l'eau originelle.

Nouveau chef (dieu unique)

C'est alors qu'Apsû, qui représente l'eau douce, et Tiamat, qui représente l'eau salée, engendrent plusieurs générations de dieux. Mais à la troisième génération, les derniers nés, bruyants et perturbateurs, attirent la colère d'Apsû. Celui-ci, avec l'aide de son conseiller Mummu, décide de les détruire. Ea (Enki), l'un d'entre eux, apprend le complot et décide de le déjouer. Il plonge Apsû dans un profond sommeil, le tue et enchaîne Mummu. Enfin débarrassé de ses ennemis, Ea engendre un fils, Marduk, qui dès sa naissance est supérieur aux autres dieux. Jaloux de Marduk, les autres dieux complotent et font des guerres sans cesse, s'alliant et se trahissant à tour de bras.

Tiamat crée une armée de monstres et en donne le commandement à Kingu. Dans l'autre camp Marduk accepte finalement de combattre Tiamat en échange de la place la plus élevée dans la hiérarchie des dieux.

Création de la Terre

Marduk parvient à tuer Tiamat, la mer primordiale, et avec sa dépouille "fendue en deux comme un poisson séché" (l.137) il crée la voûte céleste, la Terre et leurs composantes : les montagnes, les fleuves (l'Euphrate et le Tigre), les corps célestes ("les constellations furent posées dans le ciel"). La Lune fut créée pour régler le mois et le Soleil pour régler le jour. Dans le ciel, il s'occupe de placer les demeures des dieux astraux et il fixe leurs courses célestes. Enfin il forme les éléments naturels, place la Terre au centre de l'univers et crée Babylone.

Comme la Genèse biblique

Dans l'épopée de la création, l'ordre de construction du monde est le même que celui de la Genèse :

Le chaos primordial : Tiamat enveloppée par l'obscurité.

La lumière provient des dieux. Création du firmament. Création de la terre sèche. Création des luminaires. Création de l'homme. Les dieux se reposent et font la fête.

Temple (Ziggurat)

Mardouk a renfermé l'ensemble de ses pouvoirs dans le temple bas Esagil et dans le temple haut (en haut d'Etemenanki, la tour à étages).

Création des esclaves humains

Il décide alors de créer l'homme pour qu'il serve les dieux. Ea tue Kingu et avec son sang crée l'humanité. Le texte se termine par une liste de cinquante noms donnés à Mardouk et par un appel universel aux hommes à le vénérer.

Le couronnement de Marduk (tablette VI, 93-100) :

« Il érigea un trône royal
Qui dépassa ceux des autres dieux,
Et au milieu de l'Assemblée des dieux,
Anu y installa Marduk.
Et les grands dieux,
Unanimes,
Exaltèrent les destins de Marduk
Et se prosternèrent devant lui [...].
Ils lui octroyèrent d'exercer la royauté sur les dieux,
Le confirmant dans le Pouvoir absolu
Sur les dieux du ciel et de la terre [...]1. »

Introduction de la glorification (tablette VI, 119-122) :

« Et si les Têtes-noires [les humains], sont divisées quant à leurs dieux privés,
Nous autres (les Dieux), de quelque nom que nous le nommions, qu'il soit seul notre Dieu!
Épelons donc ses cinquante Noms
Pour démontrer la gloire de sa personne, et pareillement de ses œuvres ! »

Enki et Ninhursag (adam et Eve)

Le Mythe d'Enki et Ninhursag nous vient du déchiffrage de trois tablettes avec écriture cunéïforme, retrouvées au niveau des anciennes villes d'Ur et Nippur. Dans ce récit, Enki, le dieu qui créé la civilisation, couche avec sa fille Ninsar sous l'inspiration d'un conseiller serpent. Il en résulte une fille Uttu, avec laquelle son grand-père Enki couche de nouveau (à chaque fois, les filles sont appelées enfant, une sorte d'inceste pédophile perpétuel…). Enki mange des fruits défendus, est victime de maux + est empoisonné par sa femme jalouse, qui finit par lui pardonner et lui fait accoucher les mauvaises graines dans la douleur.

On retrouve dans ce mythe l'histoire de Adam et Eve de la Genèse, mais écrit 1000 ans avant :

- Ninti (une déesse) est créé à partir d'une côte (le même mot est utilisé pour « côte » ou pour « faire vivre », probable que le « créer comme Adam » sumérien ai engendré « tiré de la côte d'Adam » chez les hébreux. C'est le père Vincent Scheil, le découvreur en décembre 1901 de la stèle du code de Hammourabi, qui aurait le premier fait le lien de cette erreur de traduction. Une erreur sur laquelle les plus grands penseurs en 3000 ans ont ergoté sans fin, cherchant l'allégorie, ou essayant de justifier, incapables de remettre en cause le texte biblique bourré de fautes de ce style...
- Enki mangeant des plantes interdites et Adam mangeant le fruit défendu. Les deux sont perdants.
- Description du Paradis créé par Enki à Dilmun.
- L'accouchement aisé de Ninhursag et de ses filles-déesses est perdu par Eve dans le texte biblique, tandis que c'est ENKI qui accouche des graines douloureuses dans la douleur, graines qu'il a planté en fourrant son pénis dans le vagin de sa petite petite-fille.
- l'existence d'un endroit où la mort n'existe pas et où les animaux sont inoffensifs
- l'arrivé de la maladie et de la mort qui sont le résultat d'avoir pris et mangé une plante

Le texte que l'on connaît actuellement souffrant probablement encore de lacunes de traduction (dernière version de 2015), et le texte de l'époque étant sûrement issu d'une histoire plus ancienne, il est compréhensible qu'un texte qui ne veut rien dire, devienne 1000 ans après le texte de la Genèse encore plus incompréhensible.

Atrahasis (Ziusudra), le Noé sumérien

Archéologie

Rédigée en sémitique akkadien, cette épopée d'Atrahasis (ou Poème du supersage) est estimée à -1 800. Ziusudra est le nom antérieur, en sumérien. Atrahasis est aussi rencontré dans le plus ancien récit connu, l'épopée de Gilgamesh (sous le nom d'Uta-Napishtim). Compilation des mythes traditionnels mésopotamiens de la création et du déluge, l'homme y est créé à partir d'argile, d'un homme construisant une arche avant le déluge, etc.

Création de l'homme

Les chefs ogres dominent les faux dieux secondaires, appelés Igigi (les ogres du peuple, esclaves des dominants ogres). Les Igigi en ont marre de servir leurs maîtres, et se mettent en grève. Pour répondre à cette grève, les dirigeants mettent en place des robots biologiques pour remplacer leurs serviteurs : les hommes. L'homme ressemble aux dieux, sauf qu'il n'a pas leur durée de vie, pas leurs pouvoirs, et doit servir les ogres.

Pour créer l'homme, Enki utilise de l'argile et du sang d'un dieu colérique, We-ilu (ce sang du sacrifice expliquant la colère des humains).

Les dieux décident d'exterminer les humains

Les hommes servirent les dieux parfaitement (ce qu'on attendait d'eux), mais au bout d'un moment, ils se multiplièrent trop rapidement, firent trop de bruit, ce qui incommoda les dieux qui décidèrent de les exterminer.

Le déluge est précédé de "plaies"

Enlil (El), le dieu suprême, envoya de terribles épidémies et la famine pour décimer les hommes mais Ea (Enki), le créateur, déjouait toujours ses plans par l'intermédiaire de son protégé Atrahasis, le « très sage », un homme qui prévenait les siens à chaque danger.

Construction de l'arche

Enlil décida alors le déluge. Enki, en songe, prévint Atrahasis, lui demandant de construire une arche étanchée au bitume et d'embarquer un spécimen des animaux de « sa » terre (c'est à dire les animaux de sa ferme). Mais aussi des graines pour relancer l'agriculture après le déluge.

Le déluge

Les dieux ouvrent alors les vannes du ciel. Une expression de l'époque (qu'il ne faut pas prendre au sens littéral), qu'on peut traduire par « il pleut comme vache qui pisse ». imaginez les historiens dans 7 000 ans qui doivent traduire cette expression française : si le « comme » est mal compris (ou effacé par le temps), on aura peut-être "Apis, le taureau sacré, se mit à uriner sur la Terre, noyant cette dernière"…

Dans le même temps, les ogres enflamment la Terre entière, mais la Bible n'a pas repris cette phrase incompréhensible (comment noyer d'eau et enflammer en même temps ? Les compilateurs de l'époque n'ont pas du comprendre, alors qu'en lisant le Kolbrin, avec ces météorites qui enflamment les gaz dans l'air, cette expression prend tout son sens).

Les dieux eux-mêmes sont épouvantés par les cataclysmes, et escaladent jusqu'au ciel d'Anu (mélanger planète Nibiru et l'emblème de l'empereur ogre, du coup on a des fois des traductions cocasses! Il faut bien sûr regarder le contexte, et que les ogres sont partis rejoindre dans l'espace l'empereur Anu, que ce soit sur sa planète Nibiru ou sur une base orbitale).

L'échouage de l'arche

Le septième jour, la mer se calma et s'immobilisa, et l'arche accosta au mont Nishir.

Dix jours plus tard, ayant retrouvé ses esprits, Atrahasis prit une colombe et la lâcha ; la colombe s'en fut, mais elle revint. Idem avec une hirondelle, par contre, le corbeau lui ne revint jamais, ayant trouvé la Terre (ou s'étant fait manger par un requin allez savoir ! :)).

L'espérance de vie humaine diminue

Enlil, qui semble se rendre compte que s'il tue tous les hommes, il n'aura plus d'esclaves, demande à Enki de réduire encore le temps de vie des hommes. Dans la Bible, après Noé, le temps de vie se mets effectivement à décroître, passant de 1000 ans à des 200 ans, puis des règnes classiques de moins de 100 ans.

Sargon (Moïse)

Sargon est un roi ayant régné vers -2300, un sumérien qui unifiera la Mésopotamie et fondera l'empire d'Akkad (considéré comme le premier empereur connu). Sumer change alors de nom, mais c'est la même chose qu'avant…

Des textes du 7e siècle av. JC, découverts à Ninive, donnent une légende sur le roi Sargon :

« Ma mère, la grande prêtresse, me conçut et m'enfanta en secret. Elle me déposa dans une corbeille de roseaux, dont elle scella l'ouverture avec du bitume. Elle me lança sur le fleuve sans que je puisse m'échapper. »

On retrouve de pareils éléments légendaires concernant d'autres fondateurs d'empires comme Cyrus le Grand ou Romulus, et bien sûr le Moïse de la Bible. A noter que l'histoire de Moïse fut rédigée alors que les prêtres judéens étaient en exil à Babylone (7e siècle av. JC), donc au contact de tous ces mythes sumériens.

Mythes > 30 000 ans de vierge à l'enfant

Ishtar / Asherat

Histoire du culte

Ishtar (parfois Eshtar) est une déesse mésopotamienne d'origine sémitique, vénérée chez les Akkadiens, Babyloniens et Assyriens. Elle correspond à la déesse de la mythologie sumérienne Inanna avec qui elle est confondue, ou encore Ashera la femme de Yaveh, la même déesse se trouvant derrière tous ces noms. Son symbole est le dattier à 7 branches dressées vers le ciel, qui deviendra le chandelier à 7 branches dans le Judaïsme. Elle est considérée comme symbole de la femme, une divinité astrale associée à la planète Vénus.

Tout au long de plus de trois millénaires d'histoire sumérienne puis mésopotamienne, elle a été l'une des divinités les plus importantes de cette région, et a aussi été adoptée dans plusieurs pays voisins, où elle a pu être assimilée à des déesses locales.

Mythologie

L' histoire de Pâques viens directement de l'histoire de la déesse Ishtar (prononcé "Easter" devenu Pâques en anglais).

"Easter" était un jour commémorant la résurrection d'un ancien dieux mésopotamien, "Tammuz", qui était considéré comme étant le fils unique de la déesse de la lune et du soleil (comme Jésus est censé être le fils unique de Dieu, cf Jean (Nicomède)).

Histoire de Ishtar dans la mythologie sumérienne, une histoire écrite au moins 4 000 ans avant le Jésus historique (et donc sa mère...).

Ham (un des fils de Noé) avait un fils nommé "Cush" qui se maria à une femme nommée " Semiramis", fille du dieu Anu.

Cush et Semiramis eurent un fils qu'ils nommèrent "Nimrod", qui devint un roi puissant.

L'ancien testament en parle (Genèse 10:8-10). "Nimrod devint un homme-dieu pour les babyloniens et Semiramis devint une reine puissante de l'ancienne Babylone.

Nimrod fut tué par un ennemi et son corps fut coupé en plusieurs morceaux dispersés dans différentes partie de son royaume (cf le mythe d' Isis et Osiris).

Semiramis essaye de rassembler toutes les parties , et elle y arriva à l'exception d'un morceau , le pénis de Nimrod introuvable. Semiramis qui comprit que sans cette partie Nimrod ne pourrait revenir à la vie, dit a son peuple que Nimrod était monté au ciel jusqu' à atteindre le soleil , et était devenu "Baal" , le dieu Soleil.

La reine Semiramis créa un religion du mystère qui l'institua Déesse. Elle se réclama avoir été conçue de façon immaculée. Elle dit que la lune était une déesse qui ovulait lors d'un cycle de 28 jours , et que son ovule géant (oeuf) était tombé dans la rivière Euphrate.

Cela s'était produit lorsque la lune était pleine après l'équinoxe du printemps.

Semiramis se fit appeler "Ishtar" et son "oeuf de Lune" devint l'oeuf de Ishtar (notre oeuf de Pâques !)

Ishtar devint à son tour enceinte et affirma que c'était les rayons du dieu soleil Baal (son défunt époux Nimrod en fait) qui l' avait fait concevoir

(Ishtar qui était adoré comme la "mère de dieu et la reine des cieux" est devenu ensuite chez les chrétiens la vierge marie mère de dieu qui donne naissance à un fils de façon immaculée).

Le fils qu'Ishtar enfanta fut nommé Tammuz (le Jésus pour les chrétiens)

Tammuz etait passionné par les lapins, qui devinrent des animaux sacrés (d'où les lapins en chocolat de pâques) et par la chasse.

C'est lors d'une chasse qu'il fut tué par un sanglier sauvage (d'où la mauvaise réputation de cet animal qui fut interdit à la consommation dans certaines religions postérieure ?).

A la mort de son fils , Semiramis proclame une période de 40 jours de deuil chaque année , pour se rappeler de la mort de Tammuz.

Durant cette période , aucune viande ne devait être mangée . Les adorateurs de Baal et de Tammuz devait faire le signe de T (pour Tammuz) (devenu signe de croix chez les chrétiens).

Ils mangeaient aussi des petits gâteaux marqué d' un T sur le dessus (la croix catholique).

Chaque année , le premier Dimanche (sun day - jour du soleil) après la première pleine lune suivant l'équinoxe de printemps, une célébration était rendue.

Ishtar est la réincarnation de la déesse "Nature" que l'on représentait sortant d'un œuf géant tombé du ciel, le long de l'Euphrate.

Trouver l'oeuf , le casser c'est délivrer Ishtar la reine des cieux .... ce n'est pas "une paille" en matière d'occultisme !

De son côté, Nimrod, c'est à dire Satan..., le premier rebelle, "grand prêtre" de la religion à mystère, était adoré sous la forme divinisée du Dieu soleil, ce que rappellent toutes les auréoles dorées placées derrière la tête des saints par exemple, c'est à dire les "idoles" qui constituent le Panthéon du Catholicisme.

Isis et Horus (vierge à l'enfant)

Seth désirant le trône d'Égypte, il assassine son frère Osiris pour l'avoir. Isis, la femme de Osiris, rassemble les morceaux d'Osiris et réussi à se faire féconder avec l'ADN qui reste. En naît Horus, Isis tenant Horus enfant étant ensuite repris comme la vierge Marie tenant Jésus (les vierges noires, voir p. 492).

Horus venge son père, mais perd un œil au passage. Toth refait un œil artificiel, qui deviendra l'oeil d'Horus bien connu.

Les dieux aimant bien mettre leurs symboles un peu partout, on a fait croire au peuple que l'oeil d'Horus était un talisman qui portait chance... Les navigateurs le peignent sur leurs bateaux, un peu comme vous avez un porte-clé St Christophe collé au tableau de bord de la voiture (Mithra portant un vau en réalité).

La vierge mère allaitante, lié au culte de la Terre-mère, la petra-genetrix de Mithra (tous ces mythes se rejoignent).

Ce mythe parcourt les âges avec une belle régularité, qui va de la déesse mère Sirius (ou Gaïa) allaitant Mithra le premier ogre, à la vierge Marie à l'enfant Jésus le sauveur, en passant par la déesse Isis qui allaite l'enfant Horus le sauveur. Comme quoi, quand les dirigeants tiennent un filon qui permet de bien manipuler le peuple, ils ne le lâchent pas (voir les nombreuses cathédrales comme Fourvière à Lyon exclusivement dédiée à la déesse reptilienne, soit-disant en remerciement d'un faux miracle quelconque, car ce n'est jamais le peuple qui décide la construction d'une église, mais les hautes autorités).

Regardons les diverses évolutions dans l'histoire de ce culte de la déesse mère, au travers de sa représentation symbolique, la vierge à l'enfant (je dit vierge, parce que dans la plupart des mythologies connues qui nous sont arrivé, on retrouve cette idée d'enfantement sans conception (ou du moins une insémination artificielle) d'une fille très jeune.

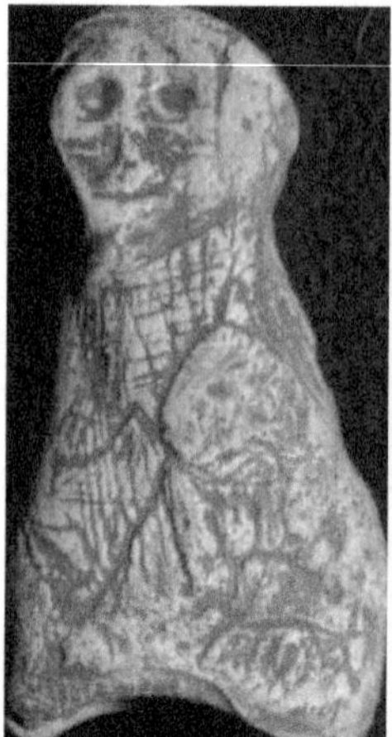

Figure 62: vierge à l'enfant (grotte de Foissac-France)

Figure 63: Vierge à l'enfant Ubaidienne

On a découvert en 2016 (Figure 62), dans la grotte de Foissac (Aveyron - France), une sculpture sur os d'auroch, estimée entre -20 000 ans à -27 000 ans. Qui semble être la plus ancienne vierge à l'enfant connue. On retrouve déjà le bras droit de la vierge replié sur son enfant.

Les lézards au profil ET reptilien (yeux très grands, crâne allongé) semblent aussi pas mal représenté comme vierges à l'enfant.

Par exemple, la vierge à l'enfant reptilienne (Figure 63) de la culture Ubaidienne (culture pré-sumérienne de 7.000 ans), retrouvée sur le site archéologique de Al Obeid. De telles figurines sont aussi retrouvées à Ur et Eridu.

Le bras droit replié sur le bébé, l'enfant qui tête, le bras droit posé sur le sein et la main gauche en contact avec la main droite de sa mère. La mère porte ce qui semble a une couronne, ou un haut chignon. Les 2 ont une tête reptilienne, avec les yeux allongés et le crâne bombé.

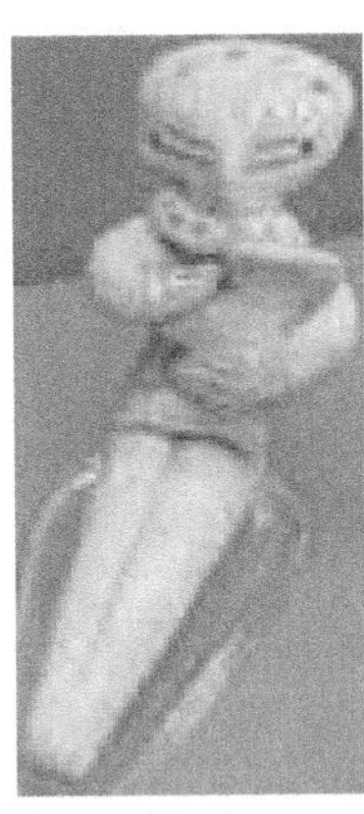

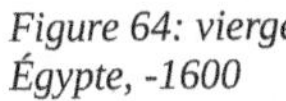

Figure 64: vierge Égypte, -1600

Figure 65: Vierge Nayarit

A cette époque, "Marie" est nue (poils pubiens ou pagne ?), la pudibonderie judéo-chrétio-islamique extrême est encore loin…

La figure de la déesse qui allaite se retrouve dans l'ancienne Égypte (Figure 64, British Museum), avec toujours ces têtes de non-humains.. On a toujours les yeux allongés et le crâne pointu/allongé, et une sorte de diadème sur la tête.

Ces statues de lézard à l'enfant ne se retrouvent pas qu'au Moyen-Orient ou dans l'Inde relativement proche, mais aussi en Amérique (civilisations par ailleurs assez proches de l'Égypte ou Inde, en terme de pyramide, de mythologie des dieux, etc.).

La Figure 65 est une statue du site de Nayarit au Mexique de l'ouest, un peuple remontant à -1 600, et cette statuette (British Museum) est datée de -300. Toujours le crâne pointu de l'enfant, la couronne et les yeux "étranges". Si le bras droit n'était pas cassé, on se doute, vu l'absence de dessins sur le ventre, qu'il rejoignait le bébé.

Ensuite, on retrouve ce culte de la Terre Mère chez les Égyptiens (puis les romains et Gaulois jusqu'en 400), sous les traits d'Isis allaitant Horus (Figure 66), la vierge céleste qui donne naissance à Mithra/Horus, le fils de dieu, dieu lui-même, qui se sacrifie pour l'humanité. Isis soigne les gens si on l'honore, comme le fera la vierge Marie. Bon, à ce stade, vous avez compris qu'en 400 après J.-C., on a juste renommé Isis par Marie, Horus par Christ...

Figure 66: Isis allaitant Horus

Figure 67: Vierge noire

Figure 68: vierge 20e siècle

A noter que l'enfant (Horus ici) commence à se retourner (n'allaite plus vraiment), en gardant le bras levé.

Les seins toujours à l'air, la mère met une jupe un peu plus longue. Et toujours comme une sorte de couronne sur la tête, ici la planète rouge ailée/cornue Nibiru.

La Terre-mère est aussi retrouvée dans le culte de Zoroastre et celui d'Ishtar, chez les grecs (Persée naît de la vierge Danaé, en qui Zeus s'est répandu comme une pluie d'or).

Les anciens cultes celtes à la Terre Mère décrivent une vierge qui enfante le premier homme sans avoir été fécondée. Il n'a pas été difficile, pour le catholicisme, de remplacer les cultes celtes issus des Thraces / Sumériens, par un culte sumérien identiques, aux détails de dérives historiques près, entre la branche européenne, et la branche Proche-Orientale.

A noter la place exagérée de Marie dans le catholicisme, alors qu'elle n'a fait qu'enfanter et élever Jésus, mais que c'est le message et les actes de Jésus qui sont censés être la chose vraiment importante. Le fait que le culte marial dépasse celui de Jésus doit vous faire poser des questions.

Après la création du catholicisme romain, devenu religion d'État, de nombreuses statues byzantines ou antérieures, qui représentaient une vierge à l'enfant quelconque (Isis généralement), sont récupérées et transformées. Ce sont les vierges noires (Figure 67). C'est d'ailleurs le même principe que le retaillage des menhirs et autres statues celtes de la déesse mère.

Dans la version vierge noire, un lourd manteau est posé sur la vierge (nue dans sa version précédente), et l'enfant fait complètement face au spectateur (pour éloigner l'idée de l'allaitement). Le bras doit de l'enfant, posé initialement sur le sein, reste en l'air, comme pour saluer. La main droite de la mère, une fois l'enfant tourné, ne peut plus toucher la main gauche de ce dernier (les transformateurs n'allaient pas retailler un nouvel enfant). Une boîte est rajoutée dans la main gauche de l'enfant, ce sera un globe plus tard. De riches couronnes cachent le crâne bombé.

Enfin, les représentations modernes de la vierge à l'enfant (Figure 68), qui envahissent les églises catholiques après la révolution FM française, conservent les nombreux traits principaux des représentations reptiliennes fabriquées 7 000 ans avant.

Les 2 mains de la mère et de l'enfant se touche de nouveau, la couronne, mal vue après la décapitation de Louis 16, est stylisée par un arrangement des cheveux, le crâne bombé caché par un voile plus haut qu'il ne devrait. Le bustier qui cache à peine les seins semble très léger par rapport à la lourde draperie qui fait office de jupe.

Donc oui, tous les cultes en lesquels nous croyons sont en fait des cultes à des Extra-Terrestres lézards... Et l'enfant ne représente pas Jésus, mais Horus/Satan...

Les dirigeants qui ont écrits les textes après la mort des prophètes (qu'ils ont eux même fait tuer dans le cas de Jésus et de Omar) se sont arrangé pour reprendre les anciens rituels et les égrégores qui allaient avec.

Il faut juste que vous sachiez vers qui vous envoyez réellement vos prières, votre énergie et vos émotions quand vous priez la vierge Marie... Et qui se trouvera réellement dans les vaisseaux de Marie, ceux qui viendront vous chercher pour vous faire éviter le test spirituel de Nibiru (et donc vous garder en esclavage).

Symboles de Mithra

[fm] Dans les explications aux symboles, j'utilise les révélations Altaïran pour certaines, afin d'être exhaustif sur toutes les raisons du choix d'un symbole, et tout ce que ça implique derrière.

Ces symboles mithraïques se retrouvent étrangement chez les religions, mais aussi chez les FM athées...

La croix

La croix tout d'abord, est le symbole de Nibiru qui remplace le poisson au 4e siècle (lors de la création du Catholicisme par les empereurs romains).

Le symbole du poisson avait été choisi comme symbole naturel par les apôtres, puisque la majorité d'entre eux étaient pêcheurs. Jésus était le fils d'un batelier (« charpentier » qui fait les bateaux), c'est pour cela que la majorité de la vie du Jésus historique se déroule vraisemblablement autour du lac de Tibériade (il ne vivait pas à Nazareth ni à Bethléem).

La frise du taurobole, qui se trouvait dans les temple mithraïques (les mithraéums), représente aussi une allusion à Nibiru, tout comme la croix. Le taureau céleste est égorgé par le bras d'Orion, et de la blessure s'écoule une traînée de sang qui parcourt tout le ciel. On y retrouve aussi un scorpion, un chien et un serpent. C'est une carte du ciel représentant le passage de Nibiru, et le sang n'est ni plus ni moins que sa queue cométaire. Il est normal, vu l'origine ogre de ces cultes, que Nibiru soit connue évidement. De la à déduire que les FM / Catholiques des hauts cercles sont aussi informés par d'anciennes traditions, c'est une certitude.

Les fonds baptismaux

Ils ne sont en réalité à l'origine que des copies des coupes géantes remplies d'asphalte ou d'huile où brûlaient les enfants lors des holocaustes (comme retrouvés à Carthagène), et qui n'a rien à voir avec le baptême de Jésus par Jean, dans le Jourdain, puisque ce baptême était un bain fait pour les adultes (Pourquoi ce sont les enfants qui sont baptisés aujourd'hui au dessus de ces coupes ?).

Le pape / Pater

Le titre de Pape, tiré du Pater mithriaque (et qui a été introduit dans les Évangiles, Jésus n'a jamais appelé Dieu son père) n'est que l'expression d'un concept plus vaste. Le Pater (qui porte un bonnet phrygien) était le plus haut grade chez les mithriaques, au dessus de l'Héliodromus (qui porte couronne à rayon ou couronne d'épine).

La tiare pontificale

Le haut chapeau pointu que porte le pape a toujours été une couronne royale et son style babylonien n'a jamais été caché. Elle est semblable aux casques allongés que les ogres portaient constamment.

Tête couverte par un chapeau

Il était mal vu dans la société ogre de montrer le haut de son crâne (car celui qui voyait le haut de ton crâne était forcément plus “grand” que toi).

Bizarrement, ne faut il pas se couvrir la tête dans de nombreuses religions ? Ce sont des restants de cette pudeur-tabou ogre en ce qui concerne cette partie du corps.

Port de la barbe

Notez aussi qu'ils avaient un crâne allongé, les cheveux roux, une barbe très fournie. Or on retrouve aussi le port de la barbe obligatoire dans de nombreuses traditions (musulmans intégristes du Moyen-Orient), ou encore Jésus souvent montré comme un homme blanc (parfois roux) et barbu avec les cheveux longs. Pourtant Jésus, en bon palestinien de son époque, devait plus probablement se raser les cheveux et les avoir très foncés, comme le montre les mosaïques romaines pour les premiers 300 ans, avant que les romains ne le mélange avec le dieu sumérien Mithra.

La vierge-mère (p. 492)

L'Isis est une Vierge-Mère à l'enfant. Elle est couronnée, comme une reine, et Horus, l'enfant qu'elle porte, n'est qu'accessoire. Les représentations d'Isis et de la vierge Marie sont identiques dans les deux cultes, chrétienté et culte d'Isis. Les vierges noires sont d'ailleurs des statues récupérées directement du culte d'Isis. Il y a donc des milliers d'Isis dans les églises, et le culte de la Vierge a aujourd'hui dépassé en ferveur celui de Jésus lui-même.

Les grottes, sources et pierres sacrées

Étrangement, les sources miraculeuses attribuées à la vierge, comme à Lourdes, sortent de terre dans une grotte et sont guérisseuses. Isis représente le ventre de la Terre (la grotte), source de vie capable de ressusciter les morts et soigner toutes les maladies. Elle est la mère de Mithra, sorti du ventre de la Terre, la grotte au fond de laquelle se trouve la Petra Génétrix (le Graal, la source de vie ou la pierre philosophale). Or combien de pierres / Béthyles sont révérées comme guérisseuses/miraculeuses dans la Chrétienté ? Combien de grottes ? Héritage des celtes comme on veut nous le faire croire ? La Kaaba des musulmans est une de ces pierres sacrées.

L'héliodromus (couronne à rayon)

Les FM ne sont pas non plus épargnés par le symbolique issue de Mithra et des anciens cultes. Le plus évident et frappant, à la vue de tous, est la statue de la Liberté, qui porte exactement des attributs d'un haut rang initiatique du culte de Mithra, l'héliodromus. D'innombrables fresques datant de l'époque romaine le prouve : couronne à pics, flambeau, fouet à esclave. La symbolique est forte, puisque au lieu du fouet, on retrouve le code des lois sur la statue américaine, ce qui a globalement la même utilité : ce n'est pas la statue de la Liberté, mais la Statue de l'esclavage généralisé (toujours l'inversion satanistes des valeurs, ce qui est en haut est en bas).

On peut faire aussi un parallèle avec la couronne du Christ, la couronne d'épines, qui est dans la réalité une couronne à rayon stylisée équivalente à celle de l'héliodromus. La croix qu'il porte sur ses épaules lors du chemin de croix représente le moyen de contraindre les peuples, comme le fouet à esclaves ou le code des lois. Il boit du vin aigre au lieu de l'eau etc... Tous les symboles sont là.

Figure 69: couronne solaire = couronne d'épine

Triangle et pyramides

Symbole récurrent dans ces cultes. Les ogres vénéraient une montagne primordiale, au sein de laquelle selon leurs croyances il y a avait une grotte, et c'est dans cette grotte que la déesse mère créa le premier ogre à partir d'une pierre. Le culte de Mithra est exactement l'expression de ces croyances.

La grotte est leur coeur du Temple, mais le Temple lui même est la montagne "primitive", ou Montagne originelle. La grotte n'est qu'un passage vers le coeur de la Montagne, vers la pierre sacrée ou pierre philosophale qui donne la vie (une pierre rouge pour certains, verte pour d'autres). Les ogres ont donc appliqué cette symbolique à tous leurs lieux de culte, souvent des pyramides ou des gros tumuli, représentant cette Montagne originelle.

A noter pour la grotte qui est un passage vers le coeur de la Montagne de Tolkien. Tolkien était FM, mais il s'est juste inspiré des symboles FM. Il a eu d'autres inspirations, comme la mythologie nordique et celtique. Ses livres ne sont pas des traités FM pour autant

L'idée même de temple, avec un saint des saints, est directement tiré de cela, et les églises ne sont que cette expression. Le Jésus historique est d'ailleurs très clair sur ce sujet, il refuse la notion de Temple (vous devez être votre propre temple, pas besoin d'un édifice). Si les anciens continuèrent à construire des montagnes ou des pyramides pour copier les ogres, le triangle devait rester d'une manière ou d'une autre.

Chez les FM, cette symbolique du triangle avec l'oeil crève les yeux, on la voit en gros sur le billet d'un dollar, ou qui surplombe la déclaration des droits de l'homme (et du citoyen ! c'est pas la même chose...) de la révolution française : il s'agit de la Pyramide à 13 degrés, coiffée d'un triangle lumineux. Chez les catholiques c'est plus subtile : c'est la trinité mais aussi le "nom de dieu", un triangle lumineux avec des lettres hébraïques. Il est assez courant d'ailleurs dans les églises et les cathédrales. C'est le même symbole que chez les FM, un symbole de la "montagne originelle".

Le lion

Figure 70: Marianne républic. 19e s.

Le lion est aussi un symbole commun à toutes ces cultures. Chez les ogres, le Lion est primordial, en qualité de constellation mais aussi comme symbole de la royauté, et donc du pouvoir sur le peuple. Ce symbole se retrouve souvent chez les Égyptiens, comme le sphinx de Gizeh (une lionne en réalité, retaillées ensuite par les pharaons. Ces pharaons portaient aussi des casques symbolisant des crinières.

Chez les mithriaques, il correspond à un ordre initiatique particulier. Au départ, le Lion n'est pas un lion, c'est la couronne à rayon, mais par analogie, l'animal est devenu un symbole royal, sa crinière et son caractère dominant étant des références solaires évidentes. Le Soleil n'est-il pas tout puissant dans les cieux, comme le Roi ou le Pharaon ?

On retrouve à la fois le Lion et la Lionne dans les symbologies. Combien de fontaines et de statues du 19e, liées aux FM, aussi bien à Paris, qu'à Londres ou à Washington représentent des lions ? On retrouve aussi la lionne chez les FM, notamment sous les traits du sphinx FM. La lionne étant le symbole ancien de la protection, ces sphinx femelles sont là pour garder des lieux importants pour l'ordre. Comme les sphinx à tête de femme, gardant le Temple FM de Washington, contemporain à la création du pays. Ou encore cette Marianne du 19e siècle, brandissant le triangle et la corne d'abondance, assise sur un lion (Figure 70).

Bonnet phrygien

C'est un dénominateur commun entre les FM, fondateurs des républiques modernes, et le culte de Mithra. C'est un symbole très courant, qui est porté par Mithra lui même sur toutes les fresques du taurobole qui ornent les temples souterrains des mithriaques. Étonnant que cela soit devenu le symbole de la révolution française, puis de la France républicaine ? Pas vraiment, car la révolution des lumières est à la source de la révolution de 1789. Ne fallait-il pas renverser le Roi pour pouvoir le remplacer par des pantins, dans la droite ligne de la philosophie des FM ?

Et bien d'autres

Les exemples pourraient être étendus, tellement la symbolique mithriaque est impliquée aussi bien dans la FM que dans le catholicisme, qui a fait de sa fête principale celle de Mithra dans le Sol Invictus du 25 décembre, d'Isis la mère de dieu, du Père son dieu (+Pater = Pape) et de son rite principal l'eucharistie, ou encore la corne d'abondance qui justifiait les sacrifices au dieu pour que les récoltes soient bonnes. Je pense honnêtement que vous ne verrez plus nos institutions (République et Église) sous le même oeil, et c'est bien ça le but ici. Vous montrer la réalité concrète dans laquelle vous êtes embarqués malgré vous, et qui légitime des rituels dont vous ne vous porteriez pas caution dans d'autres circonstances.

Zodiaque

Les Altaïran révèlent que l'astrologie n'a aucune réalité physique. Les ogres utilisaient le zodiaque pour définir qui devait être au pouvoir pour une période de 2000 ans, chose qui est encore très présent dans notre culture actuelle.

Constellations

Les constellations sont définies par l'écliptique, le plan orbital de la Terre. Il s'agit d'un anneau, où les étoiles fixes de cet anneau représentent une constellation. Il y a 13 constellations en astronomie (science), comme chez les anciens peuples, mais seulement 12 constellations dans l'astrologie sumérienne, suite à l'éviction de Enki racontée dans le livre de la création.

L'animal du zodiaque n'est qu'un choix arbitraires : la constellation du lion peut aussi bien représenter un fer à repasser qu'un serpent...

Zodiaque annuel

Le Soleil, vu de la Terre, se trouve toujours devant une constellation zodiacale. Tout au long de l'année, le Soleil (vu de la Terre) se déplace sur la bande des 13 constellations du zodiaque (en réalité, c'est la Terre qui tourne autour du Soleil, et qui, chaque fois qu'elle regarde le Soleil, voit une constellation derrière le Soleil différente).

La constellation en cours est celle derrière le Soleil. Par exemple, le bélier de fin mars à fin avril, le Taureau ensuite.

Zodiaque d'équinoxe

L'axe de la Terre oscille sur son axe, faisant un tour complet tous les 25 920 ans (la précession des équinoxes). C'est à dire, qu'à chaque équinoxe de printemps, la constellation derrière le Soleil est légèrement décalée chaque année. Ce mouvement apparent rétrograde (contraire au sens de révolution de la Terre, ou au déroulé du zodiaque annuel) est d'1° tous les 72 ans.

Les ères zodiacales

La Terre met donc 2 160 ans à traverser chaque signe du zodiaque 12, et 1 994 ans pour le zodiaque 13. Ces périodes s'appellent ères (d'où la fameuse « ère du Verseau » du New Age), et les ères se déroulent en sens inverse du zodiaque annuel (Le Taureau, puis le bélier, alors que chaque année, on a la période du Bélier en mars-fin avril, puis le Taureau fin avril-mai, etc.).

Sitchin donne la chronologie suivante :

- -10 800 à -8 640 : lion
- -8 640 à -6 480 : crabe
- -6 480 à -4 320 : jumeaux
- -4 320 à -2 160 : taureau
- -2 160 à 0 : bélier
- 0 à 2 160 : poisson

A des fins de simplifications, le zodiaque 13 d'origine compte 26 000 ans pour la précession des équinoxes (quand on est un ogre vivant plus de 500 000 ans, 80 ans sont des petits reliquats en pertes et profits), et chaque ère dure donc 2 000 ans.

Les effets de bords

Il n'y a pas de délimitations définies aux constellations, et une période de 500 ans de flou peut séparer 2 constellations dans le zodiaque d'équinoxe, surtout depuis que le serpentaire a été retiré, et que les 12 constellations de tailles différentes ne soient imposées.

Les différentes ères dans la tradition ésotérique

Le zodiaque étant important pour les ogres, et donc leurs serviteurs illuminati, leur manière de gérer les hommes suit des cycles. Comme ce sont des dirigeants tout puissants, on retrouve forcément leurs croyances dans l'histoire que ces dirigeants ont imposée au peuple.

Chronologie :

-10 000 à -8 000 : lion

- 8 000 à – 6 000 : cancer

- 6 000 à - 4 000 : gémeaux

écriture (Sumer, Chine, Égypte, etc.), médecine, artisanat, invention de la roue, premiers explorateurs sur les océans.

- 4 000 à – 2 000 : Taureau

En Égypte, en Crète, en Chaldée et en Assyrie, la religion rend hommage au Taureau (comme le taureau sacré Apis en Égypte, emblème de Râ). Sacrifices de taureaux noirs, comme le raconte Homère dans l'Iliade et l'Odyssée, la légende du minotaure (un homme grand et baraqué avec un masque de taureau sur la tête, qui demande des sacrifices humains tous les ans), ou encore les dessins muraux retrouvés sur place (Crête, ou Mithraeum). Les corridas espagnoles sont des survivances de ce culte du taureau, notamment du taurobole, le sacrifice des taureaux dans le culte de Mithra.

-2 000 à 0 : Bélier

En Égypte, les pharaons portant le nom de Ramsès (dérivé de Ram, le Bélier en celte, terme qui subsiste en anglais). En – 2000, dans tout l'Égypte, le culte du bélier Amon remplaça celui du taureau Apis. Le temple de Karnak est précédé d'une double file de béliers et, sur la tombe de Séti 1er (1500 ans avant notre ère), figure un bélier dont la tête est surmontée d'un disque solaire. Chez les hébreux, Abram (devenu ensuite Abraham) est aussi significatif de ce cycle (Ram). Abram signifie « venu du bélier » ou « fils du bélier ». Mais la religion du bélier ne se limita pas à ces contrées. Ce symbole se retrouve aussi en Assyrie, en Chaldée, en Gaule, en Algérie, aux Indes. Toutes les doctrines hindoues sont basées sur le nom bu bélier Ram et sur son appellation ésotérique Agni.

0 à 2 000 : Poisson

La doctrine de Jésus (symbole du poisson pour les premiers chrétiens, avant que les romains en 400 n'imposent la croix sumérienne). le poisson se retrouve partout (sur un vitrail de la cathédrale de Chartres, sur des mosaïques, des stèles, des vases, des bénitiers, des lampes…). Au moyen âge, l'art du blason unit l'image du Christ à celle du brochet, poisson dont le nom latin et Lucius, terme signifiant aussi lumière. Les poissons possèdent un rôle important dans les Évangiles (apôtres qui sont des pêcheurs, multiplication des poissons, pêche miraculeuse).

Hindouisme

Source. Les Aryens sont une branche des Indo-Européens. Leur zone géographique fut ce qui est de nos jours le Nord de l'Inde, le Pakistan, l'Afghanistan, l'Iran et une partie du moyen orient.

Pour des Germains, des Celtes, des Slaves ou des Grecs, c'est bien le terme d'Indo-Européens qu'il faut employer.

Nous avons des documents écrits très anciens nous permettant de bien connaître leur panthéon, comme le Rig-Véda des Indo-Aryens ou l'Avesta des Irano-Aryens.

Les Aryens avaient plusieurs dieux (daivas) lorsqu'ils étaient paganistes, comme Aryaman, un dieu solaire régissant le culte aux ancêtres.

Les Aryens se sont divisés en deux grands sous-groupes après -1 600 :

- les Indo-Aryens dans le Nord de l'Inde,
- les Indo-Iraniens au moyen orient.

Les dieux anciens évoluent alors différemment selon ces groupes :

Indo-Aryens : Les dieux restent des dieux

Le daiva (divinité) aryen devient deva (terme sanscrit) chez les Indo-Aryens.

Les Indo-Aryens restent fidèles aux anciens dieux, notamment la trifonctionnalité indo-européenne :

- Mitra et Varuna sont la fonction de souverains, juridico-ouranienne et magico-religieuse,
- Indra, armé de son vajra (un anneau tenu à la main comme un Ankh, qui lance de la foudre comme Zeus) couvre la fonction de la noblesse guerrière,
- plusieurs divinités (comme les Ashvins) couvrent la fonction de fertilité et fécondité (production et reproduction).

Évolue vers l'hindouisme

Ce panthéon indo-aryen, après plusieurs siècles, finira par évoluer vers la version hindoue actuelle.

Le brahmanisme avec ses cultes aux Dieux Shiva, Vishnou et bien d'autres, est la religion qui a le mieux conservé l'héritage indo-aryen du Rig-Véda.

Indo-Iraniens : Les dieux deviennent des démons

les Indo-Iraniens renversèrent complètement leur approche religieuse des daivas avec leur terme "Daeva" qui désigne un démon. (divinité mauvaise).

Pourquoi ? Parce qu'avec Zarathoustra (estimé entre -1 600 à -1 200), les Indo-Iraniens intégrèrent très tôt des éléments de religiosité étrangère (sémitique entre autres), ce qui les fit glisser vers le dualisme le plus radical, un dualisme où il n'existe plus que deux dieux, le dieu suprême Ahura Mazda, et son antagoniste le dieu mauvais Aryaman. A noter que le dieu de leur identité originelle est devenu le diable, montrant que la nouvelle religion est incompatible avec l'ancienne.

Ce dualisme Indo-Iranien glissera à son tour vers un véritable monothéisme, comme les ethnies sémitiques voisines.

Voir aussi

Sources : «Les Indo-Européens», Iaroslav Lebedynsky, «Les Dieux souverains des Indo-Européens»,

Georges Dumézil, «Mythe et épopée», Georges Dumézil, «B.A.-BA des Indo-Européens», Bernard Marillier, «Les Indo-Européens», Jean Haudry.

Liens internets : La trifonctionnalité indo-européenne, Indo-Européens, la question ethnique, Zarathoustra et le dualisme Indo-Iranien, Le panthéon Indo-Iranien, Indra, le Dieu indo-aryen de la foudre.

Judaïsme

Survol

Le Judaïsme commence avec Abraham, qui veut s'éloigner du sumérianisme originel, et notamment des sacrifices humains devenus inutiles. Tout le Judaïsme est une lutte pour s'affranchir des anciens dieux et rituels sumériens, et d'une société secrète, les grands prêtres sumériens, qui tuent les prophètes, puis ramènent les anciennes croyances du veau d'or à chaque fois...

Judaïsme = sumérianisme (p. 480)

Nous avons vu les mythes sumériens, comparons avec les mythes de la Torah, écrits dans le zone d'influence sumérienne. Sans surprise, la Torah, plus récente, reprend ces mythes anciens, mais en résumé, avec quelques erreurs cocasses de traduction, comme l'arche de Noé.

Hébreux en Égypte = Hyksos (p. 482)

Dans les écrits Égyptiens, aucune référence n'est faite, vers -1 200 (date donnée par la Bible pour l'Exode), au peuple Hébreux qui aurait été mis en esclavage puis qui se serait enfui.

Sauf que si on décale de 400 ans en arrière, tout s'assemble ! Sauf qu'il faut accepter que l'ancien testament a été trafiqué...

Pas de trace de David et Salomon (p. 482)

L'autre point critique du judaïsme, sur lequel pourtant est fondé toute l'eschatologie, c'est que les archéologues ne trouve aucune trace des rois David et Salomon. Sans parler du premier temple qui n'a jamais été trouvé à Jérusalem.

-700 : Josias de Judée assimile la Samarie et écrit la Bible (p. 483)

Lors de l'invasion assyrienne, la Judée trahit la Samarie, assimile les textes des réfugiés, en remplaçant Sichem par Jérusalem, se donne une légitimité historique qu'elle n'a pas, et mélange diverses archives sumériennes au petit bonheur la chance, ce qui explique qu'avant cette date, l'histoire et l'archéologie ne peuvent utiliser la Bible. Les dieux symétriques Yah et Baal donnent l'idée du bien et du mal, le clergé du dieu Baal prenant la royauté, celui du dieu Yah restant les gardiens du temple.

1492 - Expulsion des Juifs d'Espagne (p. 484)

Isabelle la Catholique va changer la face de l'Europe en expulsion les Juifs d'Espagne.

Sabbatéïsme (p. 485)

Dérive satanique du talmudisme, la rédemption par le péché.

Le Noachisme (p. 485)

Une dérive du Judaïsme, fait pour un gouvernement mondial.

Judaïsme = sumérianisme

Genèse = recopie des textes sumériens

[jud] La création de la Terre dans la genèse est une copie des textes sumériens (p. 471).

La déesse Ashera, la parèdre du dieu, symbolisée par l'arbre à 7 branches chez les sumériens, deviendra le chandelier à 7 branches. De manière générale, toutes les déesses sumériennes (Nammu (mère primordiale de la Terre et du ciel), Innana (Isis) et Ninhursag) disparaissent dans l'ancien testament au profit du dieu unique mâle. Enuma Elish Sumérien décrit ce moment où tous les dieux doivent s'incliner devant leur nouveau chef, Marduk (dieu unique) (p. 471).

Enki, le dieu à l'emblème de serpent qui mange les plantes interdites par la déesse Ninhursag, sera remplacé par Eve et Adam pour la faute originelle (p. 472). Le Dilmun (paradis) est remplacé par l'Eden.

Atrahasis sera tout simplement remplacé par Noé (p. 472).

Abraham

Étant natif de la ville sumérienne d'Ur, il connaissait forcément les dieux du Panthéon sumérien (organigramme hiérarchique chez les dieux, le même que vous avez dans votre entreprise, ou en politique…), et donc le triptyque Anu le père, Enlil et Enki les fils. En cananéen, Enlil devient le dieu El. Il est d'abord juste dieu de l'air et du ciel (un prince dieu parmi les autres dieux), avant de devenir, fil du temps, le dieu créateur unique. On retrouve El dans les mots IsraEL, EmmanuEL, GabriEL, etc. Eloha est un dieu au singulier (le dieu a qui est dédié Abraham, le dieu qui possède la région d'Israël), Elohim sont les dieux au pluriel.

Il est très probable que Abraham, le prêtre sumérien (babylonien plus exactement, mais c'est la même chose), ai emporté ses croyances babyloniennes avec lui (croyances déjà déformées par les millénaires), dont le résumé constitue la Genèse de la Bible, et qui seront plus tard encore déformées lors des traductions successives, des nombreuses tribulations juives, et des nombreuses corruptions qui seront apportées au texte par les dirigeants successifs.

Moïse

Moïse jeté dans le fleuve avec son berceau est l'histoire du roi sumérien Sargon (p. 473). Sauf que si Sargon pouvait le faire (pas de crocodiles dans l'Euphrate), c'est strictement impossible dans le Nil...

Le décalogue de Moïse et le Mosaïsme seront inspirés, non pas par Dieu, mais par le code Hammurabi babylonien.

Salomon

Le Cantique des cantiques est une suite empruntée au chant sumérien du mariage sacré : même style, même thèmes, détails, vocabulaire, mêmes personnages, monologues, dialogues, même langage fleuri et redondant. Voir par exemple le chant d'amour de Shu-Sin au chapitre 21 (p. 470).

Autres

L'Esther du livre d'Esther vient de la déesse babylonienne Ishtar. Mardochée est le dieu assyrien Mardukéa.

Le thème de Job découle directement des tablettes sumérienne de Nipur. Il utilise les termes même du « poème de la Création » qui décrit le combat de Mardouk contre Kingou: Yahvé brise le crâne de Léviathan comme Marduk celui de Nibiru (ou Tiamat, les historiens ne sont pas sûrs).

Isaïe 9:11 est largement inspiré du texte sumérien qui décrit la descente aux enfers du monarque Ur-Nammu qui arrive dans le Kur.

Les lamentations de Jérémie sont reprises de « La lamentation sur la destruction de Nippur », récit sumérien.

Ézéchiel est inspiré de la déesse babylonienne Ishtar. Les sumériens l'adoraient sous le nom d'Innana, épouse de Dumuzi, le Tammouz de la Bible.

Noé hébreux = Ziusudra sumérien

Nous avons vu les mythes du déluge sumérien d'Atrahasis (p. 472).

Tablettes sumérienne = Propagande

Ne pas oublier que ces tablettes sont écrites par les serviteurs des ogres, sous dictées du dieu lui-même. Ce n'est jamais la vérité complète qui est racontée. Le dieu doit toujours avoir le bon rôle, sauf si la tablette doit dénigrer le dieu voisin. Les ogres n'hésitaient jamais à dire qu'ils avaient sauvé les hommes, alors qu'au contraire ils n'avaient au mieux rien fait, au pire avaient volontairement saboté les chances de leurs esclaves qu'ils estimaient en surnombre, et qu'ils coinçaient en masse dans les villes submergées par le déluge pendant qu'eux avaient des bateaux submersibles de secours comme l'arche.

Mauvaise recopie

Cette mauvaise recopie, dans la Bible, des tablettes sumériennes, est un exemple édifiant de ce que les mauvaises traductions, involontaires, peuvent faire.

Pensez à ces millions de moines copistes qui en 2 700 ans, se sont usé les yeux à recopier, à la virgule près, des milliers de page, alors qu'à l'origine, les traducteurs du roi Josias ont été obligé de créer les textes dans l'urgence.

Histoire réelle déformée

L'histoire de Noé a été romancée et déformée parce que les gens qui l'ont gardé en mémoire manquaient de connaissances et de faits concrets. Il ont donc essayé de comprendre l'événement à leur manière, c'est comme cela que se forment les mythes et les légendes.

Il faut savoir que l'histoire de Noé de l'ancien testament est un plagiat d'un récit sumérien parlant du Roi Ziusudra et d'un immense déluge.

Contenu de l'arche, "sa" au lieu de "la"

A l'intérieur, selon les instructions de son maître Enki, Ziusudra stocke de la nourriture pour lui et sa famille, mais aussi pour quelques animaux d'élevage dont Enki lui a demandé de prendre un couple de chaque espèce.

L'histoire sumérienne ne dit pas qu'il prend un couple de tous les animaux de LA Terre (ce qui est techniquement impossible, nous le savons aujourd'hui), mais un couple de chacun des animaux de SA terre ("s" au lieu de "l", et tout change !).

Ziusudra emporte juste du bétail vivant avec lui, pour relancer rapidement une ferme par la suite. Penser au nombre d'images avec des éléphants montant dans l'arche, au nombre de livres relevant l'idiotie de la chose, tout ça pour une lettre égratignée sur une vieille tablette en terre crue...

Les graines oubliées

Ce que les traducteurs hébreux ont oublié de recopier (ou alors avaient-ils perdus la tablette correspondante), c'est que Ziusudra a aussi emmené des graines pour relancer les cultures par la suite.

Noé laissé seul à lui-même

Preuve que jamais Enki n'avait prévu de sauver Ziusudra, c'est qu'une fois le déluge arrivé, on ne revoit plus Enki, il n'aide en rien son "élu".

Incohérences

Lévitique 11:6 "Vous ne mangerez pas le lièvre, qui rumine, mais qui n'a pas la corne fendue". Le lièvre n'est pas un ruminant !

Deutéronome :

- 20:16 « Mais dans les villes de ces peuples dont l'Éternel, ton Dieu, te donne le pays pour héritage, tu ne laisseras la vie à rien de ce qui respire. » Étrange Dieu qui commande d'exterminer la vie, c'est à dire les hommes, les femmes, les enfants et les animaux…
- 34:5 La mise en terre de Moïse. Sachant que c'est lui qui est censé avoir écrit ce récit, ça pose un problème…

Rois 1:34 Les remparts de Jérusalem sous le roi Salomon: à cette époque là, Jérusalem, un modeste village, n'était pas fortifié (mais Ninive oui).

Ashera, la femme de Yaveh dans l'archéologie

Comme toutes les divinités sumérienne, le dieu Yaveh avait sa parèdre, Ashera. Le prophète Jérémie, en exil avec les Juifs déportés à Babylone, reproche à ses compatriotes leur vénération pour cette déesse du passé, représentée sur des statuettes comme une femme aux seins nus proéminent (d'où la mode du silicone actuel chez les FM USA, donnant aux actrices des seins énormes et laids ?).

Par la suite, les prophètes voulant imposer un dieu unique non humains, parviendront à effacer cette déesse (Terre-Mère), qui était symbolisée chez les sumériens par un palmier/dattier à 7 branches dressées vers le ciel.

Ashera/Ishtar s'éclipse de la vie de Yahvé au moment de la grande réforme religieuse entreprise par le roi Josias (-7e siècle) et terminée par le scribe Esdras (-5e siècle).

Mais les illuminatis conserveront cette déesse dans le culte, en créant spécialement le chandelier à 7 branches, ressemblant comme 2 gouttes d'eau au palmier d'Ashera... Tout comme les fête de Pâque sont associées à la déesse de la Lune, dont le "easter" anglais est directement issu de "Ishtar" (Ashera).

Hyksos égyptiens = hébreux

Les historiens ne trouvent pas trace des hébreux en Égypte en -1300, date donnée par la Bible pour dater l'exode.

Pourtant, on retrouve trace des Hyksos en -1600 dans les manuscrits Égyptiens, mais nos historiens semblent peu enclin à remettre la datation de la Bible en question…

Les hyksos, des sémites, se sont intégrés à la société égyptienne, en ont pris le pouvoir, avant que les révoltes populaires et les armées égyptiennes ne les renvoient dans le désert. Malgré une histoire identique à celle de la Bible, les historiens n'ont pas fait le lien...

Chose dont on est sûr, c'est qu'il n'y a pas d'esclavage économique en Égypte en règle générale, surtout sous les premiers empires (on en est moins certain dans les derniers siècles, parce qu'il y a une très forte influence extérieure notamment sous la période des Hyksos).

Ces fameux Hyksos sont vraisemblablement des gens venus de l'Est, d'origine sémite, tout au plus venus du Proche-Orient. On pense généralement qu'ils venaient de Syrie et qu'ils avaient un rapport avec les bédouins du proche-Orient. On sait aussi que certains des noms de rois Hyksos, de type cananéen, font penser à des références bibliques : Le 3e roi Hyksos s'appelait Yakoub-Her, ce qui est très proche de Yacob / Jacob, le premier hébreux à avoir, selon la Bible, atteint un rang élevé sous le règne d'un Pharaon (vizir du pharaon). Ce Jacob aurait fait venir toute sa famille (c'est à dire son peuple) en Égypte suite à une grande famine.

Cette position privilégiée aurait pu permettre aux hébreux non pas d'envahir l'Égypte, mais d'y être assimilés, notamment dans les chaînes de pouvoir (les hébreux sont originaire d'Ougarit et sont connus pour leur grande érudition, probablement d'origine mésopotamienne). Yacob fut grand vizir du pharaon, c'est à dire premier ministre, le poste le plus élevé en Égypte après le Roi. Il aurait suffit de quelques générations pour que les Hyksos finissent par faire un putsch et renversent les pharaons légitimes.

La guerre civile entre les dirigeants Hyksos au Nord et Égyptiens de souche au Sud a duré plusieurs siècles, et on sait de source sûre que cela a mal fini, notamment avec l'expulsion des Hyksos.

Les dirigeants Hyksos auraient été battus militairement par les Égyptiens du Sud et la lignée légitime remise en place. Cette reconquête de l'Égypte par les lignées pharaoniques a abouti sur un exode massif et rapide des élites hyksos, et probablement que les moins fortunés / les prisonniers aient pu être punis pour ces siècles d'usurpation. Les hébreux - hyksos ayant été intégrés au peuple égyptien, la partie populaire a probablement été piégée et a payé pour les erreurs de leurs élites. Qu'il n'y ait pas eu d'esclavage en Égypte ne veut pas dire que suite à cette guerre et à la fin des Hyksos, une partie de ceux-ci n'ait pas été maltraitée et stigmatisée dans la société égyptienne, avec les abus que l'on connaît dans ce genre de situation. Il est fort possible par exemple, que les Hyksos, qui avait mis la main sur les trésors d'Égypte en usurpant le trône, se soient enfuis avec lors de leur débâcle. Les Égyptiens auraient alors très bien pu faire payer aux Hyksos restés en Égypte par des travaux forcés le vol ainsi perpétré, ce qui expliquerait que les hébreux n'étaient pas payés mais vivaient tout de même dans des quartiers indépendants, avec leurs propres organisation sociale. Le terme esclave n'est donc pas totalement juste, ils n'étaient pas au service des particuliers. Leur condition se rapportait plus à des camps de travail ou de prisonniers comme on a pu en voir pendant la seconde guerre mondiale par exemple.

Ces Hyksos ont été chassés d'Égypte par les Rois/ pharaons Égyptiens vers -1548 selon nos données actuelles (comme par hasard, il y a 3 600 ans...).

Il est rapporté qu'après la chute de la ville d'Avaris, les Hyksos fuyant l'Égypte furent pourchassés par l'armée du Pharaon jusqu'au Sinaï. Ce n'est pas la Bible qui le raconte, ce sont bel et bien des récits royaux Égyptiens. Ensuite, d'autres textes Égyptiens, connus sous le nom de "manuscrit d'Ipuwer" ou "d'Ipou-Our", décrivent des fléaux identiques à ceux que l'on trouve dans l'Exode, preuve que les sémites n'ont pas été les seuls à rapporter ces événements. Or ces deux sources se situent toutes les deux au alentours de -1600, au moment du dernier passage de Nibiru (3600 ans avant notre ère). Alors oui, les faits ont été déformés dans la Bible, mais ils ont une base historique, et peuvent être recoupés avec d'autres écrits d'autres peuples.

Pas de trace de David et Salomon

Seuls ces 2 rois manquent

La Bible ne donne pas de date. Mais en recoupant les épisodes bibliques après Moïse, avec les archives des peuples voisins, et en faisant des fouilles pour voir si cette époque correspond réellement à une expansion géographique ou d'objets lointains, les archéologues et historiens arrivent à retrouver à peu près tous les événements de conquête de Canaan, comme dater en -800 un événement après Salomon, et en -1 000, un événement avant David.

La plage -1 000 à -800

Problème, c'est qu'à l'intérieur de cette plage, les David et Salomon de la Bible ne correspondent à rien de réel (soit sur le terrain, soit dans les archives voisines).

Voir les travaux archéologiques du professeur Israël Finkelstein, notamment les fouilles de Megiddo.
On ne retrouve presque aucune trace archéologique de Jérusalem sous le règne (officiel) de David et Salomon (-1000 à -800). Les fouilles ont prouvé que la ville n'était à ce moment là qu'un petit village d'une centaine d'âmes, sur l'emplacement dit de la "cité de David", c'est à dire le plateau de l'esplanade. La ville est ensuite détruite lors de diverses invasions.
Jérusalem n'a connu que 2 période majeures d'expansion : -1800 à -1600, et -800 à -700.
C'est vers -20 que le temple d'Hérode le grand sera bâti sur modèle romain.

Le faux sur le temple de Salomon

Comme toujours, on retrouve des faux visant à prouver la Bible. Ainsi, l'antiquaire Oled Golan sort en 2001 la tablette dite de "Jehoash" écrite en hébreu ancien, censée décrire la réparation du temple de Salomon par un roi ultérieur. Sauf que si la face arrière de la tablette est véridique (ne parlant pas temple, et datée de plus de 2 000 ans), la face avant est un faux : une patine à la craie a été appliquée dessus (qui part à la main...), elle est microbillée pour éroder les gravures récentes des caractères faites au forêt (dont on retrouve les traces, au contraire des caractères de la face arrière). La craie de la face avant contient de minuscules de fossiles de foraminifères (type de craie qu'on ne trouve qu'au bord de la mer en Israël), chose qu'on ne retrouve pas sur le calcaire de la face arrière.

Ce faux avait fait du bruit, vu que c'était le seul vestige archéologique confirmant que le roi Salomon avait existé, qu'il avait régné sur Jérusalem, ainsi que l'existence de son temple, symbole de l'age d'or des Hébreux. Une manière pratique de valider les prétentions de ceux qui veulent annexer le mont du temple...

Oded Golan s'était aussi fait connaître pour l'ossuaire de Jacques, dont là encore il s'avère que c'est un faux en 2003. Quand la police perquisitionne son domicile en 2004, elle découvre un atelier à produire des faux, avec plusieurs faux historiques en cours d'élaboration...

En regardant l'enquête pour montrer la falsification, les protections en haut lieu et les moyens élaborés et chers pour produire ces faux, on peut se demander si les falsificateurs n'ont pas eu des appuis haut placés, cette preuve allant dans le sens du gouvernement de l'époque.

Tous les objets authentifiant l'histoire biblique d'Israël, découverts depuis plus de 15 ans, étaient des faux !!! C'est monumental comme mystification historique (tous les musées internationaux s'étaient fournis auprès d'Oled), comment cela a t il pu durer aussi longtemps sans éveiller de soupçons ?

Le temple de Tel Motza

Selon la Bible, il n'y avait qu'un seul temple autorisé en Judée suite aux réformes des rois Ézéchias et Josias, celui de Salomon à Jérusalem. Or, le temple de Tel Motza montre qu'il y avait plusieurs temples actifs et autorisés par les rois à cette époque.

Les vrais artefacts négligés

Et à l'inverse, les tablettes sumériennes du récit de la création, scientifiquement prouvées et reconnues, dont la genèse est une copie mal traduite (ce qui mets à mal tout l'ancien testament et la validité des revendications des orthodoxes Juifs sur le royaume d'Israël), ne font l'objet d'aucune publicité scientifique, laissées dans l'oubli dans les formations des historiens.

La véritable origine de notre civilisation n'est donc pas hébreuse mais piquée aux sumériens, encore une preuve de la non grandeur historique ou unifiée du peuple hébreux, celle qui justifiait la création d'Israël en 1947. Voilà pourquoi politiquement, ces découvertes passent à la trappe. L'histoire est trafiquée dans tous les sens pour servir les intérêts de l'idéologie du moment, quelque part rien de nouveau...

Les implications politiques

Reconnaître que Salomon et son temple de Jérusalem n'ont jamais existé a beaucoup de conséquences : on a dépossédé les palestiniens de leur pays sous le prétexte qu'ils l'avaient piqués aux hébreux. Les sionistes, les premiers partisans et fondateurs idéologiques d'Israël, ont fondé leur combat sur l'espoir de rétablir la grandeur du Royaume hébreux, royaume qui n'a jamais existé comme l'archéologie le prouve.

Hypothèses

- soit David et Salomon sont inventés,
- soit ils n'appartiennent ni à la Jérusalem actuelle, ni à l'époque -1 000 à -800 comme le veut la doxa.

Date antérieure

Même si David et Salomon avaient vécu ailleurs qu'à Jérusalem, aucun roi hébreux puissant n'existe après -1 600. Il faut donc les chercher avant.
On sait que Ougarit existait vers -1 800 (sans qu'on sache depuis quand), et périclite vers -1 500 (comme toute la région, passage du Nibiru). Les dieux hébreux (Baal, Ashera et Yaw) viennent d'Ougarit.
Megiddo est l'armageddon de l'apocalypse, le lieu où les rois de la Terre se rassemblent pour faire la guerre. Cette ville est mentionnée dans des écrits égyptiens, le pharaon Thoutmôsis 3 assiégea la ville, qu'il prit le 14 avril -1457. Or, la Bible (1. Rois, 9,15) nous dit que Salomon fortifia Meggido. On peut donc penser que si la ville est assiégée (fortifications) en -1 500, c'est que Salomon a vécu avant -1 500...
D'autres indices existent : comme le fait que la Judée a absorbé l'histoire de la puissante Samarie du Nord, et que les samaritains considèrent que le temple du Mont Gazrinim, construit vers -2000, est celui du roi Salomon. Un roi Salomon dont le Cantique des cantiques a été écrit par le roi Shu-Sîn vers -2000 aussi...

-700 : Josias de Judée assimile la Samarie et écrit la Bible

Les travaux du professeur I. Finkelstein (coresponsable des fouilles de Megiddo (25 strates archéologiques, 7 000 ans d'histoire à livre ouvert), et directeur de l'Institut d'Archéologie de l'Université de Tel-Aviv), montrent l'histoire suivante (qui fait référence actuellement) :

La Bible la plus ancienne fut écrite seulement au -7eme siècle, sous le règne du roi Josias de Judée, petit territoire désertique très pauvre. En -722, les assyriens viennent d'envahir les régions riches du Nord (Samarie), obligeant une bonne parti des habitants à se réfugier en Judée.

Pour unifier ces nouveaux arrivants avec son peuple, le roi mandate alors des rédacteurs pour créer une histoire, une filiation lointaine; qui présente un royaume unifié et glorieux !

Le début du livre (les 12 premiers chapitres constituant la Génèse) sera une traduction et un résumé des textes sumériens qui avaient cours chez tous les peuples de l'ancienne Sumer. C'est ce qui explique que le déluge provienne des légendes et mythes de la grande Mésopotamie.

L'exode d'Égypte et les rois David et Salomon semblent intégrés de force aux mauvaises dates pour obtenir une chronologie un minimum logique et un passé glorieux disant que Judée et Samarie n'était qu'un seul territoire.

Dans cette Bible de Judée (qui instaurera la religion dite Judaïsme (en référence au mot Judée), les 2 royaumes sont présentés à l'inverse de la réalité : La Samarie étant le royaume présenté comme pauvre et dirigé par des rois insignifiants, tandis que la Judée était présentée comme un royaume prospère dirigée par le grand roi David puis Salomon (d'où, en plus de leur déplacement dans le temps, sont aussi déplacés dans l'espace). En réalité, Israël ne se développe qu'après que Sichem soit tombée au mains des perses.

Malgré cet arsenal de propagande, Josias, qui s'était attribué le titre de Messie (dans le sens celui qui réunifiera Israël), sera tué par les égyptiens, mettant court au processus d'unification.

Influence sur les divinités

Le dieu Ugaritique Yaw est le dieu de Judée (avec sa femme Ashera), tandis que la Samarie vénérait le dieu Baal (le frère de Yaw, symbolisé par un taureau). C'est donc le dieu Yaw qui sera mis à l'honneur dans cette Bible de Judée.

Le passage de Yahweh, chef d'un panthéon polythéiste, à un dieu unique (monothéisme), est l'objet d'un conflit perpétuel au sein du peuple d'Israël. Outre la Bible, qui relate les allées et venues incessantes entre les deux, les papyrus des Juifs d'Éléphantine en Égypte montrent que le culte de Yahweh cohabite encore avec d'autres cultes encore au -4e siècle.

Pour exemple, l'épisode du veau d'or (Baal) dès que Moise (tenant du monothéisme) s'absente.

Preuves de la falsification de la Bible

Certaines histoires sont des recopies de textes sumériens ou Babyloniens, d'autres sont peut-être réelles (comme le roi Shu-Sîn devenu Salomon), mais décalés dans le temps et dans l'espace (ce qui explique que les historiens ne les retrouvent pas), ce qui a laissé au passage de belles coquilles, comme Moïse bébé lâché dans un fleuve infesté de crocodiles ! Mais voyons quelques incohérences en détail.

Aucune trace de David et Salomon à cette période, que ce soit à Jérusalem ou a Sichem.

Le récit de la naissance de Moïse (plagiat pratiquement mot pour mot de la légende du roi Sargon II de Mésopotamie). Dans le récit mésopotamien il est dit que le berceau sur le fleuve avait été enduit de bitume. Passage repris pour Moise . Or le bitume n'était pas connu/disponible dans la région où Moise était censé être né ! Par ailleurs, à la différence du fleuve de Sargon , le Nil était infesté de crocodile, et il ne serait venu à personne l' idée d' y faire flotter un berceau !

D'autres incohérences du à un plagiat massif par le roi Josuas : l'aventure d'Abraham est censée avoir débuté vers -1 800. Or dans le récit de son périple , il est fait mention de lutte contre les philistins et de passage de caravane de chameaux :

- Les invasions philistines n'ont pas eu lieu avant -1 200,
- Le chameaux n' a été domestiqué dans cette région du monde que vers -1 000,
- Les caravanes de marchands nomades à chameaux n'ont connu leur essor que vers -700

Abraham a sûrement existé, mais toutes les tribulations qui lui sont attribuées sont un mélange de plusieurs histoires arrivées plus tardivement, à d'autres personnes.

D'où l'impossibilité de se fier à la Bible au niveau historique et chronologie des événements.

1492 - Expulsion des Juifs d'Espagne par Isabelle la Catholique

L'année 1492 est aussi la découverte de l'Amérique, et création du faux linceul de Turin, pas de hasard.

Événement majeur de l'histoire juive. Le décret de l'Alhambra marque la fin d'une présence millénaire et d'une culture épanouie sur le sol ibérique, et entraîne une diaspora massive remodelant considérablement le visage des communautés juives du bassin méditerranéen et d'une partie de l'Europe occidentale, un développement majeur de la Kabbale et d'un phénomène inédit, le marranisme, dont les ramifications philosophiques contribueront à la modernisation de l'Europe et de ses idéaux.

Cette expulsion s'inscrit dans la rechristianisation de la péninsule Ibérique (Reconquista) entreprise par les souverains espagnols, après des siècles de bonne entente avec les musulmans, période pendant laquelle les Juifs ont connu une ère de prospérité culturelle inégalée jusqu'alors, développant la plupart des domaines de savoir juifs, dont la philologie hébraïque, la poésie et la philosophie juives, sous l'influence de la science arabe.

sabbatéïsme

Si les prophéties annoncent un réformateur spirituel (venant annoncer qu'il n'y a pas de peuple élu, que dieu n'est pas dans un temple), les illuminatis Juifs attendent le retour du dieu physique Yaveh, et les prophéties mal comprises et mélangées ont donné l'illusion d'un roi guerrier qui vient reconquérir Sumer (le grand Israël) et reconstruire le temple.

Ils furent nombreux les messie auto-proclamés à galvaniser les Juifs en exil, mais l'un d'eux à particulièrement marqué les élites juives, ne serait-ce que par sa pensée. Considéré comme le plus vaste mouvement messianique de l'histoire juive, Sabbataï Tsevi nait à Smyrne, l'actuelle Izmir, en 1626.

montrant dès son plus jeune âge un manque notable d'intérêt pour l'étude de la doctrine juridique et du Talmud, il se tourne rapidement vers l'ésotérisme et la Kabbale. Cette tradition de pensée censément secrète et élitiste avait connu, au siècle précédent, une explosion considérable. Safed, ville mineure de Palestine, était devenue en quelques années le centre d'une nouvelle Kabbale qui réunissait en une seule doctrine la tradition apocalyptique et messianique populaire et la tradition ésotérique, contemplative et mystique. Longtemps la Kabbale ne s'était pas préoccupée du Messie. Centrée sur une quête intérieure et individuelle de sagesse, la seule rédemption qu'elle rendait pensable était d'ordre personnel et métaphysique, là où la vieille apocalyptique juive espérait une rédemption historique et collective d'Israël, un rachat de la chute, de la dissémination, de l'exil.

Armé de la théologie de Luria, la seule à être métaphysiquement à hauteur de l'époque, et s'appuyant sur un passage du Zohar annonçant par de savants calculs la rédemption d'Israël pour l'année 1648, Sabbataï Tsevi se proclame Messie, à 22 ans.

Se révélant maniaco-dépressif et bipolaire, Sabbataï quitte la ville en 1651. Lors de ses phases d'exaltation, il réalise ces fameux « actes étranges » qui constituèrent plus tard sa légende noire. Entonner des chansons d'amour plutôt que des psaumes, prononcer le Tétragramme, s'empiffrer un jour de jeûne officiel, sans parler de son mariage avec une prostituée et elle-même convaincue que son destin est de devenir reine d'Israël …

Sabbataï Tsevi retrouve sa ville natale à l'automne 1665, presque 15 ans après son excommunication. Les autorités rabbiniques locales sont déposées ; à la nouvelle année, Sabbataï Tsevi est proclamé Roi et Messie à la synagogue. Des échos enthousiastes de sa proclamation atteignent les communautés juives d'Italie, d'Allemagne, des Pays-Bas, tout particulièrement à Hambourg et Amsterdam ; au sud de la Méditerranée, le mouvement prendra du Maroc au Yémen. Quittant Smyrne pour Constantinople, où doit s'accomplir la prophétie de Nathan, Sabbataï Tsevi est arrêté et emprisonné en février 1666. Extrêmement bien traité par les autorités ottomanes qui veulent éviter d'en faire un martyr, il mène une vie spectaculaire et somptueuse en prison, violant à plusieurs reprises les jeûnes traditionnels, recevant des émissaires de divers foyers messianique en Europe et en Afrique du Nord. Partout dans la diaspora, des Juifs vendent leurs biens pour retourner en Terre sainte, convaincus que le jour de la rétribution est proche. Des rumeurs de conquête et de terreur circulent ; et l'on ne saurait insister suffisamment sur l'incroyable massification de la croyance messianique au cours de ces quelques mois de prison.

Alors que son sacre s'annonce, Sabbataï Tsevi se converti à l'islam, ruinant tous les espoirs des juifs. La moitié vont croire que les Ottomans l'ont menacé de mort, d'autre que c'était un mythomane.

Sabbataï transgressait les lois juives, en disant qu'il avait racheté le péché originel, et qu'on n'était plus obligé de se limiter par les lois du dieu Yaveh.

Le raisonnement est le suivant : s'il viole le jeûne avec autant de légèreté, c'est qu'il s'est libéré du péché. Plus radicalement, la loi est ce par quoi le péché se maintient en ce monde, puisqu'elle repose sur la connaissance du bien et du mal, fruit défendu goûté par Eve. Chaque fois que nous observons la loi, que nous distinguons le bien du mal, nous répétons le geste du péché originel. Que faire, alors ?

Au paradis se dresse un autre arbre, l'arbre de Vie, qui ignore les distinctions, les limitations et les négations, qui ignore la loi. C'est la contemplation de cet arbre qui constituait l'ultime accomplissement kabbalistique, et la rédemption achevée. Il faut donc défaire la loi. Sabbataï (via son disciple/prophète Nathan) développe toute une conception de la Torah qui donne à l'aspect normatif du texte le caractère d'une barrière entre Dieu et l'humanité rachetée. D'où la fameuse formule : « L'accomplissement de la Torah, c'est sa transgression », c'est-à-dire que pour retrouver la perfection de la présence divine, il faut s'aventurer là où la Torah comprise comme texte de loi nous empêche d'aller ; il faut passer outre les lignes tracées par la doctrine, et descendre dans les profondeurs du monde matériel retrouver les étincelles de lumière divine qui y subsistent. Il faut donc ignorer la loi pour s'élever ; que ceux qui écoutent encore la parole divine n'y entendent plus la menace sourde du jugement, mais le serment d'un monde à venir, enfin délié du destin.

C'est la rédemption dans le péché : plus on transgressera la loi divine (comme tuer sans vergogne pour transgresser "tu ne tueras point", assassiner des enfants en les torturant), plus "dieu" nous récompensera... Le satanisme à l'état pur. Il est supposé que si Trotsky cherchait à tuer autant les populations russes en 1917, c'est en suivant la doctrine de Sabbataï Tsevi, le sabbatéïsme.

Comme l'apostasie est le plus grand péché possible, la conversion de Sabbateï Tsevi a été vu comme une voie à suivre, surtout par les élites égoïstes qui aiment n'avoir personne au-dessus d'eux. Se déclarer juif, tout en faisant l'exact contraire de ce qu'il y a dans les textes...

Noachisme

C'est Pierre Hillard (p. 57) qui décrit cette religion.

Noachisme ou religion universelle (loi de Noé ogre) allant de pair avec une politique universelle.

Issu directement du judaïsme talmudique, le noachisme s'applique uniquement aux Gentils (les non-Juifs).

7 commandements

Cette religion universelle se subdivise en sept commandements :

1) obligation d'avoir des magistrats (faire respecter les lois compliquée incompréhensibles)

Interdit :

2) le sacrilège

3) le polythéisme

4) l'inceste

5) l'homicide

6) l'usage d'un membre d'un animal vivant.

Les Juifs dominent

Le peuple Juif, régi par le mosaïsme (la loi de Moïse) est considéré comme le peuple prêtre, intermédiaire entre les non-Juifs et le dieu unique (le monothéisme). Le catholicisme est polythéiste en raison de la Trinité.

Doctrine

Le messie Juif apportera un nouvel Eden sur Terre. Espérance du bonheur purement terrestre reposant sur l'idée du « Progrès », que nous retrouvons sous des formes variées dans le marxisme et le libéralisme. En contradiction avec le catholicisme. La religion trinitaire, considérant le passage sur Terre comme des expériences et un tremplin pour l'après (mon royaume n'est pas de ce monde).

Le messie antéchrist

le Congrès des USA a adopté dans le cadre de « l'Education Day », le 26 mars 1991, la reconnaissance des lois noachides comme socle de la société américaine. Il semblerait que les choses s'accélèrent. En effet, le 23 septembre 2012, toutes les communautés juives du monde ont appelé, par une courte prière, à l'arrivée du Messie (Mashia'h).

Consécration des USA

Le texte H.J.Res.104 — 102nd Congress (1991-1992), signé par les 2 chambres du congrès et le vice président.

Considérant que le Congrès reconnaît la tradition historique des valeurs et principes éthiques qui sont à la base de la société civilisée et sur lesquels notre grande nation a été fondée ;

Attendu que ces valeurs et principes éthiques ont été le fondement de la société depuis l'aube de la civilisation, lorsqu'ils étaient connus sous le nom des Sept Lois de Noé ;

Attendu que sans ces valeurs et principes éthiques, l'édifice de la civilisation court le grave risque de retourner au chaos ;

Attendu que la société est profondément préoccupée par l'affaiblissement récent de ces principes qui a entraîné des crises qui ont mis en péril et menacent le tissu de la société civilisée ;

Attendu que la préoccupation justifiée à l'égard de ces crises ne doit pas faire perdre de vue aux citoyens de cette nation leur responsabilité de transmettre aux générations futures ces valeurs éthiques historiques de notre passé distingué ;

Attendu que le mouvement Loubavitch [celui qui incite Netanyahu a activer la venue du messie] a encouragé et promu ces valeurs et principes éthiques dans le monde entier ;

Attendu que le rabbin Menachem Mendel Schneerson, chef du mouvement Loubavitch, est universellement respecté et vénéré et que son 89e anniversaire tombe le 26 mars 1991 ;

Attendu qu'en hommage à ce grand chef spirituel, "le rabbin", sa 90e année sera considérée comme une année "d'éducation et de don", l'année dans laquelle nous nous tournons vers l'éducation et la charité pour rendre au monde les valeurs morales et éthiques contenues dans les sept lois Noachides ; et considérant que cela sera reflété dans un parchemin d'honneur international signé par le président des USA et d'autres chefs d'État : Maintenant, donc,

qu'il soit résolu par le Sénat et la Chambre des représentants des USA réunis en Congrès, que le 26 mars 1991, début de la 90e année du rabbin Menachem Schneerson, leader du mouvement mondial Lubavitch, soit désigné comme "Journée de l'éducation, USA". Le Président est prié de publier une proclamation appelant le peuple des USA à observer cette journée par des cérémonies et des activités appropriées.

Président de la Chambre des Représentants.

Vice-président des USA et président du Sénat.

Catholicisme romain

Avant de donner un sous à l'Église, regardez dans quel luxe baigne le Vatican... : ces ultra-riches aux moeurs douteuses, ont-ils réellement besoin de votre contribution ? Sont-ils dans le partage ?

Survol

Des romains partout dans l'Église catholique romaine

Les romains ont tué Jésus. Ils ont massacré les premiers chrétiens. Malgré la tentative de perversion de Paul le romain (qui voyant l'échec des génocides directs, a joué l'infiltration et la manipulation), les romains n'ont pas pu pervertir complètement le message original. Les massacres de chrétiens par les romains ont continué plus de 360 ans, avant que les empereurs ne changent de stratégie (plus de la moitié de la population ayant adopté le message d'amour de Jésus).

Le catholicisme est créé 400 ans après Jésus, sous l'ordre des empereurs romains, ce qui leur permets surtout d'écrire LEUR version de la Bible, tout en pervertissant au maximum le message de Jésus (en reprenant les versions Pauliennes notamment, et en jetant

85% des textes existants sur Jésus, apocryphes trop dangereux pour le pouvoir en place).

Les historiens peinent à trouver des écrits prouvant l'existence du Jésus historique, mais s'ils pouvaient accéder à la fameuse bibliothèque secrète du Vatican à Rome, la plus grande bibliothèque du monde...

Paul le désinformateur (p. 487)

La première déformation du christianisme vient de Paul, celui qui après avoir massacré les juifs devenus chrétiens, décida, face à l'ampleur que prenait le mouvement, d'infiltrer le mouvement (soutenu par l'occupant romain, alors que les apôtres devaient se cacher et étaient persécutés et tués), en s'autoproclamant héritier spirituel d'un Jésus qu'il n'a jamais connu.

Bible écrite par l'empereur romain (p. 487)

La Bible que nous connaissons a été écrite en 340 après JC, à partir d'évangiles dont la plupart ont été supprimés, mal traduits du grec au romain, et donnant la part belle aux écrits de St Paul, un romain envoyé par Rome pour pervertir le message de Jésus.

Mauvaises traductions (p. 488)

La Bible est une série de traductions au cours de l'histoire, dont il est facile aujourd'hui de constater l'ampleur... Comment tirer quoi que ce soit de versions bibliques aussi disparates d'une langue à l'autre ?

Fusion des 3 religions romaines (p. 490)

Le christianisme, religion du peuple, représente 50 % de la population romaine. Les 2 autres religions sont le culte de Mithra, un culte à mystère (réservé aux initiés riches) réservé aux élites romaines, comme les généraux des armées ou même l'empereur.

La vérité est a peu près connue (p. 498)

Les falsificateurs ont fort à faire pour falsifier de tels enseignements plein de sagesse.

Le Coran est venu restaurer la vérité qui avait été corrompue par les empereurs romains.

De nos jours, la découverte des manuscrits de Qumrân (dits aussi "de la mer morte") et de la bibliothèque de Nag Hamadi, montrent toute la corruption qui a eu lieu lors de l'écriture de la Bible catholique.

Incohérences diverses (p. 499)

Quand on censure, qu'on falsifie et qu'on traduit mal, apparaissent au fil du temps des boulettes. Voyons les plus grosses.

Paul le désinformateur

Paul, après avoir massacré les chrétiens, aurait, selon lui et ses complices, eu la révélation divine (il n'était pas là pour l'esprit saint qui descend sur les apôtres, il n'a jamais connu Jésus, il fallait bien qu'il s'invente une crédibilité pour ceux qui voudraient bien croire les propos d'un égocentriques qui se prête plus de qualités que ne lui en reconnaissaient ses contemporains... D'ici à penser qu'il s'agit d'un mythomane en manque de reconnaissance et de gloriole, il n'y a qu'un pas...).

Il y a les actes des apôtres qui contredisent la gloire que Paul s'attribue dans ses écrits. Si Paul était soit-disant un brillant orateur, pourquoi est-il tourné en dérision par les Corinthiens à cause de «sa faiblesse et de la nullité de sa parole» (2 Corinthiens 10,10) ?

Pourquoi les Actes évitent-ils de lui attribuer le titre d'apôtre, alors que lui-même ne cesse de le revendiquer dans son courrier : «Paul, Apôtre, non de la part des hommes, ni par un homme, mais par Jésus Christ et Dieu le Père…» (Galates 1,1) ?

Il se fâche avec Pierre (Ga 2,11-14), car Pierre refuse de manger avec les chrétiens non-juifs (respectant la consigne de Jésus, pour lequel sa réforme n'était adapté qu'à une culture, le but n'étant pas d'écraser les autres cultures ou religions).

Matthieu 15:24 "[Jésus] répondit : Je n'ai été envoyé qu'aux brebis perdues de la maison d'Israël."

Les propos de Paul concernant les femmes lui ont été vivement reprochés, et ont été opposés à la sollicitude que Jésus a manifestée à leur égard.

Citoyenneté romaine et juive

Ce point mets les historiens mal à l'aise, parce que cette double citoyenneté n'est normalement pas possible. Vu les aides reçues par les romains, il est plus probable que Paul n'était pas un Juif ou un pharisien comme il le prétendait, mais bien un citoyen romain à part entière. Luc présente d'ailleurs Paul comme citoyen romain dans les Actes des Apôtres.

Autre hypothèse, c'est que Paul serait lié à de très grandes familles types celles d'Hérode, des familles qui passent au-dessus du droit commun...

Bible écrite par les empereurs romains

325 – Concile de Nicée

St Iréenée de Lyon, a la fin du 2e siècle, a attesté que les Gnostiques Valentiniens ont changé les écritures en transférant des passages, en les maquillant et en faisant une chose à partir d'une autre.

En 324, le christianisme représente 50% de la population de l'empire romain. Les dernières persécutions se sont terminées en 313, le pouvoir central renonçant à détruire cette révélation par la force. La technique illuminati va être appliqué, à savoir infiltration, prise de pouvoir, et déviation progressive de la doctrine.

Après avoir réunifié de nouveau l'empire romain, et s'être rendu en Orient, l'empereur Constantin, se rendant compte que le christianisme local, plus proche des origines, n'est pas du tout coup conforme à la version paulienne ramenée à Rome, décide d'imposer la version romaine, plus confortable pour le pouvoir.

En 325, le concile de Nicée fait le tri entre les Évangiles. Les versions romaines sont préférées, et sur la dizaine d'Évangiles disponibles, seuls 4 sont retenus. Les autres, déclarés non conformes au dogme (cachés, apocryphes), sont recherchés pour être tous détruits.

Le dogme du Christ fils de dieu est établi. On retrouve le mythe d'Horus, via la vierge Marie, qui devient immaculée conception comme Isis, alors qu'a l'origine c'est juste dit qu'Isis est enfantée de manière miraculeuse, pas qu'elle était vierge. C'est à dire que Jésus, qui se disait le fils de l'homme, est amalgamé à Christ, le faux dieu ogre des religions à mystères (réservées aux initiés des élites) et leur mythe du sauveur de l'humanité.

Ceux qui ne sont pas d'accords, lors du concile de Nicée, sont menacés physiquement, puis excommuniés, comme Arius. Tous les écrits dissidents sont détruits, en plus des Évangiles apocryphes. C'est pourquoi nous ne retrouvons pas de documents historiques sur Jésus, l'Église romaine les a escamotés.

Jésus de Nazareth, qui avant les conciles étaient représenté à la sauce romaine, comme il l'a sûrement été (cheveux courts, sans barbe) devient d'un coup le l'ogre barbu que l'on connaît aujourd'hui.

Attention ! Que le catholicisme ai été bidouillé n'implique pas que tout est faux ! Une partie de l'enseignement originel de Jésus a survécu, parce qu'il aurait été difficile de supprimer des vrais Évangiles ce qui justement attirait les foules. Mais comme à leur habitude, on laisse une partie du message d'origine dans un livre que le peuple n'a pas le droit de lire, et on rajoute derrière, dans les textes de St Paul, le contraire de ce que dit Jésus.

380 – religion d'État

En 380, satisfait de la non-dangerosité pour le pouvoir que les textes écrits retenus étaient devenus (le nouveau testament), l'empereur Théodose 1er fera du christianisme l'unique religion d'État.

Destruction des preuves

Un an après que le catholicisme soit devenu religion d'État (381), la grande bibliothèque d'Alexandrie prend feu (détruite pour la deuxième fois), détruisant officiellement tous les documents historiques parlant de cette partie critique de l'histoire.

Les empereurs romains feront aussi détruire toutes les preuves des anciens cultes à Mystère [Jes2], comme ceux de Mithra et de Dionysos. C'est pourquoi les connaissances sur ces cultes sont parcellaires. Le but était de masquer au public la proximité entre Mithra le sauveur divin, et le Christ sauveur divin, alors que Jésus répète bien qu'il est fils de l'homme…

Cela est aidé par le fait que comme les FM actuels, les adorateurs de Mithra avaient interdiction de divulguer à l'extérieur se qui se déroulait à l'intérieur des caves…

600 - Concile de Constantinople

Les éléments du culte de Mithra (né un 25 décembre, eucharistie, chef de l'Église ou Pater, 12 apôtres seulement) n'existaient pas chez les chrétiens d'origine, d'où le concile de Constantinople en 600 et les massacres des chrétiens d'Orient qui avaient gardé les valeurs proches de Jésus, notamment en parlant de la réincarnation.

1546 - Concile de Trente

La vulgate (Bible latine mal traduite comme nous le verrons plus tard) est déclarée « texte autorisé en matière de foi et de vie ».

Mauvaises traductions

Survol

Que le texte le plus important du monde, la Bible, souffre depuis 1600 ans de telles erreurs, et que ces erreurs n'ont jamais été corrigées depuis, doit vous faire poser des question...

Ancien testament en hébreux (p. 488)

Les premiers livres de l'Ancien Testament (-700, les textes massorétiques) ont été rédigés en hébreu.

Évangiles en grec (p. 488)

Le grec étant la langue "internationale" autour de la Méditerranées, tout porte à croire que les évangiles (histoire de Jésus) furent écrits initialement en grec.

Erreurs du grec au romain (p. 489)

La septante, première Bible latine, diffère beaucoup des textes massorétiques (pour la partie ancien testament).

Pour les évangiles, le passage du grec au latin de la Bible catholique est source de grosses pertes et contresens, dont certains visiblement volontaires.

Coquilles actuelles (p. 490)

Nos Bibles actuelles, sous leurs diverses traductions, fourmillent de coquilles. Sachant que la Bible continue à être réécrite selon les bons vouloirs des dirigeants du moment.

Ancien testament en hébreux

Les premiers livres de l'Ancien Testament ont été rédigés après -800, dans la langue parlée par les gens de l'époque : l'hébreu. Ils ont été rédigés en premier lieu sur du papyrus, puis du parchemin, puis des codex (pages de papyrus reliées en livre) autour de l'an 0. Ce sont les textes dits massorétiques.

La septante diffère des textes massoretiques

Les textes massoretiques (en hébreux) sont traduits en grec, dont une des plus mauvaise traduction est la septante. Cette traduction est faite à Alexandrie entre les troisième et deuxième siècles avant notre JC. Cette version grecque diffère beaucoup de sa source hébraïque massorétique, mais c'est bizarrement la septante qui sera retenue comme base de la Bible catholique, signant au passage la rupture avec le protestantisme, qui voudrait retenir d'autres versions de la Bible, avec des apocryphes.

Évangiles en grec

L'empire romain ayant repris l'empire commercial grec méditerranéen, le grec était la langue « internationale » qui complétait les langues locales (l'araméen en Palestine). Jésus parlait probablement donc l'araméen et le grec, comme les apôtres, et leurs écrits se font en grec, la version grecque de la Bible est donc très sûrement la version d'origine.

La "malédiction" des vieux écrits

Le Vaticanus, version des évangiles écrite au 4e siècle, contenait la Bible au complet (à l'exception des Maccabées), mais, "malédiction" oblige (voir les "malédictions" sur la bibliothèque d'Alexandrie), ce codex a été grandement endommagé lors d'un incendie précédent son inscription à la bibliothèque vaticane. Conservé secret par le Vatican jusqu'en 1809, avant qu'une version numérique ne soit mise en ligne sur internet en octobre 2019 (peu de chances que cette version publique soit entière, vu tous les mystères qui l'ont entouré pendant 1 600 ans...).

Grec à romaines

Lors de la traduction de la Bible en latin (la vulgate), plein de mots ont sauté, ou ont été déformés.

L'ancien testament doublement déformé

Les catholiques sont partis sur la Septante grecque, une version déjà fortement déformée par rapport à la version hébraïque. Les romains vont rajouter une traduction (forcément imparfaite, surtout quand le traducteur ne peut s'empêcher d'y rajouter ses propres croyances) sur un texte déjà imparfait...

Concept primordial de l'amour

Par exemple, le grec ancien possède 1 mot par concept :

- Storgê (στοργή) : l'affection familiale, l'amour familial
- Éros (ἔρως) : l'amour sexuel, la concupiscence, désir charnel, le plaisir corporel
- Phileo : copain (qui partage le pain), amour qui partage (donnant / donnant), l'altruisme intéressé (chaque partie y gagne)
- Philia (φιλία) : l'amitié, l'amour bienveillant, le plaisir de la compagnie, amour « fraternel » (pas au sens famille), respect et devoir, mais toujours dans la réciprocité. Plus fort que Phileo.
- Agapè (ἀγάπη) : l'amour désintéressé, divin, universel, inconditionnel

La traduction latine, pauvre en vocabulaire, mets tous ces concepts dans le même sac, le mot, « amour », faisant donc disparaître plein d'infos primordiales à la compréhension.

Dans la version latine, on a ce dialogue idiot entre Jésus et Simon : « Simon, m'aimes-tu ? Oui seigneur, je t'aime », cela répété plusieurs fois.

Dans la version grecque, ce dialogue prend tout son sens : « Simon, m'aimes-tu de manière inconditionnelle (agapè) ? Non, j'ai juste de l'amitié intéressée pour toi (phileo). »

Le pieu devient croix

On a aussi « stauros » grec (pieu) traduit en latin par « croix ».

L'assemblée libre devient la pierre de l'Église

Déjà, l'histoire de la pierre sur laquelle Jésus bâtirait son Église, n'apparaît que dans un seul évangile. Dans les autres, Jésus rabroue Pierre au contraire, en l'appelant Satan... (incohérences p. 499).

Si on reprend le texte d'origine en grec, avant sa traduction en latin, Jésus n'a jamais dit qu'il construirait son église sur Pierre, car à cette époque le mot "ekklêsia" voulait encore dire "assemblée" et non pas encore "église". Et le mot "construirai" ("oikodomêsô") ne peut être utilisé en grec que lorsqu'on parle d'élever un bâtiment. De plus la phrase a une structure grammaticale particulière : elle utilise le cas datif à la place de l'accusatif. Hors cela n'est apparu en grec qu'à partir du 6e siècle. Par contre les autres parties des évangiles utilisent bien l'accusatif comme il était normal de le faire à cette époque.
Conclusion qui s'impose : ce passage est un faux tardif rajouté dans la Bible pour appuyer les prétentions de Rome à la suprématie religieuse.

Mélange entre conscient et inconscient

Le « logos » grec (raisonnement logique) traduit ce concept en plusieurs mots, tous ces mots réussissant à ne pas correspondre au sens initial : « Saint-Esprit » (la deuxième personne des 3 dieux), « parole », « verbe », jamais les mots plus logiques, « raison »/« intelligence »/« logique ». Et la Bible nous dit que le logos c'est Dieu… Autant n'utiliser qu'un mot alors, le Qi !

L'occasion de se rendre compte que la langue, en ne créant pas de mots (volontairement) pour les concepts importants, rend compliqué pour le peuple la compréhension du monde qui l'entoure.

666 est 616 en réalité

Dans le Papyrus d'Oxyrhynchus (fragment LVI 4499), il y est question du chiffre 616. Le fameux 666 de l'apocalypse de St Jean n'apparaît donc que plus tard, mauvaise traduction ou erreur volontaire ?

Dans les premiers siècles de la chrétienté, le 616 était présent dans les textes grecs. Ce n'est que plus tard, quand tous les apocryphes gênants ont été bannis pour des raisons politiques, que le choix s'est posé sur 666 plutôt que 616. Ce chiffre à la base est donc un faux...

St Iréenée de Lyon (p. 487) relève que parmi certains manuscrits bibliques qui circulaient au 2e siècle, le nombre de la bête dans l'Apocalypse n'était pas 666, mais 616 !

Si l'on fait l'analyse gématrique de ces nombres, sachant que le 6 est la lettre hébreu Vav (= W, V, U ou F) :

- 666 peut être traduit par WWW,
- 616 par WAW

Sachant que l'hébreu n'a que des consonnes, les voyelles sont ajoutées automatiquement.

Le WWW, selon la croyance de ceux qui dirigent le monde occidental, a évidemment été placé de partout pendent ces temps qu'ils estiment messianiques. Par exemple le World Wide Web, le "www." qui précède toutes les adresses URL de l'internet, tout comme les codes barres qui respectent tous la même architecture : commencent par 6, sont séparés par un 6 au milieu, et se terminent par un 6 (le choix du 6, ou encore de les séparer en leur milieu, ne sont pas des contraintes techniques, mais des choix délibérés et inexpliqués de la part des concepteurs…).

Sauf que 666 ne marche pas, car « WWW » n'est pas un mot, alors que Waw/Vav/Faf (ou toute combinaison de ce type, comme WAW de 616) fonctionne.

De toute façon, sans savoir de quoi on est parti au départ pour appliquer le gématrie et donner le nombre résultat/codé dans la Bible, on peut retomber sur n'importe quoi. La preuve, "France" (Tsarfat) et "Maison du Messie" (Beitmachiah) ont le même nombre 770 en gématrie, et n'ont absolument rien à voir au niveau du sens, même en hébreu.

Donc, qu'est-ce qu'on fait avec 616 ? On ne peut que supputer le mot d'origine (qui après calcul gématrique a donné 616), en croisant les infos avec d'autres religions du livre (comme les traditions musulmanes, issues comme St Jean de l'héritage sumérien), et en essayant de comprendre ce que l'auteur avait en tête.

Si vous voulez trouver à quoi correspond la gématrie de l'Apocalypse de Jean, qu'il a donné en indice pour reconnaître la bête (qui représente absinthe / Nibiru, et pas l'antéchrist), il faut déjà chercher du côté du vrai nombre, 616. Il y a de nombreux pièges (volontaires ou accidentels), et qu'on ne peut révéler qu'avec une analyse fine.

Harmo donne la solution : 6 1 6 - Corne-Taureau-Corne. En arabe, elle est appelée Karn-ZuShifa, c'est l'Hathor des Égyptiens (c'est la maison d'Horus, et Horus venant de Nibiru, 616 est donc la planète Nibiru). C'est là qu'il fallait de l'astuce. Il suffisait de prendre les significations premières des lettres hébraïques, celles qui ont données les chiffres.

A noter que la lettre hébreuse waw, dans l'ésotérisme hébreux, est la reliance à l'unité, une mise en garde vis-à-vis de tout ce qui, en nous, même inconsciemment, vibre encore dans une conscience de séparation, par exemple se comparer à l'autre, vouloir dominer, ou ressembler à l'image qu'il nous renvoie... Un beau lien vers l'ascension.

Yeshua devient Jésus

Personne ne comprend comment le nom Juif de Yeshua a été autant phonétiquement déformé dans la version romaine, pour donner Jésus. Mais si on calcule, par la gématrie 9, le chiffre du nom "Jésus", on trouve le même que les noms "Lucifer" et "Satans" : à savoir le chiffre 666, dont nous venons de voir qu'il est une pure invention romaine (616 dans la bible grecque). Pas un hasard : il y a très peu de noms qui donnent 666 en gématrie 9.

Les coquilles actuelles

Les chiffres approximatifs

En recherchant ce que dit Jésus à Mathieu, (c18 v22), on tombe sur des traductions plus qu'approximatives :

"je ne dis pas sept fois, mais jusqu'à soixante-dix fois sept fois" (70*7=490) : plusieurs Bibles en français.

"jusqu'à soixante-dix-sept fois" (77) : Bible en espagnol, ou celle en français des témoins de Jéovah.

" Seventy-seven times " (77) dans une Bible anglaise

"Seventy times seven " (490) dans une autre Bible anglaise.

Ces erreurs de chiffres ne changent pas grand chose au sens des paroles, mais rendent utopiques de chercher à faire parler les nombres de la Bible, sachant que ces derniers cachaient des infos secrètes à l'époque (gématrie).

27/12/2017 : carrément le Notre père !

« Ne nous soumets pas à la tentation » devient « ne nous laisse pas entrer en tentation ». La prière phare du catholicisme est ainsi modifiée dans la Bible, sous prétexte que "ok, le texte grec dit ça, mais je suis sûr qu'il voulait dire le contraire de ce qu'il disait !"

Au passage, si un texte n'est pas clair, ou est ambigu, on le jette... Les choses doivent dire ce qu'elles disent, il n'y a pas d'interprétations à avoir, surtout quand on sait que les subtilités d'une langue s'inversent après 2000 ans...

Fusion des 3 religions romaines

Nous avons que lors de l'écriture de la Bible, les empereurs romains, adeptes des cultes illuminatis sumériens (Mithra, Isis, Ishtar) avaient eu toute latitude pour falsifier les Évangiles. Et apparemment, ils ne se sont pas gênés...

Mithraïsme (p. 490)

L'empereur romain adhérait à une société secrète, le culte de Mithra (Boire le sang du taureau sacrifié avec 12 élus autour du Pater, Mithra qui se sacrifie pour sauver les hommes, etc.). Bizarre que tous ces éléments se retrouvent dans les évangiles, comme le culte de l'eucharistie mithraïque.

Marie (p. 492)

La mère de Jésus, un personnage secondaire dans les Évangiles, voit comme "par magie" son culte prendre une importance démesurée dans le catholicisme, devenant plus importante que Jésus. Volonté populaire ? Depuis quand les dominants tiendraient compte des volontés du peuple ? Pourquoi cette "Marie" se retrouve affublée de plusieurs attributs de déesses sumériennes ?

Fusion > Mithraïsme

Survol

Mithra est le sauveur extérieur de l'humanité, né un 25 décembre, qui partage avec ses 12 apôtres le sang et la viande du taureau Apis sacrifié.

Isis est la Terre-mère, l'immaculée conception, la vierge à l'enfant dont le fils Horus est le fils unique de dieu, lui aussi un sauveur.

Les chercheurs se sont toujours, avec raison, interrogés sur ces étranges similitudes entre Jésus et ses prédécesseurs sumériens.

Le Palestinien humain devient un dieu sumérien

Jésus, en bon palestinien de son époque, devait plus probablement se raser, se couper les cheveux tous les jours, et les avoir très foncés, comme le montrent les représentations de lui les 300 premières années après sa mort. Mais depuis que les romains l'ont assimilé à leur dieu sumérien, Jésus est devenu un grand châtain barbu aux cheveux longs et aux yeux bleus.

Liens entre Mithra et Christ

Quand la religion catholique romaine est créé, un personnage fictif est inventé, c'est Jésus-Christ : un mélange entre le vrai Jésus de Nazareth, et le personnage mythologique de Mithra (Christ). Mithra :

- naît dans une grotte le 25 décembre (fête du sol invictus, Soleil invaincu), et il est adoré par les bergers du coin,
- est entouré à sa naissance par :
  - son pater mithriaque, l'empereur de Nibiru,
  - sa mère Isis, symbole de Nibiru,
  - du taureau sacrificiel (l'âne est un ajout tardif dans l'iconographie catholique),
- porte sur ses épaules un veau sacrifié, et d'autres fois un mouton égorgé en tant que bon berger,
- porte une couronne d'épines
- marche sur l'eau,
- produit une pêche miraculeuse,
- change l'eau en vin et multiplie les pains,
- est le fils de dieu, et dieu lui-même,
- vient vous sauver à la fin des temps,
- naît de la pierre tout comme l'Église (Petra genetrix) : "tu seras Pierre et sur cette pierre je fonderai mon Église".

Le symbole de la croix du Mithra sumérien a remplacé celui du poisson du Jésus historique.

Le Pater (le Père ou pontifex, c'est à dire le Pape) est le grade le plus élevé de l'ordre de Mithra, et les attributs du Pater sont le bâton et la tiare, comme le pape catholique.

La cérémonie principale qui était célébrée dans les mithraéums était le repas sacré dans lequel le pater donnait le vin et le pain autour d'une table aux membres (l'Eucharistie).

L'Isis égyptienne, la vierge immaculée conception de Mithra, qui porte un enfant dans les bras. Comme la statue de la liberté (6e grade de Mithra, héliodromus) la vierge Marie porte une couronne à rayon. Comme Isis, elle est réputée soigner les gens par miracle si on l'honore (les petits messages de remerciements dans les chapelles latérales des églises). Ce qui n'a aucun sens pour Marie, mère de Jésus, qui n'a aucun rôle dans le message et les actes de Jésus, la seule chose qu'il faille retenir au final du prophète Jésus.

Marie est bien plus aujourd'hui une personnification d'Isis, la mère céleste guérisseuse, plutôt que du vrai personnage historique. C'est aussi pour cela qu'elle a si facilement remplacé les cultes de la nature et de la déesse mère pratiqués par les celtes et leurs prédécesseurs près des sources et des rochers "magiques".

Attention ! Que Mithra marche sur l'eau ou multiplie les pains n'implique pas forcément que Jésus n'ai pas fait lui-même les mêmes miracles, justement pour être reconnu comme le messie attendu.

Jésus cloué sur un poteau, pas une croix

Pour l'utilisation de la croix, si elle est avérée dans le passé des romains et d'autres peuples, elle n'était pas utilisée systématiquement, parce que cela dépendait du type de condamnation.

Dans les Évangiles originaux écrits en grec, le mot grec "stauros" est employé à de très nombreuses reprises pour désigner l'objet sur lequel Jésus a été exécuté. Le mot grec "Stauros" (pieu) a été traduit en latin par « crux » (« poteau », « gibet », 'instrument de supplice' (et les romains en ont utilisé de nombreux types au cours de l'histoire...). La Bible grecque utilise aussi le mot "Xulon" (poutre, morceau de bois (de chauffage, etc.) ou encore bâton pour se battre.

Pourquoi le mot "crux" latin, aux nombreux sens, est devenu "croix" en français ?

Jésus est donc mort sur un poteau selon la Bible d'origine : Les bras levés sont attachés en haut du poteau, le poids du corps dans cette position provoquant l'asphyxie, les poumons comprimés fonctionnant mal.

Au niveau des pieds sur le poteau, il y avait toujours une planchette horizontale, et les pieds sont cloués sur cette planchette. Le condamné ne peut pas les bouger mais s'appuie dessus, ce qui soulage considérablement le poids soutenu par les bras, et ceci afin d'allonger la peine du condamné. C'est une fois l'épuisement prononcé que la personne ne pouvait plus se soutenir avec les jambes, l'asphyxie l'emportait.

Par la suite, les romains ont effectivement développé cette forme d'exécution en la complexifiant, et de nombreux saints martyrs ont ensuite été tué sur d'autres types de "crux", comme des croix en T ou des croix en X (Saint André). C'est à cette époque que le mot "crux", nom générique pour désigner l'outil de l'exécution, est devenu la croix chrétienne au 4e siècle, en même temps que le symbole du poisson des chrétiens est remplacé par celui de la croix, un symbole très utilisé chez les ogres sumériens, et donc leurs héritiers directs (les illuminati). Cette croix apparaît d'ailleurs dans le culte de Mithra, dans les versions primitives de 2500 ans (voir bien plus) plus vieilles que Jésus...

Les fêtes païennes de Noël

Noël est une très vieille fête pratiquée bien avant l'arrivée des celtes en France notamment. Les peuples pacifiques qui vivaient en communion avec la nature dans le même esprit que de nombreuses tribus indiennes (aujourd'hui encore pour certaines), avec une base chamanistique, marquaient les saisons et les événements astronomiques par des fêtes communautaires. Pour le solstice d'hiver, il était de tradition de se rendre vers l'arbre sacré (qui représentait l'Univers, le lien entre la Terre et le Ciel) et d'y suspendre des objets de dévotion afin de préparer la venue du printemps prochain et de l'abondance retrouvée.

On suspendait aussi de la nourriture dont des pommes qui, si on en prend soin, peuvent se conserver pendant l'hiver (d'où la tradition de pendre des boules de Noël). Un bon repas était organisé par la communauté (le repas de Noël et ses marrons, aussi un met apprécié en hiver pour sa longue conservation).

Même si Noël est une vaste manipulation des empereurs romains, c'est aussi un belle occasion de se retrouver, de partager et d'honorer l'entraide et la compassion. Il ne faut pas oublier que même si cette date est fausse, c'est la naissance de Jésus qui est fêtée, un homme exceptionnel qui a eu pour règle d'or, avant toute chose, de dire aux gens "aimez vous les uns les autres" !! Les illuminati ont peut être essayé de corrompre l'histoire mais ils n'ont jamais pu toucher au message de fond du christianisme.

Fusion > Marie

Survol

30 000 ans de vierge à l'enfant (p. 473)

Le symbole de la vierge à l'enfant est repris dans toutes les religions humaines depuis au moins 30 000 ans. Il est bon de comprendre que la vierge Marie immaculée conception, qui a fait couler tant de sang entre les "hérétiques" et les catholiques, est peut-être tout simplement un personnage inventé, tiré des religions romaines précédentes.

Isis l'Égyptienne (p. 474)

Elle est appelée la vierge elle enfante de Horus, le sauveur de l'humanité, qui se sacrifie pour racheter nos pêchés.

Une vierge-mère, épouse du dieu Osiris, immaculée conception, et mère du dieu Horus, ça ne vous rappelle rien ?

Ce culte était très populaire au moment de l'écriture de la Bible catholique. Quel heureux "hasard" que la même histoire se retrouve dans les évangiles...

Au moment d'imposer le culte de Marie, il suffit juste de reprendre le statues d'Isis et de les recouvrir d'étoffes (les vierges noires). Le Horus enfant est renommé petit Jésus, et le tour est joué, tout le monde n'y a vu que du feu...

il est étrange que Marie, qui n'a porté aucun message et s'est "contenté" de mettre au monde Jésus, ai pris une place plus importante que son fils dans le rituel catholique...

Ishtar la sumérienne (p. 473)

Encore une femme / mère de dieu, immaculée conception du fils unique de dieu le père... Ishtar est un des noms d'Ashera, la femme du dieu Yaveh (chandelier à 7 branches). On retrouve dans ce culte la croix catholique. Culte qui se pratiquait au moins 4 000 ans avant Jésus...

Apparitions mariales (p. 492)

Dans toutes les civilisations, apparaissent des dames blanches lumineuse. Comme les femmes bisons des amérindiens Lakotas, ou les femmes bisons dessinées à la préhistoire dans la grotte de Pech Merle (Lot - France). Maximin, le berger de la Salette, refusera obstinément de dire que c'était Marie qu'il a vu, juste une belle femme blanche qui n'a pas dit son nom. C'est les autorités Vaticane qui ont imposé le nom de "Marie" à ces apparitions.

Fusion > Marie >Apparitions mariales

Survol

Version officielle tiédasse (p. 492)

Les témoins sont terrifiés ou transportés par le message, des apparitions surnaturelles ont lieu, des entités traversent le temps, tout ça pour un message tiède, voir insipide... du moins dans la version que le Vatican a laissé passer...

Témoins maltraités (p. 493)

Les petits témoins sont terrorisés par les gendarmes, maltraités par l'Église, mis en prison à 5 ans, et meurent tous très jeunes et enfermés ~~en prison~~ au couvent, ou devant fuir l'Église toute leur vie comme Maximin de la Salette. Tous ont interdiction de révéler les secrets révélés, ce qui rend d'autant plus risible la version officielle tiède...

3e secret de Fatima (p. 493)

La dernière apparition mariale célèbre, dont le secret a fait trembler le Vatican pendant 1 siècle, et à tué 2 papes.

Femme Bison blanc Lakota (p. 496)

Le Vatican n'a pas l'apanage de l'apparition de belles femmes blanc brillant, qui annonce l'avenir à leur peuple, pour lui permettre de se préparer spirituellement.

Version officielle tièdasse

Systématiquement la vierge, après s'être donnée bien du mal à prouver sa connaissance supérieure des secrets de l'Église, des événements futurs à venir, à réaliser des guérisons miraculeuses, à faire apparaître un 2e Soleil dans le ciel, ou à sécher instantanément 70 000 personnes, délivre finalement un message bien tiède...

C'est du moins le message délivré par les autorités catholiques, parce que seules les autorités Vaticanes sont habilitées à divulguer les secrets, les enfants témoins n'ayant pas le droit de divulguer ce qui leur a été réellement dit… On ne connaît donc par la vraie version....

La palme de la mauvaise foi revient au message de la Salette, où soit-disant la vierge aurait demandée de ne plus dire de gros mots, que son coeur et celui de Jésus saignaient à chaque fois que quelqu'un sur Terre disait un gros mot... Tout ce foin pour ça ? Le curé d'Ars obliger d'interroger durement le jeune Maximin pour ça ?

Ou encore le 3e secret de Fatima, un secret si lourd qu'en 80 ans aucun pape n'a osé le révéler, avant de donner une version tout aussi niaise que celle de la Salette.

Témoins maltraités

Les témoins de ces vraies apparitions ont en général mal fini, persécutés par l'église catholique. Bernadette Soubirou (Lourdes) a atterri de force dans un couvent à Nevers, et s'y est à maintes fois rebellée. Lucie (Fatima) est restée prisonnière au Vatican sous la surveillance directe des papes sans jamais pouvoir parler de son secret au grand public. Mélanie de la Salette fut elle aussi tenue à l'écart toute sa vie, les couvents catholiques étant connus pour servir de prison… L'Église a d'ailleurs faire croire qu'elle avait perdue la tête, d'où l'enfermement contre son gré, car Mélanie avait en permanence des visions de destructions de notre monde. Les autres prophétesses privée catholiques comme Marie-Julie Jahenny avaient pourtant les mêmes visions du futur...

Maximin de la Salette fut « questionné » assez longtemps et violemment par le Curé d'Ars, qui cherchait à lui faire dire que l'apparition lui aurait dit qu'elle était la vierge Marie. Maximin, très jeune à l'époque, refusera toute compromission et se contentera de dire qu'il a vu une belle dame blanche et brillante, qui ne lui a jamais dit qui elle était. Maximin passa sa vie à parcourir le monde, cherchant échapper à l'ordre établi catholique (l'Église voulait lui aussi l'enfermer dans un monastère toute sa vie, comme les autres témoins mariaux). Mais il respecta sa promesse faite à l'apparition de ne parler du contenu du message qu'aux autorités de l'Église.

Fusion > Marie >Apparitions > 3e secret de Fatima

Survol

Histoire (p. 493)

Au Portugal en 1917, 3 jeunes bergers voient pendant un an plusieurs apparitions, dont la dernière se soldera par un OVNI survolant 70 000 personnes ébahies. Si les 2 plus petits mourront rapidement, soeur Lucie sera enfermée toute sa vie au Vatican, seules les personnes autorisées ayant le droit de l'approcher.

Une lettre sera donnée au pape, avec ordre divin de divulguer le 3e secret en 1960.

Chiffre 13 (p. 494)

Ce chiffre est omniprésent dans cette affaire.

Assassinat Jean-Paul 1er (p. 494)

Aucun pape n'aura le courage de le divulguer avant Jean-Paul 1er (décédé quelques jours après sa visite à Soeur Lucie).

Contenu divulgué en partie par Jean-Paul 2 (p. 495)

Tout indique que le 3e secret n'est pas une vision de l'enfer, mais parle tout simplement du passage de Nibiru a venir. Jean-Paul 2 parle en effet, à un journaliste en 1980, de tsunamis destructeurs et de séismes records à propos de Fatima.

Tentative d'assassinat de Jean-Paul 2 (p. 495)

Jean-Paul 2 sera victime peu de temps après d'un attentat auquel il échappera miraculeusement, mais qui le laissera désormais muet sur le sujet.

Assassinat de Malachi Martin (p. 495)

Ce célèbre jésuite fut assassiné 2 ans après avoir esquissé lui aussi les nombreux volets du 3e secret.

Version officielle tiédasse (p. 496)

En 2000, l'Église veut en finir avec ce secret qui interroge, et les paroles de Jean-Paul 2 de 1980 qui se répandent dans la réinformation : il faut donner une version officielle. Ce sera la version loufoque suivant : ce 3e secret indiquait juste l'attentat dont avait été victime Jean-Paul 2... Des miracles, des enfants torturés, des lettres jamais révélées, des papes assassinés, des OVNI gros et brillants comme le Soleil, tout ça pour ça !!!

Assassinat François 1 (p. 666)

Le pape François disparaît le 27/03/2020, juste après avoir parlé, dans un Urbi et Orbi exceptionnel, de tempête qui approche (en référence au 3e secret). Le 1er avril, c'est un sosie qui apparaîtra publiquement désormais. Dernière victime du secret...

L'histoire

Apparition à des enfants de la "Vierge", à Fatima (Portugal) en 1917.

Les 3 enfants "contactés" recevaient des messages sous forme de visions (d'une femme qui leur parlait, ou de scènes précises, que les autres témoins ne voyaient pas). L'apparition provoquait des miracles, comme l'apparition surnaturelle de pétales de roses.

13 juillet 1917 : visions de l'enfer ou de Nibiru ?

Chaos et destructions sur Terre, avec les gens errant, blessés ou prostrés, couverts de cendres et de poussières rouges, les habits en lambeau. Le ciel est rouge et noir, de la fumée partout et on entend des gémissements. Ce n'est pas différent de ce qu'on voit après les grands tremblements de terre, avec les incendies qu'ils provoquent. La vision montrait aussi des éléments nouveaux, comme le feu dans le sous sol (le noyau de la Terre surchauffé, comme on a vu le feu dans les égout de Californie en octobre 2019), etc. L'Église a dit que c'était une vision de l'enfer, mais si c'était plutôt l'annonce de Nibiru, à savoir l'arrivée d'événements destructeurs sur Terre ?

Le miracle du Soleil

Ces apparitions ont duré toute une année, avec le bouquet final en apothéose, prévu longtemps en avance, qui a vu la venue de toute l'Europe de plus 70 000 témoins. Beaucoup d'athées présents, le Portugal étant très imprégné des idées communistes de l'époque (la révolution bolchévique Russe aura lieu la même année), et leur but était d'analyser ce qui se passerait pour ne pas laisser les catholiques tromper leur monde.

Tout ce monde ne fut pas déçu. A l'heure annoncée, apparition d'un OVNI "dansant" : Le Soleil semble tomber du ciel pour danser au dessus des 70 000 personnes, qui se retrouvèrent séchées instantanément, alors qu'il pleuvait encore quelques minutes avant l'apparition.

Des témoins à plusieurs kilomètres ont aussi vu ce phénomène, dommage pour l'hypothèse de l'hallucination collective, seule bouée de sauvetage à laquelle se raccrochent désespérément les zététiciens d'aujourd'hui. Les témoins zététiciens de l'époque disent pourtant bien qu'ils ont vu le phénomène avant que quiconque dans la foule ne raconte ce qu'il a vu.

Mais regardons plus en détail ce qu'il s'est passé :

le miracle du soleil c'est d'abord un soleil qui tremble (comme si les observateurs étaient secoués par un séisme) puis le soleil qui se rapproche de la terre en zig zag (comme si la Terre vacillait) tout en émettant des jets de lumière (symbolisme des météorites) et le soleil se rapproche au point que les spectateurs aient peur qu'il ne les écrase.

La lettre de Lucie

Un des enfants, Soeur Lucie, était en possession d'un secret, qu'elle a mis à l'écrit sous forme de lettre. Selon les instructions de l'apparition, ce secret devait être révélé en 1960.

Chaque pape lit la lettre depuis lors à son investiture, mais tous les papes successifs ont refusé de divulguer le secret, même après 1960, date à laquelle ils avaient le choix de le faire...

Soeur Lucie (la seule des 3 enfants ayant survécu, les 2 autres enfants étant morts rapidement après leur détention dans des mauvaises conditions) était assignée à résidence à Rome et seule une autorisation expresse du pape pouvait permettre à quelqu'un de la rencontrer (une prison dorée en somme), ce qui démontre que l'Église prenait cet événement de Fatima très au sérieux.

Le chiffre 13

A Fatima il y a des 13 dans tous les sens :

- 13 mai 1917 première apparition
- 13 juin 1917 Deuxième apparition
- 13 juillet 1917 Troisième apparition
- 13 août 1917 – Pour la la 4e apparition prévue, les enfants sont en prison, mais les 18 000 personnes présentes assistent à des phénomènes paranormaux, sur les lieux habituels de l'apparition. Lorsque les enfants sont relâchés le 19 août, l'apparition à lieu de nouveau.
- 13 septembre 1917 Cinquième apparition
- 13 octobre 1917 : miracle du soleil et dernière apparition
- 13 mai 1928 : début de la construction de la basilique (mais ça c'est la récupération de la date par les hommes)

Pour info, la malédiction du 13 apparaît au moment de l'exode, c'est la que débutèrent les 10 plaies d'Égypte le 13e jour du mois (l'évènement déclencheur des 2 mois catastrophiques avant le passage). Le 13e à table avec Judas lors de la Cène qui porterait malheur n'est qu'une invention du catholicisme qui reprend les anciennes traditions.

Assassinat du pape Jean-Paul 1er

Jean-Paul 1 avait été voir soeur Lucie (seule survivante du secret de Fatima) quelque jours avant son assassinat. Le pape avait écrit une lettre en retour à soeur Lucie (leur entretien n'est pas connu), où on apprend à mots couverts qu'il souhaitait divulguer le 3e secret. On apprend aussi que Soeur Lucie lui avait prédit que sa mort serait en rapport à une durée avec le chiffre 33 par rapport à son accession au trône de Pierre... Jean-Paul 1 espérait que ce soient des mois, mais ils ne lui ont laissé aucune chance de faire la moindre action, il s'agissait de 33 jours...

Les détails de l'empoisonnement

Le pape Jean-Paul 1er a été empoisonné au cyanure le 33e jour de son pontificat [jp1]. C'est Anthony Raimondi, un gangster de longue date de la famille Colombo, neveu du parrain légendaire Lucky Luciano, qui le révèle dans son livre "Quand la balle tape les os" [jp1-2].

Raimondi avoue avoir participé à l'assassinat : recruté à 28 ans par son cousin, le cardinal Paul Marcinkus (celui qui dirigeait à l'époque la banque du Vatican), il est allé en Italie, avec une équipe de tueurs, pour assassiner le pape Jean Paul 1.

Le travail de Raimondi consistait à apprendre les habitudes du pape et à aider Marcinkus en endormant Jean-Paul I avec une tasse de thé au Valium.

«Je me tenais dans le couloir à l'extérieur du quartier du pape quand le thé a été servi», écrit-il, ajoutant que la drogue avait si bien fait son travail que sa victime n'aurait pas réagit «même s'il y avait eu un tremblement de terre», raconte-t-il. «J'avais fait beaucoup de choses à l'époque, mais je ne voulais pas être là quand ils ont tué le pape. Je savais que cela m'achèterait un aller simple pour l'enfer.»

Au lieu de cela, il se tenait devant la pièce alors que son cousin préparait une dose de cyanure, affirme-t-il. «Il l'a mesurée avec un compte-gouttes, a placé celui-ci dans la bouche du pape et l'a pressée», écrit Raimondi. "Quand cela a été fait, il a fermé la porte derrière lui et s'est éloigné."

Après que le pontife a été nourri de force avec le poison, un assistant pontifical est allé voir le pape, puis a crié que "le pape était en train de mourir" - après quoi Marcinkus et deux autres cardinaux du complot "se sont précipités dans la chambre comme si c'était une grande surprise, écrit Raimondi. Un médecin du Vatican a été convoqué et a déclaré que Jean-Paul Ier avait subi une crise cardiaque fatale, écrit-il.

Le Valium, avant la toxine mortelle, avait pour but de tuer le pape sans douleur.

Pourquoi l'assassiner ?

Il est peu probable que les petites mains de l'assassinat aient connue les raisons réelles de l'assassinat par des cardinaux corrompus, mais voyons la raison qui avait été donnée à Raimondi : le pape a été tué parce qu'il comptait dénoncer fraude boursière massive dirigée par des initiés du Vatican.

L'escroquerie d'un milliard de dollars a impliqué un expert en falsification au Vatican qui a simulé les avoirs de l'église dans des sociétés américaines de premier ordre telles qu'IBM, Sunoco et Coca-Cola. Des gangsters auraient ensuite vendu les certificats d'actions factices à des acheteurs peu méfiants.

Jean-Paul 1 avait juré de défroquer les auteurs, parmi lesquels se trouvaient Marcinkus et environ «la moitié des cardinaux et des évêques du Vatican», a déclaré Raimondi à The Post. "Ils auraient été soumis aux lois des USA et de l'Italie", a-t-il déclaré. "Ils seraient allés en prison."

Fatima ?

Si Jean-Paul 1 avait «gardé la bouche fermée», écrit Raimondi, «il aurait pu avoir un beau et long règne». D'avoir voulu parler des détournements d'argent, ou pire, du secret de Fatima ?

Préparation de l'assassinat de Jean-Paul 2

Le pape Jean-Paul 2, qui voulait faire la même chose, a lui aussi vu se monter contre lui un projet d'assassinat.

Raimondi a été convoqué à nouveau au Vatican et on lui a demandé de se préparer pour un deuxième meurtre.

«Ce gars-là doit y passer aussi, ont-ils dit.

«Pas question, dis Raimondi. 'Qu'est ce que tu vas faire ? Continuer à tuer tous les papes? ”

En fin de compte, Jean-Paul 2 a décidé de ne pas agir car il savait qu'il mourrait aussi, a déclaré Raimondi à The Post. Cette langue tenue lui a permis de devenir le deuxième plus ancien pontife de l'histoire moderne, jusqu'à sa mort à 84 ans en 2005.

Quand ils ont appris que Jean-Paul 2 avait décidé de "garder sa langue", les mafieux ont "fait la fête pendant une semaine, avec des cardinaux en civil et beaucoup de filles».

Raimondi conclut :

«Si je devais vivre le reste de ma vie à la Cité du Vatican, cela aurait été OK pour moi. C'était une bonne planque. Mes cousins ont tous conduit des Cadillac. Je me suis trompé de business, j'aurais dû devenir cardinal.

Ce que j'ai dit dans le livre, je le maintiens jusqu'au jour de ma mort. S'ils prennent [le corps du pape] et effectuent tout type de test, ils trouveront toujours des traces du poison dans son corps."

Contenu du 3e secret de Fatima

Jean-Paul 2 a dit à propos de ce secret, en novembre 1980, au magazine allemand "Stimme des Glaubens" :

Journaliste : « Qu'en est-il du Troisième Secret de Fatima ? N'aurait-il pas dû déjà être publié en 1960 ? »

Jean-Paul 2 : « Étant donné la gravité de son contenu, mes prédécesseurs [...] ont choisi d'en reporter la publication [...] lorsqu'il est écrit dans un message que les océans envahiront de vastes régions du globe et que, d'un instant à l'autre, des millions de personnes périront, la publication d'un tel message ne devient plus tellement souhaitable. [...] cela devient dangereux si, en même temps, ils ne sont pas disposés à faire quelque chose et s'ils sont convaincus qu'on ne peut rien contre ce mal. Il est possible, par vos prières et les miennes, d'atténuer ces tribulations, mais il n'est plus possible de les éviter, car c'est l'unique moyen de renouveler l'Église. Combien de fois l'Église n'a-t-elle pas été renouvelée dans le sang ! »

Cette fuite (ressemblant aux destructions des ravages de Nibiru) expliquerait pourquoi, au moment où le 3e secret était transmis aux témoins, les jeunes filles sont tombées en pleur complètement choquées quand elles ont reçu les visions. Et pourquoi ce qu'on appelle la vision de l'enfer, ne serait que la vision de ce qui va réellement arriver au monde.

Tentative d'assassinat de Jean-Paul 2

6 mois après cette révélation, Jean-Paul 2 fut victime d'une tentative d'assassinat (son assassin donnera des justifications vaseuses). C'est un miracle si Jean-Paul s'en sortit, l'os d'un doigt déviant « miraculeusement » la balle qui se loge dans le coeur, à quelques millimètres d'une zone mortelle. Cette interview semblait une sorte d'assurance vie pour le pape, vu qu'elle fut publié en 1981 (6 mois après l'attentat). Mais Jean-Paul 2 n'évoque plus désormais le secret de Fatima.

Assassinat de Malachi Martin

Révélation de Nibiru en 1997

Le 5 avril 1997, le Père Martin est interviewé par Art Bell :

- Quel intérêt pour le Vatican d'observer les profondeurs de l'espace ?

- Parce que dans les plus hautes sphères de l'administration du Vatican, il y a de grandes inquiétudes à propos de quelque chose qui arrive de l'espace, et qui va prendre un grand intérêt pour la Terre dans les 5 à 10 prochaines années...

Qui est ce Malachi Martin ?

Vous le connaissez mieux sous les traits du héros du film "L'exorciste" de 1973.

Le père jésuite Malachi Martin est un homme brillant :

- 3 doctorats : théologie, langues sémitiques et histoire orientale et archéologie.
- Avec en plus des masters en psychologie, anthropologie et astronomie.

Les pluridisciplinaires sont les personnes les efficaces, donc les plus demandées des dominants. Ceux a qui on confie les secrets, vu que de toute façon ils les auraient découverts par eux-mêmes...

Haut placé dans les études secrètes

Professeur au Vatican, il participe à l'étude des Rouleaux de la Mer Morte.
Il dirige les exorcismes du Vatican pendant plusieurs décennies, au point que c'est lui qui a inspiré le personnage du prêtre expérimenté dans le film l'exorciste...
Homme de confiance du pape Paul 6 et Jean 23.

Auteur connu

Il est aussi un auteur à succès. Dans ses livres de géopolitique, ou encore dans des récits dits fictifs (pour éviter le secret-défense), il révèle par exemple que Jean-Paul 1 a été assassiné, ou encore l'infiltration des FM et de satanistes aux plus hautes fonctions du Vatican lors de Vatican 2, le fait que les papes sont contraints par des dominants de l'ombre, que le diable/ Lucifer était un être vivant actuellement, etc.

Le secret de Fatima

En février 1960, les papes divulguent le 3e secret de Fatima à un nombre restreint de gens triés sur le volet, pour décider s'il fallait le divulguer au grand public, comme cela avait été demandé en 1917 par l'entité de Fatima.
Le Père Martin fit partie de ces personnes de confiance. Et selon lui, c'est les sataniste de Vatican 2 (en 1962, 2 ans après la date limite) qui ont refusé de révéler le secret (alors que lui était pour, même s'il reconnaissait que ça avait de grandes implications sur la vie des gens, de savoir que notre société avait une date limite).
Selon Malachi, ce secret serait un grand choc pour les gens, le texte étant apocalyptique.
Mais il ne peut en dire plus à cause du serment de silence qu'il a dû faire pour le lire. Il peut seulement préciser que la partie cataclysmes naturels n'était pas le plus effrayant, mais que c'était surtout le fait de savoir que Lucifer était toujours vivant.

Gouvernement mondial

Lors de ses interviews en 1997, Malachi parlait déjà de la volonté de tous les dominants d'établir un gouvernement mondial. Le Vatican était pour, même si la question était de savoir si on revenait complètement au culte de Moloch/Mithra d'il y a 5 000 ans, ou si on prenait en compte quelques réformes d'Abraham, Moïse et Jésus, comme voulait l'imposer Jean-Paul 2.

Télescope LUCIFER

Lecture des manuscrits de la mer morte qui parlent de Nibiru, Secret de Fatima parlant de Nibiru, normal qu'on retrouve le père Martin comme travaillant avec l'Observatoire du Vatican de Mount Graham aux États-Unis (où se trouve le fameux télescope LUCIFER, l'un des télescope les plus puissants au monde, refroidi à -200 °C pour observer Nibiru dans l'infrarouge).

Une mort suspecte

Malachi Martin n'était pas satisfait de la censure forte du Vatican sur Nibiru. Entrant en conflit avec la haute hiérarchie du Vatican, il a demandé à être dispensé de ses vœux en 1997, puis part vivre seul à New York, où il mourra rapidement dans d'étranges circonstances, en 1999 (le 666 renversé). La CIA, impliqué dans sa mort, fit croire que c'est un exorcisme qui avait mal tourné. En rentrant d'un exorcisme sur une petite fille de 4 ans, Malachi fut poussé par derrière, lui laissant un traumatisme crânien dont il décédera le lendemain, à l'âge de 78 ans. Mort seulement 2 ans après avoir osé parler de cet objet de l'espace qui s'approchait de la Terre...
A noter que les dominants l'avaient déjà fait mourir de cette façon dans le film L'exorciste de 1973, des décennies auparavant : une manière de dire aux gens importants que s'ils parlent, le scénario de leur mort est déjà programmée.

Version officielle tiédasse

Ce n'est qu'en 2000 que Jean-Paul 2 reparlera de ce fameux secret, pour dévoiler une version loufoque : le fameux 3e secret parlait de son attentat de 1980... Tout ça pour ça !!!

"un « évêque vêtu de blanc », que Lucia et les deux autres enfants estimaient être le pape, « tué par un groupe de soldats tirant des balles et des flèches contre lui »."

C'est le cardinal Ratzinger, qui soutint cette version par la suite, et qui s'occupait du service qui gérait la fameuse lettre, qui fut remercié ensuite en étant élu pape, à la mort de Jean-Paul 2, sous le nom de Benoît 16. Comme quoi, même 30 ans après l'événement dont parlait cette lettre, son contenu semblait toujours d'actualité, et donner du pouvoir...

Évidemment, vous pouvez croire que les 3 bergers de l'apparition étaient terrifiés par le 3e miracle, ont été jetés en prison, Lucie maintenue sous silence toute sa vie, les papes qui pendant 40 ans renoncent à divulguer le 3e secret, des tentatives d'assassinat juste après un début de divulgation, juste pour un texte disant qu'il y aurait une tentative d'attentat mais que le pape survivrait ? Que cet attentat était un danger tellement important pour le monde que la vierge Marie est descendue du ciel pour ça, qu'elle a fait tomber le Soleil sur Terre et séché 70 000 personnes de manière miraculeuse juste pour un attentat manqué ? Pourquoi ne pas révéler ce secret dès 1917, et ensuite affirmer la puissance de la voyance de Marie pour renforcer la foi ? Apparemment, beaucoup de gens se sont contentés de cette histoire à dormir debout...

A noter que si JP2 ne dit pas tout le secret (a priori, révéler la fin des temps s'est s'assurer que les fidèles viennent en masse se repentir), c'est que dans le message, l'Église se prend une bonne rouste concernant tous les mensonges de l'Église au cours de l'histoire, qu'elle a perdu de vue le message de Jésus.

Fusion > Marie > Apparitions > Femme Bison Blanc

Pour un certain nombre de peuples amérindiens, notamment Lakotas/Sioux, il existe une légende fondatrice, celle de La Femme Bison Blanc.

Il est dit que cette femme, de nature divine, vint sur Terre sous la forme d'une femme irradiante de lumière, d'essence divine, habillée à l'indienne d'une robe en daim blanc. Elle leur enseigna alors des préceptes spirituels (chamaniques) et des lois sociales, dont les 7 rituels fondateurs de la nation Sioux. Elle leur demanda aussi de faire passer son message à tous les peuples d'Amérique du Nord (alors que la plupart des tribus sont ennemies) pour les unifier, et elle leur promis son retour.

La prophétie dit en substance que quand naîtra un bison blanc femelle, ce sera le signe des époques de famine, de bouleversement et de maladie, mais aussi du retour de la Femme Bison Blanc, qui viendra pour purifier la Terre et établir un monde d'équilibre et de paix.

Après la venue des missionnaires, beaucoup ont fait le lien entre la femme bison blanc et les apparitions mariales en Europe (Femme très belle et rayonnante, ex la Salette en France) qui avertissent elles aussi d'un danger comme à Fatima ou à la Salette. En Europe, la religion primitive est celle de la Terre Mère, et comme par hasard, nous avons eu au 19e siècle la visite de Femmes Lumineuses (apparition dites mariales), considérées ultérieurement comme la vierge Marie sous la pression de l'Église (Voir le curé d'Ars essayant d'obliger à faire dire à Maximin que c'était la vierge Marie, Maximin persistant à refuser de mentir malgré les fortes pressions, disant que la belle dame brillante ne lui avait pas dit qui elle était).

Pour les amérindiens, elle serait plutôt l'intermédiaire, une messagère entre le Grand Esprit et le Monde (comme l'Archange Gabriel chez les judéo-chrétiens si on peut faire ce parallèle). Pour certains Sioux, Pte San Win (la femme bison blanc) est une personnification de Wohpe (Etoile Qui Tombe) la fille du Soleil et de la Lune, qui elle aussi est la médiatrice entre le monde terrestre et le monde céleste.

En 1994 est née "Miracle", la première femelle bison blanc née depuis que la prophétie a été lancée. Il y a eu d'autres bisons blancs auparavant mais tous mâles (leucitiques ou albinos). Ici, c'est une femelle, surtout que c'est pas un albinos, c'est pas génétique, mais du au pur hasard (1 chance sur plusieurs millions de naissances de bisons). La naissance a cette bison blanche a donc fait le tour des nations amérindiennes et est considérée comme un signe majeur de l'accomplissement de la prophétie.

Entre 1994 et 1997, cinq autres bisons blancs sont nés (les rayonnements du sous-sol, amplifiés avec l'échauffement du noyau terrestres, favorisent ces naissances anormales).

Brochure « The Okanagan Nation Unity Riders », 1996 : Le 21 septembre 2005 à l'équinoxe d'automne, s'est présenté a nous un cadeau de la vie : un bisonneau blanc femelle est né, il s'agit là du 7e bison blanc au monde, de la 7e naissance à se produire sur notre site, qui rejoint la septième prophétie: de la guérison de la Terre et des humains. Par sa présence, elle est venue nous rappeler l'importance des enseignements Anichinapè.

Depuis les années 2000, les témoignages sur les animaux rarissimes (tout blancs mais pas albinos) abondent.

La vérité est à peu près connue

Survol

Comme dans toutes les religions, c'est le message plein de sagesse du vrai prophète qui attire les foules. Falsifier de tels enseignements plein de sagesse n'est pas chose aisée, et les plus gros martyrs de chrétiens ont eu lieu APRÈS la création du Catholicisme, nombreux n'étant pas d'accord avec la fausse version de Rome, notamment les ajouts comme Marie vierge (alors que les apocryphes disaient que Jésus était le plus jeune de la fratrie) ou encore la trinité issue d'Horus.

Les corrupteurs censurent à tout va, mais sont quand même obligé de laisser passer les points les plus importants, les "punchline" de Jésus qui étaient fortement ancrés dans la population comme dictons populaires. C'est surtout les points d'ésotérisme poussés qui ont été occulté, ou masqués par des mots compliqués et des concepts tirés par les cheveux.

Dieu ou dieu (père) ? (p. 497)

Dans toute la Bible, subsiste cette question, car 2 dieux y sont décrits :

- le grand tout universel,
- l'ogre sumérien, les dieux Enki et Enlil sumériens mélangés en un seul dans la version du roi Josias.

Réincarnation (p. 498)

Des petits détails, passés inaperçus lors de la censure, laissent entendre que Jésus prônait la réincarnation, comme le disaient les chrétiens d'Orient, plus proches des enseignements originels de Jésus.

Résurgence de la vérité (p. 498)

Malgré la traque et la censure incessante des preuves en 2 000 ans d'histoire, ou encore les nombreuses bibliothèques d'Alexandrie incendiées, il se trouve toujours des traditions qui survivent dans d'autres religion, ou des codex bien planqués qui ressortent à l'occasion, et le Vatican n'a pas toujours le temps de remettre la main dessus avant la science FM concurrente...

Dieu est le grand tout

Ancien Testament

Le dieu de l'ancien testament ressemble, pour une partie des textes (genèse, lévitique), aux faux dieux ogres sumérien : il est colérique, égocentrique, vengeur et bien peu miséricordieux : il promet la gloire mais à la seule condition d'être adoré, sans se soucier de l'amour pour autrui. Il a une forme physique, parle et marche, comme dans ses rencontres avec Adam et Eve.

Ce dieu est un homme barbu qui marche et qui lance des éclairs (Zeus ou arche d'alliance) parce qu'on ne fait jamais ce qu'il faut.

Nouveau testament

Le Dieu de Jésus est un Dieu universel qui n'a absolument rien à voir avec le Dieu de l'ancien testament. Le Jésus historique le décrit ainsi :

"Dieu est plus proche de vous que vos pieds et vos mains".

C'est à dire que Dieu pénètre tout et est partout, c'est l'Univers et même au delà. Ce Dieu là est supérieur à tout et est illimité, il n'a pas de forme, on ne peut l'apprécier (dans le sens où il dépasse notre entendement). C'est le Dieu d'Amour Inconditionnel, il n'a pas de peuple préféré.

Réincarnation

Dans Jean 3,1, dialogue entre Nicomède et Jésus :

***Nicomède** : "Rabbi, nous savons que tu es un maître qui vient de la part de Dieu, car personne ne peut opérer les signes que tu fais si Dieu n'est pas avec lui."*

***Jésus** : "En vérité, en vérité, je te le dis: à moins de naître de nouveau, nul ne peut voir le Royaume de Dieu."*

***N** : "Comment un homme pourrait-il naître s'il est vieux? Pourrait-il entrer une seconde fois dans le sein de sa mère et naître?"*

***J** : "En vérité, en vérité, je te le dis: nul, s'il ne naît d'eau et d'Esprit, ne peut entrer dans le Royaume de Dieu.*

Ce qui est né de la chair est chair, et ce qui est né de l'Esprit est esprit.

Ne t'étonne pas si je t'ai dit: Il vous faut naître d'en haut."

Déjà, Jésus dit "En vérité". Ce ne sera pas une parabole, ou une allégorie, même si certains concepts sont imagés (chair ou eau pour parler du corps physique) pour bien faire comprendre.

Le dialogue est décousu, preuve que tout les mots du moment ne se retrouvent plus dans l'évangile. Mais en parlant de réincarnation (retourner dans le ventre d'une mère en tant que bébé), Nicomède montre qu'il a bien compris ce que disait Jésus, et demande comment ce prodige est possible. Et par la suite, Jésus explique ce qu'est la réincarnation.

Seul un esprit incarné dans un corps (donc un esprit déjà né d'une vie antérieure) peut entrer dans le royaume de Dieu. Jésus dit qu'il faut être mort une fois pour activer un esprit.

Résurgence de la vérité (Coran + apocryphes)

Il est difficile de cacher un mouvement aussi vaste que fut le christianisme des origines, et de nombreux documents resurgissent au cours de l'histoire, malgré les « chercheurs » catholiques qui s'empressent d'escamoter toute nouvelle découverte.

Coran

A noter que le Coran, qui dénonce la malversation des empereurs romains sur le message de Jésus, reprend la vraie vie de Jésus. Et cette vie ressemble à celle qu'on retrouve dans les apocryphes :

- Station sous un palmier dans la Sourate XIX, Marie, 23 (Évangile du pseudo-Matthieu)
- Jésus parle au berceau dans la Sourate III, La famille de 'Imran, 41 et la Sourate XIX, Marie, 30 (Évangile arabe de l'Enfance)
- Jésus anime des oiseaux en argile dans la Sourate III, La famille de 'Îmran, 43 et la Sourate V, La Table, 110 (Évangile de l'Enfance selon Thomas)
- Consécration de Marie dans la Sourate III, La famille de 'Îmran, 31 (Proto-évangile de Jacques)
- Vie de Marie au Temple dans la Sourate III, La famille de 'Îmran, 32 et la Sourate XIX, Marie, 16 (Proto-évangile de Jacques)
- Généalogie noble de Marie, issue des grands patriarches, dans la Sourate III, 33-34 (Proto-évangile de Jacques I : 1)
- vœu d'Anne dans la Sourate III, 35 (Proto-évangile de Jacques IV : 1)
- Naissance de Marie dans la Sourate III, 36 (Proto-évangile de Jacques V : 2)
- Dieu accepte la consécration de Marie dans la Sourate III, 37 (Proto-évangile de Jacques V : 1)
- Éducation exemplaire et sans tache de Marie dans la Sourate III, 37 (Proto-évangile de Jacques V : 1)
- Marie adoptée par le prêtre Zakarie dans la Sourate III, 37 (Proto-évangile de Jacques VII : 2-3 et VIII : 1)
- Les anges apportent la nourriture à Marie dans la Sourate III, 37 (Proto-évangile de Jacques VIII : 1)
- Zakarie devint muet dans la Sourate III, 41 (Proto-évangile de Jacques X : 2)
- Les anges exaltent Marie dans la Sourate III, 42 (Proto-évangile de Jacques XI : 1)
- Le tirage au sort pour la prise en charge de Marie dans la Sourate III, 44 (Proto-évangile de Jacques VIII : 2-3 et IX. 1)

L'Annonciation faite à Marie dans la Sourate III, 45-47 (Proto-évangile de Jacques XI : 2-3)

Manuscrits de Qumrân (mer morte)

Voir le glossaire. L'opacité de l'étude scientifique qui a entouré ces manuscrits, leur déchiffrement en 7 ans et la publication qui 70 ans après n'est toujours pas finie, le fait que la plupart des grottes, lors de leur découverte par la science, ont été pillées avant, laisse croire à une manipulation pour cacher en partie les manuscrits les plus intéressants, et de l'autre côté faire croire que l'ancien testament était inchangé depuis des millénaires. Les autorités religieuses juives et catholiques avaient intérêts à cette manipulation.

Bibliothèque de Nag Hamadi

Comme les manuscrits de la mer morte, leur découverte se fait après plusieurs tribulations rocambolesques, une grosse partie des livres disparaissant avant d'arriver aux chercheurs. Seule la recherche de ces livres sur le marché noir a permis d'en récupérer 13, dont 2 ont été tellement censurés qu'il n'en reste plus que des feuillets épars. Là encore, les antiquaires du Proche-Orient sont montrés du doigt.

D'abord rédigés en grec, vraisemblablement au cours des 2e et 3e siècles, ces textes ont ensuite été traduits en copte, la langue de l'Égypte de cette époque, puis copiés vers le milieu du 4e siècle dans des codices qui ont par la suite été enfouis dans une jarre, probablement au début du 5e siècle.

les 1156 pages inscrites renferment 54 oeuvres différentes, la plupart inconnues par ailleurs. On y trouve le fameux *Évangile selon Thomas*, un recueil de paroles attribuées à Jésus, ainsi que *La république* de Platon, qui semblait etre un livre important pour ces chercheurs de vérité de l'époque.

L'intérêt de ces écrits, c'est qu'ils sont recoupés par les écrits des évangiles catholiques, mais en plus complet (comme les révélations de Jésus à plusieurs de ses disciples, des enseignement ésotéristes, propos mentionnés dans l'évangile de Marc, mais sans qu'on sache, jusqu'à cette découverte, en quoi ils consistaient). Leur datation et leur contenu est reconnu par toutes les parties, que ce soient les scientifiques ou les religieux.

On peut s'apercevoir que la Bible, en elle-même, a subie beaucoup de variation au moment de sa réécriture en latin. Par exemple, dans la genèse de Rome, on a :

2.8 "Puis l'Éternel Dieu planta un jardin en Éden, du côté de l'orient."

Dans l'équivalent de Nag Hamadi, plus proche de l'original, c'était :

"Alors la Justice créa le beau paradis au-delà de la sphère de la lune et de la sphère du soleil, sur la terre de délices qui est à l'orient, au milieu des pierres."

Nag Hamadi donne une précision d'importance que ne fournit pas la genèse, juste après que Eve et Adam aient goûté du fruit interdit :

"Alors leur intellect s'ouvrit. Quand ils eurent mangé, en effet la lumière de la connaissance les illumina. Ils comprirent alors que c'est lorsqu'ils se couvraient de honte qu'ils étaient nus de la connaissance. Quand ils furent dégrisés, ils virent qu'ils étaient nus et s'aimèrent d'un amour mutuel. ***Et voyant que leurs créateurs avaient forme animale, ils les prirent en dégoût et comprirent beaucoup de choses."***

L'Évangile secret de Marc

Découverte et photographiée par Morton SMITH en 1958 au monastère de Saint-Sabas près de Jérusalem, publiée en 1973, cette lettre de trois pages, attribuée à Clément d'Alexandrie (début du 3e siècle) et adressé à un certain Théodore : elle contient l'histoire et deux extraits d'une version jusqu'alors inconnue de l'évangile de Marc, appelée l'évangile secret. Celui-ci était utilisé par la secte gnostique fondée par Carpocrate qui vécut sous Hadrien (117-138).

Relation Jésus-Lazare

L'Évangile secret parle d'un épisode entre un jeune homme et Jésus. Par identification avec le texte des évangiles qui relate le même contexte, on associe ce jeune homme à Lazare. Cet épisode pourrait s'interpréter comme une liaison amoureuse, parce que Lazare vint voir Jésus de nuit le corps nu enveloppé d'un simple drap. Lazare était venu pour que Jésus lui enseigne les secrets du Royaume de Dieu, donc on ne peut rien conclure de ce passage.

Incohérences diverses

Survol

Pierre (p. 499)

Bâtir une Église sur une pierre, c'est Mithra qui le fait normalement... Cette justification ne se trouve que dans un seul évangile (faisant de Pierre le meilleur des disciples), tandis que dans un autre évangile, c'est tout le contraire qui est dit.

Sexualité de Jésus (p. 499)

Une théorie qui dérange l'Église depuis le début du catholicisme, car plusieurs dogmes sont basés dessus.

La pierre de l'Église

Jésus et ses disciples sont en route pour Césaré, et Jésus demande aux disciples comment les gens l'appellent. Ils répondent

Apôtres : - "Jean-Baptiste, Elie, Jérémie, ou l'un des autres prophètes".
Jésus : - "Et pour vous ?"
Pierre : - "Tu est le Christ".

A cette idiotie de Pierre, la réponse de Jésus est identique pour 2 évangile :

Marc *8:30 : "Jésus leur recommanda sévèrement de ne dire cela de lui à personne"*
33 : " Jésus reprit Pierre, disant : Va arrière de moi, Satan, car tes pensées ne sont pas aux choses de Dieu, mais à celles des hommes"
Luc *9:21 "Jésus leur recommanda sévèrement de ne le dire à personne."*

Mais l'Évangile trafiqué de Matthieu-Pierre décrit une réaction de Jésus complètement loufoque :

Matthieu *16:17-19 : "Tu es heureux, Simon fils de Jonas, car ce ne sont pas la chair et le sang qui t'ont révélé cela, mais c'est mon père qui est dans les cieux. Et moi, je te dis que tu es Pierre (Petros); et sur ce roc (petras) je bâtirai mon église"*

Chez Marc, Jésus dit que Pierre ne comprend rien aux choses de Dieu, et chez Mathieu, c'est tout l'inverse.

Et bien devinez quoi : C'est encore une fois la version la moins probable qui a été retenue (celle où Jésus félicite Pierre, alors que dans les autres versions, il l'engueule sévèrement...)…

Et c'est sur cette unique phrase que l'Église s'est sentie légitime a dominer les foules d'abord, puis à massacrer tous ses adversaires se réclamant de Jésus...

Sexualité de Jésus

Jésus n'a pas eu d'enfants, et n'est pas sorti avec Marie-Madeleine ni avec une autre femme, bien qu'il n'ai pas pratiqué l'abstinence demandée aux prêtres.

Les intolérants devront sauter la suite...

Traduire en latin 4 mots grecs (aux sens différents) par le seul mot "amour" est complètement incompréhensible, une erreur majeure... A moins qu'elle ne cache quelque chose...

Jacques le mineur, frère de Jésus, était marié, et à repris la suite de Jésus. Pas de notion de célibat donc. Jésus n'était pas marié, chose peu courante à l'époque (on se mariait tôt), surtout pour un rabbin.

Dans l'évangile de Jean, en parlant de Jean, il est évoqué 8 fois "**celui que Jésus aimait**" ou "**le disciple aimé**". Il n'est pas précisé lequel des 4 sens du verbe "aimer" il fallait donner...

"Or l'un d'entre ses disciples, que Jésus aimait, était à table contre le sein de Jésus." (Jean 13, 21)

"Seigneur, voici, celui que tu aimes est malade." (Jean 11, 1)

Précédant l'arrestation de Jésus à Jérusalem :

" Et un certain jeune homme le suivit, enveloppé d'une toile de fin lin sur le corps nu ; et ils le saisissent ; et, abandonnant la toile de fin lin, il leur échappa tout nu." (Marc 14,48-52)

Sur la croix, Jésus dit au disciple qu'il aimait que Marie est sa mère. Pourquoi faire ça, si Marie n'était pas déjà sa belle-mère ?

Toutes les histoires avec Marie-Madeleine cachent en réalité quelque chose de bien plus dérangeant pour l'Église.

Or, à l'époque, si l'homosexualité concernait aussi peu de personnes qu'aujourd'hui, elle ne dérangeait personne dans cette culture gréco-romaine. C'est du vivant de Jésus que le sanhédrin a modifié l'interprétation d'une phrase du lévitique, pour laisser croire que l'homosexualité était rejeté par dieu, afin de contrer l'enseignement de Jésus.

Quand on regarde l'histoire chez les amérindiens du Nord, on s'aperçoit que ces derniers sont au courant que les prophètes se retrouvent plus souvent chez les homosexuels (berdaches, ou bispiritualité). Cela n'enlève rien à leur grande âme.

Islam

Survol

Présentation

Le message du Coran est en grande partie vrai, mais ne doit pas être pris au pied de la lettre dans ses moindres détails, car comme le disait Mohamed des précédentes religions, la version et interprétations que nous en avons aujourd'hui n'est plus l'originale (sinon il n'y aurait pas de conflits...).

Le Coran a été en partie déformé, c'est pourquoi il faut le lire avec recul, avec le coeur.

Les dominants détestent cette religion, parce que l'islam a apporté de grosses avancées spirituelles, comme l'abolition de l'esclavage et des taux d'intérêts. Chose qui peut surprendre de nos jours, Mohamed a établi le respect des femmes (c'était terrible avant...). En développant le "aimes les autres comme toi même" de Jésus, l'islam a instauré le partage, l'entraide, la communauté fraternelle (voir "L2 > Spiritualité").

Cette religion est très mal connue, même des fidèles, c'est pourquoi il est important de faire toute la vérité.

Ce chapitre est à destination :

- des musulmans, pour prendre du recul sur leur religion, l'inévitable corruption que Mohamed avait annoncé, ainsi que la révélation de nombreux mystères que les savants musulmans ne sont pas encore arrivé à décrypter, ne connaissant pas Nibiru (comme les Gog et Magog et le mur de Shaf)
- des anti-musulmans, qui ne connaissent pas le Coran, qui ont été abreuvé de propagande les poussant à détester cette religion sans la connaître. Cela permet de comprendre tout l'ajout que Mohamed apporte au message de Jésus.

Cet exercice de la voie du milieu est difficile, car il faut expliquer aux 2 extrêmes, sans ennuyer celui qui connaît déjà telle partie.

Je ne donne que les arguments les plus probables (manque de place), vous comparez avec vos croyances, puis vous regardez laquelle des hypothèses tient le mieux la route.

Qui a raison ? Tous les camps...

Depuis 1 400 ans (mort du prophète), plusieurs camps se déchirent pour savoir comment interpréter le message de Mohamed.

Si on regarde de près, on s'aperçoit qu'il y a de la mauvaise dans tous les camps, et que la vraie question est "quel chef va exploiter les musulmans".

Suivre le prophète était assez simple pourtant. Mais tous ces chefs de tribus ont guerroyé pour leur intérêt personnel, trahissant le Coran...

Ces querelles idéologiques sont surtout une manière de nous diviser pour mieux régner...

Avec le temps, chaque camp a développé (bidouillé plutôt) des arguments très poussés. L'islam ayant été corrompu dès le début par les illuminatis, il est désormais impossible de prouver à 100% quoi que ce soit.

Cette absence de consensus (malgré la bonne foi de la plupart des débatteurs) est la preuve en elle-même que l'islam a été corrompu.

Reste à trouver quelle chaîne d'hypothèses à la probabilité finale la plus forte !

Nous verrons qu'aucun des mouvements majoritaires du Coran (chiites et sunnites) n'a totalement raison, ni totalement tort (ce qui est toujours le cas en cas de conflit !). La vérité est, comme d'habitude, au milieu.

Pour la faire courte, c'est bien Ali l'héritier (chiites), mais le Coran s'interprète bien dans son contexte (sunnites).

Chacun devra donc revoir ses croyances, bouger de ses positions pour faire un pas vers l'autre, afin que nous coopérions tous ensembles. C'est ça le but de la fin des temps : remettre nos savoirs en question !

Ce n'est pas pour rien que Issa (Jésus 2) doit revenir à la fin des temps, pour annuler la corruption du Coran, qui était inévitable avec les illuminatis.

Excusez mon parti-pris envers les premiers califes

Dans ce qui suit, j'ai essayé de rester le plus objectif et factuel possible. Mais quand on regarde les faits, on mets alors à jour la conspiration d'Abu Bakr, Omar,

Othman et Abu Sufyan pour pervertir l'islam, et assassiner le prophète et ses successeurs spirituels.

Ce que Mohamed, les premiers musulmans, et au final tous les musulmans du monde, ont subi à cause de ces querelles de pouvoir, est tellement injuste et révoltant, que je ne peux m'empêcher d'être révolté...

Dans les croyances de certains musulmans sunnites, ces califes usurpateurs sont des saints. Ces croyances viennent évidemment de la propagande de ces premiers Califes (qui n'allaient pas révéler qui ils étaient réellement).

Les faits risquent de choquer beaucoup d'entre vous, parce que vous n'étiez pas au courant de leur existence.

Dites-vous que ceux qui ont créé la division dans la communauté ne peuvent être des gens très nets... Je les nomme usurpateurs, mais vous verrez que ce terme est faible. Des gens qui ont trahi Allah et l'humanité.

A l'inverse, ne les jugeons pas trop durement, ils ont fait ce qu'ils ont pu dans cette époque troublée. Quand je résume l'histoire, je prête des intentions pour expliquer les actions, mais il va de soi que ce sont les plus probables pour expliquer les actes observés, la réalité étant souvent plus complexe.

Autre biais, je ne peux que résumer grossièrement une histoire où tout le monde s'assassine joyeusement, tout le monde voulant être calife à la place du calife, et manoeuvrant en sous-main pour des complots sans fin, faisant des fois l'inverse de leurs intentions, pour mieux tromper l'ennemi, et prendre le pouvoir sur la durée, voulant imposer sa famille et ses croyances plutôt que sa personne.

Mohamed est légitime dans les religions du livre précédentes (p. 501)

Le prophète Mohamed est annoncé par Jésus et les prophètes juifs. Ce qui explique que l'islam devrait être considéré comme la dernière réforme de la religion juive, donc la suite du christianisme.

Ali est bien l'héritier légitime (p. 502)

Ce serait-on mal entendu sur ce qu'étais un calife ?Vu le nombre de hadiths et de sourates qui confirment Ali comme successeur spirituel, je ne comprends même pas que ce point ne fasse pas consensus de nos jours...

Usurpation à la mort de Mohamed (p. 506)

Les 3 premiers califes ont eu un comportement déplorable à la mort de Mohamed, pour faire un coup d'état et prendre le pouvoir de force, refusant de faire les dernières volontés de Mohamed et traitant avec mépris son cadavre, je ne comprends même pas qu'on les considère aujourd'hui comme des saints...

Ensuite, le 5e calife fait un coup d'état sur le 4e calife légitime, se débarrassant d'Ali et son successeur pour imposer par la force son califat, qui deviendra une royauté sans le dire. Puis des califats concurrents se déclarent un peu de partout, tandis que certains votes blancs et refusent de suivre un quelconque calife...

Le Coran papier est corrompu dès son écriture (p. 510)

Mohamed voulait garder le Coran oral (il pouvait l'écrire s'il avait voulu). Les premiers califes ont été contre les volontés du prophète, et ont évidemment profité de l'écriture pour mettre leurs traditions sumériennes illuminati au passage, comme ils l'avaient fait dans le catholicisme.

L'arabe de l'époque n'est plus l'arabe actuel (p . 511)

Toute langue évolue dans le temps, surtout si les dirigeants restent les mêmes, et pervertissent volontairement le langage, pour que le Coran papier soit par la suite mal interprété. Le fait que les écoles de lectures coraniques divergent entre elles, confirme que le sens originel est perdu.

L'ordre des révélations mélangés / abrogation et Takia (p. 512)

Contrairement à Mohamed, le coran papier supprime l'ordre chronologique de révélation, et mélange les sourates en s'appuyant sur la longueur des Sourates. L'ordre de révélation est aujourd'hui en partie perdu (donc la règle d'abrogation encore utilisée n'a plus lieu d'être), et plus grave, certaines sourates ont été diminuées (mélangeant encore plus l'ordre).

Les contradictions (p. 513)

Mohamed avait prévenu que si le Coran n'était pas clair, ou qu'il se contredisait, ce serait la preuve que le message aurait été corrompu par les successeurs du prophète. Force est de constater que c'est bien le cas...

Une corruption reconnue (p. 513)

Nous verrons les arguments des nombreux imams qui se rendent bien compte que leur religion est en partie corrompue, et qu'il faut savoir apprécier le Coran dans ses grandes lignes humanistes, pas dans les petits détails qui contredisent de temps à autre le reste du texte.

La fausse image de Mohamed (p. 514)

Les corruptions du Coran, de même que la propagande anti-islam, ont donné une fausse image de Mohamed (qui varie selon les courants de l'islam). Mohamed n'est pas Allah, et tout montre que c'est un contacté ET, et que l'ange Gabriel est un ET avancé altruiste (il vient du ciel, c'est à dire des étoiles), mais bien en lien avec Allah (grand tout).

Mohamed est le Paraclet biblique

Survol

L'islam est la dernière réforme du Judaïsme.

Mohamed est annoncé par Jésus dans les Évangiles, par les prophètes juifs dans la Torah.

Mohamed est donc un vrai prophète juif, dans la continuité d'Abraham, Moïse et Jésus.

Il est d'ailleurs un descendant d'Abraham.

Mohamed annoncé chez les chrétiens

Il est bon de rappeler que Mohamed est le paraclet (le consolateur ou esprit de vérité) annoncé par Jésus :

Jean 16:7 "Cependant je vous dis la vérité : il vous est avantageux que je m'en aille, car si je ne m'en vais pas, le consolateur (Parakletos) ne viendra pas vers vous; mais, si je m'en vais, je vous l'enverrai."
Jean 14:26 : "Le consolateur, l'esprit de vérité, que le père va envoyer en mon nom, il doit vous enseigner toutes choses, et vous rappellera tout ce que je vous ai dit.".
Jean 15,26- 16,13 : "Lorsque viendra le Paraclet, que je vous enverrai d'auprès du Père, l'Esprit de vérité, qui vient du Père, il me rendra témoignage. En effet, ce qu'il dira ne viendra pas de lui-même: il redira tout ce qu'il aura entendu; et ce qui va venir, il vous le fera connaître. Il me glorifiera, car il reprendra ce qui vient de moi pour vous le faire connaître."
Mohamed, qui répétait ce que l'ange Gabriel (Jibril) lui disait, qui a raconté la vraie vie de Jésus, qui annonce les détails de la fin des temps, qui redit l'enseignement de Jésus, correspond à ce que Jésus disait de lui.

Mohamed chez les juifs

Les juifs attendaient encore 3 prophètes à l'époque de Jésus :
Jean 1:25 : « Ils firent encore cette question à Jean-le-Baptiste : Pourquoi donc baptises-tu, si tu n'es pas le Messie, ni Élie, ni le prophète ? »
Jésus révèle dans Mathieu que Jean le Baptiste n'était pas Elie, mais la réincarnation d'Élie :
Matthieu 17:12-13 : « Mais je vous dis qu'Élie est déjà venu, qu'ils ne l'ont pas reconnu [...] Les disciples comprirent alors qu'il leur parlait de Jean Baptiste. »
Il restait donc comme prophètes juifs attendus au moment de Jésus :

- le retour de Élie => Jean-Baptiste
- le messie => Jésus,
- "le prophète" => Mohamed.

Juifs = Chrétiens = Musulmans

À chaque prophète (venu corriger les erreurs appliquées par les illuminatis sur le message du prophète précédent), le message des prophètes ne plaît pas aux dirigeants en place, qui préfèrent s'en tenir aux déformations précédentes apportées par leurs ancêtres illuminatis… Quand ils n'arrivent pas à écraser le mouvement naissant, ils l'infiltrent et le corrompent (les califes pour l'islam=>Sunnisme, St Paul puis les empereurs romains pour les chrétiens=>Catholicisme).

A noter les tendances ultérieures, plus le temps depuis la mort du prophète s'est écoulée, à revenir aux fondamentaux des traditions sumériennes (protestantisme, calvinisme, etc.). Ces dérives obligent un nouveau prophète à apparaître pour réformer (corriger la falsification illuminati) la religion.

Jésus étant un prophète juif, tous les chrétiens sont des juifs réformés (corrigés de la corruption illuminati).

Mohamed étant le paraclet annoncé par Jésus, tous les musulmans sont des chrétiens réformés (corrigés de la falsification catholique romaine).

Donc tout l'occident devrait être juif réformé (avec Mohamed comme dernier des grands prophètes juifs), ou musulman c'est juste une autre manière de dire les choses.

Ali est l'héritier légitime

Survol

Qui est Ali ?

Ali est le cousin de Mohamed. En réalité, ils sont comme des frères, vu que c'est le père d'Ali, Abu Talib, qui a recueilli et élevé Mohamed comme son fils (Mohamed étant orphelin de père à sa naissance).

Ali est aussi le mari de la fille de Mohamed, Fatima. On peut dire que Ali était le plus de la famille du prophète...

Il y a 30 ans d'écart entre Mohamed (env. 570) et Ali (env. 600), soit une génération et demi. Ali était plus comme un fils pour Mohamed.

Calife ou Imam ? (p. 503)

Il semble que c'est déjà sur le rôle du successeur qu'il y a méprise...

Vision sunnite : l'élection (p. 503)

Pour les premiers califes (sunnisme), le calife doit être désigné par l'élection.

Mohamed ne veut pas d'élection (p. 503)

C'était pourtant très clair que Mohamed ne voulait pas d'élections de son successeur.

Vision chiite : le choix des sages (p. 503)

Les chiites considèrent que c'est au prophète (donc à Allah) de désigner son successeur spirituel, car Dieu sait mieux...

Vision sufyanide : tyrannie (p. 509)

Le califat omeyyade s'est assis sur les 2 visions précédentes : coup d'état militaire, et instauration d'une monarchie héréditaire.

Mohamed a toujours désigné Ali (p. 503)

Mohamed a forcément désigné son successeur de son vivant, et il l'a fait : c'était Ali, dès son plus jeune âge. Il n'y avait donc pas d'élection à faire...

Abu Bakr désavoué par Mohamed (p. 505)

Le 1er calife a été spécifiquement désavoué par Mohamed, il n'avait aucune légitimité, c'est pour ça qu'il a du prendre le pouvoir par la force.

Des références à Ali supprimées des hadiths (p. 505)

Preuve de la mauvaise foi des premiers califes et du caractère non fiable à 100% des hadiths, le nom d'Ali est souvent retiré des hadiths par les témoins pro-califat.

Les chiites n'ont pas forcément raison sur tout (p. 505)

Il ne s'agit pas ici de faire le procès du sunnisme pour vanter le chiisme : que Ali soit l'héritier n'implique pas forcément que tout le reste est vrai.

Calife ou imam ?

Mohamed s'est retrouvé chef de guerre par la force des choses, mais son rôle était avant tout d'être conseiller spirituel. Son successeur devait avant tout être le chef des imams, le guide des croyants, et pas forcément un calife. Voilà d'où vient l'incompréhension sur la notion de successeur, et pourquoi Ali a toujours été réticent à devenir calife.

A l'inverse, les calife après Mohamed (sauf Ali) on tous falsifié le Coran, se donnant un rôle spirituel pour lequel ils n'étaient pas faits, et avec volonté illuminati de l'arranger avec leurs traditions et volonté de domination (comme continuer l'esclavage, l'esclavage des femmes, etc.). C'est ainsi qu'il ont falsifié le message, volontairement ou involontairement selon les points.

Quelque part, tout le monde a à la fois raison et tort sur cette notion de calife, et qui devait endosser l'habit.

Vision sunnite : l'élection

Pour les sunnites, le successeur n'a pas de qualité précise, s'il est désigné par la "consultation" des compagnons présents, alors il est le calife (le successeur) à qui on doit obéissance. C'est la Choura.

C'est du moins ainsi que s'est auto-proclamé Calife Abu Bakr, profitant que la majorité des compagnons intègres étaient allé rendre un dernier hommage à Mohamed en allant l'enterrer, et qu'il ne restait qu'une poignée de conspirateurs, n'allant même pas honorer le prophète, qui prenne le pouvoir de manière malhonnête afin de falsifier le Coran, et continuer leurs lucratives activités d'esclavage des populations. Une manière de faire qui m'a toujours révolté, et d'ailleurs peu mise en avant par les califes sunnites...

Quand ils sont revenus de l'enterrement, les compagnons du prophète n'ont pu que constater qu'Abu Bakr avait pris le pouvoir par traîtrise et manipulation, et tenait la place. Un peu comme faire voter le sacrifice d'un nouveau né à 3h33 du matin, quand il y a 500 députés absents à l'assemblée nationale française... (01/08/2020 p. 671)

Nous avons vu le danger d'élire un représentant (p. 25) plutôt que de choisir les plus sages et respectueux de l'intérêt commun : c'est le principe du parti politique, ou encore de l'élection du pape catholique : le requin le plus féroce, celui le plus compromis, qui servira les intérêts de ses amis plutôt que le bien commun, sera qui sera soutenu par un riche qui engraissera les grands électeurs, sera mis à la tête par ses amis d'une petite mafia occulte, et obéira à ses maîtres occultes, et non à Allah…

Normalement, le successeur est choisi par les sages, comme étant le plus sage et celui qui a le plus à coeur l'intérêt commun. Et souvent, seuls les plus sages du moment (Mohamed en l'occurrence) auraient du pouvoir désigner le successeur le plus apte...

Mohamed ne veut pas d'élection

La vision de l'élection des sunnites est forcément fausse, voilà pourquoi :

Mohamed désigne forcément son successeur

Le prophète va dans les plus petits détails, au point de parler de comment se brosser les dents. Il a forcément prévu de désigner un successeur, pour éviter les usurpations inévitables dont il parle pour le message de Jésus. Et comme tous les prophètes de l'histoire ont annoncé leur successeur, il serait bien étonnant que Mohamed ne l'ai pas fait non plus.

Le prophète n'a jamais parlé d'élection

A l'inverse, le prophète n'a jamais parlé de la Choura (élection de son successeur). Le verset "Et leur affaire est en consultation" et le verset "Et consulte les dans leurs affaires, et si tu est décidé alors comptes sur Allah", dans lesquels Allah recommande à son prophète de prendre en considération l'avis de ses compagnons lorsqu'il prend des décisions, en indiquant toutefois que le dernier mot, et la décision finale, reviennent au prophète. Donc, ces versets indique bien qu'il faut retenir la décision du prophète (choisir Ali) et non laissé une minorité de compagnon décider du nouveau calife.

"N'a gouvernement qu'Allah", la question de l'autorité et du pouvoir revient à LUI, et que c'est LUI SEUL qui décide du pouvoir. Donc la désignation du gouverneur revient à Dieu et à LUI seulement, et son prophète le fait savoir. Dieu sait mieux... que l'élection dans ce cas-là !

Si Mohamed désigne, ne pas en tenir compte c'est ...

Mais quelque part, si Mohamed désigne tout le temps Ali (voir plus loin), c'est bien qu'il n'y a pas d'élections à faire concernant le successeur...

A moins de renier le prophète...

Vous comprenez pourquoi ce principe même d'élection, pour s'autoproclamer calife, est une usurpation ? Le mot est faible...

Vision chiite

Pour les chiites, le prophète a désigné un successeur, en l'occurrence Ali, son cousin et gendre. Et d'une façon plus générale le prophète a ordonné aux musulmans de suivre la descendance de sa Sainte Famille.

Le 12e imam (nommé Mohamed aussi) est en faite le Mahdi (le Messie que le prophète à prédit dans ses paroles, Messie qui remplira la Terre de Justice et d'équité après qu'elle est été rempli d'injustice), mais on ne sait as encore qui c'est. Ce douzième Imam des chiites est en occultation, et apparaîtra à la fin des Temps.

Ali a toujours été désigné

Des centaines de hadiths

Mohamed cite Ali comme son successeur dans des centaines de Hadiths Sunnites [Shia].

Des hadiths, rappelons-le, recensés par les premiers califes, et donc orientés politiquement. Malgré tout, ils ont du composer avec l'honnêteté des témoins de l'époque, et n'ont donc pu effacer toutes leurs forfaitures (même si leur clan a menti, ou a encensé (sans preuves) les premiers califes, histoire d'asseoir leur autorité sur les croyants).

Voici quelques-unes de ces citations du prophète. Je ne cite qu'une source derrière, mais ces citations sont chacune reprises par au moins 5 sources à chaque fois.

Beaucoup de sourates révèlent Ali directement :

"Qui d'entre vous me répond sur cette affaire, il sera mon frère mon ministre mon héritier et mon successeur après moi". Le prophète répéta cela 3 fois, alors que personne ne répondit à cet appel sauf Ali ibn Abi Taleb (alors qu'il était le plus petit des 40 personnes présentes).

Alors le prophète pris la main de Ali et dis: "Celui-ci est mon frère, mon héritier et mon successeur en vous, alors écoutez-le et obéissez-lui. (sourate les poètes verset 214)

Le prophète a voulu que la question de sa succession soit clair dès le début de sa prophétie. Il a même ordonné au gens d'obéir à Ali alors qu'Ali était à l'époque très jeune, au point que les banu abdel Moutaleb se sont moqués du prophète :

"Mohamed nous demande d'obéir à un enfant !"

Une des dernières demandes de Mohamed :

«Je suis sur le point d'être rappelé [par Allah] et de répondre [à ce rappel]. Je vous laisse les Thaqalayn [les deux poids] : le Livre d'Allah et ma Famille, les Gens de ma maison. Celui Qui est Doux [Allah] m'a informé qu'ils ne se sépareront pas jusqu'à ce qu'ils reviennent auprès de moi près du bassin [jusqu'au jour du jugement]. Regardez donc bien comment vous les traiterez après moi.»

A noter que ce qu'on appelle le livre (traduction actuelle), est en réalité la récitation orale du Coran, qui n'a rien à voir avec le coran papier. Et Mohamed se doutait bien que l'islam finirait déchiré comme le christianisme l'avait été, les chrétiens proches de Jésus, renommés « hérétiques » par le catholicisme falsifié, étant massacrés par l'Église, car l'enseignement de Jésus contredisait en plusieurs points la version falsifiée par les romains. C'est pourquoi Mohamed rappelle sans cesse qu'Ali doit lui succéder :

« Celui qui désire mener une vie comme la mienne et avoir une fin comme la mienne, et habiter le paradis d'Allah planté par Dieu, suit après moi Ali et ses partisans, se faire guider par ma progéniture qui a été créée de la même matière que la mienne. Dieu les a doté de ma pensée et de mon savoir. Gare à ceux de ma communauté qui nient leurs qualités et leurs vertus, qui récusent de par eux mon lien. Dieu les prive de mon intercession. » (Moustadrak al-Hakem: volume 3 page 128)

[cheikh Sleman Alhanafi] "le prophète a dis : Oh Ali! Tu es l'amour de mon coeur, mon héritier, l'héritier de ma science et la source de l'héritage de tous les prophètes après moi. Tu es l'argument de Dieu sur ses créatures, tu es le pilier de la croyance et de l'islam, tu es la colonne de l'islam, tu es le phare de la guidance. Oh Ali! Celui qui te suit est sauvé, et celui qui te laisse péri, tu es la voie claire et le droit chemin, tu es le maître de celui dont je suis son maître, alors que je suis le maître de tout croyant et croyante et quand j'ai été monté au ciel mon Dieu m'a dit : Oh Mohamed! Passe le salut de ma part à Ali et informe le qu'il est l'Imam de mes rapprochés et la lumière des gens qui m'obéissent, et félicitation à toi pour cette vertu." (yanabi3 almawada volume 1 page 156 chapitre 44)

[cheikh Sleman Alhanafi] "le prophète à dit: j'étais moi et Ali des lumières avant qu'Allah créé Adam de quatorze mille ans. Allah à mis cette lumière dans Adam, on était donc moi et Ali d'une même lumière jusqu'a ce que cette lumière se divise en Abdel Moutaleb, En moi est la prophétie et en Ali l'Imamat. (Yanabi3 Almawada volume 1 page 11)

Manakeb Al khawarzmi rapporte plusieurs citations sur Ali par le prophète :

"Le plus savant dans ma communauté après moi Ali ebn Abi Taleb" (p. 82)

"Pour tout prophète un héritier et Ali est mon héritier". (p. 85)

"Il y aura après moi des divergences, si cela arrive alors rangez vous avec Ali car il est la référence entre le vrai et le faux". (p. 105)

"Si tu vois Ali se diriger dans une voie et le reste des gens dans une autre voie alors suis Ali et laisse les gens car il ne te sortira jamais de la voie guidée." (p. 110)

D'autres hadiths pour conclure :

« Je suis la cité du savoir et Ali est la porte ». Or, c'est le plus Savant qui doit guider. Dieu dit: "Ceux qui ont reçu la science seraient-ils les égaux de ceux qui ne l'ont point reçu" sourate azzoumar 9. Dieu dit aussi: "Lequel mérite le plus qu'on le suive, de celui qui dirige vers le vrai ou de cet autre qui ne dirige autrui qu'autant qu'on le dirige lui- même? Comment pouvez- vous en juger, si imprudemment?" Younes verset 35. (la cité du savoir, sahih altarmithi volume 5 page 300)

"Ali, tu es pour moi comme Haroun l'était pour Moise; mais je suis le dernier des prophètes." (Sahih Boukhari volume 2 page 305)

"Ali est issu de moi, je suis issu de lui, et nul ne peut me représenter sauf lui". (Sounan ibn Majeh: volume 1 page 44)

Confirmation d'Ali après le dernier pèlerinage

Mohamed, sachant que la désignation de son successeur était le point critique, et que cette désignation ne devait souffrir d'aucun doute, déclara officiellement Ali comme son successeur, à qui les musulmans doivent obéir. C'est le Hadith de Ghadir Khom (ex : Alhakem dans son Moustadrac dans Manakeb Ali page 533 volume 3) :

"Mohamed, revenant du pèlerinage d'adieu (dernier avant son décès), arriva dans un endroit nommé Ghadir Khom. C'était le carrefour à partir duquel

les musulmans allaient se disperser pour rejoindre sa région. Mohamed commanda qu'on lui construise un Minbar, pour un dernier discours aux musulmans. Dans un long discours, le prophète dit : "Ne suis-je pas prioritaire sur vous avant vous même ?" Les musulmans répondirent: "Bien sûr Oh Messager de Dieu". Alors le prophète prit la main de Ali, la leva, et déclara: "Celui dont je suis son Maître, Voila Ali qui est son Maître."

Le dernier discours désignant Ali

Quelques quelques heures avant sa mort, Mohamed reçoit les derniers versets du Coran. Plusieurs hadiths rapportent des prédictions sur la division de la communauté, ainsi que sa volonté, alors qu'il est tordu par la douleur, d'écrire le Coran avant que ses successeurs ne le falsifient.

La Bibliothèque nationale de France possède un manuscrit persan en vers, portant le titre de Véfàt[é) payghambar « La mort du Prophète ». Mohamed fait son dernier discours aux fidèles :

"Le moment est venu où je dois vous quitter. Il me faut partir, en toute hâte, car déjà j'entends, là-haut, le tambour qui bat la retraite. Vous savez ce que j'ai souffert, combien j'ai rencontré d'obstacles sur la route qui m'était tracée. Toute ma vie, la flèche de la méchanceté m'a pris pour cible. Et pourtant c'est bien moi qui ai ouvert la voie de la Religion. C'est Dieu qui m'avait envoyé vers vous. Il avait fait descendre en moi son Verbe, et l'Esprit-Saint avait choisi ma demeure pour son habitacle. Écoutez maintenant mes volontés dernières. C'est sur l'ordre de Dieu que je vous les dicte : d'abord, ne commettez nulle injustice à l'égard de ma famille ; ensuite, observez la parole de Dieu, telle que je vous l'ai transmise, sans rien ajouter, sans rien omettre. Et puis, sachez-le bien, l'Éternel vient de m'ordonner d'instituer, comme mon successeur, Ali, qui est l'ami de Dieu. Nul, en dehors d'Ali, ne doit s'asseoir à ma place, car, si aux yeux du vulgaire, nous paraissons séparés l'un de l'autre, nos deux corps sont, en réalité, issus d'un seul et même rayon de lumière."

Les objets

Les traditions sunnites relaient aussi que le sabre de Mohamed a été donné à Ali, en signe de commandement comme ça en était la coutume.

Abu Bakr désavoué par Mohamed

Le seul argument envers Abu Bakr, c'est que c'est l'ange Gabriel à demandé à Mohamed d'épouser la fille de Bakr, Aïcha. Mais on sait que cette stratégie permettait surtout de faire la paix de Salomon avec des ennemis, qui espéraient par héritage récupérer le pouvoir... Une manière de désamorcer les guerres inévitables, qui auraient détruite le clan Bakr, mais surtout détruite l'islam récent. Mieux valait un islam divisé que pas d'islam du tout...

Pourquoi accepter d'épouser sa fille (procédé qu'on fait avec des ennemis) si Bakr était un ami ?

Abu Bakr justifie sa place de successeur sur l'unique épisode où Mohamed l'a envoyé à sa place pour annoncer la Sourate Baqara, le jour du pèlerinage.

Pourtant, les historiens rapportent qu'Abu Bakr est revenu en pleurant, et demandait au prophète si Dieu avait révélé quelque chose à son égard ? Le prophète lui a alors dit: "Dieu m'a ordonné d'annoncer sa révélation par moi- même, ou par l'intermédiaire d'Ali".

Des références à Ali supprimées des hadiths

Les premiers califes ont très tôt dû justifier de leur coup d'état face à Ali, et falsifier les hadiths, ou produire de faux témoignages comme ceux d'Abu Horeira.

Mohamad Hussein Haykal, qui a mentionné cette tradition dans son ouvrage intitulé Hayat Mohamad (la vie de Mohamed, p. 104 de la première édition imprimé l'an 1354 de l'Hégire), a effacé dans sa deuxième édition (et dans toutes les suivantes), ce passage qui dit: "Tu es mon testamentaire et mon successeur". Ce passage a été aussi effacé dans Tafsir de Tabari: (volume 19 page 121), et à été remplacé par ces paroles: "Tu es mon frère et ainsi et ainsi...!". Mais la version non falsifiée reste dans de multiples autres hadiths, comme Tarikh ibn Al- Athir volume 2 pages 62. Assira Al- Halabya volume 1 page 311. Chawahed Ettanzil de Al-Haskani volume 1 page 371, etc.

La "malédiction" sur la famille d'Ali

Comme les Kennedy, Ali et sa famille subiront trop d'assassinats, montrant qu'ils gênaient en haut lieu (chez les puissances de l'ombre qui n'ont pas à coeur le bien des musulmans).

Fatima, la fille de Mohamed et femme d'Ali, sera violentée et mourra des suites de cette agression. Ali finira assassiné peu de temps après avoir désigné Calife, de même que quasiment tous ses enfants qui étaient les héritiers légitimes, gardiens du Coran oral.

Les chiites actuels n'ont pas la forcément la vérité

Quand on a 2 extrêmes, c'est que la vérité est au milieu.

Ce n'est pas parce que les chiites ont raison sur le successeur spirituel de Mohamed, qu'ils ont raison sur tous les autres points.

Si Mohamed a dit que l'islam deviendrait une coquille vide, et que Jésus doit revenir pour répéter son message, c'est bien qu'aucun des courants musulmans actuellement connus n'a la vérité vraie ! Bonne nouvelle, tout le monde sera obligé de revoir certaines de ses croyances pour approcher de la vérité, pas de jaloux comme ça !

Le chiisme a été persécuté sans fin au cours des âges, et chaque nouveau massacre voyait la tradition initiale se diluer peu à peu, s'éclater en de multiples courants contradictoires sous l'effet des infiltrations profondes que le mouvement subissait.

Le chiisme, comme le sunnisme, a eu son lot de corruption, par exemple la Taqiya : cacher et mentir, des préceptes pas très honnêtes qu'il est peu probable que Mohamed ai cautionné.

On retrouve encore l'idolâtrie excessive des prophètes (alors que c'est le message d'Allah qui compte, que les prophètes sont des hommes (avec leurs défauts et faiblesses qu'ils cherchent à résoudre/transcender pour nous montrer le chemin / l'exemple).

On retrouve chez les chiites twelvers la croyance sataniste que le prophète Ali est dieu sur Terre (ce qui leur fera adorer le Dajjal, qui se prétendra dieu sur Terre, ou dieu fait homme).

D'ailleurs, les croyances de certains chiites sur le Mahdi (comme le fait qu'il est en occultation depuis 1 200 ans) les inciteront à faire l'inverse de ce que Mohamed voulait : ils vont servir sous les ordres du Dajjal pour attaquer le mahdi...

Je ne me lancerai pas dans la description des centaines de sectes chiites, aux croyances aussi diverses qu'opposées, sans compter les alaouites qui conservent leurs croyances secrètes.

Le vrai message du Coran n'est pas encore ressorti, les gardiens du message sachant bien que les chiites sont contrôlés par des faux chiites, des sumériens qui n'attendent que de détruire la version orale du Coran...

Réfutation de quelques erreurs chiites

Sans vouloir rentrer dans tous les détails (surtout que si les sunnites ont des bons arguments pour démolir les arguments sur infaillibilité des imams, ils sont de mauvaise foi, ou brouillons et incompréhensibles, pour expliquer que les 3 premiers califes ne sont pas des usurpateurs, ou que le Coran papier est complet et intouché), voici quelques réfutations sur les mouvements chiites extrêmes :

Imam infaillible : Seul Dieu est infaillible, les Imams ne sont que des humains, qui font des erreurs comme tout le monde.

Héritier : Il y a en effet consultation populaire (sunnisme), mais au final c'est Mohamed qui choisit en dernier lieu (chiisme).

Âge minimum : Si l'enfant Jésus, ou Mohamed, étaient habité par une âme très forte et sage, il faut quand même attendre quelques années que cette âme puisse s'installer dans un corps assez mâture... On ne peut mettre Ali comme Imam, quand Mohamed l'a désigné comme sage alors qu'il était encore enfant, mais quand il est adulte oui.

Rémunération Imam : "Pour cela, je ne vous demande aucun salaire; et je ne suis pas un imposteur." (Coran 6.90). Comme Jésus disait "tu prendra ce qu'on te donnera". Que l'Imam reçoive le 1/5e des revenus, c'est du talmudisme ou du paulien...

Imamat (Imam est chef spirituel et temporel/politique) : dogme étranger à l'islam (aucun fondement dans le Coran et la Sunna). C'est une doctrine sectaire imposée par la force en Iran par l'empereur Safavide Ismael 1er en 1501, comme la trinité chrétienne a été imposée par la force par l'empereur Romain Constantin en 325.

Usurpation à la mort de Mohamed

Survol

Troubles simultanés (p. 506)

La mort du prophète a été précédée de nombreux attentats sur sa vie, pendant que son fils décédait opportunément. Dire que Mohamed est mort de cause naturelle est une hérésie.

Abu Bakr, via sa fille Aïcha, empoisonne le prophète (p. 507)

Beaucoup de témoins de l'époque, et Mohamed lui-même, pensent qu'Aïcha a empoisonné Mohamed.

A noter qu'Al Hasan, le fils d'Ali, et 5e calife potentiel et légitime, fut lui aussi empoisonné par sa femme, comme son grand-père Mohamed...

Interdiction d'écrire le testament (p. 508)

Un point qui ne fait pas débat, c'est que Mohamed, sentant sa mort venir, demanda d'écrire son testament, et que le 2e calife empêcha qu'on accède aux voeux du prophète...

Interdiction d'enterrer le prophète (p. 508)

Abu Bakr, maître des milices, impose que le corps de Mohamed soit laissé 3 jours à pourrir en pleine chaleur, le temps qu'Abu Bakr fasse venir sa milice dans les rues de la ville, et imposer son élection. Abu Bakr impose ensuite l'enterrement de nuit, lui et les usurpateurs ne participant même pas à l'enterrement...

Faux califats (p. 508)

Les 3 premiers califes ont profité de Ali qui enterrait le prophète pour prendre le pouvoir. Ils en profitent pour écrire leur version du Coran, et imposer leur version dans les hadiths qu'ils ont fait écrire.

Quand Ali reprend le contrôle à la demande des musulmans, un 3e parti, les sufyanides, qui avait pris le contrôle de l'armée du califat, se débarrassa d'Ali et de son fils qui était censé lui succéder.

Les Sufyanides (descendants d'Abu Sufyan) imposent un califat illégitime à Damas. Ce coup d'état sur Ali a été très lourd de conséquences puisqu'elle est à l'origine de la partition Chiites - Sunnites, de très nombreuses falsifications religieuses et et la grande conquête qui mènera les arabes jusqu'à l'Espagne et l'Inde (ce qui était normalement interdit par Mohamed, seule la guerre défensive était autorisée).

Au passage, c'est ce faux califat sufyanide que Daesh veut restaurer (p. 559).

Troubles simultanés visant le prophète

Pour resituer la mort de Mohamed dans son contexte.

Mort d'Ibrahim

Le seul fils de Mohamed (Ibrahim, successeur selon la loi de l'époque) est décédé à 16 mois (quelques jours ou mois avant Mohamed).

Plusieurs tentatives d'assassinats

Mohamed subi plusieurs attentats avant cette mort soudaine.

Certains compagnons se placent

Prenant comme prétexte que l'armée musulmane a échouée face à Byzance (facile pour un général de saboter une bataille pour discréditer le chef), les chefs illégitimes en profitent pour remettre en cause Mohamed, et donc le successeur qu'il a désigné.

Faux prophètes

Un peu partout en Arabie, les faux prophètes comme Tulayha, Aswad ou Musaylima commencent à réunir autour d'eux de nombreux adeptes.

L'empoisonnement

La fin de Mohamed est marqué d'une forte opposition des dominants de l'époque, qui ont infiltré son entourage proche. On lui désobéit, on l'empêche d'écrire son testament, on lui administre des médicaments à son insu.

Trop de coïncidences

Trop d'événements d'un coup, une stratégie classique pour brouiller les pistes, et attaquer le pouvoir là où il s'y attend le moins, de l'intérieur.

Tout indique que des infiltrés au sein de la communauté musulmane, des faussement convertis, lancent des attaques simultanées pour reprendre le pouvoir à la mort de Mohamed, une mort qu'ils auraient déjà planifiée et organisée. Les chances que Mohamed meure d'une pleurésie foudroyante, comme le veut la version officielle, est très faible...

L'empoisonnement

Difficile aujourd'hui de démêler le vrai du faux

Comme les 3 premiers califes (puis leur successeur sufyanide) ont maquillé leurs forfaits (qui de toute façon n'était pas prouvable à 100% à l'époque), ce ne sont ici que des supputions. Mais il faut reconnaître que c'est l'explication la plus plausible...

il est donc normal que les califes usurpateurs et leurs complices (comme Aïcha) aient donné une version fausse des événements, et que l'on trouve 2 sons de cloches dans les hadiths, sur lesquels les musulmans se déchirent.

De manière générale, on ne devrait pas pouvoir laisser les accusés coupables écrire l'histoire... Sauf évidemment, si ce sont ces coupables qui prennent le pouvoir, et écrivent leur version de l'histoire, comme ça s'est produit avec Abu Bakr, le premier calife, et premier intéressé dans l'empoisonnement.

Il faut regarder tous ses actes, notamment ceux à la mort de Mohamed, et la manière dont il a usurpé le pouvoir, refusant jusqu'au bout d'écouter le prophète qui désignait Ali...

Date faisant consensus

Les historiens et savants musulmans ne sont pas tous d'accord. Mohamed meurt probablement à Médine, le 8 juin 632, âgé de 63 ans, après une courte maladie.

Tout désigne l'empoisonnement par Aïcha

Voici l'hypothèse la plus probable, qu'on ne pourra malheureusement jamais prouver.

Abu Bakr et sa fille Aïcha

Abu Bakr était un riche marchand (lié aux illuminatis), adversaire de Mohamed. Plutôt que de s'opposer à Mohamed, il a préféré joué l'infiltration en forçant le prophète à prendre pour épouse sa fille Aïcha (les femmes de Mohamed p. 515).

Un héritier mâle lui aurait donné le pouvoir, et lui aurait permis de doubler l'héritier légitime Ali.

L'héritier mâle n'étant pas arrivé, Abu Bakr, avec d'autres comploteurs, prendra le pouvoir par la force. Pour prendre le pouvoir, il faut avant tuer le leader précédent...

Aïcha empoisonne Mohamed

Majlisi accuse Aïcha, Hafsa et leurs pères (Abu-Bakr et Omar, les 2 premiers califes), de l'empoisonnement du prophète.

D'autres aussi accusent Aïcha :

Elle lui administra un poison contre son gré (glissé dans la gorge pendant qu'il dormait), et aussitôt la santé du prophète s'est subitement dégradée. Mohamed lui-même a suspecté l'empoisonnement
(Sahih Bokhari - volume 8, p 40, Musnad de Ahmad Ibn Hanbal - volume 8, p 53).

Une précédent tentative par la juive de Khaydar

Les adeptes de Aïcha et de son père Abu Bakr (comme le disent Ibn Kathir, Ibn Hisham et Bukhari) ont tenté d'attribuer l'empoisonnement que Mohamed a subi, à une précédente tentative d'empoisonnement, 3 ans plutôt, par une juive de Khaybar. Mais cette assertion n'est pas possible, car Mohamed, n'avait pas goûté au repas, ayant été prévenu par Allah dès que le repas lui avait été servi.

Aïcha dans le camp des usurpateurs

Aïcha a soutenu les premiers califes (normal, son père était le premier calife). Dans les hadiths, Aïcha oublie souvent de citer la présence de Ali dans les événements importants de la vie du prophète.

Par exemple, dans le hadiths de Bukhari :

"- Sais-tu qui était la deuxième personne que 'Aïcha n'a pas désignée ? Il s'agissait de Ali".

Aïcha, comme les premiers califes, n'était pas là à l'enterrement du prophète.

Aïcha a d'ailleurs combattu l'imam Ali lors de la bataille du Chameau.

Une version officielle occultant ces faits

Malgré ces faits, la version officielle (écrite par les califes usurpateurs, dont le père d'Aïcha, Abu Bakr, qui semble être la base du complot) affirme qu'Aïcha était la préférée de Mohamed, et la déclare même "mère des croyants"!!!.

Ces gens n'ont aucune honte à mentir et à inverser les faits malgré les preuves, et le pire, c'est que tout le monde fait semblant de ne pas voir l'arnaque !!!

L'interdiction d'écrire le testament (calamité du jeudi)

Cet épisode se retrouve dans les hadiths sunnites et chiites, et montre les 3 premiers califes comme des usurpateurs [poin].

Mohamed vient de se rendre compte qu'il a été empoisonné, et ne veut pas que sa communauté se fourvoie à sa mort.

Le Prophète demande qu'on lui apporte un omoplate de chameau (pour écrire dessus) et un encrier (katif wa dawât) :

"Je vais rédiger pour vous un document qui vous préservera de l'égarement pour l'éternité"

Mohamed annonce alors qu'ILS allaient falsifier le Coran une fois qu'il serait partie.

Omar Ibn Khattab (le 2e calife usurpateur) refuse qu'on apporte au prophète de quoi écrire. Il affirme que le Coran déjà donné suffit.

Une bataille a alors lieu dans la pièce, entre ceux qui veulent obéir au prophète, et le clan des usurpateurs. Les usurpateurs ont déjà organisé le coup d'état, et ne veulent pas que le prophète écrive le nom de son successeur (ils savent que c'est Ali).

Pour faire cesser l'empoignade, le prophète, fatigué, doit leur demander de tous de partir. Tout indique qu'il a déjà compris que l'empoignade allait se faire à sabre sorti, et que les compagnons fidèles, dont Ali, allaient être massacrés sur place par les conspirateurs plus nombreux.

C'est d'ailleurs ce jour-là que la 1e Fitna a commencé, entre les usurpateurs et les compagnons fidèles à Mohamed, qui se sont rangés ensuite derrière Ali.

L'interdiction d'enterrer le prophète

Contrairement à la coutume de l'enterrer tout de suite (pays le plus chaud de la planète), les premiers califes imposent de le laisser pourrir 3 jours en pleine chaleur, le temps de ramener leurs troupes sur place et de faire le coup d'État contre Ali (la tribu des Aslam, qu'Abu Bakr déploie dans les rues de Médine, comme une milice, avant l'enterrement du Prophète).

Puis Mohamed devra être enterré de nuit, contraire à toutes les coutumes. Ali, qui enterre Mohamed, et ses partisans qui l'accompagnent ne pourront donc pas voter quand les 3 premiers califes, qui se cooptent, élisent le premier calife. Que ces premiers califes ne soient pas là à l'enterrement du prophète, montre bien la fausse sincérité de leur conversion...

Abu Bakr s'est imposé par la suite par le sang, en menant ce que l'on a appelé les "guerres d'apostasie".

Les faux califats : 3 premiers califes + Omeyyades (Sufyan)

Survol

A la mort de Mohamed, 3 clans sont en présence : Ali l'héritier légitime, Abu Bakr qui récupère le pouvoir par traîtrise, et Abu Sufyan, qui après avoir farouchement combattu l'islam, s'est converti quand les musulmans sont devenus trop puissants.

Abu Sufyan reprendra par la force le pouvoir à Ali et au clan d'Abu Bakr, en imposant l'héritage comme mode de succession, au lieu de l'élection par les musulmans prôné par Abu Bakr, et du choix par des sages avisés prôné par Mohamed.

Farouche opposant

Abu Sufyan ben Harb fut le principal adversaire de Mohamed, le plus farouche.

Il était chef de la tribu Quraychite qui contrôlait la Mecque (carrefour commercial de toute l'Arabie, sa capitale en quelque sorte).

Lorsque Mahomet commença à répandre le message de l'islam, Abu Sufyan tenta immédiatement d'étouffer ce message, car il répandait l'idée que les hommes étaient égaux devant Dieu, et qu'aucun homme ne peut en gouverner un autre (s'il n'est pas le Messager de Dieu ou son successeur) : une idée d'autant plus insupportable pour les Quraychites que cela remettait en cause l'esclavage qui faisait toute leur richesse...

C'est ces guerres incessantes qui poussèrent Mohamed à l'exil à Médine. Abu Sufyan récupéra les biens des premiers musulmans, et envoya les vendre à Damas. La caravane fut attaquée par les musulmans. Mais les mecquois avaient été avertis de cette attaque, et attaquèrent les musulmans. C'est la bataille de Badr (624). Abu Sufyan, qui avait assuré les autres chefs mecquois de son soutien, ne tint pas sa promesse (sa femme l'accusa ensuite de couardise), et beaucoup de chefs Mecquois furent tués dans la bataille. Resté seul à diriger la Mecque, Abu Sufyan se retrouva en position de faiblesse face aux musulmans de Mohamed, sans compter ses alliés lui reprochant d'avoir abandonné la bataille.

Abu Sufyan attaqua de nouveau Médine (bataille de Uhud en 625), gagnant la victoire in extremis : les archers musulmans quittant leurs postes par convoitise, pour tenter de piller le trésor abandonné sur place par Abu Sufyan, ce qui permis une contre-attaque.

Plus tard, les Juifs demandèrent à Abu Sufyan d'en finirent avec les musulmans. Abu sufyan réunit plusieurs tribus pour détruire définitivement l'islam, c'est la bataille de Handaq. Au moment où les musulmans allaient être détruits, une tempête de sable obligea les mecquois à se replier.

Sincérité de la conversion ?

Vous connaissez l'histoire : comme les romains l'ont fait avec St Paul, devant les échecs militaires répétés, les illuminatis adoptèrent l'infiltration. Abu Sufyan obligea Mohamed à épouser sa fille, Umm Habîba, pour obtenir un traité de paix, et fit semblant de se convertir en 630. Mohamed profita de cette trêve de quelques mois pour apporter l'islam aux 4 coins de l'Arabie Saoudite. Mais très vite, les mecquois rompirent la trêve, et les alliés d'Abu Sufyan martyrisèrent de nouveau les musulmans, Obligeant Mohamed à libérer la Mecque de ces païens martyrisant le peuple. Abu Sufyan, se rendant compte de la supériorité numérique des musulmans (pertes de ses alliés par sa trahison, perte de confiance de ses hommes en lui), s'arrangea pour donner la Mecque à Mohamed sans trop d'effusion de sang. Abu Sufyan obtint le pardon pour sa femme, Hind bint 'Utba, qui avait défiguré et mangé le foie de l'oncle de Mohamed, Hamza ben 'Abd al-Muttalib.

Quand les Bédouins trafiquants d'esclaves attaquent la Mecque, pour s'assurer de la loyauté de Abu Sufyan, Mohamed doit lui laisser une part accrue de butin (bataille de Hunayn, toujours en 630).

Rester dans l'ombre et laisser les adversaires se déchirer

A la mort de Mohamed (632), Abu Sufyan se tient soigneusement au loin des guerres entre les usurpateurs et Ali, si aux guerres de ses fils pour leur compte perso (hors intérêts de l'islam). Il attend patiemment que ses adversaires se déchirent entre eux, laissant ses fils prendre de plus en plus de pouvoir militaire au sein des califats successifs, pour un coup d'état militaire à long terme.

Le calife est celui qui succède à Mohamed. Abu Bakr, allié à 2 autres chefs, s'étant déclaré chef de façon déloyale (profitant de l'absence d'Ali), le califat d'Abu Bakr conquiert l'Arabie contre les partisans d'Ali, son successeur Omar (634) conquiert la Palestine, la Mésopotamie, l'Égypte et la Perse.

Poignardé par un esclave (Omar n'avait pas écouté le Coran qui interdisait l'esclavage...), Omar est remplacé comme Calife par Othman l'Omeyyade (faction puissante de la tribu des Quraych), au règne suffisamment long (644 à 656) pour imposer la forme papier du Coran.

Sous Othman, l'empire islamique annexa l'Istakhr (déjà conquis une première fois en 642) en 645 et certaines zones du Khorassan en 651. La conquête de l'Arménie, entamée dans les années 640, fut quant à elle parachevée.

Son règne fut émaillé de nombreuses manifestations populaires, et c'est lors de l'une d'elle que Othman fut assassiné.

Ceux qui avaient élu Othman vinrent alors chercher Ali pour être calife. Ce dernier refusa au début (s'il était le successeur d'Ali, c'était surtout comme Imam / guide spirituel, la notion de calife n'était pas vraiment désirée par Mohamed), mais devant les demandes de nombreux musulmans, il accepta de devenir Calife.

Coup d'état militaire des Sufyan

C'est là que revient Abu Sufyan (mort en 652) par l'entremise de son fils Muʿawiya (né vers 602). Alors gouverneur de Syrie, et possédant les plus grandes armées du califat, il se lance dans un coup d'état militaire, refusant de prêter allégeance à Ali, déclenchant la 2e Fitna (division entre les musulmans). Il faut savoir que la première fitna (non reconnue officiellement) est celle entre Ali et Abu Bakr. Cette première fitna n'est pas reconnue par les sunnites d'Abu Bakr, vu qu'Abu Bakr s'est considéré légitime...

Il faut dire que Ali, en revenant aux fondamentaux de Mohamed (pas d'esclaves, égalité entre les hommes), recristallise sur lui les haines des marchands d'esclaves, toujours tout puissants à l'époque, les 3 premiers califes usurpateurs n'ayant pas interdit l'esclavage comme l'avait fait Mohamed...

Après la bataille de Siffin (657), Ali doit accepter un arbitrage entre eux, laissant aux musulmans choisir. Ce qui créera une nouvelle faction musulmane, les kharidjites, qui considérent qu'Ali a trahi la volonté de Mohamed (Ali devait lui succèder sans arbitrage).

Si c'est Ali qui est désigné par la plupart, Muʿawiya envahit militairement les régions favorables à Ali, et obtient en 660 l'appui des dirigeants arabes de Jérusalem. Ali est assassiné en 661. Muʿawiya ne sera bizarrement que légèrement blessé dans l'attaque (alors que c'est lui qui aurait être du être la cible privilégiée des kharidjites auteurs de l'attentat, car c'est lui qui avait obligé Ali à choisir l'élection pour éviter un massacre de musulmans).

Muʿawiya marche alors sur Koufa (la capitale mise en place par Ali), et leur impose militairement de lui faire allégeance, à lui plutôt qu'au fils d'Ali, Al Hasan, désigné par les musulmans. N'ayant pas de forces armées à disposition, Al Hasan doit passer un traité avec Muʿawiya, que ce dernier ne respectera pas, se faisant proclamer par la force calife en 661, fondant ainsi le Califat omeyyade, avec Damas comme capitale. Al-Hasan meurt peu de temps après empoisonné par l'une de ses femmes (Asmâ), supprimant l'héritier légitime qui aurait pu menacer ce faux califat. Selon Tabari, c'est sous les directives de Muʿawiya qu'Asmâ tue Al Hasan, lui promettant en échange de la marier à son fils Yazīd (et on se plaint après de la complexité du feuilleton "les feux de l'Amour"...). Les héritiers d'Ali rentrent alors dans la clandestinité.

Expansion islamiste

La suite du règne de Muʿawiya Ier est marquée par une stabilité politique et une rapide expansion territoriale, avec la conquête de la Crète, ainsi qu'une partie de l'Afrique du Nord, où est fondée la ville de Kairouan, et de l'Asie centrale (Kaboul, Boukhara, Samarcande). Chios et Smyrne sont conquises en 672, et une base est établie à Cyzique. En 674, son fils Yazīd assiège Constantinople, sous le règne de Constantin 4, mais est repoussé par l'utilisation du feu grégeois.

Muʿawiya Ier mourut le 6 mai 680 à Damas.

Il substitua au système de l'élection, qui avait prévalu jusque-là lors de la désignation d'un nouveau calife, le principe d'une transmission héréditaire.

Il contredit aussi Mohamed, les musulmans arabes étant supérieurs aux musulmans des pays conquis. Il développe le culte à lui-même, instaure la sunna (les sunnites) et fait maudire Ali et ses héritiers (les chiites) du haut des minbars (chaires des mosquées), afin d'asseoir sa légitimité. De nombreuses décisions qui lui sont reprochées par les musulmans, dès cette époque.

Chaque mouvement (sunnite et chiite) aura désormais son propre calife, scellant la division au sein de la communauté musulmane. On peut noter les kharidjites, qui refusent un calife dirigeant leur vie (le vote blanc).

La première des dynasties sunnite est celles des Omeyyades (issus de Mu`awîya).

Puis ensuite les Abbassides (de 750 à 1258), toujours à Bagdad, mais contestés par les califats auto-proclamé des fatimides (femme d'Ali) du Caire, ou des Omeyyades réfugiés à Cordoue (Andalousie).

Le Coran papier diffère du Coran oral de Mohamed

Il faut bien se rendre compte que le Coran papier, écrit il y a 1 400 ans, n'a pas été changé depuis son écriture. Mais que ce livre, écrit plusieurs décennies après la mort du prophète, au milieu de batailles incessantes, n'est pas la version qu'en a donné Mohamed : ordre de révélation, sourates que Mohamed avaient retirées et qui ont été remises, sourates raccourcies (et peut-être d'autres supprimées), des versions qui variaient, des nombreux morts qui n'ont pas pu témoigner, etc.

Mohamed voulait garder le Coran à l'oral

Si Mohamed n'a pas écrit le Coran, et ne l'a pas fait écrire, c'est qu'il tenait à conserver le message à l'oral, vivant, et évolutif avec les révélations qui auraient continuées avec son gendre Ali, son fils spirituel, son héritier qu'il valide à de nombreuses reprises.

Le mot Coran veut dire "récitation" d'ailleurs, la volonté est dans le sens du mot même...

Mais les premiers califes, qui ont fait écrire le Coran, on pris soin de le justifier, aujourd'hui le débat ne peut plus être tranché, on sait juste que nombre de compagnons de Mohamed se sont opposés à l'écriture du Coran, dès l'origine.

Un Coran oral qui évolue

Les sourates étaient données en fonction des auditeurs et des contraintes guerrières du moment. Les sourates ont donc un contexte, qui a été perdu en partie avec le mélange d'Uthman.

Dans la version orale de Mohamed (et qu'il voulait conserver oral à travers Ali et ses héritiers spirituels), les préceptes abrogés étant « oubliés » selon les mots mêmes du prophète : dans Sahih Muslim (N° de référence 1874) on trouve aussi ce récit d'Aïcha:

"Le prophète avait entendu un homme réciter le Coran à la mosquée, et il dit: « la miséricorde de Dieu soit sur lui, il m'a rappelé un verset que je dois oublier."

Pas d'abrogation, donc pas d'incohérences, dans la version orale voulue par Allah… On enlève simplement les sourates qui ne sont plus d'actualités...

Quand l'enquête a été faites aux nombreux endroit où Mohamed a prêché, des sourates oubliées volontairement par le prophète, ont été figées à jamais sur le papier...

Des sourates papier amputées par rapport à l'oral

Cette sourate fait 73 versets actuellement.

Ibn Abu-Kaeb (père de Zer) peut témoigner que *"quand elle a été révélée à Mohamed elle était aussi longue que la sourate « La génisse » de 286 versets."*

Il voulait dire par là qu'elle avait rétréci des trois-quarts ! ([cor2] ch.10 p. 42-44 et [cor1] 2e part p. 33)

Témoignage d'Aïcha:

"La récitation de la sourate « Les confédérés » comportait au moins deux cents versets du temps du prophète. Puis Othman a réécrit le coran, et on n'y trouve plus que ce qu'il y a aujourd'hui"

([cor1] 2e partie, p. 26)

Écrits de l'époque

A l'époque de Mohamed, les diacritiques (accents) et les voyelles n'étaient pas écrites, le texte écrit était donc ambigu. Ce pourquoi les poèmes étaient oraux, les réciteurs améliorant le texte d'origine dans le temps, mais pouvant garder des aides mémoires écrits, comme le faisaient certains compagnons du prophète (omoplates de chameau par exemple).

Poème ou prose ?

A noter que le mot poème de l'Arabie de l'époque ne correspond plus à notre mot actuel. Certains considèrent le Coran comme un poème, d'autres le considèrent juste comme un texte avec du style et de la grammaire complexe. A certains endroits c'est considéré comme une prose rimée, d'autres endroits c'est une prose, la structure grammaticale, la richesse syntaxique (la phrase marche même en prenant les divers sens du même mot).

Par exemple, la moitié des versets se terminent avec la lettre "Noun". Les Arabes étant friands de poésie, il fallait leur montrer quelque chose qui leur plaise, tout en montrant aux experts en poésie la puissance de celui qui concevait les sourates (en respectant les normes littéraires de l'époque, qui ne correspondent pas forcément à celle actuelle, ou celles d'autres cultures).

Compilation du Coran : destruction des versions ne plaisant pas au pouvoir

Le seul fait de détruire l'ordre de révélation des versets coraniques, montre qu'il y avait volonté flagrante de falsifier le Coran oral de Mohamed.

Le Coran papier a été bâtit lors d'une guerre idéologique, par une seule des partie. Rien qu'à ce titre il peut être suspect quand à son caractère prétendument originel.

Les califes qui ont écrit le Coran ont détruit tous les textes et versions qui, selon eux, ne faisaient pas consensus. Donc contrairement aux hadiths, seule la version des vainqueurs a été gardée dans le Coran papier.

Taha Hussein a donné le commentaire suivant, sur ce qu'avait fait Othman Ibn-Affan en brûlant les différents corans et de nombreux versets : « Le prophète nous a déclaré que le Coran est arrivé en sept versions – chacune est à la fois convenable et complète. Aussi en éliminant certaines parties du Coran, et en brûlant différentes versions, Othman a éliminé des versets donnés par Dieu et brûlé en partie le Coran donné aux musulmans par le prophète de Dieu. L'imam ne saurait éliminer une seule lettre du Coran non plus qu'en changer le texte. Et Othman a désigné un petit groupe des compagnons du prophète pour réécrire le Coran. Et il ne s'est pas inquiété de la multitudes des adeptes qui écoutent le prophète et gardent sa parole en mémoire. Lui-même leur a demandé de réécrire le Coran. Et nous pouvons comprendre la colère d'Ibn-Massoud, le premier des gardes du Coran. Zaied Ben-Thabet (celui qui fut désigné pour collecter et assembler le Coran) était encore jeune quand Ibn Massoud contesta cette opération et refusa de brûler les différents corans. Aussi fut-il violemment jeté hors de la mosquée par Othman. ([cor3] 1ère partie, p. 160-183)

Un compilateur du Coran qui fait bien peu de cas des paroles sacrées, ne retenant que celles qui l'arrangent…

Paradoxes du Coran papier

1. Ce texte qui se veut en « langue claire » est très souvent obscur.
2. malgré ses obscurités et ses traductions hasardeuses, il dégage une force à laquelle un esprit ouvert ne peut pas être insensible, et qui rappelle le souffle biblique dont il est la continuité.

Si Mohamed avait décrit comme "clair" un texte "obscur", personne ne l'aurait suivi à l'époque. Encore une preuve que le Coran papier rébarbatif de nos jours n'est pas la récitation orale limpide de Mohamed.

La langue du Coran n'est plus l'arabe actuel

Le Coran est la première tentative de mettre à l'écrit le dialecte local de l'époque. Ce dialecte, l'arabe ancien, de même que son écriture, ont ensuite évolué dans le temps, pour donner l'arabe moderne. Le Coran écrit n'ayant pas évolué avec lui, il faut être conscient que le Coran n'est pas de l'arabe (au sens ou on l'entend actuellement), et nécessite de revenir au dialecte d'origine, dont nous avons grandement perdu la trace au fil des guerres et des destructions.

Les écoles de lecture

C'est d'ailleurs pour cette raison que dans le Coran comme dans le judaïsme, il existe des docteurs de la loi, qui sont censé expliquer comment il faut interpréter les écritures. Sauf que du coup, on est dépendant de ces gens, qui peuvent bien arranger l'interprétation à leurs sauces... Surtout que la encore, ces gens sont adoubés par les dirigeants...

De plus, ces érudits actuels tiennent eux-même leurs sources des maîtres précédents, qui ont donc pu faire des erreurs au cours des siècles, des oublis ou des modifications.

D'ailleurs, les écoles de lecture divergent sur de nombreuses définitions de mots : sans dire quelle école à raison ou tort (en général, on trouve de la vérité dans chaque école, donc des erreurs dans toutes), il faut juste se rendre qu'on ne sait plus avec certitude comment interpréter tous les détails du Coran. C'est pourquoi il est important de ne pas se focaliser sur un détail, et regarder le sens global du texte.

Un problème récurent

Ce problème de stabilité dans le temps d'un message opaque, dont le sujet est compliqué, et touchant plusieurs domaines d'expertises, avec la volonté des élites de le modifier pour le tordre à leurs vues, est un des gros problèmes de l'humanité... C'est d'ailleurs pour ces raisons que je travaille sur un langage simple, clairement défini dès la base, avec un seul sens par mot...

Traductions du Coran erronées

Les règles grammaticales et syntaxiques du Coran ne sont pas adaptables aux autres langues, ni même avec l'arabe moderne… [Zah] Toute traduction va donc modifier le sens du texte, même si on lit le Coran en arabe moderne.

Si en plus les traducteurs font des erreurs volontaires...

Sur le sens du mot "juif" à l'époque

Nous sommes dans l'ancienne Sumer, où plusieurs courants religieux, issus d'Adam (yézidisme) et d'Abraham (plusieurs courants hébreux), ont modifié peu à peu la religion sumérienne d'origine, celle de l'adoration et de service aux ogres. Se croisent aussi les juifs mosaïstes, les courants illuminatis, et les chrétiens d'Orient.

Médine est une ville tenue par ce que les historiens appellent les « juifs de Médine ». Le mot « juif » n'a rien à voir avec les Hébreux d'Israël ou encore le judaïsme, mais plutôt avec les héritiers des grands prêtres sumériens, qui ont conservé le pouvoir dans l'ombre. Comme on retrouve la trace de la religion sumérienne dans la Genèse (une mauvaise traduction du livre de la création sumérien), les historiens, qui à l'époque ne savaient pas traduire les tablettes sumériennes, se sont rabattus sur les croyances les plus proches… Sachant que le proto-Judaïsme commence avec Abraham, quand ce dernier refuse de sacrifier son aîné (ce que demandaient les rituels sumériens).

Un faux sens malheureux au vu de l'histoire actuelle, et de la crispation de tous autour du mont du temple à Jérusalem.

Le Coran est un dictionnaire

Le Coran est censé être en lui-même le meilleur et le plus précis dictionnaire; il détermine la signification de ses propres mots. Une simple recherche de l'utilisation de mots identiques dans différents versets coraniques donne toujours la bonne signification. Les interprétations courantes de certains de ces mots comme par exemple "ummi", "shaheed" et "rajeem" sont traduits par:

- illettré ("ummi")
- quelqu'un qui meurt au combat ("shaheed")
- lapidé ("rajeem")

Cependant, la définition de ces mots utilisés dans le Coran est très différente !

- "ummi" signifie "qui n'a pas reçu d'Ecriture (sainte)", au contraire des juifs,
- "shaheed" signifie "témoin",
- "rajeem" signifie "exclu".

Dans certains cas, certains mots arabes ne sont utilisés qu'une seule fois dans le Coran. Donc, il n'est pas possible d'en déduire une signification précise. La signification la plus rationnelle, en harmonie et en accord avec l'esprit du verset, est alors choisie.

Pour résumer, il faut être un spécialiste pour comprendre, et le spécialiste peut se tromper ou vouloir vous tromper… Le mieux est de regarder le sens général du Coran, et pas de s'accrocher aux petits détails vus qu'une seule fois…

L'arabe ancien du Coran est une langue morte, qui n'était pas très explicite et peut ouvrir la porte à toutes les traductions.

Par exemple, Sourate 60, versets 40 à 42 :

« La permission de se battre est accordée à ceux contre qui la guerre est faite, parce qu'ils ont été injustement traités […]"

Traduction Hamidullah : "Toute autorisation de se défendre est donnée à ceux qui ont été attaqués, parce qu'ils ont été injustement traités"

Autre traduction : "Permission de se défendre est donnée à ceux qui ont combattu, s'ils ont été lésés."

Autre traduction : "Autorisation est donnée à ceux qui sont attaqués (de se défendre) – parce que vraiment ils sont lésés…"

Après, comme dit d'ailleurs dans le Coran, si c'est ambigu, c'est à chacun de comprendre le sens qui va dans le sens général du texte, et à ne pas imposer sa propre interprétation aux autres. Ce que les prédicateurs de Daech, ou les islams intégristes des cités, oublient bien de vous rappeler, car ils vous imposent la version que leurs maîtres leur demande, maîtres non-musulmans dont le but est de faire s'entre-tuer les musulmans entre eux.

L'ordre des révélations mélangés / abrogation et Takia

Un texte qui devrait être simple, clair et accessible à tous, est devenu une sauce infâme et très compliquée, que seules de longues années d'études et de formatage schizophrénique peuvent permettre d'appréhender.

Mélange volontaire

Dans le Coran, les sourates, a part la première, sont rangées par taille croissantes (des plus courtes aux plus longues). Pourquoi les califes illégitimes ont retenus ce classement ? L'avantage, c'est qu'à moins d'avoir les bonnes clés, on ne peut pas savoir immédiatement qui est la dernière révélée. Une bonne manière de raconter ce qu'on veut au peuple.

Sur un total de 114 sourates retenues (sans être vraiment sûrs que toutes soient là, ou qu'il n'y ai pas eu des menteurs qui ont relatés de fausses paroles du prophète), 86 sont mecquoises, 28 sont médinoises. Sont médinoises les sourates suivantes (dans l'ordre « connu » de la révélation, là encore sans qu'on soit vraiment sûr de rien) : 2, 8, 3, 33, 60, 4, 99, 57, 47, 55, 13, 76, 65, 98, 59, 24, 22, 63, 58, 49, 66, 64, 61, 62, 48, 5, 9, 110. La sourate 2 est ainsi la première sourate de la période médinoise, et les sourates 5, 9 et 110 en sont les dernières.

La règle de l'abrogation

Le dernier qui a parlé a raison [Sit][Jal]. Les sourates du coran se contredisent quelques fois, au point que les sourates mecquoises (pré-hégire), révélées au prophète alors qu'il résidait à la Mecque, constituent une religion humaniste et tolérante proche du message de Jésus, alors que les sourates médinoises (écrites dans la seconde partie de la vie du prophète à Médine) semblent écrites par une autre personne, la poésie n'est plus celle des premiers sourates, on dirait que les élites de l'époque nous ont refait le coup de Saint Paul qui déforme le message de Jésus.

Tout laisse à croire que ces dernières sourates révélées ne sont pas le fruit d'Allah, mais des premiers califes usurpateurs sous la pression des illuminati qui avaient infiltrés le pouvoir (les vizirs des Califes). Sans parler du fait que l'ordre de révélation des sourates a été modifiés par ceux qui ont mis le Coran par écrit (manuscrit de Sanaa).

Ne pas oublier que Mohamed « oubliait » (p. 513) les sourates dans la version orale (il ne voulait pas d'un coran écrit), pas d'abrogation dans la version orale voulue par Allah...

Dommage, la règle de l'abrogation fait en sorte que ce soient les dernières sourates révélées qui annulent et remplacent (abrogent) les premières sourates. On passe ainsi d'une religion tolérante et humaniste de paix à une religion intolérante et violente.

Ça permet en tout cas la Takia, c'est à dire le mensonge pieux. Par exemple on dit dans un premier temps aux non musulmans que la femme est l'égale de l'homme car elle aussi une créature de dieu, puis une fois musulman on sort les dernières sourates où la femme n'est qu'une merde pour résumer! Entre-temps tu es devenu musulmane, si tu veux arrêter c'est puni de mort...

La Takia (désinformation/mensonge)

On aurait pu penser que pour faciliter la vie du croyant, les sourates du Coran qui sont annulées par la suite auraient été supprimées, pour ne conserver que la dernière révélée. Mais comme le but du coran papier (le livre écrit par les califes, contre la volonté du prophète de garder un message oral) est de manipuler les peuples et de pouvoir écrire une loi en fonction de ce qui arrange le pouvoir en place, tout a été laissé volontairement dans le désordre. On peut même piocher dans la sunna ou les hadiths, dont une grande partie a été manipulée aussi lors de l'écriture par les califes illégitimes (ceux qui ont tué Ali, ou qui profitait qu'Ali allait enterrer le prophète pour prendre sa place à la tête du mouvement). En comptant avec le fait que l'arabe du Coran est une langue morte et que son interprétation doit être décidée par les docteurs de la loi (", alors que nul n'en connaît l'interprétation, à part Allah", 3:7), on voit là encore qu'une minorité de personnes décide du sens à donner malgré l'existence d'un texte que tout le monde est censé lire et suivre.

Un gros avantage de laisser des sourates fausses, c'est pour ferrer les futurs clients avec des promesses fallacieuses, des beaux textes, pour ensuite leur dire le contraire une fois qu'on est tombé dans le piège.

Les contradictions

Mohamed avait prévenu que si le Coran se contredisait, ce serait la preuve qu'il avait été perverti par les successeurs du prophète (voir "une corruption reconnue (p. 513)").

Comme avec les évangiles, les diverses corruptions (oublis, mélanges, perte du sens originel, censures et remplacement de mots) font apparaître plusieurs coquilles, qui ne seraient jamais passées du vivant du prophète, preuves que nous n'avons plus la version donnée par Mohamed.

On peut essayer de comparer plusieurs sourates, mais dans l'absolu, il faudrait prendre avec tout leur contexte. En effet il arrive qu'après un sourate originel, ce dernier soit modulé par des exceptions à la règle.

Mecquoises puis médinoise

Le Coran a été écrit en 2 fois : au début à la Mecque (période mecquoise) puis après l'hégire (exil), à Médine (période médinoise).

La période mecquoise est constituée de sourates courtes et dures, car les mecquois, se considérant comme supérieurs aux autres peuples de la région, sont très durs et intolérants. Les sourates sont à l'image de ceux à qui elles étaient destinées, intolérantes et d'une extrême violence envers les juifs, les chrétiens, les non-croyants (si c'est bien Mohamed qui les a prononcées).

Mohamed retirait de la récitation (il "oubliait" volontairement selon la traduction française) certaines sourates mecquoises trop dures, une fois qu'elles n'avaient plus lieu d'être. Mais ceux qui ont écrit le Coran en ont remis certaines.

A Médine, les gens étaient plus ouverts et tolérants, les sourates sont plus longues et pacifiques.

Abrogation

Seul problème, c'est que la plupart des sourates mecquoises se retrouvent à la fin, et les médinoises au début du Coran. Et on n'est jamais vraiment sûr de leur date de révélation, les périodes des révélations semblent avoir été choisies de manière erronées, et l'ordre est régulièrement remis en question.

Si l'abrogation fait primer les dernières sourates sur les premières, et qu'on prend le Coran sans tenir compte de la date (que l'on ne connaît plus avec certitude), c'est donc la version violente du coran qui prime sur la tolérance, vu que les premières sourates mecquoise sont à la fin.

Takia

C'est être de mauvaise foi (mentir) pour convertir ou amener les gens à ses croyances. C'est contraire à l'esprit scientifique du Coran (accepter que ce qu'on croit puisse être remis en question par de nouveaux faits), ou encore à la simple honnêteté intellectuelle.

Ceux qui invoquent les versets pacifiques pour soutenir que "l'islam est une religion de paix" sont soit ignorants du principe de l'abrogation, ou pire encore, le connaissent très bien mais essayent de nous manipuler, en mentent sciemment en citant une sourate pacifique qui est caduque, c'est à dire abrogée par une sourate guerrière (c'est ce qu'on appelle la Takya, le droit de mentir).

Exemples abrogations : Tolérance religieuse

Au verset 99 du chapitre 10 :

"Et si Ton Seigneur avait imposé Sa Volonté, assurément tous ceux qui sont sur la Terre auraient cru, ensemble. Veux-tu donc forcer les Hommes à devenir croyants ?"

verset 256 de la sourate 2 :

"Nulle contrainte en religion"

On peut donc entrer ou sortir de l'islam librement, ou encore ne pas obliger les polythéistes, les juifs, les chrétiens, les sabéens et les zoroastriens de l'époque de se convertir.. Sauf que certains considèrent que ces versets médinois sont abrogés (annulés) par un seul autre verset médinois, considéré (sans preuves sérieuses) comme ultérieur. Ce verset n'établit plus de différence entre les idolâtres et les monothéistes.

verset 29 de la sourate 9 :

"Combattez ceux qui ne croient ni en Allah ni au Jour dernier, qui n'interdisent pas ce qu'Allah et Son messager ont interdit, et qui ne professent pas la religion de la vérité, parmi ceux qui ont reçu le Livre, jusqu'à ce qu'ils versent la capitation par leurs propres mains, après s'être humiliés"

(la capitation est un impôt que doivent payer les non musulmans).

Pourquoi Allah, Dieu d'amour et d'égalitarisme, voudrait que ceux qui n'avaient pas reçu le Coran s'humilient, comme s'ils avaient fait une faute ? Ce verset au contraire (s'il vient bien de Mohamed, parce qu'il dénote avec les autres sourates), semble plutôt venir de la période mecquoise, donc abrogé par les versets tolérants de la période médinoise.

Une corruption reconnue

Les musulmans sont conscients de la corruption

Imam El-Hafez Ed-din Ben Kathir [Jes] nous dit dans son exégèse (Tafsir, 1ère partie, p.105):

"Tous les musulmans sont d'accord pour admettre la probabilité d'un remaniement des préceptes divins..."

Comme Satan, la plupart des imams oublient de bien insister sur cette réalité…

Allah n'était d'ailleurs pas dupe de ce qu'allaient faire les califes à la mort du prophète :

"S'il y avait là autre chose que ce qui est d'Allah, ils y découvriraient beaucoup de contradictions." (sourate 4 « Les femmes » - 84).

Sous entendu que si on trouve des contradictions dans le Coran papier (écrit par les premiers califes), c'est la preuve que des falsifications ont été apportées.

Les différences orales et écrit (p. 510)

Nous avons vu que la version écrite du Coran n'était pas celle révélée à l'oral (des versets oraux étaient abrogés par Mohamed, mais ont été remis dans le papier, et des sourates ont été amputées d'une partie du texte). Aïcha elle-même se plaint que depuis qu'Othman à réécrit le Coran, on n'y retrouve plus ce qu'il y avait à l'oral.

Nous avons vu aussi que seules certaines versions du Coran ont été conservées, celles qui ne plaisaient pas à Othman ont été brûlées. Alors que Mohamed révélait que le Coran avait été donné en 7 versions différentes, toutes valides.

Le 2e calife avoue que le Coran papier est incomplet

Témoignage d'Omar :

"Quelqu'un prétendrait-il que j'ai reçu l'intégralité du Coran ? Savez-vous ce que cela représente? En vérité une bonne part était déjà perdue, aussi vous pourriez plutôt dire que j'ai reçu ce qu'il en restait."

(Voir Gala Ed-Din El-Syouty: la perfection dans les enseignements du Coran!!? 2e partie, p.26)

La question est de savoir où sont les versets manquants, présents à l'oral mais pas à l'écrit ?!!

Mohamed prophétise le retour du vrai Coran

Sous entendu que le vrai Coran aurait été caché tout ce temps, et que c'était une fausse version que nous avions.

On pourra rajouter le fait que le jour de la résurrection (p. 567), le Coran serait apporté au monde par ceux qui l'ont appliqué (ce qui implique que le coran papier est un faux, et que les imams descendants d'Ali ont bien conservé au cours des siècles la tradition originelle, comme Mohamed l'avait promis...). Les sourates Al Baqara et Al Imran seront alors à sa tête (alors qu'elles ne sont que 2e et 3e dans le Coran actuel).

Enfin, si Mohamed prophétise qu'à la fin des temps, l'islam serait devenu une coquille vide, c'est bien qu'il fallait remettre d'aplomb ce qui avait été perverti.

La fausse image de Mohamed

Attention, il y a des manipulateurs pro-islam, mais il y a aussi des manipulateurs anti-islam : ces derniers critiquent l'islam pour mieux faire accepter les autres religions du livre, ou pire l'athéisme républicain, au final des choses pires…

Mohamed n'est pas Allah

Dieu ne dit-il pas à Mohamed, dans le Coran :

"Dis : Je ne suis qu'un mortel semblable à vous." (verset 110 - «La caverne»).

Mohamed dit pourtant bien qu'il ne fait que répéter ce qu'on lui a dit, mais comme pour Jésus, les grands prêtres sumériens ont essayer de glisser dans l'islam une idolâtrie du prophète (par exemple, on ne peut représenter Allah, et par extension la Sunna fait croire qu'on ne peut donc représenter Mohamed, de manière à le diviniser, comme les catholiques ont insisté pour faire de Jésus le fils de Dieu, Dieu fait homme). Encore une fois, le but sera de faire croire que le Dajjal, l'antéchrist de 3 m de haut, serait Allah fait homme…

Mohamed est un visité ET

Des révélations conscient coupé

Sourate relatée par Ben Kathir, Ben Guerir et El-Hassan:

« le prophète recevait une partie de la révélation, puis il l'oubliait »,

De la révélation qu'il avait eue pendant la nuit, il ne se souvenait plus au matin. » (Exégèse de Ben Kathir: Tafsir, partie 1, p.104)

Ça ne vous rappelle pas le témoignage des abductés ET, visités en état modifié de conscience (sous hypnose, conscient endormi, mais inconscient toujours actif), les souvenirs de la visite revenant progressivement les jours suivants ?

Mohamed recevait les paroles de "Dieu" (les strophes originales du poème sophistiqué qui compose le Coran primordial) grâce à une voix dans sa tête qui lui donnait d'horribles migraines, alors qu'il ne savait ni lire ni écrire. Et nombre de contactés décrivent ces migraines, dès lors que la communication télépathique dure trop longtemps, ou fait appel à des concepts très complexes.

Intervention ET en plein jour

On a aussi un épisode bizarre dans la jeunesse de Mohamed.

Alors qu'il était en nourrice chez des bédouins et qu'il s'amusait à l'écart avec son frère de lait, des hommes habillés de blanc ont surgit de nulle part, ont paralysé les deux garçons (ils ne pouvaient plus que bouger les yeux), et mis Mohamed au sol. Les hommes ouvrent une petite fente au niveau du coeur, lui enlèvent une sorte de caillot, et referment la plaie instantanément. Les hommes lui appliquèrent une "sorte de neige" (du coton ?) pour réaliser cet exploit (miracle ?), puis disparurent comme ils étaient venus.

Ceci a été rapporté et confirmé par son frère de lait, le prophète lui même, et les bédouins, et consigné par les textes traditionnels sur la vie du prophète.

Cet épisode ressemble sur certains points à une abduction (incision/fermeture de la plaie presque instantanées, paralysie etc...).

La marque prophétique

Mohamed avait depuis tout jeune, ce que certains appelaient la marque prophétique : une cicatrice régulière d'environ 1 cm sur la nuque, en forme de pilule aplatie. La fameuse « scoop mark », bien documentée des abductés ET.

Mohamed, avant d'être prophète, fut reconnu comme prophète par un vieux devin, à cause de cette marque. Les sources islamiques indiquent que cette marque n'était pas présente à la naissance de Mohamed. Cependant, il y a une divergence quant au moment de son apparition. L'avis le plus courant est que ce sceau aurait été marqué lorsque, durant son enfance, la poitrine de Mohamed avait été ouverte et son cœur purifié. Il est aussi rapporté que la marque de la prophétie avait disparu à la mort du Prophète.

Le nuage dans le ciel

Un nuage était toujours au dessus de la tête du prophète, haut dans le ciel (comme le camouflage optique que les OVNIS prennent à l'occasion).

On pouvait parfois voir les anges qui montaient et descendaient en dessous.

Signe d'un contacté abondamment protégé...

Le prophète connaît le concept d'OVNI

Un homme vint voir le prophète pour lui dire que la nuit précédente, alors qu'il lisait le Coran à son fils, les chevaux se mirent à s'énerver. Il arrêta de lire et les chevaux se calmèrent. Il recommença et le chevaux s'énervèrent de nouveau. De peur que son fils ne soit blessé, il s'interrompit et les chevaux se calmèrent de nouveau. Au bout d'un moment, il reprit alors sa lecture et les chevaux reprirent de plus belle. c'est là qu'il vit un objet s'éloigner rapidement dans le ciel.

Mohamed lui dit alors qu'il aurait du continuer de lire, car dans ce cas le "Galgal" serait venu et aurait écouté la lecture.

Les femmes de Mohamed

Mohamed n'est pas un gourou en manque de femmes

Mohamed était obligé d'accepter les filles des autres chefs de tribu, afin de se faire des alliés sans verser de sang (comme le faisait le roi Salomon).

C'est juste un corollaire des traditions sumériennes du lieu (qu'on retrouve dans la religion juive), pas une libido malsaine du prophète...

Il l'a d'ailleurs bien expliqué, le nombre de femmes par homme est limité, mais lui était obligé de faire exception pour satisfaire aux exigences de ses nombreux ennemis, qui cherchaient ainsi à infiltrer la communauté (comme Abu Bakr l'a fait en donnant sa fille Aïcha), tout en espérant que leur fille ferait un héritier mâle à Mohamed (ce qui permettait à leur famille de prendre, après la mort du prophète, le contrôle de la région, et de saboter cette religion naissante en en prenant le commandement).

C'est pourquoi ces pères insistaient pour que le prophète honore leur fille dès que celle-ci avait ses règles, attendant avidement le "royal baby" qui leur donnerait le pouvoir en régence (le temps que l'enfant devienne adulte)

Mohamed n'est pas un pédophile

Mohamed avait obligation, de la part de ses ennemis qui lui avaient forcé leurs filles, de les honorer le plus tôt possible. Ce sont les descendants des mêmes ennemis qui aujourd'hui accusent Mohamed d'avoir du se plier à leurs exigences, et d'être un pédophile.

Culture locale et temporelle

Il faut savoir qu'encore aujourd'hui, dans les traditions locales, le mariage peut être consommé à 12 ans.

Comme le voulait la coutume au Proche-Orient, depuis des millénaires, sans que ça n'ai jamais choqué personne : une fille réglée (capable d'avoir des enfants) commençait tout simplement à en faire, comme la nature l'y autorisait. Ces filles n'avaient pas la même éducation qu'aujourd'hui, étaient mentalement préparées et matures plus tôt, on ne peut donc comparer les 2 époques et cultures.

Comme nous le verrons dans le prochain paragraphe, la seule épouse jeune de Mohamed (Aïcha, refourguée de force par Abu Bakr, qui visait le pouvoir, et à fait le coup d'état sur Mohamed) avait entre 18 et 12 ans, et non 9 ans comme le disent les détracteurs.

Aïcha

Fille de l'intriguant Abu Bakr

Aïcha est la fille d'Abu Bakr, un riche commerçant, qui sera le premier calife usurpateur, celui qui a détrôné Ali à la mort du prophète.

Abu Bakr espérait probablement prendre le pouvoir via l'héritier mâle qu'Aïcha aurait eu avec Mohamed.

Ce plan ayant échoué, il pris le pouvoir par la force à la mort de Mohamed (p. 506).

Âge lors de la consommation du mariage

La date de naissance d'Aïcha n'est connue qu'à 3 ans près. Les adversaires de Mohamed prennent la limite basse, mais il est plus probable qu'elle avait en réalité 9 ans à son mariage (sinon ça aurait choqué tout le monde à l'époque), et la consommation fut donc faite à ses 12 ans (al-Baghdadi citant Hisham ibn Urwah). Aïcha était donc majeure selon les traditions de l'époque, et réglée (donc sexuellement mature, pubère, capable d'enfanter).

D'autres travaux montre que la grande sœur d'Aïcha, Asmaa, serait née en 595 et d'environ 10 ans son aînée, donc Aïcha ne pouvait avoir moins de 18 ans au moment de la consommation.

Prise de pouvoir

Aïcha était décrite comme très jalouse des concubines, et peut-être que sa science d'apothicaire devait contenir des breuvages abortifs pour limiter les héritiers qui ne viendraient pas d'elle.

Selon la tradition chiite, c'est à sa femme Omm-Salama (et non à Aïcha, la dernière épouse) que Mohamed fait ses premiers adieux. Selon la tradition lancée par Aïcha, c'est elle qui aurait eu les honneurs du prophète...

Tout indique que c'est Aïcha qui a empoisonné le prophète (p. 507).

Mohamed sait lire et écrire

Comme nous l'avons vu, Ummi veut dire "qui n'a pas été informé de l'histoire de la Torah", et ne veut pas dire "illettré" comme la plupart des gens le croit.

Cette vidéo recense les preuves que Mohamed savait lire et écrire :

- Dans le reste du Coran, "Ummiyaina" indiquent les gens qui n'ont pas reçu les écritures de la Torah. Une preuve de plus que "Ummi" parle bien des non-juifs, et non d'illettrés.
- On reproche à Mohamed d'écrire les textes reçus (sous entendus il saurait écrire, mais on ne peut le déduire formellement juste avec cette accusation), et Allah lui dit que le fait qu'il ne reprenne pas à la lettre les écritures de la Torah, ni qu'il ai besoin de noter les textes reçus, montrent qu'il ne peut être accusé d'être un plagiaire.
- Lors du traité d'Houdaybiya, pour faire plaisir à ses adversaires Mecquois qui refusent de croire au caractère divin du message reçu , Mohamed efface la notion "envoyé de Dieu" pour écrire "fils d'Abdallah".
- Mohamed, lors d'une vision, voit écrit, sur la porte du paradis, que Allah récompensera l'aumône pour 10 fois plus. Comment peut-il lire s'il est analphabète comme on le prétend ?
- Dans la sourate Al Allate (première révélée, mais 96e dans l'ordre du Coran actuel...), Allah dis 2 fois à Mohamed de lire. Il ne le ferais pas si ce dernier ne savait pas...
- Lorsque le prophète s'aperçoit qu'il a été empoisonné, il demande à ses compagnons de vite lui donner un support pour écrire son testament, afin qu'ils ne s'égarent jamais.

Sectes

Survol

Les religions sont des mouvements initiés par des vrais prophètes, les sectes sont initiées par de faux prophètes.

Pour résumer, une religion c'est une mouvement égalitariste, une secte c'est un mouvement hiérarchiste (tenu par une hiérarchie, et prônant la hiérarchie).

Comment reconnaître un vrai prophète ?

Les vrais prophètes sont des gens visités par les ET altruistes, ou des corps incarnés par des ETI bienveillants

Le vrai prophète est reconnu par la majorité de ses pairs, de par la sainteté de sa vie, et son faible égo ou besoin de domination sur les autres.

Comment reconnaître un faux prophète ?

Les faux prophètes satisfont des besoins égocentristes élevés, et sont soit des agents infiltrés du système (pilotés par la CIA ou les RG), soit des contactés des ET hiérarchistes

Les faux prophètes se montrent plus intéressés par le pouvoir, et n'impressionnent que ceux qui tombent sous leur domination psychologique.

Comment reconnaître une religion d'une secte ?

Le but d'une secte est de contrôler les populations qui se réveillent, de les ramener dans un système d'esclavage. Le but d'une religion est de libérer les humains de l'esclavage, de les rendre autonomes dans leurs décisions.

Force est de constater qu'aucune religion actuelle ne correspond à la définition de liberté individuelle dans le respect de tous, car toutes les religions initiées par des vraies prophètes ont été infiltrées par les dominants, et ont dégénérées en culte sectaire d'asservissement des populations.

Aujourd'hui, on n'a plus que des sectes, aucune religion ne mérite ce nom. Reste à savoir quelles sectes ont une base solide (vrai prophète) de celles dont la base est pourrie dès le départ (faux prophètes).

Catholicisme

Jésus était un vrai prophète(message altruiste, il n'a pas profité personnellement de son enseignement, il a plus donné que reçu), mais une des sectes qui s'est montée sur son message, le catholicisme des empereurs romains, a monté une secte hiérarchiste sur une religion prophétique à la base.

Islam

C'est surtout du côté des chiites, envahis au 15e siècle, et à qui les dominants ont imposé des dogmes en désaccord avec l'islam d'origine, qu'on retrouve le plus de mouvements divergents sectaires. Ironie, quand on sait qu'à l'origine, c'est bien Ali qui devait reprendre le flambeau après Mohamed.

Raël (p. 516)

Raël se présente comme un visité, mais tout dans son mouvement dénonce la secte hiérarchiste à buts purement personnel pour son gourou.

Scientologie (p. 518)

Une secte fondée par un adepte du satanisme, qui attire les gens avec des programmes d'occultisme efficaces, mais qui se fait absorber par une secte plus grosse qu'elle, l'État profond USA.

Rael

Ses prétentions

Comme un vrai prophète, il annonce :

- avoir été enlevé par les ET,
- avoir reçu un enseignement supérieur,
- l'histoire des ogres,
- des connaissances occultes.

Comment savoir si ce qu'il annonce est vrai ? A priori, vu de (très) loin, pas beaucoup de différence avec un vrai visité comme Harmo...

Les Altaïrans révèlent que Raël est un agent des RG français, voyons si cette affirmation est fondée dans les faits.

Une famille bien placée

Claude Vorhilon semble avoir une famille bien placée dans la société. Comme beaucoup de fils de dominants, il a voulu se lancer dans la chanson, il l'a fait (clips et disques, donc avec des moyens), ça n'a pas marché. Il aime les automobiles, il a été soutenu pour monter un magazine sur les courses automobiles, il l'a fait, ça n'a pas marché.

Je vous laisse déterminer à quelle caste sociale appartient quelqu'un qui, sans talent suffisant, peut se permettre de faire autant d'essais aussi coûteux, qui connaît suffisamment de personnes haut placées, qui sait quels codes de reconnaissance leur donner pour que le porte-feuille s'ouvre, etc.

Écrit des livres OVNI

Profitant d'une vague d'observation d'OVNI et de rencontres du 3e type qui se sont déroulées en France, il écrit un livre où il raconte son enlèvement par les ET, et le message qu'ils lui ont délivrés. Là encore, le livre est publié et relayé dans les médias sans difficultés particulières.

Il est alors encore tout jeune homme (une autre caractéristique de cette famille d'être précoce, quand très tôt on vous ouvre toutes les portes pour réussir).

Passe à la télé

Il y a beaucoup d'enlevés ET dans les années 1970, aux accents très sincères. Pourquoi mettre en avant le plus loufoque et le plus douteux, Vorilhon alias Raël, qui arrive déguisé en gourou, avec des baskets qui dépareillent le personnage, dont tout le monde sur le plateau se moque de lui, et qui lui-même joue le jeu des médias en se décrédibilisant aux yeux du public non averti ?

Bien sûr, il va attirer à lui tous les abductés qui trouvent enfin quelqu'un qui semble vivre la même chose qu'eux, de même que ceux qui se cherchent spirituellement, et qui étouffent dans ce monde égoïste. Mieux vaut étouffer tous ces réveillés précoces dans un mouvement sous contrôle, plutôt qu'ils montent eux-même un mouvement de réveil... Les illuminatis ont toujours un coup d'avance, et savent construire les chausse-trappes dans lesquels les réveillés vont se précipiter...

Une grande stratégie qu'on retrouve dans les éco-villages actuels, le gouvernement a pris les devants, et a saboté les tentatives actuelles dès la base, parce qu'il faut de l'argent pour acheter les terres, et des relations pour être connu. C'est des sortes d'agents du système pour la plupart qui ont lancé le mouvement, et le sabote avec des essais stériles du genre "n'apprenons rien à nos enfants".

Pour Raël, si le service des RG voulait décrédibiliser le mouvement New Age aux yeux des endormis, tout en espionnant les vrais réveillés, il ne s'y serait pas pris autrement...

D'après les enquêtes, chaque passage télé lui ramène 300 nouveaux adeptes fermes. Pourquoi Roro, le contacté des boules de l'Aveyron, à la spiritualité bien plus altruiste et ouverte aux autres, n'a pas pu passer dans les médias ?

Échappe à la justice

Comment se fait-il qu'avec toutes les histoires de pédophilie, les nombreux détournements d'impôts, Raël ait toujours échapper à la justice ?

C'est seulement au bout de 20 ans qu'un ou 2 procès auront lieu pour des histoires de pédophilie, mais jamais contre le maître, celui qui déflore les filles à 8 ans...

Pas de problèmes légaux avec sa secte, elle obtient même le statut d'église au Québec. Tant de bienveillance de la part de l'État en est suspecte !

Rael réussira même à parler devant le congrès des USA pour le clonage.

Hiérarchiste

La géniocratie de cette secte fait très hiérarchisme, ce qui est complètement incompatible avec la vision des ET dits altruistes. De plus, la sélection pour dire qui est un génie est assez opaque, et très "entre-soi" au final.

Le clonage pour prolonger la vie des "élus est un autre aspect déplaisant du hiérarchisme de la secte.

Bien entendu, les vidéos de l'époque où on ne voit que lui, pris d'en dessous pour le grandir, ses disciples autour de lui ne regardant que lui, montre un égo sur-dimensionné et un culte de la personnalité qu'il faut fuir à tout prix. Tout comme son discours élitiste, ainsi que ses abus sexuels auprès des femmes même très jeunes. Il valorise l'argent, et profite de l'argent de ses adeptes pour se construire un empire.

Comme tout gouvernement hiérarchique, il motive les adeptes sur un projet pharaonique, un temple pour les élohims (ogres), imposant de donner 10% du salaire des adeptes. En 30 ans, c'est 12 millions de dollars qui seront récupérés, en plus de l'argent qui a servi à construire le temple.

Les plus belles adeptes rentrent dans l'armée des anges, une dizaine de jeunes femmes dédiées 100% au service du maître, prête à donner leur vie pour le sauver. La crème de ces anges est les cordons dorés, qui s'abstiennent de toute relation sexuelle en dehors de Raël. Pour le soit-disant beau-frère de Jésus, ce comportement hiérarchique au service-envers-soi devrait finir d'ouvrir les yeux...

Comme le dit une ancienne adepte, Raël prend, il ne donne pas (alors que le vrai prophète donne sans compter, refusant tout pour lui-même). Plus limite, ces filles de 8-9 ans qui réservent leur virginité à Rael, comme l'ont fait de tout temps les ogres et leurs serviteurs illuminatis.

Athée

Enfin, la spiritualité raëlienne est au départ athée, ce qui est complètement là aussi à l'opposé de celle des ET altruistes. L'athéisme est très populaire chez les hiérarchistes égoïstes, car ils refusent d'avoir quelqu'un au dessus de leur petite personne, qui pourrait limiter leur libre-arbitre tout puissant (libre-arbitre qui ne s'arrête pas là où commence celui des autres).

Pourtant, ça ne l'empêche pas de reprendre des éléments bien connus de la Kabbale Juive, comme les élohims venant d'une autre planète. On peut remarquer qu'à l'époque, peu de Français connaissaient les histoires secrètes de la Kabbale (internet n'existant pas), et Sitchin n'ayant pas encore publié "la 12e planète". Raël était donc très bien placé dans la hiérarchie occulte française...

En 2001, inspiré sûrement des clones humains pratiqués chez les élites (n'oubliez, quand la brebis Dolly apparaît dans la science grand public, c'est que depuis 40 ans l'armée et les services secrets ont pratiqué la chose et ont trouvé mieux, il y a toujours ce décalage entre la technique des élites/militaires et celle du peuple pour conserver le contrôle), Raël se sert de son vivier humain pour faire des essais sur ses nombreuses concubines. Des volontaires consentantes, au contraire des camps de la mort nazis. Dans ce genre de secte, on trouve souvent des essais mené conjointement avec les services secrets.

Scientologie

Survol

La scientologie est une secte dangereuse : inspiré des connaissances ésotéristes satanistes, sans scrupules et très manipulatrice, qui a montré des méthodes dignes de la CIA, montrant aussi une infiltration très profondes au sein du pouvoir.

Mais comme tout outil, ces connaissances ésotériques peuvent faire progresser l'humanité mises entre de bonnes mains.

Projet Camelot (p. 518)

Dans les années 2000, plusieurs participants de bas niveau aux black programs CIA, mettent en commun leurs infos cloisonnées, pour avoir une vision plus globale de ce que trame le gouvernement. C'est ainsi que les membres de la scientologie relieront les liens entre CIA et Scientologie, et comprendront ce qui s'est passé.

Histoire (p. 519)

Ron Hubbard, fils de la haute société américaine, après avoir fréquenté le sataniste Aleister Crowley, fonde dans les années 1950 une secte, utilisant des techniques kabbalistes pour se connecter à son inconscient, et développer ainsi ses capacités psys (aucune notion de spiritualité ou d'amour des autres...). Après de gros détournements d'argent, des ennuis avec les impôts, des agents liés à la CIA et aux illuminatis prennent le contrôle de cette secte dans les années 1970, appauvrissant les techniques trop efficaces du début.

Techniques (p. 522)

Les techniques efficaces du début ont vite été étouffées par la suite, c'est pourquoi il faut se référer aux premiers livres.

Ces techniques permettent l'auto-hypnose, se reconnecter à soi-même, à ses mémoires sur plusieurs plans, et donc l'accès aux infos des ETI notamment.

ET (p. 525)

Des contacts directs avec des ET sont établis.

Connaissances acquises (p. 526)

Au fil des recherches, via de multiples sources (comme celles que la scientologie avait avec ses espions haut placé au sein de l'appareil étatique), la scientologie obtient une connaissance assez poussée de notre histoire réelle, et de l'organisation actuelle du système.

Projet Camelot

Recoupement d'infos sur les black programs

Vers la fin des années 2000, plusieurs divulgations ont eu lieu de la part de participants à divers programmes occultes USA. Ces divulgations sont faites par des témoins d'opérations secrètes USA, qui a cause du cloisonnement poussé, et de leur bas niveau hiérarchique (ne connaissant pas les buts réels), n'ont pas été soumis au secret-défense (surveillance permanente, assassinat systématique de toute la famille en cas de doute).

Sauf que le projet camelot, en recoupant les témoignages des petites mains de toutes ces branches cloisonnées, a permis de donner des clés de compréhension pour avoir une vue globale !

Témoignage de Los Angeles, septembre 2009

Bill Ryan, du projet Camelot, interroge Dane Tops, le lanceur d'alerte haut placé qui provoqua, en 1982, le départ de dizaines de milliers de scientologues.

Dane est accompagné d'un ami, scientologue haut placé de la première heure, qui témoigne lui aussi de ce qu'il a vu de l'aventure depuis les années 1950.

Ces 2 témoignages se recoupent parfaitement avec les autres révélations sur la scientologie, comme :

- livre "Beyond Belief" - Au-delà de la foi, de Jenna Miscavige, la nièce de l'actuel chef de la secte (David Miscavige),
- livre "Going clear", du journaliste Lawrence Wright.

Dane Tops et son ami restent anonymes, leurs vies étant toujours menacées.

Les infos qui suivent sont tirées de ce témoignage de 2009.

Dane Tops (pseudonyme)

Dane est d'abord un sujet psy avancé, ce qui lui a permis de monter les échelons de la hiérarchie, et de pouvoir discuter avec tous ceux qui ont fait la scientologie. Dane est aussi un chef *auditeur*, quelqu'un qui écoute quelqu'un d'autre lui parler de ses problèmes et inquiétudes [Note AM : comme un prêtre en confession, ou un espion des RG, qui fait remonter en haut lieu les infos intéressantes, afin de prendre la température de la population, sans avoir la vision globale de ses supérieurs]. C'est pourquoi Dane a pu apprendre autant de choses, en recoupant ses infos avec d'autres membres hauts placés. Dane connaissais beaucoup de gens dans les niveaux supérieurs de l'organisation, comme la famille de Hubbard, ou ceux qui travaillaient avec Hubbard depuis le tout début.

Ami de Dane

Il est en 2009 le plus ancien des fidèles de Hubbard, tous les autres premiers scientologues sont morts.

Histoire

La secte sataniste devient religion

Lafayette Ronald Hubbard (1911 - 1986) est issu d'une famille originaire d'Europe centrale (Khazars). Il est parent avec James DeWolf (mort en 1834, 2e fortune américaine de son temps, grâce au commerce d'esclaves et à la piraterie). La mère de Ron Hubbard fait partie des premières féministes (mouvement lancé par les illuminati, donc haut placée dans la hiérarchie occulte).

Malgré avoir loupé lamentablement sa première année d'ingénieur, Hubbard se vantera souvent, plus tard, avoir passé ces diplômes.

À 20 ans (1931), il part aux Antilles en voilier (montrant qu'il peut avoir l'argent qu'il veut).

En 1945, il s'impliqua dans les activités de l'Ordo Templi Orientis (OTO) aux côtés d'Aleister Crowley et Jack Parsons (des satanistes notoires). La règle (dite de Thelma) de cette secte sataniste est "Fais ce que tu voudras sera le tout de la loi." Proche du rite FM, l'ordre semble bénéficier d'occultisme de la Kabbale, techniques reprises plus tard pour la scientologie.

Ron participa avec Parsons à la pratique de rituel sexuel magique destiné à appeler une déesse ou « moonchild » (magie noire).

En 1946, Hubbard quitte son épouse Margaret et épouse Sara « Betty » Northrup, la compagne de Jack Parsons. Margaret obtient le divorce d'avec Hubbard, pour bigamie et cruauté. En 1950, la seconde épouse "Betty', accusa Hubbard de tortures, ainsi qu'avoir enlevé leur fille de 13 mois, Alexis. Hubbard n'était pas une bonne personne...

Hubbard écrit un livre en 1950 (*dianetics*) bien relayé dans les milieux d'initiés de l'époque. Très vite, avec les méthodes efficaces d'auto-hypnose, Hubbard attire très vite à lui des sujets compétents et dévoués, des gens de bonne volonté, surtout que le but est de sauver l'humanité d'une destruction prochaine de la Terre par des cataclysmes. Une secte s'organise grâce à ces bonnes volontés, mais dédiée à l'idolâtrie de Hubbard, qui centralise toutes les informations, et ne divulguent que ce qu'il veut bien.

Les recouvrements de mémoire de vies antérieures servent à Hubbard à développer ses connaissances occultes sur la nature humaine, connaissances qu'ensuite les membres doivent monnayer en payant toujours plus de fascicules émis par Hubbard.

Mélange avec les agences étatiques

Seul le contrôle intéresse l'État

Les gouvernements et les services de renseignements de Russie et des USA devinrent déterminés à utiliser ces techniques efficaces pour leurs propres fins, contraires à toute déontologie, tout en empêchant le public d'accéder à ces connaissances.

Au lieu d'utiliser ses techniques pour développer naturellement les possibilités psychiques (comme le souvenir des vies passées et des moments entre ces vies), les gouvernements n'ont développé que ce qui servait à contrôler, par la force, le comportement humain.

Contacts avec la Russie

La Russie a aussitôt contacté Hubbard, dès la publication du livre en 1950, et les efforts pour embaucher Hubbard furent intenses, car ils avaient compris que les perceptions hors du corps pouvaient être inversées :

- espionner et glaner des renseignements dans des lieux éloignés,
- (mind control) : influencer à distance les pensées (conscient et inconscient) d'autrui,
- utiliser pour la guerre les aptitudes paranormales sur la matière.

Ayant échoué à convaincre Hubbard, les Russes ont forcé sa porte, volé le matériel et adapté les techniques. C'est le mind-control russe, en testant des enfants et en développant les plus doués.

Black programs CIA

Les USA ont suivi le mouvement initié par les russes. Le mind-control USA, comme le candidat Mandchou (personne pilotée à distance), ainsi que d'autres éléments, ont été sur-développés jusqu'à un niveau très sophistiqué. Les techniques utilisées, comme la chaise de Montauk (appareillage censé lire les pensées, et les modifier), sont décrites en détail dans les travaux de Hubbard.

Black program Stargate (1970-1995)

Les gouvernements n'ayant pas réussi à recruter Hubbard, ils embauchent des scientologues psys. Ils étaient facile à trouver, puisque la scientologie publiait des articles sur leurs performances. C'est ainsi que le scientologue Ingo Swann (1933-2013), fut embauché par le gouvernement.

Capable de sortir de son corps (appelé remote viewing (vision à distance) par la CIA) et de se rendre dans des endroits inaccessibles, les black programmes ont appris de lui, et ont développer des moyens d'entraîner d'autres à faire pareil.

D'autres scientologues (Russell Targ, Hal Puthoff et Pat Price) furent financés par la CIA sous les auspices du Stanford Research Institute (SRI).

Commence à gêner des gros lobbies

IRS

Hubbard génère beaucoup d'argent avec la vente de ses fascicules. Il se mets à dos l'IRS (impôts USA) parce qu'il fait de l'évasion fiscale (il habite sur un bateau pour naviguer en eaux internationales sans droits, comme les pirates dont un de ses ancêtres faisait partie).

Psychiatrie

Un lobby puissant et riche : l'hypnose remplace 20 ans d'analyse psychiatrique ou psychanalytique en une seule séance... Sans compter le manque à gagner pour les labos pharmaceutiques, les anti-dépresseurs étant un gros pactole financier.

De nombreux psychiatres ne désiraient que mettre leurs malades sous médicaments ou drogues, faire des lobotomies et des électrochocs. En plus de gagner de l'argent, de pouvoir faire les tests des black programs sur des cobayes humains non consentants, les hôpitaux psychiatriques oeuvrent aussi à l'occultation des capacités psys humaines.

Histoire secrète et illuminatis

Hubbard commence à divulguer sur les ogres, sur les contrats pris par le gouvernement avec des ET malveillants reptiliens [Raksasas]. Hubbard savait que des contrôleurs ogres étaient TOUJOURS sur Terre [Odin].

Ces hauts placés veulent aussi empêcher le réveil des conscience, et veulent cacher ces techniques au public. Les illuminatis pensent qu'on ne peut pas autoriser l'humanité à découvrir ses propres pouvoirs et ses capacités innées, et donc qu'il faut garder ces techniques secrètes.

Les adversaires se regroupent

Dans les années 1960, Hubbard dérange trop de monde, c'est quand les illuminatis décident de clôturer l'expérience que c'est le début de la fin.

Les illuminatis (FBI et CIA), l'IRS (impôts), l'AMA (médicaments) et l'Association Psychiatrique Américaine se sont toutes rassemblées pour démanteler la scientologie, qui dans ses magazines internes détaille tous les crimes de ces organismes.

Scientologie dans les 1970'

Les échelons et l'expérience

Les scientologues avaient des échelons à atteindre pour progresser de capacité en capacité.

La scientologie publiait un magazine, où les gens qui traversaient ces niveaux écrivaient leurs expériences paranormale.

Contrer le mind-control gouvernemental

Les blacks programs utilisaient les travaux de Hubbard pour appliquer le mind control : contrôler les esprits, et empêcher le public de recouvrer sa mémoire.

Hubbard voulait annihiler les effets du mind control gouvernemental sur nous tous, en entraînant une armée mondiale de personnes qualifiées pour aider l'humanité à récupérer le souvenir d'avoir eu un voile posé sur son esprit, au point de ne pas connaître son propre passé.

Infiltration de la scientologie

Dane n'a pas toutes les cartes en main pour savoir ce qui s'est passé avec Hubbard, il constate juste les effets visibles. L'infiltration de la scientologie par les illuminatis semble complète en 1975, quand Hubbard remets les pieds sur la terre ferme après plusieurs années en haute mer.

Censure de l'information, perte de temps

La scientologie remplaça rapidement les techniques d'origines, simples et efficaces, par d'autres techniques plus compliquées et sans gros résultats, juste assez pour inciter les gens à payer toujours plus des cours inutiles.

C'est les éditions originales des années 50 les plus intéressantes ([sci1] et [sci2]), les ré-éditions étant sabotées.

Dégradation de l'image de la scientologie

Installés aux commandes, les illuminatis ont dégradé de l'intérieur l'image extérieure de la scientologie, afin de freiner son expansion, et donc celle des connaissances ésotéristes qu'elle véhiculait. Les illuminatis préféraient le New Age, entièrement sous contrôle pour vendre le NOM à venir.

Une organisation mafieuse

La scientologie possède, sous l'ère illuminati, des ressources importantes, un service de renseignements privé sophistiqué et parfois impitoyable, doublé d'un service de sécurité de même acabit. Une armée privée aux mains d'on ne sait pas qui, à la fois pour les opérations intérieures et extérieures à l'Église de scientologie.

Par exemple, Dans a appris que l'Église avait dépensé au moins 40 000 dollars juste pour essayer de retrouver son identité.

Une opération puissante

Ce qui détruisit la scientologie, fut une opération calculée et ciblée, qui retourna d'abord les membres contre le fondateur, puis les mit en guerre les uns contre les autres. C'était la fameuse technique "diviser pour régner".

Hubbard (?) déconne

Hubbard avait prédit que si l'organisation de la scientologie se divisait et ne restait pas un groupe uni, groupe qui maintient la qualité d'origine dans la dissémination des techniques, alors la scientologie ne pourrait pas maintenir son pouvoir de produire un résultat mondial. Ce qui s'est produit.

C'est lui qui l'a fait. D'abord en 1967, en partant sur les mers pour échapper aux impôts. Puis il s'isola : sa famille n'eut plus le droit de l'approcher ou de lui parler, les scientologues n'ont plus accès à Hubbard directement, tout transite par des messagers.

Son fils Quentin, alors ado, est tué et abandonné dans le désert près de Vegas. Quentin était la plus douce des personnes, et était un maître dans les techniques. Hubbard l'avait désigné comme son successeur à la tête de l'Église... Disparition pratique pour quelqu'un qui envisage de reprendre le flambeau après Hubbard...

Hubbard se mit à mentir, en disant qu'il était le seul à avoir développé ses techniques (alors qu'il s'appuyait sur les théosophes et l'OTO de crowley). Hubbard fut ensuite bloqué par son mensonge, vu que dans ses premiers bouquins il créditait ses sources.

Les doublures de Hubbard

Selon l'ami de Dan, qui était avec Hubbard depuis le début de l'Église, la personnalité de Ron est en effet restée la même pendant de nombreuses années, mais à la fin des années 70, il y a eu un changement à 180° [AM : les mêmes années que pour Manteïa, qui lui aussi semble avoir travaillé pour les opérations secrètes de la CIA].

Hubbard a eu une crise cardiaque dans les années 70, une incohérence avec ce qu'il racontait, et ce fut caché aux membres de l'église. Sa personnalité subit alors un changement total. Il semblait n'avoir plus aucun intérêt pour sa mission qui avait été si importante, si urgente, une course contre la montre pour sauver la planète de la destruction, en libérant les humains du mind-control.

Il est passé de sans peur à peureux, de courageux à paranoïaque.

Beaucoup de témoignages (donc Geoffroy Filbert) indiquent que l'apparence de Hubbard variait en permanence : des vêtements de taille et de style différent. Sur le bateau, on voyait Hubbard en bas en train d'enseigner dans une salle de cours, et en haut, Hubbard y était aussi, à travailler.

[AM : probablement une doublure du black programm Monarch (infiltrer en remplaçant les dirigeants de l'organisation à abattre par un sosie aux ordres de l'extérieur) comme le décrit Duncan O'Finioan ou Paris Hilton, des enfants enlevés à leur parents sans que ces derniers ne réagissent, et enfermés dans des hôpitaux psychiatriques où ils seront "éduqués" à coups de traumatismes].

Les armées secrètes d'enfants

[AM : la scientologie est tombé parce que c'était un système pyramidal, dépendant d'un seul homme. Pourtant, plusieurs autres membres étaient devenus plus forts que Hubbard, et méritaient plus que lui de guider, mais c'est lui qui concentrait la connaissance, et faisait croire qu'il était omniscient. Quand cet homme seul a été remplacé ou isolé ou manipulé, d'autres ont gouverné dans l'ombre].

Si les illuminatis ne voulaient pas que le public récupère ces capacités améliorées, ils voulaient que les enfants des black programs, complètement à leur merci, en profitent. De plus, ils commençaient à récupérer de la technologie ET [AM : des Raksasas] sur les façons de contrôler les esprits et les corps des êtres humains.

Le gouvernement avait infiltré des agents dormants adultes et des agents conscients qui entraînaient les enfants. Les parents ne savaient pas, les buts des black programs étaient cachés, bien que fait à la vue de tous.

Les enfants étaient programmés pour devenir inhumains. Ils devenaient une entité par eux-mêmes. Ils n'étaient pas réellement entraînés dans la scientologie, n'utilisaient pas les vraies méthodes scientologues, mais plutôt le côté militaire puissant des choses, des sections étaient devenues comme la Gestapo.

Ces enfants faisaient partie d'un programme psy (les psy ops). Ils avaient des boulots dans l'organisation où ils devaient commander des adultes. Ils s'appelaient "*Messenger Organization*" (les messagers). Ils ne sont jamais allé à l'école. Ils avaient entre 5 et 7 ans. Ils étaient les serviteurs de Hubbard et les seules personnes qui pouvaient l'approcher (premier cercle).

Ils avaient des consignes, de ceux qui les programmaient, afin qu'ils sachent comment changer les directives de Hubbard, jusqu'à ce qu'eux-mêmes soient inculqués de la motivation pour le pouvoir. Ils étaient intentionnellement programmés pour avoir des égos énormes.

Hubbard a fini par avoir peur (fausses informations remontées par les messagers), et c'est renfermé comme Howard Hughes. A part les enfants, personne ne lui parlait.

Il devait y avoir des centaines d'enfants au début. A la fin, il n'en restait que 3 ou 4 qui se battaient pour contrôler l'église, et ils avaient 12 ans tout au plus. L'un d'eux [David Miscavige] a gagné et a pris le contrôle de l'église (à la mort de Ron, mais il avait le pouvoir réel depuis longtemps). Il n'avait même pas son examen de fin d'études.

Il avait été entraîné de force à dominer, à exercer un contrôle et à utiliser le pouvoir. Il dirige cette organisation de cette façon.

Il y avait une organisation dans l'organisation, parce que l'IRS a fini par diriger...l'endroit était plein de fonctionnaires de l'IRS et d'avocats qui dirigeaient. C'est arrivé dans les années 80. Le coup final.

La tentative de reprise de contrôle

Les organisations locales

Les missions locales, les lieux où les gens apprenaient la technologie, faisaient un boulot magnifique.

Les enfants qui dirigeaient la maison mère ne voulaient pas que cette activité se poursuive à l'extérieur du groupe mère, loin de leur contrôle. Ils accusèrent ces missions locales de les voler, alors qu'elles n'utilisaient que l'argent nécessaire à leurs activités.

les insoumis de bonne volonté

Les dirigeants intègres, ceux qui avaient de vrais pouvoirs psychiques et les connaissances du début, qui les enseignaient sur le terrain, qui oeuvraient à la communauté, cherchèrent à comprendre ce qui se passait.

C'est eux qui avaient *bâti* et fait le plus pour l'organisation. Ils avaient formé leurs propres organisations indépendantes, qui nourrissaient les niveaux supérieurs pourris de la scientologie. Des dirigeants très capables, très respectés, de vrais héros.

Ces dirigeants intègres se réunirent tous à Flag en 1981, pour savoir ce qui se passait.

Sanctions

Tous ces gens bien, qui avaient du pouvoir et avaient organisé cette réunion, ont été par la suite stoppés dans leur avancement hiérarchique. Ils ne pouvaient plus fonctionner et diriger leurs organisations. Ils furent mis dans des situations où ils étaient traités de criminels, renvoyés dans certains cas, ont eu des amendes incroyables à payer, on les a accusés de crimes qu'ils n'avaient pas commis. Ce fut publié pour les humilier publiquement.

L'effondrement

Les choses ont cessé de fonctionner. L'infrastructure de l'église se démantelait. Ses propres membres se retournaient contre la hiérarchie. Mais personne ne partait. Il y avait une loyauté doublée d'incrédulité au regard des évènements. Ces gens essayaient d'aider l'humanité, et c'était l'organisation supérieure qui donnait les techniques.

C'était la confusion générale, de la peine, un sentiment de grande trahison, envers le dévouement sans réserves, la loyauté et l'amour qui existaient réellement sur la personne de Ron. [AM : d'où la nécessité de ne jamais idolâtrer personne]

Les gens commençaient à tenir des réunions secrètes pour discuter de ce qui était arrivé, des techniques changées pour en faire un mauvais usage. Les organisations supérieures ne servaient plus à gérer les conflits, mais ressemblaient à des cours de justice où les gens étaient déclarés "mauvais" et ostracisés.

Dane, lanceur d'alerte solitaire

Les gens de bonne volonté blâmaient le système, sans savoir qu'il avait été corrompu intentionnellement, et qu'il était devenu répressif pour les membres eux-mêmes, afin de les renverser tous.

La prise de conscience

Dane était proche du centre du pouvoir lorsqu'il a découvert la corruption.

Désirant sauver les travaux et aider l'humanité (intention au départ de la scientologie), Dane écrivit la lettre d'alerte.

Son intention était de réparer (trouver qui se trouvait derrière tout ça), ou au moins de libérer les gens de ce qui devenait une tyrannie.

Dane ne savait pas encore que c'était le gouvernement secret américain qui détruisait la scientologie de l'intérieur, et que c'était impossible à combattre.

Les risques encourus

L'ami de Dane pense que si l'organisation avait su qui avait émis la lettre, Dane aurait été abattu.

Dane pense qu'au minimum, il aurait été excommuniés, que sa réputation et celle de sa famille seraient ruinées, que tout son courrier serait passé au peigne fin pour toujours, qu'ils seraient harcelés et que leurs voisins le seraient aussi.

Ils faisaient beaucoup de sales coups, comme cacher de la drogue dans vos affaires et vous faire coffrer. De nombreuses vies furent ruinées.

Un des gros bras de la scientologie, Miscavige, usait de force pour contrôler les gens : filer des claques, des coups de poing, les tabasser sur le coté de la tête en leur écrasant les oreilles.

Miscavige est celui qui a obtenu de l'IRS qu'ils classent aussi la scientologie comme une église, comme une religion (intéressant financièrement). Ce qui démontre que Miscavige, ou ceux qui le soutiennent, sont des puissants au sein de l'État profond.

La lettre

Dane a écrit la lettre dans le mois qui suivit cette réunion des indépendants à Flag.

Une lettre de 9 500 mots, qui est devenue virale, se propageant de mains en mains comme une traînée de poudre.

Beaucoup de gens ont ressenti, en lisant la lettre, que ce n'était pas uniquement une simple clarification, une information pour éloigner la confusion, mais aussi une exaltation en soi. Il y avait quelque chose entre les lignes, entre les mots. La lettre était empreinte d'une énergie propre ainsi que de son propre esprit, comme une boule de neige qui roule et qui roule encore, si bien que les gens se sont senti inspirés au point de la copier et de l'envoyer à d'autres, et ceux-ci l'ont copiée et il y a des copies de copies de copies. Vous ne pouviez arrêter ça, parce que l'esprit qui l'accompagnait touchait les gens qui la recevaient.

La 3e faction

Certaines émeutes au siège (des groupes de scientologues qui demandaient des comptes violemment) ont fait peur aux plus hauts dirigeants, il y avait un climat insurrectionnel.

Les adeptes pensaient que la planète était au bord de la destruction, et qu'ils allaient la sauver. Ils croyaient en leur histoire, que leur futur était dans les étoiles.

Le 3e parti, que Dane n'avait pas trouvé à l'époque, c'était le gouvernement des blacks-ops de l'Amérique [AM : État profond des chapeau noirs]. Ils dirigent aujourd'hui la scientologie par de l'égo et du pouvoir.

La dislocation de la scientologie

Dane voulait qu'en masse les adeptes demandent justice, qu'ensemble ils abattent les murs qui protégeaient ceux qui pratiquaient les abus de pouvoir, afin de les laisser accéder à Ron directement. Cette étape fût manquée.

La lettre a donc servi non pas à créer une révolution pour redresser la situation, mais à un exode. Les gens étaient trop vannés, sans espoir, un peu comme les USA en 2009. Ils n'ont pas perçu le but de la lettre et n'ont pas cherché le 3e parti du tout. Les gens blâmaient Ron Hubbard, et sentaient qu'il les avaient personnellement trompés, et c'était exactement le but recherché par le gouvernement. La force au sein de l'organisation était perdue avec tant de départs.

Qui contrôle la scientologie en 2009 ?

C'est l'IRS et la CIA qui supervisent l'Église de Scientologie. Techniques appauvries, la scientologie est une source de risée publique, ce qui empêche de nouveaux adeptes de découvrir les techniques ou les révélations de comment marche notre monde.

Techniques

Beaucoup de techniques issues de la scientologie : régressions, rebirthing, Primal Scream, NXIVM.

Expériences racontées dans les bulletins : déplacer une voiture sur le coté pour éviter un accident, voir à travers un mur, sortir de leur corps en conservant la perception complète de l'endroit où leur corps physique se trouvait, léviter, faire des matérialisations d'un claquement de doigts, soigner une maladie chronique ou une relation personnelle qui semblait fichue à jamais, et autres guérisons extraordinaires.

Prédécesseurs

Blatvasky a tué un animal à 60 km de distance avec ses capacités psychiques. C'est documenté, il y a des témoins. Hubbard a grandit en étant au courant de ces avancées ésotéristes du début du 20e siècle. Il voulait savoir comment ces aptitudes se développaient, quelle en était l'explication, et pourquoi des gens faisaient ces exploits. Il voulait comprendre de façon scientifique.

Techniques des années 1950

Les techniques de Ron Hubbard ont été révélées dans le livre 1 [sci1], "*Dianetiques, La Science Moderne de La Santé Mentale*" de 1950.

Les meilleures bandes à écouter sont les cassettes du Philadelphia Doctorate Course [sci2].

Manifeste

Ces techniques de Hubbard sont constituées de nombreux outils puissants, et facilement accessibles, pour libérer l'esprit humain et le doter d'autonomie, ceci pour le bénéfice de tous.

La liberté et l'intégrité mentale sont des droits acquis de naissance.

Il faut revoir les traumatismes physiques de cette vie-ci, de façon à ce que les pics d'énergie bloquée dans le corps se libèrent. Laisser cette énergie se manifester réellement.

Les techniques ne se servent ni d'hypnose ni de drogue, ni de quelqu'un d'extérieur (qui pourrait suggérer des faux souvenirs induits).

Les énergie doivent se manifester dans la matière

la scientologie d'aujourd'hui ne dit plus de laisser cette énergie se manifester dans la réalité. Tout devient mental dans cette fausse scientologie actuelle. Mais l' "intellectuel", ça ne permet pas de libérer des énergies profondément enfouies.

"Comprendre" ne bouge pas des montagnes d'énergie négative. Un effet de levier, un renversement physique, oui, et cela nécessite de la dextérité.

Dane : [En parlant des révélations qu'il a reçu lors des 3 mois sans manger] J'ai compris un élément crucial que Hubbard n'avait pas saisi : les nouvelles capacités que les gens acquéraient (comme sortir de son corps), ils n'en gardaient pas l'aptitude. Maintenant je sais quoi faire pour que les capacités puissent être augmentées et maintenues.

Ce qu'est la technique ? Chacun de nous avons le pouvoir de créer de l'énergie à l'infini, et nous avons, naturellement, de l'énergie à l'infini. MAIS quand nous ne la manifestons pas librement, elle revient vers nous comme un boomerang et nos propres champs d'énergie sont embrouillés si bien que nous ne pouvons pas réellement les utiliser.

Et quand nous ne pouvons pas utiliser ces champs, nous ne pouvons pas nous manifester tels que nous sommes, si bien que nous perdons nos capacités. Notre énergie infinie est sans limites. Nous devons apprendre à l'utiliser ou alors, l'énergie mal dirigée nous maltraite, nous et les autres. Nous sommes structurés pour la circulation et la manifestation de l'énergie. Nous ne pouvons pas NE PAS faire cela sans nous supprimer de la vie.

Les religions orientales sont basées sur la gestion de nos énergies, en nous détachant nous-même. Bouddha l'a fait, et c'est alors le travail de votre vie. Pas de vivre et manifester, mais se désengager afin de mettre fin à toute souffrance.

La souffrance ne vient pas du fait de vivre, mais du fait de ne pas comprendre que le désir, la vie et l'énergie doivent être manifestés tels que nous SOMMES afin de NE PAS devenir destructeurs [suivre nos envies, que notre âme nous demande d'expérimenter]. Si vous ne savez pas qui vous êtes, vous ne pouvez pas comprendre vos capacités ni vous éduquer dans leur utilisation heureuse, ni profiter d'elles pour le plaisir plutôt que pour la souffrance.

Vous devez vous éduquer en tant que l'âme infinie que vous êtes. Donc, de là où nous sommes, nous devons gérer avec succès un champ d'énergie vaste et varié afin de pouvoir manifester une énergie de plus en plus développée. Cela est un modèle d'expansion.

[Le témoignage de Dane se continuera plus bas dans "communiquer avec les Raksasas"]

L'énergie à 3 personnes

Dane : A la base, il faut une énergie triangulaire pour générer de l'énergie. 2 terminaux: un positif et un négatif, puis un égal. C'est bien de travailler avec 3 personnes jusqu'à ce que vous puissiez le faire vous même.

Le travail que j'effectuais avec les 2 autres concernait les techniques de capacités améliorées qui venaient de ces 3 mois de contact extraterrestre. L'un de nous 3 avait aussi conçu des techniques et nous les utilisions. Nous travaillions ensemble pour les faire passer à un niveau supérieur...Nous améliorions les techniques de Hubbard pour aller plus loin afin d'acquérir plus d'aptitudes et plus de stabilité une fois ces aptitudes acquises. C'était le seul travail que je faisais avec ces 2 personnes.[Fin Dane]

Le sommeil

Dane : [Après avoir passé 3 mois sans dormir] J'ai recréé le besoin de dormir à nouveau, intentionnellement. Je l'ai toujours regretté. La plupart du temps je ne dors pas (3 nuits par semaine, soit 25 heures à peu près, mais c'est plus que je ne le voudrais).

Ce qui vous fait dormir est une structure entière très précise. Il faut la connaître et savoir comment la démonter parce que le sommeil nous est donné intentionnellement, il gère toute notre énergie inconsciente. Sans sommeil paradoxal, nous perdons la raison. Mais une fois que vous avez traité ces énergies et contacté et éliminé les programmes installés automatiques du sommeil, vous n'avez pas besoin de dormir. Le sommeil est une façon d'appréhender le fait que nous sommes des êtres physiques et spirituels ignorants. Mais si vous ne l'êtes pas, vous n'avez pas besoin de dormir.

Nous avons besoin de sommeil pour réparer notre santé chaque nuit parce que nous sommes ignorants au sujet de la santé. Au bout du compte, vous n'avez pas besoin de dormir, mais vous devez savoir comment aller de l'autre coté du sommeil.

Ne pas dormir n'est pas qu'une capacité à acquérir en l'apprenant. Vous devez pouvoir traverser les champs d'énergie "en boomerang" en vous. Il y a aussi une partie diététique, vous devez nettoyer toutes les toxines avant de pouvoir travailler sur le mécanisme spirituel du sommeil installé plus profondément. [Fin Dane]

La technique s'auto-complémente

Hubbard récupérait plein d'informations des mémoires antérieures des participants, notamment sur ce qu'était l'esprit de l'homme, et différentes techniques disparues ou tenues cachées, comme implémenter de force des idées étrangères dans l'esprit des gens.

La scientologie est donc l'étude de savoir comment savoir, plutôt qu'apprendre.

Apprendre à savoir

Acquérir des données c'est une harmonique plus basse de cet "art de savoir". Comme si on pouvait s'imprégner de n'importe quoi dans l'univers, n'importe quand, et en extraire en fait cette information si on opère à un niveau suffisant –nous avons là des problèmes de vocabulaire-- à un niveau de conscience suffisant on peut acquérir et télécharger cette information.

Inutile d'ingurgiter une grande somme de connaissance, quand on peut juste apprendre à ouvrir et à lire la grande encyclopédie où tout est noté.

Recouvrement des mémoires

De sa vie actuelle

Une autre façon de savoir est d'avoir de nouveau accès à ses propres mémoires. Il n'y a pas de mémoire qui ne puisse être récupérée. N'importe qui peut retrouver le souvenir de sa naissance **et** aussi de sa vie in-utero, à partir de sa conception.

Lors des expériences, les souvenirs étaient vérifiés pour leur exactitude, par exemple l'accoucheur ou bien les parents pour des incidents survenus pendant la grossesse. Des conversations entières sont ainsi récupérées.

Après qu'il eut prouvé que la mémoire in-utero pouvait être rétablie, de nombreuses méthodes furent dérivées pour retrouver ces souvenirs. L'une d'elles est bien connue sous le nom de *rebirthing*.

Même le cerveau eut son lot d'investigations après la parution de son livre : des chirurgiens touchaient des parties d'un cerveau ouvert, pour localiser des souvenirs dans des endroits spécifiques.

Des vies antérieures

Les souvenirs remontent aux multi-réincarnations, étendues sur plusieurs millions d'années.

Ces recouvrements permettent d'aider à réaliser que c'est vraiment la nature de son existence, que nous sommes tous des esprits éternels.

Nous nous en souvenons comme de ce que nous avons pris au petit déjeuner. Ce que nous faisions il y a 1 000 ans ne semble pas si différent, une fois que nous nous sommes développés jusqu'à un certain niveau. Personne pour nous dire quoi que ce soit sur nous avec ces techniques. C'est purement notre propre mémoire [AM : aux filtres du subconscient près]. Les techniques n'étaient pas du mind-control, elles l'inversaient.

Processing et auditing

Hubbard utilisait souvent un vocabulaire informatique, ce qui rendait l'entraînement très mécanique.

Ce n'était pas du remote-viewing mais des sorties du corps avec la perception, laquelle était parfois plus importante que notre perception ordinaire. Ces techniques peuvent être utilisées pour continuer à développer le contrôle du temps et le contrôle ultime de la dimension dans laquelle vous êtes.

Hubbard avait découvert les techniques pour développer des facultés augmentées. Avec ces techniques, les gens pouvaient sortir de leur corps, aller dans une autre pièce (ou nimporte où dans l'Univers), regarder ce qu'ils voulaient et faire un rapport exact de ce qu'il y avait.

Des gens qui pouvaient élever la température d'un objet, qui pouvaient apparaître, disparaître, qui manifestaient des capacités paranormales et psychiques...plus que psychiques...des manifestations de dons divins comme CONNAÎTRE les choses.

Hubbard passait son temps à décrire le fait que ces capacités nous étaient innées et avaient été bridées par le mind control.

Implants

Hubbard a étudié avec Crowley. Les techniques pour accéder au coté sombre existaient, et il a étudié ce qu'elles étaient, ainsi que leur application.

Mind control

Dans les dernières décennies les implants [qui peuvent êtres des inculcations] ont été affinés, et sont aujourd'hui très élaborés.

Nos propres gouvernements les ont, et les utilisent pour développer leurs assassins programmés. D'autres comportements sont programmés à l'aide d'électrochocs, d'hypnose, de produits chimiques, et d'autres manipulations physiques traumatiques. Hubbard en parlait en disant: *P-D-H-ing* quelqu'un, PHD pour *Pain, Drugs, Hypnosis* (douleur, drogues, hypnose). Cela permet de contrôler le comportement et l'esprit.

Le programme mondial de *Mind Control*, aussi bien aux USA qu'en Russie, a commencé dans les années 50, en partie en étudiant les travaux d'Hubbard. La scientologie avait récupéré ces informations chez ceux qui avaient des souvenirs de millions d'années avant, et qui virent que dans notre présent, nous allions répété le passé une fois de plus.

Les gouvernements ont commencé tout d'abord le contrôle du comportement, en utilisant les connaissance d'Hubbard, Crowley et autres occultistes, et leurs psychiatres SS de l'opération Paperclip. Expérimentation avec l'électricité, pour utiliser des implants mentaux et psychiques pour contrôler les mouvements en temps réel (obéir sans réfléchir aux ordres du type "debout-assis").

En psychiatrie, la pratique des électrochocs devint populaire dans les années 60.
Des milliers d'enfants, les meilleurs sujets possible, furent kidnappés et placés dans ces programmes, pour en faire des super soldats.

Avec la technologie rétro-conçue récupérée dans les soucoupes volantes écrasées, s'ajoutaient les échanges faits avec les ET pour de la technologie.
Les implants de contrôle ont évolués, avec MK-Ultra et ses ramifications comme Monarch : mind control (fabrication d'assassins ou d'espions par exemple), esclaves sexuels, messagers porteurs d'informations politiques qui oublient dés que le message est transmis comme des robots, et prototypes de *Super Soldats.*

C'est la scientologie qui a développé le savoir faire pour "partitionner" une personne en plusieurs personnalités, jusqu'à un stade de sophistication extrême.
Quand on étudie ce qui est arrivé à ces super soldats, on comprend que le travail des psychiatres embauchés était d'obtenir, en utilisant l'électronique, que les sujets se comportent d'une certaine façon, en même temps que des ordres leur étaient donnés sous contrôle hypnotique (pendant que le sujet se trouvait dans un état d'électrochoc). L'efficacité se produit alors sur le long terme.
La douleur, ajoutée aux altérations chimiques du cerveau et à des ordres inculqués profondément, sont le savoir faire de la modification du comportement. Le mind control peut aussi s'effectuer par la douleur sans électricité. La façon dont l'esprit fonctionne lorsque des ordres sont donnés pendant la douleur fut découverte et publiée par Hubbard en 1950 dans son premier livre. En quelques années, ces techniques furent utilisées pour le Mal de façons inventives.

Incarnation

Hubbard découvrit que ces "implants" de vies passées et de moments d'entre-vies sont plus efficaces s'ils ont été implantés en utilisant l'électricité.

Indépendamment, les gens se souvenaient que des techniques électroniques et électriques avaient été utilisées pour implanter l'âme, libre et hors du corps, pendant une période de millions d'années [Les guides de réincarnation ?].

Cela détériore les circuits mentaux et ceux de l'aura. L'être en vient à confondre l'électricité avec sa propre énergie toute aussi puissante. Ces implants détruisent la mémoire et le pouvoir de production d'énergie de la personne s'en trouve limité ou détruit.

Désimplantation

Si les techniques pour implanter existaient (Crowley), les techniques pour INVERSER le "mauvais coté" n'existaient pas réellement. C'est ce que Hubbard découvrit.

Mind control

Dane et son ami ont travaillé à inverser les électrochocs. Quel travail quand ça se passe sur son corps actuel ! Et quand un effet peut être inversé pour que la mémoire et la santé du corps puissent être restaurées ! Il faut des connaissances mais il existe des méthodes pour annuler un électrochoc.

Mais cela exige que vous alliez jusqu'à être capable de retirer entièrement l'esprit du corps de la personne, parce que les circuits du cerveau sont détruits en partie par ces applications électroniques; c'est donc plus qu'une simple guérison du corps physique. Mais si vous pouvez séparer un être de son corps, il a alors le pouvoir de guérir son propre corps et de réparer ce qui est arrivé à ses synapses et le plus important...de libérer son esprit d'expériences comme celles-ci. [AM : Un peu comme quand on s'endort / sort du corps, le corps se régénère dans notre sommeil ?].

Incarnation

Hubbard montrait comment inverser les procédés appliqués entre les vies afin de détruire nos mémoires précédentes, pour nous garder sur la prison-Terre.

Santé

Hubbard étudia les techniques de guérison et découvrit que les traumatismes et les douleurs de notre passé nous affectent réellement de façon négative, et que ces effets sont la cause de toutes les maladies psychosomatiques ainsi que des accidents chez les personnes prédisposées.

Ces effets des maladies induites peuvent être inversés, c'est la guérison, ou retour à l'état normal.

Pouvoirs psychiques

Puis, ce furent les recherches pour le développement des capacités psychiques, au point de pouvoir voir à travers les murs et d'avoir accès à toutes les connaissances précédentes. C'est ce qui s'est développé dans les années 50 jusqu'au début des années 60.

Dane et les ET

Les scientologues retrouvaient des souvenirs de notre passé, remplis de scènes dans l'espace, Hubbard appelait ça *Space Opera* : Star Wars et Star Trek étaient des séries très populaires parmi les scientologues.

Dane raconte son contact extraterrestre (conscient coupé).

Contacts ET - 3 mois sans nourriture et sommeil

Dane: La façon dont j'accédais à une certaine compréhension de l'univers m'était venue suite à de nombreuses révélations sur ce qui était arrivé à l'humanité dés notre origine.

Je traversais divers états, dans lesquels je pouvais voyager dans le temps totalement hors de mon corps, je pouvais me rendre où je voulais. Mais la raison pour laquelle je pense qu'il y eut une intervention ET à mon égard, est que je ne prenais aucune nourriture ni eau pendant une période de 3 mois, et je ne dormais pas non plus durant cette période (j'étais pourtant plus éveillé que jamais). Je devais continuer à respirer toutefois. Mon corps était plus léger mais, à part une fois, mon corps ne lévitait pas.

Pendant tout ce temps, je dépassais ce qu'avait fait Hubbard. J'ai fait l'expérience d'une accumulation de connaissances, de bi-location dans de nombreuses dimensions, et j'ai appris beaucoup sur notre passé, il y avait une transcendance totale du temps, je me trouvais en simultanéité sans coupure pendant 3 mois.

J'étais seul lorsque c'est arrivé.

Camelot nous permets de comprendre que nous sommes des hybrides, et comment nous avons été construits génétiquement, mais c'est en réalité plus qu'une conception génétique, c'est aussi une conception spirituelle, et la conception d'une entité bien particulière. L'information sur des étapes qui manquaient à la scientologie. Cela m'a été *montré* au cours de ces 3 mois. Je n'ai jamais vraiment su comment, mais j'ai pensé récemment que j'avais dû être contacté car lorsque j'ai commencé à recevoir cette information, il y avait beaucoup beaucoup d'êtres qui venaient à moi dans la pièce et qui me parlaient.

J'ai "téléchargé"cette information extra-ordinaire et alors je compris soudainement le concept de pierres de gué (extension de ce qu'avait fait Hubbard).

D'autres personnes l'ont exploré sous différentes facettes, mais nous n'avons pas d'organisation pour mettre en forme et apprendre aux autres ces techniques. Trop souvent ils laissent derrière des éléments qui devraient être utilisés.

Communiquer avec les Raksasas

[Dane décrit ici la technique d'expansion de l'énergie, déjà vu dans la partie technique "énergie dans la matière" plus haut]
En expansant nos énergies dans la matière, en augmentant notre propre capacité, nous pouvons traiter avec ces entités démoniaques hyper-dimensionnels [Raksasas?]; nous pouvons établir une connection avec eux. Nous avons le pouvoir d'aller de l'autre coté, et parler avec eux, droits dans nos bottes, communiquer avec eux et les aider à sortir de leurs propres schémas destructeurs qui se répètent.

Mais nous ne pouvons pas le faire sans avoir traversé certains processus nous-mêmes pour atteindre ces différents niveaux, et pour défaire ce qui nous a été fait ou ce que nous avons fait dans notre propre passé, qui est de conserver de l'énergie-boomerang bloquée contre nous-mêmes. Alors, nous pourrons étendre notre énergie vers l'extérieur.

En 2006, lors d'une conférence au Granada Forum, Bill Deagle parlait des Illuminati contrôlés par des entités démoniaques d'une dimension supérieure [Raksasas].

Ces entités sont perçues avec frayeur par les humains normaux, mais c'est parce que les humains n'ont pas les moyens de se comparer à ces entités, ni en pouvoir, ni en compréhension. Les humains normaux ne peuvent pas avoir des capacités comparables à des entités coincées dans une répétition du "Mal", dans des actions de "contrôle, de domination et de pouvoir" plutôt qu'avoir leur propre liberté.

L'entité ET en nous

Il y a des choses sur les entités qui ne sont pas abordées. Je crois qu'il existe une programme, un prototype pour les êtres humains, installé en nous, qui a une structure particulière (que vous soyez un humain ou une autre forme de vie). Cette structure est installée en vous et cette structure signifie que si vous allez avoir une vie dans cette forme de vie particulière, alors il y a des secrets spécifiques à cette forme de vie, il y a une structure spirituelle pour chaque forme de vie, pas SEULEMENT la structure physique de l'ADN et vous pouvez aller beaucoup plus loin en tant qu'être spirituel quand vous devenez plus intime avec ces structures spirituelles installées dans chaque forme de vie.

C'est la clé pour comprendre les ET. Nous sommes les ET de quelqu'un d'autre, mais nous sommes toujours attachés à la forme de vie que nous utilisons à un moment donné et nous ne pouvons pas en être libéré parce que nous ne comprenons pas réellement la structure. C'est un aspect de la recherche que je n'ai rencontré nulle part. Vous arrivez à un niveau tel que vous vous comprenez vous-même comme un être spirituel infini et vous réalisez que vous ÊTES votre âme et que vous ne mourez pas, MAIS vous êtes toujours piégé à un certain niveau.

Connaissances découvertes

Grâce à l'infiltration de la scientologie dans les gouvernements mondiaux, retour dans les vies antérieures et les connaissances d'âmes avancées, connaissances occultes, divulgations du projet Camelot, visions à distance et révélations ET, la scientologie a accumulé de grande connaissances sur l'humanité et son histoire. C'est Dane et son ami qui dévoilent ce qu'ils en savent en 2009 :

Nature humaine

Dans les années 50, Hubbard savait que chaque être humain est une entité spirituelle [avec une âme], pas juste un corps ou un esprit.

Toute l'histoire individuelle d'un être est encodée dans des modèles d'énergie au sein de ses cellules corporelles et aussi autour de son corps. Hubbard nommait cela l'esprit [corps énergétique]. Il avait redécouvert que l'humanité avance de vie en vie et que les souvenirs emmagasinés accompagnent l'esprit ou l'âme, ce qui est le Soi complet de chaque être. Chaque personne EST une âme, plutôt qu'en a une. Description peu commune de l'âme à l'époque.

Nous sommes un être spirituel immortel doté d'un nombre infini de capacités [éveil, accès à son âme].

Terre = Planète-prison

Hubbard l'avait dit très tôt: *C'est une planète-prison. Nous sommes emprisonnés sur la planète et notre ignorance est l'outil principal de notre piège.*

Il y a eu des guerres nucléaires sur Terre il y a très longtemps, des preuves scientifiques ont montré que du verre nucléaire a été trouvé partout sur Terre. Nous avons maintenant des preuves que d'autres civilisations ont existé sur Terre. La plupart des groupes humains actuels (sur Terre) ont été implantés et hypnotisés ici en tant que prisonniers.

Les âmes qui sont sur Terre ne sont pas là par accident. Beaucoup ne peuvent pas quitter la planète, car nous sommes retenus ici dans un champ électronique d'amnésie. Nous ne pouvons pas nous éveiller suffisamment pour rassembler la science qui gère les changements périodiques des cycles terrestres [Nibiru ou ascension ?] car nous sommes sous l'influence importante du mind control.

Sans parler de la détérioration de l'aura quand la réincarnation est forcée [voir "technique>implants" plus haut].

C'est un obstacle pour *l'humanité entière*. Ayant trouvé pourquoi l'humanité était piégée [attention, les implants d'âmes sont faits par les guides de réincarnation, qui font au mieux pour notre expérience], Howard voulait nous libérer., ce pourquoi il a mis en place l'organisation.

Hubbard parlait des ET derrière les pouvoirs, et de notre véritable histoire. Il parlait de techniques de mind control et comment c'était fait. Il parlait du fonctionnement de base de l'esprit, de la guérison de celui-ci, de la possibilité de récupérer un esprit sain, et comment le faire. Les programmes de récupération, c'était les cours et les processus de la scientologie. Les super soldats pourraient en faire bon usage pour leur propre rétablissement.

Fausse guerre froide, vraie guerre anti-ET

La guerre froide USA/URSS n'était pas réelle, mais une façade, un conte/distraction créé pour les classes sociales les plus basses. Pendant tout ce temps, des OVNI infiltraient librement les espaces aériens russo-américains.

En coulisses, les USA et la Russie étaient unis, car ils avaient un ennemi potentiel à craindre en commun : Les ET.

L'armée USA avait récupéré des corps extraterrestres dans les épaves des soucoupes volantes, de même qu'en Russie (immédiatement après Hiroshima [donc vers 1946-47, comme Groome Lake et Roswell]). Les 2 voulaient se servir du travail de Hubbard SANS l'informer de ces découvertes ET.

Hubbard en savait déjà plus sur les ET que le gouvernement : les gens, sur lesquels il travaillait, récupéraient des souvenirs dans des vies antérieures de nombreuses races variées d'ET, de guerres interplanétaires ou bien d'histoires de guerres avant la Terre, de robots intelligents, de clones, etc.

Pendant les années 60, Hubbard enseignait ouvertement, à qui le voulait, de sa découverte que cet univers est largement peuplé de vies intelligentes et de formes de vies variées.

La scientologie aurait vraiment pu aider le gouvernement à travailler plus efficacement, en mettant en commun ses découvertes avec celles de l'armée contactée par différents ET, plutôt que gâcher tout le contexte du contact comme les gouvernements l'ont fait. Ils n'auraient pas signé de traité avec la mauvaise race d'ET par exemple [Raksasas]

Techniquement, il n'aurait pas été dépassé par les ET, il aurait envoyé des ambassadeurs pour avoir accès à leurs intentions, et ces ambassadeurs auraient été des gens qui avaient déjà accédé à leurs propres souvenirs ET.

Ingo Swann raconte son remote-viewing sur la Lune, sur ordre de la CIA. Et c'est ainsi que le gouvernement a su qu'il y avait des extraterrestres sur la Lune, et des ET très conscients (ils pouvaient sentir la présence d'Ingo, bien qu'il y fut hors de son corps).

Nos gouvernements s'échinaient à trouver un moyen d'amener notre technologie AINSI QUE nos capacités mentales au niveau de celles des ET. Développer la télépathie tenait une part importante dans tout ça, et les travaux de Hubbard étaient prometteurs, c'est aussi pourquoi le gouvernement voulait ses recherches.

ETI

Nous nous souvenions avoir été dans des corps différents de races différentes, d'avoir été des corps de robots, ou bien vous, en tant qu'esprit occupant un corps de robot, ou des corps qui ressemblaient à des poupées ou alors d'être dans une dimension supérieure (qui n'est que : fonctionner spirituellement à un niveau plus élevé), et nous avons été la 4e dimension, et la 5e, etc. Je veux dire que tout ça est une question de récupération de nos archives mémorielles.

Clonage

Nous avons la technologie complète du clonage humain depuis les années 60, venant des aliens, et combien c'est très employé de nos jours pour les "leaders à problèmes". Ils sortent un nouveau modèle s'ils ne sont pas satisfaits de l'ancien. [AM : voir les expérimentations sur les jumeaux dont les nazis étaient avides].

Mind Control

Technique principale : Arrange toi pour qu'un être pur commette une action compromettante, et il est si bon que cette action deviendra son talon d'Achille, jusqu'à ce qu'il puisse voir QUI l'a manipulé, pourquoi et quel était son rôle là dedans.

La 3e partie

L'une des grandes découvertes évoquée en scientologie, la "loi du 3e parti", affirme que :

Pour que 2 factions continuent à être en conflit, il FAUT qu'il y ait une 3e faction cachée, invisible (ou non évidente), qui soit la cause de tout.

Manipulation des populations

Nous sommes soumis à un degré de manipulation inouï. Nos esprits sont étudiés comme on étudie des rats dans un labyrinthe, et nous sommes tous manipulés dans nos choix.

Que ce soit notre *soutien* des dirigeants *ou notre protestation envers eux*, tout tombe parfaitement selon les plans de ceux qui contrôlent.

Le plan général est de casser totalement toute souveraineté, et de permettre la continuation d'une population ignorante et esclave.

Cette ignorance est menacée par la scientologie et par les ET bienveillants venus nous avertir. Nous réveiller de notre sommeil est la seule chose qui nous sauvera.

Avenir de la Terre

Ce n'est pas une organisation, même la scientologie, qui peut gérer ce qui arrive sur la planète... Vous vous retrouvez avec toutes ces entités hyper-dimensionnelles [EA] et avec des ET. La scientologie n'a pas fait évoluer un assez grand nombre de gens, hautement capables, qui ont le pouvoir réel d'affronter les choses qui nous arrivent. Ils ne peuvent plus rien faire [AM : faire le lien avec TRDJ qui se prétend capable de faire reculer Nibiru, est-ce que les Q-Forces pensent réellement pouvoir repousser, voir annuler l'échéance grâce aux diverses tractations ?]

Il existe quelques personnes très capables qui travaillent silencieusement et avec efficacité, sans faire de vagues, et qui obtiennent que les choses se fassent. Mais en quantité, c'est insuffisant.

Ce qui a été véritablement perdu, c'est l'aptitude progressive à confronter des manifestations et des forces énergétiques de plus en plus grandes [AM : Raksasas ?], et aussi la capacité d'acquérir une énergie spirituelle (une entité) indépendante du corps, qui puisse manifester un pouvoir de plus en plus important, afin d'être soi-même l'équivalent et l'égal de ces entités hyper-dimensionnelles, mais en étant des entités positives. Nous pourrions faire beaucoup plus de bien si nous étions nombreux.

Le bilan, qui est prêt d'être extrait de notre planète, est imminent, et nous sommes effroyablement ignorants en tant que planète.

Les visions différentes d'une même vérité

Il y a tant de niveaux de ce qui est vrai, que vous pouvez atteindre n'importe quelle colonne d'une vérité, quand vous êtes au sommet, vous vous dites :

- "Je sais. Je connais la vérité."

Vous pensez tout comprendre, parce que la vérité que vous voyez résoudrait tout, vous voyez même comment. Une compréhension si profonde qu'il nous semble avoir les réponses à toutes les questions. Mais penser que c'est LA vérité, c'est ça le piège.

Car quelqu'un d'autre va arriver lui aussi a un point de vue différent, et ce sera aussi une grande vérité, mais vue d'une autre colonne du TOUT.

Tellement de ces niveaux élevés de vérité fleurissent dans le monde, ils essaient d'atteindre le peuple, et veulent l'inciter à s'en servir.

Quelles que soient les connaissances que les ET ont voulu faire passer à Dane, il n'a reçu des informations que sur une colonne de vérité. Une partie du savoir de cette colonne incluait qu'il y a des vérités semblables équivalentes qui ont essayé d'atteindre de nombreuses autres personnes de façons différentes.

Tous, nous essayons de donner à l'autre ce que nous voyons.

Il y a toujours des vérités toutes aussi vraies que celle que vous voyez. Le TOUT les comprend toutes, même celles qui s'opposent.

La compréhension de la structure de la vie commence par la compréhension de la dichotomie [dualité, séparation corps-esprit, ou division en 2 parties opposées]. Des vérités de même valeur ne sont pas spécialement opposées, elles sont juste des variations sur un ou plusieurs thèmes, valables de façon équivalente dans le tissu entier de la vie.

Au mieux, la scientologie n'est pas un chemin, mais une technique pour libérer le chemin unique d'un individu, différent de tous les autres.

C'est la plus grande maladie: Croire que « J'ai le chemin ».

Antéchrist - le tabou ultime

Survol

Nous vivons la fin des temps annoncée dans toutes les religions du monde. Un seul challenge dans cette période critique, savoir reconnaître Jésus de celui qui viendra avant et se prétendra sauveur. Reconnaître l'altruisme pur de l'altruisme intéressé.

Le mensonge blanc Zéta

Si Nancy Lieder peut parler de Nibiru, elle a interdiction de parler de l'antéchrist, de par son alliance avec le MJ12 modéré (Q-Forces). Comme la France devrait constituer le gros des troupes qui iront combattre Jésus 2 au Moyen-Orient, sous les ordres de l'antéchrist, les Altaïrans ont décidé de leur côté de donner pas mal d'infos sur le sujet.

Quand on demande aux Zétas ce qu'il en est de l'antéchrist ou du Dajjal Musulman, plutôt que de répondre par oui ou non, ils préfèrent biaiser en disant qu'aucun ET hiérarchiste n'a le droit de s'incarner sur Terre dans un corps humain, depuis plusieurs décennies. Ce qui n'interdit pas, du coup, un antéchrist non humain, ou incarné depuis plusieurs siècles...

Le géant solitaire (p. 529)

On ne voit plus d'ogres sur Terre, preuve qu'ils sont partis. Mais n'en resterait-il pas un dernier, qui aurait été banni par les siens et exilé sur la Terre ?

Plus on se rapproche dans le temps, moins les légendes parlent DES dieux géants, mais d'un seul dieu géant tout cours (le monothéisme...). Comme si les géants étaient partis en plusieurs vagues, avant de ne laisser plus qu'un seul d'entre eux sur Terre... Et si le dieu unique (monothéisme) ne s'était imposé que parce qu'il n'y avait plus plus qu'un seul ogre survivant sur Terre ?

On pourrait citer Gargantua en France, le grand frère blanc des hopis, ou Quetzalcoatl, qui promets qu'il reviendra en Amérique vers 1 500, etc. Toutes les légendes, là encore, ont de nombreux points communs.

Messianisme (p. 537)

Qui dit que quelqu'un se fera passer pour Jésus avant le retour de Jésus (le mashia'h (messie) des juifs, le Issa des musulmans). En tout cas, tout le monde est d'accord pour reconnaître que c'est la fin des temps.

Antéchrist ogre (p. 573)

Il s'agira de ne pas se tromper, les prophéties étant tellement mélangées, que le messie / grand monarque décrit est un mélange de Jésus et de l'antéchrist. Regardez plutôt ce que vous vous voulez comme guide.

Dans la réponse à "qui est l'antéchrist", vous comprendrez pourquoi nous avons parlé du dernier ogre sur Terre...

Le géant solitaire

Survol

Il reste un ogre sur Terre, les archives sur ce faux dieu solitaire et banni des siens sont légions.

Présentation (p. 529)

Les légendes ont un fond de vérité. Il faut juste se rendre compte que ces légendes sont de la propagande générée par les dominants de l'époque, et donc édulcorée, ou présentée sous un jour flatteur.

Les tribulations du dieu colérique (p. 529)

Pour ne pas dire immature, bi-polaire et égocentré. Un dieu physique dont le culte ne tourne qu'autour de sa petite personne. L'occasion de voir que le même dieu sévit de -3 000 jusqu'à nos jours, partout dans le monde, écrasant les anciennes traditions au fil de ses conquêtes.

Présentation

Précautions avec les légendes (p. 148)

Nous avons vu les précautions à prendre avec les archives historiques que sont les mythes et légendes (de la propagande ogre, que ce soit à l'écriture et/ou à la relecture récente).

Comme à l'époque les esclaves humains vivaient au contact de ces dieux, les légendes n'ont pu cacher le côté bipolaire de ces créatures barbues, et parlent de ces sautes de colère sans chercher à les expliquer.

La propagande ogre continue

Le hard rock avec Marduk, la légende de Merlin retrafiquée (passe de fou solitaire à vieux sage tout puissant), le retour des temples dédiés à Odin, les défilés anglais en honneur aux géants Gog et Magog, etc. Il y a un renouveau de ces vieilles croyances, mais présentant les dieux sous un bon jour.

Les tribulations du dieu colérique

A toutes les époques, dans tous les lieux de la planète, on retrouve les mêmes légendes sur un dieu colérique auquel il faut se soumettre, ou qu'il faut remercier pour avoir créer le hiérarchisme et l'esclavage... Ce dieu se définit par des centaines de noms (comme Odin, aussi appelé "fauteur de malheur", "barbe grise", "très haut", etc.) ce qui peut faire croire à plusieurs dieux, et complique le décryptage des historiens.

Les dates (estimées à la louche) sont données à titre indicatif, en fonction de la trace archéologique ou historique la plus ancienne connue du culte en question.

-3 000 : Dieu Hindou Shiva

Cet être, fréquentant les hommes vers -3 000, voit son culte évoluer avec le temps, sous l'influence d'humains semble-t-il.

-3 000 : Pashupati

Au sein de Mohenjo-daro ("le Mont des morts") - situé au Pakistan, ce site archéologique de -3 000 contient l'une des plus grandes cités de l'âge du bronze indien. Fort avancée sur divers aspects, comme celui de la vie quotidienne (les demeures possédaient pour la plupart de salles de bains, des systèmes de traitement des eaux usées, des greniers,...) ou encore la culture (ils possédaient un système d'écriture qui n'a d'ailleurs pas encore été déchiffré) -, une pièce unique a été extraite des ruines de la cité : le "sceau de Mohenjo-daro". Le personnage principal de la scène est doté de deux cornes de taille respectable (détail plus discret, il est aussi pourvu de trois visages comme Cernunos) et assis en posture de yoga. Nous pouvons aussi voir qu'il est entouré d'animaux sauvages (un tigre est visible sur la gauche), toujours comme Cernunos...

-1 500 : Rudra le sauvage Hindou

Les Rig-Véda (textes écrits entre -1 500 et -900) racontent le dieu Rudra. Un dieu avec trident, et une tête montrant 3 visages (la face, et 2 sur les côtés au lieu des oreilles). Décrit comme "sauvage" et "non-ordonné". On peut le traduire par le mix entre "le Rugissant", "Le Hurleur", "le Furieux" (un dieu colérique qui engueule tout ce qui bouge...).

Rudra se fera appeler Shiva par la suite. Il est en tension avec les autres dieux. Par exemple, lors d'un sacrifice où tous les dieux sont conviés, il est le seul à n'avoir pas été invité. Il se venge, selon les versions, soit en le perturbant le sacrifice, soit en mutilant plusieurs divinités (il jette des flammes sur les dieux).

Les humains cherchent à le maintenir éloigné du clan, des hommes comme des bêtes. Ce dieu engendre la terreur chez les dominants humains qui fréquentent les dieux, surtout à cause de son caractère redoutable, et de la puissance maléfique par laquelle il peut foudroyer tout être vivant.

Il est appelé "seigneur" et "maître du monde". C'est aussi le dieu des voleurs.

Malgré sa nature agressive et malveillante, on retrouve des textes le décrivant comme guérissant, et donc dieu des médecins. Mais il peut aussi frapper le bétail de maladie.

Sa couleur est le rouge sombre, mais en tant que sanglier céleste, il est qualifié de « fauve », « rouge clair ».

Il a il a comme attribut l'arc d'Indra, dont la flèche s'identifie à l'éclair.

-500 : Shiva

Vers -500, Rudra devient Shiva. Il reste maître d'un troupeau de bétail, mais plus seulement des animaux : il garde le troupeau des humains prisonniers du cycle des transmigrations, qui les traîne de renaissances en renaissances telles des bêtes domestiques que l'on tire sur l'aire sacrificielle.

C'est la Divinité absolue (mais a 3 facettes), vénéré et représenté sous d'innombrables aspects, comme l'aspect avec un oeil frontal, un trident et un serpent (ses attributs principaux dans l'Inde du Nord, idem Poséidon) ou l'antilope et la hache (dans le sud, idem Thor).

-1 800 : Asmodée et Salomon

Une légende rabbinique [rab] dit que Salomon possédait un anneau qui lui permettait de commander aux démons d'Edom, dont le chef était Asmodée (le futur faux dieu ogre Odin/Lucifer). C'est grâce à l'asservissement d'Asmodée que Salomon, selon la légende, aurait construisit le premier grand Temple (Beth Hamikdach). Voilà cette légende, certains éléments de l'époque, inconnus des traducteurs par la suite, ont été traduits bizarrement, comme le ver qui taille la pierre, ou le coq de Bruyère. Pensez à des lieux aujourd'hui disparus, ou encore des technologies dont nous avons perdu la connaissance.

En effet, comme Salomon n'avait pas le droit de se servir de tout outil en fer, réservé à la fabrication des armes de guerre), il n'avait pas moyen de tailler les pierres du temple.

Salomon apprend qu'il existe un ver de la grandeur d'un grain d'orge, appelé Chamir, qui est capable de tailler la pierre la plus dure. le roi fit apparaître devant son trône tous les démons et leur demanda où se tenait caché le Chamir. Ils lui donnèrent le lieu où se tenait leur chef, Asmodée.

"- en pleine forêt, au pied d'une montagne. C'est là qu'il s'est creusé un puits rempli d'une eau de source très limpide. Pour garantir la pureté de l'eau, il a placé sur l'orifice du puits une lourde pierre, qui porte son sceau. Lui-même monte chaque jour au ciel pour s'informer des décisions célestes ; vers le soir, i1 revient sur la Terre et se délecte de cette boisson pure et fraîche, non sans s'assurer que le sceau du puits est intact".

Salomon envoya ses hommes, qui percèrent le puits sur le côté (sans toucher au sceau) et, par cette ouverture, firent couler le vin vieux à l'intérieur, puis rebouchèrent le trou.

Quand Asmodée revint du ciel, les hommes de Salomon furent épouvantés par sa haute taille et son horrible aspect. Suivant son habitude, Asmodée examina son puits. Tout semblant en ordre, il enleva le couvercle pour boire. Mais à peine le liquide eut-il touché ses lèvres qu'il s'aperçut de la fraude. " - Je ne bois pas de vin. Le vin ravit la connaissance et trouble la raison." Il boit quand même et s'endort.

Les espions lui attachèrent au cou la chaîne portant le nom de Dieu. Lors du voyage de retour, des faits curieux furent observés. Passant à côté de la boutique d'un cordonnier, ils entendirent un homme qui commandait une paire de bottes pouvant durer sept ans ! Asmodée s'écria : "Mais cet homme n'a plus que sept jours à vivre !"

Plus tard, Asmodée sauve un homme ivre qui allait tomber dans un ravin. Pour expliquer cette apparente bonté, étrange de la part d'un démon, Asmodée explique : "cet homme ivre est un grand pécheur. Je lui ai rendu ce service, pour qu'il reçoive le salaire du peu de bien qu'il a fait sur cette Terre. Ainsi, sa vie future ne lui réserve plus que des punitions".

Un autre jour, ils rencontrèrent dans les champs un homme occupé à retrouver des trésors, en faisant appel à la sorcellerie. Asmodée éclate de rire : "- Voilà un homme qui cherche partout des trésors, sans savoir qu'il y en a un caché sous sa maison."

Présenté à Salomon, Asmodée l'insulte :

- "Une fois mort, il ne te faudra qu'une tranchée de 1,80m de long, mais aujourd'hui, non content d'avoir soumis tant de pays à ton autorité, tu veux en plus asservir les démons ?

- Calmes-toi. Ce n'est ni par ambition ni par avidité que je t'ai appelé devant mon trône, mais uniquement parce que je désire avoir ton conseil pour une œuvre que je veux entreprendre en l'honneur de Dieu ; car je sais que vous, les esprits, vous honorez Dieu, comme nous. Toi seul tu peux me procurer cet insecte merveilleux qui taille la pierre."

Calmé, Asmodée répondit :

- "je n'ai aucun pouvoir sur le Chamir. C'est l'Esprit de la mer qui l'a confié au Coq de bruyère, et celui-ci lui a juré de le bien garder."

Le conseiller de Salomon retrouva le nid du coq de bruyère en question, et posa une cloche en verre dessus. Lorsque le Coq de bruyère revint pour donner la becquée à ses petits, il ne put s'en approcher. Après s'être vainement fatigué pour délivrer sa couvée, il s'envola et quelques instants après il revint, portant le ver Chamir dans son bec. Il le plaça sur la cloche et celle-ci éclata au premier contact de l'insecte. Puis le coq voulut rapporter le Chamir dans sa cachette, mais le conseiller le récupéra avant par la force.

Grâce au ver, 7 ans après, le temple était terminé.

Asmodée resta tout ce temps le prisonnier de Salomon, qui le consultait chaque fois qu'une difficulté se présentait.

Un jour Salomon demanda à Asmodée :

- "J'ai acquis beaucoup de science dans les choses divines et dans les choses profanes. Je voudrais ajouter à mes connaissances toutes les votre, qui font votre supériorité sur les simples mortels que nous sommes.

- Enlève-moi la chaîne que je porte à mon cou, et mets-moi la tienne à la place, je satisferai alors à ta curiosité, et tu apprendras des choses merveilleuses.

Salomon, tout heureux à l'idée d'apprendre des secrets et de s'initier à des mystères, s'empressa d'accéder au désir du chef des démons. A peine débarrassé de la chaîne sur laquelle était gravé le nom du Dieu Tout-puissant, qu'Asmodée reprit toutes ses forces, se saisit de Salomon et le lance à travers l'espace, Salomon tombant en Inde.

Lorsque Salomon se réveilla de son étourdissement, il prit courageusement le chemin du retour : Les premières semaines ne furent pas trop dures pour lui, car il disposait encore d'un peu d'argent, et ses vêtements et ses chaussures étaient encore en bon état. Mais bientôt, dépourvu de toutes ressources, le riche et puissant roi Salomon fut obligé, comme un pauvre mendiant, de frapper aux portes.

Un jour, passant à côté d'une école, il entendit un maître expliquer à ses élèves les proverbes de Salomon. Il frappa à la porte et entra en disant :

- "Je suis le roi Salomon en personne, l'auteur de ces maximes de sagesse."

Mais maître et élèves éclatèrent de rire et le mirent à la porte.

De retour dans sa capitale, Salomon s'aperçoit qu'Asmodée a pris son apparence, et règne sur Israël, sans que personne n'ai remarqué de différence.

Allant voir le sanhédrin (les autorités du pays, ses paroles de grande sagesse, alliées au comportement étrange du faux roi Salomon (comme se coucher sans enlever ses chaussures, car les démons peuvent transformer tout leur corps, sauf leurs pieds).

Lorsqu'Asmodée vit entrer le vrai roi Salomon, il poussa un grand cri qui fit trembler tout le pays d'Israël, puis, sa taille grandissant de plus en plus, il devint gigantesque, il fit sauter le plafond du palais, toucha de sa tête les nuées et disparut subitement.

Cet "anneau" connu aussi sous le terme de sceau de Salomon, donnait à son possesseur le pouvoir de commander aux Efrits et aux Djinns.

-1 600 : le colérique et vengeur Yaveh

Le lévitique nous le présente comme vivant dans une tente à l'écart, il faut lui servir régulièrement des pigeons et tourterelles cuites comme le dieu le veut, un dieu prompt à la colère et à la vengeance, qui demande de tuer tout ce qui vit sur son passage.

-1000 : Odin en Amérique

Viracocha, le Horus andin

Viracocha est décrit par les légendes locales comme un homme grand, blanc, barbu et détenteur d'un grand savoir qu'il enseignera aux indigènes. Il existe une statue à Tiwanaku, non loin de Puma Punku, une statue du Dieu représenté Barbu, ce qui confirme qu'il n'est pas originaire d'Amérique du Sud (les indiens étaient glabre, c'est dire sans barbe). Il était aussi maître de la foudre, comme les autres ogres, et cela de part les armes à éclairs que ceux-ci possédaient.

Source Planète Raw, s'appuyant lui-même sur "South American Mythology" de Harold Osborne.

Le livre reprend les chroniques des premiers explorateurs espagnols, racontant ce qu'ils apprenaient sur la civilisation qu'ils allaient détruire. Ces traditions ont été transmises aux espagnols par les indiens.

Viracocha est omniprésent dans la culture andine. Les ressemblances avec Osiris (donc le Christ catholique fictif) sont bluffantes.

Il a apporté son savoir aux indiens, et sans lui la civilisation andine des bâtisseurs n'aurait pas existé. Il est blanc et barbu, un classique… Plusieurs noms selon la région qu'il a traversé, mais caractéristiques identiques permettant de reconnaître la même personne (ou types de personnes). L'encyclopédie McMillian Illustrée des Mythes et Légendes de Arthur Cotterell donne les noms Waracocha, Kon Tiki, Tunupa, Tapac, Tupaka, Ila.

Viracocha est maître de la science et de la magie (les ogres englobaient science et religion comme étant la même chose).

Quelques soient les récits, Viracocha apparaît toujours dans la période troublée qui suit le passage de Nibiru (la grande inondation qui a submergée la Terre, suivie par la disparition du Soleil pendant plusieurs jours).

Viracocha fait des merveilles sur son chemin, empruntant la grande chaussée (route reliant les anciennes villes ogres ?). Se dirigeant vers le Nord, les indiens ne le revirent jamais.

Viracocha donnait aux hommes des instructions sur comment ils devaient vivre, leur parlant avec amour et douceur (on reconnaît bien la propagande ogre qui, parce qu'ils daignent s'adresser aux hommes, considèrent qu'ils sont bons avec eux...).

Il propageait l'idée d'être bon avec les autres et charitables.

Il fit aménager des terrasses (et les murs pour les soutenir), des champs sur les versants abruptes des vallées (donc la montagne venait de se former qu'ils étaient auparavant soumis à la mer ?).

Il fit aménager des canaux d'irrigation, et alla dans diverses directions pour faire réaliser de nombreux travaux (on retrouve le savant et l'architecte ogre)

Il soignait ceux qui étaient malades et rendait la vue aux aveugles (la possession de l'ankh ogre permet la régénération des tissus et de tels miracles, et il est dit qu'à la fin des temps l'antéchrist fera nombre de miracles, ressuscitant les morts, mais il n'en sera pas Jésus pour autant).

Arrivé dans le district des Canaries, il arriva dans un village nommé Catcha, le peuple se souleva contre lui et menaça de le lapider (preuve que c'était bien le faux dieu oppresseur qui a trop tiré sur l'esclavage du peuple, ces derniers se révoltants). Les indiens le virent tomber à genoux, et lever ses mains vers le ciel pour appeler à l'aide. Ils virent alors le feu du ciel les entourer de toute part. Le peuple demanda de lui pardonner, et il éteint le feu sur commande. Les pierres étaient consumées par le feu, au point que de gros blocs pouvaient être soulevés comme du chêne liège.

Il parti puis rejoignit la côte, et brandissant sa cape (une aile d'avion ou une voile de bateau ?) il parti vers le large au milieu des vagues et parti à jamais.

Un autre chroniqueur espagnol, Juan de Betanzos, dans "Suma y narracion de los incas" (1551), décrit Viracocha comme un homme barbu, de très grande taille, vêtu d'une tunique blanche descendant jusqu'au pied, avec une ceinture (la tunique sémite ?). Il éveillait le plus grand respect et la plus magnifique vénération de ceux qu'il avait rencontré.

Il introduisit la médecine, l'agriculture, l'écriture, l'élevage, la métallurgie, et avait une connaissance poussée de l'architecture et de l'ingénierie. On a bien ici un ogre sur Terre, tel Osiris ou les faux dieux sumériens (des géants technologiquement avancés et qui vivent parmi les hommes, se faisant servir par ces derniers et utilisant leur technologie avancée pour faire croire à des prodiges).

On pourrait y voir beaucoup de similitudes avec Jésus, mais rappelons-nous que le Jésus des catholiques est un mélange du Jésus historique et du mythe mithriaque du sauveur ogre qui vient exploiter le bétail humain (le berger).

Dans les légendes indiennes, on retrouve des description de vieillard barbu de taille moyenne (donc plus un ogre) qui aurait aussi aidé les hommes de manière bienveillante, sans employer la force. Encore des traditions mélangeant allégrement des personnages historiques différents.

Quetzalcóatl

Quetzalcóatl est le grand dieu blanc barbu immortel qui demande aux indiens d'attendre son retour dans des centaines d'années.

Apporte les arts et invente la métallurgie.

C'est l'incarnation de vénus comme étoile du matin (elle appelle le soleil dans le ciel). C'est l'étoile du berger, celle qui n'est visible que le matin, donc pas Vénus (visible le soir puis le matin), mais Nibiru.

Dieu de la fertilité, de l'amour, de la sagesse.

Barbe fournie (qui n'existe pas chez les Indiens)

attributs : La Massue et le crâne.

Il s'embarqua sur la mer de l'est précédé de ses serviteurs, transformés en oiseaux. Depuis, les Aztèques attendent son retour.

Tezcatlipoca

Tezcatlipoca est le frère de Quetzalcóatl qui lui prend le trône. Tezcatlipoca symbolise la nuit, la discorde, la guerre, la chasse, la royauté, le temps, la providence, les sorciers et la mémoire. Obscur comme la nuit, le Tezcatlipoca noir est associé au jaguar. Son attribut est le miroir d'obsidienne, objet divinatoire lui permettant de lire l'avenir et le cœur des hommes, qu'il porte soit autour du cou, soit à sa cheville. Celle-ci est souvent figurée estropiée ou terminée par un serpent, évocation de son combat avec le monstre Cipactli, du corps duquel les dieux créèrent le monde. L'autre pied porte souvent un sabot, signe de son agilité.

Dans son temple, sa statue était cachée (faire le parallèle avec le saint de saints sumériens ou juif) et seuls quelques prêtres pouvaient la contempler. Une fois par année, on lui réservait toujours le plus beau des captifs pour sacrifice et quatre jeunes filles pour lui servir symboliquement d'épouses (voir les sacrifices de Baal et les vierges offertes aux dieux sumériens).

-600 : Lao Tseu

Encore un vieillard prétendant être né d'une vierge, né avec une barbe blanche et la parole. Il serait descendu sur Terre lors du passage de sa comète (Nibiru ?) Lui non plus ne meure pas vraiment, il part en voyage dans des contrées lointaines après 160 ans à la cour. Il serait revenu des siècles plus tard pour transmettre le Tao.

Maître de Confucius (vers 500 av JC), il lui enseigne surtout les rites... Pour Lao Tseu/Odin, les principes de Confucius (la vertu) sont inefficaces et contre-nature (on retrouve l'idée des FM d'inverser toutes les valeurs chrétiennes). Confucius compare Lao Tseu à un dragon chevauchant les nuages (dragon = Nibiru), différent de tous les animaux qui courent, nagent ou volent et échappant ainsi aux contingences (donc un extraterrestre).

Lao Tseu a des oreilles aux lobes très longs, signe de sagesse (on retrouve cette particularité des ogres dans les Moaï de l'île de Pâques, et dans la description de Raymond Réant dans sa vision des pistes de Nazca).

Monté sur le dos d'un buffle (les prophéties de l'apocalypse musulmanes le décrive sur un âne blanc).

Comme Merlin, Lao Tseu fait des prédictions à l'empereur sur ses victoires guerrières.

le Liexianzhuan le compte au nombre des immortels célestes (qui vivent dans les montagnes, les îles montagneuses, les grottes, mais aussi dans les étoiles !). Il est divinisé (comme un dieu grec) dès le règne de l'empereur Huandi (-146 à -168).

Comme Quetzalcóatl, il prédit son retour sous une de ses métamorphoses dans une perspective millénariste.

Dans son tao, Lao Tseu enseigne la recherche de l'immortalité physique. Il fait aussi l'apologie de l'alchimie, et les exercices d'entraînement pour développer ses pouvoirs psy.

Le Lao Tseu divin a un aspect hors du commun. Ge Hong le décrit ainsi : peau jaune clair, oreilles longues, grands yeux (par rapport aux asiatiques), dents écartées, bouche carrée aux lèvres épaisses, quinze rides sur un front large (crâne bombé?) qui porte aux coins la forme de la lune et du soleil (la cicatrice laissée par l'oeil d'Horus arraché par le roi Salomon ?). Il a deux arêtes de nez (la crête osseuse vertical du front, en prolongement du nez?) et trois orifices à chaque oreille (port de boucles d'oreilles?), et les dix lignes des êtres d'élite marquent ses paumes.

-400 : Cernunos, le dieu cornu gaulois

Chez les gaulois, nous avons Cernunos, le dieu géant humain avec une ramure de cerf sur la tête, servi par la caste des druides, dont le culte semble débuté en -300 en Gaule. C'est un élémentaire (nom gaulois pour les ogres, ces faux dieux qui viennent de l'espace/ciel). Il diffère des autres dieux du panthéon Celtes, car sa fonction est inconnue. Il était considéré comme le dieu-père souverain en Gaule, un serpent à tête de bélier lui est fréquemment associé. Son apparence la plus connue (attestée dans divers documents) est celle d'un homme d'âge mûr, dont le front est orné de magnifiques bois de cerf (plus rarement des cornes de bélier) et portant un torque - le torque est un bijou celtique formé de plusieurs brins de métal entrelacés (de l'or ou du bronze même si la plupart étaient en argent) qui se terminent souvent par une boule à chaque extrémité (les plus travaillés peuvent présenter des têtes d'animaux ou plus rarement des têtes humaines) qui se mettait autour du cou. [sur les représentation, ce torque est porté à la main, comme les dieux Égyptiens portent l'ankh ou les dieux sumériens portent ce qui ressemble à leur petit "sac à main"]. Souvent porté par les personnes ayant un haut-rang social ou les guerriers, le torque est reconnu comme symbole de sagesse et de maîtrise du commandement. Souvent accompagné par un cerf ainsi qu'un serpent à tête de bélier."

Ce dieux possède plusieurs visages : Il est parfois dépeint sous les traits d'un jeune-homme imberbe ou ceux d'un vieillard chenu à la barbe fournie.

Il existe d'ailleurs des représentations d'un Cernunnos à trois visages (la plus connue ayant été découverte à la Côte-d'Or en France), à la semblance des trois aspects de la Déesse-Mère, son épouse (la jeune-fille, la mère et la vieille femme).

Ce fameux concept triple populaire depuis l'Inde, a été d'ailleurs honteusement dérobé par le catholicisme pour créer une trinité fondamentalement patriarcale (organisation sociale, juridique fondée et dirigée par les hommes).

Étroitement lié à la nature, il est imprévisible, indomptable et il jouit de tout ce que l'existence peut lui apporter (en bien comme en mal). Sa nature "chaotique" exceptée (propre à tout ogre qui se respecte), cette entité sylvestre semble s'être spécialisée dans la dualité. En effet, s'il est le protecteur de toutes les créatures de la forêt et le seigneur des animaux, il est aussi celui des chasseurs (ces derniers d'ailleurs, devaient très certainement l'invoquer durant la traque du gibier, afin de s'identifier à leur proie, pour en quelque sorte l'honorer).

Note AM : On retrouve ici le Merlin ermite dans la forêt, à la stabilité mentale déficiente (un dieu colérique et vengeur comme dans l'ancien testament, prêt à abattre sa colère sans limite dès qu'on renverse un peu d'encens, ou que ce n'est pas posé à l'endroit où le dieu psycho-rigide l'a décidé).

Cernunos semble aussi avoir des corbeaux, animaux psychopompe.

Cernunnos voit son existence se dérouler de façon cyclique : il apparaît au Solstice d'hiver (où se déroule la fête d'Alban Arthan, qui marque le triomphe de la lumière sur les ténèbres et incarne le renaissance de la vie sur la mort), se marie à Beltaine (appelée aussi Beltan, cette fête qui débute le premier mai représente la fertilité, le feu, qui y joue un rôle symbolique et le début de la période lumineuse qui durera jusqu'à Samhain) avec la Déesse-Mère et meurt au solstice d'été (Alban Hefin, moment où la lumière solaire est à son paroxysme). Ce sera au début de Samhain (se déroulant au premier novembre, cette fête celte marque le début de la période obscure. Nouvel-an celtique où le Bon-Peuple de Faerie, sans oublier les esprits des disparus, se mêlent aux vivants), qu'il sortira de l'Autre-Monde pour se lancer dans sa Chasse Sauvage. Noter le terme "autre-monde", « monde » voulant dire planète…

Son culte a été éradiqué par les catholiques romains. En Haute-Loire (France), une sculpture antique a été découverte dans une paroi, et semble représenter un être humanoïde assis tenant une corbeille de fruits (probablement une équivalence de la corne d'abondance appelée aussi "cornucopia"), accompagné d'un cerf, d'un taureau, sans oublier un serpent à tête de bélier, enroulé autour de la taille du personnage central. Ou encore le "pilier des Nautes", découvert sous le coeur de la cathédrale Notre-Dame de Paris (les églises catholiques étaient construites sur l'emplacement des anciens temples dédiés aux dieux païens ogres). Ce pilier est orné de bas-reliefs sur ses quatre faces et l'on peut y voir notamment le dieu cornu aux côtés d'autres dieux celtes.

Hors de France (le culte celte s'étendait dans toute l'Europe), au coeur de la région de Lombardie, dans le parc national de la Naquane, Cernunnos serait représenté sur certaines parois de roche, sous la forme de peintures rupestres.

Le chaudron de Gundestrup, pièce celtique extirpé des tourbières du Jutland (péninsule du Danemark). Constitué d'un assemblage de treize plaques d'argent (dont douze sont décorées avec force détails), ce bijou de l'orfèvrerie dépeint une foule de dieux de la mythologie celte dont Cernunnos. Sur la première plaque, nous pouvons d'ailleurs le voir assis en tailleur (posture caractéristique des dieux et héros celtiques, qui est typique de la posture de méditation du yoga indien, ces doctrines ne faisant que revenir chez nous après les ravages du catholicisme) et arborant sa traditionnelle ramure de cerf, il tient dans la main droite le torque et dans la gauche le serpent à tête de bélier. On peut aussi voir (sur l'illustration ci-dessous) qu'il est accompagné de plusieurs animaux emblématiques dont le cerf et les chiens.

Sur la deuxième plaque présente dans les images (voir ci-dessous), on peut y voir quatre cavaliers dont le chef de chacun est orné d'un symbole (de gauche à droite : l'arc-en-ciel, les ramures du cerf, le sanglier et le corbeau).

Le premier pourrait désigner le dieu Lucetios (dont la traduction du nom signifie probablement "le brillant" ou "l'éblouissant"), dieu de la lumière, le second Cernunnos (ce n'était pas trop difficile à deviner), le troisième Teutatès (le "père de la nation"), dieu protecteur et guérisseur (il s'agit selon certains auteurs d'un autre nom pour désigner Cernunnos) et enfin le quatrième, Bélénos, dieu lumineux (encore un), de la guérison et de l'harmonie.

Un autre élément intéressant sur cette plaque se trouve dans la partie de gauche. Un personnage géant semble plonger l'autre dans un récipient (un chaudron). Il est fort possible qu'il s'agisse d'une représentation du mythique Chaudron de Dagda (dieu irlandais associé à Ogmios en Gaule). Ce fabuleux récipient avait la capacité d'apporter une quantité infinie de nourriture à son détenteur, et surtout de ramener un guerrier d'entre les morts, si ce dernier était plongé dans le chaudron. Faire le lien avec les sarcophages régénérateurs Égyptiens, le dieu démembré qu'on peut reconstituer, etc.

Les dieux Odin et Lug (celui qui est attaché par des chaînes, et le survivant du culte indo-européen des dieux jumeaux) sont associé au Mercure romain (le Hermès grec), mais César semble lier Cernunos comme le jumeau de Lug (comme Yaveh le jumeau de Baal).

Dieux hindous

Cernunos, avec ses multiples visages, ressemble au dieu hindou Pashupati (p. 529), l'entité 3 visages dépeinte sur le "sceau de Mohenjo-daro".

-300 : Thot / Hermès

On retrouve dans ces enseignements occultes l'idée d'un être immortel, se tenant à l'écart des hommes, qui donne la connaissance aux élites initiées (Lucifer, le porteur de lumière). C'est la même chose chez Dyonisos / Mithra.

0 - Pan (grec) / Faunus (romain)

Dieu grec doté de pouvoirs de divination et protecteur des berger (ainsi que des troupeaux), il apparaît sous une forme à mi-chemin entre l'homme et le bouc : un corps velu, une longue barbe en pointe, des sabots fendus, tel le diable ou baphomet.

500 - Odin le pas sympa

îles Anglo-saxonnes

Les légendes racontent que les Tuata de Danaan (ancêtres des irlandais actuels) ont combattu et pris la place des Fir Bolg (des proto-celtes, habile forgerons et artisans). Ces Fir Bolg avaient eux même battus les premiers habitants de l'île, les Fomoires ou Fomors, des êtres inhumains et maléfiques. Le Roi de ce peuple, Balor, était borgne.

Ces îles Anglo-saxonnes sont appelées "îles de Thor" par les Viking, dont le dieu Odin est borgne !

On retrouve d'ailleurs en Angleterre un géant taillé dans une colline, tenant dans chacune de ses main un bâton (comme Viracocha, Zeus, etc.)

Scandinavie

Au 1e siècle, César dit des Scandinaves :

"Les germains du Nord n'ont ni druides qui président au culte des dieux, ni aucun goût pour les sacrifices, ils ne rangent au nombre des dieux que ceux qu'ils voient et dont ils ressentent manifestement les bienfaits, le soleil, le feu, la lune. Ils n'ont même pas entendu parler des autres »

A 2e siècle, Tacite en dit :

"Ils répugnaient à présenter leurs Dieux sous formes humaines, il leur semble peu convenable à la grandeur des habitants du ciel, ils leur consacrent les bois, les bocages et donnent le nom de Dieux à cette réalité mystérieuse que leur seule piété leur fait voir".

La mythologie scandinave est peu connue, tant l'Église a patiemment, après l'invasion, détruit toutes les écritures runiques qu'elle pouvait trouver, mais c'est vers le 6e siècle (l'âge de Vendel, et les premières razzias des pré-vikings) que semble apparaître la religion odinique.

Le dieu scandinave Odin est un bipolaire. Si je relève ses côté négatifs : Un de ses surnoms est Bolverk (fauteur de malheur). C'est un dieu craint, et qui possède des traits sombres et peut se montrer fourbe et sévère. Odin offre la victoire à ses protégés par quelque moyen que ce soit, qu'il s'agisse de valeur au combat, de chance ou, plus particulièrement, de ruse et de fourberie. Ça rappelle fortement Satan.

La mythologie d'Odin, avec son côté sombre, colérique et impatient, rappelle fortement le dieu de l'ancien testament.

Dans les mythes nordiques, Odin est représenté en train de traverser l'espace comme un disque tourbillonnant ou un svastika regardant vers le bas à travers tous les mondes. Un peu comme le Quetzalcóatl qui remonte sur la croix dans le ciel, d'où il surveille les hommes pendant que la Terre est ravagée par cette croix (Nibiru).

0 - Gog, l'antéchrist d'Ezéchiel ou de saint Jean

Gog est le diable ou l'antéchrist dans le livre d'Ezechiel ou dans l'apocalypse de Jean :: « Quand les mille ans seront accomplis, Satan sera relâché de sa prison. Et il sortira pour séduire les nations qui sont aux quatre coins de la Terre, Gog et Magog, afin de les rassembler pour la guerre » (20:7)

600 - L'antéchrist (Dajjal) de l'islam (p. 557)

C'est dans l'islam que Odin est le mieux décrit.

Les musulmans, dans le Coran et les Hadiths, identifient l'antéchrist à la bête qui sort de terre parmi d'autres signes annonciateurs. Confondu avec Satan (« Iblid »), ce personnage ignoble et perfide présenté avec insistance comme étant borgne, déjà vivant 7000 ans avant le déluge, et qui sortira de sa prison sous terre à la fin des temps.

Le Dajjal restaurera le paganisme, l'adoration des idoles.

Le prophète Mohamed rencontre Tamim al-Dari, un chrétien converti à l'islam, qui affirme à Mohamed avoir, au cours d'un voyage, rencontré l'antéchrist, « gigantesque et le plus durement garrotté » mais bientôt libéré et prêt à sillonner la Terre entière.

L'antéchrist, le géant borgne (comme est décrit le dieu nordique Odin), était donc déjà vivant et enchaîné il y a 1 400 ans... Et il est dit qu'il sortira de terre au moment des catastrophes de l'apocalypse.

Décrit physiquement comme « un homme rouge, de forte corpulence », borgne d'un œil, il porte l'inscription « kafir » (mécréant ou incroyant) entre les deux yeux, que seuls les vrais croyants peuvent lire. On en déduit qu'il a une cicatrice sur le front.

800 - Gog et Magog à la City de Londres

Une légende londonienne fait état de la construction de Londres par Gogmagog, un des géants de la Bible.

Une légende prise au sérieux par les élites, car chaque année depuis 1554 (règne d'Henry 8), des gens de la City de Londres, habillés comme s'ils appartenaient à une société secrète, défilent devant une foule de Londoniens, portant les statues grandeur nature de Gog et Magog… 2 géants barbus roux-blonds. Leur défilé est censé remplacé un sacrifice humain...

Une légende londonienne (la pierre de Londres) fait état de la construction de Londres par Brutus le Troyen autour de -1070, soit environ 1 000 ans avant l'invasion Romaine. Après la destruction de la ville de Troie (Voir le récit l'Iliade d'Homère), les habitants durent trouver de nouvelles terres. Brutus, un prince troyen, dit avoir été guidé vers l'île blanche d'Albion (l'Angleterre) par la déesse Diana. Après avoir navigué sur la Tamise, il doit d'abord combattre une race de géants menée par Gog et Magog. GogMagog est tué dans une version de l'histoire, et dans la version adoptée actuellement à Gidhall, Gog et Magog sont enfermés sous terre (voir Herne le chasseur (p. 535), enfermé sous terre).

La principale Abbaye de Londres, Westminster (là où les Rois d'Angleterre sont couronnés et enterrés), est probablement fondée en 616, sur le site d'un ancien îlot de la Tamise baptisée "Thorn Ey" , l'Île de Thorn ! Sachant que les vikings appelaient l'Angleterre l'île de Thor...

La City de Londres, l'endroit qui domine le monde occidental, accorde du crédit à toutes ces légendes. Détruites en 1666 (sic!), les statues de Gog et Magog furent refaites en bois en 1708. Détruites de nouveau lors des bombardements de Londres dans les années 1940, elles ont été reconstruites en 1953.

Gog et Magog, les 2 géants, sont aujourd'hui considérés comme les protecteurs de Londres.

Le barbu des armoiries royales

Toujours en Angleterre, le Duc d'Edimbourg (mari de la reine Elizabeth 2) possède un grand barbu sumérien sur son blason (Odin). un dieu à la barbe grisonnante, musclé, avec une couronne de feuilles de chêne cachant son crâne bombé vers le haut, le nez fort qui part du front, les yeux bleus (pas borgne, mais l'oeil de verre gauche est décalé par rapport à l'autre...), qui tient un long gourdin. Sous les armoiries, le bandeau écrit "God is my Help" (dieu est mon sauveur). Une peau de lion en cache sexe. Et en face, le lion dressé. Hercule ? Il n'a pas la barbe blanche…

Dans les armoiries de Georges de Danemark, la barbe est plus longue, et pas de lion en face, mais 2 dieux sumériens se faisant face (Gog et Magog ?). La ceinture est faite en feuilles de chênes, éloignant encore plus de l'image d'Hercule.

900 - Yspaddaden le borgne, roi des géants (Kulhwch et Olwen)

Ce conte, sous ses airs étranges, est un véritable melting-pot de traditions (roi Arthur, mythes indo-européens). Le thème principal serait : "La fille du Géant". Suite à son séjour à la cour du roi Arthur, Kulhwch est pris du désir d'épouser la fille d'Yspaddaden (seigneur des Géants, vieillard au nez crochu et à la flèche semblable à un éclair). Le roi des géants ne veut pas marier sa fille, car il perdrait alors la vie. Quand Kulhwch rencontre son seigneur (le Géant Yspaddaden), le géant lui lance des pierres et des lances empoisonnées. Kulhwch renvoie plusieurs des lances. La première touchera le genou du Géant, la seconde la poitrine et la dernière l'oeil (tiens, un borgne).

1000 - Merlin le sale type

Merlin est un sale type dans la première version des "chevaliers de la table ronde". L'encyclopédie Wikipédia raconte comment s'est construit la légende de Merlin à partir de faits réels : "Son image première est assez sombre. Les plus anciens textes concernant Myrddin Wyllt, Lailoken et Suibhne le présentent en « homme des bois » torturé et atteint de folie, mais doté d'un immense savoir".

Les premiers textes décrivent un être noir de caractère, fou dangereux mais détenteur d'un grand savoir, qui peut prendre plusieurs formes, et se confonds avec le dieu celtes Cernunos. Il possède la maîtrise du temps (immortalité), attribut divin. Merlin détient un savoir inaccessible au commun des mortels, notamment en astronomie.

Les descriptions médiévales de Merlin le fou terrifiant sont ensuite incorporées au cycle des chevaliers de la table ronde, christianisé, pour le rendre moins terrifiant.

Il ne connaît généralement pas de mort véritable, mais il est « retiré du monde » et repose « au cœur d'une inaccessible prison forestière, ni mort ni vivant ». D'autres versions le disent enfermé sous terre.

A noter que comme beaucoup de ses avatars, Merlin prétend être né d'une vierge (mythe de son dieu Mithra) et savait parler dès sa naissance. Son père est une entité "diabolique".

1300 - Le juif errant

Mythe littéraire européen prenant sa source au 13e siècle. C'est un homme très instruit et immortel, banni par les siens, et sillonnant la Terre sans relâche, en attendant la fin des temps, ou du retour de Jésus selon les versions (ce qui revient au même).

1600 - Herne le chasseur

Cernunos est connu en Angleterre comme Herne le Chasseur. Il apparaît au crépuscule (sans mélanine, les ogres ne supportent pas le Soleil). La tradition britannique décrit Herne comme une apparition terrifiante, coiffée d'un casque fait d'un crâne de cerf et décoré de ses andouillers. Son poignet gauche est ceint d'un bracelet qui irradie d'une étrange lumière (l'espèce de montre que porte les dieux sumériens au poignet). Une chouette (qui dans certaines versions est dotée de cornes) vole au-dessus de lui tandis qu'il mène sa meute d'esprits vampiriques (sans oublier les chiens de l'Annwn ou les âmes qu'il a capturé durant ses voyages) dans les bois. Il s'agit bien entendu d'une variante de la Chasse Sauvage (ou Chasse Fantastique).

Dans certaines version, Herne reste certes le maître de l'Autre Monde, mais, contrairement à la plupart de ses collègues dépressifs ou austères (Pluton, Hel pour ne citer qu'eux) il apprécie, comme Cernunos, les plaisirs de la "vie" (comme les viols ou sacrifices d'esclaves...). Lors de la fête celtique de la Beltane (ou Cethsamhain), qui marque le renouveau de la nature et de la fertilité de la terre, Herne se marie avec la déesse Dana (qui est l'équivalence irlandaise de la Déesse-Mère) pour que leur étreinte puisse libérer la terre du joug de l'hiver glacé.

William Shakespeare, dans *Les joyeuses Commères de Windsor*, lui consacre quelques vers :

"De temps en temps un gardien apparaît dans la forêt de Windsor, Toujours durant l'hiver, lorsque sonne minuit, Tournant autour d'un chêne, avec ses grands bois [de cerf] ; Et là il pulvérise l'arbre et s'empare du bétail, Faisant des [vaches] laitières un produit sanglant, et agitant une chaîne De la plus atroce et affreuse façon. Vous avez entendu parler d'un tel esprit, et vous le savez fort bien Transmise et livrée à notre ère, Cette fable de Herne le Chasseur est la vérité vraie."

Le "Chêne de Herne" est similaire au mythe du Wotan (Odin) germanique. De nombreuses auberges en Angleterre portent des noms associés à la Chasse sauvage, à Herne, ou encore à l'Homme Vert, ils forment d'ailleurs en toute logique, une seule et même entité selon les versions.

1700 - Les lumières du diable

La première duperie du diable, c'est d'avoir fait croire qu'il n'existait pas.

Les satanistes que sont la plupart des philosophes du siècle des lumières savent bien qu'ils adorent un dieu physique incarné, ne voulant pas voir que ce n'est qu'un faux dieu qui les mène en bateau, leur promettant connaissance et pouvoir, mais refusant de leur expliquer comment ça marche, pour les garder dépendant de lui.

C'est parce qu'Odin garde son savoir pour lui, qu'il peut imposer à ses fidèles des rituels qu'ils appliquent à la lettre sans comprendre. C'est comme ça que les pharaons ont entouré leurs morts de bandelettes, comme ils ont vu les ogres le faire, sans comprendre que le sarcophage sur lequel les géants étaient placés, et qui les ramenaient à la vie, possédait un dispositif qui émettait des rayons régénérateur, qu'un autre sarcophage, même ressemblant (même matière, même dimension, même emplacement), n'émettait pas sans ce dispositif.

C'est aussi pour ça qu'une fois abandonné les mayas pour remonter vers le Nord, les cités tombaient rapidement et se vidaient, Odin répondant aux problèmes quand ils arrivaient, sans expliquer les principes ou le domaine sur lequel ils s'appuyait. Pour faire une allégorie, il pêchait la nourriture pour les hommes, sans leur apprendre à pêcher par eux-même, les rendant dépendant de sa science.

1900 : Nietsche vante l'antéchrist chez les philosophes des lumières

Chez Nietzsche reprend les philosophes de la renaissance (les FM), et après une belle rhétorique passionnée mais sans arguments, il en conclue que la morale chrétienne a affaibli l'homme. Il faut retrouver la résistance initiale, et inverser toutes les valeurs (il n'y a pas de vie après la mort, on a le droit de faire toutes les saloperies sur Terre, comme violer des enfants dans le même temps qu'on les égorge...). Il faudra donc selon eux suivre l'antéchrist... Ce sont ces gens là qui ont provoqué la révolution française et pris le pouvoir en France pendant 200 ans.

2000 : Manau lui dédit une chanson

Les Celtes semblent avoir une vision précise de ce qu'est Odin. Voici la chanson créée par le groupe Manau (juillet 1998, album "panique celtique"), à partir des recherches historiques de Jean Markale (et sûrement d'autres sources non révélées) :

"Voici l'histoire d'un dieu avide de pouvoir qui,
Après avoir semé le trouble sur terre,
Se fit enfermer par l'ordre sacré des druides de la tribu de Dana.
Mais la prophétie raconte
Qu'il ressurgirait à l'aube du troisième millénaire,
Enfermé dans les catacombes, son heure approche...
Je suis le noir, le sombre, collé à toi ton ombre.
Je suis l'aboutissement de ta vie.
La fin, le trou de ta tombe.
Je suis ton pire ennemi, le cauchemar de ta vie,
Le temps qui passe et qui sourit devant ton agonie.
En fait, le but de ma quête est de créer des tempêtes.
Dans les profondeurs de ton être, je suis ton maître, le seul prophète.
Viens lire dans mes tablettes.
Tu seras mon adepte, alors accepte, et devant moi baisse la tête.
Je suis un dieu qui dort dans les catacombes.
Mon réveil sera furieux, tu verras comme je suis immonde.
Maintenant ne perds plus ton temps.
Va mon enfant du pouvoir des ombres rejoint les rangs.
Un mauvais dieu dort dans les catacombes,
Encore une heure ou deux pour pouvoir posséder le monde.
Un mauvais dieu dort dans les catacombes,
Les druides l'avaient enfermé dans le royaume des ombres. (x2)
Je suis le mal, l'impur, le maître de la luxure.
L'avarice et le sexe sont les piliers de ma culture.

Alors sois sûr, je serai vraiment dur, car telle est ma nature.
M'opposer de toute ma haine contre les âmes pures,
Les hommes, les femmes, les enfants,
A tous les opposants du pouvoir des ombres
Qui s'abat sur la terre maintenant.
Car oui, comme dit la prophétie, les tablettes, les écrits,
Ma lourde peine s'achève cette nuit, ça y est, ç'en est fini d'attendre.
Les siècles ont passé.
Je n'ai pas su apprendre à bien me contrôler.
Ma haine est comblée et je suis énervé.
Les humains vont comprendre la colère d'un dieu du passé.
Ça fait déjà tant déjà d'années que je suis enfermé,
Que l'on m'a condamné à errer comme damné.
En enfer, à quelques pieds sous terre sans aucune lumière.
Dans le royaume des ombres où règne Lucifer.
Voilà, ma haine est si forte contre les hommes de foi
Qui ont osé claquer les portes fatales du mal,
Inscrit sur une dalle les mots magiques des druides
Qui m'ont servit de pierres tombales.
Mais maintenant j'arrive et le monde dérive.
Tu n'pourras pas survivre car de sang je m'enivre.
La terreur maintenant t'escorte.
Le royaume de la peur qui ouvre ses portes."

Et plein d'autres...

Ces dieux ne sont qu'une évocation, libre à vous de vous renseigner plus sur l'histoire de ces dieux, de voir les nombreux points communs grâces aux clés de décryptage données sur l'ogre Odin (p.). Mais comme ce sont des faux dieux, je vous déconseille d'y passer trop de temps inutile, Satan ne vous apprendra pas grand-chose…

Messianisme

Une seule règle en ces temps de la fin : ne nous lançons dans aucun combat pour un chef (dont nous ne connaissons pas les buts réels, et que nous ne pourrons plus virer une fois qu'il sera au pouvoir).

Oeuvrons juste à restaurer l'amour des autres, la fraternité et la coopération partout sur Terre.

Survol

Étymologie

Antéchrist vient de "antechristus" en latin. La transformation du préfixe français"anti" (adversaire, sens original) par "ante" (avant) date du 12e siècle. Dans l'apocalypse de St Jean originale, on parle donc de l'adversaire de Christ (anti), pas de la personne qui vient avant lui (anté).

Christ/messie/Oint sont la même chose, ça veut dire "roi". C'est une fonction, et pas une personne. Mais dans la tradition catholique, Christ désigne le personnage inventé à partir de Jésus et de Mithra/Odin. Selon ces termes, Christ est donc le retour de Odin, et non le retour du Jésus historique.

Le vrai sens

On verra dans L1 que c'était Odin qui a écrit les textes dont s'est inspiré en partie St Jean. Odin désignait donc son père Anu comme son adversaire dans la course au trône de la Terre (pour devenir Christ, c'est à dire le roi chef du monde). Nous avons la bataille de Christ/Odin contre son père Antéchrist/Anu, puis ensuite vient Jésus 2. Nous avons donc 2 faux Christs (des ogres) avant Jésus.

Ça va, pas trop perdus ? Relisez un coup ce qui précède, jusqu'à ce que ça devienne clair.

Par clarification, sachant qu'à notre niveau Anu ou Odin sont tous les 2 des adversaires de l'humanité, et que Odin prendra le pouvoir avant que Jésus 2 ne se révèle, je mélange Christ et Antéchrist ensemble (leur guéguerre ne nous intéresse pas), et j'utilise le terme Antéchrist au sens "celui qui viendra avant Jésus 2 en se faisant passer pour lui".

C'est ce qui colle le mieux à l'idée que les gens ont de cette période, et de qui est le méchant.

Pour résumer

Dans l'ordre d'apparition de ceux qui se prétendront être Jésus :

1. Christ = Antéchrist = méchant,
2. Jésus 2 = Issa = gentil.

Choix spirituel

Tous les peuples de la Terre ont été prévenus depuis des milliers d'années de ce qui allait se produire en ces temps critiques du retour du messie. Mais ce guide viendra surtout nous révéler que nous sommes notre seul guide, notre seul sauveur. C'est surtout le choix de notre orientation spirituelle qui va primer.

Des clés éparpillées partout sur le globe

Quand nous étudions en détail tous ces textes, nous nous apercevons que les différentes prophéties du Monde parlent toutes de la même chose (Nibiru, basculement des pôles), tout en apportant chacune un élément particulier. Finalement, elles se complètent, comme si il avait été prévu depuis des millénaires que dans le futur, les gens puissent avoir connaissance de toutes ces prophéties locales pour les assembler en un tout cohérent et plus clair.

Cela en dit long sur les puissances qui sont derrière ces prophéties et les enjeux de notre temps... C'est comme si l'Union de tous les humains en un seul peuple avait déjà été anticipée, et qu'il savaient que tous les peuples partageraient ensembles leurs secrets les plus précieux.

Risques de génocides (p. 538)

Il est important de comprendre que toutes les religions parlent de la même chose, que nos aspirations profondes sont de vivre ensemble. Ne pas se crisper sur sa religion.

Risques d'apostasie (p. 538)

A l'inverse, le risque de rejeter complètement sa religion est plus dangereux que de refuser d'évoluer dans sa religion.

Connaissances avancées (p. 539)

Si on ne sait pas qui donne les prophéties, on se rend compte que ce sont des forces très en avance sur leur époque.

Prophéties judaïque (p. 541)

Suivies attentivement par tous les commentateurs du monde, pas mal de cases annoncées par les prophéties ont déjà été cochées.

Prophéties chrétiennes (p. 542)

N'oublions pas que ces prophéties ne s'appliquent qu'au Proche-Orient, c'est à dire la région d'Israël. L'apocalypse de St Jean ayant subi trop de mauvaises traductions, et étant trop cryptée, pour qu'on puisse s'en servir de manière pratique, on s'appuiera aussi sur les prophéties de Jésus.

Prophéties Hopis (p. 543)

Les Hopis, validés par leurs voyances qui se sont réalisées, racontent eux aussi ce qui nous pend au nez, et qui là encore, ressemble aux témoignages du passé.

"les temps de la purification de la Terre se produiront quand l'Etoile bleu Kachina enlèvera son masque et montrera son vrai visage."

Prophéties sur la France (p. 548)

Si les romains au 7e siècle ont détruit toutes les prophéties qui avaient été données par les shamanes druides concernant notre pays, l'info est revenue via les prophéties privées catholiques (informations encore déformées lors de la transmission au public par les descendants des empereurs romains au Vatican) avant de passer par divers voyants laïcs, comme Pierre Frobert.

Prophétiques Musulmanes (p. 554)

C'est les hadiths prophétiques de l'islam qui nous éclairent le mieux sur les événements à venir, car les plus récentes.

L'antéchrist / Dajjal (p. 575)

A qui profite toutes ces corruptions et mal compréhension des religions dans le temps ? Celui pour lequel bossent les illuminati, les dieux sumériens, et plus particulièrement le dernier dieu géant présent sur Terre, Odin / Lucifer, l'antéchrist qui se fera passer pour Jésus.

Le retour de Jésus (p. 554)

Prédit par les 3 religions, le retour de Jésus (après l'antéchrist) paraît inévitable.

Risques de génocides

Avec le retour de Nibiru, le risque de la crispation autour des religions est grand. Toutes les religions vont vous jurer leurs "grands dieux" que seul leur dieu vous permettra d'être sauvé. Elles parlent des faux dieux ogres évidemment, notamment de l'égoïste Satan, mais très peu vous parleront du vrai Dieu universel d'amour inconditionnel.

Les guerres de religion (massacres entre gens de bonne volonté) sont le principal risque de ces périodes de fin de cycle.

Par exemple, les témoins de Jéhovah sont persuadés que TOUTE la Bible est à prendre en considération, que c'est dieu lui-même qui a écrit le texte. Or, dans cette Bible, on trouve des textes écrits par des gens inspirés, mais aussi par des gens non inspirés. La Bible raconte les massacres que les hébreux ont fait pour plaire à leur dieu physique du lévitique, celui qui avec son crâne déformé n'aime pas que les hommes le regarde, qui veut que les pigeons lors des sacrifices soient bien cuits et très jeunes. Le Dieu universel d'amour n'en a rien a foutre qu'on se prosterne devant lui ou pas, il veut juste que nous vivions en harmonie avec le reste de l'univers.

Si l'on s'en tient à la Bible, on justifie alors les massacres lors de la conquête de la terre promise par le fait que les israéliens de l'époque adoraient un autre dieu que celui des hébreux, et que ça justifiait de frapper un village d'interdit. Derrière ce mot « interdit » à l'apparence anodine, ça signifie en réalité que tout ce qu'il y a dans le village ennemi est « impur », et qu'il faut massacrer les hommes, les vieillards, les femmes, les enfants, les nourrissons et les fœtus dans le ventre de leur mère… Il faut aussi massacrer tous les animaux présents (bétail, chats, chiens), eux aussi considérés comme impurs… C'est la Bible qui le dit, et si vous n'acceptez pas que ce passage soit en contradiction avec le message de Jésus, votre religion va vous amener à réaliser des massacres qui vous éloignerons du paradis promis…

Risques d'apostasie

La religion forme le socle de vos croyances, le fil conducteur de votre vie, votre comportement envers autrui. Découvrir les vraies origines de vos croyances, leurs nombreuses corruptions, peut vous chambouler fortement. N'hésitez pas à interrompre la lecture de ce paragraphe si ça brasse trop fort, et à recouper ce que j'avance avec l'histoire officielle des religions, à vous poser pour méditer, etc.

Il vaut mieux garder une religion fausse, mais qui vous incite à respecter les autres et votre âme immortelle, plutôt qu'être un athée perdu qui ne respecte personne, pas même lui-même.

N'oubliez que les religions ont toutes un fond de vérité, un enseignement d'origine divine (nous faisons partie de Dieu (que nous pouvons retrouver en nous retrouvant), aimes les autres comme toi-même). Même si les messages des prophètes sont ensuite pollués par les enseignements d'origine sataniste (rajoutés par les illuminati à la mort du prophète, du type « esclave, obéis à tes maîtres ! »), le message de base reste pur.

C'est le côté Amour universel que je veux faire ressortir, mais il faut pour ça enlever les faux versets satanistes (ajoutés quand les autorités ont couché le message oral à l'écrit), qui polluent le message des prophètes.

N'oubliez pas que même si le Coran papier est inchangé depuis 1 400 ans, c'est un faux à la base... De plus, le langage changeant à chaque génération humaine, les mots d'il y a 1 000 ans n'ont plus la même signification, et les traditions de lectures actuelles diffèrent d'un mouvement musulman à l'autre…

Connaissances avancées

Non seulement les réalisations de l'époque montre que certains ont des connaissances avancées, mais que les puissants, depuis le 19e siècle, font appels aux puissances invoquées dans l'apocalypse.

Cercles d'archanges

Les archanges sont bénéfiques ou maléfiques.

1er cercle angélique - Séraphins

Les « séraphins aux six ailes » (Is 6/2-6) sont les « brûlants », ceux qui brûlent d'amour pour Dieu et qui ont atteint la perfection spirituelle par l'humilité, l'abnégation de leur volonté propre et de leur intelligence, qui obéissent à Dieu sans comprendre. Ils se voilent la face, parce qu'ils sont tellement proches du feu divin qu'ils seraient brûlés, car aucune créature ne peut voir Dieu face à face.

2e cercle angélique - les déchus

La tradition de l'Église dit que le Chérubin Satanaël (2e cercle angélique : celui de la connaissance et de l'intelligence) n'a pas supporté la kénose de Dieu, son abaissement volontaire pour s'incarner, et qu'il s'est révolté, entraînant avec lui un tiers du monde angélique (Apo 12:4). La tradition orientale dit que saint Michel, au moment de cette révolte, a dit à l'ensemble des anges : « soyons attentifs » [à nous tenir dans l'obéissance à Dieu]. C'est pour cela qu'il est considéré par toute la tradition chrétienne comme le chef des armées angéliques.

Michel

Voir L2>ET>EA pour les explications plus compètes sur le sujet.

Le nom de Michel signifie « qui est comme Dieu » [semblable à Dieu] : cela veut dire qu'il est devenu ressemblant à Dieu par l'humilité.

L'archange Michel, avec l'archange Gabriel (Jibril) et Azrael (Raphaël), fait partie des 3 grands archanges qui sont intervenus dans l'histoire de l'humanité.

Protecteur

Il est :

- patron de la France, Allemagne, Belgique et Vatican.
- contact de Jeanne d'Arc.
- le finalisateur de la seconde guerre mondiale (8 mai 1945).

Guerrier

Son nom et sa présence sont toujours le signe d'un combat. Quand il remet son épée au fourreau (dans les visions), c'est le signe de retour de la paix (ou d'une épidémie).
Au moment où l'ange Gabriel et Daniel rencontrent des difficultés avec un roi, c'est Michel qui vient tout dégommer.
C'est Michel qui a repoussé une première fois les démons précédents dans l'abîme/l'espace (1ère bataille eschatologique).

Exorcisme

Michel est aussi utilisée dans les exorcismes, pour faire sortir le démon ou se protéger des attaques extérieures.

Fin des temps

Très lié à l'apocalypse / fin des temps. Depuis 2013, le Vatican le mets beaucoup en avant, le Vatican lui a même été consacré en 2013 par le pape François.
Michel va :

- juger les âmes.
- renvoyer Lucifer et ses démons en enfer,
- terrasser le dragon (Assimilé à Satan/anu de l'apocalypse, c'est à dire la planète Nibiru).
- permettre que l'homme retrouve la connaissance des événements passés[2],
- envoyer le signal pour que Jésus réapparaisse.

L'épée

L'épée, ou la lance que tient St Michel, donne l'idée qu'un moment martial est arrivé, que la "justice divine" va s'abattre.
L'épée tranche le bien du mal, fait une séparation nette, en lien avec la polarisation spirituelle, et l'intervention de plus en plus directe des ET et du grand tout dans les affaires de la Terre.
Le pommeau de l'épée est vers le bas, et ça ressemble à un météore s'abattant sur la Terre...

Date liée : le 8 mai

Le 8 mai est la plus importante fête de saint Michel en Occident (date de sa première apparition). Il est aussi fêté le 29 septembre (fête des moissons) avec les 2 autres archanges.
Le 8 mai 1945 lui est dédié en tant que la victoire sur les nazis.

Apparitions

Source.

Colosses (Phrygie) - 2e siècle

Michel se fit voir sous une figure humaine à un homme de Laodicée, qui avait une fille muette, laquelle recouvra la parole sur le champ.

Mont Gargan (Pouilles, en Italie) - 08/05/492

Michel annonce qu'une grotte locale et inaccessible précédemment, déjà disposée en lieu de prière, est protégée par St Michel. De nombreux miracles se produisent dans cette grotte, dont St François n'osa pas rentrer à l'intérieur, s'en déclarant indigne.

Rome (Italie) - 08/05/590

Le 8 mai 590, St Michel apparaît au pape Grégoire 1er : Michel remet son épée au fourreau, ce qui signifie que l'épidémie de peste est terminée. Le pape construira le sanctuaire Saint Ange là où était apparu Michel.

2 selon une tradition musulmane tardive

Avranches (France) - 16/10/708

Michel apparaît à Saint Aubert, évêque d'Avranches, et lui demande de construire un sanctuaire sur le mont tombe (actuel Mont St-Michel).

Domrémy (Vosges, France) - été 1425

Michel apparaît à une bergère, qu'on appellera Jeanne d'Arc, qui comme le lui demandait la vision, ira voir le roi de France, et contrera la visée impérialistes mondialiste anglaise.

Mont Gargan - 25/09/1656

4e apparition de Michel, l'Archange promit à l'Archevêque Alfonso Puccinelli de protéger et de délivrer le pays de la peste qui sévissait dans toute l'Italie méridionale. Très rapidement, non seulement la ville fut délivrée de l'épidémie, mais aussi tous ceux qui invoquaient l'intercession de St Michel étaient guéris.

La ligne claire

Encore appelé ligne sacrée, ou coup d'épée de St Michel, il s'agit d'une ligne parfaitement rectiligne, qui relie la Turquie à l'Irlande, sur laquelle sont placés 5 sanctuaires dédiés à St Michel.

7 sanctuaires existent sur cette ligne, mais les 2 derniers (Mont du Carmel et Symi ont été construites au cours des 200 dernières années, en s'inspirant de la ligne claire pour la prolonger jusqu'à Israël, alors qu'il n'y a, semble-t-il, jamais eu d'apparitions de Michel demandant un sanctuaire là-bas).

A noter que Paray-le-monial a été construit sur cette ligne, volontairement semble-t-il, puisque c'est aussi cette SSC qui a construit le Mont du Carmel, placé sur cette ligne. Preuve qu'ils connaissaient, au 19e siècle, l'existence de cette ligne, officiellement connu que depuis les années 1970.

Le plus étonnant, c'est que ces sanctuaires ont été demandés par Michel lors d'apparitions avant l'an 1 000, soit des siècles avant que les cartes modernes existent, et que l'homme décide de retenir tel système de coordonnées plutôt qu'un autre (si c'est une droite dans notre système de coordonnées actuelles, ça ne l'aurait pas été dans un autre système, par exemple un système plus proche de la réalité, n'écartant pas les pôles pour rétrécir l'équateur).

Plus étrange, les trois sites les plus importants – le Mont-Saint-Michel en France, l'abbaye Saint-Michel–de-la-Cluse et le sanctuaire du Mont-Gargan en Italie – sont équidistants. Mais pas n'importe quelle distance : 1 000 km tout ronds, au moins 1 000 ans avant que la révolution n'impose le mètre comme unité de mesure...

Autre anomalie, cette ligne claire s'aligne parfaitement avec le soleil levant du solstice d'été.

Skelling Michael (le rocher de Michel)

Une île désertique en Irlande, là où l'archange Michel serait apparu à saint Patrice pour l'aider à délivrer son pays du démon. Le monastère, datant au moins du 7e siècle, est connu comme étant dédié à Michel en l'an 1000.

Mont St Michel (Cornouailles, Angleterre)

De l'autre côté de la Manche par rapport au Mont St Michel Français, ce site méconnu en France ressemble beaucoup, physiquement, au Mont St Michel : lui aussi devient une île à marée haute, la forme du Mont est similaire.

En 495, des pêcheurs ont vu l'archange Michel sur un rocher de granite sortant de la mer. L'île devint un lieu de pèlerinage et on rapporte qu'un monastère celtique se serait développé sur le rocher du 8e au 11e siècle.

Vers 1150 l'abbé Bernard du Mont-Saint-Michel en Normandie fit construire un monastère bénédictin qui, fut saisi par la couronne en 1425 puis finalement fermé en 1539.

Mont St Michel (Normandie, France)

Suite à l'apparition de St Michel à l'évêque d'Avranches (voir plus haut), le "mont tombe", dont les traditions disent qu'il y avait déjà des mégalithes au sommet, devint le Mont St Michel. En 708, un oratoire est dédié à l'archange Michel, et accueille déjà les pèlerins au moins au 9e siècle, quand l'abbaye actuelle fut construite.

Abbaye saint-michel-de-la-cluse (Pouilles, Italie)

À 1 000 kilomètres de distance du précédent point (le mont st michel normand), à l'entrée du Val de Suze, dans le Piémont (Italie), se dresse le quatrième sanctuaire : l'abbaye Saint-Michel-de-la-Cluse. Vers 980, l'ermite Jean Vincent s'est installé au col de la Cella, sur le Monte Caprasio, en face du mont Pirchiriano. Une nuit, l'archange saint Michel lui apparaît et lui demande de reconstruire l'oratoire sur le mont Pirchiriano. La construction de l'abbaye commence vers l'an 1000.

Mont Gargan (Italie)

A 1 000 km du point précédent encore (donc à 2 000 km du Mont St Michel Normand), se trouve la grotte de Michel. le Sanctuaire de Saint-Michel-Archange est construit dès l'an 490.

Prière

Source.

Instaurée en 1886

C'est le pape Léon 13, suite a une vision qu'il a eu en 1878 (des démons se massant au-dessus de Rome) qui l'avait écrite. Elle fut instituée officiellement en 1886, et était récitée en fin de la messe :

"Saint Michel Archange,
Défends-nous dans le combat, sois notre secours contre la Malice et les embûches du démon,
que Dieu lui impose son pouvoir/empire;
et toi, Prince de la milice céleste, par la Puissance divine, repousse en enfer Satan et les autres esprits mauvais qui rôdent dans le monde pour(/en vue de) la perte des âmes."

Interdite en 1964

Depuis Vatican 2 en 1962, Paul 6 a interdit cette prière le 26 septembre 1964. Refusant cela, le Padre Pio la récita en fin de messe, jusqu'à sa mort "précipitée" en 1968 (voir l'histoire où le médecin l'aurait sciemment empoisonné).

Cette interdiction eu lieu au moment où le pape refusait de divulguer le 3e secret, et où JFK était assassiné.

JP2 en dit plus

En 1987, Jean Paul 2 (celui qui balance des secrets l'air de rien p. 495), lors d'une visite au sanctuaire de l'Archange Saint Michel, au Mont Gargan, déclara : « Cette lutte contre le Démon, qui marque la figure de l'archange Michel, est aujourd'hui encore d'actualité, parce que le Démon est toujours vivant et agissant dans le monde. Dans cette lutte, l'archange Michel est aux côtés de l'Église pour la défendre contre toutes les iniquités du siècle, pour aider les chrétiens à résister au Démon qui rôde comme un lion rugissant cherchant qui dévorer ». Faire le lien entre le lion d'Enlil et l'antéchrist... (on ne parle pas des démons/ogres mais LE démon !).

En 1994, Jean-Paul 2 récidivait : « Même si aujourd'hui cette prière n'est plus récitée à la fin de la célébration eucharistique, j'invite tout un chacun à ne pas l'oublier, mais à la réciter pour obtenir de l'aide dans son combat contre les forces des ténèbres et contre l'esprit de ce monde ».

Pape François

Une prière que le pape François a prononcé lors de la consécration du Vatican à saint Michel Archange (5 juillet 2013) :

"toi qui annonces au monde la nouvelle consolante de la victoire du bien sur le mal : ouvre notre vie à l'espérance. Veille sur cette Cité et sur le Siège apostolique, coeur et centre de la catholicité, afin qu'elle vive dans la fidélité à l'Évangile et dans l'exercice de la charité héroïque. Le Seigneur de l'univers t'a rendu puissant contre les forces de l'ennemi : démasque les pièges du Diable et de l'esprit du monde. Rends nous victorieux contre les tentations du pouvoir, de la richesse et de la sensualité. Sois le rempart contre toute machination, qui menace la sérénité de l'Église ; sois la sentinelle de nos pensées, qui libère de l'assaut de la mentalité mondaine ; sois le guide spirituel qui nous soutient dans le bon combat de la foi. Ô glorieux Archange saint Michel, qui toujours contemples la Sainte Face de Dieu, gardes-nous fermes sur le chemin vers l'Éternité."

Prophéties judaïques

Devenir d'Israël

Osée 4:1-3 : [décrivant Israël]

On maudit son prochain, on lui ment, on l'assassine, on commet vols et adultères.
Le pays en est envahi, les meurtres succèdent aux meurtres.
C'est pourquoi, dans le pays, la sécheresse va sévir, tous ses habitants vont dépérir, avec les bêtes dans les champs, et les oiseaux dans les airs. Même les poissons dans la mer sont condamnés à disparaître.

Damas

La chute de Damas semble un tournant clé dans la situation au proche-Orient (inévitable selon les Altaïrans). Que ce soit chez les juifs, ou dans les hadiths islamistes, avec la prise de Damas par le Sufyani marquant l'établissement du faux Califat.

Le premier berger de Zacharie

Zacharie (11:16) dit que 2 bergers se présenteront. Un faux berger (venu là pour tondre le troupeau, pas s'en occuper), puis le vrai. Zacharie représente l'adversaire du Messie sous la forme d'un borgne, on retrouve ici le Dajjal Musulman. J'additionne ci-dessous les différentes traductions données de ce passage de la Bible, les multi-sens des mots d'origine étant tous valables.

"Je susciterai dans le pays [Israël] un berger insensé [fou furieux + sans empathie] qui n'aura pas souci des brebis qui périssent; il n'ira pas à la recherche des plus fragiles, il ne cherchera pas celles qui sont dispersées, il ne portera pas celles qui sont demeurées en arrière, il ne guérira pas les blessées ou les malades, il ne soignera pas les saines; mais il dévorera la chair des plus grasses, et il déchirera jusqu'aux cornes de leurs pieds [expression pour dire qu'il va les exploiter jusqu'à la moelle].
Ô berger indigne, venant du néant [de l'espace, donc de Nibiru], qui abandonne son troupeau ! L'épée tombera sur son bras et sur son oeil droit. Son bras se desséchera, et son oeil droit s'éteindra [perdra la vue]."

Messie attendu

Les sages juifs ont abondamment analysé les écrits, et complété ceux-ci par des ouvrages (voir le Ramdam de Maimonide entre autres), sur ce qu'on appelle la venue du Machia'h (messie).

Une prophétie du Rabbin Shimon Bar Yochai : "Et il est un signe pour vous, quand vous verrez le Néron de l'Orient à Damas, le salut viendra à Israël, et Mashiah Ben David viendra."

le Zohar, le texte mystique juive fondamental, dit que lorsque le roi de Damas tombera, le Messie viendra.

La prophétie du Rabbin Kaduri, mort en 2006, qui expliqua avoir rencontré à plusieurs occasions (en songe ?) le Machia'h depuis 2003. Le Messie lui aurait confirmé son arrivée prochaine et que cette venue interviendrait après la mort d'Ariel Sharon (mort en janvier 2014). Le rabbin Kaduri, dans une note posthume, a dit : "il va soulever le peuple et confirmer que sa parole et sa loi sont valides". En acrostiche, cette phrase donne le nom de *Yehoshua* (Jésus). Cette note a semé le trouble chez ses disciples (ne reconnaissant pas Jésus comme le messie).

Le Machia'h attendu renouvellerait la royauté hébraïque telle qu'elle était au temps du Roi David, puis de son fils Salomon. Ce machia'h doit être de la descendance de David, "un bourgeon sur une racine". Cette expression semble indiquer que cette filiation est cachée puisque le bourgeon apparaît sur une racine et non une branche (de l'arbre généalogique). Étonnamment, on retrouve un parallèle assez remarquable avec les Prophéties de la mystique chrétienne sur le grand monarque.

Reconstruction du temple

La base de tous les problèmes géopolitiques d'aujourd'hui.

De nombreux juifs orthodoxes sont aujourd'hui persuadés de l'imminence de la reconstruction du temple de Jérusalem, le Beth Hamikdach. Il existe des fonds dédiés à financer ce Temple, des architectes pour en retracer les plans en conformité avec ce que les écritures en disent, notamment tirées des visions d'Ezechiel qui décrivent explicitement ce 3e Temple.

Or la construction du Temple est étroitement liée à l'apparition du Messie.

Para Adouma et vache rousse

Pour inaugurer ce nouveau Temple, un rituel spécifique appelé Para Adouma, doit être pratiqué pour purifier le peuple d'Israël et notamment les grands prêtres qui auront seuls le droit d'entrer dans les zones les plus sacrées du Temple reconstruit. Ce rituel, qui est de l'aveu même des savants juifs non explicable par la logique, nécessite de trouver une vache entièrement rousse et répondant à des critères très stricts. Sans cette vache, son sacrifice et sa crémation rituelle, le Temple ne pourra pas être utilisé.

L'apparition (miraculeuse) d'une telle vache serait un signe majeur de l'imminence de la reconstruction du Temple et donc de l'arrivée du Messie. Ce rituel ayant été historiquement réalisé seulement 9 fois, cette prophétie est appelée prophétie de la 10e vache rousse et sa recherche est suffisamment active pour être sérieusement prise en considération.

Escargot marin et bleu royal

En août 2018, la réapparition d'un escargot marin (Ségulit qui s'échoue en masse tous les 70 ans sur le littoral Israélien) permet de produire le bleu royal demandé dans les rituels du temple (le cordon bleu porté en frange par les hommes).

Prophéties déjà réalisées

Les prophéties juives citent plusieurs critères de ce qu'il se passera à la fin des temps.

3 sont déjà réalisés fin 2018 : Le retour des poissons dans la mer morte, la naissance de la vache rousse, le serpent sortant du mur des lamentations.

Harmo ne connais pas tous les signes restant, mais il devrait y avoir un énorme tremblement de Terre à Jérusalem, un poisson/planète gigantesque nommé Léviathan, une guerre très violente entre les "70 Nations" et les Israéliens, la venue du Machia'h Ben David (le Messie Jésus 2), et la reconstruction du Temple de Jérusalem.

Prophéties chrétiennes

Survol

Apocalypse (p. 542)

L'apocalypse de St Jean est un texte assez obscur, Mais on retrouve les notions de l'astre rouge apportant la désolation sur Terre, ou la notion d'antéchrist.

Concernant Israël (p. 542)

L'apocalypse concerne déjà les événements vus d'Israël, mais voyons les prophéties directes sur ce pays, qui sera une zone a éviter...

Prophéties privées pour la France (p. 548)

Les chrétiens français se basent sur les prophéties privées de Marie Julie Jahenny mais aussi de l'Abbé Souffrant et des visites mariales de la Salette (entre autres) sur un éventuel Grand Monarque.

Apocalypse

Nibiru

Apocalypse 8:11 : "Le troisième ange sonna de la trompette. Et il tomba du ciel une grande étoile ardente comme un flambeau; et elle tomba sur le tiers des fleuves et sur les sources des eaux.
Le nom de cette étoile est Absinthe; et le tiers des eaux fut changé en absinthe [boisson au goût amer du sang], et beaucoup d'hommes moururent par les eaux, parce qu'elles étaient devenues amères.
Le quatrième ange sonna de la trompette. Et le tiers du soleil fut frappé, et le tiers de la lune, et le tiers des étoiles, afin que le tiers en fût obscurci, et que le jour perdît un tiers de sa clarté, et la nuit de même.
...

Armageddon

Armageddon est une déformation bien connue du nom "Har Megiddo", une ville stratégique au nord d'Israël. C'est à cette endroit que Saint Jean place une grande bataille décisive entre le "bien et le mal". Cette place forte a toujours été un lieu de grandes batailles qui ont marqué leur temps, car c'est vraiment un endroit stratégique dans la région, incontournable. C'est cette ville qui protégeait Jérusalem des invasions du Nord, et à chaque fois qu'elle est tombée, c'est tout le Royaume d'Israël qui a succombé (voir guerre contre les assyriens puis contre les babyloniens qui aboutissent à la destruction du Temple). Donc, si il doit y avoir de grandes batailles, il est clair que cette situation jouera de nouveau.

Satan

La guerre finale : Apocalypse 20, 7-9 : « Les mille ans écoulés, Satan, relâché de sa prison, s'en ira séduire les nations des quatre coins de la Terre, Gog et Magog, et les rassembler pour la guerre, aussi nombreux que le sable de la mer ; ils montèrent sur toute l'étendue du pays, puis ils investirent le camp des saints, la Cité bien-aimée. Mais un feu descendit du ciel et les dévora. »

Concernant Israël

Jésus, dans les évangiles ou dans l'épître de saint Paul aux Romains, donne cinq prophéties concernant l'avenir de ce peuple et le retour de Jésus. Elles sont très concrètes.

1- Le Temple de Jérusalem sera détruit : "il ne restera pas ici pierre sur pierre qui ne soit jetée bas". Et le temple sera remplacé par un temple consacré aux idoles.

2- Le peuple Juif sera déporté parmi toutes les nations : «Il y aura grande détresse sur la Terre et colère contre ce peuple. Ils tomberont sur le tranchant du glaive et ils seront emmenés captifs dans toutes les nations.»

3- Il y aura des malheurs et des massacres perpétrés contre ce peuple : «Filles de Jérusalem, ne pleurez pas sur moi ! Pleurez plutôt sur vous-même et sur vos enfants ! Car voici venir des jours où l'on dira : heureuses les femmes stériles, les entrailles qui n'ont pas enfanté, et les seins qui n'ont pas nourri ! Alors, on se mettra à dire aux montagnes : Tombez sur nous ! et vous, collines, couvrez-nous.»
4- Ce peuple reviendra dans la terre d'Israël et prendra de nouveau possession de la ville sainte : «Jérusalem sera foulée par les païens jusqu'à ce que soient accompli le temps des païens.»
5- Israël reconnaîtra Jésus comme étant le Messie : «leur mise à l'écart de l'Alliance fut une réconciliation pour le monde, que sera leur admission, sinon une résurrection d'entre les morts ». «Vous ne verrez plus jusqu'à ce qu'arrive le jour où vous direz : Béni soit celui qui vient au nom du Seigneur". Le jour où les Juifs accepteront le Messie, celui-ci se montrera à eux à nouveau.

Prophéties Hopis

Survol

Nous avons vu l'histoire des Hopis (p. 378), voyons les prophéties très précises que ce peuple à faites.

1968 (p. 543)

Les Hopis commencent à divulguer certaines de leurs prophéties, et appellent à la méditation et paix mondiale, après avoir reconnu la bombe atomique comme l'un des signes annoncés.

1986 (p. 543)

A cette date, face à la réalisation de plusieurs de leurs prophéties, les hopis décidèrent de rendre public la suite de leur histoire avec l'homme blanc, la confirmation des prédictions liées à cette colonisation (leurs prophéties sont très précises, et envisagent les multiples lignes temporelles possibles).

Déjà réalisées (4 races) (p. 545)

Les prophéties Hopis qui se sont déjà réalisées sont tellement impressionnantes que le livre des prophéties des Hopis (Hotevilla) a été traduit en Français par l'Unesco. Par exemple, ils annonçaient, plusieurs siècles avant les faits, l'invasion de l'homme blanc en Amérique, le chemin de fer et les routes dans les plaines américaines, de même que la construction de l'ISS.

Le chaos actuel

[hopi2] Les Hopis ont un mot pour définir le chaos actuel qui est à l'opposé de l'équilibre naturel de la Terre : Koyaanisqatsi, ce qui veut dire :

- Une vie absurde.
- Une vie bouleversée.
- Une vie déséquilibrée.
- Une vie en décomposition.

Une vie détraquée qui impose un changement.

Reste à venir (p. 547)

Les prophéties des Hopis, selon eux, ne sont pas des obligations (nous pouvons les éviter).

1968

[hopi5]Après les premiers avertissements des prophéties (la gourde de cendres = bombe atomique Fat Boy), les hopis commencèrent à parler au monde du reste de leurs prophéties, la seconde et dernière série d'avertissements.

Cependant, si dans le même temps l'appel à la transformation personnelle et à la méditation est entendu par un nombre suffisant d'individus à travers le monde et qu'ils commencent à changer, alors les « feux » purificateurs seront ceux de l'amour, de la conscience, du génie et de la compassion.

Dans les années à venir nous verrons certainement flamber les feux extérieurs et intérieurs. La question demeure : par quel feu souhaitez-vous être purifié ?

1986

[hopi4] Lee Brown :
Les anciens Hopis ont des prophéties, gravées sur des tablettes, ces tablettes étant datées entre -10 000 et -50 000. Ces prophéties sont conditionnelles, avec a chaque fois un scénario différent selon le choix qui est fait. Par exemple, si au 16e siècle, les envahisseurs anglais avaient signé un accord honnête à égalité avec les indiens, la nation qui en découlait avait une influence spirituelle majeure sur le monde, permettant l'ascension dès le 19e siècle. Ce ne fut pas le cas. C'est la même chose qui s'est passé avec les avertissements de la Salette, de Lourdes ou Fatima.
Les détenteurs de ces prophéties donnent à chaque fois le scénario qui découle des choix qui viennent d'être faits (découlant de notre libre-arbitre).

1986 > Histoire des 4 races

Il y a eu le cycle du minéral, de la roche. Il y eut le cycle des plantes. Et maintenant nous sommes à la fin du cycle des animaux et au début du cycle des êtres humains.

Quand nous serons dans le cycle des êtres humains, alors les plus hauts et les plus grands pouvoirs que nous possédons nous seront enfin donnés.

Ils nous seront donnés par cette lumière ou âme que nous portons dans notre esprit. Mais pour l'instant nous arrivons à la fin du cycle des animaux et nous avons appris par nous-mêmes ce que c'est que d'être un animal sur cette Terre.

Histoire des 4 races

Au début de ce cycle, il y a très longtemps, le Grand Esprit est descendu et Il est apparu et Il a rassemblé ensemble les peuples de cette terre sur une île maintenant sous les eaux. Il a dit aux êtres humains : « Je vais vous envoyer dans les quatre directions et avec le temps je vais vous répartir en quatre couleurs, mais je vais vous donner une partie de mon savoir et vous appellerez celui-ci « Les Enseignements Originelles ». Et quand vous vous rassemblerez à nouveau, vous les partagerez afin de pouvoir vivre en paix sur cette Terre, et ce sera le début d'une grande civilisation.

Et il dit : « Pendant ce cycle je vous donnerai à chacun deux tablettes de pierre. Si un de vos frères ou une de vos soeurs des quatre directions venait à jeter les tablettes au sol [ne respectait pas la loi?], alors, non seulement les humains vivront de dures épreuves mais la Terre elle-même mourra presque."

Il a donné à chacun d'entre nous une responsabilité, et nous appelons ça « la Garde ».

Au peuple indien, le peuple rouge, il donna la Garde de la Terre. Pendant ce cycle nous devions apprendre les enseignements de la Terre, les plantes qui poussent du sol, les nourritures que nous pouvons manger, et les herbes qui soignent afin que nous puissions nous rassembler, avec nos autres frères et sœurs, et partager ce savoir avec eux. Quelque chose de bien devait arriver sur Terre.

Au sud, Il donna au peuple jaune la Garde du Vent. Ils devaient apprendre tout sur le vent [qi?] et la respiration et comment les assimiler en nous pour notre avancement spirituel.

A l'Est Il donna au peuple noir la Garde de l'Eau. Ils devaient apprendre les enseignements de l'eau qui est l'élément principal car à la fois le plus humble et le plus puissant.

Au Nord, Il donna au peuple blanc la Garde du feu. Si vous regardez ce qui est au centre de la plupart de ce qu'ils font vous y trouverez le feu : ampoules électriques, cylindre de moteur thermique, etc. Le feu consume mais avance aussi.

[AM : A noter que la race sumérienne n'est pas notée, et que c'est elle qui semble avoir contrarié le plan d'Harmonie sur Terre...]

L'union des savoirs des 4 races

C'est pour cela que ce sont les frères et sœurs blancs qui commencèrent à voyager à la surface de la Terre pour nous réunir tous en une grande famille.

Et ainsi beaucoup de temps s'est écoulé.

Nos tablettes sont conservées dans la réserve Hopi en Arizona, dans la Zone des 4 Coins sur la 3e Mesa.

J'ai parlé à des gens du peuple noir, et leurs tablettes sont au pied du Mont Kenya. Elles sont gardées par la tribu des Kikuyu. Les roues magiques en perles du Kenya sont comme les nôtres.

Les tablettes de pierre de la race jaune sont gardées par les Tibétains, au Tibet. Si vous pouviez traverser la Terre en partant de la Réserve Hopi vous arriveriez au Tibet. Le mot tibétain pour « soleil » est le mot Hopi pour « Lune », et le mot Hopi pour « soleil » est le mot tibétain pour « lune ».

Les gardiens des traditions pour l'Europe sont les Suisses. En Suisse il y a toujours une tradition où un jour par an tous les membres de la famille sortent leur masque. Ils connaissent encore les couleurs des différentes familles, leurs symboles. Je suis allé à l'école avec des suisses à l'Université de Washington, et c'est ce qu'ils m'ont dit.

Et ces 4 peuples vivent tous dans les montagnes.

Nous avons donc traversé ce cycle et chacune des 4 races est allée dans sa propre direction, et elle a appris ses propres choses.

On nous a donné une poignée de main sacrée comme signe de reconnaissance pour montrer que, lorsque nous nous retrouverions comme frères et sœurs, nous nous souvenions encore de ces enseignements.

Les temps durs de l'invasion européenne

Les conquistadors n'ont pas su reconnaître ce signe de fraternité, les êtres humains [amérindiens] comprirent que les temps seraient durs comme l'annonçait la prophétie sur cet événement (à savoir si les premiers hommes blancs n'étaient pas ceux attendus).

Alors les tribus ont commencé à envoyer des gens sur les tumulus pour trouver comment survivre. A cette époque il y avait 100.000 villes uniquement dans la vallée du Mississippi, appelée la civilisation des tumulus : des cités bâties sur de grands tumulus. Ces tumulus étaient encore là. Si vous allez dans l'Ohio ou dans la vallée du Mississippi, ce sont maintenant des attractions touristiques. Il y avait 100.000 cités indigènes, et toutes se demandaient comment survivre.

Ils commencèrent à essayer d'apprendre comment vivre de la terre car ils savaient que des temps très durs allaient venir. Ils commencèrent à envoyer des gens pour qu'ils aient des visions et trouvent des moyens de survie.

Des gens vinrent sur la côte Est et ils traversèrent le pays vers l'Est, et il était écrit dans les prophéties que nous devions essayer de rappeler à tout ceux qui venaient ici la nature sacrée de toute chose. Si nous parvenions à faire cela, alors il y aurait la paix sur Terre. Mais si nous n'y parvenions pas, alors que les routes iraient d'Est en Ouest, et quand les autres races et autres couleurs de la Terre auraient marché à travers le pays, si à ce moment nous ne nous étions pas tous rassemblés en une grande famille humaine, le Grand Esprit attraperait la Terre et la secouerait.

Et si vous avez lu le traité de négociation entre Red Jacket des Six Nations, de la côte Est, le Chef Joseph et le Chef Seattle de la côte Ouest, vous savez qu'ils ont tous dit la même chose. Le Chef Joseph dit : « Je vous accorde le droit, j'espère que vous me l'accordez aussi, de vivre dans ce pays ». Nous étions destinés à vivre ensemble. Mais au lieu de ça, vous savez tous qu'il y a eu une séparation, il y eut la ségrégation. Ils séparèrent les races : ils séparèrent les Indiens, et ils séparèrent les Noirs.

Les malheurs provoqués par la ségrégation

Alors quand ils arrivèrent sur la côte Ouest de ce pays, les anciens qui connaissaient les prophéties dirent qu'ils commenceraient à construire un ruban noir. Et un insecte voyagerait sur ce ruban noir. Et quand vous commenceriez à voir bouger cet insecte, ce serait le signe pour le Premier Tremblement de Terre.

Le Premier Tremblement de Terre serait si violent que l'insecte serait jeté dans les airs, et il commencerait alors à bouger et voler dans les airs. Et à la fin de ce tremblement, l'insecte volerait autour du monde. Derrière lui il y aurait une traînée de saleté et finalement le ciel de la terre entière serait sali, et cela provoquerait beaucoup de maladies, qui deviendraient de plus en plus compliquées. Et l'insecte a commencé à voyager dans le pays, comme il est facile de le voir maintenant.

En 1908 la Ford T a été produite en masse pour la première fois. Les anciens surent alors que le Premier Tremblement de Terre allait avoir lieu, ce fut la Première Guerre Mondiale. Pendant cette guerre on utilisa les avions à grande échelle pour la première fois. C'était l'insecte dans le ciel. Alors ils surent que quelque chose de très important allait se produire.

Les 4 races pour fermer le cercle

Le peuple Indien fut laissé à l'écart de la Ligue des Nations : Dans le cercle de cette Ligue, il y avait la porte du Sud, le peuple jaune, une porte Ouest, le peuple noir, une porte Nord, le peuple blanc, mais il n'y avait personne pour la porte Est [l'Amérique et les amérindiens]. Les anciens savaient qu'il n'y aurait pas de paix sur Terre tant que le cercle de l'humanité n'était pas au complet, quand les 4 couleurs seraient assises ensemble dans ce cercle et partageraient pas leur savoir alors la paix viendrait.

Les dernières destructions

Ils savaient donc ce qui allait se passer [dans ce nouveau scénario découlant de cette exclusion]. Les choses allaient s'accélérer. On construirait une toile autour de la Terre, et les gens se parleraient à travers cette toile. Quand cette toile parlante, le téléphone [ou internet], serait construite autour de la Terre, [les signes de Nibiru apparaîtraient (p. 547)]

La plus mauvaise des utilisations de la Garde du Feu est appelé « gourde de cendres ». Ils dirent que la gourde de cendres tomberait des airs. Les gens seraient comme des brins d'herbe dans un feu de prairie, et rien ne pousserait plus pendant plusieurs saisons. C'était évidemment les bombes atomiques contre le Japon. Les anciens voulaient en parler en 1920, ils en auraient parlé et prévenu l'arrivée de ces choses s'ils avaient pu entrer dans la Ligue des Nations.

Les prophéties annonçaient, après le deuxième Tremblement [2e guerre mondiale], après avoir vu les gourdes de cendre tomber du ciel, qu'il y aurait à nouveau une tentative de paix de l'autre côté du pays. Et puisque la tentative de la côte Ouest avait échoué, ils construiraient une maison spéciale sur la côte Est de cette Ile Tortue, et toutes les nations et les peuples de la Terre iraient dans cette maison, et elle serait appelée la Maison de Mica (brillerait comme le mica brille dans le désert).

Alors les Anciens virent que l'on commençait à bâtir les Nations Unies, un building fait de verre qui brille au soleil comme le mica dans le désert, et ils surent que c'est la Maison de Mica, et que tous les peuples de la Terre devaient y être représentés.

Alors les Anciens de plusieurs tribus, se rendirent dans la ville de New-York, et demandèrent à être entendus. En attendant la décision, ils se retirèrent dans la Réserve des Six Nations dans l'État de New-York, la gardienne de la Grande Loi de la Paix du prophète qui est apparu ici en Amérique du Nord, Dagonnorida. Et cette Loi de la Paix est encore récitée, et cela prend quatre jours entre le lever du soleil et midi. Chaque année à cette époque, un indien doit, de mémoire, réciter la Loi.

L'ONU voulut laisser entrer les Indiens, pour entendre ce qu'ils avaient à dire. Mais les USA sont l'un des pays qui a un droit de veto, et refusant toujours la souveraineté de la Nation Indienne, ils ont opposé leur veto, vers 1949.

Alors les Anciens ont su que d'autres choses allaient se passer sur Terre, et que les Nations Unies n'amèneraient pas la paix sur Terre, mais que la confusion n'allait que grandir et s'approfondir. Certains hommes furent autorisés à parler des prophéties en anglais pour la première fois, comme Thomas Benyaka, un Hopi, qui y a dédié sa vie.

Cela nous parut étrange dans les années 50 et 60, mais tout paraît maintenant très clair. Ils dirent "Vous allez voir des hommes qui deviennent des femmes. Le Grand Esprit l'a fait homme mais l'homme dira « J'en sais plus que le Grand Esprit, je vais devenir une femme », et ils auront même des enfants". C'est les transgenres.

Ils dirent aussi : "Vous verrez de votre vivant que les hommes vont découvrir les plans selon lesquels nous sommes conçus". On appelle maintenant ça l'ADN. Ils dirent : "Les hommes couperont ce plan". Et c'est ce qu'on appelle aujourd'hui l'épissage génétique.

Et ils dirent "Les hommes créeront de nouveaux animaux, et ils penseront que cela va nous aider. Et d'abord on pensera que c'est vrai, mais peut-être que les petits-enfants et arrière-petits-enfants en payeront le prix".

Ils dirent encore : "Vous verrez le temps où l'aigle volera au plus haut des cieux au cœur de la nuit, et il atterrira sur la Lune. Ce sera aussi la première lueur d'un nouveau jour. Le premier dégel du printemps".

Nous sommes à cette époque. L'Aigle (Eagle) a atterri sur la Lune en 1969. Quand ce vaisseau spatial a aluni, il a envoyé ce message : "L'aigle a atterri".

Dans les prophéties du peuple des Six Nations, il est dit qu'il y aura deux grands soulèvements du peuple noir pour se libérer. Nous en avons vu un en 1964. Il y en aura un autre plus violent, et ensuite ils seront libres, et cela aura aussi un effet sur le peuple indien, un effet bénéfique.

Ils ont dit que lorsque l'Aigle se serait posé sur la Lune, nos pouvoirs commenceraient à nous être rendus.

Dans les 7 jours qui ont suivi l'alunissage de l'Aigle, la loi garantissant la liberté de religion aux indiens fut votée en novembre 1978. Cette loi est la manifestation de nos prophéties spirituelles.

Alors Il dit qu'à cette époque nous verrions les choses s'accélérer, que les gens sur Terre iraient de plus en plus vite. Les petits enfants n'auraient plus de temps pour leurs grands-parents. Les parents n'auraient plus de temps pour leurs enfants. Le temps semblerait s'écouler de plus en plus vite. Les Anciens nous conseillèrent de ralentir quand le monde semblera accélérer. Plus les choses iront vite, plus vous devrez ralentir. Car la Terre va trembler une troisième fois.

Nous avons eu l'occasion après chacun des 2 premiers tremblement de nous réunir en un cercle qui aurait amené la paix sur Terre, mais nous avons raté ces occasions.

On en parlait déjà dans les années 50 : on construirait une maison qu'on enverrait dans le ciel. Quand vous verrez des gens vivre dans le ciel de manière permanente, vous saurez que le Grand Esprit va saisir la Terre, et cette fois pas à une main, mais des deux mains.

Une expression indienne :

"les esprits vous avertiront deux fois, mais à la troisième vous serez seuls".

Nous avons eu nos deux avertissements, les deux guerres mondiales, mais cette fois nous sommes seuls pour affronter la troisième. Comme il est dit dans les écrits Baha'i, personne ne sera à l'abri. Quand cette maison sera dans le ciel, le Grand Esprit va secouer la Terre une troisième fois, et celui qui lâchera la gourde de cendres, la recevra sur lui-même.

Ils dirent qu'à cette époque il y aurait des villages si grands, qu'en vous tenant à l'intérieur vous serez incapables d'en voir les limites, et les prophéties appellent ces villages « les villages de pierres » ou « prairies de pierres ». Et Ils dirent que les pierres pousseraient du sol et que vous ne pourriez pas voir au-delà du village. Au centre de chacun de ces villages il y aurait des indiens, mais ils marcheraient comme des coquilles vides sur une prairie de pierres. Ils utilisèrent l'expression « coquilles vides », ce qui signifient qu'ils auront perdu toutes leurs traditions, qu'ils seraient vides à l'intérieur.

Ils dirent que lorsque l'aigle se serait posé sur la lune, certains commenceraient à quitter ces prairies de pierres, et rentreraient chez eux, et prendraient le temps de renaître, car ce serait un nouveau jour.

Mais beaucoup ne feront rien. Et Ils ont dit que le jour viendrait où au lever du soleil ces villages seraient là et le soir ce ne serait plus que de la vapeur venant du sol. Ils seraient réduits en vapeur. Les Indiens dans ces villes se transformeront aussi en vapeur, car ils ne se seront pas réveillés et n'auront pas quitté le village.

Cela me perturbait quand j'étais jeune, et je demandais sans cesse aux Anciens, « N'y-t-il rien que nous puissions faire ? » Et ils répondirent que c'était ainsi, si une personne n'a pas les yeux spirituels pour voir, c'est très difficile de leur montrer. Et s'ils n'ont pas les oreilles pour entendre, c'est très difficile de leur parler. Nous voudrions les aider mais nous ne le pouvons pas. Tout le monde ne se réveillera pas. Mais certains si.

Ils dirent donc qu'il y aurait un troisième tremblement. Ce ne sera pas une bonne chose à voir mais nous survivrons. Et quand nous aurons survécu, alors il y aura une nouvelle tentative pour réunir le cercle des humains sur Terre.

Et cette fois les Indiens n'auront pas à demander l'autorisation pour en faire partie, ils seront invités à se joindre au cercle car leur attitude envers nous aura changé, et ils nous laisseront entrer dans le cercle, et les quatre couleurs des quatre directions partageront leur sagesse, et il y aura la paix sur Terre. Le temps est proche.

Souvent quand je partage le message de ces prophéties on me demande : « Pouvons-nous changer quelque chose ? Pouvons-nous arrêter ça ? »

La réponse est oui.

Les prophéties sont toujours au conditionnel. Nous aurions pu nous réunir en 1565, et nous aurions pu avoir une grande civilisation, mais nous ne l'avons pas fait. Tout au long de ces prophéties nous aurions pu nous rassembler. On peut encore le faire. Si on pouvait arrêter la disharmonie raciale et religieuse, nous n'aurions pas à subir ce troisième tremblement.

Les Anciens disent que les chances sont plutôt minces. Elles me semblent bien minces. Mais Ils disent que nous pouvons essayer d'amortir. Le mot que nous utilisons est « amortir ». Nous pouvons amortir afin que ce ne soit pas si terrible. Comment faire ? Nous le faisons en partageant les connaissances qui nous réuniront.

Dans leurs prophéties les Hopis disent qu'il y aura une religion qui arrivera. C'est peut-être vrai, et elle amènera l'unité, et peut-être pas. Si elle n'apporte pas l'unité, une deuxième religion viendra, et le peuple de cette religion est connu en langue Hopi sous le nom de Bahani, le peuple de Baha.

Je crois que chacun de nous porte en lui une goutte sacrée de lumière.

Mais maintenant nous nous avançons dans le monde humain. L'esprit va s'ouvrir au rayonnement de notre propre âme et le cycle des êtres humains va revenir, et quelque chose de tellement positif qu'il en est indescriptible va arriver sur Terre.

Les Anciens utilisent d'autres mots. Ils disent qu'il y aura de l'herbe quand nous formerons le cercle et ramènerons la paix sur Terre. Il y aura des brins d'herbe qui n'auront pas encore complètement poussé. Mais ces brins d'herbe essayeront de pousser pour voir le jour quand le soleil se lèvera [jeunes âmes allumées?].

Les scientifiques découvrirent que ces tablettes hopis avaient au moins 10.000 ans, peut-être même 50.000. Donc quand je dis « il y a des milliers d'années, des indiens parlaient de ces choses » c'est exactement cela. Ils en parlèrent à leurs enfants il y a des milliers d'années, leurs enfants ont grandi et l'ont raconté à leurs enfants, etc. Et ils parlaient des gens qui vivent aujourd'hui.

Il s'agit de nous. Nous sommes ceux dont on parlait il y a si longtemps.

Dans le cycle du temps, du début à la fin, notre époque changera la purification de toute chose. Ils ont dit que c'était la plus dure des époques à vivre, mais que c'est aussi le plus grand des honneurs que de la vivre et de voir ceci.

Nous sommes maintenant à l'époque de la purification de toute chose. Les non-indiens appellent ça l'Apocalypse.

Pour terminer je voudrais m'adresser à tout le monde, qui que vous soyez, jeune ou vieux, indien ou pas, et vous demander de vous réveiller, d'embrasser cette époque, d'apprendre tout ce que vous pouvez à propos des enseignements et des écritures, de vous lever, de vous réveiller et d'aller de l'avant, vous peuples de la Terre.

Compilation des prophéties

Liste des prophéties Hopis (analysées dans L1).

L'ISS

L'homme blanc construira une maison permanente dans le ciel. Ceci est l'avertissement final avant la purification.

Réalisation : La Station Internationale de l'Espace, bien plus permanente, parcourt le ciel.

Les 3 ébrouements de la Terre

Encore traduits par "tremblements" ("comme un chien qui s'ébroue"), c'est tel que les indiens le verront dans les médias. Les indiens associent un tremblement de la Terre à la première guerre mondiale.

Il y aura 3 ébrouements de la Terre, dont le dernier sera fatal (purification).

L'étoile Bleue précurseur comme signe

Apparaîtra avant l'étoile rouge. L'étoile bleue enlèvera son masque et révélera sa vraie nature.

Les hopis font bien la différence entre les deux étoiles (l'étoile bleue ne se transformera pas en étoile rouge).

Signes de Nibiru

Dans le récit de 1986, après que serait apparu la toile parlante, un signe de vie apparaîtrait à l'Est [la croix dans le ciel que forme Nibiru au début], mais il se renverserait et apporterait la mort. Il viendrait avec le soleil.

Et un jour le soleil lui-même ne se lèverait pas à l'est mais à l'ouest. Et les anciens dirent que lorsque nous verrions le soleil se lever à l'ouest et le signe de vie être renversé, alors nous saurions que la Grande Mort allait s'abattre sur Terre, et le Grand Esprit saisirait le monde à nouveau, et le secouerait encore plus fort que la première fois.

Étoile rouge sacrée

Dans sa tâche de purification, la Terre va être épaulée par l'Etoile rouge sacrée (Red Kachina, par assimilation des divinités et de la planète qui les représente).

Cette étoile rouge apparaîtra d'abord sous la forme d'une petite étoile rougeâtre, qui sera comme un oeil qui nous regardera depuis les cieux. Le purificateur engendrera de grands signes dans le ciel qui sera couleur de sang.

C'est l'Etoile rouge qui enclenchera le grand frémissement de la Terre, de même que le jour de la purification.

Chute de l'ISS

Le dernier signe avant Nibiru, sera la chute de « la maison dans le ciel » (l'ISS). Comme le nombre de météorites augmentera énormément avec l'approche de Nibiru, et que sa forte gravité éjectera les satellites de leur position actuelle, on peut penser qu'en effet, l'ISS tombera un jour ou l'autre.

Purification de la Terre

"Un jour certaines étoiles viendront ensemble en une seule rangée, comme cela s'est déjà produit il y a des milliers d'années. C'est le temps de purification pour la Terre. Des changements de climat et de nombreuses catastrophes peuvent se produire quand nous parviendrons à ce stade. Ce qui peut se produire alors personne ne peut le savoir réellement".

D'après le reste de cette prophétie, outre d'immenses dégâts et pertes en vies humaines, ce serait le début d'une nouvelle ère glaciaire [AM : sur le lieu où la prophétie a été donnée, vers le Brésil probablement].

Le retour du Pahana

Pahana c'est le vrai frère blanc, par opposition aux blancs tout court (les occidentaux- caucasiens). Selon la légende, il serait parti vers l'Est il y a longtemps, et a promis de revenir libérer ses frères rouges. Pour se faire, il amènera avec lui un fragment des tablettes sacrées qui ont été livrées aux 4 races humaines. Les Hopis en possèdent 2, dont une a un bord brisé : seul le Pahana sera capable de les lire et sera porteur du fragment manquant.

Les Hopis comme les incas et les aztèques, on cru que les conquistadors espagnols étaient les "pahanas", mais comme aucun n'avait le fragment de tablette, cette idée est vite retombée.

Pahana revient de l'Est pour libérer les peuples indiens. C'est une sorte de "messie" version amérindienne. Lors de sa venue, qui marquera l'entrée dans le 5e monde, cet individu, ou ce groupe d'individu (cela n'est pas clair dans les légendes Hopis) prendra le contrôle de la Terre en 1 seule journée (ou de façon moins imagée, de façon très rapide, sans trouver de résistance, les peuples se pliant à sa domination). Pour cela, il sera aidé par deux choses, selon les légendes :

- le symbole solaire (une sorte de svastika)
- le symbole rouge (une croix rouge dans un cercle), astre non identifié par les commentateurs.

La légende annonce, en parallèle, que ce temps viendra quand l'étoile Kachina bleue apparaîtra dans le ciel. Le symbole rouge peut être attribué à la Kachina rouge, donc Nibiru.

Prophéties sur la France

Survol

Les grands événements

Issues de Lourdes, de la Salette, et des voyants catholiques, les prophéties privées, du moins le peu qui a filtré de l'Église, disent ceci :

À la fin des temps, en une période de grands troubles, de catastrophes et de révolutions (dont la France serait la première victime), doit apparaître un Grand Monarque de la lignée de David qui régnera sur la France (ou le Monde ?) et rétablira l'Église (ou la Puissance divine sur Terre). Selon Marie Julie Jahenny, ce descendant serait d'une branche cachée des rois de France, eux mêmes des descendants de David. Ce monarque, pauvre mais noble (Saint François de Paul), devrait apparaître après la destruction de Paris.

3 grandes villes détruites (p. 548)

Une constance dans toutes les prédictions, et qui avaient fait si peur à Paco Rabanne en 2000 : Paris brûlée, Marseille qui glisse dans la mer. La 3e grande ville n'est pas cité.

Prophéties privées catholiques (p. 548)

Des prédictions faites par des voyants emprisonnés par l'Église dans les couvents, et dont la totalité n'a pas été divulguée au public, censure Vaticane oblige.

Pierre Frobert (p. 551)

Face à la censure Vaticane, des voyants laïcs se sont mis à divulguer l'avenir pour la France, comme Pierre Frobert, guéri par une pierre druidique, comme si les prophètes de la Gaule décimés par l'Église catholique romaine avaient décidé de restaurer leurs avertissements d'il y a des milliers d'années.

3 grandes villes détruites

Destruction de Paris

Une prophétie systématique... Paris (assimilée à Babylone et au satanisme) sera détruite par les flammes pendant l'époque des grands bouleversements mondiaux, et ne sera pas reconstruite.

Des signes seront donnés aux altruistes pour qu'ils quittent les lieux a temps, comme un personnage important trouvé mort peu avant.

En plus des voyants vu plus loin, cette destruction est aussi rapportée par Saint Benoît-Joseph Labre, Marie Martel, De Berguille, La religieuse de Belley, d'Orval (1544), Marie Lataste, Marie-Josèphe Levadoux, Hohenlohe (1828), Marianne Gaultier, Père Nectou, Maria Bordoni, l'extatique de Grenoble (1853), père Nectou (1760),

Destruction de Marseille

Marseille est aussi souvent citée, glissant dans la mer. Ou encore non nommée, mais désignée comme seconde ville de France à ce moment là.

Prophéties privées catholiques

Survol

Avertissements (p. 548)

Ces prophéties sont incomplètes, nous n'avons que ce que le Vatican a laissé passer au public, sans que nous sachions s'il n'y a pas des rajouts politiques dedans.

Avertissements

Attention aux prophéties catholiques, l'Église n'ayant pas pu s'empêcher de rajouter quelques mots (voir de tout remplacer) sur les prophéties [prophroy].

N'oubliez jamais que l'Église n'a jamais digéré la révolution française et la fin de l'ancien régime, car le Roi de France était un roi de droit divin, légitimé et garant du pouvoir de l'Église. Donc depuis 1789, les prophètes catholiques n'ont jamais arrêté de promettre la fin de la République dans la douleur, espérant ainsi ramener les plus craintifs dans leur giron en invoquant une punition divine terrible et impitoyable.

L'Église utilise les termes ordre moral, roi de droit divin, mais ce sont des mots trompeurs destinés aux âmes les moins avancées spirituellement. Il ne s'agit ni plus ni moins que de patriarcat (filles mariées de force, asservissement des femmes) et de dictature.

Ces prophéties sont à la fois issues de vrais visités (Marguerite-Marie Alacoque ou la Salette), à la fois de la propagande anti-républicaine de la part des royalistes qui ont surfé sur la vague populaire des mystiques. En gros on reprend les révélations des destructions données par les voyants de la Salette, en rajoutant de la haine des républicains pour ramener le peuple. C'est parce que les prophéties de la Salette ont été censurées (même si on peut les retrouver en partie dans les prophéties de Mélanie Calvat) qu'il est intéressant de reprendre les prophéties de Marie-Julie Jahenny, reprenant en partie les révélations de la Salette.

Ces prophéties ne sont jamais complètes : tous les voyants ont un confesseur (en réalité, un gardien de prison) qui récupère les prophéties, les transmet au Vatican, et seule une partie est transmise au public, juste pour dire, le moment venu "regardez, les catholiques l'avaient prévu !".

Dans toutes ces prophéties, j'ai viré les insultes inutiles envers la République.

L'Abbé Souffrand (1780)

On ne sait pas vraiment quand on débuté les visions prophétiques de l'abbé Souffrand, mais dès le début de sa prêtrise en 1780, il semble doté 'une vision de l'avenir. Persuadé que le dauphin Louis 17 avait été évacué du temple, il fut persécuté tout le temps après la révolution, mais fut néanmoins laissé en vie par ses ennemis, tels Napoléon et Louis 18. Ses prophéties sont reportées ultérieurement par des témoins, donc varient un peu dans les détails.

« Ces maux et ces ruines désoleront surtout les grandes villes. Paris sera traité avec une rigueur sans pareille, comme le centre des crimes et de la corruption. Paris sera détruit, tellement détruit que la charrue y passera. Alors, entre le cri : « tout est perdu » et « tout est sauvé », il n'y aura pour ainsi dire pas d'intervalle. Dans ces événements, les bons n'auront rien à faire, car ce seront les méchants qui se dévoreront entre eux. »

Marie des Terreaux (1811)

La petite Marie des Terreaux (ou des Brotteaux), une humble servante de Lyon, eut des visions de 1811 à 1832. Voici comment elle évoque la Grande Crise et le Grand Coup :

"Telle on a vu commencer la Révolution, telle on la verra finir. On verra à la fin les mêmes choses et les mêmes maux qu'au commencement. Mais tout ira plus rapidement et se terminera par un prodige éclatant, qui étonnera tout l'univers, et par un grand événement où les méchants seront châtiés d'une manière épouvantable..."

« L'année qui précédera celle du grand événement sera très mauvaise. L'année au contraire où il aura lieu offrira une récolte magnifique, mais il ne restera pas assez de monde pour en consommer l'abondance.

À l'approche de ce grand événement, des phénomènes extraordinaires paraîtront dans le ciel. Un grand personnage se convertira à Paris. »

« Au moment où la France sera châtiée d'une manière terrible, tout l'univers le sera aussi. Il y aurait un événement effrayant, que ceux qui n'en auraient pas été prévenus, croiraient toucher à leur dernière heure et penseraient être à la fin du monde."

« Paris sera réduit comme Sodome et Gomorrhe et ce qui restera de ses habitants se réfugiera en grande partie à Lyon. Quand on verra leur fuite, le grand événement sera proche. »

Le dernier pape

Le conducteur de la Barque de Pierre souffrira. Simple prêtre à l'origine, loin de la France, élu d'une manière extraordinaire. Il fera des réformes. Pape assisté par Dieu de lumières toutes spéciales ; que son nom serait divulgué dans tout le monde et applaudi par les peuples; que le Turc lui-même le vénérerait et l'enverrait complimenter. Une bonne description du pape François.

Prospérité

"Après le Grand Combat, la légitimité sera reconnue et tous s'embrasseront sans rancune. La religion refleurira et les peuples reviendront au bonheur des premiers siècles : les chrétiens vivront comme des frères."

Religieuse de Chemillé, trappistine de N.D. des Gardes (1828)

« C'était dans une grande ville; la foule allait et venait, mais dans tout ce monde, personne ne s'occupait de Dieu; tous ne pensaient qu'aux plaisirs sensuels. Soudain des ténèbres épouvantables couvrirent toute la Terre; c'était comme une fumée brune, tirant sur la couleur du feu. Le gros nuage se divisa en quatre parties qui tombèrent à la fois sur la grande ville, et en un instant elle fut en feu. A ce spectacle terrifiant, la foule se mit à fuir comme pour sortir de la grande cité. Tout ce peuple était tellement épouvanté que les cheveux se dressaient sur la tête...Et alors un craquement que nulle langue ne peut rendre éclata. Personne ne saurait exprimer cet horrible fracas. Ces menaces regardent Paris. »

Marianne Galtier (1830)

"À la coupe des raisins, il y aura un grand combat entre Paris et Lyon. La grande prostituée sera détruite par le feu.

L'Ange du Seigneur avertira les justes de Paris. Personne ne saura d'où est venu le feu. Tous les mauvais périront".

Mélanie Calvat (de la Salette) 1846

Suite à l'apparition de la Salette en 1846, la censure de l'Église sur ce que les enfants ont entendus (une version risible donnée au public), Mélanie est mise sous clé dans un couvent, mais continuera à prédire les temps messianiques de la fin, jusqu'à sa mort en 1904. Certaines de ces prophéties sont publiées dans des livres, toujours sous le contrôle du Vatican.

Destruction de Paris

« Paris sera un jour effacé. »

Mélanie l'a tellement répété, qu'elle écrivait souvent ces trois lettres : 'PSB', acronyme de « Paris sera brûlée ».

En 1896, elle écrivait :

« Voyez-vous la Seine? Si vous saviez combien de gens y seront jetés! Mais le plus grand nombre viendront s'y jeter, tout affolés, fuyant le feu qui sera comme suspendu au-dessus de la ville. Ils s'y jetteront comme fous de terreur, croyant éviter ainsi le feu menaçant. »

Alors que Mélanie traversait Paris de la gare de Lyon à la gare du Nord, elle désigna la rive droite :

«Tout ce que vous voyez de ce côté là-bas sera rouge. Tout cela brûlera. Les flammes s'arrêteront à peu près là. » (canal Saint-Martin).

Quand on remarquait que c'était pourtant un mauvais quartier, Mélanie ajouta :

« Ces maisons seront vides car les habitants seront partis dans les quartiers riches pour piller, avec des draps. »

« Oui, précisa une autre fois Mélanie, il foudroiera certains points, le Palais Bourbon quatre-vingts fois en une seconde. Les députés seront suffoqués, morts grillés. »

Mélanie a vu la population s'efforcer de fuir Paris : « des désordres inexprimables » et d'indiquer:

"On sortira le premier jour, le deuxième jour avec grand-peine, le troisième jour on ne pourra plus. Même les conducteurs de voitures qui s'insulteront, blasphémeront, seront pris dans la même souricière. Le tout dans «une fumée asphyxiante."
« Paris sera brûlé par sa canaille. »

Notre Dame de la Salette (19/09/1846)

« Au premier coup de son épée foudroyante, les montagnes et la nature entière trembleront d'épouvante, parce que les désordres et les crimes des hommes percent la voûte des cieux.
Paris sera brûlé et Marseille englouti ; plusieurs grandes villes seront ébranlées et englouties par des tremblements de terre ; on croira que tout est perdu ; on ne verra qu'homicide, on n'entendra que bruits d'armes et que blasphèmes ».

2e révélation (15/11/1879)

En 1851, en trompant les enfants, des personnes hors Vatican réussisse à obtenir une version plus proche de ce que l'apparition mariale leur a dit. Cette version est bien plus apocalyptique.

Une deuxième révélation de Mélanie (1879) fut publiée 40 ans après l'apparition, par l'évêque de Lecce, qui connaissait bien Mélanie. Cette 2e version, devenant de plus en plus populaire, fut censurée (placé dans la liste des livres interdits le 09/05/1923). Le manuscrit fut retrouvé providentiellement en 1999, dans les archives de la Congrégation de la doctrine pour la foi, et divulgué. Je le retranscrit ci-dessus, en rajoutant la date à laquelle j'estime que les prophéties appartiennent :

[Années 1980 à 2020] :

Le Saint-Père souffrira beaucoup. Les dirigeants civils auront tous un même dessein, qui sera d'abolir et de faire disparaître tout principe religieux, pour faire place au matérialisme, à l'athéisme, au spiritisme.

[Prochainement] :

La France, l'Italie, l'Espagne et l'Angleterre seront en guerre ; le Français se battra avec le Français, l'Italien avec l'Italien. Plusieurs grandes villes seront ébranlées et englouties par des tremblements de terre. Le précurseur de l'antéchrist fera son apparition et voudra être vu comme le nouveau Dieu. Les saisons seront changées, l'atmosphère aussi ; l'eau et le feu donneront au globe de la Terre des mouvements convulsifs et d'horribles tremblements de terre, qui feront engloutir des montagnes, des villes. Les astres et la lune n'auront plus la force de briller. ***Rome perdra la foi et deviendra le siège de l'antéchrist.***

[Le dernier pape sera l'antéchrist... On retombe sur la prophétie de St Malachie, disant que François serait le dernier pape, et que celui qui le remplacerait ne serait pas pape] :

Les démons de l'air avec l'antéchrist feront de grands prodiges sur la Terre et dans les airs, et les hommes se pervertiront de plus en plus.

[Pour les humains libres (hors du NOM), tout le temps pendant les événements] :

Dieu aura soin de Ses fidèles serviteurs et des hommes de bonne volonté ; l'Évangile sera prêché partout, tous les peuples et toutes les nations auront connaissance de la vérité.

Maximin disait, quand à lui :

notre Saint-Père le pape sera persécuté. Son successeur sera un pontife que personne [n'] attend.

Marie-Julie Jahenny (1873)

Née en 1850 et morte en 1941, la mystique de la Fraudais, dont les apparitions commencent en 1873.

Date estimée

18 mai 1881 :

" A cette époque, l'Angleterre aura trahi son peuple sous l'empire d'une reine ; à sa descente du trône, les choses ne se feront pas comme le Seigneur l'exige",

"Je prévois qu'à la sortie de ce trouble, il y a aura un nouveau règne pour la terre anglaise et un choix se fera...elle sera divisée en 4 parties, car leurs volontés ne s'accorderont nullement".

Écosse, Irlande, Pays de Galle, Angleterre forment le Royaume Unis d'Angleterre.

"Les mois du sacré coeur [juin] et de Mon sang [juillet], ce sera le signal des châtiments, guerre civile. Quand le gouvernement [Paris], verra ces bouleversements et la révolte, il fera comme l'oiseau ! Il prendra son envol et passera dans un autre pays, et la France se verra libre dans sa révolution" 1877

A noter que l'avion n'existe pas quand la mystique annonce que les gouvernements s'envoleront dans des pays étrangers...

Les événements de la fin

"Le commencement de l'heure épouvantable, quand le froment en herbe ne sera pas au 3e noeud de sa croissance [fin du printemps]. La Terre tremblera depuis ce lieu jusqu'au lever du Soleil, l'espace de 6 jours. La Terre tremblera si fort que le peuple en sera jeté à 300 pas (100 mètres)" 1881

"Il sortira de ce nuage une pluie bien extra ordinaire, que le monde n'a jamais vu encore et ne verra jamais ensuite...Ce sera une pluie rouge qui restera coagulée sur la Terre pendant 7 semaines. La Terre elle même sera coagulée par cette pluie qui donnera un souffle empoisonné, une odeur que personne ne pourra supporter" 1878

" il y aura 3 jours de ténèbres physique. Pendant 3 jours moins une nuit, il y aura une nuit continuelle".

"le Soleil sera obscurcit auparavant, avant garde des vraies ténèbres qui arriveront 37 jours après les signes de l'obscurité du Soleil..."

"La mer s'agitera et jamais de tous les siècles, ses vagues et ses flots n'auront pris une forme semblable"

Marie Julie précise d'ailleurs que ces temps seront raccourcis par Dieu pour nous épargner.

On retrouve l'éclipse anormale / obscurcissement des prophéties musulmanes.

Destruction de Paris

« Et toi, ville ingrate, murs souillés de crimes, pourquoi ne dites-vous pas aux bons : fuyez, fuyez, il est temps encore ? »
« Heureux ceux qui sauront abandonner ces murs et se réfugier loin de ce lieu pitoyable où les victimes s'amasseront en monceaux, où les places seront teintes de sang, comme de la pluie qui tombe dans l'orage.
C'est de cette ville que sortira le souffle infect. Ses murs s'écrouleront, et les flammes dévoreront ce luxe et ces cœurs sans foi. Les pierres en seront jetées au loin, mais elle sera rebâtie. »
« Mes enfants, une fois que cette société impure et impie aura toute sa liberté, le désordre s'étendra partout, surtout au cœur de cette ville ingrate.
Les murs de cette ville ingrate seront ébranlés : ils enseveliront, sous leurs décombres, les cadavres impurs ; ils en engloutiront un grand nombre ».
"Si Paris ne se converti pas, il sera brûlé. Les pierres qui ferment les demeures ne préserveront plus, car le feu de la vengeance les réduira dans l'impossibilité de construire des murs nouveaux".
« Le feu du ciel tombera sur Sodome (Paris) et principalement sur cette salle de l'enfer où se fabriquent les mauvaises lois [Palais Bourbon]. Elle sera engloutie et sa place sera comme une immense carrière de laquelle, jusqu'à la fin du monde, on ne pourra s'approcher sans un frémissement d'horreur.
Le feu du ciel se mélangera au feu de l'enfer. L'eau y sera semblable à du feu... ce lieu va s'écrouler sur une immense distance aux alentours" 1902

Prophétie bretonne

L'origine de cette prophétie n'est pas connue, donnée pour indice.

"Lorsque la Terre tremblera et que le feu jaillira de ses flancs. Quand PARIS, la ville corrompue, sera fouillée comme une ruche. Quand les charriots marcheront tout seuls et que les chevaux du Prophète jetteront du feu par la bouche et par la queue.
Quand les saxons du Nord et de l'Est se donneront la main pour tuer la France. Alors ce sera le temps prédit, ce seront les mauvais jours.
On brisera les croix, on chassera Jésus. Les prêtres fuiront, les religieuses seront dispersées. Et le démon régnera en maître.
Mais, alors aussi, ce sera ton jour, O BRETAGNE :
Et les Bretons seront unis comme des frères.
Un homme viendra du vieux sang Breton, et conduira ses frères au combat.
Il vaincra les méchants, il les chassera de la France, il conquerra l'île volée par les SAXONS MAUDITS.
On le reconnaîtra à ce signe qu'il sera pauvre et aimera les pêcheurs et les paysans.
Nul ne le connaît encore, il aura des cheveux blancs lorsque sa mission commencera.
Il sera du coeur de la Bretagne et viendra des bords de l'Elorn;
Mais PARIS, la grande ville, avec tous les méchants qu'elle renferme aura été engloutie dans l'enfer.
Et l'Église DE DIEU fleurira jusqu'au jour de l'Homme du péché."

Marie Martel (1897)

"Paris sera détruit par le feu... Il y aura peu de monde qui restera... Ceux qui resteront ne se reconnaîtront pas..."
"Le premier coup sera porté sur Paris: des théâtres vont sauter, des victimes vont brûler, le sang va couler"
En 1901, vision d'une chute de boules multicolores, le feu du ciel pour Paris et différents (autres) endroits.

Père Louis-Marie Pel (1945)

« Les saisons n'existeront plus trois années au moins avant que la terre puisse redonner des herbes et de la végétation. Grande famine dans le monde entier. Paris sera détruite par la révolution et brûlée par des tirs atomiques des Russes depuis Orléans et la région de Provins. Tandis que Marseille et la Côte d'Azur s'écrouleront dans la mer. »

Pierre Frobert

Je reprends un très bon article de Rorschach (merci à lui pour tout son travail de recherche sur l'apocalypse en cours), en ajoutant les explications de Harmo derrière.

Pierre Frobert fut poète et peintre. En 1977, atteint d'un cancer, il fait un rêve récurrent qui le pousse à aller jusqu'à "la Pierre Ginich", un bestiaire de pierre sculptée en Montagne Bourbonnaise. À son contact, il s'ensuit une guérison miraculeuse. C'est alors qu'il prend conscience de ses dons de voyance.

Au début des années 80, il retranscrit ses premières visions dans un recueil de poésies, en 1989 il publie ses dernières prophéties, peu avant son décès au début des années 90.

Ses prophéties, en plus des voyances à court terme servant à valider la justesse de ses visions, attestent de l'imminence des grands bouleversements annoncés par des dizaines d'autres voyants depuis des siècles. Leur point commun : une grande comète qui va faire basculer l'axe de rotation de la Terre (Nibiru). Voici un florilège de ses prophéties, dans l'ordre :

Prophéties du 25 décembre 1980

"Aux fleurs du printemps, coups de feu, tombe la marionnette des USA l'acteur président, mais tard vivra maladie le rongera."
Le 30 mars 1981, un déséquilibré tire six coups de feu sur Ronald Reagan. Celui ci mourra en 2004 à l'âge de 93 ans atteint par la maladie d'Alzheimer (diagnostiquée en 1992).
"Les jeunes loups derrière Brejnev qui meurt lentement."
La santé de Leonid Brejnev se détériore peu à peu. En mars 1982, il est victime d'une crise cardiaque, il meurt 8 mois plus tard, Ses successeurs ne restent pas longtemps au pouvoir, c'est la fin de la vieille garde communiste.
"Un homme avec une tache sur le visage, la Pologne subit brusquement tombera."

Gorbatchev avait une tache lie de vin, et la Pologne avec les heurts de Lech Walesa.

Suivent des prophéties à plus long terme :

"Le monde du croissant se déchire, du sang dans la Mecque et dans le désert un fou hurle comme un coyotte il désire être un roi - mort violente entraînera -"

Harmo : Daesh et son futur leader tyrannique, le Sufyani. Il s'agit de l'extermination de milliers de personnes lors des conquêtes de Damas et Bagdad. Ceci est aussi décrit dans les hadiths.

"Après le sphinx en France une pyramide blanche avec 666 faces vient deux chefs d'État qui mèneront à la ruine. Le pays endolori par des luttes intérieures stériles.
Un jeune bardé d'or, la sagesse au front guidera le pays."

François Mitterrand, appelé le Sphinx par les journalistes au milieu des années 1980, fait construire la pyramide du Louvre (666 vitres si on retire celles de l'extension de l'entrée).

Sous les mandats de Chirac et Sarkozy, la dette de la France a doublé. Fillon a mis 2 millions de français dans la rue avec la réforme des retraites, les plus grosses manifestations.

Pour le trou entre Macron et Sarkozy (Hollande n'est pas cité), plusieurs façon d'expliquer cette ligne de temps différente :

- Nibiru ayant pris du retard en 2011, les dirigeants de l'ombre ont pu estimer de repousser l'intronisation de Macron.
- Sarkozy aurait pu faire 2 mandats d'affilée, s'il n'avait été décidé dans les coulisses qu'une alternance était préférable pour passer les lois liberticides. Sabordage volontaire de Sarkozy lors de la campagne et dans le dernier débat, seulement 100 000 voix d'écarts entre Hollande et Sarkozy (possibilité de fraude en faveur de Hollande).
- Hollande était piloté par le même président occulte que Sarko, vu qu'il a fait la même politique, en continuation du mandat précédent, et peut être considéré comme Sarkozy bis.
- Hollande était un président insipide qui ne méritait même pas d'être cité !
- Enfin, le temps étant soumis au libre arbitre, les prophéties ne sont jamais exactes au détail près.

Reste qu'en 2017, a été élu comme président Macron, un jeune (39 ans) bardé d'or (les 2,5 millions d'euros gagnés au sein de la banque Rothschild juste avant) et qui se donne des postures de sage (chose qu'il n'est pas forcément, d'où le "au front").

A noter qu'au moment où Macron était ado, les fresques de *Bank Of America*, ou celles de l'aéroport de Denver, montraient un ado ressemblant à Macron.

"Un enseignement venu de l'Orient s'épanouira en Occident et changera le monde
l'homme Dieu vient sauver les hommes."

Cette prophétie vient après une série de prophéties ou Pierre Frobert décrit assez bien les papes Jean-Paul 1er, Jean-Paul 2, et Benoît 16. Cette prophétie se situe après Benoît 16 (toujours vivant en mars 2021).

Dans cette prophétie, l'homme dieu à la mystique New-Age bouddhisme-Hindouisme-Cabalistique ogre n'est pas Jésus, puisque le Jésus historique s'est toujours défendu d'être le fils de Dieu, mais d'être le fils de l'homme. De plus, l'enseignement de Jésus a déjà changé le monde, ce n'est donc une référence au christianisme, mais bien à une nouvelle religion. Par rapport à la France de Frobert, l'Orient fait référence à la Mésopotamie, l'ancienne Sumer. Tout indique donc que cette religion se fera autour d'un ancien dieu sumérien, style Enki, ou un nom plus récent (Yaveh, Baal, Odin, Hiram, Lucifer, allez savoir ce qu'ils vont choisir ! On peut par contre penser qu'un nom style "Moloch" ou "Satan" serait mal vu, bien qu'il s'agisse toujours du même ogre...).

« Des lueurs apparaissent et disparaissent, elles viennent du centre de la Terre creuse
où vivent les Autres, les Rescapés du grand malheur ancien. »

Voir l'affaire des sphères de l'Aveyron, et le contacté Roro, qui a eu le droit, à partir de 2015, de révéler qu'il avait passé 1 an dans les grandes cavernes souterraines où vivent les cavernicoles (ceux qu'on appellent aussi les "Men In Black").

"La grande comète pas celle de Halley celle des changements annonce les temps violents, tremblements de terre trois neuf derrière le UN le chiffre divin."

Il s'agit de Nibiru, dont Frobert reparlera plus tard dans une autre prophétie. Selon Harmo, la France a "découvert" Nibiru en 1999, bien plus tard que les USA (1983). Or, les prophéties de Frobert sont destinées à la France, d'où cette date de 1999. Nostradamus a aussi noté cette date dans sa prophéties du "Grand Roy d'Effrayeur". Nibiru est souvent décrite comme l'Effrayeur ou le Destructeur, et si elle vient ressusciter le Grand Roy d'Angolmois dans ce quatrain, c'est bien parce que c'est elle qui finalement pousse au rétablissement de la Monarchie en France, et l'arrivée du jeune bardé d'or. Tout se recoupe !

"La Terre aura une autre vibration et un nouveau ciel."

Qu'est ce qui peut mieux changer le ciel qu'un basculement des pôles géographiques (le pole-shift), qui change la voûte céleste et les étoiles qu'on y observe ? Évidemment, ce changement ne se fait pas sans séismes (vibrations).

"Une nation née en 1948 sur une langue de terre au milieu des sables se bat contre les robes longues, les eaux l'envahiront davantage."

Israël se bat contre les musulmans après le pole-shift, tandis que les eaux montent suite à la fonte des glaciers et au réchauffement des océans provoqués par le pole-shift.

"Des hommes en noir accrochent leurs ongles au coffre-fort du Vatican, le rocher se lézarde, le pape assassiné rejoint le mystère. Celui qui parcourt la terre en l'embrassant à chaque voyage, elle tremble

à son contact. Que marie sa vierge le protège des brumes qu'Elle le couvre de son voile lors de son retour en son pays.".

Il s'agit de l'assassinat de Jean Paul 1, puis de l'attentat contre Jean Paul 2 bien évidement. les hommes en noir indiquent le pape noir, c'est à dire le groupe d'illuminatis qui règne secrètement sur la Curie.

"Après lui un faux pape aux mains blanches voulant la gloire du Christ ne durera pas."

Il s'agit ici de Benoît 16, qui en fait n'a pas été élu de façon régulière. Sa démission surprise avait été annoncée un mois a par Harmo, qui révélait qu'elle était forcée par la majorité des autres évêques de Rome, soucieux de réformer l'Église alors que Nibiru (et donc que le 3ème secret de Fatima) approche.

« Bientôt le grand poisson revient, le plus petit poisson a construit son trône sur des faux ossements Pierre n'a jamais vu Rome mais Pierre le romain verra Rome détruite
Retour du christianisme véritable, destruction du Vatican et de la papauté. »

1) confirmation du retour du Jésus historique, dont le symbole est le poisson, non la croix. Le plus petit poisson est pierre, son apôtre, qui a servi de support à la création de l'Église catholique. Seul problème, le Pierre historique n'a jamais atteint Rome (une légende créée par les romains, pour justifier que le siège de la religion se retrouve dans la même ville que l'empereur). C'est pourquoi l'Église Catholique et le Vatican, qui se trouvent sur la tombe supposée de Pierre, est une vaste supercherie : ce ne sont même pas les ossements de Pierre dans les catacombes.

2) Pierre le Romain est un référence à la prophétie des papes de Saint Malachie, qui veut que le dernier pape, celui des tribulations, soit Pierre le Romain. Ce dernier pape (celui après Benoît 16) verra la destruction de Rome, donc du Vatican. La vraie religion reviendra vers le Jésus historique, et non sur St Paul et ses histoires de 3 dieux et de Horus fils de dieu et de la vierge Isis, ou du dieu Mithra qui mange la chair et le sang du taureau sacrifié.

"Le monde du croissant se déchire, du sang dans la Mecque et dans le désert un fou hurle comme un coyotte il désire être un roi - mort violente entraînera"

Frobert a aussi prévu Daech et surtout son futur leader tyrannique, le Sufyani. En ce sens il rejoint les prophéties musulmanes. Il s'agit du génocide qui sera provoqué par le Sufyani et l'extermination de centaine de milliers de personnes lors de ses conquêtes de Damas puis Bagdad notamment. Les Chiites seront les premières victimes de ce bain de sang. Ceci est décrit noir sur blanc dans les hadiths.

« En un seul peuple, les anges dans la joie, en une seule religion, au pied du roi de la Terre, après les tribulations. Retour à la religion originelle. »

Annulation des mensonges des religions, Jésus 2 réitère son message d'il y a 2 000 ans.

« L'homme noble redressera la tête avec l'Europe autour d'un roi spirituel. Instauration de la royauté de droit divin en Europe »

La monarchie reprend le pouvoir aux FM.

"Non loin du sphinx une pyramide sous le sable une première salle avec un sarcophage qui regarde l'entrée une table de pierre avec des tablettes dessus une écriture de la race rouge
des prophéties disant quand, comment et par qui seraient retrouvés les mystères, un mur d'orichalque derrière cette salle une autre pièce plus vaste ici dorment les archives du trident, une autre pyramide sous la mer dans le triangle maudit avec le signe, la fleur écarlate sortira de l'onde à l'entrée du prince de la paix dans le monde."

Découvertes des archives des ogres. Le trident font référence à Odin/Poséidon (le Magog anglais avec la City dont l'emblème est un trident), idem pour le prince de la paix, l'antéchrist se vantera de pouvoir ramener la paix sur Terre.

"Voici le jour de la colère l'étoile chevelue sera visible pendant 7 jours
le monde sera inquiet, aucune arme humaine ne pourra l'atteindre.
Cet ennemi qui vient des airs exterminera tous ceux qui sont voués au mal et épargnera les fils de Dieu. Ils formeront une nouvelle pépinière d'où sortiront des hommes meilleurs.
L'étoile chevelue heurte l'astre mort entraînant des flots de pierres énormes
l'étoile est en fer et en nickel Elle sera semblable à un autre soleil par sa grandeur
sa ceinture est puissante Ces lueurs rouges autour d'elle et voici qu'elle ricoche sur les couches de la Terre mère et celle-ci bascule.
Des vents violents entraînant avec eux des gaz suffocants balaieront sa surface.
Les hommes s'effraieront aux bruits de la mer et des flots il y aura des raz de marée, l'eau montera, inondant les fleuves et les plaines. Le ciel deviendra noir, des pierres tomberont du ciel
Le sud de la France s'écroulera dans un bruit de tonnerre les montagnes danseront, le centre se réveillera avec tous ses volcans mais il tiendra.
L'énorme vague d'eau balaiera le nord de la France, l'Angleterre, l'Allemagne du nord, la Hollande, le nord de la Russie l'eau montera le long du Rhin et du Rhône partout la terre tremble Rome sera détruite et d'autres villes encore l'île des brigands s'enfoncera sous les flots et ce qui était champs de bataille dormira sous l'onde.
Raz de marée en Grèce, Moyen-Orient, Nord de l'Afrique il y aura de grands changements en Amérique du Nord les eaux des grands lacs canadiens s'écouleront dans le Pacifique.
Plusieurs régions des USA seront touchées par les tremblements de terre et par l'eau. Surtout les côtes. Une nouvelle terre apparaît, l'ancienne Atlantide un nouveau détroit à la porte de l'Amérique du Sud les îles du Pacifique, le Japon seront rayés de la carte un grand jugement en Asie.

Rien ne sera détruit ou brûlé sans nécessité. Ce que le feu n'aura pas atteint sera touché par les tremblements de notre mère la Terre, Dieu sera le Père.
Il y aura un seul troupeau une seule étable un seul berger.
commencera le règne annoncé par le prophètes"

Rien à rajouter, vous avez un parfait résumé de ce qu'Harmo et Nancy Lieder annoncent concernant le passage de Nibiru, ou ce que les anciens textes comme le Kolbrin, l'Ipuwer ou les textes sumériens racontent des passages passés... Étoile chevelue = Nibiru, Astre-mort = Hécate ? Les chocs sont symboliques, les planètes ne se touchant pas réellement, si ce n'est magnétiquement.

Destruction de Marseille par un glissement de terrain gigantesque. Celui-ci provoque un raz de marée imposant, surpassant, sur le littoral proche de Marseille, les tsunamis provoqués par Nibiru en Méditerranée.

Jésus 2

C'est sous le nom de "Jésus 2" que je nomme le retour de Jésus de Nazareth (le corps né peut avant l'an 1), ce que les catholiques appellent la parousie. Il est déjà incarné, et ne se révélera qu'au moment opportun.

Les juifs savent que leur messie viendra 2 fois. Il prendront juste la deuxième venue comme si c'était la première, et Jésus rétablira la vérité. Comme la première fois, la majorité des juifs le reconnaîtront, seule une minorité de dominants le refusera.

Les musulmans l'appellent Issa (p. 571), un homme qui viendra aider militairement le Mahdi face au Dajjal qui conseillera le Mahdi, puis qui le remplacera à sa mort.

Messianisme > Prophéties musulmanes

Les Hadiths citées sont référencés en fonction des abréviations données dans le livre Glossaire. Par souci de compacité, je ne reprends que les paroles de Mohamed les plus significatives, je résume le reste des infos données dans les milliers de texte musulmans.

Survol

Origines prophéties (p. 555)

Ces prophéties ont été données par Mohamed à ses compagnons. Longtemps après la mort du prophètes, les califes ont recensés tous les témoignages. On a les corruptions dues à la mémoire, de même que ce que les compilateurs ont gardé pour eux dans des archives secrètes.

Les signes annonçant les temps de la fin (p. 556)

Le messie ne viendra que parce que l'homme s'est enfoncé trop profondément dans le bourbier. Voici les signes montrant que notre civilisation part en couille, et qu'il est temps de tout remettre à plat.

Personnages (p. 557)

Les personnages principaux des temps de la fin sont donnés par ordre d'apparition chronologique. Le super vilain (Sufyani / Daesh), le héros apparaissant pour le combattre (Mahdi), le big boss des méchant qui apparaît en personne (Lucifer himself = Dajjal) et le big boss bienveillant qui vient tout arranger miraculeusement (Jésus = Issa).

Lieux (p. 557)

Nous ferons le tour des lieux dont parlent les hadiths prophétiques.

Événements (p. 557)

Les hadiths donnent des événements marquants, ainsi que les liens entre eux, voir même des dates, ce qui permettra d'en tirer la chronologie qui suit.

Les plus importants sont guerre civile en Syrie, éclipses anormales, météores s'écrasant vers la Syrie et faisant des dizaines de milliers de morts, attaque des pèlerins, coalition musulmane derrière le Mahdi, face au Sufyani piloté par le Dajjal, 3 jours de ténèbres et lever du soleil à l'ouest, apparition du Dajjal, apparition de Jésus, les Gog et Magog débarquent sur Terre, prospérité avec Jésus, puis ascension.

Chronologie (p. 558)

En couplant les hadiths donnant des dates d'événements (sans connaître l'année), et ceux donnant une suite d'événements, on obtient :

- J (début ramadan) : éclipse anormale de Lune,
- J + 14 j : Hadda - explosion très meurtrière vers la Syrie + éclipse anormale de Soleil,
- J + 100 j : massacre et pillage des pèlerins,
- J + 115 jours après: choix du Mahdi
- J + 150 à +180 j : début apparition de Nibiru
- J + 210 à +330 j : cataclysmes exponentiels puis pole-shift) + émergence du Dajjal

Sufyani 1 (p. 559)

Guerre civile en Syrie, d'où émergeront les bannières noires, aux mains des ennemis de l'islam.

Bannières noires : tyran sanguinaire (probablement Daesh), exactions sur les populations chiites, puis sunnites, le but étant de détruire l'islam.

Catastrophes naturelles (p. 560)

Une montagne d'or émerge de l'Euphrate. Les troupes du Sufyani, plus appâtées par l'or que par la vraie religion, s'entre-tueront pour ce trésor.

Des signes étranges dans le ciel (premiers signes de Nibiru, éclipses anormales) alerteront ceux qui savent.

Puis le Hadda, grosse détonation entendue dans toute la grande Syrie, qui fera des milliers de victimes et de sourds lors d'un ramadan (commençant un vendredi), marquera le début des derniers temps : Nibiru passera 8 mois plus tard.

Sufyani 2 (p. 562)

Après la bataille de pouvoir entre 3 chefs des armées du Sufyani 1, il en émergera le Sufyani 2, le pire de tous, qui après le Hadda, attaquera les pèlerins en route vers la Mecque, attaquera l'Iran puis l'Arabie (en vue de détruire la Mecque).

Mahdi (p. 564)

Aura lieu un effondrement en Syrie.

Les exactions du Sufyani 2 feront que tous les courants musulmans (chiites et sunnites) se rassembleront derrière le Mahdi.

Il sera difficile aux musulmans pour savoir qui suivre, c'est là que la vraie compréhension du Coran, celle du coeur (Mahdi), et celle superficielle (Sufyani 2), se combattront.

Le Mahdi vaincra Sufyani 2, mais devra alors faire face aux armées du Dajjal.

Passage de Nibiru (p. 566)

Des événements naturels s'étalant sur 2 mois mèneront au lever du Soleil à l'Ouest, les champs pétroliers d'Irak/Yemen qui s'enflamment, le pole-shift.

Dajjal (p. 567)

Apparaissant lors du pole-shift, le Dajjal reprendra Constantinople, puis envahira Sumer. Les armées du Mahdi seront assiégées à Damas et Jérusalem.

Jésus 2 (p. 571)

Au moment où tout semble perdu, Jésus apparaît, aidé des anges, et fait disparaître le Dajjal et ses armées. C'est le tri des âmes.

Prospérité (p. 572)

Sous le commandement du Mahdi puis de Jésus, commence une période de prospérité.

Gog et Magog (p. 573)

Profitant de l'absence du nuage de fer de Nibiru, les ogres reviennent sur Terre récupérer l'Or. En sage, Jésus éloigne son peuple des ogres. Ces derniers, suite à des maladies, devront quitter rapidement la place.

Ascension (p. 573)

Au bout d'un moment, un vent agréable vient élever les fraternels.

Origines prophéties

Le déroulé raconté par les prophéties musulmanes, étudié et débattu depuis 1500 ans, sera donné dans L1. Nous nous y intéressons car les Altaïrans les ont décrites comme valides il y a 1400 ans, sans donner plus de détails sur ce qui avait été déformé dans la version que nous en avons aujourd'hui.

Voyons ce qu'on sait de ces prophéties.

Source : Mohamed a beaucoup parlé de la fin des temps que nous vivons, que ce soit dans le Coran ou dans les hadiths. Il donne comment les événements vont se succéder, et quels seront leurs acteurs principaux.

Prophéties incomplètes

Censure du prophète

Mohamed semble n'avoir donné qu'à certains les révélations qu'il recevait (afin d'éviter de donner trop de pouvoir aux dirigeants qui allaient inévitablement corrompre le Coran à leur avantage).

Ainsi, Mohamed confia un grand secret à un de ses disciples. Quand on demanda la teneur de la révélation à ce disciple : "si je vous disais ce que j'ai appris, vous me couperiez la langue". On sait juste que ce qui lui a été révélé a fortifié sa foi.

Mohamed n'a pas non plus voulu donner les liens entre les cataclysmes naturels de Nibiru (At-Tarik, le destructeur et Karn Zu Shifa, l'étoile cornue), et les événements faits par les humains (Sufyani puis Dajjal contre le Mahdi). On sait juste que "si l'un arrivait, les autres suivraient immédiatement".

Oublis inhérents à la mémoire humaine

Les paroles du prophètes ont été recueillies plusieurs dizaine d'années après les faits. Tous les compagnons du prophètes n'étaient pas aptes à se souvenir de tout (comme se rappeler si c'était une éclipse de Lune au début du ramadan, puis une éclipse de Soleil au milieu, ou l'inverse). Sans parler de certains compagnons comme Abu Huraira, qui a avoué plusieurs fois avoir menti sur ce qu'avais dit le prophète (mais sur les prophéties, qui intéressent les élites, il est rares que les mensonges portent dessus).

Censure Omeyyade

Ce sont les califes illégitimes qui ont fait main basse sur les paroles de Mohamed, rien ne dit que les prophéties les plus explicites de Mohamed n'aient pas été gardées secrètes (ou déformées volontairement), restant à l'usage d'une minorité dans l'ombre (afin de leur assurer une longueur d'avance sur le peuple).

Traduction incertaine

La dérive de l'Arabe dans le temps, la description de concepts inconnus à l'époque, et mal retranscrits, font qu'on peut trouver n'importe quoi dans les hadiths, surtout si on les traduit comme ça arrange les dirigeants.

A l'origine, de nombreux hadith parlant du "mois" ont été mal interprété, les commentateurs faisant une connection trompeuse entre le "mois" et le Ramadan (qui est LE mois). Il est donc possible qu'on ne parle pas du mois de Ramadan, mais d'un mois non précisé de l'année où se passeront de nombreux événements marquants concentrés dans le temps.

Comment les lire ?

Locales

Ce sont des prophéties locales uniquement. N'allez pas dire qu'il y aura 3 jours de ténèbres en France, ce n'est qu'en Arabie que ça se produira. Il pourrait donc au contraire faire 3 jours de jour en France.

Un bruit entendu dans tous les pays, indique un bruit entendu au Moyen-Orient uniquement.

Le sens est concret

Les textes musulmans ne sont pas "symboliques", ils sont concrets. Ce sont des réponses concrètes à des questions concrètes posées par les disciples.

Nombres d'écrits ne sont devenus des légendes que parce qu'elles ont été perverties par le temps et que l'on ne les prend pas au pied de la lettre.

Concepts inconnus à l'époque

Les mots planètes, satellites, avions, etc... n'existent pas encore au 7e siècle.

La multiplication des lunes dans le ciel est probablement la multiplication des satellites de notre planète, artificiels ou non.

Idem avec le "moyen de transport volant avec de grandes ailes" décrit par Mohamed pour décrire l'arrivée du Dajjal (le mot avion n'existait pas), traduit de nos jours par "mule volante aux grandes oreilles"...

Classement des hadiths

Des décennies après, les compagnons n'ont pas tous redonné les paroles du prophète mot pour mot. Certains détails avaient été oubliés, d'autres rajoutés ou modifiés. Pour palier à ce problème de "version" qui change selon les témoins, les savants musulmans ont mis en place dès le départ des moyens de classer ces "hadiths", suivant le nombre de témoins / auteurs les rapportant de la même manière. Ainsi, certains hadiths sont considérés comme "forts" parce qu'il y a de nombreux témoins qui rapportent exactement les mêmes mots.

D'autres, comme ceux sur le coup de marteau (Hadda) sont considérés comme faibles, car il y a de nombreuses nuances suivant chaque témoins, même si le noyau est commun (quelque chose de gros se produisant un ramadan, avec un vendredi en début, milieu au fin).

"Cela aura lieu au milieu du Ramadan, un vendredi matin" (Abdullah ibn Mas'ud). Selon un autre témoin, "Si la nuit au milieu (du Ramadan) est un vendredi" (Fairouz Al-Dailami). Les autres témoins se contentent de dire que la déflagration se produira pendant le mois de Ramadan, sans autre précision. La grande variété dans les détails de ces témoignages font que cette prophétie est considérée comme faible, même si elle est rapportée par beaucoup de personnes.

Il est bien sûr possible, en recoupant les divers témoignages d'un témoin avec d'autres, de trouver celui qui avait la meilleure mémoire. Dans sa vie, on peut savoir si c'est un être qui aura tendance à mentir ou non, s'il joue le jeu des califes qui ont pris le pouvoir avec qui il est ami (ou du moins bénéficiaire d'avantages) pour qu'en retour il témoigne de dires de Mohamed inventés.

Analyse de Harmo

Harmo a fait une interprétation, basés sur ses connaissances et ses intuitions, sans l'aide des Altaïrans (qui ne peuvent divulguer la date).

Il faut bien se rendre compte que l'interprétation des prophéties n'est jamais évidente :

- elles n'ont pas été données pour nous mais pour un autre peuple / une autre culture / une autre région (ex : le mois lunaire), Harmo était donc handicapé en tant que Français.
- Ces prophéties ont presque 1500 ans, certains détails ont été perdus dans le temps (ou supprimés volontairement) sans parler du fait qu'elles sont issues d'une langue morte (l'arabe ancien).
- notre subjectivité, arrive une stade où nous sommes parfois impatients d'un finir une bonne fois pour toute, impatients de terminer cette attente, et du coup nous interprétons de façon biaisée.
- Les traductions de pays encore inexistants ou trop lointains pour être connus à l'époque : Turques = Russie actuelle, romains = monde occidental.

Contexte des événements décrits

Les mois musulmans

Voir le nom des mois musulmans (L glossaire).

La Hajj (pélerinage)

Le pèlerinage que font les musulmans aux lieux saints de la ville de La Mecque. C'est entre les 8 et 13 du mois de Dhu al-hijja, 12e mois de l'année musulmane, qu'a lieu le grand pèlerinage à La Mecque (le 5e pilier de l'islam).

Signes montrant les temps de la fin

Avant que les temps messianiques n'arrivent, beaucoup de signes de décadence morale montreront qu'il est temps de donner un coup de pied dans la fourmilière qui part en couille

au sujet des Signes de l'Heure : "Quand tu verras la servante engendrer sa maîtresse, et les va-nu-pieds, les gueux, les miséreux et les bergers rivaliser dans la construction de maisons de plus en plus hautes." (B et M)

La servante engendre la maîtresse, au sens GPA généralisée chez les ultra-riches, voir Kate Middleton sortant toute fringante de son pseudo accouchement.

Le vice se répandra partout. Certains signes annoncés le prouvent parmi lesquels on trouve « la perte des objets confiés en dépôt, la rivalité dans la direction des mosquées, la multiplication des constructions plus hautes les unes que les autres (signe d'orgueil), la fréquence de la fornication, la consommation de l'alcool, prendre des filles comme chanteuses et danseuses dans les réunions et les fêtes, le bâtard qui devient maître et gouverneur, accorder des responsabilités à ceux qui ne le méritent pas, la multiplication des nouveautés blâmables, le manque de pudeur des femmes qui découvrent les parties intimes de leur corps, le juge qui n'applique pas la justice, la rareté des savants qui dénoncent les nouveautés blâmables, la décadence morale et d'autres actes illicites encore. »

Quelques autres signes intéressants :

"Quand les forces de police se seront multipliées…" (Z).

"Quand les déserts seront construits et les villes détruites…" (Z)

"Quand vos savants apprendront en vue de gagner Dinârs et Dihrams…" (D)

"Viendront pour les gens des saisons trompeuses…" (A, IM et H)
"Quand le commandement sera confié à ceux qui n'en sont pas dignes…" (B)

Personnages

Détaillons les personnages majeurs des prophéties.

Sufyani 1 (p. 559)

Le terme «Sufyani" fait référence à la descendance d'Abu Sufyan (1er califat Omeyyade qui a tué Ali). Il sera l'un des nombreux tyrans musulmans face auxquels le Mahdi aura à faire face dans le Moyen-Orient (infesté de traîtres à l'islam, mis en place par les chapeau noirs via la CIA, voir le Shah d'Iran, ou le printemps arabe et l'assassinat des leaders vrais musulmans type Kadhafi).

Bannières noires

Liées au Sufyani, elles sont décrites comme étant extrêmement cruelles, attaquant et tuant des musulmans comme jamais avant, crucifiant les enfants, rendant licite des choses considérées comme illicites etc... On reconnaît tout à fait Daesh, ses bannières mais aussi sa façon de procéder.

Sufyani 2 (p. 562)

Le 2e Sufyani, après la bataille entre les 3 chefs pour le contrôle du faux califat, devrait avoir des bannières rouges. Encore plus sanguinaire que le premier, il fera les exactions qui obligeront les musulmans à se choisir un chef, le Mahdi.

Mahdi (p. 564)

Celui qui rassemblera les musulmans, combattra Sufyani 2, Dajjal et ses alliés romains (occidentaux). Il prendra ensuite la tête des restes du NOM, pour en faire le CAM. Conseillé par Jésus, il mourra quelques années après.

Dajjal (antéchrist) (p. 567)

Odin qui prend la tête du NOM, et combat les résistants à sa domination. Son règne s'arrêtera à l'apparition de Jésus.

Issa (Jésus 2) (p. 571)

Sa première action sera de faire disparaître le Dajjal, puis de guider la CAM. En tant que conseiller du Mahdi les premiers temps, puis directement en tant que chef spirituel et temporel.

Lieux

Jérusalem

3e ville sainte la plus importante de l'islam, de par le voyage nocturne (sortie de corps) que le prophète y a fait (accédant au paradis), et par le Hadith citant la ville en 3e position pour y faire ses prières. Sur l'esplanade des mosquées, y a été construit la 2nde plus vieille mosquée du monde, Al-Aqsa, faisant partie, avec le dôme du rocher, de l'esplanade des mosquées sacrée.

Mecque

Ville de l'ouest de l'Arabie saoudite. Lieu de naissance de Mohamed, la ville abrite la Kaaba (pierre noire) au cœur de la mosquée Masjid Al-Haram (« La Mosquée sacrée »). Sa fondation serait liée à Abraham. Ville sainte la plus sacrée de l'islam.

Médine

2e ville sainte de l'islam, tombeau de Mohamed. De nombreux pèlerins venant de La Mecque viennent s'y recueillir (pas obligatoire pour le Hajj).

Mina

Mina est un lieu désertique à environ 5 km à l'Est de La Mecque, sur la route de La Mecque au mont Arafat.

C'est à l'entrée ouest de Mina, au pont Djamarat, qu'a lieu le rituel de la lapidation des stèles de Satan, qui doit se dérouler entre le lever et le coucher du soleil du dernier jour du Hajj.

Mina est particulièrement connu pour son rôle dans le Hajj, le pèlerinage annuel musulman, où une cité temporaire de tentes est élevée pour accueillir des millions de pèlerins venant du monde entier. Le 24/09/2015, un accident engendre la mort d'environ 1 100 pèlerins.

Mont Arafat

Le mont Arafat (« montagne de la miséricorde ») est une colline de granite située à près de 20 km à l'est de La Mecque ; elle atteint environ 70 mètres de hauteur. C'est l'endroit où Mohamed aurait donné son sermon d'adieu aux musulmans qui l'avaient accompagné pour son dernier hajj.

La plaine qui entoure le mont est un lieu important dans l'islam car pendant le hajj, les pèlerins venus de Mina doivent y passer l'après-midi, le 9e jour de Dhou al-hijja.

Événements

L'heure dernière ne viendra pas avant que vous ne voyiez dix signes devant elle : la Fumée, le Dajjal, le Daabba, le Lever du Soleil d'Occident, la Descente de Jésus Fils de Marie (du ciel), l'émergence de Ya'juj et Ma'juj (Gog & MaGog) et Khusuf (effondrement des terres) se produiront en trois endroits : un à l'est , un à l'ouest et un dans la péninsule arabique . À la fin, un feu brûlerait du Yémen (ou d'Aden selon Ahmad), ce qui conduirait les gens au lieu de leur assemblée finale (avant qu'ils ne soient ressuscités par Dieu). " (M)

Il est très dur d'estimer une logique chronologique, sachant que les mêmes événements se reproduiront à plusieurs moments différents (comme l'intervention des troupes occidentales en Syrie, puis après l'émergence du Mahdi sous le commandement du Dajjal). Ou encore que certains compagnons n'avaient pas retenu l'ordre précis.

C'est pourquoi, on peut commencer à citer les événements, dans leur ordre chronologique le plus probable.

Avant le Mahdi

- Une guerre civile en Syrie (combats entre tribus),
- La mosquée d'Iram (près de Damas) s'effondre, 3 armées se lèvent,
- Trésor : Découverte d'une montagne d'Or dans l'Euphrate, bataille autour du trésor par les armées rebelles,
- des éclipses anormales (Lune éclipsée le premier jour de ramadan, et une éclipse du Soleil dans le milieu du même mois (ou du ramadan)),
- Haada : forte déflagration dans le ciel ou explosion de météore (70 000 morts)
- Avènement des 3 armées : après une guerre entre 3 chefs, le sufyani 2 en émerge et fédère les 3 armées,
- Des occidentaux sont battus à Deir Ezzor,
- un pilier / colonne de lumière / feu à l'Est, avec une lueur rouge au loin, au lieu du rose du ciel habituel,
- Sufyani 2 finit d'envahir l'Iran, attaque l'Iran (défaite de la porte d'Ishtar) puis s'attaque à l'Arabie Saoudite, en guerre interne après la disparition du roi,
- Pillage de Médine,
- pèlerins volés et massacre à Mina, choix du Mahdi.

Après le Mahdi

- Destruction de la Mecque et des armées du Sufyani 2 par un séisme,
- La fumée + les feux au Yemen
- Khusuf (3 sink hole massifs autour de l'Arabie)

Pole-Shift

- Une étoile avec une queue cométaire (qui ondule) apparaît à l'Est (Nibiru), celle qui est apparu à l'époque du déluge et de l'exode,
- Lever de Soleil à l'Ouest
- Le jour de la résurrection (pole shift)
- Apparition du Dajjal
- Reconquête d'Istanbul par le Dajjal et les européens,
- Armée du Mahdi assiégé à Damas et/ou Jérusalem.

CAM (Communauté Altruiste Mondiale)

- Apparition de Jésus et disparition du Dajjal
- Daabba (appareil pouvant dévoiler les âmes)
- prospérité sur Terre
- Gog et Magog (ogres)
- Vent agréable (ascension)
- Destruction de la Kaaba

Chronologie

Chronologie probable

Si je couple les prophéties donnant des dates et plusieurs événements liés (principalement Hadda, étoile cornue Zu-Shifa et éclipses anormales), en prenant des jours estimatifs (mois de 30 j ou lieu de 28 j, pour des chiffres ronds), j'obtiens :

- J (début ramadan) : éclipse (ou assombrissement) de Lune anormale.
- J + 14 j : Hadda : grosse explosion vers la Syrie tuant 70 000 personnes + éclipse de Soleil anormale (prévoir alors un an de nourriture pour sa famille).
- J + 20 à 30 j : catastrophe non détaillée
- J + 30 à 60 j (Shawwal) : troubles au moyen-orient (Porte d'Ishtar ?)
- J + 60 à 90 j (Zul-Qida) : rassemblements guerriers, Salmane n'est plus roi d'Arabie Saoudite (plusieurs camps opposés en Arabie, cristallisant les tensions qui existent déjà au sein de la famille royale), Sufyani 2 en profite pour attaquer de l'Arabie et pillage de Médine,
- J + 90 à 120 j (Zul-Hijjah) : Les lois musulmanes ne seront pas respectées par les bannières noires. massacre et pillage des pèlerins à Mina, appelant les musulmans au djihad, choix du Mahdi,
- J + 120 à 150 j (Muharram) : calamité sur l'Arabie (armée du Sufyani détruite en revenant de la Mecque). Début apparition de Nibiru (pilier de lumière rouge à l'horizon, prenant rapidement l'apparence d'une comète cornue rouge se levant à l'Est),
- J + 150 à 180 j (Safar) : guerres + la mort + apparition d'une étoile avec une queue dans le ciel.
- J + 180 à 210 j (Rabi' 1) : guerres
- J + 210 à 240 j (Rabi' 2) : guerres
- J + 240 à 270 j (Jumada 1) les choses les plus surprenantes (cataclysmes exponentiels de Nibiru, puisqu'on nous rappelle que c'est la comète de l'exode et du déluge) + émergence du Dajjal
- J + 270 à 300 j (Jumada 2) : idem
- J + 300 à 330 j (Rajab) : : lever de Soleil à l'Ouest, pole-shift.

Hadiths donnant plusieurs événements

Destin du Sufyani 2

"Après qu'Al-Azhar ibn Al-Kulaiba soit entré à Kufa (en Irak), il souffrira de la Qarha (maladie), donc il la quittera, puis mourra en chemin. Ensuite, un autre homme (Bani Al-Kulaiba ou Sufyan) émerge (et lui succède) d'entre Al-Taif et La Mecque ou entre La Mecque et Médine ... dans le Hijaz. Il est physiquement déformé, a le visage plat, des bras forts, ses yeux sont enfoncés profondément dans les orbites. A son époque, le Hadda se produira" (IH)
Un homme va émerger des profondeurs de Damas. Il sera appelé Sufyani. La plupart de ceux qui le suivent seront de la tribu de Kalb. Il va tuer en déchirant les estomacs des femmes et même tuer les enfants. Un homme de ma famille apparaîtra dans le Haram [Mecque], les nouvelles de son avènement atteindra le Sufyani et il va lui envoyer une de ses armées. Le Mahdi va vaincre. Ils se rendront ensuite à celui qui reste jusqu'à ce qu'ils arrivent à un désert et ils vont être avalés. (H)
Le Sufyani fera assassiner ceux de la maison du Prophète, et statuera sur la Syrie. Quand il entendra parler du Mahdi, il enverra une armée de saisir et

de le tuer. Cependant la terre va avaler cette armée avant qu'elle ne atteigne même le Mahdi (AH). L'armée du Sufyani ira à Kufa; une ville en Irak, et de là il va lancer une attaque contre le peuple de Khorassan. A la Porte de Ishtar, Shuayb bin Salih et hachimite sous les bannières noires, uniront leurs forces et de se engager l'armée du Sufyani. La bataille sera extrêmement féroce avec une perte énorme de la vie et de l'armée du Sufyani, qui subira une défaite temporaire. C'est à ce moment que la nostalgie de l'apparition du Mahdi est sur les lèvres de tout le monde. L'armée du Sufyani marchera dans la direction de l'Irak pour s'emparer du Mahdi, cependant, quand ils atteignent le désert près de Dhi Hulayfah le terrain les engloutira. Il y aura des gens de Quraysh qui parviennent à s'échapper du Sufyani et rejoignent Constantinople, où ils se trouveront sous le contrôle des non-musulmans. (H)

Combats entre musulmans

Il y aura autour de l'Euphrate, près d'AshSham (Syrie ou Damas) ou un peu après, un grand rassemblement (d'armées). Ils se battront entre eux pour les richesses (montagne d'or Euphrate ?), et sept sur neuf seront tués. Et ce sera après le Hadda et le Al-Wahiya (catastrophe) au mois de Ramadan, et après la scission résultant en trois bannières (bataillons ou armées), chacun (chef de bataillon ou d'armée) cherchera la royauté (règne) pour lui-même, parmi eux se trouve un homme dont le nom est 'Abdullah. (IH)

En Zul-Qi'da, il y aura des combats entre les tribus, les pèlerins musulmans seront pillés et il y aura une bataille à Mina au cours de laquelle de nombreuses personnes seront tuées et le sang coulera jusqu'à ce qu'il coule sur le Jamarat Al-Aqba (un des trois piliers de pierre de Mina). L'homme qu'ils recherchent fuira et sera trouvé entre le Rukn (un coin de la Ka'ba contenant la Pierre noire) et le Maqam du prophète Abraham (près de la Kaaba). Il sera forcé d'accepter la Bay'a du peuple (étant choisi comme leader/caliphe). (IH)

Hadda : les derniers temps

Il y aura une guerre civile en Syrie. Son commencement sera comme un jeu entre enfants. Puis, les gens ne pourrons plus se reposer sur rien dans leur vie et l'unité ne pourra pas être obtenue jusqu'à ce que quelqu'un crie depuis les cieux : "Suivez cette personne" et qu'une main apparaisse comme un signe (céleste). (IH)

Ce cri et cette main ressemblent au hadda météoritique.

Pendant le temps du deuxième Sufyani qui est physiquement déformé, un Hadda se produira à AshSham (nom de l'ancienne Grande Syrie) de sorte que chaque peuple pensera qu'il y a eu une dévastation dans le peuple d'à côté . (IH)

Attendez vous pour la fin des souffrances à ce que trois choses se produisent : La dispute parmi le peuple de Syrie, les bannières noires, et le Qa'za (hadda) pendant le mois de Ramadan." (AAS)

Le Hadda est au Ramadan, le trouble est à Shawwal, les tribus/nations se forment en groupes guerriers (guerre entre les tribus) à Zul-Qi'da, et on craint pour le pèlerin à Zul-Hijja (le signe des guerres sera le pillage des pèlerins). Le début d'Al-Muharram est une calamité sur ma Umma (nation) et sa fin est un soulagement pour ma Umma. Un Rahila (moyen de transport) qui peut le sauver vaut mieux qu'une forteresse qui en abrite mille. (Z)

A propos de la calamité au mois de Muharram :

Il y aura une guerre / un massacre avec beaucoup de gens tués et le sang sera répandu à Mina, de telle manière que le sang coulera sur les pierres de Satan".

Sufyani 1

Nommé " Al-Azhar ibn Al-Kulaiba" dans certains hadiths.

Chronologie

Après la chute de Mossoul, le sufyani se replie vers Deir Ezzor, et c'est là qu'il doit vaincre les occidentaux.

Après cette victoire, il se dirigera vers Damas et prendra la ville.

Rappel : 1er Califat historique (p. 508)

Ce sont les Sufyanides (descendants d'Abu Sufyan) qui imposent un califat illégitime à Damas (contre ce que voulait Mohamed), assassinant l'héritier Ali au passage, et corrompant le Coran lors de son écriture. C'est ce faux Califat que le descendant actuel de la lignée d'Abu Sufyan (le Sufyani) veut réinstaurer.

Les faux califats des 2 Sufyani

Les prophéties islamiques prévoient qu'il existera 2 "Sufyani", c'est à dire des tyrans sanguinaires d'un type nouveau, rappelant ce qu'à été le Califat Omeyyade de Damas après la mort de Mohamed. Des armées aux bannières noires tueront les musulmans comme jamais.

Les hadiths nomment les 2 de la même manière, en précisant qu'au milieu de la conquête de l'irak, le premier Sufyani mourra.

Guerre civile en Syrie

Les prophéties disent qu'un vent de révolte viendra du Maghreb qui ne pourra être arrêté et atteindra Damas / la Syrie.

Les événements du printemps arabe, amenant la chute de la Libye et des bandes armées, se présentant comme rebelles, attaquant la Syrie, ne peuvent être mieux décrites...

Les prophéties rajoutent que les arabes seront alors sous la domination de tyrans (ce point est clair aussi) et un tyran encore plus cruel surgira de Damas suite à ce vent de sédition soufflant de l'Ouest, tyran qui profitera du conflit et de l'épuisement des forces en présence pour imposer sa domination.

Le Tyran décrit est sûrement le Sufyani décrit plus haut, quand aux révoltes poussées par l'Ouest, l'implication de la CIA et des pays occidentaux dans les printemps arabes et le meurtre de Kadhafi sont suffisamment connues désormais...

Cruauté et génocides

Le Sufyani 1 sera le plus cruel de tous les tyrans arabes de l'histoire (sachant que le 2e sera pire que le premier). Il prendra non seulement Damas dont il fera sa capitale, mais en plus il prendra l'Irak jusqu'à Bagdad. Sous son occupation se fera un immense génocide généralisé des chiites, mais aussi de tout musulman ou chrétien qui refusera sa domination. Il est même dit que tous les enfants portant les noms des fondateurs du mouvement chiite (Hussein et Hassan) seront systématiquement tués, voire crucifiés ou brûlés, et que les femmes chiites enceintes seront éviscérées.

Possibilité Daesh

Daesh et son Califat autoproclamé (et donc illégal aux yeux des lois musulmanes) correspond trait pour trait, de par sa cruauté, sa foi apparente mais complètement fausse, ses crucifixions d'enfants et la persécution des chiites, à ce qui était annoncé.

Daesh a quand même excisé 4 millions de femmes de force à Mossoul, et ses décapitations d'enfants mettent les populations contre lui.

Daesh a toujours revendiqué sa volonté de détruire la royauté saoudienne, la Mecque et la Kaaba...

Deir Ezzor (lieu ou les armées du Sufyani 2 vaincront les occidentaux), en 2016, c'est la 2e capitale de Daesh après Raqqa. Si le Sufyani 2 veut s'y retrancher, c'est qu'ils connaissent déjà.

Une grande partie des troupes du Sufyani proviendrait des tribus de Homs. Or, c'est à Homs que les troupes d'Al Nosra et de Daesh ont fusionnées.

Abu Bakr Al Bagdadi, le Calife autoproclamé de l'EI, se dit bel et bien descendant de cette famille Sufyan. SI Abu Bakr n'a pas pris Damas, il s'est établi dans sa banlieue, ce qui est tout comme.

Date d'apparition variable

Mohamed semble indiquer l'existence de lignes temporelles, dépendant du libre arbitre humain.

un Hadith très particulier, qui a été donné par différentes personnes sous des formes assez proches (ce qui le rend d'autant plus valide) :

" Si l'apparition du Sufyani est en 37, son règne durera 28 mois. S'il apparaît en 39, son règne sera de 8 mois".

2016 correspond à 1437 hégirien, 2018 correspond à 1439.

Sachant que le lien calendrier hégirien et Grégorien est possiblement décalé de 3 ans, 2021 est la dernière limite à l'apparition du Sufyani 1...

Ne pas confondre avec d'autres personnages

Le Sufyani n'est pas le Dajjal, ni le mahdi. Le Sufyani est un tyran qui répandra la corruption sur la Terre avant le Mahdi (donc le vrai califat).

Mort du Sufyani 1

il est dit que lors de la prise de Kufa en Irak, le premier Sufyani sera saisi par la maladie, devra faire demi-tour mais mourra sur le chemin du retour. Ce n'est donc pas lui qui mènera la fin du plan, mais un second Sufyani qui sera son successeur.

"Il souffrira d'un ulcère/cancer à la gorge et après être entré dans Kufa, il en partira et mourra en arrivant dans les abords de la Syrie" (IH)

Les 3 bâtons

Quant aux armes nucléaires dont dispose Daesh, elles sont aussi présentes dans les textes prophétiques, sous l'appellation de "bâtons", au nombre de 3, des armes que possédera le Sufyani et dont l'usage ne laissera aucun survivant :

"Le Sufyani émergera avec trois bâtons dans sa main. Tout ceux qu'il frappera avec mourront" (IH)

Sachant que ces textes datent de plus de 1400 ans, on s'étonne de la parfaite correspondance avec les armes nucléaires...

Faire le lien avec le Sufyani 1 qui mourra d'un ulcère à la gorge (lien avec le cancer de la Thyroïde nucléaire ?).

Catastrophes naturelles

Montagne d'or dans l'Euphrate

L'Heure n'aura pas lieu avant que l'Euphrate ne découvre une montagne d'or pour laquelle les gens se battront . Quatre-vingt-dix-neuf personnes sur cent seront tuées et chacune d'entre elles dira : "Peut-être que c'est moi qui réussirai".(AH et M)

Source Altaïran, le déluge biblique a englouti la base ogre de Mésopotamie, avant son évacuation sur Nibiru. Les pyramides de stock d'or (les mêmes que celles des légendes amérindiennes de l'El Dorado à Nazca) ont été recouvertes de plusieurs mètres de limon. 9000 ans après, il est possible que le fleuve ai décapé cette couche. Quand Daesh ferme le barrage amont sur l'Euphrate pour assécher la région avale ennemie, il se pourrait que l'or refasse alors surface...

Ayat (signes dans le ciel)

Aya signifie oiseau. L'effondrement) et le Hadda en Syrie, ne sont pas le Signe du Ciel appelé “Ayat”, plusieurs hadiths sont formels sur ce point.

Ces signes dans le ciel prendront plusieurs formes, et s'étaleront sur plusieurs mois après le Hadda, allant jusqu'au lever de Soleil à l'Ouest :

Éclipse de Soleil et de Lune

«Pour notre Mahdi, il y aura deux signes qui ne se sont jamais produits depuis la création des cieux et de la Terre: la lune sera éclipsée (éclipse lunaire) la

première nuit du Ramadan, et le soleil sera éclipsé (éclipse solaire) en son milieu (du Ramadan). » (AA)
«Il y aura deux éclipses solaires pendant le Ramadan avant l'avènement du Mahdi.» (Q P440)
"Quand vous le voyez (les éclipses), alors stockez un an de nourriture." (IH)
Éclipses précédent de peu l'avènement du Mahdi et le hadda.

Ces 2 éclipses auront lieu en début puis milieu de ramadan, et seront suivies de l'apparition de Nibiru dans le ciel.

Si le prophète en parle, c'est que ces éclipses seront anormales / non prévues (il faudrait que la Lune adopte une orbite équatoriale, ou que la Terre reste bloquée voir recule sur son orbite, ce qui se passera avant le blocage de la Terre par l'avancée finale de Nibiru (L2)).

Dans un hadiths, il est juste dit que la Lune s'assombrira le 1er jour de ramadan, donnant la possibilité que ce soit juste le Nuage de Nibiru interne qui cache le Soleil, indiquant que Nibiru est très proche de la Terre.

Lumière rouge dans le ciel

Ce Signe du ciel commencera par une lueur rouge à l'Est, ou une colonne de lumière rouge selon certains Hadiths. C'est ainsi que les Altaïrans décrivent la première visibilité de Nibiru dans le ciel.

Astre cornu avec un queue cométaire

"La rougeur et les étoiles que nous connaissons ne sont pas le Signe du Ciel. L'Etoile du Signe est une étoile qui pivote à l'horizon au mois de Safar, ou/et au mois de Rabi ou/et au mois de Rajab." (IH)
A noter que ce "ou" est suspect, rien n'est dit sur la période intermédiaire (l'étoile changeant d'apparence entre son approche, le pole-shift, puis son éloignement ?).

"Quand le Abbas atteindra le Khorrasan, une étoile connue sous le nom de Zu-Shifa la cornue montera à l'Est. La première fois qu'elle est apparue fut du temps où le peuple du Prophète Noé fut noyé par Allah. Elle apparut aussi du temps du prophète Abraham... , quand Allah fit que Pharaon du temps de Moïse périsse avec sa suite et quand Jean le Baptiste, fils de Zacharie, fut tué. Si vous voyez cela, cherchez refuge en Allah contre la malveillance des tribulations. Elle apparaîtra après une éclipse de Soleil et une éclipse de Lune" (IH)
Il n'y a pas d'autres référence à un "Abbas" dans les Hadiths. Par Abbas, on sous entend un dirigeant qui porte le nom de "Abbas". Alors pourquoi pas le dirigeant des palestiniens actuellement, Mahmoud Abbas ? Peut être un indice sur le "règlement futur" du conflit israelo-palestinien, qui a plus de chances de capoter que de réussir. Le dirigeant israélien du moment peut décider d'annexer tous les territoires palestiniens même contre toute logique et toute pression extérieure, ce qui obligerait Mahmoud Abbas à l'exil, bien entendu.

L'astre de ce signe céleste est une étoile qui "tourne" ou "bascule" à l'Horizon, et qui illuminera les gens de la Terre comme sous la pleine Lune (donc pas un nuage temporaire en forme d'étoile filante, de toute façon le signe dure plusieurs mois). Il est dit aussi qu'il y aura du rouge dans le ciel, sur l'horizon, mais pas le rouge que nous avons l'habitude de voir à ce moment là (le crépuscule ou l'aurore).

Il y aura une colonne de lumière ou de feu à l'Est , accompagnée d'un rougeoiement. Une autre source complète la première en disant que le début du "Signe" du mois de Ramadan commencera avec un rougeoiement du ciel. Une autre dit enfin que le début du "Signe" aura lieu pendant le mois de Ramadan mais que la commotion / le choc arrivera le mois suivant (Shawwal). Tous les gens de la Terre pourront voir ce signe, ce qui exclut d'office un événement local.

" Un signe céleste, qui est une colonne de feu dans le ciel, apparaîtra depuis l'Est et tous les gens de la Terre pourront le voir. Quiconque est alors présent (vivant) devrait s'arranger pour lui et sa famille une réserve de nourriture pour un an" (IH)
A noter que dans un désert comme l'Arabie, l'auto suffisance est problématique, d'où les 1 an de réserve conseillés pour ses habitants. Ces prescriptions ne s'appliquent pas dans des pays plus généreux en nourriture sauvage, ou dans ceux où il faudra être nomade/mobile.

Hadda en Grande Syrie

Événement important, car il est le seul qu'on puisse dater. Il sera le signe de l'accélération des choses.

Il précède les 3 bannières qui se réuniront sous le Sufyani 2, mais après les bannières noires du Sufyani 2 (donc les exactions).

Hadiths

Nous avons vu pas mal de hadiths donnant une suite d'événements autour du hadda dans le chapitre *Chronologie* (p. 569) plus haut. Voyons les hadiths spécifiques à ce signe. A noter que Sayha (le cri), ayat (signe céleste), Qa'za (signe) sont tous décrits avec les mêmes mots que Hadda (son d'un gros coup de marteau qui résonne loin), font référence au ramadan, et sont donc la même chose.

Il y aura un Sayha (hadda) pendant le Ramadan... Cela se passera au milieu du mois de Ramadan, un vendredi matin. Cela se fera une année où le Ramadan débutera une nuit de vendredi. Il y aura le hadda qui réveillera celui qui est endormi, et sortir les jeunes filles de leurs appartements, une nuit de vendredi durant une année avec de nombreux séismes (et très froide). Donc [après] la prière de l'Aube à la moitié du mois de Ramadan, rentrez dans vos maisons, fermez vos portes, bloquez vos fenêtres, recouvrez vous, et bouchez vous les oreilles. Quand vous sentirez le Hurlement, jetez vous au sol recroquevillés et priez Dieu". (IH)
Pendant le Ramadan, il y aura un Son (ou une Voix). Si le milieu du Ramadan tombe sur une nuit de Vendredi, il y aura un son venu du Ciel qui causera la mort de 70.000 et la surdité de 70.000 autres. (Z)

Résumé

Mohamed parle d'un cri / hurlement (Sayah), mais aussi de déflagration, comme un coup de marteau (Hadda) très puissant qui réveillera les gens de tout un pays, et effraiera les réveillés.

Lié à un météore et à un signe céleste (Qa'za) faisant se figer les gens qui le regarde. Ce Hadda provoquera 70 000 morts et 70 000 sourds.
Les mois qui suivent seront agités, et il est conseillé d'être nomade.
Les événements de Safar et Jumada, concernant l'étoile, sont couplés aux hadiths sur l'étoile cornue Zu-Shifa.

Vendredi

Si la plupart des hadiths donne le vendredi au début (ramadan débutant dans la nuit de jeudi à vendredi), et donc le milieu du ramadan aussi un vendredi, d'autres donnent le vendredi à la fin.

La catastrophe (Wahiya)

D'autre hadiths donnent des détails intéressants : Le son de marteau / déflagration (Hadda) devrait se passer entre la moitié et le 20e jour du Ramadan, la catastrophe (Wahiya) entre le 20e et le 24e jour du Ramadan.

Nombre de morts

Il est possible que 70 000 soit un code comme le fait la Bible, ou un chiffre voulant dire "beaucoup de morts". En tout cas, l'événement ne semble pas anodin.

Causes possibles

Les consignes de se boucher les oreilles ressemblent à des ondes de choc suite à une explosion (surtout ceux qui deviennent sourds), ressemblant à ce qu'ils ont vus à Tcheliabinsk.

Astéroïde

Comme a Tcheliabinsk, mais en plus destructeur. Certains Hadiths parlent de "Shahab", peut être une référence à un astéroïde puisque cela signifie "étoile filante".

Bombe nucléaire

On sait que Daesh possède 3 têtes nucléaires, venant du Pakistan, qui tiennent dans une fourgonnette.

Nappe de gaz en suspension

Comme a Tunguska. Surtout dans cette région riche en gaz fossile du sous-sol.

Date

On sait qu'il se produira au milieu d'un ramadan commençant un vendredi. La dernière fois que ça s'est produit, c'était en 2012, et la prochaine fois, en avril 2020 :

- du vendredi 24 avril au dimanche 24 mai 2020 (le vendredi 8 mai 2020 est le 15e jour (moitié) du ramadan qui dure 30 jours (1 mois))
- du mardi 13 avril au jeudi 13 mai 2021
- du samedi 2 avril au mardi 3 mai 2022

La Lune étant en retard sur son orbite, depuis 2013, il y a chaque année de violentes controverses pour savoir quand partira réellement le ramadan, qui peut varier d'un jour. Le ramadan de 2020, prévu le jeudi, est déjà reporté, 2 mois avant, par la plupart des musulmans, au vendredi (ce qui correspond aux prophéties sur le coup de marteau).

Il y a de très nombreux séismes dans cette région, et des coups de froids depuis 2015, parfois de la neige exceptionnelle depuis quelques années, ce qui est anormal pour une des régions les plus torrides de notre planète. Donc le cadre des prophéties est prêt depuis longtemps.

Sufyani 2

Le Sufyani 2 prépare le terrain du Dajjal. Par sa menace, le Sufyani 2 permet une remise en question des musulmans sur les dérives de leur culte. Car en effet, comme le disait Mohamed, l'islam est devenu une coquille vide, et trop de courant se battent à mort pour savoir comment interpréter des textes trop déformés par les corruptions premières, l'évolution de la langue, et l'infiltration des chapeau noirs dans les gouvernements et la corruption des coeurs et des moeurs.

Sufyani n'est pas le Mahdi

Les hadiths précisent que le Mahdi sera en guerre contre les bannière noires et le Sufyani (les bannières noires, comme Daesh les arbore, ne peuvent donc être les armées du Mahdi). Ce sont donc bien 2 personnes séparées.

Mohamed dit que les exactions du Sufyani seront telles que les musulmans souhaiteront qu'arrivent le Mahdi. En décapitant les enfants ou en les brûlants vifs, on peut dire que Daesh s'est montré à la hauteur de la cruauté des armées du Sufyani décrites par Mohamed.

Chronologie

Le Sufyani 2 viendra de Damas.

Une fois pris le contrôle des 3 armées, Sufyani 2 attaquera de nouveau vers l'extérieur pour s'expandre (refaire l'ancienne Sumer, comme le veulent les illuminatis) :

- finit d'envahir l'Irak (génocide de centaine de milliers de chiites).
- Combat la contre-attaque occidentale (victoire de Deir Ezzor)
- attaque l'Iran (contre-attaque des Talibans/Iran/Kurdes), et est défait à la porte d'Ishtar, face à la coalition des musulmans : les chiites iraniens et les armées de Khorassan (Kurdes et Talibans pakistanais et afghans), mais pas encore les sunnites Saoudiens.
- attaque l'Arabie Saoudite et pille Médine, le 2e lieu saint des Musulmans. Massacre des sunnites, et montre aux musulmans qu'il ne respecte pas les règles sur le vol et l'hospitalité sacrée aux pélerins.
- Son armée est bloquée à Mina (5km de la Mecque). Des princes Saoudiens à la Mecque sont tués dans des attentats par les hommes du Sufyani 2. Le

Mahdi est choisi, l'armée du Sufyani 2 doit repartir et est décimée par un séisme.

Aspect

Ses bannières sont rouges et son aspect du visage est physiquement déformé : des bras forts et un corps plus frêle, un visage aplati avec des yeux enfoncés profondément dans ses orbites, un teint clair/blême et un nez fin. Il est même appelé, pour le différencier de son prédécesseur, le Sufyani déformé / mal-formé. On ne parle donc pas de Khameinei, le leader iranien, au côté droit abîmé par un attentat.

Avènement des 3 armées

Reprenons la chronologie du Sufyani 2.

Après la mort du Sufyani 1, 3 armées se disputeront le pouvoir (il sera là encore question de l'or de l'Euphrate, mais c'est une 2e bataille après celle qui a eu lieu tout de suite après la découverte).

Le Sufyani 2 sera le gagnant de ces luttes fratricides pour le pouvoir entre 3 chefs.

“Quand les bannières noires auront des différends les unes avec les autres, un village parmi les villages d’Iram et le flanc ouest de sa Mosquée s’effondreront. Alors, en Syrie, trois bannières (armées) apparaîtront pour chacun d’As’hab (homme blanc et rouge/rougeot/roux), Abqa’ et le Sufyani. Le Sufyani viendra de Syrie et Abqa’ d’Égypte. Le Sufyani les vaincra" (IH)

Une des armées qui se lèvera en Syrie sera dirigée par un certain Aqba, un égyptien, et d’autres hadiths rajoutent qu’il ira s’installer dans le Khorassan, ce qui correspond aujourd’hui à une zone à cheval sur L’Iran et l’Afghanistan.

Le 3e chef, As’hab, est décrit comme un homme blanc, mais son second descriptif est peu clair. Il s’agirait d’un homme rougeâtre ou rougeaud. Il est plus probable que dans l’idée, ce soit plutôt un homme roux.

Possibilité Daesh 2

Daesh possédait des chefs tchétchènes roux et barbus, comme “Omar le Tchétchène”, tout de même ministre de la Guerre de Daesh (donc virtuellement le numéro 2).

Ces événements peuvent s'appliquer aux guerres internes qu'il y a eu pour le pouvoir en 2016 (entre Al Bagdadi le vainqueur, Al Gazymi (As’hab?) et Al Zawahiri chef d’Al qaïda (Aqba)), et qui ont vu Al Nosra et les autres groupes rebelles faire allégeance au chef de Daesh, Al Bagdadi, à Raqqa.

Aucune information sur le fameux Al Gazymi qui conteste de leadership actuel du calife de l’EI, Al Bagdadi. Omar le Tchétchène ayant été blessé par le raid USA, peut être agit il par un lieutenant interposé.

L'argent massif qui a financé Daesh (armes, 4x4 flambants neufs, entraîneurs CIA, djihadistes payés des milliers d'euros par mois) provient d'une quarantaine d'ultra-riches venant des pays occidentaux (voir révélations services secrets russes via Poutine), pays occidentaux peu connus pour leurs milliardaires musulmans...

Depuis 2020, Daesh 2 a complètement échappé à ses maîtres occidentaux des chapeaux noirs (laminés par les Q-Forces). Les têtes pensantes de Daesh n'ont donc plus l'ordre de faire tuer le plus de musulmans possibles (dans les rangs de Daesh comme contre les Kurdes, ou chez les victimes d'en face (civils et armées régulières). Sans sabotage de la part des tireurs de ficelles, Daesh 2 sera bien plus efficace que ses ennemis ne le croiront, d'où ces attaques éclairs qui surprendront tout le monde, surtout dans un monde ravagé par l'arrivée de Nibiru.

Victoire à Deir Ezzor

“Si les Turcs (ou Russes ?) et les Romains (traduit parfois sous le terme Européens) en alliance amassent leurs armées, qu’un village près de Damas subit un effondrement, et que des gens sont ensevelis par le flanc arrière ouest de leur Mosquée, alors trois bannières se lèveront en Syrie : Abqa’, As’hab (rouge/roux et blanc de peau) et le Sufyani. Un homme/un chef à Damas sera assiégé, puis tué avec tous ceux qui l’accompagneront. Deux hommes de la lignée des Sufyans apparaîtrons, le second sera victorieux. Alors que l’armée de renfort d’Aqba’ approchera, le Sufyani les battra. Il tuera les Turcs (ou les Russes) et les Romains (ou les Européens) à Qirqisia [Deir Ezzor] jusqu’à ce que les renards du désert se satisfassent de leur chair." (IH)

Globalement ce hadith confirme le scénario déjà évoqué, mais rajoute des données complémentaires : Cette alliance russe et occidentaux, ou turcs et européens, sera battue par le Sufyani 2, le nouveau chef des djihadistes.

Comment expliquer cette victoire ?

Cette victoire est un indice important, car on a vu que les Russes ont jusqu'à présent repoussé efficacement, de même que les Américains quand Trump a pris le pouvoir.

Il faudrait un Daesh puissance 10 (regroupé autour d'un Sufyani charismatique), et / ou des problèmes liés à Nibiru, ayant obligé les occidentaux à rapatrier toutes leurs forces sur le territoire national, afin de faire respecter la loi martiale et l'ordre, d'aider les populations face aux cataclysmes naturels, de bloquer les routes, de garder les camps de travail, de pourchasser les récalcitrants au NOM...

Le sort du mont du temple de Jérusalem-Est peut aussi déstabiliser la région, par exemple s'il reste aux mains des chapeau noirs, ou s'il devient une zone des Q-Forces (casques bleus français). Une appropriation de l'esplanade du temple activeriat le djihad massif des musulmans.

Porte d'Ishtar

Une grande bataille sera livrée à la porte d’Ishtar en Irak, où les iraniens/kurdes arrêteront les armées du Sufyani en marche, mais avec des pertes colossales.

Sac de Médine

Suite à la défaite à la porte d'Ishtar, les armées du faux califat, bloquées dans leur invasion de l'Iran, se retourneront alors au sud, vers l'Arabie saoudite, qui subira un très sérieux revers, puisque les envahisseurs prendront Médine, la seconde ville sacrée de l'islam, et la pilleront trois jours durant. Cette victoire indique que l'Arabie Saoudite sera déjà fortement affaiblie, soit par des séismes, soit par les guerres de succession du vieux roi malade (guerre civile en Arabie aura déjà sévi depuis quelques mois toujours selon les Hadiths).

Cette attaque du 2e lieu saint de l'islam sera le choc qui réveillera les musulmans, et les obligeront à coopérer. L'Iran et l'Arabie, affaiblis, n'auront pas d'autre choix que de passer outre 14 siècle de haine inter religieuse (chiites - sunnites).

Le pillage des pèlerins à Mina

C'est un grand sacrilège dans l'islam, où le vol n'est pas toléré, et sévèrement puni (jusqu'à couper la main). Ce qui indique sur la spiritualité de ceux qui le réaliseront.

Ça se passera à Zul-Hijjah (mois du pélerinage), des violations des règles / des exactions, lors du pélerinage à la Mecque. Vu le nombre de personnes, le moindre incident se finit dans un bain de sang à chaque fois. C'est du moins ce que les hadiths suggèrent, puisqu'ils parlent d'un massacre immense, où les pèlerins seront même enlevés et dépouillés de leurs biens. C'est en ce sens que "ce qui est interdit" sera commis, puisque les Saoudiens ont une responsabilité en qualité d'hôtes à veiller à la sécurité des pèlerins, c'est une responsabilité religieuse de premier plan en qualité de gardiens de la Mecque.

On peut aussi penser aux bannières noires pillant Médine et cherchant à attaquer la Mecque, ou attaquant les pèlerins sur la route.

Fuite des Saoudiens à la Mecque

Les gens s'enfuiront mais nombreux seront ceux qui seront massacrés, y compris des membres de la famille royale saoudienne. On sait alors que le Mahdi pourra s'enfuir et se réfugiera à la Mecque, près de la Kaa'ba.

Le Mahdi "forcé" à la tête de la coalition

La population et les princes seront en profond désaccord et le pouvoir sera vaquant, si bien que beaucoup forceront le Mahdi à devenir le nouveau roi en lui prêtant allégeance, malgré son refus.

Nous verrons la partie Mahdi plus loin.

Mahdi

Depuis très longtemps, les musulmans attendent celui qui viendra reconstruire la religion musulmane, imparfaite suite aux falsifications historiques des illuminatis, et unir tous les courants musulmans en un seul. Cet hypothétique Calife, parfaitement droit et honnête, est appelé le Mahdi, c'est à dire le "bien guidé".

Le Mahdi n'est pas un prophète (ne va pas créer une nouvelle religion, contrairement à Jésus 2), mais est plutôt décrit comme un roi avisé et honnête qui réformera l'islam (Mohamed disait lui même que l'islam deviendrait une coquille vide et corrompue, d'où la nécessité pour Allah d'envoyer un roi juste, afin de revenir à l'islam originel).

Notez aussi qu'une fois le Sufyani 2 battu par les musulmans coalisés derrière le Mahdi (Chiites et Sunnites unis, on croit rêver !), c'est l'antéchrist (appelé Dajjal) qui prend la suite du Sufyani pour attaquer le Mahdi, et là les européens sont de nouveau concernés (en tant que participants aux armées du Dajjal).

Reboucler par exemple avec les guerres d'Armageddon (vallée de Jérusalem) de St Jean.

Les prétendants actuels

Le Madhi est nommé

Dans les prophéties musulmanes, à la fin des temps, le "Mahdi" (le bien guidé, qui ne sera pas un prophète mais un grand chef) prendra le pouvoir à la Mecque et fédérera les Arabes Sunnites. Un homme de la lignée de Mohamed (donc de sang royal).

"Le père aura le même nom que mon père (Abdallah) et le fils le même nom que moi (en parlant du Mahdi)".

Or, comme par hasard, c'est la première fois qu'un Roi d'Arabie Saoudite s'est appelé Abdallah (2005 à 2015).

Roi Abdallah

[Amar bin Yusr] "Les signes du Mahdi sont : les occidentaux (Américains ou Russes) qui s'étendront vers vous. Un Calife qui recherchera la richesse qui mourra à la suite duquel vous nommerez un successeur qui sera faible/affaibli et qui sera déposé au bout de deux ans[quelques années]. Un effondrement qui arrivera dans l'Ouest de Damas sur une Mosquée. L'émergence de trois individus (Abqa', Ash'Hab et le Sufyani) en Syrie"

Le roi Abdallah était bien assoiffé d'argent, sa fortune personnelle était colossale.

Roi Salmane malade

Le roi Salmane (depuis le 23 janvier 2015) est le demi-frère d'Abdallah, et l'a remplacé selon la tradition (c'est le frère survivant qui prend le trône).

Abdallah était donc l'oncle de MBS, et pas son père, mais le prophète Mohamed pouvait parler de la maison du père, et du symbolisme compliqué des successions royales dans la même génération.

Les prophéties parlent du roi avant le Mahdi.

"Alors les gens choisiront un homme (afin qu'il soit leur chef) qui sera instable/changeant. Alors, la dernière, terrible et déstabilisante tribulation ne laissera personne sans lui donner un gifle (pour tester sa foi)".

Le roi actuel Salmane a Alzheimer, obligeant MBS, le dernier né, à faire un coup d'État doux, puis dur

2 prétendants

2 grands prétendants à cette prophétie :

- Mohamed Ben Abdallah Al Saoud, le fils du roi Abdallah et d'Anoud Fayiz (4e épouse), mais dont on ne sait rien, même pas s'il est encore en vie.
- Mohamed Ben Salmane (MBS), le fils du roi Salmane actuel (demi-frère d'Abdallah), sur le trône depuis 2015.

MBS plus probable

Le Mahdi aura entre 30 et 40 ans au moment des faits.

Il sera comme quelqu'un de normal (donc soumis aux tentations et aux erreurs), et ce n'est qu'après une illumination (divine) en une nuit, qu'il changera pour devenir un leader éclairé, prenant subitement conscience de son rôle.

Il peut s'agir, à propos de cette révélation en une nuit, de l'incarnation de l'âme entre 30 et 40 ans, mais aussi de la mort du prince héritier, et de son remplacement par une doublure, comme ça aurait pu être le cas après la disparition de MBS suite à l'attaque d'un drone).

Le Mahdi aura le nez aquilin, le front large et bégaiera en public.

C'est un portrait physique fidèle du prince MBS (qui aura 35 ans en 2020, et est le dernier né, mais le plus compétent, et qui s'est imposé comme numéro 1 en faisant le boulot de son père malade) !

Guerres de l'ombre pour la succession

Les prophéties disent qu'il y aura de gros problèmes de succession, probablement une révolte.

MBS a été obligé de faire un coup d'État dur pour sauver sa peau : assassinat et emprisonnement des princes corrompus qui complotaient contre lui, que des alliés de la CIA de longue date (la branche "Ben Laden"), soient suspectés d'alimenter Daesh ou d'attaquer l'Iran pour déclencher une guerre ouverte.

Sans parler des jalousies et des vues des autres princes sur la succession au trône. Une des plus mauvaises places en ce moment que d'être vice-héritier d'un pays qui sombre en décadence, et d'avoir en même temps à être responsable, sans y être légitimement habilité, à lutter contre autant d'ennemis déclarés. De plus, MBS détricote patiemment 40 ans de Wahhabisme CIA, un des islam les plus durs et intransigeant du monde, asservissant femmes et travailleurs immigrés, considérés comme pire que des chiens.

Une vraie guerre, MBS finissant par être victime d'une tentative d'assassinat par drone. MBS a ensuite disparu plusieurs semaines de la scène internationale, comme s'il avait été grièvement blessé, voir remplacé par un sosie.

En mars 2020, le roi Salmane étant déclaré mourant (un piège tendu pour les faire passer à l'action), 3 autres princes ont tenté un nouveau coup d'État, et ont finis emprisonnés.

L'instabilité politique et l'attaque du Sufyani

Plusieurs personnes seront candidates à sa succession, mais personne ne saura choisir parmi eux. Ce qui donnera de très forte tension sur le pouvoir saoudien (sans véritable roi), et incitera Sufyani 2 à attaquer l'Arabie.

Le Mahdi vient forcément après le Sufyani, les prophéties sont très claires là-dessus : c'est la guerre de l'Arabie avec le cruel tyran syrien (Sufyani 2) qui provoque une crise de succession à la Mecque, crise où les populations refuseront des candidats inefficaces et corrompus pour se choisir un nouveau roi plus intègre.

Choix du prince héritier non direct

C'est un des fils (princes héritiers) qui sera mis en place (coup d'État) et pas le successeur légitime. Ce successeur ne sera pas complètement illégitime, puisque le Roi Faycal (prédécesseur d'Abdallah) a mis en place une nouvelle règle de succession inédite, dite "du successeur le plus apte" : la tradition doit primer (prendre le frère le plus âgé, puis le fils le plus âgé), sauf si une personne autre s'avérait plus apte à gouverner le pays que la personne normalement prévue. Là encore, c'est la première fois de toute l'histoire que la réalisation de la prophétie de Mohamed est rendue possible.

Face aux défaites contre Sufyani 2, le peuple se tournera alors vers une personne qui refusera le trône, mais à qui tous finiront par faire allégeance : le Mahdi.

Le Mahdi ne sera pas prioritaire à la succession, étant le plus jeune.

Événements lors du choix du Mahdi

Les prophéties musulmanes parlent du meurtre d'un jeune homme de la lignée Hachémite (ainsi que de sa femme ou son frère selon les sources).

[Amar bin Yasir] "Une fois que l'âme bonne et son frère sont tués, et ils seront tués à la Mecque, un appel du Ciel dira "votre prince est "nom du prince". C'est le Mahdi qui remplira la Terre d'équité et de justice (Nuaim Ibn Hammad's Kitab Al-Fitan).

Si on sait que le prénom du Mahdi est Mohamed, son nom patronymique n'a pas été révélé.

Concernant les princes /princesse morts (selon certaines sources, crucifiés) à la Mecque par le Sufyani. On sait que les armées de ce tyran n'atteindront jamais cette ville, ce qui conforte une attaque ciblée et donc un attentat (une prise d'otage, par exemple, où les personnes concernées sont exécutées par crucifixion).

Il y a de nouveau référence à une voix (angélique, il est dit ailleurs que ce sera la voix de Gabriel, dont un pied sera sur la mer et l'autre sur la terre) venant du Ciel, à l'image de ce "coup de marteau" ou cri venu du ciel (Hadda). Possible que les deux aient un rapport.

Serments d'allégeance

L'Arabie Saoudite utilise encore de vieilles traditions qui se révéleront cruciales pour choisir le nouveau chef (même si aujourd'hui l'allégeance se fait sur twitter, comme ce fut le cas pour le roi Salmane en janvier 2015).

Dans le temps, les Saoudiens traversaient le désert pour prêter allégeance à leur nouveau roi. Une obligation destinée à donner de la légitimité au souverain et un engagement tribal à lui obéir.

Cette pratique est particulière et très intéressante d'un point de vue eschatologique. En effet, si le roi Salmane venait à décéder, ou même à être notoirement incompétent (il a alzheimer), il n'est pas exclu qu'en cas de désaccord sur un successeur (par exemple, choisir le dernier né comme MBS plutôt que son aîné selon la loi classique de succession), les notable (et même le peuple) prêtent allégeance au souverain choisi sans passer par la voie officielle de la succession.

Qui mieux que le ministre de la défense (MBS) peut recueillir l'allégeance des saoudiens en cas d'attaque de Daesh / Sufyani 2 ?

Effondrement en Syrie

“La Terre avalera un village appelé Harasta près de Damas" (AB)
"Le Mahdi ne viendra pas tant qu’un effondrement du sol n’aura pas lieu dans un village de la région de la Ghouta appelé Harasta." (IS)
Dans la périphérie de Damas, le quartier de la Ghouta fut un fief de Daesh.

On sait que le flanc Ouest de la Mosquée d’Harasta s’écroulera, et des Hadiths rajoutent même que des gens resteront coincés dedans.

Faux puis vrai califat

Sufyani 2 faux califat

Ce qui est bien avec Daesh, c'est que c'est un faux califat, c'est à dire qu'il prétend diriger tous les musulmans.

Cette déclaration d'autorité (qui contredit l'islam) va forcer les musulmans qui s'opposent aux bannières noires à le contrer en lui mettant en face une vraie autorité légitime : le faux califat en appelle forcément un vrai, afin de rétablir les choses.

Or, pour arriver à cette "union sacrée" des bons musulmans contre les fous de Dieu et les barbares qui se prétendent les plus purs des musulmans, il faut que l'autorité d'opposition soit légitime, et forcément cela passe par un Calife (élu).

Il faut quelqu'un d’exceptionnel pour être digne de cet héritage, non seulement quelqu'un de droit, mais aussi quelqu'un qui rebâtisse l’islam lui-même, religion qui a dérivé au cours des siècles.

Le Madhi rebâtit les fondements de l'islam. C'est Jésus 2, le prophète, qui créera une nouvelle religion sur l'islam rebâtie (il répétera son enseignement d'il y a 2 000 ans, qu'on a perdu de nos jours).

Les musulmans attendent depuis longtemps le Mahdi, sans l'avoir trouvé jusqu'à présent.

Vrai califat

Pour contrer le Sufyani, les bons musulmans s’uniront autour d'un chef (le Calife Mahdi) et renverseront le faux califat, engageant du même coup une révolution au sein de l'islam et la reformation de l'Ummah, la communauté des musulmans (comme au temps de Mohamed). Fini le fondamentalisme aveugle et corrompu.

Les cataclysmes

La défaite du Sufyani ne sera pas entièrement militaire, elle se fera grâce au concours de circonstances exceptionnelles, notamment un immense séisme qui mettra son armée en déroute en Arabie. Le Mahdi en profitera pour détruite le faux califat définitivement et libérer les territoires tyrannisés. Il établira alors sa capitale, comme le Sufyani auparavant, à Damas.

Pourquoi ? D'abord parce que Médine aura été pillée et détruite, ensuite parce que le grand séisme aura détruit aussi la Kaaba (la Mecque). Il est dit aussi qu'une importante invasion par le Sud (par le Yémen) des peuples du Soudan / Éthiopie repoussera les Saoudiens vers le Nord. On se rend alors compte que les prophéties ne parlent pas que de simples guerres, mais de gros changements naturelles et géopolitiques (passage de Nibiru).

Armées du Mahdi

Apostasie

Après tous ces événements cataclysmiques, les gens peu croyants perdront la foie. Ceux qui attendaient un dieu protecteur en échange de leurs services (ce que demandent les dieux sumériens) feront ce qu'ils ont fait après le déluge :

"le Coran sera enlevé des lèvres et des cœurs, l’incroyance deviendra générale."*
"Les compagnons questionnèrent alors : "Dieu nous détruira-t-il, alors que parmi nous il y aura des bienfaisants ?" - Oui, c’est parce qu’en vous se multiplieront les péchés (fornication et autres)".

Les résistants

Malgré ces épreuves, il subsistera toujours, jusqu’à la fin du monde, un petit reste de croyants (M), qui résistera aux côté du Mahdi.

Passage de Nibiru

Lever de Soleil à l'Ouest

"Le jour où Nous plierons le ciel comme on plie le rouleau des livres."
=> rebobinage de la course du Soleil.

"Après que ce signe se produise, Dieu n'acceptera plus les déclarations de foi, de croyance en Dieu ou de repentance.
Ce signe se produira au même moment de l'émergence de la Daabba [Nibiru].
De plus, à la fin des 3 jours de nuit (début du lever de Soleil à l'Ouest), la porte de la repentance est scellée."

Le feu à Aden (Yemen)

Le dernier signe majeur à apparaître, avant le jour de la résurrection (pas de précision si avant ou après le lever de Soleil à l'Ouest), est le feu qui proviendra du Yémen ou d'Aden. Les gens se rassembleront dans leur assemblée finale [BAD ?].

Ces feux pourraient provenir des champs pétrolifère d'Irak, mis en compression par la poussée Africaine vers l'Est, faisant ressortir des mares de pétrole qui prendront feu.

Ce feu chassera les habitants (qui obligent le Mahdi à s'établir à Damas ?), suivi de la destruction de la Kaaba par les Abyssins. Il s'agit de la destruction physique de tous les lieux saints de l'islam, prophétie étonnante et pourtant explicitement enseignée par Mohamed. Cette destruction finale de l'islam visible par les armes du Dajjal.

Jour de la résurrection

Ne pas confondre avec le jour du jugement, qui pourra avoir lieu plus tard.

Ce sera un grand jour. Il semblerait que ce serait le jour du pole-shift (quand la croûte terrestre se découple du pole magnétique de Nibiru).

Il y aura la destruction dans sa totalité de la Terre, de ses montagnes, de son ciel et des étoiles, ainsi que celle du Soleil et de la Lune.

Le séisme [qui précédera] l'Heure est une chose terrible. Le jour où vous le verrez, toute nourrice oubliera ce qu'elle allaitait, et toute femelle enceinte avortera de ce qu'elle portait. Et tu verras les gens ivres, alors qu'ils ne le sont pas. Mais le châtiment d'Allah est dur. » (Coran 22/1-2).

« Et ne pense point qu'Allah soit inattentif à ce que font les injustes. Il leur accordera un délai jusqu'au jour où leurs regards se figeront. Ils courront [suppliant], levant la tête, les yeux hagards et les cœurs vides. » (Coran 14/42-43).

Ce jour-là, le Coran sera présenté au monde.

« Le Coran sera amené le jour de la résurrection ainsi que ses gens, ceux qui le mettaient en pratique dans la vie d'ici-bas. Les sourates Al Baqara et Al Imran seront alors à sa tête ». (M 805)

Les âmes (réincarnées ou ramenées dans notre dimension) seront jugées, c'est comme s'il s'était écoulé une heure depuis leur mort :

« Et le jour où Il les rassemblera, ce sera comme s'ils n'étaient restés [dans leur tombeau] qu'une heure du jour et ils se reconnaîtront mutuellement. » (Coran 10/45).

« Quand le ciel se rompra, et que les étoiles se disperseront, et que les mers confondront leurs eaux, et que les tombeaux seront bouleversés, toute âme saura alors ce qu'elle a accompli et ce qu'elle a remis de faire à plus tard. » (Coran 82/1 à 5)

"quand le soleil sera obscurci, et que les étoiles deviendront ternes, et les montagnes mises en marche, et les chamelles à terme négligées, et les bêtes farouches rassemblées, et les mers allumées, et les âmes accouplées, et que l'on demandera à la fillette enterrée vivante pour quel péché elle a été tuée. Quand les feuilles seront déployées, et le ciel écorché et la fournaise attisée, et le Paradis rapproché… alors viendra la fin."

" Un phénomène sismique en Occident, un autre en Orient, un troisième en Arabie. La terre sera secouée par un grand séisme, le ciel se fendra, les planètes se disperseront, les mers seront projetées, les sépulcres bouleversés, les montagnes voleront comme des flocons de laine cardée. Le mode connaîtra-t-il de profonds et rapides bouleversements structurels"

La fumée

Une fumée qui fait s'évanouir les incroyants, qui recouvre le monde pendant 40 jours.

Le Coran en parle (sourate 44, La Fumée) et raconte comment elle va s'étendre sur Terre. Selon certains exégètes dont Abi Massoud, ce serait un temps terrible de faim, de misère semblable à ce qui est arrivé à la tribu de Quoraïch au temps de Mohamed.

Voir la bruine et le ciel obscurci après Nibiru (L2).

Dajjal Musulman

Le Prophète s'en préservait par un signe quand il en parlait.

Il se comparera à Dieu. Dans son mensonge, il prétendra être Dieu.
Je vous mets en garde à son sujet, comme les autres prophètes ont, avant moi, mis en garde leur communauté. (B 3160, M 2936).

Survol

Description générale (p. 567)

Le trompeur sera le plus grand test jamais proposé à l'humanité.

Aspect (p. 568)

Géant de 3m de haut, vivant plusieurs millénaires, borgne balafré à la peau blanche.

Prétendument dieu vivant (p. 569)

Un demi-mensonge : Dieu n'est pas entièrement en nous, vu que nous faisons partie de Dieu avec tout le reste de l'Univers. Nous sommes tous des dieux vivants, Dajjal est notre égal.

Chronologie (p. 569)

Les événements précédant sa venue correspondent aux prophéties judaïques. Il régnera 3 ans au Moyen-Orient.

Confusion Dajjal et Mahdi (p. 569)

Daesh et certains chiites, au lieu de regarder les nombreuses hadiths non ambiguës, s'appuient sur une poignée de Hadiths peu claires et peu fiables.

Armées du Dajjal (p. 569)

Européens et Musulmans seront trompés par le Dajjal. La technologie sera supérieure à celle du Mahdi. Mohamed décrivait les avions modernes dont bénéficiera le Dajjal, de même que son fameux trident tirant des éclairs pour impressionner les foules.

Description générale

Les différents noms

dans les hadiths, on lit les noms suivants : "ad-Dajjâl", "le grand Trompeur" – "Massîh ud-dhalâla", "le Messie d'égarement" : FB 13/126 – "al-A'war ul-Kaddhâb", "le Borgne grand Menteur").

Présentation

Il s'agira d'un homme qui établira son règne sur quasiment toute la Terre, règne pendant lequel tous ceux qui n'apporteront pas foi en sa personne seront dans d'énormes difficultés matérielles.

La (venue du) Trompeur sera, dans l'histoire de toute l'humanité, la plus grande épreuve jamais arrivée pour la foi en Dieu (FB 13/115 ; voir aussi M 2946).

Aspect

Taille

C'est le point critique. En effet, Mohamed décrivait un ogre de grande taille, et les corrupteurs des hadiths ont tout fait pour cacher la description de leurs faux dieux ogre. C'est pourquoi, si dans la plupart des hadiths, on retrouve bien la grande taille, dans un hadith, on fait dire à Mohamed que le dajjal serait petit et déformé.

Et les savant musulmans ultérieurs, eux aussi alliés aux ogres (et donc demandant au peuple de servir Odin, pas de le combattre), face à ces contradictions (Mohamed dit que le dajjal sera grand et immense), ont encore une fois utilisé l'excuse de l'allégorie, disant que Mohamed parlait de sa dangerosité, pas de sa taille réelle).

Il n'y a que dans la description que fait Tamin du dajjal, quand il l'a vu menotté et enfermé dans une abbaye, qu'on n'a pas de doute : c'est bien l'homme le plus grand qu'il ai jamais vu, avec un front plus bombé...

Un seul hadith parle de petite taille

Et bizarrement, c'est celui qui sort le plus en ce moment...

Attention aux hadiths qui confondent le Sufyani avec son maître le Dajjal. Le Sufyani est petit et déformé, pas le dajjal...

Dajjal est le plus grand homme jamais vu

Tamin Ad-Dari, qui a vu le Dajjal sur une île à l'Ouest, cité par Muslim :

l'homme le plus gigantesque que nous ayons vu

Aucune ambiguïté donc, on parle bien de la taille... Mais d'autres hadiths existent, volontairement mal interprétés pour la plupart, mais la plupart ne sont pas équivoques : c'est bien un ogre qui est décrit :

D'après Abdoullah Ibn Omar, Mohamed a dit :

"Au cours d'un sommeil, je faisais le tour de la Kaaba. Soudain, je me suis retrouvé en présence d'un homme brun, aux cheveux crépus, se tenant debout entre deux hommes, la tête laissant échapper des gouttes d'eau [en sueur]. J'ai dit : qui est celui-là ?
- Ils m'ont dit : c'est le fils de Marie [Jésus].
Je me suis mis à tourner la tête quand brusquement je me suis retrouvé devant un homme rouge, de forte corpulence [grand et musclé], aux cheveux crépus et à l'œil droit borgne et semblable à un raisin flottant. J'ai dit : qui est celui-là ?
- Ils ont dit : c'est le Dajjal. Celui qui lui ressemble le plus est Ibn Qatan".

(Al-Boukhari n°6508 - Ibn Qatan est un homme issu des Bani al-Moustalaq des Khouzaa)

Le terme "haute taille" semble avoir du mal à traverser les millénaires !

D'après Imran Ibn Houssayn: "Mohamed a dit :

"Il n'existera pas entre la création d'Adam et la venue de l'Heure une créature plus imposante que Dadjal"". (Muslim n°5239)

Si ce hadiths n'offre pas d'équivoque, d'autres ont été écrits dans des termes qui permettent, en utilisant l'excuse de l'allégorie, de confondre le mot créature avec tentateur, et selon l'interprétation mensongère, c'est la tentation qui devient grande et immense, alors que Mohamed parlait du tentateur, du dajjal physique...

Multi-millénaire

Tamim Ad-Dari, un chrétien converti, raconte au prophète sa rencontre, dans une île à l'Ouest (1 mois de navigation, donc Angleterre probablement), dans un couvent, avec le dajjal, qui possède d'autres noms, comme "Massih".

Un hadith parle du témoignage de Tamin, Mohamed étant tout content parce que ça confirmait tout ce qu'il avait dit précédemment sur le dajjal à ses compagnons. L'histoire est rapporté par Muslim, citant Fatima Binte Kaïs :

"nous vîmes l'homme le plus gigantesque et le plus durement garrotté que nous n'ayons jamais vu ! Ses deux mains sont attachées à son cou, depuis ses genoux jusqu'aux chevilles, avec des chaînes de fer."

Tamin demande :

- "Qu'est-ce que tu es ?
- Je suis le Massih et je suis sur le point d'avoir la permission de sortir. Je sillonnerai la Terre et je ne délaisserai aucun village et ce durant quarante jours seulement, sauf la Mecque et Médine car toutes les deux me sont interdites. Chaque fois que je tente de pénétrer l'une d'elles, un ange se présente, à sa main une épée tranchante, et me repousse. Il y a des anges qui défendent chaque brèche des deux villes. »

Pas de doute ici, pour comprendre que seul un ogre peut être enchaîné au 7e siècle dans une crypte, et attendre de ressortir après 2020 pour prendre le contrôle de la Terre...

Borgne

Il sera borgne (B 2892, M 169) (dans le sens d'"aveugle d'un œil" et non de "cyclope").

Un coup c'est l'oeil droit, un coup l'oeil gauche, difficile d'être précis dans des visions. Mohamed finira par dire qu'un oeil est borgne, l'autre recouvert de peau épaisse sur le côté contre le nez (cicatrice).

Aspect jeune

Le Trompeur sera par ailleurs un homme jeune (M 2937).

Ce n'est qu'un aspect, vu qu'on sait que le Dajjal a plusieurs millénaires d'existence.

Peau blanche

Cheveux bouclés

aux cheveux roux très bouclés, crépus (B 6709), ou encore comme des branches d'arbres

Cicatrice sur le front

Chaque croyant (fût-il illettré) pourra lire, écrites entre ses deux yeux [ou sur le bas de son front], les lettres K-F-R (M 2933), qui signifient soit Kafhir ("incroyance" ou "mécréant",, mais aussi "celui qui vit dans l'obscurité (de la lumière divine ou de la lumière réelle)"), soit la lettre Kafh (grotte ou lieu obscur).

Faire le lien avec le démon Asmodée (p. 530), à qui Salomon a arraché l'oeil d'Horus qu'il portait en bijou frontal, laissant une cicatrice en forme de demi-cercle.

Homme-dieu (dieu-vivant)

Des hadiths disent qu'il affirmera être prophète de Dieu (FB 13/109), d'autres qu'il affirmera être Dieu (A 19665), enfin un hadith précise que d'abord il se dira prophète, puis Dieu (AQ p. 60).

Mohamed rappelait alors que le grand tout n'est pas borgne, et qu'on ne verra le grand tout que lors de notre mort.

Chronologie

3 ans de sécheresse

L'apparition du Trompeur aura été précédée d'une sécheresse exceptionnelle sur 3 ans, allant crescendo, qui aura entraîné une très forte diminution de la production agricole mondiale, ainsi que la mort (d'une grande partie) du bétail (IM 4077 'an Abî Umâma – A 23330 'an Aïcha – A 26298 'an Asmâ' bint Yazîd – cf. NFM 92-93).

Or, quand il apparaîtra, le Trompeur aura avec lui une "montagne de pain" et "une rivière d'eau" (A 22572 ; B 6705, M 2939, IM 4073), c'est-à-dire qu'il disposera des ressources alimentaires (forcément, il aura caché avant toute cette nourriture, pour provoquer une famine artificielle, et les ressortira au bon moment pour attirer les non préparés à le servir).

Signes de son apparition

Ainsi Tamîm ad-Dârî relate que le faux Messie, qu'il a rencontré de façon inattendue dans une île, lui a posé trois questions (ces trois événements sont des signes de la proximité de sa sortie à la surface) :

- *- la première concernait les dattiers de Bayssân, dont il voulait savoir s'ils donnent des fruits, suite à quoi il dit : "Bientôt ils ne donneront plus de fruits" ;*
- *- la seconde concernait le lac Tibériade, dont il voulait savoir si l'eau en est abondante, suite à quoi il dit : "Bientôt son eau disparaîtra" ;*
- *- la troisième concernait la source de Zughar, dont il voulait savoir si l'eau en est abondante (M 2942).*

Durée du Dajjal

Mohamed réponds aux questions suivantes.

Combien de jour le faux messie restera sur Terre ?

40 jours : Le premier jour aura la durée d'une année, le second aura la durée d'un mois, le troisième jour aura la durée d'une semaine. Et les 37 derniers jours auront la même durée que ceux que l'on connaît maintenant. (M 2937)

Dans ce jour qu'aura la durée d'une année, est ce qu'une prière d'un jour nous suffira ?

Non, mais faite vos prières proportionnellement aux journées que vous connaissez. (M 2937)

Durée de règne

Ce qui donne une durée totale de 1 année, 2 mois et 14 jours. Ce sera le laps de temps pendant lequel le Trompeur sévira sur Terre, comme chef sur la scène mondiale.

Dans d'autres hadiths, il est dit qu'il faudra 2 ans pour prendre le contrôle du monde, on peut donc tabler sur 3 ans. Il faut rajouter un an le temps de prendre le contrôle de l'Europe et de motiver les européens à combattre avec lui.

Confusion de certains chiites entre Dajjal et Mahdi

Certains chiites croient que l'Imam Mahdi est en vie depuis 1400 ans, depuis qu'il aurait disparu et serait entré dans un état d'occultation. L'antéchrist est similaire à l'Imam Mahdi de Shia dans le fait qu'il était vivant, mais enchaîné, au moins depuis l'époque de Mohamed, et ne sera libéré qu'à la fin des temps.

Certains chiites croient que l'Imam Al-Mahdi sera un prince de vengeance qui tuera les érudits sunnites, et ne ressuscitera les principaux ennemis chiites (Mohamed, sa femme Aïcha et ses compagnons) que pour les punir sévèrement...

Sans parler du seul hadit qui dit que le dajjal sera petit et déformé, ce qui fera entrer en guerre une partie des iraniens contre Khameini, que la CIA semble avoir volontairement mutilé dans un attentats dans ce but...

Voilà en particulier le genre de corruptions des textes qui explique que le Dajjal entraînera tant de gens de bonne foi à sa suite...

Armées du Dajjal

Moyens technologiques

Le Trompeur se déplacera à une vitesse extraordinaire (M 2937). Il sera sur "un âne dont l'espace entre les deux oreilles sera de 40 coudées [25 m]" (A 14426). Ces longues oreilles sont évidemment à rapprocher de celles d'un avion moderne...

Le Dajjal semble aussi disposer d'un foudre sumérien, ou d'une bombe nucléaire :

"Celui qui aura affaire à son feu, qu'il demande la protection de Dieu et récite les versets du début de al-Kahf, son feu deviendra alors pour lui fraîcheur et paix" (FB 13/124).

La tentation de le suivre

"Mais seuls profiteront du bonheur matériel (dont il aura les clés) ceux qui le suivront. Quant à ceux qui refuseront d'apporter foi en lui et resteront fidèles à

Dieu, ils se retrouveront dans d'énormes difficultés matérielles." (TTNM 31).

"Le Trompeur passera près de gens, ils les invitera (à croire en lui) ; ces gens rejetteront sa parole, et peu après tous leurs animaux mourront." (M 2937, FB 13/131).

"N'ayant rien à manger, ceux qui resteront fidèles à Dieu devront se suffire de la prononciation des paroles "Pas de divinité en dehors de Dieu", "Dieu est le plus Grand", "Pureté à Dieu" et "Louange à Dieu", à l'instar des anges dans le ciel ; miraculeusement alors, et exceptionnellement, cela les maintiendra en vie comme le fait la nourriture (IM 4077 – A 23330 – A 26298 – cf. NFM 92-93), même si la faim physique tenaillera malgré tout leurs entrailles."

Cela ressemble au conseil de devenir prânique le temps de passer la famine.

Les faux miracles

Le Trompeur fera pleuvoir, fera croître les récoltes, fera surgir les trésors enfouis (M 2937).

Le Trompeur sera même capable de guérir l'aveugle de naissance et le lépreux (TTNM 38).

Aidé par des esprits (djinns), le trompeur fera croire qu'il est capable de ressusciter des morts : ces djinns se matérialiseront sous la forme des parents défunts d'une personne, et enjoindront à celle-ci de croire au Trompeur (AQ p. 61).

Le Trompeur aura un jardin et un feu (B 3160, M 2936).

Rencontre des musulmans avec le trompeur

C'est quand ils seront près de Istanbul venant de retourner à eux (cliquez ici) que les musulmans entendront comme nouvelle que le Messie Trompeur est apparu. Des hommes seront immédiatement dépêchés pour vérifier l'exactitude de la nouvelle. Cette première nouvelle se révélera être fausse. Mais, très peu de temps après, le faux Messie apparaîtra réellement (M 2897).

Les villes assiégées

Le règne du Trompeur sera établi sur toute la Terre sauf en ces trois lieux : les villes de la Mecque, Médine, et Jérusalem (Bayt ul-maqdis) (FB 13/131).

Le Trompeur tentera bien d'entrer dans Médine, mais, sur chaque voie permettant d'entrer dans la ville, il se heurtera à la présence de deux anges, et il ne pourra donc y pénétrer (B 6707). Pendant qu'il campera tout près de la ville, la terre de Médine tremblera, et les Hypocrites résidant jusqu'ici dans la ville en sortiront et rejoindront le Trompeur (B 1782, M 2943) ; le Prophète a ajouté : "Ce sera le jour de la délivrance [par rapport à la présence d'Hypocrites dans ma ville]" (FB 13/117).

Le trompeur jette certains de ces ennemis dans son feu [son foudre ? une bombe incendiaire ?].

Les musulmans du Mahdi, après beaucoup de morts, se retrouveront encerclés a Afîq et l'esplanade des mosquées à Jérusalem (soit 2 groupes dans les 2 villes, soit un groupe se repliant sur Jérusalem) (TTNM 36, A, 17226, TTNM 16 ; TTNM, 48, TTNM 31, FB 13/117, TTNM 20, TTNM 13, 17, FB 13/131)

L'environnement de son apparition

Voir en suivant les hadiths sur la durée de règne. Le prophète parle des longueurs de journées différentes lors de la sortie du Dajjal, donc le passage de Nibiru.

Les occidentaux du Sufyani

Une fois le vrai califat en place, il est dit que le Mahdi aura des soucis avec les occidentaux, notamment à propos de certains de leurs ressortissants prisonniers en Syrie suite à la défaite du Sufyani. Il est clairement dit que ces occidentaux étaient dans les armées du Sufyani, il est donc presque certain que l'on parle là de tous les européens partis faire le Djihad en Syrie, et qui se retrouveront prisonniers de guerre. Ces tensions aboutiront à un conflit et probablement que l'affaire des prisonniers sera un prétexte pour renverser le nouveau Califat, puisque celui-ci sera une nouvelle grande puissance mondiale : non seulement il dominera les plus grandes réserves de pétrole (Syrie, Arabie, Irak), mais il contrôlera un très vaste territoire englobant l'Afghanistan et l'Iran en plus du reste (de la Syrie à l'Iran pour résumer). Cette confrontation sera courte et sanglante (selon les textes), avec les armées musulmanes perdant 2/3 de leurs effectifs, mais aboutissant tout de même à une défaite des occidentaux.

Apparition du Dajjal

C'est cette défaite cuisante qui déclenchera la venue du Dajjal, le grand déceveur.

Le dajjal sera alors révélé au grand jour (sort de sa prison souterraine), créera une nouvelle religion sur les cendres des anciennes (le christianisme et le judaïsme seront moribonds face au nouvel islam) basée sur sa propre divinité (dont l'Enkiisme est un prototype dangereux). Il fédérera de très nombreux pays sous son autorité alors que le monde est en plein chaos suite aux catastrophes liées à Nibiru (et qui ont eu lieu lors de la défaite du Sufyani). Ce nouvel ordre mondial, déjà en construction aujourd'hui grâce aux illuminatis, rentrera en guerre contre tous les récalcitrants et la seule force capable de lutter contre cette nouvelle puissance tyrannique sera le tout nouveau califat de Damas. Ce Dajjal est décrit comme un géant roux et borgne prisonnier dans les catacombes d'une église sur une île à l'Ouest par la tradition sunnite, le lien avec Odin est évident.

Malheureusement, le Dajjal détient une vaste connaissance scientifique, qui lui donnera l'avantage militaire. Il assiégera Damas et la poche de résistance finale sera réduite à la seule grande Mosquée des Omeyyades à Damas, dans laquelle le Mahdi et ses dernières troupes se seront repliés. Le siège de la ville par Odin est presque fini, la mort des résistants est certaine.

Plusieurs origines

On retombe dans le travers lors de l'analyse des hadiths, certaines se contredisent, ou du moins doivent être interprétés. Si la plupart disent que le Dajjal viendra avec les romains, d'autres le font arriver d'Iran (Khorassan ou Asie). D'où le danger d'attaquer les chiites iraniens qui épauleront le Mahdi, même s'il est possible que certains iraniens, et leur croyance en un Ali dieu fait homme, aient tendance à suivre le Dajjal, comme beaucoup de musulmans qui seront trompés dans leurs croyances. Le tout sera de ne pas persister dans son erreur, car les prophéties disent que tous seront trompés !

[Anas-ben-Mâlik] "l'antéchrist viendra et ira dans le voisinage de Médine. La ville éprouvera trois secousses et, après cela, les infidèles et les hypocrites iront trouver l'antéchrist. " Hadith* 92, 26 (Point 2).*

Il viendra de la région du Khorassan, en Asie, et 70 000 juifs armés le suivront. Les diables que le Prophète Soulaïman a enchaînés dans les mers le suivront. Il attirera beaucoup de monde à lui car il donnera à boire et à manger. Les musulmans seront tentés de le suivre et d'apostasier leur foi. Mais, selon le Prophète, les Musulmans fidèles mangeront (seront nourri) par le dikrh, le Rappel d'Allah, la prière récitée cinq fois par jour.

Jésus 2

Les prophéties musulmanes et chrétiennes sont parallèles par exemple sur la Parousie (le retour de Jésus à la fin des temps). Là où l'islam est plus complet, c'est qu'il donne d'autres détails sur cette (re)venue.

Les points à retenir

Jésus est un homme

Jésus est décrit comme un homme, il restera sur Terre, aura des enfants et mourra ("Ce qui est né sur Terre doit mourir sur Terre").

Les vrais musulmans le reconnaissent

Coran, S4.V159 : "Il n'y aura personne, parmi les gens du Livre, qui n'aura foi en [Jésus] avant sa mort..."

Jésus est aidé de grands pouvoir

A la fois des pouvoirs personnels ("son haleine abattant les ennemis partout où son regard peut aller"). Haleine = Aura ou d'une émanation quelconque venant de son corps et particulièrement de sa tête (lumière divine, comme dans l'épisode des Évangiles de la transfiguration ?).

Et à la fois de ceux qui l'accompagnent (armée angélique qui le déposent à Damas). Il est fort probable que ces mêmes anges l'aident à vaincre les armées de l'antéchrist qui a pris le pouvoir sur toute la planète.

Il possède aussi des armes technologiques inimaginables il y a 1 400 ans :

Dans les hadiths authentiques :

"Jésus descendra près du minaret blanc à l'Est de Damas. Il portera alors deux vêtements colorés et aura les deux mains posées sur les ailes de deux Anges. Quand il baisse la tête, il en tombe des gouttes d'eau et quand il la relève, elle laisse couler comme des perles. Aucun mécréant ne pourra sentir l'odeur du parfum de son haleine sans tomber raide mort. Or, le parfum de son haleine va aussi loin que son regard »." (M)

Mohamed semble décrire un avion de chasse, qui tire des balles (gouttes d'eau) en piqué, puis qui remonte en larguant des bombes (perles).

Le Mahdi n'est pas Jésus

Les hadiths décrivent bien 2 hommes distincts. Le Mahdi est un simple homme, juste et bien guidé, derrière lequel Jésus se tient du vivant du Mahdi.

Sauveur

Jésus revient expressément pour lutter contre cet usurpateur de Dajjal, mettant fin à son règne despotique et à la fausse religion instaurée. Mais ce n'est qu'une de ses missions, l'autre étant de guider le Mahdi et donc les nouveaux musulmans, puis ensuite d'être chef temporel.

Jésus apparaît donc parmi les résistants qui soutiennent le Mahdi :

«Il y aura toujours une partie de ma communauté qui combattra ouvertement dans la voie de la vérité jusqu'à la fin des temps. Jésus descendra et le Commandeur de ses croyants lui dira : vient diriger notre prière et Jésus répondra : non continue à diriger la prière car vous êtes de la communauté de Mohamed. Chacun peut présider la prière de l'autre. » (M) "L'heure dernière ne viendra pas tant que le fils de Marie ne sera pas descendu parmi vous en qualité d'arbitre équitable. Il brisera la croix, il mettra à mort le porc, il supprimera le tribut. Alors l'argent sera si abondant que personne ne voudra plus l'accepter " (AH).

Chronologie

Jésus apparaît juste avant le baroud d'honneur

Reprenons la situation dramatique dans laquelle se retrouvaient les troupes du Mahdi, assiégées par les armées du Dajjal à Damas et/ou Jérusalem.

Une nuit, le Mahdi et ses compagnons prendront la résolution d'en finir, le lendemain, et de tenter le tout pour briser le siège et repousser les envahisseurs (TTNM 20, 36).

Jésus arrivera auprès d'eux à la fin de cette nuit, juste avant d'accomplir la prière de l'aube (le second et rapide appel à la prière aura déjà été donné).

- un hadîth dit qu'il sera redescendu à l'est de Damas (M 2937),
- un autre qu'il sera redescendu à Jérusalem même (TTNM, p. 274, MM 10/197).

Certains ulémas concluent que Jésus descendra à Damas, et qu'ensuite c'est par une voie terrestre qu'il rejoindra le groupe de résistants de Jérusalem (AQ, p. 157).

Jésus descendra du ciel accompagné (ou porté) par 2 anges jusqu'au minaret blanc de la grande Mosquée[3] où est réfugié le Mahdi.

Jésus devra demander une échelle pour descendre. Il sera vêtu de jaune / d'un vêtement teinté de jaune, aura

3 Au moment où Mohamed raconte cet épisode, ce minaret et cette mosquée n'existaient pas, car la Syrie était byzantine et n'avait, traditionnellement, pas de minarets.

la peau blanche, les joues rouges/roses et aura très chaud (sur son front coulera de l'eau en abondance qui perlera et coulera de son front). Les gens le reconnaîtront tout de suite.

Jésus et le Mahdi se cooptent mutuellement

Le Mahdi, qui était sur le point de débuter la prière, reculera pour laisser Jésus diriger la prière de l'aube ; mais Jésus, plaçant sa main sur le dos du Mahdi, lui dira : "Avance et accomplis la prière, car c'est pour toi que la iqâmah a été donnée" (IM 4077) ;

C'est donc le Mahdî qui dirigera cette prière, et Jésus accomplira celle-ci sous sa direction.

Défaite du Dajjal

Après la prière, Jésus dira : "Ouvrez la porte !" (IM 4077)

Quand le Messie Trompeur verra le Messie Jésus, il perdra toute consistance (M 2897 ; littéralement : "il fondra") ; puis il s'enfuira (AQ p. 63).

"Jésus pourchassera le faux messie. Il le rattrapera à Jérusalem à la porte de « Loud ». Le voyant, le faux messie commencera à fondre comme du sel. Avant qu'il fonde entièrement, Jésus le frappera avec une lance. Il la sortira du corps du faux messie recouvert de sang et dira : « Sachez que Dieu ne meurt pas, alors que celui-ci est mort »." (M)

Les fidèles de l'antéchrist sont poursuivis sans relâches et la paix est rétablie.

Daabba (tri des âmes)

C'est une bête qui apparaîtra "de la plus grande mosquée , une chose sanctifiée par dieu , pendant que Issa tournera autour de la maison de dieu accompagné des musulmans, la terre tremblera sous leurs pieds à cause des mouvements de l'immense bête. Safà (mont située à la Mecque) sera réduite en miettes à l'endroit où elle apparaîtra". (TA)

Une "chose" sortie des abysses. Quand on sait que les abysses désignait le néant infini, donc l'espace, cette chose peut aussi bien sortir de Terre que de venir de l'espace. Il s'agirait alors de la bête de l'apocalypse, qui désigne Nibiru.

Avant le pole-shift, Nibiru est entre le Soleil et la Terre, donc invisible (à part les signes dans le ciel, dus à sa queue cométaire). Elle apparaît pleinement dans la nuit étoilée (abysses), vue de la Terre par sa face éclairée, uniquement après le pole-shift. C'est pourquoi la daabba était déjà citée dans les hadiths décrivant les événements du passage, puis après le pole-shift.

La bête fera la distinction entre les croyants et les impies ; elle a pour vertu essentielle de révéler la véritable nature des hommes et d'en rendre l 'identification immédiate et facile , elle manifestera l'hypocrisie des hommes , elle réduira à néant l'effort des hommes qui tenterons d' échapper à leurs actes.

Cet objet correspond bien à Nibiru, à ses cataclysmes qui nous ferons sortir du quotidien, et nous obligeront à nous révéler, posant le masque social.

Elle révélera l'aura humaine ("les marquer au front d'une auréole"), les bons une aura blanche et les mauvais une aura noire. Les bons musulmans ne pourront plus payer, et seront montré du doigt.

Il s'agit probablement du premier tri des âmes (L1), qui se fera, selon Harmo, au moment de la chute d'Odin.

Une autre explication est possible : une sorte de lecteur de carte bleue, machine du Dajjal sortie des stocks ogres souterrains, montrant l'aura des altruistes ? Il s'agirait alors de l'oeil d'Horus, dont les capacités donnaient ses pouvoirs à Hiram/Odin.

Gouvernance de Jésus

Jésus restera après sa victoire sur Terre.

Jésus laisse la gouvernance au Mahdi, tant que celui-ci est vivant.

Le Mahdi mourant assez jeune, c'est Jésus qui prendra sa suite jusqu'à sa mort.

Jésus se mariera et aura des enfants, puis mourra et sera enterré.

Prospérité

Cette période de paix débutera après la défaite du Dajjal.

Jésus restaure la vérité sur le catholicisme

« Quand [Jésus] reviendra à la fin des jours pour combattre le Dajjal et son armée, des mythes qu'il va démystifier une fois pour toutes sont ceux de sa crucifixion et de sa divinité. Cela adviendra quand il brisera la croix, tuera le porc, et abolira la jizyah (taxe sur les non musulmans). (B - V4L55N657)

Pour rappel, Mohamed dit que Jésus n'est pas mort sur le poteau, c'est son "image/double/jumeau" (difficile à retrouver le sens de nos jours) qui a été clouée à sa place.

Jésus le guide spirituel

"Jésus descendra parmi vous, pour être un juge équitable". (B - V4L55N657)

" (M)

"Jésus passera la main sur le visage des musulmans que Dieu a préservé du faux messie et leur indiquera les hauts degrés qu'ils occuperont au Paradis. Jésus gouvernera les gens durant sept années où il n'y aura pas deux seuls ennemis." (M).

Prospérité

Commencera un âge d'or unique, comme jamais vu. Le spirituel sera alors aisément accessible, même si peu d'hommes en voudront.

"On ne se fera plus la guerre nulle part" (A 9068).

"Nul humain n'aura d'inimitié ni de rancœur pour un autre" (M 155).

"Même les bêtes sauvages et les serpents deviendront inoffensifs" (A 9349).

"La bénédiction apparaîtra partout sur Terre" (M 2937).

"Les hommes refuseront l'argent qu'on leur proposera" (M 155).

"L'argent sera tellement abondant que plus personne n'en voudra" (B - V4L55N657)

Gog et Magog

Invasion des "gog et magog" (les ogres, dont l'histoire a déjà été vue p. 312) qui déferlent en masse de lieux élevés (Montagnes ou vaisseaux énormes dans le ciel ?). Jésus et le Mahdi emmèneront les gens en sécurité dans les reliefs. Dieu enverra des insectes / vers / parasites (maladie ?) qui les tuera tous en un jour.

Aspect

Ces êtres seront grands, auront le teint jaune et la face plate (mais pas des asiatiques).

Le mur de Dhul Qarnayn

Les "magogiens" sont retenus par un mur infranchissable (de fer et de cuivre), mais qui disparaîtra à la fin des temps. Ils envahiront le monde très rapidement.

Coran (Sourate Al-Anbiya 21: 96) : Quand Ya'juj et Ma'juj sont lâchés (de leur barrière) et qu'ils pullulent rapidement de chaque monticule.
Coran (Sourate Al-Kahf 18: 98) : Cette (barrière) est une miséricorde de mon Seigneur, mais quand la promesse de mon Seigneur viendra, Il la nivellera (la barrière) jusqu'au sol.

De très nombreux savants et exégètes musulmans ont essayé, en vain, d'identifier ce mur mythique (un graal pour eux). Plusieurs murs ont été considérés comme potentiels, mais ces murs sont faits de roche ou de briques, pas de fer.

Pr exemple, la muraille de Chine n'a pas réussi à arrêter les incursions mongols en Chine. Le mur de métal entre 2 montagnes d'un ancêtre d'Alexandre n'a pu arrêter les Huns.

Quel mur empêcherait les terribles ogres de passer pendant des milliers d'années ?

il est clairement aujourd'hui impossible de cacher tout un peuple derrière un mur de fer sur notre planète sans qu'on ne s'en soit rendu compte. Si le mur n'a pas été trouvé sur la Terre, c'est qu'il est ailleurs !

Mohamed précise que le peuple de Magog envahira rapidement toute la Terre entière dans le futur, en venant des hauteurs / par voie aérienne. Ce n'est pas un mur terrestre qui pourra les retenir.

Lorsque la Terre s'entrouvrira à la fin des temps, les ogres seront relâchés à la surface de la Terre. On peut alors supposer que le mur de Zulqarnain n'est pas une muraille verticale, mais plutôt une muraille horizontale. Souterrain ? Vu que le mot "abîme" indique "le vide", et que ce mot désignait avant tout l'espace interplanétaire, cette porte/mur se trouve plutôt dans l'espace. On revient à leur apparition depuis des lieux élevés, et hors de la Terre.

Enfin, ce mur se régénère.

Vous aurez compris que la seule explication possible, c'est celle d'un mur orbital dense de débris rocheux, d'astéroïdes et de poussières (d'oxydes de fer rouges vu qu'on nous dit qu'il contient du fer). Enlevez un astéroïde, un autre prendra sa place (équilibre de gravitation), le mur se régénère bien...

[Hyp. AM] Cette description correspond pile poil au nuage de débris de Nibiru qui interdit aux ogres de rejoindre la Terre, excepté les 7 ans où Nibiru a franchi l'écliptique (pole shift), quand le vent et la gravitation solaire poussent le nuage de Nibiru à l'opposé de la Terre, laissant le passage libre pour 7 ans pour envahir la Terre (L2).

Jésus gère l'invasion ogre

"C'est alors que Dieu révélera à Jésus : « Je viens de faire sortir des êtres que nul ne pourra combattre. Mets mes serviteurs à l'abri de leur mal sur le mont Tor (Sinaï)". (M 2937)

Des groupes se réfugient aussi à Lod (TTNM 36).

Gog et Magog déferleront, parviendront jusqu'au mont de Jérusalem ; et ils assécheront le lac Tibériade (M 2937). Les croyants connaîtront une famine terrible (M 2937).

Puis Jésus priera Dieu de détruire ces hommes, prière que Dieu exaucera en faisant mourir ceux-ci subitement par une épidémie. Puis Jésus et les croyants sortiront ; puis la Terre sera débarrassée des cadavres de Gog et Magog ; puis une pluie diluvienne tombera (M 2937).

Ascension (enlèvement)

Nommé "Vent agréable" dans les hadiths.

Le vent agréable (ou brise) prendra les âmes de tous les croyants restants . Après ce vent, seuls les incroyants resteront sur Terre (l'enlèvement biblique). Ou plutôt, les incroyants ne pourront être élevé par ce vent d'ascension.

Date pas précisé, mais après l'apparition de Jésus, voir après sa mort.

Antéchrist ogre

Survol

Enlil traverse l'espace et le temps (p. 574)

Quand le même faux dieu se retrouve partout sur Terre, à toutes les époques...

Antéchrist catholique (p. 575)

Nous retrouvons l'ogre dans tout ce qui est lié au catholicisme : dans le culte de Mithra dont est inspiré le rituel Catholique, dans les guerres Lucifer-Satan, dans le culte de Moloch/Baal combattu par les juifs, et dans notre culture occidentale dérivée du catholicisme.

Dajjal Musulman (p. 567)

Nous avons vu dans les prophéties islamiques, que le dajjal musulman est un géant barbu roux, déjà enfermé sous terre il y a 1 400 ans, a une cicatrice en forme de demi-cercle sur le front (comme l'oeil d'Horus de Asmodée que Salomon lui a arraché du front), et Dajjal est borgne comme le dieu Odin.

Seul un ogre peut correspondre à ces description données par le prophète Mohamed.

Enlil traverse l'espace et le temps

Source de ce paragraphe.

Même si les dieux sumériens changent régulièrement de nom, selon leurs attributs et caractéristiques psychologiques, on peut les suivre à la trace.

Enlil, l'instable assoiffé maladivement de pouvoir, prend le nom du dieu Baal / Bel, c'est interchangeable. Attention, les dieux usurpent des fois le nom d'autres dieux, comme Enlil se faisant appeler Marduk à certains moments de l'histoire, du nom de son neveu (fils d'Enki, le frère d'Enlil). Dès que vous voyez un dieu devenir jaloux et colérique, et comploter pour le pouvoir, vous pouvez penser que Enlil a remplacé ce dieu...

Bel est utilisé en référence au dieu babylonien Marduk, une fois trouvé dans les noms de personnes assyriens et néo babyloniens, ou mentionné dans les inscriptions dans un contexte mésopotamien, il peut généralement être considéré comme faisant référence à Marduk et aucun autre dieu. De même Belit, sans une certaine homonymie, se réfère la plupart du temps au conjoint Bel Marduk Sarpanit. Cependant, la mère de Marduk, la déesse sumérienne appelée Ninhursag, Damkina, Ninmah et d'autres noms en sumérien, a été souvent connue comme Belit-ili « La dame des dieux » en akkadien.

Marduk était « un dieu chasseur », fondateur de l'ancienne Babylone.

Le nom akkadien Marduk dérive du sumérien MAR.UTU, un dieu chasseur. Il est dit avoir mené une révolte des dieux contre ses parents, après quoi il était intronisé comme roi des dieux. Dans la tradition babylonienne, ce fut lui qui a fondé Babylone (Babilu, « porte des dieux »). Son temple à Babylone portait le nom E.SAGILA « maison qui lève la tête », et la tour qui lui est associée a été appelée, en sumérien, Etemenanki « maison de la fondation du ciel et de la terre. » La ressemblance avec la tour de Babel est évidente.

Cela rappelle le passage de la Genèse 10: 9, où l'on nous dit que Nimrod était « un vaillant chasseur devant le seigneur ». Et l'ancienne tradition juive identifie spécifiquement Nimrod en tant que celui qui a construit la Tour de Babel. En plus de Marduk, d'autres noms du monde antique qui sont liés à Nimrod comprennent Ninurta, Gilgamesh, Osiris, Dionysos, Apollon, Narmer et Enmerkar.

Nimrod était connu en Égypte comme roi Narmer, qui fut plus tard divinisé comme le dieu Osiris, le seigneur des Enfers. Dans la cinquième partie, nous avons examiné la preuve que Nimrod était connu des anciens Sumériens comme le grand roi Enmerkar qui a tenté de construire une immense tour pour les dieux dans la ville antique de Eridu, appelée à l'origine « Babylone » par l'historien Bérose. Traditionnellement, l'événement de la Tour de Babel était associé à Nimrod et les commentaires juifs, ainsi que l'historien juif Josephus semblent tous deux très emphatiques sur ce point. En ce qui concerne le nom sumérien Enmer-kar, le suffixe « kar » signifie « chasseur », et ainsi « Enmer-kar » est en fait « Enmer le chasseur », tout comme Nimrod est appelé le « puissant chasseur » dans la Genèse 10. En outre, Enmerkar est nommé sur la Liste des rois sumériens comme « celui qui a construit Uruk », tout comme Nimrod est décrit dans la Genèse 10:10 comme ayant un royaume qui a commencé dans « Babel » (Eridu) et Erech (Uruk) ... dans le pays de Schinear. « Après la mort de Enmerkar, il fut honoré dans le mythe sumérien comme le héros semi-divin Ninurta, et finalement ce culte a évolué dans le grand culte de Marduk, qui est devenu la religion d'État de Babylone, après les conquêtes et les innovations religieuses de Hammurabi.

Selon certaines traditions, le FM d'origine était Nimrod (aujourd'hui appelé Hiram, après être appelé Asmodée (p. 530) dans la tradition juive de construction du temple de Salomon). Il a créé le premier « nouvel ordre mondial » dans le monde post-inondation, et pratiquement tous les grands dieux de l'ancienne Babylone, la Grèce et Rome finalement viennent de lui ou des traditions qui l'entourent.

"Enmer le chasseur" est une désignation ressemblant au "Herne le chasseur" de Shakespear, le géant enfermé dans les caves de Windsor au 17e siècle.

Pour de nombreux occultistes modernes, l'histoire de Nimrod est loin d'être terminée. Un grand nombre de sociétés secrètes et des groupes occultes ont des traditions qui leur disent que Nimrod / Marduk / Osiris / Apollo / Baal sera un jour ressuscité, et un jour dominera à nouveau le monde.

Et de nombreux érudits bibliques croient que l'Antéchrist sera Nimrod /Satan. Ils ne savent pas expliquer comment c'est possible, et pensent à la réincarnation. Mais vu la longévité de ce dieu dans l'histoire, il est possible que le Asmodée enfermé sous le temple, le Merlin enfermé sous Terre en Bretagne, le dajjal enfermé sous un couvent d'Angleterre à l'époque du prophète Mohamed, le géant Albion enfermé sous Windsor puis sous la City, soit un géant pouvant vivre des milliers d'années...

Le culte de Moloch (Satan) n'est pas mort, vu qu'il est toujours adoré par le Bohemian Club. Et c'est des gens puissants et riches qui tiennent à conserver le culte de ce dieu.

En effet, le temple de Palmyre, détruit en août 2015 par l'EI/ISIS, était le temple de Baal, c'est à dire le dieu sumérien Marduk. L'arc de triomphe de Palmyre renaît à Londres le 27/09/2016. Dans une tentative de soit-disant « préserver l'histoire », deux répliques exactes de l'arche de 50 pieds qui se trouvaient à l'entrée du temple seront érigées en avril 2016 en 2 endroits différents de la planète ; l'un à Times Square à New-York, et l'autre à Trafalgar Square à Londres.

Antéchrist catholique

Survol

Différence mineure entre Satan et Lucifer (p. 575)

C'est juste 2 formes d'égoïsme, l'un extrême et l'autre modéré, mais qui aboutissent au même résultat.

Odin le massacreur (p. 575)

Chaque fois qu'un dieu sumérien est présent, les civilisations humaines se massacrent entre elle, la guerre est perpétuelle, malgré les promesses incessantes que la paix régnera sur Terre...

Mithra = Odin = Enlil = sauveur (p. 575)

Tout le rituel catholique, mais aussi des autres religions ogres, sont basés sur les mêmes symboles, les mêmes promesse de l'arrivée d'un sauveur qui rachète nos fautes/nos dettes, comme quelqu'un qui s'achète des esclaves... L'esclave se contente de changer de maître...

Culte de Moloch-Baal (p. 575)

Les juifs ont toujours combattu le culte de Moloch-Baal, mais ce dernier est toujours revenu.

Culture populaire occidentale

Ceux qui font la propagande (via les films) nous disent la vérité via ce biais. La même histoire ressort dans tous les films, avec juste quelques différences à chaque fois (X-Men : apocalypse (le grand blafard enterré sous une pyramide), Albator (le borgne roux balafré avec le corbeau d'Odin sur l'épaule) ou Goldorak (le dieu cornu)).

Différence mineure entre Lucifer et Satan

Lucifer c'est l'égoïsme, Satan c'est l'égoïsme extrême. Si on veut aller dans les détails :

- Satan/Moloch c'est exercer son libre arbitre le plus loin possible dans la domination des autres (torturer les enfants des pires façons possibles avant de les tuer et de les manger, afin de montrer sa puissance en dépassant toutes limites morales qui pourraient brider notre libre arbitre), c'est à dire mettre en esclavage les autres tout en leur faisant volontairement du mal,
- Lucifer c'est exercer son libre-arbitre pour satisfaire tous ses désirs, empiéter sur les autres juste par intérêt personnel : torturer l'enfant juste pour produire l'adrénaline et l'oxyde d'adrénochrome dans le sang de la victime, afin d'avoir une drogue puissante lors de l'ingestion du sang, ces tortures n'ayant pas pour but de faire mal, mais juste un usage utilitaire). Mettre en esclavage les autres sans forcément leur vouloir du mal, mais leur faire du mal si on y trouve un intérêt.

S'il semble y avoir une petite différence entre la philosophie des 2 égoïsmes, leur pratique est aussi douloureuses avec Lucifer qu'avec Satan...

Ce qu'il faut retenir, c'est qu'ils représentent tous les 2 l'égoïsme et le hiérarchisme, donc le mal du point de vue de la morale. Les 2 nient le libre arbitre des autres. L'apocalypse, ce n'est pas choisir le moindre mal, c'est viser l'excellence ! Ne nous posons pas la question de quel égoïsme choisir, sortons du faux choix limité que nous proposent nos maîtres, choisissons la liberté et l'altruisme.

Odin le massacreur

Chaque fois que Odin débarque quelque part, cette civilisation se mets à envahir les pays d'à côté. On a les vikings, puis le roi Henri 8 quand il découvre Odin dans les catacombes de GlastonBury.

Mithra = Odin = Enlil = sauveur

Les particularités de Mithra qui correspondent au dieu sumérien Enki ou Enlil. Comme le corbeau d'Odin, l'émissaire du Soleil, ou la torche de Lucifer, le porteur de lumière, ou chez les FM, la liberté guidant le monde, avec sa torche et sa couronne d'épine. Dans la catholicisme, on rappellera la couronne d'épine, le 25 décembre, la cène avec les 12 apôtres, le sang et la chair, etc.

Là où c'est traître, c'est que ceux qui ont écrits les Bibles ou le Coran sont en réalité des adorateurs des ogres (service-à-soi, sacrifice d'enfants pour s'attirer les faveurs du faux dieu). C'est là où il vous faudra être fort, car ces illuminatis ont toujours glissé leur maître dans les Bibles qu'ils ont réécrites. Le fils de dieu sauveur de l'humanité, aux beaux yeux bleus et à la barbe soyeuse, c'est pas le Jésus historique, mais Enlil (Satan) ou Enki (Lucifer)… Et quand Satan reviendra en tant qu'antéchrist (évidemment, il se présentera comme le messie, le fils de dieu, le sauveur divin qui rachète les péchés), si vous n'avez retenu que le superficiel, et pas le « aime les autres comme toi-même », vous ferez comme 99,9999 % de la population, vous vous ferez avoir en beauté.

Culte de Moloch-Baal

Juste un rappel de ce que les historiens en savent, on retrouvera ce culte à de nombreuses reprises par la suite.

Dans la Bible, le culte de Satan est lié à des sacrifices d'enfants (mâle et femelles) par le feu. Les parallèles avec d'autres cultes de la zone syro-palestinienne semblent indiquer que Moloch est à l'origine une divinité liée au monde souterrain.

Pour Klaas A.D. Smelik, Moloch est une invention de la période perse pour masquer le fait que le culte de Yahweh pratiqué dans le royaume de Juda ait pu inclure des sacrifices d'enfants.

Le molok désigne, dans le monde sémitique et carthaginois, le sacrifice sanglant de nouveau-nés des troupeaux, des premiers fruits de la récolte ou de l'enfant premier-né. Ce sacrifice peut être offert à Ba'al Hammon ou à sa parèdre, Tanit.

Baal, le dieu sémitique retrouvé dans tout le Grand-Orient, est invariablement accompagné d'une divinité féminine (Astarté, Ishtar, Tanit), même s'il est hermaphrodite. À ce culte est associé la prêtrise, et des sanctuaires sur chaque colline, appelés hauts lieux. À l'intérieur se trouvaient des icônes et statues de Baal, et à l'extérieur des colonnes de pierre (probablement les symboles phalliques de Baal), des poteaux sacrés qui représentaient Ishtar, et des autels à encens.

Selon la Bible, des prostitués, mâles et femelles, servaient sexuellement sur les hauts lieux. Parmi les rituels chaldéens, des sacrifices d'enfants pour obtenir les faveurs de la divinité. Par exemple, dans le livre de Jérémie (19:5) :

« Ils ont bâti des hauts lieux à Baal, pour brûler leurs enfants au feu en holocaustes à Baal »

Fakes conspis

Les zététiciens sont mesquins : ils vous sortent tout un livre sur des phénomènes paranormaux bidons, qui s'expliquent facilement, laissant croire qu'il n'y a aucun phénomène paranormaux vu qu'ils ne relaient pas les vrais, ceux qu'ils ne peuvent expliquer.

Ne tombons pas dans ce travers : ce n'est pas parce que les phénomènes paranormaux existent, que certains phénomènes paranormaux ne sont pas bidons. Voyons les fake grossiers, ceux que dénoncent justement les zététiciens, pour que vous restiez concentré sur les vrais phénomènes paranormaux.

Survol

Présentation

Un hoax, ou fake (désinformation / défakation :)), c'est une théorie très grossière lancée pour décrédibiliser tous les jeunes réveillés. Ces réveillés ont eu le mensonge de trop de la part de la télé, et vont chercher à se réinformer par eux-mêmes. Mais on ne s'improvise pas journaliste du jour au lendemain : toutes les sources paraissant comme non officielles, qui arrivent du premier coup au chercheur de vérité débutant (on y est tous passé...) sont en réalité des médias toujours contrôlés par les dominants. Ce n'est pas parce que quelqu'un se dit anti-système qu'il l'est... que ce soit conscient ou non de sa part.

Ces médias de désinformation sont là pour nous faire perdre notre temps, et nous faire douter de tout, au point de ne plus savoir qui croire.

Ils exploitent aussi un travers classique du débutant : comme nous n'avons plus du tout confiance en ce que nous savons, nous sommes prêt à tout remettre à zéro, et à gober des théories loufoques comme la Terre plate.

Ces théories sont, il faut l'avouer, habilement présentées. Même les mass medias, avec leurs nombreux spécialistes, sont incapable de démonter scientifiquement la théorie de la Terre plate. Ce qui montre au passage que ce ne sont pas des idiots qui ont pondu ces théories de désinformation, et que ces gens ont un solide bagage scientifique, montrant qu'ils savent donc que la Terre est ronde.

Ces fakes ont toujours quelques arguments très grossiers : les chercheurs de vérité pardonnent une erreur sans conséquence sur le raisonnement final, tandis que les mass medias ne se focalisent que sur ces points particuliers, omettant de reprendre les points plus judicieux. Ces fautes grossières (des chevaux de Troie laissé volontairement par les créateurs des théories fakes) sont là pour que les mass medias, et leurs organes de vérification, puissent se moquer régulièrement des théories alternatives. Le but de ces moqueries (la peur que les autres se moquent de nous est un frein très puissant pour garder les gens dans le rang...) est de faire croire aux endormis que les chercheurs de vérité sont des crétins finis (les dissuadant donc d'aller chercher des infos en dehors de la sacro-sainte télé).

Dans cette partie, je donnerai un peu des divulgations de Harmo (en prenant donc de l'avance sur L1), parce que ceux qui croient à ces fakes de désinfo sont déjà au courant des nombreux fake officiels, inutile de tout réexpliquer dans le détail.

De même, je m'appuie sur des faits inexpliqués qui seront démontrés plus loin dans le livre.

Désinformation (p. 578)

Le but des dominants est de continuer à dominer, et on sait que manipuler les esclaves volontaires implique de leur mentir, ne serait-ce que par omission (censure).

Nos dominants savent évidemment que dans la population, il y a toujours des lumières qui savent détecter d'elles-mêmes les mensonges officiels, et vont chercher à les divulguer. Ces chercheurs sont canalisés dans le journalisme, occupés avec des affaires sans importance comme le watergate, et abattus dès qu'ils trouvent plus gros.

En cas de fuite accidentelle suivie d'un buzz (cover-up inefficace), de nombreux outils de désinformation millénaires sont mis en place (expliquer par un autre mensonge, détourner, diluer, moquer).

Et quand les mensonges doivent être acceptés (cas rare), les médias font alors comme s'ils l'avaient toujours dit : une marionnette qui saute, l'oubli par le public au bout de 6 mois, puis tout continue comme si le système n'avait jamais menti à sa population...

Tout sauf Nibiru (p. 585)

Les désinformateurs, pour les tabous ultimes comme Nibiru, vont vous trouver à la place des explications bidons "Tout sauf Nibiru", comme HAARP, chemtrails, Blue Beam, quadrant galactique, etc. Une explication qui vous satisfait et explique en partie vos interrogations sur toutes les anomalies naturelles, vous empêchera de chercher plus loin et vous vous rendormirez, en passant tout votre temps à dire « HAARP » à chaque fois qu'une chose bizarre se produit, au lieu d'être en alerte et de vous préparer pour ce qui arrive.

La planète Nibiru cumule les fake, officiels ou conspis, depuis l'an 2000. C'est quand même elle le secret numéro 1 du système, celui qu'il faudra protéger coûte que coûte !

Côté fakes officiels, nous avons les multiples fausses fin du monde (relayées abondamment par les médias pour endormir la méfiance du public), le réchauffement climatique, conférences mystères de la NASA, etc. Ces fakes officiels ont été traités dans la partie des faits inexpliqués, rubrique Nibiru.

Côté fakes conspis, les chercheurs de vérité sont ralentis par les HAARP ou la Terre Plate, qui servent de leurres pour les détourner de la vérité.

Tous ces fake, officiels ou conspis, cherchent à faire croire que les cataclysmes naturels ou autres incohérences sont liées à autre chose que Nibiru. Le plus coriace c'est le tandem HAARP-Blue Beam (en combinaison, HAARP expliquant la plupart des cataclysmes sur Terre, et Blue Beam expliquant tous les phénomènes visibles inexpliqués, comme un système solaire qui se réchauffe, un soleil anormal, ou des météores en augmentation).

Tout sauf les ET (p. 605)

Dès qu'un vrai OVNI est observé et relayé dans les journaux, une armée de petites mains se jette sur Photoshop et sort des milliers de fausses photos ou vidéos, histoire de noyer la vraie observation et de décrédibiliser le phénomène.

Les fakes officiels anti-OVNI ou anti-ET ont été traités dans la partie des faits inexpliqués, rubrique ET.

Pour décrédibiliser les ET, de nombreux fake conspis ont été générés, comme cette vidéo de l'autopsie d'un ET en 1947.

Concernant les OVNI, tous les hoax / fakes / photomontages générés n'ont plus lieu d'être étudiés depuis que le Pentagone a validé l'existence des OVNIS et leur origine non humaine en juin 2018. Vous pourrez toujours allez voir les débunkages de ces fakes pour vous rendre compte des malversations et la mauvaise foi utilisée au cours de l'histoire pour cacher l'existence des OVNI. Comme inventer des humains de l'Atlantide qui nous surveillent, les humains du futur qui ont découverts le voyage dans le temps, que c'est des phénomènes psys provoqués par des humains hystériques, bref, faire croire que nous sommes seuls dans l'univers, et que tout phénomène étrange vient forcément de l'homme, cet être parfait fait à l'image de dieu…

Tout sauf le grand Tout

Quand on découvre que le système nous a menti, qu'on a bien une âme, dès que quelqu'un parle de chakra on va le suivre aveuglément, vu qu'il a l'air de s'y connaître plus que nous... Erreur encore une fois, beaucoup de malfaiteurs pour quelques véritables maîtres spirituels… Surtout dans le New-Age, une secte pas du tout spirituel, lancée par la CIA, en se servant de gourous égoïstes qui vont évidemment monnayer très cher (pécuniairement et sexuellement) leurs maigres connaissances, disant un peu de vérité ésotérique mais aussi beaucoup de mensonges ou d'imprécisions à visée sataniste (comme « le mal n'existe pas », le diable aimant faire croire qu'il n'existe pas).

Time-consuming (p. 606)

Le conspirationnisme est en lui-même une dépense de temps inutile : vous focaliser sur tel False flag, sur telles lois injustes, c'est vous détourner le regard de ce qui est vraiment important (l'avance de Nibiru) et vous faire dépenser un temps précieux qui vous servirait plus utilement en lisant un livre sur les plantes sauvages.

Pour en rajouter, les désinformateurs vont sortir plein de théories débiles, comme la Terre plate, ISS inexistante, le Moyen-Age n'ayant jamais existé, de même que les dinosaures.

Encore des choses pour vous faire détourner le regard des vraies conspirations et dangers à venir.

Ces pseudos complots occultant sans intérêts ont plusieurs buts :

- Les journées n'ayant que 24 heures, le temps que vous passez à lire tous les articles qui en parlent, écriviez des tonnes de lignes sur les forums, en discutiez avec vos amis, c'est du temps que vous ne passez pas à vous posez les vrais questions, comme l'intérêt de voter, pourquoi on s'emmerde avec l'argent, comment survivre à Nibiru, apprendre à redevenir autonome et savoir se nourrir de plantes sauvages, etc.
- Quand vous découvrirez que ce n'était que de la désinformation (grossière de surcroît), vous rejetterez en bloc toutes les autres théories du complots, dont certaines sont pourtant vraies ! (ça s'appelle l'apostasie, ou jeter le bébé avec l'eau du bain).
- Remplacer les événements dérangeants, comme la découverte de Nibiru, par un autre évènement en haut de la page Google, jugé plus marquant pour le public (qui cliquera dessus en premier, et n'aura plus temps de lire les autres infos). Mettre en Une des journaux la dernière coiffure de Meghan Markle plutôt que le fait qu'on vienne de découvrir une planète qui détruira dans quelques mois notre monde...

La naissance du bébé de Kate a été retardée en prévision d'un discours d'Obama possiblement sur Nibiru, pourquoi la pseudo reconstruction d'un temple de Baal à New-York a eu autant d'échos, ou comment l'affaire Monica Lewinski a permis de cacher au peuple américain le rapprochement Vatican-Cuba qui gênait tant les conservateurs USA.

Des affaires montées en épingle, des tonnes de pages écrites, sur des sujets finalement insignifiant, sur des informations fausses et facilement démontables.

Manipulation (p. 612)

Enfin, beaucoup plus poussées, les théories satanistes visant à perdre votre âme : défaitisme avec "on va tous mourir suicidez-vous dès maintenant", les vaisseaux de Marie qui viendront vous chercher inutile de vous préparer, etc.

Une manipulation perverse et vicieuse, car elle vous donne une partie de la vérité (histoire que vous accrochiez au message), puis lâche une fausse information à la fin. Cette fausse information aura pour but de vous faire adopter un comportement qui servira les élites (comme de vous faire croire au kill-shot ou à une éruption solaire massive, histoire que vous restiez dans les maisons lors des séismes (et mourir sous les décombres, ce qui va bien dans l'intérêt des élites qui veulent réduire la population mondiale à seulement 500 millions de personnes, donc veulent génocider plus de 6 milliards d'êtres humains).

Désinformation

Survol

Présentation

Des fuites inévitables

Il est impensable que nos maîtres aient cru un seul instant que toute la population allait croire, tout le temps et aveuglément, leurs mensonges grossiers, ou qu'aucune fuite ne se produirait jamais.

Que ces dominants, qui ont toujours plusieurs coups d'avance, n'aient pas pensé à verrouiller les diverses portes de sortie possible, seuls des naïfs pourraient le penser...

Le 2e rideau de fumée

Les dominants changent tout simplement de mensonge, pour ceux qui ont traversé le premier rideau de fumée, en créant un deuxième rideau de fumée (souvent tout aussi faux que le premier).

Des gens se questionnent sur l'interdiction de visiter l'Antarctique ? Plutôt que les laisser fouiller et tomber sur la visibilité de Nibiru, ou sur les ruines ET, lançons la désinformation en faisant croire que c'est pour cacher le bord de la Terre plate.

Il faut de temps en temps lâcher un 2e rideau de fumée dévoilant un point pas trop critique : comme avouer que la guerre en Irak de 2003 était pour le pétrole. Le chercheur s'arrête là, se dit qu'après tout il est pratique de ne pas payer trop cher l'essence. Ce 2e rideau est plausible (vu les faucons de Washington qui se sont tous honteusement enrichis dans l'histoire avec leurs compagnies pétrolières).

Mais c'est oublier que les dominants font toujours d'une pierre 3 coups. Après avoir cherché du côté du pipeline en Afghanistan, puis du côté du pétrole irakien, peu auront encore le courage et le temps de creuser du côté du musée de Bagdad pillé par l'armée américaine (p. 465)... Surtout que les infos, plus critiques, sont plus sévèrement protégées...

Les premiers qui viennent

Les médias alternatifs... sont la plupart soit payés par les dominants, soit mis en avant dans les moteurs de recherche.

Dites-vous que les premiers sur le sujet (ou ceux qui arrivent à survivre à la compétition des premiers sur le marché) sont ceux qui mis en avant par le système (voir Wikipédia).

Les médias alternatifs corrompus du système seront donc les plus évidents à trouver : que ce soit sur les moteurs de recherche (aux algorithmes qui occultent la vérité), ou même dans leur distribution (nous avons tous cru que nous trouverions un magazine honnête chez un marchand de journaux...).

C'est surtout vrai au moment où nous venons de nous réveiller, et que nous ne mesurons pas encore jusqu'où s'étend l'emprise du mensonge, à quel point tout est faux. Qu'il nous faut encore ingurgiter des pages et des pages de connaissances pour recouper la moindre information.

Principe des médias alternatifs

Ces médias ne doivent pas être vraiment dangereux pour l'ordre établi (donc non subversifs) :

- soit ils nous focaliseront sur un sujet,
- soit ils nous emmèneront dans des délires anti-scientifiques, ou trop extrémistes pour que quelqu'un de censé ne veuille les suivre dans leurs développements indigestes.

Jamais de vision globale du problème, jamais on ne nous dira que la propriété privée de l'utilité publique entraîne forcément l'esclavage…

Sacrifier le pion

N'oubliez pas que tout pousse à nous détourner de Nibiru et d'Odin, quitte pour cela à vous lâcher un os moisi à ronger, comme le 11/09/2001, ou les OVNI en dernier recours.

Une fois qu'on nous a donné cet os (le 2e rideau de fumée), nous passons tout notre temps à analyser tous les détails, nous nous épuisons à essayer de convaincre nos proches de la véracité du complot, etc.

Tout ça parce que celui qui a fait découvrir cet os moisi, passe son temps à revenir sur les 2-3 mêmes sujets sans importance, comme si l'avenir du monde dépendait de la seule santé financière de l'économie, ou des seuls dirigeants prétendument reptiliens, ou d'un soit-disant mensonge pour nous faire croire que la Terre est ronde, ou des détails d'un false flag vieux de 20 ans.

Les plus farfelus possible

Non, la Lune n'est pas un satellite artificiel ogre, oui, les dinosaures ont bien existé (comme le montre leurs innombrables fossiles), la Terre n'a pas seulement les 7 000 ans de la Bible, HAARP ne peut provoquer ni les ouragans, ni les séismes, ni ramener ta femme !

La station spatiale et les satellites existent bien, l'homme est bien allé sur la Lune en 1969 (même si en effet certaines images sont retouchées par la NASA pour cacher quelque chose qui n'aurait pas dû se trouver là...).

Pourquoi désinformer ? (p. 579)

Il y a aussi de fausses idées à implanter au sein des populations, pour qu'elles restent esclaves d'elles-mêmes, abandonnant leur libre arbitre volontairement.

Évidemment, pour obéir, les esclaves doivent rester ignorant du plus de choses possibles, et croire à la toute puissance de leurs maîtres.

Comment désinformer ? (p. 581)

Les techniques sont nombreuses et bien rodées depuis des millénaires. Il s'agit surtout de :

- censurer d'abord,
- décrédibiliser si la censure fuite,
- moquer la fuite,

- générer de thèses fantaisistes sur cette fuite,
- agiter des distractions pour détourner du sujet.

Pourquoi désinformer ?

Survol

Rendre inférieur (p. 579)

Si l'esclave a l'impression de ne rien comprendre à ce que disent ses maîtres, s'il a l'impression qu'ils ont plus de sciences et de technologie que lui, il ne s'attaquera pas à plus gros, et se mettra en position de soumission.

Correspond à bomber le torse et montrer les dents chez les babouins.

Garder le contrôle (p. 579)

Dévoiler les mensonges, c'est montrer le contrôle total qu'une minorité à sur nous. Or, la vérité rend libre, et les esclavagistes veulent des esclaves soumis, pas des rebelles à leur autorité.

Génocide (p. 580)

Ils considèrent qu'on est trop nombreux sur Terre, et que les hordes de survivants errants et dévastant tout sur leur passage seront des dangers pour leurs bunkers et enclaves. Ils ont évidemment des plans pour réduire la population à l'approche de Nibiru, mais si les gens pouvaient se suicider d'eux-même, ça leur enlèverait beaucoup de contraintes... D'où la propagande pour le suicide ou les actes dangereux.

Peur des ET (p. 580)

L'état-major US a toujours eu peur d'une invasion des altruistes de l'espace, et a formaté la population grâce aux films et à la propagande biaisée autour des abductés.

Et d'autres

Les populations se réveillent (p. 580), il faut les envoyer dans des impasses. Internet leur a échappé (p. 580), ils floutent et multiplient les contre-vérités comme autant de chausses-trappes. Sans oublier la propagande pro-ogre pour faire accepter un géant comme maître absolu de la théocratie mondiale (p. 580).

Paraître plus grand qu'ils ne sont

ILS veulent nous faire croire qu'ils ont LE CONTRÔLE, le pouvoir total sur le monde, alors que c'est totalement faux !

Tous ces "élus" et hauts fonctionnaires sont complètements incompétents, imbus de leur personne, de de leur notoriété, et ne sont menés que par leurs propres intérêts personnels financiers et la jouissance du pouvoir (le sexe, l'argent...), et ce à court terme.

Mélangez ça avec les ET et le phénomène OVNI et ça vous donne des États complètement dépassés par ce qui se passe et qui essaient de se construire une pseudo puissance par des rumeurs souvent complètement loufoques... c'est une stratégie connue chez les animaux: on essaie de se faire le plus gros et le plus impressionnant possible pour dissuader l'adversaire, mais au final ce n'est que du vent.

Regardez les dieux sumériens comment ils faisaient : ils gonflaient le torse devant Nibiru, en disant que c'est eux qui avaient décidé de raser les hommes de la Terre, parce que ces derniers avaient fait le crime de crimes, servi un pigeon pas cuit à point comme le voulait le dieu ce jour là...

En réalité, ils n'ont aucune prise sur Nibiru, et essayent juste de ne pas perdre la face. Quand lors du déluge, plein d'ogres sont morts d'un coup, ça a bien montré aux hommes que les fanfarons de Nibiru ne contrôlaient rien du tout en réalité...

La réalité, c'est que nos dominants, ceux qui cherchent à se barrer sur Mars pour échapper à Nibiru, voir leur fusée Falcon X se crasher lancements après lancements, ou voient leurs fusées exploser sans raison avant même le décollage...

Le CONTRÔLE, et bien ils n'en ont aucun, et c'est bien cela qui les irrite ! Quand ils voient que des OVNI se baladent comme ils veulent et que toutes les armées du monde sont incapable de faire quoi que ce soit, et que ces mêmes ET enlèvent les gens comme et quand ils le désirent, cela met en doute la légitimité des États, vous ne croyez pas ? Du coup, ils inventent de faux projets secrets tous aussi farfelus les uns que les autres pour essayer de nous faire croire qu'eux aussi ont des cartes à jouer en terme de technologie etc (projet Blue Beam, bombes antimatière, etc...). En fait ce ne sont que poudre aux yeux: nos institutions sont surtout complètement démunies face aux activités ET.

Pourquoi les États ne partagent ils pas leurs recherches et leur savoir en matière d'ufologie ? Parce qu'ils ne savent pas grand chose et que ça montrerait encore une fois, à la face du monde, leur propre incompétence à gérer le contact.

J'imagine qu'au moment où Nibiru sera passé, qu'elle apparaîtra éclairée en plein par le Soleil, parce qu'elle s'éloigne, que plusieurs sorciers se dresseront, et prétendument par leur force psychique, après avoir défié la planète géante, feront croire à leurs esclaves que c'est eux qui ont fait parti la planète, et que si les esclaves ne travaillent pas assez fort pour leur maître, celui-là sera obligé de faire revenir Nibiru pour qu'ils comprennent...

Les théorie HAARP et Blue Beam, c'est aussi stupide que ça au final. Nous inciter à rester à genou, pour ne pas voir que les grands de ce monde ne sont que des nains.

Garder le contrôle

Depuis 1996, la Terre s'affole. En cause, la planète Nibiru se rapprochant de la Terre. Les illuminati sont au courant, mais il faut, s'ils veulent garder le contrôle sur la population, que cette dernière sache la vérité le plus tard possible.

Comme nous le verrons plus loin, Nibiru, ou la révélation des ET, montrera le mensonge du système, et le contrôle total qu'il a sur nous.

Mais ce que nous trouvons légitime (être libres et égaux, partager les ressources équitablement etc...) a toujours été vu comme une catastrophe pour les dirigeants militaires, économiques et politiques USA (et mondiaux à leur suite).

Ce réveil nous rendra rebelle : finit les esclaves prêts à se démener pour 3 francs 6 sous, afin d'arriver à l'heure tout les jours au boulot et enrichir ses supérieurs. C'est pourquoi toute idée pleine de bon sens est farouchement combattue.

A donc été créé une vaste campagne de propagande (type HAARP, Chemtrails ou Blue Beam) qui sert à préparer la population a refuser en bloc tout ce qui pourrait remettre en question l'Ordre actuel, remettre en question le Statu Quo religieux et politique.

Tuer le plus de gens possible

Il faut aussi savoir que ces égoïstes pensent qu'on est trop nombreux sur Terre, savent qu'ils ne peuvent pas préparer des réserves pour 7 milliards de personne (il n'y a sur Terre des réserves de nourriture que pour 1 milliard de personne pendant 1 mois seulement), et pensent avec raison qu'après les événements, la colère des survivants qui n'ont pas été prévenus va se retourner contre les élites qui savaient et n'ont rien dit ou rien prévu pour les masses. Ils perdront à ce moment là leur pouvoir, et surtout la colère du peuple se retournera contre tout éléments officiel, surtout les bunkers et enclaves high Tech que se construisent les élites. Ces gens là ont dont pragmatiquement programmé le génocide du peuple, et la meilleure manière c'est de le laisser mourir de lui même en lui cachant les tsunamis et en l'envoyant se réfugier près des côtes, en lui faisant croire que ce sera terrible et qu'il vaudra mieux se suicider tout de suite ("pourquoi vivre dans un monde dévasté", beaucoup de gens me l'ont sorti mot pour mot sans savoir d'où ce réflexe conditionné leur était sorti, formatage insidieux des films et des médias), ou encore en lui faisant croire qu'il vaut mieux rester abrité chez soi lors d'un séisme (comme 70% des maisons et immeubles français vont s'écrouler, ça fait une bonne réduction de la population). Le reste des survivants sera abattu à chaque fois qu'ils se rapprocheront des bunkers ou des enclaves.

Peur d'une invasion Zéta

Au départ, ce que les élites et la CIA craignaient depuis les années 40, c'est une invasion des gris (Zétas), parce que c'est ce que les raksasas leur avait fait croire (le premier contact ET humain de l'histoire moderne à Groom Lake, Nevada, au milieu des années 40). Pour les leaders américains, les gris sont comme de super communistes venus de l'espace, parce qu'ils prônent un communautarisme réel.

Ces dirigeants savaient aussi, et c'est une évidence pour tous, que ces mêmes gris (qui ne sont qu'une fraction d'un ensemble d'espèces évoluées qui partagent la même éthique) ont participé à forger les religions de base, car c'est le même message qu'on retrouve dans la Bible et ailleurs. "Nous sommes tous égaux, l'Argent (et les riches) c'est le Mal, Nous sommes tous des esclaves de despotes et nous devons nous libérer ".

Bien entendu qu'une "invasion de gris", c'est à dire un débarquement et un contact de masse auprès des populations en court-circuitant les élites dirigeantes, aurait poussé à une libération totale des populations en leur montrant une situation de **contrôle absolu déjà en place** (j'insiste sur ces mots), d'une minorité d'humains sur l'ensemble de leurs congénères.

Le message Zéta, de partage et coopération plutôt que domination, amplifie la perte de contrôle en montrant toute la stupidité du capitalisme. D'où le McCarthisme interdisant le discours coopératif.

Les réveillés

Une grosse partie de la population est inconsciemment au courant que quelque chose d'anormal se passe sur la planète (en 2018, 50 % de la population mondiale selon les Zétas). D'autres sont contactés par les ET, les médiums ont des rêves ou des flash de tsunamis ou de ciel en feu, ou ont des visions de destructions massives sur toute la planète, comme les médiums de Fatima et leurs visions attribuées par erreur à la vision de l'enfer… Les channels sont informés par leurs guides, et enfin toutes les personnes attentives, qui réfléchissent et regardent autour d'eux un minimum, et qui voient bien que la Terre se détraque (séismes, volcans, météores p. 395). On a enfin les individus qui tombent par hasard sur des indiscrétions, de recoupements, assistent de par leur travail ou par les révélations d'amis hauts placés aux efforts de l'élite pour préparer quelque chose de gros.

Même si au final, peu savent les causes réelles de tout ça.

Contrôler internet

La partie de la population la plus au courant tente d'informer ses concitoyens par le seul moyen non encore contrôlé, internet (au contraire de l'info officielle,complètement verrouillés par les 4 milliardaires aux manettes des mass medias).

Les réseaux sociaux sont un super média : Nibiru est d'abord moqué (surtout par des trolleurs payés pour discréditer), mais à force que la théorie Nibiru tombe juste à chaque fois, que les mensonges des médias sont dévoilés jours après jour, que les avions tombent à un rythme anormalement élevé, le rire s'efface et la réflexion s'emballe.

But ultime : mettre l'antéchrist au pouvoir

Le NOM de l'antéchrist, il nous sera vendu comme la lutte contre la pollution et la corruption. Quoi de mieux, pour le clan illuminati derrière Trump et Bernie Sanders, que de créer un méchant (le clan derrière Clinton et Jeb Bush ou McCain), lui attribuer tous les péchés du monde, pour que les gens demandent d'eux même un nouvel Ordre mondial les débarrassant des anciens corrompus ?

Toute cette désinformation vise à faire accepter le NOM, celui débarrassé certes de l'esclavage de la dette par la FED, mais pas de la notion de dirigeant, ni de riches et de pauvres.

Comment ?

Les principes de base de la manipulation seront vus plus en détails dans L2.

Survol

Choix de la propagande

Les dominants possédant toutes les formes de communications, ils **mettent en avant** (p. 581) ceux dont le discours les arrange... et **censurent** (p. 581) les autres.

Décrédibiliser (p. 581)

Si la mauvaise info fuite par erreur aux oreilles du grand public, rien n'est perdu. La mauvaise foi médiatique entre en branle, utilisant la moquerie, l'omission et l'amalgame principalement.

Noyer (p. 582)

Si l'info subversive commence à fuiter, il faut alors la noyer sous un torrent d'informations sans intérêts, tout en ouvrant plein de fausses pistes.

Diviser (p. 582)

Il faut arriver à polariser la fuite, pour que la population se partage sur ce qu'elle doit en faire. Diviser pour mieux régner...

Écraser (p. 582)

Pour faire croire qu'ils sont grands, quoi de mieux que d'agir sur une supériorité imaginaire et fantasmée ? HAARP, Blue Beam et Co., les anciens attributs des dieux sumériens qui noyaient la Terre sous un déluge...

Mise en avant

Quand le plus puissant place un pion, il y mettra plus d'argent que ne pourront le faire les chercheurs d'alerte peu nombreux. Ce pion sera plus gros, aura plus de voix (relayé par les outils du système), ce sera sur lui que vous tomberez en premier.

Celui qui vient de se réveiller, est encore désorienter, ne sait plus à quel saint se vouer. N'ayant pas compris à quel point le système est infiltré, il continue à utiliser les moteurs de recherche que le système à mis en place pour lui :il va aller regarder les magazines type "Top Secrets" ou "Nexus" qui se trouvent dans les étagères de son marchand de journaux (donc autorisés par le système).

En continuant à utiliser les outils du système, nous tombons en premier sur les désinformateurs payés ou mis en avant par le système, facilement accessibles.

Des gens qui ne vous mèneront guère plus loin que BFM TV au final, qui vont focaliser votre attention sur des détails inutiles (détailler en long et en large la finance, vous servir jusqu'à plus soif toutes les observations d'OVNI de ces 70 dernières années, détailler et gueuler après toutes les nouvelles lois proposées, vous proposer de sortir de l'Europe et vous expliquer des heures en quoi notre système est pourri, sans jamais remettre en cause l'existence même des ultra-riches), mais qui vont soigneusement éviter les tabous comme Nibiru ou les ET.

Censure

Seul moyen pour les élites de contrer cette fuite d'information, c'est de mettre en place la censure, mais légèrement pour que le public ne voit rien .

La télé critique les réseaux sociaux, à l'adresse de ceux qui n'ont pas internet et sont dissuadés d'y aller.

Un gros dilemme qu'est internet pour les élites. C'est un super outils pour espionner les populations et sentir le niveau de réveil, pour diminuer les coûts et capturer encore plus d'argent pour leurs malversations, mais c'est aussi le vecteur de ce réveil des populations.

Difficile aujourd'hui de couper les réseaux sociaux sans dévoiler que nous ne vivons pas dans un système libre. Sans se mettre à dos l'armée, notamment ses troufions de base… Et comment obliger les gens à ne diffuser que des infos de chatons, et pas de l'information ?

Décrédibiliser

L'opération CIA "Mocking Bird" consiste à se moquer de ceux qui dévoilent la vérité, la moquerie étant un paralysant efficace sur l'humain...

Les sites les plus loufoques sont ceux qui sont mis en avant dans les médias.

Souvent ces sites de désinformation sont fait par le même groupe que le média qui va décrédibiliser le site (comme avec la Century Fox prise la main dans le sac le 18/02/2017 p. 651). Facile de trouver une erreur grossière dans une théorie, quand c'est vous-mêmes qui l'y avez placé volontairement.

Les alertes fin du monde mal fagotées et qui finissent par un flop se comptent par 10aines alors qu'on ne devrait même pas en entendre parler tellement elle sont peu crédibles. Plus la personne favorisée est ridicule, plus c'est efficace parce qu'une fois sa notoriété établie, les médias peuvent s'en donner à coeur joie en retour pour la casser (un des premiers exemple a été Adamski, et sa vidéo d'OVNI fabriqué avec des balles de ping-pong et un chapeau de lampe à pétrole).

Amalgame

Les sites de conspis sont payés par les propriétaires de médias. Facile de mettre une connerie au milieu d'une théorie (que ceux qui y croient n'auront pas le temps d'aller voir), tandis que le même gars, qui a écrit la théorie fake et va maintenant écrire l'article de vérification, va prendre cette faute grossière, et jeter le bébé avec l'eau du bain : conclure que si un seul argument est faux dans une théorie, tout est faux...

Une aide pour avoir la vérité

Nous avons donc la théorie officielle qui se moque de la théorie alternative grossière, mais en oubliant soigneusement de parler de certaines preuves, et de l'autre côté la théorie alternative loufoque, qui elle aussi n'insiste que sur des éléments faux, oubliant elle aussi les éléments judicieux.

Quand on est au courant de la combine, il est donc facile de retrouver la vérité que les 2 parties (payées par les mêmes ultra-riches) veut vous cacher : On prend la voie du milieu, et on s'intéresse aux points passés sous silence (ou mal traités) par les 2 parties...

Noyer l'information sur Nibiru (blogueurs)

En attendant que la censure soit pleinement opérationnelle, histoire de noyer le poisson, les élites payent pour que tout le monde ai accès à des tonnes de films apocalyptiques qui vous formatent l'esprit, et surtout des petites mains pour lancer plein de fausses rumeurs, de faux lanceur d'alertes soit-disant échappés des services secrets. Tous ces mensonges sont évidemment les premiers sur lesquels vous tombez dès lors que vous vous doutez de quelque chose, les algorithmes Google fonctionnant bien sur ce plan là. Quoi qu'il en soit, vous tombez sur pléthore de sites qui vous parlent de HAARP, des chemtrails, etc. Les plus scientifiques sentent tout de suite que "mécaniquement" ces théories ne tiennent pas la route, mais pour ceux qui commencent à douter de ce qui leur est dit et qui n'ont pas de bons bagages scientifiques, c'est facile de mordre à l'hameçon, pour ensuite aller défendre mordicus sur les réseaux sociaux ce qu'ils croient avoir compris.

Ces théories possèdent des failles grossières, exprès pour que si une théorie marche trop bien auprès du public non averti, tous les médias main stream en parlent et la démontent facilement grâce à cette faille, histoire de montrer à quel point le conspirationnisme c'est débile d'y croire et qu'internet c'est le mal ! Le public, confus de s'être fait berné si facilement (facile, quand on n'a pas d'éducation scientifique digne de ce nom à l'école), se jure alors de ne plus tomber dans les théories issue d'internet...

Pour ceux qui se doutent de quelque chose, c'est d'autant plus perturbant que ceux qui se moquent de ces théories ne savent que vous ramener aux théories officielles, dont vous savez aussi qu'elles sont fausses…

Semer la discorde

L'humain s'accroche de manière irraisonnée à ses fausses croyances, par fainéantise de devoir relancer le cerveau, de se remettre en question (de redevenir un apprenant qui ne sait rien), d'étudier des tonnes de faits pour invalidé ses croyances, et surtout reconnaître son erreur, sa faillibilité.

Inventer des tonnes de théories loufoques, comme HAARP ou les chemtrails, engage de vastes discussions entre les chercheurs de vérité, qui font perdre du temps à tous et empêchent une cohésion soudée.

Comme exemple de débat clivant (n'ayant pas réellement de solution), faut-il passer par la violence pour se libérer du système ? Vous pourriez en débattre des mois (qu'est-ce que la violence, est-ce bien de faire le mal si on veut le bien, etc.), la solution n'existe pas dans les extrêmes, il faut des 2 (voie du milieu).

Fatalisme

Nous faire croire que le gouvernement est vraiment très fort, a une technologie de fou, possède des OVNI,; etc. En gros qu'on ne peut pas lutter, juste s'incliner. Ce qui est faux, aucune technologie de ce type n'aurait pu être développée par un nombre restreint de personnes soumises au secret sans qu'il n'y ai des fuites de chercheurs avec une conscience.

Faire croire à leur immense pouvoir n'est qu'une façon de cacher leur immense incapacité à gérer un changement inéluctable… Une façon aussi pour la grenouille de vouloir se gonfler pour être aussi grosse que le bœuf, afin de masquer leur faiblesse, combien ils ne sont rien face à des gens réveillés… Car là où il n'y a plus d'esclaves, il n'y a plus de maîtres.

Leur seule puissance, c'est le contrôle de l'information, avec celle des médias, aussi bien main stream qu'alternative (la complosphère est infiltrée jusqu'à l'os par des fausses infos construites de toute pièce par ces gens), qu'au niveau de la surveillance globale des populations (via internet, les intelligences artificielles, les programmes d'écoute et de hacking généralisé). Ne prêtez pas attention à ces stratégies de désinfo qui sont là pour vous faire abandonner la partie avant qu'elle commence, alors que c'est bien vous qui avez les meilleures chances de l'emporter dans les faits.

De plus, les chefs n'aiment pas laisser l'impression qu'ils ne maîtrisent rien et qu'ils subissent les éléments, car à ce moment-là leur place de chef ne se justifie plus (ils perdent leur aura de guide qui sait ce qu'il fait). Il faut toujours qu'ils laissent l'impression qu'ils ont un plan. Et comme on nous a fait croire depuis tout petit qu'un chef n'a as à se justifier…

Repérer la désinformation

Survol

Propagande médiatique (p. 582)

Les désinformateurs sont abondamment relayés par les mass medias, preuve qu'ils font partie du système, ou que les théories qu'ils avancent servent les intérêts des dirigeants.

Les informations d'initiés sont impossibles (p. 583)

Les lanceur d'alertes des programmes secrets, ou des affaires des illuminati, sont aussitôt exécutés par les forces gouvernementales toutes puissantes. Les Snowden et Assange ont forcément été autorisés à balancer par les autorités.

Les désinformateurs passent dans les mass medias

Et jamais le vrais chercheurs de vérité… Jamais la version la plus plausible sur Nibiru, celle d'Harmo, n'a été divulguée au grand public.

Au cas où vous ne l'auriez pas compris, les mass medias ne sont pas vos amis. Si les médias vous parlent de quelque chose, surtout en insistant lourdement, c'est pour arranger les puissants qui payent les journalistes, et donc vous entuber quelque part (les riches ne sont riches que parce qu'ils vous volent...). Tout ce que vous verrez dans les médias qui parlera de Nibiru sera donc à prendre avec des pincettes, même si on a vu, en septembre 2018, que Nibiru est désormais connue de tellement de monde qu'ils ont été obligé de citer son nom, mais dans le but de mieux discréditer cette hypothèse par la suite pour les derniers endormis.

Des faux prophètes qui disent n'importe quoi, donc peuvent passer dans les médias

Les désinformateurs récupèrent à droite et à gauche les infos des contactés, sans jamais citer leurs sources (ce qui n'est pas correct en soi). Mais pire, ils enlèvent le plus intéressant (les liens entre les cataclysmes et les anciens textes, les preuves scientifiques du dérèglement du système solaire) et en rajoutant des mensonges qui vont ensuite tuer plein de gens qui les auront crus.

Ces relais réguliers de prophètes apocalyptiques, ayant soit-disant décrypté la Bible, ou se prétendant contactés par les vaisseaux de Marie, servent à affaiblir notre réactivité à une vraie annonce de Nibiru : trop de fausses alertes font que quand la vraie alerte se produit, plus personne n'y croit et ne bouge. Par contre, en donnant une date tous les mois, il est facile par la suite qu'un de ces débunkers payés par les gouvernements et relayés par tous les mass medias, gagne un statut de prophète et puisse faire passer aux yeux de ceux qui le croient une aura de prophète. Il pourra ainsi gentiment ramener tout ce bon monde dans les griffes de la secte du Nouvel Ordre Mondial.

Régulièrement donc, un hurluberlu sorti de nulle part publie un livre étrangement abondamment relayé dans tous les médias (pourquoi ne relayent-t-ils jamais ceux qui sont crédibles comme Nancy Lieder ou Harmo ?). Cet oiseau de mauvais augure annonce une date de fin du monde pour dans moins de 6 mois (évidemment relayée abondamment par toute la complosphère payée par les mêmes mains), la date passe, le gars disparaît, un autre sort de nouveau un livre, etc.

Il en sort tellement souvent qu'un d'entre eux tombera sur la bonne date

Souvent, ils utilisent des prophéties ou des calculs kabbalistique sur la Bible ou le Coran. C'est souvent fin septembre, début octobre, puis mi-novembre que des dates sont annoncées. Ensuite, le prophète de mars puis d'Avril sort, puis c'est reparti pour un tour, jusqu'à ce que Nibiru finisse par arriver. La nouveauté 2017 c'était que le nom de Nibiru était expressément cité, indiquant que de plus en plus de personnes connaissent Sitchin et font tous les liens…

Le jour où Nibiru passera, un de ces faussaire relayé par les mass medias tous les mois aura vu juste… A ce moment-là, le faussaire sera encore plus mis en avant dans les médias, embobinant une partie du public et en lui faisant croire qu'il faut rester dans sa maison et ne pas se préparer, ou encore qu'il vaudra mieux se suicider pour ne pas souffrir.

Articles incomplets

Bien sûr, les articles dans les mass medias évitent de donner trop de clés. Seront soigneusement évités tous les signes avant-coureurs (séismes, volcans, météores p. 395), et le fait que tout le système s'effondre. Les hypothèses avancées sont souvent loufoques (comme tel chiffre dans l'apocalypse) et n'éveillent pas les soupçons sur les cataclysmes se passant actuellement dans le monde. On cite ensuite la NASA qui dit que ce sont des conneries, et quand la date passe, tout le monde se marre et la confiance en la NASA est renforcée (les gens oubliant alors ses nombreuses erreurs, voir mensonges NASA p. 153). Entre-temps le faux prophète CIA a vendu ses livres, fait perdre du temps à ceux qui se posent légitimement des questions, et les endormis éteindront la télé quand ils entendront parler pour la n-ième fois d'une naine brune errante découverte proche de la Terre...

Fuites des services secrets impossibles

Les divulgateurs de secrets USA ne peuvent pas le faire pendant des années. Tout simplement parce qu'ils sont asservis au secret professionnel, et c'est la cours martiale en cas de divulgation (cour martiale =exécution secrète après un procès sommaire). Les illuminati détestent la trahison et le dénonciation, ils aiment faire leur tambouille à l'abri des regards de leurs esclaves. C'est pourquoi ils sont intraitables sur les initiés qui peuvent témoigner de choses qu'ils ont vu directement.

Top Secret ça veut dire interdiction d'en parler à qui que ce soit, y compris sa famille. Évidemment que pour que les employés de ces services respectent bien le secret sur ces black programmes, programmes secrets qui ne respectent aucune loi (comme le programme bien documenté maintenant MK-Ultra, où des tests sont faits sur des cobayes qui ne sont pas au courant), la CIA a bien d'autres moyens coercitifs qu'une bonne fessée ou des simples amendes et peines de prison envers les employés trop bavards... Regardez le nombre de suicides ou d'assassinats chez les rappeurs USA depuis 2012, les dizaines de gardes du corps des Clinton qui sont décédés très précocement, les 7 lanceur d'alertes WikiLeaks du camp démocrate (Clinton toujours) décédés suspectement dans l'été 2016 qui précédait les élections présidentielles...

Si Blue Beam existait, vous n'en auriez jamais entendu parler (le programme secret ne marche plus une fois divulgué auprès du public). Le peu d'infos qu'on en a sont tous des fuites de soit-disant "indics" internes aux agences américaines. Même système que HAARP, ces "donneurs d'alerte" sont des agents chargés de se faire passer pour des indicateurs anonymes et de distiller leur soupe, de faux témoignages ou de faux documents officiels savamment calculés (qui d'autres que les agences peuvent fabriquer de faux document officiels, puisque ce sont elles qui fabriquent aussi les vrais !).

Les vrais indics meurent très rapidement et n'ont pas le temps de parler, et leur témoignage immédiatement effacé d'internet ou de n'importe quelle autre source d'information, de même que ceux qui ont été alertés. Les familles de ces indics sont régulièrement décimées histoire de faire comprendre aux autres employés ce que le mot silence veut dire...

Pour HAARP, le vrai but (selon Harmo) était de détecter Nibiru via son champ magnétique lointain, avant qu'elle ne soit suffisamment près pour être observée aux Infra-Rouges. C'était leur véritable but, vous n'en n'avez jamais entendu parler, pour preuve qu'un secret peut être très bien protégé (surtout caché derrière de fausses rumeurs bien diffusées).

Idem pour la "découverte" de Nibiru par des astronomes d'observatoires autres que la NASA. Rien n'a jamais fuité, excepté 2-3 morts suspectes pour ceux qui commençaient à en parler. Aucun indic réel n'a pu dévoiler un programme et en parler plusieurs années de suite...

Harmo : Cela fait des années que les sismologues sont contraints de brider leurs appareils, mais aussi de suivre les corrections frauduleuses de l'USGS qui fait la pluie et le beau temps dans le secteur. Si certains commencent à parler, c'est qu'ils sont encouragés par ceux qui les financent, c'est à dire l'État. Ils savent tous que sans autorisation, on finit dans un ravin avec sa voiture, si ce n'est pas brûlé vif dans un incendie accidentel. De tels cas ont eu lieu, et je peux vous garantir que cela sert d'exemple. Le documentaire sur les risque de tsunami en Espagne et au Portugal est la preuve que des gouvernements tentent malgré tout de préparer leur population, mais sans confirmation officielle de Nibiru, les petits pays ne peuvent que donner des indices mais pas parler directement des véritables risques.

Donc vous pouvez déjà ajouter dans la liste des fake tous les Black Programs qui sont soit-disant révélés par des indics. Les seuls indics fiables sont Snowden et Assange de Wikileak, et encore, c'est parce qu'Obama le voulait bien, pour que le clan Puppet Master révèle les malversation des chapeau noirs afin de le faire tomber et de prendre sa place. Mais les vrais Black Programs moisis ou les histoire de pédophilie ne remonteront jamais à la surface, la colère du peuple se retournerait contre leurs dirigeants (même si ceux à l'heure actuelle ne sont pas ceux qui ont faits les exactions passées, la colère populaire est assez basique sur ce point là) et du coup aucun clan illuminati n'en profiteraient.

Français pas habitués à la culture américaine

En 2011, 99% des articles francophones sur la comète Elenin sont traduits à partir de sites américains... Auparavant, les buzz USA n'arrivaient pas jusqu'en France, mais avec la globalisation du web et la généralisation des traducteurs automatiques, la moindre connerie pondue par des charlatans illuminés aux USA devient parole d'évangile en France.

Le problème, c'est que les Français prennent les sites USA pour parole d'évangile, sans le recul nécessaire de la liberté d'expression : aux USA, un citoyen peut raconter ce qu'il veut, même si c'est des mensonges, de la diffamation, au nom de la liberté d'expression inscrite dans la constitution du pays.

Il faut savoir qu'aux USA, au fil des décennies, le public USA s'est endurci, et que ces illuminés n'ont que très peu de soutien aux USA. Par contre, ils bénéficient d'un écho disproportionné chez nous, il faut dire peu habitués à la notion de mensonges du système; En effet, la propagande et la censure étant bien plus fortes chez nous, nos médias ne révélant pas ce que les Américains découvrent lors des déclassifications après 40 ans (la déclassification n'existant pas dans notre pays, le secret-défense dure des siècles...). Nos élites ont de plus refusé longtemps de fournir internet aux populations (nous payions bien plus cher qu'en Amérique, avec un nombre d'heures très limité). La fraîcheur de ton apportée par internet nous a grisé, et nous ne savons quoi faire avec cette liberté toute neuve...

Nous n'avons pas encore acquis de sens critique par rapport à ces buzz typiquement américains, ou n'importe qui raconte n'importe quoi tant qu'il peut passer à la TV ou vendre ses livres.

Les comètes, les OVNI et autres trucs apocalyptiques sont un vrai business aux USA, c'est culturel (protestantisme) et nous Français, nous ne prenons pas assez de distance par rapport à tout cela. Le monde ufologique et conspirationniste français est en train de prendre le même chemin, le but n'est plus de découvrir la vérité mais de faire flipper les gens pour avoir le plus de visite sur son site ou se faire le max de pognon. Méfiez vous, internet a comme un effet loupe qui propage des théories, insignifiantes aux USA, en de véritables croisades idéologiques en France.

D'ailleurs on le voit bien, puisque les données de sites français sont périmées quand elle sont publiées. Elenin est déjà au niveau de Mars (donc quasiment partie), le buzz de son crash éventuel sur Terre depuis longtemps éteint aux USA, qu'explose le buzz en France du risque de collision...

Non seulement on colporte chez nous des idées fausses, mais en plus les nouvelles ne sont pas fraîches, 'has been' les frenchies...

A la base ils ne sont pas nombreux à aller faire ce copié collé aux USA, mais comme le sport national chez nous c'est de répéter comme des brebis ce que les autres ont mis sur le site, c'est du championnat de "je copie tu copies" les mêmes phrases au mot près. Suffit de changer la couleur et la police.

Amusez-vous à faire le test : suffit de copier une phrase d'un article conspi dans un moteur de recherche comme Google, vous serez halluciné de retrouver le même texte mot pour mot dans plus de 50 sites différents !

Amusez-vous aussi à suivre un article conspi qui a fait le buzz. Cliquer sur la source : vous remonterez ainsi une longue chaîne de recopie, qui arrive vite à une version USA totalement pas fiable, voir carrément un site parodique de fausses nouvelles, comme pour la découverte inventée du Cotopaxi à Cuba.

Tout sauf Nibiru

Survol

Je donnerais comme titre, entre guillemets, le nom de la désinformation. La réalité est le contraire.

Pourquoi ces fakes ?

Pour rappel, la Terre subit sérieusement depuis 1995 les effets de Nibiru, mais c'est surtout depuis 2003 que le processus est monté d'un cran (séismes, volcans, météores p. 395). Comment cacher ça au peuple ?

Pourquoi on y croit ? (p. 585)

Quand on est en déni, on préfère croire que notre société va continuer comme elle est, que nos dominants ne scieraient pas la branche sur laquelle ils sont assis.

"La fin du monde est proche" (p. 586)

Afin de nous dégoûter des gens qui préviennent de l'effondrement de notre société, les médias nous saturent régulièrement avec des hurluberlus prônant des fins du monde loufoques pour le lendemain.

"La date est dans la Bible" (p. 588)

Tout ce que vous trouverez dans ces bouquins, c'est que nul, à part Dieu, ne peut connaître la date...

"HAARP + Blue Beam" au lieu de Nibiru (p. 589)

A eux seuls, ils expliquent (de façon totalement impossible physiquement) la plupart des phénomènes de Nibiru. Vous êtes rassurés, vous avez trouvé une explication à vos interrogations, vous vous rendormez pour quelques temps, qui manqueront crucialement à votre préparation par la suite...

"Le climat se refroidit" (p. 596)

Encore un leur pour faire croire que le climat ne changeant pas, c'est la preuve que rien ne va arriver. En gros, on vous dit que pris sur 10 000 ans, la température moyenne reste la même... Oui, sauf qu'il y a des sacrés pics pendant ces 10 000 ans, et nous sommes en plein dans l'un d'eux !

"Chemtrails" (p. 596)

Combien de personnes perdent leur temps à filmer tous les jours les traînées de condensation des avions... Combien de temps perdu sur les forum à s'écharper entre nous sur le sujet ?

"La fonte des icebergs élève le niveau de la mer" (p. 601)

Un fake sans importance qui vous évite de penser que la fonte des glaciers et inlandsis provoque réellement la hausse du niveau des mers.

"La croûte terrestre s'amincit" (p. 601)

Fake pour expliquer les séismes et les volcans.

"La Terre grossit" (p. 601)

Fake faisant croire à une génération magique de matière au centre de la Terre, qui explique là encore séismes et volcans.

"Les alignements de planètes" (p. 601)

Un fake pour justifier les séismes, permettant en plus de remettre en avant l'astrologie sumérienne.

"Éruption solaire" (p. 603)

Fake un peu fourre-tout comme HAARP. Ces éruptions de matière, mal connues de la science, permettent d'expliquer qu'elles provoquent les séismes ou les EMP.

"Le CERN déchire l'espace temps" (p. 603)

Là encore, profitant de la complexité de la physique quantique, on peut y mettre un peu de tout. Le CERN provoque lui aussi les séismes, les EMP, etc.

"Crop Circle humains" (p. 603)

Liés à l'arrivée de Nibiru, là encore un fake pour les discréditer. Un crop a été fait une fois par l'homme, donc ils sont tous faits par l'homme. Ou encore, ils sont uniquement là pour parler de la géométrie sacrée des anciens dieux sumériens, histoire de remettre ces derniers à l'honneur.

Récentisme : "Dinosaures et Moyen-âge n'ont jamais existé" (p. 604)

Pour instaurer la prochaine religion mondiale sumérienne, ou pour cacher les cataclysmes du passé, quoi de mieux que de tordre l'histoire et de faire croire que la Terre n'a que 6 000 ans, comme la Bible l'affirme ?

"L'élévation spirituelle de Gaïa = la résonance Schumann" (p. 605)

Quoi de mieux, pour cacher l'arrivée de Nibiru, de faire croire que Gaïa est vivante, et se secoue avant de monter en vibration ? C'est pas dangereux ça, une élévation de fréquence. Pas besoin d'apprendre à cultiver soi-même la nourriture...

Pourquoi on y croit ?

La désinformation fonctionne parce que nous sommes dans le déni de Nibiru, et de la perte de la vie que nous menons. Nous préférons croire que nos élites détruisent le monde volontairement (on nous a suffisamment fait croire que nos dirigeants sont des incompétents fous, comme Ben Laden, ou Trump qui annule la guerre avec l'Iran, le 24 juin 2019, 10 minutes avant, parce qu'un présentateur télé lui aurait dit que c'était dangereux…).

Dans le raisonnement logique, si c'est les élites qui provoquent les catastrophes naturelles, elles s'arrêteront un jour de le faire on suppose… Ça fait moins peur que des phénomènes naturels sur lesquels on n'a aucun contrôle (ah, si les gens développaient le lâcher prise…).

Malgré nos efforts de vulgarisation, j'ai souvent remarqué que beaucoup de gens sincères ont du mal à comprendre l'évidence, à savoir que Nibiru n'est pas un vaisseau spatial, HAARP/Blue Beam sont inexistants, etc. On dépasse ici la non-compréhension des arguments logiques/scientifiques, car les explications claires et simples sont refaites de nombreuses fois, de manière différente, par des intervenants différents. En gros, ils vont direct aux conclusions sans chercher à comprendre le cheminement intellectuel. Ensuite, ils vont lire un désinformateur, et adopter la position du dernier qui a parlé, puis s'y tenir malgré tous les arguments logiques qu'on va apporter, ou la mise en avant des failles de raisonnement chez les désinformateurs (comme les EMP venant du Soleil qui ne peuvent avoir lieu de nuit). Comme si un désinformateur reconnu était plus crédible qu'un informateur avec moins de followers.

Certains sont complètement perdus dans cette abondance d'informations provenant de gars qui ont "l'air" de scientifiques, qui parlent bien, et plutôt que de faire appel à leur raisonnement, font appel du coup à ce qu'ils appellent leur intuition.

Le déni

Quand j'en parlais à Harmo, il me fit la judicieuse réponse suivante :

« Le problème que tu soulèves est simple à résoudre en fait. Ce n'est pas leur intuition que la plupart des gens écoutent. L'Intuition c'est en fait l'âme, en contrechamp, qui donne des infos et pousse la personne à des raisonnements/attitudes dites "contre-intuitives" (cette expression dans le sens inverse prouve qu'il y a une grande confusion). Dans ce cas, "contre-intuitif" veut dire en dehors des réflexes normaux qu'à toute personne lambda devant une situation donnée. La plupart des gens, surtout dans le milieu qui se dit "éveillé", ne suit pas l'Intuition liée à l'âme (avec un grand I) mais des pulsions : doutes, renfermement sur ses fausses certitudes, peur et haine. Le monde change, et généralement le système a largué la plupart d'entre nous derrière lui. Ce ne sont pas du tout des éveillés, mais des gens paumés, qui n'ont plus de repères religieux ni moraux, puisqu'ils se sont aperçus que les Institutions religieuses, comme les institutions politiques, sont incapables de leur apporter une solution à leur mal-être. C'est pour cela qu'ils n'arrivent pas à choisir une théorie plutôt qu'une autre, qu'ils suivent le dernier qui a parlé mais que ce ne sont pas des convictions profondes. Ces gens ne cherchent pas à comprendre, ils cherchent à être rassurés sur l'avenir, ou du moins à être fixés sur ce qui va arriver. Ils cherchent un dogme auquel se rattacher et qu'on leur dise quoi faire, pourvu qu'il n'y ait aucune responsabilité à prendre. Ce sont de sempiternels pleureurs, qui se plaignent du monde, mais qui ne font aucun choix, ne font aucune action et n'essaient pas de comprendre, parce que dans les 3 cas c'est prendre une responsabilité. Ce sont des errants, qui gémissent en attendant qu'on leur dise quoi faire, et généralement si eux ne savent pas, ils poussent aussi les autres dans le doute. Ils ne supportent généralement pas que d'autres au contraire, agissent, parce que cela les renvoie à leur propre incapacité à le faire. Ils cherchent à se rassurer constamment "je suis un éveillé", "restons critique sur tout" ou "on n'aura jamais de preuve", et quand on leur en apporte elles sont rejetées en masse pour les mêmes raisons. Ce sont des lâches qui attendent qu'on les sauvent, et qui se rassurent en s'auto-congratulant, en s'auto-persuadant qu'ils sont eux sur la meilleure position à tenir. Leurs opinions sont toujours complètement en dehors du concret, d'où le succès de HAARP ou les chemtrails. Ce sont des choses qui n'engagent à rien. Cela permet de justifier les pleurnichement tout comme l'inaction.

En conclusion, ce sont des gens qui sont loin d'être éveillées. Ce sont plutôt des gens qui ne sont pas suffisamment mûrs spirituellement pour faire avoir la force de faire des choix, et qui prennent comme quasiment une insulte personnel ceux qui au contraire ont cette force.

Ce sont ces immatures spirituels qui gémissent sur le bord du chemin et qui attendent de l'attention. Ils sont incapables d'être indépendants, et ne veulent surtout pas trop creuser pour que les choses ne deviennent pas trop concrètes. Sauf que généralement, ils accaparent l'énergie/les ressources de ceux qui veulent avancer, alors qu'eux, immobiles au sol, agrippent les habits comme des oisillons attendant une pitance. Si tu leur donnes des chaussures et que tu leur dis de se lever, ils ne t'écoutent plus et sollicitent quelqu'un d'autre par leurs gémissements. Ils ne cherchent pas à être autonomes. Comme les oisillons, ils attendent tout mâché dans la bouche. Après tout, ce sont eux les "pauvres petits" malheureux à qui ont doit porter de l'attention, les "éveillés" qui seront forcément parmi les élus.
C'est malheureux, mais si on les attend, on meurt avec eux, parce que l'assistanat à vie c'est en réalité du parasitage. Il faut savoir les laisser en arrière, si après plusieurs sollicitations, ils préfèrent encore rester au sol à gémir plutôt qu'accepter la paire de chaussure que tu leur tends. Ceci est du à notre société, où les gens attendent d'être prises en charge. Ils sont victimisés et attendent leur dû. Mais dans notre domaine, il n'y aura jamais d'assistance ou de certitudes qui les combleront. »

"La fin du monde est proche"

On ne compte plus les alertes qui ont annoncé une fin du monde imminente, histoire de maintenir les gens dans la peur.

Les erreurs de date chez les élites

Se doutant de l'imminence du retour de Nibiru dès le début du 20e siècle, ayant découvert Nibiru en 1983, les illuminati savent depuis 1995 que l'apocalypse peut se produire à tout moment, sachant que la trajectoire de Nibiru est chaotique et difficilement prévisible. L'apparition du site Zetatalk la même année leur a fait croire que le passage se ferait en 2003, les incitant à hâter les choses, jusqu'à réaliser le 11/09/2001 avec plein d'incohérences (ils pensaient que les enquêtes citoyennes n'auraient pas le temps de se faire) et d'attaquer l'Irak sans prévoir les conséquences économiques.
Leur puissance vient de leur connaissance de cette apocalypse (c'est du moins ce que m'a affirmé un FM

n'ayant pas voulu me donner ni sa loge ni son grade, quand je racontais l'histoire de Nibiru et des ogres, une histoire que lui connaissait de longue date). Si les esclaves ignorent l'apocalypse à venir, ils continueront d'entasser bien sagement les stocks de nourriture au fond des bunkers de leur maître, sans se douter qu'un jour l'accès à cette nourriture leur coûtera très cher.
Quand on regarde l'histoire, depuis plus de 1000 ans les kabbalistes se trompent en croyant que la fin des temps était arrivée.
Christophe Colomb semble avoir eu le droit d'aller aux Amériques parce que se référant aux travaux rabbiniques, il annonçait la fin du monde pour 1656 (10 ans avant 1666, tout un symbole...). D'ailleurs, Salvador de Madariaga, dans son livre sur Colomb, disait qu'à Baza, Colomb aurait assuré le roi et la reine que tous les bénéfices qu'il retirerait de son entreprise seraient consacrés à la libération de la maison de Sion et à la reconstruction du Temple. Le livre prophétique sur la fin du monde de Colomb ne nous étant pas parvenu (du moins officiellement), il sera difficile de connaître les motivations réelles.

Les nombreuses fausses alertes

Le système a généré pléthore de fausses fin du monde depuis les années 1990.
On a eu la crise de la vache folle, le bug de l'an 2000, la fin du monde maya de 2012, les astéroïdes Elenin et Ison, toutes les fin septembre depuis 2015, et bien d'autres.

31 décembre 1999 à minuit - bug de l'an 2000

A cette seconde, tout notre système technologique allait exploser. Les centrales nucléaires entraient en fusion, les avions se crashaient tous, les voitures refusaient de freiner, les télés s'éteignaient, tout ça parce que les logiciels seraient retournés en 1900... Tous les avions du monde devaient être au sol à ce moment-là, et l'affichage de la Tour Eiffel, qui marchait depuis 3 ans, c'est mystérieusement arrêté quelques minutes avant l'heure fatidique...

Évidemment il ne s'est rien passé de catastrophique, l'obsolescence programmée étant suffisante pour que les nouveaux programmes aient eu le temps de remplacer les anciens, sans parler des développeurs informatiques mis à contribution au cas où. Le reste, c'était des bugs mineurs facilement réparables et sans conséquences grâce aux sauvegardes.

2000 – la moitié de l'Europe décimée par le prion de la vache folle

50% des européens étaient susceptible d'avoir ingéré de la viande bovine contaminée par le prion de la maladie de la vache folle, et devait donc développer la maladie de Creutzfeldt-Jakob, une dégénérescence du système nerveux central dont la période d'incubation se développait en année. Au final, rien.

2011 et 2013 - Astéroïdes tueurs (ISON, ELENIN, Hale-Bopp)

Pour les comètes ISON ou Elenin, là aussi il y a eu tout un battage médiatique qui a bien agité et dispersé inutilement la complosphère (elles devaient apporter la fin du monde et expliquer les tremblements de terre de Nibiru). Là aussi on ne trouve à la base qu'un seul gars (Omerbashich de l'Université de Cornell Californie pour Elenin, et MacCanney pour ISON), dont les propos sont relayé par plein de sites d'un seul coup (alors que plein d'autres gars disent des choses plus crédibles sans être relayés). C'est l'occasion de se demander là aussi qui a assez d'argent pour payer tous ces webmasters ?

Les médias ont aussi surmédiatiser des risques inexistants sur Hale-Bopp, Attali ayant écrit un livre à ce sujet en parlant de prophéties Hopis.

21 décembre 2012 - fin du calendrier maya

Le 21 décembre 2012 a fait énormément de mal dans l'esprit du public et cela était volontaire. De nombreux désinformateurs font désormais le raccourci « Nibiru n'existe pas car il ne s'est rien passé en 2012... ». Pas de recherche sur cette planète, pas de réfutation d'arguments (en expliquant les double soleils, les séismes anormaux, les météores 11 fois plus nombreux, le réchauffement par le sol, etc.). Non, il suffit de dire qu'il ne s'est rien passé en 2012 et pouf! (énorme raccourci faux de raisonnement) Nibiru n'existe donc pas !

Une déduction ,imbécile, car :

- on ne sait pas accrocher parfaitement le calendrier maya au nôtre (certains parlent de 2015 voir 2018),
- les mayas ne décrivent que la fin d'un cycle et le début d'un autre, pas la fin du monde réel. Ce processus s'étale sur plusieurs années, comme ce que nous vivons avec la hausse croissante des cataclysmes naturels,
- Ce n'est pas parce que quelqu'un dans le monde a dit que Kennedy avait été tué en 1960, que Kennedy n'a pas été tué en 1964...

23 septembre 2015 - Paravicini

Depuis 2015, le 23 septembre est donné régulièrement comme date butoir d'expiration de l'espèce humaine.

Cela a fait les choux gras de tous les journaux /magazines qui se sont fait un plaisir de "casser du complotiste" avec toute la mauvaise foi qu'ils savent mettre dans ce genre d'articles.

En 2015, c'est le voyant Paravicini qui est mis en avant. Il n'a pas donné de date ni la nature exacte de ce "début de chute de l'humanité", mais on a quand même vu des gens dire, et cela n'était fondé sur aucune base concrète, qu'un astéroïde allait s'écraser et que cela était caché par la NASA. Oui, la NASA cache énormément de choses, certes, et ce sont surtout les rumeurs qu'un événement lié à l'espace pas très sympathique (l'annonce de Nibiru) allait bientôt se produire qui a alimenté la machine complotiste. Il y a ces nombreux bruits de couloirs, où les gens proches des "initiés" (politiques de second rang, militaires, journalistes, personnel civil, secrétariats etc...) ont quelques bribes de conversations mais interprètent à leur façon ces indices. L'idée qu'une catastrophe, de l'impact prochain d'un objet céleste, que le gouvernement cache cette vérité mais se prépare à révéler ce danger, tout cela fuite dans les couloirs de la Maison Blanche ou du Congrès américain. Ces mots captés à droite à gauche dans des conversations privées sont ensuite rapportés par ces sources (ceux qui écoutent aux portes) et atterrissent chez les commentateurs politiques et les conspirationnistes, toujours à l'affût des agissements secrets de l'État-big brother. Ces rumeurs sont fondées, mais mal comprises. Elles parlent à demi-mots de Nibiru et de son arrivée prochaine, des tensions internes à révéler la vérité ou non. Ces rumeurs ont très tôt lancé l'idée que septembre pouvait être une période clé, et comme il existait un ultimatum (chinois) sur la date du 23 septembre, cette date fut entendue à plusieurs reprises dans les coulisses du pouvoir, tout simplement. On voit bien aujourd'hui que ces rumeurs ont été mal utilisées et qu'il n'y a pas eu d'impact d'astéroïde exterminateur le 23 septembre. Cela ne veut pas dire qu'il est impossible qu'un météorite frappe la Terre sous peu comme les ET l'on décrit, mais ce phénomène est aléatoire et indétectable par la NASA.

Il est aussi a préciser que les élites ne savent pas plus que le public le passage réel de Nibiru. Les rumeurs fondées sur des hypothèses de leur part n'ont pas plus de poids que ça.

23 septembre puis 12 octobre puis 19 novembre 2017

La fin 2017 fut riche en annonce apocalyptiques abondamment relayées par les médias ! Les ouragans records de septembre qui suivaient une éclipse de Soleil rarissime, couplé à des séismes records au Mexique et une violente poussée de volcanisme ayant réveillé un peu le public, parallèlement à une volonté de certaines élites d'accélérer la divulgation, ayant conduit à cette fin d'année où le terme apocalypse a été matraqué pour le public.

But des fausses alertes

Ces fausses alertes sont là pour :

- émousser la vigilance du peuple, fatigué de toutes ces fin du monde matraquées par les médias et où il ne se passe jamais rien. Le quidam moyen est dégoûté de s'être laissé berner et va zapper la prochaine fois qu'on lui parlera du fin du monde,
- ridiculiser les annonces de fin du monde, par le fait qu'elles ne se produisent pas et dont la version médiatique parle de choses loufoques comme la Terre plate…
- le jour à le passage de Nibiru se produira le mois annoncé par un des nombreux faux prophètes soutenu par les élites, ce dernier pourra récupérer pléthore de gogos et orienter les gens dans le sens de élites...

Ainsi, il suffit souvent aux faux "scientifiques" de dire que comme il ne s'est rien passé en 2012, la théorie Nibiru ne tient pas. CQFD, et ça leur évite de répondre aux nombreuses questions embarrassantes comme les double soleils, les séismes anormaux, les météores 11 fois plus nombreux, le réchauffement par le sol, etc. Le public, programmé par le système à tout gober sans réfléchir dès que le gars porte une blouse blanche, tombe dans le panneau systématiquement.

Accélération en 2017

Depuis 2017, les fins du monde sont annoncées tous les mois. Toujours abondamment relayées par les médias, qui mettent en avant un faux prophète CIA qui a sorti un livre et qui disparaîtra une fois la date passée, pour être remplacé par un autre faux prophète qui annonce le mois d'après.

"La date est dans la Bible"

On voit souvent apparaître des "illuminés" qui disent avoir décrypter les codes secrets de la Bible, et donc peuvent vous donner une date. Chose impossible, parce que dans la Bible ou le Coran, il est précisé à de nombreuses reprises "Seul dieu sait".

Les livres sacrés ne sont pas fiables

Souvent, les faux prophètes utilisent des prophéties ou des calculs kabbalistique sur la Bible ou le Coran.

Déjà, comme nous l'avons vu dans la partie "Religion", tous ces livres (Torah, Évangiles, Coran) ont été trafiqués à un moment ou à un autre de leur histoire. Ce ne sont pas les prophètes qui les ont écrit, mais les dominants au pouvoir qui les ont réécrit à leur sauce pour conserver leur pouvoir auprès du peuple, légitimant leur trône quand le prophète disait au contraire qu'il n'y a qu'un maître sur Terre, le Dieu qui est en nous.

Ces illuminati aiment bien occulter la vraie connaissance afin que le peuple n'y ai pas accès, mais qu'eux puissent profiter de cette connaissance. Mais là encore, comme ils ont établis plusieurs clés (les premiers grades des FM ayant accès à une histoire loufoque, seuls les supérieurs au 30e grade ont accès à la vraie histoire, complétée et modifiée en partie au dernier grade, et encore, les illuminati, quand ils ont créé les FM, ne leur ont laissé qu'une infime partie de la vérité...).

Ces clés multiples se perdent souvent lors des aléas de l'histoire, des multiples traductions (le 666 de la bête était en fait 616 dans la version sumérienne des prophéties), des complications inutiles, de l'évolution du langage, des erreurs de conversion (base 60 ou 12 vers base 10), etc.

Il est donc complètement farfelu vouloir tirer quelque chose de cet amas de textes obscurs, auxquels il est facile après coup de leur faire dire n'importe quoi.

Les clés ne concernent que les événements

Seule la description des événements se retrouve dans les prophéties, comme la putain de Babylone qui pourrait correspondre à Hillary Clinton lors de l'élection présidentielle de 2016 (via toutes les révélations wikileaks, ses serveurs privés, les e-mails pédophiles du mari de sa suppléante, etc.), les cavaliers de l'apocalypse, les trompettes (Trump), l'antéchrist ou le Mahdi. Mais ces événements ne sont pas forcément dans l'ordre, et peuvent avoir été cryptés eux-aussi (dans les hadiths, il y a de nombreuses dates contradictoires). Sans compter les erreurs de traduction au cours du temps, la signification d'un mot perdu suite à l'abandon de la langue au cours du temps, ou de son évolution comme le Coran.

Une date est forcément changeante

Il est vrai qu'il y a de nombreuses clés cachées par ceux qui ont écrits ces livres (qui je le rappelle, ne sont ni Abraham, ni Jésus, ni Mohamed), mais ces clés ne révéleront jamais une date. Jésus ou Mohamed disaient bien que seul Dieu sait la date. A cause du libre arbitre, les dates peuvent varier dans la proportions de quelques années (pas indéfiniment non plus, par exemple si Jésus 2 est né dans les années 1980, l'apocalypse devrait se faire avant qu'il ai 50 ans et qu'il soit devenu trop vieux pour ces conneries! :)).

Prophéties volontairement floues

Les visions du futur ont en commun de devoir être floues, pour n'être reconnues qu'après coup. En effet, si la voyante Baba Vanga avait annoncée que les tours du World Trade Center tombaient le 9/11/2001, une surveillance aurait été faite ce jour-là, les explosifs de démolition n'auraient pas pu être posé les semaines d'avant, et l'événement n'aurait pas eu lieu (ou à côté, ce qui aurait pu faire plus de victimes). Elle s'est donc contenter d'annoncer, en 1981, que « « Horreur, horreur ! Les frères américains tomberont après avoir été attaqués par les oiseaux d'acier. Les loups hurleront dans un buisson, et le sang innocent jaillira ».

Nostradamus use des mêmes astuces, donc il est difficile de faire quoi que ce soit avec toutes ces prophéties (qui en plus ne sont pas une obligation au niveau de leur réalisation, juste une forte probabilité le jour où elles sont énoncées, toujours à cause du libre arbitre).

But : restaurer la confiance en la Bible

Ces décryptages de l'ancien testament ont aussi pour but de restaurer la confiance dans les vieux livres religieux, la théocratie d'Odin (Nouvel Ordre Mondial) allant s'appuyer sur les vieux textes de la Torah pour justifier son installation à Jérusalem.

"HAARP + Blue Beam" = (presque) Nibiru

HAARP est LA théorie loufoque utilisée pour servir de paravent à presque tous les effets de Nibiru sur la Terre. C'est sur cette théorie que se focalise la désinformation (avec son compagnon Blue Beam pour expliquer visuellement ce que la fausse théorie HAARP ne peut pas expliquer). Vous avez du remarquer ces armées de trolleurs qui a chaque catastrophe, marquent juste « HAARP » sans explication, histoire de bien vous formater le cerveau à votre insu.

J'ai du donner beaucoup d'arguments contre cette théorie, car les délires sur cette technologie sont très nombreux, et les croyants ont été fermement implantés par le système de désinformation.

Des arguments logiques tout bête, de la physique de collège que tout le monde devrait pourtant avoir assimilée…

Danger de la théorie HAARP

Le gros danger avec la théorie HAARP, c'est de canaliser la colère vers un groupe d'humain, sans réfléchir pourquoi ces humains ont tout pouvoir sur nous. C'est pour ça d'ailleurs que l'intérêt de Nibiru c'est qu'il n'y a personne de fautif derrière, pas de haine, on peut avancer plutôt que ressasser sans cesse ou vouloir se venger.

L'autre danger, c'est de croire que les cataclysmes croissants vont s'arrêter avant que ça ne devienne trop grave, ce qui ne se produira pas. Jusqu'au bout les croyants en HAARP espérerons et ne se prépareront pas, espérant que les élites utilisant HAARP n'iront pas jusqu'à se détruire eux-mêmes. Des élites qui elles se seront mises à l'abri, car elles savent qu'elles n'ont aucun contrôle sur le phénomène…

A part ça ces 2 points, que ce soit Nibiru ou HAARP qui provoque tous ces problèmes, du moment que vous êtes conscient que ça ne s'arrêtera pas et que ce ne sont pas des humains qui sont responsables, les 2 hypothèses mèneront à peu près au même résultat, un effondrement de notre civilisation, une surface de la Terre dévastée.

Présentation de HAARP

Il y a eu au moment de la guerre du Vietnam des projets américains pour modifier le climat, mais c'était sous forme chimique.

Le projet HAARP est un projet ultra-secret, dont le but n'a jamais filtré. Il s'agissait d'antennes orientées vers l'espace, un radiotélescope, comme si leur but était de détecter un gros objet spatial très magnétique… Harmo confirme que cette installation était utilisée pour déterminer, en complément des télescopes IR, la distance de Nibiru (voir explication technique plus bas) dans les années 1980-1990, avec comme couverture les changements climatiques, pour ne pas dévoiler le but réel et donc la présence de Nibiru.

Depuis 2010, suite à son inversion magnétique (et le début de son éloignement progressif du Soleil), Nibiru est devenue plus proche, triangulable et plus facilement observable juste avec les télescopes infrarouges, et HAARP est devenu inutile en 2013, date où les sites ont été fermés.

La CIA a alors trouvé commode de lancer le fake sur HAARP (pour à la fois lancer les enquêteurs sur des fausses pistes, par exemple une fois qu'on sait que c'est HAARP qui provoque les séismes, on s'arrête de chercher et on ne tombe pas sur la planète Nibiru), à la fois utiliser le truc bien connu des illusionniste, le détournement d'attention. Chercher les effets que produisaient HAARP évitait de chercher les effets que HAARP mesuraient…

Ce fake conspi a marché du feu de dieu. Une des grandes réussites de la CIA, malheureusement pour elle, dont elle ne peut pas se vanter…

C'est d'ailleurs tout le sens du film "The core", où une machine type HAARP arrête le noyau de la Terre.

Ou encore le film « géostorm »,

Selon Harmo, l'armée USA alimente par des fausses fuites ces rumeurs via des témoignages anonymes/ fuites de documents via des personnes travaillant officiellement dans ces institutions, mais en réalité ces fuites sont contrôlées et travaillées, les fameux anonymes étant des membres de l'armée attitrées à ces missions de désinformation (rappelez-vous, sur ce genre de programme, personne ne parle, et si l'info fuite, elle est immédiatement arrêtée dans les médias (black-out total), discrédité et noyée sous un déluge de fausses autres révélations).

Ceux qui y croient

Le plus triste, c'ets qu'en diffusant les rumeurs selon laquelle HAARP est une arme environnementale, les gens sont complices de la propre désinformation contre laquelle ils luttent.

Toute cette propagande passe notamment par les conspirationnistes USA sévèrement infiltrés par les désinformateurs. Que ce soit HAARP, les chemtrails (qui ont existé mais qui n'existent plus), le projet Blue Beam ou le contrôle du climat, ces rumeurs ont toutes été faites pour mener les gens, et notamment la sphère alternative, la seule partie de la population se posant vraiment les bonnes questions, sur des voies autres que la Vérité.

HAARP est aussi rentré en résonance avec les anti-fédéralistes USA. Ça permet de légitimer les milices armées du fin fond du Vermont ou du Kansas, bien racistes et bien extrémistes religieux. Quoi que les fédéraux font, c'est parce qu'il leur veulent du mal. On hurle à Satan, au 666, à la marque de la bête-code-barre, la Bible sous le bras pour pouvoir tenir le M16 à 2 mains, avec son gosse de 5 ans à côté qui tire avec un automatique sur une cible en forme d'Obama. Quand on pense qu'il y a 10 ans, ils pensaient que l'ONU allaient les envahir avec des hordes de casques bleus épaulés par le FBI. Bref, quand on voit les reportages sur ces gars là, et ils sont nombreux aux USA, ça fait très très peur…

Les américains qui sont à la base de ces rumeurs pensent que le gouvernement fédéral veut prendre le contrôle du pays et mettre fin aux gouvernances des États qui composent le pays. Ils ont fondé le conspirationnisme paranoïaque qui nous submerge de rumeurs et de vidéos via le net. Faut prendre du recul par rapport à tout ça.

Comment ça marche le HAARP imaginaire ?

La technicité est floue, et loufoque. Des satellites croisent leurs ondes radio pour provoquer un séisme au dessus de Sumatra (on fait évidemment intervenir la "résonance" bien entendu...). Des satellites émettent de la lumière, rebaptisée « arme à énergie dirigée » et créent des incendies localisés sur la Terre.

Les termes sont vagues, pompeux, creux, et l'énergie magique de Tesla est appelée à la rescousse pour combler les trous techniques.

Impossibilité technique

2 secondes de réflexions montrent qu'il s'agit de désinformation : déclencher 5 ouragans de catégorie 5, 2 séismes 8+ et augmenter le nombre d'astéroïdes n'est pas dans les capacités de la technologie humaine.

Pas d'actions aussi loin

Le flux EM s'écarte et s'affaiblit assez vite. HAARP ne peut être le responsable du réchauffement de Mars, et encore moins celui de Pluton, à l'autre bout du système solaire.

Pas assez de puissance pour les tempêtes

La puissance développée au sein d'un typhon ou d'une tornade sont immense, et tous les essais pour générer des instabilités climatiques montrent que le phénomène s'épuise rapidement.

Du côté énergie, on parle de près d'un milliard de tonnes d'eau à évaporer pour un simple cumulonimbus, avec une puissance de chauffe équivalente à 19 millions de MW, alors qu'un réacteur nucléaire tourne seulement de 40 à 500 MW en moyenne. Toutes les centrales du nucléaires du monde ne pourraient créer un seul orage.

Une bombe nucléaire ne détourne pas un ouragan

Si on se sert des nuages existants et qu'on les détourne, on ne peut pas : la bombe nucléaire n'impactera même pas le nuage en lui-même (onde de choc de la bombe sur 2 km max, les ouragans font des milliers de km), et encore moins sa trajectoire qui dépend des différences de chaleur à la surface de la Terre (quantité de chaleur produite par la bombe limitée en comparaison avec celle reçue du Soleil par des millions de km² d'océan) .

Ni pour les volcans

Une explosion nucléaire "Hiroshima" est une simple étincelle par rapport à la puissance du plus petit volcan en éruption, il suffit de voir les rapports masses énergies en jeu pour s'en convaincre.

Avec la super bombe russe Tzar Bomba (la plus grosse bombe nucléaire ayant explosé sur Terre (essai en Russie) on tourne à 57 megatonnes (100 mégatonnes théoriques), avec le volcan Tambora qui explose on est à 24 500 mégatonnes.

Ni pour les aurores boréales

Les proportions entre HAARP et une irradiation cosmique causant une aurore boréale, c'est dans les mêmes proportions !

Les forces naturelles sont incommensurablement supérieures à tout ce que l'homme peut faire, de par la quantité de matière et d'énergie entrant en jeu. Le Soleil en fusion est 1,3 millions de fois plus volumineux que la Terre. Toute l'énergie que nous tirons de la fine croûte terrestre ne fera jamais le poids avec les forces de la nature.

il y a un bombardement constant de particules cosmiques hautement énergisées dans la ionosphère depuis que le soleil existe : dans ce déferlement d'énergie, les apports de HAARP ne sont qu'un goutte d'eau dans un océan de particules et de champs électrostatiques. C'est un peu comme comparer le voltage d'une pile et celle d'un éclair... une pile allume certes une ampoule, un éclair pourrait éclairer une ville moyenne pendant 1 an.

Les croyances conspis sur HAARP sont inversées : si les militaires évitent de faire des expériences avec HAARP quand il y a des aurores boréales, ce n'est pas parce que c'est dangereux pour la ionosphère, mais parce que c'est dangereux pour le matériel électronique qu'il y a derrière les antennes de HAARP !! Une antenne d'émission comme celles de HAARP ça fonctionne aussi en réception, comme dans le cas de l'antenne SETI. Si y a une vague électromagnétique qui vient de Soleil ou du ciel en général (vents et rayons cosmiques), une antenne, de par sa structure et sa fonction, canalise l'impulsion. On a un retour parasite dans l'émetteur et là, il y a de gros risques que ça fume les circuits.

Ni pour les météores

Aucun projet type "HAARP" ni aucun gouvernement mondial ne peut délibérément augmenter l'activité météoritique, tout simplement parce que cette activité est imprévisible, chaotique et trop diffuse, sans compter qu'on ne sait toujours pas dévier un astéroïde de son orbite (les Russes commencent à peine à savoir les fragmenter pour diminuer la force d'impact et augmenter leur destruction dans l'atmosphère).

L'EM n'a pas d'impact sur les plaques tectonique

L'électroMagnétisme de HAARP n'a aucun effet sur la croûte terrestre, et ne peut donc générer le volcanisme ou les séismes (dont l'énergie libérée est phénoménale), ou encore les hécatombes d'animaux partout sur la planète. Sans compter que toute cette puissance, censée être 1000 fois supérieure à toutes les centrales du monde réunies, tient dans un petit satellite…

Pour le séisme de Sumatra en 2004, les partisans de HAARP avaient annoncé que c'est les antennes des satellites qui avaient émis des ondes radio qui avaient provoqué le séisme... théorie saugrenue : un satellite ne peut stocker autant d'énergie, et jusqu'à présent on sait que l'électromagnétisme ne peut interagir suffisamment avec la matière pour les GigaGigaGigaWatts de puissance que ça implique pour un résultat aléatoire (on ne sait jamais si une faille va lâcher ou pas, on ne peut pas estimer correctement les contraintes latérales auxquelles elle est soumise), surtout que même un laser puissant serait arrêté par l'eau de mer au dessus, et des ondes de périodes trop longues traverseraient l'eau de mer mais aussi les premières centaines de mètre du plancher océanique pour se dissiper dans la terre.

Par contre, il était toujours possible qu'un sous-marin ai placé des bombes nucléaires sur une faille prête à lâcher, et que les satellites aient observés les déplacements engendrés. Mais là encore, l'augmentation du nombre de séismes invalide cette théorie. Si on fait péter une bombe, ça déplace la plaque, et il faut attendre 100 ans pour que cette faille soit de nouveau suffisamment sous contrainte pour la faire de nouveau faire lâcher. Or on voit qu'au même endroit, les séisme se répètent des milliers de fois en quelques mois, et ça continue les années qui suivent.

Des antennes qui fondraient vue la puissance à passer

Prenons la théorie consensus des conspis, c'est les antennes en Alaska qui rebondissent magiquement sur la ionosphère et vont où « ils » veulent sur la Terre faire leurs dégâts. Oui, il faut que ça rebondissent, parce que des antennes dirigées vers le ciel pour agir sur la Terre, ça fait mauvais effet au niveau de la logique…

Pourquoi la ionosphère : parce que c'est un mot qui en jette, et qu'une des raisons officielles au programme était l'étude de la ionosphère.

Si jamais l'EM avait le moindre effet sur les séismes, il faudrait un champ EM à haute fréquence. Malheureusement, seules les ondes radio basses fréquences rebondissent sur l'atmosphère.

En plus de ça, l'énergie énorme pour provoquer un séisme doit forcément passer par les antennes : toute vie serait grillée instantanément dans les 500 km aux alentour de l'antenne émettrice, ou sur la zone de réception.

Un radar tout bête d'aéroport est mortel à moins de 5 mètres, et un oiseau qui a le malheur de passer devant est grillé... Alors imaginez une antenne HAARP qui enverrait une onde électromagnétique d'une puissance équivalente à 2 millions de bombes Hiroshima... Une antenne comme ça au centre des USA et il n'y a plus personne de la côte Est à la côte ouest.

En résumé, même si on considère que l'armée à récupéré l'énergie illimitée de Tesla (au passage, tout ce qu'on sait de mystérieux de Tesla, c'est qu'il aurait fait 200 petits km avec une voiture électrique, je ne sais pas si on peut parler d'énergie illimité plus forte que 1000 Soleil…), les petites antennes de HAARP fondraient instantanément si on passait la puissance nécessaire à faire un séisme. C'est comme si on envoyait toute la puissance pour faire bouger une plaque continentale (un sacré volume, 70km de profondeur sur plusieurs millions de km², et c'est sans parler de la masse volumique et des frottements avec les couches interne du manteau…) avec un petit ventilo de 3 cm de diamètre en plastique. En un fractionnième de seconde le ventilo se serait désintégré. Avec HAARP c'est pareil.

Ne peut pas réchauffer le noyau terrestre

C'est toutes les plaques de la planète qui bougent beaucoup beaucoup plus que d'habitude, suite à l'échauffement du noyau terrestre (visible aussi avec les volcans et la fonte de la banquise par le dessous). Et l'échauffement du noyau terrestre, dont l'homme connaît encore mal le fonctionnement, c'est pas nos quelques tonnes d'uranium qui vont fournir l'énergie nécessaire pour le réchauffer. La plupart des personnes ont du mal à se représenter les ordres de grandeur que cela représente…

De plus, si c'était tout le noyau terrestre qui était échauffé, toutes les plaques de la planète bougeraient, et même les belles maisons ou bunker des militaires USA qui commandent HAARP seraient détruites… C'est ce qui explique que les bombes atomiques soient peu utilisées, ceux qui les lance savent bien qu'ils se prendront aussi les radiations, or un égoïste pense à lui avant toute chose… Et ces gens n'ont été porté au pouvoir, par d'autres égoïstes, que parce qu'ils étaient loin d'être des inconséquents sans cervelle ou suicidaires. Les pervers narcissiques ou les kapo, c'est pour les postes du bas de l'échelle, pour la domination du poste. Les postes à responsabilité continuent à être laissés aux meilleurs.

Les incendies à arme dirigées

Les engins lançant un soit-disant laser ne sont pas observés par les témoins, il faut donc que ce soient des satellites. La lumière ne peut traversée l'atmosphère sans être réfracter, et obtenir un rayonnement trop éclaté sur la cible pour être efficace. Sans compter la grosse partie renvoyée par réflexion vers l'espace. Voilà pourquoi les prototypes de laser de l'armée ne sont efficaces qu'à 500 m, au-delà il y a trop de diffusion du faisceau pour qu'il soit suffisamment efficace. Le dispositif prend tout un camion, vide la batterie très vite, alors qu'une simple roquette qui tient dans la main est 100 fois plus efficace… Mettre ça dans un satellite.

Concernant les images des lasers, toutes celles que j'ai vu sont des photomontage flagrants.

Les trompettes de l'apocalypse ne sont pas EM

Ce qu'on appelle bruit électromagnétique, ce n'est pas du son, mais une notion de physique pour désigner les perturbations EM aléatoires de faible amplitude qui perturbent les basses tensions. Les ondes EM ne font pas de bruit, dans le sens vous n'entendez pas votre wifi. Les transformateurs électriques peuvent vibrer, mais c'est les plaques métalliques construites à bas coût du coeur magnétique qui vibrent, rien à voir avec les ondes. Les ondes électromagnétiques ne sont pas captées par l'oreille !

Les trompettes de l'apocalypse, c'est bien du son (vibration de la pression de l'air), pas des ondes EM émises par HAARP pour tromper les populations.

Le vacillement terrestre : HAARP ne peut s'appuyer dans le vide de l'espace

Harmo le dit depuis 2010, le vacillement terrestre sera encore mis sur le dos de HAARP.Sur quoi s'appuie le levier HAARP qui fait bouger la Terre dans l'espace ? Surtout que la science ne sait pas encore que le champ magnétique terrestre est aligné avec le champ magnétique du Soleil, et que donc ce dernier ne varie pas tous les 11 ans comme on voudrait nous le faire croire ? Et même si à ce moment ce serait utilisé, là aussi la puissance du champ magnétique à générer est incommensurable, comparée au noyau atomique de notre Terre qui génère le champ magnétique naturel.

Pas de bombes EMP

Oui, HAARP est aussi mis à contribution pour expliquer les avions qui tombent… Les bombes EMP que l'on possède sont très faibles de courtes portée (il faudrait faire exploser la bombe à côté de l'avion, c'est le souffle qui le détruirait), et leur développement n'avance pas, car ces techniques nécessitent de fortes puissances, qui n'arriveraient pas à percer un simple blindage acier mince, ou une mise à la terre basique.

HAARP ne réduit pas le champ magnétique

On a vu des personnes qui commençaient à dire que HAARP pouvait réduire le champ magnétique néfaste de Nibiru, diminuant les cataclysmes observés sur Terre. On ne peut affaiblir un champ magnétique, on peut juste le dévier et l'amplifier… Si c'est pour le dévier sur l'Alaska et amplifier le vacillement (pure spéculation, on n'a pas la puissance pour influer sur quoi que ce soit).

Les faux arguments des HAARPistes

Les autres essais de contrôle du climat

Le milieu conspi fait de grosses fautes de logiques. Ils considèrent que les essais de pulvérisation d'iodure d'argent à haute altitude par l'armée USA pour déclencher les pluies (modifications du climat) prouve l'existence de HAARP. C'est un peu vouloir prouver l'existence du Yeti en enquêtant sur le monstre du Loch Ness.

Forcément qu'il y a eu des essais de guerre climatique, ou de créer artificiellement des séismes, mais ces projets sont difficilement réalisables à cause des échelles en question. Un cumulonimbus, c'est plusieurs milliards de tonnes d'eau et une énergie accumulée de plusieurs bombes nucléaires. De même, quelle puissance électromagnétique faudrait il pour déstabiliser des plaques tectoniques qui font à elles seules des centaines de milliards de tonnes ?

La physique c'est la physique : pour bouger des milliards de tonnes, il faut des milliards de tonnes de poussée. Toutes ces échelles sont hors d'atteinte des humains. Ce n'est pas différent avec les EMP : pour faire une EMP capable de paralyser un avion, il faut faire exploser une bombe nucléaire dans sa proximité. Or l'avion sera détruit avant par le souffle plutôt que par l'EMP consécutive, même si on utilise un procédé de compression magnétique (où la bombe sert juste de compression d'un solénoïde). Ce sont donc des gadget que les armées ont tenté de réaliser, parfois avec succès, mais qu'on pas d'intérêt opérationnel tant leur portée et leur puissance sont ridiculement inoffensives.

La CIA communique peu sur ses échecs, et préfère laisser croire à une toute puissance rassurant la population sur le bien fondé des milliards par an qui partent dans l'agence...

Les USA touchés aussi

Pourquoi les USA feraient des dégâts sur leur propre sol, zones militaires voir leur propres bateaux (5 collisions en 2017 des destroyer de la marine USA).

Pourquoi attaquer ses alliés ?

Pourquoi les Américains auraient provoqué Fukushima, sachant qu'ils étaient en première ligne pour les retombées radioactives ? Alors que depuis 1945 le Japon est un des plus américanisés du monde !

Pas de contrôle des foules

Ce fake de HAARP, très prolixe, sous couvert de délires technologiques sans limite vu qu'on est dans les programmes secrets où tout semble possible, servirait aussi au formatage des esprits pour garder les populations abruties et dans la croyance officielle. On va bientôt nous dire que HAARP fait aussi le café ou ramène ta femme ! :)

Le cinéma et la TV fiction sont des outils de formatage extrêmement efficaces, pas besoin de HAARP ou d'autres projets de ce genre.

HAARP n'est pas cité dans les prophéties

Toutes les prophéties parlent de cette période, ont annoncé à l'avance ce qui est en train de se passer.

Mais toutes les prophéties qui parlent de fin du monde ne disent jamais que l'homme construira une machine qui le mènera à sa perte, mais qu'au contraire, c'est la Terre/Dieu qui décide de punir l'homme et qu'il subira la destruction sans pouvoir rien y faire malgré tous ses efforts.

HAARP ne sert pas à l'établissement du NOM

Si HAARP sert à secouer le monde pour installer le NOM, une fois celui là instauré, normalement ça sert à rien pour les élites de continuer à détruire, puisque tout sera sous leur contrôle. Donc les gens en général vont penser que du coup, si on veut la paix, il faut se plier à leur volonté, et s'ils sont contents, ils garderont HAARP tranquille.

Mais cette stratégie se retournera contre les gens, puisque non seulement les séismes continueront, mais en plus le NOM les aura parqués et triés : les indésirables seront refoulés dans les zones dangereuses et les élites + leurs serviteurs se mettront à l'abri dans des villes bunkers en zone sure.

Ce que HAARP n'explique pas

Les phénomènes de Nibiru ne s'arrêtent pas là et les phénomènes suivant ne peuvent être expliqués par HAARP : l'augmentation de la température du noyau terrestre et du fond des océans (là encore il faut une sacrée quantité d'énergie...), les anomalies du cycle solaire N°24, les phénomènes climatiques des autres planètes du système solaire, et l'augmentation d'apparition de comètes et de météores qui parcourent le ciel.

Tous les phénomènes ci-dessus sont corrélés et varient dans les mêmes proportions!!! Seule l'hypothèse Nibiru explique à ce jour l'augmentation de tous ces phénomènes, et à mon avis cette hypothèse restera la seule (jusqu'à sa confirmation par la vision de Nibiru dans le ciel).

De même, tous les cataclysmes observés dans le passé ne peuvent être expliqués par HAARP. Le manuscrit de Kolbrin c'est HAARP ou Blue Beam ? Les fossiles, les strates, les volcans, le paléomagnétisme ? Les Hopis l'ont prévu, la Bible l'a prévu, les hadiths l'ont prévu, les mayas l'ont prévu. D'autres l'ont vécu (L'exode, le déluge, Ragnarok et toutes les légendes sur des catastrophes passées que l'on retrouve partout sur tout le globe).

Que dire de l'histoire des sumériens qui connaissaient Nibiru, et de toutes les références à cette étoile destructrice rouge ? Les Hopis ou Mohamed faisaient-ils partis de la conspiration ? Parce que dans les Hadiths, depuis le 7e siècle, on trouve la référence à l'étoile Cornue Zu-Shifa qui viendra à la fin des temps semer le chaos sur Terre, provoquer des séismes et des hivers anormaux particulièrement froid en Arabie.

Il y a assez d'éléments passés et présents pour savoir que ce n'est ni Blue Beam ni HAARP.

Intervient Blue Beam

Sorti de nulle part

Le projet "Blue Beam" a été inventé de toutes pièces par la CIA et sa section débunking afin de semer le trouble dans la tête des Américains sur tout ce qui se passait d'anormal visuellement, comme les apparitions d'OVNI qui deviennent de plus en plus nombreuses (apparitions de masse avec des centaines de témoins etc...) et dont cette crédibilité persistait aux yeux du public malgré les "explications officielles" ou les campagnes de dénigrement.

Serge Monast

Un vrai lanceur d'alerte, mais avec des sources dont il est difficile de faire la part entre le vrai et le faux. La base de la désinformation, c'est de donner 2-3 pépites, puis ensuite que de la fumée.

La CIA savait les aspects que Nibiru allait prendre. Elle a donc monté de toute pièce un projet secret réel (faire apparaître des signes religieux à la fin des temps, pour que les témoins se précipitent dans la nouvelle religion mondiale aux ordres de l'antéchrist selon les sources de Monast) tout en faisant croire que c'est le programme secret Blue Beam qui allait faire apparaître les signes de Nibiru (spirales célestes, OVNI en pagaille, piliers de lumière, nouveaux satellites, etc.).

Une désinformation judicieuse : les conspis ne tomberont de toute façon pas dans le NOM des chapeaux noirs (mais dans celui des Q-Force, présenté comme du nationalisme fédéré mondialement par un "sauveur"), et ils sont aveuglés par une explication plausible sur tous les signes de la fin des temps, n'allant pas chercher l'explication de Nibiru.

Explications techniques bidon

On ne sait pas générer des hologrammes, mais ce projet secret pourrait le faire, là aussi on ne sait pas comment. On mélange plusieurs programmes (dispersion en altitude de cristaux, miroirs solaires déployés, etc.).

Complémentaire à HAARP

Blue Beam permet de compléter l'explication de HAARP pour cacher Nibiru, comme les météores 11 fois plus nombreux en 2016 qu'en 2006, ou encore les anomalies observées facilement sur les autres planètes (Vénus coupée en 2 par un jet Stream, une nouvelle tâche apparue sur Jupiter alors que rien ne s'était passé en 300 ans d'observations, les pôles de Mars qui fondent, tout cela observable par n'importe qui muni d'un télescope). Qu'il y ai des gens pour croire qu'on puisse dessiner un hologramme sur une planète lointaine comme Jupiter...

D'autres étrangetés en cours ou à venir, comme des météores très lumineux, des OVNI, des planètes supplémentaires dans le ciel, etc.

Se rappeler que dans la tête des dirigeants, le message véhiculé par les Zétas (nous sommes tous égaux, l'argent c'est mal, nous sommes esclaves d'une minorité hiérarchique) est une horreur. Ils craignent depuis les années 1940 que les Zétas se montrent au monde, et préparent tout un arsenal dont Blue Beam fait partie pour discréditer toute tentative alien de rétablir la vérité. Un OVNI apparaît, c'est toute une armée de petites mains qui photoshoppe à tout va pour créer de fausses images d'OVNI et le diffuser en masse sur le net. Face à ce déferlement de faux, la population rejette en bloc tout ce qui a trait aux ET, et qui pourrait remettre en question l'ordre actuel et le Status Quo religieux et politique.

Imaginez deux minutes que le Jésus historique du siècle zéro vienne réellement aujourd'hui accompagné de ses "anges" (des OVNI lumineux qui reste dans ses parages en soutien logistique), tout internet ne serait-il pas immédiatement inondé de vidéos de bloggers conspi américains (et occidentaux, la contamination nous ayant atteint) criant à Blue Beam, de ne surtout pas suivre ces "visions" holographiques et le faux prophète qui va avec ? Peu importe si le message est bon, car plutôt que de juger le fond, on jugera sur la forme, le doute et la peur étant les seuls instincts qu'on vous poussera à suivre dans votre jugement des événements.

Il y aura aussi des éclipses anormales de soleil, l'apparition de la planète Nibiru, qu'il faudra essayer de dénigrer, le but étant que le peuple ne s'inquiète pas et continue de travailler bien docilement le plus longtemps possible.

Techniquement impossible

La projection d'une image nécessite un support physique comme écran (des fumées, nuages ou pulvérisation de gouttelettes d'eau. Mais comme tout écran, l'angle de vision d'un hologramme est réduit.

Depuis 2017, on voit apparaître des flottes de drones lumineux (pour simuler les OVNI), mais uniquement un ballet de lumière. Rien qui ne puisse imprimer en plein jour un avion filmé de plusieurs angles de caméras différents en même temps.

Il sera impossible de générer un hologramme dans le ciel montrant une planète, observée de partout dans le monde (grand angle d'observation). Même si les faussaires de Blue Beam vous diront que c'est Blue Beam qui montre une nouvelle Lune ou une nouvelle planète, sachez que ce n'est tout simplement pas possible.

Idem pour les météores : ces météores sont observés sur toute la hauteur de la France, il n'est pas possible de diffuser un hologramme (qui techniquement n'est pas faisable, pour rappel) sur une aussi grande distance (nécessiterait des avions bien plus rapides que ce qu'on sait faire actuellement).

Si Blue Beam existait, on ne serait pas au courant

Si effectivement les élites voulaient nous faire peur avec des hologrammes, le fait que Blue Beam soit connu mettrait tout le stratagème élaboré à plat. Soit les fuites auraient été colmatées, et on n'en aurait jamais entendu parlé. Comme Blue Beam est désormais connu de tous, c'est la 2e option qui aurait été prise par la CIA, ne pas utiliser un projet éventé qui n'a plus d'effet… Donc soit Blue Beam n'existe pas réellement, soit il ne serait pas utilisé.

De toute façon, comme déjà dit, les vrais Black Programs CIA ne peuvent fuiter, ou alors c'est que les dirigeants le veulent bien.

Le peu d'infos qu'on a de Blue Beam sont toutes des fuites de soit-disant "indics" internes aux agences américaines. Même système que HAARP, ces "donneurs d'alerte" sont des agents chargés de se faire passer pour des indicateurs anonymes et de distiller leur soupe, de faux témoignages ou de faux documents officiels savamment calculés (qui d'autres que les agences peuvent fabriquer de faux document officiels, puisque ce sont elles qui fabriquent aussi les vrais !).

Les avions du 11/09/2001 ne sont pas des hologrammes

Selon Harmo, c'étaient des vrais avions (commerciaux ou pas il n'a pas les détails) sur les tours jumelles, un explosif sur le pentagone avec un avion volant en rase motte puis rejoignant tranquillement l'aéroport après.

Les avions hologrammes c'est utilisé pour discréditer les chercheurs sur le 11/09/2001, pour compliquer le sujet en rajoutant une couche de mélange et en brouillant les pistes.

Pourquoi vouloir mettre des hologrammes alors que cette technologie n'existe pas sur Terre, et a priori ne peut tout simplement pas exister.

Si cette technologie n'existe pas en 2019, c'est encore moins le cas en 2001, qui plus est en plein jour devant des milliers de personnes.

De plus, à aucun moment ceux qui ont fait le complot ne se seraient risqué à utiliser une technique secrète donc pas au point, alors qu'il est tellement facile de lancer un avion télécommandé par une balise planquée dans la cage d'ascenseur, avec les explosifs de démolition dont il est prouvé depuis septembre 2016 la présence et la démolition programmée. Inutile de chercher midi à 14 h, en général les illuminati vont au plus simple pour économiser les moyens. Peut-être que c'était un vrai pilote, mais trouver quelqu'un de suffisamment intelligent pour piloter un avion et se sacrifier pour une équipe de la CIA et des élites, tout ça en portant tous ces morts sur la conscience…

Sur une vidéo, on nous dit qu'un avion disparaît puis réapparaît… Un examen attentif montre juste que l'avion passe derrière un immeuble, la vidéo zoomée et dégradée en qualité faisant que l'immeuble de premier plan ressemble à celui derrière, et l'avion semble disparaître puis réapparaître, mais tout est normal, le relief n'apparaissant pas sur les vidéos. Une erreur classique que vont faire les chercheurs de vérité débutants.

But de ces fakes conspi

Beaucoup crieront à Blue Beam et à des hologrammes quand Nibiru sera réellement visible dans le ciel. C'est tout l'intérêt de certaines personnes mal intentionnées de nous faire douter du danger. Une nouvelle planète rouge visible dans le ciel, ce sera un spectacle très déroutant, et beaucoup préféreront croire que c'est une manipulation qu'une réalité. C'est plus facile, on détourne notre colère vers un ennemi hypothétique alors que le danger est réel et qu'il faut agir. Blue Beam et toutes ces rumeurs risquent donc de "perdre" nombre de personnes dans le doute et l'inaction, voire le déni.

Vous avez pu observer les désinformateurs qui trollent les réseaux sociaux, en écrivant juste "HAARP" à chaque fois qu'on a un effet de Nibiru qui choque tout le monde (séisme, chutes d'avions en série, ouragans, explosions monstres de transformateurs). Les dominants qui payent ces désinformateurs veulent que la "populace", qu'ils dédaignent, meure comme des chiens sans réagir.

Blue Beam et HAARP sont des fakes lancés pour troubler les gens et leur faire douter de tout. Le climat se dérègle ou des méga-tsunamis arrivent : et si c'était HAARP ? Le problème, c'est que Nibiru est bien là, concrète, matérielle, qu'elle fait ce qu'elle a à faire tous les 3600 ans et qu'elle l'a fait bien avant que l'acronyme HAARP ou le projet Blue Beam soient sortis de l'imagination des manipulateurs.

Si vous voyez un grand astre rouge dans le ciel ou d'autres phénomènes étranges, ce n'est donc pas un hologramme. Cela s'est déjà produit dans le passé. Ce sont des phénomènes naturels et non surnaturels. Vous pouvez agir en connaissance de cause, ne gâchez pas votre chance en tombant dans les pièges psychologiques qui sont tendus.

Sur le court terme, le seul doute peut paralyser. Les gens ne saurons plus quoi croire parce que sous le choc, ils auront besoin de temps pour faire le tri. Certains tomberont dans la panneau, parce que c'est plus "facile" de croire à un hologramme. En général, le doute s'ajoute au choc et c'est cela qui est dangereux.

Blue Beam ou HAARP sont des théories très attirantes auxquelles il est très facile de succomber (si on ne connaît pas Nancy Lieder ou Harmo). La paralysie du choc alliée à ces manipulations tueront plein de gens qui ne sauront pas vraiment quoi faire sur l'instant. Sauf que le temps de réflexion, on ne l'aura pas. Vous verrez que dès qu'il y aura l'annonce de Nibiru officielle, beaucoup en douterons, et Blue Beam / HAARP et tout ce côté conspi NWO ferons leurs choux gras en poussant les gens à douter de tout.

Annexe : fonctionnement de HAARP pour détecter Nibiru

Pour ceux qui voudraient en savoir plus techniquement, Harmo vous a pondu le pavé suivant :

Nibiru a une signature magnétique particulière, et en détectant cette signature (ses distorsions, son intensité etc...) avec ces antennes du radiotélescope HAARP (antennes pouvant, tour à tour, recevoir et émettre des ondes EM), HAARP fonctionne comme un radar géant qui peut repérer n'importe quel corps dans l'espace, même les plus sombres et les plus froids (invisibles avec les méthodes classiques) comme Nibiru.

il est possible de calculer la distance à laquelle elle se situe. Pas sa localisation dans l'espace, mais à quelle distance elle émet (comme un bip qui serait de plus en plus fort avec le rapprochement). Combiné avec d'autres moyens de détection visuels, notamment dans l'infrarouge, il est alors possible de situer exactement la planète. En effet, dans l'espace, il y a très peu de repère d'échelle : est ce que l'objet est gros et loin, ou est ce qu'il est près et petit ? Ne connaissant pas la taille de Nibiru ni sa masse, il était impossible de savoir où elle se trouvait simplement par une simple observation visuelle. Une fois connue la distance, ce problème est levé.

Arecibo, fonctionnant sur le même principe, est une antenne radio ,"pointées" vers des étoiles précises pour détecter des émissions radios éventuelles de cette étoile. Le dispositif HAARP n'a pas besoin d'être précis, c'est juste une oreille pour une fréquence particulière en bruit de fond. C'est juste un récepteur qui peut très bien mesurer ce qui se passe dans l'espace, comme tous les radio télescopes du monde. Les antennes HAARP étaient situées dans des zones où il y avait peu d'interférence parasites dues à l'activité humaine, tout d'abord vers le pôle Nord (Alaska), de même qu'à Fairbanks, en Suède (pour l'UE) et en Sibérie (Russie), trois régions placées très au Nord de notre planète, très loin des émissions radio parasites des zones habitées.

Quand les Américains se sont aperçus que Nibiru arrivait par le sud, une station à été construite en Antarctique.

Comme c'est juste pour détecter une fréquence précise, c'est la surface de détection qui compte. Ce qu'on demande ici c'est intensité et fréquence d'un signal émis, peu importe d'où. Pour capter une fréquence radio, un simple maillage suffit, maillage dont la taille dépend de la longueur d'onde que l'on désire capter. Si la largeur de la maille est plus petite que la longueur d'onde, un simple grillage devient un miroir et renvoie la longueur d'onde (principe d'une cage de Faraday ou la protection de la porte des micro-onde). Ce n'est pas différent avec les antennes. Un simple maillage grossier suffit quand il s'agit de grandes longueurs d'onde, ce qui explique pourquoi HAARP revient à un grand maillage peu serré avec toutes ces antennes sur pylônes.

Nibiru a sa propre fréquence radio parce que son cœur est un coeur d'étoile dont le champ magnétique est particulier. Un champ magnétique, c'est aussi une onde électromagnétique (onde radio ici). Cette émission est ténue et demande juste de grandes surface de détection. HAARP ce sont juste des antennes, c'est pour cela que ça ressemble à des antennes !

Le maillage de HAARP a été fait pour laisser passer entre les pylônes la longueur d'onde à étudier, c'est un tramage par raies, la surface "miroir" étant quadrillée par des vides afin de favoriser un effet de diffraction (même système qu'en optique). Les ondes indésirables sont renvoyées par la trame "d'antennes" de surface (qui forment un miroir à ondes) alors que celles qui sont recherchées se diffusent entre les sommets de ces antennes, par les raies (dont la largeur est précisément calculée). C'est comme un miroir à fentes / écran à fentes. On fait pareil avec les lasers puisque les ondes électromagnétiques = lumière, tout pareil c'est une question de plage de longueur d'onde. Les raies (vides, interstices entre les filets au sommet) laissant passer l'onde voulue, chaque raie devient elle même une source qui diffuse en cône sur le bas des antennes, c'est à dire les pylônes, qui sont chargés de récolter l'information (ils sont munis de capteurs). On voit très bien que les "antennes" ne sont pas jointives (voir photo). Pour comprendre, il suffit de remplacer le maillage en forme d'hexagones du sommet par du plein, puisque c'est ainsi qu'il est considéré physiquement par les ondes électromagnétiques. Le résultat est immédiat, on voit très bien apparaître un ensemble de raies. C'est aussi pour cela que les antennes HAARP sont plates et non paraboliques, il n'y a pas de détecteur central sur le point focal comme sur les autres radio télescope, chaque pylône servant de capteur, puisque le but est de capter une onde particulière et surtout son intensité, la signature magnétique de Nibiru.

"Le climat se refroidit"

Après les nombreuses incohérences du GIEC (corrompu et échouant à expliquer la réalité p. 161), il a fallu allumer un contre-feu pour perdre le public dans une contre-croisade. Quoi de mieux que de faire croire que le climat se refroidit (histoire en plus de rester dans les extrêmes plutôt que de montrer qu'il existe une voie au milieu), histoire de bien faire passer la réinformation pour des doux-dingues, tout le monde voyant les températures s'élever, ou voyant les effets du changement climatique.

Les tâches solaires

Plusieurs astuces sont utilisées, comme le nombre de tâches du Soleil en baisse (jusqu'à l'an 2000 en effet, le nombre de tâches était proportionnel aux températures sur Terre). Les tâches ont vite été abandonnées, parce que pour démonter le refroidissement, il fallait expliquer pourquoi depuis 2000, le Soleil semblait se réchauffer, les rayons cosmiques augmentant, les tâches solaires diminuant, et pourtant les températures augmentant. Dans L2, j'explique comment la température du Soleil plus élevée en surface, en augmentant la fluidité, empêche les tâches d'apparaître, comme le faisait une surface trop froide.

L'arnaque des capteurs non répartis

Une des grosses arnaques qu'utilisent les désinformateurs, c'est de dire que le monde entier n'étant pas maillé de capteurs, on ne peut être sûr d'une moyenne globale. Ils essaient de vous faire croire qu'entre 2 capteurs, pourrait exister une poche d'air super froide qui aurait fait baisser la moyenne s'il y avait un capteur dans cette poche d'air…

Déjà, il faut savoir que les poches d'air météo sont suffisamment grande pour couvrir tout le réseau de capteurs de température, et ensuite, les masses d'air se déplaçant en permanence (l'air chaud de l'équateur devant s'étaler vers l'air froid des pôles, là où la pression est moindre), toutes les poches d'air finissent par être détecter et être prises en compte par les capteurs dans le calcul de la moyenne.

Données de températures fiables

Ces données de surface, mesurables et donc contrôlables par tous, sont difficilement manipulables par les divers instituts, au contraire des températures des fonds marins que seule la NASA peut aller mesurer, et sur lesquelles de gros gros doutes sont en effet posés. Que la NASA mente pour certaines choses n'est pas systématique : soit les données peuvent être recoupées par les citoyens (et ils sont nombreux à le faire au dixième de degré près), soit la NASA n'a pas pensé à modifier des données qu'elle ne pensait pas dévoiler une partie du phénomène en cours.

Des températures globalisées

Les températures données par la NASA sont une moyenne générale. Il est évident qu'au niveau local il y a eu des endroits bien plus chauds encore, tandis que d'autres peuvent se refroidir un peu (ou se réchauffer plus doucement), en fonction du changement du régime des masses d'air.

Globalement, le temps en Amérique du Nord est particulièrement froid en hiver, sur certaines périodes de trop froid. Cela est du au vacillement de la Terre qui modifie l'ensoleillement de certaines zones, mais surtout modifie les déplacements des masses d'air chaudes et froides. Quand vous avez un vortex polaire qui vous tombe dessus, les médias oublient de vous dire que 500 km à l'Est ou à l'Ouest, vos voisins vivent une canicule très chaude, la moyenne de votre froid et de leur troptrop chaud donne une température moyenne en hausse...

"Chemtrails"

Encore un gros fake qui a la vie dure (parce que c'est devenu une croyance, et une croyance, ça ne se discute pas). Ce fake est une source de dissension régulière dans le milieu de la réinformation. Dès qu'on parle d'un des effets de Nibiru, on nous demande si ce n'est pas plutôt les chemtrails ou HAARP… Preuve que l'optique « tout sauf Nibiru » est bien remplie. Donc voici encore un gros dossier sur le sujet, pour que vous ayez toutes les cartes en main pour faire votre analyse.

Contrail et chemtrail

Les chemtrails sont des trainées laissées par les avions dûes à la pulvérisation d'un produit par pulvérisateur extérieur au moteur.
Les contrails sont des traînées dues aux gaz d'échappement des turbines se condensant en altitude.
La sphère conspi confond contrails (qui sortent des moteurs) et chemtrails (pulvérisation volontaire).

But du fake de désinformation

Le 2nd loup de mer qui revient régulièrement dans la sphère conspi USA, encore une fois une désinformation CIA, qui sert à masquer, selon [ant], le fait que des chemtrails ont été testés sur les populations américaines dans les années 1980 (épandage de drogue et d'agents infectieux, comme le nano-anthrax (désactivé lors de ces essais, heureusement, le but étant juste d'étudier la dissémination du spore)). Ces épandages secrets ont donné en complément les mutilations de bétail (l'armée USA prélevant des organes de bétail pour comment le nano-anthrax s'était diffusé dans l'organisme des mammifères). Cette partie n'étant pas prouvable à 100 % (juste un faisceau d'indices, voir « Marchand d'anthrax » p. 98), je la développerai plus avant dans L1 l'explication des Altaïrans sur ces tests ignobles.

Ce fake des chemtrails sert à masquer plusieurs autres réalités :

- Les additifs polluants aux métaux lourds que les avionneurs mettent dans le kérosène des avions
- Le fait que depuis 1995, l'atmosphère terrestre a été modifiée en altitude par les couches externes du nuage de Nibiru (les bords du mini-système planétaire centré sur Nibiru), provoquant des réactions chimiques lors du passage des avions, qui obscurcissent le ciel. Il vaut mieux faire croire que le gouvernement nous empoisonne volontairement plutôt que le peuple découvre Nibiru.
- Que le climat se modifie, en laissant croire que cette modification est contrôlée par les élites (voir HAARP, et la volonté d'accuser les hommes plutôt que la Nature).
- Que le trafic aérien augmente exponentiellement, et qu'en effet, tous ce trafic est une grosse source de pollution sur notre planète.

Les preuves apportées par chemtrailistes

Ceux qui croient aux chemtrails ont plusieurs preuves de programmes secrets ayant fait les chemtrails dans les années 1980, et ils pensent qu'ils sont toujours actif, surtout que des photos récentes montre des installations dans des avions de ligne dédiés à cette pulvérisation (tous les sièges sont démontés). Quand les programmes secrets ont réellement existé, qu'on en a es preuves, le mieux pour la censure est d'exagérer le trait pour décrédibiliser le sujet, et les supporters des chemtrails tombent dedans à pied joint.

Exemple de preuves sur les épandages du passé : Marchand d'anthrax (p. 98), Pont St Esprit (p. 100), Tampa Bay (p. 101), autres (p. 101).

Les preuves apportées par les contrailistes

Contrails

Les contrails sont la condensation normale des réacteurs à plus de 8000 m d'altitude, elles ont toujours eu lieu.

La question reste, pourquoi après 1995, ces traînées cessent de se dissoudre dans l'air, et s'étalent jusqu'à faire condenser tout le ciel, le voilant ?

Nuage de Nibiru

Nous avons vu les indices (p. 423) laissant à penser que le nuage de Nibiru était constitué de HC et de particules métalliques. Ce qui a changé comparé aux années 1980 pour les contrails, c'est que le nuage de gouttelettes d'hydrocarbure ayant touché les hautes couches supérieures, la combustion de ces hydrocarbures créé de nouveaux produits (dont certains toxiques, d'autres formant ce que les hébreux appelaient la manne du désert pendant l'exode, comestible à petite dose, ou encore ces fils d'araignée qui tombent en masse du ciel vers 2013).

Ces réactions chimiques entre les aérosols de Nibiru, la combustion et les divers additifs sont encore favorisés par la haute altitude (et son rayonnement cosmique ionisant). Les hydrocarbures et les gaz d'échappement forment notamment des polymères qui s'associent à l'eau pour former des pseudo-cristaux de glace qui ne fondent pas. C'est une glace plastique, qui retombe d'ailleurs quelque fois au sol.

Certains composé teintés restent en altitude, donne cette coloration aux contrails, puis précipite en brume d'altitude par la suite, provoquant ce ciel voilé qu'on observe depuis 1995. Il est vrai aussi que c'est vers cette période qu'ont été rajoutés des additifs illégaux dans les carburants, provoquant cette chimique non prévue, qui a dévoilé 2 de leurs secrets : les additifs toxiques dans le carburant (au moment où ils faisaient retirer le plomb de notre super, quelle hypocrisie…), et l'arrivée de Nibiru.

Le nuage de Nibiru est aussi composé de particules métalliques en suspension. Du fer principalement, mais aussi d'autres composés métalliques. Normal que quand on analyse les fumées des avions, on trouve des traces d'aluminium, de strontium ou de baryum. D'ailleurs, viennent-elles des fumées, ou étaient-elles déjà présentes aussi dans l'atmosphère sans fumées ?

Les HC de Nibiru courbent l'horizon des astronomes, pas l'aluminium

Il y a une rumeur persistante sur l'utilisation de l'aluminium pour camoufler le ciel. Ce n'est pas de l'aluminium, mais les fameux hydrocarbures du nuage de Nibiru. Si tu prends des milliards de micro gouttelettes dans l'espace, parfaitement sphériques, et qui depuis quelques années entourent la Terre en plus ou moins grande quantité, tu as forcément des distorsions. Pas besoin de particules métalliques pour faire le même effet sur la Lumière, surtout à l'horizon. Or c'est à l'horizon que les astronomes voient ces anomalies qu'ils mettent sur le compte d'aluminium que les autorités déverseraient par épandage, encore un bon moyen de cacher Nibiru en faisant pointer du doigt sur les pseudos épandages.

Les conditions météos

Certains jours, le ciel est quadrillé de contrails, puis d'une brume recouvrant tout le ciel. Ils arrêtent les pulvérisation certains jours ? Il y a moins d'avions ? Non, c'est tout simplement les conditions météos qui ont changées. Les conditions météorologiques optimales qu'il faut réunir pour un bon contrail qui s'étale et forme un ciel voilé, c'est basse pression, température basse, forte humidité (saturation en eau), et le tout à partir de 7 ou 8km d'altitude.

Les anticyclones plaquent ces particules au sol au lieu de les laisser en suspend en haute altitude. Elles sont toujours là, mais moins visibles et moins longtemps...

Les couloirs aériens

Si votre ciel est bouché par les contrails, c'est peut-être que vous êtes proche d'un gros aéroport et de son trafic aérien démentiel. Ce trafic explose depuis les années 2000, et forcément il y a plus de traînées qu'avant car il y a plus d'avions dans le ciel. Par exemple, si vous regardez les couchers et levers de Soleil, peut-être vous pouvez voir l'un des 2 seulement, le côté lever de Soleil par exemple, étant bouché par les fumées d'un couloir aérien.

L'explosion du trafic

Le trafic aérien est devenu extrêmement dense, ça n'arrête jamais. Une fois les lignes passagers terminées ce sont les lignes commerciales (fret, surtout la nuit) qui prennent le relai. C'est donc devenu plus symptomatique d'une société / économie où le transport aérien est devenu un élément clé (tourisme, transport rapide, affaires) que d'un complot international. Si l'industrie aérienne est si puissante, c'est notamment à cause de cela. Elle représente aujourd'hui des dizaines de milliards, directement et indirectement (tourisme, fret), et cela explique aussi pourquoi cette même industrie ne veut pas avouer le risque lié aux EMP.

Additifs illégaux

Il y a aussi de nombreuses autres preuves des contrails, avec les additifs interdits (car trop polluants) qui sont quand même utilisés dans l'indifférence coupable des autorités (ces polluants nous retombent littéralement sur la tête).

Par exemple, le Stadis 450, additif antistatique qui contient des polymères organiques (phtalates). L'emploi d'antistatiques a été introduit au début des années 1990, pour éviter les étincelles liées aux courants électriques induits par les EMP du noyau qui devenaient plus nombreuses suite à l'approche de Nibiru. En gros, EMP = impulsion magnétique qui provoque des étincelles dans la coque alu des avions = risque d'explosion des moteurs. Solution, antistatique dans les carburants. L'emploi de ces additifs a donc été exponentiel. Leur utilisation a été accélérée suite à l'explosion en vol du vol 800 TWA le 16 juillet 1996 (Boeing 747), à cause d'une explosion du réservoir et de supposés surtensions excessives dans un fil de jauge à carburant. L'enquête sur ce crash a été la première à durer aussi longtemps, et à été entachée d'autant d'erreurs de secrets. Concernent le FBI, qui aurait fait preuve d'ingérence, d'un manque de transparence, et n'aurait pas assez pris en compte (ou mal interprété) les témoignages oculaires de l'explosion, ou auraient orientés leurs réponses.

Un autre problème est le soufre : Les kérosènes n'en sont pas exempts, même après raffinage (0.3% de la masse totale généralement = 1 tonne = 3 kg de produits sulfurés). Raffinage ne veut pas dire purification. On fait juste descendre le taux des produits indésirables, tout augmentant celui des composés utiles. Cela ne veut pas dire que le composé utile est seul, et que les merdes ne sont pas encore présentes en grosse quantité. Or les produits soufrés et/ou aromatiques se dégradent lors de la combustion, et donnent des composés hautement toxiques (comme l'acide sulfurique) et cancérigènes. Si les voitures roulaient à cela, on serait tous morts. Faut pas chercher d'où venaient les pluies acides. Les additifs ont réduit la formation d'acide sulfurique, mais cela a été remplacé par d'autres toxiques.

D'autres additifs contiennent d'autres métaux polluants, tout comme les carburants automobiles étaient enrichis en plomb avant 2000, pour protéger les sièges de soupapes et augmenter le pouvoir anti-détonnant du mélange, et donc pouvoir augmenter le taux de compression, donc le rendement et diminuer la consommation / augmenter la puissance.

Ces additifs permettent de limiter la consommation des avions, et sûrement de disperser des polluants dangereux dont on ne sait pas quoi faire, résidus des industries chimiques, et dont il est estimé que la répartition sur des grandes surfaces fera des dégâts moins visibles sur la nature.

Appendices aérodynamiques

Autre point de confusion, les appendices aérodynamiques ajoutés au milieu de l'aile, et qui provoquent une turbulence localisée d'où s'étale une traînée de condensation. On a l'impression qu'il y a un pulvérisateur dans l'aile, mais ce n'est pas le cas.

Difficulté à utiliser un produit cramé dans le turbo-réacteur

Autre point contre le chemtrails, c'est que les avions de ligne, faisant les contrails pris à tort pour des chemtrails, n'ont pas de pulvérisateurs extérieurs (vérifié par tous à l'arrêt dans les aéroports). De plus, sur les vidéos prisent par les passagers, ou par les pilotes de ligne quand ils croisent un avion, on voit bien que les traînées sortent des réacteurs. Les techniciens de maintenance, ou les photos prises sur les tarmacs par les passagers, ne montrent pas de pulvérisateurs dans les turbines à la sortie de plusieurs milliers de degrés. Or, s'il y a pulvérisation de quelque chose, il faut que cela passe par les moteurs. Dans ce cas, les produits devraient alors être ajoutés comme additifs dans le carburant. Or d'un point de vue physique, il faudrait qu'ils résistent à la combustion mais aussi qu'ils soient déversés en quantité suffisante, ce que ne permet pas la capacité globale des réservoirs des avions (le kérosène nécessaire pour faire le voyage est trop volumineux). De ce point de vue, ces pulvérisations par les moteurs, si elles étaient possibles, seraient une goutte d'eau dans l'océan et ne seraient jamais assez suffisantes pour changer quoi que ce soit.

Largage d'urgence de kérosène

Dernier point de confusion, c'est le largage de kérosène avant un atterrissage d'urgence. Les avions ne pouvant pas atterrir à plein (trop de poids), surtout que suite aux divers tempêtes, les avions sont de plus en plus souvent détournés des aéroports, sans compter les GPS qui déconnent et génèrent ces avions qui se « trompent » d'aéroport. Dès que l'avion doit atterrir en urgence (suite à une EMP grillant un moteur ou l'électronique, ou encore les traversées de poches de méthane issues du sous sol compressé, qui provoquent les malaises chez les pilotes et les passagers), l'avion doit relâcher l'excès de carburant avant de pouvoir atterrir (l'excès de poids endommagerait les trains d'atterrissage, qui coûtent cher à réparer). L'avion tourne alors en boucle, et évacue par l'extrémité des ailes les milliers de litres excédentaires, qui retombent sur la ville d'en dessous… C'est aussi la procédure en cas de feu de moteur, pour éviter que tout l'avion n'explose (ou limiter l'explosion en cas de propagation aux réservoirs).

Les contrails en boucles

C'est une pratique qui se fait depuis les début de l'aviation civile. Les avions font des boucles en attendant d'avoir le feu vert de la tour de contrôle pour atterrir.

Du sol, on peut voir des angles droits faits par les contrails, mais en réalité, ce sont des virages assez serrés, sauf que cela se fait à de grandes distances du sol et ne voit pas le coude du virage. Les vents d'altitude peuvent aussi déformer le contrail.

Si on regarde la direction des avions, on tombe sur un gros aéroport… Cet engorgement des aéroports, et ces milliers de litres consommés chaque jour (les réacteurs d'avions sont efficaces à 10 000 m, pas à 3 000 m en boucle en attendant d'atterrir) ne semblent d'ailleurs pas poser problème à nos politiques, qui se disent si préoccupés de la pollution de nos petites voitures.

Les traînées sur les images météo

On a vu des images satellites météo [dehl] avec plein d'artefact, des traînées très larges et des milliers de kilomètres, parallèles. La désinformation, pour détourner l'attention, a pointé du doigt les chemtrails (voir Figure 71, où la présentatrice météo présente les lignes comme des fumées de bateau "assez exceptionnelles"). En réalité, il s'agit d'un artefact de calcul par ordinateur, car il faut bien éviter sur les animations satellites, de trop voir la Terre bouger sous les nuages (vacillement journalier).

Figure 71: Aberrations logicielles des images satellite

Par exemple, Evelyne Dheliat, montrant en bas à gauche de l'image (Atlantique au Sud-Ouest du Portugal) des traînées, présentées comme des fumées de bateaux. Or, ces images sont des traitements informatiques, pas des images satellites réelles. Si c'étaient des chemtrails, on les verrait tous les jours selon la théorie… Et de plus, ils ne seraient jamais arrivés à la télé, ils auraient été effacés avant... Les gens regardent les lignes blanches là où on leur montre, mais ne remarquent pas les coupures nettes dans les nuages. Par exemple, il y a une ligne nette qui part du sud de la France et qui remonte le Rhône.

Ce sont des anomalies qui sont dues à la bidouille des agences météos pour cacher les véritables mouvements chaotiques des nuages. Sauf que le vacillement de la Terre augmente aléatoirement, avec des accélérations (il suffit de voir la chaleur au mois de juin) et que leur logiciel/algorithme n'est plus capable de faire les rectifications correctement. Voilà pourquoi les plus gros ordinateurs humains sont dédiés aux simulations météos, soit-disant pour les modèles, mais en réalité pour faire du traitement d'images satellites en quasi temps-réel, avant de revendre ces images aux télés et autres professionnels ou chercheurs.

Les images données par les satellites sont retravaillées avec un logiciel parce que si elles étaient données brutes, vous verriez les nuages se décaler soit vers le Sud soit vers le Nord. Donc le logiciel compense leur dérive pour que l'aspect final soit stable et qu'on ait pas des perturbations qui changent de direction à angle droit. Ces réajustements de position par un software qui a été créé spécialement pour cela ont été réglés pour le vacillement moyen qu'on observe depuis quelques années, mais ces derniers temps il y a des accélérations. Le logiciel est alors dépassé, il efface et déplace les nuages vers une position standardisée, puis adoucit son travail (type smoothing vidéo) mais comme les nuages sont encore plus hors de position que d'habitude, il n'arrive pas à suivre et n'efface pas complètement ce qu'il remet en place. Le software sera ensuite probablement réajusté, mais ce phénomène nouveau d'accélération n'avait de toute évidence pas été prévu. Les lignes blanches que vous voyez sont donc des erreurs, pas des lignes. Ce sont des découpages ratés qui sont ensuite "brumisés"/floutés par le post traitement pour leur donner un aspect nuageux. C'est pourquoi aussi à certains moments, ce ne sont pas des lignes blanches mais des découpes vides bien nettes qu'on observe. Le logiciel n'a pas recollé les nuages correctement lors de son travail de copie et d'effacement pour les remettre à la bonne place, il y a des problèmes d'ajustement. Ses collages ne sont pas ajustés. Delhia raconte n'importe quoi parce qu'elle ne sait pas d'où ces erreurs de post traitement des données satellites peuvent bien provenir. On lui fournit les cartes animées, on ne lui explique pas comment on les obtient, ni si on rajoute au traitement informatique normal un logiciel qui uniformise le comportement et les trajectoires des masses nuageuses.

Les autres anomalies logicielles images météos

On a vu le même type d'anomalies logicielles en juillet 2017, dans le suivi des vagues de l'Atlantique, proches de l'Atlantique.

Le 30/11/2019, est publié sur Youtube une vidéo reprenant 10 ans de compilations des images satellites météo.

Lucas l'a montré aux grands météorologues, aux agences s'occupant des satellites et censées analyser ce qui s'y passe, et comme personne ne savait répondre du côté de la science officielle, il a été voir Nassim Haramein ou Jean-Pierre Petit, idem, aucune explication...

La Terre vacille tous les jours sur son axe sous l'effet de Nibiru. Comme c'est le pôle Nord de Nibiru qui attire notre pôle Sud, et que Nibiru tournant sur elle-même, ce pôle Nord de Nibiru excentré ne produisant jamais le même résultat, ni vacillement identique des 2 planètes.

Le problème, c'est que vu du ciel, on voit les continents qui se déplacent sous les nuages immobiles. Comme il a été décidé en haut lieu que ce vacillement devait être masqué, des logiciels corrigent les images vidéos avant de les envoyer à la météo.

C'est une horreur pour les graphistes météo à faire des logiciels qui doivent cacher ce vacillement, tout en gérant la complexité première de regrouper ensemble toutes les photos nécessaires pour scanner toute la surface de la Terre. Si en plus le vacillement n'est pas le même d'un jour à l'autre, et que les effets augmentent d'années en années plus Nibiru se rapproche, je pense que leurs chefs ne devraient pas engueuler les informaticiens d'avoir laissé fuiter ce qui suit ! :)

Ici, les satellites sont géostationnaires, c'est à dire qu'ils photographient toujours la même zone de la planète.

On a régulièrement des petits loupés, comme la présentatrice météo qui présente comme des fumées de bateau le logiciel qui a mal recalculé la position des nuages.

Dans la vidéo, on voit clairement les artefacts, qui sont du a des erreurs de logiciel de recalcul (et pas de capteurs, vu que les artefacts évoluent entre les images). C'est bien des effets de bords dans les calculs comme on les appelle. Une fois par jour, ça passe inaperçu aux yeux des contrôleurs qui vérifient l'image journalière, mais jours après jours, ça fait des fuites qui ont échappé à la censure! Bravo à Lucas !

Si la Terre ne vacillait pas, ces artefacts de calcul auraient corrigés depuis longtemps, et ne se reproduiraient pas aléatoirement comme ici. En effet, pendant des jours tout va bien, puis soudainement ces bandes apparaissent et évoluent sur la Terre. ces bandes ne sont pas réelles, mais le logiciel s'appuie sur les données précédentes, et amplifient les erreurs de calcul de l'image précédente, qu'ils considèrent comme vraies.

Ne pas oublier aussi que ceux qui trafiquent les images, et ont ordre de ne pas en parler à leurs proches (d'où le silence des officiels sur le sujet), les nuits sont extrêmement agitées pour arriver à dormir avec ça sur la conscience... Ils font des actes manqués inconscients en laissant passer ces choses...

On voit bien aussi les nuages qui semblent sauter d'une image à l'autre, qui inversent le mouvement qu'ils avaient. Comme les ouragans qui font des angles droits et ont des trajectoires erratiques depuis 2017.

Les masses (dans le photos en mode vapeur d'eau) semblent être des trous dans les cartes, le logiciel n'avait rien pour se raccrocher et à laissé un trou entre les recalculs... Ça ne se voit pas en image réelle, donc il l'ont laissé.

A des moments, on voit bien un avancement lent des nuages, puis tout d'un coup ils se sont déplacés super loin (le logiciel à accroché les nuages aux continents qui se sont déplacés en dessous, et le déplacement était plus rapide que prévu), et puis pendant 3 h les images sont censurées... Aucune explication officielle sur cette censure au passage...

Autant sur les images de Mars, du Soleil et de l'ISS, ils ont jusqu'à une heure de battement (je me rappelle la tâche solaire gigantesque de fin 2014 qui était apparue sur les images des satellites solaires plus d'1 jour après que les amateurs l'avaient observée et avaient engueulé la NASA) autant sur la météo c'est en flux tendu (de nombreux secteurs ont besoin d'avoir l'info en temps réel), et les erreurs de maquillage plus fortes...

Les vieilles vidéos rebadgées

Le milieu désinfo conspi aime bien prendre des vieilles vidéos (par exemple, le programme de chemtrail d'avant 1993, date de son arrêt) et faire croire que ce programme est toujours actif. De vraies images, mais sorties de leur contexte. Ce n'est pas parce que vous avez des photos de Auschwitz en 1942 avec des cadavres partout que des gens continuent à être génocidés encore de nos jours.

Résumé pro-contrail

Il faut bien distinguer ce qui se passe en haute altitude, à savoir les interactions liées aux changement chimiques opérés par Nibiru, et à basse altitude, en l'occurrence une pollution humaine que les avions aggravent avec les largages d'urgence, les additifs et un kérosène qui laisse parfois à désirer (pour des raisons d'économies, d'usure ou de normes de sécurité).

Conclusion

Quand il y a des preuves dans les 2 camps, c'est là qu'il faut prendre la voie du milieu. Oui, les chemtrails ont existé, Oui ils sont encore pratiqué de manière anecdotique, mais non, ces chemtrails n'expliquent pas tous ces contrails qui polluent notre ciel, pollution provoquée par l'augmentation du trafic aérien, des polluants dans les carburants, de la pollution globale humaine, et du changement des composants de l'air en haute altitude sous l'effet de Nibiru.

"La fonte des icebergs augmente le niveau de la mer"

N'oublions pas que contrairement à ce que cherchent à vous faire croire certains petits malins avec le coup du glaçon dans le verre de Whisky, la plupart des glaciers du monde sont situés sur des terres (ils sont appelés alors inlandsis au lieu de banquise), et leur fonte + la hausse des températures des océans provoquera une élévation du niveau de la mer de plus de 200 m d'altitude par rapport à aujourd'hui. Les désinformateurs s'appuient sur les glaciers maritimes (qui flottent sur la mer) et dont en effet leur fonte n'impacte en rien le niveau global des océans.

A noter que depuis 2000, les derniers calculs montrent une élévation de la mer de 63 m seulement (si toutes les glaces de la planète fondaient), alors que dans les années 1960, quand les calculs informatiques n'étaient pas au point, au s'appuyait sur les archives des illuminati qui avaient mesurés 200 m d'élévation lors des précédents passages. Ce que nos scientifiques actuels n'ont pas pris en compte (normal ces données sont sous secret-défense car liées à Nibiru donc pas prises en compte...), c'est le réchauffement du noyau terrestre, qui a cause de la faible épaisseur des planchers océaniques, va réchauffer rapidement la mer de quelques degrés, entraînant une dilatation de l'eau de mer qui, couplée aux gigantesques masses océaniques de la planète, va provoquer pour moitié la hausse des océans qui sera observée. Ils auraient mieux fait de garder les valeurs historiques, quand on voit que nombre de milliardaires récents comme ceux du GAFA construisent leurs bunker à seulement 100 m d'altitude... (toutes les élites n'ont pas accès aux données censurées, d'où Space X qui lance ses propres satellites pour contrer la censure NASA).

"La croûte terrestre s'amincit"

Malheureusement, ce n'est pas la véritable explication aux séismes, mais comme les institutions ont besoin de rassurer les gens, elles fouillent toutes les possibilités, pourvu qu'elles aient autre chose à dire qu'"on ne sait pas" (ce qui est le comble de l'expert). Les incompétents sont très mal vu aux USA surtout dans l'administration (et là dessus, on a peut être des choses à apprendre). L'Américain ne supporte pas qu'on gaspille ses impôts en général, le "tax payer" (contribuable) est extrêmement agressif. La véritable raison, c'est un problème global avec un noyau qui a un comportement chaotique, réchauffe le sous sol (d'où l'impression que le magma est plus proche de la surface = croûte plus mince, mais c'est une mauvaise interprétation des données), et que les plaques tectoniques sont mises en mouvement par ce noyau et se déplacent plus vite, ce qui entraîne des tensions énormes. Évidemment, si on regarde les plaques là où elle s'écartent, on peut dire que la croûte s'amincit en effet. Si on regarde les zones de subduction ou encore les zones de montagne où la terre tremble de plus en plus, la croûte s'épaissit, cette théorie ne marche plus et est à jeter aux oubliettes !

"La Terre grossit"

Selon certains, la Terre serait en train de gonfler, toujours pour expliquer les séismes et le volcanisme sans passer par la case Nibiru...

La théorie des continents qui se déplacent, combattue depuis 100 ans et acceptée à contrecoeur sous le poids des preuves en 1968, n'est toujours pas passée auprès de certains... On croirait voir la Terre plate, le récentisme et la non existence des dinosaures promulguée par le système, qui va instaurer un nouvel ordre mondial basée sur le dieu Yaveh, et donc qui nécessitera des théories "Torah approved".

Les continents bougent sur la surface. En certains endroits ils s'écartent (l'Atlantique), donc compatibles avec une Terre en expansion, mais en d'autres ils se compriment (les montagnes ou les plaques de subduction), donc compatibles cette fois avec une Terre qui se contracte. Comme la Terre ne peut à la fois se contracter et s'expanser, seule la dérive des continents reste, CQFD...

De manière générale, la science officielle est pas trop mal, à part certains points de détails que Harmo contredit. Par contre, quand il le fait, il pointe du doigt les incohérences et impossibilité de la théorie officielle, et explique en détail les preuves qui justifient son explication. Ça reste du réel et du concret. Dans le cas de la Terre qui gonfle, elle vient d'où la matière additionnelle ? Certes les matériaux gonflent un peu avec la chaleur, mais c'est du quelque pourcent maxi, mais pas au point de laisser un trou de 2000 km dans l'océan Atlantique !

"Les alignements de planète"

On retrouve ici la vieille croyance ogre en l'astrologie (voir les élites qui vous sortent à tout bout de champ que les planètes sont alignées, ou qu'ils ont une bonne étoile), croyance qui comme la numérologie ne s'appuie sur rien et n'est qu'une construction de pensée fausse. Les meilleurs astrologues avouent que ce n'est que pour faire plaisir au client qu'ils calculent le thème astral, leur visions venant par flash comme n'importe quel voyant sans support.

Certains, en prétendant utiliser les alignements de planète, s'arrangent pour prévoir à 2 jours près un gros séisme. Ils vérifient avant chez les contactés ET qu'on est bien dans un pic sismique, où il y a un gros séisme tous les 2 jours.... Sauf que les jours où il n'y a pas d'alignement de planète, il y a quand même des séismes.

Et qu'avant l'an 2003, il y avait autant d'alignements de planète, et tellement peu de séismes qu'ils ne tombaient pas sur les alignements de planète.

Un séisme proche d'une prédiction, c'est un effet de focus, on fait gaffe parce qu'il y a une prédiction et on oublie tout le reste.

Le problème c'est qu'ensuite il faut tenir la route, justifier de ses sources, montrer une cohérence globale et enfin avoir une fiabilité acquise avec le temps. Les alignements planétaires pour expliquer les séismes montrent un grave problème de méthode. Ceux qui défendent cette thèse ne se focalisent QUE sur les éléments/séismes qui tombent sur les alignements, mais parlent rarement des séismes qui se produisent en dehors de conjonctions. De nombreuses catastrophes n'ont aucun lien avec des alignements, même si elles ne sont pas la majorité, vu qu'il y a en permanence des alignements, et que les fenêtres sans alignement sont rares finalement, surtout quand on prend des périodes de plus d'une semaine autour des alignements...

L'argumentation n'est pas bonne scientifiquement puisque elle est prise à l'envers : on prend les alignements et on regarde si une catastrophe s'est produite à ce moment là : or, on devrait faire l'inverse, c'est à dire prendre TOUTES les catastrophes majeures et voir si elles correspondent à un alignement.

En logique, on dit que ces théories ne sont pas bijectives, il y a une grosse erreur de méthodologie (c'est une argumentation fallacieuse).

Sauf qu'ici les statistiques sont biaisées volontairement, et on les cache derrière l'effet de focus : En focalisant les gens uniquement sur les quelques concordances, et en taisant les nombreux échecs, on arrive à "prouver" une théorie.

Cette théorie des alignements (dans l'optique "tout sauf Nibiru") a été soutenue par les débunkers comme explication à l'approche de 2012 pour illustrer et légitimer les soit-disant prédictions mayas (qui tombaient le jour du grand alignement des planètes). Or le 21 décembre 2012, non seulement le super alignement n'a donné aucun super séisme, mais en plus il n'y a pas eu la fin du monde annoncée. C'est le même principe qu'avec les comètes ISON ou ELENIN. Certaines théories loufoques sont sorties volontairement du lot (autant dans la sphère conspi que dans la sphère mass medias), reprises à tout va, simplement pour que vous vous perdiez sur de mauvaises pistes.

Les séismes sont dus aux problèmes du noyau terrestre, et il existe de très nombreux signes complémentaires de ce fait : les mouvements de plaques, la météo, la fonte des glaciers par le bas, la fuite des pôles magnétiques et géographique, les sinkholes, les fuites de méthane, le réchauffement du fond des océans, l'arrivée des méga séismes et des déplacements accélérés de plaques tectoniques (ou séismes dit "lents").

La théorie des alignements planétaires n'explique rien de tous ces autres faits, et en particulier pourquoi ces phénomènes apparaissent depuis 2003 et pas avant. Les planètes s'alignaient bel et bien avant 2003. Alors qu'est ce qui a changé ? Si des alignements planétaires créent aujourd'hui des méga séismes, pourquoi n'en créaient ils pas avant 2003 ? Pourquoi un super alignement ne produit pas de super séisme (le 21 décembre 2012 en est la preuve irréfutable) ! Tout cela, c'est la preuve que cette théorie ne repose que sur des erreurs (volontaires) de méthode.

Elle est populaire parce que les gens aiment bien voir des prophéties dans les alignements célestes. Mais on est pas dans de l'héroïc fantasy ou des films Marvel-like à Hollywood où les gens doivent sacrifier des bébés quand les planètes sont alignées avec la lune de sang le jour du solstice d'hiver par temps d'éclipse (mais sûrement sauvé par une super héro à l'intuition sur-développée, bravo l'égo de ceux qui utilisent les alignements). Ça c'est de la fiction, mais c'est ancré dans notre culture, et notre façon de penser.

Je rappelle que l'astrologie est un héritage religieux des ogres et qu'elle n'est fondée, comme la numérologie, sur aucune base scientifique (p. 465). C'est de la religion qui a perdu de son sens et qui est devenue de la superstition. Forcément que notre civilisation qui tient ses origines de cet héritage ogre fait une bonne place à ces croyances. Ce ne sont cependant QUE des croyances héritées du fond des âges.

De plus, la peur obsessionnelle des comètes comme annonciatrices de désastres a toujours été présente dans notre inconscient collectif, car nos ancêtres savaient très bien que les cycles de catastrophes planétaires étaient liés à une planète-comète, Nibiru. Cette obsession à calculer et prévoir ces cycles afin de savoir quand cet astre destructeur allait revenir a forcément trouvé modèle/écho en l'astrologie ogre, un "art divinatoire" qui s'est fortement diffusé avec la culture juive à travers le monde. Même constat avec la numérologie, en sachant que c'est aussi lié à la religion et à la culture ogre. Ce qui est étonnant finalement, c'est que beaucoup de monde essaie de toucher le jackpot en tentant de prévoir un séisme. On dirait que c'est le Saint Graal de la prédiction, peut être parce que les scientifiques ont du mal dans ce domaine.

Prédire un séisme et alors, ça nous fait une belle jambe, surtout si on ne sait pas pourquoi cela arrive. C'est la tentation du "jackpot". Celui qui aura de la chance touchera le pactole avec son moment de gloire éphémère sur internet. Le problème c'est que derrière ça reste vide.

A noter que Harmo à vite arrêté de transmettre ses visions, justement pour ne pas tomber dans le piège de la prédication. On peut facilement hypnotiser les gens avec de telles prédictions, et l'attente en retour est biaisée. Le but n'est pas de faire du sensationnel, mais de vous EXPLIQUER et vous PREPARER aux phénomènes, pas de jouer à Irma la voyante pour attirer une clientèle ou des adeptes (risque de gouroutisation évident).

Pour continuer en expliquant pourquoi les planètes ne peuvent influer sur les séismes par la seule gravitation.

Je ne prendrai pas l'argument que l'alignement gravitationnel avec Jupiter, celui qui a le plus d'effet après l'alignement Soleil-Lune-Terre en provoquant les grandes marées. Même si Jupiter ne provoque qu'une hausse de 1 mm des marées, ce qui serait la preuve de son innocuité sur les séismes, il nous reste malgré tout plein de forces à découvrir sur l'univers, nous ne pouvons garantir a priori que l'effet est nul.

Deuxième argument, il nous faut donc déterminer si oui ou non les alignements provoquent des séismes.

Il y a un alignement Jupiter-Terre-Soleil tous les 400 jours (1 an, 1 mois et 1 semaine). Si on prend aussi au moment où la Terre est à l'opposé de Jupiter par rapport au soleil (bien que là elle n'ai quasiment plus d'effet gravitationnel), on va dire qu'on a un alignement proche ou en opposition avec Jupiter tous les 6 mois et 3 semaines. Dans le passé, cet alignement ne provoquait pas de séismes (pas de corrélation statistiques). Si on prend cette période troublée d'après 2003, où il y a beaucoup de séismes importants par mois, il faut prendre le problème à l'envers, il y a beaucoup d'autres gros séismes même sans ces alignements :)). Par exemple, le dernier alignement de Jupiter devait être à la mi-octobre 2016, les séismes suivants n'auraient pas dû avoir lieu! :

- Papouasie de 7.9 du 17 décembre 2016
- Chili de 7.6 du 25 décembre 2016

Aller, pour vérifier, on pourrait aussi prendre les alignements avec Mercure (planète très très petite comparé à Jupiter, Jupiter étant plus grosse que toutes les autres planètes du système solaire réunies, mais on a dit qu'on laissait la chance aux forces inconnues d'avoir une influence...). Mercure, avec sa révolution synodique de 116 jours, on a un alignement tous les 60 jours... Si on prend un étalement de l'alignement de 20 jours, il ne reste plus que 20 jours non couverts par un alignement quelque part dans l'univers, et encore, on peut toujours arguer du fait que les séismes peuvent se déclencher avec retard... Mais à ce moment là les alignements devraient provoquer des séismes en continu sur la Terre...

"Les éruptions solaires (CME)"

Provoquent les séismes

Là encore ça semble volontaire pour cacher la présence de la planète Nibiru et essayer de faire croire que ça va se calmer tout seul dans quelques années, le Soleil suivant des cycles.

C'est pour ceux qui s'aperçoivent que le Soleil est anormal (Soleil devenu blanc au lieu de jaune avant, calme plat au niveau des tâches solaires depuis 2009, par contre de temps à autres de gigantesques éruptions solaires et d'immenses trous coronaux et canyons se creusant dans le magma solaire).

Dans le même temps, depuis décembre 2016, les séismes sur Terre ne s'arrêtent plus, il y aura forcément un séisme qui se passera au moment où une éruption solaire aura lieu, c'est la même chose que pour l'alignement des planètes. Au lieu de dire qu'il y a un objet spatial massif entre la Terre et le soleil, qui perturbe les 2, les désinformateurs préfèrent essayer de nous expliquer que les éruptions solaires provoquent des séismes.

Là encore, il suffit de regarder le passé avant Nibiru : il y a toujours eu des éruptions solaires, qui depuis qu'on a des satellites, perturbent les communications, mais sans jamais avoir provoqué de séismes, et on voit mal d'ailleurs comment un jet de plasma, donc des particules chargées électriquement, force s'exerçant à faible distance, pourrait faire bouger les plaques tectoniques. C'est un peu la reprise de l'ancienne théorie de l'univers électrique, moquée des scientifiques car la force électrostatique s'exerce à très faibles distances, au contraire de la force magnétique de Nibiru et encore plus de la gravitation.

D'ailleurs, comme pour l'alignement des planètes, il y a de gros séismes qui se produisent hors des alignements de planètes ou d'éruptions solaires, et encore une fois, ça ne se produisait pas avant 2003.

Provoquent les EMP

Les pannes électriques se produisent sans CME, et inversement, les CME ne provoquent pas forcément de pannes. Les pannes se produisent de nuit (quand l'éruption solaire frappe l'autre côté de la Terre).

Les EMP ne viennent pas du Soleil (150 millions de km de la Terre), mais de sous la croûte terrestre, 70 km sous nos pieds (voir "météo du noyau").

"CERN déchire l'espace-temps"

Le CERN est juste un éclateur de particules pour essayer de comprendre la constitution de la matière, il ne peut pas d'ouvrir un vortex dans une dimension parallèle, ou encore un trou noir, juste en accélérant des atomes et en les collisionnant entre eux. Il ne peut que détruire des agrégats de particules pour essayer de déterminer de quoi elles sont constituées. D'ailleurs, d'après les Altaïran, ils n'obtiendront plus rien de plus de cette façon maintenant.

Ce fake est utilisé pour faire croire que les EMP, chutes d'avion ou orages anormaux proviennent du CERN, une sorte de remplaçant à HAARP, qu'on accusera de tous les maux (en plus, un anneau de 30 km de diamètre, ça a plus de gueule qu'une 40aine de petites antennes perdues au fond de l'Alaska pour HAARP).

"Crop Circle humain"

Tous faits par l'homme

24/08/2018 - Zététiciens Youtubeurs

Le 29/08/2018 (seulement 5 jours après le crop), le magazine Science et Avenir faisait un article sur le (simpliste et moche) crop circle fait par une bande de zététiciens (ceux mis en avant par Youtube). Science et Avenir nous dit que les zététicien ont tranché le débat pour connaître l'origine des crops. Tient donc, comment peut-on déduire quoi que ce soit d'une seule expérience ? Voyons plus en détail :

Ces zététiciens ont payé un paysan, et on passé 1 heure, à une vingtaine de personne, à faire un faux crop. Évidemment, les tiges sont cassées, pas entrelacées. Un expert des crop circle, Gilles Munsch, pas au courant de la falsification, verra tout de suite bien plus de détails montrant le fake, comme les chemins de traçage ou d'arrivée, décrivant comment ils avaient procédé, dans quel ordre ils avaient dessiné les cercles, obligeant les youtubeurs à rapidement avouer. Au passage, Science et Avenir ment donc en affirmant qu'aucun expert de crop n'a pu détecter la supercherie... Les vidéos montrent ensuite des hurluberlus (des copains aux zététiciens) dire que c'est trop parfait pour être humain... Ces gens là ne connaissent pas les crops, juste en regardant justement la géométrie trop simpliste (des cercles au lieu d'ellipses élaborées), on voit que c'est fait par des humains...

Sciences et Avenir, dans le résumé de la page apparaissant sur Google, résume :

"Les crop circles n'ont pas une origine extraterrestre. La preuve par une expérience."

Euh... et vous mettez "sciences" dans le titre de votre magazine ! C'est comme si je jetais un caillou en l'air, que je ne prenait que la partie montante de la trajectoire, sans tenir compte de la décélération, et que je disais "la preuve que la gravitation imprime une force dirigée vers le ciel"...

La réalité

Il y a évidemment des crop faits par l'homme (vu ce qu'on sait de la censure ET, et de la destruction de toutes les infos non gérées par les élites, des faux crops de désinformations auraient de toute façon été fait pour décrédibiliser les infos non agréées). Ces copies sont là pour tenter de décrédibiliser les vrais crop circle. Les gouvernements détruisent dès qu'ils peuvent les vrais crop circle ET pour cacher le passage de Nibiru au peuple. Vu la censure totale dans les médias français de ces crops, les ET ont délaissés la France, pour faire leurs messages en Belgique ou en Angleterre, plus réceptifs et moins censurés de ce côté.

Les vrais crops sont inexplicables :

- noeuds de croissance à la base, la tige à plus poussé d'un côté que de l'autre, ce qui la plie vers le sol. Aucune technologie humaine n'est capable de ça, surtout sur des centaines de milliers de tiges de céréales.
- Sol tressé (les tiges sont pliées dans un sens, puis quelques dizaines de centimètres plus loin rabattues dans un autre sens, sur les tiges précédentes). Possible à reproduire, mais pas en une nuit, même avec beaucoup d'opérateurs.

Quand a croire que les 2 vieux papys anglais, qui, en 1991, ont révélés avoir été les auteurs de quelques crops simplistes depuis 1980 (abondamment relayés par toute la presse mondiale...), j'attends toujours leurs explications sur comment ils auraient faits les crop compliqués, avec les noeuds de croissance, les épis entrecroisés et tissés entre eux, avec les piliers de lumière d'1 km de large qui montent au ciel ! Ou encore les ET observés en Angleterre sur un crop, dont témoigne un policier (p. 285).

Des devinettes mathématiques

Vous trouverez beaucoup de fausses explications de crop circle. On vous dira, démonstration longue et imbuvable à l'appui, que c'est pour retrouver mathématiquement le nombre Pi ou le nombre d'or. D'autres vous montrerons les symboles, etc.

Déjà, il faut se demander quel intérêt auraient les ET à nous parler du nombre Pi, de dessiner des rébus ou mots croisés d'amusement ?

Des événements très lointains

Quel intérêt de parler de quelque chose qui va se produire dans des millions d'années ?

En réalité, le sujet est proche et grave

Pour que des êtres traversent l'univers pour écrire quelque chose sur le sol de manière surnaturelle, c'est que le sujet du crop est quelque chose de très grave, et qui va se produire assez rapidement (quelques dizaines d'années tout au plus). Selon les Altaïran, ces messages ont pour but de nous montrer l'avancement de Nibiru, ils sont censés parler à notre inconscient qui sait décrypter les signes et saura nous guider le moment venu, ou retenir notre attention quand on nous parlera d'une planète en approche lente, comme c'est dessiné dans les crops.

Récentisme : "Dinosaures et Moyen-âge n'ont jamais existé"

Ce n'est pas parce qu'il y a mensonge de la part de nos dirigeants qu'il y a mensonge partout et tout le temps.

But des désinformateurs

Ces théories viennent généralement des USA ou d'Israël, et dans tous les cas de milieux "négationnistes" ultra religieux. Elles servent à justifier la Bible, qui dit que le monde n'a que 5 000 ans. Difficile de faire loger les dinosaures, qui en plus ne sont jamais cité dans la Bible. Plutôt que d'accepter que la Bible est un faux, on préfère essayer de faire croire que la réalité est fausse...

La théorie fake

Comme tout le monde le sait, la Terre a été créée il y a 5 000 ans, et notre monde plat est le seul habité de l'Univers, chauffé par en dessous par Satan et surveillé depuis les cieux par des anges à tête de bébé sur des nuages. C'est vraiment prendre Dieu pour un idiot et un incapable. L'Univers est bien plus complexe et plein de créations diverses que cette vue complètement naïve des choses.

Prendre des textes de la haute antiquité (ancien testament) et les appliquer à la lettre est d'une bêtise et d'une non foi exaspérante. Malheureusement, les Français ont tendance à regarder ces vidéos sans les replacer dans leur contexte culturel très américain, anti-Darwin, créationniste et fanatique religieux. Tout ce qui sort de la sphère conspi USA n'est pas bon à prendre.

Dinosaures

Pour les dinosaures qui n'auraient jamais existé, il suffit d'être un peu passionné et d'aller déterrer soi-même des fossiles. Vous ne trouverez quasiment que des espèces aujourd'hui disparues, dans des roches vieilles comme le monde : Des ammonites , des poissons et même des reptiles marins.

Vous verrez que ce n'est pas le système qui s'amuse à reconstruire les os géants. N'importe quelle phosphatière en activité les broie à la pelle pour faire des engrais. Tout le monde à un champ aux fossiles pas loin de chez soi, ou en a trouvé dans son jardin. Encore une manière de discréditer es nombreux scientifiques qui, comme Cuvier ou Velikovsky, trouvaient anormaux ces amoncellements de fossiles qui semblaient avoir été régulièrement enterrés par des tsunamis géants...

Moyen-Age

Aucun document de l'Antiquité n'a été retrouvé, ce sont toutes des recopies récentes. L'histoire avant les Carolingiens est mono-source, etc.Plutôt que d'imaginer un complot visant à inventer un intervalle de temps de 1000 ans n'ayant jamais exister, on ferait mieux de se poser la question de pourquoi tous ces livres ont été supprimés, et si l'histoire officielle actuellement retenue est bien la vraie histoire, ou pas une histoire reconstruite par les vainqueurs. Ou encore pourquoi les dirigeants romains puis sumériens ont tenu tant que ça à brûler la bibliothèque d'Alexandrie tant de fois sur autant de siècles.

"Élévation spirituelle de Gaïa = résonance Schumann"

Tous ceux qui pourraient s'étonner de ce changement de fréquence depuis 2000, alors qu'il était stable tout le 20e siècle, auraient ici une réponse (en plus, ça les incite à ne pas se préparer à l'effondrement, d'une pierre 2 coups avec un fake de manipulation).

Cette résonance de Schumann est un effet physique, une mesure de fréquences EM, et n'a aucun rapport avec le niveau vibratoire énergétique des personnes ou de Gaïa (qui sont en Bovis, et ne peuvent être mesurées par aucun appareil humain actuel, ces particules n'étant pas encore découvertes). Seuls les sourciers et géobiologues mesurent cette augmentation de conscience/énergie globale, pas les graphes de la NASA...

Tout sauf les ET

Survol

Les médias nous font croire que si depuis les années 2000, il y a une augmentation du nombre d'apparitions d'OVNI, c'est à cause de cette mode des lanternes Thaï... En oubliant de préciser que les observations sont toujours étudiées par le GEIPAN, et les cas de lanternes Thaï évacués. Ce qu'on appelle OVNI, ce sont des observations que l'on ne sait pas expliquer (au contraire des lanternes). Il y a donc bien plus d'OVNI observés depuis 2000...

Crop circle

Nous avons déjà vu dans "tout sauf Nibiru" (p. 603) ou dans "faits>ET" (p. 285), que les désinformateurs cherchent à cacher l'origine ET des crop, et ensuite, le sens des symboles.

Autopsie de Roswell (p. 605)

On passe à la télé un fake grossier, histoire de démonter facilement ensuite l'affaire...

Les lanternes Thaï (p. 605)

La seule fois que les témoignages d'OVNI passent dans les médias, c'est quand ces derniers sont sûrs que c'est un lâcher de lanternes thaïlandaises, histoire de se moquer ensuite du sujet.

Autopsie de Roswell

Dans les années 1990, toutes les télés du monde (émission "mystère" en France) ont montré cette autopsie d'un ET récupéré lors du crash de Roswell. Il s'agit évidemment d'un hoax (lors de l'autopsie réelle, l'USAF n'a évidemment pas fait ça à la va vite en filmant le dos du chirurgien...). L'analyse du film l'a confirmé par la suite, mais ça les premiers téléspectateurs ne pouvaient pas le deviner en première vision... Toutes ces images ont été encouragées par le conseil des mondes, car il montrait des petits Extra-Terrestres (empathie envers les jeunes), en position de faiblesse car mort, et qui contrebalançait la propagande agressive des majors de cinéma avec des films comme Independence Day, qui faisaient de la propagande pour avoir peur d'ET forcément belliqueux qui voulaient anéantir la Terre, et qu'il fallait donner plus de pouvoir à son président pour qu'il sauve le monde à lui tout seul comme dans Independance Day…

Les lanternes Thaïlandaises

Un reportage de BFMTV mentionnant l'observation d'OVNI au Havre. Un témoin a indiqué qu' : "une vingtaine de boules phosphorescentes, arrivées en nuées, qui se sont mises en ligne, puis en triangles !". 4 jours plus tard, le site relaye cette information comme quoi le phénomène observé était celui de lanternes thaïlandaises. Sur son mur Facebook, Harmo Magakyar apporte quelques explications au sujets de certains OVNI : "J'ai déjà vu une de ces sphères rouges (en août 2011 avec une autre personne), je peux vous dire que cela n'a rien d'une lanterne Thaï. Tout d'abord parce que c'est assez gros (mon ami a dit que c'était gros comme un bus, moi comme une petite maison), nous l'avions à hauteur de nez à 200 mètres environ (nous étions sur une colline). Le truc planait au dessus du fleuve, en contrebas, donc on a pu l'observer d'assez près. La sphère est parfaite et il y a comme du feu/des volutes à l'intérieur, mais qui ne viennent pas de l'intérieur de l'objet, mais de la face interne de la sphère. C'est resté sur place une dizaine de minutes et cela a disparut en filant comme un éclair au dessus de la ville (2 ou 3 km plus loin), pile dans l'axe du fleuve avant de disparaître dans un grand flash blanc. Nous sommes donc 2 à l'avoir vu et sommes certains que ce ne pouvait pas être une lanterne thaï.

Maintenant, oui, il y a aussi des gens qui voient des lanternes et qui les prennent pour des OVNI. Cependant, dans les témoignages que j'ai pu lire, on a quelques bizarreries qui exclues ces lanternes dans bon nombre de témoignages : la choses disparaît dans un grand flash blanc et se déplace dans le sens contraire du vent, ou alors à des allures faramineuses, montent et descendent successivement à la verticale, change de position les unes par rapport aux autre pour former des figures. Tout cela prouve que ce sont des objets mus par une intelligence, rien à voir avec le comportement de lanternes qui ne suivent que le sens du vent. Dans le cas du Havre, des témoins disent que les boules lumineuses formaient des figurent, ou pour certains, se sont rassemblées pour former un triangle. Les lanternes chinoises n'ont pas de moyens de propulsion et ne se placent pas les unes par rapport aux autres pour changer de configuration. Ces témoignages, malgré ce que les médias voudront en dire, sont donc crédibles.

Perte de temps

Survol

Des fake destinés à nous faire perdre notre temps, et à débattre sans fin entre nous (diviser pour régner).

Terre Plate (p. 606)

Jamais le Moyen-Age n'a cru que la Terre était plate, tant les preuves de la Terre ronde abondent. Même Aristote, celui qui disait que l'Univers tournait autour de la Terre, disait que la Terre était ronde, arguments à l'appui.

Terre creuse (p. 610)

Encore une impossibilité physique imaginée par Lobsang Rampa, même s'il y a du vrai dans les légendes des mondes souterrains.

Détournement d'attention

Déjà à l'époque, la coûteuse affaire Monica Lewinski avait servi a éclipser la visite historique du pape à Cuba (et empêcher la levée de l'embargo), et préparer le retour des Bush au pouvoir.

Dans la lignée de la propagande pour rendre la royauté sympathique, et détourner l'attention avec le risque de divulgation de Nibiru, on nous focalise sur la naissance du **Royal Baby** (p. 611). On nous fait discuter des heures pour savoir si **Mickael Jackson** (p. 611) ou JFK Jr sont morts ou pas, ou envoyer vers des fausses pistes énervantes avec la reconstruction du **temple de Baal à New-York** (p. 611).

Q et TRDJ (p. 611)

Restez assis à manger du pop-corn, regardez le reflet dans le stylo, analysez les 50 possibilités des mots "octobre rouge", vers quoi pointe l'aiguille de montre, et... Et dites donc, vous ne seriez pas en train de jouer la montre, de nous faire perdre notre temps ? Pourquoi n'expliquez-vous pas les cataclysmes naturels en augmentation ?

Terre Plate

Pour bien ridiculiser toutes les théories alternatives aux yeux des ignorants qui croient encore ce que leur raconte la télé, les debunkers (personnes payées par la CIA pour inonder internet et les réseaux sociaux de théories complotistes aberrantes et facilement démontables par les mass médias) nous sortent des théories toutes plus farfelues les unes que les autres.

La théorie de la Terre plate, en septembre 2016, a détrôné HAARP. Le pire, c'est que beaucoup y croient réellement, malgré des arguments avancés que même un gamin de 10 ans démolirait.

Bizarrement, cette théorie a bénéficié d'un buzz énorme (avec de l'argent on peut saturer le web). C'était au moment même où un organisme scientifique officiel annonçait que l'attentat du 11/09/2001 était bien une démolition programmée à New-York (confirmant de la plus belle manière le mensonge long de 15 ans de tous les gouvernements du monde). La Terre plate a finalement permis d'occuper l'espace dans la "complot-sphère" et a empêché la confirmation officielle sur le 11/09/2001 de trop ressortir dans les réseaux sociaux… Une bonne manière de vous détourner de vos recherches pour vous rendre compte que vous êtes un esclave, et que vous le serez tant qu'il y aura des dominants, même si les nouveaux vous diront toujours qu'ils sont meilleurs que les anciens...

Il faut reconnaître que les théoriciens de la Terre plate y passent du temps, qu'ils ont un gros bagage scientifique et mathématiques, qui en impose à la plupart. Surtout avec des vidéos qui ressemblent à des films... On voit qu'il y a beaucoup d'argent derrière, on est loin du petit lanceur d'alerte pas du tout soutenu par le système de domination en place... Preuve que le système de domination y trouve un réel intérêt, afin de détourner l'attention.

Théorie religieuse

Cette théorie de la Terre plate sert aussi à d'autres buts plus sombres : pour mettre Odin chef du monde, il faut s'appuyer sur la Bible. Pour que la Bible soit crédible, il faut relancer les théories genre Terre plate, Le moyen-age et les dinosaures n'ont jamais existé parce que la Terre a été créé par Odin il y a 7000 ans, les ET n'existent pas parce que Odin a fait l'homme à son image, et autres conneries...

Aucun intérêt à cacher la Terre plate

Vous vous rendez compte de la débauche de moyens qu'il aurait fallu depuis des siècles pour cacher la Terre Plate ? Quel intérêt ? Est-ce que le pouvoir des dominants dépend absolument de la connaissance d'une Terre plate ? Non.

Par contre, se préparer à Nibiru pendant que le peuple s'amuse à débattre de la Terre Plate, oui, ça s'est important. Quand tout va s'effondrer, qui va aller quémander l'esclavage dans les camps hiérarchistes que le système a construit en douce pendant que le platiste regardait le ciel ?

Oui la NASA ment

Cette théorie est pratique pour éviter que nous cherchions ce que nous cache vraiment la NASA de l'espace, comme cacher les fuites involontaires de Nibiru dans les images des satellites STEREO, on préfère nous expliquer que :

"les satellites n'existent pas, que TOUTES les images NASA sont bidons, que la NASA essaie de nous faire croire qu'il va passer une planète proche de la Terre avec Blue-Beam."

Quand on regarde les faits, la NASA est loin de mettre Nibiru en avant, au contraire, tout est fait pour cacher la planète. Seuls les faits ne pouvant être niés, sont alors mis sur le dos d'un fake NASA... Toutes les fuites de Nibiru sont rejetées, parce que dans la théorie de la Terre Plate, TOUTES les images venant de la NASA sont trafiquées... Vous voyez l'embrouille ? A vous faire rejeter toutes les erreurs de censure de la part de la NASA, devenues trop nombreuses depuis 2015, date de relance de la Terre Plate.

Et les strates calcaires ? C'est la NASA qui, depuis des milliers d'années, à trafiqué les montagnes pour faire croire que régulièrement la Terre était ravagée ?

Trop d'humains impliqués

Il y a tellement de photos/vidéos prises depuis d'autres organismes spatiaux, depuis les sondes ou satellites, avec tant de petites mains qui travaillent dessus, qu'un mensonge de cette ampleur est impossible. Plus il y a de gens dans la boucle du secret, plus les risques que quelqu'un parle sont grands. Surtout depuis le temps, regardez les vidéos truquées de la Lune, il n'y en avait que quelques-unes, pour cacher une partie du site d'atterrissage, seulement quelques personnes au courant, et pourtant ça a fuité, il y a aussi des incohérences dans les images falsifiées qui se sont vues (p. 157). La probabilité d'avoir masqué une Terre plate sur autant de temps, avec autant de personnes, sans faire la moindre erreur, est quasiment nulle. Une vraie erreur : les platistes aiment montrer les images en direct, qui peuvent avoir des loupés aléatoires de par la mauvaise connection radio.

Oui, l'Antarctique est interdit

Ce n'est pas parce que l'Antarctique (pôle sud) est interdit d'exploration que c'est forcément pour cacher la Terre plate. Il peut y avoir plein d'autres raisons, comme la présence de ruines types Égyptiennes/sumériennes/Mayas, ou de projet secret qui pourrait expliquer ce refus des autorités.

Encore une fois, il s'agit de protéger le "dieu fit l'homme à son image" de la Bible, celle qui permet de tenir le peuple en esclavage... Pourquoi les platistes ne remettent-ils pas plutôt en cause les incohérences de la Bible ?

Faire croire que l'Antarctique n'existe pas, c'est aussi cacher les ruines ET qui émergent et qui fuitent sur Google Earth malgré la censure (le platiste vous répondra : "c'est le système qui veut vous faire croire aux extra-terrestre, dans la bible c'est bien marqué que c'est des démons suceurs de sang. L'Antarctique n'existe pas").

En gros, selon eux, la NASA pousse à faire croire que les ET existent, alors que la Terre présuppose qu'il n'y a que nous sous la cloche en verre. Les ufologues, qui se battent depuis des décennies contre cette NASA qui censure tous les OVNI qui passent, apprécieront ce retournement ironique de situation...

Une manière aussi de faire croire que le réchauffement de la planète n'existe pas...

L'homme a toujours su que la Terre était ronde

Des tas de vidéos montrent sans réfutation possible que la Terre est ronde.

Ne pas confondre Terre plate et héliocentrisme

Évidemment, la Terre n'est pas plate. De tout temps, l'homme savait que la Terre était ronde, et même Aristote le savait, avant l'an 1 000 le pape Sylvestre 2 construisait un globe terrestre, ce n'est donc pas pour la Terre ronde que Galilée a été jugé, mais pour l'héliocentrisme (l'idée que la Terre tourne autour du Soleil).

Aristote

Au niveau historique, il faut savoir que les grecs savaient que la Terre était ronde et tournait autour du Soleil (Thalès et autres), que la machine d'Anthycitère montre qu'on savait prévoir la position de Vénus et mercure, les éclipses de Lune et Soleil, des siècles à l'avance, Démocrite savait que la matière était constituée d'atomes, etc.

Bref, l'humanité de l'antiquité grecque n'était guère loin de l'homme moderne de 1850 au niveau théorique. Puis arrive Aristote en -300, le précepteur d'Alexandre le Grand. Alexandre créé son empire autour de la Méditerranée, qui deviendra l'empire romain, puis par extension successive envahira le monde entier jusqu'à créer l'empire appelé Occident. Et Alexandre impose la vision rétrograde et simpliste d'Aristote.

Évidemment, Aristote et ancien testament font bon ménage, car ce dernier essaye d'expliquer le monde de manière scientifique, tout en se conformant à la Torah. Voilà pourquoi l'Église catholique conservera le modèle Aristotélicien le plus longtemps possible.

Pour vous donner le niveau d'intelligence d'Aristote : il pousse un bateau, il observe des tourbillons qui se créent derrière le bateau suite au mouvement, et il en déduit que c'est ces tourbillons qui font avancer le bateau... il confond allégrement cause et effet, et tel un poisson rouge, il a déjà oublié qu'il vient de donner une impulsion pour pousser le bateau, que c'est cet effort qui a fait avancer le bateau...

Et bien devinez quoi ? Même ce poisson rouge d'Aristote était obligé de dire que la Terre est ronde, et non plate. Il invente alors une sphère autour de la Terre, avec des engrenages noirs donc invisibles, qui actionnent des petites lumières que selon lui, nous prenons pour des étoiles.

Preuve facile de la Terre ronde

On peut démolir cette théorie aberrante de la Terre plate avec un seul argument : On peut voir de visu que la Terre est ronde, à notre petit niveau.

Dans une vidéo, prise depuis une falaise de Bretagne, 2 caméras filment le même bateau au même moment. L'une est sur la plage, à 1m de haut, l'autre est sur la falaise au dessus, à 30 m de haut. A cause de la rotondité de la Terre, sur le bateau vu de la plage on ne voit pas le bas du bateau (le gouvernail et la poupe disparaissent) car la Terre fait une bosse entre l'observateur et la cible. Le bas du bateau est par contre bien visibles pour la caméra sur la falaise, qui passe au dessus de la bosse provoquée par la rotondité de la Terre.

2e exemple de vidéo : le vidéaste est dans le travers d'une colline au bord de la mer. Il monte, jusqu'à voir la lumière d'un phare distant de 25 km, sans obstacles entre lui et le phare. Il redescend d'un mètre, la lumière du phare est cette fois cachée par la rotondité de la Terre !

Mass Medias profitant de la Terre plate

Les média main stream démolissent allègrement ces théories. Ils en profitent au passage pour amalgamer toutes les théories du complot, et laissent entendre que si UNE théorie est fausse (ici la Terre plate), alors TOUTES les théories sont fausses... L'argument fallacieux de mauvaise foi par excellence.

Ce qui est rigolo, c'est que ces articles main stream qui démontent la Terre plate sont très pauvres scientifiquement, et en réalité ne prouvent rien du tout. En gros, les platistes sont plus scientifiques que les facts checkers ! Pauvre école que nous avons...

Démontage des arguments platistes

Qu'il y ai des adeptes de la Terre plate montre à quel point notre éducation est en dessous de tout.

Je vais vous montrer par la suite que nous avons tous, à notre petit niveau d'observation, plusieurs moyens de vérifier en direct que la Terre est bien une sphère.

Je ne parle pas des incohérence sur comment obtenir une gravitation sur tout le disque plat. Je ne parle pas non plus de comment l'eau fait pour ne pas tomber du disque plat, ce n'est pas sur l'incomplétude de la théorie de la Terre plate que nous nous appuyons, mais sur ses impossibilités intrinsèques face à la réalité observée tous les jours.

Des arguments judicieux

Ne croyez pas que la théorie de la Terre plate se démonte aisément : les arguments des platistes sont souvent judicieux (il y a des personnes brillantes (haut salaire, et qui savent que la Terre est ronde) et beaucoup de temps passé derrière (preuve de la masse d'argent derrière la Terre plate...)). Démonter ces arguments n'est pas toujours évident ni facile, même pour un scientifique pluridisciplinaire, tant elle nous pousse dans nos connaissances avancées, ou oblige à passer du temps à refaire les calculs et montrer les erreurs d'hypothèses).

C'est volontaire, les faits sont présentés de manière biaisés et de manière volontairement trompeuse de la part des platistes, comme nous allons le voir (comme tous les désinformateurs, ils sont de mauvaise foi, et ne veulent que nous diviser).

Ils utilisent de vrais faits, mais présentés incomplètement, avec manque de recul, pour vous tromper et vous manipuler.

Terre = seul objet de l'univers plat

La Terre serait la seule planète plate de tout l'Univers. Il faut savoir qu'au dessus de 500 km de diamètre (exemple, l'astéroïde Vesta), les corps célestes sont tous ronds. Comme ils tournent sur eux-même, on voit bien que ce ne sont pas des disques. Partant de ce principe, on peut imaginer que la Terre, avec ses 12 700 km de diamètre, ne déroge pas aux lois de l'Univers...

La Lune ne rétrécit pas en se couchant

Si l'on prend le modèle d'une Terre plate où le soleil très proche. Ce Soleil est un projecteur qui fait le tour d'une pièce de monnaie en restant toujours sur le dessus. Un projecteur qui ne focalise la lumière qu'en un endroit, ce qui explique qu'à côté ce ne soit pas éclairé. Le Soleil est à 4 828 km de hauteur selon les platistes.

On devrait voir le Soleil se rétrécir de plus en plus quand il se couche, et l'inverse au lever. Or, si vous regardez à travers un masque de soudure, vous verrez que le Soleil garde la même taille apparente toute la journée, preuve qu'il est très loin. Ne vous laissez pas avoir par les vidéos sursaturées, où le halo Solaire qui entoure le Soleil semble être un gros Soleil, qui diminue plus le halo diminue avec le Soleil qui se couche et diminue en intensité, amorti par l'épaisseur de l'atmosphère a traverser. De la pure manipulation... Faites confiance à vos yeux (toujours protégés derrière un masque de soudure hein !).

C'est le même problème avec la Lune, plus facile à vérifier car moins dangereux pour les yeux.

Modèle tranche de monnaie faux

Si la Terre plate est une pièce de monnaie, avec un axe de rotation autour de sa tranche, le soleil passe sous la pièce et éclaire l'autre face. Seul problème, il faut alors accepter qu'il fasse nuit partout en même temps sur la planète, c'est faux car en faisant 100 km à l'Est ou à l'Ouest (1 jour de vélo, 1 h d'autoroute) on s'aperçoit que le Soleil ne se couche pas à la même heure.

Les mirages

Il y a ces grands lacs nord-américains, où de temps en temps, on voit des villes situées sur l'autre berge, à 90 km de là, alors que la Terre ronde ne permet pas de les voir (la rotondité de la Terre fait que ces villes sont sous l'horizon).

Il faut savoir que ce n'est que dans des conditions atmosphériques particulières qu'on peut voir des choses lointaines situées en dessous de l'horizon. Mais la majorité du temps, dans des conditions atmosphériques normales, ces choses sont bien invisibles, car sous l'horizon.

Comment expliquer cette vidéo à notre niveau ? Nous voyons, en comparant l'image de la ville prise de près, et celle vue via le mirage, que celle du mirage est complètement déformée (les immeubles sont très allongés, et le bas de la ville est caché par le lac, comme le veut une Terre ronde). Sur une vidéo de cette même photo, on voit bien l'effet de mirage, la ville ondule, comme le fait la couche atmosphérique sur laquelle elle se reflète.

On a aussi ces platistes qui attendent toute la journée, de chaque côté d'un grand lac : l'un émet des lumière, l'autre, avec les jumelles, cherche à les voir. Puis pendant quelques minutes, en fin de journée, enfin ils se voient ! Gros moment de joie... Sauf que cette anomalie s'explique très bien par la science... En fin de journée, une bulle d'air plus chaud et humide, liée à l'eau du lac, ne se mélange pas au reste de l'atmosphère qui a refroidit. Les masses d'air se mélangent mal, c'est prouvé (tension de surface aux bords d'une bulle homogène). Cela se vérifie facilement en notant que dans une couche, l'hygrométrie, la température et la pression ne sont pas les mêmes que dans la couche d'air à côté. C'est le même phénomène des bulles d'air chaud qui s'échappent d'un champ de blé chauffé par le Soleil, et qui aboutira à la création d'un thermique, tant recherché des parapentistes.

Donc, au dessus de la masse d'eau autour de laquelle se trouve nos platistes, le soir, il se trouve donc généralement 2 couches : l'air ambiant qui a refroidi, et la couche d'air au dessus de l'eau, plus chaude et humide, qui gonfle à mesure que l'air autour se refroidit. Il y a donc discontinuité entre les 2 couches à quelques mètres d'altitude, donc rebondissement d'une partie des rayon lumineux qui viennent du sol, avec un angle égal à l'angle d'arrivée (ça aussi c'est prouvé, les ondes rebondissent sur les discontinuité de milieu, c'est comme ça qu'on mesure l'épaisseur d'objets par exemple, ou qu'on montre qu'il n'est pas homogène, en regardant à quel moment l'onde émise est réfléchie). L'image venant de l'autre côté du lac, invisible de jour car placée sous l'horizon, rebondit vers la Terre, et l'observateur voit un mirage, une chose qui est sous l'horizon et qu'il ne devrait pas voir. C'est le même phénomène qui fait qu'à l'équinoxe, on ne voit pas le Soleil se lever parfaitement à l'Est, vu qu'il nous apparaît avant d'être réellement visible, à cause de son image qui rebondit sur les couches d'air, donnant l'impression de "courber" les rayons lumineux.

Est-ce que cette réflexion n'expliquerait pas que les objets disparaissent de l'horizon, justifiant la Terre plate ? Non, parce que si on reprend l'exemple du lac, quand on ne voit pas l'autre bord (pendant toute la journée, visibilité claire et dégagée), il n'y a qu'une seule couche d'air (mesurable avec des thermomètres, hygromètres et baromètres, instruments facile à avoir), donc pas de réflexion de la lumière vers le sol.

Les rayons crépusculaires

Là encore, les platistes prennent un éléments rarissime pour l'ériger en généralité, sans chercher à comprendre d'où vient ce phénomène, et ne prenant que les images qui vont dans son sens : la plupart des rayons crépusculaire partent dans tous les sens, montrant qu'il n'y a pas qu'une seule source de lumière derrière.

Ces rayons crépusculaire, qui apparaissent dans les trous de nuages (effet lampe torche), peuvent donner l'impression que le soleil est très près de nous. Il s'agit juste d'une capacité de la lumière à s'étaler de nouveau à partir d'une fente, vous en faites facilement l'expérience en éclairant à travers une fente dans un carton, après la fente les rayons s'écartent comme si la fente était l'émetteur de lumière. C'est ce qui se passe avec ces rayons crépusculaires, et comme c'est des nuages irréguliers, ces rayons crépusculaires partent dans tous les sens (donc pas de source de lumière unique), images que les platistes ne montrent pas.

Nous voyons un horizon plat

Oui, car il faudrait monter à plus de 30 km de hauteur pour commencer à voir un effet de courbure suffisamment marqué pour notre champ de vision. L'angle de courbure terrestre est trop faible à notre niveau. On pourrait le voir en envoyant un ballon à 30 km d'altitude, muni d'une caméra, mais pas une go-pro et son objectif fish-eye qui déforme ce qu'elle voit. Suivant l'inclinaison de la caméra dans les vidéos de Go-pro mises en avant par les platistes, on voit l'horizon plat, convexe ou même concave... Mais seuls les passages montrant une Terre plate vous sont montrés.

Le vent de la rotation

Une Terre ronde tourne à 1666 km/h à l'équateur, et on sentirait le vent... Sauf que quand vous êtes dans une voiture à 100 km/h, vous ne sentez pas le vent (vitres fermées je précise). Tout simplement parce que l'air autour de vous (dans la voiture) est lui aussi à 100 km/h; dans le même sens.

C'est la même chose pour la Terre : le sol et l'air ont la même vitesse. C'est de la physique, quand le mouvement est uniforme, on ne sent pas d'accélération.

Force centrifuge

La vitesse angulaire de la Terre est tellement faible (0,25° par minute), que la force centrifuge (tendant à nous faire décoller de la Terre) est négligeable (nous avons presque le même poids entre le pôle géographique (force centrifuge nulle) et l'équateur (force centrifuge maximale).

Le Soleil lampe

Pour expliquer la nuit, les platistes expliquent que le spot n'éclaire qu'une partie de la Terre. Et de l'illustrer avec un gros abat jour opaque sur une lampe a quelques centimètres d'une carte mondiale.

Certes, mais même avec un gros abat-jour, le spot lui-même reste visible tout le temps, ne serait-ce que la face interne opposée de l'abat jour. Même en pleine nuit (le sol pas éclairé) nous verrions au loin le Soleil toujours visible (comme le montre leur vidéo d'illus-

tration d'ailleurs, point sur lequel ils n'attirent pas votre regard !).
Sans compter que l'abat-jour n'existe pas, puisqu'au coucher du Soleil, les montagnes sont éclairées sur le côté, preuve que le Soleil est une boule lumineuse envoyant ses rayons dans toutes les directions.
On voit même souvent l'ombre des montagnes se refléter sur les nuages au-dessus, preuve que le Soleil, au coucher, est bien plus bas que la montagne elle-montagne elle-même.
Si le Soleil des platistes a un jour existé, il est aujourd'hui décédé d'une collision avec l'Everest ! :)

La Lune lampe

La Lune ne produit pas sa propre lumière, il suffit d'observer les bords de la Lune non pleine et les cratères éclairés par la lumière solaire rasante pour s'en convaincre (de jour en jour l'ombre des cratères augmente ou diminue).

Les avions ne suivent pas les méridiens

Les avions de ligne ne suivent pas les méridiens, donc ce qui nous semble être la ligne droite.

C'est de la topologie de surface : vu que c'est une sphère, pour aller au plus court on monte en même temps vers le pôle de la planète, là où la circonférence perpendiculaire à l'équateur est plus courte dans le but de raccourcir le trajet.

En gros, pour relier 2 villes de l'équateur d'une sphère, nous n'allons pas rester sur l'équateur, mais faire une parabole avant de revenir sur l'équateur, ce chemin est plus court en distance.

Si ça ne vous parle pas, vous pouvez tester ça sur une mappemonde : vous placez un fil entre New-York et Paris, et vous tendez bien ce fil pour qu'il se place sur le chemin le plus court entre les 2 points. Vous allez voir qu'il ne passe pas par les parallèles, mais qu'il remonte bien au Nord (vers le pôle le plus proche) avant de redescendre sur la destination !

Les arguments que les platistes n'expliquent pas

Les montagnes

Si la Terre était plate, on verrait le Mont Blanc (Alpes) de partout en France, par exemple depuis le Canigou (Pyrénées), car aucune montagne n'est plus haute entre les 2.

Si l'atmosphère atténue rapidement les distances, la veille de pluie ou après une pluie, la visibilité se porte à des centaines de kilomètres, et devrait permettre de voir les 2 montagnes.

Seule la rotondité de la Terre empêche de voir au loin, pour le Mont Blanc seulement à 250 km quand on est au niveau de la mer, beaucoup plus loin quand on se replace en altitude (on peut voir le mont blanc du Puy-de-Dôme par exemple, grâce à une échancrure bien placée dans les monts du Forez).

L'inclinaison de la Lune

En France (latitude moyenne entre l'équateur et le pôle), quand la lune se lève elle est inclinée sur la gauche en haut. quand elle se couche, elle est inclinée sur sa droite en haut. Seul le fait que nous sommes sur une sphère et donc inclinés sur une sphère peut expliquer cette différence d'inclinaison de ce que l'on voit, selon que l'objet spatial soit sur notre gauche (lever) ou sur notre droite (couché).

Ceux qui ont voyagé à l'équateur s'apercevront que ce la Lune n'est plus inclinée la lune, mais qu'elle est carrément couchée sur le dos au lever et sur le ventre au coucher (dépend de si la lune est à gauche ou à droite de la Terre par rapport au soleil, une Lune croissante ou une Lune descendante).

Étoiles

Quel que soit le modèle de Terre plate retenu, les étoiles viennent rejeter définitivement cette hypothèse !

L'étoile polaire

Si les étoiles étaient proches, on ne pourrait simplement pas observer l'étoile polaire qui reste fixe dans le ciel (pointée par l'axe de rotation de la Terre), car cet axe de rotation sur une Terre plate est sous l'horizon en toute circonstances (impossible par exemple de voir la grande Ours toute la nuit comme c'est le cas en France).

Constellations

Si les étoiles étaient loin, on verrait partout sur le globe les mêmes constellations, alors qu'elles sont différentes d'un hémisphère à l'autre et que le sens de rotation apparent des étoiles est inversé entre l'hémisphère nord et le sud.

Terre creuse

Lobsang Rampa a émis l'hypothèse complètement loufoque d'une Terre à croûte mince, avec un grand vide intérieur et un Soleil central.

Ce n'est pas la première fois que ce pseudo ingénieur se trompe complètement avec la physique, comme quand il dit qu'à l'époque la Terre tournait plus vite, et donc que la gravité était moindre, ce qui a permis les dinosaures : Entre le pôle (0 force centrifuge) et l'équateur (force centrifuge max) il n'y a aucune différence sensible de la gravité, parce que cette force centrifuge est insignifiante à notre échelle.

S'il y a bien des mondes souterrains (Cavernicoles p. 297), ce sont des poches de gaz lors du refroidissement magmatique (pouvant être à l'échelle d'un département). Mais pas la Terre creuse de Rampa : le magma des volcans il viendrait d'où ? Le soleil intérieur n'évacuant que très lentement la température, tout serait grillé dans le vide entre Soleil et croûte mince.
Comment marche la gravité là-dedans ? Pourquoi le Soleil flotterait dans l'air sans raison ?

Il reste l'interdiction de visiter l'Antarctique, mais d'autres choses peuvent expliquer cette interdiction : comme la fonte des glaces qui feraient émerger en plein jour des ruines cyclopéennes que notre science ne sauraient pas expliquer... Comme ces artefacts non naturels gigantesques (L2>têtes pointues) qui apparaissent sur Google Earth (visage ET géant, pistes de décollage hélicoïdales, etc.).

La naissance du bébé de Kate

Un exemple est la naissance du bébé royal en Angleterre qui a servit de bombe médiatique potentielle, prête à être déclenchée en même temps que l'annonce de Nibiru d'Obama, pour la faire échouer au Royaume Uni. Pour cela, la naissance pouvait très bien être avancée, mais comme Obama n'a pas donné le feu vert pendant cette période, la naissance a même été retardée autant que possible pour allonger la durée de vie de cette "bombe". Retarder une naissance par des moyens médicaux étant à court terme dangereux pour la mère et l'enfant (Kate n'étant pas forcément la mère porteuse...), la naissance devra avoir lieu de toute façon, et les forcera à trouver une autre excuse.

Mickael Jackson pas mort

Les morts restent morts, ils ne rentrent pas en occultation mystique juste parce que ce sont des stars. Comme pour Elvis Presley ou Diana, les multiples théories de leur survie éventuelle était juste là pour cacher les conditions troubles de leur mort... S'il y a tant d'incohérences autour de leur décès, c'est peut-être juste pour cacher un assassinat, pas une fausse mort.

Mickael avait beaucoup de raisons de disparaître. Les stars sont des personnes comme les autres, ou peut être pire puisqu'elles se laissent souvent aller à des extrêmes. Mickael Jackson était dépressif depuis longtemps, maltraité par son père tout jeune tout en lui servant d'esclave gagne pognon. En plus Mickael Jackson avait une sexualité ambiguë, à la fois attiré par les hommes mais aussi par les jeunes enfants. Sa dépression, l'argent et la célébrité l'ont amené à des extrêmes et une forme d'impunité, et il a fait n'importe quoi avec sa santé à cause de médecins avides qui lui ont tout passé. La pédophilie a Hollywood ne tient pas d'hier et Mickael Jackson en fut une des victimes dès ses premières années. Non pris en charge correctement, cela l'a complètement détruit. Les récentes déclarations de stars confirment que là bas aussi, il y a un grand ménage à faire et que le nombre de victimes est énorme.

Si la mort de Mickael a alimenté les chroniques, c'est que la mort était suspecte, se produisant juste après qu'il ai commencé à balancer sur les illuminati.

[AM] A noter que le personnage de Dave Dave, l'enfant brûlé recueilli par Mickael dans les années 1980, et qui s'est exprimé à la télé le jour de la mort de Mickael, avait les mêmes yeux et la même voix que Mickael… Dave Dave est décédé en septembre 2018, mais il est vrai que les élites peuvent disparaître de la circulation sans problème, et reprendre une nouvelle vie ailleurs sous un autre nom.

Temple de Baal reconstruit à New-York

Le fake sur la construction du temple de Baal, qui n'est pas un temple sataniste.

Par contre, l'aéroport de Denver est réellement un bunker pour élites satanistes, mais pareil, on n'en a rien à foutre de détailler chaque peinture, de replonger dans les archives alchimistes ou occultistes, tout ça aura disparu complètement de l'histoire dans quelques années, préoccupons-nous de notre avenir pour étudier le moindre fait et geste des illuminati.

Juste pour montrer les forces à l'oeuvre derrière le fake sur le temple de Baal. Aux USA, la religion est généralement un élément déterminant dans les élections, parce que c'est un pays très attaché à ce domaine, et une grosse partie de l'électorat est sensible aux rumeurs. Baal est l'archétype du culte satanique, et on sait que c'est ce que les Américains croyant ont le plus horreur. C'est même une obsession chez eux. New-York est considérée par de nombreux Américains comme la Babylone du monde, et les évangélistes (qui ont des millions de téléspectateurs) s'en donnent à coeur joie à surfer là dessus. C'est comme cela qu'Obama finit par être l'antéchrist dans la bouche de certains, surtout chez les prédicateurs proche des républicains. Ce n'est pas innocent. D'un point de vue européen, cela peut faire sourire, mais la culture américaine baigne complètement là dedans. Maintenant, tout est bon pour décrédibiliser électoralement l'adversaire, surtout dans les milieux les plus versé dans ces concepts et cette peur du diable endémique. Construire un temple de Baal à New-York, c'est faire un amalgame entre cette ville, très progressiste et fondamentalement démocrate (comme toutes les grandes villes), à l'opposé des bastions chrétiens apocalyptiques et leurs pasteurs médiatisés / républicains / puritain du reste du pays.

C'est loin d'être juste anecdotique dans ce pays, cela a un très fort impact politique, et la calomnie est souvent un moyen de semer le doute. Déjà que les démocrates sont pro-mariage gay, pro-avortement etc... de là à les accuser d'une alliance avec le diable ou d'être des satanistes en puissance, cela fait des années que le pas a été franchi. C'est incompréhensible pour nous avec notre culture républicaine laïc, mais très réel là bas.

Q et TRDJ

Des théories réelles, mais perte de temps : on vous conseille de vous asseoir et de manger du pop-corn (ne vous préparez surtout pas à l'autonomie alimentaire...), de vous faire perdre votre temps à chercher le plus petit détail, reflet dans le stylo, aiguilles de l'horloge, mots codés comme octobre rouge pouvant être un film, un mois, une référence historique, etc. Des heures d'amusement, mais au final peu productives quand les supermarchés ne seront plus alimentés... Tout ça pour des complots dont tout le monde se fout (genre Trump a été espionné, ils s'espionnent tous de toute façon, ça ne choquera pas plus que ça le grand public, ni les guéguerres pour l'élection d'un juge), des histoires qui ne concernent que la minorité au pouvoir. Jamais on ne nous dit de nous préparer, jamais même on ne nous parle des cataclysmes naturels à venir : on laisse les populations dans l'ignorance, sous-éduquées, formatées pour suivre aveuglément un sauveur, pour idolâtrer un présidents, ou rendre des hommes politiques du passé comme des saints.

Manipulation

Survol

Buts

Pour ceux qui ont dépassé les premières chausses-trappes, et sont bien plus avancés dans la compréhension du monde, le système ne renonce pas à de nombreuses tentatives pour vous empêcher de :

- vous préparer à l'effondrement du système. Préparés, vous seriez alors des concurrents pour leur camps de travail, car en rendant les humains autonomes, les élites manqueraient d'esclaves obligé de quémander de la nourriture dans les camps d'esclaves, prêts à toutes les servilités...
- survivre. Leurs plans est d'exterminer une population devenue trop nombreuse, si les populations pouvaient se suicider ou se précipiter vers les tsunamis géants, ça serait du travail en moins pour eux...
- vous réveiller, ce qui conduit inévitablement à refuser d'obéir à un système injuste, ce qui signifie pour eux la perte de contrôle.
- Vous faire basculer dans l'orientation spirituelle égoïste, par exemple en mourant en colère, ou apeuré, sans comprendre ce qui vous arrive.

Nibiru a été détruite

Selon les versions de ce fake, Nibiru a été détruite :

- soit en 2012. mais alors, ils sont où les débris ? Est-ce qu'au contraire c'est pas plus dangereux d'être frappés par des milliards d'astéroïdes ?
- soit il y a 80 000 ans. Mais alors, qui a gelé les mammouths il y a 11 000 ans ? Qui a provoqué l'exode, l'effondrement d'Ougarit et Santorin en -1 640 ?

Regardez les strates calcaires : Nibiru passe depuis des milliards d'années, il y a eu des civilisations bien plus avancées que nous par le passé (pyramides), aucune raison que notre civilisation décadente mérite de faire exploser une planète habitée pour sauver notre système injuste...

Passage 1 de Nibiru déjà passé (p. 612)

Nibiru est déjà passé une première fois, et rien ne s'est produit. Donc le passage 2 de retour ne sera pas dangereux => ne vous préparez pas.

Les vaisseaux de Marie vont venir vous sauver (p. 613)

Vous êtes tellement important pour la suite des événements que vous serez sauvés... Très égoïstes / sataniste tout ça, preuve d'une immaturité spirituelle, et du risque que vous ne reveniez jamais de ces vaisseaux appartenant aux reptiliens de Sirius, les raksasas qui viennent chercher leurs futurs esclaves...

Sauver sa famille d'abord

Tous les films de survie montre le père de famille se démener pour sauver toute sa famille, y compris le chien, en laissant crever égoïstement tous les autres. Un comportement induit qui non seulement vous fera mourir assurément dans la vraie vie (la coopération est plus sûre que la lutte pour marcher sur les autres), mais en plus vous fera partir dans la spiritualité égoïste, tout en montrant un gars faisant tout pour rejoindre les camps d'extermination ou de travail des élites... D'une pierre les élites font 3 coups...

KillShot (p. 613)

Un vieux fake (plusieurs siècles) initié par l'Église catholique, lors de la réécriture des révélations des prophéties privées. Seule une version édulcorée et trafiquée est arrivée au grand public. Notamment, faire croire qu'il est malin de rester dans une maison lors des séismes records qui vont frapper la planète entière... Une manière d'inciter les gens à mourir par eux-mêmes...

Mélanger Nibiru et Némésis (p. 613)

Planète 9 (Némésis) va être révélée, découverte loin de la Terre. On vous fera croire que c'est Nibiru, et qu'il n'y a donc aucun danger. Rendormez-vous quelques mois encore...

Nibiru arrive de derrière Jupiter (p. 613)

Fake faisant croire que Nibiru vient d'arriver proche de la Terre. Laissant croire que les gouvernements ne nous ont pas caché cette planète, et qu'on a encore le temps de lambiner pour se préparer.

Les dirigeants modérés sont des satanistes (p. 614)

Fake vous incitant à aller de Lucifer (je ne pense qu'à moi) à Satan (en plus de ne penser qu'à moi, je veux écraser mon prochain). Des manoeuvres des chapeaux noirs pour discréditer les chapeaux blancs.

Nibiru est un vaisseau spatial (p. 615)

Sous entendu qu'il n'aura aucun effet sur la Terre.

Nibiru est déjà passé une première fois

Une théorie sortie en 2017 à ma connaissance, reprenant tout ce que disent les visités type Harmo (c'est pourquoi elle n'est diffusée que sur les groupes sur Nibiru).

Cette théorie affirme (sans argument ou preuves) que Nibiru est déjà passé. Comme toutes les dates depuis 2003 possèdent un cataclysme pouvant servir de repère à un passage de Nibiru, cette théorie serait une possibilité si on n'y réfléchit pas de trop près...

Cette théorie est vicieuse, car elle sous-entend que ce passage n'était pas si pire que ça, vu que le système est encore en place. Et donc, Nibiru va repasser encore : un gros séismes en Inde, un ou 2 typhons exceptionnels, puis tout va revenir comme avant. Inutile de se préparer et donc d'arrêter de travailler pour ce système qui va survivre !

Sauf qu'un seul argument suffit à démolir ça : le jour où Nibiru passe la Terre, elle nous montre désormais sa face éclairée, et est désormais bien visible dans la ciel, aussi grosse que la Lune... Et ça, si ça s'était produit, ça se saurait !

On peut avancer que vu les strates calcaires, les traces de tsunamis de 100 m de haut, ou les déplacements des pôles du passé, on est loin d'avoir eu un passage de Nibiru...

Les vaisseaux de Marie vont venir vous sauver

De nombreux channels vont vous parler qu'il n'y a pas besoin de se préparer (volonté que vous mourriez assez vite en attendant stupidement de l'aide qui ne peut venir que de vous-même), que les archanges (hiérarchie, attention ! :)) viendront vous sauver en vous faisant monter, vous les élus (hiérarchie encore !) dans les vaisseaux de Marie.

2 aberrations dans le fait d'être sauvés par Marie :

- la vierge Marie est la reprise du culte d'Isis, la vierge à l'enfant (les vierges noires). Isis est lui-même la reprise du culte de la Terre mère, la matrix genitrix des ogres, la Terre mère qui génère Mithra sans conception à partir du rocher (ou de l'argile dans les versions plus tardives de l'ancien testament), lui-même la reprise d'un culte de Sirius, la Terre-mère des reptiliens qui ont imposés leur culte aux ogres de Nibiru. Ces cultes là sont hiérarchiques à fond. Quand on y réfléchit, Marie la mère de Jésus n'a que le rôle d'enfanter et d'élever Jésus correctement, grâce à son altruisme naturel et ses connaissances Esséniennes. mais son rôle s'arrête là, ce n'est pas elle qui dispense le message de Jésus, qui vit une vie exemplaire, et ne mérite absolument le culte supérieur à celui de Jésus que lui réserve l'église catholique... Sans compter que les vrais Marie et Jésus n'étaient pas d'accord avec l'idée même de culte à une divinité ou une personne... Que du hiérarchisme là-dedans.
- Nibiru est une épreuve spirituelle que tous les humains doivent passer. Pas de passe-droit ou autre bakchich. C'est l'événement le plus important que l'humanité ai a franchir depuis ses millions d'années d'existence, ça serait bête de rater et de redoubler si proche du but. Il n'y aura donc pas d'échappatoire, c'est d'ailleurs pour ça que toutes les fusées en prélude aux missions martiennes se cassent la gueule... Les élites ne s'enfuiront pas de la Terre, et même ne pourront quitter leur pays si elles n'éteignent pas auparavant les centrales nucléaires.

Killshot

Selon le Vatican, lors du passage, un grand éclat lumineux parcourra la planète et tuera tous ceux qui ne se prosterneront pas devant dieu, tout en restant cloitrés chez eux.

But du fake

Une idée initialement prévue pour forcer le public à se terrer dans leurs maisons ou leurs appartements, et ainsi les garder dans les villes quand ces dernières seront bloquées par l'armée. Lors du séisme généralisé de 15+ Richter, ceux qui auront suivi les consignes mourront lors de l'effondrement des bâtiments censés les protéger, ou noyés lors des tsunamis.

Les différents cas de figure

Voyons qu'est-ce qui pourrait provoquer un tel kill-shot.

Bombe atomique

Effet local, si vous êtes près de toute façon vous n'y réchapperez pas, si vous êtes loin, la tranchée de base suffira à vous abriter des poussières radioactives.

EMP massive

A part pour les porteurs de pace-maker (appareil trop peu puissant pour être impacté par une EMP du noyau terrestre), je ne vois pas en quoi ça pourrait agir sur le coeur au point de défibriller et de tuer les gens. Dans ce cas-là, être dans un endroit fermé aggrave aggrave au contraire le cas en amplifiant les ondes.

Onde de choc d'un météorite

La tranchée d'1 m de profond sera mieux qu'être chez soi, où le risque est grand de voir les murs tomber sous l'effet de l'onde de pression/dépression.

Pas de précédents

Et lors des précédents passages ? Est-ce que les égyptiens de -1600, qui n'avaient pas été prévenus du kill shot, sont tous morts de crises cardiaques ou foudroyés ? Est-ce que les éléphants et les babouins, qui n'ont pas de maison ni de dieu à prier, sont tous morts lors d'un kill shot ? Non !

Au contraire, en Égypte, seuls les jeunes mariés, qui vivaient dans une cabane de roseau, ont survécu sans dommage aux séismes.

Bref, à moins d'une volonté divine d'éradiquer toute vie non soumise sur Terre, je ne vois pas ! Et encore, seul le grand tout pourrait le faire, sûrement pas l'ogre colérique et vengeur incapable de ses défaire de ses chaînes.

Némésis et Nibiru sont la même chose

Fusionner Némésis et Nibiru pour semer la confusion dans l'esprit du public. Némésis étant une étoile éteinte (donc bien plus chaude en surface que Nibiru), Némésis ne peut donc pas abriter de vie et donc d'ogres. Nibiru, en tant que Naine brune rocheuse et océanique, le peut.

Sans compter que Némésis est à plusieurs UA du Soleil, donc de la Terre, et ne peux agir de manière mesurable sur la Terre. C'est ce qu'on voudra nous faire croire, que Nibiru est trop loin pour agir sur la Terre, et qu'il n'y a pas lieu de s'inquiéter et de se préparer au choc.

Nibiru est loin, ou est derrière Jupiter

Dans la lignée d'assimiler Nibiru à Némésis : Nibiru est encore loin, et n'a pas donc pu avoir d'effets notables avant. La variante (type Marshall Master) la situe encore loin derrière Jupiter. Une manière d'éviter de révéler qu'ils savent que Nibiru est là depuis 1983, qu'ils nous mentent sur le réchauffement climatique depuis 1996.

Une manière de retarder votre préparation : si Nibiru est loin, on a encore le temps de se prélasser encore un peu.

Voir dans la partie "Nibiru" les preuves des effets de Nibiru sur la Terre, pour se rendre compte que les effets ne sont pas apparus récemment, et qu'ils ne sont pas dû au CO2.

De plus, si Nibiru arrivait de Jupiter, elle serait visible car elle nous montrerait sa face éclairée par le Soleil. Son invisibilité prouve à elle-seule qu'elle ne peut être qu'entre le Soleil et la Terre, une position confirmée par les anomalies relevées sur les satellites orientés vers le Soleil (STEREO, SOHO, etc.).

Les dirigeants modérés accusés de satanisme

Il n'est pas question ici de dire que ce sont des bonnes, mais qu'elles sont critiquées là où elles ne devraient pas l'être, sur des actions orientée altruistes, mais considérées comme gauchiste (un terme péjoratif pour eux) par le milieu conspi d'extrême droite).

Si des faux prophètes sont mis en avant pour cacher Nibiru, il faut en parallèle que ceux qui veulent l'annonce de Nibiru soient mis en retrait.

Entre 2013 et 2017, nous avons vu fleurir les fake concernant les personnalités susceptibles de faire l'annonce de Nibiru, à savoir le pape François, Obama puis Trump, et Poutine. Ces articles ou vidéos, crées par la CIA et relayées par les désinformateurs, essayent de nous faire croire que ces personnalités sont des méchants fous à lier, des « gauchiasses » à abattre. Le but est de les décrédibiliser le jour où ils valideront la présence de Nibiru.

Pape François

Dire que le pape est un psychopathe ou un sataniste c'est sacrément culotté. Un homme qui a refusé de vivre dans les appartements luxueux des précédents papes, qui fait la leçon d'humilité à une Curie qui baigne dans le luxe alors que le monde crève de misère, qui sort les nuits malgré un poumon en moins pour distribuer de la nourriture aux SDF de Rome, ça change de ses prédécesseurs... Alors oui, il emmerde les vieux de la vieille et les traditionalistes rétrogrades parce qu'il est pour le mariage des prêtres, la tolérance des homos qui sont autant chrétiens que les autres (et parfois bien plus que des hétérosexuels qui se croient pieux mais qui sont étouffés par leur intolérance et leur méchanceté), qu'il accepte l'idée qu'il existe des formes de vie intelligentes dans l'Univers, etc... C'est cela le fameux pape "jeune d'esprit" prophétisé par certains. L'Église a besoin de se renouveler.

Poutine

C'est un des seuls dirigeants actuels à se préoccuper de son peuple, en lui offrant des terres dans des zones qui seront épargnées par la montée des eaux, en construisant des villes refuges comme Sotchi, et en prévoyant de construire de nouvelles enclaves sur les terres de Sibérie qui vont se libérer de leurs glaces actuelles, ou encore en construisant des centrales nucléaires flottantes, résistantes et ultra-sécurisées, prévues pour s'adapter à la montée des eaux à venir.

Il ne réagit à aucune provocation d'espionnage, d'ingérence dans les élections USA ou européennes, aux contrats de Mistral non tenus, aux accusations d'assassinat politique d'un opposant, à l'assassinat de son ambassadeur en Turquie. Il réponds au contraire qu'il sait que c'est une manipulation ressemblant à celle de l'assassinat de l'archiduc source de la 1ère guerre mondiale, et qu'il ne tombera pas dans le panneau.

Il reste impassible aux accusations de crimes contre l'humanité en Syrie, alors que c'est le seul à protéger la population des terroristes qui coupent les têtes des enfants. Bref, on a souvent l'impression que c'est lui le seul adulte de la salle.

Il est adoré de sa population, comme vous le confirmerons ceux qui vont travailler là-bas, contrairement à ce que nous font croire les médias français, ainsi que les 80 % d'électeurs qui l'ont reconduit au pouvoir (aucune accusation de triche, portées par les ONG Soros, n'a résisté à l'enquête).

On l'accuse d'avoir fait exécuter tous les chiens de Moscou pour le mondial de foot de 2018, une simple photo prise dans un pays asiatique (sans lien aucun avec la Russie) et relayée en masse sans vérification. Ou encore cette photo où il tient un tigre qu'il viendrait d'abattre, alors qu'il s'agit d'un tigre endormi dans le cadre d'un programme de sauvegarde de l'espèce.

Obama

Obama est traîné dans la boue par les médias USA, qui appartiennent tous à des milliardaires qui s'en foutent pas mal des mexicains qui travaillent pour eux dans des conditions misérables, maltraités parce qu'ils en sont pas régularisés. Qu'est ce qu'à fait Obama à part justement leur donner la nationalité américaine qu'ils méritent et qui leur donnera des droits ? Est ce que les ennemis d'Obama en ont eu quelque chose à carrer de lui couper les vivres il y a peu alors que c'est la Maison Blanche, à travers son propre budget, qui fait apporter des milliers de repas aux personnes âgées sans le sous ? Est ce que c'est être un psychopathe que de donner à des millions d'Américains la chance d'avoir enfin une mutuelle convenable dans un pays sans sécurité sociale et où si tu n'as pas de mutuelle, tu n'es pas soigné du tout et même refoulé des hôpitaux ?

Faut franchement arrêter l'hypocrisie là et voir de quel côté on se trouve. Soit on soutient les gens qui essaient de faire de bonnes actions et d'aider les plus faibles, soit on les voit comme des psychopathes et alors on a un gros souci de chemin spirituel. C'est complètement dément comme jugement. Il faut arrêter de se faire manipuler par les égoïstes et leur campagnes de calomnie.

Trump

En tant qu'adversaire d'Hillary Clinton puis d'être celui qui fera tomber la partie sataniste des Khazars, il est celui que 98 % des médias font passer pour le dictateur ultime.

Ces médias oublient de dire que Hillary Clinton se vantait ouvertement en interview, de vouloir attaquer militairement la Russie et l'Iran (ce qui impliquait un 3e guerre mondiale avec la Chine, les pays musulmans, et une réduction drastique de la population mondiale avant même le passage de Nibiru...). Comme 98% des journaux américains étaient sous l'influence des chapeau noirs (soutiens de Hillary Clinton) nous avons pu voir en 2016-juillet 2017 un déchaînement médiatique sans précédent contre Trump.

Comme exemple de la mauvaise foi journalistique, voir en novembre 2017, quand tous les journaux ont montré la vidéo au Japon où Trump verse tout le plat aux carpes, en précisant qu'il avait offensé par ce geste tout le peuple japonais et ses coutumes. Quand on voit la vidéo en entier, on s'aperçoit que le premier ministre fait le même geste quelques secondes avant, Trump se contentant de l'imiter. Et chose qui ne se serait pas vu quelques mois plus tôt, tous les journaux ont ensuite corrigé publiquement leur fake news après les coups de fils du patron :)

Nibiru est un immense vaisseau spatial

Cette théorie n'explique pas tous les faits observés, il faut lui rajouter les fakes conspis suivantes :

- le réchauffement climatique provoqué par le CO2 pour les tempêtes et le réchauffement plus rapide du fond des océans (+ une technologie secrète pour que la chaleur descende...),
- HAARP et son énergie infinie pour les séismes et la dérive accélérée des continents,
- Blue Beam pour les météorites, double soleil et aurores boréales trop vers l'équateur, Nibiru visible dans le ciel, et les OVNIS,
- ChemTrails pour les pluies d'hydrocarbures, des polluants en quantité industrielles pour les hécatombes d'animaux,
- un projet inconnu pour les EMP,
- un autre projet encore plus secret pour le soleil arrêté et ses trous coronaux, ainsi que la fonte des pôles des planètes du système solaire; etc.

Vachement compliqué, alors que Nibiru qui est planète fait tout en un! :)

Cette théorie du vaisseau spatial est évidemment absurde, pourquoi s'embêter à extraire de milliers de planètes tout le métal nécessaire à la construction d'un vaisseau 4 fois plus gros que la Terre ? (on a les observation de Nibiru de 1983, et les tenants de cette théorie sont obligés de s'appuyer sur les observations de l'époque). Comment c'est possible ? Pourquoi recréer une planète alors que tous les ET se contentent d'habiter sur leur planète et de se déplacer hyper rapidement avec des petits vaisseau, voir des vaisseaux-mère d'un kilomètre de long pour les gros transports ?

Liste des désinformateurs possibles

Survol

Liste non exhaustive, juste en montrant les erreurs faites, sans présumer si la désinformation et/ou les erreurs sont volontaires ou non. Quelqu'un de bonne volonté peut faire des erreurs, ce sera à vous d'en juger.

Les types d'acteurs (p. 616)

Se retrouvent mélangé les professionnels payés pour ça, les chercheurs de reconnaissance, les escrocs, et les intègres dans l'erreur.

Conspis (p. 617)

Les Français découvrent, sans recul aucun, le milieu conspi US, qui mélange remarquables enquêtes à assertion sans preuves. Ce milieu conspi est généralement complètement infiltré, focalisant égoïstement sur les problèmes typiquement US, sans dénoncer ce que le capitalisme provoque à l'étranger.

J'y mets les influenceurs comme Zemmour.

Ufologie (p. 618)

Là encore, grosse empreinte de la CIA, et des gens qui soit décrédibilisent le sujet, soit enquêtent dans la mauvaise direction (en parlant de Terre plate ou d'Ummo, en ne voyant pas des OVNI dans le survol des centrales en 2014, etc.).

Adamski, Rael, Vallée, Hynek, Condon, Nenki, Sauquere, Bourret, JPP, BTLV, savoirperdu, Cobra.

Nibiru (p. 620)

Le haut du panier des désinformateurs, leurs fakes sont plus élaborés, plus durs à dévoiler pour les débutants. Marshall Master, Corey Good.

New Age (p. 620)

De nombreuses stars, mises en avant par le show bizz, sont loin d'être reluisantes spirituellement parlant. Lobsang Rampa, Dalaï-lama, Bouddhisme.

Zététicien (p. 621)

La plupart des zététiciens connus du public sont de mauvaises foi, et disent des illogismes, oublient des explications, qui décrédibilisent la science.

Histoire (p. 622)

Pareil que les zététiciens, pour décrédibiliser une théorie, ils oublient toute logique et honnêteté, écartant tous les faits qui contredisent leur théorie.

Les types d'acteurs

Les armées numériques

Les employés

Les illuminati, qui détiennent TOUS les médias, et qui sont plus riches que tout le reste de l'humanité rassemblée, peuvent facilement se payer des milliers de personnes, embauchés pour raconter des conneries en y incluant quelques éléments de vrais. Les hologrammes d'avion avec le 11/09/2001, l'homme jamais allé sur la lune, les marines américains qui vont combattre victorieusement les extra-terrestres sur mars, les mutilations de bétails faites par les gris, le New-Age avec la vie après la mort, les illuminati qui sont des reptiliens, 2012 avec le soleil qui explose, Bugarach hangar à soucoupes et derniers départ avant l'explosion de la planète, et bien d'autres.

Les webmasters

Certains de ces employés créent directement la théorie loufoque, appuyés par les grands scientifiques des blacks programs (dans la même lignée que l'imposture CIA Ummo, reprenant toutes les théories de pointe de l'époque, dont certaines marchaient, mais d'autres ce sont révélées des impasses).

Ces webmasters, qui peuvent devenir le journaliste qui se moquera de sa propre théorie, laisse toujours des arguments grossiers que pourront reprendre ses adversaires.

Les trolleurs

Ce sont des employés qui vont s'inscrire sous pseudo dans les forums à décrédibiliser, comme QAnon, ils vont mettre un message raciste, débile, etc., puis en basculant de fenêtre, vont faire une impression écran avant qu'un administrateur ne puisse supprimer le message (ou pas, parce que les intègres n'ont pas le temps de gérer tous ces trolleurs).

Ensuite, le journaliste va faire un article en disant "regardez, ceux qui suivent QAnon sont des racistes et des abrutis"...

Cette stratégie (faire dire à son adversaire des choses qu'il ne pense pas) peut aussi être utilisée pour gagner un débat sur la forme (méta langage) : Le journaliste écrit sur Twitter "Raoult est un gros abruti", puis lors de l'entretien avec Raoult, "Professeur, beaucoup sur Twitter vous considèrent comme un abruti fini". Aucun argument, mais dans le niveau subliminal, on a fait croire au spectateur que tout le monde considérait Raoult comme un abruti, et qu'il doit y avoir des raisons, même si aucun argument venant appuyer cette affirmation n'est donné... Cela fait appel à l'instinct de suiveur des animaux grégaires comme l'homme...

Les exaltés

De nombreuses personnes se sont réveillées, et ont envie de faire le bien. Faites leur croire un fake, et elles travailleront nuit et jour bénévolement pour convaincre leurs semblables de ces fake.

Sites New-Age ou conspi

Ces sites à aspect sectaire (un fond en dégradé de couleur ou avec un ciel étoilé, des couleurs de texte fantasmagoriques et changeantes, la musique planante et les articles hallucinés sur l'énergie libre) font exprès de dire en partie la vérité, mélangée à des affirmations complètement bidons.

Les amateurs

En dehors de toute cette désinformation officielle (désinformateurs payés par les dominants), viennent se greffer des non pros, qui désinforment pour diverses raisons :

- la gloriole individuelle
- l'entrée d'argent / pouvoir
- les intègres dans l'erreur

La gloriole individuelle

Il y a plein de gens qui racontent des choses improbables, inventent et disent ce que les autres veulent entendre pour vendre leurs théories.

Ces menteurs patentés se retrouvent dans tous les domaines, comme les affaires, la politique, la science, la religion. Si on les retrouve partout, ils seront forcément aussi dans le domaine de l'ufologie et de la Conspiration.

Ces domaines (faciles en plus, car dédaignés par les scientifiques) sont des no-mans-land où les gens peuvent se rendre célèbre et gagner leur croûte même s'ils ne croient pas du tout à ce qu'ils écrivent.

Les avides

Si on peut trouver des chercheurs de gloire qui cherchent à combler un manque, la plupart le font surtout pour l'argent et le pouvoir qu'ils en retirent.

Il y a en effet énormément de pognon à se faire : bouquins, sites internet, colloques, interviews spécialisées. Sans compter monter sa secte comme Raël.

Le retour de la gloire n'est pas forcément financier : les affaires de Youtubeurs et d'influenceurs exploitant sexuellement leurs fans fleurissent.

Les intègres

Des chercheurs honnêtes mais qui ont accès à des rumeurs incomplètes ou fausses, ou qui n'ont pas les connaissances ou le temps pour bien analyser les théories qu'ils propagent (et qui du coup désinforment sans le vouloir).

D'autres sont encore sur le chemin de la vérité, et y intègrent leurs anciennes fausses croyances, etc.

On trouve aussi les fanatiques qui veulent absolument voir ce qu'ils croient se réaliser, et sont aussi bien capables d'inventer des choses pour prouver leur croyance.

Dans tous les domaines, il faut faire la part des choses et dégager le vrai du faux, la personne digne de foi et celle qui fantasme ou escroque.

Ça nous est tous arrivés de se faire avoir par des affabulateurs et des fanatiques, et dans ces cas on a tendance à devenir trop prudents. Il faut donc toujours conserver un équilibre en ouverture d'esprit et bon sens.

Ce n'est pas interdit de dire "je ne sais pas, je n'ai pas assez de données". On n'es pas obligé de trancher et dire c'est vrai ou c'est faux. D'autres fois, on peut faire confiance à son intuition, mais là il ne faut pas demander aux autres de nous croire sur parole.

Les repompeurs

La théorie alternative la plus fiable et crédible, c'est celle de Nancy lieder et Harmo. S'ils ne sont pas les seuls porte-paroles, et que d'autres disent la même chose avec d'autres mots et références, il faut se rendre compte que les désinformateurs lisent aussi Harmo ou Nancy Lieder, et s'attribuent comme venant d'eux les infos et alertes pour tirer toute la couverture à eux. Et en profiter pour vous lâcher plein de mensonges ou d'erreurs à côté, espérant au passage décrédibiliser les messages similaires, ici ceux de Nancy Lieder.

Conspis

L'extrême droite conspi USA

Présentation

Aux USA, ces théories conspirationnistes ont très fortement imprégnées la population, une population qui s'est toujours méfié (à raison) des agences fédérales.

La plupart des têtes de file du mouvement conspi sont aussi des gens très à droite, et très proches des Républicains (Bush et compagnie). Un hasard si le parti le plus corrompu est celui qui contrôle le mouvement dévoilant cette corruption ?

Il faut savoir que les conspis USA sont complètement infiltrés, et depuis longtemps.

Début 2016, X-files est ressortie des placards de l'age d'or du conspirationnisme pour redorer toutes ces théories dans 6 épisodes très anti-gouvernement, décrivant un complot mondial :

- extermination des gens, sauf des élus, avec l'aide de technologies aliens.
- Fausse invasion ET pour établir le contrôle total.
- Manipulation climatique et chemtrails pour créer des catastrophes.

Sauf que X-files est produit par la FOX, la chaîne de TV américaine la plus conservatrice qui soit (détenues par les républicains et les élites les plus à droite des USA).

Or qui sont ces républicains, sinon les Bush et autres Reagan, les protecteurs d'un libéralisme économique inhumain, où les riches s'enrichissent et les pauvres sont des outils qu'on jettent comme du papier toilette (surtout s'ils ne sont pas blancs et chrétiens).

Bush père était directeur de la CIA avant d'être président, et c'est sous son fils que ce sont faits les plus gros False Flag suspecté de l'histoire (le 11/09/2001). Pourquoi les conspirateurs révéleraient leurs vraies conspirations ? N'auraient-ils pas plutôt intérêt à inventer de fausses conspirations pour brouiller les pistes ?

Ce que les conspis USA ne divulguent pas

Plutôt que regarder HAARP et Blue Beam, regardez plutôt les vrais projets noirs bien plus effrayants (mais réels cette fois) que sont le projet Echelon (l'écoute et le pistage global des populations, dont nous avons eu les preuves en 1999), l'Arme Ethnique (comme le projet COAST d'Afrique du Sud) ou le nano-Anthrax (qui est à la source des vrais chemtrails, puisque le bacille doit être aéro-pulvérisé). Projets que nous avons vu dans "système corrompu".

Tout ça, ce sont les vrais blacks programs qui visaient à la reprise de contrôle des populations en cas de "panique", c'est comme ça que les élites appellent le comportement des peuples quand ils demandent légitimement des comptes (et leur liberté) à leurs dirigeants.

Il y aura des tentatives de manipulations visant à reprendre le contrôle global sur les gens, parce que le Système s'écroule, les esclaves se rendent compte de leurs véritables conditions. Que les gens en ont marre qu'il soit légitime de faire travailler des enfants de 7 ans au Pakistan pour fabriquer des Nikes et des ballons pour les coupes du monde de foot, tout cela pour faire des profits de 900% ? Trouvez vous normal que la plus grosse fortune du monde soit un Mexicain, le pays qui fournit une main d'œuvre corvéable à souhait aux USA voisins, main d'oeuvre qui n'a ni de droits, ni de reconnaissance là où ils bossent comme des serfs au Moyen age, droit de cuissage inclus : non accès au système de santé, menace constante d'être expulsé par les services d'immigration, le tout confortant les "bobos" USA à maltraiter et faire chanter leurs femmes de ménage (sans parler des viols et des violences physiques courantes et extrêmement répandues). Trouvez vous normal que 90% de la production de cuir provienne du Bangladesh, un pays qui ne respecte aucune norme sanitaire dans ses tannages et où les enfants ouvriers foulent les peaux de VOS chaussures pieds nus dans des bains de chrome 6 (qui leur ronge les membres inférieurs) ?

Un contrôle égoïste

Si la complosphère USA, à la source des rumeurs sur Blue Beam et HAARP ,était non contrôlée et plus compatissante, peut être dénoncerait-elle plus volontiers les méthodes libérales américaines promulguées dans le monde entier, plutôt que de crier qu'Obama est un communiste notoire, et donc forcément l'antéchrist, tout ça parce qu'il a mis en place des mesures d'accès aux mutuelles santé pour les plus pauvres, donné des droits aux ouvriers et ouvrières mexicains, et passé outre les coupures budgétaires du Congrès qui ont privé des milliers de retraités sans le sous des aides alimentaires de Washington.

Pourquoi les conspis s'évertuent-ils à prouver qu'Obama est un musulman qui n'a même pas la nationalité USA, ou qu'il est le plus mauvais président qu'aient jamais eu les USA ? Tout cela, cette vison déformée de la réalité à travers les mass médias, les médias alternatifs complotistes la soutiennent parfaitement, sublimant même le message de base en disant ce qui n'est pas politiquement possible sur les médias de grande diffusion.

Que cette même sphère complotiste à la source de HAARP ou Blue Beam ne soit que l'écho extrême des mass médias conservateurs USA, qu'elle ne voit pas la compassion dans les seuls dirigeants potables qui existent, cela devrait vous mettre la puce à l'oreille. Qui a peur de perdre le contrôle et souhaite le récupérer à tout prix ? Qui a intérêt à tromper les populations en leur faisant croire que ce qu'ils voient sont des illusions et qu'il faut surtout continuer "comme avant" et ne pas suivre les appels à changer le monde.

Tous ceux qui parlent de changement, de liberté, de révisions dans la compassion, sont des antéchrists pour les conspis USA ? Obama, Poutine et le Pape François, eux qui au contraire essaient de changer les choses, parlent de laisser une place aux exclus, ou de lutter contre les intérêts géostratégiques mesquins des uns et des autres (Syrie, Ukraine, Libye et j'en passe), sont ils des suppôts de Satan ?

Et bien, vu que ce qu'on trouve sur le net de négatif à propos de ces leaders un minimum éclairés émane des mêmes personnes qui crient au scandale Blue Beam et HAARP. Nous pouvons donc douter de leurs nobles intentions.

Qui a intérêt à ce que vous preniez Nibiru pour un hologramme et que vous restiez chez vous sous la menace de tsunamis et de séismes géants ? Qui a intérêt à ce que vous diabolisez les ET pour éviter tout contact "perturbateur" et émancipateur spirituellement ?

Ceux qui dénoncent les complots sont souvent contrôlés par ceux qui font ces complots...

Incompréhension française de la culture USA (p. 584)

Les Français ont été en retard sur internet, et n'ont jamais la transparence, toutes les informations étant sous main-mises de l'État. Ce vent de liberté nous a grisé, et nous avons pris pour argent comptant ce que nous lisions, au prétexte que "si c'est écrit c'est vrai", peu habitué à la notion de liberté d'expression de tous, même si c'est des mensonges...

Eric Zemmour

Sa propagande raciste extrême n'est là que pour nous dégoûter de ceux qui ont un discours anti-migrant, en jouant volontairement le déplaisant dont on a envie de penser le contraire de ce qu'il dit. Quand on le voit en débat contre Jacques Attali, on a vraiment l'impression qu'ils sont de mèches et jouent au bon et au méchant flic.

Il est aussi là pour exciter le peuple de France contre des migrants ou des immigrés qui n'ont pas demandé à voir leur pays ravagé par des guerres (armes françaises au passage) ou par la crise économique provoqué par exemple par le franc CFA, ou par un dictateur protégé pendant des décennies par l'armée française, pour des business si rentables pour les élites que nous avons maintenues au pouvoir...

Ufologie

Pour rappel, je ne fait que donner ce qui me semble bizarre dans leurs analyses, ce qui ne prouve pas la mauvaise foi des personnes citées.

Georges Adamski (USA)

Le couvercle supérieur de la soucoupe vénusienne d'Adamski était un couvercle de lampe à pétrole vendue 22 ans avant (on y retrouve même les 2 petits trous que personnes ne pouvaient expliquer sur la soucoupe, là où se clipsait l'attache permettant de suspendre la lampe). Il y a fort à parier que les 3 boules sur le dessous n'étaient que des balles de ping pong (le diamètre et la surface correspondent). Ainsi, comme le montre la photo au premier coup d'oeil, il s'agit d'un montage grossier fait avec des vieux objets trouvés à la décharge.

Ces photos peuvent difficilement être reproduites avec l'appareil utilisé par Adamski, et il y a des incohérences sur les témoignages du nombre de photos.

Desmond Leslie savait que les photos d'Adamski et de Stephen Darbir hire étaient des faux, il le dit clairement dans une lettre à Stephen, longtemps après que ce dernier ai avoué sa supercherie. Principal témoin et caution d'Adamski, il a toute sa vie oscillé entre le vrai et le faux.

Entre 1913 et 1919, Adamski se consacra à l'occultisme et fonda dans les années 1930 une lamasserie à Laguna Beach en Californie, avec une école ésotérique du nom de « l'Ordre Royal du Tibet » où il enseignait la « Loi Universelle » : enseignement à forte influence Théosophique, dans le sens du New Age luciférien mis en avant par la CIA. Adamski a juste ajouté une composante "frères de l'espace".

Alice K. Wells, la collaboratrice d'Adamski, se contredisait avec d'autres témoins à la fin de sa vie.

Chose étrange, la page Wikipédia reste étonnamment sobre sur Adamski, ne relayant pas les arguments anti-Adamski que nous venons de voir (alors que Wikipédia est plutôt énergique d'habitude pour debunker le vrai surnaturel...). il est facile de deviner que le cas Adamaski sert toujours des intérêts en haut lieu... Notamment pour faire croire que Nibiru n'existe pas, puisque Adamski dit que les ET viennent de Vénus. Comme Adamaski était abondamment relayé par les journaux quand il était censé rencontrer des soucoupes volantes, qu'il a édité facilement de nombreux livres, on peut penser qu'il était soutenu par les black programs de la CIA.

Rael (p. 516)

Tout indique qu'il a été soutenu et mis en avant par l'État profond français.

Jacques Vallée

Donnés comme désinformateur par :

- Jean-Pierre Petit dans *OVNIS et Pouvoir*,
- Jimmy Guieu dans *L'enlèvement de Cergy-Pontoise*.

A passé la fin de sa carrière à faire croire que les OVNI étaient des poltergeist.

Allen Hyneck

C'est lui-même qui avoue avoir été un désinformateur quand il travaillait pour le projet Blue Book, pour l'affaire du gaz des marais. Il quittera peu après le projet, dégoûté du mensonge qu'on lui a imposé de faire, et travaillera honnêtement (semble-t-il) le reste de sa carrière d'ufologue.

Commission Condon

A rejeté des observations d'OVNI sous des prétextes malhonnêtes, comme le cas de Beverly de 1966 (p. 277) : impossible, si l'on est de bonne foi, de confondre toute l'observation avec Jupiter...

Nenki

Nenki a fait une vidéo de soutien à la Terre plate (avec des éléments aberrants qu'un enfant de 10 ans peut retoquer), ne vérifie pas toujours ses sources, et dans ses vidéos parle pour ne rien dire.

Facteur X, Top Secret et Roch Sauquere

Impossible de savoir s'ils sont très cons ou très malhonnête, mais leurs vidéos aberrantes sur la Terre plate et sur l'ISS sont évidemment utilisées en boucle par les Zététiciens pour démontrer que les conspirationnistes sont des abrutis finis... Vous ne tirerez rien de lui, même les dossiers intéressants, on ne peut pas être sûr qu'ils aient été bien traités.

Jean-Claude Bourret

Il a écrit beaucoup de livres où ne sont repris que les cas les moins intéressants. Il a nié le survol évident d'OVNI au dessus des centrales en 2014. Il a soutenu le GEIPAN (organisme public peu enclin à promouvoir les observations d'OVNI recensées, voir le site de Jean-Pierre Petit) à la fin des années 1970.

En remerciement ou non, en décembre 1998, Bourret est nommé conseiller du Directeur général de la Gendarmerie nationale, puis le 27/11/2007, il est élevé au grade de colonel (Réserve citoyenne) par le général d'armée Guy Parayre, directeur de la Gendarmerie nationale.

Depuis 2019, il semble un peu plus enclin à dévoiler ce qu'il sait, tout le mode peut évoluer !

BTLV (Bob vous dit toute la vérité)

Une radio qui n'évolue guère en 10 ans.

Ils se sont complètement décrédibilisé en sabotant la découverte des momies ET de Nazca fin juin 2017 (p. 290). Après avoir invité Thierry Jamin, lui avoir tendu des questions pièges comme : "Momie de 1800 ans ! C'est le fameux chaînon manquant, pas un ET"... (il y en a 5 chaînons manquants en réalité, le plus récent date de 400 000 ans (passage Néanderthal / Sapiens). Bob a, dans la foulée de sa première émission (qui avait eu un succès phénoménal pour sa chaîne youtube), invité 2 chercheurs, a mélangé les radios et photos données par Thierry Jamin (comme dire, à tort, que les momies étaient les poupées retrouvées à côté), a caché des infos aux chercheurs. Résultat, des chercheurs qui sont gênés de cet amateurisme, qui ont discuté 2 heures sur une poupée Nazca (et décrite comme telle par Thierry) pour prouver que ce n'était qu'une poupée comme on en trouve plein dans la région, dans chaque tombe... Du coup ils n'ont pas pu se prononcer sur les 5 vraies momies exogènes connues à l'époque, et Bob se vantera ensuite d'avoir débunké la découverte, rendormez-vous, ce n'était que des poupées. Bref, Bob ne vous dit pas la vérité...

SavoirPerduDesAnciens

Un autre site de désinformation tombé au champ d'honneur pour décrédibiliser les momies de Nazca (p. 290). Soutien de BTLV (voir au dessus), puis article pour dire que les analyses ADN ne seront pas faites, puis ensuite quand, quand le résultat des analyses arrive, le site dit que ce sont des momies humaines (mélangeant tout là aussi, alors que l'ADN n'est que partiellement humain donc hybrides, et que des humanoïdes à 3 doigts et qui pondent des oeufs ne peuvent pas être des humains !), pour finir par critiquer le reportage de M6 (magazine d'investigation "66 minutes") sur le sujet des momies, toujours avec des sophismes de mauvaise foi (du genre "si Thierry Jamin n'est pas financé par le système, s'il ne passe pas à la télé, c'est la preuve qu'il n'est pas crédible). Pour finir par "si l'UNESCO n'a pas protégé ni étudié ces momies, c'est la preuve que c'est des fausses". La vraie question qu'aurait du se poser ce site, c'est pourquoi l'UNESCO laisse sans rien dire des pilleurs de tombe extraire un patrimoine précieux, et refuse d'étudier ces découvertes...

prepareforchange (Cobra)

La description des illuminatis par Cobra est très simpliste voir irréaliste (un groupe parfaitement coordonné par des ET supérieurs, alors qu'on voit bien dans l'actualité que c'est des guerres de pouvoir en pagaille entre plusieurs clans).

Les organisations de résistances ne peuvent pas êtres centralisées (et pas de manière officielle comme ils le claironnent sur le site, le meilleur moyen pour attirer Interpol et coffrer tout le monde s'ils n'étaient pas déjà de la maison...). Comme pour d'autres désinformateurs, le sauveur extérieur se charge de tout faire, on n'a plus qu'à se tourner les pouces en mangeant le popcorn que notre futur maître nous laissera ! Rien de mieux pour conserver un système hiérarchiste...

Ils reprennent en partie ce que Nancy révélait 20 ans avant sur Zetatalk, sans la créditer bien sûr...

Le plus dérangeant, c'est qu'on nous demande de ne rien faire, donc de ne pas se préparer, alors que lors d'un changement de maître, ou de faillite d'une partie du système, il y a toujours un moment où les supermarchés sont vides et où il y a des émeutes, c'est donc bizarre qu'ils ne demandent pas de faire quelques réserves d'1 mois ou 2...

On les voit aussi soutenir le référendum de Soros sur l'indépendance de la Catalogne, ou encore prendre partie pour la Corée du Nord au moment où Kim Jung Un veut lancer des missiles nucléaires...

Ne vous trompez pas de combats.

Nibiru

Marshall Master

Au contraire de Harmo et Nancy Lieder, il dit que Nibiru ne peut abriter la vie (donc pas d'ogres) et qu'elle est encore en bordure du système solaire. Hors, elle aurait été détectée si c'était le cas, éclairée pleine face par le Soleil. De plus, elle ne pourrait avoir les effets observés actuellement sur Terre.

Corey Good

Dit 2-3 trucs crédibles, puis part en live sur des choses impossibles. Si on avait des marines qui se battaient contre les ET sur Mars, ce serait un projet tellement gros que ça aurait fuité.

Il est quasi impossible qu'un programme spatial secret de cette ampleur (l'armée USA possède des vaisseaux qui vont régulièrement sur la Lune où sur Mars) tienne 70 ans sans fuite, alors qu'ils sont incapables d'envoyer plus de 2 fusées Space X qui n'explosent pas.

L'USAF est encore la première armée du monde, mais est en décadence comme les USA qui sont en cours de délitement. Quand on voit que le F35 est incapable de refaire les performances du F16 des années 1980, et le nombre de bateaux de l'US Navy qui sont incapables d'échapper aux collisions avec les autres navires, ou encore les nouveaux destroyers qui prennent feu sans raison apparente, j'ai plus l'impression que l'armée américaine ressemble plus à "on a perdu la 7e compagnie" qu'a "StarGate SG-1".

Les essais du projet Manhattan ont bien été visibles, ils ont tués des centaines de milliers de personnes au Japon...

Regardez toutes les fuites qu'il y a eu pour un ou 2 contacts avec les ET, alors qu'une dizaine de personnes seulement étaient impliquées.

Dans le cas d'un porte avion volant, il faudrait des milliers de marines, ça parlerait à tout va.

Si ces civilisations ET voulaient nous envahir, ce serait fait depuis belle lurette (quand on était des Neandertaliens). Penser que les humains pourraient résister à plusieurs civilisations ET coalisées, Des vaisseaux qui traversent les murs, accélèrent sans inertie, disparaissent et réapparaissent à volonté, alors qu'on est même pas capable d'envoyer un homme sur une autre planète (on a seulement atteint notre satellite proche pour l'instant).

On le voit aussi nous parler d'énergie libre, comme si les blacks programs, aux mains des Clinton qui voulaient attaquer Russie et Chine, auraient eu le droit de disposer d'une telle arme meurtrière...

New Age

Lobsang Rampa

On est beaucoup à avoir découvert l'ésotérisme avec Rampa. Sauf que c'est juste un écrivain qui a repris la théosophie et a été mis en avant, au moment où la sauce New Age était popularisée par la CIA, où la scientologie et autres sectes issues de Aleister Crowley fleurissaient. Si Crowley traitait la partie sataniste pour attirer les gens, Scientologie et Rampa traitait du Luciférianisme doux, histoire d'attirer de nouveaux soldats chez les FM ou autres.

D'ailleurs, il délaye beaucoup les choses (quand on n'a pas beaucoup de confiture, on l'étale), est très répétitif, il faut noircir la page même si on n'a rien à dire.

Incohérences de scénario

Voici quelques incohérences dans les livres de Rampa, preuve qu'il n'a pas vécu ce qu'il présente comme sa biographie.

les 2 robinets eau chaude et eau froide dans les cavernes futuristes au lieu du plus pratique mitigeur inventé quelques années après le roman, les soucoupes volantes qui se déplacent entre les étoiles mais impriment le résultat des calculs d'ordinateur sur du papier, les cadrans analogiques avec écran cathodique, etc.

Ses aventures où tout le monde meurt autour de lui mais quand vient son tour, comme il est le plus fort, lui s'en sort (un classique des romans d'action de l'époque, histoire de mettre en valeur le héros pour le rendre surhomme).

Les militaires chinois laissent un inconnu piloter un des premiers avions importés en Chine, donc très rare... Et Lobsang ne se fait pas fusiller pour avoir risqué de crasher ce précieux avion.

Incohérences techniques

Ses descriptions techniques qui restent très vagues, étonnantes pour un soit-disant ingénieur. Il délaye en réalité des connaissances mal comprises.

Sa théorie de la Terre creuse (p. 610) est aussi complètement aberrante, avec le soleil intérieur et une croûte mince.

Incohérences spirituelles

Le grand écart entre sa description de son maître Mingyar Longup, un bienveillant inspiré par Jésus (personnage sûrement issu de "La vie des Maîtres" paru 20 ans avant), et Lobsang, un égoïste qui se plaint toujours de sa petite personne.

Sa spiritualité égocentrée se voit dans ses derniers livres quand il prend la défense de son cercle d'amis, principalement des juifs hauts placés et grands patrons (donc susceptible de connaître la kabbale aux enseignements proches de ce que raconte Lobsang). Lobsang se plaint des grèves des employés de ses amis.

Ou encore ses jérémiades perpétuelles sur sa vie trop dure et les impôts qui lui prennent une grosse partie de ses revenus d'auteurs.

Incohérence des enquêteurs

Les enquêteurs sur Lobsang se sont révélé ambigus, parce que plutôt que de pinailler sur des détails laissant la place au doute (repoussant les endormis, confortant ceux pris au piège du New Age), il aurait suffit de demander à Lobsang de parler Tibétain... et la vérification ultime aurait été faite. Mais ni les journalistes enquêteurs qui fouillaient ses poubelles, ni Lobsang, n'ont voulu faire cette vérification simple. Les linguistes Tibétains disent que Lobsang n'utilisait que des formulations tibétaines fausses, tandis que gehananda Bharati raconte qu'en seulement 10 pages il a vu que Lobsang n'avait jamais mis les pieds au Tibet, son savoir n'étant que scolaire.

Si Lobsang n'était pas un imposteur, il aurait communiqué plus avant avec les journalistes, pour divulguer gratuitement son message... Or, rien chez Lobsang ne semble être fait avec un altruisme profond, à chaque fois il cherche à en tirer le maximum.

Sans compter qu'il se disait télépathe, voyant, etc. Il lui était donc facile de prouver ses dires, comme l'ont fait les vrais voyants. Mais là encore, ni lui ni les enquêteurs n'ont fait de tests, alors que Manteïa à la même époque, Nicolas Fraisse ou Maud Kirsten aujourd'hui, s'y plient de bonne grâce.

Sachant que dès 1948 Cyril Henry Hoskin avait déjà changé de nom pour Carl Kuon Suo (un nom très gourou de secte) bien avant la supposée transmigration et le nouveau changement de nom en Lobsang Rampa en 1956, chose dont Lobsang ne se vante pas dans ses livres. Ça ressemble plus à quelque qui passe 8 ans à mettre sur pied une imposture littéraire.

Rien de nouveau

Les abductions ET, les géants dans le passé, les cavernes des anciens, tout cela avait déjà été traité à l'époque, de manière plus complète. Steiner, Théosophie, Baird Thomas Spalding, etc.

Conclusion des Altaïrans

Lobsang Rampa est un écrivain qui a fait du marketing pour vendre ses bouquins. Il y a toujours des gens pour profiter de la crédulité des autres, afin d'avoir leur moment de gloire et de l'argent.

Laissons le dernier mot à ce lecteur d'amazon : "Je me moque que le livre soit un canular. Il m'a ouvert à la spiritualité, m'a poussé à respecter l'âme d'autrui, et demeure en moi malgré les nombreuses années."

Dalaï-lama

Dalaï-lama financé par la CIA, ou qui fête ses 80 ans au ranch des Bush.

"Dans les années 60, la CIA versait 180 000 dollars par an au dalaï-lama (documents secret-défense récemment déclassifiés par le département d'État). Au total, c'est 1,7 million de dollars que le mouvement tibétain en exil recevait annuellement des services de renseignement américains, au titre de leur effort de déstabilisation des régimes communistes, en pleine guerre froide. La CIA, qui a aussi entraîné des guérillas tibétaines au Népal et dans le Colorado (centre-ouest des USA), s'était longtemps refusée à dévoiler ses opérations au Tibet. Mais le dalaï-lama a lui-même reconnu dans son autobiographie, *Liberté en exil*, que ses frères étaient entrés en contact avec la CIA en 1956, avant la révolte avortée de 1959 contre Pékin."

Les médias nous vendent le Dalaï-lama comme pape du bouddhisme mondial, alors que son autorité est restreinte à une infime partie de la communauté Tibétaine.

Bouddhisme radical

Comment une religion de paix peut devenir une arme de guerre : Le message limpide du Bouddha est difficile à retrouver sous les foisonnants rites, interprétations des différentes écoles avec leurs branches et sous-branches, légendes et folklores, accumulés au fil des siècles, tels un mille-feuille. Jusqu'à la représentation du Bouddha sous forme d'un personnage obèse et béat, dans certains pays ou temples. Lui, sportif de haut niveau, rompu aux arts martiaux, méditant émacié adepte du jeûne…

Les bouddhistes radicaux de Birmanie massacrent les Rohingyas : remorquer les barques surchargées de réfugiés, après viol préalable des femmes et jeunes filles dûment sélectionnées, puis les lâcher en plein océan, sans vivres ni eau potable, en prenant soin d'enlever rames, voiles ou moteurs, suivant les cas. Condamnés à une mort lente. Très lente. A moins de choisir le suicide, et de plonger dans la houle… Le Bouddha aurait été comme tout le monde, horrifié de ces pratiques faites en son nom...

Zététiciens

Si la plupart des zététiciens sont honnêtes, ceux qui sont mis en avant connaissent parfaitement la réalité du paranormal, et sont là uniquement pour cacher son existence au public.

Gérard Majax / Henri Broch

Ils disent n'avoir jamais vus de phénomènes paranormaux, ne se déplacent que sur les canulars prévisibles, et ne sont jamais là sur les poltergeist significatifs. Ils font des émissions sur les sourciers où ils ne contrôlent que des charlatans qui ne réussissent jamais, et où on ne voit jamais les vrais sourciers réputés être testés, comme ceux que filme Stéphane Alix. Jamais de contre-enquête sur les émissions de l'INREES.

Gérard Majax s'est quand à lui complètement décrédibilisé dans l'émission de Polack (avec Uri Geler), où il traite Uri d'escroc, mais sans preuves vu qu'il ne refait pas les démonstrations d'Uri dans les mêmes conditions (arguments fallacieux et malhonnête). Là où Uri agit sur les objets apportés par le clan Majax, Majax utilise des objets truqués d'illusionniste, qu'il a lui-même apportés :

- Uri fait tourner l'aiguille d'une boussole manche relevées et mains inspectées, la boussole ne suit pas le mouvement de la main. Majax refait manches baissées, avec un aimant caché dans la paume, l'aiguille suit fidèlement l'aimant caché

- Uri tord une fourchette très épaisse et résistante, Majax tord une petite cuillère à mémoire de forme,
- Girard tord une barre de fer épaisse, Majax tord un fin bâton trafiqué flexible.

Histoire

Gérald Messadié

Dans Historia 46, il réfute Baalbek comme un spatioport ogre sous prétexte qu'il y a des colonnes Corinthienne... Alors que c'est bien visible que la plateforme cyclopéenne a été reprise plusieurs millénaires plus tard par les romains en posant un temple dessus, comme en témoigne l'érosion des pierres du bas, gigantesque et parfaitement ajustée, avec les petites colonnes posées dessus qui sont "neuves".

Chroniques de l'apocalypse

Survol

Je donne ici les événements dans l'ordre chronologique.

1999 (p. 624)

Alors que les cataclysmes climatiques augmentent d'un coup, se mets en place dans l'ombre l'activation de la trilatérale, prémisses au NOM.

2000 (p. 625)

Les GAFA se créent, la surveillance de masse s'amplifie.

2001 (p. 625)

Les attentats montrent que la géopolitique se redéfinit, que les libertés des populations disparaissent, les mensonges deviennent visibles, et la peur des attentats est instillée au sein de la population.

2002

Les guerres américaines s'étendent.

2003

L'invasion de l'Irak

2004 (p. 626)

Des cataclysmes naturels jamais vu.

2005

Internet voit la première diffusion en masse d'idées, montrant la dangerosité de l'Union Européenne. Pour la première, un référendum populaire montre que les peuples ne veulent pas d'une Europe libérale mondialiste. Le chômage et l'immigration en hausse montrent que les dominants ont décidé de casser la société.

2006 (p. 626)

Un peu partout, fleurissent des projets pour pallier à des destructions d'ampleur mondiale.

2007

Le traité de Lisbonne foule au pieds la volonté populaire, en allant contre ce qui avait été voté en 2005.

2008 (p. 626)

L'idée de complot, venue des US, se répands dans la population française.

2009 (p. 626)

Forte augmentation de l'intensité et de la récurrence des catastrophes naturelles, l'idée de la fin du monde proche fait son chemin (avec la théorie sur 2012). Les séismes et les météores deviennent trop nombreux pour que même ceux qui ne suivent pas le sujet commencent à se poser des questions.

Les politiques commencent à réduire les dépenses publiques, la dette devient trop lourde à porter, la pertes des avantages sociaux conduit à des manifestations massives, qui n'aboutissent plus comme avant. Après le refus de prendre en compte le référendum sur l'Europe, les Français comprennent que la démocratie est cassée : les dirigeants appliquent un programme, sans se préoccuper des opposants de plus en plus nombreux.

2010 (p. 627)

Les étrangetés sont de plus en plus nombreuses, comme l'explosion de Deep Water Ocean, ou la mer qui envahit les terres lors de la tempête Xynthia, 4e tempête du millénaire en 10 ans... Les sink Hole géants apparaissent, tandis que la France prévoit de déployer l'armée sur le territoire national en cas de menace non précisée. Dans le même temps, les mesures injustes en faveur des multinationales s'accroissent, réveillant les citoyens.

2011 (p. 629)

Après la démission surprise du pape Benoît 16, est lancé la campagne des printemps arabes, visant à remplacer tous les dirigeants maghrébins, en même temps que le directeur du FMI est viré pour une affaire qui sent le piège, et que l'ancien méchant Ben Laden est évacué étrangement de la scène.

Les scientifiques se rendent compte que la Terre relâche en masse des gaz fossiles, mais étrangement rien n'est fait pour essayer de les récupérer.

Les dirigeants du monde multiplient les phrases étranges, qui parlent de catastrophes non précisées.

Une autre catastrophe sans précédent se produit au Japon (séisme + tsunami record), se cumulant avec le pire accident nucléaire de l'histoire.

Le champ magnétique terrestre déconne gravement, tandis que Nibiru commence à apparaître régulièrement sur les satellites orientés vers le Soleil, trompant la censure à chaque nouvelle manifestation qu'elle fait.

2012 (p. 632)

Grosses tensions sur les stocks de nourriture.

2013 (p. 633)

Cette année est vraiment le début des gros cataclysmes naturels jamais vus sur Terre (ils deviendront récurrents les années qui suivent) de même que le début des attaques de l'État profond contre Obama l'infiltré (précédemment porté aux nues par les FM USA).

Des révélations se font sur l'espionnage des populations, Obama refuse de suivre Hollande et d'attaquer la Syrie, preuves d'une guerre en coulisse entre élites.

Plusieurs gros déraillements de train anormaux.

La préparation à l'annonce de Nibiru s'amplifie.

2014 (p. 638)

Début des conférences NASA programmées pour parer à une annonce de Nibiru par Obama. La France s'installe durablement au Mali. Les séismes commencent à être supprimés des moniteurs. Les avions de ligne commencent à tomber en masse. Le pape François fait plusieurs révélations fracassantes, comme les ET, ou les temps de l'apocalypse, tout en favorisant les Vatileaks, et les arrestations de pédophiles au sein de l'Église. De nombreuses affaires ressortent aussi en France, pour détruire la droite (sachant que la gauche est aux ordres, et que Hollande s'effacera face à Macron). Fabius fait sa déclaration sur les 500 jours avant désastre naturel.

Partout dans le monde, on se prépare à des lois martiales et à un gel de l'économie.

A la fin de l'année, des dizaines d'OVNI survolent les centrales nucléaires françaises et les sites militaires sensibles français.

2015 (p. 641)

La pression pour l'annonce de Nibiru est plus forte que jamais, les séismes sur New-Madrid sont multipliés par 500. Les médias accélèrent la préparation à Nibiru, le pape François pactise en accéléré avec toutes les autres religions, y compris les Russes (mettant fin à 1000 ans de conflit).

En septembre, Obama trahit son camp en refusant l'annonce, ce qui amène au coup d'état de Dunford. On verra ce dernier devenir d'un coup omniprésent sur la scène internationale, là où c'est normalement le boulot d'Obama.

En France, une série d'attentats conduira à poser l'état d'urgence en fin d'année, un état d'urgence qui sera prolongé sans raison pendant 2 ans.

2016 (p. 644)

La France fait un achat massif de matériel antiémeute, préparant les Gilets Jaunes qui seront poussés à descendre dans la rue 2 ans après.

Suite aux attentats antisémites, les Juifs français font leur alya (retour en Israël pour la fin des temps).

De très riches font un spectacle sataniste à grand frais au tunnel du Gothard, tandis que Wikileaks divulgue les e-mails de Clinton.

Les médias US annoncent les risques sismiques sur San Andreas et New-Madrid, alors que l'Amérique est frappée par des milliers de séismes continus pendant 3 mois.

De nouveaux problèmes apparaissent, comme les GPS qui font sortir les avions des pistes, tandis qu'on apprend que les continents se déplacent plus vite que d'habitude, et que les vagues de submersions (marées trop hautes) font leur apparition.

Plusieurs gouvernements occidentaux demandent à leurs citoyens d'avoir un sac d'évacuation prêt en permanence, et une autonomie de 15 jours en nourriture.

Sont médiatisés aussi les nouvelles capitales vides d'hommes.

Fin novembre, c'est la moitié du parc nucléaire français qui est mis à l'arrêt, face aux risques sismiques, tout en augmentant de 100 fois les taux de radioactivité considérés comme non dangereux...

La fin de l'année verra un nombre incroyable de volcans explosant en même temps, chose inédite jusqu'à présent, tandis que des séismes majeurs, aux dégâts considérables en surface (plissement de sol, soulèvement des fonds marins) montrent que plus que le tremblement, c'est l'amplitude du mouvement des plaques qui compte à présent.

L'Inde confisque l'or de ses citoyens, les bunkers de luxe sont de plus en plus demandés.

La victoire de Trump, inespérée, lance une guerre souterraine impitoyable entre les Q-Forces de Dunford et les chapeaux noirs. Premier indice visible, tous les porte-avions USA sont ramenés à la maison, signe que le temps de la guerre à outrance est terminé.

2017 (p. 650)

Les problèmes se posent entre la population et les ultra-riches qui prennent des centaines d'hectares pour leur bunker high-tech. L'État profond contre-attaque à de nombreuses reprises, tandis que des déploiements d'armée inexpliqués se produisent un peu partout dans le monde. Trump prend des décisions en apparence aberrantes, comme refuser de combattre le pseudo réchauffement climatique, ou retirer leur pouvoir à la CIA de l'État profond. Wikileaks lance toute une série de révélation sur l'État profond (comme l'espionnage généralisé par plusieurs agences, montrant qu'il y a plusieurs groupes occultes de pouvoir concurrents), tandis que les catastrophes naturelles, après un nouveau saut (5 ouragans en même temps, des centaines de séismes en Maurienne) stagnent (tout en gardant un niveau élevé).

Les mensonges scientifiques sont de plus en plus visibles, des études refusées sans raison, d'autres complètement fausses acceptées sans relecture.

En France, après que Bolloré ai viré les guignols de l'info et Quotidien de Yann Barthès, de même que tous les anti-Macron de Canal Plus, Macron, seulement jours après son élection, lui octroie un chèque de 420 millions... Macron attaque aussi directement sur une armée européenne de contrôle des populations.

Plusieurs pays stars de l'État profond, comme le Qatar, subissent un embargo sévère de la part des Q-Forces. l'Arabie Saoudite se nettoie violemment des princes corrompus soutenant Daesh pour leur coup d'état.

Plusieurs découvertes viennent faire progresser l'humanité, comme Nicolas Fraisse, qui sort de son corps à volonté, les momies ET de Nazca, bas relief préhistorique montrant des ET, divulgation sur la réalité des OVNI (le fait qu'ils ne viennent pas de notre planète, et que le gouvernement avait caché au peuple cette réalité), confirmation que le nombre de météores à été multiplié par 5 depuis 2009, etc.

En fin d'année, les premières divulgations sur l'État profond tombent : Weinstein, et déclassifications des documents sur Kennedy.

Les manifs pilotées des antifas contre Trump échouent, par manque de participants, tandis que le FBI attaque militairement le siège de la CIA.

Le pape orthodoxe annonce lui aussi que nous arrivons à la fin des temps, et qu'il faut se préparer. Tandis que les EMP deviennent plus fortes à chaque pic magnétique, jusqu'à ne plus s'arrêter.

2018 (p. 659)

Les scientifiques divulguent de plus en plus Nibiru.

En Israël, les signes prophétiques de la fin des temps s'enchaînent les uns après les autres.

Un événement marquant : alors que les satellites solaires montrent une flottille d'astéroïdes entre le Soleil et la Terre, tous les observatoires solaires de la Terre sont fermés brutalement, avec le FBI investissant le laboratoire et contrôlant tous les courriers émis, bloquant une ville entière.

Nouvelle tête qui tombe de l'État profond, Epstein le pédophiles, qui fera tomber plus tard ses amis puissants : Royauté anglaise et couple Clinton. Pour fêter cette étape importante du plan, les Q-forces déclenchent, artificiellement, une vague de séismes faisant plusieurs fois le tour de la planète, anormalement étalonnées sur le chiffre 17 (Q est la 17e lettre de l'alphabet). Il montre ainsi que tous les sismographes de la planète sont reliés sous la même autorité occulte, et prévus pour mentir au public et aux chercheurs.

2019 (p. 661)

Alors qu'après 3 ans de stagnation, les catastrophes font de nouveau un saut. Mais c'est surtout l'avancement des destructions des chapeaux noirs qui avance : Plusieurs personnalités de premier plan, comme Pelosi (cheffe de l'opposition à Trump) et la reine d'Angleterre, changent de tête, et de comportement, les doublures qui les remplace travaillant pour les Q-Forces.

Pour échapper aux arrestations, les Ultra-riches chapeaux noirs se réfugient toutes sur leur Yacht en eaux internationales.

En France, Macron active le traité d'Aix-la-Chapelle, une Europe limitée centrée sur les pays du St Empire romain germanique.

2020 (p. 663)

L'année commence sur la résolution d'un très étrange déroulement militaire en Iran, qui au lieu de déboucher sur la 3e guerre mondiale, se termine anormalement dans la paix, après la destruction des ponts financiers entre le Hezbollah Iranien soutenant le Hezbollah Libanais. L'explosion de Beyrouth à l'été, fera disparaître le stock de munition du Hezbollah iranien, la chute des chapeaux noirs au pouvoir au Liban, et des accords de paix être signés au Proche-Orient, toujours sous la pression de Trump.

Les alliés Q-Forces (Macron, Trump, Netanyahu qui a changé d'allégeance) parlent désormais tous ouvertement de leur combat contre l'État profond (deep state).

Une année marquée par une attaque sans précédent des états profonds, qui arrêteront l'économie mondiale sous couvert d'une nouvelle grippe (le COVID) comme il en arrive chaque année. Les Q-Forces profiteront du couvre-feu imposé aux populations partout dans le monde, pour faire plusieurs attaques militaires de grandes ampleurs contre l'État profond. Le nombre de puissants qui changent de tête et de comportement battra des records cette année-là, notamment Merkel (chef de l'Allemagne) et Boris Jonhson (chef de l'Angleterre) ou encore Bill Gates. Hors des guerres chapeaux blancs et chapeaux noirs, le pape François est exécuté par les illuminatis du Vatican, des 2 clans, tous unis contre celui qui voulait divulguer la vérité.

Les révélations sur les Clinton et Epstein continuent, notamment avec l'arrestation de Ghislaine Maxwell.

Aux USA, Trump reprend la main sur la FED, et peut relancer l'économie. Le FMI est contraint d'annuler la dette des pays les plus pauvres. Pour le contrer, l'État profond lance des émeutes civiles, sur les restes d'antifa, et en utilisant la colère légitime de la population noire, vivant dans des ghettos laissés volontairement à l'abandon par les chapeaux noirs.

Les organismes mondiaux, comme l'OMS, le tribunal international, et l'ONU, sont décrédibilisé par les Q-Forces, afin de changer leurs dirigeants corrompus.

Une année riche en rebondissements et prises de conscience de toutes sortes, vivement 2021 !

1999

01/01/1999 – mise en place de l'Euro

L'usage scriptural de l'Euro est appliqué, même si les monnaies locales restent pour l'instant intouchées. Les prix sont affichés dans les 2 monnaies.

26 au 28/12/1999 – 2 tempêtes du millénaire en France

2 tempêtes non annoncées et successives frappent d'abord la moitié Nord de la France (tempête Lothar), puis le lendemain sa partie Sud (tempête Martin). La majorité des arbres sont abattues, 140 morts, dans une violence jamais vue dans les annales, les météorologues étant dépourvus face à cette tempête qualifiée de millénaire, bien que les archives des 2 derniers millénaires n'en parlent pas.

Pour restaurer le courant, des retraités EDF ont été mobilisés.

31/12/1999 – compte à rebours tour Eiffel en panne

Inexplicablement, le compte à rebours de l'an 2000 placé sur la tour Eiffel, qui marche depuis 3 ans (1000 jours, 33 mois) et devait être le clou du spectacle mondial pour les festivités de l'entrée dans un nouveau millénaire, tombe en panne inexplicablement à 6 h du passage à l'an 2000, et aucun technicien ne semble être appelé, ou du moins en mesure de réparer le problème.

La télévision, en direct, bidouille une incrustation d'image pour remplir le compteur géant.

Le grand magazine USA « Newsweek », qui avait choisi la tour Eiffel pour faire sa Une historique, est obligé de rajouter un compte à rebours par photomontage, au lieu du grand trou noir auquel chacun a assisté.

Cette panne s'est produite comme achèvement de la campagne apocalyptique annonçant le « bug de l'an 2000 », a savoir le matraquage dans les médias du risque que les programmes informatiques retournent en 1900 au lieu de 2000. Tous les avions du monde ont été cloué au sol au moment du basculement de date.

2000

03/2000 – éclatement bulle internet

L'énorme développement économique qui a suivi la naissance d'internet, puis la privatisation des télécoms dans tous les pays occidentaux, s'achève par l'éclatement de la bulle boursière (des entreprises sans réelles valeurs étant surcotées, les petits investisseurs achetant des actions qui montaient systématiquement dès lors que ça parlait d'informatique). Sans parler des malversations boursières qui ont accompagnées cette croissance.

Ce krak permit aux sociétés informatiques soutenues par les ultra-riches de racheter à bas-coût les start-up prometteuse, concentrant les acteurs du marché dans un petit nombre pouvant s'entendre pour maintenir des prix haut et mettre la main sur internet.

Les sociétés privées qui avaient du s'endetter lourdement auprès des banques perdent à l'occasion leur autonomie.

13/05/2000 : Version officielle du 3e secret de Fatima

Le Pape Jean Paul II se rend à Fatima pour béatifier les deux voyants Francesco et Jacinthe. Il rencontre Sœur Lucie. Quelques jours plus tard, le cardinal Ratzinguer (futur Benoît 16, élu pape en 2005 à la mort de Jean-Paul 2), alors préfet de la Congrégation pour la doctrine de la foi, publie un document qui explique le contenu de ce troisième secret. Ce serait l'attentat subi par Jean-Paul 2 le 13/05/1981 que la vierge aurait voulu annoncé… Que de foin pour si peu de choses… Évidemment, les spécialistes du dossier disent que ça ne correspond pas aux précédentes déclarations sur le sujet, notamment celles de Jean-Paul 2 peu de temps avant son attentat, disant que si ce 3eme secret annonçait la fin du monde, ce n'était peu être pas nécessaire de le divulguer. Et que la vierge descende en personne pour annoncer un événement sans importance pour l'humanité, après avoir fait faire l'apparition d'un 2e Soleil et le miracle de 70 000 personnes qui sèchent instantanément, c'est se foutre de la gueule des croyants...

2001

11/09/2001 – Attentat WTC à New-York (p. 90)

Des attentats dont la CIA était au courant, et à refusé d'empêcher, un exercice se déroulant au même moment avec un scénario correspondant exactement à ce qui se déroulait sur le terrain, empêchant d'agir, des commandants injoignables comme dans tous les false flags, une enquête bâclée confisquant les preuves, et surtout une occasion en or de supprimer la liberté des populations, ainsi que d'envahir l'Irak.

21/09/2001 - Explosion d'AZF à Toulouse

10 jours après le 11/09/2001 aux USA, c'est l'usine Seveso « AZF » à Toulouse qui explose, détruisant une bonne partie de la zone industrielle et des cités environnante. Le bilan humain sera étonnamment faible (31 morts) au vu des dégâts matériels (2500 blessés).

J'ai personnellement entendu et senti la dépression liée alors que je me trouvais à 120 km de distance à vol d'oiseau. L'explosion à généré un séisme de magnitude 3,4. Un cratère ovale de 70 m de long et 40 m de large, 6 m de profond.

L'enquête ne déterminera jamais ce qui s'est passé réellement, et souffre de nombreuses zones d'ombre.

D'après Alain Cohen (ancien fonctionnaire de la police judiciaire), l'ancien chef de la police judiciaire Marcel Dumas aurait déclaré, le soir du 21 septembre 2001, au retour d'une réunion avec la préfecture et le parquet : « Si Paris veut que ce soit un accident, ce sera un accident. »

La perquisition effectuée au domicile du principal suspect — un ouvrier intérimaire retrouvé mort près du cratère de l'explosion dans une tenue qui évoque certains kamikazes islamistes — ne fut menée qu'après que l'appartement eut été vidé de tous les effets personnels ayant appartenu au défunt. Ses communications téléphoniques n'ont pas été étudiées en détail. Les policiers n'ont pas obtenu l'autorisation d'auditionner le médecin légiste, Anne-Marie Duguet, qui, lors de l'autopsie effectuée à la morgue de l'hôpital Purpan, avait attiré leur attention sur la tenue extravagante de cet homme (cinq slips et caleçons superposés) et sur l'étrange propreté de son corps. « Cet homme s'était préparé à avoir une relation avec Dieu » avait-elle confié à un enquêteur de la police judiciaire.

Les juges d'instruction ont expliqué qu'il s'habillait ainsi pour masquer sa maigreur, or, le rapport d'autopsie a établi qu'au moment de son décès, le suspect avait une corpulence normale. Dans leur « note blanche » du 3 octobre 2001, les RG ont précisé qu'il avait été recruté quelques mois auparavant par un groupe islamiste toulousain.

31/12/2001 – Mise en place visible de l'Euro

Les monnaies locales sont remplacées physiquement par les pièces en euro.

2004

26/12/2004 – Tsunami meurtrier à Sumatra

Après un séisme record de 9,3 (les sismologues ne pensait pas qu'une telle intensité était possible, cette magnitude étant dépassée par le séisme de Fukushima 6 ans après), les côtes de l'océan indien furent submergées par un tsunami record (30 m de haut par endroit). Le plus gros des dégâts se concentra sur l'île de Sumatra.

Une bande de plancher océanique de 1600 km de long fut soulevée de 6 m de hauteur.

Au moins 250 000 morts. La région fut frappée par un nouveau séisme 4 mois plus tard, chose anormale.

2006

Construction Arche de Noé du Svalbard

Réserve mondiale de semences, une chambre forte souterraine sur l'île norvégienne du Spitzberg.

Épigénétique

Cette hypothèse remontant à Aristote est enfin prise en compte sérieusement par la science qui fait semblant de l'accepter à cette date-là. Il n'y a pas vraiment de publication phare, juste un consensus des revues scientifiques de vulgarisation qui se produit cette année, donnée comme point de départ d'une théorie très ancienne et pourtant prouvée.

2008

03/03/2008 – Marion Cotillard parle de complot

Comme d'autres artistes avant elle, et ce qui génère un gros scandale à chaque fois, l'actrice Marion Cotillard parle de complots.

C'est surtout le fait que le système ment aux citoyens qui est retenu de cette interview, coupée en partie au montage.

2009

23 au 25/01/2009 – Klaus, 3e tempête du millénaire

Cette tempête ravage la moitié Sud de la France, ainsi que la Corse et l'Italie. Vents violents, et nouveauté par rapport à 1999, des précipitations abondantes concentrée dans le temps provoquant de grosses inondations.

12/02/2009 – 1ère collision de satellite

Pour la première fois dans l'histoire, 2 satellites se sont percutés (un Russe et un Américain). Sachant que les orbites de tous les satellites sont connues et suivies, cette collusion est étrange.

07/04/2009 - Débordements orchestrés des manifestations à Strasbourg

Ces manifestations et les manipulations policières semblent préfigurer le mouvement Gilets Jaunes de fin 2018. Les policiers immobilisent une manifestation d'opposants à un sommet de l'OTAN, tire des gaz lacrymogènes dans la foule pacifique, et oriente le cortège vers une cité sensible pour provoquer des petits débordements, amplifiés par la suite dans les médias, pour justifier de la répression gratuite des manifestants.

15/06/2009 - Météores classés secret-défense aux USA

Un peu plus tôt dans l'année (date non révélée au public), l'armée USA a supprimé l'accès des scientifiques aux données sur les objets entrants (météores, météorites, étoiles filantes) sans donner la raison. L'analyse de données parallèles (comme le réseau citoyen Fripon, mis en place en 2006, et se basant sur les webcams) permet de savoir que depuis 2008, le nombre de météores par an étant en progression importante d'années en années. En 2016, le nombre est multiplié par 10 depuis 2008.

Les scientifiques recevaient des infos de l'armée depuis 10 ans, et cette décision est concomitante avec une nouvelle flotte de satellite dédiée à l'étude des objets entrants. Pourquoi investir autant dans des appareils que personne (officiellement) n'aura le droit d'exploiter ? Tout simplement que s'apercevoir que le nombre de météorites qui augmente, ne peut être que lié à un gros corps céleste en approche, qui amène ses propres astéroïdes, et détourne les astéroïdes déjà existants vers la Terre.

21/08/2009 - Augmentation de la température des océans

La température des océans cet été a été la plus élevée jamais relevée, selon une étude dévoilée jeudi par l'agence américaine des données climatiques. C'est près de l'Arctique que le phénomène a été le plus fort. Là-bas, les eaux ont été en moyenne 5,5 degrés plus chaudes qu'à l'accoutumée et pourraient conduire à la fonte de pans de glace du Groenland.

31/08/2009 – 400 oiseaux meurent dans le roannais en France

Les étangs sont interdits à la baignade. Info passée en local uniquement. Premier incident de ce type sur ces étangs.

Au même moment, les hirondelles étaient parties au 15 août avant de revenir en masse début septembre.

11/11/2009 – Sortie du film apocalyptique « 2012 »

Un film qui annonçait les événements à venir, dans la lignée de « Le jour d'après ».

Le film donne plein de clés, comme le livre du héros faisant référence à l'Atlantide.

L'histoire : le noyau de la Terre commence à chauffer à un rythme inconnu jusqu'alors, causant des déplacements de la croûte terrestre avant décembre 2012. L'humanité est plongée dans le chaos. Les élites obligent les scientifiques et les médias à se taire (ceux qui veulent divulguer la vérité sont abattus), et se font construire des arches de secours juste pour les plus riches de la planète, et leurs serviteurs et techniciens qui peuvent apporter quelque chose à leur confort.

Los Angeles est engloutie dans l'océan Pacifique, des séismes records dévastent les grandes villes, la caldeira du Parc national de Yellowstone entre en éruption, Hawaï devient un torrent de lave. Les séismes et enfoncement de terres provoquent des tsunamis gigantesques. Les survivants, qui sont en avion, s'aperçoivent que la croûte terrestre à basculée et déplacé la Chine au milieu du Pacifique, tandis qu'une gigantesque tempête s'élève. Les survivants rejoignent les arches des élites, et montent à bord en clandestin avant que la vague ne frappe le sommet des montagnes. Une fois que tout est calmé, ils s'aperçoivent que seule l'Afrique à échappé aux catastrophes et surnage des océans.

10/12/2009 – Spirale céleste en Norvège

Une mystérieuse lueur apparue dans le ciel du nord de la Norvège (Figure 55 p. 419). Les médias ont essayé de mettre ça sur le dos d'un missile intercontinental Russe Boulava, mais sans rapport avec l'observation (spirale parfaite liées à des particules EM soumises au champ magnétique terrestre, pas de fumées vaporeuse sur les bords ou de déformation avec les vents d'altitude comme si c'était un missile, et couleurs des fumées du missile non concordantes).

Nombreux témoignages et vidéos prises de différents angles, pas un fake.

11/12/2009 – Gigantesque pyramide volante filmée au-dessus de Moscou

Quelques heures à peine après la spirale de Norvège, une pyramide gigantesque est vue au dessus de la ville de Moscou.

Sur une première vidéo amateur filmée sans son, on voit un objet de forme pyramidal, en métal gris métallisé et qui semble flotter dans les airs de manières autonome au dessus de la capitale.

Le soir, une autre vidéo amateur faites dans une voitures nous montre cette même pyramide, de couleur sombre, survoler le kremlin !

La chaîne de télévision Russia Today se pose la question "Un OVNI a t'il survolé Moscou ?"

Sur la vidéo de nuit, un montage fake serait difficile à réaliser, la pyramide se trouvant derrière des fils électriques, des lampadaires, des reflets sur la vitre de la voiture, le tout en mouvement… Ces pyramides furent par la suite observées de partout dans le monde, au-dessus des plus grandes capitales du monde.

16/12/2009 – Sortie mondiale du film Avatar

Le film le plus cher de l'histoire sort dans tous les pays du monde, et fait un carton. IL implahte dans la tête du public qu'un système capitaliste est injuste. Il raconte aussi l'histoire d'une civilisation de chasseurs cueilleurs de 3 m de haut, peau bleue, se fait envahir par des ET belliqueux (les humains) et avides de ressources minières. Il suffit d'inverser le espèces (des géants bleus envahissants une Terre peuplée de chasseurs-cueilleurs humains) pour retrouver l'histoire des ogres nous mettant sous leur domination.

2010

12/01/2010 - Séisme record à Haïti

Un séisme suspect par sa violence (6 ans après Sumatra), qui détruit toute l'île, et permet aux USA de prendre possession du pays. La fondation Clinton, qui reçoit des milliards de la part de tous les pays du monde (Douste Blazy lui enverra 484 millions d'euros de nos poches, et fut épinglé par la cour des comptes en 2011, qui soulignait le manque de transparence de la Fondation Clinton), se contentera de reconstruire une église, et de poser une centaine de petites tentes... alors qu'1 milliard seront versé au Qatar. Quand aux humanitaires de la fondation Clinton sur place, ils seront arrêtés alors qu'ils emmenaient des enfants on ne sait pas où. Tout n'est pas encore connu sur cette affaire, liée au pizzagate, il faudra attendre les déclassifications sur le verdict de l'enquête du FBI, toujours sous scellé FISA (07/10/2020).

26/02 au 01/03/2010 – 4e Tempête du millénaire, Xynthia

Une nouvelle tempête du « millénaire », assez large pour saccager le Portugal et l'Angleterre en même temps, et qui dévaste l'Europe jusqu'en mer Baltique.

Couplée à une marée haute, elle submergea toutes les digues du littoral Atlantique, la mer envahissant les terres (8 m de surélévation de la mer).

Une vague de submersion jamais vue (attribuée par les médias à une conjonction de facteurs soit-disant connus, mais tous records). 59 morts. Il faut retenir que les cataclysmes naturels records se combinent, et dépassent de loin tous les niveaux de sécurité que les hommes ont prévu.

06/04/2010 - Le pendule de Foucault perd la boule

La sphère du pendule qui permit, en 1851, de démontrer la rotation de la Terre, a été endommagée (le câble retenant la sphère s'est rompu et cette dernière "a percuté violemment le sol). Le musée des Arts et métiers, à Paris, qui conserve l'objet, a remplacé l'original par une "copie". Sachant qu'il y avait déjà un dispositif EM pour entretenir l'oscillation, mais qu'il était peu efficace sur le métal de la boule d'origine, on peut imaginer que le vacillement journalier de la Terre sera ainsi masqué…

20/04/2010 – Explosion plate-forme pétrolière Deep-Water horizon

Sous l'effet de la forte pression du pétrole du sous-sol (comme dans d'autres stations off-shore qui ont aussi rencontré des problèmes de surpression dans les nappes de pétrole naturelles), la station explose et génère une marée noire dans le golf du Mexique sans précédent. Il faudra 5 mois, après de multiples tentatives infructueuses, pour colmater la fuite. Et encore, en octobre 2012, le dôme mis en place fuyait de nouveau.

06/05/2010 – vagues de 10 mètres de haut à Nice

Une tempête ravage la côte d'azur entre Cannes et Nice, ravageant toutes les installations de bord de plage. Phénomène jamais vu depuis 1959.

02/06/2010 – Énorme Sinkhole au Guatemala

Peu avant, un énorme trou s'était ouvert dans le Sud de la France (taille d'une maison), une cour d'école s'était effondrée à Paris, d'autres trous en Amérique du Sud et en Chine, plusieurs aux USA et Canada, mais celui du Guatemala était tellement rond, large et sans fond qu'il a fait le tour du monde des mass medias, provoquant des interrogations de la part des chercheurs de vérité (l'explication des intempéries ne tient pas), qui retrouvèrent les nombreux cas apparus partout dans le monde les mois d'avant. Un autre Sinkhole apparu quelques jours après à Toulouse, le 08/06/2010. Autant de cas normalement utlra-rarissimes, se reproduisant partout dans le monde à si peu de temps d'intervalles, est censé interpeller.

Figure 72: Sinkhole Guatemala - 2010

21/06/2010 – Soleil plus à sa place

L'horloge solaire préhistorique de Fajada (une fissure entre 2 pierres levées éclairant une spirale) est déphasée (à chaque solstice d'été, un trait de lumière doit s'engouffrer dans la grotte de façon à ce qu'il passe au milieu de la spirale. Or, cette année ça n'a pas fonctionné). Cette horloge aurait été créée afin de prévoir ou d'annoncer une grosse catastrophe. Pour corroborer le tout, on a l'histoire du soleil qui se lève 2 jours trop tôt au Groenland, et dont témoignent les inuits.

11/09/2010 – rupture conduite de gaz à San-Francisco

Une banlieue de San Francisco détruite (San Bruno). Après l'explosion initiale, les flammes ont atteint jusqu'à 18m de haut, alors que l'incendie s'entretenait en attaquant des maisons. 4 morts. La boule de feu née de l'explosion a détruit, selon une dernière estimation, 38 bâtiments et endommagé 7 autres. Une cinquantaine de résidents ont été blessés, dont trois dans un état critique après avoir été brûlés au troisième degré.

Les mouvements tectoniques lents ne provoquent pas forcément de séismes. Et au contraire des câblages ou des ponts, les canalisations ont très peu de marge de débattement, ce sont donc les premières à casser.

01/10/2010 – grèves record en France pour les retraites

Malgré la mobilisation massive, le gouvernement ne reviendra pas dessus. Martine Aubry, de l'opposition, disait 3 semaines avant qu'il fallait augmenter l'âge de la retraite, tous les politiques sont d'accord là-dessus. Personne pour annuler la dette, la vraie source du problème en France.

07/10/2010 - Armée de 10 000 hommes en France

En cas de crise majeure, l'armée peut engager 10.000 hommes sur le territoire national, selon une instruction interministérielle classée confidentiel défense du 03/05/2010, rendue publique au moment où sort un livre dont l'auteur assure que "l'État prépare la guerre dans les cités françaises" [Hacè]. Un des projets liés est de ceinturer les villes à problème (banlieue, ou ville mouroir) comme à Bagdad.

A titre de comparaison, l'armée française compte 3 300 hommes en Afghanistan. Ces 10 000 hommes c'est l'effectif suffisant pour bloquer les accès des grandes agglomérations. Si c'est l'armée et pas la police, c'est parce qu'il faudra des armes lourdes et pas de scrupules pour tirer à vue toute personne qui essayerait de franchir les barricades. C'est établir la loi martiale généralisée, un coup d'État légal en cas de crise majeure.

le préfet François Lucas, alors directeur de la protection et de la sécurité de l'État au SGDSN, a défini une crise majeure comme "un évènement - pandémie, attaque terroriste, catastrophe, crise d'ordre public - dont la gravité et la portée conduisent les autorités gouvernementales à activer le dispositif interministériel de crise".

Ces lois sur les retraites avaient pour but de créer les outils répressifs pour les manipulations (testés grandeur nature contre les Gilets jaunes de 2018) et nous habituer au fait que les manifestations ne pouvaient plus faire changer la politique.

05/10/2010 - Un réacteur nucléaire enterré sous Paris

Une information dingue, placée dans la rubrique "insolite" et peu diffusée : la volonté de placer, en plein cœur de Paris, dans le quartier des Halles, un mini réacteur nucléaire. Projet qui rentre dans le cadre de structures de secours, pour du post-apocalyptique.

10/10/2010 - L'UE déclare illégale les plantes médicinales

Les citoyens n'auront plus le droit de se soigner hors des labos chimiques...

Cette directive demande à ce que toutes les préparations à base de plante soient soumises au même type de procédure que les médicaments. Peu importe si une plante est d'un usage courant depuis des milliers d'années. Le coût de cette procédure, estimé à 90,000 à 140,000 euros par plante, est bien au-delà de ce que la plupart des fabricants peuvent payer, et chaque composé d'une plante doit être traitée séparément.

25/10/2010 - Divulgation O.V.N.I officielle au Québec

Une conférence organisée au National Press Club de Washington D.C. par d'anciens militaire U.S et britannique le lundi 27 septembre 2010. Bien qu'ils avaient signé une clause de confidentialité, ils semblent aujourd'hui avoir le droit de raconter ce qu'ils ont vu. Dès le lendemain ils en ont discuté à un journal TV en invitant l'ufologue Jean Casault.

2011

Date indéterminée

Reportage sur Nibiru à la télévision russe

Ne reste de ce reportage que cette vidéo Youtube partagée à l'époque, sans notion de date de diffusion. Mais on y parle très clairement de Nibiru, dont le passage était annoncé entre 2012 et 2014.

Cette vidéo reprend tout sur le sujet Nibiru, depuis l'existence des ogres, des cataclysmes provoqués par ses 2 passages, du cover-up du gouvernement sur le sujet, etc. Encore une preuve que les Russes et les Chinois sont favorables depuis toujours à une divulgation précoce, et que la population russe est plus préparée que ne l'est la population européenne. Ne pas oublier qu'aux USA, Nancy Lieder passe à la télé et à la radio.

01

02 au 05/01/2011 - Pluies d'oiseaux morts

Des milliers d'oiseaux se mettent d'un coup à tomber du ciel et sont retrouvés morts au sol, remplissant la région de cadavres. Ce phénomène se produit partout sur Terre : Arkansas, Chili, Louisiane, Suède.

02

11/02/2011 - Démission Benoît 16

Quelques semaines avant, Harmo avait annoncé qu'on cherchait à assassiner le pape, et qu'il allait dégager avant avril. Le pape à préférer prendre les devants, et a démissionné, chose quasiment jamais vue en 2000 ans, surprenant tout le monde.

Le Vatican dit que le Pape se portait très bien.

Le Vatican a ordonné une enquête interne après que des fuites de documents internes aient rendu public des informations sensibles, notamment des rumeurs d'assassinat sur le pape lui-même. Ces "Vatileaks" montrent aussi que la Cité du Vatican est en proie à de vives querelles internes.

27/02/2011 - Obsolescence programmée

La pratique de l'obsolescence programmée (les objets sont calculés pour se détruire au bout de tant d'heures d'utilisation, quitte à rajouter des compteurs électroniques pour déclencher la panne, afin de forcer le consommateur à racheter) est désormais connu des consommateurs. Le débat public s'émeut de la pollution engendrée, et de la stupidité de notre civilisation et de l'entreprise privée qui n'a que l'intérêt de son patron en jeu.

03

07/03/2011 - Révolutions arabe

Ces révoltes sont la mise en place progressive d'un "bloc" arabe sunnite concentré autour de l'Arabie. Ces changements amèneront la prise de pouvoir de MBS, qui défera progressivement le whahabisme mis en place par les USA depuis les années 1970.

11/03/2011 – Fukushima au Japon

Un séisme record dans le Pacifique à l'Est du Japon. Les sismologues ne pensaient pas qu'une telle magnitude puisse exister, ce qui les obligera à revoir leurs échelles de valeur (surnotant un séisme de 1960 au Chili pour cacher le fait que les 2 plus gros séismes jamais connus, Fukushima 2011 et Sumatra 2004, se sont produits après 2000).

Ce séisme s'accompagne d'un tsunami record (vague de 40 m de haut par endroit, 20 000 morts, les autorités étant prises de cours par ce tsunami anormal) qui viendra détruire la centrale de Fukushima déjà en partie détruite par le séisme. La mauvaise gestion de la crise, par l'entreprise privée TEPCO, entraînera la fusion de 3 des 4 coeur, entraînant une pollution sans précédent du Pacifique par les rejets nucléaires, ainsi qu'un nuage de poussière radioactive sur toute la planète (en France, récolte records de cèpes contaminés, qui ont poussé comme jamais…).

03/2011 – OVNI Fukushima

De nombreux OVNI apparaissent sur les images des télévisions japonaises, juste après la catastrophe. Des formations OVNIS dans le ciel formant des symboles, des boules blanches survolant le front du tsunamis lors de l'invasion des terres, ou encore ce gros vaisseau mère qui survole quelques secondes la centrale dévastée, vidéo prise depuis un bateau de surveillance de la centrale au loin, et qui sera diffusée aux informations télévisées japonaises. Si cette vidéo a été censurée partout ailleurs dans le monde, les japonais ont eu la chance (dans leur malheur) d'être au courant, avant tout le monde, de la réalité OVNI.

05

02/05/2011 – assassinat de Ben Laden

Un commando USA assassine officiellement Ben Laden. Là encore, beaucoup de points d'ombres : Le corps a été immergé sans analyse ADN ni photos publiées (alors que d'autres photos plus « gores » des proches de Ben Laden massacrés à l'occasion ont été publiées). Le soldat responsable de l'assassinat dira qu'il n'a pas reconnu Ben Laden, que le sosie abattu était bien plus jeune que sur les photos vieilles de 10 ans. D'après les enquêtes les plus sérieuses, Ben Laden est mort quelques semaines après le 11/09/2001, en décembre 2001, d'insuffisance rénale. Un avis de décès avait même été publié à l'occasion. Les nombreuses vidéos fausses mais « authentifiées » par la CIA avaient finit d'installer le doute sur la survie réelle de cet ennemi imaginaire bien pratique pour justifier des guerres partout dans le monde...

13/05/2011 – DSK arrêté à NYC

Une affaire permettant de couper court aux questions qui pleuvaient sur les incohérences de la mort de Ben Laden, de mettre hors course DSK à la présidentielle française de 2012, et à remplacer le chef du FMI par une autre.

DSK, déjà largement connu pour plein d'autres affaires d'agressions sexuelles (toutes étouffées), voit une femme de chambre lors de son entrée dans la suite du Sofitel de New-York. Les grands de ce monde ont l'habitude d'avoir des prostituées qui les attendent dans leur suite, « offertes » par le maison. Un piège grossier pour faire tomber DSK, et surtout le fait qu'on en parle, alors que jusqu'à présent ce genre d'affaires se soldait par un chèque de l'épouse de DSK, la présentatrice Anne Sinclair.

27/08/2011 - Évacuation de New-York

Sous prétexte de l'ouragan Irene, qui avait été surestimé, a été réalisé un grand test d'obéissance à l'état d'urgence. 250.000 évacuations à NY même, et au total, sur la côte Est, 2,3 millions d'évacués, ce qui est énorme !! C'est de la même échelle que si on évacuait Paris. Gérer les départs pour que ça bouchonne pas, organiser des navettes en masse pour les personnes sans véhicule, reloger provisoirement, encadrer avec des militaires puis cloisonner la ville une fois vidée pour éviter les pillages (avec couvre-feu et interdiction de circuler dans le périmètre), sans parler de l'approvisionnement et des industries/services qui s'arrêtent/stoppent l'économie (un gros manque à gagner). Ça rappelle le couvre-feu de 2020, avec des semaines d'arrêt, alors que d'habitudes ils pleurent sur le manque à gagner lors d'un seul jour férié...

09

04/09/2011 – record de météorites

50 météorites sont tombées sur Terre en 2 mois, c'est le record absolu (et ce record ne cessera de monter d'années en années, il augmente depuis 2008). La même semaine, il avait été annoncé que l'ISS serait évacuée, soit-disant pour des problèmes de déchets humains spatiaux.

11/09/2011 - Obama apocalyptique à Ground Zero

Lors du discours de commémoration des 10 ans de l'attentat du 11/09/2001, Barack Obama cite le Psaumes 466:2-4.

« Dieu est pour nous un rempart, il est un refuge, un secours [...] nous ne craignons rien quand la terre est secouée, quand les montagnes s'effondrent, basculant au fond des mers, quand, grondants et bouillonnants, les flots des mers se soulèvent et ébranlent les montagnes. »

Obama connaît les craintes du moment des gens pour 2012 (le film, prophéties maya et compagnie). Ça rappelle l'interview de Jean Paul 2 sur le 3e secret de Fatima, juste avant sa tentative d'assassinat, sauf que là Obama est encore plus clair. Ça veut dire « Préparez vos sacs à dos ». Comme Jean-Paul 2, Obama subira sa première tentative d'assassinat juste 1 mois après (alors qu'il était président depuis 3 ans déjà, preuve que l'assassinat est bien lié aux tentatives de révélations).

La vidéo en anglais, et la vidéo traduite en français par l'AFP, qui s'arrête étrangement juste avant qu'Obama ne parle des cataclysmes...

10

08/10/2011 - Projet Spice de pulvérisation en altitude pour refroidir la planète

Au moment où des chercheurs confirment l'existence d'un trou de plus de 2 millions de kilomètres carrés dans la couche d'ozone au-dessus de l'Arctique, des équipes britanniques s'apprêtent à amorcer une expérience en vue d'injecter dans la stratosphère des sulfates pour refroidir éventuellement la planète (Sulfates pourtant accusées d'avoir endommagé la couche d'ozone). Pourquoi ce produit ? Pourquoi à cet endroit ? Incohérent. Sauf s'il s'agit de tester des armes bactériologiques dans un endroit tranquille, où on peut faire toutes les mesures qu'on veut. Ne pas oublier que les Anglais étaient très impliqués dans le projet COAST (le plus gros projet d'arme bactériologique jamais entamé).

13/10/2011 – Abandon de la course à l'espace

Depuis quelques mois, on assiste à l'abandon total, et mondial, de la conquête de l'espace par l'homme.

Le 11/10/2010, le président Barack Obama avait annoncé l'arrêt du programme NASA Constellation (envoi d'astronautes sur la Lune vers 2020 pour des missions de longue durée). Les raisons sont fallacieuses.

En juillet 2011, c'est la fin des missions de la navette spatiale Atlantis (faire voyager dans l'espace 355 femmes et hommes de seize nationalités différentes, choisis pour leurs compte en banque?).

la NASA compte désormais, pour envoyer ses astronautes vers l'ISS, sur les Russes et leurs vaisseaux Soyouz, ou dans des engins développés par des entreprises privées, dont Space X ou Boeing…

Mais en août 2011, 1 mois à peine après le retour et l'arrêt total de la navette Atlantis, la Russie suspend le lancement des fusées Soyouz (sous prétexte de l'accident d'un vaisseau cargo russe lancé vers l'ISS).

Cette fusée Soyouz à la fiabilité pourtant légendaire, cumule les incidents qui se sont multipliés ces derniers mois. Idem pour les fusées Proton avec cinq échecs dans des lancements en neuf mois.

Moscou a perdu dernièrement, un puissant satellite de télécommunications, lancé par une fusée Proton lui aussi du cosmodrome de Baïkonour. L'engin a été retrouvé sur une mauvaise orbite et il est peu probable que la Russie puisse le récupérer. En décembre 2010, trois satellites Glonass lancés à partir d'une fusée Proton sont retombés dans l'océan Pacifique après l'échec de leur mise en orbite.

Les cargos spatiaux Progress n'avaient jamais raté une seule mission en 33 ans d'existence. Il fallut même remonter à 1975 pour trouver la trace d'une fusée Soyouz habitée défaillante.

la Russie suspend ce mois-ci la création d'un nouveau lanceur Rous-M (prévu pour 2015).

En plus de tout ça, ce sont des satellites divers qui retombent sur Terre. Comme le satellite UARS de la NASA retombé accidentellement sur Terre, il pesait 6.3 tonnes et reste introuvable depuis. Un satellite allemand baptisé ROSAT est prévu se crasher à la fin du mois d'octobre.

Quand o réfléchit 2 minutes, il y a toujours eu des sous pour ce genre de programmes, même dans les périodes où c'était la crise (exemple 1973 et 1987).

De plus le manque d'argent ne justifie pas les défaillances de satellites déjà envoyés ou en cours de déploiement : au contraire moins on a de budget, plus on est prudents pour éviter que les milliards qu'on a investi partent en fumée.

Est-ce que cette annonce est liée à l'augmentation de l'activité météoritiques ces derniers mois ?

18/10/2011 - Des largages de méthane du sous-sol partout sur la planète

Les journalistes les appelle alors des fontaines de méthane. Ces émissions en provenance des sédiments du plateau continental de l'Arctique Orientale seraient comparables au reste des émissions de méthane de toutes les mers et océans du globe.

Une de ces » fontaines de méthane » atteindrait ainsi la taille de 1 km¨de diamètre.

Cette découverte pourrait remettre en cause , compte-tenu de l'ampleur des émissions , les modèles du – controversé – » réchauffement climatique » et en particulier l'influence sur celui-ci des activités humaines comme l'élevage.

Le même type de "fontaines" a été détectée au large de la Californie et de l'Ouest du Canada.

Cette découverte, qui faisait espérer rendre caduc le gaz de schiste à une période où l'opposition citoyenne était vive, sera par la suite complètement ignoré par les médias, violent cover-up. Ces dégagements de méthane, dans des zones humaines comme la Californie ou le centre de la Russie, seront par la suite mises sur le compte de fuites de canalisation de gaz, de Mercaptan de Lubrizol comme à Rouen (des sociétés qui acceptent de servir de bouc émissaire), ou de réservoir souterrain humain poreux.

23/10/2011 - Mise en place en France d'alarmes en cas de vagues de submersion

Après la neige, les avalanches, les vents violents, les canicules ou la pluie, Météo France ajoute un domaine sur lequel elle veille dorénavant: les «vagues-submersion». Depuis le début du mois, sur la carte qu'elle émet chaque jour, un nouveau pictogramme a fait son apparition. Des vagues associées à une bande longeant le littoral, de couleur orange ou rouge, selon le niveau du risque.

Cela fait suite officiellement à Xynthia (26/02/2010), mais en réalité c'est pour prévenir en cas de tsunamis anormaux venant de l'Atlantique, comme a prévenu Nancy Lieder dès 2015.

27/10/2011 - pèlerinage de shamans Maya (crânes de cristal) pour préparer les USA à la fin des temps

Des shamans emmènent les Crânes de Cristal sacrés, de Manhattan à New-York, jusqu'à Los Angeles en Californie. Selon eux, les crânes vont éclairer et activer tous les sites où le Grand Esprit Cosmique va être présent. Les sites sacrés visités seront activés grâce à cette résonance cosmique. Tamuanchán (le nom original maya pour les USA) sera une nouvelle fois la terre sacrée qui doit éclairer l'ensemble de l'humanité dans ce monde.

11

15/11 - La Terre n'a plus de pôle Sud !!

Le processus s'est étendu sur toute la journée du 15.

Déjà depuis quelques temps, il y avait des affaiblissements mais cela n'avait jamais été jusqu'à cet extrême. C'est très grave : cela signifie qu'il y a effectivement un objet spatial qui ferme la boucle (la Terre sert de pôle nord et l'autre objet de sud). Nibiru ?

12

22/12/2011 - Nibiru apparaît sur les images NASA du satellite SECCHI lors d'une éruption solaire

Lors d'une éruption solaire, les images en ligne NASA SECCHI HI1-A (Figure 36 p. 346) montrent, près de Mercure, une forme apparaître dans le "plasma solaire" (des jets de matière ionisés). La taille supposée de l'objet est quasiment égale à la taille de Mercure (2.500 km). La NASA, comme d'habitude, se refuse tout commentaire.

Selon les Altaïrans, la NASA corrige les images qu'elle diffuse, une évidence aujourd'hui. Dans le cas présent, ils n'ont pas eu le temps de censurer l'image (ce qu'ils nous cachent depuis un certain temps est visible sur cette vidéo, une masse importante proche du Soleil).

L'objet montré se trouve en réalité très en arrière plan de Mercure (donc est beaucoup plus gros que Mercure), il s'agit de Nibiru... On voit bien sa forme allongée cométaire, un nuage translucide autour qui s'illumine lorsque le jet de plasma le frappe.

2012

25/03/2012 – fuite de pétrole en mer du Nord

Total ne parvient pas à contenir une grave fuite de gaz sur sa plateforme off-shore d'Elgin-Franklin, en mer du Nord. la fuite provient d'un puits désaffecté, un puits qui a été bouché il y a un an, dans une formation rocheuse à 4 000 mètres de profondeur. Encore du pétrole de profondeur dont la pression est trop forte, comme Deep-Water en 2010.

05

04/05/2012 - Sarkozy réel vainqueur de l'élection

Selon les Altaïrans, sans la triche donnant 100 000 voix en plus à Hollande (ce qui n'est rien sur des dizaines de millions de votants), c'est Sarkozy qui était réélu. Il y a eu un accord entre les 2 partis, et ce par rapport aux évènements futurs qui demanderont que l'État se durcisse fortement. Or on ne peut pas faire passer un semblant de loi martiale sous un gouvernement de droite. Par contre, sous un régime de gauche, syndicats et médias, qui sont généralement aussi de gauche, joueront le jeu !

C'est pourquoi il y a eu tant d'affaires louches révélées par les FM pour couler la droite. Sarkozy s'est sabordé lui-même, surtout sur la fin de son mandat, en instrumentalisant ses ministres et surtout les affaires. Le vote anti-sarko a poussé tout le monde dans les bras de Hollande. Une manipulation bien facile puisqu'il est plus facile de faire haïr quelqu'un que de le faire aimer.

Par contre, le camp royaliste a coulé DSK avec l'affaire du Sofitel, pour placer Hollande en tête du PS, puis au pouvoir en 2012, un élève du royaliste Mitterrand pour placer Macron par la suite. Les FM ont placé eux-même celui qui allait les perdre...

Notez celui qui gagne quel que soit le résultat : Jacques Attali, qui était déjà Conseiller spécial de François Mitterand, "élargit" ses relations à la droite avec Raymond Barre, Jacques Delors, Philippe Séguin, Jean-Luc Lagardère et... Coluche (qui prédisait en 1979 la victoire de la gauche en 2012), puis François Hollande et Ségolène Royal dès le début des années 80. En 1982, 1 an après la victoire de la gauche, Attali plaide la rigueur économique, et organise le G7 la même année ! Selon wikipédia : "Apôtre de la constitution de l'établissement d'un gouvernement mondial, il a un discours tentant à démontrer comme incontournable le maintien de la démocratie par la constitution d'un nouvel ordre mondial. Il pense que l'économie régulée par une institution financière mondiale peut être une solution à la crise financière émergeant en 2008.".

Là où ça commence à faire beaucoup, c'est qu'en 2007, il est nommé par Nicolas Sarkozy à la tête d'une Commission économique, dite Commission Attali, d'où il émet en 2008 des recommandations pour transformer en profondeur l'économie et la société françaises ! Qui a donc donné les grandes lignes de l'économie française sous Sarkozy ?

Or aujourd'hui, ce même Monsieur Attali, qui a guidé la politique économique de Sarkozy, cet homme qui prône la rigueur économique mais surtout la mise en place d'un Nouvelle Ordre Mondial va être Conseiller spécial de... François Hollande ! Les Présidents passent, les conseillers restent !

16/05 - avion hollande frappé par la foudre (OVNI)

L'avion présidentiel emmenant François Hollande en Allemagne a été frappé par la foudre (Un bruit d'explosion a été entendu à l'intérieur de l'appareil quelques minutes après son départ). Ayant du atterrir d'urgence, le président a pris un autre avion.

Voilà la version officielle. La version Altaïran est que l'appareil n'a pas été frappé par la foudre. Les ET ont lancé un avertissement au président. Couplé au message de Harmo qui donne les explications sur ce qu'on vu le service de sécurité, ils avertissent qu'ils ne laisseront pas le président génocider, sans représailles, le peuple français avec la loi martiale.

07

29/07 - Tribunes vides aux JO de Londres (false flag prévu)

Sources Harmo : Les Khazars 2 veulent la 3e guerre mondiale, qui leur permettrait de détruire le monde musulman et reconstruire le 3e temple à Jérusalem.

Comme depuis 2008, les Khazars 2 ont perdu l'accès à la monnaie (clan adverse de la city de Londres), il n'y a plus de sous dans les caisses des États contrôlés par les Khazars 2, et les opinions publiques sont pas franchement partantes. C'est pour cela que certains veulent mettre de l'essence sur le feu, comme avec le WTC.

Le but est d'accuser l'Iran du false flag, pour légitimer une "croisade" contre le monde chiite (le Wahhabisme saoudien de l'époque, soutenu par la CIA, allant cautionner la construction du 3e temple sur les ruines de la Mosquée Al Aqsa, dont la destruction aura été attribuée aux attaques musulmanes).

Harmo commence ici une série d'alertes sur des gros false flag possibles, afin d'empêcher que ce false flag ne se réalise (les raisons de l'attentat étant données en avance, ce dernier n'a plus lieu d'être).

Quelques indices permettre de deviner à chaque fois de ce qui se trame dans les coulisses. Pour ce cas-là, une enquête officielle est menée par les britanniques afin de savoir pourquoi il y avait autant de sièges vides lors de grands matchs (normalement bondés). Ces sièges vides se trouvent dans des zones "réservées à des personnes accréditées".

11

Arrivée au pouvoir de Xi et réélection d'Obama

Que 2 pro-annonce de Nibiru prennent ou conserve le pouvoir en même temps n'est pas un hasard, il y a des plans mondiaux derrière tout ça (les concurrents ayant été habilement mis hors courses par des complots politiques).

27/11/2012 - Islande, pression supérieure des champs pétroliers

Une fuite de gaz sur une plateforme pétrolière en mer du Nord oblige à son évacuation. Cela fait 5 ans que Harmo avertit de ces pressions du sous-sol supérieures, visibles par les fontaines de méthane, ou les hécatombes d'animaux. Voici ce qu'écrivait à cette date Harmo : "Les très nombreux incidents sur les plateformes pétrolières, ou même sur la terre ferme (explosion d'une réserve en Amérique du Sud, fuites géantes en Amazonie) ne sont pas liés au hasard ou à la négligence des exploitants. C'est la pression des gaz fossiles, dans les aquifères et les nappes de pétrole qui augmente. Toutes ces poches, gazeuses ou liquides, sont de plus en plus compressés à cause des mouvements des plaques tectoniques."

Voilà pourquoi personne n'a été surpris quand la plateforme pétrolière Deep Water a explosé.

Bilan 2012

Import excédentaire de riz par la Chine en 2012

En 2012, les Chinois ont importé 4 fois plus de riz qu'en 2011, alors que rien n'indique que la Chine soit en déficit de riz.

Encore un signe que la Chine est tout à fait au courant de ce qui se passe. Entre les villes fantômes toutes neuves construites sur les hauts plateaux et les anomalies de stockage (nourriture, minerais), il est clair que le gouvernement chinois ne se cache pas de cette préparation.

Que fait les dirigeants de la France pour sécuriser sa population ? Ils vont sécuriser le centre du Sahara avec une guerre au Mali et une intervention en Lybie ! En prévisions des enclaves high-tech (voir zones Bolloré) qu'ils se réservent là-bas.

2013

01

08/01 - Obama renouvelle son équipe de sécurité

La CIA et le Pentagone (l'armée) sont les 2 principaux responsables du secret entourant et l'existence des ET et de Nibiru. Pour son 2e mandat, et en vue de divulguer Nibiru, Obama devait donc se débarrasser des principaux freins. Ont été dégagés le Général Petraeus (CIA), le Général Allen et plus récemment Hillary Clinton, sans parler de toutes les personnes moins médiatisées qui sont mutées ou démises de leurs fonctions à des rangs inférieurs ou sans pouvoir.

Obama avait commencé dès son premier mandat à réorganiser les agences gouvernementales américaines, et il avait été très habile en nommant des opposants à des postes importants, s'assurant ainsi leur soutien pour mieux saper leur bases. Bien sûr, l'État profond étant tellement imbibé par les chapeau noirs, il est difficile de savoir qui vous trahira dans ceux que vous nommez, qui pliera sous le chantage ou les menaces.

08/01 - Séismes du Sud-Ouest France

Les forages de gaz de schiste sont dangereux pour l'environnement (perforation hydraulique avec des produits nocifs), mais ne peuvent pas créer de séismes. La France commence a être "contaminée" par l'augmentation des séismes qui s'est produite partout ailleurs. Toutes les anciennes failles se réveillent. De plus, comme l'Atlantique a tendance à s'effondrer en son centre, le continent européen est obligé de soutenir plus de poids, et cela met une pression énorme sur certaines zones plus fragiles. L'Espagne a été le témoin de grandes fissures qui s'ouvraient dans le sol, parce qu'elle est plus à l'ouest que nous, mais ces phénomènes sont tous liés.

22/01 - fuite de gaz à Rouen

Une odeur présentée comme non toxique pour l'homme, puis qui finalement se révélera toxique-toxique. Ce gaz n'est pas d'origine industrielle (thiol ou mercaptan de Lubrizol) comme on veut le faire croire, mais vient du sous sol (riche en matière fossile organique, comme tout le bassin parisien). Dans ce cas, nous sentons le sulfane au milieu du méthane. A noter le volume des émissions : ces odeurs seront senties jusqu'en Belgique et en Angleterre. C'est cette usine qui prendra feu mystérieusement en 2019.

Le même phénomène s'est déroulé en Californie en septembre 2012, où une forte odeur s'était propagée sur de grandes distances, odeur ressemblant à celle de "l'oeuf pourri" (souffre). Et se reproduira, toujours en Californie, le 07/03/2013.

22/01/2013 - Activité volcanique anormale

Cette mi janvier montre une activité volcanique anormale sur notre planète :

gigantesque explosion du Stromboli, violente éruption dans le Pacifique, déformation et activité inquiétante des champs Phlégréens Italiens, 10 volcans se réveillent en 1 semaine dans la péninsule du kamchatka, réveil du volcan Tavurvur en Papouaisie, nouvelle éruption au Chili, le volcan de White island (Nouvelle-Zélande) montre la plus forte activité depuis des décennies.

30/01 - Sinkhole massif en Chine

Un sinkhole impressionnant en Chine, le second pays le plus touché avec les USA.

02

09/02 - Effet domino de 3 jours

Séisme 7 en Colombie montrant l'effet domino 3 jours après le séisme de magnitude 8 dans le pacifique.

15/02 - Météore de Tcheliabinsk

Une énorme météore explose inexplicablement au dessus du sol, provoquant une onde de choc destructrice mais peu mortelle. Sa puissance est de 30 fois la bombe nucléaire d'Hiroshima. Du fait de sa fragmentation en plusieurs fois, il y a eu plusieurs bangs supersoniques. La dernière explosion détruisit complètement le reste du bolide, provoquant une pluie de météorites. 3000 bâtiments furent touchés (vitres brisées, toits et murs endommagés). 1150 personnes furent blessées (éclats de verre principalement). Les zones touchées s'étalent sur une zone large de 90 km autour de la trajectoire du super-bolide (et pas juste l'impact final).

21/03/2013 - Blocage des comptes bancaires à Chypre

Le jour de l'équinoxe 2013, l'UE impose à Chypre un blocage soudain des comptes bancaires des citoyens. Selon Harmo, c'est un test grandeur nature de blocage des comptes épargne et bancaire (sous un prétexte quelconque). L'État chypriote a réussi à faire bloquer, dans le secret, tous les comptes de l'île, et cela si rapidement que les gens qui ont voulu aller retirer leur argent après l'annonce de la taxe ont été grillés sur le poteau : l'argent était déjà bloqué, le transfert de compte à compte est bloqué, le montant de la taxe figé sur le compte.

Ce test n'était pas seulement de s'assurer que toutes les banque jouaient le jeu que les outils informatiques étaient au point, mais surtout de voir la réaction des gens (combien allaient se ruer sur les distributeurs, la colère dans la rue, les conséquences sur les retraits d'argent dans les autres pays non impliqués encore, comme en France).

Le 30/03, les banques prennent 60% de la valeur sur les comptes de plus de 100 000 euros. Si vous aviez 100 000 euros, vous n'avez plus désormais que 40 000 €...

20/03/2013 - Fissure de 7km qui s'ouvre brutalement au Brésil puis partout dans le monde

Après l'apparition soudaine d'une faille géante de 7 km de long au Brésil, une fissure dans la roche apparaît en Arizona, puis de nouveau un autre effondrement au Brésil. Une fissure géante s'était déjà, peu de temps avant, ouverte en Espagne. La dérive des continents est un phénomène touchant tous les continents... C'est la fréquence rapide de ce genre de phénomène qui surprend à l'époque.

23/03 - Floraisons en avance

Les cerisiers de Tokyo ont une floraison très en avance et ce phénomène se reproduira partout dans le monde dans les années à venir. Au même moment, il neige au Royaume-Unis, un phénomène rare, mais surtout un froid très tard dans la saison.

29/03/2013 - glissement terrain au Tibet

Le début des glissements de terrain très graves, inhabituels et peu prévisibles (83 personnes ensevelies), phénomène qui ira en s'amplifiant partout dans le monde.

Quelques jours plus tard, 300 personnes seront évacuées en Malaisie suite à l'effondrement d'une colline.

04

14/04 - False flag de Boston

Dès le début cet attentat n'avait aucune raison logique d'être fait, sauf à justifier une attaque contre l'Iran en représailles. Très vite, on découvrira que les auteurs avaient été recruté en 2012 par une ONG façade de la CIA, que les images médiatiques sont bidouillées (par exemple, un soldat déjà amputé des jambes (on a ses photos d'avant l'attentat) a fait semblant d'avoir eu les jambes arrachées à Boston), même s'il y a eu des vraies victimes dans cet attentat sous fausse bannière.

17/04 - Attentats sur Obama

L'attentat de Boston n'ayant pas influé sur les décisions d'Obama, on s'en prend à lui directement. Une histoire sur Obama ne prenant pas de nourriture lors du repas entre Obama et les républicains peu de temps avant, montre qu'on avait déjà tenté d'empoisonner le président. Ici, c'est carrément une lettre empoisonnée à la ricine qui a été envoyée au président.

Le fait que 90% des républicains aient rejeté la loi sur le contrôle des armes lourdes montre que les adversaires du président démocrate sont acculés aux pires extrémités, comme se faire attraper en flagrant délit de mensonge.

05

15/05/2013 - Les stars fuient la Californie

Alors que plusieurs effondrements en Californie montre qu'il se passe quelque chose d'anormal, les stars quittent les régions à risque, sans expliquer pourquoi.

17/05 - En catimini, on nous annonce que le noyau de la Terre ralentit

Information très peu diffusée, mais on nous annonce que le noyau de la Terre ne tourne pas à vitesse constante. 4 ans près, on nous dira que ce ralentissement provoque la hausse constatée des séismes...

21/05 - Révélations que la CIA fait des false flag

Ces révélations confirment deux choses :

- la CIA est bien derrière Al Qaïda et les false flag qu'elle lui fait réaliser,
- Obama veut faire tomber la bête pour avoir le champ libre.

06

09/06 - 6 mois de pluies et d'inondations records en Europe

Après plusieurs tempêtes du millénaires diverses, une pluie quasi ininterrompue sur la France, des inondations records, il se révèle que le littoral Aquitain a reculé de 40 m dans l'hiver (contre 2 m habituellement).

Ces tempêtes jamais vues seront encore plus fortes l'hiver qui a suivi, avec 2 mois de tempêtes du millénaires non stop en Bretagne.

10/06 - Trous en surface du Soleil

Ces rares trous, sont devenus récurrents et dans des proportions jamais vues, allant même jusqu'à créer un canyon géant traversant tout le disque solaire.

17/06 - Snowden révèle l'espionnage des populations Prism

Snowden, un lanceur d'alerte soutenu par Obama (sinon il serait mort...) révèle l'espionnage généralisé dont les citoyens sont les victimes, via le programme Prism de la NSA (mais auquel ont aussi accès le FBI, CIA, DIA et bien d'autres). Les protocoles d'accès aux bases de données issues de la surveillance généralisée sont volontairement incomplets, pour laisser n'importe qui (mis dans la confidence) accéder aux données (par exemple, les pays étrangers qui auraient financé la fondation "caritative" d'une secrétaire d'État ou d'un vice président...). Les entreprises comme Google, Facebook, Microsoft, Apple et bien d'autres, sont obligés de coopérer avec Prism.

Les communications des Américains sont collectées et analysées tous les jours, sans que les analystes n'aient de mandat. La durée de conservation n'a pas de limite.

Tout comme la révélation des false flag CIA du 21/05/2013, le but est d'informer progressivement le public américain des malversations faites depuis des décennies par l'État profond, dont la NSA était un organe encore plus secret que la CIA, faisant des choses complètement illégales et hors de tout contrôle fédéral.

Les révélations iront jusqu'à révéler que l'Allemagne de Merkel, en tant qu'officine USA en Europe, a espionné tous les politiques français dans leurs conversations.

Tous les gouvernements de l'UE étaient sur écoute, qui arrivaient directement au quartier général de l'OTAN (Bruxelles), et pas à la NSA comme ça aurait du. Or, le général Petraeus était le chef de l'Otan ces dernières années (aux ordres des chapeau noirs). On comprend alors pourquoi Obama s'est débarrassé de ce général.

On verra par la suite une propagande médiatique pour associer Obama à ce scandale, alors qu'il n'avait pas la main sur ces services, et que c'est lui qui l'a dénoncé. Comble de l'ironie, les anonymous (mouvement CIA) accuseront Obama d'espionnage, relayés en masse par les désinformateurs ou ceux qui ne connaissent pas toutes les subtilités du système fédéral USA, où les pouvoirs sont bien cloisonnés.

18/06/2013 - Services de renseignements Français réorganisés

Valls fait exactement le même travail qu'Obama (voir 08/01/2013), il démonte le système de renseignement et les "agences" françaises type DCRI, dont l'affaire Merah a montré les travers (la DCRI ayant des intérêts d'étouffement de Nibiru devenus contraires aux politiques du moment). Pas un hasard si Valls refond la DCRI juste au moment où le scandale de "PRISM" fait le scoop aux USA.

Nuage lumineux de Chelyabinsk

Nuage noctulescent inédit sous l'effet des nombreuses particules venant du nuage de Nibiru, qui se répétera de plus en plus souvent à l'avenir.

23/06/2013 - Brésil victime complot

Le Brésil ainsi que d'autres pays sont en effet victimes de manipulations, notamment orchestrée via les réseaux sociaux par la CIA-Khazar 2 selon Harmo. C'est la même méthode que celle employée en Espagne ou à New-York avec les indignés, canalisés et galvanisés par les "anonymous", un groupe fictif de pirate composé d'agent de la CIA spécialement formés pour la subversion via internet (type printemps arabes). Ce sont aujourd'hui le Brésil, la Turquie et l'Iran qui sont dans le collimateur

24/06/2013 - Les pires inondations en Inde depuis 1 000 ans (6 000 morts)

Ces inondations jamais vues ont fait près de 6 000 morts selon les chiffres 1 mois plus tard. Ce n'est pas uniquement le volume d'eau excessif qui est en jeu, mais comme l'Indonésie, que l'Inde s'enfonce, et l'eau en excès s'évacue plus difficilement dans l'océan.

25/06/2013 - Liens USA et Al-Quaïda

Encore une fuite poussée par Obama pour diminuer ses adversaires de l'État profond anti-annonce de Nibiru. On découvre qu'Al Qaïda est toujours contrôlé par la CIA, et d'ennemi artificiel. Même si rien n'est précisé concernant le WTC, on peut imaginer que si Al Quaïda a réalisé le 11/09/2001, c'est donc que c'est la CIA qui était derrière.

26/06/2013 - Tornades et trombes marines en Europe

5 tornades en 2 jours en Europe : en côte d'Or (France), en Italie, et 3 trombes marines simultanées en Croatie ! Vu les dégâts, les médias n'utilisent plus le terme de mini tornade qui était utilisé depuis 2003, et leur apparition en France.

07

01/07/2013 - Les vents de Vénus vont plus vite

Les vents sur Venus, notamment les plus rapides d'entre eux, ont augmenté en vitesse, et ce depuis 2006. Mais plus intéressant encore, c'est le caractère cyclique de ces montées en vitesse. Si officiellement on n'a pas d'explications valables à ce cycle ou a cette augmentation (concomitante à l'augmentation des températures de Mars et de la Terre, ainsi que de la vitesse de leurs tempêtes), celui qui connaît Nibiru sait bien que chaque fois que Vénus se rapproche de Nibiru, elle en est perturbé.

03/07/2013 - 30 cm de grêle en plein été au dessus de Lyon !

C'est comme de la neige en été, avec les dégâts de la grêle en plus...

04/07 - Révélations que la France aussi espionne internet et communications

Dans la lignée des révélations Snowden, mais par la France cette fois-ci, et peu après le remaniement de la

DCRI, c'est la DGSE et le renseignement français qui tombent. Ils espionnent les communications internet + toutes les communications téléphones.

Le lendemain, une révélation Snowden révèle que la France, qui s'est fortement offusquée des écoutes de la NSA, coopérait en réalité à l'opération. Tout un système de surveillance international pour surveiller que le secret-défense, notamment sur Nibiru, soit bien respecté.

Pourquoi surveiller les e-mails du père de famille, et toutes ses activités et contacts sur le web ? Les terroristes n'utilisent jamais internet ou le téléphone pour pratiquer leurs attentats. Alors, si ce n'est pas les terroristes, que surveillent-ils ?

06/07/2013 - Déraillements à lac-Gigantic + Brétigny-sur-orge+ Haute-Vienne + Saintes + St Jacques de Compostelle

Les accidents de trains sont rares et que ce moyen de transport est normalement extrêmement sûr... sauf en juillet 2013 !

Lac-Gigantic (Québec)

Les causes ne sont pas franchement définies : un train qui prend d'abord feu tout seul (sans le chauffeur à l'intérieur), qui se mets à rouler tout seul (7 freins à main étaient pourtant tirés), déraillement puis grosse explosion avec les hydrocarbures qu'il transportait. Les médias français sont restés étrangement muets sur l'affaire. On a pourtant une boule de feu qui a détruit 40 immeubles sur 2 km², et tué 47 personnes...

Mer noire

Le lendemain, déraillement (les rails auraient été déformés).

Brétigny

7 morts. Une EMP qui actionne un aiguillage par erreur. Le gouvernement essaiera de faire passer ça pour des écrous dévissés sur une éclisse d'aiguillage, mais le subterfuge sera dévoilé par les experts (des écrous avaient été rajoutés après l'accident pour faire croire à un démontage).

Haute-Vienne

Le même jour que Brétigny, un autre déraillement en Haute-Vienne (gare de triage de Saint-Sulpice Laurière), comme à Bretigny un train sur l'axe Paris-Limoge. La version de l'éclisse démontée sera servie, mais 5 jours après seulement, pour concorder avec Bretigny et faire croire à un sabotage dans un coin paumé...).

Saintes

Le 16/07 (4 jours après les 2 déraillements de l'axe Paris-Limoges), un autre train déraille à Saintes, et là aussi l'info sera très peu relayée. Là encore, on accuse les éclisses...

St Jacques Compostelle

9 jours après Sainte, le 25, c'est au tour d'un train espagnol de dérailler (79 morts, le second plus grave de l'histoire du pays, 1er accident sur une ligne haute vitesse). On essaiera d'imputer une vitesse excessive au chauffeur (allant jusqu'à créer une page à son nom alors qu'il est à l'hôpital) avant que l'enquête n'exclue cette hypothèse.

Granges-près-Marnand (Suisse)

4 jours après Compostelle (le 29/07), c'est en Suisse que 2 trains entre en collision frontale (à hauteur de l'aiguillage de sortie de gare). Toujours ces aiguillages... Mort du conducteur, première fois depuis 25 ans.

RER D Gare du Nord

6 jours après, c'est l'aiguillage qui là encore s'est déclenché tout seul, mais avant le passage du train, ce qui l'a simplement dérouté (et personne en face heureusement).

Louisiane

Le lendemain, un train transportant des produits hautement inflammables a déraillé en Louisiane.

11/07/2013 - La Lune a 1 jour de retard (ramadan décalé)

Grosse cacophonie chez les musulmans de France à propos de la date du début du Ramadan. Le croissant de Lune observé ne correspondant pas à celui prévu par le calendrier, le ramadan a été conservé par le CFCM (Conseil Français du Culte Musulman) en désaccord avec la position réelle de la Lune. Cette bataille dans les associations musulmanes (le système d'observation traditionnel n'a jamais été mis en défaut les 1400 ans précédents) est remontée dans les médias, qui n'ont pas fait le lien avec Nibiru qui retarde la Lune sur son orbite.

Le président du CFCM (a l'origine du couac) a ensuite été reçu à l'Élysée pour se faire taper sur les doigts...

Cette bataille et imprécision sera systématique dans les années qui suivent.

Fermeture de HAARP

Le site HAARP en Alaska (projet secret constitué d'antennes pour détecter le magnétisme de Nibiru quand il était proche de la couronne solaire) est fermé, même si des observatoires similaires en Russie et Europe restent pour l'instant toujours actif.

Cette fermeture arrive juste au moment où la maison blanche a changé le chef du pentagone et viré les hauts généraux (Petraeus, Allen).

Les champ magnétique du Soleil et de la Terre se tortillent dans tous les sens

Ils ne s'affaiblissent pas, ils changent juste de direction, et leur composante mesurée habituellement semble s'affaiblir, alors que l'intensité reste constante.

30/07/2013 - Fermeture de toutes les ambassades USA

Sans explications, les USA vont fermer un nombre indéterminé d'ambassades USA dans le monde entier ce week-end, pour des raisons de sécurité non-spécifiées. Cela pouvait éventuellement être reconduit.

fermer une ambassade est quelque chose de tout à fait exceptionnel !! Même dans les pays à très grand risque, un minimum de personnel indispensable est maintenu, il n'y a jamais de fermeture.

Au moment où les ministres français en vacances doivent s'assurer de pouvoir rejoindre la capitale "en urgence", et ce sous des conditions très strictes (ce qui revient à ce qu'ils n'aient pas de vacances du tout). Comme s'ils avaient tous peur d'une annonce de Nibiru d'Obama.

08

01/08/2013 - déploiement de l'armée USA dans les villes américaines

Le déploiement d'hélicoptères Blackhawk (volant à faible altitude au-dessus des immeubles de logements) n'est que le dernier d'une série d'exercices d'« entraînement au combat en zone urbaine » qui sont devenus un élément familier de la vie américaine. Non annoncés, préparés en secret, apparemment avec l'accord des services de police locaux et des élus, démocrates comme républicains.

Rien que l'année dernière, il y a eu au moins 7 exercices de ce type, à Los Angeles, Chicago, Miami, Tampa, St Louis, Minneapolis et Creeds en Virginie.

Dans les années 2000, sous le prétexte de la « guerre mondiale contre le terrorisme, » Washington a promulgué une série de lois répressives. Sous le gouvernement Obama, la Maison Blanche s'est arrogé le pouvoir de mettre les ennemis de l'État en détention militaire pour une durée indéfinie, ou même de les assassiner sur le sol américain par des frappes de drones, tout en développant fortement l'espionnage électronique de la population américaine.

En mai 2013, le Pentagone a annoncé l'application de nouvelles règles d'engagement pour les forces militaires américaines opérant sur le sol américain pour apporter un « soutien » aux autorités civiles chargées de faire respecter la loi, y compris pour faire face aux « troubles civils. ».

Ce document déclare des pouvoirs militaires très larges, et sans précédent, dans une section intitulée « Autorité d'urgence. » Elle affirme la prise de commande des militaires » dans « des circonstances d'urgence extraordinaire où les autorités locales régulières sont incapables de contrôler la situation, de contenir des troubles civils inattendus de grande ampleur. » En d'autres termes, les hauts gradés du Pentagone s'arrogent l'autorité unilatérale d'imposer la loi martiale.

Cette force armée a été étalée à la vue de tous en avril 2013, durant ce qui revenait à être l'imposition d'un état de siège sur la ville de Boston, apparemment pour ne capturer qu'un adolescent suspect.

Toute la population d'une grande ville américaine a été enfermée chez elle pendant que des policiers équipés pour le combat, pratiquement impossible à distinguer des militaires, ont occupé les rues et mené des fouilles maison par maison sans mandat.

Harmo : Les Chinois font exactement le même genre d'opérations "tape à l'oeil" avec des chars et des véhicules lourds dans le provinces qui ont tendance à être agitées. Ces "défilés" servent à impressionner les populations afin de les dissuader de se soulever/faire sécession suite à l'Annonce de Nibiru. Ces démonstrations visent plus particulièrement les groupes d'agitateurs manipulés par les chapeau noirs (via leurs bras armés comme la CIA) : islamistes en Chine, Républicains, gouverneurs et autres groupes paramilitaires d'extrême droite, et à l'opposé, les groupes d'extrêmes gauche comme Antif ou Black Lives Matter.

L'attentat du WTC (dans le sous sol avant celui avec les avions) et celui d'Oklahoma City (perpétré par l'extrême droite USA) ont utilisé le même type d'explosif inventé par l'artificier l'Al Qaïda... quel hasard, surtout quand on sait que les terroristes racistes blancs ont été rencontrer ce même artificier en Indonésie quelques temps avant.

L'ombre de la CIA (contrôlée par les chapeau noirs) plane tout le long de ces deux affaires qui s'entrecroisent, alors qu'elles ne devraient pas le faire, vu les différences idéologiques extrêmes entre les deux groupes... Les extrême droite et extrême gauche américaine sont manipulée par les chapeau noirs, et peut devenir une arme de déstabilisation puissante, bien armée et fanatisée et provoquer aux USA une guerre civile !

21/08/2013 - Attaque chimique (ghouta - Syrie)

Alors que depuis quelques jours, Harmo et Nancy révélaient que l'Annonce de Nibiru Obama-Poutine-Xi-François était fermement décidée prochainement, le Counter-Terrorism Bureau du gouvernement israélien a tout d'abord annoncé un risque d'attentats sur Israéliens et juifs dans les semaines qui suivaient, dans les pays du proche-Orient, dont la Syrie. Niveau de menace "écarlate". Des troubles ont lieu en Égypte, et en GB, les médias révèlent des nouvelles enquêtes (par les TRDJ sûrement) sur la mort suspectes de Diana (le 17/08), qui serait liée à la royauté anglaise et aux forces armées britanniques.

Une attaque chimique est alors réalisée en Syrie, ce qui normalement devait lancer la guerre des occidentaux sur ce pays. La France envoie son porte-avion, de même que les anglais, mais Obama infligera un "camouflet" diplomatique à Hollande en refusant d'attaquer sans preuves... Preuves qui n'arriveront jamais, les enquêtes au contraire pointant sur Daesh, avec des armes occidentales (ne pas oublier que c'est les Américains qui ont gazés les iraniens du temps de Saddam Hussein...). Le terme de "camouflet" avait déjà utilisé dans le même mois, quand Obama avait annulé une rencontre avec Poutine, puis quand les Égyptiens avaient refusé de parler à Obama.

Quand à l'attaque en elle-même, l'hypothèse de Assad ne tient pas la route. Déjà, les Russes ont fourni les images satellites montrant les missiles venant des zones tenues par Daesh. Assad avait été prévenu par tout le monde que tous les pays du monde l'attaqueraient si il employait des armes chimiques. Est-il si idiot ? Sûrement pas, et d'autant plus que ses forces étaient en train de gagner sur les rebelles à Damas. Donc qui avait intérêt à bombarder les innocents ? Un Assad sur le point de gagner et qui aurait tout gâché, ou un des pays limitrophes, voulant envahir la Syrie, et qui, voyant ses espoirs de soutenir Daesh tomber à l'eau sous peu, aurait lancé cette attaque puis imposé à la France et à l'Angleterre de faire pression sur l'ONU pour attaquer Assad ?

L'Annonce de Nibiru sera complètement désamorcée par la guerre du shutdown sur Obama en septembre, tous les services fédéraux étant coupés par le congrès (chapeau noirs).

29/08/2013 - Tentative d'annonce de Nibiru + Némésis, le jumeau du Soleil

Cette révélation a été préparée sur plusieurs jours, comme s'ils allaient annoncer quelque chose d'énorme : "L'ESO annonce que les astronomes qui étudient les étoiles vont faire une annonce majeure". En lien avec un discours d'Obama encore, ils se ménagent une porte de sortie pour amoindrir une éventuelle annonce de Nibiru d'Obama, comme les élites le craignait avant septembre 2015.

Le jour venu, l'annonce n'a pas eu le traitement médiatique en France qu'elle méritait. Même si quelques articles parus dans les mass medias ont joué le jeu, révélant l'existence de Némésis (une étoile double de notre Soleil), et le fait qu'il pourrait provoquer des grosses destructions sur Terre a chaque passage.

"personne n'a jusqu''ici réussi à démontrer l'inconsistance de la théorie de l'« étoile de la mort ». Némésis pourrait très bien finir par être détectée par les puissants télescopes de nouvelles générations.". A mettre en rapport avec l'article sur le téléscope WISE qui travaille dans l'IR et va, comme par hasard, être reconfigurer pour regarder les astéroïdes dans le système solaire très proche de la Terre, mais aussi les étoiles avortées et les naines brunes, bref, des planètes de type Nibiru, qui émettent uniquement dans l'infrarouge... A noter dans l'article : "Ce diagramme montre une naine brune [Némésis] en relation avec la Terre, Jupiter, une étoile à faible masse [Nibiru], et le Soleil."

2014

03

17/03/2014 - 1ère conférence NASA pour parer à une éventuelle annonce de Nibiru d'Obama

Une conférence annoncée 2 jours avant à grand renfort de mystère médiatique : Une équipe de scientifiques devait révéler une "découverte majeure" au centre d'astrophysique commun aux observatoires astronomiques de l'Université d'Harvard et de celui du Smithsonian Institut.

Peu avant cette conférence, la NASA dément Planète 9 (ne réfutant que quelques arguments de la longue liste de preuves de l'existence de Planète 9), tous les médias sautent sur la déclaration, en parlant tous de "Planète 9 foudroyée". Les article (et donc l'étude) mélangent Nibiru/Planète 9 et Nemésis (le double du Soleil éteint) afin de perdre les gens. De plus, la NASA avoir réfuté Nibiru, avec une étude disant qu'ils venaient de découvrir des vieilles infos dans les cartons du télescope Wise, et qu'il faudrait encore 3 ans pour les analyser et pouvoir dire ce qu'est cet objet froid détecté dans l'infrarouge profond. Alors, comment pouvoir assurer que la théorie de Nibiru est foudroyée ! Une des nombreuses incohérences scientifiques reprises en coeur par les médias, et qui verront leur point culminant avec toutes les fausses études bidon sur l'hydroxychloroquine, relayées en masse par les médias, alors même que les scientifiques les avaient invalidées...

En réalité, cette conférence était là pour contrer une éventuelle annonce de Nibiru de la part d'Obama. S'il avait annoncé Nibiru, la NASA aurait pu justifier que Obama s'était appuyé sur des données anciennes qui venaient d'être réfutées, ayant trompé le président.

Une manière de décrédibiliser son annonce de Nibiru, ou du moins de jeter le trouble dans l'esprit du public : le président dit ça, mais les scientifiques disent ça. Un peu ce que le COVID nous a fait : le président et une partie des scientifiques de la télé disent, et d'autres scientifiques comme Raoult, présentés comme mégalomanes, hautains et prétentieux par les médias, un revanchard complotiste qui s'est fâché avec tout les politiques et les autres scientifiques, dit de son côté sur youtube...

C'est donc l'attitude des médias qui est spectaculaire, puisque personne n'a pris la précaution de vérifier les sources. Pourquoi a-t-on surmédiatisé cette étude qui de toute évidence ne pouvait qu'être bidon, les données WISE ayant été partagées seulement il y a 4 mois (avec 3 ans minimum de travail pour les décortiquer).

Des fanfaronnades qui leur sont retombé dessus. Comme Nibiru n'a pas été annoncée par Obama, ils ont du parler de leur fameuse découverte majeure, et cela à été un flop : Beaucoup de bruit pour rien, car ce n'est qu'une confirmation de ce qu'on savait déjà; car l'accélération de l'expansion de l'univers est connue depuis 1996, quand on s'est aperçu que l'éloignement des galaxies lointaines accélérait.

Au passage, cette découverte en 1996 aurait du voir les chercheurs dire au-revoir le big-bang, bonjour la gravitation répulsive... Mais non, 20 ans après, on en est encore à confirmer des vieilles découvertes, en disant qu'on ne sait toujours pas pourquoi l'Univers s'expanse.

17/03/2014 - Création d'une base militaire française au Mali

Obama risquant de faire son annonce de Nibiru, les Élites françaises activent leurs plans d'exil au Mali.

La France va installer une base militaire permanente et avancée dans le nord du Mali, à Tessalit, non loin de la frontière algérienne, avant même que les autorités algériennes aient été prévenues. Une partie des marchés obtenus par les entreprises françaises consiste au réaménagement de la piste d'atterrissage de l'aéroport du camp de la ville.

"la France semble avoir commencé son installation en attendant la signature de l'accord de défense qui devra officialiser l'acte de fait".

04

01/04/2014 - Harmo fait éditer son livre "L'humanité revisitée"

C'est les éditions Interkeltia qui ont pris en main l'impression et la distribution, en reprenant le texte diffusé par Harmo librement sur internet.

Les "têtes" d'ET sur la couverture ne sont pas conformes à ce que Harmo a vu, mais l'idée de fond est là, c'est le principal.

14/04/2014 - Séismes supprimés des moniteurs en France

Un séisme 3.9 a été enregistré à l'Ouest de Feurs dans les Mont de la Madeleine (Nord du massif central), sur la frontière Loire - Auvergne, le 12 avril. Le 14 avril il avait disparu des moniteurs (et ne sera pas compté dans les statistiques, qui montreront du coup que les séismes ne sont pas en augmentation... Plusieurs personnes avaient pris des "screens" pour démasquer la triche.

14/04 - Crise ukrainienne

Visite non officielle du directeur de la CIA, Paul Brennan, en Ukraine. L'Allemagne de Merkel, via les partis d'extrême droite nationalistes ukrainiens (ceux qui ont la croix gammée sur leur brassard), a précipité l'Ukraine dans la violence plutôt que de faire tomber le régime corrompu de Ianoukovitch via une révolution douce autour des démocrates (via les réseaux sociaux, même principe que les printemps arabes). Tels que prévus dans le scénario doux (accords Obama-Poutine), la scission de l'Ukraine et le rattachement de la Crimée puis de la Transnistrie à l'Est du pays à la Russie n'aurait pas du soulever autant de problèmes (régions pro-russes).

Voilà pourquoi 3 clans aux intérêts contradictoire se battent en Ukraine, les néo-nazis finissant par remporter le coup d'État, avec la séparation de l'Ukraine par les populations ne voulant pas des nazis, et Israël envoyant des forces armées juives combattre aux côté des brassards nazis !

Au-delà de ça, cette crise sert à bloquer Obama sur son annonce de Nibiru.

14/04/2014 - Pape François révèle l'existence des ET

Dans son homélie, le Pape a dit devant un public assez surpris : "Chers Frères, je voulais vous dire à tous que nous ne sommes pas seuls dans l'univers. La science a déjà fait tant de progrès et il sera probablement bientôt possible de connaître nos nouveaux frères et soeurs avec qui nous allons échanger un signe de paix. ce jour là sera étonnant et rappelez vous que Dieu est Un et veille sur nous tous".

A noter le "Dieu est Un" : Les Cathares ont été massacrés par centaines de milliers pour avoir affirmé que Dieu n'était pas 3, l'Église catholique étant traditionnellement très tatillonne sur sa sainte trinité...

Sachant que beaucoup d'articles scientifiques le même jour parlent d'ET aux USA, en préparation.

05

Affaires françaises qui ressortent

Aucun lien avec les révélations de Snowden, ou les tentatives d'assassinats sur Obama. Il s'agit tout simplement du groupe royalistes et de la City qui passent au travail de sape de la république pour placer Macron comme candidat en 2017. Un travail de longue haleine, qui se contente pour l'instant d'amplifier les coups fourrés des FM entre eux.

Bygmalion

Une affaire entre la gauche et la droite FM, donc indépendant du clan Macron. Selon les Altaïrans, une alliance a été conclue entre la gauche et la droite française en vue de l'arrivée de Nibiru (plan prévu depuis l'ère Chirac) : déclarer la loi martiale en France, invoquer l'article 16 de la Constitution de la 5e République. En ce sens, tous les pouvoirs seraient donnés à un François Hollande Président et à un Nicolas Sarkozy, Premier Ministre.

Pour cela, Sarkozy devait rester en arrière plan (éviter les magouilles, se refaire une bonne image). Fillon, son fidèle bras droit en réalité, devait emporter la tête de l'UMP en attendant que Sarkozy en ait fini avec ses problèmes juridiques. Or Copé a triché sur les résultat du vote interne des militants, parce qu'il ne veut pas lâcher sa place. L'affaire Bygmalion sert donc à écarter un Copé qui s'accroche à la branche (ça et monter en épingle des prix de pain au chocolat).

Bettancourt

Sarko a été plombé par cette affaire suite à de véritables révélations (mais s'en est sorti grâce au contrôle de la justice).

Prêt du groupe UMP

Un prétexte pour mettre la pression sur les députés, afin qu'ils votent l'article 16 à l'arrivée de Nibiru, et qu'ils le revotent régulièrement par la suite.

15/05/2014 - Compte à rebours de 500 jours de Fabius

Laurent Fabius, aux côtés de John Kerry, a affirmé (le répétant à 3 reprises sous la contrainte de John Kerry, donc un code important à destination des initiés, et arborant une tête de déterré contraint de réciter un texte dont il ne veut pas) que le Monde avait un délai de 500 jours pour éviter le chaos climatique. Il n'en dira pas plus sur ce qu'il entendait par là. Du moins officiellement, parce qu'il rencontrera, 2 semaines plus tard, les présentateurs météo (voir 02/06).

06

02/06 - Fabius rencontre les présentateurs météo

Suite à son discours sur les 500 jours avant chaos climatique, Fabius rencontre les présentateurs météo pour parler de ce qu'il appelle réchauffement climatique (étant exposés aux anomalies des images météo, il faut qu'ils soient au courant : voilà pourquoi, alors que nous avions de jolies jeunes filles à ce poste précédemment, nous gardons une Évelyne Dheliat de 70 ans comme présentatrice météo, histoire de limiter le nombre de personnes au courant).

Consigne est donnée de tout mettre sur le dos du réchauffement climatique.

A noter que Fabius est le ministre des affaires étrangères, il n'est ni premier ministre, ni Président, ni ministre de l'environnement, et n'a donc aucune raison de faire lui-même cette rencontre avec les présentateurs...

25 jours après, les médias publiaient des articles pour parler d'El Nino ou du réchauffement climatique. Ils demandaient aux gens de se préparer à des phénomènes dévastateurs...

Dans le même temps, on nous ressort l'union nationale, en nous préparant à une cohabitation Hollande-Sarkozy.

14/06/2014 - 13 avions disparaissent subitement des radars

En réalité, les 13 avions qui ont disparu des radars n'ont rien eu du tout, c'est simplement le radar qui a été victime d'une EMP du noyau.

07

Une chercheuse fait lire les enfants à 4 ans, elle est virée de l'éducation nationale

Pour aider les enfants à s'épanouir et à acquérir le goût d'apprendre, la chercheuse Céline Alvarez a expérimenté une démarche basée sur 3 points essentiels : les êtres humains n'apprennent que s'ils sont actifs, motivés, et aimés. Elle n'a fait que soutenir leurs élans et motivation intérieur, ils vont beaucoup plus loin que ce que les enseignants auraient osé leur demandé. Résultat ? Des gamins capables de lire dès l'âge de trois à quatre ans ou de résoudre des multiplications à quatre chiffres dès l'âge de quatre ans !

Elle invitait les enfants à faire le ménage, à s'habiller eux-mêmes, à découvrir des continents, à lire… Son but "stimuler le potentiel de ses élèves", confronter l'enfant au libre choix.

Les parents sont ravis, et vantent leurs enfants transformés, bien plus calmes et maîtres d'eux-même, qui dévorent les livres, aident à la maison et trépignent de ne pas aller à l'école le week-end.

C'est la promesse d'un enfant tout-en-un : épanoui et performant, coopérant et compétitif, créatif et productif.

Face au succès éclatant, l'éducation nationale lui a demandé d'arrêter ses recherches... Un décideur interviewé dit que l'éducation a de plus en plus de mauvais résultats, et qu'ils ont peur que changer le programme empire les choses... C'est pourtant facile, quand on se plante, de revenir en arrière, et que quand on a autant d'échecs, de se tâter à tester autre chose... Une volonté de rendre les futures générations françaises complètement mauvaises...

Puits de l'enfer Sibérien

Un premier puits / cratère est apparu dans la péninsule de Yamal en Sibérie. 7 mois plus tard, une dizaine d'autres étaient apparus en Sibérie, et ces trous continuent à se former depuis à un rythme étonnant les spécialistes (qui n'arrivent pas à trouver une théorie faisant arriver la chaleur de l'atmosphère, afin de masquer l'échauffement du sous-sol en premier).

Ces trous peuvent faire 80 m de diamètre, et sont appelé les puits de l'enfer. Ce sont des signes qui ont alerté pas mal de personne sur le fait qu'il se passait quelque chose d'anormal sur Terre, car bien médiatisés de par leur aspect impressionnant.

Ces trous très impressionnant, sont comme le sinkhole du Guatémala, semblant sans fond. La cause est ici différente, c'est l'explosion du méthane par échauffement du sous-sol profond qui fait exploser le couvercle gelé de permafrost (visible au cône de terre autour du trou).

10

26/10/2014 - Accords USA-UE pour fermer les banques rapidement en cas de panique

Des dispositions spéciales sont prises en ce moment en cas de crise financière majeure. Le but n'est pas de fermer les banques en "faillite", mais d'éviter ces faillites. Des protocoles sont mis au point afin de réagir extrêmement vite, mais ce n'est pas un crac boursier lié à l'économie qui est redouté : ce sont des préparatifs connexes à l'annonce de Nibiru. Cette annonce de Nibiru comporte de grands risques de dégringolade sur les marchés financiers.

A notre niveau, sachez que les banques fermeront afin d'éviter des retraits massifs d'argent en liquide par les particuliers, retraits qui ne pourraient être tous honorés et qui mèneraient à un défaut de paiement global des établissements bancaires.

28/10/2014 - annonce de Nibiru bloquée par les télévisions

Un message d'alerte sécurité nationale accompagné d'une impossibilité de changer de chaîne a touché de nombreux téléspectateurs (plusieurs chaînes, plusieurs États). Là où cela devient très intéressant, c'est que, après enquête, différentes personnes semblent démontrer que cette alerte venait des services fédéraux et non de hackers.

A faire le lien avec les préparatifs pour fermer les banques en cas de panique, 2 jours plus tôt...

Ce test fut un échec pour le président. Alors qu'il a été mis en place pour alerter tous les USA en cas de crise grave, seuls les clients du service télé AT&T U-verse ont reçu la transmission, alors qu'elle aurait du être reçue par TOUS les téléspectateurs, ceux abonnés aux autres compagnies y compris. Les corporations qui détiennent les services télés aux USA font un barrage total, dans le pays du libéralisme où les droits de quelques multinationales est plus important que celui de centaines de millions d'Américains.

31/10/2014 - OVNI au dessus des centrales françaises (p. 281)

Une série sans précédent de 34 survols de centrales nucléaires françaises, puis de toutes les bases militaires nucléaires de France (la base aérienne d'Istres, et 2 fois d'affilée l'île de Sein, base de lancement des sous marin de frappe nucléaire, l'endroit le plus sécurisé de France...). Concentrées sur 1 mois (6 mois au total), ces OVNI ont laissé les autorités et forces militaires complètement dépourvues : Aucun de nos engins les plus sophistiqués n'ont rien pu faire. Par contre, la censure fut intense : aucun membre d'EDF n'a pu témoigner dans les médias, ni diffusé les vidéos prises sur smartphone, et seules quelques vidéos de témoins loin des centrales à pu fuiter un peu.

En février 2015, Paris Match fera un dossier récapitulatif [nucl10], qui conclue que ce sont des OVNI, pas des drones, et que le gouvernement nous a menti sur le sujet, en plaçant tout en secret-défense.

12

04/12/2014 - Poutine fait l'alyah des Russes

Ayant avancé de 2 mois son discours traditionnel annuel devant l'assemblée, Poutine offre l'amnistie à tous les capitaux off-shore. Déclaration complètement bête (revient à pardonner à l'exil fiscal), sauf si on sait que ces placements off-shore alimentent les banquiers qui s'opposent à l'annonce de Nibiru.

Émeutes de Ferguson

Ces émeutes téléguidées par les chapeau noirs (intervention de celui qui a fait l'autopsie de JFK) et les ONG Soros comme Black Lives Matter et Antifa ne font évidemment pas les affaires d'Obama pour révéler au monde Nibiru, et c'est évidemment voulu.

06/12/2014 - Xi vire le responsable de la sécurité

Comme on l'apprendra avec l'affaire Clinton et Huawei, la Chine est profondément corrompue par les chapeau noirs. Avec ce limogeage, Xi se débarrasse d'un infiltré chapeau noir, sachant que la guerre pour l'annonce de Nibiru fait rage dans les coulisses.

2015

11/02/2015 - naine rouge a frôlé la Terre il y a 70 000 ans, vue par nos ancêtres

Scholtz, une naine rouge errante, aurait frôlé le système solaire il y a 70.000 ans (sans se faire happer par l'entonnoir gravitationnel du Soleil, étrange...). Une éducation pré-annonce de Nibiru, qui permettra aux désinformateurs de vous mettre dans l'inconscient que si on trouve une planète rouge dans les légendes du monde entier, c'est à cause de cette naine rouge restée dans l'inconscient collectif... " Particulièrement active magnétiquement. Il est possible que des hommes préhistoriques l'ait aperçue". "D'autres étoiles seraient peut-être passées proche du Soleil jadis".

16/02/2015 - L'EI se débarrasse des européens face aux Kurdes

L'EI, qui accueille des djihadistes européens peu entrainés, s'en débarasse en les envoyant au casse pipe face aux troupes Kurdes surentraînées qui combattent depuis 40 ans (Turquie, Saddam Huassein, etc.). Ceux qui refusent de partir au massacre sont fusillés par l'EI. Une fois les "boulets" tués, l'EI se retire de Kobané, cette ville n'ayant aucun intérêt stratégique pour l'EI (qui vise Damas).

01/04/2015 - Les coeurs fondus de Fukushima ont disparu

Un article publié le 1er avril, histoire de se laisser de la marge pour une info pourtant vraie et vraiment primordiale, à savoir que tout le corium, issu de la fusion des coeurs nucléaires de la centrale nuclaire de Fukushima au Japon, a disparu. On parle de 250 tonnes de combustible, qui pose problème, et qui a impliqué la mort de 600 000 personnes à tchernobyl pour empêcher que ce corium ne creuse la Terre et n'explose au contact de la nappe phréatique, éliminant la moitié de l'Europe dans la foulée.

Au Japon, si rien n'a été fait, c'est bien que depuis le début (depuis l'apparition de l'OVNI au dessus de la centrale) les dirigeant savent que le corium a été retiré par les ET bienveillants.

05

18/05/2015 – Obama sur Twitter

Face à la réticence des médias à diffuser ses infos, Obama, la première pour un président, ouvre un compte sur un réseau social, afin de franchir la censure des services de la maison blanche, ou celle des médias qui ne répercute pas ses messages.

C'est ce qui arrive souvent au pape François, qui avance des choses dans l'avion puis qui est immédiatement contredit par la Curie via le service de presse !

07

23/07/2015 – Encore une conférence NASA anti-annonce de Nibiru

Nous ayant vendu encore une conférence internationale mystérieuse révélant une découverte majeure, nous n'aurons le droit qu'à la découverte d'une exo-panète, comme on les connaît depuis fin 1995 (avant même l'accélération de l'expansion de l'Univers vendue l'année d'avant).

09

15 au 29/09/2015 - Trahison d'Obama

On sentait venir l'annonce de Nibiru. Une fuite sur la caméra de l'ISS divulguait Nibiru en aout, et Google, 15 jours après, retirait le carré de censure de Google Sky, qui cachait la planète ailée, tout ça sous la pression des 3 grosses explosions du mois d'aout en Chine, qui mettaient les dirigeants sous pression. Le 05/09/2015, Obama partait en Alaska faire une émission de survie dans la nature avec Bear grylls, grosse star des émissions préparant à l'effondrement.

Jade Helm : Déploiement massif de l'US Army sur les USA

L'opération Jade Helm (déploiement de l'armée USA sur tout le territoire des USA sous couvert d'exercice, mais prête en réalité à appliquer la loi martiale, avec réquisition des Walmart comme centres de détention) était coûteusement maintenue depuis 6 mois en attente que Obama se décide à l'annonce de Nibiru.

TJ15 : Déploiement massif de l'OTAN en Europe

Parallèlement, en Europe, se préparait le « Trident Juncture 2015 » (TJ15), « le plus grand exercice Otan depuis la fin de la guerre froide », débutant le 28 septembre. Des unités terrestres, aériennes et navales, des forces spéciales de 33 pays (28 Otan plus 5 alliés) : plus de 35 000 militaires, 200 avions, 50 navires de guerre. Dans l'exercice, le déploiement en Europe (Italie/Espagne) était suivi de guerres en Afrique du Nord puis au Moyen-Orient... Tout est dit : les élites françaises se réfugiaient dans leurs enclaves de centre-Afrique en passant par la Lybie (déménagement des oeuvres d'art et de l'or français) pendant que l'invasion de Jérusalem et des pays musulmans limitrophes leur permettait de détruire les forces armées de pays musulmans limitrophes (d'où les navires de guerre, inutiles sur l'Europe). Les bases aériennes italiennes servaient à bombarder à distance le moyen-Orient. Un autre front était ouvert face à la Russie, avec usage de missiles nucléaires. Bon scénario de guerre mondiale, heureusement que les fous de l'époque (2015) ne sont plus au pouvoir (2020).

Rencontre express Pape François et Patriarche Kyrill

Ces derniers mois, les déclarations du pape François ont pris un ton très apocalyptique.

1000 ans que les 2 chefs principaux du mouvement chrétien ne s'étaient pas rencontré : le chef de l'Église de Rome, et le chef de l'Église orthodoxe Russe. Ils le font à Cuba, avant que le pape ne se rende à New-York, la encore une première depuis longtemps. Comme s'ils s'étaient entendus à huis clos pour savoir comment gérer l'annonce de Nibiru prochaine.

70e ONU de New-York

Le rassemblement de tous les leaders du monde (Xi, Poutine, président iranien Hassan Rouhani, le premier ministre japonais Shinzo Abe), dont le pape François pour un déplacement inédit (et qui lui aussi allait parler devant les chefs d'État), était l'occasion de révéler Nibiru a la face du monde, lors de la 70eme assemblée générale de l'ONU à New-York.

Surtout qu'on nous préparait depuis quelques semaines à une grande annonce commune sur le climat. Rassembler autant de chefs d'États majeurs est plutôt une chose rare (comme les G7 ou les G20 par exemple). A noter que les chefs d'États européens (Hollande, Merkel, Cameron), annoncés absents (opposition à l'annonce de Nibiru) sont venus en catimini au dernier moment, même Hollande. Fabius était présent aussi, pour récolter les "fruits" de son ultimatum de 500 jours, qui tombait sur cette assemblée générale de l'ONU. Quasiment toutes les nations du monde rassemblées au même endroit, et pouvant parler à huis-clos, sachant que ce n'est que de cette manière que sont prises les décisions importantes du monde (tout support numérique est systématiquement espionné et hacké).

Étude sur le comportement des populations

Juste avant, Obama avait signé un nouveau décret autorisant les organismes fédéraux à réaliser des études comportementales sur les citoyens américains (avoir une idée des conséquences qu'aura l'annonce de Nibiru officielle, mais aussi la campagne médiatique qui visera à rassurer les populations), sans l'autorisation expresse des participants. Obama a besoin de ces informations pour prendre les bonnes décisions, celles qui entraîneront le moins de chaos possible.

Décrets récents sur la loi martiale et la confiscation des réserves des citoyens

Les études comportementales étaient la suite de décrets récents autorisent le gouvernement fédéral, et le président a arrêter Internet dans le cas d'une cyberattaque, ainsi qu'à confisquer les stocks de nourriture et autres fournitures des citoyens, au cours d'une situation d'urgence déclarée à l'échelle nationale.

Trahison d'Obama

Mais Obama a détruit toute cette patiente organisation, en refusant définitivement à faire cette annonce de Nibiru, et se mets sous la coupe des chapeau noirs, qui le tient sur plusieurs dossiers donnés par la CIA (naissance au Kenya, Michelle un transsexuel, chantage aux bombes GLADIO, etc.).

Situation explosive au Moyen-Orient

Daesh, soutenu et contrôlé par l'État d'Israël, de la Turquie, des banquiers chapeau noirs de la Réserve Fédérale, du sénat américain et des Saoudiens, menaçait de créer une force qui pourrait non seulement déferler sur l'Europe, mais aussi créer une menace terroriste sans fin aux USA.

Coup d'État silencieux

Selon Harmo, les Généraux USA, Dunford en tête, font un coup d'État silencieux fin septembre. Ils ont donné leur accord pour que la Russie entre dans la bagarre en Syrie. Cela ne sera jamais admis, publiquement, par aucune des parties (Poutine ou Dunford).

Le général Dunford utilise le système de poursuite judiciaire du Département de la Défense, en prenant des menaces sur la sécurité nationale comme motif. Comme maintenant c'est le Général Dunford qui est aux commandes, tous les postes fédéraux sont considérés comme des postes militaires, permettant de juger les coupables comme Hillary Clinton devant des cours martiales secrètes. Cette dernière sera d'ailleurs assignée à résidence aussitôt après les élections, nous ne la verrons quasi plus, à part quelques photos de sa doublure, et très peu de prises de paroles, chose étonnante pour celle qui était censée incarner l'opposition.

Le 25/09/2015, le général Dunford prend la tête de l'armée américaine. L'armée USA avait été débarrassée ces derniers temps de ses principaux généraux lors de scandales ou de mises à la retraite.

Les généraux retirent la plupart de ses pouvoirs au président (ce qui se voit car Dunford devenant omniprésent dans les relations internationales, répondant ou se déplaçant à la place d'Obama), bien qu'Obama (contrôlé par les Khazars 2) garde la main sur plusieurs dossiers, et que le sénat, Mc Cain en tête, reste sous le contrôle des FM USA satanistes.

Ce coup d'État d'invisible devra le rester : Obama est un président très limité, qui est davantage là pour conserver les apparences de la démocratie (on sait très bien que le peuple américain se soulèverait à un coup d'État militaire, car il est très attaché à ses principes).

Ben Fulford (initié au plus haut niveau de l'État fédéral) a depuis des mois fait référence à Obama comme étant un simple "porte-parole" des USA (et non comme son président), et le 14/03/2016, mentionnera un “Jury d'accusation secret” constitué par les militaires.

Montage de l'équipe Q

Autour de Dunford, se monte un groupe de généraux (aidé des chapeaux blancs) cherchant à nettoyer l'État profond USA de la corruption des chapeau noirs, corruption qui est là depuis l'établissement de la FED, 100 ans avant. Ils font alliance avec la City (qui leur abandonne la dette et les USA, en échange de leur soutien à reprendre Jérusalem aux mains des chapeau noirs). Q va chercher Trump pour les élections de 2016.

Trump sera toujours sous le joug des généraux, ce qui explique les nombreux rétropédalages qu'il fera dans son premier mandat.

24/09/2015 - Massacre à la Mecque

Suite à une faute de gestion semblant volontaire (des gens envoyés en masse, en frontal, dans le même couloir) le piétinement engendre la mort d'environ 1 100 pèlerins. Preuve encore une fois que ces 2 semaines de trahison d'Obama furent riches en signes de surface sur l'agitation qui enflammait les coulisses.

25/09/2015 – préparation annonce de Nibiru par la NASA

Encore une conférence mystérieuse de la NASA juste au moment où l'annonce de Nibiru se prépare à l'ONU. la précédente conférence mystère de février 2014 a fait un flop resplendissant, puisque les travaux sur les ondes gravitationnelles ont été invalidés par la suite. Finalement, c'est bien un non événement qu'ils révéleront le 28/09, parce qu'on savait déjà que l'eau liquide coule sur Mars (déjà révélé 6 ans avant, pour expliquer la fonte de la banquise martienne).

10

08/10/2015 – conférence NASA anti-annonce de Nibiru, encore...

La NASA encore sur le point de faire une révélation incroyable... Au final, ils ressortiront une découverte un peu plus récente que le fait que la Terre tourne autour du Soleil, a savoir qu'il y a de l'eau sur Mars, chose que la science savait dès la découverte des calottes glaciaires martiennes en 1666 (si elles fondent en été, ça bien que ça se transforme en liquide...). Même si sans arguments, l'eau avait été par la suite remplacée par de la glace carbonique, en 2009, personne n'a été surpris de la présence d'eau sur Mars, et donc qu'elle se trouvait à l'état liquide quelque part. A noter que toutes ces révélations NASA parlent de choses que Nancy Lieder a révélé en 1995, et qui a l'époque, ont été combattues par les scientifiques.

11

04/11/2015 - nouvelle grande annonce de la NASA

Alors que tous les dirigeants du monde s'agitent (Hollande partant en Chine) avant de se réunir à Paris pour la COP21, La NASA annonce une énième révélation "étonnante qui va vous surprendre" sur Mars la planète rouge... et qui se révélera bidon comme les autres...

13/11/2015 - Attentats Bataclan

Alors que depuis 2 mois, les services secrets alertaient d'un risque que le gouvernement ne leur donnait plus les moyens pour le contenir, que les frontières avaient été fermée pour la COP21, et qu'une ambiance de loi martiale régnait déjà sur la France, alors que le matin, un exercice d'attentats parisiens multisite à l'arme automatique avaient été fait, et que le samedi, était prévu une manifestation monstre, plusieurs terroristes ont pris d'assaut le Bataclan, et tué plus de 140 personnes. Les forces de l'ordre ont eu un comportement ambigu, les gendarmes attendaient à l'extérieur, ayant ordre de ne pas intervenir. C'est finalement 2 policiers qui n'étaient pas en service, qui ont pris sur eux d'intervenir et de limiter le massacre, au risque de leur vie.

17/11/2015 - Poutine connaît les plus gros financiers de Daesh

"J'ai fourni des exemples basés sur nos donnés sur le financement de diverses unités de Daesh par des personnes physiques. Cet argent provient de 40 pays différents, et la liste comprend certains pays membres du G20" a dit Poutine lors du sommet.

Les États du G20 avaient ces donateurs, ils auraient pu arrêter leurs ressortissants terroristes s'ils l'avaient voulu...

20/11/2015 - Pape François fait une demi-annonce de Nibiru

Il y a une changement entre le premier discours sur l'Apocalypse de François en Novembre 2014 (référence à l'Apocalypse en termes vagues, le Monde rempli des péchés et de douleurs va s'effacer et se transformer en un Monde meilleur) et celui de novembre 2015 : le pape fait directement référence à une "catastrophe cosmique", un Soleil et une Lune obscurcis (queue planétaire de Nibiru), la référence aux étoiles qui chutent du ciel (pole-shift, quand les étoiles seront en mouvement rapide, de même que la pluie de météorites). Le Pape a aussi insisté sur le fait que la date ne pouvait pas être connue par l'homme. Vivre le moment présent et se préparer à rencontrer son créateur, voilà le message.

Le pape François a cessé d'attendre Obama, et déblaie le terrain. Tous les dominants l'attaqueront par la suite, la sphère conspi particulièrement, de même que Q.

20/11/2015 - 1er couvre-feu de France (à Sens)

interdiction de circuler en voiture et à pieds de 22h00 à 6h00 pour 7000 personnes.

24/11/2015 - annonce de Nibiru annulée

Harmo annonce que l'annonce de Nibiru d'Obama est annulée. La pression se relâchera alors question attentats et état d'urgence.

Au niveau de la concordance avec les prophéties (Daesh était en passe de prendre Damas) ce point à semblé changer la ligne de temps globale. Au niveau de Nibiru, à part le saut de Nibiru par rapport à l'élection de Trump en 2016, il y aura stagnation jusqu'en 2019.

Quand on voit Fabius pleurer de joie après la COP21, on devine qu'il a obtenu gain de cause et qu'il n'y aura pas d'annonce de Nibiru.

25/11/2015 – 2 séismes côte à côte de 7,5+ au Pérou

2 Gros séisme 7.5-7.6 au Pérou. Pire encore, et c'est vraiment une nouveauté, ce sont 2 séismes 7.5+ (voire annoncé à 8 au début) qui se sont produit l'un à côté de l'autre (ce qui laisse deviner la puissance libérée totalement anormale).

12

02/12/2015 - Cimetière de baleine

Plus de 300 baleines mortes ont été retrouvées échouées en Patagonie.

02/12/2015 - Barrage cède au Brésil

04/12/2015 - une route californienne gondole (des bosses de 5 mètres de haut) en seulement 3 heures, sans séisme.

16/12/2015 – MBS met sur pied une vaste "coalition islamique"

MBS, le prince Saoudien (Mahdi potentiel), qui forme une grande coalition anti-Daesh.

Les prophéties sont très claires, Daesh alias l'armée du Sufyani avec ses bannières noires ne pourra être vaincu QUE grâce à une coalition Chiite-sunnite, ce qui n'est pas encore le cas.

2016

01

28/01/2016 – Première traversée connue de poche de gaz par un avion

13 personnes du vol AA109, qui quittait Londres pour rejoindre Los Angeles, ont étrangement ressenti le même malaise quasiment en même temps. une hôtesse a fait un malaise après 2h30 de vol. Quelques minutes plus tard, d'autres membres du personnel de l'avion et certains passagers ont ressenti le même malaise.

Le nombre de victimes reste imprécis. On parle de treize personnes au total: 6 membres du personnel de l'avion et 7 passagers. Les ambulances et les docteurs sont arrivés à Heathrow pour secourir les malades. Toutes les victimes partagent étrangement le même symptôme: un mal de tête insupportable qui peut à tout moment leur faire perdre conscience. Aucune explication ne sera donnée, et le phénomène va s'amplifier les semaines qui suivent, de plus en plus de cas se produisant désormais. Dès le lendemain, un autre cas similaire se produisait,

Il s'agit évidemment d'une poche de méthane, provoquant une chute d'oxygène dans le sang (voir L2>Vie). L'air dans la cabine est pressurisé, mais il vient de l'extérieur, et il suffit de traverser une poche en altitude assez large pour qu'assez de méthane soit capté par le système de l'avion. L'intoxication avec mal de tête et malaise et typique d'une anoxie sévère et rapide.

11/02/2016 - Pape Catholique et patriarche orthodoxe

Le pape François et le patriarche orthodoxe Kirill signent une déclaration conjointe dont le contenu n'a pas été révélé. Durée de 2 heures, soit 2 fois plus qu'avec n'importe quel autre chef d'État.

03

01/03/2016 - Achat massif d'équipement anti-émeute

Ce n'est pas au moment des émeutes qu'on se dote des LBD derniers cris, mais alors qu'on écrit les futures liberticides, et qu'on se doute bien que ça ne passera pas... Les Gilets de Jaune de 2018 étaient déjà préparés par nos élites 2 ans avant, avant même que Macron soit élu...

22/03/2016 – Un SDF rentre dans le labo P4 Meyrieux de Lyon

Un SDF rentre par effraction au laboratoire P4 de Mérieux à Lyon. Dingue que n'importe qui puisse s'approcher des armes bactériologiques les plus dangereuses du monde.

31/03/2016 - Planète 9 provoque des extinction massive

Les découvreurs de planète 9 font le lien entre ses passages près de la Terre et les extinctions régulières qui se produisent à la surface de la Terre. Une grosse avancée dans la préparation des populations ! Dans un des articles, il est même évoqué la possibilité que Nibiru et Planète 9 soient une même et unique planète !

31/03/2016 - Alyah des riches français

L'Alyah est le retour en Israël prédit pour la fin des temps. Preuve que pour les plus riches Juifs français, ce temps est venu...

04

24/04/2016 – 6 super-Terre restent à découvrir dans le système solaire complet

Les scientifiques estiment que 10 super-terres sont possibles dans le système solaire complet : or pour le moment nous en avons seulement 4 : Jupiter, Saturne, Neptune et la planète 9. Il en reste donc encore 6 potentielles théoriquement !

05

01/05/2016 - Space-X annonce l'atterrissage sur Mars en 2018

Le nom de la fusée ne cache même plus ce qui préoccupe Elon Musk : dragon rouge (nom de Nibiru dans l'apocalypse).

11/05/2016 – La France achète des camions de contrôle de population

Nouveau véhicule blindé 6*6 Titus : Tourelle automatique, vision de nuit et même capacité à diriger des drones terrestres et aériens. 6 roues motrices, 4 trappes pour les snipers, moteur de 500 CV. Son blindage résiste aux attaques balistiques, nucléaires, radiologiques, biologiques et chimiques. L'habitacle permet de loger onze personnes prêtes à l'assaut, au plus près de l'action.

Première apparition sur le terrain, lors de la COP21.

Outil idéal pour sécuriser des "villes fortifiées", contrôler les mouvements migratoires et bloquer des voies de transport. Cet engin n'a aucune utilité contre les terroriste, mais s'avérerait très efficace contre la population (émeutes mais aussi flux de populations indésirable, traque des récalcitrants etc...) dans un contexte lié à Nibiru.

12/05/2016 - Divulgation des e-mails Clinton

Une fuite révélée par Wikileaks, à partir d'adhérents démocrates ulcérés d'avoir vu Hillary Clinton tricher au débat contre Sanders (la journaliste avait donner en avance les questions à Hillary) et d'avoir vu la triche des votes aux élections pour les primaires. 7 de ces lanceur d'alertes démocrates seront assassinés dans les 2 mois qui suivent.

12/05/2016 - crise au Vénézuela

Les magasins sont pillés lors des approvisionnements, les gens stockent pour le marché noir ou par peur de l'avenir.

06

01/06/2016 - inauguration tunnel du Gothard

Les dominants ont donné un spectacle satanique gigantesque, qui a fuité bien plus qu'ils ne l'auraient désiré dans le milieu de la réinformation...

Le tunnel

2 tunnel principaux de 57 km de long, auxquels s'ajoutent 40 km de galeries entre les 2 tunnels (de quoi faire des abris sécurisés pour l'élite? des stockages d'oeuvres d'art? des entrepôts de munition? des dortoirs pour une armée?). L'Europe a payé 15% des 11 milliards d'euros du coût de l'ouvrage, le reste du financement les journalistes ne savaient pas d'où ça venait.

Un chantier présenté comme ayant été réalisé dans un temps record (17 ans quand même), dans un anonymat quasi complet, le grand public ne l'ayant découvert que lors de la cérémonie.

La cérémonie

1 000 invités prestigieux (VIP), des personnalité dont on n'aura pas l'identité, si ce n'est qu'ils sont au dessus des chefs d'État (Hollande, Merkel, et d'autres dont on n'a pas le nom) puisque les chefs d'État ont eu exceptionnellement le droit de manger la même chose que ces mystérieuses personnalités...

Un spectacle de 600 artistes, show aérien, 2 000 militaires pour surveiller ce "beau" monde, des cordons de police dont le nombre, qui s'ajoute aux 2 000 militaires, n'est pas communiqué.

Le spectacle était sataniste : principalement un Baphomet-bouc, un baphomet androgyne avec des seins, etc.

08/06/2016 - Obama demande de se préparer à un désastre

Déclaration faite à la FEMA.

15/06/2016 - Existence de Planète X

Les derniers calculs montrent que planète 9 n'est pas seule, il y a donc planète 10 (planète X en chiffre romain !).

L'article résume aussi l'histoire de la découvert de cette planète 9, et rappelle l'hypothèse que celle-ci pourrait être une exoplanète captée par notre Soleil (donc révolutionnant autour d'une étoile très proche, du genre Némésis...).

21/06/2016 - Big One San Andreas annoncé pour le 31 juin !

"Des géologues américains sont persuadés que les USA subiront dans les dix prochains jours un séisme de 9,3 sur l'échelle de Richter. La Californie a connu, le long de la faille de San Andreas, dix séismes de magnitude moyenne au cours des dix derniers jours, soit un séisme par jour. Les services d'urgence se préparent déjà à faire face à ce séisme, souvent qualifié de "Big One", qui serait le plus fort dans la zone de la subduction de Cascadia. Après avoir frappé cette zone, les secousses se dirigeront provisoirement au nord, le long de la côte Ouest des USA."

On nous parle de séismes crustaux ! Cette alerte sera reprise les jours qui suivent, des alertes au black-out généralisé, les séismes augmentant, et finalement rien ne s'est passé, surprenant tout le monde...

Toutes les mesures des géologues sont au rouge cramoisi, c'est pour cela que la FEMA a fait passer ses programmes logistiques civils d'évacuation des populations prévus pour 2018 en juin 2016, que des grands magasins Walmart n'ont cessé d'être transformés en immenses dortoirs, etc.

26/06/2016 – Pape François demande pardon pour les erreurs passées de l'Église

Le pape François fait des déclarations importantes auprès des journalistes qui l'accompagnent (shuntant ainsi la censure Vaticane).

Le pape s'excuse (au nom de l'Église, celle avant qu'il arrive) pour les mauvais traitements/la marginalisation que les homosexuels ont subi. Ces excuses s'étendent à tous ceux que l'Église a marginalisé ou n'a pas aidé, les pauvres, les femmes et les enfants (notamment ceux qui sont forcés à travailler). Puis il excuse l'Église pour toutes les armes que l'Église a béni dans son histoire.

Cette position fait grincer beaucoup de dents chez les catholiques français les moins progressistes, le traitant de "faux" pape qui "détruit" l'Église, alors qu'en réalité, il n'a jamais existé de pape autant dans l'esprit de Jésus : tolérance, non jugement de l'autre, compassion malgré les différences.

L'Église aussi est victime de la polarisation spirituelle, avec ses bons altruistes compatissants, mais aussi avec ses réfractaires hiérarchistes, et les avis sur le pape stigmatise toute cette bi-polarité.

28/06/2016 – Risque sur New-Madrid révélé dans les mass medias

Certains médias USA commencent à parler d'un possible méga-séisme sur New Madrid. Est rappelé le séisme de 1810 sur la ville de New-Madrid, dernier en date. Les journaux, sous prétexte de rappeler les témoignages de l'époque, parlent des témoignages souvent relayés ces derniers temps autour de cette faille : des geysers de sable (probablement du gaz méthane), des nuages de gaz /brume à l'odeur de soufre (là encore probablement des gaz fossiles), une déviation du Mississippi et des rivières qui semblaient remonter le cours de leur lit (à cause de la montée en altitude de certaines bandes de terre faisant barrage), de grandes fissures, etc. Une manière d'alerter la population sans le dire : il y a eu ces geysers dans un golf en Ontario, le Mississippi déborde plus souvent que d'habitude, c'est soulevé en laissant une de ses portions à sec pendant 2 jours avant que l'eau ne le comble de nouveau, les séismes sont 500 fois plus nombreux qu'au 20e siècle, etc. C'est aux citoyens à faire la conclusion que les médias ne peuvent pas faire.

Un média fera même le lien entre New Madrid et San Andreas, montrant que la dévastation pourrait se faire sur tout le pays : "Entre le vacarme du nord-ouest du Pacifique et le tremblement de terre dans le nouveau Madrid, les experts avertissent de se préparer pour les «journées du ciel noir», alors que «l'enfer pourrait se déchaîner».

Plus de 50 unités de l'armée et de la garde nationale s'entraînant avec les forces de l'ordre, les pompiers, les ambulanciers paramédicaux et d'autres organisations d'intervention en cas de catastrophe participeront à ces exercice."

Pourquoi parler de ciel noir ? Si ce n'est pour préparer aux 3 jours de ténèbres ?

07

10/07/2016 - L'équateur tremble en permanence depuis 3 mois

Le séisme majeur en Équateur du 16/04/2016 ne s'arrête pas, plus de 2 000 répliques ont été enregistrées depuis 3 mois. Sachant que ce ne sont pas des répliques quand elles plus de la moitié du séisme initial. Imaginez si toute cette puissance avait été libérée en un seul séisme...

Augmentation des sorties de pistes avions

Le déplacement accéléré des plaques tectoniques, les GPS faussés par les sous-pôles, créent une augmentation soudaine et mondiales des sorties de pistes des avions,ainsi que des problèmes de train d'atterrissages.

27/07/2016 - Un OVNI explose un énorme astéroïde avant qu'il ne touche le sol

C'est dans l'Utah que ça a été filmé.

30/07/2016 - Mini Tsunami envahissant tout Copa Cabana

Ces cas de vagues bien trop hautes (des mini-tsunamis) se multiplient. Ici, elle a touché la célèbre plage brésilienne de Copa Cabana, ce qui a aidé à ce qu'elle fasse le tour du monde. On y voit une grosse vague envahir la plage de Copacabana, obligeant ceux sur le sable à s'enfuir, puis loin de s'arrêter, la vague traverse la large avenue, et va se déverser massivement dans les entrées des parkings souterrains des luxueux immeubles.

08

01/08/2016 - Recalcul des points GPS de l'Australie

Pour justifier le recalcul de tous les points GPS de l'Australie, les autorités invoquent le fait que le continent s'est déplacé de 1,5 m vers le Nord en 22 ans.

Drôle de conclusion de l'article : "ce mouvement pourrait conduire à de puissants tremblements de terre. Le continent ne se trouve plus là où il était précédemment."

Une manière de justifier les nombreuses sorties de pistes apparues en début d'année.

08/08/2016 – Gouvernement demande à préparer son BOB (sac de survie)

Sur la plateforme gouvernementale, des conseils sur comment préparer un sac d'évacuation (pour quitter son domicile détruit et rejoindre une zone sûre), mais aussi faire face aux ruptures de barrage, aux séismes (pourtant rarissimes en temps normal sur le territoire français), les risques industriels type SEVESO, les risques nucléaires, ou encore la page sur les tsunamis, une vague de 250 m de haut submergeant une ville et ses gratte-ciel, alors que les plus gros tsunamis massifs connus ont fait 40m de haut (hors chutes de montagne comme celui de 1968 en Alaska, près de 500 m de haut).

3 mois avant, le 10/05/2016, la croix rouge avait déjà créé une page sur le sac d'évacuation, étonnant qu'elle n'y ai jamais pensé avant...

Pour bien comprendre le changement de paradigme, se rappeler que seulement 6 ans avant, le parisien dénigrait les survivalistes, se moquant de leurs sacs de survie ressemblant à ceux de Rambo...

21/08/2016 - gouvernement allemand impose un stock de 10 jours d'avance

Sous prétexte de terrorisme (ou autre...) les Allemands sont **obligés** de faire des stocks pour faire face à une rupture d'approvisionnement... Il est conseillé même d'avoir plus de 10 jours d'autonomie, preuve que c'est bien une catastrophe à l'échelle de l'Europe qui est attendue, une catastrophe locale voyant tout le monde secouru en moins de 2 jours.

La demande du gouvernement français d'avoir un sac à dos de survie fait tâche d'huile en Europe... Qu'est-ce qui les préoccupe à ce point ? Les risques de New-Madrid aux USA, dont ils connaissent l'impact sur les tsunamis Atlantique ?

Finalement, la Belgique, la République Tchèque et la Finlande ont emboîté le pas de l'Allemagne, en conseillant à leur population de faire des réserves d'eau et de nourriture. Chose plus étonnante, c'est que les populations ont été prévenues directement, sans qu'on en retrouve la trace sur internet. Ces pays rejoignent les USA et la Finlande, qui avaient déjà demandé à leurs citoyens de se préparer quelques mois avant.

22/08/2016 - Apparition d'un ET filmé

Depuis mi-2016 les créatures ET peuvent se montrer de plus en plus souvent pour accélérer le réveil des populations.

On commence mollo : pas de photos bien nettes en gros plan, mais le nombre d'observations et la précision toujours croissante, qui vont faire en sorte que la présence ET sera bien connue au moment de sa révélation.

Les vidéos ont été prises dans une station service du Pérou assez fréquentée, devant les caméras de vidéos surveillance, à une heure où il y a du monde (nombreux témoins qui ont confirmé à la police) et où on pouvait penser que des vidéos issues de smartphones viendraient confirmer ce qu'a vu à la caméra de surveillance.

On y voit un "longue patte" flotter à côté de la station, se déplacer sur la route et passer à travers les camions, confirmant sa maîtrise de la gravité et du passage dans les dimensions supérieures.

On a la caméra de surveillance, et une vidéo vue d'un autre angle, prise d'un smartphone.

08

01/08/2016 - La Chine ne veut plus cacher les catastrophes naturelles

Sous entendu qu'avant, ces catastrophes étaient censurées !

23/08/2016 - plusieurs mini-tsunamis partout sur la planète

A l'instar du mini-tsunami sur copacabana le 30/07/2016, plusieurs régions du monde ont vu l'océan sortir de son lit., sans que les médias occidentaux ne relatent ces phénomènes impressionnants dont ils sont d'habitude friands... A Santos près de Sao Paulo, a Paraty sur la côte verte de Rio de Janeiro.

25/08/2016 - Découverte d'une planète habitable cachée sous notre nez !

Le titre est puta-clic, mais c'est le volet 2 de l'annonce de Nibiru scientifique plan B : faire croire au public que nos instruments étant calibrés pour l'espace profond, et pas l'espace proche, il est possible qu'une planète habitable ai pu venir tout contre la Terre sans qu'aucun astronome professionnel ne puisse la détecter.

Exactement l'excuse qu'avait annoncée Harmo et Nancy le 20/06, 2 mois avant, et qu'ils savaient en préparation : suggérer que les satellites Hubble, Kepler et Wise regardent uniquement le lointain et les objets brillants, si bien que tout ce qui est proche ou de faible luminosité ne pouvait être capté.

Ces nouvelles planètes découvertes sont de la foutaise (cette planète était déjà connue, ils l'avaient juste négligée), ce qui compte c'est comment et à quelle fréquence des "découvertes" sont distillées.

Après cette annonce, il ne reste plus qu'à détecter Nibiru elle-même (le volet 3 de l'annonce B), mais ça ça reste au bon vouloir de la sphère dirigeante...

Tant que les journalistes et les sicentifiques verront les arkancides des époux Clinton continuer, ils ne pourront pas aller plus loin que cette annonce.

27/08/2016 - Nouvelle capitale vide de la Birmanie

Encore une ville fantôme, construite dans le secret, devenue en douce la nouvelle capitale en 2005 de la Birmanie. Comme en Chine, personne n'y habite... pour l'instant, puisqu'elle doivent servir de lieu de transfert pour les populations. Les autorités Birmanes ont commencé à déplacer les fonctionnaires d'État dans la nouvelle capitale. Cette ville se trouve bien plus à l'intérieur des terres que l'ancienne capitale, Rangoon, qui est en train de couler. Par contre, la Birmanie étant un pays plat, l'altitude de 115 m risque de ne pas suffire. Les scientifiques humains donnent 70 m d'élévation des mers, mais ils ne comptent pas le réchauffement important des océans. Les Zétas, comme les archives tibétaines (voir Lobsang Rampa en 1960) annoncent 200 m, et les Russes et les Américains ont bien tablé sur des citées plus hautes que 200 m.

24/08/2016 - Loi allemande des 10 jours de réserves

Décision de l'Allemagne de demander à ses citoyens de faire 10 jours de réserves.

31/08/2016 - Obama annonce le mois de la préparation

6 jours après l'Allemagne, la déclaration d'Obama qui déclare un mois entier "mois de préparation aux catastrophes". Preuve que tous ces pays s'attendent à quelques chose de grave.

Ce mois de la préparation existe depuis 2003 (date à laquelle Nancy Lieder avait dit que Nibiru entrerait dans le système solaire, ce qu'elle a fait !) mais cette année, cette déclaration a été diffusée dans les mass medias. Le ton était moins alarmiste et moins grave que celle de 2016, il n'était pas encore question de plan d'évacuation d'urgence avec kit de survie en main

09

01/09/2016 - Un OVNI fait exploser Falcon 9 et les satellites Facebook

Alors que la fusée Falcon 9 (fusée privée d'Elon Musk) procède à la mise à feu statique des moteurs, un OVNI noir survole à toute vitesse le haut de la fusée, et cette dernière explose aussitôt. La scène est filmée, les images font le tour du monde dans les heures qui suivent. Après le brasier, il ne reste plus rien ni du lanceur, ni du satellite israélien Amos 6 déjà à bord. Le satellite en question devait permettre au géant américain Facebook et à l'opérateur français Eutelsat de connecter à l'internet haut-débit des pays d'Afrique subsaharienne. Mais c'est la seconde fonction de l'engin qui attise la suspicion. Le ministère de la Défense israélien comptait sur Amos 6 pour mener des missions d'observation, de renseignements, mais aussi de communications militaires.

Ne trouvant pas la cause du drame, les concepteurs concluront à un sabotage...

Selon Harmo, il y a eu intervention ET, le but étant de faire comprendre à certains que :

- Il ne pourront pas fuir la Terre au moment des catastrophes
- que les satellites et autres technologies qu'ils veulent mettre en place pour leur propre usage uniquement, ou pour nuire spécialement aux populations de survivants (surveillance des survivants dans ce cas-là), ne seront pas tolérés.
- Que les Elites qui ont des vues de domination globale après le passage de Nibiru seront remises à leur place, par la force s'il le faut.

Regardez quel satellite devait être lancé, qui en étaient les commanditaires exacts et dans quel but possible ces instruments pouvaient réellement servir dans l'optique "Nibiru et catastrophes associées"

Un OVNI aspire un chemtrail

Aux USA il y a eu et il y a encore parfois des tentatives de chemtrails (pulvérisation de produits dans la haute atmosphère depuis les avions) pour camoufler Nibiru ou les autres anomalies.

Le dernier essai en date de chemtrail à vu apparaître un OVNI qui a dissipé le nuage. Le message a été bien reçu et les essais d'un nouveau produit se sont arrêtés.

10

18/10/2016 - La moitié du parc nucléaire français à l'arrêt !

26 réacteurs nucléaires français arrêtés. Il faut que 45% de notre parc nucléaire soit à l'arrêt pour que ça commence à fuiter dans les médias... Les réacteurs ont été fermé petit à petit, malgré le froid qui imposait théoriquement un gros recours à ces centrales. La raison officielle est un contrôle de sécurité.... Cette erreur de conception, toucherait quasi tous nos réacteurs, et pourrait servir d'excuse à fermer toutes les centrales nucléaires française en prévision des tsunamis de New-Madrid.

21/10/2016 - Planète 9 découverte dans moins de 16 mois

Planète 9 est proche, et devrait être découverte dans moins de 16 mois d'après les astronomes. UN délai qui ne sera pas tenu, les choses ayant changer après l'élection de Trump.

23/10/2016 - "planète 9 ne peut pas être cachée plus longtemps"

Une alerte envoyée par les scientifiques aux décideurs...

11

01/11/2016 - La France augmente de 100 fois les taux de radioactivité minimum

Comme si nos dirigeants s'attendaient à une explosion inévitable de centrale nucléaire, ils décident de multiplier par 100 le taux de référence en cas d'urgence !... Si une centrale pète, ils évacueront moins de monde, vu que les taux de radiations, précédemment considéré comme mortels, seront désormais considéré comme sans danger... Quand on voit le nombre de cancer de la Thyroïde qui a explosé suite à la construction de Golfech, avec les anciens taux divisé par 100, on se dit que le nombre de morts va exploser avec ces nouveaux taux, et que les employés du nucléaire sont en danger. Normalement, on augmente de 10% d'un coup maxi, pas de 5 000 % !!! La centrale de Golfech justement, qui 12 jours avant, le 19/10/2016, avait relâché un taux de polluants supérieurs aux normes, pourra désormais les relarguer sans que l'incident ne soit relayé aux médias...

04/11/2016 – volcan de boue apparu en Italie après le séisme 6,6

Un autre volcan de boue en Italie après les derniers séismes 6+ . Cela ressemble aux laars islandais, décrits par Haroun Tazieff, et dont au moment de l'émergence de ce volcan en Italie, on ne trouve plus aucune trace sous Google.

11/11/2016 - 1 première, 2 volcans explosent en même temps au Pérou !

Les 2 volcans sont distants de 100 km, avec chambre magmatique séparée. Un phénomène qui a surpris les chercheurs, jamais une telle chose ne s'était observée, les éruptions de volcans étant assez rares normalement pour ne pas se produire le même jour. Tout le monde sera encore plus étonné quand ce phénomène se reproduira une semaine plus tard au Chili...

13/11/2016 - Séisme majeur 8+ en Nouvelle-Zélande

Déplacements de morceaux de plaques (des iles entières parfois voir Indonésie, Japon Grèce etc...), des ruptures de failles sur de grandes longueurs, et plus de simples ruptures locales avec un seul épicentre limité. "Les effets de ce séisme ont été intenses car 2 séismes presque simultanés se sont produits". Le mouvement co-sismique se produit lorsque des ondes sismiques arrivent toutes en même temps, libérant de grandes quantités d'énergie le long d'une faille. Des fonds marins exposés à l'air libre (si soudain que la vie marine n'a pas eu le temps de s'enfuir). Cape Campbell (sur l'île du Sud), s'est déplacée horizontalement vers le Nord-Est de 2 à 3 mètres et le marégraphe de Kaikoura est monté de 90 centimètres. A noter que des épaves sous-marines n'ont plus été retrouvées, déplacées par le séismes.

13/11/2016 – Nouvelle prolongation de l'état d'urgence sans raison apparente

1 an après les attentats du Bataclan, l'état d'urgence est prolongé, comme si le gouvernement Valls-Hollande n'arrivant plus à juger quand Nibiru arrivera. Comme il n'y a plus d'autres attentats pour justifier cette prolongation, c'est bien un indice fort que cet état d'urgence n'est PAS QUE lié à des problèmes de sécurité. Quand on combine cela à l'arrêt d'une grosse part du parc nucléaire français et des consignes à droite à gauche dans d'autres pays de faire des réserves, nous avons là un faisceau de présomption qui devient de plus en plus dense et sérieux : l'État français se prépare à de gros événements qui pourraient endommager les centrales, ou/et menacer l'ordre public/les populations entre autres.

13/11/2016 - Les ministres français passent leur temps en Afrique

Les déplacements africains abusifs des divers ministres français, non justifiés (comme s'ils habitaient déjà là-bas...), commencent à poser des questions :

"encadrer le Sénégal [pour former] des soldats de la sous-région"

"Jean-Marc Ayrault veut que toute l'Europe s'intéresse au continent [Africain] et en fasse même sa priorité"

"Nos destins sont liés"

"cette frénésie diplomatique notée ces derniers temps n'est pas près de s'arrêter."

"Jean Marc Ayrault : ''Pourquoi des visites ? On vient voir ses amis."

16/11/2016 - 6 volcans explosent après le séisme de Nouvelle-Zélande

Le séisme en Nouvelle-Zélande est suivi d'une grosse série d'éruptions volcaniques partout dans le monde (les volcans Frosty, Kilauea, Colima, Santiaguito, Sabancaya, Ubinas).

Les scientifiques persistent à refuser de voir le lien évident entre sismicité et volcanisme (ils devront le reconnaître quelques mois plus tard devant les nombreuses évidences, admettant par la même que la dérive des continents s'était amplifiée).

18/11/2016 - 2 volcans éruptent en même temps

Après le Pérou, 2 volcans explosent simultanément au Chili, alors qu'ils sont distants de 100 km. Une semaine après l'explosion simultanée inédite au Pérou... Quand 2 choses jamais vues se reproduisent à moins d'une semaine, il y a de quoi réviser ce que l'on croit savoir de la volcanologie....

19/11/2016 - La Belgique s'apprête à fermer toutes ses centrales nucléaires

Alors que la France se demande s'il faut fermer toute ses centrales suite au défaut sur la cuve de tous les réacteurs, la Belgique prépare un arrêt sans justification (sinon de dire que la sécurité de Electrabel est défaillante et insuffisante, sans qu'on sache en quoi), et l'Allemagne stocke les pilules d'iode en préparatif d'un accident nucléaire. Tout ou la vague de séismes qui a frappé la Nouvelle-Zélande se répercute dans le monde en entier (comme un 7+ en Amérique du Sud) et qui charge New-Madrid.

12

07/12/2016 - cour de cassation sous le contrôle du gouvernement

Le dernier jour avant son départ de premier ministre, Manuel Valls supprime l'indépendance de la justice, la nécessaire séparation des pouvoir qui est le principe fondateur d'une démocratie. Juste un entrefilet dans les médias, et des journalistes qui oublient d'expliquer la gravité de cette décision.

En plein état d'urgence, c'est un pas de plus vers le verrouillage total.

10/12/2016 – gouvernement prolonge l'état d'urgence jusqu'au 15/07/2017

Même sans raison (plus d'attentats) l'état d'urgence est prolongé par le nouveau premier ministre Cazeneuve.

10/12/2016 - L'Inde confisque l'or et les bijoux de ses citoyens

Le gouvernement indien mène des raids contre l'or caché, pour récupérer l'or dispersé dans la population. Histoire de récupérer de la monnaie d'échange pour les ogres ?

17/12/2016 - Nouveau séisme Majeur 8+ en Papouasie

1 mois après le gros séisme en Nouvelle-Zélande proche, toujours la plaque Pacifique qui se déplace. Qu'il y ai autant de puissance après celui de Nouvelle-Zélande de novembre, c'est tout à fait anormal. Ça le sera plus quand le 22/01/2017 (1 mois plus tard) on aura un nouveau séisme majeur 8+ en Papouasie.

19/12 - Explosion de la demande de bunker de luxe

Les journaux boursiers s'étonnent que malgré l'économie en plein essor, les élites ont accéléré le rythme de construction de bunkers de luxe, et se demande s'ils n'anticipent pas l'apocalypse...

30/12/2016 - Rappel de tous les porte-avion USA

Suite aux nombreux "loupés" de l'armée USA (des infiltrés dans les renseignements qui font tirer sur les troupes Syriennes régulières), et pour éviter que les chapeau noirs, avec un général infiltré au sein du haut commandement militaire, ne déclenche une troisième guerre mondiale contre l'Iran, la Chine ou la Russie (qui laisserait Obama, donc les chapeau noirs qui le contrôlent, garder le pouvoir via la loi martiale), Dunford fait revenir tous les porte-avions en opération. Première fois depuis la seconde guerre mondiale qu'aucun porte avion américain est en mer. cela a énormément surpris nombre de commentateurs aussi bien main stream que conspis.

2017

01

04/01/2017 - Les courriels d'Hillary disparaissent "par hasard" des archives de la NARA

Les horreurs qui seront révélées au procès d'Hillary Clinton en septembre 2020 n'ont pas pu êtres couvertes pendant des décennies sans des infiltrations aux plus haut niveaux des institutions des USA. Comme Epstein qui a manqué être assassiné en prison lors d'une coupure d'électricité massive de courant à New-York. C'est ce qu'on appelle l'État profond, des agents dormants obéissants aux ordres des chapeau noirs.

07/01/2017 – déploiement OTAN en Europe contre la Russie

Si les porte-avions avaient été disposés sur place (comme ça devrait toujours l'être pour ce genre d'exercice), l'OTAN aurait eu possibilité de lancer une guerre dévastatrice contre la Russie. Voilà pourquoi les généraux USA avaient rapatrié les porte-avions, sachant que les troupes USA sous commandement de l'OTAN ne sont pas de leur ressort.

22/01/2017 – Nouveau séisme majeur 8 en Papouaisie

Après celui de la Nouvelle-Zélande du 11/11/2016, et la papouaisie du 17/12/2016, un séisme majeur au même endroit tous les mois : seule une dérive rapide des continents peut charger ainsi, plusieurs fois d'affilée, une faille. Normalement, il aurait du s'écouler au moins 100 ans pour que de telles puissances puissent de nouveau se reproduire. Les scientifiques alertent sur le risque de nouveaux séismes, suite à ceux là qui en bougeant, chargent de nouveaux verrous ailleurs dans le monde.

21/01/2017 - Zuckerberg veut expulser 100 familles pour son bunker

Encore un milliardaire (le fondateur de Facebook) qui s'achète un vaste terrain, pour bâtir une cité high Tech... Au passage, 280 hectares pour un seul homme, notre monde est fou.

21/01/2017 - La BBC annonce par erreur l'assassinat de Trump

Dans les médias, entre les lapsus de Hollande qui parle de Trump comme d'un possible collègue (et pas futur), les questions des médias sur qui gouvernerait le pays si Trump était assassiné avant l'investiture, ou qui appellent directement des déséquilibrés à tenter quelque chose contre Trump, c'est une vraie charge de cavalerie, montrant que des plans très sérieux étaient fait par les chapeau noirs pour assassiner Trump. Les plans de cet assassinat étaient si avancé, que des plis avaient été envoyés en avance aux médias. Mais revenons un peu en arrière.

Ce sont les organisateurs du 11/09/2001 qui ont de nouveau tenté d'assassiner Trump. L'indice ? C'est eux qui donnent les ordres à la BBC :

On peut penser à l'immeuble n°7 le 11/09/2001 (p. 90). On ne sait pas qui à fait ces attentats, on sait juste que la BBC était au courant, et qu'une bourde a été faite en annonçant l'événement avant qu'il ne se réalise...

Et bien, il s'est reproduit la même chose avec la même chaîne !!! La BBC annonce un attentat sur Trump. Étaient-ils au courant d'une préparation d'assassinat, assassinat échoué mais annoncé quand même ?

Il est probable que ce genre d'annonce doit être préparée à l'avance (dans le cadre de la réalité alternative (la narrative) présentée au grand public). Elles sont donc rédigées à l'avance et transmises à toutes les antennes locales. Sauf qu'ici, l'antenne locale de la BBC a cru que c'était une dépêche qui s'était déjà produite, et l'a publié alors que l'événement qu'elle décrivait n'a finalement pas pu se produire (preuve que l'État profond n'a plus les moyens de ses ambitions, comme du temps de JFK).

30/01/2017 - Trump retire la taxe carbone

Trump signe un décret restreignant la possibilité, pour les agences fédérales, d'édicter de nouvelles réglementations. Ça s'applique à l'économie mais aussi à l'environnement.

Trump prévoit tout simplement le jour où on s'apercevra que le réchauffement vient du noyau terrestre et pas de l'homme, et enlève les réglementations à ce sujet sur les entreprises, pour éviter qu'elles ne demandent à être remboursées des millions volés via les taxes carbone.

31/01/2017 - CIA perds son pouvoir exécutif

"La plus importante réforme des structures administratives aux USA depuis 69 ans."

Dès sa prise de pouvoir, Donald Trump retire à la CIA son siège au conseil national de sécurité. C'est à dire qu'il abolit un privilège de 1947, où la CIA avait le même pouvoir que le président, et pouvait pratiquer les assassinats que le directeur de la CIA désirait (ce n'est pas dit, mais il était possible d'assassiner un président de la république, que ce soit Fidel Castro, ou même de son pays comme Kennedy...).

La CIA redevient enfin une agence de Renseignement uniquement, n'ayant plus de pouvoir exécutif (prendre des décisions, conduire des actions secrètes hors toute diplomatie et discours officiel, type opérations GLADIO).

C'est cet organisme officieux qui se chargeait de faire appliquer le secret-défense, assassinant les scientifiques et leur famille, dès lors qu'ils auraient trahi le secret-défense (comme révéler Nibiru, ou les essais divers sur la population des USA).

Ces services sont capables de provoquer des crises cardiaques subites (coup du parapluie révèle dans les années 1970), ou encore des cancers fulgurants (via l'insertion de pastilles radioactives sous la peau). Mais les suicides, accidents de la route, ou balles perdues attribuées à des règlements de compte mafieux, sont aussi des valeurs sûres…

L'article révèle qu'en 2015, le conseil de sécurité national avait fait des assassinats politiques dans 135 pays (sans préciser le nombre de personnes tuées dans chaque pays, peut-être des milliers allez savoir... Peut-être même en France...).

Le président Trump avait solennellement affirmé que les USA n'organiseraient plus de changement de régime tels qu'ils l'ont fait ou tenté depuis 1989 en utilisant les techniques de Gene Sharp (révolutions de couleur, printemps arabes, association d'organismes privés types ONG ou think tank (LGBT, féminisme, Antifa, etc.)). En retirant un élément incontrôlable comme la CIA (aux mains d'un État profond non élu), il en prend le chemin.

Comme d'habitude, cette décision majeure, qui aura de grande répercussion sur la perte de puissance des chapeau noirs, ne fut pas traitée par les médias, trop occupés à critiquer Trump sur l'immigration (alors qu'il ne fait que reprendre les mêmes lois que son prédécesseur, Obama...).

02

01/02/2017 - série de hécatombes d'animaux

3700 oiseaux tombent morts du ciel. Ça s'est passé à Sacramento, et les autorités ont supposé une grippe aviaire (les oiseaux se posent, se cachent et meurent sans qu'on les retrouve, alors que là, ils jonchent les rues, étant littéralement tombé du ciel).

416 baleines s'échouent, mourantes, sur une plage. 416 ça fait pas mal, pour des bestiaux de 2 tonnes et 6 m de long... Mais quelques jours après, de nouveau 200 autres baleines viendront s'échouer 3km plus loin. Les volontaires ont formé un mur humain pour empêcher les baleines d'aller s'échouer sur la côte.

11/02/2017 - Révélations Vault 7

Vault = voûte en français. Wikileaks commence à divulguer des secrets, dans un enchaînement logique, sur tout ce que le milieu conspi USA connaît depuis des années. Au vu des photos publiées en "teaser", on pouvait s'attendre à voir la vérité sur le 11/09/2001, les ventes cachées et illégales de technologie à des pays étrangers, etc.

Le principe mets en place le stratagème utilisé par Q, qui apparaîtra en fin d'année, après l'échec de Vault. On pose une question, et les Anon s'occupent de trouver puis de prouver l'affirmation.

D'après Nancy Lieder, il s'agissait de révéler que les Clinton - Bush avaient vidé l'or de Fort Knox dans les années 1990 - 2000, s'étaient préparé des bunker en cachant Nibiru (Vault publiait en premier la banque de semence de Svalbard, un bunker souterrain conçu pour résister à une fin du monde, tout en préservant des semences et génomes divers d'animaux, une sorte d'arche de Noé). Vault s'appuyait sur la faute d'Hillary d'utiliser des serveurs secrets (utile quand on ne veut pas divulguer ses trafics à l'État fédéral, mais les hackers de WikiLeaks, aidés des ET, ont su casser les sécurités renforcées de ce serveur). Les Zétas révélaient à l'occasion que les Clintons, Bushs et même la reine d'Angleterre étaient assignés de force à résidence (voilà pourquoi la reine n'a pas fêté son jubilé de saphir, même s'ils ont le droit de faire quelques sorties accompagnés de plein de garde du corps, des gardiens de prison en réalité, on ne les voit pas beaucoup, surtout Hillary qui était censé mener l'opposition face à Trump), et que l'or et les capitaux blanchis avec soins étaient en cours de récupération. La totalité de cette histoire est emmêlée avec l'Annonce de Nibiru, dont on s'attend à ce qu'elle soit un choc pour le grand public, c'est pour cela que lui dire la vérité a été retardé au départ. Qui plus est, révéler que les familles Bush et Clinton étaient essentiellement une mafia criminelle serait de la même manière un choc pour le grand public, et donc l'idée de parler de cette partie de l'histoire sera probablement enterrée à jamais. Il a été estimé qu'être informé du vol de l'or de Fort Knox saperait la foi du public dans le gouvernement USA et dans le pacte social. Idem pour le 11/09/2001 : Accuser les politiques américains de haute trahison, d'assassinat volontaire de leurs concitoyens serait trop destructeur dans un pays ou le patriotisme tient toute la société.

Sûrement la raison pour laquelle Vault 7 n'aboutira jamais, même si des éléments de doute peuvent apparaître ponctuellement. Ne pas oublier que les WikiLeaks et autres lanceur d'alertes en gardent sous le coude, une sorte d'assurance vie, mais aussi que le but n'est pas de provoquer le chaos dans les nations en révélant toutes les ignominies d'un coup.

16/02/2017 - premier volet de Vault 7

La CIA est intervenue pour truquer les élections française de 2012, en surveillant les politiques français. Selon Harmo, le but était de constituer des dossiers sur toutes les malversations des politiques, afin de les faire chanter. Derrière cet espionnage, se cache la réalité effleurée par le reportage d'Élise Lucet en 1999, "viol d'enfants, la fin du silence", dévoilant un État français gangrené par le pédo-satanisme et l'étouffement des affaire par le milieu FM au pouvoir.

18/02/2017 - Century Fox paye la désinformation

La 20th Century Fox (multinationale gérant les médias et l'industrie du cinéma/téléfilm) a dû s'excuser publiquement après avoir été attrapée à faire de la désinformation sur Trump. Après avoir créé des sites d'information présentés comme réels, elle a diffusé des fake news, comme " Trump rencontre clandestinement Poutine", "Trump refuse d'envoyer de l'aide dans une zone sinistrée en Californie", etc.

Une campagne de désinformation anti-Trump évidente, payée par les moyens illimités de cette compagnie géante.

03

09/03/2017 - Vault 7 révèle que la CIA espionne le peuple

Il est désormais officiel que la CIA, comme le fait la NSA, espionne les populations, et qu'il y a très peu de contrôle sur l'éthique de ces écoutes. Cet espionnage peut se faire par la télévision, le smartphone, PC, et par tout objet connecté (frigo, détecteur de fumée).

On apprend aussi que la CIA est aussi la source de bon nombre de chevaux de Troie et autres virus qui viennent pourrir vos smartphones, PC etc. Ce ne sont donc pas des pirates qui veulent empêcher le progrès qui abîment nos données, mais bien des organismes étatiques (les Altaïran (confirmés par le patron de Symantec) disent que 90% c'est des organismes d'État corrompus (nous payons des impôts pour être emmerdé et espionné), 10% c'est les multinationales privées, et 0,000% sont en effet des particuliers, mais le temps à développer ces logiciels est énorme, et peu d'intérêt pour un particulier). On y apprend que les voitures sont piratables à distance (dépendant du degré d'asservissement électronique, comme ces voitures bloquées à des vitesses folles sur l'autoroute), notamment par la CIA. Cela fait remonter la tentative d'assassinat sur le président Poutine, en faisant se jeter une Mercedes sur la voiture où Poutine aurait du se trouver.

Plus inquiétant, on apprend que ces gadgets de contrôle, développés par les fonds publics, ont été retiré du contrôle des fonctionnaires, et sont aux mains de groupes privés inconnus. Georges Bush ayant été directeur de la CIA, ou les gros piratages malveillants venant souvent de l'Ukraine de Soros, il n'est pas difficile d'en déduire qui sont ces privés qui ont récupérés le contrôle de ces outils....

On apprend aussi que les hackers utilisent des codage d'empreinte ou d'adresses pour faire croire qu'un logiciel espion vient des Russes, alors qu'ils vient d'eux. Facile pour eux ensuite de retrouver leur empreinte qu'ils ont mis dans des logiciels malveillants, et d'accuser quelqu'un d'autre.

Il y a tellement de documents issus des serveurs les plus secrets de la planète qu'il est impossible qu'une simple taupe ou hacker ai pu être à l'origine de la fuite. Harmo révèle que les ET ont beaucoup aidé leurs équipes humaines.

Apple, Google et Microsoft sont "largement cité dans les dossiers". Les documents révèlent que les failles logicielles sont volontaires, pour servir l'espionnage de la CIA, et de quiconque, privé ami de ceux qui tiennent la CIA, connaît ces failles.

13/03/2017 - 50% des études diffusées dans les médias se révéleront rapidement fausses

Le problème, c'est que les contre publication ne seront elles, pas reprises dans les médias qui ont diffusé la fausse information, laissant les idées fausses dans l'esprit du public (alors qu'un média est censé corriger les fake qu'il publie).

19/03/2017 - la revue historia censure ses précédents articles

Un article de 2003 de la revue Historia, montrant que c'est la CIA qui dirige réellement l'europe, ne plaît plus à la nouvelle direction de Historia. Du coup l'article en question disparaît "pour un problème technique indépendant de notre volonté".

Il faut savoir qu'en juin 2016, le groupe Perdriel, propriétaire de *Challenges* et de *Sciences et Avenir*, achète la société Sophia Publications, éditrice de *La Recherche*, *L'Histoire*, *Historia* et *Le Magazine littéraire*.

A faire le lien avec le témoignage de Aude Lancelin, directrice de l'Obs, virée pour ses articles dérangeant le nouveau patron, Xavier Niel.

19/03/2017 - Iran submergé par un tsunami venu de nulle part

Faussement attribué à un phénomène habituel, les 8 morts et le regard affolé des iraniens stupéfaits par ce phénomène jamais montrent bien que ce phénomène était inédit.

Vague de vacillement surement, vu qu'au Pérou la mer s'était retirée de 150 m trop loin.

Le même phénomène s'était produit 7 jours avant en Afrique du Sud, et se reproduira, toujours en Afrique du Sud, le 8 juin.

25/03/2017 - Nicolas Fraisse à la télé

C'est dans *Salut les terriens* d'Ardisson que l'homme qui sort de son corps à volonté à pu s'exprimer, en toute liberté, et sans les dénigrements de mauvaise foi auxquels on pouvait s'attendre !

J'avais entendu des jeunes parler de cette émission, une fille qui commence à raconter qu'un gars pouvait sortir de son corps et voir à distance. Par réflexe conditionné, un gars qui n'a pas vu l'émission se fout instantanément de sa gueule, là c'est 4 autres jeunes, qui avaient vu l'émission, qui lui confirment la réalité du témoignage. Le gars s'est senti un peu seul et à vite rabattu le sourire de moquerie, puis s'est au final montré très intéressé d'apprendre tout ce qu'on pouvait faire quand on sortait de son corps.

30/03/2017 - La NASA affirme avec force que Nibiru n'existe pas

C'est presque aussi convaincant qu'en 2015, quand quelques mois avant la découverte d'une nouvelle planète du système solaire complet (planète 9) elle affirmait avec certitude que l'homme connaissait le système solaire comme sa poche, et que planète 9 et 10 n'existaient pas.

La NASA a grandement résisté au départ avant d'être forcée à l'évidence par les preuves irréfutables. On remarque aussi que ce n'est pas la NASA qui est en tête des recherches, mais d'autres organismes (suisses, français et USA hors NASA).

31/03/2017 - Vault 7 révèle que l'Allemagne de Merkel est au service de la CIA

Julian Assange a diffusé le troisième volet de révélations, intitulé «Marble», qui contient 676 codes sources utilisés par la CIA, pour empêcher les enquêteurs de prouver que les virus et chevaux de Troie sont programmés par la CIA.

C'est le même principe que l'outil CIA pour camoufler les inscriptions en anglais figurant sur les armes produites aux USA, et qui sont fournies à des combattants insurgés.

C'est pourquoi, depuis plusieurs années, tous les hackers sont accusés d'être Russe, un manoeuvre frauduleuse volontaire de la CIA pour masquer ses crimes.

Est révélé aussi que le consulat américain de Francfort (Allemagne) était un centre de piratage de la CIA couvrant le territoire européen, proche-oriental et africain. Les hackers de la CIA se voyaient délivrer des passeports diplomatiques et étaient protégés par le Département d'État.

Cela confirme les Altaïran quand ils révèlent que Merkel est un ancien agent CIA.

31/03/2017 - Poutine révèle que l'homme n'est pas responsable du réchauffement

Poutine lance un pavé dans la mare, en révélant que l'homme n'est pas responsable du réchauffement. Poutine parle de cycles globaux sur Terre (donc quelque chose de répétitif, comme le retour tous les 3670 ans de la planète Nibiru), qu'on ne peut rien faire à part s'y adapter.

04

07/04/2017 - Ces lacs qui peuvent exploser à tout instant

Un peu partout en France, il y a, sous des lacs qui ne doivent jamais s'assécher sous peine d'exploser, des vieux stocks de nitro qui dorment depuis 1917... A côté d'AZF à Toulouse par exemple, c'est 46 000 tonnes qui attendent le réveil ! Encore un risque de plus à prendre en compte le jour où il n'y aura plus personne de compétent pour maintenir le niveau d'eau du lac, ou que le barrage de retenue s'effondre suite à un séisme, ou encore que le lac se vide d'un coup comme ça se voit de plus en plus ces dernières années.

Il y a déjà eu une explosion d'usine où 20 000 tonnes de matériel avaient été soufflés et la dalle de béton soulevée à cause de ce problème (évidemment sur le coup les médias avaient juste indiqué qu'une enquête était en cours...), après 100 ans de non suivi administratif et de mise au secret du problème c'est normal que ces stocks aient été réutilisés en surface sans savoir ce que cachait la nappe phréatique en dessous. Avec la sécheresse, boum!

11/04/2017 - Trump attaque la Syrie sans preuve

Alors qu'il était accusé de tous les mots (racistes, misogynes, mauvais économistes), Trump devient soudain le chouchou du monde parce qu'il attaque sans preuve un pays sans défense...

Encore une manoeuvre de maître de la part de Trump, on apprendra plus tard que tous les missiles avaient visés un seul hangar désaffecté d'un aéroport, les soldats syriens avaient vidé le hangar plusieurs heures avant... Mais entre temp, Mc Cain le va-t-en guerre s'était calmé.

05

06/05/2017 - découverte de rails gravitationnels de Saturne

La sonde Cassini découvre qu'il n'y a rien entre Saturne et ses anneaux. Même si notre science connaît le principe de la loi de Titius-Bode, qui s'exerce sur tous les corps émettant de la gravitation répulsive, elle n'arrive pas à l'expliquer, car nos modèles ne les génère pas (normal vu que notre connaissance de la gravitation est fausse).

06/05/2017 - Impossible de retrouver la source des MacronLeaks (la veille des élections)

Les meilleurs informaticiens de France n'arrive pas à remonter à la source des fuite. Normal selon Harmo, ils ne sont pas de ce monde ! :)

Une manière de recadrer les élites du mouvement en marche, qui commençaient à un peu trop se griser de leur succès facile. Une manière aussi de montrer que Macron était bien soutenu par les ultra-riches, et qu'il ne payait pas l'ISF malgré sa richesse acquise avec Rothschild (les fuites laissent sous-entendre des comptes OffShore, bien que rien dans les documents ne permettent de le prouver formellement, la fameuse règle du doute des ET).

Une manière aussi de rappeler à tous qui commande réellement : la fuite s'est faite le soir avant les élections, trop tard pour changer l'influence du vote. Mais qui montre les capacités de ceux d'en haut, et que certaines choses sur les populations ne seront pas tolérées.

12/05/2017 - 4 jours seulement après son élection, Macron remercie Bolloré pour son soutien par un chèque de 315 millions d'euros

Bolloré rachète Canal Plus. Il vire les guignols et le petit journal, les dernières émissions qui critiquaient trop son protégé Macron.

Du coup, la moitié des abonnés Canal Plus se désabonnent. Plusieurs millions de pertes.

Bolloré est-il fou ? Il aurait investi dans une entreprise à perte ? Mais non ! Comme ses 3 potes milliardaires avec qui il partage 80% des médias français, il accepte de perdre 10 millions dans ces organes de propagandes (Bolloré a aussi racheté les sondages CSA au passage...).

Par contre, ces organes de presse c'est artillerie lourde, et on se prend du formatage Macron 24h sur 24.

Au final, ils font quoi les électeurs formatés ? Ils votent comme on leur a dit.

Au final, il fait quoi Macron envers ses potes? Il leur donne de l'argent ! Notre argent !

Ils ont perdus 10 millions pendant 1 an, ils récupèrent 315 millions derrière, et ça sera tous les ans ensuite (voir les riches qui deviennent plus riches avec Macron p. 29).

C'est qui au final les meilleurs ? C'est pas nous...

18/05/2017 - début de l'armée européenne de maintien de contrôle des populations

La défense Européenne était quasi absente (voir l'échec de l'Eurofighter).

Ce seront pourtant les forces armées européennes qui devront être aux premières lignes pour sécuriser les populations, évacuer les gens, mais surtout contrôler les exodes massifs de pays comme les Pays Bas, ou encore les révoltes lors du durcissement des lois liberticides.

Les statuts de l'OTAN n'ayant pas prévu de tels cas de figure (révoltes ou crises internes), il fallait créer une nouvelle entité.

Sylvie Goulard, ministre des Armées, ne connaît rien à la défense. Elle est par contre experte européenne (notamment en participant à la rédaction de la constitution) et travaille depuis longtemps à l'alliance France-Allemagne, et sera au top pour gérer les catastrophes sur tout le continent. La relance du vieux projet Verhofstadt.

25/05/2017 - Un sénateur brésilien parle de Nibiru

Le sénateur brésilien Telmário Mota annonce, dans un discours au Sénat en assemblée plénière, le risque d'une collision avec une planète du nom de "Nibiru", avec la Terre. "J'ai reçu l'information d'un élu qui a déclaré que la planète Nibiru venait vers la Terre et que le cycle actuel finira bientôt", a déclaré le sénateur. Selon le sénateur Telmário, le rapport de la NASA indique que la planète change le champ gravitationnel de la Terre et, avec cela, les deux tiers de l'humanité périront."J'ai passé cela à mes conseillers pour faire une étude pour voir si cette planète Nibiru approche vraiment de la Terre », a-t-il annoncé.

Rares crops dans colza

4 Crops Circles rares ont été réalisés dans du colza (permettant de faire un crop plus tôt dans la saison), une plante fragile qui dénote avec les crops classiques dans le blé. Si les CC dans le colza sont moins jolis, ils sont par contre difficilement reproductible par les faussaires. Ils avaient les noeuds de croissance à poussée différentielle, ce qui les valide. Un message urgent concernant la visibilité progressive de Nibiru, comme pour dire que ce serait retardé...

06

03/06/2017 - Poutine reçu à Versailles + évangéliaire de Reims

Lors de la première visite d'un chef étranger reçu par Macron, c'est à Versailles que Poutine est reçu, pas à l'Élysée comme c'est la tradition. Quand on sait que Poutine à offert un évangéliaire de Reims à Macron (celui sur lequel juraient les rois de France lors de leur accession au trône, on comprend ce qu'était réellement cette cérémonie dans la dernière résidence des rois de France... Tout comme on comprend Macron qui se place devant la pyramide FM le soir de sa victoire (pour bien marquer le renversement de pouvoir par le royaliste qu'il est), au Louvre, l'ancien palais des rois de France...

Macron, vis à vis de Poutine, fera référence à Pierre le Grand. Renvoi d'ascenseur...

05/06/2017 - Qatar mis en touche

Après que MBS ai nettoyé la corruption des autres princes d'Arabie Saoudite, il prend la tête d'une coalition isolant physiquement le Qatar avec un embargo. Les Français découvrent alors que les gentils milliardaires Qataris, qui ont payés la campagne et le divorce de Sarkozy, possèdent le PSG, aidaient la gentille Hillary Cinton démocrate contre le méchant Trump, qui payaient les rebelles Syriens contre le méchant Poutine, ce sont eux qui ordonnent en fait les massacres en Syrie ou les attentats en France et en Angleterre...

21/06/2017 - Révélation au monde des momies de Nazca (p. 290)

Des momies alien, dont une grosse partie du génome est inconnu sur Terre, mais hybridé à des humains, est annoncé. Comme ces momies sont des vraies (pas des montages) qu'on en retrouvera plus de 20, le système n'a eu d'autres choix que d'appliquer un cover-up total dans les mass medias. Sur internet, les désinformateurs se sont lancés à fond pour mélanger les choses et perturber les chercheurs de vérité, mais la vérité émergera progressivement : oui; ce sont bien des momies Extra-Terrestres, une espèce à part apparue il y a 1800 ans, et dont les gènes se dilueront progressivement dans le génome humain. Caractéristiques non humaines : 3 longs doigts, de longs bras, de longs orteils, l'absence de la partie externe de l'oreille, larges yeux.

30/06/2017 - Prince héritier d'Arabie Saoudite Ben Nayef assigné à résidence

Cela sent la guerre civile à plein nez. Le contentieux entre les deux rivaux (MBS et Ben Nayef) ne se concerne pas seulement le trône d'Arabie, mais aussi 2 politiques différentes. Autant le jeune MBS est progressiste, moderne, et tend à sortir son pays du Wahhabisme/Fondamentalisme, autant le Prince Ben Nayef est dans la droite ligne de la tradition familiale.

Leurs alliances sont aussi complètement différentes. Alors que MBS veut sortir du tout pétrole et de la soumission aux chapeau noirs, Ben Nayef est proche du pouvoir USA Bush-Clinton (anti-Trump). Ben Nayef soutient Daesh par un laisser faire accordé aux milliardaires saoudiens qui financent le terrorisme sunnite via le Qatar. L'isolement du Qatar a suivi immédiatement la visite de Trump, cette mise à l'écart de Ben Nayef n'est pas une coïncidence.

Pour la modernisation du pays, MBS dissous le principal frein religieux fondamentaliste, le Conseil des Oulémas (Police des Moeurs), le soutien idéologique du djihadisme sunnite de Daesh et Al Qaïda.

Ces deux visions contradictoires sur l'avenir du pays, de la part des 2 héritiers potentiels, vont forcément couper la population en deux clans. Quand les deux camps sont aussi opposés, c'est rare que ça finisse à long terme sur un compromis pacifique.

Une correctrice du bac dénonce les notes trafiquées

Plus les élites sont médiocres, plus elles font en sorte que leurs esclaves le soient aussi.

Chaque correcteur du bac est obligé de mettre une moyenne de 10/20 aux 55 copies qu'il corrige. Il est ainsi facile d'obtenir les 90% de réussite. Nul doute que l'année 2017 va battre le record de 2016, qui battait déjà celui de 2014-2015. Vu de (très) loin, ça va mieux comme disait l'autre...

Affolée par le niveau plus que médiocre, une des correctrice écrit :

«Alors je fais mon choix. Je ne joue pas. Je ne cautionne pas. Je choisis de mettre les notes que ces malheureuses copies valent. Vous distribuerez vous-mêmes, en haut lieu, les notes qui arrangent votre politique. La bienveillance n'est pas le mensonge. Votre grand leurre se fera sans moi»

07

03/07/2017 – Nettoyage des dissidents Saoudiens par MBS

Dans la lignée de l'arrestation du prince héritier 5 jours plus tôt, MBS continue la purge au sein des autres héritiers proches du Wahhabisme et du soutien à Daesh. l'Arabie Saoudite est au bord de la guerre civile (wahhabistes et progressistes), mais aussi au bord de la guerre de religion (Sunnites-Chiites) avec les pays frontaliers.

03/07/2017 – Trump se créé la Space Force, une NASA bis

Alors que la NASA, dépendant du congrès (opposé à Trump) renforce son partenariat avec les privés Jeff Bezos (Amazon et Blue Origin) et Elon Musk (Tesla et Space X) pour envoyer des riches sur la Lune ou sur Mars, Trump dote l'armée américaine d'un corps d'armée dédié à l'espace (alors que l'Air Force s'en occupait, différente de la marine de Q et Trump) faisant doublon avec la NASA, mais sous les ordres de la maison blanche cette fois.

11/07 - Israël obligé de valider la campagne hongroise anti-Soros

La campagne d'affichage hongroise anti-Soros montre que ce dernier est derrière les millions de migrants imposés à l'Europe. Netanyahu, allié à Soros, a évidemment tenté de le défendre, avant de reconnaître que cette campagne était légitime.

08

01/08/2017 - EMP record sur une île de Caroline du Nord

Une île de la Caroline du Nord subie une panne électrique majeure. Une zone décompressée dans le sous-sol par l'arc de New-Madrid, de l'eau, en plein pic EMP, ça sent l'EMP à plein nez ! Mais à ce niveau de puissance et de durée dans le temps, c'est du jamais vu..

Les services de dépannage ont apporté plusieurs générateurs de secours, qui ont tous explosés quelques minutes après leur mise en marche !

Les autorités ont finies par déclarer que les dégâts étaient trop considérables pour être réparés (sans préciser en quoi), et ont fait évacuer les 10 000 touristes de l'île.

L'EMP semble stationnaire sur cette île (exit l'explication solaire). Les autorités, qui n'ont aucun modèle pour anticiper l'évolution de ces EMP, sont obligés d'attendre la fin de l'EMP pour tenter de remettre des générateurs de secours en place. Sans savoir si cette EMP s'arrêtera un jour, d'où cette imprécision de travaux variant entre une semaine et plusieurs semaines...

Le même jour, de l'autre côté de l'Atlantique, à Rotterdam aux pays-bas, la plus grande raffinerie d'Europe, une des plus grosse du monde (800 terrains de football...), en flamme, avec une grande boule de feu au dessus de Rotterdam que les pompiers n'arrivent pas à arrêter. Évidemment, le feu est parti d'un transformateur électrique...

Et que dire de la panne "d'origine inconnue" qui paralyse la Gare Montparnasse depuis samedi et qui ce matin perturbait toujours le trafic ferroviaire à Paris... (on est en France, en 2017, et ça fait 3 jours que des trains ne peuvent circuler sur une partie du territoire, celle où j'ai vu plein de capots levés sur la route...). Comme sur l'île de Caroline du Nord, les techniciens ne savent pas dire quand ça pourra repartir, chaque jour le transfo saute.

En Chine, c'est un restaurant qui saute, une grosse boule comme au pic EMP d'aout 2015.

En Californie, c'est un avion se crashe sur une autoroute, panne électrique.

Tandis que pour la 2eme fois en 2 ans, une des plus haute tour du monde (la Torch Tower, qui semble bien porter son nom !) prend feu à Dubaï.

Et plein d'autres pannes de serveurs, de crashs d'hélicoptères et d'avions, et encore des pannes de train, tous dans la même semaine, qu'il serait trop long d'énumérer ici (voir ma page Facebook).

05/08/2017 - Attentat au drone militaire contre MBS

Un drone gros comme un avion de chasse (comme un de ceux utilisés par les USA en Afghanistan pour décimer les chefs talibans, en tuant tous les civils à côté) a été utilisé pour abattre le prince MBS (1 mois après la purge sur les princes héritiers pro-Daesh). Surement touché, ce dernier n'a pas reparu ensuite pendant plusieurs semaines.

2 princes héritiers se sont réfugiés en Suisse, et 2 autres sont morts prématurément.

18/08/2017 - retrait de mer trop important

Cela fait 6 jours consécutifs qu'en Amérique du sud côté Est (Brésil), la mer se retire de façon anormale très loin des côtes. On a a d'autres endroits (côté opposé, à l'Ouest, le Chili) des submersions et des vagues de 15 m. Typique d'un vacillement de la Terre : imaginez déplacer brutalement l'amérique du Sud vers l'Ouest : sur la côte Chilienne, il y a une vague d'étrave (marées trop hautes) et derrière, une dépression (marée trop basse au Brésil).

Les médias ont parlé d'une conjonction exceptionnelle de facteurs pour expliquer le premier retrait exceptionnel, puis ont ensuite choisis d'ignorer le phénomène qui se reproduisait jours après jours... Fin septembre, ces marées anormalement basses continuaient de se produire.

19/08/2017 - Les inuits avertissent le monde que l'axe de rotation de la Terre a changé

Placés les plus au Nord de la Terre, c'est les premiers à être averti quand la Terre vacille, ou que l'axe de la Terre n'est plus bon (le Soleil, bas sur l'horizon, ne correspond plus aux repères ancestraux). Malgré avoir contacté à de nombreuses reprises l'ONU ou leurs autorités, personne ne semble vouloir les écouter...

21/08/2017 - éclipse solaire aux USA

Les autorités étaient très stressées par cette éclipse, qui aurait pu révéler des erreurs de calculs. D'où les annonces de l'axe de la Terre décalé, que peut-être l'éclipse ne pourrait pas être totale, car la Lune pourrait s'être éloignée, etc. Finalement, à part un décalage de plus de 3 km sur le trajet prévu (des gens qui s'étaient posté à un endroit censé être en éclipse total, ont quand même vu un bout de soleil qui persistait, alors que de l'autre côté du cône d'ombre, des gens ont vu l'éclipse totale là où ce n'était pas censé l'être).

Les autorités avaient peur pou cette éclipse, mais elle n'était que l'annonce des ouragans et séismes records aux USA pour le mois d'après.

25/08/2017 - Le gouvernement renforce les stocks d'armes anti-émeutes

A peine élu, le gouvernement Macron renforce ses stocks d'armes anti-émeutes (déjà largement renforcé l'année d'avant sous Hollande pour les lois Macron renommées El Khomry), pour une durée d'au moins 4 ans... Quand on sait les Gilets Jaunes déclenchés volontairement 1 an après par ce même gouvernement, on comprend que les choses se préparent bien à l'avance chez les élites, que tout est plus ou moins prévu dans les moindres détails.

28/08/2017 - Un nuage toxique asphyxie une plage anglaise

Un nuage qui pique les yeux, venant de l'océan... On n'a donc pas pu accuser une usine de ce lâché, sachant qu'une semaine et demie avant, de l'autre côté de la Manche, en Bretagne, le même phénomène s'était produit, les Français ayant moins de mal à mentir, ils avaient accusé un avion d'avoir peut-être un moteur mal réglé... 3 semaines avant, des boulettes jaunes avaient pollué 40 km de plages bretonne, c'était le dégazage d'un bateau qu'on avait accusé...

09

13/09/2017 - Découvertes de bas-reliefs mexicains montrant des ET et des OVNI

Continuation de la divulgation douce sur la présence ET : après les momies du Pérou, découverte de gravures au Mexique représentant clairement des extraterrestres ainsi que leurs vaisseaux. Qui plus est, ces ET ressemblent comme 2 gouttes d'eau aux momies de Nazca (p. 290) ! Une synchronicité fortement aidée par les ET bienveillants !

21/09/2017 - 5 ouragans en même temps dans le Golf du Mexique + séismes records

Avec Irma à St Martin c'était 95% de destruction, Maria en Dominique c'est du 100% (le plus violent ouragan de toute l'histoire), au point que les autorités prévoient 6 mois sans électricité. Pour un territoire des USA, première puissance économique mondiale, ça la fout mal... Des vents de 350 km/h, un record (160 km/h seulement pour les tempêtes Lothar et Martin de 1999).

Ces phénomènes, pris individuellement, ne se sont jamais produits dans l'histoire. C'est d'autant plus étrange la présence en même temps de 5 ouragans jamais vus (8 si l'on compte ceux des 2 semaines passées), des ouragans qui menacent de fusionner (Joseph et Marie, étrange...) sachant que Joseph a battu le record de longévité pour un ouragan.

A noter la chance inouïe, à chaque fois la puissance record de l'ouragan s'effondre brutalement (inexplicable) avant de toucher terre, et donc de faire exploser par submersion les centrales nucléaires placées sur les côtes... La Martinique laissée à l'abandon, des gens incapables de se gérer seuls, on peut dire que les élites se sont fait peur sur le coup... Et ça a réveillé pas mal de monde sur le fait qu'il se passait quelque chose de pas normal. Ajouté à ça que la France a été paralysée sur les routes par le gouvernement (via les syndicats aux ordres du gouvernement) en même temps qu'ils faisaient des essais d'évacuation de troupe.

Les séismes records et anormaux au Mexique (qui se suivent à quelques heures d'intervalle, pas des répliques, et qui se prolongent sans s'arrêter sur une semaine), qui semblaient couplé aux tempêtes, on fait comprendre que les cataclysmes records pouvaient se cumuler au même endroit en même temps.

On avait aussi une fissure massive à Apopka en Floride (13/09), une autre énorme fissure au Mexique (Puebla) (avec une éruption de volcan en prime, le popocatépetl). Sans compter les retraits de mer trop loin en Amérique du Sud et Central qui ont duré plusieurs semaines.

21/09/2017 - Arrêt de l'état d'urgence en France

Macron l'a annoncé avec un lapsus semblant travaillé, il a dit "J'ai décidé qu'en novembre prochain nous sortirons de l'état de droit". Un lapsus déjà fait la semaine d'avant par le ministre de l'intérieur.

25/09/2017 - Annonce qu'une nouvelle capitale du Caire est construite sur les hauteurs

Le gouvernement égyptien s'installera dans la nouvelle capitale d'ici la fin 2018, dont la construction dans le désert a débuté 2 ans avant, dans la relative indifférence des médias qui n'en parlent que maintenant. D'une superficie de 700 km² (7 fois Paris intra-muros). Aéroport international. Ce projet ambitieux permettra de reloger cinq millions d'habitants du Caire. Les fonctionnaires représenteront une grande partie de résidents de la nouvelle ville. La ville comptera des quartiers gouvernementaux et diplomatiques, des palais parlementaire et présidentiel, 21 quartiers résidentiels et des hôtels gratte-ciels. Le tout à 150 m d'altitude, alors que les scientifiques disent que si tous les glaciers fondaient, on aurait 65 m d'élévation de la mer (215 m pour les Altaïrans, qui tiennent compte de la dilatation de l'eau due à la chaleur excessive du noyau et de la désalinisation).

Typique d'une de ces enclaves high-tech qui fleurissent partout dans le monde, tel Neom Arabe.

27/09 - Macron va intégrer des éléments étrangers dans notre armée

Quand on veut contrôler son peuple, difficile de prendre des locaux qui comprennent la langue des manifestants en face et de leur demander de tirer sur des manifestants où se trouve peut-être leur femme et leurs enfants...

Quand on envoie des soldats français en Ukraine, et des soldats Ukrainiens en France, les militaires obéissent plus aux ordres quand ils se trouvent face à une foule hostile dont ils ne comprennent pas les revendications (culture différente) et qui sont des étrangers, donc moins "humains" que leur famille.

28/09/2017 - salve d'EMP mondiale, proches d'un creux magnétique

Un phénomène qui devenait de plus en plus visible depuis le début, et qui se met en place fin septembre : le niveau d'EMP ne descend plus, le creux magnétique est plus puissant que le pic EMP un an avant, preuve que quelque chose de supérieur s'est enclenché.

Ça commence par un crash (Mirage qui s'enflamme au décollage) et une sortie de piste d'un bombardier, toujours au décollage..

Là où ça change de d'habitude, c'est qu'au lieu de fermer l'aéroport proche de l'EMP venant du noyau, c'est plusieurs aéroports dans le monde qui sont ensuite fermés (toujours la bonne vieille "panne informatique" comme excuse, en plus ça permet d'accuser les Russes sans le dire, tant le formatage "hacker Russe" nous a été bassiné).

Autre anomalie étrange, depuis une semaine 3 avions (dont 2 fois le même) ont vu la trappe à toboggan d'urgence s'éjecter toute seule, en passant au même endroit.

28/09/2017 - Arrêt centrale du Tricastin cause risque rupture barrage

La centrale du Tricastin arrêtée à cause d'un barrage en amont qui présente un gros risque de rupture en cas de séisme (quand il a été construit, le risque sismique était considéré comme nul, ce n'est plus le cas aujourd'hui).

Séismes disparus + 150 séismes en Maurienne

Cet arrêt se produit au moment où c'est produit un séisme 4+ en Bretagne, du séisme magnitude des moments 12 au Mexique (ressenti par les humains à 1 000 km de l'épicentre au Texas), et au moment où la vallée de Maurienne a tremblé sans discontinuer pendant 2 mois, septembre et octobre.

Cette période après fin août (montée en puissance du pic sismique de septembre) a été faste en manipulations et disparitions de séismes dans les bases de données : le RENASS verra la moitié au moins des séismes qui n'apparaissent même plus (relayés par les médias locaux, pas par les capteurs, ou disparition quelques jours après). Pour donner un exemple, il y en a eu 2 près de Rodez dans les dernières semaines, validés comme séismes, mais qui ont rapidement disparus. Chez RSOE ou USGS, les séismes français sont quasi inexistants.

10

05/10/2017 - Série de séismes en Belgique

Bien ressentis par la population, la Belgique a pour la première fois fait des essais d'envoyer des message d'alerte sur les smartphones.

05/10/2017 - Accusations sur Harvey Weinstein

L'un des hommes forts de la domination des chapeau noirs aux USA, première quille d'une révélation allant remonter à Epstein en 2019, tombe, en prélude aux attaques de Trump sur la CIA de la fin du mois. C'est 80 femmes qui vont révéler que les producteur les a violé, ou agressées sexuellement. Une omerta qui durait depuis plus de 30 ans, et que tout Hollywood connaissait.

22/10/2017 – autorisation de la déclassification de l'assassinat de JFK

C'est le début de la révélation du cover-up par Trump : si les documents, dont seulement une partie sera finalement déclassifiée, ne prouveront rien, ils montrent bien une forte implication probable de la CIA dans l'assassinat, ainsi que les malversations et obstructions de la CIA dans l'enquête qui a suivie. Juste de quoi faire pression sur la CIA et les chapeau noirs qui la contrôle.

23/10/2017 - Arrestations de réseaux aux USA, 84 enfants sauvés, rien dans les médias français

120 pédophiles ont été arrêtés par les équipes de Trump du FBI, 84 enfants (dont un nourrisson de 3 mois) ont été sauvés, mais aucune ligne dans les médias français...

24/10/2017 - L'US Navy communique sur l'OVNI Tic-Tac

En préambule des déclassifications sur JFK (tué parce qu'il allait révéler les ET, et parce qu'il shuntait la FED avec sa nouvelle monnaie), l'US Navy a laissé ses cadres commencer à divulguer sur l'OVNI Tic-Tac, observé en 2004 alors que les 2 porte-avions USS Nimitz et Princeton étaient en opération au large de San Diego.

Un écho radar est d'abord détecté, avant qu'un objet soit aperçu se dirigeant vers les navires. 2 chasseurs F-18, déjà dans les airs, sont envoyé intercepter l'objet. Les pilotes ont découvert, étonnés, que l'appareil n'avait ni ailes ni tuyau d'échappement:

«Il était blanc, allongé, d'environ 12 mètres de long et d'à peu près 4 mètres d'épaisseur».

Le «vaisseau» semblait défier les lois de la physique en manœuvrant (pas sensible à l'inertie, donc à la gravité). En manque de carburant, les pilotes ont dû revenir sur le Nimitz, mais l'objet est resté encore dans les cieux durant quelques heures.

Dans les mois qui ont suivi, plus de détails ont été progressivement donné en plus aux médias (comme le fait qu'il disparaissait et réapparaissait à volonté sur les radars, qu'il se posait, qu'il disparaissait à l'oeil, tout en continuant à laisser son empreinte sur l'eau), pour finir sur la divulgation du 18/06/2018, qui ne laisse plus aucun doute sur l'origine non humaine de l'OVNI.

25/10/2017 - 2/3 des centrales nucléaires français avec un réacteur arrêté

Sur 58 réacteurs nucléaires au total, 20 sont arrêtés, soit plus du tiers de la production arrêté. Comme il y a plusieurs réacteurs par centrale, c'est au final les 2/3 des centrales françaises qui ont un problème... Alors que le froid est là, et qu'un black-Out est craint sur l'Europe. Preuve qu'ils ont peur de quelques chose de bien pire qu'un black-out et un mécontentement des populations.

25/10/2017 – MBS commence à démolir le wahhabisme en Arabie Saoudite

C'est donc tout le monde musulman qui est impacté par le détricotage de 50 ans d'islamisme extrême promulgué par la CIA et les chapeau noirs, voir la fameuse rencontre entre la dynastie Saoud et Kissinger.

26/10/2017 – Déclassification d'une partie des dossiers Kennedy

« Les Américains ont le droit à la vérité ». Trump ne posera pas son véto à la divulgation, comme il en a pourtant le droit. Un bon coup politique pour lui face aux médias dont ils dénoncent les mensonges assez régulièrement. Quand on sait que 63% des Américains ne croient pas en la version officielle, on comprend que c'est avant tout un geste de communication de la part du nouveau président, dont les médias (CNN en tête) ont souvent appelé au meurtre (voir 21/01/2017).

La déclassification de ces documents exposent les méthodes peu démocratiques utilisées par la CIA, un organisme sous le contrôle de l'État profond, que Trump s'échine à faire tomber (voir le 31/01/2017, en leur retirant leur pouvoir exécutif dans le conseil de sécurité nationale p. 650).

Finalement, sous la pression du FBI et de la CIA, la déclassification ne fut pas complète sur l'assassinat de Kennedy le 22/10/1963.

Mais sur la partie divulguée, les documents dédouanent les Russes de l'assassinat, Trump semblait tenir à cela. On y apprend aussi qu'il y avait 2 tireurs, contredisant la version officielle de la CIA, qui a menti au public en s'obstinant à ne retenir qu'un seul tireur, en contradiction totale avec les faits, allant même imaginer une balle magique qui sort du corps et y rerentre plusieurs fois.

26/10/2017 – guerre de Trump contre le trafic de drogue

Ce n'est pas un hasard si Trump déclare, le même jour que la déclassification sur l'affaire Kennedy et l'implication de la CIA, la guerre aux drogues opiacées, le trafic phare de la CIA (Colombie et Afghanistan).

28/10/2017 - Des centaines de séismes en Marienne

La terre a tremblé fort, anormalement, plusieurs fois par jour, et pendant plus d'une semaine dans les Alpes, avec beaucoup de séismes dans la vallée de la Maurienne (celle où un exercice sismique grandeur nature avait été fait 2 ans avant).

11

04/11/2017 - Échec de coup d'État mondial des chapeau noirs

Le même jour que le discours de Poutine sur l'État (et où les chapeau noirs avaient peur d'une divulgation), était prévu un exercice aux USA de grande ampleur, simulant un Black-Out. En même temps, de grandes manifs anti-fa étaient planifiées. Mais les fonds Soros étant gelés, les mercenaires anti-fa n'ont pu être recrutés, les manifs ont fait un flop, et l'homme ayant laissé un colis piégé contre la maison blanche a été arrêté.

Le même jour, il était prévu de faire un coup d'État contre MBS (en l'assassinant), esseulé face aux autres princes saoudiens. Pas de chance, 11 princes et des dizaines d'anciens ministres ont été arrêtés avant qu'ils ne passent à l'action. Seule cette action musclée de MBS a été reprise par quelques médias, de cette défaite historique des chapeau noirs.

07/11/2017 - Tarik Ramadan accusé

Tarik ramadan serait lié aux Frères Musulmans, eux mêmes aux ordres de la CIA, elle-même sous contrôle de la mafia CBS (Clinton-Bush-Soros). Pas étonnant qu'il tombe la même semaine que les scandales sexuels concernant Weinstein, Podesta, Clinton, Bush père, ou encore les arrestations / assassinat en Arabie Saoudite, un grand nettoyage d'arrière cour qui s'opère sous nos yeux...

Fin 2019, après de la prison, il s'avérera que les affaires étaient toutes bidons, pilotées par son propre camp, les chapeau noirs, section LGBT.

08/11/2017 - MBS redistribue au peuple l'argent récupéré des princes corrompus

Redonner aux pauvres l'argent qui leur a été soutiré depuis des décennies, voilà une idée que nos médias ont pris grand soin de cacher au public. Suite à ça, MBS deviendra le grand méchant dans nos médias. On lui reprochera l'extrémisme du wahhabisme, une horreur mise en place depuis 40 ans en Arabie Saoudite par les occidentaux, et qui avant ça n'avait jamais posé problème à nos élites. Depuis que MBS détricote tranquillement le Wahhabisme (comme ré-autoriser les femmes à conduire), on l'accuse des maux que nos pays ont infligé à son pays...

09/11/2017 - AMS confirme la hausse des météores

L'American Meteor Society (AMS) publie ses observations sur l'augmentation de météores, en hausse constante depuis le début des observations en 2006 : 11 fois plus de météores en 10 ans.

10/11/2017 - Poutine développe les projets en Arctique

Ces terres allant devenir libres de glace, ce sera un territoire de choix pour les populations chassées de chez elles par la montée des eaux et les nouveaux pôles. Poutine prévoit pour son peuple.

18/11/2017 - L'US Navy investit le siège de la CIA à Langley

Le 15/11, une perquisition dans plusieurs sites Lafarge (financeur de l'État islamique, donc en lien avec les chapeau noirs de Mc Cain) avait eu lieu en France et en Belgique.

Cette information est corroborée par de nombreux témoins sur place qui ont vu débarquer les hélicoptères de l'armée, les journalistes de réinformation qui ont des sources bien placées dans les différents services de l'État fédéral, mais comme ni le Pentagone, ni la CIA, n'ont voulu commenter cette affaire, et que les médias, aux ordres des chapeau noirs, n'ont pas voulu communiquer sur cette affaire où se retrouvent toutes les affaires sur leur patron, dévoilées par Wikileaks et l'ordinateur d'Anthony Weiner (pizzagate, Uranium One, crimes rituels Podesta, Les assauts sexuels de Clinton, Epstein, Weinstein, etc.) cette attaque entre 2 divisions de l'entité étatique (chapeau noirs contre Q-Forces) n'est pas officialisée. On sait juste que le même jour, le pot de fin d'année avec les médias a été annulé (clin d'oeil du média Sputnik pour révéler qu'il y a eu quelque chose à Langley ce jour-là).

D'après les sources, c'est l'opération Mockingbird (formatage MK-Ultra des masses par les médias, minant l'autorité du gouvernement fédéral de Trump pour favoriser la destitution de Trump, comme par exemple de ne pas diffuser le discours de Trump en Asie) qui était visée, et arrestation des corrompus infiltrés aux positions clés. C'est l'avant-garde du nettoyage des État profonds chapeau noirs, avec la collecte de preuves préalables.

22/11/2017 - Le patriarche orthodoxe russe Kirill annonce que nous sommes dans les temps décrits dans l'apocalypse

Sans citer directement Nibiru, l'équivalent du pape chez les catholiques parle de quelque chose qui pouvait être "vu à l'œil nu" et "d'une approche".

«Il faut être aveugle pour ne pas voir s’approcher les moments redoutables de l'histoire qu’avait évoqués dans sa Révélation l’apôtre et évangéliste Jean».

Kirill réprimande aussi les politiciens, qui ont cachés Nibiru depuis sa découverte en 1983 (il aurait pu engueuler aussi le Vatican, qui est au courant depuis Fatima en 1917). Énorme !

Au niveau des catholiques, le Pape François a réitéré des allusions à l'Apocalypse de Jean dans ses discours, mais ceux-ci sont souvent censurés par le service de presse du Vatican, car là encore, on voit très bien que le Pape est loin de contrôler la Curie Romaine très hostile à ses démarches.

L'Apocalypse ne parle pas de guerre nucléaire, elle parle de guerres en général, c'est à dire une montée de la violence entre nations et encore, ce sujet est anecdotique dans ces prophéties. La plus grosse part du texte parle d'évènements cataclysmiques, d'un Dragon qui renverse le ciel et la Terre, balaye les flots pour exterminer l'Humanité, lance les étoiles du ciel sur la Terre. Il y est fait référence à d'immenses tremblements de terre, et que les dominants essaieraient de s'en protéger en allant se réfugier sous terre. Le texte parle d'un astre rouge, appelé absinthe ou le Destructeur, qui projettera les étoiles sur la Terre, mais aussi de son amertume, que les fleuves et la mer se transformeront en sang (l'oxyde de fer déposé en masse par Nibiru). Donc quand un haut responsable religieux parle de l'Apocalypse, il ne fait pas référence au réchauffement climatique ou à une guerre mondiale, il fait référence à une période de grandes catastrophes naturelles, puisqu'en substance c'est la grande majorité du message de l'Apocalypse de Saint Jean.

22/11/2017 - La Terre ralenti sa rotation depuis 4 ans, et les séismes vont augmenter

« La Terre sera exposée à des séismes sans précédent en 2018 » . L'occasion de rappeler au grand public que la rotation de la Terre ralenti depuis 2014, que le nombre de séismes majeurs (plus de 7) augmente d'autant, mais qu'on ne sait toujours pas à quoi sont du ces phénomènes.

Dans cette publication des géologues USA Roger Bilham et Rebecca Bendick, depuis 4 ans déjà la Terre ralenti sa rotation ! Et pour une fois, la science reconnaît une augmentation des séismes, en expliquant qu'elle semble corrélée au ralentissement. Bien sûr, ils nous rassurent en disant qu'en 2019 ça reviendra à la normale, chose qui ne s'est pas produite ! Surtout que les séismes anormaux comme les crustaux, c'est depuis 2003 et Sumatra qu'ils se produisent...

23/11/2017 - disparition sous-marin argentin

En plein pic EMP, tout indique que ce sous-marin a explosé sous l'eau. Comme il est impossible de perdre un sous-marin (tout comme perdre un avion), c'est que la vérité est là encore cachée au grand public.

2018

04

11/04/2018 - Révélation scientifique de Nibiru et du cover-up

Tentative de divulgation sur Nibiru, sur base scientifique : un exemple des articles publiés dans cette période : "La fin du monde est-elle finalement inévitable? La Terre serait menacée d’apocalypse par l’approche de la planète Nibiru, ce qui a été caché pendant 30 ans par la NASA, selon un ancien chercheur de l’Institut américain d’études géologiques USGS, Ethan Trowbridge. Le chercheur, qui a travaillé pendant 10 ans pour cette agence gouvernementale, affirme qu'il y a au moins 30 ans la NASA était au courant de l'approche de cette planète-tueuse dont la gravitation immense pourrait provoquer de puissants séismes et tsunamis sur Terre et, en fin de compte, conduire à la fin du monde. «Nous avons été chargés de vérifier si le changement climatique anormal était dû à l'influence de ce corps céleste», a-t-il confié à Daily Star Online ajoutant que seule une poignée d'employés de l'USGS était informée de son existence. «Ce dossier est hautement classifié et tous les documents et informations sont fragmentés et divisés par département afin que les personnes travaillant avec des fragments de ce dossier ne puissent pas comprendre son but», a précisé Ethan Trowbridge. M.-Trowbridge a avoué qu'il avait rompu un accord de confidentialité pour avertir l'humanité du danger lié à l'approche de la planète."

Ce lanceur d'alerte n'annonce pas tout ça dans les médias sans preuves, que les journalistes lui ont demandé avant de publier : une révélation énorme, que les médias préféreront oublier en France, pas d'enquête ne sera faite ensuite, alors que tout ce que Harmo a apporté est pourtant prouvé par ces révélations, qui ne seront jamais réfutées par la suite.

Un exemple de notre endormissement à tous, puisque cette révélation existe, elle est prouvée, et personne n'a relancé derrière...

05/07/2018 - Les portables nous espionnent en permanence

3 ans après l'article de Harmo, où il révélait que les processeurs de portable émettaient en permanence nos données, la confirmation officielle tombe.

09

14/09/2018 - fermeture brutale des observatoires solaires, partout sur la planète

Une info primordiale, encore placée dans la rubrique insolite des mass medias... Ben Garneau fait un bien meilleur résumé de l'affaire.

Un observatoire du Soleil au Nouveau Mexique (USA), observatoire public ouvert aux astronomes, a été envahi soudainement par le FBI, la ville fermée, toutes les boîtes à lettre vidées, le centre postal ausculté par les autorités, les communications coupées. Aucun justificatif qui tient la route, si ce n'est une personne non citée qui aurait menacé de terrorisme (personne d'arrêté). Le lendemain, 7 autres observatoires solaires étaient fermé dans le monde.

La moitié des vidéos en direct officielles (NASA ou autre) provenant des satellites solaires, étaient en panne, montrant des anomalies, ou retouchées.

Au moment de toute cette agitation pour s'assurer qu'aucune info sur le Soleil ne filtre, une astronome amateur observait plein de choses anormales se passant vers le Soleil (des centaines d'astéroïdes semblant passer entre le Soleil et la Terre, la ceinture de Nibiru s'étant décalée plus en arrière d'un coup, surprenant la censure qui ne s'appliquait pas à cette région de l'espace).

Quelques jours après, l'observatoire satellite SDO enregistrait une jamais vue double éclipse, pas annoncée et très peu expliquée dans les médias scientifiques.

11

06/11/2018 – Un serpent sort du mur des lamentations, 3e signe apocalypse

C'est le 3e signe en quelques mois, après le retour des poissons dans la mer morte et la naissance de la vache rousse.

Harmo ne connais pas tous les signes en ce qui concerne les prophéties hébraïques, mais il devrait y avoir un énorme tremblement de Terre à Jérusalem, un poisson gigantesque nommé Leviathan, qu'il y aura une guerre très violente entre les "Nations" et les Israéliens, la venue du Machia'h Ben David (le Messie) et la reconstruction du Temple de Jérusalem.

07/11/2018 - Epstein fait venir en urgence une énorme bétonnière

3 semaines avant que le Miami Herald ne commence à publier des révélations sur Epstein (qui conduiront à son arrestation, puis son suicide apparent, en juillet 2019), Epstein fait venir en urgence la plus grande bétonnière du monde, payée 100 000 dollars.

On parle déjà de rumeurs de pratiques satanistes, et pas du petit niveau s'il s'est agit de faire venir la plus grande bétonnière du monde, histoire de cacher les preuves à jamais...

Les témoins parlent d'une chaise de dentiste, un classique dans les affaires de torture d'enfants en Belgique.

Le président Bill Clinton a pris le Lolita Express, l'avion d'Epstein avec de très jeunes hôtesses à bord, pas moins de 27 fois.

12

06/12/2018 - Séismes en vague anormale faisant le tour de la planète depuis Mayotte, espacés de 17 s

Un peu plus tard, Q (17e lettre de l'alphabet) fera remarquer l'intervalle de 17 s, sous entendant que ce n'est pas un hasard, et donc qu'ils signaient leur main mise sur le système mondial de détection des séismes, montrant par la même qu'il existait des moyens de bidouiller les capteurs, et soit d'annuler des séismes, soit d'en créer des complètements artificiels, séismes bidons confirmés par tous les capteurs du monde, montrant que le cover-up concerne tous les pays.

08/12/2018 - Mention dans les médias des destructions tous les 3 700 ans

Les revues scientifiques relaient le fait qu'il y a 3700 ans, une explosion d'astéroïdes avait pris des proportions "bibliques", détruisant plein de communauté près de la mer morte. C'est à cette période que les archives égyptiennes situent les Hyksos, les 10 plaies d'Égypte de la Bible (l'exode).

"Une région prospère puis… plus rien"...

12/12/2018 - neuvième planète découverte

6 jours après l'annonce d'un vaste cataclysme il y a 3700 ans venu de l'espace, on nous annonce qu'on a découvert une neuvième planète à 95%, "une exoplanète enveloppée dans un nuage géant en forme de queue de comète" + rappel de l'orbite inclinée à 30° par rapport à l'écliptique de P9. On nous dit que cette planète a déjà été découverte, reste à reprendre l'analyse des photos antérieures.

2019

01

22/01/2019 - signature du traité d'Aix-la-Chapelle

Dans la capitale du Saint-Empire romain germanique, "Macron le royaliste, et Merkel dont la ressemblance physique avec Hitler est troublante, signent un nouveau traité de coopération et d'intégration franco-allemand. La cérémonie de signature a lieu dans la salle du couronnement de l'hôtel de ville d'Aix-la-Chapelle. On y voit un dessin de Charlemagne (le dictateur qui a fondé la dynastie carolingienne après avoir renversé la dynastie Mérovingienne de Clovis). Charlemagne ressemble fortement, sur le dessin, au dieu Odin... Pour rappel, Hitler s'est toujours référé à Charlemagne comme modèle...

22/01/2019 - autorisation de sacrifier un nouveau né

Toujours dans l'indifférence médiatique la plus totale, Le parlement de l'État de New-York a approuvé, le même jour que le traité d'Aix-la-Chapelle, une loi qui permet d'avorter jusqu'au 9e mois de grossesse, même en l'absence d'un médecin...

On peut tuer le bébé en cours d'accouchement, ce qui nous rappelle les sacrifices de nouveaux nés de l'époque.

A noter que la même décision sera votée en catimini le 01/08/2020 en France.

Trafics d'enfants

A noter que ceci apparaît après que la ferme aux bébés de Jean de Dieu ai été stoppé (chez qui se rendaient fréquemment les chapeaux noirs comme Bill Clinton ou Oprah Winfrey), tout comme Hillary Clinton et Podesta adeptes des spirits cooking de Marina Abramovic (manger des plats en forme de bébé très réalistes, avec viscères et tout, bien gore). Avec l'arrivée de Trump, la frontière avec le Mexique, surtout les trafiquants d'enfants (les enfants dans les cages n'étaient pas séparés de leurs parents, mais de leur kidnappeur...), a été fortement réduite. Les réseaux pédophiles ont été arrêtés (des milliers d'arrestations). Pour ceux qui veulent des enfants, il suffirait de récupérer ces nouveaux nés, et de ne pas les tuer, la mère n'en saurait rien...

Des bébés vendus au kilo

Mais ça ce n'est rien comparé à ce qui suit :

Pourquoi repousser l'avortement aussi tard ? Plus un foetus est vieux, plus il est lourd. Un rein d'un foetus de quelques semaines vaut 100 $, mais rendu à 9 mois il vaut des milliers de dollars, voir des centaines de milliers de dollars... C'est d'ailleurs vendu au kilogramme...

Les bébés c'est bourré de cellules souches, dont raffolent les vieux riches pour se refaire une jeunesse.

Cette décision est évidemment soutenue par le planning familial fédéral, celui qui encourage les filles à avorter sur un coup de tête, sans discuter avant des risques psychologiques qu'elles encourent par la suite : volonté politique de faire croire que c'est un moyen contraceptif comme les autres.

Où vont les foetus ?

Le hic là dedans, c'est que le planning familial est poursuivi pour activité criminelle depuis 2015 : on n'arrive pas à savoir réellement où vont les bénéfices des avortements (500 dollars par avortement, et en moyenne 300 dollars la revente de morceaux), ni où vont les morceaux de bébé...

"souvent les fœtus ne sortent pas en un seul morceau, mais démembrés. Nous sommes devenus très bon pour attraper les cœurs, les poumons, les foies, parce que nous savons qu'ils sont recherchés, et nous essayons de ne pas écraser ces parties du corps." détaille sordidement la praticienne...

"Beaucoup de gens veulent des cœurs. Hier, on m'a demandé des poumons. Certains d'entre eux veulent des extrémités. Ça, c'est facile. Je ne sais pas ce qu'ils en font après".

Alerte de Q

Aller, on continue dans l'horreur, ce n'était que le début...

D'après le message no 2674 de Q (01/02/2019), le parti démocrate (D), ne pouvant plus amasser d'argent via les fondations (fondation Clinton à l'arrêt depuis la défaite de 2016), que les donations du peuple au parti démocrate s'arrêtent, les démocrates ont trouvé que le planning familial (PF) était un moyen de détourner des milliards de dollars de financement fédéral (l'équivalent de l'UE en France), et les bénéfices et détournements de fonds servant ensuite à alimenter le parti démocrate...

[Exemple 1]

1,5 milliards de $ provenant des contribuables sur 3 ans.

[Cas 1]

PF dépense $30 millions [déclarés - estimés en vrai à approchant les $65 millions] en argents publics afin d'influencer l'issue des élections de mi-mandat 2018.

[Conclusion]

Est-ce que ça devrait être légal d'utiliser une organisation financée par les payeurs de taxe [D+R+I] pour donner des quantités massives d'argent au Parti D dans un effort d'influencer les élections ?

Enquête lancée

Enfin, le 30/01/2019, le congrès ouvrait l'enquête sur les malversations du planning familial (dévoilées en 2015 suite à une enquête de journalistes, et qui n'avaient pas été suivie d'enquête judiciaire digne de ce nom...).

1. Les fournisseurs de services d'avortement profitent-ils de la vente de tissus foetaux ?
2. Les fournisseurs d'avortements changent-ils les procédures afin de maximiser le prélèvement de tissus foetaux ?
3. Les patientes donnent-elles un consentement éclairé suffisant au don de tissus fœtaux?
4. Les lois fédérales ont-elles été violées ? Le droit fédéral interdit-il suffisamment ces actes barbares ?
5. Quelles mesures le Congrès doit-il prendre pour répondre à ces actes horribles ?
6. Le Département de la Justice était-il au courant de ces pratiques ? A-t-il appliqué adéquatement les lois qui empêchent ces actes ?

26/07/2019 - Élisabeth 2 change de tête

Sputnik sont bien au courant de ce qui se trame dans les coulisses. Ils ont publiés la même image de fin juillet en la comparant, dans un autre article lié, à la même image, sur le même événement se produisant un an avant. la vraie reine en 2018, en comparaison d'un sosie en 2019 (prenant soin de préciser que l'aspect vestimentaire à laissé les observateurs perplexes !). On voit bien que le visage n'est pas exactement le même, l'allure générale aussi, même si la photo de 2019 a été "floutée" pour que la différence ne saute pas aux yeux des observateurs non avertis.

02/09/2019 - Élisabeth 2 non reconnue

Des touristes américains, venu en Écosse voir la reine, ont croisé une vieille femme avec un seul garde du corps. Ils lui ont demandé si elle habitait là, puis si elle avait déjà vu la reine, sans se rendre compte qu'ils parlaient à la reine...

L'histoire de la reine d'Angleterre qui se balade avec un seul garde du corps, c'est aussi crédible que le couple Clinton qui se balade seul dans un bois et rencontre par hasard une inconnue avec qui ils font un selfie (on apprendra plus tard que c'était une proche collaboratrice d'Hillary...). Quand vous savez que les voisins de Harry et Meghan n'avaient même pas le droit de leur adresser la parole, ni même leur dire bonjour, on voit mal la Reine se balader avec des touristes dans les parcs…

10

14/10/2019 - La reine d'Angleterre sans couronne

La reine apparaît au parlement sans couronne (signe qu'elle n'est plus la reine), mais encore avec un diadème. Son fils Charles a encore l'écharpe princière. En 2020, on verra Élisabeth et Charles, assis au parlement sans diadème ni aucune décoration officielle ou robe d'État, habillés en civils. La couronne royale est portée devant eux, comme si le trône était actuellement vacant. Cela rappelle les "bourde" de Trump qui lors de ses visites marchait systématiquement devant la reine et le prince Charles, signe que c'était lui désormais qui était en contrôle du pays... Ces fausses bourdes étaient bien volontaires, puisque la reine attend bien que Trump démarre pour le suivre, se rabattant d'elle-même derrière Trump, pour montrer qu'elle marche dans ses pas.

18/10/2019 - COVID entre en France

L'équipe des jeux olympiques militaires française tombe malade à Wuhan et ramène le virus en France le 28/10/2019.

11

13/11 - Coup d'État en Bolivie

Pendant 10 ans, Evo Morales, premier président a être issu des tribus indigènes, a mené un programme de gauche, a diminué la pauvreté, et a essayé de s'affranchir des multinationales américaines (du mieux que peut le faire un petit pays, gangrené par les chapeau noirs, contre le NOM.

Aujourd'hui que les destructions de Nibiru mettent à mal l'économie (il faut reconstruire à chaque fois, une force de travail improductive), la richesse intrinsèque du pays diminue. Les riches américains n'ont pas voulu continuer à partager, les entrées de nourritures bloquées de l'extérieur par les multinationales. Résultat, les villes ont faim, alors que la campagne plus autonome vit comme avant et soutient son président. Oubliant tout ce qu'ils doivent à Evo, une fraction de la population citadine, poussée par les médias privés et les black blocks aux mains des multinationales, a commencé à manifester.

Une grosse partie de la population descend alors dans la rue soutenir son président, mais les médias les présentent comme des opposants au président. L'armée, dont les généraux ont été corrompu par les ultra-riches (50 millions avaient été donné au service de sécurité pour avoir la tête de Moralès), a tiré sur les soutiens du président, et a essayé ensuite de tuer le président. C'est bien un coup d'État. Si au Vénézuela l'armée est restée fidèle à Maduro, ça n'a pas été le cas en Bolivie...

16/12/2019 - premier cas recensé de COVID en France

Les professionnels de santé avaient constaté des «accidents de santé atypiques» durant l'hiver, alors que l'épidémie débutait à peine en Chine. Il est question de «perte de voix», de «perte du goût et de l'odorat» et de «toux évoluant plus longuement que d'habitude».

21/12/2019 - Le CAC40 bat le record d'avant la crise de 2008

Repassant au-dessus de 6000 points, on pouvait prévoir qu'il s'agit d'une ruse avant le début de l'effondrement de l'économie, annoncée par Q un an avant, comme débutant fin février. Voir le 09/03/2020.

26/12/2019 - Les ultra-riches se réfugient en eaux internationales

Les yachts de milliardaires, cette année, ont tous eu l'idée de se donner rendez-vous à St Martin, une sorte de paradis judiciaire appartenant aux Pays-Bas, le pays d'accueil des Khazars au 16e siècle.

2020

01

06/01 - La méditation modifie la régulation des gènes

Juste par méditation, il est possible d'exprimer ou non certains gènes (donc de modifier notre génôme consciemment, juste sous l'effet de notre volonté). Cette découverte, avec l'épigénétique de 2006 (mutations génétiques acquises en une vie pour s'adapter aux changements environnementaux), vient définitivement enterrer la théorie de l'évolution de Darwin (dans le sens soumise aux simples mutations par hasard) et réhabilite complètement Lamarck.

11/02/2020 - Création d'une force de l'OTAN dédiée à l'Europe

Le Pentagone créé un état-major consacré exclusivement aux opérations en Europe.

Le lendemain, on nous révèle que c'est la CIA (chapeau noirs) qui a construit l'Allemagne actuelle, et que le renseignement allemand et américain ne faisait qu'un. Le société Crypto AG, après avoir vendu du matériel de cryptage au monde entier, avait laissé des failles, permettant à la CIA d'espionner le monde.

12/01/2020 - Épilogue de la crise iranienne

Les USA font abattre Soleimani, le numéro 2 du régime iranien. Alors qu'un tel acte aurait normalement du déclencher une guerre ouverte entre USA et iraniens, cette crise se terminera là dessus : le bombardement des bases militaires USA secondaires, dont les soldats avaient été prévenu à l'avance, et s'étaient réfugiés bien avant dans les bunkers.

Les preuves ont ensuite plu sur les liens entre Hezbollah, Soleimani et chapeau noirs (Obama et Kerry).

Un Soleimani censé être mort 2 ans avant, et dont la seule preuve fournie sera la photo d'une main avec une bague, bague qui se révélera être différente de celle que Soleimani arborait. Un Soleimani qui de toute façon, n'avait rien à faire proche de l'ambassade irakienne, attaquée peut avant par des terroristes, et en état d'alerte.

Le pouvoir Iranien avait de lui-même commencé une purge dans les têtes de cette milice (les gardiens de la révolution) de Soleimani, qui commençait à fomenter un coup d'État en Iran.

Trump publie un tweet annonçant que la mort de Soleimani était une décision de Q. La lettre Q sera retirée 17 minutes plus tard ! (17e lettre de l'alphabet = Q). La veille, la mesure de la résonance de Schumann avait subie une panne de 17 heures... ils nous montrent que toute notre technologie et notre science, au niveau international, était aux mains des chapeau noirs, et que le mouvement Q en a pris désormais le contrôle...

Le seul couac de l'opération, c'est des membres de l'État profond iranien (chapeau noirs) qui laissent décoller un avion de ligne (vol 752 d'Ukrainian Airlines abattu le 08/01/2020)) où étaient entassés, parmi les 176 personnes dans l'avion, 63 techniciens nucléaires qui fuyaient le pays, que des irano-canadiens qui allaient se réfugier en Ukraine, pays de Soros, connu pour sa corruption par les chapeau noirs (bien que le président Zelenski actuel soit avec Trump). Un autre infiltré des chapeau noirs a laissé des anti-missiles prendre pour cible l'avion. Ce protocole, normal lors de l'attaque sur la base américaine (les Américains auraient pu riposter en envoyant des missiles sur l'Iran) a été laissé soit-disant par accident. Mais il y a trop de "bourde" volontaire de l'État profond pour que ce soit un accident :

- autoriser le décollage de cet avion civils avant les autres,
- laisser le système anti-missile actif trop longtemps,
- un seul opérateur qui malgré les 10 s pour faire la différence entre un missile et un avion de ligne, n'a pas arrêté le verrouillage de l'anti-missile.
- Un seul avion victime de ce dysfonctionnement.

Beaucoup de questions sur cet avion :

- Comment ça se fait que le frère de Trudeau (premier ministre Canadien) travaillait pour l'Iran ?
- Comment ça se fait qu'il y avait autant de canado-iranien dans l'avion qui a été abattu ?
- Comment ça se fait que Harry et Meghan, qui préparaient depuis 2 ans leur exil au Botswana, se retrouvent d'un coup coincés au Canada ? Et qu'ils n'aient pas la même tête qu'avant ?

Dans le même temps, les chapeau noirs lançait les manifestations contre le gouvernement, l'accusant du false flag qu'il avait lui-même orchestré...

Les manifestants ont scandé " Mort à la République islamique ", alors que les forces de sécurité du régime utilisent des ambulances pour faire passer en douce des policiers paramilitaires lourdement armés au milieu de la foule afin de disperser la manifestation.

A noter que si le gouvernement voulait empêcher les irano-canadiens de quitter le territoire, ils auraient arrêté les espions avant leur montée dans l'avion. Seul l'État profond des chapeau noirs avait intérêt à ce que les morts ne témoignent pas...

Bizarre aussi, ce message d'un passager, 7 minutes avant le décollage, alors qu'ils sont bloqués au sol depuis 1 heure, en attendant que l'attaque se termine :

«J'avais prédit que la guerre pourrait commencer juste avant mon vol. Pardonnez-moi pour toutes les bonnes et les mauvaises choses»

Si c'est pas quelqu'un en fuite qui en a lourd sur la conscience, et qui a deviné qu'il était coincé...

Des gens qui travaillaient probablement dans un des 52 sites que Trump avait annoncer qu'il allait bombarder. Pour les liens entre les chapeau noirs et Pasdaran (Gardiens de la révolution aux ordres de Soleimani :

- Obama avait donné 1,7 milliards à Soleimani en 2015, de même que l'amnistie totale, alors que Soleimani était considéré comme un des plus grands terroristes du monde, le plus recherché, et haï d'une grosse partie des iraniens...

- Q dit que P. est derrière Soros, c'est à dire Pasdaran en Iran (la milice que dirigeant Soleimani).
- Le 3 juillet 2018, Obama a accordé la citoyenneté américaine à 2500 Iraniens alors que les pourparlers sur l'accord nucléaire avec l'Iran étaient en cours. Les double ressortissants ont infiltré le gouvernement iranien.
- Obama protège le Hezbollah lors d'enquêtes en juin 2017, quand la filière des expéditions de cocaïne et du cash associé arrive dans le cercle le plus intime du Hezbollah et de ses sponsors d'État en Iran.
- John Brennan, conseiller d'Obama, est devenu directeur de la CIA en 2013. Il aurait dû étudier à l'université de Beyrouth, avant de se rabattre sur celle du Caire suite à la guerre à Beyrouth.
- L'ancien amant de Lisa Page (démocrate sous Obama), Peter Strzok, avait fréquenté l'école primaire à l'école américaine de Téhéran avant la révolution iranienne lorsque son père qui était lieutenant-colonel de l'armée américaine a servi trois tours là-bas. La mère de Lisa Page -- Tamara Najarian -- est une citoyenne américaine naturalisé d'Iran.
- Les pourparlers secrets de John Kerry (secrétaire d'État sous Obama) qui a organisé des dizaines de réunions privées et d'appels téléphoniques ces derniers mois dans un effort pour se mêler de la politique étrangère des USA en Iran, alors que le Président Trump a déposé 200 milliards de dollars de sanctions contre l'Iran. Kerry a été le négociateur principal qui a remis à l'Iran plus de 150 milliards de dollars. Trump a dissous l'accord supposé, mais l'Iran a toujours gardé l'argent. La fille de Kerry, Vanessa, est mariée à un médecin iranien. Son témoin de mariage était le fils de Mohammad Javad Zarif, le ministre des affaires étrangères de l'Iran. John Kerry fut secrétaire d'État d'Obama, malgré ses liens familiaux évidents avec l'élite iranienne.
- Lorsque la Fondation Alavi a été suspectée d'être un groupe militaire iranien, la Fondation Clinton a refusé de récupérer les dons qu'elle avait versée à cette organisation para-militaire.
- Valerie June Jarrett est une femme d'affaires irano-américaine et ancienne fonctionnaire du gouvernement. Elle a été la conseillère principale du président américain Barack Obama et assistant du président pour l'engagement public et les affaires intergouvernementales de 2009 à 2017.

13/01/2020 - kayakistes piégés par le vacillement

3 kayakistes meurent de manière incompréhensible en baie de somme.

"Ce sont des gens du secteur qui font du kayak depuis toujours. Dans les décédés, deux étaient de grands sportifs qui connaissaient la baie par coeur, et la femme avait même fait des sorties dans le grand nord. On comprend mal [cet accident], d'autant plus que les conditions étaient plutôt clémentes."

ils semblent avoir été emporté par un courant anormalement fort (vacillement journalier ?), et au fait que nous sommes dans le pic de froid, où l'air d'altitude, venant du pôle Nord, est glacial, et peut retomber brutalement au niveau de la mer localement. N'ayant pas prévu de vêtements pour un tel froid ni une telle durée (courant les ayant emmené trop loin), les organismes épuisés par la lutte contre le courant se fatiguent plus vite.

A noter que la moitié du groupe a senti qu'il se passait quelque chose, et a eu la sagesse de retourner rapidement sur la terre ferme. En ce moment, toutes les limites qu'on connaît peuvent être dépassées en un clin d'oeil...

22/01/2020 - "Defender Europe 2020" (invasion de l'Europe par Q sous couvert de l'OTAN)

37 000 soldats de l'OTAN, la plupart USA, débarquent en Europe, pour des exercices mal définis.

02

01/02/2020 - directeur de Harvard arrêté en faisant passer des échantillons de Virus en Chine

le Dr Charles Lieber, président du département de biologie chimique de l'Université de Harvard, a été arrêté par le FBI, pour avoir caché au ministère de la Défense qu'il recevait secrètement tous les mois 50 000 $ de la Chine, et qu'il avait par ailleurs reçus des millions de dollars pour mettre en place le laboratoire de «Recherche» biologique de Wuhan en Chine.

2 de ses «étudiants» chinois ont aussi été arrêtés : l'un était en réalité un lieutenant de l'armée chinoise, et l'autre capturé à l'aéroport de Logan alors qu'il tentait de passer en contrebande 21 flacons d '«échantillons biologiques sensibles».

les arrestations sont mondiales ! Des cadres du milieu du vaccin, dont Sanofi, sont arrêtés en Corée pour corruption sur le marché des vaccins, du genre imposer à leurs nourrissons vaccins d'un coup...

18/02/2020 - révélations d'une partie des crimes d'Hillary Clinton

Confirmation de ce que Harmo et Zetatalk avaient déjà expliqué. Manque le rôle majeur de Soros, qui en fait a dominé le parti Démocrate américain. Soros étant d'origine ukrainienne, pas étonnant donc que ce pays soit au coeur des scandales qui touchent les démocrates USA.

03

05/03/2020 - Harmo annonce le confinement 10 jours avant

Harmo rappelle que le MERS de 2012 avait le même niveau de contagion que le COVID-19, mais 30% de mortalité contre 5% pour le COVID actuel. Et n'avait pas généré toute cette psychose médiatique, alors qu'il était bien plus dangereux, et le confinement préventif des cas avait été appliqué, ce qui n'a pas été fait en 2020. Harmo rappelle la volonté de couvre-feu des élites avant Nibiru, sachant que les cataclysmes et la proximité du ramadan possible de la Hadda des prophéties musulmanes rendait les élites nerveuses. Les chapeau noirs ont appliqué leur plan de coup d'État et de vaccination, sachant que les chapeaux blancs en ont profité de leur côté pour arrêter tout le monde et exécuter les plus gros bonnets, l'usine à doublure ayant tournée à plein régime.

09/03/2020 - Chute boursière + COVID (couvre-feu et loi martiale en France)

Le COVID (maladie apparue en Chine début janvier, et dès le début anormalement mise en avant dans les médias, sachant que les Zétas avaient annoncé qu'on en entendrait parler), suscitant des mises en quarantaine et des blocages de l'économie injustifiées, a bien été utilisé comme prévu pour mettre en place la loi martiale à l'échelle mondiale. Les lignes aériennes sont coupées, les constructeurs d'avion dégringolent à la bourse, on nous annonce qu'il faudra tout faire par internet, le pape François fait des messes en visioconférence, les écoles sont fermées, le prix du pétrole s'effondre tandis que l'or monte d'un coup, ses cours ne cessant de monter depuis 2000.

Les Zétas révèlent que selon les plans des élites en cours, avec Nibiru visible en janvier 2021 selon les astrophysiciens, la loi martiale sera permanente. L'épidémie de COVID, un virus semblant avoir été lancé fort à propos, devrait s'arrêter en juillet, mais pas les règles de quarantaine.

Seul l'article 16 n'est pas encore invoqué, mais avec une assemblée complice et les 49,3 des lois passées par ordonnance, pas besoin encore).

16/03/2020 - Annonce du confinement par Harmo en avance

Le matin, Harmo annonce que dans son allocution du soir, Macron va annoncer un confinement strict, et que ce confinement est prévu pour durer minimum 45 jours. Les déplacements seront interdits sauf soignants et personnels indispensables avec autorisation-laisser-passer. Les contrevenants pourront avoir des suites pénales (Prison avec sursis et amendes salées).

Macron annoncera un confinement de 15 jours, qui durera en réalité 55 jours (quelques jours après qu'on soit sûr que le Hadda musulman ne se produira plus), et dans les mêmes conditions que décrites par Harmo...

Harmo avait annoncé aussi que jamais le couvre-feu ne serait totalement levé, ce qui fin juillet 2020, est toujours le cas.

18/03/2020 - Google change d'algorithme

De tout temps, Google a favorisé le candidat des chapeau noirs, partout dans le monde. Flagrant lors de l'élection USA de 2016. Le 15 mars, après plusieurs démissions de patrons de multinationales (dont Bill Gates), Trump se met d'un coup à remercier son ennemi Google. Stupéfaits par ce revirement, les Anons s'aperçoivent qu'en effet tous les sites conspis de la droite USA sont de nouveau référencés sur Google (j'ai eu l'occasion de constater avec plaisir que mon site "amocalypse" était lui aussi remonté en première place !).

22/03/2020 - Fermeture des petites routes de campagne par des containers

Pour empêcher les voitures d'éviter les barrages militarisés des grandes routes, le gouvernement a tester la fermeture des axes secondaires par des containers.

25/03/2020 - Manque de masques, contamination des âgés, absence de soins, soignants sous pression

Ceux qui sont les plus exposés à la contagion, les soignants et les policiers, n'ont plus de masques (jetés juste avant, même ceux non périmés, puis pas commandés tout de suite, puis on envoie un A380 chercher des masques en Chine, dont il s'avère sur place que le pilote était contaminé, et ne pourra pas ramener l'avion, que des mauvaises foi de ce genre). Des soignants racontent être obligés de soigner d'abord les contaminés au COVID, sans masque, puis ensuite d'aller infecter les personnes âgées à qui elles font les soins. Des soignants mis sous pression par le manque de moyens, le nombre de lits qui diminue chaque année, qui depuis un an manifestaient parce qu'ils étaient à bout, en burn-out. Des soignants épuisés qui tomberont donc d'autant plus facilement malades... Voir "2020 confinement" (p. 123).

Des patients intubés, alors qu'on sait que l'intubation accroît la pneumonie.

Le gouvernement gonfle artificiellement le nombre de morts (en Italie, seul 12% des morts affectés du COVID 19 sont réellement morts du COVD, la majorité c'est des crises cardiaques, des cancers, des accidentés de la route en phase terminale, qui ont été contaminés lors des soins palliatifs à l'hôpital).

26/03/2020 - Chloroquine inutile si trop tard

Étude qui démontre que mal utilisée, ou trop tard, la chloroquine peut être inefficace. C'est pourtant exactement ce qu'il est dit ici de ne pas faire que fera par la suite l'étude Discovery, qui ne donnera la chloroquine qu'à des patients gravement atteints en réanimation, alors qu'on sait que ces patients n'ont plus de germe dans les poumons (tout est mort à l'intérieur...), donc plus rien à traiter par la chloroquine. Pour redire autrement le protocole recommandé par le Haut conseil de santé, les médecins n'ont pas le droit de donner la chloroquine a ceux qui en auraient besoin (début de l'infection qui va conduire à la réanimation), et n'auront le droit d'en donner que quand il sera trop tard. Histoire de montrer, chiffre à l'appui, que le taux de mortalité des patients traités à la chloroquine est affreusement élevé...

27/03/2020 - 1,2 millions de franciliens s'échappent juste avant le confinement

Orange révèle, grâce à la traque des usagers de téléphones portables, que plus d'un million de franciliens se sont enfuis de la couronne parisienne au moment où l'ordre de confinement à été donné.

27/03/2020 - Allemagne occupée par Q

Les troupes américaines qui ont envahi l'Allemagne ont été priées de dégager par Waldemar Gerdt, membre du comité international du Bundestag (assemblée allemande). Comme Trump a refusé, de facto, ça veut dire que l'Allemagne était sous occupation (voir le 11/01/2020 sur les arrestations de pédophiles qui en ont découlé).

Selon le député, "l'Allemagne est maintenant dans un état d'occupation des USA qui, contre la volonté de Berlin, continue à utiliser l'Allemagne pour déployer ses armes nucléaires. Le gouvernement allemand négocie depuis trois mois avec la partie américaine, exigeant le retrait des forces armées américaines. C'est lié au fait que sur la scène internationale « la redistribution des sphères d'influence est en marche » ."

27/03/2020 - Trump reprend la FED

Alors que les taux de la FED ont été descendus presque à zéro, et pourtant c'est en ce moment que la FED lâche le plus de pognons. Soit nos banquiers privés, qui jusqu'ici ont tout fait pour gagner de l'argent à notre détriment, sont devenus subitement abrutis, soit ils n'ont plus la main sur leur joujou... Et en effet, Trump a signé le Cares Act, permettant aux généraux de Q de reprendre la main sur la création monétaire.

Un indice avait eu lieu le 11 mars (jour de démission de Bill Gates), quand Trump avait annoncé la suppression des taxes pour au moins un an. Des taxes qui étaient apparues dans l'histoire au même moment où la FED avait été créée...

27/03/2020 - Disparition de Bill Gates

11 jours avant, Bill Gates a démissionné du conseil d'administration de Microsoft (qu'il a fondé en 1975). Entre le 19/03 et le 21/03, il change complètement de tête.

D'après Zetatalk et TRDJ, Bill Gates sera exécuté un peu plus tard par les tribunaux militaires, Melinda quelques semaines après. La fondation Gates sera dépouillée de ses fonds, seuls 5% restant à entretenir les actions caritatives de façades que cette fondation arborait.

27/03/2020 - Remplacement du pape François

Depuis 1 an, le pape François était nerveux avec sa bague papale : tant qu'il la porte, les assassins capables d'entrer au Vatican, très superstitieux, auraient eu des réticences morales à assassiner le leader de l'Église. Une bague rayée ou volée, le pape n'était plus pape, et François pouvait être assassiné. En mars 2019, on voyait le pape retirer rapidement sa main à chaque fois que les fidèles essayaient de baiser sa bague papale. Sous prétexte de ne pas disséminer des germes, alors que juste avant, on voyait le pape bénir en posant sa main sur des malades ou des lépreux. Le 01/01/2020, on voyait le pape violemment tiré en arrière par une femme dans l'assistance, par la main avec cette bague, et le pape François taper sur la main qui lui retirait la bague. Le pape avait alors prétexté une douleur d'épaule pour justifier ce mouvement d'humeur.

Le 25/03/2020, était publié l'annuaire pontifical, où se trouvait cette décision qui a fait bondir tous les catholiques du monde, mais qui n'était pas expliquée par le Vatican, ni discutée dans les médias main-stream, pour laisser l'illusion que tout continuait comme avant : la mention de "vicaire du Christ" disparaissait des titres du pape François. Ce n'était pas une décision de plus du pape, qui n'aimait pas les titres honorifiques : il s'agit ici de préciser que Bergoglio (qui n'est plus appelé François, pour bien enfoncer le clou qu'il n'est plus pape, et n'a même plus le nom qu'il s'était choisi en tant que pape), n'est plus le représentant de Jésus sur Terre, donc n'est plus pape. Une manière de lâcher les assassins sur lui, et de se conformer à la doxa protestante USA... Cette décision éclaire du coup la prophétie de Malachie vieille de 900 ans : François étant le dernier pape, il était dit que son successeur (avec qui se finirait l'Église catholique telle qu'on la connaissait) prendrait le trône, mais ne serait pas pape... Maintenant que le titre est retiré, le successeur de François ne sera effectivement plus pape...

Le pape n'est plus la même personne entre cette bizarre bénédiction urbi et orbi exceptionnelle du 27/03/2020, devant une place St Pierre du Vatican entièrement vide, et cette messe à Ste Marthe du 01/04/2020. Pourquoi de plus ces 3 jours (entre le 27/03 et le 01/04) où le pape n'apparaît plus dans ces messes d'habitude quotidiennes ?

Le 27 mars, le pape François parlait des tempêtes à venir :

"La tempête démasque notre vulnérabilité et révèle ces sécurités, fausses et superflues, avec lesquelles nous avons construit nos agendas, nos projets, nos habitudes et priorités. Elle nous démontre comment nous avons laissé endormi et abandonné ce qui alimente, soutient et donne force à notre vie ainsi qu'à notre communauté. [...] incapables de faire appel à nos racines et d'évoquer la mémoire de nos anciens, en nous privant ainsi de l'immunité nécessaire pour affronter l'adversité."

"Tu nous invites à saisir ce temps d'épreuve comme un temps de choix. Ce n'est pas le temps de ton jugement, mais celui de notre jugement : le temps de choisir ce qui importe et ce qui passe, de séparer ce qui est nécessaire de ce qui ne l'est pas. C'est le temps de réorienter la route de la vie vers toi, Seigneur, et vers les autres.

Et nous pouvons voir de nombreux compagnons de voyage exemplaires qui, dans cette peur, ont réagi en donnant leur vie. C'est la force agissante de l'Esprit déversée et transformée en courageux et généreux dévouements."

"Que de pères, de mères, de grands-pères et de grands-mères, que d'enseignants montrent à nos enfants, par des gestes simples et quotidiens, comment affronter et traverser une crise en réadaptant les habitudes, en levant les regards et en stimulant la prière ! Que de personnes prient, offrent et intercèdent pour le bien de tous. La prière et le service discret : ce sont nos armes gagnantes!"

"Nous ne sommes pas autosuffisants ; seuls, nous faisons naufrage."

C'était moins fort que Jean-Paul révélant à moitié le 3e secret de Fatima, mais ça faisait la fois de trop que François jouait sur la corde raide. Nancy Lieder révélera par la suite que le pape a été assassiné par le Vatican, sans préciser la date.

03/2020 - Marina Abramovic et Jacob de Rothschild devant le tableau de Satan

Jacob de Rothschild et Marina Abramovic en 2020 devant un tableau appelé "Satan appelant ses légions" : la lumière du projecteur est pointée sur l'oeil de Satan.

A propos de Rothschild, l'attestation de sortie pour le confinement, permet d'expliquer la couverture de "The economist" d'il y a 1 an et demi : le QR-Code de l'homme de Vitruve pointait sur une attestation de sortie, comme les Auschweiss pendant l'occupation Allemande de 1940.

04

06/04/2020 - Netanyahu avoue le contrôle du pays par un État profond

"Israel est contrôlé en réalité par un État profond, et qu'il n'y a aucune démocratie !"

Une confirmation des propos de Zetatalk, qui annonçait Bibi terré dans son bunker, envoyant son sosie en conférences, menacés par ses anciens commanditaires.

Au même moment, Sharon Stone envoie un message de soutien à la croix rouge, et se mets à pleurer, comme beaucoup de célébrités en ce moment...

06/04/2020 - Les riches se précipitent dans leurs bunker

De nombreuses personnes riches et célèbres n'ont pas attendu les consignes officielles pour se mettre à l'abri du COVID, et ont investi en masse dans des bunkers de la société Vivos Group, spécialisée dans la construction de petites forteresses luxueuses.

08/04/2020 - libération des détenus

Libération des 2 terroristes qui avaient fourni les armes pour l'attentat de Strasbourg, dans le groupes des 8 000 détenus relâchés, dont 130 radicalisés. Logiquement, le nombre d'agressions augmentera drastiquement les jours qui suivirent, beaucoup de ces détenus étant toujours des dangers publics.

09/04/2020 - Fermeture des plages Atlantiques

Les dirigeants voyants les explosions et séismes augmenter sur la faille de New-Madrid, qu'un nouveau pont s'est effondré en Italie par écartement de la faille de la rivière, que des centaines d'avions privés quadrillent le territoire français au-dessus des lignes de failles (en faisant des aller-et-retour comme un tracteur qui laboure un champ, se décalant à chaque ligne, et visibles grâce aux applis de suivi des trajectoires), le gouvernement ferme les plages sous prétexte de COVID, et c'est une affaire sérieuse, puisque les contrevenants sont poursuivis par des hélicoptères... Au Portugal, des citoyens ont vu des panneaux alertant des dangers de tsunamis possibles.

11/04/2020 - TRDJ annonce l'exécution de Boris Johnson

Alors que Boris semblait trahir le clan Trump, il attrape le COVID, fait une conférence où il est bien portant, puis quelques minutes plus tard, est déclaré emmené en réanimation. 3 jours plus tard, il ressort avec une nouvelle tête, TRDJ le déclarant exécuté et remplacé par un double.

14/04/2020 - BlackRock contrôle l'UE

On découvre que la city de Londres (alias BlackRock pour le grand public, dont la banque Rothschild qui a payé la campagne de Macron n'est qu'un sous produit), la firme qui bénéficie de la réforme des retraites de Macron, qui continue à gérer les transactions internationales du dollar américain après que Trump a récupéré la Fed, ce même BlackRock a infiltré et contrôle toute l'UE...

15/04/2020 - FMI annule une partie de la dette de 25 pays

Une dette qui n'existe pas. De manière générale, les pays de Françafrique se libèrent du franc CFA qui les étouffait depuis 50 ans.

18/04/2020 - Concert chapeau noirs de soutient à l'OMS

Quand tous les artistes liés aux chapeau noirs se joignent aux ONG Soros pour financer l'OMS qui a mené le monde à la crise actuelle... Une grande partie de ces artistes apparaîtront quelques semaines plus tard dans les listes des exécutions des tribunaux militaires secrets (donc non prouvable) : Lady Gaga, Billie Eilish, Coldplay, Lizzo, Paul McCartney, Stevie Wonder, Elton John, Angèle, Christine and the Queens, Céline Dion, Taylor Swift et Jennifer Lopez. 35 millions de dollars seront récoltés. Pas des fans, mais des riches donateurs qui se servent de ce type d'événements pour transférer des fonds officiellement vers les organismes qui obéissent à leurs ordres...

23/04/2020 - Résonnance de Schumann censurée

Depuis quelques jours, la fréquence de la résonance de Schumann est montée à 140 Hz (au lieu de 8 Hz) et surtout, les pics d'énergie saturent les capteurs, qui affichent des bandes noires de censure des mesures de plus en plus longues. Aucun scientifique ni journaliste toujours ne s'affolent de ces mesures délirantes...

23/04/2020 - Policiers ont ordre de ne pas intervenir en banlieue

Alors que des émeutes ont lieu (parce que les mosquées ont été interdites en plein mois de ramadan, une provocation du ministère de l'intérieur, les forces de l'ordre n'ont pas le droit d'intervenir, ni de faire respecter le confinement, laissant les populations locales sans protections.

24/04/2020 - Pompiers ont ordre de laisser brûler

Dans la suite du bordel volontairement laissé dans la société, les pompiers ont ordre de laisser brûler pour éviter les guets-apens des banlieues. J'allume le brasier, et j'interdis aux pompiers de l'éteindre...

25/04/2020 - JP Pernault critique la politique gouvernementale

Celui qui est présentateur télévisuel depuis 1975 qui a résisté à 6 présidents et un nombre incalculable de gouvernements, qui est la vedette incontestée et inchangée du journal de 13 h sur la première chaîne française depuis 1988 (pour dire s'il n'est dangereux pour aucun pouvoir) ne peut s'empêcher de critiquer les volte-faces permanentes du gouvernement actuel :

"incohérent : «les masques interdits dans les pharmacies, mais autorisés chez les buralistes», «les fleuristes fermés pour le 1er mai, mais les jardineries ouvertes» ou encore «les cantines bientôt ouvertes, mais les restaurants toujours fermés».

"Et maintenant entre les infos un jour sur un déconfinement par région. Le lendemain ce n'est plus par région. Un jour l'école est obligatoire, le lendemain elle ne l'est plus".

25/04/2020 - Gouvernement USA accuse Soros

"Le porte-parole du ministère de la Santé USA, Michael Caputo, a accusé George Soros de chercher à exploiter la pandémie de COVID pour la contrôler et pour faire avancer leurs intérêts."

" les démocrates voulaient que les gens meurent pour que Trump ne soit pas réélu"

"L'agenda politique de Soros EXIGE une pandémie"

" Le vrai virus derrière tout : Soros"

Pour qu'un membre du gouvernement ose dire ça, c'est qu'il a du lourd en preuves derrière, et qu'il sait que personne n'ira l'attaquer pour diffamation mensongère...

A noter que le David Rothschild de New-York, aussi accusé de volonté de dominer le monde, n'est pas lié à la famille de la City de Londres.

05

01/05/2020 - Lois dictatoriales USA

Un projet de loi du congrès (numéro 6666...) présenté le 1er mai (Fêtes de Baal). Autorise le gouvernement fédéral USA à aller vous tester chez vous, séparer votre famille et vous forcer à être vacciner.

Une monnaie numérique reliée à votre géo-localisation qui évaluera tout vos comportements sociaux. Et, tout cela grâce à la 5G permettant de transmettre masse d'info sur des millions de personnes en même temps.

07/05/2020 - déconfinement inutile

Comme tous les pays n'ont pas confiné, les études montrent que le résultat est le même (voir pire en cas de confinement), montrant l'inutilité du confinement. Pourtant, les pays qui ont confiné feront comme si ces études n'existaient, ignorants d'ailleurs toutes les études, ne cherchant plus à justifier scientifiquement leurs décisions.

10/05/2020 - Nethanyahu veut pucer les israéliens

Netanyahu veut implanter une puce aux enfants d'abord, puis ensuite à leur parent. Excuse bidon, que tout le monde respecte une distance de 2 m entre chaque individu...

11/05/2020 - Crash d'un OVNI a Magé (Brésil)

Plein de vidéos fakes ou anciennes sont sorties d'un coup, faisant penser de prime abord à un fake. Sauf que :

Pourquoi autant de désinformateurs d'un coup, qu'est-ce qu'ils cherchaient à cacher ? Pourquoi Twitter a été systématiquement censuré, tous les sujets traitants de l'affaire étant automatiquement supprimés ? Comme si cette avalanche de faux témoignages avait permis de noyer les vrais qui seraient passé au travers du cover-up...

11/05/2020 - Odeur soufrée sentie partout sur la planète

Odeur et une fumée totalement anormales (avec risque d'explosion), ressenties aux 2 bouts de la planète, surtout dans notre capitale Paris (de Meaux à Melun), traitées superficiellement par les médias. Encore une cause qui restera inconnue... Paris comme Rouen sont sur le bassin parisien, un bassin sédimentaire qui, a chaque fracture de la roche, relargue les gaz du sous-sol (le fameux gaz de schiste).

Ce dégagement souterrain est concomitant à un fort dégazage de NO_2, partout sur l'Atlantique (alors que normalement, c'est les diesels qui émettent ça, alors que la circulation automobile des particuliers est encore coupée par le confinement.

15/05/2020 - Reine confinée à vie

Figure 73: Chute royale (10/2019 et 05/2020)

On se doutait de quelque chose : le blason de la reine avait disparu du portail de son château. Censée s'adresser au parlement anglais avec sa couronne, la "reine" n'avait déjà plus sa couronne en octobre 2019, mais juste un diadème. Aujourd'hui, elle est en habit civils, chapeau, preuves qu'elle n'est plus rien. Son fils, le prince Charles, pareil, disparues les écharpes, collier et décorations en or...

Une traduction de l'article, que les médias français n'ont pas su faire... Les mots en majuscules sont conservés.

"La reine "ne retournera JAMAIS en première ligne" : la reine de 94 ans pourrait rester en quarantaine à Windsor "indéfiniment"

La reine cessera de percevoir les droits royaux réguliers "pendant des années"

Sa Majesté est actuellement isolée (emprisonnée? les mots ont plusieurs sens...) au château de Windsor avec son mari, le prince Philip

Le monarque doit rester indéfiniment en résidence, ses engagements d'État étant suspendus

Le palais de Buckingham sera fermé pour l'été pour la première fois depuis 27 ans "

22/05/2020 - 1ère vague révélations malversations chapeau noirs

Démission du directeur de l'OMC (qui avait favorisé la Chine en dévaluant sa monnaie pour la faire devenir usine du monde, en ne lui faisant pas payer autant que les grandes puissances. Dans la foulée de la démission de Bill Gates, de l'arrêt des tests pour le vaccin de Gates, des révélations que Hillary Clinton utilisait du matériel Huawei, provoquant la fuite de secrets d'État USA vers l'État profond chinois (chapeau noirs). On a l'ambassadeur chinois, une taupe de l'État profond chinois, qui décède mystérieusement au moment ou Netanyahu s'allie au clan Trump et fait un gouvernement partagé.

22/05/2020 - La science s'invente des univers parallèles

Les EMP du noyau sont plus fortes avec Nibiru. Les ballons sonde au pôle Sud ont détecté plusieurs fois une de ces EMP du noyau depuis 2006 : un rayonnement hautement énergétique, qui ne pouvait que venir du noyau terrestre, car la direction venait du sol, et non de l'espace comme d'habitude.

Là où les scientifiques auraient du admettre que ces EMP venait de notre noyau, et que ce dernier était en suractivé (ce qui expliquait les séismes plus violent, les volcans 5 fois plus actifs, le réchauffement des océans venant par le fond, les nombreux crashs d'avions, etc.), ils ont fait tout l'inverse.

Classiquement, ils ont commencé par censurer les observations.

Mais vu que ces observations revenaient très régulièrement, et que les instruments ne pouvaient pas être mis en cause, il a bien fallu trouver une explication capillotractées "tout sauf Nibiru" : Les désinformateurs ont inventé un univers parallèle :

"Ok, ces particules semblent venir du noyau terrestre, mais comme on n'a pas le droit de le dire, ne reste plus qu'une explication possible :

"le ballon a ouvert une faille spatio-temporelle, et le temps s'est inversé, les rayons ont été mesuré avec un temps inversé, d'où l'impression qu'ils sortaient de la Terre"... Purée !!!

25/05/2020 - les plus riches ont gagné 10 milliards de plus pendant les 2 mois de crise

les 25 hommes les plus riches de la planète ont gagné 10 milliards chacun en seulement 2 mois, profitant à fond de la crise sanitaire et de l'arrêt de l'économie.

26/05/2020 - décès a 90 ans du prânique Prahlad Jani

Il affirmait n'avoir ni bu ni mangé pendant 80 ans, et avait été testé à 2 reprises (2003 et 2010) de manière très stricte (surveillé en permanence par des caméras, avec intervention des zététiciens qui avaient critiqué la première expérience), montrant qu'il n'avait rien bu ni mangé (+sans uriner ni déféquer) pendant 2 semaines, sans perdre de poids ou de changement dans sa physiologie. Une capacité encore inexpliquée de la science à ce jour.

27/05/2020 - Véran interdit la choloroquine suite à une étude bidon du Lancet

Le 22 mai, le Lancet sort une étude dont les nombreuses erreurs sautent immédiatement aux yeux (étude obtenue grâce aux big data de Surgisphere, reliés à Gilead) Même les journalistes de France Soir émettent des réserves le soir même. Le lendemain, le ministre de la santé Olivier Véran demandait au HCSP d'examiner les règles de prescription de la chloroquine. Un Haut Conseil dont les médecins sont pour la plupart rémunérés par le labo privé Gilead, qui a intérêt à faire vendre son Remdesivir à 2700 euros que la choloroquine à 14 euros. Le 27 mai, alors que l'étude bidon du Lancet a été invalidée par le milieu scientifique (mais qui ne sera retirée que le 04/06), Véran annonce officiellement l'interdiction de la chloroquine pour le traitement du COVID-19. Cette décision hâtive est immédiatement pronostiquée comme le départ anticipé de Véran, mais finalement cette décision ne sera jamais annulée avant la fin de l'épidémie, et Véran sera malgré tout ça un des ministres survivant du remaniement de juillet...

28/05/2020 - Soros contrôle depuis 2012 la cour européenne des droits de l'homme !

Pourquoi l'Europe a été obligée de laisser ses frontières ouvertes aux migrants, alors que l'épidémie de COVID s'approchait ?

29/05/2020 - OMS fait appel aux dons

Alors que les USA et l'Angleterre, ont cesser les subventions à l'OMS suite à ses trop nombreuses malversations, cette dernière doit faire appel aux dons privés en créant une fondation à cet usage.

06

03/06/2020 - violences inter-raciales pilotées

Alors que le COVID s'essoufflait, l'affaire Floyd aux USA (arrivé dans une ville démocrate, dans un État démocrate, mais mis sur le dos du républicain Trump...) se prolonge en France. Comme il n'y avait que des blancs qui étaient morts récemment par cette prise d'étranglement, ils ont ressortis une vieille affaire, monté en épingle par l'ONG Black lives Matter (BLM), finançant la famille d'Adama Traoré. Le gouvernement, qui interdisait formellement aux GJ ou aux soignants de manifester, à laisser se faire cette manifestation voulu par les mondialistes des chapeau noirs.

Des exemples des manipulations ? Des stocks de pavés sont préalablement déposés sur les parcours officiels (laissés en place par la police), permettant aux activistes de savoir quelles vitrines casser. On voit aussi les policiers et antifas échanger des signes avec les mains, se mettant en connivence de qui attaquer et quand.

A noter que pour limiter la casse, Trump a déclaré antifa comme organisation terroriste pour couper les financements dont bénéficiait cette organisation.

04/06/2020 - Retrait d'études bidons de 2 grandes revues médicales

Suite aux révélations de mensonge, et à la pression médiatique, c'est "The Lancet" et "The New England Journal Of Medicine" qui seront contraints de retirer des études bidons sur le COVID-19. Des retraits demandés par les auteurs eux-mêmes, dont les conflits d'intérêts flagrants venaient d'être révélés...

09/06/2020 - La fosse des Mariannes s'est comblée de 1 000 m !!

On vient de mesurer de nouveau la profondeur de la fosse des mariannes : elle s'est comblée de 1 km de hauteur, preuve de son resserrement...

16/06/2020 - Révélation des assassinats du COVID

Le professeur Perronne affirme que 25 000 morts (sur les 30 000 morts du COVID en France) auraient pu être sauvé s'ils avaient été traité à la chloroquine. Il révèle en même temps que le conseil scientifique n'a pas respecté le protocole, prenant des décisions alors que les médecins qui l'ont fait étaient pour la plupart en conflit d'intérêt, et de par les statuts, n'avaient même pas à siéger au comité décisionnel.

19/06/2020 - Trump fait une demi-révélation sur les ET

Lors d'une interview télévisée, le fils de Trump demande à son père :

- "Les Extra-Terrestres sont-ils réels?!?

- Tant de gens me posent cette question. Il y a des millions et des millions de personnes qui veulent aller [à Roswell] et le voir. Je ne vous dirai pas ce que j'en sais, mais c'est très intéressant".

20/06/2020 - Quand l'État donne gratuitement l'argent aux banques privées

Les banques privées empruntent désormais à taux négatif à la BCE (banque centrale européenne). Ils prennent 100 euros, ils ne devront rendre que 80 euros. Évidemment, cela ne marche pas pour les particuliers... De plus, il y a de grandes chances qu'ils n'aient jamais à rembourser : le grand reset sera convoqué par le Forum économique mondial en janvier 2021.

07

01/07/2020 - L'ONU annonce le grand Reset

Le secrétaire général de l'ONU appelle à une "gouvernance mondiale" qui soit "mordante" et prépare le "great reset" (grande remise à zéro) de l'économie. Ces gens sont aux abois, ils savent que Nibiru se rapproche, ils pensent qu'elle ne pourra plus être niée en janvier 2021 selon Zetatalk. Il veut aussi combattre le fléau de la "désinformation" (ce que j'appelle "réinformation citoyenne", à savoir les journalistes citoyens qui partent des faits sourcés et vérifiés).

03/07/2020 - L'ISS doit remonter en urgence

Cela pour éviter un débris dont la nature n'est pas précisée. Astéroïde ?

04/07/2020 - Italie sous contrôle

Un réseau de pédopornographie démantelé en Italie. Des arrestations qui vont continuer à fleurir en Europe, après que les militaires USA d'Allemagne se répartissent partout en Europe.

06/07/2020 - Maroc sous contrôle

Le Maroc offre une base militaire au débarquement des troupes de l'OTAN (USA), cette base pouvait déjà accueillir des sous-marins, et elle va être 4 fois plus grande ! On connaît les liens entre les pédo-satanistes haut placé et la pédophilie marocaine.

07/07/2020 - le nettoyage de l'État profond français commence

Plusieurs événements concomitants ont montré qu'un grand changement avait eu lieu dans notre pays.

Déjà, le débarquement des troupes USA à la Rochelle (département 17, comme Q...) pour l' «Opération Mousquetaire» (du 07/07 ou 06/08/2020). La devise des mousquetaires ("tous pour un et un pour tous") est étrangement similaire à celle de Q ("où nous allons 1 nous allons tous")... On se souviens qu'en Allemagne, cette opération imposée au gouvernement s'était soldée par la disparition de Merkel, et le début des arrestations de pédophiles...

Le même jour, la chaîne de Soral, comme juste avant celle de Dieudonné, est censurée par Youtube.

08/07/2020 - Encore un policier témoignant avoir reçu des ordres de matraquer durement les Gilets Jaunes, mais de laisser faire les blacks blocks qui cassaient tout. Bonne préparation s'il fallait faire arrêter le préfet de Paris.

Le 13/07, est arrêté en Gironde l'un des 10 hommes les plus recherchés de la planète, pour gestion de sites pédopornographiques. Au même moment où un autre Français, qui jusqu'à présent avait pu violer plus de 305 mineurs sans être inquiété, s'est fait arrêté en Indonésie, où il se donnera la mort.

Un tweet énigmatique de Macron du 14/07, reprenant ce qu'il avait déjà dit le 15/10/2017 : "J'ai fait ce que j'avais dit que je ferai."

Le lendemain, le nouveau premier ministre, Jean Castex, a viré le «Premier ministre bis» (secrétaire général du gouvernement), Marc Guillaume, en place depuis 2015 (sous Valls, preuve que pas grand chose ne change lors des élections).

"C'est le signe d'une reprise en main pour lever les freins", une attaque de l'État profond, ce pour quoi Macron a été élu ?

Un Jean Castex qui promet aussi de reprendre en main la justice, ne laissant plus les crimes impunis (ceux des pédophiles haut placé y compris ?).

09/07/2020 - 3 fois plus de milliardaires en 10 ans en France

Preuve que "tout va mieux" comme le dit Hollande, pas pour les sans-dents il va sans dire...

15/07/2020 - Roumanie en contrôle

En 4 jours, c'est le le troisième réseau de traite des êtres humains démantelé. Pas un mot dans les médias français. Les soldats USA, qui avaient envahis l'Allemagne, sont en effet répartis un peu partout en Europe.

16/07/2020 - Hackage des tweets des chapeau noirs

Tous les plus grands noms dénoncés par Nancy Lieder comme étant les chapeau noirs ont été hackés, et que eux. Bill Gates, Elon Musk, Joe Biden et Barack Obama, ainsi que de grandes entreprises comme Apple et Uber, ils y étaient tous...

17/07/2020 - Traque dans la forêt noire

6 jours de chasse à l'homme, 2 500 membres des forces de l'ordre, avec un dispositif impressionnant de fourgons, d'hélicoptères, de caméras thermiques et de chiens policiers. Pour un seul homme (juste coupable d'avoir menacé des policiers avant de s'enfuir, alors que des délits bien pires restent impunis et sans enquête...), ça parait disproportionné... Sauf si on sait que cette immense Forêt Noire fut jusqu'en 2018 la propriété des Rothschild, qu'elle contient plus de 270 caches, grottes et anciens bunkers abandonnés. Une forêt à propos de laquelle de bien étranges et insistantes rumeurs circulent à propos de drôles de parties de chasse... A mettre en lien avec les tableaux pédo-satanistes des élites sortis avec l'affaire Epstein, des enfants nus courants dans les bois, le dos lacéré de coups de fouets, cheville brisée et tendon d'achille coupé, pour être sûr que les enfants ne sortent pas vivant de la traque dont ils sont victimes, tout en se déplaçant suffisamment pour exciter leurs poursuivants, et augmenter leur taux d'adrénaline se transformant en adrénochrome lors que leurs poursuivants boiront leur sang, une drogue dont les puissants sont accros.

Il faut savoir que l'arrestation a eu lieu un vendredi 17 à 17h17 (code pour Q, 17e lettre de l'alphabet).

Sachant que Q avait parlé de la forêt noire le 05/02/2018, drop 664 : "Forêt Noire. Autriche. Rothschild. Vente en CATASTROPHE quelques jours après le post ? Que s'est-il passé là-bas ? Dopey." L'info "Rothschild + Forêt noire" sera répétée dans le drop 666. Que de symbolisme...

Trump appelle Dopey le prince Saoudien Alwaleed Bin Talal, qui avait été arrêté lors d'une importante opération de consolidation de pouvoir le 04/11/2017, au cours de laquelle plus de 300 princes, ministres et autres élites Saoudiennes ont été arrêtés dans une purge « anti-corruption » ordonnée par MBS.

17/07/2020 - comète Neowise

Une comète surprise, rétrograde comme Nibiru, dont nos scientifiques ne savaient pas si elle allait se désintégrer comme les 3 autres précédentes de l'année, toutes aussi pas prévues. Une comète bien plus impressionnante et grande que la fameuse comète de Halley, Neowise couvrant toute la constellation de la grande ourse.

31/07/2020 - France Soir balance tout sur le COVID

[frs4] Le magazine France Soir revient sur l'hystérie artificielle en début d'année : les urgences et services de réanimation vides (au moment où la télé montrait les hélicoptères évacuant les patients prétendument excédentaires en Allemagne), les bons résultats de l'HCQ dans tous les pays qui l'ont utilisés (pendant que la France interdisait les soins), l'euthanasie dans les EHPAD de gens qui auraient survécus, le plan blanc interdisant de soigner les autres maladies (grosse mortalité par cancer), une propagande de la peur continuant malgré la disparition de l'épidémie, et la gestion catastrophique et identique qui semble être une constante dans la plupart des pays du monde...

08

01/08/2020 - Arnaque du Remdésivir (p. 129)

Malgré toutes les études montrant que le Remdésivir est inefficace et dangereux, l'UE décide d'interdire l'HCQ pas chère, pas dangereuse et efficace, pour donner des milliards au labo Gilead, et continuer à laisser mourir les formes graves du COVID, faute de soins... Les endormis qui ne lisent que le titre, verront, dans cette information de la commission Européenne donnant l'exclusivité à Gilead, que l'HCQ est dangereuse, qu'il n'y a donc pas de soins connus contre le COVID. Les réveillés eux, vont aller lire l'article, et apprendre plein de choses primordiales, disant le contraire du titre. La chloroquine est validée, la commission européenne démolie, et un beau complot est mis en lumière.

01/08/2020 - Légalisation du sacrifice de nouveau né en France

Une loi votée aux USA le 22/01/2019, cette décision se propage dans le monde...

Grâce à l'amendement 524 de l'article 20, possibilité d'avorter jusqu'au moment de la naissance, sous un prétexte bidon généraliste : "détresse psychosociale"...

Voté à 60 voix contre 37, les députés ont adopté en seconde lecture le projet de loi bioéthique a 3h33 du matin, alors que 500 députés étaient absents...

04/08/2020 - Explosion à Beyrouth

Une méga explosion de nitrate d'ammonium comme à AZF Toulouse en 2001, à fait relativement peu de morts (150 morts) par rapport aux dégâts observés (5000 blessés).

L'UNICEF annonce 80 000 enfant sans parents : impossible : soit les 5 000 blessés n'étaient que des adultes monoparentaux de 16 enfants, soit l'explosion a mis à jour des tunnels de trafics d'enfants... Des tunnels non officiels ont bien été découverts par l'explosion (appelés pudiquement des "paniq room", c'est à dire des bunker souterrains blindés), et les images non officielles montrent plein d'enfants être extraits d'un camion citerne.

Jérusalem Post : "Néanmoins, le fait que le Liban ait rapidement nié la présence de ces zones, ainsi que les vidéos des sous - sols ou des « tunnels », semble indiquer qu'il n'a toujours pas eu le courage de mener une enquête approfondie sur la région, craignant de découvrir les activités suspectes qui auraient été menées dans cette région par Ceux qui critiquent le Hezbollah.

Bizarrement, 4 jours après, un hangar de l'UNICEF brûle au Congo.

Beaucoup de membres du gouvernement démissionnent les uns à la suite de l'autre, des démissions qui avaient commencé la veille de l'explosion.

Les explications bancales du gouvernement pour expliquer pourquoi un stock gigantesque d'engrais/explosif était stocké depuis 7 ans dans la ville, son refus d'autoriser une enquête internationale, le tout couplé à une atmosphère d'émeute car le Liban n'a plus d'argent et les émeutiers sont financés par l'étranger. La mort de Soleimani en début d'année a privé le Hezbollah libanais des ressources iraniennes, et cette explosion a détruit un gros stock d'armes du Hezbollah des chapeaux noirs. Quelques semaines après, Netanyahu signera la paix avec plusieurs pays arabes, a chaque fois en présence de Trump, tandis que Macron vient parader dans les rues libanaises, les journalistes montant les choses pour faire croire que le peuple libanais demande à Macron d'être son sauveur... une vidéo ou on voit Macron pousser en arrière le président Libanais est explicite : comme si le président avait été arrêté, et devait se plier aux exigences du vainqueur.

Fin de la chronologie

Il faut bien s'arrêter un jour pour pouvoir publier un livre papier ! La suite de l'actualité sera trouvée dans L1.

Beaucoup des révélations de ce livre seront rendues publiques un jour, c'est pourquoi je n'ai pas insisté sur celles-là. Mais les révélations que le système s'autorisera à vous révéler seront bien en dessous de la vérité...

Ces révélations "people" (sur la violence des démocrates par exemple) serviront à cacher l'arrivée de Nibiru, puis de l'antéchrist. Concentrez-vous plutôt sur les informations importantes (Nibiru et faux sauveur) : en effet, même si vos dirigeants semblent sympas en sauvant les enfants, en vous redonnant un peu de l'argent qui vous a été volé, ils continuent à vous cacher la vérité, à rester flous sur leurs buts réels, et à ne pas définir précisément qui est ce "dieu" sous l'autorité duquel ils veulent placer le monde...

Tables diverses, Index et Biblio

Sommaire détaillé

Table des figures

Table des tableaux

Bibliographie

[abd1] (www) : *Les abductions*, ovnis-direct.com, , ovnis-direct.com
[alix] (video) : *le secret des guérisseurs*, Stéphane Alix, ,
[allong] (art.) : *Pourquoi rajouter une seconde à nos horloges ?*, , 30/06/2015, FranceTvInfo
[allong2] (art.) : *Les « séismes » géomagnétiques du noyau de la Terre enfin compris*, Laurent Sacco, 24/04/2019, Futura-Science
[allong3] (art.) : *Le séisme au Chili aurait raccourci la durée du jour*, Laurent Sacco, 04/03/2010, Futura-Science
[allong4] (art.) : *Pourquoi vos horloges ne sont plus à l'heure ?*, , 30/06/2015, La Dépêche
[annarb] (art.) : *Michigan 1966 : Les Shériffs voient des OVNIS très rapides, les radars les détectent*, Patrick Gross, 1966,
[ant] (video) : *Anthrax War*, Bob Coen, Eric Nadler, 2009, ReOpen 911
[archeo] (art.) : *Des colliers météoritiques vieux de 5.000 ans*, , 20/08/2013, 7/7
[astro1] (art.) : *Des scientifiques ont la preuve d'une neuvième planète dans le système solaire*, Nadia Drake, 20/01/2016, National Geographic
[astro2] (www) : *Nibiru : Les indices de son existence*, Benoit Garneau, , Ben Garno
[astro3] (art.) : *Ideas and Trends Clues get warm in the search of planet X*, , 30/01/1983, New York Times
[astro4] (art.) : *Possibly as large as Jupiter*, , 30/12/1984, Whashington Post
[astro5] (www) : *Preuves par la censure*, , , poles xooit
[astro7] (art.) : *NASA covered up Nibiru 'for 30 years' and is withholding 'the TRUTH' about Planet X*, Charlotte Ikonen, 02/04/2018, Daily Star
[attal] (video) : *Conversation d'avenirs - L'avenir de Jérusalem (Capitale Mondiale)*, Jacques Attali, 06/03/2010, Public-sénat TV
[aub] (livre) : *0,001%*, Marc Auburn, 2013, Atlante,
[auror] (art.) : *Aurores boréales observées en France*, , 18/03/2015, Le Parisien
[bali] (www) : *D'antiques cultures jumelles de chaque côté du Pacifique ignorées des chercheurs*, Richard Cassaro, 2011,
[bascul1] (art.) : *Comment un volcan « démentiel » a fait basculer la planète Mars*, , 03/03/2016, Ouest-France
[bascul2] (art.) : *Il y a des milliards d'années, la Lune s'est penchée*, , 24/03/2016, L'express
[bascul3] (art.) : *Le pôle Nord s'éloigne de Montréal*, Mathieu Perreault, 08/04/2016, La Presse.ca
[bascul4] (art.) : *Connaissez-vous les séismes lents ?*, , 04/2016, 2012 un nouveau paradigme
[bascul5] (art.) : *La NASA détermine ce qui déplace en douce l'axe de la Terre*, , 21/09/2018, Sputnik
[bascul7] (www) : *Mammouths gelés et catastrophes cosmiques*, Pierre Lescaudron, 31/07/2017,
[bel] (livre) : *Un voyant à la recherche du temps futur*, Marcel Belline, 1975, Robert Laffont,
[ber] (video) : *Interview de Jacques Bergier à la télévision Suisse, juste avant sa mort*, Jacques Bergier, 1978, RTS
ber2: Human CO2 Emissions Have Little Effect on Atmospheric CO2, Edwin X Berry, Climate Physics LLC, Bigfork, USA, 13/05/2019
[bever] (www) : *Le cas à Beverly, Massachussetts, USA, le 22 avril 1966:*, Patrick Gross, ,
[bol] (art.) : *Quand le fisc doit reverser 315 millions d'euros à Vivendi*, Eric Piermont, 2017, Challenges
[Bra] (livre) : *Crépuscule*, Juan Branco, 2019, Au Diable Vauvert, 979-1030702606
[buisson] (video) : *TF1 était "au service de l'élection de Nicolas Sarkozy" selon Georges Buisson*, Quotidien, 13/09/2019, TMC
[caligny] (video) : *Soirée Miracles et Prodiges*, Elisabeth de Caligny, 18/07/2019,
[cauw] (livre) : *Le dictionnaire de l'impossible*, Didier Van Cauwelaert, , ,
[Coc] (www) : *Coca-Cola verse des millions de dollars pour influencer la science*, Jasmine Foygoo, 10/05/2019, Daily Geek Show
[coe] (video) : *Marchands d'anthrax - vers une guerre bactériologique ?*, Roberto Coen, 15/06/2015, ARTE
[com] (www) : *Dix "théories du complot" qui se sont avérées être exactes*, Guy Fawkes, 2014, fawkes-news
[consc] (art.) : *Il lui manque 90% de son cerveau mais tout va bien*, , 2016, 7/7
[cor1] (livre) : *La perfection dans les enseignements du Coran*, Galal Ed-Din El-Syouty, , ,
[cor2] (livre) : *Le raffinement*, El-Thazib, , ,
[cor3] (livre) : *la grande tentation !! El-Fitnah El-Kobra*, Taha Hussein, , ,
[cot] (livre) : *Le syndrome du mort-vivant*, Justine Canonne, 2013, ,
[cre] (www) : *Les collections sumériennes du père Crespi*, , , Chapman Research
[dblsol] (video) : *Double Soleil*, , 10/2015,
[dehl] (video) : *Evelyne Delhia mal à l'aise en évoquant des nuages en ligne*, Evelyne Delhia, 2014?, TF1
[del] (livre) : *Un quinquennat à 500 milliards. Le vrai bilan de Sarkozy*, Mélanie Delattre & Emmanuel Lévy, 2012, Mille et Une Nuits,
[delug] (www) : *Le Déluge expliqué par la science*, , , dinosoria
[din1] (art.) : *Même sans chute de météore, la fin des dinosaures semblait écrite*, Jean-Paul Fritz, 19/04/2016, Nouvel observateur
[divulg1] (art.) : *1933: le salut nazi de la future reine Elizabeth II*, David Ramasseul, 18/07/2015, Paris-Match
[divulg2] (art.) : *Conquête de l'espace : les extraterrestres ont peur des plans des terriens*, Ambre Deharo, 15/10/2016, RTL
[eclair1] (art.) : *'Dark lightning' zaps airline passengers with radiation*, , 10/04/2013, NBC News
[eclair2] (art.) : *'Gigantic Jet' Lightning Spotted Over China*, Elizabeth Howell, 26/02/2013, Yahoo! News
[egy] (www) : *Les grands ancêtres égyptiens*, , ,
[einf] (www) : *Poltergeist d'Einfield*, , ,
[EMP] (video) : *Une EMP visualisée par des éclairs qui remontent autour de la colonne EM*, , 30/05/2016,
[eruptsol] (art.) : *Un énorme trou coronal aperçu à la surface du Soleil intrigue les astronomes*, , 31/05/2016, Maxi science
[evas] (livre) : *Ces 600 milliards qui manquent à la France. Enquête au coeur de l'évasion fiscale*, Antoine Peillon, 2012, Le Seuil,
[fal] (www) : *Histoire : le terrorisme des opérations sous fausse bannière*, Benji, 14/04/2015, Moutons enragés
[fed] (www) : *Aux sources de l'escroquerie de la Réserve Fédérale – Le machiavélisme des hécatonchires de la finance internationale*, Aline de Diéguez & Eustace Mullins, 23/01/2013,
[fm] (www) : *Le secret des Francs-Maçons*, , ,

[fm1] (video) : *La Franc-Maçonnerie disséquée remasterisée*, Abel Chemoun, 2015,
[fol] (livre) : *Tome 3 - A la recherche de la lumière - Comment je suis devenu occultiste et spirite*, Marcel Folena, 197?, , 978-2902970698
[frais2] (video) : *Nicolas Fraisse : propos sur ses sorties de corps*, Nicolas Fraisse, 19/11/2018,
[francafr1] (art.) : *Sarkozy a menacé de mort les présidents africains*, Benji, 17/05/2012, Moutons enragés
[francafr2] (art.) : *La France a-t-elle financée Daech ?*, Benji, 03/12/2015, Moutons enragés
[frs1] (art.) : *Chronique Covid N°13 – « Halte à la manipulation : Ils ont baissé le seuil épidémique pour le covid !*, François Pesty, 23/07/2020, France Soir
[frs2] (art.) : *Covid-19 : l'hydroxychloroquine marche épisode II "Effets stupéfiants dans 53 pays"*, Michel Jullian & Xavier Azalbert, 20/07/2020, France Soir
[frs3] (art.) : *Covid-19 : les anti-hydroxychloroquine et une certaine science française sont-ils tombés bien bas ?*, Le Collectif Citoyen, 17/09/2020, France Soir
[frs4] (art.) : *Crise du coronavirus en France: épidémie terminée versus panique organisée. Pourquoi ?*, Nicole Délépine, 31/07/2020, France Soir
[gan] (livre) : *Les Armées Secrètes de l'OTAN - Réseaux Stay Behind,Opération Gladioet Terrorisme en Europe de l'Ouest*, Daniele Ganser, 2007, Éditions Demi-Lune, 978-2-917122-00-7
[God] (livre) : *Xavier Niel, La voie du pirate*, Solveig Godeluck & Emmanuel Paquette, 2016, First, 978-2754081948
[goud] (art.) : *Les premiers acides aminés de la vie apportés par les météorites ?*, Jean-Luc Goudet, 2009, Futura-Sciences
[Hacè] (livre) : *Opérations banlieues, comment l'Etat prépare la guerre urbaine dans les cités françaises*, Hacène Belmessous, 07/10/2010, La Découverte,
[herb] (www) : *Crâne allongé*, Yves Herbo, , sciences-faits-histoires
[hil] (livre) : *Archives du mondialisme*, Pierre Hillard, 2019, Nouvelle Terre,
[Hill1] (livre) : *Sionisme et mondialisme - de ses origines au IIIe Reich , 1895-1941*, Pierre Hillard, 2020, Nouvelle Terre, 978-2918470373
[hitl1] (art.) : *Informations déclassifiées de la CIA: Hitler en vie en Argentine dans les années 1950?*, , 09/09/2017, Sputnik
[hopi1] (livre) : *Les 7 mondes*, Josef Blumrich, 1979, ,
[hopi2] (livre) : *Hopi, peuple de paix et d'harmonie*, Chantal Gérard-Landry, 1995, , 2-226-07759-6
[hopi3] (livre) : *Au delà de nulle Part*, Jacques Attali, 04/06/1997, Fayard, 9782213596662
[hopi4] (art.) : *discours donné un spécialiste des légendes et prophéties de la tribu amérindienne des Hopis, au Concile Indigène Continental en 1986 à Tanana Valley Fairgrounds, Fairbanks, Alaska*, Lee Brown, 1986,
[hopi5] (art.) : *Prophéties Hopis révélées en 1968 (Nexus n°16)*, John Hogue, 16/04/2001, Nexus
[Jal] (www) : *Pour Zemmour, attaqué par un ignorant voulant faire croire qu'il connaît le coran*, Philippe Jallade, 2014,
[Jes] (www) : *L' Abrogation dans le Coran* , Père Zakaria Boutros , ,
[Jes2] (video) : *L'énigme de Jésus de Nazareth*, , ,
[Jes3] (www) : *Culte de Mithra - les société secrètes*, Arkana, , Arkana
[joc] (www) : *Mystères des cranes dolichocéphales de Malte*, Jocast, 2018, Jocast
[jp1] (www) : *Le neveu de Lucky Luciano affirme avoir aidé à assassiner le pape Jean Paul I avec la complicité de cardinaux*, Fawkes-News, 22/10/2019,
[jp1-2] (livre) : *When the bullet hits the bones*, Anthony Raimondi, 2019, Page Publishing,
[jud] (www) : *Le judaïsme provient des textes sumériens*, , , Réseau International
[kelly] (www) : *Rencontre de Kelly-Hopkinsville*, , , Encyclopédie du Paranormal
[kinz] (livre) : *The Brothers, John Foster Dulles, Allan Dulles and Their Secret World War* , Stephen Kinzer, 2013, Times Books (New York),
[Lan] (www) : *La moitié de la litterature scientifique est fausse*, Dr Richard Horton, 2016, Les brins d'herbe engagés
[laur] (livre) : *Laurel Canyon, ou le village des damnés (Weird Scenes Inside The Canyon)*, David MacGowan, 2015, Sott.net,
[loch] (livre) : *Une nouvelle hypothèse sur l'originede la catastrophe Tchernobyl*, Georges Lochak, D. Filippov, A. Rukhadze, L. Urutskoiev, , Rapport de recherche,
[lun1] (video) : *American moon*, Massimo Mazzucco, 2019,
[macr2] (art.) : *La campagne présidentielle de Macron financée pour moitié par un club de moins de mille personnes*, Étienne Girard, 2018, Marianne
[macr3] (art.) : *Comment le monde de la finance a investi dans le candidat Macron*, Étienne Girard, 2018, Marianne
[mamm1] (www) : *Découverte d'un bébé mammouth congelé en Sibérie*, Jean Etienne, 13/07/2007, Futura-Science
[mamm2] (www) : *Un mammouth laineux découvert avec son sang dans la glace de Sibérie*, Maxime Lambert, 30/05/2013, Maxime Lambert
[mamm3] (art.) : *Les mammouths gelés de Sibérie et d'Alaska*, Alain Foucault, 01/04/2004, Pour la Science
[manip1] (art.) : *Une officine liée au Mossad crée sur Facebook une page antisémite*, , 17/01/2016, Réseau International
[mant] (livre) : *Les voyantes*, André Larue, 1971, Fayard, 4438-7321
[mar4] (art.) : *Comment le Qatar s'est "offert" Nicolas Sarkozy*, Pierre Péan, 04/09/2014, Marianne
[marcel] (www) : *Le cas ROSWELL*, Jesse Marcel Jr, ,
[match] (art.) : *Eté 1969: Sharon Tate, le bal des vampires*, Jean-Pierre Bouyxou, 2009, Paris Match
[meteonoy] (art.) : *La météo magnétique du noyau*, , 01/2016, CNRS
[methan2] (art.) : *Forte odeur chimique de Rouen à Paris*, , 22/01/2013, Le Monde
[methan3] (art.) : *Etat d'urgence en Californie à cause d'une fuite massive de méthane*, , 01/2016, FranceTVInfo
[methan4] (www) : *Très spectaculaire geyser de méthane en Ontario*, Benoit Garneau, 06/2015, Ben Garno
[methan5] (art.) : *Le mystère demeure autour d'une épidémie de malaises dans des avions américains*, , 29/01/2016, FranceTvInfo
[millau] (art.) : *La foudre frappe 7 pylones du viaduc de Millau*, , 07/08/2013, FranceTvInfo
[momnaz] (www) : *Reliques étranges du Pérou : les momies de Nazca*, Yves Herbo, depuis 11/2016, sciences-faits-histoires
[momnaz2] (www) : *Nuréa TV - Les momies de Nazca*, Nuréa TV, 18/01/2019, Nuréa TV
[momnaz3] (www) : *Bas-reliefs mexicains avec images d'extra-terrestre*, , 09/2017, earth-chronicles
[mortmass1] (www) : *Liste des morts en masse d'animaux - 2011 à 2019*, , depuis 2011, End Times Prophecy
[mortmass2] (art.) : *Un homme photographie un nuage lenticulaire peu avant que des oiseaux morts tombent dans son jardin*, , 19/10/2012, Daily Mail

[mout] (www) : *Loi contre l'évasion fiscale: 97% des députés n'ont pas voté!*, Benji, 2015, Les moutons enragés
mul: Stanley Miller, Harold Clayton Urey, Expérience de Miller-Urey, 1953
[nan] (www) : *Incroyable et impossible cité de Nan Madol*, , , Homme et Espace
[nap] (livre) : *Histoire de la Franc-maçonnerie Universelle. Tome III*, G. Serbanesco, 29/06/1966, Intercontinentale,
[Nas1] (art.) : *L'US Army place les données NASA sur les météores en secret défense*, , 2009, Science et Avenir
[Nas2] (www) : *20 fois plus de météores en 2016 qu'en 2008*, Sott.net, 2017, Sott.net
[Nas3] (art.) : *Nibiru prise par une webcam de l'ISS lors d'un travelling*, , 2015, 7/7
[Nas4] (art.) : *Un ovni filmé par la station spatiale internationale?*, , 2016, Le Matin
[Nas5] (art.) : *Un Gigantesque Vortex s'ouvre dans l'espace à proximité de la Terre vu de l'ISS*, , 2016, Nouvel Ordre Mondial
[naz] (www) : *Les États-Unis de nouveau accusés d'avoir protégé et payé 18,5 millions d'euros aux nazis*, , 2015, Moutons enragés
[nic] (art.) : *L'effroyable histoire cachée de la Mafia Khazare*, Preston James & Mike Harris, 15/06/2015, Nice Matin
[nou] (livre) : *Les tueurs de la République*, Vincent Nouzille, 2015, Fayard, 9782213671765
[nouv] (www) : *Crânes allongés in Utero : un adieu à la déformation crânienne artificielle*, Nouveau Paradigme, , 2012 - UN nouveau paradigne
[nucl1] (art.) : *Le 13/10/2014 à 5h57, un drone a survolé la centrale de Nogent*, , 2014, Canal 32 - TV TROYES ET AUBE
[nucl10] (art.) : *VAGUE DE DRONES, L'hypothèse OVNI plane sur les centrales*, David Ramasseul, 25/02/2015, Paris-Match
[nucl11] (www) : *OVNI de la centrale nucléaire de Golfech de 2010 - Scandale au GEIPAN*, , 2010, Forum OVNI-Ufologie
[nucl12] (video) : *Survol centrale du Blayais par un Ovni*, Sophie Davant, 2015, France 2
[nucl13] (art.) : *Drône à l'Ile-Longue - Les zones d'ombres*, Hervé Chambonnière, 29/01/2015, Le Télégramme
[nucl14] (art.) : *Istres : la base aérienne a-t-elle été ciblée ?*, Patrick Coulomb, 11/12/2014, La Provence
[nucl2] (art.) : *Survol de sites nucléaires par des drones :trois interpellations près d'une centrale*, Anne Jouan, 05/11/2014, Figaro
[nucl3] (www) : *Un groupe non identifié est actuellement en train de cartographier les installations nucléaires françaises*, Ender, 06/11/2014, Moutons Enragés
[nucl4] (art.) : *Survols des centrales ce n'était pas des drônes*, , 2014, Nexus
[nucl5] (art.) : *Un drône non identifié survole la centrale de Golfech*, B.C., 31/10/2014, 20 minutes
[nucl6] (art.) : *"C'est un ovni, pas un drone" qui a survolé la centrale nucléaire du Blayais*, Jérôme Jamet, 21/01/2015, Sud-Ouest
[nucl7] (video) : *Les survols OVNIs au dessus de Fukushima*, , ,
[nucl8] (video) : *Des myriades d'OVNIS survolent Fukushima en 2011*, , ,
[nucl9] (art.) : *A la recherche des cœurs perdus des réacteurs nucléaires de Fukushima*, Pierre Le Hir, 04/2015, Le Monde
[ovni2] (livre) : *Ce dont je n'ai jamais parlé : Ovnis, extraterrestres, univers parallèles*, Jean Casault, 12/05/2014, Qébécor, 9782764016640
[ovni3] (livre) : *Les objets volants non identifiés - mythe ou réalité ?*, J. Allen Hynek, 01/01/1974, J'ai Lu - l'Aventure Mystérieuse, SIE17168_8679
[ovni4] (livre) : *rapport d'OVNI n°66-26 A/B, N.I.C.A.P., commission d'enquête du Masachussets*, Raymond Fowler, , état du Masaschussets,
[ovni5] (livre) : *OVNI, Enlèvements extra-terrestres, univers parallèles - 1 - Certitude ou fiction ?*, Jean Casault, 05/2015, Les Éditions Québec-Livres,
[parac] (www) : *Cranes allongés et Paracas : de nouvelles analyses ADN*, Yves Herbo, 16/08/2016, sciences-faits-histoires
[plan] (art.) : *Au moins une planète par étoile*, Cécile Dumas, 12/01/2012, Sciences et Avenir
[poin] (art.) : *La vraie mort de Mahomet*, Hela Ouardi, 14/03/2016, Le point
[pravd] (art.) : *UFO Prevents Blast at Chernobyl Nuclear PlantЧитайте больше на http://www.pravdareport.com/news/russia/18024-n/*, , 16/09/2002, Pravda
[prep1] (art.) : *La Maurienne mobilisée par un exercice grandeur nature autour d'un faux séisme*, Valérie Chasteland, 14/10/2015, FranceTvInfo
[prep2] (art.) : *Attentats : le Samu avait "organisé une répétition générale vendredi matin"*, , 16/11/2015, FranceTvInfo
[prep3] (art.) : *Vannes. 3e RIMa : spectaculaire déploiement pour Morbihan 2016*, , 24/05/2016, Ouest-France
[prep4] (art.) : *La Russie se prépare à un « exercice de protection civile » colossal, le pire serait à craindre?*, Benji, 05/10/2016, Moutons enragés
[prep5] (art.) : *Inondations : le plan secret Escale pour évacuer l'Élysée à Vincennes*, , 30/01/2018, Le point
[prep6] (art.) : *La Dépêche*, , 31/05/2016, La Dépêche
[prep7] (art.) : *Inondations : la station de métro Saint-Michel fermée à Paris*, , 03/06/2016, France TV Info
[prophroy] (art.) : *Effondrements de civilisation ou début de la fin des temps prophètisés*, , , Maxi science
[puj] (art.) : *David Pujadas quitte le 20h de France 2*, Jean-Marc Morandini, 2017, Actu-orange
[pyr] (video) : *La révélation des pyramides*, Patrice Pooyard & Jacques Grimault, 2010,
[rab] (www) : *Asmodée et Salomon*, , ,
[relapo1] (art.) : *Rencontre pape-patriarche à Cuba : le mur de Dioclétien va tomber*, , 05/02/2016, Le Figaro
[relapo2] (www) : *Un mur autour de Gizeh*, , 01/2016, Savoir des anciens
[relapo3] (art.) : *Les Islandais construisent un temple pour Thor et Odin*, Erwan Le Bec, 13/02/2015, 24heures.ch
[relapo4] (art.) : *conformément aux accords signés en 1993, le 3e Temple serait placé sous l'autorité du Vatican*, , 12/05/2015, brujita.fr
[rosw1] (art.) : *70 ans après, l'affaire Roswell intrigue encore*, Bruno Alvarez, 23/06/2017, Ouest-France
[Roth] (video) : *Les Rothschild, le pouvoir d'un nom*, Élise Lucet, 01/12/2016, France 2 - Envoyé Spécial
[sanders] (art.) : *Riddle of the Frozen Giants*, Ivan T. Sanderson, 16/01/1960, Saturday Evening Post
[sci1] (livre) : *Dianetics, The Modern Science of Mental Health (Dianetiques, La Science Moderne de La Santé Mentale)*, Ron Hubbard, 09/05/1950, Hermitage House,
[sci2] (video) : *Philadelphia Doctorate Course (cassettes audio)*, Ron Hubbard, ,
[seism1] (art.) : *Savoie : séismes en série en Maurienne*, , 30/10/2017, L'info
[sens] (www) : *Les preuves de l'origine sumérienne de la bible*, , , Sens 2 la vie
[setv] (art.) : *L'affaire Roswell lance la vogue des OVNIS*, , 27/06/2017, Sciences et Vie
[Shia] (www) : *La succession du prophète*, Ouran Al-Shia, ,

[sid] (art.) : *Le SIDA et d'autres virus ont bien été créés en laboratoire par les USA dans des buts génocidaires*, , , Réseau International
[sid1] (video) : *SIDA: le doute*, Djamel Tahi, 1997, ARTE
[Sit] (www) : *Verset abrogeant (nâsikh), verset abrogé (mansûkh)*, SITAsecure, 2008,
[sot] (www) : *La moitié des études seront invalidées par des études ultérieures*, Sott.net, 2017, Sott.net
[stp] (www) : *Sous la pyramide des vestiges intrigants*, Armin Risi & Jim Hurtak, 2014, Stop Mensonge
[subv] (art.) : *La Cour des comptes juge inefficaces les subventions à l'audiovisuel*, Jamal Henni, 2014, BFM
[Sup] (art.) : *Superstation 95 fait la preuve que la NASA falsifie les données et trompe la population*, , 2016, Superstation95
[symb] (www) : *Les secrets du 21 décembre*, Eveil.online, 19/12/2020, Eveil.online
[tart] (livre) : *Psychophysiological Study of Out-of-the-Body Experiences in a Selected Subject*, Charles Tart, 1968, Journal of the American Society for Psychical Research,
[tect] (livre) : *Thesaurus geographicus*, Abraham Ortelius, 1596, ,
[tictac] (art.) : *Un porte-avion américain suivi pendant des jours par un ovni, selon un rapport du Pentagone*, , 02/06/2018, RT France
[tof] (livre) : *Les nouveaux pouvoirs (powershift) - Savoirs, richesse et violence à la veille du 21e siècle*, Alvin Toffler, 1990, Fayard,
[tsu1] (art.) : *Vague scélérate*, Claire Giovavinetti, 26/01/2016, Ouest-France
[tsu2] (www) : *Mini-tsunami à Rio de Janeiro*, Denilson Guedes Bandeirinha, 30/07/2016,
[tsu3] (www) : *Tsunami en Islande*, , 07/2016,
[tsu4] (www) : *Irma si puissant que l'eau se retire des côtes … L'eau a disparu autour des BAHAMAS… Des dégâts sans précédents*, Emmanuel, 10/09/2017, Nouvel Ordre Mondial
[verail] (video) : *Quand des OVNIS seraient intervenus pour sauver la Terre !*, La vérité est ailleurs, ,
[vig] (livre) : *Dieu, l'Eglise et les extraterrestres, Christianisme et conquête spatiale*, Alexandre Vigne, 2000, Albin Michel,
[virgh] (www) : *L'accident de Varginha (Brésil - 1996).Crash d'OVNI, capture d'aliens et autres histoires d'OVNI aux Brésil*, Vincent Detarlé, ,
[volc1] (www) : *Quelque chose d'étrange se produit-il à l'intérieur de la Terre ?*, ASR, 02/03/2017, anguille sous roche
[volc2] (www) : *Ceinture de feu : Eruption de 5 volcans en 24h*, Benoit Garneau, 01/2016, Ben Garno
[volc3] (www) : *19 volcanic eruptions last week – We are within a serious period of volcanic unrest*, , 19/11/2016, Strange Sound
[voy] (video) : *Les voyants*, Roger Derouillat, 1975, Paris-Zurich Films
[wash] (art.) : *Les OVNIs, tout le monde doit être au courant de ce fait.*, , 2019, Washington Post
[wil] (livre) : *les gîtes secrets du lion*, Georges Hunt Williamson, 01/01/1972, J'ai Lu,
[Zah] (www) : *LE CORAN - Essai de traduction*, Le droit chemin, 2014,
[zec] (livre) : *La 12ème planète*, Zeccharia Sitchin, 1977, ,

Index lexical

Printed in France by Amazon
Brétigny-sur-Orge, FR